Johann Wolfgang Goethe, geboren am 28. August 1749 in Frankfurt am Main, ist am 22. März 1832 in Weimar gestorben.

Karl Friedrich Zelter, geboren am 11. Dezember 1758 in Berlin, ist dort am 15. Mai 1832 gestorben.

In unveränderter Form wird die dreibändige, von Max Hecker im Insel Verlag 1913 vorgelegte Ausgabe des Goethe/Zelter-Briefwechsels als insel taschenbuch-Kassette vorlegt.

Dieser Briefwechsel zwischen dem Berliner Baumeister und Musiker Karl Friedrich Zelter und Johann Wolfgang Goethe aus den Jahren 1799 bis 1832 gilt nicht nur als Dokument einer sich langsam entwickelnden, aber dann sehr innig verlaufenden Freundschaft, sondern auch als eindrucksvolles Zeitdokument der ersten dreißig Jahre des 19. Jahrhunderts.

insel taschenbuch 950

Goethe/Zelter Briefwechsel

Erster Band

Karl Friedrich Zelter.
Bleistiftzeichnung von Wilhelm Hensel, 1820.

Briefwechsel zwischen Goethe und Zelter 1799-1832

Herausgegeben von Max Hecker

Erster Band: 1799-1818

Insel Verlag

insel taschenbuch 950
Erste Auflage 1987

Vertrieb durch den Suhrkamp Taschenbuch Verlag
Umschlag nach Entwürfen von Willy Fleckhaus
Satz: LibroSatz, Kriftel
Druck: Nomos Verlagsgesellschaft, Baden-Baden
Printed in Germany

1 2 3 4 5 6 – 92 91 90 89 88 87

Briefwechsel zwischen Goethe und Zelter 1799-1818

1799-1802

1. *An Goethe*

Hochwohlgeborner Herr!

Mein braver Freund, Herr Unger, hat mir mit einer Stelle Ihres Briefes an ihn eine unaussprechliche Freude gemacht. Der Beifall, welchen meine Versuche sich bei Ihnen erwerben können, ist mir ein Glück, das ich wohl gewünscht, aber nicht mit Zuversicht gehofft habe, und obwohl ich über manche gelungene Arbeit bei mir selbst außer Zweifel gewesen bin, so gereicht mir die freie Zustimmung eines Mannes, dessen Werke meine Hausgötter sind, zu einer Beruhigung, die ich niemals so rein und heiß gefühlt habe als jetzt.

Ich sehe es für eine schöne Belohnung an, wenn Sie mir ferner Ihre Gedichte zur Komposition anvertrauen wollen, die ich nicht anders zu loben verstehe als durch den unvermischten Widerklang meines innersten Gemüts; und ich darf sagen, daß ich an diesen Ihren Gedichten mit heiliger Sorge gearbeitet habe, was mein Talent reichen mögen.

Außer den Gedichten, die im Schiller'schen Almanach nach meiner Musik gedruckt stehen, habe ich den »Zauberlehrling«, die »Braut von Korinth«, die »Erinnerung«, das »Blümlein Wunderschön«, »Der Junggesell und der Mühlbach« und das »Bundeslied« komponiert, die ich Ihnen gar gern schicken möchte, wenn Sie es erlauben wollen. Ich habe daran wohl schon längst gedacht und es nicht wagen wollen. Ein Wink von Ihnen, und sie sind in Ihren Händen, sobald es sein kann.

Ich empfehle mich Ihrem geneigten Andenken und verharre mit der reinsten Verehrung und Liebe

Ew. Hochwohlgebornen

ergebenster

Berlin, den 11. August 1799. Zelter.

2. *An Zelter*

Mit aufrichtigem Dank erwidere ich Ihren freundlichen Brief, durch den sie mir in Worten sagen mochten, wovon mich Ihre Kompositionen schon längst überzeugt hatten: daß Sie an meinen Arbeiten lebhaften Anteil nehmen und sich manches mit wahrer Neigung zugeeignet haben. Es ist das Schöne einer tätigen Teilnahme, daß sie wieder hervorbringend ist; denn wenn meine Lieder Sie zu Melodien veranlaßten, so kann ich wohl sagen, daß Ihre Melodieen mich zu manchem Liede aufgeweckt haben, und ich würde gewiß, wenn wir näher zusammen lebten, öfter als jetzt mich zur lyrischen Stimmung erhoben fühlen. Sie werden mir durch Mitteilung jeder Art ein wahres Vergnügen verschaffen.

Ich lege eine Produktion bei, die ein etwas seltsames Ansehen hat. Sie ist durch den Gedanken entstanden, ob man nicht die dramatischen Balladen so ausbilden könnte, daß sie zu einem größern Singstück dem Komponisten Stoff gäben. Leider hat die gegenwärtige nicht Würde genug, um einen so großen Aufwand zu verdienen.

Ich wünsche recht wohl zu leben und bitte, den Herrn Unger vielmals zu grüßen. Weimar, am 26. August 1799.

Goethe.

Die erste Walpurgisnacht

Ein Druide

Es lacht der Mai;
Der Wald ist frei
Von Eis und Reifgehänge.
Der Schnee ist fort;
Am grünen Ort
Erschallen Luftgesänge.
Ein reiner Schnee
Liegt auf der Höh;
Doch eilen wir nach oben,
Begehn den alten heil'gen Brauch,
Allvater dort zu loben.
Die Flamme lodre durch den Rauch!
So wird das Herz erhoben.

Die Druiden

Die Flamme lodre durch den Rauch!
Begeht den alten heil'gen Brauch,
Allvater dort zu loben!
Hinauf! hinauf nach oben!

Einer aus dem Volke

Könnt ihr so verwegen handeln?
Wollt ihr denn zum Tode wandeln?
Kennet ihr nicht die Gesetze
Unsrer harten Überwinder?
Rings gestellt sind ihre Netze
Auf die Heiden, auf die Sünder.
Ach! sie schlachten auf dem Walle
Unsre Weiber, unsre Kinder,
Und wir alle
Nahen uns gewissem Falle.

Chor der Weiber

Auf des Lagers hohem Walle
Schlachten sie schon unsre Kinder.
Ach, die strengen Überwinder!
Und wir alle
Nahen uns gewissem Falle.

Ein Druide

Wer Opfer heut
Zu bringen scheut,
Verdient erst seine Bande.
Der Wald ist frei.
Das Holz herbei,
Und schichtet es zum Brande!
Doch bleiben wir
Im Buschrevier
Am Tage noch im stillen,
Und Männer stellen wir zur Hut
Um eurer Sorgen willen.
Dann aber laßt mit frischem Mut
Uns unsre Pflicht erfüllen.

Chor der Wächter

Verteilt euch, wackre Männer, hier
Durch dieses ganze Waldrevier,
Und wachet hier im stillen,
Wenn sie die Pflicht erfüllen.

Ein Wächter

Diese dumpfe Pfaffenchristen,
Laßt uns keck sie überlisten!
Mit dem Teufel, den sie fabeln,
Wollen wir sie selbst erschrecken.
Kommt! mit Zacken und mit Gabeln

Und mit Glut und Klapperstöcken
Lärmen wir bei nächt'ger Weile
Durch die engen Felsenstrecken.
Kauz und Eule
Heul' in unser Rundgeheule!

Chor der Wächter

Kommt mit Zacken und mit Gabeln,
Wie der Teufel, den sie fabeln,
Und mit wilden Klapperstöcken
Durch die leeren Felsenstrecken!
Kauz und Eule
Heul' in unser Rundgeheule!

Ein Druide

So weit gebracht,
Daß wir bei Nacht
Allvater heimlich singen!
Doch ist es Tag,
Sobald man mag
Ein reines Herz dir bringen.
Du kannst zwar heut
Und manche Zeit
Dem Feinde viel erlauben.
Die Flamme reinigt sich vom Rauch:
So reinig' unsern Glauben!
Und raubt man uns den alten Brauch,
Dein Licht, wer will es rauben!

Ein christlicher Wächter

Hilf! ach hilf mir, Kriegsgeselle!
Ach, es kommt die ganze Hölle!
Sieh, wie die verhexten Leiber
Durch und durch von Flamme glühen!

Menschenwölf' und Drachenweiber,
Die im Flug vorüberziehen!
Welch entsetzliches Getöse!
Laßt uns, laßt uns alle fliehen!
Oben flammt und saust der Böse;
Aus dem Boden
Dampfet rings ein Höllenbroden.

Chor der christlichen Wächter

Schreckliche verhexte Leiber,
Menschenwölf' und Drachenweiber!
Welch entsetzliches Getöse!
Sieh, da flammt, da zieht der Böse!
Aus dem Boden
Dampfet rings ein Höllenbroden.

Chor der Druiden

Die Flamme reinigt sich vom Rauch:
So reinig' unsern Glauben!
Und raubt man uns den alten Brauch,
Dein Licht, wer kann es rauben!

3. *An Goethe*

Es ist nicht mein Wille, mit dieser Lieferung so lange ausgeblieben zu sein, und auch dies Wenige habe ich dem Kopisten abdringen müssen. Das Mehrere erspare ich mir und tröste mich mit der angenehmen Hoffnung, öfterer an Ew. Hochwohlgebornen schreiben zu können.

Die Art des musikalischen Vortrags am »Zauberlehrling« ist ungefähr die nämliche, wie ich das Gedicht gern lese: ich fange es nämlich nicht zu schnell an, damit hin und wider eine raschere Bewegung und ein kräftiger Vortrag der Beschwörungsworte möglich bleibt, und singe es dann in einem Strom fort, bis der Meister erscheint, dem ich einen etwas höhern, gebietenden Ton gebe. Die musikalische Pointe liegt meist in der Gewalt des Sängers, der ernsthaft bleiben und sich hüten muß, mit der Aussprache der Worte nicht zu plackern. Das Lied der Thekla hatte ich aus dem Almanach komponiert. Ich habe es einem Harfenschläger in den Mund gelegt, der es bald erzählend, bald, vom Anteil ergriffen, handelnd vorträgt. Hätte ich dazumal schon die »Piccolomini« gekannt, so wäre es wahrscheinlich anders ausgefallen, wenn auch die Schwere und Tiefe der Klage auch außer dem Zusammenhange eingreifend sein müßte. Die »Erinnerung« sollte ein geheimnisvolles, unruhiges, süßes Wesen haben, und das sollte alles allein in der Musik liegen, ohne daß sich der Sänger einer besondern Agitation zu bedienen hätte. Es ist deswegen comodetto überschrieben.

Das Sonett ist ein gewagter Versuch. Ich bin in der Theorie der Poetik wenig bewandert und hatte den Glauben, daß das Sonett nach seinem architektonischen Verhalt, wie ihn Sulzer angegeben, besonders geschickt zur Musik sein müsse. Allein, obgleich dieser Versuch unter mehrern der beste ist, so kann ich ihn nicht für gelungen halten. Die Dehnungen, welche sich hie und da in der Melodie befinden, sind von seiten des Ausdrucks das beste daran, und diese sind es zugleich, die die äußere Proportion des Gedichts verstellen, die ich für so erreichbar hielt. Es gäbe vielleicht noch metrische Regeln für das Sonett, die ich in den mir bekannten Theorien nicht finde: der Dichter müßte sich der Enjambements enthalten, wie zum Exempel hier in dem ersten Quatrain, und das Schlegel'sche Sonett »Gesang und Kuß«, welches ich auch komponiert habe, schließt mit einer Frage.

Ihren mir höchst schätzbaren Brief vom 26. August habe ich am 30. erhalten. »Die erste Walpurgisnacht« ist ein sehr eignes Gedicht. Die Verse sind musikalisch und singbar. Ich wollte es Ihnen in Musik gesetzt hier beilegen und habe ein gutes Teil hineingearbeitet, allein ich kann die Luft nicht finden, die durch das Ganze weht, und so soll es lieber noch liegen bleiben. Herr Unger empfiehlt sich bestens, und ich habe die Ehre zu sein

Ew. Hochwohlgebornen

achtungsvollster

Berlin, den 21. September 1799. Zelter.

4. *An Goethe*

Ich ermangele nicht, Ew. Hochwohlgebornen wieder einige meiner Kompositionen zu senden, und wenn auch, außer dem »Ständchen«, keins davon ganz neu ist, so ist doch auch keins durch den Druck bekannt. Sie sind fast alle mit Hinsicht auf Metrum und Versbau entstanden, und ich möchte mich gern in diesem Fache der Kunst einer gründlichen Belehrung würdig machen. Die kurzen Verse, mitten unter den langen, sind in der Musik das Schwierigste, wenn man dazu nimmt, daß der Ton und das Gemüt eines Gedichts dabei auch nicht verabsäumt sein sollen.

Das »Herbstlied« bedarf einer etwas lebhaften Bewegung. »Der Junggesell und der Mühlbach« scheint mir einen glücklichen Wurf zu haben, besondes wenn es abwechselnd von zwei Personen gesungen wird. Auch das »Blümlein Wunderschön« könnte von zwei Personen gesungen werden. Zur »Braut von Korinth« weiß ich selbst nicht recht, was ich sagen soll. Meine Freunde, denen ich es vorgesungen, loben es, und ich habe nichts dagegen einzuwenden. Es kann sein, daß dieses Gedicht nur auf diese Art vorgetragen sein will. Ich singe es gleichsam sprechend, und wenn es mit einer etwas hohlen Stimme, wie man wohl etwas Schauderhaft-Geheimnisvolles zu *erzählen* pflegt, gesungen wird, so kömmt auch wohl heraus, was drinnen ist. Die kurzen Zeilen unter den langen wollte ich am meisten respektieren, und darüber ist eine etwas abenteuerliche Taktart entstanden. Für den Sänger liegt die meiste Schwierigkeit darin: die vielen Strophen so zu modulieren, daß das Gedicht am Ende nicht kalt werde, weil die Melodie so oft wiederholt wird. Da es endlich für alle kein Gedicht ist, so werden es auch nicht alle singen. Das »Bundeslied« habe ich von hundertundzwölf klingenden Stimmen an einer Tafel singen hören und erfahren, was ein deutscher Vers kann. Das »Ständchen« ist nicht das beste Gedicht; mir war am meisten an der äußern Form eines Ständchens gelegen, die bei einem Stücke, das unter dem Fenster eines geliebten Mädchens geklimpert wird, das Wichtigste ist.

Ich weiß nicht, ob ich fürchten muß, Ew. Hochwohlgebornen mit meinem Geschreibe lästig zu werden. Ich habe lange genug einen Wunsch unterdrückt, den ich immer endlich zu äußern wagen will. Man sagte hier vor einiger Zeit, daß Dieselben eine ernsthafte musikalische Oper gedichtet hätten. Vielleicht bin ich falsch berichtet, allein wie wollte ich mich freuen, wenn ich Sie zu einem so verdienstlichen Werke vermögen könnte! Und welch eine angenehme Arbeit würde die Komposition einer solchen Oper für mich sein! Ich möchte nicht gern als ein Prahler erscheinen, allein ich weiß, was ich leisten kann, und würde unter einer solchen Leitung nicht leicht etwas Mittelmäßiges hervorbringen. Durch Ihre »Iphigenia« habe ich mich fast überzeugt, daß wir bei einer solchen Arbeit einander finden würden, vielleicht um nie getrennt zu werden. Bei meiner besondern Neigung zu einem Teile der Musik (dem dramatischen), der jetzt ebenso allgemein als ohne Glück angebaut wird, hat es nicht fehlen können, daß eine Menge dramatischer Versuche mir fast unwillkürlich unter die Hand gewachsen sind, von denen mir mehrere verkündigen, daß das

Große mir gelingen könnte. Ich habe von diesen Versuchen nichts bekannt gemacht, aber ich werde Ihnen Proben davon senden, über welche mir Ihre Bemerkungen goldne Worte sein sollen. Mehrere Opern habe ich teilweise bearbeitet, weil die Gedichte nur teilweise mit meiner Neigung stimmten. Wir haben hier die sehr nahe Hoffnung, ein neues, größeres Theater zu erhalten, und es läßt sich denken, daß von nun an große Begebenheiten auch größer erscheinen werden. Diesen Umstand möchte ich nicht gern ungenützt lassen, um unter den Kindern des Parnasses nicht ferner mit leerer Hand zu stehn und über den Geschmack der Zeit zu seufzen.

Herr Unger sagte mir letzthin, daß Ew. Hochwohlgeboren mir einige Fragen vorzulegen willens wären. Meine Wissenschaft stehet Ihnen ganz zu Dienst, soweit sie reicht, und was ich nicht weiß, wird mein väterlicher Freund Fasch, ein gründlicher und feiner Theorist, mit Vergnügen ergänzen. Ich empfehle mich am liebsten durch meine Lieder, weil ich Sie einmal nicht besser zu bedienen weiß, als wenn ich Ihnen Ihre eigene Gerichte vorsetze, und verharre mit der aufrichtigsten Hochachtung

Ew. Hochwohlgebornen

ergebenster

Berlin, den 30. Januar 1800. Zelter.

5. *An Goethe*

Ich kann das Vergnügen nicht entbehren, Ew. Exzellenz mit einer kleinen Schrift bekannt zu machen, die einen achtungswürdigen Künstler darstellen will, der mein Freund gewesen ist.

Ich habe nur sein Bild treffen wollen und darüber allen schriftstellerischen Ansprüchen willig entsagt. Das Letztere möchte ich mir um so lieber anrechnen, da ich die Notwendigkeit der Kunst hierbei recht wehmütig empfunden habe, um einen Charakter aufzustellen, der sich wohl selber, aber nicht der Welt bekannt worden ist.

In dem Kupfer von Henne ist der Kopf vollkommen reif und getroffen, wie er lebte; der heitere, freie und ruhige Geist neben der Abwesenheit alles Scheins ist sehr glücklich nachgebildet. Mein Freund Schadow hatte das Bild an einem schönen Morgen beim Kaffee unter grünen Bäumen im Schlafrocke mit schwarzer Kreide gezeichnet. Aus dem Schlafrocke, worin ich es nicht gern vor der Welt ausstellen wollte, ist eine Art von Toga geworden.

Ich danke Gott, daß Ew. Exzellenz von Ihrer schweren Krankheit hergestellt sind, und werde einige Worte über meine Arbeit von Ihnen als ein Geschenk aufnehmen, das nicht oft kommen kann, weil es zu beglückend ist.

Mit der aufrichtigsten Hochachtung und Liebe verharre ich

Ew. Exzellenz

ergebenster

Berlin, den 25. April 1801. Zelter.

6. *An Zelter*

Sie haben durch das Denkmal, das Sie Faschen errichtet, ein sehr verdienstliches Werk vollendet und auch mir dadurch recht viel Vergnügen gemacht.

Das Andenken an ein vergangenes Menschenleben zieht sich so sehr ins Enge zusammen, daß die Neigung erst wieder die Asche palingenesieren und den verklärten Phönix unserm Auge darstellen muß. Jeder Biedermann darf wünschen, auf diese Weise von dem Freunde, dem Schüler, dem Kunstgenossen dereinst geschildert zu werden.

Wie übel nehmen sich gegen ein so liebevoll wieder

auferwecktes Individuum jene Nekrologen aus, die, indem sie das, was Gutes und Böses durch das Leben eines bedeutenden Menschen von der Menge gewähnt und geklatscht worden, gleich nach seinem Verscheiden emsig gegeneinanderstellen, seine sogenannten Tugenden und Fehler mit heuchlerischer Gerechtigkeit aufstutzen und dadurch, weit schlimmer als der Tod, eine Personalität zerstören, die nur in der lebendigen Vereinigung solcher entgegengesetzten Eigenschaften gedacht werden kann.

Die Entstehung der sechszehenstimmigen Messe und der daraus hervorwachsenden Singgesellschaft hat mich besonders ergötzt. Wie sehr habe ich dem guten Fasch gegönnt, daß er so glücklich war, eine solche Idee zuletzt noch realisiert zu sehen.

In einem frühern Briefe, auf den ich Ihnen leider die Antwort schuldig geblieben, fragen Sie an, ob nicht etwas, das einer Oper ähnlich sieht, sich unter meinen Papieren befinde.

Von einem zweiten Teil der »Zauberflöte« werden Sie die ersten Szenen in dem nächsten Wilmannischen Taschenbuche finden; zu einem ernsthaften Singstücke, »Die Danaiden«, worin nach Art der älteren griechischen Tragödie der Chor als Hauptgegenstand erscheinen sollte, hatte ich vor einigen Jahren den Entwurf gemacht; aber keins von beiden Stücken werde ich wohl jemals ausführen. Man müßte mit dem Komponisten zusammenleben und für ein bestimmtes Theater arbeiten, sonst kann nicht leicht aus einer solchen Unternehmung etwas werden.

Senden Sie mir doch von Zeit zu Zeit etwas von Ihren Kompositionen, die mir viel Vergnügen machen. Übrigens lebe ich in keiner musikalischen Sphäre; wir reproduzieren das ganze Jahr bald diese, bald jene Musik, aber wo keine Produktion ist, kann eine Kunst nicht lebendig empfunden werden.

Leben Sie wohl und gedenken mein.

Weimar, am 29. Mai 1801. Goethe.

7. *An Zelter*

Ihnen eben heut für das viele Gute, das Sie uns gebracht und zurückgelassen haben, zu danken, veranlaßt mich der Auftrag, den ich an Sie auszurichten übernommen habe.

Einer unserer tüchtigen Geschäftsmänner, der subalternen Klasse, hat seinen Sohn zum Zimmermann bestimmt. Dieser junge Mensch hat drei Jahre in der Lehre gestanden und nun ¾ Jahre bei uns als Geselle gearbeitet. Nun möchte man ihn in die Fremde schicken, und man glaubt, daß er in Berlin vieles zu lernen Gelegenheit finden würde.

Wollten Sie die Güte haben, mir aus Ihrer Kenntnis hierüber einen guten Rat [zu] erteilen. Es versteht sich, daß er auf dem Wege seines Handwerks etwas zu verdienen sucht und daß ihm einiger Zuschuß von Hause gereicht werden kann. Wobei man denn aber wünscht, daß irgend jemand in einer so großen und verführerischen Stadt ein Auge auf ihn haben möge.

Glauben Sie, daß er bei Bauen, wo Sie selbst einwirken, angestellt werden könnte, so würde das für mich das Wünschenswerteste sein. Ich erbitte mir hierüber Ihre gefällige Meinung und zugleich die Nachricht, daß Sie wohl bei den Ihrigen angelangt sind. Der ich recht wohl zu leben und auch bald wieder etwas Melodisches von Ihnen zu hören wünsche.

Weimar, am 1. April 1802. Goethe.

8. *An Goethe*

Ihr Brief vom 1. April hat mich auf das angenehmste erschreckt. Ich erkannte ihn von außen und glaubte darinne wohlverdiente Vorwürfe über mein undankbares Schweigen zu finden, welches die Beilagen so gut vertreten mögen, als sie können.

Ihr junger Zimmermann wird uns willkommen sein, und er kann von nun an so bald herwandern, als er will, und gleich hier in Arbeit treten. Der Zimmermeister Richter hieselbst, der ein sehr geschickter und gebildeter Mechaniker ist, wird ihn sogleich in Arbeit nehmen, obgleich er auch bei jedem andern Zimmermeister jetzt hier unterkommen kann, indem es hier eher an tüchtigen Leuten als an Arbeit und Gelegenheit fehlt. Der geringste Lohn eines Zimmergesellen hier in Berlin ist täglich 10 Groschen und wöchentlich 2½ Taler, die sich aber bei einer besondern Tätigkeit oder Brauchbarkeit in einzelnen Fällen nicht selten bis zu 3 oder 4 Taler wöchentlichen Lohn vermehren.

Ich würde ihm allenfalls raten, hier in Berlin ordentlich und nach Handwerksgebrauch auf der Zimmergesellenherberge einzuwandern. Dort wird er zuerst in die Gesellenbücher, Kranken- und Sterbekassen eingetragen. Von da kann er gerade zu mir nach der Neuen Münzstraße Nr. 1 kommen. Ich schicke ihn dann oder führe ihn selber zum Herren Richter, mit dem ich vorher darüber reden werde, und ein honettes Quartier wird sich auch für ihn finden. Für die ersten Tage ist er durch die Herberge allenfalls gesichert, und mit dem vorher angegebenen Lohn kann er ohne Zuschuß auskommen, er müßte denn die Collegia der Bauschule besuchen wollen, die nicht wohlfeil sind. Will er nicht mit dem Strom der jungen Welt oder seiner Genossenschaft schwimmen, so steht ihm an Sonn- und Feiertagen meine Tür und mein Haus offen, wo er eine kleine gute Art beisammen findet, unter denen ich nicht übel lebe. Mein ältester Sohn ist ein Maurer und zeichnet für seine Jahre nicht eben schlecht, und was ich dem jungen Manne Liebes erweisen kann, soll ihm werden, wie jedem jungen rechtlichen Gast, der mein Haus betritt, ohne daß Sie mir dafür einen besondern Dank schuldig werden sollen, denn mit Ihnen habe ich es anders im Sinne. Lassen Sie demnach

Ihren jungen Zimmergesellen kommen, sobald er Lust dazu hat, er soll sogleich Arbeit haben.

Von Ihren Gedichten habe ich nur die beiliegenden erst in Musik gesetzt. In dem »Frühzeitigen Frühling« hat es sich von selbst gemacht, daß aus dreien Strophen Eine worden ist, wie denn bei Ihren Liedern selten der Komponist seinen Willen hat, wenn er einen hat, weil sie sich immer von selbst aussprechen. Wer es gut singen wollte, müßte es recht gut auswendig können. Von der Frau Justizrätin Hufeland habe ich »Des Schäfers Klagelied« mitgenommen und es schon in Leipzig komponiert. Es darf nicht zu laut, aber so leicht als möglich gesungen werden. Zu Ihrem Freunde de Mappes habe ich schon einen Gesang gemacht, aber der Herr v. Mappes sind noch nicht damit zufrieden. Schulzens Melodie ist so gut als möglich, allein sie hat für Ihr teutsches Lied nicht Würde genug, und schlechter als Schulz wollte ich's auch nicht gern machen. Mit Schillers »Vier Weltaltern« bin ich vielleicht glücklicher gewesen, wenigstens habe ich damit erlangt, was ich machen kann. Auch habe ich dieser Tagen wieder eine von Schillers Romanzen in Musik gesetzt: den »Kampf mit dem Drachen«, womit ich zufrieden sein muß, weil die 12zeiligen Strophen von unendlicher Schwierigkeit für die Modulation sind. Wäre das Gedicht nicht so lang, daß der Sänger beinahe dabei erliegt, so würde ich es unter meinen Arbeiten dem »Taucher« an die Seite setzen.

Über alle dem Sonnenschein und der Herrlichkeit, die ich in Ihrem Hause genossen habe, habe ich die 5 Strophen Ihrer neuen Romanze zurückgelassen, die mir unendlich wohlgefallen haben, und ich bitte Sie auf das inständigste, mir solche zukommen zu lassen. Vielleicht animiert Sie die Komposition zu deren Vollendung, wenn es noch nicht geschehen sein sollte. Ich danke Gott stündlich auf den Knieen meines Herzens, daß ich endlich Ihr Angesicht gesehn habe. Die Erinnerung dieser Tage wird nur mit meinem Gedächtnisse aufhören. Ein neuer Geist ist in mir durch die Berührung erweckt, und wenn ich je etwas hervorgebracht oder hervorbringe, das der Musen würdig ist, so weiß ich, daß es Gabe ist und woher sie kommt. Empfehlen Sie Ihrem mir unaussprechlich teuren Hause

Ihren

Berlin, den 7. April 1802. Zelter.

Den 13. April.

Durch ein Versehen meines Boten ist mein Brief liegen blieben. Seit der Zeit habe ich den Zimmermeister Richter gesprochen, welcher bereit ist, unsern jungen Mann, sobald er hier ist, sofort in Arbeit zu stellen. Es fallen bei diesem Manne ungemeine und lehrreiche Arbeiten vor, besonders Brücken, Verbände zu Kirchtürmen und andern seltenen Bauarten, wovon das Hofbauamt jedesmal vorher Modelle durch diesen Richter anfertigen läßt, die nicht selten natürliche Größe haben.

Für Ihre edle verehrte Prinzessin lege ich ein Exemplar meiner kleinen Lieder bei, welches Sie wohl so gütig sind, Ihr in meinem Namen zu Füßen zu legen. Ich würde sie selbst überschickt haben, wenn ich nicht dächte, daß diese kleinen Sachen durch bessere Hand als die meinige auch besser und würdiger erschienen.

Vorigen Sonnabend ward hier auf dem neuen Nationaltheater »Herkules' Tod« von Reichardt gegeben. Das Gedicht ist, wie ich glaube, auch vom Komponisten nach dem Sophokles bearbeitet und in der Art komponiert wie Gotters »Medea«, nur daß Chöre dazwischen sind, die mit ihren Gruppierungen einen ungemein deutlichen und vorteilhaften Zusammenhang geben. Die Musik hat vieles, woran man Reichardts Genius besonders erkennt, der sich immer durch große und kühne Schritte verkündigt; allein ihr Bestes scheint mir in den Momenten der Ruhe zu liegen, die ungemein rührend und mannhaft sind. Iffland spielt den Herkules so schön und edel und weiß die Übergänge zum höchsten Schmerz, dem nur der Körper endlich unterliegt, so meisterhaft zu graduieren, daß überall eine vorteilhafte Mischung von leidender Menschheit und göttlicher Kraft hervorgeht. Das Ende ist besonders schön: Herkules besteigt den Scheiterhaufen, der von einem Blitzstrahl angezündet wird; sein Haupt wird von oben herab erleuchtet und sein Tod ein sichtbarer Übergang der Verklärung zum Olymp.

Ich lege einen Brief an den Herren Hofrat Schiller bei, welchen Sie wohl so gütig sind abgeben zu lassen.

Zelter.

9. *An Goethe*

Berlin, den 9. Mai 1802.

Der junge Steffany hat mir gestern Ihren lieben Brief abgegeben. Ich habe den jungen Mann nach Tische sogleich mit meinem Sohne zum Herrn Richter geschickt, der ihm ein Quartier nachgewiesen hat, und morgen fängt er an zu arbeiten. Mit Richtern werde ich noch besonders reden.

Nun habe ich ein Anliegen, daß Sie aus der Beilage leicht erraten werden. Der »Herkules« ist hier mit entschiedener Kälte aufgenommen worden. Die Ursachen liegen teils im Sujet, das für ein gemischtes Publikum nicht verdaulich genug sein mag, und in einer jetzigen Animosität gegen den Komponisten, den man vor Jahr und Tag auf Kosten anderer guten Meister bis an den Himmel erhob. Und dies möchte immer unter den Parteien ausgemacht werden, wenn nicht die Kunst darunter litte, die bei den mäßigen Vorschritten zum Höhern überall mit Laune, Hochmut und Ignoranz den Krieg bestehn soll. Ich allein kann's nicht mehr tragen, daß ein fleißiges, kunstreiches und wohlgewolltes Werk auf so schnöde petulante Art weggeworfen werden soll, das mit unsäglicher Mühe und vielen Kosten vor das Auge gebracht und für nichts geachtet wird.

Deshalb habe ich nun die Bitte: Sie wollen mein Geschreibe über den »Herkules« lesen. Es wird mein höchster Stolz sein, wenn Sie auch nur Ein besseres Wort dazu geben wollen; ich werde mich fühlen, daß ich Recht habe zu reden, wo alles schweigt, was reden sollte.

Der Herr Professor Meyer wird mir wohl die Gefälligkeit erzeigen, den Aufsatz sodann an die Redaktion des »Modenjournals« abzugeben, um solchen in das nächste Stück einrücken zu lassen. Ich verlange kein Honorar dafür und denke, Herr Rat Bertuch werde es auch ohne eine persönliche Bekanntschaft mit mir aufnehmen, wenn Sie es gesehn haben.

Das einzelne Notenblatt haben Sie wohl die Güte, dem Herrn Hofrat Schiller abzugeben. Wenn Sie diese beiden Tischgesänge wollten ausschreiben lassen, so könnten Sie solche wohl einmal des Morgens in der Theaterprobe versuchen; der Vorsänger muß dabei sein Bestes tun.

Bald ein mehreres und meine herzlichsten Wünsche für Ihr und Schillers Wohl. Gott erhalte Sie

Ihrem

Zelter.

10. *An Zelter*

Seitdem Sie, werter Herr Zelter, nichts von mir vernommen, bin ich, ohne eine weite Reise zu machen, meist von Hause entfernt gewesen. In Lauchstädt hatte ich dem Bau eines neuen Theaters vorzustehen und die Eröffnung desselben einzuleiten, wobei denn, wie gewöhnlich in solchen Fällen, für das Vergnügen anderer mit wenig eigenem Vergnügen zu sorgen war. Sodann verweilte ich eine Zeitlang in Jena, in literarischer und bibliothekarischer Einsamkeit; doch haben weder Lärm noch Stille diesmal etwas hervorgebracht, woran der Tonkünstler sein Behagen finden könnte. Wir wollen hoffen, daß eine freundschaftliche Geselligkeit des Winters uns wieder manchmal in einen lyrischen Zustand versetzen wird, welches denn wohl am sichersten geschähe, wenn Sie Ihren Vorsatz ausführten und wieder zu uns kämen. Geben Sie mir doch hierüber bei Zeiten eine freundliche Gewißheit.

Für die gute Aufnahme des jungen Steffany nehmen Sie meinen besten Dank, der sich verdoppeln wird, wenn Sie die Gefälligkeit haben wollen, mir ein Wort über die Ihnen etwa bekannte Aufführung des jungen Menschen zu sagen. Was für Collegia würden Sie ihm diesen Winter anraten? welchen Aufwand erfordern sie? und könnte man ihm etwa durch irgendein Vorwort hierin eine Erleichterung und einen unentgeltlichen Eintritt verschaffen? Möchten Sie mir wohl hierüber bald Ihre Gedanken mitteilen.

Das Vorspiel, das ich zu der Eröffnung des Lauchstädter Theaters gemacht habe, werden Sie bald gedruckt sehen. Anfangs hatte ich keine Neigung, es herauszugeben, weil alles auf die Gelegenheit, den Moment, die Individualität des Personals, die Gewalt der Musik und der übrigen sinnlichen Darstellung berechnet war; nun mag denn aber, was auf dem Papiere stehen geblieben ist, auch in die Welt gehen und wirken, so gut es kann.

Geben Sie mir bald ein Zeichen Ihres Andenkens!

Weimar, den 31. August 1802. Goethe.

11. *An Goethe*

Ihr willkommenes Schreiben vom 31. August fand mich im Kampfe mit einem empfindlichen Zahngeschwür, das von einem heftigen Flußfieber begleitet war und mich fünf Tage lang im Bette erhalten hat. Da ich mich zu früh an die freie Luft gewagt hatte, so habe ich auch dafür so büßen müssen, daß ich Ihnen nur erst jetzt die verlangte Nachrichten mitteilen kann.

Der junge Steffany ist vollkommen gesund und vorigen Sonntag bei mir gewesen. Von Herrn Richter habe ich beruhigende Nachrichten über ihn; er arbeitet jetzt anhaltender als jemals, und man findet, daß ihm seine Arbeit von der Hand geht. Mit seiner Aufführung ist man überall zufrieden, und soviel ich weiß, ist sein Umgang mit Leuten, von denen er allenfalls lernen kann. Etwa zweimal in der Woche kömmt er zu meinem Sohne, mit dem er sich verbrüdert hat. Mit diesem will er in den folgenden Wintermonaten gemeinschaftlich zeichnen und im Frühling mit ihm die Reise über Dresden und Frankfurt am Main nach Paris machen.

Was nun die Collegia bei der hiesigen Bauakademie betrifft, so muß ich leider sagen, daß das Arrangement dabei von der Art zu sein scheint, für vieles Geld so wenig als möglich zu lernen, und deswegen habe ich meinen Sohn bis jetzt auf ganz notwendige Privatcollegia beschränken müssen, um nachher das Beste da zu lernen, wo es die Besten gelernt haben. Für den Steffany ließe sich vielleicht durch Herren Gentz etwas tun, welcher letztere Professor bei dieser Anstalt ist; auch hat mir Steffany gesagt, daß sein Vater sich an Herrn Professor Gentz deswegen wenden werde. Über die Wahl der Collegia habe ich soviel mit Steffany abgeredet, daß unter den vielen ihm vor der Hand die Geometrie nebst Trigonometrie, Statik und Zivilarchitektur, insofern letztere die Konstruktion der Gebäude betrifft, die notwendigsten sein möchten. Denn diese sind es, auf deren Grund sich ein tätiger Jüngling fast gänzlich selbst fortbewegen kann und welche zugleich nirgends besser möchten gelehrt werden als hier in Berlin. Etwas Näheres über die

Preise der Collegia denke ich Ihnen in meinem Nächsten mitzuteilen, weil ich es bis jetzt noch nicht mit Sicherheit habe erfahren können.

Auf die Erscheinung Ihres Vorspiels freue ich mich sehr und wiederhole meine Bitte um die Übersendung der Romanze, von welcher Sie mir fünf Strophen vorgelesen haben. Für den künftigen Winter habe ich in Absicht einer kleinen Reise noch nichts beschließen können, indem beinahe mein ganzes Haus den Sommer über krank gewesen ist. Wie gern ich in Ihrer Nähe bin, weiß Gott; so warm als in Weimar hat mir nirgends eine Sonne geschienen. Für den »Herkules« bin ich Ihnen aufs höchste verbunden; er hat mir Ihre Zuneigung besiegelt, die ich zu schätzen weiß. Berlin, den 16. September 1802.

Zelter.

12. *An Goethe*

Berlin, den 6. Oktober 1802.

Endlich kann ich Ihnen berichten, daß der junge Steffany bei der Bauakademie aufgenommen ist und noch heute seine Matrikel erhalten wird. Er ist willens, die Geometrie nebst der Trigonometrie und Körperlehre, Feldmessen, Statik und endlich das Collegium über Brücken-, Schleusen-, Hafen- und Wegebau zu hören. Der Geldbetrag für diese Collegia wird nach meiner Rechnung etwa gegen fünf- bis sechsunddreißig Taler betragen können, welche er zum Teil, so wie er sie zu bezahlen gehalten ist, schon von mir empfangen hat. Er wird sehr fleißig sein müssen, wenn er dabei noch etwas im Zeichnen tun will, besonders da die kurzen und finstern Tage des Winters das letztere erschweren. Dieses habe ich ihm vorgestellt, und er hat versprochen, sein Möglichstes zu tun. Was ich dabei helfen und dienen kann, wird gern geschehen. Er ist jetzt fast täglich in meinem

Hause bei meinem Sohne, und die beiden jungen Leute scheinen Geschmack aneinander zu finden. Indessen bin ich mit meinem Sohne in der letzten Zeit nicht eben zufrieden. Er braucht zu viel Geld und weiß keine offene Rechenschaft von dessen Gebrauche abzulegen. Da er bis jetzt gemauert hat, so hat er von mir Gesellenlohn, das ist monatlich 10 rh., und außerdem alles frei erhalten; dabei aber hat er sich eine Schuld von 62 rh. auf den Hals gebracht, die ich nur im äußersten Fall zu zahlen entschlossen bin. Künftigen Montag werde ich ihn zum Gesellen sprechen, und dann hat er den blauen Himmel vor sich und mein Gebot hinter sich.

Warum ich Ihnen, mein ehrwürdigster Freund, dies schreibe, hat keine geringere Absicht, als Sie zu bewegen, mir ein Mittel vorzuschlagen, diesen jungen Menschen, der wirklich eigne Anlagen hat, auf einen Weg zu bringen, der bei einiger Analogie mit seinem Talent ihm selbst begreiflich und angenehm wird. Er ist mein Stiefsohn, und ich habe bis daher für ihn und seine zwei Schwestern getan, was ich vielleicht für meine übrigen acht Kinder nicht so kann. Sein Vater und seine Mutter, die die schönste Frau in Berlin war, sind nicht mehr, aber ich liebe diese Kinder mit Zittern, und es würde mich zum unglücklichsten Manne machen, wenn dieser junge Mensch ganz umschlüge, was sehr leicht möglich ist. Ich schicke ihn deshalb fort von hier, weil die hiesige race der Jünglinge großenteils durch Stumpfheit, Leerheit und Verachtung alles Ernstes sehr herunter ist. Nach Paris schicke ich ihn deswegen, weil es dort wenigstens Leben, Treiben und Geschäftigkeit gibt, die einen jungen Menschen von Anlagen in Bewegung setzen können, denn das Gekrieche hier auf dem Steinpflaster und im Sande herum tötet den letzten Funken, woran die Alten selber schuld sind und sich noch viel damit wissen. Meine Frage also wäre: ob es wohl nicht recht gut wäre, wenn Sie einmal einige ernsthafte Worte an den jungen Steffany ergehn ließen, die meinem Sohn, der Ihren Namen vergöttert, zugleich zum Heil würden; es würde ganz gewiß viel Gutes wirken, und der Steffany würde sich nicht weiter führen lassen als er weiß, daß er mitgehn soll. Besonders hat dieser eine Art von Zurückhaltung gegen mich, welche wohl freilich nur Schüchternheit ist; denn wenn ich ihn zum Essen bitten lasse, so kömmt er nach Tische und hat schon gegessen, obgleich er des Abends mit meinem Sohne auf dessen Stube isset. Ich weiß, daß ich in Ihrer Gunst stehe, und fühle es als mein Glück, deshalb mute ich Ihnen zu, daß Sie mich über meine Frage belehren werden. Künftiges Frühjahr soll mein Sohn also fort. Er hat selbst beschlossen, über Weimar zu gehn, welches mir recht ist. Er soll Ihnen einen Brief von mir bringen; aber er soll Deutschland nicht verlassen, ohne das Antlitz des größten deutschen Mannes zu sehn.

Vergeben Sie mir meinen langen Brief und empfehlen Sie mich Ihrem teuren Hause.

Zelter.

13. *An Zelter*

Der Fall, mein wertester Herr Zelter, wegen dessen Sie sich an mich wenden, ist gewöhnlich, aber bedenklich. Der Mensch löst sich freilich gar zu geschwind von denen los, denen er noch manchen Rat und Beistand verdanken könnte; doch diese Unart dient zu seinem Glück, wenn er sich dereinst selbst helfen muß und jeden Rat und Beistand entbehrt. Die Schwierigkeit bleibt immer, bei Jungen und Alten, daß derjenige, der sein eigner Herr sein will, sich auch selbst zu beherrschen wisse, und dieser Punkt wird in der Erziehung aus mehr als Einer Ursache verabsäumt. Die Weise, wie ich darüber denke, benimmt mir alle Hoffnung an ein schriftliches Wirken gegen Entfernte und gewissermaßen Fremde. In der Gegenwart läßt sich manches leisten; aber nur durch stetige Behandlung.

Das zurückgezogene Wesen des jungen Steffany kenne ich auch an ihm und andern jungen Leuten. Jeder gebildete Mann benimmt ihnen gleich völlig alle Freiheit, und sie mögen sich nicht gerne da befinden, wo sie sich zu weit zurück, ja vielleicht gar in einem Gegensatz fühlen.

Wie gern möchte ich mit Ihnen eine solche Materie durchsprechen, die, weil sie sich an alles anschließt, schriftlich so schwer zu behandeln ist.

Noch habe ich nicht alle Hoffnung verloren, Sie diesen Winter bei uns zu sehen. Professor Meyer heiratet und ist ausgezogen. Sie finden deshalb ein leidlicher Quartier.

Voß hat, wie Sie wohl wissen, Eutin verlassen und sich in Jena angekauft. Er wünscht sehnlich, mit uns andern, Sie wiederzusehen.

Wenn ich gegenwärtig von kleinen Gedichten nichts schicke, so verzeihen Sie. Ich bin eben im Begriff, eine Partie derselben durchzuarbeiten, und mag sie gern zusammenhalten, bis ich an jedem in seiner Art nichts weiter tun kann.

Wenn Sie Ihren Sohn in die Welt schicken, so lassen Sie ihn bei mir vorbeigehen. Haben Sie die Güte, sich des jungen Steffanys ferner anzunehmen, und besuchen uns, sobald es möglich ist.

Weimar, am 3. November 1802. Goethe.

14. *An Zelter*

Wenn ich in diesen trüben Tagen an erheiternde Gegenstände dachte, so erinnerte ich mich öfters Ihrer vorjährigen erfreulichen Gegenwart. Die Hoffnung, Sie bald wiederzusehen, ist gering, und doch ist mein Wunsch, daß immer ein Faden zwischen uns fortgesponnen werde.

Nehmen Sie also den »Grafen und die Zwerge«, die sich hier produzieren, freundlich auf, die erst jetzt, wie mich dünkt, Art und Geschick haben. Hegen Sie diese muntern Wundergeburten im treuen musikalischen Sinne und erheitern sich und uns einige Winterabende. Nur lassen Sie das Gedicht nicht aus Händen, ja, wenn es möglich ist, halten Sie es geheim.

Mein ganzes Hauswesen denkt Ihrer mit Anhänglichkeit und Liebe.

Weimar, am 6. Dezember 1802. Goethe.

[Beilage] Hochzeitlied

Wir singen und sagen vom Grafen so gern,
Der hier in dem Schlosse gehauset,
Da, wo ihr den Enkel des seligen Herrn,
Den heute vermählten, beschmauset.
Nun hatte sich jener im heiligen Krieg
Zu Ehren gestritten durch mannigen Sieg,
Und als er zu Hause vom Rösselein stieg,
Da fand er sein Schlösselein oben,
Doch Diener und Habe zerstoben.

Da bist du nun, Gräflein, da bist du zu Haus,
Das Heimische findest du schlimmer!
Zum Fenster da ziehen die Winde hinaus,
Sie kommen durch alle die Zimmer.
»Was wäre zu tun in der herbstlichen Nacht?
So hab' ich doch manche noch schlimmer vollbracht,
Der Morgen hat alles wohl besser gemacht.
Drum rasch bei der mondlichen Helle
Ins Bett, in das Stroh, ins Gestelle!«

Und als er im willigen Schlummer so lag,
Bewegt es sich unter dem Bette.

Die Ratte, die raschle, so lange sie mag!
Ja, wenn sie ein Bröselein hätte!
Doch siehe! da stehet ein winziger Wicht,
Ein Zwerglein so zierlich, mit Ampelenlicht,
Mit Rednergebärden und Sprechergewicht,
Zum Fuß des ermüdeten Grafen,
Der, schläft er nicht, möcht' er doch schlafen.

»Wir haben uns Feste hier oben erlaubt,
Seitdem du die Zimmer verlassen,
Und weil wir dich weit in der Ferne geglaubt,
So dachten wir eben zu prassen.
Und wenn du vergönnest und wenn dir nicht graut,
So schmausen die Zwerge, behaglich und laut,
Zu Ehren der reichen, der niedlichen Braut.«
Der Graf im Behagen des Traumes:
»Bedienet euch immer des Raumes!«

Da kommen drei Reiter, sie reiten hervor,
Die unter dem Bette gehalten;
Dann folget ein singendes klingendes Chor
Possierlicher kleiner Gestalten.
Und Wagen auf Wagen mit allem Gerät,
Daß einem so Hören als Sehen vergeht,
Wie's nur in den Schlössern der Könige steht;
Zuletzt auf vergoldetem Wagen
Die Braut und die Gäste getragen.

So rennet nun alles in vollem Galopp
Und kürt sich im Saale sein Plätzchen;
Zum Drehen und Walzen und lustigen Hopp
Erkieset sich jeder ein Schätzchen.
Da pfeift es und geigt es und klingelt und klirrt,
Da ringelt's und schleift es und rauschet und wirrt,

Da pispert's und knistert's und flistert's und schwirrt;
Das Gräflein, es blicket hinüber,
Es dünkt ihn, als läg' er im Fieber.

Nun dappelt's und rappelt's und klappert's im Saal
Von Bänken und Stühlen und Tischen,
Da will nun ein jeder am festlichen Mahl
Sich neben dem Liebchen erfrischen.
Sie tragen die Würste, die Schinken so klein
Und Braten und Fisch und Geflügel herein,
Es kreiset beständig der köstliche Wein;
Das toset und koset so lange,
Verschwindet zuletzt mit Gesange.

Und sollen wir singen, was weiter geschehn,
So schweige das Toben und Tosen.
Denn was er so artig im Kleinen gesehn,
Erfuhr er, genoß er im Großen.
Trompeten und klingender singender Schall
Und Wagen und Reiter und bräutlicher Schwall,
Sie kommen und zeigen und neigen sich all,
Unzählige, selige Leute –
So ging es und geht es noch heute.

15. *An Goethe*

Berlin, den 12. Dezember 1802.

Ein Teil von den Mitgliedern der Singakademie hatten mir gestern abend eine angenehme surprise veranstaltet, um meinen Geburtstag zu feiern. Ein kleines Schauspiel, mit vielen meiner Lieder durchwebt, wurde sehr artig aufgeführt; alle meine Kinder hatten Rollen darinne. Den Beschluß machte eine Burlette, bei der Sie sich nicht schlecht würden verwundert haben, in einer Dame der Königin Bathseba unsern Zimmermann Steffany anzutreffen, der auf die possierlichste Weise von der Welt kostümiert war und sich eine gorge angezimmert hatte, die das Gelächter meines ganzen Hauses erregte. Unter den vielen freundlichen Geschenken dieses Tages war Ihr lieber Brief, den ich an der Aufschrift erkannte und seinen Inhalt an der ungewöhnlichen Größe erriet. Ihr schönes »Hochzeitlied« soll nicht aus meinen Händen kommmen, und sobald es komponiert ist, sollen Sie auch die Komposition erhalten.

Ihren Brief vom 3. November habe ich so oft gelesen, daß ich Ihnen nun auch wohl, für mich und meinen Sohn zugleich, recht warm dafür danken kann. Die Wahrheit ist so natürlich und liegt so nahe, daß man glauben sollte, man dürfe nur die Augen aufmachen, um sie zu sehn, und doch ist eine freundliche Zusprache nirgend mehr an ihrem Orte, als wo man mit sich selbst und dem Glücke seines Kreises ernsthaft beschäftigt sein muß. Ihre edeln Worte sollen auf keinen unfruchtbaren Boden gefallen sein, und ich habe aufs neue recht tief empfunden, was man alles von Ihnen lernen kann.

Daß Voß jetzt in Jena wohnt, war mir noch nicht bekannt; ich freue mich, ihn dort zu wissen. Ich habe sein edles Wesen und seine Liebe zur Kunst in wenigen Stunden des Umgangs mit ihm sehr lieb gewonnen. Er hat sich eine gute Zeit still gehalten, und es läßt sich denken, daß er mit was Rechtem wieder erscheinen werde.

Die angenehme Nachricht, daß Sie im Begriff sind, der Welt von Ihren Schätzen mitzuteilen, hat mich auch wieder erweckt, und ich habe mich seitdem wieder an Ihren Gedichten versucht. Was Sie mir einst, bei Gelegenheit der »Ersten Walpurgisnacht«, von der dramatischen Form der Romanzen geschrieben, bestätigte mir eine Neigung, die ich schon im »Zauberlehrling« zu entwickeln versucht hatte. Die

»Walpurgisnacht« blieb aber deswegen unfertig, weil sich mir immer die alte abgetragene Kantatenuniform aufdrängte. Nun habe ich's mit »Der Müllerin Reue« versucht, und es kommt nun darauf an, was Sie dazu sagen. Da es einmal zwei Personen singen müssen, so wird es gut sein, wenn die eine ein Tenor ist. Das Stück ist, leider, etwas schwer zu produzieren und muß gut gelernt werden, daß weder Atem noch Zunge fehlt. Der Tenor muß sehr heftig und polternd deklamieren und der Diskant zusammenhängend, mild und herzvoll sein.

Den »Liebesgötterhandel« habe ich mir als ein kleines Intermezzo im italienischen Stil gedacht: wenn drei Mägdlein, leicht angezogen, mit netten Vogelkäfigen auf dem Rücken, freundlich und luftig in einem frohen Kreise auftreten, »Wer kauft Liebesgötter?« rufen und dann das Gedicht nach der Melodie recht leicht und schalkhaft singen, kann eine gute Wirkung nicht fehlen. Das Fortepiano, das wenigstens einen geläufigen Vortrag fordert (nur keinen leidenschaftlichen Ausdruck), könnte auch hinter einem Schirme, doch in demselben Zimmer, stehn.

Und so nehmen Sie so gern, was ich so gern gebe. Ich möchte Ihnen den Frieden der Himmlischen in Tönen nach Weimar senden, denn wo keine Götter sind, ist doch kein Himmel. Empfehlen Sie mich herzlich Schillern. Ich möchte mich gern selber mit der Freude überraschen, nach dem lieben Weimar zu kommen. Noch kann ich nichts bestimmen, besonders insofern mir das bevorstehende Karnaval, wo die königliche Familie in Berlin ist, eine Aufmerksamkeit zur Pflicht macht, die ich mir natürlich selber auflege, indem sie die Singakademie betrifft. Dieses Institut genießt eines gastfreundlichen Vorrechts in einem königlichen Hause, und es müßte mir schmerzhaft sein, wenn höhern Orts eine Nachfrage in meiner Abwesenheit geschähe, wo niemand wäre, der für zweihundert Personen und eine unbekannte Sache das rechte Wort zu sagen wüßte, und gewiß, Mittel und Zwecke durcheinander geworfen, eine abenteuerliche Ansicht gewährte. Denn wer mag wissen, wie in unsern Zeiten eine muntere Jugend und eine edle Mannbarkeit ordnungsmäßig zusammentritt, um ein andächtiges Kyrie zu singen.

Ich weiß nicht, wie und warum die wenigen schönen Zeilen Ihres letzten Briefes eine lebendige Sehnsucht in mir erweckt haben, die lange genug im Schoß meines tiefsten Herzens, ungeboren, aber nicht unerkannt, lag. O, es wird ein Faden bleiben, den keine Parze gesponnen und keine zerschneiden wird. Mein Herz kennt nur Eine Liebe, die das Ganze umfaßt, überall gern eingeht und noch niemals ungestärkt heimgekehrt ist; sie erschrickt nicht vor dem Gebell des Hundes, der mit seiner Kette klirrt und prangt, weil es auch Vögel gibt, die singen. Es ist die Liebe zur Kunst, die nichts Unreines leidet und jedes Einzelne sein läßt, was es kann; es ist die Liebe zu Ihrem Genius, mein hochgeliebter Freund, der ewig war und immer sein wird und sich niemals verändert, auch nicht in seiner Vergrößerung und Verewigung; [es ist die Liebe] die nichts fürchtet und wie ein Faden Leben an Leben zieht.

Zelter.

16. *An Goethe*

Ich säume nicht, Ihnen die Komposition des »Hochzeitliedes« zu senden. Sie war schon vor Abgang meines letzten Briefes fertig, doch wollte ich sie gern völlig reif werden lassen. Sie werden finden, daß sich diejenigen Strophen, in welchen nach dem 7. Verse ein Punktum ist, am besten herausmachen, und da mir die 3 Reime des 5., 6. und 7. Verses die Absicht dieses für mich neuen Metrums festzustellen schienen, so habe ich die Modulation des Ganzen nicht nach der ersten, sondern nach der zweiten Strophe eingerichtet.

»Der neue Amadis« mag nur mit in sein Vaterland gehn. Ich habe ihn des 5. reimlosen Verses wegen als ein Exerzitium komponiert.

Von Ihren ungedruckten Gedichten habe ich bis jetzt keins aus Händen gelassen. »Des Schäfers Klage« habe ich nicht von Ihnen, und da mich die Frau Hofrätin Herz um meine Komposition bat und das Gedicht schon hatte, habe ich ihr solche gern gegeben. In einem Manuskripte zu einer neuen Liedersammlung von Reichardt, die ich bei Sandern gesehn, habe ich auch den »Frühzeitigen Frühling« gefunden, den Reichardt wahrscheinlich von Ihnen selber erhalten hat.

Es heißt: der König komme den 21. dieses nach Berlin, und so kann das Karnaval gegen Ende Januars geendigt sein. Die nahe Entbindung der Königin bestätigt diese Vermutung, dann könnte ich in den ersten Tagen des Februar in Weimar sein, wenn mir diese angenehme Rechnung nicht zufällig geschmälert wird. Sie haben mir so freundlich Ihr Haus angeboten, und ich nehme es insofern an, als dabei nicht die geringste Unbequemlichkeit für Ihre Einrichtung stattfindet. Die Stube, welche ich schon einmal hatte, war mir vollkommen recht; aber auch in einem Keller will ich wohnen, wenn's nur in Ihrer Nähe sein kann. Ich freue mich darauf wie ein Kind und habe keinen andern Gedanken.

Berlin, den 18. Dezember 1802. Zelter.

1803

17. *An Zelter*

Der Hoffnung Ihres Besuchs kann ich nicht so stillschweigend entgegensehen, um so weniger, als ich Ihnen für so manches zu danken habe.

Die überschickten Lieder haben mir und andern viel Freude gemacht und sind schon mehrmals in kleinen Konzerten, die ich, mit Rücksicht auf Ihre Ankunft, zeither veranstaltete, fleißig gesungen worden. Freilich erwartet, wie ich wohl spüre, die Ausführung noch Ihre letzte Hand.

Brächten Sie denn wohl einige nicht zu schwere mehrstimmige Sachen mit? auf daß Ihre Gegenwart für unsern Kreis auf mancherlei Weise von Wirkung sei.

Ich sage nichts weiter, und damit dieses Blatt, welches ohnehin schon einen Posttag liegen geblieben, heute fortkomme, nur so viel. Ihre Wohnung, die Sie kennen, ist, nebst einem kleinen Schlafzimmer, eingerichtet, so daß Sie selbst unangemeldet kommen möchten. Ich selbst befinde mich in einer günstigen Lage, um in dem nächsten Monat Ihres Hierseins mit Ruhe und Sammlung genießen zu können.

Lassen Sie mich also je eher je lieber wissen, daß Sie kommen und daß Sie sich eingerichtet haben, einige Zeit bei uns zu verweilen.

In Hoffnung, bald mündlich manches Interessante zu verhandeln, wünsche ich gute Gesundheit und frohen Mut zur Reise.

Weimar, am 24. Januar 1803.

Haben Sie doch ja die Güte, was Sie von unsern Freunden, Herder, Voß, Schiller, komponiert haben, mitzubringen, damit auch diese sich freuen, durch Ihr köstliches Organ sich reproduziert zu finden.

18. *An Zelter*

Nur mit wenigem will ich melden: daß der gute Doktor Chladni hier ist und etwa bis den 9., 10. Februar in der Gegend bleibt. Vielleicht hat dies einigen Einfluß auf die Bestimmung Ihrer Reise. Wenn Sie ihn hier noch treffen könnten, sollte es eine recht lebhafte musikalisch-akustische Unterhaltung geben.

Nur so viel, um nochmals meinen lebhaften Wunsch, Sie bei mir zu sehen, zu bezeugen. Weimar, am 31. Januar 1803.

Goethe.

19. *An Goethe*

Da ich die schöne Hoffnung, einige Tage des Winters in Weimar leben zu können, wohl werde aufgeben müssen, so nehme ich die Gelegenheit wahr, Ihnen zu schicken, was ich lieber selber gebracht hätte. Ich habe mit dem beigehenden »Reuterliede« seit Jahren nicht zufrieden werden können. Sie erhalten es deswegen in Partitur, um allenfalls für das Theater davon Gebrauch machen zu können. Wollen Sie dieses, so haben Sie die Güte, wenn Sie solches für sich in Stimmen kopieren lassen, mir die Partitur gelegentlich wieder zurückzusenden, weil ich keine Abschrift behalten habe. Sie werden wohl darauf halten, daß das Stück sowohl vom Orchester als von den Sängern mehr frei, lebendig und leicht als schwer und schleppend vorgetragen werde, und weiter habe ich nichts daran zu erinnern, als daß es mir lieb wäre, wenn es Schillern so, wie es nun ist, gefallen könnte, denn alle mir bis jetzt bekannte Kompositionen dieses Liedes sind unglückliche Versuche.

Madame Mara ist hier angekommen, und ich dürste darnach, den göttlichen Gesang dieser Künstlerin nach so vielen Jahren wieder zu hören. Ich habe in der Zeit keine Sängerin gehört, die mit dem schönsten Organ alles machen kann und nie etwas macht, als was sich gerade gehört.

Ihr lieber und gütiger Brief vom 24. Januar hat mich fast traurig gemacht. Ich wollte nicht mit leeren Händen in Weimar erscheinen und bin daher nicht unfleißig gewesen. Mehrere ganz neue Lieder von Ihnen sollten sich Ihre Gunst erwerben. Die »Sehnsucht«: »Was zieht mir das Herz so?« und »Der Sänger« sind ganz neu und, wie ich glaube, besser als selbst Reichardts Kompositionen. Den »Sänger« habe ich seit der Erscheinung des ersten Teils des »Wilhelm Meister« in mir herumgetragen und endlich aufgeschrieben. Reichardts Komposition dazu ist marschmäßig und hat etwas Befehlendes und müßte, wie er es angefangen, wenigstens durchkomponiert sein; ich habe die Balladenform wieder hergestellt. Dann habe ich mehrere Ihrer Lieder vollendet: das »Blümlein Wunderschön« hat 4 neue Strophen bekommen. »Der Junggesell und der Mühlbach« haben auf Veranlassung einer Kritik im »Apollon« etwas mehr Korpus bekommen. Schillers »Hero und Leander«, »Worte des Glaubens«, »Kampf mit dem Drachen«, »Die Sänger der Vorwelt« haben die letzte Hand bekommen; einige neue Sonette, worunter eins von Herder, mehrere alte deutsche Lieder des 17. Jahrhunderts, von Abschatz, Zincgref, Paul Gerhardt, sind neu komponiert. Ich zähle Ihnen meine kleinen Herrlichkeiten vor wie ein Kind, dem die Musen Weihnachtsgeschenke gegeben, und am Ende weiß ich nicht, was ich mit all den lieben Sachen anfangen soll. Könnte ich nur an etwas Großes kommen! Meine Jahre gehn dahin, und es wird – nichts. Schlagen Sie mir doch einiges von Herder vor, den ich sehr hochachte. Bei meiner wenigen Lektur, zufolge deren ich immer das schon Liebgewonnene wiederlese, entgehn mir oft schöne Sachen. Und nun, ihr Musen, genug! Geben Sie doch acht, ob es in Ihrem Hause nicht umgeht. Es ist mein Geist, der sein Quartier bei Ihnen eingenommen hat und sich nach und nach ansiedelt und nistet.

Unter den Ihnen von meiner Komposition gesendeten Liedern ist eins: die »Erinnerung«, wovon ich alle meine Abschriften weggegeben habe. Dürfte ich Sie wohl bitten, mir, wenn es möglich, eine Abschrift von Ihrem Exemplar machen zu lassen und mir solche zu schicken? Wenn ich nicht irre, ist es aus H-Dur oder E-Dur; ich wünschte es drucken zu lassen.

Berlin, 3. Februar 1803. Zelter.

20. *An Zelter*

Ich begreife recht wohl, daß eine Entschließung dazu gehört, seinen Kreis zu verlassen und in dieser Jahrszeit auswärtige Freunde aufzusuchen. Diesmal aber hat mich Ihr absagender Brief in gar vielfachem Sinne betrübt. Außer dem, was wir für das Allgemeine und Höhere der Kunst durch Kommunikation würden gewonnen haben, bin ich noch in dem besondern Fall, daß ich diesen Winter mit der Organisation der Oper und des Orchesters mehr für die Zukunft als für den Augenblick beschäftigt bin, wobei ich Ihren Beistand mir als ganz unentbehrlich gedacht habe.

Die Wichtigkeit des alten sprichwörtlichen Rates: Gehe vor die rechte Schmiede! ist mir früh einleuchtend gewesen; aber was hilft die Einsicht, wenn die Schmiede so weit liegt, daß man mit seinem Geschirr sie nicht erreichen kann?

Ich darf daher die Hoffnung, Sie zu sehen, nicht aufgeben und tue deswegen einen Vorschlag, den Sie freundlich aufnehmen werden.

Wäre es möglich, daß Sie mehr oder weniger Zeit fänden, einen Ausflug zu uns zu unternehmen, so würde ich in meiner gegenwärtigen Lage und in Rücksicht des großen Vorteils, den ich für die Anstalten, die mir am Herzen liegen, durch Sie erwarte, mich verpflichtet fühlen, Ihnen wenigstens die Kosten der Hin- und Herreise zu erstatten und für Ihren hiesigen Aufenthalt zu sorgen. Wollten Sie alsdann die Beschwerlichkeit der Reise und die Verwendung Ihrer kostbaren Zeit gegen das Vergnügen aufrechnen, das Sie allenfalls bei uns genießen möchten, so blieben wir doch nicht in so hohem Grad Ihre Schuldner, und es ließe sich vielleicht eine Leitung treffen, daß wir uns, wo nicht mit Ihrem großen Vorteil, doch wenigstens ohne Ihren ökonomischen Nachteil auch künftig öfters sehen könnten.

Bedenken Sie das und sagen mir Ihre Gedanken über diesen Vorschlag, auf den ich um so eher eine günstige Antwort hoffe, als Sie wegen Zeit keineswegs geniert sind und binnen hier und Pfingsten Ihre Ankunft uns jeden Tag willkommen sein würde.

Noch steht Ihr Zimmer ruhig und bereit, Sie zu empfangen.

Alle Freunde gedenken Ihrer mit Enthusiasmus, welcher durch die gestern erst wieder aufgeführten neuen Kompositionen des »Reiterliedes« und der »Zwerge« aufs neue angefacht worden. Schiller dankt sehr lebhaft.

Es ist ein neuer Tenor bei uns angelangt, der eine sehr schöne Stimme hat, aber in jedem Sinne Noviz ist. Was würde ihm und uns ein Wink sein, auf welche Weise er sich weiterzubilden hätte! Ich nenne nur dieses einzige Glied aus der Kette der Verbindlichkeiten, die wir Ihnen schuldig zu werden wünschten.

Daß die Verbesserung unsers Theaters und besonders der Musik, in Rücksicht der Vermählung unsers Erbprinzen und der in dem letzten Viertel des gegenwärtigen Jahres notwendigen Feste und so weiter, ein ernsthaftes Geschäft sei, brauche ich nicht zu sagen, so wie ich meine getane Vorschläge und Bitten nicht wiederhole.

Die verlangte sehr liebenswürdige Komposition liegt bei.

Wenn Sie die von Herder ehemals herausgegebenen »Volkslieder« durchlaufen sowie seine »Zerstreuten Blätter«, finden Sie gewiß manches, was Sie anspricht. Ich wünsche sehr, daß in meinen kleinen Konzerten jeder Freund sich über sich selbst verwundere, wenn er seine Arbeiten durch Ihr Organ wieder vernimmt.

Sagen Sie mir doch ein gründliches Wort, wie Sie Madame Mara gefunden.

Leben Sie recht wohl und lassen mir bald ein erfreuliches Wort hören.

Weimar, den 10. März 1803. Goethe.

21. *An Zelter*

Zu den Argumenten meines letzten Briefs füge ich noch hinzu, daß Überbringer dieses, Herr Professor Gentz, in vier Wochen nach Weimar zurückkehrt. Machen Sie ihm die Freude, einen solchen Reisegesellen zu besitzen, und verschaffen uns den unschätzbaren Genuß, Sie wiederzusehen.

Weimar, am 22. März 1803. Goethe.

22. *An Goethe*

Berlin, den 1. April 1803.

Nur einige Worte in der größten Eile, weil morgen früh die Post abgeht. Herr Professor Gentz ist seit einigen Tagen hier und hat mir vorgestern Ihr liebes Briefchen abgegeben.

Ich komme ganz gewiß nach Weimar, spätestens im Monat Junio, und freue mich wie ein Kind darauf. Schon seit sechs Wochen sehe ich meine Mutter sterben, die Tag und Nacht entsetzlich leidet, wodurch mein Haus in großer Unruhe ist.

Mein Sohn ist den 21. März von hier ab nach Dresden gegangen, von wo er nach Weimar geht. Ich habe ihm keinen Brief an Sie mitgegeben, er wird sich persönlich darstellen und um Ihren Segen bitten.

Einliegende Anzeigen, die Madame Mara betreffend, sind von mir, das Mehrere künftig.

Zelter.

23. *An Zelter*

Nehmen Sie, wertester Herr und Freund, ein kleines Gastgeschenk mit Neigung an, das Ihnen Herr Geheimer Rat v. Wolzogen überbringt.

Der Spaniol des Herrn v. Knebel schmeckte Ihnen, und es fand sich noch ein Vorrat. Wo? sollen Sie erfahren, wenn er glücklich in Ihre Hände gelangt. Füllen Sie damit die Dose und gedenken manchmal meiner Liebe und Verehrung, wenn Sie, allein oder in guter Gesellschaft, eine Prise nehmen. Das ist ja immer ein behaglicher Moment.

Der Sämann, wenn er gesät hat, entfernt sich und läßt die Saat keimen; schade, daß Sie nicht sehen können, wie manches Gute aufgeht, was Sie unter uns ausgestreut haben.

Lassen Sie bald von sich wissen und leben mit den Ihrigen wohl und glücklich. Die Meinigen grüßen.

Weimar, den 1. Juli 1803. Goethe.

24. *An Goethe*

Berlin, den 1. Julius 1803.

Nach einem freudenreichen Aufenthalt von acht Tagen in Dresden bin ich am 25. vorigen Monats wieder hier angekommen. Mehrere sehr schöne Gegenden in und um Dresden haben meinen Augen wohlgetan. Vor allem ist mir der tägliche Besuch der Bilder- und Antikengalerien wert und nützlich gewesen, indem ich der Natur zum Leben und zum Wirken der Kunst bedarf, die meinen Geist festhält.

In Dresden traf ich Madame Mara, die sich unendlich freute, mich dort zu sehn. Sie war im Begriff, ein Konzert zu geben, dem ich beiwohnte. Sie hat hier wie überall Unfreunde und Bewunderer gefunden. Das Liebste war ihr – eine unerwartete gute Einnahme, auf welche sie jetzt am meisten zu halten scheint.

Das erste, was meine Aufmerksamkeit in Berlin spannte, war: eine Ihnen zur Hälfte dedizierte kurze Biographie des verewigten Mozart, welcher eine nicht kurze, nicht ästhetische Darstellung seiner Werke nebst einem nicht guten Porträt beigehängt ist. Könnten Sie mich doch wissen lassen, wer der Neudietendorfer Verfasser dieses Bildungsbuchs für junge Tonkünstler ist. Von dem können die Neudietendorfer etwas profitieren.

Aus der Zeitung habe ich gelesen, daß meine schöne Königin Ihre Mutter so huldreich beschenkt hat, und das hat mir innige Freude gemacht. Man glaubt hier steif und fest, daß Sie mit Schillern ehestens in Berlin sein werden, und ich bin verschiedentlich darüber ausgefragt worden. Die Möglichkeit habe ich nicht ableugnen wollen, zumal Ihre Freunde der Meinung sind, daß es bald Zeit sei, über das sündige Geschlecht Gericht zu halten, und dies könne nur in Person geschehn.

Den 4. Julius. Gestern habe ich zum ersten Male Schillers »Braut von Messina« hier aufführen sehn. Es war die dritte Vorstellung dieses Stücks. Madame Meyer als Donna Isabelle tat ihr Möglichstes, Madame Fleck als Beatrice etwas mehr. Manuel, Herr Beschort, zeigte zuweilen edle Stellungen; Iffland spielte den Bohemund, wie sich's gehört, und am besten spielte Bethman den Cesar. In allen äußern Teilen wird das Stück hier hoch und prächtig gegeben, und selbst das Gruppenwesen, die Chöre ausgenommen, zeugt von Theaterkenntnis und Sorgsamkeit. Fast alle Gruppen der beiden Brüder, der Mutter und der Schwester verraten eine besondere Künstlerhand, und die Kleider sind schön, wie die Dekorationen, von denen viere neu sind. Die letzte Dekoration mit dem Sarkophag und einer neuen dazu gemachten Theatermusik kann ich vortrefflich nennen.

Das Spiel selbst zieht sich hier mehr ins Lange als Breite. Lange Reden in Versen sind nicht Madame Meyers Sache. Sie hat weder Atem noch Ton und also auch keine Modulation, Schillers Periodenbau zu umfassen, und darüber wird ein großer Teil des ersten und letzten Akts schleppend und undeutlich. Von Zeit zu Zeit sucht sie sich zusammenzuraffen und in die Höhe zu treiben, doch weiß sie sich nicht zu erhalten. Unser Publikum, im Vertrauen auf des Verfassers großen Namen, läßt keine Gelegenheit vorbei, die Artisten durch lauten und oft anhaltenden Beifall für die gute Sache zu ereifern, und es scheint den Durst nach dem Bessern, Höhern nicht länger verhehlen zu wollen. Das Haus war eben voll und bediente sich seiner Kraft.

Über die Chöre möchte ich lieber nichts sagen, weil mir alles dunkel und unbestimmt vorschwebt. Wetten wollte ich, daß Schiller recht hat und daß etwas dahinter liegt, was wir alle noch nicht kennen. Vielleicht schreibe ich Ihnen einst ein Mehreres darüber, wenn das Stück gedruckt ist und ich Schwarz auf Weiß vor mir liegen sehe. Mehrere Stellen der Chöre waren würklich von Wirkung, welches mir auch schon Freunde in Berlin vorhergesagt hatten. Wenn ich gedenke, daß unsere Truppe, jahraus, jahrein, tagtäglich sich mit den sogenannten Hausmannsstücken, mit dem Studium des ordinären, leicht faßlichen, familiären Wesens tummeln müssen und eine Menge des gemeinsten Stadt- und Lokalwesens, das fast nur auf die Wochentage paßt, im Munde führen sollen, so gestehe ich meine Verwunderung, wie sie sich so geschickt anzustellen verstehn, und Schiller selber würde nicht mit den einzelnen Teilen unzufrieden sein.

Die Stellung der Chöre war nicht nach meinem Sinne. Ich dächte, die Chöre müßten auf beiden Seiten dicht an den Kulissen und so weit im Hintergrunde stehn als möglich, damit sie von den Hauptgruppen durch den größtmöglichsten Zwischenraum abgesondert blieben. Dadurch würden sie gleichsam ein Hauptelement des Ganzen, welches seine Luft und sein Licht durch sie erhielte. Man spricht sie hier nach dem Takte, wenigstens scheinen sie so eingelernt zu sein, und Iffland gibt durch seine Beweglichkeit hin und wider den Takt an. Diejenigen Stellen, welche glücklich mit dem Takte zutreffen, sind von großer Wirkung. Es wäre zu versuchen, ob der Takt nicht noch besser erhalten und das Ganze von bestimmterer Wirkung sein möchte, wenn der Takt durch *gedämpfte* Paukenschläge angegeben würde. Der Chor auf beiden Seiten müßte auch wohl in zwei Chöre geteilt sein, die nach Art der Antiphonien der Alten abwechselten, auch wohl gar in Fragen und Antworten bestehn könnten. Ein Tonkünstler müßte in jedem Falle dazugezogen werden, der da wüßte, was erreicht werden soll. Auch ließe sich wohl versuchen, die Chöre auf ordentliche Tribünen zu stellen, um sie *unbeweglich* zu erhalten; denn die Beweglichkeit, die sie hier haben, scheint nicht ihr Vorteil und der Vorteil des Stücks zu sein; sie könnten eher das Gemüt, den allgemeinen Sensum repräsentieren, und die Handlung würde dagegen kontrastieren. Ich weiß mein eigenes Gefühl hierüber nicht deutlicher zu machen, es müßte durch Proben geschehn, zu welchen man der Leichtigkeit wegen im Anfange würkliche Sänger nähme, indem das Ganze erst wieder muß erfunden werden.

Ich wünschte wohl, von Ihnen über die wahre Tendenz des griechischen Chors belehrt zu werden. Ich habe mir solchen niemals anders vorstellen können als eine lebendige Wand, und deswegen glaubte ich, daß der Chor unbeweglich sein müsse. Es ließe sich freilich noch eine Deutung des Chors denken, wenn sie nicht zu fein und spekulativ erschiene. In den frühesten Zeiten des Drama kann es nämlich noch kein Publikum gegeben haben, dem ein Dichter hätte verständlich sein können; der Dichter war sonach genötiget, sich *alles* selber zu machen: die Sprache, das Stück, die Charaktere und auch das Publikum, und dies letztere könnte der Chorus repräsentiert haben. Wenigstens muß dieser Chorus sehr alten Ursprungs und von den Griechen schon vorgefunden sein. Sie nahmen ihn willig auf, um ihrem Auditorio ein Publikum gegenüberzustellen, durch das sie empfinden und denken lernen sollten, wie es der Dichter jedesmal will, und nichts heute fordern sollen, was der Dichter heute nicht geben will.

Sonnabend, den 9. Julius.

Ihr edles und schönes Geschenk, mein hochverehrter Freund, und Ihr Schreiben dabei sollen als ein Denk- und Ehrenmal bei meiner Familie bleiben. Ich bin stolz darauf und nehme es auf Treu und Glauben an, als ob ich es mir selber erworben und da verdient habe, wo Ehre zu erwerben ist.

Der herrliche Spaniol, der den Duft aller Musen haucht,

ist mir ein wahres Labsal. Wenn ich nun etwas Gutes hervorbringe, ist es kein Wunder.

Ich muß schließen, wenn der Brief nicht noch einen Posttag hierbleiben soll. Lassen Sie sich den »Pyramus« empfohlen sein.

Zelter.

25. *An Zelter*

So oft bin ich Ihnen in Gedanken gefolgt, daß ich leider versäumt habe, es schriftlich zu tun; heute nur weniges zur Begleitung beiliegenden Blättchens. Ich werde diese Betrachtung fortsetzen und nur, so kurz als möglich, die Hauptpunkte berühren; die Ausführung werden Sie ihm schon selbst geben.

Von Mozarts Biographie habe ich noch nichts weiter gehört, ich werde mich aber darnach sowie nach ihrem Verfasser erkundigen.

Ihre schöne Königin hat auf der Reise viel Glückliche gemacht, niemand glücklicher als meine Mutter; ihr konnte in den letzten Lebensjahren nichts Erfreulicheres begegnen.

Schreiben Sie mir ja von Zeit zu Zeit und schicken mir doch etwa alle Monate die Komödienzettel. Schreiben Sie mir doch auch etwas von der Aufführung der »Natürlichen Tochter«, nur geradezu und ohne Rückhalt. Ich habe ohnehin Lust, einige Szenen zu verkürzen, welche lang scheinen müssen, selbst wenn sie vortrefflich gespielt werden.

Mögen Sie mir einmal die Pflichten eines Konzertmeisters skizzieren; soviel als allenfalls für unsereinen zu wissen nötig ist, um einen solchen Mann einigermaßen zu beurteilen und allenfalls zu leiten.

Madame Mara hat Dienstag in Lauchstädt gesungen; wie es abgelaufen ist, weiß ich noch nicht.

Für die Lieder, die ich durch Herrn v. Wolzogen erhalten habe, danke ich zum schönsten, in meinem Namen und im Namen der Freunde.

An Produktion war die Zeit nicht zu denken. Nächstens hoffe ich Ihnen die Aushängebogen meiner Lieder zu schicken, mit Bitte, sie die erste Zeit geheimzuhalten, bis sie im Buchhandel erscheinen. Leben Sie recht wohl und gedenken mein. Weimar, am 28. Juli 1803.

Sie haben nunmehr die »Braut von Messina« gedruckt vor sich und wissen genauer zu schätzen, was der Dichter geleistet hat, sowie Sie aus seiner Vorrede erfahren, wie er über die Sache denkt und inwiefern Sie mit ihm übereinstimmen. Ich will, bezüglich auf Ihren Brief, meine Gedanken über diesen Gegenstand hinwerfen; wir werden ja einander durch wenig Worte verständlich.

In der griechischen Tragödie zeigt sich der Chor in vier Epochen.

In der ersten treten zwischen dem Gesang, in welchem Götter und Helden erhoben, Genealogien, große Taten, ungeheure Schicksale vor die Phantasie gebracht werden, wenige Personen auf und rufen das Vergangene in die Gegenwart. Hievon findet sich ein annäherndes Beispiel in den »Sieben vor Theben« von Aeschylus. Dieses wären also die Anfänge der dramatischen Kunst, der alte Stil.

Die zweite Epoche zeigt uns die Masse des Chores als mystische Hauptperson des Stücks, wie in den »Eumeniden« und »Bittenden«; hier bin ich geneigt, den hohen Stil zu finden. Der Chor ist selbstständig, auf ihm ruht das Interesse; es ist, möchte man sagen, die republikanische Zeit der dramatischen Kunst, die Herrscher und Götter sind nur begleitende Personen.

In der dritten Epoche wird der Chor begleitend, das Interesse wirft sich auf die Familien und ihre jedesmaligen Glieder und Häupter, mit deren Schicksalen das Schicksal des umgebenden Volks nur lose verbunden ist. Der Chor ist untergeordnet, und die Figuren der Fürsten und Helden treten in ihrer abgeschloßnen Herrlichkeit hervor. Hier möchte ich den schönen Stil finden. Die Stücke des Sophokles stehen auf dieser Stufe. Indem die Menge dem Helden und dem Schicksal nur zusehen muß und weder gegen die besondere noch allgemeine Natur etwas wirken kann, wirft sie sich auf die Reflexion und übernimmt das Amt eines berufenen und willkommenen Zuschauers.

In der vierten Epoche zieht sich die Handlung immer mehr ins Privatinteresse zurück, der Chor erscheint oft als ein lästiges Herkommen, als ein aufgeerbtes Inventarienstück. Er wird unnötig und also in einem lebendigen poetischen Ganzen gleich unnütz, lästig und zerstörend, zum Beispiel wenn er Geheimnisse bewahren soll, an denen er kein Interesse hat, und dergleichen. Mehrere Beispiele finden sich in den Stücken des Euripides, wovon ich »Helena« und »Iphigenie auf Tauris« nenne.

Sie sehen hieraus, daß man, um sich musikalisch wieder anzuschließen, Versuche aus den zwei ersten Epochen machen müßte, welches durch ganz kurze Oratorien geschehen könnte. Weimar, am 28. Juli 1803. G.

26. *An Zelter*

Nehmen Sie heute mit Nachstehendem vorlieb und lassen sich meine genetische Entwicklungen gefallen. Natur- und Kunstwerke lernt man nicht kennen, wenn sie fertig sind; man muß sie im Entstehen aufhaschen, um sie einigermaßen zu begreifen.

Ich lege einige Abdrücke von dem großen Siegel bei. Es läßt sich manches dabei erinnern; doch wünsche ich, daß es Ihnen zu Ihrem Zweck nicht mißfällig sein möge.

Schon habe ich eine über Erwartung gute Zeichnung, »Ulyß und Polyphem«, als Lösung der diesjährigen schweren Preisaufgabe erhalten. Es ist erfreulich, wie der echte Kunstsinn so leise in Deutschland herumschleicht. NB. Es ist von einem jungen Künstler, der bei uns noch nicht konkurriert hat.

Hierbei ein Brief des jenaischen Advokaten in den Fichtischen Angelegenheiten. Der Handel wegen des Hauses hat, wie ich höre, indeß eine günstige Wendung genommen.

Wie steht es um die Musik des zweiten Teils der »Zauberflöte«? Und so nur noch ein herzliches Lebewohl! Weimar, den 4. August 1803. G.

Wie sich nun die griechische Tragödie aus dem Lyrischen loswand, so haben wir noch in unsern Tagen ein merkwürdiges Beispiel, wie sich das Drama aus dem Historischen oder vielmehr Epischen loszuwinden trachtete; wir finden es in der Art, mit welcher in der Karwoche in katholischen Kirchen die Leidensgeschichte abgesungen wird. Drei einzelne Menschen, wovon einer den Evangelisten, der andere Christum, der dritte die übrigen Zwischenredner vorstellt, und der Chor (Turba) stellen das Ganze dar, wie Ihnen genugsam bekannt sein wird. Zur schnellern Übersicht will ich ein Stückchen hersetzen.

Evangelist. Da sprach Pilatus zu ihm:

Interlokutor. So bist du dennoch ein König?

Evangelist. Jesus antwortete:

Christus. Du sagest's! ich bin ein König. Ich bin dazu geboren und in die Welt kommen, daß ich die Wahrheit zeugen soll. Wer aus der Wahrheit ist, der höret meine Stimme.

Evangelist. Spricht Pilatus zu ihm:

Interlokutor. Was ist Wahrheit?

Evangelist. Und da er das gesagt, ging er wieder hinaus zu den Juden und spricht zu ihnen:

Interlokutor. Ich finde keine Schuld an ihm. Ihr habt aber eine Gewohnheit, daß ich euch einen auf Ostern losgebe; wollt ihr nun, daß ich euch der Juden König losgebe?

Evangelist. Da schrieen sie wieder allesamt und sprachen:

Turba. Nicht diesen, sondern Barrabam!

Evangelist. Barrabas aber war ein Mörder.

Verweisen Sie nun die Funktion des Evangelisten bloß auf den Anfang hin, so daß er eine allgemeine historische Einleitung als Prologus spreche, und machen durch Kommen und Gehen, Bewegen und Handeln der Personen die von ihm gegenwärtig emanierenden Zwischenbestimmungen unnütz, so haben Sie schon ein Drama recht gut eingeleitet.

Man hat, wie ich mich erinnere, in Passionsoratorien schon diesen Weg eingeschlagen; doch ließe sich wohl, wenn man recht von Grund und Haus aus zu Werke ginge, noch etwas Neues und Bedeutendes hervorbringen.

27. *An Goethe*

Berlin, 15. Julius 1803.

Herr Geheimer Rat v. Wolzogen ist so willfährig gewesen, durch einen Bekannten sechs Exemplare meiner Lieder für Sie mit abgeben zu lassen. Eins davon war für Schillern und eins für den guten Ehlers bestimmt, die übrigen sollen Ihrer Disposition unterworfen sein.

Seit meiner Zurückkunft von Weimar und Dresden hat sich ein neuer Zustand in mir angefunden. Ich habe Ihren »Cellini« gelesen, den ich, teils aus Zeitmangel und anderer unerheblichen Ursachen wegen, unverantwortlicher Weise noch nicht gelesen hatte, obschon ich wußte, daß der »Cellini« in den »Horen« schon vor Jahren erschienen ist. Ich habe das Buch mit unnennbarem Anteil gelesen und bin davon durch und durch erschüttert. Alle Gedanken an die

Dinge der Welt sind mir davon vergangen, und die Sehnsucht nach Italien hat sich meiner wieder so bemeistert, daß ich nichts als weinen möchte. Herr v. Wolzogen hat mit mir über die Tunlichkeit gesprochen, mich in dies Vaterland der Musen zu führen. Ich habe seine wohlmeinende Absicht erkannt, woher sie kömmt. Was für Talente und Produkte könnte ich vorzeigen, um mich einer für mich so kostbaren Unternehmung würdig zu beweisen? da alles noch in mir wie im Schoß der Mutter ruht und auf eine Zeit hofft, die wohl niemals erscheint. Jeder Nerv meines Geistes fängt erst jetzt an, sich nach und nach loszumachen von den Bändern und Schienen, die Zufall und Gehorsam ihm angelegt hatten, und nun, da ich immer verständiger und zahmer werden sollte, fühle ich mich wie ein junges Pferd, das zum erstenmal seine Freiheit ahndet.

Beinahe 30 Jahre habe ich die Last und den Druck getragen, die mich auf dem flachen Boden halten, indem mich eine unbekannte Macht nach oben zieht, und ich lebe noch und kann noch ruhig scheinen, wo die höchste Anstrengung meines Leibs und Gemüts nicht sichtbar werden soll.

Hätte ich doch das Glück zwanzig Jahre eher gehabt, in Ihren Kreis zu geraten! Alles um mich her in dieser großen Stadt lebt von dem, was es liebt, und ihm ist wohl bei dem, was es treibt. Ich darf nicht einmal dreist sagen, was ich liebe, und was ich bin, soll ich nicht sein. Was ich so machen kann, wie es keiner macht, verlangt keiner, und was die meisten wenigstens eben so gut als ich können, gibt mir ein saures Brot, das ich ohne Freude über vergoßnen Schweiß genieße.

Aus dieser Darstellung sollen Sie, mein ehrwürdiger Freund, beurteilen, was Sie mir wert sind, indem Sie mich wert achten. So viele Jahre habe ich mit Anstrengung mein Innerstes meinen nächsten Nachbarn verhehlt, und Sie haben in der Ferne den Schleier hinweggezogen. Von meiner

Ergebenheit gegen Sie sage ich Ihnen nichts, denn was sollte ich wohl sagen? Nur zeigen möchte ich Ihnen, was ich durch Sie sein könnte.

Wie mich manchmal die ungeheure Leidenschaft zur Kunst anpackt und mich nicht loslassen will, bis ich meine Kleinen ansehe. Dann gibt sich's wieder, und ich bin wieder der alte.

Ich hätte billig vorher daran denken sollen, meinen äußern Zustand zu verändern. Die Furcht, ein unzulängliches Talent zu kultivieren, so wie der Mangel aller Ermunterung haben mich fast erdrückt. Bei dem allen bin ich doch dahin gekommen, in der Kunst das Bessere vom Guten zu unterscheiden, in der Kunst, die eben so wie ich unter dem Druck einer populären Sensation erstickt.

Ihre »Natürliche Tochter« ist bis heute zweimal gegeben worden. Was soll ich Ihnen davon sagen? Alle hier tun, was sie können, und jeder das Seinige, wie er nun ist. Daß wir hier zu Lande vor der Hand dahin kommen, etwas Natürliches natürlich zu finden und zu gebrauchen, dazu ist vor der Hand keine Aussicht, doch kann es besser werden. Die Hoffnung ist schwach, aber nicht unmöglich. Eine totale Geschmacksfinsternis, die nicht von der Stelle rückt, in die sich alles einfugt, dem das Denken sauer wird, die ihren höchsten Genuß in der Mäkelei, Vergleichungssucht, kurz die Lust in der Unlust zu finden meint, kann nur durch eine gewaltsame Explosion aus der stinkenden Ruhe in einen andern Zustand übergehn, und was dann draus wird, muß man wieder hinnehmen. Wer von dem Undank unserer Kunstwelt will zu erzählen haben, darf sich nur um sie bemühen.

Brockmann aus Wien ist jetzt hier und hat im »Clavigo« den Beaumarchais gespielt. Er ist mit jauchzendem Beifall empfangen worden. Meines Urteils über sein Spiel enthalte ich mich, da er ein Mann ist, der einen großen Ruf für sich hat. Gut hat er in jedem Falle gespielt, doch nun verstehe ich erst ganz, was der brave Fleck, der nichts recht machen konnte, für ein Mann gewesen ist.

Den 7. August. Indem ich Ihren lieben Brief vom 28. Julius erhielt, hatte ich so eben Schillers Vorrede zur »Braut von Messina« mit Muße gelesen und bereits Hand an einen Versuch gelegt, die Chöre des Stücks in eine musikalische Form zu bringen. Soviel habe ich bis jetzt gesehn, daß ich ein ruhiges Jahr haben müßte, glücklich in das neue Genre hineinzugeraten. Sobald etwa soviel fertig ist, daß man es erkennen kann, schreibe ich Ihnen über meinem Fund. Was Sie mir über die Chöre geschrieben, ist mir sehr nützlich dabei gewesen, weil es mir mehr um eine bestimmte Ansicht des alten griechischen Chors als um meine neue Erfindung zu tun ist. Der Musiker ist so auf eine horrible Art unter dem Dichter geordnet und bedarf außerdem der ganzen Kraft seiner Kunst. Ihr Gedanke, einen Versuch mit einem kurzen Oratorio zu machen, ist vortrefflich, und ich wünschte aus mehr als einer Ursache ihn ausgeführt zu sehn. Es ist ein neuer Weg zum Herzen, und ich denke unaufhörlich daran.

Daß Ihnen jemand ein Buch dedizieren könnte, ohne es Ihnen zu senden, ist mir gar nicht beigefallen. Es ist Ihnen und Herren Müller (wahrscheinlich dem Kantor der Leipziger Thomasschule) dediziert.

Sobald die »Natürliche Tochter« wieder gegeben wird, will ich mich bemühen, alles zu verstehn, was unsere Schauspieler reden, und Ihnen darüber schreiben, was ich kann. Es ist fast unmöglich, in dem großen schallenden Hause einen ganzen Vers zu gewinnen, und über die Plage vergeht einem zuletzt aller Mut. Die Komödienzettel werde ich sammeln und Ihnen zuschicken.

Ihre Lieder sollen mir höchst willkommen sein, zumal jetzt, da ich vor lauter Arbeit nicht arbeiten kann. Mit Schmerzen habe ich schon auf die Erscheinung der »Natürlichen Tochter« gehofft, allein es ist noch nicht zu bekommen.

Was ich über das Orchesterwesen niedergeschrieben, erhalten Sie anbei. Etwas Vollständiges ließe sich nur hervorbringen, wenn man eine Zeitlang mit einem Orchester unablässig zu tun hätte. Ich wünschte zu wissen, ob Ihnen das Wenige interessant ist und ob ich Ihnen von Zeit zu Zeit mehr darüber schreiben darf; doch dann müßte ich die Blätter zurückhaben, von welchen ich keine Kopie genommen. Es wäre gar viel zu sagen, und worüber Sie Auskunft verlangten, würde ich Ihnen gar gerne dienen. Ich glaube das Wesen zu kennen wie einer und jetzt besser darüber reden zu können wie alle, die an der Ordnung sind. Es müßte eine ganz neue Zucht eingeführt werden, wenn etwas gewonnen werden sollte.

Leben Sie so wohl, als ich es wünsche, und empfehlen mich Ihrem lieben Hause. Auf ewig

Ihr

Zelter.

28. *An Goethe*

Berlin, den 10. August 1803.

Die Fortsetzung Ihrer Gedanken über den Chor erhielt ich noch kurz vor dem Abgange meines letztern Briefes. Ich fange an, gute Aufschlüsse über den Chor einzunehmen, welches ich der klaren Auseinandersetzung Ihrer Briefe verdanke. Ich bin nun auf mich selbst begierig, wie es mir mit Schillers »Braut« gelingen wird, wo freilich manches anders ist. Die Schwierigkeit ist hier, daß nichts anderes herauskomme, als was dem Stücke gehört.

Die Abdrücke des Siegels sind mit vieler Zufriedenheit aufgenommen worden, und ich bitte, mir solches von unserem Künstler nebst dem Preise senden zu lassen. Könnte das kleinere auch dabei sein, so wäre es noch besser, wenn ich beide zusammen erhielte; sie sollen dann mit umgehender Post bezahlt werden.

Sie fragen, wie es um die Musik des zweiten Teils der »Zauberflöte« stehe. Ich denke, Sie meinen damit unsere neue Repräsentation der Winter'schen Musik. Das Stück wird hier mit ganz außerordentlichem Pomp und Theateraufwand gegeben. Eine unzählbare Menge neuer Dekorationen, Luft- und Erderscheinungen, die fast von Minute zu Minute aufeinander folgen, sodaß kaum die Menschen mit ihren Arien dazwischen Platz haben, beschäftigen das Stück und die Maschinisten, die man zwischenein sieht und hört, ehe man sie sehn und hören soll. Die Musik paßt zum Stück ungefähr so, wie der zweite Teil der »Zauberflöte« auf den ersten. Sie ist sehr reich gearbeitet und voll von Effekten, die das Ohr und den Sinn betäuben und überrennen. Das Haus ist jede Vorstellung voll, indessen bemerke ich keine eigentliche Zufriedenheit bei dem Teil des Publikums, für den das Stück gemacht zu sein scheint. Es wird aber wohl noch kommen.

Der Nutzen, den ich mir von solchen Stücken verspreche, besteht in der Hoffnung, den Geschmack unsers Theaterpublikums durch Überfüllung und Mangel gesunder Geistesnahrung zuletzt an Wassersucht oder Auszehrung ersterben zu sehn, und je früher es dahin kommt, je besser für die Kunst.

Nun kann ich mir wohl erklären, warum die alten Kunstmeister mit ihren Kenntnissen und Erfahrungen über Ökonomie und Effekt so geheim und halblaut gegen ihre Schüler und Nachkommen gewesen sind.

Die Effekte sind bald gelernt, aber es bleibt ewig schwer, sie so anzuwenden, daß es wahre Effekte sind. Dieses undankbare Geschlecht sieht mit leerem Stolz auf die Helden zurück, die ihnen die kostbaren Kunstmittel so vor die Tür geliefert haben, daß sie jetzt nur zugreifen dürfen, wo jene den Olymp stürmen mußten, um einen Funken Geistes zu erobern. Sie erscheinen gegen diese Alten wie reiche junge Prasser, die das von ihren ehrwürdigen Vätern übernommene Erbgut in Braten und Kuchen verfressen und alles zu allem gebrauchen.

Die kostbaren und vielen Dekorationen dieser Oper zusamt dem lärmenden und störenden Maschinenwesen sind so faselhaft und pfuscherhaft zusammengesetzt und so schlecht gemalt, daß man das Gesicht mit Verdruß wegwendet, wenn es in dem nämlichen Augenblicke angelockt und hergerissen war. Auf eine ängstlich-gefährliche Weise schweben die Figuren dreier schönen Mädchen länger als eine halbe Stunde, an dünnen Seilen gehalten, über 20 Fuß hoch in der Luft und singen mit Angst und Schrecken, daß einem das Herz wehe tut. Das Ende dieses 4 Stunden langen Kinderspiels, welches durch 3 lange eingeschobene musikalische Szenen so in die Länge gezerrt wird, besteht in dem Untergang des Reiches der Königin der Nacht: Ein König von Paphos namens Typheus, an dem die Königin der Nacht ihre Tochter Pamina verkuppeln wollen, wird endlich vom Tamino erlegt und in den Schlund eines feuerspeinden Berges geworfen, aus welchem nun die Flamme hoch in die Höhe schlägt, sich mit einem von oben fallenden Feuerregen vereinigt, und mit entsetzlichen Krachen und Knallen, unter welchem sich die starke und mühvolle Musik ganz verliert, wird die Königin der Nacht, welche oben steht, herab[ge]schleudert.

Eine Stelle des Gedichts ist nicht ohne komischen Reiz: Papageno, der abermals seiner erst gefundenen Papagena beraubt ist, sucht diese unter andern in einer ländlichen Gegend, wo er zufällig seinen Vater, seine Mutter und ein unzähliges Heer kleiner und größerer Geschwister von 2 bis 20 Jahren, die alle Kinder seines Vaters sind, antrifft, welches zu unendlich vielen Possen und komischen Dingen Gelegenheit gibt. Außer dem ist das Gedicht von der unbegreiflichsten Schlechtheit.

Professor Fichte, dem ich den innegewesenen Brief des jenaischen Advokaten abgegeben, dankt doppelt dafür, weil er etwas Angenehmes enthält und gerade hinreicht, etwas Unangenehmes zu verhüten. Fichte ist im Begriff, darüber an den Herrn Geheimen Rat Voigt zu schreiben.

Fichte ist mit einer Abkürzung der »Natürlichen Tochter« nicht einverstanden; er glaubt, das Stück sei ganz, rund und könne durch Abkürzung nur leiden. Er ist gesonnen, etwas darüber, besonders aber über die beiden Berliner Vorstellungen, welchen er mit besonderer Sammlung beigewohnt, an Schillern zu schreiben. Er ist sogar mit der hiesigen Repräsentation mehr zufrieden als ich, der ich das Stück vorher zweimal gelesen hatte und nun ganz unbekannte Personen fand, die ich hinterher natürlich finden soll.

Ich bin nun mit der Komposition des Chors mit mir selbst über etwas Bestimmtes einig worden. Es muß nämlich *alles* gesungen werden, was der Chor produziert. Ein Unglück ist es mir, daß ich gerade jetzt Ihre Nähe entbehren muß. Sowie ich das Gedicht durchschweife, fallen mir tausend Gedanken ein, und es ist die Frage, ob ich nicht am Ende die Rolle der Braut durch eine Sängerin besetzen muß. Nicht als ob sie *alles* singen sollte, allein hin und wider wird sie singen müssen. Lassen Sie mich Ihre Gedanken darüber wissen. Außerdem schwebt mir vor, daß mit dem Gedichte selbst etwas vorgehen müsse, worüber ich mich noch nicht deutlich erklären kann, da ich die ganze Arbeit so fragmentarisch handhaben muß. An eine Veränderung wird Schiller nicht heranwollen, allein gegen das Ende zieht sich das Gedicht nach meinem Gefühl auseinander, statt sich zu komprimieren, und deswegen würde ich vorschlagen, statt dessen, was im Manuskript der 4. Akt ist, eine Art von Epilog stattfinden zu lassen, worin der Chorus in seiner ganzen ungebundenen Hoheit als Hauptperson erschiene und sich in den höchsten Regionen, die der Musikmeister erreichen kann, gleichsam zu Hause befände. Könnte ich doch auch hierüber Ihre Gedanken wissen.

Die Komedienzettel dieser Woche und das neue Repertorium für die künftige Woche erfolgen anbei. Ich weiß nicht, ob ich es recht mache, Ihnen solche mit der Post zu senden, indem ich keine andere Gelegenheit weiß.

Madame Mara soll heut oder morgen, den 14. August, hier ankommen. Sie soll in Lauchstädt sich manchen Verdruß zugezogen haben, jedoch soll ihr Konzert durch Reichardts Hülfe wohl vonstatten gegangen sein. In Dresden hatte sie erklärt, daß sie wünsche, den Kurfürsten mit ihrem Talent bewirten zu können; da man ihr aber gesagt habe, daß Se. Durchlaucht bei der Musik zu speisen geruhten, so müsse sie gestehn, daß es ihr unmöglich sei, beim Essen zu singen. Über diese Erklärung ist sie denn um hundert Dukaten und der Kurfürst um eine Arie ärmer geblieben.

Die Acquisition mit der neuen Preisaufgabe ist mir sehr erfreulich. Das Gute wird schon hervorkommen, wenn darnach gefragt wird und wenn man es will. Über diesen Mangel ist bis daher manches ehrenwerte Talent hingestorben, weil es keinen Vereinigungspunkt gab, festen Fuß zu fassen. Das Glück schweift frei umher, und der gefesselte Mensch kann's nicht erreichen und halten. Bei uns ist die Bescheidenheit das Höchste, was von einem Künstler gefordert wird; als wenn eine solche Forderung nicht an sich selbst die höchste Arroganz wäre! Was daraus folgt, liegt am Tage, und vor der Hand läßt es sich nicht ändern, und darüber vergeht die schöne Zeit.

Ich muß schließen, sonst kömmt der Brief nicht fort.

Zelter.

N.S. Ich halte die Komedienzettel mit Fleiß zurück, weil es besser ist, solche monatlich zu senden, der Übersicht wegen.

29. *An Zelter*

Weimar, den 29. August 1803.

Ich muß einen Anlauf nehmen, um mich der Schuld gegen Sie zu entladen. Es ist die Zeit her so wild und wunderlich bei uns zugegangen, daß ich an das werteste Abwesende nicht habe denken können.

Also zuerst Dank für Ihre Lieder, welche nach Ihrer Anweisung verteilt und sonst gut untergebracht worden; ingleichen für die Blätter, welche sich auf Musikdirektion beziehen. Ich werde sie, sobald unsere musikalischen Übungen wieder angehen, praktisch beherzigen und hoffentlich in den Stand kommen, Sie um weitere Aufklärung zu bitten.

Das große Siegel liegt fertig und sauber gearbeitet bei mir; sobald das kleine eben so weit ist, sollen beide zusammen ankommen.

Fichte hat einen sehr schönen und liebenswürdigen Brief über die »Eugenie« an Schiller geschrieben. Danken Sie ihm dafür und sagen Sie ihm zugleich, daß wir seine Angelegenheit bestens beherzigen. Leider ruht auf dem, was Advokatenhände berühren, so leicht ein Fluch.

Was sagen Sie zu dem Unternehmen, die »Literaturzeitung« nach Halle zu verpflanzen? Wir andern, die wir hinter den Kulissen stehen, können uns nicht genug wundern, daß sich ein Königlich Preußisches Kabinett so gut wie jedes andere Publikum durch Namen, Schein, Charlatanerie und Zudringlichkeit zum Besten haben läßt. Als wenn sich eine solche Anstalt erobern und transportieren ließe, wie der Laokoon oder ein anderes bewegliches Kunstwerk!

Wir setzen sie eben in Jena immer fort, und da der tätigste Redakteur, Hofrat Eichstädt, bleibt, so geht alles seinen alten Gang. Neue Menschen, die beitreten, neue Mittel, die man vorbereitet, sollen, hoffe ich, der Sache einen ehrenvollen Ausschlag geben.

Wollen Sie von den Unsrigen sein, so sind Sie bestens dazu eingeladen. Wie schön wär' es, wenn Sie den Weg der Rezension dazu benutzten, um das, was über Musik gegenwärtig zu sagen so not ist, in einer gewissen Ordnung ins Publikum zu bringen.

Ich werde rätlich und tätig bei der Sache mitwirken, Schiller, Voß, Meyer sind geneigt, ein Gleiches zu tun, und ich hoffe, das nächste Jahr soll sich vorteilhaft vor dem gegenwärtigen auszeichnen. Sagen Sie das auch Fichten, welcher gleichfalls eingeladen ist; Schiller wird ihm deshalb noch umständlicher schreiben.

Wissen Sie uns sonst noch einen tüchtigen Mann in Berlin, in welchem Fache es sei, dem der alte Sauerteig Schützisch-Bertuchisch-Böttigerischer Schaubrote widersteht, so ziehen Sie ihn mit ins Interesse. Überhaupt können Sie von dieser Sache öffentlich sprechen. Das Privilegium für eine Sozietät, die gedachte Fortsetzung unternehmen will, wird eben ausgefertigt, und nächstens wird eine vorläufige öffentliche Ankündigung erscheinen, so wie ich auch bald das Weitere melde.

Sagen Sie mir doch: wer ist der Verfasser der »Bekenntnisse einer Giftmischerin«? Ein tüchtiger Mann in jedem Sinne.

Herr Unger schreibt mir vor einiger Zeit um einen achten Teil. Ich kann weder zu- noch absagen. Nicht ab, weil ich wirklich gern die Zahl voll machte, nicht zu, weil meine nächsten Arbeiten an Cotta versagt sind, mit dem ich sehr zufrieden zu sein Ursache habe. Mögen Sie Herrn Unger ein freundliches Wort darüber sagen, daß er mein Stillschweigen nicht ungleich auslege.

Daß »Cellini« auf Sie wirken sollte, hoffte ich voraus; denn welch eine Welt kommt nicht aus diesem Werk entgegen! Die Zeit, welche ich auf die Bearbeitung verwendet, gehört unter die glücklichsten meines Lebens, und ich werde fortfahren, noch manches dafür zu tun. Hat Sie diese Lektüre in einem gewissen Sinne traurig gemacht, wie ich recht gut begreife, so wünsche ich, daß der heitere Effekt nachkommen möge. Übrigens fühle ich durchaus mit, was Sie im Allgemeinen und Besondern beklagen. Das beste Lebewohl. G.

30. *An Goethe*

Berlin, den 7. September 1803.

Auch hier ist man voller Verwunderung über den Transport der »Literaturzeitung« nach Halle, und unsere inländischen kritischen Journale sind am meisten dagegen, weil ihnen dadurch offenbar wehe geschieht. Die Welt mag daraus sehn, daß wir das Gute ernstlich wollen, wenn wir das Bessere auch nicht sogleich erkennen.

Was mich selbst betrifft, so bin [ich] im Jahre 1788 auf eine ehrenvolle Art zur Teilnahme an der jenaischen »Allgemeinen Literaturzeitung« eingeladen worden und habe besonders in der ersten Zeit nicht ohne warmen Eifer mein Scherflein beigetragen. Ich bin nie davon abgegangen und trete jetzt recht gern in den neuen Kreis, der mir schon so lange wert gewesen ist. Fichte ist Ihrem Wunsche geneigt. Er hofft, gegen Ende des Jahres mit seiner »Wissenschaftslehre« fertig zu sein, und wird seine Meinung an Schiller abgeben, weil er den bisherigen Plan der »Literaturzeitung« für fehlerhaft hält.

Zu einem recht brauchbaren Korrespondenten in Paris wäre ich geneigt, den jungen Mendelssohn, der Sie vor einigen Jahren in Frankfurt a. M. zu sprechen das Glück gehabt hat, vorzuschlagen. Er ist ein braver junger Mann von Kenntnissen und gutem allgemeinen Geschmack. Er ist jetzt in Berlin und hofft auf seiner Rückreise nach Paris über

Weimar zu gehen. Wäre es Ihnen recht, so würde ich ihm etwas an Sie mitgeben. Was ich sonst für das Interesse der jenaischen »Literaturzeitung« beitragen kann, werde ich mit der Zeit gern tun. Der Architekt Genelli hier zu Berlin wäre vielleicht auch in Ihrem Sinne, und wenn es noch nicht geschehen wäre, möchte er nicht ungeneigt sein hinzuzutreten.

Wie steht es denn mit Paulus? Es heißt hier, er gehe nach Würzburg.

Der Verfasser der »Bekenntnisse einer Giftmischerin« ist ein Herr Buchholz, der das bekannte »Gravitationssystem« geschrieben hat, und lebt hier mit einer zahlreichen Familie in Dürftigkeit. Jetzt redigiert er die politischen Artikel der Unger'schen Zeitung.

Wenn Schiller seine »Jungfrau von Orleans« jetzt sehn will, so muß er nach Berlin kommen. Die Pracht und der Aufwand unserer Darstellung dieses Stücks ist mehr als kaiserlich; der vierte Akt desselben ist hier mit mehr als 800 Personen besetzt und, Musik und alles andere mit inbegriffen, von so eklatanter Wirkung, daß das Auditorium jedesmal in unwillkürliche Extase davon gerät. Die Kathedrale mit der ganzen Dekoration, welche in einem langen Säulengange besteht, durch den der Zug in die Kirche geht, ist im gothischen Stil. Daß das italienische große Hoftheater dadurch in die größte Verlegenheit gerät, indem es nun gar nichts mehr übrig behält, das Auge an sich zu bringen, können Sie sich vorstellen, und die Italiener schimpfen nicht wenig über diesen Unfug.

Wir haben diesen Winter zwei alte italienische Opern zu hoffen: die »Alceste« von Gluck und eine zweite von einem Komponisten, der Meyer heißt, den wir alle noch nicht kennen. Ein Tenorist ist von Petersburg dazu verschrieben. Unser erste Kapellmeister Righini ist krank; Himmel, der zweite, ist abwesend, und Reichardt reist nach Petersburg.

Zu den Vermählungsfeierlichkeiten des Prinzen Wilhelm, welche ins Karnaval fallen, wird ein neuer Prolog und ein neues Ballet gemacht.

Ihre Nachrichten über die Fortsetzung der jenaischen »Literaturzeitung« habe ich in solche Hände gelegt, die sie gehörig verspenden werden. Auch Ungern habe ich das Nötige bekannt gemacht, und er hofft. Die Stelle des verstorbenen Gedike ist durch den Rektor Bellermann aus Erfurt bereits besetzt. Noch in den letzten Tagen hieß es, daß der Konsistorialrat Böttiger aus Weimar dazu berufen werden solle; Sie behalten also doch etwas Gutes. Sehn Sie, wie edel wir denken.

Zelter.

31. *An Goethe*

Der Sohn des Hessen-Darmstädt'schen Ministers und Gesandten an unserm Hofe, Grafen v. Lichtenberg, ein junger braver Kavalier, hat mich heute gebeten, ihm, da er über Weimar ginge, etwas aufzutragen. Ich bat ihn, im Fall er den Herrn Geheimen Rat v. Goethe sehn sollte, denselben von mir herzlichst zu grüßen; er wollte sich aber nicht anders abfinden lassen, als Ihnen einige Zeilen zu überbringen.

Diese Gelegenheit nehme ich wahr, Ihnen die gesammelte Komedienzettel bis zum 1. Oktober zu übersenden.

Ihren Almanach erwarte ich sehnlichst, noch ist er hier nirgend zu bekommen. Hier auf dem Sande wachsen jetzt die Dichter wie Pilze an der Mauer, und die politischen Zeitungen geben sich Mühe, ihren Geschmack zu bilden; doch unser Theater steht in Gefahr, einen Riß zu bekommen. Der Sänger Ambrosch ist tot, Beschort soll tot sein, Madame Fleck heuratet und verläßt das Theater, Madame Meyer ist verheuratet, geht aber ab, Mademoiselle Eigensatz geht nach Wien, und Eunicke mit seiner Frau sollen sich auch anderswo engagiert haben. Was von allem dem wahr ist, wird die Zeit lehren.

Kotzebue hat eine neue »Flucht nach Paris« begonnen, indem seine Frau gestorben ist. Vom Herrn Hofrat Eichstädt habe ich bereits die Einladung zur »Literaturzeitung« erhalten, und künftigen Posttag werde ich antworten.

Empfehlen Sie Ihrem geliebten Hause und Schillern

Ihren

Berlin, den 1. Oktober 1803. Zelter.

Ein komplettes Exemplar der vorjährigen Zeitungen ist für keinen Preis mehr zu haben, wohl aber will mir Spener sein Handlungsexemplar leihen. Dieses Jahr sammle ich sie selber, und dann steht Ihnen das Exemplar zu Dienst.

Die Komödienzettel werden mir etwas unordentlich gebracht und auch wohl verworfen, weil ich sie selten selber in Empfang nehmen kann, außer wenn ich selber zu Hause bin; die fehlenden Zettel lassen sich aber aus den Wochenzetteln ergänzen. Z.

32. *An Zelter*

Ich versäume nicht, Ihnen sogleich für das Paket, das ich durch Herrn Grafen v. Lichtenberg erhalten habe, bestens zu danken. Fahren Sie fort, mir die Komödienzettel gelegentlich zu schicken, wenn die Sammlung auch nicht ganz vollständig sein sollte.

Da das Theater ein gedrängtes Leben darstellt, so sind die Schicksale von Ebbe und Flut auch desto auffallender. Indessen rekrutiert sich doch alles mehr oder weniger bald, denn es steht doch noch immer manches Talent im Hintergrunde.

Meine Theaterschule, wozu Unzelmann mir den ersten

Anlaß gab, ist schon auf 12 Personen angewachsen. Nächsten Donnerstag wird von ihnen das erste Stück, mit allem Apparat, jedoch bei verschlossnen Türen, vorgestellt. Ich hoffe viel Gutes von dieser Bemühung.

Könnten Sie sich wohl genau um den jungen Lauchery, Sohn des königlichen Balletmeisters, erkundigen? er ist beim Kadettenhause in Berlin angestellt. Wir brauchen in unsern Verhältnissen mehr einen Mann, der den Tanz versteht, als der tanzt, einen, der eine leichte Methode im Unterricht und Geschmack zu theatralischen Arrangements und Divertissements hätte. Er ist hierher empfohlen, und ich möchte gerne durch Sie näher von ihm unterrichtet werden.

Mit unserer »Literaturzeitung« geht es recht schön; es haben sich schon recht wackere Auswärtige für uns erklärt.

Möchten Sie nicht gleich den letzten Jahrgang der »Musikalischen Zeitung«, der eben jetzt abgeschlossen worden, vornehmen, mit Rückblick auf die vorhergehenden? Mich däucht, es wär' eine schöne Gelegenheit, über das ganze musikalische Wesen im Allgemeinen etwas zu sagen und künftige Urteile einzuleiten.

Den Almanach habe ich selbst noch nicht; er muß aber nun bald erscheinen. Ich weiß nicht, wodurch er aufgehalten worden.

Von unserer diesjährigen Kunstausstellung, welche ganz interessant geworden, sollen Sie nächstens hören.

Leben Sie recht wohl und lassen mich nicht lange ohne Nachricht von sich. Weimar, am 10. Oktober 1803.

Goethe.

33. *An Goethe*

Berlin, den 24. Oktober 1803.

Vorgestern ist die »Natürliche Tochter« hier zum 3. Male gegeben worden. Das ganze Stück sowie die Rollen, alles schien diesmal besser disponiert zu sein als sonst. Iffland spielte den Herzog fein und wahr zugleich. Madame Fleck als Eugenie scheint jetzt, durch dieses Stück, eine neue Epoche ihres Verdienstes etabliert zu haben. Sie, die wirklich ein herrliches Naturell, ist zu sagen: eine gute tönende Stimme, guten Wuchs, feine Gesichtsbildung und Leibesbewegsamkeit, besitzt, woraus sich eine Verstandes- und Gemütsbeschaffenheit erkennen läßt, sie scheint auf den Begriff der Kunst geraten zu sein, welcher ihr sonst abging, und besonders diesen Charakter in seiner indivuduellen Haltung in sich aufgenommen zu haben, ja sie scheint für diesen Charakter gemacht zu sein. Sie hüpft in den weltlichen Tendenzen mit einer Freiheit und Leichtheit umher wie eine Gemse auf den Klippen, indem ihr das Besondere weder entgeht noch sie überrascht, und nichts ist im Stande, sie von ihrem Elemente zu trennen, in welchem sie überall lebt, ohne sich deswegen der Notwendigkeit äußerlich zu widersetzen. Von dieser Heldin erwarten wir große Dinge, und man glaubt es gern, daß sie die natürliche Tochter der Fürstin Natur sei.

Iffland vermeidet mit sichtbarer und glücklicher Kunst die kleinen, gewandten Bewegungen der Sprache und des Körpers, die ihm in Lustspielen so wohl anstehn und zum Meister der Bühne machen; nie sind auf unserm Theater Verse so gut gesprochen worden als dieses Mal von ihm und Madame Fleck. Könnte es so fortgehn, es würden sich bald mehrere erheben, die das Höhere ahnen. Es muß ihnen nur vorgeführt werden; es muß ein Zeichen sein, daß es da ist. Das Haus war nicht drückend voll, aber doch gefüllt, und alle Logen und Sitzplätze besetzt. Der Beifall war an vielen Stellen lebhaft, und Madame Fleck ward herausgerufen. Sie verneigte sich bloß, und sehr lautes und lebhaftes Händeklatschen, das einige Minuten währte, begleitete sie.

Das Stück möchte ich, außer dem poetischen Wert, eine diplomatische Deduktion von Notwendigkeit und Schicksal nennen. Es ist ein eigentliches Kunstwerk, ein wahres Konzert, worin sich die Personen oder Stimmen wie Himmelskörper durcheinander bewegen und zu dessen Beurteilung ein Astrolog erfordert würde, der sich auf die Stimmen der Natur verstünde, welche wie die Adern in einem Körper nach bestimmten Gesetzen organisiert sind, aus deren Bahn nichts bei Seite schreiten kann, ohne die Ordnung des Ganzen zu stören. Wenn dies die höchste Gattung des ernsthaften Drama ist, so hätten die Deutschen also nun schon Eins, und wenn's dem edeln Dichter gefiele, die folgenden bald nachkommen zu lassen, so hat die dramatische Literatur vor der Hand doch einen Stil, der nicht unversucht bleiben wird.

Ihre Theaterschule ist etwas sehr Erfreuliches und kann großen Nutzen stiften. Ich wünsche, daß sich unter Ihren Sängern oder Orchesterleuten einer hervortue, der die jungen Leute auf einen kleinen Umstand aufmerksam mache. Es ist dieser: die Zunge freizumachen! Ein Haupthindernis, weswegen die Deutschen im Allgemeinen ihre Sprache nicht so leicht und fließend reden als andere Nationen, liegt in der Gebundenheit der Zunge, welche mehrenteils von dem Genuß der vielen Vegitabilien und fetten Speisen herkommt. Freilich haben wir hier zu Lande nichts andres zu genießen, allein Mäßigkeit und Vorsicht können dabei gar vieles tun und helfen. Wenn ein Sänger oder Sprecher sich fleißig den Mund und die Zähne vermittelst etwas nicht kalten, mit Weinessig vermischten Wassers reinigt, den Magen vor Verderbnis bewahrt und die Zunge fleißig im Sprechen übt, so ist fast kein Zufall vermögend, ihm etwas anzuhaben. Beim Sprechen der Verse und beim Singen entsteht eine für die Produktion unbequeme Kollision der Zunge mit dem freien Gebrauche der Luft. Indem sich die Zunge zur Aussprache gewisser Konsonanten an den Oberkiefer anlegt, wird die freie Ausströmung der Luft gehemmt und die Sprache dadurch undeutlich. Dies ist am besten dadurch abzuhelfen, wenn die Vokalen so lang als möglich gezogen werden und die Zunge um die Konsonanten hervorzubringen, mit der größten Schnelligkeit an den Oberkiefer anschnellt. Gerade dadurch wird der Ton sanft und frei, die Sprache markigt und scharf und die Produktion unendlich erleichtert; die Zunge spielt nur, und was dem Munde sonst lästig war, wird ihm jetzt leicht. Wenn man es genau überlegt, so besteht der allgemein anerkannte Vorzug der italienischen Sprache in Absicht des Gesanges am meisten in der schönen Mundart des italienischen Volkes und dem Ziehen der Vokalen, wozu noch die mäßige Lebensart gerechnet werden muß, wodurch die Zunge immer rein ist. Und dies ist endlich die eigentliche *Manier* des italienischen Gesanges oder Produzierens überhaupt. Will man den Italienern nun etwas ablernen, so sollte es dieses sein, nicht aber eine sklavische Nachahmung von Gesangsfloskeln, die schon deswegen in unserem Munde schwer und holprig herauskommen, weil die Zunge nicht frei und der Mund nicht rein und glatt ist, und die für andere Nationen gerade den Fehler hat, daß sie italienisch ist. Jede Nation kann eine gute Mundart, welche auf Geläufigkeit der Sprachwerkzeuge beruht, haben, das sieht man an den Polen und Russen, und daß jede Nation eine eigne und gute Musik haben kann, sieht man an den Polen und Schotten, welche noch nicht in die armselige Bereicherungssucht ihrer Musik geraten sind, den neuern Italienern allerlei Pfuschereien nachzumachen, und denen vielmehr die Italiener ihre schönen Tänze und Lieder, ihre alla Polacca und alla Scozia und dergleichen nachbilden.

28. Oktober. Nach dem Herrn Lauchery habe ich mich umständlich erkundigt, weil ich selber ihn nicht persönlich kenne. Er ist nicht beim Kadettenhause, sondern bei der école militaire als Tanzmeister angestellt. Das Urteil über ihn ist so ausgefallen, daß Sie keine sonderliche Eroberung an ihm haben würden: seine jungen Leute sollen schlecht mit ihm umgehn, und er duldet es, und seine Methode zu unterrichten soll weder gründlich noch leicht sein.

Die Anzeige der »Musikalischen Zeitung« für die Jenaer »Literaturzeitung« will ich gern übernehmen. Ich habe jetzt eine Arbeit vor mir, wo mir Ihre Nähe sehr nötig wäre. Wenn ich damit fertig bin, nehme ich mir die Freiheit, sie Ihnen zu senden und um Ihr Urteil zu bitten, indem es eine für die Kunst und für mich wichtige Sache betrifft.

Um ein Urteil mehr über Ihr Stück zu haben, sende ich Ihnen die Dienstagzeitung, worin Herr Merkel seine kritischen Eier legt. Nehmen Sie damit vorlieb und sein Sie versichert, daß darin seine ganze Theaterweisheit von Anfang bis zu Ende enthalten ist.

Wäre wohl Schiller willig, mir einige Strophen im Hymnenstil zu dichten, die ich komponieren möchte, um meinen König auf der Singakademie damit zu bewillkommen? Der König, der seinen aufrichtigen Wunsch und Willen zu erkennen gibt, dem Kunstwesen die Hand zu bieten, ist noch niemals auf der Singakademie gewesen. Es ist möglich, daß er bald kömmt, und ich möchte ihn gern würdig empfangen. Der Dichter hat ganz seinen Willen; vier oder fünf Strophen sind hinlänglich, und ein ziemlich starker Chor, von wenigstens 150 Stimmen, kann wie Eine Person angesehn werden, die das Ganze produziert. Die Sache würde ich gern vor der Hand geheim halten; Sie können sich denken, wie es hier damit ist.

Zelter.

1804

34. *An Zelter*

Das Siegel, das schon den ganzen Winter bei mir liegt, bringt Herr Hofrat v. Müller, den Sie, eine kürzere oder längere Zeit, mit großer Teilnahme ergreifen werden. Mit der Post erhalten Sie einen Brief von mir. Zu dem Ring, den ich Ihnen versprach, ließ ich einen javanischen Kalcedon in Dresden schleifen; unglücklicherweise hat er die reizende weingelbe Farbe des rohen Steins jetzt nur zur Hälfte und ist so gut wie nichts wert. Indessen wenn meine Freunde aushalten und warten können, so kommt doch nach und nach mein guter Wille zur Tat.

Weimar, am 7. Februar 1804. G.

35. *An Zelter*

Wie lange, verehrter Freund, habe ich Ihnen geschwiegen und wie oft habe ich mich Montag und Dienstag zu Ihnen gewünscht! Diesen Winter habe ich fast gar keine Musik vernommen, und ich fühle, welch ein schöner Teil des Lebensgenusses mir dadurch abgeht.

November und Dezember gingen vorzüglich hin auf die Vorbereitung unsers literarischen Feldzugs. Der Januar behandelte mich nicht zum besten, doch hatte ich den Kopf frei und war nicht ganz untätig. Im Februar nahm ich den »Götz von Berlichingen« vor, um ihn zu einem Bissen zusammenzukneten, den unser deutsches Publikum allenfalls auf einmal hinunterschluckt. Das ist denn eine böse Operation, wobei man, wie beim Umändern eines alten Hauses, mit kleinen Teilen anfängt und am Ende das Ganze mit schweren Kosten umgekehrt hat, ohne deshalb ein neues Gebäude zu haben.

Desto mehr aus dem frischen Ganzen ist Schillers »Tell«, den Sie nun auch bald sehen werden.

Mit mancherlei angenehmen Besuchen sind wir denn auch in dieser Zeit beglückt worden. Professor Wolf haben wir bei 14 Tage hier gesehn, Hofrat v. Müller wohl ebensolang. Voß war nur einige Tage hier. Frau v. Staël beglückt uns nun aber schon seit Weihnachten. Dieser seltnen Frau, die nun bald nach Berlin geht, gebe ich einen Brief an Sie mit. Suchen Sie solche ja gleich auf; es ist sehr leicht mit ihr leben, und [sie] wird gewiß an Ihren musikalischen Leistungen große Freude haben, obgleich Literatur, Poesie, Philosophie und was sich daran schließt, ihr näher steht als die Künste.

Herr v. Müller wird Ihnen das große Siegel gebracht haben; ein kleineres soll auch bald folgen. Wegen des Ringes bin ich noch immer in Verlegenheit. Ich hatte einen schönen gelben javanischen Karneol nach Dresden geschickt, in Hoffnung, einen Ringstein von reizender Farbe zu erhalten; unglücklicherweise fällt er beim Schleifen halb gemein und halb edel aus, ist also nicht zu brauchen. Demohngeachtet sollen Sie gewiß ein solches Andenken von mir erhalten; nur noch ein wenig Geduld mit dem Zaudernden!

Unsere Zeitung nimmt sich wohl gut genug aus; wenn nur erst die schweren Quadersteine im Grund liegen, wird sich das Übrige schon leichter in die Höhe bauen. Möchten Sie, mein Bester, doch irgend Gelegenheit nehmen, auch über Musik etwas recht Fundamentales zu sagen; der Raum dazu soll Ihnen mit Freuden geöffnet sein. Tun Sie es ja noch diesen Winter, ehe Frühling und Sommer Sie an Ihre Geschäfte ruft.

Mögen Sie mir bald etwas von sich sagen, so würden Sie

mir ein großes Vergnügen machen; schon haben wir einander zu lang geschwiegen.

Soviel für heute mit dem herzlichsten Gruß.

Weimar, den 27. Februar 1804. Goethe.

36. *An Goethe*

Ich hätte Ihnen schon längst schreiben sollen, wenn ich Ihnen auch nicht jetzt zwei Antworten schuldig wäre, und durch Ihre Selbstanklage beschämen Sie mich doppelt.

Daß Sie uns den Herrn v. Müller geschickt haben, daran haben Sie einmal wohlgetan; ich kann Sie zur Belohnung dagegen ganz frisch mit der Nachricht erfreuen, daß Müller der Unsere ist, mit einem Gehalt von 3000 rh. Für das Siegel danke ich herzlich, indem ich herzlich auf das kleine hoffe, welches letztere mir bald notwendig werden dürfte, indem sich meine Singakademie jetzt mehr als je aufgenommen hat. Am 3. Januar ist unsere schöne Königin bei uns gewesen und am 14. Februar der König mit seinem ganzen Hofe, welches mir eine ganz ungeheure Freude gemacht hat. Ich habe den König mit einem 8stimmigen und zweichörigen Tedeum bewirtet, welches ich vor zwei Jahren zu seinem Geburtstage komponiert habe. Er hat darüber seine Zufriedenheit bezeugt und mir persönlich viele angenehme Dinge gesagt, die ich von ihm gern gehört habe.

Mit dem Ringe, den sie mir zudenken, warte ich gerne; alles, was mir von Ihnen kommt, ist mir teuer und auch das Warten. Da Sie mich einmal über Verdienst halten, so mögen Sie es auch verantworten. Wenn ich mich selbst auch nicht für zu klein halte, so sollten Sie mich auch nicht verwöhnen, sonst werden sie's mir hier wieder abgewöhnen, daß mir die Ohren klingen; sie sagen hier so, daß, seitdem ich von Weimar zurücksei, nicht mehr mit mir auszukommen wäre.

Ihre schöne Relation über Ihre Winterbeschäftigungen gefällt mir so sehr, daß ich Ihnen die meinige dagegen austausche, Sie mögen solche brauchen können oder nicht. Fast den ganzen Winter habe ich an einer Abhandlung gearbeitet, die den Zustand des Kunstwesens in unsern Staaten betrifft. Der neue Kurator der Königlichen Akademie der Künste, Freiherr v. Hardenberg, hatte bei der Bestätigung zu seinem neuen Amte den sämtlichen *Mitgliedern* der Königlichen Akademie die Auflage gemacht: ein jeder einzeln seine Vorschläge und Gutachten zur Verbesserung der einzelnen Kunstzweige und der Akademie selber schriftlich beim Curatorio einzureichen. Dies erfuhr ich zufällig und spät, nachdem schon alle Mitglieder ihre Schriften eingegeben hatten. Da ich nun einmal verdammt bin, alles, wozu ich Beruf habe, unberufen zu tun, und mir einbildete, daß nicht leicht jemand hier meine Ansicht der Sache lautmachen werde, erdreistete ich mich, auch meine Meinung zutage zu bringen und der Behörde einzureichen. Meine Pointe, worauf ich den Blick des Curatoris richten wollte, war: den Begriff einer Akademie, wie sie bei uns sein muß und kann, festzustellen und den aktuellen Zustand der Akademie und des gesamten Kunstwesens dagegenzusetzen, damit ein Kurator, der kein Künstler ist, eher ein Auge für die Sache erhielte als durch die Menge verschiedener Ansichten der einzelnen Zweige, deren jeder allen Vorteil und besonders alles Geld für sich allein behalten möchte, wodurch die Künste nie zu einem Ganzen, Unteilbaren und Einzigen werden und wirken können und so bei dem tätigsten Betrieb höchstens eine Einrichtung erscheint, die den englischen Uhrfabriken nicht unähnlich ist. Das Kuratorium hat meine Abhandlung gnädig aufgenommen und lehrreich gefunden; der Minister hat mir sogar geschrieben, daß er bestimmt sei, darauf zu reflektieren. Anbei habe ich dem Minister meine unendlich geliebte Singakademie empfohlen und den

Wunsch beigebracht, solche zu sanktionieren und unter das Kuratorium der schönen Künste zu stellen. Diese Singakademie ist jetzt 200 Personen stark und wird mir nebenher zu einer unendlich schweren Last, weil ich Tag und Nacht dafür arbeiten muß. Ich habe sie jetzt so weit gebracht, daß sie sich selbst, auf fortwährende Zeiten, vollkommen anständig und kunstwürdig erhalten kann und muß, wenn der König ihr den Raum im Gebäude der Akademie nach wie vor gestattet, und dies war eben nichts Leichtes, weil die bloße Unterhaltung derselben jährlich gegen 1000 Taler kostet und ich dabei meinen Dienst ganz unentgeltlich verrichte.

Den ganzen Winter habe ich auf Sie gehofft wie auf das Heil meiner Seele. Man glaubte, der Herzog von Weimar würde zu den Vermählungsfeierlichkeiten hier sein, und ich wollte meine Gäste nicht schlecht traktieren. Ich selbst bin nicht faul gewesen und habe einige neue Sachen gemacht, die länger leben werden als ich; aber die Leute kommen und gehn, und selten ist einer drunter, der des Willkommens wert ist; ja sie würden drüber räsonieren, wenn sie's nicht umsonst hätten und ich ihnen nicht wie ein Teufel auf dem Dache säße. Und das ist die einzige weltliche Satisfaktion, die ich von der Sache habe, daß mir keiner mucksen darf, indem sie dem Totaleindrucke nicht widerstehn und doch auch nicht begreifen können, wie ich's mache; indem sie alles wissen, nur nicht, wie man etwas macht.

Der Hauptgrund aber, weswegen ich jetzo *Sie* hier wünschte, ist rein idealisch. Unser Chor ist anjetzo immer noch nichts weiter als ein großes Organon, das ich mit meiner Hand spielen lassen und stellen kann wie einen Telegraphen, große Sachen andeuten und klarmachen kann.

Sähen und hörten *Sie* ihn nur ein einziges Mal, es würde Ihnen ein Licht aufgehn, was noch keinem aufgegangen ist, auch nicht mir. Eine Orgel, in der jede Pfeife ein vernunftfähiges, willig-lenkbares Wesen ist, kann das Allerhöchste werden, aber es verlangt auch den allerhöchsten Geist, der es beherrscht. Er findet die schönste und beste Jugend einer nicht ganz verderbten großen Residenz beisammen, die jedes gute Wort gern faßt und stillschweigend darauf ausgeht, eine Schule der Weisheit zu stiften; ihre Mittel sind endlich Poesie, Harmonie und Gesang. Ich sage es noch einmal: *Sie* würden finden, was niemand noch gefunden; wollen Sie noch nicht kommen?

Mein Papier ist zu Ende. Künftig mehr. Ihre Frau v. Staël soll in Ihrem Briefe doppelt willkommen sein. An eine Rezension des letzten Jahrganges der »Musikalischen Zeitung« denke ich in diesen Tagen kommen zu können. Ewig Ihr

Berlin, 5. März 1804. Zelter.

37. *An Zelter*

So mancher Reisende zeugt von Ihren Werken und Taten, insofern sie erscheinen und nach außen wirken; Ihr erquickender Brief läßt mich ins Innre sehen, wo keine Stahlfeder treibt, sondern ein lebendiger Geist anregt. Wie schätz' ich Sie glücklich, daß Sie in diesem selbstgeschaffnen Elemente bildend fortwirken und daß Sie hoffen können, auch etwas für die Dauer geleistet zu haben! Dabei muß man denn auch, däucht mich, der großen Masse zu Ehren reden, auf die man oft schilt, die aber denn doch die bildsamen Organe hergibt und auch Mittel verleiht, das Geleistete fortzupflanzen. Wir andern in unsern engen Kreisen tun, wie Zauberer, augenblickliche Wunder und sehen sogleich jedes aus der Luft gegriffene Phantom wieder in Luft zerfließen.

Haben Sie Abschrift oder Konzept Ihres eingereichten Aufsatzes, so teilen Sie mir ihn mit, daß ich mich daran labe. Was Sie davon melden, ist ganz nach meinem Herzen.

Freilich haben die Menschen überhaupt gewöhnlich nur

den Begriff vom Neben- und Miteinander, nicht das Gefühl vom In- und Durcheinander, denn man begreift nur, was man selbst machen kann, und man faßt nur, was man selbst hervorbringen kann. Weil in der Erfahrung alles zerstückelt erscheint, so glaubt man das Höchste auch aus Stücken zusammensetzen zu können.

Von dem herrlichen Genuß, den Sie so manchem gewähren, bin ich leider getrennt; was ich mir davon im Geiste zueigne, ist mir schon ein großes Gut. Sagen Sie mir manchmal ein frohes lebendiges Wort!

Fast möcht' ich schließen, doch füge noch einiges Besondre hinzu.

Was unser Schauspiel zu leisten vermag, hat sich beim »Tell« gezeigt, der recht gehörig gegeben worden. Unsre Oper ist dagegen desto unerfreulicher. Gestern fand ich Ihre schönen Bemerkungen über so manche Orchesterpunkte, davon ich keinen Gebrauch machen können, weil ich das chaotische Wesen eben aufgeben mußte. Darf ich etwa die kleinen Aufsätze in das Intelligenzblatt der »Jenaischen Allgemeinen Literaturzeitung« einrücken lassen? unter den Strich, am Ende, wo Sie manche gute Bemerkung über Kunst und Sprache werden gefunden haben. Darf ich W. K. F. drunter setzen? wodurch wir die Aufsätze bezeichnen, die von uns oder ganz in unserm Sinne sind. Womöglich geben Sie uns auch bald eine Rezension.

Mein Schreiber ist von mir weggezogen, und so muß ich nach so vielen Jahren selbst wieder die Feder ergreifen. Ob ich einen andern finde, der mir ebenso bequem ist, ob ich eigenhändig ein besserer oder schlimmerer Korrespondent werde, muß sich zeigen.

Eben finde ich Ihren Brief, mit welchem Sie mir die Bemerkungen über Orchester schickten. Gewiß, wenn Sie solche gedruckt sähen, würden Sie gereizt werden, auf diesem Wege weiterzugehen und zu sprechen. Ich wünsche gar sehr Ihre Erlaubnis. So etwas, einmal im Publikum, bleibt nicht ohne Wirkung für uns alle.

Leben Sie recht wohl. Ich sinne, wie es möglich sein könnte, Sie dieses Jahr auf irgendeine Weise zu sehen.

Dank für die Komödienzettel. Fahren Sie mit dieser Gabe fort.

Weimar, den 28. März 1804. Goethe.

38. *An Goethe*

Frau v. Staël ist wieder abgereiset. Mit dieser seltenen Frau ist mir's ergangen, wie mir's mit verdienstlichen Menschen schon öfter ergangen ist: wir haben nicht zusammenfinden können, ohne einander absichtlich auszuweichen. Zweimal habe ich sie am dritten Orte gesprochen; das zweitemal auf der Singakademie, wo sie sich zu gefallen schien. Einen Brief von Ihnen hat sie mir nicht abgegeben, wie ich erwartete. Das erstemal ließ sie mich zu sich einladen, um eine mir gefällige Zeit; ich ging gegen 12 Uhr zu ihr, doch konnte ich sie nicht sprechen, sie war im Bade. Das zweitemal lud sie mich zum Tee, welches ich Geschäfte halber mußte absagen lassen, und so haben Sie meine ganze Geschichte mit Frau v. Staël. Unsere Gelehrte, Künstler und schönen Geister haben kaum satt werden können, sich herunterdeutschen zu lassen und, auf gut vaterländisch, schweizerisch-französische Naivetäten zu bewundern, die auf meinem Boden nicht gedeihen wollen, wenn ich auch den Dünger dranwenden wollte.

Ihr schöner und lieber Brief hat mich gestärkt, zu einer Zeit, wo mir der Mut und die Kraft versagen wollten. Es ist ein seltenes und reines Glück, auf seinem Felde zu stehn und sagen zu können: das ist mein! das habe ich getan, und so ist's gelungen! Aber es muß auch von Zeit zu Zeit ein Gevatter oder Nachbar erscheinen, der Amen sagt, sonst dringt der Schweiß in das Blut und verdirbt es.

Mein Aufsatz an den Minister v. Hardenberg wäre schon in Ihren Händen, wenn ich die Zeit hätte nehmen können, ihn rein abzuschreiben, und so schicke ich Ihnen eine Abschrift meiner Frau von der Originalschrift, die ich eingereicht habe, und die ich mir sobald als möglich zurückerbitte, indem ich sie vielleicht notwendig brauchen dürfte. Erfolgt ist noch nichts darauf – wie denn vielleicht nichts erfolgt. Es ist aber zu wissen nötig, daß diesem Aufsatze ein Schreiben an den Minister vorhergehet, worin die zwei Fragen des Ministers erörtert waren: *wie eine Kunstakademie auf Manufaktur und Gewerbe Einfluß haben könne?* und *wie die Akademie an und für sich vervollkommnet werden könne?* Meine Eingabe an den Minister besagte: daß das Letzte zuerst sein müßte, wenn das Erste erfolgen solle, und also die Künstler vollkommen gute *Meister* sein müßten, wenn sie überhaupt wirken wollten; daß alle Künste in einer Akademie zugleich angebauet werden müßten und daß bei unserer Akademie Eine Kunst (die Musik) gänzlich fehle, indem sie nicht wissenschaftlich angebauet würde; daß darüber viel Nützliches zu sagen wäre, wenn es mir erlaubt wäre, und so weiter. Darauf antwortete mir der Minister sehr gnädig und ersuchte mich, meine Gedanken zu entwerfen, und so entstand der anfolgende Aufsatz.

Es ist mir überaus wichtig, Ihre Meinung darüber zu erfahren, und Ihre Worte sollten mir goldne Worte sein; denn hier ist kein Mensch, mit dem sich darüber etwas Ernsthaftes traktieren ließe. Entweder sie können vor Lachen nicht dazu kommen, oder die die gute Meinung haben sind so ungeschickt und grob, daß keiner mit ihnen zum Zwecke kommt, den sie auch nicht klar vor sich haben, denn man muß mit dem Ganzen und mit den einzeln Teilen vertraut sein, den Arm, die Hand und die Finger zu regieren wissen. Meine Vorschläge gehn bloß auf die Musik. In dieser, wäre mein Plan, wollte ich eine Bahn eröffnen und vorangehn, die bald natürlich und leicht erscheinen sollte; denn hier sind zugleich die Mittel so bei der Hand, daß man sie nur brauchen darf und dabei fast keiner weitern Vorsicht nötig hat, als den Tausendtalermännern geschickt aus dem Wege zu gehn.

Die größte Freude, welche mir meine kleine Schrift gewähren könnte, besteht darinne: wenn Sie sie würdig finden sollten, solche, ganz oder einzeln, Ihrer von mir tief verehrten Herzogin Mutter selber vorzulesen, denn nur Sie können sie so lesen, wie ich sie gedacht und in meinem Herzen getragen habe.

Von Schillers »Tell« hat sich noch nichts sehn oder hören lassen. Man sagt: Iffland habe in politischer Hinsicht bedenkliche Stellen darinne gefunden und das Stück zuvörderst dem Kabinett zur Ansicht geliefert. Desto erfreulicher ist die Erwartung auf Ihren »Götz« und den zweiten Teil der »Natürlichen Tochter« hingezogen. Lassen Sie nicht zu lange darauf hoffen.

Mit Ihrer Oper wird's wohl so sein wie hierzulande, die auch nicht erfreulich ist; aber wir erfreuen uns dennoch daran. Was uns Geld kostet, darüber haben wir das Recht zu räsonieren und schlucken's hinunter, es mag schmecken oder nicht.

Mademoiselle Maaß hat hier vielen Beifall gehabt. Ich habe sie nur einmal spielen sehn. Ihre Sprache kann sehr vollkommen werden; sie hat glückliche Momente und hardiesse; vieles kann ihr mit der Zeit leicht werden, was die meisten niemals lernen. Was wird denn aus Ihrem Unzelmann?

Die Bemerkungen über Orchesterwesen habe ich zwar nicht mit der Vorsicht geschrieben, solche gedruckt zu sehn; was Sie aber davon brauchbar oder nützlich finden möchten, könnte immer hingehn, wenn Sie sich die Mühe des Korrigierens nicht wollten verdrießen lassen. Was Ihnen von meinen Kunstansichten (insofern sie nicht speziell die Singakademie betreffen, über die ich nichts Öffentliches jetzt ergehen lassen möchte) und Nachrichten brauchbar für die »Literaturzeitung« scheint, gebe ich Ihnen freudig hin; auch will ich auf interessante Kunstnachrichten bedacht sein. Dieser Artikel der »Literaturzeitung« ist ein glücklicher Gedanke, wie überhaupt die Abwechselung mit Kunst und Wissenschaft vorteilhaft sein muß, indem das allgemeine Interesse der Zeit mehr auf das Erste gerichtet ist.

Ihr korrespondierender Genius verdient als ein Anfänger Aufmunterung; ich will aber nicht hoffen, daß es in Weimar an einer Hülfe fehle, die das ist, was die verlorne heißt; denn so wie das Selberschreiben zuzeiten sein Angenehmes hat, so kann es auch wieder zur höchsten Last werden und manches Gute verhindern, das ohne die anständige Bequemlichkeit gar nicht entstehn kann.

Sie haben ein erfreuliches Wort fallen lassen: wie es möglich sein könnte, uns dieses Jahr auf irgendeine Weise zu sehn. Mein Plan, etwas Beständiges für die Musik im allgemeinen zu tun, beschäftigt mich Tag und Nacht und befestigt sich in Absicht auf Grundsätze immer mehr. Von einem Publico ist nicht zu hoffen, was erst werden soll. Es muß gemacht und erschaffen werden, und das kann immer nur Einer tun, und der muß gegen die Menge die Wage halten können. Darüber möchte ich gern recht viel mit Ihnen reden.

Müller ist wieder nach Wien gereiset, um seinen dortigen Abschied in Person nachzusuchen. Von Wien aus sind noch keine Nachrichten von ihm hier. Er selbst scheint fest entschlossen, der Unsere zu sein. Herr v. Kotzebue hat in der

Akademie eine von ihm verfaßte Geschichte Preußens vorgelesen, die sehr gerühmt und mit Tacitus verglichen wird.

Gott befohlen! Die Zeit der Post ist nahe. Berlin, den 1. Mai 1804. Zelter.

39. *An Goethe*

Nur wenige Zeilen für heut, mein teurer Freund, zur Begleitung der Zettel, welche Mademoiselle Amelung gerne mitnehmen will. Ich schäme mich recht, daß ich Ihnen nichts Bessers senden kann als diese Dokumente verflognen Genusses.

Schillers »Tell« ist mit sehr lebhaftem Beifall aufgenommen und seit 8 Tagen schon 3mal gespielt worden; der Apfel schmeckt uns nicht schlecht, und die Kasse verspricht sich einen guten Handel damit.

Hat Ihnen denn Reichardt seinen Versuch einer musikalischen Behandlung Ihrer »Iphigenie« produziert? Wenn er es hat, wünschte ich gar gern ein Wort von Ihnen darüber zu lesen. Mir kömmt dieser Versuch vor wie eine Operation, die an einem gesunden ausgewachsnen Körper versucht wird, und das Chor ist eine Flicke, wo kein Loch ist. Doch Ihre Meinung ist mir lieber als die meinige.

Alles reiset jetzt von Berlin weg, und ich bleibe hier. Könnte ich doch nur einmal wieder sechs Stunden bei Ihnen sein, ich wollte mich nachher schon wieder ein Jahr lang behelfen. Ewig

Ihr

Berlin, den 12. Julius 1804. Zelter.

Ich habe Schillers »Berglied« komponiert und sende es anbei mit der Bitte, solches an Schiller abzugeben. Wenn ich es ihm nur auch vorsingen könnte, denn schwerlich wird einer den rechten Punkt treffen.

40. *An Zelter*

Ihr Aufsatz, verehrter Freund, hat mir und einigen Eingeweihten, denen ich solchen kommuniziert, viel Vergnügen gemacht, ja er hat uns erbaut, und wir sind in unserer Überzeugung vom Guten und Rechten gestärkt worden. Er ist ganz aus dem Grunde des Charakters und Talents hervorgegangen und muß auf einigermaßen empfängliche Gemüter die lebhafteste Wirkung hervorbringen. Was wird aber die Welt daran finden und daraus machen? die nicht gern hören mag, wenn man die Klagepunkte gegen sie artikuliert, und die freilich nicht daran denken kann, einen würdigen Genuß zu schaffen, den sie nicht kennt, sondern vielmehr nach einem flüchtigen hascht, der sich aus ihr selbst gebildet hat und ihr also gemäß ist.

Sehr schlimm ist es in unsern Tagen, daß jede Kunst, die doch eigentlich nur zuerst für die Lebenden wirken soll, sich, insofern sie tüchtig und der Ewigkeit wert ist, mit der Zeit im Widerspruch befindet und daß der echte Künstler oft einsam in Verzweiflung lebt, indem er überzeugt ist, daß er das besitzt und mitteilen könnte, was die Menschen suchen.

Wir sind darin mit Ihnen einverstanden, daß der Musik zuerst und allein durch den Kirchengesang zu helfen sei und daß für ein Gouvernement selbst in jedem Sinne nichts wünschenswerter sein müßte, als zugleich eine Kunst und höhere Gefühle zu nähren und die Quellen einer Religion zu reinigen, die dem Gebildeten und Ungebildeten gleich gemäß ist. Sie haben hierüber sich so schön und bündig ausgedrückt, daß man nichts hinzuzusetzen wüßte.

Nun wollten wir aber um der Wirkung willen Ihnen ans

Herz legen, daß sie wo möglich die Opposition, in der Sie mit der Zeit stehen, verbärgen, auch überhaupt mehr von den Vorteilen, welche Religion und Sitten aus einer solchen Anstalt ziehen, als von denjenigen sprächen, welche die Kunst zu erwarten hat. Zu dem Guten, von dem wir überzeugt sind, die Menschen zu bewegen, dürfen wir uns nicht unserer Argumente bedienen, sondern wir müssen bedenken, was ohngefähr die ihrigen wären.

Heute sage ich nicht mehr, damit Gegenwärtiges, das ich schon so lange verschoben, fortkomme. Der Aufsatz liegt bei, den ich mir habe abschreiben lassen, um ihn manchmal wieder zu lesen und solchen Freunden mitzuteilen, die sich daran erquicken.

Wie sehnlich wünschte ich, Sie in dem Wirkungskreise zu sehen, außerhalb dessen Sie, wie ich wohl fühle, nicht zufrieden leben können.

Haben Sie irgendeins meiner oder eines Freundes Lieder komponiert, so bitte ich, mir solche gefällig zuzusenden. Es ist zwar jetzt alles ton- und klanglos um mich her, aber was von Ihnen kommt, verschaffe ich mir doch zu hören, und ich fühle mich wieder auf eine ganze Zeit erfrischt.

Noch darf ich nicht vergessen, daß Sie in Berlin die Akquisition eines sehr interessanten Mannes gemacht haben, es ist Herr Doktor Tralles von Neuschatell; seine Kultur ruht auf mathematischem Grund und Boden, auch ist er in physischen und naturhistorischen Dingen sehr bewandert und ein durchaus heller und freier Kopf. Ich habe ihm empfohlen, Sie aufzusuchen, und ersuche Sie nun um das gleiche. Es sollte mich wundern, wenn Sie nicht mit ihm in ein schönes Verhältnis kommen können.

Leben Sie recht wohl und gedenken mein und schreiben mir bald wieder.

Weimar, den 13. Juli 1804. G.

41. *An Goethe*

Berlin, den 22. Julius 1804.

Ihr herrlicher Brief vom 13. dieses hat mich erquickt wie ein Wort des Trostes aus Wolken; er hat mich nicht bloß gestärkt und erfrischt, er hat mir neue Quellen angewiesen, welche zu verfolgen ich nicht säumig sein werde. O, wie haben Sie recht! was wird die Welt dazu sagen, daß der Eine Tropfen im Strome nicht mit dem Strome fortwill? sie, die keine Eigenschaft des Stromes kennen will als ein gänges gedankenloses Fließen und seine erste Eigenschaft, das Wässern, darüber vergißt.

Ihre Vorschläge in Absicht der Wirkung auf die Opposition sind aus meiner tiefsten Seele; ja ich hatte während der Arbeit beständig den einzigen Gesichtspunkt: die Kunst und die Meisterschaft in derselben als das eigentliche Mittel zu Herstellung reiner Sittenhaftigkeit und einer solchen Religiosität, die den äußern Menschen aus dem innewohnenden Gotte moralisch, in jedem einzelnen Falle gleichsam neu konstruiert, darzustellen und so ein moralisches Weltwesen zu resultieren, das äqual wäre einer unsterblichen Originalität und in seiner unendlichen Vielfachheit wie die Strahlen der ewigen Sonne auf *Eins* zurückführte. Dies wollte ich sagen, wenn ich es hier recht gesagt hätte. Allein da in dem vorliegenden Falle von Kunst allein die Rede war, da die Vorschläge ausschließlich über die Kunst gefordert worden, die dem gegenwärtigen Geschlecht wie ein Leibrock könnten aufgemessen werden, so wollte ich bei den Worten der Kunst bleiben und den Sinn, der von selber erfolgen müsse, im Sinne behalten. Aber wie bin ich erschrocken, als ich nach einiger Durchlesung Ihres Briefes meinen Aufsatz wieder übersah und fand, daß er für die Personen, für welche er bestimmt war, offenbar zu dreist und derb geschrieben ist und ich dennoch nicht imstande wäre, es anders zu machen, wenn ich auch von vorne anfangen wollte, und so habe ich wirklich wenig Hoffnung, daß etwas Rechtes bei der Sache herauskommen werde. Und möchte es auch wirklich zu einem Anfang kommen, so werden sie heut über ein Jahr alten Wein trinken wollen, der heut gekeltert ist, und wenn es auch möglich wäre, die Sache reif und mannbar hinzustellen, so würden sie sie nicht erkennen.

Sie haben mir in Ihrem Briefe Hoffnung gegeben, noch ein mehreres über diese Sache mitzuteilen; tun Sie es doch ja bald: ich kann Ihnen mit keinen Worten sagen, wie unendlich ich mich daran erfreue und wie das Bedürfnis immer in mir wächst, die zerstreuten Funken meines Geistes zu Haufen zu führen, wenn ich nicht verdorren will.

Den Herrn Doktor Tralles habe ich noch nicht gesehn, obgleich mir sein Ruf zu Ohren gekommen ist. Wenn *er* sich finden lassen will, soll er mich bald haben, noch aber habe ich nicht gehört, daß er in Berlin sei.

Und nun, mein verehrungswürdiger Freund, von einer Sache und eine Frage, die ich nicht ohne Erröten tue. Sie haben mir vor einem Jahr ein Geschenk gemacht, dessen Wert ich nicht gleich erkannt habe. Sie sandten mir dabei einen Vorrat von spanischem Tabak, woran ich Zeit meines Lebens genug zu haben gedachte, indem mein fester Vorsatz war, von da an ein guter Wirt zu werden. Darüber entfernte ich mich von dem Gebrauche alles andern Tabaks, und nun nach Jahr und Tag sehe ich den Boden in meiner geliebten Büchse, an der ich alle Woche mein Auge weidete und daraus meine Dose füllte. Ich kann sagen, daß dieser Spaniol meinen Kopf verbessert hat und ich seit einem Jahre von einem Schnupfen fast ganz befreit bin, der sonst mein beständiger Gefährte war. Man hat hier mehr als eine Art Spaniol zu Kauf, der aber scharf, beißig und ölicht ist, auch eine viel dunklere Farbe hat. Sie schrieben mir dabei:

»Der Spaniol des Herrn v. Knebel schmeckte Ihnen, und

es fand sich noch ein Vorrat. Wo? sollen Sie erfahren, wenn er glücklich in Ihre Hände gelangt.«

O sagen Sie mir um aller Musen willen: wo ist dieses Wo? wem verdanke ich diese Wohltat? die ich dazumal nicht verstand, weil ich die Wirkung nicht kannte. Ist er etwa von Ihrer unvergleichlichen Herzogin Mutter, die ich gern zu der meinigen machen möchte, wenn zwei gute Mütter für einen Sohn nicht zu viel wären? Dann gebe ich meine Hoffnung auf; aber Herr v. Knebel weiß wahrscheinlich, wo dieser Spaniol zu haben ist, und er soll mir für keinen Tabakspreis zu teuer sein, wenn ich die Gelegenheit nur erfahren kann. Was ich überwinde, indem ich *Ihnen* dieses eröffne, will ich nicht sagen, denn die Not ist schlimmer wie die Notwendigkeit. Der einzige Trost, der mir dabei übrigbleibt, ist das Gefühl: wie Sie die Sünde hassen müssen, da Sie den Sünder so lieben können.

Leben Sie wohl, mein ewig geliebter Freund! könnte ich doch nur in jeder Woche zwei Stunden in Ihrer Luft leben.

Zelter.

Den 23. Juli. Abends. Soeben habe ich den Herrn Doktor Tralles kennen lernen. Er ist seit wenigen Tagen hier, und ich hoffe, ihn öfterer zu sehn.

29. Julius. Da Ihr Brief heute wieder liegen bleibt, so sende ich ein Lied mit, das ich soeben gemacht. Reichardt hat das italienische Gedicht so schön in Musik gesetzt, daß ich nicht daran dachte, es zu komponieren; indessen fand ich heut Ihr Gedicht, und da ging's mit eins drüber hin, und ich will zufrieden sein, wenn sich meine Melodie zur Reichardt'schen verhält wie die Übersetzung des Gedichts zum Original. Gestern abend habe ich Schillers »Tell« wieder gesehn: es fängt an zu gehn, aber so langsam, daß ich fürchte, sie kommen nicht damit zu Ende. Iffland spielt mehreres wirklich schön, aber was ist das unter so vielen?

Für die durch Demoiselle Amelung überschickten Komödienzettel danke vielmals. Auf das Schillerische Lied freue ich mich, es soll so gut als möglich exekutiert werden, sobald unsere Umgebung wieder zu klingen anfängt.

Von meinem »Götz von Berlichingen« hoffe in vier Wochen Leseprobe zu halten. Daß es damit so weit kommt, bin ich Ihnen ganz allein schuldig. Ich begriff nicht, warum ich seit einem Jahr in dieser Arbeit Penelopeisch verfuhr und, was ich gewoben hatte, immer wieder aufdröselte. Da las ich in Ihrem Aufsatz: *Was man nicht liebt, kann man nicht machen.* Da ging mir ein Licht auf, und ich sah recht gut ein, daß ich die Arbeit bisher als ein Geschäft behandelt hatte, das eben auch so mit andern weggetan sein sollte, und deswegen war es auch geschehen, wie es getan war, und hatte keine Dauer. Nun wendete ich mehr Aufmerksamkeit und Neigung, mit mehr Sammlung, auf diesen Gegenstand, und so wird das Werk, ich will nicht sagen gut, aber doch fertig.

Nun wollte ich Sie um ein paar kleine Stücke Musik bitten, erstlich zu Georgens Lied: »Es fing ein Knab' ein Vögelein«, das Sie, wie ich glaube, schon komponiert haben. Zweitens um einen sanften, andächtigen, herzerhebenden vierstimmigen Gesang, mit lateinischem Text, der ohngefähr acht Minuten dauert. Es kann ein Stück aus einer Messe sein, oder was es auch sonst ist.

Wie sehr wünschte ich, daß wir uns näher wohnten oder beide mobiler wären; denn es ist nicht zu berechnen, was dauernde wechselseitige Mitteilung hervorbringt. Lassen Sie uns also wenigstens von Zeit zu Zeit schriftlich kommunizieren.

Schiller hat in seinem »Tell« ein treffliches Werk geliefert, dessen wir uns alle zu erfreuen haben.

Tausend Lebewohl! Weimar, den 30. Juli 1804.

Goethe.

43. *An Goethe*

Berlin, 4. August 1804.

Ihr Brief vom 30. Juli hat mir einen unsterblich angenehmen Morgen gemacht. Das Lied aus dem »Götz« ist nicht unter meinen früheren Kompositionen; allein ich habe es in der Freude dieses Morgens schon komponiert. Ich wünsche aber zu wissen, ob das Lied von dem Orchester darf begleitet werden oder ob es der Knab' allein, ohne alle Begleitung singen soll. Dann frage ich an, ob die Worte: »Domine Deus, rex coelestis, pater omnipotens; Domine fili, Jesu Christe, qui tollis peccata mundi, miserere nostri!« brauchbar sind zu Ihrem Zwecke. Auf die Dauer von 8 Minuten werde ich es einzurichten suchen. Die lateinischen Worte sind aus der katholischen Messe, und ich kann auch, wenn Ihnen diese nicht anstehn, Worte aus einem lateinischen Psalm nehmen.

Hierauf bitte ich mit umgehender Post um Antwort, und mit der nächsten Post sollen Sie dann wenigstens eins dieser Stücke bekommen.

Daß Sie Ihren »Götz« lieben, ist keine Kunst. Wer liebt nicht Sie in Ihrem »Götz«, der Sie nicht ewig lieben würde? Aber denken Sie nun auch an Ihre natürliche schöne Tochter. Meine Frau kann gar die Zeit nicht erwarten und liest unterweilen noch immer den ersten Teil. Sie empfiehlt sich Ihnen bestens.

Es ist doch wohl das Beste, daß ich Ihnen das Liedchen gleich beilege. Sollte es verändert oder anders eingerichtet werden müssen, so bitte ich um Ihre Belehrung, ich will's Ihnen machen, wie Sie es haben wollen. Noch eins: 8 Minuten andächtige Musik auf den Brettern ist schon eine gute Zeit. Freilich kömmt es dabei auf die Umgebung an, und so überlasse ich dies Ihrem Erwägen.

Gestern ist der Geburtstag des Königs gefeiert worden. Wir hatten einen Kreis, der aus Hufelands, Müller, Tralles,

Woltmann, Fichtens, einigen Fremden und meiner Wenigkeit nebst Familie bestand, veranstaltet und haben gar ordentlich vivat getrunken. Kommenden Dienstag feire ich diesen Geburtstag auf der Singakademie und halte eine Rede, die noch nicht aufgeschrieben ist. Leben Sie wohl. Mit umgehender Post erwarte ich Ihre Befehle.

Zelter.

44. *An Zelter*

Für die baldige Übersendung des Liedchens danke ich zum allerschönsten und will nun etwas Näheres wegen des Chors zum »Götz« sagen. Es wird eigentlich zur Trauung von Maria und Sickingen gesungen. Der einfache Kirchzug geschieht mit Gesang übers Theater, eine Orgel kann man recht gut von weitem hören, und da die Kapelle zunächst ist, so hört man auch den Gesang fort, indessen außen eine Szene vorgeht. Sie werden daher die Güte haben, etwa Worte aus einem Psalm zu wählen. Der Charakter ist, wie Sie bemerken, feierlich und sanft, ins Traurige ziehend, wegen der Umstände, und die folgende Szene vorbereitend, wo die eben erst Getrauten vom Götz gleichsam fortgetrieben werden. Alles wohl überlegt, so haben Sie völlig recht, daß acht Minuten zu lang ist; wir wollen uns mit vieren begnügen, welche auszufüllen völlig in meiner Gewalt stehen.

Wegen des Tabaks kann ich folgendes melden:

Er war allerdings von unserer gnädigen und gütigen Fürstin, der Herzogin Mutter, welche diese Schachtel in Neapel hatte geschenkt bekommen und diesen Schatz lange Zeit aufbewahrt hatte. Wo also eine gleiche herzunehmen, wäre eine schwer zu beantwortende Frage. Nun kommt es darauf an, ob sich etwa ein ähnlicher irgendwo entdecken läßt. Hie und da möchte wohl noch etwas dergleichen in den

Garderoben unserer hohen Gönner zu finden sein, an Erkundigung soll es nicht fehlen, und sobald sich etwas zeigt, soll es übersendet werden. Es wird mir eine große Freude sein, wenn ich Ihnen wieder eine Provision verschaffen kann.

Die Melodie des »Ständchens« ist sehr angenehm und paßt freilich besser auf mein Lied, als mein Lied auf die Reichardtische sehr lobenswürdige Melodie paßt, wofür Ihnen also der schönste Dank gebracht sein soll.

Das Liedchen für George ist ganz zweckmäßig ohne Instrumentalmusik. Wir wollen sehen, wie sich das Knäblein herauszieht.

Ich verlange sehr, diesen umgearbeiteten »Götz« außer mir zu sehen. Ich wäre schon lange damit fertig, wenn mich nicht seine Länge inkommodiert hätte; denn indem ich das Stück theatralischer machen wollte, so wurde es eher länger als kürzer; das Zerstreute wurde zwar gesammelt, aber das Vorübergehende wurde beharrlich; es wird immer noch nahe an vier Stunden spielen. Sollte es in Berlin gegeben werden, so bitte ich Sie gar sehr, mir gleich von dem ersten Eindruck zu schreiben, den es auf Sie gemacht; denn außer der Exposition der ersten anderthalb Akte, welche fast ganz geblieben sind, ist das Stück durchaus dekomponiert und rekomponiert.

Grüßen Sie mir Ihre liebe Frau und danken Sie ihr für den Anteil an meinen Söhnen und Töchtern. Leider steht es mit der Fortsetzung der »Natürlichen Tochter« noch im weiten Felde. Ja ich bin sogar manchmal versucht, den ersten Teil zu eigentlich theatralischen Zwecken zu zerstören und aus dem Ganzen der erst intendierten 3 Teile ein einziges Stück zu machen. Freilich würden die Situationen, die nach der ersten Anlage vielleicht zu sehr ausgeführt sind, nunmehr allzu skizzenhaft erscheinen. Leben Sie wohl und verzeihen heute ein konfuses Geschreibe.

Weimar, den 8. August 1804. G.

Berlin, 12. August 1804.

Ich bin so frei, Ihnen Georgens Lied noch einmal zu schicken. Es ist einen halben Ton tiefer gesetzt und etwas runder und vollkommner worden; ich denke, es soll sich so noch sorgenfreier singen lassen. Im Fall es nicht gerade ein ganz junger Knabe ist, der die Rolle des Georg spielt, kann das Lied auch wohl noch etwas tiefer, wie es eben die Stimme des Sängers zuläßt, gesungen werden. Sollten Sie die Freiheit, welche ich mir mit dem: »So! so! Hm! hm!« genommen, nicht billigen, so könnte es wohl auch ganz strikt nach den Worten komponiert werden, obgleich ihm dann etwas an der Leichtigkeit abgehn würde.

Was den lateinischen Kirchengesang anbetrifft, so möchte ich gern eine so genau als mögliche Auskunft über Situation und Gelegenheit der Szene haben. Meine Arbeit ist zwar fertig, allein da mir der Augenpunkt fehlt, so weiß ich selber nicht, was ich aus meiner Arbeit machen soll, und kurz – ich bin nicht damit zufrieden. Ich könnte Ihnen selbst bessere Stücke, anderer Komponisten, vorschlagen, die sich an ihrem Orte gut genug darstellen; doch sind sie für eine neue Gelegenheit immer nicht an ihrer Stelle und müssen ein fremdartiges Gefühl geben, das, wo nicht wehe, doch auch nicht wohl tut, weil es nicht das Rechte ist. Sollten Sie demnach über die Szene selber noch nicht völlig disponiert haben, so könnte die Komposition dieser Stelle so lange anstehen, bis alles vollendet ist, und dann verspreche ich Ihnen die Komposition, von einem Posttage zum andern, gewiß in Ihre Hände zu liefern.

18. August.

Daß ich immer noch keine Rezension geliefert habe, ist zwar meine Schuld, denn ich habe es versprochen; aber es ist auch nur ohne meine Schuld noch nicht geschehen. Es kommen beständig Sachen darzwischen, die nicht wichtiger, aber doch in loco drängender sind. Jetzt bin ich mehr als jemals mit mir selber beschäftigt. Ich habe an den König geschrieben und einen hoffnungsvollen Bescheid erhalten. Könnten Sie, verehrter Freund, es bewirken, daß meine kleine Schrift über Fasch *jetzt* in der »Literaturzeitung« rezensiert würde, es möchte mir sehr vorteilhaft sein; denn Ihre »Literaturzeitung« gewinnt einen tüchtigen Kredit. Auch in der Hallischen »Literaturzeitung« ist sie immer noch nicht angezeigt, wenigstens ist mir nichts davon bewußt, und vielleicht könnte ich es durch die Jenaische Redaktion erfahren. Man sagt jetzt ganz laut, daß Schiller in Königlich Preußische Dienste getreten sei: ist es denn wahr? – Schillers Frau muß jetzt entbunden sein, ich und meine Frau hoffen, glücklich. Darf ich Sie um Antwort bitten? Müller nimmt sehr edel Anteil an meiner Sache. Sobald etwas Glückliches geschehen ist, sollen Sie zuerst meine Freude teilen. Ewig

Ihr

Zelter.

46. *An Goethe*

Berlin, den 21. August 1804. Mein Gefühl hat mich nicht betrogen. In dem nämlichen Augenblicke, als ich Ihren Brief vom 8. dieses las, ging mir ein anderes Licht auf, und von meinem schon fertigen Chor war nichts zu gebrauchen. Was ich Ihnen von dem Anklange einer Orgel schrieb, scheint mir jetzt nicht mehr anwendbar und vielmehr verwirrend, weil ein Orgelschall nicht von da herkommen dürfte, wo der Kirchzug herkömmt, sondern hinzieht. Die jetzige Einrichtung ist einfacher und wird hoffentlich ihre Schuldigkeit tun, nicht mehr zu sagen, als sie soll. Das

Orchester fängt an zu spielen, indem sich der Zug nähert. Im 5. Takte tritt der Chorus ein; der Marsch der Sänger muß also so eingerichtet sein, daß wenigstens *sie* bei der ersten Note, die sie singen, alle schon sichtbar sind, wenn auch der größte Teil des Zuges ohne sie noch hinter den Kulissen wäre. Ihr Gang muß so eingerichtet sein, daß auf jeden Takt *vier* Tritte fallen, auf jede Viertelnote Ein Tritt. Je stärker der Singchor an Stimmen ist, je besser; wenigstens aber müssen es 12 Sänger sein: 3 Soprane, 3 Alte, 3 Tenöre und 3 Bässe. Sie müssen die Worte sehr bestimmt und fest artikulieren, und das Orchester muß überall *kräftig* eingreifen, nicht faul und verdrossen. Die Musik ist genau auf 4 Minuten berechnet; sollte sich indessen bei der Ausführung finden, daß sich der Moment *zu* kurz oder gar eilfertig darstellte, so ist eine Reprise in der Partitur angezeigt, der zufolge 10 Takte können wiederholt werden, jedoch *nur* wenn es notwendig ist. Das Eintreten des Singechors muß überall mit Sicherheit geschehen, nicht aber einer nach dem andern, wie es hier oft geschieht, indem der ganze Chor Eine Person repräsentiert. Blasinstrumente sind nicht eingewebt, weil der Gesang dadurch leidet; bloß ganz am Ende treten zwei Fagotte nacheinander ein. So wie sich gegen das Ende der Chor entfernt, nimmt das Orchester nach und nach ab, wie es anfangs zugenommen. Die Worte sind aus dem 111. Psalm, nach einer alten Vulgata vom Jahre 1554. Das Gloria habe ich deswegen hineingebracht, weil es bei allen religiösen Zerimonien der Katholiken Gebrauch ist. Könnten zwischen dem Gloria und dem Psalm (indem doch wahrscheinlich Zuschauer auf dem Theater befindlich sind) von diesen Zuschauern einige gehörige Worte gesprochen werden, so habe ich dazu an dieser Stelle eine Fermate gelassen und verspreche mir einige Wirkung davon. So weit meine Predigt, die länger ist als meine Musik, doch wünsche ich, daß die letztere besser und die erste unnötig sein möge.

Lassen Sie mich doch wissen, ob der neue »Götz« auch mit der Herbergsszene anfängt wie der alte: wenn ich so viel Zeit und Ruhe finden kann, habe ich Lust, eine neue Sinfonie dazuzumachen. Vielleicht daß ich mir damit hier bei unserm Theater ein Freibillet von Iffland verdiene. Sollten Sie für den ersten Akt eine besondere Vorbereitungsempfindung, die nicht absolut in der ersten Szene liegt, in sich spüren, so bitte ich mir solche mitzuteilen; denn die Sinfonie muß meines Bedünkens an die Herbergsszene sich anschließen, obgleich sie sich hüten wird, diese Herbergsszene auszumalen, und vielmehr den Charakter des Helden, welcher in Geist, Leben, Ernst und Festigkeit besteht, darzustellen suchen wird.

Meine Frau dankt herzlichst für den Gruß, mit dem sie sich sehr viel weiß, und hat vor Freude darüber wieder von vorn angefangen, die »Natürliche Tochter« zu lesen; sie glaubt, nun werde sie das Stück erst recht verstehn.

Was mich betrifft, so will ich Ihnen nicht verhehlen, daß ich mit Ihrem Vorsatze, dieses Stück für unser dermaliges Bedürfnis umzuarbeiten, nur dann zufrieden sein würde, wenn es jetzt schon da wäre, indem in jedem Falle etwas Ordentliches herauskommen muß. Die Breite, mit welcher Sie in dem ersten Teile der »Natürlichen Tochter« Ihre Charaktere ohne den fernsten Anklang einer Geschwätzigkeit exponiert haben, der kein anderer alter oder neuer Dichter entgangen wäre, diese Breite hat meine größte Bewunderung erweckt. Ja was noch mehr ist: dem gros des Publikums, welches sich jetzt (man mag ihm auch zur Last legen, was man will) mit der größten Mühe in diese feinen edlen Charaktere eingearbeitet und solche stillschweigend in sich aufgenommen hat, selbst diesem großen Publico muß die Fortsetzung und Entwickelung solcher Charakter, aus welchen zusammen eine große Begebenheit resultiert, als eine Belohnung erscheinen, die es suchen und endlich verdienen wird. Sie, mein geliebter Freund, stehn, nach allen innern und äußern Merkmalen, auf einem Punkt, auf welchem sich nicht sobald wieder die Weisheit, das Genie und die Meisterschaft brüderlich umarmen werden. Sie haben ein großes Maß angelegt, um ein großes Feld zu bestellen, das seinen Mann verlangt. Sie haben sich etwas aufgelegt, das sie lösen werden. Sie haben Ihre Zeit geehrt, und die Zeit wird es Ihnen nicht danken, weil sie es nicht kann. Ich sage, wir sagen: Desto schlimmer! Sie werden sagen: Desto besser! Satis sunt mihi pauci, satis est unus, satis est nullus! Aber ach! fahren Sie so fort: lassen Sie, wie sonst, bleiben, was ist und bleiben wird, und gehen Sie ins Weite.

Den 23. August. Ich habe eben Ihren »Götz« zweimal nacheinander wieder durchgelesen und begriffen, wie Ihnen die neue Arbeit mühsam sein muß. Wie freue ich mich auf den neuen »Götz«! aber wie werde ich den alten ewig lieb behalten! denn er kann einmal nicht anders sein als er ist. Die Freiheit, Bestimmtheit, ja ich sage die Gestalt der Personen ist dergestalt klar und beziehlich auf Ort, Zeit und Umgebung, daß keine Mücke mehr dazwischen Platz hat, ohne sich lächerlich zu ennuyieren. Was meine Bewundrung am meisten erregt, ist der Charakter der Elisabeth, die kaum gehört und gesehn wird und die Krone aller Frauen sowie dieses Stücks ist. Was muß ein Mann wert sein, der eine solche Frau liebt! Was für eine Ehe haben Sie da gestiftet! Was wäre Götz ohne diese Frau, und was würde uns diese Frau ohne einen solchen Mann sein können!

24. August. Diese Nacht habe ich einen Plan ausgegoren, Ihren ganzen »Götz« mit Musik zu durchweben. Das neue Stück wird doch in Akte oder sonst in Massen eingeteilt sein, zwischen denen eine Art künstlicher Interpunktion nicht bloß stattfinden und auch zum Verständnis beitragen kann. Die Sinfonie ist so gut als fertig und wartet bloß auf die Beantwortung meiner Fragen an Sie, um geschlossen zu werden; auch habe ich auf einen musikalischen Epilog gedacht, der sich gut an das Ende des Stücks anschließen müßte, *falls der alte Götz die letzte Person auf dem Theater wäre*, welchen man in Ihrem Stücke wie eine Sonne vor sich untergehn sieht. Zu dem Ende müßte ich aber das Manuskript des Stücks ganz haben, und das werden Sie wahrscheinlich nicht aus den Händen geben, ehe Sie es versenden. Indessen würde ich es nur einige Tage nötig haben, und mit der umgehenden Post könnte ich Ihnen solches zurücksenden. Ich könnte freilich damit so lange warten, bis Iffland das Stück hat, aber dann fällt gleich Reichardt oder Weber darüber her, und ich habe dann wieder nichts. Dieser Epilog ist nur 25 Takte lang und gewinnt seine eigentliche Bedeutung (für Nichtkenner besonders) erst durch wiederholte Aufführungen des ganzen Stücks. Denn dieser Epilog ist zugleich der Prolog und geht vor der Sinfonie her, um gleich anzudeuten: was für ein Genus man in dem Gange des Stücks zu erwarten hat. Es müßte also erfreulich sein, am Ende die Erfüllung der Prophezeiung zu finden. Was meinen Sie zu dem Gedanken?

47. *An Zelter*

Heute nur das Wort, daß mir Ihre Symphonie sehr angenehm sein soll. Das Stück fängt mit der Herbergsszene an. Ich stecke im Probieren. Alles ginge gut, nur fürcht' ich mich vor der Länge. Sobald es gespielt ist, erhalten Sie Nachricht, und dann bereden wir uns wegen der Zwischenakte. Tausend Lebewohl und Dank für Ihren Herz und Sinn stärkenden Brief! Weimar, den 10. September 1804. G.

48. *An Zelter*

Durch Herrn Levi sende abermals eine Portion Spaniol; unsere teure Herzogin Amalia übergab mir denselben mit vielen Grüßen an Sie. Ich wünsche, daß er so gut sein möge wie der vorige und daß es mir gelingt, Ihnen mehr zu schicken.

Der »Götz« ist gespielt, ich sende hier den bunten Zettel. Herr Levi übernimmt, Ihnen von dem Stück und der Aufführung zu erzählen. Ich würde es selbst gut heißen, wenn es nicht übermäßig lang wäre. Die nächsten Male lass' ich es teilweise spielen, und dann wird sich finden, welche einzelne Partieen das Publikum am liebsten missen will, die mögen dann herausbleiben.

Herr Levi wird Ihnen sagen, daß Ihr Chorgesang sich gar schön und liebenswürdig ausgenommen und den bedeutenden Augenblick recht zweckmäßig hervorgehoben habe. Auch ein Bogen unserer diesjährigen Kunstausstellung liegt bei. Nächstens mehr. Lassen Sie ja bald von sich hören.

Weimar, am 24. September 1804. Goethe.

49. *An Goethe*

Berlin, den 27. September 1804.

Am 13. dieses sollte der »Egmont« gegeben werden, allein es ward nichts daraus. Madame Unzelmann sagte mir, daß Schiller mit Reichardts Komposition des Liedes im »Egmont« nicht recht zufrieden wäre, darüber habe ich's nun auch versucht, und die Noten folgen anbei. Das erste Wort: »Freudvoll« habe ich wiederholen müssen, indem es einen Diphthong hat, der sich nicht melismatisch behandeln läßt. Die beiden unmittelbar aufeinander folgenden Worte: »Freudvoll und leidvoll« lassen sich musikalisch sehr schwer ausdrücken; es soll nun darauf ankommen, was Sie dazu sagen. Das kleine Präludium vor dem Liede ist nichts als ein Griff über die Zither; dann fällt die Singstimme mit einiger Heftigkeit ein und geht auf dem Worte: »leidvoll« in Melancholie über. Gegen das Ende wird es wieder lebendig, und die Worte: »Glücklich allein ist die Seele, die liebt«, müssen mit steigender Lebhaftigkeit gesungen werden. Sie werden ja sehn, wie sich das Lied auf dem Theater ausnimmt, wo es freilich den Fehler hat, daß es zu Reichardts Zwischenakt nicht paßt, denn Reichardt hat auf seine Melodie für den folgenden Zwischenakt Variationen für das Orchester gemacht, die noch schöner sind als sein Lied.

Ihr Herr Hofkammerrat Kirms hat mir geschrieben und mein Urteil über den Silbermann'schen Flügel verlangt, den ich in Ihrem herzoglichen Schlosse gesehn habe. Ich würde Ihnen raten, dieses Instrument zu behalten. Man wird Ihnen wenig dafür geben wollen, und das Instrument ist gut, wenn es auch außer der Mode ist. In einem Palaste, wo des Guten und Schönen so viel Raum hat, wird sich ja ein abgelegnes Zimmer finden, wo dieses nicht geschmacklos gearbeitete Instrument, etwa unter Bildern der alten Helden Ihres Fürstenhauses, einen bescheidnen Platz finden wird, bis einmal eine Zeit kommt, wo es ein Kenner wegnimmt und ein abgedroschenes Fortepiano dafür hinstellt.

Ihre Sinfonie zum »Götz« habe ich zwar ganz entworfen, allein ich bin so herausgekommen und habe soviel zerstreuende Arbeiten anjetzt, daß ich sie Ihnen schwerlich zur Aufführung des Stücks (die wahrscheinlich vor der Tür ist) werde liefern können. Könnten Sie mir wissen lassen, welchen Tag der »Götz« zum ersten Male soll aufgeführt werden, so findet sich vielleicht eine lustige Stunde, das angefangne Werk zu vollführen. Ich lebe jetzt in einer Anspannung, in welcher mir ein Wort von Ihnen Wohltat und Labsal ist. Schiller läßt gar nichts von sich erfahren. In der Zeitung stand vorgestern: er sei kürzlich wieder gefährlich krank gewesen. Ich habe mich so gefreut, daß wir ihn bekommen würden, ohne daß Sie ihn verlieren sollten, und am Ende verlieren wir ihn vielleicht alle.

Tralles grüßt. Künftig ein mehreres. Den 29. September.

Zelter.

50. *An Zelter*

Gleich nach der ersten Vorstellung des »Götz von Berlichingen« ging Herr Levi von uns ab, ein junger Mann, den ich in Lauchstädt kennen gelernt. Ich gab ihm eine verklebte Schachtel von jenem berühmten Spaniol mit, und er versprach, Ihnen von der Aufführung des Stücks möglichste Rechenschaft zu geben. Da ich aber die Zeit über von Ihnen gar nichts gehört, so fürchte ich fast, er ist länger unterwegs geblieben, als er sich vorgesetzt, und wohl gar noch nicht in Berlin angekommen.

Darf ich Sie wohl hierüber um einige gefällige Nachricht bitten? das ist unter mancherlei Anliegen dasjenige, welches ich heute allein vorbringen kann.

Wir erwarten unser junges hohes Paar, und da gibt es mancherlei zu besorgen.

Noch eins. Möchten Sie mir wohl die Partitur von Ihrem »Wohl auf, Kameraden« zuschicken; ich finde sie nicht, eben da sie für diesen Winter einstudiert werden und den alten Gassenhauer vertreiben soll. Den besten Gruß von mir und Schiller.

Weimar, am 5. November 1804. Goethe.

51. *An Goethe*

Berlin, den 7. Oktober 1804. Daß ich Ihnen erst heute für den herrlichen Spaniol danke, der schon manchen Tag in Berlin ist, kommt daher, weil ich ihn soeben erst erhalte, indem Herr Levin über einen Strauß mit dem hiesigen Torschreiber sich die Schachtel samt dem versiegelten Briefe hatte konfiszieren lassen. Den Brief hat er sogleich, aber erbrochen, zurückbekommen, doch die Schachtel ist erst gestern verabfolgt worden. Über den Spaniol bin ich zum höchsten erfreut. Es ist wirklich der alte, und ich zweifelte sehr, daß seinesgleichen noch in Deutschland würde zu finden sein. Der Geruch desselben ist von großer Schönheit und übertrifft so sehr alle andere balsamische Gerüche, daß ich mich von nun an wohl hüten werde, gegen das allgemeine Geschlecht der Nasen damit großzutun. Wie zehnfach angenehm mir dies köstliche Geschenk ist, kann ich nicht mit Worten sagen, und wie ich lebenslang sinnen werde, das huldreiche Andenken Ihrer verehrten Herzogin durch irgend etwas zu verdienen, das der Neigung meines Herzens entspreche.

Ihr »Götz von Berlichingen« ist also nun an der Wahrheit! Besonders freut es mich, daß unser Chor sich gut aufgeführt hat, weil es das Erste ist, was ich für ein Theater gemacht habe. Daß der »Götz« bei Ihnen gut gegeben worden, habe ich vom Herrn Levin und auch schon von früherer Hand vernommen. Die große Länge soll übrigens *uns* nicht beschwerlich werden. Sie ist das Gefäß des Ganzen, und wem dies zu groß ist, der mag sich's in Flaschen füllen; wir andern genießen gern auf einmal, was für einmal verschrieben ist.

Ihr Komödienzettel ist mir recht lehrreich gewesen und bestärkt mich in der alten Meinung: was sich mit wenigen Mitteln ausrichten läßt, wenn über ein Ganzes ein umfassender Geist waltet.

Gegen das Verzeichnis Ihrer Kunstausstellung hätte ich Ihnen gern das unsrige ausgewechselt, wenn ich nicht vermutete, daß Sie es schon besäßen.

Den 15. November. Wenn ich seit dem Anfange dieses Briefes täglich, und ich mag wohl sagen stündlich, an Sie gedacht habe, so ist dennoch dieser Brief unverantwortlicherweise bis daher liegen geblieben, indem ich den Vorsatz hatte, Ihnen etwas über unsere Ausstellung zu schreiben, die mir dieses Mal vor allen erfreulich vorgekommen ist. Ich hatte nur nicht gleich bedacht, daß es mir zu einer solchen guten Intention an guten Kenntnissen mangele, und so ist eine Zeit von beinahe 6 Wochen verstrichen, die deswegen dennoch nicht besser sind angewandt worden. Das Fach der Landschaften war sehr reichlich und verdienstlich dotiert. Zwei dergleichen von Hackert, viere von Lütke, unter denen die größte, eine Harzgegend vorstellend, von großer Schönheit ist, eine von Genelli, eine von Weitsch, drei von Rösel und noch manche andere könnten wohl vortrefflich genannt werden. Unter den historischen Gemälden befand sich eines von einem jungen Maler namens Karl Ludwig, die Höllenfahrt des Judas Ischarioth vorstellend. Daß sich in unsern Zeiten ein junger Künstler an einen solchen Gegenstand gewagt hat, war mir schon auffallend. Das Gemälde ist 7 Fuß hoch und gegen 5 Fuß breit und hat drei Punkte, welche von der rechten Seite nach der linken, diagonal über das Bild, die Direktion einer Parabel offenbaren. In dem mittelsten Punkt dieser Parabel steht die Hauptfigur des Judas: ein lebensgroßer, brav gezeichnet- und gemalter Akt, im Begriff, den Strick oben zu befestigen. In dieser Handlung wird er durch den Anblick eines leuchtenden Kreuzes, das von zwei Engeln, im ersten Punkte der Parabel, oben rechter Hand, ihm vorgehalten wird, auf das lebhafteste erschreckt. Die Angst einer unwiederbringlichen Reue malt sich auf seinem Gesichte, und so stürzt er, mit einem Fuße auf einem

Felsenstück stehend, mit dem andern frei schwebend, den Strick noch unbefestigt, mit der rechten Hand darnach greifend, als wenn er sich dadurch obenzuerhalten suche, dem dritten Punkte der Parabel, unten linker Hand, zu, wo zwei Flammenhände, mit Krallen versehn und in Flammen gehüllt, bereit sind, den Sünder aufzunehmen und die krumme Linie in infinitum fortzusetzen. Die Intention des jungen Künstlers mag gewesen sein, welche sie wolle, so ist die brave Arbeit an diesem Bilde, verbunden mit der Idee des Unendlichen, mit dem ungeheuren Verbrechen und seinen ewigen Folgen, für meine Einsicht so ganz und klar darinne, daß ich mir nicht enthalten kann, das Bild zu bewundern, welches hier von Kennern wenigstens nicht laut ist bemerkt worden; vielmehr hat man nur Einzelnheiten daran getadelt, welche immer tadelhaft sein mögen: wie denn die Engel nicht sonderlich gemalt zu sein scheinen und etwas höher im Bilde stehn sollten, auch das Proszenium der Hölle etwas tiefer herunter sich befinden sollte.

Die Partitur des »Reuterliedes« werde ich Ihnen mit der nächsten Post senden. Ich habe Ihnen solche in Weimar gelassen, ohne eine Abschrift zu behalten als ein kleines Brouillon auf einem Stückchen Papiere, und muß es also aus dem Gedächtnisse wiederherzustellen suchen. Morgen ist mein Sonntag, da will ich darangehn und sehn, wie weit ich kommen kann. Der Brief muß fort. Leben Sie wohl und empfehlen Sie mich Ihrem Hause und Schillern.

Zelter.

52. *An Zelter*

Es war mir sehr angenehm zu hören, daß die Ungeschicklichkeit des Herrn Levin, von der mir wirklich etwas ahndete, Sie nicht um den trefflichen Spaniol gebracht hat.

Dieses Produkt wird eigentlich in dem Distrikt von Lecce im Tarentinischen verfertigt, und ich will sehen, ob es nicht möglich ist, durch Herrn v. Humboldt [welchen] von dorther zu erhalten. Indessen hat der, welchen ich zweimal übersendet, den großen Vorzug, daß er schon über 14 Jahr alt ist: denn so lange wird er schon in Deutschland aufbewahrt. Auch habe ich Spur von einem solchen Schatze, der noch irgendwo vergraben liegt. Kann ich ihn beschwören, so sollen Sie ihn auch erhalten; indessen bitte haushältisch mit dem Vorrate umzugehen.

Gegen Ihre Beschreibung des Bildes von Judas Ischarioth erhalten Sie auf dem nächsten Blatt die Beschreibung eines alten Bildes, das uns leider verloren gegangen ist, dem von Ihnen beschriebenen e diametro entgegengesetzt. Um die dabei zudringenden Reflexionen abzukürzen, zeichne ich auf der Rückseite ein Schema, wie wir neusten Philosophen uns bildlich und kürzlich gegeneinander auszudrücken pflegen. Ich bin überzeugt, daß es Ihnen klar wie die Sonne entgegenleuchten wird.

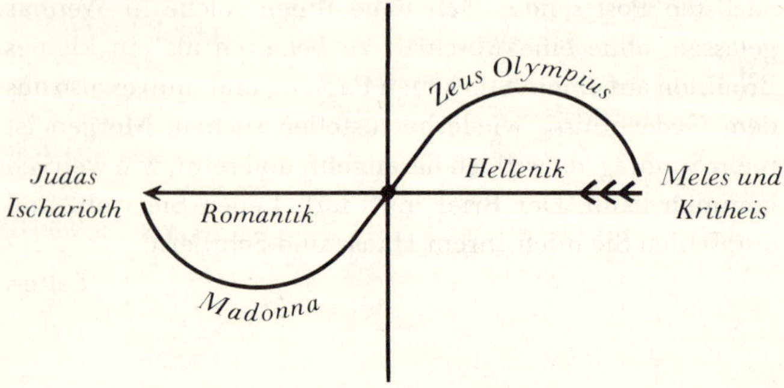

Alles Gute!

G.

den 24. November 1804.

Meles und Kritheis

Fabel

Die Quellnymphe Kritheis liebt den Flußgott Meles; aus beiden, ionischen Ursprungs, wird Homer geboren.

Bild

Meles, im frühen Jünglingsalter vorgestellt. Von seiner Quelle, deren Auslauf ins Meer man zugleich sieht, trinkt die Nymphe ohne Durst, sie schöpft das Wasser und scheint mit der rieselnden Quelle zu schwätzen, indem ihr liebevolle Tränen herabfließen.

Der Fluß aber liebt sie wieder und freut sich dieses zärtlichen Opfers.

Die Hauptschöne des Bildes ist in der Figur des Meles. Er ruht auf Krokos, Lotos und Hyazinthen, blumenliebend, der Jugend gemäß. Er zeigt eine jugendliche und weiche Gestalt, aber ausgebildet; man möchte sagen, seine Augen sännen auf etwas Poetisches.

Wodurch er sich aber am anmutigsten erweist, ist, daß er nicht heftiges Wasser ausströmt, sondern indem er mit seiner Hand über die Oberfläche der Erde hinfährt, läßt er das sanft quellende Wasser durch die Finger rauschen, so daß es ein Wasser zu sein scheint, geschickt, Liebesträume hervorzubringen.

Aber kein Traum ist's, Kritheis! Deine stillen Wünsche sind nicht vergebens. Bald werden sich die Wellen bäumen und unter ihrem grünpurpurnen Gewölbe dich und den Gott liebebegünstigend verbergen.

Wie schön das Mädchen ist! wie zart ihre Gestalt und ganz ionisch! Schamhaftigkeit ziert die Bildung, und gerade diese Röte ist hinlänglich für die Wangen.

Das Haar ist unter dem Ohr gebunden und mit purpurner Binde geschmückt. Sie schaut aber so süß und einfach, daß auch die Tränen das Sanfte nicht verändern. Schöner ist der Hals, weil er nicht geschmückt ist, und wenn wir die Hände betrachten, finden wir weiche lange Finger, so weiß als der Vorderarm, der unter dem weißen Kleid noch weißer erscheint. So zeigt sich auch ein wohlgebildeter Busen.

Was aber haben die Musen hier zu schaffen? An der Quelle des Meles sind sie nicht fremd; denn schon führten sie, in Bienengestalt, die Flotte atheniensischer Kolonien hierher.

Wenn sie aber gegenwärtig hier leichte Tänze führen, so erscheinen sie als freudige Parzen, die einstehende Geburt Homers zu feiern.

53. *An Goethe*

Wie gut es sich mit Ihnen handeln und verkehren läßt, habe ich aus Ihrer Beschreibung Ihres alten Gemäldes wahrgenommen, wobei mir mit Eins ein ganz neues Licht über das Wesen der Fabel aufgegangen ist. Aber nun habe ich eine große Bitte: Ich muß nur gestehn, daß ich nicht mehr recht ordentlich weiß, was ich Ihnen über das Gemälde des Judas Ischarioth geschrieben habe, und darum haben Sie die Güte, mir, womöglich mit umgehender Post, meinen Judas-Brief zurückzuschicken, um mir solchen zu kopieren. Denn nun ist mir mein Gedanke erst wichtig geworden, mit dem ich mich bei einigen Kennern hiesigen Orts nicht schlecht lächerlich gemacht habe, als ich ihnen selbigen vorlegte; denn (im Vertrauen!) das Gemälde hat hier bei weitem nicht die Sensation erregt, die ich davon erwartete. Auch haben unsre Künstler wohl so ganz unrecht nicht, wenn sie vor der Hand zuerst den größern Wert der Künstlerprodukte in einer tüchtigen Handhabung der Farben und Umrisse gelegt wissen wollen, über welches Kapitel denn ich wenig mitreden kann.

Aber Ihre Fabel sowohl als die Darlegung und Position der Figuren nebst deren Gestaltung ist unendlich schöner, reicher und poetischer als die meinige, ohne daß ihr der Ursprung und die Folge des Unendlichen abgeht. Man sieht so recht, wie die Idee des Göttlichen allein das innere Leben und Licht aller alten Kunst hat sein sollen und wie ohne dieses Medium das ganze Kunstwesen eine eitle, leidige und undankbare Beschäftigung für vernünftige Wesen ist.

Wenn Ihre Fürsorge, mich mit vortrefflichem Spaniol zu versehn, mich auf einer Seite schamrot macht, so ist das Bewußtsein, mit dem Schatze, den ich jetzt besitze, wenigstens ein volles Jahr gegen Mangel in Sicherheit zu sein, Ihr Werk und ein Geschenk, das ich verehrend erkenne. Ich würde untröstlich gewesen sein, wenn ich um die neue Provision gekommen wäre, die Sie mir durch Herrn Levin geschickt, und ich war schon im Begriff, deswegen selber zum Minister Struensee zu gehn, der aber damals krank war und jetzt tot ist.

Daß Sie das »Reuterlied« noch nicht erhalten haben und auch mit diesem Briefe noch nicht erhalten, liegt an einer sauern Arbeit, die ich mir freilich selber aufgelegt habe. Ich hatte hier unter meinen Freunden bekannt gemacht, daß ich willens sei, eine Art von Kursus der Singkunst mündlich vorzutragen. Dazu fanden sich bald mehrere Teilnehmer, und ich brauche nun schon seit 14 Tagen dazu wöchentlich 9 Stunden, auf die ich mich anfänglich und bis jetzt mit großem Fleiße präparieren mußte, um mich nicht zu zerstreuen, um einer Erwartung zu entsprechen, die sich ohne meine Prätension etabliert hat. Indessen bin ich besser in den Zug gekommen, als ich es selber geglaubt hätte, und bin nicht in Zweifel, etwas Ersprießliches zu wirken. Ja es würde mir noch weit mehr Vergnügen machen, wenn ich nicht dieser Sache wegen jetzt eben gezwungen wäre, eine Menge schlechter Bücher, die über das Singen geschrieben sind, zu lesen. Künftig ein Mehreres, die Post geht ab.

Sonnabend, 8. Dezember 1804. Zelter.

54. *An Zelter*

Hier der verlangte Brief. Nächstens werde manches mitteilen, das Ihnen Vergnügen machen wird.

Die Partitur des »Reuterlieds« habe aus den Stimmen herstellen lassen. Bemühen Sie sich deshalb nicht weiter damit. Tausend Lebewohl.

Den 13. Dezember 1804. G.

55. *An Zelter*

Sie erhalten den verlangten Brief, den ich mir gelegentlich wiedererbitte. Ich glaube wohl, daß Judas Ischarioth in Berlin wenig Glück gemacht hat. Man muß ein Sonntagskind sein, wenn man das Verdienst eines solchen Gegenstandes gewahrwerden will. Dagegen findet sich in dem Verzeichnis der Berliner Ausstellung manche Seite, ja manches Blatt, worauf geschrieben stehet, was auf dem Gemälde nicht zu sehen ist und nicht zu sehen sein kann.

Daß ich nicht an Ihren Vorlesungen teilzunehmen imstande bin, tut mir sehr leid. Zwar ist es meiner Natur gemäß, an einem kleinen Orte zu leben; aber das Schlimmste ist, daß man da fast nichts zu genießen hat, als was man sich selbst auftischt, da man an großen Orten oft und bequem zu Gaste gehn kann.

Bei Gelegenheit des Zu-Gaste-Gehens fällt mir ein irdisch Bedürfnis ein, daß Sie recht gut befriedigen können. Schicken Sie mir doch mit dem Postwagen einen halben

Scheffel echte märkische Rübchen, nur lassen Sie solche gut emballieren, damit sie nicht gleich von der Kälte leiden. Dagegen sende ich nächstens wieder einige griechische Früchte, die den großen Vorzug haben, daß sie Leib und Seele zugleich erquicken. Tausend Lebewohl!

Weimar, den 16. Dezember 1804. J. W. v. Goethe.

56. *An Goethe*

Berlin, 22. Dezember 1804.

Meine Frau ist aufs höchste erfreut, Ihnen mit etwas aufzuwarten, das wenigstens um die jetzige Jahreszeit nicht für Geld zu haben ist. Ihre märkische Rüben werden soeben gepackt, um, sobald das Wetter gelinder ist, abzugehn, weil diese kleinen Gewächse den Frost nicht vertragen können und sogleich faulen. Es verdrießt mich bloß, daß ich sie Ihnen nicht heute noch schicken kann, indem heute Posttag ist und ich soeben Ihren lieben, lieben Brief erhalte.

Ich laboriere heute an der Verdauung einer ungeheuern Spektakeloper, »Die Sternenkönigin«, welche ich gestern zum ersten Male gesehn habe und gegen deren unendlichen Schlechtigkeit wir alle zu Felde liegen und dabei das Stück spielen und auch sehn.

Mein Kursus geht seinen guten Gang. Das Beste, was ich davon hoffe, ist, daß er mich zu etwas in der Kunst und Wissenschaft führen wird, das ich noch nicht kenne, und dann habe ich mehr als Einen Zweck erreicht.

Hätten Sie einmal eine lustige Stunde, so wollte ich Ihnen eine kleine Arbeit dazu vorschlagen: einen Plan zu einem kleinen schalkhaften Singspiele von einen oder 2 Akten auszudenken, worin es etwas munter hergeht.

Ihre neue Erbprinzessin wird nebst dem Erbprinzen von Weimar zum Karnaval erwartet, welches wegen der Entbindung der Königin aufgeschoben ist. Was mir dabei wichtig ist, weiß ich wohl; ich denke: Sie sollten einmal mitkommen, wenn auch nicht, unsre Opern zu sehn.

Tausend Lebewohl! Zelter.

1805

57. *An Goethe*

Ein halber Scheffel märkische Rüben erfolgen anbei. Ich wollte Ihnen einen ganzen Scheffel senden, allein meine Frau hat ihre Gründe dagegen, indem es möglich wäre, einen starken Frost eintreten zu sehn, und man alsdann einen halben Scheffel nachsenden könnte. Die Rüben wollten nicht allein reisen, und so hat sich ein gesunder Hecht zu ihnen gesellt, der Ihnen einen neuen Vers von der Leber eingeben soll.

Lassen Sie mich ja wissen, ob alles wohl überkommen ist und nichts gelitten hat; meine Frau ist sehr besorgt darum.

Soeben, vor meiner Zuhausekunft, ist Herr Ehlers bei mir gewesen und hat Grüße von Ihnen und Schillern abgegeben. Er hat sich nicht wollen halten lassen, und so weiß ich nicht, ob ich ihn gar sprechen werde. Heut und morgen Mittag ist er engagiert und hat nicht verlassen, wie ich ihn sehn soll.

In diesen Tagen habe ich ein neues Lied von Schillern: »Die Gunst des Augenblicks«, komponiert, worin eine anwachsend größere musikalische Form versucht ist und welches ich mit Herrn Ehlers senden will, wenn ich ihn noch sehe.

Den Brief sende ich anbei zurück und frage noch an wegen der griechischen Früchte. Ist denn der »Götz von Berlichingen« noch nicht hier? Ihr

Berlin, den 19. Januar 1805. Zelter.

Eine Anweisung über die Behandlung der Rüben hat meine Frau eingelegt.

58. *An Zelter*

Rübchen und Fisch sind glücklich angekommen, die ersten schön trocken, der zweite tüchtig gefroren. Den Leberreim bleib' ich schuldig, so wie manches andre. Ich muß mir Verschiedenes erst vom Halse schaffen, ehe ich wieder an einiges denken kann, was Ihnen Freude macht. Indessen werden Sie zwischen hier und Jubilate von mir und andern Freunden hie und da manches antreffen, woran Sie teilnehmen mögen.

Durch Oels hoffe ich von Ihnen zu erfahren und das versprochene Lied zu erhalten.

»Götz von Berlichingen«, der neue, ist schon seit Anfangs Dezember an Iffland abgegangen. Es ist nun aber seine Manier in solchen Fällen, stumm zu sein und das Wesen bei sich zu kohobieren und zu schmoren, bis er es endlich gar genug glaubt, um damit hervorzukommen. Lassen Sie sich also nichts davon merken. Einem Mann von seinen Verdiensten muß man eine Eigenheit schon nachsehen, um so mehr, da eine solche Handelsweise in seiner Lage vielleicht nötig ist. Soviel für heute. Danken Sie Ihrer lieben Frau für das Übersendete. Das Rezept ist genau befolgt worden, und das Gericht ist sehr gut geraten.

Nächstens wieder von Erscheinungen entgegengesetzter Polarität, von griechischen Gemälden und vom Tarentiner Spaniol. Leben sie heiter und gedenken mein.

Weimar, den 29. Januar 1805. Goethe.

59. *An Goethe*

Berlin, den 2. April 1805.

Nur wenige Worte zur Begleitung der Einlage, welche ich an den jungen Herrn Voß abgeben zu lassen bitte.

Ich habe das Lied dreimal in Musik gesetzt. Was endlich geworden ist, sende ich Ihnen, indem es vielleicht gebraucht wird. Finde ich es noch besser, so werde ich's nachsenden. Die Sängerin wird das Beste daran tun und auf die geschickte Einschaltung der Melodie zwischen dem Dialog, ingleichen auf natürlichen ruhigen Ausdruck halten müssen. An Herrn Voß werde ich schreiben, sobald ich vor aller Lauferei und Zerstreuung dazu kommen kann.

Ich hoffe, daß Sie vollkommen genesen sind. Ihre Krankheit hat durchaus eine eigne Sensation gemacht, und alles freut sich Ihrer Genesung. Ich selbst werde von meiner Angst nicht eher erlöst sein, bis ich Ihre Zeilen wieder sehe.

Gott befohlen! Ich bin nach meiner Art sehr tätig und denke in der Hauptsache nicht umsonst zu arbeiten. Ewig und unauflöslich

Ihr

Berlin, 2. April 1805. Zelter.

60. *An Zelter*

Seit der Zeit, daß ich Ihnen nicht geschrieben habe, sind mir wenig gute Tage geworden. Ich dachte mich selbst zu verlieren, und verliere nun einen Freund und in demselben die Hälfte meines Daseins. Eigentlich sollte ich eine neue Lebensweise anfangen; aber dazu ist in meinen Jahren auch kein Weg mehr. Ich sehe also jetzt nur jeden Tag unmittelbar vor mich hin und tue das Nächste, ohne an eine weitre Folge zu denken.

Da indessen die Menschen aus jedem Verlust und Unglück sich wieder einen Spaß herauszubilden suchen, so geht man mich von Seiten unsres Theaters und von mehrern Seiten dringend an, das Andenken des Abgeschiedenen auf der Bühne zu feiern. Ich mag hierüber weiter nichts sagen, als daß ich dazu nicht abgeneigt bin und jetzt nur bei Ihnen anfragen möchte, ob Sie mir dabei behülflich sein wollen, und zwar zuerst, ob Sie mir Ihre Motette: »Der Mensch lebt und bestehet«, wovon mir die »Musikalische Zeitung« Nr. 27 Nachricht gibt, gefällig mitteilen und noch einiges andre in feierlichem Stile entweder komponieren oder komponierte Musikstücke, deren Charakter ich Ihnen angeben würde, zu Unterlegung schicklicher Worte aussuchen und überlassen wollten. Sobald ich hierüber Ihre nähere Gesinnung weiß, so erfahren Sie das Weitere.

Die schöne Folge Ihrer kleinen Aufsätze über Orchestereinrichtungen habe ich bisher bei mir liegen lassen und zwar, weil sie eine Art von Satire auf unsre eigenen Zustände enthielten. Jetzt wünscht sie Reichardt für die »Musikalische Zeitung«; ich suche sie wieder auf, sehe sie an und kann sie unmöglich dem Intelligenzblatt unsrer »Literaturzeitung« entziehen, wo sie sich nächstens unter dem Strich gar trefflich ausnehmen sollen. Es haben sich einige Umstände bei uns geändert, und am Ende darf man ja wohl auch dasjenige tadeln, was man geschehn läßt.

Geheimerat Wolf von Halle ist gegenwärtig hier. Könnte ich doch auch hoffen, Sie dieses Jahr zu sehen. Wäre es nicht möglich, daß Sie Ende Juli nach Lauchstädt kämen, um daselbst jene obengedachte Arbeit einzuleiten und ausführen zu helfen? Bedenken Sie das und sprechen mir nur von der Möglichkeit; die Mittel wollen wir alsdenn auch schon bedenken.

Wie sieht es mit Ihrem Spaniolvorrat aus? Ich bin indessen glücklich genug gewesen, wieder eine Partie von dem echten zu erhalten. Wie soll ich Ihnen denselben zuschicken?

Leben Sie recht wohl und lassen mir bald von sich hören.

Weimar, den 1. Juni 1805. G.

61. *An Goethe*

Berlin, 8. Junius 1805.

Ich habe Ihnen, mein unendlich geliebter Freund, so lange nicht geschrieben, daß mir angst und bange worden ist. Und so manchen Brief ich in der Zeit geschrieben habe, so wäre es mir vielleicht unmöglich gewesen, ohne besondere Veranlassung eine ordentliche Zeile an Sie zusammenzubringen. Ihr lieber Brief vom 1. Juni hat mich erweckt. Ich habe ihn soeben erhalten und antworte Ihnen sogleich, wenn auch diese Antwort erst künftigen Mittwoch den 12. von hier abgehn kann. Meine Motette erhalten Sie anbei. Ich zweifle indessen, daß Sie einen Gebrauch davon werden zu dem bewußten Zwecke machen können, indem sie achtstimmig ist und mit einem Chore von wenigstens 32 guten Chorsängern besetzt werden muß, wenn sie nicht ohne Wirkung bleiben soll. Ich habe sie am meisten deswegen gemacht, um mich selbst in einem gewissen Kunstfache zu tentieren, das in unsern Zeiten wenig gebraucht und gesucht wird; sie würde vielleicht auch nicht uneben klingen, wenn die Stimmen sämtlich durch ein Orchester (jedoch ohne Blasinstrumente) verstärkt und versichert würden. Übrigens lege ich Ihnen den Anfang meines Requiem bei, das Ihnen vielleicht auch nützlich werden könnte, indem dazu nur ein Chor von 16 bis 20 Sängern und 4 Solostimmen erforderlich sind; der Chor könnte dann auch durch das Orchester verstärkt werden. Warum aber wollen wir uns mit geborgten Gütern behelfen? Ich sollte denken, es werde Ihnen eben nicht schwer fallen, etwas Besonders zu machen oder anzuordnen, wozu ich Ihnen die Musik, so bald als es mir nur möglich ist, liefern will. Die vorerwähnten Stücke sind wirklich auf eine Kirche berechnet, und ich fürchte, daß sie außer dieser Sphäre nicht ihre volle Wirkung haben werden. Wenn dagegen wir beide, um eines Dritten willen, den wir nun wohl fortlieben werden, etwas zustande bringen, so sollte ich denken, es müßte sich sehn und hören lassen; mir wenigstens wird es nach unseres Freundes Tode die erste erfreuliche Arbeit sein. Darüber erwarte ich mit umgehender Post Ihre Meinung und Ihren Willen.

Herr Geheime Rat Jacobi, mit dem ich sehr bald bekannt und lieb geworden bin, wird Ihnen sagen können, wie ich jetzt lebe, wie ich Sie liebe, und was er sonst von mir weiß. Er wird wahrscheinlich noch diesen Monat bei Ihnen sein.

Ehlers ist jetzt in Berlin. Er ist zweimal mit Beifall aufgetreten, doch scheint er kein Günstling von Umständen zu sein, die sich nicht zu seinem Vorteile zu fügen scheinen.

»Rameaus Neffen« habe ich gestern zum ersten Male mit großem Genusse gelesen, und es hat mich nicht wenig gekränkt, daß Sie und er mehr von der Musik verstehn als ich. Ich habe niemals etwas gelesen, das mir die Augen so mit Zangen aufgerissen hätte, wie diese Schrift. Man kann über sich selbst erstaunen, dies Buch zu verstehn, und ich denke mir: Sie haben nicht widerstehn können, es zu übersetzen, wenn es übersetzt ist. Ihre Anmerkungen über die Personen, von denen im Buche die Rede ist, sind so trefflich, daß ich Sie deswegen verehren müßte, wenn Sie auch weiter nichts geschrieben hätten.

Der unvermutete Tod unseres lieben Schiller hat bei uns in Berlin eine allgemeine und starke Sensation erregt. Ifflands Betragen (obwohl man demselben keine deutlichen Zwecke noch unterlegen kann) ist ehrwürdig. Er scheint auf etwas zu sinnen oder auf einen ersonnenen Zweck mit eigentlicher Lebhaftigkeit hinzuarbeiten. Diesen Abend wurden die »Räuber« mit aller Kraft, welcher unser Personale und die Kasse fähig ist, sehr eklatant und eifrig vorgestellt. Das Haus war zum Ersticken voll. Iffland spielte den Franz mit unverkennbarer Absicht, sein Ganzes zu leisten. Die Rollen des Karl und der Amalie wurden gleichfalls von

Mattausch und Madame Fleck trefflich gespielt. Unser Publikum, welches dieses Stück sehr liebt, hat es auch diesmal wieder, nur mit verdoppeltem Enthusiasmus aufgenommen. Künftigen Freitag steht »Kabale und Liebe« auf dem Repertorio, und es scheint, als wenn die Direktion durch kurz aufeinander folgende Darstellungen aller Schiller'schen Stücke teils das Publikum, das Schillern sehr liebt, fetieren und seinem Eifer Nahrung geben, teils die großen Verdienste des Verewigten auf Eine Tafel bringen wollte, um endlich dadurch etwas für Schillers Andenken zu bewirken. Auch leidet die Kasse eben dadurch nicht, denn das Haus ist bei Schiller'schen Stücken jetzt immer voll, welches in der jetzigen Jahreszeit sonst nicht der Fall ist.

Lassen Sie demnach uns auch etwas für diese Sache tun, das sich daurend an einen dauernden Gegenstand anschließt. (Versteht sich für uns.) Wenn Sie nicht zu sehr angegriffen sind, so kann es eine lindernde wohltätige Arbeit für Sie sein, und ich will mich zusammennehmen und leisten, was ich kann. Um so mehr, da eigentlich in dieser Art nichts Rechtes existiert, das sich für eine Bühne eignete. Vielleicht könnte unsere Arbeit etwas Allgemeines werden, das sich wie ein ordentliches Stück bei jeder feierlichen Gelegenheit anwenden ließe.

Nach Lauchstädt käme ich gern. Die einzige Ursache, Sie dort zu finden, sollte mir für alle gelten, allein es wird sich nicht tun lassen. Meine Frau ist mir diesen Winter so krank gewesen, daß sie das Pyrmonter trinken und an Ort und Stelle baden soll; dann bin ich allein mit meinen vielen Kindern und Arbeiten und habe keine Hülfe.

Das Requiem, welches ich Ihnen anbei sende, ist das nämliche, mit welchem ich Schillers Andenken am 21. Mai in der Singakademie im Beisein unseres Freundes Jacobi begangen habe.

Mein Spaniol hat sich tapfer gehalten. Noch habe ich etwas,

indem ich sehr sparsam damit bin. Für die neue Lieferung danke ich im voraus. Es wäre am besten, wenn Sie mir solchen geradezu mit der Post senden wollten, der Impost kann von keiner Bedeutung sein gegen den Wert, welchen er für mich hat. Leben Sie wohl und erfreuen Sie mich durch beruhigende Nachrichten über sich; ich verharre mit ewiger Liebe

Ihr

Geschlossen am 11. Junius 1805. Zelter.

62. *An Zelter*

Für die baldige Übersendung der erbetenen Musik sei Ihnen der beste Dank gesagt. Ich will suchen, sie baldmöglichst, so gut es immer gehen will, zu hören. Übrigens bin ich mit Ihnen überzeugt, daß man bei dieser Gelegenheit nicht flicken, sondern etwas aus dem Ganzen schneiden sollte. Ich habe nur leider nie das Glück gehabt, neben mir einen tüchtigen Tonkünstler zu besitzen, mit dem ich gemeinschaftlich gearbeitet hätte, und daher habe ich mich immer in solchen Fällen an das Stoppeln und Zusammensetzen halten müssen, und so schwebte mir das auch bei der gegenwärtigen Gelegenheit wieder vor.

Sie sollen aber nun baldmöglichst wenigstens zuerst mein Schema erfahren und mir Ihre Gedanken darüber eröffnen. Sowohl Vorsatz aber als Arbeit bleibt unter uns, bis wir fertig sind und getrost auftreten können.

Indem ich an »Rameaus Neffen« und dessen Zubehör arbeitete, habe ich oft an Sie gedacht und mir nur wenige Stunden Unterhaltung mit Ihnen gewünscht. Ich kenne Musik mehr durch Nachdenken als durch Genuß und also nur im allgemeinen. Mich freut, daß Ihnen dieses Bändchen eine gute Unterhaltung gegeben. Das Gespräch ist aber auch ein wahrhaftes Meisterwerk.

Für den »Wilhelm Meister« bleib' ich Ihr Schuldner, so wie für manches andere. Indessen sende ich hier eine Schachtel Spaniol, welcher wohlbehalten anzukommen wünsche.

Iffland hat auf jede Weise recht, den pathologischen Anteil des Publikums für seine Zwecke zu benutzen. Wenn die Deutschen nicht real gerührt sind, so sind sie ideal schwer zu rühren. Setzt er seine Reihe der Vorstellungen durch und führt er sie am Ende zu einer tüchtigen Benefizvorstellung für die hinterlassenen Kinder, so soll er gerühmt werden.

Das Frankfurter Absurdum lege ich bei. Man setzt in die Zeitung: er sei nicht reich gestorben, habe vier Kinder hinterlassen, und gewährt dem lieben Publikum einen freien Eintritt zu einer Totenfeier! Pfaffen und Mönche wissen die Totenfeier ihrer Heiligen besser zum Vorteil der Lebenden zu benutzen. Das tiefe Gefühl des Verlustes gehört den Freunden als ein Vorrecht. Die Herren Frankfurter, die sonst nichts als das Geld zu schätzen wissen, hätten besser getan, ihren Anteil realiter auszudrucken, da sie, unter uns gesagt, dem lebenden Trefflichen, der es sich sauer genug werden ließ, niemals ein Manuskript honoriert haben, sondern immer warteten, bis sie das gedruckte Stück für 12 Groschen haben konnten. Verzeihen Sie mir, daß ich so weitläuftig bin. Ich könnte es noch mehr sein, wenn ich sagen wollte, was über diesen Gegenstand alles zu sagen ist.

Geheimerat Wolf von Halle war auf 14 Tage bei mir. Die Gegenwart dieses so höchst tüchtigen Mannes hat mich in jedem Sinne gestärkt. Jacobi erwarte ich alle Tage. Warum kann ich nicht hoffen, Sie auch noch dieses Jahr zu sehen?

Leben Sie wohl und sagen mir bald wieder etwas, daß nicht so lange Pausen entstehen. Man pausiert sich sonst einmal unversehens ins ewige Leben hinein.

Weimar, den 19. Junius 1805. G.

63. *An Goethe*

Berlin, 2. Julius 1805.

Ihren lieben Brief vom 19. Junius erhalte ich soeben und danke herzlichst für den göttlichen Spaniol, der allerdings echt und vielleicht noch feiner als der erste ist.

Für das Exemplar des »Wilhelm Meister« hat die verwitwete Madame Unger schlechterdings kein Geld von mir nehmen wollen, obgleich ich nicht gesagt habe, daß es für Sie sein solle, und also habe ich Ihnen auch keinen Geldbetrag angeben können; wir beide sind darüber im voraus auf dem reinen, und wenn ich wüßte, wie ich Ihnen mein ganzes Herz und Sein einpacken und übersenden sollte, so – doch das ist immer bei Ihnen, denn Gott weiß, daß ich jede Stunde an Sie denke und mich mit Ihnen unterhalte.

Meine Frau geht Mitte dieses Monats nach Pyrmont und kann etwa 6 Wochen ausbleiben. Lassen Sie mich doch wissen, wannehe Sie nach Lauchstädt gehn und wie lange Sie dort zu bleiben gedenken.

Auf Ihr Schema bin ich vollkommen vorbereitet und erwarte es. Sobald ich Ihre Gedanken weiß, sollen Sie von Posttag zu Posttag Nachricht haben. Ich werde mich von allen Nebenarbeiten rein zu halten suchen, um mit Eifer und Muße zu leisten, was ich kann. Ich eile, denn der Brief muß auf die Post. Ewig Ihr Zelter.

Über den »Winckelmann« künftig.

64. *An Goethe*

Berlin, 2. Julius 1805.

Jawohl! Man pausiert sich ins ewige Leben hinein. Und so fange ich einen neuen Brief sogleich an, indem mein letzter Brief vom heutigen Dato erst seit 4 Stunden auf der Post ist.

Die letzten Worte Ihres lieben Briefes haben so ernsthafte Betrachtungen in mir erweckt, daß ich weinen möchte, wie sie eben auf mich Eindruck machen. Es kann vielleicht eben dahin kommen, daß ich meine unendlich geliebte Singakademie, die Frucht eines unablässigen Fleißes von sechszehn sauern Jahren, aufgebe und aufhebe, mitten in ihrer schönsten Blüte und in einer Aussicht von Hoffnungen für Kunst und wahren Gehalt, die ich immer redlich in mir verschlossen habe, um nur immer mit Tat und getaner Arbeit erscheinen zu können.

Noch kann ich nichts, mag ich nichts weiteres hierüber sagen, indem mir diese Äußerung im größten Unmute daher aufs Papier gefahren ist, worüber ich mich nun ärgere. Allein auf den ersten Hieb sollen sie mich nicht klein hauen, ich will sie ruhig erwarten und mich wehren, wie ich kann.

Die Winckelmannischen Briefe haben mir einen Genuß gegeben, den ich Ihnen tausendmal danke. Ihren Anteil an diesem köstlichen Werke segne Ihnen der Gott des Lichts, der in seiner hohen Unverdrossenheit diese dumme Welt erleuchtet, die man zugleich lieben und verachten muß, um bei Ehren zu bleiben. Die intime Kennerschaft des Höchsten, Wahren, verbunden mit Ihrer absolut truglosen historischen und praktischen Kenntnis des *gesamten* Kunstwesens, hat noch niemals so brüderlich nebeneinander gestanden. Wie würde sich der edle Winckelmann freuen, wenn er sähe, welch einen königlich prächtigen Grundriß Sie hier niedergelegt haben, die Geschichte der Kunst eines ganzen Jahrhunderts zu sichern, worin das Fundament jeder Säule so aus einem Stücke gelegt ist, daß nur ein solcher Arm es von seiner Stelle rücken könnte, der zugleich fähig wäre, ein ganz neues Gebäude auf seine Art zu konstruieren. Aber wer, mein göttlicher Freund, wird es verstehn, was Sie hier dem Charakter des Antiken, Heidnischen, der Freundschaft, Schönheit und so weiter so tief und kräftig untergelegt haben? Soll ich stolz sagen: Keiner! indem ich es ahnde? Man sieht hier so recht, wenn man will, den Unterschied zwischen einem wahren Menschen und einem, der aussieht wie ein Mensch, und andererseits: wie die Leute recht haben, von Hause aus an allem zu verzweifeln, wohin ihnen kein Trieb geworden, und unterweilen mit dem vorliebzunehmen, was vor ihnen liegt, und am Ende den Triumph davonzutragen, sie hätten das Rechte gefaßt.

Ich denke jetzt auf nichts, als wie ich nach Italien kommen soll, um wenigstens zwei Jahre dort zu sein; denn ein Jahr würde draufgehn, zu verschnaufen, den gewohnten Menschen abzulegen und mich an die neue Luft zu gewöhnen. Meine Zwecke würde ich an Ort und Stelle erst signalisieren können, indem solche verschieden sind von andern mir bekannten Zwecken. Ich fühle es im Innersten, ja ich sehe es ein, daß ich hier nichts leisten kann, wo in allem Überfluß und Mangel zugleich ist, in dessen Anschaun mein Wesen verdorrt. Wenn ein Fremder aus diesem Lande in meine Nähe kommt, denke ich immer: das wird ein Bote sein, der dich ruft. Dann schmiege ich mich an ihn, bewirte ihn wie einen Gesandten der Götter und horche seinen Worten, und dann kommt es heraus, daß die Wege schlecht, die Armut groß und das Essen teuer ist, und so weiter.

Jacobi wird jetzt bei Ihnen sein, den ich deswegen beneide. Lassen Sie sich doch ja nicht abhalten, Ihr Schema zu verfolgen, damit ich etwas zu tun bekomme; ich denke die Zeit, da meine Frau in Pyrmont sein wird, recht einsam zuzubringen.

Wollten sie mir gelegentlich wohl Auskunft geben: was unter dem heroischen Stil in der Landschaftsmalerei verstanden wird? Ich dachte es durch Nachdenken zu finden, kann aber auf nichts Rechtes kommen.

Über die lieben Frankfurter habe ich herzlich gelacht, indem es deren auch hier in Berlin eine ziemliche Anzahl gibt. Wenn solche Leute einmal in den Schuß kommen, etwas der Würde eines großen Gegenstandes Gemäßes zu tun, so vergessen sie darüber ihre eigne Würde und es kommt ordinär etwas so Dummes heraus, daß sie am Ende selber über sich lachen müssen. Ich habe darüber seit manchen Jahren hier Erfahrungen gemacht, die keiner besser als Rameaus Neffe würde der Geschichte einverleiben können. Dieser Mensch hat mich durch seine allgemeine Einsicht in alles Weltwesen bis zum Erstaunen entzückt; ich kann ihn mir denken, wie er leibt und lebt.

65. *An Zelter*

Ich wollte, Sie hätten Lust und Mut, wenn Sie Gegenwärtiges erhalten, sich aufzumachen und nach Lauchstädt zu kommen. Sie finden mich allein und frei von allen Verhältnissen. Ein hübsches Zimmer ist zu Ihrer Aufnahme bereit. An allem Übrigen zur Leibesnotdurft soll es nicht fehlen. Mit Hin- und Widerschreiben ist nichts getan. Ich bleibe wohl noch drei Wochen, doch müßten Sie bald kommen, daß auch etwas geschehen könnte. Nichts mehr! Die Antwort hoffentlich aus Ihrem Munde. Lauchstädt, den 22. Juli 1805.

G.

Ich gedenke in dieser Zeit die Schillerische »Glocke« dramatisch aufzuführen, was könnte das nicht durch Ihre Beihülfe werden! Kommen Sie ja!

66. *An Goethe*

Dienstag, 30. Juli 1805. Berlin.

Meine Sehnsucht nach Ihnen und Ihre letzte Einladung nach Lauchstädt zusammen bringen mich beinahe zur Verzweifelung. Ich habe soviel Arbeit und Brotwesen auf dem Halse, daß ich nicht von der Stelle kann und auf meinem Acker bleiben muß. Außerdem wird heut über acht Tage der Geburtstag unseres Königes auf der Singakademie gefeiert, wozu ich allerlei Anstalten bereitet habe, mit denen ich auch noch nicht zu Rande bin.

Es gab eine Zeit, und sie ist noch nicht lange vorüber, in der mir die Meinung natürlich geworden war: das Höchste, was ein Mensch, der mit sich selbst einverstanden ist, machen könne, sei Ihr »Tasso«, mein »Tasso«. Diese Meinung habe ich zwar nicht abgelegt, doch wie ich die »Natürliche Tochter« wieder und wieder lese und nach und nach in das freie Naturell dieser Personen eingehe, wie sie sich meinem Gemüte offenbaren und befestigen, tritt ein Bild des menschlichen Wesens vor meine Sinne, das mich die Welt unter jedem Sonnenpunkt kennen lehrt. Ja wahrhaftig! man hat an dem zehntausendsten Teil der Kunst genug, wer sie ganz versteht, und ich beschwöre Sie in Namen alles Heiligen und Ewigen: lassen Sie von diesem Werke nicht ab! Es wird immer eine Zeit geben, wie es immer eine gegeben hat, doch diese Zeit wird nicht wiederkommen; sie wird eine neue gebären, doch die neue wird nicht die vorige sein. Ich bin mit Ihrem Werke, wie es da ist, vollkommen befriedigt; ich würde es sein, wenn nur Ein Akt davon vorhanden wäre. Meine Begierde nach der Folge ist ganz unendlich und hat allen dermaligen theatralischen *Zwecken* so den Abschied gegeben, daß ich auf dem Theater, das, wenn Gott wollte, gar nicht sein müßte, nichts lieber sehe, als was die Leute eben treiben und worin sie sich gefallen. – Abends. Mein Brief muß auf die Post, leben Sie wohl!

Ewig Ihr

Zelter.

67. *An Zelter*

Lauchstädt, den 4. August 1805.

Bis zum heutigen Tage habe ich mir, wiewohl nur mit einer schwachen Hoffnung, geschmeichelt, Sie hier zu sehen. Es gehört zu den traurigsten Bedingungen, unter denen wir leiden, uns nicht allein durch den Tod, sondern auch durch das Leben von denen getrennt zu sehen, die wir am meisten schätzen und lieben und deren Mitwirkung uns am besten fördern könnte.

Damit dieser Brief gleich fortkomme, gehe ich von so traurigen Betrachtungen gleich zu einer Bitte über. Ich stelle die »Glocke« Schillers dramatisch vor und ersuche Sie dazu um Ihren Beistand. Lesen Sie das Gedicht durch und schicken Sie mir eine passende Symphonie dazu von irgend einem Meister. Dann wünschte ich in der Mitte des fünften Verses, den der Meister spricht, nach den Worten: »Betet einen frommen Spruch!« einen kurzen Chorgesang, zu dem die Worte:

»In allem, was wir unternehmen,
Sei deine Gnade, Herr, uns nah!«

zum Texte dienen könnten. Darauf würden die folgenden vier Zeilen bis: »Schießt's mit feuerbraunen Wogen« wieder gesprochen, darauf aber das Chor wiederholt oder, wenn Sie wollen, musikalisch weiter ausgeführt.

Zum Schlußchor wünschte ich die Worte: »Vivos voco. Mortuos plango. Fulgura frango.« in einer Fuge zu hören, die, insofern es möglich wäre, das Glockengeläute nachahmte und sich der Gelegenheit gemäß in: »Mortuos plango« verlöre.

Wenn Ihnen hierzu ein glücklicher Gedanke kommt, so tun Sie mir wohl die Liebe und arbeiten ihn aus und schicken mir die Partituren gerade nach Weimar, wo ich bald eintreffen werde.

Wäre es möglich, daß diese Ihre Gabe zum 19. oder 20. bei mir sein könnte, so käme sie sehr gelegen: denn ich wollte in Weimar mit dieser Vorstellung anfangen.

Sodann hoffe ich das andre Gedicht, wenigstens ein Schema, zu senden, das alsdann zum 10. November, zur Feier des Geburtstags unseres Freundes, könnte gegeben werden. Mehreres nächstens. G.

68. *An Zelter*

Ich bin wieder in Lauchstädt angekommen und diktiere das in den Zimmern, wo Sie [mich] durch Ihre Gegenwart so glücklich machten.

Mit Geheimerat Wolf bin ich indessen nach Magdeburg und von da nach Helmstädt gegangen, wo ich manches höchst Interessante an Menschen und Dingen gefunden. Hernach gingen wir über Halberstadt, am Harze her, und über Aschersleben wieder nach Halle.

Hier bin ich nun wieder ganz allein, nachdem ich meinen August, der mich bisher begleitet, nach Weimar gesandt habe, und rekapituliere, was mir in den letzten 8 Wochen Gutes widerfahren ist, und suche das unter uns Verabredete nach und nach hervorzulocken.

Zu diesem Zwecke dienet wohl ein altes Werk, das mir fast zufällig in die Hände gekommen ist. Sie erhalten hierbei die Übersetzung einer Übersetzung. Sobald ich sie nach dem Original revidieren kann, werden die Worte freilich ganz anders klingen, aber Sie werden vielleicht nicht mehr dabei denken als jetzt bei diesen noch hie und da stockenden Äußerungen.

Schreiben und schicken Sie bald nach Weimar! Ehe ich

aus diesen Gegenden gehe, erhalten sie noch einiges. Besonders diktiere ich eben etwas über die angestrichne Stelle des alten Mystikers. Tausend Lebewohl und Dank für Ihren Besuch, der mir wieder Lust zu leben gegeben und vermehrt hat.

Lauchstädt, den 1. September 1805. G.

Da wir überzeugt sind, daß derjenige, der die begreifliche (intellektuelle) Welt beschaut und des wahrhaften Begreifens (Intellekts) Schönheit gewahr wird, auch wohl ihren Vater, der über allen Sinn erhaben ist, bemerken könne, so versuchen wir denn nach Kräften einzusehen und für uns selbst auszudrücken (insofern sich dergleichen deutlich machen läßt), auf welche Weise wir die Schönheit des Geistes und der Welt anzuschauen vermögen.

Nehmet an daher, zwei steinerne Massen seien nebeneinander gestellt, deren eine roh und ohne künstliche Bearbeitung geblieben, die andere aber durch die Kunst zur Statue, einer menschlichen oder göttlichen, ausgebildet worden. Wäre es eine göttliche, so möchte sie eine Grazie oder Muse vorstellen; wäre es eine menschliche, so dürfte es nicht ein besonderer Mensch sein, vielmehr irgendeiner, den die Kunst aus allem Schönen versammelte.

Euch wird aber der Stein, der durch die Kunst zur schönen Gestalt gebracht worden, alsobald schön erscheinen; doch nicht, weil er Stein ist (denn sonst würde die andere Masse gleichfalls für schön gelten), sondern daher, daß er eine Gestalt hat, welche die Kunst ihm erteilte.

Die Materie aber hatte eine solche Gestalt nicht, sondern diese war in dem Ersinnenden früher, als sie zum Stein gelangte. Sie war jedoch in dem Künstler nicht, weil er Augen und Hände hatte, sondern weil er mit Kunst begabt war.

Also war in der Kunst noch eine weit größere Schönheit.

Denn nicht die Gestalt, die in der Kunst ruhet, gelangt in den Stein, sondern dorten bleibt sie, und es gehet indessen eine andere geringere hervor, die nicht rein in sich selbst verharrt, noch auch wie sie der Künstler wünschte, sondern insofern der Stoff der Kunst gehorchte.

Wenn aber die Kunst dasjenige, was sie ist und besitzt, auch hervorbringt und das Schöne nach der Vernunft hervorbringt, nach welcher sie immer handelt, so ist fürwahr diejenige, die mehr und wahrer eine größere und trefflichere Schönheit der Kunst besitzt, vollkommener als alles, was nach außen hervortritt.

Denn indem die Form, in die Materie hervorschreitend, schon ausgedehnt wird, so wird sie schwächer als jene, welche im Einen verharrt. Denn was in sich eine Entfernung erduldet, tritt von sich selbst weg: Stärke von Stärke, Wärme von Wärme, Kraft von Kraft, so auch Schönheit von Schönheit. Daher muß das Wirkende trefflicher sein als das Gewirkte. Denn nicht die Unmusik macht den Musiker, sondern die Musik, und die übersinnlichere Musik bringt die Musik in sinnlichem Ton hervor.

Wollte aber jemand die Künste verachten, weil sie die Natur nachahmen, so läßt sich darauf antworten, daß die Naturen auch manches andere nachahmen; daß ferner die Künste nicht das geradezu nachahmen, was man mit Augen siehet, sondern auf jenes Vernünftige zurückgehen, aus welchem die Natur bestehet und wornach sie handelt.

Ferner bringen auch die Künste vieles aus sich selbst hervor und fügen anderseits manches hinzu, was der Vollkommenheit abgehet, indem sie die Schönheit in sich selbst haben. So konnte Phidias den Gott bilden, ob er gleich nichts sinnlich Erblickliches nachahmte, sondern sich einen solchen in den Sinn faßte, wie Zeus selbst erscheinen würde, wenn er unsern Augen begegnen möchte.

69. *An Goethe*

Berlin, 25. August 1805.

Sie haben, mein göttlicher Freund, in Ihrem Briefe vom 4. dieses, der unter meiner Anwesenheit in Lauchstädt hier angelangt ist, die Musik zur »Glocke« zum 19. oder 20. dieses zu erhalten gewünscht. Heute ist nun schon der 25., und soeben bin ich erst mit der Sinfonie fertig worden. Allein ich bin auch am 13. erst wieder hieher zurückgekommen, und acht Tage habe ich gebraucht, mein Individuum und meine weitläuftigen Geschäfte, welche ganz aus den Schienen gewichen waren, wieder in ihre alte Assiette zu setzen.

Ich fahre nun fort, alle Tage etwas zu machen, und so wird die Sache mit der Zeit fertig sein, doch wennehe weiß ich wirklich nicht zu sagen, indem die Arbeit sehr langsam geht, wenn man nicht im Zuge bleiben kann und durch alles Äußere gestört wird.

Wie geht es denn nun mit Ihrem Befinden und wie ist Ihnen die Reise bekommen? Wie haben Sie den Beireis gefunden, der ein eigner Mann sein soll? Was mich betrifft und meine Exkursion zu Ihnen: ich habe neue Lebensluft getrunken. Die Fatigue hat mich gestärkt, Ihre Nähe hat mich erwärmt, aufgeklärt, erhoben, befreit, und mir ist zu Mute, wie einem sein muß, den irgendein Bad oder Klima von einer schleichenden Krankheit befreit hat.

5. September. Gestern kam Ihr lieber schöner Brief vom 1. dieses hier an, den ich nun schon unzählige Male gelesen habe. Ihre neue Bekanntschaft mit dem alten Freunde, der so tief in die Kunst unterzutauchen vermag, ist sehr merkwürdig. Wo haben Sie diesen klaren Mystiker aufgefunden? und welche Bewandtnis hat es mit Ihrer Übersetzung einer Übersetzung? Ist das Original lateinisch oder griechisch? Ist es ein Mönch? ein Künstler? ein Philosoph? – Er gehört in jedem Falle zu den Unsern, und ich bin begierig auf seine

nähere Bekanntschaft. Dieses kleine Fragment enthält den ganzen Grund aller Kunst und Künste und ist bestimmt genug ausgeprochen. Die Übereinandersetzung der Begriffe von Kunst, Künstler und Kunstwerk, woraus der Zusammenhang von oben nach unten einleuchtet: daß die Kunst über dem Künstler, der Künstler über dem Werke und das Werk über der Materie stehe, enthält den Grund aller sinnlichen und übersinnlichen Erscheinung und den einigen sichern Beweis des Zusammenhangs des Unendlichen mit der Materie. Hier ist kein toter Raum, um den herum sich Philosophen und Empiristen abjagen können, und wer hätte denken sollen, daß endlich der beste Beweis vom Dasein Gottes und der Unsterblichkeit aus der Kunst hervorgehe, die Kant in Künste zerstückeln und Linnéisch klassifizieren wollen, weil ihm dieses Kriterium abgeht? Man sieht hier deutlich: was der Mensch und seine Bildung ist ohne die Kunst. Ohne diese kann sein dürstender Geist ewig in dem Unendlichen umherschweifen und nichts finden, weil er nicht suchen, nicht sehen *gelernt* hat. – So fällt auch der Vorwurf, daß die Künste die Natur bloß nachahmen, von selbst in seine Nichtigkeit zurück, indem diese Nachahmung nichts weiter sein kann und darf als ein Anknüpfen des Göttlichen an die Materie, wo eben der tote Raum lag und nun die *Kunst*, die natürliche Vereinigung des Geistes und Sinnes mit der Materie, als Werk einer und eben derselben Schöpfung und als Schöpfungskraft erscheint.

Um nicht noch mystischer zu werden wie unser alte Freund, will ich nur aufhören; lassen Sie mich ja mehr von unserm Manne wissen.

7. September. Gestern ward Ihr »Götz« zum zweiten Male hier aufgeführt. Ich habe ihn beide Male gesehn und hoffe ihn morgen wieder zu sehn. Die gestrige Darstellung hat mich erfreut und befriedigt. Die Rollen des Götz, Weislingen, Georg, Lerse, Franz, Sickingen, der Adelheid und Eli-

sabeth sind nach unserer Art bestens besetzt und greifen auch leidlich ineinander. Mattausch hat sich dem Götz sehr gut zugetan, und Madame Bethmann spielt die Adelheid reizend, hoch und zuletzt wirklich tragisch. Künftig mehr davon, indem ich jetzt so voll davon bin, nichts darüber sagen zu können.

8. September.

Das Gemisch einer so großen Menge von Charaktern, an Personen und Dingen, die aus einer realen Zeit in eine künstliche, ideale übertragen sind und sich, jedes nach seiner Art, wie von selbst gewachsen, durcheinander bewegen, ist sehr erfreulich. Man erkennt leicht und gern ihr Zeitalter, und ihre Sitten gefallen, selbst in der Rauheit. Das Tragische ist nicht lastbar, vielmehr leicht hinschreitend und gleichsam elektrisch wirkend. Wie das Gemeine und Hohe kontrapunktisch durcheinander fährt, sich überall anknüpft und wieder ablöst, so betrübt man sich und erfreut sich an nichts länger, als man soll. Die Kunst bleibt oben, das Kunstwerk in der Mitte und das Publikum, das sich gern in alles hineinlegen und darinne wälzen mag, an seinem Orte. So mag ich es denn gerne haben und bin in diesem Sinne mit der neuen Bearbeitung des Stücks zufrieden.

Daß hier bei uns Maria im letzten Akte *zwischen den Kulissen* (ungesehn) schläft, ist ohne Verstand und Bedeutung. Das nächtliche Gespenst trägt drohend einen Dolch in der Hand, wodurch eine Vermischung dieses Wesens mit der Vehm entsteht und die sinnliche Erscheinung an ihrer intensiven Bedeutung verliert. Dieses Gespenst ist etwas Sichtbar-Unsichtbares, das Gegenbild eines Innbildes, einer schwerbewußten innern Schuld, das einen Sinn mehr in Anspruch nehmen soll. Winkend müßte es weit furchtbarer sein als drohend, daher darf es nicht bewaffnet sein. Diese Szene ist ein Meisterstück tragischer Kunst. Nach bisherigen

Vorstellungen ward die Bosheit von der Rache *verfolgt* und oft spät eingeholt. Hier ist es anders: die rächende Zeit selbst ist bewaffnet mit Minuten und Pulsschlägen. Das Auge sieht sie gleichsam persönlich anhertreten. Das Verbrechen schreitet hin, die Rache daher, sie gehn einander vorbei, werden sich nicht gewahr, das Schreckliche ist unwiderruflich, es ist da, seine Gegenwart ist entsetzlich, seine endliche Entfernung verkündigt grausend die Gewißheit des Verbrechens und der Strafe. Es ist kein erscheinender Geist, es ist ein wirkliches nächtliches Gespenst, ein Bote des Abgrunds, der in den Abgrund winkt und führt.

Es fehlt mir wenig an der bestimmten Meinung, daß diese neue Zutat zum Stücke vollkommen hinreichend sei, alle poetische Gerechtigkeit an Adelheiden zu vertreten und von nun an das heimliche Gericht mit seinem Apparat entbehrlich zu machen, das ganz zuletzt an diese Greueltat unangenehm erinnert. So würde zwar dem neuen Stücke ein Bild aus der Reihe der Eigenheiten des Mittelalters fehlen, allein da dieses heimliche Gericht in der alten Ausgabe des Stücks aufbewahrt bleibt, so wäre es nicht verloren. Lassen Sie mich doch mit ein paar Worten wissen, ob ich Ihre Meinung getroffen habe.

70. *An Zelter*

Jena, den 12. Oktober 1805.

Seit dem Empfang Ihres lieben Briefs ist es sehr bunt um mich her zugegangen, und ich benutze eine ruhige Stunde in Jena, Ihnen einige Nachrichten von mir zu geben.

Vor allen Dingen ersuche ich Sie um eine gefällige Anzeige, wie weit Sie mit der Musik zur »Glocke« gekommen. Ich mochte sie auf die alte Weise nicht geben, weil man durch eine erste Aufführung ein Stück für immer konstituiert und das Publikum nachher auch selbst das Bessere nicht aufnehmen mag. Indessen ist freilich die Zeit vergangen, und der Prolog erscheint wahrscheinlich eher gedruckt, als ich ihn bei uns rezitieren lasse. Indessen hat auch das soviel nicht zu sagen, wenn es nur nicht gar zu spät wird. Sagen Sie mir daher doch bald, was ich zu hoffen habe.

Ich habe mich so leidlich wohl befunden und manches mehr vorbereitet als getan. Ich habe mich mit gewissen Gegenständen der Naturlehre beschäftiget und will suchen, meine Farbenschrift gegen das Frühjahr vom Stapel laufen zu lassen. Von dem wunderbaren Mystiker hätte ich Ihnen gern noch einige Stellen übersetzt, ehe ich sage, wer es ist, aber ich konnte auch leider nicht daran kommen.

Von der Aufführung meines »Götz« habe ich weiter nichts gehört, als was Sie mir schreiben. Die Blätter, die von solchen Dingen allenfalls klatschen, kommen mir nicht zu Gesicht. Sagen Sie mir doch noch etwas darüber und schicken mir einen Zettel.

Unsre Erbprinzessin ist wohl; der junge Prinz auch. Das hieraus entspringende Vergnügen ward durch den Tod des Herzogs von Oels unterbrochen, der kurz nach der Taufe starb.

Ich bin herüber nach Jena gegangen, um noch vor Winters einiges anzuordnen und abzuschließen, im Glauben, daß so eine Anstalt, die unsterblich ist, auch wieder eine gute und glückliche Epoche hoffen darf.

Sonst wüßte ich im Augenblicke nichts zu sagen, das interessieren könnte, und schließe mit den besten Wünschen für Ihr Wohl. G.

71. *An Goethe*

Durch Mademoiselle Jagemann und Mademoiselle Hufeland erhalten Sie die Suite der Komödienzettel und ein Gläsel Mixpikkel, der Ihrem Magen wohltun soll.

Mademoiselle Jagemann hat hier so viel Glück gemacht, daß der Neid des ganzen Theaters rege geworden ist, und wir denken sie zu behalten, ob sie gleich zurück nach Weimar geht.

Gestern habe ich einen Brief erhalten vom seligen Schiller über Holland vom 16. Januar vorigen Jahres, den er einem Herrn Wengk aus Gotha zur Empfehlung an mich zugestellt. Er schreibt darin: er ergreife diese Gelegenheit, ein Lebenszeichen von sich zu geben. – Das hat einen eigenen Eindruck auf mich gemacht; es hat mich nie etwas auf so angenehme Art traurig gemacht, und ich habe den Brief viele Male mit unendlichem Vergnügen gelesen.

Über die jetzigen Kriegsangelegenheiten ist hier alles in Verwirrung, was die Kunst betrifft, denn unser Kunstminister ist zugleich Kriegsminister. Die Folge muß lehren, was aus diesem schwebenden Zustande hervorgehn soll, der für mich sehr ängstlich und unangenehm ist. Ewig Ihr

Berlin, den 15. Oktober 1805. Z.

72. *An Goethe*

Durch Ihren lieben Brief vom 12. dieses haben Sie mich aus meinem Sündenschlafe erweckt; ich bin schwach genug gewesen, die kostbare Zeit, welche mir meine tägliche Lauferei übriggelassen, zu verschwenden und aus niederträchtiger Gefälligkeit Rezensionen zu machen, von denen ich mich ganz losgearbeitet haben wollte, und man hat mir auch so viel aufgeschultert, daß ich noch nicht damit fertig bin. Unterdessen habe ich doch die Musik zur »Glocke« bis zum letzten Stücke fertig, aber ich werde einige ruhige Tage brauchen, ehe ich wieder en train damit komme, welches letztere mir mein Verhältnis sehr erschwert. Heute ist nun schon der 26. Oktober, und es kommt darauf an, ob sich die

Sache wohl in die letzten Tage des Novembers wird verschieben lassen, denn die künftige Woche will ich in allen Fällen wieder darangehen und hineinzukommen suchen; von meinen Progressen sollen Sie dann sogleich unterrichtet werden.

Kommen Sie doch nach Berlin. Der Russische Kaiser ist seit gestern hier, Ihr Herzog ist hier, ich bin hier: dimmi, che vuoi di più!

Unterdessen sende ich eine Portion märkischer Rüben, welches die besten sein müssen, die zu finden sind, indem sie aus Tellus' eignen Händen in die Ihrige übergehn. An Mademoiselle Jagemann habe ich eine kleine Gabe für Sie und ein großes Pack Komödienzettel abgehändigt, die aber, wie ich höre, noch in Berlin ist; seit der Zeit ist der »Götz von Berlichingen« nicht gespielt, und ich habe also diesmal keinen Zettel senden können.

Berlin, 26. Oktober 1805. Z.

73. *An Zelter*

Den Dank für die gute Versorgung des Leibes will ich Ihnen nicht länger vorenthalten, sowohl die märkischen als englischen Produkte sind glücklich angekommen. Die Rübchen erschienen um so willkommener, als es dies Jahr am Rhein und Main keine Kastanien gibt. Sie werden daher bei uns nicht als ganzes Gericht genossen, sondern zum Kohl serviert, da sie denn vortreffliche Wirkung tun. Das Piccalillo wirkt auf meinen Magen besser als jede Arznei, und ich werde mir, wenn es zu Ende geht, eine neue Portion gegen dankbaren Ersatz der Auslage erbitten.

Am 9. November, als am Tage, an welchem wir Schillers auch auf unserm Theater gedenken wollten, nahmen des Russischen Kaisers Majestät bei uns mit »Wallensteins Lager« vorlieb. Sobald Sie uns Ihre Arbeit freundlich zusenden, soll das Versäumte nachgeholt werden.

Wie geht es Ihnen mit Ihren musikalischen Lehrstunden? Ich habe auch wöchentlich einen Morgen eingerichtet, an dem ich einer kleinen Sozietät meine Erfahrungen und Überzeugungen, natürliche Gegenstände betreffend, vortrage. Ich werde bei dieser Gelegenheit erst selbst gewahr, was ich besitze und nicht besitze.

Demoiselle Jagemann ist endlich auch wieder angekommen. Die Komödienzettel waren früher eingetroffen, und auch die haben mir, als ein Zeichen Ihres Andenkens, Freude gemacht.

Lassen Sie mir bald wieder von sich hören. Von dem, was ich sonst im stillen tue und treibe, sollen Ihnen die Resultate auch zunächst einige Freude machen.

Soviel für heute, das ich mit den besten Wünschen fortsende.

Weimar, den 18. November 1805. G.

74. *An Goethe*

Berlin, 14. Dezember 1805.

Sie erhalten anbei eine Kiste mit kleinen Spezialien in natura, welche ein Produkt meines Geburtstages sind, den mir die sämtlichen Mitglieder und Freunde der Singakademie, 250 an Zahl, vorigen Mittwoch sehr liebvoll bereitet hatten.

Meine schöne Königin hat mich dabei mit einer vortrefflich gearbeiteten porzellanen Tasse eigenhändig beschenkt und meiner Frau einen goldenen Halsschmuck umgehängt.

Meine Baugeschäfte schieben sich in den Winter hinein, und seit beinahe drei Monaten befinde ich mich so wenig wohl, daß eine beständige fieberhafte Anspannung mich zu

Geistesgeschäften unfähig erhalten hat; deswegen ist die Musik zur »Glocke« bis daher nicht fertig geworden, ohne daß ich sagen kann, daß ich mich besser fühle, indem mir alles unendlich sauer wird, weil eine unselige Schlaffigkeit meiner Gebeine über jede Bewegung müde macht.

Deshalb aber bleibt mein Anteil an dieser Arbeit nicht liegen, und sobald ich nur wieder daranbin, soll es hintereinander fertig sein.

Ewig
Ihr
Zelter.

1806

75. *An Zelter*

Weimar, den 5. Januar 1806.

Es gehört mit zu dem verkehrten Weltwesen, daß Sie, da ich Ihren Geburtstag feiern sollte, mir Ihren Geburtstag feiern durch Übersendung köstlicher Naschwaren. Ihnen wird aber auch dafür an unsrem Tische schon lange täglich gedankt. Wären wir nur nicht durch einen so großen Raum getrennt, daß wir hoffen könnten, Sie manchmal unter uns zu sehen!

Die guten Wirkungen Ihres Lauchstädter Besuchs haben lange angehalten, und es kann Ihnen davon binnen den ersten sechs Monaten manches zu Gesicht kommen, das ich Ihnen zum voraus empfehle. Leider vermutete ich gleich, als ich so lange nichts von Ihnen vernahm und das Zugesagte außenblieb, daß Sie sich diesen Winter nicht wohl befinden müßten; denn ich weiß, daß Sie mir, selbst mit Ihrer Unbequemlichkeit, gern etwas zuliebe tun. Lassen Sie aber doch deshalb das gute Werk nicht liegen und erfreuen mich später damit.

Sie haben doch das »Wunderhorn« im Hause und lassen sich dadurch wohl manchmal aufregen? Teilen Sie mir ja die Melodien mit, die gewiß dadurch geweckt werden. Soviel für heute, daß nur ein Zeichen des Andenkens sei und das Schweigen unterbrochen werde. G.

76. *An Zelter*

Weimar, den 5. März 1806.

Schon lange habe ich, mein lieber und vortrefflicher Freund, nichts von Ihnen gehört und begreife recht gut, daß es Ihnen geht wie uns andern. Jeder hat so viel in seinem Kreise zu tun, daß er sich nach außen wenig umsehen kann. Indessen bin ich auf mancherlei Art fleißig und hoffe Ihnen mit dem, was ich tue und vorbereite, wo nicht bald, doch auch nicht allzu spät, einige Freude zu machen. Auch Sie sind gewiß zum Vergnügen und zur Erbauung mancher Menschen tätig, nur daß ich leider meinen Teil davon nicht so leicht nehmen kann.

Berlin und Sie zu besuchen, war ich diese Zeither manchmal angelockt, so manches aber hält mich wieder unbeweglich an der Stelle, und da seh' ich denn freilich nicht, wie es zu einem gesegneten Entschluß kommen könnte. Weil ich doch aber ein dringendes Bedürfnis fühle, nicht allein von Ihnen zu hören, sondern auch mir Ihre Zustände recht klar zu vergegenwärtigen und Ihnen die meinigen näherzubringen, so bin ich auf den Gedanken gekommen, Ihnen meinen Sohn zu schicken, daß er Sie von mir herzlich grüße und in früher Jugendzeit, wo die weltlichen Dinge noch einen lustigen Eindruck machen, das Bild einer so großen Stadt in sich aufnehme und auch zu meinem Genusse lebhaft zurückbringe.

Ob er nun gleich schon ein gesetzter und gefaßter Knabe ist, so möchte ich ihn doch nicht ganz allein und sich selbst überlassen in diesem städtischen Strudel denken. Die Frage wäre also, ob Sie ihm in Ihrer Nähe eine Wohnung verschaffen und zunächst für seine Bedürfnisse sorgen möchten. Ich sende Ihnen eine Assignation, damit er nicht gerade alles nötige Geld in der Tasche habe. Weiter sag' ich nichts: denn alles übrige bleibt den Umständen überlassen. Die Hauptfrage ist, ob Ihnen ein solcher Besuch nicht lästig sei. An meine übrigen Freunde in Berlin geb' ich ihm Briefe und Karten mit, und die Verhältnisse werden sich schon finden. Aber vor allen Dingen möcht' ich ihn an einem sicheren Platz etabliert wissen. Länger als vierzehn Tage oder drei Wochen dürfte der Aufenthalt nicht dauern. In der Karwoche könnte er anlangen. Tausend Grüße und Bitte um baldige Antwort. G.

77. *An Goethe*

Berlin, 12. Januar 1806.

Es ist sehr schlimm, wenn in dem zerstreuenden Weltgewirr der Kunstproduktion die Anregung von außen abgeht, ja es kommen Zeiten, wo man unter solchen Umständen sein Kapital vergißt, wenn kein Kreditor erscheint und mahnt. So ohngefähr ergeht es mir, indem ich überall in Schulden stecke und seit den Sommertagen wenig oder gar nicht an Komponieren gedacht habe.

Ich bin seit wenigen Tagen von einem sehr empfindlichen Halsschmerz befreit, in den sich mein länger als dreimonatliches Übelbefinden aufgelöset zu haben scheint. Ich fühle mich freier, und meine alte Munterkeit scheint wieder Platz nehmen zu wollen. Ihr Brief, den ich soeben erhalte, soll hoffentlich bestärken, was meine alte gute Natur wieder angesetzt hat, und so soll's noch diese Woche an unsere »Glocke« gehn, die, wenn ich nur in Zug kommen kann, bald tönen soll.

Unser Hof ist jetzt brillant durch die Anwesenheit Ihres Erbprinzen und der Großfürstin. Heute habe Herrn v. Wolzogen zum ersten Male in Professor Fichtens Sonntagskollegium gesprochen. Er sagte mir, der Erbprinz habe nach mir gefragt; indessen da er im königlichen Schlosse wohnt, habe ich nicht ungerufen zu ihm gehn wollen, weil dort des Ab- und Zugehens kein Ende ist. Künftigen Dienstag oder Dienstag über acht Tage denke ich ihn in der Singakademie zu bewirten, und da werde ich ihn wohl sprechen.

Meine Singakademie ist in vollem Flor und wartet auf Sie. Kommen Sie doch und kommen Sie bald, ehe mein Sommer vergeht und – und so setze ich diesen Brief heute den 11. März, also zwei Monate später fort, welches vielleicht auch heute noch nicht geschehen würde, wenn ich nicht Ihren geliebten Brief vom 5. dieses zu beantworten hätte. Für die Ankunft Ihres Sohnes ist schon alles besorgt. Wenn er nicht früher kommt als in der Karwoche, werde ich ihn in meinem Hause aufnehmen, und wie es auch bei mir sein mag, so ist er doch bei mir, wo ihm wohl werden kann. Käme er eher, so ist auch dafür schon gesorgt, und Sie können ihn in jedem Falle mit Sicherheit hersenden. Meine Frau ist eben auf dem Punkt zu gebären und erwartet jede Stunde ihre Niederkunft, wozu alles eine glückliche Folge verkündigt. Dann wünschte ich, daß Ihr Sohn spätestens den grünen Donnerstag hier einträfe, um die Graun'sche Passionsmusik zu hören, die er doch vielleicht nirgend und nie wieder in solcher Vollkommenheit hören kann. Das Übrige wird sich alles finden, wenn er hier ist, und Sie sollen darauf rechnen, daß Ihnen durch den Aufenthalt Ihres Sohnes hier zu Berlin keine Verbindlichkeit gegen jemand aufgeladen wird. In jedem Falle muß er sogleich bei seiner Ankunft bei mir: *in der Neuen Münzstraße Nr. 1*, abtreten, um nicht ohne Not umherzuirren.

Ich hatte mir einen köstlichen Plan ausgedacht. Die Musik zur »Glocke« ist so weit fertig, um sie einem bestimmten Orchester gleichsam auf- und anzupassen. Zu dem Ende wollte ich auf einige Wochen nach Weimar kommen und das Letzte daselbst vollenden; alles dies hat der gelinde läppische Winter vereitelt, während dessen ich fast durchaus habe müssen arbeiten lassen, damit meine Leute nicht verhungern. Endlich gestehe ich, daß ich um Ihres Erbprinzen und der Großfürstin willen nicht von hier fortgehn wollte, indem ich hoffte, sie würden einmal etwas Ordentliches von Musik hören wollen, das nicht gedudelt und gefiedelt ist. Herr v. Wolzogen ist einmal in der Singakademie gewesen, das ist ohngefähr so, als wenn einer zum ersten Male den gestirnten Himmel sieht: man wird nicht klug daraus, und klug will doch jeder gerne sein. Gestern abend bin ich mit einer tüchtigen Kirchenmusik fertig worden, die auf das Andenken eines verdienten Predigers, der vor 5 Wochen gestorben ist, künftigen Sonntag aufgeführt werden soll. Wie ich höre, kömmt in Tübingen bei Cotta eine neue Ausgabe Ihrer Schriften heraus, und so bitte ich Sie um ein Exemplar auf dem besten Papiere, von Ihrer Hand, sintemal meine Edition durch den beständigen Hausgebrauch meiner ganzen Familie so unscheinbar wird, daß sie nicht mehr sehr lange vorhalten wird. Ich lese soeben wieder Ihren »Wilhelm Meister« und erfreue mich innig an dem tätigen Weltwesen darin, an der Verschiedenheit und Bestimmtheit der Charakter, an der Sorg- und Arglosigkeit, mit der Sie alles still, ich möchte sagen anmutig niedergelegt haben, daß es nicht mehr und weniger bedeuten kann, als es bedeutet, daß alles in die Höhe wachsen kann, ohne seine Grenzen zu verändern. Man wird ordentlich klüger davon, ohne den Wunsch, so zu sein wie dieser oder jener, ja man freut sich, so zu sein, wie man ist, um auch werden zu können, was man kann. Wäre es möglich, daß Ein Mensch zwei solche Bücher schreiben könnte, so möchte man wünschen, daß Sie nichts wie Romane geschrieben hätten, dann müßte man aber freilich Ihre andere Schriften nicht gelesen haben.

Nun mache ich einen Vorschlag: wenn Ihr Sohn hier ist, dann holen Sie ihn von Berlin ab. Ihnen kann ich freilich mein Haus nicht anbieten, aber überlegen Sie es, mir däucht, mein Vorschlag sei nicht übel. Zelter.

78. *An Goethe*

Berlin, 18. März 1806.

Anstatt etwas Freudiges, Angenehmes zu berichten, erhebe ich mich aus der tiefsten Trauer, um Ihnen zu sagen, daß ich vorgestern, unvermutet und gegen alle Vorbedeutung, meine liebenswürdige geliebte Frau, kurz vor der Entbindung, durch den Tod verloren habe. Das Kind ward nach dem Tode zur Welt gebracht und auch tot.

Was ich anfangen werde und wie ich's tragen werde, weiß ich noch nicht. Ich bin nun wieder allein und hoffe.

Wenn ich sage, daß in den zehn Jahren unserer Ehe nur Eine Meinung und Gesinnung über alles Äußere und Innere unter uns gewesen ist, daß keine Faser an ihr war, von der ich nicht geliebt wurde, so sage ich: sie verdiente, von Ihnen gekannt zu sein, denn dies gehörte zu ihren Wünschen.

Morgen früh wird sie bestattet. Ich bin allein und habe Platz die Fülle. Schicken Sie Ihren Sohn, sobald Sie können, er soll nirgend sein als bei mir. Meine Wohnung ist: *Neue Münzstraße Nr. 1.* Zelter.

79. *An Goethe*

Berlin, 19. März 1806.

Die gute Gelegenheit, welche mir Mademoiselle Amelung anbietet, möge dazu dienen, den Rest der Komödienzettel des vorigen Jahres zu senden; sie sind komplett und können gebunden werden.

Meine neue Einsamkeit und die Notwendigkeit, mich zu

beschäftigen, nutze ich, Ihnen diese Zeilen zu schreiben, um nach und nach Gedanken zu sammeln, die sich durch meinen traurigen Fall zerstreut haben. Ich bin gesund und werde auch wieder zu Kräften kommen, wenn nur die nächsten harten Tage vorüber sind, in denen jeder neue Anblick mich meinem tiefen Schmerze übergibt, den ich liebe, als ob er heilsam wäre.

Ich lese vor dem Schlafengehn in diesen Tagen die »Bekenntnisse der schönen Seele« mit vielem Anteil; die schöne kontemplative Tendenz wirkt balsamisch, und man muß sich freuen, etwas Gutes, durch unbedachtsamen Gebrauch und Mißbrauch Verdorbenes ins Gebiet der Vernunft zurückgebracht zu sehn. Bei der ersten Ansicht des Buches hat mich dieses lange Kapitel erschreckt, und ich konnte mich nicht gleich hineinbringen, weil die Begierde gespannt war; nachdem ich es allein las, merkte ich wohl und jetzt begreife ich, daß es in der Reihe der aufgeführten Weltdinge und Charakter ganz wohl Platz hat und hingehört. Man muß kein Herrnhutischer Bruder werden wollen; wer es aber ist, muß es sein, wie ein Baum ein Baum und ein Stein ein Stein ist. Man sieht, wie nichts so leicht zu verschrauben und zu verpfropfen ist wie der vernünftige allweise Mensch, wenn die andern von ihm so gering geachteten Dinge bleiben, was sie sein und bedeuten sollen.

Den 20. März. Ein Königlicher Hofstaatssekretär Bußler, der sich anbei mit der Kunst beschäftigt und sonst ein Ehrenmann ist, hat mir den beikommenden Band Verzierungen aus dem Altertume schon vor einiger Zeit mit der Bitte zugestellt, Ihnen dieses Exemplar zu senden. Einige von den Blättern scheinen mir Aufmunterung zu verdienen. Ich habe diesem Manne allerlei Verbindlichkeiten, die besonders darinne bestehen, daß mir durch seinen Beistand die Privatbibliothek des vorigen Königs in Potsdam, welche manche musikalische Schätze enthält, offenstand. Könnten

Sie es demnach über sich gewinnen und sind die radierten Blätter nicht ganz wertlos, so geschieht mir etwas Angenehmes, wenn Sie ihm einige Worte darüber durch mich zukommen lassen, die er sehr hoch aufnehmen und mir dadurch noch gefälliger werden wird, da ich so oft in den Fall komme, ihm Freunde zu empfehlen, welche gern den königlichen Garten in Potsdam mit seinen Schätzen sehn.

In Lauchstädt sagten Sie mir: in der Ostermesse werde Ihre Farbenschrift erscheinen. Sie schienen nicht ungeneigt, dem Direktor unserer Kunstakademie, Herrn Hofmaler Frisch, ein Exemplar mit Ihrem Namen durch mich zukommen zu lassen. Ohne diesen wackern Mann wäre mir vielleicht voriges Jahr die Singakademie untergegangen, und ich wünschte etwas zu tun, das ihn, der sehr alt ist, erfreuen könnte. Da er sehr viel auf Sie hält, bin ich gewiß, ihm auf diese Art angenehm zu werden, und deswegen bin ich so frei, Sie daran zu erinnern. Z.

80. *An Zelter*

Da nicht jedermann wie Napoleon sagen kann, welchen Tag er kommen, sehen und siegen will, so ergebe ich mich darein, daß eine kleine Hindernis eintritt und mein August nicht in der Karwoche bei Ihnen sein kann. Haben Sie tausend Dank, daß Sie ihn aufnehmen und sich seiner annehmen wollen. Es ist ein bedeutender Schritt, den er in die Welt tut, und Sie verbinden mich aufs neue. Sollte Ihnen irgendeine häusliche Unbequemlichkeit aus seiner Gegenwart erwachsen, so haben Sie ja die Güte, ihn in der Nachbarschaft unterzubringen. Der Gedanke, daß ich kommen soll, ihn abzuholen, muß so übel nicht sein: denn ich hab' ihn auch gehabt. Doch wird wohl nichts daraus werden. Die Ärzte wollen mich ein für allemal nach Karlsbad haben, und ich muß wohl hingehen, obgleich ohne Vertrauen zu dergleichen Mitteln. Indessen habe ich noch eine Menge zu tun und vorzubereiten.

Heute nichts weiter, damit der Brief fortkomme, als das herzlichste Lebewohl und die besten Grüße.

Weimar, den 22. März 1806. G.

81. *An Zelter*

Kaum ist mein Brief abgegangen, der die verspätete Reise meines Augusts meldet, so kommt der Ihrige mit der unerwarteten traurigen Nachricht, die mich ganz außer Fassung bringt. Eben zu der Zeit, da ich mir Berlin mehr als je vergegenwärtige, da wir den Plan vor uns haben, die Neue Münzstraße aufsuchen, eben da ich hoffe, durch meinen Knaben Ihr Wesen, Ihre Umgebung mir nähergebracht zu sehen, wie er mir vorm Jahr das Bild meiner Mutter zurückbrachte, so erleben Sie den gewaltsamen Riß, den ich in jedem Sinne mitempfinde, ich mag mir nun Sie einsam, von einer großen Haushaltung und manchen schwierigen Geschäften umgeben denken, oder ich mag auf mich zurückkehren und mir in meiner eignen Lage ein so schreckliches Ereignis imaginieren. Leider ist das Hindernis, das meinen Abgesandten zurückhält, nicht zu beseitigen, sonst fertigte ich ihn gleich ab, weil die Gegenwart eines neuen freundlichen und liebenden Wesens Ihnen vielleicht heilsam würde und das daraus entspringende Gute die Unbequemlichkeit wohl überwöge, die er verursacht. Mir wäre es auch ein Trost, einen Repräsentanten meiner Neigung und herzlichen Teilnahme bei Ihnen zu wissen; doch auch das soll nicht sein, und gerade trifft das alles zusammen in eine Zeit, wo ich auch mancherlei zu heben und zu schleppen habe. Nicht weiter! Bitte um baldige Nachricht.

Weimar, den 26. März 1806. G.

82. *An Goethe*

Berlin, 20. März 1806.

Ich habe mir Arbeit vorgenommen und kann nicht in Zug kommen, es will nicht gehen, überall nicht.

Ich bin wie ein gespaltener Baum. Die schöne Hälfte, die Sommerseite ist mir abgetrennt, und gegen diese wirkt nun alles an, was schmerzhaft ist.

Die Freunde wollen mich aus dem Hause haben, mich von mir selber entfernen; das will ich nicht. Ich kann nur durch mich selber wieder zum Ganzen meiner selbst kommen, und ich werde überwinden. Ich fühle meine Kraft und hoffe übrigzubehalten, doch will ich meinen Zustand lebendig fühlen.

Vor fünf Tagen ahnte ich noch kein Unglück; ich kann sagen, es freute mich, noch ein Kind und mein Dutzend wieder vollzuhaben. Mein jüngster Sohn war auf einem Karfreitag geboren, sie hatte ihn darum Raphael genannt; sie glaubte wieder einen Sohn zu tragen, dieser sollte Felix heißen, und nun kommt mir das!

Am Sonnabend, dem Tage vor ihrem Tode, war sie in die Kirche gegangen, die Probe meiner Musik zu hören. Ich sollte es nicht wissen, und wie freute ich mich, sie dort zu sehn. Sie sagte mir nachher so viel Angenehmes und Verständiges darüber, daß ich nun erst wußte, was ich gut gemacht habe. Sie habe zum ersten Male, sagte sie, ihren schweren Leib gefühlt, weshalb sie nicht mitsingen können.

O mein Freund, warum haben Sie diese wohltuende, mächtige, süße Stimme nicht gehört! Aus ihrem Gesange ging ein Gefühl der Gesundheit in das unbesorgte Ohr, wofür ich nur den einen Ausdruck kenne, den sie mit ins Grab genommen hat. Das reine Herz strömte wie eine frische stärkende Luft aus ihrem Munde, rührend, erleichternd. Wenn sie auf der Akademie im Chore sang, konnte ich ihre sanfte erquickende Stimme unter hundertundfunfzig erkennen, ohne das sie sich angreifen durfte. Der Ton ging leicht und los heraus, wie sie nur den Mund öffnete. Vor zwei Jahren, da eben ihre Stimme durch Nervenschwäche angegriffen war, sang sie mit Madame Mara in einer hiesigen Kirche. Die Freunde der Mara stritten und glaubten überall, wo die göttliche Stimme tönte, ihren Liebling zu hören; einer von unsern Kennern hatte gesagt: »Da sieht man –« und so weiter.

Sie wissen, mein edler Freund, wie ich über die Mara gesonnen bin, der an Vermögen, gründlicher Virtuosität und Geschmack nie eine deutsche Sängerin beigekommen ist; doch ihre Stimme hat zwei gefährliche Registertöne, die sich wie ein böses Schicksal manchmal, selbst wenn sie aufgelegt zum Singen ist, zwischen ihren Willen und ihr Vollbringen stellen und selbst ihr großes Talent verlegen machen. Meiner Frauen Tonleiter war durch drittehalb Oktaven wie eine kostbare Reihe gleichgeschliffner Brillanten, ineinander spielend und zugleich abgesondert, woraus eine Kantilena hervorging, die nicht überraschte, doch immer mehr entzückte, je mehr man sie hörte.

Mittwoch nachmittag, den 26. Soeben erhalte ich Ihren Brief; soeben ist das Zimmer, worin Ihr August residieren soll, fertig worden. Sein Bett, sein Sekretär, Tische, Stühle stehen zu seinem Empfange bereit, er kann morgen kommen und wird willkommen sein. Daß mein Gedanke, Sie hier zu sehn, nicht übel war, wußte ich wohl, wenn ich nur nicht immer mehr erfahren müßte, daß das Beste, was ich denke und wünsche, am wenigsten geschieht, und so muß denn auch ich mich darein ergeben.

Es ist Sonnabend. Ich sage Lebewohl, der Brief muß zur Post. Z.

Die Abhaltung, warum August nicht kommen kann, dauert noch immer fort, und da es sich einmal so weit verzogen, so mag er eben so mehr warten, bis die Bäume grün sind, damit er doch auch die Berliner Linden wirklich als Linden schaue.

Ich danke Ihnen für Ihre Briefe. Schreiben Sie mir doch von Zeit zu Zeit. Ich will manchmal auch was von mir hören lassen, ob ich gleich jetzt nach außen nicht der Kommunikativste sein kann. Ich habe mich indessen ganz leidlich befunden; doch muß ich Zeit und Stunde aussuchen, um mit der Redaktion meiner Arbeiten, die gedruckt werden sollen, vorzurücken.

Von meinen ästhetischen Werken erhalten Sie erst ein geringes Exemplar zum Gebrauch, und wenn ich erlebe, daß alle zwölf Teile fertig sind, ein gutes zum Andenken.

Nicht weniger sollen Sie von der »Farbenlehre« eins erhalten, um nach Belieben damit zu verfahren.

Da wir Herrn Bußler über seine Arbeit etwas Freundliches mit gutem Gewissen sagen können, so soll es in der »Jenaischen Literaturzeitung« und zwar in diesen Tagen geschehen. Die Rezension geht heute schon ab.

Hören Sie Fichtens Vorlesungen diesmal wieder, so sagen Sie mir doch etwas darüber, oder wenn Sie nicht hineingehen, etwas von der Stimmung und dem Sinne der Bessern.

Und so heute nichts weiter als einen herzlichen Gruß von den Meinigen und die lebhaftesten Wünsche für Ihr Wohlbefinden.

Weimar, den 19. April 1806. G.

84. *An Goethe*

Berlin, 21. April 1806.

Ich kann nicht ohne Sorge unaufhörlich an Sie denken, da ich gar keine Nachricht von Ihnen habe. Ich denke mir Sie befallen von Ihrem alten Übel, einsam, brütend, sich selbst verzehrend. Ich bin jetzt so furchtsam wie ein Kind, das geringste Unvermutete erschreckt mich. Am 13. dieses Monats ließ sich die Mutter meiner Frau zum Mittagstisch bei mir ansagen. Wir haben ein freundliches fröhliches Mahl gehalten, am andern Morgen war sie tot. Sie war 82 Jahre alt und dabei munter, gesellig, bewegsam, und ich kann sagen: schön – so schied sie von uns. Vor zwei Monaten ist mir meine Schwester gestorben – ich weiß nicht mehr, was ich anfangen soll. Ich bitte inständigst, lassen Sie mich von sich hören. Auch Ihr Sohn kömmt nicht. Ich hatte vergessen, daß, wenn Ihr Sohn etwa in Gesellschaft eines Führers oder Begleiters käme, ich vollkommen imstande bin, beide aufzunehmen, indem eine helle, gesunde, warme Stube, zwei Betten und was sonst mein Haus leistet, bereitet ist, liebe Gäste aufzunehmen.

Den 23. April. Abends. Soeben finde ich Ihren lieben Brief vom 19. dieses, der mich beruhiget und tröstet, da ich Sie in so angenehmer Arbeit begriffen weiß. Binnen 14 Tagen, hoffe ich, sollen die Bäume, die schon ausschlagen, vollkommen grün sein; wir fürchten nur die Kälte und besonders, daß noch Schnee fallen möchte.

Auf die neuen Bände Ihrer Schriften freue ich mich mehr, als wenn ich sie noch gar nicht kennete, ob ich gleich so manches erwarte, das ich noch nicht kenne. Wie steht es denn mit den Supplementen zum »Faust«? und kommen etwa diese gleich mit zum Vorschein? Es harren viele darauf, und ich hungere darnach.

Herr Bußler wird sich freuen, seine Arbeit beifällig aufgenommen zu wissen; ich werde ihn darauf vorbereiten.

Von Fichtens Vorlesungen habe ich nur die ersten, mit großer Satisfaktion, gehört; die letzten fielen in die Trauerperiode meines Hauses, wo ich keiner freien Handlung fähig war und nur das Notwendigste und Notdürftigste tat, was gerade vor mir lag. Ich habe nie eine Fichte'sche Vorlesung ohne eigentliche Erbauung verlassen, obgleich es mir nicht wohl möglich wäre, das Gehörte zu referieren; denn es setzt sich durch seine Vorträge bei mir eine nur mir homogene Wesenheit ab, die sich von selbst zu etwas meiner Art gestaltet und nicht wieder zurückkehren kann zu dem Geiste, von dem sie ausging. Daher würde ich was ganz anderes von mir geben, wenn ich es wiedererzählen sollte, und vor der Welt zuschanden werden. Der König hat, wie Sie wissen werden, Fichten eine Professur in Erlangen zugeteilt, doch weiß ich nicht, wann er dahin abgehen wird, weil ich ihn in der letzten Zeit nicht in enger Gesellschaft gesehn habe. Fichtens Auditorium konnte man, in Absicht auf den Gegenstand, zahlreich nennen. Was die Stimmung des Publikums betrifft, so glaube ich fast, daß er soviel Individuen für als gegen sich hat, insofern besonders die jüngere Klasse einen Trieb zeigt, das Ernsthafte wo nicht aufzunehmen und zu bewahren, doch frei an sich vorübergehn zu lassen, und so wird sich manches Gute hier und da festmachen und wohl gar ein Früchtchen tragen.

Dagegen haben wir denn wieder eine neue Zauberoper, wozu Herr Levi, der sich auf dem Buche Robert nennt, den Text und unser Kapellmeister Himmel eine schöne Musik gemacht hat. Das Publikum hat sich noch nicht über die Aufnahme des Werkes bestimmt, indem sich viele schämen, dergleichen Zauberwerk schön zu nennen, und meinen, sie müßten so daran glauben, welches erschrecklich wäre. Aber es ist nicht schrecklich, denn sie glauben daran und gäben gern ihren ganzen Plunder von Aufklärung für den ersten Hexenspaß, der ihnen vorgebracht wird, wenn sie sich nicht vor ihren Kindern fürchteten. Wäre diese Oper, als was sie ist und sein kann, nicht zu lang (sie spielt 4 Stunden) und die Musik nicht bis zur Unausführbarkeit schwer, so möchte ich sie die beste in ihrer Art nennen, obgleich ich sie nur erst ein einziges Mal besucht habe. Das Ganze hat eine wahrhaft moderne Tendenz, in welchem man den theatralischen Kunstcharakter unserer Zeit in nuce beisammen hat. Das Schöne, Gute, Hohe, Niedere, Schwankende, Anmutige, Durchwirkte, Rauschende, Fratzenhafte, Prächtige, Übermütige, Dunkle, Abenteuerliche, Losgelassne, kurz die persönliche Äußerlichkeit des heutigen Kunstwesens, das seine Fackel immer beim Alten, Fabelhaften wieder anzustecken suchen muß, die nicht brennen will, da kein neues Öl dazukommt – spricht sich ganz deutlich aus dem, der hören will. – Da der Verfasser ein Jude ist, so können Sie denken, was er sich alles muß bieten lassen, da er noch obenein zu den poetischen Poeten gehört; denn dies letztere verzeihen die Berlinischen Staats- und Gelehrte-Zeitungs-Kritiken nicht, wenn sie auch dem Juden wollten Gnade widerfahren lassen.

Sonnabend. Gestern abend ward ein neues Lustspiel: »Die freundlichen Unheilstifter«, nach Picard, von 4 Akten, am Ende des zweiten Akts förmlich ausgepocht. Die Schauspieler behielten also die 2 letzten Akte im Halse. Das darauffolgende Stück: »Die junge Spröde«, war vollkommen ebenso elend und langweilig, und vielleicht nur der einzige Umstand, daß gar keine Mannsperson darin vorkommt, konnte es vom Untergange retten.

Ich muß schließen, damit der Brief nicht noch einen Posttag liegen bleibe. Z.

85. *An Zelter*

In etwa drei Wochen werde ich nach Karlsbad gehen. Vorher möchte ich noch ein Wort von Ihnen vernehmen und frage deshalb an, wie Sie sich befinden. Leider ist meines Sohnes Reise zu Ihnen durch den Aufschub auch aufgehoben worden, und ich muß mir für diesmal die Freude versagen, durch seine Augen nach Berlin in Ihr Haus zu sehen. Ich habe mich die Zeit leidlich befunden und bin wenigstens mäßiger von meinen Übeln heimgesucht worden. Die Ausgabe meiner Schriften, die Redaktion der »Farbenlehre«, ein Vortrag physikalischer Gegenstände nach meinen Ansichten ist, was mich so von einem Tage zum andern beschäftigt, außer dem, was uns noch so nebenher interessieren mag. Auch haben wir einen angenehmen und hoffnungsvollen jungen Mann bei uns, einen Doktor Oehlenschläger aus Kopenhagen, den Sie vielleicht in Berlin gesehen haben. Er besitzt ein unverkennbares poetisches Talent und wird auch für uns Deutsche, da er unsre Sprache zu bemeistern sucht, manches Angenehme hervorbringen. Da mich mein Geschick diesen Sommer noch weiter von Ihnen entfernt, so kann ich freilich auf glückliche und erquickende Augenblicke, wie die Lauchstädter vorigen Sommer waren, nicht rechnen. Schreiben Sie mir daher in diesen Tagen ein Wort, damit man sich wenigstens im Geiste wiedersehe. Leben Sie recht wohl und gedenken mein.

Weimar, den 2. Junius 1806. G.

86. *An Goethe*

Berlin, 1. Junius 1806.

Pfingsten ist vorbei, die Linden sind grün und voll, das Wetter warm, die Tage lang, und – wer nicht kommt, ist August. Ich will nicht hoffen, daß er mit seinem Namensvetter, dem Monat August, zugleich wird eintreffen wollen, er könnte dann leider einen feuchten Aufenthalt finden.

Herr Bußler ist sehr erfreut über Ihre Zufriedenheit mit seiner Arbeit und hat mir schon den zweiten Teil seines Werkes geschickt, den Sie gelegentlich erhalten sollen. Vielleicht sind Sie mit diesem zweiten Teile noch mehr zufrieden, wie mir die Arbeit daran noch kräftiger und dreister scheint.

Die neuen Bände Ihrer Schriften erwarte ich mit Ungeduld, indem ich, von Ihren ästhetischen Werken besonders, so manches sicher noch nicht kenne.

Fichte hat seine vor- und diesjährigen Vorlesungen drucken lassen und mir gesagt, daß er Ihnen solche zuschicken werde.

8. Junius. Leider hatte ich schon halb erraten, was Ihr Brief vom 2. dieses, den ich soeben erhalte, bestätigt. Nun wünsche ich vor der Hand, daß Ihnen das Karlsbad ordentliche Dienste tue, Fröhlichkeit und leichtes Blut mache. Herrn Oehlenschläger habe ich hier bei Reichardt kennen lernen. Auch hier wird er sehr gerühmt, doch mir ist von seinen Arbeiten noch nichts vorgekommen.

Von Schillers Benefiz hier bei uns sage ich nur, daß die Vorstellung der »Braut von Messina« die beste war, welche hier möglich ist. Wie viel oder vielmehr wie wenig eingekommen ist, werden Sie wohl wissen, und so kann ich darüber schweigen. Iffland hat sich dabei redlich und tüchtig aufgeführt, das kann man ihm bezeugen.

Wenn ich weiß, wann Sie in Karlsbad eintreffen, schreibe

ich Ihnen dahin das Neueste oder Nächste, wenn es auch nicht eben wichtig ist, wie denn hier eine völlige Windstille herrscht, so daß ich von aller Begier nach Neuigkeiten wie verlassen lebe. Meine Einsamkeit hat ihre guten Momente, in denen ich sozusagen vom Leben ausruhe. Ich habe alles um mich her versammelt, was meiner Frau gehört; so beschäftige ich mich nach meiner Art, und mir ist dabei, als ob sie lebte. Zuweilen packt mich's gar zu unsanft an, wenn ich zurückdenken muß, und doch muß ich vorwärts, den Verlust ertragen und schweigen. Gesund bin ich. In zwei Monaten denke ich meine Tochter mit dem Sohne meiner Schwester zu verheiraten, dann habe ich des Raumes noch mehr. Mein ältester Sohn arbeitet als Polierer, der zweite lernt mauern, der dritte geht in die Schule, ist nicht ohne Gaben, wild, lernt schwer, stark vom Leibe und kujoniert seine Schwestern. Die Mädchen, deren ich, wenn die Braut fort ist, noch sechs behalte, gehn in die Schule und sind alle gesund. Wie es dann werden wird, wenn die Braut fort ist, daran mag ich gar nicht denken. Mir steht ein saures Leben bevor, doch will ich's kommen sehn und vor nichts erschrecken, das vorüber muß.

Den 11. Juni abends. Soeben komme ich aus dem neuen Ritterschauspiele, wovon Sie wohl werden haben reden hören, weil soviel davon gesprochen wird: »Die Weihe der Kraft«. Herr Werner ist der Verfasser, der nämliche, welche die »Söhne des Tales« geschrieben hat. Die Urteile darüber werden wohl sehr verschieden ausfallen, indem ein Teil des Publikums etwas Großes erwartet, unterdessen ein anderer dagegen eingenommen ist, weil die Reformation dadurch zu einem Gegenstande belustigender Unterhaltung wird. So stelle ich mir's wenigstens vor, denn die Polizei hatte für die erste Aufführung des Stückes Maßregeln getroffen, welche eine Bewegung im Publico notwendig voraussetzen.

Das Stück ist für uns lange gut und dürfte um vieles besser

sein, um den meisten weniger zu gefallen. Mir kommt es vor wie eine Sonate eines jungen Komponisten: es ist alles drinne, wie im Kasten Noah. Der Verfasser hat, wie es scheint, ganz hohe Intentionen mit seinem Sujet verbinden wollen, und da ist ihm der Bündel etwas schwer worden, wie er denn im 5. Akte, nach der Zerstörung des Bilderglaubens und Kunstsinnes, mitten auf der Landstraße liegen bleibt. Gesungen und gebetet wird – nach Noten, und der Eindruck des Ganzen ist mir – widrig religiös gewesen. Es ist kein Schauspiel mehr, es ist die Parodie einer ernsthaften heiligen Kirchenangelegenheit, die sich begreiflich machen will, indem sie sich profaniert. Für die Meditation bleibt nichts übrig, was der Rede wert wäre. Luther steht allein in allem Vorteil, und das Papsttum ihm gegenüber, ein gemeines Teufelswerk, ohne Reiz für den Pöbel, ohne Begier, List und Autorität, nimmt sich albern aus, ja dumm. Der Unglaube (Kaiser und Reich) steht in der Mitte, ohne etwas zu wollen und zu wirken. Das Allegorische steht dem Historischen nicht gegenüber wie ein Spiegel dem Gegenstande, sondern nebeneinander und reproduziert oder wiederkäut sich selber. Daß sich unsere soi-disant Geistlichen daran sehr ärgern müssen, wenn ihre Gemeinden lieber im Komödienhause predigen, singen und beten hören als in der Kirche, läßt sich denken.

Sonnabend, den 21. Juni. Die Akademie der Künste und mechanischen Wissenschaften hat mich am 12. dieses Monats zu ihrem Ehrenmitgliede und Assessor ernannt und mir darüber ein Patent zufertigen lassen. Wie lieb mir dieses meiner Singakademie wegen ist, können Sie denken, und ich bitte, solches in der »Literaturzeitung« bekanntzumachen.

Damit dieser Brief nicht noch einen Posttag liege, schließe ich, und somit Gott befohlen. Z.

87. *An Goethe*

Die Gelegenheit, welche mir Mademoiselle Minna Unzelmann, Tochter der Madame Bethmann, darbietet, Ihnen diese Zeilen zukommen zu lassen, soll Ihnen sagen, daß diese Mademoiselle Unzelmann eine hoffnungslose Schauspielerin und meine Schülerin im Singen ist.

Das Neuste, was ich von mir sagen kann, besteht darinne, daß alles beim Alten ist, und das Alte, daß ich gesund bin und Ihrer täglich, stündlich gedenke.

Morgen abend nach der Singakademie denke ich nach Potsdam auf einige Tage zu gehn, um mich unter den musikalischen Schätzen des verstorbenen Königs ein wenig umzusehen. Ich habe eine Spekulation im Sinne, von der ich Ihnen mehr sage, wenn sie gelungen sein wird.

Leben Sie wohl! und lassen Sie sich von dem Bade gut bedienen. Ewig Ihr

Berlin, 23. Junius 1806. Zelter.

88. *An Zelter*

Jena, den 26. Junius 1806.

Ihr Brief, mein lieber Freund, hat mich noch in Jena getroffen, von wo ich in wenig Tagen nach Karlsbad gehe. Mögen Sie mir in der ersten Zeit direkt dorthin schreiben, so wird es mir viel Freude machen. Später tun Sie es nicht: denn die Briefe gehen langsam und ungewiß auf diesen Straßen.

Endlich ist der Ihnen so lang versprochene Ring fertig geworden. Der Karniol ist der beste, den ich in meiner Sammlung hatte; die Arbeit ist etwas deutsch geraten, obschon die südliche Anlage noch immer durchsieht. Rechnen Sie den guten Willen und die Freundschaft des Gebers mit dazu, so werden Sie ihn nicht ungern tragen und nicht ungern damit siegeln. Einen Wunsch hat mir der Goldschmidt verdorben. Er sollte den Musterring, den ich von Ihnen hatte, mit einschmieden, aber die Buchstaben sollten nicht verloren gehen. Das erste behauptet er getan zu haben, die Buchstaben aber sind verschwunden.

Für die baldige Nachricht über Doktor Luthers Theatererscheinung danke zum allerschönsten. Ich sehe, es sind in diesem Stück gerade die widerlichen Entgegenstellungen, die einem in den »Söhnen des Tals« verdrießlich fallen. Das soll nun Ideen heißen und sind nicht einmal Begriffe. Indessen werden die Menschen darüber konfus, und da man ihnen etwas vorzeigt, was sie nicht beurteilen können, so lassen sie's eine Weile gut sein.

Da Iffland als Dr. Luther sich wohl behaben wird und die Kasse wahrscheinlich auch keinen Schaden leidet, so ist übrigens alles in der Ordnung.

Ich denke sehr oft an Sie und Ihre Zustände. Sie haben eine schwere Aufgabe zu lösen. Möge Ihr Mut Sie immerfort begleiten. Für diesmal sag' ich nichts weiter, als daß es mir die Zeit über ganz leidlich gegangen ist und daß ich gute Hoffnungen von meiner Badekur hegen kann. G.

89. *An Goethe*

Berlin, 2. Julius 1806.

Ich freue mich wie ein Kind auf meinen Ring. Er wird mir anfangs etwas zu weit sein, denn ich bin mager worden, aber ich will mich schon feisten, um ihn auszufüllen. Tragen will ich ihn, er soll mir vergegenwärtigen das Entfernte und Vergangene, und wenn Beten zu allen freundlichen Göttern hilft, so sollen Sie neugeboren von Karlsbad zurückkommen.

Wie gesagt: der Doktor Luther hat Spaltungen erregt, die

mir viel Vergnügen machen. In der einen Berliner Zeitung wurde das Stück gelobt, in der andern bitter getadelt. Da fechten nun die Kämpfer mit ihren stumpfen Rappieren gegeneinander, und da es keine Wunden gibt, sondern bloße Hiebe und Kreidepunkte, so haben sich mehrere Liebhaber und Dilettanten ihre Haut jücken lassen, um sich solche nachher kratzen zu lassen. Man könnte es das Mückenfest nennen, wie sie alle gegen die Laterne fliegen, worin das Lämpchen steckt, und sich die Köpfe stoßen oder den Bart absengen, denn die eigentlichen Theaterephoren sind grob und beißig für das, was ihnen an Kenntnis und Billigkeit abgeht. Übrigens ist die ganze Fechterei eine pure Stichelei, wobei so wenig herauskommt als beim ganzen Plunder, es müßte denn sein, daß wir denn doch wieder ein Stück mehr haben. Das Publikum spielt dann dabei wieder seine Rolle im Ganzen, denn das Stück wird jede Woche dreimal gespielt, und das Haus ist gedrückt voll. Iffland hat sich wie der leibhafte Dr. Luther angetan und unterhält das Stück; denn mit Ideen geht's darin her, als wenn eine Schwalbe durch ein Haus fliegt. Sollte übrigens das Genre Nachahmung finden, wie sich denn von der löblichen Buchhändlerschaft gehörige Tätigkeit hoffen läßt, so haben wir gegen die neue Messe hoffnungsvolle Aussichten, in Ermanglung würdiger dramatischer Produkte Bibeln und Gesangbücher auf dem Theater umherflankieren zu sehn.

Mein Hauswesen geht einen ziemlichen Gang. Ich habe mir eine Haushälterin zugelegt, die nicht ganz jung, dabei resolut und von guter Familie ist. So wollen wir's nun wieder eine Zeitlang mit ansehn und uns gefallen lassen, was nicht zu ändern steht.

Aber den Ring habe ich noch nicht, und da in Ihrem Briefe nichts steht, wie und wodurch er an mich gelangen soll, so bin ich in Sorge.

Diesen Brief adressiere ich nach Karlsbad; Sie erhalten

jedoch keinen zweiten eher, bis ich ein Zeichen des Empfangs von Ihnen habe. Die Akademie der Künste gibt diesen Herbst eine Kunstausstellung, über die Sie zu seiner Zeit einige Nachrichten bekommen sollen. Einige sehr große Bilder, zum Exempel von Bury und Frisch, werden zu sehen sein. Weitsch und Lütke wollen jedoch nichts mehr in die Ausstellung bringen, weil die Akademie vor zwei Jahren ihr Wort gegen diese Künstler nicht gehalten hat. Der Streit ist läppisch, und die Akademie hat dazu, soviel ich einsehe, unrecht. Ich schließe und sage nur noch ein Lebewohl; es ist Sonnabend. Zelter.

90. *An Zelter*

Durch Madame Unzelmann habe ich Ihren ersten Brief vor einigen Tagen erhalten und sogleich darauf den zweiten mit der Post. Dieser letzte ist 11 Tage gegangen. Rechne ich nun auf den gegenwärtigen wieder ebensoviel, so träfe mich eine Antwort auf diesen hier nicht mehr an. Schreiben Sie mir also nach Weimar, wo ich zu Anfang August wieder eintreffe.

Was den Ring betrifft, so habe ich in meinem letzten Briefe das Beste vergessen; ich wollte nämlich fragen, wie ich Ihnen denselben zubringen soll. Man kann ja wohl dergleichen auf der Post schicken? Denn auf eine Gelegenheit warten, ist langweilig, und es könnte doch wieder Händel geben, wie mit der Schachtel Spaniol. Schreiben Sie mir deshalb Ihre Meinung.

Für die Nachricht oder vielmehr für Ihre Gesinnungen über Dr. Luthers neue Erscheinung danke ich zum schönsten. Ich habe hier auch schon einige Personen gesprochen, die das Stück gesehen hatten. So wie mir auch Madame Unzelmann gestern davon erzählte, daraus ich mir denn abstrahieren kann, daß es ein Werk von Herrn Werner ist, dessen Art und Kunst ich aus den »Söhnen des Tals« einigermaßen kenne.

Mein Befinden ist übrigens sehr leidlich, wo nicht gut zu nennen; doch muß man sich einer völligen Tagdieberei hingeben, weil man gar zu geschwind fühlt, daß man zu jeder Art von Tätigkeit untüchtig wird.

Die Lage von Karlsbad ist sehr interessant. Zwischen den alten Granitfelsen, aus den nächsten Übergangsgebirgen entspringt das heiße Wasser, und die ganze umliegende Gegend fodert zum Mineralogisieren auf, das denn wieder sehr bei mir an die Tagesordnung getreten ist. Die nächsten Promenaden sind seit zehn Jahren vortrefflich eingerichtet worden, so daß man alles mit Bequemlichkeit besteigen, überschauen und genießen kann. Wie sehr wünschte ich Sie einige Tage hieher. Leider daß Ihr Rollwäglein Sie nicht so bequem durch diese Gebirge als nach Lauchstädt bringen würde.

Ich freue mich von Herzen, wenn ich höre, daß Sie nach dem großen Verlust sich wiederherzustellen anfangen, besonders auch, daß Sie Mittel gefunden haben, sich die Last des Hauswesens zu erleichtern.

Leben Sie recht wohl. Ihr Brief soll mich in Weimar freundlich empfangen.

Karlsbad, den 14. Julius 1806. G.

91. *An Goethe*

Berlin, den 2. August 1806.

Zuerst sage ich Dank für den lieben Brief aus dem Karlsbade und wie ich mich Ihres Wohlbefindens erfreue und diese Freude jetzt meine ganze Einsamkeit ausfüllt und ich mich davon ernähre. Dann bitte ich inständigst, mir sobald als möglich den lieben Ring, wohl eingepackt, nur mit der Post zu senden; denn das ist doch der sicherste Weg, den ich kenne.

Künftigen Dienstag ist der Geburtstag des Königs. Vor einem Jahre reisete ich am Abend dieses Tages von hier nach Lauchstädt; das war ein Jubel, der für diesmal versagt ist.

Von meinen Gesinnungen über »Dr. Luther« weiß ich nur insofern Rechenschaft zu geben, als ich fühle, daß es die Ihrigen sein müssen. Aber das Stück hat eine sonderbare Spannung hervorgebracht, von der ich begierig das Ende zu sehn wünsche. Wäre das Geschlecht nicht so tief unter sich selbst versunken, so ließe sich von dieser Spannung was Gutes hoffen; doch wenn sie auf etwas Neues fallen, so taugt es wahrscheinlich wieder nichts.

Ich glaube Ihnen geschrieben zu haben, daß sich eine Partei gegen das Stück gelegt hatte, um es bei der ersten Aufführung fallen zu machen. Dagegen waren von der Polizei so kräftige Maßregeln im Anzuge, daß es zu nichts kam, und da es mit Aufwande gegeben wird, so ist es bis jetzt immer besucht worden; doch habe ich eigentlich noch niemanden gut davon sprechen hören als solche, denen man die Not ansieht, Gründe dafür aus der Feder zu *drücken*, die denn auch danach sind. Ein Graf Brühl zum Exempel hat allerlei Wischiwaschi von sich gehen lassen, um für das Stück zu wirken, aber es hat wohl wenig geholfen; denn was wirklich gut ist, weiß am Ende doch jeder.

Am 23. dieses war hier eine sehr lustige Schlittenfahrt. Viele Offiziere von der königlichen Gendarmerie hatten sich einen Schlitten mit bedeckten Rädern bauen lassen und fuhren abends nach 10 Uhr mit vielen Fackeln und großem Geschrei durch die Straßen der Stadt. Im Schlitten saß Doktor Luther mit einer ungeheuern Flöte und ihm gegenüber sein Freund Melanchthon. Auf der Pritsche die Käthe v. Bora mit einer Peitsche und knallte durch die Straßen und einer ungeheuern, 10 Ellen langen Schleppe. Auf Reitpferden mit Fackeln saßen die Nonnen des Augustinerklosters, von ihrer Priorin angeführt, sämtlich mit langen Schleppen und ungestalten Masken – so ging der Zug mehrere Stunden lang durch die Straßen zur Ergötzung des schaulustigen Publikums.

Diesen burschikosen Spaß nun, für den sich sehr verschiedene Auslegungen anfinden, von welchem mir die die wahrscheinlichste scheint, daß die dramatische Tendenz des »Luther« ohngefähr das ist, was man eine Schlittenfahrt im Sommer nennt, um nur alle Tage neue Gerichte auf seiner Tafel zu haben, hat Iffland so sehr übel genommen, daß er (wie behauptet wird) beim Könige persönlich Klage über dieses Unwesen geführt hat. Daraus nun ist entstanden, daß einer dieser Offiziere namens Alvensleben von Berlin versetzt ist, und die übrigen haben Arrest mit der Weisung bekommen, daß sie in ähnlichen Fällen würden kassiert werden. So steht nun die Sache, und seitdem ist das Stück nicht wieder gegeben worden. Übrigens lassen die Sünder wenig Reue blicken und warten, wie es heißt, nur auf das Ende ihres Arrestes, um Ifflanden ferner etwas anzuhängen.

Den 5. August. Es ist Dienstag, ich muß auf die Singakademie und halte zum Geburtstage des Königs heute noch eine Rede, welche der Geheime Kabinettsrat Beyme hören wird. Ich schließe mit dem besten Lebewohl! Z.

92. *An Zelter*

Jena, den 15. August 1806.

Von meiner Karlsbader Kur kann ich nur kürzlich so viel sagen, daß es mich reut, sie nicht früher angestellt zu haben. Der Gebrauch des Trinkens und Badens ist mir sehr wohl bekommen, und da ich sehr auf mich acht gebe, so ist wirklich etwas Wundersames in alle diesem, und ich freue mich, daß ich meinen Unglauben aufgeben kann. In guter Reisegesellschaft habe ich ein ganz frohes Leben geführt, habe viele Bekanntschaften gemacht, und mancher ist mir persönlich begegnet, dessen Namen und Wirkungen ich sonst nur kannte. Die seltsame Quelle, die aus den urältesten Gebirgen heiß hervorspringt, hat uns diesmal so wie früher auf die Urdokumente hingewiesen, und wir verdanken der Zeit, die in Erfahrungen und Betrachtungen vorschreitet, auch hier gar manches. Da ich mit freieren Empfindungen und besseren Hoffnungen zurückkehre, such' ich die Fäden anzuknüpfen, die ich gelassen hatte und die mir entfallen waren, und so seh' ich in einem sehr engen Kreise einen sehr interessanten Herbst vor mir. Einiges höchst Erfreuliches habe ich bei meiner Rückkunft noch außer Ihrem Briefe vorgefunden, zum Beispiel die Äußerungen eines jungen Malers über Farbe, bestimmt und umständlich. Ein Teil seines kurzen Aufsatzes steht beinah wörtlich in meiner »Farbenlehre«. Zu einem andern Teil findet sich der Kommentar in meiner Arbeit, und dann hat der Verfasser solche Stellen, die ich ihn ersuchen werde mir abzutreten, weil man das, wovon ich überzeugt bin, nicht besser sagen kann. Diese Zustimmung eines Lebenden, der bisher gar nichts von mir und meinen Bemühungen gewußt hat, gibt mir eine neue Lust, weiter fortzufahren und mein Pensum zu endigen. Soweit für diesmal. Der Ring folgt hierbei, dem ich Glück wünsche, daß er Ihnen so nah kommt, welches mir versagt ist. Lassen Sie bald von sich hören. G.

93. *An Goethe*

Berlin, 30. August 1806.

Ihr lieber, süßer, goldner Brief, den ich gestern mittag wie den Ring erhalten habe, macht mir unsägliche, ja unendliche Freude. So oft habe ich ihn gelesen, daß ich ihn auswendig weiß, und ich lese ihn immer wieder und wieder. So hat die Hoffnung, das Leben der Liebe, eine neue Liebe zum Leben in mir erweckt, die auch mir aus der Karlsbader Quelle kömmt, und auch ich bin genesen, wie mein ganzes Wohlsein jetzt mit dem Ihrigen zusammenhängt.

Mit dem Ringe haben Sie mir ein erhebendes Geschenk gemacht, dessen ich so gewiß wert sein will, als ich an Wahrheit und Tugend glaube. Er paßt auf das genaueste zu meinem Finger, wo er nicht herunter soll.

Keinen aber beneide ich mehr als Ihren jungen Maler. Wie reich ist, wer Ihnen von dem Seinigen abtreten kann! und doch – wenn er Ihnen nur zurückgäbe, was er von Ihnen hat? schon längst von Ihnen hat? Denn so geht es mir: ich kenne nichts in mir, das nicht auch klar vor meiner Seele als Ihr Eigentum stände.

Künftig ein Mehreres, damit Sie nur gleich erfahren, daß ich Ihren Brief und den Ring erhalten habe. Zelter.

94. *An Goethe*

Berlin, den 17. Dezember 1806.

Herr Schmidt, ein geborner Weimaraner, Theaterdirektor des Fürsten Esterhazy zu Eisenstadt, der Ihnen diese Zeilen bringen will, wird Ihnen des Mehrern sagen können, wie er mich gefunden.

Ich bin durch das Unglück des Landes Munizipal worden und damit, anstatt dem Ufer näherzukommen, in offne See verschlagen. Von mir kann dabei keine Rede sein, und wie die gute Stadt dabei fahren wird, mag die Zeit ausweisen.

Meine Singakademie ist seit dem 14. Oktober suspendiert. Ich habe den Faden still liegen lassen, um ihn, wie es möglich sein wird, ebenso wieder aufzunehmen, wozu jedoch bis heute keine Aussicht ist.

Seit noch nicht zwei Monaten, da wir Gäste sind in unsern Häusern, sieht man schon, wie Kunst und Wissenschaft hier aneinander gehangen. Es geht mir auf wie eine Hoffnung, wenn ich denke, wie die fremden Vögel, die wir gefüttert, von hinnen ziehn werden um sich neue Nester zu suchen; ihr Abschied soll mir so willkommen sein, wie die Vertreiber unwillkommen waren.

Suchen Sie doch es möglich zu machen, mir einige Worte zukommen zu lassen, besonders wie es um Ihre Universität steht. Ich weiß, was ich verlange, aber ich kann den Wunsch nicht unterdrücken. Der Herzog von Weimar und sein Sohn sind hier, doch habe ich keinen von ihnen gesehn; den Geheimen Rat Müller aus Weimar habe ich einigemal gesprochen, das erstemal in der Antichambre des Kaisers. Lassen Sie mich wissen, ob Ihre Kunstschätze verschont geblieben. Auf der hiesigen Akademie, wo ich meine schönen Musikwerke niedergelegt hatte, fand ich die Schränke erbrochen, doch vermisse ich bis jetzt nichts. Die Kapitalwerke und Monographa sind vorhanden, und da die Sammlung groß ist, brauche ich einige Wochen, um alles nachzusehn, und dazu habe ich jetzt weder Zeit noch Licht, weil die Tage so kurz und dunkel sind.

Ich bin vollkommen gesund, und noch ist mir nicht bange worden. Viele sind von Berlin weggegangen; Johannes Müller und Humboldt sind hier, den erstern hat der Kaiser rufen lassen, doch habe ich ihn nach der Zeit nicht gesprochen.

Herr Schmidt scheint Akteurs und Sänger für das Wiener

Theater werden zu wollen, doch hat er mir bis jetzt nichts davon gesagt, wie denn auch ich nicht gefragt habe. Leben Sie wohl. Hätte ich Sie doch nur erst wieder einmal gesprochen. Zelter.

95. *An Zelter*

Haben Sie, mein verehrter Freund, tausend Dank, daß Sie das peinliche Stillschweigen endlich brechen mochten. Seit dem 14. Oktober bin ich täglich in Gedanken bei Ihnen gewesen, und noch eben, wie dieses geschrieben wird, steht ein zugesiegelter Brief an Sie auf meinem Schreibpult, den ich fortzuschicken nicht den Mut hatte: denn was soll man sich einander sagen? Am 12. Dezember habe ich Ihren Geburtstag im stillen gefeiert, und so werden wir wohl auch künftig nur das stille Gute im stillen feiern können.

Durch die bösen Tage bin ich wenigstens ohne großen Schaden durchgekommen. Es war nicht not, mich der öffentlichen Angelegenheiten anzunehmen, indem sie durch treffliche Männer genugsam besorgt wurden, und so konnt' ich in meiner Klause verharren und mein Innerstes bedenken.

In den schlimmsten Stunden, wo wir um alles besorgt sein mußten, war mir die Furcht, meine Papiere zu verlieren, die peinlichste, und von der Zeit an schick' ich zum Drucke fort, was nur gehn will. Die »Farbenlehre« schreitet stark vor. Auch werden meine Ideen und Grillen über die organische Natur nach und nach redigiert, und so will ich von meinem geistigen Dasein zu retten suchen, was ich kann, da niemand mehr weiß, wie es mit dem Übrigen werden wird.

Von meinen Werken bei Cotta sind Aushängebogen da. Einige Lieder des ersten Bandes sollen, hoff' ich, bei Ihnen Melodieen hervorrufen, damit wir fühlen und sehen, daß wir noch die alten sind. Daß Sie Ihre Musikschätze unversehrt fanden, dazu wünsche ich Glück. Daß Sie in die Administration mit verwebt sind, wie manches andre, was mir Herr Schmidt erzählt, bedaure ich. Doch ist es freilich in der jetzigen Zeit unserer Wahl nicht anheimgestellt, auf welche Weise wir tätig sein wollen. Der gute Geist wird Sie nie verlassen; möge der gute Mut auch nie von Ihnen weichen! Lassen Sie manchmal etwas von sich hören; ich will das Gleiche tun. Ein herzliches Lebewohl.

Weimar, den 26. Dezember 1806. Goethe.

1807

96. *An Zelter*

Hierbei sende durch gute Gelegenheit die erste Lieferung meiner Werke. Ich hatte gehofft, daß sie Ihnen in friedlichern Stunden zukommen sollten; allein da es doch auch in den schlimmsten Zeiten langweilige Stunden gibt, die man sich mit Lesen vertreiben mag, so kommen diese Bände vielleicht auch zur rechten Zeit.

Lassen Sie mich bald von sich hören. Von mir weiß ich nichts zu sagen, als daß ich die ruhigen Intervalle, die uns gegenwärtig gegönnt sind, so gut als möglich benutze und der Vergessenheit und Vergänglichkeit zu entziehen [suche], was ich gedacht und allenfalls geleistet habe.

Könnten Sie durch einige meiner Lieder aufgeregt werden, sie zu komponieren, so würde mir das ein erfreulicher Beweis Ihres Daseins und Ihrer Neigung werden.

Soviel für diesmal, mit einem herzlichen Gruße von den Meinigen.

Weimar, den 27. März 1807. G.

97. *An Goethe*

Berlin, 4. April 1807.

Und nun sei dann auch einmal wieder geschrieben! Ihr Brief vom 26. Dezember vorigen Jahres hat gewirkt. Es ist ein Werklein entstanden und ganz und fertig worden; ja es hat sich sehn lassen und ist gern gesehn worden.

Daß es mir unter unsern Umständen nicht an Beschäftigung fehlt, die mir in den ersten Tagen sehr fremd und abgeneigt gewesen ist, kann ich wohl sagen. Auch ward die Sorge für meine Geburtsstadt durch die Sorge für meine individuelle Erhaltung in hohem Grade vermehrt. Seit fünf Monaten hatte ich nichts verdient und nichts Verdientes eingenommen; ich hatte gar keine Aussicht, mein Haus zu erhalten, und noch niemals hat die Sorge so mich angepackt.

Als ich das erste Januarstück der »Literaturzeitung« las, regte sich der alte Trieb mächtig in mir, und ich beschloß, eine Musik zu machen, wozu die schönen langen Nächte die Zeit hergeben mußten. Ich komponierte das anliegende Gedicht in Ermanglung eines bessern und habe daraus gemacht, was ich machen kann.

Am Auferstehungstage habe ich die Musik öffentlich aufgeführt; sie ist beifällig, sogar von unsern Gästen, aufgenommen worden, und ich habe damit gegen achthundert Taler verdient, mit denen ich jetzt meine Schulden bezahle und neuen Kredit etabliere.

Was hätte ich darum gegeben, wenn Sie die Musik hätten hören können! Ich habe darin unsere Idee des Chors nach meiner Art zu realisieren gesucht und bin, dem Gedichte zum Trotz, vielleicht nicht ganz unglücklich damit gewesen, ohne das Gedicht zu verletzen. Vielleicht hat es sich gar in seinen bedeutendsten Teilen erhoben.

Die ganze Auferstehungskatastrophe sowie die der Himmelfahrt hat der Chorus vorgetragen, und die Sache hat sich mächtig und deutlich gemacht. Übrigens ist dieser Chorus durch das ganze Werk permanent behandelt und greift überall an schicklichen Stellen ein, um seine Gegenwart, ohne die nichts geschehen darf, wissen zu lassen.

Nun ist mir die Lust angewachsen, wieder eine Musik mit dem Chore zu machen, aber ich finde kein Sujet, wenn ich auch hier einen fände, der mir die Verse machen möchte. Denken Sie doch auf ein solches Sujet und lassen Sie mich es wissen. Unter meinen hiesigen Bekannten ist ein Mann, der ganz artige Verse machen kann; dieser könnte mir nützlich sein, und was er macht, könnte ich Ihnen immer zuschicken, ehe ich daran arbeite. Es braucht nicht eben geistlich zu sein, wenn es nur heroisch ist. Da hier sobald nichts Ordentliches wird gebauet werden, so werde ich wohl vor der Hand Musik machen müssen, um mich zu erhalten.

Man hat mir wiederholte Vorschläge von Wien aus getan, die ich freilich nicht eben abgewiesen habe; doch kann ich jetzt nicht von hier gehn, und ich will es auch nicht, selbst unter vorteilhaften Bedingungen nicht. Man hat mir von dort aus eine Melodrama mit Chören: »Hyperm[n]estra, die edle Danaide«, zugeschickt. Es ist aber so modern, flach und leer, daß ich mich wohl hüten werde, an einem solchen Gedichte gute Arbeit wegzuwerfen.

Ich warte mit Ungeduld auf die ersten Bände Ihrer neuen Ausgabe. Machen Sie doch ja, daß ich gleich ein Exemplar bekomme. Seit der Invasion habe ich nichts anderes gelesen als die »Propyläen«; sie haben mir bei der Komposition meiner Musik gute Dienste geleistet, wenn vielleicht ein eigentlich musikalisches Buch mich verleitet hätte, etwas Besseres machen zu wollen, als ich machen kann.

Mitten in diesen unruhigen Zeiten hat sich auch wieder ein neues Theaterstück sehen lassen: »Die Söhne des Tals« vom Herrn Werner. Wie mir dies Stück besser behagt als das vom Luther, so irrt der Verfasser noch immer im Reiche der Dinge und Undinge umher, wo er alle Hände voll mitbringt, ohne zu wissen, was er hat und was er eigentlich geben will. So wie das Stück keinen Charakter des Ganzen hat, so ist auch keine Person von eignem Charakter darinne, und alle seine Personen laufen durch das Stück, wie über einen Markt Krethi und Plethi hinwegschreitet. Außerdem ist unser Theater in einem sehr hülflosen Zustande. Die Schauspieler spielen ohne Beifall fast nichts als Übersetzungen aus dem

Französischen, ja es lassen sich selbst die Kotzebue'schen Stücke nur wenig sehen. Die Einnahme will die Kosten nicht mehr decken, weil das Haus zu oft leer ist, die Schauspieler werden müssen auf halbe Gage gesetzt werden, und so kann es kommen, daß – wir auch von dieser Seite gedemütiget werden. Schon übt sich die junge Welt dramatischer Prätendenten an der Übersetzung der fatalen Molièreschen Stücke, welche so dependent sind von ihrer Zeit und Nationalität, daß daraus unmöglich etwas Gesundes und Tüchtiges hervorgehn kann; so gehn wir getrost oder doch unbefangen genug dem alten Chaos entgegen.

Schreiben Sie mir doch etwas Dramatisches von dorther. Ich hoffe doch, daß Ihr Theater noch besteht und sich Ihrer Vorsorge erfreut. Wie geht es mit der Universität? Wie befindet sich das herzogliche Haus? und ist es denn so ganz unmöglich, uns gegen Pfingsten oder etwas später irgendwo auf einige Tage zu sehn? Auf acht bis zwölf Tage wüßte ich mir schon Urlaub zu verschaffen, wenn nur der weite Weg nicht so viele Zeit erforderte. Gehn Sie etwa nach Lauchstädt oder Dessau, Dresden und dergleichen?

Heut ist schon der 18. April, ich muß nur machen, daß der Brief auf die Post kommt, sonst bleibt er noch länger liegen. Ewig

Ihr

Zelter.

98. *An Goethe*

Berlin, 23. April 1807.

Indem ich heute früh so dachte, daß Sie nun wohl meinen letzten Brief könnten erhalten haben, schickt mir der Geheime Rat v. Müller Ihr angenehmes Päckchen mit den lieben Büchern und Ihren Brief vom 27. März. Die beilie-

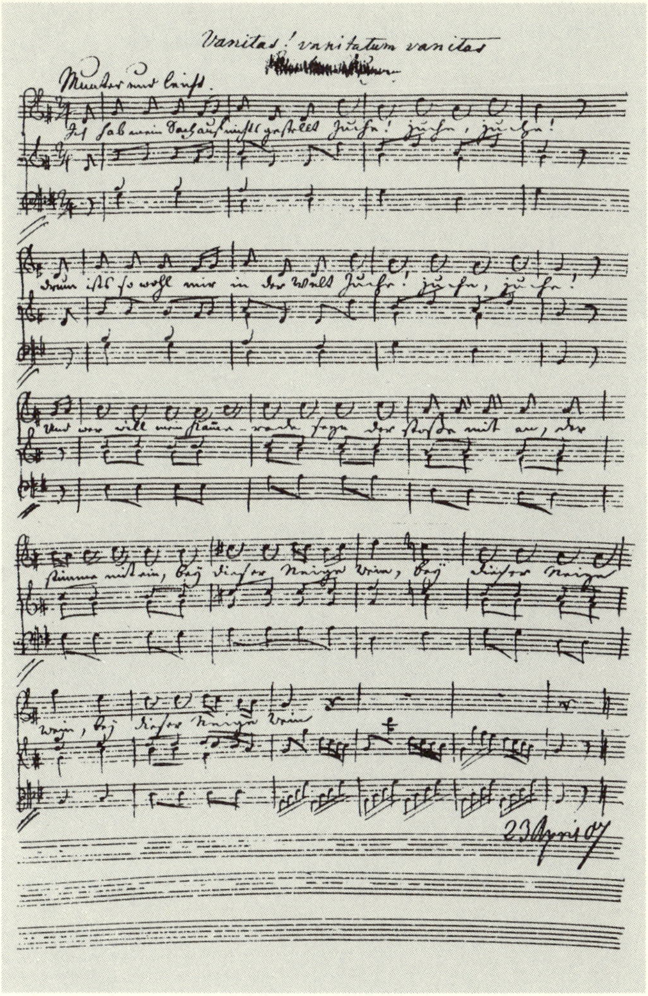

Zu Brief Nr. 98: Zelters Komposition des Liedes »Vanitas!«
(Ich hab' mein Sach' auf nichts gestellt.)

gende Komposition hat sich auf der Stelle während der Lesung des Gedichtes von selber gemacht. Die Sorge fiel beim Lesen mir wie ein Stein vom Herzen, und wenn die Melodie getroffen ist, so ist es kein Wunder und nicht meine Schuld.

Als ich meinen letzten Brief zur Post gegeben hatte, erhielt ich die Nachricht von dem Tode der Herzogin Mutter Amalia. Auch diese also soll ich nicht wiederfinden! Wer wird sich denn hinfort unsere lieben Lieder gefallen lassen, wenn alles Liebenswürdige dahingeht? Ach! ich wußte wohl, daß sie alt war und voll Schrecken über eine Zeit, die sie nicht mehr abwenden können, und doch muß ich trauren in meiner Entfernung.

25. April. Seit vorgestern habe ich noch fünf Ihrer Lieder in Musik gesetzt und unter andern auch: »Stirbt der Fuchs, so gilt der Balg«. Dieses habe ich sozusagen durchkomponiert und bin eben nicht unzufrieden damit. Ich stelle mir diese Überschrift als ein gesellschaftliches Spiel vor, das ich aber nicht kenne. Lassen Sie mich doch wissen: wie dieses Spiel beschaffen ist. Etwas fehlt meiner Komposition, und ich vermute, es ist die Wissenschaft dieses Spieles. Es müßte aber bald sein, da mir die Idee meiner Komposition noch frisch und neu ist.

Ich habe nun unter den in dem ersten Bande dieser neuen Ausgabe befindlichen Liedern sechsunddreißig in Musik gesetzt, und es werden noch mehrere nachfolgen. Etliche werde ich nicht komponieren, die Reichardt unübertrefflich gemacht hat, zum Exempel: »Das Veilchen«, »Heidenröslein«, »Der untreue Knabe«.

Indem ich endlich aufs allerschönste für die vier Bände Ihrer Schriften danke und voll Wehmut bin, nichts dagegen senden zu können, frage ich: wo bleibt die »Farbenlehre«? und Ihre Ideen über die organische Natur? Kommen diese auch mit der Ostermesse ans Licht?

Ich erwarte mit großer Ungeduld den nahen Frühling, und – Gott weiß, was er bringen wird. Aber wir hoffen doch: pacem te poscimus omnes.

Wie soll ich es machen, Sie zu sehn? mich verlangt es sehnlich, und manchmal weiß ich tagelang nicht, was mir fehlt. Gott befohlen! Zelter.

99. *An Goethe*

Berlin, 30. April 1807.

Wie danke ich Ihnen für den unendlich schönen »Elpenor«, und wie werd' ich überrascht, am Ende zu finden, was ich aus dem Titel schon wußte: daß es ein Fragment war! Aber welch ein Fragment! Man ist durch diesen ersten Akt vollkommen in alle 5 Akte des Stücks eingerichtet wie im eigenen Hause; man sieht, wie alles kommen muß, an der Gesundheit und Fülle der ersten Gliedmaßen. Es sind würkliche Gedanken, Gedanken mit Muskeln; keine Worte und deswegen kein Wort zuviel. Das Stück produziert sich selber, und da, wo es plötzlich abbricht, bleibt die erfreuliche Begierde: wie geschickt und gescheut der Dichter alles Folgende, dessen historischen Teil wir so sicher ergriffen haben, würde auf seine Weise vor uns ausgebreitet haben, um alles wieder neu und unerwartet zu finden. Auf diese Art ist es möglich, ein Stück bis auf das letzte Wort in Ruhe zu genießen, ohne vorher vier lange Akte mit Ungeduld zu verschlingen, damit man die Pointe ebenso verschlingen könne. Sie haben an diesem Torso ein unsterbliches Werk geboren; die Nachwelt wird es nicht glauben, daß die Sonne unserer Tage ein solches Werk hat hervorgehen sehen. Und wie ich eben denke, was alles geschehn muß, wenn ein guter einzelner Teil eines guten Ganzen entstehn soll, fällt mir eine Stelle aus einem Briefe ein, den Winckelmann aus Rom an Geßner geschrieben: *daß in einigen Jahrhunderten keine schöne Hand in Marmor gearbeitet worden.*

1. Mai. In diesen Tagen habe ich das Verzeichnis der Kunstsachen, welche Herr Denon bei uns für das Pariser Museum ausgewählt hat, gesehn. Der einzige Trost, den man beim Anblicke solcher Dinge haben und geben kann, ist: daß das Gute für die Welt gehört, es sei, wo es sei, und daß wir dieser schönen Dinge unwürdig waren. Das Erwerben und das Erhalten sind zwei Dinge in Eins, und wer das eine nicht kann, kann auch das andere nicht. Die Nichtachtung gegen Albrecht Dürer und Lucas Cranach, an deren Werken wir reich zu nennen waren, bestraft sich hart genug an unsern Künstlern, die sich am meisten darüber ärgern, daß *ihre* Werke nicht entführt werden, und sich über alles zu trösten wüßten, wenn sie nur ihre Pensionen behalten hätten. Ist Ihnen an dem Verzeichnisse dieser Sachen gelegen, so will ich suchen, eine Abschrift zu erhalten.

Den 2. Mai. Gott befohlen! Ihr Zelter.

100. *An Zelter*

Für die Komposition des Liedes danke ich zum allerschönsten. Es ist in den jetzigen Augenblicken sehr erquicklich, wenn man sich nur kurze Zeit in eine leichte lose Stimmung versetzen kann.

Das gesellschaftliche Spiel, wonach Sie fragen, besteht in folgendem: Man nimmt einen dünnen Span oder auch einen Wachsstock, zündet ihn an und läßt ihn eine Zeitlang brennen. Dann bläst man die Flamme weg, daß die Kohle bleibt; dann sagt man so eilig als möglich das Sprüchelchen:

Stirbt der Fuchs, so gilt der Balg,
Lebt er lang, so wird er alt,

Lebt er, so lebt er,
Stirbt er, so stirbt er.
Man begräbt ihn nicht mit der Haut,
Das gereicht ihm zur Ehre.

Nun gibt man die glimmende Kerze geschwind dem Nachbar in die Hand, der dasselbige Gesetzchen wiederholen muß, und das geht so lange fort, bis die Kohle bei einem auslischt, der denn ein Pfand geben muß.

Der Verlust unserer Herzogin Mutter ist bei so manchen andern zerrütteten und verrückten Verhältnissen sehr groß. Man darf, wie gegenwärtig überhaupt, über nichts, also auch darüber nicht weiter nachdenken. Man muß von einem Tage zum andern leben und eben tun und leisten, was noch möglich ist.

Sie wiederzusehen wär' mein großer Wunsch; aber ich mag Sie nicht einladen. Mit meiner Gesundheit will es nicht recht fort, und ich eile gleich nach Pfingsten ins Karlsbad; komm' ich zurück, so läßt sich vielleicht auf irgendeine Weise an eine fröhliche Zusammenkunft denken.

An meiner »Farbenlehre« wird sachte fortgedruckt; aber es geht wohl noch ein Jahr hin, bis ich fertig werde. Ich bin auf gar zu vielerlei Weise unterbrochen worden, ob ich gleich den Faden niemals ganz habe fahren lassen.

Gelegentlich meld' ich Ihnen, was ich von Ihren Kompositionen meiner Lieder besitze, und Sie haben die Gefälligkeit, mir die fehlenden zu senden.

Leben Sie recht wohl! Soviel für heute. Eh ich weggehe, schreibe ich noch einmal, oder von Karlsbad aus.

Weimar, den 4. Mai 1807.

Ihrer Briefe, die nacheinander ankommen, erfreue ich mich gar sehr und fahre fort, einiges zu erwidern. Wie erwünscht wäre mir gewesen, Ihr Oratorium mit anhören zu können:

denn leider bin ich von Musik gar zu sehr abgeschnitten, und das bißchen Operette, ob wir gleich mitunter gute Stimmen haben, will's doch auch nicht tun. Daher scheint auch in mir aller Sang und Klang verschwunden, so wie alle Imagination, die sich auf Musik bezieht. Vielleicht führt uns das gute Glück und ein vernünftiger Vorsatz bald wieder zusammen, und wir finden uns imstande, etwas in Gesellschaft zu arbeiten.

Daß Ihnen mein »Elpenor« Freude gemacht hat, ist mir höchst angenehm und der Zweck dieser Blätter nun schon erreicht. Doch ist vielleicht bei dem Beifall, den Sie meinem Fragmente schenken, Ihre Neigung zu mir und meinem Wesen als mitwirkend anzusehen: denn ich gestehe gern, daß ich diese Arbeit selbst nicht mehr beurteilen kann. Wenn etwas ins Stocken gerät, so weiß man immer nicht, ob die Schuld an uns oder an der Sache liegt. Gewöhnlich aber wirft man eine Abneigung auf etwas, das man nicht vollenden kann, als auf ein Ding, das uns widerstrebt und das wir nicht Herr werden können. Überhaupt habe ich bei Herausgabe meiner Werke sehr lebhaft gefühlt, wie fremd mir diese Sachen geworden sind, ja daß ich fast kein Interesse mehr daran habe. Das geht so weit, daß ich ohne freundliche, treue, fortgesetzte Beihülfe diese zwölf Bändchen gar nicht zusammengebracht hätte. Jetzt haben wir sie aber meist hinter uns, und bis auf einen kommen sie diese Tage sämtlich in Cottas Hände. Da mag nun weiter aus uns werden, was will, so wäre doch soviel gerettet. Ich freue mich zum voraus auf den Spaß, den Ihnen der fortgesetzte »Faust« machen wird. Es sind Dinge darin, die Ihnen auch von musikalischer Seite interessant sein werden.

Können Sie mir das Verzeichnis der von Berlin weggeführten Kunstschätze erteilen, so geschieht mir ein Gefallen. Wenn man nur weiß, wo sie aufbewahrt werden, so sind sie uns nicht verloren.

Leben Sie recht wohl und schreiben mir noch einmal vor Pfingsten, und dann lassen Sie nach Karlsbad von sich hören.

Weimar, den 7. Mai 1807. G.

101. *An Goethe*

»Leben und leben lassen!« spricht Papa Wieland, und wenn unsereinem hierzulande erlaubt ist, ein Wörtlein mitzusprechen, so sage ich: Schreiben lassen und schreiben!

Versicherte nicht Geheimer Rat Wolf, dem ich diese Zeilen einlege, daß Sie vollkommen gesund sind, so könnte mir bange sein, daß ich auf drei Briefe kein Zeichen von Ihnen gesehn habe.

Vielleicht ist's bloß der göttliche Frühling, der Sie am Schreiben hindert, denn diesem läßt man etwas hingehn, und wenn alles andere so wäre wie dieser Frühling – –

Haben Sie denn die »Memorie enciclopediche Romane sulle belle arti, antichità etc.« schon gesehn? und wer ist dieser Herr Giuseppe Antonio Guattani, Herausgeber derselben? Addio! Der Bediente wartet auf diese Zeilen.

ewig Ihr

Berlin, 17. Mai 1807. Zelter.

102. *An Goethe*

Berlin, 17. Mai 1807.

Abends. Hätte ich Ihren lieben Brief vom 7. dieses zu seiner Zeit erhalten, so wären Sie einem Mahnbriefe entgangen, zu dem mich Geheimer Rat Wolf vermocht hat, der mich zu einer Einlage an Sie einlud.

In der Zeit habe ich den »Elpenor« noch einmal gelesen. Ich habe mir ihn von Anfang an zu Ihren frühern Werken gedacht. Wie sollte ich wohl meine Neigung zu Ihnen und Ihrem Wesen mir verhehlen wollen, die eben aus Ihren Werken jener Zeit entstanden ist und sich in dem Maße erhoben und erweitert hat, wie meine Einsicht zugenommen und Feld gewonnen hat. Was ich an diesem Fragmente loben möchte, scheint mir eben in dem Fragmentarischen zu bestehn: daß es nämlich nicht weniger ist und doch auch nur ein einziger Akt ist. Und da Sie selber zu zweifeln scheinen, es vollenden zu *können* (indem es anjetzt ein jeder kann und vielleicht mancher der Lust nicht wird widerstehn können), so spräche dies für den Grund des Fragmentarischen mit.

Wenn Ihnen das Karlsbad bekömmt wie voriges Jahr, will ich gern die Freude entbehren, Sie zu sehn. Ich bin nicht übel willens, einige Tage nach Leipzig zu gehn und zu versuchen, ob ich etwas von meinen Kompositionen verhandeln kann, die sich nach und nach anhäufen und, in Abschriften umherzerstreut, zirkulieren, so daß ich mehrere derselben selber nicht mehr besitze. Weiß ich nun etwa die Zeit, wann Sie vom Karlsbade zurückekommen, so möchte es doch wohl möglich sein, irgendwo zusammenzutreffen; doch muß ich jetzt zu solchen Dingen ordentlichen Urlaub haben.

Vergessen Sie doch in der neuen Edition das kleine niedliche Drama »Die Fischerin« nicht beizubringen; in den frühern Editionen fehlt es, und ich liebe es ganz ungemein. Es müßte sich in dem 4. Band ganz artig neben dem Schäferspiele ausgenommen haben.

In den von Ihnen herausgegebenen Winckelmannischen Briefen ist am Ende der Wunsch erhoben nach einer vollständigen Sammlung der Winckelmannischen Schriften. Ihnen möchte ich freilich dies Geschäft nicht geradezu auflegen wollen, wie aber, wenn sich *Meyer* dazu bewegen ließe, unter Ihren Augen und mit Zuziehung der gehörigen Erfordernisse das Stückchen zu unternehmen? Kupferstecher und Zeichner werden dazu bei Ihnen nicht fehlen, und es wäre schade, wenn die Sache, welche doch endlich geschehen muß, in unrechte Hände käme.

Auf den »Faust« freue ich mich gar sehr, wie ich mich über das Wenige gefreut habe, das Sie mir in Weimar vorgelesen haben.

Das bewußte Verzeichnis soll Ihnen werden, allein es ist noch nicht vollständig. Jemehr sich der Friede in die Länge zieht, je durstiger wird Herr Denon nach ein Mehreres. Hoffentlich wird er uns von mancher Schlechtigkeit erlösen, die teuer genug bezahlt ist. Z.

103. *An Zelter*

Sie haben, lieber teurer Freund, lange nichts von mir gehört. Jetzt will ich im kurzen zusammenfassen, wie es mir bisher gegangen. Ich kam nach Karlsbad in dem übelsten Befinden, das sich durch einen zwar gewöhnlichen, aber für meine Zustände nicht passenden, schlendrianischen Gebrauch des Wassers anfänglich so vermehrte, daß ich in einen höchst peinlichen Zustand geriet. Durch eine Abänderung der Kur und den Gebrauch einiger Mittel nach Verordnung des Dr. Kappe von Leipzig wendete sich's auf einmal ins Bessere; wobei es denn auch schon sechs Wochen anhaltend verharrt, welches ich sehr gern meinen Freunden zu wissen tue. Acht Wochen bin ich nun schon hier und habe mich in verschiedenen Epochen auf verschiedene Weise beschäftigt: erst kleine Geschichten und Märchen, die ich lang im Kopf herumgetragen, diktiert, sodann eine Weile Landschaften gezeichnet und illuminiert; jetzt bin ich beschäftigt, meine geologischen Ansichten der hiesigen Gegend zusammenzustellen und eine Sammlung von Gebirgsarten, welche hier ausgegeben wird, kürzlich zu kommentieren.

Interessante Menschen von sehr verschiedener Art habe ich kennen lernen, unter welchen der französische Resident Reinhard, der zuletzt in Jaffy gestanden und dessen Schicksale Ihnen gewiß im ganzen bekannt sind, wohl den ersten Platz einnimmt. Übrigens lebe ich denn doch sehr einsam: denn in der Welt kommen einem nichts als Jeremiaden entgegen, die, ob sie gleich von großen Übeln veranlaßt werden, doch, wie man sie in der Gesellschaft hört, nur als hohle Phrasen erscheinen. Wenn jemand sich über das beklagt, was er und seine Umgebung gelitten, was er verloren hat und zu verlieren fürchtet, das hör' ich mit Teilnahme und spreche gern darüber und tröste gern. Wenn aber die Menschen über ein Ganzes jammern, das verloren sein soll, das denn doch in Deutschland kein Mensch sein Lebtag gesehen noch viel weniger sich darum bekümmert hat, so muß ich meine Ungeduld verbergen, um nicht unhöflich zu werden oder als Egoist zu erscheinen. Wie gesagt, wenn jemand seine verlorenen Pfründen, seine gestörte Karriere schmerzlich empfindet, so wäre es unmenschlich, nicht mitzufühlen; wenn er aber glaubt, daß der Welt auch nur im mindesten etwas dadurch verloren geht, so kann ich unmöglich mit einstimmen.

Sagen Sie mir, mein Lieber, wie es mit Ihnen geworden ist. Ich habe tausendmal an Sie gedacht und an das, was Sie als Privatmann geleistet haben, ohne von seiten der Reichen und Mächtigen unterstützt oder sonderlich aufgemuntert zu werden. Vielleicht ist das, was wir bei der politischen Veränderung am meisten zu bedauern haben, hauptsächlich dieses, daß Deutschland, und besonders das nördliche, in seiner alten Verfassung den einzelnen zuließ, sich so weit auszubilden als möglich, und jedem erlaubte, nach seiner Art beliebig das Rechte zu tun, ohne daß jedoch das Ganze jemals eine sonderliche Teilnahme daran bewiesen hätte.

Diesen allgemeinen Reflexionen, welche freilich nicht

zulänglich sind und die ich wohl einmal mit Ihnen mündlich weiter ausführen möchte, füge ich eine besondere Bitte hinzu, um deren baldige Gewährung ich Sie freundlichst ersuche.

Ob wir gleich Stimmen und Instrumente in Weimar haben und ich noch dazu der Vorgesetzte solcher Anstalten bin, so habe ich doch niemals zu einem musikalischen Genuß in einer gewissen Folge gelangen können, weil die garstigen Lebens- und Theaterverhältnisse immer das Höhere aufheben, um dessentwillen sie allein da sind oder da sein sollten. Nun haben wir von Schleswig wieder ein paar neue Leute, einen sehr guten Tenor und eine Art von Korrepetitor, bekommen, die ich noch nicht persönlich kenne, die aber gute und verständige Leute zu sein scheinen.

Mit der Oper, wie sie bei uns zusammengesetzt ist, mag ich mich nicht abgeben, besonders weil ich diesen musikalischen Dingen nicht auf den Grund sehe. Ich möchte daher das Seculum sich selbst überlassen und mich ins Heilige zurückziehn. Da möchte ich nun alle Woche einmal bei mir mehrstimmige geistliche Gesänge aufführen lassen, im Sinne Ihrer Anstalt, obgleich nur als den fernsten Abglanz derselben. Helfen Sie mir dazu und senden mir vierstimmige, nicht zu schwere Gesänge, schon in Stimmen ausgeschrieben. Ich ersetze die Auslagen mit Dank. Zeigen Sie mir an, ob man im Notendruck, oder gestochen, dergleichen findet. Auch Kanons und was Sie zu dem Zwecke nützlich halten. Sie sollen immer in unserer Mitte sein, geistig, und herzlich willkommen, wenn Sie persönlich erscheinen möchten. Schreiben Sie mir ein Wort hieher, denn ich bleibe noch 4 Wochen hier, und schicken mir ein Paket nach Weimar, damit ich gleich anfangen kann, wenn ich nach Hause komme. Leben Sie recht wohl und bleiben meiner dauernden Freundschaft gewiß.

Karlsbad, den 27. Juli 1807. G.

104. *An Goethe*

Berlin, den 6. August 1807.

Ihr Brief vom 27. Juli, mein göttlicher Freund, den ich gestern abend fand, war mir ganz unendlich erfreulich, ja unverhofft, da ich solange nichts von Ihnen gesehn und dagegen manches gehört, welches Ihr Brief geradezu widerlegt. Geheimer Rat Wolf wollte zum Exempel vorgestern wissen: Sie seien nach Wien gegangen und befänden sich daselbst ungemein wohl. Gestern aber sagte er mir, er habe für sicher gehört, Sie befänden sich in Töplitz, und so weiter. Gegen Ihre Relation Ihres Lebens und Bewegens kann ich Ihnen die meinige austauschen, die jedoch nicht so gloriös ist. Ich bin seit Anfang des Novembers selbstsiebenter in die Administration unserer Stadtangelegenheiten verflochten. Wie die Sachen im allgemeinen stehen, wissen Sie, und was das Besondere betrifft, so gehen die Sachen so, wie sie sich eben von uns wollen treiben lassen. Der Geheime Finanzrat Sack, der ein sehr gewandter, geschickter und arbeitslustiger Mann ist, dirigiert das Generalbureau unseres Geschäftswesens, indem er sich die besten und tätigsten Königlichen Staatsbedienten zu Hülfe nimmt. Alle zu bearbeitenden Sachen kommen täglich zum Vortrage und zur Entscheidung unseres pleni, werden ausgefertiget, von uns unterschrieben und gehen dann ins Weite und wirken, was sie können. Dies ungefähr macht mein Leben von einem Tage zum andern aus. Außerdem bewirte ich in Gemeinschaft mit meinen Kindern meine Einquartierung, die in französischen, schwarzburgischen, bayrischen, usingischen und so weiter Militärpersonen und Pferden besteht, welche müde und durstig ankommen, auch wohl mitunter ungern wieder von mir gehen und sich's im ganzen bei mir gefallen lassen müssen, da ich keine Frau habe und durch diese Umstände auch nicht reicher werde. Mein einsames und besseres Leben besteht nun darinne, daß ich täglich, ja stündlich an Sie denke, mich mit Lesen alter Bücher, Unterrichten junger Leute, Komponieren und dergleichen beschäftige, auch wohl der schweren Sorge hingegeben bin: wie das alles enden soll. Denn da gar nichts verdient wird und in der Regel alle Tage 15 Personen satt sein müssen, denen es besser zu schmecken scheint als sonst, so kommen wohl Sorgen und halten aus. Dann habe ich auch manche hübsche Lieder gemacht, meistens nach Gedichten von Ihnen. Dann habe ich seit dem Monat März eine Ripienschule für Instrumentalmusik angelegt, die mir viele Mühe und noch wenig Fortschritte macht. Endlich setze ich zwei Tage in der Woche die Singakademie fort, so still, daß es die Gäste nicht merken, die ich dabei nicht haben mag, und dies ist dann meine Beschäftigung von Woche zu Woche. Die Nebenzeiten muß ich dann anwenden, um die tausendmaltausend Jeremiaden und Beschwerden der Bürger und Freunde über Prägravationen geduldig anzuhören, zu bescheiden, zu trösten, zu poltern und dergleichen. Daß dabei aus dem Schlafen so gar viel nicht wird, können Sie denken. Jetzt zum Exempel ist es halb zwei nach Mitternacht, und vor einer guten halben Stunde bin ich erst vom Rathause gekommen. Morgen um 6 Uhr früh soll ich die Leiche eines nahen Verwandten bestatten helfen. So wird denn das Leben endlich ein Ende nehmen. Dessenungeachtet denke ich jetzt mit großem Ernste nach Italien, da ich mir nun einmal das Denken nicht wieder abgewöhnen will. Freilich hängt gar viel dabei von den öffentlichen Angelegenheiten ab. Sollte aber auch wieder nichts aus der Reise werden, so bin ich doch reisefertig. Mein Plan ist folgender: Ich sammle eben eine Anzahl junger Künstler um mich her. Je mehr je besser! Diese könnten eine Karawane formieren und gehn mit mir, oder sie nehmen mich mit. Es ist lehrreich, sicher und wohlfeil, in Gesellschaft zu reisen; ja es ist bequem, denn was einer nicht kann oder hat, ist beim andern. Ein gesellschaftlicher Vertrag muß das Ganze binden und halten. Jeder hat auf der Reise sein Amt. Man reiset soviel als möglich zu Fuße, über Wien. – Das ist das Allgemeine meines Plans, das Nähere sollen Sie auch zu seiner Zeit erfahren, da es sich noch nicht bestimmen läßt.

Den 7. Was ich als Privatmann und ohne Unterstützung von Äußerm geleistet, lasse ich vor der Hand auf sich beruhen, indem ich bedenke: die politischen Verhältnisse mögen hingeraten, wo sie wollen, so wird einem doch Luft und Atem bleiben. Ich wüßte wirklich nicht, wie es schlimmer werden sollte, als es war. Was ich und meinesgleichen voraushabe, kann niemals weniger gelten, als es galt, denn niemand hat was dafür geboten; auch habe ich nichts gefodert und mich vielmehr vor den Großen und Reichen mehr bewahrt, als ich gesollt hätte, doch auch keineswegs bereue. Und wenn nur etwas Gutes von mir übrigbleibt und nachzuwirken vermag, so bin ich über mein Schicksal völlig getröstet. Freilich ist's sonderbar genug, wie sich alles absichtlich zu fügen scheint, mich ins Weltwesen zu reißen oder vielmehr mich mir selber zu entreißen. Denn wenn ich nach langem Rudern und Streben meinem Ufer nähergerückt zu sein glaube, kommt ein Windstoß, der mich wieder zurückewirft, wie es denn so eben wieder der Fall ist. Doch ich bleibe bei mir und will mich nicht verwirren lassen, wie ich denn auch aufrichtig nicht verlange, daß mein Ziel mir entgegenkommen soll. Ja ich sehe oft mit Ruhe und Wohlgefallen auf meinen Anfang zurücke wie auf die totale Entfernung dessen, was ich bin – und muß, wie ich in all das Wesen hereingepreßt werde, zu dem ich mich so sonderbar verhalte, da doch auf der ganzen Erde Heiß nicht Kalt und Unten nicht Oben ist. Ich gehe in der Regel, ja durchaus mit lauter Dingen um, die meinem Selbst auch nicht das Geringste abmerken, so wie ich ganz natürlich mir nicht das Geringste merken lasse und allemal hinterher herzlich zu lachen nicht unterlassen kann.

Ich kann aufrichtig sagen, daß mich noch nichts Mißlungenes geschmerzt und wohl eher angefeuert hat, obgleich ich den Neid nicht ganz verhehlen kann, der sich mir aufdringt, wenn ich sehe, wie dicht neben mir alles ganz anders ist, wie die Leute so ruhig wandeln können, indem sie tun, was sie ernährt, ja wohl mich tadeln, indem sie mich bemitleiden. Es gibt Stunden, in welchen dies sehr bitter ist, da man nicht allein und von der Meinung der Welt dependent ist; dieses und die Hemmung, da man nicht vom Flecke kommt, nicht zeigen kann, was man will, und nicht überspringen kann – dies ist der höllische Schmerz, der einen braven Kerl wohl einmal aus der Fassung bringt, und den habe ich genossen wie Einer, der gelebt hat; denn daß einer noch lebt, um es zu tragen, will mir gar nicht ein. Was nun lächerlich ist und worüber Sie vielleicht auch lachen müssen, ist, daß ich mir neue Kleider machen lassen muß, weil ich fett werde wie Ihr Hamlet, indem das Land mager, mein Verdienst und mein Geld von Tag zu Tage dünner wird.

Den 8. August. So habe ich Ihnen denn gesagt, was Sie in Ihrem Briefe fragen: was mit mir geworden ist, und woraus Sie sich selber prophezeien sollen, was werden kann. Ich habe eine unwiderstehliche Sehnsucht nach Ihnen. Könnten wir uns nicht etwa in Leipzig treffen? Ich habe einen doppelten Grund, nach Leipzig zu gehen, wo ich gern etwas von meinen Kompositionen, die mir unter den Händen angewachsen sind, verschachern möchte, denn hier ist durchaus nichts zu machen.

Und nun von dem, was Sie ferner verlangen. Von solchen geistlichen Stücken, als Sie in Ihrem Hause unter 4 oder 6 Personen aufführen könnten, habe ich sehr wenige; denn das Meiste und Beste, was ich besitze, ist für einen großen, lang geübten Chor und besteht in *alten* Sachen, an welchen die neuern Sänger schon deswegen keinen Geschmack finden, weil sie solche ohne Willen, Ausdauer und gründliche

Anweisung nie ordentlich singen lernen. Doch werde ich Ihnen schicken, was sich etwa schickt. Vor der Hand schlage ich eine Sammlung vierstimmiger, in ihrer Art sehr guter Gesangsstücke von Haydn vor, welche vor etwa 2 Jahren in Leipzig bei Härtel gedruckt erschienen sind und die Sie wahrscheinlich in Weimar kaufen können. Dann werde ich Ihnen kleine Gesänge von hieraus senden, wovon aber die meisten schlechte deutsche Texte haben. Da ich diese Sachen nicht selber besitze, so muß ich sie aufsuchen und werde Ihnen von Zeit zu Zeit solche zuschicken. Möchten Sie doch den schönen Herbst in Berlin verleben wollen, denn sollen Sie schon etwas hören, das so schlimm nicht ist. Denn gehe ich nach Italien, so ist die Singakademie so gut als verloren; denn es *kann* nicht bestehen, das sehe ich mit Trauern. Sie ist jetzt gegen drittehalb hundert stark, und ich sehe keinen, der dies Schiff flott halten soll. Es ist ein anderes, ein bezahltes Orchester, und ein anderes, so viel freie Leute in diesen Zeiten vor sich selber zu bewahren! – Kommen Sie doch! Sie sollen schon das Rechte finden. Geheimer Rat Wolf ist hier; der schlingt mir so ein Stück Arbeit, woran die Zeit ein Jahrtausend gearbeitet hat, hinter wie eine Tasse Tee. Das kann nicht bekommen. Übrigens befindet er sich wohl in Berlin, und ob wir ihn behalten, muß die Zeit lehren.

105. *An Goethe*

Berlin, 23. August 1807.

Sie erhalten anbei ein Päcklein Singsachen von allerlei Art. Sie sind sämtlich kurz und daher nicht zu schwer, um in einem kleinen und engen Kreise brauchbar zu sein. Freilich sollte man für das Engere, Gesellschaftliche andere als geistliche, besonders heitere und noch leichtere Stücke haben, als diese zum Teil sind. Indessen muß irgendwo der Anfang gemacht werden, wo dann alles gut ist, was klingen will.

Es sind hier in Berlin anjetzt vielleicht mehr als 50 solcher Familienkreise, die sich singend vergnügen und Singetees genannt werden. Ich darf an keinem einzigen derselben Anteil nehmen, weil sie die gefährlichsten Feinde der Singakademie sind. Daher lerne ich ihre Stücke nicht kennen; ich habe aber bereits Kommission auf eine zweite Lieferung gegeben. Aus einem solchen kleinen Kreise ist freilich die Singakademie entstanden; allein es ist alle Aufmerksamkeit nötig, diese nicht wieder in einen Singtee aufgelöset zu sehn, da alle Freiheit und kein Gesetz für alle vorhanden ist. Deswegen wird die Singakademie nur mit großen und vielstimmigen Stücken beschäftigt, und wenn Sie, mein Freund, solche einst brauchen werden, da kann ich mit reichem und tüchtigen Vorrat aufwarten.

Wäre es doch möglich, daß Sie diesen Oktober hier sein könnten, da sollten Sie was Tüchtiges hören! Die Singakademie hat meiner Frauen Büste in weißem Marmor aushauen lassen. Sie soll in der Akademie feierlich aufgestellt werden, und ich werde bei dieser Gelegenheit ein großes Singstück, welches Händel auf den Tag der heiligen Cäcilia gemacht hat, aufführen. Was aus den andern Dingen dieser Welt werden kann und mag, überlasse ich denen andern; ich für mein Teil will da fortfahren, wo ich stehen geblieben bin, oder vielmehr fortschreiten. Das wird keiner wehren, wenn es auch keiner dankt, und das werden endlich auch Sie tun, und wenn jeder für sich tut, was er muß, wozu der Geist ihn treibt, so, dächte ich, müßte es eher besser werden als schlechter.

Wolf hat einen Plan gemacht, statt der alten Universität Halle eine neue preußische hier im Orte zu etablieren und solche wo möglich mit der hiesigen Akademie der Wissenschaften zu verbinden. Er hat den Plan bereits dem Könige zugeschickt, um der erste zu sein; dann an Planen wird's hoffentlich in Zukunft weniger fehlen als an solchen Ausführern, die wissen, was sie wollen, und können, was sie müssen. Wolf hat in seinem Plane auch meiner gedacht. Ich dagegen denke mir unter den vorliegenden Umständen alles anders wie alle andere Menschen: ich hab' mein Sach' auf nichts gestellt und gehe nach Italien – Sela.

Den 24. August. Ich muß Ihnen wohl sagen, daß, wenn Sie diese Stücke bei sich singen lassen, Sie die ganze Sache von Anfang an gleich beschränken müssen, sonst gehn die Sänger (nach neuer Kunstart) die Stücke bloß durch, haben ihre Meinungen darüber, verschlucken eins nach dem andern, und dann sind sie auf einmal damit fertig und sehen sich nach mehr um; wie sie denn überhaupt glauben, die Kunst sei nur da, um ihr Urteil zu rechtfertigen, statt dessen man das Gute und Beste gar nicht eher erkennen kann, bis man's auswendig weiß und davon durchdrungen ist. Da es nicht den geringsten Aufwand erfordert, 4 Singstimmen beisammenzuhaben, so werden die Leute auch dies sehr bald gewohnt und überdrüssig, je schöner und einfacher es ist; es muß daher in solchem Kreise etwas darneben sein, womit die Sänger abwechseln und verschnaufen können. Endlich muß auch der Raum nicht zu klein sein, wo solche mehrstimmige Sachen gesungen werden. Anfänglich tut man zwar wohl, sie im Zimmer zu üben; wenn man aber kann, tut man wohl, in einen großen Raum überzugehn, damit sich die Stimmen auslegen können, die sich von selber nach der Größe der Atmosphäre beschränken oder auseinander gehn.

Mit künftiger Sendung sollen Sie ein »Stabat Mater« erhalten, das aus lauter Kanons besteht, deren Summe zweiundzwanzig ist.

106. *An Zelter*

Karlsbad, den 30. August 1807.

Recht von Herzen sei es Ihnen gedankt, teuerster Freund, daß Sie mich so tief in Ihr Wesen, in Ihren Zustand hineinsehen lassen. Es ist wirklich etwas Prometheisches in Ihrer Art zu sein, das ich nur anstaunen und verehren kann. Indessen Sie das kaum zu Ertragende gefaßt und gelassen tragen und sich Plane zu künftiger erfreulicher und schaffender Tätigkeit bilden, habe ich mich wie ein schon über den Kocyt Abgeschiedener verhalten und an dem Letheischen Flusse wenigstens genippt. Übrigens, insofern ich mich noch als Erdebewohner fühle, habe ich auch nach meiner Art das Meinige getan, manche Erfahrung in mich aufgenommen, manches gelesen, gelernt, notiert, ausgearbeitet und wie es eben gehn wollte. Meine Gesundheit ist leidlich, und bei einem sehr strengen diätetischen Verhalten kann ich meine Zeit sehr wohl nutzen und angenehme Tage zubringen. Auf eine Nach-Hause-Reise über Dresden, wozu mich der Herzog, der in Töplitz ist, einlud, habe ich aber leider renunzieren müssen. Ich darf mir nichts zumuten. In der Hälfte Septembers bin ich zu Hause. Können Sie uns durch Ihre Gegenwart beglücken, so wüßte ich nichts Erwünschteres. Leben Sie recht wohl und schreiben mir bald. G.

107. *An Zelter*

Sie sind ein trefflicher Freund! Wie ich nach Hause kam, fand ich die Gesänge, und schon ist der Anfang zur kleinen Singschule gemacht. Wir werden nach und nach die Sänger des Theaters und unsere Choristen herbeiziehen, auch Personen aus der Stadt, und sehen, wie weit wir kommen. Hübschen Raum haben wir im Theatersaal.

Ihre abermalige Einladung macht mir das Herz schwer. Daß ich Ihre Anstalt nicht schon habe kennen lernen, ist unerlaubt; aber ich habe schon seit mehreren Jahren ein gewisses Kleben am Wohnort, das vorzüglich daraus entspringt, weil in mir noch soviel Aufgeregtes und doch Unausgebildetes liegt. Da habe ich das ganze Jahr zu tun, um nur hie und da ins klare zu kommen, meine Gesundheits- und die Zeitumstände nicht mitgerechnet. Doch würden mich diese ohne jenes weniger abhalten. Aber ich fürchte mich, wenn man es genau besieht, vor neuen Einwirkungen und Aufregungen und entbehre daher mit Willen manchen Genuß.

Der Beifall, den unser Theater in Leipzig erhalten, macht mir Lust und Mut, mich der Sache diesen Winter wieder lebhaft anzunehmen. Wir sind bei dieser Gelegenheit für unser Ausdauern belohnt worden und wollen mit Zutrauen und Hoffnung auf dem alten Wege fortgehen, und so kann auch die niederträchtigste detraktive Opposition, wie wir sie früher von Berlin her erfahren müssen, nichts ausrichten.

Auch ist mir Ihre Ausdauer, mein werter Freund, immer vor Augen. Nur ist freilich zu fürchten, daß, wenn Sie nach Italien gehen, der herrliche Bund so vieler Jahre sich auflösen werde. Natürlich und lustig ist es, daß sich Ihre Samenkörner so weit und breit herum und auch an die Teetische diffeminiert haben. Schaffen Sie mir doch ja von solchen Gesangweisen: denn diese möchten gerade für unsern Schnabel gerecht sein.

Von dem, was ich sonst tue und treibe, schweig' ich und hoffe, bald von meinem stillen Fleiße einige Früchte mitteilen zu können. Leben Sie recht wohl und senden mir manchmal auch ein Lied. Auch solcher kleinen Produktionen würde ich jetzt eher genießen können, besonders wenn Sie ein leichtes Akkompagnement für die Gitarre dazu setzen wollten, deren ich jetzt mehrere um mich habe.
Weimar, den 15. September 1807.

108. *An Goethe*

Berlin, den 20. September 1807.

Ich habe mir Schaden am Fuße getan und kann nicht ausgehen. Dies und Ihr lieber Brief vom 15. dieses zusammen ermuntert mich, sogleich wiederzuschreiben.

Den 22. September. Ein langer, nicht unangenehmer Besuch hielt mich vorgestern abend ab, diesen Brief fortzusetzen. Mein Fuß ist noch nicht wieder ganz besser, doch habe ich in die Singakademie fahren und die Übungen abhalten können, von wo ich eben herkomme. O daß Sie doch die Händel'schen Chöre des »Alexanderfestes« hören könnten! ich bin gewiß, daß die Pracht, Kraft, das Leben und die Ruhe Ihnen die Musik von einer Seite zeigen würden, wie sie nur wenigen und nur selten erscheint. Das Gedicht, welches von Dryden und ursprünglich englisch ist, erzählt, wie Timotheus den Alexander durch seine Kunst bewegt und über diesen gewaltsamen kriegerischen Charakter den Sieg davongetragen habe. Daß nur auch ich erzählen könnte, was mich immer schüchterner und stummer macht: die Einfalt, Klarheit, Freude und das Leben! Ja ich begreife gar nicht, wie man nur ohnedem sein kann, und doch lebt man – es ist aber auch darnach.

Jacobi hat mir aus München seine Abhandlung: »Über gelehrte Gesellschaften, ihren Geist und Zweck« zugeschickt. Ich habe sie zweimal gelesen, und die Mühe soll mich nicht verdrießen, sie noch einmal zu lesen. Vielleicht sprechen wir einmal mündlich über dies Kapitel, denn schreiben will sich das von mir nicht lassen. Ich denke immer, auch jener Acker wird etlichemal müssen umgepflügt werden, ehe man wieder an Säen und Pflanzen denken kann. Übrigens gereicht es zur Beruhigung, wo in Deutschland einige Ruhe ist, die Wissenschaften sich annisten zu sehn, und so wollen wir denn auch von hieraus nach unserm Maße tun, was sich durch uns will tun lassen.

Daß Sie den Faden Ihres Theaters festhalten, wundert mich weniger als der Beifall desselben in Leipzig; aber ich freue mich darüber, weil es den Mitgliedern Mut gibt. Der junge Unzelmann ist jetzt hier und mit großem Beifalle schon zweimal aufgetreten. Einmal ist er herausgerufen und sehr applaudiert worden. Leider kann ich jetzt nicht ins Theater gehen, meines Fußes wegen; ich denke indessen, er werde noch einige Zeit es sich hier gefallen lassen. Unser Theater fängt sich an zu heben, nach einem sehr traurigen Sommer, wo man fast fürchtete, es geschlossen zu sehen. Das Haus ist jetzt jedesmal voll; vor allem gefällt das Ballett und die Oper, die denn auch wirklich im ganzen und in ihrer Art besser sind als das Andere, zumal wir jetzt unsere besten Frauenzimmer entbehren: denn Madame Bethmann ist abwesend und Madame Fleck hochschwanger.

Ich kann mich nicht mehr erinnern, ob ich Ihnen die Komposition der »Generalbeichte« gesandt habe. In der Ungewißheit sende ich Ihnen solche, Sie werden sie für Ihren Chor brauchen können. Ich habe das Gedicht wirklich dramatisch behandelt, und Sie werden finden, daß es nach unserer Art gelungen ist. Da es so leicht ausgeschrieben ist, so sende ich es in Partitur, um nicht wieder einen so starken Brief zu machen. Ich habe es genau überschrieben, und Sie selber werden besorgt sein, daß es mit der gehörigen Würde gesungen und nicht überjagt werde.

Auf die folgenden Bände Ihrer Schriften hoffe ich sehnlichst, indem ich mir schmeichle, sie werden diese Messe erscheinen.

Z.

109. *An Zelter*

Weimar, den 28. September 1807.

Heute, mein Bester, ersuche ich Sie nur um einige kleine Besorgungen, mit dem Wunsche, daß Sie dieses Blatt fein wohl antreffen möge.

Der bei uns engagierte Schauspieler Unzelmann, der jüngere, ist gegenwärtig in Berlin. Ich höre, daß er daselbst gespielt hat. Wollten Sie die Gefälligkeit haben, mir den oder die Komödienzettel, worauf er angezeigt ist, wo möglich mit umgehender Post zu überschicken.

Zugleich oder bald darauf wünschte ich ein Preiskurant von dem Berliner Prozellan zu erhalten, versteht sich, wie es gegenwärtig abgelassen wird, da, wie ich höre, die Preise heruntergesetzt sind.

Sodann würden Sie mich sehr verbinden, wenn Sie mir einen Scheffel echte Teltower Rüben schicken könnten, aber freilich bald, ehe die Kälte eintritt.

An den überschickten vierstimmigen Gesängen wird schon fleißig studiert. Alle Sonntag früh kommt man bei mir zusammen. Die angezeigten Haydn'schen Dinge habe ich von Leipzig kommen lassen. Können Sie mir nach und nach noch etwas weiteres verschaffen, so erzeigen Sie mir eine besondere Gefälligkeit; dabei bitte ich zu notieren, was ich Ihnen schuldig werde, damit ich nicht zur Einquartierungslast eine neue hinzufüge. Von anderem nächstens.

G.

110. *An Goethe*

Berlin, den 6. Oktober 1807.

Anbei die rückständigen *Komödienzettel* bis auf den heutigen Tag.

Sodann den *Preiskurant* über das hiesige Porzellan.

Ferner etwas Musik für Ihren neuen Chorus, wenn ich Ihnen etwa dieses Stück noch nicht gesandt hätte. Ein Mehreres wird erfolgen, sobald mein Lieferant von Leipzig zurück ist.

Endlich sind Ihre Rüben längst besorgt und bestellt; da sie aber noch im Wachstume sind, so können Sie solche nicht eher erhalten, bis sie das Erdreich verlassen haben. Für heute nicht mehr als ein zärtliches Lebewohl

Ihres

ewigen

Z.

[Beilage]

Sie erhalten hiebei, lieber Herr Zelter, den gewünschten Preiskurant, so vollständig, als man ihn machen kann. Vater läßt nebst besten Gruß zugleich noch sagen, daß er die beste Art des Transports nach Weimar hin Fracht finden würde. Man könne es zwar bis Halle zu Wasser schicken, doch seien die Schiffsgelegenheiten sehr selten, und von dort würde es doch mit einem Fuhrmann gehen müssen; hingegen sind Fuhrgelegenheiten von hier nach Leipzig und von dort nach Weimar besonders in jetziger Zeit zur Messe sehr häufig.

Vom weißen Porzellan ist Ausschuß angenommen (Wrack wäre zu schlecht), und ganz im guten wird nicht weißes, sondern nur gemaltes Porzellan verkauft.

Herzlich werde ich mich freuen, wenn der Auftrag durch mich nach Ihrem Wunsche ausgefallen ist.

Henriette Rosenstiel. 6. Oktober.

111. *An Goethe*

Anbei erfolgen Ein Scheffel beste Teltower Rüben, welche Sie sich gut bekommen lassen sollen und denen ich die letzten Komödienzettel angefügt habe.

Der junge Unzelmann ist hier sehr oft und mit vielem Beifalle aufgetreten. Mehrere Male habe ich ihn gesehen. In den »Klingsbergen«, den »3 Gefangnen« und im »Doktor und Apotheker« hat er mir besonders gefallen. Er hat Dreistigkeit, Gewandtheit und Glück; auch hat er sein Gesicht, gegen andere junge Schauspieler, in seiner Gewalt.

Ich schreibe dies auf dem Rathause und schließe daher, mit dem aufrichtigen Wunsche, daß es Ihnen besser ergehn möge als

Ihrem

ewigen

Berlin, 27. Oktober 1807. Z.

112. *An Zelter*

Erst konnte ich, mein Bester, von Ihnen nicht genug verlangen, erbat mir bald dieses bald jenes, ich plagte Sie mit meinen Kommissionen, da Sie ohnehin genug zu tun haben, und da nun alles angekommen ist, Gesänge, Preiskurant, Rübchen: so mache ich's wie die erhörten Beter und wende mich ohne weiteren Dank von dem Geber zu den Gaben.

Ich will das nicht entschuldigen, denn zu ein paar Zeilen an einen Freund gäbe es immer Zeit; allein ich bin seit meiner Rückreise aus dem Karlsbad so wunderlich von der Gegenwart geklemmt worden, als wenn ich für jene vier Monate, die ich wie ein abgeschiedener Gymnosophist auf ungetrübter Bergeshöhe zugebracht, wieder büßen sollte. Zwar ist mir nichts Unangenehmes widerfahren, doch drängte sich so manches Liebes und Unliebes heran, daß meine Kräfte weder physisch noch moralisch recht ausreichen wollten.

Endlich dachte ich auch die zweite Sendung meiner Werke an Sie abgehen zu lassen; sie ist aber bei mir selbst noch nicht angekommen, nicht einmal in vollständigen Aushängebogen, sonst hätte ich die einstweilen geschickt, insofern sie etwas Neues enthalten.

Mein kleines Singechor, das freilich noch kaum über vier Stimmen hinausgeht, bildet sich schon recht hübsch und wirkt auch schon auf das Theater zu. Kurz vor meiner Abreise ist es durch eine junge weibliche Stimme, die man fast einen Alt nennen könnte, sehr ausgeschmückt worden. Dürfte ich Sie gelegentlich um das Schiller'sche »Punschlied« bitten? Es ist davon leider bei mir nur eine Stimme übrig; die andern sind verschleppt.

Werner, der Sohn des Tals, ist seit zwölf Tagen hier bei uns in Jena. Seine Persönlichkeit interessiert uns und gefällt uns. Er liest von seinen gedruckten und ungedruckten Arbeiten vor, und so kommen wir über die seltsamen Außenseiten dieser Erscheinungen in den Kern hinein, der wohlschmeckend und kräftig ist.

Soviel, mein Liebster, für diesmal. Ich packe ein, um wieder nach Weimar zu gehen. Hier ist es mir ganz gut geworden, und was Sie wohl nicht raten würden: ich bin ins Sonettenmachen hineingekommen. Davon schicke ich Ihnen gelegentlich ein Dutzend, mit der einzigen Bedingung, daß sie niemand sieht und daß keine Abschrift genommen wird. Möchten Sie aber eins davon komponieren, so würde es mich recht glücklich machen. Ich mag gar zu gern meine Produktion auf Ihrem Elemente schwimmen sehen. Sagen Sie mir bald wieder etwas, wenn es auch nicht viel ist. Ein Freundeswort ist in diesen trüben und kurzen Tagen doppelt erfreulich.

Geheime Rat Wolf hat uns mit einem trefflichen Hefte über das Studium des Altertums beschenkt, das einen großen Reichtum enthält und an alles erinnert, was wir wissen, und uns freundlich andeutet, was wir weiter noch wissen und wie das alles behandeln sollen. Ein nochmaliges Lebewohl.

Jena, den 16. Dezember 1807. G.

1808

113. *An Goethe*

Berlin, 9. Januar 1808.

Für heute will ich nur nichts weiter schreiben, als den beifolgenden sieben Sachen einige Worte der Begleitung mitzugeben.

Ein Fäßchen Mixpikle soll gegen die faule Luft und zur Erregung guten Appetits dienen.

Dann liegt eine zweite Sendung von Singsachen schon gute Zeit bei mir und wartet auf Abgang. Von Schiller schicke ich zwei von mir komponierte »Punschlieder« mit, Sie werden schon das rechte herausfinden und sich die folgenden Strophen dazuschreiben lassen.

Endlich erfolgen die Komödienzettel bis Ende Dezember vorigen Jahres.

Ihren lieben Brief vom 16. Dezember vorigen Jahres habe ich am 23. ejusdem erhalten. Ich freue mich sehr über die Sonette und bitte herzlich: schicken Sie mir solche doch bald. Die Bedingungen sollen erfüllt werden. Niemand soll sie sehn und abschreiben, und was sich von mir will komponieren lassen, sollen Sie sogleich haben. In Erwartung einer neuen Sendung Ihrer Schriften habe ich die »Iphigenie« wieder gelesen, mit solchem Vergnügen, als ob mir erst jetzt ein Licht darüber aufgegangen wäre. Schicken Sie mir doch ja bald etwas Neues. Wann werde ich Sie denn einmal wieder sehn können? In diesem Monate wollte ich mich schon an den Ufern des Adriatischen Meers herumtreiben; eine ungeheure Traurigkeit befällt mich, wenn ich daran denke. Leben Sie wohl, künftig ein Mehreres.

Ihr

Zelter.

Speise ging vom Gefreßnen und Stärke vom Aufgezehrten, also sagt' ich, indem Ihr kraftgefüllter Kasten ausgepackt wurde. Alles ist glücklich angekommen, und der Topf war so tüchtig eingedrängt, daß nichts ausgelaufen war, ob er gleich einen Schrock bekommen hatte. Die Hausfrau dankt, besonders aber August, der die größten Bissen der Gabe zu verschlingen imstande ist. Wir andern nehmen geringere Portionen davon.

Die Musik ist schon der kleinen Schule übergeben worden. Ihre erste Sendung ist noch immer das Beste, was wir die Zeit her erhalten haben. Gestern wurde das Meiste davon unsern Fürstinnen vorgetragen, welche viel Vergnügen daran fanden.

Sie sagten einmal von einem »Stabat Mater«. Verzeihen Sie, daß ich's erinnre. Meine kleine Anstalt geht recht gut; nur schreiten die jungen Leute, wie Sie wohl wissen, gar gern aus dem Wege, und jeder dünkt sich behaglicher, wenn er solo irgendein lamentables Grablied oder ein jammervolles Bedauern verlorner Liebe singt. Ich lasse ihnen dergleichen wohl zu, gegen das Ende jeder Session, und verwünsche dabei die Matthissons, Salis, Tiedgen und die sämtliche Klerisei, die uns schwerfällige Deutsche sogar in Liedern über die Welt hinausweist, aus der wir ohnehin geschwind hinauskommen. Dabei tritt noch der Fall ein, daß die Musiker selbst oft hypochondrisch sind und daß selbst die frohe Musik zur Schwermut hinziehen kann. Ich lobe mir, was von Ihnen, lieber Freund, entspringt. Auch gestern wieder bei dem: »Niemals erscheinen die Götter allein«, beim: »Lieben Freunde, es gab bessre Zeiten« war es gleich, als ob jedermann den Staub und die Asche des Jahrhunderts vom Haupte schüttelte.

Soviel Gutes verdanke ich Ihnen! Vielleicht seh' ich mich

einmal im Falle, Ihnen etwas dagegen zu erstatten. Das beste Lebewohl.

Weimar, den 22. Januar 1808. Goethe.

115. *An Goethe*

Berlin, 27. Januar 1808.

Ihr lieber Brief vom 22. dieses hebt endlich meine Besorgnis wegen der überschickten vulkanischen Speise. Meine Kinder bestanden zwar darauf, alles aufs festeste einballiert zu haben, doch bin ich erst jetzt ruhig.

Aber wo bleiben meine Sonette, auf die sich mein Herz schon so lange freut? Lassen Sie mich nicht länger darnach schmachten und schicken Sie ja nicht weniger als das versprochene Dutzend; sonst komponiere ich Elegieen und Hymnen von Tiedge und sende Ihnen sie zur Landplage.

In der Tat habe ich – einen Hymnus an die Sonne von Tiedge komponiert, weil er jetzt hier ist mit seiner Gönnerin, der Frau v. d. Recke, deren Gunst auch ich mich zu rühmen habe. Auch von der Frau v. d. Recke habe ich ein geistliches Gedicht komponiert und ihr solches in der Singakademie zu hören gegeben.

Hier spricht man: Reichardt führe seine Opern zu Weimar den Winter über auf. Bei uns zu Lande passiert nichts als Übersetzungen aus dem Französischen, die denn auch ihr Gutes haben, um so mehr, da sie doch im ganzen noch immer das Beste sind, das aus der Pluralität hervorgeht. Außerdem erfreuen wir uns im Theater am meisten an den Balletten, wo man denn doch körperliche Vorzüge mit Behaglichkeit sehn kann.

Meine italienische Reise habe ich aufgeben müssen. Ich glaube diese Neigung jetzt bemeistert zu haben und kann mit Ruhe daran denken, besonders wann mir einfällt, daß im 50. Jahre sich eine Neigung zur Bequemlichkeit einstellt, die mit einem nomadischen Leben auf fremden Grund und Boden nicht verträglich ist. Auch habe ich trotz aller Bemühung nicht Einen Menschen hier gefunden, der den Wert einer Künstlerreise, wie ich sie wünschte, ahnete und wahrzumachen Trieb hätte. Alle wollten gern reisen und auch hier bleiben, den Zustand der Ruhe abwarten, und so weiter – so will ich es denn auch tun, und nun nichts mehr davon. Gute Nacht!

Den 20. Februar. Gestern abend habe ich wieder den »Wilhelm Meister« geendigt, den ich mit dem größten Vergnügen von Kopf zu Fuß durchgelesen habe. Welchen Schatz von Weisheit haben Sie, mein unsterblicher Freund, in diesen Blättern niedergelegt! Ich erfreue mich wie ein unerfahrnes Kind an der reinen und sichern Erfahrung, die wie in leichten Zahlen den tiefsten philosophischen Sinn erregt und in das Blut des Lebens übergeht, woraus es genommen ist. Ich weiß, daß ich das alles längst gewußt habe, und doch ist mir alles neu, frisch und grün. Eine Galerie der buntesten Gestalten zieht vorüber, die sich zu verwirren scheinen und dadurch aufklären: treffliche Personen, die die tollsten Streiche begehn müssen, und tolle Menschen, von denen man die Tugend lernt. Kein Gedanke an die jüdische Würfelei, welche die Romanenschreiber mit ihren sogenannten Tugenden und Lastern treiben, um charakterlosen Menschen Ansehn zu geben, daß man sie lobe oder tadle, anstatt zur Selbstbetrachtung würdig angeführt zu werden.

Ich muß wohl schließen, damit der Brief nicht wieder liegen bleibe, bitte aber endlich noch inständigst um die Sonette, die ich gar nicht entbehren kann. Ich führe ein einsames Leben, mitten im Getümmel, und denke täglich, ja stündlich an Sie. Zu Erscheinung einer neuen Erbprinzessin wünsche ich Glück. Gott befohlen! Z.

116. *An Zelter*

Endlich muß ich nun auch wieder einmal etwas von mir zu vernehmen geben. Diese Tage ist Werner von uns abgereist, nachdem er beinahe vier Monate bei uns zugebracht. Er wird Sie von mir grüßen. Warum können wir nicht auch, wenigstens einige Wochen, wieder zusammen sein?

Wenn ich meine neusten kleinen Gedichte ansehe, so findet sich leider nichts Singbares drunter, und da mag ich sie nicht schicken. Dagegen erhalten Sie in einiger Zeit Versuche eines jungen Musikus, der bei meiner kleinen Singschule diesen Winter mitgewirkt hat. Sie haben die Gefälligkeit, mir eine kleine Rezension drüber zu machen. Es sind vierstimmige Gesänge, und wenn Sie Ihnen einiges Zutrauen erregen, so schicke ich den jungen Mann selbst vielleicht auf künftigen September, damit er sich Ihres gegenwärtigen Einflusses einige Wochen erfreue.

Indem ich nun immer in meinen Briefen, anstatt Ihnen etwas mitzuteilen, Ihnen etwas Angenehmes zu erzeigen, immer nur wieder etwas Neues von Ihnen suche und erwarte, so sehe ich um mich her, ob ich denn nicht auch etwas Erfreuliches für Sie wüßte, und da ist mir das Außenbleiben meiner folgenden Bände verdrießlich. Ich vermute, Cotta will die acht letzten Bände zusammen herausgeben. Sobald sie in meinen Händen sind, soll Ihr Exemplar auf den Postwagen. Es ist manches darin, was Ihnen gewiß Freude machen wird.

Reichardt ist, wie Sie wissen, in Kassel engagiert. Aus der Aufführung seiner Opern hier, wovon die Rede gewesen, ist also nichts geworden. Himmel, höre ich, ist in Rom gestorben. Es ist doch schade für das schöne Talent! Leben sie recht wohl und sagen mir noch vor Ende Aprils etwas. Dann hören Sie von mir aus dem Karlsbad.

G.

117. *An Zelter*

Weimar, den 20. April 1808.

Hier, mein Bester, kommen die Gesänge. Werfen Sie einen Blick darauf. Vielleicht machen Sie einige Bemerkungen mit roter Tinte und sagen im allgemeinen, was Sie von der Anlage des jungen Mannes denken, und besonders auch belehren Sie mich, wie weit er es in dieser schweren Kunst gebracht zu haben scheint. Ich schicke ihn vielleicht auf Michaelis, weil er wohl künftigen Winter der Anführer meines kleinen Hausgesanges werden möchte. Da es mein Geschick nicht war, an der reichen Tafel einer großen Stadt bequemlich mitzuschwelgen, so muß ich im Kleinen bauen und pflanzen, hervorbringen und geschehen lassen, was dem Tag und Umständen nach möglich ist.

Sagen Sie mir doch auch, wenn Sie Zeit haben, ein Wort über alte konstantinopolitanische Kirchenmusik, die sich mit der griechischen Kirche im Osten ausgebreitet und die sarmatischen Völker gestimmt zu haben scheint.

Woher kommt wohl die so allgemeine Tendenz nach den Molltönen, die man sogar bis in die Polonäse spürt?

Dieses Osterfest gingen eben acht Kirchensänger hier durch von Petersburg nach Paris zur Kapelle des russischen Gesandten. Sie sangen in der hiesigen griechischen Kapelle die beiden Festtage, an welchen sie, wie mir die Hoheit sagte, nur noch allein ganz echt-alte Musikstücke aufführen. Das Ähnlichste, was ich davon gehört habe, ist der canto fermo der Italiener und die Art, wie die Passion in der päpstlichen Kapelle vorgetragen wird, nämlich der wirkliche Text der Evangelisten.

Noch immer habe ich nichts von meinen Druckschriften zu schicken. Den ersten Bogen von »Faust« lege ich bei; weiter ist mir noch nichts davon zugekommen. Lassen Sie ihn, ich bitte, niemand sehen und schicken mir ihn mit den

Noten zurück; denn sonst wird mir ein Exemplar defekt. Leben Sie recht wohl, verzeihen Sie und schreiben mir bald.

G.

118. *An Zelter*

Den 12. Mai gehe ich von hier weg. Ich kann also auf den gegenwärtigen Brief hier keine Antwort mehr von Ihnen erwarten. Schicken Sie aber doch die Eberweinischen Gesänge, den Bogen von »Faust« unter meiner Adresse hierher. Mein Hausbureau besorgt das Weitere. Einen Brief bitte ich mir nach Karlsbad zu senden, wo ich etwa den 15. anlange. Bei den »Drei Mohren« ist mein Quartier.

Kommen auch die acht Bände meiner Werke nach meiner Abreise an, so ist doch bestellt, daß Sie solche gleich erhalten. Die wenige Aussicht, die Sie zu einem ruhigern Zustande haben, macht mich oft nachdenklich, ja konfus. Man sieht wohl, daß man nach und nach seine ganze Vorstellung verändern, die Hoffnung auf die Rückkehr des Alten völlig aufgeben und sich für die übrige Zeit seines Lebens wo nicht erneuen, doch umwenden müßte. Schreiben Sie mir hübsch einen langen Brief, so sollen Sie auch von Karlsbad aus manches von mir hören.

Weimar, den 3. Mai 1808. Goethe.

119. *An Goethe*

Berlin, 6. April 1808.

Sie werden erlauben, daß ich einen kleinen etwas großen Zank mit Ihnen anfange. Denn 1mo muß ich Ihre Sonette haben, weil sie mir versprochen sind und ich dagegen wieder versprochen habe, woraus ein Kontrakt entstanden ist, der um so heiliger gehalten werden muß, da nicht Brief und Siegel, wie zwischen Kaufleuten oder Potentaten, sondern Wort und Treue das Recht verwalten. 2do muß ich als Königlich Preußischer angesehner Bürger und Kaiserlich Französischer, Königlich Italienischer Heptarch der ci-devant Residenzstadt Berlin doch wohl wissen, was sich nicht singen läßt; denn wer es jetzt nicht lernen wollte –

Ergo und kraft dessen bitte ich demütigst um meine 12 Sonette, von denen ich mir keins abdingen lassen will und mich zugleich anheischig mache, das zu singen, welches Sie für das unsingbarste bezeichnen wollen.

Telemann (ein hamburgischer Komponist des vorigen Jahrhunderts) hat gesagt: »Ein ordentlicher Komponist muß den Torzettel singen können«, und ich sollte die Schande auf meinen Kaiser kommen lassen, ein Sonett nicht singen zu können? Das sei ferne! – Also nur her mit den Sonetten! ich will sie biegen wie Salat.

Um Himmels Talent ist's im geringsten nicht schade; nicht als ob seinesgleichen eben zu viele wären, aber er lebt, und wenn ihn Gott so lange will leben lassen als ich, so kann er's noch eine Weile mit ansehn. Er ist, wie ich höre, von Rom nach München gegangen, vielleicht treffen Sie ihn im Karlsbade.

Die Versuche Ihres jungen Komponisten erwarte ich, und er selber soll willkommen sein, wenn er uns besuchen will.

Jetzt bin ich mit den Anstalten zu zwei Konzerten beschäftiget, durch welche ich meinen lieben Mitbürgern einige Taler abzulocken gedenke. Ginge nur der Weg nach dem Karlsbade über Berlin, ich wollte den Leuten noch Geld dazu geben.

Nach Ihrem Briefe ohne Datum, den ich heute erhalten habe, müßte Werner schon in Berlin sein, wenn er keinen Umweg gemacht hat. Man hat hier gesagt, Werner habe ein Stück für die weimarische Bühne geschrieben und solches dort aufgeführt, und man erwartet diesmal etwas ganz Besonderes. Mögen sie warten, bis er selber kommt; er wird's ihnen nicht verhalten, was er hat. Mir will nun einmal das konfuse Wesen nicht eingehn, von Gestalten, die sich zwischen der Idee und der Wirklichkeit abtreiben, denen man am Ende Kopf und Füße ansetzen muß, um sich etwas dabei zu denken. Einem Charakter muß man es ansehn, daß ihn Gott gemacht hat. Kommt er nicht daher, so mag ich auch nichts mit ihm zu tun haben; was geht mich der Poet an und dem Poeten der gute Freund! Aber satt Brot muß ich haben, wenn mir das, was drüber ist, gedeihen soll.

Den 1. Mai. Tausend Dank für Ihren lieben lieben Brief vom 20. April. Die »Zueignung« hat mir unendliche Freude gemacht. Heute vor 12 Jahren war mein Hochzeitstag, und heute habe ich diese »Zueignung« schon unzählige Male gelesen, es hat mir den tiefsten Grund aufgeregt, es hat mir Trost und Mut gegeben.

Unter den Liedern des Herrn Eberwein, die anbei nebst dem 1. Bogen des »Faust« zurückerfolgen, behagt mir am meisten das »Am Neujahrstage«. Man erkennt darin eine bestimmte Empfindung, und was noch mehr sagen will, diese Empfindung erhält sich homogen. Das Stück fängt an, es baut sich auf, es wächst zu einer Höhe, deren Gipfel der 35. und 36. Takt ist, und schließt ruhig.

Der 5stimmige Satz darin hat eine notwendige Ursache und ist wenigstens fleißig durchgeführt.

Der Satz ist notdürftig rein; ich sage: notdürftig, denn hier trifft man auf den angehenden Komponisten, obgleich ich wieder sagen möchte, daß sich die Mittelstimmen natürlich genug bewegen; es fehlt bloß an Freiheit, Sicherheit, die nur eine gute Schule gibt, die aber jetzt nirgends angetroffen wird.

Das Meiste läßt sich gegen die Modulation oder *harmonische* Interpunktion einwenden. Es ist dieses jedoch ein so weitläuftiges Kapitel, daß sich brieflich davon nicht reden läßt. Einiges wollen wir versuchen:

Der Anfang des Gedichts besteht in einer Anrufung, die nach meiner Empfindung hier falsch behandelt ist. Diese Anrufung geschieht hier nicht an die Eigenschaft, welche sich von selber versteht, sondern an die Person; der Komponist aber hat diese Eigenschaft – 6 Tonstufen höher akzentuiert als die Person, und daher hat der erste Takt etwas Unmelodisches, Zerstückeltes, wodurch der Anfang unverständlich erscheint. Um mich verständlicher zu machen, habe ich's nach meiner Art mit roten Noten hineingeschrieben. Die zweite Zeile des Gedichts habe ich abgeändert, nicht um das Gedicht zu verbessern, sondern dem Komponisten zu zeigen: *wie* er interpungiert hat. Wie gesagt, es läßt sich darüber schwer oder gar nicht schreiben, Herr Eberwein muß darüber so lange denken, bis er es hat; deswegen habe ich die 4 ersten Takte ausgearbeitet.

Einige nicht zu billigende Fortschreitungen habe ich mit roten Kreuzen bezeichnet. Sie scheinen zwar versteckt dem Auge, aber ein geübtes Ohr empfindet sie übel, obgleich man sie in jetziger Zeit oft genug hören muß. Mir sind sie unangenehmer als offenbare Verstoße, weil sie etwas Armseliges haben, gegen welches ich meine Schüler täglich warne. Die Fehler eines Meisters kommen allemal von der Meisterschaft her und schaden daher nicht, dahingegen das Schnitzelwerk nur die Scham der Pfuscherei bedeckt.

Auch muß man sich hüten, besonders in vielstimmigen Stücken, Worte ohne Not zu wiederholen, weil die Cantilena dadurch leidet.

Die andern Stücke scheinen mir weniger zu vielstimmigen Stücken geeignet, dahingegen dieses noch unendlich vielstimmiger sein könnte; auch ich singe mit, und wenn ich mir die sexta vox allein dazu setzen müßte.

Man muß sich früh gewöhnen, die Kunst nicht als einen

notwendigen Luxus, sondern als eine Wirkung von Ursachen anzusehn; sonst entsteht der falsche Geschmack, auf dem sich das Falsche fort- und fortbaut, bis die ganze Bauerei einstürzt.

Das Lied »Ich denke dein« hat etwas Kirchenartiges und dabei noch Lamentables. Ich dächte, es könnte eher hoffnungsvoll sein. Die Molltonart will mir nicht eingehn, wie ich denn überhaupt das Tieftraurige nicht ohne den tiefsten Seelenschmerz gestatten möchte. Ja man kann zu allen von Natur erdrückenden und zermalmenden Empfindungen der Kunst ganz und gar überhoben sein, deren Zweck Erbauen, nicht aber Erdrücken und Niederreißen ist. An solchen Gegenständen scheint mir die Kunst ebenso übel angewandt wie der beste Wein an einem Trunkenen. Freilich hängt dabei viel von dem individuellen Charakter des Künstlers ab; aber dafür ist eben die Kunst, welcher ja sonst der Künstler nicht bedürfte und so auch kein Künstler sein könnte. So wenig demnach es einem Schauspieler könnte erlaubt sein, eine lustige Rolle traurig oder einen gemäßigten Charakter übertrieben darzustellen, ebenso wenig könnte ein Komponist in seiner Art das Ähnliche tun.

Den 2. Mai. Gestern abend habe ich Wernern im Schauspiele gesprochen. Er ist sehr zufrieden, Sie zu kennen, und hat mir in kurzer Zeit unendlich viel Schönes von Ihnen gesagt.

Sie fragen, woher die allgemeine Tendenz nach den Molltönen komme, die man sogar bis in die Polonäse spüre.

Ich habe die nämliche Erfahrung gemacht, doch die musikalischen Geschichtschreiber liefern darüber nichts Befriedigendes. Die Molltonart unterscheidet sich von der Durtonart durch die kleine Terz, welche an die Stelle der großen Terz gesetzt wird. Unsere heutige diatonische (natürliche) Tonleiter entspringt aus der Teilung der Saite. Teilt man diese in die Hälfte, so entsteht die Oktave; teilt man sie in drei Teile, so entsteht die reine Quinte; teilt man sie in 5 Teile, so entsteht die große Terz. Man mag aber die Saite in so viele Teile teilen, als man will, so entsteht niemals eine *kleine* Terz, obgleich man dieser dadurch immer näherkommen kann. Demnach ist diese kleine Terz kein unmittelbares donum der Natur, sondern ein Werk neuerer Kunst, und man muß sie wie eine erniedrigte *große* Terz betrachten, wie sie denn auch von den strengsten Komponisten in allen Zeiten ist wie ein konsonierendes Intervall behandelt worden, das heißt: sie darf überall, wie die große Terz, frei und unpräpariert eintreten, was in einem reinen Stile keine Dissonanz darf.

Die ziemlich allgemein gewordne Neigung zu den Molltonarten aber glaube ich zuerst in den Gesängen nordischer Erdbewohner angetroffen zu haben, besonders der Insulaner und Küstenbewohner. Von Gesängen in *ganz* nördlichen Klimaten weiß die musikalische Kunstgeschichte soviel wie gar nichts. Reisende, die einige Kenntnisse von Musik gehabt haben mögen, haben so unbefriedigende Aufzeichnungen derselben geliefert, daß sich daraus mehr auf ihre geringe Kenntnis schließen läßt als auf den wahren Geist jener Gesänge, denn nur gute Musiker sind imstande, solche Sachen richtig aufzuzeichnen. Russische, lettische, norwegische und schottländische Jagd- und Fischerlieder sind das Erste, woraus sich etwas auf eine freie Äußerung des Charakters schließen läßt, mehr jedoch die *Tänze*, welche eines mehrern äußern Ausdrucks fähig sind als Lieder, die schon eine innere Bildung erfordern. Daher sind die russischen, schottischen und polnischen Tänze so schön und echt national, daß sie unter allen gebildetern Nationen, wiewohl ungeschickt genug, nachgetanzt werden. Selbst diese Tänze aber, insofern ich sie für echt hielt, waren immer aus Molltonarten, wenigstens waren es die besten. Bekanntlich tanzen Russen und Polen gern, schön und mit einem bieg- und regsamen Ausdruck, der eine weit edlere Lebhaftigkeit sehen läßt, als man im gemeinen Leben an ihnen wahrnimmt. Die russischen Lieder und Tänze, welche ich gehört habe, waren ohne Ausnahme aus Molltönen, dabei sehr lebhaft und bestanden aus vielen geschwinden Noten und kurzen Metren. Wären diese Tänze aus Durtönen gewesen, so würden sie mir ausgelassen lustig und wild vorgekommen sein; durch die Molltonart aber werden sie ernst, mild, ja sehnsüchtig, indem sie nach Heiterkeit zu streben scheinen, die eine feuchte kalte Luft und der Genuß scharfer Nahrungsmittel vielleicht verhindern.

Die echte Polonäse zieht sich schon ins Südliche. Eine behaglichere Leidenschaft scheint darin zu erwachen. Der ungerade oder Tripeltakt, der schon ein künstlicher, wenigstens kein natürlicher Takt ist, zeichnet sie ganz besonders aus, und die vielen melodischen Drucker, welche in der Polonäse herrschen und immer *mitten* ins Metrum einschneiden, scheinen diesen ungeraden Takt ausgleichen und gerade machen zu wollen, was entweder eine Neigung ins mehr Nördliche verrät oder daher stammt, und so wird's auch wohl mit den Molltonarten sein, welche man zwar hier findet, aber nicht so allgemein.

Springen wir von hier mit eins nach Italien, so finden sich, besonders in den besten Zeiten der musikalischen Kunst, die Molltonarten nur in den Tempeln und Kirchen, wo sie der alten, sogenannten griechischen oder Kirchentonarten wegen nicht zu entbehren waren. In Liedern und Tänzen und Theaterstücken herrscht eine leichte biegsame Melodie, selbst im Ausdrucke der heftigsten Leidenschaft (mit wenigen Ausnahmen), und in neuern Zeiten sind die Italiener hierin so weit gekommen, daß man zu einer Arie:

Tu mi da me dividi,
Barbaro! tu m'uccidi!

Tutto il dolor ch'io sento,
Tutto mi vien da te.
Non son nelle selve ircane
Tigre di te più feroce.

und dergleichen die heitersten Melodieen, findet, um nur durchaus nichts Trauriges in sich aufkommen zu lassen, und diese Arien sind dann die berühmtesten von allen. Besonders aber findet man (im ganzen) die Opera buffa in weit größerer Vollkommenheit als die ernsthafte Oper, für die noch immer keine bessere Gedichte vorhanden sind als die von Metastasio, Apostolo Zeno und dergleichen. In der Opera buffa werden jedoch die Molltonarten gebraucht, um das Komische zu erhöhen und dem Ernste gleichsam Trotz zu bieten.

Demnach könnte man die Neigung zu den Molltonarten im Klima suchen. Da stehn nun die Norddeutschen in der Mitte, deren eifriges Studium nach allen Polen greift, um ihr flaches Erdreich zu bereichern. Da sie alles machen lernen, so greifen sie endlich nur nach Gewürzen, die das Blut befeuern, und das nennen sie denn Leidenschaft.

Mit den Bergbewohnern und Hirtenvölkern ist es anders. Sie scheinen ihre Tonleitern von ihren Hifthörnern zu nehmen, da sie keine andern Instrumente kennen, und darnach sind denn ihre Lieder und Tänze entweder Dur oder Moll, wie es das Horn angibt. Ein solcher Tanz ist die schottische *Hornpipe*, deren Melodie ich hersetze.

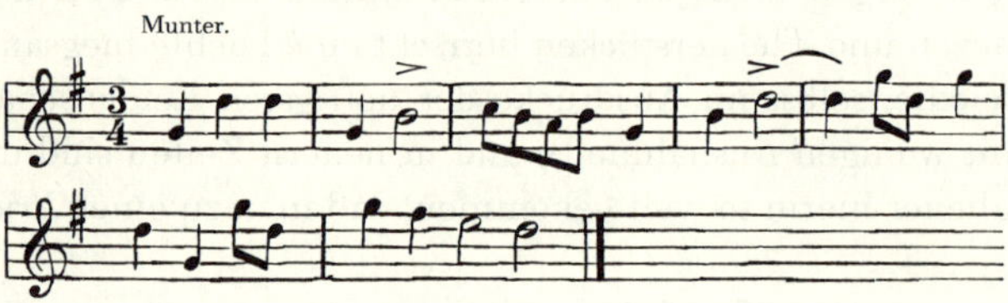

Dieser Tanz ist aus einem Durton, aber es sind mir Schweizerlieder auch aus Molltönen vorgekommen, deren ich mich eben nicht gleich erinnere.

Über konstantinopolitanische Musik weiß ich soviel als meine Historiker, das heißt: gar nichts. Ein orientalischer Kaiser, Constantinus IX., mit dem Zunamen Porphyrogenneta, der in seinem 7. Jahre Kaiser und im Jahre 959 vergiftet worden ist, soll ein großer Musikus gewesen sein. Dann hat, wie mir Nicolai sagt, ein griechischer Kaiser Constantinus im X. Jahrhunderte ein Werk über die Zerimonien des Hofes zu Konstantinopel gemacht, welches im Jahre 1751 in Leipzig in 2 Foliobänden griechisch und lateinisch gedruckt ist und nach seiner Behauptung unfehlbar in der Bibliothek zu Weimar vorhanden sein muß. Vielleicht ist in diesem Buche auch etwas über konstantinopolitanische Musik enthalten. In des Abts Gerbert lateinischem Werke: »De cantu et musica sacra«, welches ich aber nicht besitze, finden Sie vielleicht noch etwas. Der nämliche hat auch ein Werk herausgegeben: »Scriptores ecclesiastici de musica sacra potissimum. Ex variis Italiae, Galliae et Germaniae codicibus manuscriptis collecti.«

Was sagen Sie denn zu Vossens Sonett? Wenn mir einfällt, daß er sich bei Verfertigung dieses Spaßes die Knebel zerstoßen und etliche Zähne stumpf gebissen hat, die ihm so leicht nicht wieder wachsen werden, so muß man lachen, je weniger man den Witz versteht. Ratten und Mäuse vergiften, ist das auch ein Handwerk für Poeten? Gespenster, dächt' ich, vertrieben sich von selber, wenn man nicht daran glaubt.

Es ist heute schon der 7. Mai, und so mache ich nur, daß dieser Brief in die Post kömmt. Leben sie fein wohl.

Ewig

Ihr

Zelter.

120. *An Zelter*

Karlsbad, den 22. Juni 1808.

Ihr lieber Brief vom 6. April ist mir erst hier in die Hände gekommen. Die Eberweinischen Gesänge habe ich sogleich zurückgeschickt und Ihre gefällige Rezension abschriftlich nachgeschickt. Wie vorteilhaft würde es diesem jungen Menschen sein, wenn er eine gehörige Zeit unter Ihnen studieren könnte. Jetzt aber widerfährt ihm, was allen Anfängern begegnet: sie gehen in der Irre wie die Schafe, und ein Jeglicher sieht auf seinen Weg.

Für alles Übrige, was Sie auf meine Fragen mir zum Trost und Belehrung sagen, danke ich zum allerschönsten; nur habe ich bei Ihren theoretischen Äußerungen, welche, wie ich recht gut weiß, mit den Überzeugungen der physikalischen und musikalischen Welt übereinstimmen, nach meiner Art etwas zu erinnern. Wie sehr wünschte ich über diese Sache, welche mit andern, die ich ruminiere, so genau zusammenhängt, mit Ihnen zu sprechen, weil sich mir alsdann gewiß einige Hauptknoten lösen würden. Ich lege ein Blatt bei, worauf Ihre Äußerung wiederholt steht, dahinter meine Zweifel, Einwendungen und Fragen, insofern ich mich in einer so komplizierten Sache zusammenfassen konnte. Da ich die Punkte numeriert und eine Abschrift davon behalten habe, so könnten Sie mir nur auch Nummer für Nummer freundlich antworten und ich würde Ihre Aufschlüsse mit meinem Konzept zusammenhalten können.

Schon seit dem 15. Mai bin ich hier, habe die ersten vierzehn Tage bei dem schönsten Wetter auch fleißig genug zugebracht; nachher ist gute Gesellschaft gekommen und schlecht Wetter eingefallen, wodurch denn meine Lebensweise sich verändert hat. Eine dritte Epoche steht mir bevor: schönes Wetter und große Gesellschaft; da ich denn wohl meine Zeit abermals in der Einsamkeit nutzen werde.

Das Exemplar meiner letzten acht Bände ist wohl noch nicht bei Ihnen angekommen. Auch bei seinem etwas späteren Erscheinen werden sie Ihnen hoffentlich willkommen sein. Die Fragmente eines ganzen Lebens nehmen sich freilich wunderlich und inkohärent genug nebeneinander aus; deswegen die Rezensenten in einer gar eigenen Verlegenheit sind, wenn sie mit gutem oder bösem Willen das Zusammengedruckte als ein Zusammengehöriges betrachten wollen. Der freundschaftliche Sinn weiß diese Bruchstücke am besten zu beleben.

Wenn Ihnen das Vossische Sonett zuwider ist, so stimmen wir auch in diesem Punkte völlig überein. Wir haben schon in Deutschland mehrmals den Fall gehabt, daß sehr schöne Talente sich zuletzt in den Pedantismus verloren. Und diesem geht's nun auch so. Für lauter Prosodie ist ihm die Poesie ganz entschwunden.

Und was soll es nun gar heißen, eine einzelne rhythmische Form, das Sonett zum Beispiel, mit Haß und Wut zu verfolgen, da sie ja nur ein Gefäß ist, in das jeder von Gehalt hineinlegen kann, was er vermag? Wie lächerlich ist's, mein Sonett, in dem ich einigermaßen zu ungunsten der Sonette gesprochen, immer wieder[zu]käuen, aus einer ästhetischen Sache eine Parteisache zu machen und mich auch als Parteigesellen heranzuziehen, ohne zu bedenken, daß man recht gut über eine Sache spaßen und spotten kann, ohne sie deswegen zu verachten und zu verwerfen.

Den beikommenden Gedichten dieser Art wünsche ich bei Ihnen eine desto bessre Aufnahme. Nur bitte ich inständig, sie nicht aus Händen zu geben.

Von hier wüßte ich nun weiter nichts zu schreiben, als daß ich mich recht wohl befinde und auch fleißig bin, wie es gehen will. Sind Ihnen die beiden ersten Hefte des Wiener »Prometheus« zur Hand gekommen, so haben Sie ja auch wohl meiner »Pandora« einen günstigen Blick geschenkt. Im fünften oder sechsten Stück werden Sie dieses hübsche Kind näher kennen lernen. Lesen Sie doch ja: Friedrich Schlegel, »Über die Sprache und Weisheit der Indier«, und bewundern, wie er ein ganz krudes christkatholisches Glaubensbekenntnis mit den herrlichsten Ansichten über Welt-, Menschen- und Kulturgeschichte zu verweben gewußt hat. Man kann dieses Büchlein also auch für eine Deklaration seines Übertritts zur alleinseligmachenden Kirche ansehen. Alles dieses Hokuspokus, es mag nun wirken, wie es will, wird ihm aber doch im Ganzen nichts helfen. Die echte Sinnesart ist zu weit verbreitet und kann nicht mehr untergehen, sie mag sich auch durch Individualitäten soviel modifizieren, als sie will. G.

[Erste Beilage]

1) Die Molltonart unterscheidet sich von der Durtonart durch die kleine Terz,

Unterscheidet sie sich nicht aber auch durch die Verkleinerung oder Verengerung der übrigen Intervalle?

2) welche an die Stelle der großen Terz gesetzt wird.

Dieser Ausdruck kann nur gelten, wenn man von der Durtonart ausgeht. Ein Theorist nordischer Nationen, der von den Molltönen ausginge, könnte ebensogut sagen, die große Terz werde an die Stelle der kleinen gesetzt.

3) Unsre heutige diatonische (natürliche) Tonleiter

Daß die diatonische Tonleiter allein natürlich sei, dagegen geht eigentlich meine Opposition.

4) entspringt aus der Teilung der Saite. Teilt man diese in die Hälfte etc. etc.

Daß die Teilung der Saite in bestimmbare Teile Klänge hervorbringt, die für das Ohr harmonisch sind, ist ein sehr hübsches Experiment, das denn auch eine gewisse Tonleiter begründen möchte; aber was auf diese Weise nicht gelingt, sollte es nicht auf eine andre Weise möglich sein?

5) Man mag aber die Saite in so viel Teile teilen, als man will, so entsteht niemals eine kleine Terz, obgleich man dieser dadurch immer näher kommen kann.

Es ist von einem Experiment zu viel gefordert, wenn es alles leisten soll. Konnte man doch die Elektrizität erst nur durch Reiben darstellen, deren höchste Erscheinung jetzt durch bloße Berührung hervorgebracht wird. Man müßte auf ein Experiment ausgehen, wodurch man die Molltöne gleichfalls als ursprünglich darstellen könnte.

6) Demnach ist diese kleine Terz kein unmittelbares donum der Natur, sondern ein Werk neuerer Kunst,

Ich leugne die Folgerung, da ich die Vordersätze nicht zugebe.

7) und man muß sie als eine erniedrigte große Terz betrachten,

Dieses ist eine Ausflucht, deren sich die Theoristen gewöhnlich zu bedienen pflegen; wenn sie etwas die Natur Beschränkendes festgesetzt haben: denn alsdann müssen sie auf eine sehr paradoxe Weise, was sie einmal behauptet, wieder aufheben und vernichten. Wenn eine große Terz ein Intervall ist, das uns die Natur gibt, wie kann man sie erniedrigen, ohne sie zu zerstören? Wie viel und wie wenig kann man sie erniedrigen, daß es keine große Terz und doch eine Terz sei? und wo hört sie denn überhaupt auf, noch eine Terz zu sein? Mein supponierter nordischer Theorist würde mit eben dem Rechte sagen, die große Terz sei eine erhöhte kleine.

8) wie sie denn auch von den strengsten Komponisten wie ein konsonierendes Intervall behandelt worden,

Hier tritt ja deutlich der Fall ein, der in der Kunst und Technik so oft vorkommt, daß sich der praktische Sinn von einer theoretischen Beschränkung ohne viel Komplimente zu retten weiß.

9) das heißt: sie darf überall, wie die große Terz, frei und

unpräpariert eintreten, was in einem reinen Stile keine Dissonanz darf.

Wenn sie als konsonierendes Intervall behandelt wird, so ist sie konsonierend: denn dergleichen läßt sich durch Konvention nicht erst festsetzen. Wenn sie frei und unpräpariert eintreten darf, so ist sie keine Dissonanz: sie ist von Natur harmonisch und ebenso alles, was wieder aus ihr entspringt.

Hier tritt eine oben schon berührte, bei der ganzen Naturforschung höchst merkwürdige Betrachtung ein. Der Mensch an sich selbst, insofern er sich seiner gesunden Sinne bedient, ist der größte und genaueste physikalische Apparat, den es geben kann. Und das ist eben das größte Unheil der neuern Physik, daß man die Experimente gleichsam vom Menschen abgesondert hat und bloß in dem, was künstliche Instrumente zeigen, die Natur erkennen, ja was sie leisten kann, dadurch beschränken und beweisen will. Ebenso ist es mit dem Berechnen. Es ist vieles wahr, was sich nicht berechnen läßt, so wie sehr vieles, was sich nicht bis zum entschiedenen Experiment bringen läßt. Dafür steht ja aber der Mensch so hoch, daß sich das sonst Undarstellbare in ihm darstellt. Was ist denn eine Saite und alle mechanische Teilung derselben gegen das Ohr des Musikers? ja man kann sagen: was sind die elementaren Erscheinungen der Natur selbst gegen den Menschen, der sie alle erst bändigen und modifizieren muß, um sie sich einigermaßen assimilieren zu können? Doch in diese Betrachtungen will ich mich diesmal nicht verlieren; ich behalte mir vor, nächstens besonders darüber zu reden sowie noch über einige andre Punkte mir Auskunft zu erbitten.

Alle Künste, indem sie sich nur durch Ausüben und Denken, durch Praxis und Theorie heraufarbeiten konnten, kommen mir vor wie Städte, deren Grund und Boden, worauf sie erbaut sind, man nicht mehr entziffern kann. Felsen wurden weggesprengt, eben diese Steine zugehauen und Häuser daraus gebaut. Höhlen fand man sehr gelegen und bearbeitete sie zu Kellern. Wo der feste Grund ausging, grub und mauerte man ihn; ja vielleicht traf man gleich neben dem Urfelsen ein grundloses Sumpffleck, wo man Pfähle einrammen und Rost schlagen mußte. Wenn das nun alles fertig und bewohnbar ist, was läßt sich nun als Natur und was als Kunst ansprechen? Wo ist das Fundament und wo die Nachhülfe? Wo der Stoff? wo die Form? Wie schwer ist es alsdann, Gründe anzugeben, wenn man behaupten will, daß in den frühsten Zeiten, wenn man gleich das Ganze übersehen hätte, die sämtlichen Anlagen natur-, kunst- und zweckgemäßer hätten gemacht werden können! Betrachtet man das Klavier, die Orgel, so glaubt man die Stadt meines Gleichnisses zu sehen. Wollte Gott, ich könnte auch einmal an Ihrer Seite meine Wohnung dort aufschlagen und zum wahren Lebensgenuß gelangen, wobei ich alle Fragen über Natur und Kunst, über Theorie und Praxis herzlich gern vergessen möchte.

[Zweite Beilage]

I. Mächtiges Überraschen

Ein Strom entrauscht umwölktem Felsensaale,
Dem Ozean sich eilig zu verbinden;
Was auch sich spiegeln mag von Grund zu Gründen,
Er wandelt unaufhaltsam fort zu Tale.

Dämonisch aber stürzt mit einem Male –
Ihr folgen Berg und Wald in Wirbelwinden –
Sich Oreas, Behagen dort zu finden,
Und hemmt den Lauf, begrenzt die weite Schale.

Die Welle sprüht und staunt zurück und weichet
Und schwillt bergan, sich immer selbst zu trinken;
Gehemmt ist nun zum Vater hin das Streben.

Sie schwankt und ruht, zum See zurückgedeichet;
Gestirne, spiegelnd sich, beschaun das Blinken
Des Wellenschags am Fels, ein neues Leben.

II. Freundliches Begegnen

Im weiten Mantel bis ans Kinn verhüllet,
Ging ich den Felsenweg, den schroffen, grauen,
Hernieder dann zu winterhaften Auen,
Unruhigen Sinns, zur nahen Flucht gewillet.

Auf einmal schien der neue Tag enthüllet:
Ein Mädchen kam, ein Himmel anzuschauen,
So musterhaft wie jene lieben Frauen
Der Dichterwelt. Mein Sehnen war gestillet.

Doch wandt' ich mich hinweg und ließ sie gehen
Und wickelte mich enger in die Falten,
Als wollt' ich trutzend in mir selbst erwarmen;

Und folgt' ihr doch. Sie stand. Da war's geschehen!
In meiner Hülle konnt' ich mich nicht halten,
Die warf ich weg, sie lag in meinen Armen.

III. Wachsende Neigung

Als kleines art'ges Kind nach Feld und Auen
Sprangst du mit mir so manchen Frühlingsmorgen.
»Für solch ein Töchterchen mit holden Sorgen
Möcht' ich als Vater segnend Häuser bauen!«

Und als du anfingst, in die Welt zu schauen,
War deine Freude häusliches Besorgen.
»Solch eine Schwester! und ich wär' geborgen:
Wie könnt' ich ihr, ach! wie sie mir vertrauen!«

Nun kann den schönen Wachstum nichts beschränken;
Ich fühl' im Herzen heißes Liebetoben.
Umfass' ich sie, die Schmerzen zu beschwicht'gen?

Doch ach! nun muß ich dich als Fürstin denken:
Du stehst so schroff vor mir emporgehoben;
Ich beuge mich vor deinem Blick, dem flücht'gen.

IV. Gewöhnung

Sollt' ich mich denn so ganz an sie gewöhnen?
Das wäre mir zuletzt doch reine Plage.
Darum versuch' ich's gleich am heut'gen Tage
Und nahe nicht dem vielgewohnten Schönen.

Wie aber mag ich dich, mein Herz, versöhnen,
Daß ich im wicht'gen Fall dich nicht befrage?
Wohlan! Komm her! Wir äußern unsre Klage
In liebevollen traurig-heitren Tönen.

Siehst du, es geht! Des Dichters Wink gewärtig,
Melodisch klingt die durchgespielte Leier,
Ein Liebesopfer traulich darzubringen.

Du denkst es kaum und sieh, das Lied ist fertig!
Allein was nun? – Ich dächt', im ersten Feuer
Wir eilten hin, es vor ihr selbst zu singen.

V. Trennung

War unersättlich nach viel tausend Küssen
Und mußt' mit Einem Kuß am Ende scheiden;
Nach herber Trennung tiefempfundnem Leiden
War mir das Ufer, dem ich mich entrissen,

Mit Wohnungen, mit Bergen, Hügeln, Flüssen,
Solang ich's deutlich sah, ein Schatz der Freuden;
Zuletzt im Blauen blieb ein Augenweiden
An fernentwichnen lichten Finsternissen.

Und endlich, als das Meer den Blick umgrenzte,
Fiel mir zurück ins Herz mein heiß Verlangen;
Ich suchte mein Verlornes gar verdrossen.

Da war es gleich, als ob der Himmel glänzte;
Mir schien, als wäre nichts mir, nichts entgangen,
Als hätt' ich alles, was ich je genossen.

VI. Entsagen

Entwöhnen sollt' ich mich vom Glanz der Blicke!
Mein Leben sollten sie nicht mehr verschönen.
Was man Geschick nennt, läßt sich nicht versöhnen;
Ich weiß es wohl und trat bestürzt zurücke.

Nun wußt' ich auch von keinem weitern Glücke;
Gleich fing ich an, von diesen und von jenen

Notwend'gen Dingen sonst mich zu entwöhnen,
Notwendig schien mir nichts als ihre Blicke.

Des Weines Glut, den Vielgenuß der Speisen,
Bequemlichkeit und Schlaf und sonst'ge Gaben,
Gesellschaft wies ich weg, daß wenig bliebe.

So kann ich ruhig durch die Welt nun reisen:
Was ich bedarf, ist überall zu haben,
Und Unentbehrlichs bring' ich mit – die Liebe!

121. *An Goethe*

Berlin, 8. Mai 1808. Je mehr sich das tolle Weltwesen durcheinander wirrt, je – ruhiger, möcht' ich sagen, erhebt sich meine Natur aus den verkohlenden Bruchstücken einer Verfassungsmäßigkeit, woran Gewohnheit und Furcht festhalten. Ihr Brief vom 3. dieses, der soeben angekommen ist, gibt mir Gelegenheit zu diesem Bekenntnisse. Daß ich rechtschaffen mitleide, können Sie denken, aber es sollte mir Trost sein, wäre ich der Einzige im Lande, der diese Schmach verdient hätte.

Ich habe Stunden ohne den Wunsch, daß es anders sein möchte, als es ist, wo sich alles Einzelne, Gemeinte in unendlicher Ferne vor mich hinstellt und mit dem Gewesenen und Werdenden in eine Reihe tritt, die ich wie ein abgeschiedener Geist überschaue. Manchmal ist mir zu Mute wie einem Orestes, der Heilung spürt von dem alten Bannfluche, je näher er sich dem Hades glaubt.

Ich kann einmal nicht begreifen, wie etwas Rechtes geschehen könne ohne Opfer, und daß vielmehr alle eitle Treiberei zum Gegenteil dessen führen muß, was wünschenswürdig scheint. Mit diesen Gedanken lege ich mich oft auf mein einsames Lager und stehe am frühen Morgen damit auf; ja ich erhole mich daran von den mühseligen notvollen Tagen der letzten 18 Monate, und daher bin ich nicht versunken, wie es manche sind, und heute stehe ich noch auf meinen Füßen und denke ernstlich daran, mich darauf zu erhalten.

Dies, mein ewig geliebter Freund, wollte ich Ihnen sagen, weil es sonst keiner hören kann. Alles sieht noch mit den alten Augen, und – alles läuft hinter der Pein her, der sie zu entlaufen gedenken. Was sie mit den Händen ergreifen könnten, suchen sie meilenweit außer sich.

Den 9. Mai. Mein letzter Brief ist gestern mit dem ersten Bogen des »Faust« und den Eberwein'schen Gesängen an Sie abgegangen, er kann Sie also noch in Weimar antreffen. Diesen Brief erhalten Sie dagegen, Gott weiß wann, im Karlsbade.

Meine Ripienschule, von der ich Ihnen, wie ich glaube, voriges Jahr schrieb, habe ich auf eine Zeitlang einstellen müssen, weil die Akademie der Künste eine Ausstellung vor hat, die noch in diesem Monate ihren Anfang nehmen soll. Daß mir diese Unterbrechung nicht angenehm sein kann, versteht sich von selber. Ein ganzes Jahr habe ich mit mühsamen Hinweisungen auf die ersten Anfangsgründe musikalischer Praxis hingebracht und kaum etwas erlangt.

Worin sich die Wenigsten, selbst der Bessern und Ältern finden können, ist, wenn sie an Dinge erinnert werden, die sie ehemals wollen gewußt haben. Der Anfang einer Sache scheint ihnen nur für die Anfänger dazusein. Darüber ist ihnen denn nichts klar und jede Rückkehr zum Rechten verschlossen. So ist's überall, man mag hinsehn, wohin man will.

Den 15. Mai.

Unterdessen habe ich die ehemals angefangnen Versuche fortgesetzt, besonders künstliche Versmaße musikalisch zu behandeln und sie dem Chor in den Mund zu legen. Ich glaubte die gute Gelegenheit zu nutzen, da Geheimer Rat Wolf hier ist. – Wir können nicht recht zusammenkommen. Wir wohnen weit auseinander. Auch er hat sich in die weite Residenz einstrudeln lassen.

3. Julius. Gestern ist Ihr lieber Brief vom 22. Junius angekommen, der soviel Schönes enthält. Es ist ein Unglück, daß ich von meinem letzten langen Briefe an Sie keine Abschrift habe. Aber mein Kopist ist gestorben, und nun werde ich wohl keinen wieder heuraten. Ich weiß selber nicht mehr, wie ich Ihnen alles geschrieben habe, doch will ich suchen, Ihre Fragen zu beantworten.

Die Reperkussion Ihrer Bemerkungen gegen die musikalische Theorie habe ich elektrisch gefühlt, da so manche dieser Einsprüche schon längst auch in mir sich regen. Doch kann ich nur sagen, was wir wissen. Zum Untersuchen fehlt es mir an mathematischer Geduld, und was ich aufs Klare zu bringen suche, ist etwa soviel, als ich für mein eigenes Haus brauche, da mir bei meinen Kompositionen ein gewisses Streben nach klassischer Tendenz natürlich ist.

Unsere Theorie ist ein System worden, das man soll lernen und lehren können. Daß und inwiefern dabei der Natur Gewalt geschehen ist, kann nicht bezweifelt werden. Doch ist es ein sinnreiches Gewebe von Modifikation, das man kaum ohne Bewundrung betrachten kann, daher denn die Musiker glauben, was sich mit diesem System nicht ausrichten lasse, sei nicht auszurichten. Soviel ist gewiß: rückt man einzelne Pfeiler dieser Theorie von ihrem fundo weg, so läuft man Gefahr, das Gebäude zu lädieren. Doch – zu Ihren Fragen!

ad 1) Die Molltonart unterscheidet sich von der Durtonart *allein* durch die Terz. Die Quinte und Oktave bleiben in beiden Tonarten *unveränderlich*, daher diese letztern auch vollkommene Konsonanzen, die Terz hingegen ihrer *Verän-*

derlichkeit wegen eine unvollkommene Konsonanz genennet wird, weil sie groß oder klein (Dur oder Moll) sein kann.

ad 2) Das Experiment der *Teilung der Saite*, aus welcher die Intervalle unserer Tonleiter abstammen, trägt noch eine physikalische Erscheinung neben sich, diese ist: die Erscheinung der *mitklingenden Töne*. Wenn man nämlich eine tiefe Saite in Vibration setzt, so hört man nicht allein den Ton der Saite, sondern mehrere *von selber mitklingende* Töne darüber. Sucht man diese mitklingende Töne auf, so finden sich die Zahlen 2. 3. 4. 5. 6. 7 und so weiter, welche das menschliche Ohr noch unterscheiden kann. Auch die Äolsharfe gibt das nämliche Experiment, und da, besonders bei starker und anhaltender Luftbewegung, auch die höhern Zahlen 8. 9. 10. 11. 12. 13 und so weiter hörbar werden und dissonierend mittönen, so entsteht der wundervolle Eindruck der Äolsharfe, indem diese Töne zugleich notwendig und willkürlich erscheinen. Alle diese mitklingenden Töne nun haben einen gemeinschaftlichen Grundton (in welchem die Harfe gestimmt ist), und auf diesem Grundtone erscheint die Terz niemals anders als groß (Dur), niemals also klein (Moll). Ich habe aber die kleine Terz deswegen ein Werk der Kunst, eine erniedrigte große Terz genannt, weil sie übrigens von den Musikern als konsonierend (wie die große) behandelt wird.

ad 3) Daß unsere diatonische Tonleiter *allein* natürlich sei, habe ich wenigstens nicht behaupten wollen, weil es sich nicht behaupten läßt. Ja wir besitzen sogar heut diese Stunde zweierlei verschiedene Temperaturen der Tonleiter, von denen die eine die *gleichschwebende* und die andere die *ungleichschwebende* Temperatur heißt, von denen aber keine vollkommen natürlich ist, und ob die Griechen eine natürliche gehabt haben, wissen wir nicht, weil wir überhaupt nichts wissen.

ad 4) *Sollte es nicht auf andere Weise möglich sein?* –

Allerdings! Die kleine Terz ist da, aber nicht als Produkt des *Grundtones*, daher sie auch nicht klingend (mitklingend) erscheinen kann. Die kleine Terz entsteht vielmehr aus dem Verhältnis $^6/_6 : {}^5/_6 = 1 : {}^5/_6 = 6:5$, sonst könnte man sie gar nicht stimmen. Auch die reine Quarte entsteht auf diese Art $^4/_4 : {}^3/_4$ oder $1 : {}^3/_4 = 4:3$, und daher ist sie auch nicht mitklingend und doch konsonierend.

ad 5) und 6) Wenn ein Experiment alles leistet, um Ein Ganzes zu haben, so kann man fragen: was soll noch geleistet werden? Unter den mitklingenden Tönen ist einmal die kleine Terz nicht; Ein *zusammengesetztes* Verhältnis gibt sie, und ich zweifele, daß durch irgendeine äußere Veranlassung, auf natürliche Art dieses Intervall von selbst erscheinen werde. Wäre es jedoch möglich, so verändern sich zugleich mit ihr alle übrigen Intervalle, und wir haben dann allerdings für die Molltonarten ein ganz neues, ganz verschiedenes System, welches höchst wahrscheinlich *keine Dur*tonart neben sich leidet, dahingegen unser heutiges System beides zu einem unendlichen Reichtume von Modifikationen verbindet.

Die Elektrizität könnte bei der Äolsharfe sehr gut angewendet werden; außerdem könnte auch die Reibung, doch immer nur an klingenden Körpern, geschehen, und das Resultat müßte sich, denk' ich, nur immer für die *große* Terz entscheiden. Denn das Ohr kann alle Dissonanzen nebeneinander vertragen: die Prime neben der Sekunde, die Sekunde neben der Terz, die Terz neben der Quarte, die 4. neben der 5. und so weiter; doch die *kleine Terz* neben der *großen Terz* ist unausstehlich, weil es unauflöslich ist. Daher nun hatte ich die kleine Terz ein *nicht unmittelbares* donum genannt.

Die 3 folgende Punkte ergeben sich nun wohl aus dem Vorigen. Denn *möglich* sind alle Intervalle, die zwischen den gebräuchlichen liegen; doch wenn wir sie gebrauchen sollen, nach einer Ordnung, kunstmäßig gebrauchen, lehren sollen, so müssen wir ein neues System haben. – Was aber unserer angenommenen, obgleich unvollkommenern Theorie das Wort redet, ist eben das, was Sie selbst hinzufügen. Denn die obigen Erscheinungen sind nicht allein nicht getrennt vom Menschen und seinem leiblichen und geistigen Apparat, sie vermählen ihn vielmehr mit den auch außer ihm belegenen Elementen der Natur. Seine Nerven, die geheimsten Kräfte seines Gemüts klingen wider bei den verwandten Tönen und ziehn ihn an, ja sie reißen ihn fort; doch sie würden ihn quälen, drücken, zerstören, wenn sie nicht wären, was sie sind und so lange geblieben sind.

Unter den Instrumenten, die nicht von Natur alle Töne unserer Skala frei angeben, gehören das Waldhorn und die Trompete. Aus dem Waldhorn wie aus der Trompete geht die große Terz frei hervor, doch die kleine Terz kann nur durch Zustopfen mit der Hand erlangt werden, und da sie also nicht frei erscheint, so ist sie auch niemals *ganz* rein; das Ohr vermißt etwas. Ich erinnere mich endlich einer *Glocke*, die hier in der Stadt befindlich ist. Diese Glocke, welche ungleichartige Teile bei sich führen muß, läßt deutlich eine Terz hören, die kleiner ist als die große und sich daher der Molltonart mehr nähert als der Durtonart. Doch jedesmal nach dem Anschlage des Klöpfels reinigt sich diese Terz nachschwingend in der Luft von selber und nähert sich der großen Terz so lange, bis sie rein ist. Dieses Experiment habe ich oft viertelstundenlang selber beobachtet. Da nun dieser mitklingende Ton der kleinen Terz näher ist als der großen, warum ging der Nachklang nicht in die *kleine* Terz über?

Den 13. Julius. Die letzten acht Bände Ihrer Schriften sind den 5. dieses angelangt. Für die glückliche Wiederherstellung des Teufels in der moralischen Welt danke ich kühnlich im Namen aller guten Patrioten. Das ist denn doch ein Kerl, der sich zeigen läßt: »der Teil von jener Kraft, die stets das

Böse will und stets das Gute schafft«. – Nun wir den alten Schelm wiederhaben, wollen wir ihm den Drudenfuß etwas sorgfältiger ziehn, damit er uns nicht so leicht mehr davonlaufen soll. Ich habe mich fürstlich ergetzt an den neuen Zusätzen, verstehe aber noch nicht alles; gewaltsam erschüttert, durch und durch, hat mich die Brockenszene. Der Anblick des unglücklichen Gretchens hat mich fast trostlos gemacht. So leicht es angedeutet ist, so ungeheuer ist die Wirkung. Über manches Neue im »Faust«, das ich nun schon so oft gelesen habe, werden Sie mir wohl nähern Aufschluß geben. Zum Exempel das »Intermezzo«, doch will ich erst das ganze Gedicht noch einmal lesen.

Ihre »Pandora« habe ich zu meiner Unruhe gelesen, denn seitdem kann ich nicht schlafen, bis ich das Ganze kenne. Um mich zu beruhigen, habe ich schon komponiert und diese Szenen aufs Papier geworfen. Die beiden Brüder hoffe ich so nebeneinander sehn zu lassen, daß sie erkennbar sein sollen; nur die Kinder erkenne ich selber noch nicht, und die Mutter zu erraten ist so gefährlich, daß, wenn einmal ein falscher Charakter in melodische Formen übergegangen ist, kein Bestreben ihn wieder einrichten kann. Ich bitte Sie inständig: wenn Sie es können, senden Sie mir das Übrige eher, als es herauskommt und sich meine Begierde verzehrt. Es soll nicht aus meinen Händen kommen, es soll es niemand sehn, ich will zu niemand davon reden. Es ist eine Pein, sich solche Dinge wie Erbsen in den Topf zählen zu lassen, man verhungert im Genusse; es ist um katholisch zu werden. – »Apropos Tübingen«: der Schlegel ist mit einem Male weise worden. An dem hat die allein seligmachende Kirche einen guten Fisch gefangen. Aber es ärgert mich dennoch, weil ich einmal etwas auf ihn gehalten habe. Was kann Er für Ursachen zu einem solchen Schritte haben? – Da betrügt doch wohl eins das andere beim hellen Sonnenscheine.

Für die schönen Sonette danke ich fürs erste herzlich. Viele, viele Male habe ich sie schon gelesen, und da ich die Situation und den Zusammenhang noch nicht erraten konnte, habe ich sie abgeschrieben, welches eins von meinen Hausmitteln ist.

Den 14. Juli. Ich will heute noch nach Küstrin reisen und denke in etwan 8 Tagen wiederzukommen. So leben Sie denn wohl und lassen Sie sich das lange Geschreibe nicht verdrießlich machen. Mündlich könnte man freilich alle die Sachen besser abhandeln, besonders wenn man sich dazu präparieren könnte, denn ich habe diese Dinge großenteils wieder vergessen und muß sie mir immer erst zurückrufen.

122. *An Goethe*

Berlin, 9. September 1808.

Der junge Herr Eberwein ist am 19. vorigen Monats hier eingetroffen, und am Tage darauf haben wir zusammen unsere scholastische Unterhaltungen begonnen, welche nun in den letzten Tagen anfangen, einen leichtern Gang zu nehmen, da er schon ziemlich in die allgemeine Wildnis übergegangen war. Da er nur einen kurzen Urlaub hat, so wird es schwer halten, manche Vorbedingungen der Kunst, welche eigentlich schon von Jugend an ins Blut übergehn müssen, für diesen Urlaub zuzuschneiden; er wünscht daher, daß ich mich verwenden möge, ihm bei Ihnen, mein Freund, einen längern Urlaub zu erbitten. Dieses tue ich denn recht gern, um so lieber, als ich hoffe, er werde diesen längern Urlaub nach seiner Zurückkunft desto reichlicher vergüten. Ich bitte daher, daß Sie ihn wenigstens den nächsten Winter in Berlin lassen, der hier zu Lande für Musik allein einigen Vorteil gewährt. Selbst seine Teilnahme an der Singakademie kann ihm nur insofern als Artist nützlich werden, wenn er einer *Reihe* von

Lektionen beiwohnt, deren Produkt er entstehn und wachsen sieht, besonders aber, wenn er tüchtige und meisterhafte Kompositionen von derben deutschen Stil hört, an denen er entweder sein Unvermögen wahrnimmt oder sein tieferer Eifer erweckt wird. Ergriffen hat es ihn, das bemerke ich wohl, er sieht aber noch nicht, wo es sitzt, indem er es von außen sucht. Er hat sich schon viele Freunde gemacht. Gestern hat er sich zum ersten Male öffentlich, nicht ohne Beifall, auf der Violine hören lassen. Sein Ton ist schön und rein, aber er hat sich, Gott weiß nach welchem Muster, eine weinerliche retardierende Kantilena angewöhnt, deren Nachteile ich ihm gehörig auseinandersetzen werde. Auf seine Frage, wieviel er mir für den Unterricht zu bezahlen habe, habe ich erklärt, daß ich diese Sache mit Ihnen abzumachen gedenke: Ihnen will ich also auch im voraus sagen, daß je mehr er lernt, je weniger soll er mir bezahlen, und sein längerer Aufenthalt in Berlin soll ihm bei mir deswegen nicht höher zu stehn kommen, wenn er nicht bemittelt ist.

Seit Monat August habe ich die frühen Morgenstunden dazu angewandt, meine Jugendjahre aufzuschreiben. Da ich nicht mehr so hoffnungsvoll vor mich hinaussehn kann, so habe ich mein Auge auf Frühgeschehenes gerichtet. Vielleicht kann ich, wenn ich zum zweiten Male mein funfzigstes Jahr wiedererreicht habe, noch eine Weile mit der Welt fortgehn, die mir in den letzten Tagen mühselig genug erschienen ist.

Den 11. September. Da dieser Brief gestern liegen geblieben ist und also erst Mittwoch abgehn kann, so muß ich bitten, mit umgehender Post wegen des jungen Eberwein zu antworten. Ich habe ihm gesagt, ich hätte einen Brief von Ihnen, worin Sie die Anlegung eines *Diariums über seine Fortschritte* verlangt hätten.

Es ist notwendig, daß der junge Mann den Strom der Mitte versuche, dazu gebe ich ihm selber Anlaß, und er ist daher aufgenommen; da jedoch seine Zeit auch gemessen ist, so habe ich ihn schon aufmerksam gemacht, sich nicht zu verlieren. Sonst kann er täglich in vortrefflichen Gesellschaften Beifall und Freundschaft genießen, wovon aber nichts bis nach Weimar gelangen dürfte.

Zelter.

123. *An Zelter*

Sie verbinden mich aufs neue, teuerster Freund, durch die gute Aufnahme Herrn Eberweins. Als ich ihm nach Berlin den kurzen Urlaub gegeben, konnte ich freilich nur die Absicht haben, ihn gewahrwerden zu lassen, daß die Kunst eine Höhe und Tiefe habe, die er nur dunkel zu ahnden schien, und ein Gesetz, von dem man sich freilich so von außen und bei der gewöhnlichen Art, wie junge Menschen in die Vorhöfe gelangen, nicht den mindesten Begriff machen kann. Leider kann ich seinen Urlaub diesmal nicht verlängern, und es soll mir schon genug sein, wenn er, mit den Herrnhutern zu reden, als ein Sünder zurückkommt, wenn er fühlt, daß manches abzulegen ist, was er fürs Rechte gehalten hatte, wenn er merkt, daß das oft Irrwege sind, was die Welt für Wege zum Ziel hält, wenn in ihm eine unendliche Sehnsucht erregt ist, Sie wiederzusehen und sich unter Ihnen zu bilden. Finde ich ihn auf diese Weise angegriffen, so will ich suchen, ihm das künftig zu verschaffen, was er jetzt entbehren muß.

Ich bin glücklich von Karlsbad zurück und habe dort manches gearbeitet, das ich Ihnen früher oder später ans Herz zu legen denke. Leben Sie recht wohl, und wenn Sie von Ihren Konfessionen etwas mitteilen mögen, so lassen Sie mich den ersten sein. Sobald ich etwas ruhiger bin, hören Sie mehr von mir. Herrn Eberwein lassen Sie, wenn sein Urlaub um ist, wieder abgehen.

Weimar, den 19. September 1808. G.

124. *An Goethe*

Berlin, 30. September 1808.

So schicke ich Ihnen denn Ihren jungen Herrn Eberwein zurück, wenig besser, als er gekommen ist. Er hat nur den Eingang gesehn; ob er die Vorhöfe selbst finden wird, soll die Zeit lehren. Mit Fleiß habe ich ihm solche Arbeiten aufgegeben, die den Anfängern trocken erscheinen, um ihn vorerst zu isolieren und von seiner Zeit abzuscheiden; denn wenn er nichts Besseres machen lernt, als die Menge zu allen Zeiten gern hört, so ist's auch gleichviel, womit er die Zeit verdirbt. Ich habe ihm aufgegeben, mir *wenigstens* alle Monate etwas dieser Art einzuschicken, worauf ich ihm prompt antworten werde, wobei ich auf Ihre Ermunterung rechne, da er im Zuge bleiben muß.

Wir sind hier jetzt voll Hoffnung und Erwartung der Dinge, die uns aus Ihrem Lande kommen sollen. Wir bedürfen aber des Guten viel, und es ist keinem zu verdenken, wenn er das Beste für sich behält.

Wie gerne möchte ich Sie einmal wieder von Angesicht sehn! Sollte es denn ganz unmöglich sein, Sie vor meinem Tode hier unter uns zu sehn? wo Sie es sich doch auch so gar schlimm und schlecht nicht vorstellen sollen; denn wir leben doch noch mit, nach unserer Art, wenn auch vor der Hand guter Rat teure Ware bei uns ist.

Meine Konfessionen sollen Ihnen kein Geheimnis bleiben und bin ich darinne ziemlich fortgerückt; doch geht es von nun an etwas langsamer. Fünfundzwanzig Jahre sind zurückegelegt, die Ihnen, mein gelieber Freund, nicht unerbaulich sein werden, da Sie gern die Kindheit und Jugend zum Leben des Mannes rechnen.

Wie schwer es übrigens ist, Lebenserfahrungen so zu fixieren, daß sie vom Papiere her den lebendigen Atem, die Jugendluft behalten, weiß ich nun auch. Auf der andern

Seite stößt man alle Augenblicke auf Personen und Verhältnisse, die noch existieren, und wenn ich daran denke, für meine Schrift einen Titel auszumitteln, so haben Sie den einzig möglichen für Ihren »Wilhelm Meister« in Besitz genommen, den ich jetzt erst bewundre, da ich sehe, daß das Leben und die Bildung des Künstlers sich zur Kunst verhält wie die Organisation jedes Menschen zur Menschheit: es ist zugleich das Nämliche und das Verschiedenste in seinen unendlichen Modifikationen. So hätte ein Volk, und vielleicht alle Nationen der Erde, genug an Einem solchen Buche.

Ihr Brief vom 19. dieses ist am 27. hier angekommen. Ich fand für gut, ihn den jungen Eberwein sogleich selber lesen zu lassen, teils um nicht der Überbringer einer traurigen Nachricht zu sein, und teils ihn zu überzeugen, wie Sie selber über die Dinge der Kunst gesonnen sind.

Ich sende die Komödienzettel dieses Jahres bis zum 1. Oktober mit und das längst versprochene Verzeichnis der nach Paris verführten Kunstsachen. Ich studiere darauf, Sie diesen Winter auf einige Tage zu überraschen, um eine andere Luft zu atmen. Es ist grausam, solche Dinge von einem Menchen zu verlangen, wozu wenigstens ein Walfisch und sein kaltes Blut gehört. Manchmal möchte man lieber dem Teufel angehören und Pech und Schwefel fressen, als dies Tranleben führen, das aller Geduld Hohn spricht. Die einzige äußere Rekreation ist das Schauspiel, worin durchaus nichts als die übersetzten dreimal unnatürlichen Stücke wiederholt werden, wenn nicht Kotzbue mit einer neuen Faxe dazwischentritt. – Wenn man bei alle dem Unwesen nur noch den Trost hätte, sagen zu können: es geschieht uns unrecht! – Wäre ich ein Katholik, so könnte ich hoffen, meinen Anteil am Fegfeuer pränumeriert zu haben, aber so bin ich noch ein Ketzer dazu.

Den 15. Oktober. Dieser Brief, welcher den Abgang des Herrn Eberwein erwartet, liegt noch vor mir, weil jener auch

Zu Brief Nr. 125: Napoleonberg, gegen Abend, am 7. Oktober 1808. Stich von J. Herold, Jena.

noch hier ist, indem ihm ein Brief und Geld von Weimar ausgeblieben ist. Da ihm nach und nach angst wird, so habe ich ihm sechs Friedrichsdor zu seiner Reise vorgeschossen, mit denen er denn nun morgen von hier abreisen wird.

Leben Sie fein wohl und lassen Sie doch ja bald von sich hören, ich bin jetzt doppelt, dreifach auf Nachrichten aus Ihrem Lande erpicht. Geheimer Rat Wolf grüßt schönstens und beut seinen Willkommen Ihrer glücklichen Wiederkunft vom Karlsbade. Z.

125. *An Zelter*

Nehmen Sie den besten Dank, lieber Freund, für das, was Sie an dem jungen Eberwein tun wollen und können. Die Kunstwelt liegt freilich zu sehr im argen, als daß ein junger Mensch so leicht gewahrwerden sollte, worauf es ankommt. Sie suchen es immer wo anders als da, wo es entspringt, und wenn sie die Quelle ja einmal erblicken, so können sie den Weg dazu nicht finden.

Deswegen bringen mich auch ein halb Dutzend jüngere poetische Talente zur Verzweiflung, die bei außerordentlichen Naturanlagen schwerlich viel machen werden, was mich erfreuen kann. Werner, Oehlenschläger, Arnim, Brentano und andere arbeiten und treiben's immer fort; aber alles geht durchaus ins Form- und Charakterlose. Kein Mensch will begreifen, daß die höchste und einzige Operation der Natur und Kunst die Gestaltung sei und in der Gestalt die Spezifikation, damit jedes ein Besonderes, Bedeutendes werde, sei und bleibe. Es ist keine Kunst, sein Talent nach individueller Bequemlichkeit humoristisch walten zu lassen; etwas muß immer daraus entstehen, wie aus dem verschütteten Samen Vulkans ein wundersamer Schlangenbube entsprang.

Sehr schlimm ist es dabei, daß das Humoristische, weil es keinen Halt und kein Gesetz in sich selbst hat, doch zuletzt früher oder später in Trübsinn und üble Laune ausartet, wie wir davon die schrecklichsten Beispiele an Jean Paul (siehe dessen letzte Produktion im »Damenkalender«) und an Görres (siehe dessen »Schriftproben«) erleben müssen. Übrigens gibt es noch immer Menschen genug, die dergleichen Dinge anstaunen und verehren, weil das Publikum es jedem Dank weiß, der ihm den Kopf verrücken will.

Haben Sie die Gefälligkeit, lieber Freund, wenn Sie eine Viertelstunde Zeit finden, mir die Verirrungen der musikalischen Jugend mit einigen Zügen zu schildern: ich möchte sie mit den Mißgriffen der Maler vergleichen; denn man muß sich ein- für allemal über diese Dinge beruhigen, das ganze Wesen verfluchen, an die Bildung anderer nicht denken und die kurze Zeit, die einem übrigbleibt, zu eigenen Werken verwenden.

Indem ich mich aber so unfreundlich hierüber ausdrucke, so muß ich doch, wie es den gutherzigen Polterern zu gehn pflegt, mich sogleich zurücknehmen und Sie ersuchen, Ihre Aufmerksamkeit auf Eberwein wenigstens bis Ostern fortzusetzen, da ich ihn denn abermals zu Ihnen senden werde. Großes Zutrauen zu Ihnen, großen Respekt vor Ihrer Anstalt hat er gefaßt; aber auch das will leider bei jungen Männern nicht viel sagen: denn heimlich denken sie denn doch, man könne das Außerordentliche auch auf ihre eigene alberne Manier hervorbringen. Vom Ziel haben viele Menschen einen Begriff, nur möchten sie es gern schlendernd auf irrgänglichen Promenaden erreichen.

Durch die Zeitungen sind Sie diesen Monat über genugsam an uns erinnert worden. Bei diesen Begebenheiten persönlich gegenwärtig zu sein, war viel wert. Von einer so seltsamen Konstellation habe ich auch günstigen Einfluß erfahren. Der Kaiser von Frankreich hat sich sehr geneigt gegen mich erwiesen. Beide Kaiser haben mich mit Sternen und Bändern beehrt, welches wir denn in aller Bescheidenheit dankbar anerkennen wollen.

Wie sehr wünsche ich, daß auch Sie und Ihre Mitbürger von dieser Epoche an Trost und Beruhigung finden mögen: denn Ihre Leiden gingen bisher über das erträgliche Maß. Sie sind also persönlich noch immer in öffentlichen Geschäften? Sagen Sie mir gelegentlich ein Wort, in welchen Verhältnissen. Herrn Geheimerat Wolf grüßen Sie vielmals; wir denken bald sein Töchterchen bei uns zu sehen.

Verzeihen Sie, wenn ich über die neusten Begebenheiten nicht mehr schreibe. Verwundern werden Sie sich schon beim Lesen der Zeitungen, wie diese Flut von Mächtigen und Großen der Erde sich bis nach Weimar bis auf das Schlachtfeld von Jena gewälzt. Ich enthalte mich nicht, Ihnen einen merkwürdigen Kupferstich beizulegen. Der Punkt, wo der Tempel steht, ist der fernste, wohin diesmal Napoleon gegen Nordost gekommen ist. Wenn Sie uns besuchen, welches der Himmel gebe! so will ich Sie auch auf den Fleck stellen, wo hier das Männchen mit dem Stocke in die Welt deutet.

Für heute nicht mehr. Ich habe so viele Briefschulden, daß ich nicht weiß, wo ich anfangen soll, sie abzutragen.

Weimar, den 30. Oktober 1808. G.

126. *An Zelter*

Weimar, den 7. November 1808.

Wir haben uns gestern an manchen Ihrer Gaben ergetzt, an ihren Kompositionen sowie an Ihren Rüben; auch habe ich Ihrer dankbar gedacht, indem Eberwein etwas von Ihrem Ernst mitgebracht zu haben scheint. Er kommt mir vor wie Moses, der vom Berge kam und dessen Gesicht glänzte.

Wenn das auch nur eine äußerliche Wirkung ist, so läßt sich vermuten, daß doch auch etwas ins Innre eingedrungen sein mag. Ich danke Ihnen, daß Sie ihm so gütig fortgeholfen haben, denn seine Wiederkunft ist für ihn und für uns günstig. Unser kleiner Chorgesang wäre den Winter ganz zugrunde gegangen; nun mag er sich fassen und prüfen und etwa auf Palmarum wieder zu Ihnen wallfahrten.

Für so vielerlei Gutes Ihnen auch was Freundliches zu erzeigen, war lange mein Wunsch, und gerade passiert mir mit den guten Exemplaren meiner Werke, wovon Ihnen eins zugedacht war, der alberne Streich, daß sie inkomplett ankommen und ich nun erst erwarten muß, wie sich die Sache aufklärt oder abtun läßt.

Reichardt von Kassel ist gestern hier gewesen; er besucht die Theater des südlichen Deutschlands, um für die Kasseler Bühne, die freilich seltsam genug eingerichtet werden muß, Personagen aufzusuchen, die à deux mains gebraucht werden können.

Froriep ist auch hier, um nach Tübingen zu gehen. Möchte ich doch bald hören, daß bei Ihnen auch wieder eine Art von Ruhe und bürgerlicher Ordnung Fuß faßt! Ist es möglich, so besuchen Sie uns. Schreiben Sie mir aber vorher, damit Sie mich zu Hause antreffen. Zwischen hier und Jena werde ich immer zu finden sein. G.

127. *An Goethe*

Als der Kaiser Napoleon mit seinem Heere vor den Toren dieser Residenz erschien, ging ihm der hiesige Magistrat, wie solches, glaube ich, der Gebrauch ist, entgegen und erhielt bei dieser Audienz seinen Abschied, indem der Kaiser erklärte: er wolle nur mit Bürgern der Stadt, nicht aber mit Behörden der bisherigen Regierung, wenn sie keine Bürger sei'n, zu tun haben. Der alte Magistrat mußte zu dem Ende 2000 Bürger in eine Kirche zusammenrufen. Diese 2000 mußten 60 wählen, aus welchen die Besteller der Geschäfte sollten genommen werden. Die 60 mußten sich in die Sakristei verfügen, die 1940 wurden entlassen. Den 60 ward nun vorgestellt, daß sie unter sich sieben Bürger zu wählen hätten, welche ein comité administratif bilden und die oberste bürgerliche Behörde der Stadt repräsentieren sollten. Unter diese sieben Bürger, welche aus vier Kaufleuten, einem Fabrikanten und zwei Handwerkern bestehn, gehöre nun ich. Dieses comité der Sieben ward nun aufs Rathaus berufen, um seinen Präsidenten zu wählen; auch diese Wahl fiel auf mich, welches ich jedoch sogleich ablehnte und den Buchhändler Delagarde dazu vorschlug, weil ich der französischen Sprache nicht vollkommen mächtig bin. Das comité ward nun auf dem Schlosse nebst dem bisherigen Ministerio und allen Königlichen Dikasterien vereidet. Der Eid bestand in der Auflage: die französische Armee gehörig zu verpflegen und keinen Briefwechsel mit den Feinden der französischen Monarchie zu unterhalten.

Das Geschäft des comité besteht nun darinne: alles, was von dem französischen Gouvernement für den Teil der Armee gefordert wird, der die Mittelmark okkupiert, von den Einwohnern der Stadt zu erheben und abzuliefern.

So, mein geliebter Freund, habe ich Ihnen die allgemeine Übersicht dargelegt, von dem, was Sie wissen wollen. Was Sie wissen müssen: daß ich nämlich ohne Kenntnis des Finanzwesens und anderer in die Leitung der öffentlichen Angelegenheiten einschlagender Geschäfte bin, kann ich übergehn. Hätte das Leben einige Wochen oder Monate gewähret, so wäre das ehrenvolle Zutraun von mehr als hunderttausend Einwohnern einer bedeutenden Residenz allenfalls aufmunternd gewesen, besonders mir, der ich mich nicht eigentlich zur Bürgerschaft gehalten habe, als insofern ich von derselben meinen Erwerb bezog, dahingegen der jahrelange Druck auf einen Punkt Haß, Mißtraun und jeden Fluch auf diejenigen gebracht hat, die oben am nächsten stehn und endlich der ehemaligen, der jetzigen und zukünftigen Oberbehörde gleich verantwortlich sind. Die ersten acht Monate (bis zum Tilsiter Frieden) würden sich haben vergessen lassen; seit diesem Frieden hat unsere Stadt den Krieg gefühlt. – Übrigens sei'n Sie um Ihren Freund nicht bange: er hofft wo nicht bald und mit Dank, doch rein aus der Sache zu gehn, und seine höchste Ruhe besteht darinne, daß ihm Ihr Vertrauen und Ihre Liebe bleiben muß.

Eberwein ist am 16. Oktober von hier abgereiset, auch habe ich am 7. dieses einen Brief von ihm erhalten. Er muß sehr zusammenbleiben, wenn ihm nun noch etwas gelingen soll. Das Technische einer Kunst muß eigentlich in frühen Jahren ordentlich erlernt werden. Regt sich erst der Geist von innen heraus, so muß die Sorge für äußere Darstellung beseitigt sein, und wer das schöne Handwerk kennt, wird gestehn, daß es gleichsam dichten hilft, denn es ernährt die Lust und macht den Trieb frei.

Was Sie in Ihrem Briefe über Spezifikation der Gestaltung, Form und des Charakters sagen, gilt vielleicht von der Musik mehr (wenigstens ist es darin viel schwerer zu erreichen) als von den nachbildenden Künsten. Zu jedem Ihrer genannten poetischen Geister könnte ich Ihnen einen musikalischen Gegenmann nennen, um Ihr Urteil zu bestätigen: mit Bewundrung und Schrecken sieht man Irrlichter und Blutstreifen am Horizonte des Parnasses. Talente von der größten Bedeutung wie Cherubini, Beethoven und mehr entwenden Herkules' Keule, – um Fliegen zu klatschen; erst muß man erstaunen und nachher gleich drauf die Achsel zucken über den Aufwand von Talent, Lappalien wichtig und hohe Mittel gemein zu machen. Ja ich möchte verzweifeln, wenn mir einfällt, daß die neue Musik verloren gehn *muß*, wenn eine Kunst aus der Musik werden soll.

Keine Kunst kann einen wohltätigen Einfluß gewähren, die so frech und formlos im unendlichen Raume umherirrt wie die neuere Musik, welche ihre geheimsten, ihre höchsten Reize, vom Ganzen abgesondert, dem allgemeinen Pöbel zur öffentlichen Schau entblößt, wie ein anatomisches Kabinett oder eine Anekdotensammlung von Liebesgeheimnissen, um die gemeine Neugierde zu übersättigen. Man mag gegen die Tonkünstler der frühern Jahrhunderte einwenden, was man will (denn wer hat nicht dazuzulernen?) – nie haben sie die Kunst weggeworfen, das innere Heiligtum preisgegeben; wer sie *daher* kennen lernt, lernt sie auch achten. Soviel ist gewiß: wäre auf *ihrem* Grunde fortgebaut worden, wir könnten eine Kunst haben und wären ganz andere Leute, als wir uns halten müssen.

Hoffentlich ist meine Sendung grundechter Teltoer Rü ben bei Ihnen *vor dem Frost* eingetroffen; erholen Sie sich daran, wie Sie können, und denken Sie, daß ich Ihnen vor der Invasion auch nichts Besseres von hieraus senden können. Hätten wir mehr solche echte Dinge gehabt und bewahrt, man hätte uns soviel nicht nehmen können, wenigstens würden wir jetzt nicht so arm sein.

Einer meiner Freunde, der auch Ihrer würdig zu sein sucht, sammelt schon seit manchen Jahren an Handschriften bedeutender Schriftsteller und bittet mich, etwas von Ihrer Hand anzuschaffen. Ich gebe nun nichts aus den Händen, doch hätten wohl Sie unter Ihren Papieren ein Gedicht von Ihrer Hand oder sonst etwas, das ich ihm zustellen möchte, und schenkten es mir für ihn? Ich sollte denken, so etwas müßte sich finden.

Den jungen Eberwein schicken Sie nur, sobald Sie wollen. Von mir soll er nichts lernen als das Beste, was ich weiß. Z.

Den 12. November 1808.

128. *An Zelter*

Sie erhalten hiebei, teurer Freund, die verlangte Handschrift. Es sind ein paar meiner Lieder, die ich auf Ihr Anregen gesucht und gefunden habe. Übrigens besitze ich selbst eine sehr schöne Sammlung von Autographis und manches, besonders von deutschen Schriftstellern, doppelt. Lassen Sie sich von Ihrem Freunde sagen, was ihm abgeht, vielleicht kann ich ihm in einigen nachhelfen. Für die Nachricht Ihrer politischen und bürgerlichen Lage danke ich Ihnen zum besten; ich habe es mir ohngefähr so gedacht, aber das Besondre durch Sie selbst erfahren zu haben, ist mir viel wert.

Mit der fahrenden Post erhalten Sie ein Velinexemplar meiner Werke, das sich endlich bei mir zusammengefunden hat. Meine Absicht war, es noch recht hübsch binden zu lassen. Das gibt aber wieder neuen Aufenthalt, und die hiesigen Buchbinder haben mich grade in solchen Fällen mehr wie einmal zur Verzweiflung gebracht.

Nun habe ich noch eine Bitte. Möchten Sie sich doch erkundigen, wer in Berlin die Kotzebue'schen Stücke, die noch nicht gedruckt sind, gegen das bestimmte Honorar an die Theaterdirektionen abgibt. Es wäre gegenwärtig von dem »Intermezzo oder dem Landjunker zum erstenmal in der Residenz« und von der »Jähzornigen Frau« die Rede, ersteres in fünf Akten, letztres in einem. Haben Sie die Gefälligkeit zu hören, was man dafür verlangt, und sagen mir es bald, denn ich wünsche es bald zu haben. Ulrich v. Hutten, sonst der Freimütige genannt, wird wahrscheinlich darüber die beste Auskunft geben können.

Heute sage ich nicht mehr, damit nur das alles auf die reitende und fahrende Post komme. Leben Sie recht wohl, lieben Sie mich! Ich gönne den Preußen und besonders den Berlinern den zurückkehrenden Anschein des Friedens; nur fürchte ich, sie werden sich dessen so unmäßig erfreuen, daß neue Händel daraus entstehen. Sagen Sie mir ja, wie man sich gegen Sie beträgt. Ich hege gar mancherlei vor meiner Einbildungskraft und in meinen Gedanken und mag gar zu gern das, was geschieht, zusammenhalten mit dem, was ich mir vorstelle. Das herzlichste Lebewohl.

Weimar, den 15. Dezember 1808. G.

129. *An Zelter*

Hiebei das Exemplar meiner Werke, denen ich eine glückliche Fahrt wünsche.

Weimar, den 15. Dezember 1808. Goethe.

130. *An Goethe*

Berlin, 26. Dezember 1808.

Sie hätten mir kein angenehmeres Weihnachtsgeschenk machen können; denn nun besitze ich vier Editionen Ihrer Schriften und habe gleichsam einen gelehrten Beruf, die sämtlichen 12 Bände wieder durchzulesen; auch ist das Exemplar, welches ich von Ihrer Güte bereits hatte, durch den Gebrauch meines Hauses so mitgenommen, daß es in meiner kleinen Hausbibliothek eine ziemlich abgetragene Figur macht. Ich freue mich wie ein Kind auf die neuen Bände und das schöne Papier und erwarte die Post mit Ungeduld.

Zur Feier der Wiederkunft des Königes habe ich eine *Liedertafel* gestiftet: Eine Gesellschaft von 25 Männern, von denen der 25. der gewählte Meister ist, versammelt sich monatlich einmal bei einem Abendmahle von zwei Gerichten und vergnügt sich an gefälligen deutschen Gesängen.

Die Mitglieder müssen entweder Dichter, Sänger oder Komponisten sein. Wer ein neues Lied gedichtet oder komponiert hat, lieset oder singt solches an der Tafel vor oder läßt es singen. Hat es Beifall, so geht eine Büchse an der Tafel umher, worin jeder (wenn ihm das Lied gefällt) nach seinem Gefallen einen Groschen oder mehr hineintut. An der Tafel wird die Büchse ausgezählt; findet sich soviel darinne, daß eine silberne Medaille, einen guten Taler am Wert, davon bezahlt werden kann, so reicht der Meister im Namen der Liedertafel dem Preisnehmer die Medaille, es wird die Gesundheit des Dichters oder Komponisten getrunken und über die Schönheit des Liedes gesprochen. Kann ein Mitglied *zwölf* silberne Medaillen vorzeigen, so wird es auf Kosten der Gesellschaft einmal bewirtet; ihm wird ein Kranz aufgesetzt, er kann sich den Wein fordern, welchen er trinken will, und erhält eine goldene Medaille, 25 rh. am Wert. Das Übrige besagt der Plan, welcher jetzt eben zirkuliert. Wer etwas Kompromittierendes ausplaudert, was einem Mitgliede oder der Tafel zuwider ist, zahlt Strafe. Satyrische Lieder auf Personen werden nicht gesungen. Jeder hat volle Freiheit zu sein, wie er ist, wenn er nur liberal ist. Gesetze dürfen nur 12 sein; drunter geht an, drüber nicht. – Geben Sie mir doch eine Zeichnung zu einem hübschen *Willkommen*, den man mit beiden Händen fassen kann, und zu einer *kleinen* und einer *goldnen* Medaille, aber bald, wenn ich bitten darf: man muß das Eisen schmieden, wenn es heiß ist. Die Mitglieder sind alle enthusiastisch und können die Ankunft des Königes kaum erwarten.

Abends. Die Kommission der Kotz'schen Theaterstücke hat die hiesige Theaterdirektion. Ich habe deswegen mit Iffland gesprochen, der die Manuskripte kopieren läßt und das Honorar in Empfang nimmt. Das »Intermezzo« kostet 5 Friedrichsdor und die »Jähzornige Frau« drei Dukaten. Iffland meinte, das letztere müsse bereits gedruckt sein. Da er mich fragte, ob es für eine Theaterdirektion sein sollte, so habe ich nicht verhehlt, daß es für Weimar sei, da Sie es nicht verboten haben. Er wollte mir die Stücke gleich kopieren lassen, welches ich jedoch verbat, weil ich dazu keinen Auftrag hätte. Ferner meinte er: wenn die weimarische Theaterdirektion ehedem für ein Stück von *5 Akten* sollte weniger als 5 Friedrichsdor bezahlt haben und für ein Stück von *einem Akte* weniger als 3 Dukaten, so werde es vielleicht beim alten bleiben können. Ihr Brief ist vom 15. dieses, und gestern als den 25. habe ich ihn erst erhalten, es ist demnach nicht meine Schuld, wenn diese Nachrichten nicht eher bei Ihnen eintreffen.

Man erwartet hier jetzt den römischen Humboldt, welcher *Staatsrat* des Kultus der Akademieen und Theater worden ist. Wenn er so geblieben ist, als er war, ehe er nach Italien ging, so freue ich mich sehr auf ihn. Auf dieser Stelle kann er etwas Gutes bewirken, die Sachen möchten sich wenden, wohin sie wollten; denn in diesem Punkte haben wir lange ein sündliches Leben geführt.

Was mich selbst betrifft, so habe ich mich vielleicht am meisten über mich selbst zu beklagen. Ich kann nicht betteln, und man ist gewohnt, nur Bettlern zu geben. Meine jetzige Einsamkeit gibt mir darüber manche sorgenvolle Stunde; der Schluß Ihres Briefes hat mich aufgerichtet und recht sehr erheitert. Seit 26 Monaten habe ich mit der Profession so wenig als nichts verdient und von einigem Unterricht in der Musik und drei öffentlichen Konzerten gelebt. Ich bin so gut als entschlossen, nicht zur Profession zurückzukehren, die mich in der Folge nicht mehr wird ernähren können. Hätte ich nicht ein so starkes Gefolge mit mir, so hätte ich mich schon nach einem Plätzchen in Ihrer Nähe umgesehn, da ich weder faul noch unmäßig bin. Hier wimmelt es in allen Winkeln von ungebrauchten Leuten, die nicht wissen, was sie mit der Zeit machen sollen, und jeden Tätigen in dem Verdacht haben, ihnen den Rang ablaufen zu wollen; also scheint hier kaum etwas möglich. Vielleicht kann ich mich mit Humboldt verständigen, da ich allerlei artige Ideen habe, die ich glaube ausführen zu können. Nur ist immer die Frage: wer oder was nährt mich? Soll ich vom Unterrichte leben, so kann ich nebenher nichts Bedeutendes machen, und wo soll Geld herkommen, das in *guten* Zeiten nicht für gute Dinge zu erlangen war? Meine Art zu unterrichten ist für meine Schüler leicht, doch für den Lehrer so fatigant, daß, wenn ich drei Stunden nacheinander unterrichtet habe, ich nichts Schweres mehr machen kann. Die Königlichen Kapellmeister haben es leichter, sie fragen nur nach ihrem Gehalt, und niemand bekümmert sich, ob sie dafür etwas tun. Verstoßen kann sie der König nicht, und das Rechte, was geschehen muß, kann tun, wer Lust dazu hat.

Es ist wahrscheinlich, daß Humboldt eher zu Ihnen als zu uns kommt. Vielleicht finden Sie Gelegenheit, mit ihm davon zu reden. Außer ihm habe ich wenig Hoffnung, daß etwas Ordentliches geschehe, denn die Verwirrung ist fast zu groß; sie gehen alle in der Irre wie Schafe und stellen sich Wunderdinge vor von einer neuen Organisation, die nur gut werden kann, wenn rechte Leute den Willen haben und sich nicht von Pfuschern meistern lassen müssen. Die Alten halten sich fast alle überzeugt, daß es ohne sie nicht gehn werde; andere stellen sich die Sache wieder so vor, als wenn dabei weder Arbeit noch Verantwortung sei.

Den 27. morgens. Ihre Gedichte haben große Freude gemacht. Ich lege Herrn Friedländers Blatt bei und wünsche wohl zu leben.

Z.

1809

131. *An Zelter*

Sie erhalten, teurer Freund, durch Herrn Eberwein, der von hier abgeht, nur ein kurzes Wort des Grußes, indem er mich, nachdem er lange genug gezaudert, um einen Brief an Sie gerade in einer Stunde mahnt, in der ich meine Gedanken nicht beisammen habe. Nehmen Sie ihn gütig auf und helfen Sie ihm durch Rat, Lehre und Beispiel weiter fort. Wird auch in den Schülern nicht hervorgebracht, was wir wünschen, so werden wir sie ja doch nicht los, und es bleibt uns nichts übrig, als uns mit Resignation auch auf diese unvollkommne Weise fortzupflanzen. Ich arbeite an gar manchem, das auch Ihnen dereinst Freude machen wird. Deshalb verzeihen Sie mir mein Schweigen und lassen mir gelegentlich einmal wieder etwas von sich hören.

Weimar, den 16. Februar 1809. G.

132. *An Goethe*

Sie haben mir, mein geliebter Freund, in Herrn Eberwein einen recht braven jungen Mann zugesandt, für dessen Bekanntschaft ich Ihnen aufs neue verbunden bleibe, und Sie sollen ihn diesmal gerechter zurückerhalten, als er gekommen ist. Nicht bloß seinen Fleiß und seine Beharrlichkeit darf ich loben; auch sein Blick fängt seit sechs Wochen an, das Herz der Kunst zu suchen, und sein Verlangen geht in die Ahnung über, daß das Rechte und Schöne von jedem besonders gefunden werden soll. Wir haben einen ernsthaften

Weg genommen, auf dem es anfänglich nicht eben lustig hergeht, doch sind wir seit kurzem ansehnlich vorgeschritten und haben Hoffnung, uns ganz angenehm einzuspinnen. Schon sehn wir ein, daß die Regel nicht allein ist und wieder eine Regel hat, der wir uns vertraulich nähern, indem wir ihren Grund in unserm tiefsten Herzen finden, wodurch denn eine Neigung zur Kunst entsteht, die nicht jede Welle des Tages in Bewegung setzen oder losspielen kann. Die Verwunderung über künstliches Handwerk geht in tiefe Bewundrung und Liebe zur Wahrheit über, und so hoffen wir auf einen Weg zu kommen, wo die Aussicht immer freier und das Ziel sichrer wird.

Ich muß nun gestehn, daß ich selbst anfange, zum jungen Eberwein mehr und mehr Neigung zu gewinnen, und da er so gut im Zuge ist, wünschte ich seinen Aufenthalt verlängern zu können. Nun ist die Frage: ob er wohl noch 4-5-6 Monate hierbleiben könnte? Wenn er bei seinem Fleiße bleibt, stehe ich dafür, daß die Zeit gut angewendet werden soll; bleibt er nicht dabei, so schreibe ich's Ihnen lieber. Es ist gar zu schlimm, unter solchen Umständen von der Zeit gedrückt zu werden, da doch auch nicht alle Tage *gute* genannt werden können. Leben Sie fein wohl, mein ewig geliebter Freund, und vergessen Sie nicht ganz

Ihren

Berlin, 9. Mai 1809. Zelter.

133. *An Zelter*

Von Ihnen, teuerster Freund, wieder einmal einige Worte zu sehen, war mir höchst erquicklich. Ich denke tausendmal an Sie und bedaure, daß diese verworrene Zeit uns noch mehr als sonst voneinander trennt. Selbst zum Schreiben fühlt man wenig Lust. Man entwöhnt sich des Korrespondierens, wie man sich in Staaten, wo scharfe Zensur ist, das Lesen abgewöhnt.

Eberwein preise ich glücklich, ja ich beneide ihn, daß er in Ihrer Nähe wohnen und von Ihnen Aufklärung über Leben und Kunst gewinnen kann. Da unsere Oper diesen Sommer nicht nach Lauchstädt geht, so ist er wohl entbehrlich, und er mag nur so lange ausbleiben, bis er wieder berufen wird. Ein kleines Gedicht lege ich bei. Vielleicht mögen Sie es selbst mit der nötigen musikalischen Deklamation begleiten; vielleicht geben Sie es Eberweinen zum Versuch auf. Ich bin dazu veranlaßt worden durch gute Menschen aus jener Gegend, die in einer alles verschlingenden Zeit das Andenken einer reinen Menschenhandlung erhalten wünschten.

Da es noch nicht rätlich war, nach Karlsbad zu gehen, so befind' ich mich in Jena, wo ich einen Roman fertig zu schreiben suche, den ich vorm Jahre in den böhmischen Gebürgen konzipiert und angefangen hatte. Wahrscheinlich kann ich ihn noch in diesem Jahre herausgeben, und ich eile um so mehr damit, weil es ein Mittel ist, mich mit meinen auswärtigen Freunden wieder einmal vollständig zu unterhalten. Ich hoffe, Sie sollen meine alte Art und Weise darin finden. Ich habe viel hineingelegt, manches hinein versteckt. Möge auch Ihnen dies offenbare Geheimnis zur Freude gereichen.

Seit Eberweins Abschied und allerlei theatralischen Händeln bin ich von der Musik ziemlich abgeschnitten. Ich hoffe künftig durch ihn desto froheren Genuß: Widerklänge aus Ihrem Himmel, zu dem ich selbst leider niemals gelangen sollte; worüber ich denn doch manchmal verdrießlich bin. Jetzt in kriegerischen Zeiten sieht man erst, wie unbehülflich und ungeschickt man sich im Frieden betragen hat. Der kleinen Ballade, wenn sie komponiert ist, geben Sie eine Publizität, welche Sie wollen, und lassen mich nicht gar zu lange ohne ein aufmunterndes teilnehmendes Wort. Leider ist mir dieser Winter sehr ungenutzt und unerfreulich hingegangen. Seit dem Frühjahre habe ich wieder angefangen, an der »Farbenlehre« zu redigieren und drucken zu lassen, bin in der Geschichte bis zu Ende des 17. Jahrhunderts und im Ganzen bald am 60. Bogen. Es sieht wunderlich aus, wenn eine so große Masse eigenen und fremden Lebens auf dem Papier steht und doch immer nicht nach was Rechts aussehen will. Das Geschriebene wie das Getane schrumpft zusammen und wird immer erst wieder was, wenn es aufs neue ins Leben aufgenommen, wieder empfunden, gedacht und gehandelt wird.

Herr Hirt hat mir sein großes Werk über die Baukunst geschickt. Ich habe mich höchlich gefreut, ein so bedeutendes überzwanzigjähriges Unternehmen endlich noch glücken zu sehen.

Leben Sie recht wohl und gedenken Sie mein.

Jena, den 1. Juni 1809. G.

134. *An Goethe*

Berlin, 12. Junius 1809.

Anbei sende ich das mir übersandte Gedicht mit meinen Noten aufgestellt, wie es hat werden wollen. Das Gedicht ist etwas spreißig gegen eine Balladenform, wie Sie wohl aus den vielen Noten ersehn werden; doch wird es sich wohl singen lassen. Ich dächte, Sie sendeten es an Cotta, der bessere Mittel, zum Exempel das »Morgenblatt« nutzen kann, um es zur Publizität zu bringen. Honorar nehme ich nicht dafür. Hier ist jetzt nicht einmal jemand dreist genug, es auf seine Gefahr zu drucken, und was von außen her zu uns kommt, hat noch immer den meisten Kredit.

Sowenig ich jetzt Gelegenheit und Ursache zum Lachen

habe, so habe ich lächeln müssen über Ihr aufrichtiges Geständnis. Ja, wer es jetzt nicht sieht (und deren gibt es), wie unbehülflich man sich betragen hat, der wird schwerlich sehen lernen. Am traurigsten wäre es, wenn der verfluchte Schachergeist auch dies grausame Blutspiel fruchtlos machte, wenn gar keine Auferstehung zu hoffen wäre, bis der letzte Trieb kindischer Lust an Tand und Lappenwerk durch Menschenmark gebüßt wäre. Es ist ein Gräuel, die ruhigsten Lebensmomente durch einen Blick in dies Chaos getrübt zu sehn.

Eberwein freut sich über seinen verlängerten Urlaub, so wie ich. Er ist jetzt im Zuge, und diesmal sollen Sie ihn etwas schwerer zurückerhalten. Er ist vertrauter worden mit Dingen, die er sonst angestaunt hat, und sieht jetzt im Kreise der Kunst, der ihm sonst beschränkt schien, ein offnes Meer, worin man lange nach Herzenslust fischen kann. Auch sein Violinspiel hat sich verbessert und steigt nach und nach von dem trübseligen Leiern und Wimmern zum heitrern Leben auf. Er wohnt allen meinen Singlektionen auf der Akademie täglich bei und wird Ihnen gute Schüler ziehn, wenn er so dabeibleibt und sich nicht vom Fundo entfernt. Um ihn nicht durch Empfindsamkeit zu zerstreun, habe ich die Ballade selber in Musik gesetzt.

Wir haben hier ein neues Trauerspiel: »Ubaldo«, von Kotzebue. Eine ungefähre, aber unglückliche Nachgeburt der »Emilia Galotti«. Lessings Prinz, Marinelli und Odoardo, seine Claudia und Emilia sind mit oder ohne Willen nachgeäfft. Das Traurige darin ist ein alter Feldherr und Erzieher des jungen Königes (ein rechter Tugenddrache), der am Ende des letzten Akts sich ohne Not ersticht, nachdem der Regent seinen Fehler längst eingesehn. Alles, was dahin führt, ist gemein, gezogen und läppisch, und der heroische Atem des ganzen wüsten Treibens im Stücke kommt mir so verkehrt vor, als wenn einer sich mit dem Hacken die Augen auswischen wollte.

Über Ihre Tätigkeit bin ich sehr erfreut. Das soll einmal wieder ein Schmausen geben, das uns die Götter beneiden sollen.

Meine kleine Geschichte habe ich bis zu meiner ersten Verheuratung gebracht, und nun wird sie wohl ein Weilchen liegen können. Ihnen werden diese Kindereien Vergnügen machen, wenn ich Ihnen einmal etwas davon vorlesen kann. Es macht mir vielen Spaß, jetzt darinne zu blättern und einzuschieben, und endlich wird das Ding ein Roman werden müssen, um wahr zu scheinen.

Den 10. Julius. Aus der Zeitung werden Sie gesehn haben, daß ich Professor der Musik bei der Akademie der Künste geworden bin. Das Gewerbe hatte ich schon so gut als niedergelegt, und nun wäre ich in meinem Elemente und will sehn, was uns noch in unsern Jahren und Zeiten wird gelingen wollen. Hoffentlich wird unser Unglück uns den Nutzen bringen, uns die teuren fremden Schmarotzer mit ihren Geschmäcken zu vertreiben.

Den 14. Soeben reise ich nach Königsberg, und Sie erhalten – Ihre Ballade noch nicht und diesen Brief allein. Die Komposition ist zwar fertig, allein ich will sie Ihnen erst nach meiner Zurückkunft senden, weil ich allerlei daran zu verbessern gedenke. Ich habe nicht vergessen, was Sie mir einst von *dramatischen* Balladen schrieben; diese Idee ist hier einigermaßen zum Grunde gelegt, und seit der Ausführung derselben ist sie mir gerade durch die Ausführung reifer geworden. Gut Werk will auch Hände haben, und erst seit mir das Ding vor Augen steht, sehe ich, wo die Spitze hingehört. Überhaupt werde ich wohl nun anfangen müssen, Architektur zu treiben; o, wer doch dreißig Jahre jünger wäre!

Leben Sie tausendmal wohl, mein göttlicher Freund! Ich wollte *Sie* überraschen, und nun führt mich's nach Norden. Meines Stadtverwaltungsamtes bin ich mit Dank entlassen.

Ich denke etwan in sechs Wochen zurückzusein. Eberwein ist hinlänglich beschäftigt, dabei setzt er einige meiner Lektionen fort, und nach meiner Zurückkunft will ich sehn, wie weit er's gebracht hat. Gott befohlen! Z.

135. *An Zelter*

Herrn Professor Delbrück, der Sie in Berlin oder auf der Reise nach Königsberg oder in Königsberg selbst zu treffen hofft, gebe ich dieses Blatt an Sie mit, daß wieder nur einmal etwas von mir an Sie gelange. Für die gute Behandlung Eberweins nehmen Sie den besten Dank. Es soll mich sehr freuen, wenn er etwas Gründlich-Fruchtbares in seinem Fache zu uns bringt: denn ich bin der augenblicklichen anmaßlichen Pfuschereien in jedem Fache so satt, daß ich nicht darnach mehr zum Fenster hinaussehen mag, ja daß sogar die Deutschen in ihrem Unglück mir lächerlich vorkommen, weil sie eigentlich nur darüber verzweifeln, daß sie nicht mehr salbadern sollen.

Möchten Sie doch dergestalt unterstützt und gestärkt zurückkommen, daß dasjenige, was Sie zu leisten imstande sind, nicht ganz verloren sei und, wäre es auch nur traditionsweise, für künftige Zeiten erhalten werden!

Wo Ihnen auch mein neuer Roman begegnet, nehmen Sie ihn freundlich auf. Ich bin überzeugt, daß Sie der durchsichtige und undurchsichtige Schleier nicht verhindern wird, bis auf die eigentlich intentionierte Gestalt hineinzusehen.

Haben Sie vielen Dank, daß Sie sich der armen Najade angenommen. Ich bin sehr verlangend, Ihre Komposition zu vernehmen. Das beste Lebewohl.

Jena, den 26. August 1809. G.

136. *An Zelter*

Wenn Herr Professor Zelter wieder nach Berlin zurückgekehrt ist, so ersuche ich ihn freundlichst, mir von sich, sodann von unserm Eberwein Nachricht zu geben. Wäre er aber noch nicht zurück, so ersuche ich die Seinigen darum.

Zugleich wünschte ich, daß sie die Gefälligkeit hätten, mir einen Scheffel echte märkische Rübchen zur rechten Zeit vor dem Froste zu übersenden.

Es würde mir angenehm sein, wenn Herr Eberwein mir von seinem gegenwärtigen Zustande und seinen nächsten Wünschen und Aussichten überschriebe.

Jena, den 16. September 1809. Goethe.

Was an mich abgesendet wird, adressiert man nach Weimar.

137. *An Goethe*

Berlin, den 11. Oktober 1809.

So sende ich Ihnen denn den Eberwein gern und ungern zurücke: gern, weil ich wünsche, daß sich das, was er nun hat und weiß, auswirke, ausweite und ihm gerecht werde, welches am besten geschieht in der Entfernung von der Schule, in der Freiheit; ungern aber, weil ich ihn doch noch lieber hier behalten hätte. Er nimmt allerlei Kenntnisse vom Ganzen seiner Kunst mit, von denen er noch nicht eigentlich Besitz genommen hat, weil er das Bedürfnis derselben noch nicht gefühlt hat, die aber nach mancher Zeit erst erwachen und ihm zugute kommen, vielleicht gar ihm als ganz neue Ideen erscheinen werden. Wenn er jetzt sobald als möglich in Tätigkeit genommen wird, so wird er sich ziemlich überall helfen können, besonders wenn er muß, und was fehlt, will ich wohl nachhelfen. Ich wollte also raten, ihn ordentlich offiziell zu beschäftigen. Wenn ihm zum Exempel von der Direktion der Auftrag gegeben würde, die Zwischenakte zu einer Komödie von 3 Akten nebst einer gehörigen Ouvertüre anzufertigen (jedoch in bestimmter, nicht zu langer Zeit), so würde ihn das gehörig ermuntern, und wäre ihm endlich etwas geraten, so könnte man ihn nachher durch eine kleine Gratifikation erheben. Es gehört eine offne weite Quelle von Genie dazu für einen Künstler, sich ganz selber zu beschäftigen und sich selber seine Wege zu weisen: so ergiebig ist sein Talent nicht, aber er scheint mir der Mann zu werden, der macht, was man eben braucht, und solcher Leute muß es auch geben, besonders bei einem stehenden Orchester.

Seit den letzten Tagen des vorigen Monats bin ich von Königsberg hierher zurückgekommen. Ich habe mich daselbst über 6 Wochen aufhalten müssen und bin wohl aufgenommen gewesen. Was aus uns wird, wissen wir immer noch nicht und leben so von einem Tag zum andern, indem wir uns zum Teil mit Hoffnungen schmeicheln, die sich gegen das öffentliche Verhalten sonderbar genug ausnehmen.

Den Herrn Professor Delbrück habe ich verfehlt, sowohl in Königsberg als in Danzig, wo ich ihn zu treffen hoffte, und ich habe daher Ihren lieben Brief vom 26. August aus Jena – am 1. Oktober hier in Berlin (wahrscheinlich von Königsberg zurück) erhalten, ohne zu wissen, wer ihn mir gebracht hat.

Von Ihrem neuen Roman ist mir noch nichts begegnet. Was ich im Cotta'schen »Taschenbuche« finde, ist eine Fortsetzung des »Wilhelm Meister«; wie aber ist es mit jenem Roman? der mir überall willkommen sein wird. Sobald Sie ein Exemplar haben, bitte ich mir ja eins zu senden, denn unsere Buchhändler sind die säumigsten Menschen von der Welt; ich habe überall nachgefragt und noch nichts erhalten können als das Cotta'sche »Taschenbuch«. Ihre Najade wartet auf eine gute Stunde, um vom Stapel zu laufen; über die Königsberger Reise hat sich allerlei verschoben, dessen Fäden ich nach und nach erst wieder aufnehmen und anknüpfen kann.

Ihre märkische Rüben sollen bei guter Zeit abgehn und bei Ihnen ankommen; es ist alles gehörig bestellt.

Sie haben zu meinem Besten ein gutes Wort in ein gutes Ohr gelegt, das hat mir Herr v. Humboldt in Königsberg gesagt. Ich bin Professor der Musik geworden, weiß aber bei der Zerrüttung des ganzen Wesens noch nicht, wo ich mein Maß zuerst anlegen soll. Die Sache mit der Universität ist in Ordnung, bis auf die Ausführung, welche, wie es scheint, von der Anherokunft des Königs abhängig ist. Ich soll salariert werden, das versteht sich; wie? und ob ich mir nicht mein Brot werde nebenher verdienen und das Beste umsonst tun solle, muß die Zeit lehren. Ich kenne das Wesen und bin durchaus nicht imstande, mich anzudrängen. Zu tun ist genug, ob aber gerade das Rechte wird geschehn sollen, daran zweifele ich, wie ich die Sachen und die Leute kenne. Unterdessen gehe ich meinen alten Weg fort, es mag werden, was da kann. Es ist gar nicht viel verloren außer dem, was wir gar nicht gekannt und nicht gehabt haben, als daß ich große Hoffnungen unterhalten sollte; denn so, wie Sie in Ihrem Briefe sagen, so ist's wirklich: sie sind bloß darüber in Verzweifelung, daß sie das alte Sünderleben nicht mehr führen sollen, und jeder hält nur für Recht, was *ihm* recht ist.

Den 23. Oktober. Ich habe eine Reise machen müssen, weshalb dieser Brief liegen geblieben und Eberwein ohne Abschied von mir abgereiset ist. Ihre Rüben gehen mit der nächsten Post nach Weimar und werden daher künftige Woche ankommen.

Ein Musikus aus der Königlichen Kapelle, namens Schneider, der sich nicht länger hier durchbringen kann, macht mit seiner Frau eine musikalische Reise und wird über Weimar gehn. Er hat mich um einen Brief an Sie gebeten, um Ihr Angesicht zu sehn, den ich ihm jedoch nicht gegeben habe, weil ich wußte, daß Sie nicht in Weimar sind. Er ist ein geschickter Waldhornist und hat eine große Menge artiger Stücke komponiert, worunter auch eine deutsche kleine Oper ist. Er hat sich recht gefällig gegen Eberwein bewiesen, wie er denn überhaupt unter seinesgleichen ein wahrer Phönix ist. Da er keinen Brief hat, wird er sich persönlich bei Ihnen melden. Wollen Sie ihn sehn und allenfalls Ihre Genehmigung geben, daß ihn das weimarische Orchester unterstütze, im Fall er ein Konzert geben wollte, oder gar ihm behülflich sein, seine kleine Oper auf Ihrem Theater hören zu lassen, so werden Sie ihn gewiß beglücken. Sein hübsches Frauchen ist eine meiner Schülerinnen und hat eine schöne Stimme, aber sie ist sehr furchtsam und ohne Routine.

Freitag und Sonntag ist hier kurz nacheinander plötzlich Ihr »Götz von Berlichingen« auf dem Theater erschienen. Ich habe ihn beide Male gesehn. Das Haus war beide Male zum Brechen voll, welches jetzt sehr selten ist. Außer den Rollen der Adelheid, des Weislingen, Lerse, Götz und Franz ist das Stück schlecht besetzt und verzieht sich und schleppt dadurch, daß die Volksgruppen ohne lebendige Bewegung erscheinen; dessenungeachtet ist es wie ein alter Freund empfangen worden, und die Derbheiten des Götz haben lauten Beifall erhalten.

Geheimer Rat Wolf ist bedeutend krank. Er hat den vergangenen Sommer das kalte Fieber gehabt, welches mehrere Male wiedergekommen ist. Er sieht schlecht aus, und mir ist bange für ihn.

Die rückständigen Komödienzettel habe ich in das Rübenfaß einpacken lassen; ich hoffe nicht, daß man sie als Ballast wegwerfen werde. Ihr Zelter.

138. *An Goethe*

Berlin, 27. Oktober 1809.

Es gibt gewisse Sinfonieen von Haydn, die durch ihren losen liberalen Gang mein Blut in behagliche Bewegung bringen und den freien Teilen meines Körpers die Neigung und Richtung geben, wohltätig nach außen zu wirken. Meine Finger werden dann weicher und länger, meine Augen möchten etwas ersehn, das noch kein Blick berührt hat, die Lippen öffnen sich, mein Inneres will hinaus ins Freie.

So geht mir's, wenn ich Ihre Romane lese, und so ist mir's geworden, wie ich heute Ihre »Wahlverwandtschaften« las. Das mutwillige geheimnisvolle Spiel mit den Dingen der Welt und den Figuren, die darinne angestellt und geleitet werden, kann Ihnen niemals mißlingen, mag auch zwischendurchlaufen, was Platz hat oder sich Platz macht.

Dazu eignet sich endlich noch eine Schreibart, welche wie das klare Element beschaffen ist, dessen flinke Bewohner durcheinander schwimmen, blinkend oder dunkelnd auf- und abfahren, ohne sich zu verirren oder zu verlieren.

Man könnte zum Poeten werden über eine solche Prosa, und ich möchte des Teufels werden, daß ich keine solche Zeile schreiben kann.

Der Titel Ihres Romans macht eine ganz besondere Sensation auch unter Ihren Freunden. Manche können gar nicht darüber wegkommen, daß ihnen alles Urteil wie abgeschnitten ist; sie möchten doch gerne ihre Meinung sagen und können eigentlich zu keiner gelangen. Einigen habe ich sogar darüber Rede stehn sollen, besonders soll der Titel erklärt werden: wie? warum? woher? wohin?

Da steh' ich denn wie ein armer Sünder, indem man mir die Ehre antut, mich für einen zu halten, der um Ihre Geheimnisse weiß.

Sie aber wissen, und Gott weiß es auch, daß ich nichts

weiß und, so wahr als ich Sie beide liebe, nichts verraten werde.

Ihre Rübchen sind hoffentlich angekommen, und so leben Sie wohl und lassen Sie nicht ohne ein Zeichen von Ihnen

Ihren

Zelter.

139. *An Zelter*

Statt eines sehr mannigfachen Dankes sende ich Ihnen heute nur einen freundlichen Gruß durch einen Abreisenden, durch Herrn Lortzing, einen Bruder unseres Schauspielers. Ich bin Ihnen mit meinen Gedanken und Wünschen nach Königsberg gefolgt, die sich freilich nur immer auf Ihr eigenes Wohl beziehen konnten. Die Narren von Deutschen schreien noch immer gegen den Egoismus, und wollte Gott, man hätte seit langer Zeit für sich und die Seinigen redlich und dann für die Nächsten und immer wieder Nächsten redlich gesorgt, so sähe vielleicht alles anders aus. Jetzt wollen wir uns nicht irremachen lassen und im alten Wesen verharren.

Ich wenigstens treibe mein Wesen noch immer in Weimar und Jena, ein paar Örtchen, die Gott immer noch erhalten hat, ob sie gleich die edlen Preußen auf mehr als eine Weise vorlängst gerne zerstört hätten. Haben Sie tausend Dank, daß Sie uns wieder zur Auferbauung einen hübschen Mann, soweit es gehen wollte, gebildet und als einen fördernden Mitbürger zurückgeschickt haben.

Ob ich gleich wenig vom Detail weiß, so sehe ich doch auch, nach meiner Art, in Ihr Ganzes hinein, das heißt: Ihres Staats und seiner Aussichten und Hoffnungen, und da wünschte ich denn freilich einen so edlen teuren Freund nach so manchen Prüfungen wenigstens mit bessern Aussichten beglückt. Wäre mir Ihr Tätigkeitskreis, wäre mir ganz deutlich, was Sie tun und leisten, so könnte ich auch über Ihre Zustände beruhigter sein: denn in der Ferne sieht man gewöhnlich nur, was fehlt und abgeht; die Hoffnung wie die Furcht sind zwei leere Wesen.

Mit diesen wenigen Worten erhalten Sie meinen Roman. Tun Sie, als wenn der größte Teil Ihnen zugeschrieben wäre, und verzeihen mir mein übriges Schweigen und Stocken. Es wird beinahe jetzt unmöglich, mit dem Einzelnen von einzelnen Dingen zu sprechen; faßt man aber breitere Verhältnisse ins Auge, so mag man wohl noch manches darstellend aussprechen.

Heute nicht mehr! Die Rübchen sind glücklich angekommen. Der Dank dafür soll bei jeder frischen Schüssel erneuert werden.

Weimar, den 30. Oktober 1809. G.

140. *An Zelter*

Wann und was ich Ihnen zuletzt geschrieben, weiß ich wahrlich nicht mehr: denn die Tage versehen bei mir den köstlichen Dienst des Schwammes, daß sie das Nächstvergangene unmittelbar vor der Erinnerung auslöschen. Im Gefühl bleibt mir alles, und das sagt mir, daß ich Ihnen mancherlei schuldig bin. Indem ich mir nun das wieder vors Gedächtnis hervorrufe, so erscheinen mir zuerst die kostbaren Rübchen, welche zu vergessen mir auch schwer werden würde, weil sie, ehe ich mich's versehe, wieder einmal ganz köstlich auf dem Tische stehen. Donnerstags und Sonntags zunächst läßt uns Eberwein gar manches hören, was er mitgebracht und was er uns nur in Kraft Ihrer Sendung und Salbung mitteilen kann. Die Schiller'schen Sachen sind ganz vortrefflich gefaßt. Die Komposition suppliert sie, wie eigentlich das Lied durch jede Komposition erst vollständig werden soll. Hier ist es aber ganz was Eignes. Der denkende oder gedachte Enthusiasmus wird nun erst in das freie und liebliche Element der Sinnlichkeit aufgehoben oder vielmehr aufgeschmolzen. Man denkt und fühlt und wird mit hingerissen.

Daß die scherzhaften Sachen ihren Effekt nicht verfehlen, können Sie gleichfalls denken, da ich zu diesen Dingen mehr Neigung habe und am Ende sich's jeder gefallen läßt, froh zu sein oder zu werden.

Eberwein nimmt sich recht gut. Er ist durch Ihre Hülfe in allem weiter gekommen als die, die er in der kleinen Anstalt zu dirigieren hat, und arbeitet sich, soviel ich in einer Sache urteilen kann, die ich gar nicht verstehe, ganz gut heraus. Der Vorrat unsers kleinen musikalischen Archivs ist für unsere Zwecke auch schon ganz ansehnlich, und so schwach das alles ist gegen das, was Sie getan und tun, so ist es doch immer etwas. Wie schätzen wir nicht einen Kupferstich von einem Gemälde, das wir nicht sehen können!

Diese Wintermonate bin ich fleißig, so gut es gehen will, um das Farbenwesen loszuwerden; alsdann will ich aber auch selbst dem Regenbogen den Rücken kehren, welcher durch diese boshafte Attitüde auf alle Fälle für mein Ich vernichtend wird. Wie sich der Frühling nur spüren läßt, gehe ich nach Karlsbad, um wo möglich nach meiner alten Weise dort zu leben.

Sagen Sie mir gelegentlich etwas von sich und schicken Sie mir irgend etwas, mich zu erfreuen. Wir haben zwar des Alten, Unerforschten sehr viel, aber das neue Nächste hat doch den größten Reiz.

Weimar, den 21. Dezember 1809. G.

1810

141. *An Zelter*

Herr v. Humboldt, der mich durch seinen Besuch auf das angenehmste überrascht, nimmt diesen Brief an Sie mit. Er sollte eigentlich nur einen Dankhymnus enthalten für alles das Gute, was Sie uns in und durch Eberwein gesendet. Es entfaltet sich nur erst nach und nach, und ich genieße recht glückliche Stunden in dem Abglanz Ihrer Werke, der freilich einigermaßen gedämpft zu mir gelangt. »Die Gunst des Augenblicks«, »Herr Urian« und so manches andere erhebt und erfreut uns jedes in seiner Art; ich wüßte nicht, wo ich das Kernhafte mit dem Gefälligen so verbunden angetroffen hätte als in Ihren Arbeiten.

Herr v. Humboldt überraschte mich sehr angenehm. Könnte ich doch ein Gleiches auch von Ihnen wieder hoffen! Doch sind Sie jetzt bei sich beschäftigt genug, um Ihre guten Herrscher würdig zu empfangen und die so lang ersehnten Einflüsse wieder zu genießen.

Sagen Sie mir etwas von Zeit zu Zeit; ich habe bis Ostern noch ein schweres Pensum vor mir. Vergessen Sie ja »Johanna Sebus« nicht und lassen solche nicht wieder untertauchen, da Sie ihr einmal hülfreiche Hand gereicht haben. Tausend Lebewohl.

Weimar, den 4. Januar 1810. Goethe.

142. *An Goethe*

Berlin, 30. Dezember 1809.

Ihr lieber Brief vom 21. Dezember ist mir ein köstlicher Beschluß des alten Jahres, und um mir die letzten Stunden desselben aufs würdigste zu verlängern, beantworte ich ihn noch heute, indem ich mir so am meisten gefalle, wie ich Ihnen gefalle.

Da nicht leicht ein Tag vergeht, an dem nicht Ihrer unendlich gedacht würde, so entsteht dann auch von Zeit zu Zeit manches, das Ihnen seine Entstehung verdankt; so erhalten Sie mit diesem Briefe eins Ihrer Gedichte, das sich lange genug in mir umgedreht hat, womit Sie nun vorlieb nehmen müssen, wie es hat werden wollen.

Was den Ton und Geist gesellschaftlicher Lieder anlangt, bin ich vollkommen Ihrer Meinung. Auch mir sind die heitern leichten Gesänge am meisten bekommend, und Geheimer Rat Wolf behauptete letzthin, durch die fröhlichen Gesänge der Liedertafel von seiner schweren Krankheit erst völlig genesen zu sein. Fast hätte ich aber auch Lust, die deutschen Poeten bei Ihnen zu verklagen, die sich in ihren Liedern gar zu ernsthaft ausgeben, und ich dächte, Sie redeten die guten Leute einmal fröhlich an, sich nicht gar zu pensiv und finster vernehmen zu lassen; man müßte ja wohl des Wimmerns und Ächzens im gemeinen Leben sich voll ersättigen können.

Daß sich Eberwein gut nimmt, freut mich ungemein; denn er muß sehr fleißig sein und das gerade jetzt, wenn ihm sein Aufenthalt in Berlin nützlich werden soll. Ein Talent muß durchaus entwickelt werden, und das kann nur durch unaufhörliche Tätigkeit geschehen.

Hier wird jetzt der »Macbeth« nach Schillers Übersetzung gegeben, so gut er kann besetzt werden. Madame Bethmann spielt die Lady Macbeth sehr schön. Sie hatte Streit mit einer

Faktion des Publikums, der sich endlich glücklich beigelegt hat. Sie sieht mit Sehnsucht einer Antwort entgegen auf einem Briefe, den sie an Sie will geschrieben haben. Dann haben wir endlich nach langem Harren die »Iphigenia in Aulis« mit Glucks Musik soeben aufs Theater bekommen; doch bezeigt das Publikum keine große Zufriedenheit, weil wir nicht so glücklich sind, die beiden weiblichen Rollen würdig genug besetzen zu können.

Den 24. Januar 1810. Herr v. Humboldt schickt mir Ihren Brief vom 4. dieses mit der Post zu, als ein Zeichen, daß er länger abwesend sein werde, als er gewollt hat. Ich bin ganz unendlich erfreut, von Ihnen meine Lieder gelobt zu sehen. Der »Herr Urian« tut auch bei uns eine fröhliche Wirkung und wird fast bei jeder Tafel gesungen. Das anbei erfolgende Lied gehört zu den pathetischen und wird die Sänger nicht abschrecken, wenn es nicht gleich vollkommen sich darstellen sollte. Eberwein wird sorgen, daß es nach der rechten Art mit offnem Munde und freier Zunge vorgetragen werde.

Vor acht Jahren habe ich Ihnen die Komposition: »Der Müllerin Reue« in Weimar gelassen, ohne eine Abschrift zu behalten; ich erinnere mich dieser Komposition nur noch insofern, als sie gelungen schien und Ihnen gefiel. Könnten Sie dies Stück wohl wieder auffinden und mir eine Abschrift senden? ich will denn doch einmal zusammensuchen und -halten, was ich zu erhalten wünsche. Man denkt in der Fülle der Kraft und dem frischen Triebe nur des Schaffens und Gestaltens. Was Ihnen gefiel, will ich in Liebe bewahren, und sei es das Kleinste:

»Macht die Liebe, die Kunst jegliches Kleine doch groß.
Wen der Dichter aber gerühmt, der wandelt gestaltet,
Einzeln, gesellet dem Chor aller Heroen sich zu.«

In der »Johanna Sebus« habe ich versucht, was Sie mir einst von einer dramatischen Form der Romanzen schrieben. Die Komposition ist entworfen und geendigt, aber nicht vollendet, und seit meiner Königsberger Reise habe ich keine ruhige Stunde finden können, daran zu kommen. Geht man auch jedesmal von sich selbst, aus dem nämlichen Punkte aus, so führt Leben und Kunst immer wieder auf neuen Radien in neue Formen, und es ist schwer, den Zufall gleichsam aufzusuchen, um wieder von vorn her hineinzukommen. Erinnern Sie nur von Zeit zu Zeit, Ihre Erinnerung ist mir wie die neue Sonne des neuen Tages. Ich schwelge in dem Gefühl Ihrer Liebe und kann nicht satt werden. Davon lebe ich und werde fett davon. Gott schenke Ihnen nur Gesundheit und Lust, ich will schon leben, solange ein Stück an mir gut ist.

Den 26. Januar. Heut habe ich Herrn v. Humboldt auf einen Augenblick wieder gesprochen, der diesen Morgen hier angekommen ist. Er ist sehnlich erwartet worden, da er uns gerade in einer notwendigen Zeit fehlte; auch ich bin froh, daß er hier ist.

Z.

142 a. *An Zelter*

Der Meister

Frisch! der Wein soll reichlich fließen,
Nichts Verdrießlichs weh' uns an!
Sage, willst du mitgenießen?
Hast du deine Pflicht getan?

Einer

Zwei recht gute junge Leute
Liebten sich nur gar zu sehr;

Gestern zärtlich, wütend heute,
Morgen wär' es noch viel mehr.
Senkte hier Sie das Genicke,
Dort zerrauft' Er sich das Haar;
Alles bracht' ich ins Geschicke,
Und sie sind ein glücklich Paar.

Chor

Sollst uns nicht nach Weine lechzen!
Gleich das volle Glas heran!
Denn das Ächzen und das Krächzen
Hast du heut schon abgetan.

Ein anderer

Warum weinst du, junge Waise?
»Gott! ich wünschte mir das Grab!
Denn mein Vormund, leise, leise,
Bringt mich an den Bettelstab.«
Und ich kannte das Gelichter,
Zog den Schächer vor Gericht.
Streng' und brav sind unsre Richter,
Und das Mädchen bettelt nicht.

Chor

Sollst uns nicht nach Weine lechzen!
Gleich das volle Glas heran!
Denn das Ächzen und das Krächzen
Hast du heut schon abgetan.

Ein dritter

Einem armen kleinen Kegel,
Der sich nicht besonders regt,
Hatt' ein ungeheurer Flegel
Heute grob sich aufgelegt.

Und ich fühlte mich ein Mannsen,
Ich gedachte meiner Pflicht,
Und ich hieb dem langen Hansen
Gleich die Schmarre durchs Gesicht.

Chor

Sollst uns nicht nach Weine lechzen!
Gleich das volle Glas heran!
Denn das Ächzen und das Krächzen
Hast du heut schon abgetan.

Ein vierter

Wenig hab' ich nur zu sagen,
Denn ich habe nichts getan;
Ohne Sorgen, ohne Plagen
Nahm ich mich der Wirtschaft an.
Doch ich habe nichts vergessen,
Ich gedachte meiner Pflicht:
Alle wollten sie zu essen,
Und am Essen fehlt' es nicht.

Chor

Sollst uns nicht nach Weine lechzen!
Gleich das volle Glas heran!
Denn das Ächzen und das Krächzen
Hast du heut schon abgetan.

Ein fünfter

Einer wollte mich erneuen,
Macht' es schlecht, verzeih' mir Gott!
Achzelzucken, Kümmereien!
Und er hieß ein Patriot.
Ich verfluchte das Gewäsche,
Rannte meinen alten Lauf.

Narre! wenn es brennt, so lösche,
Hat's gebrannt, bau wieder auf!

Chor

Sollst uns nicht nach Weine lechzen!
Gleich das volle Glas heran!
Denn das Ächzen und das Krächzen
Hast du heut schon abgetan.

Der Meister

Jeder möge so verkünden,
Was ihm heute wohlgelang!
Das ist erst das rechte Zünden,
Daß entbrenne der Gesang.
Keinen Druckser hier zu leiden,
Sei ein ewiges Mandat.
Nur die Lumpen sind bescheiden,
Brave freuen sich der Tat.

Chor

Keiner soll nach Weine lechzen!
Schnell das volle Glas heran!
Denn das Ächzen und das Krächzen
Haben wir nun abgetan.

Drei Stimmen

Heiter trete jeder Sänger
Hochwillkommen in den Saal:
Denn nur mit dem Grillenfänger
Halten wir's nicht liberal;
Fürchten hinter diesen Launen,
Diesem ausstaffierten Schmerz,
Diesen trüben Augenbraunen
Leerheit oder schlechtes Herz.

Chor

Niemand soll nach Weine lechzen,
Doch kein Dichter soll heran,
Der das Ächzen und das Krächzen
Nicht zuvor hat abgetan!

143. *An Goethe*

Berlin, 17. Februar 1810.

Hier, mein göttlicher Freund, ist meine, unsere »Johanna«! der ich um alles kein Leid habe tun wollen.

So gehe hin, treue Seele, zu deinem Vater! Und wenn er dich wiedererkannt hat, wenn er dich sieht im Kampfe mit wilden Fluten, hört im Brausen der Woge dein Gebot: »Sie sollen, sie müssen gerettet sein!«, im Herzen gewiß ward deiner Verklärung und Erhebung zu den Unsterblichen – dann sage, wer dich sendet und mit dir ist.

Herrn Eberwein bitte ich, außer dem Fortepiano, die andern Instrumente nicht eher dazuzunehmen, bis der Singchor (der nicht über neun Personen stark sein darf) ordentlich von dannen geht. Die Sänger müssen *gleichmäßig* vokalisieren, das heißt: wenn zwei oder mehr Personen den Vokal a zusammen singen und der eine singt a und der andere o, so wird der Ausdruck verworren; sie müssen daher alle den einen Vokal gleichmäßig *betonen*:

»Der Damm zerreißt,
Der Damm zerschmilzt,
Der Damm verschwindet,
Der Damm verschwand.«

Geschieht dies ordentlich, so wird auch die Komposition das Ihrige leisten, sie ist darauf berechnet.

Dann bitte ich, die Musik nicht aus den Händen zu lassen, indem ich sie bereits nach Leipzig zum Drucke gesendet habe. Sie soll auf Ostern herauskommen. Sie kann ja wohl in Ihrem Hause ausgeschrieben werden.

Welche Freude mir Ihr am 14. dieses erhaltenes Gedicht für meine Liedertafel gemacht hat, kann ich mit keinen Worten sagen. Ich habe es schon in Musik gesetzt. Das nächste Mal, den 10. März, auf dem Geburtstag der Königin, soll es aufgeführt werden, und dann sollen Sie es sogleich erhalten.

»Und kein Dichter soll heran,
Der das Ächzen und das Krächzen
Nicht zuvor hat abgetan!«

Das sollen sie mir wie Tabak schnupfen und wie Senf aufs Essen kriegen, und von guten Früchten, die es tragen wird, sollen Sie, mein Freund, Ihren würdigen Anteil bekommen. Denn ein paar wackre Bursche sind unter uns, die Lust haben an guter Lehre. Ihre »Generalbeichte« wird unter uns mit einer Bußfertigkeit gesungen, woraus der alleinseligmachende Glaube klar wie eine Hippokrene hervorspringt. Der Großkanzler Beyme hat sich letzthin so mächtig daran erfreut, daß er mir sechs Flaschen Johannisberger am folgenden Tage sandte, die ich auf Ihre Gesundheit verzehre. Das, denke ich, soll auch helfen.

Wir haben den Gebrauch, die Liedertexte, welche an festlichen Tagen an der Liedertafel gesungen werden, drucken zu lassen. Da ich Ihr Lied als unser Eigentum ansehe, so lasse ich es mit abdrucken, wenn Sie es nicht expreß verbieten. Wollen Sie also, daß es *nicht* gedruckt werde, so bitte ich, es mich noch in diesem Monate wissen zu lassen.

Ich weiß nicht, ob Eberwein das »Trommellied« von Voß Ihnen mitgebracht hat und ob Sie es schon kennen. Es ist von durchschlagender Fröhlichkeit, aber in der Partitur ist ein fataler Schreibfehler: die letzte Note der Melodie muß nämlich in allen Stimmen *nicht* eine halbe Taktnote mit einer Fermate sein, sondern eine kurz abschlagende *Viertelnote*, und auf dieser Viertelnote muß der letzte Trommelschlag fallen. Ich bitte Herrn Eberwein, diesen Umstand in seinem Manuskripte herzustellen, und die Sänger müssen sich üben, diesen letzten Schlag auf ein Haar abzupassen.

Den 21. Februar. Da wir einmal im Gange sind, schicke ich Ihnen die Musik zu Ihrem Gedichte sogleich mit, ehe ich sie gehört habe. Sollte ich daran etwas zu verbessern finden, so kann's nachgeschehn. Wollen Sie nicht eine Überschrift dazu geben? einen Namen muß es doch haben. Die Post will fort. Gott befohlen!

Z.

144. *An Goethe*

Berlin, 25. Februar 1810. In dem Manuskript der »Johanna Sebus«, welches jetzt wohl in Ihren Händen sein wird, entdecke ich soeben allerlei Fehler, welche ich Herrn Eberwein zur Verbesserung überantworte:

In allen 4 Wiederholungen des ersten Chors: »Der Damm p.« muß in der Tenorstimme im 8. Takte die 5. Note nicht g, sondern eine kleine Terz tiefer, e heißen.

In der 3. Wiederholung des Chors: »Der Damm verschwindet! die Welle braust!« muß im Soprane im 2. Takte die dritte Note auf dem Worte »braust« nicht h, sondern eine Quinte höher, fis heißen.

In der Paukenstimme fehlen einige Noten, deshalb lege ich das Blättchen ein.

Wenn Sie die Musik einige Male haben singen hören, wünschte ich wohl von Ihnen zu wissen: wie Ihre Idee erfüllt und ob nichts stecken geblieben ist, das Ihnen nicht herauskommt. Man hat bei einem gemeßnen Gegenstande, der sich auf ein Faktum gründet, nicht so Freiheit, wie man Mittel hat, wenn er nicht ausgetrieben und verstellt erscheinen soll, und es ist weniger schwer, die Elemente in Konflikt zu setzen, als eine gegebene Empfindung besonders anzusprechen und dominant zu erhalten.

An glücklichen Stellen fehlt es nicht, über das Ganze sollen Sie richten. Vielleicht hat die bildende Kunst hier ein noch vorteilhafteres Feld, da sie alles zugleich vors Auge stellen und in Wechselwirkung bringen kann; auch hat, wie ich höre, Bury die Szene gemalt, doch habe ich's nicht gesehn. Sei dem nun, wie ihm wolle: wir haben das Unsere getan, und

Nun, ihr Musen, genug! Vergebens strebt' ich zu schildern,
Was in dem Liede nicht singt, ihr dem Lied nicht gewährt!
Aber ihr gabt mir den dichtenden Freund, den freundlichen Dichter;
So kommt alles von euch, denn alles hab' ich von Ihm!

Zelter.

145. *An Zelter*

Die Komposition von »Johanna Sebus« habe ich zwar erst unvollkommen gehört, allein genugsam, um versichern zu können, daß sie mir ganz vortrefflich vorkommt. Ich müßte sehr weitläuftig sein, wenn ich alles sagen wollte, was mir bei dieser Gelegenheit durch den Sinn gegangen. Nur Eins will ich erwähnen: daß Sie auf eine sehr bedeutende Weise von demjenigen Gebrauch gemacht, wofür ich keinen Namen habe, das man aber Nachahmung, Malerei, und ich weiß nicht sonst wie, nennt und das bei andern sehr fehlerhaft wird und ungehörig ausartet.

Es ist eine Art Symbolik fürs Ohr, wodurch der Gegenstand, insofern er in Bewegung oder nicht in Bewegung ist, weder nachgeahmt noch gemalt, sondern in der Imagination auf eine ganz eigene und unbegreifliche Weise hervorgebracht wird, indem das Bezeichnete mit dem Bezeichnenden in fast gar keinem Verhältnisse zu stehen scheint.

Daß auf einem ganz natürlichen Wege in der Musik der Donner rollen und die Wellen brausen können, versteht sich von selbst. Wie glücklich Sie aber die Negation: »Kein Damm, kein Feld« durch den abgerissenen unterbrochnen Vortrag ausgedruckt haben, ist überraschend, so wie die Antizipation des Gefälligen vor der Stelle: »Doch Suschens Bild«.

Lassen Sie mich nicht weitergehen, weil man ja des Ganzen so wie des Einzelnen erwähnen müßte. Nächstens hoffe ich es noch einigemal zu hören und mich daran recht von Grund aus zu ergötzen; welches besser ist als Reflexion und Urteil. Ihre Korrekturen sind auch angekommen und eingeschaltet.

Was das Lied betrifft, so könnte man es »Pflicht und Frohsinn« nennen. Fahren Sie so fort und suchen Sie, daß jedesmal, so oft es gesungen wird, von irgendeinem wohlgelaunten Manne eine neue Strophe eingeschaltet oder statt einer andern gesungen wird. Noch habe ich die Melodie nicht gehört; es war diese Tage gar zu vielerlei Drang um uns her.

Leben sie nun recht wohl und senden mir das »Trommellied« von Voß, denn Eberwein hat es nicht mitgebracht. Unsere kleine Sozietät gab vor kurzem im Theater eine musikalische Unterhaltung, wo Ihr: »In Flammen nahet Gott«, sowie die »Gunst des Augenblicks« und anderes den besten Effekt machten.

Weimar, den 6. März 1810. G.

146. *An Goethe*

Berlin, 14. März 1810.

Unser Liedchen hat seine ganz hübsche Sensation gemacht, indem sich mancher innerlich daran erfreut und sich doch auch drüber ärgert: wir *sind* eigentlich nicht so schlecht; wir führen uns nur zuweilen so auf. Am Geburtstage der Königin ist es an der Liedertafel gesungen worden, und nun höre ich's schon hier und dort widertönen und kann's nicht hindern. Am meisten hat sich der Fürst Radziwill, der an dem Tage unter meinen Gästen war, daran gefreut. Dieser gibt sich nicht wenig Mühe, Ihre Verse in Musik zu setzen, und ist wirklich für einen Ausländer glücklich genug, manchmal den rechten Ton zu treffen.

Soeben kommt Ihr Brief an vom 6. dieses, den ich mit vieler Erbauung lese: es ist recht behäglich, mit dem Dichter über dem Grund und Boden eines Gedichts im Verstande zu sein. Wenn dieser den Komponisten versteht, so hat auch wohl der letztere den Dichter verstanden, und alles andere ist Machwerk, das jeder kann, der's Handwerk versteht.

Ihre Gedanken über die Komposition der »Johanna Sebus« sind mir sehr lehrreich, so wie sie pünktlich auf die Momente des Stücks treffen, wo sich die Komposition zertrennen muß, indem sie sich zum Ganzen verbinden soll. Wenn ich hier nicht gefehlt habe, so ist mir für das andere wenig bange, was seine gewiesene Wege hat.

Da der Anfang und das Ende des Gedichtes von verschiedener Empfindung sind, doch so, daß die letzte aus der erstern folgt, so bleibt die Ausfüllung des nicht zu großen Raumes zwischen den beiden Enden immer eine Aufgabe, wenn die Stationen der Veränderung und Steigerung nicht abgerissen oder matt erscheinen sollen, zu welchem Ende denn der Chorus fleißig in Anspruch genommen ist, wie Sie wohl an den Stellen: »verloren sein!« – »sind alle fern!« bemerken werden.

Möchten Sie nur geneigt sein, einmal ein größeres Werk mir anzuvertrauen, wo man sich recht gehen lassen könnte. Es wäre doch wohl schade, wenn wir einst auseinander treten müßten, ohne ein solches Stück Arbeit zur Welt zu fördern, wo eins dem andern mit gehöriger Hülfe beiginge.

Zu einer Oper und desgleichen werden Sie wohl bei dem rasenden Treiben des Musikwesens wenig Lust bezeigen. Doch es sei, was es sei: wir wollen uns finden lassen und finden. Allerdings wäre ein deutsches Sujet am gemäßesten. Aber ein »Herkules« wäre auch nicht zu verachten, und endlich nehme ich auch mit einem »Orpheus« vorlieb, der noch immer so aufgestellt werden könnte, wie er noch nicht gesehn ist.

Das »Trommellied« erfolgt anbei. Die Worte habe ich nicht durchgeschrieben, um den Brief nicht zu stark werden zu lassen. Das Gedicht steht in Vossens neuer Ausgabe vom Jahre 1802, im zweiten Bande pagina 132.

Den 19. März. Herr v. Humboldt hat mir Ihre Stanzen vom 30. Januar gesandt, woran ich mich höchlich erfreue. Ich kann nicht begreifen, wie Sie es machen, in eine so ruhige Schreibart so herrliche Gedanken zu kleiden: es ist mir immer, wenn ich Ihre Verse vor den Augen habe, als ob sich's von selber in melodische Formen schmiegte und nichts sagen, nur singen wollte –

Ein sichrer Geist erhebt es von der Erden,
Das leise Wort, es kann nicht stille stehn,
Zu klaren Tönen muß die Rede werden,
Die, wie des Herzens Takt, zum Herzen gehn.
Es zieht uns, wie der Duft die stillen Herden,
Die sich entrückt auf Balsamauen sehn;
Und wie es weicht in schön- und schönre Ferne,
So nahen wir gelockt und folgen gerne.

Den 20. März. Da Sie so vieles verzeihen müssen, so mögen Sie mir auch Ihre Verse verzeihen, wenn Sie sie auf meinen Boden verpflanzt finden, weil ich das Schöne nur so genießen kann, indem ich's mir selber verarbeite. Was soll das Schöne in der Welt, wenn es nicht schöner macht? Z.

146 a. *An Zelter*

Ergo bibamus!

Ein Spätling zum 10. März.

Hier sind wir versammelt zu löblichem Tun,
Drum, Brüderchen, ergo bibamus!
Die Gläser, sie klingen, Gespräche, sie ruhn,
Beherziget Ergo bibamus!
Das heißt noch ein altes, ein tüchtiges Wort,
Es passet zum Ersten und passet so fort,
Und schallet ein Echo vom festlichen Ort,
Ein herrliches Ergo bibamus.

Ich hatte mein freundliches Liebchen gesehn,
Da dacht' ich mir: Ergo bibamus.
Und nahte mich traulich, da ließ sie mich stehn,
Ich half mir und dachte: Bibamus.
Und wenn sie versöhnet euch herzet und küßt,
Und wenn ihr das Herzen und Küssen vermißt,
So bleibet nur, bis ihr was Besseres wißt,
Beim tröstlichen Ergo bibamus.

Mich ruft das Geschick von den Freunden hinweg;
Ihr Redlichen, ergo bibamus!
Ich scheide von hinnen mit leichtem Gepäck;
Drum doppeltes Ergo bibamus.
Und was auch der Filz von dem Leibe sich schmorgt,

So bleibt für den Heitren doch immer gesorgt,
Weil immer dem Frohen der Fröhliche borgt;
Nun, Brüderchen, ergo bibamus!

Was sollen wir sagen zum heutigen Tag?
Ich dächte, nur: Ergo bibamus.
Er ist nun einmal von besonderem Schlag;
Drum immer aufs neue: Bibamus.
Er führet die Freude durchs offene Tor,
Es glänzen die Wolken, es teilt sich der Flor,
Da leuchtet ein Bildchen, ein göttliches, vor;
Wir klingen und singen: Bibamus!

147. *An Goethe*

Berlin, 4. April 1810.

Schon seit manchen Wochen ist mir nicht, wie mir sollte. Mag es die saugende Märzluft oder sonst äußeres Einwirken sein, was mich wohl nicht krank, doch wehe und unlustig machte. Das Essen ist ohne Genuß, und das Leben, worauf ich sonst halte, wird mir fast sauer.

So hatte ich gestern mittag keinen Wein getrunken, weil ich keinen Reiz darzu spürte, und war nach dem Essen auf dem Sofa eingeschlafen. Unterdessen hatte mein verständiger Briefträger Ihr blaues Kuvert auf meine Brust gelegt, welches ich, wie mir die Augen aufgingen, freudig erkannte. Ehe ich's erbrach, ließ ich Wein geben, um mich völlig zu ermuntern. Unterdessen meine Tochter einschenkte, erbrach ich das Siegel und rief mit lauter Stimme: Ergo bibamus! Das Kind ließ vor Schreck die Flasche fallen, die ich auffing, da ward ich wieder lustig und mutig, wozu der Wein, wahrscheinlich aus Dankbarkeit für seine Rettung, das Seinige tat.

Ich ließ mir die Feder bringen, um sogleich das Gedicht in Musik zu setzen und den ersten Eindruck nicht verrinnen zu lassen. Als ich auf die Uhr sahe, war es Zeit, in die Singakademie zu gehn, nach deren Endigung die Liedertafel heute beisammen war. Es waren 40 Männer an Tafel. Ich las das Gedicht vor. Am Ende jeder Strophe riefen alle in unisono, gleichsam im Doppelchore, von selber: »Bibamus«! Sie syllabierten den langen Vokal so fürchterlich, daß die Dielen erklangen und die Decke des langen Saales sich zu heben schien. Da war die Melodie wieder da, und Sie erhalten es hier, wie es sich von selber komponiert hat. Wenn es so recht ist, habe ich keinen Anteil daran, es gehört alles Ihnen allein.

Ihr Interesse an der Liedertafel wird unausbleibliche Früchte tragen. Die kräftigen deutschen Gesänge tun immer mehr erwünschte Wirkung. Statt des hängenden matten Lebens tritt ein munterer gestärkter Sinn hervor, den keiner vorher zu zeigen wagte. Man wird schon fähiger, seine Haut zu tragen; der Schritt wird sichrer durch helle Freude. Was Längelei und Wortwesen war, wird entschlossene Tat, und die Langeweile der Freßzirkel, wo nur der Nachbar käuend mit dem Nachbar über Gewerbskrämerei, wo nicht vom Fraße selbst spricht, ist unbekannt, wo alle am Einen hängen, wo Eines für alle gedacht und gemacht ist.

Wir haben einen ansehnlichen Vorrat von Liedern, doch die besten werden nur beliebt und immerdar solche wiederholt, wo die Sache sich zu einem Ausdrucke und das Wort sich zur Tat schickt, wo nur gilt, was bestehn muß. Die Begier und Ungeduld zum Neuen und immer Neuen verliert sich immer mehr, da es am Neuen nicht fehlt: das sind lauter gute Aussichten.

Die Freude, daß Sie so bald unserer wieder gedacht, hat alles belebt. Ihre Gesundheit ist getrunken worden wie noch keine. Das »Ächzlied« ward gefordert, man sang es animierter als das vorige Mal, man verstand es heut schon mehr. Zwischen jeder Strophe ward gezecht und gerufen: »Es lebe die Pflicht!« und die letzte Strophe mit derber Entschlossenheit wiederholt.

Unter dem Treiben und Kleiben, das uns rückgängig und werkfaul macht, habe ich mir wieder eine stille Hoffnung ausgedacht, womit ich mich nun täglich wiege. Seit geraumer Zeit bin ich schon mit dem Chiragra geplagt, welches so überhandnimmt, daß ich kaum etwas ohne Schmerzen angreifen kann. Außer dem Klaviere kann ich kein einziges Instrument mehr spielen und muß fürchten, auch das Eine zu verlieren. Immer hab' ich das Töplitzer Bad loben hören, und das möchte ich wohl versuchen. Ich arbeite wie ein Fröhner, um so viel Geld zusammenzutrommeln, einige Sommermonate auf meine Pflege zu verwenden. Die Reise des vorigen Sommers gen Norden hätte ich mir lieber erspart; sie mußte, sie ist geschehn, und was soll man von geschehnen Dingen reden? Dieses Jahr soll mir's, wenn Gott will, besser werden, und was das Wasser nicht hilft, will ich meine Augen in Ihrem Anschaun baden, da ich Ihnen so auf alle Fälle näherkomme.

Den 5. April. Gestern unterbrach mich Reichardt, der eben angekommen war. So hätten wir denn wieder 4 Kapellmeister hier beisammen, und wenn der Oberkapellmeister in Süden ihre Wechsel akzeptieren wollte, möchte uns geholfen sein. Ich muß mich sehr irren, wenn er nicht sucht, was uns eben abgeht. Er tut mir vor vielen leid. Ich habe mich bald genug an seine Eigenheiten gewöhnt und bin darinne bestanden, ja ich möchte ihn nicht vermissen, wie er ist. So denken wir aber nicht alle, und er wird sehn müssen, wo er bleibt.

Darf ich Sie mit einer Bestellung beschweren, so bitte ich, daß ich sogleich Ihr Farbenwerk erhalte, als das erste Exemplar zu haben ist. Es ist empfindlich, zu warten und immer zu warten, bis die Buchhändler von der Messe zurück sind, und dann noch zu warten, bis ihre Ballen nachgeschleppt ankommen. Das Leben vergeht unter lauter Warten.

Jetzt bin ich mit meinen Osterkonzerten beschäftigt, die mir eben diesmal keine große Lust machen. Könnte ich Sie unter meinen Zuhörern wissen, so möchten die andern alle reisen, wohin sie wollen. Z.

148. *An Zelter*

Für Ihr tätiges Antworten danke ich zum allerschönsten. Leider bin ich von meinem Singchore getrennt und kann also das »Ergo bibamus« nur mit den Augen und mit dem Schlunde feiern. Schreiben Sie mir *doch zu allernächst, was eigentlich für Lieder an Ihrer Tafel am öftersten wiederholt werden*, damit ich den Geschmack Ihrer Gäste kennen lerne und erfahre, welche Art Poesie ihnen am meisten ohret. Wenn man das weiß, so kann man den Freunden allerlei Späße machen.

Verfolgen Sie den Gedanken ja, nach Töplitz zu gehen. *Ich bin überzeugt, daß es mir selbst sehr heilsam sein würde, dieses Bad nach Karlsbad zu besuchen*; aber bei meiner großen Lust, in irgendeinem Zustande, der nicht ganz verdrießlich ist, zu verharren, komme ich ohne entschiedenen Anlaß von der Eger nicht weg. Sind Sie aber in Töplitz, sagen mir, wie es da aussieht, sorgen mir für ein Quartier, so läßt sich die Reise bald machen. Doch zur Vorbereitung nur soviel. Bis Jubilate trifft mich ein Brief noch hier. Auch erhalten Sie, ehe ich weggehe, noch einen Brief und ein Exemplar der »Farbenlehre«. Wollten Sie mir alsdann nach Karlsbad poste restante schreiben, so würde ich den Brief nach meiner Ankunft erhalten und schon näher vernehmen können, inwiefern es uns gelingen dürfte, diesen Sommer zusammenzukommen. Mehr sage ich heute nicht, damit dieses Blatt nicht aufgehalten werde.

Leben Sie recht wohl und lassen recht bald von sich hören.

Jena, den 17. April 1810. G.

Machen Sie es, liebster Freund, nur möglich, nach Töplitz zu kommen; sind wir zusammen, so helf' ich nach. Wir sind zwar jetzt alle zusammen arme Teufel und wissen nicht wo aus noch ein, es findet sich aber am Ende immer noch ein Mittel. Mehr sag' ich nicht. Das herzlichste Lebewohl und die besten Wünsche zu unsrer Zusammenkunft.

149. *An Goethe*

Berlin, den 24. April 1810.

Da unsere Liedertafel sich offiziell mit Gesang beschäftigt, so muß alles gesungen werden, was von den Mitgliedern auf die Tafel gegeben wird.

Das Neueste macht jedesmal in der Regel den Anfang, und was nicht gleich gelingt oder als verstanden erscheint, können Dichter und Komponist, sooft sie es nötig finden, wiederholt verlangen. Bis daher bin ich besorgt gewesen, daß jedesmal etwas Neues auf die Tafel kam; ja wir hatten des Neuen vieles.

Der Gesang hat das Eigne, die Unterhaltung zusammen- und an einem Gegenstande festzuhalten. Daraus entsteht gar oft die Erinnerung an eine Stelle eines schon beliebten Gedichtes, welches denn dazwischen verlangt und sogleich gesungen wird. So wird ein Lied erst ordentlich ergriffen und als Beleg zum Leben genommen, welches durch das verfluchte Lesen wie ein totes Kapital im Buche steckte und stecken blieb.

Die Lieder, welche auf diese Art von selber am öftersten herantreten, sind: das »*Bundeslied*«, die »Generalbeichte«, »Herr Urian«, »Freude, schöner Götterfunken«, Vossens »Trommellied«, »Ein Musikant wollt' fröhlich sein«, aus dem 2. Teile des »Wunderhorns«, ein altes lateinisches Lied nach dem Suetonius:

»Gallias Caesar subegit,
Nicomedes Caesarem.
Ecce Caesar nunc triumphat
Qui subegit Gallias;
Nicomedes non triumphat
Qui subegit Caesarem.«

und anderes mehr. Dies letzte Stück wird in 2 Chören trefflich gesungen, und Geheimer Rat Wolf, der das Gedicht gab, scheint mit der metrischen Behandlung zufrieden. Es wird mehrenteils 6 bis 8 mal wiederholt, weil alle ihre Lust dabei haben, wie das Metrum gar wundersam einschlägt.

Wenn ich mich auf etwas freue, so ist es: Sie endlich nach 5 Jahren wieder an meinem Herzen zu sehn. Alles soll getan werden, um dies zu bewerkstelligen. Meine Osterkonzerte sind vorüber, und ich bin mehr zufrieden mit meiner Einnahme als mit dem, was geleistet worden. Ja ich könnte mich reich nennen, wenn ich nicht Schulden zu bezahlen hätte.

Ich freue mich schon auf Ihren nächsten Brief und die »Farbenlehre«. Es sollte mich wundernehmen, wenn nicht ein Musikus aus der Farbenlehre etwas lernen sollte, was er noch nicht weiß. Bis dahin lese ich noch immer die »Wahlverwandtschaften«, um den Generalbaß zu finden und auszusaugen. Gott befohlen, mein allerliebster Freund! Wissen Sie denn, daß Geheimer Rat Wolf auch nach Karlsbad will?

Den 30. April. Zelter.

150. *An Goethe*

Teplitz, den 30. Junii 1810.

Ich nehme die Gelegenheit durch Herrn Kaufmann aus Dresden, Ihnen beigehendes Portefeuille mit 6 Zeichnungen zu Ihrem »Faust« zu senden, welche ich Ihnen von seiten des Herrn Kammersekretär Nauwerck aus Ratzeburg übergeben soll. Herr Kaufmann ist der Erfinder eines Instruments, welches er Harmonichord nennt. Dieses Instrument hat viele Ähnlichkeit mit der bekannten Harmonika und zugleich etwas von der Orgel; es kommt mir jedoch weit vollkommner vor als die Harmonika, weil es sich leichter und reiner spielt. In gemeßner Entfernung, besonders am Abend, in freier Luft, muß es von unendlich schöner Wirkung sein, und ich habe daher nicht ermangeln wollen, diesen braven jungen Mann an Sie zu adressieren; man kann nichts Reineres hören als die schönen Töne dieses Instruments, und sehr wahrscheinlich wird die Harmonika, welche übel zu spielen und niemals ganz rein zu temperieren ist, dadurch verdrängt werden.

Man spricht hier, Sie würden nach Teplitz kommen, was mir unendlich angenehm sein würde, weil ich Sie auf diese Art eher sehn würde. Ich bin seit acht Tagen hier und habe meine Badekur bereits angefangen, sie wird wenigstens noch 14 Tage dauern. Kommen Sie nicht hieher, so komme ich nach Karlsbad, doch über das Wann und Wie habe ich noch keinen Beschluß gefaßt. Sollten Sie solange wie sonst im Karlsbade verharren, so gehe ich von hier erst auf Prag, und wenn meine Kasse reicht, wohl gar nach Wien und von hier zurück über Karlsbad. Daher wünschte ich nun wohl zu erfahren, ob ich Sie hier in Teplitz erwarten darf. Es ist hier sehr schwer, eine gute Wohnung zu bekommen, und im Karlsbade soll es ebenso sein; doch hoffe ich zu meiner Zeit wohl unterzukommen, da ich vorliebzunehmen weiß und keine zu große Bedürfnisse habe.

Ich habe Herrn Nauwerck zu fragen vergessen, ob er Ihnen schon bekannt ist. Die Zeichnungen soll ich nach Berlin wieder zurückbringen und bis dahin in Ihre Verwahrung geben. Von den neuesten Veränderungen bei uns werden Sie unterrichtet sein. Humboldt geht als Gesandter nach Wien. Wer seine Stelle bei der Universität bekommen wird, ist mir unbekannt; es scheint fast, als wenn die ganze Sache ins gewöhnliche Nichts übergehn sollte, und dann hat uns diese Probe wieder Geld genug gekostet. Von allem Übrigen mündlich. Geheimer Rat Wolf wird Ihnen ein mehreres eher sagen können, da er unmittelbar auf Karlsbad geht.

Zelter.

151. *An Zelter*

Karlsbad, den 4. Juli 1810.

Mit vielem Vergnügen erhalte ich unmittelbare Nachricht von Ihnen. Man hatte mir schon gesagt, daß Sie sich in Töplitz befänden, und ich wartete jeden Tag auf ein näheres Wort. Vor allen Dingen also etwas über unser Wiedersehen. Meine Absicht ist, bis gegen Ende Juli hier zu bleiben und alsdann nach Teplitz zu gehen. Es hängt jedoch dieses von mancherlei Umständen ab. Wenn Sie also in der Hälfte Juli nach Prag und allenfalls nach Wien gingen, so würden Sie mich Anfang und Mitte Augusts in Töplitz treffen, wo wir noch einige Zeit zusammenbleiben müßten. Dieses jedoch näher zu bestimmen, gibt uns die Nähe der Orte Gelegenheit, da wir uns in wenig Tagen voneinander Nachricht geben können. – Körners von Dresden sind hier und bringen allerlei Neues und Gutes von Ihnen mit, auf dessen Vortrag ich mich freue, über alles aber auf unser Wiedersehen, welches für beide nicht unfruchtbar bleiben kann. Den Meister des Harmonichords will ich auf seine Einladung besuchen und ihm andre Musikfreunde zuführen. Die Zeichnungen von Herrn Nauwerck haben mir sehr viel Vergnügen gemacht; ich behalte sie einstweilen bei mir. Mehr sage ich heute nicht. Wenden Sie bald wieder ein Blatt an mich; besonders schreiben Sie mir gleich, wenn der Herzog von Weimar ankommt, den Sie zu besuchen nicht versäumen werden. Leben Sie schönstens wohl! G.

152. *An Goethe*

Teplitz, Sonntag, den 8. Juli 1810.

Geheimer Rat Wolf wird Ihnen sagen, wie ich hier lebe und mich befinde. Ich bin wie ein freigelaßner Vogel, der nicht weiß, auf welchen Baum er zuerst fliegen soll. Darüber wird aus dem Schreiben und Lesen soviel wie nichts, und das Denken gewöhne ich mir ganz ab, wie ich denn in aller Eile über die gute Gelegenheit vergessen hatte, Herrn Nauwercks Brief (der nun wohl in Ihren Händen sein wird) beizulegen.

Ich bin 14 Tage in Dresden gewesen, wo ich mich satt und matt gesehn habe an Herrlichkeiten der Natur und Kunst, denn mich können solche Dinge ordentlich angreifen.

Der Herzog von Weimar ist noch nicht hier, und ich kann nicht erfahren, wo er seine Wohnung nehmen wird; sobald er hier ist, werde ich's Ihnen schreiben.

In Absicht des gesellschaftlichen Lebens ist es etwas dürftig hier, besonders da Geheimer Rat Wolf von hinnen geht; doch habe ich gestern die nähere Bekanntschaft des Dichters Carpani gemacht, der mich von nun an durch seine Opern und geistlichen Gedichte entschädigen will.

Sie haben wohl die Güte, den inliegenden Brief an Körner zu senden, worin etwas Musikalisches befindlich ist. Ich sehne mich nach dem Augenblick Ihrer Umarmung und weiß immer noch nicht, wie ich's am besten machen soll, Sie sobald als möglich zu sehn. Dabei denke ich jetzt im Ernst an die Reise nach Wien, weil ich noch nicht sehe, wie ich sie je ins Werk richten soll, wenn es jetzt nicht geschieht. Für jetzt hänge ich jedoch ganz von meiner Kur ab, da ich wohl einen ganzen Monat werde baden müssen.

Leben Sie wohl, mein angebeteter Freund, und schaffen Sie, daß wir uns bald sehn. Z.

153. *An Goethe*

Prag, den 28. Juli 1810.

Als nun des Stieres Zunge mit Dank an den Geber verzehret,
Auch des rötlichen Weines Fülle die Gurgel genetzet,
Und das gehenkelte Weinglas und die gehalsete Flasche
Und das geflochtne Körblein ihr Eingeweide geopfert,
Um dem fröhlichen Wandrer den langen Leib zu füllen,

kam ich am Sonntage den 22. hier an, als es eben noch Zeit war, ins Theater zu gehn. Zu meiner Freude sah ich mit eins meine ehemalige Schülerin, die kleine Minna Unzelmann, vor mir die angenehme Rolle der Schustersfrau (in der Oper: »Die verwandelten Weiber«) mit Glück und Beifall spielen. Sie hat wirklich in der kurzen Zeit zugenommen; sie sang rein und spielte mit Leichtigkeit. Am Ende des Stücks ward sie hervorgerufen und applaudiert. Montags ward das »Intermezzo« von Kotzebue gegeben, wovon ich eben nicht erbauet war, und Dienstags die »Schweizerfamilie«, welche mich sehr ergötzt hat. Die Musik dieser Oper ist ausnehmend artig und geistreich und hier ganz trefflich besetzt, ich möchte sagen, unübertrefflich in allen Hauptsachen. Mademoiselle Müller, Tochter des bekannten Komponisten Wenzel Müller, ist ein sehr angenehmes Nachbild der Frau v. He[y]gendorf. Angenehme Figur, leichte Bewegung, freie Sprache, Beherrschung der Stimme sind ihr natürlich. Wie sie mit diesen seltnen Mitteln nichts zu viel tut, so tut sie auch nichts Unrechtes. Gestern spielte sie den Sargin. Ich kann dieses Stück sowie die mühsame und reiche Musik nicht ausstehn. Gestern habe ich es um des Mädchens willen rein ausgehört. Man kann nichts Edleres, Wohltuenderes sehn als dies Mädchen in männlicher Tracht; Füße und Hände, Schenkel und Oberleib stehn im angenehmsten Verhältnis und bewegen sich mit unglaublicher Zierlichkeit, nur die Jugend und Weichheit der Stimme läßt ein Frauenzimmer erkennen. Ich werde mich bemühen, sie zu sprechen, und ihr meinen Beifall besonders bezeugen. Was mich dabei ganz wehmütig macht, ist, daß sich ihre Stimme nicht halten wird.

Was ich sonst hier treibe, sollen Sie aus Herrn Dr. Riemers Briefe sehn, den ich einlege. Mein liebster täglicher Spaziergang ist über die Moldaubrücke, welche weit über 1000 rheinländische Fuß lang ist, von wo sich das königliche Schloß und die ganze Höhe wie ein Tempel Salomonis ansieht. Die steinerne Brücke ist von alter guter Arbeit, mit 16 Bogen versehn, deren jeder etwa 50 Fuß Spannung und gegen 20 Fuß Höhe vom Widerlager hat. Sie könnte 10-12 Fuß breiter sein, der obern Bequemlichkeit wegen und auch dem Eisgange noch sichrer entgegenzustehn. Das Geländer ist von festem Granit glatt gearbeitet, und auf demselben stehn zwischen den Bogen kolossale Statuen und Gruppen von Heiligen und Märtyrern, deren einige eine gute Hand verraten. Am meisten zeichnet sich die Statue des Johannes v. Nepomuk aus. Sie ist von Erz und trägt sich edler und freier als gewöhnlich. An den Seiten sind zwei Basreliefs, welche sich auf den Tod des Märtyrers beziehn. Das eine stellt die Königin im Beichtstuhle vor, indem sie dem Nepomuk beichtet; im Vorgrunde steht der König, der seine Hand auf einen Hund legt und bedenklich auf denselben herabsieht. Das andere Basrelief stellt das versammelte Volk auf der Brücke vor, unter dessen Augen der Heilige durch Knechte von der Brücke gestürzt wird. Im Vorgrunde sitzt eine Frau bei einem Kinde, und beian steht ein Mann mit einem Dolche. Die Statue ist aus dem 17. Jahrhunderte; es steht die Jahrzahl 1683 darauf.

Die Moldau ist, wo die Brücke steht, am breitesten. Die nächsten Bogen an beiden Ufern sind verfüllt, ja sogar verbauet, ebenso unsinnig wie an der Brücke in Dresden. Der Meister muß ja wohl eine Absicht haben, die Brücke da zu bauen, wo der Strom am breitsten ist; aber das verstehen die Herren Dratperucken besser, und nun treibt das eingesperrte Eis gerade gegen die Mitte, wo die Brücke natürlich den schwächsten Widerstand leisten kann. Die beiden Enden der Brücke sind aufs genaueste durch tüchtige Aufsätze mit Portalen bezeichnet.

Die Trauernachricht von dem Tode meiner Königin werden Sie wohl erfahren haben. Der König wird sehr traurig sein. *Sie* hat überstanden; sie war nicht zu beneiden; sie muß entsetzlich gelitten haben, wenn sie jemals an sich gedacht hat.

Ich bin unablässig mit dem Studio des »Prometheus« beschäftigt und werde wohl nach und nach hineinkommen. Nun ist die Frage: würden sich in dem, was folgt, wohl zwei- und dreistimmige Stellen finden lassen? Wenn ich wieder in Teplitz bin, hoffe ich von vorn anzufangen und ein ziemliches Stück zu machen. Gedacht und gedichtet ist alles, nun muß aufgebaut und gestaltet werden. Einen nicht leichten Stand kriegen wir mit der Schönheit. Da sollte Amor helfen. Vielleicht läßt er sich noch einmal finden, wir wollen ihn festhalten und lieber etwas dafür von der Methode fahren lassen.

Gestern mittag bin ich beim Prälaten des Strahofer Klosters, namens Milo Griem, zu einer Fastensuppe eingeladen gewesen. So mag man schon einmal fasten. Die Bibliothek scheint mir für eine Privatbibliothek sehr bedeutend und enthält merkwürdige Manuskripte der böhmischen Geschichte. Die Kirche ist trefflich angelegt und hat das beste Orgelchor, welches ich jemals gesehn habe. An dem Bibliothekar Pater Gottfried und noch einem etwa 60jährigen Pater Oktavian habe ich ein paar Leute meines Stils gefunden. Beim Prälaten sahe ich einige tüchtige große Gemälde auf Holz von Dürer, zwei schöne Landschaften von Salvator Rosa und die treffliche »Kreuzigung« von Rubens, wo der gottlose Schächer den Fuß losgerissen hat. Es ist zuviel auf einmal, was man sieht. Die Aussicht von dieser Höhe über die ganze Stadt, den Strom, nach dem Ziskaberg zu und die Straße nach Wien hin ist über alle Sprachen hinaus. Solche Dinge muß ein Künstler zeitlebens vor sich haben. Aus der Vermählung *solcher* Gegenbilder mit dem inwohnenden Leben kann natürlich ein Drittes hervorgehn, das seiner Stelle würdig ist. Die Augen gehn mir über, indem mir dies einfällt, ich kann nicht mehr schreiben, mein ewig geliebter Freund! Leben Sie wohl!

Montag. 30. Juli. Morgen gehe ich nach Teplitz zurück. Ich habe hier genug gesehn, woran ich lange zu verdauen habe, doch nicht alles, denn die Stadt gehört zu den großen; man könnte sich ein ganzes Jahr hier beschäftigen, denn wie sich die Gegenstände im Gange der Sonne jedes Tages verändern, so werden sie auch durch die Jahreszeiten mannigfaltiger.

Von unserm Kanon habe ich schon einen spaßhaften Gebrauch gemacht: ich habe ihn einer Sängerin ins Stammbuch geschrieben, die nicht wußte, was ich damit wollte. Bei der Gelegenheit fällt mir ein, daß ich auf Ihrem Papiere den Kanon als vierstimmig überschrieben habe, wenigstens ist es mir so: er ist aber eigentlich *sechsstimmig*, und auf dem zweiten Viertel *jedes Taktes* kann eine Stimme eintreten; der Kanon kann also einstimmig, 2, 3, 4, 5 und 6 stimmig gesungen werden. Den Herrn Advokaten Johann Große, an den ich einen Brief hatte vom Grafen v. Auersperg, habe ich nicht angetroffen. Z.

154. *An Goethe*

Dresden, den 25. August 1810.

Ich bin glücklich gestern Abend hier angelangt, habe aber unglücklich meine »Pandore« bei Ihnen gelassen, welche ich sehr bitte mir baldmöglichst nach Berlin zu senden. Bis Dienstag früh bleibe ich hier, bis in alle Ewigkeit aber

Ihr

Sonnabend. Zelter.

155. *An Zelter*

Wie es mit dem Zaudern geht, so würde ich gegenwärtiges Blatt auch noch nicht an Sie richten, wenn nicht meine Frauen über das Außenbleiben der Rübchen in Verlegenheit wären und fürchteten, sie möchten bei späterer Sendung erfrieren. Ich bringe daher diese freundliche Gabe, womit Sie uns zu erquicken pflegen, in Erinnerung.

Von mir ist wenig zu sagen, als daß ich diesen Monat gewissermaßen für mein langes Außenbleiben gebüßt habe, ob ich gleich mich nicht über das, was mir begegnet, beklagen darf, vielmehr allerlei Gutes davon zu sagen wüßte. Sie sind indessen gewiß fleißiger gewesen als ich: denn alles, was mir diese Zeit her gelungen ist, sind allenfalls einige Reflexionen über das Vergangene. Sagen Sie uns bald etwas von sich. Eine vollständigere Abschrift eines Liedes, das Sie schon besitzen, liegt bei. Leben Sie recht wohl und gedenken unser.

Weimar, den 31. Oktober 1810. G.

156. *An Goethe*

Berlin, den 3. November 1810.

Nur wenige Worte zur Ankündigung der märkischen Rübchen, welche vielleicht schon in Ihrem Hause sind; denn sie sind schon am Dienstage von hier ab über Leipzig gegangen. Sie werden mich wohl wissen lassen, ob sie richtig und wohlbehalten angekommen sind.

Neben der neuen Komposition, welche ich anbei sende, empfangen Sie das »Spatzenliedchen« noch einmal, weil ich, wie ich glaube, einige Noten verändert habe; das alte werden Sie wohl vernichten. Ewig

Ihr

Zelter.

157. *An Zelter*

Die glückliche Ankunft der Rübchen an dem gestrigen Tage als dem 17. November will ich sogleich vermelden und zuvörderst für diese schöne Küchengabe in meinem und meiner Frauen Namen zum allerbesten danksagen.

Und nun sogleich hinzufügen, wieviel Freude Sie uns durch die zuletzt übersendeten Kompositionen sowohl als durch den »Diogenes« gemacht haben, welcher der Liebling unsres kleinen Publikums geworden ist. Ich hoffe, Ihre Liedertafel wird sich nicht weniger an demselben erfreut haben.

Die wöchentliche musikalische Zusammenkunft, so gering die Anstalt auch sein mag, verschafft mir doch das unschätzbare Vergnügen, das ich sonst ganz entbehren müßte, Ihre trefflichen Arbeiten wiederholt zu vernehmen und damit bekannt zu werden. »Johanne Sebus« und »Die Gunst des Augenblicks« werden heute aufgeführt, und ich freue mich schon im voraus darauf. Lassen Sie mich doch bald wissen, wie es der »Pandora« ergeht oder was Sie sonst zu bearbeiten sich vorgenommen. Der Schreiber dieses hat abermals einige Lieder und Späße ausgehoben, die Ihnen zur guten Stunde zukommen und zu eigner und fremder Freude anreizen mögen. Der »Schneider« ist ganz exzellent und erregt immer großes Wohlgefallen.

Zu Ende dieser Woche werden wir den »Achille« von Paer in italienischer Mundart hören. Brizzi ist angekommen und wird uns diesen Helden vortragen. Unsere übrigen Sänger üben teils ihr Italienisch, teils lernen sie es von vornen. Es wird aber auf alle Fälle eine hübsche Vorstellung werden.

Von mir habe ich wenig zu sagen, obgleich das schon genug ist, daß ich mich ganz wohl befinde. Ich habe aber diese Zeit her nicht das mindeste getan, was mir und andern in der Folge Vergnügen machen könnte. Jeder Tag verschlingt das bischen Tätigkeit, sowie das Gute und Üble, was er bringt.

Nun leben Sie wohl und fahren fort, uns aus der Ferne durch Wort und Werk zu ergetzen und aufzufrischen.

Weimar, den 18. November 1810. Goethe.

Noch ist hinzuzufügen, daß die Berliner Komödienzettel mit den Rübchen glücklich angelangt sind.

Ferner wollte ich anfragen: habe ich Ihnen nicht *zwei* Exemplare meiner Werke zugeschickt, eins auf Velin, das andre auf ordinär Papier? Ich habe leider diese Sendungen ein wenig unordentlich angestellt. Schreiben Sie mir, so schicke ich den dreizehnten Teil, welcher die »Wahlverwandtschaften« enthält.

Schließlich melde, daß uns ein seltsames Unternehmen bevorsteht, nämlich den »Faust« aufzuführen, wie er ist, insofern es nur einigermaßen möglich werden will. Möchten Sie uns wohl mit einiger Musik beistehen? besonders bei dem Ostergesang und dem Einschläferungslied: »Schwindet, ihr dunklen Wölbungen droben.«

Und nun ganz zum Ende die Meldung, daß Brizzi von München angekommen ist und daß wir den »Achille« von Paer Italienisch geben und also recht wie vornehme Leute tun. Wahrscheinlich wird die Aufführung Sonnabend, den 24. November sein.

1811

158. *An Goethe*

Berlin, den 16. Februar 1811.

Endlich bin ich einmal wieder auf so lange mein, um an meine Schuld gegen Sie zu denken. Ich habe zu beobachten, zu berichten und einzurichten und kann weder Anfang noch Zweck finden in dem verfluchten Musiktreiben, worin sich alles so gefällt, daß mir die Haut schauert. Das alles ließe sich tragen, wenn man die Sachen selber ruhig machen und Schritt vor Schritt gehn könnte. Aber da muß berichtet werden und ellenlang geschrieben; darüber vergeht Zeit, Lust und Mut. Seit 6 Monaten hat das Departement den dritten Chef; einer will die Dinge so haben, der andere anders, und alle wissen nicht recht, was sie wollen. Die Schlechtesten befinden sich dabei am besten. Wäre nur das verfluchte Geschreibe nicht: das bringt mich um alle Lebensfreude; denn ordentlich lesen und verstehn tut's doch keiner. Und am Ende fehlt's am Gelde, das denn doch noch an Quackeleien weggeworfen wird.

An der »Pandora« ist nun die ganze Zeit soviel als gar nichts geschehen, obwohl ich nebenher eine hübsche Anzahl Liedchen gefertiget habe, die sich als kleine Ganzen und momentane Ergießungen von selber machen. Doch werde ich, wie ich dazu komme, Ihnen senden, was von der »Pandora« fertig wird. Ich bin von 6 Uhr morgens bis 3 Uhr mühsam beschäftigt. Gegen 4 Uhr komme ich zu Hause, mein kleines Diner zu verschlingen, und dann bin ich meist so ermüdet, an ernsthafte Arbeiten nicht mehr denken zu können. Habe ich aber erst etwas mehr Gehalt, so denke ich mir wieder Pferde anzuschaffen, weil die weiten Wege mir anfangen sehr sauer zu werden. Gesund bin ich wie eine Sonne, aber mein ganzes Haus war über 2 Monate krank.

Die eigentliche Ursache aber, warum ich solange nicht geschrieben, ist: ich wollte Ihnen gleich das Verlangte für den »Faust« senden und hatte auch gleich angefangen, wie ich Ihren Brief erhalten hatte; da traten verdrießliche Dinge ein, die Sache mußte liegen bleiben und liegt noch. Sie werden sich daher die Musik anderweitig besorgen lassen müssen, ich kann's jetzt nicht machen, indem eine aneinanderhängende Zeit dazu gehört; auch müßte ich mich mündlich mit Ihnen darüber besprechen, denn die Sache ist keine Kleinigkeit, sobald sie ins Ganze passen soll: das muß man machen, alles andere kommt von den Göttern. Ihr Unternehmen ist aber so schön als kühn. Der Fürst Radziwill will in der Zeit der Aufführung bei Ihnen eintreffen.

Allerdings haben Sie mir zwei Exemplare Ihrer neuen Ausgabe geschenkt. Das auf ordinärem Papier hat mir meine Tochter abgeschwatzt, die es täglich liest und küßt. Das auf Velinpapier sahe ein Mann bei mir stehn, dem ich sagte: es sei ein Geschenk von Ihnen. Kaum hatte er das Wort gehört, so war er wie verklärt, indem er die Teile einzeln in die Hände nahm und seltsame Gebärden machte. »Ich weiß nicht, was ich täte«, sagte er, »wenn dies Exemplar das meinige wäre«; er wolle mir ein neues kaufen und binden lassen, ich solle ihm dies dafür lassen. – Nach meiner Wiederkunft von Teplitz fand ich eine Anweisung auf 600 rh. jährlichen Gehalt, wovon mir ein Quartal rückständig und eins pränumerando sogleich ausbezahlt wurde. Diese angenehme Begebenheit habe ich daher Ihnen zu danken. Nun aber kommt das Schlimme von der Sache: ich nahm meinen lieben »Goethe« und brachte ihn zum Opfer und machte damit große Freude, und nun behelfe ich mich wieder mit der alten Ausgabe und monatlich 50 rh. dazu, welche mir ganz warm sitzen. Er wollte mir sogleich ein neues Exemplar kaufen, ich sagte ihm jedoch: diese Ausgabe werde hoffentlich bald vergriffen sein und ich hoffte mich so aufzuführen, daß Sie mir bei einer neuen Auflage wieder ein Exemplar schenkten.

Das Farbenwerk lese ich mit einer Muße, die für einen solchen, als ich bin, dazu gehört, um sachte hineinzukommen. Die Schreibart ist recht für meinen Schnabel, da ich nicht ununterbrochen lesen kann, und ein kleiner Abschnitt gibt mir zu denken eine Woche lang. Die Mathematiker sind, soviel ich kenne, alle dagegen; das wehre ich ihnen nicht, und Sie werden es auch nicht tun. Einige von ihnen taten, als ob sie das Buch nicht zu lesen brauchten, da sie den Inhalt wohl wissen könnten; an diese habe ich solche Trümpfe ausgeteilt, die doch durchgeschlagen haben müssen, denn einer ließ mir durch seinen Sohn (der mein Schüler ist) diese Woche sagen: er lese nun die »Farbenlehre«. Ich ließ ihm durch den Sohn zurücksagen: es freue mich, ihn von der Anmaßung zurückekehren zu sehn, die er an andern Ehrenmännern so leicht zu entdecken verstehe. Doch solle er fleißig nachtrinken, damit ihm die Pillen nicht stecken bleiben.

Kügelgen aus Dresden hat dieser Tage an mich geschrieben. Er ist untröstlich, daß Sie ihn »Hochwohlgeborner Herr« in Ihrem Briefe genannt haben, und frägt: ob Sie mich denn auch so nennten? – Seine Schülerin Mademoiselle Bardoa hatte mich in einem Briefe »Wohlgeborner Herr Kapellmeister« getitelt. Diese Ehre habe ich ihr zurückgeschickt und noch Geld dazu für ein Bild, welches sie mir kopiert hat. Nun habe ich Kügelgen geraten, sich zu rächen und Ihnen zur Strafe für Ihren Fehler diesen vakanten »Kapellmeister« zu senden; wundern Sie sich daher nicht, wenn er Wort hält.

Hätten Sie etwa in Ihrer Antikensammlung bedeutende Dubletten, so hätte ich vielleicht Hoffnung, Ihnen einen sehr wohl konservierten antiken Stier von Bronze, von etwa 8 Zoll Länge und 4 Zoll Höhe, dagegen einzutauschen. Mir kommt das Stück (welches aus der Quintus Icilius'schen Sammlung erstanden ist) sehr bedeutend vor; für Geld will es der Besitzer aber auf keine Weise weggeben. Er ist derselbe, dem Sie die Güte gehabt haben einige Autographa zu senden: David Friedländer, ein braver Jude.

Abgegangen den 20. Februar 1811. Z.

159. *An Zelter*

Von dem berühmten ersten Sekretär der Londoner Sozietät, Oldenburg, habe ich gelesen, daß er niemals einen Brief eröffnet, als bis er Feder, Tinte und Papier vor sich gestellt, alsdann aber auch sogleich nach dem ersten Lesen seine Antwort aufgesetzt. So habe er eine ungeheure Korrespondenz mit Bequemlichkeit bestritten. Hätte ich diese Tugend nachahmen können, so würden sich nicht so viele Menschen über mein Stillschweigen zu beschweren haben. Diesmal aber erregt Ihr lieber angekommener Brief mir eine solche Lust zu antworten, indem er mir die ganze Fülle unsres Sommerlebens wieder vor die Gedanken bringt, daß wo nicht gleich beim ersten Lesen, doch wenigstens beim Erwachen des nächsten Morgens diese Zeilen an Sie gerichtet werden.

Zuvörderst also bedaure ich Sie, daß Sie schreiben müssen, da, wo Sie tun und wirken sollten. Die Geschäfte haben sich überall, besonders aber bei euch, seit langer Zeit ins Papier gezogen, und die Geschäftsleute bedenken nicht, daß »Akten«, vom lateinischen acta hergeleitet, soviel heißt als *Getanes* und daß also darin keineswegs eingeheftet werden dürfe, was man tun werde oder wolle. Wenn es mir noch manchmal Spaß macht, ein Faszikel selbst zu heften, so ist es nur im Gange einer Sache, die zu ihrem Ende hineilt.

Daß die gute »Pandora« etwas zaudern würde, wenn Sie wieder nach Hause kämen, glaubte ich vorauszusehen. Das Leben in Teplitz war zu dieser Arbeit gar zu günstig und Ihr Sinnen und Trachten darauf so anhaltend und aus dem Ganzen, daß eine Unterbrechung notwendig auch eine Pause hervorbringen mußte. Doch lassen Sie es nur gut sein; es ist schon soviel daran getan, daß das Übrige bei gelegener Zeit wohl von selbst hervortreten wird.

Daß Sie ablehnen, die Musik zum »Faust« zu komponieren, kann ich Ihnen nicht verargen. Mein Antrag war etwas leichtsinnig, wie das Unternehmen selbst. Das mag denn auch noch ein Jahr lang ruhen: denn ich habe durch die Bemühung, welche mir die Vorstellung des »Standhaften Prinzen« gemacht, ziemlich die Lust erschöpft, die man zu solchen Dingen mitbringen muß. Genanntes Stück ist freilich über alle Erwartung gut ausgefallen und hat mir und andern viel Vergnügen gemacht. Es will schon etwas heißen, ein beinahe 200 Jahr altes, für einen ganz andern Himmelsstrich, für ein Volk von ganz andern Sitten, Religion und Kultur geschriebenes Werk wieder so hervorzuzaubern, daß es wie frisch und neu einem Zuschauer entgegenkomme. Denn nirgends fühlt sich geschwinder das Veraltete und nicht unmittelbar Ansprechende als auf der Bühne.

Was meine Werke betrifft, sollen Sie vor allen Dingen den 13. Band zweimal erhalten, Velin und ordinär. Sie haben sehr wohl getan, die Wurst an die Speckseite zu wenden. Ein anderes Exemplar für Sie wird sich schon finden.

Es ist sehr hübsch von Ihnen, daß Sie die »Farbenlehre« nicht außer acht lassen, und daß Sie solche in kleinen Dosen zu sich nehmen, wird sehr gute Wirkung tun. Ich weiß recht gut, daß meine Art, die Sache zu behandeln, so natürlich sie ist, sehr weit von der gewöhnlichen abweicht, und ich kann nicht verlangen, daß jedermann die Vorteile sogleich gewahrwerden und sich zueignen solle. Die Mathematiker sind närrische Kerls und sind so weit entfernt, auch nur zu ahnden, worauf es ankommt, daß man ihnen ihren Dünkel nachsehen muß. Ich bin sehr neugierig auf den ersten, der die Sache einsieht und sich redlich dabei benimmt: denn sie haben doch nicht alle ein Brett vor dem Kopfe und nicht alle haben bösen Willen. Übrigens wird mir denn doch bei dieser Gelegenheit immer deutlicher, was ich schon lange im stillen weiß, daß diejenige Kultur, welche die Mathematik dem Geiste gibt, äußerst einseitig und beschränkt ist. Ja Voltaire erkühnt sich irgendwo zu sagen: »J'ai toujours remarqué que la géometrie laisse l'esprit ou elle le trouve.« – Auch hat schon Franklin eine besondre Aversion gegen die Mathematiker in Absicht auf geselligen Umgang klar und deutlich ausgedrückt, wo er ihren Kleinigkeits- und Widerspruchsgeist unerträglich findet.

Was die eigentlichen Newtonianer betrifft, so sind sie im Fall der alten Preußen im Oktober 1806. Sie glaubten noch taktisch zu siegen, da sie strategisch lange überwunden waren. Wenn ihnen einmal die Augen aufgehen, werden sie erschrecken, daß ich schon in Naumburg und Leipzig bin, mittlerweile sie noch bei Weimar und Blankenhan herumkröpeln. Jene Schlacht war schon vorher verloren, und so ist es hier auch. Jene Lehre ist schon ausgelöscht, indem die Herren noch glauben, ihren Gegner verachten zu dürfen. Verzeihen Sie mir das Großtun, ich schäme mich dessen sowenig als die Herren sich ihres Kleintuns.

Mit Kügelgen geht es mir recht wunderlich, wie es mir mit mehrern ergangen ist. Ich dachte ihm das Freundlichste zu sagen, denn wirklich war Bild und Rahmen recht wünschenswert ausgefallen, und nun stößt sich der gute Mann an ein äußeres Höflichkeitszeichen, das man denn doch nicht versäumen soll, indem man durch Vernachlässigung desselben manche Personen verletzt. Man hat mir einen gewissen Leichtsinn in diesen Dingen oft übelgenommen, und jetzt betrübe ich gute Menschen durch die Förmlichkeit. Legen Sie ja, mein lieber Freund, keinen alten Fehler ab. Sie fallen entweder in einen neuen oder man hält Ihre neue Tugend für einen Fehler, und Sie mögen sich stellen, wie Sie wollen, so kommen Sie weder mit sich noch mit andern ganz ins Gleiche. Es ist mir indessen lieb, daß ich es weiß; denn ich wünsche mit diesem braven Manne in einem guten Verhältnisse zu stehen.

Was den antiken Stier betrifft, so wäre mein Vorschlag: man packte ihn sorgfältig in ein starkes Kästchen und sendete ihn mir zur Ansicht. Dergleichen Dinge sind im Altertum oft wiederholt und die Exemplare von sehr verschiedenem Wert. Herr Friedländer, den ich schönstens grüße, zeigte mir zu gleicher Zeit an, was er etwa für Liebhabereien hat und womit man ihm dagegen dienen könnte: denn irgendeine gute Bronze in den Tausch zu geben, würde schwerhalten, da es unter diesen Dingen kaum Dubletten gibt und die etwanigen wegen Ähnlichkeit und Unähnlichkeit doppelt interessant werden. Was ich aber vorläufig anbieten könnte, wäre folgendes. Ich besitze eine sehr schöne Medaillensammlung, meist in Bronze, von der Hälfte des 15. Jahrhunderts an bis auf unsere Zeit. Sie ist hauptsächlich gesammlet, um den Gang der Kunst im Plastischen, dessen Widerschein man immer in den Medaillen sieht, dem Freund und Kenner vor Augen zu bringen. Hier habe ich nun schöne bedeutende Dubletten, sodaß ich wohl eine unterrichtende Reihe zusammenstellen und abgeben könnte. Ein Kunstliebhaber, der auch noch nichts von dieser Art besitzt, erhielte dadurch schon einen schönen Grund und einen hinreichenden Anlaß weiterzugehen. Auch gibt eine solche Sammlung Gelegenheit zu sehr interessanten Betrachtungen, so gut als die Suiten griechischer und römischer Münzen; ja sie ergänzt den Begriff, den uns jene geben, und läßt ihn bis auf die neueren Zeiten verfolgen. Ich darf wohl sagen, jener Stier müßte sehr vollkommen sein, wenn ich nicht bei dem hier vorläufig angebotenen Tausche noch im Kredit bleiben sollte. Lassen Sie mich das Nähere erfahren.

Da ich noch hübsches Papier vor mir sehe, so will ich noch hinzufügen, daß mir dieser Tage etwas sehr Erfreuliches widerfahren, indem mir von seiten der Kaiserin von Östreich Majestät eine schöne goldne Dose, mit einem brillantenen Kranz und dem darin nach allen Buchstaben ausgedruckten Namen *Louise*, zugestellt worden. Ich weiß, Sie nehmen auch Anteil an diesem Ereignis, da uns nicht leicht ein so unerwartetes und belebendes Gute begegnet. Nun leben Sie recht wohl, liebe Sonne, und fahren Sie fort zu erwärmen und zu erleuchten.

Weimar, den 28. Februar 1811. G.

Sizilianisch.

Ihr schwarzen Äugelein!
Wenn ihr nur winket,
Es fallen Häuser ein,
Es fallen Städte;
Und diese Leimenwand
Vor meinem Herzen –
Bedenk' doch nur einmal –
Die sollt' nicht fallen?

Finnisch.

Käm' der liebe Wohlbekannte,
Völlig so, wie er geschieden,
Kuß erkläng' an seinen Lippen,
Hätt' auch Wolfsblut sie gerötet,

Ihm den Handschlag gäb' ich, wären
Seine Fingerspitzen Schlangen.

Wind! o hättest du Verständnis,
Wort- um Worte trügst du wechselnd –
Sollt' auch einiges verhallen –
Zwischen zwei entfernten Liebchen.

Gern entbehrt' ich gute Bissen,
Priesters Tafelfleisch vergäß' ich
Eher, als dem Freund entsagen,
Den ich Sommers rasch bezwungen,
Winters langer Weis' bezähmte.

Schweizerisch.

Uf'm Bergli
Bin i gesässe,
Ha de Vögle
Zugeschaut;
Hänt gesunge,
Hänt gesprunge,
Hänt 's Nästli
Gebaut.

In ä Garte
Bin i gestande,
Ha de Imbli
Zugeschaut;
Hänt gebrummet,
Hänt gesummet,
Hänt Zelli
Gebaut.

Uf d' Wiese
Bin i gange,
Lugt i Summer-
Vögle a;
Hänt gesoge,
Hänt gefloge,
Gar zu schön hänt s'
Getan.

Und da kummt nu
Der Hansel,
Und da zeig' i
Em froh,
Wie sie's machen,
Und mer lachen
Und machen's
Au so.

160. *An Goethe*

Diesmal also komm' ich auf einem antiken Stier angeritten. Schreiben Sie mir, mein allerliebster Freund, ja sogleich, wie es eigentlich mit diesem Tiere beschaffen ist; denn so sehr ich mir's anrechnen würde, wenn das Stück echt und trefflich wäre, so sollte mich's ärgern, wenn ein modernes Vieh von uns hierzulande nicht wäre erkannt worden.

Ihr Brief vom 28. Februar traf mich in einer teuflisch wütenden Stimmung auf der Singakademie, wo ich alles zu zerschmeißen und zerreißen geneigt war, und hat augenblicklich zum Erstaunen aller Anwesenden wie Orpheisches Spiel gewirkt. Seitdem habe ich ihn wohl schon zwanzigmal gelesen, um mir die Wirkung zurückzurufen, und immer kommt mir's vor, als ob ich ihn nun erst verstünde.

Das erste, was ich melden kann, ist, daß mein Geschreibe, worüber ich mich in meinem letzten Briefe so bitter beschwert habe, diesmal eine gute Wirkung gehabt hat. Man hat meinen Bericht interessant gefunden und bereits angeordnet, daß etwas geschehen solle; wieviel, wann, auf was Art, wo, sollen Sie auch erfahren.

Von Ihrer Aufführung des »Standhaften Prinzen« tönt hier jeder Mund wider. Sie soll trefflich gewesen sein. Ich habe ein ähnliches Werk vor, indem ich [in] der Singakademie eine alte, sehr tüchtige Musik aufführen will, wozu mich die Mitglieder veranlaßt haben. Dabei wollen sie aber ihr altes unzüchtiges Wesen auch haben, das will ich nicht leiden, und da gibt's Zank und schwere Pein.

Daß Sie mir Undankbaren – den 13. Band Ihrer Werke senden wollen, ist eine schöne Sache; denn er wandert, sobald ich ihn habe, sogleich dahin, wo die zwölfe geblieben sind. Der Mann hat guten Willen, und ich will ihn warm halten.

Was Sie mir über die »Farbenlehre« und die Mathematiker geschrieben haben, macht mir den größten Spaß, den Gott nur schicken kann, indem ich diese Stelle schon mehrern vorgelesen habe, um sie wütend toll zu machen. Ein gewisser Weiß oder Weiße aus Leipzig ist jetzt hier, der sich, wie ich fast glaube, damit anzuschmieren gedenkt, indem er gegen die »Farbenlehre« loszieht. Ich kenne ihn nicht, aber ein anderer Mathematiker sagte mir vorgestern: der Weiße macht es zu arg. Könnte man ihnen allen aber den Tollwurm aufregen, das wäre mein größtes Vergnügen.

Endlich habe ich auch die neue gekrönte Pariser Oper (»Die Vestalin«) gesehn und gehört. Damit ist es ein rechter Weltspaß, und die Herren des Konservatoriums zu Paris, welche nicht einig werden konnten, welchem von zwei tüchtigen Leuten sie den Preis geben sollten, weil sie eigentlich gar kein Kriterium kennen und ihr ganzes Treiben auf Vogelpfeiferei richten, haben sehn müssen, daß der Kaiser sich in die Sache mischte und den Preis einem jungen Künstler zuerkannte, aus dem (wenn er über 25 Jahre alt ist) niemals was Ordentliches werden wird. Das Gedicht ist für eine Oper locker genug gelegt und hat Raum für Musik. Dies hat der Herr Spontini denn auch so genutzt, daß er wie ein Knabe, dem zum ersten Male die Hände aus dem Wickelbande losgelassen werden, überall mit beiden Fäusten so gewaltig drein patscht, daß einen die Stücke um die Ohren fliegen.

Bettine hat am Sonntage vor 8 Tagen Hochzeit machen wollen. Da hatten beide einige Kleinigkeiten zu besorgen vergessen, zum Exempel: sich aufbieten zu lassen, eine Wohnung zu mieten, ein Bette anzuschaffen und dergleichen. Darüber muß nun die Sache, ich glaube gar bis nach Fasten, in statu quo bleiben. Z.

161. *An Zelter*

Weimar, den 14. März 1811.

Der Stier ist ausgepackt und steht vor unsern Augen da. Ich will nur sehen, ein paar Worte auf die Post zu bringen, um seine Ankunft zu melden: sie interessierte mich um so mehr, als ich einen ähnlichen besitze und zuletzt denn doch durch Vergleichung unser Urteil am besten geschärft wird. Von dem angekommenen kann ich nur eilig so viel sagen, daß es ein Tragelaphe ist von Altem und Neuem. Schwer würde es fallen, ohne ein entschiedenes Gegenstück, wie ich schon besitze, diese beiden Naturen zu sondern, wie ich es nun im Augenblick tun kann. Zu einer umständlichen Rezension sollen die W. K. F. zusammenberufen werden. Danken Sie Herrn Friedländer auf das allerverbindlichste. Es freut mich sehr, in seinem Sohne einen Mann zu finden, der mit mir in einer gewissen Liebhaberei, wenigstens von Einer Seite, zusammentrifft. Ob er gleich so wohl versehen ist, so müßte ich mich irren, wenn ich ihm nicht im Tausch auf diesen Vierfuß einiges Erfreuliche anbieten könnte. Leben Sie recht wohl! Nächstens mehr, mein Kunst- und Leidensbruder! Das Rechte will die ganze Welt, aber mit Pfuschen soll es erreicht werden. G.

162. *An Zelter*

Tausend Dank, mein lieber Freund, für die Anregung, die Sie gegeben haben, daß mir jener Stier zugesendet worden. Er hat bei mir und meinem Kreise die Kunstbetrachtung in diesen Tagen belebt, und ich wünschte nur, sie mit Ihnen rekapitulieren zu können. Wenn Herr Friedländer Ihnen mitteilt, was ich ihm schrieb, werden Sie sehen, daß mein erstes Gewahrwerden, indem ich dieses Kunstgeschöpf einen Tragelaphen des Alten und Neuen hieß, sich auch in der Folge bestätigt hat. Ich hätte noch viel weitläuftiger sein müssen, wenn ich hätte wollen auf den Grund gehen und alles sagen, was bei dieser Gelegenheit sich zur Betrachtung aufdringt. Ein Kästchen mit interessanten Bronzemedaillen ist an Herrn Friedländer abgegangen, und da dessen Sohn Sammler und Kenner ist, so hoffe ich eine gute Aufnahme.

Daß Herr Weiß gegen meine »Farbenlehre« wütet, tut mir sehr leid für ihn: ein ohnmächtiger Haß ist die schrecklichste Empfindung; denn eigentlich sollte man niemand hassen, als den man vernichten könnte. Weil ich aber in allen Dingen die genetischen Betrachtungen liebe, so will ich Ihnen einen Aufschluß geben, woher dieses guten Mannes Unwillen denn eigentlich entsprungen ist. Siehe »Farbenlehre«, I., Polemik, §422. Die Stelle wird der Bequemlichkeit wegen sogleich hier eingerückt:

»Wir antizipieren hier eine Bemerkung, die eigentlich in

die Geschichte der Farbenlehre gehört. Hauy, in seinem Handbuch der Physik, wiederholt obige Behauptung mit Newtons entschiedenen Worten; allein der deutsche Übersetzer ist genötigt, in einer Note anzufügen: ›*Ich werde unten Gelegenheit nehmen zu sagen, von welchen Lichtarten des Farbenspektrums, meinen eignen Versuchen zufolge, dies eigentlich gilt und von welchen nicht.*‹ Dasjenige also, von dessen absoluter Behauptung ganz allein die Haltbarkeit der Newtonischen Lehre abhinge, gilt und gilt nicht. Hauy spricht die Newtonische Lehre unbedingt aus, und so wird sie im Lyzeenunterricht jedem jungen Franzosen unbedingt in den Kopf geprägt. Der Deutsche muß mit Bedingungen hervortreten, und doch ist jene durch Bedingungen sogleich zerstörte Lehre noch immer die gültige; sie wird gedruckt, übersetzt, und das Publikum muß diese Märchen zum tausendstenmal bezahlen.« Dieser Übersetzer ist nun freilich Herr Weiß selbst, den ich an jener Stelle nicht gerade genannt habe, weil ich ihn als einen Mann, der sich bemühte und gute Hoffnung gab, zu schätzen, ja seine Arbeiten für mich zu benutzen wußte. Es tut mir, wie gesagt, leid für ihn: denn wenn einer, der sich der Naturforschung ergibt und noch nicht abgelebt ist, dasjenige nicht anerkennen will, was ich in meiner »Farbenlehre« mehr oder weniger geleistet, so wird es ihm noch oft zu Haus und Hof kommen, und er gewinnt moralisch nicht dabei; er steht sich selbst im Licht und muß doch zuletzt, was er von mir lernt, zu seinen Zwecken benutzen und die Quelle verleugnen, woher er es genommen hat. Doch dergleichen Tergiversationen und Malversationen kommen in der Geschichte der Wissenschaften so oft vor, daß es einem Wunder gäbe, wenn sie sich nicht auch zu unsern Zeiten repetierten.

Möge Ihnen Ihr Tun und Schreiben auf jede Weise gelingen! Wie es Ihnen bei der Singakademie ergeht, seh' ich im Bilde. Erziehe man sich nur eine Anzahl Schüler, so erzieht man sich fast ebensoviel Widersacher. Jeder echte Künstler ist als einer anzusehen, der ein anerkanntes Heilige bewahren und mit Ernst und Bedacht fortpflanzen will. Jedes Jahrhundert aber strebt nach seiner Art ins Sekulum und sucht das Heilige gemein, das Schwere leicht und das Ernste lustig zu machen; wogegen gar nichts zu sagen wäre, wenn nur nicht darüber Ernst und Spaß zugrunde gingen. Soviel für diesmal. Lassen Sie mich oft von sich hören, ob wir Sie gleich oft genug hören. »Johanna Sebus« wird bei unsern musikalischen Sonntagsversammlungen oft genug wiedergefordert und geht scharmant; ich könnte hoffen, daß Sie zufrieden sein würden. Mit Instrumenten haben wir es noch nicht aufgeführt. Eberwein hält sich recht brav; ich wünschte ihm wohl wieder ein Halbjahr das Glück Ihres Umgangs und Unterrichts. Unser Kapellmeister Müller hält sein Orchester, sein Chor sowie die Solosänger recht gut zusammen, und wir sind wirklich an musikalischen Genüssen diesen Winter wohlhäbig gewesen. Und somit leben Sie von Herzen wohl. Ich bin mit allerlei Dingen beschäftigt und mache mich im stillen so sachte los, daß ich wieder meine Sommerreise bald antreten kann.

Weimar, den 18. März 1811. G.

163. *An Goethe*

Berlin, den 21. März 1811. Wie angenehm es mir ist, Ihnen in der Person unseres Tragelaphen ein nützliches Tier zugeschanzt zu haben, kann ich mit Worten nicht sagen. Ich kannte die gute Bestie nicht, und nun Sie mir den Namen genannt haben, kenne ich sie noch weniger; auch Hirt wußte mir den Namen nicht zu deuten, obwohl in meinem »Scheller« unter diesem Namen ein Zottelhirsch angedeutet ist. So wollen wir denn die Auslegung der W. K. F. ruhig abwarten.

Herrn Friedländer habe ich den Brief zu lesen gegeben, ihn selber aber noch nicht gesprochen, das andere wird sich wohl finden.

Nun komme ich aber hinterher sogleich mit undankbarer Mahnung: Haben Sie denn noch den 13. Teil Ihrer Schriften auf Velinpapier bei der Hand, so erfreuen Sie mich, wenn Sie ihn sogleich einpacken und gerade mit der Post senden. Schon habe ich Meldung davon getan; man muß Eisen schmieden, weil's warm ist, und meine Sachen fangen an, in Gang zu kommen. Schwere Arbeit krieg' ich; denn auszumisten ist so viel, daß ich vielleicht am Dampfe erliege. Doch frisch hinein! Es ist zur Ehre Gottes, und Er mag's unterstützen und Kraft geben; Mut habe ich, und somit immer und ewig

Ihr

Z.

Dank für die schönen Gedichte! Das schweizerische ist sogleich auf gut Schweizerisch komponiert worden; ich will's nur ausgähren lassen, dann sollen Sie es haben. Tausend Grüße an den trefflichen Riemer!

164. *An Zelter*

Hierbei folgt, lieber Freund, nach Ihrem Verlangen der dreizehnte Band auf milchweißem Velinpapier und also wirklich möglichst präsentabel.

Ich gratuliere zu einer so wünschenswerten Aussicht von Tätigkeit. Schreiben Sie mir doch ja baldmöglichst etwas Näheres davon. Auszumisten mag freilich genug sein.

Von mir sage ich heute weiter nichts, als daß wir Ihre Grüße aufs beste erwidern.

Weimar, den 29. März 1811. G.

165. *An Goethe*

Berlin, 8. April 1811.

Tausend Dank für die herrliche Sendung. Der 13. Band Ihrer Schriften ist vorgestern eingegangen und sofort übergeben. Er hat Gelegenheit gegeben, daß ich den Roman wieder lese und mich aufs neue daran belehre und erbaue.

Über die gute Aufnahme des Tragelaphen freue ich mich unendlich; Friedländer hat mir Ihren unterrichtenden Brief zugesandt, den ich mir abgeschrieben habe, da ich alles durch Praxis zwingen muß, weil mein Gedächtnis ein schlechtes Exemplar ist.

Von meinem Tun und Treiben sollen Sie unterrichtet werden. Ich werde das Wesen abschreiben lassen und Ihnen gelegentlich senden, wobei ich denn zugleich um Rat und Meinung bitte. Denn ich stehe in dieser Sache ganz allein und werde keinen geringen Kampf zu bestehn haben mit den großen Schulen.

Unser Theater ist diesen Winter sehr lebendig gewesen. Viele neue Stücke und mehrere fremde Schauspieler haben es belebt. Reichardt hat eine neue Oper aufgeführt: »Der Taucher«, der aber wohl nicht wieder zum Vorschein kommen wird. Das Gedicht ist zu mittelmäßig, und der Komponist, der es weniger mit der Hexerei als mit der Geschwindigkeit hält, hätte sich wohl etwas mehr Zeit nehmen und diese etwas besser ausfüllen können, statt dessen er sich aus einem Hause ins andere frißt und politische Anekdoten sammelt oder verbreitet.

Dann ist jetzt hier Madame Schütz, vormalige Hendel, vorvormalige Meyer, vorvorvormalige Eunike, geborne Schüler, und spielt, daß es wettert. Ich habe gesehn Bendas »Medea« und Kotzebues »Octavia«. Für eine Frau, die schon den vierten Mann beschläft, wäre etwas mehr Naturell nicht zu viel. Mühe gibt sie sich genug und schreit und rennt und reißt; doch den Zusammenhang, das Melodische vermisse ich ungern: sie ist wie ein Tragelaphe, aus hundert Fragmenten zusammengelötet, die zueinander passen wie die Faust aufs Auge. So spielt sie den Leuten hierzulande alles vor dem Maule weg. Die »Braut von Messina« und »Maria Stuart« hat sie auch schon bei den Ohren gehabt. Wer kein Narr war, war ich: ich bin nicht wieder hin[ge]gangen; ich *mag* kein Flötenkonzert auf der Trompete blasen hören. Heute fängt sie an, mimische Darstellungen zu geben, à Stück 2 Thaler grob Kurant. Es werden genug dahin laufen, die Lust haben an ihrem Fleische, um nur nicht das Schwert zu sehn, das über unserm Haupte schwebt. Gott sei bei uns! Adieu!

Z.

166. *An Zelter*

Ehe ich nach Karlsbad abgehe, muß ich Ihnen, mein teurer Freund, noch ein paar Worte schreiben und vor allen Dingen für das trefflich geratene »Seht hin, seht hin!« meinen besten Dank abstatten. Von mir kann ich Ihnen nur soviel sagen, daß ich mich an eine Arbeit gemacht habe, die auch Ihnen nächstkünftig Freude machen soll. Sie wird zwar gegenwärtig etwas unterbrochen, weil ich, um mich von Weimar loszulösen, mancherlei kleine Geschäfte abzutun habe, die mich indessen doch immer zerstreuen. Herrn Friedländer machen Sie gelegentlich mein bestes Kompliment. Es war mir angenehm zu vernehmen, daß meine übersendeten Medaillen eine gute Aufnahme gefunden. Was den mir bei dieser Gelegenheit angebotenen kleinen Jupiterskopf von rotem Marmor betrifft, so werde ich um die Übersendung desselben bitten, sobald ich wieder nach Hause komme und mich einigermaßen imstande sehe, wieder etwas dagegen anzubieten: denn allzulang möchte ich nicht gern Schuldner bleiben.

Sie haben gegenwärtig ein schauspielendes Ehpaar von uns bei sich, Herrn und Madame Wolff. Sie, lieber Freund, begegnen ihnen gewiß freundlich, auch um meinetwillen. Ich bin sehr neugierig, wie sie auf dem großen Theater reüssieren, da sie die Zierden unseres kleinen sind.

Jetzt will ich weiter nichts hinzufügen als ein herzliches Lebewohl. Wenn Sie mir etwas schreiben und schicken mögen, so senden Sie mir es nur hieher: denn es gibt zu Ende Mai und Anfang Juni einige Gelegenheiten, dergleichen Dinge nach Böhmen zu bringen. Meine Abreise wird wohl gleich nach der Mitte dieses Monats vor sich gehen. Freilich tut es mir leid genug, daß ich nicht hoffen darf, Sie dieses Jahr wiederzusehen. Töplitz war doch ein schöner und fruchtbarer Aufenthalt. Leben Sie recht wohl, fahren Sie fort, meiner zu gedenken und mich zu lieben.

Weimar, den 2. Mai 1811. G.

167. *An Goethe*

Berlin, 17. Mai 1811.

Ihr schauspielendes Ehepaar hat hier viel Freude verbreitet und so auch mich mit den Meinigen aufs angenehmste überrascht. Herrn Wolff habe ich bis jetzt im »Verbannten Amor« und in den »Quälgeistern« und Madame Wolff in der »Jungfrau von Orleans« und in der »Iphigenie« bewundert. Madame Wolff spielt die Iphigenie mit so reiner Ganzheit, daß alle, welche das Gedicht hinlänglich kannten, erst recht von der Schönheit desselben sind durchdrungen worden. Sie füllt unser Proszenium, das über 40 rheinländische Fuß lang ist, sehr wohl aus und hatte bald die Punkte gefunden, von wo aus ihr gelassener melodischer Vortrag den ungeheuren

Luftraum unseres Parterres hinlänglich durchwirkte. Vielleicht auf keiner deutschen Bühne ist für Unterrichtete eine solche Produktion so abstechend wie hier, indem viele unserer jungen Schauspieler (in der guten Absicht, verständlicher zu werden) einen stoßenden, hopsenden Vortrag annehmen, wodurch sie eben unverständlich werden. Vorgestern war der »Egmont«. Klärchen war trefflich, und säuberlich, ja appetitlich gekleidet: ein Vorteil, den wir hier nur an der Madame Bethmann kennen. Dagegen hatte sich unser Herzog Alba, um seine Lämmergestalt zu erheben, ausgeputzt wie ein Schlächtermeisterstück; wie denn dieser Charakter, der weder ein Bösewicht noch Wütrich zu sein braucht, hier so ziemlich vergriffen wird.

Den 23. Heute ist »Don Carlos«, und vorgestern war »Emilia Galotti«. Am 19. war »Ariadne auf Naxos«. Madame Wolff spielte sehr tüchtig. Das Gerede in diesem sogenannten Duodrama ist aber gar zu kläglich, und unser Theseus war wie ein verkleideter Kaufmannsdiener. Es ist viel von Madame Wolff, daß sie sich auf ihrem Lager halten konnte, ohne in lautes Lachen über ihren geliebten Theseus auszubrechen. Gleich drauf spielte Madame Wolff mit ihrem Manne zusammen in dem »Geständnisse«: das ging dann glatt und gut vonstatten und machte gehörigen Eindruck.

Ihre Nachricht, daß Sie sich an eine Arbeit gemacht haben, von der Sie sagen, sie solle auch mir *nächstkünftig* Freude machen, hat mich auch wieder angeregt. Ich habe mich wieder an die »Pandora« gemacht und ein gutes Stück, von Seite 50 an bis inklusive 57, fast fertig. Und was das Beste ist: es scheint ein guter Guß werden zu wollen. Sie werden sich erinnern, daß ich den Anfang zu dieser Masse schon in Teplitz gemacht hatte: »mühend versenkt«. Dagegen kann ich von allem, was ich vor zwei Jahren in Musik gesetzt habe, nichts gebrauchen, und ehe ich viel dran flicke, will ich's lieber neu machen und in Zusammenhang bringen mit dem Ganzen. Von Seite 58 bis 64, wo Eos erscheint, wird wohl müssen liegen bleiben, bis ich das Ganze habe, um die lichte Seite des Stücks gegen die dunkle in Wirkung zu setzen. Besonders nötig zu wissen ist: wie die Erscheinung der Eos *auf dem Theater* vor sich geht; denn wie das Kupfer ist, möchte es nicht gehn, und doch: »unaufhaltsam, sprungartig.«

Sie geben, so mir nichts dir nichts, die Hoffnung auf, mich in Teplitz zu sehn, doch habe *ich's* nicht aufgegeben, *Sie* zu sehn. Ich reise eines Geschäfts wegen künftigen Monat nach Schlesien, und wenn alles geht, wie ich wünsche, so rutsche ich nach geendigter Kommission nach Böhmen, um in Teplitz eine Anzahl Bäder zu nehmen, die mir voriges Jahr so wohl bekommen sind. Dies wird jedoch vor dem September nicht geschehen können. Weiß ich nun, wann und wie lange Sie in Teplitz sind, so ist mein Glück wieder auf ein paar Monate im voraus gemacht, und wenn nicht alles verkehrt geht, komme ich gewiß.

Den 25. Heute ist Posttag. Ich schließe, um nur dies Wenige heute abzusenden. Leben Sie wohl.

Ihr

Z.

168. *An Zelter*

Ehe ich von Karlsbad abreise, welches diesmal früher als gewöhnlich geschieht, um meinen Weg wieder sogleich nach Hause zu nehmen, will ich Ihnen, mein teurer Freund, für Ihren unterm 25. Mai an mich abgesendeten Brief zum allerschönsten dankgesagt haben. Ich hatte wenig oder nichts von unsern guten Wolffs gehört; desto angenehmer war mir die Nachricht, daß es diesem talentvollen Ehpaar auch in Berlin gut gehe. Bis auf einen gewissen Grad ließ es sich wohl voraussehen; doch hängt es auf der Bühne nicht immer von dem Talent ab, sondern von gar viel andern Zufälligkeiten, und überhaupt muß man doch immer einen Schauspieler erst gewohnt sein, bis man seine Vorstellungen recht genießen und billig beurteilen kann. Haben Sie vielen Dank, daß Sie sich dieser mir so werten Personen treulich und freundlich angenommen.

So möge Ihnen denn auch auf irgendeine Weise belohnt werden, was Sie an der »Pandora« tun. Wenn ich den Anteil hätte voraussehen können, den Sie an dieser Arbeit nehmen, so hätte ich den Gegenstand anders behandelt und ihm das Refraktäre, was er jetzt für die Musik und für die Vorstellung hat, zu benehmen gesucht. Nun ist es aber nicht anders. Fahren Sie fort, wie es Ihnen gemütlich ist, und ich will sehen, ob ich an die Ausführung des zweiten Teils kommen kann. Ausgedacht und schematisiert ist alles. Allein die Gestalten selbst sind mir etwas in die Ferne getreten, und ich verwundre mich wohl gar über die titanischen Gestalten, wenn ich in den Fall komme, wie mir gestern geschah, etwas daraus vorzulesen.

Mögen Sie auf Ihrem Wege nach Schlesien alle harmonischen Geister begleiten und Ihr tätiges Ausharren durch geziemende Wirkungen belohnt werden: denn wahrhaftig, wenn man bedenkt, wie wenig die Welt Ihrem schönen und edlen Tun geantwortet hat, so darf man es wohl unziemlich nennen. Auf Ihrem gehofften Rückweg durch Böhmen finden Sie mich freilich nicht. Die vier letzten Monate, ja die fünfe, des Jahrs versprechen für Weimar sehr lebhaft und, will's Gott, glücklich zu sein. Im August erwarten wir die Niederkunft der Hoheit, im September Ifflands und im Oktober Brizzis Wiederkunft. Leider komme ich mir in allen diesen Fällen wie eine Doppelherme vor, von welcher die eine Maske dem Prometheus, die andre dem Epimetheus ähnlicht und von welchen keiner, wegen des ewigen Vor und Nach, im Augenblick zum Lächeln kommen kann.

Karlsbad ist jetzt belebt genug. Für diesmal hat es für mich eine eigene Physiognomie gehabt. Weil meine Frau hieher kam und die Equipage bei sich hatte, dadurch bin ich ins Freiere und Weitre gelangt, mehr als die letzten Jahre, und habe mich auch an der Gegend und in ihrem Inhalt wieder frisch ergetzt, weil ich sie mit frischen Personen, die über gar manches in ein billiges Erstaunen gerieten und sich sehr wohl gefielen, durchwandern konnte.

Himmel ist seit einigen Tagen hier und, obgleich leidend, doch immer der alte: lustig, mitteilend und durch sein Spiel auch die rohsten Instrumente verbessernd. Ich habe ihn immer zu wenig gehört und gesehen und komme wegen seiner lustigen Lebensart nicht viel mit ihm zusammen; aber doch ist mir diese Tage eingefallen, ob ich nicht die Maxime, Überzeugungen, Triebe, oder wie Sie es nennen wollen, wonach er sich bei seinen Kompositionen lyrischer Gedichte richtet oder von denen er geleitet wird, herausbringen könnte. Es scheint mir nicht unmöglich, und ich glaube ziemlich auf dem Wege zu sein; aber es geht mir doch zuviel ab, als daß ich damit so leicht fertig werden könnte. Mögen Sie mich gelegentlich darüber aufklären, so erzeigen Sie mir eine Liebe. Nun leben Sie recht wohl, und wenn Sie mir vor Ihrer Abreise von Berlin noch ein Wort sagen mögen, so geschähe es direkt nach Weimar.

Karlsbad, den 26. Juni 1811. G.

169. *An Goethe*

Breslau, den 12. August 1811.

So lange habe ich mich mit Freude und Lust in den schlesischen Gebirgen herumwerfen lassen, weil der endliche Lohn alle dieser Mühseligkeiten kein geringerer sein sollte, als Sie, mein Einziger, von Angesicht zu sehn. Ihr Brief vom 26. Junii, den ich seit meiner gestrigen Zurückekunft aus dem Glatzischen hier vorfinde, macht mich fast traurig, weil ich noch eine Tour der Art vorhabe, die mir nun sauer genug werden wird. Es ist wahrlich kein Spaß, alle Nächte mit andern Betten, Wanzen, Flöhen und Zubehör und am Tage mit unwilligen Gesichtern zu kämpfen.

Sie sind also gar nicht in Teplitz gewesen? – Wehe! wehe! Und doch möchte ich lachen: Unter uns gesagt, halb Berlin ist diesen Sommer nach Teplitz gelaufen, um sich – in Ihrem Anschaun zu baden. So manchem gönne ich's aber, daß er statt dessen Papiergulden und eisernes Kupfergeld zu sehn kriegt.

Himmeln sagt man hier seit 3 Wochen allgemein tot. Er müßte also nach Ihrem Briefe vom 26. Junii erst gestorben sein, doch würden die Zeitungen es wohl gemeldet haben. Mir wäre sein Tod nahe gegangen, denn eine bessere, bequemere Behandlung des Fortepiano ist mir nicht vorgekommen. Natur und Gelegenheit haben sich an seiner glücklichen Jugend sehr liebereich bewiesen, und es wäre kein Wunder, wenn die Welt an ihm den besten Musikus verlöre.

Durch die Gebeine eines Königes, durch Schulen und Universitäten, durch die Länder der Kunst, die Schlösser und Kapellen der Fürsten allgefördert zu laufen, ist schon ein Los, das eines Künstlers Munterkeit und Humor unterhalten kann. Darüber hat er denn vieles versucht und hätte darinne noch glücklicher sein können, wenn er nicht da angefangen hätte, wo die Kunst aufhört. Sein lyrisches Talent halte ich für entschieden. Wäre seine Keckheit und Dreistigkeit ruhig und sicher, so müßte es seinen Werken an nichts fehlen. In den letzten Zeiten würde er hinter vieles gekommen sein, wenn er die Schule nicht verachtet hätte, ohne welche keine Meisterschaft stattfindet. Daher ist er, so wie Reichardt, in dem Falle, zu verehren, was *er* hätte verbessern können. Was ganz zuletzt jeder Künstler braucht, muß ganz zuallererst erlernt sein, und Sie selber haben es ja in der »Künstlerapotheose« deutlich genug ausgesprochen: daß die Kunst Kunst bleibt und Naturell und Instinkt ohne sie nicht ausreichen.

Iffland ist jetzt hier in Breslau und spielt mit vielem Applaus. Wennehe ich von hier wegkomme, kann ich kaum sagen, da das viele Reisen, Laufen und Suchen viele Zeit kostet.

Empfehlen Sie mich dem lieben Riemer aufs beste.

Ihr ewiger

Zelter.

170. *An Goethe*

Berlin, 25. Oktober 1811.

Indem ich meiner Briefschuld gegen Sie eingedenk bin, kündigt mir meine Tochter an, daß Ihre Teltower Rübchen bereits abgegangen sind und also in Gesellschaft der Komödienzettel eines ganzen Jahres des ehesten in Weimar ankommen müssen.

Seit den letzten Tagen des vorigen Monats bin ich wieder in Berlin, nachdem ich mich beinahe drei Monate lang in den schlesischen Gebirgen umgetrieben habe, um alte musikalische Schätze aus dem Staube zu graben. Das Geschäft war nicht ganz undankbar, doch hätte weit mehr Zeit und eine Hülfe dazu gehört, die ich nicht fodern durfte, wenn ich die Reise nicht überteuern wollte.

Den meisten Wert lege ich gern auf den Unterricht, den ich selber dabei genossen, und wenn ich keinen Sinn gehabt habe für die Aufhebung der Klöster und Stifter, wie aller Sachen, welche mit Verstand angeordnet und auf Dauer berechnet sind, so habe ich doch auch gesehn, daß dies Wesen auf keine Art mehr Stich halten konnte. Doch mögen wir nun ein Weilchen warten, bis uns solche gute Materialien wieder zu Hause geliefert werden.

Das Schlimmste wäre, wenn die jetzige Aufhebung nicht die Mühe lohnte oder (als das unangenehmste Geschäft von der Welt) – für Fremde geschähe. Dem sei, wie ihm wolle, so habe ich dies gelobte Land noch vor Sonnenuntergang gesehn und danke meinem Schicksale dafür.

Wie sich die guten Schlesier in der Krisis ihrer Aufklärung ausnehmen, das wird wohl eine andere Hand beschreiben müssen, doch kommen sie mir nicht wenig gescheuter vor als die, welche sich, Gott weiß wie, zurechtstellen, um den Traum von gestern – morgen noch einmal zu träumen. Jene haben nach ihrem unglücklichen Falle sogleich wieder angefangen, sich aufzubauen, um zu stehn, wo sie standen, und sich fort und fort zu erheben, wenn diese unter krampfhaften unnatürlichen Anspannungen versinken, ohne es gewahrwerden zu wollen.

Endlich sehn die Schlesier, leichtfertig genug, das Heil, welches ihnen durch die neuen Wissenschaften werden soll, als eine Sache an, die stehn mag, wo Platz ist, und mitleben mag wie das Gevögel der Luft und das Gewürm der Erde, für die jeder mitarbeiten muß, er mag wollen oder nicht.

Am Tage nach meiner Ankunft in Berlin ließ mir Madame Bethmann sagen: ich möge ja nicht versäumen, ihren Sohn aus Weimar in der »Schachmaschine« spielen zu sehn; es sei das letztemal, daß er hier spiele.

Er hat allgemeinen Beifall von hier mitgenommen, obwohl wir mehr als Einen guten Komiker hier haben, und nahm sich trefflich aus gegen den alten Unzelmann, der sich ungemein zusammennahm. Das ganze Haus war wie ein lachender Chorus, als wenn's methodisch angeordnet wäre. Das Verdienst eines leichten freien Spieles und einer getragenen Sprache ist unter den Deutschen selten genug, und es ist eine Freude, so gute Anlagen im Begriff einer so guten Ausbildung zu bemerken. Der junge Unzelmann reiste denselben Abend ab, sonst hätte ich nicht versäumt, ihm ein'ge Zeilen mitzugeben.

Geheimer Rat Wolf hat mir einiges aus Ihrem Briefe an ihn zum besten gegeben. Lassen Sie mich doch baldigst: »Aus meinem Leben« lesen. Auf meiner Reise habe ich nur Einen Teil Ihrer Schriften bei mir gehabt und daraus die »Geheimnisse« in Musik gesetzt. Mich soll wundern, ob Sie Ihre Oktaven wiedererkennen werden; wenn ich sie Ihnen nur vorsingen könnte! Einige Freunde haben die Komposition nicht unrecht gefunden.

Über die »Farbenlehre« ist jetzt alles in Tätigkeit. Einige habe ich so gespornt, daß ihnen das faule Blut aus den Seiten geflossen ist. Aber es soll Ihnen zu Hause kommen, den ersten, ja alle Mathematiker in Harnisch gebracht zu haben! Vor der Hand arbeiten sie im stillen, wie die Freimäurer am Tempel Salomonis. Dann soll's Kugeln regnen. Sie sind alle meine guten Freunde und schimpfen wie Rohrsperlinge. Das ist meinem Ohre Balsam. Mir ist immer, als ob ich Sie nun erst recht liebte, wenn die andern recht unzufrieden sind. An die Liedertafel bitte ich mir immer ein paar zu Gaste; dann wird das »Ergo bibamus« gesungen, daß der Saal schüttert. Dies Stücklein ist nicht übel geraten, so daß es selbst Reichardt loben mußte, der sonst auf meine Lieder neidisch ist und sie nicht gern aufkommen lassen will. Er ärgert sich, daß Sie sich mit allerhand Geschmeiß abgeben: ich weiß schon, wen er damit meint, und lache dazu. Er stipitzt mir Ihre Gedichte weg, kackt sie auf ein Notenblatt und schickt sie warm in die Presse, um der erste zu sein. Sie sind aber auch darnach gemacht; so hat er den »Jungen Jäger« und mehreres auf ganz nachlässige Weise behandelt. Er mag gern jeden gutwilligen Narren zu seinem gehorsamen Diener machen, wie ich es denn auch eine Zeitlang gewesen bin, und dann glaubt er einen undankbar.

Eben zerquäle ich mich mit Vossens »Horaz«. Ich verstehe unendlich wenig Latein, aber begreifen kann ich, wie eine solche Sprache einen jeden zum Dichter macht, der sie so kann wie Horaz. Es müßte eine Lust sein, wenn man (wie Lessing den Anfang des »Messias«) Vossens »Horaz« ins Lateinische übersetzen und ihn so seinem Autor wieder insinuieren könnte. Für welche Deutsche solche Nachbildungen sein mögen, mag Gott wissen. Man müßte so geschwind als möglich Lateinisch lernen, um Vossens Deutsch zu verstehn. Schöne Grüße dem Freunde Riemer.

Gott befohlen, mein ewig geliebter Freund! Lassen Sie bald von sich hören oder lesen

Ihren

Zelter.

171. *An Zelter*

Die Rübchen sind glücklich angekommen, wofür Sie bei jedesmaligem Genusse derselben den schönsten Dank haben sollen. Die Komödienzettel auf dem Grunde sind gleich zum Buchbinder gegangen. Wenn sie in schön geordnetem Volumen zurückkehren, werde ich die theatralische Bahn des vorigen Jahres aufmerksam verfolgen und mich von mancherlei dadurch belehren.

Auch Ihr lieber Brief vom 25. Oktober hat mich sehr erfreut. Daß Ihr Geschäft glücklich abgelaufen, dazu gratulier' ich. Länder, Menschen und Anstalten haben Sie manche gesehen, und ich danke für die wenigen, aber bedeutenden Bemerkungen, die Sie mir mitteilen.

Hiebei folgt das verlangte und Ihnen längst zugedachte Büchlein. Hier tritt der Widerstreit zwischen Erziehung und

Neigung und Leben viel verwickelter hervor als bei dem, was Sie uns von Ihren frühern Jahren vorlasen. Was bei Ihnen nur Zwiespalt ist, ist hier hundertspältig. Nehmen Sie das alles mit freundlichem Wohlwollen auf.

Brizzi ist wieder hier, und wir hören heute abend »Ginevra, Königin von Schottland«. Ich wünschte, daß Sie bei uns wären, teils um dieses Fest mitzugenießen, teils mir Aufschlüsse über die Komposition zu geben, damit mein Genuß zugleich sinnig und verständig wäre.

Fragen Sie doch gelegentlich meine Berliner Gegner, ob sie Ihnen nicht die Versuche, worauf es eigentlich ankomme, zeigen könnten. Tun Sie aber ja, als wenn die Frage aus Ihnen selbst käme, und suchen Sie dadurch zu erfahren, ob sie denn auch wirklich sich einen Apparat angeschafft haben, um alles darzustellen, wovon eigentlich die Rede ist.

Wenn von Komposition einer meiner Arbeiten die Rede gewesen wäre, so hätte ich nicht leicht auf die »Geheimnisse« geraten. Sie machen mich durch diese Nachricht sehr neugierig. Für diesmal nicht mehr als noch ein herzliches Lebewohl.

Weimar, den 11. November 1811. G.

172. *An Goethe*

Der junge Herr Gern, einer unserer bessern jungen Schauspieler, wünscht durch mich einige Zeilen, um sich bei Ihnen vorzustellen, die ich ihm um so lieber anvertraue, da er ein Talent für ein bestimmtes Fach und sein braver Vater ein williger Freund meiner Kunstbestrebungen ist. Ihnen werden seine Fächer nicht unerkannt bleiben, wenn er sich sollte vorstellen können, denn hier bei uns scheint er mir nicht genug geachtet zu werden.

Dies Wenige nur mit dieser Gelegenheit, weil der Vater

seinem Sohne diesen Brief mit nach Frankfurt senden will. Ein anderer Brief an Sie liegt schon längst angefangen. Ewig

Ihr

Berlin, 7. Dezember 1811. Zelter.

1812

173. *An Zelter*

Seinem verehrten Freunde, Herrn Professor Zelter in Berlin, empfiehlt mit den besten Grüßen und Wünschen Madame Pollet, eine vorzügliche Harfenspielerin, sich zu freundlichem Andenken empfehlend,

Weimar, den 27. Februar 1812. J.W. v. Goethe.

174. *An Zelter*

So lange habe ich nichts von Ihnen gehört und nicht zu Ihnen gesprochen, daß ich kaum weiß, wie ich meine Rede wieder anknüpfen soll. Damit jedoch das Schweigen nicht noch verstockter werde, will ich es aus dem Stegreife unterbrechen und mit Wenigem Gelegenheit geben zu neuer Unterhaltung.

Meine kleine musikalische Anstalt war diesen Winter gleichfalls unterbrochen, und so habe ich auch weniger als sonst mit Ihnen eine heitere geistige Gemeinschaft gehabt. Mit dem Theater habe ich mich viel beschäftiget und einen konzentrierten »Romeo« auf die Bühne gebracht. Sie werden das Stück wahrscheinlich bald in Berlin sehen; nehmen Sie davon Anlaß, mir ein Wort zu sagen, wie *Sie* es finden, wie es andere gefunden und wie es gespielt worden. Ich höre es gar gern, wenn Sie von der Leber weg referieren und urteilen.

An dem 2. Bande meines biographischen Versuchs habe ich mehr durch Denken und Erinnern gearbeitet, als daß ich viel zu Papier gebracht hätte; komme ich nach Karlsbad, so wird es wohl rascher gehen. Dieser Band ist seinem Inhalte nach nicht der günstigste, man muß erst durch ein Tal durch, ehe man wieder eine günstige und fröhliche Höhe erreicht; unterdessen wollen wir doch sehen, wie wir es mit unseren Freunden vergnüglich und erbaulich durchwandern.

Einige Freunde, Herr v. Einsiedel und Riemer, haben sich auch um das Theater verdient gemacht, indem sie ein Stück von Calderon, »Das Leben ein Traum«, übersetzt und bearbeitet. Unsere Schauspieler haben es bei der Aufführung und ich mit den technischen Theatergeistern beim Arrangement an Fleiß und Aufmerksamkeit nicht fehlen lassen, dadurch denn ein gutes und dauerhaftes Stück gewonnen worden.

Freund Riemer ist seit Ostern bei dem hiesigen Gymnasium als Professor angestellt; so ungern ich ihn verliere, so freut mich's doch, ihn tätig zu wissen, und zwar auf eine seinen Kräften und Talenten angemessene Weise. Ja er vermag weit mehr, als hier von ihm gefordert wird, und so kann es ihm an Behaglichkeit in seinen Geschäften nicht fehlen.

Weiteres wüßte ich nicht viel zu sagen, als daß ich gegen Ende des Monats nach Karlsbad zu gehen denke; wollen Sie daher, wie ich wünsche, mir noch etwas von sich vernehmen lassen, so tun Sie es bald, wenn mich Ihr Schreiben noch hier finden soll. Sagen Sie mir auch etwas von Ihrem Tun und Lassen, und wie es um Ihre nächsten Umgebungen steht.

Tausend Grüße und Wünsche.

Weimar, den 8. April 1812. G.

175. *An Goethe*

Berlin, den 9. April 1812.

Es ist doch wohl zu lange, daß ich nichts von Ihnen erfahre; ja ich merke, daß man wirklich einrosten könnte, wenn man sich nicht mit Gewalt dagegen zu verwahren weiß. Zwar treibt sich ein wenigstens vor 3 Monaten angefangener Brief unter meinen Papieren herum, der recht lang werden sollte und die verschiedensten Dinge enthielt und eben deswegen unvollendet geblieben ist, weil ich zu viel auf einmal wollte.

Nun bittet mich Herr Dr. Sibbern aus Kopenhagen, ihm etwas nach Weimar aufzutragen, und so sende ich mit dieser Gelegenheit unser Liederbuch, welches die Herren, um mir eine Freude zu machen, während meiner Abwesenheit nach Schlesien haben drucken lassen. Fast schäme ich mich aber, es Ihnen zu schicken, da es von Druckfehlern wimmelt, die mich aus der Fassung bringen, so oft ich es ansehe. Fast müßte man alles selber sein und alles selber machen; kein Mensch ist mehr zu gebrauchen. So auch geht es mir mit der neuen Ausgabe meiner sämtlichen Lieder. Seit vollen 2 Jahren sind erst drei Hefte heraus, und es müßten schon acht Hefte sein. Exemplare für Sie auf holländischem Papiere hatte ich bestellt, und die habe ich noch nicht; darüber ist der Verleger nach Leipzig gezogen, ohne mich zu bezahlen, und so treibt sich das Wesen fort.

Ihr liebes Buch habe ich schon oft gelesen, wie es mir denn sogleich doppelten Genuß gewährt hat: einmal, weil es *Ihr* Leben ist, und wegen der erbaulichen Ansicht *alles* Lebens dieser Erde; ich kaue ordentlich jedes Wort, und da gibt es mir dann auch ordentliche Nahrung und bekömmt mir, und da ich lesefaul bin, so denke ich dabei, ich brauchte nichts anderes zu lesen. Was meinen Sie zu dieser Theorie?

Ihre Anmerkung, daß der Widerstreit zwischen Erziehung und Neigung und Leben bei Ihnen viel verwickelter hervortrete als bei dem, was ich Ihnen aus meinen frühern Jahren vorgelesen, ist gewiß richtig. Diese Verwickelung hat mir gerade gefehlt. Wäre ich in Frankfurt geboren, so wäre mit mir alles anders. Hier in Berlin, wo nichts alt, nichts öffentlich, nichts allgemein ist, ist es wahrhaftig kein Spaß, über seinen eigenen Mist hinauszureichen, worin sich alles so weich und warm behagt. Und wenn man den Quark nur wieder loswerden könnte! Muß mich nicht der Satan in seinen Klauen in meinem 50. Jahre, wo ich ein neues Leben beginnen wollte, in den Magistrat führen, um vor Ärger und Hunger zugleich zu sterben, wenn ich nicht Galle und Steine fressen könnte! Genug, für diesmal ist das Leben verpfuscht; bedanken dafür mag sich ein anderer.

Den 10. April. Gestern ward »Romeo und Julie« nach der neuen Bearbeitung gegeben. Unser Schauspielhaus hat Tage, an welchen es sehr schwer ist zu verstehn; von diesen war der gestrige einer, die Luft war mit Schneewolken beschwert, das Haus war unbehaglich kalt, und vieles wollte nicht recht von der Stelle, so bequem auch nach dieser Einrichtung das Stück für die Akteurs geworden ist. Endlich muß bei uns in solchen Stücken wie dieses auch der Zuschauer seinen guten Tag haben, um sich manches gefallen lassen zu wollen; denn wenn wir nicht auf Kosten der Kunst und Wahrheit kompläsant sein wollen, so haben wir weder eine Julia noch einen Romeo. Dies alles vorausgesetzt, muß man hier das Unternehmen noch loben, wenn man nicht außer dem Theater noch übler dran sein oder riskieren will, daß ein solches Stück gar nicht an den Tag kommt. Das Nämliche können Sie sich ungefähr vom »Tasso« denken, indem uns gerade die Personen zu den beiden Hauptcharaktern fehlen. Dies mag unter uns bleiben, denn ich weiß wohl, Sie haben andere Nachrichten. Unser Publikum, zu dem die Schauspieler und Theaterartisten mitgehören und die Kritiker auch, ist mit solchen übermäßig zufrieden, die so tun, als ob sie was täten, ja manchmal ist es geneigt, diejenigen, welche das Wirkliche leisten, so herunterzuhalten, daß wer nicht sicher weiß, was er tut, gern den Plunder an Nagel hängt und mit in dem Schutt und Müll herumläuft, den sie alle machen. Das nennen sie denn: mit dem Zeitgeiste fortschreiten. Daß die Zeit mit ihnen durchgeht und sie sich in des Teufels Klauen befinden, merkt kaum einer.

Aber was schreibe ich Ihnen da alles? Nun sehn Sie die Ursachen meines langen Stillschweigens. Zeit zu einem Briefchen fände ich täglich, wenn dazu nicht Worte und zu den Worten ein guter Sinn und aufgeräumtes Gemüt gehörte. Vor zwei Monaten ist mein Tochtermann gestorben, und meine noch einzige Schwester, die ich von Jugend an aufs zärtlichste liebe, ist ohne Hoffnung krank. So große Ursachen ich habe, das Teplitzer Bad wieder zu besuchen, so weiß ich doch nicht, ob es wird möglich zu machen sein. In keinem Falle werde ich vor Mitte Augusts abkommen können. Lassen Sie mich doch wissen, wennehe Sie nach Karlsbad kommen und wie lange Sie dort sein werden; ich habe ein unsägliches Verlangen, Sie zu sehn und mich einmal wieder mit Ihnen auszuplaudern.

Soviel ich weiß, ist keiner Ihrer hiesigen Gegner mit einem ordentlichen Apparate versehn, um sich die Dinge darzustellen, wie sie in Ihrem Buche beschrieben sind. Der Staatsrat Schultz hatte voriges Frühjahr ein Zimmer zu solchem Zwecke ordentlich ausgerüstet, und dieser ist, soviel ich weiß, in allen Punkten Ihrer Meinung, wodurch er denn mit mehrern seiner Bekannten, zu welchen auch Professor Weiß gehört hat, zerfallen ist. Mehrere scheinen meistens nur unzufrieden über die Art, wie Sie mit Newton selber zu Werke gegangen sind, aus lauter Humanität; alles andere ließen sie sich vielleicht gefallen. Fleisch essen möchten sie, aber schlachten? – brrr! Z.

176. *An Zelter*

Als ich meinen letzten Brief weggeschickt hatte, fühlte ich mich recht verdrüßlich, denn es war mir bei dieser Gelegenheit lebhaft geworden, was wir einander sind und sein können; und nun schweigen wir auf die leichtsinnigste Weise eine ganze Zeitlang, eben als wenn wir tausend Jahre alt werden wollten und tausend gleiche Verhältnisse in der Welt gefunden hätten. Durch diese Betrachtungen bewegt, nahm ich mir vor, Ihnen eine kleine Arbeit des vergangenen Jahrs zu senden, damit doch wieder etwas Ordentliches zwischen uns zur Sprache käme.

Die Kantate oder Szene, wenn Sie wollen, arbeitete ich für den Prinz Friedrich von Gotha, der etwas dergleichen zu haben wünschte, um seine hübsche und gebildete Tenorstimme zu produzieren.

Kapellmeister Winter in München hat das Werk sehr glücklich komponiert, mit viel Geist, Geschmack und Leichtigkeit, so daß des Prinzen Talent in seinem besten Lichte erscheint. Nun behält er aber die Partitur für sich, welches ich ihm nicht verdenke. Aber warum sollte ich Ihnen das Gedicht nicht mitteilen, um wieder einiges Leben in unsere Unterhaltung zu bringen? – Leben Sie recht wohl und fahren fort, mich zu lieben.

Weimar, den 17. April 1812. G.

[Beilage] Rinaldo.

Chor.

Zu dem Strande! zu der Barke!
Ist euch schon der Wind nicht günstig,
Zu den Rudern greifet brünstig!
Hier bewähre sich der Starke:
So das Meer durchlaufen wir.

Rinaldo.

O laßt mich einen Augenblick noch hier!
Der Himmel will es nicht, ich soll nicht
scheiden.

Der wüste Fels, die waldumwachsne Bucht
Befangen mich, sie hindern meine Flucht.
Ihr wart so schön, nun seid ihr umgeboren,
Der Erde Reiz, des Himmels Reiz ist fort.
Was hält mich noch am Schreckensort?
Mein einzig Glück, hier hab' ich es verloren.

Stelle her der goldnen Tage
Paradiese noch einmal,
Liebes Herz! ja schlage, schlage!
Treuer Geist, erschaff' sie wieder!
Freier Atem, deine Lieder
Mischen sich mit Lust und Qual.

Bunte, reich geschmückte Beete,
Sie umzingelt ein Palast;
Alles webt in Duft und Röte,
Wie du nie geträumet hast.
Rings umgeben Galerieen
Dieses Gartens weite Räume;
Rosen an der Erde blühen,
In den Lüften blühn die Bäume.

Wasserstrahlen! Wasserflocken!
Lieblich rauscht ein Silberschwall;
Mit der Turteltaube Locken
Lockt zugleich die Nachtigall.

Chor.

Sachte kommt! und kommt verbunden
Zu dem edelsten Beruf:
Alle Reize sind verschwunden,
Die sich Zauberei erschuf.
Ach, nun heilet seine Wunden,

Ach, nun tröstet seine Stunden
Gutes Wort und Freundesruf.

Rinaldo.

Mit der Turteltaube Locken
Lockt zugleich die Nachtigall;
Wasserstrahlen, Wasserflocken
Wirbeln sich nach ihrem Schall.

Aber alles verkündet:
Nur sie ist gemeinet;
Aber alles verschwindet,
Sobald sie erscheinet
In lieblicher Jugend,
In glänzender Pracht.

Da schlingen zu Kränzen
Sich Liljen und Rosen;
Da eilen und kosen
In lustigen Tänzen
Die laulichen Lüfte,
Sie führen Gedüfte,
Sich fliehend und suchend,
Vom Schlummer erwacht.

Chor.

Nein, nicht länger ist zu säumen!
Wecket ihn aus seinen Träumen,
Zeigt den diamantnen Schild!

Rinaldo.

Weh! was seh' ich, welch ein Bild!

Chor.

Ja, es soll den Trug entsiegeln.

Rinaldo.

Soll ich also mich bespiegeln,
Mich so tief erniedrigt sehn?

Chor.

Fasse dich, so ist's geschehn.

Rinaldo.

Ja, so sei's! Ich will mich fassen,
Will den lieben Ort verlassen
Und zum zweitenmal Armiden. –
Nun so sei's! so sei's geschieden!

Chor.

Wohl, es sei! es sei geschieden!

Teil des Chors.

Zurück nur! zurücke
Durch günstige Meere!
Dem geistigen Blicke
Erscheinen die Fahnen,
Erscheinen die Heere,
Das stäubende Feld.

Chor.

Zur Tugend der Ahnen
Ermannt sich der Held.

Rinaldo.

Zum zweiten Male
Seh' ich erscheinen

Und jammern, weinen
In diesem Tale
Die Frau der Frauen.
Das soll ich schauen
Zum zweiten Male?
Das soll ich hören,
Und soll nicht wehren
Und soll nicht retten?

Chor.

Unwürdige Ketten!

Rinaldo.

Und umgewandelt
Seh' ich die Holde;
Sie blickt und handelt
Gleichwie Dämonen,
Und kein Verschonen
Ist mehr zu hoffen.
Vom Blitz getroffen
Schon die Paläste!
Die Götterfeste,
Die Lustgeschäfte
Der Geisterkräfte,
Mit allem Lieben
Ach, sie zerstieben!

Chor.

Ja, sie zerstieben!

Teil des Chors.

Schon sind sie erhöret,
Gebete der Frommen.
Noch säumst du zu kommen?

Schon fördert die Reise
Der günstigste Wind.

Chor.

Geschwinde, geschwind!

Rinaldo.

Im Tiefsten zerstöret,
Ich hab' euch vernommen;
Ihr drängt mich zu kommen.
Unglückliche Reise!
Unseliger Wind!

Chor.

Geschwinde, geschwind!

Chor.

Segel schwellen.
Grüne Wellen,
Weiße Schäume,
Seht die grünen
Weiten Räume,
Von Delphinen
Rasch durchschwommen.

Einer nach dem andern.

Wie sie kommen!
Wie sie schweben!
Wie sie eilen!
Wie sie streben!
Und verweilen
So beweglich,
So verträglich!

Zu zweien.

Das erfrischet,
Und verwischet
Das Vergangne.
Dir begegnet
Das gesegnet
Angefangne.

Rinaldo.

Das erfrischet,
Und verwischet
Das Vergangne.
Mir begegnet
Das gesegnet
Angefangne.

(Wiederholt zu dreien.)

Alle.

Wunderbar sind wir gekommen,
Wunderbar zurückgeschwommen,
Unser großes Ziel ist da!
Schalle zu dem heiligen Strande
Losung dem gelobten Lande:
Godofred und Solyma!

177. *An Goethe*

Berlin, den 14. April 1812.

Was Ihren konzentrierten »Romeo« anlangt, so werden Sie wohl schon aus den Zeitungen ersehn haben, was einige weitmäulige Kritiker dagegen von sich gehen lassen. Ich verstehe viel zu wenig davon, um genau auf Recht und Unrecht zu passen. Viele unserer gelahrten Patrone möchten gar zu gern das Ansehn haben, als ob sie das Genie aus der Taufe gehoben oder mit demselben zusammen auf Universitäten vertraut gewesen wären, und ehe man eine Hand umwendet, erscheint wieder der Schröder'sche »Hamlet« bei uns, und keiner muckst dazu. Auf der andern Seite wird denn doch auch darauf gehalten, alles zu überkommen, woran *Sie* die Hand gehabt haben, und so habe ich mich herzlichst erlechzt, einmal wieder wahrhafte Leidenschaften an mir vorübergehn zu sehn, die nicht nach der sogenannten Tugend stinken. Und das ist mein Kennzeichen oder Zollstock, die ganze Sippschaft mit Einem Blicke zu messen.

Ich gehöre so gut wie einer zu denen, die sich vom Shakespeare nicht gern ein Wort nehmen lassen, wenn mir nicht manchmal das Genommene das Liebste ist; aber ich bin auch zufrieden mit einer Klaue von ihm. Übrigens ist mir an der Vereinigung der Capulets mit den Montagues nach dem, was vorhergegangen, wenig und nur insofern gelegen, als Shakespeare es mit seinen Worten sagt. Moralisch genommen, kann jeder genug haben zu wissen, was aus einer solchen Familienfeindschaft natürlich entstehen muß; nach meinem Gefühl also hätten Sie vollkommen recht, das Stück zu schließen, wo es aus ist. Die neue Freundschaft versteht sich entweder von selber oder sie geschieht, weil das alte Volk gern selig sterben möchte.

Was unsere Schauspieler anlangt, so kann ich mir recht gut einbilden: sie machten's aus lauter Kunst so, damit ich recht viel daran zu erraten hätte; denn wie ich mir's vorstelle, kommt es doch nicht heraus, und wer sich das nicht will gefallen lassen, bleibt ohnehin zu Hause, wo er jetzo freilich auch nicht besser daran ist.

Die Art, wie der Dichter in unserer Zeitung getadelt und Mademoiselle Maaß gelobt ist, kann Ihnen nicht rätselhaft sein, da Sie beide kennen. Denn diese Künstlerin (wie wir so etwas hier nennen) ist noch immer, was sie war: ein gutes réservoir. Sie spricht ihre Rolle ohne Anstoß, man könnte sagen: ohne Ärgernis, und die Julie kann sich nun der Zuhörer selber machen.

Den 19. April. Gestern abend bin ich von einer kleinen Kommissionsreise zurückegekommen und habe meine Schwester nicht mehr am Leben gefunden. Nun werde ich mich wohl wieder ganz neu etablieren müssen. Sie wußte mir alles nach gar guter Weise zu machen, sie war mir Mutter, Frau und Geliebte zugleich; ich muß eine ganz andere Periode anfangen, wenn nicht alles und selbst Sie, mein geliebter Freund, leiden sollen.

Mit ihrer Ankündigung des zweiten Bandes Ihrer Biographie haben Sie mich aus einem schönen Traume gerissen, da man mir behaupten wollen: dieser Band sei schon gedruckt. Ob wir das Calderon'sche Stück hier gleichfalls sehn werden, möchte ich gern wissen. Sollte dies nicht der Fall sein, so würde ich's dem Freunde Riemer herzlich Dank wissen, wenn er mir das Manuskript auf kurze Zeit zum Lesen übersenden wollte. Dem letzern wünsche ich zu seiner neuen Befördrung aufrichtig Glück, indem ich beklage, daß Sie ihn aus Ihrer Nähe verloren.

Herrn Dr. Sibbern habe ich ein Exemplar der drei ersten Hefte meiner Lieder für Sie mitgegeben. Ich habe expreß für Sie Exemplare auf holländischem Papiere bestellt, aber mein Herr Verleger ist ein Mann ohne Wort und nichts mit ihm anzufangen. Ich wollte, ich wäre ihn los und hätte einen bessern.

Nun Gott befohlen! mein liebster Freund, mir ist entsetzlich weh. Ich habe so viel zu tun und weiß nicht, was ich vor langer Weile soll anfangen. Ewig der Ihrige Zelter.

Madame Simonin-Pollet ist angekommen und hat mir Ihre Karte gebracht. Sie wird den 29. dieses ihr Konzert geben und wahrscheinlich guten Zuspruch haben. Künftigen Dienstag werde ich sie in die Singakademie führen.

178. *An Goethe*

Berlin, den 25. April 1812.

Ja ja, mein Freund, Sie haben gewiß recht! Auch mir war das Gewissen erwacht, schon gleich nach Ihrem Briefe vom 8. April. Und flugs nahm ich meinen Brief und schrieb drei Ihrer Gedichte in Musik, an die ich mich noch immer nicht hatte wagen wollen: »Rastlose Liebe«, »Neue Liebe, neues Leben«, »Mailied«.

Leider komme ich mit diesen schönen Sachen wie immer so spät, da sich andere schon krumm und dumm daran komponiert haben, und werden sie Ihnen nicht gefallen, so ist mir's nicht besser ergangen. Wo sollte auch in meinen Jahren und Tagen die rastlose Liebe, die neue Liebe, das neue Leben herkommen? Und doch: den will ich sehn, der Sie so liebt wie ich!

Ihr »Rinaldo« wird keine der leichten Arbeiten sein, wenn herauskommen soll, was drinnen steckt. Die zauberhafte Leichtigkeit, Lieblichkeit, die reizende Glätte: da müßte man bei den Italienern in die Schule gehn, wer nicht zu alt dazu wäre. Doch wollen wir uns zu guter Stunde daran versuchen.

Das Gedicht ist günstig genug für den Komponisten, der weiß, was zu tun ist, und sich vor der Gefahr hütet, des Guten zuviel zu tun. Alles ist leicht und frei angedeutet, die Worte sind nicht vorgreifend, und der Musikus hat es wirklich mit der Sache selber zu tun.

Dies versehen die, welche dem Musikus die Worte liefern, gar zu oft, indem sie ihn aufs beste zu bedienen glauben, wenn sie die Gedichte mit überflüssigen Kraftworten ausstatten, die manchmal sogar negativ sind, und den armen Teufel verleiten, mit gleichem Aufwande von Kunstmitteln – das Entgegengesetzte zu tun von dem, was geschehen sollte.

Ich muß mich sehr irren, oder dies ist der eigentliche Zustand unseres gegenwärtigen Kunstwesens und die Ursache, warum wir trotz alles Fortschreitens und Erhebens niemals aufs Rechte kommen.

Endlich hat der Musikus mit dem Dichter, oder vielmehr unter demselben, einen schweren Stand: er soll ein Mann von Genie, selbst Dichter und dabei höchst abhängig sein. Wenn der Dichter sich darf gehen lassen, so lang es gut geht, so sind dem Komponisten die Worte zugezählt, er mag sie brauchen können oder nicht; kurz, wenn ihm das Schwerste leicht abgeht, so hat er die größte Mühe mit Kleinigkeiten, denen oft kaum der Kenner selber abmerkt, welche Kunst drinne steckt.

Den 8. Mai. Vor einiger Zeit fand ich in Voltaires Werken (gothaische Ausgabe vom Jahre 1785, 9. Teil) eine musikalische Oper: »Samson«, welche Rameau wirklich in Musik gesetzt hat, die aber nicht zur Aufführung gekommen ist. Voltaires Arbeit gefiel mir nicht übel, und das Sujet wäre überall zu einer Oper geeignet, doch müßten Veränderungen damit vorgehn.

Eine musikalische Oper darf meines Erachtens nicht über 3 Akte haben: zwei lange und einen kurzen, oder noch besser: einen langen zwischen zwei kurzen. Materialien wären, wie folget:

1. Samsons Heldencharakter, seine Liebe, seine Schwäche. Er verachtet das ausgeartete, begünstigte, verzogne, stolze, weiche jüdische Volk und nimmt sich seiner nur an, weil er die kriegrisch glücklichen Philister noch weniger leiden kann und diese seinem kriegrischen Talente Arbeit geben.

2. Delila muß eine edle Frau sein; verstoßen vom Samson, weil sie das bekannte Geheimnis ausgeschwatzt. Sie kann verkauft sein an die Philister, aber sie liebt unverändert den Helden, der sie bei Gelegenheit seines Triumpheinzugs unter dem Volke wiedersieht und sie wieder zu sich nimmt.

3. Ein Knabe, Simsons und Delilas Sohn. Der Knabe war verloren. Er hat sich in der Schlacht gegen die Philister ausgezeichnet. Simson hat ihn unerkannt zu sich genommen. Die Mutter erkennt ihn zuerst wieder. Er wird die Ursache der Wiedervereinigung des Samson und der Delila.

4. Israeliten. Das ehemals auserwählte Volk. Jetzt tatlos, nachäffend, schreib- und maulfertig, zuchtlos und deswegen vom Herrn in der Philister Hand gegeben.

5. Philister: Barbaren; roh, diebisch; dem Göttlichen abgeneigt, sklavisch, aber kriegerisch.

1. Akt. Die Israeliten in Trauerchören über ihre Niederlage. Vom Simson ermuntert, schlagen die Philister.

2. Triumpheinzug der Israeliten. Wiedervereinigung des Samson mit Delila. Erkennung des Sohnes; Verräterei gegen den Samson.

3. Gefängnis und Tod des Samson wie bekannt, und sehr brillant.

Was sagen Sie nun hierzu? Gäbe das nicht Handlung und Theaterspiel genug? Ich dächte, Sie machten sich daran und rektifizierten wenigstens diesen Plan, so lass' ich mir allenfalls die Verse hier machen.

Es könnte sein, daß ich diesen Sommer noch einmal nach Schlesien ginge. Dann habe ich einen weitern Plan: von Breslau streifte ich nach Wien und von da über Weimar zurück.

Geschwind eingepackt, sonst bleibt der Brief wieder liegen! Gott befohlen und ewig der

Ihrige

Zelter.

Lassen Sie doch von sich hören. *Wenn* ich nach Schlesien gehe, schreibe ich auf alle Fälle vorher, wo ich bin.

179. *An Zelter*

Ihr lieber Brief vom 8. Mai findet mich in Karlsbad den 18., und so will ich gleich etwas erwidern, da ich denke, daß Sie es in zehen Tagen lesen werden.

Was Sie mir Freundliches über »Reinald« sagen, ist mir nicht allein sehr angenehm, sondern es soll auch, hoffe ich, fruchtbar werden, indem Sie mich zum Bewußtsein erheben dessen, was ich aus Natur und Trieb besonders für Theatermusik getan habe und tun möchte. Wenn Sie sagen: *»Alles ist frei und leicht angedeutet, die Worte sind nicht vorgreifend, und der Musikus hat es wirklich mit der Sache selber zu tun«*, so geben Sie mir das größte Lob, das ich zu erlangen wünschte; denn ich halte davor, der Dichter soll seine Umrisse auf ein weitläuftig gewobenes Zeug aufreißen, damit der Musikus vollkommenen Raum habe, seine Stickerei mit großer Freiheit und mit starken oder feinen Fäden, wie es ihm gut dünkt, auszuführen. Der Operntext soll ein Karton sein, kein fertiges Bild. So denken wir freilich, aber in der Masse der lieben Deutschen steckt ein totaler Unbegriff dieser Dinge, und doch wollen Hunderte auch Hand anlegen. Wie sehr muß man dagegen manches italienische Werk bewundern, wo Dichter, Komponist, Sänger und Dekorateur alle zusammen über eine gewisse auslangende Technik einig werden können. Eine neue deutsche Oper nach der andern bricht zusammen wegen Mangel schicklicher Texte, und die lieben Wiener, die gar nicht wissen, wo die Zäume hängen, setzen einen Preis von hundert Dukaten auf die beste Oper, die irgend jemand in Deutschland hervorbringen soll, da sie an der rechten Schmiede das Doppelte bieten könnten und immer noch dabei gewönnen.

Die Sache ist eigentlich bedenklicher, als man glaubt; man müßte an Ort und Stelle mit allen, die zur Ausführung beitragen sollen, eine heitere Existenz haben und ein Jahr nach dem anderen etwas Neues produzieren. Eins würde das andere heranführen und selbst ein Mißlungenes zu einem Vollkommenen Anlaß geben.

Zu dem »Simson« hätte ich im Augenblick kein Zutrauen; die alte Mythe ist eine der ungeheuersten. Eine ganz bestialische Leidenschaft eines überkräftigen gottbegabten Helden zu dem verfluchtesten Luder, das die Erde trägt, diese rasende Begierde, die ihn immer wieder zu ihr führt, ob er gleich, bei wiederholtem Verrat, sich jedesmal in Gefahr weiß, diese Lüsternheit, die selbst aus der Gefahr entspringt, der mächtige Begriff, den man sich von der übermäßigen Prästanz dieses riesenhaften Weibes machen muß, das imstande ist, auf den Grad einen solchen Bullen zu fesseln. Sehen Sie das an, mein Freund, so wird Ihnen gleich offenbar sein, daß das alles vernichtet werden muß, um nur die Namen nach den Konvenienzen unserer Zeit und unseres Theaters zu produzieren. Viel rätlicher wäre es, gleich einen Stoff von geringerer spezifischen Schwere zu wählen, wo nicht gar einen solchen, der auf dem Elemente des Tags von selber schwämme. Man sehe die »Schweizerfamilie« und solches Gelichter.

Noch eines andern Bedenkens muß ich erwähnen. Die alttestamentlichen Gegenstände tun bei uns einen ganz wunderlichen Effekt; ich konnte bei Roberts »Jephta« und bei Alfieris »Saul« hierüber Betrachtungen anstellen. Es ist kein Widerwille, der erregt wird, aber es ist gar kein Wille, keine Abneigung, aber eine Unneigung. Jene Mythen, wahrhaft groß, stehen in einer ernsten Ferne respektabel da, und unsere Jugendandacht bleibt daran geknüpft. Wie aber jene Heroen in die Gegenwart treten, so fällt uns ein, daß es Juden sind, und wir fühlen einen Kontrast zwischen den

Ahnherren und den Enkeln, der uns irremacht und verstimmt. So lege ich mir's in der Geschwindigkeit aus, indem ich der Wirkung jener beiden Stücke genau aufgepaßt habe. Dieses letzte Bedenken würde beseitigt, wenn man die Fabel zu anderen Völkern versetzen wollte. Da entstehen aber wieder neu Schwierigkeiten. Ich denke weiter darüber.

Und nun will ich zum Schlusse gebeten haben, mir jene Kompositionen nicht vorzuenthalten, zugleich auch unserer Korrespondenz bei alter Liebe ein neues Leben zu verleihen.

Nur keine so lange Pause wieder!

Karlsbad, den 19. Mai 1812. G.

180. *An Zelter*

Sehr oft und herzlich habe ich mich, teurer Freund, diese Wochen her nach Ihnen gesehnt, da unser wackerer und schätzbarer Langermann durch den Vortrag Ihrer Lieder und manches andern Guten, dessen er sich erinnerte, durch Erzählung von der köstlichen Singakademie, der erquickenden Liedertafel, und was sonst noch Gutes sich alles von Ihnen herschreibt und belebt wird, mich recht fühlen ließ, wie sehr ich verliere, daß ich von Ihnen entfernt lebe, und daß zwischen uns sich Klüfte befinden, die, je länger es dauert, sich noch immer zu erweitern scheinen. Wenn ich mich nicht besonders aufs Verzweifeln verstünde, so würden mich diese Betrachtungen sehr unglücklich machen. Haben Sie Dank für Ihre lieben Briefe und schreiben mir zunächst nach Weimar, wo ich durch Ihre Lieder und sonstige früheren Gaben mich wieder der Musik zu nähern hoffe, von der mich das leidige Weltwesen zu meinem großen Verdrusse weggetrieben hat. Ich finde zwar bei meiner Rückkehr das alte Theater und eine neue Orgel; ich fürchte aber, weder Belial noch Christus werden mir durch diese Organe viel anhaben.

Meine Zufriedenheit und Tätigkeit ist diesen Sommer einigemal durch meine alten Übel unterbrochen worden; aber auch in diesem Falle bleibt nichts übrig, als sich so geschwind wie möglich wiederherzustellen und die Reise weiter fortzusetzen. Es ist, als wenn man eine Achse bräche oder ein Leck kriegte.

Herrn Etatsrat Langermann bin ich gar manche schöne und lehrreiche Unterhaltung schuldig geworden. Er hat mich durch seine eigentümliche, höchst geregelte Tätigkeit sehr erfreut, meinen Unglauben bekämpft und meinen Glauben gestärkt. Ich hoffe, er wird auch abwesend fortfahren, mit mir in Verbindung zu bleiben, und dadurch fühle ich mich auch Ihnen um so mehr verbunden.

Was er mir von wackern und tüchtigen Männern in dem Berliner Kreise Gutes erzählt hat, macht auch, daß ich dorthin meinen Blick noch lieber wende, der sonst auf Ihnen und sehr wenigen mit Sehnsucht verweilte und dann wieder ohne weitern Reflex abgleitete.

Von mir selbst und meinem Tun habe ich weiter nichts zu sagen, da Sie zu Michaelis wieder ein biographisches Bändchen aufsuchen wird. Betrachten Sie es freundlich. Es ist freilich nur der tausendste Teil von dem, was in jener Epoche auf mich losgehämmert und in mir gewaltig widerstanden und entgegengewirkt hat; da aber eigentlich eine solche Schrift nicht zu ernsthaft werden soll, so ist es besser, daß man ihr eine gewisse spezifische Leichtigkeit gibt, damit sie nicht, wie so viel anderes Bessere, für den Augenblick untergehe.

Können und mögen Sie mir Ihre Komposition der Memorialverse »Invocavit« pp. senden, so werden Sie mich erquicken. Langermann hat mir einen Vorschmack davon gegeben. Es sollte dabei Ihr Andenken aufrichtig gefeiert werden.

Von vielem andern will ich diesmal nichts sagen; denn man kommt gar zu bald tiefer in den Text, als es nütz ist.

Leben Sie recht wohl! und lassen uns nicht lange ohne Nachricht voneinander bleiben.

Beethoven habe ich in Töplitz kennen gelernt. Sein Talent hat mich in Erstaunen gesetzt; allein er ist leider eine ganz ungebändigte Persönlichkeit, die zwar gar nicht unrecht hat, wenn sie die Welt detestabel findet, aber sie freilich dadurch weder für sich noch für andere genußreicher macht. Sehr zu entschuldigen ist er hingegen und sehr zu bedauern, da ihn sein Gehör verläßt, das vielleicht dem musikalischen Teil seines Wesens weniger als dem geselligen schadet. Er, der ohnehin lakonischer Natur ist, wird es nun doppelt durch diesen Mangel.

Und nun nur noch ein herzliches Lebewohl!

Karlsbad, den 2. September 1812. G.

181. *An Goethe*

Berlin, den 30. Mai 1812.

Ihre Bedenklichkeiten gegen meinen Opernplan sind einleuchtend. Als historische Personen sind Simson und Delila anstößig, ja abstoßend; man müßte vieles ändern, was schwerer sein mag, als es scheint.

Auch was Sie gegen alttestamentliche Gegenstände überhaupt erinnern, erfahren wir hier am »Joseph« und am »Salomon«. Man ist gewohnt, jüdische Helden nur mißhandeln zu sehn. Wenn die Worte gesprochen werden: *»Tut nichts, der Jude wird verbrannt!«* so ist die Wirkung so sicher wie bares Geld.

Ohne einen tragischen Stoff würde ich indessen nach meiner Neigung so leicht keine Oper schreiben, in jedem Falle müßte das Gedicht dauerhaft bereitet sein.

Ich kann mich grämen, wenn ich die Kunst ansehe, welche an niedrigen Gegenständen vergeudet wird, in einer

Zeit, wo so viel von Geschmack die Rede ist; was werden unsere Kinder von uns denken, wie sie zu solchen Vätern gekommen sind?

Nach Ihrem »Rinaldo« habe ich an einem der Pfingsttage geschossen und bin sehr bald bis an die bedeutende Stelle des diamantnen Schildes gelangt. Seit der Zeit liegt nun alles wieder, und Gott weiß, wann ein zweiter Schuß geschieht. Nun wollen sie mich wieder zum Stadtverordneten machen – dafür will ich lieber Dorfbarbier werden, der doch Kunden hat. Seit Ostern habe ich Einquartierung in meinen nächsten und besten Zimmern. Der vorige Offizier blies Klarinette, und der jetzige pfeift und singt – mich aus dem Hause. Ich kann schon etwas aushalten, aber das ist – insoffribel.

Den 9. September. Gestern ist Ihr Brief vom 2. dieses angekommen und hat mich mit Schrecken an meine Nachlässigkeit erinnert. Von Woche zu Woche dachte ich Ihnen selber näherzukommen, darüber ist die Zeit, der Brief und manches andere verloren. Wie beneide ich Langermann und so viele andere, welche Sie diesen Sommer genießen konnten, unterdessen ich, in einer tätigen Untätigkeit, froh sein müssen, das alte Fuhrwerk durch Flicken und Bessern im Gange zu erhalten, ohne einen Vorschritt zu gewinnen. Er soll mir jedoch genug von Ihnen erzählen müssen, wenn er nur erst wieder unter uns ist; denn die selige Hoffnung, Sie vor dem Untergange der letzten Strahlen der Sonne unter uns zu sehen, ist es fast allein, was mich bis jetzt warm erhalten hat, und die ich auch nicht aufgeben will, trotz Ihres Schreibens, worin Sie von Erweiterung der Klüfte reden. Wenigstens bin ich entschlossen, der Letzte zu sein, und die Verzweifelung soll mir nichts anhaben, bis sie alles um mich her aufgefressen hat.

Das »Invocavit« erfolgt anbei. Leider ist es unserer Liedertafel so angepaßt, daß ich fast fürchte, es werde anderswo von gar zu schwacher Wirkung sein. Es ist ein Scherz ernsthafter Leute, der etwas plump an den Tag kommt, besonders für diejenigen, welche durch Genuß ausländischer Leckereien auf eigenem Grund und Boden nicht mehr recht Bescheid wissen. Ebensogern schicke ich Ihnen das Lied der »Heiligen 3 Könige« mit, das von etwas leichterer Haltung ist und uns fast jede Tafel Spaß macht. Sie müssen aber auch meine Dreistigkeit verzeihen, daß ich an Ihren Worten gepfuscht habe, und mir hübsch mitteilen, was Sie daran verbessern.

Den 13. September.

Wir haben soeben Herrn Siboni aus Wien hier gehabt, der sich bemüht hat, Paers »Achilles« Deutsch zu singen. Schon vorigen Winter hat unser Herr Tombolini eine italienische Arie nach einer Übersetzung Deutsch gesungen. Sie sehen, wie wir in Kunst und Natur vorrücken. Was wir dabei hätten können begreifen lernen, wäre gewesen zu erfahren, wie sich die Deutschen ausnehmen, wenn sie Italienisch singen.

Dann ist ferner die Madame Milder-Hauptmann jetzt hier. Ich habe sie in der Gluck'schen »Iphigenie«, der »Schweizerfamilie« und in der »Zauberflöte«, worin sie den Tamino singt, gehört. Stimme, Gestalt und Wesen dieser jungen Frau sind von einer solchen Freiheit, Macht und Anmut, besonders in der Rolle der Emelina, wie es hier seit lange nicht ist vernommen worden. Man tadelt ihren Gesang als unkünstlich und desgleichen, doch finde ich vieles zu loben, zum Exempel Wärme, Wahrheit, Zusammenhang, Sicherheit und eine Art schweizerischer Derbheit, die sich auf das unschuldigste ausspricht; wenigstens habe ich niemals Leidenschaften mit solcher Moderation und entscheidender Wirkung darstellen sehn.

Auf Ihren zweiten Band freue ich mich und wünsche nur, daß ich mich bald darüber freuen kann. Haben Sie denn wohl unser Liederbüchlein mit erhalten? ich will doch hoffen, daß es richtig abgegeben ist; ich dachte, es könnte Ihnen einen Anstoß geben, einmal wieder etwas für unsere Tafel zu tun. Kommen Sie nur selber und hören, wie Ihre Lieder klingen; ich stelle mir immer vor, Sie kennen Ihre Lieder noch nicht recht.

182. *An Goethe*

Berlin, 14. September 1812. Einem Herrn Frick, Bauinspektor an der hiesigen Porzellanfabrik, habe ich den Brief mitgegeben, worin die Kompositionen des »Invocavit« und der »Heiligen 3 Könige« befindlich sind. Hinterher erfahre ich, daß dieser Mann zuerst nach Wien geht und von dort über Weimar, aber erst im Monat November, zurückzukommen gedenkt. Das Unglück ist geschehen; wenn ihm nicht gar an der österreichischen Grenze der starke Brief noch Ungelegenheit verursacht! Doch steht nichts drinne, was die Wiener nicht schon längst wissen könnten.

Wir haben unsern sehr geschickten italienischen Kapellmeister Righini verloren, welcher am 19. August zu Bologna, seiner Geburtsstadt, gestorben ist. Er war bei uns, was etwa Salieri in Wien war; vielleicht von etwas frischerm Wesen als Salieri, aber an Breite und Höhe ziemlich gleich. Für jetzt wüßte ich keinen italienischen Komponisten, dem wir Righinis Stelle wünschten, doch wozu werden wir uns nicht noch bequemen müssen? Ich habe manches von ihm, obwohl mittelbar, gelernt, besonders durch die gegenseitige Widerständigkeit mit den andern Kapellmeistern. Die Differenz zwischen tüchtigen Leuten gibt oft das beste Fazit.

Was Sie von Beethoven sagen, ist ganz natürlich. Auch ich bewundere ihn mit Schrecken. Seine eigenen Werke scheinen ihm heimliches Grauen zu verursachen. Eine Empfindung, die in der neuen Kultur viel zu leichtsinnig beseitigt wird. Mir erscheinen seine Werke wie Kinder, deren Vater ein Weib oder deren Mutter ein Mann wäre. Das letzte mir bekannt gewordne Werk (»Christus am Ölberge«) kommt mir vor wie eine Unkeuschheit, deren Grund und Ziel ein ewiger Tod ist. Die musikalischen Kritiker, welche sich auf alles besser zu verstehn scheinen als auf Naturell und Eigentümlichkeit, haben sich auf die seltsamste Weise in Lob und Tadel über diesen Komponisten ergossen. Ich kenne musikalische Personen, die sich sonst bei Anhörung seiner Werke alarmiert, ja indigniert fanden und nun von einer Leidenschaft dafür ergriffen sind wie die Anhänger der griechischen Liebe. Wie wohl man sich dabei befinden kann, läßt sich begreifen, und was daraus entstehn kann, haben Sie in den »Wahlverwandtschaften« deutlich genug gezeigt.

Künftigen Sonntag geht unsere Kunstausstellung der Königlichen Akademie an, worüber Ihnen wohl andere Freunde das Weitere schreiben werden, denn ich weiß über solche Dinge gar zu wenig zu sagen.

Ihren letzten Brief aus Karlsbad vom 2. dieses habe ich am 8. erhalten, und nun Gott befohlen! Z.

183. *An Zelter*

Hier kommt denn auch der zweite Teil meines wieder aufgefrischten oder aufgewärmten Lebens, wie man es nennen will. Möge er Sie im ganzen an mich erinnern und im einzelnen aufregend sein. Verzeihen Sie, wenn ich diesmal nichts weiter sage, denn wenn ich länger zaudre, so kommt das Büchlein nicht von der Stelle; wie es denn schon seit acht Tagen auf Absendung harrt und hofft. Wie vieles in diesem Werklein ist unmittelbar an Sie gerichtet! Wäre ich meiner abwesenden Freunde nicht eingedenk, wo nähm' ich den Humor her, solche Dinge zu schreiben?

Ein tausendfaches Lebewohl!

Jena, den 3. November 1812. Goethe.

Vor wenigen Tagen ist ein Scheffel Teltower Rübchen in zwei Gefäßchen nach Weimar gegangen, dem ich gute Ankunft in Ihrem Hause wünsche. Die Komödienzettel eines Jahrgangs sind dabei gepackt, um das schwere Postgeld für Löschpapier zu schonen.

Der zweite Teil Ihres lieben Buches hat mich aufs schönste unterhalten, und ich freue mich schon auf das Exemplar, das ich von Ihnen erhalten werde, um das Buch dann mit Ruhe und Muße zu lesen.

Kurz vorher hatte ich das Leben des Alfieri gelesen, welches mich sehr begierig gemacht hat, seine Tragödien kennen zu lernen. Ich habe mir daher einen Teil angeschafft und lese jetzt den »Agamemnon«, dem der »Orest« folgen sollte. Ob ich aber bis dahin gelangen werde, weiß ich noch nicht, weil ich noch nicht weiß, ob ich den »Agamemnon« zu Ende lesen werde, der mir etwas kalt vorkömmt, sei es nun, daß ich sein Italienisch nicht gut genug verstehe oder daß mich der »Tasso« verwöhnt hat.

Ihr Buch hat mich aufgerichtet und erbaut, da seit einiger Zeit so manches meine Zufriedenheit gestört hat. Man denkt mit seinen Feinden fertigwerden zu können und mit sich selber; dann kommen die Freunde, und das sind die Rechten: in die Erde möchte man sich verbergen, um ihrer guten Meinung zu entgehn. Doch ich schließe, damit der Brief fortkomme. Berlin, den 10. November 1812.

Z.

185. *An Goethe*

Sonnabend, den 14. November 1812.

So wie manche sonst wohlgesinnte Menschen mir übel tun, wenn sie es auch nicht wollen, so mögen Sie, mein teurer Freund, es anstellen, wie Sie wollen, es muß mir Gutes herauskommen. Soeben kommt Ihr zweiter Teil an, den ich freilich schon gelesen habe; ich blättre hier und dort und finde hier und dort, was mich an Sie, an mich erinnert, und Ihr kleines Briefchen ist ein rechtes Labsal in so trüben Tagen.

Mein ältester Sohn, den Sie kennen sollten, da Sie ihm in Weimar Gutes erzeigt haben, hat sich diese Nacht erschossen. Warum weiß ich noch nicht eigentlich, denn seine Schulden sind zu decken und sein Rechnungswesen in Ordnung. Er hatte eben angefangen, mir hülfreich zu werden, wie er denn, im Verhältnis zu den Seinigen, konnte ein geschickter Mensch genannt werden. Und nun verläßt er mich, eben da ich ihn recht heranzuziehen wünschte.

Sonntag, den 15. Zwei Briefe hat er am Tage vor seinem Tode geschrieben: einen an seinen Bruder, in dessen Gegenwart er sich den Tod gegeben hat. Darin empfiehlt er dem Bruder seine natürliche Tochter, ein Kind von drittehalb Jahren, und eine geliebte Witwe, der er die Ehe versprochen und die schon 2 Männer tot hat. An diese Witwe ist der 2. Brief gerichtet. Er stellt darinnen einen Ring zurück, beklagt, daß er ihren liebevollen Ermahnungen keine Folge geleistet, und sagt Lebewohl. Auf seinem Schreibpulte lag der »Don Carlos« aufgeschlagen. Auf dem Blatte stand: *»So ist denn keine Rettung? auch durch ein Verbrechen nicht? – Keine!«*

Einigemal ist mir das unangenehme Gefühl gekommen: ob ich durch strengen Ernst etwas bei ihm versehn. Seine vielen leidenschaftlichen, sinnlichen Verhältnisse waren nicht zu billigen. Obwohl er ganz von und mit mir lebte, war er vollkommen frei, hatte sein gutes Einkommen und eigene Ökonomie. In dem Briefe an seinen Bruder sagt er: er habe öfter versucht, an mich zu schreiben, aber umsonst.

Sein väterliches Vermögen, das in meinen Händen war (denn er ist mein Stiefsohn), habe ich ihm in der drückendsten Zeit, da er majorenn geworden, ausgezahlt; in seiner Kasse hat sich nichts gefunden.

Auf seinem Bette sitzend, neben seinem schlafenden Bruder hat er sich getötet. In diesem Akte sitzt er noch jetzt, da ich den Leichnam vor der Obduktion nicht anrühren darf, aber so schön und edel, wie [sich] ein erfahrner Schauspieler zufriedenen Kennern zeigen möchte. Die Witwe sagt mir: sie habe ihn einst freigeben wollen, da sie eben Gelegenheit habe, sich anständig zu verheuraten; darauf habe er das Pistol an seine Brust gedrückt und gesagt: dann solle dies seine Geliebte werden.

Er hat sich in den Mund geschossen und wenig Blut verloren, wo die Kugel durchgegangen ist. Der Mund ist rein und nur vom Pulverdampf beschlagen. Sein Gesicht ist freundlich. Das andere Pistol ist auch geladen und die Pfanne mit Pulver versehn. Die Briefe sind einen Tag vorher, aber unleserlich geschrieben und mit großen Tränentropfen benetzt. Auch eine Art von Testament hat er über seinen Verlaß gemacht. Gegen seine Bekannte ist er seit Wochen still und in sich gewesen, ich habe ihn in 8 Tagen nicht gesehn. Meine Bücher, die er geführt hat, sind in der größten Ordnung.

Nun muß ich mich ganz neu wieder auf mich selber einzurichten suchen. Er war mir unentbehrlich worden. Seinetwegen hatte ich alles Geschäftswesen, von dem er den halben Nutzen gewann, beibehalten. Vorgestern hatte er seine Aufgaben zum Meisterstücke bekommen, die er vor vielen andern mit Ehre würde bestanden haben. So verläßt er mich, indem er sich befreit. Ich hätte nicht geglaubt, daß ich des bittern Neides fähig wäre, womit ich seine schöne Leiche gleich nach seinem Verscheiden ansah, und hätte ich in diesem Augenblick an das andere Gewehr gedacht, was im Pulte zur Reserve lag – nein, es ist hart, grausam! Hätte er gewußt, wie ich ihn liebe, er könnte nicht selig sein!

Sagen Sie mir ein heilendes Wort. Ich muß mich aufrichten, doch bin ich nicht mehr, was ich vor Jahren war. Ich habe Kraft, aber zu andern Sachen; hier will ich gehalten sein. Seit neun Monaten habe ich meine einzige, höchst geliebte Schwester, deren Sohn (der zugleich mein Tochtermann war) und nun diesen geliebten Frevler verloren. Was vielen abgeht, darüber wissen viele sich nur gar zu leicht zu trösten; was Einer verliert, darüber muß er alle entschädigen.

Ich habe mir das Kind bringen lassen; es ist von stillem und gedrängtem Wesen und hat Augen, die den Ihrigen ähnlich sind. Ihr Bild, welches in meiner Stube hängt, sieht sie unablässig an; ich werde es wohl zu mir nehmen, damit ich wieder zu verlieren habe.

Abends. Um meinen Gedanken eine Richtung nach vorn zu verschaffen, habe ich Ihr Buch angefangen und lese es nun mit doppeltem Nutzen. Ihre Erziehung, insoweit sie von Ihrem Vater ausging, flößt mir nach Haltung und Methode Ehrfurcht ein. Ihr Vater scheint mir zum Vater geboren gewesen zu sein, ja zum Vater eines solchen Sohnes. Was man daran Wunderlichkeit nennen wollte, kann es bei andern sein, nur bei einem Vater nicht, und so verhält sich's auch mit gewissen Kleinheiten, die es im Hausstande nicht sind. Ihr Vater baut sein Haus nach seinem Willen und Bequemen, als wenn er niemals hinausgehen wollte. So wie sein Haus für sich und die Seinigen recht sein soll, so müssen dann auch die Kinder und Zubehör für das Haus recht sein. Aus diesem Hause geht der Sohn auf die hohe Schule und findet, daß die weit und breit gepriesenen Lehren gepriesener Lehrer, so würdig sie sein mögen, schon zwischen den elterlichen Wänden an seinem Ohre vorübergegangen sind. Das kann wohl so übel nicht sein, selbst wenn etwas Früheres darüber vernachlässigt wäre; vielmehr könnte es für junge wissenschaftliche Köpfe diensam sein, Kopf, Mittel und Fuß alles Wissens sobald als möglich vor die Anschauung zu bringen, da selbst verehrte Männer kaum wissen, was sie treiben und sich wie ein Mühlrad bewegen. Wie herrlich und ruhig Sie das alles zutage gelegt haben, ohne zu loben, dafür sei Ihnen ein langer Dank, den wenige noch zu geben wissen.

Montag früh. Die Art, wie die Entwickelung Ihres poetischen Berufs aufgeführt wird, hat mir ausnehmend wohl gefallen: einem Quell darf um Wasser nicht bange sein, das so leicht keiner brauchen und verbrauchen wird, als wozu er kann. Der Erhitzte, der Durstige, der Ermattete, der Heilige, der Starke, der Gewaltige, alle diese suchen ihn, weil sie die Notwendigkeit seines Daseins fühlen, und für solche fließt er heilbringend; da ist Polarität, Grund, Mittel, Zweck. Um vieles kleiner erscheint dagegen Alfieris Bestreben, keine Dichter zu lesen, um die Keuschheit seiner Originalität nicht in Versuchung zu führen. Wie mir denn auch seine so hoch gestellte Abneigung gegen alle Tyrannei eifersüchtig, eigensüchtig, ja tyrannisch erscheint. Endlich scheint ihm für die moderne Dichtung das Religiöse und für die antike das Heidnische rein abzugehen, weshalb er sich den Franzosen, die er zu hassen glaubt, näher befindet als sich selber und dem Altertume, das er zu verehren sich gedrungen fühlt. Belehren Sie mich, wenn ich irre, denn ich habe sein Leben mit vielem Anteile gelesen.

Abends. Endlich heut am dritten Tage nach dem Tode ist die gerichtliche Obduktion erfolgt. Das Pistol war nicht mit Einer Kugel, sondern mit acht kleinern Körnern geladen, die man hier Posten nennt und womit er sich recht sicher durch den Mund ins Gehirn getroffen hat. Ein drittes Pistol, das er von mir mit sich genommen, ist auch noch geladen. Der Körper fand sich innerlich und äußerlich rein und gesund, bis auf die Eingeweide, welche Zeichen der Hypochondrie hatten. Der Magen war leer. Morgen früh wird er bestattet.

Dienstag früh. Jetzt bringen sie ihn zur Ruhe. Ich bin in der Qual und muß denken: ich hätte es hindern können. Höchst wahrscheinlich hat sein Versprechen, die Witwe zu heuraten, den unseligen Entschluß herbeigeführt, indem ich ihm schon vor mancher Zeit sagte, daß, wenn er frei sei, ich wenigstens Eine ganz vorteilhafte Partie für ihn wüßte, worauf er mir die Antwort schuldig blieb. Die Witwe ist arm, hat einen Sohn, und er hatte sein Vermögen, das freilich nur in ein paar tausend Talern bestand, vertan.

Nun, mein liebster Freund, Lebewohl! Den inliegenden Brief sende ich anbei, da er von Wien zurückgekommen ist. Vielleicht hätten Sie sich mit dem Bauinspektor Frick gern unterhalten, da er sehr geschickt in Bereitung der Glasfarben ist. Lassen Sie von sich hören. Zelter.

186. *An Goethe*

Berlin, den 18. November 1812.

In Ihrem Verhältnis zu Herder und dessen ganzen Umfange ist eine Ironie von höchster Urbanität enthalten. Die Art, wie Sie an ihm hinaufblicken, die edle Reverenz gegen einen ernsten, deutschen, eifrigen, gelehrten, geistvollen geistlichen Mann, der unvollendet geblieben, weil das Leben kurz und das Leiden und Suchen lang ist, nimmt sich ganz heroisch, ja herkulisch aus.

Aus dem Wenigen, was ich von Herder kenne und verstehe, kommt er mir vor wie einer, der in tiefen und hohen dunkeln Regionen Erkenntnis sucht und manchmal länger ausbleibt, als wir andern Geduld haben zu erwarten, was er mitbringt.

Dagegen Sie wie ein fröhlicher Jäger mit dem geprüften Werkzeuge neben uns zu verweilen scheinen, um, richtig treffend, herabzuholen, was sich erreichen läßt und man endlich brauchen lernt, ja wohl gar zu unsern Füßen uns zeigen, was wir in der Höhe suchten.

Es freut mich sehr, daß ich den würdigen Herder noch habe persönlich kennen lernen und durch einige Unterredungen mit ihm imstande bin, Ihre Schilderung lebendig aufzufassen.

Den 19. Gestern abend habe ich den »Pygmalion« von Rousseau und Benda wieder aufführen sehn.

Der Effekt dieser Piece ist wie ein kalter Schlag und doch auch von sonderbarer Anregung, indem er, wo nicht anzieht, doch stößt und sticht.

In dem Gedichte selber erkennt man leichter den Verfasser des »Contrat social« und ähnlicher Produktionen als einen lyrischen, dramatischen Dichter:

Ein junger Künstler ist so glücklich gewesen, unter vielen Bestrebungen ein Werk hervorzubringen, das alles hinter sich läßt und selbst die Natur übertrifft. Dies soll alles wahr sein; denn ist sein Werk nur trefflich, so darf er schon mitreden, und man darf ihm glauben. Nun aber fängt er an zu räsonnieren, bleibt bei sich und seinem Werke stehen, pocht und schilt mit den Göttern, die seine Blasphemieen ruhig hören und deren Eifersucht wir aus der Fabelgeschichte kennen, und – was geschieht? Die Götter erhören, erfreuen, belohnen ihn durch die physische Belebung seiner Idee, indem sie Kunst und Natur, durch die sie allein Götter sind, auf seltsame Weise preisgeben.

Unglücks genug, wenn ein Poet kein Philosoph ist, fast noch schlimmer aber, wenn die Philosophen sich herablassen, in die Poesie zu pfuschen, und das Natürlichste lag so nahe, daß es der Komponist aus lauter Instinkt ergriffen hat, wodurch das Werk sich dennoch sehen und hören läßt.

Und wenn Pygmalion, durch sein gelungenes Werk aufgeregt, in sich selbst ginge und von hier aus auf die Götter fiele, mit dankbarer Anerkennung: was diese Götter alles in der Natur verbargen und nur braucht gefunden zu werden – oder gegenteils, wenn diese Götter sich den Hohn nicht wollten bieten lassen und den Knaben mitsamt seiner Töpferware zu Scherben schlügen – dann erst würde die Musik recht passen und das Stück ein Ganzes sein.

Vorher wurde das »Porträt der Mutter« von Schröder gegeben. Ein junger Schauspieler namens Wöhner trat darin mit Vorteil auf. Das Stück werden Sie kennen: ein junger Mensch, der gar kein Held ist, soll mit seinem Vater ausgesöhnt werden, und darüber müssen drei andere den Galgen verdienen.

Schelten Sie nur, daß ich so oft schreibe, wenn es mir übel ergeht. Ich will nicht gern allein sein, und nur mit Ihnen bin ich zu zwei.

Den 21. November. Könnten Sie mir wohl etwas Historisches nachweisen über die »Erste Walpurgisnacht«? Ich habe das Gedicht vor einiger Zeit angefangen in Musik zu setzen und bin über die Form mit dem Gedichte einig, doch möchte ich wohl etwas Spezielles darüber erfahren. Was im 6. Buche des Julius Cäsar über das Amt und die Lehre der Druiden gesagt ist, langt nicht aus und ist zu alt für diesen Zweck.

Auch über Klopstock bin ich endlich zu Frieden und verlange nichts mehr zu erfahren. Er wäre es wert gewesen zu sein, was er wünschte. Er hat genug getan, so schöne Materialien zu ahnden und zu sammeln; sein Name soll nicht vergehn, wenn auch niemand weiß, was er gewollt hat. Zu einem Dichter für mich aber – fehlt ihm gerade das, was er selber vielleicht kaum wünschte und achtete, und niemals habe ich Lessings: »Singe, unsterblicher Klopstock« vergessen können, wenn ich Klopstocks Oden las. Ich kann nicht warm und wohl daran werden, es ist mir, als ob ich Steine essen müßte, und seine Oden verhalten sich zur Poesie wie des Merkurs Stab zur Schlange. Z.

187. *An Zelter*

Dein Brief, mein geliebter Freund, der mir das große Unheil meldet, welches Deinem Hause widerfahren, hat mich sehr gedrückt, ja gebeugt, denn er traf mich in sehr ernsten Betrachtungen über das Leben, und ich habe mich nur an Dir selbst wieder aufgerichtet. Du hast Dich auf dem schwarzen Probiersteine des Todes als ein echtes geläutertes Gold aufgestrichen. Wie herrlich ist ein Charakter, wenn er so von Geist und Seele durchdrungen ist, und wie schön muß ein Talent sein, das auf einem solchen Grunde ruht!

Über die Tat oder Untat selbst weiß ich nichts zu sagen. Wenn das taedium vitae den Menschen ergreift, so ist er nur zu bedauern, nicht zu schelten. Daß alle Symptome dieser wunderlichen, so natürlichen als unnatürlichen Krankheit auch einmal mein Innerstes durchrast haben, daran läßt »Werther« wohl niemand zweifeln. Ich weiß recht gut, was es mich für Entschlüsse und Anstrengungen kostete, damals den Wellen des Todes zu entkommen, so wie ich mich aus manchem spätern Schiffbruch auch mühsam rettete und mühselig erholte. Und so sind nun alle die Schiffer- und Fischergeschichten. Man gewinnt nach dem nächtlichen Sturm das Ufer wieder, der Durchnetzte trocknet sich, und den andern Morgen, wenn die herrliche Sonne auf den glänzenden Wogen abermals hervortritt, hat das Meer schon wieder Appetit zu Feigen.

Wenn man sieht, wie die Welt überhaupt, und besonders

die junge, nicht allein ihren Lüsten und Leidenschaften hingegeben ist, sondern wie zugleich das Höhere und Bessere an ihnen durch die ernsten Torheiten der Zeit verschoben und verfratzt wird, so daß ihnen alles, was zur Seligkeit führen sollte, zur Verdammnis wird, unsäglichen äußern Drang nicht gerechnet, so wundert man sich nicht über Untaten, durch welche der Mensch gegen sich selbst und andere wütet. Ich getraute mir, einen neuen »Werther« zu schreiben, über den dem Volke die Haare noch mehr zu Berge stehn sollten als über den ersten. Laß mich noch eine Bemerkung hinzufügen. Die meisten jungen Leute, die ein Verdienst in sich fühlen, fordern mehr von sich als billig. Dazu werden sie aber durch die gigantische Umgebung gedrängt und genötigt. Ich kenne deren ein halb Dutzend, die gewiß auch zugrunde gehn und denen nicht zu helfen wäre, selbst wenn man sie über ihren wahren Vorteil aufklären könnte. Niemand bedenkt leicht, daß uns Vernunft und ein tapferes Wollen gegeben sind, damit wir uns nicht allein vom Bösen, sondern auch vom Übermaß des Guten zurückhalten.

Laß uns nun übergehn zu den andern Wohltaten Deiner Briefe, und ich danke Dir zuvörderst für die Betrachtungen über meine biographischen Blätter. Ich hatte darüber schon manches Gute und Freundliche im allgemeinen erfahren; Du bist der erste und einzige, der in die Sache selbst eingeht. Ich freue mich, daß die Schilderung meines Vaters eine gute Wirkung auf Dich hervorgebracht. Ich will nicht leugnen, daß ich die deutschen Hausväter, diese Lorenz Starke und wie sie heißen mögen, herzlich müde bin, die in humoristischer Trübe ihrem Philisterwesen freies Spiel lassen und den Wünschen ihrer Gutmütigkeit unsicher in den Weg treten, sie und das Glück um sich her zerstören. In den folgenden zwei Bänden bildet sich die Gestalt des Vaters noch völlig aus, und wäre sowohl von seiner Seite als von der Seite des

Sohns ein Gran von Bewußtsein in dies schätzbare Familienverhältnis getreten, so wäre beiden vieles erspart worden. Das sollte nun aber nicht sein und scheint überhaupt nicht für diese Welt zu gehören. Der beste Reiseplan wird durch einen albernen Zufall gestört, und man geht nie weiter, als wenn man nicht weiß, wohin man geht.

Habe ja die Güte, Deine Betrachtungen fortzusetzen: denn da ich, den Forderungen der Darstellung gemäß, langsam gehe und gar manches in Petto behalte (worüber denn schon manche Leser ungeduldig werden, welchen es wohl ganz recht wäre, wenn man ihnen die Mahlzeit von Anfang bis zu Ende, wohl gesotten und gebraten, in Einer Session vortrüge, damit sie solche auch geschwind auf den Nachtstuhl trügen und sich morgen in einer andern Restaurationsbude oder Garküche, besser oder schlechter, wie es das Glück träfe, bewirten ließen), da ich also, wie gesagt, hinter dem Berge halte, um mit meinen Landsknechten und Reutern zur rechten Zeit hervorzurücken, so ist es mir doch höchst interessant zu vernehmen, was Du als ein erfahrner Feldzeugmeister dem Vortrabe schon abmerkst.

Rezensionen dieses Werkleins habe ich noch nicht gelesen, das will ich auf einmal tun, wenn die zwei nächsten Bände gedruckt sind. Seit so vielen Jahren kann ich schon bemerken, daß diejenigen, die öffentlich über mich reden sollen und wollen, sie mögen nun guten oder bösen Willen haben, sich in einer peinlichen Lage zu befinden scheinen, und mir ist wenigstens kaum ein Rezensent zu Gesicht gekommen, der nicht an irgendeiner Stelle die famose Miene Vespasians angenommen und eine faciem duram gewiesen hätte.

Könnten Sie mich einmal unversehens durch den »Rinaldo« erfreuen, so wäre es eine große Sache. Ich habe mit der Musik keinen Zusammenhang als durch Sie, deswegen Ihnen auch für den »Invocavit« und die »Drei Könige« herzlicher Dank gesagt sei, ob ich gleich nur noch mit den Augen genossen habe.

Wir leben hier, mit einem ganz disproportionierten Aufwande auf Musik, doch eigentlich ganz sang- und klanglos. Die Oper mit ihren alten Inventarienstücken und denen für ein kleines Theater zugestutzten und langsam genug produzierten Neuigkeiten kann niemanden entschädigen. Indessen freut mich's, daß Hof und Stadt sich weismachen, es sei eine Art von Genuß vorhanden. Der Bewohner einer großen Stadt ist von dieser Seite glücklich zu preisen: denn dorthin zieht sich doch so manches bedeutende Fremde. Madame Milder hätte ich wohl hören mögen.

Auf Alfieri haben Sie einen Kernschuß getan. Er ist merkwürdiger als genießbar. Seine Stücke erklären sich durch sein Leben. Er peinigt Leser und Hörer, wie er sich als Autor peinigte. Seine Natur war vollkommen gräflich, daß heißt: stockaristokratisch. Er haßte die Tyrannen, weil er sich selbst eine Tyrannenader fühlte, und das Schicksal hatte ihm eine recht gebührende Tribulation zugedacht, als es ihn durch die Hände der Sanskulotten noch leidlich genug bestrafte. Ebendiese seine innere Adels- und Hofnatur tritt zum Schlusse recht lustig hervor, da er sich selbst für seine Verdienste nicht besser zu belohnen weiß, als daß er sich einen Orden verfertigen läßt. Konnte er deutlicher zeigen, wie eingefleischt ihm jene Formen waren?

Ebenso muß ich einstimmen in das, was Sie von Rousseaus »Pygmalion« sagen. Diese Produktion gehört allerdings zu den monstrosen und ist höchst merkwürdig als Symptom der Hauptkrankheit jener Zeit, wo Staat und Sitte, Kunst und Talent mit einem namenlosen Wesen, das man aber Natur nannte, in einen Brei gerührt werden sollte, ja gerührt und gequirlt ward. Diese Operation soll, hoff' ich, mein nächster Band zum Anschauen bringen: denn ward ich nicht auch von dieser Epidemie ergriffen und war sie nicht wohltätig schuld an der Entwickelung meines Wesens, die mir jetzt auf keine andre Weise denkbar ist?

Nun muß ich noch Ihre Anfrage wegen der »Ersten Walpurgisnacht« erwidern. Es verhält sich nämlich folgendermaßen. Unter den Geschichtsforschern gibt es welche, und es sind Männer, denen man seine Achtung nicht versagen kann, die zu jeder Fabel, jeder Tradition, sie sei so phantastisch, so absurd, als sie wolle, einen realen Grund suchen und unter der Märchenhülle jederzeit einen faktischen Kern zu finden glauben.

Wir sind dieser Behandlungsart sehr viel Gutes schuldig: denn um darauf einzugehn, gehört große Kenntnis, ja Geist, Witz, Einbildungskraft ist nötig, um auf diese Art die Poesie zur Prosa zu machen. So hat nun auch einer der deutschen Altertumsforscher die Hexen- und Teufelsfahrt des Brockengebirgs, mit der man sich in Deutschland seit undenklichen Zeiten trägt, durch einen historischen Ursprung retten und begründen wollen: daß nämlich die deutschen Heidenpriester und Altväter, nachdem man sie aus ihren heiligen Hainen vertrieben und das Christentum dem Volke aufgedrungen, sich mit ihren treuen Anhängern auf die wüsten unzugänglichen Gebirge des Harzes im Frühlingsanfang begeben, um dort nach alter Weise Gebet und Flamme zu dem gestaltlosen Gott des Himmels und der Erde zu richten. Um nun gegen die ausspürenden bewaffneten Bekehrer sicher zu sein, hätten sie für gut befunden, eine Anzahl der Ihrigen zu vermummen und hiedurch ihre abergläubischen Widersacher entfernt zuhalten und, beschützt von Teufelsfratzen, den reinsten Gottesdienst zu vollenden.

Ich habe diese Erklärung vor vielen Jahren einmal irgendwo gefunden, ich wüßte aber den Autor nicht anzugeben. Der Einfall gefiel mir, und ich habe diese fabelhafte Geschichte wieder zur poetischen Fabel gemacht.

Und nun das herzlichste Lebewohl! Wie sehr wünschte

ich mich statt dieses Blatts in Deine Nähe! Weimar, den 3. Dezember 1812.

G.

188. *An Zelter*

Ich verfehle nicht, mein teurer Freund, Dir zu vermelden, daß die Rübchen glücklich angekommen sind. Der eingefallene Frost hat ihnen nichts geschadet, sie schmecken vortrefflich und sollen uns in dem zu erwartenden strengen Winter wohltätig sein.

Mit der fahrenden Post erhältst Du ein wunderliches Werk, das Dir gewiß zu einiger Unterhaltung dienen wird. Es ist von einem merkwürdigen, aber freilich etwas seltsamen Manne und enthält eine neue Symbolik der Musikschrift. Statt der bisherigen Linien, Intervalle, Notenköpfchen und Schwänzchen setzt er Zahlzeichen und behauptet, daß man auf diese Weise viel leichter wegkomme. Ich kann darüber nicht urteilen: denn erstlich bin ich die alte Notenschrift von Jugend auf gewohnt, und zweitens kann niemand zahlenscheuer sein als ich, und ich habe von jeher alle Zahlensymbolik, von der Pythagoräischen an bis auf die letzten Mathematikomystiker, als etwas Gestaltloses und Untröstliches gemieden und geflohn.

Der Verfasser, der sich Dr. Werneburg nennt, ist gewiß ein geborner mathematischer Kopf, der aber die eigne Art hat, daß er die Dinge, indem er sie sich erleichtert, andern schwer macht; deshalb hat er mit nichts durchdringen können und wird schwerlich jemals, sowohl in den bürgerlichen als den wissenschaftlichen Verhältnissen, glücklich und zufrieden werden.

Sage mir ein Wort über dieses Büchlein, denn Du wirst leicht übersehen, was ihm zugunsten und zuungunsten spricht.

Vor einigen Tagen, weil man in den Winterstunden manches Vergangene rekapituliert, fiel mir ein, Herr Friedländer habe mir voriges Jahr eine Jupiterbüste zum Tausch angeboten. Sie war nicht groß und von rotem Marmor. Ist sie noch vorhanden und seine Meinung dieselbe, so wäre mir's angenehm, wenn sie mir, wohl eingepackt, zugesendet würde. Ich wollte sodann, wie das vorige Mal, meine Gedanken aufrichtig darüber mitteilen und das Beste, was ich zu geben habe, dagegen anbieten. So besitze ich eine Medaille von Cellini doppelt, es ist diejenige vom *Moses* und der Umschrift: »Ut bibat populus«, die ich wohl hochschätzen muß, weil ich dreißig Jahre vergebens danach getrachtet habe und sie alsdann durch sonderbare Zufälle in einem Jahre doppelt erhielt.

Vielleicht hat der Besitzer der Büste noch eine andere Liebhaberei, der ich entgegenkommen kann.

Nun will ich aber auch für die übersendeten Komödienzeddel danken. Sie werden nun gebunden, und ich kann euren berlinischen Theater- und Musikfreunden des ganzen Jahres in Gedanken folgen.

Wenn es mir immer leid tut, daß ich Deine akademischen Abende nicht mitfeiern kann, so tut es mir auch weh, daß Du manche schöne Vorstellung unserer Schauspieler nicht mit ansiehst. Neulich haben sie »Romeo und Julie« wieder ganz vortrefflich und zu jedermanns Zufriedenheit gegeben. In Berlin müssen sie mit diesem Stücke sehr täppisch umgegangen sein.

Ifflanden erwarten wir noch vor dem neuen Jahr. Ich freue mich sehr, ihn nach so langer Zeit einmal wieder zu sehen und die große konsequente Ausführung zu bewundern, durch die er jede Rolle zu adeln weiß. Es ist wohl eine der seltensten Erscheinungen, und ich glaube, daß sie noch bei keiner andern Nation stattgefunden, daß der größte Schauspieler sich meistens Rollen aussucht, die ihrem Gehalt nach seiner unwürdig sind und denen er durch sein Spiel den höchsten augenblicklichen Wert zu verschaffen weiß. Genau betrachtet, hat ein solches Verfahren auf den Geschmack des Volks einen höchst ungünstigen Einfluß: denn indem man genötigt wird, unter einer gegebenen Bedingung dasjenige zu schätzen, was man sonst nicht achtet, so kommt ein Zwiespalt in unser Gefühl, der sich bei der Menge gewöhnlich zugunsten des Geringen und Verwerflichen schlichtet, das sich unter dem Schutze des Vortrefflichen eingeschlichen hat und sich nunmehr als vortrefflich behauptet.

Wir wollen aber diese Betrachtungen für uns behalten; sie nützen der Welt nicht, die immer in ihrem Wuste hingehn mag.

Indessen ich nunmehr am dritten Teile meiner Biographie schreibe, gelange ich zu den ersten Wirkungen Shakespeares in Deutschland. Ob sich wohl hierüber noch etwas Neues sagen läßt? – Ich hoffe es. Ob ich jedermann nach dem Sinne sprechen werde? Daran zweifle ich sehr. Und da die Deutschen von jeher die Art haben, daß sie es besser wissen wollen als der, dessen Handwerk es ist, daß sie es besser verstehn als der, der sein Leben damit zugebracht, so werden sie auch diesmal einige Gesichter schneiden, welches ihnen jedoch in Betracht ihrer übrigen Untugenden verziehen werden soll.

Verzeihe mir nun aber auch, liebster Freund, wenn ich in meinen Briefen manchmal auch sauer sehe. Alte Kirchen, dunkle Gläser, sagt das deutsche Sprüchwort, und die kurzen Tage machen auch nicht heller. Meine Heiterkeit bewahre ich mir hauptsächlich für die biographischen Stunden, damit sich in die Reflexionen, die doch einmal angestellt werden sollen, nichts Trübes und Unreines mische.

Und somit Gott befohlen! Laß mich bald etwas vernehmen und lernen.

Weimar, den 12. Dezember 1812. G.

189. *An Goethe*

Berlin, den 10. Dezember 1812.

Einer der angenehmsten Eindrücke meiner frühen Jünglingsjahre trat frisch und jugendlich vor meine Erinnerung, als ich gestern Ihren lieben, herzlich treuen Brief erhielt und die ersten Worte las.

Sie erinnern sich gewiß auch des Pariser Aubergisten, der den guten Yorik nach dem Reisepasse fragte und in Ermanglung desselben vor Schrecken zurücketrat; wogegen der ehrliche Lafleur sich dem Yorik teilnehmend näherte.

So hat mein tiefes Leid, das mich scheuselig von aller Welt abbog, mir Ihr Vertrauen verdoppelt, indem Sie mir ein Bruderherz offen zeigen; so habe ich gewonnen, indem ich verlor und den Verlust kaum zu verwinden glaubte; so regt sich das Leben gewaltsam-menschlich wieder in mir auf, und – ich will's gern gestehen: ich habe mich wieder gefreut!

Einstweilen habe ich mich aufs neue wieder eingerichtet, da ich denn genug zu schaffen habe, um erst andere zu beruhigen. Zeit und Willen werden weiterhelfen, und was ich nicht kann, mag sich selber machen, da ich vor allem dahin zu sehn habe, wo ich selber bleibe.

Wennehe ich wieder an den »Rinald« kommen werde, weiß ich in der Tat nicht, da ich den Trieb dazu verloren habe; doch soll die erste Veranlassung dazu nicht ungenutzt bleiben. Dazu gesellt sich der Umstand, daß meine Anfänge gemeiniglich so auf den Korpus loseilen, daß ich in den meisten Fällen genötiget bin, am Ende einer Arbeit von vorn anzufangen.

Für Ihren Unterricht in Ansehung der »Ersten Walpurgisnacht« danke ich bestens. Ich habe die Sache wirklich nach Ihrer Beschreibung, das heißt: poetisch genommen, und das Historische gibt sich nun von selber. Aus manchen Erfahrungen habe ich mir gemerkt, daß faktische Notizen zuweilen Anklänge veranlassen, wodurch eine Art Klarheit und Wahrheit in eine Melodie kommt, welche das Verständnis so aufregen, daß ein Teil der Arbeit sich selber macht, besonders bei mir, der ich äußerer Anregungen so sehr bedarf.

Den 13. Indem ich zwischenein im ersten Teile Ihrer Memoiren blättre, fällt mir ein: ob wohl noch Reste von Ihren damals angefertigten Texten zu Kirchenmusiken möchten vorhanden sein? Ich kann meine Neugier nicht verhehlen, davon etwas zu sehn, wie mir denn die Periode, in welcher Sie sich mit biblischen Gegenständen beschäftigen, sehr annähernd ist, weil ich auch einen guten Teil meines Jugendlebens mit solchen Dingen verwebt war, obwohl ich weder wußte, was ich suchte, noch brauchte, was ich fand. Es interessierte mich am meisten, weil es uralt und dunkel war.

An Ihrer Darlegung des Ursprungs und der Geschichte der ersten Familien habe ich mich schon oft erbaut. Es ist gerade das, was ich nicht wußte und unzählige Male an Ort und Stelle gelesen hatte, wie es manchem andern auch mag ergangen sein.

Sie haben ebendaselbst die Frage angestellt: warum diese alten und oft ausgelegten Geschichten hier abermalen umständlich vorgetragen würden. Ich antworte kühnlich darauf: für mich und meinesgleichen! und, im vollen Ernste, lieber Freund, Sie haben sehr klugen Leuten diese Frage vorweggenommen, die gar nicht mehr wissen, was sie sagen sollen, und sich ganz bescheiden das Ansehn zu geben wissen, als ob sie allein berufen wären, nach allem zu fragen, was sie selber am besten zu wissen glauben.

Herr Professor Pfund, vom hiesigen Joachimstal'schen Gymnasio, Mitglied der Liedertafel und ein Biedermann, unterbricht dies Schreiben. Er bittet mich um einen Brief an Sie, da er in diesen Tagen nach Jena reiset, um seine Braut zu holen, die dort in Frommanns Hause lebt, und ich gebe ihm diesen mit.

Unser französisch-italienisch-deutsches Nationaltheater, welches sich seit etlichen Jahren in ein Königliches Schauspiel *über*setzt hat, werden wir bald auf das Adreßhaus tragen und *ver*setzen müssen. Eine Bande Tänzer, Figuranten, Kommis und Regenten, Schneider, Juden und Maler bringen es an den Bettelstab. Die Schulden sind nicht mehr von der Einnahme zu tilgen und die Gagen der Schauspieler so unverhältnismäßig, daß die Sachen in kurzem zu einem Bruche kommen müssen, den mancher Verständige längst vorhergesagt hat. Die Oper muß anjetzt alles leisten, und dafür ist das Schauspiel so leer, daß die wenigen, die es noch besuchen, es wegen der Kälte wieder verlassen. Es gab eine Zeit, wo die Leute mit Bewußtsein Geld wegwarfen, um sich an Possen und Quengeleien satt zu lachen und zu weinen; jetzt verlangen sie es ernsthafter, aber es ist nicht da, wenigstens nicht zu erreichen, und so werden wir auch von dieser Seite gestraft. Dabei leben wir jedoch in großer Sicherheit, denn wir wissen ja, wem wir das alles zuzuschreiben haben.

Z.

1813

190. *An Zelter*

Einer Sendung an Herrn Friedländer muß ich ein Blatt beilegen, welches, wenn es auch etwas später an Dich gelangt, doch liebevoll von Dir aufzunehmen ist. Es soll Dir vor allen Dingen danksagen, daß Du meinen Wunsch sobald an diese Kunstfreunde bringen wollen, und Dich zugleich ersuchen, diesen wackern Männern zu danken, daß sie mich mit ihrer Sendung sogleich und gerade zum neuen Jahr erfreut. Es ist abermals ein problematisches Werk und dient uns andern, die wir im Norden leider mehr in der Kritik als im Anschauen leben, zu gar mannigfacher Unterhaltung. Du läßt Dir ja wohl gelegentlich den Brief zeigen, in welchem ich mich darüber erklärt. Da ich denn doch zur Identitätsschule gehöre, ja zu ihr geboren bin, so ist mir freilich auch hier die schwere Aufgabe auferlegt, unbarmherzige Kritik und unsinnigen Enthusiasmus zu verbinden.

Ifflands Gegenwart hat mir sehr große Freude gegeben. Ich habe mich ganz rein an seinem Talent ergetzt, alles aufzufassen gesucht, *wie* er es gab, und mich ums *Was* gar nicht bekümmert. Nimm folgende Bemerkung geduldig auf. Wenn man es mit der Kunst von innen heraus redlich meint, so muß man wünschen, daß sie würdige und bedeutende Gegenstände behandle: denn nach der letzten künstlerischen Vollendung tritt uns, sittlich genommen, der Gehalt immer als höchste Einheit wieder entgegen, deswegen wir W. K. F. auch in den »Propyläen«, da wir noch in dem Wahn stunden, es sei auf die Menschen genetisch zu wirken, uns über die *Gegenstände* so treulich äußerten und unsere

Preisaufgaben dahin richteten; dies ist aber alles vergebens gewesen, da gerade seit der Zeit das Legenden- und Heiligenfieber um sich gegriffen und alles wahre Lebenslustige aus der bildenden Kunst verdrängt hat. Doch hierüber klage ich nur im Vorbeigehn: denn in Gefolg meiner ersten Rede wollte ich nur sagen, daß die Kunst, wie sie sich im höchsten Künstler darstellt, eine so gewaltsam-lebendige Form erschafft, daß sie jeden Stoff veredelt und verwandelt.

Ja es ist daher dem vortrefflichen Künstler ein würdiges Substrat gewissermaßen im Wege, weil es ihm die Hände bindet und ihm die Freiheit verkümmert, in der er sich als Bildner und als Individuum zu ergehen Lust hat. Man hat den Musikern wiederholt vorgeworfen, daß sie schlechte Texte lieben, man erzählt zum Scherz, daß einer sich offeriert, den Torzeddel zu komponieren, und wäre der Gesang nicht von dem Texte unabhängig, wie hätte denn die Karfreitagsmusik in der Sixtinischen Kapelle mit »vitulos« endigen können? und was dergleichen mehr ist. Mancher Komödienzeddel gäb' eine bessere Oper als das Büchelchen selbst, wenn man es recht darauf anlegte, und so hab' ich die Belebung toter Stücke, ja die Schöpfung aus Nichts an Ifflanden höchlich bewundern müssen. Die Menge jedoch, welche immer stoffartig gesinnt ist, betrübte sich über den großen, nach ihrer Meinung verschwendeten Aufwand.

Merkwürdig war die Wirkung des »Don Ranudo«. Die Grundnichtswürdigkeit des Stücks, die unsittliche Forderung, daß der Geburtsadel auf seinen Schatz unwürdig Verzicht tun solle, trat wie ein Gespenst hervor, und beinah tausend Menschen in einem kleinen Hause wurden verstimmt: denn selbst der gemeine Menschenverstand muß fühlen, daß jemand nicht verdient, erniedrigt zu werden, der sich seiner Natur nach nicht erniedrigen kann und will; vor Mitleiden konnte kein Mensch zum Lachen kommen.

Dieses Phänomen war mir um deswegen merkwürdig,

weil ich es als ein Symptom ansah, daß der Sansculottism schon veraltet sei und die verschiedenen Stände gegenwärtig ganz andere Sorgen und Leidenschaften haben, als daß sie sich untereinander necken, bekriegen und aufreiben möchten.

Merkwürdig war mir es außerdem, daß Iffland, der in seinen geschriebenen Stücken die ausführlichste Breite sucht, in seinem Spiel das Konzise, Knappe der extemporierten Stücke wieder heranfordert. Wie anders sähe unser Theater aus, wenn er nicht diesen Umweg hätte machen müssen! wie anders sähe es mit uns allen aus, wenn die direkten Wege zum Heil nicht jedem Menschen ein Geheimnis blieben!

Kaum war Iffland abgereist und Epiphanias erschienen, so machte ich Ernst, die »Heiligen drei Könige« bei mir einkehren zu lassen und durch Deine lieben Gesänge sowohl diesen Tag zu feiern, als uns die Aussicht auf Ostern und Pfingsten heiter zu eröffnen. Es war ein schöner und vergnügter Abend, den wir Dir durch öftere Wiederholung dieser und anderer Deiner Dinge schuldig geworden. Ich hoffe, dieser Anfang und Eingang soll gesegnete Folgen haben.

Von mir wüßte ich weiter nichts zu sagen, als daß ich in allem meinen Wesen abwechselnd fortfahre und daß manches gedeiht, obgleich mein Befinden nicht durchgängig das beste ist. Aufregend und höchst erheiternd bleibt mir die Bemühung, Gegenstände alter Kunst aus übriggebliebenen historischen Nachrichten, Trümmern, Anlässen und Ähnlichkeiten wiederherzustellen. Mit »Myrons Kuh«, glaub' ich, ist mir's gelungen.

Herrn Pfund hab' ich gern und freundlich, obgleich nur kurze Zeit gesehn. Er empfahl sich mir besonders durch seine Anhänglichkeit an Dich. Seine Braut fing ich an als Kind von acht Jahren zu lieben, und in ihrem sechszehnten liebte ich sie mehr wie billig. Du kannst ihr auch deshalb etwas freundlicher sein, wenn sie zu euch kommt.

Und nun das herzlichste Lebewohl!

Weimar, den 15. Januar 1813. G.

191. *An Goethe*

Berlin, den 24. Dezember 1812.

Mein süßer Freund und Meister! mein Geliebter, mein Bruder! Wie soll ich den nennen, dessen Namen immer auf meiner Zunge liegt, dessen Bild sich auf alles abspiegelt, was ich liebe und verehre!

Wenn das weimarische Kuvert meine Treppe heraufwandelt, gehen meinem Hause alle Sonnen auf. Die Kinder, die es kennen, reißen sich darum, wer von ihnen es mir bringen soll, um des Vaters Angesicht im Lichte zu sehn, und ich halte es denn lange uneröffnet, besehe es, ob es auch ist, was es ist, drehe es und drücke es und küsse es.

Herr Friedländer, dem ich sein Anerbieten in Ansehung der Jupitersbüste in Erinnerung gebracht habe, war sogleich bereit, das Kunstwerk einzupacken und abgehn zu lassen, und jetzt wird es wohl schon auf dem Wege sein.

Auch ich habe in diesen Tagen eine angenehme A[c]quisition gemacht, indem ich ein Originalgemälde von Denner gekauft habe, welches den von mir so hoch gehaltnen Komponisten Hasse vorstellt, der im Jahr 1783 in Italien in seinem 78. Jahre gestorben ist und ein so fruchtreiches Künstlerleben geführt hat. Das Bild ist im Jahr 1740 gemalt, 2 ½ Fuß hoch, 2 Fuß breit, in Öl, wohl erhalten und stellt den Künstler als einen schönen Mann in der Fülle seiner Kraft und seines höchsten Applauses in Deutschland, besonders aber in Italien, wo er unter dem Namen »il Sassone« berühmt war, dar. Augen, Mund, Kinn und Nase sind von schönem Schnitt und saftiger Fülle, und das Portament nebst Ausdruck und Farbe bestätigen einen Künstlercharakter, der sich nur in Italien zufrieden fühlte; denn er hat in Italien gelernt, geliebt, gefallen, sich verheiratet und ist daselbst gestorben; wie er auch die dortige Religion angenommen hatte. Seine Frau war die berühmte Sängerin Faustina.

Dr. Werneburg ist mir persönlich bekannt worden, da er vor dem Kriege in Berlin war. Sein Werk hat er damals (wenn ich nicht irre, in Manuskript) der hiesigen Akademie vorgelegt, wodurch es auch mir bekannt wurde, indem von mir indirekte (ich glaube, durch Herrn Nicolai) ein Urteil darüber verlangt wurde. Die Sache selbst hat ihre Richtigkeit, und es ist nie geleugnet worden, daß unsere musikalische Zeichenlehre sehr weitschichtig ist. Allein wir haben sie, wir brauchen sie, wir sind daran gewöhnt; unsere Instrumente klingen, wie wir es haben wollen, und die vollkommenste Bezeichnung der Töne verlangt endlich immer solche Ausführer, die das Beste aus sich selber schöpfen müssen – damit Punktum!

Hat der Kopenhagner Schulz nicht einmal mit seiner äußerst leichten neuen Tablatur Platz gewinnen können, welcher die Sache klug genug anfing, indem er nur verlangte, die kritischen Blätter sollten sich derselben bedienen, weil seine Zahlen und Zeichen in allen Druckereien bei der Hand sind. Auch der Genfer Rousseau hat gute Vorschläge getan, und endlich neuerdings noch ein anderer Inventor. Das alles kann jetzt nichts mehr helfen, da höchstens nur jeder lernt, was alle schon wissen.

Den 24. Januar 1813. Solange liegt dieser Anfang unter andern Papieren, die auch nicht von der Stelle rücken; ja es kostet Gewalt, sich in diesen Tagen von der Stelle zu schieben. Gestern habe ich Deinen lieben Brief vom 15. dieses durch Herrn Friedländer erhalten und danke aufs schönste für den belehrenden Inhalt; denn Herr Friedländer hat mir auch seine beiden letzten Briefe von Dir zu lesen gegeben. Welch ein Schatz von Leben geht doch aus solcher Ansicht der Kunst hervor, da man nach Jahrhunderten die Gestalt wiederfindet, welche ein Werk hatte, welche Zeit und Mißverstand zu vertilgen strebten, indem der Geist den Geist sucht und findet.

So auch habe ich über den »Don Ranudo« schon manche Fehde gefochten, da ich über das jämmerliche Wesen niemals habe mitlachen können. Doch hat es mir kein so schlimmes Blut gegeben als die gänzliche Vergreifung unseres Virtuosen an dem Charakter des Shylok, woran man freilich wohl sieht, daß niemand weiter kann, als sein Fell weit ist. Ich habe mir diesen Juden immer als einen wahren Kaufmann vorgestellt, der vollkommen recht hat und nichts sucht als sein Recht, welches ihm durch sogenannte Billigkeit und Tugend geschmälert wird, und kurz: dem Rechte geschieht Unrecht! Das ist die Pointe der Moral des Stücks! Das hat der Dichter gewollt, er mag gewollt haben oder nicht. Der ganze Haß des Juden geht dahin, einen Menschen zu vertilgen, der den Handel verdirbt. Darin hat der Jude, der Handelsmann recht, und der sogenannte Kaufmann Antonio ist nichts mehr als ein tugendhafter intoleranter Schwätzer, der nicht weiß, wie er reich geworden ist, und im Übermute seines humanen Kitzels doch den Reichtum für das Höchste hält. – Diesen venetianischen Juden nun zu einem knotigen lausigen Wasserpolacken erniedrigt zu sehn, ohne irgendein Verdienst an ihm erkennen zu lassen, und doch eine Schar edler Menschen, ja den Doge selber und den ganzen Staat in gewaltiger Bewegung zu sehn – das kann mich zum Zorne reizen, ja ich kann mich kaum darüber zufriedenstellen.

Aus diesem Grunde nun habe ich das ganze Schauspielwesen immer für etwas sehr Subordiniertes gehalten, da man mit den Besten dieses Gelichters so vorliebnehmen lernen muß, daß Sinn und Gedanke zur Hölle fährt und wir andern mit. Und endlich soll man sich noch dafür bedanken.

Das Werneburgische Werk ist noch nicht mit der Post angekommen, und obwohl ich es aus dem Manuskripte kenne, so wäre es mir dennoch wichtig genug, es nach manchen Jahren gedruckt zu sehn, ja, wenn Du es verlassen wolltest, es für mich zu behalten und gelegentlich etwas anderes dafür anzubieten. Nun lebe wohl, mein allerliebster Freund! Herr Friedländer will diesen Brief einlegen. Z.

Möchtest Du mir doch einige Tropfen der schönen Milch zufließen lassen, welche Du Myrons Kuh entlockt hast.

192. *An Goethe*

Berlin, den 12. Februar 1813.

Die Sensation Deiner Biographie ist allgemein, obwohl von verschiedener Wirkung. Man liest sie nicht bloß, man liest auch die Bücher wieder, welche darinne genannt sind. So habe ich mir Schlossers Schriften wieder hervorgesucht, indem ich mich aus selbigen einer recht verständigen Abhandlung *über die Aufhebung der Zünfte* erinnerte. Den »Landpriester« hatte ich vor manchen Jahren englisch gelesen und seit der Zeit den Priester und das Englische zusammen vergessen, da ich nie eine Sprache leiden konnte, die sich nicht singen lassen will. Nun liegt die deutsche Übersetzung vor mir, und in den nächsten Tagen wird sie gelesen. Ich konnte sie schwer erhalten, weil eben jetzt jeder sein Exemplar selber braucht. Man überschlägt auf diese Art die Progression seiner eigenen Bildung, indem man sich vergegenwärtigt, wie eins und das andere zu seiner Zeit genossen oder verstanden worden.

Dann gibt es unter den Lesern der »Dichtung und Wahrheit« (ich meine die von der Profession) solche, die immer noch beim Titel halten, den sie wie eine mathematische Äquation nach Worten, Silben und Buchstaben drehen und deuteln, wo nicht gar eine Schelmerei darinne suchen. Da diese ihren Homer griechisch lesen, so können sie nicht dahinterkommen, wie hier und überall im Leben Dichtung und Wahrheit zusammenkommen. Das gibt denn manchen Spaß, weil ihnen niemals was begegnet ist, das des Aufschreibens oder gar des Lesens würdig wäre. Und wenn sie auch alle Zeitungen und Zeitblätter lesen, so verhalten sie sich dennoch zu ihrer Zeit wie ein Stein im fließenden Wasser.

Clodius Kind in Leipzig hat geweint und auch ein bischen gepocht, daß sein seliger Vater vom Himmel herab nicht mehr gelten soll als bei seinem Leben. Aber selbst solche haben darüber gelacht, die im Herzen wohl gewünscht hätten, daß es zu etwas gekommen wäre. So verkürzen sie sich selber die Zeit, da sie sonst nicht wüßten, was sie zu tun hätten.

Herr v. Woltmann hat durch zwei Stücke seiner neuen Zeitschrift eine Relation über die Biographie ans Licht gestellt, welche ich mit Vergnügen gelesen habe, da sie meist in Deinen eigenen Worten spricht, obwohl solche mehr einem Bedenken als einer Meinung nahekommt; denn auch er scheint mir von nach und nach selbst gedrechselten historischen Maximen abhängig. Über Klopstock hat er Dich schwerlich verstanden, bei dem er immer nach solchen Eigenschaften geforscht und solche zu finden gemeint hat, die gar nicht in ihm waren.

Eben habe ich auch den ersten Teil des »Phantasus« gelesen. Nun ja, Herr! ich glaube, Ihr seid ein Poet! doch mit Gunst – von der horizontalen Linie! Ich sage das nur (denn das Buch ist mir interessant genug gewesen), weil ich mich dabei erinnerte, daß der Kohl grün war, ehe er gekocht wurde. Denn der Verfasser äußerte sich letzthin sehr laut und bestimmt gegen den Schutz, welchen Du dem Gelegenheitsgedichte angedeihen lassen, und daß der Gehalt für die Poesie – in souveränen Staaten von oben her komme, und so weiter. – Wenn es eine Kunst ist, solche Geschichten aufzusieden und genießbar zu machen, um sich nach Jahrhunderten noch den Tod daran zu lesen, so ist es wenigstens eine sehr kleine Kunst, worüber die Sozietät der Irrlichter wohl lachen muß, sie mag wollen oder nicht. Denn das konnte wohl nur einem Ziebinger einfallen, sich den Leib mit solchem Ballast aufzudunsen, um ihn nachher auf solche Art haufenweis von sich zu geben. Aber es gibt Leute, welche dies doppelte Geschiß mit einem Appetite zu sich nehmen, als ob's mit Sonnenstrahlen gekocht wäre.

Den 17. Februar. Geheimer Rat Wolf wollte, daß ich Dir seine neue Übersetzung der ersten Horazischen Satyre mit diesem Briefe übersenden sollte. Nun ist sie jedoch noch nicht aus der Druckerei, und so mag er sie selber senden. Ich kenne diese Übersetzung schon seit länger und habe mich recht sehr daran erfreut und erbaut, indem ich nicht so sehr die Kenntnis beider Sprachen zu bewundern verstehe, als weil in der Übersetzung doch auch der Humor des Originals an manchen Stellen so glücklich nachgebildet ist.

Man kann nicht mehr von den Philologen verlangen, wenn man nicht noch immer wünschen müßte, daß doch dadurch nun auch angefangen würde, auf eine reine bestimmte Produktion der deutschen Mundart zu halten, die doch gar zu klanglos ist.

Ich muß immer lachen, denn mitreden und -streiten kann ich nicht, wenn ich diese metrischen Geister über Deine Hexameter und Pentameter skalieren höre, die mir so klangvoll und gemäß vorkommen, daß ich künstlichere dagegen tot und matt finde. Es ist eine rechte Qual, Vossens »Horaz«

zu lesen und den Sinn der Sache mit der Lanterne zu suchen. Die Herren kommen mir dann nicht anders vor als gewisse Lords, die aus ihrer Tugend andern Leuten eine Not machen.

Sonntag, den 21. Gestern ist es etwas ernsthaft in unserer Residenz hergegangen. Von einer Anzahl Kosaken, die gegen 300 angegeben werden, hatten sich gegen 150 auf den Anhöhen vor der Stadt zusammengefunden, sprengten in die Tore herein und hieben und schossen eine Anzahl Franzosen nieder, welche sie auf den Straßen fanden. Dies geschah gegen Mittag. Ich befand mich auf der Akademie. Als ich gegen 2 Uhr zu Hause wandeln wollte, waren die Brücken bereits von den Franzosen gesperrt und mit Kanonen besetzt; ich mußte deshalb einen sehr weiten Umweg nehmen, bis ich endlich mein Haus nach 3 Uhr erreichte. In meiner Straße war es lebhaft hergegangen. Die mir gegenüber stehenden Häuser waren von Kugeln durchlöchert. Mehrere Bürger sind getötet und mein Nachbar, ein Kaufmann, auf den Tod verwundet. Gegen 5 Uhr hatten die Kosaken den Weg zum Tore hinaus wieder gefunden. Wären diese kühnen Leute still, in Masse, ins Haus des französischen Gouverneurs, Herzogs von Castiglione, gedrungen, anstatt sich in den Straßen mit dem Niederhauen einzelner Franzosen zu beschäftigen und die ganze Stadt zu alarmieren, so hätte der coup gelingen können, und hätten gegenteils die Franzosen, welche überrumpelt schienen, sogleich die Tore sperren lassen, so wäre kein Russe gesund wieder herausgekommen.

Ich bin mit meinem Hause noch unbeschädigt. Mein ältester Sohn ist als reitender Jäger zum Könige nach Breslau abgegangen.

Diesen Augenblick (abends 10 Uhr) heißt es: die Franzosen würden nach Mitternacht die Stadt verlassen. Ich glaube es nicht, denn sie haben Verstärkung von 2000 Mann Infanterie erhalten.

Den 22. Morgens 7 Uhr. Die Franzosen sind nicht abgezogen. Die ganze Besatzung hat die Nacht über in den Straßen bivouakiert. Es herrscht eine ahndungsvolle Stille, niemand weiß, was er vornehmen soll; unterdessen redigiere ich frühere Kompositionen.

Den 24. Alles ist ruhig. Die Kosaken schwärmen vor den Toren herum. Der Vizekönig und der General Saint-Cyr sind mit Kavallerie angekommen und die Stadt nun mit etwa 12 000 Mann besetzt. Der Zustand ist ängstlich, doch habe ich seit Sonnabend besser geschlafen als lange vorher. Es ist so ruhig, daß man des Abends die Hunde laufen hört.

Den 26. Februar. Herrn Werneburgs »Musikschule« habe ich nun auch gelesen. Herr Dr. Osann hat sie mir am 22. dieses zugeschickt.

Der Eifer und bittre Ernst, mit dem er sich der gerechten Sache annimmt, würde den Musikern Kurzweil machen, wenn sie das Buch läsen. Er kommt mir vor, wie unser seliger Prediger Bierdemann, der von der Kanzel immer auf die Abwesenden schalt, daß es die Unschuldigen hören mußten.

Wäre seine neue Musiklehre im Gebrauch und er wollte *die* einführen, welche wir haben, man würde ihn für toll halten. Doch die Welt ist, wie sie ist, und auf seine Art wird es schwer halten, ihr beizukommen. Nun weiß ich nicht, ob ihm zu raten ist. Denn hätte er Lust, aus dem Werke, das des Geredes zu viel hat, einen pertinenten Auszug oder Katechismus zu formieren, den man diesem oder jenem in die Hände geben könnte, um in Schulen davon Anwendung zu machen, ich meine, die Sache könnte leichter gehn, und auch ich würde die Hand bieten.

Den 27. Februar. Vorgestern habe ich Beethovens Ouvertüre zum »Egmont« recht gut ausführen hören. Von Rechts wegen müßte jedes bedeutende deutsche Theaterstück seine eigene Musik haben. Es läßt sich kaum berechnen, wieviel Gutes daraus entstehn könnte für Dichter, Komponisten und

Publikum. Der Dichter hat den Komponisten auf eigenem Felde, kann ihn leiten, verstehn lehren, ja ihn verstehn lernen; der Komponist arbeitet nach einer Totalidee und kann bestimmt wissen, was er nicht machen muß, ohne beschränkt zu sein, und es muß eine Glückseligkeit sein, wenn beide sich nebeneinander erkennen und durcheinander erklären.

Diesmal ward die Ouvertüre ohne das Stück gehört, wie der selige Gleim immer den Hut Friedrichs des Großen vorzeigte. Die Ouvertüre aus F-Moll kündigt in einer Folge finstrer Akkorde eine Tragödie an, geht in ein republikanisches Wesen über, dem das Kriegrische nicht fehlt, wird wohl- und wehmütig, träumerisch, tumultuarisch und endet siegreich. Ein Verdienst mehr an dieser Musik ist – das Zeitgemäße: sie ist gerade so lang, als ich sie wünschte, und die erste Szene schließt sich recht gut an das Ende der Ouvertüre an.

Nun möchte ich ihn bereden, auch die Entr'acte in Musik zu setzen, die alle aus der Ouvertüre hervorgehn müßten. Denn außer dieser Zutat paßt jede tragische Ouvertüre mehr oder weniger ebensogut, da die Freude an einem Ganzen aus der Entwicklung der Teile besteht.

Reichardts Zwischenakt, zwischen dem 3. und 4. Aufzuge dieses Trauerspiels, ist vorzüglich, trotz der lockern Ausführung. Er hat zu der Melodie des Liedes »Freudvoll und leidvoll« Variationen gesetzt, welche das Orchester während des 3. und 4. Akts spielt, bei deren ersten Anhörung ich hingerissen worden bin.

Den 11. März. Daß die Franzosen Berlin verlassen haben, wirst Du aus den Zeitungen sehn. Meine russische Einquartierung besteht in dem Major v. Juny, der jetzt Stadtkommandant ist, nebst seinen Leuten und Pferden. Der junge Mann spricht ganz gut Deutsch und ist ein geborner Moskauer.

Nun habe ich auch den zweiten Teil des »Phantasus«

gelesen, worin mir besonders die »Verkehrte Welt« vielen Spaß gemacht hat. Diese »verkehrte Welt« aber ist *alle* Welt, und es ist mir hier erst eingefallen, daß die Welt so sein muß, wenn man Freude soll daran und darin haben können. Schön bedanken würde ich mich – vor einer unverkehrten Welt, worin für uns beide kein Platz wäre. Übrigens (spricht Herr Ernst) bist Du ein merkwürdiger Mann, dessen Bemühungen löblich sind, trotz Deiner Furcht vor dem Genialischen. Deine frühern Gedichte lassen sich genießen und haben gewirkt, doch solche Menschen wie der Mediceer – sind sehr selten. So spricht der Herr!

Da Herr Sibbern diesen Brief mitnehmen will, so muß ich wohl schließen. Zugleich gebe ich ihm den 4. Teil meiner Lieder mit, welchen ich einen guten Vortrag wünsche, wenn sie vor Dein Ohr treten sollen. Die Nummern 1. 3. 8. 9. 12. möchte ich an das Gefühl ihrer Periode zurückführen, als nämlich die Gedichte entstanden sind. Die »Rastlose Liebe« ist eine Komposition des vorigen Sommers: ob man im 54. Jahre wohl noch eine rastlose Liebe abmalen kann? – Gott befohlen. Z.

193. *An Zelter*

Beikommendes, mein teuerster Freund, war Dir schon lange bestimmt, ich zauderte, es abzusenden: denn man wußte kaum zuletzt mehr, mit wem man in der Welt noch zusammenhinge oder nicht; jetzt finde ich eine gute Gelegenheit, es nach Berlin zu bringen. Nachdem ich erst um Deinetwillen besorgt gewesen, konnte ich mich bald beruhigen; nun bin ich für mich und das Meinige besorgt und vielleicht sobald nicht beruhigt. Am 17. April ging ich, mehr durch Zureden der Nächsten und Freunde als aus eignem Entschluß, von Weimar ab. Ich war noch mit einem preußischen

Passe durch die Chaine gekommen, als am 18. die Franzosen nicht ohne Gewalt wieder in Weimar einrückten. Davon weiß ich aber selbst nicht mehr, als was der allgemeine Ruf verkündet; denn ich habe seit der Zeit weder etwas von dorther vernommen, noch hat ein Brief von mir dorthin gelangen können.

In Dresden sagte mir Dr. Sibbern, daß er Dich gesehn, daß Du ihm etwas an mich habest mitgeben wollen, daß Du aber deshalb abgestanden, weil er wahrscheinlich nicht nach Weimar kommen würde. Dahin wird er freilich nicht gelangen, aber in Dresden wäre es mir erfreulich gewesen, etwas von Dir zu vernehmen. Ich lege ein kleines Liedchen bei, eine Parodie auf das elendeste aller deutschen Lieder: »Ich habe geliebt, nun lieb' ich nicht mehr.« Wäre das Dichten nicht eine innere und notwendige Operation, die von keinen äußeren Umständen abhängig ist, so hätten diese Strophen freilich nicht in der jetzigen Zeit entstehen können, und da ich denke, daß ihr immer einmal wieder tafeln und singen werdet, so sei euch dieser außerzeitige Scherz gewidmet.

Lebe recht wohl und laß mich bald etwas von Dir erfahren.

Teplitz, den 3. Mai 1813. Goethe.

[Beilage]

Ich habe geliebet, nun lieb' ich erst recht,
Erst war ich der Diener, nun bin ich der Knecht,
Erst war ich der Diener von allen.
Nun fesselt mich diese scharmante Person,
Sie tut mir auch alles zur Liebe, zum Lohn,
Sie kann nur allein mir gefallen.

Ich habe geglaubet, nun glaub' ich erst recht,
Und geht es auch wunderlich, geht es auch schlecht,

Ich bleibe beim gläubigen Orden.
So düster es oft und so dunkel es war,
In drängenden Nöten, in naher Gefahr
Auf einmal ist's lichter geworden.

Ich habe gespeiset, nun speis' ich erst gut,
Bei heiterem Sinne mit fröhlichem Blut
Ist alles an Tafel vergessen.
Die Jugend verschlingt nur, dann sauset sie fort,
Ich liebe zu tafeln am lustigen Ort,
Ich kost' und ich schmecke beim Essen.

Ich habe getrunken, nun trink' ich erst gern,
Der Wein, er erhöht uns, er macht uns zum Herrn
Und löset die sklavischen Zungen.
Ja schonet nur nicht das erquickende Naß,
Denn schwindet der älteste Wein aus dem Faß,
So altern dagegen die jungen.

Ich habe getanzt und dem Tanze gelobt,
Und wird auch kein Schleifer, kein Walzer getobt,
So drehn wir ein sittiges Tänzchen.
Und wer sich der Blumen recht viele verflicht,
Und hält auch die ein' und die andere nicht,
Ihm bleibet ein munteres Kränzchen.

Drum frisch nur aufs neue, bedenke dich nicht,
Denn wer sich die Rosen, die blühenden, bricht,
Den kützeln fürwahr nur die Dornen.
So heute wie gestern es flimmert der Stern –
Nur halte von hängenden Köpfen dich fern
Und lebe dir immer von vornen.

Den 19. April 1813. G.

194. *An Zelter*

Da sich eine Gelegenheit findet, Dir, mein Teuerster, einige Worte zu sagen, so will ich sie nicht versäumen, da man in dieser jetzt zerrissenen Welt nicht mehr weiß, wem man angehört. Schon 8 Wochen bin ich hier, lebe einsam, friedlich, bearbeite meinen dritten Band und hoffe ihn zu Michael zu liefern. Der Himmel gebe Frieden um tausend und abertausend Ursachen willen, und dann auch, damit wir Leser finden. Am 3. Mai sendete ich Dir durch Herrn v. Lützow Nachricht von mir, mit Beilage. Wie sehr habe ich an Dich gedacht, und wo man hindenkt, sieht man bedrohte Freunde. Die Meinigen sind wohl und helfen sich entschlossen durch. Ich bin gesund und kann arbeiten. Was verlang' ich mehr? Möge es Dir leidlich gehen und ich es bald vernehmen!

Teplitz, den 23. Juni 1813.

195. *An Zelter*

Es gehen wieder von hier einige Berliner ab, und ich will durch diese Dir wenigstens ein Wort des Grußes und Andenkens zuschicken. Ich habe dieses Frühjahr sowie den Sommer in äußerer Ruhe und gutem Wohlbefinden zugebracht; das Gemüt aber über das Allgemeine, was die Welt drückt und bedroht, zu beruhigen, hält schwer, und da ich kein anderes Vergnügen habe, als wenn ich meine Arbeit gefördert sehe, so war es mir äußerst unangenehm und lästig, daß mein Reisegefährte, meine adoptive rechte Hand, krank ward und ich mit größerer Anstrengung und mancherlei Unbilden doch noch nicht zu meinem Zweck gelangen konnte. Indessen lasse ich ihn nicht aus den Augen und hoffe, Dir zu Michael den dritten Band meines biographischen Versuchs zu übersenden, woran Du, wie ich wünsche, erkennen wirst, daß ich auch viel an Dich gedacht und in Hoffnung eines freundlichen Erwiderns manches Wort an Dich gerichtet habe. Laß mich auch, wenn es möglich ist, bald wieder etwas von Dir vernehmen.

Töplitz, den 27. Juli 1813. G.

196. *An Zelter*

Dieses Blatt soll bald in Deine Hände gelangen, verspricht mir Herr Professor Kiesewetter. Er wird Dir sagen, wie es bei uns aussieht und wie das Ungeheure mit ganz leidlichem Schritt bei uns vorbeigegangen. Ich mit den Meinigen wir haben uns nicht zu beklagen, ja unser Schicksal gegen das so vieler andern höchlich zu loben. Sage mir etwas Erfreuliches von Deinem Zustande. In so vielem Unheil ist es schon großer Trost, von seinen Lieben nicht ganz abgeschnitten zu sein. Alles Gute mit Dir! innerlich, wenn nicht äußerlich.

Weimar, den 29. Oktober 1813. G.

197. *An Goethe*

Berlin, den 16. November 1813.

Wenn die Teltower Rübchen, welche heute abgehn sollen und vom Froste mögen verschont bleiben, dieses Jahr weniger gut sein sollten als sonst, so rühmen sie sich dagegen des Preises, wodurch die Ebenen von Großbeeren in der Geschichte glänzen, und ich wünsche, daß sie Dich, mein Geliebter, kapabel finden mögen, sie mit Appetit zu genießen.

Es liegen zwei Briefe an Dich noch immer vor mir, die auf Gelegenheit hoffen, ohne welche ich sie nicht senden mochte, da ich nicht gewiß wußte, wo sie Dich treffen sollten. Deine Briefe und somit auch der letzte durch Herrn Professor Kiesewetter sind richtig eingegangen.

Ich bin gesund und der Alte; aber mein ältester Sohn ist von den Franzosen gefangen nach Frankreich gebracht; aus Mainz hatte er mir geschrieben, daß er unverwundet ist.

Wenn Dein dritter Teil gedruckt ist, so laß ihn mir bald zukommen; ich lechze darnach. Soviel für diesmal und bald ein mehreres von

Deinem

Z.

198. *An Zelter*

Endlich einmal, mein Alter, Guter, seh' ich Deine liebe Hand wieder! Du kündigst mir die Erdgewächse freundlich an, zum großen Troste, da ich hieraus ersehe, daß das ungeheuerste Schicksal nicht einmal den Rübenzyklus stören kann. Laß es mit unserm Übrigen auch so sein.

Vorerst also wirst Du mich höchlich verbinden, wenn Du mir den Text: »In te Domine speravi et non confundar in aeternum« vierstimmig setzest, aufs liebenswürdigste, wie Du nur kannst. Dabei soll Dein Name hoch gefeiert werden.

Hast Du mich hiedurch erquickt, so sende ich eine Partie Erheiterungen für die Liedertafel, an der ihr doch auch wohl wieder Teltower Produkte genießen werdet.

Gegen Weihnachten folgt dann wohl der dritte Band der »Tausendundeinen Nacht« meines törigen Lebens, welches doch in der Darstellung fast noch unkluger aussieht, als es an sich war.

Erlustigen wird es Dich, wenn Du findest, daß ich an Dir ein Plagium begangen habe. Wäre Dein Metier nicht ganz verschieden von dem meinigen, so geschäh' es öfter.

Dieses Blatt liegt schon lange, die Rübchen sind noch

nicht gekommen, sie jeden Tag erwartend, wollt' ich nicht siegeln. Nun wünscht Herr Lieutenant Mendelsohn Dir ein Wort von mir zu bringen. Hier also das Wenige mit den besten Wünschen und Hoffnungen. Nächstens eine Sendung und Bitte. Das Nervenfieber hat auch unsre Druckereien wo nicht entvölkert, doch sehr gelähmt, sonst hättest Du schon den dritten Teil.

Sage mir bald etwas. Ich habe einige lustige Lieder im Vorrat. Auch haben wir diese Tage Deine »3 Könige« gesungen. Also muß man des Todes Bitterkeit vertreiben.

Weimar, den 26. Dezember 1813. Goethe.

199. *An Zelter*

Kaum hatte ich Herrn Leutnant Mendelsohn das lange geschriebne Blatt mit der Klage übergeben, daß die Rübchen noch nicht angekommen, so treffen sie wirklich ganz wohlbehalten ein und machen durch ihre Kleinheit zwar den Köchinnen Mühe beim Putzen, schmecken aber den Gästen desto besser.

Habe tausend Dank. Und nimm Nachstehendes freundlich auf. Das Datum wird Dir sagen, wie ich mich mit solchen Späßen in der bedenklichen Zeit hingeholfen. Bald ein mehreres.

Weimar, den 29. Dezember 1813. G.

Die wackelnde Glocke

Es war ein Kind, das wollte nie
Zur Kirche sich bequemen,
Und Sonntags fand es stets ein Wie,
Den Weg ins Feld zu nehmen.

Die Mutter sprach: »Die Glocke tönt,
Und so ist dir's befohlen;
Und hast du dich nicht hingewöhnt,
Sie kommt und wird dich holen.«

Das Kind, es denkt: »Die Glocke hängt
Da droben auf dem Stuhle.«
Schon hat's den Weg ins Feld gelenkt,
Als lief' es aus der Schule.

Die Glocke, Glocke tönt nicht mehr,
Die Mutter hat gefackelt –
Doch welch ein Schrecken! hinterher
Die Glocke kommt gewackelt.

Sie wackelt schnell, man glaubt es kaum,
Das arme Kind in Schrecken
Es läuft, es kommt als wie ein Traum,
Die Glocke wird es decken.

Doch nimmt es hurtig seinen Husch,
Und mit gewandter Schnelle
Eilt es durch Anger, Feld und Busch
Zur Kirche, zur Kapelle.

Und jeden Sonn- und Feiertag
Gedenkt es an den Schaden,
Läßt durch den ersten Glockenschlag,
Nicht in Person sich laden.

Töplitz, den 22. Mai 1813. G.

1814

200. *An Goethe*

Berlin, den 26. Januar 1814.

Vor ohngefähr Jahr und Tag schickte mir Herr Rellstab, der nun tot ist, sein eben verfertigtes Tedeum mit dem Verlangen zu, ihm mein offenes Urteil darüber vernehmen zu lassen. Das Ding war zu arg, und ich verlor während der Arbeit Mut und Lust, bis ich an die letzten Worte gelangte: »In te Domine speravi, non confundar in aeternum.« Er hatte diesen Worten eine mehr als kecke, das heißt: eine trotzige, ja freche Musik zugelegt, und ich behielt meine Kritik zurück, indem ich unter seine Komposition dieser Worte die deutschen Worte unterlegte: »Mit Dir habe ich nichts zu schaffen, Verräter! Komm mir nicht mit Deiner Gnade!« Welche offenbar auf seine Musik passen.

Nun bringt mir vor wenigen Tagen Herr Lieutenant Mendelssohn Deinen Brief vom 26. Dezember mit den Worten: »In te Domine« etc., und ich mache mich sogleich an die Arbeit, wobei mich aber die hundsföttische Idee von jenem Tedeum unaufhörlich inkommodiert hat. Wenn nun die anfolgende Musik nicht besser ist, als sie ist, so weißt Du die Ursachen, und dennoch muß ich Dir danken, daß Du mich wieder flott gemacht hast, denn ich war fast aufs Trockene gekommen.

Dein Liedchen von der wackelnden Glocke lege ich bei. Ich erhielt den Brief vom 29. Dezember am 5. Januar und habe es auf der Stelle in Noten gesetzt, indem ich, Gott weiß wie, in die angenehme Erinnerung an die böhmischen Gebirge versetzt wurde.

Gestern ist die russische Kaiserin von hier abgereiset, welche durch holdseliges Wesen und kaiserliche Geschenke viel Zufriedenheit zurückgelassen hat.

Warum ich nun zuerst bitte, das sind Deine heitern Tafellieder, die mich wieder anregen und beleben sollen; ich begreife kaum, wie ich habe leben können.

Auf Deine Plagiatschaft bin ich gespannt. Ich wünschte wohl, daß ich etwas hätte, was Du mir nehmen könntest, da ich mir so gern zueigne, was Dein ist.

Dein kleines allerliebstes Stück: »Die Launen der Verliebten« wird hier mit vielem Beifalle oft wiederholt und recht artig gespielt.

Den 2. Februar. Geheimer Rat Wolf grüßt bestens. Er lieset jetzt über den »Prometheus« des Aeschylus (wie er sagt, gratis et frustra) und hat die meisten Zuhörer. Kleine metrische Streitereien hatten uns vor einigen Monaten voneinander gebracht, anstatt uns zusammenzuhalten; doch ist alles wieder in Ordnung. Ich war leider so grob gewesen, nach mehrern von ihm veranlaßten Versuchen, die er mit gar zu vieler Geringschätzung aufnahm, ihm rund heraus zu sagen, daß seine und aller mir bekannten Philologen mündliche Produktionsarten der alten Versmaße noch unmetrischer seien als eine natürliche Prosa, die die Empfindung einer Sache ausdrückt. – Was sollen uns die Griechen und Römer, wenn wir nicht Deutsch lernen? kurz, was sollen uns die Alten, wenn wir nicht alt werden?

Wenn die Philologen reden, möchte man sich die Ohren zuhalten. Sie wissen weder was sie mit dem Munde noch mit der Zunge anfangen sollen, weil [sie] sich gewöhnt haben, alles mit den Augen zu tun: lesen, fühlen, gehn, stehn, und darüber kurzsichtig, lahm und trocken werden.

Seit dieser Zeit (doch will ich hoffen, auch vorher) beschäftigt sich Wolf, wie ich merke, mit dem Klange des Alphabets, und wir führen drüber manches für mich lehrreiche Wort.

Kommen wir endlich dahin, daß dies Alphabet ein Werk des Mundes und das Metrum ein Werk des Pulses, also etwas ist, das von innen heraus, nicht von außen herein kommt: da mögen die Herren ihre Theorie (das heißt: mit der Praxis) anfangen.

Laß mich doch wissen, ob Du etwa Dein kleines Singkonzert wieder aufgenommen hast; in dem Falle könnte ich mit allerlei dienen.

Und nun lebe wohl, mein ewig Geliebter, an den ich unablässig denke und sorge. Gott gebe uns Frieden und lasse ihn *uns* genießen!

Dein

Z.

Laß doch ja bald von Dir hören und lesen.

Den 5. Februar 1814.

201. *An Zelter*

Damit ja kein Posttag versäumt werde, sende ich Dir sogleich Singbares und Klangloses; laß das eine Deinem Kunststinne, das andere Deinem Verstande gefallen. Wie unendlich Deine Sendung mich gefreut und erquickt hat, auszusprechen, müßte ich auch Geschichten erzählen; heute jedoch nur den herzlichsten Dank.

Weimar, den 14. Februar 1814. G.

202. *An Goethe*

Berlin, 21. Februar 1814. Montag.

Von Deinen goldnen Zettelchen, welche ich heute früh, als sie ankamen, auf meinem runden Tische am Ofen wie eine Weihnachtsgabe vor mir ausgebreitet habe, folgt sogleich eins in Noten zurück.

Was für herrliche Sachen hast Du Lieber mir da gesandt! Schon zehnmal habe ich sie mit den Augen verschlungen, dann behalte ich eins vor mir und kaue daran und schmecke und denke: Wie Er doch deine Gedanken und Töne weiß! wie sein Gras grün, seine Luft warm und sein Licht klar ist, wie man eben lebt und leibt und liebt! Und dann wird nach Notenpapier gegriffen, da keins ist, und gesucht, wo keins liegt, man ist verdrießlich über die Feder, man zerrt sich, und aus dem Besten, was werden sollte, wird kaum Leidliches.

Und doch liebt man sich wieder; denn wie Du edler Stahl aus dem rohen Stein den Funken ziehst, so haben die balsamischen Worte mein starres Herz mit Ruhe und Frieden erfüllt.

Dienstag, 22.

Ich weiß nicht, ob ich Dir gesagt, daß ich von Zeit zu Zeit etwas an Deinem »2. Teil der Zauberflöte« gearbeitet habe. In den letzten Tagen habe ich auch die Sinfonie fast fertig bekommen. Nun ist mir eingefallen, daß an den offnen Stellen des Gedichts recht viel Frisches und Heiteres gestellt werden könnte und man endlich damit den Frieden, wenn er da ist, feiern könnte; allein Du müßtest das alles selber hineinmachen. Andere Poeten werden sich nicht vergreifen wollen, und man darf es ihnen Dank wissen. Wie wäre es also, wenn Du Dich einmal wieder hineintätest und das Werk fertig liefertest? Laß mich doch Deine Gedanken über diesen Vorschlag wissen. Gott befohlen! Dein

Z.

Ein Paketchen poetisches Allerlei, welches ohngefähr vor acht Tagen abgegangen, wird Dir glücklich zugekommen sein. Nun will ich aber mit prosaischen Worten nachholen, Dir sagen und versichern, daß Dein langes Stillschweigen mir höchst peinlich gewesen. Ich gestehe gern, daß uns allen der Atem bis zum Außenbleiben mag gestockt haben, den man nur in freundschaftlicher Mitteilung wiederfinden kann.

Voran also will ich sagen, daß unsre kleine Sang- und Klanggesellschaft nur an Dir gezehrt und gelebt und nach trauriger Pause an Dir wieder auferstanden ist. Die Verklärung der Johanna Sebus haben wir als Sakrament unserer Rettung aus den unendlich breiten Fluten gefeiert.

Zu dem »In te Domine speravi« hätte ich auch ein langes Mährchen zu erzählen, wie ich mir bei sonderbaren innern und äußern Bedrängnissen diese Worte in meiner böhmischen Einsamkeit rhythmisch-klanglos, aber doch vierpersönlich, um nicht vierstimmig zu sagen, komponiert und keinen angelegentlichern Wunsch gehabt, als diese schönen Worte durch Dich musikalisch kommentiert zu hören. Ich kam in Versuchung, vier Linien untereinander zu ziehen, um die Art, wie ich es genommen, anschaulich zu machen. Jetzt, da ich Deine Komposition höre, bin ich darüber völlig belehrt und finde darin eine angenehme Erfahrung. Der Dilettant nämlich wird durchaus nur durch das Faßliche und eine unmittelbare Wirkung gerührt, und dies charakterisiert auch seine Produktionen, wenn er in irgendeiner Kunst sich versuchend auftritt. Meine Komposition, die sich ziemlich abgerundet und fixiert hat, ähnelt einer von Jomelli, und es ist immer wunderbar und lustig genug, daß man sich zufällig auf solchen Wegen ertappt und sich einmal seines eignen Nachtwandlens bewußt wird. Um hierüber in einem andern Fache klarzuwerden, dem ich mich ernstlicher gewidmet habe, sortierte ich ältere landschaftliche Skizzen und werde hierbei auch das Ähnliche gewahr.

In der »Wandelnden Glocke« muß doch etwas Magisches ertönen: denn wirklich habe ich sie in Töplitz geschrieben, wohin sie Dich zu rufen schien.

Daß meine »verliebten Launen« noch nach vierzig Jahren die Berliner interessieren können, gibt mir Vermutung, daß darin etwas Frisches müsse enthalten sein, welches der Zeit nicht unterliegt.

Riemern, der in seinem Amte immer froher wird, weil er sich dem Kreise, der für ihn viel zu eng ist, anzueignen und immer mehr zu tun lernt, indem er weniger tut, habe ich Deine Invektiven gegen die Philologen mitgeteilt. Er war darüber sehr erfreut und empfiehlt sich Dir aufs beste. Ich wünschte, daß Du seinen Kommentar darüber hören könntest. Da er selbst vom Metier ist, so weiß er am besten, wo sich eigentlich die Erbsünde dieser Mängel herleitet, die er verwünscht, weil sie, ob er sich gleich selbst davon befreit hat, durch andere auf ihn lastet. Die unendliche Schwierigkeit, eine große überlieferte Masse als eine zweite Natur mit Freiheit zu behandeln, ist um so größer, als wir ja der ersten Natur gegenüber uns, wenn wir recht aufrichtig sein wollen, immer unzulänglich fühlen.

Kannst Du mir etwas zu meinem kleinen Singekonzert mitteilen, so ist es eine große Gabe. Dieses Anstältchen zieht sich durch Zeit und Umstände hindurch wie Gänge und Klüfte durch die Gebirgsmassen; bald metallhaltig, bearbeitet man sie mit Vorteil, bald ist es aber auch nur Gangart, die zuletzt selbst so schmal wird und zu verschwinden droht, aber doch immer darauf hindeutet, daß man, beharrlich fortarbeitend, in derselben Richtung wieder etwas Erfreuliches finden werde.

Von hundert Dingen schweige ich und bringe sie gelegentlich zur Sprache. Wahrscheinlich entferne ich mich diesen Sommer nicht weit von Weimar. Könntest Du Dich auf einige Wochen dort losreißen, so würdest Du eine Welt zu mir bringen und wir wollten suchen, Dir ein Weltchen als Gastgeschenk zurückzugeben.

Zu lustiger Raumfüllung mögen hier ein paar Reimsprüche aus der *Tasche* des Weltlaufes schließen.

Die Jahre sind allerliebste Leute!
Sie brachten gestern, sie bringen heute,
Und so verbringen wir Jüngern eben
Das allerliebste Schlaraffenleben.
Und dann fällt's den Jahren auf einmal ein,
Nicht mehr wie sonst bequem zu sein;
Wollen nicht mehr schenken, wollen nicht mehr borgen,
Sie nehmen heute, sie nehmen morgen.

Das Alter ist ein höflich Mann,
Ein Mal übers andre klopft er an;
Aber nun sagt niemand: Herein!
Und vor der Türe will er nicht sein.
Da klinkt er auf, tritt ein so schnell,
Und nun heißt's, er sei ein grober Gesell.

Weimar, den 23. Februar 1814. Goethe.

204. *An Goethe*

Berlin, 23. Februar 1814.

Wirst Du nicht bange werden, mein Alter, schon wieder ein Briefchen zu erhalten und eine Komposition dazu? Denn ich kann's nicht unterlassen, Dir einen der glücklichen Momente zurückzugeben, die mir Deine lieben Gedichte bereiten.

Du wirst daraus sehen, wie fromm mich Deine erbaulichen Worte machen: das Stübchen wird ein Tempel, das Klavier zur Orgel, und die Bücher und Geräte umher stehn so still, als ob sie lauter Ohr wären.

Langermann hat am Montage abend mein Vergnügen an Deinen Gedichten geteilt. Den Logogryphen hätte ich ohne ihn nicht herausbekommen; auch hat er ausgegattert, daß das eine dreizeilige Gedicht auf die Kaiserin von Österreich sein muß. Z.

25. Februar. Soeben habe ich den Choral noch einmal dreistimmig aufgesetzt. Hätte das Gedicht noch eine Strophe gehabt, so hätte man Zeit gewonnen, die Empfindung zu etablieren, da man keine Worte wiederholen darf. Nun kann man dagegen, wenn man will, die Melodie zweimal singen.

Drei männliche Stimmen, rein gegeneinander eingesungen, werden sich abends in freier Stille am besten ausnehmen. Z.

205. *An Zelter*

Deine liebe Sendung dankbar erwidernd, schicke ich Dir das Beste, was mir voriges Jahr von guten Geistern gegönnt worden. Belebe diese Gebilde durch Deinen Hauch. Gegen die »Zauberflöte« will ich meine Gedanken hinwenden, vielleicht macht sie der Frühlingsäther wieder flott. Tausend Lebewohl.

Den 15. März 1814. G.

»O wären wir weiter, o wär' ich zu Haus!
Sie kommen! Da kommt schon der nächtliche Graus:
Sie sind's, die unholdigen Schwestern.
Sie streifen heran, und sie finden uns hier,
Sie trinken das mühsam geholte, das Bier,
Und lassen nur leer uns die Krüge.«

So sprechen die Kinder und drücken sich schnell;
Da zeigt sich vor ihnen ein alter Gesell:
»Nur stille, Kind! Kinderlein, stille!
Die Hulden, sie kommen von durstiger Jagd,
Und laßt ihr sie trinken, wie's jeder behagt,
Dann sind sie euch hold, die Unholden.«

Gesagt so geschehn! und da naht sich der Graus
Und siehet so grau und so schattenhaft aus,
Doch schlürft es und schlampft es aufs beste.
Das Bier ist verschwunden, die Krüge sind leer;
Nun saust es und braust es, das wütige Heer,
Ins weite Getal und Gebirge.

Die Kinderlein ängstlich gen Hause so schnell,
Gesellt sich zu ihnen der fromme Gesell:
»Ihr Püppchen, nur seid mir nicht traurig.«
»Wir kriegen nun Schelten und Streich' bis aufs Blut.«
»Nein keineswegs, alles geht herrlich und gut,
Nur schweiget und horchet wie Mäuslein.

Und der es euch anrät und der es befiehlt,
Er ist es, der gern mit den Kindelein spielt,
Der alte Getreue, der Eckart.
Vom Wundermann hat man euch immer erzählt,

Nur hat die Bestätigung jedem gefehlt:
Die habt ihr nun köstlich in Händen.«

Sie kommen nach Hause, sie setzen den Krug
Ein jedes den Eltern bescheiden genug
Und harren der Schläg' und der Schelten.
Doch siehe, man kostet: »Ein herrliches Bier!«
Man trinkt in die Runde schon drei Mal und vier,
Und noch nimmt der Krug nicht ein Ende.

Das Wunder, es dauert zum morgenden Tag;
Doch fraget, wer immer zu fragen vermag:
»Wie ist's mit den Krügen ergangen?«
Die Mäuslein, sie lächeln, im stillen ergetzt;
Sie stammeln und stottern und schwatzen zuletzt,
Und gleich sind vertrocknet die Krüge.

Und wenn euch, ihr Kinder, mit treuem Gesicht
Ein Vater, ein Lehrer, ein Aldermann spricht,
So horchet und folget ihm pünktlich!
Und liegt auch das Zünglein in peinlicher Hut,
Verplaudern ist schädlich, verschweigen ist gut;
Dann füllt sich das Bier in den Krügen.

Der Totentanz

Der Türmer, der schaut zu Mitten der Nacht
Hinab auf die Gräber in Lage;
Der Mond, der hat alles ins Helle gebracht;
Der Kirchhof, er liegt wie am Tage.
Da regt sich ein Grab und ein anderes dann:
Sie kommen hervor, ein Weib da, ein Mann,
In weißen und schleppenden Hemden.

Das reckt nun – es will sich ergetzen sogleich –
Die Knöchel zur Runde, zum Kranze,
So arm und so jung und so alt und so reich;
Doch hindern die Schleppen am Tanze.
Und weil hier die Scham nun nicht weiter gebeut:
Sie schütteln sich alle, da liegen zerstreut
Die Hemdelein über den Hügeln.

Nun hebt sich der Schenkel, nun wackelt das Bein,
Gebärden da gibt es vertrackte;
Dann klippert's und klappert's mitunter hinein,
Als schlüg' man die Hölzlein zum Takte.
Das kommt nun dem Türmer so lächerlich vor;
Da raunt ihm der Schalk, der Versucher, ins Ohr:
Geh! hole dir einen der Laken.

Getan wie gedacht! und er flüchtet sich schnell
Nun hinter geheiligte Türen.
Der Mond, und noch immer er scheinet so hell
Zum Tanz, den sie schauderlich führen.
Doch endlich verlieret sich dieser und der,
Schleicht eins nach dem andern gekleidet einher,
Und husch! ist es unter dem Rasen.

Nur einer, der trippelt und stolpert zuletzt
Und tappet und grapst an den Grüften;
Doch hat kein Geselle so schwer ihn verletzt:
Er wittert das Tuch in den Lüften.
Er rüttelt die Turmtür, sie schlägt ihn zurück,
Geziert und gesegnet, dem Türmer zum Glück,
Sie blinkt von metallenen Kreuzen.

Das Hemd muß er haben, da rastet er nicht,
Da gilt auch kein langes Besinnen;
Den gotischen Zierat ergreift nun der Wicht
Und klettert von Zinne zu Zinnen.
Nun ist's um den armen, den Türmer, getan!
Es ruckt sich von Schnörkel zu Schnörkel hinan,
Langbeinigen Spinnen vergleichbar.

Der Türmer erbleichet, der Türmer erbebt,
Gern gäb' er ihn wieder, den Laken.
Da häkelt – jetzt hat er am längsten gelebt –
Den Zipfel ein eiserner Zacken.
Schon trübet der Mond sich, verschwindenden Scheins,
Die Glocke, sie donnert ein mächtiges Eins,
Und unten zerschellt das Gerippe.

206. *An Goethe*

Berlin, 9. März 1814.

Der Anfang Deines lieben Briefes vom 23. Februar, den ich gestern abend fand, erinnert mich an eine traurige Schuld. Es konnte vielleicht Jahr und Tag sein, daß Du keinen Brief von mir erhalten hattest, und dennoch habe ich wenigstens nicht unfleißiger geschrieben als sonst. Wie es nun geht, wenn das Papier lange vor mir liegt und von Zeit zu Zeit nachgetragen wird und zuletzt liegen bleibt, weil es nicht versiegelt ist, weil eben keine Gelegenheit ist und dergleichen Armseligkeiten mehr, so auch hier. Ein versiegelter Brief liegt noch da, den, ich weiß nicht wer, mitnehmen wollte. Dessenungeachtet bin ich nun immer um und mit Dir, ja wie einem Menschen zu Mute wäre, der eine wache Stunde hat, ohne an Dich zu denken, wüßte ich nicht zu sagen.

Nun schicke ich etwas Lustiges. Ich weiß nicht, ob ich in dieser Art Kanons Vorgänger habe: *zwei* Stimmen fangen an, und nach 13 Takten treten die beiden andern ein, indem die ersten fortsingen. Eigentlich ist der Kanon *zweichörig* und zugleich ein einfaches Lied, das auch mit 2 Stimmen, ja mit einer einzigen kann gesungen werden.

Deine Betrachtung über die Komposition der Worte »In te Domine« hat manche Gedanken in mir aufgeregt. Die Melodie dazu fiel mir gleich ein, als ich die Worte in Deinem Briefe las, und das fugierte Wesen auf den Worten: »non confundar in aeternum« findet sich dann auch, mehr, daß man's von den Alten her so gewohnt ist, als daß es eigentlich so und nicht anders sein müßte. Wer es auch könnte, so ist es immer gewagt, neue Formen an die Stelle anerkannter zu setzen und zu erdenken, wenn man auf der Stelle verstanden sein muß, und der Zuhörer mag Dilettant sein oder Künstler, so will er von seinem Eigenen etwas daran haben, und so, denke ich, mußte Dein eigener Versuch immer einem guten Werke dieser Art ähneln, um selbst gut und die Empfindung ansprechend zu sein.

Die »Wackelnde Glocke« müßte vielleicht von einer tüchtigen Kontr[a]altstimme gesungen werden, die ich an ältern böhmischen Frauen öfter wahrgenommen. Dann gibt es in Böhmen eine Art Berge, die eine Glockengestalt haben und, wenn man in gewisser Ferne vorbeifährt, einem phantastischen Auge nachzuwandeln scheinen. So ist man ein Kind und bleibt eins.

Riemern bitte ich mich freundschaftlich zu empfehlen, indem ich ihn demütig um Verzeihung bitte, wenn ich den Philologen unrecht getan. Die meisten dieser Herren kommen mir nicht anders für als gewisse Lords, die aus *ihrer* Tugend andern Leuten eine Not machen, und so geht's mir mit Vossens »Horaz«.

Noch lege ich eine Komposition bei, die Du Dir wirst

gefallen lassen, wenn sie etwas kraus erscheinen sollte. Könnt ihr jedoch das Lied der *Sebus* so schön singen, so mögt ihr auch diese Beherzigung zu Herzen nehmen.

Künftig erhältst Du ein mehreres; das »Gastmahl«, die »Lustigen von Weimar« und »Wer sich nicht selbst zum besten haben kann« sind schon komponiert, sie sollen nur ein wenig auskühlen.

Dein Vorschlag, uns diesen Sommer zu sehen, ist vortrefflich. Ich hatte schon an Teplitz gedacht, meines Befindens wegen, da ich meine Sehnen zu erweichen hoffte. Du wirst mir wohl um die rechte Zeit schreiben; ich sehne mich recht darnach, mit Dir zu plaudern von hunderttausend Dingen.

Über den Kanon ist wohl gut Dir noch anzuzeigen, daß die Art eigentlich aus der Platzordnung unserer Liedertafel entstanden ist, indem sich die rektanguläre Tafel in 2 Hälften teilt, die zuweilen wie Chor und Gegenchor singen. Es sind hieraus schon die allerlustigsten Animositäten entstanden, die insbesondere Dir zu ganz soliden Späßen würden Gelegenheit gegeben haben. Ein Kanon wird, in der Regel, 3 mal umgesungen.

Indem ich Deinen Brief wieder durchlese, fällt mir erst wieder ein, was ich eigentlich vorhin schon sagen wollte: daß ich nämlich Deine 4 persönliche Komposition oder Schema, sei es, was es sei, wohl sehen möchte. Man ist so befangen in den gangbaren Formen, wozu unsere Väter die Sache oder das Bild vor sich hatten, daß man nicht hinauskann, ohne unkennbar zu werden. Träte die Gelegenheit oder das Bild wieder vor uns, durch welche die Form bestimmt wird und notwendig, so brauchte sich niemand die Haut auszurecken, um neu zu erscheinen. Lebten wir nur näher beieinander, es würde zuverlässig über diesen Punkt manches vors Auge treten, da sich gewisse Dinge nicht mit Worten darstellen lassen und nur durch Kunstmittel deutlich werden. Sehr deutlich erinnre ich mich, daß die Musik des Leipziger Bach und seines Sohnes, des Hamburger Bach, die beide ganz neu und original sind, zu ihrer Zeit mir fast unverständlich vorkam, wie wohl ein dunkles Gefühl des Echten mich dahin anzog. Da kam Haydn, dessen Art getadelt ward, weil sie den bittern Ernst seiner Vorgänger gleichsam travestierte, wodurch sich die gute Meinung nun auf jene zurückwarf. Endlich erschien Mozart, durch den man alle 3 erklären könnte, aus welchen er herausgearbeitet hat. Z.

Nun lege ich noch die Musik einer Horazischen Ode bei, worüber ich beinahe mit Wolf auseinander geraten wäre. Das Stück ist zunächst auf den Tod des Doctor medecinae Flemming entstanden, der ein liebenswürdiges Mitglied der Singakademie und Liedertafel gewesen ist; seinen Verlust als Augenarzt betrauert ganz Berlin.

Unsere Sänger tragen dies Stück sanft zu Ende, und die über den Noten verzeichneten Appoggiaturen sind kleine Hebungen, welche den strengen Takt überarbeiten, wie etwa im Gemälde die Farbe den Kontur. Es muß daher fort und fort hebend und schwebend erhalten werden und ist in diesem Stücke nicht eben leicht; wir haben uns oft daran versuchen müssen.

Und hierin liegt meines Bedünkens das, was einige Metristen für Takt*losigkeit* halten, welches man füglich Taktfreiheit nennen könnte; denn Abwesenheit des Takts ist durchaus unphilosophisch.

Nun will ich nur heraus damit, daß auch ich Dir ins Handwerk gefallen bin: ich habe nämlich eine Nachbildung des Lateinischen versucht, um denen von der Singakademie, die noch weniger Latein verstehen als ich, es aber doch singen müssen, eine Anleitung für den Ausdruck zu geben. Kann unser Freund Riemer darin etwas ohne viele Mühe nachhelfen, so ist mir's lieb. Ich hätte das Lateinische nicht komponieren können, ohne mir es deutsch zu denken. Auch für das Wort »chorule«, welches ich in der 3. Strophe statt »Vergili« gesetzt habe, möchte mir Riemer wohl ein besseres geben.

Das Stück von Perti lege ich bei als einen Überrest eines tüchtigen Stiles aus der letzten Zeit des 17. Jahrhunderts. Leider habe ich nicht ein mehreres von diesem braven Komponisten.

Den 16. März. Professor Kiesewetter wollte einen Brief mitnehmen, und ich wünschte ihm die Komödienzettel des vorigen Jahres mitzugeben. Nun ist er noch immer hier, und heute habe ich die beiden letztgesandten Gedichtchen in Noten gebracht, um unsern Singtees Gelegenheit zu geben, aus vollem Herzen auf mich zu schimpfen. Dies Späßchen mag nun auch mit zu Dir wandern, und wenn Du's gehört hast, so laß mich wissen, ob Dir die Form recht ist, besonders insofern ich beide Gedichte zusammengenähet habe.

23. März. Gestern abend gegen 11 Uhr, als ich zu Hause kam, finde ich Dein kleines Briefchen und mache mich sogleich in der schönen nächtlichen Stille an den »Totentanz«. Das Wesen hat mich wunderbar erschreckt, denn indem ich die letzten Noten aufzuschreiben im Begriff bin, schlägt meine großmäulige Stubenuhr zwölfmal hintereinander, daß ich in der Tat zu Bette gehn und das Letzte erst diesen Morgen aufschreiben muß. Das Liedchen lege ich bei, der Sänger muß aber die Worte sowie die Melodie vollkommen, ohne Anstoß lesen und aneinander hängen, sonst ist es nichts. Freilich läßt sich niemand gern auf solche Bedingungen ein; ich dächte jedoch: gut lesen könnte man prätendieren.

Das Bierliedchen scheint etwas schwieriger zu sein. Kommt Zeit, kommt Rat! es wird sich schon fügen.

28. März. Erst jetzt habe ich den ersten Teil der neuen

Ausgabe von Schillers Werken vor mir. Freilich ist alles mit Auszügen authentischer Briefe und glaubhaften Autoritäten belegt, und doch soll man sich glücklich schätzen, die schöne Individualität eines solchen Geistes im Leben und Weben erkannt zu haben. Mein Trost ist, daß Du bald hergeben wirst, was Du mit Schillern gelebt hast, worauf ich mich ebensosehr freue, als ich nicht aufhören kann, Deinen Epilog zur »Glocke« mit Tränen süßer Liebe zu feiern.

Den 2. April.

Herr Mendelssohn will diesen Brief mitnehmen, deshalb erhältst Du diesmal nicht alles, aber ein herzliches Lebewohl von

Deinem

Zelter.

207. *An Goethe*

Berlin, den 21. April 1814.

Durch Herrn Professor Kiesewetter, der morgen von hier ab über Weimar zur Armee geht, erhältst Du einige zurückgebliebene Sachen, unter welchen ich das Quintett von Fasch für 5 Singstimmen für Deine Sammlung eigenhändiger Manuskripte schon längst zurückgelegt hatte. Da Fasch selber seinen Namen nicht auf das Stück gesetzt hat, so habe ich eine Nachricht über die Entstehung und Absicht desselben beigelegt und freue mich schon im voraus, wie Du Dich gelegentlich daran ergetzen wirst.

Schon lange habe ich keine Nachricht von Dir, wünsche aber sehr zu wissen, wohin Du Dich diesen Sommer wenden wirst, um Dich aufzusuchen. Im Monate Junii denke ich nach Teplitz zu gehen; man wird sich ja nun einmal vornehmen können, was man zu tun hat.

Vorgestern habe ich die sächsischen Majestäten auf der

Singakademie nach unserer Art bewirtet. Der König und die Königin haben ihre Zufriedenheit als Kenner sehr unverdächtig an den Tag gelegt, und da ich nicht glücklicher werden kann, als wenn ich braven Leuten etwas recht mache, so magst Du auf meine eigene Zufriedenheit schließen. Der Chor bestand, ohne mich, an diesem Tage aus 152 Sängern, und die Sachen gingen, wie sich's gehört. Was mir am Könige am meisten gefiel, war, daß er sich nicht über die Menge, sondern über die Reinigkeit und Einigkeit und den Eindruck des Ganzen ausließ.

Komm doch, lieber Junge, nur Einmal noch vor meinem Tode nach Berlin, damit Du noch hier erfährst, wie der Himmel sein muß, wenn ich mich darauf freuen soll. Die Königin sprach von Erbauung, von Ergreifung; das macht mir größere Freude, als wenn sie fragen, wie ich heiße und wie viele Kinder ich habe und alles dergleichen, worauf ich mich erst besinnen muß.

Lebe wohl, mein Allerbester! der mein Leben bescheint und begrünt, und laß doch von Dir hören. Wenn ich nicht weiß, wo Du bist, weiß ich auch von mir nicht. Dein

Z.

208. *An Zelter*

Weimar, den 22. April 1814.

Nur mit wenigen Worten will ich Dir, mein lieber Freund, vermelden, daß auch Deine letzte Sendung zu meinem großen Vergnügen glücklich angekommen; alles ist schon in Stimmen geschrieben und dergestalt bereitet, daß meine kompendiose Hauskapelle mich bald damit wird erfreuen können. Freilich gehört eine besondere Kunst dazu, diesen zusammengeborgten Körper, von dem bald dieses bald jenes Glied abfällt, beim Lesen zu erhalten. Das »Ruhelied« ist herrlich, unser Tenor trägt es sehr gut vor, und es macht in diesen unruhigen Zeiten unsere ganze Glückseligkeit.

Ein besonderes Gute ist mir auch, seit acht Tagen, geworden: Professor Sartorius von Göttingen, ein alter Freund, benutzt die zwischen den Deutschen wieder eröffnete Kommunikation und besucht mich. Was ist gegenwärtig wünschenswerter, als sich mit einem Manne zu unterhalten, dessen Geschäft es ist, die Kräfte und Verhältnisse der Staaten bis auf den heutigen Tag zu kennen und gegeneinander abzuwägen? es gewährt die größte Beruhigung, dieses ungeheure Ganze zu übersehen und seine Hoffnung wegen künftiger Zustände dadurch zu begründen, anstatt daß wir uns sonst in der traurigen Lage befinden, vom Augenblick hingerissen, durch Zeitungen verwirrt und durch Geklatsch gar zerstört zu werden, um so mehr, als jetzt nicht allein von dem künftigen Schicksal Europas, sondern von dem der ganzen Welt die Rede sein kann.

Mein nächster Wunsch ist nun, daß unser guter Hofrat Meyer aus der Schweiz komme, damit ich meine Kunstschätze mit ihm genieße, denen ich durch gute Ordnung den Segen bereitet habe, sie unschätzbar und unerwartet vermehrt zu sehen.

Alsdann freilich scheint es mir unmöglich, diesen Sommer hinzubringen, ohne mit Dir irgendwo zusammenzukommen. Eigentlich möcht' ich mich diesmal nicht gerne von Weimar entfernen. Wir haben einige Stunden von hier, in einer angenehmen Gegend, ein Schwefelbad eingerichtet, von dem ich für meine gichtischen Zustände viel Gutes hoffe. Habe ich es 4-6 Wochen gebraucht, so erhältst Du Nachricht, ob es wirksam genug sei, daß ich Dich dahin einladen könne. Halte ich vor rätlich, etwa noch anderswohin zu gehen, so erfährst Du es gleichfalls; nach Böhmen möchte ich diesmal nicht.

Und nun noch einen geheimen Auftrag, den ich ganz im

stillen zu beherzigen bitte. Sollte nicht auf dem Berliner Theater unter den Choristen oder sonst Anfängerinnen, ja auf irgendeinem Liebhabertheater sich ein Mädchen, das aber nicht über 16-17 Jahre alt sein dürfte, finden, wie man sie zu sogenannten angehenden Liebhaberinnen wünscht, von mittlerer Größe, leichtem Wuchs, hübschen Augen, angenehm klingender Stimme pp., was ich Dir nicht vorzuerzählen brauche, so wäre mir sie willkommen; könnte sie so viel singen, um die 3. Stimme in der Oper zu übernehmen, so wäre es um desto besser. Mich sollte bedünken, dergleichen Wesen müßten in Berlin zu Dutzenden herumlaufen. Wenn man bedenkt, was aus der Maaß geworden ist, wie sich die Elsermann und die Engels gebildet haben, welche noch bei uns sind, so könnte wohl einem solchen Kreatürchen die Lust kommen, sich auch in unsere Schule zu begeben. Forsche, bedenke und melde! G.

Die Komödienzeddel sind angekommen.

Tausend Lebewohl.

Um der beliebten Kürze willen und um die Sache, sofern sie tulich ist, zu fördern, füge ich folgendes hinzu. Eine solche Person erhielte Reisegeld, um auf der fahrenden Post bequem herzukommen; ferner würde sie in billiger Erwägung ihrer augenblicklichen Brauchbarkeit mit proportionierter Gage bedacht. Auf wie lange man kontrahierte, würde auf die Persönlichkeit ankommen; allenfalls könnte man sechswöchentliche Aufkündigung feststetzen, wodurch kein Teil gefährdet wäre. Gute Aufführung wird vorausgesetzt, weil irgendein Eklat von unschicklicher Art bei uns die Suspension und sodann die Entlassung nach sich zieht, wie wir vor kurzen ein Beispiel gehabt haben. Die Begleitung einer Mutter oder Verwandten ist nicht unangenehm. Möchten sich zwei Subjektchen zusammentun und sich eine gewisse Selbstständigkeit zutrauen, desto besser. Sollte nicht in der

Singschule dergleichen zu finden sein? Das Betragen derselben könntest Du zunächst beurteilen, und freilich, je mehr sie im Gesang leisten, desto besser kann man sie setzen. Soviel für diesmal; sage mir bald ein Wort.

Weimar, den 22. April 1814.

Ein Blumenglöckchen
Vom Boden hervor
War früh gesprosset
In lieblichem Flor;
Da kam ein Bienchen
Und naschte hinein:
Die müssen wohl beide
Füreinander sein.

Das Größte will man nicht erreichen,
Man beneidet nur seinesgleichen.
Der schlimmste Neidhart ist in der Welt,
Der jeden für seinesgleichen hält.

Zu verschweigen meinen Gewinn,
Muß ich die Menschen vermeiden;
Daß ich wisse, woran ich bin,
Das wollen die andern nicht leiden.

209. *An Zelter*

Nun ist alles, mein wertester Freund, was Du mir zugedacht, angekommen, und in der Zwischenzeit wirst Du auch einen Brief von mir erhalten haben, der, damit das letzte Blatt nicht leer bliebe, von einigen Reimspäßen begleitet ist.

Dergleichen Dinge gedeihen unter Deinen Händen gar glücklich zum Kanon und anderer Art Wettgesänge. Ich bedauere nur, daß uns eine so weite Entfernung trennt, denn sonst würde mein Leben um vieles klangreicher werden. Ich hatte einen Freund, der zu sagen pflegte, er wünsche nur in zwei Fällen König zu sein, wenn nämlich bei Tafel frische Heringe oder englisch Bier präsentiert würde, damit er von jenen das Mittelstück und von diesem das erste Glas zu sich nehmen könne. Ein ähnliches Gefühl hatte ich, als Du mir den hohen Besuch meldetest, der sich an Deiner großen und einzigen Darstellung erquickt hat. Hier ist es nun freilich leichter, den hohen Gästen ihr übriges königliches Geschick nicht zu mißgönnen. Doch hätte ich wohl gern an dieser großen Tafel, die so viele Teilnehmende zuläßt, mitgeschwelgt.

Indessen Du Dir nun, freilich nicht ohne Müh' und Ausdauer, den Vorschmack des Himmels geben kannst, muß ich leider auf die wunderlichste Weise betteln und negoziieren, um dasjenige nur unvollkommen zu genießen, was Du mir gönnen magst. In diesem Fall empfindet man den engen und hülflosen Zustand einer kleinen Stadt nur allzusehr, nicht als wenn die Elemente gänzlich mangelten, aus welchen sich eine genußreiche Welt im kleinen schaffen ließe, aber weil eben diese Elemente sich, gerade wegen der Enge und Nähe, eher abstoßen als anziehen und dem Schöpfer kein Spielraum gegeben ist, sie dergestalt zu handhaben, daß sich ihre freundlichen Pole verbinden müßten. Die lächerlichsten Szenen in »Wilhelm Meister« sind ernsthaft gegen die Späße, zu denen ich meine Zuflucht nehmen muß, um zu bewürken, daß Deine Sendungen sich vom Auge losreißen und zum Ohr gelangen.

Die bildende Kunst hat darin größere Vorteile; sie gewährt dem Auge ein dauerndes Vergnügen, und wenn der Künstler einmal das Geschick gehabt hat, etwas Gutes zu machen, so erhält ja wohl das Glück auch sein Werk hundert, ja tausend Jahre und überliefert es den Einsichtigen zum Genuß. Es ist mir die letzte Zeit so wohl geworden, teils unter meinen frühern Besitzungen, die ich lange nicht gemustert, manches unerwartete Gute anzutreffen, teils, da jetzt so vieles in der Welt los ist, köstliche Dinge um leidliche Preise zu erhalten. Hierbei ist aber auch gerade der umgekehrte Fall: man kann sie nicht wie eine Partitur in die Ferne senden und seinen Genuß mit auswärtigen Freunden teilen.

Mit Gelegenheit sende ich eine Partitur, die jenen Christoph Kayser zum Verfasser hat, von dem Du einige Dinge kennst, besonders eine Weihnachtskantate; er war mit mir in Italien und lebt noch ein abstruses Leben in Zürich, und ich wünschte Dein Urteil über seine Art und Weise recht ausführlich zu hören. Was ich senden werde, ist die Ouvertüre und der erste Akt von »Scherz, List und Rache«, das er ganz komponiert hat. Ich gedenke sein jetzt, da ich meine italienische Reise bearbeite, und möchte gern auch über seine Kunst im klaren sein, wie ich es bin über seine Studien und seinen Charakter.

Kürzlich und eilig danke für die große Freude, welche mir durch Deine Sendung geworden ist. Es gelang mir diesmal, meine wandelbare Hauskapelle recht gut zu organisieren.

Weimar, den 4. Mai 1814. G.

210. *An Zelter*

Hier, mein teuerster Freund, endlich der dritte Band! Mögest Du für so viel Gutes, was ich Dir dieses Jahr verdanke, darin einige Gegengabe finden. Zunächst werde ich mich noch an dem, was Du später und früher mitgeteilt, erquicken und dann aufs Land gehen, in der Nähe, wo eine

Badeanstalt, wahrscheinlich mehr der Hoffnung als der Heilung, vor kurzen errichtet ist. Lebe wohl! Deine Briefe richtest Du hierher.

Weimar, den 7. Mai 1814. G.

211. *An Goethe*

Aller Augen warten, Herr – auf Deinen III. Teil. Wo ich mich sehn lasse, heißt's: »Wo ist Goethes III. Teil?« und so habe ich endlich ihn diese Ostermesse versprochen. Werde ich zum Lügner, so kann ich nur meinen Bündel schnüren und vielleicht gar mit nach Elwa wandern.

Aber, lieber Bruder, weißt Du auch, daß heute der 27. April ist? daß ich noch nicht weiß, wo Du diesen Sommer zubringen willst? daß meine Ostereier geraten sind? daß ich nicht länger leben kann, ohne Dich von Angesicht zu sehen? daß Dein König, der erste König, dem ich etwas recht gemacht habe, – mich beschenken – will? Ja, lächle nur, denn in der Tat: ich habe noch nichts, aber gestern habe ich, Gott weiß durch den wievielsten Mund, erfahren, daß der König von Sachsen mir ein Andenken lassen wird, worauf ich mich im voraus freue wie auf alles und mit allem, was mir die Kunst gewährt.

Gestern waren alle Hofleute des Königs von Sachsen, auch die Beichtväter, in der Singakademie, die königlichen Herrschaften selbst aber nicht, was mir auch ganz recht war; denn regnigtes Wetter und dicke Luft ist Produktionen, die aus vielen Teilen zusammengesetzt sind, eben nicht vorteilhaft, wenn's auch Fremde nicht merken.

4. Mai. Gestern ist Dein liebenswürdiger reicher Brief vom 22. April angelangt. Mit Wonne vertiefe ich mich in seine Bedeutung, die mit meinem Innersten stimmt.

Die Darstellung der Homerischen Götter ist mir niemals

so wahr und lebhaft vor die Sinne getreten als seit den letzten Zeiten: so sind sie, diese Götter; so bleiben sie! Ob *wir* den Tacitus noch sehn werden, der an zwei Augen nicht zuviel hat, wissen die Götter. Dabei fällt mir ein, was einst Wolf von einem der deutschen Tacitus sagte: »Si tacuisses, Tacitus mansisses!« So gebe denn der Himmel, daß Dein Sartorius, den ich ja auch kennen sollte (wenn man jetzt noch einen wiedererkennen kann) ein Besserer sei als seine sutorische Kameraden, die von den Leuten verlangen, sie sollen sich die Füße wachsen lassen, wie sie gern die Schuhe machen wollen.

Sonntag, 7. Mai. Soeben geht ein Mädchen von mir, der ich Anträge über den Inhalt Deines letzten Briefes gemacht habe. Leider ist sie schon 18 Jahr alt, doch von guter mittlerer Statur und leichtem Wuchs. Das Köpfchen ist ein hübsches Eirund und in seinen mittlern Teilen hübsch proportioniert. Bräunliches Haar, Augen, die nicht eben brillant, doch nicht klein und recht einnehmend sind, wie wenn das ganze Wesen nichts Widerständiges, Unweiches und ebensowenig Fettes und Gemeines hat. Die Stimme ist besonders gut nach Tiefe, Mitte und Höhe, aber noch ganz roh. Sie hat erst wenige Lektionen bei mir gehabt, die ich ihr umsonst gebe, da sie die Tochter eines kinderreichen Regierungspedells aus Schwerin ist. Sie schreibt an ihre Eltern, ob diese mit einem solchen Engagement zufrieden sein wollen, sie selbst scheint Lust dazu zu haben. Ihre natürliche Sprache ist markigt und etwas mecklenburgisch, doch bieg- und bildsam wie die Stimme. Von wem der Antrag kommt, weiß sie nicht.

Dann habe ich noch eine artige Kreatur in meiner Schule, die Dir vielleicht gefallen würde, von 17 Jahren, von leichter und heiterer Haltung, mit biegsamer Stimme; diese ist nun aber so unlustig, etwas Gründliches lernen zu wollen, daß ich nicht vom Flecke mit ihr komme, was mich sehr verdrießt.

Unter unsern Theaterchorifeen ist eine mit hübschem Gesicht, doch hat sie keine Stimme; die andern sind weniger zu empfehlen, wie denn, was unbegreiflich scheinen muß, bei uns sich nichts bildet, weil sich alles verbildet, worauf man sich wohl gar etwas einbildet; wenigstens war es sonst so. Wie es jetzt geht, da das beste Pferd im Stalle den Rotz hat, weiß ich nicht.

Den 15. Mai. Soeben komme ich von einer großen reichen Tafel, an der ich mich recht nach Lüsten fett und feist geschmaust habe. Fast wäre des Guten auf einmal zuviel geschehen, indem ich heißhungrig Suppe, Fleisch, Zukost, Braten, Kuchen und Nachtisch in Klößen und Klumpen verschlang. Was mich gerettet hat diesmal, war der ehrliche Basedow, der Dich zu einer Speckseite räuchern wollen. Eine volle Stunde habe ich gebraucht, um mich vom unmäßigsten Lachen zu erholen, da ich denn Erleichterung spürte, wie sie etwa einem Blutigel werden mag, dem Salz aufgestreut wird.

Was mich eigentlich in diese Eile gestürzt hat, mag zumeist Dein Vorgeben eines Plagiats veranlaßt haben. Leider habe ich nichts finden können, es müßte denn Deine menschliche Betrachtung über den Judas darunter verstanden werden sollen; aber was mich über alle Beschreibung erbaut hat, sind Deine Gedanken über Spinoza. Mir ist dieser Philosoph nur allein aus einer längst verjährten Streitigkeit, daß Lessing ein Spinozist gewesen, und aus der Biographie eines holländischen Gottesgelehrten bekannt. Dieser rechtgläubige Protestant, indem er die Grundsätze des Spinoza nach seiner Art widerlegt, beschreibt das Leben und den Tod seines Helden auf eine Art, welche mir die größte Ehrfurcht vor beiden zurückgelassen hat. Ich war damals fast noch ein Jüngling und dachte: Ist Lessing ein Spinozist gewesen, so mag Spinoza in Gottesnamen auch einer gewesen sein. Die Art, wie die Berliner Philosophen, unter welche sich sogar Reichardt mischte, damals mit Jacobi umgingen, verschaffte mir die erste Zuneigung zu diesem edlen Manne, den ich erst viel später von Angesicht lieben lernte.

Geheimen Rat Wolf habe ich niemals in solchem Freudenaffekt über etwas Neueres gesehen als gestern über Deinen dritten Teil; er konnte nicht aufhören, darüber sich auszulassen, und zuletzt sind wir glücklich wieder auf Grund und Boden der Rhythmik angelangt. Er ist zuverlässig der gescheuteste unter den Philologen, indem er anfängt einzusehen, daß alle hieher gehörige Theorie auf dem artistischen Gebrauche der menschlichen Ton- und Sprachwerkzeuge beruht, welche Einsicht den andern geradezu abgeht. Er kam einmal auf den Einfall, noch singen zu lernen; führt er dies aus, da er keine üble Stimme hat, so hoffe ich davon etwas, das noch nicht geleistet ist.

Dein letzter Brief aus Weimar vom 4. Mai ist richtig angekommen. Die Partitur von Christoph Kayser bitte ich mir sobald als möglich aus, da ich schon mit den Anstalten zur Badereise beschäftigt bin, doch bleibe ich wenigstens diesen ganzen Monat noch hier. Von diesem Kayser ist mir aber noch nichts bekannt, und wenn Du etwa die Weihnachtskantate bei der Hand hast, so sende sie mir mit. Reichardt hat mir vorgestern geschrieben, daß sich sein leidenvoller Zustand zu dauerhafter Besserung anlasse. Der Abt Vogler ist zu Darmstadt am 6. dieses plötzlich gestorben. Die Kunst würde durch diesen Tod einen tüchtigen Mann verlieren, wenn er nicht die schönste Zeit seines Lebens vergeudet hätte, fremden Acker zu pflügen, Orgeln zu beschneiden und alten Wust aufzupolieren.

Und nun lebe wohl, mein süßgeliebtes freundliches Herz! zu dem die Heiden beten, ohne es zu wissen. Dein schönes Leben soll eine ewige Kette von Wohltaten folgenden Geschlechtern werden. Und wie Du stehst und Zeiten, Geschlechter und ihre Schicksale wie Dein eigenes Leben als eines aus dem andern ruhig übersiehst:

So laß sie gehen, laß sie streiten
Um schwere Kronen und leichten Kattun;
Sie wissen nicht, was sie bereiten,
Nicht, daß sie Deinen Willen tun.

Z.

212. *An Goethe*

Wiesbaden, Freitag, 15. Juli 1814.

Nun sollst Du vor allen Dingen wissen, daß ich hier zu Wiesbaden am Dienstag abend den 12. Julius wohlbehalten angelangt bin. Eine Wohnung war für mich bestellt durch Madame Uhden, mit der ich ganz zufrieden bin, ich wohne nämlich auf der Langen Gasse im »Bären«. Wolf habe ich kaum noch angetroffen, und er gibt vor, nur um meinetwillen solange hier in dem Neste ausgehalten zu haben. Gestern habe ich ihn dafür, zu Belohnung seiner Treue, bis Mainz begleitet, von wo er nun rheinauf geht und von Fußreisen spricht, um den besten Rheinwein aufzusuchen.

Ferner melde ich, daß ich bereits ein Quartier von 3 ordentlichen Piecen für Dich in Beschlag genommen habe, welches in 12 Tagen frei wird. Wolfen habe ich seinen Vorrat von Wein und Schwalbacher Wasser für 47 Gulden abgekauft, und Du findest also alles, was zu Deiner ersten Bedürfnis notwendig ist. Es ist hier gut und angenehm leben, da man durchaus nicht gebunden ist und kein allgemeiner Lebenston herrscht. Was das Gesellschaftliche betrifft, so habe ich vorerst den hiesigen Bibliothekar, den Hofgerichtsadvokaten Bernhard Hundeshagen, durch Wolf kennen lernen. Dies ist ein junger vielgeschickter Mann, der hübsch zeichnet, sich mit Antiquitäten, Botanik und besonders mit Landeshistorie beschäftigt; dieser wünscht sehnlich, Dir allerlei Raritäten der Natur und Kunst vorzuführen. Willst Du Deine Pferde nicht mitbringen, so ist hier das Fuhrwesen nicht übermäßig teuer, um die schönen Umliegenheiten zu befahren. In Biberich, wo der Fürst residiert, habe ich gestern eine Stunde im Garten zugebracht, der sich sehr schön ausnimmt.

Von Frankfurt bin ich auf einem Marktschiffe bis Hochheim gefahren und dann zu Lande hieher; die bunte Reisegesellschaft hat mir den größten Spaß gemacht; dies lebendige Anschaun des Lebens aus der Mitte auf die beiden Ufer ist wahrhaft lehrreich. Ich habe weinen müssen über die lustigsten Lieder, die dies Völklein sang. In Frankfurt am Main habe ich zuerst und allein – das Haus auf dem Hirschgraben gesucht, wo mein Heiland geboren ist, und habe es so gut als gefunden, trotz seiner veränderten Gestalt: von 2 Häusern nebeneinander, die ich ausersehn hatte, ist eins das rechte, wie mir nachher mein Lohnbedienter versichert hat, der Deine Mutter noch in diesem Hause gekannt hat, denn sie ist nicht hier gestorben.

Von meiner Reise will ich nur sagen, daß ich bis Frankfurt 4 Tage und 3 Nächte nacheinander in derber Hitze und großer Gesellschaft unterwegs gewesen bin; ein sehr lustiger Schweizer hat uns mit vielen dummen Späßen Tag und Nacht wacherhalten, zumal er alle alte Weiber heuraten wollte, die wir angetroffen haben. Vielen Dank endlich Deinem lieben gastlichen Hause, und so komm mir bald nach, Du sollst ein ruhiges Leben hier haben.

Dein ewiger

Z.

Das Zettelchen bitte ich Deinem Karl abzugeben.

213. *An Zelter*

NB.
Die »Galatea«
ist nicht von Raphael.
Und hiemit löst sich das Rätsel
der Unschicklichkeiten
der Faust aufs Aug'.

Den 28. August 1814. G.

Nur für Dich!
Wenn man getrunken hat,
Weiß man das Rechte.

214. *An Goethe*

Bonn, 6. September 1814. Dienstags.

»Hätt's nit g'dacht, daß Fischgräten
So stechen täten.«

Aus diesem Spruche hat Mozart einen Fischkanon gemacht, und ich will einen Schiffkanon machen: Hätt's nit g'dacht, daß soviel Wasser in der Welt wäre und daß mir's einmal so gut bekommen sollte.

Das Fußreisen werden wir daher von nun an wohl jüngern Freunden überlassen, denn das Chiragra habe ich nach Wiesbaden gebracht und das Podagra dazu geholt. Doch bin ich sehr vergnügt, indem ich, wie ein Kind, an Deiner Brust neue Lebensmilch eingesogen habe.

Mein Reisegesellschafter war immer ein'ge Schritte voraus und seine Gespräche und Reden grundernsthaft. Ich bin ein gar zu schlechter Schüler, wer nicht, wie Du, mit dem Winde kommt, mit welchem ich fahre, und Du hast mir den Geschmack an allen andern Tröstern verdorben. Mit Deiner Vermutung vom Geisberge herab hat es übrigens seine Richtigkeit.

Da ich einen lahmen Fuß erobert hatte, so nahmen wir in Bingen einen Wagen und fuhren über Kreuznach nach Münster am Stein, wo mich das Salinenwesen hübsch praktisch unterrichtet und ein Ritterschloß des Franz v. Sickingen an Dich erinnert hat. Hier sollten wir mehrere Tage verharren, doch mein Sinn ging zum Rhein zurück, daher setzten wir uns Sonnabend schon auf und fuhren bis Kreuznach zurück. Hier trennte ich mich von meinem guten Reisegefährten und fuhr mit Extrapost sogleich nach Bingen, wo ich glücklich noch das Rheinschiff antraf. Nun war ich wieder frei und froh, und sogleich aufs Schiff! Wir hatten bösen Wind, die Schiffer konnten's nicht zwingen, und so ging's von einem Ufer zum andern und wenig vorwärts. Es war kalt, und alles floh in den untern Raum. So blieb ich allein auf dem Verdeck und saß auf meinem Koffer und freundlichen Kissen, als ob die Welt mein wäre.

Anstatt bis Koblenz zu kommen, mußten wir abends 9 Uhr in Boppard landen und den Morgen abwarten. Sonntags den 4. waren wir morgens um 3 Uhr wieder auf dem Schiffe und landeten um 6 Uhr in Koblenz.

Graf Henckel habe ich gesprochen und auf sein Begehren einige Zeilen an die Pröpstin v. Stein eingelegt. Nach Tische ging ich mit lahmen Fuße über den Rhein auf die Festung Ehrenbreitstein, wo sich die Gegend wunderbar überschaut. Die Zertrümmerung dieses alten Baues ist ebenso unterrichtend wie seine ehemalige Struktur, welche man von obenher wie einen Grundriß übersieht; der Anblick ist überwältigend. Gestern früh nach 6 Uhr fuhr ich mit dem eben angekommenen Schiffe von Koblenz ab und kam um 1 Uhr nach Linz. Das Städtchen mit seinem Schlosse ist großenteils von Basalt gebaut und die Straßen mit diesem schönen Stein gepflastert. Gegen 7 Uhr abends kam ich hier zu Bonn an und konnte noch die Münsterkirche in- und auswendig in Augenschein nehmen.

Dienstag mittag. Soeben bin ich noch einmal in der Münsterkirche gewesen. Das Gebäude gefällt mehr, wenn man von innen herauskommt, indem sich die äußere Form nach dem innern Raume richtet. Es hat 5 Türme. Die Hauptfassade hat deren drei, welche fast zu nahe aneinander stehn und keinen ganz bequemen Abfluß des Wassers und Schnees zu gestatten scheinen; das Handwerk daran ist vortrefflich. In der Kirche ist eine knieende Helena in Bronze, die sich nicht bequem betrachten läßt, da sie ungeschickt gestellt ist. Das Ganze macht einen guten Eindruck und stellt ein inniges freudiges Gebet im Schmerze vor. Auf einem der Plätze der Stadt ist noch ein römisches Monument zu sehen, welches jedoch durch Zeit und Nachlässigkeit sehr unscheinbar ist. Es scheint ein Fußgestell eines Kegels zu sein, worauf Basreliefs stehen. Ein Mann mit einer Keule auf der linken Schulter und etwas Herunterhängendem, Vließähnlichem in der rechten Hand könnte einen Jason vorstellen, da auf der andern Seite ein Baum, ein Stier und zwei Drachen darüber erscheinen; die andern beiden Seiten sind noch schwerer zu erkennen, auch fing es an finster zu werden. Die Ansicht des Rheins, der Sieben Berge links und des Godesberges zur Rechten ist von einer Anhöhe am Schloßgarten, die man das »Bollwerk« nennt, das Vollkommenste, was ich auf der Reise gesehn habe; auch sind die Stadtbewohner selbst ununterbrochen in der Anschauung dieser Stelle begriffen. Als ich in Bonn gegen Abend ankam, war das »Bollwerk« voll Menschen und soll es immer sein.

Eigentlich kann ich nicht sagen, was ich alles gesehn habe. Alles läuft darauf hinaus: daß Natur und Kunst verschiedene Dinge sind, denen sich keiner ohne gehörigen Respekt nahen soll. Die Kunst kann nur ein drittes Schöne hervorbringen, das von der Natur unendlich absteht. Was mich betrifft, so ist mir das Schönste und Größte vorgekommen, als ob ich's schon unendliche Male gesehn hätte, und ehrlich gesagt, erfreut es mich insofern, als es meine Empfindungen bestätigt und besiegelt.

Endlich bin ich einen guten Teil der Stadt umwandelt und habe die Wälle bestiegen, welche, da sie von Brennziegeln gemauert sind, ihrem Untergange entgegensehn.

Cöln, Freitag, den 9. September. Vorgestern früh um 7 Uhr bin ich hier mit dem Schiff angekommen. Ich ging zum Maler Fuchs, der mich sogleich zu Sulpiz Boisserée führte. Boisserée zeigte mir seine sämtlichen Risse des Doms, und mit dieser Kenntnis beladen ging ich, das Gebäude selber zu sehn. Man hat erst Mühe, an diese Technik zu glauben, wenn man davorsteht. Das gegenseitige Vertrauen des Handwerks zur Idee und der Idee zum Handwerke erregt Bewunderung, und es begreift sich, wie diese Menschen sich denn ferner alle Feereien gutwillig aufbinden lassen, da nichts mehr unmöglich erscheint.

Gestern habe ich wieder den ganzen Tag mit Anschauung des Doms verbracht und bin so müde nach Hause gekommen, als ob ich 10 Meilen gelaufen wäre. Im Innern der Kirche ist das Vorzüglichste die Fenster mit ihren Darstellungen. Auch hier geht das Handwerk mit der Kunst so in eins, daß man über die Glasmacher und Glaser fast die große, edle, deutliche, friedliche Anordnung des Ganzen vergißt; denn die Beleuchtung, welche diese Fenster gewähren, läßt einen wahren Baumeister erkennen, ehe man die edlen Zeichnungen der Gestalten und Gruppen und ihre Bedeutung kennt. Hievon kann man sich auf der Stelle recht überzeugen, indem man den unangenehmen kreischenden Eindruck der weißen Gläser in der Nähe hat. Bedenke ich endlich, daß diese Herrlichkeit ein halbes Jahrtausend auf dem Nacken hat, so möchte man in die Erde sinken. Die Kapelle der heiligen 3 Könige ist ein oblonges Kämmerlein von ohngefähr 150 Quadratfuß und muß, da es von allen Seiten verschlossen ist, mit Wachs erleuchtet werden. Der Sarg der heiligen Gebeine kann 8 Fuß lang und 4 Fuß breit sein und ist ganz von vergoldetem Silber. Man sieht die Köpfe der 3 Könige mit goldenen Kronen durch Öffnungen, welche in den Kasten gehn. Mehrere hundert Edelsteine, unter welchen ein Topas in Eiform von 3 Zoll lang und viele geschnittene antike Steine, sind rundum in den Sarg eingelegt. Man müßte wenigstens einen ganzen Tag haben, um nur diesen Kasten zu beschauen, und selbst die getriebene Arbeit muß für ihre Zeit von unschätzbarem Werte sein.

Der Raum in der Kirche selbst zwischen den Säulen ist sehr feierlich und groß, ich habe nie so etwas Edles gesehn; der Klang ist sanft wie das Licht und deutlich wie ein reiner Sternenhimmel. Eine Musik ohne *männliche* Soprane wird in solchem Raume immer von mäßiger Wirkung sein, wenn sie auch noch so stark besetzt wird, und Reichardt weiß nicht, was er sagt, wenn er auf die Verschneidung schilt. Unter 1000 Menschen mag immer Ein Verschnittener sein, und der Felsen, wovon diese Kirche gebaut ist, ist davon nicht kleiner geworden.

Was hier sehr unbequem ist, ist die Sprache. Bisher habe ich mich an den Biegungen der deutschen Mundarten von Berlin aus durch Sachsen den Main und Rhein entlang ergötzt; hier versteh' ich keinen Menchen mehr, da sich die Sprache noch mehr wie die westfälische ganz ins Holländisch-Schwäbische verliert. »Ei bi voh Kallöh« heißt auf deutsch: Ich bin von Cöln. Noch fataler ist mir der Wechsel des Geldes. In Bonn, 4 Stunden zurück, nahm man noch Kopfstücke; hier im Orte will man's nicht mehr kennen. Um mir das Bettelvolk vom Halse zu halten, habe ich mir für einen Krontaler Stüber eingewechselt und dafür 4 Stüber Aufgeld geben müssen. Was mir aber das meiste Pläsier macht, ist das Schimpfen auf meine Landsleute an öffentlicher Tafel. Gestern abend haben sie erfahren, wer ich bin, doch sich nicht stören lassen, und da ich ihnen beitrat, ging's erst lustig, und ich war ein lieber Mann. Ihren Bleicher hielten sie für den besten Rheinwein, und von dem Rheingauer Eilften wußten sie eine Menge Historien von Mondsüchtigen, welche dieser Wein hervorgebracht haben soll. Einen Kaufmann namens Silbermann habe ich mir ganz zugeeignet, indem ich ihm von seinem Urgroßvater erzählte, daß er der größte Orgelmacher war, den die Sonne gesehn hat; dafür hat er mir ganz infamen Knaster verkauft, den ich ihm wiedergebe, um vielleicht noch schlechtern dafür zu bekommen. *Sonnabend früh.* Morgen denke ich nach Deutz und über Düsseldorf nach Hause zu gehn. Die Witterung wird täglich schlechter, und mein Fuß will sich nicht bessern, daher mir das Laufen sauer wird. Die Musik liegt hier so ruhig wie der Handel, kaum habe ich seit meinem Hiersein einen Ton, dafür aber auch nicht Eine Drehorgel gehört. Die Stadt ist nachts nicht erleuchtet, und man darf nach 10 Uhr nicht ohne Licht über die Straße gehn. In Koblenz hörte ich seit 3 Monaten den ersten nächtlichen Zank, und weiterher bemerke ich häufiger dergleichen.

Nachmittags. Soeben komme ich aus Deutz, wohin ich mit der fliegenden Brücke übergeschifft bin. Der Rhein ist zwischen hier und Deutz ohngefähr 5 bis 600 Fuß breit und von unendlicher Schönheit, zumal in diesem in der Tat großen Sturmwinde. Wenn Du künftiges Jahr den Rhein besuchst, so rate ich vor allen Dingen, die längsten heitern Tage dazu zu nehmen; denn die Abende und Morgen sind auf diesem Flusse ein wahres Labsal. Die Reise auf einem Postschiffe hat freilich ihre Unbequemlichkeiten, doch muß man sie einmal getan haben, da sie durch sich selbst interessant ist. An einem Male ist es aber so nicht genug, und dann wird's wohl besser sein, ein eigenes Boot zu nehmen, wo dann die Gesellschaft nicht zu groß sein darf, indem nichts langweiliger ist und störender als das »O!« und »Ach!« der meisten Beschauer, die sich dabei allerlei denken wollen. Lebe wohl. Z.

Sonntag, 11. Boisserée wird Dir dieses überbringen, ich gehe soeben weiter nach Berlin.

215. *An Zelter*

Leider habe ich nicht, wie ich hoffte, einen Brief von Dir in Weimar vorgefunden, als ich am 27. hujus wohl und vergnügt daselbst ankam, und ermangele also gänzlich neuerer Nachrichten. Indessen habe ich für Dein reiches Blatt zu danken, wodurch Du mich zum Mitgenossen Deiner Rheinreise gemacht hast. Was mir seit jener Zeit begegnet, werde ich nächstens zusammenfassen und Dir zusenden. Mir sind unendliche Schätze des Anschauens und der Belehrung geworden, vom Granit an bis zu den Arbeiten des Phidias und von da rückwärts bis auf unsere Zeiten.

Melde mir indessen, wie es Dir in Deinen Umgebungen gelingt, melde mir von dem Frauenzimmerchen und was deshalb zu erwarten ist. Nicht weniger, was nach Deiner Ansicht Epimenides für Gebärden schneiden wird, wenn er erwacht. Hast Du eine Abschrift vom »Gastmahl der Weisen«? Ich zweifle daran. Riemer wollte noch die passenden Personagen darübersetzen. Poetisches ist seit der Zeit nichts vorgefallen, Welt und bildende Kunst haben mir genug zu schaffen gemacht, und nun das herzlichste Lebewohl!

Weimar, den 31. Oktober 1814. Goethe.

216. *An Goethe*

Berlin, 8. November 1814.

Am 3. dieses ist ein Faß mit Rübchen und ein Gläschen Eingemachtes an Dich nach Weimar abgegangen. In dem Fasse liegen die Komödienzettel, und der Fuhrmann hat versprochen, *vor* 18 Tagen an Ort und Stelle zu sein.

Von meiner Reise bin ich, von Düsseldorf ab, über Elberfeld, Hamm, Bielefeld, Minden, Hildesheim und Magdeburg, am 29. September allhier glücklich eingelaufen. In Halberstadt traf ich unsern Isegrim, der sich daselbst bei seinen Jungen seit 5 Wochen ein Nest gemacht hatte. Mit diesem habe ich noch einen Abstecher in den Harz hinein gemacht und seine Unleidlichkeit auf Reisen, will's Gott, zum letzten Male empfunden. Hätte ich ihn nicht mit Gewalt nach Berlin gerissen, er wäre vielleicht noch da. Übrigens ist das Departement hiesigen Orts etwas ungehalten, und die Chronik spricht von einer Frage: was er denn tue?

Hier habe ich aufzuräumen gefunden und darüber zu nichts kommen können. Die Kunstausstellung auf der Akademie okkupiert meine Säle mit, vielleicht noch vier Wochen, weil sie den König zurückerwarten; unterdessen muß ich in der Stadt umherlaufen wie ein Barbiergesell, um nichts einschlafen zu lassen, da sie hier alle Tage etwas Neues haben, wonach sie laufen.

Über den »Epimenides« weiß ich erst seit gestern von der Witwe Iffland (denn von allen andern deckt jeder *seine* Haut), daß die Ursache einzig und allein am Komponisten liegt, der nicht fertig geworden ist, wie ich gleich vermutet habe, da er niemals Zeit hat – Zeit zu haben. Unterdessen hat man 3 Stückchen von Kotzebue, dem allzeit Fertigen, aufgeführt, die total mißfallen haben; darüber ist die Menge unruhig geworden, und der König soll gesagt haben: Wenn sie soviel Geld an solchen Plunder wegwerfen wollten, sollten sie doch lieber zu Hause bleiben.

Als ich hieher zurückekam, fand ich eine Geschichte: Du würdest die Direktion des hiesigen Theaters übernehmen; mit dem Herzoge wärest Du unzufrieden, und Weber, den ich fragte, sagte mir, er wisse, daß an Dich geschrieben sei. Denjenigen, welche *mich* gefragt haben, habe ich geantwortet: Du wärst gottlob frisch und gesund, um das Übrige sollten sie Dich selber fragen. Haben sie Dir denn das Stück bezahlt? – Weber, den ich fragte, wußte es nicht, und es wäre mir daran gelegen, es zu wissen.

Auf meinen nächtlichen Reisen hat es nicht an Zeit gefehlt, allerlei Reminiszenzen aus dem »Epimenides« zusammenzufügen. So hatte sich das Liedchen: »Vorwärts! Hinan!« in meinem Gehirne krystallisiert und melodisiert, wie ich denn auch Dein Manuskript selbst oft genug vor Augen gehabt habe. Mit diesem Liede wollte ich Dich überraschen, daß heißt: eure Choristen in Weimar sollten es Dir vor Deiner Tür vorsingen. Nun geschah's, daß Fürst Blücher sich zum 11. Oktober zur Singakademie anmelden ließ, und ich wußte nichts Besseres zu tun, als ihn mit diesem Liede zu bewirten, das ihm Freude gemacht hat, da es so wahrhaftig und fein gegeben ist. Auch haben es 181 Stimmen so frisch und energisch gesungen, daß dem Alten die Tränen entlaufen sind. Darüber ist nun Freund Weber aus seinem Lager aufgestört, und ich werde zu tun haben, um ihn wieder gut zu machen. Vielleicht klagt er Dir sein Leiden selber, denn er hat mir sein Manuskript geliehen, um es Schultz vorzulesen, und glaubt, ich habe die Verse aus seinem Manuskripte abgeschrieben.

10. November. Mit dem Frauenzimmerchen ist es nichts. Sie ist eben von ihren Eltern zurückgekommen, und wenn auch sie selber Lust hätte, so scheinen jene dagegenzusein. Vielleicht findet sich bald etwas anderes; auch fehlt es nicht an Subjekten, die ich Dir aber nicht schicken kann.

Dein Brief vom 31. Oktober, den ich diesen Nachmittag erhalten habe, erinnert mich sehr schön am »Gastmahl der Weisen«. Schicke mir es ja bald. Man muß solche Sachen vorrätig haben, wenn etwas daraus werden soll, um glückliche Momente zu nutzen, da mein Haus wie ein Taubenschlag ist.

Mit meiner Kur bin ich sehr zufrieden; das Wasser hat alle gichtische Materie nach außen gelockt, was ein Ausschlag an Händen und Füßen bekundet, und so Gott will, denke ich künftiges Frühjahr beizeiten wieder an Ort und Stelle zu sein, um den Feind zu verfolgen, der mir das Beste nehmen will, was noch an mir ist.

Ich muß schließen, damit der Brief fortkomme. Sei so gut und laß es mich wissen, ob die Sachen angekommen sind, da ich Dir noch eine andere Sendung zu machen gedenke. Auch möchte ich wissen, ob Deine Frau die Kistchen erhalten hat, die ich von Cöln aus gesandt habe. Gott befohlen!

Dein

Sonntag, den 12. November. Zelter.

Das »Gastmahl der Weisen« und was Dir auf Deiner Reise begegnet, bitte ich nicht zu vergessen, da ich künftiges Jahr auch in diese Gegend wandern möchte.

217. *An Zelter*

Nur eilig vermelde, mein teuerster Freund, daß *Kraut und Rüben* glücklich angekommen sind. Diese Bezeichnung verdienen schon an und für sich die Komödienzeddel, geschweige denn in Begleitung von so erwünschten Eßwaren.

Die Frauenzimmer danken für die *Cölner Wohlgerüche. Frau Professor Riemer* wird sich an ihrem Teil in den Flitterwochen erquicken. Ferner ist das »Vorwärts« angekommen; es scheint aber dies nicht der Wahlspruch euerer Anstalten zu sein. Von allem übrigen nach dem neuen Jahre, wo wir zwar um vieles klüger, aber um weniges besser sein werden. Bis dahin habe ich auch noch zu tun, meine Schuld wegen unendlichen Gefälligkeiten, die mir auf der Reise erzeigt worden, nur einigermaßen zu mindern; das »Gastmahl der Weisen« wird indessen aufwarten. Mohamed Schemseddin hat sich auch wieder vernehmen lassen. Auch ich sehe dem Frühjahre und den warmen Bädern mit Verlangen entgegen. Im Alter täte man wohl, wie Karl der Große seine Residenz in einem solchen Dunstkreise zu fixieren. Und somit Gott befohlen.

Weimar, den 21. November 1814. Goethe.

Herrn Staatsrat Schultz grüße zum schönsten!

218. *An Zelter*

Vor Jahresschluß will ich Dir wenigstens noch einen freundlichen Gruß zurufen und versichern, daß ich mich ganz wohl befinde; das Gleiche wünsche von Dir zu vernehmen. Hafis hat mich fleißig besucht, und da ist denn manches entstanden, das Dir in der Zukunft liebliche Melodien ablocken soll.

Empfiehl mich Herrn Staatsrat Schultz zum allerschönsten. Wie sehr mich seine Sendung gefreut, erhellet aus nachstehendem Blatte. Es ist die Abschrift einer Briefstelle, die ich an einen Freund gleich nach Durchlesung jenes Heftes erließ und welche dem würdigen Mann vielleicht meine Gesinnung besser ausdrückt, als ich es direkt tun könnte. Möge doch seine Gesundheit und seine Geschäfte ihm erlauben, auf diesem Wege fortzufahren! Sobald ich mich einmal über diese Gegenstände zusammennehmen kann, schreibe ich ihm ausführlicher.

Jetzt bin ich mit der neuen Ausgabe meiner Werke beschäftigt, die mich zu wunderlichen Betrachtungen veranlaßt, indem ich genötigt bin, über die abgeschiedenen und immer aufs neue spukenden Geister revue zu halten. Auch wird durch diese mir abgenötigte Betrachtung die biographische Arbeit sehr gefördert.

Von meiner »Italienischen Reise« habe ich die vorhandenen Tagebücher von Karlsbad bis Rom redigiert; dieses Büchlein erhält dadurch einen eigenen Charakter, daß Papiere zum Grunde liegen, die im Augenblick geschrieben worden. Ich hüte mich, sowenig als möglich daran zu ändern, ich lösche das Unbedeutende des Tages nur weg, sowie manche Wiederholung; auch läßt sich vieles, ohne dem Ganzen die Naivität zu nehmen, besser ordnen und ausführlicher darstellen. Wann es herauskommen kann, weiß ich selbst noch nicht. Soviel für diesmal. Melde mir nun auch, wie es Dir ergangen ist.

Aus einem Briefe des Kapellmeister Weber sehe ich, daß sie denn doch noch den »Epimenides« aus seinem Totenschlafe zu erwecken die Absicht haben, und somit nochmal ein herzliches Lebewohl!

Weimar, den 27. Dezember 1814. G.

Abschrift.

Nach allem diesen kann ich Ihnen, lieber Freund, nicht verhalten, daß mir in diesen Tagen etwas besonderes Vergnügliches begegnet. Ich wußte nämlich schon lange, daß Herr Staatsrat Schultz in Berlin, ein vorzüglicher Mann in jeder Rücksicht, meine Farbenlehre mit Neigung ergriffen und besonders den physiologischen Teil weiter bearbeitet, jedoch seine Bemerkungen nur notiert und, weil er erst noch weiter fortschreiten wolle, nicht redigiert habe. Nun hat er auf mein dringendes Ansuchen die Sache, wie sie gegenwärtig vor ihm liegt, als ein gewandter Geschäftsmann mit großer Klarheit darzustellen und die Resultate sowohl als die einzelnen Erfahrungen zusammenzufassen und aufzuzeichnen die Gefälligkeit gehabt. Es ist das erstemal, daß mir widerfährt zu sehen, wie ein so vorzüglicher Geist meine Grundlagen gelten läßt, sie erweitert, darauf in die Höhe baut, gar manches berichtigt, suppliert und neue Aussichten eröffnet. Es sind bewunderns- und beneidenswerte aperçus und Folgerungen, welche zu großen Hoffnungen berechtigen. Die Reinheit seines Ganges ist ebenso klar als die Ramifikation seiner Methode. Die größte Aufmerksamkeit auf sehr zarte, im Subjekt vorgehende Erscheinungen, Scharfsinn ohne Spitzfindigkeit, dabei große Belesenheit, so daß es nur von ihm abhängt, meinen historischen Teil höchst schätzbar zu bereichern. Wenn ich die Erlaubnis von ihm erhalte, den Aufsatz drucken zu lassen, so wird er gewiß, auch schon in seiner jetzigen Gestalt als Entwurf, sehr wirksam werden.

1815

219. *An Zelter*

Unseren Freund Raabe, welcher nun bald ein Vierteljahr mit uns hauset, kann ich nicht abgehen lassen, ohne Dich durch ihn zu begrüßen; er wird erzählen, wie es bei uns aussieht und daß wir uns ganz wohl befinden, ja fürtrefflich, wenn wir die Kleinigkeiten des Tags nicht abziehen wollten.

Meine ernstlichste Betrachtung ist jetzt die neuste Ausgabe meiner *Lebensspuren*, welche man, damit das Kind einen Namen habe, »Werke« zu nennen pflegt. In den zwei ersten Bänden wirst Du manches finden, das quellenhaft ist; Du wirst es sammeln und auf Deine Mühle leiten.

Zu der Herzogin Geburtstag, am 30., geben wir »Zenobia« nach Calderon, von Gries; wahrscheinlich bleibt auch dieses Stück ein ausschließliches Eigentum unserer Bühne. »Proserpina« von Eberwein, die Du kennst, wird den 3. Februar gegeben; wir haben diesem Werklein noch wunderlich eingeheizt, daß es als Luftballon steigen und zuletzt noch als Feuerwerk zerplatzen kann. Soviel für diesmal in Eile, weil wir so lange gezaudert.

Vale optime!

Den 23. Januar 1815. Goethe.

220. *An Goethe*

Berlin, den 31. März 1815.

Endlich und gestern ist der »Epimenides« glücklich vom Stapel gelaufen. Die Wirkung war bedeutend, und trotz der

Verwöhnung unseres Publikums, der Verspätung des Stücks und mancher kleinen Umstände, deren Anordnung überall den Dichter selbst verlangt haben würde, hat es getroffen; ja es erschien wie eine prophetische Vision und zugleich wie eine Probe des Exempels. Man hatte geglaubt (wie denn der Unglaube der Gläubigste ist), das Stück werde auf die neusten Tage nirgend passen; eine gute Stimmung von vornherein war nicht zu erwarten; ich selber war verlegen und hatte mich ins Orchester geschlichen, um zwischen dem Theater und dem Publikum im Freien zu sein. Der Anfang verzögerte sich, das volle Haus ward unruhig und mir bange.

Die Ouvertüre kam: Weber hat entweder nicht Zeit gehabt, oder er hat bedacht, daß die Muse selbst die Ouvertüre spricht; kurz, er hat einen mäßigen, würdigen, wiewohl etwas lugubren Eingang zum Stücke gemacht, der sich sehr wohl ausnahm. Die erste Stanze schon, etwas breit aber gut gesprochen, erregte stille Bewegung, und beim Abgange der Muse bemerkte ich an mir selber und im Hause eine bessere Stimmung, die durch das heitere Lied der Genien vollkommen ward.

Der Dämon der Unterdrückung etwas affektuos, doch klar und fest gesprochen; seine Bestechung der »Liebe« und des »Glaubens« wie der unselige Zustand verlorner Freiheit und Unschuld und die endliche Befreiung durch die »Hoffnung« machen eine tief eindringende Szene. Die beiden Tugenden duckten sich wie getretene Hühner, und wie gesagt: mich hat die Szene in ungeheure Bewegung gesetzt. Und gefühlt haben sie's alle, Gott sei Dank! wenn sie's auch nie erkennen; es ist ein Griff in die Natur menschlicher Verderblichkeit (»mors stupebit et natura«), den sie rasend übelnehmen würden, wenn sie den Generalbaß wüßten.

Sonnabend, den 1. April. Gestern abend war die erste Wiederholung des »Epimenides«. Hatte das Stück gestern den gewöhnlichen Beifall eines guten Stücks, so war heute der Hof darinne, der gestern fehlte. Ein bedeutender Teil des Publikums sahe es heute zum zweiten Male, und die Aufnahme war von vornherein wärmer, vorbereiteter, und die gestrige Aufführung wie eine Generalprobe zu betrachten. Weber ist über allen Ausdruck vergnügt. Er hat mit großer Anstrengung arbeiten müssen, weil der Graf Brühl ihn drängte, und man erwartete eine mühselig-kalte zusammengestoppelte Musik. Hat er manches verfehlt, ja manches *zu* gut machen wollen, so sind ihm dagegen Hauptmassen zur Bewundrung gelungen. Die Szene mit dem Brandschein auf dem Theater ist vollkommen. Er hat vieles auf sogenannte melodramatische Art komponiert und ganz vorzüglich, zu welcher Art er überhaupt viel Geschick hat. Mit der »List« hat er sich viel undankbare Mühe gegeben, und dadurch ist diese Person zu lyrisch geworden. Das Schlecken und Schleichen, was er ausdrücken wollte, geht dadurch in Empfindsamkeit über, daß er sich zu lange damit aufhält und den Gang des Stücks hindert; übrigens ist diese »List« ein wahrer Dämon für jeden Komponisten. Die Chöre, welche bei uns einen Apparat haben, wie nur große Theater haben können, machten sich, besonders durch das Auftreten der verschiedenen Völkerschaften, sehr imposant, am meisten für das Auge. Unserer ersten Sängerin hat Weber eine große Prachtarie mit konzertierendem Chor gegeben, die ganz zuletzt ein opus ist. Das Stück spielt hier 2 ½ Stunde, doch ward es in beiden Tagen besonders dadurch aufgehalten, daß eine unendliche Menge Kraftphrasen und Sentenzen in langen Pulsen beklatscht und berufen worden, weshalb die Spieler solange innehalten müssen. Manchmal schien's, als wenn die Menge sich in 2 Chöre bildeten, um dies und jenes hier oder dort zu beklatschen; dann vereinigte sich wieder alles, und kurz, ich habe meine Lust daran gehabt. Am ersten Tage ließen die Schauspieler das, was sich auf die Person des Königs bezieht, aus, weil der König alle solche

Beziehungen verbeten, ja verboten hat; dies hat jedoch gestern gesprochen werden müssen, und der Beifall war wütend. Dazugekommen ist noch gestern, daß am Schlusse, wo sich die allgemeine Gruppe bildet, über dem Frontispize des Tempels sich der Triumphwagen des Brandenburger Tores erhebt und aufstellt. Unter den sprechenden Personen hat sich Epimenides durch Zusammenhang, Deutlichkeit, Ruhe und Würde hervorgetan; die »Liebe« ward schön gesungen, weniger gut gesprochen. Die »List«: ein schlanker, schöner, glatter, länglicher, ducksamer Kurtisan, ausnehmend gut und reinlich gesungen; der Kerl hat eine Zunge wie eine Specknudel. Die Aufführung selbst war weit mehr im Ganzen als ehegestern. Die Leute spielten freier, runder, geistiger. Das Auftreten der »Hoffnung« ist von großer Gewalt. Diese Szene hat mich wieder tüchtig angepackt, wiewohl sie noch nicht vollkommen gegeben wird. Sie ist der geheime Leib, woran alle Glieder befestigt sind – in Ruhe, aber ungeheuer.

Mir ist der »Epimenides« ein rechtes Pflaster auf die Wunden gewesen, die mir Tags vorher der verruchte »24. Februar« wie mit Fleischerbeilen geschlagen hat. Der Mensch sieht das Schicksal an wie einen Frachtwagen, worauf man packen kann, was man will, oder ein Beinhaus für Armesünderknochen. Gott bewahre alles Mutterkind vor solchen Poeten! Die Pfaffen haben einen rechten Fang an ihm gemacht; der bringt sie alle an den Galgen.

Nun habe ich mich – zu entschuldigen will ich nicht sagen, daß ich auf zwei Briefe von Dir nicht geschrieben habe. Die Wahrheit ist, daß ich mich die ganze Zeit schlecht befunden habe und mit Schmerzen das eingetretene gute Wetter erwartet habe. Ob man diesen Sommer in ein Bad wird gehen können, weiß Gott, wie nötig ich's habe. Ich habe ein sehr gutes Osterkonzert gemacht und über 800 rh. reinen Gewinn davon. Auch das Departement hat sich geneigt erwiesen gegen mich, doch ist mir die Verlängerung der Abwesenheit des Staatskanzlers unbequem, da er meine gehoffte Zulage bestätigen muß. Die Sache ist kein Spaß, denn sie beträgt jetzt schon 700 Taler.

Herr Catel hat mir sein Buch gebracht, um es Dir zu überschicken, was er freilich wohl selber hätte tun können, da er recht gut weiß, was ich von solchen Theorien halte, die auf den Geist unseres Zeitalters ruhen. Was in dem Buche nicht steht und Du nicht wissen kannst, ist: daß gerade der Geist der nämlichen Gemeinde, für die dies Buch und diese Kirche erdacht worden, gar nicht erpicht ist, eine neue Kirche zu haben, und vielmehr verlanget, daß der Platz, wo das alte, vom Brande zerstörte Gemäuer noch steht, rasiert werden und auf der Stelle ein Markt stattfinden soll. Diesem Volke Kirchen zu bauen, woran sie ihr Wasser abschlagen können, ist gerade an der Zeit. Nun haben die gebildeten Leute Prediger und keine Kirche, Suppe und keine Löffel.

Endlich will ich nur noch sagen, daß wir an Herrn *Devrient* einen neuen Schauspieler aus Breslau akquiriert haben, der alle Pferde reitet. Er hat seinen Debüt mit Franz Moor angetreten, und Dienstag wird er den Schneider Fips spielen. Diesen Franz spielte er wechselsweise pathetisch und leidenschaftlich; er spricht nicht schlecht, doch ohne Klang; seine Figur ist nicht unangenehm, doch nicht anziehend. Dies soll doch kein Urteil über den ganzen Mann sein, dem ein sehr günstiger Ruf voranging; vielmehr habe ich nur 2 Akte von den »Räubern« gesehn. In Breslau hielt man ihn weit über Iffland, mit dem er allerdings zu vergleichen ist, wenn es mir [gleich] vorkömmt, als wenn Naturell und Studium und Übung in Iffland sich in gewissen Rollen wunderbar vereinigt zusammengefunden hätten.

Sende mir doch einige Lieder. Deinem »Hans Adam« habe ich ein Kleid angezogen, worin er sich wird sehn lassen können. Nun lebe wohl, mein Einziger, und denke Deines

Zelter.

221. *An Goethe*

Der junge Herr Mendelssohn, ein studierender Mediziner, bittet mich, ihm einen Brief an Dich mitzugeben, um Dein Angesicht sehn zu können. Er hat schon den vorigen Krieg mitgemacht und ist trotz seiner mäßigen Gesundheit entschlossen, wieder zur Armee zu gehen.

Wir erwarten unsern König hier in Berlin, und bis dahin wird der »Epimenides« wohl ruhen, mit dessen Auslegung man sich auf mancherlei Art beschäftigt. Einer hat das Stück »I-wie-meenen-Sie-des?« genannt, welches vollkommen Berlinisch herauskommt.

Die gute Gelegenheit mag dazu dienen, Dir einige Autographa merkwürdiger Hände zu überschicken. Und sollte auch von diesen Händen schon etwas in Deiner Sammlung sein, so sind die Stücke selbst in geschichtlich-artistischer Hinsicht bedeutend, besonders das Stück von Sebastian Bach und das von Kirnberger. Über das Stück mit der Überschrift »La Coorl« findest Du in »Faschens Leben« Aufschluß.

Nun lebe wohl, mein Geliebter! und laß von Dir hören:

»Denn der Liebe sind die Zeiten
Alle gleich und immer so.«

Berlin, den 11. April 1815. Z.

222. *An Zelter*

Da Du, mein lieber schweigsamer Freund, grade zur rechten Zeit die Zähne voneinander tust, so soll Dir das bisherige Versäumnis von Herzen verziehen und überdies der schönste Dank gesagt sein. Schon waren mir verständige und ausführliche Nachrichten von der Ausführung des »Epimenides« zugegangen, nun kommst Du aber, mit kühner Feder das Tüpfchen auf das i, das Häkchen übers u zu setzen, und nun wird mir die Schrift erst vollkommen lesbar.

Alles beruht darauf, daß ein solches Stück ein dutzendmal hintereinander gegeben werden könne. Vergegenwärtige man sich die Elemente, aus welchen eine solche Vorstellung zusammengesetzt ist, und man wird an einer glücklichen Ausführung beinahe verzweifeln.

1) *Die Arbeit des Dichters* als Grundlage, der durchaus hier immer den äußern Sinn beschäftigen und zugleich den innern anregen will, der vom Zuschauer verlangt, daß er jeden Augenblick schaue, merke und deute.

2) *Der Komponist*, der das Gedicht begleiten, tragen, heben und fördern soll und auch diese seine Pflicht mehr oder weniger erfüllt.

3) *Das Orchester*, das die Intention des Kapellmeisters vollkommen ausführen soll.

4) *Schauspieler und Sänger*, die an dem ihnen in die Hand gegebenen Leitfaden sich durch so manche Gefährlichkeit hindurchzuwinden haben, jeder einzeln seine Pflicht tun und doch auf die übrigen merken soll.

5) Gedenken wir der *Kleidung*, die auch nicht gleich paßt und bequem ist;

6) so mancher *kleinen Requisiten*, auf die soviel ankommt;

7) der *Dekoration*, deren Erfindung zum Ganzen stimmen, an deren Verändrung nichts stocken soll.

8) Und nun dann *ein Publikum*, aus so vielen Ständen und Kulturen zusammengesetzt, das, wenngleich mit gutem Willen, doch nur kalt und unvorbereitet herankommt und dem man gar nicht übelnehmen kann, wenn es im gegenwärtigen Fall mit Unglauben und in der schlechtesten Stimmung der Welt sich versammelte.

Wieviel Dutzend zinnerne Teller gehörten dazu, um die refraktären Ingredienzen einer solchen Glockenspeise zu schmelzen (vide »Cellini«, II. Teil, pagina 176)!

Bei öfterer Wiederholung ist es ganz etwas anders: da entstehen ohne Blasebalg und Flammen, ohne Kunst und Vorsatz die zartesten Wahlverwandtschaften, welche jene abgesondert scheinenden Glieder auf die gefälligste Weise zu einem Ganzen verbinden. Von der handelnden Seite mehr Sicherheit und Gelenkigkeit, erworben durch Übung, gestärkt durch Beifall, getragen durch lebendige Ein- und Übersicht des Ganzen. Von der schauenden Seite Bekanntschaft, Gewohnheit, Gefallen, Vorurteil, Enthusiasmus, und wie die guten Geister alle heißen mögen, ohne die uns die »Ilias« und »Odyssee« selbst nur ein totes Gerüste bleiben würde.

Daher kommt's nun, daß bei lebhafteren Nationen die Stücke, die einmal gegriffen haben, ins unendliche wiederholt werden können, weil die Schauspieler das Stück und das Publikum die Schauspieler immer mehr durchdringen, ferner auch Ein Stadtnachbar den andern aufregt, ins Theater zu gehen, und das allgemeine Wochengespräch zuletzt die Notwendigkeit hervorbringt, daß jeder die Neuigkeit gesehen habe. So erlebte ich in Rom, daß eine Oper, »Don Juan« (nicht der Mozartische), vier Wochen alle Abende gegeben wurde, wodurch die Stadt so erregt ward, daß die letzten Krämersfamilien mit Kind und Kegel in Parterre und Logen hauseten und niemand leben konnte, der den Don Juan nicht hatte in der Hölle braten und den Gouverneur als seligen Geist nicht hatte gen Himmel fahren sehen.

Dies alles sage ich Dir, mein Freund, mehr zum Schwätzen, denn ich spreche zu einem Wissenden, und möchte wohl einmal einer Deiner Aufführungen vom »Tode Jesu« beiwohnen, durch Dich aufmerksam gemacht auf alle Erfordernisse, welche unerläßlich sind, damit ein solches Werk zur Erscheinung komme.

Daß Du die Achse, worauf sich mein Stück herumdreht (doch, wie ich hoffe, ohne Knirschen und Knarren), so festgehalten und tief empfunden, freut mich sehr, ob es gleich Deiner Natur ganz gemäß ist. Ohne diese furchtbaren Ketten wäre das Ganze eine Albernheit. Daß dieses Exempel an Frauen statuiert wird, macht die Sache läßlicher und zieht sie ins Gebiet der Rührung; doch wollen wir nichts weiter davon reden, sondern die Wirkung den Göttern anheimstellen.

Zu allem, was Dir in ökonomischem Sinne Gutes widerfahren kann, wünsche ich Glück. Wohin ich mich diesen Sommer wende, weiß ich selbst nicht. Wiesbaden hat mir gar zu wohl getan, und ich möchte es gern wiederholen, doch mag sich's draußen am Rheine, wenn auch alles gut geht, jetzt wieder höchst unerfreulich wohnen; doch man steckt sich am Ende ins warme Wasser und entäußert sich der Außenwelt.

Das Catel'sche Heft will ich gelegentlich durchsehen. Empfiehl mich dem Verfasser schönstens. Ich hüte mich zwar jetzt vor der Architektur wie vor dem Feuer. Je älter man wird, desto mehr muß man sich beschränken, wenn man tätig zu sein begehrt. Nimmt man sich nicht in acht, so geht man bei so vielen fremden Aufforderungen für lauter Teilnahme und Urteilsprechen mit geist- und leiblichen Kräften in nichtigen Rauch auf.

Daß Du dem »Hans Adam« eine tüchtige Jacke auf den Leib gepaßt haben wirst, daran zweifle ich keineswegs und freue mich, ihn darin stolzieren zu sehen. Unter meinen spätern Dingen will ich etwas aussuchen. Das Orientalisieren finde ich sehr gefährlich, denn eh' man sich's versieht, geht das derbste Gedicht wie ein Luftballon für lauter rationellem und spirituellem Gas, womit es sich anfüllt, uns aus den Händen und in alle Lüfte.

Soviel möge für diesmal genug sein. Versäume nicht,

manchmal zu schreiben, wenn Du ja auch nur das Theater zum Text nimmst; mir wäre in mehr als einem Sinne dran gelegen, zu erfahren und zu schauen, was das neue Regiment leistet und wirkt, wobei es mir denn auch auf eine halbe Stunde Diktieren nicht ankommen soll, woran Dir, recht betrachtet, doch auch gelegen sein müßte.

Eben als ich bedachte, was ich noch auf diesen Raum setzen sollte, kommt Herr Mendelsohn und bringt mir Gruß und Gabe, beides erfreulich. Ich habe ihn heiter empfangen, aber zerstreut: denn eben als er ankam, war ich über hundert Meilen weit vom Hause weg. Die Notenblätter sind köstlich! Keinen von [diesen] drei Männern besaß meine Sammlung. Also den schönsten Dank! Da wir die Berliner zum Nachdenken und zum Calembour gebracht haben, so wollen wir's eine Weile dabei bewenden lassen. Herrn Staatsrat Schultz grüße schönstens. Seine Hefte habe die Zeit wieder durchstudiert, sie und er sind mir nur desto lieber geworden. Nun Adieu! möge dies ein glücklicher Anfang neu eröffneter Kommunikation werden.

Weimar, den 17. April 1815. G.

223. *An Goethe*

Indem ich Dein Gedicht wieder lese, wird mir aufs neue klar, daß wohl niemand etwas hervorbringen kann, worin er nicht *selbst* begriffen ist, und daher der Künstler nur immer sich selbst reproduziere, wie Zeit, Alter und Umstände jedesmal wirken.

Dadurch entsteht das Besondere, ja das Neue, und es ist kein Wunder, wenn die Welt daran vorübergeht und alles daran zu erkennen glaubt, nur sich selbst nicht.

So geht es mir denn auch, nur mit der Abweichung, daß, was mir beim allerersten Hören und Lesen deutsch und vollkommen deutlich erschien, mir jetzt zum Rätsel ward, dessen Auflösung mich auf das angenehmste unterhielt. Ja die Neckerei wird so weit getrieben, daß man daneben die Zeitung liest und eins mit dem andern als Kontrasubjekt denkt.

Den 16. April. Gestern hatten wir ein neues Drama: »Hedwig«, in 3 Akten, von Körner. Ein den »Räubern« nachgequältes Stück oder Trauerspiel, weil die Hauptpersonen wegen ungeheurer Leidenschaft, Delikatesse und Immoralität umkommen, die so lange und ekelhaft aneinander gerieben werden, bis das ganze Theater in Flammen aufgeht. Auf dem Zettel steht, daß das Stück an der Grenze von Italien spielt. Der Beifall war laut und rauschend, doch ohne Wärme, wie das Stück, und bezog sich wohl meistens auf unsere neuen Schauspieler Herr und Madame Devrient. Er spielte den jungen Banditen mit schmerzlicher Anspannung, da er kein starker Körper und seine Stimme nicht klingend ist; *sie* die Hedwig, nicht ohne Verdienst, doch so, daß ich einer Schauspielerin neben ihr (Mademoiselle Beck) geneigter worden bin.

Wenn die guten Leute nur erst wollten reden lernen! Dieses Stoßen und Holpern und Stolpern und Drücken und Quetschen der Konsonanten, das sie wie ein Pfahlwerk vor der Luftröhre stehn haben, hindert jede gute Intention und ihr eigenes Gefühl. Deutlichkeit, Freiheit und Anmut sind unerreichbar, wenn der Redner mehr Zeit und Kraft zum Atmen als zum Sprechen braucht. Wozu sind denn Leseproben, wenn das Notwendigste nicht geübt wird? Was jeder gute Bereiter seinem Pferde zuerst beibringt, ist ein stehender Atem, und der ausübende Artist zerstört seine Brust, indem er das Gedicht entstellt und dem Zuhörer seine Brustschmerzen mitteilt.

Euer Schicksal, ihr armen Dichter, dringt mir tief ins Herz, wenn ich bemerke, wie ihr schöne Perioden wie prächtige Säulenstellungen an- und übereinander baut, die wie Tempel der Götter dastehn sollen und sich in die Lüfte heben, und wie dann die Hacker und Packer sich daran rüsten und euch Kommata und Striche und Löcher hineinmeißeln und aus einem Architekturwerke einen geflickten Mantelsack machen.

Mein jüngster Knabe, der eben 16 Jahr alt worden ist, ist vorigen Montag zu seiner Schwadron am Rhein abgegangen. Er dient schon seit einem Jahre als gemeiner Husar beim Regimente Brandenburg und wollte sich durchaus nicht halten lassen; so mag er's denn versuchen, und doch muß ich ihn beneiden, denn er sieht im 16. Jahre, worauf ich 56 Jahre warten müssen. Eben erhalte ich einen Brief von ihm aus Magdeburg, der mir unendlich wohlgefällt. Ich kann nicht mit Worten sagen, welch ein schöner Knabe es ist, und zu Pferde sieht er sich an wie ein Chiron. Leider hat er noch nichts gelernt, und auch im Christentum ist er so gut als nicht unterrichtet, doch ist er nicht ohne religiöse Scheu und Scham und nicht frech, obwohl etwas roh und unbändig.

Unsern Freund Raabe, der mir Deinen lieben Brief vom 23. Januar überbracht hat, habe ich seit der Zeit nicht wiedergesehn, weil er mit Arbeiten überhäuft ist. Ich hätte auch allerlei für ihn zu tun, und Graf Henckel will sich auch für seine Luise malen lassen, doch weiß ich nicht einmal, wo er jetzt wohnt. In die Singakademie und an die Liedertafel habe ich ihn geführt, wo er sich zu gefallen schien, und seit der Zeit habe ich ihn nicht wiedergesehn.

Wie hat sich denn wohl eure »Proserpina« aufgeführt? und hat sie sich wohl wiederholen lassen? Denn ein solches Stück, wenn es auch aufs beste eingelernt ist, wird für Aug' und Ohr erst etwas, wenn sich diese daran geübt haben; muß man doch dem besten Stücke spielen helfen! es ist zu wie eine Insel: man muß landen, wenn man wissen will, wie es drinne aussieht.

Deine neuesten Ausgaben erwarte ich mit Schmerzen und putze mir schon die Lippen blank, um den Abgeschmack des letzten Winters zu verlieren. Mein Herz war so voll Traurigkeit und Finsternis, daß ich niemand weiter habe sehn können als solche, die mit mir Karten spielen wollten.

Unser Theater gibt jetzt des Neuen viel, was in alle Wege besser ist, als den armseligen »Wald von Hermannstadt« und nebenbei sechs Wochentage Kotzebue'sche Tugend immer und immer wiederzukäuen. Ja ich hasse sie, diese Tugend, denn sie entsteht wie die Flöhe in »König Heinrich dem Vierten«.

Den 22. April. Eben habe ich Deinen lieben Brief vom 17. erhalten, wodurch dies Blatt wieder hervorgezogen wird, das schon manchen Tag liegt. Gott weiß, daß ich keine wache Stunde ohne einen Gedanken an Dich lebe. Auch wird immer etwas geschrieben, und wenn ich wieder darüber komme, weiß ich gar nicht, wie Du einen Freund haben sollst, der ganz in Dir lebt und webt und nichts Besseres soll schreiben können, und da bleibt's wohl gar einmal liegen.

Professor Levezow, den ich heute sprach, rühmt einen schönen Brief, den Du ihm über Dein Stück geschrieben hast. Sie sind alle außer sich vor Freuden, daß ihnen etwas gelungen ist nach ihrer Art, woran sie vorher nie gedacht haben, das ihnen in der Tat eine Hintertür öffnet, sich aus der Konfusion zu retten, worin sie schwimmen wie Fliegen in der Buttermilch.

Auch Körner ist in diesen Tagen angekommen und hat mich besucht. Die Frauen sind auch mit. Sie dauern mich; weniger ihres Schicksals wegen, als weil sie, jammervoll genug, fühlen, daß sie das Haus neben das Fundament bauen wollten. Er ist im Departement des Kultus angestellt, und nun fehlt noch der Böttcher, der seine Fühlhörner längst hieher gestreckt hat. Unser Kultus ist wie das Trojanische

Pferd: wenn das alles wieder herauskommt, was sich hineinstopft, platzen die Kirchen.

Den »Hans Adam« werde ich erst künftigen Dienstag hören. Er war schnell genug fertig, doch habe ich lange nachgearbeitet, und nun wollen wir hören, ob er nicht gar zu mosaisch geworden ist. Da bei uns ein Lied einen Titel haben muß, so habe ich's überschrieben: »Der erste Mensch«. Willst Du es anders haben, so laß mich's wissen. Dann werden wir auch das Lied singen: »Aus wie vielen Elementen Soll« p., was sich vielleicht noch geistiger hervortut, insofern es eine Aufgabe war, die verschiedenen Elemente unter Eine Melodie zu bringen. Ich habe dem Liede den Namen: »Liederstoff« gegeben. Ich würde es »Die vier Elemente« genannt haben, wenn nicht Schiller eins unter diesem Namen gemacht hätte.

Künftigen Dienstag führen wir in der Singakademie zum Andenken unseres verstorbenen Direktors Frisch Mozarts »Requiem« auf. Warum muß ich nicht so glücklich sein, Dich und Mozart unter meinen Zuhörern zu erwarten? All das Kritteln und Abarbeiten an Kleinigkeiten, die sich eben darum von selbst verstehn, weil sie sich im Ganzen verlieren, macht den Leib müde, wenn nicht von Zeit zu Zeit einer in diese Winkel hineinhorcht. Glücklicherweise ist dies eine von den Musiken, die man ohne Gelegenheit wie ein schönes Kunstfragment in sich aufnehmen und die Gelegenheit bei der Gelegenheit aufs unschuldigste vergessen kann. Denn es ist just soviel Ruhe darinne, als nötig ist, das Gedächtnis eines angenehmen edlen Abgeschiedenen – in möglichst kurzer Zeit abzutun. So ist's von der andern Seite mit der Aufführung des »Todes Jesu«: durch vieljährige Aufführungen sitzt das Stück einmal für allemal in unserm Chore fest, und ich habe dabei wenig oder gar nichts zu tun. Dazu kommt der heilige Tag, an den die Menge gewöhnt und das Theater verschlossen ist. Gerät nun die Ausführung wirklich zum Loben, so ist das eine Sache, wodurch bloß niemand gestört wird, und dann kann ich freilich im stillen zufrieden sein, wenn nicht ganz hinterher die Weisen oder Waisen des Morgenlandes noch anzudeuten haben, daß eine Quinte gesprungen oder sonst ein wichtiges Ereignis dieser Art sich aus der eingeschloßnen Luft entwickelt habe.

Cateln werde ich vor der Hand bescheiden, daß Du seine Schrift erhalten hast. Seine Zeichnungen zu der Kirche sind so wenig beliebet worden, daß man von Schinkel eine neue hat anfertigen lassen, womit das Gebäude freilich noch lange nicht dasteht, indem etwas zu Vollendendes doch angefangen werden müßte; vielmehr steht die ganze Zunft mit Fern- oder Zukunftsröhren in den Händen, politische Kometen aufzusuchen oder zu entdecken, wo ihnen der Hase abermal aus dem Pfeffer läuft.

Das neue Regiment läßt sich freilich etwas laut hören, doch hat jeder seine Weise, die hier eigentlich nur gegen die ehemalige allzugroße Stille absticht. Der vorige Regent war bei seinen Verdiensten von seinen Rollen und Umgebungen abhängig. Das Erste, was vor der Hand nötig scheint, ist, das Theater durch reine Einnahmen von den schmählichen Schulden zu befreien, die es während der Invasion und durch die Betrügereien der Ökonomisten aufgeladen hat. Sie waren noch vor kurzem 40 Tausend Taler schuldig für die schlechtesten Dekorationen, womit Leinwand verunziert werden kann, und doch haben wir schon eine neue Dekoration von Schinkel und Lütke, die sich denn doch präsentiert. Was man noch loben müßte, ist: daß denn auch Leute vom Metier über dies und jenes zu Rat gezogen werden; die Kunst hat nie Ein Mensch allein besessen.

Daß Du den jungen Mendelssohn heiter empfangen hast, ist mir überaus angenehm, da sein Gemüt jeder Aufmunterung bedarf, wenn er nicht mit so vielen seinesgleichen zugrund gehn soll. Seine Mutter, eine Freundin meiner besten Jahre und das schönste weibliche Geschöpf, was mir vorgekommen ist, bat mich um eine Adresse für ihn an Dich, und da ich eben die artigen Autographa für Dich zurechtegelegt hatte, so habe ich zugleich einige Groschen Porto ersparen mögen. Das Stück von Sebastian ist eigentlich von der Sonntagshand seines Verfassers und wie eine ausgeführte Zeichnung eines großen Künstlers von mir betrachtet. Wenn Du es so oft hören wirst, wie ich Deinen »Epimenides« genieße, so sollst Du mich loben; es muß jedoch kräftig gespielt und nicht abgejagt werden, denn es ist just so lang, als es sein muß, und entsteht so aus sich selber wie ein ausgeführtes Ganzes.

Nun bitte ich denn auch ganz gehorsamst um etwas Poetisches. Ich habe von den erhaltenen Stücken mehreres angefangen und skizziert, was sich durch Ruhe von selbst ausarbeiten muß; kommt nun das Neue hinzu, so wird das Alte ganz, und die Arbeit ist halb. Das »Gastmahl der Weisen« habe ich noch immer nicht; Riemer ist wohl so gut, es von seiner Vortrefflichen abschreiben zu lassen, der ich dafür wohl einmal wieder von meinem Cöln'schen Wasser ablasse.

Nun lebe wohl, du Licht meines Lebens! und verzeihe meinen langen Schlaf:

»Wärest du fieberhaft, wärest du krank,
Wüßtest dem Schlafe du herzlichen Dank.«

Z.

224. *An Goethe*

Berlin, den 26. April 1815.

Du hast recht: wenn man imstande ist, ein leichtsinniges, mit dem Ernsthaften, ja Ungeheuren, wenn nicht Unendlichen spielendes Volk zum Nachdenken über diese Dinge auf seine Art anzuregen, kann man es sicher diesem Nachdenken überlassen und gute Wirkung erwarten. Sie bilden sich Wunderdinge ein, über die Geschichte, und wollen nicht einsehn, daß diese Geschichte wie ein Wagen ist, bei dem alles darauf ankommt, wohin der Deichsel zeigt, und dann rufen sie aus: »Wer hätte das gedacht!« und beschweren sich, nur nicht über die Blindheit, sondern über den Arzt, der ihnen zuruft: »So seht doch hin, wo« etc.

Unser »Requiem« ist gestern wie eine aufgezogene Uhr von der Spule gegangen. Der Kronprinz, unser ganze jetzige Hof und das Ministerium des Kultus und sämtliche Mitglieder der beiden Akademieen der Künste und der Wissenschaften waren anwesend. – Ehe bei einer solchen Feierlichkeit an Musik gedacht werden kann, muß vorhanden sein: Kirche, Altar, Katafalk, Leidtragende und hauptsächlich das Amt der Messe selber. Von allen diesen Dingen war keine Rede, denn wir genossen unsere Musik wie gutes Brot ohne Fleisch. Unser Akademiesaal, der lange nicht groß und hoch genug ist, um 500 Menschen ein bequemes Sein zu geben, war in Ermanglung dieser Dinge doppelt, das heißt: vom Tage selbst und 300 Wachskerzen zugleich erleuchtet, und der daraus entstehende Halbeffekt war von guter Wirkung. Die Stelle des Katafalks nahm die Büste des Gefeierten ein; an die der Leidtragenden erschien die Freundschaft und Dankbarkeit und hielt Messe, das heißt: Schadow sprach von den Verdiensten des Künstlers, und ich fügte die anliegenden Worte daran. Durch dies letztere ward die Musik in zwei Teile geteilt, welche eine glückliche Abwechselung gewährten. Ich war des Fortgangs meiner Musik und der vergnügten Mithelfer gewiß genug, um meine Aufmerksamkeit auf die Zuhörerschaft zu richten, und mein Vergnügen bestand darinne, mich an der Andacht und wohltätigen Stimmung innigst zu erfreuen, die noch lange über die Musik hinausging. Unser Kronprinz, ein heiterer, freier, gemütlicher Jüngling, erfreute mich durch seinen Beifall, insofern als er mir schon früher gesagt hatte, er mache nicht gar viel aus Mozarts »Requiem«. Voll Freuden kam er auf mich los und sagte: »Eine gute Musik muß man oft hören, aber man muß sie auch gut hören, sonst lernt man nicht hören.« Ich nahm mir's heraus, ihm über diese guten Worte auch meinen Beifall zu geben, indem ich erwiderte: das Gute liege weder zu tief noch versteckt, und ein würdiges Nachforschen offenbare es gewiß immer. An meiner Rede lobte er die Kürze, und daß ich Friedrich den »Großen« genannt habe. – »Hat er denn nicht gelebt wie wir?« – Besser! rief ich ihm zu, so sprang er heiter von dannen.

Den 28. Gestern habe ich den jungen Unzelmann mit Vergnügen und vielem Beifall in der »Schachmaschine« spielen sehn. Nach dem Stücke ward er herausgerufen.

Den 13. Mai. Gestern habe ich unsern neuen Schauspieler Devrient den Shylock spielen sehn. Der Beifall, den ihm unser Publikum bisher reichlich mitgeteilt hat, bezog sich besonders auf Judenrollen, indem er das jüdische Deutsch mit großer Vollkommenheit spricht. Dies fand nun auch hier statt, doch nicht auf Ifflands Art, der die Lacher zu gewinnen wußte; die Rolle ward wahrhaftig tragisch von vornherein bis ans Ende, und ich habe nichts Schönres in der Art gesehn. Dabei war er höchst wahr kostümiert wie ein Jude und wie ein venetianischer Jude (wiewohl ich noch keinen gesehn habe, aber auch keinen andern zu sehn begehre), so stand, so schritt, so trug er sich, so kroch er, nach seinem Rechte, nach seinem Stande, und stellte einen echten Kaufmann dar, wie ihn Venedigs Gesetz zu sein erlaubt. Dabei blieb er die nämliche Person und zugleich ein ganz anderer Mann, nachdem er mit dem Antonio, mit dem Doge, mit der Porzia oder mit seiner Tochter sprach. Vorige Woche habe ich ihn den Schewa spielen sehn, aber ganz verschieden von jetzt und wieder trefflich kostümiert und das jüdische Deutsch mit einer Wahrheit und Ernsthaftigkeit, die bezaubernd ist. Besonders soll nicht vergessen sein, wie er das Ende seiner gestrigen Rolle zu halten wußte: von da an, wo er, das Messer in der Hand, den Spruch des jungen Rechtsgelehrten hört, bemerkte ich im Publikum den Effekt eines Versöhnungsakts; ein unwillkürliches Mitleiden drängt sich auf, insofern jeder im Tiefsten fühlt, daß der Jude eigentlich vom Rechte betrogen wird, und so ist der Kerl vom Theater wie ein untergehender Mond und hinterläßt einen Anteil, den sich niemand laut gesteht und desto tiefer fühlt, der aber ganz unmöglich wird, wenn die Rolle nicht mit dem bittern religiösen Ernste gespielt wird, der ihr zukommt. Madame Bethmann spielte die Porzia und sprach sie sehr schön. Antonio war zu loben, doch war er kostümiert wie ein armer Sünder. Bassanio tat, was er konnte; etwas weniger wäre mehr gewesen. Jessika war wie eine Puppe angezogen, so spielte sie auch: das alte Maß, die alte Maaß. Sehr zu loben war der junge Lanzelot, durch sein Spiel wurde der Charakter notwendig. Das Stück ist endlich vom Anfange bis ans Ende blühend von Schönheit und kostet mich auf der Stelle 1 Flasche Rheinwein und 1 dito Champagner, so hat mich's in Gärung gesetzt.

Nun lebe wohl, mein Allerschönster! und vergiß nicht, etwas zu diktieren, und sage mir, wo Du hingehst und bleibst.

Dein

ewiger Z.

[Beilage]

(Mozarts »Requiem« und »Dies irae« bis zum Ende des »lacrymosa«.

Schadows Rede, an welche sich folgendes anschließt):

Was der Verewigte dem Institute der Singakademie gewesen, deren Zweck und Willen er zeitig erkannte, darf in diesem Kreise, am Tage seines Gedächtnisses nicht verschwiegen werden.

Frisch hatte einen entschiedenen Gefallen an *aller* Kunst. Von der Musik, die er in jüngern Jahren geübt hatte, behauptete er, dürfe sich kein bildender Künstler entfernt halten. In guten Jahren beschäftigte er sich gern mit Anfertigung einer Farbentafel, woraus ein Farbenklavier entstehn sollte. Ohne sich in die mathematische Theorie der Töne und Farben zu versteigen, hielt er Schatten und Licht für äußere *Stationen*, deren Intervall der Grundton sei. Aus der Teilung dieses intervalli oder Grundtones entstanden seine Farben-claves, welche, melodisch und harmonisch gebraucht, ohne Nachbildung eines äußern Gegenstandes, dem Auge gewähren sollten, was Musik dem Ohre.

Nächstdem war Frisch den Redekünsten besonders zugetan. Winckelmann, sagte er einmal, habe in Italien Deutsch gelernt.

Ehe Frisch nach Italien ging, war der Zustand der Musik in Berlin auf eine Höhe gekommen, die mit Dresden und Mannheim wetteiferte. Die Kammermusik Friedrich des Großen und seine italienische Oper bekunden sich von selber, wenn man die gefeierten Namen nennt, welche den Kunstfächern vorstanden.

Mit solchen Elementen ausgerüstet, fand er in Italien – was Italiens bleiben wird: den *allgemeinen* Sinn, den *lebendigen* Anteil an *aller* Kunst und so auch an der Musik.

Was in Berlin und Potsdam, für wenige ins Enge gezogen, Genuß und Bildung reichte, ward dort in Kirchen, Theatern, ja in Straßen und Plätzen reichlich genossen, und war die materielle Kunst daran weniger tief und ernsthaft als in Deutschland, so war der allgemeine Anteil ein wahrer geistiger Verkehr, der den Künsten nirgends fehlen dürfte, da nur in diesem Sinne die Künste bildend genannt werden können.

Mit solchen Begriffen allgemeiner Kunstbildung kam Frisch zurück und war endlich als einer der damaligen ersten Senatoren der Malerakademie sogleich bereit, der Singakademie einen Raum neben den andern Künsten zu bewilligen, den diese kaum übrighatten.

Daß die Singakademie diesen Raum 20 Jahre bewohnen, wie ein Eigentum benutzen, ihre Hausgötter und Kunstschätze wie in einem Tempel aufstellen durfte, war *sein* Werk, wiewohl der gute Wille sämtlicher edlen Wirte dieses Hauses nicht zu verkennen ist.

So bringen denn auch wir den Manen des edlen Meisters und freundlichen Beschützers jeder Kunst unsern Dank und bestreuen sein wertes Gedächtnis mit des Parnassus Blumen, indem wir das Lob des einen Musageten durch den Ruhm des andern feiern.

(Fortsetzung des »Requiem« vom »Domine Jesu« bis ans Ende).

225. *An Zelter*

Auf Deinen liebwerten Brief erwidre sogleich einiges, damit Du Lust behaltest, manchmal die Feder anzusetzen. Zuvörderst also ersuche ich, mir vom Theater von Zeit zu Zeit Nachricht zu geben, denn da ich mit dem Grafen Brühl, den ich als Knaben gekannt, in gutem Verhältnisse stehe, da es durch seine Bemühung mit dem »Epimenides« so gut abgelaufen, so möchte ich ihm gern etwas zuliebe tun und überhaupt mit dem Berliner Theater im Einverständnis bleiben. Es bedarf nur einiger Anregung, und ich arbeite wohl wieder eine Zeitlang für die Bühne, und dann ist denn doch Berlin der einzige Ort in Deutschland, für den man etwas zu unternehmen Mut hat. Durch die vielen Journale und Tagesblätter liegen uns ja sämtliche deutsche Theater ganz nackt vor Augen, und wohin möchte man bei genauer Einsicht sein Vertrauen wenden? Sprich nur nach Deiner Art immer recht derb und deutsch, damit ich in Klarheit bleibe und meinen guten Willen nicht in falschen Unternehmungen verschwende.

Meine »Proserpina« habe ich zum Träger von allem gemacht, was die neuere Zeit an Kunst und Kunststücken gefunden und begünstigt hat: 1) heroische, landschaftliche Dekoration, 2) gesteigerte Rezitation und Deklamation, 3) Hamiltonisch-Hendelische Gebärden, 4) Kleiderwechslung, 5) Mantelspiel und sogar 6) ein Tableau zum Schluß, das Reich des Pluto vorstellend, und das alles begleitet von der Musik, die Du kennst, welche diesem übermäßigen Augenschmaus zu willkommener Würze dient. Es ward mit vielem Beifall aufgenommen und wird bei Anwesenheit fremder Herrschaften zum brauchbaren Musterstückchen dienen dessen, was wir vermögen.

Seit einiger Zeit habe ich gerade soviel Humor, Aufsätze ins »Morgenblatt« zu geben; damit Du aber nicht lange zu suchen brauchst, bezeichne ich Dir die Nummern und wünsche, daß Du sie aufsuchest.

Nr. 69. »Nachricht von altdeutschen, in Leipzig entdeckten Kunstschätzen.«

Nr. 75 und 76. Anzeige von »Epimenides Erwachen«.

Nr. 85 und 86. Mitteilungen, das deutsche Theater betreffend.

Zunächst wird erscheinen *Don Ciccio*, berüchtigt in der italienischen geheimen Literatur durch 365 Schmähsonette, welche ein geistreicher Widersacher auf ihn geschrieben und ein ganzes Jahr durch täglich publiziert.

Ferner *über Shakespeare*: a) als Dichter überhaupt betrachtet, b) verglichen mit den Alten und Neusten, c) als Theaterdichter angesehn.

Sodann bring' ich die *Feier* zu *Ifflands und Schillers*

Andenken, wie sie bei uns auf den 10. Mai angeordnet ist, zur Sprache.

Nicht weniger werde ich von der Aufführung der »Proserpina« Rechenschaft geben und dasjenige, was ich oben nur kurz ausgesprochen, umständlicher dartun, damit eine gleiche, ja eine erhöhte Vorstellung dieses kleinen Stücks auf mehreren Theatern statthaben könne.

Um Dir ein neues Gedicht zu schicken, habe ich meinen orientalischen »Diwan« gemustert, dabei aber erst klar gesehen, wie diese Dichtungsart zur Reflexion hintreibt; denn ich fand darunter nichts Singbares, besonders für die Liedertafel, wofür doch eigentlich zu sorgen ist. Denn was nicht gesellig gesungen werden kann, ist wirklich kein Gesang, wie ein Monolog kein Drama.

Das »Gastmahl der Weisen« habe ich sekretiert; wenn es bekannt würde, so müßte es gewisse Individuen sehr tief verletzen, und die Welt ist denn doch nicht wert, daß man sich, um ihr Spaß zu machen, mit der Welt überwerfe.

Ich beschäftige mich jetzt mit meiner *italienischen Reise* und besonders mit *Rom*. Ich habe glücklicherweise noch Tagebücher, Briefe, Bemerkungen und allerlei Papiere daher, so daß ich zugleich völlig wahrhaft und ein anmutiges Märchen schreiben kann. Hiezu hilft mir denn höchlich Meyers Teilnahme, da dieser mich ankommen und abreisen gesehen, auch die ganze Zeit, die ich in Neapel und Sizilien zubrachte, in Rom blieb. Hätte ich jene Papiere und diesen Freund nicht, so dürft' ich diese Arbeit gar nicht unternehmen: denn wie soll man, zur Klarheit gelangt, sich des liebenswürdigen Irrtums erinnern, in welchem man, wie im Nebel, hoffte und suchte, ohne zu wissen, was man erlangen oder finden würde. Bei dieser Gelegenheit wird Winckelmann in der neuern Meyer-Schulzischen Ausgabe gelesen, in welcher diese Werke einen unglaublichen Wert erlangt, indem man sieht, was er geleistet hat und worin denn das eigentlich besteht, was man nach so vielen Jahren zu berichtigen und zu ergänzen findet. Meyer hat hierin unschätzbares Verdienst, und wenn er diese Arbeit nunmehr zum Grunde legt und sein Leben über so fortfährt, alles, was ihm bekannt wird, nachzubringen, so ist für die Kunst, die durch vieles Hin- und Herreden und Pfuschen täglich unsicherer wird, und zu ihrer Erhaltung sehr viel getan.

Seine eigne Kunstgeschichte von den ältesten bis auf die neuesten Zeiten ist auch schon vom Anfang bis zu Ende entworfen und in einzelnen Teilen meisterhaft ausgeführt. Das Verdienst solcher Männer wie Rubens, Rembrandt p. hat noch niemand mit soviel Wahrheit und Energie ausgesprochen. Man glaubt sich in einem Bildersaale ihrer Werke zu befinden: Licht- und Schattenwirkung und Farbengebung dieser trefflichen Künstler spricht uns aus den schwarzen Buchstaben an.

Entschließe Dich doch zu einer Geschichte der Musik in gleichem Sinne! Du würdest es gar nicht unterlassen können, wenn ich Dir nur eine Viertelstunde von Meyers Arbeit vorläse. Aus Deinen Briefen und Unterhaltungen kenne ich schon manchen eurer trefflichen Meister. Mit demselben Sinne und mit derselben Kraft müßtest Du bei einer bedeutenden Periode anfangen und vor- und rückwärts arbeiten; das Wahre kann bloß durch seine Geschichte erhoben und erhalten, das Falsche bloß durch seine Geschichte erniedrigt und zerstreut werden.

Was das Falsche belangt, so erlebte ich diese Tage ein merkwürdiges Beispiel. Ein Zitat Winckelmanns wies mich auf die Homilien des Chrysostomus, ich wollte doch sehen, was der Kirchenvater über die Schönheit zu sagen gewußt habe, und was fand ich? einen Pater Abraham a Sancta Clara, der die ganze hohe griechische Kultur im Rücken hat, in der niederträchtigsten Umgebung lebt und seinem schlechten Publikum mit goldenem Munde das dümmste

Zeug vorsagt, um sie durch Erniedrigung zu erbauen. Was man aber griechische Sprache und Bildung auch in diesem widerwärtigen Abglanz bewundert! Nun aber begreife ich erst unsere guten Neuchristen, warum sie diesen so hochschätzen: sie müssen immer dieselben Salbadereien wiederholen, und jeder fühlt, daß er diesen Vortrag nicht erreichen kann.

Und so mögen denn diese Blätter zu Dir wandern, indessen ich mich von Dir entferne. Versäume nicht, mir bald nach Wiesbaden zu schreiben, so sollst Du auch von dorther etwas vernehmen, und möchte uns das Glück bald wieder zusammenführen! G.

Eh' ich abschließe, seh' ich meinen »Diwan« nochmals durch und finde noch eine zweite Ursache, warum ich Dir daraus kein Gedicht senden kann, welches jedoch zum Lobe der Sammlung gereicht. Jedes einzelne Glied nämlich ist so durchdrungen von dem Sinn des Ganzen, ist so innig orientalisch, bezieht sich auf Sitten, Gebräuche, Religion und muß von einem vorhergehenden Gedicht erst exponiert sein, wenn es auf Einbildungskraft oder Gefühl wirken soll. Ich habe selbst noch nicht gewußt, welches wunderliche Ganze ich daraus vorbereitet. Das erste Hundert Gedichte ist beinahe schon voll; wenn ich das zweite erreicht habe, so wird die Versammlung schon ein ernsteres Gesicht machen.

Als ich diese Blätter gleich nach Empfang Deines lieben Briefs anfing, dachte ich nicht, daß ich zugleich darin Abschied nehmen sollte, denn ich habe mich, mehr aus fremdem Andrang als aus eigner Bewegung, entschlossen, in diesen Tagen nach Wiesbaden zu gehn und daselbst so lange zu bleiben, als es die Umstände erlauben wollen. Unser Großherzog ist noch nicht wieder zurück, und da seine Ankunft ungewiß ist, so will ich diese Frühlingszeit noch mitnehmen.

Kannst Du nicht selbst kommen, so schreibe mir bald, besonders das Theater betreffend. Ich habe wieder einmal einigen Glauben, es sei möglich, gerade in diesem Zeitpunkte etwas dafür zu würken, und wenn der auch nur ein halbes Jahr hält, so ist immer inzwischen etwas geschehen. Sind wir doch diesem Glauben und dieser Beharrlichkeit wenigstens das weimarische Theater schuldig.

226. *An Goethe*

Berlin, 22. Mai 1815.

Soeben ist Herr Catel hinweggegangen, der mir Deinen Brief mit vieler Freude zu lesen gegeben hat. Er ist davon ganz erbaut, so wie ich, obwohl aus verschiedenem Grunde. Der Zweifel, den Du ihm ins Ohr gelegt hast, macht ihn gleichwohl etwas stutzig, und Du hast in der Tat den rechten Punkt getroffen, da sie in der Tat alle in dem Falle sind, nicht zu wissen, was sie stehn lassen und was sie wegnehmen sollen, ja eigentlich gar nicht einmal wissen, was sie machen wollen. Hätten sie den Leib behalten, so würden sie wissen, wonach sie ihr Maß nehmen sollten. Einer ist schon aufgetreten, öffentlich zu sagen, was denn das Credo soll, wenn der Teufel den Kredit geholt hat?

Den 28. Mai.

Dein trost-, frucht- und hoffnungsreicher Brief ohne Datum bereitet mir, eben da ich ihn erhalte, das schönste Frühmahl für den ganzen Tag.

Deine Aufsätze im »Morgenblatte« werde ich anschaffen, und ich freue mich darauf.

Was Du von einer Geschichte der Musik schreibst, lebt schon manches Jahr in mir, und was ich Johann Müller darüber eröffnet hatte, ward auch von ihm nicht abgewiesen. Eigentlich war es der Zweck der Beschreibung meines geringen Lebens, das mir die Gelegenheit geben sollte, das, was ich von Kunsterfahrung und -geschichte weiß, an den Mann zu bringen; denn zu einer Geschichte, die ich nicht gesehn habe, möchte ich mich wenig schicken, da ich wenig gelesen habe.

Den 1. Juni. Soeben ist der »Epimenides« zum 3. Male aufgeführt worden, um die gestern erfolgte Ankunft unseres Königes zu feiern.

Was sich immer glücklicher exponiert, ist die Musik, die reich an fleißigen und glücklichen Stellen ist. Die Ouvertüre ist ganz richtig sehr ernsthaft, und das Lied der Genien schwebt so kindlich und heiter daher, wie sich denn die 3 ersten Auftritte natürlich aneinander fügen. Epimenides sprach mit Ruhe, Deutlichkeit und Anmut.

Die Feuerszene des 5. Auftritts, welche schon wirksam war, hat sich noch verbessert, wiewohl der Kriegsdämon des Guten fast zu viel tut: ein braver geistvoller Schauspieler, der den Wallenstein und Götz beifällig spielt, doch sich leicht übernimmt. Die Musik dieses Auftritts ist ganz vorzüglich und vereinigt sich sehr gut mit dem Gesange des Heereszugs.

Wären die 3 Dämonen, welche freilich nicht beisammen erscheinen, etwas gruppenhafter durch die Musik geworden, so würde ich sie vollkommen nennen. Die »List« hat hübsche Musik; der Schauspieler ist ein Naturalist von schöner Gestalt und Stimme, glatter Sprache, und führt die Partie gut, nur: sie ist zu lang; auch der Fischer hat sich wirklich orientalisch und stellt einen überhebenden, trotzigen, verzagten, verzognen, sichern, tapfern Tyrannen recht gut dar.

Etwas näher zusammengerückt sind die drei Tugenden, doch ist noch manches zu wünschen, und die Freiheit, welche aus der Erlösung entstehn soll, hat keine recht brillante Musik, sonst müßte die Szene von großer Wirkung sein.

Vom 19. Auftritte an, wo alles Auflösung der vorigen

Rätsel sein soll, wird getrödelt und will sich nicht abwinden.

Das Lied des Epimenides ließe ich lieber sprechen, da er im ganzen Stücke weiter nicht singt. Wie wäre es denn, wenn's hinter der Szene von einigen Altstimmen gesungen und vom Epimenides nur gehört würde? Mich deucht, so wäre es ein gutes Gegenstück zu dem entgegenstehenden Augenbilde, und Epimenides könnte dann schnell einfallen und redend fortfahren.

Die Kometenszene will mir auch noch nicht recht dünken. Er hat keinen Anschein des Ungeheuern und korrespondiert nicht mit der Erde. Ich dachte, die Szene sollte eine ähnliche Wirkung haben wie die Feuerdekoration. Der bloße lichte Streif am Horizonte ist nicht hinlänglich und würde kaum bemerkt werden, wenn Epimenides nicht sein Dasein verkündete.

Der 21. Auftritt könnte sich mehr heben, wiewohl die verschiedenen Völkerschaften zu Fuß und Pferde einen imposanten Eindruck machen. Da auf dem Theater eine sehr starke Musik ist, so wäre es besser, wenn das Orchester schwiege, um die Theatermusik abzulösen und die Wirkung von Zeit zu Zeit zu erfrischen, welche betäubend ist und eben dadurch lästig wird.

Die Bravourarie ist eine eigentliche Konzertarie und gehört als solche recht gut hieher, doch ist sie trennend, ja zerschneidend und müßte wenigstens von einer vollkommen schönen Stimme gesungen werden.

Mamsell »Einigkeit« – weiß nicht, was sie sagt, und drückt und dehnt nach ihrer alten Art, und darunter leidet das Stück gerade da, wo es triumphieren soll.

Den 4. Juni.

Vorigen Mittwoch hatten wir ein neues Stück in einem Akte von Körner: »Der Nachtwächter«, das durch Devrients Spiel getragen wird, der einen sogenannten gebildeten Nachtwächter berlinischer oder Breslauer Art nicht ohne Verdienst darstellt. Die alte Intrigue, ein junges Mündel heuraten zu wollen, das schon einen Liebsten hat, ist wieder gebraucht; der Schluß ist gut, und überhaupt sieht man ein solches Stück gern einmal. Dann hat Devrient die »Drillinge« wieder hervorgesucht, worin er den Ferdinand v. Meißen sehr belustigend zu machen weiß.

Madame Milder aus Wien ist hier und wird in 12 Rollen auftreten. Donnerstag spielt sie zum ersten Male. Ich freue mich auf die kostbare goldne Stimme, die offenbar zu den Raritäten gehört, indem man sich mit ihr allein zufriedenzustellen weiß. Wir haben zwar einen ähnlichen, vielleicht ebenso schönen Sopran an unserm Tombolini, aber der Kerl ist ein Italiener und bei uns so flach und breit und kalt geworden, daß er jetzt nirgend mehr zu genießen ist. Hasse mag wohl recht gehabt haben zu sagen: ein deutscher Künstler müsse Ein Jahr ums andere in Italien leben, wenn er selig sterben wolle.

Jetzt denke ich mit Ernst darauf, wie ich von hier fortkommen will. Zuerst warte ich unseres Staatskanzlers und seiner milden Hand. Dann soll der Urlaub eingeholt werden, indem wir Frieden erwarten, welchen die Bewegungen in Frankreich beinahe gewiß machen.

Was ich nun zunächst am liebsten erwarte, ist ein Brief aus Wiesbaden, da ich, wenn ich reisen kann, auch dahin meine Richtung zu nehmen gesonnen bin, sintemal mir das dortige Wasser eine so eigene Wirkung von innen nach außen verursacht hat, daß ich es wenigstens 3 Wochen wieder zu versuchen entschlossen bin. Dann möchte ich einige Wochen nach Baden, teils um auch *das* Ölbächlein zu kosten, und teils um den Rhein etwas weiterhin zu besehn. Sei demnach so gut, mir baldmöglichst einige Nachricht von dorther zu geben und ob Du in der alten Hütte mit den zwei palchetti wohnst, wo sich ja auch wohl wieder ein Plätzchen für mich finden wird.

227. *An Zelter*

Wiesbaden, den 16. Juni 1815.

Dein längst ersehnter Brief ist mir erst gestern geworden, ich schreibe sogleich.

In den alten »Bären« ist Dein baumeisterlicher Geist gefahren, er würde Dich in Verwunderung setzen. Der dunkle Gang ist erweitert, eine durchaus zusammenhängende Reihe von Zimmern angelegt. Der Vorplatz mit dem Balkon macht jetzt mein abgeschloßnes Vorzimmer; so ist es auch auf der andern Seite und so weiter. Jedermann würdest Du willkommen sein, mir am meisten. Was läßt sich aber in diesen Zeiten bestimmen! Wie lange ich hier bleibe, ob ich zurück oder seitwärts gehe, wüßt' ich nicht zu sagen. Die Entfernung ist zu groß, um zu verabreden, handle also nach Deinen Zuständen.

Die abermalige Rezension des »Epimenides« verdanke Dir höchlich. Das Resultat, das mir entgegentritt, möchte ich so ausdrücken: Es gebricht im ganzen an Einbildungskraft und Gefühl, und da muß bald einmal Übertreibung, bald Ermangelung eintreten. Auch dieses gäbe sich bei öfterer Wiederholung: denn was die Menschen nicht erfinden können, das entdecken sie doch. Kannst Du es einleiten, daß die *Inschrift*, wenn sie Epimenides nicht rezitiert, hinter der Szene von Geistern gesungen wird, so ist viel gewonnen. Sie bringen das Stück doch gelegentlich wieder, und vielleicht läßt sich ihm künftig eine selbstständige Form geben.

Der Brief an Catel war viel länger und ausführlicher diktiert, wie mir es oft geht; beim Abschreiben ließ ich abbrechen: denn je weiter man geht, je mehr müßte man bestimmen und schließt doch nicht ab. Du hast ganz richtig geahndet, was hinter jenem Gedankenstriche folgen sollte. Lebe wohl. Das Schreiben wird mir sauer. Um die Milder beneide ich Dich. Wenn man älter wird, sollte man in einer großen Stadt leben, und mit Dir. Vale. G.

An Dr. Christian Schlosser zu Frankfurt am Main bitte die beliebige Antwort zu adressieren.

Benedictus qui venit!

228. *An Goethe*

Berlin, 10. Junius 1815.

Stelle Dir eine ruhige, tüchtige weibliche Gestalt, völlig ausgewachsen, im 30. Jahre, vor: schönarmig, weiß, weich, deutsch, sicher, unverderblich, welche die Lippen so weit voneinander tut, daß eine leicht ansprechende, breite, volle Stimme bequem hindurchkann, so siehst Du Madame Milder, welche gestern in der Gluckschen »Armida« aufgetreten ist.

Denkst Du Dir zu einer solchen Figur ein Inneres, das aus reiner Naivetät besteht und mit dieser Unschuld an die Pallas von Velletri (wenn ich die nenne, die ich meine) erinnern kann, so hast Du auch die Armida.

Daß ein solches Wesen, das durch keine Regel und angenommene Kunstart sich geniert weiß, wie ein tüchtiger Strom daherfließt, nicht kommt und geht und steht, als wenn Zuschauer dabei wären, vielmehr wie ein Schmidt vor seinem Feuer, um heiß herauszuziehn, was er kalt hineinlegt, daß ein solches Wesen unsere Kunstkenner in Verwirrung und Konflikt setzt, wird sich vielleicht noch laut aussprechen, denn man sagt: »Eine hübsche Frau – aber kolossal«, »Eine schöne Stimme – doch nicht, was man singen nennt«, »Weich und weiblich – doch kalt« und so weiter – und doch ein so, so eklatanter Beifall, als wenn sie wirklich ergötzt, ergriffen, gerührt wären.

So sieht man mit Freuden, wie die Erscheinung des bloßen Talents – die Reflexion einer ganzen Generation zu Wasser macht, die sich seit 50 Jahren gewöhnt hatte, den Natureindruck so lange zu suspendieren, bis hinlänglich darüber gewortelt, gefloskelt, ja versucht ist, ob man's auch wohl travestieren könne.

Was die Musik und das Gedicht betrifft, habe ich meine alten Empfindungen nicht zu berichtigen brauchen und noch mehr eingesehn, daß ein echtes Stück an einem echten Spiele recht deutlich zu erkennen ist.

Diese ehrliche Pallas läßt geradezu fallen, was sich nicht selbst zwingt, und hebt sich himmelan mit dem, was ihr gerecht ist. Gluck hat sich offenbar mit Kleinigkeiten zu viel Mühe gegeben und hätte sich vielleicht nicht wenig geärgert, wenn ihm ein Weib so mitgespielt hätte. Was er jedoch gut gemacht hat, ist gewiß gut, und daß er das Gedicht nicht gemacht hat, dient auch zu seiner Entschuldigung.

Die deutsche Übersetzung ist so zähe und schleimig, daß sie den Sängern am Maule hängenbleibt, doch auch von dieser weiß sich die Milder sehr fertig zu entbinden.

Wir haben jetzt wöchentlich zwei, manchmal 3 Gastrollen: eine Sache, die nicht zu verwerfen ist; denn im Sommer ist unser Haus, das im Winter oft genug zu klein ist, häufig zu groß, und das Publikum hat ein Interesse mehr, das Haus auch im Sommer zu besuchen, und lernt dabei die Artisten kennen, welche es zu haben wünscht, wodurch die Direktion mit der Kasse und sonst in Vorteil kommt. Geht übrigens das Wesen nur Ein Jahr lang so fort, so kriegen wir die Flügel frei, indem wir die Schulden loswerden, und bei dem ungeheuern Apparat, der wirklich für beide Schauspielhäuser da ist, kann Größeres und Edleres unternommen werden. Vielleicht läßt sich mit der Zeit gar daran denken, die Oper, Operette, das Lust- und Trauerspiel voneinander zu halten, wozu freilich noch ein Haus müßte gebaut werden, und dann wäre es möglich, sich ein Publikum zu erziehn.

Lebte die Königin noch, so ließe sich mit Sicherheit an so etwas denken, besonders wenn wir Frieden behalten; denn ein Hoftheater ist überall notwendig, wo ein Hof ist, wenn ein Publikum noch nicht Eifer genug zeigt für seine besten Dichter. Dieser Eifer fehlt uns ganz. Dem Publikum bleiben die ältesten und besten Stücke immer neu, darüber fehlt es an Ensemble sowohl auf dem Theater selber als auch im Verhältnis des Publikums zur Darstellung. Doch ist das Publikum besser als die Richter, welche immer nur die Fehler tadlen und für Echtes, Feines, Hohes und Tüchtiges keine Worte haben. Es ist jämmerlich, wie sich diese Leute um das herumwinden müssen, was sie nicht verstehen, und für den Künstler von wirklichem Naturell nichts zu tun wissen, als daß sie ihn da korrigieren, wo er sich selbst schon über das, was ihm nicht gelungen ist, ärgert. Dagegen machen sie sich denn an die Mittelmäßigkeit und Jugend, welche sie zu ermuntern gedenken und aus denen niemals was wird. Ebenso verfahren sie mit Beurteilung der Stücke selbst und verwirren das Publikum und die Schauspieler zugleich; denn wonach soll sich denn der ausübende Artist richten, wenn ihm nicht wieder zurücktönt, wie er's hat geben wollen?

Doch was rede ich Dir von solchen Sachen, die Du tausendmal besser verstehst.

Gestern wurde (am 15. Junii) der »Oedip zu Kolonos« sehr gelungen aufgeführt. Selten sieht man eine so glatte Vorstellung. Die Oper hat mir niemals ansprechen wollen, und ich höre sie bloß deswegen wiederholentlich, weil ich das Urteil von Frankreich und Deutschland gegen mich habe. Gestern hat sie mir gefallen, und man sieht, was eine ordentliche Stimme kann. Das Sujet ist für einen italienischen Komponisten offenbar zu groß und geheimnisvoll, und die Musik hat wenig Tragisches; alles ist hell, heiter, munter, doch ohne Tiefe, und will nicht ergreifen. Und dennoch hat Gluck auf diesen Italiener gewirkt; denn es sind, obwohl ganz leise, Gluck'sche Anklänge auf den Sacchini übergegangen, die von desto angenehmerer Wirkung sind, insofern sie sich von selber einstellen und der italienischen Kantilene eine Würze geben, wodurch sie in der Tat erhöht wird. Wiewohl ich nicht von denen bin, welche die Vermischung der Talente wünschen und aus Gluck, Mozart und Haydn Einen Mann machen wollen. Was Gott nicht gekonnt hat, will ich nicht haben und habe genug an dem, was da ist.

Den 17. Junii. Unser Staatskanzler ist gestern hier angekommen, und der König ist auch noch hier. Auf meinen Brief an Dich nach Wiesbaden wünschte ich wohl ein paar Worte von Dir. Ehe ich abreise! Ich denke eine Gelegenheit über Kassel zu finden, habe aber noch keinen Urlaub gefordert, weil unser Minister Schuckmann, der nach Karlsbad geht, auch noch hier ist. Nun lebe wohl, mein Allerschönster, und laß Dich das herrliche Wasser erweichen, wonach sich alles an mir sehnt. Wenn alles nach Wünschen geht, denke ich eine angenehme Reise zu machen. Bis 15. Juli bin ich gewiß noch hier.

Z.

229. *An Goethe*

Berlin, 26. Junius 1815.

Du hast es mit uns getroffen. Einbildungskraft und Gefühl lassen sich nicht von außen in ein Werk stoßen oder drücken, und bei der wenigen Achtung, welche ihnen Künstler und Kunstgelehrte zugestehn, kann es nicht anders sein, als es ist, solange sich Musiker über Harmonie und Melodie und Philosophen selbst über Allegorie und Aberglauben mit Worten und Begriffen herumdeuteln.

So begreifen wir kaum, was Dein Komet will, ja daß Du Dein eigenes Leben von einem höhern Ursprunge ableitest, indem Du die Konstellation der Himmelszeichen in der Stunde Deiner Geburt angibst, als ob Du selbst sie in Deinem neugebornen Zustande beobachtet hättest. Und da wir Dir eine solche Beschränktheit nicht zugestehn können, fällt uns ein, Du wollest mit solchen Dingen die Welt zum besten haben. Und auch hierin sind wir wieder in Verlegenheit, da wir doch etwas in uns fühlen, das sich zugunsten dieses vermeinten Aberglaubens regt wie Wein im Fasse. Einmal haben wir die wichtige Entdeckung gemacht, daß solche Erscheinungen zufällig sind, wozu freilich gehören würde, daß Vernunft und Verstand auch zufällige Dinge wären, doch das Letzte ignorieren wir mit gutem Gewissen und lassen uns nicht beikommen.

Mit Freund Weber will ich mich über die bewußte Inschrift zu verständigen suchen (da ich vermute, daß er fortfährt, an der Vervollkommnung seines Werks zu arbeiten) und Dir gelegentlich darüber Auskunft geben. Daß Du den Gedanken, der mir nur so vorsprang, aufgefaßt hast, ist mir angenehm, wiewohl sehr vieles auf die Ausführung ankommt: das Ritornell zu diesen Worten müßte schon anheben, wenn Epimenides sich noch mit der Betrachtung des Familienbildes beschäftigt und *dadurch* wie durch die Leitung der Genien nach der entgegengesetzten Seite hingezogen werden. Drei gute Altstimmen (zwischenein durch Instrumente unterstützt) würden die acht Verse kurz und vernehmlich wie einen alten Denkspruch vortragen, und die Handlung bleibt im Flusse, welches besonders notwendig ist.

Madame Milder erhält sich in Beifall. Noch habe ich in den Sommertagen das Theater nie so voll gesehn. Sogar als

Susanne im »Figaro« hat sie neue Freunde erworben, und als Emeline in der »Schweizerfamilie« hält man sie für unübertrefflich. Ich habe meine Freude am meisten daran, daß die Menge ein Talent um des Talents willen erkennt und erhebt.

Daß der alte »Bär« seine Eingeweide restauriert, möge ihm wohl bekommen, wiewohl ich wünschte, daß das Fell geschont würde: das alte rotbraune Gebäu mit den beiden Altanen sah mich immer an wie ein kupfernes Schaustück früherer Zeiten.

Den 30. Junii. Hier ist alles in freudiger Bewegung über die Kriegsnachrichten vom 18. mit ihren Folgen. Von meinem jüngsten Sohne, der bei der Armee ist, habe ich keine Nachricht seit dem 17. April. Lebe wohl! der Brief geht mit Gelegenheit nach Frankfurt am Main und muß fort.

Dein

Z.

Deinen Brief vom 16. habe ich den 25. Juni erhalten.

230. *An Zelter*

So weit hätten wir es also gebracht, fünf Monate nichts voneinander zu hören! Durch eigene und fremde Leiden und Freuden hin- und hergewogt, hab' ich sie zugebracht. Jetzt, unter leidlichen Auspizien nach Hause gelangt, fühl' ich gleichmäßig, daß man immer auf innern und äußern Krieg gerüstet sein muß.

Nicht leer komm' ich von meinem Kreuzzuge; in einiger Zeit erhältst Du gedruckt meine Betrachtungen über Kunst und Altertum, beiläufig über Wissenschaft, in den Rhein- und Maingegenden. Es ist zwar meine Art nicht, auf den Tag zu wirken, diesmal aber hat man mich so treulich und ernsthaft zu solcher Pflicht aufgefordert, daß ich mich nicht entziehen kann. Eigentlich spiele ich auch nur den Redakteur, indem ich die Gesinnungen, Wünsche und Hoffnungen verständiger und guter Menschen ausspreche. In diesen Fächern, wie in allen andern, ist so viel guter Wille als Verwirrung und Unvertraun; jeder möchte etwas leisten und zwar das Rechte, und niemand begreift, daß das nur geschehen kann, wenn man mit und in einem Ganzen wirkt.

Sodann verkündige, wie mein »Diwan« um viele Glieder vermehrt ist, worunter sich welche von der jüngsten und frischesten Sorte befinden. Er kann nun schon dem verschiedenen Inhalt gemäß in Bücher abgeteilt werden; manches Singbare wird sich darunter finden, doch waltet nach orientalischer Art die Reflexion am meisten darin, wie sie auch den Jahren des Dichters geziemt.

Ferner ist mein Aufenthalt in Neapel und meine Reise durch Sizilien so ziemlich nach Tagebüchern und Briefen und aus der Erinnerung redigiert und steht auf dem Punkte, abgeschrieben zu werden. Die Reise bis Rom war schon in Ordnung, ehe ich wegging. Aus diesem Bändchen wird niemand viel lernen, aber Gegenden, Gegenstände, Menschen und Reisende werden dem Leser lebendig entgegentreten.

Von öffentlicher Musik habe ich auf meiner Reise nichts Erfreuliches gehört. Einzelne liebenswürdige Stimmen zu Klavier und Guitarre sind mir sehr anmutig entgegengekommen. »Gott und die Bajadere« hört' ich vortragen, so schön und innig, als nur denkbar. Ist denn das *erste* Heft Deiner gestochenen Lieder nicht mehr zu haben? in Frankfurt war es nicht zu finden, jedoch die folgenden. Am Main weiß man nichts von Dir, und der Rhein kennt Dich nicht; wir haben daher Dein Evangelium in diesen Gegenden gepredigt. In Heidelberg dagegen stehst Du im frischesten Andenken. Du erlaubst ja wohl, daß ich etwas von Deinen Kanons und mehrstimmigen Liedern hinschicke, auch schickte ich gern die Partitur von »Johanna Sebus«. Eine

Gesellschaft Liebhaber versammelt sich unter kluger und geistreicher Anführung. In Frankfurt hat ein wohlwollender junger Mann eine Singschule angelegt, die ich zu fördern hoffe; ich wünschte ihr Deine Prüfung. Das Unglück mit diesen Musikern ist dasselbe wie mit den Dichtern, daß jeder nur seine Arbeit vorträgt und das, was ihm ähnlich und erreichbar ist. Fräulein Hügel trägt die Händel'schen und Bach'schen Sonaten ganz trefflich vor, und ist leider in diesem Fache wie in allen übrigen kein Mittelpunkt, nach dem ein jeder seufzt, indem er nur gewohnt ist, sich um sich selbst zu drehen.

Die Erste Lieferung der neuen Ausgabe meiner Werke ist schon abgedruckt, Cotta sekretiert sie aber und wartet mit der Subskriptionsanzeige auf besseres Wetter; wem will man auch jetzt zumuten, sich mit solchen Dingen zu befassen? In den zwei Bänden kleiner Gedichte wirst Du allerlei wunderliches Zeug und, ich hoffe, manches für Deinen Gaum finden.

Unsere jungen Herrschaften sind in Berlin; ob sie für lauter Tätigkeit Raum finden werden, auf Dich und Dein schönes Tun achtzuhaben, weiß ich nicht.

Und so darf ich denn erwarten, daß Du mir von Deinem Tun und Lassen auch einige Nachricht gebest. Sage mir doch auch ein Wort, wie sich »Des Epimenides Urteil« ausgenommen, wie es mit Devrient steht und geht. Brühl hat uns Wolffs weggenommen, welches kein gutes Vorurteil für seine Direktion erregt. Es ist zwar nichts dagegen zu sagen, wenn man gebildete Künstler sich zuzueignen sucht, aber besser und vorteilhafter ist es, sie selbst bilden. Wär' ich so jung wie Brühl, so sollte mir kein Huhn aufs Theater, das ich nicht selbst ausgebrütet hätte. Nun lebe schönstens wohl und sende auch irgendein Liedchen oder Kanon.

Weimar, den 29. Oktober 1815. G.

Kannst Du mir, nach Deiner einsichtigen Schilderungsweise, eine recht deutliche Darstellung von Demoiselle Düring machen und das je eher je lieber, so erzeigst Du mir einen großen Gefallen; laß es aber niemanden, am wenigsten sie selbst merken und bewahre mir dieses Geheimnis wie so manches andre.

231. *An Goethe*

Berlin, 8. November 1815.

Mademoiselle Düring ist von Gestalt und Gewächs sehr leidlich, wenn sie auch nicht hat, was man ein Theatergesicht nennt; auch ist sie nicht verzogen, wiewohl sie ohne Kunsterziehung ist, in Summa: eine junge, weiche, weiße, gestreckte Blondine. Nase, Brust und Hals sind nicht besonders; Augen, Mund und Zähne sehr gut. Die Stimme ist ohne Metall, aber rein, und das Mädchen ist gut musikalisch. Das wäre nun alles, was ich von ihr sagen könnte, und bei uns wird eben nicht auf sie gemerkt.

»Des Epimenides Urteil« habe ich gar nicht gesehn, weil es in meiner Abwesenheit ist gegeben worden. Loben habe ich es nicht hören, auch habe ich's noch nicht gelesen, weil ich eben nicht begierig bin nach den Produktionen dieses Verfassers. Man nennt das Stück: »Ih wie gemeen ist des!«

Devrient hält sich. Noch gestern habe ich ihn mit rauschendem Beifall »Die Drillinge« spielen sehn. Auch habe ich endlich: »Unser Verkehr« gesehn, der ganz lustig gegeben wird, da das Stück eine temporelle Beziehung hat und sein Heil in den Rollen sucht.

Unsre Theaterleute finden sich von der neuen Direktion wenig erbaut und klagen ohne Ausnahme. Wahrscheinlich sucht Brühl sich von ihnen unabhängig zu machen, indem er fremde Schauspieler anhero ruft; denn mit der Erziehung derselben sieht es hier etwas windig aus, auch wüßte ich in der Tat nicht, von wem sie was lernen sollten.

Das Lustspiel: »Die Brüder« hat mich doppelt erfreut, da es, nach unsrer Art und Vermögen, wirklich gut gegeben worden ist und zugleich eine sehr heitere Aufnahme gefunden hat. Es wurde an einem Tage gegeben, wo zugleich Oper im großen Opernhause, des russischen Kaisers wegen, und also alles, was hoch und vornehm heißt, um dieses Licht versammelt war; dessenungeachtet war das Schauspielhaus gedrückt voll und der Beifall fortwährend lebhaft.

Auf Deine Kunstbetrachtungen freue ich mich von ganzer Seele, um so mehr, da ich einen verdrießlichen Sommer gehabt habe. Wegen feuchter und kalter Witterung bin ich erst am 5. August von hier nach Dresden gegangen, wo ich 14 Tage verharrte und dann nach Töplitz ging, nachdem alles davongelaufen war. Hier habe ich 5 Wochen einsam und vergnügt gelebt und alte Intentionen als rückständige Schulden honoriert. Was ich früherhin über den Hexameter ausgeklügelt habe, hat mehr Reife gewonnen und liegt zum Drucke fertig. Ein angefangnes Tedeum wollte ich fertigmachen, doch Gott hat's nicht gewollt, und was der nicht will, will ich auch nicht. Dann bin ich über Dresden, Leipzig, Halle, Dessau, Wörlitz und Potsdam, an allen diesen Orten ausruhend, hieher zurückegegangen. In Giebichenstein habe ich Reichardts Grab und seinen Garten besucht und mir diesen Mann in seiner Frische und Treibseligkeit nach außen zurückgerufen. Und nun von dem, was *lebt*:

Du bist eingeladen. Hast Du's denn angenommen? Hänschen geht und sieht sich die Augen matt; willst Du denn nicht kommen? – Nimm mir's nicht übel, aber darin sind die Cäsaren ganz andere Leute: die kommen etwas weiter her, ungerufen, mit Sack und Pack, und lassen sich keine Mühe verdrießen um unsertwillen. Es muß also doch etwas an uns sein. Und Du bist nicht so weit her und wolltest nicht einmal kommen, wenn Du so freundlich und wohlmeinend eingeladen bist? Da in Deinem Briefe vom 29. Oktober keine Spur ist von Deinem Willen und Wollen, da eure jungen Herrschaften hier sind, da mir die Großfürstin voriges Jahr selber versprochen hat, nicht ohne Dich und Riemer und Meyer zu kommen, so wird mir bange, weil Gott wissen mag, wann wieder eine so gute Gelegenheit erscheinen soll, Dich hier zu sehn.

Die Großfürstin und den Großherzog habe ich noch gar nicht gesehn, und da es sich nicht schicken würde, ihnen aufzuwarten, zumal sie vielleicht kaum Zeit zum Atmen haben mögen, so sehe ich sie vielleicht gar nicht, wenn Du nicht kommst; also laß Dich erweichen! komm doch und das bald, weil der Himmel blau ist.

Daß sie am Main und Rhein nichts von mir wissen, darf mich nicht wundern, da mein etwaniges Treiben und Wirken gleichsam zentralisch ist und nach außen nur mittelbar sein könnte, wenn sich auch hier und dort etwas verspüren ließe. Wüßten sie erst gar, daß es doch eigentlich im stillen auf Zerstörung ihrer Klimperei ausläuft, wiewohl ich jedem sein Wesen gern lasse, solange es halten will, so würde mir alle Geduld nichts helfen, die ich mir täglich selber einreden muß. Es ist schon etwas, daß sie das Wesen wie einen Zeitvertreib, ein Gesellschaftsspiel nachmachen und gleich damit fertig sind, je größer je besser, und sich auch gleich, wie in Wien, für gemacht halten; was dann noch fehlt, ersetzen dann die öffentlichen Nachrichten. Von Zeit zu Zeit erhalte ich Briefe von außen her, um unter Bedingungen, die mir selbst nicht zu schlecht sein würden, ihnen von meinen Leuten zu senden, die ihnen Singakademieen und Vereine stiften und einrichten sollen. Wüßte ich alles das, was von diesen Prätendenten begehrt wird, dann könnte ich mich für etwas halten. Man soll alles können, was sie wünschen; nach dem, was man kann, danach frägt kein Mensch, weder dort noch hier.

Den 1. Teil meiner Lieder werde ich mit den Rübchen senden, wenn er noch zu haben ist, denn ich habe ihn selber nicht mehr und mein Verleger ist bankerott. Mit meinen Musiken brauchst Du nicht geheim zu sein, sie sind für das Licht gemacht, und die »Johanne Sebus« ist ja in Leipzig gestochen; also kannst Du Deine Partitur weggeben.

Mehrere Tischlieder werde ich bei nächster Gelegenheit senden. Die Leute sind so rar, daß man keine Abschreiber findet, sonst wären sie schon in Deinen Händen.

Mein jüngster Sohn Adolf ist nach den letzten Nachrichten aus Paris vom 18. Oktober gesund, ungeachtet sein Regiment (Brandenburgische Husaren) am 1. Julii fast ganz bei Versailles aufgerieben ist. Nach seinem Briefe wurden alle Offiziere des Regiments gefangen, die nicht tot sind. Der Knabe ist erst 16 Jahre alt und wird, wie es scheint, ein braver Kerl. Sonnabend, den 11. November. Z.

232. *An Zelter*

Inliegendes, mein Bester, welches Du durch Estafette erhältst, überbringe sogleich, mir zuliebe, persönlich der Demoiselle Düring. Mehr sage ich nicht. Hast Du Auslage, so zeige sie mir an. Lebe wohl! Die Rübchen sind noch nicht angekommen. Vale.

Weimar, den 24. November 1815. G.

Berlin, Montag, 27. November 1815.

Diesen Morgen um 5 Uhr ist Dein Brief per Estafette in betreff der Mademoiselle Düring in meine Hände gekommen und wird eben besorgt. Leider habe ich mir durch einen Fall die linke Schulter so beschädigt, daß ich den Brief durch meine Tochter in die eigenen Hände der Demoiselle Düring übergeben muß, denn ich kann nicht ausgehn.

Wir verlieren hier einen jungen beliebten Komiker, von der Nationalart, durch Urteil und Recht: unser Wurm ist zu Festungsstrafe und Landesverweisung verurteilt, weil er Knaben das Griechische beigebracht hat. Ein anderer schöner Mann, Blum, der im »Epimenides« die »List« vorstellt, von schönem Baritono, ist gleichfalls als Diebshehler angeklagt. Was mich betrifft, so hätte ich an der Stelle dieser Verbrecher allenfalls ein paar unserer Tugendhaften missen wollen.

Deine Rübchen sind bereits seit 8 Tagen unterweges, und wünsche ich nur, daß sie vom Froste nicht leiden mögen. Die Komödienzettel des Jahrgangs sind mit ins Gefäß gepackt, und bitte ich um Anzeige, wann und wie sie mögen angekommen sein, um zu wissen, ob auch von hieraus nichts versehn ist.

Gestern habe ich mich an den glatten klangvollen Versen unseres alten Freundes v. Knebel erfreut und das recht unverhofft, indem ich niemals einen Vers von ihm gesehn habe. Professor Walch war so gut, mich damit bekanntzumachen.

Dienstag.

Dr. Chladni ist auch angekommen, und ich hoffe, daß wir diesen geschickten und guten Mann hier behalten wollen.

Das Schreiben wird mir sehr sauer, und mein Arm ist

noch im Schlimmerwerden, ehe er sich bessern kann; also lebe fein wohl und gedenke

Deines

Zelter.

Den einen Aushängebogen Deiner Schrift, die Du an unsern Minister Schuckmann geschickt hast, werde ich mir auch ausbitten lassen; unterdessen habe ich mit Bewundrung wieder den »Rameaus Neffe« gelesen. Gott befohlen!

1816

234. *An Goethe*

Unsere königlichen Prinzen haben den heroischen Entschluß gefaßt, Deinen »Faust« unter sich aufzuführen und darzustellen, wie er leibt und lebt. Die Anstalten dazu sind so ins Große projektiert, daß ich fast fürchte, es wird nichts daraus, wie wir denn noch keinen Ort haben, wohin wir sein Haupt legen wollen.

Auch ich habe die Rolle des Schauspieldirektors überkommen, die ich denn mit möglichster Würde und Klarheit auszuspinnen gedenke.

Über die Zusätze, die Du dem Fürsten Radziwill im Manuskript gesandt hast, ist man hoch erfreut, und der Kronprinz lebt und webt, wie ich höre, im »Faust«, der ihn, wie ich ihn kenne, wohl anziehn kann. Mephistopheles wird vom Prinzen Karl von Mecklenburg gegeben.

Im Theater bin ich fast drei Monate lang nicht gewesen und fange seit einigen Wochen erst wieder an, einen Teil des Abends dazu anzuwenden. In der Mitte Novembers habe ich einen bösen Fall auf den linken Arm getan, daß ich ihn noch nicht wieder frei gebrauchen kann.

Unterdessen hat man die »Zauberflöte« neu besetzt und mit 12 neuen Dekorationen ausgestattet, von denen sich ihrer 4 schon ansehn lassen. Zum ersten Male habe ich den »Vielwisser« von Kotzebue gesehn, der so gut als möglich gespielt wird und auch viel Beifall findet. Das Stück ist in der Tat gut. Die »Brüder« werden sehr gut und mit Beifall gespielt. Die »Glocke« von Schiller habe ich noch nicht gesehn.

Warum ich solange nicht geschrieben habe, davon läßt sich nichts sagen. Zeit wäre genug gewesen, Narreteien und Teufeleien aufzuschreiben, wenn man mit zum Teufel fahren wollte.

Deine drei Aushängebogen, die Du unserm Minister Schuckmann geschickt hast, habe ich mit seiner Erlaubnis und dem besten Vergnügen gelesen. Ich habe mich doppelt daran erbaut, da ich die Gegenden seit kurzem nach meiner Art kenne. Auch ich stand auf der herrlichen Terrasse in Bonn, vergaß aber leider, wo ich stand, indem ich unwillkürlich nur dahin sah, wo ich hergekommen war.

Bei dieser Gelegenheit will ich doch erinnern, daß der Wiener Nachdruck Deiner Werke, wegen Mangels, hier anfängt um sich zu greifen. Die Buchhändler verkaufen ihn meines Wissens zwar nicht, aber Bücherjuden und Trödler verbreiten ihn, und Cotta wird also wohl tun, die neue Ausgabe zu beschleunigen, wenn er nicht Schaden leiden will. Auch die vorhin genannte Aufführung des »Faust« trägt dazu bei, daß jeder seinen »Faust« entweder sucht oder sich den ersten kauft, der ihm angeboten wird. Nach einem mäßigen Überschlag, den ich soeben mache, kann der Schade, den bloß diese Gelegenheit hervorbringt, in 500 Exemplaren bestehn.

Staatsrat Schultz ist brustkrank, und ich fürchte für sein schönes Leben, das er erst jetzt anfangen wollte, da man es ihm bis dahin so sauer gemacht hat.

Dr. Chladni ist hier und hat eben sein zweites Kollegium über die Akustik geschlossen. Nun wird er noch drei Vorlesungen über die Meteorsteine halten und dann von uns scheiden. Ich glaubte diesen sehr nützlichen Mann bei uns zu fixieren, doch sehe ich noch keine Anstalten dazu, da wir nicht leicht nehmen, was uns geboten wird.

Laß mich doch etwas über Deinen Frühling erfahren: wie Du ihn anfangen willst. Ich habe Lust, bei guter Zeit ins Freie und rheinwärts zu gehn.

Der Tod eurer liebenswürdigen Prinzessin hat mich aufs äußerste bewegt, sie scheint mehr gelitten als gelebt zu haben.

Schadow ist noch nicht zurück. Seine gute Aufnahme bei euch wird sehr hoch aufgenommen, und ich empfinde sie dankbar, da der brave Künstler in den letzten Jahren durch schwere Krankheit und den Tod seiner Frau wie früherhin durch die Invasion sehr gebeugt ist worden. Seine beiden Söhne sind in Rom und haben sich katholisch gemacht.

Schreib mir doch ein Wort über den »Epimenides«, ich bin höchst begierig. Was Müller davon sagen wird, kann ich mir denken. Lebe wohl, mein Einziger, und gedenke Deines

Berlin, 18. Februar 1816. Z.

235. *An Goethe*

Berlin, den 9. März 1816.

Ich habe abermal schwere Arbeit bekommen. Mein jüngster Sohn ist am 17. vorigen Monats in Saint Michel an der Aisne am Nervenfieber gestorben, nachdem er die blutigsten Schlachten mitgefochten, ohne verwundet zu werden. In der letzten Affäre bei Versailles ist er gefangen worden. Zwei preußische Kavallerieregimenter fochten gegen 7 französische Kavallerieregimenter und 4 Infanterieregimenter. Er verlor sein Pferd und ist gesund geblieben. In seinem sechszehnten Jahre! Der schöne Knabe! Wie werde ich's überwinden?

Seit den sieben Tagen, da ich die Nachricht von seinem Rittmeister habe, habe ich mich in die Arbeit geworfen und schreibe Noten ab, und des Abends gehe ich ins Schauspiel, da mir das Schreiben bei Lichte Augenschmerzen macht.

Laß mich doch etwas von Dir wissen; es ist doch wohl zu lange, daß ich keine Nachricht von Dir habe.

Kennst Du denn schon das neue Produkt von Kotzebue: »Der Schutzgeist«? Es hat mit dem Prologe, der so lang ist wie ein Akt, sieben Akte und spielt gegen fünf Stunden. Das Stück kommt mir vor wie eine heutige Klaviersonate: es ist *alles* drin, was Effekt und lange Weile machen kann. Kaiser, Könige, Markgraf, Herzog, Geister, Geistliche, Hochzeit, Grab, Mord, Brand und dergleichen sind in einen Brei durcheinander gewürfelt, um nichts und wieder nichts. Die Großen sind wieder wie sonst nach seiner Art – gemeines Pack, und der Pöbel äußert edle Gesinnungen, und so wird man erbaut, jedes nach seiner Art.

Chladni geht unbefriedigt von hier weg. Ich bedaure, daß wir diesen Mann nicht hier behalten.

Ich denke diesen Sommer wieder nach Wiesbaden zu gehn. Vorher will ich jedoch zwei von meinen Töchtern verheiraten. Julie heiratet einen tüchtigen jungen Landwirt und Henriette einen guten Schreibmeister.

Lebe wohl, ich kann nicht mehr schreiben, wenn der Brief noch auf die Post soll! Ewig Dein

Zelter.

236. *An Zelter*

Du hast wohl recht, mein würdigster Freund, daß es eigentlich keine ununterbrochene Korrespondenz gibt, wenn man nicht klatscht, und da das unser Fall nicht ist, so möchte es wohl natürlich sein, wenn wir eine ganze Weile nichts voneinander hören. Die *Resultate* sind denn auch hinterdrein wieder so bedenklich, daß man sie kaum auszusprechen wagt, da man den Konklusionen ohne Prämissen sehr selten Beifall versprechen darf.

Die Gegenwart der Herrn Schadow und Weber hat mich mit Berlin in nähern Rapport gesetzt, denn durch persönliche Mitteilung und freundliches Gespräch kann uns auch ein entfernter Zustand nähergebracht werden. Tausendmal hab' ich Deiner gedacht, wie Du in einem solchen Meere auch persönlich schiffest, schwimmest, badest und wadest.

Das Heftlein vom »Rhein und Main, Kunst und Altertum« wird nun auch bald zu euch gelangen. Ich habe beim dreizehnten Bogen abgebrochen, wie Scheherazade. Wenn ich die Bedeutung solcher Blätter früher erkannt hätte, so würde ich das ganze Geschäftlein abgelehnt haben, auch bin ich nur nach und nach hinein verführt worden, und so mag es denn auch dahinfließen. Dagegen muß ich dankbar erkennen, daß ich ohne diese dringende Nötigung niemals weder dem wichtigen Punkt der Kunsterhaltung durch die barbarische Zeit hindurch noch auch den Eigentümlichkeiten nationeller und provinzieller Wiederherstellung Aufmerksamkeit hätte schenken können. Es ist da viel Zeug unserer geläuterten Sinnlichkeit zuwider, das man nur durch den Begriff zu etwas machen kann, denn das Absurde freut uns auch, wenn wir uns darüber aufklären.

Der »Diwan« ist angewachsen und stark. Die Dichtart, die ich ohne weitere Reflexion ergriffen und geübt habe, hat das Eigene, daß sie fast wie das Sonett dem Gesang widerstrebt; auch ist es merkwürdig genug, daß die Orientalen [ihre Lieder] durch Schreiben, nicht durch Singen verherrlichen. Indessen ist es eine Dichtart, die meinem Alter zusagt, meiner Denkweise, Erfahrung und Umsicht, wobei sie erlaubt, in Liebesangelegenheiten so albern zu sein als nur immer die Jugend.

Hierbei ein allenfalls singbares Lied. – Mit dem besten Lebewohl!

Weimar, den 11. März 1816. G.

[Beilage]

Dir zu eröffnen
Mein Herz, verlangt mich,
Hört' ich von deinem!
Darnach verlangt mich!
Wie blickt so traurig
Die Welt mich an!

In meinem Sinne
Wohnet mein Freund nur
Und sonsten keiner,
Und keine Feindspur.
Wie Morgenkerzen
Ward mir ein Vorsatz:

Mein Leben will ich
Nur zum Geschäfte
Von seiner Liebe
Von heut an machen!
Ich denke seiner,
Mir blutet's Herz.

Kraft hab' ich keine,
Als ihn zu lieben,
So recht im stillen.
Was will das werden:
Will ihn umarmen,
Und kann es nicht!

237. *An Goethe*

Berlin, den 18. März 1816.

Dein Liedchen hat einen tiefen Eindruck auf mich gemacht, wie ich es verstehe und auf mich beziehe. Es hat sich sogleich in Noten gestaltet, denn ohne dies Mittel hätte ich nicht hineingefunden.

Sobald es aufgeschrieben und festgestellt sein wird, sollst du es haben, und dann sage mir hübsch, ob meine Probe auf Dein Exempel paßt oder nicht.

Jetzt wollen sie Dich zum Augustinus machen, und wer weiß, ob sie Dich nicht auch zum Heiligen machen werden.

Das Vließ haben sie und wissen nun, daß es ein Fell ist, und daß die Hesperischen Äpfel von denen gefressen werden, welchen sie die Pfoten geliehen haben, wissen sie auch.

Aus Deinen beiden Gästen, dem ehrlichen Evangelisten Lukas mit seinem Tiere, hast Du den Zustand der Dinge nach Meisterart geschlossen. Ja, ja, so ist's: man watet in dem Wesen herum und müht sich ab, und kann doch einmal nichts werden. Das Unglück aber ist, daß man dabei um allen Humor kommt und zu einer Meinung von sich selbst gelangt, die nicht erlaubt sein kann, weil sie den Erguß und den Genuß stört.

Chladni, der morgen abreiset, will diesen Brief eine Strecke mitnehmen, ich habe daher das Lied fertiggemacht und sende zugleich ein Pröbchen aus dem »Diwan«. Das Lied wird Dir einer Deiner Sänger leicht vortragen können, wenn er sich nicht selber Not damit macht. Den »Hafis« habe ich selber noch nicht gehört und weiß noch nicht, wie er sich aufführen wird, da er erst vor kurzem in Musik gesetzt ist. Stücke, die so außer dem Geiste unserer Zeit sind, muß ich lange mit mir herumtragen, ehe ich eine moderne Form finde, worin ich sie aufstellen kann, und wer soll einem nachher sagen, ob man's getroffen hat, weil's die andern auch nicht gleich fassen und lieber drüber hinweggehen! darum sollte mir ein Wort von Dir darüber belehrend sein, weil Du darin lebst.

Seit einiger Zeit sind mir Briefe verloren gegangen, die ich nicht erhalten habe, und andere von mir scheinen nicht angekommen zu sein. Sei daher so gut und mache Deine Briefe nicht frei, ich werde das Nämliche tun. Auch sogar ein Brief an mich mit Gelde ist nicht eingelaufen. Lebe wohl, mein Allerteuerster, und laß bald von Dir hören. Den 19. März 1816. Z.

238. *An Zelter*

Dir war freilich abermals eine harte Aufgabe zugedacht; leider bleibt das immer die alte Leier, daß lange leben soviel heißt als viele überleben, und zuletzt weiß man denn doch nicht, was es hat heißen sollen. Vor einigen Tagen kam mir zufälligerweise die erste Ausgabe meines »Werthers« in die Hände, und dieses bei mir längst verschollene Lied fing wieder an zu klingen. Da begreift man denn nun nicht, wie es ein Mensch noch vierzig Jahre in einer Welt hat aushalten können, die ihm in früher Jugend schon so absurd vorkam.

Ein Teil des Rätsels löst sich dadurch, daß jeder etwas Eigenes in sich hat, das er auszubilden gedenkt, indem er es immer fortwirken läßt. Dieses wunderliche Wesen hat uns nun tagtäglich zum besten, und so wird man alt, ohne daß man weiß wie oder warum. Beseh' ich es recht genau, so ist es ganz allein das Talent, das in mir steckt, was mir durch alle die Zustände durchhilft, die mir nicht gemäß sind und in die ich mich durch falsche Richtung, Zufall und Verschränkung verwickelt sehe.

Du hast unterdessen einen Brief von mir erhalten. Bald

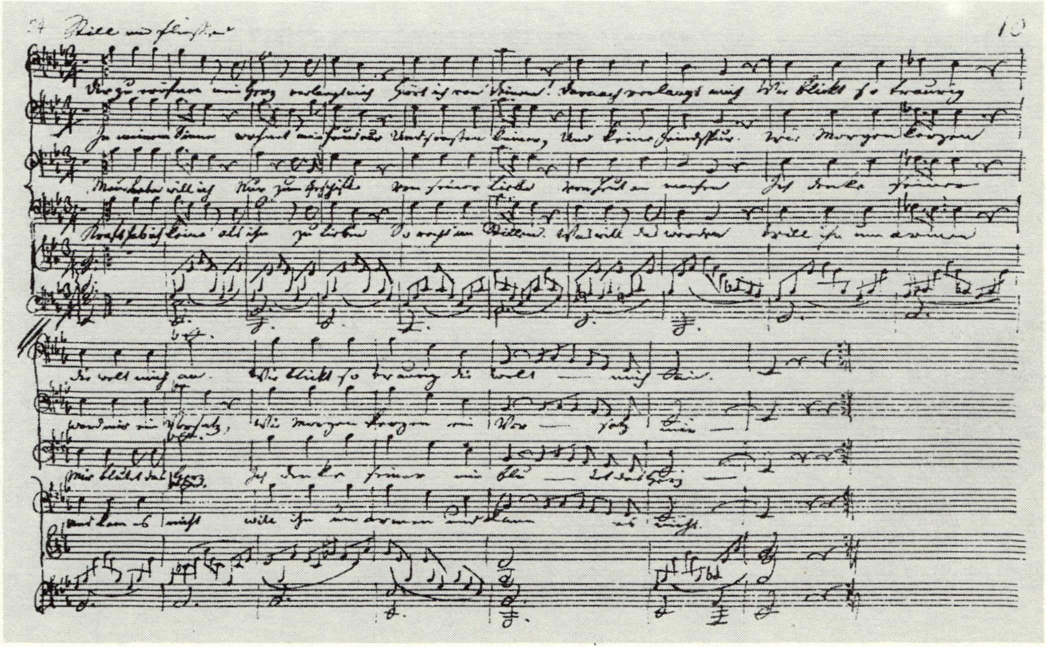

Zu Brief Nr. 237: Zelters Komposition des Liedes: »Dir zu eröffnen Mein Herz, verlangt mich.«

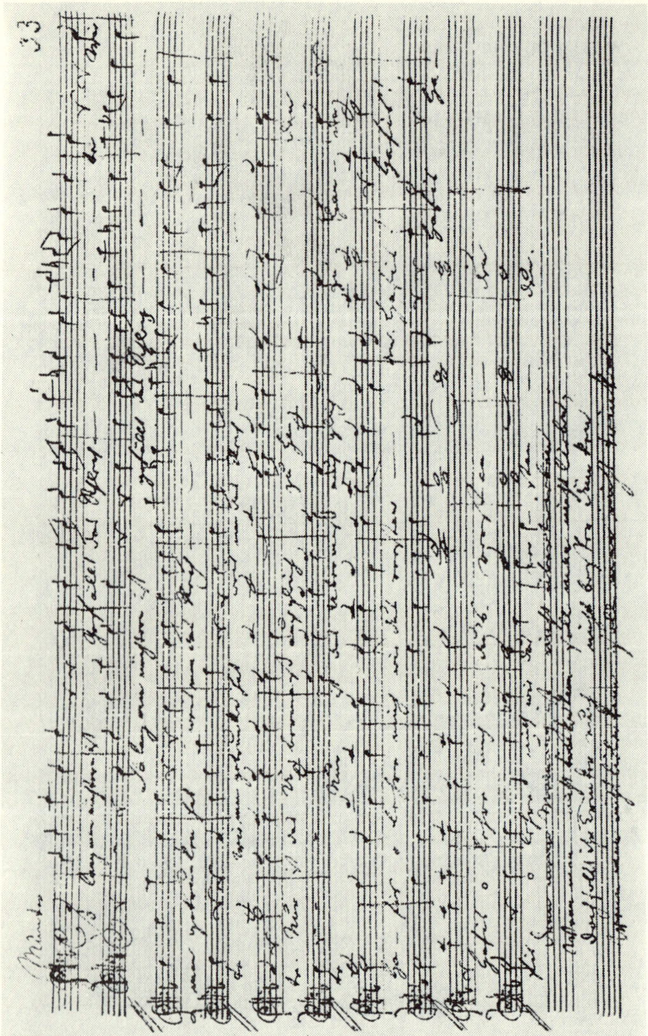

schick' ich einiges. Mein Rhein- und Mainheft ist geschlossen, die Versendung durch Zufälligkeiten aufgehalten. Es ist redlich gemeint und wird am Ende mir am meisten nützen, denn es gibt mir einen Maßstab, was denn auch in diesem Falle von vernünftigen Wünschen und Vorsätzen zustande komme. Ich fürchte, es wird nicht viel sein.

Daß ich diese Arbeit übernommen, reut mich nicht, besonders da ich diese Tage manche frühere auf Reisen sorgfältig gesammelten Akten wiederfand, nur fand ich bei meiner Rückkehr niemals Muße zur Redaktion und auch diesmal nur mit größter Anstrengung. Dich wird es indessen gewiß interessieren, wo ich innehalte und was ich über die Fortsetzung sage. Der Hergang der Kunst durch das Mittelalter und gewisse Lichtpunkte bei der Wiedererscheinung reiner Naturtalente haben, hoff' ich, durch meine Darstellung gewonnen. Nur werden leider die schreibseligen Legionen Deutschlands meine Ernte, wie sie auch sein mag, sehr geschwinde ausdreschen und mit den Strohbündeln als reichen Garben am patriotischen Erntefest einherstolzieren.

In eine sehr große wissenschaftliche Tätigkeit werde ich versetzt durch unsers Großherzogs Verlangen, unsere durch die ungeheuern Kriegsschicksale wundersamst erretteten Anstalten energisch belebt zu sehen. Da muß ich nun alles zusammennehmen, was ich weiß und will. Du sollst mancherlei erfahren, aber, was ich Dich ersuche, schreibe doch oft vom Theater, in welches Du einen so reinen, tüchtigen und doch so gutmütigen Blick hast. Sage mir bald was über die Erscheinung von Wolffs, und wie sich ihr Spiel zu der Umgebung und zum Publikum verhält. Grüße Herrn Staatsrat Schultz und ersuch ihn, mir bald zu antworten. Es ist gerade Zeit, das Eisen zu schmieden.

Gott erhalte Dich.

Weimar, den 26. März 1816. Goethe.

Wie es diesen Sommer mir mit einer Badereise ergehen wird, weiß ich noch nicht; bei unsern neuen Organisationen ist mir auch in meinem Kreise manches Mühsame und Verwickelte zugefallen, weswegen ich vor Pfingsten, ja vielleicht gar vor Johanni nicht von der Stelle kann. Sage mir von Zeit zu Zeit von Deinen Planen, vielleicht kann ich mich darnach richten.

239. *An Goethe*

Berlin, Sonntag, 31. März 1816.

Nach mehrern Musikproben mit dem Orchester und dem Singchore ist denn gestern abend auch eine Leseprobe gewesen mit Musik dazwischen.

Prinz Karl von Mecklenburg hat den Mephistopheles und der Schauspieler Lemm einstweilen den Faust gelesen. Die Probe war bei Fürst Radziwill in seinem Familienkreise. Zugegen waren die Fürstin mit ihren Kindern, der Kronprinz mit seinen Geschwistern, Prinz Georg von Mecklenburg, Frau v. d. Recke mit ihrem Tiedge, Frau v. Humboldt und mehrere Künstler, welche teilnehmen sollen an der Darstellung.

Fürs erste wurden nur Szenen heut gelesen, worin Faust allein und Mephistopheles vorkommen. Prinz Karl liest diesen Charakter so, daß wenig zu wünschen übrigbleibt. Stimme, Ton, Takt, Figur und Gestalt passen gar sehr, bis auf den Pferdefuß; was an Modulation und Tempo angeht, wird sich hoffentlich finden; auch hat sein Vortrag ganz allgemeinen Beifall gewonnen, und der Artist ging neben ihm her wie ein Esel neben einem Pferde.

Der Effekt des Gedichts auf fast lauter junge Zuhörer, denen alles fremd und neu war, ist höchst merkwürdig, und sie können sich nicht genug wundern, daß das alles gedruckt steht. Sie gehn hin und sehn ins Buch, ob's denn wirklich so dasteht. Daß es wahr ist, fühlen alle, und es ist, als ob sie sich erkundigten, ob die Wahrheit wahr ist.

Der Komponist hat manches zur Verwunderung getroffen. Was gefehlt ist, besteht darinne, daß er wie alle angehende Artisten in Nebendingen hauptsächlich ist.

»Christ ist erstanden«: gut und fortschreitend gegeben, wiewohl nicht kirchlich genug. Orgel-, Chor- und Glockenartiges wird sich jedoch noch herstellen lassen. Da er keinen Begriff von dem Innern der äußern Kunst hat, so sucht er im Fernen, was ihm vor den Füßen liegt. Einer hat ihm eine Glocke angeboten, die er auch nutzen will; es fehlt ihm jedoch nicht an Geschmack: ich lasse ihn dies versuchen, und er kommt gewiß davon zurück.

»Spaziergänger vor dem Tore«: im ganzen gut, doch im einzelnen bleibt er in Kleinigkeiten stecken. Der Bettler singt wie ein Bettler, und das Orchester agiert fürstlich. Bei den Soldaten hat er sich denn ganz losgelassen und nicht bedacht, daß es spazierende und nicht marschierende Soldaten sind. Doch ist nichts langweilig, und hat dabei noch immer Geschmack die Oberhand.

»Der Schäfer putzte sich zum Tanz«: allerliebst und pastorell, aber nicht ephemer genug.

»Drinnen gefangen ist einer«: unverbesserlich; doch hätte die ganze Beschwörung drinnen auch Musik bedurft, wiewohl sie beim bloßen Lesen schon wirksam war. Das Aufschwellen des Untiers, das Nebelartige, Schwefelartige bis zum Hervortreten der vollen angewachsnen Gestalt läßt sich ganz gut in Musik bringen und das mit den ganz ordinären Mitteln. Die Erklärung des Mephistopheles über sein eigentliches Wesen war von der allgemeinsten Wirkung: alles verstummte; ohne es vielleicht zu verstehen, wurde es begriffen.

»Schwindet, ihr dunkeln«: wahrhaft künstlerisch; ich

wüßte nicht, wie man's besser machen wollte. Die Rattenbeschwörung aber ist, was man *tüchtig* nennt. Dies letztere ist sechsmal probiert und in den Proben erst abgerundet worden. Ich fand es gemäß, daß Faust durch den Abgang des Mephistopheles wie durch einen elektrischen Schlag nicht bloß erwachte, sondern erweckt würde. Die Fagotts haben, durch einen tiefen kurzen Ton, die Sache zur allgemeinen Belustigung natürlich gemacht, daß nur der Geruch fehlte.

»Weh, weh! Du hast sie zerstört«: anfänglich etwas zu schwer, doch die Vorspiegelung des Schlaraffenlebens von den Worten an: »Neuen Lebenslauf beginne« recht gut und neukünstlerisch getroffen.

Das Stück soll in drei Teilen gegeben werden. Mit »Auerbachs Keller« fängt der zweite Teil an, der zunächst soll probiert werden, und ich werde fortfahren, darnach zu berichten. Z.

240. *An Goethe*

Berlin, den 4. April 1816.

Deine schöne Bemerkung stimmt auch ganz mit meinen Erfahrungen zusammen. Noch immer hat mir in Fällen tiefer Trauer und unerträglicher Beschwerden mein geringes Talent treue Dienste geleistet und ist wohl gar zu Produktionen erweckt worden, die außer aller Analogie mit dem augenblicklichen Zustande sind. So habe ich wenige Tage nach meinem Falle auf den Arm im November unter den größten nächtlichen Schmerzen das lustigste Tafellied auf die bekannten Worte: »Sankt Paulus war ein Medicus« gemacht.

Auf Dein Rhein- und Mainheft bin ich sehr begierig. Was mich betrifft, so bin ich nicht gespannt auf das, was Du gefunden. In Deinen Ansichten wie in allen Deinen Schriften ist mir das Zufällige stets hauptsächlich, ich mag's anfangen, wie ich will. Deine Gedanken über eine Scharteke oder was sonst jedem vor Augen liegt, geben *mir* Gedanken, und die will ich haben, und selbst wo ich Dich schwer oder nicht verstehe, komme ich zu *meinen* Gedanken, die mir am Ende so lieb sein müssen wie jedem die seinigen.

Was in den drei Bogen, die Du unserm Minister gesandt hast, steht, wußte ich so ziemlich; was Dir aber nebenab gelaufen ist, das ist bei mir fruchtbringender Same, der zuverlässig aufgeht, wiewohl nicht eher, als ich ihn brauche. Kommt aber die Gelegenheit, so steht die Sache auch in einer Klarheit vor mir, die jeden Zweifel beseitigt, da aller Produktion nichts nachteiliger ist als die Ungewißheit, was das Rechte sei.

Euer Großherzog hat, wie es scheint, die rechte Zeit genommen, seiner Universität sich anzunehmen, und wenn ihr es recht macht, so ist der Gewinn so zuverlässig, wie er es nur sein kann. Ich sage nichts weiter, weil Du weiter siehst.

Deinen Brief an unsern Künstlerverein habe ich mir – ohne Erlaubnis abgeschrieben. Es sind brave Leute, wiewohl sie das Beste immer vergessen und sich nachher schrecklich wundern wie über dem Ei des Kolumbus. Einige begreifen nicht, wie man durch eine Spalte in der Mauer soviel zeigen könne, wiewohl ein Architekt darunter ist, dem es doch nicht schwerer werden sollte, eine Mauer wegzubrechen als eine zu erbauen. Doch das sind Gedanken, die sie einmal nicht haben, und darum sind sie so sicher, daß ihnen nichts genommen wird, wieviel sie sich auch auf den Einfall einbilden.

An meine Reise kann ich nicht eher ernsthaft denken, bis mein Osterkonzert gegeben ist. Den zweiten Ostertag verheurate ich zwei Töchter, die älteste bekommt einen geschickten Schreibmeister und die andere einen Amtmann, der ein Gut gepachtet hat. Mein Sohn Georg hat sich auch eine Pachtung zugelegt, und ich muß mich der Einrichtung dieser drei Abgehenden wegen in Schulden setzen, die mir, wenn Friede bleibt, keine unmäßige Sorgen machen werden.

Unser König hat in Paris die sogenannte Giustinianische Bildersammlung gekauft, welche ihr Geld wert ist. Diesem glücklichen Umstande zufolge hoffen wir, daß die Kunstakademie, in der bis jetzt Pferde und Stallknechte die Oberhand hatten, zu einem Museum umgewandelt werde und auch ein anständiger Raum für die Singakademie abfallen werde, die nun ins sechsundzwanzigste Jahr besteht. Den Riß und den Raum hat der König bereits bestätigt, und man wartet nun auf die Ausführung, welche schon angefangen sein sollte.

Abends. Eben komme ich aus »Clavigo«. Ein fremder Schauspieler, Julius, von Breslau, hat sich den Beaumarchais zugeeignet, doch nicht bezwungen. Ein Retter, Rächer muß eine klingende Stimme haben. Das Stück ging überhaupt weder recht auseinander noch recht zusammen und ist doch ein glattes Stück, was sich leicht wegspielen sollte; doch ich fürchte, es fehlt an Aufsicht bei den Proben, ja mir fällt eben nicht einmal einer ein, der sie führen sollte. Wolffs werden erwartet, sind aber noch nicht hier. Auch Madame Catalani soll kommen und die Milder niedersingen, welche letztere wir immer noch nicht sicher haben, da sie die gegen sich hat, welche eine italienische Oper wünschen. Freilich ist es mit der deutschen Oper so so; das meiste sind Übersetzungen, und selbst die meisten Opern von Mozart sind italienisch. Es kann hier zu nichts kommen, der Köche sind zu viele, und nicht alle, die lange Messer tragen, sind Köche. Morgen ist »Epimenides«.

Erst jetzt fällt mir's ein, darüber nachzudenken: was diesem Trauerspiele die gefällige Haltung gibt und sich Respekt verschafft ohne viele Umstände. Ich kann's einmal nicht ausstehn, daß Menschenblut vergossen werde, wenn's nicht was Großes gilt, und daher war mir das bürgerliche Trauerspiel verdächtig. Diese Handlung ist so keck, ganz ruhig neben der allgemeinen Geschichte vorbeizugehn und für sich allein etwas vorzustellen: ein verunglückter Liebeshandel bringt zwei Hauptpersonen ums Leben, deren Charakter sonst nicht zu retten wäre. Die übrigen Personen leben, weil eine solche Ehre zu groß wäre für sie, und es würde ein Fehler sein, wenn noch ein Hund umkommen müßte.

Der Bankier Abraham Mendelssohn ist es, der Dir diesen Brief bringt. Er ist der zweite Sohn des Philosophen, und von seinen ersten Jünglingsjahren an, nach dem Tode des Vaters, hat er sich mein Haus mit dem, was drinne war, gefallen lassen. Er gehört zu den Braven, und so wirst Du ihn aufnehmen. Er hat liebenswürdige Kinder, und sein ältestes Töchterchen könnte dich etwas von Sebastian Bach hören lassen. Dies Kind war etwas verschniegelt, wie sie es noch ist und alle sind, die früh zum Leben reifen. Auch die Mutter ist es und doch zugleich eine höchst treffliche Mutter und Hausfrau, leider von etwas schwacher Gesundheit. Er, der Mann, ist mir sehr gewogen, und ich habe offne Kasse bei ihm, denn er ist in den Zeiten der allgemeinen Not ohne Schaden an seiner Seele reich worden. Lebe wohl, mein Ewiggeliebter! Bald seh' ich Dich wieder, wenn's auch nur auf Einen Tag sein sollte.

Z.

241. *An Goethe*

Berlin, Sonnabend, den 6. April 1816.

»Epimenides« hat gestern einen guten Abend gegeben, und das große Haus war voll. Manches wünschte ich doch wohl, daß Du es sehn könntest. Der Epimenides, die »List«, »Unterdrückung« und »Hoffnung« können nicht besser besetzt sein, wiewohl das Ganze für uns nie zum Aufschluß kommen wird, da man immer rundherum tappt und fast naiv den Eingängen vorbeigeht. Die Urteile selbst der Wohlmeinenden darüber sind so absolut schweigenauflegend, daß ich mich gern entferne, wenn ich kann. Jetzt haben sie's mit den Ständen, und da heißt's nur immer: Wer wird diese oder jene Stelle kriegen? und was wird er dafür kriegen? Mir wird fast angst bei der Sache, welche, von der kalten Seite betrachtet, sehr unruhig und unbequem werden kann, da alles nach außen auf etwas hinarbeitet, was sie noch weniger kennen als ihr Innres.

Jetzt sind – eine Pariser Tänzerin mit ihrem Manne die Gottheiten und das Gespräch von Berlin. Daß sie tanzen können, versteht sich, wiewohl Du Dir unangenehmere lange stöckigere Personen kaum vorstellen kannst. Ihre Schule ist die beste, und man gerät in Verwundrung über die Keuschheit ihrer Bewegungen, dahingegen *unsere* fast mehr zeigen, wie sie im Leibe aussehen als draußen. Das ist ihre ganze Kunst.

Das Ballett »Telemach« habe ich nun zum zweiten Male gestern gesehn. Das Sujet schickt sich besser zum Ballette wie das Gedicht, dem es an meteorischer Haltung fehlt. Mademoiselle Düring, die bei euch einsprechen sollte, gibt die Kalypso und verhält sich als ein junges hübsches Mädchen zu dem 36jährigen Ladestock von Telemach etwas sonderbar; indessen weiß sie die Gleichheit herzustellen durch eine Reihe schlechter Gesichter, die dem wahren Telemach seine Abreise wohl erleichtert hätten.

Der Gesang des Epimenides: »Hast du ein gegründet Haus« wurde gestern ausgelassen, und ich gestehe: es tat mir leid. Mit Webern habe ich darüber gar nicht sprechen mögen, da ich wohl weiß, daß er froh ist, so weit fertig zu sein. Er ist wie eine Kokusnuß; man kann ihm nur mit einem

Messer in der Hand beikommen, und Du wirst ihn Dir nun wohl näher besehn haben.

Da ich einmal im Klatschen bin: eine neue Anekdote! Ich saß im Orchester, hart am Parterre. Ein heiterer Mann und (wie es schien) seine Frau saßen hinter mir. Nach dem ersten Akt des »Telemach« verschlangen diese beiden begierig Apfelsinen. Die Frau, welche eher fertig war mit ihrer Frucht als der Mann, forderte dem Manne im Namen der schönen Kalypso noch eine Apfelsine ab. Der Mann schüttelte mit dem Kopfe und sagte: »Lypsi lapsi, carere!«

Ich setze hinzu, daß Mademoiselle Düring, seit sie in Weimar ist begehrt worden, öfter und bedeutende Rollen spielt und eine bedeutende Zulage erhalten hat. Sie scheint mir nicht ohne Hoffnung, doch was Rechts wird doch nicht. Mademoiselle Maaß, der sonst die Madame Bethmann entgegenstand, ist jetzt gänzlich unbeachtet, und Stanzen spricht sie, daß man froh ist, wenn sie fertig ist. Bethmann hat wegen anmaßlicher Reden gegen den Intendanten seinen Abschied bekommen. Sein Kontrakt ist noch 1 ½ Jahr, und in dieser Zeit wird sich die Sache wohl wieder ausgleichen, denn ich wüßte nicht, wo er sich besser befinden sollte. Er war von den patriotischen Schreiern, und da er die Tür vergessen hat, wo er hereingekommen ist, so haben sie ihm eine gewiesen.

Sonntag, 7. April. Gestern war die erste Leseprobe vom »Faust«, zu der sich, wie wir eben beginnen wollten, der ganze junge Hof ansagen ließ. Da ich den Anfang zu lesen hatte, so fügte sich's, daß wir uns dadurch nicht stören ließen, und die hohen Gäste nahmen ohne viel Knicksens und Drehens ihre Plätze ein. Die Sache ging, wie unter so gemischtem Kreise eine erste Probe sein mag, und ich werde mich wohl nach und nach hervortun müssen, Fluß in die Sache zu bringen, wenn kein anderer es tun will. Die »Lustige Person«, eine gräfliche, schien das Gedicht noch gar nicht zu kennen. Nach der Probe entschuldigte er sein schlechtes Lesen gegen mich, worauf er ein Kompliment erwartete. Ich sagte: das Lesen würde nicht gefehlt haben, und ich fürchtete, daß es am Buchstabieren gelegen hätte, worauf er ein Paar Kalbsaugen machte.

Den Poeten hat Graf Brühl ganz ordentlich dargestellt. Der Schauspieler Lemm hat sich gebessert und kam nach und nach hinein in seine Rolle. Prinz Karl jedoch hat sich verschlimmert und fiel in den Predigerton. Als wir mit dem ersten Akt zu Ende waren, kam unvermutet der König, der es wahrscheinlich zu Hause nicht länger hatte aushalten können, da ihm alle Kinder davongelaufen waren.

Nun wurde der ganze 1. Akt wiederholt, und der König, der nach alter Art anfänglich gehalten und zurück war, hielt über zwei Stunden still, wurde freundlich, gesprächig und wahrhaft liebenswürdig.

Diesen Brief gebe ich, damit er fortkomme, auch Mendelssohn mit, der morgen abreiset und doch wohl eher nach Weimar kommt als die Post. Künftigen Sonnabend ist die letzte Probe, denn Radziwill reiset mit seiner Familie nach Posen. Da bleibt nun die Sache wieder liegen bis in den Dezember. Wie Graf Brühl sein Kammerherrnverhältnis mit dem Vorteil des Publikums soutenieren wird, muß man erwarten; er hat einen schweren Stand, besonders da er doch eigentlich nichts aus sich selber zu nehmen weiß.

Gott befohlen! Dein

Z.

242. *An Zelter*

Deine Briefe, mein Wertester, überraschten [mich] sehr angenehm in meinem Garten und gaben mir viel zu denken, ja sie erregten mich zu einer weitläufigen Unterhaltung in die Ferne; da kam Mendelsohn, und da ich einmal im Zuge und er von Dir empfohlen war, so sagte ich ihm, was ich Dir wohl gesagt haben würde, welches er wohl verdiente, da er sehr einsichtig sprach und manche Hauptpunkte der Wissenschaft, Kunst und des Lebens im Laufe des Gesprächs zur Rede brachte. Die Seinigen habe ich leider nicht gesehen, sie blieben nur einen Nachmittag hier, ich hätte sie gern heute zum Frühstück geladen und ihnen meine sieben Sachen vorgezeigt.

Von Staatsrat Schultz hab' ich einen allerliebsten Brief. Wenn die Deutschen sich einer allgemeinern Unteilnahme befleißigen und auf eine häßliche Art dasjenige ablehnen, was sie mit beiden Händen ergreifen sollten, so ist der einzelne wirklich himmlisch, wenn er treu und redlich teilnimmt und freudig mitwirkt. Grüße ihn, wenn Du ihn siehst, zum allerschönsten. Seebeck in Nürnberg hält sich trefflich, und ich will gar nicht leugnen, daß es mich höchlich freut, daß ein alter und so treuer Mitarbeiter in Paris den Preis gewinne, indessen die Deutschen sich wie starre Gespenster gegen uns betragen; es ist ihnen aber nicht geschenkt, ich warte nur auf schickliche Gelegenheit, sie recht übel zu behandeln.

Bei unsern neuen Einrichtungen in Jena werde ich einen ganzen chromatischen Apparat aufstellen, an den noch keine Akademie der Wissenschaften gedacht hat; bei dieser Gelegenheit sollen sie allerlei hören. Doch ist in solchen Dingen nichts mit Gewalt zu tun, man muß abwarten, bis eine Meinung wie eine Kontagion die Menschen ergreift.

Fahre ja fort mit Deinen Theaterrezensionen. Es mag freilich bei euch wunderlich aussehen, wenn man über ein so nacktes und herkömmliches Stück wie »Clavigo« nicht Herr werden kann. Ferner ist es eine rechte deutsche Art, zu einem Gedicht oder sonstigem Werke den Eingang überall, nur nicht durch die Türe zu suchen. Ich habe Zeit meines

Lebens Gelegenheit genug gehabt, mich zu verwundern, daß vollkommen gebildete Personen ästhetische oder höhere sittliche Zwecke durchaus nicht anzuerkennen wissen. Ich möchte keinen Vers geschrieben haben, wenn nicht tausend und abertausend Menschen die Produktionen läsen und sich etwas dabei, dazu, heraus oder hinein dächten.

Der »Faust« mag euch noch in künftigen Monaten manche konfuse Stunde bereiten. Wenn Du fortfährst, so grob zu sein wie gegen die unlustige gräfliche Person, so wirst Du schon was zu Wege bringen; das geist- und sorgenlose Wesen der Menschen ist in solchen Fällen gar häufig. Der unglaubliche Dünkel, in den die jungen Leute jetzt hineinwachsen, wird sich in einigen Jahren zu den größten Narrheiten manifestieren.

Sieh doch manchmal ins »Morgenblatt«, dort findest Du von mir einzelne Mitteilungen, die ins Ganze gehen und wovon Du Dir gewiß manches zueignen kannst. Es liegen überhaupt sehr viele Aufsätze bei mir; sie zu retouchieren und zu publizieren macht mir dieses Frühjahr einigen Spaß: ist es denn doch der erste Frühling, den man seit langer Zeit ohne Grauen und Schrecken herankommen sieht.

Vergangenen Sonntag hatten wir die große Feierlichkeit der Huldigung. Die Würden, Ehren und Auszeichnungen, die uns da zuteil wurden, sagten jedem Verständigen mit vernehmlicher Stimme, daß er sich in der ersten Zeit nicht selbst angehören werde. Mir wird indessen die heiterste Aufgabe zuteil, mir liegt nichts ob, als was ich gut verstehe, und ich fahre nur fort, dasjenige zu tun, was ich seit 40 Jahren getan habe, mit auslangenden Mitteln, großer Freiheit und ohne Qual und Hast.

In den ersten Monaten komm' ich nicht von hier weg; wenn Du also nach dem Rhein gehst, so richte Dich ein, einige Tage bei mir zu verweilen, damit wir unsere Zustände wechselseitig aufklären und einander nützlich und behülflich sein mögen.

Gewähre der erstandene Christ Deinen Konzerten und Hochzeiten allen Segen!

Die letzte leere Seite mögen einige Verslein einnehmen zu beliebigem Gebrauch.

Weimar, den 14. April 1816. G.

Das Publikum

»Wir haben dir Klatsch auf Geklatsche gemacht,
Wie schief!
Und haben dich schnell in die Patsche gebracht,
Wie tief!
Wir lachen dich aus,
Nun hilf dir heraus!
Ade!«

Herr Ego

Und red' ich dagegen, so wird nur der Klatsch
Verschlimmert,
Mein liebliches Leben im nichtigen Patsch
Verkümmert.
Schon bin ich heraus;
Ich mach' mir nichts draus.
Ade!

243. *An Goethe*

Berlin, den 20. April 1816.

Es ist lustig, daß auch Du anfängst, mich für einen Grobian zu halten, wiewohl ich hier zu Lande freilich so verrufen bin, daß sich recht gute Leute den Umweg nicht verdrießen lassen, so weitab als möglich um mich herumzukommen.

Seit 1815 haben sie aber das Mittel gefunden, mir zu begegnen, indem sie mich wie Sauen anschnauzen, wogegen ich mich ruhig, ja verlegen zu verhalten habe, um nur alle Tage mit der Welt fertigzuwerden, die ein rechtes Stinknest ist.

Noch lustiger ist's aber, daß andere mich wieder für so niederträchtig höflich halten, sich meinetwegen in Streitigkeiten zu verwickeln, wobei wieder nichts herauskommt, wenn ich nicht endlich mit ihrer *guten* Meinung ebenso schlimm dran bin, wo nicht schlimmer, denn das kostet noch Geld dazu.

Meine Passionsmusik ist so einträglich gewesen als voriges Jahr, ja der Saal war so angefüllt, daß wohl einige hundert Leute haben zurückgehn müssen, und wenn ich ein bessrer Rechner wäre, als ich bin, so würde ich von diesem Schaden oder Nichtgewinn vielleicht einen guten Teil meiner Reise bestreiten zu können mir anmaßen.

Mit meiner Badereise sieht es noch weitläuftig aus: die Giustinianische Gemäldesammlung soll zum besten des Frauenvereins für Geld gezeigt werden, und ich werde wenigstens deswegen Einen Saal räumen müssen, wobei ich persönlich zugegen sein muß. Auch die Akademie der Künste intendiert eine Ausstellung neuer Werke. Dann soll auch gebaut werden, und zu allen diesen Dingen sehe ich noch so wenig Anstalt, daß mir vielleicht der beste Sommer darüber verkümmert wird.

Den 24. April. Gestern abend ist Wolff zum ersten Male als Hamlet aufgetreten. Leider kam ich erst an, da Polonius Hamlets Verse an Ophelien las. Die Übersetzung ist, wie auf dem Zettel steht, von Franz Horn, nach Schlegel. Mir ist durch vieljährige Bekanntschaft die Wielandische Übersetzung so original geworden, daß ich mich bei einer neuern ordentlich zusammennehmen muß. Unser König und Königin sind ein paar Holzpuppen, ohne Erkenntnis ihres Daseins. Horatio ohne Ruhe und Suade, Laertes ein gespreizter Narr, wie ihn gerade Hamlet nicht haben will. Dagegen der alte Unzelmann als Totengräber ordentlich appetitlich, und an Beschort haben wir einen Polonius gewonnen, der Dir gefallen würde. Mit Wolff legst Du Ehre ein. Er gefiel, besonders in Hauptsachen, und wurde herausgerufen. Er weiß sich zu verschaffen sogar, was ihm die Natur versagt zu haben scheint, und man kann ihn einen Künstler nennen. Die zwei schwersten Stellen im Stücke habe ich niemals so gut, will sagen: so vollkommen darstellen sehn: den Monolog »Sein oder Nichtsein« und den, wo der König betet. Das letzte so heimlich, verständlich und wahrhaft und sicher, daß der König unmöglich etwas davon merken kann; denn das will auf unserer Bühne schon was sagen.

Was seine Haltung nach außen betrifft, so hoffe ich, daß *unsere* von ihm lernen sollen; denn in diesem Punkte sind sie, wenige ausgenommen, an das Schlechteste gewöhnt, und unsere Rezensenten wissen ihnen wohl ein versprochenes Wort und andere Kleinigkeiten der Kostümerei vorzuwerfen, doch wissen sie den Teufel, wie ein Mensch aussehn soll, den Gott gemacht hat.

Auch seine Sprache ist kräftig, mild, frei und zusammenhängend, bis auf Kleinigkeiten, zum Exempel bei den weiblichen Endungen der Verben: Nehmen, Geben, Sterben, Schlafen, wo er die Zunge an den Oberkiefer drückt und die letzten Silben durch die Nase spazieren müssen. Dies tut er nun zwar nicht immer, er scheint sogar das Geheimnis zu kennen; aber bei einem Orator darf es nie vorkommen als im Komischen, auch habe ich den Fehler noch nie an Italienern bemerkt.

Ophelia würde mir gefallen haben, wenn ich die gute Bethmann vergessen könnte. Die Rolle an sich ist jedoch so tief erregend, daß es ihr in keiner Gestalt an Wirkung fehlt; mir tun noch heut die Augen vom Weinen weh.

Sonntag habe ich Wolffs bei Fürst Radziwill sehn sollen, aber sie erschienen nicht und hatten an ihrer Stelle die Nachricht gesandt, daß Du krank wärest, ja bedeutend krank. Nun war es der 21., und Dein Brief an mich vom 14. sagte nichts davon, also hoffte ich, daß Du an diesem Dato schon wieder genesen sein würdest. Laß mich doch darüber nicht in Ungewißheit, und wenn Du selber nicht schreiben magst, so laß es mir von anderer Hand wissen. Gott! was soll ich denn in der Welt anfangen ohne Dich? leide ich denn noch zu wenig? Z.

244. *An Zelter*

Deinen lieben Brief erwidere sogleich. Es freut mich, daß Wolff gefallen hat und durch Dich zu wissen wie und warum. Die weimarischen Schauspieler gelten am meisten, wenn sie miteinander wirken, es ist mir aber lieb zu hören, daß auch der einzelne etwas vom Ganzen mit sich fortträgt.

Anno 1803, im August, kamen zwei junge Leute, Grüner und Wolff, hieher; die Gesellschaft war in Lauchstädt, ich hatte Zeit und Humor und wollte einen Versuch machen, diese beiden, eh' jene zurückkämen, auf einen gewissen Punkt zu bringen. Ich diktierte die ersten Elemente, auf welche noch niemand hingedrungen ist. Beide ergriffen sie sorgfältig, und Wolff ist davon nie gewankt noch gewichen, deswegen er auch zeitlebens die schönste Sicherheit behalten wird. Daß Grüner in Wien sich zum mächtigen Schauspieler, ja zum Direktor aufgeschwungen, zeigt, daß auch er an einem gewissen Fundamente gehalten habe. Beide waren mit Glauben und Neigung zu mir gekommen, der eine den Militär-, der andere den Kaufmannsstand verlassend, und beide haben es nicht übel getroffen. Vor einigen Tagen, als ich alte Papiere ausklopfte, fand ich noch das Konzept eines Briefs an Wolffs Mutter, der sich auch jetzt noch recht artig ausnimmt. Zugleich das Konzept von jenem Katechismus oder a, b, ab; vornehmer könnte man es auch Euklidische Elemente nennen. Vielleicht verführen mich diese Bogen, daß ich die Sache nochmals durchdenke. Sie gehen nicht weit hinein, denn die Gesellschaft kam zurück, und nun mußte alles praktisch werden.

Wir hatten aber damals so viel Lust zu leben und zu theatrisieren, daß mich im Winter ein Teil der Gesellschaft in Jena besuchte, um unsere Übungen fortzusetzen. Durch den Schnee war die »Schnecke« impraktikabel geworden, Grüner verlor das Heft, das er in der Tasche als einen Talisman trug, welches er aber einige Tage nachher wiederbekam, indem er in allen Schenken Lärm geschlagen und es glücklicherweise ein Fuhrmann aufgelesen hatte.

Wenn Du Demoiselle Maaß siehst, so erinnere sie freundlicherweise an diese Geschichten, die sie auch mit erlebt hat und nicht ohne einiges Vergnügen. Ich war ihr nämlich sehr gewogen wegen ihrer großen Ruhe und allerliebsten klaren Rezitation, deshalb ich einmal in einer Probe von »Tell« entsetzlich bös über sie wurde, weil sie sich, Gott weiß warum, maulfaul erwies. Du siehst, mich hat Deine freundliche Nachricht in frühere Zeiten hingewiesen, wo das rein und richtig gewirkt wurde, was späterhin fortwirkt. So lebe ich jetzt auf eine eigne Weise in meinem sizilianischen Leben und sehe nun jetzt erst, was zehn Wochen in diesem Lande auf mich gewirkt haben.

Nun zu einem andern Texte: Wenn man Dir künftig von meiner Krankheit berichtet, so glaube es nicht; sagt man Dir, ich sei tot, so denke es nicht. Mit dem letzten, was zu Dir gekommen ist, verhält es sich freilich etwas wunderbar, deshalb merke nun auf.

Das Fest der Huldigung sollte am Sonntag Palmarum den

7. April vor sich gehen und so eigentlich der Schlußstein eines neuen Gewölbes nach vielen zerstörenden Leiden eingesetzt werden. Den 2. April wurde ich von einem wunderlichen, nicht gefährlichen, aber doch starken rheumatischen Übel befallen, daß ich mich zu Bette legen mußte; nach meiner Einsicht schien es beinahe unmöglich, den 7. an meinem Platze zu sein. Da fiel mir glücklicherweise ein Napoleontischer Spruch ins Gedächtnis: »L'empereur ne connoit autre maladie que la mort«, und ich sagte daher dem Arzte, daß ich, wenn ich nicht tot wäre, Sonntag mittag um 12 bei Hof erscheinen würde. Es scheint, daß der Arzt und die Natur sich diesen tyrannischen Spruch zu Gemüte genommen haben, denn ich stand Sonntag zur rechten Stunde an meinem Platze, rechts, zunächst am Thron, zugleich auch konnt' ich noch bei Tafel allen mir obliegenden Schuldigkeiten genugtun. Nachher aber zog ich mich wieder zurück und legte mich ins Bette, um zu erwarten, bis etwa der kategorische Imperativ uns wieder auf Leib und Leben hervoriefe. Bis jetzt ist es auch recht gut gegangen. Ich hatte mich schon früher resigniert, bis Johanni zuhause zu bleiben, wie Du es auch tun mußt, denn die vor Jahr und Tag nach außen gewendeten empirischen Gewalten wenden sich nach Gottes Willen jetzt nach innen; auch nur empirisch, aber wir müssen Gott danken, daß es so ist. Wenn wir jetzt zuhause verharren, so können wir unglaublich viel Gutes tun, weil das sich Neugestaltende immer eine unglaubliche Lust hat, sich umzugestalten, um nur einen Schlendrian, über den das ungeheure Unglück uns hinausgehoben hat, wieder mit größter Behaglichkeit einzuphilistrieren.

Was willst Du denn nun aber sagen, wenn ich Dir erzähle, daß ich in diesen Tagen auch derb gedroschen worden bin. Das gute *Berka* an der Ilm, wo wir zusammen mit Wolf und Weber und Duncker auf so mannigfaltige Weise gelebt haben! Denke Dir nun erst das hübsche Wiener Klavier des

Organisten Schütz, seine Sebastian, Philipp Emanuel Bache und so weiter: dieses Berka ist vom 25. auf den 26. April von der Erde weggebrannt. Mit ungeheurer Geistesgegenwart und mit Hülfe von Wohlwollenden ist das Klavier gerettet und noch manches vom Haushalt, worüber man erstaunt, höchstens in 7 Minuten: denn ein gewaltsames, bei einem Bäcker aufgetriebenes Feuer warf um halb zwölf in der Nacht die Flammen rings umher. Alle des Organisten alte, von Kittel in Erfurt noch erworbene Bache und Händel sind verbrannt, und bloß durch einen närrischen Zufall oder Zurichtung, daß er sie aus der bisherigen Unordnung in Ordnung in eine etwas abgelegene Kammer gebracht.

Alle diese Dinge sind gewiß schon gestochen und gedruckt; zeige mir an, wie ich sie bei Härtels in Leipzig oder sonst zu finden habe, denn ich möchte ihm gern von dieser Seite etwas Erfreuliches entgegenbringen. Gott segne Kupfer, Druck und jedes andere vervielfältigende Mittel, so daß das Gute, was einmal da war, nicht wieder zugrunde gehen kann. Siehst Du Geheimrat Wolf, so sag' ihm das Allerfreundlichste, sag' ihm aber auch, daß bei diesem Brande das vermaledeite Trompeterstückchen gerettet worden sei, durch den sonderbarsten Zufall, daß es bei mir in der Stadt war, wie denn auch noch manches durch Verteilung übriggeblieben.

Schreibe mir mit eben der Reinheit und Ruhe, wie sich die Wolff präsentiert, wenn Du sie ohne Vorbild siehst oder wenn Du sie öfters gesehen hast, so auch mit ihm. Ich kann mit keiner Relation einig werden als mit der Deinen; ich selbst seh' es nicht so gut, denn entweder: ich verhalte mich produktiv, das heißt: ich will, daß derjenige, der es jetzt nicht ganz recht macht, besser machen solle, und ich glaube daran, daß er's besser machen werde; oder ich verhalte mich umgekehrt, daß der Unglaube eintritt, daß ich verfluche, was geschieht, weil ich mich schäme, erwarten zu können, daß es besser werden dürfte.

Die moralische Weltordnung erhalte Dich!

Weimar, den 3. Mai 1816. G.

245. *An Goethe*

Berlin, den 8. Mai 1816.

Dein sehnlich erwarteter Brief vom 3. dieses macht mich so vergnügt, wie man am Bußtage nur werden kann, durch so schöne Nachrichten über Dein Wohlsein.

Ich bin gestern von Potsdam zurückgekommen, wo ich mich einige Tage aufgehalten habe, im schönsten Blütenfrühling, den ein anhaltend sanfter Regen nur eröffnen kann. Sie haben dort seit 1 ½ Jahr eine Singakademie angefangen und mich schon längst dazu eingeladen, doch konnte ich mich erst jetzt von hier abreißen. Ich würde verwundert, ja erstaunt sein, daß diese Leute nach anderthalb Jahren leisten, was wir hier in Berlin nach 26 Jahren mit stetiger Ausdauer zustande bringen, wenn ich nicht bedenken müßte, daß mein Treiben und Wesen in die Ferne gewirkt habe und fortwirken wird, wenn auch das Modell nach mir zerfallen sollte.

Daß diese guten Leute sich damit nun freuen, kannst Du denken, und sie haben sich meinen Beifall um so lieber gefallen lassen, da der Hof, der am Karfreitage in Potsdam kommuniziert und nachher ihre Passionsmusik gehört hat, ihre Produktion aus mißlungenen Einzelheiten beurteilt und ganz übel befunden hat.

Das Verwüstende ihres Zustandes fühlen sie übrigens so wenig wie ihr Direktor, der ein ganz geschickter Mann ist, denn sie sind – am Ende, das heißt: sie haben da angefangen, wo sie aufhören wollten. Ihre Kunst ist wie ein Sterbekleid, sie hat nichts hinter sich; und daß ich mit meiner Sippschaft alle Woche wieder von *vorn* anfange, fällt ihnen, wie all den guten Leuten, nicht ein. Und wenn sie nicht fragen, werde ich mich wohl hüten, es ihnen zu sagen, weil man damit schlecht ankommt.

Wolffs habe ich alle beide noch nicht ein ganzes Stück spielen sehn. Vorige Woche war »Phädra«, doch kam ich erst gegen den dritten Akt. *Er*, als Theramen, hat sich wie ein Künstler gestaltet, von innen nach außen, und ordentlich gewirkt. *Sie* hätte in diesem Stücke und auch heute nicht zum ersten Male auftreten sollen. Sie war noch heiser und wurde es noch mehr, wie sie sich angriff. Als ich nachher das Original und zuletzt eine Übersetzung des Euripides nachsahe, fand ich denn wohl, daß der eigentliche Vorteil des Stücks in einer vollkommen ausgebildeten Sprache und Produktion liegt, die einem Dichter wie Racine einen solchen Rang in einer solchen Nation hat anweisen müssen.

Ihn, Wolff, habe ich erst letzthin persönlich kennen lernen, da mich der alte Unzelmann mit ihm bekannt machte. Was Du mir von seiner Lust zum Rechten schreibst, ist mir sehr erfreulich gewesen wie Deine Euklidischen Elemente. Ich weiß nicht, ob ich Dich davon unterrichtet habe, daß ich schon vor Jahren mit der Singakademie ein ordentliches Oratorium zu verbinden gedachte, an dessen Spitze ich den Geheimen Rat Wolf sehen wollte, der der Sache seinen vollen Beifall gab, aber wegen unendlicher Faulheit zu nichts zu bringen ist. Vielleicht war es ihm auch anstößig, nach Lehrsätzen zu verfahren, die er wohl einsieht, aber nicht beherrscht. Genug, ich wollte zu diesem Unternehmen ausschließlich Leute von der Profession, Schauspieler und Redner beisammen sehen, habe aber bis jetzt bloß unter meinen Singschülern davon Anwendung machen können, die nie ein Wort eher singen dürfen, bis sie es ordentlich sagen können.

Ich selbst kann dabei nur von außen zu Hülfe kommen, da bei mir alles empirisch ist; drum wünschte ich der Sache ein Haupt von gehörigem Ansehn und etwas Dauer, da die ersten Versuche fast abschreckend sind und in einer Hauptstadt durch das gesellige Leben gegenständig werden. Mit Devrient habe ich schon einmal über die Sache gesprochen, vielleicht läßt sich auch Wolff und seine Frau darauf ein. Mit der Intenda[n]tur würde die Sache sich machen lassen.

Das Unglück des armen guten Berka hat mich tief erschüttert, indem ich mir eine Feuersbrunst unter meine hübschen Musikalien schon lange als ein Unglück vorstelle, das ich nicht mehr tragen könnte und so leicht möglich ist, da ich zwischen Feuernestern wohne und die Sing- und Kunstakademie als ein Stallgebäude soviel Heu und Stroh enthält.

Deshalb sende ich, was ich von schönen Stücken doppelt habe, und wünsche, daß sie einigen Trost geben mögen. Sie sind Dein, und magst Du dem Organisten Schütz davon zueignen, was Dir gefällt; denn es ist alles gut.

Dann lege ich zwei komplette Exemplare meiner Lieder bei, die endlich einmal wieder zu haben sind, um einem oder anderm mitzuteilen, was fehlt; auch kann ich nun ferner dienen.

Den ersten Teil der Präludien und Fugen von Johann Sebastian Bach sende ich wohl einmal nach, denn die Leipziger Ausgabe mag ich nicht schicken, da ich sie nicht gut halte. Er ist ebenso stark wie der zweite, hat aber mit der Brauchbarkeit des zweiten Teils weiter keine Verbindung. Es sind lauter einzelne Stücke.

An den zwei ersten Bänden Deiner neuen Ausgabe erfreue ich mich nun schon seit 14 Tagen. Die Vorausbezahlung ist so günstig und wohlfeil, daß ich solche sogleich ganz bezahlt habe, und wenn ich ja ein Exemplar von *Dir* erhalte, so gebe ich jenes meiner Tochter mit. Das kleine Gedichtchen unter der Aufschrift: »Gegenwart«, Teil 1, Seite 59, habe ich für 3 Sopranstimmen zum Fortepiano in Musik gesetzt, wie man eine geehrte geliebte Person in gemeßnem Kreise empfangen möchte; ich dächte, es müßte sich gut ausnehmen, habe es jedoch noch nicht gehört.

Wie es Dir mit Deinen Schauspielern geht, so geht es mir mit der Singakademie: bin ich unter ihnen, so habe ich kein Urteil; höre ich sie am dritten Orte, so möchte ich sie zerschmeißen, und schon deswegen möchte ich Dich gern einmal hier haben, weil Du der einzige Mensch bist, auf dessen Urteil in der Musik ich was halte; einer hat den Generalbaß im Leibe und andere die Schwerenot mit der Romantik, und zwischen beiden liegt Sandsteppe. Beethoven hat eine Schlachtsinfonie gemacht, wovon man so taub werden kann als er selbst. Nun wissen die Weiber auf einem Haare, wie es in einer Schlacht hergeht, wenn auch schon lange niemand mehr begreift, was Musik ist.

Laß mich wissen, wann das Paket angekommen ist; über die Rübchen habe ich keine Nachricht bekommen. Z.

Geheimer Rat Wolf grüßt schönstens.

246. *An Goethe*

Donnerstag, den 9. Mai. Ich muß nur noch beilegen, um etwas von dem zurückzunehmen, was mir gestern aus der Feder gelaufen ist. Gestern abend wurde die Beethoven'sche Schlachtsinfonie auf dem Theater gegeben, und ich hörte sie aus der weitesten Ferne am Ende des Parterre, wo sie ohne alle betäubende Wirkung ist und mich dennoch ergriffen, ja erschüttert hat. Das Stück ist wirklich ein Ganzes und teilt sich verständlich auf und zu. Die Engländer rücken aus der Ferne mit Trommeln an; wie sie sich nähern, erkennt man sie an dem »Rule Britannia«. Ebenso rückt die Gegenarmee vor, die am »Ma[r]lborough s'en va-t-en guerre« sogleich erkannt wird. Kanonenschläge und Kleingewehrfeuer sondern sich von beiden Seiten erkennbar ab, das Orchester arbeitet wie ein Schlachtgewühl und Getümmel, das wirklich aus musikalischen, aneinander hängenden Gedanken besteht und das Ohr interessant beschäftigt. Die Armeen scheinen handgemein zu werden. Sturmlaufen auf Karrees und dergleichen wachsen bis zum höchsten Punkte. Eine Armee weicht, die andere folgt, erst hitzig und nahe, dann entfernt. Zuletzt wird es still. Wie aus dem Boden, dumpf und geheimnisvoll, tönt traurig das »air de Ma[r]lborough« in Moll, und dazwischen tönen hinsterbende Akzente der Klage und Jammerns. Darauf Viktoria der Sieger, welche an dem »God save the king« zu erkennen sind, und zuletzt ein komplettes lebhaftes Siegsstück.

Dies alles hängt nun wirklich gar gut aneinander, läßt sich aber selbst vom guten Ohre nicht gleich erfassen, denn gestern hat es mir ungemeinen Spaß gemacht; auch war die Ausführung prächtig, wiewohl noch 20 Violinen mehr nicht zuviel gewesen wären. Vivat genius, und hol' der Teufel alle Kritik!

Geheimer Rat Wolf grüßt schönstens und nimmt lebhaften Anteil an dem guten Berka. Für sein Mißfallen an dem Trompeterstücke, das noch obenein gerettet ist, wird er jetzt gestraft. Er hat eine neue Wohnung bezogen dicht neben der Hauptwache der Gensdarmen, die ihn morgens 4 Uhr und abends 9 Uhr und mittags 12 Uhr aus seinen philologischen Schläfen gar unsanft auftrompeten, so daß er wieder ausziehn würde, wenn er eine andere Wohnung wüßte.

Frau v. Humboldt geht in diesen Tagen zu ihrem Manne nach Frankfurt am Main. Mit Wolf habe ich mich verabredet, ihr noch heute abend einen Besuch zu machen. Sie hofft über Weimar zu gehen und freut sich, Dich zu sehn.

Du hast mal ein Wort gesagt, das ich nicht vergessen habe (wenn einem in dem Weltgetümmel nur alles immer gegenwärtig wäre!): *Man ist nur insofern zu achten, als man achtet.* Unser Urteil liegt in der Selbstgefälligkeit und diese in dem Vermögen, zu erkennen, zu enträtseln, zu verstehen und auszudeuten. Eine unparteiische Kritik ist nur möglich, wenn man liebt, und wenn man liebt, ist man parteiisch.

Lebe wohl, mein Holdester, Guter, Bester, Einziger! Fühltest Du den Schmerz, womit ich Dich liebe, Du müßtest daran verbrennen. – Da trommeln sie schon wieder, addio!

Abends. Mademoiselle Düring hat einen Sprung gemacht hoch hinauf. Dafür ist denn die Jungfrau von Orleans heruntergekommen, die hier bei uns freilich in der Regel niemals ordentlich besetzt war; denn wie Madame Schütz sich darin ausnahm, wirst Du wohl von Schiller wissen. Doch die heutige Jungfrau sieht etwas zu heringsartig aus, und auf dem langen dünnen Halse sitzt der Helm wie auf einem Perückenstocke. Das ganze Kostüm ist der Person nicht recht gemäß, und mit der Sprache wie mit der Haltung des Körpers kann niemand zufrieden sein als unser Publikum. Das ist nun leicht gesagt und alles wahr, aber es müßte ein Wunder sein, wenn's anders wäre, da wir nicht einmal einen ordentlichen Tanzmeister haben.

Da ich noch weiß Papier sehe, so will ich mich entschuldigen, nicht längst gefragt zu haben: was aus eurer neugewölbten Decke eigentlich für Dich und Dein Haus entstanden. Man spricht hier im allgemeinen davon, auch werde ich wohl gefragt; wie denn, wie überall, also auch hier nicht wenig aufrichtige Freunde Deines Namens eine Antwort verdienen, die ich aber nicht zu geben weiß.

Der schöne August ist Kammerrat worden, das weiß ich, und das ist alles, was ich weiß. Hoffen wollen wir, daß auch etwas daran hängt, das drüber geht.

Mit Poeten und Künstlern pflegt es zu geschehn wie mit

Pferden und Hunden, die man zu Engländern und Pinschern macht, ohne ihnen mehr Futter zu geben, wenn man ihnen nicht gar die Operationskosten vom Futter abzieht. Du kannst denken, daß ich dies ohne Anwendung auf euch sage; denn von *meiner*, aus freien Stücken mir bewilligten jährlichen Zulage mit Rückstand vom Jahre 1811 an habe ich noch nicht den ersten Groschen gesehn, und es beträgt nicht etwa eine Kleinigkeit, sondern gegen drittehalbtausend Taler.

Daß solche Vergessenheit eine Folge schwerer Sünden ist, weiß ich recht gut und will von vielen nur eine zur Koste geben:

Als die erste Zusammenkunft über die Idee zur Aufführung des »Faust« gehalten ward, lud man mich ordentlich ein. Prinzen, Fürsten, Grafen und Herrn waren gegenwärtig. Ich verhielt mich still, bis es an mich kam. Mein erstes Verlangen war: Austeilung der Rollen, welche bald vollendet war. Nun hatte kein Mensch ein eigenes Exemplar. Es ward herumgeschickt. Die meisten Buchhändler hatten selber keins. Es wurde zusammengeborgt, das Gedicht war *allen* [unbekannt]; denn auch den Artisten war es was Neues. Bei einer andern Gelegenheit ließ ich die Anmerkung fallen: daß ein Fürst einer fremden Nation ein schöneres Deutsch spräche als wir alle und uns zuerst durch soviel Fleiß und Dauer und Liebe mit unsern eigenen Schätzen bekanntmache.

»Der verbannte Amor« von Kotzebue ist das kurioseste Stück von der Welt: Weltgeist, Würze, Fortgang, Laune, Satire, Sinnlichkeit die Fülle; dabei ohne Charakter, Güte, Liebe, Hoffnung und Sinn.

Wolff und seine Frau belebten das Stück auf die angenehmste Art und fanden großen allgemeinen Beifall. Vier Rollen im Stücke waren auf das vollkommenste besetzt, Madame Eunike (Adolfine) und der alte Unzelmann als Gärtner zum Totlachen. Diese viere griffen so ineinander, es war eine Lust. In den 3 ersten Akten lief das Stück wie ein Faden von der Spule, im letzten Akte kann keine menschliche Kunst es halten, und wenn die Spieler auch *alle* vollkommen gewesen wären.

Besäße der Kotzebue die Kunst zu schließen, wo er aufhört, so könnte ihm keiner was anhaben, besonders wenn er so gut sein wollte, sich vom Mythologischen ganz abzuhalten; denn das Ende will kein Ende nehmen, und es kommt mir immer vor, als ob ihm jeder Akt besonders bezahlt würde.

Die Wolff war höchst appetitlich angezogen, was wir seit dem Tode der Madame Bethmann fast gänzlich entbehren. Ihre Stimme hat Klang so wie die seinige, bis auf einen gewissen Grad der Stärke, den sie niemals überschreiten muß. Überschreitet sie dies, so wird sie heiser und Mund und Stirne leiden an der Gestalt. Im letzten Akte erschien sie ohne Aufsatz. Vielleicht dürfte sie nie erscheinen, ohne etwas auf dem Kopfe zu haben, das ihrer Stirne hilft.

Seine Sicherheit im Sprechen ist sehr zu loben und zeugt von gutem Studio, womit er hier sehr viel auf die andern wirken wird. Mit dem Sprechen und dem Vortrage überhaupt sind sie hier wie in der Wüste, und keiner weiß, was er mit seinem Atem anfangen soll.

Wenn ich Lesestunden zu dirigieren hätte, so würde ich mit Wielands Prosa anfangen und von den Lehrbegierigen verlangen, daß sie dessen Perioden in Einem Atem lesen müßten. Es ist schrecklich, wenn ein Kerl, der eine Lunge hat wie ein Rhinozeros, zu drei Worten 3mal Atem holen muß.

Im »Hamlet« sprach Wolff die Lehren an die Schauspieler so gut, daß das ganze Haus wie toll applaudierte: ein Effekt, der jedem etwas ganz Ungewöhnliches war, der selbst mitklatschte, weil jeder die Unförmlichkeit der bisherigen Hamlets in dieser Rede erkannte.

Mademoiselle Beck und Maaß gehen ab von hier, wie es heißt. Sie haben beide Ton und Sprache, aber leblos und ohne Modulation; sie gehen neben ihren Rollen her, indem sie solche sprechen. Die erste soll ein gescheutes Mädchen sein, auch ist sie jung und nicht häßlich, doch auf den Brettern sieht sie aus wie eine Hexe und spricht, Gott weiß warum, im Kontr[a]alt.

Wie sollte man denn aber wohl recht würdig danken für den schönen, edlen, tiefen, erschöpfenden Epilog, durch welchen Du ein Stück anerkannt hast, das zu meinen frühesten Jugendliebschaften gehört: ich meine den »Grafen Essex«, dessen Vorstellung ich soeben beigewohnt. Jetzt sehe ich wohl ein, daß ein solches Sujet unter Deinen Händen etwas anderes müßte geworden sein; denn das Lumpenpack um die Königin herum ist nicht des Schreiberlohns wert, das ihre Rollen kosten. – Da das Verhältnis der Königin zum Grafen einer Regiererin nicht würdig ist, so konnten die Verfolger des Essex die würdigsten Personen sein, und das ganze Stück müßte an tragischer Höhe gewinnen; dahingegen das Geträtsch der Nottingham, Burleigh und Raleigh empörend, ja ihre endliche Bekenntnisse die Krone der Charakterlosigkeit sind und die Königin gehässig machen, was nicht nötig war, da sie wirklich liebt und keine Hure ist. Doch was geht das mich an?

Die vier Hauptrollen waren vollkommen besetzt, und Madame Schröck hat die Rutland aufs beste gespielt. Für Wolffs scheint heut der entscheidende Tag zu sein. Daß von Anfang an eine Partei gegen sie war, braucht kein Geheimnis zu sein, und die Freunde hatten sich dagegen bisher ruhig verhalten. Am Ende des ersten Akts regten sich die Gegner, und da dies eine gute Weile währte, so schien die Sache bedenklich; doch mit einem Male, wie abgeredet, fiel das volle Haus mit so energischer Kraft dagegen ein und wiederholte seinen Beifall zwischen allen Akten, daß nun nichts mehr zu fürchten war. Am Ende wurden beide zusammen herausgerufen. Wolff sprach einige verbindliche Worte, die sehr gut aufgenommen wurden, und das Klatschen wollte nicht aufhören. Dann ward noch Madame Schröck gerufen; sie war jedoch nicht mehr im Hause, sondern nach Hause. Dies alles geschah endlich heut den 12. Mai 1816.

Gute Nacht!

Ein kritisches Urteil über das Naturell der Wolff scheint mir nichts Leichtes, was doch dasein muß, ehe man von ihrer Kunst reden kann.

Ihre Person ist imposant genug für ein größeres Theater. Brust und Schultern wie der ganze Torso brauchen nicht besser zu sein.

Hört man und sieht man sie reden, so geraten Mund und Stimme in Konflikt mit Ihrer Gestalt; dem ersten fehlt das Wellenhafte, der zweiten fehlt Nachklang.

Solche Eigenschaften durch Kunst hervorzurufen oder wenigstens zu ersetzen und das Gefühl durch den Verstand zu beschwichtigen, das ist die Aufgabe; zu verlangen, daß der Ölbaum Feigen gebe, Unverstand.

Nun bemerkt man mit größtem Vergnügen, wie diese Frau mit ihren Elementen so hauszuhalten weiß, daß man hinter einer milden Praxis mächtigen Stoff verborgen glaubt, den sie wie ein Äolus bewacht. Dies zeigte sich besonders gestern im »Essex« in den Gesprächen mit Madame Schröck, die eine ganz vorzügliche, aber ungebildete Stimme hat. Wie sich diese zufolge ihrer Rolle gehen und ihre Stimme austönen ließ, so zog sich die Wolff in Zucht, der bloßen Haltung und Deutlichkeit als Königin beflissen, und so hätte sie es mit jener noch lange aushalten können.

Ob es Zufall ist oder Vorgefühl, daß ich ihre Füße noch nicht betrachtet habe, da ich fast immer im Orchester bin, weiß ich selber nicht. In Lauchstädt im Jahre 1805 schienen sie mir unförmlich, doch hat seit den Jahren ihr ganzes

Volumen Stärke bekommen, und das soll ihr zum Vorteil gerechnet werden, da tüchtige Füße mehrenteils gutes Muskelwerk offenbaren. Z.

247. *An Zelter*

Jena, den 21. Mai 1816.

Deine lieben Briefe erhalte ich hier; die Noten, wofür der schönste Dank, erwarten mich in Weimar. Und jetzt nur einige Worte. Daß Wolffs durchgedrungen sind, freut mich sehr, ihr Beispiel wird Nutzen stiften; es wäre schön, wenn Du mit ihnen und den Besseren etwas für Rezitation und Deklamation tätest. Wer könnte das besser als Du, gerüstet mit musikalischen Kräften und Künsten! Unser Theaterwesen lass' ich nicht ganz fallen; es ist aber aus zu vielerlei widerstreitenden Elementen zusammengesetzt, als daß Glauben, Liebe und Hoffnung dabei stattfänden.

Meine Zustände, nach denen Du Dich freundlich erkundigst, sind auf gutem Fuße. Die Oberaufsicht über alle *unmittelbaren* Anstalten für Wissenschaft und Kunst ist mir mit allem andern, dem Theater pp., geblieben. In utili et honorifico bin ich auch vorgeschritten. Mein Sohn desgleichen, den ich auf einer sehr guten Bahn ruhig und stät vorschreiten sehe. Du siehst, daß ich alle Ursache habe, zufrieden zu sein.

Ein gut Exemplar meiner Werke hebe ich Dir auf und sende es, wenn es beisammen ist, sonst verzettelt sich's.

Daß Du dem Epilog zu »Essex« Deinen Beifall gönnst, freut mich sehr. Die Wolff bat mich um einen Schluß, ich wollte das nicht mit Phrasen abtun, studierte die Geschichte und den Roman, woraus das Stück gebildet ist. Nun hätte ich freilich ebensogut eine neue Tragödie schreiben können als den Epilog, der denn wohl gehaltreich werden mußte.

Denke Dir nun, daß er während der drei Tage der Leipziger Schlacht geschrieben ist, so wird Dir manche ahndungsvolle Zeile noch bedeutender erscheinen.

Herrn Staatsrat Schultz sage, daß sein Aufsatz soeben hier in Schweiggers »Journal«, welches Döbereiner in des bisherigen Redakteurs Reiseabwesenheit herausgibt, abgedruckt werde. Es gibt zirka 3 Bogen. Exemplare folgen baldmöglichst.

Übrigens blickt man in ein wunderliches Gewirre, wenn man in die Verflechtung der politischen, moralischen, Kunst-, Handwerks- und Wissenschaftswelt hineinsieht. Alle Vorteile und Nachteile zu Einer Zeit in allen Fächern. Alles, was Ausdehnung und Vermehrung erleidet, vortrefflich! Was Innigung und Einigung bedürfte, nahe dem Untergang!

Von Beethovens »Schlacht« hörte ich Dich sehr gerne erzählen. Das sind Vorteile der großen Stadt, die wir entbehren.

Staatsrat v. Huf[e]land hat mich sehr freundlich nach Berlin eingeladen, auf künftigen Winter, im Namen des Fürsten Radziwills. Dergleichen Expeditionen werden mir immer unmöglicher. Ich würde nur mir selbst und andern zur Last fallen. Mein Befinden verlangt die größte Gleichheit im Leben und Genießen.

Nun lebe wohl. Die Feder hat mich weiter geführt, als ich wollte. Spare nicht Papier und Dinte gegen mich.

In meinen zwei ersten Teilen findest Du manches Neue, wenn auch nicht alles singbar. Späterhin erscheinen noch allerlei Späße.

NB. Die Rübchen sind glücklich verzehrt, die Komödienzettel gebunden. G.

Geheimem Rat Wolf die besten Grüße.

Wenn Madame Wolff so fortfährt, wie sie eben angefangen hat, kann sie sich leicht die Partei, welche sie gegen sich hatte, beseitigen, welche ohnehin vielleicht nur von solchen ausgeht, welchen *ihre* Rollen abgenommen sind. Man hat mir berichtet, sie sie, als sie letzthin herausgerufen worden, in Dank und Lob eines Publikums überflossen, das, an die überwiegenden Verdienste einer Bethmann gewöhnt, selbst geringere nicht verschmähe, und so weiter.

Wir haben eben den Genuß einer Gemäldeausstellung. Die Giustianische Galerie, welche aus einer Reihe von 171 wohlerhaltenen Stücken besteht, läßt eine für mich belehrende Vergleichung der Malerschulen zu, woraus man sieht, was auch hier der einzelene gewirkt hat und daß das, was man Schule nennt, nicht Lehre, sondern Werk und Wesen ist.

Wer mich zuerst in meinem Sinne beschäftigt, ist der Nicolas Poussin (den ich nur aus Kupferstichen kannte) durch die wunderbare Natürlichkeit, wie innere und äußere Erscheinungen in Übereinstimmung oder in Gegensatz stehn, und eine Praxis, die man schöpferisch nennen muß; nahe daran sieht alles aus, als ob's der Pinsel selber erfunden hätte, und in gewisser Entfernung, als ob's gewachsen wäre. Vorzüglich hat mich bis jetzt die Nummer 138 beschäftigt. Ich lege das Verzeichnis bei, weil mir die Beschreibung nicht gefällt.

Die weiße Kuh imitten des Vorgrundes ist das Schönste, was man sehn kann, wie es nur der höchste der Götter bilden konnte. Sie hat sich, indem sie das Blut des Argus sieht, eben in einen solchen Marsch gesetzt, der die Größe der Landschaft bezeichnet. Nach der Kraft und Bewegung und dem Mute würde man sie für einen Stier halten, wenn nicht eine entschiedene Zierlichkeit das Weibliche herrschen machte.

Die Emsigkeit der Juno, die Augen zu retten, welche ihr vielleicht zu Beobachtung des Gemahls unentbehrlich sind, ist höchst wahr, naiv und weiblich; das Auge knüpft sich gleichsam an diesen Gegenstand fest, um die Ausbildung der unübersehbaren Ferne der Phantasie zu überliefern.

Merkur hebt sich mitten im Bilde wie ein Flor oder Duft in die höhern Regionen zurück. Nahe daran, unterscheidet sich nur eine geringe Fleischfarbe kaum von der Luft, weiter ab ist es ein zierlicher Körper, mit größter Sicherheit gezeichnet.

Dies alles, wie annoch eine zuschauende Gruppe linker Hand, scheint nur da, um eine ruhige breite Landschaft zu zeigen, welche, unter stark belaubten Bäumen durch, im bescheidensten Raume einen unendlichen Raum beherrscht und das Auge in eine Kette blauer Berge lockt und verirret. Zwei Dritteile des Bildes bestehn aus Luft und Wolken, die den Gegenständen die ebenmäßigste Beleuchtung zulassen.

Ein höchst wunderbares Bild ist die Nummer 97 von Caravaggio: ein »amor vincit omnia«. Ein faunenartiger Liebesgott in Jünglingsgestalt zertritt, indem er sich von seinem breiten Herrscherlager erhebt, mit Einem Fuße alles, wonach der Mensch trachtet, um sich nach außen und innen aufzubauen.

Das Bild ist von keiner angenehmen Wirkung; es scheint im Zorne gemalt zu sein: sicher, keck, ja frech, dabei groß und herrlich; man kann nicht loskommen. Es macht einen ähnlichen Eindruck wie »Rameaus Neffe«.

Nummer 98. Ist ein Gegenstück dazu, doch von viel größerer Form: ein geharnischter Genius, den man für einen christlichen halten könnte, hat den Amor niedergeworfen und ist im Begriff, mit aufgehobner Rechte und einer flammenden Rute demselben ein Produkt zu applizieren. Eben auch nicht edel, doch furchtbar groß, und wie das erste: zornig und mit Haß. Das Fleisch ist wirklich lebendig, man kann's nicht lang genug betrachten und fühlt sich gedrungen, einen persönlichen Unwillen des Künstlers vorauszusetzen.

Die Nummer 39 von Tizian scheint eben auch eine persönliche Bedeutung zu haben, vielleicht verschmähte Liebe: ein Wunder von Frauengestalt! Ruhig und fast vornehm, bedeckt sie mit der Linken eine Brust, indem die Rechte Amors Bogen gegen den Boden gekehrt, solchen mit dem schon daranliegenden Zeigefinger zerbrechen will. Amor steht etwas kalt und hält ihr einen Spiegel vor, dessen Anblick die Tat noch aufzuhalten scheint. Es ist ein Bild von unerschöpflicher Anmut und Würde und Rundigkeit und bestens konserviert, man sieht unter der Haut das Blut schimmern.

Von Nummer 5, Michelangelo, läßt sich gar nicht sprechen: wie ein Vogel eine menschliche Gestalt so zierlich, edel, kräftig, weich und natürlich in allen Teilen festhalten und durch die Luft führen kann, das mag wohl allein dem Genius vorbehalten sein.

Nummer 50, von Sebastiano, ist das schönste Bild von der Welt. Durchaus edel im höchsten Sinne des Worts: eine Ehebrecherin, mit der keine Sünde möglich ist. Selbst der Ankläger, eine feiste Priestergestalt und wahrscheinlich ein Abbild, ist erleuchtet von der Huld des schönen Wesens. Dies Bild allein ist soviel wert, wie die Sammlung kostet, und ganz vollkommen erhalten.

Noch lege ich ein zweites Verzeichnis bei, das Dir, wenn man's euch nicht geschickt haben sollte, angenehm sein wird.

Himmelfahrtstag 1816. Z.

249. *An Zelter*

Weimar, den 8. Juni 1816.

Deine Rezension der Bilder, die Dir in der Giustinianischen Galerie am meisten Freude gemacht, war mir sehr lieb und wert. Ich ging auch mit Freund Meyer den Katalog durch und erinnerten uns mancher der darin angezeigten Bilder. Mehrere waren dem gedächtnisreichen Freunde unbekannt. Wahrscheinlich hingen sie nicht in der Galerie, sondern in Zimmern. Fahre auch fort, mich vom Theater zu unterhalten. Über »Romeo und Julia« steht ein sehr vernünftiger Anklang in eurer Zeitung.

So schwankend und albern das Volk im ganzen ist, so klären sich doch gewisse richtige Ansichten gar hübsch in einzelnen Menschen auf; beides ist der großen Bewegung gemäß und denen sich so mannigfaltig durchkreuzenden Richtungen. Meine Geschäfte hier und in Jena gehen eines sehr gemessenen und glücklichen Schritts, auch von außen naht sich manches Gute.

Ob man gleich nichts voraussagen kann, so melde ich Dir doch wenigstens einen halben Vorsatz, in der Mitte Juli nach Töplitz zu gehen. Ganz ohne Badeausflug bringe ich mich nicht durch, da unser cimmerischer Sommer mehr niederhält als aufrichtet.

Daß Du in meinen zwei ersten Bänden mancherlei für Deinen Gaum und manche melodische Anregung finden und erfahren würdest, hoffte ich auf alle Fälle. Ich danke Dir, daß Du mich es versicherst.

Eberwein wies mir Deinen Brief vor, auch der hat mir viele Freude gemacht. Des jungen Mannes Talent kennst Du, es ist ein geerbtes, äußeres und mit nichts gefüttert, weder mit Charakter noch Liebe, weder mit Gefühl noch Geschmack. Deswegen klebt's mit Lust an der Erde und begreift nicht, warum es sich nicht vom Boden heben kann.

Er hat das allerletzte Elend von Prosa in einer kleinen Oper komponiert, mit Behagen und Selbstgenügsamkeit. Was ich mit Faust vorhatte, sollte er nicht begreifen, aber er sollte mir folgen und meinen Willen tun, dann hätte er gesehn, was es heiße. Diese Menschenrasse, die bei so manchen Vorzügen des eigentlichen Besten ermangelt, begreift nicht, warum es mit ihr nicht rucken will; nun suchen sie es durch Intrigue zu erreichen, und augenblicks verletzen sie durch Dünkel und Ungeschicklichkeit den erworbenen Gönner, und so zerstiebt das Märchen, ja sie sind rückwärts statt vorwärts gegangen.

Mit unserm Theater sieht's wunderlich aus, es hat aber etwas Zähes und ein immer sich wieder zusammenfindendes Leben. Keine Einigkeit unter den Gliedern; wie sie aber aufs Theater kommen, schwebt ihnen etwas Gemeinsames vor, an das sie sich halten. Nun lebe wohl, schreibe mir bald und viel.

G.

Wenn ich Dir, derber geprüfter Erdensohn, vermelde, daß meine liebe kleine Frau uns in diesen Tagen verlassen, so weißt Du, was es heißen will.

Den 8. Juni 1816. G.

250. *An Goethe*

Berlin, 16. Juni 1816.

Man wird schreckhaft wie ein Kind; so hat mich gestern das schwarze Siegel Deines Briefes vom 8. dieses (den mir Staatsrat Schultz gab, wie er sein Paket öffnete) stutzen machen, bis ich ihn geöffnet hatte und Deine eigene liebe Hand erkannte.

Wenn es möglich wäre, Dir noch näher zu kommen, noch mehr anzugehören, so wäre es dies, was ich mir aus Deinem

Trauerfall zueignete; aber ich bin längst so ganz Dein und keines andern, daß mich alles, was ich tue und nicht tue, zur Andacht an Dich erhebt und vergeistet, daß ich mich nicht verwundern würde, wenn Dir Ahnungen dieser Art zukämen.

Meine Mutter, die mich wie einen einzigen Sohn liebte, besuchte in meiner Abwesenheit gern meine Stube allein, indem sie behauptete, sie spüre darin eine Bewegung, die ihr mein Dasein vergegenwärtige: ein Tisch knackte, eine Saite riß, ja einmal fiel sogar der Kopf der Niobe von seinem Konsol auf die Erde, der glücklicherweise ganz ausgegossen war und deshalb wenig Schaden litt.

Das Originalgemälde von Terburg, dessen Du in den »Wahlverwandtschaften« gedenkst, ist unter der Giustinianischen Sammlung, sehr wohl erhalten, und ich habe es seiner Natürlichkeit und schönen Ruhe wegen, mit der es gedacht und gemacht ist, so oft betrachtet, daß ich, um mir das Gefühl zu verlängern, eben wieder die »Natürliche Tochter« und nachher die »Wahlverwandtschaften« von Anfang bis zu Ende durchgelesen, ja durchgenossen habe.

Daß Dir Eberwein meinen Brief vorgezeigt hat, gefällt mir von ihm, weil ich ihm darin eigentlich den Kopf waschen wollen über ein ganz verrücktes Räsonnement in seinem Briefe, das Ein Narr dem andern nachplaudert, ohne dabei einen Gedanken zu haben.

Im Theater bin ich seit mehrern Wochen nicht gewesen, wie man denn auch darin seine Ruhe gebraucht, um nicht auszuwildern. Komme ich dann wieder, so bringe ich frisches Blut mit und neuen Willen, mir gefallen zu lassen, was gefallen will.

Meine Abreise ins Bad hängt, den cimm[e]rischen Sommer dazu gerechnet, von der Ankunft der Madame Catalani ab, da denn doch der Professor über den Patienten geht. Wir hoffen diese Sängerin binnen acht Tagen bei uns zu haben.

Mein Urlaub ist da, meine Kinder haben mich bis auf drei verlassen, und ich bin, wenn Gott will und meine Creditores, ein Freiherr.

Spätestens denke ich den 26. dieses Monats von hier ab über Halle und Jena nach Weimar zu kommen. Einige Tage dächte ich in Jena zu verharren und durch Weimar nur durchzufahren, besonders wenn ich so glücklich wäre, Dich in Jena anzutreffen.

Nach Teplitz möchte ich darum nicht gehn, weil ich da eben das zu finden fürchte, was mir hier lange Weile macht. Die Wohnungen sollen über Maß teuer und überhaupt kein bequemes Unterkommen sein. So auch in Karlsbad.

Wie denn, mein Guter, wenn auch Du Dich entschlössest, mir wieder nach Wiesbaden zu folgen, woselbst ich Dir Dein Quartier bestelle?

Geheimer Rat Wolf – hat sich eine Sommerwohnung in Charlottenburg genommen und ist toll, daß es nicht aufhören will zu regnen; doch ist es warm seit 8 Tagen, und das ist schon etwas.

Auf allen Fall schreibe ich vor meiner Abreise noch einmal, um Dich womöglich in Jena zu finden.

Künftigen Montag haben wir wieder eine Probe vom »Faust«. Meine Prophezeiung scheint eintreffen zu wollen: wir rücken nicht fort. Der gute Komponist gefällt sich in dem, was da ist, ja was nebenher ist, so sehr, daß sich die Idee des Ganzen in eine Übersättigung des Einzelnen verquellt, wo denn alle froh sind, daß sie gelegentlich alles zu kennen glauben, um nachher wieder das alte Wesen mit neuer Lust fortzusetzen; wofür mir gar nicht um Hülfe bange ist, da man den Herrn v. Kotzebue erwartet, Merkel schon hier ist, und so weiter.

Abends. Das Schauspiel habe ich auch wieder besucht, um eine Madame Krickeberg aus Königsberg, die Gastrollen spielt, zu sehn. Die Frau spricht gut und rund, ist aber leider etwas zu stark an Jahren vorgerückt. Doch tut sich ein junges

Mädchen, Luise Rogée, bei uns gar vorteilhaft auf. Sie hat eine natürliche, klingende, fließende, leidenschaftliche, anmutige Sprache, sieht wohl aus, doch ist sie etwas zu klein. Das Stück, »Die Unvermählte«, ist eine ganz läppische Tugendsonata und schmeckt wie Bouillon von Kalbsfüßen. Nach dem zweiten Akt ließ ich mir ein Glas Rum geben und ging meines Weges. Z.

251. *An Goethe*

Wiesbaden, 15. Juli 1816.

Gestern mittag bin ich hier angekommen und heut früh habe ich Dir ein stilles Quartier in der »Rose« festgemacht, habe es aber noch nicht gesehen, weil der Bewohner nicht beihanden war. Das Wetter ist gestern und heut sehr schön und wird gewiß noch besser.

Eben komme ich vom Großherzog von Weimar, den ich wohlauf und im Begriffe fand, nach Baden abzugehn, von wo er noch einen Abstecher nach Eger zu machen gedenkt.

Drei Tage bin ich in Frankfurt am Main gewesen, woselbst ich meinen Neuestchristen abgeschüttelt habe, der mir manche langweilige Stunde gemacht hat.

Friedrich Schlegel und Frau habe ich besucht und mit ihnen zu Mittage gespeist. Wie dieser mit Deinen Rhein- und Mainansichten zufrieden ist, werde ich wohl nicht zu verkündigen brauchen, wiewohl ich nur mit der Frau über diesen Gegenstand gesprochen habe. Doch wie sie beide aufs reine Fleischergewicht heruntergekommen sind, das ist höchst traurig und ein schmähliches »ecce homo«.

Nachmittag. Deine Wohnung habe ich nun gesehen: es sind zwei artige ruhige Stuben à 2 Fenstern, eine Treppe hoch, die eine nach der Langen Gasse, die andere gegen den Berg hin. Der Bediente wohnt drüber in der Mansarde. Der

Preis ist: wöchentlich 2 Karolin und für die Bedientenstube besonders 3 Gulden. Da ich das Logis von morgen an gemietet habe, so laß mich daher ohne Aufschub Deinen Willen wissen; kommst Du selbst bei Tag oder Nacht, so findest Du es offen. Es ist das Querhaus der »Rose«, das frei steht und ruhig und sogar vor fremden Feuer sicher ist.

In Offenbach bin ich zwei Nachmittage bei André gewesen, dessen Vater ich gut gekannt habe. Sie haben sich auch hier zu einer Singgesellschaft vereinigt und natürlich die Sache mit der Freiheit angefangen, indem sie das Pferd beim Schwanze führen. Übrigens verstehn sie alles so gut, daß ich mich wohl gehütet habe, es nicht vortrefflich zu finden; wie denn der Offenbacher Schnupftabak und einige sehr artige Mädchengesichter nicht zu verkennen sind.

Das Possierlichste ist die Keckheit, womit sie Nachsicht fordern und doch auch wieder ein aufrichtiges Urteil verlangen und zugleich viel gelten wollen; ja sie würden nicht erröten, wenn man ihnen sagte: so etwas Schönes sei einem im Leben noch nicht vorgekommen.

Wenn Du herkommst, sei doch so gut, die beiden kompletten Sammlungen meiner Lieder mitzubringen, wenn Du sie noch hast. André hat mich mit seinen Kompositionen beschenkt, und ich sollte ihm wohl was dagegen geben. Von Berlin aus schicke ich Dir andere dafür.

Dienstag. Früh. Humboldt habe ich in Frankfurt besucht. Er war sehr liebenswürdig und erwartet seine Familie aus Karlsbad. Auch Christian Schlosser habe ich besucht und ihn so wiedergefunden, wie ich ihn verlassen. Er und Friedrich Schlegel loben einander nicht schlecht; mit seinen geistlichen Unternehmungen scheint er kein Glück zu machen.

Neue Bekanntschaften habe ich noch nicht gemacht und nicht darnach gesucht. Unterdessen beschäftige ich mich damit, Dein byzantinisches Wesen recht durchzukauen, da keiner von uns sich vorgestellt hat, daß Du die Sache da anfangen würdest. Aus diesem Punkte fange ich an Augen zu kriegen, da die Kunst des Mittelalters durch Vergleichung und Vermischung nationeller Fähigkeiten und Berufsneigungen nie zu unserer Erkenntnis kommen kann.

Dein Z.

Der Großherzog ist gestern nachmittag abgereist.

252. *An Zelter*

Kaum hattest Du mich verlassen, mein Teuerster, als der Versucher zu mir trat und zwar in mancherlei Gestalt, und so gelang es ihm, mich zu überreden, daß ich nach Baden am Rhein gehen müsse, wohin ich mich auch morgen über Würzburg und Heidelberg begebe, ohne einen Brief von Dir gesehen zu haben.

Die vielfache Geschäftigkeit des Ordnens und Ablösens hat mich um die letzten Tage betrogen, womit ich denn sehr zufrieden bin, denn, aufrichtig zu gestehen, meine Lage ist mir noch gar zu fremd und wunderlich. Mache Dich nun, sobald als Wiesbaden seine Pflicht getan hat, rheinaufwärts, wo wir uns denn wohl irgendwo treffen. Hofrat Meyer geht mit mir. Es wäre sehr löblich, wenn ich einen Brief von Dir bei den Gebrüder Boisserée in Heidelberg fände, auf alle Fälle wird er mir nachgeschickt. Nun lebe wohl, denn es schwirrt noch gar manches um mich her. Geheimerat Schinkel war auf kurze Zeit hier, doch habe ich mit ihm angenehme und lehrreiche Stunden zugebracht.

Laß Dir Hofrat Sartorius und seine Frau wohl empfohlen sein. Es sind sehr wackre und brave Menschen, mir alte geprüfte Feunde.

Schreibe mir, ob sonst ein Bekannter und sonstiger Badegast sich daselbst befindet, und nun nochmals Adieu!

Weimar, den 19. Juli 1816. G.

Unterm 19. ist ein Brief an Dich abgegangen, worin ich meinen Entschluß, nach Baden zu gehen, vermeldete; Cotta hatte mir daselbst im »Badischen Hofe« ein Quartier bestellt. Heute erhalte ich Deinen lieben Brief, der mir anzeigt, daß Du mir in Wiesbaden in der »Rose« gleichfalls ein Unterkommen besorgt hast. *In meines Vaters Hause sind viele Wohnungen*, wer weiß aber, welche ich beziehen werde, da man mir heute durch einen Boten in *Tennstedt* das dritte bestellt hat! Wende das Blatt um und lies die lamentable Geschichte. Was der Mensch denkt, wird anders gelenkt, es sei nun, daß sich die obern oder untern Dämonen dareinmischen. Sobald ich in Tennstedt angelangt bin, in Gottes großer Kaserne mein Käfterchen (nach neuer deutscher Mundart: meine Kofe) bezogen habe, sende ich einen Brief an Dich. Denn dieses Tennstedt liegt nicht außerhalb der Welt; Du findest es auf jeder Postkarte, zwischen Langensalze und Weißensee, auf dem Wege nach Leipzig. Ich sehne mich unsäglich ins Wasser, und zwar diesmal in Schwefelwasser, denn weder Gelenke noch Haut wollen mehr dem Willen gehorchen und spielen ihr eignes unbequemes Spiel. Antworte mir sogleich nach genanntem Ort, wohin von Erfurt aus schnelle Spedition ist. Eh' ich reise, schick' ich ein Exemplar Deiner Lieder an André nach Offenbach. Ich freue mich sehr, daß meine byzantinische düstre Ableitung Dich hat anziehen können; ohne dergleichen Begründung und Ableitung ist alles Urteil Narrensposse, und damit ist's noch nicht getan, denn es gehört noch ein ganzes Leben Betrachtung und Tat hinzu; deshalb gönn' ich niemanden die Oberfläche der Erde lieber als dem Pfuscher, der mit behaglicher Heiterkeit *Nachsicht* fordert, mit scheinbarem Ernst ein *aufrichtiges Urteil* verlangt und mit bescheidener Anmaßung *recht viel gelten will.* Möge mein Kommentar gegen Deinen Text dankbar sein.

Es ist mir diese Tage viel Gutes und Liebes widerfahren. Älter gewordene, seit 25 Jahren nicht gesehene jüngere Freunde kamen unversehens und freuten sich, vieles an der alten Stelle und manches Vorgeschrittene vorschreitend zu finden. Am Abende des 20., da ich mit Protest zurückgewiesen wurde, fand ich Chladni, der, die Meteorsteine und die Klangfiguren hartnäckig durcharbeitend, sich ein großes Verdienst macht. Er arbeitet für eine Zeit, wo man sich wieder freuen wird, von andern zu lernen und dankbar zu benutzen, was sie, durch Aufopfrung ihres Lebens, mehr für andere als für sich gewonnen haben. Wenn man jetzt sogar vorzüglichen Menschen von etwas spricht, was sie durch Überlieferung lernen sollten, so versichern sie mit bescheidenem Ernst, sie hätten noch nicht Zeit gehabt, es zu untersuchen.

Gebe Dir Gott wenig gelehrige Schüler, damit doch etwas von Deinen Tugenden auf der Erde bleiben möge; die andern aber, die sich dem Höchsten gleich stellen, indem sie, auf den ersten Stufen krabbelnd, dem Scheine huldigen, die laß ja in ihrer Behaglichkeit, denn es wäre Sünde, ihre Welt zu zerschlagen.

Man sollte eigentlich nicht wiederkehren, wenn man abgeschieden ist, doch diesmal gelang es mir noch, der Unterschied war nur um wenig Stunden. Indessen ist es doch wunderbar: das Leben krallt sich gleich wieder an, und ich habe gerade durch die Hast des Zustandes, weil man mich gleich wieder zu verlieren gedenkt, soviel erfahren und gewirkt als sonst in Wochen.

In meinem Hause sieht's ganz freundlich aus. August, wie Du ihn kennst, greift in alles ganz verständig ein; wir haben in wenigen Stunden Fundamente zu künftigen Winterunterhaltungen gelegt. Chemische und physische Fördernisse sind mir auch geworden, so daß ich nicht weiß, ob ich mich beklagen soll, heute abend nicht in Würzburg einzutreffen.

Herrn v. Hundeshagen grüße zum allerschönsten, danke für seinen Brief, ich werde nächstens schreiben.

Weimar, den 22. Juli 1816. G.

Hast Du Auslagen wegen des bestellten Quartiers, so erstatte ich sie mit Dank.

Am 20. dieses früh 7 Uhr fuhr ich von hier ab; um 9 Uhr, kurz vor Münchenholzen, warf der ungeschickteste aller Fuhrknechte den Wagen um, die Achse brach, und der gute Meyer wurde an der Stirne beschädigt. Das heftige Bluten der Wunde schien mir bedenklich, wir rafften uns, so gut wir konnten, aus dem Wagen. Hier war nichts zu tun, als Sukkurs von Weimar zu berufen, welcher denn auch nach einigen Stunden ankam, die wir, glücklicherweise bei heiterem Himmel, im Freien zubrachten.

Meyers Wunde hat nur die Haut gespalten und ist nicht gefährlich, doch unter vierzehn Tagen an keine vollendete Heilung zu denken; dadurch würde eine ohnehin etwas weit ausgreifende Reise verspätet, und ich habe mich daher, um den besten Monat nicht zu verlieren, ganz kurz entschlossen, nach Tennstedt zu gehen. Hofmedikus Rehbein, der diese Wasser genau kennt, bestärkte mich darin und verspricht mir die beste Wirkung.

Hatte man mir doch vor einigen Jahren ähnliche Quellen angeraten. Was mir den Gedanken sehr annehmlich machte, war die Nähe von Weimar; sobald Hofrat Meyer geheilt ist, folgt er nach.

Weimar, den 22. Juli 1816. G.

254. *An Goethe*

Wiesbaden, Freitag, 26. Juli 1816.

Dein Quartier in der »Rose« habe ich noch gestern abend, sobald ich Deine Briefe vom 19. und 22. dieses gelesen, abbestellt und heute dafür 13 Gulden bezahlt, ein Preis, der nicht zu groß sein würde, wenn Du etwas dafür genossen hättest, denn das Quartierchen schien mir recht für Dich zu passen.

Hofrat Sartorius, dessen Brief vom 19. ist, konnte aus der Sache durchaus nicht klug werden, bis ich ihn durch meine Briefe zur Klarheit brachte. Er und seine angenehme Frau grüßen Dich bestens und nehmen Anteil an Deiner unglücklichen Fahrt, die am Ende noch glücklich zu nennen ist, da es noch unglücklicher hätte abgehn können.

Jetzt, abends 9 Uhr, komme ich eben aus einem Konzerte, das Eberwein und der Tenorist Moltke im Kursaal gegeben haben und dem ich nur eine größere Zuhörerschaft gewünscht hätte, denn besonders Eberwein hat mich durch sein Violinkonzert sehr zufrieden gemacht: sein Ton war rein, weich und elastisch; es fehlt nicht an Fertigkeit und Haltung, und das Konzert aus D-Moll von seiner eigenen Arbeit ist in den zwei letzten Stücken über alle Erwartung gut ausgefallen. Moltke hat eine reine süße Stimme, zwei Oktaven Umfang, und es fehlt nicht an Vortrag. Da singt der gute Mensch aber Arien vom *Paer* und *Generali*, die für andre expreß gemacht sind und ihm wie ein Brett vorliegen und nicht zum Munde herauswollen. Ich möchte wetten, der hat den Brizzi gehört und glaubt nun, er könnt's ihm so nachorgeln, mir nichts dir nichts, aber mit nichten! das granito fehlt, das Runde, kurz die Schule. Sänge er Deutsch, wie's einem Deutschen und seiner Stimme zukommt, er müßte, dächte ich, gefallen, was ihm wenigstens heut nicht geworden ist.

Hundeshagen habe ich Deinen Gruß bestellt, er war in Mainz gewesen und arbeitet an einer Beschreibung dieser Festung. Sein Plan, der recht gut gestochen ist, wird Dir bekannt sein. Er ist noch unzufrieden mit seiner Lage, die vielleicht, wenigstens unter seinen Umständen und Ansichten, nie anders wird. Es scheint mir, als arbeite er unstät und durcheinander, indem er überall was zu leisten sich unternimmt. Einige Grundrisse von Gebäuden, die er mir gezeigt hat, sind sehr mangelhaft in Treppen und Feuerungen, wie mir denn allemal angst wird, wenn ich das Bauwesen hier mit ansehe: sie bauen alles so, als wenn sie nur versuchen wollten, ob's so wohl halten würde; endlich helfen sie sich mit dem Zimmermann, indem sie von Holz bauen, und dieser wieder hilft sich mit den Nägeln; der Verband selbst taugt den Teufel nichts.

Bis den 5. August bleibe ich nur noch hier und gehe dann nach Baden. Wenn Du mir hieher noch schreiben kannst, würde mir's sehr lieb sein. Madame Bohn und Mademoiselle Betty Wesselhöft aus Jena sind hier und baden, und mit ihnen habe ich einige Spaziergänge gemacht, die eben nicht vom Wetter sind begünstigt worden.

Ein Maler aus Holland wohnt im »Adler«, der die Leute abmalt. Ich bin bis jetzt noch so davongekommen. Hundeshagen und der Kellner im »Adler« sehn ganz verwünscht aus; man könnte am Ende noch schlechter wegkommen wie Meyer mit seinem Loche im Kopf, das wächst doch wieder zu.

Und nun Gott befohlen! Diesen Brief hätte ich schon gestern früh abgesandt, doch wollte ich gern erst unsre Virtuosen hören, um briefliche Gedanken zu erhaschen, denn man erfährt hier nichts. Bei Tische streiten sie zu zwei und zwei über Paulus und seine Briefe, Politik, Staatswirtschaft, Himmel und Hölle. Lesen tu' ich auch: das »Taschenbuch der Sagen und Legenden« der Madame Helvig und

Fouqué. Es ist ein tristes Wesen und nichts als die reine Hülfe. Man schläft ein dabei und hat schlechte Träume, und dazu die verfluchte Musik, die einen rasend machen würde, wenn's die lange Weile zuließ'!

Mademoiselle Maaß, die in Berlin ihren Abschied genommen hat, ist hier; ich habe ihr von Dir gesagt, was Du mir über sie nach Berlin geschrieben hast, worüber sie sehr zufrieden war. Sie hofft, wenn ich nicht unrecht gehört habe, in Darmstadt unterzukommen, aber sie leidet am Halse, den sie hier erst kurieren will. Lebe wohl! der Brief muß auf die Post. Heut ist Sonnabend.

Dein Z.

255. *An Goethe*

Wiesbaden, 1. August.

Das Wetter ist so unartig sommerlich, daß ich mich nicht wenig über die gute Wirkung des Bades an mir zu wundern habe. Der Arzt aber verlangt, daß ich eben deswegen noch hier verharren und einen erträglichen Zustand nicht mit einer schlechten Reise verderben soll. Daher bleibe ich noch bis zum 12. dieses hier und gehe dann nach Darmstadt, wo ich vielleicht acht Tage verharre. Briefe werden mir nachgeschickt, können also immer hieher gesandt werden.

Indem ich Dein Büchlein wieder und wieder lese, sitze ich immer fest bei der Stelle: *»Nur Byzanz blieb noch ein fester Sitz für die Kirche und die mit ihr verbundne Kunst.«* Es fehlt mir hier an historischen Hülfsmitteln, die ich mir wohl zu Hause eher zu verschaffen und zu erfragen weiß: Was war Byzanz? Wo war es? – Kannst Du mir darüber nach Deiner und meiner Art in kurzen oder wenigen Worten Aufschluß geben, so laß Dich meine Unwissenheit nicht verdrießen und belehre mich. Alles Vorige und Folgende ist mir so klar und gerecht und hinlänglich, daß ich mich schämen würde, das Geringste nicht zu wissen, wenn es von mir zu verlangen wäre, da ich es an Arbeit und Nachdenken wohl nicht habe fehlen lassen, was jedoch alles nicht hinreicht, wenn man keine einsichtige Vor- und Mitarbeiter hat.

Wenn die Bilderkunst, auch in der rohesten Ausartung, eine kirchliche Angelegenheit von Natur ist und einen Bildungsgeist zur Bedingung hat, der nichts anders als der lebendige Odem ist, der sich durch Klang und Ton offenbart und wie ein ewiger Quell Zunge und Lippen in Vibration setzt, so geraten wir auf ein Paternoster, Kredo, Tedeum, Kyrie, Gloria, Agnus und so weiter, welches den Namen der Heiligen, die auf den Bildern stehn, recht gut an die Seite gesetzt werden mag. Auch das Mumienhafte des musikalischen Stils noch im 15. und 16. seculo trifft zu, dem zufolge das Äußere, Melodische regelmäßig, treu, ernsthaft, gegliedert, aber hohl, leblos und traurig dasteht und völlig gemäß ist dem Dienste einer Kirche, die sich nur äußerlich noch zu erhalten strebt.

Hier fehlt in der Geschichte der Musik die Brücke vom Antiken zum Neuen, die sich aber nachher selbst konstituiert hat durch eine ebenso gegliederte Harmonie, welche Jean Jacques Rousseau eine gotische barbarische Erfindung nennt, wie er sie sah, und darin nichts anders als einen überfüllten Unterleib erkannte, der außer Proportion gekommen ist mit dem allgemeinen Gliederbau.

Um nun hierin klarzuwerden, müßte man ebenso dreiste, ja kühne Schritte ins erstarrte Kirchliche tun können, wie Du hier getan hast, und wo wieder mancher Tag ins Land kommen wird, ehe man wird sehn wollen, was vor uns liegt.

Ich lasse dies abgehn, ehe ich von Dir Nachricht habe auf meinen ersten Brief nach Tennstedt. Lebe wohl und laß mich wissen, wie sich der gute Meyer befindet. Dein

Z.

256. *An Zelter*

Dein zweiter lieber Brief liegt nun auch vor mir, und ich schreibe gleich. Eh' ich mich gefaßt hätte, wollte ich nichts sagen: denn ich war über die gehäuften Übel doch ein wenig auseinander. Nun aber geht's wieder ins Klare und Glatte. Meyer ist beinahe geheilt und wieder bei mir. Das Bad bekommt mir sehr wohl, es ist ein Schwefelwasser, das sich dem Weilbacher nahezu vergleicht. Es wird gebadet und getrunken. Der Ort ein heitres Landstädtchen, nach sächsischer Art. Sehr anmutig gelegen. Auf den nächsten Höhen sieht man den Ettersberg und Inselsberg, man findet sich recht mitten in Thüringen. Auch gelingt mir manche Arbeit. Unser Rochusfest von 1814 ist so gut als fertig. Es soll den zweiten Heft beleben. Ich möchte Dir es gern vorlegen, daß es recht vollständig würde. Einiges mag mir entgangen sein.

Daß Du meine Ableitung der neuen Kunst aus der alten so freundlich aufnimmst, freut mich sehr. Ich bin mir überzeugt, einen guten Grund gelegt zu haben. Dein Parallelism mit der Musik ist sehr willkommen.

Byzanz steht für *Konstantinopel*, es ist der alte Name, paßt besser in den Stil und wird in Sachen der bildenden Kunst gewöhnlich gebraucht.

Schreibe mir doch den skizzierten Parallelismus etwas ausführlicher fürs zweite Heft, damit das Fruchtbare solcher Ansichten erscheine. Denn die lieben Deutschen kenn' ich schon: erst schweigen sie, dann mäkeln sie, dann beseitigen, dann bestehlen und verschweigen sie.

Soeben erhalt' ich auch von Jena vier erste Aushängebogen der »Italienischen Reise«. Der erste Brief datiert den 3. September 1786. Was sagst Du dazu?

Mir ist es wundersam und rührend zu sehen, was wir für arme Narren sind, die wir es so bitter ernst nehmen, und doch sind wir im besten Sinne Narren in unsern Sack. Und nun lebe wohl! Plane mag ich nicht machen. Unter vier Wochen geh' ich hier nicht weg, wenn mich der Engel des Herren nicht beim Schopfe faßt. Wo möglich laß uns auf Deiner Rückkehr zusammentreffen.

Tennstedt, den 9. August 1816. G.

257. *An Goethe*

Heidelberg, 20. August 1816.

Deinen lieben Brief aus Tennstedt vom 9. dieses fand ich gestern bei Boisserée. Ich schreibe Dir so bald, damit Du weißt, wo ich bin, und wir im Zusammenhange bleiben. Noch habe ich nichts gesehen und kann auch über das Verlangte in diesem Augenblick keine Auskunft geben, weil ich die Sache lange noch nicht gründlich genug durchdacht habe, so gewiß sie ist; doch werde ich schon darauf kommen und es Dir alsdann mitteilen. Gestern abend bin ich bei Voß gewesen, wo Madame Paulus Dein Gedichtchen über die neupoetischen Katholiken zu allgemeiner Freude zum besten gab.

Um 10 Uhr geh' ich zu Boisserée, um die Herrlichkeit dieser Zeiten anzuschauen. Wenn ich nur nicht so gar viel Zeit zu solchen Dingen brauchte! Gott weiß, wie's andere machen, die das gleich weghaben, indem ich mich alle Augenblicke auf mich selbst besinnen muß.

In Darmstadt bin ich sechs Tage gewesen und habe viel Freude und Liebe genossen. Man hatte Dich schmerzlich erwartet, und der gute Großherzog kennt keine größere Freude, als andere teilnehmen zu lassen an das, was er mit wahrhafter Neigung und Liebe pflanzt und baut. Schleiermacher ist ein verständiger, fleißiger, ordentlicher und dienstfertiger Mann, wie ich lange keinen gesehn habe.

Auch habe ich noch einmal von Darmstadt aus einen Abstecher nach Frankfurt gemacht, um die Catalani singen zu hören. Was ich darüber öffentlich zu bemerken bin veranlaßt worden, lege ich bei, damit Du auch etwas davon abkriegst. Auch habe ich etwas davon genossen, wie sich die Frankfurter in solchen Fällen zu äußern pflegen, was mir einen ganz vollständigen Spaß gewährt hat. Die Kritik bezog sich ganz besonders auf ihr Alter zwischen 32, 38, 42 Jahren, über ihre Prätension auf Frankfurts Dukaten, und ob sie denn wirklich die größte aller Sängerinnen sei, die leben und gelebt, weil, da man doch jünger sein könne, man auch wohl noch höher und tiefer singen könne, und so weiter.

In Darmstadt habe ich Grüner kennen lernen, der sich bestens empfiehlt; wir haben uns aber in diesen Tagen der Zerstreuung wenig gesehen. Einer Probe, welche der Herzog in Person mit der Oper »Romeo und Julie« von Zingarelli abgehalten hat, habe ich mit größter Teilnahme beigewohnt.

Dieser Direktor ist schwer zu befriedigen, und es mußte vieles wiederholt werden, wo jedesmal was anderes herauskam. Die Ehre, welche mir damit widerfahren ist, muß ich aufs höchste schätzen, denn der Großherzog schien (da er mich in Person zu dieser Probe seiner Proben eingeladen hatte) es darauf angelegt zu haben, meine Zufriedenheit davonzutragen, die ich ihm, sooft er darnach fragte, aus vollem Herzen gewähren durfte. Daß es einen Unterschied gibt zwischen einen herzoglichen Kapellmeister und einen Kapellmeisterherzog, kann er nicht wissen, weil er's nicht erfahren kann. Die Exekution selbst am Sonntage war das Genaueste, was man hören kann, und besonders Grüner hat auf das Mädchen, welche die Rolle des Romeo singt, vorteilhaft gewirkt.

Sei so gut und schreib mir nach *Baden*, wohin ich den 25. dieses von hier abgehe. Ich weiß wohl, daß Du jetzt keinen

Schreiber hast, doch zu einigen Zeilen wird sich die Hand ja wohl brauchen lassen. Was mir höchst leid ist, ist, daß ich den Herrn Moller nicht in Darmstadt angetroffen habe, weil ich dadurch des Anblicks beraubt bin, die Zeichnung des Cölner Doms zu schauen. Die Art, wie die Stadt nach und nach angebaut wird, ist klug, sicher und bequem, gegen Feuer, Belagrung und solchen Übeln, und sticht gewaltig ab gegen die Fenstera[r]chitektur in Frankfurt und Wiesbaden, wo man auf Unkosten der Bequemlichkeit und Sicherheit *teuer* baut, um auch hier die Reichen in Galla zu bewundern.

Lebe wohl! grüß' Meyer und schreib bald ein'ge Worte, damit ich wieder zu antworten habe. Ewig Dein Z.

258. *An Goethe*

Heidelberg, den 22. August 1816.

Ein Antikritikus, Kanne, glaub' ich, heißt der große Mann, hat eine meiner vor vielen Jahren geschriebenen Rezensionen angezapft, daß darin sei, was nicht im Werke wäre, und daß man durch Deduktionen solcher Art in jedes Werk legen könne, was man wolle. Dies Werk ist Händels bekannter »Messias«, dessen Text aus lauter wörtlichen Bibelstellen zusammengesetzt, eine komplette Messiade enthält.

In der Rezension hatte ich das Werk in Stationen geteilt: 1) die Verkündigung des Messias durch die Propheten; 2) die Geburt, 3) das Leben, 4) das Leiden und der Tod, 5) Auferstehung und Himmelfahrt, und dabei bemerkt, daß es zyklisch von oben abgeleitet und nach oben zurückgeführt sei und sich hiedurch von frühern Kunstwerken dieser Art absondere, besonders aber noch dadurch: daß das Ganze im Ton und Haltung sich immer auf den Totalbegriff der Erlösung und Befreiung aufwinde, Leiden und Tod aber ganz temporär und vorübergehend sei.

Dies alles (»meint der Patriarch«) soll nun Vision sein und ich sollte den Komponisten, mich und das Publikum belogen haben.

Nun finde ich gestern bei Boisserée ein Bild von Hemling, als wenn's nach meiner Rezension gemalt wäre, und habe mich nicht satt daran sehen können.

Die 3 Berge der Sternseher sind ein unendlich großer Gedanke und das ganze Bild durch und durch einmal wieder ein Anlaß, unsern deutschen Vätern das niederträchtige Knie zu beugen und Franzosen und Italiener dem zu überlassen, der sie gemacht hat. Leider habe ich nun auch noch wenig gesehen, weil ich gar viel Zeit brauche zu solchen Dingen.

Den 25. August gehe ich, über Karlsruh (wo ich auch ein paar Tage zu bleiben gedenke), wiewohl Weinbrenner nicht anwesend ist, nach Baden und wünsche besseres Wetter zu finden als hier.

Paulus' Tochter hat sich sehr solid aufgebaut und spielt den Sebastian Bach nicht ohne Vorteil, wiewohl sie noch (freilich wie wir alle) äußerlich auf diesem Globus umherwandelt und graset.

Gestern mittag sind Madame Bohn und Mademoiselle Wesselhöft aus Jena von hier nach Stuttgart abgegangen. Wir haben sowohl hier als in Darmstadt in Einem Hause Freude und Leid miteinander geteilt, und nun schwärme ich zwischen Gewässer, Berg und Tal und Weinfässern allein umher. An dem alten Schlosse gibt es allerlei zu raten, und es ist schade, daß es einer solchen Verwüstung entgegensieht, woran zugleich das Material schuld ist, denn der rote Sandstein, welcher sehr schön aussieht, gegen Schnee und Regen nicht Stich hält, ja sich ordentlich auswäscht, besonders wo er durch stumpfe Meißel verprellt ist. Man wandelt sehr vergnüglich auf der schönen Höhe, und die Fassade nach der Stadt ist in der Tat sehr schön, reich, keck und zierlich.

Laß doch ja von Dir hören, damit wir im Zusammenhange bleiben. Man trauert hier über Dein Ausbleiben und begreift nicht, wie Du in dem Schwefelneste dauern kannst. In Baden erst werde ich sagen können, wie weit meine Kasse reicht, weil ich gern bis Zürich gehen möchte. Auf Dein zweites Rhein- und Mainheft freue ich mich. Wenn Du doch bei Gelegenheit des *Rochusfestes* etwas von der *Predigt* im Freien wo nicht wiederholen, doch auslegen möchtest! ich glaube, Du würdest es zu stellen wissen und dem guten Prediger zu der Ehre verhelfen, etwas Gescheutes gemeint zu haben. Sonst wüßte ich nichts in Erinnerung zu bringen, da alles in sich selbst aneinander hing. Ich wüßte eher vielleicht das Ganze nach meiner Art aufzustellen als einzelnes auszuheben. Es war nichts Gemachtes, Berufenes; alles floß natürlich, ungefordert, notwendig zusammen und wieder auseinander wie eine schöne Vision, und ich glaube, so hast auch Du es empfunden; denn Du warst gerührt mit Freuden, wie Du des schönen Tages noch gern gedenkst.

Dein

Z.

259. *An Zelter*

Tennstedt, den 28. August 1816.

Gestern kam Dein lieber Brief zu rechter Zeit, damit ich mich heute daran erfreuen und mich mit Dir unterhalten sollte. Diesen meinen Tag feire ich in besonderer Einsamkeit. Hofrat Meyer, der vier Wochen bei mir verweilte, und Geheimerat Wolf, der auf anderthalb Tage einsprach, gingen heute früh weg, und so bin ich mir selbst überlassen.

Beide genannte Männer, jeder von großen Vorzügen, sind im Umgang die verschiedensten. Der erste, obgleich seiner Sache ebenso gewiß wie der andere, wird niemals eine

Gesellschaft verderben, weil er zu schweigen und zu lenken weiß; der zweite dagegen hat sich auf die seltsamste Weise dem Widerspruch ergeben, daß er alles, was man sagen kann, ja alles, was dasteht, hartnäckig verneint und einen, ob man gleich darauf gefaßt ist, doch endlich zur Verzweiflung bringt. Eine solche Unart wächst von Jahr zu Jahr und macht seinen Umgang, der so belehrend und förderlich sein könnte, unnütz und unerträglich; ja man wird zuletzt von gleicher Tollheit angesteckt, daß man ein Vergnügen findet, das Umgekehrte zu sagen von dem, was man denkt.

Man kann sich vorstellen, was dieser Mann als Lehrer in früherer Zeit trefflich muß gewirkt haben, da es ihm Freude machte, tüchtig positiv zu sein.

Deine schöne Erfahrungen und Genüsse gönne ich Dir; Du verdienst, die Welt zu sehen und Dich ihrer zu erfreuen, da Du sie verstehst und billigen Teil an ihr nimmst.

Deinen Aufsatz über die Catalani, Milder und Mara habe mit Freuden gelesen. Die Menschen begreifen niemals, daß schöne Stunden sowie schöne Talente müssen im Fluge genossen werden.

Wie absurd sich die Leipziger bei dieser Gelegenheit benehmen, haben Dir die Zeitungen schon verkündiget. Es täte Not, daß man solchem verfluchten Volke die Gaben Gottes in Spiritus aufhübe, damit sie solche bei Gelegenheit vergleichen und eine der andern unterordnen könnten.

Die alte niederländische Kunst, wie Du sie in Heidelberg geschaut hast, wird Dir großer Gewinn sein, eben weil Du damit nicht fertig werden willst. Lies mein Heft wieder und immer noch einmal, eben weil Du die Sache selbst gesehen hast. Ich wollte diese Angelegenheit nicht abtun: denn wer kann und darf das? Ich weiß auch, daß niemand recht mit mir zufrieden ist; aber das weiß ich auch, daß der Verstand hier einen Weg ins Holz finden kann.

Ich bin in diesen Tagen veranlaßt, einige Blicke ins

Deutschtum zu lenken, und nach meiner Art kann ich nicht lassen, sogleich einige Schritte zu tun. Kann ich Dir dabei etwelche Balladen erhaschen, so soll es mein größter Gewinn sein. Der Angelegenheit selbst will ich auch gerne dienen, nur ist mir das Betrübtste, daß die Deutschen nicht immer deutlich wissen, ob sie volle Weizengarben oder Strohbündel einfahren.

»Sankt Rochus' Fest« ist in dieser meiner Reisekanzlei endlich auch zu einer dritten, recht reinlichen Abschrift gediehen. Gedruckt möchte es drei Bogen ausmachen. Ich wiederhole, daß ich Dir das Manuskript vorlegen möchte. Es ist zwar keine eigentlich stumpfe Stelle drinnen, aber manches könnte ausführlicher sein, ob ich gleich zufrieden bin, daß meine produktive Sinnlichkeit noch so weit reichen konnte.

Deshalb vermelde, daß, wenn die Dämonen nicht wieder grillenhafte Streiche spielen, ich den eilften September hoffe in Weimar zu sein, wo Du denn einkehren und nach Belieben verweilen könntest: denn das Leben wird immer kürzer und nimmt die Art an sibyllinischer Blätter.

Soviel für diesmal. Der lange Bursche, den Du kennst, hat sich in diesen sechs Wochen auch im Schreiben recht artig herangebildet. Tausend Lebewohl! G.

260. *An Goethe*

Baden, den 30. August 1816.

André aus Offenbach schreibt mir, daß er meine Lieder nicht erhalten hat, und wenn sie jetzt noch nicht abgesandt sind, so will ich sie ihm von Berlin aus schicken lassen, doch möchte ich es wissen, damit er sie nicht zweimal ohne Not erhält.

Er hat sich erboten, mir eine ausführliche Beurteilung

derselben zukommen zu lassen, worauf ich mich in der Tat freue und recht ordentlich ausgehunzt zu werden hoffe, da ich seine Lieder kenne und seine Grundsätze. Die Catalani hat er gerupft, gebissen, ja zerrissen, wie ein ungeschickter Schlächter, der nicht weiß, wo die Gurgel sitzt.

Am 28. abends haben wir Deine Gesundheit getrunken mit Sulpiz Boisserée bei Madame Deron, gebornen v. Imhoff, die ein artiges Frauchen geworden ist und einen guten Mann hat.

In Karlsruhe wollte man mir durchaus aufbinden: Du seist *dies Jahr* in den ersten Monaten schon einmal in Karlsruhe gewesen, und als ich's nicht glauben wollte, traten Zeugen auf, die Dich von Angesicht gesehn und Dir ein Ständchen gebracht haben. Da ich's nun dennoch nicht glaube und auch Sulpiz von nichts wissen will, so schreib mir doch, wie diese Sache zusammenhängt, denn daß Du voriges Jahr hier gewesen bist, weiß ich recht gut.

Ich bleibe wenigstens bis zum 12. September hier. Und lasse mir dann die Briefe nachschicken. Die Bäder sind weniger bequem als in Wiesbaden und Teplitz, dafür sind aber die Spaziergänge über alle Beschreibung schön.

Die »Teufelskanzel« habe ich gestern bestiegen und den Gründen und Bäumen Dein Heil geprediget. Auch nach Lichtental bin ich gewesen und hoffe, noch ein Mehreres davon sagen zu können.

Meine Wohnung ist in der »Sonne«, Nr. 42, wo ich freundlich, ruhig und nicht zu weit vom Bade bin. Das Wetter ist, seit ich von Heidelberg weg bin, schön, doch abends herbstlich kühl. Einen kleinen Abstecher nach Straßburg zu machen, ist das Nächste, woran ich denke, doch werde ich nicht über zwei Nächte wegbleiben. Gott befohlen! Bis in den Tod

Dein

Z.

261. *An Goethe*

Baden, 5. September 1816.

Das alte Schloß auf dem Berge hat mir gestern eine belehrende Stunde gegeben. Recht sonderbar mit, in, auf und über dem festesten Granitberg gebaut, macht es sich von allen Seiten respektabel, und da die Höhe beinah in der Wage liegt mit der ganzen Bergkette, so hat man eine Übersicht zwischen zwanzig bis dreißig Stunden.

Den alten Hofrat Jung habe ich besucht, er wohnt auf dem neuen Schlosse, und es schien ihm innig wehe zu tun, Dich nach so vielen Jahren auf sonderbare Art verfehlt zu haben. Er fing selber an, von einem Besuche zu reden, den Du ihm in Karlsruhe zugedacht hattest, und Sulpiz Boisserée, der bei mir war, konnte mir die Sache nur erklären, denn ich wußte von nichts. Ehe ich von hier gehe, denke ich ihn noch einmal zu sehen und mich länger mit ihm zu unterhalten.

Die Kammern der heiligen Vehme, welche zu sehn ich so begierig war, haben meine Erwartung nicht übertroffen. Ich weiß wohl, daß zum Hängen jeder gute Strick tauglich ist und verlange diese Gewölbe nicht besser, doch die steinernen Granittüren sind vielfältig in Kellern zu finden, um solche sicher zu verschließen und nachher mit Mörtel zu bewerfen und die Öffnung zu verstecken.

Unter andern Dingen, die ich hier formiere, habe ich das Lied aus dem »Wilhelm Meister«: »Wer nie sein Brot mit Tränen aß« mit einer neuen Komposition versehn, die Dir vielleicht lieber sein wird als die erste, welche Prätensionen hat.

Um mir zu einer Reise nach Zürich einen Vorschmack zu verschaffen, habe ich eben Deine »Briefe aus der Schweiz« gelesen; doch ist das Wetter so permanent unausstehlich, daß ich mich hüten werde, das Land der Freiheit im Sterbehemde zu sehen. Zuerst soll nach Straßburg gegangen werden, dort wird ein Weiteres beschlossen, wovon ich Dir Nachricht gebe.

Daß Dich der Grillenkauz ärgern würde, konnte ich mir vorstellen; ich wette, er ist einer von denen, die sich vorstellen, mit der Zeit fortzuschreiten, indem die Zeit mit ihnen durchgeht wie ein munteres Pferd. Wie mag er Dich denn in Tennstedt ausgewittert haben? er wollte ja ein Seebad gebrauchen.

Das Urteil über Catalani in der Leipziger Zeitung ist mir nur durch Tradition bekannt, kann mir's aber recht gut vorstellen, da ich den Mann kenne, der wie ein blinder Postillon neben der besten Straße herfährt und über schlechte Wege flucht. Was mich dabei ärgert, ist, daß diese Herren sich und die deutsche Kritik prostituieren und die junge Welt irre machen, an der freilich nicht viel zu verderben ist.

Deine Balladenjagd freut mich, und wenn der rechte Jäger kommt, ist mir nicht bange um Wildbret in den guten deutschen Wäldern. Gar gern mag ich dabei die Gesichter der Gebildeten sehn, indem Du etwas aufnimmst, betrachtest und zu betrachten gibst, was sie verächtlich liegen ließen wie Petrus das Hufeisen: Den »Totentanz« gab ich einer gebildeten Frau zu lesen, ehe er gedruckt war, die sich gern zu den Deinigen zählt. »Ich muß gestehn«, sagte sie, »daß ich dem Gedichte nichts abgewinnen kann und es für kein Goethisches halten würde, wenn ich's nicht wüßte; aber lassen Sie doch Ihre Komposition hören. – Ja du lieber Gott! wenn man das alles hinein*legen* soll, so müßte man ja zum Dichter selber werden!« Das sollen Sie auch, liebe Frau, und wenn Sie es nicht so weit bringen, so denken Sie nur dreist, die Schuld liegt an Ihnen allein! Backen, brauen und kauen sollen Sie selber und sich den Genuß bereiten; außer diesen eigenen Zutaten gibt es weder Poesie noch Prosa für uns. – »Da heißt's dann, man sei ein grober Gesell.«

Was mir aber die meiste Lust gibt, ist der Glaube vieler: daß ich von Dir ordentlich dressiert werde, Deine Gedichte in Musik zu setzen, weil ich die Kompositionen entweder verschenke oder nicht eher achte, bis sie Dir gefallen können; denn mit allen Gedanken, die sie dabei haben können, sind sie nicht eher zufrieden, bis sie den dummsten haschen.

Endlich schreibe ich Dir dies aus Straßburg, wo ich gestern, den 9. dieses, mit Sulpiz gegen 6 Uhr angekommen bin. Wir gingen noch, den Münster von außen zu sehen. Das halbe Tagslicht gegen Abend und etwas Mondhelle ließen die Verhältnisse des Gebäudes vorteilhaft erkennen, was jedoch nicht ganz leicht ist, da auch diese Kirche mit Außenteilen angetan ist, die nicht zum Ganzen gehören. Heut früh neun gingen wir in schönster Sonnenhelle wieder hin; erst in die Kirche, worin ich zum ersten Male eine würdige Messe gehört habe, das heißt nicht etwa eine Fiedelmesse, sondern einen ordinären Gottesdienst, den die schöne Orgel allein bestritt, die wahrscheinlich eine Silbermann'sche ist, wonach ich noch fragen werde.

Nach der Messe ward der Turm bestiegen und zwar nicht weiter bis in die acht Schnecken. Der Zugwind war stark, und ich, in Schweiß geraten, würde auch ohne dies nicht höher gegangen sein, da mir das Steigen nicht mehr zukommt. Beschreiben kann ich nichts, am wenigsten Dir, der alles besser wissen kann. Einige Anmerkungen sind vielleicht am Orte: Das Gebäude wird rühmlicherweise in guter Baulicheit und rein gehalten; auch sind die Restaurationen mit Sorgfalt und Geschick gemacht. Ob es gut sei, an manchen Orten, wo guter Steinkitt angewandt werden müßte, Blei hineinzugießen, lasse ich dahingestellt sein, wenigstens müßte eine strenge Meisteraufsicht dabei stattfinden. Zuverlässig schädlich ist's aber, daß an so fein gegliedertem Gestein das eingegoßne Blei noch mit dem Steineisen nachgetrieben wird, auch habe ich diese Methode nirgends da finden können, wo die alten Klammern noch festsitzen; wie denn, wer vom Metier ist, kaum weiß, was er mehr bewundern soll: die Arbeit selbst oder das bloße Versetzen der Teile. Es erscheint wie ein Feenwerk. Das fehlende Kreuzgewölbe unter den 8 Schnecken vermißt ein statisches Auge ungern, ja mit Wehmut! weil es einen frühern Untergang des herrlichen Werks ankündigt, das schon oft von Ungewittern stark ist beschädigt worden. Höchst zu bewundern ist endlich, daß ein so durchbrochnes Gebäude bei dem unendlichen Regen der letzten Monate auch keine Spur, ich wiederhole es: keine Spur, einer Feuchtigkeit blicken ließ; jeder Tropfen Wassers läuft ab wie von einer Ölfläche.

Den 11. Die Orgeln des *Straßburger* Silbermann sind von so *besonderer* Schönheit des Tons, daß [sie] sich aus den besten Orgeln anderer tüchtigen Meister herausfinden lassen; genug, die Münsterorgel ist vom alten Silbermann und jetzt 102 Jahre alt. Das Sonderbare bei diesem Werke besteht mit darinne, daß kein Baumeister an einen Raum für die Orgel gedacht zu haben scheint. Dieser Raum mußte daher angewiesen und genommen werden, wo er ist, und mir erscheint er als der gefährlichste in der Kirche, wegen der Nähe des hohlen Raums unter den Türmen. Nun hat mein Meister nicht allein das Werk mit solchen Stimmen ausgestattet, die einem solchen Raume anständig sind, er hat auch das ganze Werk zusammen in seine alte Schale eingespannt wie den Schuß in einer Büchse, daß kein Körnchen Pulver müßig ist. Von außen sieht übrigens das Werk aus wie ein neues; nicht einmal die Paradepfeifen sind angelaufen, und die Wirkung ist in der Tat grandios. Den Gesang der geistlichen Väter bei der Messe kann ich nicht genug loben, sie lassen ihn von zwei Serpenten begleiten, was sich gut ausnimmt. Der cantus firmus ist zwar nicht ohne Fehler, aber echt und würdig: alles würde sich leicht durch einen Mann in die beste Form herstellen lassen, der es recht verstünde.

Wie niederträchtig sich dagegen des Abts und Kurpfälzisch geistlichen Rats, Hofkapellmeisters und öffentlichen Tonlehrers zu Mannheim Herrn Voglers »*Deutsche* Messe«, die er zur Schande der heidelbergischen Kirchenvorsteher, in deren Gegenwart sie ist aufgeführt worden, hat drucken lassen, die aus infamen Gassenhauern zusammengestoppelt und vierstimmig unter Autorität herausgegeben ist, ausnimmt, soll mir ein Zeichen sein, und ich habe mir dies Meisterstück expreß deswegen in Offenbach gekauft und führe es eben bei mir. Die Herren denken, wenn sie sich gemein und unwürdig halten, seien sie volksmäßig.

Donnerstag, 12. September. Gestern hat man mir Deine Dissertation gezeigt, die ich mir gern abgeschrieben hätte, welches aber durchaus nicht erlaubt werden sollte. Eben komme ich aus der Messe, bei welcher Gelegenheit ich die Münsterorgel inwendig besehn habe. Ich wollte die Lungen sehn, welche einem solchen Werke Odem geben, und habe meine Lust daran. Sechs Blasebälge, die wenigstens 600 Kubikfuß Odem fassen, haben wenigstens immer 300 Kubikfuß im Vorrat, und der stärkste Organist kann sie daher nicht erschöpfen, wenn sie durch 2 Menschen bedient werden. Die Art, sie aufzuziehn, kann nie fehlen, nie schaden und ist ein Meisterstück von Mechanik; die Gewichte sind von Blei und darauf festgemacht, was sehr wichtig ist; überall sieht man Verstand, Erfahrung, Gedanken und Geist: fürwahr, der Mann ist der Musen Sohn gewesen! Unser gute Organist rupft diesen heiligen Geist wie einen Kramsvogel und ist mit aller Unwissenheit nicht imstande, das ewige Leben zu töten. Nach der Aufschrift, die ich nun selber gelesen habe, ist das Werk 1713 angefangen und 1716 im August fertig worden, welches netto 100 Jahre sind. Wäre ich hier gewesen, ich würde darauf angetragen haben, den Tag zu feiern. Vor einigen Jahren ist es ausgebessert und die Pfeifen aufpoliert worden. Der Organist, welcher das Werk täglich zweimal zu bedienen hat, hat täglich 548 Stufen auf- und abzusteigen, das macht jährlich 200 020 Stufen, und nun muß er noch das Pedal bedienen. Die beiden Balgentreter sind rüstige Leute mit guten Eingeweiden, vor denen die Gewichte Respekt haben. In einigen deutschen Provinzen nimmt man dazu alte dünnleibige Invaliden, die oft so inkapabel sind, daß sie ihre Weiber und Kinder schicken, die die Bälge verderben und mehr Schaden anrichten, als der Organist zu bezahlen kostet. Dieser Mißbrauch kann hier gar nicht geschehen, weil nur *Einer* treten kann, der das *befestigte* Gewicht beherrscht. Da es diese ganze Nacht in Güssen geregnet hat, so bin ich im Aufsteigen sehr aufmerksam gewesen, stehengebliebenes Wasser anzutreffen: kein Sperling kann sich satt trinken, wiewohl der Regen überall eingeschlagen hat. Der jetzige Münsterpolierer, namens Sauer, ein Steinhauer, ist mein guter Freund worden. Er hat uns Restaurationen von seiner Hand gezeigt, die wir loben durften; auch er fand das Nachreiben der Klammern mit dem Steineisen fehlerhaft und will es künftig verhüten. Das Gewitter hat auch dieses Jahr eingeschlagen, doch keinen zu großen Schaden getan.

262. *An Zelter*

Das vorige Mal fandest Du mich in einem traurigen Zustande, jetzt muß ich Dich darein versetzen. Beiliegender Brief enthält ein großes Unheil, wobei ich nur den Trost habe, daß ich Dich in meiner Nähe weiß und Deine Leiden mitzutragen mich bereite.

G.

263. *An Goethe*

Berlin, den 8. Oktober 1816.

Bloß um Dir zu sagen, daß ich mit meinem Reisegefährten glücklich hier angelangt bin, schreibe ich diese Zeilen.

Indem ich aber meine Papiere auseinander lege, finde ich, daß sich Deine Gedichte in das Buch, woraus ich Dir vorgesungen, versteckt hatten. Heute ist es mir nicht mehr möglich, sie abzuschreiben, Du erhältst sie demnach mit meinem nächsten Briefe zurück.

Wie es bei mir steht, weißt Du: von meinen Geliebten fehlt eins. Die andern sind wohlauf. Lebe wohl und laß bald von Dir hören. Ewig Dein

Zelter.

264. *An Zelter*

Zu wenig waren die paar Tage; wie manches blieb noch zu besprechen und vorzuweisen. Auch wurde sogleich nach Deiner Abreise die »Heimliche Heirat« ganz vollkommen aufgeführt, wobei ich wohl Deine Gegenwart gewünscht hätte.

Den neuen Abdruck der »Pflanzenmetamorphose« sende hiebei; das Fehlende hab' ich nachschreiben lassen, denn es möchte in Berlin wohl schwerlich zu finden sein. Wenn Du das Werklein in ruhiger Zeit wieder liesest, so nimm es nur symbolisch und denke Dir immer dabei irgend ein anders Lebendige, was sich aus sich selbst fortschreitend entwickelt. Ich habe diese Tage Linnés Schriften wieder vorgenommen, in denen er die Botanik begründet, und sehe jetzt recht gut, daß ich sie auch nur symbolisch benutzt habe, das heißt: ich habe diese Methode und Behandlungsart auf andere Gegenstände zu übertragen gesucht und mir dadurch ein Organ erworben, womit sich viel tun läßt. Und so mag dieses schnell abgehen, damit Du nur von mir hörest. Dank für Deinen Brief, ich mache bald wieder etwas für Dich zusammen.

Weimar, den 14. Oktober 1816. G.

265. *An Goethe*

Über den »Hund des Aubri« wird hier viel räsonniert und gespöttelt. Sie sagen: einen Hund aufs Theater bringen sei eigentlich, das Theater auf den Hund bringen, und dergleichen, und doch läuft alles hinein, und das Haus ist immer voll. Vorgestern bin auch ich darinne gewesen und das bis ans Ende. Das Stück hat eine allerliebste Musik, welche durchs ganze Stück geht, ohne daß gesungen wird, und die zwei ersten Akte möchte ich geistreich nennen bei der Einfachheit des Motivs: daß ein Mörder durch den Hund des Ermordeten entdeckt wird. An der Aufführung des Stücks ist kaum etwas zu tadeln, es wird sehr hübsch und frisch gegeben; doch müßte der Hund gleich auf dem Theater und beständig um seinen Herrn sein, so lange er lebt. Ich müßte mich wundern, wenn dieser Umstand im Stücke nicht angegeben wäre, indem die Sache auf diese Art natürlich und erfahrungsmäßig wird.

Montag, 14. Oktober. Isegrim ist auch wieder da. Es zieht sich ein Ungewitter über seinem Haupte zusammen, das ihn zerschmettern soll. Die nächste Veranlassung dazu sind die »Analekten« und in denselben eine Stelle der Vorrede gegen den toten Heindorf. An der Spitze der Zerschmetterer stehn Buttmann und Schleiermacher, und Knappen werden geworben an Straßen und Tafeln: das wird einmal Beulen geben und zu lachen fürs Volk um ihren kritischen Plunder und Wortstichelei.

Heut, Dienstag, wird der »Standhafte Prinz« gegeben.

Leider kann ich nicht hineingehn, um etwas über die Ausführung zu berichten. Hoffen wollen wir, daß es öfter gegeben werde.

Den 20. Von dem »Standhaften Prinzen« wollte niemand was Gutes wissen, das ich mir jedoch hinlänglich zu erklären wußte, wie ich Licht und Gesicht kenne. Eben habe ich es nun gesehen und zu großem Erstaunen ein übervolles Haus dankbar gefunden. Das Stück ging glatt und rein von sich und ist exemplarisch besetzt: König Fez, Don Fernando, Phönix durch Devrient, Wolff und Madame Wolff und die andern Rollen leidlich. Vor allen aber hat Wolff schön, gut und recht gespielt, gewandt und sicher; wie Er denn es war, den besten Willen des Hauses zu gewinnen, denn um diesen nur zu zeigen, haben sie an einigen ungeschickten Orten ihr ganzes Herz von sich gegeben und am Ende ihn herausgerufen. Mit ihr dagegen ist es, wie es ist, und unser Publikum wird ihr schwerlich gefallen. Man ist mit ihren Intentionen zufrieden, aber man müßte sie hier längst gekannt haben, um sich gefallen zu lassen, was ihr entgegensteht. Zu soviel Geschick und Willen hätte der gütige Gott immer noch Stimme und Zunge geben können, das würde ihm keine Schande gemacht haben. Von dem Stücke sage ich nichts, weil es herrlich und zehnmal besser ist, als ich's verstehe. Der Tyrann ist mehr ein Mann als ein Mensch und weiß als solcher, was er will und muß. Aus der Zusammensetzung solcher Eigenschaften entsteht ein Charakter, der natürlich ist, indem er grausam erscheint. Der Infant ist ein Christ und ein Mann, in dem sich beide Eigenschaften zum Charakter formieren. Der erste alt, erfahren, tüchtig, tätig und stolz; der andere ein Jüngling, mutig, sicher und stolz. Beide, glücklich, reich, zufrieden, sollen es nicht länger sein: so entsteht das Stück. Zwischen beiden die anmutige Phönix, deren Charakter in Unschuld und Reinheit besteht. Alle andere sind Trabanten um dies Dreigestirn, und das Stück ist fertig. Auf diese Art begegnen sich feindliche Elemente wiederholt im Leben, ohne von einander entnommen zu sein, wie in Deinem »Tasso«, und man sieht, wie reich die Kunst ist, wenn sie bleibt, was sie ist.

Devrient spielt den Tyrannen mit solcher Würde, daß er durchaus keinen Abscheu und vielmehr Mitleiden erregt, und die Erscheinung des Geistes möchte ich himmlisch nennen: Wolff ist unübertrefflich darin, wie in der letzten langen Rede an den König, die ein Meisterstück ist der Beredsamkeit, so wie die Antwort des Königs.

Einen wunderbaren Eindruck hat das Stück auf mich gemacht, indem ich Tags vorher in Voltaires »Zaire« gelesen hatte, worin der Poet seine Personen und Sachen wie ein Kaufmann seine Waren aufgeputzt zur Schau stellt und zu naschen und zu denken gibt, da man hingegen beim Calderon vor allem Empfinden und Genießen an nichts weiter zum Denken kommt.

Gegen Geheimen Rat Wolf ist vorgestern eine Schrift von Buttmann und Schleiermacher erschienen, die ihm den Garaus machen soll. Ich wüßte ihn ganz anders zu zausen, und man sieht wohl, daß die Kerls weder sich noch was anderes verstehn. Seine Vorrede zu den »Analekten«, die Du ihm gelobt hast, erscheint mir wie ein Tiradengewürfele, womit er den Leuten sagt, was er recht gut weiß, daß es keiner glaubt, und da er auf die Nachwelt zu kommen gedenkt, so will er's dieser aufdrehen. Er sagt, er sei fünf Tage bei Dir gewesen und sehr vernügt; Du habest ihm was Schönes über die Vorrede gesagt und Er habe gesagt oder gemeint oder zu verstehen gegeben: wenn Du sie erst ganz verstündest, dann würdest Du die Augen aufreißen – ohngefähr so ließ er sich vernehmen. Besieht man aber ihren philologischen Krammarkt recht, so findet sich gar bald, daß jeder nur für sich gelten möchte, was sie nur zusammen gelten können; denn eigentlich sind sie Studenten und weiter nichts, und wären ihnen die Alten nicht geboren, so wär'n sie allzumal verloren.

Wilken ist abgereiset, ohne von mir Abschied zu nehmen; ich wollte ihm einen Brief an Dich mitgeben. Man hat ihm hier 300 Taler aus seinem Hotel gestohlen; doch soll er überwiesen sein, seine Stube zweimal nicht verschlossen zu haben. Der Fall ist höchst unangenehm, und in Heidelberg werden sie sagen, daß es in Berlin nichts als Diebe gibt. Doch was geht das mich an: *ich* habe 100 Friedrichsd'or verreiset und sie mir vorher verdienen müssen. Er hat die 300 rh. zur Reise aus der Kasse angewiesen bekommen.

Kapellmeister Winter ist heut abgereiset. Er hat eine deutsche Oper »Zaira« hier aufgeführt und das mit Beifall. Das Gedicht ist jedoch so unmäßig schlecht, daß es »Ça ira« genannt wird, indem man die Musik gut findet. Z.

266. *An Zelter*

Weimar, den 25. Oktober 1816.

Dein lieber Brief, der soeben angekommen, erfreut mich sehr; fahre ja fort, meiner Einsamkeit aus Deiner bunten Welt wunderliche Gestalten herüberzusenden. Ich führe meine eigene Art zu leben, die Du kennst, immer fort, seh' wenig Menschen und lebe eigentlich nur in der Vergangenheit, indem ich alte Papiere aller Art zu ordnen und zu redigieren trachte. Möge beikommende Frucht dieser oft lästigen Arbeit Dir einige angenehme Stunden machen. Mehr sag' ich heute nicht und füge nur die Bitte hinzu, daß Du mir die kleinen Gedichte wiedersenden mögest. Nicht gerne möcht' ich meine jetzige Sorgfalt, dergleichen Dinge zu sammeln, unterbrochen sehen. Ein tausendfaches Lebewohl. G.

267. *An Goethe*

Berlin, 25. Oktober 1816.

Du bist ein rechter Herzensarzt und hättest mir in diesen Tagen nichts Angenehmeres tun können, als Du es durch die Sendung der »Pflanzenmetamorphose« eben tust.

Deine Darstellungen in wissenschaftlichen Dingen erscheinen mir wie das Wesen einer guten Hausfrau, durch die, so wie Eins geschieht, ein anderes und Drittes sogleich mit entsteht, weil ja in der Welt nichts allein steht; und lerne ich auch daraus nicht, was eigentlich gelehrt ist, so bestätigt sich wenigstens das Mitgemeinte.

Ich gestehe, daß mir der nahende Winter diesmal greulich vorkommt; laß uns doch wo möglich mit den Briefen etwas näherrücken und wo nicht wöchentlich, doch Brief auf Brief zusammenhangen.

Geheime Rat Köls und seine Frau, die Dich in Weimar bei Frau v. Heygendorf gesehen haben, sind so entzückt, als ob sie den Himmel hätten offen gesehn; auch sind sie in ihrer Art die besten Leute, wenn man nicht verlangt, was sie nicht leisten.

Das Gerede erneuert sich, Dich nach Berlin zu versuchen und ordentlich einzuladen. Ich weiß, was dem entgegen ist, wenn Du auf Deiner Seite kaum Dir vorstellst, wie furchtsam die Herzhaftesten sind, Dir einen gefälligen Aufenthalt von 4 bis 6 Wochen zu bereiten. Manches würde Dich dennoch ansprechen, was sie vor sich haben und nicht kennen, und bei aller Dünkelhaftigkeit einzelner sind sie so abhängig von irgendeiner Autorität, daß du zuverlässig Gutes, ja Schönes wirktest, wenn Du Dich auf ein paar Monate ordentlich bei uns niederließest.

Das Rhein- und Mainbüchlein wirkt, trotz alles Widerspruchs, ganz leise zu, und wenn sie sich einbilden, ganz was Besseres hervorzubringen, borgen und stehlen sie, ohne es selber zu merken.

Wenn Du jetzt den Isegrim sehn solltest, würdest Du Deinen Spaß daran haben. – Wie er von allen Seiten gescholten, ja verfolgt wird, fehlt es nicht an solchen, die ihm die Stange halten, und da ihm wirklich etwas bange ist, ist er wie Schafleder und nimmt hin, was ihm sonst unerträglich gewesen wäre.

Langermann, dem er vorgestern die Geschichte mit der Vorrede in Tennstedt erzählte, ließ ihn ausreden und sagte dann ganz ruhig: »Das war entsetzlich ungezogen!« Unterdessen wurden zwei Karpfen gefressen und 60 Lerchen, die ich von Halle geschickt bekommen habe.

Die Rübchen sind besorgt, aber noch nicht angekommen. Wie sie dies Jahr sich werden genießen lassen, wollen wir erwarten.

Unser Theater bietet des Neuen eben manches: Madame Seidler, geborne Wranitzky, spielt und singt im »Johann von Paris« mit großem Beifalle. Herr Wild (Tenor) ist von Wien hier und verlangt 5000 Taler Gehalt. Stimme und Art sind gut, sehr gut. Mademoiselle Brand von Prag, ein artiges junges Mädchen, soll allerliebst sein. Alle drei aber scheinen mir so kleinkernige Planeten zu sein, daß sie bei uns nicht lange leuchten werden, wenn wir sie behalten; denn Geld fordern sie, was die Knochen wiegen, Fleisch ist nicht zu sehn.

Von unserer Kunstausstellung schreibe ich wohl nächstens. An manchem würdest Du Freude haben, wenn Du es selber sehn könntest und, besser wie wir alle, bemerken müßtest, was die »Propyläen« leisten, ohne daß man sie kennt.

Von diesem Gesichtspunkte aus finde ich des Guten genug, und ich getraute mir ein paar Dutzend Bilder herauszufinden, an welchen hier dies und dort jenes gelobt zu werden verdient. Hummel, Bury, Kolbe, Weitsch, Schadow, Madame Robert (geborne Tassaert), Völker, Kügelgen,

Hampe, Cammuccini (in Rom), Canova, Thorwaldsen, einige junge Leute (ungenannt) und ein hiesiger Töpfermeister haben ganz anschauliche Stücke hergegeben.

Es ist heut der 2. November. Der Brief muß fort! Adieu!

Z.

268. *An Goethe*

Schon eine Weile trage ich mich mit dem Gedanken: zu dem bevorstehenden Reformationsfeste eine Musik zu machen, die sich vielleicht aus lauter Lutherischen dictis zusammensetzen ließe. Du bist wohl so gut, mir hierüber Deine Gedanken wissen zu lassen, wenn Du nicht gar der Mann bist, der allein so etwas zu beschaffen unterrichtet und ausgestattet wäre.

Wenn gleich schon an die Sache gedacht ist und besprochen wird, so fürchte ich den alten Leichtsinn wie überall, und ganz zuletzt geht die Sache bloß ins Kritische, wo nicht gar ins Theatralische über, wo sich denn in der Geschwindigkeit Herr v. Kotzebue bereit findet, ein Ei auszubrüten, das nicht rund und nicht eckigt ist. Ich rede aus Erfahrung; denn auf den Tod unserer Königin wurde auf dem hiesigen Theater eine katholische Totenmesse mit allem kirchlichen Pomp aufgeführt, damit doch nur etwas geschahe, denn unsere protestantische Kirchen lassen sich gar nicht ohne Ärger ansehn.

Unsere Kunstausstellung würde sich gut genug ausnehmen, wenn der ewige Nebel verstattete, ein Bild mit Lust zu beschauen, denn die Farben sehen ohne Sonnenlicht garstig aus.

Bury hat das Bildnis der Kurprinzessin von Hessen prächtig und klar koloriert. Ganze Figuren, Lebensgröße, mit beiden Töchtern. Mir erscheint das Bild kalt. Die beiden

Kinder sind mit der Mutter verbunden, indem sie einen Kranz über sie halten, doch will alles auseinander. Die Gewänder sind tüchtig, richtig und anständig, aber das Fleisch ist ledern und lieblos, wiewohl ähnlich oder vielmehr gleichend.

Sauerweidt in London: hat einen Kosaken zu Pferde äußerst lebendig und wahr in Öl gemalt, das Bildchen ist ohngefähr 15″ hoch und 10″ breit und alles, wie es sein muß.

Hummel: eine alte erleuchtete Kirchenkapelle. Betende vor dem Altare. Im Vorgrunde Vorübergehende und Beschauende und Anteilnehmende. Die Einfachheit und Zeitmäßigkeit des Gedankens, wie die jetzige Welt an der früheren vorübergeht, will mir gefallen. Perspektive, Farben, Licht und Schatten, Kleidung und Charakter verschiedener Menschen geben dem Gedanken Klarheit und Ernst. Man sieht es mit Vergnügen lange an.

Montag, den 4. November. Staatsrat Schultz, den ich mit dem Anfange dieses Briefes bekannt machte, hatte seinen Wohlgefallen an dem Gedanken; Du weißt, daß eine Summe zwischen 30 und 40 Tausend Talern zu einem Monument für Luther gesammelt und hier deponiert ist. Über die Form dieses Monuments sind die verschiedensten Vorschläge getan. Etwas Bildliches soll jedoch der Kern bleiben, wozu schon Schadow Zeichnungen und Modelle gemacht hat. Die besten Künstler jedoch der Hauptstadt wollen die Sache nicht allein auf sich nehmen, und eine ganz allgemeine Konkurrenz von Vorschlägen könnte, wie man aus Erfahrungen weiß, die ganze Sache in fortwährendes Stocken führen. Dadurch nun kommst Du in Gefahr, einen Besuch von hieraus aufzunehmen, vielleicht von Schadow und Schinkel, um vors erste etwas Gemäßes auszumitteln, das man ohne Scheu öffentlich vortragen darf, weil alles darauf ankommt, daß das Erste ein wirklicher Gedanke sei.

Vorgestern habe ich einen Brief von Madame Mara, die

sich jetzt in Reval aufhält, gehabt, worin sie meldet, daß sie diesen Herbst habe nach Berlin kommen wollen, da aber dies Vornehmen nicht gelungen sei, werde sie künftigen Sommer zuverlässig kommen. Auch sie ist jetzt 68 Jahre alt und wird mir willkommen sein, wie auch ich mich den Sechszigern mehr und mehr nähere.

Vorgestern abends spät fand ich Deine »Italienische Reise« und machte mich noch sogleich daran, soviel davon zu verschlingen, als die müden Augen zulassen wollten. Nun habe ich's hinter, und sogar Wolf ist davon entzückt. Nun lese ich's zum zweiten Male, nach der Landkarte, und reise mit und betrachte mir von den Anhöhen und Türmen die Flüsse und Seen, wie sie gehen und kommen, und das Erdreich und die Menschen, und die alte Lust erwacht in mir, das Land der Musen zu schauen, und die Träne verfinstert mir den Blick und – gute Nacht!

Die Einlage von der Hand des Herrn Staatsrats Schultz bezieht sich auf Bücher, welche ich auf seinem Tische bemerkte und welche er bereit ist, Dir nach Weimar zu senden, im Falle sie Dir noch unbekannt wären. Es ist schon Dienstag, also lebe wohl, Du Allerbester! Z.

269. *An Zelter*

Ich pflichte Dir vollkommen bei, daß in den langen Winterabenden ein lebhafter Briefsverkehr höchst erquicklich sei, deswegen will ich bei Empfang Deines Briefes vom 25. Oktober gleich einige Worte sagen. Indessen ist wohl die »Italienische Reise« angekommen.

Freilich erfahren wir erst im Alter, was uns in der Jugend begegnete. Wir lernen und begreifen ein- für allemal nichts! Alles, was auf uns wirkt, ist nur Anregung, und Gott sei Dank, wenn sich nur etwas regt und klingt! Diese Tage hab' ich wieder Linné gelesen und bin über diesen außerordentlichen Mann erschrocken. Ich habe unendlich viel von ihn gelernt, nur nicht Botanik. Außer Shakespeare und Spinoza wüßt' ich nicht, daß irgend ein Abgeschiedener eine solche Wirkung auf mich getan.

Wundersam ist es, aber ganz natürlich: die Menschen spekulieren auf unsere letzte Zeit wie auf sibyllinische Blätter, da sie die vorhergehende kalt und freventlich auflodern ließen. Auch an den Rhein hab' ich dringende und lockende Einladungen, von denen Du wahrscheinlich gehört hast, da man es dort schon als etwas Ausgemachtes voraussetzt. Was soll mir aber das alles! Leugnen will ich nicht, daß ich einsehe, am Rhein und Main die paar Sommer gut gewirkt zu haben, denn ich habe ja nur das Testament Johannis gepredigt: »*Kindlein, liebt euch*, und wenn das nicht gehen will, *laßt wenigstens einander gelten!*« Und da wirst Du mir Beifall geben: wenn diese himmlische Botschaft in eurem Ninive einigermaßen griffe, so wärt ihr ganz andere Leute, ohne mehr oder weniger zu sein, als ihr seid.

Wozu aber der Aufwand von Tagen und Stunden persönlich-gegenwärtiger Wirkung? Ich will doch lieber in meiner stillen und unangefochtenen Wohnung soviel diktieren und kopieren und drucken und liegen lassen, damit es hinausgehe oder hinnen bleibe, damit jeder, wie Du ganz richtig fühlst, verschweigen könne, woher er's hat, und denn doch das ganze Menschenwesen ein bißchen aufgestutzt werde.

Die sämtlichen Narrheiten von Prä- und Postokkupationen, von Plagiaten und Halbentwendungen sind mir so klar und erscheinen mir läppisch. Denn was in der Luft ist und was die Zeit fordert, das kann in hundert Köpfen auf einmal entspringen, ohne daß einer dem andern abborgt. Aber – hier wollen wir Halt machen, denn es ist mit dem Streit über Priorität wie über Legitimität: es ist niemand früher und rechtmäßiger, als wer sich erhalten kann.

Wenn Isegrim seine Absurdität gegen mich immer wieder erzählt, so deutet das auf ein böses Gewissen; er wird nicht referieren, wie bestialisch ich dagegen mich geäußert habe. Glücklicher- oder unglücklicherweise hatt' ich soviel Gläser Burgunder mehr als billig getrunken, und da hielt ich auch keine Maße. Meyer saß dabei, der immer gefaßt ist, und ihm war nicht wohl bei der Sache.

Es war der 27. August, nachts, und ich hatte mir schon freundlich ausgedacht, den 28. August meinen Geburtstag mit diesem unerwartet angekommenen Freunde zu feiern. Meyer mußte durch Zufälligkeiten am Morgen fort, und ich ließ, obgleich ungern, jene[n] vortrefflichen Unerträglichen dahinfahren und blieb den 28. vergnügt allein. Jener im Widerspruch Ersoffene hätte mir am Ende gar zur Feier meines Fests behauptet, ich sei nie geboren worden.

Dies aber alles wird ihm zu Haus und zu Hof kommen, und zuletzt wird er nicht wissen, wo er hinaus soll. Herder hatte sich auch solche jugendliche Unarten bis ins Alter durchzuführen vermessen und ist darüber verzweiflend in die Grube gefahren. Untersuche Dich ja, ob Dir dergleichen Zeug in den Gliedern steckt, ich tu' es alle Tage. Man muß von den höchsten Maximen der Kunst und des Lebens in sich selbst nicht abweichen, auch nicht ein Haar; aber in der Empirie, in der Bewegung des Tages will ich lieber etwas Mittleres gelten lassen, als das Gute verkennen oder auch nur daran mäkeln.

Das theatralische Wesen laß mir nur immer in Deinem Sinne vor Augen sein, dadurch bleibt mir der ruhige Begriff, was sie dort leisten und tun und das (anderes Bekannte mit eingerechnet) wahrhaftig nicht schlecht ist. Weil aber jedes mitreden, mitschreiben und klatschen will, so vernichten sie sich einander, wenigstens in Worten, und niemand bedenkt, wie schwer es sei, etwas Kunstreiches unter den tausend und abertausend Bedingungen einigermaßen darzustellen.

Unser Theater hat nun seine Systole. Ich behandle es bloß als Geschäft, glückt es aber, so wollen wir im nächsten Winter schon uns wieder diastolisierend erweisen, und da werden sie hinterdrein sagen, das sei eben recht und natürlich, da sie jetzt verzweifeln.

Und so sag' ich Dir dies, dem, der die Singakademie hat entstehen sehen, mitgegründet und erhalten hat!

Und nun noch zum Schluß eine ökonomisch-merkantilische Frage: wenn Herr Wild 5000 rh. wert ist, was ist denn Moltke wert? Ich glaube, seine Schätzung würde höher steigen, wenn er Brizzi nicht gehört hätte.

Und so hab' ich denn auch noch den Wunsch, daß Du mögest aufmerksam sein auf ein junges Frauenzimmer in Berlin, Auguste Tilly genannt, sie wird diesen Winter auf einem kleinen Theater, »Urania«, spielen. Wenn Du auch nicht selbst hingehen und sie beobachten könntest, so tut es wohl ein guter Freund. Zwar hab' ich jetzt eigentlich keinen Platz für sie, aber gerade ein Wesen, wie sie mir beschrieben wird, geht mir denn doch ab, und zuweilen kommen bei dem Theater so viele Veränderungen vor, wo es doch gut ist, wenn man etwas in Reserve hat.

Das »Rochusfest«, abermals durchgearbeitet und nochmals abgeschrieben, hat an Bestimmtheit und Glanz gewonnen. Wenn man es nicht macht wie die Maler, die, je mehr sie ausführen, destomehr sie auch wieder lasieren, um die Gegenstände auseinander und wieder zusammenzubringen, so kann aus solchen Dingen nichts werden.

Der erste Aufsatz des 2. Hefts wird gewaltigen Lärm erregen, wie Du aus der Überschrift erwarten kannst; sie heißt: *»Neudeutsche fromm-patriotische Kunst«*.

Der Deine

Weimar, den 7. November 1816. G.

Eben als gesiegelt werden soll, kommt Dein Schreiben, welches die Ankunft der »Italienischen Reise« meldet. Es stickt gar mancherlei drinne, und ich freue mich, wenn es zur Anregung und zur Erkenntnis dient. Daß sie von Dir öfters gelesen werde, wünsche und hoff' ich. Herrn Staatsrat Schultz empfiehl mich bestens und danke schönstens; die Bücher wünsche unfrankiert zu mir gesendet. Überhaupt mache man sich kein Gewissen, mir etwas auf diese Weise zu schicken, da ich Portofreiheit habe, welche mir lieber ist als Preßfreiheit, deren ich mich doch auch gelegentlich bediene.

Vom übrigen nächstens. Es wird überhaupt in gar manchem Gutes und Vortreffliches geschehen können, wenn sich ausgebildete Männer vereinigen, konstitutiv zu verfahren. Wir Deutsche stehen sehr hoch und haben gar nicht Ursache, uns vom Wind hin- und hertreiben zu lassen.

Alle guten Geister loben Gott den Herrn!

Weimar, den 7. November 1816. Goethe.

270. *An Goethe*

Es ist ein gutes, krankes, albernes Geschlecht, dem die Ärzte sagen, daß es gesund sei, weil es ihre Arzenei gebraucht. So haben sie sich einreden lassen, man müsse unparteiisch sein, was sich begreifen läßt, und nun halten sie sich zur Partei der Unparteiischen.

Einer unserer Freunde schreibt, sagt, meint: »Der liebe Goethe hat sich's mit der ›Italienischen Reise‹ aber doch ein wenig sehr bequem gemacht; man erwartet doch etwas mehr als die nackten, damals an Freunde geschriebenen Briefe, mit denen der Leser gleich einem Heupferdchen in Zeit von 8 bis 12 Stunden von der Tepel bis zum Tibris springt.«

»Ja«, sagt ein anderer, »das ist so seine Art, Brocken und Körner auszustreuen, als wenn die Menschen Hühner wären und Tauben und kein anderes Geschäft kennten, als dieses Gesäme aufzupicken und sich endlich den Hals umdrehen zu lassen.«

Nun kommt ein Dritter, sagend: »Euch geschieht ganz recht, indem ihr euch von eurem Vorurteile nicht losmachen könnt. Wer heißt euch denn erwarten, was nicht geleistet wird? Immer findet ihr euch betrogen, und immer hofft ihr.«

Ein Vierter sagt: »Ich sage nichts mehr! denn Kotzebue und Merkel haben's schon vor 13 Jahren gesagt, daß sein Genie all' ist.«

»Nein!« ruft ein Fünfter, »das sind meine Leute nicht! Aber Tieck, der darf reden, und Tieck hat gesagt: Der ›Wilhelm Meister‹ ist sein letztes Buch.«

»Ja!« sagt ein Sechster, »das sagt Schlegel auch, und so sag' ich auch, und Friedrich sagt: Er hat kein Christentum; er ist ein Heide.«

»Was Heide!« (ein 7.) »Er mag mir ein rechter Heide sein! Alles ist ihm recht, und alles ist ihm nicht recht. Er haßt das Kreuz, und das Kreuzigen kann er *gar* nicht leiden. Sterne läßt er sich noch gefallen, und –»

»Halt!« schreit No. 8. »Ihr kommt ja aus der Materie! Laßt euch sagen, denn ich hab's: die ganze ›Italienische Reise‹ ist nichts als ein neuer Abdruck der Werther'schen Briefe mit einem neuen Titel. Seht nur das Buch recht an! Den Werther und die Lotte und den Albert hat er klüglich ausgelassen, damit ihr es nicht merken sollt – und ihr merkt's auch nicht, weil ihr nichts merkt, aber Merkel, der wird's schon merken, und hat's der erst auf der Walze, so spielt er's auch ab.«

»Und was er undankbar ist und inhuman: dem edlen Konsul Smith ist er sein Exemplar des Palladio schuldig, dafür läßt er alle Engländer zu den Juden in den Dünen beisetzen! – Wer will das wissen? wenn's auch wahr wäre?«

Etwas nun, mein Guter, ist [an] alledem dran; denn ich springe diese Briefchen nun zum dritten Male durch und lecke und koste hier und dort, und indem sich meine Sehnsucht nach diesem Lande längst verkühlt hatte, preßt mir die Erinnerung einer versäumten Jugend bittre Tränen aus. Habe ich doch nie den Trieb gehabt, in Italien zu lernen. Ich weiß recht gut, daß aus mir nichts Besseres geworden wäre, als ich bin und sein kann; ich wollte mich nur wärmen, nur einmal mein Wesen durch und durch erglühen lassen. Hier, wo Nebel und Wolken die Knospe der Sonnenstrahlen vorweg benaschen, erfährt man gar nicht, was man machen kann. Frisch sagte einmal: Winckelmann habe sein Deutsch in Italien gelernt, man könne sich die Augen daran wärmen, und Deine »Iphigenie« ist in Italien ein deutsches Werk geworden.

So sei denn Du mein Italien, meine Sonne, mein Alles und verlaß mich nicht, wie ich Dich nimmermehr verlasse!

Dein

Berlin, den 8. November 1816. Zelter.

Mit der Beschreibung, wie die venetianischen Schiffer Stanzen singen, bin ich zufrieden, doch möchte ich die Melodie in Noten kennen, und in Rousseaus »Dictionnaire de Musique« suche ich sie vergeblich.

271. *An Goethe*

Berlin, 10. November 1816.

Überlege ich die Sache weiter und genauer, so muß ich mir sagen: Wer sich nicht ins Wasser wagt, wird nicht schwimmen lernen, und wer nicht richten will, wird nicht urteilen lernen. Wie sollte man also zum Rechten kommen als durch Fehlen und Fallen?

Sehe ich die lustigen Briefchen wieder an, so springt mir bald dies, bald jenes munter in die Augen; als Resultat einer langen Vorbereitung und in einem nie gesehnen Lande finde ich mein eigenes: denn Boden ist Boden; Wasser, Bäume, Luft und Sonne sind überall nur, was sie sind, dem, der irgendwo zu sein weiß.

Geht nun so vieles an *mir* unbemerkt vorüber, da ich so gern beim Lesen einschlummre, wie sollen's den *andere* merken, die noch leichtsinniger sind? –

Nun sind endlich auch der 5., 6., 7. und 8. Band vom Buchbinder angekommen. Das Gedicht an die französische Kaiserin ist ein rechtes Meisterstück von Herz und deutscher Kraft. Luther würde es loben, und daß es hier wieder steht, wie es steht, würde Er zuerst erkennen, weil man nur seine Meister leicht verkennt. Quod scripsi, scripsi! Also bravo! in Luthers Namen.

Ich habe dies Gedicht oft genug schelten hören, ohne es zu kennen, und freue mich eben, daß ich's zum ersten Male finde. Das ominose geheimnisvolle *»Band«* in der 4. Stanze ist Dir nicht umsonst entlaufen; ich kann nicht anders singen als: *»Land«*, und die Stanzen passen auf unsere Melodie, als wenn sie darauf geschnitten wären.

Gestern habe ich in Geheimen Rat Wolfs Kollegium hospitiert und habe zum ersten Male klug über die erste Horazische Ode des ersten Buches reden hören. Es ist ein ander Ding zu vernehmen, wie ein tüchtiger Verstand untertaucht und aus dem Innern Sinn und Licht heraufzieht, als wenn die abgehungerten Kommentatoren für ein tüchtiges lateinisches Wort ein deutsches mit der Laterne suchen.

Das Bundes- oder Logenlied für den Kammerrat ist wohl fertig, schon längst; aber es ist noch in der Gore. Bis ich mir ein solches Stück gehörig aufgemessen habe, dazu brauche ich meine Zeit, und was vielen gefallen wird, soll mir auch gefallen. Nehmt daher nicht übel, wenn ich ein solches

Stück in einer Viertelstunde auf Noten bringe, die ich nach einem Vierteljahre wieder ausstreiche. Ich bin froh, daß ich kein Maler bin; denn ich würde mich tot ärgern, wenn ich rot gemacht hätte, was grün sein will. Für den Komponisten ist es kein kleiner Unterschied, sich eines Dichters vom Metier zu bemächtigen, als einen Versler unter den Fingern zu haben, dem man Gedanken unterlegen soll, und Naumann hatte ganz recht, die schlechten Opern vorzuziehn, bei denen man froh ist, wenn Schneider und Fiedler irgend eine Gestalt ans Licht bringen.

272. *An Zelter*

Beiliegenden Entwurf sende im Konzept. Er ist zwar sehr eilig, ja übereilt, allein zu Anbiß und Anregung genug. Setze Deine Gedanken und Forderungen gleich daneben und sende die Blätter zurück, so wird sich alles geschwind gestalten.

Die Leser und Meiner, die mir Dein letzter Brief vorführt, mögen zu den Gesellen in »Auerbachs Hof« gehören, von denen Mephistopheles schon vor 50 Jahren gesagt hat: »Alles spüren die Kerle, nur nicht den Teufel, und wenn er ihnen noch so nah ist.«

Auch hier merken sie nicht, daß sie mit dem Regenwurm, der so glatt hinunterzugehen scheint, einen Angel verschlucken, der ihnen zu schaffen machen wird. Das Büchlein wird sie noch manche Zeit im Bauche grimmen.

Die Schiffermelodie stand in einem Bande Rousseau'scher Liederkompositionen, die etwa vor 30 Jahren herauskam[en]; sie ist mir wie tausend andere Dinge abhanden gekommen, sonst würd' ich sie senden.

Und somit allen Musen empfohlen.

Weimar, den 14. November 1816. G.

[Beilage]

Um die freundliche und aufregende Unterhaltung nicht stocken zu lassen, sag' ich ein Wort zu jenem Vorsatz, dem Reformationsjubiläum eine Kantate zu widmen; im Sinne des Händel'schen »Messias«, in welchen Du so wohl eingedrungen bist, würde sich es wohl am besten schicken.

Da der Hauptbegriff des Luthertums sehr würdig begründet ist, so gibt er schönen Anlaß sowohl zu dichterischer als musikalischer Behandlung. Dieser Grund nun beruht auf dem entschiedenen Gegensatz von *Gesetz* und *Evangelium*, sodann der Vermittlung solcher Extreme. Setzt man nun, um auf einen höheren Standpunkt zu gelangen, anstatt jener zwei Worte: *Notwendigkeit* und *Freiheit*, mit ihren Synonymen, mit ihrer Entfernung und Annäherung, so siehst Du deutlich, daß in diesem Kreise alles enthalten ist, was den Menschen interessieren kann.

Und so erblickt denn Luther in dem Alten und Neuen Testament das Symbol des großen, sich immer wiederholenden Weltwesens. Dort das Gesetz, das nach Liebe strebt, hier die Liebe, die gegen das Gesetz zurückstrebt und es erfüllt, nicht aber aus eigner Macht und Gewalt, sondern durch den Glauben, und nun hier durch den ausschließenden Glauben an den allverkündigten und alles bewirkenden Messias. Aus diesem wenigen überzeugt man sich, wie das Luthertum mit dem Papsttum nie vereinigt werden kann, der reinen Vernunft aber nicht widerstrebt, sobald sie sich entschließt, die Bibel als Weltspiegel zu betrachten, welches ihr eigentlich nicht schwer fallen sollte.

Diese Konzeptionen in einem singbaren Gedichte auszusprechen, würde ich mit dem Donner auf Sinai, mit dem: *Du sollst!* beginnen, mit Christi Auferstehung aber und dem: *Du wirst!* schließen.

Zu mehrerer Erläuterung meines Plans setze die Folgenreihe des Ganzen hieher.

Erster Teil

1) Die Gesetzgebung auf Sinai.
2) Das kriegerische Hirtenleben, wie uns das »Buch der Richter«, »Ruth« und so weiter darstellt.
3) Die Einweihung des Tempel[s] Salomonis.
4) Das Zersplittern des Gottesdienstes, der sich auf Berge und Höhlen wirft.
5) Die Zerstörung Jerusalem[s] und in Gefolg derselben die Gefangenschaft zu Babel.
6) Propheten und Sibyllen, den Messias ankündigend.

Zweiter Teil

1) Johannes in der Wüsten, die Verkündigung aufnehmend.
2) Die Anerkennung durch die drei Könige.
3) Christus erscheint als Lehrer und zieht die Menge an sich. Einzug in Jerusalem.
4) Bei drohender Gefahr verliert sich die Menge; die Freunde schlafen ein; Leiden am Ölberg.
5) Auferstehung.

Hält man die beiden Teile gegeneinander, so erscheint der erste absichtlich länger und hat eine entschiedene Mitte, woran es jedoch dem zweiten auch nicht fehlt.

Im ersten Teil parallelisieren sich: Sinai und die Zerstörung, die Zeit der Richter und der Baalsdienst; No. 2 idyllisch-kriegerisch, No. 4 idyllisch-enthusiastisch; die Einweihung des Tempels als höchster Gipfel, und so weiter.

Im zweiten Teile würde sich das Morgendliche, der Sonnenaufgang in No. 1 und 5 steigernd ausdrücken. No. 2 und

4 sind ein Gegensatz. No. 3, Einzug in Jerusalem, möchte die freie fromme Volksfreude, wie die Einweihung des Tempels die fürstlich-priesterliche Begrenzung des Gottesdienstes ausdrücken.

Tausend andere Verhältnisse werden Dir beim ersten Anblicke einfallen. Diese Dinge dürfen nicht historisch, sondern lyrisch verknüpft werden; jedermann kennt das Ganze und wird sich auf Flügeln der Dichtkunst gern aus einer Region in die andere versetzen lassen.

Der Text bestünde aus biblischen Sprüchen, bekannten evangelischen Liedern, dazwischen Neugedichtetes, und was sich sonst noch finden würde. Eigene Worte Luthers möchten kaum anzuwenden sein, da der treffliche Mann durchaus dogmatisch-praktisch ist; so auch sein Enthusiasmus. Doch ist es Deine Sache, Dich in den Schriften selbst umzusehen. Vor allen Dingen lies die ganz unschätzbare Vorrede zu dem »Psalter«. Ferner die Vorreden und Einleitungen in die übrigen biblischen Bücher. Wahrscheinlich triffst Du hier auf anwendbare Stellen, zugleich durchdringst Du Dich vom Sinn der ganzen Lehre, deren Geschenk wir feiern wollen.

Vielleicht ist's hier am Platze, zu dem Obgesagten, den Katholizismus betreffend, ein Wort anzufügen. Bald nach ihrer Entstehung und Verbreitung litt die christliche Religion durch sinnige und unsinnige Ketzereien, sie verlor ihr ursprüngliches Reine. Als sie aber gar rohe Völker und verderbte Gesittete bändigen und beherrschen sollte, waren derbe Mittel nötig; nicht Lehre, sondern Dienst bedurfte man. Der einzige Mittler zwischen dem höchsten Gott des Himmels war nicht genug, und so weiter, was wir alle wissen; und so entstand eine Art von heidnischem Judentum, das noch bis auf den heutigen Tag lebt und webt. Das mußte alles in den Gemütern umgeworfen werden, deshalb bezieht sich das Luthertum einzig auf die Bibel. Luthers Verfahren ist kein Geheimnis, und jetzt, da wir ihn feiern sollen, tun wir es nur alsdann im rechten Sinne, wenn wir sein Verdienst anerkennen, darstellen, was er seiner Zeit und den Nachkommen geleistet hat. Dieses Fest wäre so zu begehen, daß es jeder wohldenkende Katholik mitfeierte. Doch davon ein andermal.

Baue Dir, wenn mein Plan gefällt, selbst etwas auf, teil' es mit, und ich will eingreifen. Soviel, wo nicht zuviel für diesmal.

In eben dem Sinne ist auch das Momument schon erfunden, die Weimar'schen Kunstfreunde arbeiten vor. Wir machen kein Geheimnis draus und wollen wenigstens einen Stein ins Brett setzen.

273. *An Goethe*

Berlin, 13. November 1816.

Niemeyer in Halle, mit dem ich jetzt wegen des hallischen Singchors in Verbindung bin, fragt mich: ob ich sein Paket nebst dem Briefe an Dich abgegeben. Du findest wohl ein Viertelstündchen, um ihm ein gutes Wort zu sagen. Er hat mich sehr freundlich, wahrscheinlich um Deinetwillen, aufgenommen, da ich mich bis dahin scheinbar unerkenntlich gegen ihn bezeigt und auf zwei Briefen nicht geantwortet habe.

Dein erbaulicher Brief vom 7. kommt zur rechten Stunde: der Teufel freut sich, wenn die Engel schlechte Sachen machen – nicht ich. Lächeln soll man zu soviel dummen Zeuge, damit sie sagen könnten, man versteh's nicht, und – auch daran wäre nichts gelegen, aber die Geduld selber ist nicht mehr – als sie ist.

Dein Testament Johannis beruhigt wieder das zornige Herz. O ja, man hat sich zu fragen: was all für Teufel einem selber in den Gliedern stecken, indem man das Volk schilt, und – kein Aber, denn es ist wahr, und doch ein Aber, auch wenn und weil es wahr ist.

Wenn der Gott mich schilt, soll man nicht widerschelten? Du sitzest in Deiner Bude, hinter dem Verdeck, und wenn ein Stuhl nicht recht steht, willst Du des Teufels werden: kannst Du dafür?

Gelten lassen! Ja in Gottes Namen! Aber sie wollen mehr gelten! Auch das! Ich habe dem Meister gedient wie ein Junge und gehorcht, wenn er pfiff. Das verlange ich von keinem, denn dazu gehört Gehorsam und Liebe, und wenn es nicht Gehorsam und Liebe ist, was mich treibt, zu tun, was kein anderer mag: was ist es denn?

Du räsonnierst so meisterlich, daß man aufmerksam werden muß, ohne widersprechen zu wollen.

O ja: »was in der Luft ist und die Zeit fodert, das kann in hundert Köpfen auf einmal entspringen.« Was fodert denn die Zeit? Wer will denn davon hören? Wo sind denn die hundert Köpfe? Weise mir sie doch, ich möchte sie auch gern einmal sehen.

Guter Mann, Du bist bescheidner, als Gott will, und ich beneide Dich darum, daß Du auch damit uns über den Haufen rennst, indem Du uns etwas willst sein lassen.

Ja, ja! Es kann, es könnte! Wenn *zwei* wüßten, was sie wollen. Was noch mehr ist: sie wollen; aber da ist wieder das Kann.

Also ja, Er kann! und da wollen wir wieder Halt machen und sie lieben und – wenn's nur möglich wäre, dabei klug zu werden: ich sehe die Möglichkeit nicht ein.

Schlaf wohl! Freitag, den 15.

Du bist wohl so gut, die Einlage nach Jena zu befördern.

274. *An Goethe*

Berlin, 23. November 1816.

Dein lieber Brief vom 14. macht mir große, große Freude. Der Entwurf hat mich ganz in Besitz genommen, gleich beim ersten Lesen. Nun habe ich ihn schon viele Male wieder nachgelesen, und meiner Phantasie stellt sich schon der brennende Busch dar, den ich nach meiner Weise zu illuminieren gedächte.

Das »Buch der Richter« und das »Buch Ruth« ist wieder durchlesen, auf Verbindung und Absonderung gedacht, doch Bauen ohne Steine habe ich nicht gelernt; Du, mein Liebster, mußt mir nun die Materialien in natura anweisen, damit nicht etwas anderes entstehe, als wir wollen: kurz, ich muß in Bewegung kommen.

Sei nun so gut und tue desgleichen und sende mir sogleich einen Anfang, damit ich an die Arbeit komme, zu der ich Lust habe. Vielleicht wäre es möglich, etwas zustande zu bringen, was nachher auch in eure dortige Kunstzwecke paßte.

Die Vorrede zum »Psalter« kenne ich noch gar nicht, werde sie aber sogleich herbeischaffen. Unter Lutherischen dictis verstehe ich, so wie Du, biblische Sprüche. Könnte man eins oder mehrere seiner Kirchenlieder gebrauchen, auch gut. Du hast vollkommne Freiheit, und ich werde mich nach Dir richten, so gut ich kann.

Von dem Entwurfe schreibe ich die Teile auf die folgende Seite, da ich das Ganze zum Unterrichte behalten muß. Brauchst Du es jedoch ganz, so will ich's in Abschrift nachsenden.

Ein junger schöner, bildschöner Mann, der vor 8 Jahren die Maurerprofession lernen wollte, mir aber aus der Lehre fiel und jetzt Porte-épée-Fähnrich ist, geht eben von mir und hat mir wo nicht angenehme, doch tröstliche Nachricht aus

Saint Michel an der Aisne vom Tode meines Adolf gebracht. Die Offiziere und Kameraden haben ihm einen Denkstein auf sein Grab gesetzt mit seinem Namen und Alter. Er ist in den blutigsten Affären voran gewesen und hat sich bei Versailles nicht mitfangen lassen. Ein Lancier hat ihm das Pferd erstochen, mit diesem hat er sich so lange geschlagen, bis ihn ein Kosak befreiet hat.

Was ist der Mensch und wie lernt er sich behelfen! Muß mir nicht das Traurigste noch ein Trost werden! Adolf liegt auf dem Kirchhofe neben einem Guillotinierten, der seine Schwester umgebracht hat.

24. November. Abends. Eben habe ich die Mademoiselle Tilly spielen sehn: die »Verwandtschaften« von Kotzebue. Der erste Akt ist sehr artig, die 4 andern sehr gemein. Das Mädchen aber wird Dir gefallen. Mir gefällt sie mehr als die Düring. Nicht groß, doch nicht klein; schon geübt, nicht ohne Stimme. Das Köpfchen eiartig, nach unten vielleicht ein wenig spitz. Sehr schöne Augen und überhaupt ein gutes Gesicht. Dabei gewandt und ohne Ungeschicklichkeit. Doch scheint mir's, sie müßte bald in eine Schule kommen, wenn sie nicht überjahren soll. Sie spielt mit Empfindung und Bewußtsein.

Graf Brühl ließ am Freitage mich fragen: ob es wahr sei, daß der Großherzog von Weimar gefährlich krank sei.

1. Teil

1) Gesetzgebung auf Sinai.
2) Kriegerisches Hirtenleben.
3) Einweihung des Tempels Salomonis.
4) Zersplittern des Gottesdienstes.
5) Zerstörung Jerusalem[s]; Gefangenschaft zu Babel.
6) Propheten und Sibyllen kündigen den Messias an.

2. Teil

1) Johannes in der Wüste, die Verkündigung aufnehmend.
2) Anerkennung durch die 3 Könige.
3) Christus erscheint, als Lehrer die Menge an sich ziehend. Einzug in Jerusalem.
4) Bei drohender Gefahr verliert sich die Menge; Freunde schlafen; Leiden am Ölberge.
5) Auferstehung.

275. *An Goethe*

Berlin, den 2. Dezember 1816.

Leider wirst Du, mein Geliebter, diesmal keine Teltower Rübchen erhalten, was mich um so mehr verdrießt, da ich jetzt gewiß weiß, daß sie zur rechten Zeit verdungen sind. Sie sollen jedoch dieses Jahr so wenig geraten sein, daß man Bedenken trägt, sie zu versenden.

Das Liedchen erfolgt endlich, und ich sende das Gedicht auch wieder mit zurück, weil ich es mit Andeutungen über den Vortrag der Melodie in den verschiedenen Strophen versehn habe. Es ist dreistimmig, für zwei Tenore und Baß; die Mittelstimme kann auch von einem Bassisten gesungen werden, im Fall nicht 2 Tenore da sind. Die ganze Gesellschaft kann die beiden letzten Zeilen jeder Strophe wiederholen, damit die drei Vorsänger verschnaufen. Freilich hätte ich wissen sollen, was für Sänger ihr habt. Diesmal wird's wohl gehn, doch künftig bitte ich, mich wissen zu lassen, wieviel von jeder Stimme Sänger vorhanden sind.

Staatsrat Schultz ist wieder krank am Bluthusten. Es ist ein unersetzlicher Schaden, wenn uns der junge treffliche Mann abgehn sollte, den der Staat ebensowenig entbehren kann wie seine starke Familie.

Der Ton des Liedes ist nicht leicht getroffen, und die Sänger werden dabei das Beste tun müssen, um einer gänglichen Melodie die Gegensätze des Offenbaren und still Vertrauten anzueignen.

Indem ich diese Betrachtung erst jetzt mache, da das Lied nun fix und fertig vor mir steht, wollte ich sie Dir eben deswegen mitteilen: man weiß nicht, was man macht, und wäre verloren, wenn's der Gott nicht wüßte.

Auf der Kehrseite habe ich einen Kanon geschrieben, der für jenen Kreis wohl auch zu gebrauchen wäre. Der erste Zweck, warum ich ihn schon vor manchen Jahren machte, war: ein ganzes Gedicht von vielen Strophen auf diese Art durchzuführen. Der Text soll die letzte Strophe eines Studentenliedes sein, das sich anfängt:

»Mein Vater war ein reicher Mann,
Doch fehlt' es ihm an Geld,
Und wenn er nicht gestorben wär',
Wär' er noch in der Welt.«

So geht nun das Lied durch viele Strophen bis auf die letzte, welche unter den Noten steht. Es ist das erste gescheite Studentenlied, was ich gesehn habe, und habe lange danach getrachtet, das Ganze zu erlangen, bis ich endlich zu dem Dinge gekommen bin, welches beiliegt. Du hast Dich ja wohl eher willig gefunden, ein altes Lied, das einen Gedanken hat, aufzustutzen, und es findet sich wohl einmal eine heitere Stunde, in diese Form etwas abzusetzen, das sich genießen läßt, denn jenes Zeug läßt sich doch nicht recht brauchen.

Es ist Dienstag. Gott befohlen! Dein Z.

276. *An Zelter*

Weimar, den 10. Dezember 1816.

Das Liedchen ist angekommen; wir danken zum schönsten für das trefflich geratene. Wenn die Melodie nach dem Inhalt, wie Du angezeigt, variiert wird, so muß es den schönsten Eindruck machen. Hier sende dagegen das Schema zur großen Kantate weiter entwickelt, laß es auch in Dir ferner aufblühen. Eine Abschrift hab' ich zurückbehalten.

Beiliegt auch ein freundlicher Brief an Gubitz mit einer vorläufigen Gabe zu seinen Zwecken. Ich wünsche, daß Du ihm das Günstige selbst überreichest, und füge nichts hinzu als ein herzliches Lebewohl! G.

Da die Rübchen, wie so vieles andere, dieses Jahr mißraten, so habe die Gefälligkeit, mir einigen Zander zu schicken. Auch tu mir die Liebe, mir vor Neujahr von denen artigen Neujahrswünschen [zu senden], die sie beweglich, durchscheinen[d] und auf sonstige Weise in Berlin gar artig fabrizieren. Wir halten jetzt einen Geschäftsträger in Berlin, welchen ich den Auftrag erteilen werde, Deine Auslagen zu ersetzen; auch hast Du noch Deine Wiesbader Auslage zum Teil noch bei mir gut. Das 2. Rhein- und Mainheft ist im Druck, unser »Rochusfest« noch reiner durchgearbeitet.

Herr Gubitz nannte Deinen Namen in seinem Briefe, und in nomine tuo ward er auch erhört. Ebenso denk' ich an Dich, wenn mancherlei Haus- und Landkreuz mich drückt und bedrängt. Im ganzen geht es jedoch gut und günstig. August hält sich sehr brav. Sage mir doch auch ein Wort von Deiner neuen Hauseinrichtung.

Ich erinnere mich kaum, ob ich Dir wegen der Tilly gedankt und eine Frage getan habe. »Sie ist nicht ohne Stimme«, schreibst Du; heißt das, daß sie etwas singen kann, daß sie allenfalls zur Choristin nötig wäre?

Wir haben freilich jetzo ein allerliebstes Mädchen von Königsberg erhalten, der man nicht sogleich eine Rivalin gegenüberstellen darf.

Lebe recht wohl, gedenke meiner im Guten! G.

[Beilage] Erster Teil

Symphonie.
Zum Schluß Donner auf Sinai.
Zudringendes Halbchor (Volk).
Es will in der Nähe sehen, was da vorgeht.
Abhaltendes Halbchor (Leviten).
Das Volk wird von Sinai zurückgedrängt und betet an.
Sprecher (Aaron).
Leitet das Ereignis ein, erwähnt des Abfalls zum goldnen Kalbe.
Das Volk demütigt sich und empfängt das Gesetz.
Sprecher (Josua).
Zug durch die Wüste.
Eroberung des Landes.
Kriegerische Hirtenchöre, im Sinne derer meiner »Pandora«.
Sprecher (Samuel).
Den schwankenden Zustand zwischen Priestertum und Königtum aussprechend.
Beharren des Königs und des Volkes bei dem Begriff des einzigen Nationalgottes.
Salomons Regierungsantritt.
Frauenchöre.
Sulamith, die Geliebteste, in der Ferne.
Priesterchöre.
Einweihung des Tempels.
Chöre aller Art.
Sprecher (Elias).
Die Abweichung gegen Baal vorbereitend.

Dienst auf Höhen und in Freiem.
Chöre des Volks, das zur Heiterkeit früheren freiern Himmelslebens zurückkehrt.
Muntere Festlichkeit, minder religiös.
Chöre der Priester Baals, pfaffenartig mit Härte und Rohheit imponierend.
Sprecher (Jonas).
Drohungen. Große Feindesmassen in der Ferne weissagend.
Herandringen des Feindes.
Beängstigung.
Untergang des Reichs, gewaltsam.
Gefangenschaft, lieblich-lamentabel.
Sprecher (Jesaias).
Rettung und künftiges Glück verkündend.
Chöre, es dankbar aufnehmend, aber im irdischen Sinne.
Propheten- und Sibyllenchöre, auf das Geistige und Ewige hindeutend.
Schließt glorios.

Zweiter Teil

Symphonie.
Sonnenaufgang.
Das Lieblichste der Morgenluft.
Ländlich, nicht hirtlich.
Weite Einsamkeit.
Sprecher (Johannes).
Die Verheißung aufnehmend.
Den Geburtsstern erblickend als Morgenstern.
Die Annäherung der Könige vorbereitend.
Zug der drei Könige.
Es ist kein Widerspruch, wenn hier Janitscharenmusik

gebraucht wird, denn diese ist uns ja über den Oxus hergekommen. Besonders würde sie erfreulich sein bei Ankunft des dritten Königs, der immer als etwas wild vorgestellt wird. (Diese Szene müßte der Abwechslung wegen entschieden dramatisch sein.)

Abzug der Könige in die Ferne.

Sprecher (Christus).

Tritt auf lehrend.

Chor aufmerksam, aber schwankend.

Gesteigerte Lehre.

Andrang und Beifall des Volks, immer im irdischen Sinne.

Christus steigert seine Lehre ins Geistige.

Das Volk mißversteht ihn immer mehr.

Einzug in Jerusalem.

Sprecher (drei Apostel).

Furcht vor Gefahr.

Christus tröstend, stärkend, ermahnend.

Einsames Seelenleiden.

Höchste Qual.

Sprecher (Evangelist).

Kurze Erwähnung des physischen Leidens.

Tod. Auferstehung.

Chor der Engel.

Chor der erschreckten Wächter.

Chor der Frauen.

Chor der Jünger.

Das Irdische fällt alles ab, das Geistige steigert sich bis zur Himmelfahrt und zur Unsterblichkeit.

Der Komponist wird die Beziehungen aller Teile untereinander aufs genauste erwägen und sich von dem Donner auf Sinai immer Steigerungen vorbehalten, welche durch Abwechselung zu erreichen sind.

Ich habe nach Anleitung des Händelischen »Alexanderfestes« statt des dortigen Einen Timotheus mehrere Sprecher aufgeführt, welche teils bloß rezitierend, teils in Gesang übergehend, teils mit dem Chor wetteifernd gedacht werden können, wie man sich's im Gange der Beschäftigung überlegen wird.

Die Sprechenden sind meist Männer; es lassen sich aber auch, wenn es nötig wäre, Frauen substitutieren. Vor allen Dingen wünscht' ich zu erfahren, wie etwa die Hauptstimmen zu verteilen sind und an welchen Stellen man eigentliche Arien einschaltete, zu welchen man biblische und andere fromme Sprüche alsdann umbildete, damit sie noch kenntlich wären und zugleich rhythmisch bequemer.

277. *An Goethe*

Sonntag, 15. Dezember 1816.

Schönen Dank für die gestrige Sendung! Der Gubitz ist zwar nur mein Kollege, doch nicht von den Schlimmsten. Er hat sich ein Mädchen geheiratet, die so manches Jahr meine Singschülerin und eine recht artige Schauspielerin gewesen ist (die Tochter des braven Fleck), mit der er in einer recht glücklichen Ehe lebt und sich sehr einrichten muß, um seinen Eltern mit wohltätig zu werden. Da treibt er denn sein Wesen auf alle Art, aber mit Ehren, weswegen ich denn was auf ihn halte, da er sonst nicht gar viele Freunde hat.

Die Mademoiselle Tilly habe ich nicht *singen* hören, und wenn ich gesagt habe: sie ist nicht ohne Stimme, so habe ich damit sagen wollen, daß ihre Sprache Klang hat, der es freilich noch an Rundigkeit fehlt, die eine strenge Schule nur geben kann.

Die Zander sollen erfolgen so gut sie nur zu finden sind, doch verlangt meine Tochter dazu ein beständig-hartes Wetter, und das wird ja auch kommen. Die verlangten Neujahrswünsche sollen erfolgen. Du hast die Anzahl nicht bestimmt, und ich denke ein Dutzend zu senden, wenn so viele gute von verschiedener Bedeutung zu haben sein werden.

Mein Haus ist immer noch, wie es gewesen ist, wiewohl sich mein Mittagstisch auf fünf Personen beschränkt, unter welchen meines Stiefsohns hinterlassene Tochter und ein junger Theolog, der meines Adolfs Gesellschafter war, mitbegriffen sind. Da ich aber das Haus nun verkauft habe, so muß ich künftige Michaelis ausziehn, was mir sauer werden wird, da ich hier geboren bin.

Das Schema zur Kantate ist ganz nach meinem Sinne; Du brauchst Dich daher nicht zu genieren und kannst geben, was Dir fließt. Arien, Chöre, Rezitative und dergleichen formieren sich selber, ja sie müssen sich selber formieren, wenn das Ganze verständlich ohne gemein werden soll.

Die Ouvertüre war schon disponiert, doch kann ich sie nicht schließen, bis ich den Anfang des Stücks habe. Der Sinn und Geist besteht in den von Dir selbst angegebnen Gegensätzen: Du sollst! – Du wirst! Und dazu brauche ich die ordinären äußern Mittel, daß mir die Steigerung ins Weite übrigbleibt. Die Sache also liegt in den Gedanken, und wer diese nicht sogleich faßt, mag sich Zeit nehmen; anders weiß ich nicht zu verfahren.

Aus dem Donner auf Sinai könnte man Töne der Zehn Gebote vernehmen lassen, die sich nachher durch die Worte selber erklärten. Wären wir nur näher beisammen! man kann ja nicht alles schreiben. Was die meiste Arbeit kosten wird, ist das Konkrete, sowohl im Zusammenhange als in der Ausdehnung. Das Medium zwischen Zukurz und Zulang ist ein unendliches, und man wäre schon ein Gott, wer's *einmal* träfe.

Der Unterschied zwischen Chor und Halbchor würde ich in vier einzelnen Stimmen gegen den ganzen Chor setzen, wenn er als konstrastierend bestehn soll.

Außerdem ist eine weibliche Solopartie fast notwendig, um eine ordentliche Sängerin zu beschäftigen und allenfalls zwei. Sonst können alle Stimmen: Sopran, Alt, Tenor und Baß, als Solostimmen gebraucht werden, und der Chor besteht noch besonders.

Das Ganze dächte ich übrigens einfach genug einzurichten, so daß man die Musik überall, wo nur ein mäßiges Theater mit dem jetzt notwendigen Apparat vorhanden ist, bequem aufführen könnte. Auch Janitscharenmusik kann man, ohne die Instrumente selbst, recht gut andeuten; ja ich finde sogar eine weit größere Kunst darin, so etwas vermuten, erraten, finden zu lassen, als den Leuten die Paukenschläge auf den Rücken zu zählen, was eigentlich schändlich ist.

Von eigentlichen Arien, die hier nicht zu lang sein dürfen, wären eine für den Sopran, eine andere für den Tenor und eine dritte für den Baß hinreichend, da das eigentlich Lyrische von selbst arios wird, selbst in den Rezitativen. Tüchtige Bibelstellen für die Chöre müssen das Beste tun, um dem Ganzen einen respektabeln Leib zu lassen, worin eine Seele Platz findet.

Die Arien können endlich stehn, wie es sich fügen will, wenn sie nur nicht zu nahe aneinander kommen.

Hübsche Liedchen sind auch fertig worden. Darunter werden Dir gefallen: »Flieh, Täubchen, flieh« und »Wie sitzt mir das Liebchen«. Die Wortstellung Deiner Verse ist manchmal so wunderlich, daß ich beim ersten Anblick denke: Das wird nimmer etwas! und wenn ich sie von allen Seiten bekucke, finde ich mir selber, was ich nicht gesucht hätte. Über das: »Flieh, Täubchen« muß ich mich selber wundern. Nur der eine Vers: »Und so soll mein deutsches Herz weich flöten« – das ist ein harter Hund und will sich nicht fügen, ich habe mir selber schon die Zunge daran wund gerieben.

Übermorgen fahre ich nach Stettin. Auf diese kurze Reise werde ich der kurzen Tage wegen wohl eine Woche brauchen. Mendelssohn reist mit mir, oder vielmehr ich mit ihm, denn ich habe in Stettin nichts zu suchen und benutze die Gelegenheit, meine Tochter in Bruchhagen und meinen Sohn in Steckelin zu besuchen, die durch ihre Einrichtung einen Teil meines Vermögens in Händen haben. Übrigens stehn ihre Sachen gut, und wenn kein Krieg wird, werden sie sich bergen. Doch da ist ein Prophet hier angekommen, der uns binnen drei Monaten Krieg ankündigt. Ich habe diesen Mann, der viel Zulauf hat, noch nicht gesehen und kaue noch an dem, was die Welt schon vergessen zu haben scheint. Übrigens wollen wir auf der Hut sein: den Haken sehe ich; Gott gebe, daß wir erkennen, wer ihn auswirft!

Den 16. Zur Probe schicke ich drei Exemplarchen, welche unter mehrern hundert ausgesucht sind, die alle mehr oder weniger durch Angreifen und Probieren beschmutzt sind. Auch diese – reinsten sind nicht ganz rein. Gegen Neujahr sollen bessere erfolgen. Ich suchte solche, worauf *keine* Verse stehn: die sind gar nicht zu bekommen. Recht gute reinliche sind mir noch zugesagt. Z.

278. *An Zelter*

Weimar, den 26. Dezember 1816.

Deinen werten, mit meinen Vorschlägen übereinstimmenden Brief habe erhalten, vorerst aber zu meinen übrigen Papieren gelegt; denn wie ich weiter eingreifen kann, seh' ich nicht klar. Wären wir beisammen, dann würde es sich geschwinder ergeben. Nun aber lastet die Witterung zugleich mit einer Menge Einzelheiten auf mir, daß ich, wenn ich mir auch ein glücklicheres Jahr denke als das vorige, nicht weiß, wie ich fertig werden will.

Doch kommt zu solchen Dingen manchmal ein ganz unvermuteter Anstoß, darauf wollen wir hoffen und vertrauen.

Siehst Du Herrn Direktor Schadow, so sag' ihm, daß mir seine Sendung viel Freude gemacht hat. Herrn Gubitz schick' ich eine Kleinigkeit, aus der er aber etwas machen kann.

Möge es Dir wohl ergehn! mich quält ein Katarrh seit vier Wochen, so daß ich dazwischen, weil doch manches getan sein muß, nur eine fieberhafte Tätigkeit ausüben kann. Das 2. Rhein- und Mainheft ist im Druck und schiebt mich mehr fort, als daß ich es schiebe.

Das beste Lebewohl! G.

279. *An Goethe*

Berlin, den 28. Dezember 1816.

Wegen meiner Reise hatte ich die Kommission, recht gute Stückchen auszusuchen und in meinem Namen abzusenden, jemand übertragen, der es aber nicht getan hat, und nun bin ich besorgt, daß die Einlage nicht zu guter Zeit in Deine Hände komme.

Es ist nicht leicht, solche Dinge für andere auszusuchen. Kaum eins ist darunter, was mir gefällt, und sie sind unter vielen Hunderten ausgewählt, die mehr oder weniger begriffen und beschmutzt und vom schlechtesten Geschmacke sind mitsamt den Versen.

Lebe wohl! und laß bald von Dir hören. Endlich habe ich eine Zulage von 400 rh. jährlich erhalten, die ich schon vor 2 Jahren haben sollte. Sie haben mich dabei um 1200 rh. geprellt, was ihnen Gott vergelte. Noch einmal: lebe wohl ins neue Jahr hinein und gedenke

Deines

Z.

Die Stücke zusammen kosten inklusive den schon gesendeten 3 rh. 2 gr.

1817

280. *An Zelter*

Die Neujahrsbilder sind am Silvestertage glücklich angekommen und konnten daher am Abend sowie am andern Morgen dem geselligen Scherz hülfreiche Hand leisten. Sie sind artig genug; man muß denken, daß sie nicht für uns, sondern für das junge verliebte Volk erfunden und gestempelt sind.

Eben mit dem neuen Jahr erklärt sich die Heirat meines Sohnes mit der ältern Fräulein v. Pogwisch; es ist der Wille der beiden jungen Leute, gegen den ich nichts einzuwenden habe. Hof und Stadt billigt die Verbindung, welche recht hübsche gesellige Verhältnisse begründet.

Zugleich muß ich Dir die wichtige Neuigkeit melden, daß die beiden letzten Strophen jener widerspenstigen Ballade: »Die Kinder, sie hören es gerne« glücklich angelangt sind. Das »Gebet des Paria« dagegen hat noch nicht parieren wollen.

Herrn Direktor Schadow, der mir durch die Medaille sehr viel Vergnügen gemacht hat, hab' ich ein Lied zum Künstlerfeste geschickt; möge es dazu beitragen, den düstern Geist, der durch unsere Kunsthallen schleicht, endlich verbannen zu helfen. Er überbietet freilich schon sich selbst, und allernächst werden die Bekenner und Beförderer mit Schrecken spüren, daß sie sich auch merkantilisch verrechnet haben.

Lebe recht wohl! und versäume nicht, von Zeit zu Zeit Deine Schwanen- und Trappenfeder für mich in Bewegung zu setzen.

Weimar, den 1. Januar 1817. G.

281. *An Goethe*

Berlin, den 8. Januar 1817.

Recht hübsch ist's von Dir, mir gleich die Nachricht zu geben, daß die kleinen Neujahrsbildchen noch zur rechten Zeit angekommen sind. Denn ich war in Sorgen und hatte wegen meiner Reise die Kommission einem aufgetragen, der sie vergessen hat.

Dein Brief vom 1. Januar enthält überhaupt schöne Neujahrsnachrichten. Die Heirat Deines tüchtigen August mit einem Mädchen, die von Stadt und Land geliebt und gelobt wird, kann und muß auch Dir wohl tun.

Nun kommt das junge Weiblein und streichelt dem alten Herrn den Bart und kraut ihm hinter den Ohren und schleicht zur rechten Zeit wieder von dannen und kostet das Süppchen und kuckt in die Winkel und tupft mit dem Finger das Stäubchen auf und sieht nach dem Wetter und geht in den Stall und läßt den Wagen vorfahren und vexiert das alte Kind an die Sonne und läßt ihn durchlüften und packt ihn wieder ins Chaischen und legt ihm den Mantel zurecht, und im Hause steht schon die Suppe und erwartet ein freundliches Auge, und Väterchen hinten und Väterchen vorne, und wo sich's verschieben, verdrücken oder reißen will, da tritt sie still ein und stellt wieder her die magnetische Kraft behaglichen Beisammenseins.

Grüß' mir nun den braven Sohn und sein Liebchen. Meines höchsten Anteils ist er gewiß. Was Er sich selber macht, wird *sein* sein, und daß es gedeihe, dazu mögen die Götter helfen und Dämonen nicht stören!

Auf das Balladchen: »Die Kinder, sie hören es gerne« freue ich mich schon längst, und daß das »Gebet des Paria« noch nicht parieren will, freut mich fast, weil ich dachte, nur mir könne so etwas vorkommen, in der Zerstreuung, worin ich mich umtreibe. Einen Gedanken haben und darzustellen ist so zweierlei, daß es mich oft zur Verzweifelung bringt an meinem bißchen Talent. Und – eines anderen Gedanken so in sich zur Reife zu bringen, um ihn getrost seinem Erfinder zurückzugeben, kann mich zu Wehen einer Gebärerin steigern.

Dein Gedicht, welches Du unserm Künstlerverein gesandt hast, hat große Freude gemacht. Was Architekten, Maler, Bildhauer und wir andere Musiker zu dem diesjährigen Feste geleistet haben, ist nicht ganz ohne gewesen, und wenn ich die Vorstellung des »Phidias« ausnehme, so ist keine Produktion ohne Geist gewesen.

Dieser »Phidias« war allerdings eine übergriffne Idee, fern und zugleich nahe genug, dem »Pygmalion« des Rousseau abgeborgt. Was soll ich sagen? Dieser Phidias ist ein Narr, der erst lernen soll, Klöße backen, und in niederträchtiger Bescheidenheit den übermütigen Gedanken hegt, den höchsten der Götter aufzufordern, ihm zu sitzen. Er ist aber auch bezahlt worden darnach. Jupiter erschien, aber wie? Ich glaube, er hat den Arsch gewiesen. Denn diese Fratzengestalt sah aus, als wenn sie ein Barbiergesell aus Rindfleisch zusammengenäht hätte. Dazu ließ sich ein Donner hören, der sich ausnahm, als ob der Gott sich an Teltower Rübchen ersättigt hätte.

Eine Suite von vier großen transparenten Gemälden aus Huttens Leben waren höchst geistreich angeordnet, besonders in einzelnen Teilen, und vorteilhaft beleuchtet. Das Verdienstliche an diesen Stücken besteht in der Geschwindigkeit, mit welcher sie hingeworfen und von großer Derbheit sind. Die beiden Stücke von Kolbe und Herbig haben mir unendlich gefallen, wegen ihrer Wahrheit und Sicherheit.

Zu einer Gruppe aus lebenden Figuren (»Saul und David«) habe ich ein Musikchen gemacht, das besser geklungen hätte, wenn der Raum nicht zu eng und niedrig war. Der

Kürze wegen ist es nicht ohne Beifall gewesen; denn man kann den Leuten nicht gefälliger erscheinen, als wenn man sie nicht zum Denken und tief Empfinden kommen läßt.

Schadow hat das possierlichste Duodram in Knittelversen ganz exzellent aufführen lassen, worin das ganze moderne Kunstwesen, unsere Akademie und der Künstlerverein selber namentlich, aber höchst heiter, ja liebenswürdig, zu allgemeiner Belustigung zusammengenommen war. Keiner von Bedeutung war geschont, und dieser Spaß endete mit Speis' und Trank, wie sich's gehört, bis nach Mitternacht.

Die Luther'schen Vorreden, besonders zum Alten und Neuen Testament, habe mit großer Erbauung wieder gelesen.

Schadow empfiehlt sich bestens. Er wird selber an Dich schreiben und, wenn ich recht verstanden, etwas senden.

Außerdem bin ich beauftragt, ganz besonders für das angenehme Gedicht zu danken. Es sind ein halb Dutzend recht brave Kerls darunter: ehrlich, fleißig und geduldig, und die Arbeit geht ihnen von Handen. Lebe wohl, mein Allerbester! Es ist Sonnabend, den 12. Januar 1817.

Ewig Dein

Z.

282. *An Zelter*

Weimar, den 7. Februar 1817.

Schon lange hab' ich, mein teurer Freund, nichts von Dir vernommen, kann auch von mir nichts weiter sagen, als daß ich die Zeit in großer Unruhe gelebt. Eine bedeutende Veränderung bei unserem Theater hat uns ziemlich in Atem erhalten, und dies ist auch Ursache, warum ich gegenwärtig schreibe.

Ein junger Mann, namens Teichmann, der seit Ernennung des Grafen v. Brühl zum Generalintendanten in dessen Bureau als Journalist angestellt ist, hat sich bei mir zum Schauspieler erboten. Dieses geschah im November vorigen Jahres, wo ich es ablehnen mußte.

Gegenwärtig ersuch' ich Dich in Vertrauen, den jungen Mann zu sprechen und womöglich etwas von ihm rezitieren oder deklamieren zu lassen, sodann mir davon sowie von seiner Figur, Anstand und Betragen nach Deiner Weisheit auslangende Kenntnis zu geben, auch ihn zu veranlassen, daß er ein ausführliches curriculum vitae aufsetze, ingleichen ein Verzeichnis der Rollen, in welchen er zu reussieren denkt. Je geschwinder dieses zu mir gelangen kann, desto besser ist es. Nichts weiter also als die Versicherung meiner ewigen Anhänglichkeit. G.

283. *An Goethe*

Dienstag abend, den 11. Februar 1817.

Wer nicht wüßte, wie er Dich lieben soll, mag die »Iphigenia« sehn. Sie ist soeben gespielt worden.

Alle Wahrheit und Güte der Natur hat sich über dies Stück ausgegossen. Es sind Menschen, an denen man die Menschheit, ja sich selbst verehrt, ohne sich geschmeichelt zu finden.

Es ist ein religiöses Stück; es hat mich in Tränen gebadet und erbauet, wie viele andere.

Das Haus war zum Erdrücken voll und der Beifall unsäglich. Wolffs wurden beide herausgerufen. Sie zuerst, dann auch Er.

Sie haben alle gewirkt, was möglich. Möchte nur keiner wollen, was er nicht kann und das Stück gar nicht verlangt und nicht leidet, denn es spielt sich alleine.

Auch die Intenda[n]tur ist zu loben, und was man auch

dagegen sagen will, so sticht sie doch grell genug ab gegen die vorige, wo alles, Geld und Mühe, auf Possen verwendet wurde. Dekoration und Kleidung waren neu, kostbar und angemessen. Orest ins Braune und Rote, Pylades ins Hellblaue.

Daß ich seit 4-5 Wochen nicht geschrieben habe, weiß ich recht gut und habe genug daran gedacht. Allerlei kleine Sorgen verkümmern des Lebens Leben, man weiß nicht, wo die Zeit bleibt und was man tut, indem man wer weiß wie geschäftig ist.

Hast Du wohl schon etwas über unsern »Lutherus« ausgedacht? Damit ich einen Anfang hätte.

Fürst Hardenberg hat mir aufgetragen, ihm eine neue Orgel in Neu-Hardenberg (ehemals Quilitz), 9 Meilen von hier, erbauen zu lassen. Diese Orgel wird gegen das Reformationsjubiläum fertig sein, und dazu möchte ich gern etwas fertighaben. Ein altes Stück sollte man doch wohl dazu nicht nehmen, wiewohl das Neue bei uns nicht überschätzt wird.

Donnerstag, den 13. Februar. Gestern abend habe ich Deinen Brief vom 7. dieses erhalten.

Der junge Teichmann geht soeben von mir. Er ist mittler Größe, 24 Jahre alt, blond, offne, blaue, etwas matte Augen, und nicht schlimm gebaut. Sein Gang will mir nicht recht gefallen, und an seiner Sprache wirst Du auch zu bessern finden. Mund und Stirne sind nicht schlecht, aber die letzte besser als der erste. Breite Oberzähne sind gerade gewachsen, doch von schlechter Farbe.

Morgen wird er mir vorlesen oder -deklamieren, und dann soll ein Mehreres erfolgen.

Er ist, wie er sagt, des Grafen Geheimschreiber und rühmt seine Güte, weshalb er ihn nicht verlassen würde, wenn er sich nicht ein sort wünschte und unwiderstehliche Lust hätte, sich dieser Kunst hinzugeben. Als ich ihn fragte:

warum er denn hier im Orte die Gelegenheit nicht nutzen wollen, sich zu üben, da er dem Theater am nächsten wäre, sagte er, daß er Ursachen habe, hier nicht zuerst aufzutreten.

Abends. Noch einmal auf Deine »Iphigenia« zu kommen: so habe ich Dir schon längst sagen wollen, wie ausnehmend wohl mir der Schluß gefällt, den Du in der »Italienischen Reise« angibst; ja er ist weit schlagender als jener im gedruckten Stücke; doch eben deswegen hätte auch das ganze Stück anders werden können. Wie es nun hier ist, scheint mir das Gedruckte das Ruhigste, Natürlichste: der Fluch ist gelöst und seine Wirkung versiegt, da die Schwester wiedergefunden ist, eben als noch das Entsetzlichste zur Fortsetzung desselben geschehen sollte. Die Entdeckung, daß unter der Schwester niemand anders gemeint sein könne als Iphigenia, ist höchst glücklich; doch will mich das Gefühl einer Entschuldigung nicht verlassen, daß nur der Handel geschlossen werde.

Zu meiner Beruhigung denke ich mir dabei, daß wohl Iphigenie eine ähnliche Weissagung der Diana gehabt habe wie Orest des Apollo: daß sie nämlich ihr ganzes Haus durch die Wiederfindung des Bruders entsündigen werde.

Weiß ich doch selber nicht recht, was ich daherschreibe, und ich müßte viele Zeit haben, gehörig zu entwickeln, was ich sagen will. Vielleicht weißt Du es und verzeihst mir, wenn ich irre.

Freitag. 14. Februar. Nun habe ich den jungen Mann auch lesen hören. Freilich lange nicht gut genug und wie in der Regel die Schauspieler selber, aber ohne Naturfehler. Stirn und Nase sind sehr gut, und sein Kopf hat eine gute Ovalform. Der Mund ist nicht schön, kann aber im Gespräch vorteilhafte Lagen annehmen. Von Musik weiß er nichts, und Singen geht ihm ab. Ein sehr blonder Bart ist eben im Entstehn und wird anfangs Farbe kosten. Sein natürlicher Gang scheint etwas eng. Am meisten gefällt er mir im

Ganzen, von seiten seines Wesens und sanften Charakters. Vielleicht geht es Dir, wenn Du ihn siehst, ebenso, und da Du manchmal wohl einen Menschen brauchst zum Schreiben und Lesen, so geschieht vielleicht, was er sehr wünscht, sich an Dich zu attachieren.

Für diesmal nichts weiter als ein Lebewohl und schönen Gruß an das Brautpaar.

Dein

Z.

284. *An Goethe*

Sonntag, den 16. Februar, abends, 1817.

Wir haben eben einen Tänzer aus der Pariser Oper, Monsieur Antoinin, bei uns, der heut zum ersten Male getanzt hat.

Was heut zum besten gegeben wurde, bestand in einem Divertimento, wo es auf Stellung, Haltung, Tragung, Wendung, Lauf und Sprung ankam: wenn Du willst, ein Solfeggio.

Gehörige Leibeslänge, ein glücklicher Unterbau, Anstand, Geschick, Biegsamkeit, Anmut und vollkommne Schule lassen sich schon begreifen und loben.

Gesicht, Bedeutung, Naivetät, kurz ein Etwas, das ich Muskelspiel nennen möchte, wurden nicht vermißt, da das Auge vergnüget wird, es weiß nicht wie und womit. Und treten jene Eigenschaften noch in Kontrast mit einer wenig vollkommnen Umgebung, so ist man überzufrieden.

Die beiden Vigano sind es eigentlich, die mir den Geschmack an allen folgenden Tänzern verdorben haben, denn so habe ich's nicht wiedergesehen und erkannt: es war beinahe nichts und doch alles. Aber Madame Vigano tut keinen Schritt umsonst, noch weniger einen Sprung.

Den Schauspieler Wolff habe ich gestern gesprochen und ihn zufriedener mit uns gefunden als anfangs, was mir darum lieb ist, weil ich's ihm früher hier gesagt hatte und weil ich auch nicht wüßte, wie diese beiden Leute sollten ersetzt werden, wenn sie von uns gingen.

Wild hat heut zum letzten Male den Orest gesungen: eine Rolle, die ich am liebsten von einem natürlichen Baritono hören möchte, damit auch hierin die beiden Charaktere auseinander treten, deren natürliche Verschiedenheit allein ein schönes Ensemble geben kann.

Teichmann wird selber schreiben und seinen Lebenslauf mitsenden; ich habe es ihm eilig gemacht, und so wird er wohl nächstens seine Sache an Dich bringen. Dies glaube ich in meinem letzten Briefe nicht gemeldet zu haben, und darum schreibe ich sogleich wieder, weil ich sonst nichts zu schreiben weiß als

ewig Dein

Zelter.

285. *An Zelter*

Dank für Deine beiden gehaltvollen Briefe. Der Bewohner einer großen Stadt ist doch immer zu beneiden, weil ihm vor Aug' und Ohr kommt, wovon wir Kleinstädter nie einen Begriff erhalten. Deine Tänzer hast Du meisterhaft geschildert.

Durch die guten Worte, womit Du »Iphigenien« so treulich ehrest, sei mir gleichfalls gelobt und gepriesen. Die wundersame Entstehung der zweiten Redaktion schildert die »Italienische Reise«. »Iphigenie auf Delphi« wird wohl ungeschrieben bleiben. Es ist eine Notiz da, daß die alten Tragiker diesen Gegenstand behandelt haben, der mich notwendig reizen mußte, weil ich in das Atreu[s]ische Haus mich so eingesiedelt hatte. Eine zyklische Behandlung hat viele Vorteile, nur daß wir Neuern uns nicht recht darin zu finden wissen. Ferner sollst Du gelobt sein wegen der erfreulichen Schilderung des jungen Teichmanns, dessen Wesen und Naturell mir gar wohl gefällt. Er hat mir auch recht verständig geschrieben und geschickt, was ich begehrte; auch schreibt er eine allerliebste Hand.

Nur ist seit der Zeit, als ich das erstemal Dir schrieb, eine unerwartete und also seltsame Veränderung bei unserm Theater vorgegangen, welche durch die eilende Fama, besonders bei jetzo gut eingerichteten Posten, eilig genug zu euch gekommen sein wird. Ich habe die Sache wieder auf den Schultern, wie vor soviel Jahren, fange wieder an wie damals. Den »Mahomet« hab' ich schon wieder auf die Bühne gebracht, als Exerzitium der ersten grammatikalischen Übungen. Die Sache steht wunderlich genug, für mich so günstig als möglich. Im eigentlich Artistischen, Technischen, Ökonomischen kann man sich keine Einrichtung besser wünschen; nur erregte zuletzt eine geistlose Behandlung allgemeinen Unwillen, daß endlich eine Explosion folgen mußte. Ich erwartete sie, um auch aus der Sache zu scheiden. Anstatt dessen fühlt' ich mich verpflichtet, zur Erhaltung des morschen Gebäudes beizutragen. Dies wird mir möglich und leicht, weil mein Sohn mit zur Intendanz gesetzt worden und ich eine unumschränkte Gewalt im Kunstfach ausübe, ohne durch Nebendinge gehudelt zu werden. In kurzer Zeit soll alles ein anderes Ansehn haben, und wenn ich bis Johanni fortfahre, zu handeln wie diese drei Wochen, so kann ich in die weite Welt gehen, und es soll dieser Anstalt besser geholfen sein als durch Solons Gesetze und Abschied den Atheniensern.

Aber eben gerade jetzt muß ich mich auf unser Personal einschränken und zeigen, was man damit tun kann, und darf durch Erscheinung eines Fremden keine Apprehension geben, wie ich vor ein paar Monaten mit größter Gleichgiltigkeit getan hätte. Sage dem jungen Mann darüber ein freundlich Wort und ohngefähr soviel, als er zu wissen braucht.

So den leeren Raum zu benutzen, will ich Dir vertrauen, daß ich mich seit vollen vierzehn Tagen, Tag und Nacht, wenn das letztere viel bei mir sagen will, mit einer Arbeit beschäftige, die Du mir nicht zutraust.

Ich redigiere nämlich Kotzebues »Schutzgeist«. Sie hatten ungeschicktesterweise das Stück zur Großherzogin Geburtstag in extenso gegeben; es dauerte bis halb eilf, Hof und Stadt protestierten gegen seine Wiedererscheinung. Weil aber die darin zusammengestoppelten Motive doch manches Interessante haben, gerade wie es die Leute wünschen, so fuhr ich herein und machte den Schutzgeist des »Schutzgeistes«. Er bleibt mit auf dem Repertorium, und schon dadurch ist meine Mühe reichlich belohnt.

Lebe wohl und schreibe bald!

Der Deine

Weimar, den 23. Februar 1817. G.

286. *An Goethe*

Freitag, 28. Februar 1817.

Die Geschichte oder, was einerlei ist, die Frau Geheime Rätin Köls hat mir soeben in der Oper gesagt: Du seist krank. Das hat mir das Gewissen aufgeregt, und so schreibe ich Dir pflichtmäßig sogleich diese Nachricht, welche ich nicht glaube, weil Du mir's verboten hast, aber darum nicht besser dran bin, denn was ich nicht glauben soll, muß auch nicht möglich sein.

Eben habe ich eine neue Oper: »Athalia«, nach Racine vom Herrn Wohlbrück nachgearbeitet, mit Musik des Freiherrn v. Poißl, aufgegessen. Die Musik hat in der Tat mehr

Art, als sonst die Freiherrn haben, und hat bis jetzt Glück gemacht durch die große Bescheidenheit, womit sie sich darstellt. Man ist in der Tat froh, einmal wieder ein Werk zu genießen, das die Ohren nicht wund frottiert. Etwas mehr aria, das Wort im eigentlichen Sinne genommen, würde ihr zugut kommen. Der deutsche Text hätte manche gute Stelle, wenn nur der Charakter der Athalie ein wenig höher stünde. Hier ist sie ein rohes und dummes Weib, ein Mordracker; dagegen ist das kleine Joaschen wie eine Wurst gestopft mit Weisheit, Frömmigkeit und viel Redensarten.

Das Beste sind die Dekorationen, worunter der innere Tempel und eine Landschaft, höchst löblich von Schinkel angeordnet.

Herrn Antonin habe ich zum zweiten Male tanzen sehn und bin so klug gewesen, so weit davon zu gehn, sein Gesicht nicht zu sehn. Der Kerl ist in der Tat wie ein Riemen. Alle seine Sprünge und Stückchen sind leicht, rund, weich und willkommen, doch ohne Bedeutung. Es ist aber angenehm zu bemerken, daß sich die Leute so viele Mühe geben bloß für die Zuschauer, die denn auch wacker das ihrige mit Händen dagegen geleistet haben.

Der Deine

Z.

287. *An Goethe*

Berlin, den 3. März 1817.

Deinen lieben Brief vom 23. vorigen Monats habe ich gestern erhalten und mich nicht wenig gefreut, daß Du wieder an das alte Fuhrwerk gegangen bist, das Dir denn doch ein periodischer Ableiter Deiner gar zu einsamen Hockerei werden muß. Und daß August ein junger, rascher, sachkundiger Teilnehmer geworden ist, freut mich doppelt. Er soll seine

Not haben und finden, zwischen Hof und Gemeinde zu stehen und beiden den Brei recht zu kochen.

Den jungen Teichmann werde ich durch Wolffs, die um die Sache wissen, bescheiden, so gut ich's machen kann; denn er hat sich unendlich gefreut und wird unendlich traurig sein, die widerwärtige Kunde zu vernehmen.

Daß ich Dir die Arbeit, die Du jetzt machst, nicht zugetraut habe, hast Du glücklich erraten. Du wirst doch wohl wissen, was man hier laut und täglich hört, daß der edle Autor in kurzem bei euch einsprechen wird, um von dort aus seinen erlauchten Herrn über Wissenschaft und Literatur sicher, vollständig und redlich aufzuklären.

Da tust Du nun ein großes Werk, Dir etwas vorzuarbeiten, um ihn würdig zu empfangen. Schade nur, daß mein »Luther« dadurch um sein armes Leben kommt!

Da ich Dir nun einmal nichts Gescheutes schreiben kann, so sende ich Dir die beiliegenden Gedichte von einem unserer Liedertafelmänner, der sehr fix versifiziert, und weil doch Humor in seinem Geschreibe ist.

Lebe wohl und denke Deines

Dienstag, 4. März 1817. Zelter.

288. *An Goethe*

Berlin, 7. März 1817.

Wolff erzählt mir gestern aus seinen Nachrichten: die Großherzogin habe sich bei ihrem Gemahl über das Theater mit den Worten herausgelassen, das Theater sei solange ihr großes Vergnügen gewesen und jetzt, da es ihr nötiger sei als jemals, müsse sie eine solche Vorstellung erleben, womit man gar noch ihren Geburtstag zu feiern gedenke. Das Stück ist hier wohl schon öfter gegeben, doch habe ich es nicht gesehen, und da ich mich auf die Ursache besinne, warum nicht, so muß ich gestehen: der Titel hat mich abgeschreckt. Man kommt von solchen Kleinigkeiten nicht los, und doch dachte ich, ich halte nichts auf Titel.

Ein sehr artiges Stückchen in einem Akt: »Die Mißverständnisse« habe ich gestern gesehn. Es ist vom Herrn v. Steigentesch. Wolff und Devrient spielen darin ganz vollkommen. Ein kleines artiges Wesen, Mademoiselle Luise Rogée, tut sich bei uns auf durch eine leichte, natürliche, gehaltene Art und feine Sprache. Ein allerliebstes Theaterfigürchen. Augen, Füßchen, Mund und Jugend harmonieren recht munter miteinander.

Auch Madame Wolff hat im »Rätsel« von Contessa ausnehmend brav gespielt und schön gesprochen. Bei der Gelegenheit habe ich mir ihre Stimme recht auf die Kapelle gebracht. Die Stimme ist von Natur sanft und wohlklingend, bis auf einen gewissen Grad, den sie gestern beobachtet und ganz allgemein gefallen hat. Ich werde es ihr nächstens sagen, denn ihr Mann hat mich darum ersucht.

Sie muß ihr Fortissimo und Pianissimo kennen lernen. Wer lange auf einem mäßigen und ebendemselben Theater spielt und Talent hat, übt es aus, ohne daran zu denken. Der bald wiederkehrende Ton gibt sich selber Maß.

Auf einem großen Theater, ja solchem wie das unsere, das dem Schauspieler gar zu wenig zuhilft und ihm in gewisser Art immer fremd bleibt, ist es sehr anders: alle *Anstrengung* ist gewiß verloren, dagegen ein tüchtiges Zusammennehmen und Sich-selbst-Festhalten das einzige bleibt, um sich nicht die Lungensucht an den Hals zu reden. Das Ohr wird mit krank.

Madame Bethmann hatte sich's recht ausgerechnet; sie fand gleichsam von Natur die Punkte auf den Brettern aus, wo sie stehn mußte, um das eine und das andere zu sagen. Aber auch bei dem besten Theater muß der Schauspieler auf diese Stehpunkte merken, denn sie erleichtern ihm sein

Spiel, seine Luft und sein Glück wie ein bequemes musikalisches Instrument in der Hand des Spielers.

Von »Heinrich dem 4.« ist schon Leseprobe gewesen, ich freue mich unendlich auf Devrients Falstaff. Lebe wohl!

Dein Z.

Abends. Da ich eben meine Theaterperiode habe, so mußt Du schon stillehalten, wenn ich noch eins vom Herrn Antonin aufzähle. Heut habe ich ihn zum dritten Male tanzen sehn und zwar mit der Guitarre, drauf spielend. Dieser Mensch ist nicht allein ein sehr vollkommner Tänzer: er spielt auch dieses Instrument meisterhaft. Das ist's nun aber noch nicht alles: er vereinigt beides sehr vollkommen. Er spielte die »Folie d'Espagne« mit Variationen und tanzte dazu ohne allen Zwang. Wie die Veränderungen an Lebhaftigkeit zunehmen, nimmt auch die Lebhaftigkeit des Tanzes zu. Dabei ist kein Schritt, kein Sprung, keine Bewegung, die nicht vollkommen mit der Musik übereinstimmte. Das Orchester schwieg gänzlich, und bei den schnellsten Bewegungen blieb kein einziger Ton aus, kurz, ich habe dies unvollkommne Instrument noch niemals so vollkommen spielen hören. Die Sicherheit und Stärke, das Instrument bei den stärksten Leibesbewegungen festzuhalten und so rein und anmutig zu spielen, habe ich höchlich bewundert.

289. *An Zelter*

Wenn Dir, mein Teuerster, Frau Fama oder Fabula Nachricht von Krankheit gebracht hat, die mich soll befallen haben, so mochte sie veranlaßt sein dadurch, daß ich seit vier Wochen kaum aus dem Hause gekommen bin und wirklich an dem seltsamen Unternehmen krankte, wovon ich dir schon gemeldet habe: an der Bearbeitung des »Schutzgeistes«

nämlich für unser Theater. Gestern bin ich nun von diesem Übel genesen, wie Du aus beiliegendem Anschlagzettel siehst, mit welchem Du der Frau Historia ein Geschenk machen kannst. Was Du aber auf dem Zettel nicht liesest, ist das glückliche Gelingen. Ich habe bei meiner Redaktion nur das Wirksame behalten und das Notwendige in die Enge gebracht, die langen ausführlichen Erzählungen zu kurzen kräftigen Darstellungen umgeschrieben, die matten Verse überarbeitet und die Lücken, die ich mit grausamer Schere hineingeschnitten, wieder zusammengefügt und übermalt, so daß es jetzt ein interessantes, glatt hintereinander weggehendes Stück und beinahe um eine Stunde kürzer geworden.

Soviel von meinen neusten Taten, wozu ich noch fügen muß, daß die ganze Aufführung nach alter weimarischer Weise mit Präzision sowohl des Auftretens, Gehens und Bewegens, Gruppierens, nicht weniger der Rezitation und Deklamation gegeben worden. Schreibe mir nun auch wieder bald ein Wort von Dir. »Athalia« ist noch nicht gegeben, wegen Krankheit Stromeyers. Wir hoffen sie nächsten Sonnabend, den 15. dieses, aufzuführen. Ein herzliches Lebewohl!

Weimar, den 9. März 1817. G.

[Beilage] März

Es ist ein Schnee gefallen,
Denn es ist noch nicht Zeit,
Daß von den Blümlein allen,
Daß von den Blümlein allen
Wir werden hoch erfreut.

Der Sonnenblick betrüget
Mit mildem falschem Schein,
Die Schwalbe selber lüget,

Die Schwalbe selber lüget;
Warum? Sie kommt allein!

Sollt' ich mich einzeln freuen,
Wenn auch der Frühling nah?
Doch kommen wir zu zweien,
Doch kommen wir zu zweien,
Gleich ist der Sommer da.

290. *An Goethe*

1. Ostertag 1817.

Der junge *Caspar*, dem ich auf seine Bitte dies Schreiben mitgebe, hat die Apothekerkunst erlernt und studiert nun Medizin, weshalb er nach Göttingen will.

Er ist eine Zeitlang Mitglied der Singakademie hieselbst gewesen und für einen Liebhaber gar nicht ununterrichtet. Auch sein sittliches Wesen ist nicht ohne Anmut, und daher habe ich seine Bitte gern gewährt, sein Auge an Deinem Anblicke zu weiden.

Mein Osterkonzert ist vorüber und sehr vorteilhaft ausgefallen; ich habe ein hübsches Sümmchen übrigbehalten, auch war die Musik, was ich wohl *gut* nenne.

Nun habe ich meine Gedanken auf die Veränderung meiner Wohnung zu richten. Da ich in diesem Hause geboren bin, so kannst Du denken, daß sich in einem Schock Jahre manches aufeinander gepackt hat, das ich nun erst zu sehn bekommen werde, indem der Grund aufgewühlt wird. Was mir dabei am meisten unbequem fallen dürfte, ist, daß mir darüber der ganze Sommer zerrissen wird, indem ich das Geld der Badereise auf die Einrichtung meiner neuen Wohnung werde verwenden müssen.

Wie ich höre, ist bei euch in diesen Tagen Hochzeit, wozu

wir Heil und Freude wünschen. Theatergeschichten werden auch erzählt: Du seist in Jena, um zu maulen, weil sie nicht tanzen wollen, wie Du pfeifst. Bei euch, sehe ich wohl, gibt's auch Verrückte.

Lebe wohl und laß bald von Dir hören; ich freue mich schon recht auf den 2. Teil des Rheinhefts und der »Italienischen Reise.«

Dein

Dienstag nach Ostern 1817. Z.

291. *An Goethe*

Madame Mendelssohn, eine verständige, liebenswürdige, ehemals sehr schöne Frau, die ich als Mädchen gekannt, ja geliebt habe, wird sich glücklich halten, Dein Angesicht zu sehn.

Sie ist die Frau des ältesten Sohnes von Moses Mendelssohn und geht mit ihrem Sohne über Weimar nach Paris zu ihrem Manne. Ich habe ihre Bitte um einen Brief an Dich nicht versagen mögen, indem ich an der ganzen Familie von Jugend an Anteil genommen und von ihnen dagegen recht freundschaftliche und treue Gegenbezeugungen zu rühmen habe.

Ihr Sohn, den sie bei sich hat, ist ein stiller, etwas in sich gekehrter, wohlunterrichteter Jüngling, dem Du schon ein gutes Wort sagen wirst, um sein schüchternes Wesen zu verbannen, das ihn sogar recht glücklich von der allgemeinen Race der Jungenleute auszeichnet.

Sie werden Dir diesen Brief zuschicken, und kannst Du eine Stunde missen, so schenke sie diesen guten Leuten und laß sie zu Dir bestellen.

Die Frau hat etwas Orientalisches behalten, wie ich es gern habe, und ich denke, Du sollst es auch bald bemerken.

Laß doch ein Wort von Dir hören. Nun freue ich mich schon auf die Leipziger Messe, die ein paar schöne Bücher mitbringt, worin wir einmal wieder kosten, nippen, schwelgen wollen.

Lebe wohl, mein Bester, und verzeih', daß ich Dir sooft Leute ins Haus schicke. Wollte Gott, ich könnte Dir auch Liebes dafür tun; doch was hätten wir Arme anzubieten? Bei uns ist wohl Geschrei, aber wenig Wolle.

Freitag, den 11. April 1817. Soeben geht der Hauptmann Müller von mir, den ich zwar schon vor etwa 3 Monaten beim Geheimen Staatsrat Hufeland gesehn, aber seit der Zeit nicht wieder angetroffen habe. Er bietet mir an, die Briefe an Dich durch ihn zu befördern, und das soll geschehen; der Mann sieht recht gut aus.

Dein

Zelter.

Vorgestern ist der bekannte Orientalist v. Diez gestorben.

292. *An Goethe*

Wir haben hier ein neues Trauerspiel von Öhlenschläger zu erwarten. Da ich etwas Musik dazu machen soll, habe ich's gelesen, es gefällt mir aber wenig.

Es fehlt an Klarheit, es will nichts recht hervorspringen, und an Kadenz fehlt es auch. Ein norwegischer junger Ritter ist mit einer Schönen aufgewachsen. Die jungen Leute lieben sich, dürfen sich aber nicht ehelichen, weil sie zu nahe Verwandte sind. Der Jüngling bekämpft seine Leidenschaft damit, daß er an den Heerzügen Heinrichs Anteil nimmt, wo er sich vortut und den Papst zu einer Dispensation bewegt. Nach 5 Jahren kommt er mit dieser Dispensation zurück und findet das Mädchen noch standhaft liebend, die aber vom Könige begehrt wird. Ein Pfaffe findet in der Dispensation etwas vergessen, denn die jungen Leute sind auch Taufgeschwister, und nun ist der Teufel wieder los. Der Papst ist unterdessen gestorben, und der neue Papst ist ein Freund des Königs. Da ist nun Mord die Fülle: der Pfaff wird ermordet, der König ermordet, die Liebenden kommen um, und das Stück ist ein Trauerspiel. Was leben bleibt, ist nicht der Lumpen wert, die es trägt, und die tot sind, hätten recht gut natürlichen Todes sterben können.

Genug, ich habe von diesem Dichter etwas Tüchtigeres erwartet, wiewohl ich ihn nur habe rühmen *hören*, denn diese Tragödie ist das Erste, was ich von ihm lese. Vielleicht macht es sich auf dem Theater besser; auch die Verse sind nicht besonders.

Was ich daran zu tun habe, sind einige ernsthafte Stücke, denn beinahe das ganze Stück spielt in einer gotischen Kirche zu Drontheim in Norwegen, und die Helden haben barbarische Namen. Das Stück heißt: »Axel und Walburg« (Namen der beiden Liebenden) und spielt im 12. Jahrhundert.

Auch dies gebe ich der Madame Mendelssohn mit, damit Du nur einmal wieder von mir hörst. Lebe wohl, mein Allerbester!

Dein

Zelter.

Ich habe mir durch eine Geschäftsreise ein fatales Augenübel zugezogen, denke aber, es soll bald vorübergehn.

293. *An Goethe*

Berlin, den 24. Mai 1817.

Ich bin still – Du bist still – keins will sich melden.

Seit sechs Wochen leide ich an einem verwünschten Augenkatarrh, der mir das Angesicht schon zum 3. Male nacheinander mit einer Blatternrose bedeckt, daß ich nicht schreiben kann – und doch muß ich schreiben.

Nun sei mir auch gelobt und gedankt für das zweite Heft, daher mir schöne Gedanken fließen.

Gott wird geben, daß Dein wahres Wort Einen Burschen von Talent wieder zu sich selber hilft, denn die Welt ist damit angesteckt, hier und überall.

Auch der nordfeste Öhlenschläger hat den »Correggio« auf solche Beine gebracht, daß man ihm einen Obolum schenken möchte. So wie die Kerls auftauen, werden sie zu Brei. Ich kann das laxierende Klosterzeug nicht bei mir behalten, man verliert die Natur und sich selber.

Und wo wird denn Eure Exintendanz sich die bevorstehenden Sommertage bekommen lassen? Ist denn eure Hochzeit vorbei? Man erfährt nichts von euch als durch die Zeitungen, und daher weiß ich, daß die Studenten in Jena wackere Jungen sind.

Den ersten Teil der »Italienischen Reise« habe ich mir eben wieder vorlesen lassen, damit mich der zweite noch in Italien antreffen sollte, aber dieser ist noch nicht zu haben.

Lebe wohl, mein Allerbester, und laß ein Wort von Dir.

Dein

Sonnabend vor Pfingsten. Z.

Heut vor 14 Jahren um diese Zeit war ich bei Dir in Weimar.

294. *An Zelter*

Deine lieben Briefe habe ich nach und nach erhalten und die Empfohlnen, die mich nicht verfehlten, freundlichst aufgenommen. Keine Würkung aber in die Ferne, auch nicht gegen die Liebsten, habe gelten lassen. Zehen Wochen konzentrierte ich mich auf die Vergangenheit, sie zu beleben beschäftigt. Vom dritten Rhein- und Mainheft, Erinnerung der Folgetage des Rochusfestes, sind schon drei Bogen gedruckt. Die neue Belebung von Jena hat auch für mich im Naturfache viel Anregendes gebracht, und ich stehe wie Hesekiel verwundert, daß das alte Knochenfeld auf einmal lebendig wird. Vor Johanni, denke ich, soll ein Heft von zwölf Bogen ausgehen, wo ich in mehreren Kolonnen meine alten Garden der Naturbeherrschung werde aufmarschieren lassen. Das alles konnte ich um so ruhiger tun, als mein zweites Heft »Rhein und Main« zu euch auf dem Wege war, das denn auch wohl einige Täglichkeiten wert ist.

Die darin enthaltene[n] Kriegs- und Friedenserklärungen werden unausgesetzt verfolgt werden. Ich habe nicht viel Zeit mehr, aufrichtig zu sein, wir wollen sie benutzen: der Anblick ist nur gar zu närrisch, wenn man von unserm Standpunkte aus deutlich schaut, was für unglaubliche Vorzüge und Vorteile das Jahrhundert hat, was für treffliche Individuen darin würken, und wie doch alles durcheinander geht, eine Würkung die andere aufhebt, so daß mir alle Menschen, die ich einzeln spreche, vernünftig, und wie ich sie in Bezug betrachte, verrückt erscheinen. Das geht so weit, daß ich mir manchmal selbst zweischürig vorkomme und mich erst wieder von solchem Zweifel erhole, wenn ich mit Menschen spreche, die theoretisch und praktisch in ihrem Fache zu Hause sind. Woran es mir auf einer Akademie, wie die unsrige war und ist, niemals gebrechen kann.

Da ich nun eine schöne heitere Gartenwohnung bezogen, so soll der zweite Teil meiner »Italienischen Reise« auch an die Reihe, freilich mit dem alten Motto: »Auch ich in Arkadien«. Dieses Italien ist ein so abgedroschnes Land, daß, wenn ich mich darin nicht selbst als in einem verjüngenden Spiegel sähe, so möchte ich gar nichts davon wissen.

Dieses sind meine Tätigkeiten, ob ich gleich zu Ende Mai in der lieblichsten Gartenwohnung unbehaglich umnebelt friere und erst recht einen ungeheuren Ofen von 1661 in meinem mäßigen Zimmer begreife. Was waren doch unsere Vorfahren für gescheute Leute!

Möge Dein Augenübel sich verbessert haben! Leider bleiben für uns und andere nur leere Wünsche. Auch bei mir werfen sich die Übel hin und wider, ich suche mich nach Möglichkeit tagtäglich zu erhalten, eine herkömmliche Würksamkeit ist immer ein schöner Genuß. Soviel für diesmal. Ehe ich mich vom Platz bewege, vernimmst Du ein Wort; mein größter Wunsch ist zu bleiben, wo ich bin, unterdessen sind wir nicht Herren unseres Aberglaubens und unserer Hoffnungen. Vale.

Jena, den 29. Mai 1817. G.

295. *An Goethe*

Madame Busch, ein artiges Weibchen von etwa 24 Jahren, rundlich, nett, frisch und froh, spielt in »Haß allen Weibern«, im »Rätsel« und so weiter sehr glücklich, leicht und reizend. Sie ist vom Theater zu Frankfurt am Main und von Geburt eine Fräulein v. Sydow. Ihr Spiel ist durchaus anmutig; Stirne, Augen, Zähne, Brust und Lippen und Arme appetitlich, und einer vollkommnen Sprache mächtig und gewiß. Der Ton der Sprache hat Klang, und daher ist ihr Spiel sicher. Ferner ist Madame Marianne Seffi, verehlichte Baronin Natorp, hier und zeigt sich als vollkommene Sängerin. Sie kann billigerweise zwischen 30 und 40 sein und hat noch Supplemente von ehemaliger großer Schönheit aufzuweisen. Die Stimme ist von drittehalb Oktaven vom 3 mal gestrichenen F abwärts gerechnet, nicht so weich, elastisch und tonreich als die der Catalani, sonst ist alles ebenso echt, wiewohl mehr künstlerisch. Sie hat den schönsten Theaterkopf, den ich je gesehn, wie denn die ganze Figur römisch, auseinander und groß, ohne lang sich exponiert. Sie ist aber auch eine geborne Römerin. Das Rezitativ habe ich nie schöner singen hören, und ihre Sprache ist, was man nennt: lingua toscana in bocca romana. Im Figurieren bleibt sie hinter niemand zurück, und sonst hat alles mehr Bewußtsein wie bei der Catalani.

Auch weiß sie sich nach außen zu gestalten, wozu eine schöne Brust und vollkommen schöne Arme mitwirken.

Du magst denken, ich bin noch einmal verliebt worden, auch stehe ich auf gutem Fuß mit ihr und spreche wieder Italienisch, was besser geht, als ich mir's ohne Not zutrauete.

Dein Brief vom 29. Mai ist am 7. Juni richtig eingetroffen und hundertmal gelesen, durchdacht und empfunden. Jetzt lese ich »Wielands Leben« von Gruber. Was hat sich nicht der gute Mann für Mühe gegeben, zu bereden, entwickeln und zu vertreten, was aller Welt vor Augen liegt und nun und nimmer anders wird, wie auch daran gedrehet und gewendet werde. Und doch ist die breiteste Darstellung über *solchen* Mann so anziehend und lehrreich, und ich danke es meinem Glücke und Dir, diesen Stern noch vor seinem Untergange mit eigenen Augen gesehen zu haben.

Danke endlich schönstens für die gute Aufnahme meiner Mendelssohnianer. Das Frauchen ist von der besten Güte und war vor 20 Jahren wirklich eine Rarität, ein rechtes Täubchen.

Gott befohlen! Der Brief muß auf die Post. Laß bald von Dir hören. Ich kann höchstens eine nahe Badereise machen, doch wünsche ich zu wissen: wo Du bleiben wirst. Sonnabend, den 21. Junius 1817.

Dein

Z.

296. *An Zelter*

Herr Staatsrat Schultz reist eben von mir weg, nachdem wir vierzehn Tage, teils in Jena, teils hier, vergnüglich und nützlich zusammen zugebracht. Deiner ist oft gedacht worden, und so gedenke ich auch heute meiner Sünde, daß ich Dir solange nicht geschrieben. Du hast, weiß ich, mancherlei erduldet, Dein gewohntes Haus verlassen, an den Augen gelitten, und was Dir sonst widerfahren sein mag. Laß mich hören, daß Dir dazwischen auch manches Gute begegnet.

Ich habe einen ruhigen viermonatlichen Aufenthalt in Jena benutzt, um manche alte, beinah verlegene Papiere ins Leben zu rufen und dem Tageslicht zu übergeben. Mein naturwissenschaftliches Heft sowie der zweite Teil meiner »Italienischen Reise« werden Dich aufsuchen und Dir da oder dort begegnen. Reinliche Exemplare leg' ich für Dich zusammen, damit ich Dir zu seiner Zeit eine kleine Bibliothek sende.

Ich habe mich nach meiner Weise leidlich befunden, kann aber von weiterm Tun und Unternehmen nichts erzählen, weil jene Beschäftigung meine ganze Zeit absorbiert. Jetzt ist es zu spät, nach Karlsbad zu gehen, wohin mich die Ärzte beorderten, und ich muß versuchen, wie ich auch ohne diese Nachhülfe durch den Winter komme.

Mir kann es, wenn ich arbeiten will, an Unterhaltung nicht fehlen, denn es liegt mehr vor mir, als ich gewältigen werde.

Staatsrat Schultz hat mich aufs freundlichste nach Berlin eingeladen, und manchmal kommt mir vor, daß eine solche Reise rätlich und tulich sei; dann aber verändert sich auf einmal die Ansicht, und ich sehe doch nicht recht, wo am Ende der Entschluß herkommen soll. Am besten ist's, darüber gar nicht zu denken, sondern die Karwoche herankommen zu lassen und abzuwarten: ob das Graunische Oratorium zuletzt die Wagschale niederzieht.

Das große Unheil, was euer Theater überfallen hat, erschreckt mich, ja drückt mich noch. Die Lebensereignisse nah und fern scheinen immer wilder zu werden, da Friede selbst keinen friedlichen Charakter annimmt. Man fürchtet jeden Tag, daß eine frische Maske der allgemeinen Schicksalshydra vor uns aufsteige. Wie erfreulich mir deshalb die Gegenwart des Staatsrat Schultz gewesen, kannst Du Dir ja wohl denken.

Lebe wohl! und laß bald von Dir hören!

Weimar, den 20. August 1817. G.

297. *An Goethe*

Berlin, den 26. August 1817.

Das Bekenntnis Deiner Sünden erinnert mich an meine eigenen, von denen mich zu bekehren ich sogleich Anstalt mache und Deinen lieben Brief vom 20. dieses beantworte.

Fürs erste tausend Dank, daß Du den redlichen Schultz so gut aufgenommen hast und ihn gewiß ganz wirst kennen gelernt haben. Ich wüßte nicht, was ich drum gäbe, diesem edlen, verständigen und einsichtigen Mann zu einer Gesundheit zu verhelfen, welche doch die erste Fähigkeit aller Tugend ist; das habe ich in den letzten Monaten erst recht gefühlt, da mein Auge das Licht nicht tragen konnte und es doch unaufhörlich suchte.

Zu den angenehmsten Erscheinungen der letzten Tage muß ich voran Deines morphologischen Heftes gedenken, das ich verschlungen, genossen und, nach meiner Art, durch und durch erkannt habe. Eine solche Art, die ungeheuern Tiefen der Natur wie auf stiller Wasserfläche ruhig zu durchschwimmen, als ob man den Weg dahin selber gefunden, ohne Sorge der Verirrung und Verwirrung sich selbst in der Natur und die Natur in sich selbst zu erkennen – das war meine Freude daran. Wie mir Bücher sonst eine Last und schwere Arbeit sind, ehe ich ihr Ende absehn und das unselige Wortwesen davon absondern kann, so muß ich Deine Schreiberei viele Male lesen und wiederholen, um mir in langen Fäden auszuspinnen, was Auge, Verstand und Sinn gleich erkannten. Auf einer kleinen Reise, von der ich mit Geheimem Rat Schinkel soeben zurückkomme, haben wir uns das Heft wechselsweise vorgelesen, vorgesprochen, auseinander und sauber wieder eingewickelt und hatten 16 Meilen zurückgelegt, ohne den Weg zu bemerken. Habe Dank dafür, ich freue mich schon auf ein Exemplar von Dir, da ich denn einen neuen Beruf finde, es wieder zu lesen.

Dein Gedanke, nach Berlin zu kommen, hat mich ordentlich erfrischt, und wie ich mich freue, Dich etwas vom Meinigen vernehmen zu lassen, so bin ich auch wieder besorgt, Dich nicht würdig genug bedienen zu können. Man wird furchtsam, ja charakterlos, wenn man nie, auch von den Seinigen selbst nicht, verstanden wird. Was mir eigentliche Freude macht, ist meine Schule, in der ich durch Widerspruch nicht verdrießlich und verwirrt werde. Wer alles mit Worten sagen kann, mag's tun, ich kann's mit dem besten Willen nicht und gerate in Verzweifelung, wenn ich reden muß.

Den Brand unseres Theaters nennst Du mit Recht ein Unheil. Man ist hier leichtsinnig genug, darüber zu spotten und zu spaßen. Ich denke es besser zu wissen, daß man dennoch nichts Besseres leidet; sie wissen weder, was ihnen fehlt, noch was sie haben, und mir ist vor nichts mehr bange als vor dem Neuen.

Mein liebes, lange gewohntes Haus verlasse ich erst den 1. Oktober; man wird ja sehn, wie man sich in eine neue Einrichtung fügt, und was geschehn muß, darüber hab ich keine Sorge. Auch wird mir's nützlich sein, einmal alles von Grund aus aufzurühren, weil ich kaum weiß, was ich habe, und die Winkel voll stecken.

Lebe wohl, ewig Geliebter, und laß bald wieder von Dir hören. Gegen Ostern erwarte ich meinen ältesten Duzbruder aus London zurück, den ich in 30 Jahren nicht gesehn und der den Schwefelgestank nicht länger ertragen kann. Z.

298. *An Goethe*

Sonnabend.

Deine Briefe aus Neapel sind mit Sommerlust geschrieben statt der schwarzen Dinte. Man weiß nicht, was mehr ergötzt: die Sachen oder das Machen; man ist in Arkadien. Und wenn dies Gefühl durch etwas gestört wird, so ist es der Neid über die glücklichen Landsleute, die eines Gottes Hand zu Deiner Umgebung geführt hat.

Das Auge, womit die Dinge gesehn sind, die Geduld, mit der sie auf dies Auge warten, der behagliche Verkehr mit dem Leser, alles promoviert eine Kette von Betrachtungen, die sich, situiert und profiliert, ins Unendliche fortpflanzen.

Sonntag, den 14. September. Eben bin ich aus Sizilien wieder in Neapel angelangt, nicht ohne etwas von der Seekrankheit abgekriegt zu haben. Was mich nicht wenig ergötzt hat, ist gewesen Deine Predigt vom stillen, stürmischen Meere, da ich auch einmal in dem Falle gewesen bin. Warum mußte mir dieselbe Sache nicht auf dem Mittelländischen Meere vorkommen? Wasser ist doch Wasser. Das Natürliche dabei ist das Kurioseste, daß man selber hingehn muß, um seekrank zu werden, und selber essen, um sich den Magen zu verderben.

Was Du an Herder über Homer schreibst, ist mir, da ich ihn zum ersten Male gelesen, schon so vorgekommen, und diese Vorstellung hat sich durch alle Wiederholungen bestätigt. Auch habe ich selbst in kleinen und größern Produktionen nicht auf Wirkung, sondern auf Gehalt gedacht. Was Du darüber sagst, bleibt ewig wahr und – ewig neu, weil jeder daran zu glauben glaubt.

Ich meine damit den trefflichen Herder selber, der Dir den Vorwurf zu machen scheint, daß Du am Dasein klebst und es damit hältst, und selber damit aller Philosophie entsagt, indem er darnach sucht. Verlangt man den Schlüssel zu dieser unphilosophischen Philosophie, so darf man nur seine »Ariadne-Libera« auskleiden, um ein Skelett zu finden, das mit großer Künstlichkeit ausgeschnippert ist, um ohne Wirkung zu sein. Höchst edel ist die sanfte Hand, mit der Du den guten ernsten Mann hier aufhebst und gegen das Licht hältst. – Hat er es denn gemerkt?

Das Geheimnis der Urpflanze bewundere ich liebend und staunend. Es ist nichts natürlicher als die Natur, die immer da liegt, wo wir hinwegsehn. Man sucht das Pferd, worauf man reitet.

Staatsrat Schultz hat mir Dein Buch geliehen, denn es ist noch nicht zu haben, auch kommt es nicht aus unsern Händen. Müßte man nicht denken, daß kein wahres Wort untergeht, so möchte man es vor der Welt verschließen, wenn ein Mann wie Herder selber nicht gehörig achtet, was gefunden, und nur Ergrübeltes für etwas hält.

Schultz befindet sich nach seiner Reise sehr wohl.

August Wilhelm Schlegel soll, heißt es, hier angestellt werden. Noch ist es nicht dahin, seine Freunde sind zu zählen. Spontini soll der König in Paris zum Kapellmeister angenommen haben: da predige Du mit dem Homer, die Welt geht, wie sie kann. Unser Theater sieht einem langen Winter entgegen, auf die Brunst der Hitze.

Meine Augen sind besser. Wüßte ich nur zu machen, was ich nicht kann! was ich kann, weiß jeder besser.

Dein

Z.

299. *An Zelter*

Von Weimar aus kommt mir die Nachricht, daß die periodischen Rübchen wieder glücklich angelangt sind, und so will ich mich denn durch dieses Erderzeugnis aufmahnen lassen, meine Gedanken zwar nicht, die oft bei Dir sind, aber doch ein schriftliches Zeugnis derselben an Dich zu wenden. Es ist so lange her, daß wir keine Nachrichten gewechselt, so daß wir also beide im Rest stehen; wie lange es aber auch sei, kann ich versichern, daß ich jeden Tag gemüht habe, das hast Du auch getan, noch kräftiger und notgedrungener als ich.

Meine Neapel- und Sizilienreise hast Du freundlich aus Schultzens Exemplar aufgenommen, und so habe ich jetzt weiter nichts zu schicken; denn was an Bänden, Bändchen und Heften auf Dein Teil kommt, liegt ruhig beisammen, bis zur endlichen allgemeinen Absendung.

Ich lebe zwischen Weimar und Jena; an beiden Orten habe ich Geschäfte, die mir Freude machen, in Jena kann ich sogar tun und lernen zugleich; die Naturwissenschaft, besonders die Chemie, ist so lebendig, daß man auf die angenehmste Weise wieder jung wird, indem man seine frühesten Ahndungen, Hoffnungen und Wünsche realisiert findet und Belege zu dem Höchsten und Besten, wozu man sich im Gedanken erheben konnte. Mein nächstes Heft zur Naturlehre soll Dir, hoffe ich, manches bringen, was Dir gewiß als Symbol Deiner lieben und guten Vorsätze dienen wird.

Auf diese unschuldige Weise halte ich mich im stillen und lasse den garstigen Wartburger Feuerstank verdunsten, den ganz Deutschland übel empfindet, indes er bei uns schon verraucht wäre, wenn er nicht bei Nordostwind wieder zurückschlüge und uns zum zweitenmal beizte.

In solchen Fällen muß es denn auch dem einzelnen, der an der allgemeinen Torheit leidet, erlaubt sein, sich mit einiger Selbstgefälligkeit zu sagen, daß er das alles, wo nicht vorausgesehn, doch vorausgefühlt, daß er in denen Punkten, die ihm klar geworden, nicht allein *wider*raten, sondern auch *ge*raten, und zwar das, was alle, da die Sache schief geht, getan haben möchten. Dieses berechtigt mich zur Impassibilität, deshalb ich mich denn auch wie die Epikurischen Götter in eine stille Wolke gehüllt habe; möge ich sie immer dichter und unzugänglicher um mich versammeln können!

Leider wenn ich an Musik denke, kommt es mir seltsam vor, daß ich von diesem höchsten und schönsten Genuß gänzlich abgeschnitten bin; finde ich nun dabei, daß mir doch noch manches Lied gelingt und Dein guter urkünstlerischer Wille mir immer zur Seite schwebt, so kommt es mir ganz wunderlich vor, daß, indessen die ganze Welt pfuscht, etwas der Ordnung gemäß nicht zustande kommen kann.

Ein Werk, das der Großherzog von Mailand mitgebracht hat, bezüglich auf das »Abendmahl« von Leonard da Vinci daselbst, hält mich sehr fest. Der Kupferstich von Morghen ist gewiß mehrmals in Berlin; wenn Du ihn auch schon kennst, laß Dir ihn wieder zeigen und betrachte ihn mit ehrfurchtsvoller Aufmerksamkeit. Alsdann wirst Du rührend finden, wenn Du durch mich aufs genauste vernimmst, wie das Bild veranlaßt, erfunden, ausgedacht, ausgearbeitet, verfertigt und als Weltwunder vollendet worden und wie es wieder alsogleich in sich selbst verfallen, vernachlässigt, beschädigt, hergestellt und durch die Herstellung selbst völlig zugrunde gerichtet worden. Ferner wird Dich freuen, wie die Mailänder durch Verehrung dieses Leichnams, durch Erhaltung und Belebung der Spur seines Andenkens sich immerfort Ehre machen.

Und soweit wären wir denn gekommen, wo ich nur, in Hoffnung einer baldigen Erwiderung, hinzufüge: Gruß an Freunde!

Herrn Schultz sag', daß ich täglich sein gedenke. Was uns beide beschäftigt, ist herrlich als Erscheinung, ehrenwert als Teil des Naturganzen und als Symbol seiner Geschwisterteile ehrwürdig. Diesen Gruß erließ' ich mit mehrerer Freudigkeit, würde mir die Hoffnung, euch künftiges Frühjahr zu sehen, nicht mit jedem Tag mehr umnebelt.

Herrn Direktor Schadow danke zum schönsten, daß er mir die Reformationsmedaillen semmelwarm überschicken wollte; ich bekenne die Schuld und werde sie nächstens abtragen.

Da hörten wir also mit einer abzutragenden Schuld auf, erinnert, wie es denn eigentlich mit uns beschaffen sei.

And so forth and for ever!

Jena, 16. Dezember 1817. G.

300. *An Goethe*

Berlin, den 21. Dezember 1817.

Dein erbaulicher Brief vom 16. dieses, der den kürzesten und trübsten Tag erhellt, soll sogleich das lange Schweigen aufheben. Von meinem Tun und Treiben weiß ich nicht viel zu sagen: ich habe eine bequeme, ruhige, wiewohl teure Wohnung bezogen; die neue Orgel in Neu-Hardenberg ist zum Reformationsfeste glücklich fertig worden, und ich habe sie wie die Kirche selbst, woran vieles verbessert worden, durch eine mäßige Musik eingeweihet, die unter vielem Wirrwarr hat fertig werden müssen. Das Beste ist eine kleine Reise nach Hamburg gewesen, von der ich seit 8 Tagen zurückgekehrt bin und die mir trotz des nassen Wetters Vergnügen genug gewährt hat. Auf der Zurückreise habe ich meine zweite Tochter besucht, die ich ins 16. Jahr nicht gesehn und unterdessen 7 Kindlein bester Art ans Licht gebracht hat. Ratzeburg ist ein reinlicher Ort und die Gegend umher mit

Wald, Täler, Bergen und Gewässer aufs beste bedacht. Die Hamburger klagen noch immer, wie ihnen die Franzosen ihre schönen Alleen und Glashäuser, Tisch und Bank heimgesucht haben, doch den Austern und sonstigem Eßbaren haben sie wenig geschadet, auch der Portwein ließ sich genießen. Einige schöne musikalische Altertümlichkeiten hat man mir gern überlassen, und ich habe sie mit stillem Jubel in unsere Residenz eingeführt. Im Theater in Hamburg habe ich nur eine neue Oper, »Tankred« von Rossini, gehört und solche recht gefällig, ja bedeutender gefunden, als insgemein die italienischen Opern in Deutschland vernommen werden.

Dies also wäre meine Lebensbeschreibung seit drei Monden; dabei lebe ich zufrieden, indem ich mir nichts abgehn lasse und mich um Zeitläufte sowenig als möglich bekümmere.

Daß die Rübchen wohl angekommen sind, sehe ich aus Deinem Briefe; wollte nur Gott, daß auch ein Gläschen mit Mixpickel, das ich angefügt hatte, unversehrt angekommen sein möchte.

Vor einigen Tagen sagte man hier, der Kapellmeister Müller in Weimar sei gestorben. Laß mich wissen, ob es wahr ist, denn ich bin noch mit Kunstsachen in seiner Schuld. Woran mir jedoch am meisten gelegen ist, ist zu erfahren, wie es mit seinem Nachlasse werden möchte. Er besaß ein altes Musikwerk von *Bodenschatz*, das ich zu erstehn wünschte, wenn nicht bessere Hände als die meinigen in Weimar sind, die es an sich nehmen. Sollte es also zu einer Auktion kommen, so sei so gut, es mich wissen zu lassen; denn allzuviel kann ich nicht daran wenden, da ich ohnehin diesen Herbst vieles gekauft habe.

Teile mir doch einen Aufschluß über Deine Nachricht mit, betreffend das Gemälde des Leonard da Vinci; sie hat mich in große Bewegung gesetzt, weil ich das Kupfer sehr genau kenne und es unzählige Male betrachte. Wie muß ein Kunstwerk beschaffen gewesen sein, das noch nach völliger Vernichtung ein solches residuum läßt.

Dein neues Heft zur Naturlehre wird mit Ungeduld erwartet. Deine Art, die Natur anzufassen, ist so nach meinem Sinne, daß ich daraus lerne, was ich brauche und will, und weiter bringt's der Allergelehrteste wohl auch nicht; man ist ja auch nur eine Natur.

Deine Impassibilität nach Art der Epikurischen Götter hat mir eine stille Freude gemacht, da auch ich, wie es einem ziemt, der eben das 60. Jahr betritt, mein Maul schone und dafür meine zwei Ohren arbeiten lasse. Nun wünschen sie zu allen Teufeln, was sie ohne Verstand so mühsam erklittert zu haben glauben, und möchten rufen wie die bekannten Jünger: »Meister, wir versinken!« und es geschähe ihnen ganz recht, wenn nicht so vieles mit unterginge oder doch untertauchte, was wer weiß wennehe erst wieder ans Licht kommt.

Daß Kotzebue Deine »Italienische Reise« nach seiner Art lobt, weißt Du vielleicht nicht. Nun versucht er's auf eine neue Art, und die Welt erstaunt ob seiner Gerechtigkeit. Von seinem Sohne ist ein referierender Brief aus Persien in seinem neuen Blatte; die Perserinnen wollen ihm nicht gefallen, und die Baukunst dort hat auch nicht seinen Beifall; das ganze Geschreibe ist echt Kotzebuisch.

Schadow, der jetzt unpaß ist, habe ich Deinen Gruß und Dank für die Semmelstücke durch seine Frau bestellen lassen.

Staatsrat Schultz habe ich seit der Zeit noch nicht gesehn und werde alles bestens ausrichten.

Hast Du denn nicht etliche Gedichtchen liegen, um einmal wieder etwas Vernünftiges auf die Liedertafel zu bringen? Doch vergiß darüber nicht, mir Deine Nachricht über das »Abendmahl« des Vinci mitzuteilen, worauf ich begierig bin.

Meine jetzige Wohnung ist so angetan, daß ich im Fall, Du willst, ohne alle Unbequemlichkeit für mich, Dir 3 gute Zimmer in der bel-étage anbieten kann, in einer guten Gegend und dem Freunde Langermann gegenüber. Aufwartung, und was dazu gehört, werden sich die Töchter meines Hauses nicht nehmen lassen, und für Deinen Bedienten habe ich *noch* ein Stübchen bereit.

Lebe wohl, mein Allerschönster, und gedenke Deines

ewig getreuen

Z.

Friedrichsstraße No. 129.

301. *An Zelter*

Da unsere Korrespondenz ohnehin nur ruckweise gehen kann, so will ich, weil die Schleuse einmal gezogen ist, noch eins und das andere nachsenden.

Also zuerst auf Deine Anfrage wegen Leonards »Abendmahl«. Von diesem unschätzbaren Werk, der ersten kompletten, malerischen *Fuge*, die alle vorhergehenden übertrifft und vor keiner nachfolgenden zurücktreten darf, ist an Ort und Stelle nur noch der Schimmer geblieben, wie ohngefähr die Figuren gegeneinander gestanden haben.

Daß wir aber noch zu einem gewissen Begriff davon gelangen können, dazu helfen uns mehrere Kopien, wovon ich nur drei anführen und charakterisieren kann.

1500-1512.

Zu Castellazzo, in dem Speisesaal eines aufgehobenen Klosters, von Marco d'Ogionno, etwas kleiner als Leben, höchst charakteristisch, nach Leonards Lehren und Beispiel schmeckend.

1565.

Zu Ponte Capriasca, schwächer als die vorige, aber in demselben Sinn, höchst nützlich bei der Vergleichung.

Auf der Ambrosianischen Bibliothek zu Mailand, die Figuren bis auf die Tafel, gemalt von Andrea Bianchi, genannt Vespino, Figuren in Lebensgröße wie das Original, brav und tüchtig, wirksam, aber keine Spur mehr von Leonard. Die Physiognomien gehen schon ins Allgemeinere, ins Leere, wie man sie in Zeichenbüchern antrifft.

Nach diesen drei Kopien ist die Zeichnung zu Morghens Kupferstich redigiert sowohl als Bossis Karton und Gemälde in wirklicher Größe, wonach zu Mailand eine ungeheuere Mosaik auf Befehl des Vizekönigs gefertigt wurde.

Genaue Durchzeichnung mit Rotstein auf Transparentpapier, scharfe Umrisse, ausführlich schattiert, habe ich vor mir liegen, zum größten Gewinn und Vergnügen, da doch alles Urteil auf Vergleichen ruht.

Soviel aber kann ich Dir zum Troste sagen, daß bei Morghens Kupfer die alte echte Kopie von Castellazzo mit sorgfältiger Gewissenhaftigkeit durchgängig zu Rate gezogen worden, so daß uns also noch mehr übriggeblieben ist, als wir denken.

Bis Du nun meine Redensarten darüber umständlich erfährst, wie es wohl durch mein Heftlein »Kunst und Altertum« zu Ostern geschehen kann, so suche eiligst auf die »Heidelberger Jahrbücher«, Dezember 1816, wo Müller in Rom, sonst *Maler Müller* genannt, einen sinnigen Auszug aus Bossis Werk mit einsichtigen Noten geliefert hat, daraus Du Dir schon viel abnehmen wirst. Die Lücken, die er läßt, fülle ich aus.

Sobald Dir das Kupfer wieder zu Gesicht kommt, so wende Deine Kontrapunktsgesetze darauf an, und Du wirst viel Freude haben.

Die wenigen poetischen Blätter, die ich bei mir habe, sehe ich auf Deine Anregung durch und finde nur Beikommendes vielleicht zu euren geselligen Zwecken brauchbar. Es ward aus dem Stegreif meinem ältesten Freund Knebel an seinem 73. Geburtstag übergeben. Wohl der Gesellschaft, die es zu gewissen Epochen gleichfalls anstimmen mag!

Die musikalische Bewegung erinnert an das belobte: »Lasset heut im edlen Kreise« pp., den Charakter wirst Du jedoch ganz anders finden und nach bestem Wissen und Gewissen die Ausführung leisten.

Bei dem Narrenlärm unserer Tagesblätter geht es mir wie einem, der in der Mühle einschlafen lernt: ich höre und weiß nichts davon.

Mit meinem Besuch bei euch sieht es windig aus. Sie haben mir bedenkliche Geschäfte aufgeladen, wo man wenigstens das erste halbe Jahr mit Sinn und Geist gegenwärtig sein muß, und dann ist mein Winter von der Art, daß ich dieses Frühjahr ein Bad nicht versäumen darf. Dem sei nun, wie ihm wolle, wir müssen es gewähren lassen, ich habe die letzte Zeit immer etwas anders getan, als ich mir vorsetzte.

Meine Kinder schreiben mir, das Eingemachte sei glücklich angekommen, mir haben sie noch nichts davon geschickt. Sodann will ich Dir sagen, daß mich Deine Reise recht sehr gefreut hat; besieh Dir ja die weite Welt gelegentlich, solange sie Dir Spaß macht. Ich habe mir die ästhetische Ansicht derselben (die landschaftliche) durch die wissenschaftliche ganz verdorben, und dabei kommt endlich auch nicht viel heraus.

Und hiemit lebe zum schönsten wohl!

Jena, den 31. Dezember 1817. G.

Lustrum ist ein fremdes Wort!
Aber wenn wir sagen:
Lustra haben wir am Ort
Acht bis neun ertragen
Und genossen und gelebt
Und geliebt bisweilen,

Wird, wer nach dem Gleichen strebt,
Heute mit uns teilen,
Wenn wir sagen: Das ist viel!
Denn das Leben streuet
Blum' und Dorne! – Ziel ist Ziel,
Das uns heute freuet.

Dem 30. November 1817.

G.

Von dem Nachlasse des Kapellmeister Müllers erfährst Du nächstens.

Adressiere Deine Briefe nur immer nach Weimar.

1818

302. *An Goethe*

Berlin, den 9. Januar 1818.

Mit Deinem aus dem Stegreife entsprungnen Gedichtchen wäre mir's beinahe ergangen wie dem Herrn Puff in »Sophieens Reisen«, der mit dem rechten Fuße aufs Pferd stieg und mit dem Rücken in die Fronte kam. Ich wollte so hineinspringen in Trott des Metrums, und als ich an den 10. Vers kam – da war's alle. Wann's auf *der* Stelle aber knackt und nicht fließen will, so bin ich nicht schuld, wie Du denn nicht ungut nehmen wirst, daß ich in die Verse hineingestichelt habe.

Den inliegenden Brief bist Du wohl so gut abzufertigen; er enthält das Liedchen und den Auftrag, dem alten Knebel solches zu hören zu geben.

An Deiner Weisung über Leonards »Abendmahl« habe ich mich mit Langermann aufrichtig erbauet. Müllers Kritik der Bossischen Schrift hatte ich schon gelesen und werde sie noch einmal lesen; Dein Osterheft wird freudig erwartet, und wir wollen uns gehörig dazu vorbereiten, wie es das Abendmahl des Herrn verlangt, um uns des Genusses würdig zu zeigen, da wir doch jetzt mit Gewalt gute Christen werden sollen.

Dein abermaliges Hinausschieben eines Besuchs bei uns kann nicht angenommen werden. Was Deine bedenklichen Geschäfte anlangt, so wissen wir aus Erfahrung, daß Du ein denkfertiger Mann bist, und da Du zu wissen pflegst, was geschehen wird, so weißt Du auch, was geschehen soll. Vor Ostern kannst Du doch in kein Bad gehn, und da wir in

Berlin auch zwei ganz neue Badeanstalten haben, denen nur noch das Wasser fehlt, so sehn wir nicht ein, wie Du nicht Dich einmal 30 Meilen gegen Norden versuchen solltest.

Meine neue Wohnung ist, wiewohl in der längsten Straße von Berlin, dennoch wohl gelegen, geräumig, gesund, hell und nahe an Langermann, Schinkel, Schadow und so weiter, was man in Berlin nahe nennt; Pferde und Wagen nahebei. Du findest drei geräumige Zimmer für Dich, eins für Deinen Bedienten, steigst nur eine Treppe, und kochen und braten tun wir nach unserer Art so gut, wie sie in Böhmen tun.

Nun lebe wohl, mein Allerbester. Laß von Dir hören, schüttle noch einmal Deine Bäume und sende einige der herabgefallnen Blätter Deinem

ewigen

Zelter.

303. *An Zelter*

Da Du Deine Kunstgewandtheit diesmal uns zugunsten hast eilig walten lassen, so soll der Dank dagegen auch nicht zaudern, sondern sogleich entrichtet werden. Unsere Frauenzimmer haben sogleich gebührende Anstalt getroffen, und sobald ein paar Dutzend Hindernisse werden beseitigt sein, hoffe ich wieder einmal Deine Stimme in so viel andern zu hören.

Was Du bei diesem Stück zu erinnern hast, werden wir nicht finden, ob wir gleich auch wohl wissen, daß ihr Tonherrn aus dem Stegreif zu arbeiten genötigt und gewohnt seid.

Ferner fragt sich, ob Du guten Humor genug hast, beikommende Noten anzusehen und mir ein Wort darüber zu sagen. Der Kreis, aus dem diese Lieder kommen, ist zwar beschränkt, aber heiter, von gutem Mut und Willen. Ich weiß recht wohl, daß daraus kein Kunstwerk entsteht, also hängt es von Dir ab, ob wir sollen fallen lassen und ablehnen.

Mein drittes Heft »Kunst und Altertum« (denn so muß ich es nennen, da die Rhein- und Mainluft nach und nach darinnen verwehen wird) geht nun rasch vor sich, um es euch vor Ostern in die Hände zu bringen. O ihr Athenienser, seid ihr denn wert, daß man sich um eurentwillen solche Bemühung gibt? Ein gutes Wort findet eine gute Statt, aber ein vernünftiges keine.

Übrigens habe ich mich nicht zu beklagen; ich finde mich bei einem gleichen Lebenswandel ganz wohl und tätig und wanke und weiche nicht aus meiner Bahn, obgleich der Journalistenteufel zwischen Weimar und Jena nicht zu vieren (à quatre), sondern zu Dutzenden los ist.

Daß der Platz ausgefüllt werde, einige Excerpta und Notata.

Übrigens: to be or not to be, Kommen oder Nichtkommen, that is the question!

Man fragte Rossini, welche seiner Opern ihm selbst am besten gefalle. Er antwortete: »Il matrimonio segreto«.

In der Oper »Elena« des alten Mayer von Bergamo soll im zweiten Akt ein Sextett vorkommen von der größten Wirkung. Eine böhmische Volksmelodie, eine Art notturno, soll zum Grunde liegen. Wäre es wohl möglich, zur Partitur dieses Sextetts zu gelangen?

Seit mehreren Jahren liegt in Jena unter mehreren Papieren Dein »Fasch«; diesmal fand ich ihn und las ihn, auf einen Sitz, mit großer Erbauung. Wie versetzt uns das in eine andere Welt! und wie nimmt sich ein altes Weltgeschichtsinventarienstück von einem König so gar wunderlich aus! Ich sage: alt, und er ist noch nicht vierzig Jahre tot, doch ist sein Tun und Lassen schon veraltet; doch mag das wohl an der Eile der neusten Zeit liegen. Nun lebe wohl! und melde bald etwas Freundliches.

Und so fortan und für ewig!

Jena, den 20. Januar 1818. G.

304. *An Goethe*

Berlin, den 29. Januar 1818.

Die Liedchen gefallen mir in der Tat, als ich sie kaum noch gefunden habe. Sie sind sang- und spielbar und nicht ohne Wahrheit. Der Grund liegt in der Mitte und hält sich an beliebte Gesangsformen unserer Zeit, dahingegen die deutschen Worte aus altmelodischer Tradition heraufklingen. Es läßt sich kaum davon reden: Vokalkomponisten haben ihr Feld in den Worten des Dichters, deren sie sich gleichwohl entäußern müssen. Geht alles glücklich auf und in Blüte, so ist es kein Wunder, wenn man den fruchtbaren Boden nicht mehr gewahrwird. So verlangt es die Kunst. Nun sind jedoch die Worte selbst mehr und weniger Musik, und da kommt es denn an auf ein Heben und Verstecken und kann nichts helfen als Genie.

Ferner ist man verlegen, wenn man Kompositionen beurteilt, deren Texte man selber bearbeitet hat, und endlich wird ein Gedicht, aus seiner Assiette gehoben, zu etwas an sich, wie jedes andere Fragment eines Ganzen, und zugleich etwas anderes.

Ich fühle das besonders in meinen bessern Versuchen, die aus dem ersten Eindrucke hervorgehn und zugleich eine Frucht temporären Humors sind, da Ort und Stelle und sonstige Gelegenheit zur Mitbedingung werden. Und ist's gedruckt und steht klar vor mir, so melden sich erst die rechten Töne, und was da ist, wird mir zur Pein.

Die Noten schicke ich nicht wieder mit, weil ich sie dem Fürsten Radziwill mitzuteilen gedächte, der in diesen Tagen ankommen soll.

Die Oper »Il matrimonio segreto« mag wohl manchen Komponisten aufzuweisen haben. Ein Herr v. Heß (der durch das nämliche Werk um seine Nase soll gekommen sein) hatte übernommen, die guten Hamburger im Jahre 1815 (zum Widerstande gegen die Franzosen) in militärischen Evolutionen zu üben. Bei dieser Arbeit fand er einst nötig, einen überaus dicken Zuckerbäcker zu erinnern, seinen Bauch etwas einzuziehn, der die ganze Linie in Schatten setze. – »Waat?« rief der Zuckerbäcker, »ick sall mien'n Buhk intrecken? Putz' He sick doch eenmal Sien Nees'!«

Ein närrischer Doktor in Hamburg erzählte diesen Spaß an der Tafel unsres Gesandten so putzig, daß ich noch lachen muß.

Nach der Oper »Elena« werde ich mich sogleich erkundigen; wenn sie nur nicht mit verbrannt ist!

Auch mir hat dieser unglückliche Brand sich nachteilig erwiesen, da wahrscheinlich der nächste Karfreitag der letzte sein wird, die Graun'sche »Passion« öffentlich aufzuführen. Was ich dabei verlieren werde, trage ich nicht in der Hosentasche weg; ich konnte vollkommen meine Badekur mit dieser Einnahme bestreiten. Dies eine Mal will mir Graf Brühl das Operntheater dazu hergeben, doch künftig? – Nun, daran soll zu seiner Zeit gedacht werden.

Danke auch, daß Du meinen »Fasch« und meinen alten König lobst! Eben in diesen Tagen habe ich die Memoiren der Markgräfin von Bayreuth wieder gelesen und wieder neuen Respekt vor dem alten Friedrich Wilhelm I. bekommen. Wo wäre denn wohl jetzt der Regent, der zu Ehr' und Nutzen seines Volks und Landes mit soviel Charakter, Ernst und Treue sich gegen Weibereingebung und politische Drahtzieherei aufzustellen Herz hätte? Was gehn euch seine Fehler an? Seine Tugend war echt!

Kannst Du sagen, wer diese deutsche Übersetzung gemacht hat? Ich habe Dich selbst im Sinn, wiewohl es nicht Dein Deutsch ist; aber Deine Art zu übersetzen ist es.

Man hat in der Tat angefragt: unter welchen Bedingungen sich August Schlegel bei uns gefallen wolle. Die Sache soll vom Minister Humboldt hereinkommen. Von einer Antwort weiß ich noch nichts, erwarte hohe Forderungen und zweifle an deren Erfüllung. Auch Boisserée hat das Maul so weit aufgerissen, daß sie darüber das Fenster zugemacht haben. Alles taxiert uns falsch; nur die Engländer wissen, wozu wir zu gebrauchen sind. Das hätte ich von dem alten Friedrich Wilhelm I. gelernt, hätte ich mir nicht die Augen blutig daran *gesehn*.

Dein

Z.

305. *An Zelter*

Du hast, mein Wertester, aus dem Abgrunde Deines Tonvermögens schöne und gute Worte spendiert, daß ich sogleich die Pflicht fühle, Dir etwas Freundliches zu erwidern.

Du kennst Jena zu wenig, als daß es Dir etwas heißen sollte, wenn ich sage: daß ich auf dem rechten Saalufer, unmittelbar an der Camsdorfer Brücke, über dem durch die Bogen gewaltsam strömenden eisbelasteten Wasser eine *Zinne* (vulgo Erker) in Besitz genommen habe, die schon seit so vielen Jahren mich, meine Freunde und Nachkommenschaft gereizt hat, daselbst zu wohnen, ohne daß nur jemand sich die Mühe gegeben hätte, die Treppe hinaufzusteigen. Hier verweile ich nun die schönsten Stunden des Tags, den Fluß, die Brücke, Kies, Anger und Gärten und sodann das liebe närrische Nest, dahinter Hügel und Berge und die famosesten Schluchten und Schlachthöhen vor mir. Sehe bei heiterm Himmel die Sonne täglich etwas später und weiter nordwärts untergehen, wornach meine Rückkehr zur Stadt reguliert wird.

In dieser nahezu absoluten Einsamkeit ist das dritte Heft von »Kunst und Altertum« dem Druck zugefertigt. Das zweite »Zur Morphologie« bewegt sich auch. Die Darstellung der *entoptischen Farben*, im Zusammenhang mit meiner »Farbenlehre«, denke ich vor Ostern auch noch zu gewältigen. Sage das Freund Schultzen, wenn Du ihn irgendwo habhaft wirst.

Dabei darf ich nicht vergessen, daß wir die entschiedensten Anstalten haben, Witterung zu beobachten, wobei ich an meiner Seite die *Wolkenformen und Himmelsfarben* mit Wort und Bild einzuweben suche.

Da das nun aber alles, außer Windesbraut und Wasserrauschen, vollkommen tonlos abläuft, so bedarf es wirklich einiger innern Harmonie, um das Ohr aufrechtzuerhalten, welches bloß möglich ist im Glauben an Dich und was Du tust und schätzest. Daher nur einige Stoßgebete, als Zweige meines Paradieses! Magst Du sie mit Deinem heißen Elemente infundieren, so schlürft man's wohl mit Behagen, und die Heiden werden gesund.

Apokalypse, am letzten, Vers 2.

Einen Spaß, den ich Dir meldete, hast Du nicht verstanden. Jenem Komponisten nannte man einige seiner Werke und fragte ihn, welches er für das beste hielte. Er antwortete: »Il matrimonio segreto«, die Komposition von Paesiello meinend. Dadurch wird die Antwort geistreich, artig, wie ich Dir nicht zu entwickeln brauche.

Dem böhmischen Freunde will ich also freundlich antworten. Rat und Tat muß freilich jeder bei sich selber suchen.

Da ich so manches Liebe von Deiner eignen Hand empfange und dagegen wenig erwidere, so sende Dir ein uralt Blättchen, das ich nicht verbrennen konnte, als ich alle Papiere, auf Neapel und Sizilien bezüglich, dem Feuer widmete. Es ist ein so hübsches Wort auf dem Wendepunkt des ganzen Abenteuers und gibt einen Dämmerschein rückwärts und vorwärts. Ich gönne es Dir! Bewahre es fromm. Was man doch artig ist, wenn wir jung sind!

Und so fort und ewig!

Jena, den 16. Februar 1818. Goethe.

[Erste Beilage]

Meine Liebe, noch ein Wort des Abschieds aus Palermo. Ich kann Dir nur wiederholen, daß ich wohl und vergnügt bin und daß nun meine Reise eine Gestalt nimmt. In Neapel hätte sie zu stumpf aufgehört. Aus meinen Blättern siehst Du nur einiges im Detail; vom Ganzen, von meinem Innersten und den glücklichen Folgen, die ich fühle, kann und mag ich nichts sagen. Dies ist ein unsäglich schönes Land, ob ich gleich nur ein Stückchen Küste davon kenne. Wieviel Freude macht mir mit jedem Tage mein bißchen Wissen der natürlichen Dinge, und wie viel mehr müßte ich wissen, wenn meine Freude vollkommen sein sollte! Was ich euch bereite, gerät mir glücklich, ich habe schon Freudenträne[n] vergossen, daß ich euch Freude machen werde. Leb wohl, Geliebteste! mein Herz ist bei Dir, und jetzt, da die weite Ferne, die Abwesenheit alles gleichsam weggeläutert hat, was die letzte Zeit über zwischen uns stockte, so brennt und leuchtet die schöne Flamme der Liebe, der Treue, des Andenkens wieder fröhlich in meinem Herzen. Grüße Herders und alle und gedenke mein!

Den 18. April 1787. Palerm.

[Zweite Beilage]

Um Mitternacht ging ich, nicht eben gerne,
Klein kleiner Knabe, jenen Kirchhof hin
Zu Vaters Haus, des Pfarrers; Stern am Sterne,
Sie leuchteten doch alle gar zu schön –
Um Mitternacht.

Wenn ich dann ferner in des Lebens Weite
Zur Liebsten mußte, mußte, weil sie zog,
Gestirn und Nordschein über mir im Streite,
Ich gehend, kommend Seligkeiten sog –
Um Mitternacht.

Bis dann zuletzt des vollen Mondes Helle
So klar und deutlich mir ins Finstere drang,
Auch der Gedanke willig, sinnig, schnelle
Sich ums Vergangne wie ums Künftige schlang –
Um Mitternacht.

13. Februar 1818.

Sänge sind des Lebens Bild!
Bilder nicht! sie sind nur Schatten!
Tönen herbe, deuten mild,
Was wir haben, was wir hatten.
Was wir hatten, wo ist's hin?
Und was ist denn, was wir haben?
Tönt, Gesänge! Rasch im Fliehn
Haschen wir des Lebens Gaben.

306. *An Goethe*

Berlin, den 1. März 1818.

Auch ich war in Arkadien! mit Dir in Arkadien; durch Dich in Arkadien! auch ich habe geweint vor Freuden, daß ich Dir Freude machen werde, Du beste Seele aller Welt!

Hiermit erhältst Du das mitternächtliche Wesen, sauber abgeschrieben; in jeder Note stickt ein Gedanke an Dich: wie Du bist, wie Du warst, und wie der Mensch sein soll. Besser kann ich's nicht machen.

Dein Zettelchen aus Palermo macht mir unsägliche Freude. Wer ist denn die Glückselige, der diese Frühlingssonne aufgeht? Gott weiß, daß es Neid ist, warum ich frage, denn wie ich alle Huld der Welt auf Dich ausgießen möchte, so unmöglich ist mir's, Deine Liebe mit jemand zu teilen.

Und nun, wie steht's? In zwanzig Tagen ist Karfreitag. Du bist kommandiert, an diesem Tage hier zu sein und die Graun'sche »Passion« zu hören. Der König hat mir dazu das große Opernhaus bereits bewilligt, und ich habe keine Hoffnung, es je wieder zu erhalten. Daher setzest Du Dich still still in Deinen bequemen Wagen, fährst mit eigenen Pferden bis Naumburg, wo die Post wohnt, und so gerade fort bis an das hiesige Potsdamer Tor; Mondschein die ganze Nacht ist auf diese Zeit bereits bestellt. Vom Potsdamer Tore an fährst Du die Leipziger Straße geradeaus bis an die Friedrichsstraße, dann wird links in die Friedrichsstraße hereingefahren und wieder geradeaus bis vor meine Thür, No. 129 linker Hand. Deine Zimmer sind bereit. Dein Bett, Dein Sopha, Deine Sessel, und was sonst zur Leibes Notdurft gehört, und endlich Dein ewiger Freund erwarten ihren Herrn und Meister dergestalt, daß, Du kommst nun bei Tage oder bei Nacht, sich alles zu Deinem Empfange bereit finden soll.

Die Oper »Elena« von Mayer ist verbrannt; was schlimmer

ist, sie ist nicht einmal gekannt, dennoch habe ich Kommission gegeben, mir wenigstens das verlangte Stück zu schaffen. Es ist doch der bekannte Simon Mayer? denn den Vornamen hast Du nicht dabei geschrieben, und einen andern Meyer unter den Komponisten kennt hier niemand. – Doch, doch: Einer meiner frühern Jünger, namens Meyer Beer, hat voriges Jahr in Padua furore durch eine Oper gemacht, und das könnte ein jüngerer sein, da Du vom *alten* sprichst.

Von unserm Hierodulenspuk wirst Du wohl etwas gehört haben. Unser Grimbart ist in das Kloak gestiegen, um zu räuchern und zu purifizieren, was ihm jedoch keiner dankt. Wenn sie ihm doch mal das Fell recht zurechterücken wollten, das könnte aller Welt zu Erbauung und Troste gereichen, da er es endlich mit allen verdorben hat. Hat er Dir denn nicht seine 100 Hexameter geschickt? – Ja wohl! was wird er nicht? womit er nichts Geringeres intendiert, als solche Hexameter zu machen, die sich wie ein non plus ultra von Prosa ausnehmen sollen. Viel des Guten hat er getan, das ist wahr, und wer wollte dafür nicht danken? Doch daß er den Gedanken von Dir hat, den Homer in tüchtige Prose zu übersetzen, will er um keinen Preis Wort haben. Du erstaunst ihm nur nicht genug über die Neuheit und den Reichtum seiner Ideen, denn wenn Du wolltest, Du könntest ihn zum besten haben nach Noten. Wir sind ihm zu grob und sagen's ihm geradezu, wo es ihm sitzt, und da tut er zwar verächtlich, aber er ist doch höflich. Letzthin kam einmal die Rede auf Deine Interpunktion, die ihm hinten und vorn nicht recht war. Da sagte ich ihm: er habe bis jetzt immer gescholten auf unsere musikalischen Taktstriche als Verderber einer wahren Metrik; diese Taktstriche seien jedoch nichts weniger als was er schelte, sie seien vielmehr nur für das Auge des Lesers da, um einen sichtbaren Anhalt zu finden, würden aber weder mitgespielt noch -gesungen. Die nämliche Bewandtnis scheine mir es aber mit der Interpunktion der Sprache zu haben, und das wahre Kennzeichen einer vollkommenen Sprache sei kein anderes, als wenn man sie verstehend lesen und lesend verstehen könne ohne ein weiteres Zeichen. Er selbst glaube eine vollkommene Prosa zu schreiben, ob er aber diesen Versuch schon gemacht habe? Daß Deine Prosa diese Eigenschaft habe, wisse ich aus damit angestellten Versuchen; die Interpunktion dazwischenzusetzen, wäre allenfalls eine Arbeit der Philologen, die einmal gewohnt wären, Garben zu sammeln nach der Saat und nach der Ernte, und oft froh wären, ein ausgefallnes Korn aufzulesen, das der Schnitter nicht achte. Daß daraus kein gutes Blut wächst, kannst Du Dir vorstellen, aber ohne dies wäre es nicht auszuhalten, und man wird immer wieder gut miteinander.

Also noch einmal: vom Sonntag, den 15. dieses, an bis den 20. erwartet Dich um jede Stunde

Dein

Z.

Friedrichsstraße No. 129
am Oranienburger Tore.

307. *An Zelter*

Den schönsten Dank für Dein Mitternachtsandenken. Hier etwas über den alten Mayer aus einem Buche, das Dich unterhalten wird. Möchte ich doch auf Fausts Mantel getragen mich ins Opernhaus zu Deiner großen Funktion niederlassen! Irdische Mittel und Wege bringen mich schwerlich nach Berlin. Nächstens mancherlei.

Weimar, den 8. März 1818. G.

»A Bergame on a encore la fureur des musiques d'église. J'ai cru voir les Italiens de 1730.

Les beautés de la musique d'église sont presque toutes de convention, et, quoique Français, je ne puis me faire au chant à tue-tête. Rien ne coûte aux Bergamasques pour satisfaire leur passion; elle est favorisée par deux circonstances, le célèbre Mayer habite Bergame ainsi que le vieux Davide. Marchesi et lui furent, à ce qu'il me semble, les Bernin de la musique vocale, des grands talents destinés à amener le règne du mauvais goût. Ils furent les précurseurs de madame Catalani et Pachiarotti, le dernier des Romains.

Mayer eût pu trouver un sort plus brillant, mais la reconnaissance l'attache à ce pays. Né en Bavière, le hasard l'amena à Bergame, et le chanoine comte Scotti l'envoya au conservatoire de Naples, et l'y soutint plusieurs années; dans la suite ou lui offrit la chapelle de Bergame, et, quoiqu'elle ne soit que de douze ou quinze cents francs, les offres les plus brillantes n'ont pu l'attirer ailleurs. Je lui ai ouï dire à Naples, où il a fait la cantate de Saint-Charles, qu'il ne voulait plus voyager: en ce cas, il ne composera plus. Il faut toujours en Italie que le compositeur vienne sur les lieux étudier la voix de ses chanteurs et écrire son opéra. Il y a quelques années que l'admi[nist]ration de la ›Scala‹ offrit dix mille francs à Paisiello; il répondit qu'à quatre-vingts ans l'on ne courait plus les champs, et qu'il enverrait sa musique. On le remercia.

Mayer, comme on voit, est dû à la générosité d'un amateur riche; il en est de même de Canòva, il en est de même de Monti. Le père de Monti ne lui envoyant plus d'argent, il allait quitter Rome en pleurant; il avait déjà arrêté son veturino. L'avant-veille, il lit par hasard quelques vers à l'Académie des Arcades. Le prince Braschi le fait appeler: ›Restez à Rome, continuez à faire de beaux vers; je demanderai une place pour vous à mon oncle.‹ Monti fut secrétaire des commandements du prince.

Il trouva dans une maison un moine, général de son ordre,

homme plein d'esprit et de philosophie. Il lui proposa de le présenter au prince neveu: il fut refusé. Cette modestie si singulière piqua le prince; on usa de stragagème pour lui amener le moine, qui bientôt après fut le cardinal Chiaramonti.

Le patriotisme est commun en Italie; voyez la vie de ce pauvre comte Fantuzzi de Ravenne, que l'on m'a contée à Bergame; mais ce patriotisme est dégoûté de toutes les manières et obligé de se perdre en niaiseries.

A Bergame, Mayer et Davide dirigent une musique d'église; on leur donne un *oro*, c'est-à-dire une pièce d'or.

On nous a redonné un opéra de Mayer, ›Elena‹, qu'on jouait avant la ›Testa di Bronzo‹. Comme il paraît languissant!

Quels transports au sestetto du second acte! Voilà cette musique, de *nocturne*, douce, attendrissante, vraie musique de la mélancolie, que j'ai si souvent entendue en Bohême. Ceci est un morceau de génie que le vieux Mayer a gardé depuis sa jeunesse, ou qu'on lui a donné; il a soutenu tout l'opéra. Voilà un peuple né pour le *beau*: un opéra de deux heures est soutenu par un moment délicieux qui dure à peine six minutes; on vient de cinquante milles de distance pour entendre ce sestetto chanté par Mlle. Fabre, Remorini, Bassi, Bonoldi etc., et pendant quarante représentations, six minutes font passer sur deux heures d'ennui. Il n'y a rien de choquant dans le reste de l'opéra, mais il n'y a rien.«

Vorstehende[s] sind Auszüge aus einem seltsamen Buche: »Rome, Naples et Florence, en 1817. Par M. de Stendhal, Officier de Cavalerie. Paris 1817«, welches Du Dir notwendig verschaffen mußt. Der Name ist angenommen; der Reisende ist ein lebhafter Franzose, passioniert für Musik,

Tanz, Theater. Die paar Pröbchen zeigen Dir seine freie und freche Art und Weise. Er zieht an, stößt ab, interessiert und ärgert, und so kann man ihn nicht loswerden. Man liest das Buch immer wieder mit neuem Vergnügen und möchte es stellenweis auswendig lernen. Er scheint einer von den talentvollen Menschen, der als Offizier, employé oder Spion, wohl auch alles zugleich, durch den Kriegsbesen hin- und widergepeitscht worden. An vielen Orten ist er gewesen, von andern weiß er die Tradition zu benutzen und sich überhaupt manches Fremde zuzueignen. Er übersetzt Stellen aus meiner »Italienischen Reise« und versichert, das Geschichtchen von einer Marchesina gehört zu haben. Genug, man muß das Buch nicht allein lesen, man muß es besitzen.

Weimar, den 8. März 1818. G.

308. *An Goethe*

Geschwind noch einmal geschrieben! damit das schöne Osterfest heranrutsche.

Anbei erfolgt ein neues Produktchen, das Du Dir magst schmecken lassen, so gut es gehn will. Mein kleines Talent geht langsam vor sich hin, aber es geht doch, und das ist Deine Arbeit; denn da ich immer an Dich denke, wird immer etwas fertig, wo nicht auf dem Papiere, doch in Gedanken.

Heut über 8 Tage nun ist Gründonnerstag. Nun, mein Alter, raffe Dich auf und strecke Dich nach Berlin. Der König geht nach Potsdam, wo er den Freitag das Abendmahl nimmt, wie gewöhnlich.

Deine Zimmer, Dein Bett, und was sonst not ist, sind bereit, Dich aufzunehmen, und es wäre ein allerliebster Geniestreich, wenn Du, mir nichts dir nichts, mit einem

Male hier ankommst und nimmst, was so arme Leute geben können.

Dein ewig treuer

Berlin, 12. März 1818. Z.

309. *An Zelter*

Zum Grünen Donnerstag soll dieser Brief abgehen, zur Zeit, da Du Deine großen Taten verrichtest, welche Dir (da an der Ehre weiter gar nichts mehr gelegen ist) in den Geist Freude und Geld in den Beutel bringen sollen. Schreibe mir von dem Erfolg, was Du gerne willst und magst, so derb als möglich; denn das kleidet euch Berliner doch immer am besten.

In diesen Tagen hast Du mir eine große Wohltat erzeigt, denn das mitternächtige Lied ist mir gar gehörig und freundlich vorgetragen worden, von einem weiblichen zarten Wesen, so daß es nur der letzten Strophe etwas an Energie fehlte. Da hast Du nun einmal wieder Deine Liebe und Neigung zu mir recht redlich und tüchtig abgestempelt. Mein schwer zu bewegender Sohn war außer sich, und ich fürchte, er bittet Dich aus Dankbarkeit zu Gevatter.

Ich stehe wieder auf meiner Zinne über dem rauschenden Brückenbogen; die tüchtigen Holzflöße, Stamm an Stamm, in zwei Gelenken, fahren mit Besonnenheit durch und glücklich hinab, Ein Mann versieht das Amt hinreichend, der zweite ist nur wie zur Gesellschaft.

Die Scheite Brennholz dilettantisieren hinterdrein; einige kommen auch hinab, wo Gott will, andere werden in Wirbel umgetrieben, andere interimistisch auf Kies und Sandbank aufgeschoben. Morgen wächst vielleicht das Wasser, hebt sie alle und führt sie meilenweit zu ihrer Bestimmung, zum Feuerherd. Du siehst, daß ich nicht nötig habe, mich mit den

Tagesblättern abzugeben, da die vollkommensten Symbole vor meinen eigenen Augen sich eräugnen.

Soll ich aber aufrichtig sein, so ist diese Ruhe nur scheinbar: denn gerade das musikalische Wesen eurer Karwoche hatte ich lange zu verehren und zu genießen gewünscht, und nun schwebt Auge und Geist über das der Scheitholzflößanarchie.

Um mich aber wirklich rein auszusprechen, so tröstet mich's, wenn ich Dir sage: bist Du recht ehrlich gegen mich gesinnt, so wirst Du mich nicht einladen, nach Berlin zu kommen – und so fühlt Schultz, Hirt, Schadow, und wer mir eigentlich wohl will. Unserm trefflichen Isegrim, den ich viel zu grüßen bitte, ist es ganz einerlei: denn es fände sich nur ein Mensch mehr, dem er widersprechen müßte. Von den hundert Hexametern mag ich ebensowenig wissen als von den hundert Tagen der letzten Bonapartischen Regierung. Gott behüte mich vor deutscher Rhythmik wie vor französischem Thronwechsel! Dein mitternächtiger Sechsachteltakt erschöpft alles. Solche Quantitäten und Qualitäten der Töne, solche Mannigfaltigkeit der Bewegung, der Pausen und Atemzüge! dieses immer Gleiche, immer Wechselnde! Da sollen die Herren lange mit Balken und Hütchen – ◡ ◡ – sich untereinander verständigen, dergleichen bringen sie doch nicht heraus.

Nun vergessen sie immer, daß sie uns früher bis zur langen Weile versicherten: ein Poet sei kein Grammatiker! Homer, Homeriden, Rhapsoden und alle das konfuse Geschlecht haben so hingesalbadert, wie Gott gewollt, bis sie endlich so glücklich gewesen, daß man ihr dummes Zeug aufgeschrieben, da denn die Grammatiker sich ihrer erbarmt und es nach zweitausendjährigem Renken und Rücken endlich so weit gebracht, daß außer den Priestern dieser Mysterien niemand mehr von der Sache wisse noch wissen könne. Neulich versicherte mich jemand, Xenophon habe ebenso schlechte Prosa geschrieben als ich; welches mir denn zu einigem Troste dienen sollte.

Den Raum zu füllen, gedenke ich noch eines Scherzes, der mich unterhält. Unsere Mailänder Freunde, die wir durch des Großherzogs Reise gewonnen, Männer von außerordentlicher Bedeutung, Kenntnissen, Tätigkeit und Lebensgewandtheit, welche zu kultivieren ich alle Ursache habe, verstehen kein Deutsch.

Nun lasse ich meinen Aufsatz übers »Abendmahl« hier ins Französische übersetzen. Durch einen gewandten Franzosen, der als Emigrierter zu uns kam, die Invasionsvisite seiner lieben Landsleute, und was draus folgte, bei uns ausgehalten hat. Dies ist ein ganz eigner Spiegel, wenn man sich in einer fremden Sprache wiedererblickt. Ich habe mich um die Übersetzung meiner Arbeiten nie bekümmert, diese aber greift ins Leben ein, und so gibt sie mir viel Interesse. Will ich meine deutsche, eigentlich nur sinnlich hingeschriebene Darstellung im Französischen wiederfinden, so muß ich hie und da nachhelfen, welches nicht schwer wird, da dem Übersetzer gelungen ist, die logische Gelenkheit seiner Sprache zu betätigen, ohne dem sinnlichen Eindruck Schaden zu tun.

Bin ich Dir nun oben mit Erzählung von Stammholzfloßen lästig geworden, so muß ich zum Schluß doch noch sagen: daß heute, Gründonnerstag, an Deinem Feste, auch in Kösen an der Saale, über Naumburg, der große Holzmarkt gefeiert wird, wo künftige Stadt- und Landgebäude zu Hunderten roh auf dem Wasser schweben. Gebe der Baumeister aller Welten ihnen und uns Gedeihen! – Auf der Saalzinne in Sturm und Regen, am 19. März 1818.

tui amantissimus

G.

310. *An Goethe*

Dienstag, 24. März 1818.

Meine Karfreitagsmusik ist so glücklich gewesen, mir reine 1000 rh., schreibe Ein Tausend Taler, einzubringen, wobei ich meine Gehülfen noch ganz honett honorieren können, denn die ganze Einnahme beträgt 1551 rh. 12 Gr.

Da nun eben im Hause Seife gekocht wird und ich anbei zwei Kinder, die sich verheiraten wollen, auszustatten habe, so kannst Du denken, daß mir diese Gabe meines Heilandes zur guten Stunde kommt.

Dies alles aber ist kaum etwas gegen die unermeßliche Freude, die mir Dein Brief vom Grünen Donnerstage, der darum ewig grünen mag, verursacht hat.

Das Gedicht nahm sich auf dem Papiere wundersam aus: wie ein Werkstück, geadert, gekörnt, dabei durchsichtig; es lag wie eine Krone im Wasser. Mein Phidias regte sich, den Marmor appetitlich betrachtend, und dachte ihm die Gliedmaßen zu lösen vom dunkeln Wort und freigestaltet es vor den Augen anderer in Bewegung zu setzen, und zwar, wohlgemerkt, ohne abzuschlagen oder anzusetzen, denn das war das Rätsel.

Nun halte ich Deine Beschreibung mit den Noten zusammen und freue mich erst recht Deines Gedankens, wie Du ihn wieder für Dein erkennst.

Aber auch der schwer zu bewegende Sohn soll gelobt sein! und bittet er uns zu Gevatter, so komme ich, wenn ich auch nur Ein Bein habe.

Daß ich Dich gern hier gehabt hätte, kannst Du denken. Mein Gedanke war: es könnte Dir wohl noch einmal einfallen, einen Inkognitospaß zu versuchen, Donnerstag nachts anzukommen, Freitags die Musik zu hören und dann etwa nach Belieben mit uns zu meinen Kindern nach Pommern zu rutschen, woselbst wir uns unsere Feiertage selber gemacht hätten. Erwartet habe ich Dich, Tag und Nacht, bis zur letzten Stunde.

Endlich, ganz ehrlich gesprochen, wißt ihr Herren in der Ferne doch alle nichts von Berlin, wo, wie aller Orten, eine lebendige Gegenwart jede Vorstellung und Gedanken Lügen straft. Man könnte recht gut mit etwas weniger Denken fertigwerden, wenn man Ort, Zeit und Gelegenheit für das nehmen will, was es ist. Ich bin wenig herumgekommen, aber wo ich gewesen bin, habe ich bald genug wahrgenommen, daß sie auch mit Wasser kochen. Wenn meinesgleichen es nicht gar zu übel empfinden, wie wir, freilich zu oft mit Recht, gescholten werden, so ist es dagegen wie eine Pest, daß gescheute und würdige Menschen, wie sie den Fuß ins Tor setzen, uns mit der Vorrückung unserer Torheiten zu gastieren glauben. Fichte (seligen Andenkens), Wolf, Hirt etc. haben mich oft zu lachen gemacht, da bei aller Unlust keiner von ihnen das Herz gehabt hat, wieder zu gehn, wo er hergekommen ist, da sie doch wissen müßten, welche lange Weile sie uns machen.

Es ist noch die Frage, ob es Einen Ort in Deutschland gibt, wo Du so redliche Verehrer hast als bei uns. Du kannst es auf unsere Gefahr versuchen, und ich bin gewiß, Du gehst mit andern Gedanken von uns, als Du kommst.

Nun, mein Xenophon, sende ich hier wieder ein Stückchen. Wissen wirst Du, daß das Gedicht schon einmal von mir in Musik gesetzt und gedruckt ist. Wollte Gott, daß mir einer sagte, Händel habe ebenso schlechte Musik gemacht als ich; es sollte mir auf ein Faß Wein nicht ankommen, das ich auf seine Gesundheit rein austrinken wollte.

⟨Nun habe ich eine kleine Kommission: Dein freundlicher Sohn ist wohl so gut, an den Herrn Hofmusikus Müller in Weimar die anliegende Rechnung zu bezahlen und sich darüber quittieren zu lassen. Das Geld schicke ich dann mit Gelegenheit oder bringe es selber mit. Was ich dafür gekauft habe, habe ich schon in Händen und vom seligen Kapellmeister Müller einst geliehen erhalten.〉

Auch ein neues Trauerspiel hat sich bei uns aufgetan: »Die Ahnfrau«, von einem Herrn Grillparzer (wie er sich nennt). Elend und Jammer vom Anfang bis ans Ende, und weswegen? Die selige Ahnfrau ist von ihrem Manne auf Dilettantismus ertappt und erstochen worden, und nun gibt sich das Schicksal die Mühe, das kleine Ficksal am ganzen daraus hervorgegangenen Geschlechte zu rächen. Alle Lebende sind unschuldig und rein wie die Sonne, und der Teufel holt sie alle. Doch ist das Wesen lange nicht so ekelhaft als der säuische »24. Februar«, wo das Tier sein Junges frißt. Talent ist nicht zu verkennen, wiewohl es verloren geht: es fehlt an Licht, und wo das nicht ist, danke ich für den Schatten.

August Schlegel kommt zur Berliner Universität; auch Seebeck wird erwartet. Langermann ist seit länger als 3 Monaten an einem Lungengeschwür krank und jetzt leidlich.

Welche schöne Seele aber ist denn deutsch genug gewesen, Dir das Lied ohne Italienerei so lebendig zu singen, daß es Dir gefallen mußte? da es mir selbst Deiner Zusage bedurft hat, um zu wissen, ob es sich löst und trifft. Dein »Kennst Du das Land« habe ich jetzt zum sechsten Male in Musik gesetzt, um es mir selber Einmal rechtzumachen, und die besten Stücke davon sollen nach Weimar wandern.

Der Sohn unseres Staatsrats Nicolovius geht nach Jena zur Universität. Er bringt Dir diesen Brief. Kannst Du ihm etwas Liebes erzeigen, so bitte ich darum. Der Vater hat sich einen Brief an Dich für seinen Sohn von mir erbeten, den ich nicht abschlagen kann, da er sich immer gefällig gegen mich erwiesen hat. Der junge Mann wird zugleich das Geld an den Hofmusikus Müller bezahlen, und deshalb ist die obige Bitte ausgestrichen.

Lebe wohl, Geliebtester meiner Seele, und laß mich wissen, wohin Du gehst. Gegen Pfingsten will ich zuerst meinen Sohn in Pommern besuchen, und wenn alles nach Wunsch geht, soll Weiteres beschlossen werden.

Der einliegende Brief ist von Boisserée. Ein junger Musikus aus Cöln am Rhein, der hier meines Unterrichts genießt, glaubte über Weimar zu gehn, was er nicht getan hat, und so bittet er mich, Dir den Brief zu übersenden.

Heut ist schon der 7. April.

Dein Z.

311. *An Goethe*

Hier hast Du wieder ein fleißiges Liedchen, das ich Dir gern zu hören gäbe, wiewohl ich es auch noch nicht gehört habe.

Es ist ein Motettlein worden, und ich wünschte von Dir zu wissen: wie Du mit der Umstellung der Verse zufrieden bist, indem mir das Gedicht bei der Arbeit viel Spaß gemacht hat. Ja ich habe es zweimal machen müssen, denn die erste Arbeit hatte was Polemisches, und nun müßte es von Rechts wegen humoristischer sein.

Sage mir auch, ob Du mit der Überschrift zufrieden bist, oder sage mir eine andere, denn unsere Tafellieder müssen durchaus einen Henkel haben, sonst tappen sie mitten in den Topf hinein.

Aus meiner Badereise, die ich freilich kaum entbehre, wird schwerlich etwas werden; heut ist der längste Tag, und ich kann nicht rück-, nicht vorwärts. Eine Reise nach Göttingen täte ich gern: *Forkel* ist gestorben, und sein Kunstnachlaß soll im ganzen verkauft werden. Und so müßte man doch wissen, was da ist und wie die Sachen aussehn.

Laß mich doch wissen, wo Du bist und wo Du hingehst, ob ich Dich vielleicht auf etliche Tage auffange.

Für heut nichts mehr als ewige Liebe Deines

Berlin, 21. Junii 1818. Z.

Daß Du krank bist, soll ich nicht wissen; ob die Gefahr vorüber ist, werde ich doch wohl von Dir erfahren. Wenn Du gehst, nimm mich mit! nimm den treuen Bruder mit!

312. *An Zelter*

Höchst erfreut hat mich Deine Sendung vom 21. Juni; sie kam gerade zur rechten Zeit, als ich mich nach einem zerstückelten Zustand von vierzehn Tagen endlich wieder zusammengefunden hatte; eigentlich war es nur Verkältung, bei dem heißen Wetter und scharfen Nordostwinde kaum abzuwenden. Nun geht es wieder gut, und ich treibe mein Wesen wieder fort, weiß aber nicht, was zunächst aus mir werden wird.

Uns ist ein Prinz geboren, dessen Taufe wir nun abzuwarten haben. Dann wollen mich die Ärzte ins Karlsbad, wozu ich keine Lust empfinde: denn mein gegenwärtiger Zustand, in welchem ich nach manchen Seiten hin tätig sein kann, ist mir sehr erwünscht, und meine heitere Wohnung möcht' ich nicht gern verlassen. Da wiege ich mich denn in Unentschlossenheit, erwartend, wo ich denn zuletzt durch eine überwiegende Nötigung hingetrieben werde.

Deine Motette hat mich erfreut und betrübt: erfreut, insofern ich sie [mit] den Augen aufnehmen und einigermaßen genießen konnte; betrübt, weil ich die Hoffnung aufgeben muß, sie zu hören. Denn ich habe nicht einmal Knebeln den Spaß machen können, das Geburtstagslied vortragen zu lassen. Es sind unter den jungen Leuten hier recht hübsche Stimmen, und chorweise machen sie ihre Sachen auch gut. Was aber nicht nach »Lützows wilder Jagd« klingt, dafür hat kein Mensch keinen Sinn. Auch ist es, wie die Sachen stehen, nicht einmal rätlich, sich näher an sie zu schließen. Drüben in Weimar ist es ebenso schlimm. Molke singt nichts als seine eignen Lieder, so daß die Gesellschaft, zu deren Vergnügen man ihn einlädt, zuletzt davonlaufen möchte.

Mir bleibt also nichts übrig, als mich für einen Somnambüle zu geben, der durch verwechselte Sinne zu seinen Vorstellungen gelangt.

Wäre es Dir nicht unangenehm, so sendete ich eine Abschrift von dieser Partitur an Thibaut nach Heidelberg; er ist, obgleich Juriste, von Hause aus eine weiche musikalische Natur und hat, wie ich höre, auf solide Weise um sich her einen Kreis versammelt, wo sie ältere Kompositionen mit Liebe, Leben und Sorgfalt aufführen. Es ist ein Abglanz von euch heraufgeregt; ich weiß zwar nicht, wie rein er leuchtet, aber verständige Menschen waren damit sehr zufrieden.

Von meinem »Diwan« sind zehn Bogen gedruckt, von »Kunst und Altertum« neune, von »Morphologie« vier. Wo nicht alles, doch ein Teil muß Dir Michaeli zuhanden kommen. Keine Gesellschaft gibt's mehr, wenigstens nicht für mich, und da unterhalte ich mich dictando in der Gegenwart, hoffend, es werde künftig in die Ferne wirken.

Überhaupt kommt es einem so wunderbar vor, wenn man das Treiben der Menschen (ich will zum Beispiel nur von der bildenden Kunst reden, die mir am nächsten liegt) mit Ernst und Wohlwollen betrachtet. Die schönsten Talente fragen bei mir dringend an, was sie tun sollen, und wenn ich's ihnen redlich mitteile und sie, überzeugt, die ersten Schritte tun, so lassen sie sich vom absurdesten Wochentage gleich wieder in die gemeinste Pfuscherei hineinschleppen und sind so wohlgemut dabei, als wenn es gar nicht anders sein könnte. Ich indessen bleibe auf meinen alten Reden, und sie tun, als wenn ich gar nichts gesagt hätte. Wenn ich nicht irre, so habt ihr Meister der Tonkunst dadurch einen größeren Vorteil, daß ihr gleich anfangs eure Schüler nötigen könnt, das anerkannte Gesetzliche anzunehmen. Wie willkürlich damit in der Folge freilich Ein Individuum nach dem andern verfährt, will ich auch nicht untersuchen. Und so lege ich denn dieser Sendung einige Vorfragmente bei, wobei Du wenigstens den Vorteil hast, daß Du Herrn Sickler nicht zu berufen brauchst, um sie aufzurollen. Dieses alles schreibe ich Dir unter einem bedeutenden Gewitter, welches von Abend herüber gerade auf meine Fenster strebt. Erst durch Stauberregung, dann durch allgemeinen Regenguß, der den ganzen Himmel einnimmt, mehr als durch Blitz und Donner merkwürdig. Dies zu beobachten ist meine Zinne herrlich gelegen; ich weiß nicht, wie ich diesen Überblick aufgeben will. Noch vieles wäre zu sagen, aber das Papier kann's nicht tragen.

Und so fort und für ewig!

Jena, den 28. Juni 1818. G.

313. *An Goethe*

Dein »Herkules« ist mir ein feiner Bissen gewesen, woran ich noch immerfort nachschmecke und nicht davon loskommen kann. Habe Dank für die lieben Blätter, die nicht dankbarer genossen werden können.

Das Tafelmotettchen könntest Du immer an Thibaut schicken, sollte er auch keinen Geschmack daran haben, wenn er es sonst nur an sich behalten will, weil sich soeben ein Verleger um diese Kleinigkeiten bemüht, zu deren Bekanntmachung mir freilich aller Trieb abgeht; denn so wie die Leute in Jena und Weimar genießen und was sie lieben, so ist's überall und auch hier, und könnten sie, wie sie möchten, man hörte nichts, als was sie alle selber verfluchen und treiben. Meine jungen Leute machen mich oft zu lachen. Nichts in der Welt kommt ihnen natürlicher vor, als was ich ihnen sage und täglich wiederhole, ja sie predigen es nach, aber gänzlich verdreht, und was sie damit machen und ans Licht stellen, ist so hoffnungslos, daß man sich mit ihnen schießen möchte.

Ich bin auf dem Sprunge, nach Magdeburg, Braunschweig, Göttingen und Kassel zu gehn, und wünschte zu wissen, ob ich Dich in Jena oder Weimar zu treffen habe. Ich habe um Urlaub auf 10 Wochen gebeten und hoffe, ihn nicht allein zu erhalten, sondern noch Geld dazu zu bekommen. Künftigen Dienstag ist meiner Auguste Hochzeit, und dann bin ich frei, aber auch so rein ausgeschält, daß ich mich dieses Mal werde sparlich halten müssen. Laß mich demnach wissen, wann und wohin du gehst. An den Rhein ist mir's diesmal zu weit, vielleicht komme ich Dir nach in Karslbad oder Teplitz. Gott befohlen.

Dein
ewiger
Berlin, den 9. Julii 1818. Z.

Den 19. Juli. Morgen früh fahre ich mit der ordinären Post über Magdeburg und Göttingen nach Kassel. Schreib mir nach Göttingen, *poste restante*, wo Du bist, damit wir uns treffen können. Dein
Z.

314. *An Zelter*

Dein Brief vom 9. Juli ist mir erst spät in Karlsbad geworden. Heute sage nur soviel, daß ich etwa in 4 Wochen von Karlsbad weggehe und nachher in Weimar oder Jena zu finden bin.

Sollte dieser Brief Dich noch ereilen, so empfange sogleich die Nachricht, daß es mir wohl geht. In diesen Worten ist gar viel begriffen. Wünsche Gleiches und damit Adieu.

Karlsbad, den 8. August 1818. G.

315. *An Goethe*

Den 27. August 1818.

Nun schreibe ich Dir, mein liebster Freund, aus Frankfurt am Main, von wo ich nach Wiesbaden gehn wollte. Vorgestern hat mich eine sehr heftige Diarrhöe angefallen, und da ich höre, daß sowohl Wiesbaden als die ganze Gegend von Ruhrkranken angefüllt ist, will ich rheinaufwärts gehn und sehn, ob ich in Zürich Ende finden kann.

Gestern habe ich die berühmte Madame Schröder aus Wien als Sappho auftreten sehn. Ich habe sie schon einmal in Berlin gesehn, ohne Urteil. Die gestrige Rolle ziemte und paßte zu ihrer Person. Die Sprache ist sehr deutlich, doch etwas pesant und gezogen. Das ganze Spiel vernehmlich und im Charakter, aber nicht grazios genug. Stimme und Ton wollten mir nicht ganz eingehn, und wenngleich eine hübsche Frau, so ist sie doch keine geborne Schauspielerin. Ein junger Mann, namens Becker, der den Phaon spielte, hat mir ganz ungemein gefallen. Gestalt, Sprache, Bewegung, Ton und Stimme paßten zueinander und zum Stücke. Neben diesen wurde die Melitta von einer Mademoiselle Lindner brav gespielt und gesprochen.

Das Stück kann ich nicht beurteilen, wie ich's nicht erkenne. Es schwebt zwischen Griechischem und Modernen, ohne einen festen Grund zu finden, und alles könnte auch anders sein, ohne darum schlechter zu sein. Es sind lauter edle Personen, die sich verkennen und das Glück machen, aber der Zuschauer kann sie ebensowenig erkennen; mir deucht, sie könnten es alle schlimmer meinen, um deutlicher zu erscheinen; sie sind aber zahm, zur Grausamkeit gegen die Zuschauer. Übrigens wird das Stück hier weit mehr zusammengegeben als in Berlin, wo es fast immer an etwas fehlt, gefällt auch hier, und der älteste Schlosser sprach mit Enthusiasmus davon. Ich bin über Kassel hergekommen, was ich, sowie auch Braunschweig und Göttingen, zum ersten Male sehe. Marburg hat mir ausnehmend gefallen; hier hat Wasser einmal wieder Arbeit gemacht, die wieder Gedanken gibt: es ist doch etwas Schönes um die Welt, und es ist nicht wahr, daß es nicht wahr ist, daß Gott die Welt aus nichts gemacht hat. Nur Menschen sind es, die Etwas zu Nichts machen und, wenn sie damit fertig sind, sich aus Humanität daran erfreuen wollen.

Von Kassel bin ich in sehr angenehmer Gesellschaft eines Rats aus Riga, namens Orth, seiner Frau und drei allerliebsten Töchtern hierhergereist. Die Mutter, eine angenehme blonde Dreißigerin, und die älteste Tochter von 17 Jahren sind frische Wesen, und es kostete mich Ein Wort, so gingen sie, wohin ich wollte. Wir alle wohnen hier unter Einem Dache. Doch wollen wir den Becher vom Munde geben, da noch Vorrat ist.

Sobald ich wieder ganz wohl bin, gehe ich nach Darmstadt, um meinem Kapellgroßherzog aufzuwarten, der sich vom Spontini eine neue Oper hat drehen lassen. In Kassel habe ich Rossinis allberühmte Oper »Tancredi« recht artig gesehn und gehört. Die Musik ist scharmant, das heißt: echt italienisch – chiaro, puro e sicuro. Fluß, Leichtigkeit und

Freiheit in allen Stücken, sogar die Sinfonie ist hübsch, obgleich sie sich mit dem Stücke nichts zu schaffen macht.

Eine kleine niedliche Italienerin, Madamigella Marinoni, habe ich auch in Kassel gefunden. Sie ist 20 alt, eher klein als groß, und unterrichtet die jungen Prinzessinnen der Kurprinzessin im Singen. Dazu wäre sie nun freilich viel zu gut, doch zuckt sie mit dem linken Fuße und will daher das Theater nicht suchen. Sie hat einen vollen schönen Mezzosopran, der sich schon in einer Kirche ausnehmen dürfte, Beweglichkeit des Organs, Geschmack und Wahrheit in all ihrem Tun und Treiben. Ich habe sie bewogen, einige deutsche Stücke singen zu lernen, und Dein »Nur wer die Sehnsucht kennt« hättest Du schon gemocht, wenn Du's gehört hättest. Sie fand es allerliebst, als ich ihr sagte, die Deutschen würden es nicht schlimmer nehmen, aus *ihrem* schönen Munde gutes Deutsch zu hören, als die Italiener von Deutschen ein schlechtes Welsch.

Um Lessings Grab in Braunschweig, neben des alten Campe Garten, haben sie freien Raum gelassen. Kein Stein, kein Nichts liegt drauf. Das kommt mir recht groß vor, seitdem ich das alberne Denkmal gesehn habe, das sie Klopstocken in Wandsbeck gesetzt haben, das der Wind schon einmal weggeweht hatte und mit armseligen Wortwerk bekritzelt ist. Du hast ganz recht: die Nachwelt ist nicht mehr wert wie die Mitwelt. Was wir haben, ist nicht viel, und was wir hatten, wissen wir nicht. Wer aus irgendeiner andern Absicht, als weil er will und kann, über die Straße geht, ist die Sohlen nicht wert, worauf er geht.

Wir müssen wohl innehalten, denn das Papier geht zu Ende. So lebe dann wohl und vergiß nicht Deines ewigen Z.

Friedrich Schlegel hat gestern mit Schlosser bei mir Kaffee getrunken. Der jüngste Schlosser hat sich verheuratet und ist nach Koblenz gangen. August Schlegel macht heut Hochzeit in Heidelheidelheidelberg mit der höchst scharmanten Tochter der Kirchenrätin Paulus, die ich ihm kaum gönne, da er sich auf der alten Französin abgelaicht hat.

316. *An Goethe*

Berlin, den 27. Dezember 1818.

Deine schöne und edle Großfürstin verlangte einen Brief an Dich; es möchte wohl zu frei gewesen sein, von einer Huld Gebrauch zu machen, die ihr gleichwohl ernst gewesen sein könnte und die ich lebenslang nicht vergessen werde.

Die Kaiserin Mutter kam am Weihnachtsabend zwischen drei und 4 Uhr hier an, in Begleitung meines Königs, der ihrem Wagen vorritt. Die Großfürstin glaubte ich im Wagen der Kaiserin zu erkennen. Es war bekannt, daß die Kaiserin bis Sonntag hierbleiben werde. Der König hatte das Museum, die Bibliothek, die Universität, die Bildergalerie, die Kunstakademie, die Charité, die Entbindungsanstalt, und was sonst noch hier zu sehen ist, in Bereitschaft zu setzen befohlen, um die hohen Gäste zu empfangen, und ich dachte nicht daran, die Kaiserin in der Singakademie zu sehen, da unser jetziges Lokale, wegen des Baues des Akademiegebäudes, durchaus nicht geeignet ist, Gäste aufzunehmen. Es ist so klein, daß die Gesellschaft selber nicht Raum hat, und da es über einem Pferdestalle ist, so ist der Geruch unausstehlich wie die Kälte daselbst, weil es nicht geheizt werden kann.

Ganz unvermutet aber schickte Fürst Radziwill zu mir und ließ mir sagen, die Kaiserin wolle die Singakademie hören, der ganze Hof freue sich dazu und Er wolle seinen Saal hergeben. Es war der 1. Weihnachtstag. Alles in der Stadt war zerstreut, und es war kein Geringes, 300 Menschen in Berlin zusammenzurufen. Am 2. Feiertag gegen Mittag kam man zusammen, und um 2 Uhr war es beschlossen, der hohen Fremden aufzuwarten. Zwei Stunden nachher, also um 4 Uhr, versammelte man sich im Radziwill'schen Palais, und gegen 5 Uhr kam die Kaiserin, geführt vom Könige, mit der ganzen Umgebung. Wie die Kaiserin in den Singsaal trat, ward sie mit Anstimmung eines Gedichts empfangen nach der bekannten Melodie: »Heil Dir!« Die beiden Gedichte waren seit 2 Stunden gedichtet und gedruckt. Dann folgte ein Psalm von Fasch: »Wohl dem Manne, der rechtschaffen lebt! Der ist wie ein Baum, der seine Frucht bringet zu seiner Zeit, und was er machet, das gerät wohl.« – Das Ganze schloß mit einer Fuge: »Mein' Zunge rühmt in Wettgesang Dein Lob!« Diesen Psalm hatte ich gewählt in Beziehung des eben gefeierten Geburtstags des Kaisers Alexander.

Nach diesem Gesange, der keine halbe Stunde währte, nahte sich die Kaiserin dem Chore, begrüßend und dankend, ließ sich meine Antworten auf ihre Fragen über Entstehung, Fortgang, Zustand und Alter des Instituts gefallen und schied dann von uns, weil noch Theaterfeierlichkeiten, die der König selbst angeordnet hatte, ihrer warteten.

Ob dies nun für eine hohe Frau von so bewährten Einsichten ein Genuß gewesen sein könne, der in der Eile zusammengetrommelt und, daran vorübergehend, wie ein Luftstrich empfunden wird, kann ich Dir nicht sagen. Es war Feiertag, jeder war mit seinem Hause beschäftigt, ein Fest zu begehen, woran alle die Seinigen teilnehmen. Hier herausgerissen, in einem fremden Hause, durchaus unvorbereitet und so weiter. Die Musik gelang vollkommen, weil ich durch ein stehendes Repertorium auf Fälle dieser Art immer gefaßt bin. Aber ein Auditorium vor sich zu haben, welches keine Zeit zu genießen hat und nur auf den Schluß wartet, davon denke Dir nun, was Du kannst.

Endlich kam noch Deine Großfürstin und ihr Gemahl zu mir heran, um in kurzem zu fragen, ob ich ihr etwas für Dich auftragen wolle. Das war mir nun das Erquicklichste bei der ganzen Sache, von außen herein an Dich, mein Geliebter, erinnert zu werden, da ich alles, was ich tue, in Beziehung tue auf Dich und Deine Gegenwart, die ich erhofft habe wie die Zukunft des Messias. Der Erbprinz konnte sich nicht genug verwundern, daß eine solche Stiftung keinen Raum fände im großen Berlin, und es war, als ob er zu verstehn geben wolle, daß dies kaum glaublich sei. Das ist so natürlich, daß ich's selber nicht glauben will und darum unaufhörlich bemüht bin, den König zu bewegen, nur *etwas* für eine Sache zu tun, die nicht ohne Einfluß gewesen ist auf ganz Deutschland, die unter seinen Augen entstanden und mit ihm gleichsam aufgewachsen ist, in ehrbarem Rufe steht und von ihm allein – unbeachtet bleibt. Ich sprach ihn vorher auf einige Augenblicke, und indem er an mir vorüberging, schloß ich mich an ihn an, um ihn ins Gespräch zu locken; aber er war so mit seiner Intention beschäftigt und verlor sich in die höchsten Herrschaften, wohin ihm zu folgen nicht anständig gewesen wäre.

Die Kaiserin Mutter, welche heute früh um 9 Uhr wirklich abgefahren ist, hatte ich mir ins Auge genommen. Ich habe sie als Braut von unendlicher Schönheit gekannt, denn ihre Hochzeit war hier in Berlin. Sie ist von Einem Alter mit mir, und meine Blicke sind ihrem großen Schicksale gefolgt. Sie hat sich allgemein beliebt bei uns gemacht und Vertrauen erweckt und genossen. Hätte sie sich's länger unter uns gefallen lassen dürfen, wir würden sie noch lange haben bedienen können, denn wie wir in Zug kamen, da waren wir fertig. Sie hat keinen deutschen Choral gehört, der unter uns zu Hause ist und gewiß gewirkt haben müßte, da ich seine Kraft kenne. Die Solosänger kamen zuletzt auch in Zug, und obwohl wir nicht so schöne Stimmen haben, wie sie die Kapelle der Großfürstin hat, so läßt unser Ensemble nichts vor sich, ob wir auch keine einzige Probe gehabt haben.

Empfiehl mich nun noch einmal Deiner trefflichen Großfürstin; ich habe die ganze Reise von Weimar her an nichts gedacht als den Genuß, den ich an ihrem Gottesdienst fand: er hat mich aufs höchste erbaut; und vergiß ja nicht Dein Versprechen, mir die Messe des heiligen Chrysostomus zu verschaffen.

Die Teltow'schen Rübchen waren bei meiner Ankunft in Berlin am 8. November bereits nach Weimar abgegangen, und ich hoffe, daß sie vor dem Froste an Ort und Stelle gelangt sind. Wenn Fische nicht ein stummes Geschlecht wären, so möchte ich ihnen die anfolgende Komposition der »Ballade« in den Mund legen; laß sie Dir daher von solchen Wesen vorsingen, die nicht stumm, aber auch nicht zu karg sind mit Klang und Wort. Einige Verse haben mich fast zur Verzweiflung gebracht. Manches ist überwunden, bis auf das Enjambement in der 8. Strophe im 3. und 4. Verse, das an sich schön ist, aber im Singen gar zu störend wird. Frage: ob sich das verändern ließe?

Nun lebe wohl, mein ewig Geliebter! und gib bald ein Wort des Trostes von Dir, denn ich höre, daß man krank ist in Deinem Hause. Gott befohlen! Dein

Z.

Abbildungsnachweis

Umschlagabbildung: Johann Wolfgang von Goethe. Miniatur auf Elfenbein von Karl Joseph Raabe, 1811.

Frontispiz: Karl Friedrich Zelter. Bleistiftzeichnung von Wilhelm Hensel, 1820. Mit freundlicher Genehmigung des Bildarchivs Preußischer Kulturbesitz.

Nach Seite 176 (zu Brief Nr. 98): Zelters Komposition des Liedes »Vanitas!« (Ich hab' mein Sach' auf nichts gestellt.)

Nach Seite 238 (zu Brief Nr. 125): Napoleonberg, gegen Abend, am 7. Oktober 1808. Stich von H. D. J. Herold, Jena.

Nach Seite 486 (zu Brief Nr. 237): Zelters Komposition des Liedes: »Dir zu eröffnen Mein Herz, verlangt mich.«

Inhalt

Band 1

Band 2

Band 3

Zu dieser Ausgabe

insel taschenbuch 950
Briefwechsel zwischen Goethe und Zelter
1799-1832

Der vorliegende Text folgt der Ausgabe: Der Briefwechsel zwischen Goethe und Zelter. Im Auftrag des Goethe- und Schiller-Archivs nach den Handschriften herausgegeben von Max Hecker. Erster Band: 1799-1818. Insel Verlag, Leipzig 1913

Goethe im Insel Verlag

Goethe, Johann Wolfgang von: Insel-Goethe. 6 Bände. Herausgegeben von Emil Staiger, Walter Höllerer, Hans-J. Weitz, Nobert Miller u. a. Leinen in Kassette.
– – Sonderausgabe. Broschiert.
– Jubiläumsausgabe in sechs Bänden. Aus Anlaß des 150. Todestages am 22. März 1982. Gebunden, mit Dekorüberzug.

Einzelausgaben
– Briefe an Auguste Gräfin zu Stolberg. Herausgegeben und mit einem Nachwort von Jürgen Behrens. Mit Abbildungen und Faksimiles. IB 1015
– Dichtung und Wahrheit. Mit Bildmaterial. 3 Bde. in Kassette. it 149/150/151 und Leinen
– Elegie von Marienbad. September 1823. Faksimile einer Urhandschrift. Herausgegeben von Christoph Michel und Jürgen Behrens. Mit einem Geleitwort von Arthur Henkel. Faksimile und Kommentarband zusammen in Kassette. Leder
– Die erste Schweizer Reise. it 300
– Faust I. Mit Illustrationen von Eugène Delacroix und einem Vorwort von Jörn Göres. it 50
– Faust. Zweiter Teil. Faksimile der Erstausgabe. Leinen und Leder
– Faust II. Mit Federzeichnungen von Max Beckmann. Mit einem Nachwort zum Text von Jörn Göres und zu den Zeichnungen von Friedhelm Fischer. it 100
– Faust. Gesamtausgabe. Leinen und Leder
– Faust. Drei Fassungen. Urfaust. Faust. Ein Fragment. Faust. Eine Tragödie. Herausgegeben mit einem Nachwort von Werner Keller. 2 Bde. it 625
– Frühes Theater. Mit einer Auswahl aus den dramaturgischen Schriften 1771-1828. Herausgegeben und mit einem Nachwort von Dieter Borchmeyer. it 675
– Gedichte in einem Band. Herausgegeben von Heinz Nicolai. Leinen
– Gedichte in zeitlicher Folge. Herausgegeben von Heinz Nicolei. 2 Bde. Leinen und it 350
– Goethes Gedanken über Musik. Eine Sammlung aus seinen Werken, Briefen, Gesprächen und Tagebüchern. Herausgegeben von Hedwig Walwei-Wiegelmann. Mit achtundvierzig Abbildungen erläutert von Hartmut Schmidt. it 800
– Goethes Liebesgedichte. Ausgewählt und herausgegeben von Hans Gerhard Gräf. Mit einem Nachwort von Emil Staiger. Insel-Bibliothek. Leinen und it 275

101/1/2.87

Goethe im Insel Verlag

– Goethes schönste Gedichte. Herausgegeben von Jochen Schmidt. IB 1013
– Die guten Frauen als Gegenbilder der bösen Weiber. Mit Illustrationen von Daniel Chodowiecki. it 925
– Hermann und Dorothea. Mit 10 Kupfern von Catel. it 225
– Iphigenie auf Tauris. Prosafassung. Herausgegeben von Eberhard Haufe. IB 1014
– Hier schicke ich einen Traum. 50 Geschenk- und Albumblätter. Faksimile im Lichtdruck. 1000 Exemplare limitiert. Herausgegeben und kommentiert von Gerhard Femmel. Format 30×40 cm in Kassette eingelegt. Kommentarband 32 S.
– Historische Schriften. Eine Auswahl in biographischer Folge. Herausgegeben von Horst Günther. Mit Zeichnungen von Goethe. it 650
– Italienische Reise. Mit vierzig Zeichnungen des Autors. Herausgegeben und mit einem Nachwort von Christoph Michel. 2 Bde. it 175
– Klassisches Theater. Herausgegeben und mit einem Nachwort von Dieter Borchmeyer. it 700
– Lektüre für Augenblicke. Herausgegeben von Gerhart Baumann. Pappe
– Die Leiden des jungen Werther. Bibliothek deutscher Erst- und Frühausgaben in originalgetreuen Wiedergaben. Herausgegeben von Bernhard Zeller. Leder
– Die Leiden des jungen Werther. Mit einem Essay von Georg Lukács und Illustrationen von Chodowiecki. Nachwort von Jörn Göres. Insel-Bibliothek. Leinen, Leder und it 25
– Märchen. Der neue Paris. Die neue Melusine. Herausgegeben von Katharina Mommsen. it 825
– Der Mann von fünfzig Jahren. Mit einem Nachwort von Adolf Muschg. it 850
– Maximen und Reflexionen. Insel-Bibliothek. Leinen und Leder und it 200
– Novellen. Herausgegeben und mit einem Nachwort von Katharina Mommsen. Mit Federzeichnungen von Max Liebermann. it 425
– Reineke Fuchs. Mit Stahlstichen nach Zeichnungen von Wilhelm Kaulbach. it 125
– Reise-, Zerstreuungs- und Trostbüchlein 1806-1807. 77 zum Teil vierfarbige Tafeln. Herausgegeben und mit einem Nachwort von Christoph Michel. it 400

101/2/2.87

Goethe im Insel Verlag

- Das Römische Carneval. Mit den farbigen Figurinen von 1789 und Goethes Fragmenten »Über Italien«. Herausgegeben von Isabella Kuhn. it 750
- Römische Elegien. Faksimile der Handschrift und Transkription. Mit einem Nachwort von Horst Rüdiger. IB 1010
- Sammelhandschriften Goethescher Gedichte. Faksimile. Mit einem Kommentarband, herausgegeben und kommentiert von Karl-Heinz Hahn. 2 Bde in Kassette.
- Schriften zur Naturwissenschaft. Ausgewählt und herausgegeben von Horst Günther. Mit Zeichnungen des Autors. it 550
- Tagebuch der ersten Schweizer Reise 1775. Mit den Zeichnungen des Autors und einem vollständigen Faksimile der Handschrift. Herausgegeben und erläutert von Hans-Georg Dewitz. it 800
- Tagebuch der Italienischen Reise 1786. Notizen und Briefe aus Italien. Mit Skizzen und Zeichnungen des Autors. Herausgegeben und erläutert von Christoph Michel. it 176
- ›Das Tagebuch‹ Goethes und Rilkes ›Sieben Gedichte‹. Erläutert von Siegfried Unseld. IB 1000
- Über die Deutschen. Herausgegeben von Hans-J. Weitz. it 325
- Die Wahlverwandtschaften. Mit einem Essay von Walter Benjamin. Insel-Bibliothek. Leinen, Leder und it 1
- West-östlicher Divan. Herausgegeben und erläutert von Hans-J. Weitz. Mit Essays zum »Divan« von Hugo von Hofmannsthal, Oskar Loerke und Karl Krolow. Leinen, Leder und it 75
- Wilhelm Meisters Lehrjahre. Leinen, Leder und it 475
- Wilhelm Meisters Wanderjahre oder Die Entsagenden. Mit einem Nachwort von Adolf Muschg. Leinen, Leder und it 575
- Wilhelm Meisters theatralische Sendung. Mit einem Vorwort von Wilhelm Voßkamp. it 725
- Xenien. Von Schiller und Goethe. it 875

Briefe und Gespräche

Goethes Briefwechsel mit Marianne und Johann Jakob Willemer. Dokumente. Lebens-Chronik. Erläuterung. Herausgegeben von Hans-J. Weitz. Mit Abbildungen und Register. Leder und it 900

Goethe–Schiller: Briefwechsel. Neu herausgegeben und mit einer Einleitung versehen von Emil Staiger. Leinen und it 250

Johann Peter Eckermann: Gespräche mit Goethe in den letzten Jahren seines Lebens. Herausgegeben von Fritz Bergemann. 2 Bde. Leder und it 250

101/3/2.87

Johann Wolfgang Goethe, geboren am 28. August 1749 in Frankfurt am Main, ist am 22. März 1832 in Weimar gestorben.

Karl Friedrich Zelter, geboren am 11. Dezember 1758 in Berlin, ist dort am 15. Mai 1832 gestorben.

In ungekürzter Form wird die dreibändige, von Max Hecker im Insel Verlag 1913 vorgelegte Ausgabe des Goethe/Zelter-Briefwechsels als insel taschenbuch-Kassette vorgelegt.

Dieser Briefwechsel zwischen dem Berliner Baumeister und Musiker Karl Friedrich Zelter und Johann Wolfgang Goethe aus den Jahren 1799 bis 1832 gilt nicht nur als Dokument einer sich langsam entwickelnden, aber, dann sehr innig verlaufenden Freundschaft, sondern auch als eindrucksvolles Zeitdokument der ersten dreißig Jahre des 19. Jahrhunderts.

Johann Wolfgang Goethe, geboren am 28. August 1749 in Frankfurt am Main, ist am 22. März 1832 in Weimar gestorben.

Karl Friedrich Zelter, geboren am 11. Dezember 1758 in Berlin, ist dort am 15. Mai 1832 gestorben.

In unveränderter Form wird die dreibändige, von Max Hecker im Insel Verlag 1913 vorgelegte Ausgabe des Goethe/Zelter-Briefwechsels als insel taschenbuch-Kassette vorgelegt.

Dieser Briefwechsel zwischen dem Berliner Baumeister und Musiker Karl Friedrich Zelter und Johann Wolfgang Goethe aus den Jahren 1799 bis 1832 gilt nicht nur als Dokument einer sich langsam entwickelnden, aber dann sehr innig verlaufenden Freundschaft, sondern auch als eindrucksvolles Zeitdokument der ersten dreißig Jahre des 19. Jahrhunderts.

insel taschenbuch 950

Goethe/Zelter Briefwechsel

Dritter Band

Karl Friedrich Zelter.
Lithographie von M. Julius.

Briefwechsel zwischen Goethe und Zelter 1799-1832

Herausgegeben von Max Hecker

Dritter Band: 1828-1832

Insel Verlag

insel taschenbuch 950
Erste Auflage 1987

Vertrieb durch den Suhrkamp Taschenbuch Verlag
Umschlag nach Entwürfen von Willy Fleckhaus
Satz: LibroSatz, Kriftel
Druck: Nomos Verlagsgesellschaft, Baden-Baden
Printed in Germany

1 2 3 4 5 6 - 92 91 90 89 88 87

Briefwechsel zwischen Goethe und Zelter 1828-1832

1828

595. *An Zelter*

Ob ich gleich der Makkabäischen Familie niemals feind gewesen bin, vielmehr gefunden habe, daß die liebe Judenschaft sich auf diesem Punkt der Geschichte am besten ausnimmt, so darf ich mich wohl diesmal über sie beklagen, indem Du, beschäftigt, sie mit allem musikalischen Prunk einzuführen, schon seit zwei Monaten versäumst, Deiner auswärtigen Freunde zu gedenken.

Zwar wenn ich mir vorstelle, was alles über Deinem Haupte vorgeht, dessen Einfluß Du doch nicht ganz abwehren kannst, so wundere ich mich nicht, daß Du, in dem Strudel von musikalischen, ästhetischen, physikalischen, naturphilosophischen Exhibitionen hingerissen, kaum zu Dir selbst kommen könntest, wenn Du gleich nicht eine so bedeutende Rolle dabei selbst durchzuführen hättest. Blick' aber einmal wieder frei um Dich her und vermelde einiges, damit der Jahrgang 1828 künftighin nicht allzu mager ausfalle. Sende mir meine Briefe von 1827, auf daß ich die codices fortsetzen könne; auch lege das Büchlein von Kandler abermals bei: die Art und Weise dieses Mannes, musikalisch zu leben und leben zu lassen, hat auf mich einen besondern Eindruck gemacht.

Ich habe mich die Zeit ganz leidlich gehalten und meine Stunden zu allerlei guten und bedeutenden Zwecken verwenden können. Drei bis vier Szenen des *zweiten Teils* von »Faust« sind nach Augsburg abgegangen; möchtet ihr, wenn sie gedruckt erscheinen, in den Strömungen des Lebens diesen Darstellungen einige Augenblicke widmen können!

Ich fahre fort an dieser Arbeit, denn ich möchte gar zu gern die zwei ersten Akte fertigbringen, damit »Helena« als dritter Akt sich ganz ungezwungen anschlösse und, genugsam vorbereitet, nicht mehr phantasmagorisch und eingeschoben, sondern in ästhetisch-vernunftgemäßer Folge sich erweisen könnte. Was gelingen kann, müssen wir abwarten.

Manches andere Hübsche, Muntere und Zweckmäßige ist auch die Zeit her gut geraten; ferner habe ich zu verschiedenen Sammlungen sehr angenehme Beiträge erhalten; an einem Stück »Kunst und Altertum« wird gedruckt, und so haben wir bis Ostern so viel zu tun, daß wir uns nach weiterer Unterhaltung nicht umzusehen brauchen.

In meiner Umgebung, wie Du sie kennst, hat sich nichts verändert; Ottilie beschäftigt sich, das Töchterchen heranzufüttern, das vor der Hand ganz niedlich und freundlich aussieht. Unsere junge Frauenwelt ist durch frisch angekommene englische Rekruten nicht wenig in Bewegung gesetzt, macht sich mit allerlei Liebschaften Lust, damit es ja an einem leidenschaftlichen Kapital nicht fehle, wovon man später, beim Abschied und endlicher Entbehrung, die Schmerzesinteressen reichlich einzunehmen habe.

Unwandelbar

Weimar, den 24. Januar 1828. G.

596. *An Goethe*

Berlin, 28. Januar 1828.

Schelte nur, alter Freund, es geschieht mir schon recht; bin ich Dir doch auf Deinem vorletzten Briefe vom 4. Dezember noch die Antwort schuldig. Die Verhinderungen sind doch nur Beschönigung versäumter Pflicht, wenn auch an mich her und über mich hin es nicht an Wirrwarr fehlt, dem ich nicht gewachsen bin.

Unser Haus hat Geld gekostet, mehr als wir haben, da hat der »Judas« herangemußt; es war aber nicht der den Beutel hat, und – Geld zusammenschnurren fällt mir, da ich älter werde, schwerer als sonst. Da ist zu kämpfen mit Willigen und Widerwilligen; so stelle Dir Deinen Freund vor, zwischen zwei Stühlen, die er sich durch ein tüchtiges Brett zum Gesäße macht, wie Du ja solche Späße wohl selber bestanden hast.

Nun will ich denn auch des großen Vergnügens gedenken, das mir v. Humboldts prächtig-reiches Naturwunderkollegium gewährt vor einem respektabelsten Auditorio, das an die Tausend geht. Ein Mann steht vor mir meiner Art, der hat, was er gibt, ohne zu wissen, zu kargen: *wem? keine* Kapitel macht, keine Vorrednerei, kein Dunst, keine Kunst. Selbst wo er irren sollte, müßte man's gern glauben.

In diesen grauen bleiernen Wintertagen habe meine Augen an Walter Scotts »Leben Napoleons« versucht und etliche 80 Kapitel hinter mir. Das Werk ist mit Sorgfalt geschrieben und darf nicht ohne Sorgfalt gelesen werden. Mir fällt dabei wohl der »Epimenides« ein: wer sich geschmeichelt findet, mag sich vorsehn. Man rät, man argwohnt die Klatschquelle der Pariser Salons in der edeln Hauptstadt Englands und die Bosheit selbst, eine patriotische Tugend. Dahin gehört die wiederholte Berufung des Prinzen Enghien und andere Insinuationen, zum Beispiel: *»Man ging so weit, Pauline einer Intrige mit ihrem eigenen Bruder zu bezüchten«*, und so weiter. Der erfahrne Verfasser muß am besten wissen, für wen er geschrieben, sonst wäre die Wirkung gerade umgekehrt. Wäre die Revolution mit ihren Folgen eine Familiensache, um Vettern und Gevattern namentlich schuldig zu schelten, so glauben wir alles. Du hast die Begebenheit in einem Briefe aus Jena an Schiller eine ungeheure Naturempirie betitelt, und das ist mir innerlich sitzen geblieben.

Ein Herr Breidenstein, den das Ministerium vor 5 Jahren als Dr. und Professor und Musikdirektor nach Bonn geschickt hat, um daselbst von den Studenten zu lernen, ist nach Berlin zurückgekommen, weil es dort gar nicht mit ihm fortwollte. Hier hat er ein Kollegium gelesen über musikalische Theorie, für Herren und Damen, Geweihte und Laien. Der ersten Vorlesung habe ich auch beigewohnt; da zog er los über die in den Tag hinein leben, und da ich eben von diesen bin und es selber weiß, so habe ihn seiner Wissenschaft überlassen. Einer setzte mich darüber zur Rede: ich fände ja doch Zeit, Humboldts Kollegium zu besuchen, das doch nicht meine Sachen enthielte. »Eben deswegen!« sagte ich; »was Herr v. Humboldt sagt, wußte ich noch nicht, und was Herr Dr. Breidenstein sagt, weiß ich besser.«

Ohne einen Grad langer Weile können die Leute nicht wohl fertigwerden mit dem Leben; vielleicht ist es die Überlegung, ob das Schlechte oder überhaupt *etwas* geschehen solle. Ich müßte mich sehr irren, oder ich weiß es an mir selber.

Jetzt ist Karneval. Die *erste* Redoute ist auch diesmal, wie sonst, wenig besucht gewesen, und jemand hat den Vorschlag getan, die *zweite* Redoute künftig voranzugeben. Von der Qualität des Publikums der genannten ersten Redoute hat sich ein Zwiegespräch aufbewahrt:

»Maske, ich kenne dir.«

»Na, wenn Sie *mir* kennt, wird auch nicht viel an Sie sein.«

Hiermit erfolgen auch die Briefe des Jahres 1827. Das Kandlersche Büchlein liegt dabei. Bei letzterm will nur bemerken, daß die Nachrichten über Hasse aus *Gerbers* »Musikalischem Lexikon« genommen sind, welches auch die Franzosen und zuletzt der neueste italienische Lexikograph Pietro Lichtenthal mit allen Unvollkommenheiten nachgestümpert hat. So ungeschickt die Deutschen sich sonst ausnehmen, so schreibt man sie denn doch aus, und da die Nachzügler besseres Papier und bessere Lettern haben, so werden die ersten zu Ladenhütern. Es läßt sich kaum eine größere literarische Infamie denken als den durch die Gebrüder Franckh zu Stuttgart besorgten Abdruck der ganz ausgezeichneten Übersetzung des Generals v. Theobald des Walter Scott'schen »Lebens von Napoleon«. Wohl mag hierin eine Ursache liegen, warum unsere Sprache den Ausländern so unappetitlich erscheint.

Lebe wohl! Künftigen Mittwoch fiedeln wir dem Publikum noch einmal den »Makkabäer« vor. Könntest Du ihn doch hören! Wie auch die Leute hier reden und schreiben, so hat weder Händel noch ein anderer seine Arbeit so wiedergefunden. Ich komme mir vor wie ein Tabaksfabrikant, der auf seine Ware das Motto setzte:

Dieser Tabak lobt sich selber!

worauf ein Käufer erwiderte: »Laus propria sordet.«

Dein

Sonntag, den 3. Februar 1828. Z.

597. *An Goethe*

Auf Walter Scotts Roman vom toten Löwen, wie man's hier nennt, wird nicht sacht gescholten und gestritten und von solchen, denen ich wieder nicht traue. Der gute Walter rezensiert die Geschichte wie einer, dem seine Lords der Scheitelpunkt aller Herrschaft sind, mit deren Erlaubnis Kaiser und verschuldete Regenten, wenn sie gehorsam sind, ihre Plätze nehmen mögen.

Unterdessen durchwandre ich das Werk auch in *meinem* Interesse. Es gibt Augen, ja es klärt auf über die großmütigen Besorgnisse des englischen Ministeriums für die Erhaltung der Unabhängigkeit des Kontinents. Dabei wird alles miteinander vermengt: Allgemeines und Besonderes, Ursach und Wirkung, Plan und Zweck, Person und Sache, Humanität, Sinn, Gemüt und was alles, so daß der Leser sich auf dem Standpunkt glaubt, er könne nun mit Sicherheit ein Urteil sprechen.

Darnach wäre nun alles wieder gerade, eben und glatt, und doch ist man nicht zufrieden. Wer aber war denn je zufrieden? War man es vor der Revolution? in der Revolution? unter der Kaiserherrschaft? ist man es jetzt unter Jesuiten?

Ich war in der Tat wieder etwas vorgerückt in guter Meinung von England, wie man in ausgetretenen Schuhen geht, und werde nach diesem Buche wieder von vorn anfangen müssen; denn am Ende werden wohl die immer recht behalten, welche das rechte Mittel gebrauchen, die gemeine Seite des Menschengeschlechts gehörig zu bearbeiten.

Donnerstag, 7. Unser »Judas« ist gestern abermals mit gutem Landwinde in See gegangen und zwar mit Vorteil. Der König hat uns anzuhören gewürdigt und 20 Friedrichsdor für seine Loge bezahlt und mir soeben in allerhöchster Person seinen Wohlgefallen zu erkennen gegeben, der mir unendlich wert ist, so notwendig uns auch seine Goldstücke sind, denn wir haben jährlich über 3000 rh. an Zinsen aufzubringen. Sonst geht es bei uns, wie schon gemeldet, lustig genug zu: Karnaval, Oper, deutsche und französische Komödie, Redouten und Bälle, ernsthafte und lächerliche Betrachtungen. Eine Dame, welche Humboldts Vorlesungen besucht, bestellt sich ein Kleid und verlangt, die Oberärmel zwei Siriusweiten geräumig zu machen. Auf einem Galoppwalzer werden Verse gesungen wie folget:

»Schechner is tot, Schechner is tot,
Sontag schwimmt in Kanten.
Wo hat denn die die Kanten her?
Vom englischen Gesandten.«

Den verschiedenen Stil solcher Witze magst Du Dir von Deinen Hausdamen auslegen lassen, die als gereiste Personen vertrauter sind mit großstädtschen Staatssachen als ihr andern weimarischen Landleute.

Von allen Seiten her höre ich die gestrige Aufführung unserer Musik loben; das kommt aber von einem gescheuten italienischen Prinzen (Lucchese) her, der gesagt hat, wenn man gute Musik hören wolle, müsse man nach Deutschland kommen. Ein dummer Berliner wie ich weiß viel, was er hat. Vom Oriente, »aus den Wolken muß es kommen, aus der Götter Schoß, das Glück,« und so weiter. Der treffliche Schiller!

»Ich denke seiner,
Mir blutet das Herz.«

Eine von Schillers Töchtern ist jetzt hier und wohnt beim Geheimen Rat Kunth. Sie ist sehr krank gewesen und hat keine gesunde Farbe. Das arme Kind!

Es ist Sonnabend, die Post will fort. Doch will noch melden, daß die »Gesellschaft der Musikfreunde des Kaiserlich Österreich'schen Kaiserstaats« mich unverhofft zu ihrem Ehrenmitgliede ernannt und mir darüber ihr Diplom zugesandt hat.

Lebe wohl! Z.

598. *An Zelter*

Zu dankbarer Erwiderung Deiner beiden so löblich aufeinander folgenden Schreiben erhältst Du ein halb Dutzend Exemplare des Gedichtes, welches an Ihro Majestät von Bayern erst schriftlich, nun im Druck von uns ausgegangen ist. Ein solches, von einem Freunde (Herrn v. Müller) verfaßt, ward für schicklich gehalten, gleichsam anzudeuten, was man Ihro Majestät für so große Auszeichnung schuldig bleibe. Zug vor Zug mit dem Könige Handelschaft zu treiben, wollte sich nicht schicken; das Kapital, das er uns anvertraut, muß eine Zeitlang wuchern, bis wir ihm die geziemenden Interessen abtragen, und ob Du mich gleich durch die Gezweige des gegenwärtigen poetischen Lauberhüttenfestes gar wohl erkennen wirst, so wollte doch schicklich erscheinen, gleichsam durch einen Dritten auf die Geschichte der Veranlassung einer so seltenen Erscheinung hinzudeuten und sie in einen gewissen natürlichen Gang der Dinge einzuführen. Da übrigens über alles und jedes ein jeder anders als der andere denkt, so wollen wir auch diesen Versuch der allgemeinen Meinung überlassen. Verlangst Du einige Aufklärung, so steht sie zu Diensten.

Der Deine

Weimar, den 16. Februar 1828. G.

Nachschriftlich.

Beigehendem und Vorgesagtem schließe folgendes an: Wenn das Brett, worauf Du Dich postiert hast, weder gepolstert noch mit Sammet überzogen ist, so wünsch' ich doch und sehe voraus, daß Du den Besitz besser als jene mögest und werdest zu behaupten wissen. Schreibe fleißig, so wird gar manches mitzuteilen sein; gegenwärtig aber allem Guten empfohlen.

G.

599. *An Zelter*

Und nun noch ein Wort über den vielbesprochenen und noch zu besprechenden Walter Scott'schen »Napoleon«. Das Werk sei, wie es wolle, ich bin ihm Dank schuldig; denn es hat mir über die letzten sechs Wochen des vergangenen Jahres glücklich hinausgeholfen, welches keine Kleinigkeit ist, wenn man die einsamen Abende bedenkt, die unsereiner mit Interesse zubringen will, indessen alles, was nur Leben hat, sich hinzieht nach Theater, Hoffesten, Gesellschaften und Tänzen. Das Werk fand ich sehr bequem als Topik zu gebrauchen, indem ich Kapitel nach Kapitel beachtete, was ich allenfalls Neues empfing, was mir in die Erinnerung hervorgerufen ward, sodann aber nie vergessenes Selbsterlebtes hineinlegte an Ort und Stelle, so daß ich jetzo schon nicht mehr weiß, was ich im Buche fand und was ich hineingetragen habe. Genug, mir ist der lange, immer bedeutende und mitunter beschwerliche Zeitraum von 1789 an, wo, nach meiner Rückkunft aus Italien, der revolutionäre Alp mich zu drücken anfing, bis jetzt ganz klar, deutlich und zusammenhängend geworden; ich mag auch die Einzelnheiten dieser Epoche jetzt wieder leiden, weil ich sie in einer gewissen Folge sehe.

Hier hast Du also wieder ein Beispiel meiner egoistischen Leseweise: was ein Buch sei, bekümmert mich immer weniger; was es mir bringt, was es in mir aufregt, das ist die Hauptsache. Du machst es wohl auch nicht viel besser, und ich hindere niemand, wie er es halten will.

Daß Walter Scott gesteht, der Engländer tue keinen Schritt, wenn er nicht ein English object vor sich sieht, ist ganz allein viele Bände wert. Selbst in den neusten Tagen sehn wir, daß die Engländer kein rechtes Objekt in der Schlacht bei Navarin finden können; wir wollen erwarten, wo sich's eigentlich hervortut.

Unsere teure Frau Erbgroßherzogin ist nun in Berlin angelangt; ich habe sie noch zuletzt gebeten, Deine Singakademie nicht zu versäumen, und da man weiß, wie mannigfaltig die Zeit solcher hohen Personen in Anspruch genommen wird, so hab' ich Herrn Kammerherrn v. Vitzthum gebeten, auch dieses Wunsches eingedenk zu sein, und da Du ohnehin aufwarten und selbst einladen wirst, so hab' ich dieses Vorgängige nur vermelden wollen.

Treulichst

Weimar, den 20. Februar 1828. Goethe.

600. *An Goethe*

Berlin, 10. Februar 1828.

Das ist einmal was Ordentliches, ja Außerordentliches, was mir eben der Oberbergrat Krigar von seiten unseres tüchtigen Coudray abgibt. Nun sinne, wie vor der Hand eine halbe Million aufzubringen sei, um ein solides Monument für soliden Gegenstand zu errichten, ausführbar genug um einen Teil des Geldes, das für Leimfarbe, Leinwand, Latten und derlei Trödel vertan wird, um unglückliche Dramen in Szene zu setzen. Endlich kommt ein Engländer, um Deutschland zu neuen Ehren zu bringen, was immer nichts Neues wäre. Man muß den Engländern ihr Glück gönnen, welches sie erhebt, und was erhebt, veredelt auch.

Die Coudray'sche Komposition findet Beifall. Kein Grübel, kein Prunk und alle Pracht, die der Sache angehört. Attribute vollständig; nichts zu groß, nichts kleinlich, gute Verhältnisse der Massen. Bravo, Herr Coudray!

Du läßt mir doch wohl ein Wort zukommen über unsern gespriesenen Lektor, den ihr eben da habt. Zu meiner Schande gesteh' ich, wie ich keiner seiner belobten Lesungen beigewohnt. Wo soll alle Zeit herkommen? Da geh' ich denn manchmal ins Theater, da *muß* ich mit fort, ich mag wollen oder nicht. Auch haben wir jetzt ein französisches Theater hier; auch das habe noch nicht besuchen können, ebendeswegen lese ich jetzt den »Tartüffe« wieder, den ich nächstens zu sehn hoffe.

Eine Rezension meiner Tafellieder sagt: der absolut *mu-*

sikalische Wert meiner Lieder sei nicht so groß als der ästhetische – was ich gern für ein Lob nehme, wäre es auch nicht ganz so gemeint. Der ästhetische Wert eines Liedes ist ja wohl der umfassende und begreift den musikalischen, weil er sonst auch nicht ästhetisch wäre. So will mich die Rezension konstituieren, ohne sich selber zu verstehn, und am Ende tadelt sie mich, ohne mich zu verstehn, indem sie in der Sammlung allgefällige, schon bekannte Lieder vermißt. Die Sammlung enthält aber meine neusten, noch nicht bekannten Lieder, weil ich dem Publikum nicht verkaufen will, was es schon umsonst besitzt. Soit! So etwas merkt solch ein Hans Dampf nicht.

Telemann (der Hamburger) hat gesagt: »Man muß den Torzettel in Musik setzen können.« Darüber sende den beiliegenden Spaß. Ein Mitglied unserer Liedertafel, das wir seiner schönen Stimme wegen nicht gerne fehlen sehn, entschuldigt sich öfter als billig. So habe ich sein letztes Entschuldigungsbillet auf Noten gesetzt, und nun werden wir sehn, ob der Herr sich bessert oder in Prosa angelassen sein will. So hat man stets zu keifen. Wie Schweine treiben muß man die Kerls zu ihrem Vergnügen. Alles wollen sie mitmachen und alles über Knie brechen. Sie sind's nicht wert, und wir können's nicht lassen, da steht die Sache wieder in der Wage. Freilich sind sie nicht alle so; wir wollen gerecht sein, wenigstens wollen wir's versuchen. Heute, den 21., kommt einer – recta von Braunschweig. Ein artiger hübscher Mann gegen 50. »Freund, was haben Sie eine göttliche Melodie gemacht auf Goethes ›Selige Sehnsucht‹! Aber was für Worte! noch einmal: was für Worte! Ich kann sie nicht verstehn.« – Singen Sie denn die vier letzten Verse nicht mit? – »Allerdings! doch der ›trübe Gast‹; was ist der ›trübe Gast‹?« – Nun ja, der trübe Gast sind Sie! – Und daß Du mir diesen Mann nicht schiltst! ich kann versichern, er ist ein respektabler Mann, auf den ich was halte, wiewohl er mit dem Kopfe schüttelte und, als ich ihn zu Tische bat, sagte, daß er schon versagt sei. Dabei hab' ich's mit dem Völkchen noch lange gut, wenn sie mich auch anschnauzen, weil ich immer recht haben will und keinen Widerspruch vertragen kann, was mein großer Fehler ist. – Die Schafsköpfe!

Soeben kommt Deine Sendung vom 16. dieses an. Ich danke Gott, wie ich Deine tröstlichen Buchstaben sehe. Was Du mir bist, kannst Du keinem werden, der lebt. Wenn ich borste wie ein Eber und Dein Blatt in die Hand nehme, bin ich gleich still. Ich muß lachen, daß ich's nicht alleine kann. Das Brett, worauf ich sitze, ist ein gutes redliches Brett und das Kissen – die Sorge.

Dann habe auch den »Hans Sachs« gesehn, mit einem Prologe von Dir. Ich kann fürs erste nichts weiter darüber sagen als – ich habe wie ein Kind geweint.

In der letzten Redoute hat sich eine Gruppe als Trauerzug maskiert. Eine andere Gruppe fragt: »Freunde, was trauert ihr so?« und erhält zur Antwort:

»Lotte ist tot,
Jule liegt im Sterben,«

und so weiter, ein chanson, der hier verboten sein soll. Weshalb weiß ich nicht, und Gott weiß, wer es weiß.

Die Gedichte habe ich schon durchgesehn. v. Humboldt lieset heute, und da ist das Haus in Unruhe. Du willst mir Aufklärung darüber geben, tue es doch. Von dem Feste des 28. August weiß ich nicht mehr, als was jeder weiß.

Sonnabend, 23. Dieses Blatt liegt noch hier, als eben jetzt (am Morgen) Dein Brief vom 21. ankommt. Ich lasse es abgehn ohne die Noten, welche der faule Kopist noch nicht fertig hat. Gott befohlen.

Dein

Z.

Eure treffliche Erbgroßherzogin glaube ich gestern abend im Theater gesehn zu haben, ich hatte kein Fernglas und kam vom Schmause – da weiß man viel, was man sieht. Adieu!

601. *An Zelter*

Dein Brieflein kommt wie immer entweder zu guter Stunde oder macht sie. Eben war ich beschäftigt, eine Anzahl zwar leichter, aber echter und meisterhafter Handzeichnungen und Skizzen, die ich für leidlichen Preis erhandelt, einzuordnen. Bei dieser Gelegenheit erinnere ich mich einiger lange schon diktierten Worte, die ich aufsuche und Dir abschreiben lasse:

»Die Dilettanten, wenn sie das Möglichste getan haben, pflegen zu ihrer Entschuldigung zu sagen, die Arbeit sei noch nicht fertig. Freilich kann sie nie fertig werden, weil sie nie recht angefangen ward. Der Meister stellt sein Werk mit wenigen Strichen als fertig dar; ausgeführt oder nicht, schon ist es vollendet. Der geschickteste Dilettant tastet im Ungewissen, und wie die Ausführung wächst, kommt die Unsicherheit der ersten Anlage immer mehr zum Vorschein. Ganz zuletzt entdeckt sich erst das Verfehlte, das nicht auszugleichen ist, und so kann das Werk freilich nicht fertig werden.«

Unser Vorleser macht seine Sache gut; ich habe ihn bei mir einmal zu Tische gesehn, wo er als angenehmer Gesellschafter erschien. Es sei mit ihm, wie es will, er bringt eine gewisse allgemeine geistige Anregung in unseren Kreisen hervor. Ein wirklich gebildetes Publikum muß doch einmal standhalten, hören, was es sonst nicht vernähme, und gewinnt dadurch ein neues Ingrediens zu seinem Stadt-, Hof- und Engländerklatsch; wodurch denn der Augenblick einigermaßen bedeutender wird.

Einige Privatredouten gaben Gelegenheit, das wirklich hier wundersam im stillen waltende poetische Talent zu offenbaren. Durch Briefträger, Zigeunerinnen und sonstige Welt- und Schicksalsboten wurden kleine Gedichte zu Hunderten an bestimmte Personen verteilt, worunter sich manche wegen des à propos beneidenswerte Einfälle hervorgetan. Beim Nachforschen fand man Personen, an die man gar nicht denken konnte.

Mein Leben führ' ich fort, wie Du es kennst; der Frühling scheint mich mehr als jemals zu erfreuen, meine Sehnsucht geht wenigstens in den Kreis der Umgegend, wenn mich die steigende Sonne nicht gar wieder nach Böhmen hineinführt. Verschiedene Anlässe haben meine früheren Bezüge dorthin in den letzten Tagen gar freundlich wieder aufgeregt.

An »Kunst und Altertum« wird immer fortgedruckt; dabei ist nur das Schlimme: ich habe immer mehr Materien als Raum, und bis zum nächsten Stücke scheint mir das Vorrätige veraltet.

Die nächste Osterlieferung meiner Werke bringt Dir auch wohl etwas Neues; zwar weiß ich nicht, was Du bei mir gelesen hast, doch wollen wir auch das Bekannte Dir empfohlen wissen.

Daß Du über das Ausbleiben der gewünschten und brauchbaren Gäste verdrüßlich bist, finde sehr natürlich; über die »trüben Gäste« wollen wir kein Leid haben, ob es gleich schwer ist, daß jemand ein Lied gerne singt, ohne die letzte Zeile begreifen zu können.

Ferdinand Nicolovius, der eine Oberförsterstelle in Schleißingen, ohnfern Ilmenau, erhalten hat, hat mir von dem laufenden Berlin viel und recht sinnig erzählt. Er hatte bei uns in der Ruhl auf dem Thüringer Wald, bei einem sehr tüchtigen Manne, seine Forststudien begonnen, und es ist glücklich für ihn, daß er sich so nahe und an bekannter Stelle, zwischen Thüringen und Franken in Tätigkeit gesetzt sieht.

Es freut mich gar sehr für unsern Coudray, daß sein »Pentazonium« dort Gunst findet; der Gedanke ist glücklich, aufs Altertum gegründet. Man findet wohl angenehm, dasjenige, was sie Ungeheures in die Wirklichkeit hineinsetzten, wenigstens im Bilde dem Auge und der Einbildungskraft überliefert zu sehen. Es ist eine unglaubliche Arbeit darin, wie Du als Baukundigster gar wohl beurteilen wirst. Das an sich Mögliche, aber der Bedingung nach Unmögliche als vorhanden uns hinzustellen, ist kühn und wacker. Gelang es vor den Verständigen, so ist aller Zweck erreicht.

Auch der Kupferstecher an seiner Seite ist lobenswürdig, unser Schwerdgeburth, daß er es wagte, aus dem Taschenformat, in welchem er exzelliert, herauszutreten und in einem Fache zu arbeiten, welches ohne technische und mechanische Hülfsmittel kaum zu betreiben ist.

Zum Schluß noch den lebhaftesten Dank von unserm wackern Coudray. Dein »Glück auf!« hab' ich ihm alsbald schriftlich mitgeteilt, das ihm die größte Freude machte. Es ist das erste freie, treue, so einsichtig- als lebhafte Zeugnis, das seiner wahrhaft ernsten und mühsamen künstlerischen Leistung zugute kommt. Bei solchen Gelegenheiten fürchten die Beschauer, sich durch irgendein geradmütiges Lob zu kompromittieren; entweder sie machen Phrasen, oder sie verstummen. Für ihn freut mich Dein Wort um desto mehr. Es ist nicht leicht ein so gründliches Luftschloß gebaut worden.

Beharrend

Weimar, den 28. Februar 1828. G.

602. *An Zelter*

Laß Dir, mein Teuerster, Überbringern empfohlen sein; es ist Herr Kammerrat Thon, der sich einige Zeit Geschäfts wegen in Berlin aufhalten wird, einer unserer tüchtigsten Männer, weil man ihn sonst nicht senden würde. Vergönne ihm den Zutritt zu Deinem Heiligtum und laß es, wenn Du ihn siehst und sprichst, auch zu einem freundlichen Andenken an mich gedeihen.

Daß Beikommende lies und studiere zu guter Stunde und bedenke wohl dabei, daß die Sole, woraus das gefeierte Festsalz gewonnen und gesotten ward, durch ein Bohrloch von 762 Fuß erreicht und auch durch dasselbe heraufgefördert worden. Die Kenntnis der Gebirgslagen, zu der man sich nach und nach erhob, die Kunstgriffe der Mechanik, die auch immer gescheiter und pfiffiger werden, erreichen das Wundersame in unsern liberalen Tagen, daß man das Salz so wie die Luft allgemein genießbar machen will, da es den guten Menschen fast ebenso unentbehrlich ist. Der Überbringer wird Dir, wenn es Dich, wie ich hoffe, interessiert, hierüber nähere Auskunft geben.

Soviel für diesmal mit dem schönsten Lebewohl!

Treulichst

Weimar, den 29. Februar 1828. Goethe.

[Beilage]

Die
ersten Erzeugnisse
der
Stotternheimer Saline,
begleitet
von dichterischem Dialog
zwischen
dem Gnomen, der Geognosie
und der Technik,
überreicht
zum XXX. Januar MDCCCXXVIII
mit getrostem
Glück auf!
Karl Glenck
Salinendirektor
untertänigst.

Gnome

In brauner Kapp' und Kutte tret' ich an,
Wo Prunk im Licht erhellt den weiten Plan;
Unwillig, doch genötigt bin ich hier:
Denn das, was triumphiert, gehörte mir;
Ich barg es tief in schwerer Nächte Schoß,
Nun liegt es klar am hellen Tage bloß,
Und da es mir zu hindern nicht gelingt,
So bin ich einer, der es festlich bringt.

Der Menschen will ich wohl, allein betrübt,
Daß sie mißbrauchen, was man Gutes gibt,
Versteck ich Gold an schmaler Klüfte Wand,
Als Staub zerstreu' ich's breit in Fluß und Sand,

Und wenn sie's dann mit Müh' und Fleiß erhascht,
Wird es sogleich vergeudet und vernascht;
Mit vollen Händen wird es ausgestreut,
Und niemand häuft den Schatz für künft'ge Zeit.

Doch heute bringt ein kühn-gewandter Mann,
Der gegen mich so manche List ersann,
Als Gabe dar, was selbst an diesem Tag,
Schneeweiß gekörnt, dem Fürsten gnügen mag.
So tut sie denn dem Bürger auch genug,
Dem Reisenden, dem Landmann hinterm Pflug,
Und wenn sie euch das Schönste hoffen läßt,
So feiert froh das allgemeine Fest.

Geognosie

Hast du auch edle Schätze tief versteckt,
Dem Menschengeist sind sie bereits entdeckt.
Ist doch Natur in ihrem weiten Reich
Sich stets gemäß und folgerecht und gleich,
Und wer des Knäuels zartes Ende hält,
Der schlingt sich wohl durchs Labyrinth der Welt.
So schreit' ich fort durch Feld und Bergeshöhn,
Ich zaudre nicht – auf einmal bleib' ich stehn:
Tief unten fühl' ich das ersehnte Gute,
Erfahrung bleibt die beste Wünschelrute.
Bedeckt der Kalkstein hier die Region,
So ahn' ich unten Ton und Gips und Ton,
Sodann auch Sandstein – laßt ihn mächtig ruhn!
Wir gehen durch, wir wissen, was wir tun.
Nur immer tiefer! unten strömt es hell
Als unser Schönheits-, unser Jugendquell;
Es strömt Gewürz, das lieblicher erquickt,
Als was uns Bandas Inselgruppe schickt.

Schmackhaft durchdringt es unser täglich Brot,
Es tut dem Menschen, tut dem Tiere not,
Gesundes Volk erkranket im Entbehren;
Welch ein Verdienst, es reichlich zu gewähren!

Bezeichnet nun den weitgevierten Schacht
Und wagt euch kühn zum Abgrund tiefster Nacht:
Vertraut mir, daß ich Schatz zu Schätzen häufe.
Nun frisch ans Werk und mutig in die Teufe!

Technik

Nur nicht so rasch und unbedacht getan! –
Mit Hack' und Spaten kommt ihr kühnlich an;
Wie könnt ihr euch so wunderlich behaben,
Als wolltet ihr des Nachbarn Weinberg graben?
Doch wenn dein Blick in stolze Tiefen drang,
So nutze schnell, was unsrer Kunst gelang.

Nicht meinem Witz war solche Gunst beschert,
Zwei Götterschwestern haben mich belehrt:
Physik voran, die jedes Element
Verbinden lehrt, wie sie es erst getrennt;
Das Unwägbare hat für sie Gewicht,
Und aus dem Wasser lockt sie Flammenlicht,
Läßt Unbegreifliches dann sichtbar sein
Durch Zauberei im Sondern, im Verein.

Doch erst zur Tat erregt den tiefsten Sinn
Geometrie, die Allbeherrscherin:
Sie schaut das All durch Ein Gesetz belebt,
Sie mißt den Raum und was im Raume schwebt;
Sie regelt streng die Kreise der Natur,
Hiernach die Pulse deiner Taschenuhr;

Sie öffnet geistig-grenzenlosen Kreis
Der Menschenhände kümmerlichstem Fleiß.

Uns gab sie erst den Hebel in die Hand,
Dann ward es Rad und Schraube dem Verstand;
Ein leiser Hauch genügt der steten Regung,
Aus Füll' und Leere bildet sie Bewegung,
Bis mannigfaltigst endlich, unbezirkt,
Nun Kraft zu Kräften überschwenglich wirkt.

Von Höh' und Breite sprach ich schon zu viel,
Einfachstes Werkzeug gnüge dir zum Ziel.
Den Eisenstab ergreife, der gekrönt
Mit Fall nach Fall den harten Stein verhöhnt,
Und so mit Fleiß, Genauigkeit und Glück
Erbohre dir ein reichliches Geschick. –
Geleistet ist's! Du bringst im dritten Jahr
Dem Herrn des Lands willkommne Gabe dar.

Gnome

Auch ich entsage nun dem alten Trutz:
Was ich verheimlicht, sei dem Volk zum Nutz!

Geognosie

Und wenn ich einsam im Gebirg verweilt,
Hat doch mein Geist den tiefsten Wunsch ereilt.

Technik

Betätigt weiter glückliche Bereitung
An dieses Tages günst'ger Vorbedeutung!

603. *An Goethe*

Mittwoch, 5. März 1828.

Vorigen Sonnabend habe Deiner Erbgroßherzogin aufgewartet. Sie hatte mich in v. Humboldts Vorlesung sogleich erkannt und durch Exzellenz v. Henckel auf diesen Tag um 10 Uhr zu sich berufen.

Gestern abend nach 5 Uhr, als die Singakademie schon beisammen war, ließ sich die Hoheit im stillen durch den Kammerherrn v. Oelsen bei uns anmelden und zugleich allen Aufstand verbitten. Unsere Beleuchtung, wenn wir ohne hohe Gäste sind, ist nur notdürftig, doch ließ sich's noch schaffen, die Hofloge zu erleuchten. Reichardts »Morgengesang« (nach Thomson, von Bürde übersetzt), der lange gelegen hat, war zu Wiederergänzung des jährlichen Repertoriums schon ausgegeben, und nun galt es, das Gewehr anzuziehn; denn das Stück ist nicht leicht. Das ist nun der Vorteil, ja der Vorzug der Singakademie, daß ich den Chor, ohne viel Schulmeisterei, von Woche zu Woche gehn, ja schlendern lassen kann; wenn's aber gilt und sie wissen, daß ich's meine, so läßt sich keiner lumpen, und ich selber mache wohl eher einen Fehler, den sie alle recht gut merken, ja sich's wissen.

Der Psalm hält eine kleine Stunde. Nach der Musik ließ mich die Hoheit in die Loge kommen und wies sich wie eine ordentliche Musikverständige aus, wiewohl sie sich zu wundern schien, daß Reichardt solches Stils und solchen Werkes mächtig gewesen wäre. Das hat mich wahrhaftig erfreut von einer vornehmsten Kennerin zu hören, deren man hier nicht gewohnt ist; denn Reichardt war kein Katzenjunge. Sein Talent war echt musikalisch, nur nicht hinlänglich hier für ihn zu tun. Darüber hat ihn sein politisches Treiben ersäuft. Wasser hat keine Balken; er wollte steigen: wie? wo? und – versank.

Soeben kommt Doris vom Schlosse zurück. Die Hoheit hat sich bei uns gefallen und den Abend von einem Genusse gesprochen, der ihr ungewohnt gewesen. Der Tenorist Stümer hat ihr besonders zugesagt, und dieser ist mein Schüler. Ich habe ihn aus der Kurrende gehoben, drei Jahre unterrichtet, nun steht er in gutem Solde beim Königlichen Theater und hat eine hübsche Frau, die Tochter eines meiner Freunde, die auch nicht arm ist, zur Frau bekommen. – Was geht das Dich an! Genug, es ist doch so.

Wenn Du erfährst, was darüber nach Weimar berichtet wird, so magst Du mir denn auch abgeben, was sich mitteilen läßt. Auch unser Sälchen ist gelobt worden, was mich darum freut, weil sich's mancher hier sauer werden läßt, das Ding für eine Nachahmung zu erklären, was freilich insofern unleugbar ist, da die 4 Wände, Boden, Decke, Fenster und dergleichen schon vorher Mode waren.

Wer die Singakademie zum ersten Male hört, auf den muß ein Ensemble von 150-180 eingeübten Stimmen eine unerhoffte Wirkung ausüben. Ich, der ich das Ding seit so manchen Jahren Tag vor Tag aus heterogenen Teilchen wie eine musivische Arbeit zu ergänzen und in Gestalt zu erhalten habe, werde wohl selber einmal zusammengeschmissen, als wenn ich niemals davon gewußt hätte. Dagegen denn wieder irgendeine Hollunderseele, von der Messe kommend, Modifikationen vermissen will, wie sie im Visitenzimmer beim Teekessel und am Whisttisch erfreuen oder stören. Das läßt sich nun weder hindern noch schaffen. Was unsern Chor ganz eigen auszeichnet, sind die Mittelstimmen: das intus eines echten Chors. Solch einen Kubus von schönen weiblichen Altstimmen hat nicht die Welt außer hier, und das war kein Kleines, weil alles hoch singen will und die Knabenstimmen der Veränderung unterworfen sind, dahingegen die weiblichen mit den Jahren an Fülle und Derbheit zunehmen.

Vorgestern (Donnerstag) hat Hummel ein neues köstliches Konzert (aus As-Dur) im Königlichen Konzertsaale öffentlich zum besten gegeben. Der Beifall war allgemein, wiewohl das Stück seinen vorigen nachstehend erfunden worden. Da sind denn wieder *die Leute* – welche die erste Empfindung wiederholt haben wollen, wie ein da capo einer versäumten Mondfinsternis.

Es ist Sonnabend. Lebe wohl und laß auch wieder bald von Dir hören.

Dein

Z.

604. *An Goethe*

Unsere brave Sängerin Milder hat sich seit 25 Jahren manches Verdienst um unsere Oper erworben und sich sonst der Gunst aller Wohlgesinnten würdig erhalten.

Eine Anzahl Freunde, worunter ich zu den besonders Begünstigten gehöre, überreicht der schönen Heldin am 9. April eine Porzellanvase mit ihrem Bildnisse, und man wünscht dazu ein freundliches Wort von Dir. Kannst du einen freien Moment finden, da ja Du auch zu den Freunden gehörst, so verbindest Du ganz besonders

Deinen

Montag, Marterwoche, 1828. Z.

605. *An Zelter*

Wie gern hätte ich, mein Teuerster, Deiner Anforderung Genüge geleistet und zu der Feier unsrer wackern und verdienten Milder ein freundliches poetisches Wörtchen gesagt; auch trug ich den Vorsatz mit mir herum bis zum letzten Termin, es wollte aber nichts werden, denn ich bin lange nicht so gezupft worden als diese Wochen her. Wollte ich sagen: wie, so würdest Du das wunderlichste Quodlibet vernehmen.

Dein Osterkonzert ist glücklich vorübergegangen; bei unsrer Frau Erbgroßherzogin hast Du Dich vorzüglich insinuiert, und mir dient es zum ganz besonderen Troste, daß diese treffliche Dame über Deine Bestrebungen und Leistungen auch nunmehr in Klarheit versetzt ist. Somit wäre denn, was die Wirkung betrifft, das Wünschenswerteste gelungen; mögen Dir die Mittel zu so schönen Zwecken nicht allzu sauer werden.

Auf die Messe erscheint denn die dritte Lieferung meiner neuen Ausgabe, einiges Frische hie und da in diesen Bändchen darf ich wohl empfehlen; die folgende Lieferung ist auch schon nach Augsburg, und nun hab' ich die 5. auf der Seele, worin die umgewandelten »Wanderjahre« zur Erscheinung kommen sollen. Wenn der Mensch nicht von Natur zu seinem Talent verdammt wäre, so müßte man sich als törig schelten, daß man sich in einem langen Leben immer neue Pein und wiederholtes Mühsal auflastet.

Ein Heft »Kunst und Altertum« tritt auch hervor, und so manches andere noch nebenher, indessen »Faust« mich von der Seite anschielt und die bittersten Vorwürfe macht, daß ich nicht ihm als dem Würdigsten den Vorzug der Arbeit zuwende und alles Übrige beiseite schiebe.

Der wundersamste Zudrang von Manuskripten, denen ich nachhelfen, von Drucksachen, zu denen ich ein freundlich Wort sagen soll (eine Not, woran ich unsern ungeduldigen Wieland in seinem Alter schmerzlich leiden sah), ist auch mir höchst unbequem; da denn doch am Ende nichts Bedeutendes und Förderndes hervortritt. Ein jedes Individuum hat zwar das Recht, soviel als möglich aus sich zu machen und von sich zu halten, nur sollten sie damit nicht andere belästigen, die mit und in sich genugsam beschäftigt sind, um auch etwas zu sein und zu bleiben.

Gar hübsche Sachen bildender Kunst sind indessen auch bei mir eingelangt, und ob man sich gleich nicht überall des Gelingens erfreuen kann, so ist doch keine Frage, daß die Bestrebungen schön sind. Nur tasten sie immer im Vorhof und an den Pforten herum, vermeiden, ja verlachen den Küster, der ihnen auf die gutmütigste Weise die Flügel zu öffnen erbötig wäre.

Klanglos und tonlos sind immerfort noch meine Umgebungen; neulich versucht' ich's in der Oper, die große Trommel aber, von welcher unser ganzes Bretterhaus bis in die Dachsparren dröhnte, hat mich von jeden ferneren Versuchen abgeschreckt. Dagegen lockt mein Garten am Stern zu jeder freundlichen Stunde mich an; dort gelingt mir's, mich zu sammeln und zu manchem guten Hervorbringen mich zu einigen und zu innigen.

Soviel für diesmal, damit wieder Einleitung sei zu freundlicher Antwort.

Unsere Korrespondenz von 1827 wächst noch immer an abschriftlicher Bogenzahl; das diesjährige Heftlein hält sich noch gar zu mager.

Der dankbare Facius hat mir ein geschnittenes Steinchen für Dich eingehändigt; ich lege es ins nächste Paket, das ich Dir zu senden habe. Gar manche Boten, welche auf der Himmelsleiter nach Berlin und von dorther auf- und absteigen, sind bei mir eingetreten, und ich bin Dir daher viel näher, als Du denken magst.

Der Deinigste

Weimar, den 22. April 1828. G.

606. *An Goethe*

Berlin, Sonnabend, 26. April 1828.

Wenn ich Deine Tätigkeit betrachte, gegen mich und andere, so ist mir manchmal, als ob ich gar nicht vorhanden wäre, bis mich ein Brief von Dir wieder erweckt. So hatte ich Dich bitten sollen um eine Zeile für Madame Milder und wußte mich nicht zu entschuldigen, weil ich vergessen zu haben meinte, darum geschrieben zu haben. Nun ist mir Dein Brief vom 22. dieses zum Dokument worden, mit dem ich mich gehörig breitzumachen gedenke, indem ich prophezeit hatte, daß auch in Weimar alles Ding seine Zeit habe.

Übrigens ist unser Milderfest, das in meiner Wohnung am 9. dieses abgehalten worden, wie auch das Dürerfest am 18. dieses über Erwartung glücklich ausgefallen. Zu dem letztern hat Felix eine Musik gemacht, die dem Texte zum Trotz glückliche Stellen enthält; die Faktur ist durchaus meisterlich.

Nach Deinen Lieferungen wird viel gefragt und unser Minister Schuckmann zog letzthin bitter los gegen Herrn Cotta. Schuckmann hat auf die große Ausgabe vorausbezahlt und erhält nichts, indem andere die kleine Ausgabe genießen. Ich kenne diese Klage schon von den Buchhändlern her und wußte nichts zur Verteidigung des Herrn Cotta zu antworten.

Das kleine Faciuschen ist ein herzlich liebes Wesen und nimmt an allem gern teil, was nahe um mich her vorgeht. Als Künstlerin hat sie das ganze Dürerfest mitgemacht und -genossen, wozu Jupiter tonans seinen Beifall durch die stärksten Donnerschläge und Blitzesstrahlen zu erkennen gab. Mich hat die Angelegenheit manchen Tag gekostet, da alles (die Mahlzeit ausgenommen) unter meinem Dache bereitet ist und ich wenig, das heißt: gar keine, Hülfe finde, je älter ich werde. Dein »Küster« macht mich lächeln mit Tränen: man ist so bereit zu dienen und zu eröffnen, das alles wissen die Leute schon von sich selber oder erwarten gar nichts. An wirklicher Betrachtung wird selten gedacht, und was man von ihnen erfährt, ist Lob oder noch lieber Tadel. Die jungen Bursche sind auch unausstehlich: das Letzte wollen sie zuerst erfahren und nicht lernen, am allerwenigsten dienen; solche finden denn auch einen groben Gesellen an mir, statt unsre Minister und Räte die Urbanität selber sind, wenn sie sich nicht auch fürchten. Nun genug für heute, damit Du nur weißt, daß ich lebe und bin

Dein

Z.

607. *An Goethe*

Sonntag, 27. April 1828.

Eine lustige Kontroverse beginnt soeben als Fortsetzung die lesende Gemeinheit zu interessieren:

Die literarische Mittwochsgesellschaft, welche Montags zusammenkommt, hat gleichsam in pleno den Handschuh ausgeworfen gegen den Verfasser der »Schnellpost« und des »Couriers«, um das längst unterrichtete Publikum au fait zu setzen durch eine Broschüre, die bei aller Kürze zu lang und zu ernsthaft für den Gegenstand ist.

Nun kommt der »Courier« hinterher, was an sich schon spaßhaft ist, gewinnt neuen Stoff und fertigt auf leichten täglichen Quartblättchen ganze ernstschwere Seiten mit zwei Worten ab, verspricht Originalakten zu liefern und dergleichen. Da nun solche Blättchen auch wohl zu euch gelangen, so will ich anraten, darnach zu fragen. Es ist etwas Karnevalsartiges darin, eine Spinne zu sehn gegen einen Schwarm Fliegen. Summa Summarum: wer in Gesellschaft zu wirken gedenkt, sehe zu, wie er *allein* fertig werde.

Eben dieser »Courier« sandte mir vor etwa Jahr und Tag ein Blatt zu, worin etwas stand, das ich allenfalls hätte übelnehmen können, und ihm die Zensur nicht wolle passieren lassen. Ich schrieb darunter: »Ich bin nicht von Marzipan, kann also gedruckt werden. Z.«

Wärst Du doch eben jetzt nur 4 Wochen hier bei mir in meiner Eckstube. Vor dem einen Fenster den frisch aufgrünenden Frühling meines heitern Wäldchens, am andern jenseits des Kanals den angenehmsten Garten. Auf einer Seite dieser Eckstube ein ruhiges Schlafzimmer in der vornehmsten, belebtesten, schattigsten Gegend der Residenz; auf anderer Seite ein ebenso ruhiges geräumiges Vorzimmer mit einem Kabinette, um Schreiber, Diener und so weiter zu beherbergen – das alles sollst Du haben, so Du hier bist und die Wünsche so vieler erfüllest. Dein Garten am Sterne ist ein Juwel, aber er ist nicht in Berlin, und meine Wohnung ist nach Aussage aller Zeugen die schönste in Berlin. Nicht verbaut, nicht zu verbauen; gesund, einfach und so weiter. Von drei Seiten seh' ich ganz Berlin an mir vorübergehn, ohne daß mich jemand sieht. Dabei zurückeliegend, sicher. Die schönste Hauptwache der Stadt liegt zwischen mir und dem Könige. Aus meinem Hause seh' ich den König an seinem Fenster, Er mich nicht. Mittags, wenn die Wache aufzieht, die allerbeste Militärmusik, ja die schönsten Stücke von Beethoven, Mozart, Cherubini, Spontini, Rossini, ohne einen Schritt aus dem Hause zu tun; will ich sie nicht hören, geh' ich in meine Eckstube zurück. Soll ich denn nicht sagen, daß Du es bist, von dem ich das habe, und Du sollst es nicht sehen? – Das hat mir die Mutter prophezeit: »Dir«, sagte sie, »*muß* es wohlgehn, das ist mein Gebet. Du wirst vieles vor dir hingehn sehn, aber du wirst nicht allein sein; du sollst den besten Freund haben und behalten; ihr werdet, meilenweit auseinander, Eines Sinnes sein; du wirst sehen, hören und genießen, was Tausende dir beneiden werden.« Da nun das alles so ist und trifft, so muß ich Dir nachlaufen, und wie und warum es geschieht, weißt Du. Kämest Du aber: von Engeln auf Erden sollst Du bedient werden, woran es auch hier nicht fehlt. Lebe wohl! Z.

608. *An Zelter*

Vorläufig zum schönsten Dank für die beiden letzten Briefe.

Beschäftigt bis zum Irrewerden; herzlicher Teilnahme sich empfehlend.

Weimar, den 2. Mai 1828. G.

Die Jahre 1826 und 27, abgeschrieben und zusammengeheftet, bilden einen anständigen Kodex; die Originale kommen zurück. Ich habe das Steinchen von Facius dazugelegt. Nächstens noch gar manches.

Für die Freunde der Demoiselle Sontag.

»Von der Mademoiselle Sontag spricht alt und jung. Man kann sie weder in Berlin noch Paris besser aufgenommen haben als in London. Sicherlich nimmt sie von hier eine gute Börse mit. Eine solche Fertigkeit und Geläufigkeit im Singen hat man hier noch nicht gehört. Ich sah sie auftreten und werde es nie bedauern. Doch da alle Blätter von dem Gesange der Sontag reden, setze ich nur etwas hinzu. Es war der französische Gesandte, Fürst Polignac, welcher sie beim Herzog von Devonshire einführte, wo (königliche Personen ausgenommen) die hiesige große Welt sie zuerst kennen lernte. Zu einem Balle desselben Herzogs wurde auch die Sontag eingeladen, und sie tanzte dort mit besonderer Grazie; alle Personen schienen sich glücklich zu schätzen, welche mit ihr etliche Worte sprechen konnten. Dies ist eine Distinktion in London ohne Beispiel. Morgen ist großer Zirkel (oder drawing-room) bei Hofe: man glaubt, daß die ganze hohe und glänzende Versammlung abends in die Oper gehen wird, um die Sontag als Susanne abermals im ›Barbiere di Seviglia‹ zu hören. Wenn der König, wie nicht zu bezweifeln ist, sie auch einen Abend in der Oper hören will, so wird es wegen des unermeßlichen Gedränges nicht ohne Gefahr ablaufen.«

Für die Freunde großer technischer Unternehmungen. »Trotz alles Mißgeschicks wird am Tunnel unter der Themse fortgearbeitet. Nicht allein die Kompagnie der Unternehmer, sondern die Nation scheint Ehrensache daraus zu machen. Sie wissen, was das heißt. Eher macht ein Engländer Bankerott, als daß er sich beschimpfen ließe. So handelt das ganze Volk.«

609. *An Goethe*

Mittwoch, 30. April 1828.

Das sollte für einen Bußtag gelten, und ich – thu's dafür. Alle Theater geschlossen; so muß es einen Tag geben, an dem die verwünschten Schauspieler selber sich ungestört besaufen können.

Solchen Tag zu heiligen, hat unser Generalmusikdirektor Spontini eine wohltätige Stiftung für Musiker gemacht, da im Theater vom Orchester und den Sängern geistliche Stücke aufgeführt werden.

Die heutige Wahl bestand in auserlesenen Raritäten: zwei starke Sinfonieen von Beethoven; eine halbe Messe von ebendiesem; ein halbes Credo von Sebastian Bach und ein deutsches Sanctus von Emanuel Bach.

Das kritische Publikum fand diese Zusammenstellung eher stücklich und zerstreut als gescheut und glücklich – wenn es nur sonst erkennen wollte, daß ein Ganzes ihm fast immer *zu* ganz ist; auch haben weder einer noch der andere Komponist ein zusammenhängend Ganzes machen wollen, vielmehr die größte Mannigfaltigkeit der Teile zur Absicht gehabt. Die gute Absicht war hier offenbar: dem Ohre das Würzhafteste, Pikanteste der heutigen und vorheutigen Kunstwelt zum besten zu geben, was denn auch mir so reichlich worden ist, daß ich's nicht vergessen könnte, wenn mir nicht Ähnliches nur zu oft geboten würde. Feldherr und Generale, Offiziere und Gemeine stritten, da sie keinen Feind sahen, untereinander mit solchem Eifer, als hätten sie das neue Manifest schon in der Tasche. Das zarte Publikum (fast lauter Kenner, die nicht bezahlen) war außer sich vor Vergnügen über die bemerkbarsten Versehn; ich mußte mich wundern, wie sie zuletzt alle frisch und getrost auseinander gingen, als wäre ihnen nichts geschehen. Beinah wäre ich geprügelt worden, weil ich nicht mitschimpfte; ach! ich war um ihrer Sünden willen geschlagen und gemartert. Ich ließ mir einen Schoppen Wein geben, der Generaldirektor aber ist krank geworden.

Den 6. Mai. Eben kommt Dein freudenreiches Zettelchen nebst der Einlage, woraus ich vernehme, daß Du tüchtig arbeitest. Und das war gut! Das ist gesund. Schönsten Dank für Deine Einlage, dagegen rekommandiere einen verständigen Aufsatz in der heutigen Spener'schen Zeitung aus London. Dein Geschenk habe ich an unsern Hauptengländer gesendet, und Du wirst nicht böse sein, wenn Du es angewendet findest. Wenn dem Mädchen gelingt, was ich ihr gönne, soll sie es gut haben. Es ist ein liebes Mensch. Diese schwesterliche Mischung der angenehmsten Elemente zu Einem Ganzen, deren keines sein anderes überbietet, findet sich nicht alle Tage. Keine Göttin, aber göttlich.

Muß man sich doch freuen, wenn aus dem alten Loche einmal wieder etwas ganz Geratenes herauskommt.

Den 8. Mai. Heute sollte auf vieles Begehren unsere Albrecht Dürer'sche Festmusik wiederholt werden; wir haben's abbestellt. Das Musikwesen drängt sich hier wie die Krebse im Kessel; alles schilt und lästert darüber, und keiner kann genug kriegen, sie laufen immer wieder hin und kommen zurück, wie sie waren.

Sonntag, 11. Mai. Der Streit mit dem »Courier« kommt immer mehr in Gang. Von Preßgesetzen will niemand wissen, und dabei schreien sie über den Einfluß schlechter Schriften, die unterdrückt werden sollen, die jeder beinahe umsonst kauft und um desto mehr einbringen. Fast hätte ich Lust zu fragen: worin der Schaden solcher Schriften besteht? Die Menschen sind, wie sie waren, solange ich sie kenne und mich selber. Heut verflucht man sie, und morgen sind sie allerliebst. Die schlechten Bücher verbilden, das mag hingehn; wer aber seine Bildung mit Verbildung angefangen hat wie ich, weiß es besser. Wer lieset denn aber die *guten* Bücher, und wie werden sie gelesen? Das Beste weiß man viel besser, und da man in der guten Gesellschaft alles muß gelesen haben, so lieset man am liebsten, worüber man mit jedem plaudern kann. Lebe wohl! ich gehe eben nach Charlottenburg zum Essen und will den Brief gern heute noch abgehn lassen.

Dein

Z.

610. *An Goethe*

Freitag, 16. Mai 1828.

Mit einem kleinen Schrecken erhielt ich gestern Deine Sendung erbrochen (visitiert) durch die Post, was mir mit Deinen Sachen noch nicht geschehen ist; denn es fehlen von den Briefen die No. 12, 13, 14, 15 und 16. Du bist so gut und gibst mir Auskunft, ob diese 5 Nummern bei Dir liegen geblieben.

Alfred Nicolovius hat mir sein »Über Goethe«-Buch zugesandt, das mir sehr wert ist und dessen Fortsetzung ich wohl darum schon wünsche, um alles zu kennen, was *gegen* Dich geschrieben ist. Loben kann Dich ein jeder; Verstehn und Mißverstehn gehört in die Geschichte, und das gäbe eine »Deutsche Bibliothek«, die ich jetzt mehr als jemals achte. Varnhagens Versuch ist mir noch nicht bekannt; kann man doch das Geschreibe des Tages nicht überwinden, und nebenan fehlt's auch nicht am Laufen hin und her in der Stadt.

Wenn Du den alten guten Facius siehst, dank' ihm vorläufig in meinem Namen; ich werde selber an ihn schreiben, für heute ist mir's am meisten um Nachricht wegen der 5 Briefe zu tun. Lebe wohl!

Dein

Z.

611. *An Zelter*

Wegen der fehlenden Briefe habe vorläufig folgendes zu vermelden. In meiner Abschrift sind die Briefe nicht numeriert worden, allein bei näherer Untersuchung ist die Kopie vollständig. In Deinen Originalbriefen hingegen, wie ich sie verwahre, ist eine gleiche Lücke. Dein letzter Brief, der sich vorfindet, ist vom 14. Juni und meldet die Frau v. Zschock an; der nächste ist vom 5. September und spricht von dem Begassischen Porträt. Solches ist folgendermaßen zu erklären. Der Abschreibende hat die Originale, wie er fertig wurde, lagenweis wieder abgeliefert, eine von diesen Lagen muß sich verschoben haben, wie es in den mannigfaltigen Verhältnissen bei der besten Ordnung wohl einmal geschieht. Sie finden sich aber gewiß wieder, und Dein Anteil soll alsobald erfolgen. Auf jeden Fall sind die Abschriften da und könnte die Lücke auf jede Weise ergänzt werden.

Für die nächste Zeit bitt' ich Dich, mit mir Geduld zu haben; das durch mancherlei widerliche Umstände verspätete Heft von »Kunst und Altertum« bringt euch dagegen auch das Mannigfaltigste, wovon euch die Spikerische Zeitung schon den Vorklang gegeben hat.

Die dritte Sendung meiner Werke empfehl' ich dir und den Freunden, insofern sie etwas Neues bringt. An der vierten wird gedruckt. Die erste Lieferung in Oktav tritt gleichfalls hervor und nimmt sich besonders in Velin sehr gut aus. Dir wird ein Exemplar zurückgelegt, das aber nicht eher als nach abgeschlossenem Ganzen erfolgen soll.

Sodann bemerke, daß die von mir angerufene Weltliteratur auf mich wie auf den Zauberlehrling zum Ersäufen zuströmt. Schottland und Frankreich ergießen sich fast tagtäglich, in Mailand geben sie ein höchst bedeutendes Tagesblatt heraus, »L'Eco« betitelt; es ist in jedem Sinne vorzüglich, in der bekannten Art unserer Morgenblätter, aber geistreich weitumgreifend. Mache die Berliner aufmerksam darauf, sie können ihre täglichen Schüsseln gar löblich damit würzen.

In Gefolg dieses habe zu vermelden, daß mir nun bekannt geworden, wie man »Helena« in Edinburgh, Paris und Moskau begrüßte. Es ist sehr belehrend, drei verschiedene Denkweisen hiebei kennen zu lernen: der Schotte sucht das Werk zu durchdringen, der Franzose es zu verstehen, der Russe sich es zuzueignen. Vielleicht fände sich bei deutschen Lesern alles drei.

Noch eins! Habe ja die Gefälligkeit, Herrn Tieck sogleich wissen zu lassen, daß der Abguß des Antinous von Mondragone anheute zu meiner großen Erinnerungserbauung glücklich angekommen. Ich hatte in Erwartung desselben, um Tag und Stunde noch mehr zu belasten, das Märchen meines zweiten Aufenthalts in Rom zu diktieren angefangen.

Lebe wohl und gedenke Deines Freundes im stillen Parke bei Weimar, [der,] indessen Du in Prachtherrlichkeit, Trommelrausch und Getümmelwoge der Königstadt Dich umtreibst und umgetrieben wirst, sich durch Tätigkeit gegen das zu Tuende wehrt und fast abmüdet.

Der Deinigste

Weimar, den 21. Mai 1828. Goethe.

Anmutige Übersetzung meiner kleinen Gedichte gab zu nachstehendem Gleichnis Anlaß, welches als Vorläufer des nächsten Heftes hier mit abgehen lasse.

Ein Gleichnis.

Jüngst pflückt' ich einen Wiesenstrauß,
Trug ihn gedankenvoll nach Haus;
Da hatten von der warmen Hand
Die Kronen sich alle zur Erde gewandt.
Ich setzte sie in frisches Glas,
Und welch ein Wunder war mir das!
Die Köpfchen hoben sich empor,
Die Blätterstengel im grünen Flor,
Und allzusammen so gesund,
Als stünden sie noch auf Muttergrund.

So war mir's, als ich wundersam
Mein Lied in fremder Sprache vernahm.

612. *An Goethe*

Sonnabend vor Pfingsten 1828.

Deinen liebenswürdigen Brief vom 21. dieses, der soeben ankommt, will ich nur sogleich beantworten, da er mir den Stein vom Herzen hebt wegen der 5 Briefe, über welche ich in Zweifeln schwebte, weil das Paket mir ungeschickt aufgerissen schien und ich mich bei der Postdirektion beschweren wollte.

Dann danke ich im voraus für die Zusichrung eines Velinexemplars Deiner neuen Ausgabe. Solche Gabe ist mir eine rechte Wohltat wegen der Kinder und Kindeskinder, die sogleich drauf losschießen, wenn von Dir was ankommt. Sie meinen, ein Exemplar, was von Dir käme, läsen sie mit mehr Genuß, doch sind es die Kinder nicht allein; der Briefträger oder Postbote hat ein anderes Ansehn, wenn er was von Dir bringt.

Herrn Tieck habe sogleich die ihn betreffende Stelle Deines Briefes in Abschrift zugesandt. Nach einem starken gestrigen Gewitterregen ist heute der erste warme Tag, weshalb ich mich denn mit einem Male besser befinde, da ich alle die Wochen her krunksen und meine Zimmer heizen müssen.

Lebe wohl in Deinem stillen Parke, da Du meiner Getümmel- und Gebimmelwoge in Ruhe gedenkst. Gestern pfiff ein Rhinozeros ein Violinkonzert mit größtem Beifall weniger Zuhörer. Ein Männlein aus Wien ist angekommen und hat sich auf dem Kontraviolon nicht ungeschickt hören lassen. Es ist kein kleiner Spaß, von einer Braupfanne Vogeltöne zu hören. Das Kerlchen sah aus, als wenn er aus der dritten Etage eines Eckhauses auf den Pfeilern fingerte.

Lebe wohl! Die Kinder gehn alle nach Sanssouci, ich habe große Lust, recht ruhig in meinen vier Wänden mit meiner langen Luise allein zu bleiben, und Dein

auf ewig! Z.

Alfred Nicolovius ist schuld, daß ich jetzt Deinen »Werther« wieder lese, und zwar in Beziehung auf Dein »Aus meinem Leben«.

Den einliegenden Brief bist Du wohl so gut zu betiteln und an seinen Mann gelangen zu lassen. Z.

613. *An Zelter*

Der Königlich Bayerische Hofmaler Herr Stieler ist angekommen und soeben beschäftigt, auf Befehl des Königs Majestät mein Bildnis zu malen. Hiedurch abgehalten, entbiete Dir heute nur den schönsten Gruß, mit dem Wunsch baldiger Beantwortung nachstehender Anfrage.

Nächstens wird »Kunst und Altertum« aufwarten, wovon manches als an Dich gerichtet schon längst hätte abgehen sollen. Nimm es freundlich auf und erbaue Dich daran, wie es sich schicken will.

Mein gnädigster Herr hat beim Abschiede zugesagt, Dich von mir zu grüßen; ich wünsche ihm zu seiner Reise gutes Wetter und Gesundheit, das Übrige findet er bei euch in Fülle. Eben beim Weggehn stand er mit Herrn Stieler vor Deinem Bilde, es wurde rühmlich davon gesprochen; der fremde Künstler freute sich, von Herrn Begas, dessen Namen er wohl kannte, eine so verdienstliche Arbeit zu sehen. Sage dem werten Manne das mit meinem besten Gruße.

Und so fortan!

Weimar, 29. Mai 1828. G.

»Der Markgrafenstein auf den Rauhischen Bergen bei Fürstenwalde, von Julius Schoppe an Ort und Stelle gezeichnet und von Tempeltey lithographiert.«

Vorstehendes Blatt in Betrachtung ziehend, war mir von Bedeutung, ob hier *Fürstenwalde*, welches zwischen Berlin und Frankfurt an der Oder liegt, gemeint sei und ob die sogenannten Rauhischen Berge auf dem rechten Ufer der Spree, welche sich hier nach Westen biegt, gelegen seien.

Gefällige Auskunft erbittet sich

ergebenst

Weimar, den 29. Mai 1828. Goethe.

614. *An Zelter*

Herr Stieler beschäftigt sich schon seit einigen Tagen mit meinem Bilde und, wie es das Ansehen hat, sehr glücklich; er denkt es euch nach Berlin zu bringen, und da werdet ihr selbst urteilen. Er ist so kunstreich als einsichtig, klug und angenehm im Umgange; auch hat er von Deutschtum und Frommtum nicht gelitten, da sich seine Bildung von älterer Zeit herschreibt.

Soviel für diesmal, denn eigentlich ist dieses ein Empfehlungsbrief für einen jungen Mann, der gegenwärtig in Berlin studiert, Herrn v. Schwendler. Nimm ihn freundlich auf um meinetwillen, denn wir sind seinen Eltern gar manches schuldig geworden; er wird sich von mir mit einem Blatte einfinden. Er soll Neigung zur Musik und einige Übung darin haben, welches zu beurteilen und ihn nach Maßgabe zu fördern bitte.

Da mir der Künstler meine Morgenstunden wegnimmt, bin ich übrigens sehr gedrängt. Zu den letzten Bogen von »Kunst und Altertum« mußt' ich kleinere Schrift nehmen, soviel schiebt sich zuletzt noch übereinander. Deshalb für diesmal das beste Lebewohl. Ich begleite meinen Großherzog in Gedanken durch Berlin auf und ab und möchte wohl an seiner Seite auch Dich begrüßen.

Das Beste den Guten!

Goethe.

615. *An Zelter*

Überbringer des Gegenwärtigen ist der angekündigte Herr v. Schwendler. Sei ihm freundlich und förderlich, so wie sich's tun läßt; Du verpflichtest mich dadurch. Es ist ein junger Mann von hübschem Ansehen, und wir sind seinen Eltern in öffentlichen und Privatgeschäften schon viel schuldig geworden. Ein eiliges wie treues Lebewohl.

Den 2. Juni.

616. *An Goethe*

Die Memoiren Deines Lebens sind ein leichter Same, der, kaum den Boden berührend, zur Wurzel wird eines lebenfrohen Stammes von hundert Augen, deren jedes wieder augenbringend ist. Dein Mariagespiel beschließt den dritten Teil. Ich bin in Verzweiflung, abbrechen zu müssen. Ich will ja nur den Stoff, nur Dich, wie Du leibst. Wodurch soll der Geist gebannt werden? ein Geist ohne Körper ist ein Schemen, ein Gespenst. – Da sitzen die Spek-Philosophen; sterben wollen sie nicht, leben können sie nicht, die spekulativen Herren. – O mehr, mehr! gib doch, gib! So rufe ich mit Lessing: »Also, lieber Goethe, noch ein Kapitelchen (zwei, drei, zwanzig, dreißig), je mehr je besser.«

Muß ich doch von Dir schreiben, weil ich von mir nichts weiß. Gestern, am 2. Pfingsttage, sprach frühmorgens Professor Hegel ein; dann kam Professor Wolff und wurde verabredet, den 4. Mann zum Whist auf diesen Abend zu suchen. Wer sich finden ließ, war Wilken; so waren *vier* deutsche Professoren bis Mitternacht in Frieden beisammen. Cosa rara!

Sonnabend, 31. Mai. Wie oben gesagt, hatte mich der Abschluß mit dem Mariagespiele zur Verzweiflung gebracht.

Ich war das ganze Fest mit meiner Luise allein, denn die andern waren nach Sanssouci. Dazu kam ein Katarrhalfieber, das mich drei Tage im Bette hielt; so fing ich in dieser Einsamkeit Dein »Leben« von ganz vorn wieder an und bin jetzt schon wieder im 5. Kapitel.

Hier gehe ich Dir von Jahr zu Jahre nach, schreibe in mein Exemplar die Jahreszahlen auf den Rand und sehe, wie Dein frühhelles Talent mit den Begebenheiten des Tages, den Sinnesarten wunderlicher Figuren von der ernsthaftesten Bedeutung ironisch kon- und dissonierend einstimmt und als zwölfjähriger Tempellehrer den Mann der Zukunft prophezeit. Dann Dein elternliches Haus: Dein Vater, der, eigenwillig und klar, sich neben dem eigenwillig-willigen Sohne bewegt und tut, was er nicht läßt, und geschehen läßt, was er nicht hindert. Von einer Seite der reichsbürgerliche Ernst, von anderer Seite die leichteste Beweglichkeit, der alles von Handen geht, und nebenher die Mutter, die sich wie Ein geselliger Trabant um zwei so verschiedene Planeten bewegt. – Da kommt eben Dein Blatt vom 29. Mai, das einen schnellen Lauf gemacht hat und mich um so mehr freut, da es hier hieß, Dein Großherzog sei krank und könne nicht reisen. Wir erwarten ihn also um so lieber, da sich die Sage bestätigt, daß mein Herrscherhaus mit dem Deinigen noch fester solle verbunden werden. Wenn ich Dich nun wegen vieler Sessionen nicht umsonst beklagen soll, so wünsche nur, daß Herr Stieler Dich recht ins Auge fassen und einen gefaßten Pinsel führen möge. Wir wollen jedoch nicht präjudizieren und in Ergebung das Beste hoffen und mit Billigkeit aufnehmen, was geboten wird.

»Kunst und Altertum« erwarte sehnlichst und ist bei mir schon längst nachgefragt worden, da sie mir wohl zuweilen als einem Verwahrer Deiner Schätze schmeicheln, was mir schlecht genug bekommt, wenn ich nicht wiederkriege, was mir dann und wann mit Frauengewalt abgelispelt wird. So fehlt wieder das zweite Stück des sechsten Bandes, das ich nun kaufen muß, wenn ich die drei Stücke in einen Band bringen lasse. – Ja, wenn die Weiber nicht wären!

Den Großherzog werde aufsuchen, sobald ich erfahre, daß er hier ist. Ich wollte, er hätte bei mir einkehren wollen; er sollte Deine Zimmer haben, die schönsten und ruhigsten meiner Wohnung, 5 Piecen, hell, sicher und wie im eigenen Lande. Hier aber muß alles *viel* Geld kosten, sonst hat es keinen Wert. Doch da fällt mir eben Deines Vaters: »Procul« etc. ein, und so wollen wir die Götter lassen, wo sie sein wollen.

Sonntag. Vorgestern ist unser brave Maler Weitsch gestorben; in meinem Alter, doch zuletzt rein abgeblättert. Ich mußte ihn für ein echtes malerisches Naturell halten, der jedoch über das Beste, was er machen konnte, wie ein Schneidergeselle sprach. Er nahm es mir einmal sehr krumm, da ich ihn einen »vollkommenen Hundemaler« nannte. Er war musikalisch und mochte mich hierin gern belehren, woran die andern ihre Freude hatten, wie ich ihm stillhielt, indem sie wußten, wie ich wohl mit den Leuten vom Metier mich zu behaben pflege. Morgen soll er bestattet werden, wir alle werden der Leiche folgen außer ich – ich habe Lust, noch ein wenig zu warten, und das mag er mir nicht übelnehmen, ich will schon zu meiner Zeit nachfolgen.

Mit der Lokalität von Fürstenwalde bist Du an Ort und Stelle. Bauinspektor Cantian, unser Obersteinmetz, der sich in Behandlung des Phänomens und der Masse geschäftig erweist, hat mir etwas Belehrendes darüber zugesagt, das ich noch zu erhalten gedenke, um es hier beizulegen.

Es ist Dienstag. Herr Cantian hat nicht Wort gehalten, und so mag dies Blatt so dahingehn. Lebe wohl!

Dein

Z.

Es ist doch ein Verlust, daß Lessing, wie er wirklich Lust hatte und würdig genug angeregt sein mußte, nicht mit Dir über den »Götz von Berlichingen« angebunden hat. Er war der Mann, dem zum Trotz und zur Freude Du aus purer Schäkerei noch manches Stück von Dir gegeben hättest, wenn nicht obenein dadurch sein gar zu fester Glaube an Aristoteles hin und wider einen Chok und eine Bresche dazu bekommen hätte; denn Lessing war ein redliches Herz. Er hat mehr getan als Aristoteles; er hat es selber versucht und eben gezeigt, was sich nicht *machen* läßt. Goethes Farce gegen Wieland hat ihm ohne Zweifel den größten Spaß gemacht. Seiner Gesinnung über Wieland zufolge muß er Dich beneidet haben um diese Farce, die er am liebsten selber gemacht hätte. So auch mit dem »Götz von Berlichingen«, den er Dir nicht gönnt und seinen Verdruß nicht bergen kann; denn bedenke es einmal selber: ist es nicht impertinent, daß ein Gelbschnabel aus Frankfurt wie ein zweiter Prometheus *solche* Wesen bildet aus *solchem* Tone? mir nichts dir nichts, und an allen Göttern vorübergeht, ohne den Hut zu lüpfen? Das war auch der Fall mit Engel, den ich genug gekannt habe und der mir gewogen war. Er hätte bersten mögen vor Neid, der alte Junggeselle, und nahm auch Ton und fing an zu backen und sahe an, was er gemacht hatte, und siehe da! es war ein Kuchen, ein Küchlein. Denn was ist denn der »Edelknabe« anders als ein Junges, eine Nachgeburt von Lessings »Minna«? was freilich jener nicht Wort gehabt hätte.

Den 5. Juni. Was Du vom Herrn Stieler berichtest, spricht sehr für ihn, und so magst denn auch Du fein stillhalten und ihm die Fenster Deines Geistes öffnen.

Herr Schwendler soll willkommen sein, sobald er da ist, und wenn ihm unser Wesen nicht zu alt ist, so mag er sich mit uns erfreuen. Dein Herr Großherzog soll sich in Potsdam, wo ihm, wie ich höre, Alexander Humboldt zugegeben ist, ergötzen; doch kann ich noch kein Weiteres erfahren, denn ich bin noch nicht wieder ganz auf den Beinen.

Die Einlage des Bauinspektors Cantian kam an, als ich den letzten Brief an Dich schon gesiegelt hatte, und vielleicht weißt Du den Inhalt schon von selber.

[Beilage]

Das fragliche Fürstenwalde liegt auf dem rechten Spreeufer dicht am Fluß. Jenseit von der Spree, eine halbe Meile von Fürstenwalde entfernt, liegt das Dorf *Rauen* und die Rauen'schen Berge.

Nach Hoffmann'schen Barometermessungen liegt
das Unterwasser der Schleuse bei Fürstenwalde
über dem Meere .... 111,9′
die Markgrafensteine bei Rauen über dem
Meere .... 402,5′
der Gipfel der Rauen'schen Berge, ohngefähr
300 Schritt nördlich von den Markgrafen-
steinen belegen, über dem Meere .... 456,8′.

Die Entfernung vom Dorfe Rauen bis zu den Markgrafensteinen kann zirka ⅛ Meile betragen. Das Dorf liegt viel niedriger als die Steine, auf einem lettenreichen Plateau. Das Terrain ist gegen Fürstenwalde hin nicht allmählich abhängend, sondern setzt ohngefähr auf halbem Wege sich sehr bestimmt und scharf bis auf einige Fuß über den mittlern Wasserstand des Flusses ab, besteht auf dieser untern Ebene aus echt märkischen Sand.

Es gab 2 sogenannte Markgrafensteine. Der kleinere ist noch vorhanden, der größere wird zu der für das Museum bestimmten, 22 Fuß im Durchmesser haltenden Granitschale benutzt.

Ein dritter großer Granitblock von gleichem Gefüge wie

diese beiden in der Gegend berühmt gewesenen hat sich in der zum Dorf Rauen gehörigen Feldmark gefunden. Diese Feldmark liegt auf dem oben erwähnten Plateau, und der Stein mußte durch Ausgraben erst übersichtlich und zugänglicher gemacht werden, da nur ein kleiner Teil desselben aus dem Erdboden hervorkuckte. Er hat eine Länge von zirka 26 Fuß, eine Breite von 14 Fuß und eine Höhe von 12 Fuß. Auf der nach Norden gekehrten langen Seite ist die abgerundete Felsoberfläche noch sehr gut zu erkennen. Auf der nach oben gelagerten ziemlich geraden Fläche sieht man die deutlich markierte und nicht abgeschliffene Fläche aus der Felskluft entnommen. Auf der nördlichen Seite ist die oben angeführte Dicke gemessen worden; entgegengesetzt beträgt diese nur 4 bis 5 Fuß.

An kleinern Granitgeschieben ist die Gegend bei Fürstenwalde, namentlich auf dem linken Spreeufer, reich; es finden sich auch dort viele kleine abgerundete Porphyrstückchen. – Ein östlich von den Markgrafensteinen befindlicher, von Süden nach Norden sich erstreckender Landstrich enthält größtenteils Geschiebe mit schön hochrot gefärbten Feldspat.

618. *An Goethe*

Sonnabend, 7. Juni 1828.

Eben komme davon her, dem Großherzog von Weimar aufgewartet zu haben. Er hatte sich lange in Potsdam aufgehalten, und da es hieß, daß er in diesen Tagen wieder abgehn werde, so mußte ich um so mehr eilen, ihn zu sehn, da hier so manches für ihn zu sehn ist, wodurch er wohl abgehalten wäre, mich rufen zu lassen. Ich habe ihn weit munterer gefunden, als man mir gesagt hatte, und bin wohl eine Stunde ganz allein bei ihm gewesen, da denn von mancherlei gesprochen worden. Nun will er denn diesen Vormittag in den botanischen Garten bei Schöneberg und hatte sich zu dem Ende mit einer tüchtigen Lupe versehn. Darauf wird wieder nach Potsdam gefahren, von wo er erst Dienstag über Spandau zurückzukehren gedenkt, woselbst, wie ich hörte, Versuche mit Raketen sollen gemacht werden. Gegen 6 Uhr will er dann in die Singakademie kommen, und er soll nicht lange leiden dürfen, wir werden ihm das Beste, was wir haben und können, zu Füßen legen. NB. Wenn nicht von oben herab anderes bestellt wird, denn was die Herrschaften dann und wann mit aus Italien als teure Rarität mitbringen, ist unsern Kindern verwunderlich; entweder sie kennen es, wenn es gut ist, oder – es kostet uns eine Menge Geld für das Ausschreiben in so viele Stimmen und bleibt dann liegen. Geheimer Legationsrat Bunsen hatte dergleichen als alte Schätze mitgebracht, und man weiß nicht, was man dazu sagen soll. Manchmal ist mir's, als ob ich erst auf die Welt gekommen wäre, und es vergehn Tage darüber, ehe ich mich wiederfinde.

Über das kleine Faciuschen hat sich der Großherzog gefreut, er hat ihre Arbeiten mit Beifall angesehn und gesagt: »Dabei ist das Mädchen hübsch.« – Es ist auch ein gar freundliches Kind, und wenn ich sie eher gekannt hätte (denn sie hat Deinen Brief an mich verloren und ist darum nicht gekommen), so hätte sie nirgend anders sein sollen als bei mir. General Ludwig v. L'Estocq sagt mir jedoch, daß sie jetzt sehr gut wohne.

Sonntag. Gestern habe im Theater ein Trauerspiel zum ersten Male gesehn: »Die Macht der Verhältnisse« vom Herrn »Robert mit der schönen Frau«, so wird er hier genannt. Das Stück hat mich unterhalten und viel Arbeit dabei gekostet. Es ward sehr gut gepsielt, und ein Herr *Weymar* aus Kassel als Gast nahm sich in der Rolle des Helden sehr gut aus. Das Stück setzt den Hörer in Verlegenheit; man glaubt es loben zu müssen, ja man will es Schritt vor Schritt loben, und zugleich macht es den widerwärtigsten Eindruck. Durch diese besondere, allgemeine Macht der Verhältnisse wird ein Vater zum Mörder an seinen beiden Söhnen, die in keiner Weise schlecht, doch keine Hexenmeister sind. Aus dieser Macht der Verhältnisse der Stände ließen sich alle Tragödien herleiten, doch hier kommt nichts heraus als ein unerbaulicher Eindruck, von dem ich mich sogleich befreien mußte, um keine schlechte Nacht zu haben. Was dem Stücke zuerst fehlt, ist eine liberale, wenigstens heitere Mittelperson; denn alle sind befangen und traurig, und so wende ich hier Dein kurzes Wort an: »Es gibt Stücke, die Null sind, ohne schlecht zu sein.« Soll eine Vergleichung gelten, so sind die Hauptfiguren: Vater, Mutter und Tochter – Odoardo, Claudia und Emilia; die beiden Söhne zusammen – Ein Appiani; ein Camillo Rota fehlt auch nicht; Marinelli und Orsina scheinen vergessen zu sein, daher das Ganze kein Leben hat. – Der Autor dieser »Macht der Verhältnisse« hat im Jahre 1815 meine Bewundrung der Flucht Napoleons sehr getadelt, und zwar in einer Gesellschaft von Herren und Frauen, die sämtlich seiner Meinung waren; er fand noch für gut hinzuzusetzen, Napoleon sei durchaus nicht der Geist, der, über dem Ganzen schwebend, einer Weltübersicht fähig sei. – Das hat er nun davon. – Eine Judenfrau sagte bei der Gelegenheit: »Tot*spucken* sollte man den Kerl!«, und dieser Ausdruck ward von unserm Verhältnismann sehr geistreich befunden. Ich habe immer Scheu gehabt, das Stück zu sehn, Du magst es längst kennen; es hat mich aber so aufgerührt, daß mir mit Eins alle die Niederträchtigkeiten jener Jahre, unter welchen ein Gemüt meiner Art sich zerklemmt fühlte, wie Furiengeißeln des Orkus wieder vorschwebten. Das war die wahre Zeit der Verhältnisse: alles war verrückt von oben bis unten, und nun sind sie wieder – wie sie waren.

Montag. »*Ist fortzusetzen*« – und das will ich mir ausgebeten haben! aber: von wem? Da hab' ich mir abermalen eine Briesche gerannt, indem ich durch den Zweiten Teil fuhr. Du hast uns da in eine tüchtige Patsche geführt, und jeder mag sehn, wie er sich wieder zu Hause findet. Unterdessen fange ich immer von vorn wieder an. Könnte ich nur zeichnen, Du solltest den ganzen »Faust« in Bildern wiedersehn, so klar und derb mir alles vor der Einbildung steht; sagen und schreiben und erzählen läßt sich das nicht.

11. Juni. Gestern ist unser Großherzog in Begleitung des Major v. Germar und des Major v. Staff in der Singakademie gewesen; Prinz Karl kam auch nach. Einige kurze Stücke von mir, von Fasch und von Stölzel hat der alte Herr sehr freundlich ausgehalten. Er kam kurz nach 6 Uhr, und um 7 Uhr waren wir fertig. Für ein zartes unverwöhntes Ohr sehn wir dergleichen an wie eine Operation; weiß ich doch selber kaum, wie ich's aushalten würde, wenn mir's zum ersten Mal geboten würde. Unser Singsaal schien dem Herrn zu gefallen, auch klingt die Musik in der Tat gut, und die Stücke gingen ohne Anstoß, wie es fast immer der Fall ist, wenn uns so hohe Gäste beehren.

Nachher hat der Großherzog meine Wohnung unter dem Musiksaal von einem Ende bis zum andern in Augenschein genommen, wo denn die Zimmer Deines Quartiers ihm angelegenst bemerklich gemacht worden. Die einzige meiner Töchter, Doris, die der Großherzog kennt, ist noch in Sanssouci; dagegen fand er Rosamunde, die kleine Facius und Luise, welche letztere besonders von des Prinzen Karl Königlicher Hoheit mit gnädigster Aufmerksamkeit bemerkt zu werden schien und sich auch am meisten mit dieser unterhielt. Luise ist eben im 18. Jahre, ein vollkommen ausgewachsenes, gestrecktes, fertiges, derbes Mädchen, und wenn ihr Zufall, der seit einiger Zeit immer seltener kommt, sie ganz verläßt, so kann sie für schön gelten. Vielleicht überhebe ich mich dabei, aber noch habe ich dergleichen nicht gesehn. Laßt mir immer das bißchen eitler Freude; wird mir's doch anderseits wieder abgeknappst. Mein Schwiegersohn, der Landbaumeister Lohmeier aus Ratzeburg, ist jetzt hier, um sich den Star an beiden Augen stechen zu lassen. Da sind nun acht Kinder, von denen ich zwei hier in Berlin habe. Das ist es denn; hätte man an sich selber nicht zu schleppen, so findet sich schon anderweitig Rat, und noch hat mich's nicht gereuen wollen.

Es ist Donnerstag. Der Großherzog will heute abend ab- und zurückreisen und Herr Major v. Germar dies Blatt mit zu Deinen Händen nehmen. Lebe wohl!

Dein

Z.

620. *An Goethe*

Gestern abend habe zum ersten Male Dein liebes Stück »Die Geschwister« im Königlichen Theater vernommen und mich gleich sehr an dem gefälligen Stoff als an dem allerliebsten Spiele der artigen Nina Sontag von Herzen ergötzt. Das verdächtig Bewußte in Wilhelms Neigung, gegen die zärtliche keusche *Mehr*-als-Schwesterliebe des Mädchens, schwebt in feinster Sittlichkeit ohne Affektation, wenn dagegen ein Ehepaar, wie Geschwister lebend, mir abgeschmackt vorkommt. – Du müßtest Dich an Dir selber erfreut haben, wenn Du es hier gesehn hättest. Das Haus war nicht voll und der Beifall so einstimmig, daß sich nicht unterscheiden ließ, was dem Stücke und dem überaus guten Spiele gelten sollte. Denke ich mir die bequeme Konzeption von innen heraus, so stellt es den Dichter selber als reinen Jüngling dar, wie er, beiden Welten angehörig, sich aus der produktiven Natur zur geistigen Höhe erhebt. Man weiß alles von vornherein, wie es kommen muß; der ganze Stoff breitet sich selber vor Herz und Geist aus und wirkt wie die Erfüllung einer schönen Verheißung. Die wohltätige Angst, ja die letzte höchste Freude ist ein seliger Schmerz, den die schöne Seele ohne Ende wünschen möchte.

Der Großherzog mußte dagegen sich die große Oper vorpauken lassen, und ihr mögt zufrieden sein, wenn ihr ihn mit heiler Haut wiederhabt. Ich wollte gestern, am 13., noch einmal aufwarten, weil er heute reisen wollte, aber Königliche Hoheit waren so belagert und besessen, daß ich's mittelbar durch Major v. Staff erbeten habe, dem ich zugleich den Brief übergeben habe, den Herr Major v. Germar an Dich besorgen wollte.

Unterdessen dichte ich mich in den neuen »Faust« hinein, bis Folge und Beschluß bei Dir lose werden und ins Leben treten. Fühle ich nur durch und durch, daß Du lebst, so wird mir nicht bange, daß die Zeit erfüllet werde.

621. *An Goethe*

Berlin, 17. Juni 1828.

Meinen letzten Brief vom vorigen Sonntag hatte ich eben auf die Post gegeben, als die betrübende Todesnachricht hier laut wurde und mir zugleich eine Stelle dieses Briefes, die ich ohne Ahndung flüchtig hingeworfen hatte, auf einmal vor das Gedächtnis trat, die Dir wohl selber mag aufgefallen sein. Was man auch alles erfahren hat und versucht ist, so wirkt ein solcher Schnitt ins fließende Leben immer wieder von neuem; ich konnte mich in der Tat nicht sogleich wieder fassen.

Gewiß ist, daß der hochselige Herr sich sichtbar hier zusammengenommen hat, um an soviel verschiedenen Dingen lebhaften Anteil zu nehmen; er hat sich jedoch dabei geistig wohl gefühlt und übers Jahr wiederkommen wollen. Unser König hat sich dabei munter und liebewollend erwiesen, und nun geht mit eins alles wieder andern Gang.

23. Juni. Der Musikdirektor Rungenhagen (zweiter Dirigent der Singakademie), der Musikdirektor Bach (nicht von der alten Familie), der Kammergerichtsrat Gedike (Sohn des berühmten Biestergedike), sämtlich Schüler und Teilnehmer der Singakademie, sind auf einer Reise über Thüringen gen Süden in Arbeit und wollen diese Zeilen überbringen. Will es Dein jetziger Wirrwarr und körperliches Befinden zulassen, diese guten Menschen einen Augenblick zu sehn, so werden sie Dir sagen, daß sie mich gesund verlassen haben. Durch ihre zweimonatliche Abwesenheit werde ich mehr beschäftigt sein und – leichtere Arbeit haben, man kommt am besten ohne sogenannte Hülfe vom Flecke. Gottlob, daß mir, was ich verstehe und kann, noch leicht genug von Handen geht, wie ernsthaft man auch gemahnt wird, daß man kein Jüngling ist.

Ein Herr Wolfgang Menzel hat zwei Bände von sich gegeben, worin er gegen Dich von Leder zieht. Ich gestehe, daß ich von Zeit zu Zeit mit Interesse vernehme, was gegen Dich geäußert wird, da denn doch von Dir immer die Rede ist. Dieser Menzel aber ist ein echter Lumpenkönig. Förster hat ihn im »Konversationsblatte« derb zurechte gewiesen, wodurch denn die Angelegenheit im Gange bleibt und begreiflich wird, wie die schönsten Worte das dummste Zeug aussprechen und solche Leute sich deutlicher signalisieren, als ihnen selber lieb wäre, wenn sie nicht venagelt wären.

Gott befohlen!

Dein

Johannistag. Z.

Hegels Bildnis hast Du ja wohl vom Künstler selber erhalten. Seine Frau findet es gar zu unschön und muß mittelbar erfahren, wie reich sie ist. In der Tat nimmt er sich aus, mit seinem Aristoteles zu Füßen, wie ein Doktor Faust, und wenn mir mein Exemplar nicht schon 1 ½ Taler kostete, so hätte ich Lust, mir einen Rattenzahn dazu zu malen. Fürs erste mag ihm Mephistopheles nur vom Chiragra helfen: die rechte Hand bedarf einer Kur. Adieu!

622. *An Goethe*

Herr Dr. Wagner, der noch heute nach Dresden abgehn will, ersucht um einige Zeilen, in denen ich nur sage, daß ich gesund bin und wie alle von einer Julihitze leide, die mir gleichwohl bekommlicher ist als die Kälte des vorigen Monats. Herrn Dr. Wagner habe ich leider nur einmal, den Kaufmann von Venedig, spielen sehn, nicht aber den Otto von Wittelsbach, der seine Forcerolle sein soll. Er hat mich nicht in Berlin vermutet, weshalb wir denn gestern zum ersten Male und vielleicht zum letzten Male näher gekommen sind.

Dich um Nachricht von Weimar anzusprechen, wage ich kaum, da Dir genug des Nähern und Nächsten aufliegt. Von Reisenden und Besuchern höre ich jedoch, daß Du leidlich lebst; so bin ich unterdessen schon befriedigt.

Eine Mademoiselle Müller aus Wien gibt hier Gastrollen mit Beifall; ich habe sie als Porzia und Donna Mencia im »Arzt seiner Ehre« mit Erfolg spielen sehn, was hier schon was sagen will bei der großen Unordnung, worin sich unser Theaterwesen fast zu behaglich hin- und herbewegt. Treten denn da von Zeit zu Zeit Calderone und Shakespeare zur Türe herein, so wird man am Willkommen wieder ruhig. So will ich nur noch Lebewohl sagen; mein Haus ist eben voll, da gestern abend meine jüngste Tochter Auguste mit ihren drei Kindern bei mir eingetroffen ist.

Berlin, Dienstag, 8. Julius 1828.

Dein

Z.

623. *An Zelter*

Dornburg, den 10. Juli 1828.

Bei dem schmerzlichsten Zustand des Innern mußte ich wenigstens meine äußern Sinne schonen, und ich begab mich nach Dornburg, um jenen düstern Funktionen zu entgehen, wodurch man, wie billig und schicklich, der Menge symbolisch darstellt, was sie im Augenblick verloren hat und was sie diesmal gewiß auch in jedem Sinne mitempfindet.

Ich weiß nicht, ob Dornburg Dir bekannt ist; es ist ein Städtchen auf der Höhe im Saaltale unter Jena, vor welchem eine Reihe von Schlössern und Schlößchen gerade am Absturz des Kalkflötzgebirges zu den verschiedensten Zeiten erbaut ist; anmutige Gärten ziehen sich an Lusthäusern her; ich bewohne das alte neuaufgeputzte Schlößchen am südlichsten Ende. Die Aussicht ist herrlich und fröhlich, die Blumen blühen in den wohlunterhaltenen Gärten, die Traubengeländer sind reichlich behangen, und unter meinem Fenster seh' ich einen wohlgediehenen Weinberg, den der Verblichene auf dem ödesten Abhang noch vor drei Jahren anlegen ließ und an dessen Ergrünung er sich die letzten Pfingsttage noch zu erfreuen die Lust hatte. Von den andern Seiten sind die Rosenlauben bis zum Feenhaften geschmückt und die Malven und was nicht alles blühend und bunt, und mir erscheint das alles in erhöhteren Farben wie der Regenbogen auf schwarzgrauem Grunde.

Seit funfzig Jahren hab' ich an dieser Stätte mich mehrmals mit ihm des Lebens gefreut, und ich könnte diesmal an keinem Orte verweilen, wo seine Tätigkeit auffallender anmutig vor die Sinne tritt. Das Ältere erhalten und aufgeschmückt, das Neuerworbene (eben das Schlößchen, das ich bewohne, ehemals ein Privateigentum) mäßig und schicklich eingerichtet, durch anmutige Berggänge und Terrassen mit den frühern Schloßgärten verbunden, für eine zahlreiche Hofhaltung, wenn sie keine übertriebene Forderungen macht, geräumig und genügend, und was der Gärtner ohne Pedanterie und Ängstlichkeit zu leisten verpflichtet ist, alles vollkommen, Anlage wie Flor.

Und wie es ist, wird es bestehen, da die jüngere Herrschaft das Gefühl des Guten und Schicklichen dieser Zustände gleichfalls in sich trägt und es mehrere Jahre bei längerem und kürzerem Aufenthalt bewährt hat. Dies ist denn doch auch ein angenehmes Gefühl, daß ein Scheidender den Hinterbliebenen irgendeinen Faden in die Hand gibt, woran ferner fortzuschreiten wär'.

Und so will ich denn an diesem mir verliehenen Symbol halten und verweilen.

Damit du aber wissest, wie Dein Freund auf einem luftigen Schloß, von wo er ein hübsches Tal mit flachen Wiesen, steigenden Äckern und einer bis an die unzugänglichen steilen Waldränder sich erstreckenden Vegetation übersieht, wie er daselbst diese langen Tage von Sonnenaufgang bis Sonnenuntergang zubringt, will ich Dir vertrauen: daß ich schon seit einiger Zeit vom Auslande her die Naturwissenschaften wieder aufzunehmen angeregt bin. Das liebe Deutschland hat etwas ganz eigentlich Wunderliches in seiner Art; ich habe redlich aufgepaßt, ob bei denen nun seit drei Jahren eingeleiteten und durchgeführten naturwissenschaftlichen Zusammenkünften mich auch nur etwas berühre, anrühre, anrege, mich, der ich seit funfzig Jahren leidenschaftlich den Naturbetrachtungen ergeben bin; es ist mir aber, außer gewissen Einzelnheiten, die mir aber eigentlich doch auch nur Kenntnis gaben, nichts zuteil geworden, keine neue Forderung ist an mich gelangt, keine neue Gabe ward mir angeboten; ich mußte daher die Interessen zum Kapital schlagen und will nun sehen, wie das Summa Summarum im Auslande fruchtet. Verschweige das löblich, denn ich erinnere mich soeben, daß bei euch die Wissenschaft sich abermals in großer Breite versammelt.

Allem Guten befohlen! G.

624. *An Goethe*

Dienstag, den 15. Julius 1828.

Dein liebes Schreiben aus Dornburg vom 10. dieses ist mir ein recht ersehntes Geschenk geworden, wie ich seit einigen Wochen durch allerlei Wirrwarr mich selbst nicht zu finden wußte und vergesse, was ich eben gewollt oder gesucht habe.

Die Beschreibung Deines Aufenthaltes in Dornburg ist so anziehend, daß ich mich gleich aufmachen möchte, Dich daselbst aufzusuchen, wenn ich nicht eben von mehren Seiten festgehalten wäre, da ich wieder allein tue, was ich allein angefangen habe; denn alles fliegt auf Reisen und Schnellposten umher.

Es sollte mich wundern, wenn ich Dir nicht öfter als einmal gesagt oder geschrieben hätte, welche herzliche Neigung sich in mir vom ersten Winteranblicke an zu der Gegend zwischen Naumburg und Jena wach erhalten hat, und nun kommt mir von daher ein Blatt von Dir.

Mein Haus war die letzten Tage besetzt; meine Tochter Auguste aus Fiddichow (an der Oder) mit einem Teile ihrer allerliebsten Kinder ist gestern wieder abgereiset und hat die Luise mit aufs Land genommen, und nun ist's wieder still um mich her. Dann hat mein Schwiegersohn, der Landbaumeister Lohmeier aus Ratzeburg, sich hier einer bis jetzt glücklichen Augenoperation unterworfen, worüber ich denn wieder Ursache habe zufrieden zu sein, weil das Völkchen acht lebende Kinder zu pflegen hat. Mit Ende des kommenden Monats werden auch die Naturfreunde sich versammeln, und wenn ich dabei nichts zu wirken habe, so werde doch beihanden sein müssen, indem ihre Lesungen in unserm Saale stattfinden. Sollte sich der Herbst gefällig machen, so habe ich eine Besuchsreise nach Schlesien zu machen, doch was soll man lange vorher davon reden!

An mittelbarer Nachricht von Dir hat es nicht gefehlt; unser Oberzeremonienmeister Herr v. Buch hat uns von Deinen Zuständen Nachricht gegeben, und was nach Ankunft der neuen Herrschaft geschieht, werden wohl die Zeitungen enthalten. Lebe fein wohl. Dr. Stiegelitz, bei unserer Bibliothek angestellt, will dies Blatt mitnehmen.

Dein

Z.

625. *An Goethe*

Sonnabend, den 19. Juli 1828.

Eine Dame in Königsberg hat gesagt: in unsern Liedern verhalte sich die Musik zur Poesie wie Stein und Stahl. Das erzählt mir soeben Herr Sämann, der in Königsberg eine Liedertafel unternommen hat und dem ich manchen Beitrag dazu gegeben habe. Von solchem Trost aus der Fremde kann man freilich auch nicht leben; man fühlt sich aber, daß man lebt, und – nur Geben heißt Leben.

Das sei Dir als Gegenstück geboten zu Deinem Briefe aus Dornburg, da auch Du Dich vom Auslande her wieder angeregt findest. Unsere schöne Welt leidet überall an einer Roborosität, die nur durch solche Mittel kurabel wird, wie sie nicht alle Apotheken führen, und wer's erlebt, kann immer noch Freude an sich selber haben. Die reizende Beschreibung Deines jetzigen Aufenthalts bestätigt abermalen meinen reinen, längst bewahrten Wohlgefallen an dieser Gegend; ich wüßte nicht mit Worten zu sagen, mit welchem Respekt ich noch ganz zuletzt die schroffen Bergspitzen von Jena aus angeschaut habe.

Hierzulande geht es eben etwas mager her; die Kaufleute nennen's: die Saueregurkenzeit. Der König ist in Teplitz, andere Herrschaften auf Reisen oder Landbesitzen hinaus. Schauspiele sind wenig besucht, wenn nicht Besonderes vorfällt. Mademoiselle Müller aus Wien und (die vom Wochenbett erstandene) Madame Crelinger zertieren nebeneinander, ohne Verlust, und das Publikum zertiert mit; man hat zu reden, man redet. Die (hier noch) neue Weber'sche Oper »Oberon« wird dankbar aufgenommen, und die Freunde des Abgeschiedenen lassen es nicht fehlen. Auch ich habe leider die Oper noch nicht gehört, indem sie immer gegeben worden, wenn ich selber in Funktion bin. Wer bei solcher Gelegenheit nicht alles stehn und liegen läßt und mitrennt, dem wird es nicht zum besten ausgelegt. Ich sehe sie dann zurückekommen und höre, wie sie sich abarbeiten, um lustig zu sein, Sänger, Spieler, Maler und was drum herum ist in Anspruch nehmen; von der Hauptsache ist am Ende aller Dinge dann auch wohl die Rede, wo man immer noch nicht zu spät dazu kommt.

Es ist Sonntag. Um nicht in Rest zu bleiben, lasse ich das Blatt nach Weimar abgehn, da Du denn doch wohl gegen die Ankunft Deiner neuen Herrschaft wieder einheimisch bist. Vale!

Dein

Z.

626. *An Goethe*

Dienstag, den 22. Juli 1828.

Das neue Stück von »Kunst und Altertum«, wofür ich schönstens danke, rettet mich von einem wunderlichen Irrtume. Gott weiß, wie ich dazu gekommen bin, dieses neue Heft als das dritte des sechsten Bandes zu erwarten, indem ich glaubte, das zweite sei mir abhänden gekommen, ohne Rechenschaft geben zu können, was es enthielt; ja ich war auf dem Sprunge, mir es durch die Zeitung zurückzufordern. Vorige Nacht war hier ein Unwetter, daß wir dachten, der Himmel werde zu Erden werden; dabei habe denn auf Veranlassung unseres zweiten Heftes den »Misanthrope« von Molière gelesen. Die Zeit war nicht weggeworfen, es war eben die rechte. Darüber mußten ein paar Jahrhunderte vergehn, und heute noch muß man mit der Nase drauf gestoßen werden.

Herr Kanzler v. Müller hat mir seine Schrift zum Ehrengedächtnisse des Großherzogs von Weimar Karl August gesandt; das inliegende Blatt enthält meinen Dank dafür, und Du tust mir wohl die Liebe, es überschreiben und an ihn gelangen zu lassen. Lebe wohl, mein Allerbester, und gedenke

Deines

Zelter.

627. *An Zelter*

Schloß Dornburg, den 26. Juli 1828.

Drei Deiner Briefe liegen nun vor mir, der vom 10. kam zuletzt durch Herrn v. Vitzthum; der erinnert denn freilich an die letzten Lebenstage unsres Verewigten, und man findet ihn bewundernswert, wie oft, daß er bei einem so tiefen Mißbehagen, welches er dort schon empfinden mußte, sich doch noch gegen die Welt stark hielt und stemmte und auch die Gewalt eurer Töne noch ertragen wollte.

Hier bin ich nun schon in der dritten Woche unter dem Einfluß eines wahrhaften Lusthauses. Die ganze Anlage, durch Jahrhunderte her, erst aus Not, dann aus Verstand, zu sinnlicher Lust mit Kunst und Geschmack angelegt und in den letzten Jahren durch die Akquisition eines nachbarlich am Ende der Felsreihe gelegenen Freigutes, wo ich jetzt wohne, erweitert. Hier fragt sich's gar nicht, ob man lustig ist oder sein will, das Ganze ist heiter, munter, verständig, schön, weitläufig und doch übersehbar. Ich erinnere mich recht gut, daß Du mir von Deinem Entzücken über das Saaltal von Naumburg bis Jena mitteiltest, auch gedenk' ich Deiner vom Anfang an im besten. Die Terrassen sind, als herrschaftlicher Garten, seinen Gebieter jeden Augenblick erwartend, sorgfältig rein und gepflegt, alle Sommerblumen blühen aufs munterste, und die Traubengeländer hängen so voll, daß man darüber zu erstaunen hat.

Ein Kupferblatt lege Dir bei, das ich nicht rühmen will, das aber doch mehr als alle Beschreibung einen schnellen Begriff gibt. Die Unterschriften, bezüglich auf die oberen Buchstaben, geben Dir die nötige Andeutung. Dein Freund aber diktiert Gegenwärtiges hinter den letzten, ins Unsichtbare verschwindenden Fenstern des kleinen Schlößchens am letzten Felsende linker Hand; es ist eben dies von der Herrschaft erst kurz akquirierte Privaterblehngut.

Weiter gehen nun aber meine Kräfte nicht, Dich mir näherzubringen, und so vollführe, was noch zu wünschen ist, durch Neigung und Einbildungskraft. Es gibt noch hübschere Darstellungen von Dornburg, die aber jetzt nicht in meinem Bereich sind.

Daß ich in diesen 20 Tagen aus Unruhe, Neigung, Trieb und langer Weile gar manches geleistet habe, wirst Du wohl glauben; leider ist es sehr vielerlei, dergestalt, daß es nicht

Zu Brief Nr. 627: Ansicht von Dornburg. Kupferstich

leicht zur Erscheinung kommen wird. Meine nahe Hoffnung, euch zu Michael die Fortsetzung von »Faust« zu geben, wird mir denn auch durch diese Ereignisse vereitelt. Wenn dies Ding nicht fortgesetzt auf einen übermütigen Zustand hindeutet, wenn es den Leser nicht auch nötigt, sich über sich selber hinauszumuten, so ist es nichts wert. Bis jetzt, denk' ich, hat ein guter Kopf und Sinn schon zu tun, wenn er sich will zum Herrn machen von allem dem, was da hineingeheimnisset ist. Dazu bist Du denn gerade der rechte Mann, und es wird Dir auch deshalb die Zeit bis auf die erscheinende Folge nicht zu lange werden.

Der Anfang des 2. Akts ist gelungen; wir wollen dies ganz bescheiden aussprechen, weil wir ihn, wenn er nicht dastünde, nicht machen würden. Es kommt nun darauf an, den ersten Akt zu schließen, der bis aufs letzte Detail erfunden ist und ohne dieses Unheil auch schon in behaglichen Reimen ausgeführt stünde. Das müssen wir denn auch der vorschwebenden Zeit überlassen.

Von der allgemeinen Gesinnung kann ich Dir so viel sagen: daß jeder Treugesinnte vorerst nur darauf denkt, in den Wegen fortzuwandeln, die der Abgeschiedene bezeichnet und eingeleitet hat; dadurch wird denn auch wohl das allenfalls sich Abändernde erträglich sein und in einigen Punkten vielleicht Beifall verdienen. Allen Ankündigungen gemäß sollte der neuantretende Fürst heut in Wilhelmsthal eintreffen, nächstens seine Gemahlin. Daß sich unsre bisher so bewährte Fürstin auch immerfort gleichmäßig erweist, wirst Du Dir ohne meine Beteuerung selbst genugsam versichern.

Doch will ich hier, obgleich zu Ende eilend, nicht schließen, ohne zu bemerken, daß mein Aufenthalt auch dadurch angenehm ist, daß ich zwar vor jedem An- und Überlauf sicher bin, die jenaischen Freunde aber bei sehr gutem Weg nur ein Stündchen hierher haben, da sie sich denn mit einer leichten Erfrischung begnügend nach angenehmer Unterhaltung wieder zurückbegeben. Auch von Weimar aus sind sie schon früh ausgefahren, haben den Mittag froh bei mir zugebracht und abends wieder zurückgekehrt; man braucht immer 4 Stunden zur Fahrt.

Damit Dir nun nichts Notwendiges und Nützliches zuletzt verborgen bleibe, so muß ich Dir sagen, daß mein Tisch gut versorgt ist, durch einen sonderbaren Zufall, daß der Kastellan, mein gegenwärtiger Wirt, ehmals ein Hofküchenverwandter gewesen ist und seinem frühern Beruf noch immer Ehre zu machen weiß.

»Das klingt ja ganz bequem und behaglich!« wirst Du sagen, und das wär' es auch, erschiene nicht sogleich im Hintergrunde der düstere Katafalk, der alle jene Betrachtungen aufregt, die der Mensch in heiterer Stunde mit Recht beseitigt. Das Menschen- und Weltwesen dreht sich um einen herum, daß man schwindlig werden möchte.

Und so halte Dich denn auf Deinen Füßen, so gut es gehen will, ich muß das Gleiche versuchen.

Allen wohlwollenden Dämonen bestens empfohlen.

Dornburg, den 27. Juli 1828. Goethe.

Eben als ich Beikommendes abschließe, empfange ich Deinen werten Brief vom 22. Juli, da ich Dir denn gleich berichten will, daß ich am 20. abends, auf einer Rückkehr von Jena, in einen Regenguß gekommen bin, dergleichen ich auch nie erlebt habe, ohne Donner und Blitz, aber mit solcher Heftigkeit wohl eine Stunde anhaltend, daß einem wirklich bange werden mußte, besonders wenn man sich dachte, welche Landesbreite er einnahm, und zu befürchten hatte, es möchte sich Hagel drein mischen, da denn alles weit und breit zugrunde gegangen wäre. Man wird genötigt, sogleich an Hannover zu denken, und nun an euch. Ich habe nach meiner Himmelskenntnis gewaltige Wasserströme für diesen Sommer verkündigt, und ich fürchte, es wird noch schlimmer. Das Merkwürdigste ist, daß diese Wetter sich in flachen Gegenden entladen, die vorm Jahr, auf Berggipfel sich stürzend, so großen Schaden getan haben.

Nun aber wend' ich mich zu menschlichen Dingen und freue mich, daß Du meiner Anmahnung ein Ohr geliehen und Dich zu Molièren gewendet hast. Die lieben Deutschen glauben nur Geist zu haben, wenn sie paradox, das heißt: ungerecht sind. Was Schlegel in seinen Vorlesungen über Molière sagte, hat mich tief gekränkt; ich schwieg viele Jahre, will aber doch nun eins und das andere nachbringen, um zum Trost mancher vor- und rückwärts denkenden Menschen jetziger und künftiger Zeit dergleichen Irrsale aufzudecken.

Die Franzosen selbst sind über den »Misanthrop« nicht ganz klar; bald soll Molière das Muster dazu von einem genannten, derb auftretenden Hofmann genommen, bald sich selbst geschildert haben. Freilich mußte er das aus seinem eigenen Busen nehmen, er mußte seine eignen Beziehungen gegen die Welt schildern; aber was für Beziehungen? die allgemeinsten, die es nur geben kann! Ich wollte wetten, Du hast Dich auf mehr als einer Stelle auf der Tat ertappt. Und spielst Du nicht dieselbe Rolle gegen Deine Tagsgenossen? Ich bin alt genug geworden und hab' es doch noch nicht so weit gebracht, mich an die Seite der epikurischen Götter zu setzen.

Dies also sei für diesmal genug! Ich schließe mit den treusten Hoffnungen, die Besserung Deiner anmutigen Luise möge sich bestätigen. Schreibe von Zeit zu Zeit, wie es vor den Schnabel Deiner Feder kommt; in meiner Einsamkeit find' ich manche Stunde zur Erwiderung, und ich möchte da wohl zutraulich aussprechen, was sonst ungesagt bliebe.

Wie oben und immer

Dornburg, den 27. Juli 1828. G.

Noch zwei Wünsche füge hinzu.

Wolltest Du mir auch fernerhin freundlich vermelden, was Dich einzelnes in meinem letzten Hefte berührt und aufgeregt; ich könnte sodann manches, was nur lakonisch angedeutet ist, erweitern und erläutern.

Alsdenn wäre mir angenehm, wenn Du mir auf einen Autor deuten könntest, welcher mich belehrte, was für ein musikalisches System in der ersten Hälfte des siebzehnten Jahrhunderts gegolten und dergestalt ausgesprochen gewesen, daß es ein Hamburger Rektor jener Zeit seinen Schülern auf drei gedruckten Bogen überliefern können. Ich bin soeben mit Betrachtung über jene bedeutende Epoche, der wir soviel schuldig sind, beschäftigt.

628. *An Goethe*

Sonntag, 27. Juli 1828.

Das neue Stück von »Kunst und Altertum« ist mir ein rechtes Schatzkästlein, und ich lese bei der Gelegenheit das vorige Stück mit neuem Interesse nach. Wo ich aufschlage und Deine natürlichen Worte finde, die den baren Sinn auf leichter Hand tragen, muß ich immer denken, was mir eben als neu erscheint, hätte man schon gewußt; man hat es nur nicht betrachtet, da es vor unsern Füßen lag.

Die Anzeige des »Cours [de] littérature grecque moderne« ist wenigstens soviel wert als das ganze Buch, das ich wahrscheinlich niemals zu lesen bekomme; wo soll alle Zeit herkommen und Augen, die nicht matt werden? Desto belehrender ist mir ein freier Blick in den Zusammenhang der griechischen Bildung aus dem byzantinischen Kult als Generalbasis aller Herrschaft und Bildung. Denke ich mir nun als möglich, wie der Begriff der Freiheit in der Herrschaft liegt wie das Kind im Leibe der Mutter, so versteh' ich erst, wie man mit so manchen Historienschreibern daran ist, die doch fortfahren müssen, wo sie nicht weiter können.

Den 31. Juli. Eben da ich vom (hiesigen) Egerbrunnen zu Hause komme, erscheinen Deine lieben Blätter vom 27. dieses, die eine Stärkung nach verschluckten Franzwassern werden. Zuerst lege eine Anmerkung bei von Mendelssohn-Bartholdys Hand, der als hiesiger Stadtrat einen bürgerlichen Anteil an der Sache hat, weshalb ich sie mir von ihm erbeten habe.

Dein Bild von Stieler habe vorgestern gesehen; ich finde es sehr schön; Rauch und Schadow desgleichen. Die rechte Ähnlichkeit, der rechte Geschmack verein'gen sich aufs anmutigste. Das kostbare Mädchen, Mademoiselle Hagen, würde ich mir selber gönnen, wenn ich ein König wäre: Kopf, Hals, Schultern – Zapperlot! das Wasser im Munde lauft mir zusammen. Stieler ist gestern nach Potsdam zur Kronprinzeß berufen, das Bild hat er mitgenommen. Man denkt, er soll von dort zurückkommen und die beiden Bilder eine Zeitlang sehen lassen, wiewohl das Deinige noch nicht ganz vollendet ist. Von unsern Malern habe ich keine so klare Schatten gesehn; Stieler ist ein geschickter Mann.

Daß Du noch in Dornburg bist, hatte ich kaum vermutet, da ich euren neuen Großherzog schon in Weimar glaubte. Was Du mir darüber sagst, ist höchst trostvoll, ja ich dachte mir's auch ohngefähr so und bin gewiß: da, wo *Du* Rat zu geben hast, wird's recht sein, und nur das ist gut.

Schönen Dank für das angenehme Kupferblatt, das Du mir nicht zu rühmen brauchst. Unten an der Brücke sehe ich das Wirtshaus, wo ich im Winter 1801 mittags, hungrig wie ein Wolf, eintrat und gutes Essen fand. Ich ließ mir einen Tisch ans Fenster setzen, und indem meine Kinnbacken und Zähne in emsiger Arbeit waren, spazierte mein Augenpaar auf dem wohlbeleuchteten Felsen umher. Hätte ich damals erraten, was ich nimmermehr erhofft habe und nun so vollauf genieße – doch still, mein Herz, du sollst nicht prahlen! Unsre Götter aber sind die rechten, und das ist wieder gut.

Vor allem soll noch Dein Kastellan-Koch gelobt sein; ich beneide ihn, daß er Deinen Beifall hat, ohne daß ich mitspeisen kann. Damit soll es für *heute* geschlossen sein, um das Blatt noch auf die Hallesche Post zu geben. Dein zweites Blatt soll zunächst beantwortet werden. Lebe wohl, und findet sich Gelegenheit, so lege mein Andenken Deiner neuen Herrschaft zu Füßen.

Dein

Berlin, den 31. Juli 1828. Z.

629. *An Goethe*

Deine Frage: was für ein musikalisches System in der Hälfte des 17. Jahrhunderts gegolten und dergestalt ausgesprochen gewesen, daß es ein hamburgischer Rektor jener Zeit seinen Schülern auf 3 gedruckten Bogen überliefern können, nach Wissen zu bedienen, vermelde fürs erste, daß solcher Hefte es viele gegeben, wie sie teils von Musikstudenten nachgeschrieben, teils von Lehrern diktiert worden, die um so weniger Raum einnehmen, wenn sie nur einzelne oder keine Beispiele enthalten. In Wien sahe ich noch ein solches Heft, das Wolfgang Amadeus Mozart verfaßt hatte; ich selber habe deren vielen meiner Schüler in die Feder diktiert, wie vielleicht euer Musikdirektor Eberwein ein solches könnte aufbewahrt haben, dem jedoch, da es nur das Allgemeinste enthalten kann, eine genugsame Reihe von Notenbeispielen zugehören muß. Ein vielgebrauchtes Überbleibsel aus genannter Zeit, das eine Sammlung jener Lehren enthält, ist: David Kellners »Treulicher Unterricht« und so weiter, ein Traktätchen von noch nicht 100 Seiten, zu Hamburg in 4to im Jahre 1732 gedruckt, das viele Auflagen erlebt hat. Die hinlängliche Anzahl der Beispiele fehlt auch hier, wiewohl ein Talent nur wenige Anweisung braucht, um sich selber fortzuhelfen.

Wollte man sich einer gründlichen Untersuchung der ersten Lehren der Melodie und Harmonie unterziehn, so darf nicht übersehn werden, daß sie sämtlich auf dem Grunde der Singschulen gebaut sind. Wer denkt aber noch an die unschätzbare Erfindung der Neun Zahlen und der 24 Buchstaben? Dich kann ich getrost auf Dein eigenes Wort in »Kunst und Altertum« 6. Bandes 2. Heft Seite 289 anweisen. Was dort von dem altgriechischen Stil in der Malerei gesagt ist, bin ich geneigt hier anzuwenden. Was in der neuern Malerei Licht und Schatten, kann in der neuern Musik chromatisch (dissonierend) gedacht werden, indem die Musik von hieran einen darstellenden dramatischen Chrakter annimmt, den sie bisher nicht hatte. So scheidet das 17. Jahrhundert die dienende Kunst von der herrschenden, die sich auf sich selber stellt. Reime Dir das, so gut Du willst, und sage ein Wort darüber.

Peter della Valle, den Du besser kennst als ich, setzt die Musik seiner Zeit hoch über die des 15. und 16. Jahrhunderts; die chromatische Tonleiter hatte sich eingeschwärzt und der Musik Charakter, Weiche, Fluß gegeben. Hier wurden nun erweiterte Regeln notwendig, um den alten guten Grund nicht zu verlieren: melodische Fortschreitungen in größere als große und in kleinere als kleine Intervalle sollten vermieden sein; man nannte sie *übermäßige* und *verminderte*, insofern sie nicht bequem genug zu singen waren, und da auch die Bezeichnung derselben fehlte, so waren sie nicht in der Regel. Auch an einem ästhetischen Grunde dagegen schien es nicht zu fehlen, weil sie zum Leidenschaftlichen, Üppigen anleiten sollten. Zu den feinern Observanzen gehörten nun noch: der vorsichtige Gebrauch der kleinen Terz am Schlusse; die Fortschreitungen durch Parallelbewegungen der Stimmen in Oktaven, Sexten, Quinten, Quarten und Terzen, womit sich schon die Lehre vom doppelten Kontrapunkt ankündigt (denn auch dieser wurde schon ausgeübt); die Behandlung der Dissonanzen, und so weiter.

Diese feinern Institutionen, woran die Meisterschaft sollte erkannt werden, fanden sich am Ende des 17. Jahrhunderts schon systematisch vor, wiewohl sie nur durch Tradition an Begünstigte übertragen wurden. So erschien als Erzeugnis dieser Zeit: Johann Joseph Fux, »Gradus ad Parnassum, sive manuductio ad compositionem musicae regularem, *nova* ac certa nondum ante tam exacta ordine in lucem edita«. Nach dieser Theorie hatte der Autor seinen hohen Schüler, Kaiser Karl VI., seit Jahren bis zur Meisterschaft in der Musik erhoben, und das Werk wurde auf Kosten des Kaisers im Jahre 1725 lateinisch in Folio splendide gedruckt. Das Werk ist ins Deutsche übersetzt und das lateinische macht sich rar, wiewohl zwei solche Exemplare in meinem Besitze sind.

Das Werk ist nach damaliger deutscher Schulart in Fragen und Antworten zwischen Meister und Schüler abgefaßt und wird jetzt darum belächelt. Der Meister wollte sich nicht vor aller Welt über seinen erhabenen Schüler stellen und nennt den Schüler »Joseph« (der Autor selber), den Meister aber »Aloysius«, nämlich *Pränestinus*, dessen Grundsätze hier als unübertrefflich der Nachwelt aufbehalten sein sollen. Diese Grundsätze liegen endlich allen großen und schönen musikalischen Meisterwerken bis heutigen Tag unter; sie sind das Handwerk der Komposition und lassen dem, der ihrer ganz mächtig, vollkommenen Spielraum, das Schöne mit Sicherheit von sich zu geben.

Den 4. August. Dein Letztes vom 27. vorigen Monats hat mich einen Augenblick besorgt gemacht um Dich, und gestern, am Geburtstage des Königs, fing mir zufolge Deiner

Prophezeiung an, ganz unheimlich zu werden, da ein beständiger Regen die schönsten Illuminationen nicht aufkommen lassen wollte, besonders aber den Zuschauern lästig wurde.

Nimm vorlieb mit dem Inhalte dieses Blatts und lebe wohl, die Post will fort.

Dein

Z.

630. *An Zelter*

Das Regenwetter, das euch das schöne hohe Fest verdarb, wütet hier oben recht wüst und wild an mir vorbei, seit acht Tagen und heute besonders. Ohne zu übertreiben darf man sagen: es rast manchmal von Westen nach Osten quer über das Tal hin ein Regenguß dicht wie Nebel, der die gegenüberstehenden Berge und Hügel völlig zudeckt. Dann scheint die Sonne einmal wieder hindurch und tut gute Blicke. Von solchen Abwechselungen könnt' ich viel erzählen, besonders von ruhmwürdigen doppelten, durch einen dunkelgrauen Streif getrennten, sich unten zu einem sich abschließenden reinen Kreis (versteht sich bei Sonnenuntergang) hinneigenden Regenbogen. Rufe womöglich aus diesen Worten das herrliche Bild in der Einbildungskraft hervor.

Wäre die Witterung nicht gar zu toll und daher auch die Terrassen trotz ihrer gewöhnlichen Schnelltrockenheit ungehbar, so diktiert' ich diesen Brief nicht, und also ist auch ein solches Eingreifen der Atmosphäre in unsere Willensfreiheit zu loben.

Meinem alten Joachim Jungius bin ich nun noch einmal so gut, daß er Dich veranlaßt hat, das liebe lehrreiche Blatt zu schreiben; es ist gerade soviel, als ich bedarf, und etwas mehr, gerade soviel, was ich verstehe, und darüber noch etwas, das ich ahne. Dies mag denn genug sein, da Du Deiner Mitteilung selbst eine symbolische Wendung gibst.

Wenn man sich nur halbwege den Begriff von einem Menschen machen will, so muß man vor allen Dingen sein Zeitalter studieren, wobei man ihn ganz ignorieren könnte, sodann aber, zu ihm zurückkehrend, in seiner Unterhaltung die beste Zufriedenheit fände. Es war mir darum zu tun, auch nur einigermaßen gewahrzuwerden, was dieser von Haus aus grundgründliche Mann könnte seinen Schülern in der ersten Hälfte des 17. Jahrhunderts diktiert haben. Er war schon in sehr jungen Jahren Professor der Mathematik und Physik zu Gießen, da ihm denn auch späterhin das Übliche der Tonlehre nicht verborgen noch fremd bleiben konnte.

Danke Herrn Mendelsohn für die nähere Bestimmung jenes zu Unterscheidenden. Es war der Fehler des Redakteurs, der zwei verwandte Dinge zusammenschmolz. In Berlin sind so viele artistische und technische Tätigkeiten, wie polizeiliche und frei-sittliche, daß man sie in der Ferne nicht auseinander halten kann. Hat Herr Mendelsohn, wie ich sehe, auf die Tätigkeit des Herrn Dr. Klöden wirksamen Einfluß, so möge er ja meine Wünsche wegen der Fürstenwalder Granite mit zu befördern suchen. Ich wünschte dem lieben Preußen diesseits der Oder und Spree für mein Leben gern zu einem solid gegründeten Urgebirg [zu] verhelfen, damit wir nicht wie bisher schmählicherweise bei Schweden und Norwegen zu Lehn gingen. Verzeihe mir! Aber die Dinge machen mir alle Spaß. Ich weiß recht gut, was ich will, und weiß auch, was andere wissen und sich und anderen weismachen wollen. Die größte Kunst im Lehr- und Weltleben besteht darin, das *Problem* in ein *Postulat* zu verwandeln, damit kommt man durch. Ob Deine Philosophen Dir das erklären mögen, weiß ich nicht; mein alter Jungius in seiner »Logica Hamburgensi« hat darüber Auskunft gegeben.

Wie dieses Geschreibe auf dem Papier sich ausnehmen wird, darum darf ich mich nicht bekümmern. Blicke Du immer wieder einmal auf dem Kupferstiche nach dem letzten winzigen Schlößlein links und nimm es gut auf, daß der Freund, von böslichem Regen umsaust, seine Gedanken zu Dir wendet.

Doch mag der Regen so böslich nicht sein; denn in dem Augenblicke, da die Atmosphäre in einen ruhigen Zustand zurückkehrt, sind die weiten und breiten Wiesen auf- und abwärts wirklich blendend grün. Der Fluß schlängelt sich ganz gemütlich um die Berge gegenüber, oben mit Wald, tiefer herab mit Büschen, und alles, was sonst Recht hat, grün zu sein, steht klarfarbig und gewaschen. Die Weinberge nehmen sich hoffnungsvoll aus, die Sonne tritt, zum Niedergange sich neigend, wie gewöhnlich nochmals hervor; da wollen und müssen wir denn alles gelten lassen.

Lebe wohl mitten unter Menschen, Tönen, Geschäften und Zerstreuungen, gedenke mein! nimm irgendeine Gelegenheit beim Flittig und nötige ihr ein gutes Blatt ab. Sende nur immer nach Weimar, ob ich gleich von hier noch nicht wegzugehen gedenke; denn wo soll ich soviel Aussicht und Einsicht sogleich wiederfinden? Wenn ich hinunter nach dem Schieferhofe sehe, gedenke ich Dein, das Fensterchen erblickend, woran Du magst vor Zeiten gesessen haben.

Und so fortan!

Dornburg, den 9. August 1828. G.

Nachschrift. Höchlich erfreute mich Dein Anteil an meiner Ableitung der neugriechischen Bildung. Ich habe das wenige mit Ernst und Sorgfalt zu Steuer der Wahrheit niedergeschrieben, für gescheite Leute, die sich ans Haltbare halten wollen. Die Philhellenen des Tags werden schiefe Mäuler darüber ziehen, deshalb steht es da. Über diese Angelegenheit, wenn man sie weiterführen wollte, ist noch gar viel zu sagen, auch steht das Nächste schon auf dem Papiere; alles auszusprechen ist noch nicht Zeit.

631. *An Goethe*

Montag, 11. August 1828.

Der beste Mann kann seinen schlimmen Tag haben. So dachte ich, da Herr Eßlair aus München sich als Theseus auf dem Zettel melden ließ. Auch war er kurz vorher als *Kriegrat* in Ifflands »Dienstpflicht« mir gelobt worden. Mögen die Götter hinfüro jedoch jede Ariadne und Phädra vor einem solchen Theseus behüten! Man traut seinen Augen nicht. Wie ein Ochsenschlächter kostümiert, in fortschreitender Verlegenheit, wo er stehn, wie er gehn oder sich gebärden soll. Dabei keineswegs überalt, ein recht schöner, gewachsener Mann; Klang und Ton der Stimme – was nur Götter geben können, und mit alledem ein – Stock. So hab' ich ihn in München den König Lear und den Belisar spielen sehn, und dieser Mann hat schon längst einen Ruf. Hätte einer unserer Choristen den Theseus so gespielt, das ganze Haus hätte gelacht. Einmal kam mir's vor, als ob ihm seine Phädra ins Gesicht lachen wollte, denn sie verdient einen bessern Theseus, und genug davon.

Am Tage △ Friedrichs des Großen. Seit 3 Tagen erstehe ich heute zum Lichte. Seit 3 Wochen trinke ich Marienbader ×, mir will aber das Wassersaufen nicht bekommen, ich bin kranker, als ich war, doch muß ich meinen Rust loben. Deine diluvianischen Verkündigungen bewähren sich in ihrer Folge dergestalt, daß ich kaum der Versuchung widerstehe, zu Dir auf Ararat zu wandern und Arche bauen zu helfen. Eure Saale müßte sich doch gewaltige Sprünge erlauben, wenn sie uns da oben erreichen wollte, wiewohl sie bei Kissingen die Badegäste und unter ihnen unsern Minister v. Altenstein wieder nach Berlin zurückspedieren wird.

Am 14. kam ich ziemlich erschöpft nach Hause; die Kinder waren nicht bei Wege. Ich ließ mich ins Bett bringen, so gibt mir Friedrich Deinen Brief vom 9. dieses. »Warum sagst du mir denn nicht, daß der Brief da ist?« – »Ich wollte Sie nur erst im Bette wissen, denn Sie sehn miserabel aus.« – Das war nun gut, denn Friedrich hatte recht; der Brief hat mehr gewirkt wie Arzenei, doch habe seit all der Zeit erst heute früh einige Stunden Schlaf gehabt.

Wie ich vom Grafen v. Egloffstein hörte, hat am 12. dieses die feierliche Huldigung eurer neuen Herrschaft stattgefunden. Ob nun auch Du dabei fungiert hast, darf ich aus Deinem Schreiben bezweifeln und gönne und wünsche Dir eine Ruhe, wie sie Deinen Jahren und sonstigen Verhältnissen gemäß ist. Die morgenden Zeitungen werden vielleicht schon den Vorgang enthalten und mich darüber völlig beruhigen, da ich morgen noch nicht wieder werde zum Brunnen kommen können, wo ich den Grafen v. Egloffstein zu sprechen pflege.

Daß Du mit meiner Beantwortung Deiner Frage zufrieden bist, möchte ich Dir gern nur halb glauben; mir war schon nicht recht zumute, und es schwankt mir nur vor dem Gedächtnisse, was ich geschrieben habe. Möchtest Du mir doch das Blatt abgeschrieben zurücksenden, unterdessen will ich mir den Joachim Junge, der mir nicht ganz unbekannt ist, von der Bibliothek ausbitten; denn ich denke immer, ich hätte dich besser bedienen können.

Unsern Klöden, der ein braver Mann ist, hattest Du schon was eingejagt, er wollte diese Ferien eben wegen der märkischen Granite benutzen; da aber, wie Du selber sagst, die Witterung gar zu toll ist, so hat er sich's vorbehalten; morgen werde ich ihn wohl hier im Hause haben und ihm die Stelle Deines Briefes vorlesen, und ich sehe schon ihn in Flammen stehn, wenn er nicht auf der Stelle davon läuft.

Deine Ableitung der neugriechischen Bildung sprang mir sogleich zu. Was ich längst im tiefsten Herzen bewahre, konnte ich hier dazugeben. Die Musik hat nur alte Naturgesetze. Die heutigen Theoristen wollen neue Regeln haben für Aftermusik oder was mehr ist als Musik. Laßt sie gehn! Das Genie findet den Weg zum Neuen durch die alte Natur, und die Philisterei braucht gar keine Regel, um zum Teufel zu fahren.

Zum Ersatze der schönen Aussicht und Einsicht, welche Dir die tolle Witterung veranlaßt, und Deiner appetitlichen Beschreibung davon hätte ich Dir gern ein Gegenstück von hieraus zu kosten gegeben. Es fehlt mir die Laune, und um mich her sieht es ganz niederträchtig aus. Die schönsten Regenbogen müßten in die Wäsche gegeben werden. Die Stadt ist Ein großes Dach, man sieht nichts als Regenschirme. Stolze Gossen wallen wie Ströme, reißen auch wohl irgendein Wischchen mit sich, und hört's auf einen Augenblick auf stark zu regnen, so stellen sie Charakter vor und fließen eigensinnig – gar nicht. Die Chausseen sind Kotlager. Nur mein eigengesäetes Grasplätzchen vor meiner Türe auf dem schlechtesten aufgefüllten Schuttboden floriert so heiter und bescheiden durch den vielen Regen, daß die Blumen und Blüten nicht weniger werden wollen und sich selber zu regen[e]rieren scheinen; ja die mutwillige Witterung selbst hält mutwillige Hände zurück, sie mir abzureißen, da sie Tag und Nacht an der Straße freistehn.

Die Post geht. Lebe wohl und schreib ja fleißig!

Dein

Ewigster.

632. *An Zelter*

Ich soll Dir Herrn *Chelard*, Maître de la Chapelle de Sa Majesté le Roi de Bavière, ankündigen und empfehlen. Diese Wünsche bringt er mir von Weimar, wohin er gute Empfehlungsbriefe mitgebracht hat. An seinen Werken wirst Du ihn erkennen. Mir ist sein Zustand nicht ganz deutlich; er hat in Paris eine Oper: »Macbeth«, geschrieben, wodurch er sich wahrscheinlich eine neue Bahn eröffnen wollte; mir scheint, daß man sie dort gar nicht zur Aufführung kommen ließ, wenigstens hab' ich nichts davon in den Pariser Blättern gelesen. Genug, entweder sie ward abgelehnt oder mißfiel; er nahm seine Partitur und ging nach Deutschland, kam nach München, wo deutscher Text untergelegt und das Werk mit großem Beifall aufgeführt wurde; der König gab ihm obgemeldeten Titel.

Nun geht er nach Berlin, wahrscheinlich um dort gleichfalls eine Aufführung zu unterhandeln, womöglich den erworbenen guten Namen zu verdoppeln und seinen Ruf im Vaterlande zu rehabilitieren. Übrigens mag er sich auch wohl nach andern Vorteilen der deutschen Musik umschauen, zu Förderung eigener Zwecke. Dies alles wirst Du bald durch- und durchsehen, beurteilen und nach Befund ihn zu fördern belieben.

Deine unter dem 23. Juni Empfohlenen sind nicht bis zu mir gekommen, sie haben mir Dein Schreiben von Dresden zugeschickt und sind wohl längst schon wieder in Berlin, wegen Erkrankung eines Reisegefährten.

Von allem, was gegen mich geschieht, keine Notiz zu nehmen, wird mir im Alter wie in der Jugend erlaubt sein. Ich habe Breite genug, mich in der Welt zu bewegen, und es darf mich nicht kümmern, ob sich irgendeiner da oder dort in den Weg stellt, den ich einmal gegangen bin.

Hegels Bildnis habe ich noch nicht gesehen, man hat versäumt, mir einige Kistchen von Weimar herzuschicken; in einem derselben mag es wohl befindlich sein. Daß das meinige von Stieler euch wohlgefallen würde, daran hatte ich keinen Zweifel; der wackere Künstler schrieb deshalb an meinen Sohn; er selbst hat euch wohl auch behagt. Es ist in ihm Natur und Wahrheit und auf glücklichem Wege ausgebildete Kunst.

Ich bin noch auf dem alten Dornburg, vorzüglich mit botanischen Betrachtungen beschäftigt. Ein reich ausgestatteter Blumengarten, vollhängende Weingeländer sind mir überall zur Seite, und da tut sich denn die alte wohlfundierte Liebschaft wieder hervor. Gründliche Gedanken sind ein Schatz, der im stillen wächst und Interessen zu Interessen schlägt; daran zehr' ich denn auch gegenwärtig, ohne den kleinsten Teil aufzehren zu können. Denn das echte Lebendige wächst nach, wie das Bösartige der Hydernköpfe auch nicht zu tilgen ist.

Unsere jungen Herrschaften sind in die Bäder; die Frau Großherzogin Mutter kommt diese Tage erst nach Weimar zurück. Jede Spur von Feierlichkeit, dem 28. August zugedacht, habe verbeten und verboten. Der 3. September wird wie sonst durch unsre Kunstausstellung gefeiert. Nachher denk' ich gleichfalls auf meinen Rückzug, und um desto getroster, weil vorerst alles von oben nach unten im herkömmlichen Gang bleibt und also ein jeder Getreuer den von dem würdigen Abgeschiedenen vorgezeichneten Pfad verfolgen kann. Auch ich habe mich besonders jeder Teilnahme und Fördernis zu loben.

Du aber solltest Dich auch, mein Teuerster, hübsch wacker auf den Füßen halten, und eure Natursurrogate, die chemischen Gewässer, sollten sich heilsamer beweisen. Melde bald, wie Dir es geht.

Magst Du einige Noten an beiliegende Strophen verwenden, so wird mich's freuen, sie neubelebt zurückzunehmen.

Leider aber muß ich noch einmal von der wüsten Witterung sprechen; der wilde Sturm und Regenguß, in dem ich am 20. Juli abends herfuhr, hat in demselbigen Augenblicke von Havre de Grace und Nantes über Lyon und Weimar bis Wien gewütet, und wer weiß, wieviel weiter ostwärts. Gleich den andern Tag hat's euch getroffen, und so ist es bei euch und uns abwechselnd immer fortgegangen, und ich würde ganz verzweifeln, wenn mich nicht die Eitelkeit, das alles vorausgesagt zu haben, einigermaßen erquickte. Noch darf ich vom Nächsten nichts Gutes hoffen! Das Unglück ist, daß ein hoher Barometerstand zwar für den Augenblick dem Regen gebieten, aber die Atmosphäre weder von Wolken reinigen noch den Westwind beherrschen kann, da denn im Momente des Sinkens Sturm und Regen in Fülle und Gewalt unaufhaltsam hereinschreitet. Nimm die Art, wie ich mich ausdrücke, freundlich auf, denn so vernimmst du, wie ich mit mir selber spreche. Die Witterungskundigen vom Handwerk bedienen sich hiebei wohl anderer Worte.

Du bist ein Freund vom Altgesetzlichen; ich will's einmal für mich aufschreiben, wie ich mir die Sache denke; diese Dinge sind nur deswegen allzugroß für uns, weil wir sie immer nur im Kleinen suchen. Und so fortan in Ehrfurcht der allwaltenden Mächte.

Der Gekannte!

Dornburg, den 26. August 1828. G.

Dem aufgehenden Vollmonde

Dornburg, August 1828.

Willst du mich sogleich verlassen!
Warst im Augenblick zu nah!
Dich umfinstern Wolkenmassen,
Und nun bist du gar nicht da.

Doch du fühlst, wie ich betrübt bin,
Blickt dein Rand herauf {ein / als} Stern!
Zeugest mir, daß ich geliebt bin,
Sei das Liebchen noch so fern.

So heran denn! hell und heller,
Reiner Bahn, in voller Pracht!
Schlägt mein Herz auch schmerzlich schneller,
Überselig ist die Nacht.

633. *An Goethe*

Dein Regenwetter, mein respektabler Prophete, fängt mir endlich an lästig zu werden; es nimmt kein Ende und stürzt in immer dichtern Massen von seiner Höhe herab. Gestern hätte es uns den schönsten Tag verderben können. Wir hatten verabredet, am stillen Orte außer der Stadt vergnügt zu sein, und mußten daheim bleiben. Die Flut strömte so ausgelassen, daß eine Anzahl Flaschen mehr draufgingen, das Unwetter zu überdauern. Hegel und Rösel haben mich nach Hause begleitet, da war denn aus Abend und Morgen ein neuer Tag. Auch der Besuch eures Generalsuperintendenten Röhr sollte diesen Tag feiern, den ich allenfalls gern unter uns gesehn hätte, wenn ich ihn näher kennte. Er war so eilig, daß es zu keiner ruhigen Unterhaltung gekommen ist.

Den 30. August. »Ludwig XI. in Peronne«, ein Spektakelstück, wurde gestern zum ersten Male gegeben. Dieser König von Frankreich, ein Herzog von Burgund, Ludwig Bourbon, Graf Crèvecoeur selbst 33 redende Mäuler, ohne den Beipöbel – lauter Lumpen, ohne Charakter und Salz. Ein Schneidermeister, Deinem *Vansen* nicht ungeschickt nachgebildet, ist Ansehns wert und wurde gut gespielt. Königs- und Fürstenmäntel, blanke Helme und Degen, Gold und Silber, Aufzüge und so weiter nehmen einen langweiligen Raum von 4 Stunden ein.

Zu Hause fand ich Deinen tröstlichen Brief aus Dornburg

vom 26. dieses. Daß Du Dir auf Deine Prophetie etwas zugute tust, gönne ich Dir, um so mehr, da ich eben deswegen geduldig darunter leide; aber auch ich kann von mir ein moralisch Ähnliches rühmen. Ich habe nämlich nicht verschwiegen, daß Deine neue Herrschaft aus zwei ruhigen, verständigen, billigen und höchst edeln Individuen bestehe und das Gute beim Guten lassen werde, was sich bis daher zu meiner Satisfaktion bestätigt, wenn ich dagegen manche Widerrede erfahren habe, die (wie ich Deiner Hoheit einst versichert habe) nicht leicht von hier ausgeht. Denn wie auch mein Berlin ein Spatzennest mag genannt werden, so ist wenigstens die Hälfte der Masse nicht schlechter als irgendwo und ich selbst bei weitem noch kein Bester. Dieses Dein Schreiben erfreut mich nun über diesen Punkt und meine Weisheit ist nicht gering.

Man darf nur um sich sehn, wie es sonst in der Nähe und Ferne hergeht, und wir beide haben volle Ursache, mit uns und unserer Umgebung zufrieden zu sein. So hat das unbequeme Alter auch sein Gutes, wenn es in Ruhe tätig sein darf.

Mein Befinden hat sich völlig hergestellt. Das Natursurrogat hat dazu beigetragen, indem es alten Sauerteig in Gärung gesetzt hat, und mein Rust hat sich dabei wie ein alter Meister erwiesen, seine Arzenei tat sogleich ihre Schuldigkeit, und wenn ihm Gott viele solche Patienten gibt, wird er ohne Mühe reich werden.

Dein Kapellmeister ist noch nicht hier eingetreten, und er soll willkommen geheißen sein. Hoffentlich trifft er in musikalischer Hinsicht unser Brillantes, indem während des Aufenthalts der Naturfreunde wahrscheinlich alle unsere Prachtopern nach der Reihe auftreten werden. v. Humboldt und Lichtenstein sind unablässig mit Aufnahme so werter Gäste vorbeschäftigt, ja es werden Zeiten geschehen, da man zeigen will, daß gute Wirte guter Gäste wert sind.

Die kleine Karawane, der ich ein Schreiben an Dich mitgegeben hatte, ist gleichsam leck zurückgekommen. Gedike hat seine Frau in Karlsbad zur Kur gelassen; Bach ist nach Teplitz zurückgegangen, und Rungenhagen ist der einzige ganz Unbeschädigte, der aber um so mehr jammert, Dich verfehlen zu müssen, da er seine Reisegefährten nicht verlassen wollen; auch ihm kann ich nicht helfen.

Die sonderbaren Wolkengestalten, welche eben jetzt durch den Mond hervor- und vorübergehn, haben den Ossian bei mir erweckt, und ich habe Lust, Deine Verse auf Noten zu bringen, wiewohl ich ganz außer Routine bin. Hab' ich doch der Madame Milder eine Arie versprechen müssen, die zwar angefangen ist, aber sie will sich leider nicht selber fertig machen.

Um endlich noch einmal auf die wüste Witterung zu kommen: laß mich doch einsehn, wie Du die Sache siehst, und schreibe etwas auf, ich bin gewiß nicht der letzte, der Deinen Gedanken faßt. Daß die Ursache nicht auswendig zu suchen ist, davon bin ich überzeugt.

Gestern im Theater wurde Wolff totgesagt. Daß eine so gesunde Frau von diesem Manne nicht würde überlebt werden, ist mir stets natürlich vorgekommen. Voneinander entfernt, war er leidlich wohl, und wie er sich nur einigermaßen fühlte, war's immer auf lange Zeit aus mit ihm. Wir beide haben's jetzt besser, und keiner wird am andern sterben, auch darum wollen wir mit unsern Göttern zufrieden sein. Ich weiß nicht mehr, was ich schreibe, es ist Sonnabend. Morgen bin ich auf ein Bürgerjubiläum geladen und zwar nach Pankow; dahin möchte ich zu Fuße wandern, denn ich bin auch nahe genug daran; doch will ich mich im Wagen abholen lassen, denn ich hoffe einen guten Wein zu finden.

Etwas zieht mich dahin. Vor manchen Jahren habe ich dem Manne daselbst ein Treibhaus gebaut, wozu er selbst sich einen wunderlichen Plan gemacht hatte. Als das Haus fertig war, wunderte er sich, daß das Ding ganz anders herauskam. Nun sieht er auf der Ausstellung eine Zeichnung von Catel (dem Architekten) nach gothischer Art mit spitzen Dächern und zahlt nach und nach 25 000 rh. und läßt es von andern ausführen, und nachdem es fertig, hat er eine Summe von Wasserlöchern gebaut und kann das Wasser nicht abhalten und den Winterschnee nicht loswerden. Da sind wir denn nun die besten Freunde. Und alle Gärtner finden mein Haus, wie es sein muß. Sela.

634. *An Zelter*

Du hast, mein Teuerster, gar oft mir zuliebe die Feder angesetzt, und ich will auf Dein Verlangen wohl einen Versuch wagen, den Du wünschest.

Um die äußerst mannigfaltigen und folgelosen Witterungserscheinungen mir einigermaßen zu deuten, verfahr' ich folgenderweise: ich nehme zwei Atmosphären an, eine untere und eine obere; die untere erstreckt sich nicht sonderlich hoch, gehört eigentlich der Erde zu und hat eine heftige Tendenz, sich und was sie enthält von Westen nach Osten zu tragen; mag sie vielleicht selbst der täglichen Bewegung der Erde gehorchen. Die Eigenschaft dieser Atmosphäre ist: Wasser zu erzeugen, und zwar vorzüglich bei niederem Barometerstand; die Nebel, die sich aus Teichen, Bächen, Flüssen und Seen erheben, steigen alsdann in die Höhe, versammeln sich zu Wolken, gehen bei noch mehr fallendem Barometer als Regen nieder, und auf dem tiefsten Punkte desselben erzeugen sich wütende Stürme.

Das Steigen des Barometers jedoch bewirkt sogleich ein Gegengewicht; der Wind bläst von Osten, die Wolken fangen an, sich zu teilen, sich zu ballen, an ihren oberen Enden aufgezupft zu werden, nach und nach als Schäfchen, leichte

Streifen und Striche mancher Art in die höheren Regionen aufzusteigen, um sich dort allmählich zu verlieren, dergestalt, daß, wenn bei uns der Barometer auf 28″ steht, kein Wölkchen mehr am Himmel sein darf, der Ostwind frisch und lebhaft bläst und uns nur die *hellere* Bläue des Himmels noch andeutet, daß etwas Trübendes in der Atmosphäre vorhanden und zwischen uns und dem unendlichen Finstern ausgedehnt sei.

Dieses hier Gesagte ist das reine, bei einem nicht bestimmbaren Wechsel ewig gleiche Gesetz. Läßt man sich nicht irremachen, so kann man durch dieses Wenige alle übrigen Abweichungen und Zufälligkeiten beurteilen. Folgendes aber ist nötig beachtet zu werden.

Ich habe nur zwei Winde, den Ostwind und den Westwind genannt, der Nord schließt sich mit seinen Wirkungen an den Osten an, der Süd an den Westwind, und so haben wir zwei Himmelsgegenden, die so wie in ihrer Lage als in ihren Erscheinungen einander entgegenstehen.

Man halte das Obige fest und nehme es einsweilen als Regel, so wird man sich von Nachstehendem eher einige Rechenschaft geben können.

Seit drei bis vier Jahren läßt die untere Atmosphäre eine übermäßige Wasserbildung zu, gegen welche die obere sich nicht genugsam ins Gleichgewicht stellen kann. Bei niederem Barometerstande häufen sich Wolken auf Wolken, der Westwind treibt sie von dem Meere in das Kontinent hinein, wo zugleich auf der bewässerten Erdfläche Nebel genug aufsteigen und Wolken sich bilden und nach Osten immer vorwärts getrieben werden. Steigt auch das Barometer, wird der Zug nach Osten gehemmt, so ist doch die erzeugte Wasser- und Wolkenmasse so groß, daß die obere Luft sie nicht aufzehren und verteilen kann, wie wir denn seit einigen Tagen bei erhöhtem Barometerstande Nordwind haben und doch der Himmel, besonders nach Süden zu, schwer bedeckt und mit Wolkenmassen angefüllt ist. In Nordosten sieht man hinter geballten Wolken den blauen Himmel durchscheinen und an ihm Versuche, Schäfchen und leichte Streifen zu erzeugen, man kann versichert sein, daß kein Regen niedergehen wird; aber der Himmel wird nicht klar, und wie das Barometer unter das Mittel sinkt, so ist der Regen in Güssen und Strömen vorhanden. So war den ganzen August über der Himmel bedeckt, wenn es auch nicht regnete, und dadurch unsere so schön sich anlassende Weinernte vereitelt. Die unter, über und neben mir an Stäben und Geländern befestigten Reben tragen reichlich geschwollene Trauben, die aber nicht durchgekocht, nicht reif werden. Was hilft uns also der gute Sinn und Rat eures Weinverständigen Kecht? Wäre nach seiner Angabe der Traubenreichtum der doppelte, so würde auch bei dem Mißlingen die Verzweiflung doppelt sein.

Da ich bei allem Obgesagten das Barometer mit allen Erscheinungen durchaus in Bezug setze, so spreche zuletzt den Hauptpunkt aus: daß ich jene Elastizität, Schwere, Druck, wie man es nennen will, wodurch sich eine sonst unmerkliche Eigenschaft der Atmosphäre merklich macht, der vermehrten oder verminderten Anziehungskraft der Erde zuschreibe. Vermehrt sie sich, so wird sie Herr über das Feuchte; vermindert sie sich, so nimmt die Masse des Feuchten überhand und wir sehen jene Wirkungen erfolgen. Da aber seit einigen Jahren die Wasserbildung in der untern Atmosphäre überhandnimmt, so vermag auch sogar ein hoher Barometerstand sie kaum zu gewältigen; denn selbst mit 28″ wird der Himmel nicht vollkommen rein.

Mehr wüßt' ich diesmal nicht zu sagen; denn alle Erfahrungen dieser drei Jahre lösen sich mir in diesen einfachen Vorstellungen auf. Die gräßlichen Wasserniedergänge auf Bergeshöhen im vorigen Jahre, wie der an den Quellen der Neiße war, sowie diesmal die Erscheinung in flachen Gegenden, der Hagelschlag in Hannover, die gewaltsamen Wetter in Niederdeutschland, der furchtbare Wassersturz, der am 20. Juli abends von Havre de Grace und Nancy über Lyon und so fort über Thüringen weg bis nach Wien ging und von welchem das euch am 21. betroffene Wetter ein Teil davon mag gewesen sein, das alles glaub' ich mir durch obige Vorstellungsart auszusprechen.

Denken wir nun, wie bei dem schnellen Umschwung des Erdballs diese stürmisch-feuchte Tendenz, von dem großen Westmeere her, über England hereinstürmt, wo denn doch auch dies Jahr der Feldbau durch Nässe beeinträchtigt worden, so blicken wir denn freilich in ein Unendliches hin, welches zu durchschauen unsere Geistesorgane vielleicht unfähig sind.

Schaffe Dir ein gutes Barometer an, häng' es neben Dich, vergleiche sein Steigen und Fallen mit der Physiognomie der Atmosphäre, mit der Bewegung der Wolken, und was Dir sonst noch auffallen möchte, gedenke mein dabei, wie ich Dein in einem Augenblick gedenke, wo, gegen Mittag, endlich der Sonnenschein durchdringt. Die mächtigsten wunderbarsten Wolken bilden sich an einem teilweis tiefblauen Himmel und lagern sich umher; noch werden sie von der elastischen Luft getragen und emporgehalten, sänke das Barometer, so stürzten sie nieder. Prächtig fürwahr und furchtbar sind diese Massen, von der Sonne beschienen.

Nimm aus diesem Allgemeinen und Besondern, was Dich anmuten und Dir brauchbar sein mag; ich hege diese Vorstellungsart nunmehr seit vierzig Jahren und weiß mich auf diese Art mit der Natur in gutes Verhältnis zu setzen; jeder muß freilich am besten wissen, wie er sich das Schwere bequem macht.

Indessen ist es Abend geworden, und ich schließe noch mit wenigem den Witterungstag. Das Barometer war stehengeblieben, der Himmel hellte sich nach und nach ziemlich aus; vor Sonnenuntergang schwebten nur noch wenige Streifwolken tief am Horizonte; aber prächtig hatten sich über den östlichen Bergreihen ein paar Gebirgszüge glänzender Ballwolken gelagert, deren Licht- und Schattenseiten, ja die Schlagschatten vorstehender Massen eine vollkommene Körperlichkeit andeuteten. Das Erleuchtete erschien gelbrot, das Beschattete blau. Und so lagen sie auf desto mehr täuschende Weise wie Schneealpen, da sie nicht allzuhoch reichten und sich stundenlang ruhig verhielten. Der höchste Gipfel möchte allenfalls mit dem Mont Rosa gewetteifert haben.

Dornburg, den 7. ejusdem.

Montag früh, halb sechs Uhr, vollkommen gleicher undurchdringlicher Nebel, das Barometer war gestiegen, Nordostwind, die Fenster angelaufen. Dies wäre nun in der Regel und verspräche eine schöne glückliche Verteilung des Nebels, zu welchem Schauspiele ich Dich wohl herwünschte, sowie zu dem heiteren Tage, der darauf folgen wird, wie solches zunächst gemeldet werden soll.

Abends.

Und so war es denn auch: ein schöner, klarer, bei Sonnenuntergang völlig wolkenreiner Tag; ich fuhr mit einem Freunde ins Tal hinab und über die Dir bekannte Brücke auf das rechte Ufer. Wir erstiegen zwischen Wiesen, Feldern und Weinbergen eine Höhe, wo wir die Saale unter uns, sodann auch talauf-, talabwärts durch eine fruchtbare Gegend sich krümmend überschauen konnten. In Süden war Jena deutlich zu sehen.

Das Ganze in anmutiger Beleuchtung. Die Dornburger Schloßreihe mit ihren Hintergebäuden und der aufsteigenden Stadt auf den schroffen Felsenmassen, alles im Schatten, sah wirklich ganz ernsthaft und anständig aus; indessen wir hüben im Sonnenscheine unsere Seite rechts und links beschauen konnten.

Montag, den 8. September 1828.

Das Barometer ist auf $27''$ $8'''$ gestiegen, der Nebel früh 6 Uhr so stark wie gestern, doch sind wir eines schönen Tages gewiß, wovon das Weitere späterhin.

Und so hat denn diesmal das Barometer sein »Quos ego!« entschieden ausgesprochen. Es schlug eben 9, und die Atmosphäre war vollkommen gereinigt, die Gegenstände des Tales blickten aus dem leichten Duft hervor. Es ist doch wie überall, auch in der Weltgeschichte: sobald Karl Martell auftritt, so klärt sich der Wust auf, der Gallien und die übrige Welt bedeckt. Glücklicherweise folgt Pipin und Karl der Große, nachher ist es aber auch wieder für eine geraume Zeit völlig aus.

Dienstag, den 9. September.

In der Morgendämmerung war Venus der Sonne weit vorausgegangen und stand hoch am Himmel; die ganze Luft war rein und klar, das Barometer abermals gesunken, aber immer noch im leidlichen Stand. Gegen 6 Uhr früh füllte ein dichter Nebel das ganze Tal, stieg aber nicht so hoch, daß er die gegenüberstehenden Berge verdeckt hätte. Er fiel und zerteilte sich, so daß Himmel und Erde bald völlig klar dalagen; am südwestlichen wie am nordöstlichen Horizont leichte Wolkenstreifen.

Bis gegen Mittag klarster Himmel, dann sich bewölkend; abends ganz, über und über, aber leicht, bewölkt. Fragt man, woher denn auf einmal ein so weiter und breiter Wolkenumfang und -umhang herkomme? ich antworte: nirgendsher! Denn überall, rechts und links, um und um, wie im Zenith, kann das Wolkenwesen entstehen, da das Barometer auf dem zweideutigen Punkte steht, da, wo ungefähr die alten Wettergläser »Unbeständig« hinsetzten. Nachts war der Himmel wieder rein und sternhell; der Wind war südlich geblieben.

Den 10. September.

Früh halb 6 Uhr kein Nebel. Wolken, teilweise ballenartig, doch nicht recht gepackt. Das Barometer war auf 6‴ stehengeblieben. Den ganzen Tag zogen Wolkenballen über den Himmel weg, die zwar an den Enden aufgezupft wurden, aber doch einen regenartigen Habitus zeigten. Gegen abend war das Barometer auf 5 ¼‴ gefallen. Zweideutige Wolkengestalten, zwischen aller Howardischen Terminologie schwebend.

Den 11. September

fuhr ich nach Weimar zurück, und somit war die freie Aussicht zugleich mit meiner Himmelsbetrachtung geschlossen. Die Geschäfte mußten abgetan werden, das Wetter sei, von welcher Art es wolle; das Barometer bewegte sich auf und ab und ebenso die Witterung, ohne daß etwas weiter darüber zu sagen wäre.

Denn mit dem himmlischen Küchenzettel
Ist's immer wieder der alte Bettel.

Vorstehendes liegt schon eine Weile für Dich bereitet; ich wollte es aber nicht eher absenden, bis die Flut der Wissenschaften, die über Deinem Haupte zusammenschwoll, sich wieder verlaufen hätte.

Mehrere einzelne Glieder jener stattlichen Gesellschaft sind schon bei mir vorübergegangen, und es ist nur eine und allgemeine Stimme vollkommenster Zufriedenheit. Die Einleitungen und Einrichtungen, sieht man wohl, waren der Persönlichkeit, der Menge, den Umständen und Zuständen, hauptsächlich auch den Lokalitäten angemessen, und da konnte denn nicht fehlen, daß alles gut ablaufen mußte. Die sämtlichen so wohl Aufgenommenen zweiflen, ob ihnen dies zum zweiten Male widerfahren möchte. So haben denn die Herrn Badenser Ursache, sich zusammenzunehmen, und ich hoffe, daß auch in der Folge, verhältnismäßig, alles nach so einem guten Beispiel sich ausbilden wird.

Du wirst mir von Deiner Seite über Deine Teilnahme nun auch ein Wörtchen sagen, und dann wollen wir unsere Geschäfte jeder von seiner Seite weiter betreiben.

(Da ich diese Blätter gerne heut fortschicken will und verhindert bin, solches zu füllen, auch solchen nicht leer lassen möchte, so teile Dir abschriftlich den Inhalt einiger Blättchen mit, die unzählig vor mir liegen und die ich gerne sondern möchte. Nimm sie noch ungesondert, wie sie dem Schreibenden in die Hände fallen.)

In der Geschichte der Naturforschung bemerkt man durchaus, daß die Beobachter von der Erscheinung zu schnell zur Theorie hineilen und dadurch unzulänglich, hypothetisch werden.

Es gibt eine zarte Empirie, die sich mit dem Gegenstand innigst identisch macht und dadurch zur eigentlichen Theorie wird. Diese Steigerung des geistigen Vermögens aber gehört einer hochgebildeten Zeit an.

Am widerwärtigsten sind die kricklichen Beobachter und grilligen Theoristen: ihre Versuche sind kleinlich und kompliziert, ihre Hypothesen abstrus und wunderlich. Ein solcher war der gute *Wünsch*. Dergleichen Geister finden sich leicht mit Worten ab und hindern die Fortschritte der Wissenschaft: denn man muß ihnen doch nachexperimentieren und aufklären, was sie verdüstert haben. Da nun aber nicht viele hiezu berufen sind, so läßt man's auf sich bewenden und schreibt ihren Bemühungen einigen Wert zu, welches niemanden zu verdenken ist.

Ganze, Halb- und Viertelsirrtümer sind gar schwer und mühsam zurechtzulegen, zu sichten und das Wahre daran dahin zu stellen, wohin es gehört.

Es ist nicht immer nötig, daß das Wahre sich verkörpere; schon genug, wenn es geistig umherschwebt und Übereinstimmung bewirkt, wenn es wie Glockenton ernst-freundlich durch die Lüfte wogt.

Wenn man die Probleme des Aristoteles ansieht, so erstaunt man über die Gabe des Bemerkens und für was alles die Griechen Augen gehabt haben; nur begehen sie den Fehler der Übereilung, da sie von dem Phänomen unmittelbar zur Erklärung schreiten, wodurch denn ganz unzulängliche theoretische Aussprüche zum Vorschein kommen. Dieses ist jedoch der allgemeine Fehler, der noch heutzutage begangen wird.

Man weiß eigentlich nur, wenn man wenig weiß; wie man mehr erfährt, stellt sich nach und nach der Zweifel ein.

Kein Phänomen erklärt sich an und aus sich selbst; nur viele, zusammen überschaut, methodisch geordnet, geben zuletzt etwas, das für Theorie gelten könnte.

Und doch bedarf es in der Naturforschung eines kategorischen Imperativs so gut als im Sittlichen; nur bedenke man, daß man dadurch nicht am Ende, sondern erst am Anfang ist.

(Verzeihung dieser mehr als zufälligen Mitteilung!)

Und so fortan!

Weimar, den 5. Oktober 1828. G.

635. *An Goethe*

Deine lieben belehrenden Blätter vom 5. dieses kommen eben zurecht, um mich vor den Nachwehen einer ärgerlichen Konferenz zu präservieren. Was wäre nicht alles zu berichten gewesen, wenn von so langen und vielen wissenschaftlichen Präsentationen man alles hätte vernehmen, verstehen und sich aneignen können! Daß Du das alles besser von Vorüberfahrenden und Zeitungsberichtern überkommen würdest, konnte ich mir denken, und da ich gewohnt bin zu schweigen, wenn andere reden, so habe auch so lange her nicht an Dich geschrieben, wenn ich auch jede Stunde Dein gedenke, was denn doch auch Zeit und Weile haben will.

Von meiner Seite habe ich denn auch etwas zur Erheiterung der Gäste tun wollen. Den Tag vor der Eröffnung der Sitzungen hat die Singakademie Händels »Alexanderfest«

aufgeführt, wiewohl mit einer einzigen lückenhaften Probe, da zwei Solosänger fehlten. Unsere Chöre sind dagegen im Zuge, und ich brauche sie nicht zu tadeln. Wenn es gilt, sind sie alle wie einer. Dann haben wir einen Mittag für unser Geld den fremden und einheimischen Gästen mit einer Liedertafel aufgewartet. Es waren zwischen 7- bis 800 Tischgenossen beisammen. Beide Berliner Liedertafeln hatten sich zusammengetan, und da das Lokal, im neuen Exerzierhause, weit und hoch genug ist, so ging die Sache selbst über meine Erwartung. 70 eingesungne Männerstimmen machten sich so kräftig, daß man selbst draußen um das Haus herum Worte deutlich vernehmen konnte und viele unserer fremden Gäste versicherten, dergleichen in ihrem Leben nicht gehört zu haben, was keine Schmeichelei zu sein braucht, insofern es doch ein Ensemble ist. Blieb mir ein Wunsch, so war es der, daß Du den »Liederstoff« (»Aus wie vielen Elementen«) gehört hättest. Man sieht es dem Gedichte nicht ab, man muß es hören, was drinne stickt und wirkt jedesmal das nämliche.

Den 19. Oktober. Du hast mir ein feines, ein wertes Geschenk gemacht mit Deiner Relation über das Barometer, und der Herbst, über den man sich freuen wollte, ist nicht faul, die Probe auf Dein Exempel zu machen.

Gestern abend aus Verzweifelung ins Theater. *Preciosa*, ein Mädchen vornehmster spanischer Abkunft, wird im 3. Jahre von Zigeunern gestohlen und lebt bis zum 17. Jahre unter dem elenden Volke. Durch Schönheit, Geist, Klugheit und Geschick bewährt sich ihre hohe Abkunft, und man erwartet, man wartet, es müsse stattlich einhergehn. – Warte Du! Das Mädchen spricht, in Reimen, altklug, langweilig; sie tanzt, sie singt; sie wahrsagt aus der Hand, auch kommandiert sie das ganze Bettelpack, das das Land durchstreift und nirgend gelitten ist. In dies Mädchen verliebt sich der Neffe des bestohlnen Vaters, geht unter die Zigeuner mit, indem ihn die Eltern beim Heere glauben. Zufällig wird der Diebstahl entdeckt, und die Liebenden sind glücklich.

Dazu ist nun eine Musik, das heißt: Tänze, Chöre, Rezitative, zur Musik gesprochen, so daß man weder das eine noch das andere versteht (sie nennen's: melodramatisch), und auf dem Zettel steht: »Schauspiel mit Gesang und Tanz«, das heißt: weder eins noch anderes durch 4 kurze Akte, die viel zu lang sind, weil eigentlich nichts von seiner Stelle geht und sich alles ennuyiert. Sie begreifen selber nicht, warum sie alle so geputzt sind; einer wartet immer auf den andern, daß etwas geschehn soll. Der Komponist hat sich die größte Mühe gegeben, durch wunderliche Modulation, vielerlei Tempo ein traurig-humoristisches Werk hervorzubringen, um das Diebsgesindel zu bezeichnen. Die Leute auf dem Theater und im Orchester wissen nicht, was sie hören und was sie spielen. Und das Publikum sitzt mausstill, bis es aus ist.

Eine fremde Schöne trat zum ersten Male als Preciosa auf. Sie soll die intuitime Freundin ihres Fürsten sein. Wer wollte denn sein Geliebtes so auf der Straße herumlaufen sehn! Die sollte mir, wenn sie mein wäre, hübsch zu Hause bleiben.

Nun fällt mir erst ein, daß Dichter und Komponist nicht mehr am Leben sind. De mortuis nil. Du merkst wohl, waser Humors ich bin. Schmeiß das Papier weg und verzeih

Deinem

Z.

636. *An Goethe*

Den 23. Oktober. Abends.

»Correggio«: ein Trauerspiel in 5 Aufzügen.

Ich hatte eine stille Abneigung gegen das Stück, wiewohl ich vor manchen Jahren eine Komposition dafür zu besorgen hatte. Die Schauspieler haben mich beredet, und eben komme davon her.

Devrient der Jüngere (Correggio), Krüger (Giulio Roman) und Lemm ganz besonders (Michel Angelo) haben ihr Bestes getan und sind erkannt worden. Das Stück hat einen Namen, es hat gefallen. Hinter mir saßen zwei Geheime Finanzräte. Der eine lobte die Diktion, der andere fand die Gedanken schön. Ich sagte nichts, mir fiel ein, daß ich vor etlichen und 50 Jahren auch wohl dergleichen schöne Gedanken gehabt haben könnte, wenn auch eine viel andere Diktion. Ich wollte wetten, der Dichter hat sich einen Mann gedacht, wie er selber sein möchte, da wohl keiner machen wird, was er nicht selber sein kann. Gut gemeint mag daher das Stück immer ein Trauerspiel heißen, wenn es nur keine Tragödie sein will.

Correggio erscheint als großer Maler, glücklicher Gatte und Vater, dessen Kunstwerke bereits die Kirchen seines Orts heiligen, zugleich aber als triste, trost- und brotlose, abgezehrte Leiche, die heutige Mahlzeit von einem kalabresischen Klausner borgend und sich so durch fünf lange Akte zu Tode kränkelnd. Es ist jammervoll; man wäre untröstlich, wenn man nicht endlich bedenken müßte, daß die Leute da oben frisch und gesund nachher in der Restauration werden anzutreffen sein.

Das wäre nun die Fassade des Gebäudes, hinter der es nur hohle kalte Räume gibt, die einer christelnden Resignation zum Bewohnen angewiesen werden; wer aber wollte ein solcher Correggio sein?

Zuletzt erscheint eine Räuberszene, wo sie sich alle hübsch putzen und waffnen können. Der Räuberhauptmann bekehrt sich, Correggio stirbt, und damit gut.

Über Nacht ist nun das Gewissen heraufkommen und meint, das Vorstehende schmecke etwas stark nach rancune, und das könnte sein ohne zuviel gesagt. Als ich den Dichter selber über poetische Gegenstände reden hörte, konnte er sich kaum zufrieden geben über Schiller und Goethe, die nichts nach seinem Sinne getan hatten; er begriff nicht, wie das ziemlich verbreitete Lob dieser Männer eher zu- als abnehme, und ich habe ihn ausreden lassen, was in solchen Fällen immer das Beste ist, und so will ich auch heute aus Respekt für mein Gewissen die Zeit walten lassen, die sogenannte Nachwelt mag das Ihrige tun. Mit den Kritikern bin ich im reinen, sie sehen ganz anders aus, als sie reden.

Was ich schon fragen wollte: eure Bibliothek würde wohl den Joachim Jungius nicht über Land verleihen? Unsere Königliche Bibliothek hat ihn zwar, aber gerade die »Harmonia theoretica« fehlt daran. Im Falle nun diese ein wenige Bogen starkes Heftchen füllte, möchte ich es wohl auf Quartpapier, mit einer gebrochnen weißen Seite daneben, abgeschrieben haben, und könnte eine deutsche Übersetzung dabei sein, so wär' es noch besser; wenn ich auch etwas Latein weiß, so ist es doch nicht genug, um so frisch wegzulesen.

Fräulein Ulrike und ihre Mutter werden Dir gesagt haben, wie sie uns gefunden; ich habe sie kaum gesehn. Die beiden Theater und das Französische, besonders aber das Königstädt'sche, konsumieren den Herbeireisenden die Abende, und bei den abnehmenden Tagen ist mir eine andere Zeit nicht gegönnt. Dazu besuche ich gern so oft als tunlich unsere Ausstellung, die recht hoffnungsreich ist, und studiere daneben Deine »Propyläen«, die mir Exempel und Probe gegenüberstellen. Es ist immer ein Trost, sein eigenes, von der Welt abweichendes Gefühl irgendwo bestätigt zu finden, wenn Streiten und Boxen keine Freude mehr machen kann.

Meine Schwiegertochter, die Witwe meines lieben Georg, ist angekommen und hat ihren schönen Knaben, den einzigen Enkel meines Namens, mitgebracht. Er ist eben zwei Jahre alt, gesund, sicher und beweglich auf den Füßen, und die Mutter hat ihn gehörig in ihrer Gewalt. Diese ist eine tüchtige gebildete junge Frau und für ihre Jahre nur etwas zu fett.

Sonntag, 26. Oktober. Frau v. Cotta hat mir durch Doris zwei allerliebste Arabeskezeichnungen über bayrische Volkslieder eines jungen Künstlers aus München gesandt. Auch die Melodie ist so artig und naiv – ich wäre nicht imstande, das Gleiche zu leisten – das hat man von der Fläche!

Lebe wohl und laß von Dir hören

Deinen

Z.

637. *An Zelter*

Wenn ich Dir, mein Guter, vermelden kann, daß ich die beiden artigen Blättchen tirolischen, mit schicklichen Bildern geschmückten Gesanges gleichfalls besitze, so kann ich noch hinzufügen, daß derselbige junge Künstler, namens Neureuther, mehrere meiner Balladen gleichfalls mit solchen anmutigen Randglossen geschmückt hat. Diese Nachricht wird Dir angenehm sein, angenehmer aber dereinst die Beschauung jener Arbeiten, welche das Geistreichste und Gehörigste sind, was mir seit langer Zeit vorkam.

Er ist durch die Handzeichnungen Albrecht Dürers zu jenem Münchenischen Gebetbuche, welche Dir durch Strixners Lithographie wohl bekannt geworden, auf diesen Gedanken gekommen, hat sich aber der hier geltenden Verfahrensweise zum Erstaunen bemächtigt und bedient sich derselben mit bewundernswürdiger Freiheit und Reinheit.

Ich sende soeben die Zeichnungen zurück und wünsche nun, daß sie so zart, bedeutend und zierlich mögen auf den Stein übertragen werden. Herr v. Cotta übernimmt den Verlag, wie ich weiß, sehr gern, und so werden Dir diese erquicklichen Bilder zu guter Stunde auch wohl vor die Augen kommen.

Daß ein wackerer Enkel eine Familienlücke so glücklich ausfüllt, freut mich gar sehr. Das kleine Volk im zweiten Grade hat etwas eigen Anmutiges und Gefälliges. Unseres Mädchens erster Jahrestag ward heute gefeiert. Es scheint auch recht weiblich einzuschlagen. Sie ist hübsch und mit Eigenheiten genugsam begabt.

Ich beschäftige mich nun mit den »Wanderjahren«, welche zunächst zum Drucke hineilen, indem sie zur fünften Lieferung gehören; sie werden euch zu denken geben, und das ist's doch eigentlich, worauf es ankommt. Die vierte Lieferung, welche im Laufe des Monats November ausgegeben wird, enthält nichts Neues für meine alten Leser und Gönner; indessen wird der Inhalt manchen, dem das alles noch unbekannt war, erreichen und hoffentlich festhalten. Zwar ist die Lesewelt so zerstreut, abgestumpft und selbsttätig, daß man mehr als jemals Ursache hat, auf die Nachwelt zu vertrauen.

Da Du doch einmal das Theater nicht los wirst, so ergötze Dich daran, wie es gehen will, aber werde ja nicht mild im Urteil. Was ist das Herrliche der Vorzeit, wenn sich das Richtige des Tages aufdringen will, weil es für diesmal das Privilegium hat, gegenwärtig und lebendig zu sein!

Dieser gute Oehlenschläger hat mir persönlich viel Not gemacht; er wollte mir ein- und allemal, aus Italien zurückekehrend, diesen »Correggio« vorlesen, welches ich hartnäckig verweigerte, dagegen mich erbot, das Stück für mich im stillen vorzunehmen, worüber er so außer sich geriet, daß er sich am Schluß noch ganz verrückt betrug.

Wie ich denn überhaupt von diesem Gezücht viel auszustehn hatte.

Er ist einer von den Halben, die sich für ganz halten und für etwas drüber. Diese Nordsöhne gehen nach Italien und bringen's doch nicht weiter, als ihren Bären auf die Hinterfüße zu stellen, und wenn er einigermaßen tanzen lernt, dann meinen sie, das sei das Rechte.

Übrigens kommt mir von allen Seiten mancherlei Gutes zu, obgleich weniges, was so rein aus der Quelle flösse als Neureuthers Arabesken. Es sind wieder Tiroler hier; ich will mir doch jene Liedchen vorsingen lassen, ob ich gleich das beliebte Jodeln nur im Freien oder in großen Räumen erträglich finde.

Das offenbare Geheimnis einer bevorstehenden Vermählung wird noch immer bei uns gehegt und verpflegt, indessen wird es doch bald ins helle Tageslicht hervordringen.

Von den zurückkehrenden Naturforschern habe ich manche bedeutende Unterhaltung genossen. Genau aber besehen, bleibt es immer eine entschiedene Wahrheit: was ich recht weiß, weiß ich eigentlich nur mir selbst; sobald ich damit hervortrete, rückt mir sogleich Bedingung, Bestimmung, Widerrede auf den Hals. Dies begegnet Dir mehr als mir, da Du mit Menschen aller Art umgehst und in Verhältnis kommst, und doch besucht mich die Widerrede im eignen Hause ebenso gewiß, als wenn ich sie auf dem Markt aufsuchte. Das Sicherste bleibt immer, daß wir alles, was in und an uns ist, in Tat zu verwandeln suchen; darüber mögen denn die andern, wie sie wollen und können, reden und verhandeln.

Mit 8 bis 9 Linien über 27 Zoll Barometerstand ging in der Nacht ein recht ordentlicher Schnee nieder und blieb liegen. Vermelde doch, ob dergleichen auch bei euch vorkam.

Weimar, den 30. Oktober 1828. G.

638. *An Goethe*

Freitag, den 14. November 1828.

Gestern abend haben wir dem Publikum mit Händels »Simson« aufgewartet. Händel hat das Wesen und die letzten Stunden eines starken Mannes, der einem Weibe unterliegt, mit echter Kraft in Töne gekleidet. Das Ohr wird zum Auge, man möchte Farben unterscheiden, Gestalten, Geschlechter.

Es war eben die Trauernachricht eingegangen vom Ableben der russischen Kaiserin Mutter; das hat uns einen doppelten Verlust gebracht, indem der König absagen ließ. Sonst war ein aufmerksames, ein dankbares Publikum. Herzog von Cumberland, der sonst stets eine Orgel bei uns vermißt, hat sich diesmal sehr befriedigt erklärt.

Händel, der ein ausgezeichneter Organist war, hat zu keinem seiner Oratorien eine Orgel geschrieben, den Chor aber mit dem größten Fleiße und Kunst bedacht. Wenn er noch lebte, müßte er sagen: *»Wo man solchen Chor hat, da will ich keine Orgel brauchen!«* Hat er das *nicht* gesagt, so hat er's getan. Eine Orgel mag nötig sein, um einen schwachen Chor zu decken, zu vertreten. Ein nicht klug verhaltenes, nicht vollkommnes Spiel der Orgel kann den besten Chor schwächen, verderben. Das mußte ich selber dem vor kurzen hier anwesenden Kapellmeister des Königs von England Cramer sagen, indem ich weiß, wie es mit den Singchören in ganz England beschaffen war, aus der besten Quelle (von Händel selber), und so ist es noch. Die Leute könnten einen konfuse machen, wenn man nicht auch von Jugend auf gelebt hätte. Sind sie in *sich* verliebt und in ihre Steinkohlen, wer will's *uns* verdenken zu lieben, was wir haben können. Was reden *sie* von Händel!

Unser Ritter Spontini war voll Bewundrung und sagte: »Laissez-moi vos choeurs!« – Es ist wahr, eine Zucht, Ordnung, Maß und Wucht unter jung und schön aller Stände muß einen Eindruck machen, wer nicht wie ich seit Jahren von innen heraus einwirkt und wegen Ab- und Zugangs immer frisch aufzuschütten hat und nicht müde wird.

Die Unterweisungskosten der Königlichen Theaterchöre allein mögen jährlich an die 6000 rh. reichen, wofür sie besser sein müßten, wenn die Lehrer Vorstellung hätten des Notwendigsten. Viele Choristen kennen die Noten nicht und werden nach einer schlecht gespielten Violine eingeängstet. Unsere Chöre werden von *allen* prima vista gesungen, und bei der 3. Wiederholung geht das Schwerste oft am besten, indem man sich zusammennimmt und Plauderei nicht Sitte ist. Der letztverstorbene König von Sachsen war der erste und letzte, der sich darüber gegen mich wie ein Kenner aussprach und mir die schönste goldne Dose zustellen ließ.

Es liegt ein angefangenes Blatt über unsere diesjährige Ausstellung da. Das Tummelwesen um mich her zieht mich hier- und dorthin; Essen, Schlafen und Ungeschliffen-Sein will auch Zeit haben; so möge denn das früher Begonnene später nachfolgen.

Morgen geh' ich nach Potsdam, wo uns Ternite seine Galerie aufschließen will, die ich seit 40 Jahren nicht gesehn habe. Lebe wohl und gedenke

Deines

Z.

639. *An Goethe*

Montag, 15. Dezember 1828.

»Blitz und Schlag, am klaren Tag!« – Du bist ein tüchtiger Prophet. An dem schönen Ehrentage, den Du mir so herrlich ausgestattet hast, ist die Mutter meiner Schwiegertochter unverhofft zu den Seligen hingegangen, und das junge Weibchen hat in weniger als zwei Jahren den Gatten und beide Eltern dahinfahren sehn.

Da wird es denn wohl wieder einige Arbeit geben, die Sorge wächst mit den Jahren, es sind Minorenne da, Provinzialgerichte und dergleichen. Die ökonomischen Umstände sind nicht schlecht. Der Vater war ein 50er, ein überaus tüchtiger, wohlbekannter Landwirt und alles in Ordnung auf zwei bedeutenden Gütern. Die Frau war tüchtig, lieb und gut gegen die Ihrigen. Worüber ich mich beteiligt finden könnte und meine noch Unversorgten, wäre, daß ich mich bewegen lassen, ihren Sohn, meinen Tochtermann, und ihre Tochter, meines verstorbenen Sohnes Frau, ganz auf *meine* Kosten landwirtschaftlich auszustatten, worüber ich denn schon einmal recht ordentlich zu Schaden gekommen bin. Da ich aber lebe und sonst nicht zu klagen brauche, so will stehenbleiben, wo ich nicht weichen kann, und erwarten, was da kommt.

Rungenhagens Musik zu Deinen Worten hat vielen Beifall gefunden, worin ich einstimmen muß. Beim ersten Anblicke des Saales, wohin mich die schönsten Mädchen einführten, habe ich mich einmal wieder zusammennehmen sollen, was denn auch noch einmal gelungen ist. Wer kein armer Sünder ist, müßte sich dabei einen solchen fühlen. In solchen Dingen ist Kotzebue kein Narr: alle wollen sie zusehn und keiner will Schau stehn. Am Ende erfährt man allenfalls, wie dumm man dabei ausgesehn. Sehr erfreuend ist mir dabei die Gegenwart alter edler Gönner gewesen, die keine persönlichen Mitglieder der Singakademie sind: Minister v. Schuckmann, Großkanzler v. Beyme, unser alte Stadtpräsident und erster Bürgermeister Büsching; mit ihnen, die in meinen Jahren sind, bin ich herangewachsen zu Freud' und Leid und Erkenntnis der Würde des Landes, in dem wir zuerst das Licht der Sonne sahen, uns an uns selber festhalten mußten, wenn der Fremde, der falsche Freund und Ratgeber die Bissen wegschnappte, die wir zusammenschleppten.

Lebe wohl, es ist schon Dienstag und heute genug zu tun.

Daß Alexander v. Humboldt auch unter den Günstigen war, wiewohl seine Schwägerin, die Ministerin, sterbenskrank ist, darf ich auch rühmen.

Dein

Z.

640. *An Zelter*

Hiebei folgt endlich eine Abschrift von des wackern Jungius »Harmonie«; es war schon schwierig, diese zu erlangen, eine Übersetzung, wie Du wünschtest, war nicht zu veranstalten. Unter deinen musikalischen Freunden und Schülern wird gewiß einer sein, der Lateinisch vermag und das Werk mit Dir durchgeht; alsdann wünscht' ich freilich ein auslangend Wort darüber, da ich dem wackern Manne gern ein gründlich Andenken stiften möchte.

Deinen auf mein Ansuchen erlassenen Brief lege in Abschrift bei; das, was Du sagst, ist besonders bezüglich auf den Schluß des siebzehnten und Anfang des achtzehnten Jahrhunderts; wie es aber 1650 mit der Musik ausgesehen haben mag, davon gibt wohl das fragliche Heft die sicherste Auskunft. Denn der Mann war Mathematiker und Logiker von Haus aus, hatte sich aber mit freiem Sinn der lebendigen Natur ergeben und seiner Zeit vorschreitende Arbeiten geliefert. Bei dem mannigfaltigen Interesse, das er mir einflößte, kommt in Betracht: daß er ein Zeitgenosse Bacos von Verulam, [des] Descartes und Galilei gewesen, sich aber in seinem Studien- und Lehrgang durchaus originell zu erhalten wußte. Du verzeihst dieser neuen Zumutung!

Alles Gute!

Treulichst

Weimar, den 16. Dezember 1828. Goethe.

641. *An Goethe*

Berlin, 22. Dezember 1828.

Frischen Dank für deine Sendung vom 16. dieses, die soeben angekommen und überflogen ist – und zugleich Verzeihung für die Mühe der Abschrift! Du hast wohlgetan, meiner faulen Bescheidenheit nicht zu gewähren; ich kann das Heftchen ziemlich weglesen, ja da es musikalischen Gehalts ist, möchte ich das Problematische darin eher erraten, als mancher Lat[e]iner es mir verdeutschte. Wie denn durch die Verdeutschung griechischer und lateinischer Kunstbenennungen schon mancher Begriff verschoben worden. Die hier niederliegenden Grundsätze der Harmonie sind schon im Anfange des 16. Jahrhunderts durch Hans Leo Haßler, Palestrina und andere ausgeübt worden und gelten noch fort, wiewohl unsere allerneusten Theoristen uns einreden wollen, daß das jetzt alles anders sei. Das Letztere ist so wenig der Fall, daß sogar die alten irrigen Definitionen ebenso irrig verdeutscht gelten. Zum Exempel: »Soni dissoni sunt, quorum mixtura auditui ingrata est.« Das heißt heute noch: *»Eine Dissonanz ist ein Übelklang.«* Eine Dissonanz aber (wenn man damit nicht absolut Unmusikalisches meint) ist *kein* Übelklang. Sie ist vielmehr sowohl in ihrem Ursprunge als in der Auflösung konsonierend und gilt für die Konsonanz, in die sie sich auflösen will. So ist auch Dur und Moll weder »hart« noch »weich« und weiß jeder, was damit gemeint, solange man sie nicht verdeutscht. Und so weiter.

29. Dezember.

Wie Du siehst, bin ich wie immer gestört worden und möchte Dir das Blatt noch in diesem Jahre beschließen. Wolltest Du indessen über einzelnes des Jungius'schen Heftes meine Meinung haben, so will ich sie geben, was ich weiß. Kann ich doch mein Wasser nicht lassen, ohne gestört zu werden!

Könntest du mir auf einliegende Petitionen ein Wort sagen, so wäre mir's lieb. Herr Pascal ist mein lieber Freund und seine niedliche Tochter meine Schülerin. Besonders wünsche zu wissen, ob die Medaille in Bronze für Geld zu haben ist und von wo man sie beziehn könnte. Über die dermaligen Feiertage, welche die nächsten Wochen durchkreuzen, weiß ich weder heute noch morgen. Wir wollten am 4. Januar den »Messias« von Händel aufführen, da haben sie uns auch wieder einen Stein vorgelegt; dann folgen Jubelhochzeiten, Hochzeiten, Opern, Bälle, Karneval, und was ich alles nicht brauchen kann, und meine Chöre sind aufs schönste eingeübt, das geht wie Uhrwerk und zwar mit Sinn und Geist. Herr Krüger hatte sich versprochen, Dein Bild mitzubringen; hast Du ihm denn hergehalten? Er soll schon längst wieder hier sein, doch habe ich ihn nicht gesehn. Er gilt hier für den sichersten Porträtierer und würde es schwer verschweigen, wenn Du ihm gesessen hättest. Eine kleine Schadenfreude dabei möchte ich kaum unterdrücken. Doch davon ein andermal. Lebe wohl.

Dein

Z.

[Beilage]

Ich wende mich an Sie, mein sehr verehrter Gönner, um Sie zu fragen, ob Sie mir vielleicht über folgende Tatsache Auskunft geben können. Vor zwei Jahren nahm ich's mir heraus, unserem so innig verehrten Goethe ein kleines Gemälde als Gegenstück zu Myrons »Kuh« zu überreichen. Es stellt eine weiße Hindin mit ihrem Kalbe in einer waldigbergigten Gegend vor; auch fügte ich eine Zeichnung hinzu von einem größeren Gemälde, welches ich, aufgeregt durch Mignons Lied »Kennst du das Land?« etc., komponiert hatte. Dem herrlichen Goethe ganz unbekannt, würde ich mir die Freude, demselben etwas zu überreichen, nie erlaubt haben, hätten Schinkel und Dr. Waagen mich nicht dazu ermutigt. So benutzte ich nun Goethes herannahenden Geburtstag, um, begünstigt durch denselben, meine schwache Gabe darzubringen, und schickte die Kiste mit dem Gemälde ans Postamt in Weimar mit der Bitte, sie dem Gefeierten an seinem Geburtstage abzugeben. Das Postamt hat mir nicht geschrieben, daß es meinen Auftrag vollzogen habe, und ich befinde mich in der Ungewißheit, ob die Kiste an ihre Adresse gelangt ist oder nicht. Ihre Verhältnisse zum alten braven Meister veranlassen mich, Sie zu fragen, ob Sie vielleicht geneigt sein wollten, mir gelegentlich irgendeine Auskunft über das Schicksal dieser Hindin zu verschaffen. Es würde mich verdrießen, wenn sie in einem Winkel des Postamtes moderte. Ist sie aber abgegeben worden und sollte sie den herrlichen Sänger nur einen Augenblick erfreut haben, so ist mein Zweck erreicht; einen anderen habe ich nie gehabt.

Genehmigen Sie, sehr wertgeschätzter Herr Professor, die Versicherung der vollkommensten Hochachtung Ihres Ihnen

treu ergebensten Dieners

26. Dezember 1828. J. B. Pascal.

1829

642. *An Zelter*

Sei Dir vielmals gedankt, mein Guter, daß Du mir durch Dein Schreiben Gelegenheit gibst, in leidlicher Stunde etwas Freundliches zu erwidern.

Zuerst will ich also des guten Jungius gedenken und versichern, daß mir das Wenige, was Du vom Anfange des 17. Jahrhunderts sagst, schon genügt. Über einige Stellen des Heftes wünschte aufgeklärt zu sein und werde nächstens deshalb das Weitere vermelden.

Meine Mutter pflegte zu sagen, wenn ihr gar zu viel Freunde über den Hals kamen: »Sie lassen mich die Nase nicht putzen.« Ich freue mich, daß ich Dich in einer ähnlichen Verlegenheit sehe.

Dagegen sagen aber auch die Leute, daß Du der Gelegenheiten, über die Du Dich beklagst, zu versäumen pflegest und das »Ergo bibamus!« durchaus wissest gelten zu machen.

Ich bin seit vier Wochen und länger nicht aus dem Hause, fast nicht aus der Stube gekommen; meine »Wandernden«, die zu Ostern bei euch einsprechen werden, wollen ausgestattet sein. Das Beginnen, das ganze Werk umzuarbeiten, leichtsinnig unternommen, will sich nicht leichtfertig abtun lassen, und so hab' ich denn noch vier Wochen zu ächzen, um diesen Alp völlig wegzudrängen, ganz im Gegensatz von Deinem Wesen und Tun, da Du mit völlig Fertigem und Bereitem retardiert und beiseite geschoben wirst.

Herr Pascal ist kein fleißiger Leser von »Kunst und Altertum«, sonst hätte er seiner liebenswürdigen Sendung Seite

402 des letzten Stücks freundliche Erwähnung gefunden. Ich halte zwar in meinen Papieren die allermöglichste Ordnung, sonst könnt' ich auch nicht einen Tag leben, aber doch fehlt's manchmal in einzelnen Punkten, und ich konnte den Namen jenes höchst freundlichen Gebers, den ich zu nennen wünschte, nicht auffinden. Nur zu spät erinnerte ich mich, daß sein Schreiben unter den Papieren, auf jenen Geburtstag bezüglichen, sorgfältig niedergelegt war. Danke ihm zum schönsten. Des hübschen Töchterchens wirst Du Dich ohne Aufmunterung annehmen. Hat er keine meiner Medaillen, so schick' ich sie Dir.

Die großherzogliche gewünschte hab' ich selbst nicht in Kupfer gesehen. Ich besitze sie durch des Herren Gunst in Gold. Ich will forschen, ob unter seinem Nachlaß vielleicht bronzene vorhanden sind, und mir für Deinen Freund und mich zugleich ein Exemplar ausbitten.

Herrn Krüger habe ohnmöglich einige Stunden schenken können, ob er es gleich gar wohl verdient hätte; denn durch ein Bild des Prinzen Wilhelm hat er sich bei mir sehr in Kredit gesetzt. Niemand begreift aber, was mir die Stunden in *einer Folge* wert sind, da ich die unterbrochenen für völlig verloren nicht allein, sondern für schädlich und zerstörend achten muß. So sind auch die Fremden, die nicht begreifen, was mir gerade durch eine Unterbrechung geraubt wird.

Und doch ist es mir immer unangenehm, wenn ich weit herkommende Menschen, mich selbst verteidigend, abweisen muß.

Du hast Dich über Gleiches zu beklagen, aber als Musikus mußt Du es mit der Welt halten; die Welt hat nichts von mir, als was sie schwarz auf weiß sehen kann.

Wenn ich meine »Wandergesellen«, redlich ausgestattet, fortgeschickt habe, so mögt ihr leichtsinniges Volk sie aufnehmen, wie ihr könnt; ich aber werde mich alsobald nach der Natur wenden und vor allen Dingen eine französische Übersetzung meiner »Metamorphose der Pflanzen« mit einigen Zutaten zu befördern suchen. Die paar Monate in Dornburg haben die alten Anschauungen und Betrachtungen wieder aufs anmutigste angeregt und begünstigt.

Überhaupt muß ich nun versuchen, Tag für Tag, Stunde für Stunde zu sehn, was noch zu leisten ist, um das Gegründete rein aufzurichten und praktisch zu befestigen. Es gibt sehr vorzügliche junge Leute, aber die Hansnarren wollen alle von vornen anfangen und unabhängig, selbstständig, original, eigenmächtig, uneingreifend, gerade vor sich hin, und wie man die Torheiten alle nennen möchte, wirken und dem Unerreichbaren genugtun. Ich sehe diesem Gange seit 1789 zu und weiß, was hätte geschehen können, wenn irgendeiner rein eingegriffen und nicht jeder ein peculium für sich vorbehalten hätte. Mir ziemt jetzt, 1829, über das Vorliegende klar zu werden, es vielleicht auszusprechen, und wenn mir das auch gelingt, wird's doch nichts helfen; denn das Wahre ist einfach und gibt wenig zu tun, das Falsche gibt Gelegenheit, Zeit und Kräfte zu zersplittern.

Das nimm nun also hin, was ich in gewonnener einsamer Stunde für Dich diktiere, und gib mir Anlaß, auch an einem Deiner guten Worte mich wieder zu erbauen.

Unwandelbar

Weimar, den 2. Januar 1829. J. W. v. Goethe.

643. *An Zelter*

Canzonetta nuova
sopra la Madonna, quando si portò in Egitto col bambino
Gesù e San Giuseppe

Zingarella

Dio ti salvi, bella Signora,
E ti dia buona ventura!
Ben venuto, vecchiarello,
Con questo bambino bello!

Madonna

Ben trovata, sorella mia!
La sua grazia Dio ti dia;
Ti perdoni i tuoi peccati
L'infinita sua bontade.

Zingarella

Siete stanchi e meschini,
Credo, poveri pellegrini,
Che cercate d'alloggiare.
Vuoi, Signora, scavalcare?

Madonna

Voi, che siete, sorella mia,
Tutta piena di cortesia,
Dio vi renda la carità
Per l'infinita sua bontà!

Zingarella

So' una donna zingarella;
Benchè sono poverella,
Ti offerisco la casa mia,
Benchè non è cosa per tia.

Madonna

Sia per me Dio lodato,
E da tutti ringraziato!
Sorella, le vostre parol
Mi consolano il mio cuore.

Zingarella

Or scavalca, Signora mia;
Hai una faccia d'una Dia,
Ch'io terrò la creatura,
Che sto core m'innamora.

Madonna

Noi veniam da Nazaretto;
Siamo senza alcun ricetto,
Arrivati alla strania,
Stanchi e lassi dalla via.

Zingarella

Aggio qua una stallella
Buona per sta somarella;
Paglia e fieno ce ne getto,
Vi è per tutti lo ricetto.

Se non è come meritate,
Signoruccia, perdonate;
Come posso io meschina
Ricettare una regina?

E tu, vecchiarello, siedi,
Sei venuto sempre a piedi;
Avete fatto, oh bella figlia,
Da trecento e tante miglia.

O ch'è bello sto figliarello,
Che par fatto col pennello!
Non ci so dare assomiglio;
Bella madre e bello figlio.

Hai presenza di regina;
Lo mio core l'indovina,
Questo figlio è il tuo sposo:
Troppo è bello e grazioso.

Se ti piace, oh mia Signora,
T'indovino la ventura.
Noi, Signora, così sino
Facciam sempre l'indovino.

Nun fährt die Zigeunerin fort, der Mutter Gottes bescheidentlich vorzuerzählen, was seit der Verkündigung sich ereignet und was von nun an sich ereignen werde. Das alles in so anmutigen Reimen, wie man es nur von einer Legende wünschen kann. Und so singen italienische Kinder und Frauen auf das behaglichste eine kunstlose Harmonie der vier Evangelisten und befestigen den christlichen Glauben in ihren Gemütern.

Wer sich des »Gesprächs Christi mit der Samariterin«, das

ich vor vielen Jahren herausgegeben, mit Wohlgefallen erinnert, der wird an diesem Parallelgedichte nicht weniger Freude haben.

Wünsche davon einige Unterhaltung, sowie von dem Beigelegten, bis ich mich aus dem augenblicklichen drangvollen Zustand erhole und freundliche Zuschriften mit einigermaßen gehaltvollen Worten erwidern kann.

Treu eiligst

Weimar, den 6. Januar 1829. G.

[Beilage]

Über die Aufführung »Fausts«
im Théâtre de la Porte Saint Martin zu Paris,
8. November 1828

»Es ist der Goethe'sche Faust, es ist Gretchen, es ist Mephistopheles, Martha, aber travestiert, materialisiert, auf Erde und Hölle beschränkt, alles Geistige verwischt. Es sind, aber kraus durcheinander geworfen, alle Szenen des Originals, der Gang im Garten, der feurige Wein, aber in einer Bauernschenke, der Kerker, die Hexenszene, selbst der Blocksberg. Gretchens Kommen, Mephistopheles' Lache sind treu nach den Retzschischen Zeichnungen. Dieser hat die Lache beibehalten, aber es ist wilde Hohnlache, im übrigen ein katholischer Teufel. Faustens Vertrag wird rechtskräftig beim ersten Verbrechen. Gretchen ist keine Kindermörderin, aber sie vergiftet die Mutter durch einen Schlaftrunk, den ihr Faust zum sichern rendez-vous reicht und wo der Teufel die Dose verstärkt. Dafür wird sie gefoltert, und von der Folter zurückgebracht, sieht man sie mit Entsetzen auf ihrem Stroh sich krümmen, an den Fesseln zerren, von Schmerz wahnsinnig auf die gezwickten Stellen deuten. Marthe hat sich verkleidet, kommt sie zu retten; Faust tritt ein, verkennt sie und sticht sie nieder. So verstreicht die Frist; Gretchen kann und will nicht, und der Henker kommt sie abzuholen. Draußen hat man schon vorher das Blutgerüst und die Menge gesehn, die auf sie warten. Kaum ist sie hinaus, so steigt eine Wolke nieder und wieder empor, und man erblickt oben das Paradies im bengalischen Feuer und Gretchen, die vor der Jungfrau kniet, unter den Göttern und Faust zwischen den Teufeln und Flammen in bekannter Manier. Dafür mehr als zwanzig Dekorationen, viele brillant und überraschend. Die ›Gazette‹ und ›Quotidienne‹ haben Ärgernis genommen; selbst noch in dieser vierten Vorstellung vernahm ich einige *fromme* sifflets. Im übrigen wird das Stück sich bezahlt machen; für den Haufen fehlt es nicht an Interesse, für mich lag es im Kontrast.

Wie Gretchen vor dem Marienbild kniet, steigt der Teufel aus der Erde auf einem ungeheuern Piedestal, aus Ungeheuern und Schlangen erbaut, und donnert ihr von dieser Höhe herab seine Flüche zu. – So theatralisiert man hierzulande den bösen Geist, der ins Ohr flüstert! Noch muß ich eines Walzers gedenken zwischen Mephistopheles und Martha, der wirklich genialisch ist. Der Teufel hat sie inne wie der Magnetiseur die Magnetisierte; mit entsetzlicher Gewalt folgt sie seinen Gesten im schnell wechselnden Ausdruck bald der sinnlichsten hingebendsten Wollust, bald des furchtbarsten Schreckens und der schmerzlichsten Pein.«

644. *An Goethe*

Mittwoch, den 7. Januar 1829.

Wenn ich Dich munter und rüstig weiß, so bin ich nach meiner Weise mir schon allein was wert, und so hat Dein liebes Blatt vom 2. dieses, das ich gestern abend vorfand, mir eine erquickende Nacht und einen schönen Morgen gegeben.

Daß Du Dir Deinen Zustand machst, wie Du ihn haben mußt, um in weite Ferne zu wirken und zu dienen, kleidet Dich eben so vollkommen, weil kaum einer unter Tausenden die Versuchung überwindet, sich selber zu verlassen und in den Strom zu verschwimmen. So wird hier mit den größten Mitteln, ja mit gutem Willen nichts getan, und glauben wunder, was geschieht, wenn einer dem andern vorläuft oder aus dem einfachsten Dinge ein quatre-mains macht.

Der gute Krüger tut mir leid, er ist sehr geschickt und eben in Geltung. Sein Schwiegervater, ehemals mein Schüler, sprach mir mit Schmerz darüber: Du würdest seinem Schwiegersohne gewiß eine Stunde geschenkt haben, wenn er Dir einen Brief von mir gebracht hätte. Da denkt das junge Volk, wenn sie mit Fürsten und Fürstenkinder[n] verkehren, müsse ihnen alles andere von selber zufallen etc. – dagegen ich denn von meiner Seite bekenne, daß ich überoft die Gelegenheiten ablehne und mehrenteils sagen kann, daß ich Dir eben geschrieben habe. Du müßtest einmal 4 Wochen bei mir im Hause sein, um mit Augen zu schauen, wie es um mich her zugeht. Ich bin aus frühern Zuständen her gewohnt, alles selbst abzufertigen und handlich zu zahlen, zu herrschen und mich zu unterordnen. Das ist nun wieder der Fall, und wenn es einen feinern Anstrich hat, so ist die Gemeinheit der Generalbaß. Hierzulande hat keiner einen Begriff davon; die Sachen machen sich von selber, und ich kann lustig und guter Dinge sein. Das wird sich aber einmal eben auch von selber aufklären.

Herrn Pascal werde ich den Text lesen, wie dem Freunde Griepenkerl mit seiner neuen »Ästhetik«, der sich nicht zufriedenstellen wollte, kein besonderes Schreiben darüber von Dir erhalten zu haben. Ich sagte ihm: wenn er Deine

Schriften nicht läse, so brauche er sich nicht zu wundern, wenn Du die seinigen nicht bemerktest; er solle nur von vorn anfangen, alle Deine Bücher zu lesen, so werde er schon finden, was er sich zueignen könne. Die Schulbestien meinen, wenn sie ihren Aristoteles oder Horaz buchstabiert haben, könnten sie über Ästhetik hin- und herfahren und das sollte man ihnen hoch anrechnen; sie verstehn nicht zu achten, was sie verehren. Er ist ein großer Bewundrer des alten Bach und schrieb mir vor einigen Monaten, ich möge ihm doch zum bevorstehenden Reformationsfeste in Braunschweig eine rare Musik des Sebastian Bach über den Choral »Ein' feste Burg ist unser Gott« zu verschaffen suchen und abschreiben lassen. Ich antwortete ihm, die verlangte Rarität läge seit vielen Jahren in 100 Exemplaren à 1 ⅓ rh. gedruckt bei Breitkopf in Leipzig als Ladenhüter und ich wünsche nur, die Herren Braunschweiger mögen sich nicht die Zähne daran ausbeißen.

645. *An Zelter*

Schon längst wollt' ich Deinen Hasse wieder zurückschicken; auch weiß ich nicht, ob ich von beiliegenden »Analekten« schon einige Exemplare zugesendet habe; auf alle Fälle findest Du Liebhaber zu den beikommenden.

Eigentlich aber erscheint Beikommendes als Hülle der kleinen wohlgeratenen *Medaille*, wovon ich mir ein Exemplar zu verschaffen gewußt. Möge Dir ein freundlich Gesicht von dem Sammler dafür werden!

Das alte Jahr hat mir noch viele unselige Pflichten hinterlassen; ich darf nicht dran denken, wie ich im neuen zurechtkommen will. Und so bleibt es mir wie immer; Dir wird es auch nicht besser gehen.

Somit aber zum schönsten gegrüßt! in Hoffnung, entweder öffentlich oder insgeheim bald etwas Angenehmes mitzuteilen.

Hierbei ein Gedichtchen eigner Art, das einen entschiedenen Zustand klar und bestimmt genug darstellt.

Die besten Wünsche!

Treulichst

Weimar, den 8. Januar 1829. G.

646. *An Goethe*

Berlin, 10. Januar 1829.

Wie weit es mit der Aufklärung in der Hauptstadt Frankreichs gekommen, davon gibt dieser »Faust« Zeugnis. Wußten doch Priester und Leviten, Künstler und Gönner niemals recht, was sie wollten. Eine Leiche auf dem Theater wäre ein Greuel gewesen, und nun bringen sie das Marterwesen und die heillosen Quälodramen und weiden ihr ekles Auge daran. Fällt mir doch eben der Henkersknecht ein, der als Zuschauer bei der Tortur des Ravaillac sich als Amateur einstellte. Wozu denn 20 Theater in Einer Stadt und eine Akademie daneben, wenn solch ein Zeug und gar nichts Besseres an Tag kommt und dabei von Fortschritten gesprochen wird?

Versöhnend dagegen wirkt die »Canzonetta nuova, sopra la Madonna in Egitto«, die einen Balsam von Milde eines kindlich-nationalen Kunstgeschmacks atmet, die gar nichts scheinen will und voll ist von Licht und Wärme.

Schon im ersten Stücke von »Kunst und Altertum« VI. Bandes hast du Dich liebenswürdig über den »Faust« ausgesprochen, was kein Franzose verstehn kann, da sie alle Fabrikanten sind. Es ist mir eine Lust zu bemerken, wie sich Deine Übersetzungen aus dem Französischen verhalten gegen was von Dir ins Französische übersetzt wird, und brauche als Exempel nur an Deine Übersetzung des »Rameau« zu denken, da sie selber sich als Original nicht wollten nehmen lassen. Aber sie sind glücklich: sie wissen nicht, was ihnen fehlt.

647. *An Goethe*

Die langen Nächte und am Tage den cimmerischen Himmel muß ich mich durchhalten, so leicht ich kann; so kommen mir unseres lockern Vetters gesammelte Nachrichten über Dein literarisches Leben in die Hand. Mir ist das Buch sehr angenehm, Deine Stellung gegen Deine Zeit zu rekapitulieren und das Jetzt gegen Sonst zu halten.

Unter den sehr verschiedenen Anzeigen und Beurteilungen des »Werther« ist mir die in der »Allgemeinen deutschen Bibliothek« aufgefallen (1775), indem sie gesteht, daß eine solche Darstellung nur dem möglich sei, der selber ganz und gar darin lebe und atme.

Lessing gefällt mir am besten, der ernste, gestrenge, tüchtige Lessing; wider Willen gerührt, zärtlich, liebevoll: »Lieber Goethe, noch ein Kapitelchen« – um mit dem Ärmel auszuwischen, was die kecke leichte Hand auf die Zeit gelegt, und diese auf die Hand.

Alle suchen den Topf beim Henkel aufzuheben, um der aufgeregten Menge ihr »Ecco il vero policinello!« zuzurufen. Keine Gnade! der Pfeil hat das Herz getroffen und ist steckengeblieben, und keiner bemerkt das unschuldige Kunststück der Übereinstimmung der Form mit dem Geiste. Man will Bücher haben – für die Bibliothek. Ein Ding wie der »Wilhelm Meister« kommt uns vor wie das Ei des Columbus: das hätten wir auch gekonnt! Die Nachtreter werden getadelt, gewarnt, und unterdessen tragen wir selber dem Autor die Schleppe nach.

Was mich persönlich angeht, ist das Verhältnis zu den Individuen Deiner Umgebung, womit Du wenig besser gehalten bist. Die Ergießungen ihrer Privatmitteilungen scheinen von Herzen zu gehn, und zeigen sie sich öffentlich als Kritiker, so erscheinen sie in stolzen Perücken. Ganz putzig macht sich dergestalt der Freund und Generallieutenant v. Klinger, und ganz verdrießlich, daß Du ihm nicht mehr »Tassos« und »Iphigenien« machst: »Goethes ›Iphigenie‹, sein ›Tasso‹, Lessings ›Nathan‹ «, so spricht der Herr, »sind die vollendetesten Dichterwerke neuerer Zeit!« So zu reden soll sich aber sonst keiner erkühnen, wenn er nicht zu den Knaben will gezählt sein, die Goethen mit Teufelsdreck parfümieren. Endlich ist er genötigt, sich von einer Dedikation des Herrn Glover loszusagen, der nicht minder Kriegsheld und Obristlieutenant sein will, der Wunder meint, wie gut er mit seinem Kriegskameraden stehe.

Schillers Kritik über »Egmont« läßt ziemlich erkennen, wie er selber den Helden würde aufgestellt haben. So wie im »Werther« die Übereinstimmung der Form mit dem Wesen, so bestimmt auch im »Egmont« das nämliche Kunststück den Sinn und Wert der Tragödie. Gott soll mich behüten, Frau und Kinder des Helden abzuwarten, und wenn ich sie für mein Geld in die Witwenkasse kaufen müßte! Daher mag es sein, daß neuere Dramen bei aller historischen Wahrheit so brüchig herauskommen; man lebt von lauter Interesssen ohne Kapital, man weiß nicht, was man hat.

Den 16. Gestern abend ist Deine Sendung mit der Medaille angekommen, die viel Freude machen wird, weil sie hier nicht zu haben ist. Daß auch das Meeresufer und Dünenland Deiner gedenkt, will mir ganz wohl gefallen, doch wollen wir hoffen, daß sie sich Dein Lied nicht zu Wasser kommen lassen. So säe und pflanze denn immer fort in Deinem Weinberge, mein alter Winzer! Vorigen Sonntag haben wir des Ministers v. Schuckmann Jubiläum begangen.

Er grüßt Dich von Herzen und ist rüstig und wohlauf. Die beiden Exemplare der Freimaureranalekten denke ich gut unterzubringen, wiewohl ich kein Ordensheiliger bin. Lebe wohl. Dein auf ewig

Freitag, 16. Januar 1829. Z.

Damit die letzten Worte dieses Blatts mich nicht Lügen strafen, lege Abschrift einer soeben erhaltenen Allerhöchsten Einladung bei.

[Beilage]

Ew. Wohlgeboren haben wir die Ehre, auf Befehl Seiner Majestät des Königs einzuladen, am 18. Januar, morgens zehn Uhr, sich im Königlichen Schlosse von der Seite des Schweizersaals, in der Kammer hinter der Kleinen Galerie gefälligst einzufinden und demnächst mit der unterzeichneten Generalordenskommission zum Krönungs- und Ordensfeste in die Schloßkapelle und in den Rittersaal und nach beendigter religiösen Feier des Festes sich zur Königlichen Tafel zu begeben.

Berlin, den 15. Januar 1829.

Königliche Generalordenskommission

v. Buch.

An den

Königlichen Professor Herrn Zelter,

Wohlgeboren.

Ein Exemplar der Freimaureranalekten ist schon an den General v. Brockhausen überantwortet, der ein dankbarer und eifriger Maurer ist. Die Sinnes- und Charakterschilderung des guten v. Einsiedel ist mir sehr erbaulich gewesen, da ich von dem werten Manne nie etwas Weiteres erfahren können und mir zwei seiner Terenzschen Komödien, vor 26

Jahren in Weimar mit Masken dargestellt, ausnehmend gefallen haben, wenn ich auch nicht zu sagen wüßte, was mir damals bei euch nicht gefallen hätte. Ich war wie das Kalb, das aus der Kuh kommt, als wenn ich zum ersten Male die Sonne sähe. Ich hatte 54 Gesellen in Arbeit und 11 lebende Kinder zu Hause gelassen. Gott weiß, was mich erhalten hat, wenn es nicht der Segen meiner Mutter war; ich war eben ein solcher Kauz wie euer v. Einsiedel. Ferner hat mich's überrascht, Ort und Zeit zu erkennen Deiner Verse zum Jubelfeste Deines verewigten Herrn: »Laßt fahren hin das allzu Flüchtige!« Ich glaube, ich habe die Melodie in der Nicolaikirche konzipiert, während einer Jubelpredigt, der ich beiwohnen sollte und nichts verstehn konnte. Sie dünkte mir zu ernsthaft, ja pedantisch, und nun sehe ich doch, daß ich sie jetzt noch ebenso machen würde, da ich das Nähere weiß. Lebe wohl, ich muß für Staat sorgen; mir fehlt alles, was man braucht, um mit dem Könige zu speisen, nur nicht der Appetit. Sonnabend.

648. *An Zelter*

Nach Ostern werden meine Leser mit den bekannten, zu guter Jahreszeit herantretenden »Wanderern« eine Fußreise nach den hohen Alpentälern anzustellen Belieben tragen, um sich's dort bei Spinnerinnen und Weberinnen einige Zeit gefallen zu lassen. Zu geneigter Vorbereitung melde folgendes.

Ein wohldenkender einsichtiger Freund, der das Geschäft übernahm, das Manuskript vor dem Abdruck durchzusehen, meldet bei Rücksendung folgendes.

»Man findet sich gern in den Spinnstuben jener einfachen ehrlichen Gebirgsvölker. Gerade die Beschreibung der letztern war mir doppelt interessant, weil ich bekennen darf, früher nichts Ärmlicheres gekannt zu haben als das Leben städtischer Weber und Spinner, bis mich auf meiner letzten Reise der Haushalt eines ehrlichen Schweizers bei Leuk eines andern belehrte. Ich habe bemerkt, daß diese Weber besser zu reden wissen als andere Handwerker, und erinnere mich noch mit Vergnügen des Gesprächs mit ihnen. Auf meine Verwunderung, wie er imstande sei, bei so starker Familie (vier Kinder spannen bei der Mutter) in einer so kleinen Stube zu wohnen, antwortete er ganz treuherzig: ›Und was werdet Ihr sagen, wenn Ihr erfahrt, daß in diesem Neste außer dem Weber noch zwei Handwerker wohnen, ein Schuhmacher und ein Schweinschneider, und alle in demselben Bette liegen und alle auf demselben Stuhle sitzen? Ich bin nämlich selbst diese Dreieinigkeit, und so begreift Ihr, wie wir uns alle hier recht gut vertragen, da ich selbst ein so gutes Beispiel gebe.‹ «

Vorstehendes sende zu vorläufiger Unterhaltung, mit Bitte, dieser Szene zu gedenken, wenn man von wandernden Freunden in jene Gegenden geführt wird.

Zugleich wollte schönstens danken, daß meine »Heilige Familie in Ägypten« und deren Wirtin so gut angesehen worden. Ich leugne nicht: mir ist bei diesem Gedicht und seinesgleichen immer, als wenn ich etwas Süßes genösse, Biskuit oder dergleichen; es ist immer noch Speise, aber ein Leckerbissen, welcher also Kindern und Frauen an Ort und Stelle gar wohl munden mag. überhaupt haben die Kinder in Italien etwas unglaublich Zartes, Attachantes und Anmutiges, mit diesem Lied Harmonierendes.

In diesen Betrachtungen will ich nicht weiter fortfahren, sondern um eine treue Schilderung des v. Holtei'schen »Faust« bitten, wie er einem wohldenkenden, wohlmeinenden Freunde vorkommt. In der Zeitung erkenn' ich meinen alten Theaterfreund nicht mehr: bald ein Schonen und Schwanken, bald ein gebotener Enthusiasmus.

»Also ist es beschaffen, so wird es bleiben«, sagt Reineke Fuchs.

Um den noch übrigen Raum zu nutzen, will hiermit anzeigen: daß mir das Bild einer berühmt-schönen Frascatanerin verehrt worden; man befindet sich, vor ihr stehend, wie im wohltätigen Sonnenschein.

Doch ist es etwas Wunderbares: diese regelmäßigen Züge, diese vollkommene Gesundheit, diese innerliche selbstzufriedene Heiterkeit hat für uns arme nordische Krüppel etwas Beleidigendes, und man begreift, warum unsre Kunstwerke kränkeln, weil sie ja sonst niemand ansehen möchte.

Vor einigen Tagen stand ein sehr gut gemaltes »Ecce homo« an dieser Stelle; jeder, der es anblickt, wird sich wohl fühlen, da er jemand vor sich sieht, dem es noch schlechter geht als ihm. Der Raum nötigt mich zur rechten Zeit abzuschließen.

Jedoch so fortan!

Weimar, den 18. Januar 1829. G.

649. *An Goethe*

Deine Betrachtung über die Hansnarren hat mir einen Spaß gemacht. Eben da ich den Brief noch in der Hand habe, gestellt sich wie auf Vokation einer von der Sorte, eben so ein selbständiges Intervallum, der Dich hoch verehrt, und ich erzähle den passum Deines Schreibens. »Das haben Sie mir schon so oft gesagt und wiederholen es in den Brief hinein!« – kurz, er gläubete nicht eher, bis ich ihn die Worte lesen ließ, das Datum und Deinen ausgeschriebenen Namen. Da nennen sie mich einen Egoisten – als wenn ich's von mir hätte! und dabei befinden sie sich so leidlich, konservieren sich, warten ihr Jubiläum ab und erlaborieren endlich noch Ehrenzeichen. Willst Du die Probe aufs Exempel, so sieh mich an! Man legt sich als ein Menschensohn nieder, und heut bin ich als Ritter aufgestanden, und nun verleihen die Götter noch Schwert und Pferd und Mut, das Drachengezüchte in Respekt zu halten.

Im Ernst und Buße gestehe nun, daß mir die Sache ohne Erwartung, ja ohne Hoffnung ganz überraschend gewesen ist. Unserer waren viele im Rittersaale versammelt. Wir bildeten eine Gasse und standen 3 Mann hoch. Des Königs Majestät gingen hinauf, den höhern Ordensmännern Verbindliches zu sagen, und kamen zurück; ich hatte mich etwas zurückgestellt. Der König blieb stehn und sagte: es sei Ihm angenehm, mir ein Zeichen Seiner Anerkennung – und so weiter. Dabei war aber etwas, das er kaum *gesagt* und mein Herz verstanden hat, denn tief in mir klang es wider wie die große Glocke in Erfurt. Er hätte mir in dem Augenblicke viel geben können, denn er hat viel; aber diesen Klang wüßte ich mit nichts zu vergleichen, das ein Maß hat, und wenn ich nun etwas mehr bin, so weiß ich auch mehr.

Da ich viel unter Menschen sein muß, so habe nun vorerst die nächsten Tage zu bestehn, da ich mir vorkomme wie ein frischgeschorner Hund, ohne mich verstecken zu dürfen. Und so wollen wir fortfahren, wo wir's gelassen haben.

Noch will ich sagen, daß diese Gelegenheit mir eine Anzahl Gönner aller Stände herbeigeführt hat, über deren Aufrichtigkeit ich keiner Zweifel bedarf, da ich im Herzen keinem was abzubitten habe. Gott befohlen!

Dein

Montag, 19. Januar 1829. Z.

Da Du in Deinem Schreiben vom 18. dieses (meinem Ehrentage) von schön erworbenen Bildern sprichst, will auch ich berichten, daß mir Ternite an meinem Geburtstage ein dergleichen Geschenk gemacht hat. Es ist das Bildnis des Botanikers J. Usteri, von Robert Mitech im Jahre 1728 in Ol gemalt, 2′ 5″ hoch und 2 Fuß breit. Ein stattlicher, derber, vollblühender Fünfundfunfziger, dem der Friede mit sich und der schönen Natur aus wohlwollenden braunen Augen leuchtet. Was mich daran noch besonders ergötzt, ist die schönste Statur- und Gesichtsähnlichkeit mit unserm Sebastian Bach in bescheidenem graugrünlichen Tuchrocke. Mir ist, als hätte ich dergleichen Farbe von Menschenfleisch und -blut noch niemals gesehn. Dabei fällt mir folgendes ein.

Kirnberger hatte solch ein Bildnis seines Meisters, Sebastian Bachs, das ich stets bewundert habe, in seiner Stube zwischen zwei Fenstern am Pfeiler über dem Klaviere hängen. Ein Leipziger bemittelter Leinwandhändler, der Kirnbergern vordem als Thomaner vor Vaters Türe vorbeisingen gesehn, kommt nach Berlin und auf den Gedanken, den jetzt namhaften Kirnberger mit seinem Besuche zu beehren. Kaum hat man sich niedergelassen, so schreit der Leipziger: »Ei mein Herr Gessus, da haben Sie ja gar unsern Kanter Bach hängen! Den haben wir auch in Laipzig auf der Thomasschule. Das soll ein grober Mann gewesen sein; hat sich der eitle Narr nicht gar in einem prächtigen Sammetrock malen lassen!«

Kirnberger steht gelassen auf, tritt hinter seinen Stuhl, und indem er ihn mit beiden Händen gegen den Gast aufhebt, ruft er, erst sacht, dann crescendo: »Will der Hund 'raus! 'raus mit dem Hunde!« Mein Leipziger, im Todesschreck, rennt nach Hut und Stocke, sucht mit allen Händen die Türe und stürzt auf die Straße hinaus.

Kirnberger läßt nun das Bild herunternehmen, abreiben,

den Stuhl des Philisters abwaschen und das Bild, mit einem Tuche bedeckt, wieder an seine alte Stelle bringen. Wenn nun jemand fragte, was das Tuch bedeute, so war die Antwort: »Lassen Sie! Es ist etwas dahinter.« – Das war die Gelegenheit, aus welcher das Gerücht entstand, Kirnberger habe den Verstand verloren.

Freitag. Du hast mir kein leichtes Pensum aufgegeben. Der Holtei'sche »Faust« ist kein anderer als Dein »Faust«, in bescheidene vier Akte gehüllt, die ihm noch so viel zu weit sind, daß man nichts als Falten bemerkt, unter welchen es an allem fehlt, was einem Körper angehören könnte. Ein vollständiges vacuum, »Volksmelodrama« genannt. Es war die dritte Vorstellung und das Haus ⅔ leer.

Fausts Magie besteht darin, daß er dem Herzog von Parma lebende Bilder zaubert. Der Dienstphilosoph des Herzogs findet solche Magie etwas verbraucht, und wie er's beweisen will, kriegt er die – Maulsperre.

Mephistophel ist ein ganz abgeschmackter dummer Teufel, spricht das erbärmlichste Zeug und schreit so sehr, daß man den Unsichtbaren in ganz Wittenberg hört.

Gretchen spricht in langen Schilleraden; des Nachtwächters Tochter und Fausts Dienstmagd. Das arme Mädchen weiß nicht, wo sie allen Atem hernehmen soll, die langen Reden abzuhalten, die ihr wie Bandwürmer abgehn.

Helena erscheint erst en domino und dann als Griechin und hält sich bis ans Ende auf, um den geliebten Faust vom christlichen Teufel zu erlösen.

Wagner, Einheizer und Knappe des Faust, der einfältigste Dummerjahn, spielt den Humoristen.

Das Ganze ist von unerträglicher Langerweile, und die 4 Akte, worin schon sehr viel gestrichen ist, währen noch immer vier volle Stunden.

Von meiner Seite kann ich überhaupt nichts weiter sagen, da mir fast jedes Wort des Stücks lange Weile gemacht hat.

Nun habe aber Aufträge gegeben, Dich voll zu befriedigen, und ich denke, Du sollst dann genug haben.

Das Ende ist: Faust wird von einem Teufel entsetzlich gezaust, um zur Hölle abgeholt zu werden. Da tut sich die Hinterwand auf. Es erscheint ein erleuchtetes Kreuz und darneben das gerichtete und nun selige Gretchen – wie der Teufel das sieht, läßt er los und den Faust am Boden liegen.

Sonnabend. 24. Januar. Zu umstehendem grauenhaften Possenspiele macht nun das Orchester Musik, die manchmal ganz kuriose eintritt und wieder losläßt. Das Publikum sitzt und sperrt das Maul auf, und keiner weiß, was ihm geschieht.

651. *An Zelter*

Die Ankündigung, daß Du zum Ritterfeste eingeladen seist, hat mir freilich viel Freude gemacht, Dich sodann No. 17 in der Zeitung aufzufinden und in so guter Gesellschaft, vermehrte mein Behagen, und nun erzählst Du selbst das Nähere; dabei mag es denn sein freundliches Bewenden haben.

Was den Menschen auf irgendeine Weise aus der Menge hervorhebt, gereicht immer zu seinem Vorteil; wird er auch dadurch in eine neue Menge versenkt, so gerät er doch in ein frisches Element, worin er wieder schwimmen und waden muß. Diese Ehrenzeichen gereichen eigentlich nur zu gesteigerten Mühseligkeiten, wozu man aber sich und andern Glück wünschen darf, weil das Leben immerfort, wenn es gut geht, als ein stets kämpfend [zu] überwindendes zu betrachten ist.

Verzeih diesen abstrusen Worten, ich weiß mich aber nicht anders auszudrücken; denn wie ich mich immer besser zu verstehn glaube, schein' ich andern undeutlich zu werden. Du bist ja aber auch ein so wunderlicher Kauz, daß Dir von der Art nichts unerklärlich sein kann.

Ich bin seit acht Wochen kaum aus dem Zimmer gegangen, doch hat es mir da nicht an Anregungen zur Tätigkeit gefehlt. Die nächsten Anforderungen macht das verrückte Volk, das es aufs Wandern angelegt hat. Bis ich sie ausstatte, die Mobilen einschiffe und die Zurückbleibenden unterbringe, hab' ich nicht mehr viel, aber Beschwerliches zu tun. Mehr darf ich nicht sagen; zu Ostern wird ein jeder sehn, was er sich von meinem Krame zuzueignen beliebt.

Der Schauspieler Winterberger hat sich heute früh mir [vorgestellt], es ist eine angenehme Gegenwart; meine Kinder und Genossen sprechen gut von seinem Auftreten; daß man ihn engagiert hat, beweist, er gefalle doch im allgemeinen. Und so wollen wir abwarten, wie es ihm ferner gelingt.

Die neue Direktion ist bis jetzt auf guten Wegen, nicht negativ und ablehnend wie die vorige, und da ist schon alles gewonnen. Wenn man hübschen Männern und Frauen die Bretter gönnt, so ist schon viel getan, und wenn man in Gastrollen von Zeit zu Zeit ein vorzügliches Talent auftreten läßt, so findet sich unser kleiner Kreis schon zufrieden. Dies scheint man zu verstehn. Mit neuen Stücken muß man's wagen, was auf dem Repertoire bleibt, dankbar bewahren, alte Stücke, die an den Schauspieler starke Forderungen machen, auch wohl einmal als Aufgabe aufstellen: mehr braucht es nicht, in unserm Verhältnis fortzuwirken, wovon doch jetzt nur die Rede sein kann. Übrigens steht die allgemein-ästhetische Bildung so hoch, daß es an Schauspielern nicht fehlen kann, weil sich so manches Talent schon in geselligen Kreisen entwickelt; wenn nur noch halbweg etwas von Handwerk übrigbleibt, so ist das deutsche Theater schon geborgen. In Berlin muß man freilich schon so viel Knicken in die Karte machen, wenn man nur einigermaßen Gewinn hoffen und ziehen will.

Wenn ich nun Gegenwärtiges am stillen Abend an Dich diktiere, ohne mich weiter zu bekümmern, wie Schnee und Kälte draußen ihr Wesen treiben,

Und so fortan!

Weimar, den 26. Januar 1829. J. W. v. Goethe.

Unsere Posten will ich doch gelobt haben. Die Wege sind jetzt voll Schnee und Wasser, und dein Brief vom 26. dieses ist am 27. von Weimar abgegangen und gestern abend, den 28., in meinen Händen gewesen. Daß Dir Deine Wandergesellen zu schaffen geben, will ich nicht beklagen. Du kennst Deine Leute und wirst sie nicht länger herbergen, als sie Nahrung brauchen. Wir freuen uns darauf, sie einzunehmen; an Quartier soll's nicht fehlen.

Daß sich euer Theater wieder auftut, soll auch nicht gescholten sein; wir wissen zu sagen, wie sich solch ein Ding ausnimmt, wenn es abständig wird und vornehm dazu. Darf man denn wissen, wer die neue Direktion ist? denn ein Mann muß er sein. Was das Handwerk betrifft, da muß es bei euch noch alte Rester geben, die man nicht wegzuwerfen braucht, und euer Publikum ist im ganzen immer noch lange keine Leipziger Meßware; wo die Guten noch gelten, da ist nichts verloren, und aus dem Jammer, in welchem ich's zum letzten Male sah und hörte, kann es nicht zu schwer sein zum Bessern zu erwachen. Hier hat man gesagt, Frau v. Heygendorf werde sich in Berlin ansetzen, und sie soll meinem Hause willkommen sein, wie ich immer zu ihren stillen Verehrern gehört habe und sie selbst sich in Berlin nicht übel gefiel.

Heut wird endlich nach viel undankbarer Mühe unser »Messias« vom Stapel gehn und zwar artistisch ganz aus unsern eigenen Mitteln; denn Madame Milder, die Herren Stümer und Devrient sind sämtlich patientierend, und wir unter uns müßten von Gott verlassen sein, wenn wir's besser machen wollten, als wir können. Was mich betrifft, so habe schon lange auf solche günstig-ungünstige Gelegenheit gehofft, welche nun durch Geldnot herbeigeführt und falsche Scham beseitigt wird. So gibt sich endlich alles, und

»Wenn ich einmal ungeduldig werde,
Gedenk' ich an die Geduld der Erde.«

Lebe wohl, es ist heut zu tun genug. 29. Januar 1829.

Dein Z.

Noch will ich berichten, daß gestern mein Schwiegersohn, der Lehrer Habermann, gestorben ist. Er war mit meiner ältesten Stieftochter verheuratet, und ich habe niemals eine schönere Handschrift und Notenschrift gefunden: richtig, zierlich, leicht, förmlich, rund. Man brauchte kaum das Auge, um zu lesen. Unsere Prinzessinnen wußten sich was damit, eine Abschrift von ihm (einen »Habermann«) zu versenden. Nun habe ich wieder eine Tochter mehr und einen Sohn weniger. – Bleibe Du nun wacker!
Adieu.

653. *An Goethe*

Hast Du denn wohl die silberne Medaille auf Lessings Geburtsjahr 1729 mit der Umschrift: »Veritas amicum luget, aemulum natura«? im Durchmesser beinahe $^7/_4$ Zoll, und der Kopf ist nicht schlecht. Ein Freund hat sie mir zum Andenken des Ordensfestes am letzten Krönungstage verehrt, und ich habe sie in der stillen Absicht gern angenommen, weil ich sie Dir aufzuheben geben wollte. Für einen Nichtsammler ist solche Rarität nicht da. Der nämliche Freund, David Friedlaender, bestimmt Dir eine andere, die er mir für Dich übergibt, welche auch selten sein soll.

Obiges sollte ein Avertissement sein; da ich aber eine alte Pillenschachtel finde, welche die beiden Medaillen bequem aufnimmt, so schicke ich sie lieber gleich mit, und wenn sie Dir nur als Dublette dienen, so ist auch das schon genug. In der Schachtel selbst wirst Du beim Auspacken auch die Zueignung des Gebers an Dich finden. Willst Du ihm darüber ein gutes Wort gönnen, so hast Du vielleicht noch einmal dergleichen zu hoffen; er ist ein guter Mann in Deinem Alter, den ich oft sehe, weil er mir nahe wohnt und am Podagra leidet, und wird oft von Dir gesprochen. Er ist ein Schüler von Moses Mendelssohn und hat bei hohem Alter ein Gedächtnis seiner Zeit und der meinigen, wodurch ich immer zu berichtigen und zurechtzustellen finde. Dabei gilt er für einen gelehrten Ebräer von freisinnigen Ansichten über sein heilloses Geschlecht. Hat Freude an vielen Kindern und Enkeln und braucht keiner Sorge.

Unser »Messias« ist uns glatt genug abgegangen, nachdem er sich lange genug auf der Reede geschaukelt hatte. Bei dieser Gelegenheit habe wieder gelernt, was wir beide schon wissen. Die Musik mußte ohne Hülfe Königlicher Artisten endlich aufgeführt werden. Es fehlt nicht an Geschicklichkeiten in meinem Chore, doch ist man furchtsam, sich öffentlich auszustellen und im einzelnen. Das war endlich überwunden, und siehe: war man erst trotzig und verzagt, so kehrt sich's zuletzt um; man wird Herr und Herrin, man zeigt sich selbständig und den eigenen Ausdruck, der gerade der unrechte ist, und aus dem vollüberzeugten, kern- und herzfesten »Ich weiß, daß mein Erlöser lebt«, wird ein trauriges winselndes Ding wie – ein Hosenseufzer. Muß man da nicht zuweilen dreinschlagen?

Gott befohlen!

Sonnabend, den 31. Januar 1829. Z.

[Beilage]

Vielleicht, alter würdiger Freund, ist es dem hochverehrten Greis angenehm, die beiliegende Denkmünze auf den Lordkanzler Eldon zu besitzen; vielleicht, daß er den jungen

Meister noch nicht kennt und etwas von seiner Arbeit zu haben wünscht. Also setz' ich hinzu: der junge Mann heißt *Karl Voigt*, eines Schuhmachers Sohn in Berlin. Mein Benoni ward, obschon er's nicht Wort haben will, sein Patron. Sein in Stahl geschnittnes kleines Brustbild Albrecht Dürers und andere in Elfenbein versuchte Arbeiten erwarben ihm bei Kennern Beifall: der König kaufte sie und läßt ihn auf seine Kosten reisen. – In London arbeitete Voigt unter und für Pistrucci. Dort bekam er den Auftrag, vorgenannte Schaumünze in Rom zu verfertigen. Der Stempel war in Berlin geprägt, weil die Prägeanstalten in Rom erbärmlich sein sollen. Eine große Anzahl in Gold und Silber und Bronze sind nach London gesendet, und nur sehr wenige Exemplare, als Geschenke des Künstlers, sind an seine Freunde verteilt: also vielleicht auch selten in Deutschland zu haben. Voigt hat in Rom in Konchylien einen Halsschmuck verfertigt, welcher in der letzten Kunstausstellung Beifall erhalten, und neue Beweise seiner Fortschritte auch in diesem Kunstzweige geliefert. – Wollen Sie, würdiger Freund, dem Hochedlen die Medaille senden und er nimmt sie an, soll es mir angenehm sein. Wird sie zurückgewiesen – schon von Ihnen –, so bringen Sie diese Zeilen mit, um sie bei mir als Fidibus aufzubrennen. Ich lahmer Tanzmeister habe vielleicht mein Bravo zu verantworten, das ich der Arbeit zugerufen. Mein Sohn schätzt sie auch und glaubt, aus Voigt könne ein guter, ja ausgezeichneter Stempelschneider werden. Wollen hören, was der Meister sagt!

Ganz der Ihrige

Berlin, den 19. Januar 1829. Friedlaender.

An

Professor Herrn Zelter,

Wohlgeboren.

654. *An Zelter*

Deine Sendung, mein Teuerster, ist wohl angekommen; die Medaillen haben Vater und Sohn erfreut; Lessingen hat dieser sogleich sich angemaßt, der eine Sammlung von Denkmünzen auf gute merkwürdige Menschen zu meiner besondern Zufriedenheit sich anlegt. Denn in der immer zunehmend zerstreuten Welt heftet ein so geprägtes Metallstück immer einmal wieder die Aufmerksamkeit des Beschauenden und bringt alterprobte, zwar halbverschollene, doch immer noch fortwirkende Verdienste zur Erinnerung.

(Etwas über die Bronzemedaille folgt auf einem besondern Blatte, damit Du es allenfalls Herrn Mendelssohn zustellen könnest.)

Da nicht nur meine Matrosen auf dem Mastkorb, sondern ich selbst Land erblicke und vor mir sehe, mag ich gern freundlichen Glückwunsch annehmen. Ich wünsche, daß, wenn zu Ostern meine Ware zu euch kommt, ihr auch an dem, was ich von dieser Fahrt mitbringe, möget Freud' und Nutzen haben.

Deine Klagen oder vielmehr Invektiven bei nicht gemäßer Ausführung längst vorbereiteter Tonexhibitionen glaub' ich zu verstehn. Die Tendenz der Zeit, alles ins Schwache und Jämmerliche herunterzuziehen, geht immer mehr durch und durch. Ich habe ein halb Dutzend Gedichte vorzuweisen, mir zu Lob und Ehren, wo ich aber eigentlich schon als ein selig Abgeschiedener behandelt bin. Am Ende wird noch, der neusten Philosophie gemäß, alles in nichts zerfallen, eh' es noch zu sein angefangen hat.

Übrigens ist mir die Zeit her allerlei Gutes begegnet. Staatsrat Loder sendete mir eine sehr schöne Sammlung russischer Mineralien, deren Anblick mich wahrhaft erfrischt und auf die mannigfaltige Stereographie der Natur hinweist. Ich überspringe, was sonst, auf Natur bezüglich, mir Gutes geworden, und sage nur, daß mich Professor Rauch mit einem lebens- und tatenlustigen Basrelief erfreut hat, auch Professor Tieck mit einem ehrenwerten heldenmäßigen Kriegsgotte.

Mit Oberbaudirektor Coudray ergötze ich mich die Abende an Herrn Schinkels Heften. Die darin mitgeteilte neue und, wie wir hören, schon im Bau begriffene Kirche hat uns einige Abende angenehm unterhalten. Ich wünschte wirklich, darin einer Predigt beizuwohnen, welches viel gesagt ist. Siehst du die Herren, so magst Du wohl ihnen von mir ein freundlich Wort sagen und meinen aufrichtigen Dank recht löblich ausdrücken.

Gegenwärtiges diktier' ich abends um acht Uhr, durch die anfrierenden Fensterscheiben in meinen schneebedeckten, mondbeschienenen Garten hinausblickend. Einsame Abende kann ich jetzt genug genießen, man spielt viermal in der Woche, und meine sämtlich[en] lieben Kinder, Freunde und Genossen gingen aus zunehmender Gewohnheit wohl noch öfters hinein. Dagegen kann ich aber auch den jetzigen Theaterführern das Zeugnis geben, daß sie auf guten Wegen sind und die Sachen so zu stellen wissen, daß sich alles nach und nach noch besser bilden muß. Das ganze Geschäft steht unter dem Hofmarschall, dem es darum zu tun ist, etwas Anziehendes hervorzubringen, wohldenkende und gescheite Leute ins Interesse zieht, und was alles noch dazu gehört, um ein Geschäft zu führen, welches nicht mehr Schwierigkeiten hat als ein anderes, wenn man es einfach nach seiner Art nehmen will. Ostern lass' ich vorbei, dann sag' ich Dir wohl das Besondere. Wünsche Du unsern Schau- und Hörlustigen einstweilen zu diesem Allgemeinen Glück.

Und so wie an diesem Teil können wir auch überhaupt zufrieden sein. An meiner Lage hat sich nichts verändert.

Hie und da werd' ich durch die sehr zweckmäßigen Absichten unsrer regierenden Frau Großherzogin zu ein- und anderer Tätigkeit aufgerufen, die meinen Jahren und Kräften noch wohl geziemen mag.

Nach wie vor

der Deine

Weimar, den 12. Februar 1829. Goethe.

Nachschrift. Dieses gehe nun auch den alten herkömmlichen Weg und werde wohl empfangen. Wir haben heute 23-24 Grad Kälte; es ist also schön, daß wir durch Boten kommunizieren. Versäume nicht zu schreiben; auch bei mir liegt manches allernächst zu Kommunizierendes.

655. *An Goethe*

Sonnabend, den 31. Januar 1829.

Der berühmte Fioccati, der alles zu verkaufen hat, was fremd und teuer ist, lebende Tiere, Löwen und dergleichen Bestien (Du kennst ihn wohl aus der Zeitung), ein liebender Familienvater erwachsener Kinder, dieser macht sich ein unschuldiges Vergnügen außer seiner Frau, fährt nach Potsdam mit seinem Hunde und noch einer Person, die unter dem Namen des »Blumenmädchen« nicht unbekannt ist, besteigt daselbst im Gasthofe bei Stimming eine komfortable Wohnung, läßt sich Holz bringen, um solches selber anzulegen, und am Donnerstag morgen findet man das ganze Trioletto vom Dampfe erstickt. Der Hund wird auf den Mist geworfen; Anstalten, das nebeneinander liegende Paar zu erwecken, sind vergebens, nur der Misthaufen tut seine erwärmende, belebende Wirkung, und der Hund ist gerettet; woraus denn wohl wieder eine neue Kurart entstehn wird.

Magst Du denken, daß ich nichts zu tun habe, da ich schon wieder schreibe und die Medaillen noch nicht einmal auf der Post sind; bin ich doch nie regsamer, als wenn alles umher summt und brummt. Wenn die andern heulen, muß ich mich wohl aufhalten, sonst wäre gar nichts.

Aus der Beilage des muntern Rösel ersiehst Du, daß ich meine Gesellen abgesandt habe, die als ordentliche Leute auch ein Wort zu geben haben. Ich kannte freilich den Herrn v. Holtei so gut wie gar nicht, aber so schlecht hätte ich mir's auch gar nicht vorgestellt und keiner von uns.

Mache doch ja, daß ich Deinen Briefwechsel mit Schiller bald eigen habe; das Exemplar, welches ich lese, muß ich wieder abgeben. Was seid ihr rare Menschen! Die Briefe sind vortrefflich.

Den 12. Februar. Ihr habt nun wieder hohe Zeit und wir – Karneval ohne Opern von Spontini. Unsere Prinzen, die vorgestern abgereiset sind, werden euch das schon des breitern erzählen. Es ist langweilig, verdrießlich und in den verschiedensten Legenden stadtkündig. Von Paris aus hatte man mir Spontini als Intrigant bezeichnet. Da ich nun in meinem Verhältnisse die Sachen auf mich her kommen sehn kann, so habe mich weder zu beschweren noch rechts oder links zu halten. Er scheint sich aber mit dem Theater selber, mit dem Hofe, mit dem Publikum so verfitzt zu haben, daß sich seine besten, ja die höchsten Gönner kompromittiert finden. Ich habe mich nur insofern in ihm als Weltmann geirrt, da ich ihn für klüger hielt als – dumm. Zum Exempel. Er beredet den Kapellmeister Schneider (in der Direktionsstube) vor der Generalprobe, aufs Theater zu gehn und das Orchester in pleno zu fragen, ob es die Oper »La muette de Portici« lieber von Herrn Spontini als vom Kapellmeister Schneider dirigiert sehe. Das geschieht, und das Orchester spielt die muette; Schneider fragt noch einmal laut und wiederholt, aber die Antwort soll noch erfolgen. Und das alles in Gegenwart des Königs, der davon nicht weiß und wissen soll und will und mit aller Macht nicht imstande ist, solchen Dummheiten die Stange zu halten. Prinz Karl, sagt man, habe den König gebeten, seine Vermählungsfeier mit Herrn Spontinis neuer Oper allergnädigst zu verschonen, weil eine halbe Oper zu einer ganzen Hochzeit nicht hinlänglich sei. Bekanntlich sollte diese Oper »Agnes« schon zur Vermählung des Prinzen Wilhelm gegeben werden, es wurde aber nur der 1. Akt gegeben, weil das Ganze nicht fertig worden war, und nun ist sie noch nicht fertig, und man besorgt, daß die Vermählung deshalb werde müssen aufgeschoben werden.

14. Februar. Gestern habe zum ersten Male die »Muette von Portici« vernommen. Man könnte das Stück für eine neue Gattung ansehn, da es weder eine eigentliche Oper noch ein Stück ist; es ist ein wahres Melodram, das nicht gesprochen, sondern gesungen wird. Es ist zusammenhängend und durch 5 Akte interessant genug, um ein wirkliches Ganze zu machen. Das Gedicht von Scribe ist gar nicht sonderlich. Die Hauptperson, die neapolitanische Fischerin, ist vom Sohne des Vizekönigs geschwächt, der sich nun an eine Prinzessin von Geblüt vermählt. Warum aber und wovon sie stumm ist, geht nirgends hervor. Zwischeninne durchgehend ist eine Verschwörung der Neapolitaner gegen den Vizekönig, der ein Tyrann gescholten wird. Die Ausstattung des Stücks ist königlich. Wer den Vesuv in voller Aktion nicht von Angesicht an Ort und Stelle gesehn hat, der komme nach Neapelberlin und erstaune.

Dein

Z.

[Beilage]

Freitags, den 30. Januar 1829,
am Tage der heiligen Adelgunde,
geschrieben in später Abendstunde.

Verehrter Freund und hoher Alliierter im Whist
auf Tod und Leben!

Vernehmt, wie es mir gestern ergangen!

Da habe ich nun endlich das Holtei'sche »Fäustchen« gesehen und gehört! Augen und Ohren tun mir noch gar weh davon. Aber es geschah mir ganz recht! warum stecke ich auch mein zartes Näschen in allen D . . .! – Das nenne ich mir doch ein mixtum compositum von dünner Teufelei und flacher Frömmelei! Sackerment! bald möchte ich fluchen! Aberst ne! Fromm sein! nicht fluchen! – Zwar enthält auch dies »Fäustchen« manches Neue und Wahre; wäre das Wahre nur neu oder das Neue wahr und gut! Aber da eben sitzt der Hase im Pfeffer oder Lampe bei pepe. – Unser guter v. Holtei hätte besser getan, sein ganzes Machwerk auf das uralte Volkslied zu bauen wie weiland Dreher und Schütz auf ihrem Marionettentheater, ohne allen den bekannt gewordenen »Fäusten« irgendeinen Finger oder ein Glied zu entwenden, viel weniger dem eigentlichen »Faust« vom Vater Goethe! Mit wahrer Dankbarkeit gedenke ich noch des höchst belustigenden und zugleich lehrreichen Puppenspiels, in welchem Kasperl als Nachtwächter imponierte. Holtei hat zween Nachtwächter engagiert, aber keiner imponiert, sie tuten blos. Auch will ich das Klingemann'sche Drama, »Dr. Faust« genannt, welches ich einst in Breslau sehen mußte, als Herr von Holtei den Wagner spielte, nicht vergessen, weil es mir stellenweise während der Aufführung behagte, ja selbst im Ganzen mir nicht mißfiel, indem ich mir einbildete: es wären lebendig gewordene Marionetten, die ihren Drähtern entlaufen wären, und trieben sich denn so gemütlich herum, bis sie, wie billig, wieder aufgehängt werden müßten, um die Ordnung des Theaters wiederherzustellen. Gespielt wurde übrigens dies wunderliche Kunstprodukt, »Doktor Johannes Faust, der wundertätige Magus des Nordens« genannt, ganz erträglich, die Königstädter Roscier und Histrionen leisteten ihr Möglichstes, vor allen muß ich der talentvollen Demoiselle Holzbecher volle Gerechtigkeit widerfahren lassen; bei dieser kann sich der Autor fußfällig bedanken. Aber fast gereuet es mich, daß ich nicht dem Beispiele meiner viel weisern, wenigstens vorsichtigeren Nachbaren folgte und vor dem letzten Akte nach Hause ging. Da hätte ich doch hoffen und glauben dürfen, daß dieser Faust wirklich vom Teufel geholt werden würde und müßte, so aber weiß ich so recht eigentlich nicht, was aus dem armen Schächer geworden ist; denn nachdem der Gottseibeiuns den erbärmlichen Wicht mit höllischen Krallen gepackt, zerzaust, mit Füßen getreten und fast zermalmt hatte, auch die gute Stadt Wittenberg, mir nichts dir nichts, in tausend Stücken gegangen und verschwunden war, erschien im grauen Hintergrunde ein Flammenkreuz, von Margareten oder einem Engel gehalten – freilich, da konnte Herr Urian-Mephistophiles nicht das Feld behaupten, er schleuderte das fast vernichtete Fäustchen von sich und kratzte aus, und Faust wand sich wie ein Wurm von Brett zu Brett, stieß allerlei Interjektionen aus, als: »Gott! Allerbarmer! Ewiger!« und mehr dergleichen, winselte gräßlich, und – der Vorhang fiel. Punktum!

Was sollst du aus dieser Geschichte lernen? Antwort: Du sollst nicht alles hören und sehen wollen, auf daß dir nicht alles Hören und Sehen auf lange vergehe!

Mehr sprach er nicht. Dero

Samuel Rösel.

Postscriptum:
Dies bleibt aber unter uns Jungfern!

Freitags, abends spät. Den 30. Januar 1829.

Auf Dero Begehren habe ich kein Blatt vors Maul genommen, sondern mich frei und deutlich über das Holtei'sche »Fäustchen« ausgesprochen. Wollen wir aber Hochdieselben 20 Sgr. geben, so will ich nichts gesehen, nichts gehört und nichts gesagt haben; aber so schreiet mein Geld um Rache, denn ich muß mir's sauer werden lassen, solch Sündengeld zu verdienen. Also kurz und gut: an dem ganzen Holtei'schen »Faust« ist nicht viel, wird auch kein Glück beim Volke machen, für welches er doch gemacht ist. Dixi.

S. R.

Wann aber whisten wir wieder?

656. *An Goethe*

Du, mein alter Ödip, hast einmal wieder recht geraten. Etwas, dem ich endlich aus dem Wege zu sein glaubte, ist nach 4 Wochen eingetreten, und ich habe zu denken, wie ich mich nehme, durch einen Strudel zu schwimmen, um die Ruhe meiner zunehmenden Tage zu bewahren. Der einzige Trost dabei ist, daß dabei auch nicht das Unterfutter zum Rocke zu gewinnen ist, und da ich unter ähnlichen Umständen schon einmal eine administrative Person repräsentieren müssen, so ist's nur schade, daß ich meine Lektion wieder vergessen habe. Ist mir doch mancherlei Gutes im Leben geworden; was ich brauchen wollte, mußte ich mir selber machen, und wenn das Rechte kommt, werde ich von hinnen müssen, wie Levin Marcus, den ich noch recht gut als Humoristen gekannt habe: er war der Vater der Frau v. Varnhagen. Dieser durchtriebene Geselle läßt sich am Tage seines Todes vom Diener Waschwasser bringen und schilt, daß es kalt ist wie Eis; darauf bringt der Diener kochendheißes Wasser. »Du Ochs! bin ich denn ein Schwein, das du brühen willst?« Darauf kommt der Diener wieder und spricht: »Es ist im ganzen Hause kein Tropfen laues Wasser zu bekommen!« Und Levin Marcus lachte laut und verschied.

In Deinem Briefe vom 12. dieses habe zwei bedeutende Schreibfehler zu verbessern gehabt. Der junge Künstler der bronzenen Medaille heißt nicht Veit, sondern Karl *Voigt*, und der Spender derselben nicht Mendelssohn, sondern David *Friedlaender*, der sich übrigens sehr Deines Beifalls erfreut, weil er den jungen Künstler hegt und pflegt, wiewohl er es nicht Wort haben will.

Dann habe wieder eine Bitte: sollte wohl unser alte tüchtige Meyer mir einen Gedanken geben zu einem Familiensiegel? Meine Kinder dringen schon lange darauf, da ich einen einzigen Enkel meines Namens und keinen Sohn mehr habe. Die Hauptperson im Felde könnte ein Pferd sein oder ein Teil davon, und da Meyer weiß, was sonst an mir ist, so findet er was dazu. Hier will keiner dergleichen können, und ich kann's auch nicht. Meil hatte einmal den Auftrag, ein Siegel für einen reichen Juden zu zeichnen, der Meier hieß. Da zeichnete er einen Haufer Eier und ein M darüber und erhielt 10 Friedrichsdor. Soviel kann ich freilich nicht daran wenden, auch sind seit der Zeit die Eier wohlfeiler und die reichen Juden seltener worden. – Es ist schon wieder Sonnabend.

Lebe wohl.

21. Februar 1829. Dein Z.

657. *An Goethe*

Donnerstag, 26. Februar 1829.

Einer der 13 Bühnendichter, unser Willibald Alexis, hat soeben die Muse der Königsvorstadt mit einem Melodram überschattet, worüber die Anlage redet. Melodram ist es genannt, weil es seiner ernsthaften Tendenz wegen auf diesem Theater nicht dürfte gegeben werden. So hat denn ein bekannter Ungenannter (die Redaktion der hiesigen »Musikalischen Zeitung«) eine ganz homogene Musik dazu gemacht, die ich gestern vernommen habe. Wenn der Komponist nicht gewußt hat wohin, so hat er genug gezeigt, woher er kommt; denn sein mühbeladnes Flickwerk besteht in lauter Gräten und Abwurf von Beethovens Tischen, in wüsten Lärm gewickelt, daß Kinder im Mutterleibe Gänsehaut kriegen müssen. Mir war es, als wenn ich die Beispieltafeln sämtlicher musikalischen Lehrbücher nacheinander aus ihren verschiedenen Tonarten abhaspeln hörte, und die Orchesterleute sahen nachher aus, als ob sie ihren Gräbern entlaufen wären. Eigentlich hat mich das Opus erbaut – wie sich dieser »Bruder Markus« (jetzt Marx) dabei abgemartert und sein Fortepiano abgerammelt hat, da ich dem Schäker etwas gönne; denn das nicht vollzählige Königsvorstädt'sche Publikum ließ auch kein Merkmal der Wißbegier entfallen, um den Täter des konfusen Mordspektakels zu erkunden. So wollen wir auch nicht weiter davon reden.

Da habe ein einzelnes Blatt ergriffen, nicht[s] vor ungut! – Seit der Erscheinung des Schiller'schen Briefwechsels wird der Almanach von 1797 in allen Winkeln gesucht, und ich könnte was verdienen, wenn ich mir für mein wohlbewahrtes Exemplar Leihgeld zahlen ließ. Die Wirkung der »Xenien« ist eben jetzt so gut als neu. Dazumal gab es Teilnehmende, Gerechte, Wütende, Getroffne, Betroffne, Hinfällige, Beifällige, und alle lachten oder lächelten: in sich, aus sich heraus. Die Heutigen könnte man Philologische nennen. Der Gedanke, das Wort; der Sinn, die Bedeutung; gewogen, erwogen, verglichen! Die alten Freier liegen getötet da, und keiner läßt sich einfallen, daß solch Geschmeiße nachwächst. Mit Erstaunen aber findet man nun, daß »Alexis und Dora« ein schönes Stück ist. Wenn Cotta jetzt eine neue Ausgabe der »Xenien« macht, bin ich erbötig, Gewinn und Verlust zu teilen. Mein Exemplar habe noch nicht aus Händen gegeben, ich selber lese es mit neuen Augen.

Es ist schon wieder Sonnabend. Gehab Dich wohl und prophezei' uns einmal wieder eine Witterung, die man brauchen kann. Das Wetter lebt wie ein Schulmeister, vom Stundengeben: von 8 bis 9 Uhr Regen, dann Schnee, Frost, Sonnenschein, Nebel, und so weiter.

Dein

Z.

658. *An Zelter*

Eigentlich für solche alte Käuze, wie Du bist, hab' ich, mein Teuerster, die Schillerische Korrespondenz schon gegenwärtig drucken lassen; die Jetzt- und Folgewelt mag sie hinnehmen, wie sie kann, für sie bleibt dies Wesen alles historisch, und auch so wird es manchem Verständigen dienlich und heilsam werden; denen aber, die damals schon lebten und wirkten, dient es zu größerer Vollständigkeit und Bequemlichkeit, wenn auch sie das Fazit ihres Lebens zu ziehen Lust haben.

Im allgemeinen aber bleibt es gewiß einem jeden Denkenden interessant, in das Spiel zu sehen, wie damals die Karten verteilt waren und wie mit verschiedenem Geschick, Glück und Klugheit das Unternommene getrieben wurde.

Auf Ostern kommen euch die neuen »Wanderjahre« in die

Hände, und da möcht' ich immer das alte Wort wieder ausrufen: »O, ihr Athenienser!«

Die Übertriebenheiten, wozu die Theater des großen und weitläufigen Paris genötigt werden, kommen auch uns zu Schaden, die wir noch lange nicht dahin sind, dies Bedürfnis zu empfinden. Dies sind aber schon die Folgen der anmarschierenden Weltliteratur, und man kann sich hier ganz allein dadurch trösten, daß, wenn auch das Allgemeine dabei übel fährt, gewiß einzelne davon Heil und Segen gewinnen werden, wovon mir sehr schöne Zeugnisse zuhanden kommen. Ist doch eigentlich das wahrhaft Vernünftige und Auslangende das Erbteil weniger, im stillen fortwirkender Individuen.

Für die Berichtigung der Namen danke zum schönsten; es kommt mir oft vor, dergleichen zu verwechseln, besonders von Personen, die ich nicht von Angesicht kenne; wenn sich's nicht nur gar auf Adressen verirrt, so mag es noch hingehen.

Wegen des Wappens will ich mit Meyern sprechen, sobald ich ihn sehe; er ist nicht wohl, und wir kamen lange nicht zusammen. Verlangst Du aber ein Roß, so muß es wenigstens Flügel haben und aus einem Felde ins andere springen, welches noch weiter zu überlegen sein wird.

Das höchst artige Geschichtchen von dem Diener, der im Kopfe nicht zusammenfinden konnte, daß heißes und kaltes Wasser laues hervorbringe, kommt mir gerade zu rechter Zeit. Es hat etwas Ähnliches von den Irish bulls, die aus einer wunderlichen Unbehülflichkeit des Geistes hervorkommen und worüber im psychologischen Sinn gar manches zu sagen ist. Hier etwas dergleichen. Ein Irländer liegt im Bette; man stürmt herein und ruft: »Rettet Euch, das Haus brennt!« »Wieso?« erwidert er, »ich wohne ja zur Miete hier!« Findest Du dergleichen in Deinem Gedächtnis oder könntest Du es sonst nachweisen, so geschähe mir ein Gefalle. Die Betrachtungen darüber sollen Dir mitgeteilt werden.

Das Studium der Witterungslehre geht, wie so manches andere, nur auf Verzweiflung hinaus. Die ersten Zeilen des »Faust« lassen sich auch hier vollkommen anwenden. Doch muß ich zur Steuer der Wahrheit hinzufügen: daß derjenige, der nicht mehr verlangt, als dem Menschen gegönnt ist, auch hier für angewandte Mühe gar schön belohnt werde. Sich zu bescheiden ist aber nicht jedermanns Sache. Hier wie überall verdrießt es die Leute, daß sie dasjenige nicht erlangen, was sie wünschen und hoffen, und da glauben sie gar nichts empfangen zu haben. Man müßte zum Beispiel vor allen Dingen auf das Vorauswissen und Prophezeien Verzicht tun, und wem ist das zuzumuten?

Soviel für heute! Schreibe bald wieder, denn es gibt auch bei mir unter großem Drang, der manchmal in Verwirrung ausarten will, doch immer noch ein Stündchen ruhiger Fassung zu freundlichstem Erwidern.

Und so fortan!

Weimar, den 4. März 1829. G.

659. *An Goethe*

Den 9. März 1829.

Dein Gedanke zu einem Siegel ist mir vollkommen gefällig, ja schmeichelnd. Könntest Du mir einen Entwurf dazu schaffen, so bin ich abermal in Deiner Schuld. Es gibt hier recht gute Arbeiter, wenn man ihnen den Gedanken und die Stellung der Sachen vorarbeitet. Auch die kleine Facius macht sich ganz artig. Sie hat meine Luise büstiert; ich habe es noch nicht gesehn, weil ich noch nicht zu Rauch kommen können, es soll ganz hübsch sein, wie denn auch das Mädchen sich nicht schlecht ausnimmt. Und wenn sie nur den vertrackten Lockenwust davon lassen – denn die Künstler wie die Weiber sind besessen damit.

Dein Irish bull ist soviel wert als meine Geschichte; er war mir in anderer Gestalt etwas bekannt, wiewohl er so am besten ist.

Um ins Heroische überzugehn, berichte folgendes. Während des hiesigen Karnevals, mitten im Januar, schlug der Blitz ins Königliche Schloß und zündete. Der Kammerhusar stürzt ins Kabinett Friedrichs des Großen: »Ihro Majestät, es hat eingeschlagen, das Schloß brennt!« Friedrich sagt: »Geht, und sorgt, daß die Treppe frei bleibe; ich habe zu tun!«

Ein Tambour, der sich vom Könige an der Ehre beteiligt hielt, erschoß sich unmittelbar an der Kabinettstür des Königs. Der König sagte: »Begrabt ihn gut! warum war er nur Tambour?«

Der alte Blücher (ich weiß nicht, in welcher Schlacht) mußte vom Pferde absteigen, um sein Wasser zu lassen. Während dieses länglichen Geschäfts schlägt eine Kugel vor ihm nieder und bedenkt ihn mit Kote. »Die Schwerenotsnille!« ruft er aus und kann nicht fertigwerden.

Derselbe kommt morgens in das Schlafzimmer seiner Gemahlin, die noch im Bette ist, küßt sie, macht sich galant. »Ich weiß schon, was du willst«, sagt die Dame und macht Anstalten zum Empfang. »Etsch! etsch!« den Finger streichend, ruft der alte Vokativus, »heut ist der erste April! Sieh nur her, ich kann nicht!«

Wir sind eben im Begriff, unsern, meinen Leibarzt Rust zu verlieren, was ich zu beklagen habe, da ich ihn für einen Mann von Genie halte. Da wird man sich frisch zu halten haben; wir sind zu alt, um uns noch auf die Probe zu geben.

Generalmajor v. Brause hat mir gestern Deine Grüße abgegeben; er war entzückt, Dich von Angesicht gesehn zu haben; zwei seiner schönen Töchter sind meine Schülerinnen gewesen.

Aus der Zeitung wirst Du schon ersehn haben, daß wir die »Passion« von Johann Sebastian Bach aufführen. Felix hat die Musik unter mir eingeübt und wird sie dirigieren, wozu ich ihm meinen Stuhl überlasse. Künftig werde den Text senden, wozu ich einen Vorbericht geschrieben habe. Felix ist durch Moscheles nach London eingeladen, von wo er dann nach Italien gehn mag. Der Knabe ist mein Trost, und es ist gut, daß er aus dem elterlichen Hause kommt. Was er geistig braucht, nimmt er mit, und ich hoffe bald weiter von ihm zu hören. Vale!

Dein Z.

660. *An Goethe*

Unsere Bach'sche Musik ist gestern glücklich vonstatten gegangen, und Felix hat einen straffen ruhigen Direktor gemacht. Der König und der ganze Hof sah ein komplett volles Haus vor sich; ich hatte mich mit einer Partitur neben dem Orchester in ein Winkelchen gesetzt, von wo aus ich mein Völkchen beobachten konnte und das Publikum zugleich. Über das Werk selber wüßte ich kaum zu reden; es ist eine so wunderbar sentimentale Mischung von Musik im allgemeinen, den Sinn der Sache in der höchsten Potenz [über in – Potenz unleserliche Änderung] in der Idee aufzubauen, daß das Wort des Dichters selbst zur Idee wird. Meldeten sich nicht hin und wieder melodische Ähnlichkeiten mit neuern deutschen Opernkomponisten, wie zum Exempel mit Gluck und Mozart, wodurch man wieder auf unsere Zeit auf einen Moment zurückkommt, so dürfte man sich zwischen Himmel und Erde und zugleich 30 Jahre älter fühlen. Und das mag es sein, was diese Musik im allgemeinen kaum ausführbar macht. Hätte doch der alte Bach unsere Ausführung hören können! das war mein Gefühl bei jeder gut gelungenen Stelle, und hier kann ich nicht unterlassen, meinen sämtlichen Jüngern der Singakademie wie den Solosängern und dem Doppelorchester das größte Lob zu spenden. Man könnte sagen, das Ganze wäre ein Organon, worin jede Pfeife mit Vernunft, Kraft und Willen begabt sei, ohne Zwang, ohne Manier. Da ist kein Duett, keine Fuge, kein Anfang, kein Ende, und doch alles wie eins, und jedes am Orte, was es allein und zusammen ist. Eine wunderbar dramatische Wahrheit ergibt sich: man hört, wie die falschen Zeugen, das ist: man sieht sie, auftreten. Die Hohenpriester: »Es taugt nicht« etc., »es ist Blutgeld.« Und die turba: »Ja nicht auf das Fest«, etc. und die Jünger: wahre ehrliche Jungens; Lumpen: »Wozu dienet dieser Unrat?«; es scheinen ganz eigene Töne zu sein, die man noch nicht kannte, aber erkennen muß. Dann dazwischen das herzliche Leid um den edeln Menschensohn, den Freund, den Ratgeber, den Helfer, den Bescheider und so weiter.

Daß das nun alles neu und doch natürlich ist, bemerkt sich daran, daß es nicht sowohl gern vernommen und danach gegriffen wird, als daß man es gleich noch einmal und wieder und wieder vernehmen und zuletzt begreifen möchte und Ein Guß ist, wie zerstreut auch die Handlung sich im Textbuche gestaltet. Der Evangelist, Stümer vom Königlichen Theater, einer meiner ehemaligen Schüler, hat so vortrefflich (besonders in der Ausführung) seine Relation abgesungen, daß man mit Genuß das Evangelium wiederholen hört. Ich hatte ihm vor der Aufführung den Rat gegeben, die Relation nicht durch Empfindsamkeit zu tardieren, und er hat's aufs beste getan.

»Nun, ihr Musen, genug!« Lebe wohl und: *»Erkenne mich, mein Hirte!«*

Berlin, 12. März 1829. Z.

Nun haben wir auf vieles Begehren die Passionsmusik bei vollem Hause abermalen wiederholt. Die alten sind wieder- und neue Hörer dazugekommen. Die Urteile sind billig verschieden, und von vielen soll nur einer genannt sein, der das Recht hat zu urteilen wie jeder andere und vor andern. Philosophen, welche das Reale von dem Idealen trennen und den Baum wegwerfen, um die Frucht zu erkennen, sind mit uns Musikern etwa so dran wie wir mit ihrer Philosophie, von der wir nichts weiter verstehen, als daß wir ihnen den gefundenen Schatz vor die Tür bringen. So Hegel. Er hält eben mit seinem Kollegium bei der Musik. Was ihm Felix recht gut nachschreibt und wie ein loser Vogel höchst naiv mit allen persönlichen Eigenheiten zu reproduzieren versteht. Dieser Hegel nun sagt, das sei *keine* rechte Musik; man sei jetzt weiter gekommen, wiewohl noch lange nicht aufs Rechte. Das wissen wir nun so gut oder nicht wie er, wenn er uns nur musikalisch erklären könnte, ob Er schon auf dem Rechten sei. Und so wollen wir immer unterdessen piano und sano gehen, wie uns der Gott es eingibt, dem wir alle dienen. Denn wir wissen ja alle nicht, was wir beten sollen, und tun immer dazu, und so mögen die andern auch tun.

Die Biographie Mozarts, welche ich soeben lese, macht mir die größte Freude, wegen der Originalien, die sie enthält. Die Briefe sind unschätzbar, indem sie mir jedes Urteil über den wunderbaren Menschen bestätigen und mit meiner Kunstansicht im ganzen vollkommen übereinstimmen. Sieht man die Masse des jetzigen Künstlergeschmeißes dagegen an, so weiß man kaum, ob man die Jungens auslachen oder vor Jerusalem weinen soll. Mozarts Liebe gegen seine Eltern und zu seiner Schwester ist höchst respektabel. Der Vater war ein tüchtiger Musikus; seine Violinschule ist ein Werk, das sich brauchen läßt, solange die Violine eine Violine bleibt; es ist sogar gut geschrieben. Wie sich diese Familie herumschleppen müssen – ich beneide ihren Jammer und denke: mir hätte nichts Angenehmeres widerfahren können als solche Gelegenheit, die weite Welt zu saufen. Heu- und Strohfressen sollte mich nicht abgehalten haben, wenn ich aus Gehorsam gegen meinen Vater und Mutter hier das Beste mit Ekel genoß. Meinem Karl schrieb ich nach der Grenze von Italien, wohin er nicht Lust zu haben schien, daß ich einen Wagen nach Italien und Frankreich ziehn wollte, wenn ich's *noch* haben könnte wie er. Ich hatte ihm durch den Minister Humboldt die schönsten Gelegenheiten vorbereitet, er konnte gehn, wohin er wollte. Und doch habe ich zu danken und danke auch. Verzeih meine Tränen und lebe wohl!

Dein Z.

661. *An Zelter*

Deine letzten Briefe, mein Teuerster, in Ernst und Spaß, haben mir zu guter Stunde wohlgetan. Der neuste, die Nachricht der glücklichen Aufführung des großen älteren Musikstücks enthaltend, macht mich denken. Es ist mir, als wenn ich von ferne das Meer brausen hörte. Dabei wünsch' ich Glück zu so vollendetem Gelingen des fast Undarstellbaren. In dem Innern des Kenners und Mitgenossen solcher Kunst mag es bei dem Anhören von dergleichen Werken vorgehen, was mit mir in diesen Tagen geschah, da ich die Verlassenschaft des Mantegna wieder vor Augen stellte. Es ist schon die ganze Kunst, das Mögliche und Unmögliche derselben, vollkommen lebendig, und doch noch nicht entwickelt; wäre sie es aber, so würde sie das nicht sein, was sie hier ist, nicht so ehrwürdig, nicht so reich an Grund und Hoffnung. Was Du an Felix erlebst, gönn' ich Dir von Herzen; mir ist es unter meinen vielen Schülern kaum mit wenigen so wohl geworden.

Zwar hab' ich einige Zeit Dir geschwiegen, aber indessen manches beseitigt und auch für Dich gesammelt und vorbereitet. Meinen Entwurf zu Deinem Wappen habe an Facius überliefert; ich will es gleich stechen lassen, denn was hilft da viel Fragen und Zaudern; ist der Stempel da, so siegelt man damit und gewöhnt sich dran. Möge Dir das Gebildete gefallen und ich es oft auf Deinen Briefen zu begrüßen haben!

Mit dem guten Meyer konnt' ich darüber nicht konferieren; er ist schon mehrere Wochen unwohl und wagt sich bei dem wunderlichen Wetter nicht aus, wie ich denn auch nicht.

Manches schöne Blatt von Zeichnungen und Kupfern ist mir zur Hand gekommen: eine Kapitalzeichnung von Rembrandt unter andern, welche ohne eine besondere Gunst der Dämonen nicht hätte zu mir gelangen können.

Doktor Eckermann, den ich täglich sehe, bildet sich schrittweise reiner aus zu Urteil und Anteil; er durchsieht mit löblicher Geduld meine alten, hoffnungslos zugeschnürten Manuskriptenmassen und findet zu meiner Freude manches darin wohl wert, erhalten und mitgeteilt zu werden, so daß man das Übrige nun mit Beruhigung verbrennen kann.

Unser Theater hat seinen ganz guten Fortgang. Schauspieler und Publikum leiden freilich an manchen neuen Stücken, dagegen spielen sich andere leicht und fröhlich weg zu Erheiterung des Hauses. Man martert sich nun mit einem neuen Quälodram, kommt durchgeprügelt nach Hause und holt sich doch noch einmal den Buckel voll. Genast und Frau, sonst am Leipziger, jetzt am Magdeburger Theater, sind engagiert, das verspricht neues Leben und Bewegung, und eure gute Wolff, hör' ich, wird auch zu einigen Gastrollen hierherkommen; das gibt also für die nächsten Wochen lauter freundliche Gesichter. Meinen

»Faust« wollen sie auch geben, dabei verhalt' ich mich passiv, um nicht zu sagen leidend. Doch überhaupt darf mir für dieses Stück nicht bange sein, da es Herzog Bernhard in Obercarolina bei einem Indianer gefunden hat.

So weit für diesmal! Alle guten Wünsche begleiten gegenwärtiges Blatt.

Treu verharrend

Weimar, den 28. März 1829. Goethe.

662. *An Goethe*

Sonnabend, den 28. März 1829.

Damit der Weg nicht ohne Leute sei, sende die Einlage. Dieser Bendavid, der mir unter Zynikern der aufrichtigste und leidlichste ist, erzählte mir den Inhalt des Papierchens vorgestern im Spazierengehn. Ich bat ihn, er möchte mir's aufschreiben, weil in meinem Gedächtnisse nur Noten Platz finden, und das hat er redlich gehalten. Du hast mich einmal vor manchen Jahren in Teplitz auf ähnliche Phänomene aufmerksam gemacht; meine Augen müssen verkehrt eingesetzt sein, da sie nur in mich hereinsehn. Gestern war ich im Königlichen Theater und habe zum ersten Male die 3 letzten Akte eines ganz neuen Stücks: »Heinrich IV. vor Paris« gesehen. Nun dusle ich umher wie ein kreisendes Weib, um mir die fehlenden zwei Fünftel selber zu gebären.

Lichtenstein, der jetzt Regierungsbevollmächtigter bei der hiesigen Universität ist, hat in diesen Tagen einen ausgezeichneten Besuch erhalten. Ein Student klop[f]t an seine Tür, erscheint als ein freundlicher Besuch und sagt: »Der Student N. N. läßt grüßen und sendet Ihnen durch mich einen dummen Jungen!« und empfiehlt sich ebenso freundschaftlich. Lichtenstein sendet ihm den Pedell nach und läßt ihn ins Karzer führen und den Sender des freundschaftlichen Boten dazu. Was daraus nun werden soll, weiß man außer Relegation noch nicht. Einen kennen wir beide, den diese Gelegenheit *wenig* ärgern wird. Wenn's der Jäger mit den Füchsen hält, ist er endlich auch betrogen. Genug für heute.

Dein

Z.

Eine Madame Müller aus Braunschweig, ein schönes Weib von 25 Jahren, hat sich vorgestern hier hören lassen. Ihr Mann ist Violinist in der Braunschweiger Kapelle und soll tüchtig sein. Die Frau hat eine Altstimme vom schönsten Umfange, klar, egal, rein; man kann sie für eine italienische Stimme nehmen. Sie sucht hier Anstellung, die sie schwer finden wird, weil man hier – und so weiter. Ihr fehlt nichts als Übung, denn sie macht sich schüchtern. Könntet ihr bei euch dergleichen gebrauchen, so laßt mich's wissen, aber bald, denn ich glaube nicht, daß sie sich lange hier aufhalten können. Sie dürften vielleicht mit einem mäßigen Gehalte vorliebnehmen. Dann ist die Frau gut musikalisch, Klavierspielerin und sieht sich ganz appetitlich an. Ein Kuß von ihr ist kein Katzendreck. Ihr Mann ist mit seiner Familie zerfallen, wegen seiner Verbindung mit ihr, das ist, was ich weiß, und darum mögen sie wohl von Braunschweig fortwollen. Eine gestreckte Figur wie unsere Crelinger, aber mehr natürliche Anmut. Sie sang Arien von Rossini recht gut, rein, biegsam, und wiewohl verlegen, doch voll, hell und nicht reißend wie manche Italiener. Solche Fehler müßte sie erst von *großen* Sängerinnen lernen. Da Du mir vor einigen Wochen schriebst, daß sich euer Theater zu heben anfange, so berichte solches; vielleicht wäre die junge Frau auch als Schauspielerin zu gebrauchen. Der Mann ist ein jüngerer Bruder des Konzertmeister Müller in Braunschweig, doch als

Orchestergeiger seinem Bruder vorzuziehen, der mehr Virtuose ist.

Kannst Du einige Worte über die Bendavid'sche Einlage an mich schreiben, so teile ich's dem guten Kerl mit, dessen Schriften Du gewiß kennst.

[Beilage]

»Der Eindruck, den ein leuchtender Gegenstand auf die Sehnerven macht, dauert 20 bis 30 Sekunden. Siehet man an einem heitern Tage, wenn man im Zimmer sitzt, eine Zeitlang in der Mitte des Fensters und schließt sodann die Augen, so bleibt die Gestalt des Fensters eine Zeitlang im Auge, und zwar so deutlich, daß man imstande ist, die einzelnen Fächer zu zählen. Merkwürdig ist dabei, daß der Eindruck der Form sich besser erhält als der der Farben; denn die Glasscheiben erscheinen dunkel, die Querhölzer, die Rahmen und die Wand umher aber weiß und glänzend. Vermehrt man jedoch die Dunkelheit dadurch, daß man die Hände über die verschlossene Augen hält, so erscheinen die Scheiben leuchtend, die Querhölzer dunkel. Beim Wegziehen der Hand kömmt alles wieder in den ersten Stand. Ich weiß diese Erscheinung sowenig zu erklären wie folgende. Hat mein Auge durch eine grüne Brille gesehen, so siehet das weiße Papier eines Buches rötlich aus, so wie es grünlich aussiehet, wenn man lange durch rote Brillen gesehen hat.«

Franklin an Lord Kaims über Musik, de dato 2. Januar 1762.

Indem ich mir diesen versprochenen Auszug Euer Hochwohlgeboren mitzuteilen die Ehre gebe, ergreife ich die Gelegenheit, Ihnen die Hochachtung zu versichern, mit der ich bin

Ihr ergebener BenDavid. 26. 3. 1829.

Ja ja, so ist es: die ganze Kunst allein macht lebendig, und dann ist es gleichviel, alt oder neu, entwickelt oder nicht. Wie bin ich doch in Freuden, wenn Dein Wort zu meinem Wesen mir vorkommt wie die beiden Seiten eines Dinges, das Ein Herz hat. Wissen wir ja doch auch, was sich alles ausstellen ließe hier und dort, da denn ja alles wieder anders und gewiß nicht das Nämliche bliebe. Wenn ein Heutiger ein Picander'sches Gedicht in Musik setzen sollte, er müßte sich kreuzigen und segnen, und sieht man, *was* sie in Musik setzen, so weiß man nicht, ob man lachen oder weinen soll über die Unschuld, mit welcher man sich im Bessern glaubt.

Schönsten Dank im voraus über Deinem Entwurf zu einem Siegel für mich. Größere Freude hättest Du mir nicht machen können. Aufrichtig gesagt: mit Meyern, das war nur ein Wink mit dem rechten Fuße, um Dich nicht selber zu inkommodieren, und daß es Facius schneidet, ist mir vollkommen recht; Du bist wohl so gut, mir nachher ein anständiges Honorar für ihn vorzuschlagen.

Dem Herrn Dr. Eckermann gib meinen Segen. Wollte Gott, ich könnte ihm helfen dabei, das Element sollte nicht viel zu verzehren finden! und doch bin ich selber hülfelos, der ich seit 40 Jahren so manchem auf die Beine geholfen. Es ist in der Tat zum Lachen: sowie sie nur merken, daß ich einen brauchen könnte, gleich bin ich allein. Aber auch das ist ein Vorteil, ja ein Gewinn, gäbe es auch nur einen leidlichen Humor in schlimmer Zeit.

Unser Theater ist ein anarchisches Nest. Sämtliche Sänger sind aufständig gegen Spontini. Diesen hat der Sänger Bader beim Könige selber verklagt und Satisfaktion erbeten, indem er nicht eher wieder in einer seiner Opern singen könne, und so weiter. Madame Wolff mag Dir das mündlich erzählen, mir ist es langweilig. Dagegen soll mir der Indianer gelobt sein, der Deinen »Faust« liest, und so ist die Sache in der Ordnung: unser deutsches Eigentum muß uns aus der Fremde offeriert werden, sonst kommen wir nicht zu uns. Wer will es den Franzosen verargen, daß sie sich ihren Corneille und Molière nicht nehmen lassen? Können *sie* etwas Besseres haben? und – faul sind sie nicht. In den letzten Tagen habe zum ersten Male unsere französischen Schauspieler gesehn und ist mir nicht leid. Ich hatte Furcht, sie möchten so geschwinde reden, daß ich sie nicht verstünde; sie sprechen aber so deutlich und mäßig, daß ich fast glaube, sie wissen sich in Deutschland. Die Hauptsache aber ist: sie *spielen* wirklich und sind ohne Manier, als insofern sie Franzosen sind, und – ich werde wieder hingehn. Lebe wohl! ich habe mehr zu tun.

Dein

Dienstag, 31. März 1829. Z.

Dein Schreiben vom 28. dieses war gestern abend schon in meiner Hand.

664. *An Zelter*

Deine freundliche Meldung einer vorzüglichen Sängerin habe sogleich Kapellmeister Hummel mitgeteilt, welcher nach Beratung mit Kollegen und Vorgesetzten mir eine zwar dankbare, aber ablehnende Erwiderung zubrachte. In ihren beschränkten Zuständen, hieß es, wär' ihnen mit einer Altistin nicht geholfen; könntest Du ihnen eine dergleichen Sopranistin zuweisen, so würden sie es dankbar erkennen. Und wie die Sachen stehen, ist dieses eigentlich das nächste Bedürfnis unsrer Bühne.

Auf die Anfrage des Herrn Bendavid liegt ein Blättchen bei; ich hätte es beinahe beim Wiederlesen zurückbehalten.

Ich kann an diese Dinge nicht denken, ohne einigen Unmut zu bezeugen, nicht um meinetwillen (denn ich habe von diesen Studien großen Vorteil), aber um gebildeter Menschen willen, die noch, als sechszig, siebzig Jahre zurück, an Problemen herumtasten, deren Verhältnis, Ableitung und Erklärung schon längst am hellen Tage liegt, ohne anerkannt zu werden.

So mag dies abgehen mit den besten Wünschen und Grüßen. Mir geht es verhältnismäßig ganz wohl. Die alte Frau v. Kotzebue ließ kurz vor ihrem Ende unsrer Frau Großherzogin auf gnädigste Anfrage antworten: achtzig Jahre mögen noch angehen, neunzig aber sei ein schlechter Spaß.

Und hiemit allen guten Geistern empfohlen.

Der dritte Teil des Schillerischen Briefwechsels ist unterwegs, erbaue Dich daran; ein Dir bestimmtes Exemplar kommt nicht eher, als bis alles beisammen ist; da fängst Du ja wohl wieder von vorn an.

And so for ever

Weimar, den 2. April 1829. Goethe.

Wäre meine »Farbenlehre« nicht ein verbotenes Buch und deshalb schwer aufzufinden, so würde ich sagen: die unter dem Datum 2. Januar 1766 von dem wackern Franklin als problematisch hinterlassenen Erscheinungen sind in obgedachtem meinem Büchlein und zwar gleich zu Anfang in der Ersten Abteilung, überschrieben: »Physiologische Farben«, mit allen ihren Seitenverwandten aufs deutlichste und vollständigste, wie mir scheinen darf, abgeleitet, ausgelegt und erklärt, wie man sagen möchte. Diese meine Arbeit ist nun bald zwanzig Jahre öffentlich; das Nützliche davon hat sich aber noch nicht in die Masse verbreitet. Vielleicht schwirrt das laufende Jahrhundert vorüber, und es bleibt beim alten. Die Vorteile, die ich mir dadurch selbst verschafft habe, kenn' ich, andere mögen für sich sorgen. Die Herrn vom Fach, denen es freilich ihr Fach zu zerstören droht, haben alle Ursache, sich zu wehren und abzuwehren, daß niemand darüber ins klare komme. Ich habe geschwiegen und werde schweigen.

Gar vieles wäre noch zu sagen; leider ist dies schon zu viel.

G.

665. *An Goethe*

Berlin, 6. April 1829.

Dein Letztes vom 2. dieses macht mir einen frohen Ärger, den ich gehörig verarbeiten werde. Diese Lumpen sind es schon gewohnt, von mir schlecht behandelt zu werden; sie nennen mich einen Grobian, und ich tue, als wenn ich nichts merkte, weil man sonst keine Gelegenheit hätte, da capo zu singen.

Der Bendavid hat schon die ganze Ladung in vernehmlicher Abschrift auf seinem Zettelchen zurück in Händen, denn er bringt es weiter und ist ein ehrlicher Kerl und behält auch wohl sein Teil für sich. Wenn ich mein Exemplar der »Farbenlehre« verleihen wollte (denn man weiß, daß ich's besitze), so würde ich's wenig zu sehn bekommen. Noch vor kurzem sagte ich es einem: »Kaufen Sie sich's selber und lesen Sie den Index, da werden Sie Ihresgleichen finden.« Meine alte Schwägerin von 76 Jahren wird nicht satt, und wenn sie damit fertig ist, fängt sie von vorn an, es wieder durchzugehn; sie versteht mehr davon als alle die Kerls und gibt wohl einmal einem eine Tachtel darüber, was einer alten Frau nicht gar übel genommen wird, die auch etwas Drachenblut hat.

Über ein ähnliches Zänkchen, das eben vor ist, lege eine Abschrift bei, woraus Du sehn kannst, was man zu fechten hat. Mein Gegengeschenk ist eine Falle für sogenannte Kenner, und wenn er da hineingeht, dann soll er's etwas dicker haben. Er ist ein tiefer Verehrer der Kompositionen des Wilhelm Friedemann Bach (ältesten Sohnes des Sebastian Bach), was ich nicht bin und er an mir zu tadeln findet. Darüber schenkte er mir ein Orgelkonzert vom Friedemann Bach und schrieb den im Briefe angegebenen Spruch des Quintilian für mich darüber. Damit Du nicht die Mühe hast, Dir Kapitel und Seite selber aufzusuchen, siehe her:

»Modeste tamen et circumspecto judicio de tantis viris judicandum est, ne, quod plerisque accidit, damnent quae non intelligunt.«

Dieser Friedemann Bach (der Hallische) war der vollkommenste Orgelspieler, den ich gekannt habe. Er ist hier im Jahre 1784 gestorben, als ich schon Bürger und Meister war. Er wurde für eigensinnig gehalten, wenn er nicht jedem aufspielen wollte; gegen uns junge Leute war er's nicht und spielte stundenlang. Als Komponist hatte er den tic douloureux, original zu sein, sich vom Vater und Brüdern zu entfernen, und geriet darüber ins Pritzelhafte, Kleinliche, Unfruchtbare, woran er auch leicht erkannt wurde wie einer, der die Augen zumacht, um unsichtbar zu sein. Darüber war schon unter uns beständig Streit, und nun ist dieser mein Ästhetikus noch bis heut in solcher Originaleinsicht befangen, und ich kann's nicht unterlassen, ihn anzufahren.

Den 10. April. Gestern abend ist das schöne Siegel angekommen, dessen Erfindung und Ausführung mir gleiche Freude macht: der Gedanke gesund und natürlich und der Schnitt so rein und derb. Habe den schönsten Dank dafür und sage mir, was ich dem guten Facius gebe. Frau v. Cotta, durch welche ich seit gestern erst die Gedichte des Königs von Bayern erhalte, hat den soliden Einfall: Du möchtest einige Stücke auszeichnen, die ich in Noten setzen möchte und Seiner Majestät eine unfehlbare Freude machen würden. Einiges habe selber schon aufgezeichnet und ist Dir ja wohl ein Leichtes, dergleichen zu verwilligen.

Es ist heut schon wieder Sonnabend. Lebe wohl!

Dein

Z.

[Beilage]

Der schlimme Goethe ist Ihnen, lieber Freund, also noch immer den Dank schuldig für Ihre »Ästhetik«. Ja, so geht es in der Welt. Vielleicht – gewiß hat er das Buch gar nicht angesehn, und da man in Braunschweig auch wohl nicht so gar viel aus seiner jetzigen Schreiberei macht, so vergilt er Gleiches mit Gleichem. Das ist klar wie – Marienglas.

Wiewohl nun Goethe öffentlich bittend erklärt hat (siehe »Kunst und Altertum« III. Bandes 2. Heft Seite 186), daß in jetzigen Jahren es ihm nicht mehr möglich sei, alles ihm Zugeehrte eigens zu beantworten, so muß ich denken, daß er Ihr Buch dennoch gelesen, ja ich müßte mich nicht wenig irren, wenn im VI. Bande des nämlichen Werkes, 1. Heft, Seite 47. 48. 49. 50: »Über das Lehrgedicht«, das hier Gesagte nicht Ihrem Frommen sollte gewidmet sein.

Haben Sie diese 4 gedruckte Seiten, welche den Raum eines gewöhnlichen Briefes offenbar überbieten, wirklich gelesen, so hätten Sie sich durch Ihr Stillschweigen schon gerächt, ihm für seine Aufmerksamkeit gar nicht Dank wissen zu wollen, und er selber mag nun erraten, wie Sie seine gute Meinung aufgenommen.

Dies hätte ich Ihnen schon vor zwei Jahren vertrauen können, da das Heft vom Jahre 1827 ist, wenn ich nicht gehofft hätte, Sie würden es selber finden. Indem Sie sich aber nun schon zum 3. Male gegen mich über Goethes »Geringachtung« und Verabsäumung gewöhnlicher Höflichkeit beschweren, so weiß ich keine bessere Gelegenheit und gebe Ihnen den wohlbehaltenen Ausspruch des Quintilian lib. 10 cap. 7, womit Sie, mein freundlicher Professor, mir das Orgelkonzert von Wilhelm Friedemann Bach zugeeignet haben, in aller Integrität zurück; sind wir beide davon nicht modester, so ist auch das Orgelkonzert noch nicht besser geworden.

So sehr ich nun Ihnen, lieber Freund, vor vielen ein herzliches Wort jenes Freundes gönne, so gebe zu bedenken, ob ein Geist, der allen Gestirnen der *Welt*literatur zugewandt ist, zu schelten wäre, wenn er im spätesten Alter noch eine neue deutsche Ästhetik durch ein offnes reifes Wort ehrt – das, durch Sie veranlaßt, der Welt sonst wohl könnte entgangen sein und immer mehr wert ist als ein kahler Brief gewöhnlicher Höflichkeit, der Ihnen wohl auch nicht genügt hätte.

Als Versöhnungspflaster und Gegengeschenk sende ich das beigehende Konzert, welches ich doppelt habe, in Partitur und Stimmen. Sollten Sie es nicht schon besitzen, so ist es immer eine Rarität, und von einem Kenner wie Sie wünschte ich wohl ein Wort darüber zu vernehmen.

Endlich habe ich auch gestern (26. März) unsere schöne Freundin Madame Müller in ihrem Konzerte gehört, und zwar mit Bewunderung der schönsten Stimme, die man eine italienische nennen kann. Auch habe nicht versäumt, ihr selber mein herzliches Wohlgefallen zu erkennen zu geben. Die müßte sehr viel *öffentlich* singen, um eine Scheue zu überwinden, die der Feind einer schönen Stimme ist. Gleichheit, Klarheit, Metall, Beweglichkeit, ja die angenehmste Persönlichkeit dazu ist alles, was Natur und Glück geben können, und es läßt sich nicht absehn, was man furchtsam sein soll, wenn gehörige Übung und Gewohnheit dazukommt.

666. *An Goethe*

Karfreitag 1829.

Direktor Klöden will sich nicht unterfangen, Dir die Anlage selber zu senden; so muß ich ihm denn wohl, der ein Mitglied der Singakademie ist, gefällig sein.

Heute führe ich statt der gewöhnlichen Graun'schen Passionsmusik die Bach'sche auf Begehren wieder auf und biete Trotz meinen alten krummen Fingern; denn mein Helfer Felix schwimmt eben bei Helioland auf der See auf England zu, von da er eingeladen ist. Da er gut Orgel spielt und sie dort bessere Orgeln als Organisten haben, so denk' ich, er möge sich's auch damit versuchen.

Gestern kommt ein strackgewachsner junger Mann mit stattlichem Schnauzbarte (ich hielt ihn für einen Studenten) und erbat sich ein Freibillett zur »Passion«. Da ich dergleichen nicht wenige zu geben habe, mußte ich ihm bemerken: ich könne nicht wissen, ob ich deren übrigbehielte, und nicht vorher verschenken, was ich verkaufen wolle. – Er sei, sagte er, Rezensent am »Courier« und habe gehofft, ich würde ihm seine Bitte nicht versagen, denn die Redaktion habe keine Billette. – »Bedenken Sie, werter Herr«, sagte ich, »daß Ihre Rezension für mich allenfalls einen Wert hätte, wenn ich sie vorher haben könnte, um davon zu lernen; nun soll ich sie Ihnen aber heute schon mit einem Taler bezahlen, wenn nachher die ganze Welt sie für einen Groschen haben kann, und Sie gewinnen doppelt, denn meine Musik ist gut, das wissen alle, die mir was dafür geben«. Der junge Mann schien konsterniert, er jammerte mich, und ich war schon im Begriffe, ihm ein Billett geben zu lassen, als er still davonging; er wird mir's aber wohl anstreichen.

Sonnabend. Mein Saal war gestern voll. Der König, der Prinz und die Prinzessin Wilhelm, Herzogin von Cumberland und mehrere vom Hofe waren da. Die andern beschwerten sich über große Hitze, und Du kannst denken, wie lieb mir's ist, wenn sie alle recht durch und durch schwitzen, wie mir's denn auch ergangen ist. Ich will recht gerne schwitzen, das kühle Grab wird mir's wohl wieder zugute bringen; da kann man sich Zeit nehmen, hat man doch die ganze liebe Ewigkeit vor sich.

Paganini macht hier mit seinen vermaledeiten Violinkonzerten Männer und Weiber toll und wird wohl wieder 10 000 Taler mit aus Berlin nehmen, wenn er sie nicht vorher im Pharao wieder verliert. Ich habe kein Geld, ihm für seine Künste jedesmal 2 Taler zu bringen, und nichts von ihm gehört als sein Porträt gesehn, das einem Hexensohne ähnlich ist. Das eigentliche Unglück, das er über uns bringt, besteht aber darinne, daß er uns die jungen Violinisten im Orchester von Grund aus ruiniert. Vale.

Dein Z.

667. *An Zelter*

Höchst erfreulich war es, den Abdruck des gewagten Siegels auf dem ersten Deiner Briefe zu sehen. Wir hatten unser Mögliches getan, ich und der gute Facius, und so war denn auch der Beifall des Besitzers ausgesprochen. Möge ich es oft wiederholt erleben!

Den törichten Ästhetiker hast Du gut bedient. Einen solchen beschränkten und eigendünkligen Menschen möchte man sich nicht leicht imaginieren. Auch würde man gewiß in solcher Umgebung nach und nach aufhören, für das Verständige und Nützliche zu würken, wenn uns nicht die Notwendigkeit eingeboren wäre, auf unsern Wegen unverrückt fortzuwandeln.

Ich habe über das Menschengeschlecht, besonders wie es

jetzt nachwächst, allerlei Gedanken und werde sie wohl einmal in ruhiger Stunde Dir auf das Papier sprechen.

Auf alle Fälle ist man genötigt, weit in der Welt umherzusehen, um bedeutende und auslangende Stimmen zu vernehmen. Das neuste Vierteljahr der Edinburger Revision der ausländischen Literatur ist soeben angekommen und höchst merkwürdig, wie sie die Kontinentalautoren betrachten. Sie sind sehr gewissenhaft gegen sich selbst und haben Respekt vor ihrem Publikum. Ernst, Ausführlichkeit, Mäßigung und Offenheit ist durchaus ihr Charakter, und es ist unglaublich, wie weit und tief ihr Blick trägt.

Vorstehendes hatte einige Tage gelegen; inzwischen las ich in dem siebenten Bande der Calderon'schen Schauspiele, übersetzt von Gries, das merkwürdige Stück: »Die Locken Absalons«. Vielleicht kommt es auch zu Dir an gerechten Tagen, und Du findest Muße, es zu lesen.

Bei mir ist die alte Wahrheit wieder aufgestanden: daß, wie Natur und Poesie sich in der neueren Zeit vielleicht niemals inniger zusammengefunden haben als bei Shakespeare, so die höchste Kultur und Poesie nie inniger als bei Calderon. Unsern Zeitgenossen ist ein klarer Begriff hievon nicht zuzumuten.

Manches andere wunderbare Gelesene zeige nächstens an.

Herrn Direktor Klöden empfiehl mich bestens und danke ihm für sein willkommnes Heft. Eine gar klare geologische Umsicht leitet ihn durch die Labyrinthe jener nordischen Niederungen. Er ist aufmerksam und genau, wobei er uns immer ins Ganze schauen läßt; sodann aber ist seine Gewerbschule bewundernswürdig. Er gehört unter die Männer, mit denen ich von Zeit zu Zeit konversieren möchte; sie werden immer seltener unter den Bekannten, und es gibt deren gewiß mehrere vorzügliche hie und da ausgesät.

Ein Franzose hat acht Stellen meines »Faust« komponiert

und mir die sehr schön gestochene Partitur zugeschickt; ich möchte Dir sie wohl senden, um ein freundliches Wort darüber zu hören.

Hiebei fällt mir ein, daß Du noch eine Partitur bei Dir hast von meiner Kantate »Rinaldo« für Prinz August von Gotha, komponiert von Winter. Ich besitze die Stimmen noch, und gar manche wundersame Erinnerungen knüpfen sich an dieses opus. Laß es mir daher wieder zukommen, wenn Du es finden kannst.

Die königlichen Gedichte sind mir noch nicht zugekommen; kein freundliches Exemplar von des Herrn Verlegers Seite ist bei mir erschienen, und unser Buchhändler, ob er gleich Kommissionsrat heißt, besorgt seine Kommissionen sehr langsam und nur, wie es auch diesmal heißt, mit Meßbequemlichkeit. Übrigens würde ich in diesem Falle erst abwarten, was Dich selbst aufregte und anspräche; das Singbarste wirst Du gewiß herausfinden; alsdann ist es immer noch Zeit zu sagen, was ich mir allenfalls noch ausbäte. Ob ich gleich an Geduld und Harren gewöhnt bin, so verlangt mich doch, dieses merkwürdige Werk näher kennenzulernen. Gewiß gibt es Aufschlüsse über einen Charakter, der uns immer problematisch vorkommen muß.

Hiemit sei denn für diesmal geschlossen, um bald wieder einige gute Erwiderung zu vernehmen und weiter fortzufahren.

Und so fortan!

Weimar, den 28. April 1829. G.

668. *An Goethe*

Am vorigen Dienstage hat mich Paganini in der Akademie besucht und unsere Produktionen vernommen, und tags darauf habe ich endlich auch ihn gehört. Es ist außerordentlich, was der Mann leistet und dabei bemerkt werden muß, daß die Wirkung seines Spiels ganz allgemein erwünscht und andern Virtuosen auf seinem Instrumente ganz unbegreiflich ist. Sein Wesen ist also mehr als Musik, ohne höhere Musik zu sein, und bei solcher Meinung dürfte ich bleiben, wenn ich ihn öfter hörte. Ich war so placiert, daß ich alle Bewegungen seiner Hand und seines Armes sehn konnte, die bei einer ziemlich kleinen Figur von besonderer Biegsamkeit, Stärke und Elastizität sein müssen, weil er gar nicht ermüdet, das Fatiganteste in seiner Steigerung wie ein Uhrwerk hervorzubringen, das eine Seele hätte. Die hundert Künste seines Bogens und seiner Finger, welche sämtlich einzeln ausgedacht und eingeübt sind, erscheinen in einer geschmackvollen Folgereihe und zeichnen ihn auch als Komponisten aus. In jedem Falle aber ist er ein vollkommner Meister seines Instruments in *höchster* Potenz, insofern was ihm auch nach bestem Willen *nicht* gelingt, wie eine kecke Variation herauskommt.

1. Mai. Mein Siegel wird mir täglich werter, da es auch andern gefällt, die die Bedeutung erraten. So habe ich denn abermalen zu danken.

Mein Ästhetikus ist freilich eine schwache Haut, so groß und feist er ist und dem zarten Frauchen viel zu tragen gibt; was soll man viel mäkeln? Sich zurückeziehn? davonlaufen? fortjagen? Zuletzt hätte man seine Plage mit sich selber! – Draufschlagen ist doch eine Bewegung zum Verdauen.

Vielleicht bedankt er sich für mein Gegengeschenk und kennert darüber, dann soll's ihm eingetränkt werden; ein Restchen frühern infarctus sitzt noch in mir, das auch heraus muß.

Deine Vergleichung des Shakespeare mit Calderon ist mir so klar wie der Tag. Die große Ähnlichkeit und weite Entfernung solcher zwei Sterne wollte ich mir stets gern vergegenwärtigen: Du hast das Wort ausgesprochen, und ich bin ganz überzeugt.

Die Partitur des »Rinaldo« folgt anbei mit Dank zurück; ich wollte sie selber kopieren, ja sie besser machen; der willige Sinn dachte sich zum erstern noch Augen und zur Arbeit Zeit zu haben. Hättet ihr aber einen leidlichen Notenschreiber, so möchte ich wohl eine Abschrift haben.

Den »Faust« Deines Franzosen schicke immer einmal mit. Für heutige Komponisten ist das Thema wie erfunden.

Euer Kommissionsrat macht mich lachen; wir könnten mit mehrern aufwarten, und bezahlt ihr sie gut, so seid ihr auf dem alten Flecke. Daß Du die königlichen Gedichte noch nicht hast, ist eine Unaufmerksamkeit, die schwerlich dem Verfasser aufzuschulden ist, weil ihm gewiß daran liegt; aber es ist natürlich, wenn es wahr ist, daß die erste Auflage schnell vergriffen war.

Sonntag, 3. Mai. Wasser und Regen und Kälte! Die Schwalben sind wieder davongegangen, und ein Herr v. Praun, ein neuer Violiniste, ist da, und ich habe ihn gestern gehört. Der Knabe ist 18 Jahr alt und spielt viel besser als ein Baron; mit dem Handwerk ist er fertig, wenn er Kraft hat, über den Materialismus und das Gliederwesen hinauszukommen, welche die Musik in Fingerspiel so einmänteln, daß man nichts als Hände und Beine merkt. Was Du nun hierin zu wenig hast, daran muß man hier erlahmen; wir ersaufen in nüchterner Tonflickerei und Grünberger Champagner. Man ist wie ein Huhn auf einem mächtigen Müllhaufen und scharrt und pickt sich einzelne Fruchtkörner heraus, welche die übermütigen Freier übersehn haben: mühsames Treiben! und doch lernt man auch daran.

Unser Gänschen, die Facius, hat einen schönen Brief von des Großherzogs Königlicher Hoheit bekommen, worüber sie voller Freude ist und dadurch länger in Berlin zu bleiben hofft, wiewohl sie noch, wie ich glaube, ein ganzes Jahr Urlaub hat. Ihre Medaille wird sehr gelobt und gekauft; sie glaubte nicht die Kosten zu gewinnen, die mir freilich zu hoch scheinen, wenn sie nicht dem Herrn Loos verbindlich zu sein glaubte. – Die Prinzessin Karl, der sie aufgewartet hat, nötigte sie zum Sitzen. »Nee! das du' ich nicht!« hat sie geantwortet. – Vor einiger Zeit arbeitet sie in Rauchs Atelier und modelliert an dem Bilde meiner Luise. Da tritt die Kronprinzessin herein und fragt, wen das Bild darstelle. »Wenn Sie in die Singakademie gehn,« antwortet Facius, »können Sie sie sehn!« Nach einiger Zeit wird der Kronprinz angemeldet. »Nee – nu geh' ich!» ruft Facius und will davonlaufen; sie kannte die Kronprinzessin nicht. Es ist höchst neckisch, sie dergleichen selber erzählen zu hören, wobei sie beständig lacht und vor Lachen kein Wort deutlich herausbringt.

Dienstag, 5. Mai. Die Partitur der Kantate ist Herr Präsident v. Weyland so gütig für Dich mitzunehmen. Lebe wohl und laß ja recht oft von Dir vernehmen.

Dein

Z.

669. *An Goethe*

In der Tafel Deiner Tonlehre, welche täglich von mir betrachtet wird, steht Zeile 10: »*Hauptverhältnisse stehen voneinander entfernt (Akkorde).*« Ich schlage vor, »Hauptakkorde« oder »Grundakkorde« zu setzen, weil sie zunächst aus dem Grund*tone* sich entwickeln, dann in weniger entfernte Verhältnisse übergehn, bis der Grundton in der 2. Oktave sich selbst wiederfindet und das System dadurch sich selber abschließt. Ein Grundakkord ist demnach ein solcher, der sich aus übereinander gestellten Terzen aufbaut.

Daraus sind die Intervalle der diatonischen Tonleiter gebildet, und *noch nähere* Zwischenverhältnisse, welche aus der Steigerung der diatonischen Intervalle oder deren Verminderung sich melodisch (sanfter fortschreitend) bilden wollen, geben zuletzt die Lehre von den Dissonanzen, durch welche die Musik zur Kunst wird.

Dies bemerke deswegen, weil die Intervalle des Dreiklangs $\left(\begin{smallmatrix}5\\3\\1\end{smallmatrix}\right)$ keine Neigung zur Veränderung oder Bewegung merken lassen; solche Neigung entsteht aber zuerst bei der dritten Terz (Septime des Grundtones), welche sich schon in die Oktave sehnt, dadurch zu einer Dissonanz gegen den Grundton wird, und so weiter mit der None oder Sekunde, Undezime oder Quarte und Terzdezime oder Sexte. Hier entsteht die Lehre von Konsonanzen und Dissonanzen im Verhältnisse zu einem Grundtone, wodurch die Musik zur Kunst des Künstlers wird. Durch die Neigung der Dissonanzen zur Fortschreitung entsteht die Modulation, die Ausweichung, das Verlangen, den Grundton von seiner Stelle zu rücken, um in einen neuen Grundton zu *resolvieren*, ohne welchen kein Zusammenhang sein könnte, und zugleich die Antwort auf die alte Frage, ob Melodie oder Harmonie zuerst sei, indem eine Folge von Tönen ohne Beziehung auf einen Grundton der Empfindung nicht eingänglich sein könnte. Durch diese Betrachtung der Dissonanzen kommen wir auf die Ton*art* in Absicht der Höhe oder Tiefe (kleinere oder größere Schwingungen). Ein einziger Akkord, er sei konsonierend oder dissonierend, ist noch keine Tonart, welche letztere erst durch einen sogenannten Dominantenakkord (den Durakkord der Quinte) bestimmt wird. In diesen beiden aufeinander folgenden Akkorden der Dominante und Tonika oder Tonika und Dominante findet mein individuelles Gefühl das Urelement der Metrik: Arsis und Thesis oder Thesis und Arsis, welche mein Ohr sogar an dem Schlage der Uhr, ja des Pulses und in der stillen Bewegung des Pendels findet, wiewohl das Letztere schon Takt ist, der sich zum Rhythmus wie die Enge zur Weite, wie Strenge zum Freien verhält.

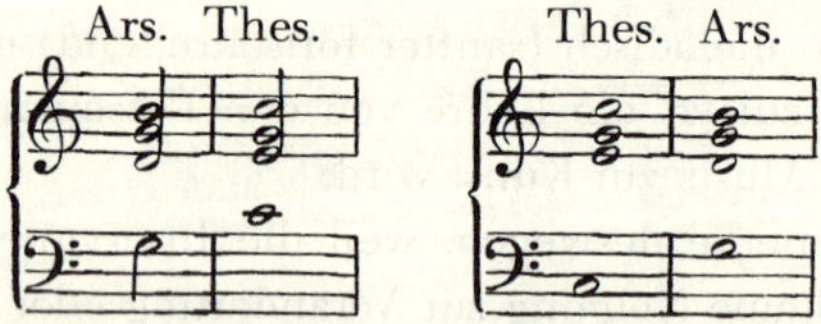

Hier finde ich nun die Wurzel der Regel gegen die verbotene[n] Quinten, insofern sie, nach dem Grundsatze der beiden Akkorde der Dominante und Tonika, *nicht* modulatorisch und daher widerlich sind.

Sie sind widerlich, weil sie sich nicht auf den ersten Grundton beziehn und keine Ton*art* formieren, indem jeder Akkord für sich allein ein fremder Grundakkord ist, und daher sind sie auch unrhythmisch. Ganz unleidlich werden sie, wenn sie im strengen Takte aufeinander folgen.

Sie hören aber sogleich auf, widerlich zu sein, wenn sie nach vorgedachter Art rhythmisch (nach Arsis und Thesis) erscheinen, das ist: wenn sie durch einen Dominantenakkord vorbereitet sind.

Diese Regel hat sich bald so erweiternd für den *feinen* Satz und das melodisch Fortschreitende finden müssen, daß man sie bis auf die äußerste Strenge beschränkt hat, ja dem Genie die Veranlassung zu den größten Schönheiten geworden ist.

Da Du so gut bist, meine Schreibereien aufzuheben, so bitte ich um die Erlaubnis, Dir manchmal Episteln in copia zu senden, die wohl wissenschaftliche Reperkussionen enthalten und, indem sie verneinend ausfallen, nicht zum besten aufgenommen sind und wohl gar von den Empfängern sekretiert werden. Einer meiner ehemaligen Schüler, der als Oberlehrer nach Breslau gekommen und ein rüstiger junger Mann ist, hat den Einfall, ein doppeltes Epitaphium für unsern Chladni und den verstorbenen Organisten Berner zu stiften, sammelt dazu Beiträge und hat zu diesem Zwecke das Leben des Berner geschrieben. Da sendet er mir an die 50 Exemplare, die ich verschachern soll. Im ersten Anfallle wollte ich ihm antworten, daß ich für Chladni einen Friedrichsdor gebe und solchen für Berner wieder zurücknehme. Was soll man sich aber mit *solchen* lange zanken und verreden? So schicke ich ihm das Geld für die Exemplare und bin davon. Die Abschrift des Briefes liegt also bei, verfahre damit, wie Du willst. Auch sollte ich der russischen Kaiserin ein Exemplar seiner operum zu Füßen legen zu diesem Zwecke; das hat mir der russische Gesandte Graf v. Alopeus glücklich abgenommen, indem die Kaiserin über Breslau kommt.

Donnerstag, 14. Mai. Gestern habe den Paganini wieder gehört. Der Mensch ist eine echte Rarität: die Violine selber. Man erschrickt, man lacht, man ist in Verzweiflung über die gefährlichsten Schnurrpfeifereien und die allgemein verständliche Schwierigkeit, denn die Wirkung ist ganz allgemein. Anmut und Geist fehlen auch nicht, und auch was nicht vollkommen gelingt, ist noch neu und interessant.

Lebe wohl!

Z.

[Beilage]

Antwort. 26. April 1829.

Gestern habe von Herrn Mosewius Ihr Paket erhalten und heute den darin enthaltenen Brief nebst Anlage dem russischen Gesandten Grafen v. Alopeus überantwortet. Seine Exzellenz sagten mir, die Kaiserin komme in 14 Tagen nach Breslau, und da er wahrscheinlich auch da sein werde, so möchten Sie ihn auffinden, und er zweifle nicht, daß seine Kaiserin etwas für die Sache tun werde.

Ihren Freund Berner haben Sie mit Wahrheit und Freundschaft dargestellt, wie Sie ihn gesehn; das ist so ziemlich alles, was sich machen läßt, denn wie wunderlich ein bedeutender Mensch, sich selber kaum bewußt, im Leben hin- und hergeschoben und -geworfen wird, um nach dem Tode noch interessant zu sein, da müßte er seinen Biographen immer mitfüttern.

Glücklicherweise ist Berner auf dem Acker erwachsen, den er selber bebaut hat, so hat ihm denn Ehre und Arbeit nicht fehlen können. Seine hiesigen Freunde scheinen zu wünschen, daß das von Ihnen projektierte Monument nur ihm allein gestellt werde. Chladni hilft sich wohl selber durch die Ewigkeit; doch plaudre ich das nur eben so nach, wie ich's vernommen, Sie werden schon wissen, was Sie wollen.

Ihre »Eutonia« fängt an strittig zu werden, und dann ist geholfen und wird nicht schaden. Die Meinungen über das Choralwesen waren vom Anfange an verschieden, und Freund Nägeli will den Choral gar nicht gelten lassen. Das läuft den Herren so glatt von der Feder; ja sie meinen, daß damit etwas getan sei, aber mit nichten! Wo nichts innen ist, wird nichts herauskommen, und das ist der Fall mit der großen Chorschule: die mag sich loben, wie sie will und tut, ich werde sie nicht verdammen.

Leben Sie wohl! Ich wollte Ihnen nur gleich Nachricht geben über die Ankunft der Kaiserin; Sie werden nun wohl selber um sich sehen.

Gott befohlen!

Ihr

Zelter.

670. *An Goethe*

Großen Dank für den 3. Band eures Briefwechsels! Hätt' ich doch im Traume nicht gedacht, daß ich 6 Flaschen Champagner bei euch gut hätte, von denen ich gestern sogleich eine auf euer Wohl geleert habe. So kommt denn nach und nach [nach] zweiunddreißig Jahren so manches an den lieben Tag.

In No. 345 schreibt Schiller, die Melodie zur »Bajadere« passe nicht gleich gut zu allen Strophen. Vielleicht erinnerst Du Dich, da ich sie der Herzogin Mutter Amalia vorsang, daß Wieland zur Herzogin sagte: er habe für unmöglich gehalten, daß eine und dieselbe Melodie so oft wiederholt werden könne, ohne lästig zu werden, ja im Gegenteil mehr und mehr einzugreifen vermöge. Mein Singen ist freilich nicht weit her, wogegen denn mancher Sänger nicht sprechen kann. Übrigens war Schiller mit meinen Noten zum »Taucher« ganz zufrieden und schimpfte wie ein Rohrsperling auf Naumann, der eben die »Ideale« komponiert hatte. Mit dem »Taucher« hatte ich gleichfalls eine ähnliche Wette gewonnen. Einer unserer Freunde war unzufrieden mit den Balladenformen der Dichter und rief aus: »Wer mag solche Verse, solch einen ›Taucher‹ in Musik setzen!« Wir waren unser viele, und ich, der das alles schweigsam gehört hatte, schrie auf: »Ich! und Schiller selber soll's loben!« So setzte ich die Noten auf der Stelle zu Papier, und so sind sie geblieben, wie barock auch sie sich dem Auge darstellen mögen. Als ich sie gleich drauf produzierte (denn das Gedicht war mir gegenwärtig und mundgerecht), hatte sich eine eben nicht musikalische Matrone neben mich gepflanzt und machte mit ihrem Strickstrumpf die Bewegung des Metrums mit. Kaum war das letzte Wort heraus, so rief sie unter dicken Tränen aus: »Das ist ja ein infamer König!«

Was mir an der Ausgabe dieser Briefe ausnehmend gefällt, sind die ausgeschriebenen Namen, die weder zu gut noch zu schlecht sind, um nicht dreist ausgesprochen zu werden. Mir ist es eine störende Retardation, wenn ich aus drei Punkten oder x y z herausklittern soll, welcher Erdensohn gemeint ist. Dr. Förster äußerte (wozu ich ihn ermuntert habe), in der Anzeige dieser Briefe die Reichardtschen Blasphemieen wieder in Erinnerung zu bringen. War der Mann nicht so schlecht als vorschnell und leichtsinnig, so ist er schlimm genug ans Ende gekommen und müßte vergessen sein; es ist aber keine Beleidigung seines realen Verdienstes, von solchen Männern, in deren Fächer er sich unberufen gemischt, nach Hause geleuchtet zu sein. Um sich geltend zu machen, konnte er es über sich gewinnen, gegen neue Freunde die alten zu verleugnen und dann hier wieder schön zu tun – das hätten wir auch erlebt!

Der locus in dem nämlichen Briefe: von Herder und seinem Niccolò Pesce, macht mir auch Spaß. Was sind das für Menschen! Herder beklagt seine Armut und versichert, daß er anderer Reichtum desto höher schätze. Wenn das Wahrheit ist, so will ich alle Freitage pesci essen. Der darauf folgende 360. Brief aus Frankfurt ist unschätzbar, eben weil jedes Wort wahr ist und auf Erfahrung und Weltgeschichte paßt wie die beiden Triangel eines Quadrats. Solch ein saurer *theologischer* Witz soll fein sein, und gegen solchen Mann! Es ist wirklich schade, daß Herder (wie es hieß) nicht in unsere Akademie gekommen ist – doch sie waren versehn.

Leider muß ich das Exemplar wieder abgeben, ich freue mich sehr auf die komplette Sammlung, welche ein wahrer

Schatz ist für die Literargeschichte. Aus keinem Produkt Lessings und Winckelmanns geht ein solches geistig erwärmendes Leben her als aus ihren Briefen.

Wenn Dir das Siegel dieses Briefes fremd vorkommen sollte, so bemerke, daß es unsere kleine Facius für meinen Schwiegersohn geschnitten hat.

Dein letzter Brief ist vom 28. vorigen Monats, und diesen Monat habe noch keinen wieder – das wollte noch erinnern.

Dein

Z.

671. *An Zelter*

Zuvörderst will ich für Deine Schilderung Paganinis allerschönstens gedankt haben. Vergleich' ich sie mit dem, was in der Berliner Zeitung zu lesen ist, so kommt mir durch Verstand und Einbildungskraft wenigstens ein begreiflich scheinendes Bild zustande, und was man eigentlich hören müßte, wird dem höhern Sinn gewissermaßen anschaulich. Ich gönne *ihm* einen solchen Hörer und *Dir* einen solchen Virtuosen.

Sodann sollst Du gleichfalls vielen Dank haben für die Entwickelung der wichtigen musikalischen Grundsätze in Deinem Letzten. Entschließe Dich von Zeit zu Zeit zu dergleichen, Du sammelst Dir selbst einen Schatz in meinen Heften. Ich freue mich meiner Tabelle als eines zwar nackten, aber wohlgegliederten Skeletts, welches der echte Künstler allein mit Fleisch und Haut überkleiden, ihm Eingeweide geben und ins Leben praktisch und denkend einführen mag. Ich sehe dadurch auf eine wundersame Weise in eine Region hinüber, in welcher ich nicht einmal genießen, geschweige genießend denken sollte.

Auch das ablehnende Brieflein laß ja nicht ohne Gesellen! Dergleichen Zudringlichkeiten sind durchaus nicht nur in Deutschland, sondern in der ganzen Welt rege. Die jetzige

Zeit ist eigentlich *enkomiastisch*, sie will etwas vorstellen, indem sie das Vergangene feiert: daher die Monumente, Feste, die säkularen Lobreden und das ewige »Ergo bibamus!«, weil es einmal tüchtige Menschen gegeben hat.

Die werte alte Dame, welche meine »Farbenlehre« wie eine Art Bibel behandelt, mußte mich sehr freuen. Das Büchlein enthält freilich vieles, was man sich zueignen kann, wenn man auch das Viele, was uns nichts angeht, auf sich beruhen läßt. Ein gar verständiger Aufsatz über das Kolorit, in bezug auf diese »Farbenlehre«, steht im Januar des »Morgenblatts« dieses Jahrs. Es ist ein praktischer Künstler, welchem das ihm Nutzbare lebendig geworden ist; er konnte noch etwas weitergehen; ich nehme zu meiner Beruhigung in diesem Sinn die Sache selbst noch einmal vor. Wenn eine Haupt- und Grundmaxime nur erst einmal eingreift, so kann man schon nachrücken. Glücklicherweise widersteht dem Künstler nichts in dem Meinigen, und was er mir zugibt, kann er gleich brauchen. Daß aber ein Mathematiker aus dem Hexengewirre seiner Formeln heraus zur Anschauung der Natur käme und Sinn und Verstand unabhängig wie ein gesunder Mensch brauchte, werd' ich wohl nicht erleben. Es wird allein dadurch möglich, daß ein junger frischer Mann, ehe er sich in jene Labyrinthe einläßt, den Faden aus den Händen der liebenswürdigen Natur empfange, der wahren Ariadne, die uns allein beseligt, welcher wir zeitlebens nicht untreu werden können.

Die Medaille der Facius ist gut genug geraten. Das »Loos direxit« ist nicht vergebens hinzugefügt. Ich hoffe, man wird von hieraus diesem Manne etwas Freundliches erweisen, um ihn für das Mädchen noch weiter zu interessieren. Ihr Aufenthalt in Berlin ist ihr zu gönnen. Hier, wo sie keine Technik im Rücken hat, würde sie geradezu nichts vermögen; dort sollte sie sich doch schon selbst etwas verdienen und unter hiesigem Zuschuß in Berlin sich fortwährend aufhalten können; zuletzt fände sich ein Mann, wo es dann an naiven Interjektionen nicht fehlen würde.

Soviel für heute! Mit den besten Wünschen und Grüßen!

Treu verharrend

Weimar, den 17. Mai 1829. Goethe.

672. *An Goethe*

Unser Ballettmeister Titus hat ein neues Ballett von sich gegeben, das gestern zuerst erschien:

Ein Fürst und Besitzer eines Bergwerks verkleidet sich in einen Bergknappen, und in Gesellschaft eines Kämmerlings bereiset er sein Land, um seine Leute zu kennen. Beide Herren erscheinen bei einem Feste der Bergleute, das zu Ehren des Bergmeisters gegeben wird. Der schöne junge Fürst gefällt der jungen schönen Tochter des Bergmeisters, und beide erhalten vom Vater des Mädchens die Einwilligung zu ihrer Verbindung. Das gibt frohe Feste und auch eine Schlittenfahrt, die auf dem Theater vor sich geht. Die Männer gehen auf Schlittschuhen und fahren die Frauen auf Schlitten; die Jugend wirft sich mit Schneebällchen, und in diesem lustigen Rumor entführt der Fürst sein Mädchen auf einem Schlitten nach der Residenz. Erster Akt.

Das verliebte eitle Kind erscheint in einem heitern Pavillon des fürstlichen Palastes an der Toilette, von dienenden Frauen umgeben, welche ihr Putz und Geschmeide anlegen, gefällt sich und kann nicht satt werden. Hier findet sie der zürnende Vater im Gefolge der Knappschaft aus, tobt und will sie über die Gartenmauer, da er hereingekommen, zurückeführen. Der Fürst, der nun erst den Spektakel in seinem Schlosse gemerkt hat, kommt dazu. Da ist nun die Not von allen Seiten, denn das Mädchen will hierbleiben. Der Vater begnadigt endlich sein Kind, und Seine Durchlaucht werden als Schwiegersohn des Bergmeisters in Gnaden akzeptiert. Finis coronat opus, das heißt: das Oberste kommt nach unten. Das Ballett heißt: »Das Bergwerk in Polen.« Daß die Leute sämtlich Polen in cky und tzy und cka sind und von der Winterkälte über und in der Grube auszustehn haben, erfährt man aus dem Buche und der frostigen Aktion. Die zierlichen polnischen Kleidungen, besonders die kurzen Röcke der Frauen geben ein süßes Ärgernis. Alles schilt darauf, und keiner bleibt davon. Buchstäblich wahr ist es, daß man vom Orchester aus den Bauch der Tänzerinnen vorn und hinten, wo sie ihn eben haben, wie einen Puppenbalg zur Bekleidung ziemlich genau vergleichen kann, um aller Täuschung zu entgehn. Der Tanz, und was davon den allgemeinen Beifall erhält, besteht in Sprüngen, Reckungen und Streckungen und 4-, 5-, 6- und mehrfachen Kreisumdrehungen, nach welchen der Körper mit eins wie angenagelt Fronte macht gegen den Zuschauer. Trifft das nun, wie es wirklich gelingt, genau mit der Musik zusammen, so hat man alle Hände voll. Mademoiselle Saint Romain und Sieur Stullmüller zeichnen sich darin so aus, daß sie des Beifalls nicht fehlen. Auch ich alter Knabe versäume dabei meine Andacht nicht, indem ich mich wie ein dankbarer Christ der beiden Vigano (Mann und Frau) erinnere, die, im Sinne des Worts, keinen Finger ohne mimische Bedeutung bewegten. An diesen habe zum ersten und letzten Male Hände verständlich sprechen gesehn. Das Gesicht der Frau war wie ein reinliches Blatt, worauf sich von selber malte, was sie eben empfand. Dem Manne war es anzusehn, daß er taub war, doch war er immer de concert mit der Musik. – Unter den Dekorationen ist das Innere eines Bergwerks, erzhaft und wohlerleuchtet, zu loben.

Dienstag, 19. Mai. Hier sagt man: Du werdest in Kösen Salzbäder nehmen. Wäre es wahr, so könnte man sich wohl einmal wieder auf etliche Tage beisammen haben, wiewohl ich noch nicht weiß, ob ich während des Aufenthalts der Kaiserin von Rußland abkommen werde. Man muß doch parat sein. Salve!

Dein

Z.

673. *An Goethe*

Streckenweise lese ich wieder den zweiten Teil der Schiller'schen Briefe über die damalige Erscheinung des »Wilhelm Meister«, da auch ich zum ersten Male Dir hinter die obere Haut gekommen bin. Mir war aus tiefster Trauer eine neue Zeit gekommen. Eben war ich mit meiner zweiten Frau nicht weniger glücklich verheiratet, die ich von ihrer Kindheit an kannte und mit ihren Brüdern das Gymnasium besucht hatte. Ich hatte sie bis daher im Singen unterrichtet, oder vielmehr: durch ihre Kristallstimme und die Klarheit ihres ganzen Vortrages war ich erst innegeworden, was kein Unterricht geben kann. Meine Arien mußten mir gefallen, wenn sie sie sang. Man hielt den Atem an, um sich selber keine Modifikation ihres edeln Vortrages entschlüpfen zu lassen. An diese meine zweite Frau hatte ich schon früher die saftfrischen Eindrücke Deiner Lieder in einer Folge von Blättern niedergelegt, die sich leider verloren haben, da sie den Übergang eines angebürgerten Zustandes zu meinem angebornen Naturell bezeichneten.

Ich hatte so viele Kinder, soviel Brot, soviel Arbeit, soviel Lust an meiner Kraft und wieder eine sanfte Frau, welche die Kinder in Zucht hielt, und wenn der Vater zurück ins Haus kam, ging alles drunter und drüber. Ich baute Leuten Häuser, die mir das ausgelegte Geld noch heute wiedergeben sollen. Wenn andere sich kümmerten, wie wir enden wollten, so war ich obenauf. Freilich war mir nicht immer wohl; ich verdarb meine Leute, die es zu gut hatten und haben wollten, was ich selber nicht hatte. Das war der Humor davon. Da kommt der »Wilhelm Meister« mit seiner bunten Gesellschaft vernünftiger und unvernünftiger Bestien über mein Haus. Die Leute sagten, mein Witz sei abhanden gekommen. Ich sah nur grüne Wiesen und den Himmel voll Geigen.

Ein guter Mann (Kleinhans), der noch lebt, war in seinem Gewerbe zurückgekommen und wollte sich das Leben nehmen. Er hatte mir einst Gutes getan und wußte etwas in der Musik. Ich gab ihm meine Kinder zu unterrichten, und er nahm sich auf und lebte besser als zuvor. Neben meinem Hause, dicht an meiner Stube, wohnte eine Mademoiselle Niqué. Die sang morgens und abends: »Meinen Romeo zu sehn!« mit einer Zinkenstimme. Ich hatte das schon wie lange ausgehalten! Eines Tages ward mir's zu arg. Ich renne aus meiner Stube, und im dritten Zimmer finde ich den Kleinhans am Klaviere sitzen neben meinem Töchterchen. Ich packe von hinten seine Schulter und schreie: »Herr, schaffen Sie mir einen Mann für Mademoiselle Niqué, oder ich bin verloren!« Der zum Tod erschrockene Mann springt auf die Straße und hat nichts Eiligers zu tun und geht zu meiner Frauen Schwester. »Haben Sie was von Zeltern gehört? wissen Sie schon?« – »Mein Gott, was ist? was soll ich wissen?« – »Ach, der liebe Mann! ist das nicht ein Schicksal!« – »Himmel! reden Sie deutlich, ich versteh' kein Wort!« – »Ja ja, so geht's; der Mann arbeitet und schafft, und nun – ja, so geht's.« Die Schwägerin kommt gelaufen; die Kinder ihr laut entgegen: »Liebe Tante! – Mutter, Tante ist da!« – »Wo ist eure Mutter?« Meine Frau, die von dem ganzen Vorgange keine Ahnung hat, kommt aus der Küche. »Wo kommst du denn her, Schwester? vor Tische?« – »Nun, ich wollte sehn, was ihr macht! Wo ist dein Mann?« – »Gott weiß; er wird auf dem Bau sein.« – »Auf dem Bau. So, auf dem Bau. Daß er nur nicht zu Schaden kommt!« – »Er wird ja nicht! das wird ja

Gott nicht wollen!« – »Nun, dein Mann ist doch gesund?« – »Ich erschrecke! Weißt du was? Ist mein Mann gefallen? Wo ist er?« und so weiter – und so fort, kurz in 24 Stunden hieß es in der Stadt, ich sei toll geworden. Das war über den »Wilhelm Meister«. Und denn die »Xenien«, wo meine Freunde Nicolai und Reichardt und andere wie lebende Schatten zitiert waren. Und ich sollte nicht auflachen, weil ich nicht wie andere gute Menschen an mich und meine nächste Umgebung verfallen war. Ich sollte den Blitz verfluchen, der eingeschlagen, und war froh, sein Leuchten zu sehn. »Wie können Sie dergleichen in Musik setzen? ›Musen und Grazien in der Mark‹! Sind Sie nicht ein Märker? Sind Sie nicht ein Maurer?« Ja, Gottlob! und ein Narr dazu. Denn wer sich ärgerte, freute sich auch, daß ein anderer getupft war. Mein Schwager Spener hat mir's niemals ganz verziehen, und um mir's nicht merken zu lassen, lud er mich zu Tische, und in seinem Weine trank ich die Gesundheit – der »Xenien«. Was keiner leugnete, was auf jeder Zunge lag, war heraus wie ein Lotterielos. Dann ging's ans Raten: diese Xenie ist von Ihm; nein, die muß vom andern sein, und so weiter. Bewahre Gott, daß ich mich hätte ergötzen sollen an der Züchtigung guter Männer! ich war froh gewesen und blieb, wie ich gewesen; sie lebten ja alle und tobten auf ihre Art: was sollte ich nicht leben auf meine Art? Ich war wie ein Kind, das zu allem gleich Lust hat, wie der Arzt im »Wilhelm Meister«, der gleich mit Messer und Schere bei der Hand ist, um die Leiche des wunderhaften Kindes auseinander zu pellen – was Schillern so auffällt, der, indem er einen Fehler zu tadeln meint, denselben Fehler selber begeht, indem er den ganzen Roman zu zergliedern sucht und aus den Teilen Kabinettsstücke macht. Mir ist eine zärtliche Empfindung so süß wie Einem Herzen; sie darf aber nicht zu lange währen, wenn sie mir nicht abständig werden soll. Das schönste Gemälde kann ich in hundert verschiedenen Zeiten mit

Entzücken betrachten; ich darf aber nie zu lange dabei verweilen, ohne stumpf zu werden. Dies glaube sogar an manchem Philologen bemerkt zu haben, der sich sein Leben lang mit Einem trefflichen Autor abarbeitet, ja abmulstert, ohne Dank zu verdienen.

Deine Art, die Werke zu betiteln, hat schon manchen aufgehalten und stutzig gemacht. Alle wollen leben und genießen, und keiner hat Zeit zum Leben; man möchte das Werk gern in einer Pille haben, und das sollte der Titel sein. »Wilhelm Meisters Lehrjahre. Ein Roman.« Da rate einer! Es ist aber *kein* Roman; es ist die Welt, die kleingroße, die großkleine Welt. Mich selber find' ich, meinen Trieb, meine Torheit, und zwar ohne Anwendung und doch angewandt: das ist das Rätsel. Was geht *mich* das Volk da an? Bin *ich* eine Theaterperson? ein Abbé? ein Kaufmann und dergleichen? Diese unterwerf' ich meiner Beurteilung, meinem Hasse, meiner Liebe – ich für mich habe dabei gar nichts zu tun.

Eines Tages komm' ich zum alten Nicolai und finde den »Wilhelm Meister« vor ihm aufgeschlagen. »Aha,« sag' ich, »lesen Sie das Ding auch wieder?« – »Es ist doch«, sagt er, »entsetzlich törichtes Zeug darin.« – »Ja wohl«, versetzt' ich. »Wer ist denn klug? bin ich's? sind Sie es?« – »Nun,« sagt' er, »wenn Sie sich nicht ausnehmen, mag Goethe recht haben, denn er gehört ohne Zweifel mit dazu.«

Verzeih dies Kraut- und Rübengeschwätz durcheinander; aber

»Ich bin so guter Dinge,
So heiter und rein,
Und wenn ich einen Fehler beginge,
Könnt's keiner *sein.*«

Lebe wohl!

Donnerstag, den 21. Mai 1829. Dein Z.

Herr v. Cotta, der heute noch abreisen will, wünscht etwas an Dich mitzunehmen, und ob ich wohl kürzlich erst geschrieben, so möge mit dieser Gelegenheit die Einlage nach Jena gelangen.

Gries hat mir den 7. Band seines »Calderon« verehrt, der meine ganze Bewundrung seiner zunehmenden Fertigkeit immer mehr in Anspruch nimmt. Auf den »Absalon« hattest Du mich schon aufmerksam gemacht, und ich erstaune. Die Sicherheit, die Verwegenheit, die religiöse Politik eines frommen Dichters, im 17. Jahrhunderte, im Lande, wo man die Bibel nicht lesen soll, die ekelste Katastrophe der Heiligen Geschichte figuraliter vor aller Welt aufzustellen – das nenn' ich Courage, das ist Genie! Die heiligen Hoheiten des Orients nehmen sich in unsern Tagen ganz besonders aus. Der Gesalbte des Herrn beschläft seines treuen Knechtes Weib, und darum muß der treue Knecht sterben. Ja der weiseste König in Israel ist die gesegnete Frucht der unsaubersten Begattung. Dann die andern Söhne und Prinzen, welche alle dem Vater die Krone stehlen wollen! Und doch ist es noch immer eine Geschichte, die sich besehn läßt, wenn man sich eben jetzt so viel weiß mit – nichts; ich glaube kaum, daß man's wagte an irgendeinem Orte der Welt, das prächtige Stück zu geben.

Mehr nicht für heute, als daß ich soeben von meinem Könige mit einem kostbaren Ringe beschenkt werde und mit einem gnädigsten Schreiben dabei für wenige leichte Chorstücke, die Seine Majestät mir anzufertigen aufgetragen. Das Handschreiben lautet:

»Sie haben mehrere Ihnen erteilte Aufträge so zu Meiner Zufriedenheit ausgeführt, daß Ich Ihnen gern dafür danke und den beikommenden Ring als ein Zeichen Meines Wohlwollens übersende. Berlin, den 28. Mai 1829.

Friedrich Wilhelm.

An den Professor Zelter.«

Ein violblauer reiner Stein, von 14 Brillanten umgeben. Was man doch erlebt!

Lebe wohl!

Dein

Berlin, 30. Mai 1829. Z.

675. *An Zelter*

Die vielen brieflichen Freundlichkeiten, die anmutigen und belehrenden Notizen, mit denen Du mich bisher begünstigt, zu erwidern, war ich außerstande. Wahrhaft umflochten vom Allernächsten, konnt' ich in die Ferne kaum denken, geschweige wirken.

Deshalb wurden am heutigen Tage eingepackt die fünf Sendungen meiner Werklein, kleine Ausgabe, Velin, in Hoffnung, die drei übrigen auch noch mit einem guten Worte zusenden zu können.

Übrigens wird ja wohl das neuste Geschlinge der »Wanderjahre« sowie der vierte Band der Schillerischen Korrespondenz, der Dir ja auch wohl zugekommen ist, statt eines unmittelbaren Wortes von mir genügt haben.

Heute nahm Prinzeß Auguste freundlichst von mir Abschied; sie ist wirklich so bedeutend als liebenswürdig. Mag es ihr wohlergehen in dem ungeheuer weiten und bewegten Elemente!

Säume nicht zu schreiben. Ich redigiere jetzt an meinem zweiten Aufenthalte in Rom, einem wundersamen Büchlein, das, wie es auch werde, immer zu fühlen und zu denken geben wird.

Treu festhaltend

Weimar, den 5. Juni 1829. J. W. v. Goethe.

676. *An Zelter*

Wenn ich schon nicht glauben kann, mein Teuerster, daß Du jemals von meinem verrückten, auf Winters Partitur sich schaukelnden Helden irgend wieder Notiz nehmen werdest, so sende ich doch, Deinem früheren Verlangen gemäß, eine saubere Abschrift, mit Wunsch und Hoffnung, daß sie richtig sein werde.

Fürwahr, wenn ich denke, was für Anforderungen, Zudringlichkeiten und Zufälligkeiten Dein Zustand ausgesetzt ist, so komme ich mir fast untätig vor; denn wenigstens habe ich keine öffentliche Exhibition zu leisten und bin Herr von meinen Stunden, die guten benutzend, die schlechten verpassend oder, was besser getan ist, verschlafend.

Von »Faust« hab' ich noch ein Exemplar, deswegen Dir dieses erb- und eigentümlich gewidmet sei. Dagegen wirst Du aber die Freundlichkeit haben, mir ein Zelterisches Wort über dieses Werk zu sagen und mich über die im Anschauen so wunderlichen Notenfiguren nach Deiner Weise zu beruhigen.

Soviel für diesmal. Nächstens kommt in einer Rolle ein Bild, das Dich an vergangene Reisetage erinnern soll. Allen guten Geistern befohlen! Ich schreibe dies in den Stunden großer berlinischen Feste, an welchen wir kleinen Weimaraner so wichtigen Anteil haben.

Dein getreuer

Weimar, den 11. Juni 1829. G.

677. *An Goethe*

Mit diesem Blatte soll Dir, mein Geliebter, die angenehmste kleine dicke Blondine empfohlen sein, die unsere vorzüglichste Kontraltistin in der Singakademie ist und, Dein Freundesantlitz zu sehn, über Weimar geht. Sie reiset ganz allein, ohne ihren Mann und die schönsten Kinder, nach Holland, um ihre Mutter noch einmal zu sehn.

Ich habe sie Fräulein Ulriken, die sie kennen wird, empfohlen, und wenn Ulrike stabil ist, wird sie so gefällig sein und Dir diese Madame Türrschmidt vorführen.

Mein Haus ist gesund und im Aufbauen der Prachtstücke des »Gartenvereins« begriffen, welcher künftigen Sonntag seine Jahresfeier begeht. Luisen habe ich aufs Land nach Pommern zu meiner Tochter geschickt. Ich aber bin Dein

altgetreuer

Berlin, 19. Junius 1829. Zelter.

Mein Weißenfelser Freund hat sich glücklich tot geärgert über den Rest von Geist und Witz, der noch auf Erden ist. Die Stelle dieses zweiten Lessing ist jedoch aufs würdigste durch den dritten ersetzt. Das wird Lessings geben, die sich endlich selber aufessen wie die Sau ihre Jungen.

678. *An Zelter*

Hier, mein Vortrefflicher, Blumenumgürteter, Pracht-, Prunk-, Leben- und Kunstumgebener, aus meinem zwar stillen, doch höchst geschäftigen Kreise zu Trost und Beruhigung die wiedergefundenen Schäflein! Rauch hat uns einen gar glücklichen Tag geschenkt und uns durch seine Mitteilungen in die Berliner Trunkenheit mit fortgerissen.

Fahre fort, mein zu gedenken und, wenn sich's fügen will, zu schreiben. Grüße Freund Langermann zum allerschönsten und melde mir, wenn er die neuen »Wanderjahre« gelesen hat. Ich schreibe ihm sogleich; er wird leicht raten, aus welchem Anlaß. Und somit allen guten Dämonen befohlen!

Wie herkömmlich

Weimar, den 2. Juli 1829. J. W. v. Goethe.

679. *An Goethe*

Statt zu schelten, muß ich lobend meine wiedergefundenen Schäflein mit evangelischer Freude zum zweiten Male willkommen heißen; denn nun sind sie mir erst recht wert geworden. Wie ein Brief seinen Tag hat, an dem er niedergeschrieben, so verlangt er seine Stunde der Empfängnis, wie alles, was ans Licht kommen soll. Man geht viel zu leichtsinnig um mit solchen Schätzen, als ob man mitten im Leben nicht Zeit hätte zu leben.

In einem dieser Briefe, vom 1. September 1827, verlangst Du einen Wink, was Du dem braven Begas Freundliches erweisen könntest. Ich wüßte nichts Anständigeres, als ihm ein Exemplar Deiner letzten Ausgabe (ein kleines, wie ich es seit kurzem Deiner Liebe verdanke) für seine Frau zu übersenden. Er selber hat zwar von mir die vorletzte Ausgabe Deiner Werke in reichem Einbande zum Geschenke erhalten. Sie aber verdient in der Tat ihr eigenes Exemplar zu haben, da sie dem Manne während seiner Arbeit aus Deinen Werken mit doppelter Neigung vorlieset, der als guter Katholik bis daher sich in Ländern aufgehalten, die von Deinen Schriften gar zu wenig wissen, wenigstens mit dem Geiste derselben nicht sehr bekannt sind. Die neue Gelegenheit dazu wird eine neue Komposition sein, die er Dir zu übersenden denkt und die, wenn ich ihn recht verstanden, ein Flutbild der letzten Zeiten der Danziger Niederung darstellen wird.

Nun habe denn auch großen Dank für die schöne große Harlemer Zwiebel. Freilich ist beim Baue alter großer Kirchen nicht an einen ganz schicklichen Platz für eine Orgel gedacht, doch sieht eine Kirche erst nach was aus, wenn ein solches Prachtwerk dem Hochaltare gegenüber steht. Unsere letzten Architekten geben auch wenig Sinn zu erkennen, ein tüchtiges Orgelwerk der innern Architektur eines Tempels adäquat und zum Auge Gottes zu machen, da sich nicht verkennen läßt, daß es eine Stimme Gottes ist. Ich habe immer Lust zu lachen, wenn ich unsre Künstler vom Stile reden höre – als es einen solchen gab, dachte man nicht davon zu reden, dagegen jetzt alles durcheinander gekrümelt wird. Lebe wohl! auch ich habe den Kopf mit hundert Sachen voll.

Dienstag, 14. Julius 1829. Dein Z.

Wenn ich Dir nichts von Turnieren, Rutschbergen sage, so hat das keinen andern Grund, als weil ich's eben wie Du aus den Zeitungen selber zu erfahren hoffe. Die Kaiserin reist heute ab, und wer sie nur in weiter Ferne gesehen hat, bin ich. Man kann gerührt werden über den angespannten Zustand solcher hohen Gäste, die, mit lauter Freuden gestopft, zu Gänselebern werden müssen.

680. *An Goethe*

Berlin, Freitag, den 12. Junius 1829.

Deine liebe Sendung, welche gestern abend eingegangen, ist eine rechte Wohltat. Ich hatte alle Ausgaben Deiner Werke, sogar die alte Himburg'sche, gesammelt. Da zerstreuen sie mir zuerst die Bände, die Kinder wohnen weit umher im Lande, und zuletzt haben sie alles – was soll man sagen? Ist man doch froh, geben zu können.

Gestern war Vermählungstag und zwischen Berlin, Charlottenburg und Potsdam alles auf Füßen in Bewegung. Die Tage waren die schönsten, welche ich dieses Jahr gesehn, und die Ordnung die allerbeste, und ist gar nichts Unangenehmes dabei vorgefallen, der König im Flor seiner Freude. Ich war am Mittwoch zur Einholung der Prinzeß Auguste nach Charlottenburg eingeladen und zu rechter Zeit an Ort und Stelle, um mich nicht zu hetzen. Dergleichen pflegt sich sonst in der Regel zu verschieben, und was um 5 Uhr angekündigt worden, kommt etwa um 8 Uhr an die Reihe. Der König, der sehr pünktlich ist, hatte aber alles selber angeordnet, und so ist alles fast auf die Minute von sich gegangen. Darüber habe ich nun den ganzen Akt versäumt, indem, als wir vom Mittagstische aufstanden, der ganze Zug schon vorbei und auf dem Wege nach Berlin war. So habe denn ich noch soviel wie nichts gesehn, das heißt: weder den Kaiser noch die Kaiserin noch Prinzeß Auguste noch ihre hohen Eltern, die ganz unerwartet hinterher gekommen sein sollen. Nur die Kanonen habe im Lustgarten abfeuern sehn während der Einsegnung, das geschah abends gegen 8 Uhr, und so ging ich zurück in meine Wohnung, um meine Illumination zu ordnen; denn meine Nachbarin, die Universität, hatte sich dermaßen damit angegriffen, daß sie wirklich das Allervorzüglichste darin geleistet hat. Wie ich nun zu Hause gelange, finde die 25 Bändchen schon ausgepackt auf meinem Tische und habe kaum Zeit, meine Kerzen anzuzünden, und in dieser feierlichen Erleuchtung aller meiner Zimmer habe ich selbst einen Vermählungsakt gefeiert, einen Band nach dem andern perlustriert, viel Neues gefunden und längst Bekanntes wie neu genossen. Nun, magst Du sagen, habe ich wieder was zu vergeuden.

Unsere Freundin Madame Szymanowska empfiehlt einen talentvollen polnischen Kompatrioten und Dichter, besonders Dir als »prince des poètes«. Er heißt Mickiewicz und will eine Reise durch Deutschland nach Italien machen. Madame Szymanowska ist jetzt in Petersburg, gibt Unterricht, ist von ihrem Gemahle geschieden, hat 2 Töchter und einen Sohn etc. Der junge Mann spricht schon ziemlich Deutsch und ist angelegentlich empfohlen. Das übrige magst Du von ihm selber erfahren.

Dienstag. Der zweite Teil des »Faust« ist was mehr als ein Meisterstück, das sich allenfalls machen läßt. Jenes kann keiner *machen*, es gehört Dir allein an, und niemand braucht zu wissen, was Gott an Dir getan. Die Faktur ist innig verschmolzen mit der Konzeption; bald macht der Vers, bald der Reim sich den Gedanken, bald umgekehrt. Und alles klar wie Licht und verständlich zum Greifen; nur wiedergeben kann man's nicht: wer will sagen, wie eine feine Frucht schmeckt! Und das linde, liebe, reine, freie Wort! kräftig, süß und fließend wie ein vielstimmiger Gesang über tiefe Grundharmonie. Mir ist kein Zweifel übrig: es muß so sein. Habe großen, großen Dank!

Die Einlage sende so mit, wie ich sie erhalte. Solche Aufforderung gibt Dir wohl manchmal gar einen Gedanken, der wie eine Sternschnuppe sich von Dir absondert. Die jungen Leute sind, wie ich sie kenne, brav und wollen ihr Machwerk an etwas hängen, was ich ihnen nicht verdenke; übrigens stehe in keiner weitern Verbindung mit ihnen und ihrer Sache. Ich bin darüber hin und habe Stunden, in denen mir's wohl tut, alt zu sein, so gern ich auch jetzt jung wäre.

18. Juni. Unser v. Buch (der Naturschütz) ist wie gewöhnlich unsichtbar worden; man vermutet, er sei nach Murcia gegangen, um die große Kochkunst zu studieren. Ein tüchtiger Hagelschauer hat gestern hier große Verheerung unter

den Glasscheiben angerichtet*; ich war außer der Stadt und sehr besorgt wegen der vielen großen Fenster im Singakademiegebäude, doch sind nur wenige Scheiben zerschmettert. Die hohen Linden und Kastanien des Universitätsgartens, welche nur 20 Fuß von mir abstehn und, so oft verwünscht, von mir in kräftigen Schutz genommen worden, haben dafür mein Haus eigentlich gerettet, unterdessen meine Nachbarschaft, das Universitätsgebäude und das Finanzministerium, tüchtig ausgedroschen worden. Ein ähnlicher Instinkt hat sich mir im Jahre 1783 offenbart. Ich hatte, und zwar nicht ohne Verdruß und lange Weile, den neuen Kirchturm der Deutschen Kirche auf dem hiesigen Gensd'armes-Markt auf Befehl des Baumeisters v. Gontard ins reine zu zeichnen, weil der Originalriß durch unzählige Korrekturen während des Baues ganz unkenntlich worden war. Meine Arbeit war eben auf dem Reißbrette fertig, das gegen ein Fenster lag. Da kommt ein verwüstender Hagelschauer gegen unser Haus; ich öffne so fix als möglich alle Flügel, um meine Scheiben zu retten, welches auch ziemlich glücklich vonstatten geht, aber meine mühselige Zeichnung war so gut wie vernichtet, und ich wäre nun im Falle gewesen, von vorn wieder anzufangen. Ist nun die Not am größten, so war die Hülfe nahe; denn was geschieht? Die Nacht darauf, morgens um 3 Uhr, stürzt der ganze Turm zusammen, und ich war gerettet. Von der Geschichte dieses Einsturzes wäre ein breites zu erzählen, das mir im einzelnen nicht mehr ganz gegenwärtig ist. Der eigentliche Fehler lag natürlich in fehlerhafter Konstruktion, die sich nach und nach aus 100 Kleinheiten entwickelt hatte.

Was ist aber das? In Deinem Briefe vom 5. dieses steht schön und deutlich geschrieben von einem *vierten* Bande der

* Einem hiesigen Gärtner sind 29 Dutzend Mistbeetfenster so zerschlagen, daß nicht Eine Scheibe gerettet ist.

Schillerischen Korrespondenz, wovon unsere Hauptstadt keine Notiz hat und noch von den 3 ersten Bänden sich die Lippen ableckt. Laß mich doch wissen, ob das ein Schreibfehler oder Nachlässigkeit unserer Kommissionsräte ist. Man wartet mit Ungeduld.

Dies Blatt wartet schon lange auf Herrn Mickiewicz, der wahrscheinlich schon bei Dir ist; denn heute ist schon der 5. Julius 1829.

Dein Z.

[Beilage]

Hochgeehrtester Herr Professor!

Soeben hab' ich einen Brief an Ihren hohen Freund in Weimar zur Post gesendet, welcher die inständige Bitte enthält, unserem Musenalmanach, den auch Sie mit der Komposition des Chamisso'schen Kanon schmücken helfen, seinen Beitrag und somit dem Ganzen die Weihe nicht versagen zu wollen. Nun aber fühle ich zu wohl, wie sehr der Allverehrte beim Drange wichtiger Geschäfte überhäuft sein mag mit Aufträgen und Anliegen, als daß ich auf eine besondere Berücksichtigung des Gesuches einiger ihm beinah ganz unbekannter junger Männer zu rechnen wagte, wenn es nicht unterstützt wird durch eine geltendere und vollwichtigere Stimme. Und an wen könnte ich in dieser Beziehung mit vollerer Zuversicht mich wenden als an Sie, geehrtester Herr und Freund? – Sie kennen mich, und auch die beiden zur Förderung des beabsichtigten Musenalmanachs mit mir verbundnen Freunde Veit und Werder sind Ihnen nicht unbekannt, und so darf ich hoffen, keine Fehlbitte getan zu haben, und nenne mich mit alter Hochachtung und Liebe

Ihren herzlichst ergebnen

8. 6. 1829. H. Stieglitz.

21. Junii 1829.

Gewisse Leute können ihre Geistesgegenwart und ihren Anteil nur durch lautes Husten, Schnauben, Krächzen und Ausspeien zu verstehn geben; von diesen einer scheint Herr Hektor Berlioz zu sein. Der Schwefelgeruch des Mephisto zieht ihn an, nun muß er niesen und prusten, daß sich alle Instrumente im Orchester regen und spuken – nur am »Faust« rührt sich kein Haar. Übrigens habe Dank für die Sendung; es findet sich wohl Gelegenheit, bei einem Vortrage Gebrauch zu machen von einem Abs[z]eß, einer Abgeburt, welche aus greulichem Inzeste entsteht. Der »Rinald« des guten Winter hat dagegen noch immer eine Menschengestalt, die einem Tenor aufgepaßt ist; davon ist man aber jetzt schon wieder so weit entfernt wie jene sogenannte Tonkünstelei von der Musik. Überall setzen sie über; das heißen sie: Übersetzen.

Dieser borstige Ausfall möge Dir sagen, daß Dein Brief vom 11. dieses, der am 17. von Weimar abgegangen ist, soeben angekommen ist. Das ist aber des Guten nicht alles. Es ward heute die Jahresfeier des »Vereins für den Gartenbau« hier im Hause begangen, und bei dieser Gelegenheit habe endlich zum ersten Male das Glück gehabt, unsere neuvermählte Prinzessin Wilhelm zu sehn und zu sprechen. Ihre Königliche Hoheit hat Deine Freundesgrüße mit aller Anmut und Natur wie eine Angelegenheit mir zugesprochen, wie ich wohl früher von wohlunterrichtet einkehrenden Zunftgenossen erlebt habe. Sie erfreute sich an unserm hübschen Saale, der auch wirklich geschickt, ja herrlich ausgestattet war, und wenn ich mich nicht verhört habe, so ist es nicht das letztemal gewesen, die allerangenehmste Hoheit in unsern Wänden zu sehn. – Seine Königliche Hoheit der Prinz fragten mich, ob wir noch soviel Schulden auf dem Hause hätten, und da ich es bejahen mußte, geruhten Höchstdieselben zu sagen: wenn sie singen könnten, so würden sie – und so weiter, worauf ich denn nach meiner alten Weise einfältig genug verstehen ließ: »Mit Singen sollten Ew. Königliche Hoheit keineswegs belästigt sein, wenn Höchstdieselben jene irdische Last von uns zu nehmen geruhen möchten« – wo dann dergleichen Erörterungen sich zu verlaufen pflegen.

Heute nacht hat sich wieder ein philologischer Kämpfer, Buttmann, zu seinen Vorvordern Wolf, Voß, Heyne und anderen begeben und damit eine Stelle 1) in der Königlichen Bibliothek, 2) in der Akademie der Wissenschaften und 3) eine Professur bei der Universität eröffnet. Eine höchst tragische Lüge, welche bereits durch die öffentlichen Blätter widerlegt, doch nicht aufgeklärt ist, hatte sich verbreitet. Das Wahre ist: Ein Schulmann mit 27 Knaben badeten in der Spree bei Treptow. Hier werden sie plötzlich von einem Orkan und starken Hagelkörnern überrascht; sie eilen gegen das Ufer, und vor ihren Augen führt ein Windstoß die abgelegten Kleidungsstücke dem hochwallenden Strome zu. Diese halbkomische Katastrophe hatte die Gesellschaft bis spät in die Nacht zurückgehalten, um nur die notdürftigste Bedeckung der nackten Körper anzuschaffen, und so weiter.

Auch dieses wollte Rauch mitnehmen, er hat sich jedoch nicht wieder sehn lassen. Berlin, 5. Juli 1829. Ewig Dein

Z.

Berlin, 16. Juli 1829.

Die Geschichte der beigehenden Blätter wird Dir aus ihrem Inhalte kaum ganz klar werden.

Der von Madame Szymanowska empfohlne polnische Dichter erbat sich ein Schreiben an Dich und hat es – nicht abgeholt.

Professor Rauch kommt und verlangt Briefe und Pakete, weil er gleich ab- und über Weimar reise; wer aber nicht gleich abreiset und auch nicht wieder kommt und endlich verschwindet, ist Professor Rauch, und der Brief bleibt liegen.

Endlich kommt ein braver Junge meiner Schüler, der sich 10 Jahre bei mir abgearbeitet hat und dem ich eine Reise gönne. Ich gebe ihm die Blätter mit und eine Karte an Dich und einen Brief an Eberwein. Der Knabe reiset überglücklich von dannen, und als er nahe genug ist, das hochgelobte holde Weimar mit eigenen Augen zu sehn, ergreift ihn das Fieber, und er muß froh sein, mit gemessener Barschaft, wieder nach Hause zu kommen.

Da die Papiere kaum etwas enthalten, das Du nicht aus unsern Zeitungen ebensogut wissest, so würde ich sie hier behalten, wenn ich nicht damit belegen könnte, daß ich stets Dein gedacht. Ich bin genug beschäftigt, und wenn ich mich auch nicht presse, so muß ich mich zusammenhalten. Wer soll mir helfen? und doch soll man überall helfen. Meine Unterleute sind alle ins Freie, in die Bäder gegangen. Unter ihnen ist Einer, der die Gicht hat und eine Braut und vorher Hochzeit macht und die Frau mit ins Bad nimmt. Kannst Du mir wohl solch ein Exemplar aufweisen? Unterdessen lehre ich andere an, das Gewehr zu präsentieren; denn darauf läuft am Ende alles hin. Geld verdienen, heiraten, sich scheiden lassen, lustig leben; das sind die Besten, und ich

der über die Mauer springt.

681. *An Zelter*

Die im Datum sich nach und nach folgenden Blätter Deines gehaltigen Paketleins kamen mir sehr zur rechten Zeit in meine einsame Gartenwohnung, wo mir, ich will es nur gestehen, wegen eines so langen Schweigens auf mannigfaltige Sendungen mancherlei Grillen aufstiegen. Doch hat es sich nun so ganz anmutig und erwünscht aufgelöst, daß mir der heutige 18. Juli als ein wahrer Festtag erscheint.

Ich habe mir hier in meinem Erdsälchen das alte und neue Rom in weitschichtigen Bildern, nicht weniger das alte Italien und Latium vor Augen gehängt und gestellt, viele Bücher dieses Inhalts und Sinnes um mich versammelt und belebe so möglichst die Erinnerungen an meinen zweiten Aufenthalt in Rom, da ich denn den Band, der solches geschrieben enthalten wird, auch Deiner wohlwollenden Aufmerksamkeit empfehle.

Vom 4. Band der Schillerischen Korrespondenz besitze ich freilich nur die Aushängebogen und weiß nicht, wenn derselbe wird ins Publikum gebracht werden. Der Buchhandel hat sein eigenes Gehen und Kommen, wovon der Autor wenig Rechenschaft zu geben weiß.

Die jungen Almanachsmänner sollen mir durch Dein Wort so weit empfohlen sein, daß ich über ihr Anliegen denken will; sie haben den ersten Bogen frei gelassen, also hab' ich Zeit. Find' ich etwas, wär' es auch nicht von Belang, aber doch nicht ohne Bedeutung, so send' ich es noch zur rechten Zeit. Ich habe es dem alten Gleim von Grund aus verdacht, daß er seinen Namen unter den geringfügigsten Dingen bis ins hohe Alter in den Taschenbüchern fortwalten ließ und auf diese Weise von sich selbst ein absterbendes Echo werden mußte. Diese widerwärtige Erinnerung macht mir unmöglich, auf gleiche Weise zu verfahren.

Nun aber erlaube mir ein vertraulich Wort: der liebe »Gartenverein« transzendiert auch, wie die übrige Christenheit, und verliert sich in den Minutien des grenzenlos Mannigfaltigen. Wir haben der Weinsorten schon zu vielerlei, und beim praktischen Weinbau kommt alles darauf an, daß man die Sorten zusammenpflanze, die miteinander blühen und reif werden; alles andere ist vom Übel. Der Mensch aber kann nicht ruhen, er will immer noch was Anders. Sodann bedenkt niemand, weder bei euch noch bei uns, daß wir hinter den 51. Grad gebannt sind, gerade an die Grenze einer edleren Vegetation. Glashäuser anzulegen ist das Vernünftigste, wenn gleich diese von dem gott- und weltvergessenen Hagel so übel behandelt werden.

Der polnische Dichter besuchte mich, die Fürstin Wolkonsky begleitend, mit größerer Umgebung, sprach kein Wort und hatte nicht den guten Sinn, sich einzeln bei mir zu melden. Wäre man nicht auch in der Welt oft genug zur unrechten Zeit unbeholfen gewesen, so würde man ein solches Betragen tadeln und schelten.

Professor Rauch war einen Tag bei uns und nach seiner alten Weise anmutig, heiter und tätig. Ein junger Mann, den er mit sich brachte, der viel Talent haben mag, zeigte eine Art von Friese vor, lobenswürdig gedacht und gezeichnet, aber Christi Einzug in Jerusalem vorstellend, wo wir andern geängstigt werden durch die Mühe, die sich ein guter Kopf gibt, da Motive zu suchen, wo keine zu finden sind. Wenn man doch nur die Frömmigkeit, die im Leben so notwendig und liebenswürdig ist, von der Kunst sondern wollte, wo sie, eben wegen ihrer Einfalt und Würde, die Energie niederhält und nur dem höchsten Geiste Freiheit läßt, sich mit ihr zu vereinigen, wo nicht gar sie zu überwinden.

Daß Du auf den zweiten »Faust« zurückkehrst, tut mir sehr wohl; es wird mich das anregen, manches andere zu beseitigen und wenigstens das Allernächste, was hieran stößt, baldmöglichst auszufertigen. Der Abschluß ist so gut wie ganz vollbracht, von den Zwischenstellen manches Bedeutende vollendet, und wenn man mich von seiten höchster Gewalten auffangen und auf ein Vierteljahr einer hohen Festung anvertrauen wollte, so sollte nicht viel übrig sein. Ich habe alles so deutlich in Herz und Sinn, daß es mir oft unbequem fällt.

Und nun von dem Anmutigsten zuletzt! Es gereicht mir zur innigen Freude, daß Prinzeß Auguste Dir mit ihren Vorzügen so glücklich erschienen ist; sie verbindet frauenzimmerliche und prinzeßliche Eigenschaften auf eine so vollkommene Weise, daß man wirklich in Verwunderung gerät und ein gemischtes Gefühl von Hochachtung und Neigung in uns entsteht. Ich wünsche, daß Du in der Folge noch öfters Gelegenheit haben mögest, Dich davon zu überzeugen.

Soviel aus meinem stillen und, da die Heuernte vorüber ist, vollkommen grünen Tal; die Ruhe ist so groß, daß heute früh ein artiges Reh, aus den Büschen hervortretend, ganz gelassen sich weiden ging. Womit Dir im lebenslustigen getümmelreichen Berlin auch ein froher genußreicher Morgen gegönnt sei.

Treufleißig verharrend

Weimar, den 19. Juli 1829. Goethe.

682. *An Goethe*

Berlin, 23. Juli 1829.

Eine Stelle Deines Briefes vom 19. dieses hat mich laut auflachen gemacht: über die Friese, die den Einzug Christi darstellen soll, sintemal ich eben durch eine ähnliche fromme Gelegenheit einen jungen Freund zu verlieren in Gefahr bin. Dieser gute Junge sendet mir ein Choralbuch mit neuen Gedichten, zu denen er auch die Melodieen erfunden hat, und bittet um strenge Prüfung, indem er mich für ein gleichgestimmt-religioses Instrument hält, was ich nicht abzuleugnen brauche, ohne jedoch ein Glied einer Kompagnie zu sein. So schreibe ich, was ich ihm schon mündlich und glimpflich gesagt:

»Ihr guten Leute seht nicht, wie ihr euch durch süßliche

Poeterei noch mehr entkräftet zum Gebrauch des schönen Lebens, das nur in der Werktätigkeit besteht, wenn ein ewiges Leben möglich sein soll. Mit solcher Klimperei meint ihr etwas in den Augen eures Jesus zu sein, der sich's ganz anders sauer werden lassen mit dem Lumpenpack, das ihn zu Tode schmähte, weil er ihm sagte, daß sie gerade das Umgekehrte übten, wozu sie ihr Gott erschaffen. Er arbeitete am Sabbat zum Heil der Seinigen, ihr aber macht die Werktage zu faulen Sabbaten, um das Leben zu verplempern,« und so weiter.

Wie das nun wird aufgenommen werden, brauche ich nicht zu verraten, denn ich weiß es selber noch nicht; aber zur Ruhe kommt man nicht. Lobt man sie, so hat man sie auf dem Halse, und tut man's nicht, ist man parteiisch; da ist kein ander Mittel als – Davonlaufen.

In den 25 kompendiosen Bändchen flattre ich hin und wider. Ich hatte die »Wanderjahre« schon zur Hälfte durch, als ich davon abgerissen worden und nun von vorn anfangen muß. Wenn ich dergleichen täglich verwünsche, so bin so daran gewöhnt, daß mir's zum Vorteil wird, indem ich den Anfang wiederhole, worüber ich gern wegeile, um in die Sache zu kommen. Vom 2. Teile des »Faust« möchte ich behaupten, daß ihn hier sonst niemand versteht. Alles sucht nach Zusammenhang und ermüdet daran, wenn ich auf jedem Blatte finde, was ich brauchen kann. Vermag ich aber etwas über Dich, so setze Dich vier Wochen auf Hohen Asberg oder Dornfels und stelle Wielands Kolossen mit ihren Flegeln vor Deine Türe, und erfahre ich, daß Du am 28. August fertig bist, sollst Du gelobt sein, wie ich sonst keinen lobe.

Hier ist alles still. Der Kaiser und die Kaiserin sind fort, und die andern kriechen zusammen und ruhen aus von mühseligen Belustigungen. Prinzeß Wilhelm habe noch nicht wieder gesehn. Wo alle Welt sie sieht, habe ich keine

Zeit hinzugehn, und unter uns gesagt, kein Geld zu dergleichen.*

Die Aushängebogen vom 4. Bande der Schiller'schen Briefe magst Du wohl nicht von Dir lassen; es ist etwas, das in meinen Zuständen der Zerstreuung zu gebrauchen wäre.

Die Gartenmänner denke ich mir gelegentlich vorzunehmen. Hier oder vielmehr in Potsdam kenne ich einen, der von Deiner Meinung und ein glücklicher Weinbauer (der pensionierte Oberbaurat Schultze) ist. Wenn ich diesen mit Deinen Worten erfreue, springt der alte Mann gegen die Decke. Er hat seinem Könige Weintrauben nach Neapel geschickt, der denn wieder andere hohe Häupter damit erfreut hat.

Der junge Polacco muß ein wunderlicher Kauz sein. Wie ich nicht anders weiß, hat er einen Brief an Dich von Madame Szymanowska. Bei mir hat er seinen Brief abgegeben und sich nicht wieder sehn lassen.

Mit der Heuernte hat's bei uns Not. Mein armer Junge von Schwiegersohn (Grundmann) hat die allerschönsten Oderwiesen, die unter Wasser stehn und verschlämmen. So arg wird Deine jungferliche Ilme es nicht machen wie die grimme Oder, die Dörfer verschlingt.

Es ist Postzeit. Lebe wohl, und wenn Du Deinen höchsten Herrschaften, besonders der Witwe Großherzogin, meine treue Anhänglichkeit zu Füßen legen kannst, so habe im voraus Dank dafür. Dein

Z.

Habe ich Dir denn wohl gesagt, daß ich wieder Großvater geworden? Meine jüngste Tochter, Auguste Grundmann, hat das 8. lebende Kind; ein Junge. Meine Luise ist bei ihr, um ihrer zu pflegen und selber gesund zu werden.

* Für eine Fuhre nach Potsdam hat man 3 Friedrichsdor bezahlt, und Extrapost war gar nicht zu haben. Denke ich mir nun die Sorge und Not der Akteurs dazu, so habe ich alles am besten gesehn.

Gestern war ich im Theater, um einen jungen Schauspieler als Don Carlos zu sehn, der hübsche Anlagen und gute Stimme hat, aber noch weder Gesicht noch Gestalt noch melodische Bewegung. Die Ursache, weswegen ich das mühsame Stück unseres edeln Schiller niemals mit Wohlgefallen genossen habe, ist mir gestern klar worden. Die Hauptrollen, des Königs, der Eboli und des Carlos, wurden gut gespielt, und es fehlt keineswegs an bedeutenden vorzüglichen Stellen, doch das Ganze hat keinen eigentlichen Charakter, besonders keinen natürlich spanischen. Keiner ist recht schuldig und keiner eigentlich unschuldig; sie gehn zugrunde, weil sie so dumm sind oder superklug wie der einfältige weise Posa, der den Kohl fett machen will und sehr gut getan hätte, noch einige Jahre zu reisen. Das abgeschmackte Verhältnis zwischen Vater und Sohn ist ohne alle Delikatesse gegeben, und wäre es auch geschichtlich wahr, so wird es in der Nachbildung unerträglich, widerlich, gegen alles moralische Gefühl. Wer will sich solchen Sohn wünschen? der doch am Ende eine gemeine Seele ist, nichts getan hat und der ersten Prüfung unterliegt!

683. *An Goethe*

Das beifolgende Büchlein liegt schon manchen Tag bei mir. Der Verfasser, ein junger jüdischer Theolog, der nach Wien gegangen ist, wollte es nur durch mich übergeben wissen. Er hat sich's sauer genug werden lassen; denn wo Er herkommt, da ist mancher gewesen, und man ist noch auf dem alten Flecke.

Nun ist Herr Cauer, Gründer einer hiesigen beliebten Erziehungsanstalt, die sich seit 15 Jahren immer mehr gehoben, so gut, das Werkchen mitzunehmen. Hast Du eine gute Stunde, den jungen braven Mann zu sehn, der seinen

Weg nach Holland richtet, so tue es. Meine letzten Papierchen hast Du wohl erhalten. Lebe wohl.

Dein ewiger

Berlin, 24. Juli 1829. Z.

684. *An Goethe*

Unterdessen Du Dir das alte Italien und Latium in Deine vier Wände zurückerufst, war ich eben daran, im 7. Gesange der »Äneide« etwas nachzusuchen, und finde den Helden mitten in der Arbeit, sich in den Tiberstrom einzumünden und die Landesküsten zu beschleichen. Eine alte Übersetzung aus dem Anfange des 17. Jahrhunderts macht mir Spaß. Sie ist von einem berlinischen Rektor, namens Michael Schirmer, und nicht zu weit entfernt, einen poetischen Beruf zu verraten. Außer der innigen Bekanntschaft mit seinem Originale weiß sich mein Michael sein gutes Deutsch so gelenkig zu machen, daß ich an wichtigen Stellen mich ganz und gar erwärmt fühle. Selbst die deutsche Breite seiner Alexandriner kommt mir natürlich vor, und wo er mir sonderbar vorkommt, vergleiche ich ihn mit dem Taubmann'schen Kommentar des Virgil und wüßte es nicht besser zu geben. Man ist viel zu sehr an einem kritischen Genuß verwöhnt und kann darüber um den Grundgehalt der Geisteswerke kommen; ja, wenn das Original der »Äneide« verlorgengegangen wäre, so wäre ich nicht ungeneigt, diese Übersetzung über die Vossische zu setzen, die doch manchmal gar sehr Klopstockisch wie über Steppen an mir vorüberschreitet, wie man auf der Heerstraße ohne Gruß aneinander vorübergeht, wenn ich auch wieder gestehn muß, bei Lesung Vossischer Übersetzungen immer einigen Gewinst der Originalsprache davonzubringen, und indem ich Leid trage über meine frühere Vernachlässigung des Lateinischen und Griechischen, fällt mir der polnische Jude ein, der in Verzweiflung über den Tod seiner Frau ausrief: »Ich habe mein Weib so lieb gehabt, daß ich sie hätte auffressen können, und nun tut mir's leid, daß ich's nicht getan habe!«

Wie sich die Lehrbücher und Theorieen der heutigen Gesanglehrer zur Natur der Singstimmen verhalten, erfahre ich seit mehreren Monaten zur Verwundrung, wenn ich auch längst weiß, wie die Sachen getrieben worden. Da finde denn nötig, meinen ehemaligen Schülern, die jetzt Lehrer sind, in eigner Person einen praktischen Kursus vorzumachen, weil niemand begreift, daß die Sache einen Anfang hat, indem alle da anfangen, wo sie enden soll. Da jedermann, der will, Zutritt hat zu mir, besonders aber militärische Jünglinge, die schon früher unterrichtet sind, so habe ich den meisten Spaß an der Verwundrung der schönen Burschen mit schönen Stimmen, die als etwas ganz Neues zum ersten Male erfahren und innewerden, daß, wer singen will, sogut den Mund auftun muß, als wenn er essen will, ja daß es dabei sogut Bedingungen gibt als beim Exerzieren mit Gewehr und Tasche. Diese sind nun hocherfreut über die schönen Töne, welche sie selber hervorbringen, und daß alles so leicht ist, was ihnen bisher eine Qual gewesen. Die Nägelische Singlehre fängt an mit dem Takte. Der Schüler hat einen Stock, und mit diesem lernt er den Takt schlagen, darauf soll die Bildung der Stimme folgen; findet sich nun diese nicht, um den Stock an den Mann zu bringen, so stehn die Herren – am Berge, wo sie unten nicht durchkönnen. So wird auch der Rhythmus an *Viertel*noten gelehrt, gerade wie ein Rechenmeister, der den Anfang mit den Brüchen machen wollte. Daß nun alle die Herren Theoristen mehr oder weniger mit mir so zufrieden sind wie ich mit ihnen, brauche ich wohl nicht anzumerken; sie leben aber so gut wie ich und damit gut.

Es ist Posttag und der 28. Julii und Dienstag dazu; ich habe noch manches zu bedienen. Schreib auch Du fleißig, solange wir's haben. Um 7 Uhr bin ich fertig, dann aber ist dieses Blatt schon auf dem Marsche nach Weimar. Dein

Z.

685. *An Goethe*

Geschwinde, geschwinde, ehe das achte Zehnt überläuft, noch eine hübsche muntere Frau gesehn!

Frau v. Wahl aus Dorpat hat ihren allerliebsten Sohn unserer Universität übergeben, währenddessen sie mit dem angenehmsten Töchterchen eine Flatterreise ins Südliche versucht. Diese nun bittet um einen Freibrief zu Dir, den ich der lebhaften Matrone nicht versagen kann. Wir haben einige muntere Tage miteinander gelebt, und wenn es Deine jetzige Abgeschiedenheit erlaubt, Dir von der artigsten Tochter der artigsten Mutter den Hof machen zu lassen, so krieg' ich wohl noch einen Dank dazu, denn die Reise über Weimar geschieht nur um Dich. Frau v. Wahl holt ihre Tochter, die ich noch nicht kenne, von Dresden ab, und ich habe ihr auch ein Briefchen an die Gräfin v. d. Recke mitgegeben; da sie nun eben in den Wagen steigen und abreisen will, so sei es hiermit getan; ich bin gesund und

Dein

Sonnabend, den 8. August 1829. Z.

686. *An Goethe*

Einer angenehmen muntern russischen Dame, Frau v. Wahl aus Dorpat, die einen artigen Sohn auf die hiesige Universität bringt, habe ich einen Brief an Dich mitgegeben. Sie reiset über Dresden, wo sie ihre Tochter abholt, und wenn sie zu guter Stunde in Weimar ankommt, mag sie ihr Heil versuchen; wir haben einige vergnügte Tage mit ihr und Hegels zugebracht, und ich wollte ihr ebenso gern gefällig sein, als ich sie noch recht anmutig und natürlich finde.

Eckermann hat unsere Almanachsritter zu Glücklichen gemacht durch seinen Brief an Stieglitz, und ich bin stolz, daß mein Wort soviel vermocht hat; so habe denn auch ich an einem kleinen Beitrag es nicht fehlen lassen. Der gute Kerl hat sich ein Frauchen zugelegt, und nun wird er sehn müssen, wie er sich hilft, wenn wir mithelfen. Lebe wohl!

Dein

Sonnabend, 8. August 1829. Z.

Möchte sich doch Ottilie der kleinen Frau v. Wahl annehmen! ich denke, sie sollten einander gefallen.

Der Musikdirektor Naue läßt mich (in der Zeitung) nach Halle zu seinem Musikfeste kommen, und dann ladet er mich hinterher ein. Du brauchst Dir darüber nicht den Kopf zu zerbrechen, ich habe vor *meiner* Türe zu fegen und weiß mich auch zu beschäftigen. Der Brief an Ottilien enthält eine Empfehlung der Frau v. Wahl, der ich wohl eine freundliche Aufnahme wünsche; ich aber bin Dein

Z.

Der Frau v. Wahl hätte ich einen Brief an Ottilie gleich mitgegeben, wenn ich sie nicht abwesend gewußt hätte.

Z.

Hier sende den Beitrag zu dem Berliner Musenalmanach; auf Dein Vorwort durft' ich nicht prachern. Sie haben den ersten Bogen leer gelassen, und hier ist Materie, 16 Seiten zu benutzen.

Möge Dir auch in diesen Blättern Scherz und Ernst einige Freude machen, den jungen Leuten und ihren Lottchens Glück bringen! Gib den Brief sogleich ab, denn sie sind im Gedräng zwischen Setzer und Verleger, wie es uns andern Autoren öfters begegnet; auch ich habe auf Michael noch zu liefern, was ich viel lieber bis Ostern verschöbe und vielleicht gar nicht leistete, wenn ich nicht gedrängt würde.

Deshalb erbitte mir noch acht bis vierzehn Tage zum Dank und Erwiderung Deiner lieben mannigfaltigen Blätter. Frau v. Wahl wird wohl empfangen werden; sind die Tage leidlich, so seh' ich sie im Garten, bei ungünstigem Wetter in der Stadt.

Meine ländliche Einsamkeit, die mich freilich vor mancherlei unabwendbarem Zudrang nicht schützt, fruchtet indessen doch manches. Wie gesagt: in 14 Tagen das Mehrere.

Die Zeitungsnachricht Deines Besuchs in Halle hat, ich muß es gestehen, Fräulein Ulrike am lebhaftesten aufgenommen und Deine Hierherkunft bei dieser Gelegenheit am sichersten erwartet und vorausgesetzt. Ich begriff nicht recht, was Du in diesem Elbgetöse zu tun haben möchtest, ließ es aber geschehen und freute mich im stillen Deiner allenfallsigen Hierherkunft.

Unsern polnischen, von Madame Szymanowska empfohlenen Poeten haben wir zu früh getadelt, er ist noch nicht hier durch; ein Russe war's, den wir mit ihm verwechselten.

Ich hoffe, zu Michael habt ihr die sechs Bändchen der Korrespondenz und wünsche, daß Du diese drei letzten auf einmal und hintereinander lesest. Traurigerweise verliert sich diese bedeutende freundschaftliche Unterhaltung zuletzt wie der Rhein, und doch mußte auch dieses mitgeteilt und dargestellt werden.

Die Lieferung meiner Schriften zu Michael enthält: 1) Meines Lebens 3. Band; 2) Reise nach Italien, ersten Aufenthalt in Rom; 3) Neapel und Sizilien; 4) Zweiter Aufenthalt in Rom; 5) Kampagne in Frankreich und Belagerung von Mainz. Bei No. 4, als ich diese Tage die Aushängebogen erhielt, mußte ich wirklich lächeln: ich fand die Orgel sehr gescholten, in dem Augenblicke, da Du bei Gelegenheit des Harlemer Kupferstichs von Deiner Seite diesen Kirchen- und Gemeindetyrannen wie billig sehr hoch erhobst.

Unwandelbar

Weimar, den 15. August 1829. J. W. v. Goethe.

688. *An Goethe*

Wenn Du mir auch nicht zu danken brauchst, daß ich Dir so vielerlei Leute ins Haus sende, so habe ich zu danken, eben durch solche Gelegenheit Dir wieder und wieder zu sagen, daß ich lebe und Dir lebe.

Dr. jur. *Edward Simson*, ein stattlicher achtzehnjähriger Jüngling von Königsberg in Preußen, ist mir stark empfohlen, um Dir ihn zu empfehlen; er soll von großen Hoffnungen sein und reiset auf Königliche Kosten. Wie ich mir nun vorstelle, daß Du die nächsten Tage von vielen Seiten angegangen bist, so sage nichts weiter, als daß auch ich reichlich begangen bin, indem ich außer meinem Verhältnis zur Singakademie jetzt wöchentlich zweiundvierzig Lektionen verübe, und zwar in den allerersten Elementen des Singens, an lustigen Buben und Knaben, die (längst unterrichtet) zum ersten Male und allseitiger Verwundrung erfahren, daß man dabei den Mund auftun, ein Antlitz haben, gehn und stehn können müsse. Mir macht es wahre Freude, von vorn wieder anzufangen und mich von Stümpern belächeln zu lassen, die den Berliner Jungfräulein die geheimen Schönheiten lungensüchtiger Kraftopern aufdecken.

Der Doktor wartet auf das Blatt. Lebe wohl!

Dein

Sonntag, 16. August 1829. Z.

Das neue Siegel hat die kleine Facius geschnitten.

689. *An Goethe*

Berlin, 20. August 1829.

Wohl dem, der sich nicht irren läßt! Ich müßte ja Tinte getrunken haben, wenn ich jenem Elbgetöse, wie Du es treffend nennest, Einen bessern Tag hingeben wollte.

Der Herr Musikdirektor weiß sich in seiner Lage nicht zu beschäftigen. Er ist mir einst durch die Schule gelaufen und hat durch Gönnerei die Stelle des verstorbenen Türk und damit die Tochter des Professor Maaß als Zugabe überkommen, welche letztere er besser bedienen mag als die erste, indem er sich, eben da es gilt, die Leute aus der Ferne holt, die seine Arbeit machen sollen. Nun kommt er und bittet, zu dieser für ihn ganz unfruchtbaren Unternehmung neben den Namen Spontini, Möser etc. den meinigen nennen zu dürfen, wozu ich nur nicht Nein gesagt habe, da ich mir kein désaveu gegen diese Männer erlaube und der Indiskretion eines eiteln Musikdirektors keine Gelegenheit zur Ungelegenheit geben will – das ist die Geschichte. Hinterher will er mir und meinem Hause einen Wagen senden; gute Wohnung und Beköstigung an Ort und Stelle soll auch bereit sein, welches ich denn nun mit Ehren ablehnen und Herr meines Dankes bleiben kann.

Daß die englische süße Aurikel mich aber gern unter euch sieht, dem wäre schwerer zu widerstehn, wenn man nicht im Stalle angehalftert stünde und, da mein Minister nicht hier ist, ich geradezu davonlaufen müßte.

Felix ist in Schottland und hat schon vom Hochlande herab anher geschrieben. Ich habe ihm aufgegeben, Lieder und Tänze an Ort und Stelle genauer aufzuzeichnen, als man sie durch reisende Liebhaber und ununterrichtete Nachschreiber bis jetzt kennt. Der liebe Schlingel hat das Glück, überall Freunde zu finden und zu gewinnen; auch den Sir Walter Scott hat er gesehn. Dann hat er in London einen jungen Hannoveraner gefunden, der hier bei der englischen Gesandtschaft war und nun mit ihm die unterrichtende Reise zu Fuße, zu Pferde und zu Wasser macht, von da er über Irland und Holland im Spätjahr hieher zur Hochzeit seiner Schwester mit dem Königlichen Hofmaler Hensel zurückkommt, um dann nach Italien zu gehn. Er läßt sich's denn doch sauer werden und sucht sich aufzubauen, wo es nicht am Gesteine fehlt.

Stieglitz ist vor Freuden außer sich und hat mir die Schultern ausgerissen. Deine Sendung kam Dienstag abend an. Auf Deinen Befehl schickte ich das Päckchen gleich nach 9 Uhr zu ihm: kein Mensch zu Hause. Gestern morgen um 7 Uhr schicke ich wieder: er sei schon nachs Gymnasium – sie wußten nicht einmal, welches! Doris sucht ihn auf der Königlichen Bibliothek, und nun kommt er geschossen, öffnet den Brief und zieht die Blätter hervor. Ich nehme sie ihm aus der Hand und lese sie ihm vor. Sollte denn ich der letzte sein, da Du mir einen so wichtigen Anteil daran zuschreibst? Sie sind unschätzbar, diese Blätter! ganz was Neues, unerhört und gleich ganz verständlich. Du magst Dich selber freuen, wenn Du sie gedruckt siehst.

Daß Du meine Frau v. Wahl aufnimmst, soll mir wohl werden; die soll mir erzählen, das kann sie; ich habe ihr einen Brief an meine alte Gönnerin in Dresden, die Gräfin v. d. Recke, mitgegeben, die mir noch einmal so lieb wäre, wenn sie den alten Mops Uranios nicht so pflegt, der mir im tiefsten zuwider ist, wie ein Zollwächter an der Chaussee von jedem Bescheidenheit einfordert und ein bornierter Schwätzer ist. Es ist Donnerstag. Lebe wohl!

690. *An Zelter*

Dein munteres Weibchen, Tochter und italienischer Begleiter sind endlich angekommen und freundlich empfangen worden. Den ersten Tag gaben meine Kinder ihr ein geselliges Gastmahl, dem Frau Gräfin Henckel, v. Frorieps zu vieren und sonst gute Leute beiwohnten und wo es, wie ich höre, ganz munter zugegangen ist. Den folgenden Morgen hatte ich mich auf ein sentimental-joviales Frühstück im Garten eingerichtet, welches durch das gräßliche Wetter ge- und zerstört wurde. Ich fuhr deshalb hinein und fand sie und mehrere Personen bei meinen Kindern, wo man denn freilich im Zirkel saß und nicht warm wurde. Ich fuhr gleich wieder hinaus und mußte ihr also gleich zum Willkommen ein Lebewohl sagen. Mein Enkel Wolf hat der Tochter die Cour gemacht und von ihr einen Goldrubel zum Geschenk bekommen. Du siehst, wie eilig die Generationen einander die Pantoffeln austreten.

Zu gleicher Zeit war ein Engländer bei uns, der zu Anfang des Jahrhunderts in Jena studiert hatte und seit der Zeit der deutschen Literatur gefolgt war, auf eine Weise, von der man sich gar keinen Begriff machen konnte. Er war so recht in merita causae unsrer Zustände initiiert, daß ich ihm, wenn ich auch gewollt hätte und wie man wohl gegen Fremde zu tun pflegt, keinen blauen phraseologischen Dunst vor die Augen bringen durfte. Aus seiner Unterhaltung ging hervor, daß seit diesen 20 Jahren und drüber sehr gebildete Engländer nach Deutschland gekommen sind und sich von den Persönlichkeiten, ästhetischen und moralischen Verhältnissen unsrer jetzt Vorfahren zu nennenden Männer genau unterrichteten. Von Klopstocks Verknöcherung erzählte er wundersame Dinge.

Sodann zeigte er sich als einen Missionär der englischen Literatur, las mir und meiner Tochter zusammen und einzeln Gedichte vor. Byrons »Himmel und Erde« war mir höchst angenehm mit Auge und Ohr zu vernehmen, da ich ein zweites Exemplar in der Hand hatte. Zuletzt machte er mich noch auf Miltons »Samson« aufmerksam und las ihn mit mir. Es ist merkwürdig, hier den Ahnherrn Byrons kennenzulernen; er ist so grandios und umsichtig wie der Genannte, aber freilich geht der Enkel schon ins Grenzenlose, ins Wunderlichst-Mannigfaltige, wo jener einfach und stattlich erscheint.

Nun eben läßt sich unser polnische Dichter melden; einige Tage früher wär' er zu jener Gesellschaft willkommen gewesen; jetzt muß ich ihn wieder einzeln honorieren, und das wird denn zuletzt sehr schwer, beinahe unmöglich.

Meinen zweiten Aufenthalt in Rom, dem ich den 29. Band widme, habe ich möglichst ausgestattet, und ich hätte das Doppelte tun können ohne das unaufhörliche Hin- und Herzerren von guten lieben Fremden, die nichts bringen und nichts holen.

Laß Dich aber durch diese Jeremiade nicht abhalten, manchmal jemanden ein Brieflein mitzugeben, denn aus dem Mißbehagen eines Augenblicks steigt denn doch oft eine hübsche Betrachtung hervor. So war es wirklich höchst merkwürdig, auf den scheidenden Engländer den ankommenden Polen zu beschauen und zu beobachten; ich habe nicht leicht einen größern Kontrast gesehen.

Sollt' ich noch auf einige Punkte Deiner früheren, oft

retardierten Briefe etwas zu erwidern haben, so erinnere dies freundlich; sie sind mir nicht bei der Hand, und möchte nicht gern etwas zurücklassen.

Insofern Dir nun auch zunächst Tun und Leiden, Wirken und Genießen, Anstrengung und Zerstreuung, und wie das alles heißen mag, was Dich als Zelter und Berliner hält und zieht, einigt und sondert pp., es einigermaßen zuläßt, so fahre fort zu schreiben und bedenke, daß ich euch band- und alphabetweise von meinem Besten zuschicke, wogegen ihr euch denn doch wie der Leviathan verhaltet, von dem geschrieben steht: »Er verschlingt den Strom und achtet nicht sein!«

Am trüben und heitern Tag

Treu angehörig

Weimar, den 20. August 1829. G.

691. *An Goethe*

Sonntag, den 23. August 1829.

Ja ja, so ist's! Bald sind es die Weiber, bald der Teufel selber, was einen quält und nicht vom Flecke läßt. Du hast es noch am besten: Du kannst davonlaufen, Du bist Herr Deiner Konzeption, und so wie die Hand wieder frei ist, kannst Du wieder daran sein. Meine Konzeption bedarf der Hand zur Stelle, sonst ist sie über alle Berge und wird hernach was anderes, ob besser oder schlimmer, weiß ich auch nicht. Und doch leben wir, sind frisch und mutig und bleiben uns gewogen, was denn doch auch was sagen will. Ich kann's gar nicht gewohnt werden, daß ich bald 71 Jahr alt bin, und bei Dir kommt mir's gar wie Hexerei vor, wenn ich einen Brief von Dir erhalte. Darum laß es uns mit der Jugend halten und dem dürren Alter ausweichen, was wir können; es ist leiblich und geistig unbequem und langweilig wie die Schw –

Indem ich die Stelle Deines vorletzten Briefes las, da Du die Orgeln hattest gescholten gefunden, mußte ich Deiner ältesten Perser gedenken, die die griechischen Tempel zerstörten, in welche die Gottheit eingesperrt worden, als wenn sie draußen sich erkälten dürfte. Ich will deswegen keinen von beiden loben; sind aber Tempel und Kirchen da, herrlich, prächtig, ein Gottesdienst an sich selber – was soll der schöne hohle Kasten, wenn nichts darin ist als die bewegliche Kanzel? die, aus einer Mauerecke in die andere geschoben, nimmer den Fleck findet, wo sie hingehört, das Nest, aus dem herab ein sündiger Priester, wie die Schwalbe des Tobias, sein geistliches Exkrement auf das Auge der blöden Gemeine fallen lassen darf. Trägt der Priester sein reiches Gewand, um den sterblichen Leib zu verkleiden, so soll auch der Odem des ewigen Geistes eine Gestalt haben, wie das Sonnenlicht in alle Poren der Schuld dringt, die nicht weiß, was sie sucht und meidet.

Ich kann mir eine Kirche ohne Orgel gar nicht vorstellen, die allein das mentale Gebet erlaubt und dazu zwingt. Wer weiß denn, was er betet! – Doch wo gerate ich hin! Ich wollte – was wollte ich denn?

Wenn ich nicht irre, so haben wir Dir im Jahre 1825 den Grundriß unseres Akademiegebäudes übersandt. Wären diese Zeichnungen noch bei euch vorhanden, so frage ich an, ob wohl bei euch ein junger Mann solche gegen Honorar für uns kopieren wollte, wo nicht, so laß sie uns zur Kopierung zukommen, da wir denn Dein Exemplar zurückgeben. – Der junge Baumeister hat sich zuletzt nicht zum besten gegen die Aktionärs genommen. Er ist ohne Rechnungsablegung davongegangen, hat alle Zeichnungen und Rechnungen mitgenommen und seinen Anschlag um mehr als 20 000 Taler überschritten, dabei aber stets behauptet, daß er von der Anschlagssumme noch übrigzubehalten gedenke. Betrug ist von seiner Seite nicht geschehen; er hat sich von den Werkleuten barbieren lassen, die ihn mit Schmeicheleien zu gewinnen wußten, und zuletzt den Bau von seiner Seite so nachlässig und leichtsinnig betrieben, daß nichts ganz vollendet, die Vorsteher der Singakademie aber gegen die Aktionärs in Verlegenheit sind. Ich an meinem Teile habe zu rechter Zeit gesprochen und dem jungen Manne vor dem ganzen Senate laut zu erkennen gegeben, was erfolgen mußte und erfolgt ist. Ich kann also ruhig sein, indem Gestelle und innere Einrichtung des Gebäudes, meinem Sinne und dem Zwecke gemäß, den Beifall der ganzen Stadt fortwährend genießt, und da ich selber das Haus nun schon im 3. Jahre bewohne und täglich beschreite, so brauche nicht unruhig zu sein.

Felix hat mir aus Edinburg einen jungen Schottländer zugeschickt, der aber leider kein Wort als sein Englisch versteht. Er ist jedoch gut musikalisch, und so werden wir in Musiknoten verkehren müssen. Da diese Insulaner auf alles, was sie haben, einen Wert legen, so machte er große – Ohren, als er vorigen Freitag von meinen Jüngern eine altbach'sche Musik prima vista mit einer Partitur in der Hand vernehmen konnte, die wenigstens glatt von dannen ging. Stelle ich nun meinen Schotten gegen Deinen Polen und Engländer, so hätten wir ein Trio, wie es nicht alle Tage zusammenkäme, um eine Klopstock'sche Nuß aufzuknacken. In drei Tagen ist Dein Geburtstag. Ich bin nirgends verpönt und werde meinen Winkel finden:

»Will mich freun der Jugendschranke,
Glaube weit, eng der Gedanke,«
Will mir selber Wein einschenken,
Heil'ger Hafis, Dein gedenken!

Und so fort evovae!

Dein

Dienstag, den 25. August 1829. Z.

Nochmals Dank für die gute Aufnahme meiner muntern Dorpatine.

692. *An Goethe*

Morgen, den 9. September, abends 6 Uhr fahre ich mit der Schnellpost von hier ab und denke Donnerstag mittag gerade zu Anfang der ersten Musikaufführung in Halle zu sein.

Meine Rechtfertigung bei Dir soll mir nicht sauer werden, weil ich sie mündlich zu führen denke. Im »Schwane« bei euch findet sich wohl ein Stübchen für mich offen, weil ich den Tag nicht bestimmen kann und ins Blaue einfahre. Braucht mir keiner zu sagen: »Tu l'as voulu, George Dandin!« – so weiß ich, was ich will, und wenn mein Besuch bei euch vorher unter uns bleiben könnte, wäre mir's lieb.

Der neue Berliner Almanach spaziert mit beherzten Schritten durch die Stadt. Die Buchbinder können nicht schaffen, was verlangt wird. Die »Chinesischen Jahreszeiten« ziehn wie ein neuer Komet und werden auch so gedeutet. »Nun, was ist denn das Großes?« ruft ein Philister, der das Ei des Columbus noch nicht vergessen hat. Es ist aber lustig, wie nach einer langen Stille wieder Bewegung ist und brodelt und siedet und zischt und wie der ganze Almanach sich ausnimmt wie ein Schattenriß von Dir en face und gleichwohl sehr artige Sachen darin enthalten sind, die, zugleich notwendig und zufällig, Wirkung einer ersten Ursache sind, woran niemand denkt. Der Faden spinnt sich fort, und hier und da hängt ein feines Perlchen, aus irgendeinem Schmucke verloren oder ausgebrochen.

Das einliegende Blatt sollte am 28. vorigen Monats bei Dir anlangen; da ich nicht geschrieben hatte, konnte es nicht eingelegt werden, und es mag heute nicht zu spät damit sein. Hier waren mehrere Freundeskreise beisammen; ich blieb in meiner heitern Zelle, und wer aus Zufall oder Neigung dazugekommen ist, dem haben meine Tropfen gemundet.

Also: auf Wiedersehn! Doch soll ich das Wesen in der Nähe beäugen und beohren: was ich denn weiß oder nicht weiß, ist immer ein Gewinn, wenn es auch sonst keiner brauchen kann. Salve.

Dein

Z.

693. *An Goethe*

Das beigehende Blättchen aus meinem Tagebuche möge Dir berichten, daß ich soeben Eberweins Partitur des »Faust« angesehn habe.

Zwischen 9 und 10 Uhr erscheine ich bei Dir, da ich früher noch allerlei zu bewerken habe. Ich bin froh, daß der gestrige unanmutige Zurückmarsch aus den jenaischen Rückerinnerungen Dir nicht zum Schaden geworden ist.

Dein

Donnerstag, 17. September 1829. Z.

694. *An Goethe*

Montag, 28. September 1829.

Heute will ich nur sagen, daß ich nach einigen Ruhenächten in Jena, Pforta und Halle gestern bei guter Zeit hier in Berlin mein Haus in der alten Ordnung wiedergefunden habe. In Halle sind 4000 rh. über der Einnahme nachzuzahlen, zu welcher Leistung willige Herzen gesucht werden; doch haben sie den Mut, solche Musikfeste fortzusetzen, ja nach Berlin und Potsdam zu verpflanzen, weshalb ich mir denn Ein dergleichen Fest einmal in der Nähe besehn wollen. Der Ausführung der Hauptstücke versagt niemand seinen Beifall, indem solche von unsern besten Leuten lange vorher eingeübt waren. Will man nicht zu streng sein, so sind dergleichen Feste ein Mittel mehr, einige tausend Taler in Umlauf zu setzen, was denn freilich alles wäre.

Kaum in Berlin zum ersten Male wieder ausgeschlafen, finde ich soeben Dich in der Spener'schen Zeitung wieder, da ich Dich kaum verlassen habe. Solch ein 50 000-Guldenstückchen mögen Dir nachspielen, die Deine Verse so gut nachzutrippeln und zu beurteilen wissen!

Den anliegenden Kanon bist Du wohl so gut an Herrn Landesdirektionsrat Töpfer abgeben zu lassen. Man ist in der Schützengesellschaft so artig gewesen, um unseretwillen das Schießen, welches schon vormittags stattgefunden hatte, zu wiederholen, und ich weiß mich nicht anders erkenntlich zu erweisen, da man mir ein Exemplar ihrer Liederbücher überreicht hat, das zum Teil mit Deinen Gedichten geziert ist. Da sie nun das Singen auch nicht lassen können, so mag der leichte Kanon mitgehn und sich in der Fremde umsehn.

Hier bei uns war vorige Woche Manöver, und in Potsdam geschieht ein Gleiches; auch wird Madame Garnerin morgen (wenn es die Witterung erlaubt) eine Lustfahrt machen und sich im Fallschirm niederlassen. Das mag die Ursache sein, um welcher willen unsre schöne Prinzessinnen noch nicht zu euch abgereiset sind.

Dienstag, den 29. September.

Du hast im »Schwanen« für uns bezahlt, und ich, der Leichtsinnige, habe mir sogar von den Leuten einen Taler Weimarische Münze geben lassen. Nach Polen 50 000 Gulden und hier freie Station – wo soll das hingehn? Du bist wohl kein guter Wirt. Vale!

Dein

Z.

695. *An Zelter*

Ich muß nur wieder anfangen, dem Papier Neigung und Gedanken zu überliefern, zuvörderst aber aussprechen, daß ich nach Deiner Abreise äußerst verdrießlich geworden bin. Zu Dutzenden lagen und standen die liebenswürdigsten Bedeutenheiten umher, alles mitteilbar! Und was war[d] nun mitgeteilt? Kaum irgend etwas, das wert gewesen wäre!

Die Gegenwart hat wirklich etwas Absurdes; man meint, das wär' es nun, man sehe, man fühle sich, darauf ruht man; was aber aus solchen Augenblicken zu gewinnen sei, darüber kommt man nicht zur Besinnung. Wir wollen uns hierüber so ausdrücken: der Abwesende ist eine ideale Person, die Gegenwärtigen kommen sich einander ganz trivial vor. Es ist ein närrisch Ding, daß durchs Reale das Ideelle gleichsam aufgehoben wird; daher mag denn wohl kommen, daß den Modernen ihr Ideelles nur als Sehnsucht erscheint. Hierüber wollen wir weiter nicht nachgrübeln, sondern es bei diesem ziemlichen und unziemlichen Vorwort bewenden lassen, ob ich gleich noch eine lange Litanei zu Aufklärung der allgemeinen neuern Lebensweise hienach wohl ausspinnen könnte.

Nun aber aus dem Grillenhaften ins Behagliche überzugehen, muß ich vermelden: daß Herr Ternite sich wirklich grandios bewiesen hat; denn indem diejenigen Blätter und Nachbildungen, die er mir zu eigen verehrt, des besten Dankes wert sind, so hat er durch den Schatz von Durchzeichnungen, der nun vor mir liegt, das ehrenvollste Vertrauen bewiesen. Ich halte aber auch darüber auf das sorgfältigste. Verdient sie jemand zu sehen, dem zeig' ich sie selbst vor.

Hier nun das Wundersamste des Altertums, dem, der sehen kann, mit Augen zu sehen: die Gesundheit nämlich des Moments und was diese wert ist! Denn diese durch das greulichste Ereignis verschütteten Bilder sind nach beinahe zweitausend Jahren noch ebenso frisch, tüchtig und wohlhäbig als im Augenblick des Glücks und Behaglichkeit, der ihrer furchtbaren Einhüllung vorherging.

Würde gefragt, was sie vorstellen, so wäre man vielleicht in Verlegenheit zu antworten; einsweilen möchte ich sagen: diese Gestalten geben uns das Gefühl, der Augenblick müsse prägnant und sich selbst genug sein, um ein würdiger Einschnitt in Zeit und Ewigkeit [zu] werden.

Was hier von der bildenden Kunst gesagt ist, paßt eigentlich noch besser auf die Musik, und Du kannst, alter Herr, Dein Bestreben, Deine Anstalt überdenkend, obige wunderlichen Worte gar wohl gelten lassen. Fürwahr, die Musik füllt in jenem Betracht den Augenblick am entschiedensten, es sei nun, daß sie in dem ruhigen Geiste Ehrfurcht und Anbetung errege oder die beweglichen Sinne zu tanzendem Jubel hervorrufe. Das Übrige frommen und richtigen Gefühlen sowie einsichtigen Gedanken überlassend.

Unsre beiden Prinzessinnen haben mir durch ihre holde Gegenwart viel Vergnügen gemacht. Man mag solche schon lang gekannte und geliebte Wesen gar zu gern nach einiger Zeit in behaglichen Zuständen wiedersehen, deshalb denn ihre Gemahle, die königliche Familie und Berlin überhaupt gerühmt werden sollen.

Übrigens, ihr lieben Athenienser, wenn ihr mehr gewohnt wärt, einem treuen Autor etwas Gründlich-Verbindliches über seine Werke zu sagen, so würde ich meinen zweiten Aufenthalt in Rom, welcher mit der nächsten Sendung anlangt, nachdrücklicher empfehlen; doch mag es beim alten bleiben, und ich will damit auch zufrieden sein.

Zunächst aber bitte, meine Briefe von 1828 zu senden, damit auch diese Wechselreden zu den übrigen codicibus können hinzugefügt werden. Wobei ich zugleich ermahne, noch diese letzten Monate fleißig zu schreiben, damit auch dieses Jahr neben seinen Geschwistern in Ehren bestehen könne.

Wie zunächst so fortan!

Weimar, den 19. Oktober 1829. J. W. v. Goethe.

696. *An Goethe*

Deine bittere Betrachtung über Gegenwart und Beieinandersein muß wohl ihre Richtigkeit haben, da ein ähnliches Gefühl auch mich begleitet, wenn ich von Dir gehe. Weiß man doch nicht, mit wem man zu hadern hätte, da ein gutes, ein schönes Leben nichts anderes ist als eine Reihe glücklicher Momente, die, zufällig, unvorbereitet, uns kaum gegönnt scheinen. Wie oft muß man bemerken, daß ein unmittelbares persönliches Verhältnis, lange gewünscht und endlich erreicht, die Individuen auseinander treibt, wo nicht gegeneinander stellt, und so ist's nicht zu viel, wenn gesagt wird, daß die Gegenwart was Absurdes habe. An meinem Teile bin ich nun mit den verschiedensten Arten der Gegenwart begangen und befangen, und komme ich aus meinem Stalle in die freie Luft, so weiß ich kaum, was ich mit mir selber anfange, da mir kurz darauf wohl einfällt, wie schön man die Gelegenheit hätte nutzen können. Dir besonders hätte ich wieviel zu sagen und von Dir zu vernehmen, und sehe ich Dich von Angesicht, so habe ich genug zu tun, wenn ich glauben soll, daß es wirklich so ist. So war ich, so werd' ich wohl bleiben.

Mein närrischer Gefährte kommt bei dieser Gelegenheit am besten davon, indem er Dir die wirklich annehmlichen Früchte seines losen Geistes darbringen konnte, worauf er gar nicht vorbereitet war, da ich ihm in Halle erst den Vorschlag machte, mit mir zu Dir zu gehen. Es hat ihn getroffen wie ein Schlag, von dem er sich bis heut noch nicht wieder erholt hat und damit seine hiesigen Neider mit Füßen tritt. Und lese ich ihm die ihn betreffende Stelle Deines letzten Briefes noch vor, so fährt er aus seiner Haut. Ich kenne ihn von Kindheit an und will ihn nicht überschätzt haben; er ist aber ehrlich und an Talent denen nicht nachzustellen, die ihn beneiden um die Gunst von oben her, die ihm freilich auch moralisch schädlich ist. Ich müßte schließen oder gar nicht schreiben, was heut unter ewigem Zulaufe geschieht, und will mit einer Berliner Anekdote enden.

Unser Hufeland, den Du kennst, stellt den alten Geheimen Rat Doktor Heim zu Rede über den häufigen Gebrauch des Arseniks bei gewissen Krankheiten, besonders aber den Schaden, welchen junge Ärzte durch sein Beispiel anrichten. »Wie wollen Sie, lieber Heim, es an jenem Tage bei Gott verantworten, wenn er Ihnen die Rechenschaft dafür abfordert? Was können Sie sagen?« – »Was ich sagen werde? He?« Indem er seine Hand auf Hufelands Schulter legt: »Ich werde ihm sagen: Alter Junge, das verstehst du nicht!«

Künftig ein mehreres; heute bin ich im Bann. Lebe wohl!

Dein Z.

Donnerstag, 22. Oktober 1829.

Deinen Brief habe gestern abend erhalten.

697. *An Goethe*

Berlin, 26. Oktober 1829.

Stromeyer hat gestern seine letzte Gastrolle abgespielt, ich habe ihn zweimal gehört und hätte gern ihn auch in einer heroischen Rolle zu vernehmen gewünscht, wozu er das Zeug zu haben schien. Als Osmin und als Wasserträger findet man seine Produktion nicht lebhaft genug, und das Haus war schon das vorletztemal nicht ganz angefüllt. Auch mir ist vorgekommen, als ob er sich für diese beiden Rollen zu vornehm halte. Die Pietät und der geschäftige Humor eines Pariser Wasserträgers lagen im Streit mit einer gewissen Bequemlichkeit, die schönen Töne des Sängers gelten zu machen, und der Osmin konnte kaum mit sich selber mitkommen, da er denn gegen die andern noch mehr zurückebleiben mußte. Man hatte gewünscht, den Don Juan von ihm zu hören; auch ich sprach mit ihm darüber. Er entschuldigte sich, indem er gewohnt sei, ihn italienisch zu singen. Er würde sich ganz Berlin geneigt gemacht haben, wenn er ihn italienisch auf unsere Bretter gefördert hätte, da alle unsere ersten Sänger italienisch reden und in Konzerten sich nie anders als in italienichen Arien vernehmen lassen. So hat sich denn meine Protektion nicht für ihn betätigen wollen, da ein erster Bassist gesucht wird und man in der Regel nicht zu schwierig ist, pensionierte Artisten anzustellen. Mit den »deutschen Atheniensern« mag er auch nicht einverstanden sein, und er muß sich dergleichen gegen unsere Theaterleute deutlich genug haben merken lassen. Diese meinen: er wisse nicht, woher und wohin er gekommen sei; er sei ein hübscher Mann mit einer hübschen Stimme, aber »zum Tanzen gehöre mehr als rote Schuh'«. So könnte denn auch ich einmal wieder sagen, daß eure schlechten Lobredner uns von euch kommen. Bin ich doch auch von Jugend an in der Welt gewesen, in Berlin und sonst im Vaterlande umher, und habe nirgend soviel Neigung und Anerkennung des Guten, was von Weimar über Deutschland gekommen ist, gefunden als eben in meiner Vaterstadt, wo Einer *gegen* euch hundert gegen *sich* hatte. Du allein hast auf die gemeine Menge hier leichter und schneller gewirkt als auf die sogenannten gebildeten Stände, Priester und Leviten. Ich erinnere mich nur zu wohl, wie man mich über den Schultern angesehn, als ich in meinem 23. Jahre noch nicht den »Werther« hersagen können. So ist es noch heute: ältere Schriftsteller, deren Du mit Achtung gedenkst, wie Lorenz Sterne, Möser, Goldschmidt und andere werden gesucht, gelesen, wieder aufgelegt. Hiesige Bürgersleute, Handwerksgesellen rühmen sich, vor Deinem Hause in Weimar gestanden zu haben, um Deinen Kragen oder einen Zipfel Deines Kleides mit Augen zu erwischen. In Summa: Du kennst nur Einen Berliner, das bin ich, und ich bin der Geringste von allen. Erführst Du aber einmal, daß die Gedichte des Königs von Bayern hier verboten sind, dann schelte uns – nur nicht darum, wenn sie nicht gelesen werden.

Mein Felix hat in London einen Unfall oder vielmehr Umfall erlitten, er ist mit dem Wagen umgeworfen worden, daß er nicht zur Hochzeit seiner Schwester nach Berlin kommen können. Ich fürchte, daß er etwas zerbrochen habe, weil es so lange währt und er nicht schreiben kann, doch soll sich's mit ihm bessern. Er wird über Calais zurückerwartet, da er denn wohl über Frankreich durch Weimar kommt und bei Dir einspricht.

Unser Britishman rühmt sich, bei Dir gewesen zu sein; er soll Dir so viel von Paris erzählt haben, daß Du daran müde worden – das will sein Begleiter bemerkt haben. Salve!

Dein

Z.

27. Oktober.

Die schöne Ulrike hat mir einen nächtlichen Brief mit Bleistift geschrieben, den vier Engländer nicht haben fortbringen können, denn ich habe ihn nicht bekommen und die Engländer auch nicht. Gestern (Montag) abend kam einer, mit Tinte geschrieben, ohne Datum, nach der Akademie, das war aber post festum, alles vorbei, Lampen ausgelöscht und dunkel das ganze Haus. Können die fremden Freunde bis zum vierten November hier verweilen, so mögen sie eine Produktion mitgenießen, die von uns zum Besten der Überschwemmten in Schlesien gegeben wird. Dergleichen muß man immer mitmachen, um unter Wohltätern gelitten zu sein. – Am Ende werde ich noch gescholten, daß man mich nicht wiedergesehn, als wenn ich besser daran wäre als das liebenswürdigste Mädchen in Weimar. Lebe wohl! Die Post will fort.

Z.

698. *An Zelter*

Nachdem wir also über die Verzweiflung der Gegenwart sowie über einige Bedenklichkeiten der Ferne durch Deine freundliche Auslegung glücklich hinübergekommen, so wollen wir nun den Augenblick desto höher wertachten und ihm das Mögliche für die Zukunft abzugewinnen suchen.

Vom Nächsten also zu reden, sage nur soviel: daß unter den vier von Ulriken begünstigten Engländern einer ganz in Verzweiflung ist, Deine musikalischen Großheiten nicht vernommen zu haben; er ist – ich weiß nicht, ob mit Talent und Beruf – der Musik leidenschaftlich ergeben, spielt alle Tage drei Stunden Violoncello mit unserm Haase, kommt nirgends hin, als wo gespielt und gesungen wird. Dieser eigentlich war es, welchen Ulrike Deiner freundlichen Aufnahme, insofern es die Umstände vergönnten, wert hielt; sie hatten sich fest vorgesetzt und versprochen, Mittwoch abend wieder hier zu sein, um Donnerstag abends sich auf einen Ball einzufinden, der nun leider durch den Tod der Frau Großherzogin von Darmstadt ajourniert werden mußte.

Ein Wort von meiner Lektüre! Mit den »Memoiren« von Bourrienne bin ich bis zum 8. Bande gekommen. Erinnerung und Aufklärung gesellen sich für uns in diesem Werke.

Merkwürdig ist zu lesen die neue Ansicht eines wichtigen Punktes der Geschichte: der Verfasser macht höchst wahrscheinlich, daß Napoleon nie den Vorsatz gehabt, nach England überzusetzen, vielmehr habe er unter dieser Vorspiegelung eigentlich nur die Absicht gehegt, den Kern einer großen, tätigen, zu allem bereiten Heeresmacht zu bilden, und um diese Mitte her eine Truppenmasse dergestalt disponiert und loziert, daß er sie in der kürzesten Zeit an und über den Rhein bringen könne, welches ihm denn auch auf den Grad gelungen, daß er wider aller Menschen Denken und Vermuten Ulm eingeschlossen und in seine Gewalt bekommen habe. Von den Folgen dieses Zuges nicht weiter zu reden.

Aufgefordert, unsre Gedanken dorthin zurückzuwenden, fühlen wir uns von einem neuen Staunen angewandelt. Es ist ein Glück, daß zur Zeit, da wir dieses erlebten, das Ungeheure solcher Ereignisse uns nicht deutlich werden konnte.

Nun aber von mir selbst etwas zu sagen, so ist alles, was ich gegenwärtig persönlich leiste, rein testamentlich. Das Manuskript der siebenten Lieferung ist abgegangen, das der achten ist so gut wie beisammen, und so wäre denn Ostern das Ziel erreicht, welches zu erleben kaum hoffen durfte.

Nun aber muß möglichst redigiert werden, was unter meinen übrigen Papieren von angefangenen und angedeuteten Papieren befindlich sein möchte von einigem Wert, auch ist meine Korrespondenz von einigen Jahren her durchzusehen; am meisten aber fordert mich auf dasjenige zu retten, was ich für Naturkunde getan habe. Von den dreihundert Naturforschern, wie sie zusammengekommen, ist keiner, der nur die mindeste Annäherung zu meiner Sinnesart hätte, und das mag ganz gut sein. Annäherungen bringen Irrungen hervor. Wenn man der Nachwelt etwas Brauchbares hinterlassen will, so müssen es Konfessionen sein, man muß sich als Individuum hinstellen, wie man's denkt, wie man's meint, und die Folgenden mögen sich heraussuchen, was ihnen gemäß ist und was im allgemeinen gültig sein mag. Dergleichen blieb uns viel von unsern Vorfahren.

Womit also für heute die Unterhaltung möge geschlossen sein.

Paganini hörte gestern abend.

Weimar, den 1. November 1829. Goethe.

Kannst Du ohne Beschwerlichkeit einleiten, daß sie mir noch ein paar ordinäre Exemplare des Musenalmanaches zusenden, so hilfst Du mir, einige Gefälligkeiten zu erwidern, deren ich unzählige schuldig werde.

699. *An Goethe*

Ulrikens Briefe haben mich zur Verzweifelung gebracht, weil ich nicht konnte, was sie wollte. Der erste kam Montag abends nach abgehaltener Akademie; den mit Bleistift geschriebenen brachten am Dienstage darauf die Engländer und fanden mich nicht zu Hause. Die vornehmsten Personen Berlins waren diesen Tag abgewiesen, und so konnte auch sonst niemand eingelassen werden. Das liebe Publikum ist durch eine genug bekannte Liberalität von unserer Seite so verwöhnt, und was ihm gar nichts kostet, das weiß es nicht zu achten. Leute, die 40 Jahre in Berlin wohnen, haben den Einfall, vor ihrer Abreise oder ihrem Ende doch auch die Singakademie sehen zu wollen, denn gehört haben sie sie längst im Vorbeigehn auf der Straße. Reisende machen mich oft zu lachen, wenn sie meinen, man könne in dem winzigen Berlin 300 freiwillige Personen zu beliebiger Stunde zusammentrommeln (weil die Reisenden gleich wieder fortmüssen), um ihnen etwas vorzusingen. Trifft sich aber ein gelegener Tag und es wird im Königsstädter Theater das »Fest der Handwerker« gegeben, so läßt man uns singen und schmält hernach über die niederträchtige Pöbelkomödie, die nicht eine Klaue hat von einem gesunden Humor. – Du hast also wieder recht zu sagen, daß die Gegenwart was Absurdes hat.

Die Almanache erfolgen mit nächster Post.

Schönsten Dank für Deine Bemerkung aus Bourrienne. Ich, der einfältigste Strategiste, habe dazumal allen Weisen ins Gesicht gelacht, die jene Unternehmung als unsinnig und toll schalten, indem ich die Sache für entweder möglich oder sonst bedeutend hielt, worüber der Erfolg mich genug gerechtfertigt hat; denn diese Komödie hat manchen Gulden gekostet, und so hätten wir das Kapitel der Gegenwart wieder vor Augen. Wenn ich nicht irre, so ist im Las Cases ein locus, wo der Held selber seine damalige Absicht zutage legt. Die Engländer allein waren klug genug, solche Demonstration zu etwas zu nutzen, indem sie ihre ganze Insel aufregten, und so weiter.

Über die Vollendung Deiner Redaktion freue ich mich und weiß nicht, wie ich Gott danken soll für die Gnade, das alles mit Dir zu erleben. Man ist denn doch dabei gewesen, und wenn andere mit *ihren* Augen gesehen haben, so haben wir *unsere* auch nicht geschont. Jene gelehrten Forscher – forcieren sich nicht zu sehr. Auch ich habe sie nun zweimal beieinander gesehn; sie schienen gekommen zu sein, um in aller Unschuld einander zum besten zu haben und sich selbst zu verspotten. Man könnte sie mit den Musikfesthaltern in eine Reihe stellen, und der endliche Effekt ist das Gerede über schlechtes Essen. Sind wohl die Schiller'schen Briefe schon heraus? Soviel für heute.

Dein

Donnerstag, 5. November 1829. Z.

Wir haben gestern, am 4. dieses, eine öffentliche Akademie für Geld zum Besten der durch Wasserschaden verunglückten Schlesier gegeben und können gegen 250 rh. absenden. Das ist die Ursache, weswegen zu den Vorbereitungen keine Zuhörer gelassen werden sollten. Das altjunge Volk muß manchmal deutsch angeredet werden, und das kann für Ausländer nicht erbaulich sein. Nun habe ich für uns selber wieder zu sorgen, denn unsere Kreditoren verlangen Zinsen, und die soll die arme Singakademie verdienen, und dabei soll man auch noch wohltätig sein, als wenn man was zu verschenken hätte! Das sind wieder die Gegenwärtigen (Entgegenwärtigen), die Nachfolgenden nehmen's doppelt umsonst, und klüger werden sie auch nicht, als ihre Väter waren.

700. *An Zelter*

In Deine Zustände kann ich mich aufs innigste hineindenken und -fühlen, auch recht deutlich schauen, wie wunderlich Dein Verhältnis zu dem lieben Menschengeschlecht sich ausgebildet hat. Das liebe Volk (und so sind unsre charmanten anglomanen Freundinnen auch) glauben, man sei dazu da, ihre Bedürfnisse zu befriedigen, ihren Wünschen und Grillen Vorschub zu tun, und so sei es eben recht. Das wissen wir lange, aber es inkommodiert doch jeden Tag, wo es eintritt. Auf alle Fälle hab' ich es bequemer wie Du, mein Freund; denn wenn ich halbweg guten Humors bin, so geht denn doch ein Tag nach dem andern ganz leidlich hin; nur darauf muß man Verzicht tun, dasjenige getan zu sehen, was man sich vorsetzte. Ich bin zuletzt darauf gekommen, nur zu schieben: da muß denn doch zuletzt das Reifste abfallen.

Paganini hab' ich denn auch gehört und sogleich an demselben Abend Deinen Brief aufgeschlagen, wodurch ich mir denn einbilden konnte, etwas Vernünftiges über diese Wunderlichkeiten zu denken. Mir fehlte zu dem, was man Genuß nennt und was bei mir immer zwischen Sinnlichkeit und Verstand schwebt, eine Basis zu dieser Flammen- und Wolkensäule.

Wär' ich in Berlin, so würde ich die Möserischen Quartettabende selten versäumen. Dieser Art Exhibitionen waren mir von jeher von der Instrumentalmusik das Verständlichste: man hört vier vernünftige Leute sich untereinander unterhalten, glaubt ihren Diskursen etwas abzugewinnen und die Eigentümlichkeiten der Instrumente kennenzulernen. Für diesmal fehlte mir in Geist und Ohr ein solches Fundament, ich hörte nur etwas Meteorisches und wußte mir weiter davon keine Rechenschaft zu geben; bedeutend ist es jedoch, die Menschen, besonders die Frauenzimmer, darüber reden zu hören: es sind ganz eigentlich Konfessionen, die sie mit dem besten Zutrauen aussprechen.

Nun aber wünscht' ich zu erfahren, ob von dem werten Felix günstige Nachrichten eingegangen sind. Ich nehme den größten Anteil an ihm; denn es ist höchst ängstlich, ein Individuum, aus dem soviel geworden ist, durch einen niederträchtigen Zufall in seiner vorschreitenden Tätigkeit gefährdet zu sehen. Sage mir etwas Tröstliches.

Herr Graf Röder besuchte mich gestern, und es kam das deutsche Theaterwesen, wie es eben wes't, ziemlich klar zur Sprache. Er hat, als Vorgesetzter, gute Gedanken zur Behandlung des Ganzen, die ich billigen mußte und wodurch im Äußerlichen höchst wahrscheinlich gewonnen wird. Dem Innern wird der Genius helfen, wenn es ihm beliebt.

Leugnen kann ich übrigens nicht, daß die Franzosen mich vorzüglich unterhalten; den Vorlesungen von Guizot, Villemain und Cousin folg' ich mit ruhiger Betrachtung, »Le Globe«, »La Revue française« und seit drei Wochen »Le Temps« führen mich in einen Kreis, den man in Deutschland vergebens suchen würde. Wenn ich ihnen aber in allem, was unmittelbar auf das Sittlich-Praktische dringt das größte Lob erteilen muß, so wollen mir ihre Naturbetrachtungen nicht gleichmäßig gefallen. Ist auch schon ihre Erfahrungsweise ganz respektabel, so können sie beim Überdenken sich von mechanischen und atomistischen Vorstellungen nicht losmachen, und werden sie eine Idee gewahr, so wollen sie solche zur Hintertüre hereinbringen, welches ein- vor allemal nicht geht.

Du wirst mir verzeihen, wenn ich von dem spreche, was mich am meisten beschäftigt, ohne daß ich gerade glauben kann, es interessiere Dich. Der 4. und 5. Band der Korrespondenz wird nun auch zu Dir gelangen und gelangt sein; dabei wirst Du wohl meiner im guten gedenken. Der 6. Band wird bald folgen, mit einer Widmung an den König von Bayern, und so erlebten wir denn auch noch den Abschluß dieses wundersamen Werkes.

Und so fortan!

Weimar, den 9. November 1829. G.

701. *An Goethe*

Die gewünschten Almanache werden mit der Sonnabendspost bereits bei Dir angelangt sein. Hier haben sie sich ziemlich vergriffen, so daß der Verleger die versendeten Exemplare einfordert und vielleicht noch vor 1830 eine zweite Auflage druckt. Deine Gabe, welche diesen Almanach ziert, ist nicht so leicht, als sie sich anfühlt; ich, der ich die kleinen lieben Dinger täglich ansehe, nähere mich auch nur nach und nach, da ich mir Deine gute Stunde erlaure, Dich im Zimmer sitzend, vor einem Gebilde stehend, im Garten wandelnd sehe, um aus der Blume die Frucht zu erraten. Eine Reise vom Nordlande aus nach China ist auch nicht bald vollendet, da man unterwegs durch Geschrei indischer Gänse oder sonst sich aufgehalten sieht, und wer zuletzt den Generalbaß nicht befragt, geht auch leer davon.

Im »Globe« habe soeben eine artige Relation über die Darstellung des »Othello« in Paris gelesen. So viele Zeit braucht eine Nation, die Gras wachsen hört, um den alten Leichtsinn loszuwerden an Geisteswerken, woran sich schon ihre Väter vermaßen! Es bleibt aber dabei: gut Ding will Weile haben, und sie – werden den Sonnenwagen noch lange auf Kunststraßen und Eisenbahnen zu suchen haben. Nun aber will auch ich gestehn, daß der Stoff des »Othello« mich stets mit Jammer und heimlichen Unwillen über Natur und Kunst erfüllt hat, der durch die traurige Versöhnung, daß auch das Schönste und Beste, wenn es nicht zusammengehört, nicht beieinander besteht, nur wenig gelindert wird. Und doch ist es eine Tragödie und muß es bleiben.

Dann blättre auch in den Memoiren des Bausset »sur l'intérieur du palais de Napoléon et sur celui de Marie-Louise«. Dieser Klatschfink hat eine feine Nase und macht sich comme il faut. Man sieht, unter was für Leuten er am Löffel gewesen, mit Kabinettsaugen nach innen und außen und der Fähigkeit, es nicht ungeschickt von sich zu geben. Glaube davon jeder, was er kann; was daran wahr ist, wird nicht davonlaufen.

Vor einiger Zeit schrieb ich Dir über die Musik des Herrn Berlioz zu Deinem »Faust«. Nun lege die Berliner »Musikalische Zeitung« bei, die in der Regel ziemlich halb und halbhalb ist, nur der Verleger ist mehr als ganz: ein halber Christ und ein ganzer Jude. Auch an meiner Wenigkeit geht diese Zeitung zuweilen wie eine feuchte Wolke am Monde vorüber, um mir das Licht, was ich nehme und wiedergebe, zu vertreten, weil ich nicht unter ihrer Fahne diene. Ich finde mich so besser, und wenn ich auch das Fechten nicht verlernt hätte, was soll man sich um nichts abarbeiten?

Vorige Woche gestand mir Hegel (der mich für sein Blatt werben will), es tue ihm leid, sich mit seinen Gegnern eingelassen zu haben. Wir kamen ins Gespräch, und ich sagte: Was ich als Recht erkenne, will ich keinem aufdringen. Ich will was lernen, aber ich lasse mich nicht katechisieren. Wenn sich Lumpen was wissen mit dem, was sie von meinen Schülern falsch verstehn und selber verdrehen, was geht's mich an? Wer sich mit ihnen abgibt, gesellt sich zu ihnen, und schlechte Gesellen verderben die Sitten. Das habe ich Männern abgewittert, die ganz andre Kerle sind als ich. Habe ich unrecht, was soll ich rechten? habe ich aber recht, was will ich mehr? Deine Manier, Dir das Zeug vom Leibe zu halten, ist die einzig probate: es in seinem eigenen Dunste ersticken zu sehn; sie zielen nach Dir, und *sie* sind die Getroffnen.

Ein späteres Zeitungsblatt möge auch mit zu Dir wandern. Es enthält die Beurteilung unserer Mittwochsmusik, die ziemlich glatt von sich ging. Ich hatte meinen Schüler, den Organisten Grell, an den Flügel gestellt. Der Rezensent lobt zu meinem Vergnügen seine Direktion und hat glücklich nicht gemerkt, wer dirigiert hat. So etwas kitzelt.

Unser Ästhetikus aus Braunschweig hat den Weg der Bekehrung eingeschlagen und kann sich hinterher nicht genug wundern, was er alles in den Heften von »Kunst und Altertum« findet. Nun ich ihn ausgepaukt habe, schreibt er mir einen dankbaren Brief. Muß man doch mit sich selber fertigwerden, warum nicht mit andern Käuzen? Dieser sechs Fuß hohe Schulmeister sitzt die ganze Woche über seinem Froschgewächse hinaus: wie soll ihm was anderes einfallen als der Staub, den er selber in die Höhe bläst! Sieht man doch, wie es auch anderswo ist: von der Schulbank aufs Katheder, auf die Kanzel, ins Konstistorium, auf den Bischofstuhl. Die Stellen müssen besetzt, die Kerls gefüttert sein, und da fress' ich auch mit. Unser alte Wieland spricht:

»Leben und leben lassen«; ich sage: Lebenlassen und mitleben.

Es ist Dienstag, lebe wohl!

Dein

Berlin, 10. November 1829. Z.

702. *An Zelter*

Ein Wundersames, wie es die Zeit bringt, will ich doch auch zu Unterhaltung und Betrachtung mitteilen. Euer Friedrich, den man wohl mit Recht groß genannt hat, war nun einmal ein recht eingefleischter König und forderte, daß alles, was die weite Erde hervorbringt, auch in seinem Reiche gefunden werden solle. Es ist bekannt, daß hiernach die brotessenden Menschen, durch patriotische Mühlsteine bedient, lange Zeit eine gute Portion Ton- und Kieselerde mit einschlucken mußten.

Lassen wir das und wenden uns dahin, wovon ich eigentlich reden will. Der König quälte sein Bergdepartement aufs peinlichste: man solle ihm *Steinsalz* in seinen Landen verschaffen; da es doch dort hinten in Polen und sonst an manchen Erdpunkten gefunden werde, so sei keine Ursache abzusehen, warum es nicht auch in Preußen angetroffen werden könne.

Ich habe mehrere Jahresberichte des Bergdepartements gelesen, an deren Schluß der redliche Graf Heinitz mit möglichster Bescheidenheit versicherte: man habe sich pflichtmäßig die größte Mühe gegeben, Steinsalz in Ihro Majestät Landen aufzufinden, sei aber noch nicht so glücklich gewesen, zum Ziel zu gelangen; man werde jedoch auf das eifrigste weiterhin Untersuchung und Nachforschung fortsetzen. Diese Frage wurde mehrere Jahre herkömmlich wiederholt. Unter den Geognosten jener Zeit ward vieles hin und wider verhandelt; Salzquellen zeigten sich manche, auf Steinsalzmassen hoffte niemand.

Nun aber meldet mir Salinendirektor Glenck, er habe in der Nacht vom 22. bis 23. Oktober in einer Teufe eines Bohrlochs von 1170 Fuß und zwar in ganz reiner Gestalt, den Bruchstücken nach als teils körniges, teils blättriges Kristallsalz angetroffen. Er dachte noch 20 Fuß in dieser soliden Masse niederzugehen und alsdann das Weitere zu verfügen. Der Ort heißt Stotternheim und liegt hinter dem Ettersberge in einer großen Fläche. Des genannten Berges erinnerst Du Dich auch wohl freundlichst.

Mehr sage ich nicht, aber es ist doch wunderlich, daß eine majestätische Wünschelrute das vorausbefehlen konnte, was nach so vielen Jahren in größter Teufe sich erprobt. Zwar hat Preußen jetzt nicht nötig, sich nach Salz in solcher Tiefe zu bemühen, allein es geht doch daraus hervor, daß im Königreiche gewiß dergleichen zu erbohren sein würde. Wir wollen also hier ehrenvoll der Fortschritte gedenken, Kenntnis und Technik seit funfzig Jahren dergestalt gesteigert zu sehen, daß einer kühn genug ist, bei 1200 Fuß in die Erde hineinzubohren, vorauswissend und -sagend, was da gefunden werden müsse. Das ist viel, aber nicht genug; nun muß auch dieser Schatz gehoben und als eins der notwendigsten Bedürfnisse der Menschen und des Viehes zum allgemeinen Gebrauch heraufgefördert werden. Dazu sind denn auch die großen Mittel zu Handen, die wir der Physik, der Mechanik und Chemie verdanken.

Hast Du früher einige Aufmerksamkeit gegönnt dem mitgeteilten und in dem Leipziger Musenalmanach abgedruckten Gedichte, so wirst Du Dir gefallen lassen, daß ich hierüber so weitläufig geworden. Die damals überreichte Sole war aus einer höheren, schwächer begabten Region. In früheren Zeiten begnügte man sich mit einer solchen, die wenig abwarf, die man aber zu verlieren fürchtete, wenn man tiefer ging. Die neuere Zeit gab Einsicht und Mut, und so erleben wir, was Friedrich der Herrliche wünschte und befahl.

Nimm Vorstehendes freundlich auf; es interessierte mich gerade an einem stillen Abende, wo sich die Lust, solches mitzuteilen, gegen Dich hinwendete.

Soviel für diesmal, das nächste Schreiben wird vielleicht mannigfaltiger.

Also sei und bleib' es!

Weimar, den 13. November 1829. G.

703. *An Goethe*

Berlin, 13. November 1829.

Soeben kommt Dein Schreiben vom 9. dieses. Was Du über Paganini sagst, ist reine Vernunft und ganz in meinem Sinne. Mir kam er gleich das erstemal vor wie Moses, der den Ägyptern seine Künste vorschneidet, ja die Haut wollte mir jucken. So auch das zweitemal, und ich will doch zusehn, ob sich's hält, wenn er wiederkommt. Auch hier ist es im ganzen das Frauenzimmer, das den Unglauben daran wie eine Art Atheismus mit aufgezogner Nase bestraft; wie sie denn alle heute noch Even sind, das Paradies für eine Knackmandel herzugeben. Was die Aufmerksamkeit an diesem Virtuosen so in Beschlag nimmt, mag eine Vermischung sein des Grillenhaften mit der Sehnsucht nach Ungebundenheit. Es ist eine Manie, aber ohne Manier, ein besonderes Einzelnes, aber kein Einziges, denn es führt wie ein Faden, der immer dünner wird, ins Nichts. Es leckert nach Musik, wie eine nachgemachte Auster gepfeffert und gesäuert verschluckt wird.

Den allerletzten Nachrichten zufolge reiset Felix am 17.

dieses ab von London und könnte daher noch im Laufe dieses Monats in Deutschland sein.

Was ich Dir beneiden und doch auch gönnen muß, ist Deine Leselust und das Vermögen dazu. Wolf prätendierte, mit Fingern zu lesen; wer das nur auch könnte! Was mich betrübt, ist, daß ich anfange, schwer Noten zu lesen, und je mehr dieses Vermögen abnimmt, desto mehr bedarf ich dessen, da ich immer alleiner werde; wie ein Junges flügge wird, stürzt sich's in die Masse; wüßte ich mir diese nicht zu erhalten, ich wäre längst verloren.

Deine Mitteilung literarischer Neuigkeiten aus Paris ist mir höchst angenehm, da ich eben mit dem Neusten am meisten zurückbleibe und ein Wort von Dir mich leichter unterrichtet als eigenes Lesen. Mein altdeutsches Bärenfell ist mit dem, was dahinter ist, so zusammengewachsen, daß ich das alles nur nach meiner Art sentieren kann und doch auch nicht selten mit Dir übereinstimme. Die Franzosen sind das andere Geschlecht des Kontinents; sie tanzen um alles herum und befinden sich selig, bis in die Vorstädte zu kommen. Ihr manieriertes Musikwesen ist noch, wie es immer war; sie treiben alles vor sich her und reißen alles mit. Nur die Italiener sehn ruhig den Spuk vorübergehn, bis einmal wieder es dem Genius gefallen wird, sich bei ihnen niederzulassen; bis dahin behalten sie wenigstens ihre Karikatur, die ihnen allein ansteht, wenn sie auch nachgepfuscht wird.

Der 4. und 5. Band der Korrespondenz ist mir noch nicht zugekommen; mich interessiert diese Sammlung ganz besonders, weil sie in die Jugend meiner geistigen Bildung fällt und mir so manches vergegenwärtigt, was man in der Gegenwart selber übersieht.

In den »Jahrbüchern für wissenschaftliche Kritik« steht eine Anzeige Deiner neuen Ausgabe, die mir wegen ihrer Derbheit gefällt, wenn ich auch die gar zu breite Schulpedanz nicht loben kann, womit diejenigen abgefertigt werden, die eine eigene Literatur gegen die Wirkung Deiner Leistungen etablieren wollen. Dabei wird die Nation selbst beschuldigt, die es doch allein ist, welche sich den Stein aufgehoben hat, unter dem das Wahre verdeckt lag, und die nie aufhören wird, sich auch den Staub und Schutt aus dem Auge zu halten, den die Krämerei teuer genug verkauft. Ich habe das alles geduldig um meinetwillen gelesen, weil die Gesinnung gut ist, und erwarte nun den Schluß, der im folgenden Blatte versprochen ist. Lessing soll gesagt haben: »Wenn nur die Freunde nicht wären! mit meinen Feinden wollte ich bald fertig sein.«

Dein

Sonnabend, 14. November 1829. Z.

Das schöne Wort »Faustus«, »Fauste«, »Faust« hat von Dir aus eine so ominose Bedeutung erhalten, daß Dir recht geschieht, bei Leib und Leben noch die Folgen davon zu erfahren. So höre denn:

Gestern abend habe die große Oper »Faust« von J. C. Bernard und Spohr zum ersten Male von Anfang bis zu Ende gesehn und abgehört.

Wenn ich nicht irre, so hat der Komponist vor einigen Jahren einen Sanedrin, oder wie es heißt, berufen, um mit ihm allgemein gültige Gesetze für die große und kleine Oper, wie solche aus obigem allergrößten Werke klar sind, zu sanktionieren. Ob es zu einem Verständnisse gekommen, weiß ich nicht, habe auch nicht gefragt.

Die gestrige Aufführung nun dieses amplen, höchst ausgearbeiteten Werkes hat mein größtes Lob erhalten, und auch das vollste Haus hat es nicht an Beifall fehlen lassen. Das Orchester, die oberste Fakultät einer Oper, war *ein* Mann; Sänger [so] vollkommen als möglich; Komparsen, Maschinen, Dekorationen, Hexen, Geister und anderes Ungetüm, alles erhielt Anerkennung und beste Aufnahme. Doch zuerst vom Buche und dessen Hauptleuten. Ein junger, schöner, altkluger Mann, der sich abtrocknen will, geht ins Wasser, da es am tiefsten ist: Faust, ein scharmanter liebereicher Enthusiaste beonders gegen Mädchen und Bräute, human, wohlgewillt, hochgesinnt, doch – ohne Mittel. Dieser, um alle die schönen Neigungen auszuüben, entschließt sich, dem Gottseibeiuns seine Seele zu vermachen. Aber er ist klug, daß heißt: er will den Teufel betrügen, der wider Natur und Willen Gutes bedienen soll. So spricht der junge Herr: »*Menschheit, sei getrost!* Ich will dich rächen an der Hölle. Ja, es soll mir Wonne schaffen, Euch zu schlagen mit den Waffen, Die mir bietet eure Macht. Zum Guten will ich sie verwenden –« und so weiter. – Poesie beiseite, doch erlaubst Du, mich zuweilen parabolisch zu behaben, weil ich mir das alles erst auf meine Noten setzen muß. Aber nicht wahr? das ist doch wohl ganz christlich und paßt wie ein Rocklor auf die Zeit. Mit diesen Gesinnungen liebt der Held ein feines Röschen, die er schon beschlafen hat und darum ihre Mutter dem ewigen Schlafe übergeben hat. Auch ist er schon satt, doch noch nicht matt. Darüber sind die Bürger im Aufstande, dringen auf ihn ein, um ihn den Gerichten zu übergeben, er aber fährt vor aller Augen mit seinem Röschen durch die Lüfte davon. Secundo:

Ein Ritter *Gulf* hat einem andern Ritter *Hugo* die Braut weggeholt und solche auf seine Burg gebracht. Faust kommt, steckt die Burg in Brand, schmeißt den Gulf ins Feuer, befreit das Fräulein und gibt sie ihrem Verlobten zurück. Da gibt's eine Hochzeit. Das Brautpaar, aus Erkenntlichkeit, wie sich von selbst versteht, bittet den Retter zum Brautführer. Dieser Brautführer – verführt die Braut am Hochzeitstage unter den Augen des Bräutigams. Dieser macht sich mausig, und Faust ersticht ihn in Gegenwart aller Hochzeitsgäste, die nichts Eiligeres wissen, als den Ermordeten fortzuschleppen.

Mephisto ist der dummste Teufel unter der Sonne. Fuchsrot, angestrichen wie ein Feuerherd, auffallend, durchfallend, boshaft, ekelhaft, und ist nicht zu begreifen, wie er gelitten wird, da er überall ist und anstößt und gar kein Hehl hat seiner Absicht.

Röschen, ein wahrer Engel, natürlich, reizend, munter, lauter Herz, von Herzen liebend und vertrauend, geht endlich, da sie sich betrogen sieht, still ins Wasser.

Das sind die Hauptleute. Dem beglückenden Faust, der nie eher was merkt, bis ihm die Not über dem Kopfe zusammenschlägt, wird zuletzt die umgekehrte Ehre des Elias: er fährt zur Hölle, die sich von ferne ganz appetitlich ausnimmt. Die Hölle selber weiß nicht, was sie mit dem Gimpel anfangen soll, sie läßt ihn in Musik setzen und schickt ihn uns aufs Theater zurück.

Nun zur Arbeit des Komponisten, der sich freilich mehr als Ton*künstler* denn als Musikus und Melodiste erkennen läßt. Alles ist mit größter Künstlichkeit, zum Erstaunen ins Kleinste geführt, um das wachsamste Ohr zu überlisten, zu überbieten. Die feinsten Brabanter Blonden sind grobe Arbeit dagegen. Das Buch ist kaum bei der Vorstellung zu entbehren, weil der Wortausdruck nach Hoch und Tief, Hell und Dunkel, Fest und Lose und so weiter haarscharf wie ein Bienenstock gearbeitet ist. Das Röschen allein ist wirklich rührend und wird von der kleinen Schätzel, die ein säuberliches liebes Kind ist, höchst anziehend gegeben und glockenrein gesungen.

Die Ausführung sowohl von seiten des Komponisten als des Orchesters ist, wie schon gesagt, nicht genug zu loben. Einige Herren wollten hie und da Mängel erfunden haben, die mir nicht aufgefallen sind. Solch ein Mann ist wie ein Kapitän, der vom Exerzierplatze aus einer ernsthaften Aktion zusieht, wo es an Zufälligkeiten nicht fehlt, die in der Grammatik nicht gesucht werden müssen.

Sonntag, 15. November. Ein junger Jurist aus Jena bringt mir eben gute Nachricht von Knebel und euch allen. Er ist diesen Mittag mein Gast, und nach Tische werde ich fragen, wie er heißt und wer die Seinigen sind. Lebe wohl!

Z.

[Beilage]

Mein wackerer Freund,

Teuerer Ritter,

(nicht Tempelherr, der in keines Juden Haus geht, wenn er nicht eine Recha wittert) sein Sie auch:

Mein Lehrer!

Woher der Name: Mephistofeles für den schadenfrohen Dämon? Orientalisch ist er nicht. Wie denn die Dämonologie der Juden sich erst nach dem Exil gebildet; die Mosaisten wissen von keinem Engel noch von einem Teufel. Was wir *Engel* nennen, heißt in der Ursprache: Bote Gottes, und *Satan* heißt: Widersacher, Ankläger, oft auch nur: Hindernis. – Späterhin, als sie wahrscheinlich mit der chaldaisch-zoroasterischen Religion die Amschaspands und Izeds im Gegensatz der Dews kennenlernten, bekamen die guten Geisterwesen bedeutende Namen: Gabriel, Raphael: Gottesstärke, Gottes Heilkraft und so weiter, die bösen, Asmodi, Samael, chaldaische Benennungen, welche letztere schon kabbalistische Begriffe enthalten und daher schwerer zu erklären sind. Doch was maß' ich, armer Schüler, mir an? Sagen Sie mir, teuerer Lehrer, was

Mephistofeles

ist, und damit gut. – Ich vermute, daß der ebengenannte Namen aus dem Mittelalter, mit der Geschichte des *Fausts* entstanden ist; Sie werden mich verbinden, wenn Sie mir nachwiesen, wo ich diese Volkssage beschrieben finde.

Noch eins! Sie werden sich unseres letzten Gesprächs

erinnern. Kaum waren Sie weggegangen, so fand ich in der *neuen* Ausgabe von Lessings Sämtlichen Schriften, Berlin 1827, die ich nicht kannte, die Ursach der vom Mendelssohn weggewünschten und auch von dem Verfasser weggestrichnen Stelle im »Nathan« und zwar, daß *ich* den Aufschluß gegeben. So werd' ich denn wie Horazens Tischermeister auf die Nachwelt ganz unerwartet geschleppt. – Mendelssohn war auch mit dem Namen Recha, und mit Recht, unzufrieden. Dieses ist kein hebraischer Name und obendrein übel gewählt, denn reck heißt: *leer*, auch: *nichtswürdig*. Er erinnerte aber nichts deswegen, weil Recha im Text vorkommt und es das Metrum gestört haben würde. – Wie ist die »Miß Sara«, wie der »Schlaftrunk« entstanden? Wenn Sie das nicht wissen, so sollen Sie es mündlich erfahren, denn zur schriftlichen Auffassung ist es zu unbedeutend.

T. T.
Friedlaender.
Den 15. November 1829.

An
Professor Herrn Zelter.

Wenn auch Seine Mephistophelische Eminenz nach Amt und Stand von mir anerkannt und respektiert sind, so wüßte ich doch über Dero antikes Geschlechtsregister nichts zu offenbaren, wie ich denn meinen eigenen Namen nur durchs Kirchenbuch nachweisen kann. So bitte ich denn Dich, alter Herr, mir aus der gelehrten Not zu helfen; dagegen ich mich einmal wieder mit langweiligen Berichten über eine Oper, die von Teufeln wimmelt, revanchieren kann.

Montag, 16. November 1829. Z.

Der junge Mann aus Jena heißt: *Danz*, sein Vater ist Professor theologiae in Jena, ein artiger Jüngling. Loder aus Moskau hat auch wieder geschrieben und einen jungen Schweizer empfohlen.

Wenn Du buntes scheckiges Zeug von mir lesen mußt, so

weißt Du ja, wie mir in meiner Haut ist. Der alte Friedlaender, auch nahe an 80 Jahren, ist in orientalischen Dingen mein gefälliger Lehrer und naher Nachbar. Am Sonnabend nach der Oper erzählte ich ihm, was ich gesehn und gehört und Du hierbei geschrieben findest. Ich habe manches gute Wort von ihm und erfahre dabei von seinem Sohne, der alles lieset, wie es in der neuen Welt zugeht. Ich bin froh, wenn sich alte und ältere Leute mit mir abgeben, da die Jüngern sich wieder zu noch Jüngern gesellen. Vale! Endlich ist das Blatt voll.

Z.

704. *An Goethe*

Wie Du von Mösers Quartetten sprichst, so scheint es, als wenn Du sie bis hin nach Weimar hörst. Ich muß sagen: so selten ich sie auch besuche, so sind sie mir das Liebste ihrer Art. Ich weiß nicht, ob ich Dir jemals darüber geschrieben habe, darf aber zweifeln, ob Haydn, Mozart und Beethoven ihre Quartetten so rein und sicher und gesund wiedergenossen haben, wie sie hier gegeben werden und wie sie dieser Möser in guter Stunde hören läßt, denn daß es alle Tage gelinge, wäre nicht zu verlangen. Er weiß seine Mitspieler so zu elektrisieren, auch der Hörer weiß nicht, wie ihm geschieht. Man glaubt mitzuspielen, man versteht das Unbegriffne, man ist ergriffen, man weiß nicht wovon. Dabei sieht er gar nicht aus, als wenn er dabei wäre. Leider ist er nicht geliebt und hat viele Büßungen zu bestehn, wozu jetzt noch 2 geschiedene Frauen (die 3. ist tot) außer der, die ihn jetzt hat, das ihrige beitragen. Außerdem ist er auch ein tüchtiger Vorgeiger eines Orchesters. Ich unterstünde mich, wenn ich im Opernhause noch auf dem Gange bin, zu sagen, ob Möser oder ein anderer vorgeigt. Bei meinen Oratorien habe ich ihn gar gern; er widerspricht nicht, und wie ich die Augen bewege, so versteht er und ist sicher wie ein Gott. Er ist der einzige, bei dem ich ganz ruhig sein kann, da ich den verdammten Taktstock nicht leiden kann. Nun greift aber der abgeschmackteste Unfug beim Königlichen Theater um sich, die Vorgeiger, welches die besten Violinisten sein müssen – zu Musikdirektoren zu machen. Das Königliche Orchester hat vier dergleichen, von denen stets 3 gar nicht fungieren, da keiner *unter* dem andern spielt und bei Komödien (außer der Oper) ein Fünfter vorgeigt und die genannten 4 gar nichts dabei tun – und Du magst Dir vorstellen, da Du das Wesen kennst, was auf diese Art erreicht wird. Ob nun der neuangetretene Intendant (über den noch nichts im klaren ist) dieser Einrichtung wird beitreten wollen, da solche unter dem Generalmusikdirektor stattfindet, möge sich zeigen. Daß dabei noch immer eine Ausführung möglich wird, wie ich solche vor wenigen Tagen gehört und Dir berichtet, ist kein Wunder bei einem Orchester von 30 Violinen und den vielen Proben, welche der Sänger wegen geschehen, die ihre Parten nicht zu Hause, sondern in den Repetitionen lernen.

Meinen Alten Fritz von Dir gerühmt zu wissen, ist mir so wert, als wenn ich in meinem Keller Steinsalz für die ganze Monarchie entdeckt hätte. Dein Gedicht im Leipziger Musenalmanach habe ganz wohl gelesen und kannte es damals schon, weil Du mir es bei Gelegenheit eures Festes zugesandt hast. Ich habe es recht gut erkannt, wenn mancher ungesalzene Geselle nicht wußte, was er damit anfangen sollte. Du mußt mir ja ferner dergleichen in Deinen Briefen niederlegen, die mir statt aller Kompendien dienen. Dich verstehe ich, und Deine Betrachtung der Natur ist mir schon oft zur Fackel geworden, manches bei hellem Lichte zu sehn, das man darum nicht bemerkte, weil es mir vor Augen lag. Wie sollte auch einer, der den Tag über nichts als Noten sieht, ein Auge haben für den Bauch der Erde!

Unsre patriotische Mühlsteine, wie Du sie nennst, machen mir viel Spaß, wenn ich so viel alte Gesellen zwischen 70 und 100 Jahren um mich herum wandeln sehe, die, mit Ton- und Kieselerde gefüttert, so lange Stich gehalten haben. So wurde der alte König auch streng getadelt, als er kein schwedisches Eisen mehr ins Land lassen wollte. Die Kanonenräder mußten mit Landeseisen belegt werden, und als sie über unser Steinpflaster gefahren wurden, sprangen die Reifen entzwei wie Pfeifenstiele. Damals verlachte man ihn und dachte nicht, daß unser Eisen so brauchbar werden könnte, wie wir es jetzt haben und Brasseletts und Halsketten davon machen. Ich weiß mir was damit, ihn oft genug gesehn zu haben; denn als er starb, war ich schon Bürger von Berlin und hatte viel mehr als jetzt, weil ich weniger verbrauchte.

Wenn Du erfährst, daß ich 30 000 Taler in der Lotterie gewonnen habe, so kannst Du Deine Gratulation sparen, weil niemand so gut gewesen ist, für mich einzusetzen. Unsere Liedertafel hatte Weinpreise gestellt für das beste Liedertafelgedicht, 3 Flaschen Johannisberger. Als die Devise geöffnet wird, findet sich mein Name, von meiner Hand geschrieben. Der gütige Poet hatte diesen Namen von einem meiner Handbillette abgeschnitten. Meine Rede war: »Den Preis nehme ich an, doch nicht für das Gedicht, sondern als Entschädigung, eure schlechten Gedichte mit meinem Namen zu zieren.« Das ist das Wahre. Morgen abend habe ich Gäste, da soll Deine Gesundheit getrunken werden in Johannisberger. Lebe wohl!

Dein

Dienstag, 17. November 1829. Z.

Läßt man sich in historische und etymologische Untersuchungen ein, so gelangt man meistens immer fort ins Ungewissere. Woher der Name Mephistopheles entstanden, wüßte ich direkt nicht zu beantworten; beiliegende Blätter jedoch mögen die Vermutung des Freundes bestätigen, welche demselben gleichzeitig-phantastischen Ursprung mit der Faustischen Legende gibt; nur dürfen wir sie nicht wohl ins Mittelalter setzen: der Ursprung scheint ins sechzehnte und die Ausbildung ins siebzehnte Jahrhundert zu gehören. Die protestantischen Teufelsbeschwörer hatten den kirchlichen Bann nicht unmittelbar zu befürchten, und es gab desto mehr Kophtas, welche die Albernheit, Unbehülflichkeit und leidenschaftliche Begierde der Menschen zu nutzen wußten; denn freilich wär es leichter, durch einige gezogene Charaktere und unsinniges Gemurmel reich zu werden, als im Schweiße seines Angesichts das tägliche Brot zu essen. Haben wir doch noch vor kurzem im Neustädter Kreise ein dergleichen Nest von Schatzgräbern ausgehoben und damit ein Dutzend solcher Wunderschriften, deren aber keine an Wert jenem Kodex gleicht, aus welchem beiliegender Auszug gemacht ist.

Soviel vorläufig mit meinem freundlichsten Worte an Herrn Friedlaender, und verzeihe diesem umständlichen Erwidern.

Noch manches hätte zu erwidern auf die beiden Briefe, wovon der letzte vom 17. November. Damit Beiliegendes aber vom Tische komme, mag es eilig zu Dir hingehen; ich muß nur jeden Morgen wegschaffen, was da liegt, der Tag bringt schon wieder Neues genug.

Alle gute Geister in Gefolg so vieler höllischen!

Weimar, den 20. November 1829. G.

[Beilage]

Die Römische Kirche behandelte von jeher Ketzer und Teufelsbanner als gleichlautend und belegte sie beiderseits mit dem strengsten Bann, so wie alles, was Wahrsagerei und Zeichendeutung heißen konnte. Mit dem Wachstum der Kenntnisse, der nähern Einsicht in die Wirkung der Natur scheint aber auch das Bestreben nach wunderbaren geheimnisvollen Kräften zugenommen zu haben. Der Protestantismus befreite die Menschen von aller Furcht vor kirchlichen Strafen; das Studentenwesen wurde freier, gab Gelegenheit zu frechen und liederlichen Streichen, und so scheint sich in der Hälfte des sechzehnten Jahrhunderts dieses Teufels- und Zauberwesen methodischer hervorgetan zu haben, da es bisher nur unter dem verworrenen Pöbel gehaust hatte. Die Geschichte von Faust wurde nach Wittenberg verlegt, also in das Herz des Protestantismus, und gewiß von Protestanten selbst; denn es ist in allen den dahin gehörigen Schriften keine pfäffische Bigotterie zu spüren, die sich nie verleugnen läßt.

Um die hohe Würde des Mephistopheles anschaulich zu machen, liegt ein Auszug abschriftlich bei einer Stelle von »Fausts Höllenzwang«. Dieses höchst merkwürdige Werk des räsoniertesten Unsinns soll, nachdem es lange in Abschriften umhergelaufen, Passau 1612 gedruckt worden sein. Weder ich noch meine Freunde haben ein solches Original gesehen, aber wir besitzen eine höchst reinliche vollständige Abschrift, der Hand und übrigen Umständen nach etwa aus der Hälfte des siebzehnten Jahrhunderts.

Praxis
Cabulae nigrae
Doctoris Johannis Faustii
Magi celeberrimi
Passau MDCXII.

———

Zweiter Titel:

Dr. Johannis Faustii

Magia

naturalis

et

innaturalis

oder

unerforschlicher Höllenzwang,

das ist

Miracul-Kunst und Wunderbuch

wodurch

ich die höllische Geister habe bezwungen, daß sie

in allen meinen Willen vollbringen haben

müssen.

Gedruckt Passau Ao̅. 1612.

Der erste Theil

dieses Buchs

handelt von der

Nigramantia

oder

Cabula nigra

wie auch von

Magia naturali, et

innaturali.

*

Cap. I.

Handelt von der Eintheilung derer Geister und

ihren Nahmen auch was sie denen

Menschen helfen können.

Damit du lieber Nachfolger nun wissest, derer Geister ihre Regierung und Eintheilung in ihre höllische Chöre und

Fürstenthümer, so will ich dich solches hiermit nacheinander lehren und zeigen als in diesem Capitel ihre Nahmen, im folgenden Capitul aber ihre Eintheilung in ihre Chöre und Fürstenthümer.

Nadanniel* ist der Geist, der verstoßen ist von Gott.

Es seyn auch unter dem gantzen höllischen Heer 7 *Churfürsten*, als Lucifer, Marbuel, Ariel, Aciel, Barbiel, Mephistophiel, Apadiel.

Aber unter diese 7 Churfürsten werden wieder gezehlt 4 *Großfürsten*, als Lucifer, Ariel, Aciel und Marbuel.

Es seyn auch unter dem höllischen Heere 7 *Falsgrafen*, welche heißen:

Ahisdophiel, Camniel, Padiel, Coradiel, Osphadiel, Adadiel, Caphiel.

Alle diese sind sehr mächtige Geister in dem höllischen Heere.

Es seyn auch in dem höllischen Heere 7 *kleine Grafen*, welche heißen: Radiel, Dirachiel, Paradiel, Amodiel, **Ischscabadiel, ***Jazariel, Casadiel.

Es seyn auch unter dem höllischen Heere 7 *Baronen* welche heißen:

1. Germiciel, ist ein starker Lufftgeist.
2. Adiel, ist ein starker Feuer Geist.
3. Craffiel, ist ein starker Krieges Geist.
4. Paradiel, 5. Assardiel, 6. Kniedadiel, 7. Amniel.

Es sind auch unter dem höllischen Heere 7 *adeliche Geister*, welche heißen:

1. Amudiel, 2. Kiriel, dieses sind zwei starke Feuer Geister.

* wird sonst genannt Lucifer, auch Bludohn, auch Beelzebub.

** Ischscabadiel ist ein HochmuthsGeist.

*** Jazariel bringt den Menschen hervor alle Stammgeister welche außerhalb dem Freuden Paradieß in Lüfften schweben.

3. Bethnael*, 4. Geliel, 5. Requiel, 6. Aprinaelis, 7. Tagriel.

Es sind auch unter dem höllischen Heere 7 *bürgerliche Geister*, welche heißen:

1. Alhemiel, 2. Amnixiel, 3. Egibiel, 4. Adriel.
Diese 4 sind auch aus dem höllischen Heere.

5. Azeruel, 6. Ergediel, 7. Abdicuel. Diese 3 sind Feuer Geister.

Es sind auch in dem höllischen Heere 7 *Bauer-Geister*, welche also heißen:

1. Aceruel, 2. Amediel. Diese 2 sind Feuer-Geister.

3. Coradiel, 4. Sumnidiel, 5. Coachtiel. Diese 3 sind Lufftgeister.

6. Kirotiel, 7. Apactiel. Diese 2 sind aus dem höllischen Heere.

Es sind auch unter dem höllischen Heere 7 *kluge Geister*, diese sind die allergeschwindesten und das Haupt unter dem höllischen Heere, und können zu allen Künsten gebraucht werden, wie man sie nur haben will.

1. Mephistophiel, 2. Barbiel, 3. Marbuel, 4. Ariel, 5. Aciel, 6. Apadiel, 7. Camniel.

Es sind auch 7 *tumme Geister*, welche große Macht haben auch in vielen Künsten erfahren, aber dabey sehr tumm sind; diese machen auch gerne Pacta oder Bündnisse mit denen Menschen, dahero kann man leichte wieder von sie kommen, durch viele Künste, und diese heißen:

1. Padiel, 2. Cafphiel, 3. Paradiel, 4. Casdiel,
5. Kniedatiel, 6. Amniel, 7. Tagriel.

Es finden sich auch 4 *freye Geister*, welche heißen wie folget:

1. Asmodiel, ist der Haupt- und Mordgeist.
2. Discerdiel, der Zankgeist.

* diese letztern viere, als 4. 5. 6. 7. sind Kleine Feuer Geister, und werden unter das höllische Heer gezehlet.

3. Amodiel, ist der Huren Geist.

4. Damniel, ist der Diebes Geist (ein Lufftgeist.)

Diese 4 Freye Geister gehören auch unter das höllische Heer. Nadanniel ist der gebundene und von Gott verstoßene Geist.

Cap. II.
Handelt von der Eintheilung aller Geister in die Chöre ihrer Fürsten.

Alle höllische Heer-Geister gehören unter den Nadanniel oder Lucifer, auch Beelzebub genannt.
Alle Feuer-Geister gehören unter den Ariel.
Alle Erd- und Lufftgeister gehören unter den Marbuel.
Alle kleine Grafen und Barones gehören unter den Aciel.
Alle Fallsgrafen gehören unter den Barbiel, und
Unter die sieben Fallsgrafen gehören die 7 adeliche Geister.
Unter dem Mephistophiel gehöret Amudiel, denn

NB. Mephistophiel ist statt des Lucifers über alle Geister gesetzt.

Unter den 7 kleinen Grafen stehen die 7 adeliche Geister, wie sie nach der Reyhe stehen, denn wie die 7 adeliche nach der Reyhe stehen, so stehen auch die 7 bürgerliche nach der Reyhe wieder.

Unter den 7 adelichen stehen die 7 bürgerliche nach der Reyhe, wie die adelichen nach der Reyhe stehen.

Unter die 7 bürgerliche gehören die 7 bäuerliche nach der Reyhe wie die 7 bürgerliche.

Unter die 7 bäuerliche gehören die 7 Kluge Geister nach der Reyhe, wie die bürgerliche nach der Reyhe stehen, und

Unter den 7 Klugen Geistern gehören die 7 tumme Geister nach der Reyhe, wie die Klugen nach der Reyhe stehen, also stehen auch die Tummen nach der Reyhe.

706. *An Zelter*

Da ich weiß, daß man Dich immer in den besten Humor versetzt, wenn man etwas Löbliches zu Deines alten Königs Erinnerung einleitet, so sende ich Dir hiebei eine gute Messerspitze Steinsalz, mit dem freundlichen Ersuchen: sie zunächst in Deine Suppe zu schütten und, wenn Du davon den Geschmack auf Deiner Zunge empfindest, dabei zu bedenken, daß Friedrich der Zweite nicht leicht eine angenehmere Mittagstafel genossen hätte, als wenn man ihm seine Speisen mit solchem Erzeugnis seines eigenen Reiches gewürzt und er seine goldnen Salzfässer damit reichlich angefüllt gesehen hätte. Laß uns das dankbar erkennen, daß wir, soviel Jahre ihn überlebend, von einer unglaublich fortschreitenden Einsicht und Tatgeschicklichkeit so manches Unerwartete genießen.

Seit der Zeit, daß ich Dir die wichtige Einsicht in den Staatskalender der Hölle gegeben, ist mir manches Gute von außen gekommen und hat sich aus dem Innern auch einiges Behagliche entwickelt.

Unterlassen aber darf ich nicht auszusprechen: daß Deine Zustimmung, die Du dem mentalen Musikgenusse gönnst, mir sehr wohltätig ist, denn ich muß mich jetzt damit begnügen, und es ist immer erbaulich, sich zu überzeugen, daß im hohen Alter die verständige Vernunft oder, wenn man will, der vernünftige Verstand sich als Stellvertreter der Sinne legitimieren darf. Du wirst, Deinem glücklichen Beruf zufolge, nie in dem Fall sein, dieser ernsten Surrogate zu bedürfen.

Deine Relation von Spohrs Oper gibt einen neuen Beweis, daß, wennschon die Poesie in völlige Nullität sich auflöst, der Musikus doch dabei seine Rechnung finden, eine Darstellung befriedigen, ja teilweise sogar entzücken kann.

Heute abend geben sie zum drittenmal die »Stumme von Portici«, und ich höre viel Gutes von der Einleitung und Durchführung des Ganzen. Ich habe schon umständliche Relationen vernommen, von meinen Enkelknaben und so aufwärts, von wohlwollenden Zuhörern. Im Fortschritt und Zusammenhang mag es wohl ein anziehendes lebhaftes Stück sein.

Über alles dieses darf ich nicht vergessen, daß zu unsrer Danknehmigkeit die köstlichen Rübchen angelangt sind; sie behaupten auch diesmal ihre alten Tugenden, indessen die Kastanien, welche man ihnen zuzugesellen pflegt, dieses Jahr gar sehr zurückbleiben, so daß also, wenn der Teufel von Papefique diesmal auf Werneuchen gewettet hätte, er seinen Gegner, der auf Kronenburg pariert, möchte durchaus überwunden haben.

Vorstehendes liegt schon mehrere Tage, und nun send' ich es nicht ohne Entschuldigung; denn ich kann Dir vertrauen, daß ich bisher von bösen Geistern zwar nicht besessen, aber doch unterhalten und abgehalten worden. Mit dem alten Faust bin ich zeither in Konnexion geblieben und habe in der letzten Zeit ihn und seine Gesellschaft besonders kultiviert. Meine einzige Sorge und Bemühung ist nun, die zwei ersten Akte fertigzubringen, damit sie sich an dem dritten, welcher eigentlich das bekannte Drama, »Helena« betitelt, in sich faßt, klüglich und weislich anschließen mögen. Du wirst mir also meine Retardation verzeihen und das Bröselein Salz im evangelischen Sinne aufnehmen, wie geschrieben steht: »Habet Salz bei euch und Friede untereinander!«

Schließlich aber beschäftigt mich eine häusliche Sorge,

wegen der ich Dich zu Rate ziehen möchte. Du erinnerst Dich wohl, daß bei Deinem Hiersein Du uns ausscholtest wegen unsrer unsteten und intermittierenden Heizung und Dich rühmtest der immer gleichen Wärme Deiner Zimmer.

Nun werd' ich, obgleich mitten im Winter, veranlaßt, ein paar neue Öfen zu setzen, und da wollt' ich bei Dir anfragen, ob die Deinigen aus der Fabrik des Herrn *Feilner* sind, ob Du damit nach wie vor noch zufrieden bist.

Auf jeden Fall wünschte ich, gedachte Herren sendeten mir ihre Zeichnungen und Preiskurant, wie sie solche gewöhnlich mitteilen. Transport und Aufsetzung durch hiesige Töpfer gibt immer noch manche Bedenklichkeit. Erzeige mir den Gefallen, denn ich hoffe, durch Deine Vermittelung schneller und wohl auch billiger als vielleicht sonst bedient [zu] werden. Es versteht sich, daß ich die Zeichnungen, wenn sie nicht etwa lithographiert sind und abgelassen werden können, alsobald zurückschicke.

Und so fortan ins neue Jahr!

Weimar, den 16. Dezember 1829. G.

707. *An Goethe*

Donnerstag, 17. Dezember 1829.

Kleine Ursachen, große Wirkung. Ein stummes Fischermädchen, von dem Sohne des Vizekönigs von Neapel defloriert, ist die Heldin einer berühmten französischen Oper: »La muette de Portici«. Das Mädchen ist stumm wie ein Fisch, die andern alle aber, Monsieur Aubert an ihrer Spitze, machen ein so horribles Getöse 5 Akte lang, daß zuletzt auch der Vesuv davon erwacht und sein grimmiges Eingeweide brummend und brüllend gegen die Wolken speit. Unser Publikum schluckt und schlingt nun schon 27mal an dieser

Titanenmahlzeit und will nicht satt werden. Die Sänger und Spieler sind nachher wie gekocht, bin doch ich davon beinahe reutergar geworden. Es fehlt nicht an Geist, der sich selber zu schaffen macht.

Heute abend geht unser »Samson«, von Milton und Händel, in die Atmosphäre über. Das Singwesen ist gehörig initiiert, doch mit dem vollen Orchester geben die Götter Gedeihen! Ich habe nur Eine große Probe halten können und muß aufpassen wie ein Schnepfenschütze. Bete Du für mich, ich habe keine Zeit dazu.

Den 18. Dezember, früh 5 Uhr. Eben reiset meine Schwiegertochter, die Witwe meines Georg, wieder ab. Sie hatte mir meinen Enkel zu meinem Geburtstage hergebracht, einen allerliebsten Knaben von 3 Jahren, den sie recht ordentlich erzieht: frisch, gutgestaltet, bewegsam, folgsam, beredt und was zu einem Knaben gehört; so möge denn ein gutes Fatum das Wohlangetane fortführen!

Unser »Samson« ist gestern abend gar nicht schlecht von sich gegangen. Ich hatte sie vexiert und allen guten Erfolg abgesprochen, darüber haben sie sich zusammengenommen daß ich während der Arbeit manchmal laut vor Freuden hätte aufschreien mögen, und so hätten wir denn wieder eins hinter uns. Ich möchte nicht gern Prahlens machen, denn hier begreift niemand, wie es beinah unmöglich ist, mit so viel schönen Mitteln etwas hervorzubringen, daran sich Sinn und Vernunft freuen könnte. Was keinen Pfifferling wert ist, dafür werden Summen ausgegeben; sie versetzen Juwelen, um Schimpf und Schande zu kaufen.

Unterdessen Du Deinen Bourrienne liesest, blättre ich einen ähnlichen Memoirenmacher, Bausset, durch. Man lernt wenig mehr, als man gewiß weiß, doch muß man sich gefallen lassen, immer wieder von dem Manne aller Zungen zu hören, dem jeder was ans Zeug flickt, um sich bei dieser Welt als unparteiische Partei zu gerieren. Wer mir von solchen Memorialisten am meisten zu denken gegeben hat, war Walter Scott, durch den ich das Geheimnis beglaubigt fand, das mir vorher schon durch Deinen »Epimenides« verraten war. Will man politisch billig sein, so muß man einsehn, daß England einen Mann nicht in der Welt dulden konnte, der wenigstens so nicht zu gewinnen war wie so viele, die heute noch nicht wissen, was sie nun haben. Wäre ich ein Engländer, ich gönnte keinem, was er mir nicht abgekauft hätte.

Abends. Soeben komme ich aus der Oper: »Die Braut« (»La fiancée«) von Aubert. Wenn man von einem Manne reden will, so gehören wenigstens zwei seiner Handlungen dazu. Diese Braut will und soll einen Tapezierer heiraten und kriegt an dessen Stelle einen Kavallerieobersten, und darüber ist großer Spektakel, den das Orchester allein zu machen hat und macht, weil Donner und Blitz diesmal anderswo versagt ist. Geist und Unterhaltung, Fülle und force fehlt nicht, wiewohl alles um sich selber herumgeht. – Da bringt man mir eben Deinen Brief vom 16. dieses, der von der »Muette« des nämlichen Komponisten spricht. Du selbst bist ganz auf Deinem Wege, der auch der meine ist. Alle wahre Musik kann nur mental sein und wirken; was drüber ist, hat schon Lykurg verboten und mit Recht; denn es ist vom Übel! Trotz dieses strengen Gesetzgebers lass' ich mir jedoch die Orgel nicht nehmen, weil sie mir von Jugend an bis heut das tiefste Gewissen wie ein ernsthafter Beichtiger aufregt, wie Du es längst im »Faust« ganz unwillkürlich dargestellt hast. Die Szene wirkt zermalmend an ihrem Orte, und wenn keiner weiß: womit, so weiß ich's und habe die ganze Kirche vor Augen.

Eure Kommissions- und Industrieräte würde ich mit euern Töpfern zum Teufel schicken, wenn ich sie bezahlen sollte. Wir essen täglich gute Maronen, die ihr näher habt als wir, und eure sogenannten Öfen sind in jeder Jahreszeit unnützlich und unausstehlich, weil sie Raum und Holz verschwenden.

Über diese Deiner Angelegenheiten sollst Du mit nächster Post nach Vermögen befriedigt werden, ich will heut noch zu Feilner gehn. Ein gutes Dutzend unserer Baumeister habe ich halb verfroren aus Italien zurückekommen sehn. Sie waren ganz geschwollen von hoher Architektur. Einer davon baute für den Minister Wöllner einen prächtigen Kuhstall auf 100 Kühe; es war aber nur Futter vorhanden für 20, von diesen starben den ersten Winter 3 vor Kälte, und im Frühjahre wollte der hohle Kasten zusammenfallen. Da ließ der Minister den Dorfmeister kommen, der zog Wände hinein, und nun sieht das Ding aus wie die Arche Noah; denn alles ist darin, was Gott gemacht hat.

Salve!

708. *An Goethe*

Den großen Wert, welchen Du auf die Erfindung eures Steinsalzes legst, teile ich von ganzem Herzen; ich mag das Wort nicht wieder ausstreichen, da das Erfinden ein schlimmes Ding wäre, wo nichts vorhanden ist. Auch habe sogleich Gebrauch von dem edeln Geschenke gemacht und die nächste Suppe, welche einen solchen Zusatz vertragen konnte, damit gesteigert und zwar in Gesellschaft des Bergrats Abich, der Besitzer der Schöningen'schen Salinen im Braunschweigischen ist. Seine lebhafte Frau, die neben mir saß, eine geborne Klaproth, welche die schönsten Kinder zur Welt gebracht hat, nahm das Etikettchen zu sich, und als sie darauf Deine Handschrift erblickte, wollte sie es durchaus nicht wieder herausgeben.

Herr Feilner hat mir versprochen, Dir sogleich Deine Anfragen zu beantworten; er hat in Weimar mehreres aus seiner Fabrik hergestellt, auch glaube ich bei Frau v. Heygendorf oder beim Herrn Hofmarschall v. Spiegel selber von seinen Öfen erkannt zu haben. Ich selber heize seine Ofen seit sechs Jahren und wüßte nicht zu klagen, da ich selber darauf achte, daß die Leute nicht zu hart damit umgehn; denn das gehört auch dazu.

Daß mir unter Deinen mannigfaltigen geselligen Unterhaltungen die mit der Faustischen Kompagnie nicht die schlimmste ist, magst Du mir nur glauben. Dem »Faust« würde nichts fehlen, wenn er so bliebe, aber er wird nie zuviel haben und immer dazuzutun sein, nur muß es von Dir geschehen; denn was die andern Fäustlinge aus diesem Charakter bis heute zusammengepfuscht haben und doch gelten wollen, zeigt sogar den gänzlichen Mangel an prosaischem Menschenverstande an.

Damit Du nun nicht gestört werdest, soll mein Geist Dein Haus umkreisen und alles zurückscheuchen, daß nicht (wie unserer Madame Meyer) Deine geistigen Träume unterbrochen werden. Diese Madame Meyer wird in Abwesenheit ihres Mannes nachts um 3 Uhr geweckt. Vor ihr steht eine lange dunkle Gestalt mit langem Spieße und eiserner Sturmhaube auf dem Haupte. Halb tot vor Schreck schreit sie auf und bittet um ihr Leben. Der lange Mann spricht: »Schon gut! schon gut!« und schreitet zur Tür hinaus. Nun erscheint das ganze Haus im Hemde, das Hausmädchen aber spricht ganz gelassen: »Erschrecken Sie nicht, Madame, ich fürchtete die Stunde zu verschlafen und habe den Nachtwächter bestellt, mich zur großen Wäsche zu wecken, und der gute Mann hat meine Türe verfehlt.« Solcher Geschichten könntet ihr nun auch haben, ihr habt nur keinen Narren, der sie aufschreibt.

Ich lasse dieses Blatt abgehn, um von Dir zu erfahren, ob Herr Feilner Wort gehalten hat, Dir gleich seine Zeichnungen zu schicken; er ist sonst ein guter Geschäftsmann.

Wer ist denn der Teufel von Papefique? und sein Gegner, der auf Kronenburg pariert? Hab' ich's vergessen oder hab' ich's nicht gewußt?

Heut ist endlich der kürzeste Tag, ich möchte ihn schon vor 2 Monaten gehabt haben; die Augen schmerzen mir von dem kimmerischen Himmel. Seit gestern haben wir 12 Zoll hohen Schnee, der beleuchtet endlich die dunkle Erde. Lebe wohl! grüß' Fausten. Die Götter verleihen Dir leichte Wehen und kurze Entbindung!

Dein

Berlin, 21. Dezember 1829. Z.

709. *An Zelter*

Aus Deiner werten Zuschrift vom 17. ersehe aufs neue mit Vergnügen, daß Du auf dem musikalischen Ozean glücklich schiffest und herrschest, und so sei denn auch gesegnet, daß Deine Zimmer gleichmäßig geheizt sind, und [da] uns ferner die Berliner Zeitungen täglich von dem reizenden Markte unterrichten, welcher um euch her von den fremdesten Speisewaren und Naschwerken aufgeschlagen ist, kann es auch euren Tafeln an nichts Gutem fehlen. Fürwahr, der Bewohner einer großen Stadt ist wie zu einem ununterbrochenen Feste eingeladen, wo er nur zu naschen braucht, um satt zu werden, indessen wir andern am ernsten Kamine uns zur Not erwärmen und von Zeit zu Zeit nachsehen, ob die selbstgezogenen Kartoffeln, die wir beigesetzt, gar geworden, worauf die Enkel sehnsüchtig warten, sich und dem Ahnherrn die Ungeduld auf Maultrommeln nicht ganz ungeschickt zu beschwichtigen suchend. An welchem Bilde Du denn den treuen Schüler des Doctor Primrose erkennen wirst.

Warum ich aber diesen werten Namen gerade hier nenne

und meinen Zustand nach dem Bilde seiner Familie symbolisiere, will ich mit wenigem erklären. In diesen Tagen kam mir von ungefähr der »Landpriester von Wakefield« zu Händen, ich mußte das Werklein vom Anfang bis zu Ende wieder durchlesen, nicht wenig gerührt von der lebhaften Erinnerung, wieviel ich dem Verfasser in den siebziger Jahren schuldig geworden. Es wäre nicht nachzukommen, was Goldsmith und Sterne gerade im Hauptpunkte der Entwicklung auf mich gewirkt haben. Diese hohe wohlwollende Ironie, diese Billigkeit bei aller Übersicht, diese Sanftmut bei aller Widerwärtigkeit, diese Gleichheit bei allem Wechsel, und wie alle verwandte Tugenden heißen mögen, erzogen mich aufs löblichste, und am Ende sind es denn doch diese Gesinnungen, die uns von allen Irrschritten des Lebens endlich wieder zurückführen.

Merkwürdig ist noch hiebei, daß Yorik sich mehr in das Formlose neigt und Goldsmith ganz Form ist, der ich mich denn auch ergab, indessen die werten Deutschen sich überzeugt hatten, die Eigenschaft des wahren Humors sei das Formlose.

Hierauf denn trifft Dein lieber Brief vom 21. dieses Monats bei mir ein, zugleich mit Herrn Feilners Sendung, weshalb ich Dir und ihm den besten Dank zu sagen habe.

Diese für mich wichtige Hausangelegenheit, in der ungelegensten Jahrszeit, habe nun mit meinen Bau- und Werkfreunden zu besprechen, auch die im Schlosse schon aufgestellten Öfen der Art beschauen zu lassen; die Zeichnungen kommen bald zurück und die Entschlüsse später.

Da ich als ein treuer Freund Dich immer in Deinen Zuständen begleite und so vollkommen den Gegensatz der meinigen fühle, so war es mir merkwürdig, daß ich meine lebhaften Freuden zwölfhundert Fuß tief aus der Erde heraufholen muß, da Dich die Deinigen mit jedem Lufthauch anwehen.

Wegen des Teufels von Papefique ziehe doch einen Kenner zu Rat, welcher in den »Contes« de Lafontaine bewandert ist.

Ferner haben wir auch hier Schnee die Fülle.

Verharrend

Weimar, den 25. Dezember 1829. J. W. v. Goethe.

710. *An Goethe*

Berlin, 31. Dezember 1829.

Um nicht den letzten Tag des nassen kalten Jahres sine linea zu lassen, melde, daß Dein Letztes vom 25. dieses vorgestern abend mich wieder daheim gefunden, nachdem ich zwei sogenannte Weihnachtstage in Potsdam unter 18-19 Grad Kälte verfeiert habe.

Die Beschreibung Deines patriarchalischen Lebens ist so appetitlich und könnte mich lüstern machen, wenn mich nicht Dein bescheidener Kamin nach meinem Ofen hindrückte, der freilich jetzt ein Vielfraß ist und viel Holz verschlingt. Wenn Du dagegen in Columbischer Zuversicht 1200 Fuß tief gerade auf den gewünschten Fund losbohren darfst, so hat unsereiner vorher tausend Winkelzüge wie ein Trüffelhund auf der glatten Fläche umherzuspüren, ehe er an die Erlaubnis reicht, nur den Bohrer anzusetzen. Unsre Zeitungen in Ehren, die weidlich mitschmausen – wer wird mir's glauben, wenn ich versichre, von allen Herrlichkeiten unseres vielbesprochenen Christmarkts nichts gesehn oder genossen zu haben! und nicht eben aus Geringschätzung, man bleibt ja immer ein Kind. Erführst Du gleichwohl, daß ich dennoch dort gesehen bin, so wisse, daß unsere akademischen Konditors sich bemühen, bekannte Figuren nachzubilden, um ihre Ausstellungen zu garnieren.

In Potsdam hatten sie sich eine Liedertafel zugelegt, zu der ich schon längst eingeladen war. Um ein Abendessen mit Gesang zwei Tage und eine Nacht außer Berlin unter ganz neuen Freunden zu sein, wollte sich bis daher nicht tun lassen; nun hatten sie es in die Feiertage verlegt, wo mir keine Entschuldigung geblieben wäre als die grausame Kälte, wenn man sie 14 Tage vorher gewußt hätte; auch haben sie mir die Sache so angenehm und ehrenvoll gemacht, daß ich zur Mitwirkung aufgefordert bin, welches mir nicht schwer werden kann, wenn sie gewisse Gesetze abwerfen, welche sie sich aufgelegt, ohne zu fragen, wer sie befolgen will. Hast Du etwa bei Menschengedenken von Potsdamer Dichtern und Komponisten gehört? Gleichwohl sollen nur solche gelitten sein. Goddam! ich will euch potzdamern! »Wer hat Appetit, Austern zu essen?« rief ich. Lauter Beifall. »Nun, so laßt euch deren in Potsdam – wachsen!«

Das sei die letzte Jahresbeichte und bitte nun um Absolution für alles Geplaudere des ganzen Jahres. Dein auf immer und ewig!

Z.

711. *An Zelter*

Durch Dein liebes Schreiben, mein Teuerster, erfahr' ich, daß Händel seinen »Samson« auf Veranlassung der Miltonischen Tragödie geschrieben hat. Wie er jedoch jenes herrliche Dichterwerk behandelte, wie er es epitomierte, wär' ich neugierig zu wissen. Jenen Miltonischen »Samson« hab' ich im vergangenen Sommer mit einem bei uns verweilenden englischen Literaturfreunde gelesen und nicht genugsam bewundern können. Ich wüßte kein Werk anzuführen, welches den Sinn und die Weise der alten griechischen Tragödie so annähernd ausdrückte und sowohl in Anlage als Ausführung eine gleiche Anerkennung verdiente. Wahrscheinlich hat Händel damit wie mit der Bibel verfahren und dramatisch folgerecht das Ausdruckvollste, Entscheidendste und zugleich Singbarste des Dekurses herausgenommen; wie und was geschehen, wünscht' ich zu vernehmen. Ist zu eurem Vortrag ein Büchelchen gedruckt, so teil' es mit oder gib sonst eine Anleitung, wie ich zu meinem Zweck gelangen könne.

Nun aber vertraue mir ein öffentliches Geheimnis: wie die drei Professoren eurer Universität heißen, die zur katholischen Religion übergetreten sind oder übertreten werden. Ein Artikel in der »Allgemeinen Zeitung«, datiert von Berlin, gesteht die Sache, versichert aber, sie gelte dort für ganz unbedeutend. Hierüber will ich nicht glossieren, sondern nur meine Bitte wiederholen.

Du meldetest einmal von einem Menzel, der nicht auf das freundlichste meiner in seinen Schriften gedacht haben solle; ich wußte bisher weiter nichts von ihm, denn ich hätte viel zu tun, wenn ich mich darum bekümmern wollte, wie die Leute mich und meine Arbeiten betrachten. Nun aber werde ich von außen her belehrt, wie es eigentlich mit diesem Kritikus sich verhält: »Le Globe« vom 7. November macht mich hierüber deutlich, und es ist anmutig zu sehen, wie sich nach und nach das Reich der Literatur erweitert hat. Wegen einem unsrer eignen Landsleute und Anfechter braucht man sich nicht mehr zu rühren, die Nachbarn nehmen uns in Schutz.

Vorstehendes hat einige Zeit gelegen, nun will ich zum Schlusse des Jahres beifügen, was mich seit einiger Zeit gelegentlich beschäftigte. Wenn man mit sich selbst einig ist, ist man es auch mit andern. Ich habe bemerkt, daß ich *den* Gedanken für wahr halte, der für mich fruchtbar ist, sich an mein übriges Denken anschließt und zugleich mich fördert; nun ist es nicht allein möglich, sondern natürlich, daß sich ein solcher Gedanke dem Sinne des andern nicht anschließe, ihn nicht fördere, wohl gar hindere, und so wird er ihn für falsch halten. Ist man hievon recht gründlich überzeugt, so wird man nie kontervertieren.

Daß ich Myrons Kuh auf den Münzen von Dyrrhachium zu entdecken glaubte, hat mich besonders gefördert und nutzt mir noch. Leipziger und Göttinger wollten nichts davon wissen, das tut mir nichts; denn ich habe meinen Vorteil davon. Eine Stelle in des Aristoteles »Poetik« legte ich aus als Bezug auf den Poeten und die Komposition. Herr v. Raumer, in einer verdienstlichen Abhandlung, die er mir mitteilt, beharrt bei dem einmal angenommenen Sinne, indem er diese Worte als von der Wirkung aufs Publikum zu verstehen deutet und daraus auch ganz gute und annehmbare Folgen entwickelt. Ich aber muß bei meiner Überzeugung bleiben, weil ich die Folgen, die mir daraus geworden, nicht entbehren kann. Für mich erklärt sich sehr vieles aus dieser Art, die Sache anzusehen; ein jeder, der bei seiner Meinung beharrt, versichert uns nur, daß er sie nicht entbehren könne. Aller dialektische Selbstbetrug wird uns dadurch deutlich. Möge Dir diese Betrachtung nicht allzu abstrus vorkommen! Der ich auf alle Fälle eine freundliche liebevolle Aufnahme den treusten Wünschen zum neuen Jahr hoffen darf, und so auf die 365 Tage hin, so viel uns derer gegönnt sein mögen.

Silvesterabend 1829. Goethe.

1830

712. *An Goethe*

Berlin, 5. Januar 1830.

Eine Theorie als Produkt des Effekts kann nur insofern wieder hervorbringend sein, wenn sie als basierendes Element im Schoße der Mutter, im Genie ruht und, vom verwandten Strahle befruchtet, zum Leben gedeiht. Das begreift nur der Künstler, indem er das Geheimnis offenbart, ohne danach zu suchen. Die neuen Theoristen wollen die Wirkung lehren und merken nicht, daß sie die Sache umkehren und das Kind zu seinem eigenen Vater machen. Wenn sie die Farbe nicht fühlen, wie soll ihnen ein Licht leuchten? Mit dem äußern Sinne, mit dem bloßen Verstande läßt sich's nicht fassen, es muß noch etwas dazukommen: so lege ich mir Deine Gedanken darüber aus. Deine Beschreibung der Kuh des Myron und Erklärung des bekannten Aristotelischen Satzes haben mir auf der Stelle eingeleuchtet, und ich wüßte nicht, wie ich mich zu einer Gegenmeinung bekehren sollte.

Es kaufte einer einem polnischen Juden einen Bärenpelz ab und wollte nun wissen, auf welcher Seite er ihn tragen müsse. »Das versteh' ich nicht«, sagte der Jude, »da müßt Ihr den Bären selber fragen!« Könnte man die Kuh zur Sprache bringen oder den Aristoteles, sie würden den gelehrten Herren schon zurechthelfen. In der Musik geht es eben nicht besser: da läuft einer von der ehemaligen Artillerie mit brennender Lunte am hellen Tage herum, die Natur zu finden, und andere Ästhetiker mit Ampeln und Grubenlichtern daneben – ein Regiment von Unterleutnants, die alle kommandieren. Das wird alles auf dem Abtritt gelesen und geht zu den Akten, das heißt: den Weg alles Fleisches. Am schlimmsten sind die Zensoren daran, welche das Zeug alles durcharbeiten müssen, weil sie wieder gezüchtigt werden.

Von unserm »Samson« leg' ich ein Buch bei. Es ist wunderbar, was Händel daraus gemacht hat. Die Klage über den Verlust des Augenlichts (Seite 6) kann nur ein Mann so von sich geben, der (selber Samson) mit dem Vorgefühl der wüsten Leere das tätigste Leben beschließen muß: denn auch Händel starb in der Blindheit. Als ich die genannte Arie zum ersten Male hörte, drückten sich meine Augen unwillkürlich zu. In der 2. Abteilung (Seite 10) ist die Arie, welche mit dem Chore konzertiert, von zerschmetternder und doch wohltätiger Wirkung; ich kenne desgleichen *nicht* noch einmal. Das ganze Stück erscheint mir, wenn ich kein Auge aufschlage, wie eine dramatische Vorstellung, ich sehe und fühle mit dem Ohre. Da man endlich selber genießen muß, was bekommen soll, so ließ ich mir von der Königlichen Bibliothek sogleich die nicht ungeratene Übersetzung der Milton'schen Tragödie holen und fand meinen Händel als Samson und Milton glücklich wieder, ja ich würde beide nicht so gut verstanden haben, wenn ich nicht Dich verstünde. In der Vorrede bekennt sich Milton (den Aristoteles nennend) auch zu dem Gesetze der moralischen Wirkung, der Reinigung der Leidenschaften, und (was recht naiv herauskommt) so sucht er, als guter Christ expreß, das Unternehmen selber zu reinigen, indem er zur Rechtfertigung anführt, daß ja der Kirchenvater Gregorius auch ein Trauerspiel geschrieben und der Apostel Paulus sogar einen Vers des Euripides seinen heiligen Schriften einverleibt habe. – Das ist ein Reinigen! am Ende müßte man das liebe Leben selber verreden!

Über Deine Fragen wegen des »öffentlichen Geheimnisses« lege das Langermann'sche Zettelchen bei. Außer den drei genannten Herren wird auch noch vom Professor juris Phillips gesagt, daß er zu den Papimanen gehöre; ich selber kenne keinen dieser Herren persönlich. Übrigens will ich gelegentlich den Professor Ganz oder Gans befragen, der so verschwiegen ist wie ein Glockenspiel. Geradezu mag ich's nicht tun. Lebe wohl!

Dein Z.

7. Januar.

[Beilage]

Könnten Sie, lieber Freund, mir über das »öffentliche Geheimnis« der Professorentrinität in der »Allgemeinen Zeitung« wohl Auskunft geben? Da ich den Brief noch heute beantworten soll, so bitte den Boten gegen Mittag wieder zu bestellen, der ihn abholen kann. Dienstag, 5. Januar 1830.

Z.

Die Nachricht in der »Allgemeinen Zeitung« soll vom Professor Gans herrühren, der ein fleißiger Korrespondent derselben (doch gar oft mit falschen Nachrichten!) ist. Von Professoren, die katholisch geworden sind, ist hier keiner außer Jarcke, der es schon vor mehreren Jahren in Bonn oder vielmehr in Cöln wurde. Professor Ranke hat das Gerücht von seinem Übertritt in Wien mit vieler Empfindlichkeit abgeleugnet und widerlegt. Es bleibt noch Professor Schmidt (bekannt als Übersetzer aus dem Spanischen, Italienischen); dieser hatte angekündigt, daß er zu Ostern dieses Jahres in Prag feierlich zur katholischen Religion übertreten wolle, und hatte sich auch deshalb schon mit seinem Vater geeinigt. Als er solches auch dem Oberbibliothekar Wilken eröffnete (denn Schmidt ist bei der Bibliothek angestellt), machte ihn dieser aufmerksam, daß der König solche Überläufer nicht leiden könne und daß er (Schmidt) wohl, wie Beckedorff, seine Stelle verlieren könne. Hierauf soll Schmidt sich anders besonnen haben. Den 5. 1. 1830.

Langermann.

Herr Menzel in Stuttgart ist ein viel größerer Narr, als er von seinem Freunde im »Globe« dargestellt wird. Er hat Talent, aber unter 10 Jahren lese ich nichts mehr von ihm, denn im glücklichsten Falle kann er nicht früher geheilt werden.

713. *An Goethe*

Ich komme noch einmal mit unserm »Samson«. Wenn es zuviel ist, magst Du einen Teil der Schuld mit auf Dich nehmen. Du erinnerst Dich wohl, daß ich früher dies Sujet zu einer tragischen Oper brauchlich fand und sich bequem in drei Akte fügen dürfte. Freilich sind es Juden, aber es sind antike Charaktere: ein Heldenmann, ein schönes Weib, ein nicht gemeines Verhältnis zwischen beiden, Parteiungen von Volksstämmen, ein brillanter Untergang – was will man mehr!

Milton, in seiner Tragödie, läßt die Delila auslaufen, man erfährt nicht, wo sie bleibt. Samson kann ihr niemals vergeben; das Unglück ist zu groß, und er selber trägt die stärkste Hälfte der Schuld. Vor der Welt aber ist sie zu entschuldigen: sie ist ein Weib, vom Stamme der Feinde, sie liebt wirklich, ist eifersüchtig, nicht ohne Ursache, von Priestern und Angehörigen bedrängt, aber sie ist nicht erkauft, kurz: sie ist eine Dejanira. Samson wollte nicht in den Tempel und wird gezwungen; Delila muß es auch nicht wollen, sie wird überredet und hofft Gutes zu wirken, wo nicht Verzeihung zu erlangen; sie ist der Schlußstein der Katastrophe: wie sie sich nähert, die Hand der Versöhnung zu bieten, packt er die

Säulen und reißt sie hin und her. Sie muß also mit zugrunde gehn. Der Einsturz des Tempels müßte nicht ganz gleichzeitig geschehen; das Volk sucht sich nach verschiedenen Seiten zu retten, wohin sie aber fliehn, sind sie des Todes.

Hier bei uns hat man seit vier Wochen die Sonne nicht gesehn, es schneiet immer fort, Tag und Nacht, und ich will hoffen, daß auch euch dergleichen nicht fehlt, wiewohl in Pommern, in der Gegend von Stettin, das Land kaum bedeckt ist.

Und den wunderbaren allerersten Eindruck der Milton'schen Tragödie zu erwägen, habe ich sie noch einmal gelesen und bemerkt, daß es nichts Neues gibt unter der Sonne. Wie die Planeten sich bewegen und an ihrer Stelle bleiben, so die Geschichte der Geschlechter.

Lebe wohl!

Sonnabend, den 9. Januar 1830. Dein Z.

714. *An Zelter*

Und so ist es denn recht und wahr: jeder hat zu schaffen und zu tun, es sei in die Breite oder Tiefe, wenn man auch nicht gerade in die Höhe will. Es freut mich, Dich immer nach alter Art resolut und wacker zu sehen, auch in dem Welttreiben rühig teilnehmend, worauf ich denn freilich längst verzichtete.

Deine guten Potsdamer Egoisten sind freilich nicht die einzigen, die sich abschließen, um etwas zu gelten. Genau besehen, ist es wirklich ein Rettungsmittel gegen das ungeheure Treiben der Welt, und man mag es ein Glück heißen, wenn junge Leute nicht einsehn, daß jetzt eigentlich niemand geboren werden kann, der dem Tag und der Stunde gewachsen wäre. Jedermann mag also se defendendo und offendendo sehen, wie er sich durchhilft.

Deine Briefe von den Jahren 1828 und 1829 liegen nunmehr sehr ordentlich geheftet vor mir; sende nun deshalb die meinigen der beiden Jahre, damit die älteren codices, die so wohl ausgefertiget worden, nicht unvollständig bleiben. Der Abschreiber wird ohnehin damit ein Vierteljahr zu tun haben. Dagegen sehn wir aber auch an der Schillerischen Korrespondenz, daß ernsten Freunden der Tag immer das Beste bringt, wodurch denn zuletzt das summierte Jahr einen inkalkulablen Vorteil gewährt. Die Einzelnheiten sind eigentlich das Leben; die Resultate mögen schätzbar sein, aber sie setzen mehr in Erstaunen, als sie nutzen.

Unter diesem kommt nun Dein werter Brief vom 9. Januar an, worauf freundlich erwidere: wie mir sehr wohl erinnerlich ist, daß Du dem Schalk von Thimnath von jeher einige Neigung zugewendet hast, wobei ich Deinen Mut bewunderte, daß Du Dich für Samsons Rival zu erklären nicht Anstand nahmst.

Bei Milton durfte, dem antiken Sinne gemäß, nach der haßkräftigen Szene die Dame nicht wieder auftreten; daß der Musikus sie weiter nötig hat, begreife ich, nicht weniger, daß man neuerer Zeit eine vollständige Auflösung, es sei zum Glück oder Unglück, fordert. Ich will nachfragen, ob vielleicht die Partitur von alten Zeiten her noch auf dem Hofamte liegt und mich an fernerer Vergleichung ergötzen.

Die allgemeine Schneelast ruht auch auf uns. Ich komme kaum aus meiner Stube und sehe den Garten wie mit einem großen Teppich überdeckt, weder Beete noch Rabatten sichtbar, kaum die Wege zu unterscheiden. Die Streifen Buchsbaum erscheinen kaum als geringe Wülstchen, und zu allem diesem sind die atmosphärischen Erscheinungen aus aller Regel getreten. Barometer- und Thermometerstand, Windfahne und Wolkenzüge, nichts trifft mehr zusammen.

Die Fuhrleute bleiben unterwegs liegen, die Eilposten werden ausgeschaufelt, und so wird es denn vollkommen bei euch dasselbe sein. Glücklicherweise stört es mich nicht in meinem Tun und Betreiben, wovon Dir denn doch zuletzt wohl einiges Vergnügliche zugehen wird.

Herr Kanzler v. Müller hat uns, aus Italien zurückkehrend, viel Gutes zu erzählen; er drang eilig nach Rom vor und schlug sich durch diese Hauptstadt der Welt in fünf Tagen durch. Mit seiner Art zu sehen und aufzufassen hat er wirklich Wunder geleistet.

Hiemit nun das freundlichste Lebewohl!

Weimar, den 12. Januar 1830. G.

715. *An Goethe*

Mittwoch, 13. Januar 1830.

Professor v. Raumer hat mir gestern seine Abhandlung über die »Poetik« des Aristoteles in die Singakademie gebracht; ich konnte nicht unterlassen, ihn mit Deiner Anerkennung des verdienstlichen Werks bekannt zu machen. Er will nun besonders kommen und sich die Stelle Deines Briefes in forma nachsehn. Daß eine Meinung von Dir kein bloßer Widerspruch sei, gestand er sich selber ein, und daß Aristoteles wie seine Ausleger keine wirkliche Poeten gewesen, mußte er wohl zugeben. In der Singakademie, wo ich beschäftigt bin, war nicht weiter zu reden über Dinge, die – keiner versteht.

Stelle ich mir die Schule des Kunstphilosophen vor als eine Werkstatt, Geisteswerke nachzuempfinden und zu machen, stehe ich inmitten des schönpolierten Handwerkszeugs, so scheint es ein Spaß, dergleichen auf der Stelle hervorzubringen. Das Sicherste ist, sich genau der Anweisung des Meisters zu überlassen, wie es Milton, Lessing und andere getan, und wer dar[n]ach einen Merkur machen will, wird keinen Apoll machen, wenn auch jener nicht fertig würde. Daher denn mitunter die Lasterhaften, Tugendhaften, die Armen, die Reichen miteinander verkehren, wie sie können.

Aristoteles ist im ganzen so deutlich, daß es unmöglich scheint, ihn nicht zu verstehn. Ich denke mir ihn vollkommen musikalisch. Nun aber kommen die Drehmeister und deuteln und drehen an dem Worte und schichten ein babylonisches Gebäu aufeinander, worüber man die Sache und sich selber vergessen kann.

Unsere neue Lehre geht ganz von der Wirkung *an sich* aus. Das Publikum selber will sich solchen Effekt nicht mehr nehmen lassen, um nur etwas für sein Geld zu haben, und so fahren wir in Grund, anstatt in die Höhe zu kommen.

Eure Theoristen verschanzen sich ins Philologische, wo sie sich zu Hause meinen, und geht man ihnen nach, so ist man unter lauter Parteien, und die Sache selbst bleibt an ihrem Orte.

Ist das Kunstwerk ein echtes Gewächs aus seinem eigenen Wesen, so erkenne ich Deine Behauptung als voll und rund, wenn die Wirkung sich von selber findet und die Probe ist des Exempels. Das Dichtwerk ist sich seiner nicht bewußt, und der Dichter hat keine Macht, es zu verhehlen oder zu verhalten; es will, es muß heraus:

»Da ist nichts mehr zu ergründen;
Wenn der Schnee schmilzt, wird sich's finden.«

Donnerstag. Wir haben heute unser drittes Abonnementskonzert, bis dahin ich mir den Ruhetag mache, um bei der Arbeit frisch aufzutreten. Lebe wohl und nimm diesen Stein zum Turmbau gütig auf.

Dein

Z.

Indem ich hinterher noch in der Raumer'schen Abhandlung das Verhältnis des Aristoteles zu Deinen und den Schiller'schen Produkten nachlese, will ich doch noch sagen, was mir dabei einfiel.

Schiller hätte seine letzten bessern Tragödien ohne das Studium des Aristoteles wenigstens nicht so gemacht, wiewohl in solcher Dependenz die schönste Freiheit fühlbar ist. In den »Räubern«, »Kabale und Liebe« kündigt er sich als wirklicher Dichter an, man mag sagen, was man will; auch ich liebe dergleichen nicht.

In Deinen sämtlichen Dramen, wie sie sind, vollendet oder nicht, habe ich eine gewisse Notwendigkeit nie abwehren können: mir gefallen lassen zu müssen, was mich dagegen aufregte. Mitten im Schmerze, die Fortsetzung und das Ende des unvollendeten Werks zu entbehren, fühlte ich mich gedrungen, von vorn anzufangen und wieder anzufangen und mit einer Art von clairvoyance mir den Beschluß zu eigener Befriedigung zu suchen, worüber mir denn so manches über Dich und Dein Wesen aufgegangen ist. Woraus denn folgt, daß, wenn Aristoteles Deiner Werke nicht bedurft hat, um seine »Poetik« zu machen, Du denn auch bei aller Kenntnis seiner schönen Lehren stets glücklich um ihn herum den Weg zu Dir selber findest. – Nun zum Essen, dann eine kleine Mittagsruhe und gegen sechs Uhr an die Arbeit! Salve!

716. *An Goethe*

Deine Aufmunterung, mein alter Herr, kommt nicht an den unrechten Mann. Wenn ein quasi bellikoser Zustand mich wach hält, ja auch so mich aufschrecken will, so habe ich mich von Zeit zu Zeit en carré aufzustellen gegen den von allen Seiten andringenden Zeitteufel, der umhergeht wie ein brüllender Löwe und nicht gehen lassen will, was einen Gang hat.

Es ist das 30. Jahr, daß ich ganz, wenn auch nicht allein, einer Institution angehöre, die bei losestem Zusammenhange stets konsistent geblieben, ohne sich selber unterhalten zu können, und eben dadurch zu der Prätension aufgewachsen ist, das Allerhöchste von sich selber zu fordern und das Gemeinste dazu: Geld zu erwerben. Schon mancher hat gefragt: »Was hast du denn damit? warum tust du das?« und wir wissen nicht zu antworten; wir wissen nicht, was wir beten sollen. »Wenn ich einmal ungeduldig werde, denke ich an die Geduld der Erde.« Der alte zahme Elefant, wollte der seine Kraft anwenden, so schmeißt er dem Philistervolke den Steinhaufen auf den Kopf, und wir haben alle nichts. In unsern Konferenzen fällt mir so manchmal der Napoleon ein, im Senate sitzend und den Arm seines Lehnstuhls mit dem Federmesser zerkratzend. Toll genug, daß Du hinterher mich alten Knaben zum Rival des Helden von Thimnath machst, der, wie wir ihn kennen, an seinem Schätzchen nicht viel Appetitliches wird übriggelassen haben.

Gestern, Sonnabend, war Professor v. Raumer da und bezeugte sich vollkommen zufrieden, ja glücklich über die Art, wie Du seinen Widerspruch aufgenommen. Über Deine Auslegung des Aristoteles sei er selber hoch erfreut gewesen, da sie klar im Begriffe liege, wenn sie auch nicht ganz – und so weiter, und so weiter. Mir fiel dabei unser gute Bernhard ein, der einen Kontrakt aufsetzte von vielen Paragraphen, deren letzter damit schloß, daß – Kontrahenten an nichts sollten gebunden sein. – Ich hatte nicht übel Lust zu fragen, was er der Akademie würde vorgelesen haben, wenn er nicht auf die glückliche Entdeckung des fruchtbaren Thema geraten wäre. Wir sind aber alte gute Freunde.

Gestern abend ist mir eine kuriose Geschichte passiert. Ich gehe ins Konzert, um Chelards ouverture zum »Macbeth« zu hören. Der Konzertmeister hatte solche ans Ende gestellt, unmittelbar nach einer großen starken Kirchenszene aus Spontinis letzter Oper, worin Kirche, Orgel, Nonnengesang durcheinander arbeitet. Die Szene wollte gar nicht enden, worin unser Spontini ein Meister ist. Endlich ist der Schluß da, und alles steht auf, um von dannen zu gehn. Ich armer Teufel hatte alles durcheinander gehört und die ouverture zum »Macbeth« nebst Szene, Orgel, Nonnen zusammen heruntergeschluckt wie der Bauer den [Fötus] des gnädigen Junkers im Spiritus. Wäre ich [ein] Rezensent, so dürfte mir dergleichen schlecht bekommen.

Die Briefe vom Jahre 1828 erfolgen anbei, 21 Pièцen. Sobald diese abgeschrieben sind, sollen die von 1829 erfolgen, welche vorher noch einmal durchzulesen ich soeben durch andere Lesungen abgehalten bin.

Lebe wohl!

Dein

Montag, 18. Januar 1830. Z.

717. *An Goethe*

So habe denn auch ich eben den zweiten Teil des Bourrienne vollendet. Das Maß wird immer länger, eine Höhe zu messen, woran sich alles versucht und schätzt und mäkelt, und alles gewinnt, ohne den Gegenstand abzunutzen. Auch die gründlichsten Widersprüche der Günstigen gegeneinander agieren um einen Mann herum, der überall zu Hause ist, hin und her, dort und hier, unberührbar wie ein Element, und recht behält gegen Widerspiel, Ungeschick und was sonst. Der Zug nach Ägypten und Syrien wie der Rückzug grenzt ans Fabelhafte; das Fabelhafte wird Geschehenes vor meinen Augen, es gibt ein Kolchis, ein Goldnes Vlies, es gibt einen Jason, und dieser ist ein Mensch – zum Trotze der Humanität.

Aus der Einlage ersiehst Du einmal wieder, wie ich oft genug Deinen Vikar oder Kaplan abgebe. Unser Anglomane weiß sich viel mit seiner Übersetzung des »Macbeth«. Wie ich diese nun für nichts als eine Übersetzung mehr halte und es ihm nicht verhehle, so will ich's auch mit meinem nächsten Nachbar nicht verderben. Er hat schöne Bücher, guten Wein, spielt schlecht genug Whist und hat eine herrliche sanfte Hausfrau, die nur den einen Fehler hat, sich nicht ins Englische übersetzen zu lassen.

Ein neues Trauerspiel: »Kaiser Heinrich VI.« (Sohn des Barbarossa) hat seinem Autor (Herrn Raupach) nicht gelingen wollen, wiewohl es nicht ganz ohne Beifall aufgenommen worden. Die Länge von vier Stunden ist auch kein Verdienst daran. Die Hauptfiguren nehmen sich ohngefähr aus wie verschliffene Steine aus den Kronen Shakespeare und Schiller, unähnlich genug, doch kenntlich, als ob man mit ihnen schon einmal in der gelben Kutsche gefahren wäre. Das Weitere mögen die Rezensenten aussprechen.

Die Schiller'sche Korrespondenz wäre ja nun wohl am Tage. Hast Du noch ein Exemplar zu verschenken, so sende es mir für meine kleine Bibliothek. Meine einzelnen Teile treiben sich unter Kindern und Enkeln umher, frage ich nach [bei] dem einen, so hat es der andere. Man möchte sich totärgern, wenn man nicht Besseres zu tun hätte.

Deine Briefe vom Jahre 1828 werden wohl bei Dir angelangt sein. Lebe wohl! Dein

Montag, 25. Januar 1830. Z.

[Beilage]

Januar 18., 1830.

Es kommt mir, lieber Zelter, eines besonderen Umstandes wegen darauf an zu wissen, ob Schiller Englisch verstanden habe oder nicht. In dem Briefwechsel zwischen ihm und Goethe ist wohl vom »Macbeth« die Rede, aber nicht davon, ob Schiller wirklich des Englischen mächtig gewesen sei. Herr v. Goethe würde darüber gewiß etwas Genaueres wissen, falls Sie selbst nicht davon unterrichtet sind, und Sie würden mich sehr verpflichten, wenn Sie bei Gelegenheit eines Schreibens an ihn sich über den Umstand eine genauere Auskunft erbitten wollten.

Wie immer

Ihr

S. H. Spiker.

Soviel ich weiß, hat Schiller recht gut Englisch gelesen, und mehr würde wohl auch Goethe nicht sagen. Daß aber diese beide nicht der Meinung gewesen sein sollten, Shakespeare den Dichter besser zu verstehn als seine gelehrten Landsleute, mag ich nicht abschwören.

Goethes Meinung muß Ihnen doch bekannt sein, daß man den ungeheuern Mann nicht mit Haut und Haar wie ein lebendes Spanferkel auf den deutschen Tisch setzen kann.

In Weimar galt es (seinerzeit) auch, das kleine Theater so anzutun, um jede Woche ein echtes Werk zum besten zu geben; aus solchem Bedürfnis mögen auch die Übersetzungen der französischen, italienischen und spanischen Stücke hervorgegangen sein. Aus der historischen Genauigkeit macht sich der herzutretende Zuschauer nichts; er will ergriffen, erbaut, ergetzt sein, und das Theater ist für den Zuschauer da, wenn es auch viel zu gering ist für einen Poeten wie Shakespeare; wiewohl dieser bis jetzt in jedem Kleide, das ihm deutsche Schneider anlegten, sich unverkennbar erwiesen hat. Der läßt sich nun einmal nicht umbringen.

»Den hebt mir auf, spricht Polyphem,
Daß ich zuletzt ihn speise.«

Dienstag, 19. Januar 1830. Z.

Gestern, Montag, 25. dieses, war unsere erste Karnevalsoper: »Die Belagerung von Korinth«, Musik von Rossini, gegen den sich die deutschen Rezensenten seit 15 Jahren matt und müde schreiben. Das Buch ist ein wunderliches Gemächte. Mahomet II. steht mit seinem Heere vor Korinth, das sich nicht ergeben will. Kleomenes, Anführer der Griechen, hat eine Tochter, die er gegen ihre Neigung einem seiner Krieger verspricht. Bei einem Ausfalle der Griechen wird Kleomen samt seiner Tochter gefangen. Der Sieger läßt sie vor sich bringen, und es entdeckt sich, daß das Töchterchen in dem jungen schönen Mahomet (der unter dem Namen Almansor sich in Athen mit ihr versprochen) den Herzgeliebten erkennt und zum Verdrusse des Vaters in die Arme des Verlobten fliegt, da denn der Vater, sein Kind verfluchend, zum Rasen vollen Anlaß findet, wobei das Orchester auch nicht faul ist. Das Mädchen wird zuletzt überredet, vom unchristlichen Geliebten abzufallen, worüber denn Mahomet in seiner Liebeswut alles über die Klinge springen läßt und das Mädchen sich selbst entleibt. Kurz vor der Bestürmung segnet ein Patriarch die griechischen Glaubensgenossen feierlich ein, verkündet gänzliche Erlösung von der türkischen Knechtschaft – nach 500 Jahren, und Korinth brennt und stürzt zusammen.

So gut konnten sie es freilich auch haben, wenn sie sich bis dahin gedulden wollten; denn »alles hat seine Zeit«. Die Musik zu dieser traurigen Geschichte ist voll frischen kecken Geistes und hat Kraftstellen, die wie Feuerwerkskünste zerplatzen. Daß man mit so reichen Gaben das Vollkommenste machen könnte, das doch auch nur toleriert wird, ist ohne Zweifel, entschuldigt sich jedoch von selber. Am wenigsten gefiel mir das viele Beten und hinterher das Händegeklatsche. Unsre Vorstellung ist sehr glänzend; da man jedoch auch hieran gewöhnt ist, so habe ich diese Oper von mehren Seiten als die schwächste ihres Komponisten nennen hören. Wissen wir doch kaum zu erkennen, was einer allein hat, und was er nicht hat, kann er nicht geben. Er kann aber nicht schlimmer daran sein, als wenn er für seine Zeit und ihre Leute arbeitet, es müßte ihm denn so leicht werden wie diesem, der wie ein ungeduldiges Pferd lieber 20mal den nämlichen Kreis durchläuft und so das Weite findet, als sich greifen und halten zu lassen. Du kannst denken, daß mich das Ganze dennoch unterhalten hat, weil die Musik auch in ihren Abgestalten mein Interesse fordert, wenn ich mich gezwungen finde [zu gestehen], daß Er's nicht lassen konnte, und er kann's nicht lassen! Die Musik zu den Tänzen ist allerliebst, munter, erwecklich, man möchte mittanzen. Sie paßt so recht zu den kurzen Röcken der Haremsschwestern, die sich darin kreiselartig so oft herumdrehen, bis man alles, den ganzen mannequin, bis ans centrum gravitatis gesehn hat. Denn das ist die einzige Bedeutung daran. Von einer Handlung, nicht einmal von einer unmoralischen, kann die Rede sein; sie nennen es ein »divertissement« und scheinen sich auch zu divertieren. Einige lächeln, als wenn ihnen was weh täte oder fehlte.

Und auch Du, mein alter Brutus (magst Du sagen), auch Du läufst dahin, um Deine Seele zu morden? Freilich! wie oben gesagt! Die Leute sind mir alle gut; sie gestehn mir, daß sie mit Lust spielen, wenn sie mich bei sonst leerem Hause im Orchester sehen und an stillen Bewegungen meines Kopfes bemerken, was ihnen gelingt, und ich habe den Vorteil davon, manches gute Wort an sie erfüllt zu sehn. An dem alten Gern verliert das Theater ein bedeutendes Mitglied. Seine schöne wohltätige Stimme und würdige Haltung wird nicht leicht ersetzt. Solch einen Wasserträger, solch einen Pater Lorenzo und so weiter sehn wir schwerlich wieder. Ein Schlagfluß hat sein Gehirn getroffen. Ich schreibe Dir wohl zu viel. Wenn ich Arbeit habe, habe ich auch Zeit. Könnte man nur erst wieder früh aufstehn, das viele Lichtbrennen will meinen Augen nicht guttun. Lebe wohl!

Dein

27. Januar 1830. Z.

719. *An Zelter*

Da mir nun bekannt geworden, daß ganz Europa ebenso wie mein Klostergarten, durch den Schnee nivelliert, sich behelfen muß, so hab' ich mich um desto eher zu bescheiden, da ich nicht aufgefordert werde, den Fuß vor die Türe zu setzen. Daher will ich nun bei klarer nächtlicher Weile, wo Frau Venus noch immer heiter und niedlich am westlichen Himmel über den Hörnern des jungen Mondes glänzt, sodann auch Orion und sein Hund blinkenden Halsbandes von Osten her über meinen dunklen Fichtenhorizont prächtig heraufsteigt, hiedurch aufgeregt, Dir ein munter-freundliches Wort in Deine wohlerleuchtete und bewegte Stadt hinsenden, dabei auch vor allem zu Deinen letzten Blättern bemerken:

Daß Freunde, besonders in unserem Alter, wohltun, nicht ein äußeres strittiges Vorkömmnis unter sich sogleich fallen zu lassen, sondern in Betrachtung darüber fortfahren sollen. Deshalb sind mir alle Deine Worte über den fraglichen Aristotelischen Casus höchst willkommen, sie kommentieren Deine und meine Überzeugung auf die vollständigste Weise. Auch sind solche Differenzen deshalb wichtig, weil, genau besehen, es nicht ein einzelner Fall ist, über den gestritten wird, sondern es stehen zwei Parteien gegeneinander, zwei Vorstellungsarten, die sich im einzelnen bestreiten, weil sie sich im ganzen beseitigen möchten. *Wir* kämpfen für die Vollkommenheit eines Kunstwerkes in und an sich selbst; jene denken an dessen Wirkung nach außen, um welche sich der wahre Künstler gar nicht bekümmert, sowenig als die Natur, wenn sie einen Löwen oder einen Kolibri hervorbringt. Trügen wir unsre Überzeugung auch nur in den Aristoteles hinein, so hätten wir schon recht, denn sie wäre ja auch ohne ihn vollkommen richtig und probat; wer die Stelle anders auslegt, mag sich's haben.

Zum Scherz und Überfluß lass' mich in Gefolg des vorigen erwähnen: daß ich in meinen »Wahlverwandtschaften« die innige wahre Katharsis so rein und vollkommen als möglich abzuschließen bemüht war; deshalb bild' ich mir aber nicht ein, irgendein hübscher Mann könne dadurch von dem Gelüst, nach eines andern Weib zu blicken, gereinigt werden. Das sechste Gebot, welches schon in der Wüste dem Elohim-Jehova so nötig schien, daß er es mit eigenen Fingern in Granittafeln einschnitt, wird in unsern löschpapiernen Katechismen immerfort aufrechtzuhalten nötig sein.

Verzeihung dieses! denn die Sache ist von so großer Bedeutung, daß Freunde sich immer darüber beraten sollten; ja ich füge folgendes hinzu. Es ist ein grenzenloses Verdienst unsres alten Kant um die Welt, und ich darf auch sagen: um mich, daß er in seiner »Kritik der Urteilskraft« Kunst und Natur nebeneinander stellt und beiden das Recht zugesteht, aus großen Prinzipien zwecklos zu handeln. So hatte mich Spinoza früher schon in dem Haß gegen die absurden Endursachen gegläubiget. Natur und Kunst sind zu groß, um auf Zwecke auszugehen, und haben's auch nicht nötig, denn Bezüge gibt's überall, und Bezüge sind das Leben.

Kaum bin ich aber so weit gelangt, so fängt schon ein andrer Berliner wieder Händel mit mir an. Herr Spiker möchte auch wohl an mir zum Ritter werden. Wollten doch die guten Menschen, die mich gewöhnlich ignorieren, wenn sie mich benutzen, mich gleichfalls ruhen lassen, wenn sie mich nicht brauchen können, es hinge von ihnen ab, ihre Meinung recht kräftig und überzeugend auszusprechen und Anhänger zu finden, soviel es geben wollte. Ich habe jene Ansicht absurd gefunden, es einmal ausgesprochen und sprech' es wieder aus. Doch muß man sich darüber nicht verwundern noch erzürnen: finden sich doch wackere Geistliche, welche das Hohe Lied Salomonis auf das heilige Verhältnis Christi zu seiner bräutlichen Kirche deuten!

Indessen fand ich mich veranlaßt, das Original wieder nachzusehen, auf das man sich immer gerne hinleiten läßt. Ich diktierte über diesen Punkt einige Seiten, die ich Dir wohl schicke, unter dem Beding, daß Du sie niemand sehen lassest; denn wer will sich mit dieser kranken Armseligkeit weiter einlassen!

Ich wiederhole das oben Gesagte: überzeuge man sich immer mehr, daß diese Differenzen auf eine ungeheure Kluft hindeuten, welche die Menschen voneinander trennt; ja es ist nicht Eine Kluft, es sind *Klüfte*, über die man in jüngerer Zeit wegspringt oder Brücken schlägt, im Alter aber als zur Befestigung des Zustandes gegeben berechnen muß.

Ich habe freilich gut meine Zugbrücken aufziehen, auch schiebe ich meine Fortifikationen immer weiter hinaus; Du hingegen mußt immer im Felde liegen und Dich nach Deiner Weise in der einmal gegebenen Richtung durchschlagen: das kleidet Dich so gut, daß man nicht wünschen kann, es möge anders sein. Zugleich erntest Du großen und unschätzbaren Genuß, von dem wir andern leider abgeschlossen sind.

Die anhergesendeten Briefe vom Jahre 1828 sind angekommen und werden, mit den meinigen durchschossen, sorgfältig abgeschrieben. Ich freue mich darauf, auch diese paar Jahre wie die übrigen anständig geheftet zu sehen. Diese dreißigjährige Sammlung gewinnt ein so hübsches

Ansehn, daß ein ägyptischer königlicher Bücherfreund sie in seine Sammlung aufzunehmen kaum verschmäht hätte.

Melde mir ja von Altem und Neuem, auch vom Augenblick Mannigfaltiges; der Bärenpelz hat, besonders bei jetziger Witterung, auch hier gute Wirkung getan.

Soweit waren wir, als Dein Wertes vom 25. ankommt; was ich oben gesagt, gilt auch hier: Du tust sehr wohl, mäßig auch gegen wunderlich-widerwärtig denkende Menschen zu verfahren. Mach' ich's doch auch so mit Gegenwärtigen, ja mit Abwesenden und habe nichts weiter davon als den lieben Frieden, da Du Dir an einem schönen Abend doch noch immer einmal ein gut Glas Wein von irgendeiner hübschen Ellebogennachbarin einschenken läßt.

Im Bourrienne hab' ich nicht fortlesen können; das zupft alles an dem frischgestickten, früh abgelegten Kaisermantel und denkt dadurch etwas zu werden; wie Böttiger jubilierte, als der Doge von Venedig abgesetzt wurde, eben als wenn sein Vordermann gestorben wäre und er nunmehr avancierte.

Die neuere »Geschichte Frankreichs« von *Bignon* will ich nicht eben raten als Lektüre vorzunehmen; er ist jedoch ein wahrer und gründlicher Napoleoniste, als vieljähriger Diplomat ist er in dem Fall, tiefer in die Hauptanlässe und -wirkungen hineinzusehen. Das mag denn alles gelten, wie die Bemühungen der Astronomen, deren Beobachten und Rechnen wir nicht schelten wollen, da sie uns denn doch zuletzt den Begriff des Unbegreiflichen etwas näher bringen.

Und so fortan!

Weimar, den 29. Januar 1830. J. W. v. Goethe.

720. *An Goethe*

Habe Dank für Deine Beglaubigung meiner einfältigen Meinung über so hohe Dinge, wenn diese auch nichts anderes als ein mutuelles Zugeständnis meinseitiger Erfahrungen ist und ich als Lehrer meiner Kunst auch wissen soll, auf welcher Straße ich mich fortbewege.

Der Genuß, den ich nach Natur und Gewohnheit an Kunstwerken habe, ist in der Regel so lange unbestimmt, bis ich die Feder nehme und darüber, gleichsam mathematisch, eine Äquation anlege, wodurch sich in mir eine face für den Gegenstand auftut, die ich denn, wie der Bildner sein Modell auf beweglichem Stativ, wenden und drehen kann, ob die Teile zum Ganzen passen. Auch mag ich gern eine Musik vernehmen, wenn sich die Menge schon darüber laut oder durch Stille ausgesprochen hat, indem ich dadurch an eigenem Vertrauen gewinne und das äußere dazu, auch nicht selten ganz zuletzt mein Ausspruch gefordert und als gültig anerkannt wird.

Unterlasse ja nicht, mir das Diktierte zukommen zu lassen; wie muß ich mich freuen, zu dergleichen Gelegenheit zu geben! Besteht doch das schönste Interesse an Deinem Briefwechsel mit Schiller, wie mit klugem Finger unangesehnes Gemeingut vom Boden aufgehoben, gegen Tageslicht gehalten, dem Auge näher gebracht wird. Das fühlen alle, wenn sich auch niemand bekümmert, *wie* ihm gefällt, was ihm gefällt.

So geht es auch mit dem 3. Teile des Bourrienne, den ich eben vollendet habe. Auch dieser hat mehr eine Meinung *von sich selber* über einen exorbitanten Gegenstand, den er mit sich und den Seinigen vergleicht und den Nagel auf den Kopf treffen will. Man fühlt sich dabei wie der liebe Gott, der zu dem allen lächelt und gelächelt hat dem Manne, der gemeint sein soll.

Alexander v. Humboldt ist wieder in Berlin und nur für wenige sichtbar. Er ist voll wie ein siedender Topf. Von dritter und vierter Zunge tönen wunderbare Dinge, die ich freilich lieber von ihm selber vernähme. Wer versteht denn, wenn einer mit Begeistrung spricht! Lebe wohl!

Dein

Berlin, 2. Februar 1830. Zelter.

[Beilage]

Berlin, 1. Februar 1830.

Ihr lieber Schüler, verehrter Herr Superintendent, soll willkommen sein.

Da er nach den eingesendeten Proben sich schon auf eigene Füße gewagt hat, so wird die fortgesetzte praktische Übung immer weiter führen als das sogenannte Studieren und Beschauen von Theoremen, die nicht zur Anwendung kommen.

So verdienen die beiden Psalmen und das Orgelstück Lob, wenn es auch nur Anfänge sind; haben doch die Besten, welche die Welt kennt, auch irgendwo angefangen.

Nach meinem unmaßgeblichen Dafürhalten verhält sich die musikalische Bearbeitung zum Exempel eines Psalms wie die Predigt zum Texte, welcher durch die Predigt immer anschaulicher, eindringlicher werden soll. Tut die Predigt das nicht, zersplittert sie den Text zur Unverständlichkeit, so ist sie nicht besser daran, als ob ihr ein Stein angehängt und sie versenkt wäre ins Meer, denn sie ist verlorne Arbeit und niemand achtet ihrer.

Diese Theorie auf die musikalische Komposition zurückgeführt, wissen wir, daß auch große Meister nicht immer glücklich in ihrer Anwendung gewesen, und wäre solches auch vom Schüler billigerweise nicht zu erwarten. Der Schüler aber kann erwarten, fordern, daß ihm gesagt werde: wozu die Kunst ist und was sie zu leisten hat. Denn daß auch der Beste nur leistet, was er kann, versteht sich von selber. Z.

Es ist die Frage, ob obiges Beifall finden und zu Herzen genommen werde; so mag es denn mit zu Dir hinwandern.

Z.

721. *An Goethe*

Dein letztes Schreiben ist ein rechtes Schatzkästlein. So wie mit Deinen Aristotelern, so in andern wissenschaftlichen Dingen. Daß, wie der gute Fichte wollte, zum Wissen auch ein gutes Gewissen vorrätig sein müsse, fällt nicht jedem ein. Am Worte wird geknabbert, gewendet, gedreht, und beißt es ihnen einer auf, so sind sie nicht besser daran, wenn sie den Kern nicht von der Schale unterscheiden.

Da ich Vorfälliges melden soll, wie es der Tag bringt: eine kleine Probe, indem sogar meine Wenigkeit dabei kompromittiert ist. Es ward gesprochen von »Wahrheit und Dichtung«, über welchen Titel recht gute Leute noch nicht hinweg sind. Da steht geschrieben: »Unsre Lehrer behandelten uns oft sehr unfreundlich und ungeschickt mit Schlägen und Püffen, gegen die wir uns um so mehr verhärteten, als Widersetzlichkeit und Gegenwirkung aufs höchste verpönt war.« Die Frauen jammerten, daß dergleichen ihrem Angebeteten sollte widerfahren sein; es sei kaum denklich, es sei vielmehr von rohen Mitgenossen zu verstehn, ja es sei dem Titel des Buches gemäß' und der Urbanität des Verfassers würdig, sich selber nicht auszuschließen. »Abscheulich!« rief ein Dir aufs Blut ergebner Enthusiaste, »ich könnte solchen Kerl mit den Zähnen zerreißen!« Doch fände er die Sache ganz genau ausgedrückt, da geschrieben stünde: »unsre«

Lehrer, »uns« und wieder »uns« und »wir«. Schläge und Püffe aber seien Prügel, und so weiter.

Ich, der Senior unsrer Gemeine, wußte aus meinen Jugendjahren ein Gleiches zu sagen, daß nämlich wie überall so auch hierzulande in allen großen und kleinen Schulen der Stock und andere Beschämungen gewaltet. Doch wüßte ich trotz meiner oft bestraften Petulanz und Wildheit mich auch nicht Eines Stockschlages von Händen eines Lehrers zu rühmen, daher ich denn allenfalls eine Wette einginge, daß auch Dir dergleichen nicht persönlich widerfahren sei. »Topp!« rief mein Held, »ein Wort ein Mann, zwölf Flaschen Champagner, und es wird nachgefragt!« – »Tut das!« sagte ich, »ihr werdet keine Antwort haben, weil ihr keine verdient und gleichwohl von eurem Manne das Beste zu denken vermeint. Will es aber einer tun, so gelte es.«

Nun denke ich: wenn es binnen heut und vier Wochen keiner tut und Du auch mich nicht bescheidest, ob Du von Deinen Lehrern seist *mit dem Stocke geschlagen, ausgeprügelt* worden (denn dies ist das Wort des Enthusiasten), so habe ich zwölf Flaschen Champagner zu geben, wobei denn die Toasts auf Dein Wohl nicht fehlen sollen, dagegen denn unser Spaß grenzenlos sein sollte, wenn ich den Eiferer um seinen Triumph bringe.

Von was Besserm! Soeben habe ich den »Cinna« des Corneille gelesen und zwar auf Veranlassung Deines letzten Briefes und zugleich Napoleons, der gesagt hat: er würde den Corneille zum Fürsten gemacht haben, wenn dieser unter ihm gelebt hätte. Gewiß ist der »Cinna« eine Krone der französischen Tragödie. Die Manier so bescheiden zurückestehend. Die kalkulierteste Intrige deutlich, wahr, groß, auf den höchsten Maximen ruhend. Alle Personen sind notwendig, alle schuldig, alle edel, doch sich selber untergrabend, da sie von sich selber nicht lassen können. Alle wollen herrschen. Cäsar herrscht, von Rechts wegen: er hat's erworben;

Cinna, Maximus, Ämilia wollen herrschen, wollen keinen über sich leiden – Liebe und Haß, jedes will sein prae haben. Hier scheint mir ein ironisches Element zu fehlen, um die vielgesprochene Katharsis, die Reinigung des Stoffs selber (nicht der sogenannten Leidenschaften) zu vollbringen (denn diese bleiben, was sie waren). Ja, wehe der Menschheit, wenn dieses republikanische Ungeheuer sich je unter eine Verfassung niederlegen sollte, sie sei auch, welche sie wolle!

Nein, nein, ihr Guten! laßt euch nichts einreden von Reinigern. Euer Übel ist euer Gut, euer Leben euer Tod, aber ihr seid unsterblich.

Berlin, Sonnabend, 6. Februar 1830. Z.

722. *An Goethe*

Je weiter ich in den Bourrienne komme (ich bin jetzt im 5. Bande), je gewisser werde ich meines Helden, zum Trotz seiner Historiographen, die ich darum nicht tadle; aber ich werde immer weniger geneigt, mein früheres Vorurteil abzulegen. Mein Auge hat unwillkürlich ihn seit 30 Jahren begleitet, gleichsam astronomisch wie einen Kometen, durch dessen Anblick man wohl ein Prophet, aber kein Richter wird. Da er nun ein Mensch gewesen in allen Fakultäten des animalischen und geistigen Lebens: wer will andere Menschen hindern, ihn jeder nach sich abzuschätzen? Was zuerst entschuldigt sein will, ist seine nächste Umgebung von hochsinnigen Männlein und Fräulein, die nicht begreifen, daß das alles nicht um ihretwillen geschieht, so wie die Kameradschaft von einem Erstaunen ins andere fällt, wie vor ihren offnen Augen aus dem Weltsturme einer gräßlichen Revolution ein Poseidon auftaucht und sein »Quos ego!« ausruft und sie in ihm den kleinen Ajacciolo von Brienne wiedererkennen. Fürwahr, es ist so!

Ohne den ehrlichen Bourrienne, der uns mit den delikatesten Kabinettsgeschichten unterhält, mit dem unstäten Reichardt zu vergleichen, gestehe ich doch, daß mir der letzte verschiedentlich eingefallen ist. Als er von Paris kam, wo er sich dem Ersten Konsul hatte vorstellen lassen, schien es, als wenn dieser seine Kapellmeisterschaft nicht habe anerkennen wollen.

Donnerstag, 11. Februar 1830. Heute abend 7 Uhr magst Du mir den Daumen halten. Wir lassen unsern »Judas Makkabäus« (von Händel) los. Unser Orchester ist über 200 stark. Eine einzige große Probe war uns vergönnt, wegen Karnavals und entsetzlichen Unwetters. Seit Montag haben wir Regen und 2 bis 3 Grad Wärme. Von meinem Dache stürzen unaufhörlich Lawinenstücke mit Geprassel auf den zugefrornen Graben am Hause und zerbrechen die fußstarke Eisdecke. Die Luft aber ist milde und mein Barometer im Steigen. Eure artige Ilme wird wohl jetzt auch ihre Arbeit haben, bis der Frühling kommt. Lebe wohl! Dein Z.

723. *An Zelter*

»Was den freilich einigermaßen paradoxen Titel der Vertraulichkeiten aus meinem Leben: ›Wahrheit und Dichtung‹ betrifft, so ward derselbige durch die Erfahrung veranlaßt, daß das Publikum immer an der Wahrhaftigkeit solcher biographischen Versuche einigen Zweifel hege. Diesem zu begegnen, bekannte ich mich zu einer Art von Fiktion, gewissermaßen ohne Not, durch einen gewissen Widerspruchsgeist getrieben; denn es war mein ernstestes Bestreben, das eigentliche Grundwahre, das, insofern ich es einsah, in meinem Leben obgewaltet hatte, möglichst darzustellen und auszudrucken. Wenn aber ein solches in späteren Jahren nicht möglich ist, ohne die Rückerinnerung und also die

Einbildungskraft wirken zu lassen, und man also immer in den Fall kommt, gewissermaßen das dichterische Vermögen auszuüben, so ist es klar, daß man mehr die Resultate, und wie wir uns das Vergangene jetzt denken, als die Einzelnheiten, wie sie sich damals ereigneten, aufstellen und hervorheben werden. Bringt ja selbst die gemeinste Chronik notwendig etwas von dem Geiste der Zeit mit, in der sie geschrieben wurde. Wird das vierzehnte Jahrhundert einen Kometen nicht ahnungsvoller überliefern als das neunzehnte? Ja, ein bedeutendes Ereignis wird man in derselben Stadt abends anders als des Morgens erzählen hören.

Dieses alles, was dem Erzählenden und der Erzählung angehört, habe ich hier unter dem Worte ›Dichtung‹ begriffen, um mich des Wahren, dessen ich mir bewußt war, zu meinem Zweck bedienen zu können. Ob ich ihn erreicht habe, überlass' ich dem günstigen Leser zu entscheiden, da denn die Frage sich hervortut: ob das Vorgetragene kongruent sei, ob man daraus den Begriff stufenweiser Ausbildung einer durch ihre Arbeiten schon bekannten Persönlichkeit sich zu bilden vermöge.

In jeder Geschichte, selbst einer diplomatisch vorgetragenen, sieht man immer die Nation, die Partei durchscheinen, wozu der Schreibende gehörte. Wie anders klingen die Mitteilungen der Franzosen über englische Geschichte als die der Engländer!

So ist mir auch in der letzten Zeit höchst merkwürdig geworden der Herzog von Saint-Simon in seinen Memoiren; diese ausführlichen Berichte eines durchaus unterrichteten, Wahrheit liebenden Mannes sind nicht völlig genießbar, wenn man nicht zugibt, es sei ein duc et pair, der das niederschreibt. Es ist jene Zeit, die sich in einen Vornehmen abspiegelt, der weniger zu gewinnen findet, als er zu verlieren befürchten muß.«

Vorstehendes, mein Teuerster, habe einer verehrten Person auf eine ähnliche Anfrage wie die Deine zu erwidern [für] Pflicht geachtet und teile Dir sie als diesmal auch zweckerreichend mit. Man bedenke, daß mit jedem Atemzug ein ätherischer Lethestrom unser ganzes Wesen durchdringt, so daß wir uns der Freuden nur mäßig, der Leiden kaum erinnern. Diese hohe Gottesgabe habe ich von jeher zu schätzen, zu nützen und zu steigern gewußt.

Wenn also von Schlägen und Püffen die Rede ist, womit uns das Schicksal, womit uns Liebchen, Freunde, Gegner geprüft haben, so ist das Andenken derselben beim resoluten guten Menschen längst hinweggehaucht.

Solche nach Deiner Anfrage in einem gewissen Fall zu spezifizieren, würde mir schwer, ja unmöglich fallen; doch will ich mich Dir zuliebe erinnern: daß unser Schulmeister ein schwankes Lineal als ein sonst nicht unbrauchbares Majestätszeichen zu führen pflegte, hiemit gab es zu Zeiten strafende und aufmunternde Klapse. Jedoch war in jenen Tagen kräftiger Pädagogik schon ein milderndes Ausmittel gefunden und deutete auf das, was nachher in unsrer Kriminaljustiz seit Beccaria so anmutig einwirkte: die zu Strafenden waren nämlich genötigt, ein Pfötchen hinzuhalten und mehr oder weniger stärkere und wiederholte Klapse auszudauern. Dies gab Gelegenheit, die Hand wie Mucius Scävola kühn auszustrecken und mit unverwandtem Gesichte einen heroischen Märtyrerkranz zu erwerben.

Wie es nun mit den zu gewinnenden oder zu verlierenden Flaschen Champagner auch aussehen mag, so hab' ich solches nach möglichster Erinnerung scheinbarster Wahrheit und vermiedener Dichtung hiedurch bezeugen und vorlegen wollen.

So weit waren wir gekommen, als uns ein zwar gefürchtetes, aber durch Hoffnung abgelehntes Übel überfiel, davon Dir die Nachricht schon zugekommen ist, welches mein schwarzes Siegel leider bekräftigt. Hiebei wirst Du manches zu denken haben als Mitgenosse unsres Denkens und Empfindens.

Versäume nicht zu schreiben, wie es um Dich aussieht, wie es zugeht, und auch wohl, wie dieses und jenes gelingt. Auch ich verfehle nicht, manches zu vermelden, wenngleich nicht in den ersten Tagen. Und somit fahren wir fort, gemeinschaftlich zu handeln und einander davon Kenntnis zu geben, solange es gegönnt ist.

Und so fortan!

Beharrlichst

Weimar, den 15. Februar 1830. J. W. v. Goethe.

724. *An Goethe*

Sonntag.

Durch die Erschließung des Titels Deiner Lebenserinnerungen hast Du mir ein bares Geschenk gemacht. Da unser Verhältnis zueinander hier nicht unbekannt ist, so bin ich von gutgesinnten Menschen nicht selten über Deine Art des Ausdrucks befragt worden, was man doch nicht immer kalt abweisen kann; so über »Dichtung und Wahrheit«. Was ist Wahrheit? was ist Dichtung?

»Es gibt viel Wahres, das niemand wissen will. Was echte Dichtung ist, muß wahr sein. In Wahrheit und Dichtung muß daher das eine ebenso würdig, recht und echt sein als das andere, sonst wäre keins gültig.«

So ohngefähr habe ich antworten können, um ebensowenig begriffen zu werden. Man muß den Leuten ihre Zweifel und Widerreden schon zugut halten, weil sie sonst gar nicht lesen würden; sie wollen mitreden und so tun, als ob sie das alles schon wüßten.

Jean Jacques Rousseau hat seine »Konfessionen« geschrieben, Friedrich II. die Geschichte seiner Zeit. Kleinliche und größere Zweifel sind dagegen erhoben worden, die längst verschollen sind, unterdessen das Andenken solcher hohen Männer in frischen Ehren der Geschichte fortblüht.

Was mich selbst betrifft, so erkenne ich eben jetzt, daß mir jener Dein Titel gleich vom Anfange, mir selber unbewußt, volles Vertrauen eingeflößt hat, wenn dagegen ich mich aufgeregt fand, das bekannte Bierschild einer pure vérité gelten zu lassen.

Als ich meinen »Fasch« geschrieben hatte, den ich freilich von Herzen liebte, las ich das Manuskript gleich nach seinem Tode in der Singakademie vor mehr als 100 Mitgliedern ab, die den Guten alle mehr oder weniger im Leben wandeln gesehn. Ich bat, wenn einer oder anderer unsern Mann in dem hier Gesagten nicht wiedererkenne oder anders finde, mir es mitzuteilen, da ich jede Erinnerung dankbar aufnehmen und vor dem Abdrucke danach berichtigen wolle. Als die Schrift gedruckt erschien, fand ich die ältesten Freunde, die Faschen vor mir gekannt, mit ihm getrunken, geraucht und politisch verkehrt hatten, in Verwundrung, ihren muntern Alltagsgesellen als einen ernsthaften, tiefen, hocherwachs'nen Künstler zu schauen; unglaublich aber schien es, wie ich selber aus meiner nie verhaltnen Bürgerschaft zum Biographen eines solchen Mannes geworden. Wäre einer aufgetreten zu sagen, er habe mir geholfen, er würde schwerlich ohne Partei geblieben sein.

Mein erstes Wort an die Gesellschaft nach Faschens Tode war: »Faschens Stelle unter uns bleibt offen, und ich behalte meine Stelle am Flügel.« Diese Rede gab den damaligen Vorstehern (zu denen ich nicht gehörte) Courage, mich als ordinäres Mitglied, als Untergeordneten anzusehn, bis denn eine Gelegenheit erschien, durch welche veranlaßt der erste Vorsteher plötzlich sein Amt niederlegte und die Kasse zurückbot. Ich machte sogleich den dritten Vorsteher zum ersten, beorderte ihn, die Kasse in Empfang zu nehmen und eine Einrichtung zu machen, der gemäß jedes beitragende Mitglied sich selber über den Zustand der Ökonomie augensichtlich unterrichten könne, da denn die Kasse ebenso augensichtlich an Korpulenz zunahm.

Ich bin ins Schwatzen gekommen. Verzeih, daß ich Dich mit dergleichen unterhalte; doch mag ich mir's selber verzeihen, weil wenn ich auch kein Scävola und vielmehr an beiden Händen links bin, es mich genug kostet. Ich denke gern daran, wie ich aus dieser Enge auf einen Platz gelangt bin, den ich mir selber räumen müssen. Wie wäre ich denn zu Dir gekommen!

Bei euch wird in diesen Trauertagen des Zu- und Ablaufens genug sein und ohne Zweifel Dich selbst berühren.

Unser Professor Pfund am Joachimstal'schen Gymnasio ist gemütskrank. Schade um sein schönes Latein und Griechisch!

Dienstag, 23. Februar 1830. Z.

725. *An Goethe*

Berlin, 25. Februar 1830.

Zu Ehren des langen Winters und Schonung meiner Kerzen geh' ich fleißig ins Theater. Gestern ein neues Stück vom fleißigen Raupach: »Der Müller und sein Kind«. Nach einer alten schlesischen Dorflegende aus dem Anfange des vorigen Jahrhunderts.

Weihnachtsmitternacht wollen die Schemen von Personen, welche das folgende Jahr nicht überleben werden, Männer, Weiber, Witwen und Mädchen, in feierlichem Aufzuge über den Gottesacker in die hellerleuchtete Kirche, deren Pforten sich von selber auf- und wieder zutun.

Ein alter, gebrechlicher, geiziger Müller versagt ohne

weitern Grund seine einzige Tochter seinem getreuen, aber armen Lehrlinge. Der abgeschmackte Vater quält das sanfte treuergebne Kind mit unsinniger Bosheit zur Verzweiflung. So sieht man beide, Vater und Tochter, in obiger Gesellschaft über das Theater wallen. Das trübe Stück wird durch längelnde Darstellung noch trister, und in den vier Zwischenakten hat der Komponist eine neue bleischwere Tonlast eingehängt, die jede Erholung unmöglich macht. Ich habe eine ganze Flasche Wein gebraucht, um wieder zu mir zu kommen, da ich mich nicht gewöhnen kann, ein neues Stück eher aufzugeben, bis es aus ist. Nur Klingemanns »Faust« und Müllners »Schuld« haben mich dazu bringen können.

Mit meinem Bourrienne werde ich kaum so weit kommen als Du, wiewohl ich schon im 6. Bande bin. Man merkt immer mehr, daß sein Mann auch ihm ein Rätsel gewesen. Der Kitzel, sich selber als unparteiischen Beobachter zu zeigen, und nicht zu merken, daß er am liebsten unter der Haube der Bourbonen vegetierte, klärt sich bequem auf. Von dem guten Enghien kann er nicht loskommen, der freilich so unschuldig ist wie die Opfer der Revolution alle. Wer weiß das nicht! Er sieht nichts als Ruhmsucht und Schmeichelei und schmeichelt sich, ihr Feind zu sein, die ehrliche Haut! So ist es, so war es.

Cato und Brutus, beide Selbstschmeichler, gallige hektische Selbstliebler, hätten selber gern getan, was Cäsar, und taten nicht, was vorher, und wußten nicht, was nachher not war zu tun. Ich will sie nicht verdammen und nicht beneiden. So unsre neuen Helden: der legitime Sauerteig ist ihnen doch lieber als das crève-coeur, ihren Mitschüler aus Brienne auf dem Throne und an ihm hinauf zu sehn. Und ihre Abhängigkeit von den Weibern, die nicht darüber hinwegkommen, wenn ein solcher Mann einen Erben haben *muß*, sich von einer unfruchtbaren Frau trennt, um eine Gans zu heuraten, die ihm den Sohn bringt! – Schlimm genug, daß es nicht besser gekommen, und doch noch zu gut für solch ein Geschlecht!

In unserer Zeitung vom 22. dieses lese ich soeben:

»Goethe wäre – beinahe – vor mehrern Wochen – lebendig – verbrannt!«

Da ich nun Zeugnis vom 15. dieses habe, da Du unverbrannt gelebt und geschrieben, so möge die hyperbolische Relation auf bester Meinung beruhen. Ich selber bin diesen Winter besorgter als sonst gewesen, da bei 20 Mietern und noch einmal soviel Feuerungen durch anhaltende Überheizung der Gefahr kein Ende und die Löschung bei der Kälte fast unmöglich ist. Unser Minister v. Schuckmann war auch daran zu ersticken: der Ofen seines Schlafzimmers hatte in der Nacht einen Leck bekommen. Auf diese Art und durch fahrlässige Aufbewahrung der Asche geschieht hier manches Unglück. Vale!

Sonnabend, 27. Februar 1830. Dein Z.

726. *An Goethe*

»Und sie sagten: ich könnte nicht schreiben!«

Weiß der Himmel, wo ich dies Wort Napoleons gelesen oder gehört habe, es gefiel mir, und nun lese ich soeben die »Parallèle entre César, Cromwel, Monck et Bonaparte« (Tome VI.), die mich wie eine Palme aufrichtet. Ich verstehe nicht zuviel Französisch, aber das nenne ich Schreiben! – Wo mein Bourrienne ausruft: »J'y trouve je ne sais quelle insolence de gloire!«, finde ich den ganzen Abstand des tiefergriffnen Knechts gegen den hohen Herrn.

Mögest Du der einzige sein, der mir diese Eitelkeit verzeiht. Seit der Einnahme von Mantua und aus dem Benehmen gegen den alten Wurmser trage ich das volle Gefühl der Wahrhaftigkeit dieser Parallele unwillkürlich mit mir herum. Es ist nicht eine Erkenntnis des Verstandes und der Einsicht, es ist ein inneres Gleichgewicht, eine Befriedigung, die ich nicht erworben habe und nicht verliere.

Denke ich mir dabei die totale Menschheit, wie sie jedes Zeitalter bringt und zu tragen hat, gegen Einen wirklich Begabten, so ist mir's, als wenn ich ein blindes tolles Fatum mit der ewigen Weisheit in ungleichem Kampfe sehe.

Sonnabend abend ließ sich ein junger Mann vom Theater herab auf der Posaune hören. Die Musiker im Orchester fragten: ob ich mir auch wohl Baumwolle ins Ohr gelegt hätte. Der Virtuose bliese so stark, daß sie schon in der Probe daran gelitten hätten. Einer, der meine Zufriedenheit bemerkte, fragte: ob denn ich es nicht auch zu stark fände. »Es ist keine Flöte«, war meine Antwort, »es ist eine Posaune, und der sie behandelt, ein Mann von Geschick, ja von Geschmack; denn er sondert und vereint zugleich, was dem Instrumente angehörig und der Zeit, die das Seltsame will, gefällig ist. Wie nun ihr Herren zu stark findet, was kräftig und sich selber getreu ist, dürfte man sich fast wundern, da ihr alle soviel Lärm und Spektakel vernehmt und macht.« – Ob es denn aber auch natürlich sei, auf solchem und ähnlichem Instrumente, zum Exempel dem Kontrabasse, sich allein hören zu lassen? – »Warum nicht? Hat das Instrument eine Natur, die sein Spieler ganz erkennt und beschafft, so ist nichts dagegen, wie wohl, wenn einer eine Braupfanne mit Saiten beziehn oder ein Oxhoft anblasen wollte, sich noch immer ein Publikum finden dürfte. Ihr alle werdet hingehn.« – »Oooh! nicht also!« – »Still! Ich gehe mit, und ihr sprecht: Sieh da! ist nicht der alte Narr auch herzugelaufen!«

Solch ein Paulinisches Kollegium oder Kolloquium auf freier Straße, wie ich täglich zwei- oder dreimal abzuhalten habe, ist freilich nicht kathedralisch und bringt nichts ein; was ich aber ausgebe, ist mein, und ich weiß es recht gut wiederzuerkennen, wenn man es von mir selber bezahlt haben will. Das mag denn auch nach Eigenlob wittern, geb' ich's doch nicht für wohlriechend aus.

Von Donau, Rhein, Nil und Euphrat ist gar nicht mehr zu reden; unsere Panke, worin die Frösche nach Wasser schreien, ist ausgetreten, hat Häuser und Scheunen weggerissen, die Posten aufgehalten, und wer weiß, was wir alles noch erfahren. Der Festungsgraben unter meinen Fenstern ist noch immer bescheiden, er wächst und fällt wieder, wenn ich drohe; ich glaube, er sieht einen Dogen in mir. Dienstag, 2. März 1830.

Dein

Z.

727. *An Zelter*

Du bist sehr freundlich, daß Du mich in diesen Tagen aus meinen Einsamkeiten nach dem lebhaften Berlin versetzest und mir ein Zeugnis Deines unerschütterlichen Mutes gibst, einen solchen vorspukenden Gespensterzug mit Fassung anschauen zu können. Das ist denn das Theater am Ende des ersten Drittels des neunzehnten Jahrhunderts! Die Deutschen wollen doch am Ende den Franzosen an Absurdität nicht nachstehen. Die Berliner sind aber freilich so lebereich, daß sie die Hingehenden und Hingegangenen wohl können vor sich aufmarschieren sehen. Ich schätze Dich glücklich, daß Du dergleichen getrost mit hinnehmen kannst und eine Flasche Wein Dich glücklich wiederherstellt.

Von den Berliner Zeitungsschreibern ist die Aufmerksamkeit allzu groß, daß sie mich bei lebendigem Leibe zum indischen Weisen promovieren wollen; der Fall war indessen völlig von der Art wie die, von denen Du erzählst, und ich habe allerdings wohlwollenden Dämonen Dank zu sagen, daß das Übel ohne irgendeine Beschädigung ablief. Dagegen bedaure um so aufrichtiger den trefflichen Niebuhr in Bonn, der eine Art Verlust erlitten, von dem man sich kaum wiederherstellt.

Die französischen Memoiren sowie »Le Globe« und »Le Temps« habe ich auf einige Zeit beseitigt. Es fällt einem doch einmal auf, daß das alles einen gar nichts angeht, daß man von dem Vergangenen ohngefähr soviel weiß als ein anderer auch und daß man durch die Kenntnis dessen, was der Tag bringt, nicht klüger und nicht besser wird.

Heute haben wir hohen Barometerstand, kongruierenden Ostwind, erheiterten Himmel, Sonnenschein, und so regt sich wieder Glaube und Hoffnung an und auf die Natur, da denn die Liebe nicht ausbleiben wird. Seit acht Wochen beschäftige ich mich ununterbrochen mit einer Arbeit, die mir Freude macht und euch auch Freude machen soll; dazu schöpf' ich nun frischen Atem und denke noch vor Ostern abzuschließen, um mich wieder mit neuer Geschäftigkeit zu belasten. Bei Dir kann's auch nicht abreißen, und so mag denn das Weitere folgen.

Vorstehendes liegt schon einige Tage, und ich frage vor allen Dingen an: ob ihr am 2. dieses Monats auf einmal klaren Himmel bei ungewöhnlich hohem Barometerstande und scharfem Ostwind hattet, wie es wahrscheinlich ist. Diese Witterung dauerte einige Tage und ist auch heute mit jener ersten, wenn auch nicht völlig, doch einigermaßen zu vergleichen.

Alsdann sollst Du vielen Dank haben, daß Du fleißig schreibst und mich freundlich heimsuchest; besonders freuen mich Deine peripatetischen Didaskalien, wo Du aus dem Stegreife lakonisch-tüchtige Lehren austeilst. Es ist wahr: wenn man reden mag, so kann man gewiß sein, sich wiederholt zu hören.

Auch hast Du ganz recht, Dir den *Begriff* von Napoleon

nicht nehmen zu lassen; es hat uns zu viel gekostet, dahin zu gelangen, als daß wir ihn um der Hänse willen aufgeben sollten. Die »Mémoires« de Bignon sind daher interessanter für uns zu lesen. Ein ernster Diplomat, der den Helden und Herrscher zu schätzen weiß, nach dessen großen Zwecken wirkte und sich des Vergangenen und Geleisteten mit Anstand erinnert.

Gegenwärtiges diktier' ich unter dem feierlichen Glockengeläute, welches zum kirchlichen Trauerfeste ruft; es ist genug gesagt, um Dir meinen Zustand fühlbar zu machen. Auch die weimarisch-poetisch Verbündeten haben sich in dem bekannten wöchentlichen Blatte zu stiller Feier vereinigt. Ein Exemplar liegt bei; Du wirst es mit Anteil aufnehmen und lesen.

Hierauf wüßte nichts weiter zu sagen als daß ich manches Gute, Muntere, Tüchtige von Dir unablässig zu vernehmen hoffe, laß es daran nicht fehlen; Dein Flügelpferd bringt mir immer eine gute Stunde.

Und so fortan!

Weimar, den 7. März 1830. J. W. v. Goethe.

728. *An Goethe*

Berlin, 4. März 1830.

Gestern ward einmal wieder Dein »Tasso« gegeben und zwar mit einer Vollendung, wie sie nur hier möglich ist, von beiden Seiten, der Artisten und Zuschauer, wie wenn das ganze Stück neu, unverhofft, erwünscht gewesen wäre.

Den 10. Die Tage her habe nicht daran kommen können fortzufahren; nun wirst Du aus unsern Zeitungen erfahren haben, wie ich's doch nicht sagen könnte. Ich habe Leute gesprochen, die sich Tränen der Wonne rühmten; was sollte ich von mir sagen, der sich schon freut, wenn andere eine

Freude haben? Man ist wie bei sich selber, der angenehmste Besuch intimster Freunde, ich möchte die Welt umarmen. Mein Triumph an behaglicher Stelle im Orchester ist grenzenlos. Und diesen Mann, flüstert mir der Genius, kennst du, liebst du bei Leib und Leben, ja er liebt dich, und alle, die da mitsitzen und fühlen und freuen sich, da ist nicht Einer, der da weiß, was du weißt.

Das Stück wurde am Montage wieder gegeben, und ich konnte die mittlern drei Akte zugegen sein. Einer sagte: das seien einmal ganze Menschen, denen man glaubt, wofür sie sich geben. Der König soll gesagt haben, das sei einmal ein ernsthaftes Stück, das man ohne Angst und lange Weile ganz ausgenießen könne. Tragödien liebt er nicht. Besonders weiß er sich was mit der Stelle:

»Ein Feldherr ohne Heer scheint mir ein Fürst,
Der die Talente nicht um sich versammelt.«

Die Besetzung ist sehr gut. Wolffs Stelle als Tasso ist möglichst ersetzt, und wenn Er vollkommen sprach, so ist ihm Krügers Gestalt und Stimme überlegen. Alfons würdig und gut; Prinzessin ganz vorzüglich. Antonio hat das zweitemal mehr allgemein gefallen, mir gefiel er gleich. Das Stück griff ein, es fehlte kein Wort, ja ich bewundere, was Leute leisten, die regelmäßig das dummste Gewäsch lernen müssen.

Morgen führen wir Mozarts »Requiem« öffentlich auf. Es geschieht Deiner hohen Verklärten zu Ehren. Ich habe es durchgesetzt. Man wollte die Bach'sche »Passion« wieder haben und meinte, es sei ja niemand gestorben. Dagegen wurde gesagt: »Requiem« sei im schönsten Leben für Lebende gemacht. »Wer will denn sterben? Sie? Sie? Und ich auch nicht!« Also Mozarts »Requiem«, und Gott gebe eine glückliche Stunde! denn wir mußten uns der unseligen Oper wegen mit Einer großen Probe behelfen. Deine, meine Prinzessinen sind eingeladen; mich soll wundern, ob sie es merken und ihre Verhältnisse es gestatten zu assistieren.

Sonntag habe wieder Spontinis Oper »Olympia« von Anfange bis zu Ende gegen vier Stunden ausgehalten. Es ist ein Jammer, soviel auszustehn beim Genusse eines Kunstwerks, das soviel Verdienst hat, das ich nicht billige und auch nicht davon lassen kann. Was ich davon habe, ist die Erkenntnis, nicht ohne Töne leben zu können. Deine Metapher im »Tasso« vom Seidenwurme hat mich beide Male ganz durcheinander geschmolzen. Man erkennt sich selber.

Dein Brief, welcher den 8. von Weimar abgegangen, ist am 10. bei guter Vormittagszeit in meinen Händen gewesen. Dank für die Einlage! Have anima! sag' auch ich und setze hinzu:

»Ewig bleibt sie meinem Geist und Herzen,
Und so hab' auch ich sie nicht verloren.«

Es ist ein eigenes Gefühl, sich zu sagen: das wirst du nicht wiedersehn! Bei aller Resignation gegen das Vergängliche erscheint das Verlangen der Fortdauer am dringendsten, wo sich ein Faden losspinnt. Bedächte man, daß unsre Zeit in der Ewigkeit ruht, so ließe sich viel tun. Läßt man's kommen und gehn? soll man's holen und treiben? – darüber will ich mich nicht weiter verführen.

Der hiesige Barometerstand seit dem 1. dieses Monats trifft mit dem Deinigen ziemlich zusammen: wir haben bis zum 10. den schönsten Sonnenschein bei scharfem Ostwinde gehabt, von da an ist das Quecksilber mit eins auf 3 Linien unter 28 Zoll gefallen. Ich beobachte Barometer und Thermometer täglich, doch nur in Hinsicht auf meine Chorexpeditionen, deren guter Erfolg sowohl als eine gefällige Aufnahme davon abhängig ist. In der Regel bin ich immer zufriedener mit uns bei mäßiger Temperatur und sogenanntem schönen Wetter, da denn wieder ein Maß ist, damit der Saal sich nicht erhitze. Ist das alles, wie es sein soll, so geht die Musik von selber; muß man sich viel bewegen, je mehr je schlimmer! Mir tut's gleich weh.

Graf Redern hat mir ein lithographiertes Blatt seiner Facade für Dich gegeben, welches Du mit baldiger Gelegenheit erhalten wirst. Felix geht in diesen Tagen nach Wien und wünscht etwas für Dich mitzunehmen.

Wir haben hier ein künstliches Naturschauspiel, wie man's nennen will. Auf Verordnung der Polizei hat der Schnee von Straßen der Stadt mit sehr bedeutenden Kosten (ich allein mit über 30 Taler) vor die Tore müssen gefahren werden. Diese Weisheit scheint der Schnee übel aufgenommen zu haben und sendet nun seinen Inhalt in starken Strömen durch die Vorstadt und sucht sich den Weg in die Spree, so gut er ihn finden kann. Da stehn nun die Bürger und sehn das Wasser an und die Polizei, der eine lacht, der andere flucht, und das Wasser geht seinen Weg ihnen vor der Nase hin.

Gestern abend führte mich mein Weg dem Theater vorbei, ich ging hinein ohne zu wissen, was sie spielten. Es war »Emilia Galotti«. Das ist nun eine Tragödie nach den Regeln des Aristoteles. Vater und Mutter traurig, Bräutigam und Braut traurig, ein trauriger Prinz, eine abgesetzte traurige Geliebte, ein trauriger Maler, ein Scheißkerl von Marinelli – die sich und die Welt belügen. Da haben wir den *denkenden* Künstler!

Es ist Donnerstag, der 11. Das »Requiem« geht an. Lebe wohl!

729. *An Goethe*

In meinem Vorigen habe ich mich etwas naseweise über »Emilia Galotti« vernehmen lassen, und höre ich andere reden, so muß ich schweigen (wie unser Philologus Bekker, den sie den »Stummen in sieben Sprachen« nennen), weil ihnen meine tiefe Verehrung des hochwürdigen Lessing gegen mich zu Hülfe kommt. Kenne ich als Nichtkenner nun dieses Werk von Wort zu Wort von Jugend an, wie Neigung und gute Gewohnheit mich dabei erhält, so muß ich billig zu denen gehören, auf welche der Meister wirken wollen, und er wird mir mein Wort zugute halten, wie und was er mir gewirkt.

»Der denkende Künstler ist noch eins soviel wert!«

Dies Motto höre ich von 100 Zungen und finde es in Stammbüchern. Es kann sein, daß Lessing damit nicht *zuviel* sagen wollen, indem er es einem fürstlichen Kunstliebhaber in den Mund legt. Es klingt wie eine alte Gavotte, die jeder auf dem Dudelsacke spielen kann; denn was den Künstler macht, das ist der Gedanke und nicht das Denken. Verzeih, daß ich Dir so etwas schreibe; ich muß es nur einmal aus mir lossein; es macht mich bersten, dergleichen immer wieder zu hören.

Felix hat es übernommen, Dir die Façade vom Hause des Grafen Redern zu überbringen. Die Zeichnung ist von Schinkel und das Muster Dir wohl von Florenz her bekannt. Der Graf hat mich selber ersucht, Dir das Blatt zu senden, und wenn Du ihm dafür ein günstiges Wort durch mich zugehen lässest, so kommt es mir zugute, da ich sein nicht selten benötigt bin. Er ist erfreut, daß der König den »Tasso« so gut aufgenommen; auch wird der »Tasso« am Hofe gelesen, davon gesprochen – und – und – und so weiter.

Unser »Requiem« ist von schöner Wirkung gewesen; ich selber war gerührt, trotz der aufmerksamsten Beschäftigung, die allerdings not war. Spontini erstaunt jedesmal, was wir mit Einer Probe leisten, wenn Er sich 20–25 mal abarbeitet und ärgert und dennoch nicht ohne Fehler davonkommt, wiewohl seine Direktion ruhig und verständig ist. Es gibt keinen größern Fehler, als beim Einüben den guten Willen brauchbarer Leute durch Unzufriedenheit über Nebendinge zu turbieren. Der Tüchtige macht keine Fehler zweimal und vertraut mir, wie ich ihm vertraue, und so komme ich immer besser weg als mit vielen Repetitionen, die den Bessern ennuyieren, weil er mitleidet. Das Schlimmste bei uns ist der zerstreuende gesellschaftliche Zustand, da kaum ein mäßiges Haus in Berlin ist, das sich nicht selber ein Quartett besetzen könnte, und kein Wochenabend, an dem nicht zugleich in mehrern Familien alle Arten von Musiklustigen und -unlustigen versammelt wären. Nun kann man bei öffentlichen Aufführungen (die Singakademie ausgenommen) Liebhabern nichts zumuten, weil sie nicht zu gehorchen verstehn, daher muß man gute Professionisten haben, und das ist denn wieder kostbar; dann müssen diese auch wieder doppelt geschickt sein, um ältere Stücke gut zu behandeln, welches unter meiner Anführung immer noch am besten geht. Spontini hatte vor 2 Jahren im Benefizkonzerte für die Witwen der Kapellmusiker ein »Credo« vom alten Bach aufgenommen, das war zum Krepieren, denn keiner wußte, was er vor Angst greifen sollte.

Es gibt jetzt hier in Berlin wenigstens vier Liedertafeln, von denen die meinige nicht die beste ist; ich und mehrere meines Alters sind nicht totzuschlagen, und die Dazukommenden sind nicht einmal so gut, wie wir waren. Dagegen ist die zweite Liedertafel in der Tat die beste; sie besteht aus jungen Leuten mit guten Stimmen, Lieder machen sie sich dazu, und an ältern guten Liedern ist kein Mangel: ich gestehe aufrichtig, daß ich lieber hier bin als bei uns. Von den andern beiden kenne ich nur die Existenz, und es gibt vielleicht noch eine oder zwei.

Von Ostern an bin ich willens, einen Versuch mit Studenten unserer Universität zu machen, und will sehn, wie ich mit dem jungen Volke fahre; vielleicht werden sie mir lieber wie die alten Perucken, mit denen nichts anzufangen ist, weil sie um 10 Uhr ins Bette müssen. Es wird mich aber wohl wieder Geld kosten. Wer mit Studenten schmausen will, muß borgen lernen. Der Minister will mir 200 Taler geben, und wir wollen sehn, auf was Art wir sie loswerden.

Unser redliche Baßsänger Gern ist am Tage unseres »Requiem« kurz vor der Aufführung gestorben. Seine Stimme war von der Milde, Kraft und Schönheit eines Gottes. Madame Mara war bezaubert von seinen Tönen. Er war auch ein guter Schauspieler. Sein Bruder Lorenzo in »Romeo und Julie«, sein Wasserträger und so weiter: unvergleichlich! Wenn Er an der Liedertafel die »Generalbeichte« sang und die Absolution sprach, war man der Sünde ledig. Er ist 70 Jahr alt worden.

Dein Z. Berlin, den 15. März 1830.
Dienstag, heut ist der 23. — — . Z.

730. *An Goethe*

Wenn Du unsere »Evangelische Kirchenzeitung« nicht liesest, so erfahre denn, daß eine Rezension des »Briefwechsels zwischen Goethe und Schiller« durch drei Stücke derselben geht. Es freut mich an mir selber, ohne Emotion von meiner Seite, euch ganz anständig herabgechristelt zu finden, und ich irre mich schwerlich, den Absatz der 6 Bändchen sowie der seligen »Xenien« dadurch wieder flott zu sehn. Ich selber bekomme erst den rechten Appetit, die Sammlung wieder durchzukauen, und so mag es manchem werden, der noch frommer ist als ich.

Daß euer Christentum nicht von der Sorte dieser Kirchenzeitung ist, beiseite; was aber der Rezensent zur Rechtfertigung seines Urteils aus den Briefen selber häufig exzerpiert hat, gibt ihnen das vollständigste Übergewicht.

Dann habe auch Friedrich Buchholz: »Geschichte Napoleon Bonapartes« vor mir. Motto: »Nec reprehendere libet, nec laudare possum.« Woraus Du dreist auf die Ansicht schließen magst. – Auch wir loben ihn nicht und wollen ihn auch nicht loben lassen. Auch dieser Wahrheitsfreund bemüht sich, alles Große und Bewunderte seines Helden der unbändigsten Herrsch- und Ruhmsucht beizumessen, was wir denn gern glauben, da ohne Feuer nicht gut Schmieden ist; daß er überall als ungenötigter, wenigstens unerwarteter Gast sich schlecht aufgeführt habe, welches wir denn auch von Herzen bestätigen. Das Werk in 3 Bänden enthält über 2000 Oktavseiten und ist gut geschrieben. Ich habe nur das Jahr 1806 lesen wollen. Was ich zum Beispiel noch nicht kannte, ist der Brief Napoleons aus Gera vom 12. Oktober 1806 an den König, der hier in extenso abgedruckt ist. Zu den Schauspielerstreichen des Helden ist hier die Katastrophe mit dem Fürsten Hatzfeldt gerechnet, ferner das persönliche Benehmen gegen einen Mann wie unser Graf Neale. Es war ein Brief der Tochter dieses Grafen aufgefangen, der die Worte enthielt: »Napoleon will den Krieg nicht*, man muß ihn dazu zwingen.« – Ich möchte wohl die Bücher auf einem Haufen sehn, die nicht geschrieben wären und noch werden, wenn der Tyrann nicht gelebt hätte. Man wird ihn nicht los und soll noch all das Papier bezahlen! »O Ewigkeit (der Kontribution), du Donnerwort!«

Was jetzt am meisten floriert, sind die Reklamationen gegen das neue Gesangbuch. Die illuminati wollen das verschimmelte Deutsch nicht mehr mitsingen, und die Alt-

* Ich wußte damals, wer ihn nicht gewollt hat, habe es aber wieder vergessen.

glaubigen wollen die Verbesserer nicht für Poeten gelten lassen. Bunsen soll dem Könige von Rom aus geschrieben und sich für das alte Gesangbuch verwendet haben; eins seiner Argumente sei, daß mehrere Lieder des alten Gesangbuchs königliche Ahnherrn und -frauen zu Verfassern haben.

Der Papst hat unsern Geheimen Obermedizinalrat Gräfe von Neapel nach Rom zurück eingeladen, um seine Kunst an dem Statthalter Gottes zu versuchen. Nun ist mir wieder der Gedanke aufgestiegen, auch nach Rom zu gelangen und dem Heiligen Vater eine Messe zu bereiten, die des Capitoliums nicht so unwürdig sei wie das Geköch italienischer Halbmeister, die von Zeit und Vorzeit nicht wissen.

Als Gegenstück zum Eingange dieses Briefes möge die Anlage dienen und – um zu zeigen, daß meine Didaskalien (wie Du sie zu nennen beliebst) nicht immer protestierend sind. Der junge Mann ist der Schwiegersohn des Geheimen Rats Uhden. Jenen kenne ich kaum. Der Vater des Hotho war einer von uns Sieben Weisen während der 2jährigen Invasion (Mitglied des comité administratif), wodurch er auch nicht reicher geworden. Die französischen Kommissarien wollten uns nichts geben und nichts lassen. Jetzt haben wir die Not mit den Freunden und ihren – Hunden!

Dann lese ich Links »Urwelt« und ergetze mich höchlich, das heißt: ich blättre und suche mir nach den Aufschriften, was ich brauchen könnte. Freilich bin ich dabei ohne Urteil wie ohne Vorurteil, da ich keine Vorkenntnis herzubringe; sonst müßte ich gestehn, es wäre mit der Urwelt wie mit der Urmusik: einer weiß soviel wie der andere, und was ich nicht wußte, weiß ich nicht. Es ist aber angenehm, einen heitern Gesellschafter, den man wöchentlich einmal persönlich, in Kenntnissen schwelgend, genießt, aus seinen Schriften zu kennen, die wie ein Hut auf seinem Kopfe passen; denn ich hatte noch nichts von ihm gelesen. Trotz seines Antiberlinismus ist er bereits so verberlinert, daß ich nicht wüßte, wo er sich besser befinden sollte. Ihn in Opposition zu genießen mit v. Buch und Rudolphi, ist mir ein echtes Trio. Umsicht, Leichtsinn, Schalkheit – Gravität, Wissensstolz – kontrafagottische Derbheit haben mir manchen guten Abend geschafft. Was mich betrübt, ist, daß Rudolphi wie der Tag vergeht und (nun es zu spät ist) alle Gesellschaften meidet. Er verdient sehr viel Geld, das er alles zu den schätzbarsten Sammlungen verwendet.

Freitag, 26. März 1830. Felix, der die nächsten Tage von hier abreiset, bringt Dir dies Blatt und die Façade des Graf Redernschen Hauses. Lebe wohl!

Dein

Z.

[Beilage]

Hochzuverehrender Herr Professor!
Als einem alten bewährten Freunde Goethes und als einem Bewundrer auch seiner neusten Werke ist es Ew. Wohlgeboren vielleicht nicht unerfreulich, eine anerkennende und bewundernde Stimme der Kritik zu vernehmen.

»Denn ein freundlich Anerkennen
Ist des Alters zweite Jugend.«

In diesem Sinne bin ich so frei, Ihnen beifolgend einen Abdruck der auf Vorschlag der hiesigen »Sozietät für wissenschaftliche Kritik« von mir übernommenen Anzeige der neuesten Goethe'schen »Wanderjahre« zu freundlicher Teilnahme zu übersenden. Es würde mir zu großer Freude gereichen, wenn manche darin geäußerte Ansicht auch mit Ihrem Urteil in Einklang stände. Denn indem ich die Absicht hege, in einem größeren Werke in ähnlicher Weise, wennzwar tiefer begründend, den ganzen Kreis der Goethe'schen poetischen Schriften zu durchschreiten, kann ich mir ein Gelingen dieses Plans nur unter der Voraussetzung vorstellen, in Hauptpunkten mit den Einsichtigen und Kräftigen der Zeit zusammenzustimmen.

Mit vollkommenster Hochachtung unterzeichne ich mich als

Ew. Wohlgeboren

ergebenster Diener und Verehrer

Berlin, den 18. März 1830. H. G. Hotho.

Empfangen Sie, verehrter Herr Kollege, meinen besten Dank für die Sendung Ihrer Blätter aus den »Jahrbüchern für die wissenschaftliche Kritik« in Beziehung auf Goethes neueste Gabe.

Wenn ich schon hoch interessiert bin, von diesem Freunde und über ihn zu vernehmen, was es auch sei (da ich nicht zu jung bin, um mir die verschiedenste Meinung an ihren Ort zu legen), so ist es eine Herzensfreude, ihn im hohen Alter fortlebend, von nachlebender Jugend unverkannt, angeeignet und die Verstockung still umgangen zu sehn, worin sich eine gewisse Altjunggesellenschaft gefällt, die vom Schönsten das noch Schönere fordert und von Schmeichlern spricht, indem sie sich selber schmeichelt, *nicht* zu schmeicheln.

Spaßhaft genug, die stolzen Kutschen hinter der neuen Generation zurückebleiben zu sehn, da sie doch nachmüssen, um sich auf der Station am Residuum zu restaurieren. Mit Hochachtung und Freundschaft

Berlin, 21. März 1830. Zelter.

Fahre ja fleißig fort, mein Teuerster, an mich niederzuschreiben, was Du sonst niemand sagen magst, auch was Deine Zustände und Umgebungen mir deutlich macht. Sehr hat es mich gefreut, daß Du Dein Bedürfnis nach Tönen aussprichst; was aus Dir selbst herausquillt, willst Du auch von außen vernehmen. Eins fordert das andere, und nur in solchen Mitteilungen besteht der wahre Genuß. Bei mir ist das Auge vorwaltend, und ich ergötze mich höchlich, wenn mir gelingt, in Auktionen und von Kunsthändlern irgendein Kupfer, Radierung oder Zeichnung zu erlangen; freilich muß es aus älterer Zeit sein, denn die Neuern bringen uns auf ein- oder die andere Weise meist in Verzweiflung.

Ein herrliches Werk, wenn es vollendet ist, wird Toschis »Kreuzführung« nach Raphael. Es ist in Berlin gewiß mehrfach darauf unterzeichnet; ich besitze zwei Probedrücke, welche schon das Beste teilweise geben und das Beste im Ganzen zusichern. Versäume nicht, darnach zu fragen; das Original ist das herrlichste Werk und die Nachbildung desselben höchst würdig.

Unschätzbar, in einem mindern Genre, aber innerhalb dieses Kreises auf das liebenswürdigste gelungen, sind die zwei Hefte Neureuthers bildlich-musikalischer Kompositionen zur Seite meiner Balladen. Sie sind längst im Handel und sollten auch schon zu euch gekommen sein.

Dem altgegründeten Musiker wie dem wohlfundierten Poeten geht es denn doch in der neuern Zeit wie dem Zauberlehrling:

»Die ich rief, die Geister,
Werd' ich nun nicht los.«

Ich habe nun noch eine besondere Qual, daß gute, wohlwollende, verständige Menschen meine Gedichte auslegen wollen und dazu die specialissima, wobei und woran sie entstanden seien, zu eigentlichster Einsicht unentbehrlich halten, anstatt daß sie zufrieden sein sollten, daß ihnen irgendeiner das Speziale so ins Allgemeine emporgehoben, damit sie es wieder in ihre eigene Spezialität ohne weiteres aufnehmen können. – Doch fällt mir ein, daß auch manchmal etwas Anmutiges aus solchem Bestreben nach Partikularitäten entspringen kann.

Eine geistreiche Dame sagte mir bei Gelegenheit jener leidenschaftlichen Elegie, die Du mir so anmutig in meinen schlechten Zuständen vorlasest: »Ich möchte dem Frauenzimmer, das diese Elegie veranlaßt hat, irgend etwas zuliebe tun, um meinen Anteil an einem so liebevollen Gedicht auszudrücken.«

Dein reines eignes Verhältnis zu »Emilie Galotti« soll Dir nicht verkümmert werden. Zu seiner Zeit stieg dieses Stück wie die Insel Delos aus der Gottsched-Gellert-Weissischen pp. Wasserflut, um eine kreisende Göttin barmherzig aufzunehmen. Wir jungen Leute ermutigten uns daran und wurden deshalb Lessing viel schuldig.

Auf dem jetzigen Grade der Kultur kann es nicht mehr wirksam sein. Untersuchen wir's genau, so haben wir davor den Respekt wie vor einer Mumie, die uns von alter hoher Würde des Aufbewahrten ein Zeugnis gibt.

Nun aber möcht' ich Dich in Versuchung führen und Dir das Lesen eines Büchleins, von dem Du schon gehört hast, zumuten: »L'âne mort et la femme guillotinée«. Die muntern talentvollen junge Franzosen glauben dem leidigen Genre der grausam-widerwärtigen Schauspiele und Romane dadurch ein Ziel zu setzen, daß sie solche geistreich noch übertreiben. Hiebei merken sie nicht, daß sie den Geschmack des Publikums an dergleichen Produktionen immer vermehren und ein lebhafteres Bedürfnis darnach erregen.

Weiter sag' ich nichts, als daß ich hoffe, Du wirst nach gelesenem diesem Bändchen Dein wildes Berlin ganz idyllisch finden.

And so for ever!

Weimar, den 27. März 1830. G.

Hinzufügen aber muß ich noch die Bitte: Du mögest, wenn ich auch manchmal schweige, doch immer hübsch fleißig zu schreiben nicht unterlassen. Ich habe noch einige Haupt- und Nebenlasten fortzuschleppen, die ich unter ein paar Monaten nicht an Ort und Stelle bringe, deshalb meine Gedanken zu dem besten Freunde in der Ferne zu wenden nicht immer fähig bin.

Die Korrespondenz von 1828 ist abgeschrieben; Deine Originale erhältst Du zunächst; sende sodann das Jahr 1829 und sorge, daß das laufende 1830 hübsch reich werde, damit unser Briefwechsel dereinst nicht endige wie der Schillerische: dem Rhein gleich sich im gemeinen Sande des Tags verlierend.

Hiemit noch die freundlichsten Grüße an Felix, den du mir ankündigst. Ich sage meiner Umgebung nichts, damit die Freude, ihn wiederzusehen, durch Überraschung noch gesteigert werde.

Wie immer und überall

Weimar, den 27. März 1830. G.

732. *An Goethe*

Eine wiedergeborne Bearbeitung von Shakespeares »Julius Cäsar« in vier Akten von Dr. Förster habe zweimal gesehn. Die letzte Vorstellung war nicht sehr besucht, was sich durch

Demoiselle Sontag entschuldigen ließe, auf welche aller Augen warten. Wer das Stück in Szene gesetzt hat, den will ich nicht loben. Lange Zwischenakte wegen mühsamer Aufstellung neuer Dekorationen und andere Ungeschicklichkeiten sind mir verdrießlich gewesen.

Cäsar, auf prächtigem Triumphwagen von Sklaven gezogen, stolziert bis inmitten der Bühne. Von dieser Höhe schreit er: »Calpurnia! Antonius!« als ob's gälte, eine Kuh zu belegen. Da er nun mit seinem Wagen weder vor- noch seitwärts kann, um abzusteigen, so muß sich der große Cäsar retrogradierend bis in die Kulisse zurückzopfen lassen. Mir ist es beide Male abgeschmackt vorgekommen. Während des Triumphzuges singt das Volk meine Melodie der Worte: »Gallias Caesar subegit, Nicomedes Caesarem« etc. Dabei sieht das Geschmeiß, das sich kurz vorher so lausig mausig machte, so fromm aus, als ob sie einen Bittgang täten. Was das Orchester dazwischen pfeift und fiedelt, habe nicht erraten können; ob ich mich hierüber ärgern oder mich freuen soll, meinen Suetonius besser zu verstehn als diese Römer, weiß ich auch nicht. Eine Frau fragte mich, was da oben gesungen würde. – Ich wollte es ihrem Manne sagen, der nicht bei der Hand war. – Sie sei so verschwiegen wie Catos Tochter. – Da hätte ich müssen von hinten antworten (wie einer, der von seiner Reise versicherte, er habe rücklings im Wagen gesessen und nichts bemerkt). Kurz, ich mußte sagen, was Casca vom Cicero: sie sangen – Griechisch.* Keiner schien einen Begriff des Stücks zu haben, und keiner kann das Maul halten. Cäsar schreit wie ein Auktionskommissarius, Brutus schreit, Cassius, Antonius, Casca, alle schreien, als wenn sie zu zeigen hätten, wieviele Meilen und saecula sie von der Sache ab sind. Solch ein Cäsar

* Ob wohl ein englischer Ausleger den besondern Sinn dieser Worte: *»Ja, der – sprach Griechisch, mir war es Griechisch«* angedeutet hat? Umsonst kann es nicht dastehn. Wieland, sonst doch nicht maulfaul, ist stumm darüber.

verdient den Tod! »Ich *will* nicht kommen!« brüllt er so überlaut, daß sie ihn nach 2000 Jahren noch umbringen. Kein Period kommt rund heraus, alles geschrotet, zerstückelt, soviel Atemzüge als Worte, und kommen nicht vom Flecke, und (was Du unglaublich finden magst) es sind die nämlichen Leute, die ich im »Tasso« mit Lob und Dank gesehn und gehört.

Dem allen zum Trotz ist mir ein neues Verdienst unseres Dichters vor Augen getreten: in diesem Stücke Frauen notwendig zu beschäftigen. Porcia, die mit ihrem Geheimnisse im Herzen wie eine Kreißende erscheint, Calpurnia ebenso und doch anders, und so echt republikanisch und tragisch und gut dargestellt.

Mit den Auslegern unseres Dichters will es mir auch nicht gelingen, man könnte ganz konfuse werden. Voß behauptet geradezu: das Stück müsse nicht »Julius Cäsar«, sondern »Brutus« heißen; Brutus, dieser letzte Römer und Liebling des Dichters, sei die Hauptperson, sein Tod beschließe ja auch das Stück, und so weiter. Ich kann nur mit Cornelien (in Corneilles »Pompée«) ausrufen: »O ciel, que de vertus vous me faites haïr!« So fühle ich *meinen* Cäsar als den der Dichter menschlich groß und gut bis zum Tode und die Verschwörung gegen ihn als unsinnig bis in ihrer letzten Folge darstellen wollen, indem er den Helden selber nach dem Tode als würdig erscheinen und dessen Gegner in Verzweiflung enden läßt.

Was Shakespeare hier noch einmal bewundernswürdig macht, ist, daß er als *englischer* Dichter kein Merkmal gibt, seine Freiheitsmänner in ein vorteilhafteres Licht zu stellen: Cassius macht hohle Hände, Casca ist ein plumper Geselle, wie ihn Brutus nennt, und ebendieser Brutus ist kein starker Mann und ein falscher Freund – ob Roms oder Cäsars, das ist gleichviel.

Da lob' ich mir den Voltaire; der hält nur sich selber für

einen ganz andern Kerl als Shakespeare, und wer will das leugnen! Aber Voltaire hat den »Julius Cäsar« spielen gesehn; Monsieur Voltaire kam, sah und – ward besiegt: angezogen, ergriffen, festgehalten, gerührt, woran der Franzose gar nicht gedacht hatte.

Ein Mann, der hinter mir saß, sagte: »Wäre nur Cäsar heute nicht aufs Kapitol gegangen!« Ich hätte gern über die Einfalt gelacht, es wollte nicht gelingen, im Tiefsten fühlte ich mich selber so. Nun frage einer: wer ist die Hauptperson!

Man hat gesagt, Napoleon habe mit Dir über Julius Cäsars Tod gesprochen; das könntest Du mich wohl wissen lassen, wenigstens behalte es nicht bei Dir.

Du magst wohl den Voltaire nicht bei der Hand haben, und da noch Platz ist, will ich mir das Vergnügen nicht versagen, seine eigene Worte herzuschreiben:

»J'ai vu jouer le ›César‹ de Shakespeare, et j'avoue que dès la première scène, quand j'entendis le tribun reprocher à la populace de Rome son ingratitude envers Pompée et son attchement à César, vainqueur de Pompée, je commençai à être intéressé, à être ému. Je ne vis ensuite aucun conjuré sur la scène qui ne me donnât de la curiosité, et malgré tant de disparates ridicules, je sentis que la pièce m'attachoit.« etc. etc.

Das Papier liegt schon manchen Tag. Eben jetzt, Dienstag, 30. März, kommt Dein Brief vom 27. dieses. Einen Brief an Dich hat Felix schon 8 Tage und die Zeichnung vom Hause des Grafen Redern. Nun liegt Felix nieder und hat die Masern. Lebe wohl!

Dein

Z.

733. *An Goethe*

Es kommt mir doch immer mehr zu Hause, daß ich dem vielbesprochenen Rossini nichts abzubitten habe, denn er insinuiert sich gegen allen Widerspruch nach und nach auch bei uns, daß man kaum noch hinhört, wenn er getadelt wird. Die Vorwürfe gegen ein- oder anderes seiner Stücke sind freilich nicht ohne; man braucht ihm aber auch nichts zu schenken, er weiß es keinen Dank. Ehe man's denkt, tritt etwas aus ihm hervor, wie Duft aus einer unscheinbaren Blume, das sich als Musik eher empfinden als aussprechen ließe, da es weder nach Holz und Metall noch Fleisch und Bein wittert.

So wurde vorige Woche sein »Othello« gegeben. Mademoiselle Sontag betrat darin zum ersten Male als Desdemona das große Operntheater. Habe ich Dir schon manches Gute von ihr gesagt, so brauch' ich nichts zurückzunehmen; was sie gut gemacht hat, habe ich nicht besser gehört, und Schlechtes ist in ihrem Wesen nicht vorhanden, sie würde umsonst danach greifen. Was ihr aber ganz besonders gelingt, ist, wie sie ihre natürliche volubile Singart mit den verschiedenen Graden der Leidenschaft so anmutig in dieser Rolle und dem freisten Spiele zu vereinen weiß, daß man zugleich erstaunt und gerührt und ergetzt ist. Und ich meine, was ich sage. Wenn ihre Stimme nicht die allerschönste ist, welche ich gekannt, so ist sie rein, ohne Harz, ohne Phlegma, und daher so ihrem Wesen und Willen gehorsam, daß sie stets das Rechte tut. Auch ihr Mund ist nicht der schönste, doch hört man keine Zunge, sie spricht mit den Lippen so klar, daß man der Worte nicht bedarf. In Summa: alles an ihr von Kopf bis zum Fuße, selbst ihr Anzug, ist Gesang.

Heut ist Ostern, und da ich in der Zwischenzeit zwei Passionsmusiken, am Palmsonntage (zum Besten unserer

Amortisationsbaukasse) und am Karfreitage (für meinen Keller, der voll Wasser ist), aufgeführt habe, so hat es an Arbeit nicht gefehlt. Ich habe damit zwei Teile meines guten Berlin nach Vermögen befriedigen wollen, indem ich zwei echt deutsche religiose Komponisten aus gleicher Zeit in einer Woche nebeneinander auftreten lassen: Johann Sebastian Bach, den sie hier mit Calderon, und Karl Heinrich Graun, den seine Freunde mit Tasso vergleichen wollen. Beide Aufführungen hatten, jede im ganzen, ihr besonderes Publikum. Der »Tod Jesu« ist besonders denen wert, die am Karfreitage zum Abendmahle gewesen, und die Bach'sche »Passion« zieht solche an, welche sich etwas mehr zugeben, als die Menge zugesteht; diesen hätte ich zeigen mögen, wie sich zwei originale deutsche Talente gegeneinander verhalten, von denen der letzte ganz nach italienischen Mustern gebildet, ja meistens nach italienischen Worten gearbeitet, der erste aber nie aus Deutschland gekommen und (meines Wissens) kein italienisches Stück gesetzt hat, die sich naturgemäß der eine durch Tiefe und der andere [durch] Klarheit unterscheiden, wie sie durch Fruchtbarkeit einander gleichen, beide aber im Punkte der Kantilena da wo sie allgemein ansprechen, auch echt italienisch, das ist: natürlich sind.

Gestern nun, nachdem ich den ältesten, 90jährigen Freund zum Grabe begleitet hatte, bin ich sogleich nach Mozarts »Figaro« gegangen und habe die scharmante Sontag als Susanne vollkommen heiter, geistreich und liebenswürdig gefunden. Denkst Du nun, daß ich ihr etwas zugebe, so wisse, daß ich sie, seitdem sie hier ist, noch nicht gesprochen habe, weil ich verlange, daß Sie mich spreche, da sie Mitglied der Singakademie ist. Das arme Wesen aber weiß sich nicht zu retten vor grauen, alten, schalen Gesellen, die sie umschwärmen und beschenken, und ich selbst hätte auch nicht gewußt, wo ich die Zeit hernähme, sie außer Repetitionen, welche ich nicht besuche, und Vorstellungen, die ich selten von Anfang sehe, zu finden, wiewohl sie mir ganz nahe wohnt. Als Susanne hat sie mich auch darum entzückt, weil ihr Naturell das errät, was diese Oper nach meinem Gefühl von Mozarts übrigen Werken unterscheidet: den Stil der Intrige in der Musik. Man findet diesen Stil auch wohl in einzelnen andern Stücken irgendeines italienischen Komponisten (Cimarosa, auch Grétry und andere), hier aber fängt dieser Stil schon mit der Sinfonie an und geht durch die ganze Handlung, und das kommt mir neu vor.

Felix hatte von mir einen Brief an Dich bekommen und ist krank hier geblieben; ich hatte ihm aufgetragen, diesen Brief an Dich abgehn zu lassen, und hoffe, es wird geschehen sein. Hier sagt man, Dein Sohn August gehe mit Eckermann nach Italien, und ich wünsche ihm eine glückliche Überkunft, schöne Tage und einen Ausbruch des Vesuv. Mein alter Gönner, der Großherzog von Darmstadt, ist auch zu seinen Vätern gegangen, und hier erwarte ich auch noch stündlich das Ende eines alten tüchtigen Freundes, des Generals der Artillerie *v. Brockhausen*, der dem Napoleon eine Division so zusammengeschossen hat, daß Napoleon soll ausgerufen haben: »Welcher Teufel von Preußen kommandiert denn diese Batterie?« Er wollte keinen Arzt, und man hatte dennoch einen kommen lassen, den er kannte. »Was haben Sie denn gemacht, alter Herr?« sagte der Doktor. – »Ich habe wenigstens 80 Eier gegessen!« war die Antwort. – »Nun, wenn das wahr ist, so ist es sehr ungeschickt!« – »Ungeschickt? Ich bin 80 Jahre alt, was ist denn das: alle Jahr Ein Ei? Und was Sie mir verschreiben, wird mir keinen Appetit machen.« Lebe wohl!

Dein

Z.

Ostermontag 1830. Die Briefe vom Jahre 1828 kommen eben zurück; mit künftiger Woche werde die folgenden senden.

Mein alter v. Brockhausen ist verschieden.

734. *An Goethe*

Schilt mir ja die guten Menschen nicht, welche nicht nachlassen, Deine Gedichte auszulegen; ich gehöre selber dazu und wirble mir manchen Vers so lange zwischen den Fingern der Divination, bis ich darüber wohl selber zu einem eignen Gedanken komme, den ich nicht gesucht hätte. Tust doch Du das gleiche und spürst der Natur nach, mit Teleskop und Mikroskop, Magnet und Lupe in Händen, und kannst nicht ruhn. Mit dem Verstehn und Begreifen weiß ich nicht, wie es andere machen. Was mir gefällt, mag ich gern für wahr halten; es ist meine eigene Gesinnung, und ich werde nur neidisch, sie vom andern zuerst ausgesprochen zu finden. Die Elegie, welche (wie Du mir schmeichelst) ich Dir prima vista zu Dank vorgelesen habe, lese ich nun, da sie gedruckt ist, immer wieder und suche mir das Terrain, die Umgebung, das Zimmer, ja den Stuhl zu vergegenwärtigen. Das Mädchen war nachher in Berlin. In einer Gesellschaft sah ich ein anziehendes Frauenzimmer, die ich für die Deine hielt. Ich hatte schon den Vers auf der Zunge, womit ich mich ihr zu erkennen geben wollte: »Ja, du bist wohl an Iris zu vergleichen!«, als ich ihren Namen nennen hörte und aus meinem Traume erwachte.

Freitag abend, 16. April 1830. Eben komme ich wieder aus Rossinis »Othello«, wohin mich Spontini im Wagen abgeholt hat. Auch dieser ist (wie alle Kritiker) ganz und gar dagegen. Er behauptet, es wären kaum *sechs* Takte in der ganzen Oper der Handlung angemessen: ein Charivari, ein

Galimathias ohne Würde, Kraft, Sinn und was alles. Zu seiner Rechtfertigung hatte ich eben Shakespeares »Othello« wieder ganz durchgelesen, um mir die grausame Wirkung der Eifersucht in einer moralischen Depolarität zu entdecken – doch die Gegner des armen Rossini zu widerlegen vermag ich nicht, wie ich denn ein gehorsames Stillschweigen beobachte. Die Sache an sich ist in der Tat sonderbar. Die Handlung auf dem Theater geht ihren Gang, wiewohl singend; so geht auch das Orchester wie für sich, nur daß von Zeit zu Zeit die beiden Elemente bald anziehend, bald abstoßend interessiert sind, wie an einem Feiertage die verschiedensten Pläsiers der Menschenwelt ganz homogen neben-, durcheinander und umeinander herumgehn und vergnügend sein *müssen*, denn es ist Feiertag. Kurz und gut: ich kann's nicht schelten, und wenn ich's noch einmal mitmachen müßte; ja, wenn das unsinnigste Schauspiel, die Oper mit Gesang, Tanz und Freud' und Ernst, sein eigene Stelle haben soll, so ist Rossini ein geborner Opernmann für mich allein, denn ich habe mich ergetzt, und – wider ihren Willen die andern alle. Das Klatschen, Schreien und Rufen wollte nicht enden, und das Haus war voll und toll. Daß Rossini endlich ein Mann von Genie ist, darüber bin ich mit ihm selber einig, und das Handwerk versteht er auch.

Lebe wohl! Es ist schon wieder Sonnabend. Dein Z.

Die Briefe vom vorigen Jahre sind doch wohl bei Dir angelangt?

735. *An Goethe*

Sonntag abend, 18. April 1830.

Audiatur et altera pars. Da sich zu allem Zeit finden muß, so habe eben einmal wieder eine Predigt gehört. Ein ehemaliger katholischer Geistlicher hat sich, verfolgt, hieher gezogen und ist Prediger bei unsern Böhmischen Brüdern worden, da er denn aller Welt Beifall hat; so komme ich aus der Böhmischen Kirche. Verstehe ich nicht alles zu prüfen und könnte auch nicht alles behalten, so habe doch einmal hinhorchen wollen und hätte in den zwei Stunden leicht was Schlimmres tun können. Dieser Prediger heißt *Goßner* und benimmt sich wie ein kluger Mann; denn er hatte ein wohlgewähltes Hauptlied nach doppelten Nummern des alten Porst'schen und des neuen strittigen Gesangbuchs (unter gleicher Melodie) an die Tafel zeichnen lassen, und die Sache machte sich ganz eben, ohne Anstoß, ja versöhnend. Das Motiv der Predigt war aus der Geschichte *Josephs und seiner Brüder* genommen und konzentrierte sich auf das Wort: »Das haben wir an unserm Bruder verschuldet.« Dabei ward die Geschichte anziehend kommentiert. Der Mann kann 45 Jahre alt sein; er hat Stimme, Ton, Suade, Dialekt, Zuversicht. Was er spricht, kommt von innen heraus, es ist nicht angeworfen; man kennt alles, aber man hat es *so* noch nicht gehört. Das Ganze hätte können kürzer sein, aber es fehlte nicht an Geniestellen und war nicht langweilig; ohne Zorn, ohne Bombast und nicht ohne Glut. Wäre es nicht ein Weilchen her, daß ich *keine* Predigt gehört, so könnte ich sagen: ich habe seit langer Zeit keine so *gute* Predigt gehört. – Da ward aus Morgen und Abend Ein Tag.

Montag früh. Der Frühling naht mit eigener Sehnsucht. Das eine Fenster meiner Eckstube geht über den Festungsgraben hin in den artigen Universitätspark. Hier steh' ich und denke mir Dich an Deinem Gartenfenster und warte, wie sich nach dem warmen Regen der vorigen Woche stündlich ein Blättchen mehr ungeduldig auftut, uns durch die dunkeln Zweige anzulächeln. Ein 80 Fuß hoher Kastanienbaum will dem Ganzen voranstehn, und verspricht, binnen acht Tagen, mit seinem neuen grünen Kleide angetan, mir die Nachmittagssonne an meinem Klaviere zu mildern.

»Apropos Tübingen«: Madame Milder ist auf ihrer Reise nach Petersburg Reval passiert und hat den 80. Geburtstag unserer Elisabeth Mara feiern helfen. Diese alte Nachtigall schlägt auch noch und kann's nicht lassen; sie gibt Unterricht im Singen und hält ihr mir gegebenes Wort: »Ich sterbe, wenn ich nicht mehr singe.«

Fürst Radziwill ist angekommen und hat mir den schönsten Schnupftabak mitgebracht. Er ließ sich die Schiller'schen Briefe ausbitten, ich besitze nur die ersten Bände; in einem der letzten, sagt man, glänze ich wie ein päpstlicher Bullenmann. Er mag sie sich kaufen; hast Du aber noch ein vollständiges Exemplar, so schenke es

Deinem Z.

Du willst ja, daß ich schreibe; so nimm auch vorlieb mit dem verrückten Zeuge.

736. *An Zelter*

Es fehlt Deinen sämtlichen Briefen zwar nicht an Liebenswürdigkeit im besten Sinne, der vorletzte jedoch tut sich an besonderer Anmut hervor. Gründliche Kenntnis, die sich am glücklichsten Talent erfreut und durch ein innres Wohlwollen mit dem größten Behagen begünstigt wird, druckt sich so rein und schön darin aus, daß ich wünschen muß, Du erlaubtest, einige Stellen im »Chaos« abdrucken zu lassen. Es ist ganz allein mein Wunsch und Trieb, Ottilie weiß noch nichts davon.

Dein Zugeständnis zu beschleunigen, schicke ich hier eine Abschrift, auf gebrochenes Blatt geschrieben, damit Du das Fragliche überschauest, auch vielleicht nach Befund ab- oder zutust.

Eiligst sage noch, daß die Briefe von 1829 angekommen sind, daß ich Dir Geduld wünsche, die Urteile Deiner Umgebung zu ertragen, daß ich an Hotho ein freundlich Blatt geschrieben, wie er es gar wohl verdient, daß Du dem Herrn Grafen Röder für den Steindruck dankest und ihm versicherst, daß ich nichts mehr wünschte, als das lebhafte Berlin vor so einem ernsten Werke vorüberwandeln zu sehen. Wie steht es mit Felix? hat er sich erholt, um uns bald zu entzücken?

Eiligstes Lebewohl!

Weimar, den 21. April 1830. J. W. v. Goethe.

737. *An Goethe*

In unserer Zeitung steht folgendes als *Berichtigung* (aus der Hallischen »Allgemeinen Literaturzeitung«) abgedruckt:

»Die Zueignungsschrift des Herrn v. Goethe an Seine Majestät den König von Bayern vor dem letzten Teil seines von ihm herausgegebenen Briefwechsels mit Schiller enthält einen mittelbaren Vorwurf für die Fürsten Deutschlands, welche Zeitgenossen Schillers waren: daß nämlich letzterer keinen Beschützer unter ihnen gefunden habe, durch dessen Gunst ihm das Leben erheitert, dem Vaterlande aber seine Geistestätigkeit länger erhalten worden wäre. Um diesen Vorwurf wenigstens von Seiner Majestät dem Könige von Preußen, meinem allergnädigsten Herrn, abzuwenden, und in einem Gefühle, das alle meine Landsleute mit mir teilen werden, wage ich es, die amtlich nur mir bekannte *Tatsache* zu allgemeiner Kenntnis zu bringen: daß unser allerteuerster König Schillern, als dieser den Wunsch geäußert hatte, sich in Berlin niederzulassen, und deshalb nach Potsdam gekommen war, aus Allerhöchsteigner Bewegung ein Gnadengehalt von jährlich 3000 rh. nebst freiem

Gebrauch einer Hofequipage* zugesichert hatte. Nur dessen nachher erfolgte Krankheit und frühzeitiger Tod haben den großmütigen Monarchen und unser engeres Vaterland um den Vorzug gebracht, in Schiller einen ausgezeichneten Preußen mehr zu zählen.

Berlin, den 27. März 1830. v. Beyme.«

Die Sache war freilich auch mir und wem noch, wenn auch nicht amtlich, bekannt, und will ich nur zu Ehren meines teuern Gönners, des damals Geheimen Kabinettsrats Beyme bezeugen, daß Er die Sache Schillers mit Eifer in Antrag und zum Spruche gebracht hat. Es fehlte aber auch nicht an Hindernissen. Den Herren von der Gilde kniffen die »Xenien« noch in akademischen Kaldaunen. Hufeland und Fichte, rechtschaffen und brav, waren noch ohne Wurzel. Schiller war beachtet und Kotzebue gelesen, genossen, wiederholt. Der gute Wille sollte schon die Tat sein; Schiller sollte das alles *zu* gute behalten (schlechtweg *gut* wäre ihm wohl lieber gewesen!), und unterdessen das Gras wächst – nun, den Spruch kennt man ja wohl.

Wer mag denn jetzt eine Vorstellung haben von der politisch-poetisch-prophetischen Anarchie jener Zeit – der »Jungfrau von Orléans«! Dabei war jeder einzelne dem einzelnen verdächtig, und wenn Männer wie Johannes Müller anziehend und abstoßend zugleich erschienen, wem hätte man noch vertrauen sollen! Auch der alles vermögende Beyme: da er den Krieg nicht wollte, wollte man Ihn nicht; bis sich alles unter Allerhöchster Aufsicht wie von selber gefügt. Soli Deo gloria!

* Ein reicher Mann warf einem Dichter, der seines Weges ging, mit den Worten: »Da nimm!« ein Bankozettelchen von Wert zum Fenster heraus, das sogleich vom Winde hinweggeführt ward. »Danke schön, wenn ich's kriege!« rief der Poet. »Aus den Wolken muß es fallen, Aus der Götter Schoß, das Glück, Und der mächtigste von allen Herrschern ist der Augenblick.« Dies und die »Teilung der Erde« von Schiller habe zu seiner Zeit unter bittern Tränen in Noten gesetzt.

Da Du ja wohl unsere Zeitung siehst, so hätte dies alles ungeschrieben bleiben können; es stehe aber, wie es steht, wenn auch nur, damit nicht Beymes Verdienst um Schiller schon heut nicht mehr erkannt sei. O vanitas! vanitatum vanitas!

Vorgestern im Theater »Don Juan«. Es entstand eine Szene in der Szene: eine unserer ersten Sängerinnen fiel schon im ersten Akte mitten im Singen ohnmächtig hin, und der Vorhang mußte niedergelassen werden. Diese sonst brave Frau ist von so unglücklicher Leidenschaft geplagt, ja besessen (denn dabei ist sie schön dick und fett), daß sie die Grenzen des öffentlichen Anstandes übertritt. Sie hatte die Rolle der Donna Anna der viel jüngern Demoiselle Sontag abgeben müssen, und das scheint die Ursache ihres Erkrampfens gewesen zu sein. Schon früher ließ sich fürchten, daß die Ausbrüche ihrer Launen einmal das laute Mißfallen des (ihr sonst wohlwollenden) Publikums offenbaren könnten, und das ist (nicht ohne Eklat) nicht ausgeblieben. Vielleicht, daß dieser Vorfall ihr zur Besinnung verhilft, wenn nicht unzeitiges Mitleid unberufener Glattmacher sie um alle Gunst bringt. Sie ist eine Aurelie, wie sie leibt und lebt, ohne darum mehr zu sein.

Da kommt eben die Zeitung – da siehe Du zu!

Donnerstag früh, 22. April 1830. Z.

738. *An Goethe*

Sonnabend, den 24. April 1830. Deinen allerliebsten Brief vom 21. dieses erhalte ich soeben, und obgleich einer an Dich auf dem Wege ist, so will ich nur sogleich antworten. Er hat mich erschreckt und (soll ich es sagen?) in den Himmel entzückt.

Stelle Dir meine Verwunderung vor, indem ich sogleich

(es waren Leute bei mir) den von reinlichster Hand geschriebenen Auszug lese: »Schwerenot, wie kommt der Kerl zu solchen Gedanken!« und endlich innewerde, was ich mir kaum getraue auszusprechen.

Hätte ich sogleich und zuerst den Brief gelesen, so wäre das Geheimnis offenbar genug, und dann habe ich den Kopf voll Zehnerlei. Da soll, und zwar schon den nächsten Mittwoch, Haydns »Schöpfung« in der Garnisonkirche zu milden Zwecken aufgeführt werden, und das soll denn mit Schnellpost, als wenn man gar nichts zu tun hätte, zu gehöriger Zeit imstande sein; ob's die Räder und Pferde aushalten, danach fragt niemand.

Des Königs Schwester, die Kurfürstin von Hessen, ist angekommen, Mademoiselle Sontag will auch fort und Geld verdienen, und da muß alles daran, was Beine hat.

Lebe wohl! Der Auszug steht ganz zu Deiner Disposition, und was Du daraus frei geben willst, heiße ich ohne Anfrage gut. Was die leere Klammer ausfüllen sollte, wüßte ich in der Tat nicht zu nennen.

Dein

Z.

739. *An Zelter*

Auf das Publikandum habe nichts zu erwidern. Leider erneuert sich dabei der alte Schmerz, daß man diesen vorzüglichsten Mann bis in sein fünfundvierzigstes Jahr sich selbst, dem Herzog von Weimar und seinem Verleger überließ, wodurch ihm eine zwar mäßige, aber doch immer beschränkte Existenz gesichert war, und ihm erst einen breitern Zustand anzubieten dachte, der ihm früher nicht einmal gemäß gewesen wäre, nun aber gar nicht mehr in Erfüllung gehen konnte.

Hiebei werd' ich veranlaßt, Dir etwas Wunderliches zu

vermelden und zu vertrauen: daß ich nämlich nach einer schnellen strengen Resolution alles Zeitungslesen abgeschafft habe und mich mit dem begnüge, was mir das gesellige Leben überliefern will. Dieses ist von der größten Wichtigkeit. Denn genau besehen ist es von Privatleuten doch nur eine Philisterei, wenn wir demjenigen zuviel Anteil schenken, was uns nichts angeht.

Seit den sechs Wochen, daß ich die sämtlichen französischen und deutschen Zeitungen unter ihrem Kreuzband liegen lasse, ist es unsäglich, was ich für Zeit gewann und was ich alles wegschaffte.

Die letzten Bände meiner Werke sind nun in den Händen der Drucker, die nötigsten Briefe und Antworten sind fast alle beseitigt. Und dann darf ich Dir wohl ins Ohr sagen: ich erfahre das Glück, daß mir in meinem hohen Alter Gedanken aufgehen, welche zu verfolgen und in Ausübung zu bringen eine Wiederholung des Lebens gar wohl wert wäre. Also wollen wir uns, solange es Tag ist, nicht mit Allotrien beschäftigen.

Hab' ich schon gesagt, daß das Paket der Briefe von 1829 glücklich angelangt und unter der Feder ist?

Ein wackerer Mann, Dr. Lautier, hat mir ein Büchlein zugeschickt, dabei ein Heft und einen erläuternden Brief, woraus ich wohl ersehen kann, daß der Gute sich auch mit den Problemen, womit sich die Welt seit ihrem Besonnenwerden beschäftigt, tüchtig herumgefochten hat. Da er sich auf Dich beruft, so grüß' ihn zum schönsten.

Leider darf ich mich gegenwärtig mit Abstraktem nicht abgeben, des Konkreten liegt mir so viel auf, daß es meine Schultern und Kniee kaum fortschleppen. Es ist nichts natürlicher, als daß ein solcher Mann, der auf seine eigne Weise in die zu erforschenden Tiefen eindringen will, sich eine eigne Sprache machen muß. Diese zu verstehen, wird nun für einen andern im Anfange ein mühsames Geschäft, ob es gleich in der Folge lohnt, wenn das Glück gut ist.

Nun aber habe die Gefälligkeit und sende mir das allerrealste Werk von der Welt: den Adreßkalender für die Königlichen Haupt- und Residenzstädte Berlin und Potsdam, die neuste Ausgabe, welche zu haben ist. Ich komme denn doch manchmal mit dortigen Behörden in Verhältnis und möchte, nach wohlbesorgtem Inhalt meiner Briefe, doch auch an den zu beachtenden Äußerlichkeiten es nicht fehlen lassen.

Und so fortan!

Weimar, den 29. April 1830. G.

740. *An Goethe*

Berlin, 28. April, abends.

So wäre denn Haydns »Schöpfung« wieder einmal abgetan und immer nicht erschöpft. Alles, was Musikdirektor heißt, nach Namen, Stand und Würden, hat sich diesmal unter Spontinis Oberdirektion begeben, um das Werk zu feiern. Mir war, als wenn ich's heut erst recht genösse, da ich es vor 30 Jahren gegen den Vorwurf unstatthafter Ausmalungen exoterischer Gegenstände öffentlich vertreten habe. Was meine Vorgänger übersehn hatten, war der simple Umstand, daß der Text eben die Äußerlichkeiten der Schöpfungsgeschichte zur Aufgabe macht und nun es darauf ankommt, wie das Pensum erlöst sei, um nachher die Worte als ein Gerüste wegzutun und ein architektonisches Musikwerk vor sich zu haben, das man wie eine bedeutende Sinfonie oder Sonate aufnimmt, was es zugleich nicht ist, indem es sich vom undenklich Negativen an zum unüberdenkbaren Stoffartigen, Massenhaften erhebt. Das Nichts, die Leere, die Wüste, die Tiefe, die Finsternis ist gegeben: das Chaos. – Das walte Gott! Das Licht soll werden; Sonne, Mond und Sterne,

Kinder des Lichts, sollen zum Auge werden deß, das noch nicht ist und aus dem Chaos wird. Nun die Musik: Anfang, Initium, ungeheurer Unisonus, zwischen unerkennbarer Höh' und Tiefe, der Raum zwischen den Polen – »die Welt im tiefsten Grunde« – hart und breit, nicht Dur, nicht Moll – »ohne Sehnsucht, ohne Klang« – ein Ton und keiner, schwer, dick, ein Nebelbrei. Mit elektrischer Gewalt ertönt »ein schmerzlich Ach!« Es hebt, bewegt, sondert sich eins vom andern; es fängt an zu fließen, gruppiert sich, zieht sich an, stößt sich ab; das Leben macht sich Platz, der Puls arbeitet, sucht den Takt; die Figur, das Gemess'ne erscheint, gestaltet sich; ein eben fertiger Planet hebt, bewegt sich, steigt, rennt durch seine Bahn und steht am Firmament wie angenagelt; so geht es fort bis zur endlichen Ordnung. Was sag' ich weiter? Lege Dein »Gott und Welt«, »Wiederfinden, ›Ist es möglich! Stern der Sterne‹« auf dieses Bild des Chaos, und es paßt wie die Stürze zum Topfe.

Da nun dieses Chaos ohne gesungene Worte kunstgemäß, verständlich, wohltätig, kräftig, ergetzlich wirkt, so stelle ich mir vor, durchs ganze Werk die Worte davonzulassen, und was unberufenes Urteil für Pinselwerk hält, vom Brummen und Brüllen des Behemoth, des Löwen an bis zu den Tönen der Nachtigall, als eine Suite von reizenden Erscheinungen zu betrachten, die sich das feine Ohr mit Lust enträtseln will. Und das war gut! Gegen das Ende freilich da kann Poet kein Ende finden mit Schwatzen: es muß ein dritter Teil sein, der Mensch tritt auf, der Philister. Kaum ist das Wort heraus: »Seid fruchtbar und mehret euch!« da geht's ans Schnäbeln und Heiraten, ja mit den Ohren siehst Du den alten Haydn selber leibhaftig mit seiner Marzebille walzen und balzen, daß mir immer das Wasser im Munde zusammenläuft.

»Diese Hunde von Poeten,
Die verderben die Natur!«

1. Mai. Auch ich habe das Lesen der Zeitblätter andern überlassen, da ich den Vorteil vor Dir voraushabe, in unserm Montagsklub das Neuste von leserüstigen Gesellschaftern zu erfahren und Augen zu schonen.

Vorigen Sonntag habe beim Minister v. Beyme in Steglitz zu Mittage gespeist. Er selber fing an, mit mir über den bekannten Gegenstand zu reden, und da ich bei Tische neben ihm saß, konnte ich sagen, was ich Dir ohngefähr geschrieben habe, und ich darf glauben, den rechten Sinn getroffen zu haben. Man war sehr vergnügt. Da eben von Schiller die Rede ist und ich, aus dem Theater kommend, Deinen Brief vom 29. vorigen Monats finde, so habe auch eben wieder »Kabale und Liebe« gesehn. Was dieses Stück vor 50 Jahren auf mich und sämtliche Sprudeljugend für elektrische Macht ausgeübt hat, magst Du Dir denken. Wer aus jener Zeit es nachsehn kann, wird es nicht so sehr herabsetzen, als es damals Moritz tat, der freilich recht hatte, doch nicht den Anzug der Revolution ahndete. Es gehört in jene Zeit und ist insofern ein geschichtliches Stück voll Kraft und Geist, trotz der niederträchtigen Gesellschft, die sich darin befehdet. Dies und die »Räuber«, wollte man wissen, hätten durch persönliche Beziehungen Schillers Sukzeß gefährdet. Man könnte diese beiden Stücke das Chaos der Schiller'schen Schöpfungen nennen.

Da Du Dr. Lautiers »System des Grundbasses« schwerlich bis zur 208. Seite lesen wirst, so will ich Dir die untersten 14 Zeilen der genannten Seite empfohlen haben, indem sie sagen, was das ganze Buch meint und was sich freilich von selber versteht.

Um auch ein Wort über die Ausführung der »Schöpfung« am vorigen Mittwoch zu sagen, so höre ich solche loben und habe nichts dagegen. Man rühmt die persönliche Stärke unsers Chors, und vor allen Spontini selber. Wir waren 230 und drüber; das ist aber Philisterei. Zusammen sind wir über

400, da wir so stark sein müssen, um uns ökonomisch zu erhalten. Man hat aber zu wehren, daß nicht alle kommen, weil jeder mitwirken möchte. Die Wirkung liegt in der Hälfte, und ist nur zu wachen, daß die drüber sind nicht schaden. Man müßte noch viel strenger sein, wenn man stark genug wäre, dem angenehmsten Geschlechte zu widerstehn. Es ist aber ein guter Geist der Haltung im Ganzen. Mag der Züchter immer getadelt werden, wenn nur die Zucht gut ist. Vale!

Dein

Donnerstag, 6. Mai 1830. Z.

[Beilage]

»Nach Beendigung des *Haydn*'schen Oratoriums: ›Die Schöpfung‹, worin sich ganz besonders die respektiven Mitglieder der Singakademie unter des würdigen Zelters Leitung auszeichneten, richtete Spontini, sich zu dem letzteren wendend, mit Wärme folgende Worte: ›Je salue avec respect le digne Nestor de la musique prussienne et sa vaillante et unique Académie de chant qu'il a bien voulu confier à ma direction et auprès de laquelle je le prie d'être l'interprète de mes sentiments pour elle.‹ Gewiß sind diese wenigen, aber innigen Worte für den Veteran der Tonkunst ebenso ehrenvoll, als es von seiten des Sprechers ganz im Gegensatze zu den von einigen noch immer genährten Gerüchten steht, als ob Spontini nicht auch das Große verehre und volle Anerkennung finden lasse.«

Bald wird man das Ohr gar nicht mehr brauchen, die Blättler fangen sich das Wort vor dem Maule weg. »Wem schmeichelt Ihr, mein Vater?« (Lessing.)

741. *An Goethe*

Die gründlich tröstlichen Worte Deines letzten Briefes, daß Dir im hohen Alter Gedanken aufgehn, welche zu verfolgen Du Fülle und Kraft hast, beleben auch mich wieder, da ich seit den schweren Wintertagen immer noch zu kächzen habe.

Zu meinem Singkollegium der Universität haben sich ihrer 50 tüchtige Bursche zum ersten Male gar nicht übel angelassen, und wenn sie Stich halten wollen, denke ich's ihnen zugute zu machen. Diejenigen unter ihnen, die sich recht keck und kräftig aufstellten, wurden im Verlauf meiner Anweisung, da sie sich durch ihr eigenes Element (die Stimme) zu repräsentieren hatten, biegsam, ja liebenswürdig. Man versuchte, was ich vorschlug, und siehe da, sie schienen sich selber zu gefallen! Nun wollen wir die Fortsetzung abwarten. Die kleine Bibliothek und Sammlung von Musikalien der Anstalt, welche ich nun übernehme, bedarf einer neuen Ordnung, wozu ich mir vom ministerio Geld erbeten habe. Außerdem habe ich die alte Lust wieder bekommen, eine Sprechklasse zu etablieren, wozu ich mir fürs erste ein paar junge Talente philologischer und theologischer Konfessionen heranrufen werde. Gelingt die Sache, so sollst Du mehr von uns vernehmen; denn das Geschnarre, Gekrächze und Gewimmere von Kanzeln und Kathedern herab müßte doch einmal angelassen werden. Verstünde ich nur Griechisch und Lateinisch, ich wollte ihnen das Licht halten! Kannst Du mir aber mit Rat und Erfahrung von daher zu Hülfe kommen, so sollst Du auch nicht ohne Lob davonkommen.

Mademoiselle Sontag habe nun dreimal im »Othello« vernommen. Mir war darum zu tun, ob sie wohl ihrer Sache einmal wie immer ganz Herr wäre. Sie hat sich dreimal wie drei verschiedene Wochentage ausgesprochen, und doch war sie stets Desdemona. Nur *einmal* konnte sie ihrer Stimme alles bieten, doch immer blieb sie Meister ihrer Sache. Was ich das letztemal mit Vergnügen beobachtet habe, war, wie sie selbst gar nicht sang. Ihr Gemahl, Ehrn Othello, sang eine lange Arie, der es nicht an Längen fehlt; während dieser Arie stand sie fast auf einem Flecke, ohne sich zu bewegen, und ich habe nie ein schöneres stummes Spiel, was die Ruhe der Unschuld so wahr und anmutig darstellt, gefunden. Das holde Wesen ist leider zu schade, um eine Gräfin zu *werden*.

Felix wollte einen und alle Tage abreisen und einen Brief mitnehmen. Freitag hat er noch ein Konzert vom alten Bach bei mir gespielt, wie ein wahrer Meister, denn das Konzert ist so schwer als schön; es wäre wert gewesen, daß es der alte Bach selber gehört hätte. Ich kann die Zeit nicht erwarten, daß der Junge aus dem vertrackten Berlin'schen Klimperwesen und nach Italien kommt, wohin er nach meinem Dafürhalten gleich zuerst hätte kommen sollen. Dort haben die Steine Ohren, hier essen sie Linsen mit Schweinsohren.

Lebe wohl! heut ist schon der 10. Mai, und ich weiß nicht, ob Felix noch da ist; er wollte heut abreisen. Meldet er sich vor Abgang der Post, so mag er das Blatt mitnehmen. Lebe wohl! meine Stunde ist kommen. Dein Z.

Der Adreßkalender ist doch bei Dir eingetroffen?

742. *An Zelter*

Soeben, früh halb 10 Uhr, fährt, beim klarsten Himmel, im schönsten Sonnenschein, der treffliche Felix mit Ottilien, Ulriken und den Kindern, nachdem er 14 Tage bei uns vergnüglich zugebracht und alles mit seiner vollendeten liebenswürdigen Kunst erbaut, nach Jena, um auch dort die wohlwollenden Freunde zu ergötzen und in unsrer Gegend ein Andenken zurückzulassen, welches fortwährend hoch zu feiern ist.

Mir war seine Gegenwart besonders wohltätig, da ich fand, mein Verhältnis zur Musik sei noch immer dasselbe: ich höre sie mit Vergnügen, Anteil und Nachdenken, liebe mir das Geschichtliche; denn wer versteht irgendeine Erscheinung, wenn er sich von dem Gang des Herankommens [nicht] penetriert? Dazu war denn die Hauptsache, daß Felix auch diesen Stufengang recht löblich einsieht und glücklicherweise sein gutes Gedächtnis ihm Musterstücke aller Art nach Belieben vorführt. Von der Bachischen Epoche heran hat er mir wieder Haydn, Mozart und Gluck zum Leben gebracht, von den großen neuern Technikern hinreichende Begriffe gegeben und endlich mich seine eigenen Produktionen fühlen und über sie nachdenken machen; ist daher auch mit meinen besten Segnungen geschieden.

Dies hab' ich Dir alles frisch und eilig überschreiben und Dich zu neuen Mitteilungen aufrufen wollen. Sage den werten Eltern des außerordentlichen jungen Künstlers das Allerbeste, in bedeutenden Worten; gib einem willfährigen Pflanzenfreunde beiliegendes Zettelchen und gedenke meiner als eines zwar nicht immer behäglich, aber doch immerfort ernst, ja leidenschaftlich strebenden und wirkenden Freundes, der sich an Deinen Beispielen gern erbaut.

Und so fortan!

Weimar, den 3. Juni 1830. G.

743. *An Goethe*

Die zärtliche väterliche Huld, womit Du unsern Felix beehrt hast, hat seine Eltern und Geschwister in den Himmel erhoben. Ich danke Dir, was ich kann; er wird zeitlebens davon zu zehren haben. Mir kann zuweilen bange werden, wenn ich den Anlauf des Knaben betrachte. Bis jetzt hat er kaum einen Widerspruch erfahren. Als Schüler habe ihn nicht überschätzt noch zu loben nötig gehabt, wiewohl ich den natürlichen Gehorsam, den Trieb, sich bei völliger Freiheit sinnig zu beschäftigen, nur mit Gefallen ansehn können, ja von mir selber denken darf, ihn das Wahre gelehret zu haben, wie ich es in der zweiten und dritten Potenz als Fazit wiedererkenne. Er nimmt eine komplette Schule von hier mit sich, worauf er bauen kann, was ihm der Genius eingibt, und wenn er so fortwächst, wird er an seinen Lehrer zu denken haben.

Deine Pflanzenkommission habe sogleich in Bewegung gesetzt, und das beigehende Blättchen mit seinem Verschlusse wird Dir der alte gefällige Botanikus selber am besten sagen, an dessen offnem, freien, mitunter petulanten Wesen ich mich schon so oft in unserm Montagsklub erheitert und belehrt habe, wenn das Trifolium Link, Rudolphi und v. Buch wie die drei Spitzwinkel Eines Triangels aufeinander stechen wollen und nicht bemerken, daß sie Winkel und als solche freilich höchst bedeutend sind.

Diesen Brief erhältst Du durch Frau v. Pogwisch, welche heute, Sonntag, den 13. Juni, mit ihrer Mutter Exzellenz mit uns zu Mittage speiset. Dazu bist Du wohl so gut, die beigehende Rolle mit dem Briefe gelegentlich an den Herrn Hofrat Friedrich Siegmund Voigt nach Jena mitzugeben. Die Rolle, welche nicht petschiert ist, enthält ein lithographisches Blatt des Markgrafensteines, worum ich schon im vorigen September ersucht wurde; es liegt schon einige Zeit bei mir, wiewohl ich es auch nicht gleich erhalten konnte. Direktor Klöden bittet mich, Dir sein »Programm« zu senden; ich kann die guten Leute nicht bewegen, sich ihre Kommissionen selber zu besorgen. Übrigens halte ich was auf ihn; er ist ein firmer, tätiger und wacher Lehrer und in hübschen Nebenkenntnissen gewandt.

Ich bin eben hinlänglich beschäftigt, außer meinen sonstigen Funktionen habe ich jetzt 76 Studenten, Bursche wie die Docken, zweimal in der Woche bei mir, und den will ich sehn, der mir jetzt was anhaben wollte. Wir präparieren uns (im großen Universitätshörsaale, am 25. dieses) eine tüchtige Musik, die wir uns selber machen, zum Feste der Augsburgischen Konfession abzusingen und den frostigen Wissenschaftlern das Fell zu rucken. Niemand hat gedacht, daß das gehn würde, und siehe, es geht! Da ich gleich an der Universität wohne, so sind die Kerls auf die Minute bei der Hand, und da ich gleich mit dem ersten anfange, so laufen sie sich die Beine ab, um die ersten zu sein. Und ich närrischer Kerl habe meine Freude daran und gäbe ein paar unserer Professoren darum, wenn Du mich unter meinen Gesellen sehn und hören könntest die deutsche Kraft, welche in einem willigen Geschlechte wohnt, das sich nicht verpinseln will. Wenn's so fortgeht, so denke ich ihnen Späße zu bereiten, daß sie meiner auch nachher gedenken. Noch können sie nichts, aber sie sollen was lernen und nicht wissen, wie sie dazu gekommen sind.

Dienstag, 15. Juni 1830. Soeben ist ein Brief von Felix an seine Eltern angekommen, aus München, wohin er schöne Adressen hat. Der Junge ist noch trunken von dem Glücke, was ihn in Weimar und Jena widerfahren ist.

Weiter weiß ich für heut nicht[s] zu sagen. Morgen mit dem frühsten will Exzellenz von Henckel mit Frau v. Pogwisch über Dessau reisen. Lebe wohl!

Dein

Z.

744. *An Zelter*

Auf Deinen letzten werten Brief, abgeschlossen Dienstag den 15. Juni, erwidere spät einige treue Worte. Zuerst danke schönstens für die Samenkörner, womit Herr Professor Link mich hat erfreuen wollen; meine Naturstudien nehmen einen etwas wunderlichen Weg, deswegen ich den Männern vom Fach nicht genug danken kann, wenn sie mich freundlich fördern mögen. Auf ein beiliegendes Blättchen schreibe ich noch einen Namen. In so einer großen Anstalt, wie die Berliner ist, findet sich wohl auch eine solche Rarität.

Sodann wäre das Zweite zu sagen, daß Felix seine liebenswürdige Gegenwart durch einen sehr anmutigen Brief von München erneuert; er spricht über jenen wundersamen Ort sehr verständig. Er befreundete sich vorzüglich mit Hofmaler Stieler, der, als er mein Porträt malte, bei einem mehr als achtwöchentlichen Aufenthalte ganz der Unsrige geworden ist. Es ist anmutig zu erfahren, was ein solcher Mann in solcher Zeit, unter solchen Umständen zu finden glaubte und sich aneignen mochte.

Ferner hab' ich wohl schon gemeldet, daß mein Sohn mit Dr. Eckermann seit Ende Aprils eine Reise nach Süden unternommen. Seine Tagebücher unterwegs bis Mailand, von da bis Venedig zeugen von seinen guten Einsichten in die irdischen Dinge, von besonnener Tätigkeit, sich mit Menschen und Gegenständen bekannt zu machen und zu befreunden. Der große Vorteil für ihn und uns wird daraus entstehen, daß er sich selbst gewahr wird, daß er erfährt, was an ihm ist, welches in unsern einfach-beschränkten Verhältnissen nicht zur Klarheit kommen konnte. Zu allem diesem wirst Du Deinen Segen geben.

Herrn Direktor Klöden danke zum schönsten für die Mitteilung. Dergleichen Sendung[en] von vorzüglichen Männern lenken gar angenehm meine Aufmerksamkeit in solche Regionen, wohin ich aus eigenem Antrieb kaum mehr gelange.

Die Rolle an Hofrat Voigt in Jena ist gleichfalls abgegeben worden, und so wüßt' ich für diesmal wenig mehr zu sagen.

Allein zu erfahren wünscht' ich, wie der Gesang mit dem neueingeleiteten und -unterrichteten Chor abgelaufen, und von welchem die Zeitungen das Allgemeine vermelden, mit Deinen Worten auf Deine Weise zu vernehmen.

Und hiemit allen guten Geistern empfohlen!

Treulichst

Weimar, den 8. Juli 1830. G.

745. *An Goethe*

Sonntag, den 11. Julius 1830.

Man hat so vielerlei mit andern zu verkehren, daß man selber verkehrt wird. Ich sitze in Briefschulden bis an den Ohren, und der Anstoß, den mir Dein eben angekommener Brief vom 8. dieses gibt, soll mich wieder flottmachen. Das Zettelchen an Link soll mit dem nächsten Boten geschickt werden.

Daß August nach Mailand gegangen, wußte ich, wenn auch nicht von Dir. Man hat mir die Haut abgefragt, und sich nicht genug wundern, ja freuen wollen, daß die Welt eine dritte »Italienische Reise« des Herrn Geheimen Rat v. Goethe zu hoffen habe. Nun, ich denke, unser Sohn werde auch nicht mit leeren Händen von daher zurückekommen und wenigstens, wie Du hoffst, sich selbst gewinnen.

Nun habe Dank für die drei letzten Bände der Schiller'schen Briefe, da ich denn entdecke, daß ich nur die *zwei* ersten Bände besaß und mir nun der dritte fehlt. Diesem Briefwechsel nach hast Du mich vor 30 Jahren schon unter Päpste und Kardinäle stellen wollen, und so melde nun, daß das Mögliche Deiner Prophezeiung bei Gelegenheit der hiesigen Feier der Augsburgischen Konfession eingetroffen ist: denn, was Du aus den Zeitungen wissen wirst, die philosophische Fakultät hat mich an diesem Feste feierlich zum

Doktor ausgerufen. Insofern ich mit den Gliedern dieser gelehrten Fakultäten seit Jahren in sozialem Verhältnis bin und sie für meinesgleichen anzusehn auch *ihnen* nicht zu gering geschienen, lege ich einen Wert auf eine Würde, die mir einen Wert zuerkennt. Dir kann ich wohl vertrauen, daß ich es nicht erwartet hätte, da ich manchen von ihnen nicht sanft angefaßt habe, wenn es die Not erforderte.

Was mir hinterher besonders erfreuend war, ist, daß mein altes Maurergewerk mich noch als den seinigen ehrt, da ich schon seit 24 Jahren nicht mehr darin lebe und doch am 6. dieses Monats zu einer Feierlichkeit unter ihnen gewerksmäßig durch Alt- und Jungmeister in Person eingeladen worden bin. Außer dem Bürger- und Meisterjubilar, mit dem ich vor einem halben saeculo zum Meister gesprochen bin, war fast keiner jener unserer Zeit mehr vorhanden; lauter jüngere Meister und unter ihnen die tüchtigsten Handwerker, anfänglich verlegen, doch nach 6 Stunden an Tafel die fidelsten Gesellen, und so ist mir das ein angenehmer Tag gewesen.

Meine Studiosen, 81 an Zahl, haben bei Gelegenheit des Säkularfestes eine Musik hören lassen, wie solche jetzt der Papst selber nicht hat. Unser Tedeum und der Luther'sche Choral: »Ein' feste Burg ist unser Gott«, von rüstigen, fähigen, muntern Burschen auf gut Luthersch gesungen und ausgesprochen, hat das Dach des Universitätsgebäudes aufgehoben und die Umgegend mitklingend gemacht. Ein Senator fragte: ob es denn so stark sein müßte. »Ja!« war die Antwort, »wenn der Luther wieder Platz haben soll, so muß das süßliche Schelmenblut zu den Ohren herausgezapft werden.«

Nun geht's auf den 3. August los (den Geburtstag des Königs). Eine neue lateinische Ode wird eingeübt, und meine Burschen sind, wie ich sie haben will. Vorige Woche haben sie mich abends mit einigen Deiner Lieder nicht wenig ergetzt. Der Universitätsgarten vor meinem Fenster ist wie erschaffen dazu; auch können sie mir mal von daher ganz bequem eine Fenstermusik machen, und ich hoffe sie zu verdienen.

Dein botanisches Zettelchen scheint Link verlegen gemacht zu haben. Er ist sogleich nach dem Botanischen Garten gefahren, wie er mir den Abend darauf gesagt hat. Es regnete, und er hatte noch nichts gefunden. Otto ist jetzt nach Paris. Sobald ich weitern Bescheid habe, melde ich's.

Professor v. Henning mit dem anmutigsten Wesen, seiner Frau reiset morgen, den 16. Juli, nach Thüringen ab. Die Frau hat die schönste Altstimme, welche man hören kann; ich habe ihr ein paar Liedchen empfohlen, welche sie Dir singen soll.

Gestern erhalte ich einen Brief aus Rom vom Padre Baini (päpstlichen Kapellmeister) vom 20. Julii 1829, also heute beinahe ein Jahr alt. Der alte gute Mann empfiehlt mir darin einen geistlichen Herrn, Joseph Mainzer aus *Trier*, der abgehalten worden, ihn selber abzugeben. Solche Erinnerung an Rom regt mir immer wieder das Eingeweide auf, wie den Wein im Fasse, »wenn die Reben wieder blühen«. Das ist die Sündenschuld, weil ich nicht das Herz hatte wie Du, stante pede davonzulaufen, und nun ist das all dahin.

Lebe wohl! ich will nur machen, daß das Blatt heute noch fortkomme, sonst geht es wie mit andern angefangenen Briefen. Auch habe mich seit 6 Wochen nur durch Geschäftigkeit zusammengehalten; mir war nicht recht wohl, und nun wird's wieder eine Weile gehn. Deine Briefe des Jahres 1829 sind richtig zurückgekommen. Deiner neuen Ausgabe habe ich 25 Bände; von den letzten 10 Bänden bis 35 höre ich nun überall reden, ohne sie gelesen zu haben. Wenn Du sie schon hast, laß sie doch abgehn; es soll ja darin auch von mir geredet sein.

Donnerstag, 15. Julii 1830. Dein Z.

[Erste Beilage]

Hochgeschätzter Herr Professor!
Noch einmal in den letzten Wochen vor Beginn des Druckes wiederhole ich bei Ihnen die inständige Bitte, uns, wenn es nur irgend möglich ist, von Ihrem hohen Freunde in Weimar einen Beitrag auch für den zweiten Jahrgang des »Berliner Musenalmanachs« zu verschaffen. Vielleicht wählt er auf Ihren Vorschlag ein Fragment aus seinem »Tell« oder sonst etwas, das etwa für die nächste Lieferung der Werke bestimmt ist.

Nehmen Sie, mein hochgeschätzter Freund, dies wiederholte Ansuchen nicht für Zudringlichkeit, sondern als das, was es ist, für das Anerkennen der Unschätzbarkeit eines Beitrags von Goethe, das auch nichts unterlassen möchte, möglicherweise dazu zu gelangen. Und wo fänden wir da einen gewichtigeren Fürsprecher bei dem Herrlichen als Sie, verehrter Freund? Wer aber soll das Büchlein beginnen, wenn nicht Er? Und wär' es nur mit einem Spruch als Weihe! Nicht wahr, dies stellen Sie ihm vor?

Hochachtungsvoll

Ihr herzlichst ergebener

Berlin, 18. Juni 1830. H. Stieglitz.

Dieses Blatt habe ich Dir schon vor beinahe 4 Wochen senden sollen, und da ich selber nicht schreiben können, so ist es bis heute liegengeblieben. Wenn Du es nicht übelnimmst, so möchte der Schreiber doch es nicht billigen. Nun kommt er heute und bringt mir abermalen und bettelt.

15. Juli 1830. Z.

[Zweite Beilage]

Sie werden gütigst verzeihn, mein hochgeschätzter Freund, daß ich Sie noch vor Abgang der Post an Ihr Versprechen erinnre, in Ihrem Briefe an den Herrn Geheimen Rat v. Goethe des »Berliner Musenalmanachs« noch einmal dringend zu erwähnen. In der nächsten Woche muß der Druck desselben notwendig begonnen werden; da aber der erste Bogen, wie auch im vorigen Jahr geschah, für die sehnlich erhofften, das Ganze einleitenden und krönenden Beiträge offen bleibt, so würde es mit der Einsendung noch bis zur Mitte des August Zeit haben; doch müßte ich von der Entschließung Ihres hohen Freundes frühere Nachricht erhalten. Daß gegen das unschuldige Büchlein buchhändlerische Intrigen gesponnen werden, hat sich mir zu meiner Verwunderung durch Äußerungen, die mir von mehrern Seiten zugekommen sind, bestätigt. Und wenn nun gar dem zweiten Jahrgange die schönste Zierde des vorigen Almanachs fehlen sollte, so würde das Unternehmen dadurch in den Augen des Publikums unendlich verlieren. Aber dies »Wenn« nur im Vorübergehn: ich habe eine so feste Hoffnung auf die unfehlbare Kraft Ihrer Fürsprache bei dem vieljährigen Freunde gesetzt, daß ich gar keinen Zweifel aufkommen lassen darf.

Mit alter Hochachtung

Ihr herzlichst ergebener

Berlin, den 14. Juli 1830. Dr. H. Stieglitz.

Verzeihung der Eil'!

746. *An Zelter*

Greife eben zur Feder und tauche sie ein, wie es gehen will! Ich begreife wohl, daß Du schwer dazu kommst, da es in Deinem bewegten Leben wunderlich genug aussieht; mein unbewegtes ist doch schon, verhältnismäßig, dergestalt beschäftigt, daß mir nach außen zu wirken kaum noch einiges Behagen bleibt.

Deinen guten Taschenbuchsbrüdern ist mir durchaus unmöglich etwas mitzuteilen. Willst Du ihnen Kantate und Lied zu Deinem Ehrentage vergönnen, so hab' ich nichts dagegen. War es in einem gewissen Kreise bekannt, so ist's auch wohl schon vergessen; genug, so mein' ich's, tue nach Belieben und Umständen.

Der treffliche Cotta brüstet sich in dem nächsten »Damentaschenbuche« mit königlichen Gedichten; ich konnte nichts dazu liefern und mußte die doppelt dringenden Anforderungen ablehnen. Was sie brauchen, hab' ich nicht, und was ich habe, können sie nicht brauchen.

Glück zu Deinem Studentenchor! Ich glaube wohl, daß die neuern Ohren, welche sich nur am Sehnsuchtsgeschleif und -gesäusel hinhalten, einen kräftigen, herz- und dacherhebenden Gesang schrecklich finden müssen; Ihr Choralgesang bleibt doch immer: »Ein laues Bad ist unser Tee«, und dann denken sie doch nebenher, sie hätten was von einer »festen Burg« und irgendein Gott bekümmere sich um sie.

Die zwei letzten Lieferungen meiner Werke gehen sogleich ab. Mit dem 3. Bande des Briefwechsels ist's noch so eine Sache; ich will sehen, auch hier nachzuhelfen. Sehr schwer ist's im laufenden Leben, in solchen Dingen Ordnung zu halten.

Recht artig ist es, daß Du Dein Maurerjubiläum zugleich mit dem meinigen gefeiert hast. Am Vorabende des Sankt-Johannisfestes ward ich vor 50 Jahren hier in den Orden aufgenommen. Die Herren haben mit der größten Artigkeit diese Epoche behandelt, und ich erwiderte am andern Tage freundlich ihre Gesinnung. Beides wirst Du aus anliegenden Blättern ersehen. Kannst Du aus den Strophen was machen, so tu's; ihr habt ja auch alle Augenblick »50 Jahr' vorüber«, und das Menschliche paßt überall hin.

Es tut mir leid, wenn meine Forschungen dem wohlwollenden Botaniker unbequem sind. Meine exzentrische Bahn tritt irgend einmal in dieses wissenschaftliche System herein, und ich muß mir gefallen lassen, nicht alles zu finden, was ich suche. Aber auch die Bemühung verdank' ich schon, und [in] ihren weiten und breiten Verhältnissen sind sie sogar wohl im Falle, dergleichen, sich und andern zu Nutz herbeizuschaffen.

Von meinem Sohn will ich noch so viel melden: daß er mit ruhiger Aufmerksamkeit sich umsieht und recht ausführliche Tagebücher schreibt, worauf doch alles ankommt; die Gegenstände schwinden und die Eindrücke verlöschen. Er ging von Mailand, nachdem er die Stadt sowie die Umgegend wirklich erschöpft hatte, über Brescia, Verona, Padua nach Venedig, welches er auch recht wacker durchstöberte. Sodann über Mantua, Cremona, Lodi nach Mailand zurück. Hier nahm er noch alle Überbleibsel auf, machte Bekanntschaft mit eurem Herrn Professor Mauch, sie gefielen sich und gingen etwa den 5. Juli nach Genua. Eckermann begleitet ihn bisher und auch so weiter. Mein Sohn ist wirklich als realistisch Reisender ganz musterhaft und fühlt erst jetzt, wieviel Kenntnisse er eingesogen hat. Seine Einsicht bewies er auch dadurch, daß er mir zu meiner Sammlung von Medaillen, besonders gegossenen, aus dem 15. und 16. Säkulum beinahe 100 Stück von der wichtigsten Sorte um einen leidlichen Preis eingekauft hat, welche auch schon zu meiner großen Ergötznis glücklich angekommen sind.

Was oben von Büchern und Blättern zugesagt ist, folgt mit der fahrenden Post, und somit meines hochverehrten Herrn Doktors

treu Angehöriger

Weimar, den 18. Juli 1830. G.

[Beilage]

Dem würdigen Bruderfeste.

Johannis 1830.

Funfzig Jahre sind vorüber,
Wie gemischte Tage flohn;
Funfzig Jahre sind hinüber
In das ernst Vergangne schon.

Doch lebendig, stets aufs neue,
Tut sich edles Wirken kund,
Freundesliebe, Männertreue
Und ein ewig sichrer Bund.

Ausgesät in weiter Ferne,
Nah, getrennt, ein ernstes Reich,
Schimmern sie, bescheidner Sterne
Leis wohltät'gem Lichte gleich.

So, die Menschheit fort zu ehren,
Lasset, freudig überein,
Als wenn wir beisammen wären,
Kräftig uns zusammen sein!

747. *An Goethe*

Ich habe mir eine Rute geflochten, und wenn ich gestrichen werde, kann mir's nicht schaden. Indem ich meine Studiosen ermuntern wollen, sich in Versen und deren Melodisierung zu versuchen, fahren sie aus wie Gergesener. Gleich der erste hat sich an eine Horazische Ode gemacht, womit er uns andere zur Verzweiflung bringt. Da ist nun kein ander Mittel: ich muß mich selber daran machen und, wenn er die seinige gehört und satis genossen hat, mit der meinigen dazu rücken und als Partei erscheinen, wo denn Vergleichung und Urteil sich ergeben mag.

Hat es Leute gegeben, die gezählt haben, wie viele Mal das Wort »und« in der Bibel enthalten ist, so sollte mich's wundern, wenn keiner darauf gefallen wäre, aus allen Horazischen Oden die Eigennamen allein zu Haufen zu bringen und sie dem römischen Heiligenkalender beizulegen, weil sie den Komponisten toll machen. Verzeih diesen Ausfall, der mir hier wohl nicht den Doktorhut erworben hätte.

Eine recht mühsame, aber belehrende Beschäftigung ist mir jetzt die Umstellung und Katalogierung der musikalischen Schätze und Bücher der Universität, die mein Vorgänger in einer Art ordnungsmäßigen Konfusion hinterlassen hat. Das Beste hat er gar nicht angesehn; ich seh's den Sachen an, die mir ein freundliches Gesicht machen. Das einzige, was er meisterhaft vollbracht hat, für ein freilich geringes Gehalt, war: eine reiche Frau zu heuraten, mit dieser nach Italien zu gehn, sie wieder anherzubringen, zu begraben und beerben und nun – wieder nach Italien zurückzugehn. Was ich in meinem 72. Jahre daraus lerne, ist, daß ich nichts gelernt habe als daß mir keine Arbeit verdrießlich ist, weil ich ihrer gewohnt bin.

Deine römischen Briefe vom Jahre 1787, mio delizio, leuchten wie Morgensonne in meine Seele; ich bin mit Dir, bei Dir, ich bin in Rom, in Frascati, in Neapel und sumse wie eine Biene in der Blume. Alles regt sich in mir, und da von Herders »Gott« die Rede ist, so wird der »Gott« wieder herbeigeholt und mit aller Unbefangenheit zwischendurch gelesen. Bin ich ja meines Gottes gewißt, den Du kennst.

Link sagt mir, daß er das Verlangte jetzt nicht schaffen kann. Nun ist Otto von Paris mit den Palmen zurückgekommen. Wir halten's mit großen Dingen; die kleinen machen sich daraus von selber.

Damit das Blatt fortkomme, will ich schließen und lege anbei meine Bestallung als artium liberalium magister – ungesucht frei erteilt und froh gegönnt. Am Tage darauf ward geschmaust, in »Tivoli«, jeder für sein Geld, da es denn an Toasts nicht fehlte. Zuletzt kamen die neu kreierten Doktoren an die Reihe. Ich war der einzige gegenwärtig, die andern verreiset, und ich sollte – reden. Im Taumel meiner Dankbarkeit und voll süßen Weins mag ich mich besonders ausgedrückt haben, denn alles lachte durch alle Oktaven; es war ohngefähr so: »Im Namen meiner abwesenden würdigen Mitkollegen danke treulich; was mich selbst betrifft, so werden die ehrenwerten Vergönner solcher Würden, was sie mir angetan, bei Gott zu verantworten wissen.«

Dein

Freitag, 13. August 1830. Z.

748. *An Goethe*

Freitag, den 27. August 1830.

Einem meiner Universitätssingvögel, namens Julius, einem wohlgesitteten Berliner Theologiestudierenden, gebe gern auf wiederholtes Bitten dieses Blatt mit auf die Ferienreise, und kannst Du ihn auf einen Augenblick sehen, so wird er Dir sagen, daß ich gesund und hinlänglich beschäftigt bin.

Dr. Froriep, welcher vor einigen Tagen von hier abgegangen, sowie auch ein Herr Deinhardstein aus Wien, die Du beide kennst, waren zu eilig, um einen Brief abzuwarten.

Morgen wird der 28. August auch in »Tivoli« durch einen allgemeinen großen Ball begangen, und nach meinem Barometer wird der Unternehmer abermalen einen guten Tag getroffen haben, den ich ihm um so mehr gönne, da solch ein Fest im Freien mit nicht geringen Kosten zu bewerken ist. Heut ist nun auch Hegels Geburtstag, wozu ich mit meinem

Hause durch die Frau eingeladen bin, und nach Mitternacht mögest auch Du Dir die Ohren klingen lassen; ich selbst bin morgen abend in meiner eigenen Klause unter wenigen Freunden. Lebe wohl!

Dein ewiger

Z.

Nach mehrern Monaten bin ich gestern einmal wieder im Theater gewesen. Der »Hans Sachs« des Herrn Deinhardstein wird hier ziemlich gut gegeben; auch der Dichter hat den Zustand eines Handwerkers, der sich nebenher geistig auszeichnet, gegen andere Bürger und Handwerker recht gut aufgefaßt. Im allgemeinen hat der gemeine Bürger ganz recht, und im besondern ist es hier nicht anders wie in höhern und höchsten Ständen, und auch Du hast Dich darüber genügend ausgesprochen und erfährst es alle Tage mehr; freuen muß es Dich aber, durch Dein Ehrenandenken des Altvaters der deutschen Dichter auch zu diesem artigen Stücke den Anlaß gegeben zu haben. Das Haus war nicht voll, doch das Stück hat gut gewirkt, wenn auch auf keinen von allen Zuhörern so sehr als auf mich. Einer unserer jungen Orchestermusiker hatte musikalische Zwischenakte gemacht, die mir ganz allerliebst vorgekommen sind, schon weil sie nicht sagen, was sie nicht sagen können. Viele Komponisten solcher Stücke wollen nach geendetem Akte wiederholen, was man froh ist, los zu sein, oder vorher verraten, was kommen soll, und quälen das Ohr, was nicht weiß, was sie wollen. Ein Stück Musik zu liefern, was hier an seinem Orte steht und die gegebene Zeit glücklich ausfüllt, hat daher ein bedeutendes Verdienst, das unaussprechlich ist.

Ein artiges Geschichtchen muß ich doch erzählen. Eine kleine junge Frau, welche als Mädchen die Singakademie frequentiert, dann einen artigen Mann geheuratet und nacheinander vier Kinder geboren und gesäugt hat, war alle die Zeit ausgeblieben. Diesen Sommer, da mehr als die Hälfte der Singakademie außer der Stadt wohnen oder sich in den Bädern von Europa umhertreiben, geht es mir wie immer in dieser Zeit, das ist: es fehlt an solchen Mitgliedern, mit denen ich das Beste zum besten geben kann, und mich, was auch not ist, mit Schulmeistern behelfe, um neues Gut anzulehren.

Da kommt vorige Woche das obengenannte Frauchen, und ich gebe ihr sogleich hübsch zu tun, was sie denn auch nach ihrer Art nicht zu schlecht vollbringt, und das war gut.

Zwei Tage darauf erhalte ich ein anonymes Schreiben im Namen mehrerer Miglieder der Singakademie, worin ich aufgefordert werde, meine Aufmerksamkeit auf ein so vorzügliches Miglied fortzusetzen, da sie vorgestern mit so ganz besonderm allgemeinen Wohlgefallen aufgetreten sei. Nun gesteh' ich, daß mir die Sache einigen Humor gab, als wenn ich es wäre, der dieses Mitglied bisher vernachlässigt oder mit Fleiß ignoriert habe; so packe ich das Geschreibe zusammen, schicke es der kleinen Frau und sage ihr dabei: aus der Anlage werde sie ersehn, wie großes Vergnügen sie durch ihre Wiedererscheinung und ihr Talent verbreitet habe, und wenn sie die letzten, uns entzogenen Jahre fruchtreich *ihr* Haus belebet habe, so möge sie sich einmal wieder zu uns wenden und ihrem Manne zu pausieren geben und somit die Singakademie entschädigen. Da nun die Weiber geborne Spürhunde sind, so hatte ich die Sache den Vorsteherinnen vorgelegt, und diese hatten bald ausgemittelt, daß der ungenannte Schreiber des Briefes »im Namen von mehrern« kein anderer als der Gemahl der kleinen Frau ist, die ihren lieben Mann aus allen Poren beglücken soll. Hieraus magst Du abnehmen, wie ich mich gegen ein paar hundert umgebende Weiblein, alt, jung, und ihren Anhang zu verhalten habe, wenn mir das Licht meiner Augen lieb ist; denn mit ihnen selber ist noch immer eher fertig zu werden als mit den Tanten, Mamaen und Ratgeberinnen, die mit Gewalt und Güte, Sauersehn und Maulen oder gestickten Hosenträgern zu kämpfen verstehn.

Gestern an Deinem Geburtstage haben meine Studenten ihre Ferien und zwar ganz feierlich begonnen; sie hatten sich selber Lieder gedichtet und in Musik gesetzt zu Deinem Preise und haben mich damit überrascht. Ein Herr v. Seckendorf hatte das Beste geliefert, und ich habe in Deinem Namen für ihre Liebe gedankt. Ich gestehe, daß mir die jungen Leute von Tage zu Tage lieber werden, und wenn ich einen Teil davon meiner freilich lang genug geübten Lehrart zuschreibe, so kannst Du denken, daß mir die Arbeit selber zu Ferien wird, in denen ich schwelge, insofern mir vieles auf halbem Wege entgegenkommt.

Heut ist schon der 31., und will ich nur noch sagen, daß der alte gute Bellermann ein ebräisches Gedicht auf Deinen Geburtstag in der »Deutschen Gesellschaft« hat absingen lassen. Vielleicht hat er es Dir selber gesendet; sollte dies nicht geschehen sein, so melde mir's, und es soll Dir zugute kommen. Lebe wohl! ich habe Kopf und Hände voll. Dein Z.

750. *An Goethe*

Sonnabend, 4. September 1830.

Mit einem neckischen Liede, das ich beim Lesen aus freier Hand konzipierte, treibe ich mich nun schon über 8 Tage wie mit einem Ei und kann's nicht legen und nicht rund kriegen.

Das Gedicht ist unbedeutend, doch hat es etwas, das mir eine besondere bauliche Gestalt eingab.

Ein anderes von Förster ist ganz gelungen, ja metrisch gäb' ich's wohl für ein Meisterstück. Er hat Dir's wohl selber zugesandt, weil er es in Rom zu Deinem Geburtstag gemacht hat. Es heißt: »Die Campanella« und ist recht artig und mir nun auch wert, da ich's vor acht Tagen an Deinem Geburtstage gemacht habe. Hegel war den Abend bei uns, und seit der Zeit liegt er am Fieber.

Einer meiner Studenten, Baron Emil v. Seckendorf, hatte auch zwei Gedichte gemacht und in Musik gesetzt, und ich habe ihm versprochen, Dir die reinlichen Abschriften zu senden. Es ist die Gesinnung, welche ich ehre und erkenne; Worte sind Wasser, und »Wasser tut es nicht«. Ich arbeite mir schon Vorrat für den Wintersemester, um solchen meinem auditorio wert zu machen. Ob einer so klug sein wird nachzuschreiben, was ich ihnen erzähle, soll mich wundern. Ich gestehe, daß ich's selber lesen möchte. Nehme ich die Feder, so läuft mir's unter der Hand davon und wird, was ich schon kenne. In der Aktion kommt mir's angeflogen und geht damit vorüber. Du wirst nicht lachen und mir's nicht verdenken, wenn ich auch Neues zu erfahren wünsche, da ich bei den unerbaulichen Weltschauern für mich nichts zu tun finde, ja Gott danke, den anarchischen Gestank noch immer an unsern Grenzen vorüberziehn zu sehn. Zeitschreiber, Jesuiten, Komödianten reißen sich um die Welt, und keiner will sie dem andern gönnen, und keiner versteht sie zu halten, und was das eine Freude ist, wenn Ein Pfuscher den andern besiegt hat – auf drei Tage!

Sonntag. Magst Du Dir denken, daß gewisse Portionen von Talent und gutem Willen sich nach Verstand und Geschmack umtun und sich glücklich damit wissen, so hast Du eine Gesellschaft, in der ich mich gestern bis lange nach Mitternacht nicht schlechter befunden habe, als es eben unsern Naturforschern in Hamburg werden mag. Eine ehemalige Schülerin, Witwe des geschickten Künstlers Zimmermann, der vor einigen Jahren beim Baden in der Isar ertrank, hatte eine solche Kompanie zusammengeladen. Frau Generalin v. Helvig, deren Schwester, die Frau v. Kloch, eine Frau v. Bardeleben, jüngere Frauen und Mädchen, Männer und Jünglinge, sämtlich poetliche und musikalische Naturchen, sangen bis gegen Mitternacht und konnten nicht Ende finden; bei Tische wieder gesungen, gejodelt, gelacht – genichtst, und man ging vergnügt auseinander. Wie sich Dein alter Christoph darunter ausnimmt? Was geht's mich an, wenn sie mich nicht missen wollen! Und was soll man mit der Zeit machen, wenn der Tag vorüber ist! – Apropos Zeit! Da müssen mir zum Unglück die Zeitmeßler und hochmütigen Metrikanten einfallen, denn es liegt ein angefangener Brief da, den Schillers Verlegenheit über Hermanns »Metrik« (im 4. Bande der Briefe) veranlaßt hatte, und weil mir's damit nicht besser als Schillern ergangen ist. Nun nahm ich Hermanns »Metrik« wieder vor und finde mich eben wieder nicht zurecht, vielmehr finde ich, daß seine Theorie von vornherein ohne Grund und Boden ist. Da ist geprahlt: »Die Zeit hat wie der Raum ihre schöne Kunst, und diese ist die Rhythmik«, »Der Begriff des Rhythmus ist die Aufeinanderfolge von Zeitabteilungen nach einem Gesetz.« Wenn dieses Gesetz nun der Takt, der Perpendikel, die gleichzeitige Teilung ist, woher denn die Taktlosigkeit des Rhythmus?* Solch loses Wesen kursiert nun auch schon 30 Jahre lang in hohen Schulen, und keiner weiß, was er hat. Es ist beinahe wie mit der Farbenlehre: man weiß, daß man das

* Der Mißverstand liegt offenbar in einer Verwechselung des Begriffs der Zeit mit dem, was der Musiker *Tempo* nennt und seinen Grund im Charakter und im Geschmacke findet.

Rechte nicht hat, sie sind wie die Kinder, welche nicht in die Schule wollen. Für diese mag das bekannte Lied gedichtet sein, das Du mir einmal verflucht hast:

»O Ewigkeit, Zeit ohne Zeit!
Ich weiß vor großer Eitelkeit
Nicht, wo ich mich hinwende!«

Da kam eben Deine liebe Sendung, der III. Band der Schillerschen Briefe. Ich konnte den Päckel nicht gleich öffnen und hatte mit liturgischen Pfuschereien zu kämpfen, da keiner den andern versteht. Die Sache ist rein verfahren, so gut und recht die Sache von oben her gemeint und gegeben ist. Nun muß man das Wesen abbluten lassen, ob sich's noch einmal wo auftut, um mit der rechten Hand einzugreifen. Wer will aber hören? Man muß so alt sein als wir, um nicht zu verzweifeln, wenn das Wenige, was man endlich gewiß weiß, nicht auch zur Lüge werden soll.

Die Hegel'schen Eheleute sind ernstlich krank. Er wäre mir leid, die guten Nachbarn zu vermissen. Sieht man sich nicht zu oft, so hält man doch aneinander.

Eine Gastsängerin, Mademoiselle Heinefetter, ist eben da. Ich muß sie loben. Sie vermag viel und tut nicht *zu* viel, das ist eine Rarität. Als Desdemona hat sie mir ausnehmend gefallen, ohne mich an Mademoiselle Sontag zu erinnern, und das will mir was sagen.

Der Herbst schneidet seine Gesichter, es ist kalt, und ich fange an, die Theater wieder zu besuchen. Will man sich bei Leben erhalten, so muß alles helfen. Lebe wohl! es ist schon wieder Dienstag.

Dein

Z.

751. *An Goethe*

Sonntag, 26. September 1830.

Seit Eröffnung unseres neuen Museum halte ich mich fast täglich ein Stündchen daselbst auf, um mir in der besten Gesellschaft Appetit zum Mittagsessen zu holen. Als Zubrot memoriere darneben die drei Bändchen 27, 28, 29, welche Deine aus Italien berichteten Bemerkungen enthalten; ich brauche sie wie ein Lexikon, um die Sprache der italienischen und griechischen Bildwerke nach Art einer Partitur zu perlustrieren.

Nun ist seit acht Tagen auch die diesjährige Kunstausstellung offen. Vor einigen Tagen kommt der Minister v. Humboldt auf mich zu: »Haben Sie denn wohl meine Anzeige des 29. Bandes von Goethens neuer Ausgabe (über Rom) gelesen, womit ich mir auch Ihren Dank verdienen wollen?« Glücklicherweise konnte ich eben Rede stehn, um das erwartete Lob auszusprechen. Diese Kritik hat auch insofern besondern Wert, da sie von einem gelehrten Diplomaten ausgeht, der Jahre nacheinander italienische Kunst und Natur an Ort und Stelle in friedlicher Muße als Nahrung und Speise einnehmen können. Und kommt anders heraus, als wie der gute Körner an Schiller schreibt: er hat gefunden, »›Hermann und Dorothea‹ gehören in Eine Klasse mit dem Besten, was Goethe geschrieben.« Punktum. Ich habe die Stelle dreimal gelesen, weil mir vorkam, als spräche er von Tiedgens »Urania«. Ich weiß wohl, daß man nicht alle Tage goldne Worte (deutsch: parler d'or) reden und in freundschaftlichen Briefen federlesen kann; wenn aber einer, der sich was wissen will, solch ein vornehmes Nichts an einen Freund wie Schiller hinschreiben kann, so sollte man denken, Schiller habe an diesem seinem Freunde ganz was anderes geliebt als seine – Gedanken, wenn die abgehungerte Phrase nicht gar eine stille Schmeichelei für Schiller sein soll! Er ist aber mein Rat, und damit gut, aber verdrießlich.

Von musikalischen Dingen weiß ich auch nichts Tröstlichers; ich treibe still mein Wesen dahin, und anderes lass' ich gehn. Herr Marx oder Markus, nicht der Evangelist, wiewohl er in der »Musikalischen Zeitung« das neue Evangelium der Pfuscher predigt, brachte mir Grüße von Felix aus München, die sich von selber verstehn, wie ich nicht einverstanden bin mit dem Überbringer. Dieser Marx hat eine »Kunst des Gesanges« in 4to von sich gegeben, woran er soi-disant 9 Jahre gearbeitet hat, um den Deutschen endlich die italische Musik leid zu machen. Das Werk hebt also an: »Wir befinden uns jetzt am Ausgange einer Periode der Tonkunst, in der italische Musik alle Länder und auch Deutschland erfüllt und fast vergessen gemacht hat, was deutsche Kunst und was deutsche Musik sei.« – Wenn das wahr wäre, da wäre freilich das beste, die Deutschen machten sich Musik, worüber man die italische gern entbehrte. Der Ausfall aber auf Exzesse italischen Musikwesens in den weiland salva venia Kastraten und sonst vergess'nen Unwesens ist so abgedroschen wie die ganze Marxische Lehre. Habet nur Talent, ihr guten Deutschen, und geht damit hin, wo ihr Ohren, Augen, Lust und Sinn findet, die Fremde soll euch nichts anhaben! Dürer, Hackert, Goethe und wer noch haben ihr Talent in Italien gestärkt und gefestet, und wer nichts mit dahinnimmt, wird nichts zurückbringen. Händel, Graun, Hasse, Mozart haben, wo sie nur waren, Musik gemacht, ob schottische, italische, evangelische, das war ihnen all eins, und was sie gut gemacht, davon ist die Welt erfüllt. Eure deutsche Tonkunst, ihr Herren vom Stuhle, in Ehren, wenn ihr nur erlaubt, daß Musik Musik bleibe!

Die Streitereien über das neue Berliner Gesangbuch sind auch noch an der Zeit. Die Wahrheit mag wieder in der Mitte liegen, wenn auch alle Parteien weit davon wären. Das Porst'sche Gesangbuch ist freilich nicht zu genießen, wenn man nicht die Gesinnung darin, den Ernst, die Treue verehrt, dagegen das neue weder ein neues noch das alte ist, ja die Notwendigkeit selbst eines neuen jetzt anzufechten wäre, wenn man so deutlich eingesteht, kein neues machen zu können. Das Besohlen und Beflecken der alten rindsledernen Verse ist, wie galant man es auch benamsen möchte, höchstens ein grünes Feigenblatt auf die erste Sünde.

Über die Ausstellung magst Du am besten aus unsern Zeitblättern Dich unterrichten. Mir geht es damit wie mit der Musik, wobei ich oft erst zu meinen Gedanken komme, wenn andere die ihrigen gesagt haben. Doch möchte ich unsere junge Künstler gelobt wissen, schon darum, weil des Kreuzigens und Liebfrauenwesens weniger wird, dagegen sich der frische Geist im Historischen oder Fabelhaften ewig fortüben kann. Einige Landschaften sind wie aus der Leinwand herausgewachsen, da weder von Farbe noch Pinsel das Auge geängstet wird.

Nun erst kann ich Dir auch recht danken für den III. Teil der Schiller'schen Briefe, den ich freilich schon gelesen hatte, wie ich denn ein mir zugehöriges Buch mit andern Augen sehe. Es geht mir damit wie auf Reisen: bin ich zum zweiten Male an einem fremden Orte, so findet sich erst die Gestalt ein, und wenn's auch noch nicht die rechte wäre. Meine alte Schwägerin, die freilich nichts tut als lesen, machte mich aufmerksam auf diesen III. Band, und ihr habe ich nun zu danken, was mich so daran ergötzt.

Heut ist schon der 5. Oktober, und so schließ' ich im Andenken des Propheten von Sankt Helena.

Lebe wohl und laß auch einmal wieder Deine Stimme vernehmen!

Dein
ewiger
Z.

Du bist wohl so gut, die Einlage an Madame Milder abzugeben, wenn sie bei euch angelangt sein wird.

752. *An Zelter*

Ich verglich Dich neulich in guter Gesellschaft einer wohleingerichteten Mühle, die zu dem Umschwung ihres Räderwerks Wasser braucht und, damit ihre Steine sich nicht selbst aufreiben, Weizen die Fülle nötig hat. Ob Du nun gleich, als ein organisches Wesen, dies alles selbst besitzest und hegst, so forderst Du doch von außen Zufluß in Deinen Mühlgraben und zahlreiche Mahlgäste. Dafür mag denn das Theater und das »Ergo bibamus!« gelten. Den besten Weizen wünschen wir Dir auch an gelehrigen Schülern, die Du freilich nicht zermalmen, aber desto erwünschter schroten und zurichten mögest. Nimm vorlieb mit diesem Gleichnis, welches ich, nach Galls Ausspruch, [in] meinen Äußerungen nicht vermeiden konnte.

Ich habe diese Tage wieder in Sternes »Tristram« hineingesehen, der gerade, als ich ein unseliges Studentchen war, in Deutschland großes Aufsehen machte. Mit den Jahren nahm und nimmt meine Bewunderung zu; denn wer hat anno 1759 Pedanterei und Philisterei so trefflich eingesehen und mit solcher Heiterkeit geschildert! Ich kenne noch immer seinesgleichen nicht in dem weiten Bücherkreise.

Verzeihe! es ist Sonntag morgens, und von außen beunruhigt mich nichts; denn fast sind wir schon der neusten in der

Volks- und Pöbelmasse aufgeregten Wildheiten gewohnt, auch Durchmärsche nehmen wir als bekannt an. Wundersam kommt mir freilich vor, daß sich nach vierzig Jahren der alte tumultuarische Taumel wieder erneuert.

Seitdem Herr v. Henning bei mir gewesen, hab' ich manches nach Berlin zu den »Jahrbüchern« gesendet; sie haben es freundlich aufgenommen, und so empfehl' ich Dir's, damit Du erfahrest, womit ich mich abgebe. Ich bin wieder in die Naturbetrachtungen geraten, welches für mich, der ich ein nachdenklicher Mensch bin, doch immer das beste bleibt; je tiefer man in ihr Gebiet dringt, desto wahrer wird sie. Sie wehrt sich zwar gewaltig gegen den unfähigen täppischen Menschen; der Beharrlichkeit gibt sie nach, um ihr Geschlecht zu rechtfertigen.

Die »Campanella« haben sie ins »Chaos« aufgenommen; schicktest Du die Komposition dazu, so sähe man doch auch einmal ein Notenblatt. Der Abschluß des Jahrgangs, das heißt: 52 Blätter, ist vor der Türe; ich animiere sie fortzufahren, es beschäftigt die kleine Gesellschaft und wirkt nach vielen Orten hin. Das Titelblatt wird, wie man Windrosen zeichnet, eine Ortrose als Vignette bringen, wo auf den Strahlen die Orte bezeichnet sind, wo sich die Mitarbeiter aufhalten können.

Die Frankfurter Gönner und Freunde haben mir zum Geburtstag einen bedeutenden silbernen Becher und viele Flaschen guten Weins gesendet, mit Verslein in bezug auf die »Generalbeichte«; so klingt das hin und wider und endlich wohl auch ergötzlich einmal an die Felsenquellen zurück.

Grüße mir Deine guten jungen Leute und hilf ihnen auf, so gut es gehen will.

Vorstehendes liegt schon viele Wochen. Das Pariser Erdbeben hat seine Erschütterungen durch Europa lebhaft verzweigt; ihr habt davon ja auch einen Fieberanstoß empfunden. Alle Klugheit der noch Bestehenden liegt darin, daß sie die einzelnen Paroxysmen unschädlich machen, und das beschäftigt uns denn auch an allen Orten und Enden. Kommen wir darüber hinaus, so ist's wieder auf eine Weile ruhig. Mehr sag' ich nicht.

»Außerhalb Trojas versieht man's und innerhalb Trojas desgleichen.« (»Reineke Fuchs.«)

Den 5. Oktober 1830.

753. *An Goethe*

Deine Frankfurter Landsleute sind brav, aber sie müssen Zeit haben, und man muß alt genug werden, bis sie sich besinnen. Dafür sollen sie denn auch nun erst gelobt sein.

Die Rezension des Saint-Hilaire'schen Werkes habe ich allerdings gelesen und so viel davon verstanden, daß Cuvier mit seiner Rechenkunst von den Brüchen ausgeht, wenn sein Gegner die Teile aus dem Zusammenhange der ganzen Natur zu evolvieren sucht, da denn zwei Männer Einer Sache sich wie Parabel und Perpendikel verhalten und sich zutragen kann, daß das, was dieser sucht, jenem entgegenkommt.

Daß Du des alten Freundes Sterne Lob aussprichst, kann mir nur wohltun. Seine »Empfindsame Reisen« gehören zu meinen frühesten Jugendlesungen und haben wie ein balsamischer Frühlingstau mir den starren Boden geschmeidigt. Lange nachher in Teplitz habe den »Tristram« als echte Badelektur zur Stärkung des Tepelwassers erfunden, ja dieser »Tristram« ist ein rechter Animeter, den man sich alljährlich einmal anprobieren sollte.

Dein Letztes vom 5. dieses ist an dem Tage beschlossen, da mein Schreiben von hier abgegangen und nun wohl in Deinen Händen ist. Heute, den 9. Oktober, trifft mich Dein

Blatt, indem ich die vollständige (Reinhard'sche) Ausgabe der Bürger'schen Schriften in 7 Bändchen vor mir habe. Habe ich an der Offenheit und Derbheit seiner geistesaufregenden Poesieen mit so vielen seiner Verehrer warmen Anteil genommen, so weiß ich nicht, wie es zugegangen, daß mich nie eins seiner Gedichte zu freiwilliger Bearbeitung animiert hat, dahingegen Schulz, Reichardt, André und andere sich mit Beifall daran versucht haben. Erst nachher ist mir eine subalterne, aufstößige, widerhaarige Tendenz mancher seiner Gedichte ungenießlich worden. Die Übersetzung der »Ilias« lerne ich nun eben kennen und wünschte zu seinem Vorteile, daß er sie vollendet hätte. Die allberühmte unliebenswürdige »Leonore«, an die er soviel Fleiß gewendet hat, war mir jedoch ein Greuel, so wie die Komposition des alten André, welche, hopp hopp im Galopp, durch alle Straßen Berlins ritt. Nun wird mir die Sache etwas deutlicher, indem ich seine prosaischen kritischen Aufsätze vor mir habe. In seinem »Herzensausguß über Volkspoesie« gebärdet er sich, als wolle er den Apoll mit den Musen aus dem Olymp werfen und sein Unten zu einem Volksoben promovieren, da er sich denn als Chorführer seiner deutschen Musen deutlich zu erkennen gibt. So will mir auch seine »Anweisung zur deutschen Sprache und Schreibart auf Universitäten« in gleichem Geiste erscheinen. Die Sprache und Schreibart, die hier gegen die Lehrer der Universitäten geführt wird, nimmt sich aus, als ob die Studenten auf dem Katheder und die Lehrer in den Bänken säßen. Mehr will ich nicht sagen und nur bemerken, was mich zunächst angetrieben, die Bürger'schen Sammlungen durchzusehn.

Eine hier sich umtreibende 6′ lange Rezensiermaschine hat sich vor einiger Zeit etwas dummdreist gegen Schillers Kritik der Bürgerschen Gedichte losgelassen und treibt ihr Wesen in der »Mitternachtszeitung«. Dieser Stock heißt Herrmann, ist aber sowenig ein Herr als der rechte Mann, denn daß in diesen Tageblättertagen ihm kein Verleger seine Exkremente abkaufen will, muß doch etwas sagen wollen. Dieser Nachtvogel fiel mir ein, als ich Deine Worte über den »Tristram« und die Zeit von 1759 überschlug.

Die Musik zur »Campanelle« gebe ich recht gerne ins »Chaos«; ich will sie nur erst hören, ob sie gibt, was ich ihr eingegeben. Sage mir den letzten Termin, wann Du sie haben mußt. Darf ich denn wohl am Schlusse des Jahrgangs um ein vollständiges Exemplar bitten? Ich besitze einzelne Stücke, die unter meinen französisierenden und anglisierenden Schöngeisterinnen umherflankieren.

Lieb sollte mir's doch sein, wenn meine Musik zur »Generalbeichte« beigetragen hätte, das Taunusherz Deiner Frankfurter zur Buße zu ziehn. Die Musik kann ihre 30 Jahre auf dem Nacken haben, und wir singen sie noch, und wer sie gern wiederhört, bin ich selber. Das wäre wohl ein Bekehrungslied für einen Bundestag, der sich zu aller Welt Frommen daran erbaute:

»Sich vom Halben zu entwöhnen
Und im Ganzen, Guten, Schönen
Resolut zu wirken.«

Vorigen Sonnabend war der Einzug unseres Prinzen Albrecht mit seiner jungen Neuvermählten. Daß die Stadt auf Beinen war, um das hohe Paar und gelegentlich sich selber beisammen zu sehn und die Kanonen zu hören, magst Du denken, und wie ich denn selber vom Tore an bis ans Königliche Schloß an die 500 Ruten mitgeschlendert bin, muß ich als Zeuge der Wahrheit sagen, daß man sich friedlich und bewillkommend artig konduisiert hat. So ging ich in meine Klause zurück, um meine halbvertrocknete Zunge zu letzen.

Abends war Liedertafel, die zweite (an der ich Ehrenmitglied bin), die mir aber Freude macht, weil sie sich beeifert, die erste (an der ich Präses bin) auszustechen. Im Anfang, als sie sich zusammentaten, verlangten sie unsere Lieder. Da sagt' ich: »Wollt ihr ein purer Schatten sein von uns, so seid ihr nichts; wollt ihr aber eure Sache für ein gutes Fortleben guten Dings ansehn, so macht euch Lieder oder stehlt sie, wie ihr könnt.« Das haben sie getan; ich selber habe ihnen ganz neue dazu gemacht, und einige ihrer Mitglieder haben so gute Piècen geliefert, daß man sie loben muß. »In allen guten Stunden«, gefällt mir besser als meine eigene Komposition, welche freilich original ist, und wenn sie nach und nach den »Sandwirt« und andere lugubre Patriokruditäten abwerfen, können sie es mit allen aufnehmen. Es sind junge kräftige Leute, etwas zur Anarchie geneigt, doch voll Anstand und guten Willen zum Schönen, wenngleich wie mein Barometer, der immer zum Schönen hinauf- und hinübertanzt, ohne auf Beständig zu kommen.

Heut ist schon der 21. Oktober 1830. Vale!

Dein

Z.

Einer meiner Studenten ist hoch erfreut, Du hast ihm ein gutes Wort eingeschrieben. Das lohne Dir Gott!

754. *An Goethe*

In den »Jahrbüchern für wissenschaftliche Kritik« las ich die Anzeige der »Briefe einer Verstorbenen«, die mir recht sehr wohlgefiel, und endlich auf der 23. Spalte trat mir der Name Varnhagen v. Ense wie aus der Kulisse entgegen. Sei es nun der Unterschied zwischen Wissen und Bewußtsein oder sonst: denn hätte die gleich hinterher abgedruckte Rezension desselben Werks von fünftehalb Spalten jener vorangestanden, so will ich nicht geschworen haben, daß ich die erste ganz vollendet hätte, da Viellesenheit nicht zu meinen Ritterpflichten gehört; gleichwohl war mir die Übereinstimmung beider Anzeigen höchst erfreulich.

Die Biotomie ist eine Wissenschaft, das wirst Du wissen; ich habe es aus der Spener-Spiker'schen Zeitung erfahren. Der Inhaber dieses Geheimnisses, Professor Butte aus Bonn, hat gestern seine erste Vorlesung in unserm Saale abgehalten. Ich war etwas weit davon und konnte nicht alles verstehn, auch spricht der Redner etwas zu schnell für einen so großen Raum. Das Verhältnis des sonst so kuriosen Menschen zur Erde, die er so mir nichts dir nichts beschreitet, ohne zu fragen, wo der närrische Kerl daherkommt und wo er bleibt, hat mir freilich auch schon zu schaffen gegeben. Nun sollen die Pfeiler der Singakademie den Schatz aufbewahren, und ich muß mich glücklich halten, daß einer so weit herkommt, um 9 Personen zum Stillhalten zu bringen, wo für 900 Raum ist. Ich an meinem Teile habe manches gute Wort gelernt und will's nicht ausplaudern.

Zum Beschluß der Vermählungsferien hat unsere Oper einen großen – »Wilhelm Tell en masque« gehen lassen. Der eigentliche »Wilhelm Tell« ist von Rossini für Paris gemacht, hat aber wegen revolutionären Inhalts Anstoß gefunden; so haben sie einen ganz neuen andern Text in die Musik hofiert, und die Oper heißt nun: »Andreas Hofer«. Das soll nun keiner merken. Sind sie doch wie die besch– Kinder, die sich einbilden, man riecht's nicht, wenn sie die Augen zuhalten. Wie man hört, soll auch Rex die Metamorphose nicht ganz gnädig bezeichnet haben: »Sollen nur ihre eigene Sachen recht verstehn!« und so weiter. Was Rossini für ein Mann ist, muß sich nun ausweisen; meine Reputation steht auf dem Spiel. Ist das Werk dennoch gefällig, so hab' ich gewonnen, weil ich behaupte, kein Poet könne ihm was anhaben oder abtun, und bald untersteht sich einer, seiner

»Semiramis« einen »Figaro« aufzupassen. Nun hab' ich das Opus noch nicht einmal gehört. Ich mag nicht sagen, daß ich krank bin, weil es niemand glaubt, und kann's doch nicht verschweigen. O wieviel Schmerz und Freude macht mir der liebe Schiller, wenn der unter soviel eigenen und anderer Leiden die trefflichen Werke in die Welt setzt! Man muß ihn zehnfach verehren. Was soll denn ich prahlen, als wenn mir kein Finger weh täte, da sie mir alle weh tun? Es macht mich rasen in Wonne, zu finden, wie ihr beide auf besserm Boden euch abarbeiten müssen, um vor eigenem Gewissen als brave Kerls zu gelten; denn Herr Göschen ist, mit Antonius zu reden, »ein ehrenwerter Mann«, ein wahrer Schändtelmän. Nun merkst Du, daß ich die sechs Bände hinter mir habe.

Melde mir doch etwas über Madame Milders Aufenthalt bei euch. Sie ist mir so still, und ich kann nicht recht etwas aus ihr herausbringen. Berlin, 26. Oktober 1830.

Z.

755. *An Zelter*

Du tust mir einen wahren Freundschaftsdienst, wenn Du mir manchmal das lebendige Berliner Treiben als Schattenspiel durch meine Einsiedelei führst; kaum daß ich mein kleines Hinterzimmer verlasse, das Du kennst, Tag und Nacht beschäftigt, die Kräfte zu nutzen, die mir geblieben sind. Gar manche Forderung, von innen und von außen, setzen sich fort, erneuern sich auch wohl, und so geht ein Tag, oft ein Teil der Nacht hin, wo ich Deiner viel gedenke und oft wünschte, mich mit Dir auszureden; wozu Deine Briefe gar löblichen Text enthalten. Und so will ich denn das Nächstvergangene vornehmen.

Die werte Milder habe einen Augenblick bei mir gesehen, leider aber nicht gehört; ins Theater komm' ich nicht mehr, und ein Konzert bei mir einzurichten, wollte sich nicht machen. Auch Deine früher empfohlene Frau v. Wahl, die, wie mir Ottilie meldet, aus Italien munter und wohl zurückkehrt, konnt' ich diesmal nicht sprechen. Laß mich entschuldigt sein. Fremde Zustände mir zu vergegenwärtigen, will mir nicht mehr gefallen; ich habe an meinen eignen zu richten und zu schlichten.

Mich freut, daß Du v. Humboldt wegen seiner Äußerungen über meinen römischen Aufenthalt etwas Freundlich-Dankbares gesagt hast; mir haben sie zu Erinnerung und Nachdenken viel Gelegenheit gegeben. Es ist merkwürdig, wie er alles an- und aufregt, wie er sich in die dortigen Zustände versenkt hat und mich daselbst betrachtet. Ihm von innen heraus entgegenzugehen, fand ich alle Ursache und bin auf mancherlei Betrachtungen über mich selbst dadurch zurückgeführt worden.

Wie gern möcht' ich in eurem unschätzbaren Museum mein Erkennen und Wissen rekapitulieren, meine Unwissenheit gestehen, meine Begriffe bereichern und vervollständigen, am meisten aber einen freien Genuß einmal, ohne Kritik und Geschichte, mir gewinnen! Das Denken über ein Kunstwerk ist eine schöne Sache; der Beifall aber muß vorausgehen und das Urteil folgen.

In meiner Beschränkung mußte ich mir, um vorwärtszukommen, ganz besondere Wege eröffnen; so habe ich mich auf die Perlenfischerei gelegt, das heißt: zu versuchen, ob aus klaffenden Schalen und halbverfaulten Massen nicht etwa ein Juwel zu erlangen sei, und das ist mir gelungen. Ich habe besonders Zeichnungen gewonnen von der Art, die man sein Leben lang nicht wieder von sich läßt. Von Julius Roman ein ausgeführtes Blatt, vorstellend den Genius der Poesie, vollkommen dem tüchtigen, im Ernste halb ironischen Sinne jenes Meisters gemäß. Der hingelehnte Jüngling, in sich versenkt, scheint auf eine gute Eingebung zu harren, indes der Pegasus gelangweilt danebensteht und an den Zweigen des Lorbeerhaines knuspert. Anderes Unschätzbare dieses Blattes berühr' ich, ja verrat' ich nicht; wenn die guten Dämonen Dich wieder zu uns führen, so sollst Du es sehen und erstaunen.

Und so muß ich mich denn am Geiste der Erfindung in diesem Fache ganz im stillen befriedigen, indem ich Dir Dein rauschend-harmonisches Leben von Herzen gönne. Hiemit sei für diesmal geschlossen; manches andere zunächst.

Deshalb so fortan!

Weimar, den 29. Oktober 1830. G.

756. *An Goethe*

»Cephalus und Prokris«. Schon manches Jahr hängt dies reiche Blatt des Julius Roman an meiner Wand; ich seh' es täglich mit neuer Teilnahme am Gegenstande, doch die Umgebung der Hauptfiguren enthält zwanzig Dinge, die ich mir gern von Dir verständigt wüßte. Ich habe das Blatt auch bei Dir gesehn, und da Du solche Sachen stets bei der Hand hast, so wärst Du wohl so gut, einmal ein Blatt an mich zu wenden und meiner Unkunde in Verwandlungsdingen nachzuhelfen, da wahrscheinlich unser Künstler so viel ihm Eigenes hinzugetan, das wenigstens mein Ovidius nicht besagt.

Eine Madame Birch-Pfeiffer hat sich vorgestern, am 27. Oktober, als Gräfin Orsina einen tüchtigen Stein bei mir ins Brett gesetzt, und ich werde diese Schauspielerin gern wiedersehn. Was nur mein Inneres von je an gegen diesen Hauptcharakter des bekannten Trauerspiels einzuwenden nie unterlassen hatte, hat diese Madame Birch-Pfeiffer in tragische Übereinstimmung gebracht. Von ihrer ersten Erscheinung an im 4. Akte, bis sie die Mutter Claudia nach Guastalla begleitet, hat sie sich tiefer Teilnahme empfohlen, als Italienerin, als Liebende, ja fast liebenswürdig. Eine grundfeste Leidenschaft, durch Sittigkeit und vornehmen Anstand gezüchtet, muß Respekt einflößen. Dabei ist sie keine Schönheit, ihr Gesicht hat mir kaum gefallen; das beseitigt sie jedoch durch Portament, Gewandtheit, Sprache, Klarheit. Wie *sie* es sagt, ist der Prinz ein Mörder, und Marinelli, der ihr Gegenstück sein soll, ist eine gemachte übelgeratene Mißgeburt. Madame Birch-Pfeiffer ist zugleich die Verfasserin eines Stücks: »Das Pfefferrösel«, das mir wohlgefallen hat; ich hoffe, sie persönlich kennenzulernen.

Wie von ungefähr trifft sich's, daß ich gleich auf den Schillerschen Briefen, wo über Erfindung dramatischer Produktionen soviel Belehrendes enthalten ist, das mir fast noch unbekannte Shakespearesche Stück »Ende gut alles gut« nach Vossens Übersetzung gelesen habe. Die erste wunderbare Wirkung dieses Stücks ist, daß es als ganz planlos dahergeht. Die wunderlichsten Figuren, die der Zufall zusammenbringen kann, wie aus verschiedenen Planeten herabgefallen; eine Chronik, hastig aufgeschrieben, wie alles geschieht; durch dick und dünn, Tal und Hügel, und wo es hingeht und verweilt, ist Geist, Natur und Arbeit in Fülle. Die reine Liebe des prächtigen weiblichen Wesens, die nur den Einen kennt, dem sie angehören muß, die Gleichgültigkeit des adeligen Jünglings gegen ein mit ihm erwachsenes Wesen, sein nachheriger Widerstand, der seinen echten Grund im Vorteile seiner Geburt nicht verlassen will, die Rechtsfestigkeit beider Charakter, da jedes sein Eigenes tun muß, damit die Natur triumphiere, das lose Spiel der andern Figuren darum her vom Narren bis zum König, die alle helfen, sie mögen wollen oder nicht, in der muntersten Variation, und endlich der unerschöpfte Fonds der edelsten sittigsten Liebe, die wie ein lang gebändigter Löwe alle Fesseln der Konvenienz von sich wirft – was soll man sagen, als: es ist unbegreiflich, daß ein Mensch – Nein! es ist gefunden! Denn machen läßt sich's nicht.

Die jetzt vollendete Vossische Übersetzung hat für mich, da ich den Dichter nicht englisch lesen kann, das Eigene, daß ich durch die sehr verschiedenen Übersetzungen unseres Dichters so viele seiner Eigenheiten immer besser erkenne. Man tadelt die Vossische Übersetzung, und ich wünschte, nur so viel Englisch zu wissen, so machte ich mir selber eine Übersetzung, und die sollte sich gewaschen haben.

Den 1. November 1830. Gestern habe endlich den vielgetadelten soi-disant »Andreas Hofer«, ci-devant »Wilhelm Tell« an mir vorübergehn sehn und gehört, und ich glaube, mein Spiel gewonnen zu haben.

Der Komponist hat diesmal eine Oper für Paris geschrieben, das ein vorzügliches Orchester und zu Sängern Schreier hat. Ihn selbst habe ich in seiner ganzen Eigenheit wiedererkannt, doch sein Werk ist ein Neues, wie sein neues Terrain, und ich halte diese Oper sogar in Italien für unausführbar, weil die Sänger sie nicht werden singen wollen und die Orchester sie nicht spielen können. Die Oper hat 4 Akte, und überall ist Geist und Leben. Läßt man sich in seinen italienischen Opern manche longueurs gefallen, so ist hier nichts als beständiges Aufleben durch flammende Variation. Das Gedicht ist eine lächerliche Verfälschung der Geschichte unserer Zeit und erinnert an die unzähligen Niederlagen der Triumphierer, ja an den schmählichen Untergang eines braven Patrioten, um den sich niemand bekümmert hat als der Feind des Vaterlandes.* Zuletzt erscheint ein Graf Hu-

* Wenn sie das nicht merken, können sie mehr verdauen als Knödeln; es ist gar zu grob.

gniatti und bringt ein Stückchen weißes Blech, etwas größer als ein Kopfstück, hängt es dem guten Hofer um den Hals und geht still wieder ab. Die Musik hat mich so in Bewegung gesetzt, daß ich die Nacht nicht schlafen können; vielleicht berichte über einer zweiten Vorstellung ein mehreres.

Eben kommt Dein Brief vom 29. vorigen Monats. Die Relation über Deinen Perlenfischfang ist eine zweite Perl. Wer soll so etwas finden? und nun erinnere ich an den Anfang dieses Briefes, Du bist der einzige, der so etwas mit zwei Worten sagt. Deine Zeichnung sehe ich jetzt vor mir, wie sie leibt und lebt. Ich selbst komme manchmal bei Erklärung eines Bildes nicht zum besten weg. Hensel hatte einen »Christus am Brunnen« gemalt. Das Mädchen, mit welchem sich der Heiland unterhält, gefiel mir besonders: eine stracke, prächtig gebaute Figur, die ich ihm loben mußte. Oben in der Ferne kommen die Jünger aus einem Walde daher, und der vorderste, den Arm aufhebend, scheint zu sagen: »Nun, da sitzt er schon wieder und plaudert mit einem Mädchen, und uns läßt er sich suchen!« Das schien der Maler fast übelzunehmen, indem er erwiderte, an dergleichen nicht gedacht zu haben. »Und woran haben Sie denn gedacht«, sagte ich etwas verdrießlich, »wenn man sich bei Ihrer Arbeit nicht das Beste denken soll, was menschlich ist und möglich?«

Frau v. Wahl ist gestern bei mir eingetroffen, und ich habe sie noch nicht gesehn; ich war in der Probe von unserer Musik, die wir diese Woche öffentlich aufzuführen gedenken. Hegel und seine Frau haben das Fieber wieder bekommen, und mir ist um beide bange. Felix wird wahrscheinlich jetzt in Rom sein, worüber ich sehr froh bin, da seine Mutter immer gegen Italien gewesen ist, wo sie vielleicht fürchtet, daß er die letzte Haut des Judentums abstreifen werde. Ihn hier und im Lande in dem verderblichen Familiengeträtsch wie einen Gallert zusammenrinnen zu sehn, war meine

Furcht, da ich ihn wirklich für den besten Schüler halte, weil er *alles* spielt und aller Arten mächtig ist. So möge er denn hingehn in die Welt und seine Meister entdecken und erwecken und nun anfangen, wo der Anfang ist: das Werkzeug dazu bringt er mit!

Wie ich Dir manches sagen möchte, was sich nicht schreibt, und selbst, um gesagt zu sein, seine Stunde fordert, brauch' ich nicht zu wiederholen. Mitten in diesem unsinnig-sinnigen, unästhetisch-artistischen, unpolitisch-politischen Wirbelwesen lebe ich so einsam wie Du. Sich selber in der stündlichen Zerstreuung aller Sinne zusammenzuhalten, das ist die Aufgabe, an der ich mich abarbeite. Dienstag, den 2. November 1830.

Dein

Z.

757. *An Zelter*

Fortsetzung.

Von dem Zweige Deiner Liedertafel zu sprechen, mit dem Du nicht unzufrieden bist, möcht ich sagen: daß diese guten jungen Leute, der fortschreitenden Zeit gemäß, natürlicherweise auch vorwärts wollen; aber wohin? das ist die Frage. Wir andern, wie alle unsre Lieder zeugen, verlangten eine gesellig-abgegrenzte Heiterkeit und setzten uns in die unschuldige Opposition mit den Philistern. Diese sind zwar weder überwunden noch vertilgt, aber sie kommen nicht mehr in Betracht. Nun suchen sich die neuen Muntern auf einer höhern Stufe ihre Gegner, und es sollte mich wundern, wenn Deine Schüler nicht auf die Sprünge von *Béranger* kämen. Das ist freilich ein Feld, wo noch was zu tun ist und wo sie uns überbieten können, vorausgesetzt, daß sie soviel Talent haben als der Genannte; dieses aber so wie manches andere sei den Dämonen empfohlen, die ihre Pfoten in all dem Spiel haben.

Daß Bürgers Talent wieder zur Sprache kommt, wundert mich nicht; es war ein entschiedenes deutsches Talent, aber ohne Grund und ohne Geschmack, so platt wie sein Publikum. Ich habe gewiß als junger Enthusiast zu seinem Gelingen vor der Welt viel beigetragen, zuletzt aber war mir's doch gräßlich zumute, wenn eine wohlerzogene Hofdame im galantesten Negligé die »Frau Fips« oder »Faps«, wie sie heißt, mit Entzücken vordeklamierte. Es ward bedenklich, den Hof, den man ihr zu machen angefangen hatte, weiter fortzusetzen, wenn sie auch übrigens ganz reizend und appetitlich aussah.

Schiller hielt ihm freilich den ideell geschliffenen Spiegel schroff entgegen, und in diesem Sinne kann man sich Bürgers annehmen; indessen konnte Schiller dergleichen Gemeinheiten ohnmöglich neben sich leiden, da er etwas anderes wollte, was er auch erreicht hat.

Bürgers Talent anzuerkennen kostete mich nichts, es war immer zu seiner Zeit bedeutend; auch gilt das Echte, Wahre daran noch immer und wird in der Geschichte der deutschen Literatur mit Ehren genannt werden.

Daß unsre sechs Bändchen, die Du nun verschlungen hast, Dich im Innern zugleich erfreuen und peinigen, liegt in der Natur der Sache. Wenn Du nun überlegst, daß Schilller gerade in der rechten Zeit von hinnen ging und uns die Epoche von 1806 und so weiter auf dem Halse ließ, so kannst du allerlei denken, da Dir diese Folge auch genugsam gelastet hat.

Meine »Farbenlehre« war bis etwa in den 10. Bogen abgedruckt, die dazugehörigen Papiere waren das erste, was ich rettete. Wundersam genug fand sich, daß irgend jemand anders auch dieses Asyl für bedeutende Dinge gesucht, mein Geflüchtetes beseitigt hatte. Es war auch so gerettet. Ich fand mich instand gesetzt, das ganze Werk, nach bester Überzeugung, vier Jahre hernach herauszugeben; ich wüßte noch jetzt nicht viel daran zu ändern. Was zu supplieren war, hab' ich anderwärts getan, und noch weiß vielleicht niemand vollkommen, was er damit machen soll.

Mit diesem Besondern sprech' ich aus: daß wir seit Schillers Ableben nicht aufgehört haben, uns tausendfach zu bemühen, bis auf den heutigen Tag, der nach seiner Art gleichfalls auf uns lastet.

Erlaube mir diese wunderbar hin- und herspringende Manier, es gibt sonst kein Gespräch und keine Unterhaltung; ich erlaube Dir desgleichen ohne viel Besinnen.

Es gilt am Ende doch nur: Vorwärts!

Weimar, den 6. November 1830. G.

758. *An Goethe*

Sonnabend, 6. November 1830.

Nun haben wir auch wieder ein französisches Theater hier, dem ich gestern beigewohnt habe. Unsere deutschen Komödianten, die das Ding freilich verstehn müssen, wollen sie nicht loben; auch gesteh' ich, daß ich mich am meisten über mich selber wundere, weil ich mit meinem wenigen Französisch ihre Sprache und ihr Spiel so leicht fasse; das geht von sich wie Uhrwerk.

Heute habe meinen Wintersemester mit den Studenten wieder begonnen. Zu den Neueingewanderten sind auch mehr als die Hälfte der alten wiedergekommen, die mir leichteres Spiel machen; sie haben nichts vergessen und reißen die Novizen mit sich fort. Ich konnte meine helle Freude nicht bei mir behalten. Sie sind so vergnügt davongegangen, als ob sie aus dem Weinhause kämen.

Dann habe endlich auch Grillparzers »Medea« gesehn,

wohin mich die sehr brave Madame Birch-Pfeiffer verleitet hat, was ihr aber nicht zum zweiten Male gelingen soll. Die geringe Handlung des Stücks ist durch ein Übermaß schöner Worte unbarmherzig auseinander gehalten. Wer am schlechtesten davonkam, das waren die paar Dutzend Zuschauer, die wie ich das klatrig-tragische Ende abgewartet haben. Medea quält sich, Jason quält sich, Kreon, Kreusa, die Amme, alle quälen sich und schimpfen wie Rohrsperlinge, die Kinder sind unartig, et cetera. Was mich particulariter verdrießt, ist, daß ich die Arbeit mehr schlimm als schlecht finden muß, über die Qual, die es meinem Freunde, dem unglücklichen Dichter macht. Schauspieler und Zuschauer gingen davon wie gebiss'ne Hunde. Ein betrunkener Mann hinter mir, wie ein Spundloch duftend, rief aus: »Ein wundervolles Stück!« und hob sich nach dem zweiten Akte davon.

Fortsetzung – Getroffen! ja, ins Schwarze geschossen. Diese unschuldige Opposition gegen die Philister ist der gefährliche Punkt, von dem an ein jeder aus sich selbst hinaussieht. Einige humoristische Stückchen sind mir so geraten und gefallen dermaßen, daß sie an der Tafel als stehend, wie Amen in der Kirche, gebraucht werden. Was tun nun die guten Jungen? Sie glauben sich und mir die größte Ehre zu erweisen, die Stücke so zu karikieren, daß sie unkenntlich werden, und ich habe schon bitten müssen, sich nicht allzuviel Mühe damit zu geben, weil gepreßter Witz nicht besser ist als getretener Witz.

Unsere schon um acht Tage verlängerte Kunstausstellung bleibt auf königlichen Befehl noch bis zum 14. dieses offen. Auswärtige Stücke, besonders von Rom her, sind lange nach der Eröffnung angekommen und die Teilnahme sehr allgemein, wiewohl sich in diesen Tagen jeder scheut, Ausgaben für Kunstwerke zu machen. Die diesjährige Ausstellung ist übrigens reich an wohlgelungenen Stücken aller Fächer, denen man wohl manchmal die Verlegenheit des Künstlers abmerkt um ein einfaches Sujet. Wie sollte aber auch der Allerbeste dazu kommen, unter den nichtswürdigen Zerstreuungen des Tages einen Gedanken an sich selber zu finden! Überall stoßt jedem die ekelhafte Politik auf, wie dem Falstaff die Heringe.

Dein

Dienstag, den 9. November 1830. Z.

Dein Blatt vom 6. dieses war gestern früh um 8 Uhr schon in meinen Händen.

759. *An Zelter*

Du bist so freundlich, mir das Schattenbild Deiner Wunder-, Tat- und Klangwelt in meine Klause vorzuführen; da hast Du »Cephalus und Prokris«, nach meiner Art entwickelt! Stelle Dich davor, ein Stäbchen in der Hand, und denke, bänkelsängerisch deutend, so wird es für den Augenblick wenigstens genügen. Aber hier, wo ich aufhöre, sollt' es eigentlich anfangen, die Großheit der Darstellung eines darzustellen kaum Möglichen!

Laß mich einen Sprung zu der »Samariterin« tun! Jedes Auftreten von Christus, jede seiner Äußerungen gehen dahin, das Höhere anschaulich zu machen. Immer von dem Gemeinen steigt er hinauf, hebt er hinauf, und weil dies bei Sünden und Gebrechen am auffallendsten ist, so kommt dergleichen gar manches vor.

Dieser große sittliche Prophetenakt ist aber sinnlich gar nicht darzustellen, und solche Bilder werden nur gemalt, weil sie schon oftmal gemalt worden sind und weil man eine appetitliche Frau frömmelnd wiederholen will. Sieht man die Vielmännerei der Samariterin an, so weiß man freilich nicht recht, was ihr der zahme Prophet soll. Es mag ein gut Bild sein, aber es sagt nichts. Davon haben die modernen Künstler keinen Begriff und müssen sich am Ende Deine Auslegung des Beiwesens gefallen lassen. Hier aber liegt der Grundirrtum der deutschen Künstler seit beinahe 40 Jahren. Was gehen sie mich an! Haben wir doch auch unsern Moses und unsre Propheten.

Ich will nicht zu sagen unterlassen, was mir gerade einfällt. Schillern war ebendiese echte Christustendenz eingeboren: er berührte nichts Gemeines, ohne es zu veredeln. Seine innere Beschäftigung ging dahin. Es sind noch manuskripte Blätter da, aufgezeichnet von einem Frauenzimmer, die eine Zeitlang in seiner Familie lebte. Diese hat einfach und treulich notiert, was er zu ihr sprach, als er mit ihr aus dem Theater ging, als sie ihm Tee machte und sonst: alles Unterhaltungen im höheren Sinne, woran mich sein Glaube rührt, dergleichen könne von einem jungen Frauenzimmer aufgenommen und genutzt werden. Und doch ist es aufgenommen worden und hat genutzt, gerade wie im Evangelium: »Es ging ein Sämann aus zu säen«, pp.

Nun male man Schillern beim Teetisch einem jungen Frauenzimmer gegenüber! Was ist denn da auszudrücken? obgleich ein junges unschuldiges Kind einem vorzüglichen Manne gegenüber, für dessen Worte sie Respekt hat, sie auffassen und bewahren möchte, immer noch ein löblicherer Gegenstand ist, nur kein malerischer.

Nimm einsweilen hiemit vorlieb und kehre zu Deinem Julius Roman zurück, da wirst Du Dich gegen jene Salbadereien gestärkt fühlen.

Hab' ich Dir einmal das Kupfer nach Leonardo da Vinci, den »Reuterstreit um die Standarte« gesendet? Es ist eine glücklich erhaltene Nachbildung des Kartons von Leonardo da Vinci (siehe den 35. Band meiner kleinen Ausgabe, Seite 311). Hast Du's noch nicht, so wirst Du gewiß Lust darnach empfinden; melde solches, alsobald soll das Blatt folgen, denn es muß sich doppelt in meiner Sammlung aufhalten.

Bis hieher gelangt, eiligst

Weimar, den 9. November 1830. G.

[Beilage]

Cephalus und Prokris nach Julius Roman.

Cephalus, der leidenschaftliche Jäger, nachdem er das Unglück, welches er unwissend in der Morgendämmerung angerichtet, gewahr worden, erfüllte mit Jammergeschrei Felsen und Wald. Hier, auf diesem nicht genug zu schätzenden Blatte, nachdem er sich ausgetobt, sitzt er, brütend über sein Geschick, den Leichnam seiner Gattin entseelt im Schoße haltend.

Indessen hat sein Wehklagen alles, was in den waldigen Bergeshöhen lebt und webt, aus der morgendlichen Ruhe aufgeregt. Ein alter Faun hat sich herangedrängt und repräsentiert die Leidklagenden mit schmerzlichen Gesichtszügen und leidenschaftlichen Gebärden. Zwei Frauen, schon mäßiger teilnehmend, deren eine die Hand der Verblichenen faßt, als ob sie sich ihres wirklichen Abscheidens versichern wollte, gesellen sich hinzu und drücken ihre Gefühle schon zarter aus. Von oben herab, auf Zweigen sich wiegend, schaut eine Dryas, gleichfalls mitbetrübt; unten hat sich der unausweichliche Hund hingelagert und scheint sich nach frischer Beute lechzend umzuschauen. Amor, mit der linken Hand der Hauptgruppe verbunden, zeigt mit der rechten den verhängnisvollen Pfeil vor.

Wem zeigt es ihn entgegen? Einer Karawane von Faunen, Waldweibern und Kindern, die, durch jenes Jammergeschrei erschreckt, herangefordert, die Tat gewahr werden, sich darüber entsetzen und in die Schmerzen der Hauptperson heftig einstimmen. Daß ihnen aber noch mehrere folgen und den Schauplatz beengen werden, dies bezeugt das letzte Mädchen des Zugs, welches von der Mutter mit heraufgerissen wird, indem es sich nach den wahrscheinlich Folgenden umsieht. Auf den Felsen über ihren Häuptern sitzt eine Quellnymphe traurig über der ausgießenden Urne; weiter oben kommt eine Oreas eilig, sich verwundert umschauend, hervor: sie hat das Geschrei gehört, aber sich nicht die Zeit genommen, ihre Haarflechten zu endigen, sie kommt, das Langhaar in der Hand hebend, neugierig und teilnehmend. Ein Rehböcklein steigt gegenüber ganz gelassen in die Höhe und zupft, als wenn nichts vorginge, sein Frühstück von den Zweigen. Damit wir aber ja nicht zweifeln, daß das alles mit Tagesanbruch sich zutrage, eilt Helios auf seinem Wagen aus dem Meere hervor. Sein Hinschauen, seine Gebärde bezeugen, daß er das Unheil vernommen, es nun erblicke und mitempfinde.

Uns aber darf es bei aufmerksamer Betrachtung nicht irren, daß die Sonne gerade im Hintergrunde aufgeht und das ganze, oben beschriebene Personal wie vom Mittag her beleuchtet ist. Ohne diese Fiktion wäre das Bild nicht, was es ist, und wir müssen eine hohe Kunst verehren, die sich gegen alle Wirklichkeit ihrer angestammten Rechte zu bedienen weiß.

Noch eine Bemerkung haben wir über den Vordergrund zu machen. Hier findet sich die Spur benutzender Menschenhände. Die Hauptgruppe ist vor dem tiefsten Walddickicht gelagert, der Vordergrund ist als ein einjähriger Schlag behandelt; Bäume sind, nicht weit von der Wurzel, abgesägt, die lebendige Rinde hat schon wieder ihren Zweig getrieben. Diesen forstmäßigen Schlag legte der Künstler weislich an, damit wir bequem und vollständig sähen, was die Bäume, wenn sie aufrecht stünden, uns verdecken müßten. Ebenso weislich ist im Mittelgrund ein Baum abgesägt, damit er uns Fluß und hintere Landschaft nicht verberge, wo Gebäude, Türme, Aquädukte und eine Mühle, als Dienerin der allernährenden Ceres tätig, uns andeuten, daß menschliche Wohnungen zwar fern seien, daß wir uns aber nicht durchaus in einer Wüste befinden.

salvo meliori.

Treu angeeignet

Weimar, den 9. November 1830. J. W. v. Goethe.

760. *An Goethe*

Großen Dank für die Erklärung des lieben Blattes von Julius Roman. Wenn mir auch die Abholzung des Vorderwaldes absichtlich und weise erschien, so konnte ich mich in die Beleuchtung des Bildes von zwei entgegengesetzten Seiten her nicht finden und wußte mich darüber nur mit dem Gedanken zu trösten, daß die schadenfrohe Aurora zur Unzeit erschiene, um ihr Auge an dem Unglücke der Nebenbuhlerin zu weiden. Nun kann ich die Haltung des ganzen Bildes mit einer Ruhe betrachten, die mir bis jetzt gefehlt hat, um Geschichte und Fabel, Natur und Kunst gegeneinander auszugleichen.

Den »Reuterstreit um die Standarte« von Leonardo da Vinci hast Du mir nicht gegeben, und wenn Du eine Dublette hast, so laß sie mir zukommen und zwar mit Deinem lieben Worte dazu. Der 35. Band Deiner Werke ist bei dieser Gelegenheit erst aufgeschnitten worden, da bei der wenigen Zeit, die ich dem Lesen widmen kann, auch meine Augen Schonung fordern. Was hier über den Karton des Leonardo da Vinci gesagt ist, habe bedachtsam durchgelesen, doch kann über dergleichen Werke des Guten nicht zuviel geschehen; wer so hat wie Du, kann wohl zweimal geben.

Frau v. Wahl ist seit acht Tagen in Berlin und wird

vielleicht den Winter hier zubringen, um der Cholera, welche sich im Norden furchtbar macht, keinen Stoff zuzubringen. Gestern fand ich sie bei Professor Hegel, der sich in der Besserung befindet und angefangen hat zu lesen.

Der Maler Krüger, der das schöne große Blatt der hiesigen Militärparade mit soviel Beifall vollendet hat, ist durch einen Sturz des Pferdes auf einer Schweinsjagd am Hubertusfeste am Kopfe beschädigt worden und zwar ohne weitere Gefahr. Dieses melde bloß deswegen, weil es hieß, daß die rechte Hand schwer verwundet sei, was nicht der Fall ist, wie ich es von seinem Schwiegervater weiß, da es ein unersetzlicher Verlust für die Kunst wäre, wenn dieser junge stracke Mann seine rechte Hand nicht mehr brauchen könnte. Man kann alles zu weit treiben, und ich sage das nur, weil mir dabei einfällt, daß der tüchtige Mozart sich von seiner Frau das Fleisch kleinschneiden ließ, um sich nicht mit dem Messer zu verwunden.

Vorgestern habe einmal wieder den »Matrimonio segreto« bei den Königsstädtern gehört. Da sitzt man gelassen, mir nichts dir nichts, auf der seggiola, vernimmt die hunderttausendste Geschichte aller Tage, die gewesen und sein werden, ist wohl im Weh, indem das leichteste, loseste, frommste, ewig wahrste Tonspiel mich umfächelt, trotz aller Mühe, die sie sich da oben geben, aus Weiß Schwarz und was sonst zu machen. Ich habe die Musik oft genug gehört und bin hingegangen, eine Mademoiselle Vio zu hören, die die Sontag ersetzen muß und in Ermanglung dieser wohlgelitten erscheint. Über die Musik selber aber habe ich die andern vergessen, und so hätt' ich's auch wohl einmal im Leben machen mögen, doch das macht sich selber oder nicht.

Der morgende Sonntag soll nun unsere Kunstausstellung beschließen. Eine lebensgroße marmorne Statue der Hoffnung von Thorwaldsen will sich mir nicht kundgeben, wiewohl die einzelnen Teile wohl ausgearbeitet sind. Die Stellung scheint mir paralysiert, mumienhaft, und das Gewand wie ein Sterbekleid anliegend, ja aufliegend. Ich verstehe das nicht recht, darum verzeih mir meinen Irrtum und meine Zweifel, die Hoffnung als ein Ding, als ein Werk bildlich dargestellt zu sehn.

Nun denk' ich täglich das Museum wieder zu besuchen, da ich ex officio daran vorüberzugehn habe und ein gar friedliches Geschäft ist, eine halbe Stunde vor Tische sich in so guter Umgebung zu befinden. Lebe wohl, wie ich jede Stunde Dein gedenke und Dich überall finde. Deine Büste, die von Schiller und unserm Könige stehn überall in allen Größen und Formen auf Spinden und Konsolen der geringsten Wohnungen. Die Gipsgießer tragen sie den ganzen Tag mit Geschrei durch die Straßen. Einer von ihnen ruht sich täglich vor meinem Fenster, indem er sein Brett vom Kopfe ab auf meinen Kellerhals setzt. Alle drei Büsten kaufst Du um sechs Silbergroschen, und wer sich auf's Handeln legt, hat sie wohl noch billiger; man glaubt, der Gips wäre nicht damit bezahlt, sie sind aber so dünn ausgegossen, daß man sie sehr zart anfassen muß. Addio!

Dein

Sonnabend, 13. November 1830. Z.

761. *An Goethe*

Sonnabend, 13. November 1830.

Was ich eben, da mein Letztes an Dich schon auf der Post ist, von dritter Hand vernehme, wird Dir, Du guter Mann, kein Geheimnis sein. Diese Nachricht setzt ein altes Geschwür in mir wieder in Superation, das ich endlich verharscht dachte. Eben hatte ich gierig angefangen, des Thomas Carlyle »Leben Schillers« zu lesen, als der Brief aus Weimar wie Blitz und Schlag mir das Buch aus der Hand schleudert.

Unsere Brüderschaft, mein Guter, bewährt sich ernsthaft genug. Müssen wir das erleben und stillhalten und schweigen! – Ja, wir sollen mit eigenen Augen dicht an uns heran zusammenstürzen sehn, was nicht teilhat an uns! Das ist der einzige Trost, den wir brauchen können. Stolz sag' ich: *wir*, indem ich den Schmerz habe, wenn Dich eine Nadel sticht. Daß August in Rom gestorben ist, will mich mit ihm und der Welt wieder versöhnen; unsere Saiten wollten nicht akkordieren, und an ein gutes Ende war kaum zu denken.

Nun habe das Buch wieder aufgenommen und glaube es besser zu verstehn, ja ich finde mich selber in ihm wieder. Wenn Du mit Schiller zwei Perioden, der Entfernung und Nähe, bestanden hast, so waren es mit mir drei, ohne mich darum neben oder zwischen euch beide zu drängen, da jeder von euch sich seiner Wirkung auf die Welt bewußt sein durfte.

»Die Räuber« war ein Stück, das mich ebenso schwer verwundete als hoch erfreute. Wenn ich den Franz Moor verabscheute und dem alten Narren von Vater was Unangenehmes gönnte, so war ich selber ein Karl Moor, wie wir junge Leute alle, um aus jugendlicher Gemeinheit als Helden hervorzutreten.

Nun erschien »Kabale und Liebe«; darin erschien ein Musikus, in dem ich das komplette Gegenbild unseres Stadtpfeifers George erkannte. Dieser war ein vorzüglicher Handhaber vieler Instrumente, ein wohlwollender Mann, doch von rohen Sitten, und mir ganz gewogen. Da erschien eine Beurteilung von »Kabale und Liebe«, ich glaube, sie war von Moritz, die mich entrüstete. Ich hätte den Rezensenten totschlagen können; ich deklamierte so offen und laut dagegen, daß mein Vater einst sagte: »Du kommst mir vor wie einer, der sich mit seinem eigenen Unrate wäscht, indem du dir gefällst in dem, was dir mißfällt; was dich ärgert, das treibst und liebst du. Ich denke, du kannst Besseres tun, als was du nicht erlernt hast, und ich versteh' es auch nicht.« Das brachte mich zur Besinnung, wie alles, was mein Vater zu sagen pflegte, und als »Fiesco« erschien, der hier von Fleck mit großem Beifalle gespielt wurde, entstand eine Kühle in mir, die beinah in Kälte überging, so daß ich nun am liebsten die Opern im Orchester des alten Döbbelin, sie mochten sein, wie sie wollten, mitspielte. Diese zweite Epoche hat sich bis zum »Wallenstein« hingezogen. Ich war jetzt näher mit Engel, Nicolai, Zöllner, Moritz und andern bekannt worden. Da hörte ich reden von Fehlern des Stücks: es sei nicht der Geschichte gemäß, es habe 8 Jahre Arbeit gekostet und sei so mangelhaft, und so weiter. Hier mußte ich stillhalten, konnte aber nicht einstimmen. Fleck spielte den Wallenstein meisterhaft; je mehr ich ihn sah, je mehr ward ich angezogen, ich summierte mir alles bis jetzt Vernommene von Schiller, und es entstand das größte Verlangen, den Dichter persönlich zu kennen. Aufrichtig zu sagen, war ich das erstemal meistens zu euch gekommen, um Schillern kennenzulernen, und darum über Jena gegangen, weil ich nicht wußte, daß Schiller schon in Weimar wohnte.

Schiller war nicht längst in Dresden gewesen. Naumann hatte die »Ideale« in Musik gesetzt und sie dem Dichter durch seine Schülerin, eine Mademoiselle Schäfer, vorsingen lassen. Das erste, wovon Schiller zu mir sprach, war diese Komposition, über welche er ganz entrüstet war: wie ein so gefeierter berühmter Mann ein Gedicht so zerarbeiten könne, daß über sein Geklimper die Seele eines Gedichts zu Fetzen werde, und so ging's über alle Komponisten her.

Den Effekt solcher tröstlichen Oration brauch' ich nicht zu beschreiben; ich hatte Schillers und Deine Gedichte im Sacke mitgebracht und mit Einem Schlage die Lust verloren, sie auszupacken. Es war vor Tische. Schiller und ich sollten bei Dir essen.

Die Frau kam und sagte: »Schiller, du mußt dich anziehn,

es ist Zeit.« So geht Schiller ins andere Zimmer und läßt mich allein. Ich setze mich ans Klavier, schlage einige Töne an und singe ganz sachte für mich den »Taucher«. Gegen das Ende der Strophe geht die Tür auf, und Schiller tritt leise heran, in der Linken die halbaufgezognen Hosen, mit der Rechten nach obenauf schwingend: »So ist's recht, so muß es sein!« und so weiter. Dann wieder die Frau: »Lieber Schiller, es ist nach zwei Uhr, mach' doch nur, daß du erst angezogen bist; du weißt, Goethe wartet nicht gern zu lange«, und nun war die Sache in Ordnung.

Wie oft ich ihm und Dir und euch allen damals meine Späße vorgemacht habe, wirst Du wissen; doch Du schicktest mir den Ehlers auf die Stube, dem ich die Stückchen eingeübt habe und der auch manche davon recht gut herausgebracht hat.

Ich bin ins Plaudern gekommen; verzeih! Es ist Sonntag, da man wohl eine Stunde Frieden hat, wiewohl ich schon eine starke Musikprobe von 3 Stunden abgehalten habe.

Was ich im Thomas Carlyle über Schubart finde, stimmt so ziemlich. Auch ich nahm warmen Anteil an der Gewalt, die ihm geschah, weil er Musikus war, wenn ich auch an seiner Musik keine Freude fand, wie an seiner »Ästhetik der Tonkunst«, worin er dozierte, was ich eben abzulegen im Begriff war: neben der Türe durch die Mauer zu brechen, um ins Heiligtum zu gehn. Er hatte nichts gelernt und ist dahin, wo er her war.

Dies Blatt sollte nicht eher abgehn, bis ich etwas Näheres von Dir wüßte. Nun ist heute schon der 18., so mag es hingehn. Felix ist den 1. November in Rom angekommen und hat an seine Eltern daher geschrieben. Laß mich ein Wort von Dir wissen; ich darf nicht auf die Straße treten, ohne gefragt zu werden, wie Du Dich befindest.

Dein

Z.

»Nemo ante obitum beatus« ist ein Wort, das in der Weltgeschichte figuriert, aber eigentlich nichts sagen will. Sollte es mit einiger Gründlichkeit ausgesprochen werden, so müßte es heißen: »Prüfungen erwarte bis zuletzt.«

Dir hat es, mein Guter, nicht daran gefehlt, mir auch nicht, und es scheinet, als wenn das Schicksal die Überzeugung habe, man seie nicht aus Nerven, Venen, Arterien und andern daher abgeleiteten Organen, sondern aus Draht zusammengeflochten.

Dank für Deinen lieben Brief! Hatt' ich Dir doch auch einmal eine solche Hiobsbotschaft als gastlichen Gruß einzureichen. Dabei wollen wir es denn bewenden lassen.

Das eigentliche Wunderliche und Bedeutende dieser Prüfung ist, daß ich alle Lasten, die ich zunächst, ja mit dem neuen Jahre abzustreifen und einem jünger Lebigen zu übertragen glaubte, nunmehr selbst fortzuschleppen und sogar schwieriger weiter zu tragen habe.

Hier nun allein kann der große Begriff der Pflicht uns aufrecht erhalten. Ich habe keine Sorge, als mich physisch im Gleichgewicht zu bewegen; alles andere gibt sich von selbst. Der Körper muß, der Geist will, und wer seinem Wollen die notwendigste Bahn vorgeschrieben sieht, der braucht sich nicht viel zu besinnen.

Weiter will ich nicht gehen, behalte mir aber doch vor, von diesem Punkte gelegentlich fortzuschreiten. Meine herzlichsten dankbaren Grüße an alle so treulich Teilnehmende.

Treu angehörig

Weimar, den 21. November 1830. J. W. v. Goethe.

763. *An Goethe*

Sonntag, den [Lücke] November 1830.

Fürst Radziwill hat mich gestern drei neue Szenen seines »Faust« vernehmen lassen. Die Aufmerksamkeit, mit welcher alles bis in die kleinsten Teile durchdacht ist, konnte ich nur loben. Die erste der Szenen ist die Totenmesse um die Mutter. Sie fängt schon vor der Kirche an. Gretchen hört schon von fern den Orgelton, geht in den Stuhl; das Requiem beginnt, und das Amt geht seinen Gang. Zwischen dem Chorgesang des »Dies irae« und so weiter tritt nun gleichsam persönlich Mephisto hinter die Sünderin an die Stelle des Gewissens und spricht die bekannten improperii laut redend aus. So geschickt und fleißig das nun alles in den Gang der Handlung verwebt und eingepaßt ist, so bleibt es dennoch ein Fehlgriff, weil nicht bloß die Andacht der Sünderin, sondern der Kirchendienst selbst, das ist der Chorgesang durch Dazwischen*rede* gestört wird.* Wie gesagt, die Arbeit muß man loben, nur die Intention wie die Wirkung – mochte ich nicht schelten, denn das Werk ist da, und die Kritik kommt zu spät.

Die andere Szene ist der Spaziergang vor dem Tore mit Wagner, besonders die Unterhaltung über den Pudel. Die Verse sind metrisch zwischen der fortlaufenden Instrumentalmusik so glücklich eingepaßt, als wenn sich die Handlung praktisch denken ließe und das Orchester so mitspazieren könnte.

Die dritte Szene gefiel mir am meisten, wiewohl sie eben auch melodramatisch, wie man's nennt, gesetzt ist. Der Spaziergang im Garten: Faust mit Gretchen und Mephisto mit Marthe gehn im Kreise um einen breiten Rasenplatz, so daß immer das eine Paar, welches spricht, gesehen wird,

* Auch ist es unkatholisch.

indem das andere zwischen Buschwerk wandelt. Hier geht die Musik höchst artig, bald herzig, bald ironisch, fort und hängt geschmacksmäßig aneinander. Verse und Reime sind so zart und metrisch in den Gang der Musik verwebt, daß ich es für das Beste gelten lasse, was noch in dieser Art gewagt worden; wozu denn freilich gehören würde, daß die Deklamierenden gut musikalisch und alle Musiker zusammen so ohrenfest sind, um gelegentlich zu retardieren und wieder vorzugehen, wo denn der verfluchte Taktstock seine Pflicht zu erfüllen hat, ohne welchen man bald nicht mehr wird aufstehn und schlafengehn können.

Das Konzert unserer Madame Milder ist, gegen allen Widerspruch von allen Seiten, vorigen Donnerstag glücklich genug vonstatten gegangen. Ihrem Verlangen und ihrer ersten Ankündigung nach habe ich die Musik anführen sollen, solches aber ist nur mittelbar geschehen; denn ohne meine Gegenwart wäre ein kompletter Bruch mit Freunden und Widerstellern gegen Laune, Eigensinn, unartiges Benehmen und was sonst schwer zu vermeiden gewesen. Sie scheint eine Liebhaberin von Ordonnanzen zu sein. Ihre Stimme ist noch heut ein Werk Gottes.

Über das nächste Karneval ist noch nichts angesagt. Spontini wird erwartet, wenn auch nicht erhofft. In Paris soll er Berlin gelobt haben, wir er hier das Dort lobte. Von neuen Opern weiß niemand, wie denn der »Andreas Hofer« auch noch nicht wieder gegeben worden ist. Das Ballett interessiert jetzt am meisten, und die kleine *Elßler* tanzt wirklich oder dreht und springt vielmehr zum Bewundern. Madame Birch-Pfeiffer ist nicht wieder aufgetreten und hat nicht gegriffen. Sie konnte nicht in Zug kommen und hat sich mit Tragödien produziert, die hier keinen Kurs haben. Auch die Kritiker haben sich eben nicht ganz zu ihrem Vorteil ausgelassen, und das tut schon was; auch haben sie zuweilen nicht unrecht.

Die Kunstausstellung ist vorüber, und es mögen gegen zwölftausend Taler eingekommen sein, wozu manch Viergroschenstück gehört. Die Kosten sind aber auch beträchtlich, und der Transport von Marmorstatuen und -gruppen bis von Rom her mag immer den 3. Teil der Summe belangen. Von dem übrigen Gelde wird ein Teil zu Gratifikationen, die der Senat bestimmt, verwendet. Ein Bild von *Herbig*, No. 248, hat mir (gegen die Meinung anderer) besonders zugesprochen. Sujet, Zeichnung, Kolorit und Beleuchtung schien mir tüchtig und anmutig zugleich. Da es groß ist, wird sich's schwer verkaufen; hoffentlich werden die Meister es gehörig würdigen und gratifizieren. Die Frau des braven Malers will ihm eben das 9. Kind bringen.

764. *An Goethe*

Wenn ich Dich, mein Allerliebster, erwartet habe, wie ich Dich finde, so hat Dein rüstiges Wort vom 21. dieses auch mir wieder aufgeholfen, und ich lebe nach und nach wieder auf, dazu ich mich keineswegs leiblich wohl befunden habe.

Daß Du auf neue Verfügungen zu denken hast, mußte mir sogleich beifallen; wer sich isoliert sieht wie Du, muß sich wohl zusammennehmen, ja ich leide die nämliche Pein. Bin ich niemals gewesen, was man einen Sammler nennt, so hat sich seit 50 Jahren bei mir an musikalischen Schätzen zusammengefunden, was ich notwendig brauchte und nicht umsonst habe. Wiewohl nun bei uns bedenkliche Summen an Sammler geopfert werden, was ich nicht zu tadeln habe, so weiß ich nicht, was ich über kostbare wunderwürdige Dinge verfügen soll. Am liebsten würde ich sie wie meine eigene Tätigkeit dem öffentlichen Nutzen opfern, wenn ich nicht meine nächsten unversorgten Angehörigen zu bedenken hätte, und solche Raritäten als Manuskripte von wertesten Händen kauft nicht leicht jemand um ihren Wert. Dagegen seh' ich schon um mich her das Krähengeschlecht warten, um ihre aasigen Schnäbel darin umzukehren.

In Deinem letzten Briefe sagst Du mir zum Troste: »... behalte mir vor, von diesem Punkte gelegentlich fortzuschreiten.«

Dies Wort berührt mich von zwei Seiten, insofern Du mir so manches Ehrenzeichen Deines Vertrauens gegeben und damit fortfährst, aber auch ich selbst für mich daran lernen will, was in meinem Falle und unter den allerdings verschiedenen Verhältnissen für die Meinigen das Geschickteste wäre.

Über meinen pekuniären Nachlaß, der durch gar ansehnliche Opfer nicht mehr bedeutend ist, habe ich schon zugunsten meiner unverheurateten Töchter verfügt, und sie werden sich einrichten müssen, da sie zum Verdienen und Dienen wenig geeignet sind.

Die Singakademie wird sich einen ordentlichen Direktor schwer erziehn und erhalten. Ich selber habe sie verzogen. Sie leben und wirken mir zu Gefallen, und davon habe ich selber unter ihnen zwei Generationen durchlebt, ja sie gefallen mir heute noch. Wo aber ich's hernehme und wovon ich's gebe, da hat mich Einmal nur unser verstorbene Bankodirektor unschuldig gefragt, was ich davon habe, und das ist lange her. Doch habe ich gelebt und lebe und muß es schätzen, wenn das geringste unserer 400 Mitglieder sich im Auslande ein Mitglied der Singakademie in Berlin nennt.

Soviel für heute, Donnerstag, 25. November 1830. Z.

765. *An Zelter*

Noch ist das Individuum beisammen und bei Sinnen. Glück auf!

Mit der leidigen Krankheitsgeschichte verschon' ich Dich. Hier, was mein trefflicher Arzt von der löblichen Genesung sagt:

»Man kann behaupten, daß jetzt alle Funktionen in Ordnung sind. Der Schlaf ist gut, der Appetit nicht unbedeutend, die Verdauung regelmäßig. Die Kräfte sind bei weitem nicht so geringe, als man bei solchen Vorgängen befürchten mußte. Die vortreffliche Konstitution des verehrten Kranken läßt eine baldige völlige Wiederherstellung mit gutem Grunde hoffen.

Weimar, den 29. November 1830. Dr. Vogel.«

Und so steht es noch heute, den 1. Dezember. Also bis auf weitere Ordre.

Treulichst so fortan!

Goethe.

766. *An Goethe*

Donnerstag, den 2. Dezember 1830.

Die öffentlichen Nachrichten über Dich, mein Geliebter, haben uns alle in Bewegung gesetzt, und eben jetzt erhalte ich von unserm getreuen Eckermann, wie auch gestern vom Herrn Kanzler v. Müller, beruhigende Beweise Deines Befindens, so daß ich heut abend unser Oratorium wie Moses mit dem Wunderstabe zu kommandieren gedenke. Nun, dächt' ich, fingen wir von neuem an, uns des holden hellen Lichts um so erquicklicher zu freuen, da ich Dir Schritt vor Schritt zum Hades nachgetreten war, ohne mich umzusehn. Ich weiß, Du sollst nicht reden und diktieren; kannst Du aber die Feder eine Minute halten, so hebe ins schöne Leben zurück

Deinen

allgetreusten

Z.

767. *An Goethe*

Berlin, 2. Dezember 1830.

Eckermanns Trostbrief vom 29. November enthielt, daß Du am nämlichen Tage aufgestanden seist und, indem Du Dir zum Mittage einen Kalbskopf bestellt, guten Appetit gezeigt hättest. Das gab mir Humor, mir bei Doris, der ich den Brief vorlas, gleich zu Abend nach der Musik einen Kalbskopf zu bestellen, und da des täglichen Erkundens bei mir viel ist, so können gestern und heut ein Schock und mehr Kalbsköpfe hier in Berlin sein verspeist worden.

Meine gestrige Musik (die »Jahreszeiten« von Joseph Haydn) ist mit Beifall und Freude aufgenommen worden. Außer Einem bemerklichen Fehler, den ich selber gemacht habe, ist mir kaum noch was dergleichen aufgefallen, und ich kann zufrieden sein, da die verwünschten Theaterballette und kleines Opernzeug verhindern, auch nur eine gestreckte Probe nacheinander zusammenzubringen, da denn immer ein- oder anderes notwendiges Individuum fehlt. Wäre meine erste Sängerin, Fräulein v. Schätzel, nicht das angenehmste Mädchen mit schönster Stimme, unverwüstlicher Lust, Folgsamkeit und Keckheit, so müßte man's wohl bleiben lassen, ein so großes schweres Stück auf gut Glück öffentlich aufzuführen. Soviel Du älter bist als ich, hast Du vielleicht dergleichen nicht gesehn. Dabei singt sie vom Blatte und hat von Natur ein tenuto, das Schwerste an seiner Stelle frisch anzufassen, und ich mußte auch meine Lektion können. Außerdem tut sie nichts als lachen und paßt auf wie ein Schnepfenschütze. Gott gebe, daß sie nicht auf dem Theater verdorben wird! wenn sich die andern beißen, lacht sie.

Sonnabend, 4. Dezember. Deine bekannte Expeditionsfertigkeit hat sich abermalen bewährt: aufregend, aufgeregt, frisch absolvierend, was zu dienen aufhört, und so in alte Ordnung zurück. So magst Du Dich eines tätigen Modells für alle Gehwerke rühmen, welche an gesprungenen Federn, gerissenen Ketten laborieren. Das bewundert jeder, wenn auch nicht jeder sein eigenes Gehwerk darnach betrachtet. Die Freude der Meinigen, mir gestern abend Deinen eigenhändigen Brief vom 1. Dezember entgegenzubringen: denke Dir nichts Kleines! Dr. Vogels Glück in Berlin ist gemacht. Er kann kommen, wann er will; obwohl es hier nicht an Helfershelfern fehlt, so sind auch die Patienten nicht rar.

Gestern abend war ich bei Hegel mit noch zwei Freunden. Seine Schüler brachten ihm eine goldne Medaille mit seinem Bildnis. Er ist noch nicht ganz hergestellt, das Fieber will noch nicht ganz ablassen; doch lieset er täglich wenigstens einmal. Wir haben [auf] Deine Genesung angestoßen. Tausend Grüße von Tausenden! bei solcher Gelegenheit reckt sich manches Köpfchen her, das sich kaum noch bemerken ließ. Meine Studiosen haben am Mittwoch auf Dein Wohlsein ihr: »Juvenes dum sumus« ertönen lassen, als wenn sie die Decke herabsingen wollten. Vale!

Dein

Z.

Meinen dankbarsten Gruß an Dr. Vogel. Die Zeilen seines Bulletins sind mir der ganze Hippokrat; ich weiß sie jetzt auswendig und will sie nicht vergessen.

Ich habe mir von der königlichen Bibliothek den vollständigen Ovid holen lassen. Der »Bücher der Liebe« sowie der »Verwandlungen« erinnre ich mich wohl aus jungen Jahren. So haben wir auch die »Pamela«, die »Schwedische Gräfin«, die »Asiatische Banise«, »Pucelle d'Orleans« und was noch ohne Arg gelesen, und ist keinem eingefallen, dort oder hier zu warnen oder zu verbieten, was ja gedruckt war, und keiner ist davon mehr oder weniger geworden, als er werden können. Nun haben sie ihr Wesen und wollen einen Zaun machen und denken nicht an die allgemeinste Begünstigung der Leserei von unten nach bis über oben hinauf. Jene Bücher haben doch einen bleibenden Gehalt, dagegen die gierige Lesemanie all der politischen, referierenden, rezensierenden Blättlerwelt nur Schemen, Schatten ohne Körper, leib- und geistlos sind. Was von der Tagsgeschichte wahr ist, soll man nicht wissen, und was wir wissen dürfen, will niemand glauben. So fang' ich denn von vorn an, die Bücher meiner Jugend zu lesen. Es war doch auch eine Zeit. – Und was ich stutzte, als einmal der gute Klopstock sang, es wäre ehedem *keine* Zeit und nur Ewigkeit gewesen, und dann wieder Lessing in einer Rezension (ich glaube, es war die der »Geistlichen Lieder«) strack heraussagte: »Was kann ich dafür, wenn Herr Klopstock kein besserer Philosoph ist!«

Das alles brauchst Du nun von mir nicht zu erfahren, da ich aber nur an Dich denke bei allem, was ich denke, und (seit der letzten schlechten Weinlese) ich doch auch zu unsrer philosophischen Fakultät gehöre, so rede ich mit wie die andern alle, sie mögen sein, wie sie sind. Sind doch die Buchstaben zum Schreiben erfunden.

Den 6. Dezember 1830. So wie lange schon die Oper das Schauspiel und die Tragödie hinter sich herzieht, so übt nun das Ballett seine Oberherrschaft über das Theater aus, das dabei schwer bestehn kann, wegen der bedeutenden Remunerationen für einwandernde Pedivirtuosen. Die gestrige ganz neue Oper wäre auch wohl allein um des darauf folgenden Balletts so stark besucht gewesen. Zwei Wiener Tänzerinnen zeichnen sich durch Wohlgestalt, Leichtigkeit und Anmut in den wunderlichsten Sprüngen und Stellungen vorteilhaft aus, wozu die leichte Bekleidung, welche die Umrisse des ganze Körpers schaulich macht, das lüsterne Auge beschäftigen. Die Mädchen sind sehr jung, sehr hübsch, nicht zu mager, und da beide gut spielen, so ist es schade, daß es keine Noverre gibt, die so schöne Talente würdiger beschäftigen. Unser Ballett heißt: »Die Nachtwandlerin«, die durch ihre Eigenschaft von ihrem Verlobten im Bette eines Kavaliers angetroffen wird, woraus denn Hader, Leid und Freude entsteht.

Die neue Oper von Theodor Körner und Johann Philipp Schmidt heißt »Alfred der Große«, der im Kriege gegen die Dänen um seine Braut kommt, die er sich als intakt wieder erobert. Ist das Gedicht ein schwaches Werk, so hat auch der Komponist seine Schwäche so laut von sich gegeben, daß ich gern eingeschlafen wäre, wenn mich nicht der Kuckuck mitten in die Batterien geführt hätte, denn ich war im Orchester und hatte meinen Sperrsitz meiner Tochter Rosamunde abgetreten.

Auch Kanzler v. Müller hat mir schon zum zweiten Male so trostvolle Nachricht über Deine fortschreitende Genesung gegeben, daß ich Dich bitte, wiewohl ich ihm schriftlich meinen Dank abgestattet, mich fernerer Huld und Freundlichkeit zu empfehlen.

Daß Eckermann Dir wieder zur Hand ist, beruhigt mich; warum kann denn ich Dir nicht sein, was doch kein anderer so nicht sein kann! Ich war auf dem Sprunge, eine Exkursion zu machen, da unser nächstes Konzert ich nicht anzuführen brauche, und wäre wohl auf zwei Tage nach Weimar geraten

– da kommt eine Deputation von Mitgliedern der Singakademie und beider Liedertafeln, mich zu meinem künftigen Sonnabend eintretenden Geburtstage einzuladen. *Sie* sind es, die ein Pläsier haben wollen, und ich soll Trumpf sein und leiden, wenn sie mir wohlwollen. Da wird man denn von allen Seiten bearbeitet und die wenige innre Kraft vergeudet, die mir jetzt so nötig ist. Denn gründlich angesehn, ist solch ein unschuldiges Dankgeben die gute Gelegenheit, einmal wieder zu ignorieren, was eigentlich not ist. – Haltet es mir zugute, meine geliebten Freunde, wenn mich verlegen macht, was mich freuen soll; ihr habt Augen genug, mein Auge muß wach sein.

Vale!

Dein Z.

769. *An Zelter*

Es wird sich wohl einleiten lassen, daß unsre Mitteilungen nicht unterbrochen werden. Ich schreibe manches mit Bleistift, welches mundiert wird. Alles kommt darauf an, daß die Kräfte, die mir geblieben sind und die sich allmählich verstärken, wohl genutzt werden; denn es bedarf deren. Die mir auferlegten Lasten vermindern sich nicht, doch verteil' ich sie auf Wohlgesinnte, die sich an diesem Falle doppelt erproben. Nach und nach hörst Du das Weitere. Schon seit einiger Zeit trau' ich dem Landfrieden nicht und befleißige mich, das Haus zu bestellen; das geht nun fort, rein und stetig, zu meiner großen Beruhigung.

Wegen unsrer Korrespondenz ist Vorsorge getroffen. Willst Du, wie ich denke, den künftigen, nicht unbedeutenden Betrag des Erlöses auch für Doris bestimmen, so drücke es in einem legalen Dokument gegen mich aus, damit es sich an die andern Verfügungen gesetzlich anschließe,

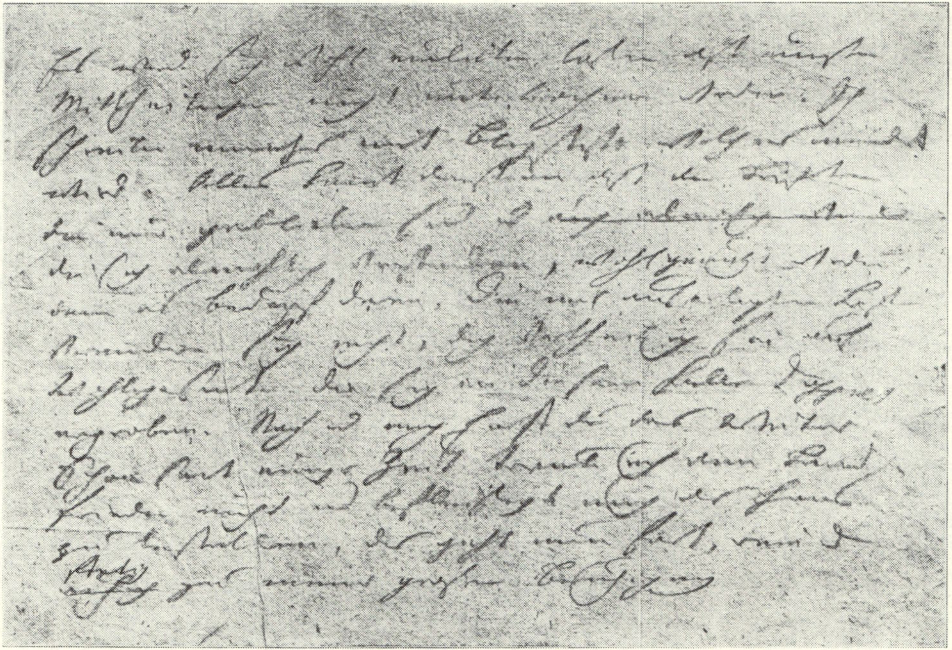

Zu Brief Nr. 769: Goethes eigenhändiger Bleistiftentwurf des Briefes vom 6. Dezember 1830.

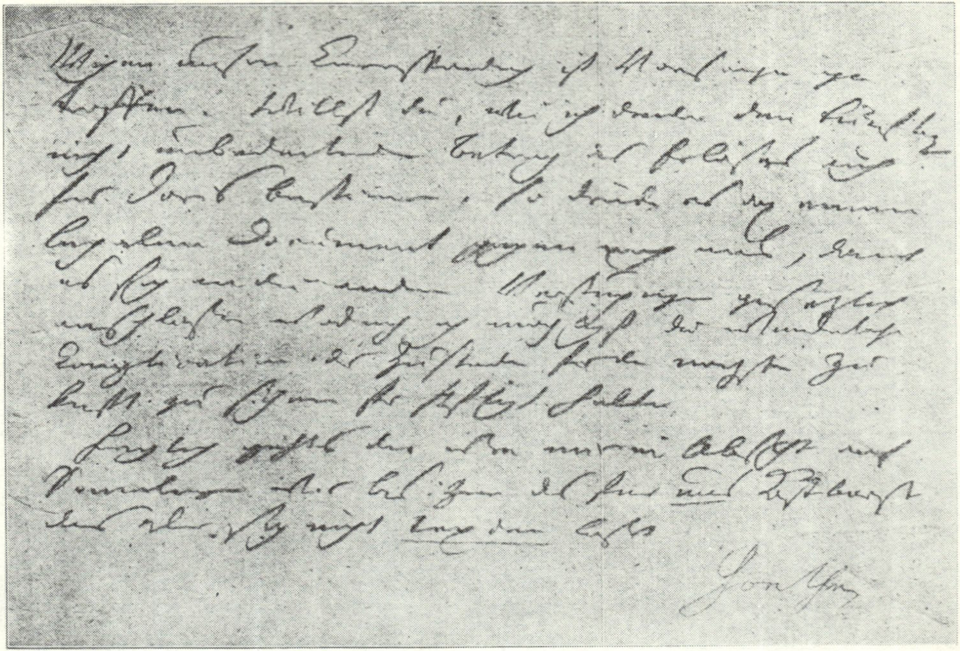

wodurch ich möglichst die wunderliche Komplikation der Zustände für die nächste Zukunft zu sichern für Pflicht halte.

Freilich geht's Dir wie mir in Absicht auf Sammlungen; wir besitzen das für *uns* Kostbarste, das aber sich nicht *taxieren* läßt.

Soviel für diesmal. Ich lege das Original bei, damit Du siehst, wie wir uns behelfen.

Schritt vor Schritt!

Wie immer

Weimar, den 6. Dezember 1830. G.

770. *An Goethe*

Berlin, den 9. Dezember 1830.

Dein treufreundliches Anerbieten vom 6. dieses würde mich um neuen Dank für Deine Liebe verlegen machen, wenn ich einer Sorge unterliegen könnte über das, was Du tust.

Wenn unsre Sammlung einst vor der Welt erscheinen soll, so habe ich die Ehre, den Namen meines würdigsten Vaters, meinen Nachkommen bewahrt, neben dem Deinigen gestellt zu wissen. Das ist mehr, als ich, der nur nehmen und nichts schaffen können, zu verdienen wüßte.

Was Du zu Deinem Vorhaben wissen mußt, ist, daß von meinen sechs lebenden Kindern (Töchtern) viere als versorgt anzusehn sind, und meine beiden noch unverheurateten, Doris (38 Jahr) und Rosamunde (36 Jahr alt), ich gern so in der Welt zurückgelassen sehe, um ihren mit Kindern reichlich versehnen Geschwistern nicht beschwerlich zu werden. Außerdem bleibt mir meine Enkelin Luise, die ich auch bei mir habe, uneheliche Tochter meines unglücklichen Karl und jetzt zwanzig Jahre alt. Dieses schöne sanfte Mädchen denke ich ihren Wohltäterinnen Doris und Rosamunden zu empfehlen. Sie haben sich die stattliche Figur groß gezogen und mögen sie aufbewahren. Ein kleines Kapital habe ich bar für das Kind in die Sparkasse zu etwanigem Brautschatze auf Zinsen gelegt; aber das schönste Mädchen Berlins leidet an einem Übel, das allen unsern Ärzten bis heut unerkennbar geblieben ist. Der schönste Kopf, das schönste Auge, der stattliche Körper von den weichsten Formen und ein stilles Gemüt haben unsere kennerischen Freunde Rauch und Langermann in Verwundrung gesetzt.

Da ich nun aus Deinem Schreiben ersehe, daß Du eine Vorsorge wegen unserer Korrespondenz getroffen hast, so empfehle ich Dir meine unverheurateten Töchter Doris und Rosamunde zu gleichen Teilen, da sie mir beide stets kindlich ergeben gewesen und geblieben und beide nicht von allzufestem Korne sind. Fromm, ehrbar, wirtschaftlich und allgemein geschätzt, tragen sie meine herangewachsenen Jahre mit Geduld, und ich wüßte nicht zu sagen, wie ich glücklicher leben könnte, es müßte denn die Sorge sein, diese treuen Wesen etwas sorgenfreier hinterlassen zu können. Ich schreibe dieses in gemäßer Bewegung, da ich mir nicht verhehlen kann, daß einer von uns beiden sich hier allein finden wird, weil ich wünschen darf, mit Dir zu sein, wo Du bist, und zu gehn, wohin Du gehst.

Laß mich nun wissen, ob es Dir genehm wäre, Dein Liebesvermächtnis auf meine Töchter beide, da Du nur eine persönlich kennst, zu verfügen, so will ich durch meinen Rechtsanwalt sogleich das Nötige besorgen lassen. Ewig

Dein getreuster

Zelter.

Dein Brief vom 6. dieses ist vor einer Stunde angekommen.

Indem ich meinen Rechtskonsulenten aufgebe, in der Angelegenheit unserer Korrespondenz ein legales Dokument für Dich zu besorgen, um solches Deinen Willensverfügungen anzuschließen, sendet er mir das infolgende Blatt.

Verstehe ich recht, so ist nur von meiner Seite auszusprechen, daß ich mein eigenes Recht an Deinen mir geschriebenen Briefen in Deine Hand zurückelege, um über solche nach Deinem letzten Willen zu verfügen.

Dies geschehe nun hiermit und kraft dieses meines Ausspruchs, indem ich die Disposition über dies mein bisheriges Eigentum aller Deiner Briefe an mich Deiner alleinigen Verfügung überlasse. Das ist mein Wille.

Sollte über dieser meiner eigenhändigen Erklärung noch ein legales Dokument nötig sein, so wäre wohl das Kürzeste, Du ließest solches in gehöriger Form unter Deinen Augen in Weimar anfertigen, und sendest es mir alsdenn zur Unterschrift nach Berlin.

Das Briefchen an den Herrn Kanzler v. Müller bist Du wohl so gut abzugeben. Er hat mir mit großer Freundschaft stets Dein Befinden gemeldet, wofür ich nicht genug danken kann.

Gestern, am 11. Dezember, war mein 73. Geburtstag. Ehemalige und zeitige Gefährten unserer Belehrung haben sich geschäftig erwiesen, den Tag mit Segnungen von früh bis nach Mitternacht zu erfüllen. Meine Universitäts-studiosi machten sich ganz glorios. Einige ihrer Gedichte leg' ich bei, die mir besonders gefallen.

Um der fatigue dieses Tages auszuweichen, wollte ich einige Tage in Sanssouci beim Gartendirektor Lenné zubringen; da haben sie denn gedacht, ich wollte nach Weimar gehn, welches zu anderer Zeit vielleicht geschehen wäre. Nun wollte ich sie nicht betrüben und bin zu Hause geblieben. Am Abend hatten sich die beiden hiesigen Liedertafeln zusammengetan. Dein Vivat hat manche gute Flasche ausgehöhlt. Fürst Radziwill war entschuldigt; er hatte plötzlich Familientrauer bekommen: sein Bruder Louis ist in Warschau gestorben.

Graf Brühl hat sich am Inhalt Deines Briefes vom 1. dieses Monats hoch erfreut.

Herzog Karl von Mecklenburg, unser beliebter Mephisto, hielt mich mit seiner Suite auf der Straße an, erkundigte sich aufs angelegenste nach Dir und freute sich so laut, daß die Vorübergehenden stehn blieben. Er versichert Dich seiner frohen Teilnahme an Deinen überstandenen Leiden.

Für Hegel fang' ich an ernsthaft besorgt zu werden. Das Fieber will ihn nicht loslassen, und die Frau ist noch kranker. Gestern war er bei mir (er kam mir vor wie sein Schatten), um mir zwei Exemplare seiner Medaille zu bringen, deren eine er Dir bestimmt. Der junge Künstler heißt *Held*, es ist, soviel ich weiß, seine erste Arbeit, ich denke sie Dir mit Gelegenheit zu senden. Der Kopf ist gut und nicht unähnlich; die Kehrseite will mir aber nicht gefallen. Wer heißt mich das Kreuz lieben, ob ich gleich selber daran zu tragen habe! Es ist heute schon 14. Dezember 1830. Lebe wohl!

Dein

Zelter.

[Beilage]

Ew. Wohlgeboren geehrte Anfrage beantworte ich nachstehend.

Jeder rechtmäßige Empfänger eines Briefes wird durch den Empfang Eigentümer desselben und kann daher über solchen nach Gefallen disponieren. Der Herr p. v. Goethe ist daher ausschließlich ermächtigt, über die von Ew. Wohlgeboren an ihn geschriebenen Briefe Dispositionen zu treffen, so wie solche in Beziehung auf die von demselben an Sie gerichteten Briefe von Ihnen ausgehen müßten. Eine Erklärung von Ihnen kann die Erben des Herrn v. Goethe nicht verpflichten, und wenn daher Ihre an Herrn v. Goethe gerichteten Briefe nach dessen Ableben, welches der Himmel noch lange hinaussetzen möge, Ihr Eigentum werden sollen, so würde Herr v. Goethe seinen Willen auf eine den dortigen Landesgesetzen zu Recht beständige Art in Form eines Testaments auszusprechen haben.

Mit vorzüglicher Hochachtung habe ich die Ehre, mich zu unterzeichnen

Berlin, den 11. Dezember 1830. Justizrat Heincius.

772. *An Zelter*

Du hast vollkommen recht, mein Bester! Wenn ich das Uhrwerk meiner Lebensbetriebe nicht gehörig in Ordnung hielte, so könnt' ich in einem dergleichen leidigen Falle kaum weiter existieren. Diesmal aber hat der Zeiger nur einige Stunden retardiert, und nun ist alles wieder im alten mäßigen Gange.

Jedoch hab' ich Dir vom Verlauf des Novembers noch einiges zu bekennen. Das Außenbleiben meines Sohns drückte mich auf mehr als eine Weise sehr heftig und widerwärtig; ich griff daher zu einer Arbeit, die mich ganz absorbieren sollte. Der vierte Band meines »Lebens« lag über zehn Jahre in Schematen und teilweiser Ausführung ruhig aufbewahrt, ohne daß ich gewagt hätte, die Arbeit wieder vorzunehmen. Nun griff ich sie mit Gewalt an, und es gelang so weit, daß der Band, wie er liegt, gedruckt werden könnte, wenn ich nicht Hoffnung hätte, den Inhalt noch reicher und bedeutender, die Behandlung aber noch vollendeter darzustellen.

So weit nun bracht' ich's in vierzehn Tagen, und es möchte wohl kein Zweifel sein, daß der unterdrückte Schmerz und eine so gewaltsame Geistesanstrengung jene Explosion, wozu sich der Körper disponiert finden mochte, dürften verursacht haben. Plötzlich, nachdem keine entschiedene Andeutung noch irgendein drohendes Symptom vorausging, riß ein Gefäß in der Lunge, und der Blutauswurf war so stark, daß, wäre nicht gleich und kunstgemäße Hülfe zu erhalten gewesen, hier wohl die ultima linea rerum sich würde hingezogen haben. Nächstens noch von andern Dingen, worauf ich den vergangenen sonnenlosen Sommer aufmerksamen Fleiß gewendet, zu vorläufiger und, wie ich fernerhin hoffe, zu künftiger Zufriedenheit.

Weimar, den 10. Dezember 1830.

Schon manchmal hab' ich bedacht, wie wir beiden gleichsam an die entgegengesetzten Enden der sozialen Welt angewiesen sind. Du, in die kreiselnde Bewegung einer volkreichen Königstadt verschlungen, hast alles persönlich zu bestehen, unterrichtest und lehrst, gibst und genießest, arbeitest und vollbringst, versammelst und dirigierst, gebietest und herrschest und was nicht alles; hiezu noch der Familienzirkel und fremde Gelage gerechnet, da gibt es denn schon etwas auszuhalten. Indessen ich einsam, wie Merlin vom leuchtenden Grabe her, mein eignes Echo ruhig und gelegentlich in der Nähe, wohl auch in die Ferne vernehmen lasse.

Von dieser Betrachtung laß uns zum gemeinsamen, nicht unbedeutenden Geschäft hinübergehen, zu dessen völliger Einleitung ich nächstens einen Aufsatz vorlege, ihn, der weiteres Vorschreiten befördern wird, Deiner Einstimmung empfehlend.

Der getreue Eckart ist mir von großer Beihülfe. Reinen und redlichen Gesinnungen treu, wächst er täglich an Kenntnis, Ein- und Übersicht und bleibt wegen fördernder Teilnahme ganz unschätzbar, so wie Riemer von seiner Seite durch gesellige Berichtigung, Reinigung, Revision und Abschluß der Manuskripte sowie der Druckbogen mir Arbeit und Leben erleichtert. Möge uns beiden soviel Kraft und Behagen verliehen sein, um bis ans Ende wirksam auszudauern!

Deshalb denn, manchmal zurückschauend, in diesem Gänsespiel getrost *vorwärts*!

Weimar, den 14. Dezember 1830. J. W. v. Goethe.

773. *An Goethe*

Freitag, 17. Dezember 1830.

Ein Gänsespiel! das ist die Parole, und so treib' auch ich es einen Tag wie den andern und lasse mich mitgehn, um dazwischen einen Griff, ein wiederholtes, ein verhaltenes Wort auszuwerfen, das mich so lang peinigt, bis es losgeht.

Hatte ich Dir doch gesagt, daß wir Haydns »Jahrszeiten«, nach Thomsons Text, aufgeführt haben. Eine Musik, die unter die verlornen Schätze geraten sollte, weil es von Landleuten, Wein- und Ackerbauern abgesungen wird, nach ländlich höchst geistreicher Weise, dem Ohre so anschaulich, daß ich dadurch immer in einen Zustand der Unschuld, in ein vollkommenes Gleichgewicht der Seele versetzt bin. Da entstanden beim Einüben zwei Parteien. Die zarte Canaille wollte nicht zur Weinlese ins »Heida! Hopsa! Huchhe!« des braven Landvolks einstimmen, und ich, der Zeit eingedenk, ließ mich bewegen, diese Stücke herauszulassen, da sie, ohne Lust gegeben, nicht mit Lust empfangen werden konnten. Habe ich mich nun dabei nicht gar zu abgeneigt verhalten, so habe die Satisfaktion, die Besten aus der Menge auf meiner Seite zu wissen, und die andern sind leidlich geblieben, da sie nicht als willenlos behandelt worden und nun unter sich selber getadelt werden. Die Aufführung hat übermaßen gefallen, und nun wünscht man das Ganze wiederholt zu hören, wozu ich mich werde etwas bitten lassen. Dem Texte hatte ich ein Vorwort angefügt, um den Verständigen eine allgemeine Übersicht zu geben, die auch, wie ich höre, wohl sentiert worden; ich lege es bei.

Dein letzter Brief vom 10.-14. dieses hat mich sehr froh gemacht. Mein Letztes konnte noch nicht bei Dir angelangt sein, und ich erwarte nun Deine nähere Bestimmung, wie Du es in Sachen unserer Korrespondenz gehalten wissen willst. Auch will ich gestehen, was mir Spaßhaftes dabei einfällt: denn als ich den Lessingschen Briefwechsel mit Freund Nicolai gelesen habe, konnte ich die Neigung kaum überwinden, nur Lessings Briefe zu lesen, und so dürfte es auch mir ergehn. Wenigstens haben meine Briefe das Verdienst, die Deinigen veranlaßt zu haben, was mir kein schlechter Trost ist.

Das ganze Radziwill'sche Haus, wo ich diesen Mittag eingeladen war, ist in Freuden über Deine glückliche Rückkehr zum Leben, sowenig sie der Freude jetzt Raum haben. Der Fürst, die Prinzessin-Mutter, die ich anbete, Töchter und Söhne haben Sorge und Trauer die Fülle. Der Vater des Fürsten, *neunzig* Jahre alt, lebt noch mitten im Tumulte; der 2. Bruder Michael, rechtsinnig und tüchtig, gleichfalls; der 3., Louis, ist eben gestorben, und der 4. jüngste Bruder ist mit dem Großfürsten abwesend. Man hofft auf eine leidliche Entwickelung, die allerdings von der Kaiserstadt wird ausgehn müssen. Das siedet und brodelt und flammt, und die Brandstifter laufen mir nichts dir nichts darum her und können sich nicht genug wundern, wie das Feuer so unvernünftig brennt. Die Löschanstalten selber scheinen die Glut zu nähren.

Sonnabend, den 18. Dezember.

Dergleichen mußte also die Gelegenheit sein, den vierten Band Deines »Lebens« zu vollenden! der Tod selber mußte zu Leben werden! Eine Probe, wie die Geschichte entsteht. Ich danke Gott, daß Du einmal wieder so gut davongekommen bist. Da soll einer merken, wo die Lebensgefahr ist, wo keine, wo Leben anfängt und endet! Dein »Nächstens noch von andern Dingen« hat mich lüstern gemacht, und wie Dein letzter Brief auf die fast erhoffte Stunde zu meinem Ergötzen ankam, so denke ich nur wieder ans Nächste. Deine Betrachtung, wie sich unsere beiden Pole gegeneinander verhalten, ist so natürlich, daß sie mir darum noch gar nicht eingefallen ist. Unser Leben hier ist so unerquicklich bunt wie die sogenannte gute Gesellschaft, wo recht gescheute Leute sich mit Nichtswürdigkeiten unterhalten, die sie selber tadeln. Am Montag abend saßen an unserer Tafel sechs wissenschaftliche Akademisten nebeneinander. Wenn dabei einer wie ich was lernen soll, so müßte er klüger sein als ich und sie alle. Und doch trägt sich's, und wir gehn zuweilen ganz vergnügt davon. Da nun es mir nicht gegeben ist, mich aus eigenen Geistesmitteln zu unterhalten, so habe ich dankbar zu erkennen, daß es mir so wird, wie es ist, und wüßte ich, rechtschaffen betrachtet, mich über nichts zu beklagen. Daß man zu oft gehemmt ist, wo man das Wohlüberdachte so gut als geschehen erkennt, das ist überall so; wer da verzweifelt, dem ist gar nicht zu helfen. Ich sollte freilich nur von mir und meinem kleinen Wesen reden; was ist denn aber groß oder klein, wenn es das nicht ist, was ich mir daraus mache!

Die Postzeit ist da, lebe wohl!

Dein

Z.

Unsre Angelegenheit, mein Teuerster, ist nun der juristischen Werkstatt übergeben, wo sie hoffentlich bald fix und fertig, für künftige Zeiten dauerhaft und hinreichend hervorgehen soll.

Indessen kann ich zu Deiner Beruhigung und Zufriedenheit vermelden, daß ich mich für das Verhältnis verwundersam wohl befinde, unter der Bedingung einer ganz eigenen diätetischen Selbstverleugnung, wozu ich mich jedoch verpflichtet fühle, um die vielfachen Obliegenheiten, die sich mir aufdringen, geziemend zu bestehen.

Die mitgeteilten Gedichte sind recht hübsch und den Zuständen angemessen. Der »Berliner Musenalmanach« nimmt sich diesmal ganz wunderlich aus, wenn man Anfang und Ende zusammenhält. Er beginnt mit ernstem funfzigjährigen Rückblick und endigt mit der Gelbschnabelei der »Sancta Juventus«; nach funfzig Jahren werden sie anders pfeifen. Mit Neujahr packe, mein guter, ja sogleich meine Briefe zusammen, damit der durchlebte und durchgeschriebene Jahrgang alsobald ajustiert und mundiert werde.

Ich befinde mich, wie gesagt, verhältnismäßig sehr wohl und würde meine Tage sogar behaglich zubringen können, wenn nicht mein ohnehin operoses Autor- und Geschäftsleben durch das Außenbleiben meines Sohnes noch mehr belastet wäre; doch wollen wir uns durchhelfen und allenfalls durchwürgen. Schreibe nur noch von Deinen lebhaften Zuständen und dortigen Begebenheiten, damit ich, in meinen beschneiten Klostergarten schauend, ein buntes Tagewesen in der Einbildungskraft vor mir sehe.

Euer Devrient ist hier; von ihm vielleicht nächstens. Gestern kam Wölfchen von Schewa gerührt und entzückt nach Hause, kindlich erfreut, daß seine Stimme die zweite gewesen, die den trefflichen Künstler herausgerufen habe.

Soll dieses Blättchen heute fort, so muß ich schließen, obgleich ich noch Grenzenloses mitzuteilen hätte.

Doch will ich nicht verhehlen, daß ich Deine Korrespondenz und die Schillersche in Gedanken verglichen habe; wenn ich Dir das mitteile, so wirst Du Dich dabei ganz wohl befinden. Ich wollte nur, meine Gedanken hätten einen Geschwindschreiber, ohne daß ich sie ausspräche. Möge Dir alles nach Deiner Art, Weise und Bedürfnis wo nicht gut, doch leidlich gelingen!

Seit acht Wochen les' ich keine Zeitungen mehr, wie ich vor Jahren auch tat und mich wohl dabei befand. Wir andern Philister sind doch immer nur wie die Fliege auf dem fortrollenden Reisewagen, welche sich einbildet, solche Wolken Staubs zu erregen. Die Freunde finden nun ein wahrhaftes Interesse, mich von allem Bedeutenden geschwind zu benachrichtigen. Und so findet sich denn gerade noch ein freies Viertelstündchen nach dem andern, um diese Seiten nicht ganz blank zu Dir wandern zu lassen. Doch wollen wir endigen; es möchte in der Stimmung, in der ich bin, vielleicht zu weit führen.

Also treulich fernerhin

Weimar, den 28. Dezember 1830. J. W. v. Goethe.

775. *An Goethe*

Da Du jetzt wohl kaum dazu kommst, französische Zeitungen zu lesen, so hat der »Figaro« den Tod des Heiligen Vaters, den des Benjamin Constant und – den Deinigen wie ein Trinium ausgerufen und nach wohlbekannter Manier seinen Franzosen geweissagt, was sie und die Welt von eurer jedem gehabt haben und behalten werden. Die zwei ersten mögen sich nun vorderhand mit ihrer Verewigung behelfen, unterdessen Du hier im Lande der Lebendigen noch vorlieb nimmst; ja ich möchte es Dir verdenken, wenn Dir die Nachwelt lieber wäre als das liebe Licht und Leben dieser Oberfläche, und wir andere gehen eben auch so noch eine Strecke mit.

Das ist, wenn man will, das Gute an dem Schreibzeuge der Journale, wenn eine heut ausgeflogene Unwahrheit morgen mit der erwünschten Berichtigung wiederkehrt, wie die Taube des Noah, das grüne Blatt im Munde – und die Redaktion hält das zweite Blatt schon offen: doppelter Gewinn!

Auch ein Brief von Felix aus Rom vom 1. Dezember meldet mir des Papstes Tod, der am Abend vorher auf dem Quirinal verschieden ist. Der Knabe ist zu guter Stunde in die Welt gekommen. In Ungarn sieht er die Krönung eines kaiserlichen Hauptes, in Rom findet er ein Konklave, und der Vesuv will sich auch zu einem Schauspiel anschicken. In Rom habe ich ihn an den Maestro di Cappella del Sommo Pontefice, Baini, und den Abate Santini gewiesen. Der letztere, ein musikalischer Antiquar und Sammler, schreibt mir: »O che talento ha questo giovine, che con piacere nomino il mio amico! ben si può dire di lui che è ›monstrum sine vitio‹, come soleva dire Scaligero, parlando di Pico della Mirandola.« Santini hat der Graun'schen Passionsmusik, nach dem Ramler'schen Text, eine italienische Übersetzung untergelegt, und man berichtet ihm darüber von Neapel her: »Tutti i nostri dilettanti non vogliono udire adesso che musica di Graun e de Hendele, tanto è vero che il vero bello non si può perder mai.« Das wußte ich freilich, was sie nun in Italien lernen, daß jenseits ihrer Alpen Leute wohnen. Nun sucht ihre Muse, welche sich bis Berlin geflüchtet hatte, und findet ihr warmes Mutterland wieder, und mein feuchtes Auge begleitet sie mit treuer Sehnsucht. Und doch muß ich danken: sie hat von meinen akademischen Studien mit nach Rom genommen, ich weiß nicht wie, die ich nie drucken lassen und ins Römische übersetzt worden. Santini schreibt mir davon die verbindlichsten Worte, die von dorther einen lieben lichten Klang haben, wenn sie einem hier die mühbeladne Freude an der Kunst zu Wasser rezensieren.

Den 30. Dezember 1830. Dieses Blatt, das schon über 8 Tage daliegt und, ich weiß selber nicht worauf, wartet, soll aber nicht ungesegnet das alte Jahr verscheiden sehn, da man wohl zu danken hätte. Denn ich will gestehn, daß ich seit Deinem letzten Überfalle des vorigen Monats sorglich geworden bin, das denn auch natürlich ist. Was will man prahlen und den Simson machen, als ob die Kraft draußen in den grauen kurzen Haaren säße, wenn es drinnen in der Festung mudik und buttrig ist!

Silvester. Gestern abend wurde ich abgerissen, und eben frühmorgens kommt Dein frischer heiterer Brief und drückt Schnupfen und Nachthusten zurück.

Deine Anmerkung über den neuen Berliner Almanach macht mit Spaß. Ich hatte unter das letzte Gedicht »Sancta Juventus« angehängt: »O sancta simplicitas!« Dabei fiel mir ein, daß ein Sekondeleutnant in der Zeitung den Tod seiner unendlich geliebten Gemahlin ankündigt, welche an der Entbindung von Zwillingen gestorben ist. Alle Beleidsbezeugungen werden verbeten, die seinen *grenzenlosen* Schmerz noch vermehren würden. So soll denn auch Wölfchen als Secundus gelobt sein, da er unsern Schewa herausrufen helfen, dessen *Shylock* und *König Lear* das Tüchtigste *war*, das mir in der Art vorgekommen ist. Das sind 20 Jahre her. Jetzt kommt er mir vor wie eine zerstörte Ritterburg oder gar wie eine Leiche, die in Spiritus verfault ist. – Von morgen an ein Mehres.

Dein Z.

1831

776. *An Zelter*

Heute produziert sich Falstaff, und alles ist im Schauspielhause. Die Weimaraner sind billig und hospital und verdienen auch alles Gute, was ihnen geboten wird. Devrient hat den Vorteil, daß er ein merkwürdiges Individuum ist, freilich jetzt in Trümmern, doch immer noch respektabel, und so läßt er die Ahnung, was er war, entstehen, anzüglich für einen jeden, der etwas dergleichen noch fühlen kann. Was haben wir nicht um alte Burgen herumgesessen, um ihnen künstlerische Ansichten abzugewinnen!

Felix, dessen glücklichen Aufenthalt in Rom Du meldest, muß überall günstig aufgenommen werden: ein so großes Talent, ausgeübt von einer so liebenswürdigen Jugend!

Und daß auch Du von Deiner Wirkung vernimmst, ist wohl kein Wunder. Ottilie liest mir die Abende unsre Korrespondenz vor. Es ist doch in uns beiden eine ruhig-stetige, ernst-leidenschaftliche Tätigkeit, immer in gleicher Richtung. Nach außen wird wenig gefragt, jeder geht seinen Gang und läßt das übrige werden. Gestern lasen wir gar tröstliche Stellen über die »Natürliche Tochter«.

In einiger Zeit langt auch Dein Exemplar der letzten Sendung meiner Werke bei Dir an. Ich dacht' es nicht zu erleben. Man darf übrigens nur Spargelbeete pflanzen, und im dritten Jahr liegen die Pfeifen in der Schüssel.

Die zwei ersten Akte von »Faust« sind fertig. Die Exklamation des Kardinals v. Este, womit er den Ariost zu ehren glaubte, möchte wohl hier am Orte sein. Genug, Helena tritt zu Anfang des dritten Akts nicht als Zwischenspielerin, sondern als Heroine ohne weiteres auf. Der Dekurs dieser dritten Abteilung ist bekannt; inwiefern mir die Götter zum vierten Akt helfen, steht dahin. Der fünfte, bis zum Ende des Endes, steht auch schon aufm Papiere. Ich möchte diesen zweiten Teil des »Faust«, von Anfang bis zum Bacchanal, wohl einmal der Reihe nach weglesen. Vor dergleichen pfleg' ich mich aber zu hüten; in der Folge mögen es andere tun, die mit frischen Organen dazu kommen, und sie werden etwas aufzuraten finden.

Noch ein bedeutendes Wörtchen zum Schluß. Ottilie sagt, unsre Korrespondenz sei für den Leser noch unterhaltender als die Schillerische. Wie sie das meint und sich's auslegt, womöglich nächstens zu guter Stunde.

Und so fernerhin!

Weimar, den 4. Januar 1831. J. W. v. G.

777. *An Goethe*

Das ist der Vorteil, den ein wohlgezogenes kennerisches Publikum gewährt, indem es die Blüte an der konsumierten Frucht zurückerkennt, und so ist der gute Devrient einmal an seinen Ort gekommen. Er steht bei mir in so gutem Andenken, daß mir die Tränen entfallen, wenn ich ihn jetzt sehe, wie das Gefühl eines in See untergegangenen Freundes. Als ich ihn zum ersten Male den Shylock spielen sah, erkannt' ich diesen venetianischen Juden als den echten Kaufmann, der vom Rechte (de jure) um sein Recht öffentlich vor aller Welt betrogen wird, und erkannte zugleich Shakespeare als den größten Philosophen aus Gottes Hand. So komme ich, von Durst und Sommerhitze verzehrt, eines Nachmittags zu Jagor ins Weinhaus und finde unsern Devrient solissimo hinter einem Tische und bei einer eben geleerten Champagnerflasche. Meine Freude war keine kleine; ich setze mich sogleich zu ihm und zähle ihm seinen Juden an den Fingern her, lasse mehr Wein geben und kann nicht enden, ihm meine Freude auf den Tisch zu schütten. Endlich kommt der Wein. »Noch ein reines Glas!« Auch das wird noch gebracht, und als ich mit ihm anstoßen will, ist Dir der Kerl eingeschlafen und schnarcht wie ein Mops. Ein Ähnliches ward mir mit Fleck und seinem wahren echten Wallenstein, den ich niemals vergessen werde. Was aber ans Unglaubliche grenzt und mich jedesmal in Schrecken gesetzt hat: beide sprachen am andern Orte über ihre Rollen und das Stück wie gewanderte Schneidergesellen. Als die Teile des »Wilhelm Meister« im Manuskript hier ankamen, hatte Unger dazu Freunde gebeten, worunter Iffland und August Wilhelm Schlegel waren. Fleck las das Manuskript und zwar so, als ob er auf den Brettern stünde: er *spielte* das Buch, und mir war's anfänglich ganz unheimlich dabei; das währte aber kaum das erste und zweite Kapitel, so glaubten wir uns als Zuhörer im Schauspielhause wie Er sich auf den Brettern, und endlich konnten alle nur loben.

Ottilie magst Du nur von Herzen grüßen. Da sie meine Juden lobt, so sollen es die ihrigen auch bei mir nicht schlimmer haben. Hätte ich's doch nimmer gedacht, was mir in alten Tagen alles zugute wird! Nun, wenn Du nur zufrieden bist, so mögen die andern vorliebnehmen.

Vorgestern war ich einmal wieder in der Oper »Die Vestalin«, die recht gut gegeben worden. Das Werk an sich ist ein ungeheures Garnichts und zugleich der ganz untrügliche Meter von dem jetzigen Zustande der Kunst in Europa; denn überall ist diese Oper für eins der bessern, ja für ein Werk großen Stils gehalten; es ist die plumpste Kleinheit, die ich mir denken kann. Das Haus war entzückt, und die Ouvertüre mußte wiederholt werden, welches man als ein Zeichen ansehn kann, welche Hoffnungen man für das Stück selbst hegt.

Gestern sah ich die »Stricknadeln« von Kotzebue, zum ersten Male. Das Stück ist wirklich gut und wurde vorzüglich gegeben. Der Charakter der altadeligen Freiherrin ist meisterhaft. Aber wie Du von Schillern noch vor kurzem sagtest, daß das Gemeine unter seinen Händen veredelt worden, so zieht jener alles Würdige zum Gemeinen herab, und das ist auch in dem genannten Stücke der Fall. Der 40jährige Ehemann ist ein weicher, bleicher, reicher Hans Dummkopf und die 20jährige Gattin, die gern von ihrer Tugend spricht, die sie nicht hat, auf dem geraden Wege, eine gemeine Hure zu werden.

Deine Bemerkung über unsere Korrespondenz, über die gleiche Richtung und Tätigkeit zweier Naturen auf ein wie zufälliges Zenit, ist eben so zufällig-natürlich, daß man nur bei Übersicht des Ganzen darauf fällt, wie alles Verwandte immer näher aneinander rückt, um eins und dasselbe zu sein. Vergiß doch nicht, mir Ottiliens bedeutendes Wörtchen, wie sie das meint und sich auslegt, zu melden.

Dann habe ich noch ein Anliegen Dir ingeheim zu eröffnen. Die kleine artige Facius hat meinen Kopf so artig in Wachs poussiert, daß ich mir selber darin gefalle. Ich soll's nicht wissen, aber Doris sagt mir, daß man es zu einer Medaille brauchen will, die bei uns zum Handelsartikel worden ist. Man ist aber über die Kehrseite nicht im reinen, und ich fürchte, daß sie mir ein Leid damit antun und mit dem Ärmel verderben, was die Hand gut gemacht. Ich weiß nicht gewiß, ob man sich damit an Dich gewendet hat, aber da ich mit dem Siegel, das Du mir erfunden, so überaus zufrieden bin, so wäre ein Gedanke von Dir über die Kehrseite der genannten Medaille ein Geschenk, das Du mir nicht allein machst. An Probestücken dieser Art, die den Zustand der heutigen Kunst aussprechen, wäre kein Mangel, und so mitunterzulaufen, ist nie meine Sache gewesen; ich habe es nur mit den Besten gehalten, und was mich zufrieden gemacht hat, wenn die Besten es mit mir hielten. Im genannten Falle nun glaube ich, es wäre hinlänglich, wenn gedachte Kehrseite nur eine ähnliche Wiederholung meines Siegels enthielte, das mir soviel Freude macht. Das sei Dir ganz anheimgestellt, wenn ich nur weiß, ob man Dich gefragt hat.

Auf die letzten Bände Deiner Ausgabe freut sich schon mein ganzes Haus. Hätt' ich doch auch nicht gedacht, die Liebe zu erleben, die mein Herz gegen Dich erfüllt. Nun, große Götter, sendet Fülle der Kraft, denn ihr seid es, die allein haben und gegeben haben! Was hättet denn ihr von euern Gaben, die wir nur zu Lob und Preis eurer ewigen Dauer spenden und an eure Gläubigen als geweihte Hostie verteilen. So laßt euch denn unsern vierten Akt empfohlen sein und nehmt unser treues Gebet zu eurer Ehre von kindlichen Lippen in Gnaden an!

Meine Musik geht los. Lebe wohl!

Freitag, 7. Januar 1831. Dein Z.

778. *An Zelter*

Hiebei, mein Teuerster, die beiden Dokumente. Das eine verwahrst Du, das andere sendest Du mir unterschrieben und legalisiert zurück; das übrige wird alles aufs genauste und zierlichste besorgt. Wir haben geglaubt, auf diese Weise die Angelegenheit möglichst ins enge zu bringen.

Verzeih, wenn ich schließe! Alle dergleichen Einrichtungen für die Zukunft nehmen mir die Tätigkeit des Augenblicks weg, und es ist zu fürchten, daß, wenn wir das hinter uns haben, ein neuer Leviathan seinen Rachen aufsperren wird.

Vor einigen Tagen las mir Ottilie Deine Briefe von 1806 und 7 vor; da mag man sich denn sagen, daß man über Schlimmeres hinausgekommen ist.

Auch bleibt in literarischen und poetischen Dingen nichts im Stocken; ich suche alles, wenn auch nur Schritt vor Schritt, weiterzuführen.

Lebe wohl für diesmal und grüße Deine guten Töchter.

Wunsch und Segen!

Weimar, den 8. Januar 1831. G.

[Beilage]

Nachdem Herr Professor Zelter zu Berlin mir das ausschließliche Eigentum der ganzen zwischen mir und ihm langjährig stattgefundenen Korrespondenz überlassen hat, dergestalt, daß auch meine ihm geschriebenen Briefe dereinst nach seinem Ableben an mich oder meine Erben ausgeliefert werden sollen, so verspreche ich dagegen für mich und meine Erben hiemit feierlichst, daß die Hälfte des Honorars, welches künftig aus dem öffentlichen Abdruck dieses Briefwechsels erlangt werden wird, an die beiden Töchter des Herrn Professors Zelter,

Fräulein *Doris* und

Fräulein *Rosamunde Zelter*,

oder respektive an deren Erben abgewährt und ausgezahlt werden soll, wie ich denn auch dieserhalb das Nötige in meinem heute bei Großherzoglicher Regierung dahier niedergelegten Testamente, § 6, verordnet und festgestellt habe.

Urkundlich, Weimar, den 7. Januar 1831.

Johann Wolfgang v. Goethe.

Goethisches Siegel

Daß Seine Exzellenz der Herr Geheimerat und Staatsminister v. Goethe hier sich zu dem Inhalte vorstehender Urkunde und zu seiner darunter gesetzten Unterschrift heute bekannt hat, wird andurch bezeugt.

Weimar, den 8. Januar 1831.

Der Großherzoglich Sächsische Geheimerat und Canzlar
Friederich von Müller.

Regierungs-
Präsidium
Weimar

779. *An Zelter*

Wegen der Medaille hat man bei mir nicht angefragt; aber Dir, mein Teurer, will ich gleich erwidern, daß ich den Gedanken, das Wappen auf die Rückseite zu setzen, höchlich billige, wie Du allenfalls in meinem Namen erklären kannst.

Zu Ende des 15. und zu Anfang des 16. Jahrhunderts setzten Fürsten, Ritter, Staatsmänner, Gelehrte ihr Wappen auf die Rückseite.

Ein Hauptpunkt aber ist: daß der Helmschmuck, Flügel, Lyra und Stern größer und in bessere Evidenz gesetzt würden.

Doch dies ist alles zu frühzeitig; es kommt darauf an, ob man dort dazu geneigt ist. Man versetzt sich oft höchst unschicklich ins Mittelalter zurück; hier aber kann man eine recht löbliche Gewohnheit wieder mit Verstand und Geschmack erneuern. Es würde manchem Ehrenmann angenehm sein, statt der wunderlichen mythologischen, allegorischen, über- und untersinnlichen Figuren sein Wappen auf der Rückseite des Bildnisses zu seiner und der Seinigen Ehren ausgeprägt zu sehen.

Köhlers »Münzbelustigungen« geben die schönsten Beispiele. Auch Herr Friedlaender wird dergleichen mitteilen können. Sollte man sich nach Betrachtung solcher Vorgänge dort nach Deinen Wünschen entschließen, so stehe mit einigen Bemerkungen zu Diensten; denn bei Deinem Wappen hat es einige Schwierigkeit, weil es kompliziert, reich und der Helmschmuck gleichfalls bedeutend ist. Hier gilt nun freilich nicht, was bei einfachen Wappen dem Künstler in die Hände fiel.

Ich muß eilen, Gegenwärtiges fortzubringen, ich sage sonst zu viel und zu wenig und verwirre die Angelegenheit.

Allereiligst

Weimar, den 12. Januar 1831. G.

Der treffliche Niebuhr hat sich, auch mir, zur höchst unrechten Zeit beurlaubt. Meine Wehklagen deshalb wirst Du im nächsten Briefe vernehmen. Halte doch ja noch ein bißchen aus!

Inständige Bitte!

G.

780. *An Zelter*

Von dem unschätzbaren Niebuhr erhielt ich vor ungefähr drei Wochen einen schönen Brief zu Begleitung seines zweiten Teils der »Römischen Geschichte«; er war geschrieben in dem vollen Vertrauen, daß ich ihn kenne, daß ich sein Verdienst anerkenne. Das wichtige Buch traf mich gerade zu guter Stunde, wo ich auf alle Zeitungen Verzicht getan hatte. Ich begab mich daher sehr gern wieder in jene alten Zeiten und las mich in das Werk anhaltend hinein, welches denn freilich nötig ist, um von einer solchen Existenz wirklich umfangen zu werden.

Eigentlich ist es nicht mein Bestreben, in den düstern Regionen der Geschichte bis auf einen gewissen Grad deutlicher und klarer zu sehen; aber um des Mannes willen, nachdem ich sein Verfahren, seine Absichten, seine Studien erkannte, wurden seine Interessen auch die meinigen. Niebuhr war es eigentlich und nicht die römische Geschichte, was mich beschäftigte. So eines Mannes tiefer Sinn und emsige Weise ist eigentlich das, was uns auferbaut. Die sämtlichen *Ackergesetze* gehen mich eigentlich gar nichts an, aber die Art, wie er sie aufklärt, wie er mir die komplizierten Verhältnisse deutlich macht, das ist's, was mich fördert, was mir die Pflicht auferlegt, in denen Geschäften, die ich übernehme, auf gleiche gewissenhafte Weise zu handeln.

Er erscheint von jeher als ein Skeptiker eigener Art, nicht von der Sorte, die aus Widersprechungsgeist verfahren, sondern als ein Mann, der einen ganz besondern Sinn hat, das Falsche zu entdecken, da ihm das Wahre selbst noch nicht bekannt ist.

Auf diese Weise leb' ich nun beinahe einen Monat mit ihm als einem Lebenden. Ich habe das wirklich furchtbar anzuschauende Werk durchgelesen und mich durch das Labyrinth von Sein und Nichtsein, von Legenden und Überlieferungen, von Märchen und Zeugnissen, von Gesetzen und Revolutionen, von Staatsämtern und deren Metamorphosen und von tausend andern Gegensätzen und Widersprüchen durchgeschlungen und hatte mich wirklich bereitet, ihm eine freundliche Erwiderung zu senden, die er von keinem nahen oder fernen Kollegen, von keinem Einsichtigen irgendeiner Klasse zu erwarten hatte.

Denn so wie ich um seinetwillen sein Buch las und studierte, so konnt' ich auch am besten sagen und ausdrucken, was er mir geleistet hatte, und das war gerade das, was er leisten wollte; denn mir genügte, was er bejahte, da die Herrn vom Fach nach ihrer Art notwendig wieder da anfangen zu zweifeln, wo er abgeschlossen zu haben dachte.

Dieses unerwartete Fehlgeschick ist mir bei dem übrigen, was mich betrifft und bedrängt, höchst widerwärtig; ich wüßte nun keine liebe leidige Seele, mit der ich darüber konferieren möchte. Alle gemachte Leute haben ihr eigenes Wesen und sehen dieselben Dinge wenigstens als anders verbunden und verknüpft an, die liebe Jugend tastet und tappt umher und möchte wohl auch auf ihre eigene Weise finden, was recht ist, der Wille ist gut, aber das Vermögen reicht nicht aus; zu meinen eigenen Überzeugungen find' ich keine Gesellen, wie sollte ich zu fremden Gedanken Einstimmung hoffen können! In diesem Zustande muß es mich trösten, mich, den es gar nichts angeht, wie es mit Rom und Latium, den Volskern und Sabinern, dem Senat, Volk und Plebes jemals ausgesehen, doch dabei ein höchst bedeutendes Allgemeinmenschliches zu sicherer Auferbauung gewonnen zu haben, worin das Andenken des würdigsten Mannes aufs innigste verschlungen ist.

Am wenigsten würde Dich der wichtigste Teil des Werks, von den Ackermessungen handelnd, interessieren können, da Du mit sämtlichen Musikern Gott zu danken hast, durch eine gleichschwebende, dort nie zu erreichende Temperatur auf Deinem Acker zu ruhiger wirtschaftlicher Benutzung gekommen zu sein.

Und so fortan!

Weimar, den 17. Januar 1831. G.

781. *An Goethe*

Berlin, den 8. Januar 1831.

Gestern, abends zwischen 6–8 Uhr, sah man hier mit allgemeiner Bewundrung das schönste Nordlicht bei vollkommen heiterm Sternhimmel. Der Barometer war mit eins außerordentlich gestiegen und 7 bis 8 Grad Kälte dazu. Hierüber wüßte ich nun nichts weiter zu eröffnen, als daß unser Professor Link einst, einen jungen Naturforscher examinierend, diesem aufgab zu erklären: woher das Nordlicht entstünde. Der sonst wohlbestandene Jüngling, in Verlegenheit, antwortete: er habe es gewußt, und es sei ihm nur eben entfallen, er wolle sich aber besinnen.

»Tun Sie das doch ja«, sagte Link, »mir ist daran gar viel gelegen, denn ich und die ganze Akademie wissen es auch nicht.«

20. Januar. Es ist mir kein Kleines, daß Du mir erlaubst, an allem teilzunehmen, was Dich auf irgendeine Art interessiert. Persönlich habe ich Niebuhr wohl gekannt, ohne eine Kenntnis seiner vielen Verdienste zu haben, wie Er denn von mir nichts weiter wissen können, als daß er sich, wenn wir zufällig aneinander vorübergingen, nach Dir erkundigt hat, und das gab ihm schon allein einen Wert in meinen Augen. Er schien mir nicht zufrieden mit der Welt und seinem Geschicke, und daß er noch kurz vor seinem Ableben nicht die Freude haben können, Deine ihm zugedachte Zufriedenheit mit dem zweiten Teile seiner »Römischen Geschichte« zu erfahren, mag mit zu seinem Unsterne gehören. Was hat man mit einem seltenen Talente, wenn es in sich selber verkauern soll und keinen Zweiten findet, der den schwer erhobnen Schatz anzuschauen Gewalt hat über sich selber! Wolf war mit dem ersten Teile der »Römischen Geschichte« nicht zufrieden; womit aber wäre der wohl zufrieden gewesen!

Endlich kommt auch vom Stadtgericht die Urkunde über

unsere Briefsammlung ausgefertigt an und mag sogleich mit nach Weimar wandern.

Nun erfolgt eine Bitte an unsern Getreuen Eckart, er möge mir die Freundschaft erzeigen und das einliegende Zettelchen (über die Medaillen) zum alten Herrn Facius bringen: ob dergleichen noch für Geld zu haben wären? und wieviel sie kosten würden? und mir auf einem ähnlichen Zettelchen, das Du wohl als Einlage (jedoch apart) mit aufnimmst, darüber ein Wörtchen Bericht zukommen lassen. Das kleine Faciuschen allhier hat vergessen, darauf Antwort zu geben.

Eine kleine Zeichnung zur Medaille von ihr liegt bei; sie wollte eine noch bessere geben, die jedoch noch nicht bei mir angekommen ist. Sie hat einen Brief vom 9. August 1829, worin Du ihr sagst: »Was die Medaille betrifft, so ist darüber nachzudenken; ich verspreche zunächst auch hierüber meine Gedanken, zu freundlicher Überlegung und allenfallsigen Befolgung.« Nun hatte sie bis heute noch nichts überlegt, und Herr Friedlaender ist so gut gewesen, mir einige Medaillen solcher Art zu leihen, wonach sie denn vorerst das Blättchen entworfen hat. So weißt Du doch nun, was bis jetzt geschehen ist, und kannst ein Wort sagen. Auch, ob eine Inschrift tunlich und nötig wäre und wie sie sein sollte.

Indem ich Deinen Brief wieder lese, stoße ich wieder auf Deine Ansicht der Niebuhr'schen Arbeit in Beziehung auf die Individualität des Verfassers und lege einen Text des vorige Woche aufgeführten Händel'schen »Tedeum« bei, wie ich das Werk bevorwortet habe. Eigentlich weiß kein Mensch, *wie* ein Tedeum sein soll, und Tausend haben mehr als eins gemacht. Hier wollte ich eklarieren, wie Händel es in diesem einen Falle von sich gegeben hat: als Deutscher in England, als Luther'scher deutscher Christ, und kein anderer als Händel! Daß ich das Werk seit 50 Jahren kenne, versteht sich schon.

Rungenhagen hat Dein Gedicht »Das Göttliche« in Musik gesetzt; das hätte er können bleibenlassen. Und doch ist die Musik an sich zu loben, nur das Göttliche hat der T. geholt, dem vielleicht allein daran liegt.

Lebe wohl!

Donnerstag, 20. Januar 1831. Dein Z.

782. *An Zelter*

Dein Dokument kommt gerade zur rechten Zeit, denn ich werde mich nächstens mit der Zukunft abgefunden haben, um wieder in der Gegenwart und für sie zu leben. Mein Testament, worin unsre Angelegenheit ausführlich besorgt ist, ward schon am 8. Januar Großherzoglicher Regierung übergeben; in diesen Tagen kam auch ein Kodizill zustande, um meine äußerst komplizierten Zustände für die Nachkommen ins klare zu setzen. Man muß darin das Möglichste tun; denn wenn man gleich die letzten Willen der Könige, wie uns die Geschichte lehrt, am wenigsten gelten läßt, so hat doch ein Privatmann eher Hoffnung, auf die Zukunft zu wirken, besonders wenn er die Vorteile der Nachkommen gut versteht. Parteisinn, Willkür und Unvernunft finden bei unserem gesetzlichen Zustande weniger Element und Spielraum.

Ich beschäftige mich mit Deinem Wappen auf die Rückseite der Medaille; hier darf es durchaus nicht aussehen wie ein Petschaft, und ob ich gleich der Mittelalterei keineswegs günstig bin, so mag ich doch gern ihren Geist und Geschmack alsdann walten lassen, wenn von Dingen die Rede ist, die sich dort herschreiben. Dies ist nun gerade das Wappen! Du erhältst eine Zeichnung; die Skizze hab' ich entworfen und will sie nur ins reine bringen lassen.

Deine Einleitung zu Händels »Tedeum« ist höchst wacker

und brav und Deiner würdig. – Das liebe, allerliebste gegenwärtige Publikum meint immer, das, was man ihm vorsetzt, müßten jedesmal warme Kräppel aus der Pfanne sein. Es hat keinen Begriff, daß man sich zu jedem Neuen und wahrhaft Altneuen erst wieder zu bilden habe. Doch wie sollten sie dazu kommen! werden sie doch immer neu geboren.

In den Wissenschaften hör' ich schon mein liebes langes Leben lang bei Gelegenheit mancher bedeutenden Produktionen: was wahr daran sei, sei nicht neu, und das Neue nicht wahr; das heißt doch weiter nichts als: was wir gelernt haben, glauben wir zu verstehen, und was wir lernen sollen, verstehen wir nicht.

Hätt' ich mich mit den Naturwissenschaften nicht abgegeben, so hätt' ich die Menschen nie kennenlernen. In ästhetischen und philosophischen Dingen ist es schwer, Wohlwollen und Mißwollen zu unterscheiden; in den Naturwissenschaften aber wird es dem Ernsten, Redlichen gar bald deutlich, was das für Personagen sind, die der Natur unrecht geben, wenn sie sich deutlich ausspricht, und sogar, wenn sie von Menschen schon ausgesprochen ist.

Nun will ich aber bekennen, daß ich neulich gefrevelt habe, wenn ich in Unmut über Niebuhrs Tod zu sagen mich vermaß: nur Niebuhr sei es und nicht das von ihm so glücklich behandelte altrömische Wesen, was mich interessiere; das ist keineswgs richtig. Denn der Verständige, der irgendeine Angelegenheit liebevoll und gründlich behandelt, gibt uns Teil an seiner Teilnahme und nötigt uns in seine Angelegenheiten hinein. So find' ich es jetzt, da die römisch-antiquarische Sozietät fortfährt, mir ihre Bemühungen mitzuteilen, die ganz im Sinne Niebuhrs, von ihm angeregt und nun auf seine eigentlichste Weise fortgeführt, ihn nach seinem Abscheiden wirklich wieder beleben. Er geht noch umher und wirkt.

Ottilie fährt fort, abends mir in dem Briefwechsel vorzulesen, wo [sich] der anmutigste Gegensatz von einem Lebe-, Lust- und Reisemann und immerfort welttätigen Künstler gegen einen mehr oder weniger stationären, nachdenklichen, die Gegenwart aufopfernden, der Zukunft sich widmenden Freund gar artig hervortut.

Das Manuskript, das Du kennst, ist reinlich geschrieben, aber doch voller einzelnen Mängel, die wir beim Durchlesen merken und bemerken. Professor Riemer übernimmt die künftige Herausgabe gegen ein billiges Honorar. Ich will suchen, noch bei meinen Lebzeiten das Manuskript möglichst gereinigt zu sehen, und deshalb mit ihm konferieren. Auslassungen und Fehlstellen kann ich ohne weiteres berichtigen, über die man späterhin viel und oft vergebliche Nachsuchungen anstellen müßte.

(Die Fortsetzung folgt unmittelbar.)

Weimar, den 29. Januar 1831. G.

783. *An Goethe*

Berlin, den 1. Februar 1831.

Deine Mühe, das Manuskript unserer Korrespondenz für die Nachfahren in verantwortliche Ordnung zu bringen, muß ich Dir gar sehr danken. Wenn ich auch nicht besorgt und vielmehr überzeugt bin, daß, was in brieflichen Mitteilungen notwendigem Interesse des Moments gemäß ist, nicht in gleicher Gestalt vor der Welt erscheinen kann, so bewundre ich deine Arbeit, eine so kopiose Korrespondenz, wozu ich nicht die Geduld hätte, zu redigieren, die gleichwohl als ein für sich bestehender Faden durch eine verhängnisvolle Zeit geht.

Professor Walch, der vor mehrern Jahren in Deinem großen Zimmer Deine Erscheinung erwartete, sagte mir schon damals, er habe 4-5 Foliobände, auf Deinem Flügel liegend, an der Aufschrift erkannt, und nun müssen wohl nach 7 bis 8 Jahren sich die Bände stark vermehrt haben. Was Du davon hinwegtust oder verschleierst, wird mir stets recht sein, da es an Derbheiten nicht fehlen kann und man nicht gedacht, in purer puter Leiblichkeit an die Lampe zu treten. Was Deine Briefe an mich betrifft, so war ich schon längst gewillet, solche nach meinem Ableben Deinen Erben zu überantworten. Nun hinterlasse ich den Meinigen einen Schatz, den sie dankbar zu bewahren haben, wenn sie sich die Achtung der Welt nicht selber vertreten wollen.

Dein Wort über die Rückseite der Medaille ist in meinem Sinne, auch wünschte ich sie etwas größer als einen preußischen Taler. Den Kunstphilosophen, deren überall kein Mangel ist, täte man unrecht, einen Gedanken abzufordern, der an seinen Ort gehört, da sie nur denken und machen, was gedacht und gemacht ist.

Die kleine Facius ist sehr traurig um ihren kranken Vater, und ich weiß nicht, was sie tut. Bei manchen Talenten wird die Trauer eine Berechtigung zum Nichtstun, der ungenießlichsten aller Sünden, die sie damit zu heiligen denken.

Daß Du meine Einleitung zu Händels »Tedeum« lobst, tut mir gar wohl, da sie auch hier gefällig ist sentiert worden. »Man weiß doch«, sagte einer, »was man hört, wenn man dabei soviel offne Mäuler sieht.« Bedenke ich nun, wie auch mir es so oft ergangen ist, das wunderbare geheime Figurenspiel in mir wie auf Chladnischer Glastafel, so weiß ich nicht mehr als die andern alle, und selbst aus dem Geschreibe des ehrlichen Rochlitz über den »Messias« sollte man schließen, das Los stecke noch im Rade, da die Welt, und Er mit, schon so lange den Gewinst gezogen und fort und fort daran genießt. Man mystifiziert sich selber, und das mag der wahre Name des Kindes sein.

Vor 14 Tagen habe meinen Doktorschmaus gegeben; mir war so hundsföttisch zumute, daß ich nicht essen und trinken konnte. Mich ärgert nur der schöne Wein und das schwere Geld, das wir bald notwendiger brauchen dürften. Lebe wohl! Dein Brief vom 29. vorigen Monats ist eben angekommen, und so möge auch dies Blatt sogleich wieder den Weg machen.

Dein

Z.

784. *An Zelter*

Weimar, den 1. Februar 1831.

Es ist sehr artig, daß uns dergleichen noch zu berichtigen erlaubt ist; ich erkenne aber auch diese Gunst der Dämonen und respektiere die Winke dieser unerklärlichen Wesen.

Die Anfrage wegen der Kongreßmedaille ist sogleich geschehen, doch ohne glücklichen Erfolg, wie ich voraussah. Sie hatte zu jener Zeit wenig Glück, und nur in der Folge wurde sie durch Schriftsteller und Sammler merkwürdig. Wer schätzt denn auch den Augenblick und dessen Produktionen! Indessen sind die Stempel verrostet und nicht wieder herzustellen. Mein Sohn besaß noch eine silberne, die er unserem alten Herrn vor soviel Jahren abtrat, als dieser mit Ernst und Heftigkeit für einen hohen ebenbürtigen Sammler ein Exemplar aufsuchen ließ. Ich weiß nicht einmal, ob wir die bronzene besitzen.

Ich rede hier von der einen Hauptmedaille; die andere erinnere ich mich nicht. Heute vernehm' ich folgende Erwiderung: »Die Stempel sind, da in früherer Zeit wenig Nachfrage nach den Medaillen geschah, zu andern Stempeln verbraucht worden. Von den Medaillen selbst ist keine mehr vorrätig, so daß Facius vor zwei Jahren bereits die letzte an einen englischen Reisenden für hohen Preis verkauft hat. Leid tut es Facius, daß er die Stempel vernichtet hat, da in der letzten Zeit und besonders im vergangenen Jahr starke Nachfragen von England, Frankreich und Deutschland darnach geschehen. Auch getraut er sich hier am Orte keine mehr auftreiben zu können.«

Sic transit gloria mundi! Wäre dies ein Gedicht gewesen zu Ehren jener Monarchen, so fände sich's wohl noch in irgendeinem Tagesblatte. Horaz hat also recht: wer dauern will, muß sich mit den Poeten halten.

Nunmehr aber versäume nicht, die Briefe vom vergangenen Jahre 1830 baldigst einzusenden, damit auch sie in die Reihe der Foliobände aufgenommen werden. Alsdann ist mir noch eine Vorsicht beigegangen. Deine Reiserelationen machen höchst lichte Stellen in der Korrespondenz. Du hast Abschriften davon; die halte ja fest und geheim und sorge, daß weder jetzt noch künftig Abschriften genommen werden. Die Druckerleute sind um desto gefährlicher, da sie für ehrliche, ja generose Leute wollen gehalten sein und überall recht haben wollen, weil kein Gesetz in dieser Anarchie obwaltet.

Nun wirst Du aber, mein Teuerster, vor dem hohen Barometerstande noch mehr Respekt empfinden. Wenn du schon lange anerkennst, daß die höchste und zugleich schönste organische Kraftäußerung, welche Gott und der Natur hervorzubringen möglich war, die menschliche Singstimme, dem hohen Barometerstande ihre höchste Kraft- und Lebensäußerung verdankt, so magst Du Dich freuen, daß er unter obwaltenden Umständen vermochte, mit den herrlichsten Farben die Atmosphäre leuchtend zu schmücken. Sprich davon nicht weiter, denn man würde Dir erwidern: gerade das Nordlicht habe dem Barometer diesen hohen Stand gegeben. Man liebt Ursache und Wirkung zu verwechseln.

Je länger ich lebe, je mehr freue ich mich meiner lichten Ketzerei, da die herrschende Kirche der dunklen Kammer, des kleinen Löchleins und in der neuern Zeit der kleinen Löchlein zu hunderten bedarf, um das Offenbarste zu verheimlichen und das Planste zu verwirren.

Eckermann, der als wahrhafter Ali durchdrungen ist von dem hohen Begriff, daß Licht und Dunkel im Trüben die Farben hervorbringen, hat mir eine kleine Büste Napoleons von Opalglas mitgebracht, die allein eine Reise um die Welt wert ist. Sie steht der aufgehenden Sonne entgegen: beim ersten Strahl derselben erklingt sie von allen, allen, die sämtlichen Edelsteine [überbietenden] – –

Fortsetzung nächstens.

Und so fortan!

G.

785. *An Zelter*

Glanz- und Prachtfarben. Fahr' ich fort, sie gegen die Sonne zu richten, so leistet sie solches den ganzen Tag. Dies ist also dem Einsiedler vor allen gegönnt, die soviel haben und sich noch mehr dünken. Man kann sehr glücklich sein, wenn man die Beistimmung der andern nicht fordert; daher ist eurer, der Musiker, Glück und Unglück beides übermäßig. Vom Schauspieler will ich gar nicht reden, sie tanzen auf der Rasiermesserschärfe des Augenblicks.

Verzeih solche lebenzerstörende Betrachtungen: sie sind es, die mir das Leben erhalten.

Die Rückseite Deiner Medaille hat mich seither beschäftigt; eine sehr saubere Zeichnung, an der ich immer noch rücke und schiebe, steht schon auf dem Papier. Soweit ich sie auch hier bringen kann, muß ich doch noch eine Litanei von Forderungen schriftlich hinzutun, und alles kommt auf Sinn und Geschmack desjenigen an, der sie dort ausführen wird. Die Wappenrückseite einer Medaille muß durchaus nicht aussehen wie ein Petschaft, und doch müßte man wünschen, damit zu siegeln. Wäre dort ein Künstler, der eingriffe, so sollten wir die gräßlichen allegorischen Figuren eine Zeitlang lossein, und jede Familie sähe sich in ihrem Wappen, es möchte sein, wie es wollte, geehrt und gegründet. Doch das Weitere nächstens.

Weil es noch Zeit und Raum ist, will ich Dir folgendes vermelden, weshalb Du mich, wie ich hoffe, loben sollst. Die gute Mara, von Dir mit Recht geliebt und bewundert, feiert in der ultima Thule, ich glaube: in Reval, irgendein angewachsenes Jahresfest. Man will ihr dort etwas Angenehmes erweisen, hat Hummeln um Musik, mich durch ihn um einiges Poetische ersuchen lassen. Da war mir's denn angenehm, mich zu erinnern, daß ich 1771 als ein erregbares Studentchen der Mademoiselle Schmeling wütend applaudiert hatte; das gab denn einen artigen parallelen Gegensatz, und so waren ein paar Strophen leicht entworfen.

Freilich wäre mit genialer musikalischer Übereinkunft auch hier für die Dame die grenzenloseste Erinnerungsfreude zu bewirken gewesen, wenn man die erste Strophe mit den damals so hoch gefeierten Motiven »Santa Elena al Calvario« ausgestattet hätte, wodurch sie in ihre Jugend schmerzhaft-anmutig wäre zurückgeführt worden. Ich hatte das Programm mir schon ausgedacht, es blieb aber in meinem Busen verschlossen. Was geschehen ist, weiß ich nicht. Die zwei Strophen selbst sekretier' ich Dir; höchst wahrscheinlich kommen sie von dorther oder irgendwo an den Tag, ich will aber nicht vorgreifen.

Gegenwärtiges mag abgehen zur Erneuerung freundlichsten Andenkens.

Der Deine

Weimar, den 3. Februar 1831. G.

Hier kommt die Zeichnung des Wappens, welches freilich von einem geistreichen, in dieser Art geübten Künstler ausgeführt werden müßte. Wenn Du die Zeichnung Deinem Petschaft gegenüberhältst, so wirst Du den Unterschied bemerken, und ein Lüftchen des 16. Jahrhunderts sollte Dich anwehen. Die Hauptsache ist, daß die strenge Symmetrie aufgehoben und durch ein geistreiches Gleichgewicht ersetzt werde. Man sieht zarte Linien durch den Mittelpunkt gezogen und sich im rechten Winkel kreuzend. Nun bemerke: Helm, Lyra, Stern, alles ist gegen die rechte Seite gerückt, die Helmdecke, nach echter alter Art angebracht, zieht das Auge durch eine stärkere Masse gegen die linke, der eigentliche Mittelpunkt ist ganz leer, wodurch das Auge von einer strengen Vergleichung der beiden Seiten entbunden ist. Das Pferd ist etwas zu lang, der Turm mag angehen, das Ordenskreuz steht rein auf der Mittellinie und nötigt das Auge ins Bleigewicht.

Die Flügel könnten etwas mehr zusammengerückt werden, die Leier schmäler sein und eine bessere Form haben, auch begnügte man sich, dächte ich, mit drei Saiten, mit denen mein Zeichner zu freigebig war. Das Motto nach Belieben.

Seh' ich die Zeichnung recht scharf mit plastischer Intention an und lasse die Linien biegsam und lebendig sein, so seh' ich wohl, wie mit wenigem Rücken und Biegen das Ganze seine wahre Stimmung erhalten könnte; aber weder ich noch mein Zeichner haben Zeit, es nochmals durchzuarbeiten, und am Ende kommt doch darauf alles an, inwiefern der dortige Künstler in den Gedanken eingeht; denn Er ist es doch zuletzt, von dem die gefällige Harmonie der Komposition abhängt. Sollte sie Angelika Facius unternehmen, so wär' es hübsch, wenn sie es in derselben Größe in Wachs modellierte: man sähe, wie sie sich's nach ihrem Sinne zugerichtet hat, und so könnte durch guten Rat und Nachgiebigkeit immer noch etwas Erfreuliches zustande kommen.

Ihrem Vater wird sie durch Trauern und Säumen nichts helfen; er hat sich törigerweise durch Selbstkurieren einen Schaden am Fuße zugezogen, ist unglücklicherweise in der seltsamsten Hypochondrie befangen. Ein altes Künstlerübel, das den jetzigen Zustand gar sehr verschlimmert. Seinem Hauswesen haben Wohldenkende nachzuhelfen gesucht; er ist, wie ich höre, auf der Besserung, womit denn das Gegenwärtige beschlossen sein möge.

Daß die Medaille gelinge, ist mein eifrigster Wunsch; das Medaillenwesen ist nach und nach so trivial geworden, daß man sich gar nicht mehr gesteht, wie löblich und wichtig dergleichen immer gewesen sei und bleibe. Freilich ist der große plastische Ernst, womit man diese Angelegenheiten in früherer Zeit behandelt, so gut wie verschwunden, indessen die Technik immer an Fertigkeit zunimmt. Mein Sohn schickte mir von Mailand aus wohl hundert Stück aus dem 15. und 16. Jahrhundert, worunter sich erstaunenswerte Dinge befinden. Und somit Gruß und Segen, wie er sich in die Ferne zum treusten und besten überliefern läßt!

Laß Dich Vorstehendes nicht verdrießen, wenn es auch hie und da abstrus aussehen sollte. Denke Dir, daß hier etwas Fugenartiges für die Augen geleistet werden soll, das, wenn es recht gelänge, in größter Regelmäßigkeit regellos erschiene und durch alle Verwirrung etwas Anmutiges durchblicken ließe. Übereile die Sache nicht, aber laß sie nicht stocken und denke dabei, daß eine Medaille länger aushält, als man denken mag. In einer abgelegenen Wald- und Talkneipe in Thüringen fand sich ein Pfennig aufm Tische, den der Bettler nicht möchte; es war indessen eine Münze von Licinius Licinianus, dem Schwager Constantin des Großen, eine Weile sein Mitregent, dann ein Opfer seiner Politik.

Und also aber- und abermal

Weimar, den 4. Februar 1831. G.

787. *An Goethe*

Berlin, 4. Februar 1831. Gestern abend spät nach Hause gekommen, fand ich die eben angelangten letzten Bände. Sogleich zu Bette und in bequemster Lage die »Gemälde Philostrats« nacheinander durchmustert, wo denn der alte Freund Herakles mich zu ruhigem Schlafe bereitet hat. So nur kann man sich hier bei alten guten Ehren bewahren und nach Tages Saus und Braus den zerteilten Sinn wieder zu Hofe sammeln. Jene Perlustrationen sind wie ein mythischer Syntax, den ich mir auf meinen Boden trage und den alten Begriff festige, daß es nur Eine Kunst gibt.

Heute früh kommt nun auch Dein Brief vom 2. dieses über die nicht mehr zu erhaltenden Medaillen, wovon ich Gebrauch machen werde, um gewissen Sammlern den Text zu lesen.

Was Du über die Abschriften meiner Reiseberichte bemerkst, ist nicht ohne; auch kommen sie nicht aus meinen Händen und sollen mit Deinen eigenen Briefen nach meinem Ableben um so mehr zur Hauptsammlung an Deine Erben gelangen, da sie von meiner Hand mit Korrekturen, Ergänzungen und Zugaben begleitet worden, die der einstmaligen Redaktion empfohlen sein mögen. Du beschreibst mir Ottiliens Abendvorlesungen so lecker, daß ich selber Appetit kriege, dabei zu sein, sollte sie auch dann und wann den schönen Mund verziehn; doch will ich nun über mich wachen.

Den 6. Februar. Vorigen Freitag war ich in Beethovens

»Fidelio« und wollte Dir von der scharmanten lukrativen Musik eine Beschreibung machen, aber beim Herausgehn hatte sich unter tiefem Schnee Wasser und Eis gesammelt, und ich fiel so derb auf meinen alten Rücken, daß es mit eins um alle Gedanken geschehen war, die ich mir so artig gesammelt hatte. Das Haus war voll (selbst ohne den Hof), und wenn die Oper wieder gegeben wird, soll Dir's nicht geschenkt sein.

8. Februar. Endlich erfolgen auch Deine Briefe von 1830. Du hast schon eher daran erinnert, ich wollte sie gern vorher noch einmal hintereinander durchlesen, und auch das hat sich nicht tun lassen; so mögen sie denn die Reise machen und nach Zurückkunft heiter genossen werden.

Der Gedanke einer Büste von Opalglas ist an einen Mann geraten, dessen allseitiges Wirken dem klaren Sonnenhimmel jeden Strahl wie ein dankendes Auge zurücksendet. Ich will nur meine Schwäche gestehn, daß mir die unzähligen Fehler dieses Geistes, wie sie mir von Wissenden sind angegeben worden, wie Facetten erschienen sind, und muß wohl ein alter Schaden an mir sein, weil sich's noch gar nicht geben will. Wie denn die Sache an sich bedenklich genug ist; denn der Grabhügel von Helena schwillt und schwillt, der ganze Fels wird ein Obelisk, eine Pyramide über alle Wolken fort und fort, indem die ägyptischen kleiner werden. Ich könnte dem Narren eine Ohrfeige geben, der den Vorschlag tat, die heilige Asche nach dem schmutzigen undankbaren Paris zu bringen. Das sag' ich nicht ohne Ingrimm, damit man bei euch nicht denke, wir armen Berliner wüßten eure Farbentheorie gar nicht anzuwenden und schauspielerten und tanzten Tag und Nacht, welches allerdings auch geschieht.

Der Fleiß, womit Du unsere Medaille ehrst, soll mir wohltun wie alles, was Du tust, und erwarte ich Deine Litanei von Forderungen. Ich meinte, da die kleine Facius den Kopf so artig geschnitten hat, wie er mir gefällt, so würde sie auch wohl Lehre annehmen, die ihrem schönen Talente um so mehr zugute würde. Wir werden ja sehen und uns Zeit nehmen.

Wenn Hummel Deine Strophen für die Mara in Musik gesetzt hat, so wird er schwerlich säumen, sie stechen zu lassen; doch wünschte ich sie zu kennen und würde sie nicht aus Händen lassen. Ich selbst bin nicht mehr so fix und sicher, etwas Gelungenes zu fertigen. »Mit der Erkenntnis wächst der Zweifel.« Eine Menge wohlangefangener Stücke sind bei mir vorhanden; wäre man Herr seiner guten Stunden, so fehlt nur ein Geringes, und das müßte freilich das Beste sein.

So manchmal habe schon gewünscht, mit Dir zu wechseln und einen Teil Deiner Einsamkeit gegen unser Treiben auszutauschen, das nicht immer absolut freudlos ist. Vorigen Sonntag hatte ich einen längst ersehnten Wunsch zu erfüllen, den angenehmsten Mädchen, Matronen und Jünglingen meines Kreises einen Ball in meinem Saale zu geben, da Du den alten Narren noch einmal als Grazioso gesehn hättest und die allerschönsten Küsse allerschönster Lippen teilen können, denn ich gesteh's: für Einen allein war es fast des Guten zuviel.

Überseh' ich nun von hier aus mein freilich einfaches Leben, so müßte ich grämeln, daß nicht mehr, und wundre mich, daß doch manches geschehen. Seit 25 Jahren bin ich zum zweiten Male Witwer und hätte mich wieder verheuraten können. Ich war zweimal glücklich gewesen, das ist viel; man soll Gott nicht versuchen. Ich hatte drei Söhne wie die Kegel; sie sollten mir Handwerker werden. *Karl* war schon in Lehrjahren ein tüchtiger Maurer, ich durfte Ihm einen Eckpfeiler anvertrauen, er war stets 7 bis 8 Schichten voran, er zeichnete allerliebst und schnell und kündete einen Architekten an. *Georg* sollte Zimmermann sein; *Adolf* Tischler, Schlosser und dergleichen. Ich selbst bin kein Hexenmeister, das weißt Du, aber ich habe viel Geld erworben. In meinem Hause ging's bürgerlich zu und offen, doch meine zwei Gerichte und mein Wein schmeckten solchen Leuten, von denen ich lernen konnte. Da kommt der Tod und der Krieg und holt mir die Mutter meiner Söhne und diese dazu, und man hatte sich wieder zu rappeln. Diese Unbilden alle haben mir aber das Herz erworben, das kein Verdienst in mir hätte gewinnen können, und dieses Herz bist Du!

Lebe wohl und halte Dich Deinem
Mittwoch früh 5 Uhr,
den 9. Februar 1831. Z.

788. *An Goethe*

Berlin, den 11. Februar 1831.

Unser Revisionsbeamte Hortung in Naumburg, ein diensteifriger Mann, hat Dein blaues Kuvert mit dem dortigen Postsiegel belegt, um selbiges dem hiesigen Oberhofpostamte besonders zu empfehlen. Das Kuvert ist mir gleichwohl gestern gegen Abend unversehrt insinuiert worden, und wir haben das Vertrauen hiesiger Behörde mit gegenseitigem Respekt anzuerkennen. Die Aufschrift: »Eine Zeichnung *ohne Geldwert*« mag dem Manne bedenklich vorgekommen sein. Von Weimar ist es am 6. dieses Monats abgegangen.

Die Zeichnung selbst hat meinen vollen Beifall, und die wissenschaftliche Enukleation derselben ist ein Dokument, das mich um so mehr erbaut, da es durch meine persönliche Angelegenheit entsteht. Die gute Facius wird sie erst kopieren und nachher in der Größe der Zeichnung in Wachs modellieren; wir werden uns Zeit nehmen, doch die Sache nicht liegen lassen.

Sonnabend, 12. Gestern eine neue Oper von *Ferdinand Ries*, gegeben zum zweiten Male, mit Beifall der Freunde, zu welchen ich gehöre. Musikalische Technik zum Bewundern, und das Orchester hat damit einen artistischen Festtag unter schwerer Arbeit gefeiert und sich mit Ruhm bedeckt. Das Stück heißt: »Die Räuberbraut«: eines geächteten Grafen Tochter, die, um ihren Vater vom Tode zu retten, sich einem Räuberhauptmanne verloben muß, der zuletzt geschlachtet wird, damit die schöne Komtesse einen bessern Bräutigam habe, der nur wenig mehr wert, aber insofern interessant ist, da er, die Tochter liebend, den Vater fangen und den Gerichten überliefern soll. Zuletzt geht alles nach Wunsche, indem der Vater für unschuldig erklärt und begnadet wird. Madame Schröder-Devrient ließ sich als Braut ganz appetitlich und als Sängerin vollkommen genügend vernehmen, und indem sie beides mit fließendem Spiele, Anstand und Weiblichkeit vereinigt, ist sie mir ihrer berühmten Mutter um so mehr überlegen.

Außerdem hat sich in diesen Tagen eine Fräulein v. Hagen, ein ganz junges schönes Mädchen, in naiven Rollen mit allgemeinem Beifalle gezeigt. Gestalt, Rede, Klang der Sprache lassen ein entschiedenes Naturell erkennen. Als Thekla, Jungfrau von Orléans und Julia geht sie dem gemeinen Verderben ganz gerade in Rachen, indem das edelste Instrument wie eine Cremoneser Violine gekratzt wird.

Der ältere Devrient ist entzückt über ein gutes Wort aus Deinem Briefe, das ich ihm melden lassen; denn selber gesprochen habe ich ihn noch nicht, da ich kein Weinhaus mehr besuche und auf dem Theater ihn nicht aus seiner Rolle bringen mag. Dem Mercutio, welchen er ehedem zum Küssen spielte, hat er gestern die Haut bis auf die Muskeln abgerissen. Verzeih, daß ich dergleichen schreibe! Man könnte fragen: warum geht ihr hin und holt euch Reue, Schmerzen? Ja, wer es lassen könnte! Man will doch bei der Welt bleiben, solange man darin ist; man spinnt sich so nach und nach ein wie ein Seidenwurm und läßt am Ende selber die hohle Schale liegen. So komme ich eben aus meinem Keller und sehe die vielen geleerten Flaschen neben den übrigen vollen und will sogleich schreiben, die ersten wieder zu beseelen: das ist der Trost, den man sich selber macht. Wer will denn nicht leben?

Fürst Radziwill verlangte von mir zu wissen, ob die *neueste* Ausgabe Diderots schon erschienen und das von Dir erkannte echte Original des »Rameau« darin enthalten sei. Ich hab' es unternommen, Dich darum zu fragen, und Du bist wohl so gut, mir ein Wort darüber zu sagen.

Heut und morgen habe ich noch Proben von Haydns »Jahreszeiten«, und übermorgen, den 17. Februar, ist die Aufführung, wozu ich mir Dein Gebet an alle Musen erbitte.

Lebe wohl!

Dein

Z.

789. *An Zelter*

Dein stöbernder Professor hat denn doch durch Vergrößerungsbrillen sich umgeschaut; bis auf den heutigen Tag liegen fünf stärkere und schwächere Bände Manuskript bis Ende 1829 vor mir, 1830 wird den 6. Band anfangen. Alsdenn möchte man acht gedruckte Bände wie die Schillerische Korrespondenz, den Band zu einem Alphabet und drüber, garantieren können. Du siehst, daß es ein Schatz ist, von welchem die einzelnen Originale festzuhalten sind. Riemer übernimmt die nicht geringe Arbeit der Redaktion; das Recht, sich auf dem Titel als Herausgeber zu nennen, wird er mit großer Sorgfalt zu gewinnen wissen. Solange ich lebe, werd' ich ihm nachhelfen; denn es verlangt nicht allein Aufmerksamkeit, sondern auch Resolution, weil ich besonders alles Auffallende und Beleidigende möchte getilgt sehen, ohne daß dadurch der Derbheit und Tüchtigkeit Eintrag geschehe.

Dein Wappen, das mir ein guter Geist eingegeben, wird mir immer lieber. Überhaupt muß man sich nicht versagen, dasjenige aber- und abermal gut zu finden, was uns und andern einmal gelang, da dergleichen nicht immer zur Hand kommt. Daß ja die gute Facius in dem bisherigen Sinne fortfahre! Sendet mir das Resultat eurer Bemühungen! Gerade da, wo vom Entstehen eines Kunstwerks die Rede ist, kommt unter vernünftigen Menschen das Beste zur Sprache.

Junge Künstler in meiner Nähe jammern mich oft; sie sind dem Falschen dergestalt leidenschaftlich ergeben, weil es ihren mäßigen Talenten zusagt, daß sie sich über die Verblendung von unsereinem wundern und betrüben müssen. Unglücklicherweise sind sie bescheiden und hoffen und streben, es immer besser zu machen, ohne freilich nur zu ahnen, daß der eingeschlagene Weg zuletzt nur zur Verzweiflung führt.

Indessen fahr' ich immer fort, sachte zu sammeln, und habe die kostbarsten Dinge erhalten, auf die glücklicherweise niemand ein Auge hat. Eine Zeichnung von Augustin Carracci übertrifft alle Erwartung, weil ein ganzer Mann aus seiner ganzen Natur etwas glücklich hervorgebracht hat; man fragt nicht nach einem Höheren und Bessern.

Das begreifen unsre neusten Kunstaristokraten nicht, welche gegen diese höchst schätzbare Familie und ihre Wirkung eine ganz absurd-vornehme Stellung nehmen, und doch sind jene gerade die Leos und Durantes ihrer Kunst und Zeit.

Du tust wohl, in Deiner Kunst zu leben und leben zu lassen, ich mach' es im Grunde auch so; denn wo nur halbweg ein menschlicher Funke hervortauchet, mag ich gerne beifällig sein.

Beispiele, wo ich segnete und wo ich fluchte, mag ich selbst diesem Blatte nicht anvertrauen; mögen sie doch herauf- und herabwandeln, wie sie können.

Da ich Dir übrigens nichts abschlagen kann, so folgen auch die paar Strophen zu Maras Feste. Ich weiß nicht, was Hummel getan hat. Nach meinem Sinne hätte die erste Strophe ganz die »Santa Elena al Calvario« von Hasse anklingend zurückrufen müssen, die zweite konnte so original und modern sein, als sie wollte.

Nun noch einen löblichen Hauptpunkt! Das Außenbleiben meines Sohnes muß ich mir nun nach und nach gefallen lassen, der aufgedrungene Versuch, nochmals Hausvater zu sein, gelingt mir nicht übel; damit aber doch jene bedeutende Natur für seine Gönner nicht so stumpf abklinge, so habe ich zuerst den italienischen Freunden einen freilich nur sehr flüchtigen Abriß seiner Reisemonate aufgesetzt, den ich Dir nun auch nächstens abschriftlich übersende. Es ist immer etwas; freilich sind seine Tagebücher höchst interessant, aber wegen der immer hervorstechenden Individualität, die Du ja kanntest, nicht in ihrer eigensten Energie und Entschiedenheit mitzuteilen. Das wäre einmal eine Lesung, wenn es sich glücklich fügte, daß Du uns wieder besuchtest; der »Schwan« würde darüber seine Flügel ausbreiten.

Apropos vom »Schwane«: Herr Geheimer Oberfinanzrat Beuth hat mir wieder eine ganz unschätzbare Gabe gesendet; ich habe meinen lebhaftesten Dank sogleich erwidert, und gibt es Gelegenheit, ihm unmittelbar ein Wort darüber zu sagen, wie sehr er mich verpflichtet hat, so versäum' es nicht.

Und so fortan!

Weimar, den 19. Februar 1831. G.

[Beilage]

Der
Demoiselle Schmeling
nach Aufführung
der Hassischen
»Santa Elena al Calvario«
Leipzig 1771.

Klarster Stimme, froh an Sinn –
Reinste Jugendgabe –
Zogst du mit der Kaiserin
Nach dem heil'gen Grabe.
Dort, wo alles wohlgelang,
Unter die Beglückten
Riß dein herrschender Gesang
Mich, den Hochentzückten.

An
Madame Mara
zum frohen
Jahresfest
Weimar
1831.

Sangreich war dein Ehrenweg,
Jede Brust erweiternd;
Sang auch ich auf Pfad und Steg,
Müh' und Schritt erheiternd.
Nah dem Ziele, denk' ich heut
Jener Zeit, der süßen;
Fühle mit, wie mich's erfreut,
Segnend dich zu grüßen.

790. *An Goethe*

Berlin, 19. Februar 1831.

Zur Begleitung der Einlage will nur sagen, daß unsere Musik von vorgestern glatt genug vom Stapel gegangen und mit Zufriedenheit ist sentiert worden. Das will wohl etwas sagen bei einer aus allen Enden der Stadt zusammenrinnenden Masse von mehr als zweihundert Berlinacci mit und ohne Hosen, da es unmöglich wird, nur Eine Probe eines ganzen Werks in seinem Zusammenhange zu halten. Die ganz verschiedenen Dependenzen der Ausführenden, Solosänger und Instrumentisten, von Familien- und Dienstverhältnissen, die keine Zeit zur Zeit lassen, werden zu einer Aufgabe, zu einem Lotterielose, das, wenn es herauskommt und gewinnt, dem alten Direktor zu einer schlaflosen, aber vergnüglichen Nacht hilft, der erst hinterher die Möglichkeit nicht begreift, da wir alle nicht wissen, wie wir dazu kommen.

Unser Schotte, Mister Müller, wollte sich noch nicht hören lassen. Gestern mußte er zu einer Messe vom alten Bach die Bratsche spielen. Das kam ihm wunderlich vor, nach und nach aber ging's.

Lebe wohl!

Dein Z.

791. *An Goethe*

Habe Dank für Sendung der beiden herrlichen Gedichtchen, die durch einen Zwischenraum von 60 Jahren ihre doppelte Bedeutung zweier aktiven lebenvollen Individuen haben. Unsere Dame ist ungefähr ein Jahr jünger als Du und hat sich durch ein langes Kunstleben charakteristisch, selbständig und eigen gehalten. Sie schrieb mir vor zwei Jahren, sie sei im Begriff, ihren Lebenslauf zu schreiben, da man von ihr nur Halbes, keineswegs aber das Rechte wisse, was wir denn abwarten wollen. Über den Urquell ihrer vielen Leiden hat sie sich noch zuletzt auf edle Art ignorierend bewiesen, und das war ihr Mann, der verdorbenste aller Griechen.

Sie kam als Mademoiselle Schmeling im Jahre 1771 aus Leipzig zu uns und debütierte in »Piramo e Tisbe« (von Hasse) neben Concialini zur Bewundrung des Königs, der sie vorher kaum hören wollte, weil ihm ihr väterlicher Name gar zu deutsch klingen mochte. Von hier an bis zum Jahre 1773 sang sie hier in den Karnavalsopern »Britannico«, »Ifigenia«, »Merope«. Da verliebte sie sich in den Mara, einen Violoncellisten und Ganymed des Prinzen Heinrich (Bruders des Königs), und indem beide Herren ein Eheband zwischen Berlin und Rheinsberg nicht gestatten wollten, entfernten sich die Liebenden ohne Urlaub. Sie wurden eingefangen und Mara in ein Regiment nach Cüstrin gegeben, wo er Pfeifer werden mußte. Nun engagierte sich Mademoiselle Schmeling aufs neue, auf Lebenzeit; Mara kam nach Berlin zurück und durfte sich mit ihr verheuraten. Vom Dezember 1773 an sang sie in folgenden Karnavalsopern als Madame Mara: 1. »Arminio«, 2. »Demofoonte«, 3. »Europa galante«, 4. »Partenope«, 5. »Attilio Regolo«, 6. »Orfeo«, 7. »Angelica e Medoro«, 8. »Cleofide«, 9. »Artemisia«, 10. »Rodelinda«. Im Jahre 1779 war wegen des Bayrischen Erbfolgekrieges kein Karnaval, und das Jahr darauf, 1780, nach Wiederholung der Oper »Rodelinda«, entfernte sich das Ehepaar zum zweiten Male heimlich. Sie wurden wieder angehalten; doch der König befahl, man solle sie laufen lassen, weil er, selbst um den hohen Preis, den Mara entfernt wissen wollte. Das wissen wir aktenmäßig, nur sie, unsere Freundin, will es nicht wissen und könnte über Gewalt klagen. Der allgemeinste Enthusiasmus für sie ging schon gleich in der Oper »Britannico« aus, in der sie als Agrippina die Arie: »Mi paventi il figlio indegno!« mit einer Donnerstimme und mütterlicher Weiblichkeit in die Kulisse sang, daß mir die bittersten Tränen jedesmal aus den Augen stürzten. Die Arie ist eine echte Bravourarie damaliger Zeit; es war, als wenn tausend Nachtigallen um Rache schlugen. In allen tragischen Rollen schien sie einen Kopf höher zu sein; Größeres als ihre Königin Rodelinda habe ich nicht vernommen. Kenner tadelten ihre zu ruhige Haltung in leidenschaftlichen Rollen. »Was?« rief sie aus, »soll ich mit Händen und Beinen singen? Ich bin eine Sängerin; was ich mit der Stimme nicht kann, will ich nicht.« Das Verhältnis einer solchen Person zu ihrem Gatten war ein allgemeiner Jammer. Herr Mara mißbrauchte in Rheinsberg die Gunst des Prinzen, von dem er wie ein Kleinod angesehn war, auf gemeine Art öffentlich. Da es eine Seltenheit war, ihn spielen zu hören, so hatte der Prinz, der um die Karnavalszeit mit seinem ganzen Hofe in Berlin war und mit glänzenden Festen die königlichen Redouten überbot, einst den königlichen Hof eingeladen, den unvergleichlichen Mara spielen zu hören. Nur der König war nicht da, und wer noch fehlte, war Mara, den man endlich brachte: er war betrunken und verweigerte seinem Prinzen vor dem ganzen königlichen Hofe zu spielen, wodurch der Prinz nicht anders als öffentlich kompromittiert sein konnte. Der König sah solche Beleidigung als ein crimen laesae majestatis gegen seine Gemahlin an, und das hielt man für die Ursache, warum ihm nach seiner ersten Desertion so hart mitgespielt worden; man nannte ihn die Leibgeige des Prinzen.

Das sage ich nun hier nicht aus Lust an Unlust, obgleich mir Mara kein lieber Mann war, sondern zur Rechtfertigung des großen Königes, der darum ebensowenig ist gelobt worden als wegen des Müller Arnold'schen Prozesses, da man keinen lobt, der recht tut, und lieber das Rechte nicht weiß. Dazu kam noch mehreres: das schöne Rheinsberg, nah am

Mecklenburgischen, war ein Nest von Contrebandiers, denen unter dem Schutze des Günstlings keiner was anhaben wollte, der sein Leben liebte. Der König wußte aber genau, wo der Schmuggelfaden anhing, der sich durch die Rheinsberger Hofequipagen bis Berlin verzog. Seine Tage hat Mara hier in tiefster crapule beschlossen, wiewohl sie ihn nie ganz verlassen hat. Ich gestand ihr einmal meine Bewundrung über ihr edles Benehmen gegen ihn; darauf sagte sie: »Aber das müssen Sie gestehn, er war der schönste Mann, den man sehn konnte.« Reichardt hatte auch stets Händel mit ihm, weil Mara sich in die Königliche Oper mischen wollte. Der König ließ ihn einst das ganze Karnaval hindurch in der Wache auf der Pritsche schlafen, wo die gemeinen Soldaten sich gemeine Späße mit ihm erlauben durften. Das gab Reichardten Oberwasser, und nun als junger protegierter Kapellmeister schrieb er viel und klagte dem Könige über die alten Musiker. Darauf sagte der König: »Ich dachte mir die Oper vom Halse zu schaffen, und nun habe ich das alte Elend und einen Narren mehr.« Hätte Reichardt den Mara in die Spree geschmissen, so wäre er bestraft worden, aber er hätte dabei gewonnen. So war der König, dem er sich unbequem machte.

Ich bin ins Plaudern gekommen. Verzeih, es sind gemeine Sachen, und doch kann ich sie nicht vergessen; war man doch auch leichtsinnig, aber Unrecht habe ich niemals leiden können, besonders wenn es meinen Fritze galt. Mein Vater konnte kein unebenes Wort gegen den König leiden. Sein Bruder, der uns fast jährlich eine Zeitlang besuchte, wurde stets sehr gut aufgenommen; fing er aber an zu reden von dem Benehmen des Königs in Dresden, so sagte mein Vater: »Lieber Bruder, wann gehst du wieder zu Hause? in dein langes Groß-Röhrsdorf? Da gehörst du hin, und komm' ich noch einmal wieder zu dir, so will ich deine Sachsen loben, daß sie blutrot werden sollen.«

Ich weiß nicht, ob ich Dir gesagt habe, daß der alte Schmeling mich meinem Vater als Komponisten denunziiert hat. Mein Vater besuchte in Abendstunden einen gewählten Kreis von Bürgern, Predigern, Kapellmusikern und andern zur Unterhaltung bei Bier und Tabak. Einst ward die Zeitung gelesen und eine Musik von mir darin angekündigt, ich glaube, es waren Klaviervariationen über eine Romanze des Cherubin in Beaumarchais' »Figaro«. Mein Vater sagte, es sei das erstemal, daß er außer ihm selber seinen Namen genannt finde; der alte Schmeling sagte: »Es ist auch Ihr Sohn, den ich ja kenne.« Andern Tages fragte mich mein Vater bei Tische, was das sei, ob ich den Menschen kenne. »O ja!« sagt' ich, »und Sie, lieber Vater, kennen ihn auch.« – »Also du bist der Gelobte? Nun sorge auch, daß sie dich wegen Zeichnens und der Geometrie loben!« welches

Fortsetzung!

792. *An Zelter*

Freundlich teilnehmend zu gedenken.

Mein Sohn reiste, um zu genesen; seine ersten Briefe von jenseits waren höchst tröstlich und erfreulich: er hatte Mailand, die Lombardei, ihre fruchtreichen Felder, ihre bewundernswürdigen Seen mit tüchtigem frohen Anteil besucht und beschaut, war ebnermaßen bis Venedig und nach Mailand wieder zurückgekommen. Sein ununterbrochenes Tagebuch zeugte von einem offenen ungetrübten Blick für Natur und Kunst; er war behaglich bei Anwendung und Erweiterung seiner früheren mehrfachen Kenntnisse. Ebenso setzte sich's fort bis Genua, wo er mit einem alten Freunde, Herrn Sterling, der mein Verhältnis zu Lord Byron vermittelt hatte, vergnüglich zusammentraf und sich darauf von seinem bisherigen Begleiter, dem

Dr. Eckermann, welcher nach Deutschland zurückging, trennte.

Der Bruch des Schlüsselbeins, der zwischen gedachtem Ort und Spezia sich leider ereignete, hielt ihn hier an vier Wochen fest; aber auch dieses Unheil sowie eine sich dazu gesellende Hautkrankheit, beides in der großen Hitze sehr beschwerlich, übertrug er mit männlich-gutem Humor, seine Tagebücher blieben vollständig, und er verließ gedachten Ort nicht eher, bis er sich in der Umgegend vollkommen umgesehen und sogar das Gebäude der Quarantäne besucht hatte. Einen kurzen Aufenthalt in Carrara, einen längern in Florenz benutzte er musterhaft, durchaus mit folgerechter Aufmerksamkeit; sein Tagebuch könnte einem ähnlich Gesinnten zum Wegweiser dienen.

Hierauf war er, von Livorno mit dem Dampfschiffe abreisend, nach ausgestandenem bedenklichen Sturm, an einem Festtage in Neapel gelandet. Hier fand er den wackern Künstler Herrn Zahn, der bei seinem Aufenthalt in Deutschland zu uns das beste Verhältnis gefunden hatte, ihm freundlichst entgegenkam und sich nun als erwünschtester Führer und Beistand vollkommen legitimierte.

Seine Briefe von dorther wollten mir jedoch, wie ich gestehen muß, nicht recht gefallen; sie deuteten auf eine gewisse Hast, auf eine krankhafte Exaltation, wenn er sich auch in Absicht auf sorgfältiges Bemerken und Niederschreiben ziemlich gleichblieb. In Pompeji ward er einheimisch; seine Gefühle, Bemerkungen, Handlungen in jener Stadt sind heiter, ja lustig-lebendig.

Eine Schnellfahrt nach Rom konnte die schon sehr aufgeregte Natur nicht besänftigen; die ehren- und liebevolle Aufnahme der dortigen deutschen Männer und bedeutender Künstler scheint er auch nur mit einer fieberhaften Hast genossen zu haben. Nach wenigen Tagen schlug er den Weg ein, um an der Pyramide des Cestius auszuruhen, an der

Stelle, wohin sein Vater, vor seiner Geburt, sich dichterisch zu sehnen geneigt war. Vielleicht gibt es Gelegenheit in künftigen Tagen, aus seinen Reiseblättern das Gedächtnis dieses eignen jungen Manns Freunden und Wohlwollenden aufzufrischen und zu empfehlen.

Und so, über Gräber, vorwärts!

Weimar, den 23. Februar 1831. G.

793. *An Goethe*

denn, soviel ich weiß, nicht geschehen ist.

Ob Hummel Hasses »Santa Elena al Calvario« kennt, sollte mich wundern. Diese geistlichen Dramen (woraus die Oper hervorgegangen) sind durch das Kantatenwesen verdrängt. Die Kantate gehört in die Kammermusik, und wenn das Oratorium auch kein Teil der Liturgie ist, so gehört es doch in die Kirche, wie die musikalischen Vespern und anderes. Hasse hat dies Oratorium von Metastasio zweimal in Musik gesetzt: für Dresden und nachher für Wien. Das, was Du im Jahre 1771 in Leipzig gehört hast, mag die erste Komposition sein. Die Wiener Bearbeitung bin ich so glücklich gewesen auf ähnliche Art zu überkommen wie Du Deinen Augustin Carracci: aus vornehmen Kennerhänden, da man sich einbildet, das eine sei besser als das andere, weil dieses das andere ist. Hasse hat gegen 100 Opern, wo nicht darüber, gemacht, die geistlichen Kompositionen ungerechnet. Jedes seiner Werke enthält so mächtige Teile, wie sie nur ein deutscher Genius, der sich in Italien in besserer Zeit gebildet hat, hervorbringt. An Geist, Energie, Anmut und Fruchtbarkeit hat er die Leo, Durante, Vinci, Pergolese und seinen von ihm selber hochgerühmten Meister Alexander Scarlatti hinter sich gebracht. Wirft man ab, was in jener Zeit italienische, allgemein angenommene Manier ist, so hast Du ein Original in deutscher Kraft und Herrlichkeit. Auch war er überall beliebt, ja bei dem Vertrauen der Welt und zu sich selber durfte er geben, was sie haben will, und sein Eigenstes anbei gleichsam einschwärzen, daher er denn, zu leicht angesehn, nicht gilt, was er wert ist.

So habe denn auch ich endlich Diderots »Fataliste« nacheinander weggelesen. Hab' ich über den verrufenen Gegenstand sowenig wie der gute Jacques selber ernsthaft nachgedacht, so muß man zugeben, daß, wenn Geschehenes eine Folge hat, es auch eine Ursache haben muß, sie möge geschrieben sein, wo sie wolle. Das Anstößige im Buche ist wie Speck um die Pille gewickelt; das klittern sie sich wieder auseinander, genießen es mit Appetit und sagen: Das Buch ist unmoralisch. Mögen sie denn sagen!

Du hattest ja wohl, mein Liebster, mir ein Blatt senden wollen, das, wenn ich nicht irre, zwei Krieger darstellt. Dabei möcht' ich denn auch ein Wort von Dir darüber erbitten, das ich gern als Propfreis oder Fruchtkorn für mein kleines Gartenland nutze, und wenn es auch nicht gleich keimt und wurzelt, so wollen die guten Spatzen auch etwas aufzupicken haben. Ich freue mich, wenn es sich trifft, in solchen Dingen mit Dir Schritt zu halten.

Was Du mir über unsern August schreibst, ist mir auch darum lieb, indem auf vielfältiges Nachfragen ich das Ähnliche nach meiner Art aus Deinen frühern Briefen und den Tags- und Jahresheften dreist aussprechen durfte; auch was mir Felix von Rom schreibt, stimmt mit Deiner Relation schönstens zusammen. Dieser gute Bursche hat mir noch immer Freude gemacht. Die Kunst geht in Italien auf Krükken. Die Fremden dominieren, sie wollen oder nicht; doch sind sie fleißig, und halten sie sich in See, so gibt's auch wohl wieder Fahrwetter. Der neue Papst soll ein würdiger Mann sein, und ist er nur ein Mann, so wird sich die Würde finden.

Seit einigen Wochen wird hier von Cotta gesprochen. Vor

einigen Tagen fragte mich v. Raumer, ob Du mit ihm auseinander wärst. Die bedeutendsten Geschäftsleute scheinen nichts zu wissen, und da ich mich auf dergleichen nicht verstehe, so habe ich im Vertrauen nur andeuten wollen, was man im allgemeinen hören muß, ohne zu horchen. Auch erinnre ich mich, schon bei Lebzeiten Nicolais Ähnliches vernommen zu haben.

Dann bin ich auch seit dem 28. Februar einmal wieder Großpapa worden. Meine Tochter Auguste (Grundmann) hat ihren sechsten Jungen in die Welt gesetzt, dazu drei vorhandene Mädchen, in Summa *neun* Lebendige. Frisches Kanonenfutter! Nun geben die Götter eine gute Ernte, denn der Herr Papa ist Landmann, und das Getreide hat lange nicht so hoch gestanden als eben jetzt. Noch habe nicht wieder nachgerechnet, doch das halbe Schock meiner Enkel könnte wieder voll sein. Vor einigen Jahren hatten wir es auf dreiunddreißig gebracht.

Unser Schotte Müller setzt mich in Odem. Ich selbst muß wieder mich präparieren zu den ersten Anfängen. Er hat schon eine große Sonate und mehr desgleichen gemacht, kennt aber weder das Abc noch die Zehn Gebote der Musik, und da er will, so haben wir nebenher von vorn angefangen, und er macht große Augen über kleine Sachen. Er spielt aber nicht schlecht, ist täglich bei mir und scheint sich unter den Meinigen zu gefallen. Da tagtäglich Musik bei mir ist und er ziemlich nahean wohnt, so hat er's auch bequem genug. Lebe wohl! ich höre meine Studenten kommen. Der Zyklus hat sich von einigen 80 auf die Hälfte gestellt, die immer tüchtiger werden und mir viel Freude machen, indem sie mein Wesen mit Lust tolerieren.

Nochmals Gott befohlen! Heut ist schon der 5. März, und die Luft ist gelinde. Diesen Mittag bin ich bei Fürst Radziwill, der wahrscheinlich seinen »Faust« walten läßt.

Dein Z.

Die erste Seite Deines lieben Briefes vom 5. März schließt sich freundlich an das vorhergegangene schon angelangte Blatt getreulich an und kommt mir zur rechten Stunde. Das Original von »Rameaus Neffen« findet sich in folgendem Bande: »Oeuvres inédites de Denis Diderot, précédées d'un fragment sur les ouvrages de l'auteur, par Goethe«. Empfiehl mich dem Herrn Fürsten Radziwill Durchlaucht zum allerschönsten. Auch melde mir, ob sich »Faust« nach und nach in diesen unharmonischen Zeiten immer harmonischer erweise.

Diderot ist Diderot, ein einzig Individuum; wer an ihm oder seinen Sachen mäckelt, ist ein Philister, und deren sind Legionen. Wissen doch die Menschen weder von Gott noch von der Natur noch von ihresgleichen dankbar zu empfangen, was unschätzbar ist. Nun habe auch ich Anfrage und Bitte. Vor vielen Jahren kam eine englische Übersetzung meiner »Iphigenie« heraus; auf meine Veranlassung erschien darauf ein Nachdruck bei Unger, sauber und schön. Meine Exemplare sind alle verloren; sollte sich nicht in dem Ungerischen Nachlaß unter andern Ladenhütern oder bei irgendeiner andern Handlung, an die sein Verlag abgetreten worden, noch ein Restchen dieser Ausgabe finden? Es würde mir viel Freude machen.

Das versprochene Blatt von Leonard da Vinci soll nächstens folgen; ein Abdruck liegt in dem Portefeuille der Lombardischen Schule, der andere muß aufgesucht werden, welches bisher versäumt worden. Lies indessen in meinem 35. Bändchen Seite 311 und 12, so wirst Du noch ungeduldiger auf die Nachbildung des köstlichen Werkes werden, welches nächstens bei Dir eintreffen wird. Gönn' ihm sogleich Glas und Rahmen, laß es lebenslänglich vor Deinen Augen, erquicke und erbaue Dich daran. Eigentlich solltest

Du mir diese Hauptfuge des bildenden Kunstvermögens analog am allerbesten auslegen können.

In Gefolg des Vorstehenden ließ ich sogleich nachsehen, wo ich die Dublette vermutete; leider ward sie nicht gefunden, und da es mit solchen Dingen, die, bei sonstiger regelmäßiger Aufbewahrung, einmal zufällig untergeschoben werden, gewöhnlich der Fall ist, daß man sie nur zufällig wiederfindet, so wirst Du Dich gedulden, bis ich selbst wieder meine Sammlungen angehe, welches bei zunehmender besserer Jahrszeit nächstens geschehen wird. Was sonst noch zu sagen wäre, wird nicht ausbleiben.

Eilig abschließend

Weimar, den 9. März 1831. G.

795. *An Goethe*

Freund Spiker ist so gut, Dir das englische Original der übersetzten »Iphigenie« von der Königlichen Bibliothek zu schicken, unterdessen ich mich bemühe, Dir ein Exemplar des Unger'schen Nachdrucks zu eigen zu schaffen, da der Unger'sche Nachlaß in alle Winde zerstreut ist. Auch wollte Dir Spiker eine schwedische Übersetzung beilegen.

Über den Karton des Leonardo da Vinci habe freilich nur erst gelesen und bin desto begieriger, den Abdruck vor Augen zu haben, unterdessen irgendeine Zusammensetzung vor meiner Einbildung dahertanzt. Du hast gut reden, mein Schatz, von Auslegen Deiner Fugen. Du bist von Kindheit an durch Eingebung und durch Umgebung solcher Schätze herangewachsen. Bei uns sah man wohl den Alten Fritz zu Pferde, den Hut mit der Hand lüpfend – und das war auch gut. Auch waren Sammlungen, dabei aber saß immer ein Drache, der die Kralle nach einem Dukaten streckte: ringen mußte man, sich kujonieren lassen, wo nicht abgewiesen sein. Prinzeß Amalie ließ mich einmal ihre Musikalien sehn: die Titel, durch Glasschränke. Da nahm sie ein Werk heraus, behielt es in Händen, blätterte und ließ mich hineinkucken. Da griff ich zu, nahm ihr den Folioband aus den Händen. Sie trat zurück und machte Augen wie Wagenräder; es waren die Augen ihres großen Bruders. Hätte ich damals schon den Homer gekannt, so wäre sie mir die »ochsenäugige Göttin« gewesen. Kurz, wer damals hier was lernen wollte, der durfte sich nicht weigern, Ställe zu fegen, Kinder zu warten und Rinden zu kauen, die die Herren nicht beißen konnten. Seh' ich das Treiben der jetzigen jungen Kunstwelt, wie bei großen Mitteln und schönen Anlagen in bewegter Zeit nur politische Witze, als: daß der Sultan der Fürst aller Gläubigen und Herr Rothschild der Gläubiger aller Fürsten ist, gedreht werden, so ist wenig Hoffnung, die kostbaren Sammlungen als lehrhaft für unsere Zeit angewendet zu sehn.

Fürst Radziwills »Faust« rückt langsam vor. Magst Du Dir doch die jetzige Lage dieser erlauchten Familie denken, die der höchsten Verehrung würdig ist. Man kann nicht unglücklicher sein, aber man kann von solchen Leuten etwas lernen. Auch ich habe leiden müssen; ein Kind bin ich gegen diese. Prinzeß Luise (die Mutter) ist ein Mann in Engelsgestalt. Die Erziehung der Kinder, das Wesen des ganzen Hauses: wie es stets war, ist es noch. Nachrichten, Reden, Meinung, Gesinnung, Lüge, Unheil und was alles von oben und von den Seiten herzufährt oder -fällt, wird ergriffen, gefaßt, gehalten. Was red' ich? Du hast das alles selber nur zu nahe gehabt. Aber auch ich sollte noch einmal im Leben mit Mut und Glauben das unförmliche Gespenst, sich übereinander schiebend, heranwuchten sehn: den geraden ehrlichen Weg vor der Tür, hüben und drüben verrückte Weisheit; Partei nehmen müssen, heute so, morgen so! Ahi lasso! – So will ich denn still an meine Ostermusik gehn und sehn, was ich mit den Meinigen gut machen kann. Die Zeit mag bringen, was sie hat, und was es kostet, muß gegeben werden, und damit – wo nicht gut, doch für heute genug!

Es ist Sonntag. Ich will noch nach Steglitz mit Hegel, zum Großkanzler Beyme. Hegel ist gebeten, ich fahre nur so mit; einer mehr wird nicht zu viel sein. Beyme ist mir ein lieber Mann gewesen und geblieben. Unter denen, die meine Wünsche hier gefördert haben, ist er Nr. 1, und wär' es sonst nach ihm gegangen, das Jahr 1806 wäre das Heil von Deutschland gewesen. Auch mich hielten sie damals für einen Apostaten und wählten mich zu Schutz und Hülfe unter zweitausend, und ich konnte nicht böse werden, nicht auf sie, nicht auf mich. Hundertmal hab' ich gesagt: Ihr kommt zu gut davon! Das war die Probe.

Im 32. Bande Deiner kleinen Ausgabe, Seite 101, sprichst Du von der »Großen Zenobia« des Calderon, welche bei euch gegeben worden, und sagst: »Die 3 ersten Akte gerieten vortrefflich«. In der Übersetzung von Gries schließt das Stück mit dem 3. Akte ab. Sind denn noch zwei Akte? Lebe wohl! Montag, 14. März 1831.

Dein Z.

796. *An Zelter*

Vor allen Dingen habe zu vermelden, daß ich einen ganz allerliebsten ausführlichen Brief von Felix, datiert Rom, den 5. März, erhalten habe, welcher das reinste Bild des vorzüglichen jungen Mannes darstellte. Seinen Eltern und Berliner Freunden wird er gewiß das gleiche mit gleicher gemäßigten Freiheit melden. Für den ist nun weiter nicht zu sorgen, das schöne Schwimmwamms seines Talents wird ihn auch durch die Wogen und Brandungen der zu befürchtenden Barbarei hindurchführen.

Nun erinnerst Du Dich wohl, daß ich mich der kleinen Terz immer leidenschaftlich angenommen und mich geärgert habe, daß ihr theoretischen Musikhansen sie nicht wolltet als ein donum naturae gelten lassen. Wahrhaftig, eine Darm- und Drahtsaite steht nicht so hoch, daß ihr die Natur allein ausschließlich ihre Harmonien anvertrauen sollte. Da ist der Mensch mehr wert, und dem Menschen hat die Natur die kleine Terz verliehen, um das unnennbare Sehnsüchtige mit dem innigsten Behagen ausdrücken zu können, der Mensch gehört mit zur Natur, und er ist es, der die zartesten Bezüge der sämtlichen elementaren Erscheinungen in sich aufzunehmen, zu regeln und zu modifizieren weiß.

Brauchen doch Chemiker schon den tierischen Organismus als eine Reagens, und wir wollen uns an mechanisch bestimmbare Tonverhältnisse klammern, dagegen die edelste Gabe aus der Natur hinaus in die Region einer willkürlichen Künstelei hinüberschieben!

Dies magst Du verzeihen. Ich bin hierüber neuerlich aufgeregt worden, und ich möchte Dir vor allem Kenntnis geben, wo ich hartnäckig verharre und warum.

Herrn Spiker wirst Du aufs beste grüßen und danken, daß er mir jene Büchlein vor Augen bringen wollen; sie sollen treulich wieder zurückgesendet werden.

Gegenwärtiges sende weg, ob mir gleich noch gar manches zu sagen übrigbleibt; Du sollst aber wissen, daß ich an Dich denke zur Stunde, wo Du Dich zu wackern Taten vorbereitest; auch möchte ich der erste sein, der Dir zum ästhetischen und ökonomischen Gelingen Glück wünschte. Welches denn hiermit segnend geschehe!

Unverdrossen fortan!

Gründonnerstag, den 31. März 1831. Goethe.

797. *An Goethe*

Mittwoch, 6. April 1831.

Hermann Schede, Sohn des hiesigen Regierungsrats Schede und einer meiner akademischen Jünger, ein feiner stiller Jüngling, will Dir ein Blatt von mir übergeben, und da ich lange genug nicht geschrieben, so sei dies Gelegenheit zum Lebenszeichen von mir. Daß Du auf guten Füßen ruhst, hat mir Spontini sogleich mitgeteilt, der voll ist Deines Lobes. Er wird Dir seine »Athenienserinnen« schicken, und Du hast ihm guten Rat versprochen, dem ich eine ebenso gute Empfängnis wünsche.

Meine Ostermusiken sind hinter mir, und es ist kurios, daß ich auch gar nichts zu schreiben weiß in einer Zeit, da die Welt in Bewegung ist, und so muß es mehrern gehn. Vor einiger Zeit stand in einem Wochenblatte, vor 50 Jahren habe ein Professor in Jena namens Danov vom »Werther« geurteilt: *das ganze Buch gehöre zu den verführerischten unserer Tage.* Das schreibt nun nach 50 Jahren ein kluger Dummkopf wieder ab, und nun läuft die fromme Canaille lüstern hinter dem »Werther« her, um sich verführen zu lassen. Am Ende erlebst Du noch, Deinen »Werther« unter die apocryphia des Alten Testaments versetzt und durch Bibelgesellschaften gratis verteilt zu sehn.

Unter den Programmen des diesjährigen Osterexamens ist eins: »Über Goethes Charakter« von Professor *Yxem*, 26 Seiten eng gedruckt in Quarto, woraus wenigstens so viel hervorgeht, daß der Grund und Boden Deines Daseins immer freier wird von kritischem Häckerling, welchen Vorjahre ausgestreuet hatten. Die dreimal genähten Sohlen, welche darüber hintappten, sind durchgetreten. Die Fäden des Gewebes werden wie mit geistiger Lupe betrachtet, ja man will selbst unter diesen Fäden noch fruchtbaren Boden ahnden.

Mein Schotte Müller ist eine gute treue Seele und sehr fleißig, weil ich ihm vollauf zu arbeiten gebe. Das Virtuosenwesen sieht er nach und nach an für was es ist, und er bildet sich zum gründlichen Lehrer. Er hat nach Regeln gesucht in den Wolken, aus welchen er nach und nach sich sanft herunterläßt. Außerdem ist er viel in meinem Hause, und so kann er alle guten Musiken frei besuchen.

Vorigen Mittwoch wurde Dein »Tasso« in der Tat würdig gegeben. Prinzessin, Antonio und Tasso ganz vorzüglich. Was mich aber besonders erfreut hat, war die lebhafte Teilnahme im Hause selber an solchen Stellen des Gedichts, die auch mich immer erregt haben.

Ich hatte eben vorher vier Stücke des Calderon gelesen und fühlte mich heut glücklich, daß ich ein Deutscher aus meiner Zeit bin. Der »Tasso« ist ein Stück, das bei uns alle Jahr einmal und zwar in der Karwoche unter ernsthaften Leuten gegeben werden muß. Das Haus war gerade voll genug, um alle verständige Menschen einer Hauptstadt beieinander zu wissen.

Auch Beethovens »Fidelio« habe mit großer Freude wieder gehört. Gerade da, wo das Gedicht gar zu schwach ist, ist der Komponist zur Bewundrung glücklich gewesen; eine triste langweilige Szene hat er besonders so zu beleben gewußt, daß ich immer von neuem darüber erstaune. Das ist der Vorteil, den man beim Genie voraus und davon hat: es beleidigt und versöhnt, es verwundet und heilt; man muß mit, da hilft kein Sperren und Weilen. Lebe wohl!

Dein

Z.

»Der Gott und die Bajadere.«

Eine neue Oper von Scribe, mit Musik, Gesang und Tanz von Auber, habe in diesen Tagen eingenommen.

Der Gott ist ein schnurriger Mann. Oben bei seiner Behörde, dem Schicksal, hat er was ausgefressen, weshalb er seiner Gottheit entsetzt und verurteilt ist, auf Erden unerkannt herumzuschweifen und das ewige Licht nicht eher wieder zu schauen, bis er ein Herz, ein Liebchen gefunden, das ihm mit ewiger Liebe zugetan ist. Auf Erden will's nun mit ihm auch nicht recht fort; er ist naseweise, rezensiert das alberne Menschenpack und wird verfolgt. Da geht er denn in die rechte Schmiede, in ein Bajaderenkloster, wo die Herzen nicht zu rar sind. Eine der Bajaderen entbrennt in Liebe zum ci-devant Gotte und tanzt vor ihm so züchtig, daß er, ihr bis ins Herz schauend, von gleicher Liebesqual entflammt ist. Eine strenge Prüfung ist aber nötig. Der Prüfungsakt wird nun sehr künstlich dadurch bewirkt, indem er sich an alle Bajaderen macht, die Treue der Geliebten auf Probe zu stellen, die aber Stich hält. Endlich wird die Erwählte selber (man sieht nicht warum) zum Scheiterhaufen verurteilt, aus dessen Flammen sie im Arme des entsündigten Gottes, der nun als Brahma selber erscheint, zum Lichte des indischen Paradieses aufsteigt.

Die Musik ist nicht zu verachten und hat viele glückliche Stellen, wird jedoch sehr getadelt, so wie ich, der einen guten Faden daran finden wollen. Dagegen wurde Madame Romain als erkorne Bajadere, trotz einzelner Mißbilligung, unaufhörlich beklatscht, indem sie ihren nicht ganz reizenden Leib – zum Zugreifen offenbarte.

Sei gelobet für Deinen Eifer zum Schutze der kleinen Terz. Ich muß mich wohl einmal ungeschickt, wo nicht unrichtig darüber ausgedrückt haben. Die kleine Terz ist sogar im harmonischen Dreiklange nach oben enthalten, wiewohl nicht als Terz des Grundtones, sondern der Mediante. Dagegen ist die kleine Terz als solche der Unterquinte des harmonischen Dreiklangs inwohnend und mitklingend, woraus sich sogar folgern ließe, daß die Natur selber die Molltonart als herrschend verlange und der Dreiklang mit der großen Terz, als Dominantenharmonie, der wahre Leitakkord für die Molltonart sei. Daß der unterste Ton eines Dreiklangs *in der Mitte* liege und über sich die große Terz, *unter* sich aber die kleine Terz mitklingend bei sich führe, hat schon Rameau bemerkt und seine Tonlehre darauf gebaut, die freilich nicht unangefochten geblieben ist, unterdessen wir alle der Natur folgen müssen, wir mögen wollen oder nicht.

Dein redlicher Anteil an meinen Produktionen ist mir immer gegenwärtig, so wie ich Dich unter unsern Zuhörern denke, absonderlich wenn alles recht in Zug kommt und allein geht. Der verstorbene Domorganist Schale, Grauns entschiedenster Verehrer, sagte mir schon vor 36 Jahren: er wünsche, daß sein seliger Freund Graun seine Musik *so* hätte hören können. Das ist es, was mich nicht zu beschämen braucht, wenn ich mit diesem Werke bereits an die zwanzigtausend Taler verdient habe, die freilich verfressen sind. Wer weiß, womit ich sie sonst hätte verdienen müssen!

14. April. Gestern war ich bei Fürst Radziwill, der Deinen Gruß freundlichst erwidert. Über den allgemeinen Lauf des Weltwesens ertönen von soviel Seiten her ebensoviele Meinungen und Gesinnungen, so daß jeder zu bedenken hat, wie und wo er steht und geht, ohne eine Teilnahme zu verleugnen, wenn Freunde gewaltsam untereinander hadern. Es fehlt nirgends an Ärzten und Rezeptoren, und keiner will von der Wurzel der Krankheit wissen. Hufeland liegt seit sechs Wochen an einem schmerzhaften äußerlichen Übel nieder, und alle Ärzte Berlins sowenig als der Königliche

Leibarzt selber wissen, was dem Patienten fehlt. Da soll man's denn bald mit der Krankheit, bald mit dem Remedieren halten, und der Kranke muß leiden.

Dr. Seebeck hat mir Deine beiden Gedichte zum Geburtsfeste der alten Freundin Mara, in Reval gedruckt, zugesendet und ein anderes dazu, das in Reval gedichtet ist. Man wird sie Dir auch wohl geschickt haben. So sei es für heute genug. Hier war seit sechs Tagen eine Sommerhitze von 18 bis 20 Grad im Schatten, und gestern hatten wir einen sechsstündigen Gewitterregen, der nach langer Trockenheit alles in Frühlingsleben gesetzt hat. Nun werden sich die heiligen Engel sputen müssen, grüne Farbe zu reiben, wenn sie nicht gescholten sein wollen.

Lebe wohl! Donnerstag, den 14. April 1831.

Dein

Z.

799. *An Goethe*

Der gute Herr Dr. Müller aus Bremen, der im Jahre 1814 uns in Wiesbaden sein zartes Töchterchen vorführte, das Du mit einem unserer Theologen bemannen wolltest, hat mir eben seine »Einleitungen in die Wissenschaft der Tonkunst« in zwei ziemlichen Oktavbänden zugeschickt und beklagt sich bitter über mich, ihm auf sein Verlangen nichts Historisches über mein Kunstleben mitgeteilt zu haben. Freilich hätt' ich ihm antworten sollen. Das Wahre ist, daß ich's vergessen habe, und nun, da ich sein Buch ansehe, bereu' ich's nicht, da ich diese Einleitung eher für eine Ausrenkung halten muß. Den heutigen Zustand der Musik findet er auf der höchsten Höhe. Seine Kenntnis der Geschichte ist Wickelwackel und seine Kritik Kikelkakel, Koteriengewäsch der Salons nach ausgestandener Oper oder nach einem Konzert, wie wir es täglich vernehmen. Seine Gewährsmänner sind Rochlitz, die beiden Weber, Nägeli und alle, die sich in Worten breitmachen. Aber es ist ein *Buch*, wovor ich immer einen gewissen Respekt behalte, weil ich nicht kapabel bin, eins zu machen. Wahrscheinlich hat er es Dir selber geschickt, und so magst Du selber hineinsehn.

19. April. Gestern ward hier Beethovens Oratorium »Christus am Ölberge« (durch Möser) außerordentlich gut gegeben. Das Werk scheint ein Fragment zu sein, und der Text nimmt sich aus, als wenn ihn der Komponist sich zu eigenem Verbrauch gemacht hätte. Zur Probe folgendes.

1. Die Einleitung kann ein inniges, schmerzlich-tiefes Gebet, ein lebendig-frisches Seelenleiden zu erkennen geben. Das starke Orchester ist wie ein übervolles Herz, ein Puls übermenschlicher Gewalt; ich war ergriffen. Darauf singt Christus (am Ölberge):

> »*Jehova*, du mein Vater! *o sende*
> *Trost* und *Kraft* und *Stärke* mir!
> Sie *nahet* nun, die Stunde meiner *Leiden*,
> Von mir erkoren schon, noch eh' die Welt
> Auf dein *Geheiß* dem *Chaos* sich *entwand*«,
> und so weiter.

Die unterstrichnen Worte stehn mit bewundernswürdiger Kunst als lauter malerische Motive im glücklichsten Zusammenhange, wie etwa eine bildliche Aufgabe, zwischen 5 oder mehr gegebenen zufälligen Punkten eine schöne Gestalt oder Gruppe von Meisterhand einzuzeichnen. Der in den Worten enthaltene Unsinn verschwindet; wohlbekannte Töne erscheinen als nie gehört, man wird hingerissen.

Nr. 4. Die Kriegsknechte, um Jesum zu greifen, marschieren wie reguläre Truppen zur Attacke und singen, erst sacht und dann stärker:

»Wir haben ihn gesehen
Nach diesem Berge gehen,
Entfliehen kann er nicht,
Es wartet das Gericht.«

Die Musik des Marsches ist nicht genug zu loben, und haben die Russen dergleichen, so genade Gott ihre Feinde!

Endlich werden die Jünger rege und singen, halb noch schlafend:

»Was soll der Lärm bedeuten?
Wie wird es uns ergehn?« und so weiter.

Und nun entsteht ein Terzett: Petrus will darein schlagen, Jesus gebietet Ruhe und ein – Seraph, der schon früher wie Saul unter den Propheten sich ausnahm, singen jeder nach seiner Art; dazwischen sind die Kriegsknechte nicht müßig und sozusagen grob:

»Auf! ergreifet den Verräter!
Weilet hier nun länger nicht!
Schleppt ihn schleunig zum Gericht!«
und so weiter.

Unmittelbar darauf ertönt ein Schlußchor von lauter Engeln:

»Welten singen Dank und Ehre«, und so weiter.

Und hat das Ganze keinen Stil, so löset sich alles in den erquicklichsten Formen so geistreich und wohltätig aus und ab wie ein angenehmer Sommernachtstraum. Kritisch angesehn, ist das Werk ein Fragment, dazwischen Teile fehlen, und man hätte das Buch nicht nötig; doch muß man es bei der Hand haben, um sich mit Erstaunen zu überzeugen, daß wahr ist, was mir Ramler von Graun bei Gelegenheit des »Tod Jesu« berichtete: »Nur Worte, lieber Ramler! geben Sie mir nur Worte! Das übrige will ich schon machen.« – Das übrige! ist das nicht hübsch?

Schönen Dank für Aufnahme meiner jungen Bursche!

800. *An Zelter*

Zuvörderst muß ich versichern, daß mir die fortgesetzten Nachrichten aus eurer dramatisch-musikalischen Welt zu großem Vergnügen gereichen und meine Einsamkeit wirklich in höherem Sinne sonor machen. Daß meine Enkel von Zeit zu Zeit mir etwas vorklimpern, muß mir wohlgefallen; ich gönne ihnen herzlich, daß sie auf eine nicht ungeschickt praktische Weise in die höchst gesellige Region der Musikfreunde so zeitig eingeführt werden.

Von Madame Mara habe einen eigenhändigen, sehr anmutigen Brief; der Konzipient verdient alles Lob, daß er das vieljährige, sich unsichtbar fortspinnende Verhältnis gar hübsch und deutlich eingesehen und klar ausgesprochen hat.

Das von der kleinen Facius modellierte Wappen rückt schon an meine Absichten ganz nah heran; es kommt mit einiger Modifikation zurück. Ein sehr geschickter, in dem Fache des Modellierens und Gießens wohlgeübter Künstler wird mir hiezu sein Talent leihen. Wie hieß doch das Motto, das ich einschrieb? Dergleichen verschwindet aus meinem Gedächtnis, und man muß mir meine eignen Träume vorerzählen.

Eine Stelle aus einem älteren Briefe, die mir beim Wiederlesen begegnete, war Veranlassung, die kleine Terz wieder in Anregung zu bringen; Deine jetzige Erklärung hat mich völlig beruhigt; denn was in der Natur ist, muß doch einmal anerkannt in Begriff und Tat aufgenommen werden.

Dein Ramler, der nur Worte haben will, um zu musizieren, kommt mir vor wie jener mit seinem Torzettel. Die guten Menschen ehren weder den Wert des Wortes noch die grundkräftige Mannigfaltigkeit ihrer Kunst. Schlechte Gedanken, schlechte Verse können sie brauchen und vielleicht am liebsten, weil sie alsdann nach völliger Freiheit handeln können. Die Veranlassung, welche dem Musiker bedeutende Worte, selbst im absurden Zusammenhang, verleihen, hast Du trefflich ausgesprochen.

Ein Schweizer Theolog, der hier durch nach Berlin ging, war mir interessant wegen seiner reinen Naivität, welche bei diesem guten Volke sich nicht immer klar erhält. Er ging aber so schnell bei mir vorüber, daß ich nicht einmal seinen Namen erfuhr. Theologen von Sankt Gallen sind nicht soviel in Berlin, daß er nicht auszuforschen wäre; Dir will ich's nicht zumuten, weil ich nicht weiß, ob er Sinn für Musik hat. Unter Deinen jungen Freunden und Schülern aber machst Du vielleicht einen Verständigen aufmerksam. Verborgen kann er nicht bleiben, selbst in der Masse; er ist gar zu heiter-lebendig und auf rechtem Wege strebend – wie mir schien, muß ich sagen; denn ich habe ihn kaum eine Viertelstunde gesehn.

Der »Vampyr« ist hier wieder gegeben worden; das Sujet ist detestabel, aber nach dem, was man mir erzählt, das Stück als Oper sehr gut gehalten. Da haben wir's: bedeutende Situationen in einer künstlichen Folge, und der Musikus kann sich Beifall erwerben! Worte in verständiger empfindbarer Folge gewähren ganz dasselbe, was Du so oft an meinen Liedern bewiesen hast.

Empfohlen den besten Geistern im Äther und auf Erden!

Weimar, den 24. April 1831. G.

Die kleine Facius ist sehr vergnügt über Deine Zufriedenheit mit ihrer Arbeit an dem Wappen und erwartet nun das Weitere. Das Motto auf der Zeichnung ist:

»Der Natur und Kunst getreu.«

Eine jetzt hier anwesende Kunstreutergesellschaft, die sich nach einem Baptist Loisset nennt, findet viele Zufriedenheit. Da ich dergleichen auch wohl sehn mag, so find' ich die Leute recht geschickt und haben schöne Pferde. Besonders zog mich an ein Gefecht zwischen 12 Reutern in geregelter Unordnung durcheinander, die sich bekämpfen und tüchtig einhauen: ein bewegliches ernstes Gemälde ohne Furcht und Widerwillen. Ein Bajazz, wie ich noch keinen gesehen, macht sich vorzüglich; ohne ein Wort, ohne einen Ton ist jede Bewegung sprechend, ohne Prätension, als wenn kein Zuschauer wäre. So kommt er zum Exempel langsam in Pantoffeln, die er beim Zurückschreiten verliert, sich darnach umsieht, sich freut und, zweimal sich selbst überschlagend, sanft mit den Füßen hineinfährt, als ob sie angegossen wären, und still weitergeht. So macht er auch (zu Pferde) in einziger Person eine Gruppe, eine Frau, die sich mit ihrem Manne zankt und prügelt, höchst naiv; man traut kaum seinen Augen, daß es eine Maske ist, die man zuletzt vor sich hat, indem sie vom Pferde fällt und sich fortwälzend eklipsiert.

Die fünf ersten Tage dieses Monats habe ich in völligem Wohlleben und Nichtstun bei schönstem Frühlingswetter in Sanssouci hingebracht. Anderthalb Meilen hinter Potsdam, in der schönsten Havelgegend, zwischen *Werder* und *Caputh*, liegen zwei Dörfer, *Petzow* und *Glindow*, woselbst mein Vater zwei Ziegeleien gepachtet hatte. Dicht an einem

See, der der *Schwielow* heißt, habe ich mich meiner ersten Knabenjahre erinnert. Die Wohnung meiner Eltern, ein Bauernhäuschen mit geflochtenem Weidenzaune, und der Brennofen stehn noch an der Stelle; alles andere hat sich verändert und verbessert, und die Enkel der damaligen Väter nehmen sich auch anders aus. Es ist ein eigenes Gefühl, dergleichen nach 60 Jahren einmal an Ort und Stelle wieder zu überdenken und die Wundergeschichten, welche vom Schwielowsee sich noch erhalten haben. Meine Mutter, an deren Hand ich oft späten Abends mitwandeln müssen, um unsere Schiffer zu belauern, welche gern die Holzablagen benaschten, unterhielt ihren Sohn mit diesen Wundersagen, deren ich mich nur ganz dunkel erinnere, und kam darüber selber ins Gerede, daß eine große weiße Frau mit einem Knaben nächtlich umginge. Und auch dieses wurde mir erzählt zum Gegenbeweise des Gespensterglaubens, da man denn in voller Überzeugung der Unmöglichkeit solcher Erscheinungen die Furcht davor nicht loswerden mochte.

Aus dem beiliegenden Blatte magst Du Deinen Schweizer Theologen aus Sankt Gallen erkennen, der *Schmied* heißt und sich in meine Singschule begeben hat.

Unser Königliches Theater nähert sich der sogenannten Sauergurkenzeit; nicht weniger als neun nötige Individuen sind krank und verreiset. Madame Milder ist wieder aufgetreten als Armide und Alceste, Spontini hat am Bußtage Händels »Alexanderfest« aufgeführt, und ich habe von dem allen nichts gesehn oder gehört. Auch in Potsdam wollten sie mich ins Theater schicken; die frischen grünen Blätter und der freundliche Umgang mit den Verwaltern der Königlichen Gärten zogen mich an und ab. Das hohe Wasser hatte sich eben zurückbegeben, und in wenigen Tagen stand alles in prächtiger Blüte. Man will sich kaum eines so frühzeitigen Frühlings erinnern. Außerdem, was der eigentliche

Zweck war, habe die Potsdamer Liedertafel überrascht und fröhlichen Empfang gefunden. Auch an einer ländlichen Nachhochzeit jenseit der Havel (in Sacrow) hat's nicht gefehlt, von der man um Mitternacht unter heiterm Himmel über stillem Gewässer zurückschwamm. Der ganze Horizont wie besäet:

»Stern am Sterne,
Sie leuchteten doch alle gar so schön!«

Des Äthers Blau war kaum zu sehn.

Da hast Du nun die Geschichte meiner nächsten Tage. Muß man doch mitnehmen und herbeiziehn, was sich geben will, da man nicht weiß, was kommt.

Felix ist in Neapel angekommen, wie ich von seinem Vater weiß. An mich hat er von daher noch nicht geschrieben.

Du wünschtest ja wohl die Komposition der »Campanelle« zu haben, die ich Dir in Partitur beilege. Das Tempo muß sich der Solosänger nach gemäßer Empfindung bestimmen, und die Bewegung bleibt sich dann bis ans Ende gleich. Ich hasse den Chronometer und noch mehr den, der ohne solchen sich nicht zu finden wüßte. Die Theoristen wollen mich tollmachen; haben sie nicht den guten Beethoven gar verleitet, seine Werke zu temporisieren, die es gerade gar nicht vertragen! Was nicht gehn und nicht stehn kann, mag fahren – zum T.

Baudirektor v. Klenze war in Berlin, und vorigen Montag habe in Potsdam Abschied von ihm genommen. Er reiset über Weimar. Vale!

10. Mai 1831. Dein Z.

[Beilage]

Der Studiosus aus Sankt Gallen, welcher bei dem Herrn Geheimrat Goethe in Weimar gewesen, heißt *Schmied* und wohnt Niederwallstraße 6.

Schade.

802. *An Goethe*

Berlin, den 17. Mai 1831.

Vorigen Freitag ist der alte Körner gestorben, und gestern abend ist seine Leiche nach Wöbbelin abgegangen, um neben seinen Kindern beigesetzt zu werden. Im Trauerhause ist große Versammlung gewesen, Reden gehalten und gesungen worden; er war ein fleißiges Mitglied der Singakademie. Ich war nicht dabei und muß in meinen Jahren mich solchen Emotionen versagen. Wir wollen schon nachkommen, wenn auch nicht über Wöbbelin.

Ein junger Schauspieler Emil Devrient gibt Gastrollen hier und hat mir schon zweimal gefallen. Figur, Stimme, Sprachton, Biegsamkeit, Routine sind ziemlich beisammen; er hat mich sogar an unsern Wolff erinnert, der ein ziemliches Loch in unserer Bühne zurückgelassen hat. »Donna Diane« von West ist ein allerliebstes Stück, eine wahre Komödie. Devrient spielte den Don Cesar und hat nichts zurückgelassen, da man das Stück hier immer gut und gern gesehn hat.

Unsere Oper ist auch ein gebrechlicher Körper; sie müssen an die Türen pensionierter Mitglieder kommen und sich ziemlich arroganten Forderungen untergeben. Madame Milder kriegt über ihrer Pension für jede Oper 150 rh., und für eine Oper von Spontini verlangt sie 50 Louisdor, weil dieser an ihrer Pensionierung schuld ist. Das hat mir Spontini selber gesagt.

Eine Demoiselle Schechner von München verlangt jährlich 5000 rh. und 2500 rh. lebenslängliche Pension, jährlich 3monatlichen Urlaub, ferner eine eigene Wahl der Rollen und in Fällen der Unpäßlichkeit volles Gehalt. So spricht Graf Redern, unser jetziger Intendant.

Dagegen ist das Königsstädter Theater (von einem Juden geleitet) im Flor. Sie spielen keine eigentliche Stücke, sondern meistens pasticci, die mit Einfällen, Anekdoten und Rätseln ausgestopft werden, worin der Spitzeder außerordentlich ist. Solch Zeug kann jeder mit fortbringen, um sie den Hausgenossen zu wiederholen und aufzugeben. Exempli gratia:

In welchem Falle ist zweimalzwei fünf? Antwort: In keinem Falle!

Auch habe selber unschuldigerweise zu Späßen Anlaß gegeben, die mir wohl von Beneidern oder Freunden wieder zurückekommen.

Jetzt lese zum ersten Male den Plutarch und daneben Rollins »Römische Geschichte« und muß mich wundern, manches zu wissen, ohne woher? Rollins Vorrede, welche eine Lobrede der Römischen Republik enthält, hat mich hingerissen, und bemerke dabei, wie zwei so bedeutende Geschichtsmänner nicht ohne Parteisinn gewesen, indem Rollin zugunsten der Römer den Plutarch einer blinden Vorliebe zu den Griechen beschuldigt und jener ganz zuletzt als christlicher Doktor der Sorbonne hervortritt. Doch habe bei Rollin zum ersten Male eine gründliche Relation des verhaßten Cäsarmordes angetroffen, um an mir selber zu einem billigern Urteile zu gelangen, wenn auch die Tat wie die Sache an sich nichts gewinnt. Fürst Radziwill, dem ich Deinen Gruß bestellt habe, läßt wissen, daß er nichts liegen läßt und immer tiefer eingeht. Heut abend bin ich da. Lebe wohl!

Donnerstag, 19. Mai. Dein Z.

Freitag. Gestern abend bei Fürst Radziwill Quartett und nachher hübsche Konversation. Graf Redern und Spontini waren auch da. Man darf in dem Hause reden, und ich – höre. In der Musik da bin ich mehr zu Hause und da fahre wohl einmal hinein, da denn einer lacht und der andere horcht.

Professor Weber aus Halle bat um etwas an Dich, und ich habe ihm die Hegel'sche Medaille mitgegeben; sie liegt schon eine Weile bei mir, Hegel gab sie mir für Dich, und ich wollte eine Gelegenheit abwarten.

Gegen Hegel ist ein schlechtes Buch erschienen. Es heißt: »Die Winde« – Dünste eines schlaffen Magens. Man hatte mir es witzig genannt, und ich habe mich durch einige 40 Seiten gequält, bin aber eingeschlafen. Eine schale Nachäffung von »Oberons und Titanias goldner Hochzeit«, so dünn wie Zwirn und boshaft gemeint. Hegel hat es auch angesehn, und mein Urteil darüber schien ihm tröstlich. Hegel ist ein sehr rechtschaffner Mann, und ich glaube, daß er auch ein würdiger Gelehrter ist.

Obiges sollte Donnerstag abgehn, und heut ist schon Pfingstvorabend. Nun will ich's mit nach Potsdam nehmen und denke in Sanssouci die paar Feiertage um die Ohren zu schlagen. Gehab Dich wohl und laß auch einmal wieder von Dir vernehmen.

Dein Z.

803. *An Zelter*

Fahre ja fort, mein Guter, aus der reichen äußern Ernte, in die Du gesendet bist, mir von Zeit zu Zeit einige Büschel zuzuschicken, indes ich ganz ins innere Klostergartenleben beschränkt bin, um, damit ich es nur mit wenig Worten ausspreche, den zweiten Teil meines »Faust« zu vollenden. Es ist keine Kleinigkeit, das, was man im zwanzigsten Jahre konzipiert hat, im 82. außer sich darzustellen und ein solches inneres lebendiges Knochengeripp mit Sehnen, Fleisch und Oberhaut zu bekleiden, auch wohl dem fertig Hingestellten noch einige Mantelfalten umzuschlagen, damit alles zusammen ein offenbares Rätsel bleibe, die Menschen fort und fort ergötze und ihnen zu schaffen mache.

Du hast den guten Sankt Galler ausgeforscht und angezogen; möge ihm eine gute Stimme von Natur verliehen sein, auf daß er das wahre »Invocavit« aus Deiner Schule in sein Gebirgsland mit hinübernehme!

Vorstehendes liegt schon lange, und wenn unsre katarrhalischen Zustände uns höchst lästig bleiben, so müssen wir uns zu trösten suchen, daß es uns wie den vielen Mit- und Gleichleidenden in Berlin nicht zum besten geht. Doch will ich weniges diktieren, um für Deine vielen angenehmen Mitteilungen zu danken.

1) Das löbliche Profil der Medaille ist in jedem Sinne sehr gut geraten, welches selbst unser Hofrat Meyer gerne eingesteht und mit mir grüßt und dankt. Von der Rückseite weiß ich nichts zu sagen. Mir scheint sie einen Abgrund zu eröffnen, den ich aber bei meinem Fortschreiten ins ewige Leben immer links gelassen habe.

Hast Du denn die vier Hefte der »Randzeichnungen« von Neureuther zu meinen Parabeln und Gedichten gesehen? Sie sind eigentlich nicht recht gäng und gäbe im Handel, ich weiß nicht, durch welche Schuld.

Mir hat er in bedeutendem Folioformat, mit der Feder gezeichnet, heiter koloriert, ein ganz allerliebstes Blatt verehrt. Die Parabel: »Ich stand in meiner Gartentür« ist der Text. Er hat wirklich den Sinn ganz wundersam penetriert, ja, was merkwürdig ist, das geheim Anmaßliche, was in dem Gedichte liegt, recht bescheiden-kühn herausgesetzt.

Und nun hätte noch sehr vieles mitzuteilen, denn ich habe diese 14 Tage Gefangenschaft unter einer harten katarrhalischen Despotie gar wohl zu nutzen gewußt, indem ich grenzenlos las und die merkwürdigsten Dinge, an die ich sonst nie gegangen wäre, mir klarmachte, zum Beispiel das wunderliche Treiben der Saint-Simonisten in Paris.

Dabei sind mir auch sehr bedeutende ältere Zeichnungen für einen billigen Preis zu Handen gekommen, und da kann denn der schnupfenhafteste Nebel weder Neigung noch Einsicht verdüstern.

Sei mir übrigens gesegnet in Deinem ton- und klangreichen Leben. Es sind mir in diesen Tagen einige Gedanken über Cantilena aufgegangen, die mich fruchtbar beschäftigen; vielleicht wären sie andern zu nichts nutze, mich haben sie seit ihrem Eintritt gar liebenswürdig gefördert. Dir sag' ich nichts davon, denn Du hast es, gebrauchst's und genießest's.

Merkwürdige Resultate eines stillen einsamen Denkens möcht' ich wohl oft aufzeichnen, dann lass' ich's wieder gut sein. Mag doch am Ende jeder darauf kommen, wenn er in Verhältnisse tritt, wo er das Vernünftige nicht entbehren kann.

Das Wappen kommt nächstens zurück mit abschließlichen Bemerken. Glückauf der guten Künstlerin!

Und so fortan!

Weimar, den 1. Juni 1831. J. W. v. Goethe.

804. *An Goethe*

Berlin, 29. Mai 1831.

Unsere französische Schauspieler nehmen sich recht hübsch auf, indem sie sich gute Mitglieder zulegen.

Gestern Molières »Tartuffe«. Monsieur Closel, der heut zum dritten Male auftrat, stellt den Betrüger mit vielem Geschick vor. Er nimmt die Rolle anders, als ich sie sonst gesehn: nicht alt, nicht zu jung, ernst mit Geschmack, eine gewisse Mitte zwischen Bescheidenheit und Demut, so daß man fast gewonnen würde für einen Mann, von dem man das Schlimmste weiß; dagegen sich seine Nachäffer, Herr Orgon und Frau Mutter, plump ausnehmen. Das Ganze aber spinnt sich so drall ab, daß selbst zwischen den 5 Akten keine Zeit zum Denken übrig ist, um eine Torheit langweilig zu finden, die sich die Welt ewig wiederholt. Madame Orgon und Dorine, allerliebst, stehn in der entgegengesetzten Schale, und das Stück bewegt sich wie eine Wage.

Genannter Closel aber ist zugleich ein echter Komiker. In einem kleinen Stücke: »L'intérieur d'un bureau« erscheint er als Schreiber und Expedient: trocken, klar, sicher, anständig, klug, dürftig, und soll seinen Dienst verlieren um einen Chanson, worin das ganze bureau durchgezogen ist, das, allgemein wahr und gefällig, jeder gemacht haben will; auch der Minister selber ist nicht verschont. Zuletzt ergibt sich, daß ein junger employé, der das ganze bureau in Ordnung hält und die Arbeiten der Chefs aufs beste herstellt, als Autor des Chansons erscheint und deswegen vom Minister befördert wird. Daß ein solches Nichts durch ein lebendiges Spiel den größten Beifall haben kann, will ich nur bemerken, um etwas zu schreiben, womit Du vorliebnehmen magst, da ich die kalten Abende mich dem Theater überlasse.

Die letzten Pfingsttage habe in Sanssouci beim Gartendirektor Lenné verlebt, in dessen Wohnung neben dessen hübschen Frau (des Hofgärtners Tochter) ich mich unter Blumen und Blüten wie ein Käfer befunden habe. Die Königlichen Gärten, welche ohne Ausnahme unter diesem genialischen, tüchtigen, lebenfrohen Manne stehn, der mir zugetan ist, sind mir um so mehr offen, da ich auch mit sämtlichen Gartenleuten hübsch bin, als wenn alles mein wäre, und da ich eben nicht zu oft komme, so wird man mein nicht satt und ich auch nicht.

Den 3. Juni. Ein ehemaliger Schüler, ein Magdeburger, Teschner, schreibt mir aus Mailand sehr befriedigende Nachrichten über die Oper und das Ballett und vernimmt die Sachen wie ein daselbst Eingeborner. Das ist so tröstlich, da so viele nicht wissen, was sie wollen und sollen, wenn sie nicht gar Bewundrung fordern in einem Lande, wo die Steine Ohren haben.

5. Juni. Gottlob, daß ich einmal wieder Deine Hand sehe! Ja freilich haben wir auch dergleichen bestanden, Schnupfen, Influenz, und wie die Teufel heißen. Ich darf mir's nicht merken lassen, sonst schicken sie zum Doktor, der mir die lange Weile verschreibt. Nicht ausgehn, nicht schreiben, nicht lesen, nicht essen, das ist die Litanei. Freitag fuhr ich nach Charlottenburg; zurück war kein Wagen, da macht' ich mich auf meine Strümpfe und ging zu Hause, und mir war geholfen. Daß Du tätig bist, deinen »Faust« zu vollenden, ist mir ein ganz besonderer Trost. Fahre fort, Zion, und mache zu schaffen! Sie werden Dich manteln! denn was sie schon jetzt daraus machen, ist hinlänglich, alle seine Rippen zu zählen. In Paris hat eine Komponist*in* einen »Faust« und zwar mit vollständigem Beifall in Musik gebracht. Die Deutschen sind grausam, das muß man ihnen lassen; welche Ungeheuer aber Paris aus dem Abgrunde heraufbeschwört, dagegen sind wir Unmündige, Kinder.

7. Juni. Unser älteste Maurermeister Berger, 77 Jahr alt,

der es kurz vor mir im Jahre 1780 geworden ist, hatte mich gestern zu einem Schmause genötigt nach Französisch-Buchholz, einem Dorfe eine Meile von hier, in ein Haus, das ich vor etlichen 30 Jahren einem Privatmanne neu aufgebaut habe und jetzt ein Ort des öffentlichen Vergnügens ist. Es waren gegen 12 Personen gleichen Standes und Sinnes beisammen, und ich bekenne, daß mir der Spaß Freude gemacht hat. Der alte Berger hatte das seit jenen Jahren verfallen gewesene Landhaus in seinen vollkommen ersten Zustand bis auf die Farbe wiederhergestellt, daß ich es genau in allen Teilen wiedererkennen müssen, ja es hat mir sogar gefallen. Magst Du wissen, daß ich kein Hexenmeister war, da ich's nicht geblieben, aber die Freundlichkeit und Hülfe, die ich als junger Meister von ältern und geschickten Meistern erfahren, hat sich bis heute erhalten, wiewohl ich schon seit 20 Jahren nicht mehr ein Genosse ihrer Tätigkeit bin. Wir waren bis spät abends voll der letzten 50 Jahre und fuhren höchst vertraut nach der Stadt zurück.

Soeben erhalte ich von Nauwerck aus Strelitz die 12 lithographierten Blätter zu Deinem »Faust«, die ich bewundere, da sie meine Vorstellung der Idee übertreffen. Er schreibt mir dazu, daß er Dir das letzte Heft von 4 Blättern zugesandt, doch keine Äußerung von Dir selber darüber erhalten habe. Er wünscht eine Anzeige von Dir für ein gutes öffentliches Blatt, wie solche Gunst den beiden vorigen Heften von Dir geworden, weil dadurch, so wie ihm, auch dem Kommissionär in Hamburg die höchsten Wünsche befriedigt sein würden. Dies habe Dir melden wollen, weil er mich sehr darum bittet. Vorderhand werde ich ihn beruhigen, und Du selber sagst ihm wohl gelegentlich ein Wort.

Wo ich meine Vorstellung nicht erreicht finde, ist das 5. Blatt: »Wie wird mein Pudel lang und breit.« Die Szene ist zu hell; es fehlt ein Crescendo, ein Werden. In der Figur des

Faust denk' ich mir, wie ich Dich schon gesehn: feststehend, den Oberleib zurückgezogen. Doch das Ganze ist nicht nebelhaft genug. Die linke Hand, welche das Buch festhält, ist brav. – Das ist freilich bald gesagt, nun alles dasteht.

Die Neureuther'schen Hefte zu Deinen Parabeln werde ich mir vorlegen lassen, da sie wahrscheinlich unsere Akademie besitzt. Er scheint mir im natürlichen Besitze der Hand zu sein, solche duftige Gestalten wie Ringeln auf der Wasserfläche zu zeichnen, und die Blättchen zu den Volksliedchen, welche ich eben noch an meiner Wand vor mir habe, sind höchst reizend und frisch, als wenn's lebte und sich bewegte.

Kannst Du von Deinen Gedanken über Cantilena etwas ablassen, so teil' es mir mit, es soll gut aufgehoben sein; denn auch diese gehört in die zeichnenden Künste, die den feinen Finger verlangen.

Eben geht unser Sankt Gallier oder Galler von mir und grüßt schönstens und hat seinen Eltern Großes über seinen Empfang bei Dir geschrieben.

Es ist Posttag: lebe wohl! Dein Z.

Wenn das Wappen fertig ist, so laß es nur abgehn, ich muß das Persönchen anhalten, wenn etwas fertig werden soll; denn sie braucht viel Zeit, wenn sie sich entschließen soll.

805. *An Zelter*

Heute sind es gerade drei Wochen, daß ich durch einen widerwärtigen Rheumatismus abgeschlossen bin von allem eigentlich geselligen Leben. Meine Nächsten hatten die Freundlichkeit, mich diese Tage her zu sublevieren.

Das bißchen Tätigkeit, was mir übrigblieb, hab' ich angewendet, um zu beseitigen, was nur einen mäßigen Willen und keine Geisteskraft verlangte. Ich hatte die ersten Monate des Jahrs gut angewendet, so daß ich mich des Geleisteten erfreuen konnte, indem ich manches in Gedanken vorbereitete, was zunächst auch gelingen wird.

Das erste von Bedeutung, was ich vornehme, ist die Beratung über Dein Wappengebilde. Ich sende das Modell der guten Facius zurück, zugleich mit einem andern, das hier von einem geschickten jungen Manne gemacht worden; ich melde zugleich, was noch zu bedenken und zu überlegen wäre, so daß die gute Künstlerin wohl mit Leichtigkeit und Freiheit das vorgesteckte Ziel erreichen möchte. Es soll mich freuen, wenn der Anblick erheitert; ein leichtes Ehrenkreuzlein ist immer etwas Lustiges im Leben, das leidige Marterholz, das Widerwärtigste unter der Sonne, sollte kein vernünftiger Mensch auszugraben und aufzupflanzen bemüht sein. Das war ein Geschäft für eine bigotte Kaiserin-Mutter; wir sollten uns schämen, ihre Schleppe zu tragen. Verzeih! aber wenn Du gegenwärtig wärst, müßtest Du noch mehr erdulden. Mit 82 Jahren nimmt man es wirklich ernster in sich und für sich selbst, indem man die liebe leidige Welt in ihrem vieltausendjährigen Narrenleben in Gottes Namen fortwandeln läßt. Es ist schrecklich, wie sich das, ein über das andere Mal, wieder in seinen Irrtümern brüstet!

Da ich das wieder überlese, möcht' ich es zurückhalten, wie mir jetzt sehr oft geschieht; da man nicht einmal sagen mag, wie man denkt, wie fällt's einem [ein], so zu schreiben?

Nach allen diesen etwas Timonischen Ausdrücken, die man sich nicht immer versagen sollte, darf ich Dir wohl vertrauen: daß seit Anfang des Jahrs mir manches gelungen ist, was ich dafür halten kann, weil ich wenigstens es nicht besser zu machen wüßte. Sei Dir also dergleichen Vermächtnis hiemit angekündigt.

Auch bin ich sehr glücklich gewesen mit allerliebsten und schätzbaren Zeichnungen, wodurch mir vorzüglich alte

Künstler, die ich bisher kaum dem Namen nach kannte, ganz nah gebracht werden. Dieses sind alles ganz stille Freuden unter dem bescheiden-klösterlichen Dache; laß mir nun immerfort auch wissen, wie Du Dich in Deiner breiten, rauschenden und tönenden Welt behaben magst.

In der »Revue de Paris«, Nr. 1, den 1. Mai, dritter Jahrgang, steht ein merkwürdiger Aufsatz über Paganini. Er ist von einem Arzte, der ihn mehrere Jahre gekannt und bedient; dieser setzt auf eine gar kluge Weise heraus, wie dieses merkwürdigen Mannes musikalisches Talent durch die Konformation seines Körpers, durch die Proportionen seiner Glieder bestimmt, begünstigt, ja genötigt werde, das Unglaubliche, ja das Unmögliche hervorzubringen. Es führt uns andere dies auf jene Überzeugung zurück, daß der Organismus in seinen Determinationen die wunderlichen Manifestationen der lebendigen Wesen hervorbringe.

Hier will ich nun, da noch etwas Raum ist, eines der größten Worte niederschreiben, welches uns unsre Vorvordern zurückgelassen haben:

»Die Tiere werden durch ihre Organe unterrichtet.«

Nun denke man sich, wieviel vom Tier im Menschen übrigbleibt und daß dieser die Fähigkeit hat, seine Organe zu unterrichten, so wird man gern auf diese Betrachtungen immer wieder zurückkehren. Und nun schnell ins Kuvert, damit es mich nicht reue, so Wunderliches auf das Papier gebracht zu haben.

Und also so fortan!

Weimar, den 9. Juni 1831. J. W. v. Goethe.

806. *An Zelter*

Um nunmehr mit dem unternommenen Wappen abzuschließen, sende das Modell unsrer guten Künstlerin zurück und lege noch ein anderes bei, welches auch die Sache noch nicht ganz entscheidet.

Nun wünsche ich, daß unsere liebe Künstlerin sich besonders an den Helm halte, wie er im weimarischen Modell gestaltet ist; die Helmdecke liegt drüber her, dabei bleibt's; auf derselben aber findet sich ein Wulst, von welchem die Flügel ausgehen und worauf der Knopf der Lyra eigentlich ruht. Flügel und Lyra sind einigermaßen in Perspektiv gesetzt, um die schiefe Stellung des Helms einigermaßen zu akkompagnieren.

Was nun aber das Verhältnis des Helmes zum Schilde betrifft, so halte ich für besser, daß man ihn mehr in die Mitte rücke, so daß der Kragen zwischen den Hals und die Flügel des Pferdes hereintrete; dadurch kommt denn freilich der obere Stern und das untere Ordenskreuz völlig in eine Perpendikularlinie, welche sich auch nicht übel ausnehmen wird. Was die Helmdecke selbst betrifft, so gefällt mir die Anlage auf dem Berliner Modell sehr wohl; nur müßte sie in nicht gar zu kleine Spitzen und Schnörkeln endigen und etwas annehmen von den einfacheren Einschnitten des weimarischen Modells. Doch wird dieses dem Geschmack und Gefühl unsrer lieben Künstlerin anheimgegeben.

Das weimarische Pferd scheint etwas tüchtiger, doch find' ich die drei Tragsteine des Berliner Turms kunstgemäßer; wie denn auch zu wünschen wäre, daß der Turmkranz und die Zinnen etwas mehr die Rundung des Turms andeuteten.

Was den Wahlspruch betrifft, so würde ich die Worte desselben nunmehr so stellen:

Getreu der Natur und Kunst,
als dem lakonischen Ausdruck des Sinnes gemäßer.

Weiter wüßt' ich nichts zu sagen und wünsche das Beste zu glücklicher Vollendung.

Meinem gestern abgegangenen Briefe habe nun meinen Dank für Deinen so gehaltreichen vom 29. Mai bis 5. Juni nachzusenden; fahre fort, mich durch Deine Relationen zu erfreuen.

Das französische Theater wird in seinen komischen, heiteren, sozialen Produktionen immer unerreicht bleiben, sowohl was die Anlage als die Ausführung betrifft. Es ist hier eine überhundertjährige Kunst und Technik, ein Metier, das seine Ahnen hat, indessen man sich bei uns vergebens abmüdet. Unsere Schauspieler wissen nichts mehr von Kunst, vom Handwerk haben sie gar keinen Begriff, alles beruht noch auf dieser und jener Individualität. Lassen wir das gut sein, ich habe dieser Region längst den Rücken gewendet. Doch muß ich von meinen häuslichen Umgebungen und sonstigen Lebefreunden immer das Für und Wider der Unvollkommenheiten, das Fordern und Schwanken des Wollens und Vollbringens vernehmen.

Mehr nicht für heute, fahre nur fort zu melden und anzuregen

Und so fortan!

Weimar, den 9. Juni 1831. G.

807. *An Goethe*

Berlin, 10. Juni 1831.

Hast Du wohl vor der Leipziger »Musikalischen Zeitung« des Jahres 1830 mein Bildnis, nach Begas lithographiert, gesehn? Der Zufall hat dem linken Mundwinkel einen Zug des Leidens beigegeben, zu dem ich mich nicht bekenne.

Die Redaktion hat bei dieser Gelegenheit ein schönes Lob über meine Leistungen ausgesprochen, das ich gern vernehme, und äußert den Wunsch: ich möge der Welt ein mir selbst würdiges Denkmal stiften durch eine *ausgewählte* Sammlung meiner vorzüglichsten Gesänge. Das könnten sie längst haben, aber ich könnte lange danach suchen. Bin ich nicht einmal getadelt worden, mich an Deinen Gedichten zerarbeitet zu haben? Was ihnen gefallen hat, mögen sie behalten, und was nicht zu erlösen ist, mag in gremio patrum bleiben.

Das Hauptthema aller Unterhaltung ist jetzt: Cholera morbus. Kinder und Alten sind angesteckt. Gestern kamen die Knaben aus der Schule an meinem Fenster vorbei. Einer fragte: »Was spielen wir denn?« »Laß uns Cholera morbus spielen«, sagte ein anderer. Das Interesse an der polnischen Insurrektion ist darüber sogar ins Stocken geraten. Sie möchten nur nicht krank sein, um sich einander totschlagen zu können.

Santé n'est pas sans T,
Choléra-morbus pas sans T. } Alter Witz von gestern!

Vorgestern habe Herrn Cousin aus Paris einen ganzen Abend gesehn. Es war nur Eine Dame, die Französisch sprach, und so habe mich treulich abgearbeitet.

Seit Pfingsten haben wir hier scheußliche Kälte und müssen heizen. Gestern bin ich von Charlottenburg zu Fuße gekommen und kaum warm geworden. Nun ist der Barometer etwas hinaufgegangen, und morgen geh' ich nach Potsdam, nicht für die lange Weile. Sie wollen Sonntag dort die »Schöpfung« in der Kirche öffentlich aufführen; ihr Dirigent ist krank, und ich habe mich verstehn müssen, der Wohltätigkeit zu Ehren sein Amt zu übernehmen. Wir werden ja sehn, was wir finden, ich kenne die Gesellschaft nicht und hoffe nicht mehr als billig.

Daß Du Dich innen hältst, klagt mir Cousin. Er hat recht, und Du hast auch recht. Unsern Tagen soll jede gute Stunde wert sein, wiewohl ich nicht zum besten damit umgehe, aber auch nichts machen kann und hin- und hergeschoben bin.

In Garden, einem Dorfe zwei Meilen vor Stettin, sind meinem Schwiegersohne zwei Scheunen und der Schafstall mit 200 Jährlingen verbrannt. Nun haben sie der Hände Arbeit, fürs erste nur die Scheunen noch vor der Ernte (die sich gut anläßt) wiederaufzurichten. Die Gebäude sind versichert, und das junge Volk mag sich regen. Die Sorge hört nicht auf. Luise (meine Enkelin) ist hin und soll sich auch tummeln, denn das junge Weib ist kaum aus dem Wochenbett. Das Rindvieh ist gerettet, mehr weiß ich *noch* nicht, mehr brauch' ich nicht.

Ich muß mich retten auf meine Art. Anders geht's nicht. Ob »Sargines« eine gute Oper ist oder nicht: das zu sagen müßte ich viel Zeit brauchen. Bisher hatte ich sie gehört, ohne den Text zu kennen, und konnte nicht hineinkommen. Paer ist eine gute Zeit der Liebling der singenden Menge gewesen, produktiv und unterrichtend. Er selber soll seine Gesänge mit so viel Anmut vorgetragen haben, daß zum Exempel Napoleon, den ich für wahr halte, da er sich keine Gewalt anzutun brauchte, davon ergötzt gewesen; dergleichen kann mich stutzen machen. Nun habe ich mir einen Text geben lassen und kriege Augen. Ein verweichlichter Jüngling, eines Helden Sohn, soll durch die Liebe einer schönen Frau wieder ein Held werden; davon hat aber weder Dichter noch Komponist etwas gemerkt, und so dämmert die Musik in einer Art Zwielicht daher, daß man nicht weiß, wie einem ist, und doch wie im Fernen läuten hört.

Den 15. Gestern, als ich von Potsdam zurückekam, erschienen Deine beiden Briefe vom 9. fast zugleich. Der eine hat das Postdatum vom 11. und der andere vom 13. Meine Potsdam'sche Expedition ist nicht zum schlimmsten abgelaufen und hat sogar mehr als gemeinen Beifall gefunden. Die Unordnung war exekrabel. Zuerst in der Probe ließ ich sie sich aufstellen, wie sie es gewohnt gewesen; da war nichts an seiner Stelle, alles durcheinander: Gänse, Hühner, Kühe, Schweine, wie sie abends von der Trift kommen. Die Besten standen bescheiden hinten, die vornehmen Liebhaber voran. Ich hatte ein paar von Berlin mit, die mußten sich Platz machen, das gab Gesichter. Die Ouvertüre mußte dreimal wiederholt werden: »da ward aus Abend und Morgen der erste Tag«. Nun ging's immer glatter, und zuletzt hatten sie alle Freude an sich selber. Die Aufführung am folgenden Tage war möglichst glatt, wenigstens ohne Anstoß, und ich darf die Folgsamkeit und guten Humor nicht zu rühmen vergessen. Denn viele fragten, wie ich mit ihnen zufrieden sei, da denn wieder die Frage folgte, wie sie mit mir zufrieden wären. Die Sache hat gleichwohl was Rätselhaftes. Hier und in Potsdam stationieren vielleicht einige Dutzend Musikdirektoren, die es selten vergessen, sich als solche zu unterzeichnen, und die alle jünger, geschickter und kräftiger sind als ich, der jenen Titel niemals geführt hat, und von einem solchen lassen sich Leute kujonieren, die alle zu befehlen haben! Jam satis! Aufrichtig gesagt, begreif' ich schwer, wie nun auch Du Anteil nimmst an der Beschreibung solcher Lumperei, dabei nichts herauskommt, als daß ich das Pläsier habe, nebenher ein paar schöne Sommertage in dem himmlischen Sanssouci zu verkrassaten. Ich hatte Doris und Rosamunde mitgenommen, und wir sind vergnügt gewesen, was denn freilich etwas ist. Dagegen sitzest Du in Deinem Netze wie eine fleißige Spinne und arbeitest an – meinem Wappen. Wenn das Torheit ist, so bringst Du Methode hinein, denn ich weiß auch nicht, wie ich zu der Ehre komme, an mir selber zur Wappenkenntnis zu kommen. Daß die Hegel'sche Medaille Dich ärgert, kann ich denken, sie hat lange genug bei mir gelegen; aber Du würdest erst Augen machen, wenn Du den Inhalt unseres neuen Museums durchmustern solltest. Lauter Meisterhände, die sich an den abgeschmacktesten Darstellungen versündigt haben! »Das ist aber alles geschehen, auf daß erfüllet würde, was gesagt ist.«

Aus einem Briefe von unserm Felix, der nun wohl wieder in Rom sein mag, habe ich die Einlage exzerpieren lassen. Der Vater hat ihm durchaus nicht erlauben wollen, Sizilien zu sehn. Er mag seine Ursachen haben, doch soll ein Vater eines folgsamen Sohnes seiner Gewalt Grenzen kennen. Dies habe ich dem Alten bemerklich gemacht.

Fortsetzung folgt.

[Beilage]

Aus Felixens Brief von Neapel, 7. Mai.

». . . Ein großer Liebling von mir ist Sterne geworden; mir fiel ein, daß Goethe einmal über die ›Sentimental journey‹ sprach und sagte, man könne durchaus nicht besser ausdrücken, wie des Menschen Herz ein trotzig und verzagt Ding sei. Da fand ich sie zufällig und dachte, ich wollte sie doch kennenlernen, und habe mich sehr dabei gefreut, wie alles so scharf und fein aufgepaßt und hingestellt ist. Deutsches gibt es hier wenig zu lesen, da bin ich auf die Goethe'schen Gedichte beschränkt, die mir Hauser geschenkt hat, und bei Gott, es ist genug drin zu bedenken, neu bleibt es immer. Namentlich interessieren mich hier die Gedichte, die er offenbar in oder um Neapel geschrieben hat, wie zum Beispiel ›Alexis und Dora‹, denn das seh' ich fast täglich von meinem Fenster aus, wie das wunderbare Gedicht entstanden: ja wie es denn mit allen Meisterwerken geht, so denke ich oft so von selbst und plötzlich daran, daß mir ist, als müsse es mir auch bei ähnlicher Gelegenheit eingefallen sein und als hätte Er es nur zufällig ausgesprochen. Von dem Gedicht: ›Gott segne dich, junge Frau‹, behaupte ich nun gar das Lokal aufgefunden zu haben, ich behaupte sogar, daß ich bei der Frau zu Mittag gegessen habe; aber natürlich muß sie jetzt schon ganz alt und ihr säugender Knabe ein stämmiger Vignerol geworden sein, und an beiden fehlte es nicht: zwischen Pozzuoli und Bajä liegt ihr Haus, ›eines Tempels Trümmern‹, und nach Cuma ist es ›3 Meilen gut‹. Da könnt ihr euch denken, wie einem die Gedichte neu werden und wie anders und frisch man sie wieder empfindet und kennenlernt. Von Mignons Lied will ich gar nicht erst sprechen. Aber toll ist es doch, daß Goethe und Thorwaldsen leben, daß Beethoven erst vor ein paar Jahren gestorben ist, und daß H. behauptet, die deutsche Kunst sei mausetot! Quod non! . . .«

808. *An Goethe*

Fortsetzung.

Deine Überzeugung von der Wirkung des Organismus auf die geistige Natur könnte ich mit selbsteigenem Beispiele belegen. Auch moralisch stimmt sie zu den bedeutendsten Individuen, die ich persönlich gekannt habe. Vom alten Bach könnte man sagen: das Pedal sei das Grundelement der Ausbildung seines unergründlichen Geistes, und ohne Füße wäre er nicht zu seiner Geistes*höhe* gekommen. So habe ich die wunderliche Frage nicht begriffen, die Lessing seinen Maler tun läßt: ob Rafael ein ebenso großes Genie gewesen wäre, wenn er ohne Hände wäre geboren worden. Hier ist ein Mann (unser Maler Begas), der mit seinem Arme rücklings um den Nacken herum seiner Nase eine Prise Tabak reicht. Vielleicht gehört zu einem Maler solche Gelenkigkeit; wäre sie aber mir verliehen gewesen, so wäre ich durch Talent, Lust und Fleiß der beste Violiniste geworden, wie mein innerster Trieb zu diesem Instrumente, das ich unablässig geübt habe, dahinaus wollte und damit das Chiragra befördert habe. Dessenunangesehn habe schon frühe bedeutende Musiken in Sälen und Kirchen mit der Violine angeführt, Tartinis, Bendas, Lollis und Corellis Konzerte öffentlich mit Erfolg hören lassen dürfen, und so weiter. In Summa: im menschlichen Organismus wohnt eine Seele, die ihresgleichen sucht, wie Du denn schon längst ausgesprochen hast, daß zu einem Talente ein Talent gehört.

Endlich habe auch im Königsstädt'schen Theater nach der 20. Vorstellung das allerweltsbeliebte Zauberopernspiel »Lindane« (von Bäuerle) bestanden. Wieder ein wienerisches Produkt: phantastisch, artig, ja rein-anständig, um auch wohl einen ernsthaften Mann in Humor zu setzen. Ein Pantoffelmachermeister* feiert seine Verlobung unter ebenbürtigen Angehörigen. Vor der Hochzeit hat der Bräutigam eine Reise zu machen zu einer sterbenden Verwandten, die ihm, doch nur bei Leibesleben, ein Vermächtnis zugedacht hat. Die Reise geht durch einen verzauberten Wald, der bekanntlich von einer verliebten Fee beherrscht wird, und nun ist die Braut in Sorge über die Beständigkeit ihres Geliebten (Spitzeder), der in wohl angesehner Naivetät allen Versuchungen der Feerei hingegeben ist. Das Reizende an der ordinären Geschichte ist das echt Bürgerliche, der oft sehr hübsche Wortwitz und das unschuldige Zusammentreffen wunderlicher Zufälligkeiten. Auch die Musik ist gut, das ist: ein pasticcio von Tiraden aus den bekanntesten Opern, die so glücklich aneinander hängen, um manche echte Oper zu beschämen. Maschinen und Verwandlungen übertreffen bei weitem die kostbare Königliche Oper. Was ich oben anständig nannte, ist, daß das Philisterium der Pantoffelchristen mitten in dieser Feerei nichts Beschämendes hat für das Handwerk, das sich seiner Ehre bewußt bleibt. Die

* Die Pantoffelmacher hier bei uns sehn sich gern für eine Art Gentlemans an und sind oft geborne Witzbolde. Ihr Wesen halten sie für den Grundbau der Schuhmacherkunst. Ich habe einen solchen gekannt, der Possin hieß und sich nicht wenig gekitzelt wußte, wenn ich ihn Monsieur Poussin nannte.

Gesellschaft selbst paßt so gut zueinander, daß auch die Komödie gut gespielt wird, wie ich denn Deine »Mitschuldigen« mit Vergnügen hier gesehn habe. Der unsichtbare Direktor unterdessen ist abermalen einer vom Stamme Juda, und zwar wie er leibt und lebt, in allen jüdischen Fakultäten. – Und das war gut!

Das Modell zu den Wappen ist entweder noch nicht angekommen oder die kleine Künstlerin hat es mir noch nicht gezeigt. Der Wahlspruch soll nach Deiner Abänderung gemacht werden. Da unser gutes Deutsch sich nicht anders helfen kann, so find' ich's auch männlicher, wenn das Hauptwort als Eckpfeiler voransteht und der naseweise Artikel als *Mittelpfahl* eingehegt wird.

Der Prophet vom Kaukasus wächst zum Dämon heran, größer und immer größer, und wird noch seinen Felsen selber, wie Herkules den Höllenhund, davontragen und auf Europa schmeißen.

Morgen, Sonntag den 19., ist hier im Hause die große Jahresausstellung des Gartenvereines, und bei dem Tumult um mich her aller herrschaftlichen Gartenverwesern mit ihren Gehülfen weiß ich nichts weiter zu tun, als dies Blatt einzulegen und abgehn zu lassen. Daß die rarsten Gewächse in schönster Blüte und die edelsten Früchte meinen Saal zieren, kannst Du denken; das ganze große Haus schwebt in Wolken süßer Düfte, es ist des Guten zuviel auf einmal. Lebe wohl!

Dein Z.

809. *An Zelter*

Seit drei Wochen, wie ich schon geklagt habe, von katarrhalischen Unbilden und dem widerwärtigsten Wetter niedergehalten, hab' ich mich denn doch immer, wie Dir auch angenehm zu hören sein wird, dergestalt zu fassen und zu wehren gesucht, daß ich Tag vor Tag nicht nachgab, sondern fort und fort das Nächste zu fördern trachtete, so daß ich durch diese Hindernisse nicht zurückgehalten ward, sondern vorwärts gegangen bin und zwar in bedeutenden Angelegenheiten, wo man wenn auch nicht große, nur sichre Schritte zu machen hat. Darunter ist denn auch einiges, das, wenn es Dir seinerzeit vor die Seele gebracht wird, Dich nicht ohne Anregung lassen kann.

Wie es die Welt jetzt treibt, muß man sich immer- und immerfort sagen und wiederholen, daß es tüchtige Menschen gegeben hat und geben wird, und solchen muß man ein schriftlich-gutes Wort gönnen, aussprechen und auf dem Papier hinterlassen. Das ist die »Gemeinschaft der Heiligen«, zu der wir uns bekennen. Mit den Lippen mag ich nur selten ein wahres grundgemeintes Wort aussprechen; gewöhnlich hören die Menschen etwas anderes, als was ich sage, und das mag denn auch gut sein.

Dagegen bin ich denn auch für Geduld und Beharrlichkeit belohnt worden, durch eine Zeichnung von Sachtleben, einem Künstler des 17. Jahrhunderts, Schüler und Meister der dort lebendigen Kunstepoche. Das Blättchen ist Quer-Großoktav, wenig angefärbt. Er hatte sich in die Rheingegenden verliebt, seine besten Bilder stellen dergleichen dar, und dies ist auch eine.

Das Merkwürdige dieses Blättchens ist, daß wir die Natur und den Künstler im Gleichgewicht miteinander gehen und bestehen sehen, sie sind ruhig befreundet; er ist's, der ihre Vorzüge sieht, anerkennt und sich aufs billigste mit ihnen abzufinden sucht. Hier ist schon Nachdenken und Überlegung, entschiedenes Bewußtsein, was die Kunst soll und vermag, und doch sehen wir die Unschuld der ewig gleichen Natur vollkommen gegenwärtig unangetastet.

Dieser Anblick erhielt mich aufrecht, ja es ging so weit,

daß, wenn ich mich augenblicklich schlecht befand und davor trat, fühlt' ich mich wirklich unwürdig, es anzusehn. Der tüchtige mutige Geselle, der solches vor hundert Jahren in heiterster Gegenwart niedergeschrieben hatte, konnte den kümmerlich Beschauenden inmitten der tristen thüringischen Hügelberge kaum erdulden. Wischt' ich mir aber die Augen aus und richtete mich auf, so war es denn freilich heiterer Tag wie vorher.

Nun aber bin ich veranlaßt, Dich in die entgegengesetzten Regionen zu führen, indem ich kürzlich referieren möchte: daß ich durch das Strudeltagsgelese in die grenzenlosen Schrecknisse der neusten französischen Romanliteratur bin hineingeschleppt worden. Ich will mich kurz fassen: *es ist eine Literatur der Verzweiflung!* Um augenblicklich zu wirken (und das wollen sie doch, weil eine Ausgabe auf die andere folgen soll), müssen sie das Entgegengesetzte von allem, was man dem Menschen zu einigem Heil vortragen sollte, dem Leser aufdringen, der sich zuletzt nicht mehr zu retten weiß. Das Häßliche, das Abscheuliche, das Grausame, das Nichtswürdige, mit der ganzen Sippschaft des Verworfenen ins Unmögliche zu überbieten, ist ihr satanisches Geschäft. Man darf und muß wohl sagen: *Geschäft*; denn es liegt ein gründliches Studium alter Zeiten, vergangener Zustände, merkwürdiger Verwicklungen und unglaublicher Wirklichkeiten zum Grunde, so daß man ein solches Werk weder leer noch schlecht nennen darf. Auch entschiedene Talente sind's, die dergleichen unternehmen, geistreiche vorzügliche Männer von mittleren Jahren, die sich durch eine Lebensfolge verdammt fühlen, sich mit diesen Abominationen zu beschäftigen.

Dein heiter-tätiges Brieflein kommt an; fahre fort, mich zu erfreuen!

Weimar, den 18. Juni 1831. G.

810. *An Goethe*

Mittwoch, 22. Juni 1831.

Das Kistchen mit den Wachsmodellen ist vorgestern unversehrt angelangt und sogleich nebst den aus Deinem Briefe ausgezogenen Anweisungen der Künstlerin übergeben, die nach Deinen Wünschen zu arbeiten willig ist.

Gestern abend kam Dein Brief vom 18. dieses an, der mich in bester Stimmung fand. Es war die wöchentliche große Versammlung der Singakademie. Der König ließ sich unvermutet gegen halb sieben Uhr anmelden, nicht um uns zu hören, vielmehr um die Blumenausstellung in unserm großen Saale zu sehn. Es war nicht ganz leicht, augenblicklich eine neue Aufstellung der Gesellschaft anzuordnen. Sie stellte sich aber im kleinen Saale hinter den größten Orangeriestämmen ziemlich unsichtbar auf, so daß der große Saal ganz frei in schönster Abendsonne erschien und der König mit seiner Gemahlin, nur von Blumengruppen umgeben, sich im Kreise von 200 Fuß allein fand, um die ganze reiche Blumensammlung mit Einem Blicke zu bestreichen. Der König, der gesellschaftliche Vereine und auch unsere Singakademie in der Regel nicht begünstigt, mußte bemerken, daß unser Verein ihm den Platz geräumt hatte. Ich sagte, es sei heut unser gewöhnliche Versammlungstag, und wenn er befehlen wolle, so sei alles bereit, Seiner Majestät mit einer heitern Produktion aufzuwarten, die nicht über zehn Minuten dauern werde. Er war eilig, indem er noch nach Schönhausen wollte, um der eben heut von einer Prinzessin entbundenen Schwiegertochter Prinzeß Albrecht seinen Glückwunsch zu bringen, wolle aber so lange bleiben. So überreichte ich ihm und seiner Gemahlin den Text eines »Hymnus auf die Sonne«. Auf meinen Wink ließ sich das unsichtbare Chor hören, welches, mit sanften Solostellen durchwirkt, 9 Minuten währte. Darauf machte ich meinen

Reverenz; der König stand auf, dankte, lobte, erkundigte sich nach den Solosängern, die sich ausgezeichnet hatten, und empfahl sich so gelassen, als hätte er noch Zeit, länger bei uns zu bleiben.

Die Sache war für den Moment so gelungen, daß ich die Musik selber loben müßte, wenn sie nicht zufällig von mir wäre; denn alles war ein wohlgeratener Entschluß des Augenblicks. Der König durfte fühlen, daß es ihm allein gelte, und doch war alles unvorbereitet wie eines Gottes Schickung. Sämtliche Mitglieder nicht wissend, was mit ihnen vorging, gehorsam auf den Wink, ohne daß nur einer gefragt hatte: wie? warum? Und die Wirkung gab einen allgemein soliden Humor. Kaum aber war der König fort, so brachte man mir Deinen Brief, der mir sagt, daß Du lebst und angehörst

Deinem

Z.

Einer, ich weiß nicht wer, hat mich einen guten General genannt, eine Benennung, die mir jedoch nicht neu ist; denn unser verewigte Blücher hat mir das eine Mal, da er unter uns auf der Akademie war, schon diesen Titel zuerkannt.

Das will schon etwas sagen
In diesen Freiheitstagen,

wo der Gehorchenden nicht mehr sind als der Kommandierenden. »Warschau! oder in ein Bad!« so darf ich nicht reden, und ein Lamm darf man auch nicht sein.

Eben bin ich daran, »Schillers Leben«, von seiner Schwägerin, der Frau v. Wolzogen, beschrieben, zu überfliegen. Eine solche Sammlung von Briefen, deren jeder zu seiner Zeit, an seinem Orte und unter verschiedenen Umständen erlassen, gehört auch zu den Bedenklichkeiten des Lesewesens. Wer Schillern in seiner besten Zeit gekannt hat, mag sich wundern, wie aus dem Tändelschürzenleben so mancher schönen Jugendjahre ein so fruchtreicher Baum erwachsen können. Betrachtet man die Frauen in seinen Tragödien gegen das Geschlecht, in welchem er sich behelfen müssen, so sollte man denken, daß Erziehung und Bildung auch wohl Entgegengesetztes wirken. Den zweiten Teil hoffe interessanter zu finden, denn außer dem geliebten Namen des edlen Dichters ist das gegenseitige Belecken in so langen Phrasen eine etwas magre Kost. – Ich schreibe, als ob ich's besser machte; Du steckst mich an, und ich muß Amen sagen. Es ist aber verdrießlich, alles gelesen haben zu müssen, um nur mitzukommen, als wenn Zeit und Augen unserer Jahre um nichts da wären!

Zufälligerweise kommt mir Philipp Hackerts Brief vom 4. März 1806 an Dich in die Hand, der, nicht bloß liebenswürdig und belehrend, im Alter des 70. Jahres noch den Vorsatz faßt, seinen Stil zu vergrößern und zu verschönern. Da hat man den wieder frischen Mut, und die Welt kann Dir's nicht genug danken und dem guten Geschicke, daß diese biographischen Fragmente durch Deine Hand gegangen sind. Daß ich die beiden Hackerts nicht wiedersehn können, gehört zu meinen überstandenen Leiden. Vielleicht hätten wir beide uns auch in Rom kennenlernen, das wäre ein Glück gewesen! Nun soll's auch so gut heißen, denn auch das will seine Zeit haben, und ich hätte für tausend Heil zu danken, daß ich's nicht auszusprechen wüßte. Lebe wohl!

Dein

Sonnabend, 25. Juni 1831. Z.

Deine Potsdamer Expedition gibt uns andern Nach- und Hinterdreindenkern die schöne Gelegenheit, dem egoistisch-anarchischen Wesen nachzuspüren, wonach sich jeder dahin drängt und stellt, wohin er nicht gehört, an einen hübschen Platz, den er nicht ausfüllen kann. Dabei bleibt denn aber doch immer das Löbliche an der Anarchie, daß, wenn sie einmal einen entschiedenen Zweck im Auge hat, so sieht sie sich nach einem Diktator um und merkt nun, daß es geht.

Dieses habt ihr Musiker aber vor allen Künsten voraus, daß ein allgemeiner, allgemein angenommener Grund vorhanden ist, sowohl im Ganzen als im Einzelnen, und daß also jeder eine Partitur schreiben kann, in vollkommener Gewißheit vorgetragen zu werden, sie sei auch, wie sie sei. Ihr habt euer Feld, eure Gesetze, eure symbolische Sprache, die jeder verstehn muß. Jeder einzelne, und wenn er das Werk seines Todfeindes aufführte, muß an dieser Stelle das Geforderte tun. Es gibt keine Kunst, kaum ein Handwerk, das dergleichen von sich rühmen kann. Ihr dürft ohne Pedanterie auf das Älteste halten, ihr könnt ohne Ketzerei und Hindernis euch an dem Neusten ergötzen, und wenn auch das Individuum in eurem Kreise etwas Wunderliches und Seltsames hervorbringt, so muß es doch zuletzt mit dem All des Orchesters wieder zusammentreffen.

Nun ein Wort von dem guten Felix. Der Herr Papa hatte sehr unrecht, ihn nicht nach Sizilien zu schicken; der junge Mann behält eine Sehnsucht ohne Not. Es muß in meinen letzten sizilianischen oder darauffolgenden neapolitanischen Briefen eine Spur sich finden, welchen unangenehmen Eindruck mir diese vergötterte Insel zurückgelassen hat; ich mag durch Wiederholung auf diesen Punkt nicht lasten.

Das Zweite, welches Du aber nicht verraten mußt, ist: daß jenes Gedicht »Der Wanderer« im Jahre 1771 geschrieben ist, also viele Jahre vor meiner italienischen Reise. Das ist aber der Vorteil des Dichters, daß er das vorausahnet und wert hält, was der die Wirklichkeit Suchende, wenn er es im Dasein findet und erkennt, doppelt lieben und höchlich daran sich erfreuen muß.

Bei manchen innern stillen Arbeiten, wobei ich Dein immerfort gedenke, bin ich doch auch in das neuere Französische mitunter hineingezogen worden und habe bei solcher Veranlassung über die religion simonienne nachzudenken gehabt. An der Spitze dieser Sekte stehen sehr gescheite Leute, sie kennen die Mängel unserer Zeit genau und verstehen auch das Wünschenswerte vorzutragen; wie sie sich aber anmaßen wollen, das Unwesen zu beseitigen und das Wünschenswerte zu befördern, so hinkt sie überall. Die Narren bilden sich ein, die Vorsehung verständig spielen zu wollen, und versichern, jeder solle nach seinem Verdienst belohnt werden, wenn er sich mit Leib und Seele, Haut und Haar an sie anschließt und sich mit ihnen vereinigt.

Welcher Mensch, welche Gesellschaft dürfte dergleichen aussprechen, da man ja von Jugend auf nicht leicht jemand kennen und die Steigerung seiner Tätigkeit beurteilen wird! Wodurch betätigt sich denn zuletzt der Charakter, als daß er sich in der Tagesbewegung, im Hin- und Widerwirken bildet! Wer unterstünde sich, den Wert der Zufälligkeiten, der Anstöße, der Nachklänge zu bestimmen! wer getraute sich, die Wahlverwandtschaften zu würdigen! Genug, wer sich untersteht zu schätzen, was der Mensch ist, der müßte in Anschlag bringen, was er war und wie er's geworden ist. Solche allgemeine Unverschämtheiten haben wir gar oft schon erlebt, sie kehren immer zurück und müssen geduldet werden.

Dies hab' ich bei Gelegenheit jener Unternehmungen

gedacht, und ich zweifle nicht, daß dabei noch gar manches andere zu denken sein möchte.

Von der neusten französischen Romanenlektüre und ihrem nächsten Kreise will ich nur soviel sagen: es ist eine Literatur der Verzweiflung, woraus nach und nach alles Wahre, Ästhetische sich von selbst verbannt. »Notre Dame de Paris« von Victor Hugo besticht durch das Verdienst fleißiger wohlgenutzter Studien der alten Lokalitäten, Sitten und Ereignisse; aber in den handelnden Figuren ist durchaus keine Spur von Naturlebendigkeit. Es sind lebensunteilhafte Gliedermänner und -weiber, nach ganz geschickten Proportionen aufgebaut, aber außer dem hölzernen und stählernen Knochengerüste durchaus nur ausgestopfte Puppen, mit welchen der Verfasser auf das unbarmherzigste umgeht, sie in die seltsamsten Posituren renkt und verrenkt, sie foltert und durchpeitscht, geistig und leiblich zerfleischt, freilich ein Nichtfleisch ohne Barmherzigkeit zerfetzt und in Lappen zerreißt; doch das alles geschieht mit dem entschiedenen historisch-rhetorischen Talent, dem man eine lebhafte Einbildungskraft nicht absprechen kann, ohne die er solche Abominationen gar nicht hervorbringen könnte.

Deine Schreiben, auch das, die musikalische Blumenfeierlichkeit meldend, sind zu meinem besondern Vergnügen angekommen. Soviel für heute.

Und so fortan!

Weimar, den 28. Juni 1831. G.

812. *An Goethe*

Der arme Schiller! Auch den alten abgetragenen Doktorhut muß er wie einen neuen bezahlen. Heutzutage könnt' er eine Königskrone umsonst haben und noch Geld dazu. – Damit wäre nun der erste Teil des Buchs überwunden, und nun, denk' ich, soll es lebendiger hergehn.

Meine Erwartung, Schillern wiederzufinden, wie ich ihn im Leben gesehn, hat mich nicht getäuscht. Der zweite Teil ist angefangen, und wenn bis daher alles breit und knapp zugleich gewesen, so glüht's nun von Liebe zu einem liebenden Herzen. Bedenklichkeiten treten heran; die Mutter weiß noch nicht vom Geheimnis der Verlobten, auch der gemeine Brotkorb schwebt unbeweglich über tantalischem Haupte. Endlich nach lange geschlagnem Steine findet der Funke den erwünschten Zunder, wenn auch nicht alles wird, was werden sollte.

Das Buch ist immer ein historisches Dokument wegen der Originalien; die Briefe von Immanuel Kant und Herder sind eine echte Zierde desselben. Die letzten Tage und Stunden des herrlichen Mannes sind vollkommen rührend und haben mir heiße Tränen entlockt. Es ist in ältern Jahren eine Wonne, solche Lichter brennen gesehn zu haben; jeder kann etwas auf sich halten, mit Männern zugleich gewesen zu sein, wie ich sie gesehn, dergleichen die Welt sobald nicht wieder zu verkennen braucht.

Die Gedankenlese am Ende des Buchs aus Schillers persönlicher Unterhaltung durch Relation des Fräuleins v. Wurmb hätte das Frauenzimmerchen wohl bei sich behalten können. So heißt es, Schiller habe gesagt: man dürfe *Kindern nicht zu früh* einen *Begriff von Gott* beibringen, die Foderung müsse vielmehr von innen herausgehen. Was die Kinder betrifft, die verstehn schon, wer ihnen nur nicht sagen will, was man selber nicht weiß. Dagegen kommt es ganz anders heraus, wenn Schiller selber sagt: er wäre zuweilen unphilosophisch genug, alles, was er von der Elementarästhetik wisse, für einen empirischen Vorteil, für einen Handwerksgriff hinzugeben.

27. Juni 1831. Mein ehemaliger Minister Herr v. Schuck-

mann erkündigt sich fleißig nach Dir und läßt abermal grüßen. Wir begegneten uns gestern abend promenando nahe seinem Landgute, das man ein *Sandschlecht* nennen dürfte, doch nah an der Spree, zwischen Berlin und Charlottenburg, in gutem Stand erhalten, immer noch anschaulich bleibt, doch zwischen Pulverhäusern liegt.

Vorstehende Gedanken über »Schillers Leben« dürften wohl vor der Verfasserin keine Gnade finden, und ich gestehe meine Furcht, die Körner'sche Schrift gar nicht gelesen zu haben, weil mir immer der Münzdirektor Lessing und mein guter Schink dabei einfielen, die es gleichwohl aufs beste gemeint haben. Besonders sollten Lob und Tadel ganz dem Leser hingegeben sein, dem nichts übrigbleibt als dieses Recht. Ich weiß einen Biographen, der die Geschichte ansieht wie ein moralisches Element, das von sich weiß und eine Absicht hat; so verdrängt er gleichsam seinen Helden, um sich dafür einzuschmuggeln.

Ich schreibe Dir so vielerlei durcheinander; da aber Du mir so schöne Zeichen Deines Lebens gibst, so darf ich nicht nachbleiben, und Du wirst vorliebnehmen.

»Magnum hoc ego duco,
Quod placui tibi.«

Du weißt, wer ich bin, und wirst mich für keinen Horatier halten, dem jedes Wort dieses Dichters zu Gebote steht, nur bin ich eben jetzt im Begriff, mit meinen Universitätsstudiosen eine musikalische Feier des 3. Augusts zu bestellen. Da darf man das schönste Latein öffentlich gelten lassen. Horaz und Claudian leihen uns die Worte, und die Musik machen wir uns dazu. Die Feier im großen Universitätssaale fängt mit Gesang an. Horaz, Ode XIV, III. Buch:

»Hic dies vere mihi festus atras
Eximet curas: ego nec tumultum
Nec mori per vim metuam, tenente
Caesare (Principe) terras.«

Hierauf folgt die lateinische Rede des Rektors (Böckh), mit welcher obiger Vers in Beziehung steht. Nach der Rede wieder gesungen, nach Claudian:

»Non sic excubiae, non circumstantia pila
Quam tutatur amor; non extorquebis amari,
Hoc alterna fides, hoc simplex gratia donat.«

Den Schluß macht das lateinische Tedeum, scilicet sine »uterum virginis«. Und dann hätte ich wohl Lust, meine guten studiosi zu Ehren des Tages mit einem Kardinal zu bewirten.

Dein lieber schöner Brief vom 28., den ich noch im Monate zu beantworten anfange, erinnert mich bei Gelegenheit der Potsdamer Expedition an einen Spaß. Sie hatten die einzige Musikprobe Tages vorher so spät angesetzt, daß das Taglicht ausging und niemand mehr lesen konnte. Auch ich konnte die Partitur nicht mehr erkennen, und eigentlich hätte man aufhören müssen. Sie nahmen sich aber alle zusammen und blieben standhaft, bis die Arbeit getan war. Beim Herausgehn aus der Kirche hat einer von mir gesagt: »Der alte Kerl muß Katzenaugen haben, denn ich konnte keinen Stich sehn!«

Von Felix – Doch es ist heut schon der 30. Juni, und das Blatt soll noch fort. Vale!

Dein

Z.

813. *An Goethe*

Fortsetzung.

Von Felix habe heute, am 29. Juni, einen Brief vom 16. ejusdem aus Rom erhalten, der wohl der letzte von daher sein wird und ganz durchstochen ist. Der Brief enthält eine Relation der Osteroffizien der päpstlichen Kapelle in der Heiligen Woche. Der Junge hat sich keine Note entwischen lassen, geschichtsmäßig, ohne den Ausländer, den Ketzer zu verraten. Es will schon was sagen, ein in seinem Ursprunge wohlausgedachtes, nun zu Fetzen abgetragenes Ganze aufzufassen und hinter äußerlicher Würde und Hoheit den hohlen Leib zu erkennen.

Dein Unmut über das vergötterte Sizilien kann nur gerecht sein; auch für den Musiker ist daselbst nichts abzuholen, und doch würde ich mir es selber nicht vergeben, in Neapel gewesen zu sein und Palermo nicht gesehn zu haben. Deine Beschreibung der Insel ist immer noch appetitlich genug, um ein jugendliches Herz zu reizen. Hast Du ja doch auch dort und auf dem Wege dahin Deinen »Tasso« rund geheckt. Man weiß ja nicht, wo und was man gewinnt.

Mit Deinen Gedichten, wie und wo sie entstanden, habe ich mich freilich auch, wenn ich sie in Musik setzte, nach einer Lokalität umsehn müssen, und da Dir manche meiner Melodien zugesagt hat, so kann der Apfel auch so gar weit vom Stamme nicht gefallen sein. Solchen Glückes dürft' ich mich von mehrern Dichtern verschiedener Art rühmen. Schiller, Voß, Matthisson, Tieck, Tiedge und auch Klopstock haben meine Melodieen gerühmt. Die Gräfin Elisa hatte ein Wiegenlied auf Naumanns ersten Sohn gedichtet und Himmeln und mir und andern die Musik dazu aufgetragen. Naumann, der Vater des Erstgebornen, sollte selber, ohne die Namen zu wissen, das ihm am meisten gefällige bezeichnen. Naumann hatte gesagt, in der ihm angenehmsten Melodie erkenne er seinen besten Schüler Himmel; diese Melodie aber war von – mir.

Vorigen Sonntag, den 3. Juli, ist endlich Schinkels neue Kirche eingeweiht worden. Das alte Gebäude (nach und nach eng umbaut) war im 15. Jahrhundert ein Falkonierhaus zu Aufbewahrung von Jagdgeräten gewesen und nachher groß genug befunden, zwei Kirchengemeinden aufzunehmen, die durch eine Scheidwand abgesondert waren, und wurde zu gleicher Stunde Deutsch und Französisch gepredigt. Baufälligkeitshalber mußte es abgetragen werden. Der König wollte nur unter der Bedingung Geld zum Neubau geben, wenn die Scheidwand wegbliebe und beide Gemeinen sich um den Wechselgebrauch verstünden; darüber zog sich der Bau in die Länge. Die Zeichnung von Schinkel kennst Du. Die Weihpredigt über Korinther II, 5, 17: »Das Alte ist vergangen, und siehe, es ist alles neu worden«, ließ sich salva patientia schon einmal anhören; ich hätte wohl selber über das Thema reden mögen. Da ich den alten Prediger von Jugend an kenne, so fragt' er mich, ob wohl alles vernehmlich gewesen sei. Ich sagte, daß ich während seiner Predigt seines verewigten Vaters in Ehren gedacht hätte, zu dessen Predigten in der Dorotheenkirche ich öfter die Orgel gespielt hätte, aber noch sehr jung gewesen wäre. Dieses Kompliment gab er mir zurück, indem er sagte, er erinnere sich dessen gar wohl; man habe damals gezweifelt, daß etwas aus mir werden solle. Das war redlich gesprochen und wahr, und auf der Stelle zugestanden.

Der zweite, jüngere Prediger, der vor dem Altare die Liturgie verlesen hatte, klagte: es lasse sich hier schwer predigen wegen der Höhe der Kirche, ja wenn die Kirche leer sei, schalle es zu sehr. Da Schinkel nahe genug stand, um allenfalls die Einrede gehört zu haben, sagt' ich, eben laut genug: ich wisse nicht, ob in leerer Kirche auch gepredigt werde, wäre es aber, so könnten die Zuhörer um so näher treten; außerdem fordere jeder besondere Raum ein besonderes Tempo des Redners; gegen leere Kirchen aber wisse ich kein besseres Remedium als volle Gedanken, klar und reinlich ausgesprochen. Dagegen bäume und wehre sich das große Gebäude und resoniere, wenn ihm nicht sein Recht geschehe.

Über dem Geplaudre trat eine alte Dame an mich her und fragte, ob ich sie noch wohl kenne. Es war die Frau v. Marwitz, die jüngste Schwester der Brüder Hackert. Sie ist jetzt 70 Jahre alt, Witwe und Mutter eines Sohnes, der beim Leibgarderegiment Kapitän ist. Das war eine Freude! ich hatte sie seit 50 Jahren nicht gesehn. Nun fehlt' es nicht an Erinnerungen und Jugendgeschichten, wie sich die Mutter der lustigen Gesellschaft erfreut hätte, bis es Zeit war, die Kirche zu verlassen. Sie war die hübscheste von den Schwestern, und der Philipp ließ der Mutter keine Not. Nun ging der Georg nach Neapel zum Bruder; eine Schwester heuratete den Hofrat Behrendt, die älteste Schwester und die Mutter starb, und so zerstreute sich das angenehme Häuschen; jedes ging seinen Gang.

Hufeland, der Königliche Leibarzt, ist bedenklich krank an Harnverhaltung. Vorigen Sonntag ist er durch Blasenöffnung vermittelst eines Katheters erleichtert worden, und man hofft, daß der neue Abgang seinen natürlichen Weg wieder finde; er ist aber 68 Jahre alt. Gott helf' ihm! Meine Straße hat der Cholera nicht nötig: wir helfen uns selber davon.

Dein

Donnerstag, 7. Juli 1831. Z.

Eine wohlgegliederte weibliche Gestalt liegt, nackt, den Rücken uns zukehrend, uns über die rechte Schulter anschauend, auf einem wohlgepolsterten anständigen Ruhebette; ihr rechter Arm ist aufgehoben, der Zeigefinger deutet, man weiß nicht recht worauf. Rechts vom Zuschauer, in der Höhe, zieht aus der Ecke eine Wolke heran, welche auf ihrem Wege Goldstücke spendet, deren einen Teil die alte Wärterin andächtig in einem Becken auffängt. Hinter dem Lager, zu den Füßen der Schönen, tritt ein Genius heran; er hat auch ein paar begeistete Goldstücke aufgefangen und scheint sie dem Örtchen näherbringen zu wollen, wohin sie sich eigentlich sehnen. Nun bemerkt man erst, wohin die Schöne deutet. Ein in Karyatidenform den Bettvorhang tragend, zwar anständig drapiert, doch genugsam kenntlicher Priap ist es, auf welchen sie hinweist, um uns anzuzeigen, wovon eigentlich die Rede sei. Eine Rose hat sie im Haar stecken, ein paar andere liegen schon unten auf dem Fußbänkchen und neben dem Nachtgeschirr, das, wie auch der sichtbare Teil des Bettgestelles, von goldnen Zieraten glänzt.

Das muß man beisammen sehn, mit welchem Geschmack und Geschick der geübteste Pinsel, allen Forderungen der Maler- und Farbenkunst genugtuend, dieses Bildchen ausgefertigt hat. Man stellt es gern kurz nach Paul Veronese; es mag's ein Venetianer oder auch ein Niederländer gemalt haben. Behalte das für Dich; denn unsern Meister, welche sich mit »Traurenden Königspaaren« beschäftigen, ist dergleichen ein Ärgernis und den Schülern, die sich in Heiligen Familien wohlgefallen, gewiß eine Torheit. Glücklicherweise ist das Bildchen gut erhalten und beweist überall einen markigen Pinsel.

Bei Dir, mein Bester, bedarf es wohl keiner Versicherung, daß der Gegenstand auf mich [nicht] die geringste Einwirkung hat. Ich bewundere nur, wie der echte Künstler die wahre katharsis geübt hat, von der eure Buchstabenmenschen nichts wissen wollen, die, weil sie nur den Effekt fühlen, von Produktion nichts begreifen und sich einbilden, der Künstler habe Zwecke, ihnen zu Ehren und zuliebe. Dieser hier hat mit heiterem, ausgebildetem, allerliebsten Kunstsinn sein Täfelchen abgerundet und abgeschlossen und bekümmert sich nun den Teufel, wie sich der Anschauer dazu verhält. Der nehme es nun nach Belieben, als unreiner Wollüstling, als gefälliger Liebhaber, als durchdringender Kenner, uns alle lacht er aus, wie wir uns gebärden. Er hat's hervorgebracht, weiß selbst nicht recht wie, aber mit dem Bewußtsein, daß er es recht gemacht habe. Das ist's, was man Natur und Naturell heißt. Die guten Menschen, wenn sie der Sache näherkommen wollten, müßten Kants »Kritik der Urteilskraft« studieren.

Doch vermut' ich, die neuste Philosophie weiß das alles besser, aber freilich nur in sich selbst, unzugänglich dem Leben und dem mitgebornen Menschenverstande.

Dies alles halte ja geheim; denn ich möchte dies sogar kaum fortschicken, wenn ich Dir nicht zugleich sagen könnte, daß es mir in jedem Sinne wohlgeht, dergestalt, daß ich mir ein vor meinem nächsten Geburtstag zu erreichendes Ziel vorgesteckt habe, das ich nicht voreilig berufen will. Ist es gelungen, so sollst Du der erste sein, dem es notifiziert wird.

Hiemit also sei für diesmal geschlossen, mit dem besten Dank für Deine vielfachen Mitteilungen, auch in den letzten Briefen, bei deren ersten Lesung mir gar manches in die Gedanken kommt, welches ich gern auf dem Papier wünschte, wohin es aber nicht leicht gelangt, aus oben gemeldeten Ursachen; daher auch teilweise sei es Dir willkommen.

Unter allen Umständen und Zufälligkeiten

treulich eingedenk

Weimar, den 8. Juli 1831. J. W. v. Goethe.

815. *An Goethe*

Berlin, 8. Juli 1831.

Indem ich Deine Briefe vorigen Jahres zurückerhalte und solche vom Anfang bis Ende wieder durchlese, verzeihst Du, wenn ich des Kartons des Julius Romanus (»Der Reiterstreit um die Standarte«) wieder gedenke, im Falle Dir das Blatt wieder zu Augen käme. Dabei fällt mir auch der brave Nauwerck ein, der mir seine 12 ergetzlichen Darstellungen zum »Faust« gesandt hat, die bei mir noch offen liegen, um auch von andern beschaut zu werden.

Den 11. Deine »Danae« ist fürwahr ein Goldmädchen. Sich so zu konservieren, um nach langen Jahren noch an den rechten Mann zu kommen! Möcht' ich selber ihr doch heute nachlaufen, weil sie bei Dir ist. Welch ein Bild und welche Auslegung der schönen Fabel, da nichts übrigbleibt! gegen die oft wiederholte krasse Vorstellung von Goldmünzen, die auf den jungfräulich zarten Leib herabpurzeln!

Das hiesige Museum besitzt eine »Danae«, die was Tizianisches hat. Das Bild ist sehr zerfallen und die alte Wärterin darauf die widerlichste Megäre. Eine ander[e] Alte dagegen, die das Paar Romeo und Julia dem ersten Liebeslager entruft, ist fast liebenswürdig. Das ganze Bild unanständig groß, über 11 Fuß lang und 6 Fuß hoch, von unzarter Fleischfarbe. Um so heimlicher ist das alte Weib, auf deren Lippe noch ein spiritus cactus von Wonneschmerz zurückgeblieben ist. In unserm Verzeichnisse, das Du ja wohl hast, findet sich's auf der 78. Seite. Es soll von einem Schüler des Julius Roman sein. Das Bild unserer Danae steht Seite 93 angezeigt und ist von Jacopo Palma.

Den 15. Apropos Katharsis! Gestern war »Minna v. Barnhelm«. Das Stück habe ich unendlich ofte gesehn und gelesen und zog mich gestern wieder ins Theater, um es im mir eben gegenwärtigen Geiste Deiner Auslegung zu betrachten, als einer gewissen Zeit erwachsen, die ein fortwährendes Interesse behält. Der treffliche Lessing hat in angemaßter Bescheidenheit das Prädikat eines Genies von sich abgewiesen und sich gleichwohl durch dies Stück sehr hoch gestellt, als ob er durch die Tat beweisen wollte, daß mit dem bloßen Handwerkszeuge, mit dem Aristoteles in der Hand, ein dauerhaftes Werk entstehn könne. Auch hat mich das Stück wieder durchaus erfreut, ergriffen, gerührt, und wenn ich frage: wodurch? so weiß ich nicht zu antworten. Die Begebenheit ist gering, Personen von keiner hohen Bedeutung, was mit ihnen geschieht, kann täglich geschehn, es ist wie ein Versöhnungsakt zwischen zwei Brüdern, die um ein Stück Kuchen entzweit waren. Ein edles reiches Sächsermädchen von freier Empfindsamkeit ist verliebt in einen tapfern Offizier der Gegenpartei, ehe sie ihn persönlich gekannt, wegen einer milden Handlung als Krieger in Feindeslande und will um jeden Preis seiner Großmut teilhaft werden. Der soldatische Liebhaber ist nicht unempfindlich, doch abhängig von gewohnten Begriffen der Ehre seines Standes, die eine leidenschaftliche Liebe von sich weist. Alle übrigen Personen treiben sich in frommer oder geschäftiger Neigung und Abneigung dazwischen, so triumphiert reine Menschlichkeit über gemachte gesellschaftliche Pflichtigkeit. Die wahre Katharsis scheint hier im Tellheim verborgen, der kein angenehmer Charakter ist, und der Dichter hat sich selber als gekränkter Ehrenmann darin zu Buche gebracht, weil Gleiches das Gleiche hervorbringt! – Und nun möcht' ich das Stück gleich noch einmal sehn, denn das alles schreib' ich nicht für Dich, der das alles tausendmal eher und besser weiß.

Du lebst in seliger Tätigkeit, uns andere an Deinem 84. Geburtstage zu beschenken, und wir – sollen danken lernen. Doch mir ist nicht bange. Wie ich mich Deines Wohlergehns freuen kann, das ist die Frucht meines Gebets an die Muse. O lebe, Du mein Einziger! und liebe Deinen

Sonnabend, 16. Juli 1831. Z.

816. *An Goethe*

Schönen Dank, mein Schönster, für den Leckerbissen! Magst Du mir noch eine so heitere Stunde gönnen, so sende mir eine neue Lage, wenn sie auch stärker ist. Dergleichen lese ich nicht bloß, ich lebe damit und habe darnach geschlafen – wie ein Frankfurter Ratsherr des 18. Jahrhunderts.

Auch möchtest Du mir den letzten Band unserer Briefe des Jahres 1830 senden, um etwas nachzusehn.

Dein

Montag früh. Z.

817. *An Goethe*

Jena, den 27. Juli 1831.

Meine anmutige Begleitung bis Jena hat mich glücklich gemacht. Es ist tröstlich, aus Freundeshause so gelinde ins vorige Leben zurückzuschweifen; Ottilie hat mich in sanfte alte Freundeshand gegeben, wo ich Trost finde und bringe. Vielleicht hätte es mich wehmütig gemacht, in der ehemaligen Frommann'schen Wohnung eine waise Stelle zu finden; das neue heitere geräumige Haus in der Stadt am Markte neben der »Sonne« (in die ich vor 30 Jahren zum ersten Male eingekehrt bin, eh' ich Dein Angesicht gesehn) gibt mir eine Zufriedenheit, die meiner damaligen Zufriedenheit ähnlich ist. Frommann hat, wie er meint, dies Haus gut bezahlt, doch das Haus ist auch gut, gegen die rustike Scheune vor der Stadt, welche ihm auf den Kopf zu fallen drohte.

Auf dem Herwege kreuzten wir uns mit der Frau v. Knebel, die nach Weimar fuhr und uns sagte, ihr Mann liege im Bette und vomiere. Das hielt mich jedoch nicht ab, ihn im Bette zu finden, der sich speiend über meinen Besuch freute, da ich denn, um mir den Appetit vor Tische nicht zu verderben, versprach wiederzukommen. Das letzte geschah gegen Abend. Ich fand ihn frisch und munter und zwei Frauen bei ihm, eine Professorswitwe Zimmer und seine Schwiegertochter, wie man sie jedem gönnt, der sie hat.

Wie ich hier in Jena aufgenommen bin, kannst Du denken, wenn auch ich selbst noch nicht wußte, womit ich's verdient habe. Gestern abend erst hat mir Frommann folgendes gestanden. Vor vielen Jahren, als er zum ersten Male nach Jena gereiset, sei er von Hamburg über Berlin gekommen. Hier habe er mich in gewisser Gesellschaft bei Tische kennenlernen und zwar als einen impertinenten Gesellen, denn als er zum Hofrat Herz etwas laut und lau über den »Wilhelm Meister« gesprochen und Beifall zu finden gehofft, habe ich ihm den Kopf so gewaschen, daß er vor Verwundrung außer sich gewesen, einen einfältigen Berliner Handwerker so derb über Dinge reden zu hören, wie es nur einem hamburgischen wohlunterrichteten Buchhändler zieme. Da habe ihn denn seine gute Frau aufmerksam gemacht, das von mir Gesprochene sei so gar unsinnig nicht gewesen, wenn auch eben nicht höflich und bescheiden. Es sei jedoch zu bedenken, daß ein Balken kein Blumenstengel, dagegen ein braver Mann wohl ein rechter Grobian sein könne. Dies habe er sich nun notiert und sei ihm von seinen Berliner Freunden allgemein bestätigt worden. Die Wirkung aber sei ein unwiderstehlicher Zug gewesen, mich näher zu kennen, um sich wo nicht zu rechtfertigen, doch zu entschuldigen, daß er gerade dahin gehe, wo er weder Meister noch Gesellen zu finden hoffte. Verzeih, wenn ich die eigentlichen Worte nicht genau behalten habe, der Sinn mag richtig sein; mein Wortsgedächtnis ist ein so unzuverlässiges Neutrum, daß ich höchstens noch das Vaterunser behalten habe, wie ich's lernen müssen.

Apropos Vaterunser! Da sollte ich letzthin abgetrumpft

werden. Es waren mehrere Theologen in der Versammlung, und ich wehrte mich gegen das neugebackene *deutsche* »Notre père«, das sich die Liturgen eben aufschmieren lassen. Da sagte einer: das wäre eins und dasselbe; ich wolle nur mein Licht leuchten lassen durch mein »Pater noster« und »Pater hämon« – denn:

»Wenn einer ›Unser Vater‹ betet,
In Gottes Namen, laß ihn beten!«

»Schwerenot!« schrie ich, »*laßt* ihn beten! Wer will's hindern! Läßt Er sich denn eine Kopie für original verkaufen? Das läßt Er bleiben! Ich kenne meinen Mann! Ich wette zwanzig gegen eins: er betet ›*Vater unser*‹, oder er – läßt es sein!«

Donnerstag. Gestern abend waren wir beim jungen Frommann, der sich ein junges, reines, festes Frauchen zugelegt und ihr einen derben Jungen gemacht hat. Es ward musiziert. Hofrat Soret sang mit sanfter reiner Stimme einige Stücke, und die Frauenzimmer ließen sich hören.

Heut nachmittag geh' ich nach Naumburg und morgen früh nach 7 Uhr von da nach Berlin, wo ich in 24 Stunden anzulangen hoffe. So möge nun das Blatt zu Dir wandern und sich ein Gegenstück veranlassen. Lebe wohl und habe Dank für die schönen Tage, welche mir in Deiner Nähe geworden. Es ist ein Wunder Gottes, die Bewegung; so geh' ich, wie ich kam, und schrecke freudig auf, indem ich denke, wie wir am letzten Freitag abend aneinander vorbeirutschten; es war wie ein Grundakkord, der durch mein ganzes Dasein widerhallte. Gott befohlen!

Dein

Z.

Unter unsern Theaterneuigkeiten will sich ein *komisches Zauberballett*: »Harlekin in Berlin« Platz machen. Eine junge Berlinerin hat sich in den hier angekommenen Arlecchin verliebt. Der Vater des Mädchens, ein gemeiner Bürger, hat sie bereits einem andern zugesagt, und nun geht das Stück seinen Gang. Die Verliebten finden sich überall beisammen. Ein plumper Pierrot als Spürhund geht ihnen nach und wird stets geprellt. Arlecchino, verfolgt, erschossen, geköpft, rappelt sich immer wieder zusammen und zu seiner Schönen, die ihm zuletzt eigen wird. Das wäre die Handlung, welche jedoch nur Motiv der Dekoration ist, denn alles geht auf öffentlichen Plätzen in bekannten Straßen, an Luftörtern in und nahe der Stadt Berlin vor. Schinkels Schauspielhaus, angesehnste Schenkhäuser sind nicht alleine kenntlichst dargestellt, auch die bekanntesten Personen nach Leib und Leben wandeln daher, zum Exempel meine Wenigkeit soll daran erkannt werden, wie sie Nadeln aufnimmt und auf den Ärmel steckt. Dies letztere ist insofern wahr, als ich in unserm Akademiesaale, beim Dirigieren und Dozieren umhergehend, dann und wann eine verlorene Nadel aufnehme, auf meinen Ärmel stecke, die sich unsere Frauenzimmer, wenn ihnen eine dergleichen fehlt, sans façon vom Ärmel wieder abnehmen. Da ich nun außerdem einen Stadtarmenwächter im Dienst habe, der mir das große Haus gegen Bettel- und Diebsgesindel bewacht, so erscheine ich hier im langen Überrocke als vielbescholtener Bettelvogt. Andere bekannte Personen sind klagbar worden, und ein invalider Offizier soll den Grafen gefordert haben; ich aber habe große Lust, einmal in eigener Person über die Bretter hinzugehn. Gegen das Ende der Farce erscheint das Gasthaus zu Treptow an der Spree und die Gegend von Stralau, wo sich das Liebespaar unter Studenten, Biertrinkern und Rauchern zusammenfindet und auch hier von seinen Verfolgern gehetzt wird, da es denn Tumult gibt. Nun aber tritt der Gastwirt heraus, sprechend, scheltend, schreiend: was das hier werden solle? Sein Haus sei ein honettes Gasthaus! Was der fremde Harlekin hier solle? ob's nicht unter uns Arlecchine genug gebe? – So ist die Sache gemacht und kostet zwischen 10 bis 12 000 Taler für Pinsel und Farbe; doch sind die Sachen gut gemalt.

Montag, 18. Juli. Fürst Radziwill hat eben den zweiten erwachsenen Sohn begraben. Soeben komm' ich aus der katholischen Kirche, wo Mozarts »Requiem« für ihn gesungen worden. Das läßt sich gar nicht mehr unter die Erde bringen, weder durch eine schlechte Kritik noch mittelmäßige Aufführung. Was mich von Grund aus bewegt und erschüttert hat, ist (außer diesem »Requiem«) der alte Unisonus des »Libera me de morte aeterna« von Priesterstimmen um den Sarkophag. Ich mußte mich auf die Knie niederlassen, um bittre Tränen zu verbergen, und fürchtete mich wieder aufzustehn. Was ist der Mensch und seine Kraft! –

3. August. Vorstehendes war geschrieben, als Geheimer Rat Schultz hereintrat, um Abschied nach Wetzlar zu nehmen. Er hat seinen Sohn anher in die Universität gebracht, jammerte, daß er alleine zurückreisen solle, und forderte mich auf, einen Platz in seinem Wagen bis Weimar einzunehmen. Ich war mit den Vorbereitungen des heutigen Festes und andern täglichen Hausbestellungen eben fertig, und Doris redete zu, den Vorschlag anzunehmen. So reiseten wir am 20. Juli von dannen, und mein Auge hat das Deine noch einmal wiedergesehn.

Mit nächster Post erfolgt eine kleine Sammlung von 38 Schmidtschen Blättern in verschiedenen Manieren. Sie lagen schon längst für Dich da. Die Wahrheit zu sagen, schämte ich mich, sie abgehn zu lassen, weil es zum Teil fehlerhafte Abdrucke sind, die ich selbst nach des Oheims Tode als 17jähriger Jüngling gewischt und durchgezogen habe. Das Abdrucken der Platten war von den unerfahrnen Erben einem schmutzigen Bildhauer übergeben, dessen Aufseher und Gehülfe ich sein sollte. Einige Blätter sind doppelt, zum Vertauschen; Du wirst wissen, was damit anzufangen. Schmidt hätte uns den Hals umgedreht, wenn er gelebt hätte. Er war der Bruder meiner Großmutter mütterlicher Seite, und die ihn gekannt haben, wollten finden, daß ich ihm ähnele. Auch habe ich sein sehr gutes Bild in Öl, von unserm Hofmaler Antoine Pesne kräftig und saftig gemalt, in welchem ich selber eine Ähnlichkeit der Gestalt und des Charakters nicht ungern erkenne. Meine Mutter hat er väterlich geliebt; ich selbst als leichtsinniger Knabe habe ihn nicht genug gekannt und weiß nur, daß er mich warnte, Künstler zu werden, noch weniger Musiker. An unserm Tische erzählte er: in Paris habe er bei sich Konzerte gegeben, es aber einstellen müssen, wie die Musiker ihm die silbernen Gabeln und Löffel eingesteckt hätten. Sonst empfahl er, Französisch zu lernen: dieser abgeschmackten Sprache habe er all sein Glück zu danken.

In Naumburg stieg eine wohlgestalte Vierzigerin mit ihrem Manne vor mir in die Schnellpost. Sie kamen von Erfurt und hatten, wie noch ein dritter Erfurteur, die ersten Plätze. Der Mann ist Prediger in Erfurt und meldete sich als den Bruder unseres Bischofs Ritschl, jetzt in Stettin. Mit diesem hatte ich ehemals als Vorsteher der Singakademie manchen Strauß gehabt, wenn er sich in die Direktion mischte. Meine drei Reisegefährten sprachen unter sich von dem eben bevorstehenden großen Musikfeste in Erfurt, wozu sie nicht lauten mochten: es sei keine Einigkeit, kein Wille, keine Mittel, keine Männer. Der Prediger sagte: zu solchen Unternehmungen gehöre ein – Zelter. »Couche!«

gebot ich dem tollen Herzen, das boll und hundisch knurrte. Der Jüngere fuhr fort: »Das soll aber ein eigener, eigensinniger, harter, grober Mann sein und schwer mit ihm durchzukommen.« »Nun,« sagte die Frau, »es muß doch gehn und kostet ja den Hals nicht; man wird doch wissen, was er will.« Da ich nun vom Schirrmeister als Herr Professor aufgerufen war und nach Halle ging, so war ich einstweilen Professor in Halle, und wir waren guter Dinge. Als wir nun in Halle vor dem Posthause ausstiegen, fanden wir den Sohn des Ehepaars am Schlage, der, seine Eltern erwartend, mich sogleich erkennend, meinen Namen nannte. Das war artig und in der Tat ergetzlich, der großen Augen wegen; denn nun, da wir schieden, ward erst Bekanntschaft gemacht. Die Leute blieben in Halle, und ich ging weiter der Nacht entgegen, die ich nicht loben will. In Bitterfeld nämlich nahm unser Wagen zwei Leipziger Herren auf. Einer davon kotzebuete einen schwergeladnen Gurkensalat von sich, ich aber mit den drei andern mußte stilliegen wie der göttliche Held Menelaus mit seinen Gesellen zu Pharos, »den gräßlichen Robbengestank abwehrend durch Proteus' blühende Tochter« (die Cöln'sche Wasserflasche), bis »aufdämmernd Eos mit Rosenfingern emporstieg«. So setzte ich mich in eine Beichaise und fuhr nach Berlin.

Dies Blatt sende durch unsern Kapellmeister Schneider, der mit Frau und Tochter, die beide meine Schülerinnen gewesen sind, einen Tag in Weimar bleibt. Kannst Du die guten Leute einen Augenblick sehn, so sagen sie Dir, daß ich gesund und ihnen sehr zugetan bin.

Sonnabend, den 7. [richtig: 6.] August 1831. Dein Z.

Den Brief aus Jena hast Du doch erhalten?

819. *An Goethe*

Die Beilage bist Du wohl so gut an ihre Adresse zu befördern. Kapellmeister Schneider reisete unvermutet einen Tag früher davon, er hätte das ganze Paket mitnehmen können. Ich habe Dich fragen sollen, ob Dir von Felix, der jetzt in den Borromeen hauset, ein starker Brief zugekommen sei. Es ist den Eltern daran gelegen, denen auch Sachen ausgeblieben sind. Du sagst wohl ein Wort darüber

Deinem

Dienstag, den 9. August 1831. Z.

820. *An Zelter*

Diesmal, mein Teuerster, dächt' ich, könnten wir mit unsrer Zusammenkunft zufrieden sein: Du hast gegeben und empfangen, wir sind unsrer alten Bezüge aufs neue gewiß geworden und werden nur desto freudiger das, was beiden wohltut, auswechseln.

Und so dank' ich zuvörderst für Dein Brieflein von Jena, das, mit ungewohnt spitzer Feder geschrieben, die Epoche Deiner Reisefahrt in dem Kodex ganz genau bezeichnen wird.

Unsres werten Schulze Gegenwart hatte auch einen ganz eignen guten Eindruck hinterlassen; indem ich mich umsah nach den Gegenden, wo sein Interesse ihn festhielt, hab' ich auch für mich Merkwürdiges angetroffen. Vorzügliche Menschen gab es immer, die uns denn auch mitunter glückliche Spuren ihres Daseins hinterließen.

Ich schiebe immer den Tag vor mir her, wie es denn am Ende jeder tut, wenn er seinen Kaffee getrunken hat. Leider gewinnt man weiter nichts dabei als die Überzeugung, daß noch immer genug zu tun übrigbleibt.

Die kolossale Marmorbüste von Davids Hand ist angekommen und gibt viel zu reden. Ich verhalte mich ganz ruhig; denn ich habe in und mit dem kleinen Format schon genug zu tun, als daß ich begreifen könnte, wie sich eine doppelt und dreifach vergrößerte Form benehmen könnte. Indessen ist es trefflich gearbeitet, außerordentlich natürlich, wahr und übereinstimmend in seinen Teilen. Der Marmor aus den Pyrenäen, den die französischen Bildhauer jetzt brauchen müssen, weil auf dem carrarischen ein schwerer Zoll liegt, hat einen sehr angenehmen Ton, der ins Bräunliche zieht.

Überdies bin ich über Berlin mit den Pariser Naturforschern neuerlich in Berührung gekommen, welches mich denn doch auf einen gewissen Grad beschäftigt und zu Mitteilungen nötigt. Dabei muß ich gedenken, daß doch manches hier vorzuzeigen versäumt worden, weil es etwas zur Seite lag.

Aus unsern Kiesbrüchen, die zum Wegbau stark benutzt werden, hab' ich neuerlich Elefantenbackzähne von der größten Schönheit erhalten. Denke Dir: die Oberfläche, welche kaut, hat Wurzeln, die aber auch wieder nachschieben und entweder gleichfalls kauen oder auch wohl ewig ungebraucht bleiben können!

»Die Natur tut nichts umsonst« ist ein altes Philisterwort; sie wirkt ewig lebendig, überflüssig und verschwenderisch, damit das Unendliche immerfort gegenwärtig sei, weil nichts verharren kann.

Damit glaube ich sogar mich der Hegelischen Philosophie zu nähern, welche mich übrigens anzieht und abstößt; der Genius möge uns allen gnädig sein!

Da das Königliche Theater den rechten Weg gefunden hat, seine Kasse zu füllen, so send' ich Dir den letzten Gegensatz, wohin nur die guten Nachkommen des alten Thespis geraten können. Das Original lege bei, man glaubt es sonst nicht; sende es aber wieder zurück.

»*Theaterankündigung*. Karlstadt, am 10. Juli 1823.

Zum Vorteil des Herrn Ignaz Viol und seiner Tochter Ludmille:

Menschenhaß und Reue

ein hier noch nie gesehenes Trauerspiel von dem gefallenen Kotzebue, unglücklicherweise; dasselbe ist in 6 Akten, nebst einem Prolog, welchen Herr Viol am Ende separat halten wird.

Nachschrift. Viele dringende Schulden setzen uns zwar in die angenehme Verlegenheit unserer Gläubiger, daß wir nicht weiterreisen können. Ich spiele den Greis, meine Ludmilla die Eulalia, lassen Sie uns deshalb nicht untergehen; Menschenhaß kennen die Bewohner dieser Stadt nicht, noch weniger wir eine Reue, daß wir hierher uns verirrten. Wir bitten daher um Zuspruch, denn es bleibt uns doch nichts.«

Uns aber bleibe das Bisherige von guten Geistern gegönnt. Also sei es!

Weimar, den 13. August 1831. J. W. v. Goethe.

821. *An Zelter*

Deine Sendung einer solchen Anzahl von Kupferstichen ist für mich von ganz besonderer Bedeutung, da, wie ich schon erwähnte, der treffliche, zu früh abgeschiedene Longhi in seinem Werk über die Kupferstecherkunst mit ganz besonderer Vorliebe Deinen aufwärts so nah Verwandten ausgezeichnet hat. Stellen übersetz' ich Dir, wenn das Werk, welches Meyer sich zu Gemüte führt, wieder in meinen Händen ist.

In Deiner Sendung find' ich gute Abdrücke von Portraits des redlichen Mittelstandes, aus einer Zeit, da wohlhabende Familien, neben dem Nekrolog der Leichenpredigt, auch noch ihre Seligen in wohlgetroffenem Bilde über der Erde zu erhalten gedachten. Dann sind es mittlere Abdrücke bis zum geringsten, wo man freilich die Platten bedauert, die so behandelt worden. Mir aber geben sie Kenntnis von ihrem Dasein und machen mich aufmerksam auf die Exemplare, die in meiner und sonstigen Sammlung vorhanden sind. Das Studium dieses merkwürdigen Mannes ist unter uns doppelt und dreifach begünstigt, und so wollen wir auch Deine zeitige Sendung nutzend preisen.

Wenn ich nun diese Deine reiche Gabe auf meinen nächsten Geburtstag beziehe, so darf ich wohl vermelden von dem merkwürdigen Geschenk, das ich über den Kanal erhalten habe. *Funfzehn englische Freunde*, wie sie sich selbst unterzeichnen, ließen bei ihren berühmtesten Goldschmieden ein Siegel verfertigen, welches, bequem in der hohlen Hand zu fassen, einer länglichen Vase sich allenfalls vergleichen läßt. Alles, was der Goldschmied, verbunden mit dem Emaillierer, leisten kann, ist hier zu schauen. Man wird an die Beschreibungen erinnert, mit welchen Cellini seine Arbeiten zu rühmen pflegt, und die Absicht ist offenbar, sich dem 16. Jahrhundert zu nähern. Den Spruch:

»Ohne Rast, doch ohne Hast«

scheinen die Engländer bedeutend genug gefunden zu haben, da er im Grunde ihr eignes Tun sehr gut ausdrückt. Diese Worte sind um einen Stern innerhalb des bekannten Schlangenkreises eingeschrieben, leider mit altdeutschen Versalien, welche den Sinn nicht ganz zur Klarheit bringen. In jeder Rücksicht ist diese Gabe dankenswert, und ich hab' ihnen einige freundliche Reime dagegen geschrieben.

Da es die guten lieben Weimaraner nicht lassen können, dieses Fest, wie so manches andere, durch ein »Ergo bibamus!« zu feiern, auch sonst noch verschiedene, durch die Umstände herbeigeführte Inzidenzien zu nutzen denken, so werd' ich mich wohl in diesen Tagen, wenn auch nicht weit, entfernen. Dergleichen wohlgemeinte Huldigung persönlich abzuwarten, wird mir immer unmöglicher. Je älter ich werde, seh' ich mein Leben immer lückenhafter, indem es andere als ein Ganzes zu behandeln belieben und sich daran ergötzen.

Übrigens gedenk' ich diese Woche vor meinem Geburtstag einen Teil meiner dringenden Obliegenheiten wegzuräumen. Leider dringt sich so manches auf, was ganz unfruchtbar ist, und von den ausgestreuten Samenkörnern fällt gar viel zwischen Distel, Dorn und Felsen.

Aus England ist mir eine »Übersicht der deutschen Literatur« zugekommen, geschrieben von William *Taylor*, der vor 40 Jahren in Göttingen studierte und daselbst die Lehren, Meinungen und Phrasen, die mich vor 60 Jahren schon ärgerten, nun auf einmal losläßt. Die gespensterhaften Stimmen der Herrn Sulzer, Bouterwek und Konsorten ängstigen uns nun ganz als Nachklänge von Abgeschiedenen. Freund Carlyle dagegen wehrt sich musterhaft und dringt bedeutend vor, wovon gelegentlich das Mehrere.

Und so fortan!

Weimar, den 20. August 1831. G.

822. *An Goethe*

Berlin, 17. August 1831.

Dein lieber Brief vom 13. dieses kam gestern mittag, als eben Professor Riemer mit Frau, Dr. Froriep und der Sohn des Geheimen Rat Schultz die Suppe mit uns aßen. Die Theaterankündigung hat den gehörigen Spaß bei Tische gemacht, das gedruckte Blatt folgt auf Befehl zurück. Weiß man doch nicht, wovon alles lebt wie die Sperlinge unter dem Himmel. Wandel und Handel, Kredit und Unglaube ist alles eins; das grämt sich nicht, das schämt sich nicht.

Was meinen Reisegefährten betrifft, so gesteh' ich, daß

mich sein erster Antrag zur Mitreise verlegen gemacht hatte. In sehr gefährlicher Lage hat er sich aber vollkommen treu bewährt. Sein Stand gegen Über und Unter war zugleich vulkanisch und sub gladio. Nur der König selber konnte ihn hervorziehn, und das hat er getan. Er hätte klüger sein können, daß er aber gebohrt hat, wo das Loch noch heute zu sehn ist, brauch' ich Dir nicht zu sagen. Nach seiner hypochondrischen Natur, zu der er sich nicht bekennt, schien er auch mich in Verdacht zu haben, als wenn ich seinen Widersachern Vorschub ließe, und so ist er eine Zeit an mir vorübergegangen. Ich war an meiner Stelle geblieben, wie ich war, und hätte ihm für manches zu danken, das er kaum wissen mag.

Daß ich ihn bei unserer Ankunft in Deinen Wagen schob und wie Du ihn aufgenommen, machte mir den ersten Wurf zu glücklicher Vorbedeutung, ja dies allein macht mich noch zufrieden mit meiner Reise zu Dir, die doch ohne ihn gewiß noch unterblieben wäre. Auch in Jena, in stiller Frühe (war »doch die Stadt wie gekehrt«!), fühlt' ich mich wie sündenrein. Mir war wie Simeon, ich hatte Dich gesehn, daß ich's nicht lassen konnte, an Dich zu schreiben, und – die Götter wissen, was ich geschrieben!

Den 19. August. Wüßte man auch, was man getan hat, so weiß man doch selten, was man tun wird, und so weiß ich nicht, ob ich mich je entschlossen hätte, meine Briefe an Dich zur Publizität gelangen zu lassen, selbst wenn ich die Deinigen an Deine Erben ausgeliefert hätte, woran ich wirklich gedacht habe. Durch Dich ist nun die vieljährige Korrespondenz zum Kodex worden, der von meiner Seite Kruditäten in Menge enthalten muß. Daß Du manche davon beseitigt hast, weiß ich; nun aber fällt mir ein, ob nicht von Deiner Seite ein Entsündigungswort für alles Übrige zu geben wäre, da ich in petulanter Ergießung einem oder andern zu viel oder wehe getan. Ich sollte mich hüten, könnte man's nur halten! An mir selber wäre nicht so viel gelegen, und doch – was soll das alles? Du magst tun; ich schreibe ja nur, um das Blatt zu bedecken.

In Deinem letzten Briefe find' ich kein Wort von dem schönen grünlichen Steine, den Dir die 19 Engländer und Schotten gesandt haben. Schade, schade! denn Einer fehlt. Hätt' ich je gewünscht, ein anderer zu sein, so wär' es heute: so wär' ich Newton und der Zwanzi[g]ste! Dieser dankt Dir's gewiß, daß Du seinen Nachkläffern die Augen ausgerieben hast.

Die Rolle mit Kupferstichen, das Püppchen für Alma, die mir wirklich wie eine maris stella erschienen ist, und mein Brief durch unsern Kapellmeister Schneider sind doch wohl glücklich angekommen?

Den 21. Freund Riemer und Frau, die ich fast zu wenig gesehn, reisen heute wieder fort. Sie kamen gestern vor Mittage, um Abschied zu nehmen, als ich eben meine Studenten in Arbeit hatte. Wie diese die Gegenwart des verdienten Gelehrten merkten, wurden einige Deiner Gedichte gesungen:

»Aus wie vielen Elementen«,
»Worauf kommt es überall an«,

und anderes, und ließen sich ganz mannhaft vernehmen, wiewohl die Gesellschaft auf so hohen Besuch nicht vorbereitet war. Endlich ward ihnen der werte Mann in Person vorgestellt, so war die Freude vollkommen. Trotz seiner Eile ließ er sich noch ein Lied bei uns gefallen; es wurden die gehörigen Toaste nicht versäumt, und einem halben Dutzend Flaschen Rheinwein hat das unverhoffte Ereignis den Hals gekostet. »Nun sage mir, Vater« – ob ich unsere Lieder umsonst habe! Mich hat der Spaß den ganzen Tag vergnüget. Die Bursche sangen, als ob's so sein müßte, und Riemern selber schien die Geschichte zu erfreuen, wiewohl er, den einzigen Sohn hier zurückelassend, nicht fröhlich gemutet sein mochte. Das ist nun so. Doch muß ich sagen: wenn ich noch einen Sohn zu versorgen hätte, so gäb' ich ihn am liebsten der militärischen Karriere hin, die in dieser Zeit sich selber ausbildend noch lange gelten muß. Das schönste Talent daneben wäre nicht überflüssig; haben sich doch die größten Geister des Altertums im und am Kriege zur Unsterblichkeit erhoben. Und es *muß* doch wieder Männer geben, neben denen her die Masse mitlaufen kann, wenn sie nicht verfaulen soll. Ich weiß nicht, was unter andern Umständen aus mir geworden wäre; doch hab' ich Stunden, in denen ich mich heut noch schäme, so viele schöne Jahre neben der Schürze meiner Mutter wie ein Spankalb hergegangen zu sein.

Nach dem jungen Freunde will ich mich von Zeit zu Zeit erkundigen, da ich seinen General kenne und schätze. Das hiesige Kadettenhaus steht eben dieses Generalmajors v. Brause wegen in hoher Achtung; man hält ihn für einen tätigen, strengen, väterlichen Führer der Jugend und tüchtigen Soldaten.

Montag. Muß ich mich denn ewig zanken! Gestern in Schönhausen (man sollte *zuhausen* bleiben!), da war ein Hans Narr im schwarzen Rocke, er hatte eben geprediget und predigte noch immerzu: von Belgiern, von den Polen, von Abwendung der Cholera, und konnte nicht enden. Da verlor ich die Geduld und sagte: »Trachtet am ersten nach dem Reiche Gottes und seiner Gerechtigkeit, die Cholera wird euch von selber zufallen.« Da stand ich auf und lief nach Berlin. – *»Ruhig, Christ!«* sagst Du. Nun ja, auf dem Wege ward ich naß, da gab sich's. Z.

[Beilage]

»Großbritannien.

London, 29. Juli. Ich schreibe Ihnen nun schon so lange und oft über politische Sachen, daß es mir Vergnügen gewährt, einmal meinen Brief mit etwas der Politik ganz Fremden beginnen zu können, was aber gewiß alle Ihre deutschen Leser interessieren wird. Es ist nämlich heut ein Geschenk an Ihren Altmeister Goethe von hier abgegangen, welches ebensosehr die Geber als den ehrwürdigen Empfänger ehrt. Es besteht in einem großen Petschaft für den Schreibtisch. Auf einem schönen grünlichen Stein ist eine Schlange, die sich in den Schweif beißt, eingegraben, mit der Inschrift: »Ohne Rast, aber ohne Hast«, eine einfach-schöne Hinweisung auf das Wirken des großen Mannes. Der Stein ist in einem ungefähr zwei Zoll hohen Griff von reinem Golde gefaßt, worauf eine Menge sinnbildlicher Verzierungen in erhabener Arbeit, zum Teil mit farbiger Email bedeckt. Man bemerkt darunter die Rosen als das Sinnbild Englands und einen Eichenkranz, welcher wohl Deutschland darstellen soll, zwei Masken und zwei Füllhörner und die Inschrift: »From Friends in England to the German Master« (»Von Freunden in England dem deutschen Meister«). Dieses schöne Kunstwerk aber (die Arbeit der vortrefflichen Goldschmiede Salter, Widdowson und Tate) ist die Gabe von 19 Engländern und Schotten (von denen jeder 2 Guineen subskribierte), Verehrern der deutschen Literatur und des »deutschen Meisters«. Unter diesen stehen obenan in der Liste Thomas Carlyle, der Verfasser einer auch ins Deutsche übersetzten Lebensbeschreibung Schillers, und dessen Bruder Dr. Carlyle, wie ich vermute, die Veranlasser des Unternehmens. Dann folgen W. Fraser, der Redakteur des »Foreign Review«, Dr. Maginn, ein Schriftsteller von Geist, Heraud, der Verfasser der gehaltreichen Artikel über Klopstock und die Stolberge in genannter Zeitschrift und gegenwärtig Redakteur des vortrefflichen »Fraser's Magazine«, G. Moir, welcher unter anderem Schillers »Wallenstein« übersetzt hat, und Churchill, von dem eine meisterhafte Übersetzung des »Wallenstein'schen Lagers« im Fraser'schen »Magazin« erschien, Jerdan, der Redakteur der »Literary Gazette«, Professor Wilson, Redakteur von »Blackwood's Magazine«, Sir Walter Scott und sein Tochtermann Lockhart, der jetzige Redakteur des »Quarterly Review«, Lord Francis Leveson-Gower, der Übersetzer »Fausts«, die Dichter Southey, Wordsworth und Procter (Barry Cornwall genannt) – ein glänzendes Gestirn, dessen freundliches Zuwenden vom fernen nördlichen Horizont gewiß den edlen Greis rühren und erfreuen wird.«

823. *An Goethe*

Freitag, den 26. August 1831.

Wenn Du die Sendung der Kupferstiche auf Deinen Geburtstag beziehn willst, so tust Du ihnen große Ehre an. Sie waren Dir längst zugedacht, und wenn ich sie wieder ansah, wollte mir's leid werden. An Geburtstage denk' ich schon lange nicht mehr, da man nicht jünger wird. Laß uns leben, lieben und leisten, was jeder vermag, das kann uns noch bekommen. – Wenn man satt ist, kommt der Braten; ich hätt' ihn zum Frühstück genommen.

Gestern abend war ich bei Langermann. Wir sprachen von Dir und Deinen schönen Jahren, die Du einem doch gar zu lockern Boden hingeworfen, den man Dir noch dazu beneiden wollen. Wir wissen nur zu gut, wie Dich der Schuh gedrückt, wenn statt des Großen, Guten, Schönen, das man umsonst gehabt, Schwaches, Verächtliches mit schwerem Golde verschuldet und gebüßt worden. Ich denke nicht daran, alte Wunden zu betappen, man hätte aber blind sein müssen, Dein Leiden zu sehn und nicht zu fühlen. Was wären sie alle gewesen! und was würden sie sein! und was soll aus ihnen werden! Und das sei unser Angebinde für Deinen nächsten Geburtstag, daß wir erkennen, was eigentlich an Dir ist. Langermann sprach von einer Korrespondenz über Stolbergs Berufung zu euch und Klopstocks Beratung, daß nicht der gräfliche Christ und Poet und Homeride den zynischen Mantel anlegen sollen, und daß Du jenem geschrieben: »*Leckt mich* –!« Das gab uns Appetit, wir machten uns ans Abendessen und haben lange gelacht. Hätte man nicht Ähnliches gehabt, getan und heute noch, wer könnte solch Leben verachten und lieben! Denn daß es heute noch so ist und lange bleiben wird, magst Du immer zugeben. Frau v. Heygendorf hatte einem ihrer hiesigen Verehrer Dein Verhältnis zu mir vertrauen wollen und mich Deinen Verführten genannt, der sich zu allem verleiten ließe. Als mir der schwache Freund solches wieder zu verstehn geben wollte, sagt' ich: »Wir sind nicht verheuratet noch leben in wilder Ehe; den will ich sehn, der mich zur Hure macht!« Ich merkte, wo die Sache herkam, und der gute Mann gestand es und wird's wieder bestellen, wie ich ihn kenne; denn wir sind Schulkameraden – gewesen. Die Schule, worin er sich tummelt, ist [daß] er [ist] wie ein Pinscher, der nach seinem eigenen Schwanze rennt, und damit hat er's bis zum pensionierten Bürgermeister gebracht.

Dein Brief vom 20. dieses kam just recht, um eine angenehme Plage von Dir abzuwenden, die ich Dir gleichwohl gegönnt hätte. Meine guten Studiosen, welche des lieben Riemers Beifall noch nicht verjubelt und von ihm erfahren hatten, daß Du noch kein Lied aus dem »Diwan« kräftig singen gehört, hatten sich verbunden, die Ferien zu nutzen und Dir in Deinem Garten ein Ständchen zu bringen, bis ich ihnen vertrauen mußte, daß Du in Deinen Feiertagen nicht in Weimar und überhaupt nirgend anzutreffen sein wolltest. Sie wollten Dich schon finden, da sie doch reisen und einige ganz weggehn müßten; ich denke aber, sie sollen von hieraus so verständig sein, die Sache auf ihrem guten Willen beruhen zu lassen.

Sonnabend. Heute, morgen und übermorgen wird Dein

Tag hier begangen, ich bin für alle drei Tage dazu geladen und kann es nirgend absagen. Zuerst bei Hegel, morgen in »Tivoli« und Montag in die »Gesellschaft der Dichterfreunde«, unter welchen ich mich besonders ausnehmen werde, da ich Deine Person zu repräsentieren habe. Meinst Du nun, daß ich darum auf Rosen tanze, so wisse, daß das Vorstehende in einer schlaflosen Nacht geschrieben ist. Eine Bestie von Hund war unter meinem Fenster ins Wasser geworfen, rettete sich in eine Kluft der Spülung und heulte so jammervoll die Nacht hindurch, daß ich aufstehn und irgend etwas vernehmen müssen. Nun lebe wohl, mein süßer Vater, mein Lehrer, mein Eigen bis in Ewigkeit!

Dein Z.

Laß Dir von Freund Riemern berichten; ich hab' ihn gar wenig hier genossen und ihn nicht einmal in den Montagsklub einführen können.

824. *An Goethe*

Berlin, 28. August 1831.

Eine zweiundsiebenzigjährige fromme (ungetaufte) Jüdin schickt mir soeben eine Flasche 83er Rheinwein mit der Aufgabe, solche als Libation auf Dein Wohl zu konsumieren. Solche unmittelbare Wirkung auf ein frommes Tun mußt' ich sogleich erfahren, denn eben hatt' ich meinen Morgensegen gelesen: wie der graue reisige Phönix seinen Zögling Achill zur Milde gegen seine Landsleute und zur Vergebung gegen den verhaßten Atriden ermahnt. Davon find' ich mich denn gehörig gerührt, und nach geschehener Restauration fällt mir ein Kanon ein, und man setzt seinen alten Paß wieder fort.

Nulla dies sine linea. Da *heut* ist, so soll's auch gewesen sein, das Stückchen könnte ins neue »Chaos« übergehn. Ich wußte keine andere Worte zu finden; wenn sie Dir nicht anstehn, magst Du neue dazu machen.

Gestern abend bei Hegel waren wir auch in *Dir* vergnügt. Förster hat ihm ein Gedicht zugesandt, das ward auf der Stelle

in Noten gebracht und abgesungen,
»daß es durch die Felsen geklungen« –

hätte; die waren aber nicht bei der Hand.

Der 28. August. Dreistimmig.

Nun heute geht's nach »Tivoli«. Unserer sind sechszehn, da heißt's auch »Ergo bibamus!« und werden sehn, was wir finden. Soweit für heut.

Abends. Das war ein schlechter Spaß. Der Anstifter und Ordner unseres Tages war schon unpaß angekommen und mußte vor Tische ausscheiden. Mit ihm die Frau und die Schwester der Frau und der Bruder, der zum Glücke Mediziner ist. Da war die Freude gestört, ehe sie angefangen. Wir andere rappelten uns wohl und taten, als ob's nicht so sein sollte, genug: ich war mit den Kindern vor 8 Uhr unter einem guten Regen zwischen meinen Wänden angelangt. Und nun wollen wir uns schlafen legen. Gute Nacht!

Montag. Mein candidatus theologiae Schmied von Sankt Gallen nimmt soeben Abschied, um nach Paris zu gehn. Hier läuft alles davon, und mancher mag der Gefahr entgegengehn. Da fragen sie, was sie tun sollen; ich antworte: sie sollen sich nur hüten zu tun, was das Beste wäre, das wisse ich auch nicht. Dann wird wieder gefragt: wie? warum? wohin? – könnte man dem nur entlaufen! Von unserm gestrigen Patienten hab' ich gute Nachricht: er hatte den Magen verdorben. Die Kerls leben und sterben vom Naschen, und wenn sie an den Tisch kommen oder auf die Frau, können sie nichts machen; das schöne Weib hat keine Kinder.

Dienstag. In der Singakademie ward gestern abend zuerst Faschens großes »Gloria in excelsis Deo« und darauf das 16stimmige »Laudamus te, benedicimus te, adoramus« etc. gesungen. Darauf zu Deinen stillen Ehren die laute gewaltige Motette des alten Bach: »Singet dem Herrn ein neues Lied, die Gemeine der Heiligen soll Ihn loben.« Ich merkt' es an der Ausführung, daß sie gemerkt hatten, was ich meine, und baten um die Wiederholung des ungeheuern Kunststücks, das sie nach vorhergegangner Anweisung mit heiliger Lust und Freude sangen, so daß sich der alte Bach (der noch lebte, als Du geboren worden) in seiner Schlafkammer muß gerüttelt haben; wenigstens ging in mir dergleichen vor.

Nach der Akademie ging's zum Feste der »Gesellschaft der Dichterfreunde«. Ich kam etwas später, und war schon etwas vorgegangen. Jetzt sprach Madame Wolff den 4. Akt der »Iphigenia«. Darauf las Herr Schall die Hauptszene aus »Clavigo« wie ein Meister, und zum Beschluß wurde »Die Launen der Verliebten« von zwei jungen Schönen allerliebst gelesen. Man ging an die Tafel, wo man mir den Platz unter Deiner Büste angewiesen hat. Was hätt' ich sagen sollen? Und bescheiden tun? Wenn Du nur weißt, wer ich bin, haben wir beide genug. Zwischen den Gängen der Speisen wurden Gedichte gelesen, deren Bestes die Kürze und die gute Meinung war. Um nicht ganz unfruchtbar zu erscheinen, sollte ich reden und las statt dessen die Stelle Deines letzten Briefes (nach Deinem Toaste) vor, die das englische Siegel beschreibt. Der Wein, den man mir vorgesetzt hatte, war zu genießen, und ich merkte wohl, daß ich den besten hatte. Es war Mitternacht, und die zweite Hälfte derselben, in meinem Bette, kann ich loben. Gott befohlen!

Dein

Z.

825. *An Goethe*

Den 31. August 1831.

Was ich schmählich vergessen, Dir zu sagen, ist, daß ich am 28. dieses von der allerschönsten jungen Frau einen Kuß für Dich in Empfang genommen habe. Es war die nämliche, die vorher die Rolle der Egle so artig und reizend gesprochen hatte. Als bei Tische Dein Toast ausgerufen wurde, kam sie, die weitab ihren Platz hatte, mit mir anzustoßen. Ich wollte ihr den weißen weichen Arm küssen, sie reichte mir den Mund und küßte mich herzhaft. Nach Mitternacht, als wir, auseinander zu gehn, aufgestanden waren, trat ich zu ihr und brachte ihr Deinen Kuß, und ich denk' es recht gemacht zu haben, denn die andern machten Kalbsaugen. Sie sagte: »Da werd' ich Händel kriegen mit meiner lieben Amine; warum aber folgt sie mir nicht? Ich hab's ihr genug gesagt, sie ist inkorrigibel.« So wurde ein Stück diesen Abend ausgespielt, das Dir selbst, unvollendet, und der Geliebten so viele Schmerzen gemacht hat.

Nun sage mir, mein Geliebter: ist der »Faust« zur Ruhe gebracht? Ich sage nicht zuviel, wenn ich bekenne, daß er beinahe meine letzte Sorge auf dieser Erde gewesen ist. Denn eigentlich hab' ich keinen reinen Wohlgefallen mehr an der Welt, wie schön sie ist. Ich arbeite mit aller Kraft, mich vor hypochondrischen Anfällen zu bewahren, da man dergleichen infiziertes Volk in Scharen an sich vorüberschattieren sieht. Ist aber dieser Stein von meinem Herzen, so bin ich wieder mein und denke schon wieder auf Weiteres: ich meine die »Natürliche Tochter« und glaube gern, daß es keine kleine Arbeit ist. Aber ich will Dich noch erhalten, ja ich will nicht zuviel, wenn ich wünsche, daß nur aller Stoff zur völligen Vollendung klar und bar in die Zeit übergehe, um täppische Hände, die allenthalben fertig und aufgehoben sind, davon zu entfernen. Ich weiß wohl, daß nur unwahres Gewäsch des Tages den ewigen Kreislauf durch Kloake und Düngflächen und Gedärm unberufen wiederholt; ein ewiges Werk will aber fertig sein, der Unbelehrteste will es fertig wissen, und Du allein kannst Dein Werk vollenden.

Den 1. September. Hegel, den ich diesen Abend zu mir einladen lassen, läßt mir sagen, er sei verstimmt, melancholisch; das soll wohl philosophisch sein! Sie will nach Nürnberg, Er will bleiben; das wollen Eheleute sein! Man möchte verreden, mit Lebenden zu verkehren: lauter Vernunftmenschen, die sich nicht zu fügen wissen! Wer nicht an der Cholera stirbt, von dem ist sowenig die Rede, als wenn er über die Straße hingeht. Gestern war ich zu freundschaftlichem Mahle eingeladen; funfzehn ehrenwerte lautre Männer. Ehe man sich zu Tische setzte, wurde ausgemacht, nicht von der Cholera zu reden. Wir saßen zwei Stunden, und keiner wußte was anderes herauszubringen als Verbotenes. Das Essen war auserlesen, und die Hausfrau sagte: »Meine Herren, wie genießt ihr denn? Ihr redet ja gegen euren Willen nur von dem, was erst kommen soll. Ich gestehe, daß mir das ewige Leben auch lieber wäre, wenn ich's gleich hier haben könnte; da es aber einmal ist, wie es ist, so lass' ich kommen und gehn, was nicht dableiben will.«

Von mir sag' ich nur, daß ich lebe und gesund bin; schreib' auch Du fleißig und

gehab' Dich wohl!

Dein

Z.

826. *An Goethe*

Berlin, den 1. September 1831.

Mein Letztes an Dich ist eben geschlossen und gesiegelt, und so sende die eben erhaltene Beilage mit der nächsten Post. Es sollen 6 Exemplare sein. Zwei habe ich zurückbehalten, die ich nachsenden kann, wenn Du sie nicht missen wolltest. Auch Schall hat mir sein verlesenes Manuskript versprochen, aber noch nicht gesendet; soll man doch nehmen, was so gern gegeben wird. Der Vorsteher der »Dichterfreunde«, Kriminalrat Hitzig, hat sich möglichst gemüht, den Tag zu illustrieren, ohne Ziererei: munter, anmutig und wie von selber. Hätten sie meinen alten Bach dazu gehabt, sein:

»Singet dem Herrn ein neues Lied«, das so neu ist wie von der Elle, unvergänglich neu! dazu gehören denn meine Gesellen. Sie merken's wohl, daß sie keinen haben; ich lasse mir nichts merken: man kann nicht Hans auf allen Gassen sein. Reden und wieder Reden hat man am grünen Tische und überall, und keiner ist, der es zu Herzen nehme.

»O wie traurig sieht in Lettern
Schwarz auf weiß das Lied sich an!«

Aber Singen: das fehlt. Da haben sie gleich voran das Maul etwas voll gehabt, und ein Lump hat sie drauf geschlagen. Lauter kritische Genies, die Meisterstücke prätendieren und keine machen. Jeder fürchtet sich vor den andern; das ganze Wesen

Ist Geschriebnes Lesen,
Wehren und Kehren;
Keiner will's hören.

Und das sind noch dazu die Besten; die Weiber aber sind um 50 Prozent besser, da hat man eher was davon.

Damit nun aber dies Blatt nicht auch in Rednerei untergehe, will ich suchen, das Förster'sche Lied vom Sonnabend abend zu rekognoszieren.

Die 3. und 5. Strophe Soli.

2.

O du schöne liebe Zeit,
Die Er bei uns weilte,
Jeder Freude Hochgewinn
Redlich mit uns teilte.
Kriegesnot und Friedensglück
Haben wir bestanden,

Da wir, wo es immer galt,
Uns mit Ihm verbanden.

3. Soli.

Weimar, du beglückte Stadt
Auf dem Erdenrunde,
Wo die Musen Ihm genaht
In vertrauter Stunde,
Wo sie Garten, Hof und Haus
Und den Freund bescheret,
Der Ihn brüderlich geliebt,
Fürstlich Ihn geehret.

4. Tutti.

Strahlen sandt' Er aus von hier,
Und es hat gezündet;
In der alt- und neuen Welt
Ward sein Ruhm verkündet;
Kaiser haben Ihn geschmückt,
Könige bebändert,
Und der guten Stadt getreu,
Blieb er unverändert.

5. Soli.

Holde Nymphen dieses Tals,
Die ihr Ihn belauschtet,
Die in Wald und Quellen ihr
Oft sein Lied umrauschtet:
Ward dem Liebenden sein Glück
Gern von euch beschieden,

Gönnt dem Dichter unverwehrt
Heitern Lebensfrieden.

6. Tutti.

Möge Chronos durch die Welt
Unaufhaltsam stürmen,
Laßt uns mit Gesang und Klang
Unsern Liebling schirmen.
Goldner Friede möge stets
Dir das Haupt umschweben!
Und wir fragen nicht: wie lang?
Ewig sollst du leben!

Indem ich dieses schreibe, kommt Förster und bringt mir Nachricht von Dir und sagt mir zugleich, daß Pakete auf der Post heut noch nicht angenommen werden, weshalb ich denn die Gedichte zurückbehalte. Die Facius ist gestern bei mir eingezogen, alles bemüht sich, das schwache Kind furchtsam zu machen; ich habe zu schelten und zu fluchen über solch jämmerliches Wesen, sie sind nicht zu retten und sterben vor langer Weile.

Heut ist Mittwoch, der Dritte, und ich will nach Charlottenburg, wo sich die Majestäten und Hoheiten zerniert haben. Ich bin aber und bleibe

Dein

Z.

Nimm's nicht übel, sie haben mich auch konfuse gemacht: es ist nicht Mittwoch, es ist Sonnabend, und morgen hoffe ich die Sonne bei guter Zeit zu sehn.

Sechs Tage, und zwar die heitersten des ganzen Sommers, war ich von Weimar abwesend und hatte meinen Weg nach Ilmenau genommen, wo ich in frühern Jahren viel gewirkt und eine lange Pause des Wiedersehens gemacht hatte. Auf einem einsamen Bretterhäuschen des höchsten Gipfels der Tannenwälder rekognoszierte ich die Inschrift vom 7. September 1783 des Liedes, das Du auf den Fittichen der Musik so lieblich beruhigend in alle Welt getragen hast:

»Über allen Gipfeln ist Ruh'« pp.

Nach so vielen Jahren war denn zu übersehen: das Dauernde, das Verschwundene. Das Gelungene trat vor und erheiterte, das Mißlungene war vergessen und verschmerzt. Die Menschen lebten alle vor wie nach, ihrer Art gemäß, vom Köhler bis zum Porzellanfabrikanten. Eisen ward geschmolzen, Braunstein aus den Klüften gefördert, wenn auch in dem Augenblicke nicht so lebhaft gesucht wie sonst. Pech ward gesotten, der Ruß aufgefangen, die Rußbüttchen künstlichst und kümmerlichst verfertigt, Steinkohlen mit unglaublicher Mühseligkeit zutage gebracht, kolossale Urstämme, in der Grube unter dem Arbeiten entdeckt (einen davon Dir vorzuzeigen, hatte ich vergessen, er steht im Gartenhause), und so ging's denn weiter, vom alten Granit durch die angrenzenden Epochen, wobei immer neue Probleme sich entwickeln, welche die neusten Weltschöpfer mit der größten Bequemlichkeit aus der Erde aufsteigen lassen.

Im Ganzen herrscht ein wundernswürdiges Benutzen der mannigfaltigsten Erd- und Bergoberflächen und -tiefen.

Wenn ich mich von da zu Dir versetzte, wünscht' ich nichts mehr, als Dich den großen Kontrast zwischen Deinen äußern Zuständen und diesem empfinden zu sehn.

Von der weimarischen Feier meines Geburtstages, die sich schicklich und glücklich exhibierte, mögen Försters ja wohl erzählt haben. Das schöne Frauchen, das ich mit Vergnügen an meinem Tische sah, hat bedeutenden Effekt gemacht. Frauenzimmer behaupten: ihr vorzüglich geschmackvoller Hut habe daran großen Teil gehabt.

Wend' ich mich nun zu den Andeutungen Deines Briefes, so seh' ich wohl, daß die alten großen Anforderungen: »Laßt uns trinken, laßt uns küssen!« bei euch ganz folgsame Schüler haben, selbst unter den alten Herrn, denen es denn wohl bekommen möge.

Die Lust klingt wie von einem Glockenton von der Berliner Aufgeregtheit gegen den gottlosen Zudrang eines unwillkommenen Gastes. Um der lieben Kürze willen schreib' ich Dir ein altes kanonisch-klassisches Wort her, das Du vielleicht schon kennst:

> Was ist ein Philister?
> Ein hohler Darm,
> Von Furcht und Hoffnung ausgefüllt,
> Daß Gott erbarm'!

Und hiemit sei diese widerliche Frage vorerst abgetan.

Wenn Du nun aber nach dem »Faust« fragst, so kann ich Dir erwidern: daß der 2. Teil nun auch in sich abgeschlossen ist. Ich habe seit so vielen Jahren recht gewußt, was ich wollte, habe aber nur die einzelnen Stellen ausgeführt, die mich im Augenblick interessierten. Dadurch wurden Lücken offenbar, welche ausgefüllt werden mußten. Dieses alles nun zurechtzustellen, faßt' ich den festen Vorsatz, es müsse vor meinem Geburtstag geschehen. Und so ward es auch: das Ganze liegt vor mir, und ich habe nur noch Kleinigkeiten zu berichtigen, so siegle ich's ein, und dann mag es das spezifische Gewicht meiner folgenden Bände, wie es auch damit werden mag, vermehren.

Du hast eine wunderliche Szene oder vielmehr einen

wunderlichen Teil des Ganzen gesehen; was Du davon Dir auch magst zugeeignet haben, so wird es im Zusammenhang doch noch lustiger erscheinen.

Nun aber, da diese Forderungen befriedigt sind, drängen sich neue sogleich hinten nach, wie an einem Bäckerladen à la queue. Was gefordert wird, weiß ich wohl; was getan werden kann, muß die Folge zeigen. Ich habe gar zu vielerlei Bauwerk angelegt, welches zu vollführen doch am Ende Vermögen und Kraft ermangeln. An die »Natürliche Tochter« darf ich gar nicht denken; wie wollt' ich mir das Ungeheure, das da gerade bevorsteht, wieder ins Gedächtnis rufen?

Soviel für heute; nächstens die schönen Worte von Longhi über Schmidt und vielleicht einiges über Deinen Abend mit Langermann. Empfiehl mich dem Werten und gedenkt mein in Treue und Liebe!

Und so fortan!

Weimar, den 4. September 1831. G.

828. *An Goethe*

Sonntag früh, den 4. September 1831.

»Noch kommt sie nicht, die Sonne, Gottes Gesendete!« –

Wenn Klopstock ein Mal über das andere seine Erhabenheiten mit Negationen auftreten läßt, was ich nie ganz verstehn können, so seh' ich nach vielen Jahren erst ein, daß Unmögliches möglich, daß selbst ein Sonntag ohne Sonne möglich ist. Mein Barometer ist so heruntergekommen, und ich bin gestern abend auf dem Rückwege von Charlottenburg durch und durch naß worden.

Was mich dagegen mit schöner Hoffnung für Dich erfüllt, ist Deine Nachricht, daß Du in Deinen Jahren noch Zähne gewinnst und zwar Elefantenzähne. Wer mag wissen, wozu man dergleichen in unsern Tagen braucht! Schon Deine Bemerkung ist aller Ehre wert, daß alles Endliche wieder zum Unendlichen strebt und wurzelt, wenn Wissenschaft und Kunst alles zu verendlichen sucht. Ein schlagenderer Beweis für die Hegel'sche Zug- und Stoßphilosophie soll doch wohl schwer erfunden werden, und ich finde mich nun auch hierüber beruhigt wie oben. Ein alter Jude hier in Berlin hatte wohl recht zu sagen: »Der Mensch wird so alt wie eine Kuh und bleibt so dumm wie ein Ochs.«

Einen Hauptspaß kann ich Dir unmöglich schenken. Gestern in Charlottenburg tret' ich in ein Haus. Es wurde zu Abwendung des Choleragesprächs Dein »Werther« gelesen. Ich setzte mich still zu den andern. Ein sechszehnjähriger Knabe las:

»›Lieber Wilhelm, ich habe allerlei nachgedacht über die Belgier‹« – »Über die Belgier?« riefen alle Stimmen. – »Nun ja! – ›sich auszubreiten.‹« Alles lachte aus vollen Kehlen, und ich ging meines Weges und ward naß. Siehst Du, mein Unsterblicher, desgleichen findest Du weder in der »Staatszeitung« noch im »Moniteur«; aber: »Wenn einer eine Reise tut, so kann er was erzählen«.

Das ist nun eine unschuldige Kinderei, die niemand ärgern kann, gegen die – Nachlässigkeit eines Korrektors Deiner »Iphigenia« (zu Jena) bei Gelegenheit der Feier des 7. Novembers 1825:

»Denn ach, mich trennt das Meer von *dem* Geliebten.« Man muß den Fehler auch nachher nicht gefunden haben, weil ich mir nicht denken will, daß man es für zuviel gehalten, ein Blatt umzudrucken, das mit Einem Buchstaben einem vollständigen Dichterwerke von vornherein eine verkehrte Gestalt gibt. Eine solche Schande ist die Ehre der Preßfreiheit – ich schweige, um nicht toll zu werden!

Montag, den 5. Du verzeihst, wenn ich solche Windigkeiten schreibe, um zu zeigen, daß in meiner Umgebung alles im alten lebt. Da mir die Bewegung wohltut, so bin ich gestern gegen Abend, nach zwanzigstündigem Regnen, wieder nach Charlottenburg gelaufen, ohne mich zu erhitzen oder zu ermüden, und bin gegen acht Uhr schon wieder in meinen Wänden gewesen. Man sieht bei solcher Gelegenheit, was vom Weltleben übrigbleibt. Der Tiergarten war so still (am Sonntage), als ob der große Pan gestorben wäre; ein paar Waldschnepfchen zirpten über den Wipfeln der Bäume hinweg.

Alles übrige Politische und Medizinische mögen unsere Zeitungen besagen: heute so, morgen so. Nicht daß man verheimlichen oder verstellen will; vielmehr findet die beschränkte Erkenntnis den hellen Tag. Wenn das Gewächs über der Erde ist, fragt man nicht nach der Wurzel, und als gepflanzt und gesäet ward, gab es Hände genug, aber kein Ohr. Gölte der Prophet in seinem eigenen Lande, wo sollte die Geschichte herkommen! So nehmen wir dann, was jedem zugemessen und aufgeladen wird, der stillhält, oder fechten und (wo möglich) überwinden.

Laß mich wissen, ob meine Briefe ordentlich ankommen. Unsre Post ist im Rufe der Ordnung, doch das Gewühl zu den Anordnungen so groß, daß es wohl verzeihlich wäre, wenn manches in die Rapuse ginge. Deine Briefe erhalte ich ziemlich regelmäßig nach 36 Stunden.

Förster sagt mir, Du seist am Tage Deines Festes in Ilmenau gewesen. Man geniert die Leute, und nachher kann man sich ja noch immer bedanken. Einer fragte mich, warum ich nicht zum Feste nach Weimar gegangen sei. Ich antwortete: weil ich nicht noch weiter hätte gehn wollen. Du weißt, ich lebe mit viel Menschen in leidlichem, in gutem Vernehmen. Viele haben, was mir gefällt und nicht gefällt, wie denn auch ich nicht zu gefallen just Metier mache. Was mich von manchem abstößt, leg' ich bei Seite; was mich anzieht, halt' ich warm. Das häuft sich nach und nach auf beiden Seiten; es gibt eine Bilanz, das Fazit steht vor mir, und ich brauche nicht zu gönnern, nicht zu richten. Mit Dir ist das all anders. Die Freundschaft ist mir angeboren und bequem, und an Dir gefällt mir alles. Hätt' ich die Hälfte Deiner Fehler, ich hielte mich schon für brav. Mir bist Du einer, der schon lange nach seinem Tode lebt, und komm' ich und seh' ich Dich bei Leib und Leben, so komm' ich mich selber wie abgeschieden vor.

Lebe wohl! das Papier ist zu Ende.

Dein Z. 5. September 1831.

829. *An Goethe*

Mittwoch, 7. September 1831.

Gestern abend habe ein paar Akte vom »Götz von Berlichingen« gesehn, den sie für Deinen Geburtstag herausgesucht hatten. Das Stück bleibt, was es war, es ist kein falsches Wort darin. Auch war es mit versuchten erfahrnen Leuten besetzt, die mit aller Kunst freilich ganz dicht an Rechten vorbeistreifen, ja die Absicht verraten, den Finger nicht unter den Stempel zu bringen. So kenn' ich's auch in der Musik: je näher der vollkommenen Reinigkeit, desto schmerzhafter der falsche Ton. Ein Mädchen von prächtiger Altstimme spielte den Georg dreist weg und gefiel mir am meisten. Würde das ganze heile Stück ebenso frisch hintereinander fortgelassen, so könnte man ihm eher Hastigkeiten als die oft beklagte Länge vorwerfen. Man ist so verwöhnt durch die grotesken schweren-Not-Opern, die sich knarrend und pfeifend wie der Kaiserkrönungsbratspieß um sich drehen, daß das Ohr selber zur Maschine wird. Man könnte fragen: warum bleibt ihr nicht davon? denn das große Haus war trotz der jetzigen Bußtage nicht leer; das Parterre, der zweite und dritte Rang waren voll. Wo soll eine Bestätigung des

Wahren herkommen, wenn kein Verfehltes wäre? Der sehr häufig wiederholte Beifall galt aber keineswegs der Vorstellung, die nicht vermögend ist, sowenig ein tüchtiges Werk als den allgemeinen natürlichen Sinn umzubringen. Und so hat man auch hieraus noch immer zu lernen. Die falsche Maxime eifriger Schauspieler und Sänger, zu schreien, um verstanden zu werden, will trotz meines Gegenschreiens immer noch Platz halten. Sie tun wie reiche Leute, die alles hingeben und schuldig bleiben müssen, ja bankerott werden, indem sie durch verschwenderisches lautes Atemholen die Perioden wie Scheidemünze zerbröckeln und nach der Aktion zusammenfallen. Iffland und auch die Bethmann, beide von mäßiger Bruststimme, waren nach jeder Vorstellung so frisch und los, daß sie wünschten, dies sei die Probe gewesen und sie dürften wieder von vorn anfangen.

Und dann das sogenannte Agieren! Doch Freund Hamlet hat sich darüber so verständlich ausgesprochen; ihrentwegen wird er nicht von den Toten wieder auferstehn, sein Wort aber sollen sie hören, so lang ich meiner Zunge Herr bin.

Donnerstag. Dein Brief vom 4. dieses kam gestern eben recht, um obiger Chrie ein Ende zu machen. Dein Lebenslauf der sechs schönen Herbsttage in Ilmenau hat Dich hinlänglich schadlos gemacht über ein Fest, das Du allen andern am liebsten gönnst und das mir Hofrat Förster gut referiert hat.

Was ich mir vorgestellt hatte, ist aber zu meiner Beruhigung eingetroffen: ich dachte mir nämlich, daß Deine Zufriedenheit über ein vollendetes Werk Dir die Munterkeit früherer Jahre herstellen und zu neuen Fertigungen anregen werde. Dein Brief ist mir ein blühender Garten, den ich seit gestern so oft durchwandle und kein Ende sehe. Da ich euer Bretterhäuschen auf der Höhe von Ilmenau niemals gesehn habe, so muß ich mich wohl freuen, so sicher in Deinen einsamen Zustand eingegangen zu sein und die leisen Worte einer letzten Ruhe aus den dortigen Klüften wie ein geborner Bergmann zutage gebracht zu sehn. Deine Anerkennung gibt den wenigen Tönen einen Wert, den ihnen keine Zeit wieder nehmen kann, indem sie Unglaubliches, Zeit, Ort, Herz und Sinn nach so langen Jahren wiederfinden. Soll ich mich nicht gelobt fühlen, wenn Du mich lobst, weil ich aus meinem antipolarischen Zustande über euer Gebirg hinweg wie ein Grubenlichtlein einen Blick in Deine Tiefen zu tun fähig bin? Wie glücklich aber sind wir, daß wir für uns zu tun haben, wenn so viele Tausende vor lauter Langweile sich hochgeschäftig finden, [sich] untereinander den Hals zu brechen, und dabei von Frieden reden!

Die Post will fort. Lebe wohl! Dein

ewiger Z.

830. *An Zelter*

Georg Friedrich Schmidt,
geboren Berlin 1712, abgegangen daselbst 1775.

»Der Künstler, dessen Talent wir zu schätzen unternehmen, ist einer der größten, dessen sich die Kupferstecherkunst zu rühmen hat; er wußte die genauste Reinlichkeit und zugleich die Festigkeit des Grabstichels mit einer Bewegung, einer Behandlung zu verbinden, welche sowohl kühn als abwechselnd und manchmal mit Willen unzusammenhängend war, immer aber vom höchsten Geschmack und Wissen.

Von dem regelmäßigen Schnitt, worin er den ernstesten Chalkographen nacheiferte, ging er nach Belieben zur freien Behandlung über, indem er sich jenes spielenden Punktierens der geistreichsten Radierkünstler bediente und das Urteil ungewiß ließ, ob er sich in einer oder der andern Art vorzüglicher bewiesen habe. Doch es ist kein Wunder, daß er sich in diesen einander so entgegengesetzten Arten des Stiches vollkommen gleich erwiesen habe, weil ihm die gefühlteste Kenntnis der Zeichnung und des Helldunkels, die feinste Beurteilung und ein unbegrenzter Geist beständig zum Führer dienten.

In der ersten Art zog er vor, Porträte zu behandeln, ob er gleich auch einige geschichtliche Gegenstände gestochen hat und alles, was er gestochen, vorzüglich ist. Aber jenes Porträt von la Tour, welches dieser Maler von sich selbst gefertigt hatte, ist bewundernswürdig durch die Vorzüge, welche in allen übrigen sich finden, mehr aber durch die Seele und die freie Heiterkeit, die in diesem Gesicht so glücklich ausgedruckt sind. Sehr schön ist auch das Bildnis von Mounsey und außerordentlich die der Grafen Rasumowsky und Esterhazy. Auch die Kaiserin von Rußland, Elisabeth, gemalt von Tocqué, wo besonders die Beiwerke mit erstaunender Meisterschaft behandelt sind.

Nicht weniger schätzenswert ist das Porträt von Mignard nach Rigaud, welches ich doch nicht, wie andere wollen, für sein Hauptstück halte.

In der zweiten Art behandelt er ebenso gut Porträte als historische Vorstellungen, worunter einige von eigener Erfindung sind, die ihm zu großem Lobe gereichen.

Er ahmte, doch nicht knechtisch, die weise malerische Unordnung Rembrandts und Castigliones nach und wußte sich sehr oft mit der kalten Nadel der geistreichen und bezaubernden Leichtigkeit des Stefano della Bella anzunähern. Bei ihm ist alles Wissen, alles Feuer und, was viel mehr bedeuten will, alles der Wahrheit Stempel.

Man kann von diesem wundersamen Manne sagen, daß zwei der trefflichsten Stecher in ihm verbunden seien. Wie er auch irgend die Kunstart eines anderen nachahmt, tritt er immer von seinem außerordentlichen Geiste begleitet als Original wieder hervor.

Hätte er die Geschichte im großen Sinne wie das Porträt behandelt und hätte ihn die Überfülle seines Geistes nicht manchmal irregeleitet, so konnte er die oberste Stelle in unsrer Kunst erreichen. Ist ihm dies nicht gelungen, so bleibt er doch, wie gesagt, einer der trefflichsten Meister und der erfahrenste Stecher.

Wer seine schönen Kupferstiche zu Rate zieht, wird von vielen Seiten in seiner Profession gewinnen.«

Siehe »La Calcografia da Giuseppe Longhi«, Milano 1830. Vol. I. pag. 185.

Weimar, den 10. September 1831. J. W. v. Goethe.

831. *An Goethe*

Sonntag, 11. September 1831.

Ein neues, wenigstens mir noch unbekanntes Schauspiel von 5 Akten von einem, der sich F. Metellus nennt, habe gestern gesehn: »Die Preußen in Italien.«

Die Geschichte ist die Entsetzung von Turin im Jahre 1707 durch Fürst Leopold von Dessau, der, dem Prinzen Eugen von Savoyen zu Hülfe gegeben, die Franzosen vor Turin aufs Haupt geschlagen.

Die Moral liegt in strenger Handhabung der Disziplin, derzufolge ein österreichischer Obrist Mendoza wegen Insubordination vom Kriegsgericht zum Tode verdammt ist, den der Dessauer durchaus nicht begnadigen will. Dabei kommen nun altpreußische Dienstsentenzen wieder in Kurs, und Mendoza wird zuletzt vom Prinzen Eugen begnadigt. Darauf folgt die Hauptschlacht, bei welcher Mendoza den Dessauer, der sich zu weit vorgewagt hatte, befreit und die Schlacht gewinnt.

Das Stück erinnert an den »Grafen Walltron«, der wohl auch Dich vor 50 Jahren verdrießlich gemacht hat, läßt aber kalt. Es fehlt nicht an guten Stellen, doch ist alles knapp und doch zuviel, spielt aber nur 2 Stunden, und man hat genug. Die Haupttendenz soll wohl sein, die alte preußische Militärordnung mit ihrer Kraft und Macht zur Anschauung zu bringen. Mir hat das alte preußische Militärkostüm wohl und wehe getan; was sie warm hielt, war ihnen nicht anzusehn, doch haben sie manchen heiß gemacht und will nicht vergessen sein, mit welchen Mitteln Trotz und fetter Übermut gezüchtigt worden und immer noch werden. In obenangegebenem F. Metellus ließe sich fast eine fürstliche Militärperson vermuten, wenn auch nicht erraten.

Dienstag, 13. September.

Die Tage rennen vorüber und den kürzesten entgegen, die auch ihr Gutes haben mögen. Unsere Singakademie hat kurz nacheinander zwei Requiem unter sich selber zu bestehn gehabt. Zwei Mitglieder sind plötzlich gestorben und der letzte, der Justizrat Wollanck, an der erklärten asiatischen Cholera, in wenigen Stunden; doch ist keiner in unsern Wänden erkrankt. Öffentliche Gebäude werden hier geräuchet bis zum Ekel und Überdruß. Hier im Hause wird allein für frische gesunde Luft gesorgt; verständige Nachfolger tun das gleiche.

Gestern abend habe im Theater zwei neue Stücke gesehn: »Der Stiefvater« von Raupach (nach Holberg), nicht schlecht, und recht gut vorgestellt, und dann: »Demoiselle Bock«, ein Stück, das sich mit dem »Schauspieler wider Willen« parallelisiert. Obgenannte Demoiselle meldet sich als berühmte soi-disant Schauspielerin bei einem stockdummen Theaterunternehmer, der sie stolz und verdrießlich abweiset. Sie geht aufgebracht davon und versichert, daß sie sich rächen werde. Hiervon nimmt der Herr Prinzipal ernsthafte Notiz, und nun erscheinen nach und nach mehrere männliche und weibliche Personen, die der verblendete Prinzipal alle für die eine verkleidete Mademoiselle Bock hält und zuletzt seine eigene Tochter als Mademoiselle Bock engagieren will, die sich aber soeben und wider seinen Willen einem jungen braven Geschäftsmann antrauen lassen. –

Eben erscheint Deine treffliche Verdeutschung der Longhi'schen Lobrede auf Georg Friedrich Schmidt, die mir den schönsten Morgen bietet. Kann ich mir doch eines gewissen Adelstolzes auf diesen mir so nah verwandten Mann nicht erwehren, der von der geringsten Abkunft, in ungünstigsten Umständen, ganz aus sich allein zu solcher Glorie unter allerhöchsten Mitgenossen hinaufgefunden hat. Man wollte ihm vorwerfen, daß er sich keinen berühmten Schüler angezogen, als wenn sich das so ziehn ließe wie ein Darm zur Wurst. Ja – zieht nur! Er war gewachsen.

Nun komm' ich abermalen mit einer Mission. Ein junger Mann meiner Jünger, Otto Nicolai, diesmal nicht verwandt mit dem Allerweltsnicolai, hat sich recht hübsch im Gesange ausgebildet und manche Deiner Gedichte aufs artigste in Musik gesetzt. Diesem habe ich eine Empfehlung an unsere Ottilie mitgegeben und sie gebeten, Dir den kleinen Mann vorzustellen. Auch meine Kleinigkeiten singt er mir ziemlich zu Dank, was ich wohl zu erkennen habe, da ich durch ihn weiß, daß es nicht an mir liegt, wenn es manchem nicht munden will. Hättest Du nun eine läßliche Stunde, den jungen Mann anzuhören, so dürft' ihm das zeitlebens Freude machen.

Ich schließe: es ist Posttag, und ich habe noch mein Haus zur heutigen Versammlung in Ordnung zu stellen. Lebe wohl und nimm den schönsten Dank für Deinen lieben Longhi. So spricht ein großer italienischer Künstler und Kunstgelehrter nach einem halben seculo von einem armen deutschen Flüchtling, der nicht einmal die Ehre hatte, auf geweihtem Boden zu sterben.

Dein Z.

832. *An Goethe*

Berlin, 15. September 1831.

Von der Königlichen Bibliothek habe mir das italienische Exemplar des Giuseppe Longhi holen lassen und bewundre neben der Übersetzung das schöne Italienisch des Autors, zugleich aber unsere eigene Sprache, in der man sich so klingend, wahr und präzis ausdrücken kann. Indem ich nun zugleich die Anmerkung pagina 187 lese, tut mir's wehe, Dir kein Blatt der »Figlia risuscitata« und der »Presentazione al tempio« senden zu können, deren schöne Abdrücke ich wenn nicht verschleudert, doch gegen Musikalien vertauscht habe. Ich hatte solcher Schätze soviel, daß ich nicht wußte, wie reich ich war. Meine Mutter ließ sich besonders die geistlichen Stücke in Glas und goldene Rahmen fassen; die Wände des Hauses waren damit bedeckt. Nach ihrem Tode haben meine Geschwister sich darin geteilt, und ich habe die ungefaßten Dubletten behalten. Dagegen habe ich Dir eine andere Rarität zugedacht, die, ihrer Verderbnis ungeachtet, ein Pretiosum bleibt. Es ist die »Kaiserin Elisabeth von Rußland« und scheint ein Probedruck zu sein, weil die Schrift nicht darunter ist. Ich hatt' es mit all seinen Stockflecken aus dem Winkel einer alten Kommode meiner Großmutter geschossen; vielleicht hilfst Du dem Blatte wieder zu honettem Ansehn. Man sagte, die Platte sei in Petersburg vergoldet, um nicht wieder abgedruckt zu werden.

Du hattest Dich bereit gefunden, unserm Professor Begas ein kleines Exemplar Deiner Werke zu opfern. Du hast genug zu denken und verzeihst meiner Erinnerung. Ein Wort von *Deiner Hand* vor dem ersten Bande würde ihn beglücken, da er nichts so sehr bejammert, als nicht Dein Bild malen zu können.

Du bist selber schuld, wenn ich Dich mit Kommissionen plage, da Du Deinem verzogenen Kinde alles zuliebe tust. Freilich muß ich auch für die sorgen, die für mich sorgen. Begas hat für mein Porträt nur meinen langen Dank, und er ist gewohnt, gut bezahlt zu werden; aber er ist stolz, ein Bild von seiner Hand in der Deinigen zu wissen.

Über Georg Friedrich Schmidt trage noch folgendes nach, wenn ich's nicht schon erinnert habe. Unser Historikus Friedrich Buchholz, in seiner Fortsetzung der »Geschichte von Berlin«, nennt diesen Schmidt sans façon den *kleinen* Schmidt. Georg Friedrich Schmidt war Königlicher Hofkupferstecher und nannte sich schlechtweg nach seinem Vaternamen, von Statur aber war er etwa Deiner Größe und Bauart. Es gab noch einen Kupferstecher dieses Namens hier, ohne Verwandtschaft mit jenem, der Karten, Vignetten und dergleichen arbeitete, und dieser wurde zum Unterschiede der kleine Schmidt genannt. An diesem Umstande wäre nun nichts gelegen, doch sag' ich dies der Ehre der Familie wegen, die trotz ihres geringen Standes groß Wesen von dem nahen Verwandten machten. Meine Großmutter sprach mit Entzücken von ihrem Bruder, über den sie als eine zarte fromme Frau vielleicht die einzige Besorgnis mochte gehabt haben, daß er in Paris zu den Katholiken übergegangen wäre – wovon er jedoch eine Ewigkeit entfernt war. Sein sich ganz von selber ausgebildeter Charakter ward in damaliger Künstlerumgebung für herb und roh gehalten, weil er das Kläglichtun der Stümperei kalt von sich wies und überhaupt moralisch der Sinnesart seines Königs war, die eben nicht im Ansehn stand; aber das geringere wirkliche Talent schätzte er nach Würden. Das war der Fall mit dem alten Berger (Vater des Daniel Berger), der ein vollkommener Schriftstecher und seines leidlichen, durchaus ergebenen Wesens wegen sein Amanuensis war, dem allein er eine Platte anvertraute. Dieser alte Berger sagte einmal zu meinem Vater: »Ich sage Ihnen, Schmidt ist ein eigener Mann.« »Ein *eichener* Mann!« rief mein Vater, »der weiß, was sein muß.« Mir war der alte Berger nicht ungewogen und unterhielt uns mit Schnurren und Schwänken aus Schmidts häuslichem Leben, die ich mir gern merkte. Bei ernstlichstem Fleiße (welchen die Spinne am Fenster seines Bildnisses bedeuten soll) war er auf eigene Hand jovialisch und humoristisch. Hand und Auge wurden mit der Bratsche und Windbüchse geübt, indem er mit Wachskugeln Sperlinge von den vor seiner Türe stehenden Bäumen schoß. Er war nach dem Tode seiner Frau ledig geblieben und bewohnte mit einem einzigen Sohne ein eigenes dreistöckiges Haus in Kölln am Wasser ganz allein. Dieser Sohn (Gustav) war der Poesie ergeben und wollte Literat werden, wobei die Stille des Hauses und der Wohlstand des Vaters die Hand boten, aber ein Petulans in hohem Grade und dem Vater in allerlei Späßen behülflich. Einst war unendlicher Schnee gefallen und gleich darauf das Wetter aufgeschlagen. In dem tiefen wäßrigen Schnee sangen die Chorschüler vor Schmidts Hause die Motette: »Ich bin eine Blume zu Saron.« Schmidt sagte: »Ich will euch!« ging mit dem Gustav auf den Dachboden, wälzte einen Schneeballen zusammen und warf ihn auf die Straße. Der Ballen fiel neben dem Präfekten in den wäßrigen Schnee und besprützte den ganzen Kreis, der voll Schrecken auseinanderfuhr. – So mit der Windbüchse. Vor seinem Hause am Quai legten die Schiffer an. Einer wusch in einer irdenen Schüssel Salat in der Spree und ging in die Kajüte, um Essig und Öl zu holen. Unterdessen schoß Schmidt eine Wachskugel durch den Salat. Der Schiffer kommt zurück und gießt und gießt: der Salat will nicht werden. Endlich besieht er die Schüssel von unten, erblickt das Loch – und schüttelt das Haupt. Ein anderer Schiffer tritt in Morgenfrühe aus seiner Kajüte und setzt sich über Bord gegen Schmidts Fenster, dem Teufel das Frühstück zu bringen. Schmidt schießt ihm eine Wachskugel auf den Bloßen, und der Kerl stürzt in den Kahn. Außer dem ward der Gustav in strenger Zucht gehalten, der gern gut aß und ein bißchen viel, Schulden machte und dergleichen. Einst nahm ihn der Vater mit auf eine Hochzeit. Abends beim Auskleiden in Gegenwart des Vaters findet sich ein ungeheurer Fettfleck im seidenen Futter des schönen Kleides. Gustav wollte nicht wissen, wie der Fleck dahin gelangt. Nach harter Züchtigung ward gestanden, daß er eine gebratene Ente hintergesteckt habe. »Wo ist die Ente?« – »Ich habe sie gegessen.« – »Wo? wie war das möglich?« – »Auf dem Abtritt.« Einst in guter Laune fragt der Vater: »Sage mir, Gustav, was wird Deine erste Arbeit sein, wenn ich tot bin?« – »Das Erste? Ich lasse den Leichenwagen holen, tue Sie, mein Papa, hinein; dann lass' ich alle Fiaker kommen, die in der Stadt sind, setze mich in den ersten, und die andern alle sollen mir leer nachfahren, denn Sie haben keinen Freund, der Ihnen folgen würde.« Gustav starb lange vor seinem Vater im 19. Jahre.

Schmidt hatte das Glasschleifen erlernt und soll die besten Augengläser geschliffen haben, worin ihm sein Freund und Arzt *Lieberkühn*, den er auch radiert hat, soll Anleitung gegeben haben. Er starb, wenn ich nicht irre, an seinem Geburtstage, 24. Januar 1775, plötzlich, vom Schlage getroffen, völlig angekleidet auf seinem Stuhle vor einem gedeckten Abendtisch, der noch unberührt war.

Ich plaudere Dir viel vor, um die Zeit zu vertreiben. Ist es keine Geschichte, so sind's Geschichten. Deine liebe Übersetzung hat mich aufgeregt; es gäbe hundert solcher Späße, wenn man früher zu Verstande käme. Von seiner Desertion als Bombardier, die recht genialisch ist, habe Dir wahrscheinlich schon erzählt.

Lebe wohl!

Dein

Sonnabend, 17. September 1831. Z.

833. *An Zelter*

Die Tage und Stunden bisher waren sehr lebhaft angesprochen. Dem älteren Manne drängt sich immer Bedeutenderes zu, so daß man das Vorzügliche selbst für trivial achten muß. Deine schöne Sendung Schmidtischer Arbeit[en] konnte ich nicht energischer erwidern als durch das entscheidende Kapitel, das Du Deinem Stammbaum einverleiben magst.

Die Hans Narren des Tages wollen den Adel aufgehoben sehen, als wenn es möglich wäre, daß ein tüchtiger Mann von tüchtigen Vorfahren etwas verlieren könnte. Nehmen sie doch Dir und Deinen Nachkommen den Großonkel weg! Sie sollten täglich und stündlich auf den Knieen Gott bitten: daß man das Altgeprüfte legitim nennen möge und daß von Zeit zu Zeit eine Kreatur geboren würde, mit deren Namen Jahrhunderte könnten durchgestempelt werden.

Ich erinnerte mich an einem stillen Abend, Cicero habe ein kleines Werklein hinterlassen: »De senectute«. Das wollt' ich mir zum erstenmal zu Gemüte nehmen und fand es allerliebst.

Es ist, wie jene meist alles *diskursiv* durchführen, als wenn das, was sich ohnehin versteht, nur so hingesprochen würde. Er läßt den alten Cato reden, und dieser spricht, wenn man es genau nehmen will, nur historisch aus, was für treffliche Menschen alt geworden sind und wie ihnen das zugute gedieh.

Sodann kommt auch beispielsweise zur Sprache, wie unvernünftig es sei, ein jedes, auch das Nächstvergangene, wieder zurückrufen zu wollen. Manches andere, was mich nicht berührt, lass' ich gesagt sein, nur muß ich erwähnen, wie er dem Alter hoch anrechnet: die Würde, die Achtung, die Verehrung, die man ihm nach anständig vollbrachter Lebenszeit erweist. Das klingt nun freilich aus dem Munde eines tüchtigen Römers, der im Sinn und Ton ganz herrlich von seinen Vorvordern spricht, daß man nicht viel taugen müßte, um nicht davon ergriffen zu werden.

So sieht es bei mir, in einsamen und doch gedrängten Stunden, aus. Unterlasse ja nicht, mich von dem, was Dich umgibt, Dir begegnet, nach Deiner treuen Weise in Kenntnis zu setzen.

Den allerliebsten Brief von Felix entschließe ich mich, durchs »Chaos« schicklichst ans Licht zu tragen.

Dein Empfohlner soll freundlich aufgenommen werden. Ottilie weiß, wie es einzurichten ist, daß ein Fremdes, mich im Augenblick nicht Interessierendes zur guten Stunde hereintrete. Bei dieser Gelegenheit will ich nicht verfehlen zu sagen: daß sie und die Kinder sich allerliebst benehmen, wovon viel zu melden wäre, aber nichts zu melden ist, weil das Zarte sich nicht in Worten ausspricht.

Ich selbst habe mich wieder mit dem vierundzwanzigjährigen Manuskripte, von dem Du einige Bogen gesehen hast, befreundet; möge es Dir dereinst zur heitern, auch im hohen Alter noch bildsamen Stunde gereichen! Hierinne bekräftigt mich das mir eben wieder erneute Wort des Alten: »Ich lerne immer fort; nur daran merke ich, daß ich älter werde.«

Friede mit Gott und ein Wohlgefallen an wohlwollenden Menschen!

Also sei es und bleibe!

G.

834. *An Goethe*

Berlin, den 26. September 1831.

Ich bin nicht faul gewesen, gleich nach Deinem gestern angekommenen Briefe (ohne Datum) mir den Cicero geben zu lassen, und muß Deine Bemerkung bestätigt finden, daß man mit ältern Jahren des Bedeutenden immer mehr erreicht, um das Vorzügliche selber für trivial zu achten. So geht es auch mir, indem ich auf Deine Anregung die Dialogen des Cicero über das höhere Alter und über die Freundschaft lese. Gewiß, man müßte wenig taugen, um nicht davon ergriffen zu werden, man dürfte fast sich sanft geschmeichelt finden, solcher Gesinnungen wenn nicht selber mächtig, doch darin nicht ungeübt zu sein, und das ist allerliebst. Im übrigen bleibt alles beim alten, im Allgemeinen wie im Einzigen: jeder bestehe seine Zeit und komme davon, wie er kann; weder Sokrates noch Cato machen mir Lust, so wie sie zu reden, wiewohl Cicero nicht den Cato meint, der an der patriotischen Cholera gestorben ist; wer aber der größere Weise ist, das mögen sie nun alle, da sie an der Wahrheit sind, unter sich ausmachen.

Der hochberühmte Redner möge mir's nun verzeihen, wenn ich die beiden Dialogen wie eine leichte Sonate nur durchgespielt habe; denn kurz vorher hatte ich die »Ilias« wieder ganz durchgelesen und zwar mit Hinsicht auf die »Achilleis«, welche ich darauf folgen ließ. Dabei hatte sich bei mir die alte Frage wieder hervorgetan, ob dieser eine Gesang wohl, der Anfang einer Fortsetzung des Trojanischen Krieges, einen Folgeplan erwarten lasse, was bei einem so tiefen Studium des Homer sich denken lasse. Dabei fiel mir unser Wolf wieder ein, der mir seine 100 Hexameter für Dich übergeben wollte und über den Gesang der »Achilleis« etwas leicht hinwegfuhr, indem ich ihm sagte: wenn ich soviel Griechisch wüßte als Er, so würd' ich mir das größere

Verdienst erwerben, die »Achilleis« in schöne griechische Hexameter zu übertragen, worauf er denn wie natürlich den Laien ablaufen ließ und die Antwort bis heute schuldig geblieben ist.

Den 30. September. Am 17. dieses hat mir Angelika Facius einen Dankbrief ihrer Mutter überbracht: die Tochter habe ihr geschrieben, sie sei zu mir ins Haus gezogen und habe damit ihren Angehörigen in Weimar sehr schwere Sorgen erleichtert, und so weiter. Das Wahre ist: Angelika hat Eine Nacht ein heiteres Zimmer neben meinen Töchtern ganz allein bezogen, ist am Morgen früh darauf still von dannen gegangen, ohne ein Wort zu sagen, und ist in ihrer vorigen Wohnung verblieben. Ob sie nun ihre Eltern auch davon unterrichtet hat, weiß ich nicht und schreib' es bloß, damit Du es wissest. Nun erfahr' ich von ihr, daß sie am Hallischen Tore bei einer Witwe, eine halbe Meile von der Akademie, wo sie täglich arbeitet, wohnt, da sie von mir nur zwei Minuten bis zur Akademie braucht. Sie selbst hat sich gegen mich darüber nur stotternd ausweisen wollen, und daß ihr von meiner Umgebung kein Leid widerfahren können, des bin ich gewiß.

Den 4. Oktober. Die kleine Facius ist nun wirklich bei mir als Hausgenossin eingezogen. Eine Unpäßlichkeit meiner Tochter Rosamunde scheint sie das erstemal in Furcht gesetzt zu haben, und so möge nun das Leben fortgehn.

Ein »Geistlich Nachspiel« zum »Faust« von Karl Rosenkranz, Dir zugeeignet, habe ich eben – nicht ganz durchgelesen. In der Dedikation zeigt der Dichter ein Gelüst, Dein Kaplan zu werden, indem er Knixe und andere Äußerlichkeiten der Kirche beobachtet; er scheint mir aber vielmehr nur ein Glöckner zu sein, der die Leute zusammenbeiert, damit sich jeder das Heil am ersten Orte selber suche. So mögen denn auch wir wieder zum alten Heiligtume wallen, um geistigem Anschaun zu überlassen, was der Geist gegeben.

Der Bildhauer Wolff, Sohn des hiesigen Professor Wolff und mein Pate, hat sich acht Jahre in Italien aufgehalten und ist fleißig gewesen. Er hat eine Gruppe des »Knaben Telephus von der Hirschkuh gesäugt«, in schönen weißen Marmor mit vielem Geschicke und Beifall reinlich gearbeitet, hier ausgestellt und geht wieder nach Rom zurück. Ich habe ihm keinen Brief mitgegeben; sollte er aber bei Dir einsprechen, so verspreche ich Dir einen Jüngling, dessen künstlerischer Ernst mir die größte Freude macht. Er wird auch Meyern, Riemern und Eckermann meine Grüße bringen. Lebe wohl, die Post ruft.

Dein

Z.

Du bist wohl so gut, die leichte Beilage an Fräulein Luise Seidler gelangen zu lassen. Ich habe den Wechsel als bare Zahlung quittiert und wünsche zu wissen, ob das Geld richtig angekommen.

835. *An Zelter*

Hagedorns Gedichte, 1. Band, pagina 214:
»Ein Künstler, welcher sich des Griffels Ruhm erworben,
Der einen Ridinger und Schmidt und Preisler ziert.«

Hier also auch ein poetisches Zeugnis in Deinen Stammbaum, welches um so nötiger ist, als die Welt doch von jeher die Anmaßung der Poeten begünstigt hat, als seien sie die einzigen wahren Gewalthaber und Ausspender des Ruhms.

Der übersendete Abdruck von Schmidts »Russischer Kaiserin« ist von viel Bedeutung. Ich lasse sie auf Leinwand aufziehen, wodurch sie möglichst hergestellt wird, und ich freue mich darauf, sie alsdenn mit Meyern recht genau zu betrachten. Doch zeigte mir dies Werk beim ersten Anblick recht deutlich, warum ich diesem trefflichen Mann niemals habe etwas abgewinnen können. Er war zu der unseligen Zeit geboren, wo alle Umgebungen der Menschen, Kleider und Mobilien sich ins Abgeschmackte verloren hatten; die widerwärtigsten Anhäufungen von Prachtschnörkeln waren mir, der ich gerade bei der Rückkehr der Einfalt mich zu bilden anfing, höchst zuwider, und ich glaube mich noch zu erinnern, daß ich gerade diese Kaiserin mit Abscheu von mir wies.

Sieht man in jene Epoche zurück, so findet sich, daß er fast mit keinem eigentlich würdigen Künstler zu gleicher Zeit lebte und sich also mit dem Falschen assoziieren mußte. Sein Ergreifen von Rembrandts Verdiensten zeigt seinen großen tüchtigen Sinn; es ist aber sehr glücklich, daß gerade, da Longhi auf das Technische aufmerksam macht, Du mir mit so vorzüglichen Beispielen zu Hülfe kommst.

Auch ist es für ein günstiges Geschick zu achten, daß eben jetzt unter den Kupferstichen, die mir von Zeit zu Zeit von Leipzig zur Auswahl gesendet werden, gar wohl erhaltene Arbeiten von ihm sich finden.

Bei allen diesen Ereignissen kann ich mein Glück nicht genug schätzen, daß ich so früh in das Interesse der bildenden Kunst herangetrieben worden. Da ich nun kein Talent zur Ausübung besaß, mußte ich mich mehr um Erkenntnis bemühen, und davon hab' ich mir erworben gerade soviel, als ich vors Haus brauche, das heißt: daß mein Enthusiasmus für irgendein Werk verständig sein und dauernd werden konnte.

Da ich nun durch obgemeldete Sendungen gar oft vorzügliche Künstler kennenlerne, deren Namen ich nie gehört, so macht dieses die Welt so reich, weil ihr Talent vollkommen gegenwärtig ist. Mit der Poesie ist es ein ganz anderes: da muß ich gar zuviel hinzutun und weiß nicht recht, ob ich wohl tue, das eine aufzunehmen und das andere abzulehnen. Die Musik, in der Du lebst, verschwindet mir fast ganz aus den ungeübten Sinnen.

Von den modernsten deutchen Dichtern kommt mir Wunderliches zu; »Gedichte« von *Gustav Pfizer* wurden mir diese Tage zugeschickt, ich las hie und da in dem halbaufgeschnittenen Bändchen. Der Dichter scheint mir ein wirkliches Talent zu haben und auch ein guter Mensch zu sein. Aber es war[d] mir im Lesen gleich so armselig zumut, und ich legte das Büchlein eilig weg, da man sich beim Eindringen der Cholera vor allen deprimierenden Unpotenzen strengstens hüten soll. Das Werklein ist an Uhland dediziert, und aus der Region, worin dieser waltet, möchte wohl nichts Aufregendes, Tüchtiges, das Menschengechick Bezwingendes hervorgehen. So will ich auch diese Produktion nicht schelten, aber nicht wieder hineinsehen. Wundersam ist es, wie sich die Herrlein einen gewissen sittig-religios-poetischen Bettlermantel so geschickt umzuschlagen wissen, daß, wenn auch der Ellenbogen herausguckt, man diesen Mangel für eine poetische Intention halten muß. Ich leg' es bei der nächsten Sendung bei, damit ich es nur aus dem Hause schaffe.

Soviel für heute! Die Fortsetzung ist schon im reinen.

Weimar, den 4. Oktober 1831. G.

836. *An Zelter*

Ottilie liest mir die Abende die »Leben« Plutarchs vor und zwar auf neue Weise, nämlich erst die Griechen; da bleibt man denn doch in Einem Lokal, bei Einer Nation, Einer Denkens- und Bestrebensweise. Sind wir damit durch, so wird es an die Römer kommen und auch diese Serie durchgeführt. Die Vergleichungen lassen wir weg und erwarten von dem reinen Eindruck, wie sich das Ganze zum Ganzen vergleicht.

Schon seit drei Monaten les' ich keine Zeitungen, und da haben alle Freunde bei mir das schönste Spiel. Ich erfahre den Ausgang, den Abschluß, ohne mich über die mittlern Zweifel zu beunruhigen. Wenn ich denke, was man der Belagerung von Missolunghi für unnützen Anteil zugewendet, würde ich mich schämen, wenn ich nicht meine besten Freunde in gleicher Torheit am heutigen Tage befangen sähe.

Die herrlichste Kur aber und die kräftigste Bestätigung für den Menschen, der sich in den Kreis seiner Tätigkeit zurückzieht, ist der Spaß, einen Jahrgang von 1826 gebunden zu lesen, wie ich mir ihn jetzt mache, wo so klar ist, daß man durch diese Tagesblätter zum Narren gehalten wurde und daß weder für uns noch die Unsrigen, besonders im Sinn einer höhern Bildung, daher auch nicht das mindeste abzuleiten war.

Auch erschien bei mir gestern ein merkwürdiges Phänomen. Ein Vater brachte seine flügelspielende Tochter zu mir, welche, nach Paris gehend, neuere Pariser Kompositionen vortrug; auch mir war die Art neu, sie verlangt eine große Fertigkeit des Vortrags, ist aber immer heiter; man folgt gern und läßt sich's gefallen. Da Du dergleichen gewiß kennst, so kläre mich darüber auf.

Ich habe die zwei Bände »Fragments de géologie« par Alexandre de Humboldt erhalten und durchgesehen; dabei hab' ich eine wundersame Bemerkung gemacht, die ich mitteilen will. Das außerordentliche Talent dieses außerordentlichen Mannes äußert sich in seinem mündlichen Vortrag, und genau besehen: jeder mündliche Vortrag will überreden und den Zuhörer glauben machen, er überzeuge ihn. Wenige Menschen sind fähig, überzeugt zu werden; überreden lassen sich die meisten, und so sind die Abhandlungen, die uns hier vorgelegt werden, wahrhafte Reden, mit großer Fazilität vorgetragen, so daß man sich zuletzt einbilden möchte, man begreife das Unmögliche. Daß sich die Himalaja-Gebirge auf 25 000′ aus dem Boden gehoben und doch so starr und stolz, als wäre nichts geschehen, in den Himmel ragen, steht außer den Grenzen meines Kopfes, in den düstern Regionen, wo die Transsubstantiation pp. hauset, und mein Zerebralsystem müßte ganz umorganisiert werden – was doch schade wäre! – wenn sich Räume für diese Wunder finden sollten.

Nun aber gibt es doch Geister, die zu solchen Glaubensartikeln Fächer haben, neben sonst ganz vernünftigen Lokulamenten; ich begreif' es nicht, vernehm' es aber doch alle Tage. Muß man denn aber alles begreifen? Ich wiederhole: unser Welteroberer ist vielleicht der größte Redekünstler. Da seinem ungeheuren Gedächtnis alle facta gegenwärtig sind, so weiß er sie mit der größten Geschicklichkeit und Kühnheit zu brauchen und zu nützen. Wer aber vom Metier ist, sieht ziemlich klar, wo das Schwache sich am Starken hinanrankt und das Starke gar nicht übelnimmt, sich etwas bekleidet, verziert und gemildert zu sehen.

Und so ist denn von großer Wirkung: daß ein solches Paradox mit Kunst und Energie vorgetragen [wird], deswegen auch schon viele unsrer wackersten Naturforscher sich einbilden, sie könnten das Unmögliche denken; dagegen erscheine ich ihnen als der hartnäckigste Häresiarch, worin uns Gott gnädiglich erhalten und bestätigen wolle. Sela!

Weimar, den 5. Oktober 1831. G.

Ein genannter wohlhabender Mann aus Bremen läßt sich durch seinen hiesigen Kommissionär meine Komposition Deines Gedichts: »Vorwärts« (aus dem »Epimenides«) ausbitten, die mir seit 15 Jahren fast entfallen war. Ich mußt' ihn bitten, sich zu gedulden, da ich das Stück nicht bei der Hand hatte und lange habe suchen müssen. Unterdessen fiel mir ein, daß ich solche Kleinigkeiten wohl öfter verschenke und unser Mann, den ich nicht kenne, auch darauf könne gerechnet haben. Und das war der Fall; denn als er wiederkam und ich sagte, das Stück sei nicht gedruckt und koste zwei Friedrichsdor, stutzte er und wollte nach Bremen schreiben, ob sein Freund auch soviel daranwenden wolle. Möglich, daß irgendein Bremane sich auch darangemacht hat, das Gedicht in Musik zu setzen, und nur wissen möchte, wieviel mehr sein eigenes Gemächte wert ist; denn so was ist mir auch schon vorgekommen. Es ist schon längst auch der Dilettanten Art, sich selber am liebsten zu haben, was ihnen gern gegönnt sei, und da mein Stück mit der Zimmeraxt zugehauen ist, so dürft' es um den Hanser Teekessel her eine wenig galante Figur machen. Kommt mein Mann nicht wieder, so hab' ich dennoch gewonnen; denn das Stück ist durch eine geringe Überarbeitung nicht schlechter worden. Bringt er aber Geld, so soll er mir wieder nichts schenken.

Nach der Zerstörung von Troja – wollte sagen: der Erobrung von Paris, wurde der siegreiche Blücher mit diesem Liede in der Singakademie empfangen, und er gab mir das Lob eines guten Generals, indem er hinzusetzte: mit einer solchen Masse schöner Frauen habe er noch keine Aktion gewagt und zweifle, daß es ihm gelingen würde; worauf ich erwiderte: sein guter Degen sei überall zu Hause, er möge sich nur seinen Sieg auch über unsere Herzen wollen gefallen lassen.

9. Oktober. Für Dein poetisches Zeugnis in meinen Stammbaum geb' ich Dir ein nicht schlechteres zurück, das ich nicht vergessen hatte:

»Wen der Dichter aber gerühmt, der wandelt gestaltet.«

(Goethes »Euphrosyne«.)

Das Gedicht hatte mir einen Eindruck unsterblicher Seligkeit hinterlassen. In den ersten Jahren meiner öftern Besuche bei euch fand ich mich wie von einer Sibylle zu dem Monumente des Parks in frühster Morgenstille hingezogen, ohne das liebe Wesen gekannt zu haben. Einmal war's wie eine Erscheinung; ich sah nicht mehr den Stein, und als ob mir's zuwehte: Bleibe fern, du gehörst der Erde! schauerte ich von dannen. Als ich zurückekam durch den Garten, fand ich Dich im offnen Fenster Deines Zimmers, und Du riefst mir entgegen: »Guten Morgen, alter Herr!« – Das war ein *guter* Morgen, der ist mir geblieben, und von der Zeit her ist meine Neigung zu Dir im Wachstum geblieben. Wenn ich unter Menschen von Dir hörte: so und so, dies und das, das war mir Salz in meiner Glut. Ich konnte den Leuten nicht gram werden; mich selber mußt' ich höher achten, weil ich allein Dich und mich zu verstehn glaubte. So ist es noch, und wir beide sind doch keine Kinder mehr, und auch wieder wie die Kinder; denn wir wachsen noch und üben uns in der Erkenntnis des Wahren und Rechten und denken nicht fertig zu werden, weil wir hoffen, fertiger zu werden.

Wie es Dir mit den modernsten deutschen Dichtern ergeht, indem Du Dir gar zuviel dazudenken mußt, so geht's auch mir mit meinen Musikern, wiewohl umgekehrt; da hat man soviel ab- und davonzutun, daß manchmal der ganze Praß in die Krätze geht. Nimmt man's von der bessern Seite, so bleibt doch das Handwerk im Gange, und mit einiger Übung wird man bald wieder los, was sich nicht selber Platz macht. Welche Vorzüge man aber auch unserer Kunst zugestehn mag, so habt ihr andern, Dichter und Artisten, ein grau geprüftes Asyl, eine Antike vor und hinter euch offen, wenn der Musikus, dem der eigene Grund und Boden ein Land ohne Charte bleibt, mit seinem sogenannten Generalbaß wie vogelfrei im Äther herumirrt, dessen Weiten und Breiten ihn nach allen Seiten hin vexieren.

Den 11. Oktober. Die Nachricht über Deine Plutarchischen Studien macht mir unsäglichen Spaß. Vor meinem Hause neben der Universität hält ein Büchertrödler einen Tisch, dem ich selten undurchspürt vorübergehe. Hier hab' ich vor mehrern Wochen den ganzen Plutarch für ein Geringes erstanden und sogleich mit dem »Theseus« angefangen. Hatte man nun die Taten dieses Heros, als titanische Himalaja-Erwüchse aller Menschmöglichkeit überhoben, gläubig verwogen, ja sich mit ihm und andern Halbgöttern zu assimilieren gesucht, so erfährt man plötzlich, daß er ein wirklicher Mensch gewesen, und man ist wieder unter Leuten.

Mit der Vervollkommnung der Klavierinstrumente ist es weit gekommen. Vergleicht man unsere Fortepiano mit den ersten vom Straßburger Silbermann, so sollte man diesem bezeugen, daß er den Grund zu einem babylonischen Bau gelegt, das ist: zur Verwirrung der Sprache und Verzweiflung der Musikweisen, die sich wie die Hunde abquälen, das alles in ihre Theorie aufzunehmen. Die französische Musik könnte mit ihrer Politik verglichen werden: zwitterhaft, weibischer Kribbelkrabbel; ihre Besten können sich nicht davon losmachen. Vor kurzem habe ich noch den »Wasserträger« gehört, ein geschätztes Werk, das ich nicht schelte. Und doch ist die Musik an sich, da, wo sie den redlichen Ernst des Gedichts personifizieren will, soviel als eine Pauke, mit einer Menschenhaut bezogen, und ist doch das beste Werk eines besten Mannes. Von der »Medea« des Komponisten will ich gar nicht reden. Luftstreiche und Spiegelgefecht; alles zuviel, um etwas zu sein. Wer sich nicht an der Verwirrung der Empfindungen erbauen kann, mag davonbleiben. Grétry ist zu früh vergessen; er geht nicht zu hoch über sich selber hinaus, aber sein Gefieder ist ihm angewachsen. Er läßt sich leie nieder und bewegt noch die Flügel, um sich gleich wieder heben zu können.

Ich muß schließen, es ist Dienstag. Lebe wohl!

Dein

Zelter.

838. *An Goethe*

August Wilhelm Schlegel hat in dem Leipziger Almanach von 1832 unter Rubrik von Späßen sich einer gallig-wäßrigen Essenz gegen Schiller und Dich in Beziehung auf den bekannten Briefwechsel entladen wollen. Dagegen wäre nichts einzuwenden. »Schelm, wehre dich!« sagte mein Vater, wenn mir einer nach der Halsbinde griff; aber so wie Herr v. Schlegel, der sich so lange besinnt, um den Nachduft einer damals bang verhaltenen, nun seit 35 Jahren zerfloss'nen Blähung wieder zur Nase zu bringen – dazu hätt' er die Sprache der Hindu nicht zu studieren brauchen.

Er, der das Gewehr umkehrt, um gegen die eigene Partei zu feuern, hat vergessen, Schrot einzutun, und bewegt uns, die »Xenien« wieder zu durchmustern, wo Hasenfüße und schwerwandelndes Hornvieh nach Hause geleuchtet werden. Das war damals, das war einmal für immer und gab einen Knall, als ob ein legitimer Dämon geboren wäre, und damit gut oder nicht. Nun kommt Gevatter Schlegel mit dem Senf hinterher und will uns weismachen, daß er so auch schmecke, und den eigentlichen Spaß hat wieder das Publikum, das nun erst sieht, wie er damals als junger Laffe viel zu gut davongekommen ist und wie er's mit solchen, die ihm jetzt helfen könnten, auch verdorben hat. Denn das Lustigste dabei war, wie ernsthafte Männer in Heerscharen Front machten gegen zwei Individuen, ja selber untereinander fochten, welchen sie für den rechten halten sollten!

Beseh' ich mir die Sache mit meinen Augen, so erscheinen mir die gelehrten Aristokraten mit ihrer Wissenschaft, die in allen Büchern steckt, als recht wunderliche Herren und zwar besonders in Beurteilung Schillers, der nicht soviel Griechisch und Latein und Englisch wie Euripides und Virgil und Shakespeare verstanden hat, die dafür wieder keinen »Wallenstein« geschrieben haben. Von mir kann ich sagen: ich bewundre Schillern erst nach seinem Tode, wenn ich sehe, was nach ihm geleistet ist, den kaum Einer verleugnen kann, der sein Fach treibt. Im geringsten Schiller'schen Stücke lebt ein Genius, wenn man bei seinen Nachfolgern ein caput mortuum wiederzukäuen hat. Schlegels Ausfall, so lange nach Schillers Tode, hat mich darum so gekränkt, weil ich selbst auf beiden Schlegels recht viel, sie aber keineswegs für so dumm gehalten habe, als sie sich aller Welt gewiesen.

Mein neuer Kundmann aus Bremen ist nicht wiedergekommen, und ich werde wohl seinen Sinn erkannt haben. Das Geforderte dacht' ich einem erblindeten Künstler zuzuwenden, der sich nun mit einem Taler begnügen muß, den er sich eben geholt hat. Soll nun der schöne Spruch: »Gebet, so wird euch gegeben!« in Erfüllung gehn, so kommt mein Mann wohl noch, wenn er nicht, wie ein hiesiger Jude in einem Gebetbuche die Überschriften las: »Gebet am Sonntage«, »Gebet am Montage« und so weiter, ausruft: »Schwerenot! über das ewige Geben!« – »C'est une sotte religion que la juive«, sagt ein Herr Patin, »ils en observent ponctuellement les cérémonies, ils n'osent encore le jour du sabbat ni peter ni allumer leur feu.« Da denkt ein Bremenser anders.

Unsere Liedertafel ist suspendiert, und die Kosten der Zeche sollen Witwen und Waisen gegeben werden. Auch die Singakademie will am 23. dieses eine öffentliche Aufführung zu solchem Zwecke in ihrem Saale geben. Unsere

Kontumazanstalten sollen 12 Millionen betragen. Den Vorschlag, die Schlösser in Sanssouci und Charlottenburg zu umzäunen, soll der König unwillig mit den Worten abgewiesen haben: »Ihr wollt mich wohl zum Zaunkönig machen! Habt ihr mehr Respekt als die Cholera, so seid ihr auch teuer genug!«

Du hast zwei mit eins glücklich gemacht. Gestern war Begas da, in Freuden schwimmend, und mir hätte nichts Angenehmeres widerfahren können. Seine Frau hatte einen Anfall von der Cholera gehabt, und wie er sagt, so ist sie durch die Freude an Deiner Sendung von Deiner eigenen Hand genesen. Lebe wohl! ich will nach Charlottenburg, wo ich ein Geschäft habe. Künftig ein mehreres.

Dein

Sonnabend, den 15. Oktober 1831. Z.

839. *An Zelter*

Und so wäre es wohl das beste, sich nicht zu bekümmern, was andere tun, sondern immerfort zu suchen, wie weit man es selbst bringen kann.

Deshalb wird Dich denn gewiß erfreuen zu vernehmen, daß die »Kaiserin Elisabeth« auf Leinwand glücklich aufgezogen sei. Von Rissen, sonstigen Beschädigungen, von sehr beschnittenem Rande und dergleichen war ohnehin nicht die Rede, und nun, da das Ganze glatt und liebenswürdig dasteht, finden sich glücklicherweise die Moderflecken nur in dem Rahmen sichtbar, im Bilde aber nur ganz lind, hie und da ganz leise. Die Klarheit und Unbegreiflichkeit des Stichs, der sich nach den grenzenlosen materiellen Gegenständen zu schmiegen und nach den Eigenschaften der unzählbaren Oberflächen zu bewegen und zu richten weiß, leuchtet im vollsten Glanze, wie sich von einem Probedruck, bei Lebzeiten des Künstlers selbst gefertigt, nur erwarten läßt. Bei Deiner nächsten Anherkunft, welche so unvorgesehn als glücklich sein möge, soll Dir diese hohe, durch Deine Gunst wiedererstandene Dame die grazioseste Audienz geben.

Die Gebrüder Schlegel waren und sind bei so viel schönen Gaben unglückliche Menschen ihr Leben lang: sie wollten mehr vorstellen, als ihnen von Natur gegönnt war, und mehr wirken, als sie vermochten; daher haben sie in Kunst und Literatur viel Unheil angerichtet. Von ihren falschen Lehren in der bildenden Kunst, welche den Egoismus, mit Schwäche verbunden, präkonisierten, lehrten und ausbreiteten, haben sich die deutschen Künstler und Liebhaber noch nicht erholt; sogar muß man diesen den Irrtum auf eine Weile gönnen: sie würden verzweifeln, wenn ihnen die Augen aufgingen. Indessen haben wir andern die Not, die wir Künstlern forthelfen sollen, deren Werke doch am Ende niemand will, weil sie niemanden zusagen; deswegen haben die lobenswürdigen Vereine das Publikum redlich zum besten, indem sie verlosen, was niemand kaufen würde und woran derjenige, der's gewinnt, sich kaum erfreuen kann.

Ich würde sogar das Falsche lieben und fördern, wenn es nur gesucht und gut bezahlt würde. Und da mag es denn so hingehen.

Um zu jenen Dioskuren zurückzukehren, so erstickte doch Friedrich Schlegel am Widerkäuen sittlicher und religioser Absurditäten, die er auf seinem unbehaglichen Lebensgange gern mitgeteilt und ausgebreitet hätte; deshalb er sich in den Katholizismus flüchtete und bei seinem Untergang ein recht hübsches, aber falsch gesteigertes Talent, Adam Müller, nach sich zog.

Genau besehen, war die Richtung nach dem Indischen auch nur ein pis aller. Sie waren klug genug zu sehen, daß weder im deutschen noch im lateinischen und griechischen Felde etwas Brillantes für sie zu tun sei; nun warfen sie sich in den ferneren Osten, und hier manifestiert sich das Talent von August Wilhelm auf eine ehrenvolle Weise. Alles das – und + wird die Folgezeit reiner in Evidenz setzen. Schiller liebte sie nicht, ja er haßte sie, und ich weiß nicht, ob aus dem Briefwechsel hervorgeht, daß ich, in unserm engen Kreise wenigstens, soziale Verhältnisse zu vermitteln suchte. Sie ließen mich bei der großen Umwälzung, die sie wirklich durchsetzten, notdürftig stehen, zum Verdrusse Hardenbergs, welcher mich auch wollte deliert (ausgelöscht) haben. Ich hatte mit mir selbst genug zu tun, was kümmerten mich andere!

Schiller war mit Recht auf sie erbost; wie er ihnen im Wege stand, konnt' er ihnen nicht in den Weg treten. Er sagte mir einmal, da ihm meine allgemeine Toleranz, sogar die Fördernis dessen, was ich nicht mochte, nicht gefallen wollte: »Kotzebue ist mir respektabler in seiner Fruchtbarkeit als jenes unfruchtbare, im Grunde immer nachhinkende und den rasch Fortschreitenden zurückrufende und hindernde Geschlecht.«

Daß August Schlegel so lange lebt, um jene Mißhelligkeiten wieder zur Sprache zu bringen, muß man ihm gönnen. Der Neid, so viele wirksamere Talente auftauchen zu sehen, und der Verdruß, als junger Ehemann so schlecht bestanden zu haben, können unmöglich das Innere dieses guten Mannes ins Wohlwollen gelangen lassen.

Wir wollen das alles, wie seit so vielen Jahren, vorübergehen lassen und immer nur auf das hinarbeiten, was wirksam ist und bleibt. Ich habe gar manche hübsche Faden fortzuspinnen, zu haspeln und zu zwirnen, die mir niemand abreißen kann.

Und somit mag denn noch manches weiße Papier zu Dir gelangen, manches bleibt für die nächste Mitteilung. Uns und euch ist zu gleicher Zeit ein neuer Stern aufgegangen, an dessen Anblick wir uns eine Weile ergötzen wollen.

Alles Gute, Schöne, Würdige!

Also sei und bleib' es!

Weimar, den 20. Oktober 1831. G.

840. *An Goethe*

Unser theologische Eiferer Hengstenberg soll eine bleischwere Kritik über die »Wahlverwandtschaften« entlassen haben. Ich kenn' ihn nicht, und wenn er Dich nicht versteht, wirst Du ihn auch nicht kennen.

Der Hamburger Bach hatte eine Fuge drucken lassen. Agricola fragte ihn: »Haben Sie denn Marpurgs Kritik über Ihre Fuge gelesen? Er hat Sie scharf mitgenommen.« »Nein,« sagte Bach; »hätte er mir seine Kritik vorher gesagt, so hätte man sich vielleicht darnach richten können; gefallen ihm aber seine eigene Fugen, so seh' ich nicht ein, wie ihm die meinigen gefallen sollen.«

Die Schlegel'schen Schmalzküchlein hatten mich wieder zu Schillers Briefen hingetrieben; da find' ich zum Troste bei Gelegenheit Deiner Schweizerreise im Jahre 1797 von Tübingen über Tuttlingen und Schaffhausen zum Rheinfall, daß ich unbewußt die nämliche Reise auch im Monat September fast zu Fuße und mit gleichen Empfindungen gemacht habe. Was mich dabei besonders freute, war, daß ich in meiner Musik zu Schillers »Taucher« dem liebenden Jüngling nichts Unwahres nachgesagt und solches nach 20 Jahren wieder erkennen dürfen.

Eine neue Oper von Scribe und Aubert: »Der Liebestrank« ist von so ertötender Schwäche und Nichtsheit, daß das Haus schon bei der zweiten Vorstellung wie ausgestorben erschien.

Dagegen haben die Königsstädter sich wieder eine neue

Rossini'sche Oper: »Das Fräulein am See« so artig angepaßt, die sich wohl erhalten wird. Ein schottischer Ritter Douglas hat seine schöne Tochter einem Herrn Roderich versprochen; Jakob V., König von Schottland, will sie auch haben, sie aber will auf Tod und Leben einen Herrn Malcolm Grame haben. Und das könnte überall geschehen. Der Text ist daneben die wunderlichste Kompilation ewig wiederholter, längst bekannter italienischer Opernphraseologie, doch alles so faisabel und komponibel wie gutwillige Mädchen. So ist die Oper da.

Was mich sogleich anzog, war, daß der Komponist eine lange, breite, pathetische Sinfonie gar nicht vermissen läßt. Die Oper fängt mit sich selber an, enthält alles, woran man den bekannten Komponisten bald wiedererkennt, und zugleich sehr deutliche Zeichen, daß es noch lange nicht mit ihm all ist. Die Sänger haben genug, mehr als genug zu tun und sind dennoch geschont durch das Orchester, das er mit einer Leichtigkeit wie eine Schelle in fixer Hand leitet und mit soviel Geist hineinwebt, als wenn's gewachsen wäre. An Stoff zum Tadel fehlt's auch nicht, doch wer daran hängenbleibt, ist in Gefahr, die feinsten kecksten Stellen wie ein fliehendes Wild zu versäumen. Der Chor greift nicht selten so geschickt und kräftig ein, daß man sich auf einen Augenblick ein paar tausend Jahre älter findet. Die Szene ist, wie gesagt in Schottland, und so glaubt' ich mich in der Tat zuweilen von der Berliner Königsbrücke in ein ernstes Hochland versetzt, wiewohl sich der Komponist nicht einmal die Mühe gegeben hat, auch nur ein schottisches Nationallied aufzusuchen.

Das Königsstädt'sche Theater ist recht gut montiert und trotz der heutigen Tage niemals leer. Zwei gute erste Sängerinnen, zwei gute Tenore, mehr als zwei gute Bässe, ein sehr leidliches Orchester sind nichts Gemeines. Der Direktor des Ganzen aber wieder ein Jude, der für ganz ununterrichtet gilt, und doch ein ganzer Jude! Einer erzählte von ihm, er habe auf der Straße einer alten Bettlerin einen Silbergroschen gegeben. Sie habe ihm zugerufen: »Gott vergelt' es tausendmal!«, worauf er unwillkürlich erwidert habe: »Macht 33 rh. 10 Silbergroschen.« Diese Geschichte wird freilich auch andern Juden nachgesagt, was mich nicht angeht.

Ich bin froh, meine »Kaiserin Elisabeth« in Deiner Hand zu wissen. Der große Wert, den ich auf diese Rarität, auch aus Familieninteresse, legte, gehört mir nun nicht mehr allein; eine Sammlung wie die Deinige, die an sich unschätzbar ist, fordert auch ein solches Unikum. In allem, was sonst die Kunst betrifft, denk' ich wie Du, sonst hätten wir vielleicht einander niemals mit Augen gesehn.

Wie schon gesagt, war ich wieder in den Schiller'schen Briefwechsel hineingeraten. Da find' ich mich denn durch die beiden Nummern 389 und 390 zu neuer Betrachtung ermuntert. Schiller sagt nämlich: »Sollte es wirklich an dem sein, daß die Tragödie ihrer pathetischen Gewalt wegen Ihrer Natur nicht zusagte?« – und ferner: »Eine gewisse Berechnung auf den Zuschauer geniert Sie, und vielleicht sind Sie eben gerade deswegen weniger zum Tragödien*schreiber* geeignet, weil Sie ganz zum Dichter in seiner generischen Bedeutung erschaffen sind. Wenigstens find' ich in Ihnen alle poetischen Eigenschaften des Tragödienschreibers im reichsten Maß, und wenn Sie wirklich dennoch keine ganz wahre Tragödie sollten schreiben können, so müßte der Grund in den nichtpoetischen Erfordernissen liegen.«

Ich an meinem Teile versteh' dies Helldunkel nicht und weiß auch viel, was es heißt: eine Tragödie *schreiben*, oder ob sich dergleichen schreiben lasse, da sich das Dichten zum Schreiben verhält wie etwa die Musik zu den Noten. Etwas klarer wird mir's, wenn ich bedenke, daß Schiller eben in schwerem Kampfe ist mit seinem »Wallenstein«, dem er das Poetische gleichsam anheften will. Deine Antwort, No. 390, enthält den ganzen Aristoteles und noch mehr:

»Übrigens«, sagst Du, »fahren Sie nur ohne Sorge fort. Die innere Einheit, die der ›Wallenstein‹ haben wird, muß gefühlt werden, und Sie haben große Privilegien auf dem Theater. Ein ideales Ganze imponiert den Menschen, wenn sie es auch nicht im einzelnen zu dechiffrieren noch den Wert der einzelnen Teile zu schätzen wissen.«

So spricht einer, der fördert und das Produkt auf die produzierende Kraft anweist. Hiervon abgesehn, bleibt mir der »Wallenstein« ein einziges Werk und zugleich der Wendepunkt der ganzen Höhe des Dichters, die sich nur darum selber im Lichte steht, weil sie mir nichts übriglassen will.

Der sehr unvollkommne »Götz« (ich habe das Wort hundertmal gehört) läßt mir darum die Ehre, sämtlich[e] umgebende Individuen so vollkommen auszubilden, daß ihnen gar nichts fehle.

Wenn Poesie ein Geist der Wahrheit ist, so sucht sie, so irrt sie nicht; sie aber aus der Tragödie erst zu entwickeln, kommt mir vor, wie gemalte Bilder durch Personen ins Leben zurückrufen. In Summa: die Musik macht den Musikus, die Poesie den Dichter, der Schuh den Schuster. – Die beiden Briefe sind nicht mit Golde zu bezahlen.

Über die prätendierten *Erfordernisse einer ganz wahren* das ist: vollständigen Tragödie gedenk' ich eben eines lebendigen Geschichtchens – doch davon künftig.

Ewig Dein

Berlin, Donnerstag, 27. Oktober 1831. Z.

841. *An Zelter*

Vor allen Dingen hab' ich Dir den schönsten Dank zu sagen, daß Du Dich der guten Facius in einem zweifelhaften Falle so treulich angenommen hast. Ich bin wegen der Zukunft des guten Kindes in einiger Verlegenheit; denn es ist kaum abzusehen, wie man nach Verlauf des gegenwärtigen Jahres die Pension verlängern wolle und werde. So manche junge Hülflose empfehlen sich dringend, und nach den gegenwärtigen Um- und Zuständen muß man Maß und Ziel zu treffen suchen. Sage mir Deine Gedanken, inwiefern sie etwas verdienen, sich selbst forthelfen kann, damit man ihr allenfalls einen Zuschuß auswirkte.

Gar manches andere geht mir durch den Sinn, jetzt will ich mich nur erst an Deine letzten Briefe halten.

Es freut mich, daß Du manchmal wieder an den Schillerischen Briefwechsel gehst; man sieht darin ein paar ernstliche strebende Menschen auf einer ziemlichen Höhe des Standpunktes, man wird zu gleicher geistiger Tätigkeit angeregt, sucht sich neben sie, wo möglich über sie zu stellen, und dadurch ist für den Heranwachsenden alles gewonnen.

Nächstens erhältst Du die ersten Nummern des »Chaos«; es kommt mir vor wie das zweite Jahr eines übrigens ganz leidlichen Ehestandes. Frage aber bei Dir an, ob ich nicht Deine einzig liebenswürdigen Äußerungen über das »Fräulein am See« und das Königstädter Theater überhaupt darf einrücken lassen.

Du könntest künftig, wenn Du einen Brief an mich geschrieben hast, beim Wiederdurchlesen mit Gänsefüßchen oder sonst einem beliebigen Zeichen mir andeuten, was ich dürfte abdrucken lassen. Es ist die wunderlichste und unschuldigste Art, jetzt etwas unter die Leute zu bringen.

Die Frömmler habe ich von jeher verwünscht, die Berliner, so wie ich sie kenne, durchaus verflucht, und daher ist es billig, daß sie mich in ihrem Sprengel in den Bann tun. Einer dieses Gelichters wollte mir neulich zu Leibe rücken und sprach von *Pantheismus*; da traf er's recht! Ich versicherte ihm mit großer Einfalt: daß mir noch niemand vorgekommen sei, der wisse, was das Wort heiße.

Neulich kommt ein recht hübscher junger Mann, auch ein Preuße, mir nach einer ganz schicklichen Unterhaltung zu vertrauen, er übe sich auch im Dichterfach, und fügte hinzu: er suche gegen mich und meine Anhänger zu wirken. Ich versicherte ihm, daß das sehr wohlgetan sei; denn da niemand leicht denke wie der andere, so sei nichts natürlicher, als daß jeder sich, in Versen und in Prosa, auch anders ausspreche.

Was die Tragödie betrifft, ist es ein kitzlicher Punkt. Ich bin nicht zum tragischen Dichter geboren, da meine Natur konziliant ist; daher kann der reintragische Fall mich nicht interessieren, welcher eigentlich von Haus aus unversöhnlich sein muß, und in dieser übrigens so äußerst platten Welt kommt mir das Unversöhnliche ganz absurd vor. Ich darf nicht fortfahren, denn im Laufe der Rede könnte man doch abirren, und das wollen wir vermeiden.

Daß dem werten und würdigen Herrn Begas meine Sendung angenehm war und Dir Freude machte, trifft mit meinen Wünschen überein. Auch Dein Exemplar ist halb gepackt. Sogar auch nur diese mechanisch-technischen Besorgungen können bei mir nicht rasch gehen. Am Morgen jedes Tags find' ich immer mehr zu tun, als ich aufräumen kann; doch auch das geht frisch weg, und so kommt doch eins nach dem andern an die Reihe.

Schreibe nur immer das Unmittelbarste, was Dich berührt; ich kann nicht ganz das gleiche tun, doch erinnerst Du Dich wohl eines Aufsatzes über die Händel der französischen Naturforscher in euren »Jahrbüchern für wissenschaftliche Kritik«, welcher in Frankreich großes Aufsehen machte, weil er zwischen zwei Parteien hineintrat. Ich fuhr seit jener Zeit immer fort, die Angelegenheit durchzudenken, welche wirklich im Fache von großer Bedeutung ist. Ich schrieb auch manches, welches ich jetzt redigiere und durcharbeite; dies ist aber einer von den Fällen, in welchen der Geist ohne mühsame Vorbereitung nichts ausrichten kann.

Hiezu gib mir also Deinen Segen und schreibe, wie Dir's vor die Feder kommt; ich muß es auch so machen. Gott sei Dank, daß wir überhaupt zu denken gewöhnt sind; über die jetzigen Umstände zu denken wäre penibel.

Die guten Nachrichten von dem Potsdamer Neuen Palais haben großen Einfluß auf unsre guten Stunden. Hiemit lebe wohl! und erfreue Dich theatralischer und musikalischer Unterhaltung, deren ich nun ganz und gar entbehre.

Also sei und bleib' es!

Weimar, den 31. Oktober 1831. G.

842. *An Goethe*

So konnte der »Faust« anfänglich wegen Theaterunbequemlichkeiten nicht gegeben werden. Der alte Döbbelin wagte es und wurde darüber weidlich abgesulzert. Das Stück hatte seine Wirkung, da es jeder schon längst liebgewonnen hatte. Endlich hattest Du Dich selber daran gemacht und weiter ausgeführt. Iffland bracht' es auf und was geschah? Die nämlichen Herren, die sich jetzt viel weiter wußten, sagten: Du habest das ganze Stück zerrissen und verdorben, es sei keine Tragödie mehr; das haben meine Ohren gehört, und nun war das unvollkommene Stück eine Tragödie *gewesen*. Seine Erscheinung aber wirkte bis in die Wohnungen. In vornehmsten Häusern wurden Spinnräder angeschafft, weil Maria spann. In einem gräflichen Hause, wo ich die Ehre hatte, gratis zu unterrichten, mußt' ich stets gemeldet werden: dann fand ich meine hohe Schülerin in völligem Putze vom Spinnrade aufstehend, mich zu empfangen. Ich merkte mir die Stärke des Rockens und der Spule, fand aber immer alles, wie ich's gelassen.

Schilt nur und fluche, Berlin segnet Dich; kein Ort ist in der Welt, wo Du besser angesehn bist. Freilich, wer Zeit und Ewigkeit um die Ohren schlagen will, hat sich nur unsern Vereinen anzuschließen. Eine naturforschende, eine geographische, griechische, spanische Gesellschaft und zwanzig dazu sind offene Arme für jeden Müßiggang. Von all den schönen Dingen braucht man nichts als Appetit mitzubringen. Ich gehöre nur Einem dieser Vereine an und darf die andern zuweilen als Gast besuchen, denen ich gleiches vergelte. Da ist man denn doch unter Leuten, und versteh' ich nicht alles, so hab' ich auf gut Luthersch zwei Ohren und nur Ein Maul. Letzthin war die Frage: wer ein komplettes Exemplar der »Farbenlehre« habe? – Keiner. – Ob ich eins habe? – Allerdings. – Was ich damit mache? – »Ich lerne Griechisch« (mir fiel nichts anderes ein), denn was ich hier aus dieser Sprache übersetzt fände, halte ich für echt Griechisch. – »Er hat wahrhaftig recht«, sagte Schleiermacher, »denn ich habe dasselbe mit Verwundrung gefunden.« »Willkommen«, rief ich, »in Athen! schickt die Vokabularier in die Schule!«

Die Cholera schleicht wie ein Drache durch die Straßen, den ein Priester Apolls dahergebetet hätte, und braucht zur Nahrung einen Tag um den andern mehr und weniger. Auch daran gewöhnt man sich, wird besprochen auf Kanzeln, Kathedern und bei Bier und Tabak. Jeder will davon was verstehn, jeder sieht aus *sich* hinaus; alles will selig werden, und kein Hund will sterben.

30. Oktober. Gestern war ich im »Tasso«. Ich sage nicht zuviel: es war vollkommen. Ich selber war so rein gestimmt, daß, hätte sich ein Nebenlaut gemeldet, er würde sich in mir wie ein Klang in gesunder Luft von selber rektifiziert haben.

Sämtliche fünf Personen hatten über einer Woche Ruhe gehabt, und alles ging von selber. Man ist wie zu Hause und zugleich in vornehmster Gesellschaft; man getraut sich kaum Atem zu holen. Drastisch, sittig, zärtlich, groß, frei, bequem in Form und Bewegung! Lauter Hauptleute, die im Untertan den geistigen Oberherrn anerkennen, der sich nicht als Klügsten zeigt. Da tritt die Klugheit selber, die Erfahrung, die Vernunft einher in stolzer Ruhe, und der Held gewinnt wieder, indem er sich dieser in die Arme wirft.

Rosenstiel hat vorgestern sein viertes Jubiläum, die goldene Hochzeit gefeiert und wird nicht satt. Sein Dienst-, sein Freimaurer- und sein Jubiläum als Mitglied des Montagsklubs sind längst abgetan. Diesmal bin ich nicht dabeigewesen und hat nicht an Leuten gefehlt. Ich wüßte nur mich selber zu bringen, und daran ist bei solcher Gelegenheit wenig gelegen.

3. November. Gestern im französischen Theater Molières »Médecin malgré lui«. Ich hatte das Stück vor mehr als 50 Jahren, da Friedrich der Große noch lebte, gesehn, das mir große Freude machte wegen der Prügel und Ohrfeigen, die darin abfallen, und wollte doch wissen, wie mir heute dabei zumute wäre. Man *muß* lachen, und die Wirkung ist dennoch ernsthaft. Die drei Akte rollen sich ab, und mitsamt der Musik dazwischen ist kaum eine volle Stunde vorüber. Den entschiedensten Kontrast machte mir eine darauffolgende Scribalie von zwei Akten: »Une faute«, ein Gemächte wie die »Schuld« von Müllner oder »Menschenhaß und Reue«. Da sollte man heulen, und ich lief nach dem ersten Akte in den »Künstlerverein«: da aßen sie Gänsebraten.

6. November. Du weißt schon, daß ich mir alles musikalisch mache, und so denk' ich mir: die Tragödie verhalte sich zum Tragischen wie etwa die Fuge zum Fugieren. Nur diese zweite Potenz ist dem Dichter gemäß; will er höher hinauf, ja will er Hand anlegen ans Ungemess'ne, so wird er titanisch und kann von Glück sagen, wenn er ungeschändet zurücke muß.

Was mich chokierte, war das Wort: eine Tragödie *schreiben* (im strengsten Sinne), da man nicht machen kann, was man muß geschehn lassen.

Was die ältesten Tragiker geleistet haben, bleibt in Ehren ihrer Zeit, wie denn doch jenes unversöhnlich Tragische feindselig, ungerecht, anwidernd wird. Seh' ich das Schicksal eines Prometheus, wie soll eine Schuld möglich sein, wo aller Wille ein gegenseitiger Widerwille ist!

So find' ich Dich auf Deinem, ja ich glaube: auf dem rechten Flecke, wenn Du von der strengen Tragödie Dich lossagst, indem das *Tragische* in Deinen Werken lebt.

Was Du aus meinen Briefen für das »Chaos« anwendbar findest, muß ich notwendig Dir selber überlassen. Deine Tochter aber, eine Dame von Stand und Geschmack, könnte Dir zur Redaktion vorlegen, was sie genehmigt, und das schiene mir das beste. Was ich Dir schreibe, ist fast unmittelbar aus der täglichen Erfahrung; soll ich denken, daß es gedruckt werde, so bin ich ebenso verlegen, als ob ich mit meinem Ministerium und andern Behörden verkehre; worüber ich wohl manchmal in Verzweiflung bin, umwinden zu müssen, was den derbsten Ernst erforderte.

Über die gute Facius künftig. Doris hat es über sich genommen, in Gemeinschaft mit ihr und dem Königlichen Modellmeister Riese, der sich stets als väterlicher Freund gegen das kleine schüchterne Wesen bezeigt hat, auszumitteln, was Dir vorzulegen wäre. Zweiundsiebenzig Taler jährliche Wohnungsmiete, die sie längst hätte ersparen können, fallen vor der Hand ganz weg, da sie das Zimmer bewohnt, welches sonst meine Enkelin Luise (die ich in die Landwirtschaft getan habe) innegehabt hat. Dann hat sie sich jetzt ihre kleinen Häuslichkeiten in Gesellschaft mit den Meinigen selber zu besorgen, was ein offenbarer Gewinn ist gegen Salopperie und regellose Tätigkeit, die überall Anstoß findet, weshalb sie auch sonst mein Haus gemieden hat, da ich ihr öfter angeboten, wenigstens mittags mit uns vorliebzunehmen, wenn sie mit andern Frauenzimmern ihre Mahlzeit mit zwei Groschen bei dem Pedell der Akademie bezahlt hat. Nun hab' ich sie mit unserm Generalmünzdirektor Gödeking bekannt gemacht, und sie arbeitet täglich in der Königlichen Münze, wo sie allen Apparat frei hat, da sie vorher in allen diesen Dingen abhängig gewesen, und so weiter.

Heil und Segen

Berlin, den 7. November 1831. Deines Z.

843. *An Zelter*

Da ich weiß, daß man sich bei Dir insinuieren kann, wenn man von Deinen Berlinern gut denkt und spricht, so will getrost vermelden: daß ich gestern das Fest eines eurer trefflichsten Friedensheroen praktisch gefeiert habe.

Es ist doch wirklich merkwürdig, daß seit 4124 Jahren, genau berechnet, das heißt: seit Noahs Experiment, sich zu berauschen, obschon man immerfort gewünscht hat, des edlen Weines und zwar so viel als möglich zu gewinnen, niemand recht auf den Grund der Sache kommen konnte, wie man sich auch im einzelnen mehr oder weniger geschickt oder ungeschickt dabei gebärdete, bis endlich ein Berliner Blechlackierer das Ei aufrecht stehen machte und uns einen Gedanken hinstellte, an dem wir abmessen können, inwiefern man sich bisher der echten Behandlung genähert habe.

Von Dornburg aus habe ich wohl schon hierüber ehmals geschrieben; seit der Zeit gab ich mich [damit], wie überhaupt mit Botanik, emsig immerfort ab. In Weimar, Belvedere, Jena und sonst ergriff man die ausgesprochene Maxime alsobald, ich pflanzte wenige Weinstöcke, die sind nun drei

Jahre alt und wurden nach jener Art zurechtgeschnitten. Aber in meinem Garten, an der Wand des Hinterhauses, steht ein uralter mächtiger ungarischer Weinstock, der sehr schöne große blaue Trauben, aber unregelmäßig, bald viel, bald wenig, brachte. *Kechts* wohlerfahrner Schüler und Anhänger, der ihn eben jetzt methodisch verstümmelte, versprach uns fürs nächste Jahr 80 Trauben. Du bist eingeladen, bei der Lese Zeuge zu sein und Mitgenießender.

Ein hiesiger Bürger und Uhrmacher hat sich, freilich mit Geist und Leidenschaft, auf diese Pflege des Weinstocks geworfen und von der Rebe eines dreijährigen Stockes im 4. Jahr 120 Trauben geerntet. Gewiß aber ist's hier wie mit allem Vorzüglichen: nur dem gelingt es, der die Maxime gründlich auffaßt, sie mit Neigung und Beharrlichkeit durchzuführen und besonders auch der Lokalität und dem Klima anzueignen weiß.

Bei allem diesem würde ein etymologischer Deuter gewiß merkwürdig finden, wie aus einem *Knecht* durch Auslöschung eines einzigen Buchstabens ein *Kecht* geworden. Indessen wollen wir ihm seinen Platz unmittelbar neben unserm edlen Thaer schuldigst einräumen.

Du siehst, es geht bei mir nach alter Weise. Zu den hundert Dingen, die mich interessieren, konstituiert sich immer eins in die Mitte als Hauptplanet, und das übrige Quodlibet meines Lebens treibt sich indessen in vielseitiger Mondgestalt umher, bis es einem und dem andern auch gelingt, gleichfalls in die Mitte zu rücken.

Zunächst aber möcht' ich erfahren, was ihr von dem trefflichen Felix wißt. Ich hatte einen höchst interessanten Brief aus der Schweiz von ihm, wovon ich dem »Chaos« einiges anvertraute; ich schrieb ihm nach München, habe aber seit der Zeit nichts weiter vernommen.

Treue Segnungen zu allem Guten und Schönen!

Weimar, den 15. November 1831. J. W. v. G.

844. *An Zelter*

Gegenwärtiges Paket enthält:

1) die Blätter des »Chaos«, von Anfang bis No. 13 mit Beilagen. Für mich sind diese Blätter selbst chaotisch; ich habe sie nicht alle durchgelesen und vergönne Ottilien so wie ihrem Zirkel manche Wunderlichkeiten, wie das jetzt uns alten Herrn begegnet. Auch gab ich einiges hinzu, wie Du wohl finden wirst, ohne das Übrige zu billigen. Sage mir ein Wort, wie es Dir vorkommt.

2) Lege eine Predigt bei, die mir eben zur Hand kommt; vielleicht ist einem Deiner Freunde interessant zu vernehmen, wie unsre Kanzelherrn sich aus der Sache ziehn.

3) Zwei Exemplare der neusten Ausgabe meiner Genfer Medaille, welche nicht ungeschickt, wie mich dünkt, auf meine Befreundung mit der organischen Natur hindeutet. Ein Exemplar für Dich, das andere einem Wohlwollenden.

Und hiemit zu Begleitung genug! Die Briefpost bringt das Weitere.

Und so in saecula saeculorum.

Weimar den 24. [richtig: 22.] November 1831. G.

Anzukündigen, daß in diesen Tagen ein Paket bei Dir eintreffen werde, soll Gegenwärtiges abgelassen sein. Du findest in jenem die Blätter des »Chaos« bis No. 12 inklusive; die folgenden leg' ich Dir zurechte und sende sie regelmäßig nach.

Aus Deinen Briefen werd' ich das Schickliche nach und nach mitteilen; denn ob ich gleich dem geistreichen Kreise, der sich damit befaßt, nur zur Seite bleibe und mich weder um Tendenz noch um Urteil bekümmere, wie wir alten Herrn es am Schlusse des Jahrs 1831 alle Ursache zu halten haben, so geb' ich doch gern etwas dazu, weil es als eine Art von Sauerteig die geistlose politische Zeitungsexistenz zu balancieren oder wenigstens zu inkommodieren vermag.

Zuvörderst aber hab' ich zu melden, daß ich in meine Klosterzelle mich zurückgezogen, wo die Sonne, gerade jetzt bei ihrem Aufgehn, mir horizontal in die Stube scheint und mich bis zum Untergange nicht verläßt, so daß sie mir durch ihre Zudringlichkeit oft unbequem wird, auf den Grad, daß ich sie wirklich auf einige Zeit ausschließen muß. Dabei kommt mir ein altes Verslein in den Sinn, welches, übersetzt, ohngefähr also lauten würde:

Mit Liebe nicht, nur mit Respekt
Können wir uns mit dir vereinen.
O Sonne, tätest du deinen Effekt,
Ohne zu scheinen!

Sodann habe zu vermelden, daß ich, durch eine neue Ausgabe der »Iphigenie in Aulis« des Euripides von Professor und Ritter Hermann in Leipzig, wieder auf diesen unschätzbaren griechischen Dichter bin hingewiesen worden. Sein großes und einziges Talent erregte zwar wie sonst meine

Bewunderung, doch was mir diesmal hauptsächlich hervortrat, war: das so grenzenlose als kräftige Element, worauf er sich bewegt. Auf den griechischen Lokalitäten und auf deren uralter mythologischer Legendenmasse schifft und schwimmt er wie eine Stückkugel auf einer Quecksilbersee und kann nicht untertauchen, wenn er auch wollte. Alles ist ihm zur Hand: Stoff, Gehalt, Bezüge, Verhältnisse; er darf nur zugreifen, um seine Gegenstände und Personen in dem einfachsten Dekurs vorzuführen oder die verwickeltsten Verschränkungen noch mehr zu verwirren, dann zuletzt nach Maßgabe, aber doch durchaus zu unsrer Befriedigung, den Knoten entweder aufzulösen oder zu zerhauen.

Ich werde nicht von ihm ablassen diesen ganzen Winter. Wir haben Übersetzungen genug, die einer Anmaßung, ins Original zu sehn, gar löblich bei der Hand sind, und welches, wenn die Sonne in die warme Stube scheint, mit Beihülfe der lang hergebrachten Kenntnisse immer besser vonstatten gehen wird, als es in diesem Augenblick unter den neuentdeckten Trümmern von Messene und Megalopolis geschehen könnte.

Übrigens begreifst Du, daß ich ein testamentarisches und kodizillarisches Leben führe, damit der Körper des Besitztums, der mich umgibt, nicht allzu schnell in die niederträchtigsten Elemente, nach Art des Individuums selbst, sich eiligst auflöse. Doch haben Könige selbst nicht ein Quer-Fingerbreit über ihr irdisches Dasein hinauswirken können; was wollen wir andern armen Teufel für Umstände machen!

Ich sehe nur wenige Menschen zu bestimmten Zeiten, deswegen mir manche schöne Stunde in salvo bleibt, wo ich denn in die Ferne auch wohl ein gutes Wort abzulassen imstande bin. Schreibe fleißig, vermelde und vertraue wie bisher, damit ich, wenn ich irgend zaudern sollte, zum Erwidern angeregt werde.

Sodann will ich aber, weil noch Platz ist, hinzufügen: Du

mögest mir, wenn das Jahr um ist, alsobald meine Briefe zurückschicken, damit die Abschrift, welche bisher sich gar zu lang in das nächste Jahr hinüberschleifte, sogleich angefangen und geendigt werden kann.

Also gescheh' es! im Ganzen und Einzelnen!

Weimar, den 23. November 1831. G.

846. *An Goethe*

Berlin, den 16. November 1831.

Eben sind sie dabei, den guten Hegel unter die Erde zu schaffen, der vorgestern plötzlich an der Cholera gestorben ist; denn am Freitag abend war er noch bei mir im Hause und hat den Tag darauf noch gelesen. Ich soll der Leiche folgen, doch habe ich eben Akademie und den Schnupfen dazu. Mein Haus hat wöchentlich gegen 400 Personen regelmäßig aufzunehmen, und wenn mir was zustieße, so leidet meine Anstalt, und ich hätte den Vorwurf, das Übel eingeschleppt zu haben, um so mehr, da ich gegen den allgemeinen Gebrauch weder räuchre noch desinfiziere, wie es ungeschickt genug heißt.

Unsere Universität ist so zersplittert und zerrissen, daß ich auch noch nicht wieder anfangen können. Nun soll mir Hegels Tod eine Gelegenheit werden, eine Musik zu seinem Andenken einzuüben und in der Universität aufzuführen.

Hermbstädt hat angefangen und, weil er nur 7 Zuhörer hatte, wieder aufgehört, welche unter 777 vielleicht die besten gewesen wären. Da wäre denn der abgeschiedene Hegel zu loben, der's nicht lassen können, frisch anzufangen und sich totzulesen. So lernt man den Wert der Männer kennen, wenn sie davon sind. Als Gesellschafter mag Hegel eben keinen Beifall gefunden haben; wir spielten am liebsten ein Whistchen zusammen, das er gut und ruhig spielte.

Das ist mir nun für die bevorstehenden langen Abende auch dahin, da wir nicht weit zu laufen hatten, um uns zu sehn. Eine junge Frau sagte vor nicht langer Zeit im Beisein anderer Frauen: sie habe noch nie ein recht bedeutendes Wort aus Hegels Munde gehört. Nach einer Pause antwortete ich: das wäre wohl möglich; denn es war sein Metier, zu Männern zu reden.

Hier ist eine besondere Geschichte im Umlauf. Ein stämmiger eifriger Wärter einer Choleraanstalt wird endlich selber vom Übel befallen und gehörig beseitigt. Man gibt ihm zwei Wärter, die in der Nacht einschlafen. Der Patient, im Paroxysmus, dem sich das angeborne Pflichtgefühl zugesellt, entspringt seinem Lager halb nackend, geht zu seiner Anstalt, schlägt an Tür und Fenster und schreit, ihm aufzumachen. Die Leute sind erschrocken über das Gesicht, erkennen ihn und wollen ihn zurückbringen, er entspringt ihnen aber. Unterdessen sind jene Wächter erwacht, und da sie den Kranken nicht auf seinem Lager sehn, laufen sie, ihn zu suchen. Endlich kommen die Leute aus der Anstalt und finden den braven Kerl auf seinem Bette tot. Daß sich solch ein Vorfall in eine Spukgeschichte metamorphosiert, wirst Du denken.

Dann ist auch gestern die jüngste Tochter Moses Mendelssohns begraben worden. Sie war unter allen Geschwistern ihrem Vater am ähnlichsten, auch eben klein und verwachsen, dabei feinen stillen Geistes und über alles liebenswürdig. Sie hatte von ihrem Vater nur wenig ererbt, damit ging sie nach Paris, wo sie, vom General Sebastiani gekannt, die Erzieherin seiner einzigen Tochter wurde. Dieses Kind hat sie bis zu seiner Verheiratung erzogen und gebildet und bis an ihren Tod eine Pension von nah an 3000 Franks bezogen, die sie in ihrer Geburtsstadt Berlin verzehren durfte. Es gehört doch zu den Besonderheiten, wenn ein berlinisches Judenmädchen ohne Persönlichkeit, zur Dame eines der ersten Pariser Standeshäuser geworden, gar keinen Abstand in Sprache, Sitte und ökonomischen Benehmen bemerken läßt. Seit den 10 Jahren, da sie nun wieder in Berlin von mir so oft und gern gesehn worden, hab' ich kaum ein französisches, englisches oder italienisches Wort aus ihrem Munde gehört, vielmehr sprach sie das klarste, fließendste Deutsch mit einer Heiterkeit, in der ich Deine *Schöne Seele* zu erkennen glaubte. Wegen ihres Berufs als Erzieherin in Paris hatte sie sich katholisch gemacht, und außer ihrem täglichen Besuch der Messe wäre kein Schein einer positiven Religiosität an ihr zu bemerken gewesen. Felix ward von ihr am meisten geliebt; meine Briefe an ihn mochte sie gern haben und schrieb sie sich ab. Noch vor kurzem ist sie hier bei mir gewesen, und nun bleibt mir nur ein schönes Andenken von ihr.

Ich bin abermalen zum Lobredner meiner Hauptstadt geworden. Da Du aber einmal selber von einem Berliner rühmlich redest, so sollen es Deine Thüringer und Frankfurter nun auch bei mir besser haben. Die Menschen sind alle, wie sie sind und wie sie waren, und wir beide haben es lange genug mit ihnen ausgehalten. Deine Einladung auf die schönsten Weintrauben nehm' ich wohl an, wenn ich mich auch jetzt nicht von hier entfernen mag, wo mich so manches bindet, indem ich mich frei genug weiß. Was die Trauben betrifft, so hab' ich es dieses Jahr besser damit als je, indem der Genuß derselben verdächtig gemacht worden. Darüber erhalt' ich fast täglich die schönsten Trauben geschickt und kann ihre Süßigkeit und Herzigkeit nicht genug loben.

Eine der vorigen ähnliche Cholerageschichte erzählt mir soeben mein Schwiegersohn aus der Ukermark. Ein Ackerknecht wird, krank und erstarrt, vom Kreisarzte für tot ausgegeben. Der Mann wird aus dem Hause geschafft und auf die Tenne gelegt. In der Nacht richtet er sich auf, geht ans Haus und klopft und ruft nach seiner Frau. Diese, in der Angst ihres Herzens, ruft ihm von innen zu: »Vadderken, blif doch da, du bist ja dot!« Der Mann ist genesen und lebt.

Wer Voltairen nicht würdige Gedanken und Gesinnungen zugesteht, muß ihm noch immer die brillantesten Einfälle verzeihen, die sich in die glücklichsten Verse kleiden. So komm' ich eben davon her, die »Pucelle d'Orléans«, welche ich oft genug angefangen, endlich ganz durchzulesen. Ungerechnet, daß ein schöner Geist sich *einundzwanzig* Gesänge lang con amore in grober Unzucht zu gefallen nicht ermüdete, ist mir die bestialische Gottlosigkeit gegen Poesie und Altertum widerständig gewesen, die mit breitem Fuße auf alles tritt, was Blume oder Blüte hat. – Ich bin froh, davon zu sein.

Aus Deinem Briefe vom 23. dieses, der soeben ankommt, seh' ich, wie wir beide aus den verschiedensten Regionen zusammentreffen: Du aus der Blütenzone griechischer Geistesklarheit und ich aus dem Zotensumpfe einer französischen Fleischgrube. Da nun das Blatt schon über 8 Tage liegt, so geh' es denn mit der Einlage zur heutigen Post. Auch eine Sendung von seiten des Herrn Riese und der kleinen Facius geht heut ab. Wenigstens heißt es so. Vale!

Sonnabend, 26. November 1831. Dein Z.

847. *An Goethe*

Eine Madame Fischer, die seit mehrern Wochen hier als Surrogat einer ersten Sängerin in der großen Königlichen Oper gastiert hatte, ist nicht wieder aufgetreten. Keiner will sagen, was sie hat oder was ihr fehlt. Jung, hübsch, beweglich, gesund, tüchtig von Stimme, aber unreif. Ließe man das Frauchen zwanzig Male spielen, so ließe sich urteilen. Ich habe sie nur einmal gehört und stellenweise mit schönem Anteile; da scheint sie mir freilich viel zu schade, in den neuen Schreiopern 30 Violinen zu übertönen. Man verlangt Falsches zu Falschem, und so will ich mich dabei beruhigen und habe mich nicht bemüht, sie persönlich zu kennen, denn sie gefiel mir sehr.

Was einem alles durchs Haus läuft! So habe Ludwig Börnes »Briefe aus Paris« vom Jahre 1830-31 eben gelesen. Dieser ehrliche Ochs ist aus dem Schlachthause mit einem verfehlten Schlage am Kopfe entlaufen, oder es ist der zweite Dr. Pangloß, von einem Pfuscher von Scharfrichter schlecht gehängt, denn er hat den Strick noch am Halse. Das Allerlustigste ist sein Zeter über die Beschränkung der Presse, indem er mir nichts dir nichts alle Könige, Kaiser und Fürstendiener und mit ihnen auch Dich namentlich absetzt und mit orientalischer Naivetät (denn er ist ein Jude) ihre Stelle und ihre Macht fordert.

Dagegen hat Tieck in seiner neusten Novelle (»Die Mondsüchtigen«) Dich fest in Schutz genommen und diese Novelle auf eins Deiner frühern Gedichte an den Mond (»Füllest wieder Busch und Tal«) gleichsam aufgerichtet. So sei mir gelobet, der dem Vieh sein Futter gibet und den Raben, die ihn anrufen! Das Stückchen lieset sich leicht und anmutig, und wenn ich das Vorgenannte ohne Arg gelesen, so kannst Du denken, daß ich auch hier nicht sauer sehe.

Einige würdige junge Mitglieder einer hiesigen Schutzkommission machen sich den Spaß, ein galantes Mädchen zu besuchen, um einen Beitrag für die Choleraanstalten zu erbitten. »Meine Herren«, seufzt das Mädchen, »Sie selbst wissen ja am besten, was unsereins in diesen Bekehrungstagen verdienen kann. Meine besten Sachen habe ich bereits versetzt, um das pure Brot zu bezahlen, und kann mich kaum noch außer dem Hause zeigen; will jedoch ein- oder anderer von Ihnen meinem gerührten Herzen zu einer so frommen Gabe verhelfen, so können Sie den Beitrag sogleich mitnehmen.«

Zwei Reden an Hegels Grabe, vom jetzigen Rektor Marheinike und Dr. Förster, erregen viel Aufmerksamkeit. Der erste hat ihn zum *König im Reiche des Gedankens* gemacht und mit dem Heilande verglichen. Förster ruft die Gegner und Verhetzer des Seligen her ans Grab und verspricht, solches mit allen frommen Schülern ihres Heiligen zu schützen. Die Reden sind gedruckt.

Doris ist in Freuden über ihren schönen Brief und Deine Einladung nach Weimar. Will sie sich denn nach Weihnacht mit der kleinen Facius auf die Schnellpost tun, so mögen sie sehn, wie sie es halten; ich kann mich schon eine Weile behelfen. Schönsten Dank für die 13 Stücke des »Chaos« und die schönen Medaillen! Lebe wohl!

Dein

Z.

848. *An Zelter*

Ein Füllhorn von Blüten,
Ein zweites von Früchten,
Wie möcht' ich gemütlich
Zum Feste sie richten!
Doch saust ein Gestöber
In Lüften so wild;
Wo alles erstarret,
Genieße das Bild!
Begrüße die Bilder!
Sie gingen voran,
Und andere folgen –
So fort und fortan!

Zum 11. Dezember 1831. Zeltern. G.

849. *An Goethe*

Dein mir am 11. dieses Monats in der Entfernung so wohl bereitetes Liebesgeschenk hat unter allen andern meinen Geburtstag für mich am bequemsten und dauerndsten begangen. Denn an diesem Tage selber ward ich so in persönlichen Anspruch genommen, daß eine Nacht guten Schlafs mich nur wieder zu mir selber bringen können.

Meine Studenten, ihrer 40, waren die ersten, morgens um 7 Uhr mit eigens verfertigten und melodisierten Gedichten auftretend, welche sie sich fertig allein eingeübt hatten, wiewohl ich mein Kollegium erst mit diesem Monate angefangen habe.

Dann kamen 24 Trompeter des Garde-Ulanenregiments mit ganz neuen, von ihnen wohl zugerichteten Stücken und schmetterten das Haus zusammen, als ob sich's biegen sollte, und freuten sich nicht wenig, da ich unter sie trat, um mir das Gehör reiben zu lassen und meine Nerven zu prüfen. Die Kerl' bliesen wie zum Gericht.

Nun erschien ein Chor Jungfraun, Jünglinge, Männer und Matronen der Singakademie, die denn auch nicht lässig waren, sich hören zu lassen.

Um zwölf Uhr kamen die Geiger, und so kam der Mittag heran, da Kinder und Enkel, Freunde und Gesellen sich meinen bereiteten Tisch gefallen ließen und den Keller begrüßten. Da ward aus Morgen und Abend ein Tag, der vor 73 Jahren meiner Mutter bittre Freuden getragen hat.

Die Zeit her ist so viel zu treiben und zu schreiben gewesen, daß, eine leidliche Indisposition dazu gerechnet, ich soso davongekommen bin.

Dazwischen bin ich ganz eigentlich mit Deinem Briefe vom 23. November beschäftigt gewesen, wobei ich die Bothe'sche Übersetzung der »Iphigenia in Aulis« vergnüglich perlustriert und große Schätze mythischer Belehrung aufgefrischt habe.

Nun liegt das breite Geschreibe schon wieder manchen Tag, soll aber hier das neue Jahr nicht sehn, denn morgen ist der erste Januar. Mir ist lange gar nicht wohl und sehr verdrießlich zumute gewesen; ich konnte kein Wort an Dich finden und mich kaum des notwendigsten täglichen Geschreibes entledigen. Dabei habe aber, indem ich diesen Sommer wieder die »Ilias« und »Odyssee« durchmustert hatte, neun Tragödien des Euripides, welche sich auf den Troischen Krieg beziehn, mit Erstaunen durchgelesen und bin einigermaßen inneworden, wie Sokrates soviel auf den Euripides gehalten. Ein solcher Reichtum von Wahrheit und Schönheit ist in dem Wenigen, was erhalten worden, enthalten, daß der Verlust des vielen Verlornen kaum zu berechnen ist.

Die Blätter des »Chaos« sind richtig angekommen, und was nicht englisch ist, schien mir gut genug. Mein Lied in Partitur nimmt sich fast barbarisch mit den gedruckten Noten aus; ein andermal werde lieber einen Klavierauszug senden, der sich hier freilich nicht wohl machen ließ.

Desto geschickter nehmen sich die zwei Exemplare der Genfer Medaille aus, die ich nun, da ich die silbernen besitze, beide an Sammler von Bedeutung hingegeben habe, nämlich die eine an Friedlaender und die andere an unsern Professor Rudolphi, der ein wütender Sammler ist und seine Medaille durchaus bezahlen wollte. Nun ist die Frage, wo noch Exemplare für Geld zu haben wären; darum lege das beigehende Blatt herzu.

Lebe wohl, die Post will fort; im neuen Jahre ein mehreres.

Dein

Berlin, den 31. Dezember 1831. Zelter.

[Beilage]

Berlin, den 5. Dezember 1831.

Innig verehrter Freund,
teuerer Professor Zelter!

Schriftlich wiederhol' ich meinen Dank für die Überlassung der schönen Denkmünze des hochehrwürdigen Herrn v. Goethe; auch im Namen meines Sohnes Benoni, in dessen Sammlung sie gewandert ist. – Er besitzt eine ebenso schöne als seltene Medaille auf Ludovicus Carbo, opus Sperandei (»Museo Mazzucchelliano« Tab. XXI, No. II, zwei, abgebildet) als Dublette und schreibt mir: »Wenn der Dichterfürst dieses Schaustück noch nicht besitzt, so wird sie eine wahre Bereicherung seiner Sammlung sein. Es ist so eigentlich keine Dublette, denn solche Stücke geben immer Abweichungen, wenn auch keine wesentliche. Aber es ist Pflicht, dem großen Manne, der uns allen so edlen, reichlichen und belehrenden Genuß bereitet hat, nach Kräften wieder zu erfreuen, und so erwerbe ich mir auf eine etwas tätige Weise den Titel eines Wohlwollenden.«

Mein Sohn wünscht auch noch ein Exemplar dieser Denkmünze für einen gelehrten Freund und Sammler, wenn sie käuflich zu erlangen ist; denn sie aus Genf zu verschreiben, ist etwas mühselig. Sie, mein dienstfertiger Freund, übernehmen wohl freundlich den Auftrag.

Brief und Buch erfolgen anbei.

Noch eins. Von dem gütig überlassenen Wein bitte ich vor der Hand nur um eine Flasche: ich muß mich erst mit ihm befreunden, obschon er noch jung sein soll. Der Talmud fragt: Warum lieben die Greise den alten Wein? Darum, sagt er, weil unter allen Gaben der Natur diese Frucht allein das Produkt ist, das durch das Alter geadelt und gewürdiget wird. – Auf baldiges freundliches Wiedersehen!

Friedlaender.

1832

850. *An Zelter*

Die heilsame Quelle, welche aus Deinem Schwanenkiel, schwarz, aber jederzeit phosphoreszierend, zu mir herüberströmte, ist auf einmal, nach dem bekannten Sprichwort, ausgeblieben wie's Röhrenwasser. Dies versetzte mich zuletzt wirklich in einige Sorge; die gehoffte Ankunft der guten Doris erfolgte nicht, und das alles schien mir bedenklich.

Die Korrespondenz von 1830 ist, was die Schreibefehler betrifft, revidiert; dem guten Riemer bleibt nunmehr Erwägung und Beurteilung wegen auszulassender oder zu modifizierender Stellen; er wird hoffentlich bei überströmendem Schwall der allmächtigen Preßfreiheit nicht allzu genau und knapp zu Werke gehn. Den Künftigen sei dies überlassen!

So weit waren wir gelangt, als Dein Brief vom 31. Dezember willkommen hereintritt, und sich nun ein recht hübscher anmutiger Abschluß des Jahres 1831 hervortut.

Dir glücklichen Ton- und Gehörmenschen, der Du unter Trompetenklang und vielfachem Chorgesang Dein Fest feiertest, möge auch das eintretende Jahr in seinem ganzen Laufe fortwährend harmonisch klingen! Dagegen hätt' ich von meinen hundertundeinem klanglosen Bemühen große Lust, zunächst ein Quodlibet vorzutragen.

Wir haben uns zwar recht artig eingerichtet, um Doris bei uns aufnehmen zu können, doch möchte bei der eingetretenen Kälte eine Reise für die Frauenzimmer jetzt nicht rätlich sein. Möge sie es bis auf bessere Tage aufsparen und eine fröhliche Zeit bei uns genießen. Der Papa holte sie ab, und so würden einige Wochen ganz auferbaulich werden. Und nun noch ein allenfalls abzuschneidendes Beiblatt.

Soviel für heute in eiligster Kürze; versäume nicht, mir zu melden, was um Dich lebt und worauf Du wirkst. Von den Gespenstern, mit den[en] ich mich herumschlage, sollst Du gleichfalls Nachricht erhalten.

Und so fortan!

Weimar, den 3. Januar 1832. G.

Das Anerbieten des Herrn Friedlaenders der schönen und seltenen Medaille von Sperandeus nehme mit vergnüglichstem Dank an. Ich habe wohl ein halb Dutzend Medaillen dieses vorzüglichen Mannes, der, wenn man ihn in seinem Jahrhundert betrachtet, als höchst bedeutend anzusehen ist. Aber gerade die gemeldete auf Ludovicus Carbo pp. besitz' ich nicht, kenne sie aber aus Mazzucchelli und werde, da ich sie sehr hoch schätze, meine Genfer Medaille dagegen sehr gern einliefern. Das allersorgfältigste Einpacken mir erbittend. Weimar, den 3. Januar 1832.

G.

851. *An Goethe*

Berlin, 4. Januar 1832.

Das neue Jahr soll mit neuer Feder angefangen werden, und mag sich zeigen, ob es besser geht wie im alten.

Die Predigt eures Kanzelherrn hab' ich, nach weiland Wolfs Rezept, mit dem Daumen gelesen. Du hast sie, ohne sie vielleicht angesehn zu haben, bezeichnet, wie ich sie gefunden, das ist: wie man sich aus der Sache zieht. Wenn der Text nicht von obenher für den Tag verordnet war, so wüßt' ich kaum, was eine solche Predigt recht will, die mir vorkommt wie eine Rede in der Deputiertenkammer, die schon mit einer Gegenrede schwanger geht. Ich an meinem Teile habe am puren Evangelium vollauf – und die andern hätten Mosen und die Propheten, wenn sie Ohren hätten, die ihnen, dächt' ich, gerieben worden. Sagen sie doch selber, daß sie die Schläge und Schmisse des 14. Oktobers schon längst wieder verdient hätten; wer aber soll den ersten Stein aufheben? So wollen wir denn die Welt gehn lassen und uns fromm bescheiden, daß eine Predigt sich halten und allenfalls anhören, wenn auch nicht recht genießen läßt.

Über das »Chaos« dürfte unsereinem kaum ein Urteil zustehn, da man als Mithelfer so edler Sünder und Sünderinnen den Zorn der Redaktion riskiert. Wir selber wollen uns nur hüten, aus trocknem Schutt und toter Lava ein Ding zu machen, das einen Namen hat. Aus dem Chaos ist die Welt geworden, die sich freilich schlecht genug ausnimmt, aber die Teile sind solid und fruchtbar, wie sie auch die tausendmaltausend Schöpfer zusammenleimen, daß die Natur selber davor erschrickt. Wer aber gar nicht hören will, der soll unsere Predigt lesen. »Freunde, wir haben's erlebt!«, wir wissen, was wir sagen.

Da das Schreiben bei Nachtlichte mir gar nicht mehr von der Spule will und der kurze Tag seine eigene Plage hat, so fahr' ich fort, bei einer neuen hellen Lampe und zwei Kerzen des Abends die Tragödien des Euripides und Sophokles zu lesen. Ist es doch kein Wunder, wenn uns das Neue so wenig behagt, da es *wie* alt sein würde, wenn es gut wäre! Dabei fällt mir das (moderne) Gefühl nicht zum ersten Male auf, als wenn die Sprachgelehrten durch den Glanz einer so ausgebildeten metrischen Sprache und das historische Studium der alten Fabel nicht selten befangen wären, so daß ihnen der innerste Blick in die ästhetische Textur der Sache an sich selbst zu sehr zurücketritt. Dahingegen durch die Übersetzung in eine andere Sprache ein Urteil über das Ganze sich selber formiert, demgemäß bei aller sonstigen Vollkommenheit doch des Leidens und der Qual kein Ende ist. Man muß oft sagen hören: »Ja, das müßt ihr griechisch lesen!«, und das ist ein Argument zum Verstummen; der Geist aber läßt sich nicht wehren und räsoniert.

In diesem Sinne nun möcht' ich sagen, daß mir der Herkules in Euripides' »Alceste« so aus dem Herzen ist, daß ich ihn mir zum Ahnenvater erwählen möchte. Möge sich's nun damit verhalten wie anders, so hab' ich den guten Homer auf meiner Seite, der meinen Sinn nicht verschmäht, dahingegen man von jener Seite wunderliche Meinungen hernehmen soll. Finden sich doch die albernsten Auslegungen englischer Hochgelahrten über ihren eigenen Landsmann Shakespeare, der ja kaum kalt ist!

Kaum die Feder hingelegt, erschcint aus Öls in Schlesien ein neues opus operandum. Der Prorektor Lindau des dortigen Gymnasiums sendet seine Verdeutschung des Pindarischen ersten Pythischen Siegsgesangs mit dem unschuldigen Auftrage, ihm solchen in griechische Töne zu bringen. Der gute Mann bedenkt nicht, daß wir unser eigenes: »Heil dir im Siegerkranz« der alten englischen Volksjacke (»God save the king«) aufgepaßt haben, daß sich die Hälfte unserer Poeten abgearbeitet, um das Luther'sche Vaterunser zu paraphrasieren und zu kantilieren, ohne daß ein Hahn nach ihrer Melodie kräht. Nun bin ich verlegen, dem Manne zu antworten, der mich höchlich lobt und mich fast seinen Paten nennt; oder soll ich erwarten, daß mir der ehrliche Pindar jenseit des Styx einst meine Musik um die Ohren schlägt? – Ich lege die Korrespondenz bei, vielleicht ist etwas für den Freund Riemer zu kauen daran, denn ich versteh' mich nicht darauf; bitte mir's aber gelegentlich wieder zurück.

Gestern am Heiligen-Drei-Königs-Tage ist denn auch Dein frischer Brief vom 3. dieses angekommen, dem und der Kälte zum Trotze Doris mit ihrer Schützlingin sich morgen abend auf den Fittichen der Schnellpost nach Weimar streichen will, wo sie Dienstag früh, wenn's ordentlich geht, anzulangen gedenkt. Da magst Du denn sehn, wo ihr sie laßt, und Dir erzählen lassen, was ich nicht schreiben kann. Sie bringt Dir Deine Briefe des vorigen Jahres mit, die ich nicht dazu kommen kann, erst noch einmal durchzulesen; die Anzahl ist 32. Laß mich doch wissen, wie viele von mir in diesem Jahre in Deinen Händen sind.

Riemern werd' ich viel zu danken haben, um nicht in eure Preßkulpanz zu geraten. Ich hätte ihm noch seinen lieben Brief zu beantworten, der sich aber unter anderm Papier verkrochen hat. Den lieben Sohn hab' ich in seinem Kadettenhause besucht, und er selbst ist auch einige Male in meinem Hause gewesen. Daß es [in] seinem militärischen Bereich keine Straßburger Pasteten gibt, hat er schon bemerkt, ich hab' ihn aber nicht magerer befunden. Doris wird das alles mit gehöriger Geläufigkeit einer Weiberzunge auszuführen wissen.

Künftigen Donnerstag, den 12. Januar, ist unser zweites Oratorium: »Judas Makkabäus« von Händel, das mir Sorge macht. Mein Vorgeiger beim Orchester, ein tüchtiger (endlich) folgsamer Violinist, hat das Blutspeien, und nun muß ich mir in drei Tagen einen andern zureiten, der freilich gut und aus der Königlichen Kapelle ist, wo alles kommandiert.

Ich wollte dies Blatt an Doris mitgeben und send' es lieber heute mit der Post. Die Beilagen sind bei den andern Briefen, und sie bringt Dir auch die verlangte Medaille mit.

Es ist Sonnabend und Posttag: für heute sei's genug; schieb' auch Du es nicht zu lange auf, Nachricht zu geben von den Gespenstern, mit denen Du Dich herumschlägst. Vale!

7. Januar 1832. Dein Zelter.

Doris, die gern ein Blättchen ihres Vaters Dir selber übergeben will, meint: mit dem Aufsparen auf bessere Tage sei es soso – und ich will sie darum nicht strafen. Wer sich den heutigen Tag nicht zum guten macht, der spart nicht. So will sie denn auch heute, den 8. Januar, abfahren und sich guten Tagen hingeben.

Ist uns doch der brave Seebeck auch von hinnen gegangen! Langermann betrauert ihn sehr, und ich hab' ihn zu wenig genossen, wiewohl mir seine Persönlichkeit nicht entgegen war. Ich hielt ihn für leber- und milzkrank, und endlich hat sich gezeigt, daß die Fakultäten des Herzens gänzlich zerstört gewesen.

Der Bequemlichkeit wegen lege einen Text unseres nächsten Oratoriums bei, das wir schon vor drei Jahren einmal aufgeführt haben. Einer unserer Musikdirektoren und Königlicher Hoforganist (meiner Mache) hat einen Klavierauszug dieses Oratoriums mit dieser Vorrede drucken lassen, unter die letztere seinen Namen gesetzt und mir selber ein Exemplar zugestellt. Wär' es nun ein Wunder, wenn mir diese Vorrede gefiele? wie ich denn hoffe, daß eine so kindliche Naivität sich auch Deines Beifalls erfreue. Nun hab' ich unter dem neuen Abdruck meinen Namen gesetzt – da kann ich Händel kriegen über Händeln.

Spontini wollte mir heute das Manuskript seiner neuen Oper »Les Athéniennes« zur Mitreise senden, es ist aber noch nichts angekommen. Du hast ihm, wie er sagt, Bemerkungen über den Text versprochen. Du läßt es wohl beim Zurücksenden durch meine Hand gehn, da ich jetzt bei Lesung der Griechen ein doppeltes Interesse finde.

Vale!

Dein Z.

Ein junger Mann, der sich kürzlich verheuratet hat, trifft mit seinem Schwiegervater vor Hufelands Türe zusammen.

»Ei, Papa, wie kommen Sie denn so weit bis hierher?« – »Ach, lieber Sohn, ich will zum Dr. Hufeland; ich muß Ihnen leider sagen, meine Frau gefällt mir ganz und gar nicht.« – »So! Nun da muß ich gestehn: meine Frau gefällt mir auch nicht.«

Könnte man das nicht ins Englische übersetzen? Es klingt gar zu deutsch.

853. *An Goethe*

Sonntag abend, nachdem die Kinder zur Post und alles mitgelaufen, war das ganze Haus wie ein leeres Vogelnest. So entschloß ich mich, eine ganz neue Oper zu sehn und zu hören: »Der Orakelspruch« von Contessa, Musik vom Baron v. Lauer.

Eine zauberische Fee, die in der Liebe unglücklich gewesen, hat sich zu wütigem Hasse gegen das Männergeschlecht entschlossen. Dazu hat sie sich in einer einsamen Gegend durch eine hohe Mauer (wie man jetzt sagt) zerniert. Um einer zärtlichen reizenden Tochter aber zugleich einen Abscheu gegen die Liebe anzuerziehn, hat sie ihre männliche Dienerschaft in bucklichte Ungestalten verzaubert. Ein Orakel hat dagegen ausgesprochen: wenn ein stummer Mann die Liebe des Mädchens gewinnen könne, werde der Zauber seine Macht verlieren. Ein fürstlicher Jüngling verirrt sich auf der Jagd über die genannte Mauer hieher, macht sich stumm, und Du hast das ganze Buch, das außer nicht unbequemen Versen an Fläche und Breite keinen Mangel hat.

Die Musik schien den Freunden des Komponisten mehr zu behagen als anderen Leuten und dürfte nach einer zweiten oder dritten Wiederholung wohl ad acta gehn. Die Oper hat nur einen Akt, den ich schon aushalte, da ich noch keinen gesehn habe, der es besser macht, als er kann.

Dienstag, 10. Januar 1832.

Wenn alles nach unserer vielbelobten Postordnung von sich gegangen ist, so müssen unsre Reisenden heut, jetzt gegen 11 Uhr, wohlbehalten in Weimar eingerückt sein. Die beiden Nächte waren gelind, und die Wege können nur gut gewesen sein, daher ich denn um Nachricht bitte, wozu ich meine Doris anzuhalten bitte.

Gestern abend war meine erste Probe des benannten Oratoriums, und mein neuer primo violino hat sich tapfer und folgsam verhalten; heut abend in der zweiten Probe hoff' ich alles glatt von dannen gehn zu sehn. Die Solopartieen, Madame Milder, Madame Türrschmidt, Herr Mantius und Riese, trefflich, und die Chöre sind nach alter Art eingeübt. Wer mir nun noch fehlt, das bist Du und Händel, von denen ich wohl Lehre annähme, wenn mich die Quackeleien der Solosängerinnen zur Verzweiflung bringen wollen, mit denen endlich auch fertig zu werden ist, da alles auf zwei glückliche Stunden resultiert.

Wir übrige sind indessen gesund, und auf die Frage an die Cholera: warum sie sich so kurze Zeit in Berlin aufgehalten, soll sie geantwortet haben: weil sie hier so unwürdig sei aufgenommen worden; eine so schlechte Behandlung habe sie nirgend erfahren. Hegel soll, gegen den Ausspruch dreier Ärzte, nicht an der Cholera gestorben sein.

Nun lebet alle wohl und gedenkt

eures

Z.

Spontini hatte mir seinen Brief an Dich mit dem Manuskripte der Oper sehr spät und stark versiegelt zugesandt. Doris hat wegen Verantwortung die Siegel gelöset und hoffentlich nichts gelesen. Erlaubst Du wohl, daß Doris seinen Brief an Dich kopiert und mir ihn mitschickt? ich wäre in der Tat versessen, was er enthält. Das Manuskript des Gedichts aber mit Deinen Anmerkungen dazu läßt Du mich wohl durchsehn; für den diskretesten Gebrauch steh' ich ein.

854. *An Goethe*

Über den Pindarischen Siegshymnus wäre mir ein Wort von Dir oder dem Freunde Riemer sehr hülfreich, da ich dem guten Lindau doch gern antworten will, wenn ich mich auch zu hüten habe, seine Verdeutschung noch einmal in Noten völlig abzudeutschen. Er weiset mich an unsern Sprachgelehrten Wilhelm v. Humboldt; er hätte mich ebensogut an dessen Bruder Alexander weisen können, denn beide sind nicht in Berlin, und ich komme weder nach Tegel noch Paris.

Man hat gar vieles durcheinander zu treiben; so habe endlich eine der Tieck'schen Novellen lesen sollen: »Das Fest zu Kenilworth, Prolog zum Dichterleben.« Von einem Manne wie Tieck lesen sich 222 Seiten schon weg; doch die ersten 70 Seiten war mir etwas wacklich zumute, ob ich's enden würde. Im Prologe erscheint William Shakespeare als 11jähriger Knabe im väterlichen Hause und am letzten Ende des »Dichterlebens« erst wieder als Schöpfer von »Julie und Romeo«. Die lange Mitte dazwischen füllt ein Diskurs zweier poetischen Figuren über Wie und Was des Dichtens, in etwas breiter Enge, doch alles wahr und gut. Da das alles jedoch auf dem berühmten Inselfelsen von Engländern hin und wider parlamentiert wird, so kommt es unsereinem fast verdächtig vor, als ob es seine deutsche Abkunft zu verleugnen suchte. Wo hätten wir's denn her, wenn's uns nicht gegeben wär'? Ihm selber danken wir, was seine Landsleute von uns nach und nach erst lernen.

Sonnabend, 14. Januar. Vorgestern ist endlich unser zweites Oratorium nicht unglücklich abgelaufen. Chöre und Orchester glatt und anständig: dafür kann man allenfalls einstehn und wird auch bemerkt. Die Baßarien sämtlich von einem trefflichen Schüler tüchtig und kräftig. Die Sängerinnen höhern Standes sind nun einmal der Meinung, daß ihnen alles von Natur angehöre, und wenn sie sich selber und andern nicht gefallen, so lieg' es am Komponisten oder doch außer ihnen, und da sie nicht fragen, so behalt' ich meine Antwort und meinen Wein. Das Ganze war jedoch prächtig und groß und hat auch so gewirkt – was will man mehr?

Endlich kommt soeben, am sechsten Schöpfungstage, der erste Brief von Doris, den Rosamunde schon sehnlichst erwartet hat. Diesem Briefe nach wirst Du mein Kind etwas im Zaume halten müssen; sie spricht in gar hohen Tönen von ihrer Aufnahme bei euch, und ich will bitten, daß auch Ottilie und Ulrikchen die berlinische Konduite gehörig modeln. Doris, die auch gern klatscht, wird Dich mit Stadtgeschichte unterhalten, die sich nicht so schreiben läßt, da sie weder gut noch wahr genug ist. Sonst steht hier alles beim alten, außer daß in den letzten Tagen man nichts von Erkrankungen und Ehrenzeichen vernommen hat.

Ich muß aufhören. Meine Studenten wollen sich eine Nachtmusik für ihren Professor Neander noch heut bei mir einüben, wozu ich sie gern ermuntere, da sie sonst so brav sind, daß ich sie um ihre Jugend und um die Gelegenheit beneide, die ich ihnen gebe. Lebe wohl und liebe mein Kind wie

Deinen

Z.

Rosamunde hat ihre Hände voll und kann heute nicht schreiben. Mein Diener ist so krank, daß ich ihn aus dem Hause schaffen müssen. Nun putzen wir uns die Stiefeln selber und tun anderes dazu, und es geht. Dafür essen und trinken wir auch selber, und zu allen diesen Dingen brauchen wir Doris noch immer nicht, sie kann ohne Sorge sein.

855. *An Zelter*

Und so wären wir denn durch die Ankunft der guten Doris Dir wirklich um soviel näher gerückt, und ob mir gleich Berlin und Dein Wirkungskreis in dieser Königstadt ziemlich gegenwärtig sind, so ist es denn doch höchst erfreulich, gewisse Einzelnheiten sich aufklären zu sehen.

Sie hat so mancherlei mitgebracht, daß ich nicht begreife, wie man dergleichen Gepäck im Eilwagen unterbringt. Zuvörderst also meine Briefe, welche schon zwischen die Deinigen eingeschoben sind. Die Summe der letztern betragen 41, die der ersten 32. Du hast also um soviel Schritte Vorsprung; versäume nicht, in diesem Jahr mich abermals zu überbieten. Gesteh' ich's nur: meine Zustände sind aus so viel kleinen Teilen zusammengesetzt, daß man beinahe fürchten müßte, das Ganze würde sich zunächst verkrümeln; bei Dir gibt's doch noch Massen, daraus lebendige Genüsse hervorgehen, wodurch der unausweichliche Verdruß wieder verschmerzt und aufgehoben wird.

Herrn Friedlaender kannst Du vorläufig für die Medaille schönstens danken; sie hat mich und Meyern als ein wahres Kleinod höchlich erfreut, auch nimmt sie sich in der Reihe ihrer Geschwister gar vorteilhaft aus. Da die freundlichen Sender schon mit meiner Medaille versehen sind, so sollen einige ältere schätzenswerte Stücke dankbar sich einfinden.

Unter den von meinem Sohn aus Mailand gesendeten Münzen haben sich einige Dubletten gefunden.

Das Büchlein von Judas Makkabäus nimmt sich gut aus; die alte Fabel: Überwundene, Bedrückte, erst duldend, dann sich auflehnend, nach wechselndem Erfolg sich zuletzt doch befreiend, ist ein sehr günstiges Thema, der Musik besonders zusagend.

Der Text von Jouy zur Spontini'schen Oper ist wirklich bewundernswürdig. Ich hab' ihn [erst] einmal durchgelesen. Große Einsicht in das theatralisch Wirksame, glückliche erneute Benutzung solcher Situationen, denen man niemals ausweicht, mitten im Strome einer teils feierlichen, teils leidenschaftlichen Bewegung recht hübsche Ruhepunkte, wo sich gemütlicher Gesang ergehen kann, brausende, gut gruppierte und bewegte Finales. Wer den dritten Akt auszuhalten hat, der mag eine Herz- und Sinne[n]stärkung bei der Hand haben! Übrigens wüßt' ich keine Stelle abzuraten und zu verändern, ich werde nur loben können und aus dem rechten Standpunkte meine gute Meinung gründlich motivieren.

Wegen der gewünschten Mitteilung hab' ich Skrupel, es ist eine gar kitzliche Sache; doch wollen wir das Weitere bedenken und überlegen.

Mit der kleinen Facius wird sich's machen, die Sustentation noch auf ein Jahr ist schon so gut wie gewährt; die Gegenwart des Professors Rauch in Berlin wird ihr auf alle Fälle höchst förderlich sein. Wer aufhört, mit den Meistern seiner Kunst zu konversieren, der kommt nicht vorwärts und ist immer in Gefahr zurückzuschwanken. Von jedem Talent soll man ein unermüdetes Bestreben, eine Selbstverleugnung fordern, von der sich aber niemand einen Begriff machen will. Jeder möchte die Kunst gern auf seine eigne Weise besitzen, sie aber will nur auf die ihrige geworben und erworben sein. Wie oft seh' ich Talente, die sich gebärden wie eine Wespe an der Fensterscheibe: sie möchten das Undurchdringliche mit dem Kopf durchbohren; das ginge, denken sie, weil es durchsichtig ist.

Die Eigenheiten Deiner Tonwelt vernehm' ich nun genauer durch die gute Doris. Wie viele haben denn eine Ahnung von der einsichtigen Gewalt, die erfordert wird, um einen solchen Körper zusammenzuhalten!

Ungesäumt, unverwandt, so fortan!

Weimar, den 14. Januar 1832. G.

856. *An Goethe*

Wenn Du mich um mein musizierendes Himmelreich beneidest, dessen Engel von verschiedener Gestalt, Farbe und Beweglichkeit sind, so kommt mir auch wohl einmal die Lust an, Deine irdische Ruhe zu teilen.

Gestern, Sonntag, war, nachdem ich schon mit meinen Studenten wie der König von Frankreich mit seinen Ministern gearbeitet hatte, die musikalische Morgenunterhaltung nach Anweisung der Beilage, die nach der Absicht ein Quartett sein soll; da aber ohne Variation kein delicium sein soll, so werden neue Kunstbenennungen erfunden, wie No. 1., Doppelquartett, wozu denn 8 Personen gehören. Dann wird man (ad 2.) morgens nüchtern mit einer Serenade bewirtet. Auch machen sich die »Verschiedene Empfindungen an einem Platze« in Gegenwart von 500 Personen verschiedener als genug. Endlich ein Septett militaire mag auch zu solchen Benennungen gehören. Das Militärische daran ist eine einzige Trompete, die sich mit den sechs andern Agenten aufs beste zu vertragen sucht und mir deshalb das größte Vergnügen gemacht hat, wie denn Hummels sämtliche Arbeiten dieser Art das Allerbeste sind, dessen sich unsere Zeit zu rühmen hat. Geist, Leichtigkeit, Vollständigkeit, ruhige

Gesangfügigkeit und Fluß: unübertrefflich! Mir ist immer vom Herzen wohl dabei.

Außer dem war das Vokalquartett, aus vier Singstimmen und einem Flügel bestehend, das Ergötzlichste; ich hätte es gern da capo vernommen, doch unsre Leute sind froh, wenn sie davon sind.

Zwei Wiener Tänzerinnen unterhalten jetzt das gestopfte Opernhaus, alle Erwartung überbietend, indem sie mit ihrem Schenkelpaare einen Winkel von 45 bis 50 Grad offen lassen, ja darin miteinander zertieren und dem gebildeten Publikum das Ideal der Ausfüllung anheimgeben. Es gibt ernsthafte Leute, die dergleichen eben nicht der wahren Kunst angemessen finden, doch niemals dabei vermißt werden. Die eine Schwester ist in der Tat eine reizende Erscheinung; die andere, welche ihre 9 Zoll Maß hat, nimmt sich aus wie ein pures Gebein ohne Torso, doch beide in ihrer Art ausgezeichnet und jung.

Eben kommt Schmellers schöne Zeichnung von Weimar an. Da nun jetzt alles kolossal sein muß, so könnt' ich die lange Tänzerin zur Frau nehmen, da man denn wieder seine Plage hätte. Ich lege vier Dukaten bei, welche Du gütigst unserm Künstler übergeben magst. Sie sind eine Gabe unserer Kronprinzessin und liegen schon seit Ostern da. – Sic transit! – Danke dem braven Schmeller; ich werde ihm selber schreiben und ihm die Adresse an Geheimen Rat Schultz in Bonn übersenden.

Im Siebenjährigen Kriege, da die Russen sich in Ostpreußen etwas barsch (griechisch: barbarisch) erwiesen, fiel der Bürgermeister von Königsberg auf den geistreichen Gedanken, den Gouverneur Soltikow durch ein Faß besten Danziger Kümmels (das auch angenommen worden) zur Milde zu stimmen. Die Juden, welche besonders herhalten mußten, glaubten, ein ähnliches Opfer von ihrer Seite werde auch nicht ohne Wirkung sein. Eine Deputation überbrachte daher einen großen Thorner Honigkuchen, gleichsam als Hostie zum Eintunken, unter Kratzfüßen und Prosternationen, welchen Kuchen sie als gerechte Huldigung treuer Herzen in Gnaden anzunehmen, keineswegs aber als Bestechung anzusehn baten. Worauf der Gouverneur donnernd antwortete: »Ihr Halunken! Ihr seid ja die infamsten Spitzbuben! Der gehört ja dazu!«

So folgt denn auch, da ein stetiger Frost sich zeigt, zu den vielleicht schon aufgespeisten Rübchen ein Gericht Fische: *das gehört dazu.* – Und nun magst Du Dir ein eignes Motto für Deine jetzige Einquartierung dazu erdenken.

Die Wirkung der Serenade für 4 Violoncelle würde gegen Abend, im Grase – nur nicht heut und vor Tische – gewiß recht angenehm gewesen sein. Meine Empfindung wollte sich gar nicht deutlich machen; sie war mythologisch, eine Unterhaltung unter Ovidischen Geburten, zugleich indisch, bajaderisch, weich, entzückt ohne entzückend, und was noch.

Einer, der den Kontrabaß spielt, fand die Zusammenstellung der 4 Violoncelle sehr genialisch und meinte, ob sich nicht auch 4 Kontrabässe in ihrer Art auch so machen würden. Ich war seiner Meinung, indem ein so harmonischer Verein von 4 Bullen das sämtliche Rindvieh in Erstaunen setzen müßte.

Dienstag, 17. Januar. Du hast in Deinem Briefe vom 15. vollständig ausgesprochen, was ich nie schreiben mögen. Es kann mir alle Fassung nehmen gegen gute Naturgaben, wenn ich das müßige Treiben ansehe oder loben soll, worin sie sich eigensinnig gefallen. Es fehlt in der Tat hier nicht an Gelegenheiten zur Bildung, die der kleinen Person in Fülle vorliegen und bis jetzt nicht genug beachtet worden, und habe mich darüber von Zeit zu Zeit aufgeschlossen. Ein derbes Wort von Dir selber muß mich rechtfertigen, denn aufs Übelnehmen versteht sich das heranwachsende Geschlecht besser als auf gründliche Selbstbeschauung. Da ich mit einer Masse solcher Geister, die noch dazu verschiedene Lehrer und Muster nämlichen Kalibers haben, mich das ganze laufende Jahr herumschlagen muß, so wirst Du mir eine natürliche stete Anspannung des Gemüts zugestehn, denn das Ärgste ist die Uneinsichtigkeit von oben herab, als wenn es die Absicht wäre, den redlichen Eifer zu erschlaffen. Fechte nur mit beiden Händen, wenn Du den Rücken nicht frei hast! Und doch muß ich wieder gestehn, daß ich sie alle bewundre, indem sie mich doch leben und walten lassen; ja ich wüßte mir kaum ein anderes Leben zu wünschen, wenn ich mich stets auf meiner Straße nach allen Versuchungen des Teufels wiederfinde. Lebe wohl!

Dein

Z.

857. *An Goethe*

Der alte Friedlaender ist sehr erfreut über den Eingang der seltenen Medaille und Deinen und Meyers Beifall, indem Du sie ein Kleinod nennst. Was Du ihm dagegen übersendest, wird einen unschätzbaren Wert haben, wenn Du es mit einigen eigenhändigen Zeilen begleitest, die ihm noch fehlen. Er hat seine Sammlungen nach Art der Deinigen verzeichnet, indem die Zeiten, Personen und Gelegenheiten, wie er seine Schätze gewonnen, dabei bemerkt sind.

Über den Operntext von Jouy ist kein Bedenken, und Du magst solchen nur an Spontini zurücksenden, der gewiß nicht unterläßt, ihn mir selber mit Deinen etwanigen Bemerkungen vorzulegen; wie ich ihn denn auch mit Deiner Zufriedenheit über das Gedicht selbst bekannt mache. Ich lebe mit ihm in gehörigem künstlerischen Vernehmen, das er recht gut versteht, indem wir uns selber nichts einreden. Wir haben mehrmalen große starke Musiken dicht nebeneinander angeführt, wo ich mich zwischen zwei Gewalten befand. Das letztemal in unserer größten Kirche hat er sich in Gegenwart der ganzen Königlichen Kapelle zum lautesten Lobe gegen mich hinreißen lassen, da es ebenso an mir gewesen, seine potentielle Diskretion zu bewundern, die Sachen ihrem guten Gange zu überlassen, die ihm von Grund aus unbekannt bleiben. Das Angenehmste dabei war die allgemeine Sensation; ich hatte mich nicht gerührt, und jeder wußte, was gemeint war.

In meinem Letzten habe einige evangelische Fischlein angekündigt, von welchen Du Deinen 5000 Mann Einquartierung nichts abzugeben brauchst, auch dem vorlaufenden Briefe 4 Dukaten für den Freund Schmeller eingelegt. Du bist wohl so gut, mich wissen zu lassen, wie alles bei Dir angelangt ist, und die Einlage an Schmeller zu geben.

Man will die Zeichnung hier für das Ähnlichste von mir gelten lassen, wenn ich auch gestehe, daß ich mich für einen so stattlichen Kerl nicht finden kann. Die großen apostolischen Falten über Brust und Schulter nehmen sich gar anständig aus. Die Ehre gehört dem Künstler; so hat sie doch einer.

Ein neues, kurioses, nicht unbedeutendes Theaterprodukt aus dem Französischen habe eben gesehen. Ein braver Soldat (Dominique, so heißt auch das Stück), der beordert worden, einen vom Kardinal Richelieu geächteten Grafen (de la Heaumerie) im Gefängnisse umzubringen, entzieht sich dieser Tat und Verantwortung durch Rettung des Grafen und desertiert hierauf. Durch eine so zweifelhaft gute Tat gegen Subordination und Diensttreue ist er von Gewissensskrupeln gequält, Hunger und Blöße aber vollenden seine Verzweiflung an der göttlichen Gerechtigkeit. Als guter Christ und nationaler Humorist glaubt er keinen Teufel und ruft diesen in bitterm Spott um Hülfe an. Da tritt unter zufälligem Donnerwetter eine ebenso zufällige Erscheinung mit gezogenem Degen vor ihn her, wirft eine volle Börse hin, zieht dem ohnmächtigen Tropfe seine schlechte Jacke aus, läßt eine Magistratsuniform zurück und entflieht.

Der arme Dominik erholt sich vom Schrecken, findet sich halb nackend und weiß keinen andern Rat, als sich in die Uniform zu werfen, nimmt das Geld und geht, um sich Nahrung und Kleider zu schaffen. Da wird er ergriffen, als ein Dieb fortgeschleppt, und nun ist er der Klaue des Teufels gewiß und angehörig. Durch diesen seinen Irrtum und neuen Glauben wickelt sich die Intrige so um alle Personen des Stücks herum, die von der geheimnisvollen Erscheinung nicht unterrichtet sind, daß eine wirklich geistreiche Verwirrung den zwei ersten Akten das vollste Interesse gibt. Der dritte und letzte Akt ergibt sich von selber. Der Kardinal stirbt. Der gerettete Graf, dessen Schwester, heimlich mit dem Bürgermeister (bisher Luzifer) vermählt, Dominik, der auch sein Mädchen hat, und eine alte Mutter – alle werden vom Dreizehnten Ludwig begnadigt, und das Stück schließt in Zufriedenheit. Die meisten Rollen wurden gut gespielt und einige ganz vorzüglich. Das übrige magst Du Dir aus dem anliegenden Zettel dazudenken.

Ich lege noch einen Zettel bei. Der italienische Komponist Bellini war mir noch unbekannt; Gott weiß, ob ich ihn nun kenne. Der Herzog hat dem Grafen die Geliebte mit Gewalt gestohlen und sie zu seiner Frau gemacht. Der Graf kommt nach 6 Jahren als Pirat zurück, schlägt den Herzog tot, und er selber geht auch darüber zugrunde; die Frau wird verrückt, und was übrigbleibt, ist ein kleiner Schlingel von 5 Jahren.

Die Musik ist das zufälligste Gespreu von Einfällen, die wieder absichtlich jeder Bedeutung dessen, was vor ist, entgegenstehn. Man ist zwischen Aug' und Ohr, Gefühl und Verstand, die sich beißen und kratzen, hin- und hergeworfen. Dabei hat der Kerl Talent, Dreistigkeit und beherrscht Orchester und Sänger aufs impertinentste. Solch Zeug wird nun auf dem Königsstädtischen Theater mit einer Art von Virtuosität bezwungen. Ich war einige Male in Verzweiflung zum Davonlaufen, und eh' ich mich ganz erheben können, kam etwas, das mich auf meinen Sitz wieder zurückedrückte. Am Ende war ich wie zerquetscht. Dergleichen lernen nun jetzt die Italiener von uns Deutschen, als ob sie sagten: Schämt *ihr* euch! Ihr übersetzt es ja; wir haben euch zum besten, und ihr merkt es nicht. Ihr müsset es tun; wir können's nicht lassen.

Doris muß es sehr gut bei euch haben. Ihre Briefe stimmen weder mit euerm Kalender noch mit dem unsern; ich wünsche aber von ihr zu erfahren, ob die überschickten Sachen wohlbehalten angekommen. Heut ist Ordensfest. Es ist so still in der Stadt, man könnte eine Katze laufen hören. Alles ist hin, um Orden zu holen. – »Freunde, *wir* haben's erlebt!«

Berlin, 22. Januar 1832.

Dienstag, 24. Mein wackerer Konzertmeister Rietz ist vorgestern gestorben. Da ist alles traurig, und damit wird man fertig. Ich habe nun den neuen Stein wieder bergauf zu bringen. Auch gibt es noch Leute. Lust haben sie alle; Geschick und Kraft findet sich auch. Das alles hatte der Eine, und der Gehorsam fand sich denn auch dazu. Fürs erste muß ich mich nun wieder wenden und winden, still, still, wie ein Aal. Ihr Musen, helft! und Du, Apoll, verlaß nicht

Deinen

Z.

858. *An Zelter*

Auf Deine reichen wohlausgestatteten Briefe steht schon von Zeit zu Zeit eine freundliche Erwiderung auf dem Papiere. Nach einigen Tagen aber will's mir schon nicht recht geeignet sein, da es in allzu großer Zerstreuung diktiert ist. Ich mußte vor allem die Existenz guter Menschen wenigstens auf ein Jahr sichern, und so kommt denn die artige Facius mit Doris wieder zu euch zurück. Herrn Rauch schreibe ich ausführlich, und es wird sich alles, wie ich hoffe, zu Nutzen und erfreulicher Fördernis fügen und richten.

Die werte Doris scheint sich hier ganz munter und teilnehmend zu befinden; sie kommt gerade zur rechten Zeit, wo alles in Bewegung bei uns ist und es sogar in meinem Hause ein wenig verrückt zugeht. Vor einigen Tagen führten sie in einem Privathause ein Quodlibet von Repräsentationsfragmenten auf, unter Direktion von Ottilien, welche sich auf dergleichen Dinge gar gut versteht und deshalben aufgefordert und gehorcht wird.

Doris ist jetzt nach Jena und hat etwas von den Fischen mitgenommen, weil es »dazu gehört«; wie ich mir denn überhaupt Deine Historie merken werde.

Nun von Deiner Medaille zu reden, so kann man mit derselben gar wohl zufrieden sein; der Kopf ist natürlich und tüchtig, mit dem Wappen bin ich erst recht einig, seit es Hofrat Meyer, beim ersten Anblick gleichsam überrascht, welches ihm nicht leicht begegnet, für hübsch und gut erklärte. Er wußte nämlich zeither von der ganzen Sache nichts.

Und so wären wir denn zwischen Szylla und Charybdis, zwischen den alt-modernen Allegorien und den kalvinischen trocknen Inschriften durchgeschlüpft. Wenn es greift, finden wir viele Nachfolger; denn da man den Adel der alten Familien aufheben will, so müssen die neuen sich gleich in Besitz setzen und wieder eine Familie gründen, so gut es gehen will, deshalb auch ihre Wappen und Dekorationen aufhängen.

In Gefolg dessen darf ich nicht aussprechen, wie sehr mir die Rückseite von Hegels Medaille mißfällt. Man weiß gar nicht, was es heißen soll. Daß ich das Kreuz als Mensch und als Dichter zu ehren und zu schmücken verstand, hab' ich in meinen Stanzen bewiesen; aber daß ein Philosoph durch einen Umweg über die Ur- und Ungründe des Wesens und Nicht-Wesens seine Schüler zu dieser trocknen Kontignation hinführt, will mir nicht behagen. Das kann man wohlfeiler haben und besser aussprechen.

Ich besitze eine Medaille aus dem 17. Jahrhundert mit dem Bildnisse eines hohen römischen Geistlichen; auf der Rückseite *Theologia* und *Philosophia*, zwei edle Frauen gegeneinander über, das Verhältnis so schön und rein gedacht, so vollkommen genugtuend und liebenswürdig ausgedrückt, daß ich das Bild geheimhalte, um, wenn ich es erlebe, dasselbe einem Würdigen anzueignen.

Wegen der jungen Leute, deren Wesen und Treiben man nicht billigen kann und sie doch nicht loswird, lebt man in- und auswendig immerfort im Streite. Oft bedaure ich sie, daß sie in eine verrückte Zeit gekommen, wo ein starr-zäher Egoismus auf halbem oder gar falschem Wege sich verstockt und die reine Selbstheit sich auszubilden hindert. In der Folge, wenn ein freier Geist gewahr wird und ausspricht, was gar wohl einzusehen und auszusprechen ist, so müssen gar viele gute Menschen in Verzweiflung geraten. Jetzt gängeln sie sich in schlendrianischen Labyrinthen und merken nicht, was ihnen unterwegs bevorsteht. Ich werde mich hüten, deutlicher zu sein, aber ich weiß am besten, was mich im höchsten Alter jung erhält, und zwar im *praktisch-produktiven* Sinne, worauf denn doch zuletzt alles ankommt.

Und so fortan!

Weimar, den 27. Januar 1832. J. W. v. Goethe.

859. *An Goethe*

25. Januar 1832.

Unser Montagabend, den ich oft und gern besuche, da man unter 30 geachteten Männern beim Glase von jedem lernt, enthält auch ein halbes Dutzend angesehne Akademisten, unter denen ich mich gern still verhalte, da ich nicht so mitmisten kann. Doch trifft sich's wohl, daß ich mir ein letztes Wort nicht versage, wenn ich's nicht halten kann, wie es denn hier zur alten Observanz gehört, von der Leber weg naseweise zu sein.

So ward gestern von Seebeck gesprochen: wie der Minister Arbeit gehabt, den bedeutenden Mann in die Akademie zu schaffen, der doch der berufenen Farbentheorie ergeben gewesen, sich aber nachher im Amte selber, wo nicht als Abgefallner, doch gemäßigt erwiesen habe, weil er sich hier in der Mathematik nicht stark gefunden.

Einer von der physikalischen Klasse sagte: »Ja, die Mathematik ist das Ding aller Dinge! Ohne Mathematik –« und so weiter und so weiter – eine gute Strecke hin.

Ganz am Ende fügt' ich hinzu: »Diese Wissenschaft ist und bleibt ein Wunder ihrer Erfindung selbst für Blindgeborne, die das Glück der Farbe nicht kennen«. Für diese scheine sich denn das bekannte Sprichwort gleich mit erfunden zu haben: De colore non coecus. – Haben sie sich einen Philister zum Doktor gemacht und wollen ihm dergleichen zu hören geben, so mögen sie's auch büßen. Du begreifst aber, mein Guter, wie eine Sozietät, die so alt ist wie Du selbst, nichts Gemeines ist.

»Wer sich nicht selbst zum besten haben kann,
Der ist gewiß nicht von den Besten!«

Das mußt Du meine Burschen singen hören! Es traf sich, daß sie es sich eben heute forderten, und war, als wenn ich's heut erst recht verstände. – »Wie das deklamiert ist!« (würde der kleine Rameau sagen): »Dēr – dĕr īst – dĕr ĭst gĕwīß – dĕr ĭst gĕwīß nicht von den Be – (Melisma) – sten!«, als ob er auch sagen möchte: ist von den Bestien. – Lobe mich doch ein bißchen, ich muß mir's ja lange genug verdienen; die Kerls sind mir doch alle nicht gehässig und verhaßt und wissen's mir auch gelegentlich zu vergütigen: auch dies bleibt mir nicht geschenkt. Sie sind in Spanien, in Afrika, Amerika und wo noch gewesen, und ich weiß kaum, ob das Wasser naß ist; dafür wissen sie nicht, was Sand ist, den sie doch mit vielen Appetit bei uns fressen und es weit und breit nicht so gut und faul gehabt haben, wenn unsereins sich wie ein Hund quält, um zu lernen, was niemand zu brauchen versteht.

Donnerstag, 26. Januar. Gestern bin ich einmal wieder im französischen Theater gewesen. Es waren drei Stücke. Der Name: Rabelais, presbytère de Meudon, hatte mich angezogen. Dieser gehört zu meinen alten Freunden, und ich kenne kein Buch, das ich lieber geschrieben hätte, als den »Pantagruel«. Ich besitze eine Ausgabe vom Jahre 1626, und selbst das alte, derbe, fleischige Französisch hat was Leckeres für mich. Das Stück ist wirklich hübsch. Ich war zu Gaste gewesen bis 6 Uhr. Was soll ein voller Bauch tun? Ich setze mich in einen Winkel des Orchesters, halte eine sanfte Mittagsruhe während der beiden ersten Stücke, und wie ich die Augen auftue, tritt mein generoser presbytère de Meudon vor mich hin und gibt mir den heitersten Abendschmaus. Was es doch für Leute gegeben hat! – ich habe 8 Stunden gut geschlafen.

Die Akademie der königlichen Wissenschaften hatte zur Feier des Geburtstages Friedrichs II. eine solenne Sitzung angesagt und Musikdirektor Möser gleichfalls eine solche Feier wegen Mozarts Geburtstag angeordnet: mit Musik und

Essen. Da war ich zwischen zwei Versuchern und in Zweifel, ob ich mir den Humor oder den Magen verderbe, und doch expreß zu beiden eingeladen. Rosamunde muß das gemerkt haben, sie hatte ein kleines Abendessen unter Freunden in unsern Wänden bereit, so haben wir die Toten ruhen und die Lebenden leben lassen. Sollten euch in Weimar nicht die Ohren geklungen haben?

Der Scharfrichter in Zehdenick hat den dortigen Kreisarzt jämmerlich zerprügelt, welcher einen der Knechte mit Unrecht für cholerakrank erklärt hatte. Man sieht: die Leute kommen nach und nach auf Hausmittel, solche Ärzte zu bedienen, die mit ihrer Wissenschaft eine Provinz im Verschiß der Quarantäne setzen. Schade, schade! das wäre eine Aufgabe für eine Akademie gewesen.

Ein Brief von Doris an Auguste Hofmann ist glücklich eingegangen und hat andere Mädchen neidisch gemacht. Ein Brief aus Weimar will hier was sagen, und sie hoffen, Doris werde wie eine von Spontinis Athenienserinnen zurückekommen.

Lebe wohl: es ist heut schon der 28. Januar, und die Post geht ab.

Dein Z.

860. *An Goethe*

Berlin, 1. Februar 1832.

Soeben kommt Dein lieber Brief vom 27. Januar. Mit der Medaille habe manches zu schaffen gehabt. Das Kälbchen, unter Kunst-, Gips- und Biskuitbäckern hin- und hergeschoben, wußte nicht, wem sie Gehör gab, bis ich wohl derb werden mußte und darauf bestand, sich allein an der eingesandten Zeichnung zu halten, die ich noch habe. Da ist denn, etwas länglich, ja lässig gearbeitet, der verrückte

Fehler entstanden, das Kreuz am Bande schief zu sehn, das sowohl in der Zeichnung als im Modelle senkrecht erscheint. Mit meinem Willen ist das nicht geschehen. So sind die Menschen. Wenn sie einen Willen haben, so ist es Widerwille.

Ein hiesiger Medaillenkenner bemerkte mir sogleich: es gebe kein Beispiel einer *Inschrift* auf der *Wappenseite.* »Desto besser!« sag' ich. Mein Wappen ist kein überkommenes, ererbtes; ich habe mir selbiges selber gestiftet, die Inschrift aber sagt, wie ich dazu gekommen. Mein Wappen ist ein neues und bedeutet (was ein Bild bedeuten kann), wie ein munteres Pferd über eine schwere Mauer hinweg seinem Schöpfer dankbar entgegenspringt für die Gnade, sich ein bekommliches Futter selber zu suchen, und daß zu so kühnem Sprunge ein paar gute Flügel schon vorhanden gewesen, um Hals und Gebein zu konservieren, ließe sich auch denken. Solche Gründe haben denn Billigung gefunden.

Kommt mir nun über die Unternehmung selber als eine unerwartete Huldigung lieber Freunde kein Urteil zu, so darf ich diesen doch das Wort reden.

Den 2. Februar.

Diese und die folgende Woche werd' ich nicht viel schreiben können, da ich zu heut über acht Tage eine öffentliche Produktion vor mir habe. Der junge Herr Nicolovius will heute noch abreisen. Ich gebe ihm das Blatt mit und ein paar Schwanenfedern für meine Frau Wirtin Ottilie.

Ein paar neue Opern lassen wenig von sich sagen. Alles ist bemüht, dürre Wüsten und Sandsteppen urbar zu machen, und entstehn reiche Ernten von tauben Halmen zu Streustroh. Auf dem Markte findet aber alles Käufer, und man genießt tadelnd; hin und her wird darüber gesprochen, geschrieben, gelesen, und so wird man die langweilige Zeit los. Doris läuft bei euch wie eine Landstreicherin umher –

»das gehört dazu!« – Es ist mir ordentlich zum Herzen, daß die Historie auch Dir Spaß macht, und sie soll buchstäblich wahr sein; ich habe sie von einem alten Juden, der von der Mission gewesen ist. Ich muß immer lachen, wenn ich schelten und fluchen höre auf die Juden. Diese schämen sich nicht, und grämen tun sie sich auch nicht. Sie tragen die Welt auf der Hand, indem sie sich als Gäste wissen und mit vollem Rechte die verspotten, die dumm genug sind, an der Taufe zugrunde zu gehn.

Soviel für heute. Lebe wohl!

Dein
in Ewigkeit
Zelter.

Felix ist jetzt in Paris und macht als Komponist und Ausüber Aufsehn. Ich lege den kleinen Auszug seines Briefes bei, woraus Du über sein Benehmen im allgemeinen das Weitere übersiehst.

[Beilage]

»Paris, vom 21. Januar 1832.

Gestern war Rodrigues bei mir, sprach von Saint-Simonismus und machte mir, indem er mich entweder für dumm oder für klug genug hielt, Eröffnungen, die mich so empörten, daß ich mir vornahm, weder zu ihm noch zu den andern Komplicen wieder hinzugehn. Heut früh stürzt Hiller ins Zimmer und erzählt, wie er eben der Arrestation der Saint-Simonianer beigewohnt habe; er wollte ihre Predigt hören, die Päpste kommen nicht, plötzlich treten Soldaten ein, und man wird gebeten, sich schleunigst fortzubegeben, da Herr Enfantin und die übrigen in der Rue Monsigny arretiert seien. In der Rue Monsigny stehn Nationalgarden und andere Soldaten aufmarschiert, alles wird versiegelt, und nun wird der Prozeß angefangen. Sie werden einen schlimmen

Stand haben, denn die neue Jury, die nicht mehr aus den Odilon-Barrot'schen Kandidaten besteht, ist ministeriell und hat schon mehrere sehr strenge Aussprüche getan,« und so weiter.

861. *An Zelter*

Alles macht sich recht hübsch; Doris ist wirklich zu guter munterer Zeit gekommen und hat sogar einige Abendunterhaltungen versäumen müssen. Sie wird viel zu erzählen haben, und man wird daraus ersehen, daß Weimar immer eine Art von kleinem Hexenkreise bleibt, wo ein Tag vom andern, ein Jahr vom andern lernt und wo man versteht, für dasjenige, was allenfalls vermißt wird, ein Surrogat zu finden. Da gar vieles durch Ottilien geschieht, so helf' ich im stillen nach; man muß nur nicht immer dasselbe verlangen und guten Humor genug haben, um sogar zu fördern, was uns mißfällt.

Das Gelingen Deines Bildes und der Beifall, den es in Berlin genoß, freut mich gar sehr, ich lasse mir eins dergleichen in meine Sammlung zeichnen; es hat sehr viel Charakter und Anmut zugleich. Herr Begas wird nicht unzufrieden sein, zu so erfreulicher Kunstnachbildung die erste meisterhafte Veranlassung gegeben zu haben.

Schon vor einiger Zeit hast Du mir gemeldet, daß einige gebildete Berliner sich freuten, außer Deinem Exemplar meiner »Farbenlehre« vielleicht kein anderes in Berlin zu wissen. Ist etwa eins auf der Königlichen Bibliothek, so wird man es dort sekretieren und als ein verbotenes Werk verleugnen. Zwei Oktavbände und ein Quartheft sind seit 23 Jahren gedruckt, und es gehört zu den wichtigsten Erfahrungen meines hohen Alters, daß seit jener Zeit die Gilden und Sozietäten sich dagegen immer wehren und in greulicher Furcht davor begriffen sind. Sie haben recht, und ich lobe sie darum! Warum sollten sie den Besen nicht verfluchen, der ihre Spinneweben früher oder später zu zerstören Miene macht! Damals schwieg ich, jetzt will ich doch einige Worte nicht sparen.

Es sind alles ehrenhafte wohldenkende Männer in der Gesellschaft, von der Du erzählst; aber freilich gehören sie einer Gilde, einer Konfession, einer Partei an, welche durchaus wohl tut, alles widerwärtig Eingreifende, das sie nicht vernichten können, zu beseitigen.

Was ist ein Minister anders als das Haupt einer Partei, die er zu beschützen hat und von der er abhängt! Was ist der Akademiker anders als ein eingelerntes und angeeignetes Glied einer großen Vereinigung! Hinge er mit dieser nicht zusammen, so wär' er nichts; sie aber muß das Überlieferte, Angenommene weiterführen und nur eine gewisse Art neuer einzelner Beobachtungen und Entdeckungen hereinlassen und sich assimilieren, alles andere muß beseitigt werden als Ketzerei.

Seebeck, ein ernster Mann im höchsten besten Sinne, wußte recht gut, wie er zu mir und meiner Denkweise in naturwissenschaftlichen Dingen stand; war er aber einmal in die herrschende Kirche aufgenommen, so wäre er für einen Toren zu halten gewesen, wenn er nur eine Spur von Arianismus hätte merken lassen. Sobald die Masse wegen gewisser schwierigen und bedenklichen Vorkommenheiten mit Worten und Phrasen befriedigt ist, so muß man sie nicht irre machen. Wie Du mir schreibst, gestehen jene Interlokutoren selbst, daß er *mäßig* gewesen sei, das heißt: daß er sich über die Hauptpunkte nicht erklärte, stillschweigend anhören konnte, was ihm mißfiel, und hinter wohlanschaulichen Einzelnheiten, ich meine: durch entschieden-glückliches Experimentieren, worin er große Geschicklichkeit bewies, seine Gesinnungen verhüllte, indem er seinen akademischen Pflichten genugtat. Sein Sohn versicherte mich noch vor kurzem der reinen Sinnesweise seines trefflichen Vaters gegen mich.

Der wunderlichste Fall, der sich soeben ereignet, pp.

Fortsetzung folgt.

Folgerecht

Weimar, den 4. Februar 1832. G.

Der liebe und wahrhaft schätzbare Ferdinand Nicolovius bringt eben Deinen Brief und ist um desto willkommener. Schreibe nach Bequemlichkeit, laß Dir aber jede Gelegenheit bequem sein; ich will es auch so machen. Eine unterbrochene Korrespondenz ist keine. Dafür soll aber auch die Fortsetzung alsobald nachfolgen. (Zum 4. Februar 1832.) G.

Den besten Dank für die Pariser Nachricht. Es ist ein großer Schritt, höchst nötig, aber kaum denkbar, ein großer Sieg über die Anarchie. Möge es ferner gelingen!

862. *An Goethe*

Ich will nicht fragen, ob Dir Doris zur Last ist, denn ihre Briefe lauten, als ob sie in Weimar zu Hause wäre. Mag sie den Aufenthalt bei Dir für eine heilsame Badereise genießen, die ihr ein langes Andenken gewährt; es ist das Liebste, das ich mir selber kaum gönne und den Meinigen hinterlasse. Doris schreibt mir, wie freundlich sie unsern alten Knebel in Jena angetroffen, der mir ein so lieber Gönner geworden und geblieben ist.

Ich lese eben Italienisch, indem ich zufällig im »Cellini« etwas aufsuche. Ich sage Italienisch, das heißt: unsere Übersetzung, die ich oft genug mit dem alten Originale verglichen und nicht nur echt italisch, sondern auch echt Cellinisch befunden. Dann ist auch wieder die Sprache im

Anhange der Nachschrift so eigen und natürlich, besonders in der Beschreibung der beiden Kartone des Michel Angelo und Leonardo da Vinci, daß man diese beiden Kartone kaum als verloren ansehn kann.

Ich erinnere mich noch gar wohl des allerersten Eindrucks, da Du mir vor 30 Jahren das Buch auf die Stube brachtest. Nun hab' ich's wieder von vorn angefangen, und ein Kapitel folgt dem andern. Die Naivetät, daß der brave Junge den gerechtesten Haß gegen die verfluchte Musik fassen müssen, hatte mich aufs stärkste angezogen, da ich selber wiewohl im umgekehrten Falle gewesen. Wie oft ich unter Tränen im brünstigsten Gebete Gott angerufen, meinen verdammten Hang zu der lieben Musik in ein meinem Stande gemäßeres Talent zur Freude meines Vaters zu verwandeln, das alles trat so lebhaft wieder vor mich hin, als wenn ich erst hier das Wesen meiner damaligen Seelenangst gespenstrisch vor mir sehe. Vielleicht hab' ich Dir das schon zehnmal geschrieben, die Wirkung aber ist die alte.

Der junge Friedlaender, der hier bei der Königlichen Bibliothek als Kustos angestellt ist, berichtet mir eben, daß sich eine noch nicht bekannte Handschrift des »Lebens« des Benvenuto Cellini aufgefunden habe, wie auch ein Manuskript über die Goldschmiedekunst.

Man will mich mit Gewalt zum öffentlichen Kritikus haben. Noch gestern hat mich sowohl unser Kapellmeister als auch der erste Regisseur dazu aufgerufen. Das fehlte mir, in solcher Koppel am Stricke mitzulaufen! Man tut den Leuten kein größeres Herzeleid an, als wenn man sie Knall und Fall belehren und aufklären will. – »Meine Herren, was wollt ihr mir? Ein Geschichtchen erzähl' ich euch: Ein Bauer hatte zwei Knechte angestellt, um ein Gartenland umzugraben. Er kommt, und indem er sie beide müßig findet, schreit er den ältesten an: ›Du Tagedieb, was tust du denn?‹ – ›Nischt.‹ – ›Und du, kleiner Spitzbube, was machst du?‹ – ›Ick helpe dem da.‹ Wie komm' ich nun zu der Ehre, von euch beschuldigt zu werden, weil ich *nicht* schreibe? Geht zu den andern, sie sollen es machen wie ich, um euer Vertrauen auch zu erwerben. Ihr werdet aber schlecht empfangen werden, denn sie fressen von dem, was ihr von euch gebt. Tut ihr aber nichts, so haben sie nicht zu leben, und dann habt ihr alle nichts. Machen sich nun die Sachen von selber, so wär' ich das fünfte Rad am Wagen, wovor mich Gott behüte. Meint ihr, daß man ein ganz besonderer Held sein muß, um andern das Licht zu halten? Ich weiß das am besten, denn als Lehrjunge hab' ich manchen bessern Mann belehren wollen und Kritiken geschrieben, die ich verfluche. Meint ihr, ich sei in meinem 74. Jahre noch ebensolch ein Faselhans? Ich kann und will's nicht leugnen, daß solch ein Anmuten von Männern wie ihr mir höchlich schmeichle, aber dem zu Trotz will ich mit euch in Fried' und Freundschaft leben und sterben. Sela.«

7. Februar. Wenn ich vorhin gesagt, daß ich *Italienisch* lese, so hat der Italiener Spontini Deine kleine »Mignon« wie eine Perle in deutsche Orchesterflüssigkeiten rein aufgelöst. Das Stückchen hört sich hübsch an, und Mignon spielt gleichsam mit wie ein Kind unter Kindern; ginge das ordentlich fort bis ans Ende, so würde man fertig. Die Hauptintention ist aber auf das ewig wiederholte, ganz zerlängelte: »Kennst du es wohl?« gestellt, und den will ich sehn, der sagen würde: Es muß wohl Italien gemeint sein. Es wurde gestern im Konzert mit vollem Orchester (ohne Pauken) mit vielem Applaus gegeben. Beim Hinausgehn rief einer, vernehmlich genug:

»›Dahin‹ scher' Er sich und lass' *uns* ungeschoren!«

Soeben kommt Dein Brief vom 4. dieses, der den willkommenen Gast Nicolovius anmeldet und den Trumpf enthält, den Du auf eine unterbrochene Korrespondenz setzest. So mögest Du denn auch nehmen, was ein Schlaraffenleben, woran man oft wider Willen Teil haben muß, zum besten gibt.

Ich habe einen kristallnen Stockknopf von 5 Lot schwer, mit vielen Facetten geschickt geschliffen, erbeutet, indem ich dachte, dergleichen könnte Dir zu Deinem Farbenspiele dienen. Karsten sagt mir, der Stein sei wirklich gut und nicht ohne Wert. Kannst Du dergleichen brauchen, so sende ich ihn gelegentlich, weil ich das Einpacken fürchte und nicht verstehe. Lebe wohl! es ist Dienstag, und ich hab' eine schwere Woche.

Fahre fort, Zion!

Dein

Z.

863. *An Goethe*

Nichts so fein gesponnen,
Es kommt endlich an der Sonnen.

In hiesiger Charité ist ein Weibsen von Zwillingen entbunden. Die Mutter, welche eine Zweigeburt nicht erwartete, hat sich sorgfältig nach der Farbe des Kindes erkundigt und sich unter allen Leiden getröstet erwiesen. Unterdessen hat sich ein zweites herangedrängt, das der Entbinder ein Mulattenkind genannt hat, worüber die Kreisende vor Schrecken außer sich gewesen, ihren Tod erwartet und gestanden hat, daß sie in einer und derselben Zeit zweien Männern verschiedener Farbe zur Unterlage gedient. Die Zwillinge (beides weibliche) sind nach der Geburt gestorben und unserm Anatomen Rudolphi zur Sektion übergeben, der beide Kinder als weiß geboren erkennen wollen.

Freitag, 10. Februar. Unsere gestrige öffentliche Produktion ist glatt genug von sich gegangen, und zwar nach einer einzigen Probe von 1 ½ Stunde für eine Aufführung von 2 ½ Stunden. Es waren zwei Proben angeordnet, da aber am Tage der zweiten eine starke Oper gegeben wurde, war das Königliche Orchester nicht zu haben, und man mußte sich helfen, denn auch diese Eine Probe geschah mit Übereilung, weil die Musiker noch Ein öffentliches Konzert zu bedienen hatten.

Ich muß es wohl für eine besondere Gnade Gottes erkennen, daß mir mit einem Orchester, mehrenteils aus freiwilligen Liebhabern bestehend, noch nie ein Skandal geworden, wie ich doch solches an andern Orchestern wohl erlebt habe. Eine herzhafte Anrede an mein Volk (an die 300 stark) hat einmal wieder die Wirkung getan, welche Du aus dem Karton des Michel Angelo so prachtvoll deduziert hast. Alle liefen und kamen und standen wie die Mauern und gingen freudig auf die Sache los und erkannten meinen ermunternden Blick und freuten sich wie die Kinder über ein paar Fehler, die ich gemacht. Dergleichen wissen sie sich nicht klein anzuschlagen. Mein neuer Konzertmeister ist ein Bravo und paßt auf, als ob er nach Schnepfen schießt.

Ein paar neue vertrackte Opern habe auch wieder hinter mir. – Man muß machen (»sagt der Patriarch«) davonzukommen, eh' die Ware in den Müllkasten übergeht. Sic:

ad 1) »Die Marmorbraut.« Ein Korsar, ein Seehund, hat eine hohe Schönheit verführt und verlassen. Nach ihrem frühen Tode wird ihr marmornes Standbild von ihm verhöhnt, indem er der Statue einen Ring frech an den Finger steckt, den er ihr wieder abnehmen will, um eine neue zarte Schöne damit zu gewinnen. Der Marmor versteht den Scherz nicht, drückt den Finger in die Hand und hebt den rechten Arm gegen den Ehrenschänder in die Höhe, der, vor Schrecken und Bosheit außer sich, sein gewohntes Viehleben fortsetzt und zuletzt wie ein Don Juan endet.

ad 2) »Der Templer und die Jüdin.« Ein junger Tempelritter ist in die schöne Tochter eines alten dummen Juden verliebt, die ihn aus Abscheu vor der Christenlehre nicht will. Darüber wird das schöne Kind als Zauberin angeklagt und vom Orden zum Scheiterhaufen verurteilt. Soeben kehrt Richard Löwenherz (1194) aus Palästina nach England zurück. Einer seiner Ritter hebt den Handschuh für die Unschuld des Mädchens auf und siegt, und das Stück ist aus.

Die beiden Komponisten sind gleicher Unnatur, mehr und minder. Sie schlagen den Leuten ihre Musik mit solcher Gewalt um die Ohren, als wollten sie Leder gar machen. – Nun gibt ein Schelm mehr, als er hat; dahin ist es aber gekommen, das älteste Wahrwort Lügen zu strafen. Weiß Gott, wie es kommt, daß ich nichts aus tiefer Seele zu sagen weiß, das Du nicht besser gesagt hast! So fällt mir eben ein, daß ich meine Weisheit hätte behalten können und Dich allenfalls verweisen, was Du unter dem Titel »Musik« im Anhange zu »Rameaus Neffen« längst ausgesprochen. Sei es nun Bestätigung alten treuen Glaubens und gleichen Sinnes oder die Frucht gesunder Saat: es steht einmal da und mag bleiben.

Meinst Du, ich habe mehr Zeit zu schreiben als Du zu lesen, so hast Du nicht ganz unrecht. Je mehr Leute man hat, je mehr Arbeit. Meinen Diener mußt' ich abschaffen, und der neue ist noch im dummen Vierteljahr wie die neugebornen Kinder, Rosamunde muß ihn zurechtrücken; Doris ist nicht im Hause, und so ist eine Stille wie in der Wochenpredigt. Es ist Sonnabend, und Freund Bornemann, den Dir Doris näher bezeichnen mag, hat mich auf Wildbraten gebeten. Lebe wohl und grüß' die Unsrigen von

Deinem Z.

Sollte Doris zu ihrer Rückreise Geld bedürfen, so bitt' ich, ihr soviel vorzuschießen; sie soll aber nicht zuviel ausgeben.

864. *An Goethe*

14. Februar 1832.

Ein sehr bestimmter Unterschied zwischen gleich und gleich hat sich gestern vor mir aufgetan. Zwei Lustspiele, das erste von Kotzebue von Einem Akte und das andere von Raupach in drei Akten, wurden nicht ungeschickt gegeben. Beide Motive von gleicher Unwichtigkeit und Unsittlichkeit. Das erste frisch sich fortbewegend, saillant, konzis und sich konsumierend, ehe man's gewahr wird, die Zeit mit nichts losgeworden zu sein. Das andere schwer, leer, lang, liederlich, widerlich, gemeines moskowitisches Lumpenpack und verdächtige Mamsellen und Nichten. Die russischen Kleidertrachten sind das beste daran.

Den 16.

Über die Oper von Aubert: »Der Gott und die Bajadere« habe ich Dir wohl geschrieben. Die gestrige Vorstellung geriet in allen Teilen so vollkommen, daß ich mich an der Musik wahrhaft ergetzt habe. Sie hat was Indisches, was anderes, als man schon hatte. Geist, Neuheit, Leichtigkeit, Fluß, und unser Gast Mademoiselle Elßler (die Bajadere) tanzt nicht bloß, sie spielt so vollkommen, wie ich seit der Vigano nichts gesehn habe. Das ganze Haus war zufrieden. Das Mädchen hat eine Fronte rings herum für tausend Augen. Die Teile ihres Gesichts sind ein Farbenklavier, mit bewunderungswürdiger Anmut gespielt. Liebreiz, Biegsamkeit, ja Herzlichkeit und Schelmerei spielen durcheinander, von leiser Luft getragen. Das ließ sich alles eben heut bemerken, da eine andere junge hübsche Tänzerin, eine unserer besten, mit ihr zu zertieren hatte, um den Gott zu gewinnen, der die Liebste durch Eifersucht prüfen wollte, die dadurch in ihren Bewegungen immer weicher, züchtiger, ja weher wurde und unbewußt den vollen Sieg gewann. Es will schon was sagen, die verderbte sperrbeinige Pariser Hampelmethode in sanfte Schlangenwindung des schönen Körpers umzubilden und das Auge ohne Anstoß zu belustigen.

Auch die Singpartieen waren aufs beste bestellt. Der Gott (Mantius) ist zwar Anfänger und von Person kaum einer Mannslänge, doch sein Tenor ist von der größten Schönheit und Gleichheit des Umfangs. Er hat in sehr kurzer Zeit bis heut starke Fortschritte gemacht. Stellung, Gang und Gesicht müssen seinem Körper noch Bedeutung geben. *Fleck*, der gar kein Riese war, wußte Kopf und Auge bis in die Wolken zu heben. Fräulein v. Schätzel ist seit kurzem zur echten Sängerin herangewachsen. Jung, hübsch, wohlgewachsen, munter, musikalisch, mit heller rühriger Stimme, die alles leicht hervorbringt, sicher einhertretend, sind unschätzbare Ingredienzen, aber – sie verläßt das Theater, um zu heuraten, oder heuratet, um abzugehn. Der Verlust ist schwer zu ersetzen, und ich, der sie herzlich liebt, wünsche nur, daß sie glücklich sein möge. Ihre Natur ist echt musikalisch, das Treffen und Lesen der Noten ist ihr wie das Singen angeboren. Ihre Sicherheit grenzt an Verwegenheit. Sie hat mir einmal die größte Not in Freude verkehrt, indem sie eine schwere Partie einer alten Musik öffentlich prima vista sang, was ich mir selber nicht zumuten würde. Wie gesagt: sie verdient, glücklich zu sein.

Zu meinen Erfahrungen gehört auch, daß ein echtes Naturell, ohne Gelegenheit, sich fortzubilden, sich nemesisch an der ganzen Organisation rächt, da es nicht jedem Individuum gegeben ist, sich aus eigener Kraft aus- und durchzuarbeiten. Die *Mara* hat zwei furchtbare Kindbetten bestanden. Als sie dies los war, wurde sie erst die vollkommenste Sängerin.

Meine Frau, die ich genommen, um sie einer herkulischen Dienstbarkeit von sechs Jahren zu entheben, war davon erdrückt, indem ich ihr Talent nun schon sechsundzwanzig Jahre beweine.

Vorgestern haben wir in der Singakademie das Andenken eines 21 jährigen liebenswürdigen Mädchens von erklärtem Talente durch ein Requiem gefeiert, die an einer Nervenkrankheit gestorben ist. Als ich sie unter uns aufnahm, sang sie hohe Sopranarien und bezwang sie mit aller Kraft eines jugendlichen Körpers. Ich riet ihr, sie möge ihrem schönen Mezzosopran keine Gewalt antun. Die Freunde aber und Freundinnen, und wie sich das Geschmeiß nennt, wußten es besser, und ich kann die Ahnung nicht loswerden, meine liebe Ulrike Peters habe sich totgesungen.

Der Tod aber will seine Ursache haben, wie das Leben. Bin ich ja selber in dieser Nacht der Todesgefahr nur ganz wunderbar entgangen. Mir träumte: es sollten alle gehängt werden, die des Diebstahls angeklagt worden. Eine Menge Exekutionen waren abgetan, und nun kam es an mir. Meine Ankläger wurden aufgerufen, ihre Anklage zu wiederholen und zu bekräftigen: diese aber hingen alle schon.

Sonnabend, 18. Vor einigen Monaten habe Dir wohl geschrieben, daß ich mit Philipp Hackerts jüngsten Schwester nach langen Jahren wieder zusammengetroffen, und glaube, ihr einen unrichtigen Namen beigelegt zu haben: sie ist eine verwitwete v. Maltitz. Solche Namensverwechselungen können Familienirrungen veranlassen, wenn Briefe aufbehalten bleiben, darum sei das bemerkt.

Doris scheint ihren Sommer vorausnehmen zu wollen, und es soll ihr gegönnt sein; sie könnte aber auch wohl einmal wieder von sich vernehmen lassen. Gott zum Gruß!

Dein

Z.

865. *An Zelter*

Fortsetzung des letzten Schreibens.

Der wunderlichste Fall, der sich soeben ereignet, darf nicht verschwiegen werden. Wie ich Vorstehendes diktiere, erhalt' ich eine Dissertation aus Prag, wo vor einem Jahr unter den Auspizien des Erzbischofs meine Farbenlehre ganz ordentlich in der Reihe der übrigen physikalischen Kapitel aufgeführt ist und sich ganz gut daselbst ausnimmt. Dieser Gegensatz hat mir viel Spaß gemacht, daß man in katholischen Landen gelten läßt, was in kalvinischen nicht nur verboten, sondern sogar diskreditiert ist. Ich weiß es recht gut: man muß nur lange leben und in Breite zu wirken suchen, da macht sich denn zuletzt doch alles, wie es kann.

Vorstehendes war freilich schon seit dem Abgange meines letzten Briefes geschrieben, und es schien bisher, als wenn die Gegenwart der wackern Doris an Deiner Statt erschienen sei. Nun sind die Frauenzimmer wieder abgereist und kommen wahrscheinlich früher als das Gegenwärtige.

Doris wird manches Freundliche von Weimar zu erzählen haben; sie fand hier an Frau v. Pogwisch, Fräulein Ulrike, Emma Froriep schon längst bekannte vertraute Freunde, und so erwarb ihr verständiges, ruhiges und doch lebhaftteilnehmendes Betragen manche neue Wohlgewogene. Auch gab es Gelegenheit, unsre Exhibitionen, insofern sie schaubar und genießbar sind, kennenzulernen und sich bis auf einen gewissen Grad daran zu ergötzen. In unserm stillen Haushalt konnte sie sich an mäßiger Bequemlichkeit genügen, und sie kommt gewiß in manchem Sinne erholt und gefördert in ein lebhaftes tätiges Haus- und Tageswesen zurück. Der kleinen Facius ist es auch gut gegangen, und wenn ihr die Deinigen noch eine Zeitlang nachhelfen, so hoff' ich, sie wird noch diesen Sommer von Rauchs Gegenwart genug profitieren.

Deine letzte Schilderung des Theaters und Gesangwesens erhalt' ich soeben zu meiner großen Erbauung. Hier sieht man das Menschliche zugleich mit dem Kunstreichen in seinem eigenen und immerwährenden Konflikt. Du hast über Talent und dessen Ausbildung einige goldne Worte gesprochen, die ich mit einem Kommentar zurücksenden werde. Fahre fort mitzuteilen, was Du gewahr wirst und was Du denkst, und überzeuge Dich, daß Du uns und andern einen Schatz sammelst. Ich will das gleiche, wenn auch von anderer Seite, beizubringen suchen.

In der Mitte treffen wir doch immer gewiß zusammen, und deshalb wollen wir keine Zeit versäumen.

Für diesmal das beste Lebewohl und die schönsten Grüße an die Deinigen.

Und so fortan!

Weimar, den 20. Februar 1832. G.

866. *An Zelter*

Die Anwesenheit unsrer wackern Doris hat uns Deine Zustände recht anmutig aufgehellt und uns gar gemütlich so gut wie hineinversetzt. Glück zu der grenzenlosen Tätigkeit, die dem Menschen angeborne Vokalität zu regeln und das Gesetzliche der großen Kunst immerfort praktisch zu handhaben! Man hat schon vor alters gesagt: die Grammatik räche sich grausam an ihren Verächtern, Du sprichst es in Deinem letzten Briefe durch das Wort *nemesisch* gar vortrefflich aus; denn durch ein falsches Bestreben wird der ganze Organismus, Leib und Geist, aus den Fugen gerückt, und es ist gleich, ob eins oder das andere erkrankt und zuletzt bei verworrener Anstrengung zugrunde geht. Hier schalte ich ein, was ich vor einigen Tagen niederzuschreiben Veranlassung gefunden:

»Die kunstgemäße Ausbildung einer bedeutenden Naturanlage bewirkt zu haben, bleibt eins unsrer schönsten Gefühle; es ist aber zur laufenden Zeit ein größeres Verdienst als ehmals, wo noch jeder Anfänger an Schule, Regel, Meisterschaft glaubte und sich der Grammatik seines Faches bescheiden unterwarf, wovon die jetzige Jugend meistens nichts wissen will.

Die deutschen bildenden Künstler sind seit dreißig Jahren in dem Wahn, ein Naturell könne sich selbst ausbilden, und ein Heer von leidenschaftlichen Liebhabern, die auch kein Fundament haben, bestärken sie darin. Hundertmal höre ich einen Künstler rühmen: er sei nur sich selbst alles schuldig! Das hör' ich meist geduldig an, doch versetz' ich auch manchmal verdrießlich: *Es ist auch darnach.*

Was ist denn auch der Mensch an sich selbst und durch sich selbst? Wie er Augen und Ohren auftut, kann er Gegenstand, Beispiel, Überlieferung nicht vermeiden; daran bildet er sich nach individuellen Lüsten und Bequemlichkeiten, so gut es eine Weile gehen will. Aber grade auf der Höhe der Hauptpunkte langt das zersplitterte Wesen nicht aus, und das Unbehagen, die eigentliche Not des praktischen Menschen, tritt ein. Wohl dem, der bald begreift, was Kunst heißt!«

Soviel ich auch ins Ganze gewirkt habe und so manches durch mich angeregt worden ist, so kann ich doch nur Einen Menschen, der sich ganz nach meinem Sinne von Grund auf gebildet hat, nennen: das war der Schauspieler *Wolff*, der auch noch in Berlin in gedeihlichem Andenken steht.

Freundlichem Erwidern entgegensehend, das Weitere nächstens.

Weimar, den 23. Februar 1832. J. W. v. Goethe.

867. *An Goethe*

Sonntag, 19. Februar 1832.

Heute feiern sie in allen Kirchen das Dankfest für die Befreiung von der furchtbaren Krankheit. In Gottes Namen! Da jeder freie Atemzug in mir Lob und Freude zu Gott ist, so habe das ganze Haus in die Kirche geschickt und ergebe mich, wie ich muß, da ich manche gute Seele neben mir vermisse, »denn ich – bin arm und stumm«. Sonst haben sie sich im ganzen wenig abgehn lassen. Deimalhunderttausend sind draufgegangen. Nun freien sie wieder und lassen sich freien; Kraut und Rüben steigen wieder zu den alten Preisen, und alles kommt wieder in Gang.

Nun aufgeschaut! Es kommt das Schicksal! Einer meiner Studenten bringt mir ein Trauerspiel: »Prinz Hugo«, fix und fertig, gedruckt, gebunden und alles, und fragt, ob er's wohl Dir senden dürfe. Ist das nicht zum Entsetzen? kann ich's wehren? Er schenkt mir ein Exemplar: soll ich's nehmen? lesen? loben? Genug, ich tue, was ich kann, und habe den 4. Akt durch. Bin ich denn ein Kenner? wer will mir glauben, wenn ich noch keine Person finde, die mir ordentlich mißfällt! Im 5. Akt folgt nun das Totschlagen; den will ich mir pour la bonne bouche aufheben, »daß ich zuletzt ihn speise«. Worauf Du Dich treulich verlassen kannst, ist, ihm sogleich, eh' ich das Opus angesehn, bemerklich gemacht zu haben, wie ich ihm eine Antwort von Dir herzlich gönne, wiewohl nicht verspreche, wie löblich auch seine Arbeit ausfalle, indem ich Dich mit ähnlichen Sendungen von vielen Seiten so bearbeitet wisse, die allerdings Deinen eigenen Beschäftigungen nachstehn müßten, worüber Du Dich denn öffentlich mehr als einmal erklärt habest. Wolle er sich solches ohne Gram und Ungüte nicht verdrießen lassen, so möge er unterdessen, wie Geist und Beruf ihn trieben, dreist fortarbeiten und bedenken, daß Euripides und ähnliche Gesellen auch das zweite Dutzend ihrer Tragödien nach dem ersten folgen lassen, ohne erst Urteil und Recht abzuwarten, das ihnen manchmal wohl lange ausgeblieben sei.

Den 26. Nun wieder von einer Oper: »Fra Diavolo«. In Teufels Namen, und dabei wollen sie selig werden! Dieser diavolo ist ein schöner, junger, langer, hagerer, blasser Räubersmann, ein Sch-kerl, und singt Tenor wie alle – Tenoristen, die nach der Mutation den Diskant fortsingen, denn das ist heute die Methode. Besagter Tenorräuber schmeißt einen reisenden reichen, stockdummen Lord Cookburn und seine Gemahlin bei Terracina nieder und räumt den Wagen aus. Der Lord hat sich einer hübschen pfiffigen Italienerin ehelich beigelegt, die ihn cocusiert und mit dem Spitzbuben Barkarolen singt. Diese drei Genossen und Genießer kehren nach geschehener Affäre in ein Gasthaus ein. Der Gastwirt, auch ein faisabler Mann für reiche Engländer, verheuratet eben eine hübsche Tochter. Der Bräutigam ist römischer Dragonertenor, auch von hoher Oktave, und hat den Auftrag von Päpstlicher Regierung, den von Person unbekannten Diavolo auszugattern und zu fangen, welches denn hier im Hause geschieht, und die Geschichte ist aus. Nun die Handlung:

Die Dragoner saufen und singen,
die Räuber stehlen und singen,
der Lord ist maussade und singt, wie er das verfluchte
Singen nicht leiden will,
die Verliebten plagen sich und singen und vertragen
sich und singen wieder.

Es gehört ein Mann wie Aubert (über dessen Talent die Kritik nicht einig ist) dazu, drei solche Akte zu bemusiken, daß niemand vor langer Weile umkomme, und wozu ein

Orchester gehört wie das Pariser und nicht schlechter als das hiesige. Denn das Beste sind die Schwierigkeiten für Sänger und Orchester, wenn alles gelingt.

Doris ist nach kaum 24stündiger Fahrt am 20. dieses mit Fräulein Facius glücklich hier angelangt und rekapituliert nun schon den sechsten Mittag und Abend, wie die Residenz Weimar sich ganz anders auf ihre Leute verstehe als das feuchte, trockene, frostige Berlin. Das hören wir andere nun geduldig an, besehn die schönen Geschenke, und das Faciuschen lächelt und freut sich der guten Tage.

Von Felix habe einen Brief aus Paris vom 15. dieses erhalten. Da er schon öfter dort gewesen, so sind neue Bekanntschaften zu den alten gestoßen, und wie es scheint, erregt das politische nicht weniger als das Kunstleben dort seine Neigung zum Vaterlande. Was das Kunstleben betrifft, so stimmt sein Bekenntnis ziemlich mit dem überein, was ich ihm, ohne daselbst gewesen zu sein, prophezeit habe, wenn Geschäfts- und Kaufleute, unter denen er von Kindheit an gelebt, freilich dahin wittern, wo der meiste Verkehr ist. Der Vater hat wieder einen Verlust von mehr als 30 m rh. gehabt, der immer kein Gewinn ist, doch einen Mann von 300 m nicht zu empfindlich berühren kann. Das Schlimmste ist aber, daß der Faillante (Goldschmidt) der Prinzipal von Felix' jüngerm Bruder Paul ist. Dieser Paul aber ist zugleich als 18jähriger Knabe von ausgezeichnetem Handelstalent, Fleiß und Wohlgezogenheit, daß solche Erfahrung sein ganzes Leben befruchten möge. Die Handelsgeschäftigkeit der letzten Jahre ist für wohlhabende Leute am gefährlichsten, wenn ein geschicktes Zusehn oft genug den Lump bereichert. – Doch das versteh' ich nicht.

Montag, den 27. Eben kommt Dein lieber Brief vom 23. Du nennst meine Tätigkeit grenzenlos. Nenne sie tatenlos, und Du bist auf dem Wege. Müßt' ich nicht denken, daß ich, in den verrücktesten Wirrwarr gebannt, bald steuern, bald rudern, bald schwimmen muß, um nur ober Wasser zu bleiben, so könnte man verzweifeln; denn ich fange täglich von vorn an, und hab' ich ein Stück hinter mir ertrotzt und erschmeichelt, wird man wieder zurückgeworfen. Über Grammatikalisches künftig; denn das Papier ist zu Ende und meine Zeit gleichfalls. Lebe wohl! Dein

Z.

868. *An Goethe*

Was Du in Deinem letzten als die den Menschen angeborne Vokalität benamest, ist, was mir so viele Jahre her zu schaffen gibt. Bei einer Anzahl von Zungen, die hundertfältig das Eine Wort aussprechen, hat man von mehr als einer Seite her zu hacken, zu bügeln, ja wohl zu schelten, wenn Schlesier, Sächser, Westfaler e tutti quanti jedes nach seiner Art anbeißen, dagegen ich steif zu beharren habe, daß in dem nämlichen Kreise jedes Wort von jedem Munde nach Einem Klange herausgehe. Es sind schon bittere Tränen von schönsten Augen geflossen, die durch sanfte Härte bei gelindem Feuer getrocknet werden, wenn's auch bei dem »Fiat justitia!« bleibt, in einer Residenz, wo eine Akademie aller Wissenschaften und Künste, höhere und niedere Schulen, vier Theater mit Weisheit und Torheit zu Markte sitzen.

Wovon ich das Beste hoffe, das sind meine Studiosen. Entweder es sind die Besten, die sich zu mir halten, oder sie finden was Burschikoses an mir, indem wir uns untereinander stillhalten wie unterm Scheermesser, sie mir nichts zu geben haben, ich ihnen nichts zu schenken brauche, von der Leber weg rede und das Vorgefühl habe, ihnen nach langen Jahren noch recht und gerecht zu erscheinen. Wäre man nicht von obenher zu sehr beengt, da zu den natürlichsten

Bedürfnissen es stets am Besten fehlt, so ließe sich mehr, wenn auch nichts Besseres tun. Und doch kann ich von Glück sagen, mir das Fach bereiten zu dürfen, woran hier sonst niemand gedacht hatte, und die mittelbare Wirkung mit Zufriedenheit besonders im Theater bemerke.

Ich hätte mir's kaum gedacht, mit dem jungen Geschlechte so gut auszukommen. Meist tüchtig und willig; meist Theologen oder dem Lehrfache ergeben, darf ich ihnen fehlerhafte Muster ihrer eigenen Dozenten, ohne sie alle zu kennen, bildlich hinstellen:

daß ein Redner, dem ein Buchstabe des Alphabets fehlt, gleich sei einem Instrumente, dem ein Ton der Skala fehlt;

daß die Zunge der Lenker der Rede sei und einen geschickten Steurer fordre;

daß der Vokal sich zum Konsonanten verhalte wie die Glocke zum Kleppel;

daß die Sprache ein Sprechen ist und die Rede vom Munde zu Munde über alles Lesen stehe;

daß das Sprechen den Zustand der Bildung offenbare, daß Tiere vieles lernen, nur nicht sprechen;

daß der Wohlklang das einzige Kriterium der Sprache und des Sprechens, der Rede sei;

daß der innere Bau des menschlichen Mundes der Wissenschaft der Akustik die erste Richtung gebe;

daß der Gebrauch des Odems sein Verhältnis zum Periodenbau habe;

daß ein Redner, dessen Odemzüge laut vernommen werden, gleich sei einem Pferde, das keiner kaufe, und einer Frau, die man nicht heurate;

daß mancher jetzt jenseit des Styx wandelnde Philologus alle Homerischen Götter zum Lachen aufregen würde, wenn er ihnen die Verse der seligen Dichter vorstöhnen und -ächzen wollte, und so weiter.

Dergleichen lebendige Gegensätze sind nicht ohne Wirkung in die Ferne der Zeit, wie ich mich wohl ähnlicher Lehren aus früher Jugend erinnere.

Sonntag, den 4. März 1832. Fürst Radziwill hat uns gestern mittag endlich wieder Neues und Altes aus dem »Faust« zum besten gegeben, wozu ich einige und 40 Helfershelfer geliefert. Der edle Komponist ist tief ins Gedicht hineingedrungen, man könnte sagen: hineingefallen, indem ich mehr die Wirkung des Gedichts auf ihn selber als eine Rückwirkung durch die Musik erkennen kann. Ein austernhaftes Festhalten der Situationen ist lähmend, da keine Kunst vorübergehender ist als die Musik. Auch das »Dies irae« scheint mir verfehlt, wie denn Gewissenssachen in Töne zu kleiden, eine Aufgabe ist, die den Bösen Feind in sich hat. Im Gedichte ist es vollkommen angegeben durch die Worte: »Dom. Amt, Orgel und Gesang«. Das war denn auch alles in Fülle vorhanden. Doch Gretchen sagt: »Das ist nicht recht, man muß dran glauben« – und das kann man nicht. Du hast durch jene bloße Überschrift den Nagel so getroffen, als wenn Dich die Orgel einmal selber so angepackt hätte. Auch mir ist sie noch immer ein strenger Beichtiger gewesen. Sie hat was Anklagendes, Satanisches in sich. – Dagegen ist der Spaziergang in Marthens Garten allerliebst: wie das höhnisch Ironische mit dem herzlich Verliebten sich wiegt und davonträgt. Wir waren bloß mit dem Flügel, ohne Orchester, und hatten vornehme Zuhörer. Unser Kronprinz, Herzog Karl von Mecklenburg (Mephisto); der Großherzog von Strelitz war wie immer entzückt, und ob er's gewesen wäre, wenn er besser hören könnte, will ich nicht untersuchen. Hin und wider findet doch ein Funke eine empfängliche Stelle. Das Gedicht an sich hat im stillen unglaublich, ja furchtbar gefruchtet. Von allen Seiten her macht jeder ein anderes Gesicht dazu, und keiner kann den Asmodi verbergen. Sie lesen es heimlich wie die Katholischen die Bibel.

Über die Ausführung unseres »Messias« am letzten Donnerstage wüßt' ich kaum zu sagen. Wer auf der Sonne steht, sieht sie nicht, und der Kleppel hört die Glocke nicht. Die Rezensenten geben sich Mitleiden, tupfen wohl an Zufälligkeiten und machen sich lieber liebes Kind unter dem jungen Völkchen, das auch aus Rezensenten besteht und sichtbar den treusten Ernst erkennen läßt. So kommen wir am besten zusammen und wieder auseinander, wenn ich recht gut weiß, wie und wo es sitzt. Aber wir müssen Zinsen für 60m Taler Kapital schaffen und froh sein, wenn musikalische Professionisten und Virtuosen der Popularität uns die Taler gönnen, die wir ihnen vorabzuverdienen suchen. Unser Saal war diesmal voll, und die Kenner und Richter müssen auch bezahlen. Die Hoflogen hätten gern noch manch hohes Haupt aufgenommen. Haben wir doch unsern Willen, so müssen wir andern den ihrigen gönnen.

Dienstag. Gestern sistierte mich ein alter Schulkamerad, einer von unsern verglühten Bürgermeistern, der einige Fremde im Museum umherführte, denen er mich als eine bemerkliche Person zu präsentieren gedachte. Er sprach von unserer Jugend, schalt auf unser Gymnasium und meinte, was aus uns alles hätte werden können, wenn wir bessere Lehrer gehabt hätten. »Verehrter Freund und Geheimer Rat,« sagt' ich, »ich meine es nicht so. *Wir* waren nichts. Wo nichts ist, wird nichts, und was wir nun sind, sind wir wieder, und damit gut oder nicht. Wären wir aber –«. Als er hier merkte, daß ich noch lange nicht fertig sein dürfte, packte er seine Damen zusammen und ging fürbaß. Dies geschah auf dem Königlichen Museum, und das Essen darauf, mittags den 5. dieses, hat mir ganz gut geschmeckt. Lebe wohl! Dein

Z.

869. *An Zelter*

So ist es recht! Nachdem Du Dir Deine Zitadelle durch den Aufwand Deines ganzen Lebens erbaut und gegründet, einer tüchtigen Leibgarde und [trefflicher] alliierter Mitkämpfer nicht ermangelst, so schlägst Du Dich nun tüchtig herum, das Erworbene zu erhalten, den Hauptsinn zu fördern und dadurch die Lasten zu mindern, die eine solche Lage sich aufbürden mußte.

Es kommen mir hier allerlei Beispiele aus der alten Geschichte in die Quere, die ich aber beseitige, weil man meistenteils keinen Trost darin findet, daß es den größten unsrer Ahnherrn noch viel schlimmer als uns selbst ergehen mußte.

Glücklicherweise ist Dein Talentcharakter auf den Ton, das heißt: auf den Augenblick angewiesen. Da nun eine Folge von konsequenten Augenblicken immer eine Art von Ewigkeit selbst ist, so war Dir gegeben, im Vorübergehenden stets beständig zu sein und also mir sowohl als Hegels Geist, insofern ich ihn verstehe, völlig genugzutun.

Sieh mich dagegen an, der ich hauptsächlich in der Vergangenheit, weniger in der Zukunft und für den Augenblick in der Ferne lebe, und denke dabei: daß ich nach meiner Weise ganz wohl zufrieden bin.

Aus Neapel habe ich eine sehr angenehme Sendung von Zahn erhalten, von dem jungen, vorzüglich-tätigen Manne, dessen Du Dich noch wohl erinnerst. Sie haben dem neusten ausgegrabenen und noch nicht ganz enthüllten Hause meinen Namen gegeben, welches mir auch ganz recht ist. Ein Echo aus der Ferne, welches den Verlust meines Sohnes mildern soll. Es wird für eins der schönsten bisher entdeckten Häuser anerkannt, merkwürdig durch ein Mosaik, dergleichen uns aus dem Altertum noch nicht bekannt geworden. Dies meldeten die Zeitungen schon lange; vielleicht hast Du auch schon einiges davon vernommen.

Mir aber senden sie eine ausführliche Zeichnung des großen bebauten und besäulten Raumes und zugleich eine Nachbildung im kleinen von jenem berufenen Gemälde. Man muß sich hüten, daß es uns nicht wie Wielanden gehe, bei dessen zarter Beweglichkeit das letzte, was er las, alles Vorhergehende gleichsam auslöschte; denn hier möchte man wohl sagen, dergleichen von malerischer Komposition und Ausbildung sei uns bisher aus dem Altertum nichts überkommen.

Was würdest Du sagen, wenn man Dir ein verständliches Chiffernblatt aus jener Zeit vorlegte, woran Du einen Meister der Fuge mit ihren innern und äußern Kriterien erkennen müßtest? Ich sage: aus jener Zeit, welche auf ältere griechische Vorbilder hindeutet.

Daran haben nun die wenigen, aber gründlichen Freunde, die Du kennst, schon einige Tage genugsamen Stoff zur Unterhaltung und zur Erbauung. Dabei hat sich denn ein völlig Entgegengesetztes und doch vollkommen Gleiches bei mir eingefunden; ich sage: manche Exemplare einer vor allen geschichtlichen Zeiten versenkten organischen Welt. Fossile Tier- und Pflanzenreste versammeln sich um mich, wobei man sich notwendig nur an Raum und Platz des Fundorts halten muß, weil man bei fernerer Vertiefung in die Betrachtung der Zeiten wahnsinnig werden müßte. Ich möchte wirklich zum Scherze Dir einmal, wenn Du mit Deinen lebendigen Jünglingen lebenstätige Chöre durchprüfst, einen uralten Elefantenbackenzahn aus unsern Kiesgruben vorlegen, damit ihr den Kontrast recht lebhaft und mit einiger Anmut fühlen möchtet.

Nun bitte ich aber: fahre fort, wie Du in Deinem letzten Briefe getan, die alten ewigen Naturmaximen, wornach der Mensch dem Menschen durch die Sprache verständlich wird, aphoristisch auszusprechen, damit in der Folge auch wohl einmal erfüllt werde, was geschrieben steht. Es ist wundersam: Engländer, Franzosen und nun auch Deutsche erfreuen sich, unverständlich zu sprechen, sowie auch andere, das Unverständliche zu hören. Ich wünschte nur, daß manchmal ein Italiener hereinträte und seine emphatische Sprache hören ließe.

Also gescheh' es!

Weimar, den 11. März 1832. J. W. v. Goethe.

870. *An Goethe*

Berlin, 11. März 1832.

Ein Musikdirektor aus Stettin, den ich vor 10 Jahren selber dahin befördert habe, kommt vor acht Tagen anher, kündigt ein Konzert an, worin er sich mit selbsteigenen Kompositionen werde hören lassen, mietet unsern Saal, bestellt sich ein starkes Orchester, und da er, seiner Sache gewiß, keinen günstigern Tag abwarten will, ist das Konzert gestern geschehen, nachdem ich noch einige starke Hindernisse weggeräumt habe.

Eine Ouvertüre und ein Klavierkonzert waren recht sehr gut; dazwischen sang er Balladen von Uhland und Herder und verlangte, ich solle ihm noch ein Goethe'sches Gedicht zum Improvisieren am Fortepiano aufgeben, welches ich bescheiden abgelehnt habe. Fürst Radziwill gab den »Zauberlehrling« auf, und der Improvisator hat sich nicht schlimm aus der Sache gezogen, da es schon kein Kleines ist, das Gedicht ohne Vorbereitung öffentlich wegzu*lesen*.

Nach dem Konzerte blieb der Virtuose auf ein Glas Wein und einen Fisch bei uns, um den Beifall eines dankbaren Publikums zu verarbeiten, das leider meist aus lauter Kennern (Freibilletts) bestand. Da man es nun bei Tische auch nicht am Nachklange fehlen ließ, fand er Gelegenheit, eine schmale Einnahme zu beseufzen, die ihm kaum den dritten

Teil der Auslagen decke. Da sagt' ich: »Mein Herr, Sie haben den ›Zauberlehrling‹ kennenlernen, nun lernen Sie auch, was er in sich hat. Ein klingendes Publikum fegt man nicht mit dem Besen herbei, und die Philister wird man nicht los. Ihr Konzert ist 1000 Taler wert; 300 rh. machen die Kosten, es bleibt Ihnen daher die Summa von 700 rh. Ruhm und Ehre übrig. Diese nehmen Sie mit nach Stettin, sie werden Zinsen tragen: *so* fängt man an, wer was kann. Denn nur der Meister ruft die Geister, aber Berliner sind keine Stettiner.« Dabei war man nun gutes Muts, er aber ging und will noch heute abreisen, um sein Kapital unterzubringen. – Und bin ich selber denn besser daran? Die Flut wächst auch mir zu Kopfe, und man müßte besoffen werden, wenn man nicht ein Glas Wein dazwischen zu sich nähme. Vorgestern hab' ich nicht weniger als 11 Stunden nacheinander Musik gemacht und gehört und kaum soviel Zeit dazwischen gehabt, mich zu nähren. Eine Glocke will springen, wenn sie so lange geschlagen wird.

Dienstag, den 13. Und doch wäre zu bedenken, wie Priester und Küster, Goldschmied und Hufschmied, jedes seiner Arbeit lebt und froh sein soll in Fülle seiner Arbeit! So sei denn gemeldet, daß, neben den wesentlich-täglichen Leistungen, in drei Tagen 4 drei- und vierstündige Proben nacheinander dem ehrsamen Dr. Faust gewidmet worden. Gestern abend war die vierte, im Hotel des Fürsten, in Gegenwart des Hofes. Die vorzüglichsten Mitglieder der Königlichen Kapelle unter ihrem Kapellmeister und ein ausgesuchter Singchor in meiner Begleitung konnten freilich noch nicht die Zufriedenheit des fürstlichen Meisters gewinnen. Der strengste Gehorsam und Wohlwille gegen einen verehrtesten Obergeneral ist dabei noch nicht alles. Über diesen Punkt habe ich Dir, wie ich glaube, schon einmal aus Darmstadt berichtet, auch hast Du wohl Ähnliches im Jahre 1806 vor Augen gehabt – doch war im ganzen alles (wie unter solchen Händen ein gänzliches Verfehlen kaum denkbar ist) noch immer zu genießen, wenn das Mißlingen in äußern Spezialien besteht, die dem Besten mißlingen können, wovon aber der Zuhörer nichts merkt, wenn er nicht express darauf hingewiesen wird, ja wenn sie, glücklich erreicht und erkannt, nicht gar als unechter Putz erscheinen.

Der edle Komponist hat sich Jahre hindurch so in das Werk seines Dichters versponnen wie ein Seidenwurm; jeder Faden hält ihn fest. Er hat das Moderne des Gedichts, das im Antiken (ewig Wahren) wohnt, mit heutiger Musik, die auf sich selber hin- und herschwankt, geradehin *verehlicht*; was daraus natürlich geboren werden kann, ist die Eifersucht in höchster Potenz. Eins bringt das andere um, wie der Mohr sein schönes weißes Weib und sich selber. Die Musik an sich ist brav und fein ausgedacht, daß ein gründliches Urteil darüber vielleicht unmöglich ist, und da wir alle nicht wissen, was wir mit Vergnügen singen und spielen, so magst Du Dir Deine Götter, Menschen und Tiere, und was sie sollen und wollen, selber wieder zusammensuchen.

Nun denke Dir mein altes Herz, wenn ich von Prinzen und Prinzessinnen und was daran hängt (die doch auch der Eifersucht fähig sind) unablässig berufen bin, auf Wiedersagen, ein vertrauendes Wort zu verkünden, da ich meine Unwissenheit bekennen sollte!

Was mich erfreute, war, daß Prinzessin Karl das Buch nachlas, indem man ihr nachsagt, sie kenne Deine Werke nicht. Wie gesagt, es ist ein Höllenzustand, wer nicht den manierlichsten Euphemismus so mit feinem Finger spinnt, wie Du den trefflichen Dichter der »Urania«, der die Zweifelsucht an Gott so glücklich aus der Mode gekämpft hat, so sanft in den Skat legest, wo er bis zu seiner Auferstehung ruhen mag.

Lebe wohl! Die Augen tun mir weh.

Dein

Dienstag, 13. März 1832. Z.

Dein Beifall über meine Wehrmannstaktik ist ein rechtes Labsal. Einen müßte jeder Mensch haben, der da wisse, was man will, wenn auch nicht kann; das ist aber eine Rarität, daß ich mich noch gestern mit zweien der Besten von uns herumbeißen müssen, wenn keiner den müßigen, neidischen, zerstreuenden Plunder loslassen will, womit sie sich selber peinigen. Da kommt denn das Wort: »So ist es recht!« zu guter Stunde.

Von dem herrlichen Funde im Goethe'schen Hause in Neapel hatte ich schon gehört und freue mich Deiner Zufriedenheit. So muß die Zeit aufdecken, was die Erde von unten und böser Wille von allen Winden her verwehen und verschlingen wollte.

Es wäre recht artig, wenn man von Jahrhundert zu Jahrhundert auf die Oberwelt zurückkehren könnte, welches Korn aufgegangen und fortgegangen ist? Das beiher. Wir haben noch zu säen und zu pflanzen und vom Erdreiche zu lernen, was ihm frommt.

Bei Deinem Vergleich der älteren griechischen Vorbilder fällt mir ein, Dir nichts von der Ouvertüre zum »Faust« gesagt zu haben. Der Komponist hat zu solcher Ouvertüre eine ernsthafte Klavierfuge von Mozart (eine sogenannte Studie) erwählt, ihr ein Kopfzeug aufgesetzt und am Ende eine lange coda daran geschwänzt, da sie sich denn im Gespann von Posaunen und desgleichen fortbewegen und (nicht ohne Geißel) mitziehn muß wie ein unwilliges Pferd vor einer Karthaune. Solch ein Wesen ist die Einleitung in die erste Szene, deren ironische Bedeutung – kurz: man ist froh, endlich den »Faust« zu haben! Da rate einer nach 3 Jahrtausenden, wenn die besten Freunde ihre Mitlebenden so verstehn! Sat.

Eben auch hast Du mich hübsch überrascht durch Sendung Deiner artigen Handschriftchen. Vor etlichen Wochen kommt Dr. Rusts Gattin mir unverhofft an den Tisch und bittet angelegentlich um etwas Deiner Handschrift. Die Sache schien ein doppeltes Interesse zu haben. Du weißt, wie Rust in den letzten kontagiosen Tagen angewandelt, angebellt und angebissen worden. Er ist mein guter Arzt, und da ich mich selten so übel befinde, um eines solchen zu bedürfen, so war er seit lange nicht berufen. Nun hat er wohl wissen wollen, ob ich zu jener Clique gehöre und meiner Gesinnung Herr bin. Da ich nun von der Sache nicht mehr verstehe als die andern alle, die ich lieber mit treuer Gesundheit des Leibes und der Seele bediente als eine Ansteckung jeder Art des Wahns suche, so hatte ich das allerletzte Gedichtchen Deiner Hand der hübschen Frau sogleich hingegeben, die eine sichtbar doppelte Freude daran zu haben schien, indem sie treuherzig erzählte, in welcher Furcht und Angst gegen Brand und Mord sie und ihr Mann solche Tage hingebracht. – Nun hab' ich doch wieder was zu verschenken.

Bei uns will sich das Gute nicht lange halten. So verlieren wir auch den Spitzeder, der sich in München auf Lebenszeit – eingepökelt hat. Unter deutschen Komikern wüßte ich mich keines so wohltätigen Humoristen zu erinnern. Seine zufälligen halbsinnigen Berlinismen, die ihm so herauspurzeln, ohne den Anstand zu verletzen, gehn von Hause zu Hause und plätzern wie Taschenfeuerwerkchen durch die Konversation. So hat er gesagt: er habe zwei Brüder; der älteste sei ein Drilling, der andere ein Zwilling, er selber aber ein Illing. Eine hiesige Affiche läßt die »Sieben Wunder der Welt« mit einem Viergroschenstück bezahlen. Nach einer beifälligen Rolle eines erzdummen Menschen wird Spitzeder mit großem Geschrei gerufen. Er erscheint und dankt hocherstaunt über den ganz unvermuteten Beifall, der endlich eine Prophezeiung seiner guten Mutter offenbare, die unaufhörlich gesagt habe: »Du einfältiger Klotz! Wenn je etwas aus dir wird, so ist es das *achte* Wunder der Welt.« Nach dem Abgange dieses Spitzeder wird sich die berlinische Welt wieder mit den alten sieben Wundern behelfen müssen.

Das Blatt liegt schon manche Zeit, die mit ordinären Offizialien besetzt war und kein briefliches Interesse haben. Will sich doch nichts schreiben lassen. Ein solennes Gastmahl unter Priestern, Diplomaten und Geschäftsleuten war trotz besten Weins und Essens nahe daran, mich einzuschläfern. Lauter Politik! Langermann, der als Migueliste bekannt ist, verteidigte die Okkupierung von Ancona, und ward widersprochen und heftig gestritten über großes Unrecht und wollte kein Ende werden. Die Trüffelpastete kam. Einer, der von jener Sache kein Jota weiß (das war ich), sagte: »Ich muß mich wundern über die Aversion so vieler verständigen Männer gegen das Unrecht als die unversiegbare Quelle aller Beschäftigung in der Welt, wenn man zugleich bemerkt, welch eine teure Fabrikware das Recht ist.« Plötzlich geriet die Konversation in ganz verschiedene Bewegung. Der Diener des Hausherrn, umhergehend und einen neuen Wein einschenkend, wird vom Bischof Ritschl gefragt: was das für Wein sei. Der junge Mensch hatte vielleicht den französischen Namen, der auf der Flasche stand, nicht lesen können, geht an seinen Herrn heran und fragt. Der Herr, etwas ärgerlich, antwortet: »Schafskopf! Chambertin.« So geht der arme Tropf nicht faul zum Bischof und sagt: »Schafskopf Chambertin.« Und wie mit einem Zauberschlage war an der Stelle, wo Algier, Ancona, Belgien, und wie das ABC weiter heißt, gestanden, die Losung »Schafskopf« aufgerichtet und zu belebter Umsprache geworden. Wäre der Bischof nicht lieber ein anerkannter Fuchs, so hätt' er den Zufall wohl übelnehmen können; so mag der ehrliche

Überbringer seinen Schafskopf noch einmal wieder aufsetzen.

Gestern war Frühlingsanfang bei etwas rauher Temperatur, und heut bin ich so weit, um abends 7 Uhr mit Ruhe an die Aufführung unseres Oratoriums zu gehn. Unterdessen habe einige bedeutende Gutachten ans Ministerium abgehn lassen. Nun les' ich im 33. Bande die Sammlung Deiner Rezensionen zum ersten Male und bin zufrieden mit – mir, indem ich es mit Dir bin. Ein Urteil muß nicht überredend, aber unterrichtend sein, wenn der Sache an sich ihr Recht werden soll.

Dein

Donnerstag, den 22. März 1832. Z.

Abbildungsnachweis

Umschlagabbildung: Johann Wolfgang von Goethe. Miniatur auf Elfenbein von Karl Joseph Raabe, 1811.

Frontispiz: Karl Friedrich Zelter. Lithographie von M. Julius. Mit freundlicher Genehmigung des Bildarchivs Preußischer Kulturbesitz.

Nach Seite 65 (zu Brief Nr. 627): Ansicht von Dornburg. Kupferstich.

Nach Seite 398 (zu Brief Nr. 769): Goethes eigenhändiger Bleistiftentwurf des Briefes vom 6. Dezember 1830.

Inhalt

Band 1

Band 2

Band 3

Zu dieser Ausgabe

insel taschenbuch 950
Briefwechsel zwischen Goethe und Zelter
1799 - 1832

Der vorliegende Text folgt der Ausgabe: Der Briefwechsel zwischen Goethe und Zelter. Im Auftrag des Goethe- und Schiller-Archivs nach den Handschriften herausgegeben von Max Hecker. Dritter Band: 1828 - 1832. Insel-Verlag, Leipzig 1918

Goethe im Insel Verlag

Goethe, Johann Wolfgang von: Insel-Goethe. 6 Bände. Herausgegeben von Emil Staiger, Walter Höllerer, [illegible], Norbert Miller u. a. Leinen in Kassette
– Sonderausgabe. [illegible]
– Jubiläumsausgabe in sechs Bänden. Aus Anlaß des 150. Todestages am 22. März 1982. [illegible]
[illegible]

Einzelausgaben im Insel Verlag

– Briefe an Auguste Gräfin zu Stolberg. Herausgegeben und mit einem Nachwort von Jürgen Behrens. Mit Abbildungen und Faksimiles. IB 1015
– Dichtung und Wahrheit. Mit Bildmaterial. 3 Bde. in Kassette. it 149/150/151 und Leinen
– Elegie von Marienbad. September 1823. Faksimile einer Urhandschrift. Herausgegeben von Christoph Michel und Jürgen Behrens. Mit einem Geleitwort von [illegible]. Faksimile und Kommentarband zusammen in Kassette. Leinen
– Die erste Schweizer Reise. it 300
– Faust I. Mit Illustrationen von Eugène Delacroix und einem Vorwort von Jörn Göres. it 50
– Faust, Zweiter Teil. Faksimile der Erstausgabe. Leinen und Leder
– Faust II. Mit Federzeichnungen von Max Beckmann. Mit einem Nachwort zum Text von Jörn Göres und zu den Zeichnungen von Friedhelm Fischer. it 100
– Faust. Gesamtausgabe. Leinen und Leder
– Faust. Drei Fassungen. Urfaust. Faust. Ein Fragment. Faust. Eine Tragödie. Herausgegeben mit einem Nachwort von Werner Keller. 2 Bde. it 625
– Früges Theater. Mit einer Auswahl aus den dramaturgischen Schriften 1771-1828. Herausgegeben und mit einem Nachwort von Dieter Borchmeyer. it 675
– Gedichte in einem Band. Herausgegeben von Heinz Nicolai. Leinen
– Gedichte in zeitlicher Folge. Herausgegeben von Heinz Nicolai. 2 Bde. Leinen und it 350
– Goethes Gedanken über Musik. Eine Sammlung aus seinen Werken, Briefen, Gesprächen und Tagebüchern. Herausgegeben von Hedwig Walwei-Wiegelmann. Mit zeitgenössischen Abbildungen erläutert von Helmut Schmidt. it 800
– Goethes Liebesgedichte. Ausgewählt und herausgegeben von Hans Gerhard Gräf. Mit einem Nachwort von Emil Staiger. Insel-Bibliothek. Leinen und it 275

Goethe im Insel Verlag

Goethe, Johann Wolfgang von: Insel-Goethe. 6 Bände. Herausgegeben von Emil Staiger, Walter Höllerer, Hans-J. Weitz, Nobert Miller u. a. Leinen in Kassette.
– – Sonderausgabe. Broschiert.
– Jubiläumsausgabe in sechs Bänden. Aus Anlaß des 150. Todestages am 22. März 1982. Gebunden, mit Dekorüberzug.

Einzelausgaben
– Briefe an Auguste Gräfin zu Stolberg. Herausgegeben und mit einem Nachwort von Jürgen Behrens. Mit Abbildungen und Faksimiles. IB 1015
– Dichtung und Wahrheit. Mit Bildmaterial. 3 Bde. in Kassette. it 149/150/151 und Leinen
– Elegie von Marienbad. September 1823. Faksimile einer Urhandschrift. Herausgegeben von Christoph Michel und Jürgen Behrens. Mit einem Geleitwort von Arthur Henkel. Faksimile und Kommentarband zusammen in Kassette. Leder
– Die erste Schweizer Reise. it 300
– Faust I. Mit Illustrationen von Eugène Delacroix und einem Vorwort von Jörn Göres. it 50
– Faust. Zweiter Teil. Faksimile der Erstausgabe. Leinen und Leder
– Faust II. Mit Federzeichnungen von Max Beckmann. Mit einem Nachwort zum Text von Jörn Göres und zu den Zeichnungen von Friedhelm Fischer. it 100
– Faust. Gesamtausgabe. Leinen und Leder
– Faust. Drei Fassungen. Urfaust. Faust. Ein Fragment. Faust. Eine Tragödie. Herausgegeben mit einem Nachwort von Werner Keller. 2 Bde. it 625
– Frühes Theater. Mit einer Auswahl aus den dramaturgischen Schriften 1771-1828. Herausgegeben und mit einem Nachwort von Dieter Borchmeyer. it 675
– Gedichte in einem Band. Herausgegeben von Heinz Nicolai. Leinen
– Gedichte in zeitlicher Folge. Herausgegeben von Heinz Nicolei. 2 Bde. Leinen und it 350
– Goethes Gedanken über Musik. Eine Sammlung aus seinen Werken, Briefen, Gesprächen und Tagebüchern. Herausgegeben von Hedwig Walwei-Wiegelmann. Mit achtundvierzig Abbildungen erläutert von Hartmut Schmidt. it 800
– Goethes Liebesgedichte. Ausgewählt und herausgegeben von Hans Gerhard Gräf. Mit einem Nachwort von Emil Staiger. Insel-Bibliothek. Leinen und it 275

101/1/2.87

Goethe im Insel Verlag

- Goethes schönste Gedichte. Herausgegeben von Jochen Schmidt. IB 1013
- Die guten Frauen als Gegenbilder der bösen Weiber. Mit Illustrationen von Daniel Chodowiecki. it 925
- Hermann und Dorothea. Mit 10 Kupfern von Catel. it 225
- Iphigenie auf Tauris. Prosafassung. Herausgegeben von Eberhard Haufe. IB 1014
- Hier schicke ich einen Traum. 50 Geschenk- und Albumblätter. Faksimile im Lichtdruck. 1000 Exemplare limitiert. Herausgegeben und kommentiert von Gerhard Femmel. Format 30×40 cm in Kassette eingelegt. Kommentarband 32 S.
- Historische Schriften. Eine Auswahl in biographischer Folge. Herausgegeben von Horst Günther. Mit Zeichnungen von Goethe. it 650
- Italienische Reise. Mit vierzig Zeichnungen des Autors. Herausgegeben und mit einem Nachwort von Christoph Michel. 2 Bde. it 175
- Klassisches Theater. Herausgegeben und mit einem Nachwort von Dieter Borchmeyer. it 700
- Lektüre für Augenblicke. Herausgegeben von Gerhart Baumann. Pappe
- Die Leiden des jungen Werther. Bibliothek deutscher Erst- und Frühausgaben in originalgetreuen Wiedergaben. Herausgegeben von Bernhard Zeller. Leder
- Die Leiden des jungen Werther. Mit einem Essay von Georg Lukács und Illustrationen von Chodowiecki. Nachwort von Jörn Göres. Insel-Bibliothek. Leinen, Leder und it 25
- Märchen. Der neue Paris. Die neue Melusine. Herausgegeben von Katharina Mommsen. it 825
- Der Mann von fünfzig Jahren. Mit einem Nachwort von Adolf Muschg. it 850
- Maximen und Reflexionen. Insel-Bibliothek. Leinen und Leder und it 200
- Novellen. Herausgegeben und mit einem Nachwort von Katharina Mommsen. Mit Federzeichnungen von Max Liebermann. it 425
- Reineke Fuchs. Mit Stahlstichen nach Zeichnungen von Wilhelm Kaulbach. it 125
- Reise-, Zerstreuungs- und Trostbüchlein 1806-1807. 77 zum Teil vierfarbige Tafeln. Herausgegeben und mit einem Nachwort von Christoph Michel. it 400

101/2/2.87

Goethe im Insel Verlag

- Das Römische Carneval. Mit den farbigen Figurinen von 1789 und Goethes Fragmenten »Über Italien«. Herausgegeben von Isabella Kuhn. it 750
- Römische Elegien. Faksimile der Handschrift und Transkription. Mit einem Nachwort von Horst Rüdiger. IB 1010
- Sammelhandschriften Goethescher Gedichte. Faksimile. Mit einem Kommentarband, herausgegeben und kommentiert von Karl-Heinz Hahn. 2 Bde in Kassette.
- Schriften zur Naturwissenschaft. Ausgewählt und herausgegeben von Horst Günther. Mit Zeichnungen des Autors. it 550
- Tagebuch der ersten Schweizer Reise 1775. Mit den Zeichnungen des Autors und einem vollständigen Faksimile der Handschrift. Herausgegeben und erläutert von Hans-Georg Dewitz. it 800
- Tagebuch der Italienischen Reise 1786. Notizen und Briefe aus Italien. Mit Skizzen und Zeichnungen des Autors. Herausgegeben und erläutert von Christoph Michel. it 176
- ›Das Tagebuch‹ Goethes und Rilkes ›Sieben Gedichte‹. Erläutert von Siegfried Unseld. IB 1000
- Über die Deutschen. Herausgegeben von Hans-J. Weitz. it 325
- Die Wahlverwandtschaften. Mit einem Essay von Walter Benjamin. Insel-Bibliothek. Leinen, Leder und it 1
- West-östlicher Divan. Herausgegeben und erläutert von Hans-J. Weitz. Mit Essays zum »Divan« von Hugo von Hofmannsthal, Oskar Loerke und Karl Krolow. Leinen, Leder und it 75
- Wilhelm Meisters Lehrjahre. Leinen, Leder und it 475
- Wilhelm Meisters Wanderjahre oder Die Entsagenden. Mit einem Nachwort von Adolf Muschg. Leinen, Leder und it 575
- Wilhelm Meisters theatralische Sendung. Mit einem Vorwort von Wilhelm Voßkamp. it 725
- Xenien. Von Schiller und Goethe. it 875

Briefe und Gespräche

Goethes Briefwechsel mit Marianne und Johann Jakob Willemer. Dokumente. Lebens-Chronik. Erläuterung. Herausgegeben von Hans-J. Weitz. Mit Abbildungen und Register. Leder und it 900

Goethe–Schiller: Briefwechsel. Neu herausgegeben und mit einer Einleitung versehen von Emil Staiger. Leinen und it 250

Johann Peter Eckermann: Gespräche mit Goethe in den letzten Jahren seines Lebens. Herausgegeben von Fritz Bergemann. 2 Bde. Leder und it 250

101/3/2.87

Goethe im Insel Verlag

Zu Goethe

Goethes Leben und Werk in Daten und Bildern. Herausgegeben von Bernhard Gajek und Franz Götting unter Mitarbeit von Jörn Göres. Mit 517 Abbildungen. Leinen. Sonderausgabe.

Goethes letzte Schweizer Reise. Dargestellt von Barbara Schnyder-Seidel. Mit zeitgenössischen Illustrationen. it 375

Goethe – seine äußere Erscheinung. Literarische und künstlerische Dokumente seiner Zeitgenossen. Zusammengetragen von Emil Schaeffer. Überprüft und ergänzt von Jörn Göres.

Johann Wolfgang Goethe. Sein Leben in Bildern und Texten. Herausgegeben und mit einem Vorwort von Christoph Michel. Gestaltet von Willy Fleckhaus. Mit Erläuterungen zu 500 Abbildungen, einer Chronik und Register. Leinen

Goethe – warum? Eine repräsentative Auslese aus Werken, Briefen und Dokumenten. Herausgegeben und mit einem Nachwort versehen von Katharina Mommsen. it 759

101/4/2.87

Rainer Maria Rilke im Insel Verlag

Sämtliche Werke

Herausgegeben vom Rilke-Archiv. In Verbindung mit Ruth Sieber-Rilke besorgt durch Ernst Zinn. Ausgabe in 6 Bänden. Band I: Erste Gedichte. Die frühen Gedichte. Die weiße Fürstin. Die Weise von Liebe und Tod des Cornets Christoph Rilke. Das Stunden-Buch. Das Buch der Bilder. Neue Gedichte. Der Neuen Gedichte anderer Teil. Requiem. Das Marien-Leben. Duineser Elegien. Die Sonette an Orpheus. Band II: Verstreute und nachgelassene Gedichte aus den Jahren 1906-1926. Gedichte in französischer Sprache. Band III: Leben und Lieder (1894). Christus-Visionen (1896). Dir zur Feier (1898). Frühwerke in ursprünglicher Gestalt. Jugendgedichte aus dem Nachlaß (bis 1905). Band IV: Frühe Erzählungen und Dramen (1893-1902). Band V: Worpswede. Rodin. Besprechungen, Aufsätze und Betrachtungen (1893-1905). Band VI: Malte Laurids Brigge, Kleine Schriften (1906-1926), ›Gedichte in Prosa‹ und Verwandtes. Leinen und Leder

– Geschenkausgabe in 6 Bänden. Einleitung Beda Allemann. Dekorüberzug im Schmuckschuber.

Einzelausgaben

– Am Leben hin. Frühe Erzählungen. it 863
– Die Aufzeichnungen des Malte Laurids Brigge. it 630
– Auguste Rodin. Mit 96 Abbildungen. it 766
– Aus dem Nachlaß des Grafen C. W. Ein Gedichtkreis. Gebunden
– Ausgesetzt auf den Bergen des Herzens. Gedichte aus den Jahren 1906-1926. it 98
– Der ausgewählten Gedichte erster Teil. IB 400
– Der ausgewählten Gedichte anderer Teil. IB 480
– Briefe an eine junge Frau. IB 409
– Briefe an einen jungen Dichter. IB 406
– Briefe an Axel Juncker. Herausgegeben von Renate Scharffenberg. Leinen
– Briefe an Gräfin Sizzo 1921-1926. Herausgegeben von Ingeborg Schnack. Leinen und it 868
– Die Briefe an Karl und Elisabeth von der Heydt 1905-1922. Herausgegeben von Ingeborg Schnack und Renate Scharffenberg. Leinen
– Briefe an Sidonie Nádherný von Borutin. Herausgegeben von Bernhard Blume. Leinen
– Briefe an Nanny Wunderly-Volkart 1919-1926. Im Auftrag der Schweizerischen Landesbibliothek unter Mitarbeit von Niklaus Bigler, besorgt durch Rätus Luck. 2 Bde. Leinen

100/1/11.86

– Briefe in einem Band. Herausgegeben vom Rilke-Archiv. In Verbindung mit Ruth Sieber-Rilke besorgt durch Karl Altheim. 2. Auflage mit revidiertem Register. Vollständige Neuausgabe der früher zweibändigen Ausgabe. Leinen
– Briefe über Cézanne. Herausgegeben von Clara Rilke und mit einem Nachwort von H. W. Petzet. Bibliophile Ausgabe mit 16 farbigen Bildtafeln in limitierter Auflage. Im Schmuckschuber. Leinen und it 672
– Briefwechsel in Gedichten mit Erika Mitterer. Gebunden
– Briefwechsel mit Lou Andreas-Salomé. Herausgegeben von Ernst Pfeiffer. Leinen
– Briefwechsel mit Anita Forrer 1920-1926. Herausgegeben und erläutert von Magda Kerényi. Leinen
– Briefwechsel mit Hugo von Hofmannsthal. Herausgegeben und erläutert von Rudolf Hirsch und Ingeborg Schnack. Mit Faksimiles der Handschriften und einem Namensregister. Leinen
– Briefwechsel mit Inga Junghanns. Herausgegeben von Wolfgang Herwig. Mit einem Nachwort des Herausgebers, ausführlichen Anmerkungen, Personenregister. Leinen
– Briefwechsel mit Katharina Kippenberg. Leinen
– Briefwechsel mit Helene von Nostitz. Herausgegeben von Oswalt von Nostitz. Leinen
– Briefwechsel mit Marie von Thurn und Taxis. 2 Bde. Leinen
– Briefwechsel mit Marina Zwetajewa und Boris Pasternak. Herausgegeben von Jewgenij Pasternak, Jelena Pasternak und Konstantin M. Asadowskij. Aus dem Russischen von Heddy Pross-Weerth. Leinen
– Das Buch der Bilder. it 26
– Die Dame mit dem Einhorn. Herausgegeben und mit einem Nachwort von Egon Olessak. Mit zwölf farbigen Abbildungen. IB 1001
– Die drei Liebenden. Die Liebe der Magdalena. Portugiesische Briefe – Die Briefe der Marianna Alcoforado – Die vierundzwanzig Sonette der Louïze Labé. it 355
– Duineser Elegien. Gebunden
– Duineser Elegien. Sonette an Orpheus. it 80
– Frühe Gedichte. it 878
– Gedichte. Aus den Jahren 1902 bis 1917. Mit Illustrationen von Max Slevogt. it 701
– Die Gedichte in einem Band. Leinen
– Geschichten vom lieben Gott. Gebunden und it 43
– Die Letzten. Im Gespräch. Der Liebende. it 935
– Neue Gedichte und Der neuen Gedichte anderer Teil. it 49
– Das Marien-Leben. IB 43
– Rilke und Rußland. Briefe, Erinnerungen, Gedichte. Herausgege-

100/2/11.86

ben von Konstantin Asadowski. Aus dem Russischen von Ulrike Hirschberg. Leinen
- Sämtliche Gedichte in französischer Sprache. Herausgegeben im Auftrag des Rilke-Archivs von Ernst Zinn und Karin Wais. Leinen
- Schweizer Vortragsreise 1919. Herausgegeben von Rätus Luck. Leinen
- Die Sonette der Louïze Labé. Lyoneserin 1555. Aus dem Französischen übertragen von Rainer Maria Rilke. IB 222
- Das Stunden-Buch. Gedichte. Halbleinen und it 2
- Das Tagebuch Goethes und Rilkes Sieben Gedichte. Erläutert von Siegfried Unseld. IB 1000
- Tagebücher aus der Frühzeit. Leinen
- Das Testament. Faksimile der Handschrift. Leinen
- Über den jungen Dichter und andere kleine Schriften aus den Jahren 1906 bis 1926 in zeitlicher Folge. it 340
- Übertragungen. Herausgegeben von Ernst Zinn und Karin Wais. Leinen
- Die Weise von Liebe und Tod des Cornets Christoph Rilke. IB 1
- Wladimir, der Wolkenmaler und andere Erzählungen, Skizzen und Betrachtungen aus den Jahren 1893–1904. Ausgewählt und zusammengestellt von Volker Michels. it 68
- Zwei Prager Geschichten. Herausgegeben von Josef Mühlberger. Mit Illustrationen von Emil Orlik. it 235

Zu Rilke

Chronik von Rilkes Leben und Werk. Von Ingeborg Schnack. 2 Bde. Leinen

Norbert Fuerst: Rilke in seiner Zeit. Kartoniert

Katalog der Rilke-Sammlung Richard von Mises. Bearbeitet und herausgegeben von Paul Obermüller und Herbert Steiner unter Mitarbeit von Ernst Zinn.

Regina Richter: Rilkes Landschaft. In Bildern von Regina Richter zu Gedichten von Rainer Maria Rilke. it 588

Rilkes Leben und Werk im Bild. Von Ingeborg Schnack. Mit einem biographischen Essay von J. R. von Salis. Leinen und it 35.

Anthony Stephens: Nacht, Mensch und Engel. Rainer Maria Rilkes Gedichte an die Nacht. Leinen

Marie von Thurn und Taxis: Erinnerungen an Rainer Maria Rilke. IB 888

100/3/11.86

Insel-Bibliothek

Die Insel-Bibliothek bietet erstrangige Editionen der Weltliteratur in deutscher Sprache. Romane, Erzählungen und Gedichtsammlungen, die dem klassischen Literaturkanon zugehörig sind, werden im Rahmen der Insel-Bibliothek zweifach geschmückt präsentiert: Zum einen zeichnet sich jede Ausgabe durch besondere editorische Sorgfalt aus, die Literarhistoriker von hohem wissenschaftlichem Rang gewährleisten. Zum anderen setzt der Insel Verlag mit der bibliophilen Gestaltung eines jeden Bandes der Insel-Bibliothek die in fünfundachtzigjähriger Verlagstradition gereiften Qualitätsansprüche hervorragend ausgestatteter Bücher fort. Die Ausgaben sind typographisch vorzüglich eingerichtet und mit sorgfältig ausgewählten Materialien ausgestattet. Es finden wertvolle Papiere der Firma Schoeller & Hoesch Verwendung. Die Bücher werden fadengeheftet, flexibel in Feincanvas und in rotem Ziegenleder gebunden. Ein Leseband, dekoratives Vorsatzpapier und ein schützender Schmuckschuber vervollständigen die Ausstattung. Dem Leser und Liebhaber schöner Literatur soll mit der Zeit die Möglichkeit gegeben werden, eine »Bibliothek der Weltliteratur« in wertbeständigen Einzelausgaben sein eigen zu nennen.

Boccaccio, Giovanni di: Das Dekameron. Mit 110 Holzschnitten der italienischen Ausgabe von 1492. Deutsch von Albert Wesselski. Übertragung der Gedichte von Theodor Däubler. Einleitung von André Jolles. 2 Bände

Brontë, Emily: Die Sturmhöhe. Aus dem Englischen von Grete Rambach

Dickens, Charles: Weihnachtserzählungen. Mit Illustrationen von Leech, Stanfiels, Stone u. a.

Dostojewski, Fedor M.: Der Spieler. Aus den Aufzeichnungen eines jungen Mannes. Aus dem Russischen von Hermann Röhl

Eichendorff, Joseph Freiherr von: Aus dem Leben eines Taugenichts. Mit Illustrationen von Adolf Schrödter und einem Nachwort von Ansgar Hillach

Flaubert, Gustave: Drei Erzählungen/Trois Contes. Zweisprachige Ausgabe. Neu übersetzt und herausgegeben von Cora van Kleffens und André Stoll

– Die Versuchung des Heiligen Antonius. Mit zwanzig Bilddokumenten. Aus dem Französischen von Barbara und Robert Picht. Mit einem Nachwort von Michel Foucault

Fontane, Theodor: Effi Briest. Mit 21 Lithographien von Max Liebermann

Goethe, Johann Wolfgang: Dichtung und Wahrheit. Mit zeitgenössischen Illustrationen, ausgewählt von Jörn Göres. Drei Bände

94/1/8.84

Insel-Bibliothek

Goethe, Johann Wolfgang: Die Leiden des jungen Werther. Mit einem Essay von Georg Lukács ›Die Leiden des jungen Werther‹. Nachwort von Jörn Göres ›Zweihundert Jahre Werther‹. Mit zeitgenössischen Illustrationen von Daniel Nikolaus Chodowiecki

– Maximen und Reflexionen. Text der Ausgabe von 1907 mit den Erläuterungen und der Einleitung Max Haeckers. Nachwort von Isabella Kuhn. Mit vier Faksimiles

– Die Wahlverwandtschaften. Mit Erläuterungen von Hans-J. Weitz und einem Essay von Walter Benjamin: ›Goethes Wahlverwandtschaften‹

– Wilhelm Meisters Lehrjahre. Herausgegeben von Erich Schmidt. Mit sechs Kupferstichen von Catel, Musikbeispielen und Anmerkungen

– Wilhelm Meisters Wanderjahre oder Die Entsagenden. Mit einem Nachwort von Adolf Muschg

Heine, Heinrich: Buch der Lieder. Mit zeitgenössischen Illustrationen und einem Nachwort von E. Galley

– Reisebilder. Mit einem Nachwort von Joseph A. Kruse und zeitgenössischen Illustrationen

Hölderlin, Friedrich: Hyperion oder Der Eremit in Griechenland. Herausgegeben und mit einem Nachwort versehen von Jochen Schmidt

Hoffmann, E. T. A.: Die Serapionsbrüder. Herausgegeben und mit einem Nachwort versehen von Hartmut Steinecke. Mit farbigen Illustrationen von Monika Wurmdobler. Vier Bände

Jacobsen, Jens Peter: Niels Lyhne. Mit Illustrationen von Heinrich Vogeler und einem Nachwort von Fritz Paul

Jung-Stilling, Johann Heinrich: Lebensgeschichte

Keller, Gottfried: Der grüne Heinrich. Erste Fassung des Romans mit Zeichnungen Gottfried Kellers und seiner Freunde. 2 Bände

Des Knaben Wunderhorn, Gesammelt von Achim von Arnim und Clemens Brentano. Mit einem Vorwort von Konrad Feilchenfeldt. Ausgewählt von Friedrich Ranke

Potocki, Jan: Die Handschrift von Saragossa. Herausgegeben und mit einem Nachwort versehen von Roger Caillos. Aus dem Französischen von Louise Eisler-Fischer, aus dem Polnischen von Maryla Reifenberg. Mit Bildern von Goya. 2 Bände

Nietzsche, Friedrich: Also sprach Zarathustra. Ein Buch für Alle und Keinen. Mit einem Essay von Thomas Mann »Die Philosophie Nietzsches im Lichte unserer Erfahrung«

94/2/8.84

Insel-Bibliothek

Stendhal: Rot und Schwarz. Vollständige Ausgabe, aus dem Französischen übersetzt von Walter Widmer. Mit einem Nachwort von Uwe Japp

Swift, Jonathan: Gullivers Reisen. Vorwort von Hermann Hesse. Mit Illustrationen von Grandville. Aus dem Englischen von Franz Kottenkamp, bearbeitet von Roland Arnold

Turgenjew, Iwan: Erste Liebe und andere Novellen. Aus dem Russischen von Ena von Baer und Ekkehard Jäkel. Mit einem Nachwort von Friedrich Schwarz

Wilde, Oscar: Die Erzählungen und Märchen. Mit Illustrationen von Heinrich Vogeler. Aus dem Englischen von Felix Paul Greve und Franz Blei

94/3/8.84

Johannn Wolfgang Goethe, geboren am 28. August 1749 in Frankfurt am Main, ist am 22. März 1832 in Weimar gestorben.

Karl Friedrich Zelter, geboren am 11. Dezember 1758 in Berlin, ist dort am 15. Mai 1832 gestorben.

In unveränderter Form wird die dreibändige, von Max Hecker im Insel Verlag 1913 vorgelegte Ausgabe des Goethe-Zelter-Briefwechsels als insel taschenbuch-Kassette vorgelegt.

Dieser Briefwechsel zwischen dem Berliner Baumeister und Musiker Karl Friedrich Zelter und Johann Wolfgang Goethe aus den Jahren 1799 bis 1832 gilt nicht nur als Dokument einer sich langsam entwickelnden, aber dann sehr innig verlaufenden Freundschaft, sondern auch als eindrucksvolles Zeitdokument der ersten dreißig Jahre des 19. Jahrhunderts.

insel taschenbuch 950

Goethe/Zelter Briefwechsel

Zweiter Band

Karl Friedrich Zelter. Ölgemälde von Karl Begas

Briefwechsel zwischen Goethe und Zelter 1799-1832

Herausgegeben von Max Hecker

Zweiter Band: 1819-1827

Insel Verlag

insel taschenbuch 950
Erste Auflage 1987

Vertrieb durch den Suhrkamp Taschenbuch Verlag
Umschlag nach Entwürfen von Willy Fleckhaus
Satz: LibroSatz, Kriftel
Druck: Nomos Verlagsgesellschaft, Baden-Baden
Printed in Germany

1 2 3 4 5 6 – 92 91 90 89 88 87

Briefwechsel zwischen Goethe und Zelter 1819-1827

1819

317. *An Zelter*

Gestern abend war ich eben im Begriff, einen Brief an Dich zu diktieren, damit nicht eine völlige Verjährung einer unterbrochenen Korrespondenz stattfände, als ich abermals abgehalten wurde, sogleich jedoch Dein freundlicher Brief mit kulinarischer Sendung ankam. Wofür ich denn schönstens danke und zugleich vermelde, daß die Rübchen, von der feinsten Sorte, zu rechter Zeit glücklich angekommen sind und heute nebst den Fischen ein freundschaftliches Mahl auszustatten Gelegenheit geben.

Seit Deiner Abreise habe ich fast nichts von dem getan, was ich mir vorgesetzt. Bei kaiserlicher Anwesenheit konnte nicht ablehnen, zu einiger Festlichkeit beizutragen, und so übernahm ich, einen *Maskenzug* auszustatten, wovon das Programm beiliegt, die explanatorischen Gedichte jedoch nachfolgen sollen. Der Zug bestand beinahe aus 150 Personen; diese charakteristisch zu kostümieren, zu gruppieren, in Reihe und Glied zu bringen und bei ihrem Auftritt endlich exponieren zu lassen, war keine kleine Aufgabe, sie kostete mich fünf Wochen und drüber. Dafür genossen wir jedoch des allgemeinsten Beifalls, welcher freilich durch den großen Aufwand von Einbildungskraft, Zeit und Geld (denn die Teilnehmenden ließen es an nichts fehlen, sich herauszuputzen), der denn doch aber zuletzt in kurzen Augenblicken wie ein Feuerwerk in der Luft verpuffte, teuer genug erkauft wurde.

Ich habe mich persönlich am wenigsten zu beklagen, denn die Gedichte, auf welche ich viel Sorgfalt verwendet, bleiben übrig, und ein kostbares Geschenk von der Kaiserin, erhöht durch freundliche, gnädige und vertrauensvolle Aufnahme, belohnte mich über alle Erwartung.

Nachdem wir nun diese große Hof- und Lebensflut zu euch hinströmen gesehen, habe ich mich sogleich wieder nach Osten gemacht und meine alten Bekanntschaften angeknüpft. Ich möchte meinen »Diwan« mit seinen Zugaben ebensogerne lossein, als ich ihn zu Ostern in euern Händen wünschte. Da müssen wir denn aber diese drei oder vier Monate, bei mancherlei Zwischenfällen, noch tätig und fleißig genug sein.

Daß Du und Deine treffliche Gesellschaft auch an die Reihe gekommen, hatte ich gleich gehört, und weil man bei solchen Schmuckdarstellungen nur Perle zu Perlen reiht, so kommt das, was einzeln für sich stehen und gelten sollte, auch bloß zur augenblicklichen Erscheinung, ohne verdiente Aufmerksamkeit zu erregen.

Der Unwille unseres Erbgroßherzogs über die Zigeunerwirtschaft eines Instituts, das Paläste, Tempel und Altäre verdiente, macht seinen Gesinnungen Ehre, die er, wie ich mehrmals erfuhr, immerfort äußert, wenn er eine Existenz sieht, die sich in einem disproportioniert engen Raume bewegt. Möge der gute Geist diese Gefühle zu rechter Zeit segnen und fördern!

Schon der Anblick Deiner Komposition macht mich wieder froh, ich will sie nun auch zu hören suchen und sehen, daß ich die dem Gesang widerwärtigen Stellen abändere. Bei dieser Gelegenheit muß ich erzählen, daß ich, um die Gedichte zum Aufzug zu schreiben, drei Wochen anhaltend in Berka zubrachte, da mir denn der Inspektor täglich drei bis vier Stunden vorspielte und zwar auf mein Ersuchen nach historischer Reihe: von Sebastian Bach bis zu Beethoven, durch Philipp Emanuel, Händel, Mozart, Haydn durch, auch Dussek und dergleichen mehr. Zugleich studierte Marpergers »Vollkommenen Kapellmeister« und mußte lächeln, indem ich mich belehrte. Wie war doch jene Zeit so ernst und tüchtig, und wie fühlte nicht ein solcher Mann die Fesseln der Philisterei, in denen er gefangen war!

Nun habe ich das »Wohltemperierte Klavier« sowie die *Bachischen Chorale* gekauft und dem Inspektor zum Weihnachten verehrt, womit er mich denn bei seinen hiesigen Besuchen erquicken und, wenn ich wieder zu ihm ziehe, auferbauen wird.

In das Choralwesen möchte ich mich an Deiner Hand freilich gern versenken, in diesem Abgrund, worin man sich allein nicht zu helfen weiß: die alten Intonationen und musikalischen Grundbewegungen immerfort auf neue Lieder angewendet und durch jüngere Organisten einer neueren Zeit angeähnelt, die alten Texte verdrängt, weniger bedeutende untergeschoben, und so weiter. – Wie anders klingt das proskribierte Lied: »Wie schön leuchtet der Morgenstern!« als das kastigierte, das man jetzt auf dieselbe Melodie singt, und doch würde das echte älteste, wahrscheinlich lateinische, noch passender und gehöriger sein. Du siehst, daß ich wieder an der Grenze Deines Reiches herumschnopere, daraus kann aber nichts werden bei meiner Fischumgebung. Dies ist aber nicht der einzige Punkt, worüber man muß verzweifeln lernen.

Und so fort und für ewig!

Weimar, den 4. Januar 1819. G.

318. *An Goethe*

Berlin, den 8. Januar 1819.

Hier erfolgt denn auch der »Pillalu«, in den ich mich leichter gefunden habe, als ich anfangs dachte, wie Du an der Musik merken wirst. Doch wünschte ich etwas von Dir darüber zu vernehmen, da es eine ganz leichte Melodie ist. Es ist eigentlich ein Totenmarsch: Harfen, Posaunen und gedämpfte Pauken (großer Art) gehören dazu. Der Refrain wird vom Chore, jung und alt, in Unisono gesungen.

In der zweiten Strophe habe ich einer Doppelsilbe wegen eine Veränderung gemacht und in der letzten Zeile der letzten Strophe die Worte umgestellt, des Akzentes wegen; ist es Dir so nicht recht, so laß mich's wissen, und ich richte es ein, wie es gehn will.

Endlich möchte ich wissen, ob auch die Fische eßbar in Weimar angekommen sind. Das Wetter schlug um, als sie eben abgegangen waren.

Wir haben eben eine Probe gehabt, unser Dreikönigsfest zu feiern, das wegen des Bohnenfestes am Hofe hat müssen auf morgen verlegt werden. Ich habe etwas Musik dazu komponiert, kann jedoch aus dem Ganzen nicht recht klug werden; Schadow oder sonst einer werden Dir wohl sagen, was es alles bedeuten soll. Es ist vielerlei durcheinander und doch manches Gute dabei, damit wir nur nicht alle einschlafen. Das Schlimme dabei ist, daß keiner macht, was er machen kann; denn wenn man machte, was man kann, so wären wir nicht schlechte Leute.

Soeben kommt ein Fäßchen mit Kaviar aus Königsberg in Preußen an, was sogleich zu Dir nach Weimar wandern soll. Magst Du doch mit Deinem Hause, indem ihr dies schwarze Zeug bestattet, den Totenmarsch dazu singen. Sonnabend, den 9. Z.

319. *An Goethe*

Montag, den 11. Januar 1819.

In der Eile will ich nur bemerken, daß in dem zuletzt übersandten »Pillalu« in der ersten und letzten vierzeiligen

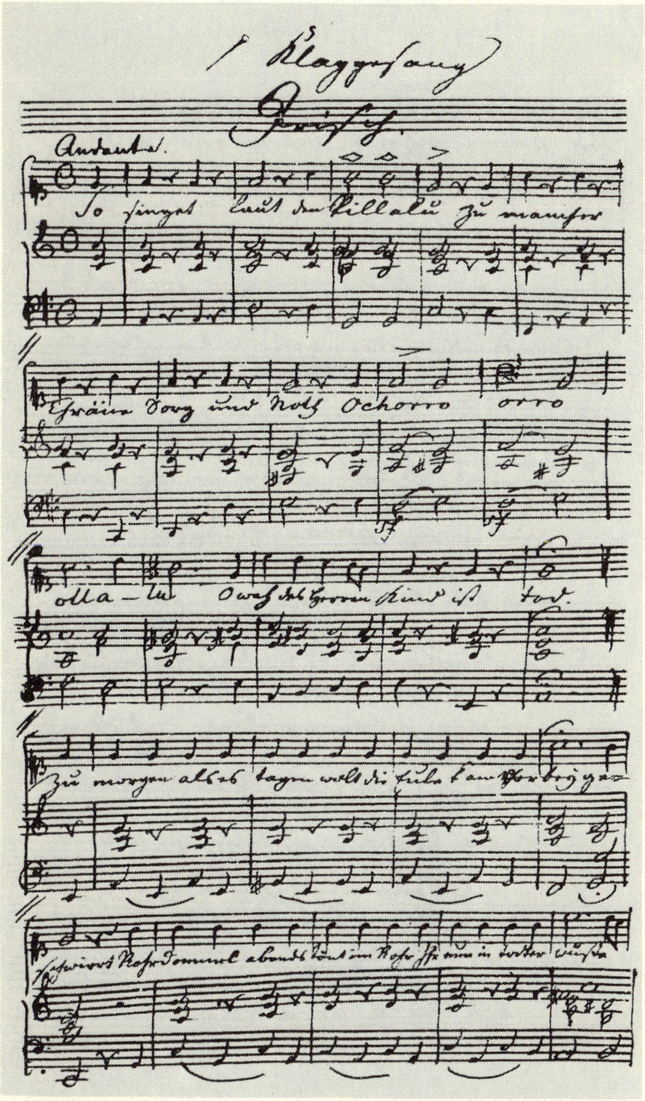

Zu Brief Nr. 318: Zelters Komposition des Liedes »Klaggesang«
(So singet laut den Pillalu)

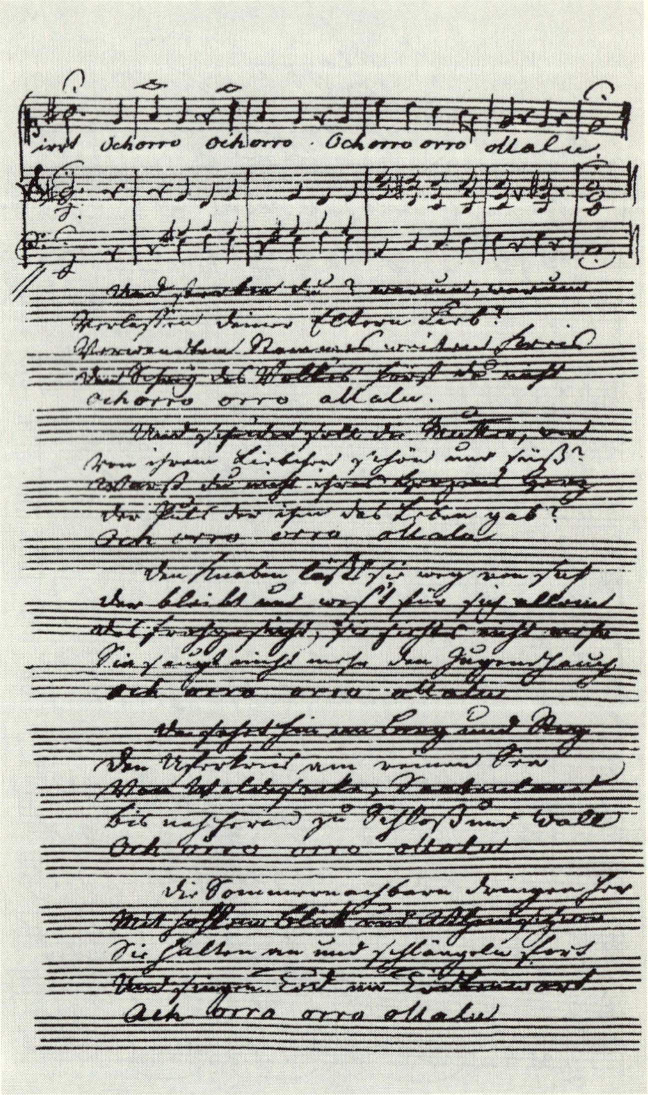
Ochorro orro ollalu

Strophe auf den Worten »Och orro orro ollalu« die Noten der Melodie so heißen müssen:

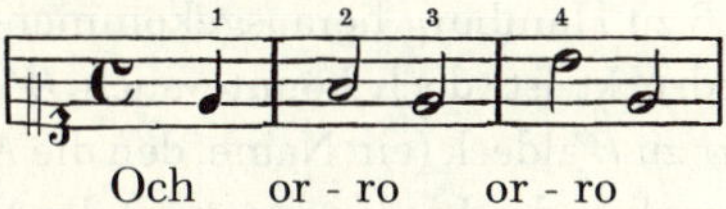

daher die hier mit der Zahl 4 bezeichnete Note, welche in dem gesandten Manuskript F heißt, *H heißen soll*, wie hier zu sehen, und so auch in der letzten Strophe. Alles andere bleibt an seiner Stelle.

Deinen schönen Trostbrief erhielt ich, als mein letzter mit dem Kaviar bereits auf die Post gegeben war, wünsche aber, daß das Wesen genießbar ankommen möge, denn seit gestern ist das Wetter wieder umgeschlagen.

Wenn Du mir Deine explanatorischen Gedichte senden wolltest, so wünschte ich, daß es balde geschähe, da ich eben etwas im Zuge bin; ich brauche stets mehr Zeit, mich von gewohnten Umgebungen freizumachen, als zur Arbeit selber. Lächeln mußte ich wie Du, als ich erfuhr, daß Du Matthesons »Vollkommnen Kapellmeister« gelesen hast. Dieser Mann war Königlich Großbritannischer Legationsrat bis an seinen Tod und zugleich ein höchst brauchbarer Staatsmann. In seinem 72. Jahre hatte er ebensoviel meist musikalische Schriften geschrieben, die sich jetzt wunderlich genug ausnehmen. Ich kucke gar gern hinein, weil sie mir jedesmal zu Gedanken verhelfen, die ich wer weiß wie weit zu suchen hätte.

Das »Wohltemperierte Klavier« habe ich Dir in einem guten Manuskripte vor einiger Zeit zugesandt, Du hättest es also zu kaufen nicht nötig gehabt. Werde mir nur nicht wie unser König, der gern kauft, was er schon hat.

Ein lateinisches Original, wovon unser »Wie schön leuchtet der Morgenstern« eine Übersetzung wäre, ist nicht bekannt, wiewohl in alten Gesangbüchern von solchen Liedern gern der lateinische Anfang angemerkt ist. Es wird dem Philipp Nicolai, Pastor zu Hamburg, zugeschrieben, weil es in dessen 1598 zu Hamburg herausgekommenen »Freudenspiegel« abgedruckt ist, doch könnte auch *W*ilhelm *E*rnst, *G*raf *u*nd *H*err *zu* *W*aldeck (ein Name, den die Anfangsbuchstaben der Strophen des Liedes angeben) der Verfasser sein, und dann ist es auch vielleicht original. NB. So wie es im Porst'schen Gesangbuche steht. Denn neuere Editionen enthalten diesen Umstand nicht.

Die kleinen Härten, welche das Lied hat, würde einer wie Du leicht und vielleicht in Schönheiten verwandeln.

Nun gehabt euch wohl und laß von Dir vernehmen. Z.

320. *An Goethe*

Berlin, den 15. Januar 1819.

Sollte Dir einmal ein Gedanke zu einem Liede für unsern Künstlerverein durch den Kopf gehen, so möchte ich Dich wohl dazu veranlaßt sehen. An festlichen Tagen werden die Frauen mit dazugezogen und wird an Tafel gesungen. Da ich jedoch meistens Männerlieder komponiert habe, so paßt nur weniges, und unsre Poeten kennst Du ja: man kann nichts machen aus dem schwammigen Wesen.

Bei meiner letzten Anwesenheit in Weimar suchten wir das »Dir zu eröffnen Mein Herz«, und es war abhänden. Hier schicke ich's nun wieder. Es ist besser, daß Du es zweimal hast, als gar nicht. Der junge Bassist, den ich bei Gelegenheit des Gottesdienstes Deiner Kaiserlichen Hoheit bewundert habe, würde es gewiß mit seiner rührend-klaren Stimme zu Deiner Zufriedenheit singen können.

Dein Hafiz: »Aus wie vielen Elementen« würde Dich vorigen Dienstag an unserer Liedertafel gewiß erfreut haben. Das Stück hat sich ein ruhiges, sicheres und lebhaftes

Pathos angeeignet, so daß ich es selber nicht ohne Erbauung höre, und da mir eben beim Kramen der erste Entwurf durch die Finger läuft, so sende auch dieses mit, wenn Du es auch schon einmal haben solltest.

Gestern abend hat mir Langermann zum ersten Male den »Pillalu« vorgesungen. Das Stück ist durchschlagend und rührend, und ich wünschte wohl ein Wort von Dir darüber. Meine Empfindung bei der Arbeit war geteilt zwischen Irisch und Irokesisch, was mir eigentlich gleichviel ist, da ich beides nicht kenne: es werden denn doch Menschen sein.

Gott zum Gruß! Dein

Z.

321. *An Zelter*

Nicht allein die Seefische sind glücklich angelangt, sondern am 14. dieses speisten wir den letzten, als Beilage zu Teltower Rübchen; der im Augenblick ankommende Kaviar verwandelte die ganze Mahlzeit in Deine Gabe. Soviel wollte kürzlich vermelden. Zugleich auch, daß sowohl »Ballade« als »Klaggesang« zu meiner größten Zufriedenheit vom Inspektor Schütz, den ich ausdrücklich hereinholen ließ, sind vorgetragen worden. Ich finde beide sehr glücklich, wie man bei Wiederholung derselben erst recht gewahrwird.

Wegen der Festgedichte mußt Du Dich noch gedulden; sie wollen teilweise nichts heißen. Auch ist wenig, vielleicht gar nichts zum Gesang zu gebrauchen, da selbst die lyrischen Stellen eigentlich für die Rezitation angelegt sind.

Sonst ist mir manches Erfreuliches widerfahren. Meine Sammlung von Bronzen hat eine lehrreiche Vermehrung erhalten, sowie auch die geschnittenen Steine. Das junge Volk ist munter und wohl, und ich halte mich diesen Winter so ziemlich auf den Füßen, und so sehen wir denn mit einiger Behaglichkeit der wieder herankommenden Sonne entgegen, und somit allen guten Geistern empfohlen!

Weimar, den 18. Januar 1819. G.

Nachschrift.

Das »Wohltemperierte Klavier« soll, wenn es ankommt, auch in duplo willkommen sein: so behalte ich ein Exemplar in der Stadt, und der gute Inspektor braucht das seinige nicht immer von Berka hereinzuschleppen. Das corrigendum im »Klaggesang« ist auch sogleich berichtigt worden.

eodem.

322. *An Goethe*

Deine allerliebsten »Geschwister« wurden am Donnerstage recht säuberlich und nett hier aufgeführt. Wolff war vorzüglich, und Madame Stich, die jetzt fast täglich spielt und sich täglich bessert, tat mehr, als man ihr zugetraut hatte.

Als Kunstnatur steht diese junge artige Frau mit Madame Wolff ungefähr gleich: sie weiß sich vieles zuzueignen und, spricht sie noch immer gespannt, doch fertig, deutlich, richtig; auch ihre Haltung nimmt Sprache an, wann auch das artige Gesicht nicht immer mit will. Es ist gar viel, was ein Schauspieler sein soll.

Es kann Dir wohl angenehm sein, daß eben erst uns Wolffs zu statten kommen. Sie sind um so nützlicher, da sie nicht allgemein gefallen; aber der Unterschied ist merklich zwischen sonst und jetzt, da diese beiden Leute einige Jahre gewirkt haben, ohne daß es eben aufgefallen wäre, und was diese Wirkung noch schätzbarer macht, ist, daß sie nicht kopiert werden, wie es wohl mit Iffland der Fall war.

Auf die Ankunft unseres Sohnes freue ich mich, und seine Zimmer sind offen für ihn. Ist es auch bei uns etwas weitläuftig, so ist er bei mir doch besser aufgehoben als in einer gemieteten Wohnung. Einen Diener habe ich, der uns beide beschaffen kann, und für die Frau bietet sich meine Tochter, die ein verständiges Mädchen ist, als Kammerjungfer an, und Köchin und Küche nebst Zubehör sind auch im Hause.

Daß der »Diwan« nicht im Meßverzeichnisse steht, darüber ist man hier ergrimmt, indem alles danach leckert, und Dein neuestes Heft von »Kunst und Altertum« habe ich zwar flankieren sehn, aber in der Tat noch nicht gelesen, weil ich es von Dir erwartete.

Weiter wüßte ich für heut nichts zu sagen. Es ist niemand zu Hause. Die Welt ist auf Universitäten, und wir beide sind nicht jung genug, um auf ihre Heimkehr zu warten.

Lebe nun wohl und sei versichert, daß ich Deines Herzens bleibe.

Berlin, den 26. April 1819. Z.

323. *An Goethe*

Berlin, den 20. Mai 1819.

Deine Festgedichte machen ein Leckermaul aus mir. Wenn ich sie zuerst hintereinander weglas, um mit dem Ganzen bekanntzuwerden, so lasse ich mir nun, zum Frühstück, vor dem Essen, nach dem Essen, gegen Abend und vor dem Schlafengehn, eins nach dem andern, oder wie sie sich greifen lassen, schmecken, daß die Lippen nicht wieder voneinander wollen. Sie kommen mir fast vor wie Haydn'sche Menuetten, die ich auf ähnliche Weise genieße. Allerliebste Sternschnuppen: fix, klar und wahr. Und allerliebste Verse, und Reime voller Musik – und Gedanken zum Küssen.

Über das neue Heft »Kunst und Altertum« ein andermal. Der Artikel »Antik und Modern« hat mich über das Buch hinausgeführt, so daß ich zuerst die Schubarth'sche Schrift gelesen habe und sie noch einmal lesen werde. Jetzt lese ich den »Werther« wieder.

Unsre Kinder lassen sich Berlin gefallen, wie sie müssen, da sie nun einmal hier sind. Wenn sie einige Zolle kürzer wieder nach Weimar kommen, so gebt ihr jedoch mir und meiner geliebten Vaterstadt nicht schuld, denn es wohnen zwei Lohnkutscher dichtan bei uns. Bis heut haben sie sich die Füße durch Schuh und Strümpfe bis ins Fleisch durchgelaufen, und wenn sie sich nicht belehren lassen wollen, so haben wir reine Hände wie die Wallensteiner. Heut ist Himmelfahrtstag, und sie – *laufen* nach dem Tiergarten. Wir Berliner sind schon müde, wenn wir davon reden hören.

Herz und Gruß meiner kleinen, schmächtigen, im stillen Angebeteten von Deinem Z.

324. *An Zelter*

Daß meine Festgedichte Dir wohlbehagen, ist in der Regel; denn ich habe die Zeit in Berka, wo ich sie schrieb, indem ich den Marperger las und Schütz spielen hörte, unablässig an Dich gedacht und uns ein näheres Zusammensein gewünscht. Mehr, als ich irgend sagen kann, hast Du schon aus diesem Heftlein genommen. Die Mannigfaltigkeit und Freiheit der Silbenmaße ist mir unvorsätzlich unter dem Arbeiten bei Beschauung der vielfachen Gegenstände geworden. Neuere Künstlichkeit habe ich kaum berührt; die achtzeiligen Strophen waren mein letztes Ziel, und recht merkwürdig ist es, daß kein Sonett in diesen Zyklus passen wollte; auch Dein Gefühl wird schwerlich einen Punkt angeben, wo es stehen könnte.

Für die freundliche Aufnahme der Kinder danke Dir herzlich. Ich werde durch sie genießen, was ihr mir längst günstig bereitetet. Mir will nun nicht mehr wohl werden als in meinem Hause, das besonders den Sommer alle Vorteile genießt und wo mir so vieljährig zusammengetragene Besitztümer zu Gebote stehen, die mir Freude und Nutzen bringen, ob sie gleich vor den Nagelischen Kunstschätzen verschwinden möchten.

Habe Geduld mit den Kindern und lasse sie nach ihrer Weise aus dem großen Born ihr Teil schöpfen und genießen. In Augusts Briefen finde ich weder Wolf noch Hirt genannt; sorge, daß diese Freunde nicht übergangen werden.

Die jenaische Druckerei verspätet meinen »Diwan« unverantwortlich; indessen, hoffe ich, soll er euch auch noch immer zur rechten Zeit kommen. Damit nun aber diese Sendung nicht ganz leer und leicht ausfalle, so folgen ein paar Bogen »Aufklärungen« zum »Diwan«. Ich wünsche, daß sie Dir die folgenden wünschenswert machen.

treulichst

Weimar, den 29. Mai 1819. G.

325. *An Goethe*

Berlin, den 2. Junius 1819.

Dein schmucker lieber Brief vom 29. Mai kam ebenst zu guter Stunde, um den schmerzlichen Abschied lieber Gäste zu mildern, die soeben abgefahren waren. Einige Wochen hätten sie es immer noch aushalten können bei uns; denn obwohl sie nicht versäumt haben, sich umzusehn, so sind sie fremd, von Fremden in der Fremde umhergeführt und haben – gewiß zuviel von dem gesehn und genossen, was allerorten zu Hause, ja wohl besser und mehr ist.

Daß Berlin etwas an sich und von sich ist, wird zwar selten zugegeben, aber es ist dennoch so wahr als gut. Dies ist keine Klage gegen Fremde, die sich mehrenteils gern hier sehen und ebensogern hier verweilen – weiß ich selbst, gegen wen? Der König selbst fühlt sich hier fremd und kann nicht von uns bleiben. Friedrich der Große wollte aus Potsdam etwas machen, aus Berlin hat er etwas gemacht und so auch seine Vorgänger. Genug, ein berlinischer Preuße ist eine für sich bestehende Rasse, die leben sollen, weil sie wollen, und das soll euch aufgehoben sein für künftige gute Tage.

Die Kinder haben übrigens ihr Glück gemacht: dem Könige hat die Frau gefallen, und August würde als chargé d'affaires nicht übel bei uns angestellt sein.

Daß Dir nirgends wohler ist als bei Dir selber, ist mir ganz begreiflich; ist mir doch selber so zumute, und bin ich einmal einige Monate abwesend, so freue ich mich auf meine Zurückkunft. So wie mit den Kindern müßtest Du es auch nicht halten wollen, denn das ist Arbeit für *junge* Leute. Man muß sich erst durchgefressen haben bei uns, ehe man daran denkt zu leben, und dazu ist frelich im 70. Jahre keine Zeit. Nein! man kann es anders einrichten, um es bequemer zu haben. Alles hat seine Zeit, und kommt Zeit, so kommt Rat.

Der gute Schubarth windet und dreht sich ab um eine Meinung über Dich, die ihm allein eigen und neu von der Elle sei. – Nicht wahr, das wäre Dir selber nicht eingefallen: daß im Felle das Tier und im Feuer der Funke hause? – Will ich nun wieder zu mir selber kommen, so muß ich Deine sämtlichen Schriften wieder von vorn lesen. Was sollte wohl die Welt anfangen, wenn diese Herren sich nicht so viele Mühe gäben, sie vor Überschätzung des Guten zu bewahren! – Hat sich was zu überschätzen! Gib nur her, alter Knabe, was Du noch unter dem Herzen hast; so wie ich *uns* kenne, haben wir noch Arbeit genug, Mäßiges nicht geringzuachten.

Deine Enträtselung des Myron'schen Geheimnisses hat uns unendlich befriedigt; was viele Geschlechter, zu Tausenden, lebendig empfunden haben, hat Jahrtausende auf das Wort warten müssen, womit es ausgesprochen ist; ja das selige Werk des Künstlers hat vergehn müssen, um seine Weisheit ans Licht zu ziehen. Habe Dank für mich allein! wer weiß, wie lange es nun gedruckt sein wird, bis ein besserer Dank erfolgt.

Deine Festgedichte gehen spazieren von mir zu Langermann und von da zurück. Ein Sonett habe *ich* allerdings am wenigsten vermißt, weil ich ihm trotz meiner Bemühungen noch niemals habe eine musikalische Form abgewinnen können, die natürlich wäre.

In Deinem Briefe sagst Du, daß Du den Marperger gelesen hast. Ist das Mar*purg*? oder *Kirn*berger? denn einen Marperger kenne ich nicht. Ist es Marpurg: der gehört zu den Besten, weil seine Schreibart die beste ist; aber es ist auch hier wie in den bildenden Künsten: das Wort fehlt, uns den Geist zu erklären, und was man wissen will, lernt man nur, wenn man selber Hand anlegt. Er hat viel geschrieben und ist mit Kirnbergern vielfältig im Streit gewesen über Dinge, in denen meiner Meinung nach Kirnberger recht hatte, wiewohl dieser sich, wenn's aufs Schreiben ankam, nicht mit jenem messen konnte und darüber vor der Welt immer im Nachteil erschien. Ich habe beide Männer noch recht gut persönlich gekannt und aus ihren gegenseitigen Meinungen das meiste von dem erlernt, was ich zu wissen wünschte.

Hirt ist abwesend, sonst würde August mit ihm bei Staatsrat Schultz Gevatter gestanden haben. Wolf hat sich eine Sommerwohnung in Charlottenburg zugelegt, so daß man ihn weder hier noch dort antrifft. August hat ihn auf der Straße zuerst gesprochen und am Sonnabend vor Pfingsten mit ihm beim Minister v. Altenstein gespeist. Ja es scheint, als wenn der Minister Wolf deswegen zur Tafel gebeten hätte, indem er, ich weiß nicht wen, gefragt hat: wen er sonst noch bitten dürfe, mit dem Wolf nicht verfeindet wäre.

Nun wünschte wohl zu wissen, wohin sich Deine Liebden wenden wollen, um eine andere Sommerluft zu atmen. Ich habe mir eben Urlaub erbeten und denke nach Wiesbaden zu gehn, doch möchte ich Deine Spur im Sinne behalten.

Lebe wohl, mein Allersüßester! Von Aufführung zweier Szenen des »Faust« werden Dir die Kinder weit und breit zu erzählen wissen. Es war doch ein Anfang, und am besten Willen hat's nicht gefehlt. Dein

Z.

326. *An Zelter*

Heute, Sonntag, den 13. Juni, werden meine Kinder in Dresden eintreffen, und es naht nun die Zeit, wo sie wieder herankommen und von Dir manches Gute und Freundliche erzählen werden. Heute soll auch dieses abgehen, und da zufälligerweise der Tag bewegter als gewöhnlich wird, so sage ich nur soviel: gedenke bei diesen Bogen jetzt und künftig eines treuen Freundes. Nächstens mehr, auch kommt noch ein Velinexemplar nach. Tausend Lebewohl!

Weimar, den 13. Juni 1819. G.

327. *An Goethe*

Karlsbad, den 7. Juli 1819.

Madame Heiligengötter küßt die Hand und sagt: Ewer Exzellenz werden ihr vor allen lieb und wert sein; sie bekomme sowohl anfangs August als gegen Ende dieses Monats die sonst bewohnten Zimmer offen, doch bitte sie inständigst, von Deiner Ankunft bestimmte Nachrichten zu haben, um sich darnach einrichten zu können. Alles ist in diesem Augenblick ausnehmend besetzt, doch habe ich auf der Stelle ohne alle Anmeldung eine gute Stube neben dem Mühlenbade gefunden. Das Gerassele der Wagen nach Tische und der Zufluß von 4 Uhr an des Morgens zum Brunnen ist groß. An vornehmen Personen fehlt es auch nicht, unter welchen die ci-devants aus Frankreich stark in Betrachtung genommen werden. Vorige Woche war die Kälte erstarrend, und seit 3 Tagen ist die Luft fast glühend. Die verschiedenen Brunnen versuche ich täglich nach der Reihe und tun mir, wie sie Macht haben. Abends wird der neue Komet beobachtet, von dem man guten Wein hofft und sich andere Geschenke verbittet.

Den 10. Juli. Eine schnelle Gelegenheit ließ mich diesen Brief auf der Stelle nicht enden, und Du erhältst ihn nunmehr aus Regensburg, wo ich vor 6 Stunden angelangt bin. Ich sitze am offenen Fenster und lasse die 1000 Fuß breite Donau unter der tüchtigen Brücke sich rauschend durcharbeiten. Morgen bleibe ich hier, und Montag gehe ich mit einem neuen Schiffe stromabwärts auf Wien zu, wo ich's mir mehrere Wochen will gefallen lassen. Dann wird sich weiter Rat finden, ob ich durch Salzburg und München zurückegehe.

Lebe wohl, mein Bester. Gott erhalte Dich

Deinem Z.

328. *An Goethe*

Wien, Dienstag, den 20. Juli 1819.

Vorigen Sonnabend bin ich hier, nach einer Wasserfahrt auf der Donau von Regensburg her, welche 6 Tage gewährt hat, angekommen. Die Donau ist, besonders von Linz an, so schnell, daß das Schiff die *ganze* Reise (von 60 Meilen) in höchstens drei Tagen machen könnte, wobei des Nachts angelegt und geruht wird. Ein Ordinareschiff wird durch das Mautwesen tagelang aufgehalten. Von Linz an hat unser Schiff in zwei halben Tagen 30 Meilen zurückgelegt. Doch war mir's so lieber, weil man mehr Gelegenheit hat, sich umzusehn und ruhiger zu genießen. Die Menge der Strudel, unter welchen der »Saurüssel« der prächtigste ist, machen bei vorsichtigen Schiffern die Wasserreise zu einem Feste, das ich wie einen kaiserlichen Schmaus eingenommen habe.

Die Bauart eines solchen Ordinareschiffs ist so lächerlich leicht, daß man es, ehe man die Gefahr weiß, gleichsam besteigt, um zu sehn, was aus dem Spaße werden will. Es ist aus lauter Fichtenholze mit Axt und Säge wie eine Art Modell gezimmert, ohne Eisen, Tauwerk, Hanf, Teer, Pech, Anker, oder was sonst ein Schiff fahrbar macht. Ein einziges Seil zum Anlegen ist auf dem Schiffe. An Mast und Segel ist nicht zu denken, weil das Gefäß den Weg der Israeliten ins Gelobte Land nachahmt. Die Fugen sind mit Moos ausgestopft und mit Draht ordentlich zusammengenähet. Es trägt 2000, schreibe Zweitausend Zentner, ist 120 Fuß lang und 16 bis 17 Fuß breit, und kein Wasser dringt ein.

Meine Reisegesellschaft bestand in einem Doctor medicinae aus Irland, einem teutschen Kupferstecher, der ganz wunderliche Reden über die Kunst hielt und an Mund und Kinn nach Art des Mittelalters bebartet war, einem Apotheker, einem Fleischer, einem Schwertfeger, einem Kapuziner, Frauen, Kinder[n], Huren, Handwerksburschen und – meiner Wenigkeit.

Die Handwerksburschen, welche wenig oder nichts für die Fahrt bezahlen, verbinden sich, von 2 Stunden zu 2 Stunden die Ruder zu ziehen, wozu sie sich etwas faul anstellten. In der Morgen- und Abendkühle ging auch ich mit an dies Geschäft, wodurch die Sache in Gang kam und zuletzt auch Frauen und Mädchen an der schweren Arbeit teilnahmen. Ein Schneider ward davon dispensiert, wofür er uns die Knöpfe an Hosen und Röcken festnähen, Unterfutter und Taschen ausbessern mußte, und einige Mädchen wuschen uns Strümpfe und Taschentücher aus.

Diese bunte Kompanie war bald so lustig und frisch, daß die 6 Tage wie 6 Stunden verflogen sind. Die Schiffer hatten das beste bayrische Bier bei sich, Fleisch und Brot und Wein konnten wir alle Morgen frisch einkaufen und kurz, wir hätten auf diese Art bis Peterwardein fahren können, ohne daß uns etwas abgegangen wäre. Von Mautquälereien habe ich an meinem Teile wenig auszustehen gehabt.

Sonnabend nach meiner Ankunft ging ich sogleich ins Theater am Kärntner Tore. Die Oper »Othello« von Rossini ist eine neue heitere Musik, die ich hier zum ersten Male recht gut ausführen hörte. Der Komponist hat den Dichter laufen lassen und irgendein Gedicht in Musik gesetzt, daß man sich aus dieser Musik recht gut selber zusammensetzen kann. Er ist ohne Zweifel ein Mensch von Genie und weiß die Mittel zu gebrauchen, welche er hat, ohne wie Gluck erst an die Erfindung der Instrumente zu denken, die seine Musik spielen sollen. Die Musik hat Crescendos, die ans Große reichen, er kann sich gehn lassen, und endlich kommt der Gedanke recht gut hervor. Er spielt mit den Tönen, und so spielen die Töne mit ihm.

Sonntag ins Marinellitheater. Es wurden 3 Stücke gegeben: 1) »Die Werber«, 2) »Die Damenhüte im Theater«, 3) eine Pantomime: »Schulmeister Beistrich, oder Das Donnerwetter«. Noch heut tut mir die Brust weh vom vielen Lachen. Die Stücke sind – unter dem Gemeinen. Die Schauspieler und das Publikum zusammen machen das Stück. Das Geringste, was gelingt, findet lauten Beifall, und was nicht gelingen will, rutscht vorüber. So sind die Spieler in beständiger Bewegung und genießen so gut wie die Hörer und weit mehr. Ein solches Zigeunerpläsier ist nicht zu beschreiben. Die Kinder fangen schreiend an zu klatschen, und alles schreit und klatscht mit. Nach dem Stücke wird vorgerufen, was Beine hat. Und nun geht ein neues Stück an. Die Schauspieler bedanken sich, indem sie ihre Rollen fortsetzen, und nun kommt erst ihre individuelle Persönlichkeit ganz hervor. Das Theater ist immer voll, wenn nicht anfangs, doch gewiß gegen das Ende, wenn alles aus dem Prater zurückkommt.

Der erste Komiker heißt Ignaz Schuster: ein Mann, von Gott geschaffen, vom Kopfe bis zum Schwanze. In dem Kerl wohnt kein unwahres Wort; eine Stimme breit wie ein Brett und scharf wie Essig und glatt wie ein Aal.

Man sieht hier recht, warum dies Volk nicht politisch ist. Es will jede Minute leben und genießen, und das tut's. Die Politik kommt von der langen Weile und geht zur langen Weile. Aus dem Schauspiele gehn sie essen, morgens in die Messe, an die Arbeit, jeder seinen Weg, aus einem Schauspiele ins andere. Laßt sie gehn! Klüger werden sie nicht, waren sie nicht. Sie begreifen nur sich selber, und sie könnten recht haben, weil sie recht behalten.

Mittwoch, den 21. Ich habe diese Nacht in einem Dorfe (Hierzingen), dicht an Schönbrunn, zugebracht, woselbst man von einer Anhöhe (die »Gloriette«) das ganze Wiener Tal übersieht. Schönbrunn selbst ist in einem guten französischen Geschmacke angelegt und hat mich an Sanssouci erinnert. Der botanische Garten wird sehr gerühmt. In der Menagerie habe ich einen Elefanten größter Art gesehen: ein prachtvolles Tier! einen Strauß und ein Beuteltier: die schönsten Exemplare. Viele Käfige sind endlich leer, weil die Anstalt nicht fortgeführt wird. Ein zweites Stück im Theater Marinelli (»Der lustige Fritz«), das mir stark empfohlen war, wollte nicht gelingen. Es ist ein Lieblingsstück des Publikums, doch aller gegenseitiger guter Wille vermochten es nicht flottzumachen.

Donnerstags. Gestern abend habe ich die 4. Oper von Rossini: »Die diebische Elster« gehört. Das Sujet ist allerliebst und hätte können was Rechts draus gemacht werden. Es gehört eine lustige Person hinein, die der Dichter vergessen hat. Dafür ist das Rührende überwiegend, welches wieder der Komponist vergessen hat geltend zu machen. Im ganzen ist jedoch die Musik geistreich, mutwillig bis zur Unkeuschheit und grenzt hierin an Mozart, der jedoch mehr verwegen und tief ist. Die Singerei war nicht zu loben, doch hat sich die Menge alles gefallen lassen wollen, weil sichtbar jeder tat, was er konnte.

Der Prater ist ein Lustgarten, wozu durchaus eigene Equipage gehört, und dann ist dies ganze Land ein Lustgarten. Man sagt mir: es sei nicht mehr, was es war, und wo wäre es denn noch, wie es war? – Für solche Ansichten bringt der Fremdling keinen Sinn mit, und ich bin froh, wenn ich den Berliner loswerden kann. Ja man beklagt manches, wodurch man sich sonst gedrückt fühlte.

Zu den größten Bequemlichkeiten dieser Kaiserstadt gehören die Fiacres. Ich, der ich mich täglich mehrmalen in der labyrinthischen Stadt verirre, weiß dadurch immer wieder zu Hause zu finden, zumal abends aus den Theatern, die stundenweit auseinander liegen.

An die Stelle einer höhern geistlich-geistigen Polizei, welche sonst durch Heiligenbilder und Kapellen repräsentiert worden zu sein scheint, steht jetzt und zwar überall ein Polizeidiener, und man muß sagen, daß diese Leute ihren Dienst kennen; sie erscheinen wandelnd, indem sie immer an einer Stelle sind und den Vorübergehenden aus dem Wege treten, denen sie doch eigentlich im Wege sind.

Man hatte mir gesagt, daß ich im Garten zu Schönbrunn den jungen Napoleon überall im Freien antreffen würde, was jedoch nicht zutraf. Wir bemerkten aber bald, indem wir die schönen Gänge durchstrichen, daß wir überall von fernher beobachtet wurden, bis der Abend unserer Wanderung ein Ende machte.

Die Stephanskirche, welche ich täglich mehr als einmal besuche, ist ein überaus tüchtiges Gebäude, vorzüglich von innen, abgerechnet, was die neuere Zeit hineingeflickt hat und sich recht gut absondern läßt: ein großer andächtiger Raum, der nichts zu wünschen läßt, da jede Begierde heruntersinkt. Der Turm läßt sich kaum beurteilen, weil es zwei solche Türme sein müßten; *so* hat er etwas Zapfenartiges, das nicht den besten Eindruck macht. Die Ausführung der Teile übersteigt allen Glauben, so auch die Kanzel. Oben bin ich noch nicht gewesen, die Hitze ist so groß, daß mich die geringste Bewegung unter Schweiß setzt.

Salieri ist die bravste Haut von der Welt und noch immer fleißig, auf die kindlichste Art. Er hat über 40 Opern geschrieben. Er ist 69 Jahr alt und hält sich für außer der Mode, was er nicht nötig hätte; denn sein Talent fließt noch, und von seinen besten Schülern steht keiner über ihm.

Abends. Den »Titus« von Mozart habe ich eben gesehen und gehört, und ich darf wohl sagen, daß er in Weimar besser gelang. Lauter Sängerinnen (4 an der Zahl), die sämtlich Großmütter sein könnten, doch alle von guter Übung. Die Campi muß in ihrer Jugend trefflich gewesen sein; jetzt kommt sie mir vor, als wenn sie schon im Mutterleibe alt gewesen wäre. Solch ein Titus soll denn auch noch geboren werden, der in alle Mädchen verliebt ist, die ihn alle totschlagen wollen. Sonnabend, 24. Gestern abend – ja so: gestern früh habe ich mir für 26 fl. einen Regenschirm gekauft; mit diesem im Gedanken ging ich nach Essens in den Prater und bin naß worden wie ein Pudel, denn die Maschine hatte ich zu Hause gelassen. So ging ich ins Marinellitheater, um mich wieder trocken zu lachen. Nun stelle Dir mein Elend vor. Der »Verlorne Sohn« (so heißt das gestrige Stück), dachte ich, der kann lachen und lachen machen: gefehlt! Dieser verlorne oder vielmehr verfrorne Sohn ist ein – *moralisches Melodram mit Chören und Tän-*

zen. Ein großer Schlingel und hat eine Frau und gar nichts gelernt und kommt daher um alles, und im 4. Akt schließt das Stück; der Sohn wird wieder glücklich, anstatt eines Produkts, der ihm eigentlich zukommt.

Zu meinen alten Bekanntschaften gehört die des Dichters Carpani, welchen ich anno 1810 in Teplitz kennen lernte; da dieser gute Alte jedoch kein Wort Deutsch spricht, so muß ich Italienisch reden, was jedoch besser geht, als ich nach so langer Pause vermutet habe. Du wirst Dich des Carpani erinnern, wenn ich Dir sage, daß er ein Büchlein »Le Haydine« geschrieben hat, worin hübsche Sachen über den alten Haydn stehn.

Von *Weigl* habe ich manches über Mozarts Jugend und seine letzten Jahre erfahren, das mir interessant ist. Weigl ist ein hübscher fettlicher Lebemann. Seine Arbeiten sind rein, gemäß, natürlich und haben Charakter. Mittlere Zustände gelingen ihm am meisten, und was er wirkt, wirkt er bei Lebzeit.

Der Contreviolon wird hier schrägliegend gespielt, so daß der Spieler dabei sitzt. Ich habe keine verminderte Wirkung davon bemerkt und wünschte diese Methode allgemein zu sehn. Die verfluchten Gänsehälse mit ihren Stacheln blessieren mir das Auge. Dagegen sind die Souffleurkasten hier wie überall so groß und hindern das Auge, sich ein Zentrum zu finden; kommt dazu noch der übermäßig hohe Sitz des Musikdirektors mit seinen Faxen, so weiß man in der Tat nicht, warum solche Unanständigkeit erlaubt wird.

Das Burgtheater wird hier sehr gelobt, hat aber Ferien bis zum andern Monat. Ich denke, von Baden dann und wann herüberzurutschen, und dann soll auch dieses uns bekommen. Das Theater an der Wien ist ein hübsches und nicht kleines Haus, es hat 5 Reihen Logen, ohne die Parterrelogen. Man hört gut, sieht gut, und es ist einem wohl darin.

Das Marinellitheater (»Leopoldsstadt« oder »Kasperl«) ist

auch artig mit 3 Logenreihen; die Sitze sind jedoch unmäßig eng, ich kann meine Knie nicht lassen. Im Theater am Kärntner Tore geht's am besten, die Musik ist hübsch, komplett und schicklich, nur werden die Operisten zu sehr angegriffen oder abgegriffen, weil alle Tage Oper und Probe, öfter aber 2 Proben sind. Das halten sogar die Instrumente weniger als die Menschen aus. Die Orchesterleute sind unter allem Begriff schlecht gehalten, und manche verzehren im Orchester ihr Mittags- und Abendbrot, weil sie sonst keine Zeit dazu haben. Auch Weigl klagte über Beschwerlichkeit des Dienstes, wobei er noch zu komponieren hat.

Montag, den 26. Gestern habe ich nun (an einem Sonntage) den Prater im Sonntagsstaate gesehn. Vier Reihen der schönsten gesunden alten Kastanienbäume formieren 3 Alleen, welche von der Leopoldsstadt anfangen und eine halbe Stunde in gerader Linie bis an die Donau führen. Die mittelste ist 45′ breit zum Fahren, die beiden Seitenalleen 24′ breit für die Fußgänger. Nun bewegen sich mehrere hundert Equipagen, zum Teil von der größten Pracht, und Fiacres in der Mitte, und daneben die Fußgänger, Gruppen, paarweise und einzeln, so anmutig durcheinander, daß es eine Lust ist, so viele schöne geputzte Frauen und Männer in größter Charakterverschiedenheit wie ein Schattenspiel bei Tage passieren zu sehen. An den Seiten sind Kaffeehäuser und Ruhestellen im Schatten der schönsten Baumgruppen, alles musterhaft reinlich, sauber, nett. Man setzt sich. Aus dem Gebüsch auf den Seiten ertönt Musik, bald ist man in der Oper, bald auf dem Ball, dem Paradeplatz. Der Kaffee kommt, dabei Gebäck. Ein Kind präsentiert Blumen, ein hübsches Mädchen bringt frisches Krystallwasser, ein altes Weib Zahnstocher; dies alles wird mit kupfernen Kreuzern honoriert, die man froh ist, auf so gute Art wieder loszuwerden, weil sie schwer sind wie das Gewissen und die Taschen bis auf die Füße ziehn. Diese Allee ist es jedoch nicht allein, was den Prater formiert. Eine zweite und dritte Allee ähnlicher Art breitet sich von der Leopoldsstadt fächerartig gegen die Donau (es ist ein Arm der Donau) hin. Hier ist gleichsam der andere Pol des Planeten: das eigentliche Volk. So wie die Räume gegen die Donau zu breiter werden, erscheinen in diesen Räumen Erfrischungsplätze, wo gleichfalls Bier, Wein, Essen und (außer Kaffee) Getränk aller Art, Eis und so weiter zu haben sind. (Kaffee dürfen nur die 3 einzigen Kaffeehäuser in der großen Allee par excellence schenken.) Diese zweiten Erfrischungsplätze sind jedoch in solcher Anzahl und unmittelbar beieinander, daß die Gäste des einen Wirts von den Gästen des andern nicht zu unterscheiden sind und man in Gefahr sein könnte zu verzehren, was ein anderer bezahlt hat. Hier nun ist das eigentliche Wien: zwischen diesen Tischen und Sesseln und Schenken und Tabakspfeifen, Karussellen und Orchestern streift nun alles bequem und fröhlich einher. Man geht, man bleibt, man kommt, man erkennt sich, es ist eine ununterbrochne Ruhe und Bewegung zugleich. Nirgend eine Verzäunung, ein Hindernis; denn die Besitzer der Häuser sind zwar Eigentümer, doch der Grund und Boden gehört dem Kaiser und darf nirgends abgegrenzt werden. Der Eindruck dieses Wesens nun (Gewühl möchte ich's nicht nennen) ist ein leises Vergessen. Ich wüßte mich nicht zu erinnern, daß ich gedacht oder bemerkt hätte, und was ich hier schreibe, erfinde ich eigentlich, ohne sagen zu können: so ist es, so war es. Was die Sache endlich zu einem wahren Sonnenanblick macht, ist – die Menge der behaglichen Physio[g]nomieen aller Art, die heut, mit ihrem Gott versöhnt, die Welt ansehn, wie sie sie gern haben. Da ist kein Mann, kein Weib, kein Alter, keine Jugend, wie sie sein sollte. Es ist eine Idee in der Existenz, wie es eine Existenz in der Idee ist. Den ersten Tag, als ich ins Theater trat, stimmte ein Violinist sein Instrument. Der

Kellner trat ins Parterre und sang in dem Tone des Violinisten:

»Schokolade, Limonade, Bavaroise, Punsch!«

ein anderer nach ihm:

»Schokolade, Limonade, Bavaroise, Punsch!«

und nun stimmte das Orchester nach dieser Melodie; ich habe so laut darüber gelacht, daß die andern Anwesenden mich wie einen Verrückten angesehn haben. Mögen sie von mir denken, was sie wollen; was mir hier nicht gefällt, habe ich zu Hause ebensogut und hoffe es wiederzufinden.

Dienstag. Gestern abend war zur Feier des Annentages groß Feuerwerk im Prater. Der gute Feuerwerker hat das Unglück, in der Regel schlechtes Wetter zu treffen, woran das ganze Publikum den größten Anteil nimmt, weil es ebensogern ein solches Schauspiel sieht, als der Künstler es macht. Nun war gestern die günstigste Witterung von der Welt. Es hatte abgeregnet und war kein Staub, kein Abendnebel, kein Lüftchen und ein dunkelpurpurblauer Abendhimmel. Die Raketen gingen schnurgrade in die Höhe, und alles geriet aufs beste. Zwei Hauptdekorationen waren: die erste zu Ehren der schönen Frauen und die letzte mit dem Namen der heiligen Anna geziert. Die Sache hatte etwas Großes, was bei einem Feuerwerke nicht leicht erreicht wird wegen der Unendlichkeit des Raums, den die Nacht hervorbringt. Das Gerüst, welches immer in diesem Gebrauch feststeht, ist zwischen 80-90′ hoch und etwa 160 bis 180′ lang.

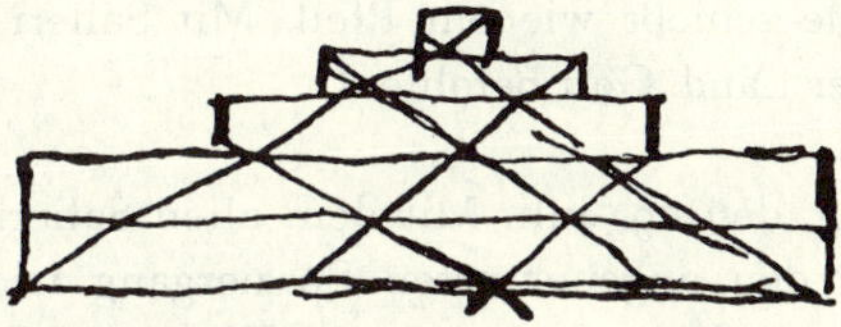

Die Logen um dies Gerüst her dreimal erhöht, in deren Mitte die kaiserliche Loge sich erhebt, fassen leicht 1000 und mehr Sitzende. Dazwischen das Parterre konnte wohl, denn es stand Kopf an Kopf, 30 000 Zuschauer halten. Die Frauen sämtlich schön geputzt, wie sich denn dies Geschlecht hier sehr zierlich und höchst anständig kleidet. Was auch diesem Anblicke aufhilft, ist die große Zufriedenheit mit allem und wie es jedem in stiller Tiefe wehtut, wenn etwas nicht aufs beste gelingt, und wie alles aufjauchzt, wenn das Gelungene wieder erscheint.

Dies scheint das einzige Vergnügen zu sein, wobei die Österreicher die Musik nicht vermissen, welche einem hier überall im Wege ist. In Karlsbad versicherte mich ein Musikus: es sei ein saures Brot. Ich sagte dagegen: die Musiker seien dennoch besser daran als die Gäste. »Wie so?« fragte er. Sie könnten doch, antwortete ich, ohne Musik essen. Der gute Mensch ging beschämt von mir, und er tat mir leid, wiewohl meine Rede ganz am Orte war; denn es ist in der Tat hart, Patienten und Genesende auf diese Art zu quälen. Ich kann wohl etwas ertragen. Doch wie ich aus der Oper komme und mich an den Tisch setze, quält sich eine Harfe oder Gurgel, mir das eben Gehörte oder Genossene noch einmal nachzustochern: das ist – zu viel – und ich Armer vergesse zu bedenken, daß dies Geschreibe auch zu viel ist. So lebe denn wohl und grüß' die Deinen von Deinem ewigen Z.

Die Donau ist eben in der größten Pracht. Mehrere Schlagregen und Schneewasser aus dem Gebirge erhöhen ihren

Anblick, sie schießt wie ein Pfeil. Mit Salieri fahre ich soeben über Land. Gott befohlen!

Donnerstag, den 29. Juli. Mit dem alten Salieri habe ich vorgestern den angenehmsten Spaziergang nach Schönbrunn und von dort zurück gemacht. Dieser alte Geselle sitzt noch so voll von Musik und Melodie, daß er in Melodieen spricht und gleichsam nur so verstanden wird. Es ist mir das größte Vergnügen, diesem echten Naturelle nachzuschleichen und ihn immer wahr zu finden, wie er ewig vergnügt ist. Auf diese Betrachtung komme ich eben zurück, da ich mir die Partitur des neuen Requiem von Cherubini habe bringen lassen. Eine Musik, die bei jetziger verschrobener Zeit überall gefallen muß und gefällt, eben weil kein wahres Wort und doch alles – allerliebst ausgedacht und hervorgebracht ist, denn von einer »requiem aeternam« ist auch kein Gefühl anzutreffen. Der Komponist ist nur bedacht gewesen, im Gedichte die Stellen aufzusuchen, wo er poltern kann: »Dies irae« – »mors stupebit« – »rex tremendae majestatis« – »flammis acribus«, und die Zwischenzeiten mit gemäßigter Unruhe auszufüllen; kurz die Nebensache ist hier die Hauptsache, und das Ganze erscheint, als wenn einer beständig und leidenschaftlich: »Nein!« sagte und dazu mit dem Kopfe nickte. Ebenso lügenhaft und verwirrend ist eine Rezension dieses Werks, welche vor mir liegt: der Komponist ist bis an den Himmel erhoben und wieder herabgesetzt als einer, der mit Mozart habe in die Schranken treten und mit ihm wetteifern wollen, da es doch Mozart besser gemacht habe; als wenn nun nach Mozart niemand mehr komponieren, sterben oder Ruhe finden dürfe! Auf diese Ansicht sind alle neueste Lehrbücher gebaut und die alten dagegen geradehin verworfen, und das ist die jetzige Gestalt der Kunst.

Nun ist es rührend, den guten Salieri dabei zu beobachten, der diesen Zustand ohne den geringsten Schmerz verehrt und für einen Fortschritt in der Kunst ansieht, der ebenso nötig als für ihn unerreichbar ist. Dabei schreibt er nach seiner gewohnten Art noch immer fort, unwissend ironisch und humoristisch, und spinnt sich ein wie ein Seidenwurm. Er hatte sich ein Requiem gemacht, wovon er mit Genuß spricht, weil er seiner anno 1807 verstorbenen Frau bald nachzufolgen glaubte; da dies aber noch nicht geschehen ist, so hat er sich nun ein viel kürzeres komponiert und meint: das sei gut genug für ihn. Ich habe eine Messe und ein Offertorium von ihm vom Jahre 1766 mit seiner Erlaubnis kopiert, welches den allerbesten Werken des 17. Jahrhunderts dieser Art in Italien nicht nachsteht. Es ist fromm, klar, rein und erhebend und nach den praktischen Forderungen der Kunst und der Kirche gemacht. Du hättest seine kindliche Freude sehn sollen, als ich ihm beim ersten Anblicke dieser Stücke darüber etwas Begreifliches zu sagen wußte, indem Er die Sache aus der Tradition weiß und ich sie durch Beobachtung und Studium habe erst erwerben und sie mir zuletzt klarmachen müssen; denn die Lehre von den Kirchentonarten ist mit der Kirche selbst verschollen.

Beethoven, den ich gern noch einmal in diesem Leben gesehn hätte, wohnt auf dem Lande, und niemand weiß mir zu sagen: wo. Ich war willens, ihm zu schreiben, man sagt mir aber, er sei fast unzugänglich, weil er fast ganz ohne Gehör sei. Vielleicht ist es besser, wir bleiben, wie wir waren, da es mich verdrießlich machen könnte, ihn verdrießlich zu finden.

Unter hiesigen Virtuosen auf dem Fortepiano zeichnet sich eine Madame Cibbini (Tochter Kozeluchs) aus. Das Spiel an sich selbst für etwas genommen, gehört sie zu denen, die sich hören lassen. Was man hier Ausdruck nennt, sind mir böhmische Dörfer, da mir der Eindruck abgeht, und ich höre immer lieber rasch, rein, rüstig, deutlich, rund und klar spielen als das ewige Drücken, Picken und Nicken, als den Ausdruck von nichts zu nichts, den sie Gefühl nennen. Diese ewigen Sonaten (grandes sonates), die zwischen Himmel und Erde, zwischen Kontra-C und viermal gestrichen A schweben und zappeln wie der Dieb im Galgen, machen mir schlechten Humor, weil man doch am Ende immer bravo! rufen soll und Gott dankt, wenn's überstanden ist.

Freitag. Madame Cibbini habe ich gestern wieder gehört. Es ist in der Tat Außerordentliches, was sie leistet: nett, sicher, gehalten, und kurz – meisterhaft! Jeder Finger scheint 5 Sinne zu haben, und alle 50 zusammen formieren eine Anarchie, die nicht gefälliger sein kann. Und doch soll diese Madame Cibbini noch von andern übertroffen werden. Das lasse ich mir alles geduldig erzählen, denn ich versteh' es in der Tat nicht.

Vorgestern erzählte man hier: der Gr. H. v. W. sei auf einer einsamen Reise zwischen Schwalbach und Ems von vermummten Leuten angehalten und mit dem Tode bedroht worden.

Die Berliner Zeitungsartikel machen jetzt das Gespräch des Tages, weshalb ich denn auch die hiesigen Zeitungen lese, die außerdem die höchste Keuschheit an sich haben.

Morgen abend bin ich nun schon zwei volle Wochen hier und habe noch kein Museum, keine Galerie und nichts von den Anstalten gesehn, durch welche Kunst und Wissenschaft in Raum und Rahm gefaßt werden. Wenn ich alle Tage die Donau sehe und die unendliche Stadt durchwandre, habe ich genug und bin so müde, daß ich in dem schlechtesten Bette aufs beste schlafe. Wien ist in der Tat eine prächtige Stadt: *durch die Vorstädte*. Diese Kenntnis kostet in der Hitze manchen Schweißtropfen. Man kann freilich fahren, was auch geschieht, doch nicht unterrichtend und im ganzen sehr kostbar ist, wer den Handel nicht versteht – wie ich. Das österreichische Volk ist von der gefälligsten Naivetät und scheidet sich so rein ab von den sogenannten höheren Ständen, daß diese im eigentlichen Nachteil erscheinen.

Wenn zum Exempel das österreichische Deutsch kein gutes Deutsch wäre, so ist es doch gewiß ein[e] Sprache, worin man sich mit einer Leichtigkeit bewegt wie der Fisch im Wasser, da die Vornehmen hingegen immer ungewiß erscheinen, was und wie sie reden sollen; wiewohl sich nicht leugnen läßt, daß hier viel und gut Italienisch und Französisch gesprochen wird, was auch natürlich wird, wenn man den Zusammenfluß aller Nationalitäten dazunimmt, welche sich hier vereinigen.

Mit der Musik weiß man sich hier was, und das in Betracht gegen Italien, das sich für die seligmachende Kirche hält. Sie sind aber hier wirklich *tief* gebildet. Sie lassen sich zwar alles gefallen, doch nur das Beste bleibt sitzen. Sie hören gern eine mittelmäßige Oper, die gut besetzt ist, aber ein treffliches Werk, wenn es auch nicht zum besten besetzt ist, bleibt ihnen aufgehoben. Beethoven ist bis an den Himmel erhaben, weil er es sich wirklich sauer werden läßt und weil er lebt; doch wer ihnen den nationalen Humor wie eine unvermischte Quelle, die keinen andern Strom aufnimmt, vorüberführt, das ist Haydn, der in ihnen wohnt, weil er aus ihnen kommt. Sie scheinen ihn alle Tage zu vergessen, und täglich lebt er ihnen wieder auf.

Baden, den 2. August. Der Kaiser ist gestern abend in Wien und ich hier in Baden angekommen, wie ein Müllerknecht, denn dieses Staubland entspricht vollkommen der Beschreibung, die man mir davon gemacht hat.

Wie aber soll ich Dir genug danken für Deine »Morphologie«, die ich mit dem größten Anteil durchkaue und mir auf die Klanglehre anwende, dann auf die Gedanken- und Erfindungslehre gerate. – Wie das alles natürlich zugeht und was Dein verehrter Freund August Friedrich Wolf sagen wird, wenn er im »Hafis« auf der 379. Seite die obersten Zeilen lesen wird! Ich komme vom Hundertsten ins Tausendste, weil ich bald hier bald dort lese, was mir ganz unendliches Pläsier macht, weil bei dem zerstreuten Leben hier mir alles auf einmal einfällt.

Am Sonntage habe ich die Bildergalerie des Fürsten Esterhazy gesehn, die sehr schöne Sachen enthält: Leonard da Vinci, Rafael, Tizian, Dürer, Eyck, Rubens, Bellin, Poussin und wieviel tüchtige Arbeiten nebeneinander, die weit in die Hunderte gehn, zieren eine Folge von Gemächern. Einige Marmor von neuern Künstlern, Canova, Rudolf Schadow, und Vasen mit erhobener Arbeit sind hübsch verteilt. Daß ich noch nicht mehr solche Sachen gesehn habe, liegt an mir. Von den Kupferstichen habe ich nicht eins gesehn. Es macht mich stumm und dumm, diese Trefflichkeiten so im Vorübergehn auf einmal zu beschauen; ja ich schäme mich meiner Unwissenheit und ärgere mich, wenn der Bärenführer sagt: »Sehn Sie die schönen Köpfe! welche Hände! welch ein Baumschlag!« und so weiter.

Heute, den 3. August, starb mein edler Fasch. Bin ich mit solchem Manne im Leben jahrelang Ein Rat und Ein Wille gewesen, so freut es mich, heut nach 19 Jahren sagen zu können: Sieh her, alter Freund und Meister! dein Werk steht noch, fördernd, gefördert, geschätzt, und Gott sei Dank, daß ich war und bin, es dir und mir und der Kunst erhalten zu haben! Man merkt doch nach Jahren, was ein gesunder Gedanke ist.

Den 9. August. Um mir etwas Neues zuzulegen, bin ich vorgesern bei dem hiesigen Buchhändler Ulrich gewesen, wo ich den Nachdruck Deiner Schriften und darin die Biographie des Philipp Hackert fand, die den 18. Band dieser Ausgabe vom Jahr 1811 ausmacht. Die Art, wie Du das Werkchen aus Fragmenten aufgefädelt hast, ist so eigen und leicht, daß ich meine Herzensfreude daran erlebt habe. Es war mir so gut als neu, weil ich es im Jahr 1811 zu Schweidnitz nur durchfliegen konnte. Solltest du noch ein Exemplar besitzen, so sei so gut, es mir nach Berlin mit Gelegenheit zu schicken. Hackerts jüngster Bruder, Georg, der Kupferststecher, ist mein sehr intimer Schulgenosse auf der Berliner Zeichenakademie gewesen, deren Direktor dazumal der gute Lesueur war. Wäre ich damals ein meiner Mutter weniger gehorsamer Sohn gewesen, so wäre ich mit Georg nach Neapel gegangen. Wie ich ihn beneidete, daß er einen Bruder hatte, der ihn zu sich rufen konnte, das weiß Gott. Die Zeit war eine andere, und das Bewußtsein meines geringen Talents lag so schwer auf meiner Jugend, daß ich mich nicht daraus hervorzuarbeiten verstand. Das Buch hat mir [ihn] und jene Zeit lebendig hervorgerufen und mich in diesem Augenblick 40 Jahre jünger gemacht.

Wenn ich diese unschuldige Zusammenfügung eines fruchtreichen Künstlerlebens gegen andere prächtig aufgestutzte Biographieen halte, wodurch das Große kleiner und das Wahre unglaublich wird, so erscheint mir recht klar, wieviel dazu gehört, um nicht zuviel zu wollen.

329. *An Goethe*

Baden, den 12. August 1819.

Gestern abend habe ich Deine Übersetzung des »Mahomet« und »Tankred« gelesen. Soll ich nach dem ersten Eindrucke urteilen, so muß ich sagen: es ist bewundernswürdig, ja zum Erstaunen, was ein gewisses Talent, Übung und Meisterschaft leisten – aber ich bin ohne Trost davongegangen.

Ich fühlte mich zerrissen, besonders vom »Mahomet«, und im »Tankred« kann ich eben nicht erraten, warum die Liebenden umkommen müssen. Sie scheinen mir keine tragische Personen zu sein, wenigstens handeln sie nicht so, und das Unglück fällt wie eine Bombe aus den Wolken auf wandelnde Menschen, die dadurch plötzlich wichtig werden sollen.

Es fällt mir dabei ein, was Du einst über diesen Dichter ausgesprochen hast: daß ihm *kein* Talent abgehe als die Tiefe.

Mahomet ist ein Tyrann ohne Würde, und ohne Verhältnis zu seinem Gegner Sopir.

Im »Tankred« scheinen die Nebenpersonen nur wegen schöner Reden dazusein; alles ist ausgedacht, erdacht, gedreht, verdreht: der Vater soll keine Ahndung haben, daß die Mutter ein Bündnis der Tochter mit Tankred gutgeheißen? die Tochter, ein herzhaftes wahrhaftes Wesen, soll unter *diesen* Umständen ein Geheimnis machen, *wen* sie liebt? – welche Quälerei! Kurz, wenn ich Voltaire oder sein Gegner wäre, ich getraute mir, aus dem »Tankred« ein lustiges Hochzeitstück zu machen und einen Narren zwischenein zu stellen, der sie alle zum besten hätte.

Was Du im »Diwan« Seite 377, unter der Aufschrift »Verwahrung«, als Unterscheid zwischen Poesie und Redekünste[n] aussprichst, scheint mir hier Anwendung zu finden: es sind Historien, und wer sie nicht glauben will, kann's bleiben lassen.

Voltaires schönes Französisch scheint recht dazu gemacht, gewissem Unwesen Farbe und Gestalt zu geben, um Straßen und Spaziergänge mit gemalten Leichen zu beleben. Oft genug hat mir's weh getan, wie deutsche Kritiker auf französische Stücke losgegangen sind, die mir in Sprache, Form der Teile und des Ganzen unwidersprechlich, bequem und manierlich erschienen sind. Und wenn sich dieser Eindruck auf ihre eigene Nation Jahrhunderte hindurch fortgeerbt hat, wie soll nicht der Fremde, der Deutsche, der nichts Altes hat, hingerissen werden?

Hier ist mir nun das Verdienst Deiner Übersetzung deutlich worden, die so füglich, klar, ohne sich vom Originale zu entfernen, die Charaktere renaturalisiert.

Du mußt mir dies Geschreibe schon zugute halten, wenn ich wie ein halber Mathematikus mit der Feder in der Hand Äquationen herschreibe, um sie mir durch Schwarz gegen Weiß zum Begriffe zu formen. Weiß ich doch hier nichts anders zu tun als Müßiges. Das Musikwesen hier, verbunden mit dem ewigen Glockenläuten, führt mir die Gedanken abwärts.

Die Gegend umher wie die Fruchtbarkeit an Wein, Korn, Obst und Gedeihen aller Art sind nicht auszusprechen. Im Bade hört man die Gutsbesitzer über den Fall der Kornpreise Klagen führen. Nächstdem wird auf Preußen laut und auf Rußland sachter gescholten. Zu einem geistigen Gespräche kommt es nicht leicht.

Letzthin trat ich in eine Damengesellschaft, wo eben von Dir die Rede war. Meine Ankunft verursachte eine kleine Stockung. Eine kleine dicke Berlinerin setzte die Materie fort, indem sie sich an mich wandte und sagte: »Hier wird eben davon gesprochen, daß ein Mann wie Goethe über so manchen Gegenstand schreibt, ohne Gefahr für die Jugend zu befürchten.« Als Beispiele wurden manche Deiner Gedichte und endlich die »Wahlverwandtschaften« angeführt.

Ich war eben nicht gewappnet, Deine Sache gegen Frauen zu führen, worunter ganz junge waren, und sagte: wenn die Jugend durchaus lesen soll, so fehle es nicht an Jugendschriften, die von ihren Verfassern gewiß für schicklich gehalten würden, und in dem Falle befinde sich doch eigentlich jeder Verfasser.

»Wieso? Schreibt man denn nicht, um gelesen zu werden?«

Das ist, wie es ist: man schreibt, was einem gefällt, und so ist es kein Wunder, wenn uns gefällt, was wir schreiben.

Darum verlangt ein jedes Buch seinen Leser, und für die Jugend sollte vielleicht gar nichts geschrieben sein.

»Sonderbar!«

Die Jugend ist eigentlich begierig, das Leben selber zu versuchen und zu üben, und im Bemerken des Lebens, womit die Alten ihr vorgehn, schärfer als wir denken. Schlimm genug, wenn sie nicht lesen darf, was sie sieht, – wenn sie nicht unter dem, was wir verheimlichen, das Ärgste argwohnt und – mit Recht!

»Das Ärgste? mit Recht? Dahin wäre es gekommen?«

Das Ärgste! Seit Jahrtausenden haben sich Philosophen abgearbeitet, die Fortdauer des Menschen zu beweisen, und was ist ärger als der Leichtsinn, worin ein fortdauerndes Wesen in der sogenannten gebildeten Welt erzeugt wird? Denn: im Unnatürlichen liegt die Sünde, nicht im Willen, Böses zu tun. Und davon ist die Rede.

Dies, meinte man, sei noch dunkler als der Titel des Buchs, der Verborgenes ankündige und durch den großen Namen des Verfassers anlocke; die Schrift sei allerdings im Tiefsten ernsthaft, aber verwundend mit Absicht.

Wenn das ist, so soll's auch sein: Ich selbst bin gemeint, du bist gemeint, er ist gemeint, und so weiter, und der Herr Verfasser wird's nicht ungut nehmen, wenn wir ihm auf den Kopf zusagen: wo du hervortrittst, da hast du gestanden!

»Schrecklich!«

Wir sind literarisch verwöhnt: das Laster wird uns am Modell, an armen Sündern gezeigt, von armen Sündern. Lasterhaft sind wir nicht, und die Rechnung wird geschlossen. Die Tugend eignen wir uns zu, weil wir wirklich darnach streben; wie sollen wir denken, daß wir die ganze sogenannte Tugend selig entbehren könnten, wenn Unart und Zeit es erlaubten, natürlich zu sein?

»Das war noch dunkler.«

Der große Name des Verfassers aber ist ein reines Nichts,

wenn wir nicht das Vertrauen zum Arzte haben: er werde da schneiden, wo der Schaden sitzt. In diesem rechtschaffnen Vorurteile befangen, pflege ich zu unterscheiden zwischen sogenannten Leseschriften und solchen, die wie das Ei von allen Seiten unzugänglich erscheinen, die ich mir daher im Busen ausbrüte und mir dadurch einen baren Anteil am Inhalte selber erwerbe.

Eben trat ein deutscher Graf herein, mitten in der Beichte. Es ward Französisch gesprochen, hin und her, kreuz und quer, was, aber nichts! Doch bemerke ich, daß das Buch wieder gelesen wird, wenigstens liegt's bei der Hand.

16. August. Gestern habe ich mal wieder singen hören, freilich Italienisch, denn Deutsch wird nicht gern gesprochen, geschweige denn gesungen. Es gibt nichts als Rossini; dieser herrscht, er mag wollen oder nicht: das ist die Freiheit. Und die Italiener haben recht. Die Stimme will singen, um ihrentwillen, und wer ihr den Willen tut, das ist ihr Mann. Nun fängt aber auch hier die Kritik an, sich zu stellen; da nimmt sie denn das Nächste zuerst, und Rossini möchte seine Not haben, wenn er es besser machen wollte, als er kann.

Ein paar sechszehnjährige Mädchen sangen die Stücke recht bequem und füglich, und so klingt das tollste Zeug noch etwas, wenn es nur glatt abgeht.

Beethoven ist aufs Land gezogen, und niemand weiß wohin. An eine seiner Freundinnen hat er eben *hier* aus Baden geschrieben, und er ist nicht in Baden. Er soll unausstehlich maussade sein. Einige sagen: er ist ein Narr! Das ist bald gesagt. Gott vergeb' uns allen unsere Schuld! Der arme Mensch soll völlig taub sein. Weiß ich doch, wie mir zumut ist, wenn ich hier das Fingerieren mit ansehe und mir armem Teufel ein Finger nach dem andern unbrauchbar wird. Letzthin ist Beethoven in ein Speisehaus gegangen; so setzt er sich an den Tisch, vertieft sich, und nach einer Stunde ruft er den Kellner: »Was bin ich schuldig?« – »Euer

Gnaden haben noch nichts gegessen; was soll ich denn bringen?« – »Bring, was Du willst, und laß mich ungeschoren!«

Der Erzherzog Rudolf soll sein Gönner sein und ihm 1500 Gulden Papier jährlich geben. Damit muß er sich denn freilich einrichten, wie hier alle Musenkinder. Diese sind hier wie Katzen gehalten; wer sich nicht aufs Mausen versteht, spart so leicht nichts. Dabei sind sie jedoch alle so rund und vergnügt wie die Wieseln.

Der Park hier, dicht an meiner Wohnung, der am Fuße des Kalvarienberges liegt, ist Sonntags wie ein türkisches Paradies. Was an schönen Weibern in Wien ist und einen Wagen bezahlen kann, stellt sich Sonntags nach 11 Uhr ein, aufs anmutigste geputzt und gestutzt, daß man lauter Augen sein möchte. Es gibt viel schöne Frauen hier, besonders von mittlerm Alter, glatt, rein, weder bedeckt noch versteckt und von der reizendsten Karnation. Der höchste Anstand, auch bei Verdächtigen, ist zur Bewundrung allgemein, und wer sich nicht auf Augen verstünde, sollte denken, es gäbe Madonnenwälder. Der Park selbst ist nicht groß und kann über 1000 Quadratruten enthalten. Er ist von breiten Gängen durchschnitten, die so rein gehalten werden, daß man nach dem größten und längsten Regen mit Schuhen wandeln kann. Er liegt gegen die Mitte der Bergkette, deren Spitze der San Calvario ist, der sich bequem in einer halben Stunde besteigt und von dem man das ganze Badner Tal links, gegen Morgen, nach Wien hin und geradeaus in das segenreiche Ungarn hineinschaut. Rechts, eine halbe Stunde davon, liegt das Dorf Sant' Elena, in einer Spalte, die einen artigen Fluß durchläßt, wie die Eger bei Karlsbad oder der Neckar bei Heidelberg, doch noch anmutiger als beide. Der Erzherzog Anton hat die schönsten Spaziergänge, Wiesen, Brücken und Ruheplätze auf seine Kosten zum allgemeinen Vergnügen aptieren lassen. Das Gestein ist, soweit ich es gesehn, Kalk,

Sandstein und ein grauer fester Granit, der eine feine Politur annimmt und womit zum Teil die hiesigen Bäder ausgestellt sind. Das Badewasser ist ein Schwefelwasser, was die ganze Gegend, wo es abfließt, mit seinem Dampfe erfüllt. Den Pferden scheint es zuwider zu sein, sie sind nur mit Mühe hineinzubringen; einige nehmen sich wie toll aus.

In Wien wie hier habe ich mich vergebens bemüht, die Oper »Elena e Costantino« aufzubringen. Salieri und Weigl wußten nichts davon. Die Oper ist von Simon Mayer und im August 1816 zu Mailand gegeben worden. Frau Baronin v. Pereira hat mir nun versprochen, nach Mailand zu schreiben und das Sextett kommen zu lassen. Die Oper selbst wird nicht gelobt, das Sextett soll das ganze Stück beleben.

Von der Statue des Kaisers Joseph II. in Wien habe ich Dir wohl noch nichts gesagt. Sooft ich sie sah, ist sie mir zu mager vorgekommen. Doch kann ich mich wohl irren, da ich die Statue des Marcus Aurelius und unseres Kurfürsten in Berlin im Auge habe.

Unsereins kann nur vergleichen. Das Postument ist von dem feinsten grauen Granit.

Den 19. August. Ich kann wohl sagen, daß ich gegen Wien mit einer Art von Furcht befangen gewesen bin. Warum, wüßte ich nicht zu sagen; sonst wäre ich schon längst hier gewesen. Mein Plan war daher, gerade nach Baden zu gehn und von hieraus von Zeit zu Zeit einen Abstecher nach der Kaiserstadt zu machen. Ich glaube mich nicht geirrt zu haben, wiewohl ich zuerst einen halben Monat in Wien gewesen bin. Ich sage dies bloß Deinethalben. Hättest Du einmal Lust, so gingst Du im Monat Mai gerade nach Baden, wo es noch nicht bevölkert ist. Eine Wohnung von drei, vier bis 5 Zimmern kann täglich höchstens 12 Gulden Papier, das ist etwas über einen Dukaten, kosten, alles andere ist bequem, wohlfeil und gut. Nur Fremdes, als Kaffee, Tabak, Tee und dergleichen, ist teuer, und doch kaum teurer als anderswo, und doch auch zu haben. Von hier bis Wien fährt ein Fiaker drei Stunden (es sind 2 Posten); gestern bin ich es in 2 Stunden gefahren und habe dem Fiaker 12 Gulden für hin und her bezahlt. Man kann recht einsam hier sein, wenn man nicht an der Landstraße wohnen will, wo des Fahrens kein Ende ist. Die besten Wohnungen sind: die Straße gegen den Park, die Renngasse, wo ich wohne, und die Alleegasse. Die Bäder sind in der Nähe. Im Frauenbade badet man in Gesellschaft. Im Theresienbade allein, in welches ich jetzt übergegangen bin, weil eine Dusche hier ist. Die Dienerschaft in den Bädern ist gut beaufsichtigt und daher gefällig. Gewärmtes Linnen und was zum Baden gehört habe ich noch nirgend so parat gefunden als hier. Das Städtchen ist im Jahr 1812 abgebrannt und ganz hübsch massiv wieder aufgebaut. Die Umgegend von 1-2-3-4 Stunden ist höchst interessant: *Vößlau* einfach und angenehm, *Schönau* desgleichen und noch geschmackvoller, *Merkenstein* groß und heiter, die *Brühl* und *Mödlingen* groß und ernsthaft, *Sparbach*, *Johannisstein* ebenso, *Laxenburg* wahrhaft kaiserlich. Alles, was eine Gegend vollkommen machen kann, hat die Natur hier vereint, so sehr sich die Kunst abgemüht hat, die erste daran zu verhindern.

Den 28. August. Was soll ich denn heute wohl schreiben? Du mein tausendmal gebenedeiter Herzensbruder! Dank sei allen Göttern, daß ich Dich habe und im Herzen trage, wo ich gehe und stehe. Heil und Segen Deinem seligen Leben, Können, Wollen und Wirken! daß es Frucht bringe in Geduld von Geschlecht zu Geschlecht! – Das alles weißt Du besser als ich:

»Du hast mir, wie mit himmlischem Gefieder,
Am heißen Tag die Stirne sanft gekühlt;
Du schenktest mir der Erde beste Gaben,
Und jedes Glück will ich in Dir nur haben.«

Den 31. Dann habe ich wieder ein Stückchen gefertigt: »Gleich und gleich«, und magst Du doch hinhorchen, ob wir noch ein Blümchen anhauchen können, das einem Bienchen Appetit macht. Ich bediene Dich, wie man den Göttern opfert, indem man ihnen ihre eigene Gaben darbringt. Nimm, alter Knabe, Mein, was Dein ist, und verkenne es so gern, als es Dein ist.

1. September. Morgen gehe ich ab von hier nach Preßburg, um doch etwas von Ungarn zu sehen, und dann zurück nach Hause. Lange habe ich nicht soviel gelesen als hier in 4 Wochen, da ich mich in eine Lesebibliothek eingekauft habe. Doch auch das habe ich mir zunutze gemacht: bis jetzt hatte ich Stücke von Kotzebue nur spielen sehn. Hier habe ich hintereinander 11 Stücke *gelesen*, die ich noch nicht kannte, und zugleich viel anderes Dramatisches. Wobei ich endlich stecken geblieben bin, das sind die Trauerspiele von Klopstock. Den »David« fing ich an, es wollte nicht gehn, und ich ging über zum »Salomo«, den ich auch nicht zu Ende gebracht habe. Künftigen Winter soll's noch einmal angebissen werden, und wenn die Zähne stecken bleiben. Zu solchen Unternehmungen muß man zu Hause sein.

Wien, den 14. September. Vorgestern habe ich Beethoven in Mödlingen besuchen wollen. Er wollte nach Wien, und so begegneten wir uns auf der Landstraße, stiegen aus, umarmten uns aufs herzlichste. Der Unglückliche ist so gut als taub, und ich habe kaum die Tränen verhalten können. Ich fuhr indessen fort nach Mödlingen, wie Er nach Wien. Die Gegend ist unaussprechlich reizend; die Brühl und die noch ziemlich erhaltene Burgfeste des gräflich Liechtensteinschen Hauses wurden näher besehen. Schöne Gobelins, gute alte Hausgerätschaften und wohlerhaltene Bilder der Familie sind betrachtenswürdig.

Das hiesige Burgtheater ist in gutem Stande. Den besten Eindruck machen mir die beiden Eheleute Koberwein und seine Frau, die eigentlich so spielen, wie ich's gern habe und, wie ich merke, die andern Leute auch. Madame Schröder habe ich wieder in der »Merope« gesehn, und mein früheres Gefühl über sie hat sich bestätiget. Ihre Intentionen sind die besten, aber es gelingt weniges. Gesicht, Gestalt, Gang, Haltung, Sprache, Ton und Takt, alles kommt anders heraus, als sie will. Die Stimme hat Klang, doch fehlt oft der Atem. Die Tragödie hat ergreifende, ja unwiderstehliche Massen, das Ganze ist eine französische Tragödie, welche nicht die Menschen macht, sondern von diesen gemacht wird.

Jetzt nach meiner Zurückkunft aus Baden, werde ich nun hier erst mit den Sachen bekannt und kann nicht davonkommen. Ich wollte über Salzburg und München zurückgehn, und davon wird also nichts werden, und so denke ich Montag von hier ab gerade auf Prag und Dresden zu gehn. In Wien kann man alles finden, nur keine lange Weile. Wer sich hergeben will, findet die wahre Menschheit. Man kann's riechen. Alles ist haußen; die größte Verwirrung und durchaus ohne Verirrung. Jeder weiß, wo er hingehört, was er will, was er soll, was er muß, und das einen Tag wie alle Tage, im Hause, auf dem Markt, im Prater, der Spektakel nimmt kein Ende; es ist wie in einer Mühle: man merkt, man hört und sieht alles und nichts. Nur heut ist heut, und so geht's durchs Leben. Die Bevölkerung ist unendlich: viele geistliche Orden, alle Nationen, alle Frauen, alles, alles; alt und jung ist überall; man weiß nicht, wo die Menschen alle herkommen, hingehen, und doch geht jedes seinen Gang. Die Kirchen sind den ganzen Tag voll. Sonnabend war das Leopoldstädter Theater so angefüllt, daß man die Füße nicht setzen konnte. Es ward eine Farce gespielt: »Die falsche Primadonna«, welche der Ignaz Schuster höchst manierlich darstellt. Hinter mir saß eine Frau mittlern Alters mit ihren Kindern, welche sagte, sie sähe das Stück schon zum *fünften* Male.

Das Burgtheater ist erst diesen Monat (eines Baues wegen) wieder eröffnet worden. Hier habe ich meine alte Idee realisiert gefunden: das Orchester so tief zu machen, daß man die Flausköpfe der Musiker nicht sieht und die Musik, welche hier lange nicht so gut wie in Weimar organisiert ist, klar und deutlich heraustritt. Ich kann mir nichts Unanständigeres von einer Bühne denken, als wenn man stundenlang durch die verruchten Haarbüsche der Vorstehenden die schönen Gestalten der Menschen in Prachtkleidern und alles, was eine gute Dekoration ausmacht, hin- und herschwanken sehn soll.

Den 15. September. Gestern habe ich Grillparzer kennen lernen. Ein 26jähriger, wohlgewachsener, stiller, aber kränklicher Mensch, der den besten Eindruck macht. Wir fuhren miteinander über Land und waren hübsch zusammen. Der alte Abt Stadler war mit, ein heiterer und geistreicher Gesellschafter, und erzählte manches vom kleinen Napoleon, auf den der Kaiser alle väterliche Huld verwendet.

Er ist jetzt ohngefähr 8 Jahr alt und fand schon vor 4 Jahren seine größte Lust an Soldaten, die ihn dafür wieder gern haben. Er erfindet lange Geschichten und erzählt sie seiner Umgebung, von denen Eine eine ernsthafte Untersuchung veranlaßt hat, und nachher lacht er sie alle aus. Mit Weibern und Kindern verträgt er sich nur sehr kurz und lernt gern Sprachen. Letzthin frägt er den Kaiser: »Wo ist denn mein Vater?« – »Dein Vater ist eink'sperrt.« – »Warum ist er denn eink'sperrt?« – »Weil er nicht gut k'tan hat, und wenn du nicht gut tust, wirst halt auch eink'sperrt.«

Zu den von mir täglich bewunderten Stücken gehört die Kirche zu Maria Stiegen in der Passauer Gasse. Sie ist über neun Jahrhunderte alt und in der Mitte des 12. Jahrhunderts vergrößert, das heißt: verlängert worden, wodurch das Schiff eine Schlankheit erhalten hat, die keinesweges verunstaltend ist. Aber das Ganze, wie es jetzt ist, macht sich, als wann es in einem Tiegel gegossen wäre. Die Arbeit ist so sauber und tüchtig gemacht und versetzt, daß kein Anfang und kein Ende zu sehn ist. Der Turm ist siebeneckig, etwas über 200′ hoch und läßt sich bequem bis ganz oben besteigen. Der oberste Aufsatz ist wie eine Bischofsmütze, ganz hohl und dabei so stark und zierlich durchbrochen wie ein Feenschloß; die Luft scheint es zu heben. Das Eisen ist umfassend und geht nicht in den Stein, und auch dieses ist so genau nach Stärke und Haltbarkeit abgemessen, als wenn's von einer Spinne hineingesponnen wäre.

Den 16. Gestern im Burgtheater war »Nathan«. Orientalische Pracht an Dekorationen und Kleidern, gute Schauspieler, alles vollkommen eingelernt, rasche Folge der Akte, ein gut gestimmtes zahlreiches Publikum, alles dies war nicht hinreichend, das Stück zu sich selbst zu bringen. Von den Schauspielern war nicht einer an seiner Stelle, und das Stück war aus, ehe einer hineingekommen war. Die Veränderungen der Zensur konnten mir nicht gefallen: aus dem Patriarchen ist ein Komtur worden, und in der Geschichte vom Ringe ist statt des Glaubens und des Gesetzes eine Wahrheit erschienen. Das Stück ist an sich schon auf den Glauben gespannt, da ich nicht weiß, wie wir ohne ihn die Treue halten wollen; hiedurch wurde es nun, ich möchte sagen: rhombisch; alles Gerade wurde spitz oder stumpf. Der Patriarch ist doch wenigstens ein animoser Schuft, an dem der Glaube zweideutig ist; der Komtur nimmt sich aus wie ein Goldschmied, der Schuhe machen will. Sentenzen von der Art: »Was ist für einen Großen denn zu klein?« fehlten.

Aber die Schauspieler überhaupt können wahrhaft geistige Stücke nicht mehr zusammenbringen; das habe ich auch in der »Merope« und sonst in Berlin bemerkt, und hier erscheint der unselige selige Kotzebue als der Wurm, der die dramatische Kunst durch und durch gefressen hat. Ich bin jetzt viel gelinder gegen ihn gesinnt als ehemals, aber es fällt mir jetzt immer mehr auf, wie den schlechten Schauspielern alles Kotzebueische gerät und des Eindrucks nie verfehlt.

Den 17. Um nicht im Irrtum über eine berühmte Künstlerin von hinnen zu gehn, habe ich soeben Madame Schröder als Elisabeth gesehn. Kannst Du Dir nun diese Königin als eine Frau vorstellen, die sich alle Augenblicke zurechtheben muß, den Kopf nicht festhalten kann, ohne Augensprache, ohne sinnige Gradation und ohne geschickte Arme, so hast Du Madame Schröder. Im Zustande der Ruhe zerrt und in der Leidenschaft poltert sie, und nun bin ich mit ihr auf immer fertig; denn jünger wird sie nicht werden, und wachsen wird sie auch nicht mehr. Maria Stuart ward als Gastrolle von Madame Klingemann aus Braunschweig wie eine Leichenpredigt abgelesen. Das Haus war ganz gefüllt, der Eindruck kalt, bei der größten Hitze. Nach der Szene, in welcher die Königin mit der Stuart zusammentrifft, ging ich und aß einen Rostbraten, der mich wieder versöhnt hat mit der Welt.

Gestern habe ich endlich den »Diwan« hier ganz fix und fertig angeschafft und sogleich noch einmal ganz durchgelesen. Er kostet hier beinahe 4 rh. Sächsisch, die ich gern bezahlt habe, da ich glaube, daß Herr Cotta auch Dich gut honoriert. Da hast Du den Bibelreutern einmal wieder einen Pfahl eingeschlagen, woran sie lang wackeln können, um ihn auszuheben.

Von der Schönheit der griechischen Frauen, welche man hier nicht selten sieht, wäre viel zu sagen: es ist das Edelste, was meine Augen gesehn haben. Die vollkommenste Klarheit der Karnation, Gliederbau, Embonpoint, Portement – alles das sind Worte, man muß es sehen. Und Augen – ja da kriegt man erst Augen. Dafür sehn denn die Kerls aus wie große Spanferkel. Daß solch ein Kerl solch ein Weib unter sich haben soll! –

Meine Wirtin, ein tüchtig[e]s Weib, findet seit einiger Zeit jeden Morgen, wenn sie ihre Kuh melken will, die Zitzen leer. Da das Tier gesund ist, so muß Dieberei im Spiele sein: es wird von außen aufgepaßt und nichts gefunden als die leeren Zitzen. Um hinter die Wahrheit zu kommen, versteckt sie sich selber im Stalle und sieht: die Kuh springt über eine 3 Fuß hohe Wand, um ihr abgenommenes Spankalb zu säugen, und begibt sich nach geschehener Arbeit wieder auf ihren Posten.

Du hast die Seele von Mirons Kuh gefunden und ich die Kuh selber; sie lebt heutigen Tag noch, sie ist unsterblich.

Die Geschichte ist zwar überall zu Hause, doch will ich nur sagen, daß ich eben in Prag bin, im »Rosse«. Der Wirt heißt Hübsch, die Frau ist hübsch, und das Stubenmädel war hübsch; denn die Wiener Gasthäuser sind in diesem Punkte viel weniger als hübsch.

Da ich immer mit Deinem Kalbe pflügen muß, so führt mich der Anblick dieser Stadt auf die Fruchtbarkeit des Glaubens, wovon die hiesigen Kirchen und fromme Stiftungen ein redendes Zeugnis geben. Gestern (den 25.) habe ich die Schloßkirche auf dem Hradschin und die Sankt-Nikolauskirche gesehn. Es mag sich mit dem Geschmacke verhalten, wie es will, so steht hier das Kleine und Kleinliche neben dem Überkolossalen so ruhig und fest wie die Sterne gegen das Universum. Die Zunge des heiligen Johann von Nepomuk, welche der Schlächter jedesmal frisch liefert (und das mit Wissen des Volks), verträgt sich aufs beste mit den 15′ hohen Kolossen der Kirchenväter, welche in Sankt Nikolaus aufgestellt und nicht ungeschickt gebildet sind. Der Unglaube selbst *will* glauben, und kurz: alle Sicherheit des Daseins beruht auf dem Bestreben, *seinen* Irrtum wahrzumachen. So hat Phidias den Gott erschaffen, so glauben wir alle daran – und so allein sind wir frei und abhängig zugleich.

Das Lustspiel ist hier, ich möchte sagen, sehr gut besetzt, und die Leute sind eingespielt; ich habe zwei Stücke gesehn, die gut gingen. Seit Liebichs Tode freilich riecht's auch hier nach Anarchie. Die Musik ist fast zu schlecht. Der erste Violinist scheint zwar nicht untätig und läßt die andern nach sich stimmen, er scheint aber nicht zu bemerken, daß die Herren keine reine Saiten haben. Wer rein spielt, braucht gar nicht zu stimmen. Die Contreviolons summen und brummen, ohne die gehörige Anzahl Violoncelle bei sich zu haben, und

Somit Gott befohlen aus Dresden, 1. Oktober 1819.

330. *An Zelter*

Wie soll ich Dir, mein trefflicher Freund, dafür genug Dank sagen, daß Du mich auf Deiner Reise durchaus als guten Gesellen mitgeführt und Dich mit mir beständig unterhalten hast, wie Deine kostbaren Blätter Zeugnis geben. Die erste Sendung erhielt ich in Weimar, die zweite in Karlsbad, die dritte hier in Jena, wo ich seit zehn Tagen wieder eingetroffen bin.

Nun aber habe ich dem regsamen Leben, an dem Du bisher Teil genommen, nichts entgegenzubieten; in Karlsbad, wo mir die Kur sehr wohl bekam, lebte ich vollkommen einsam, außer daß zuletzt Graf Karl Harrach durch seine Unterhaltung mich in den Wiener Strudel mit fortriß, so daß mir manches Mal Hören und Sehen verging und ich mich daher auf Deine lebhafte Darstellung recht gut vorbereitet fühle.

Übrigens gab mir die Freundlichkeit meiner Landsleute das angenehme Geschäft, mich auf vielfachen Dank vorzubereiten, den ich ihnen für größere und kleinere Feste, für geistige und verkörperte Gaben nach und nach schuldig ward, wie die Kenntnis davon in das verschlossene Böhmen gelangen konnte. Und so sind mir vier Wochen hingegangen, auch übrigens nicht unbenutzt, indem ich gar manches, was ich diesen Winter bearbeiten will, durchgedacht und schematisiert habe. Da ich das erstemal seit langer Zeit ganz allein war, so trug es viel bei, mich zu sammeln und meiner eigenen Feder zu vertrauen, wie ich denn seit mehreren Jahren nicht so viel geschrieben habe.

Ferner setzte ich mein altes Grillenspiel mit Felsen, Gebirgen, Steinbrüchen und Steinrütschen wieder fort, und bei dem schönsten denkbaren Wetter ging und fuhr ich in der ganzen Gegend umher. Ellenbogen besuchte ich zweimal, Schlackenwerth, Engelhaus, Aich waren nicht versäumt; überall Steine geklopft, so daß ich zuletzt die bekannte Müllerische Sammlung von hundert Stücken eben so, als wenn der gute Alte noch lebte, zusammenlegen konnte.

Von menschlicher Einwirkung wüßte ich fast gar nichts zu sagen. Geheimer Medizinalrat Berends von Berlin, mein nächster Nachbar, gab mir ärztliche Sicherheit und manche verständige Unterhaltung. Grüße ihn, wo Du ihm begegnest.

Der große diplomatische Konvent ging drei Tage nach meiner Ankunft völlig auseinander. Einige der Herren habe ich noch gesprochen und sinne jetzt mit ganz Deutschland über die wichtigen Resultate dieses Zusammenseins.

Schreibe mir bald, daß Du in Berlin angekommen bist, und sage mir ja von dem Befinden Schadows das Genauste. Es war ganz nahe dran, daß er noch vor seinem gefeierten Helden hinabgestiegen wäre; freilich ist ein solches Unternehmen zwischen Berlin und Rostock schwieriger als mitten in Paris.

Nun lebe wohl und erwarte bald einige Sendung. – Daß Du meinen »Diwan« so teuer bezahlen müssen, geht mit in die Reisekosten; unterwegs, wo man das Geld am meisten braucht, scheint es weniger wert zu sein. Möchtest Du aus diesem Büchlein Dich wieder aufs neue erbaut fühlen. Es steckt viel drin, man kann viel herausnehmen und viel hineinlegen. Ein gutes Exemplar ist für Dich bestimmt. Außerdem schicke ich auch nächstens die Supplemente zur ersten Ausgabe, wodurch auch diese vollständig und brauchbar wird.

Was Du über »Mahomet« und »Tankred« sagst, ist vollkommen richtig; doch waren mir dergleichen abgemessene Muster zu meinen Theaterdidaskalien höchst nötig und haben mir unsäglichen Vorteil gebracht, weswegen ich ihnen nicht feind sein kann.

Und somit nochmals den besten Dank für Deine gehaltvollen Sendungen.

Treulichst

Weimar, den 7. Oktober 1819. Goethe.

1820

331. *An Goethe*

Berlin, Sonntag, den 23. Januar 1820.

Eine sogenannte zuverlässige Nachricht aus Weimar über Dein Befinden, welche ich gestern vor acht Tagen erhielt, hat mich so mehr erschreckt, da ich Dir seit langer Zeit Antwort auf Deinem letzten Briefe schuldig bin und daher auch von Dir selbst keine Nachricht haben konnte. So schrieb ich an unsern August, dessen Antwort mich und mein Haus wieder beruhigt.

Von meinen beiden Töchtern, die noch nicht ganz hergestellt sind, war Rosamunde gefährlich krank, und darüber bin auch ich zu nichts gekommen, wiewohl wir täglich eurer gedacht haben.

Gleich nach meiner Zurückkunft von Wien habe ich mein gewohntes Wesen wieder fortgesetzt und erfreue mich an meinen Schülern, von denen ein halb Dutzend hübsche Hoffnungen geben. Daneben ist auch allerlei *kleines* Werk angefangen, fortgesetzt und vollendet und würde vielleicht noch mehr geworden sein, wenn ich nicht törichterweise meinen »Diwan« an Langermann verkauft hätte, weil Du mir schriebst, daß Du mir ein Exemplar schicken wolltest.

Wir haben jetzt, was sie hier Karneval nennen, doch hat aus meinen Hause noch kein Fuß sich hingetraut, wie mir denn das Wesen in tiefster Seele weh tut, da es, ein reines Nichts, soviel Geld kostet und keinem Menschen Freude macht.

Fürst Radziwill ist von Posen zurück, doch habe ich auch diesen noch nicht gesehn; die Versuche mit seinem »Faust« werden uns aber schon zusammenführen.

Für heut kann ich nichts Weiteres sagen als: laß doch, liebster Freund, mich bald eine Zeile von Deiner Hand sehn.

Dein ewig!

Z.

332. *An Zelter*

Es ist denn auch gut und der Jahreszeit gemäß, wenn unsere Korrespondenz sich wieder aufeiset, und so vernimm denn folgendes. Bei meiner Rückkunft in Jena erquickte ich mich an dem Schluß Deiner schönen Reise, von deren Ereignissen Du mir so freundlich umständliche Nachricht gabst; ich besorgte daselbst Bibliotheks- und andere Geschäfte und gelangte endlich den 24. Oktober nach Weimar. Daselbst habe ein neues Heft von »Kunst und Altertum«, ingleichen ein anderes »Morphologie« völlig zustande gebracht; dabei mag ich mich mehr als billig angegriffen haben, sonst hätte vielleicht eine Verkältung, die ich mir aus gutmütiger sozialer Nachgiebigkeit zugezogen hatte, nicht so bedeutend geschadet. Vierzehn Tage wurden mir verdorben, und ich gewöhne mich nur erst nach und nach wieder zur Arbeit.

Wir gedenken Deiner und der Deinigen, sooft wir zusammen sind, und meine Kinder haben durch die Gunst der Berliner Freunde einen großen Schatz fürs Leben gewonnen. Dank sei Dir für Deine hausväterliche Sorgfalt.

Nicht mehr für diesmal, damit beikommender »Diwan« die Post nicht versäume. Möge er Dich aufs neue erregen und drängen, daß Du mit musikalischer Fülle dieses doch im Grunde für sich nackte Liederwesen bekleidest und in die Welt einführst. Übrigens bin ich auf neuem Wege fleißig, und es fördert auch.

Lebe wohl, mein Teuerster!

Weimar, den 30. Jänner 1820. G.

333. *An Goethe*

Berlin, den 11. Februar 1820.

Schönen Dank für den schönen »Diwan«! Der ist wie der gestirnte Himmel: je länger ich ihn betrachte, je klarer werden mir seine Bilder, und so ich ihn wieder ansehe, ist mir alles neu und frisch.

Das schöne rote Kleid mit Golde hat mich sogleich kräftiger angeregt, auch nach meiner Art daran zu putzen. So habe ich gleich nach Empfang des Bandes zu dem Gedichte: »Wiederfinden« (Seite 168) Noten gesetzt, worin Du Dich und Deinen Hafis wiederfinden magst.

Sobald alles fest und rund daran ist, soll es nach Weimar wandern; vor der Hand soll sich erst Langermann damit zu schaffen machen, mit dem freilich jetzt nicht viel anzufangen ist, da er Tag für Tag an sich doktert und flickt, wozu noch kommt, daß sie ihn in das Zensurwesen verwickelt haben.

Isegrim ist mausestill über dem »Diwan«, und ich glaube, er neidscht Dich, daß Du Dich in diese uralte Literatur tauchst, unterdessen er an längst geleerten Eierschalen knabbert und darüber mit seinem schönen Talente zu nichts kommt. Die »hohlen Masken« haben ihm gewiß ein kleines Ochsenfieber gemacht; aber wenn er wieder zu mir kommt, will ich ihm doch das Gedichtchen recht pathetisch vorlesen. Übrigens scheint er sich jetzt etwas sicherer zu halten, indem er sich von keiner Seite und Sekte hat aus sich heraus vexieren lassen, und hierin, wie in manchem andern Punkte, habe ich ihn immer gern gehabt.

Den 19. Dein Heftchen »Kunst und Altertum« kommt soeben an, und da ich heute außer der Stadt bin, so geht es zuerst zu Langermann. Alles freut sich darauf, und ich will morgen meinen Sonntag damit feiern.

Meine Dora, Deine tiefste Verehrerin, hast Du durch das überschickte Gedicht aus aller Fassung gebracht; sie wollte

Dir schreiben und danken und vielleicht schon zehn Briefe angefangen; lassen wir ihr Zeit nachzukommen.

Vorgestern ist hier ein Stück des Calderon zum ersten Male, nicht zum allerbesten, gegeben worden: »Der Arzt seiner Ehre« – groß und furchtbar.

Sonnabend, den 26. Lebe wohl! ich muß nur machen, daß der Brief fortkommt, sonst bleibt er noch länger liegen.

Das Liedchen der Suleika Seite 166 habe gestern in Musik gesetzt, und nach etlichen Tagen wollen wir's wieder ansehn. Die kleinen Spaziergänge im »Diwan« bringen doch etwas an Tag.

Dein

Z.

334. *An Zelter*

Die Memorabilien Deiner Sommerreise waren mir so wert, daß ich dachte, sie müßten Dich auch wieder erfreuen; denn wenn Du auch ein recht ordentliches Tagebuch hieltest, so würde solches doch gerade in dem Augenblick nicht so reflexiv und mitteilend gewesen sein. Deswegen nimm es hier wieder und vergib die allenfallsigen Schreibfehler, die ich zu tilgen übersah.

Es erfolgt zugleich auch ein neues Heft »Kunst und Altertum«, wobei wohl einige Artikel Dir zu Sinne gehen mögen. Ich gehe in allem sachte fort, was mich von jeher interessierte, redigiere, sondere, erhalte, was nur gehen will, rufe manches aus den letheischen Überschwemmungen des Lebens wieder herauf und benutze so jede Stunde, die einigermaßen behaglich ist. Sonst lebe in der entschiedensten Abgeschiedenheit und erwarte den nächsten Frühlingshauch, um nach Karlsbad zu gehen, dessen spätem Gebrauche ich einen leidlichen Winter verdanke.

Vor meinem Fenster im Garten drängen sich schon die Märzenglöckchen zur Erde heraus, in kurzer Zeit erwarte ich die Krokus, und dann hoff' ich auch selbst diesen Beeten zu entwachsen.

Und hiermit lebe wohl bis auf weiteres.

Weimar, den 23. März 1820. G.

335. *An Zelter*

Beikommendes Heft mag ich gern gleich fortschicken, und ich will es nicht ohne Wort und Gruß versenden. Ich hoffe, daß einiges auf diesen Bogen Dir gemütlich sein und Dich anregen solle, es in Deine Kunstsprache zu übersetzen: denn das wohlgesehene Besondere kann immer für ein Allgemeines gelten. Ich benutze die Zeit, so gut ich kann, arbeite vor zu einem Bändchen »Aus meinem Leben«, zu einem fernern Heft von »Kunst und Altertum« sowie zur »Naturwissenschaft«; dadurch find' ich eine so nötige als nützliche Abwechselung, ohne mich zu zerstreuen, und es bleibt doch zuletzt von den tausenderlei Gedanken etwas auf dem Papier fixiert, was andere wieder unterhält, aufmuntert und belebt. Soviel für diesmal; möge ich bald von Dir hören.

Treulichst verbunden

Weimar, den 31. März 1820. G.

336. *An Goethe*

Berlin, den 1. April 1820.

Gestern nachmittag, eine Stunde, ehe ich an die Aufführung meiner Karfreitagsmusik gehn wollte, erhielt ich Deinen unschätzbaren Brief vom 23. März mit dem Pakete.

Da ich in den letzten Tagen nur mit dieser Musik beschäftigt gewesen bin, so las ich das eingebundene Manuskript wie ein fremdes, bis ich endlich mit dem fröhlichsten Erstaunen den allerliebsten Spaß erriet, der das Glücklichste war zum Glücklichen, denn meine Musik ging leicht vonstatten und mein Haus war übervoll.

Die Herzogin von Cumberland ließ mich nach der Aufführung kommen, um über Dich die schönsten Worte auszusprechen und Dich tausendmal grüßen zu lassen, indem ich ihr sagen konnte, daß ich eben Deinen Brief erhalten hätte, der die Gewißheit Deines Wohlbefindens enthielt.

Auch unsere Musik ward mit Beifall gekrönt; der Herzog in seiner Loge hatte den Takt dazu geschlagen, eine Arbeit, die Er mit drei Dukaten honoriert hat.

Den 7. April. So lange liegt dieser angefangene Brief, an dessen Fortsetzung ich verhindert wurde. Gestern kommt nun Herr Hauptmann v. Hopffgarten, der mir seine schnelle Abreise von Berlin ankündigt und etwas an Dich Abzugebendes verlangt.

So mögen denn diese paar Worte als Zeichen meines Lebens ihn begleiten; alles übrige kann er Dir mündlich sagen, da wir uns wöchentlich gesehn haben.

Dein

Z.

337. *An Zelter*

Zu beiliegender Hymne wünsche eine wahrhaft Zelterische Komposition, damit solche jeden Sonntags vor meinem Hause chormäßig möge gesungen werden. Käme eine solche im Laufe des Monat Mais an meine Schwiegertochter, so würde sie einstudiert und ich bei meiner Wiederkunft anfangs Juni damit fromm und freundlich empfangen. Der Paraklet walte harmonisch über dem Freund jetzt und immerdar! Weimar, den 12. April 1820.

G.

[Beilage]

Veni creator spiritus

Komm, heil'ger Geist, du Schaffender,
Komm, deine Seelen suche heim!
Mit Gnadenfülle segne sie,
Die Brust, die du erschaffen hast!

Du heißest Tröster, Paraklet,
Des höchsten Gottes Hochgeschenk,
Lebend'ger Quell und Liebesglut
Und Salbung heiliger Geisteskraft.

Du siebenfaltiger Gabenschatz,
Du Finger Gottes rechter Hand,
Von ihm versprochen und geschickt,
Der Kehle Stimm' und Rede gibst.

Den Sinnen zünde Lichter an,
Dem Herzen frohe Mutigkeit,
Daß wir im Körper Wandelnden
Bereit zum Handeln sei'n, zum Kampf!

Den Feind bedränge, treib ihn fort,
Daß uns des Friedens wir erfreun
Und so an deiner Führerhand
Dem Schaden überall entgehn!

Vom Vater uns Erkenntnis gib,
Erkenntnis auch vom Sohn zugleich,
Uns, die dem beiderseit'gen Geist
Zu allen Zeiten gläubig flehn!

Darum sei Gott dem Vater Preis!
Dem Sohne, der vom Tod erstand!
Dem Paraklet, dem wirkenden,
Von Ewigkeit zu Ewigkeit!

338. *An Zelter*

Es ist gut, daß man von Zeit zu Zeit aus seinen Umgebungen zu scheiden und aufzuräumen genötigt wird; daher entstehen so die Zwischentestamente unserer Laufbahn. In vierzehn Tagen gedenk' ich nach Karlsbad zu gehen, und da hab' ich Dir auch noch einen »Hackert« vorgesucht und sende ihn sauber gebunden. Du hast dem Büchlein Sorgfalt und Sinn abgefühlt, die ich ihm gewidmet und verliehen habe; es ist in dem lieben Deutschland verschollen und mit vielem andern, Gutem und Nützlichen von den Sandweben des Tags zugedeckt, wird aber immer doch wieder einmal wie der Bernstein ausgeschwemmt oder -gegraben. Habe Dank, daß Du mich daran erinnern wollen.

Manches hast Du indessen von mir erhalten, gib in diesen Tagen nähere Nachricht. Mich verlangt sehr wieder ins Freie: denn der vergangene Winter war sehr lästig. Freilich wenn das Frühjahr eintritt, Märzenglöckchen und Krokus hervorbrechen, so begreift man kaum, wie man in dem Schnee- und Eiskerker fortexistieren konnte. Bei euch in großen Städten ist's freilich anders, da ist das Winterleben das lustigste. Nun gedenke meiner im Guten, wobei ich, um gegen die moralische Weltordnung nicht undankbar zu sein, bekennen muß, daß mir seit einiger Zeit gar manches Gute begegnete.

Das Gleiche wünschend

Weimar, den 14. April 1820. G.

339. *An Goethe*

Berlin, 19. April 1820.

Unser Künstlerverein hat sich mit der Königlichen Akademie zu einer Feier des Geburtstags von Rafael verbunden, die nach unserer Art ganz artig ausfiel.

Man hatte ausgefunden, daß Rafael auf den 18. April, neuen Stils, geboren sei, und also lieber diesen Tag als den Karfreitag erwählt, der schon mit eignen Heiligtümern besetzt ist.

Drei große Bilder: die »Madonna del Sisto«, die »Madonna del pesce« und das Bild der heiligen Cäcilia waren am Ende eines 110 Fuß langen Saals in der Höhe nebeneinander aufgestellt. Unter denselben stand Rafaels Katafalk auf einer Estrade von 7 Fuß hoch. Auf beiden Seiten des letztern die vier Lieblingsmusen des Helden: Poesie, Malerei, Architektur und Musik, Statuen von Gips, 6 Fuß hoch und von Tieck in der Tat schön drapiert. Zwischen jeden zwei Musen ein brennender Kandelaber, über die Figuren hinausragend, was sich gut couronnierte. Über dem Katafalk das Brustbild Rafaels, gut von Weitsch kopiert.

Alle Zwischenräume waren mit färbigen Tüchern gut behangen, sowie der ganze Vorplatz von 40 Fuß tief.

In diesem Vorplatze war ein Singchor von 100 ausgewählten Personen, Frauen (weiß) und Männer hinter ihnen (schwarz gekleidet), im Halbkreis aufgestellt. Gesungen ward:

1) ein »Requiem« von mir;

2) das Leben Rafaels, abgelesen vom Professor Tölken;

3) »Crucifixus« von Antonio Lotti, eines großen Stils wegen merkwürdig;

4) las ich etwas zum Verständnis dieses alten Stücks, in Verbindung mit

5) »Gloria in excelsis Deo!« von Joseph Haydn, um den Unterschied der Zeitalter in Absicht des Stils bemerkbar zu machen.

Die Sache war in einer starken Stunde abgemacht. Was ich gelesen, lege ich zur Deutlichkeit bei, und magst Du mir doch ein förderndes Wort darüber sagen.

Nun schönen Dank für alles Gute, was Du mir tust! Deinen »Philipp Hackert« habe ich schon wieder durchgelesen, und kurz vorher hatte ich den 2. und 3. Teil Deines »Lebens« wieder nachgelesen.

Der »Diwan« ist jetzt meine Bibel, in deren Anbetung ich täglich mehr versinke. Gott gebe Dir Gesundheit und Lust, Deine alten Schätze ans Licht zu bringen. Man hat seine Freude über die Gesichter, wenn sie solch ein Buch zuerst wie eine Zeitung lesen und Jahr und Tag nachher immer wieder daran gehn, um noch einmal zu sehn, wie sich die Sache eigentlich verhält, und immer sachter urteilen und zuletzt stumm sind wie Fische.

Laß doch ja von Dir hören, wo Du bist; ich bin eben jetzt wieder ein schlechter Korrespondent. Kann man doch über der Flut von Nichts kaum an sich selbst gelangen.

Da ich auf Michael meine Wohnung verlasse, so werde ich wohl den Sommer hier verweilen. Und nun: Gott befohlen!

Dein

Z.

Den »Prometheus« habe ich mir abgeschrieben; das ist ein Kerl!

[Beilage]

»Crucifixus etiam pro nobis sub Pontio Pilato, passus et sepultus est«.

Der eben ausgeführte Gesang auf die obigen Worte darf so wahr als kühn genannt werden, insofern er sich anmaßt, mit seinen eigensten Mitteln zugleich malerisch, ja plastisch, außer sich ein Bild aufzubauen, um es in der Seele des Hörers zur Idee zu erheben, die ihm selber inwohnt, und insofern darf sich dieses Stück im eigensten Sinne eine Musik nennen.

Das Stück ist aber auch zugleich geschichtlich merkwürdig, indem es den Wendepunkt anzugeben scheint, von dem an die Kirchenmusik bis auf unsere Zeit sich mehr und mehr von sich selbst entfernt und der Belehnung hergegeben hat.

Die in der Christenheit bekannten Worte »Crucifixus« und so weiter sind von unserm Meister zu einer Grundfläche, einer malerischen Unterlage ausgebreitet, um dem Ohre das Bild des Kreuzes darauf abzubilden.

So wie in Rafaels vor uns aufgestellter »Cäcilia« das beschauende Auge zum Ohre, so wird in dieser Musik das Ohr durch innere Vorstellung zum geistigen Auge, vor dem sich das ewige Kreuz wunderwürdig nach und nach aufrichtet, woran die Sünde und Schmach aller Welt abgebüßt worden.

Gegen das Ende erhebt sich das Stück immer mehr zu einer kolossalen harmonischen Masse, worin Verstand und Sinn untergehn, indem sie sich in Demut und Anbetung auflösen.

Wenn der große Venetianer Anton Lotti in dem eben vernommenen Stücke durch einen tiefen, derben, ins Bittre greifenden Stil unsere Bewundrung davongetragen hat, so mögen wir nun getrost einem eingebornen Meister huldigen, der weit über ein Jahrhundert später geblüht und die Ehre der Kunst seiner Zeit für unsere deutsche Nachkommen auf alle Zeiten befestigt hat.

Das nachfolgende »Gloria in excelsis Deo!«, womit das heutige Fest beschließt, ist ein Werk unseres unsterblichen Joseph Haydn.

Beide genannte echte Meister sind an Produktionskraft, Kunstfertigkeit, Fleiß und Gemüt von gleichen Gaben, und was sie voneinander unterscheidet, gehört ihrer Nation, ihrer Zeit und dem Zustande ihrer Kirche an.

Der wohlwollende lebensfrohe Sinn in Haydns sämtlichen Kunstwerken, der auch dies herrliche »Gloria« belebt, möge nun zugleich die Apotheose des ewigen Rafael Sanzio sein, dessen Andenken gefeiert werden wird, solange diese Erde von bildungsfähigen Geschlechtern bewohnt ist.

340. *An Zelter*

Karlsbad, den 2. Mai 1820.

Dein lieber Brief vom 19. April trifft mich den 2. Mai in Karlsbad und erfreut mich gar höchlich. Zuvörderst will ich zu eurem Rafaelischen Fest Glück wünschen, es war gut ausgedacht und hat sich gewiß auch so ausgenommen; es macht es euch niemand so leichte nach. Laßt es immer Sitte werden, daß man die Heroen aller Art feiert, welche über die Atmosphäre des Neides und des Widerstrebens erhoben sind.

Die Musik hätte ich wohl hören mögen. Zu dem, was Du sagst, kann ich mir wenigstens einen Begriff aufstellen. Die reinste und höchste Malerei in der Musik ist die, welche Du auch ausübst: es kommt darauf an, den Hörer in die Stimmung zu versetzen, welche das Gedicht angibt; in der Einbildungskraft bilden sich alsdann die Gestalten nach Anlaß des Textes, sie weiß nicht, wie sie darzu kommt. Muster davon hast Du gegeben in der »Johanna Sebus«, »Mitternacht«, »Über allen Gipfeln Ist Ruh« und wo nicht überall? Deute mir an, wer außer Dir dergleichen geleistet hat. Töne durch Töne zu malen: zu donnern, zu schmettern, zu plätschern und zu patschen, ist detestabel. Das Minimum davon wird als Tüpfchen aufs i in obigen Fällen weislich benutzt, wie Du auch tust. Und so verwandle ich Ton- und Gehörloser, obgleich Guthörender, jenen großen Genuß in Begriff und Wort. Ich weiß recht gut, daß mir deshalb ein Drittel des Lebens fehlt; aber man muß sich einzurichten wissen.

Vom 23. April an habe ich acht schöne Tage verlebt, vollkommen heiteres Wetter, leidlich Befinden, zur Beobachtung aufgelegt, Wetterzustand und Wolkenbildung mit Teilnahme betrachtend. In Alexandersbad besah ich mir die titanischen Felsenverstürzungen, die vielleicht ohnegleichen sind. Seit dreißig Jahren, daß ich sie nicht gesehen habe, hat man sie durch architektische Gärtnerkünste spazierbar und im einzeln betrachtlich gemacht. Das Andenken eurer Königin schwankt und schwebt wundersam dazwischen.

Dann besuchte ich Marienbad, eine neue bedeutende Anstalt, abhängig vom Stifte Töpel. Die Anlage des Orts ist erfreulich; bei allen dergleichen finden sich schon fixierte Zufälligkeiten, die unbequem sind; man hat aber zeitig eingegriffen. Architekt und Gärtner verstehen ihr Handwerk und sind gewohnt, mit freiem Sinn zu arbeiten. Der letzte, sieht man wohl, hat Einbildungskraft und Praktik, er fragt nicht, wie das Terrain aussieht, sondern wie es aussehen sollte; abtragen und auffüllen rührt ihn nicht, und ein solcher ist besonders in gegenwärtigem Falle nötig. Mir war es übrigens, als wäre ich in den nordamerikanischen Einsamkeiten, wo man Wälder aushaut, um in drei Jahren eine Stadt zu bauen. Die niedergeschlagene Fichte wird als Zulage verarbeitet, der zersplitterte Granitfels steigt als Mauer auf und verbindet sich mit den kaum erkalteten Ziegeln; zugleich arbeiten Tüncher, Stukkatur[er] und Maler von Prag und andern Orten im Akkord gar fleißig und geschickt; sie wohnen in den Gebäuden, die sie in Akkord genommen, und so geht alles unglaublich schnell. Ein Haus, das noch nicht unter Dach ist, soll im August schon zum Teil wohnbar sein; ich mag wenigstens nicht hineinziehen. Diese Eile jedoch und der Zudrang von Baulustigen (denn alle Baustellen nach einem regelmäßigen Plan sind schon vergeben) wird eigentlich dadurch belebt, daß ein Haus, sobald es fertig ist, im nächsten Sommer zehn Prozent trägt; es kommt nun auf die Dauer an. Das Wasser läßt sich verschicken und geht auch schon stark nach Berlin. Schreib mir doch, ob jemand von Deinen Freunden Gebrauch davon machte; ich habe gutes Zutraun dazu.

Profit vom gestrigen Jahrmarkt.
Parabel.

Zu der Apfelverkäuferin
Kamen Kinder gelaufen,
Alle wollten kaufen!
Mit munterm Sinn
Griffen sie in die Haufen -
Sie hörten den Preis
Und warfen sie wieder hin,
Als wären sie glühend heiß.

Was der für Käufer haben sollte,
Der alles gratis geben wollte.

Karlsbad, den 2. Mai 1820.

Nächstens mehr. G.

341. *An Zelter*

Nach Abgang des Blattes am 3. Mai fahre sogleich fort. Da Du Deine Wohnung veränderst, so melde, wohin du ziehst, damit man Dich auf dem Berliner Plane, den meine Kinder gar oft produzieren, auch wieder suchen und besuchen könne.

Ich glaube gerne, daß Du in der bewegten Stadt sehr zerstreut wirst; alles macht Forderungen an den, der etwas vermag, und darüber zersplittert er sein Vermögen; doch verstehst Du gar wohl, Dich wieder zusammenzuhalten.

Möge mein »Diwan« Dir immer empfohlen bleiben! Ich weiß, was ich hineingelegt habe, welches auf mancherlei Weise herauszuwickeln und zu nutzen ist. Eberwein hat einige Lieder gesetzt, sage mir Dein Urteil darüber. Deine Kompositionen fühle ich sogleich mit meinen Liedern identisch, die Musik nimmt nur, wie ein einströmendes Gas, den Luftballon mit in die Höhe. Bei andern Komponisten muß ich erst aufmerken, wie sie das Lied genommen, was sie daraus gemacht haben.

Unter den Eberwein'schen hat das eine:

pp. »Jussufs Reize möcht' ich borgen,« pp.

mich und andere besonders *angesprochen* (wie sie es heißen). Die Frau trug sie recht gut, fließend und gefällig vor.

Indessen sammeln sich wieder neue Gedichte zum »Diwan«. Diese mohammedanische Religion, Mythologie, Sitte geben Raum einer Poesie, wie sie meinen Jahren ziemt. Unbedingtes Ergeben in den unergründlichen Willen Gottes, heiterer Überblick des beweglichen, immer kreis- und spiralartig wiederkehrenden Erdetreibens, Liebe, Neigung, zwischen zwei Welten schwebend, alles Reale geläutert, sich symbolisch auflösend. Was will der Großpapa weiter?

Wunderlich genug, daß jener von mir selbst aufgegebene und vergessene »Prometheus« grade jetzt wieder auftaut. Der bekannte Monolog, der in meinen Gedichten steht, sollte den dritten Akt eröffnen. Du erinnerst Dich wohl kaum, daß der gute Mendelssohn an den Folgen einer voreiligen Publikation desselben gestorben ist. Lasset ja das Manuskript nicht zu offenbar werden, damit es nicht im Druck erscheine. Es käme unsrer revolutionären Jugend als Evangelium recht willkommen, und die hohen Kommissionen zu Berlin und Mainz möchten zu meinen Jünglingsgrillen ein sträflich Gesicht machen. Merkwürdig ist es jedoch, daß dieses widerspenstige Feuer schon funfzig Jahre unter poetischer Asche fortglimmt, bis es zuletzt, real-entzündliche Materialien ergreifend, in verderbliche Flammen auszubrechen droht.

Da wir aber einmal von alten, obgleich nicht veralteten Dingen sprechen, so will ich die Frage tun, ob Du den »Satyros«, wie er in meinen Werken steht, mit Aufmerksam keit gelesen hast. Er fällt mir ein, da er eben, ganz gleichzeitig mit diesem »Prometheus«, in der Erinnerung vor mir aufersteht, wie Du gleich fühlen wirst, sobald Du ihn mit Intention betrachtest. Ich enthalte mich aller Vergleichung, nur bemerke, daß auch ein wichtiger Teil des »Faust« in diese Zeit fällt.

Nun zu der Witterung als einem Haupterfordernis der Reise- und Badetage. Die obere austrocknende Luft hat gesiegt, alle Wolken sind verschwunden, der heutige Himmelfahrtstag ist ein wahres Himmelsfest.

Im ganzen tut einen sehr angenehm-bemerkbaren Effekt der bei einem so hohen Sonnenstand weit zurückgehaltene Frühling. Es ist, als wenn bei ihrem Erwachen die Bäume verwundert wären, sich schon so weit im Jahre zu befinden und von ihrer Seite noch so weit zurückzusein. Mit jedem Tage eröffnen sich neue Knospen, und die eröffneten entwickeln sich weiter.

Sehr lieblich ist es daher, gegen Sonnenuntergang die Prager Straße hinabzugehen. Alle unbelaubten Bäume, bisher unbemerkbar, wenigstens unbemerkt, werden nach und nach sichtbar, wie sie ihre Blätter entfalten und, von dem Sonnenlicht vom Rücken her beschienen, als völlig durchscheinend in ihrer eigentümlichen Form dargestellt und kenntlich werden. Das Grün ist so jung, gilblich und völlig durchsichtig. An dem wachsenden Genuß kann man sich gewiß noch vierzehn Tage ergötzen. Denn selbst zu Pfingsten wird das erste Grün noch nicht völlig entwickelt sein. Der Tag wächst, und so ist alles schön und gut. Möge das Schönste und Beste Dir gegönnt sein!

Karlsbad, den 11. Mai 1820. G.

342. *An Goethe*

Berlin, den 13. Mai 1820.

Eben da ich im Begriff bin, mit den Kindern nach Potsdam zu fahren, um den morgenden Sonntag dort in die Blüten zu schaun, kommt Dein liebster Brief aus Karlsbad vom 2. dieses, der mich doppelt vergnügt macht, weil Du mich darinne lobst.

Dachte ich doch, daß Dir von unserm Feste das Ganze anschaulich sein müßte; auch hat es den Gästen Vergnügen gemacht, insofern sie nichts von uns vernommen haben, als was uns und ihnen gemäß ist.

Den 16. Indem Dein Brief von musikalischer Malerei spricht, soll ich sagen, wer sonst dergleichen geleistet hat.

Hat es doch jeder Tüchtige nach seiner Art in allem, was Kunst heißt, hervorgebracht, und nur die, welche es nachmachen wollen, fallen ins Einzelne, Vergleichende, zu ihrem Schaden, wie die Maler, welche einen Kopf auf fremden Rumpf stellen.

Mit dem Genie ist es anders, wie Du mir einst bei Gelegenheit, als die Rede von Molière war, begreiflich machtest. Mit dem ist nicht zu hadern: es stellt uns, hält uns, jagt uns, wir wissen nicht wie, und am Ende finden wir uns zufrieden, wenn wir nur unsere Forderungen aufgeben.

Haydn in der »Schöpfung« und den »Jahreszeiten«, Beethoven in seinen Charaktersinfonieen und in der »Schlacht von Vittoria« haben das Seltsamste auf die Tafel gestellt und ausgezeichnet.

Was ich dabei bemerke, ist folgendes: Nimmt man das Wort weg und die Sache bleibt im Zusammenhange, so wird man sich beruhigen. Die »Schlacht von Vittorie«, welche ich nun 4 Male mitgemacht habe, hat mich noch immer in die herzhafte, furchtbar-furchtlose und geistige Stimmung versetzt, welche dazu gehört. Nur darf ich mir die Parteien nicht namentlich denken, weil sich gleich das Urteil einmischt, das allemal partei[i]sch ist. Und doch sind sie durch ihre Nationalmusik als Engländer und Franzosen kenntlich; man weiß nicht, ob es ein Fehler ist oder eine Schönheit.

Die Ouvertüre in Haydns »Schöpfung« ist das Wunderbarste aller Welt, indem durch ordentliche, methodische, ausgemachte Kunstmittel ein – *Chaos* hervorgebracht ist, das die Empfindung einer bodenlosen Unordnung zu einer Empfindung des Vergnügens macht.

In der Sinfonie zu den »Jahreszeiten«, welche den Winter vorstellt, friere ich mit Wollust am warmen Ofen und weiß in dem Augenblicke nicht: ob es außer dem noch was Schönes in der Welt gibt.

Was der alte Bach und Händel geleistet haben, ist völlig grenzenlos, besonders in seiner Unzahl, so wie jede gelegentliche vorüberschwirrende Äußerlichkeit zu einem Abgrunde von Empfindung wird, welchen sie mit bekannten schwarzen Punkten bezeichnen. Ja wäre im Menschlichen keine Beschränktheit und das äußerliche Mittel reich genug, so würde man im Bauche der Erde und in der Brust der Sterne das Leben der Allmacht erkennen.

Was ich hiergegen an den Tag gebracht habe, ist eben von der Art, daß ich darüber nichts Verständliches zu sagen wüßte. Daß ich aus Neigung und Glück aus obigen Schätzen manches herausgeahnet habe, was also nichts weniger als einzig ist, mag darinne bestehen: aus wenigen Noten einen Knäul zu wickeln, woraus sich abwickeln läßt, was der Faden langt, und dahin haben mich Deine Gedichte gebracht, die ich verstehe, ohne sie zu erklären; welches letztere mir oft genug zum Vorwurf wird, der mich nicht befremdet und nicht kränkt, weil ich weiß, was darin ist, wenn ich es auch nicht herausschaffe.

So erschrak ich ganz anmutig, als ich im »Diwan« das »Dir zu eröffnen Mein Herz« gedruckt fand und die Erklärung dabei, wie das Gedicht entstanden. Es war im Glauben an Dich, ohne weiteres Verständnis in Noten gesetzt, und der Ton desselben wird von mir hinterher ganz wahr befunden. – Wer mag sich das erklären?

Der Gebrauch des Marienbrunnens ist hier stark im Gange. Mein Arzt wollte mich schon voriges Jahr dahin schicken; als ich aber in Franzensbrunn und Karlsbad erfuhr, daß sie mehr Leute hätten als Wohnung, rannte ich nach Wien, wo sie freilich auch nichts *gratis* geben wollen. Lebe wohl, alter Herr, und gedenke unser im Guten.

Den 24. wird der vorjährige Geburtstag wieder gefeiert und der »Faust« wieder losgelassen. Es wäre doch gut, wenn Du dem Spaße ein wenig näher wärest, und solltest Du Dich auch nur über unsere Freude daran freuen.

Dein

Z.

Laß doch bald wieder von Dir hören. Werden wir ja immer älter; so laß uns doch so nahe zusammenrücken als möglich! Dein!

343. *An Goethe*

Deinen Himmelfahrtsbrief, der gestern angekommen ist, fange sogleich im Namen des heiligen Paraklet zu beantworten an; denn heut ist »Pfingsten, das liebliche Fest«.

Zuerst also von gestern, das ist: von der ersten Probe des »Faust«, von der ich nicht viel mehr zu sagen weiß, als daß die heutige besser ausfallen wird. Die neuen Chöre: »Wird er schreiben?« und der Abfahrtschor gingen, trotz des spillerigen Stils, zum ersten Male nicht zu schlecht. Der Dilettant kann sich nicht verleugnen, indem er alles auf die Spitze stellt und gar zu viel ausdrücken will. Dem ist nun nicht zu helfen, weil ihm schon dies soviel Arbeit macht, daß er froh ist, nur einmal davon zu sein. Mit einem Chore von unserer Zucht wird ihm der Schaden gar nicht merklich; kommt er aber endlich damit auf ein wirkliches Theater, so werden sie es ihm wohl beibringen.

Ferner wurde die Szene mit dem Schmuckkästchen in Gretchens Stube zum 1. Male gegeben, und zwar nicht ohne einige Affektation von Madame Stich, welche, mäßig gesprochen, um die Hälfte zuviel tat. Das aber wird sich geben, denn sie ist eine Person, mit der man über solche Dinge noch wohl reden darf.

Das Zimmer war von Schinkel ausnehmend hübsch angeordnet, wenn es auch etwas kleiner hätte sein können. Das Fenster mit den Blumen, der Spiegelpfeiler, der Schrank, der Tisch mit seiner Decke, das Rädchen, das Bett, das Bild der Schmerzensmutter, das Kruzifix und so weiter waren so heiter und naiv aufgestellt, daß eben auf diesem Grunde ein hochtragisches Gretchen nicht zu Hause erschien.

Die Musik geht durch die ganze Szene ununterbrochen fort und hat die hübschesten Sachen in sich, ist aber eben deswegen störend, weil zuviel ausgedrückt worden, worunter das Auf- und Abwallen und der Fluß der Reden leidet.

Am wunderwürdigsten macht sich die Szene mit der Ratte; sie ist in der Tat schauerlich und durchaus nicht kleinlich, wiewohl sie vom Mephisto nicht einmal so gut gespielt wird als manches andere. Übrigens hat der Spaß nur von 6 Uhr an bis nach Mitternacht gewährt. Heut, denk' ich, sollen wir leichter abkommen, wenn nicht die Unzahl der Anordner den Brei in die Länge zieht.

Die Herzogin von Cumberland mit ihren beiden Gemahlen war zugegen und hat sich mit Genuß und, wie es schien, um Deinetwillen alle Reprisen einer ersten Probe gefallen lassen. Sie sagt mir so viel Schönes und Gutes von Dir, kurz sie ist so verliebt in Dich, daß ich statt Hände, Finger, Mund und Augen nur lauter Ohren brauchte, um alles aufzufassen. Auch der Herzog konnte nicht fertig werden zu erzählen, wie er Dich in Weimar aus Deinem Hause geholt und seiner Gemahlin zugeführt habe.

Was mir bei diesen Gelegenheiten zu einem Partikelchen Ironie verhilft, sind die Enden, wobei dies Werk angefaßt wird. Manchmal möchte man laut auflachen, wenn man die Bewunderung dessen vernimmt, womit gerade sie sich selbst meinen, ohne sich zu erkennen. Die einzigen, die dabei Unrat merken, sind der König, die alte Gräfin Brühl und einige alte Damen, die sich von dem Schwefelgeruch in ihren eignen Kammern nicht ganz behaglich in Rapport gesetzt finden.

Was endlich den »Prometheus« betrifft, so stehe ich für nichts. Ich habe ihn noch nicht aus Händen gegeben, höre aber überall und mit Deinem eigenen Verdachte davon reden, und Du magst Dich immer anschicken, wenn er gedruckt erscheinen sollte, ihn, da er nicht mehr abzutreiben ist, als einen natürlichen Sohn ins hallische Waisenhaus unterzubringen.

Den »Satyros« werde gleich wieder lesen, da ich mich der Todesumstände des verstorbenen Philosophen noch ganz wohl erinnere und von der Lessing'schen Partei war.

Aus dem »Diwan« habe ich manches in Musik gesetzt. 1) »Suleika«, Seite 166; 2) »Wiederfinden«, 168; 3) »Elemente«, Seite 14; 4) »Erschaffen und Beleben«, Seite 16; 5) »Selige Sehnsucht«, Seite 30; 6) »Solang man nüchter[n] ist«, Seite 187; 7) »Alle Menschen«, 212; 8) »In tausend Formen«, 179. Den meisten jedoch fehlt die letzte Hand, unterdessen sie sich in mir durchkochen. Eberweins Stücke kenne ich noch nicht. Er pflegte sonst wohl sie mir zu schicken, und da ich nicht gleich antwortete, hat er es zuletzt unterlassen. Es geht mir damit nicht besser wie Dir: bei andern muß ich mich von mir selbst entfernen, und wer kann etwas außer sich? – Ich nicht.

Auf Michael erst verlasse ich meine jetzige Wohnung, zwar ungern, aber wegen des Rauchens der Ofen, wodurch mir die Augen zugrunde gehn. Ich habe mir ein kleines Haus gemietet, welches ich allein bewohne (da bei mir soviel gesungen, gepfiffen und gestrichen wird), um niemand damit lästig zu sein. Dies Haus liegt von hieraus über die Weidendammer Brücke weg, nach den Linden zu, in der Georgenstraße No. 19. Von innen habe ich das Haus kaum gesehen, als ehemals, da Johannes Müller drinne wohnte. Es ist 7 Fenster lang, von 2 Etagen, und ich hoffe durch Wegnehmung einer Wand mir ein bequemes Musikzimmer einzurichten. Die Straße ist still, und das Haus steht unmittelbar an einem großen Garten, der an der Spree liegt. Den Gebrauch des großen Gartens habe ich dazu und überdem für mich allein einen kleinern Garten, dessen Unterfrucht mir zukommt. Zu den Bequemlichkeiten dieser Wohnung gehört besonders, daß ich die Akademie und das Theater um die Hälfte näher habe als sonst. Diese Georgenstraße (denn es gibt deren zwei) geht parallel mit der Letzten Straße. Geht man nun von den Linden her auf das Oranienburger Tor zu, so geht man über die Mittel- und Letzte Straße weg, links in die Georgenstraße hinein, worin das letzte artige Häuschen mit Doppelfenstern und einem einzigen Eingange meine Wohnung wird, wo ich 500 rh. Miete zahle. Daß in diesem Hause für weimarische Freunde wieder Platz sein wird, wollen wir anzudeuten nicht vergessen haben, und der *große* Garten ist köstlich.

Eben bin ich begriffen, mein Leben zum zweiten Male durchzumustern, um einen Abriß desselben nebst meinem Bilde ins Archiv des Künstlervereins abzuliefern, wie es die Pflicht eines Mitgliedes mit sich bringt. Gott befohlen!

Dein

1. Pfingsttag 1820. Z.

344. *An Zelter*

Zum Abschiedsgruß ein Liedlein, welches Du mit Liebe entziffern und beziffern mögest. Meine Tage sind gesund und froh vorübergegangen. Nun eil' ich nach Hause, wo ich von Dir zu hören hoffe.

Karlsbad, den 24. Mai 1820.

G.

Sankt Nepomuks Vorabend.

Karlsbad, den 15. Mai 1820.

Lichtlein schwimmen auf dem Strome,
Kinder singen auf der Brücken,
Glocke, Glöckchen fügt vom Dome
Sich der Andacht, dem Entzücken.

Lichtlein schwinden, Sterne schwinden;
Also löste sich die Seele
Unsres Heil'gen, nicht verkünden
Durft' er anvertraute Fehle.

Lichtlein, schwimmet! Spielt, ihr Kinder!
Kinderchor, o singe, singe!
Und verkündiget nicht minder,
Was den Stern zu Sternen bringe.

345. *An Goethe*

Evangelium am Pfingstmontage, 1820:

Da traten sie abermal zusammen und fragten: »Herr, was wilt du, daß wir dir tun sollen?« – Er aber sprach: »Singet euer Lied von gestern, auf daß ihr wisset und behaltet, was ihr tut, wenn der Tag kommt!« – Und sie täten also, und darauf aßen sie und tranken, und als sie gessen und getrunken hatten, gingen sie von dannen, denn es war Mitternacht.

Die Szene, wo Faust mit dem Pudel in sein Zimmer tritt, ist in der Tat zu loben, wie sie hier durch Musik gehoben ist. So ist gleichfalls die Stelle, wo Gretchen vor dem Spiegel sich den Schmuck anlegt, allerliebst idealisch, wie sich Eitelkeit zufällig der Unschuld naht und gastlich und huldreich empfangen wird. Der schöne Hals ist nicht mehr bloß schön, er ist genießlich worden.

Gestern als den 24. dieses, am Geburtstage der Fürstin Radziwill, ist endlich unser »Faust« glatt und rund vom Stapel gelaufen. Der König war so zufrieden mit uns, daß ich sein Lob aus seinem Munde honigsüß vernommen habe und hinterher wohl sagen mag, daß ich selber zufrieden war.

Was ich nächstdem nun noch für Dich zu bemerken finde, besteht in der Anerkennung des Ganzen. Die Sensation unserer ersten Versuche seit zehn Jahren hatte bis heut einen Bitterschmack, der in Einzelheiten und Worten seinen Grund hatte. Einige konnten darüber nicht wegkommen, bissen die Lippen und konnten nicht begreifen, wie man öffentlich nennen könne, was sie sich genug schuldig wissen. Daher mußten Worte mit andern vertauscht und vertuscht werden. Nun fangen sie schon an, die rechten Worte zu vermissen, und eine Dame ließ sich gestern vernehmen: da man so viel sage, so sei nicht zu begreifen, wie man nicht alles sage, was geschrieben steht.

Es ist dies der nämliche Fall wie mit den beiden kolossalen Apollen, welche hier am Eingange unseres Tiergartens aufgestellt sind. Diese beiden Statuen von Sandstein erinnere ich mich von Jugend an in puris naturalibus gesehn und niemals eine Anmerkung darüber vernommen zu haben. Gott weiß, welcher züchtige Staats-, Kunst- und Kultmann vor kurzen auf den Einfall gekommen ist, den beiden Apollen ein Blatt nebst Stengel vor die Scham anbringen zu lassen. Dies Blatt ist mit eisernem Dübel befestigt, der den Rost herbeigezogen und die ganze Stelle so verunziert hat, daß es ein wahres Spektakel ist, weil das Auge mit Gewalt auf die Stelle gezogen wird, indem die ganze Statue weiß ist. Am unzufriedensten sind die Weiber, welche sich eben verraten, indem sie sich nichts wollen merken lassen.

So mit dem »Faust«: nun wollen sie alles wissen und alles

haben, indem sie ihn alle lesen und wieder lesen. Die Herzogin von Cumberland war wieder voll Deines Lobes und bedauerte, daß sie nicht *allen* Proben hatte beiwohnen können, weil das Stück eigentlich eine *Sache* sei, die man sich nicht zu oft vorführen könne, um in ihre Tiefe zu schauen. Dein Vivat bei Tische war aus Einem Munde, es bestand in einem hundertstimmigen dreimaligen Akkorde.

Wenn Radziwills Komposition auch gar kein eigenes Verdienst hätte, so würde man ihm das zugestehn müssen: dies bisher im dicksten Schatten verborgen gewesene Gedicht ans Licht zu bringen, was jeder, indem er es gelesen und durchempfunden, glaubte seinem Nachbar vorenthalten zu müssen; ich wüßte wenigstens keinen andern, der Herz und Unschuld genug gehabt hätte, *solchen* Leuten solche Gerichte vorzusetzen, wodurch sie nun erst Deutsch lernen.

(Wie ich höre, hat er eben seinen Prozeß gewonnen, der ihm die Einkünfte von 80 000 Dukaten jährlich sichert, die ihm jeder gönnt, besonders seine Gläubiger.)

Denkst Du Dir nun den Kreis dazu, in dem dies alles vorgeht: einen gebornen Prinzen als tüchtigen Mephisto, unsern ersten Schauspieler als Faust, unsere erste Schauspielerin als Gretchen, einen Fürsten als Komponisten, einen würklich guten König als ersten Zuhörer mit seinen jüngsten Kindern und ganzem Hofe, eine Kapelle der ersten Art, wie man sie findet, und endlich einen Singchor von unsern besten Stimmen, der aus ehrbaren Frauen, mehrenteils schönen Mädchen und Männern vom Range, worunter 1 Consistorialrat, 1 Prediger, 1 Consistorialratstochter, Staats- und Justizräten besteht, und dies alles angeführt vom Königlichen Generalintendanten aller Schauspiele der Residenz, der den Maschinenmeister, den Dirigenten, den Souffleur macht, in der Residenz, in einem Königlichen Schlosse, so sollst Du mir den Wunsch nicht schlimm heißen, Dich unter uns gewünscht zu haben.

Alles fragte nach Dir und freute sich Deines Wohlseins, worüber ich aus Deinem letzten Briefe erwünschte Nachricht geben konnte. Der König wunderte sich, als ich sagte, daß Du schon seit Mitte vorigen Monats in Karlsbad seist.

Nun soll das neue Schauspielhaus, wenn es fertig ist, von Dir besprochen werden, daß Apoll es vor Schaden bewahren [möge] und Musen und Grazien nicht ungeduldig darin werden, wenn wir uns mit unserer Bildung mehr Zeit nehmen, als vielleicht billig ist.

Bin ich nun von je anmaßend genug gewesen zu glauben: ich verstünde nur allein, Dich von Grund aus zu lieben, so kitzelt mich's über Maßen, wenn die Leute nach und nach etwas von mir wider Willen lernen, da sie recht gut wissen, daß ich weiter nichts verstehe.

»Nur vor einem ist mir bang:
Die Zeit ist kurz, die Kunst ist lang.«

Und sie sollen Arbeit finden, es nachzutun Deinem

Z.

346. *An Goethe*

Berlin, 2. Juni 1820.

Das liebe »Nepomukchen« hat sich auf der Stelle wollen absingen lassen. So lege ich's bei, und laß Dir's gelegentlich hübsch kindlich-fromm und fließend vortragen, ohne Eile und ohne Schleppe. Es wird eigentlich von Einer Stimme gesungen. Die zweite Stimme habe ich erst gestern dazu gesetzt, indem ich's der Prinzeß Elisa Radziwill ans Herz gelegt habe, um es mit ihrer Singmeisterin zusammen singen zu können.

Der »Paraklet« wurde auch sogleich angefangen, liegt aber schon die ganze Zeit und erwartet seine gute Stunde.

Gestern bei Tafel ließen sich dem Fürsten Radziwill drei Sänger melden und wurden sogleich vorgelassen. Sie scheinen polnische Juden, zwei Männer und ein Jüngling.

Das allerseltsamste haut-goût und hors-goût von der Welt treibt sich im Umfange von Kontra-C bis zum dreigestrichnen E durcheinander, doch mit ganz eminenter Meisterschaft der Ausführung, die alle Geringschätzung beseitigt.

Den Eindruck dieses Vogelkonzerts vom Adler bis zur Bremse (wenn man auch die Blasebalgsgesichter gar nicht sieht) magst Du Dir etwa vorstellen, als wenn alles Gefieder zusammengeflogen wäre, dem Jupiter die Ohren zu waschen, weil die Hanfkörner und die Beeren nicht geraten sind.

Auch verhielt sich, was zum Hause und zur Tafel gehörte, zum Herrn wie der Olymp zum seinigen: die Kinder schrieen sich tot vor Lachen; Mutter und andere Leute von Geschmack dachten ihr eignes; die Dienerschaft gleichfalls; am wenigsten zufrieden, ja neidisch erschienen der Dompfaff, der Papagoi und der Hühnerhund, denen offenbar das Wort vorm Maule weggeschnappt war. Am zufriedensten waren die Sänger selber über dem Effekt ihrer Kunst.

Endlich ist unser intendant géneral der Königlichen Kapelle angelangt und seine längst erwartete Ankunft mit einer seiner Opern gefeiert worden, die er mit großer Zufriedenheit aufgenommen hat.

Hier ist anjetzt von weiter nichts die Rede, als wie es zu machen, Dich nach Berlin zu zaubern; denn Locken, Ziehen, Rufen und dergleichen will uns nicht zukommen. Daß alle Welt bei der Hand ist, Dir das Bett zu legen, den Schirm zu halten, den Tisch zu decken und so weiter, hättest Du zu hoffen, und da Du Dich nun einmal als Faust gezeigt hast, so bist Du nicht sicher, vom Mephistopheles hergeholt zu werden.

Ich weiß nicht, ob ich's recht gemacht habe, Dir meine Briefe nach Weimar zu adressieren; nach Deinem letzten Schreiben muß Dich dieser Brief in Weimar antreffen. Da wünschte ich denn zu wissen, wenn Du etwa Dich diesen Sommer noch einmal von Weimar entferntest, indem ich wohl Lust hätte, einen kleinen Abstecher zu Dir zu machen, denn weit darf ich dies Jahr nicht gehn.

»Nun, Fauste, lebe wohl! bis wir uns wiedersehn.«

Dein

Z.

347. *An Zelter*

Jena, den 6. Junius 1820.

Also will ich vor allen Dingen melden, daß Deine Briefe sämtlich, früher oder später, zu mir gelangt sind:

vom 19. April,
vom 13. Mai,
Pfingsttag,
»Evangelium am Pfingstmontag«,
vom 2. Juni, mit dem lieben »Nepomukchen«,

woran ich mich denn durchaus höchlich erbaut habe und mich zu dem allerschönsten Dank hiedurch bekenne. Einzelne Betrachtungen, wozu mich Deine Worte verleiteten, wurden sogleich aufgeschrieben, und ich werde sie Dir nach und nach aus meinen Papieren ausziehen. Gegen alles so vielfache Gute hab' ich freilich nur zu erwidern: daß ich, in meiner Einzelnheit mannigfaltige Existenzen berührend, in fremde Zustände eindringend, gar viel Gutes und Nützliches erfahren habe. Auch hat sich in vielen einsamen Stunden eine solche Schreib- und Diktierseligkeit bei mir entwickelt, daß mehr Papier in diesen sechs Wochen ist verschrieben worden als sonst jemals, welches viel heißen will, wobei manches Erfreuliche aus den letheischen Untiefen herausgefischt wurde, wovon Dir Dein gebührendes Teil nicht vorenthalten werden soll.

Vier Gedichte zum »Diwan«, und zwar zum »Buche des Paradieses«, haben mich selbst überrascht, deshalb ich nicht zu sagen wüßte, wie sie geraten sind.

Nun will ich also in umgekehrter Ordnung auf Deine Briefe einiges erwidern. Eigentlich bin ich so früh ins Bad gegangen, um die Monate Juni und Juli, auch den halben August in diesen Gegenden zuzubringen. Dein Besuch sollte mir höchst erfreulich sein, nur bitte um Meldung und Verabredung, weil ich die ganze Zeit über von mancherlei Äußerlichkeiten abhänge. Deine Gegenwart wird mir die erfreulichste Ermunterung werden. Soll ich aber nun nach Berlin denken, so macht mir's eine traurige Empfindung, daß ich des Guten, was mir dort zuteil werden sollte, mich nicht erfreuen darf.

Ich habe auf der letzten Reise zwar mancherlei gewagt und unternommen, und es ist mir alles geglückt, aber, genau besehen, bloß deswegen, weil nicht allein jeder Tag und Stunde, sondern auch jeder Augenblick von mir abhing; ich konnte bis ans Ende meiner Kräfte gehen und zuletzt ohne Rücksicht rechts, links wenden oder auch umkehren. Wie ist dies in einem so großen komplizierten Zustande denkbar? Wenn Du kommst, wollen wir das Weitere behandeln.

Was soll ich aber nun zu eurer Faustischen Darstellung sagen? Die treue Relation, die ich Dir verdanke, versetzt mich ganz klar in die wunderlichste Region. Die Poesie ist doch wirklich eine Klapperschlange, in deren Rachen man sich mit widerwilligem Willen stürzt. Wenn ihr freilich wie bisher zusammenhaltet, so muß es das seltsamste Werk sein, werden und bleiben, was die Welt gesehen hat.

Für den singbar zurückkehrenden Heiligen danke zum allerschönsten; der »Heilige Geist« wird sich zu seiner Zeit schon selbst auszubilden wissen, und so will ich nach und nach das Weitere vermelden, und für unser Zusammentreffen soll doch noch manches übrigbleiben, was von Angesicht zu Angesicht am besten sich ausnimmt.

Zu Ausfüllung des Platzes erzähle folgendes: Vor etwa einem Jahr erzähl' ich meiner Schwiegertochter, da wir gerade allein sitzen, ein Geschichtchen, dergleichen Du manche kennst und wie ich noch verschiedene im Sinne habe. Sie verlangt es zu lesen, ich muß ihr aber sagen, daß es nur in meiner Einbildungskraft waltet. Die Zeit her hab' ich kaum daran gedacht. Jetzt komm' ich nach Schleiz, etwas früh, und habe lange Weile, ziehe gerade ein Buch Schreibpapier und einen leichtschreibenden Wiener Schwarzkreidestift aus meinem Portefeuille, fange an, die Geschichte zu schreiben. Jetzt, da ich sie abdiktiere, wo ich wenig zu verändern weiß, find' ich sie ziemlich in der Hälfte; das Weitere wird sich wohl geben.

Jena, den 7. Juni 1820. G.

348. *An Goethe*

Berlin, 7. Juni 1820. Mittwoch.

Vorigen Montag abend ward ich gerufen, einer Leseprobe beizuwohnen, um über die Stücke des »Faust«, welche bis jetzt noch nicht vorgewesen sind, eins zu werden. Die Probe war beim Grafen Brühl: Prinz Karl von Mecklenburg, Fürst Radziwill, Madame Stich und Wolff lasen, und die Sachen gingen so gut, daß auch Madame Stich sich von ihrer frühern

Spannung recht hübsch zum Gretchen herabgelassen hatte, die sie an einigen Stellen in der Tat schön sprach.

Der Stein des Anstoßes bestand nun abermalen darin, Surrogate für anstößige Stellen zu finden, um nicht sowohl den jüngsten weiblichen Personen des Hofes als ihren alten Hüterinnen ohne Ärgernis zu erscheinen.

Es ward vorgeschlagen, Dich selbst zu bitten, solche Stellen abzuändern, wogegen ich anführte, daß jede mitredende Person gar wohl imstande sein würde, durch Auslassung oder Veränderung einzelner Worte nach seinem Gefühl von Schicklichkeit Anstößiges zu verhüten. Prinz Karl trat dieser Meinung bei, und was nun geschehen wird, mag geschehen.

Heut abend wird im Monbijou der »Faust« von zuletzt noch einmal wiederholt, wahrscheinlich, um Spontini, der vorige Woche hier angekommen ist, damit zu bewirten.

Spontini, der mir gestern seine Bekanntschaft gebracht hat, läßt nun eben hier seine letzte Oper »Olympia« ins Deutsche übersetzen. Er verlangt dazu fürs Orchester 40 Violinisten, deren etwa die Hälfte vorhanden sind, und eine Vergrößerung des Orchesterraumes im Opernhause: wenn nach dieser Proportion das andere Instrumentale zugerichtet werden soll, so mag sich das Parterre vor der Türe Platz suchen. An meinem Teile will auch ich diese Erfahrung nicht ungenutzt lassen, wiewohl ich recht deutlich sehe, wo und wie es enden muß, wenn der Kern, in die Falten genäht, soll gefunden werden.

Donnerstag. Unsere Wiederholung ist abermalen nach Wunsch vonstatten gangen. Ich habe meine Not, diesem und jenem zu erklären, wie diese öftere Wiederholungen allein vermögend sind, das Stück in seine ruhige Assiette zu setzen; denn in allem ist noch viel zu viel Gespanntes, Vornehmes, und selbst Wolff, der das Handwerk recht gut versteht, gibt sich zuviel Mühe (wie man's zu nennen pflegt), und das will die Sache nicht vertragen. Nur durch Wiederholungen wird es daher gelingen können, das Ganze in Fluß zu bringen.

Außer dem Könige und dem Kronprinzen, die nicht in Berlin sind, war wieder der Hof zugegen, und Spontini'n hat man vorher das Gedicht vermittelst der Erklärungen der Frau v. Staël bekanntzumachen gesucht. Ob der italienische Franzose dem Teufel was ablernen wird, wird sich ja zeigen. Er wird vom ganzen Hofe mit Auszeichnung behandelt, die er auch verdient, wenn man die mühsame Arbeit in seinen Werken betrachtet und die Bereitwilligkeit, sich Abänderungen zu unterwerfen, welche der Form des Ganzen schwerlich zugute kommen können.

Prinzeß Wilhelm läßt Dich grüßen. Sie hat Dich nur einmal (wenn ich recht verstanden habe) gesprochen; ich weiß nicht, wann und wo. Denn unsere Großen behalten von dem, was sie sagen wollen, gern die Hälfte hinter den Lippen, und auch hierin erscheint unsere hochselige Königin, wie ihre Schwester, musterhaft; denn sie sprach und schrieb das beste Deutsch.

Du bist mit Deinem Aufenthalte in Böhmen sehr glücklich gewesen, denn seit Anfang dieses Monats regnet es hier, als wenn Johannis schon hinter uns wäre. Vale!

Dein

Z.

Freitag, den 9. Juni 1820.

Gestern abend fand ich Eberweins 5. und 6. Heft Lieder, eben angekommen, die sich in der Tat vor seinen frühern auszeichnen. Der Vorteil, eine Sängerin in der Nähe zu haben, ist nicht zu berechnen, indem es darauf ankommt, die Melodieen mundrecht zu liefern. Dies geht mir jetzt soviel wie ganz ab, und wenn ich auch hinlänglich mit Sängern Umgang habe, auch manches Lied weggebe, so komme ich selten genug dazu, eins davon singen zu hören, wie mir's gefallen mag, und endlich weiß ich kaum warum, ob's an mir oder am Sänger liegt. – Kommt nun dazu, daß doch jedes Lied etwas an sich selbst sein soll wie das Gedicht, so wollen die, welche das Neue begehren, auch immer wieder haben, was sie schon haben.

Indem ich ein Gedicht ansichtig werde und mich auf seine Individualität beschränke, setzt sich eine Totalempfindung fest, die ich nicht los werde und nach langer Zeit oft erst den Ton finde, den sie verlangt. Dieser Ton aber ist das Haupt einer Familie von Tönen, und geht man zu Tische, ehe sich das liebe Gut alles beisammen findet, so wird die ganze Mahlzeit lückenhaft. Nun kommt es endlich erst an die Beschränkung, welche aus der Wortstellung entsteht, da oft genug gerade, wo eine Silbe zuviel ist, eine Bedeutung liegt oder das Hauptwort malerisch an einem Orte liegt, wohin die Melodie geführt werden muß, wenn das Gedicht bleiben soll, was es ist.

Das ist nun besonders bei Deinen Gedichten ein Punkt, der beachtet sein will, wenn das Gedicht Musik und nicht was anderes werden soll. Unter »was anderes« verstehe ich: wenn die Worte eine bloße Unterlage, eine Art Lerchenspieß für irgendeine Melodie werden sollen oder ein Kristallisationsfaden, da man doch nur gern singt, um der Stimme Motion zu machen, wo nicht um Fühlens und Denkens überhoben zu sein.

349. *An Goethe*

Berlin, den 14. Juni 1820.

Da ich immerfort Dich in Gedanken habe und mir Dein Weben und Leben wie ein Faden, wie eine schwingende klingende Saite vor der Seele schwebt, so sprang mir das »Nepomukchen« sogleich entgegen: ich fand mich in Prag auf der Schützeninsel, die schöne Brücke vor mir, dazwischen den sanften Strom, der tausend Schiffchen mit hellen Kerzen trägt; das Frohlocken der Kinder, das Gebimmel und Getön der Glocken und der ruhige Gedanke, daß mitten in dem poetischen Wirr- und Irrwesen die Wahrheit ruht wie ein schlafendes Kind – und das Stückchen stand vor mir.

Stelle ich mir nun noch vor, wie Du eben bei den Sängern stehst und sie nicht eher davon läßt, bis sie den Saft heraushaben, so genieße ich Deinen Dank wie eine selbstgewonnene Frucht und verstehe auch mich, wenn ich denken darf, Dich zu verstehn.

Dank also für Deinen Brief aus Jena vom 7. dieses, der gestern abend angekommen war; liegt doch in solcher Wechselwirkung nur allein Leben und Lebenslust.

Was Deine Anherkunft anlangt, so sehe recht gut ein, ja es schmerzt mich, Dich in einer Existenz gestört zu sehn, die unter den möglichen vielleicht die behaglichste für Dich ist. Jedoch uns wäre es nicht zu verdenken. Und wer uns nicht geradezu mit ungünstigem Auge sieht, wird finden, wie sich unser Boden selbst bessert, indem manches Wurzel schlägt, denn, was das Bestreben anlangt, wir in keinem, was nachher als gut erkannt worden, die Letzten gewesen sind. Betrachte ich endlich, was eine Gegenwart für eine Wirkung ins Unendliche haben und geben kann – das können Bücher und Lesen wenigstens so gut nicht wirken. Was wäre ein Krieg, wo keine Partei vorrückte, und was ein Friede, wenn niemand eine Heimat hätte?

Fürst Radziwill geht nun wieder in seine Statthalterschaft, und unsere Faustiade ruht nun wieder, um langsam nachzubrodeln. Ich selber habe dabei nichts zu tun, als daß mir dann und wann ein Wort vergönnt ist, wenn ich nicht noch zuletzt daran komme, die rote Feder zu bewegen, um einige Flatschen wegzustreichen. Denn da alles einzeln entsteht, so ist es kein Wunder, wenn sich manches vereinzelt.

Über meine Reise zu Dir hast Du Dir durchaus keine

Gedanken zu machen, die ein bloßer Gedanke in spe ist. Ich will nur wissen, wo Du immer bist, um mir Deine Zustände gegenwärtig zu erhalten, und das ist alles. Verzeih es mir, ich kann's nicht lassen.

Freitag, 16. Im Namen des Herrn Professor Tölken soll ich Dir die anliegende Rede unseres Rafaelfestes zusenden, der sich vielleicht noch selbst an Dich wendet.

Sage mir doch, in welcher Beziehung Paulus und Magdalena mit der heiligen Cäcilia stehen, wie sie nämlich auf dem Bilde des Rafael abgebildet sind. Daß *sie* die Musik vom Himmel nicht hören, ist gewiß, weil sie sie hier nicht hören sollen; denn die heilige Cäcilia ist eben deswegen die Hauptperson des Bildes, weil sie die Musik allein hört. Ob nun Paulus und Magdalena etwa zu dem lieben Gute gehören sollen, was hier auf der Erde herumliegt, oder – und so weiter.

Zur Belohnung Deiner Auflösung sende anbei aus unserm Kabinette einige künstliche Naturalien, wenn du etwa diese Dinger so gern speisest als ich; der Sohn eines Freundes hat sie aus Sevilla gesandt, woher sonst in den letzten Tagen nichts Genießbares zu kommen pflegte.

Vale! Sonnabend, 17. Juni 1820. Z.

350. *An Goethe*

Berlin, 18. Juni 1820.

Wenn ich Dir gestehe, in den Memorabilien meines Wiener Aufenthalts, die Du mir in sauberm Quartbändchen abschriftlich zugesandt hast, fast täglich zu blättern, so habe ich zugleich einen neuen Respekt gegen ein gebundenes Buch überkommen. Sonderbar genug, daß eins und dasselbe im andern Kleide, indem es zu höhern Erwartungen auffordert, auch in der Tat damit einen andern Eindruck macht.

Damit nun die frischen Abdrücke einer neuen Gegenwart

mich nicht überherrschen, benasche ich hinterher des alten Nicolai Wiener Reise, wodurch alles wieder in natürlich-prosaische Falten tritt, Land und Leben zu Wasser und die große Donau zur Steppe wird.

Das Buch ist jedoch, wenn nicht wegen Gründlichkeit, doch in seiner weitschweifigsten Vollständigkeit zu loben, wovon sich die Weltreorganisierungslust des literarischen Gliedermanns leicht subtrahieren läßt, und solltest Du wirklich noch einmal nach Wien verschlagen werden, so rate ich, die Nicolai'schen Bände nicht zurückzulassen, da sogar der schmutzige Plan viel vollständiger ist als der, den mir Artaria für 8 fl. auf schönem Papiere lustig illuminiert verkauft hat, doch nicht bis an die Linien der Stadt geht, ja nicht einmal den Prater enthält.

Da ich diese 12 Reisebände, welche mir der gute Verfasser eingebunden geschenkt hat, schon über die 20 Jahre besitze, ohne sie gelesen zu haben, so ist mir dabei eingefallen, wie Du einmal bemerkt hast, welchen Dank ein Schriftsteller von verschenkten Exemplarien hat.

Den 25. Juni. Ein junger Schauspieler namens Wiedemann, den sie vor kurzem angenommen haben, läßt ein hübsches komisches Talent blicken. Vergangene Woche haben sie eine Farce gegeben, die ich in Wien gesehn habe: »Die falsche Primadonna«, worin er sich ausnehmend vorteilhaft zeigt.

Auch den »Jurist und Bauer« haben sie wieder aus dem Sande heraufgescharrt. Das Stück ist wie ein Schiffszwieback aus dem amerikanischen Kriege, es will sich nicht brechen noch beißen lassen.

Eben lese ich »Schröders Leben« von Friedrich Ludwig Wilhelm Meyer und bin bis inmitten des zweiten Teils vorgerückt. Das Buch ist eine Art von Chronik und muß Theaterleuten interessant sein, wiewohl auch ich es mit Genuß durchgehe, da ich Schrödern in frühsten Jahren habe spielen sehn. Damals waren mir freilich die Stücke selbst alles, und auf die Schauspieler merkte man nur, wenn gefehlt ward.

Den besten Unterricht über Schröder geben seine Tagebücher, die zum Teil wörtlich abgedruckt sind, und da scheint er mir neben Iffland zu stehn, vielleicht etwas höher.

Einsicht in die Theaterwirtschaft, -Zucht und -Polizei scheinen besonders seine Tätigkeit belebt zu haben.

Daß ein Theater geradezu auf Sittlichkeit wirken soll, indem es nur Anstößiges vermeidet, scheint mir etwas medizinisch zu sein und einen nicht ganz gesunden Zustand vorauszusetzen. Sinnlichkeit zu veredeln, muß Sinnlichkeit herrschen, und das hat wohl keiner besser verstanden als Shakespeare; dabei mag's vor der Hand sein Bewenden haben.

Den 30. Juni. Den zweiten Teil des Buchs habe ich mit Vergnügen nun ganz ausgelesen; es muß ein braver Mann gewesen sein.

Daß unser Satyros nach Kolberg gewandert ist, wirst Du wohl erfahren haben, und der Einsiedler, den er steinigen und ihm das Schmalz abzapfen wollte, ist bis daher gerechtfertigt.

Auch wollten sie dem kleinen Hermes auf den Ast treten, er muß sich aber wohl herausgeredet haben, wenn geborgt geschenkt ist.

So ernsthaft die Sache ist, so hat sie auch wieder ihre komische Seite, da die Herren hüben und drüben gar nicht merken, wie ihr moralisch-politisches Treiben abgedroschne Philisterei ist, indem sie *ver*treiben, was sie erschaffen, wenn nicht ein Messias kommt, der sie alle zusammenschmeißt.

Den 6. Juli. Der Flötenspieler Lobe aus Weimar hat sich gestern auf unserm Theater mit großem Beifalle hören lassen, den er auch ganz verdient. Eine reine Tonleiter durch das ganze Instrument, mit der größten Fertigkeit verbunden, wird bewundert, und auch seine eigene Komposition hat Gedankenfülle, welche nur noch die Kraft erwartet, die sich wohl auch anfindet, wenn sich das Fingergeschlecht hinlänglich wird ausgearbeitet haben.

Das Schauspiel, zwischen dessen 4 Akten er sich hören ließ, ist ganz neu von der Frau v. Weissenthurm und heißt: »Das letzte Mittel«. Eine wahre Komödie von und für Komödianten, die mit vollen Händen – nichts geben. Hübsche Worte, artiger Witz, leichtsinniges Gespräch winden sich um eine Art von Intrigue zweier Liebespaare, nicht unschuldig, nicht strafbar, nicht zu loben, nicht zu schelten, und 2 ½ Stunden sind glücklich weggeschmissen.

Madame Schoppenhauer will diesen Brief mitnehmen. So lebe denn wohl, mein Herzallerliebster, und laß von Dir hören! Hier sagt man, Du gingst nach Löbichau – da kommst Du freilich unter lauter Poeten.

Dein

Sonnabend, 8. Juli 1820. Z.

351. *An Zelter*

Meinen vorigen Brief hab' ich mit einer Geschichte geendigt, diesen will ich mit einer andern anfangen. Du erinnerst Dich vielleicht, daß mein »Prometheus« zuerst in Wien in Taschenformat herauskam; ich hegte ihn damals, als wir in Töplitz beisammen waren, noch im treuen Sinne, und Du nahmst gleichen Teil daran. Die Herzogin von Cumberland, von einer schweren Krankheit genesend, wünschte einiges vorgetragen, und ich nahm eben diesen »Prometheus« als das Liebste und Nächste; sie hatte große Freude dran, und das Exemplar in Taschenformat überließ ich ihr.

Nun, bei unserem letzten Zusammentreffen, sprach sie von jener Zeit und von dem Gedicht und wünschte sich ein so kleines Exemplar für eine Freundin, das ich denn freilich selbst nicht mehr hatte. Nun bin ich so glücklich gewesen, ein solches verlornes Schäfchen in Karlsbad wiederzufinden, bestimmte es ihr sogleich, muß es nun aber erst binden lassen, daß es durch die schönsten aller Hände durchzugehen einigermaßen würdig sei. Da sie Dir so oft von mir gesprochen, so dächt' ich, es wäre artig, wenn ich es durch Dich an sie gelangen ließe. Sage nichts davon, melde mir aber Deine Sinnes- und Willensweise.

Vorstehendes liegt schon lange bei mir; ein Tag nach dem andern geht vorüber, es wird viel getan, es begegnet aber wenig, und kaum wüßt' ich etwas zu erzählen. Ein Heft von »Kunst und Altertum«, ein anderes zur »Naturwissenschaft« werden gedruckt, von denen Du auch Dein Teil dahinnehmen wirst; indessen ist das obengemeldete Büchlein fertiggebunden, und ich schick' es geradezu, Du wirst es schon zu bestellen wissen.

Von dem Bild der heiligen Cäcilie wüßt' ich nur soviel zu sagen: die Heilige steht in der Mitte und läßt die in der Hand habende kleine Orgel sinken, so daß die Pfeifen herausrutschen, wodurch angedeutet wird, daß sie die irdische Musik fahren läßt, wie sie denn auch nach der himmlischen hinaufschaut; die andern Heiligen stehen ganz ohne Bezug auf sie, es sind sonst noch Schutzpatrone, der Stadt, der Kirche, des Bestellers, und haben kein Verhältnis untereinander, als das ihnen die Kunst des Malers zu geben wußte. Die »Madonna del pesce« ist ebenso zusammengesetzt. Der Besteller hat wahrscheinlich Tobias geheißen. Laß wieder bald von Dir und Deiner lebendigen Stadt vernehmen! Wenn ich unsichtbar oder unerkannt an Deiner Seite auf- und abwandeln könnte, so sollte mir's zur großen Freude gereichen; jetzt bleibt es bei dem Wunsch, öfters etwas Erfreuliches von

Dir zu vernehmen. In Weimar singen sie das Nepomukslied-chen mit vieler Freude; ich hab' es noch nicht gehört, denn ich bin noch nicht hinübergekommen, da ich hier meine Tage ganz ungestört benützen kann; und doch kommt man nicht weit vorwärts. Von unzähligen Papieren, die ich über tausenderlei Gegenstände zusammengeschrieben, such' ich das Brauchbare heraus. Ich sehe wohl, man kann freilich nicht eher redigieren, als bis man das Ganze übersieht, und alsdann geht die Arbeit nicht so rasch, die Kräfte nehmen ab und die Bedenklichkeiten zu.

Jena, den 9. Juli 1820. G.

Auch darf nicht unterlassen anzuzeigen, daß der Einsiedler von der Insel Elba in goldner Miniaturgestalt angelangt ist; die Leute sagen, Du seist der Vermittler dieser merkwürdigen Erscheinung, empfange daher meinen schönsten Dank.

352. *An Goethe*

Deinen »Prometheus« habe ich sogleich an die Bestimmung selber abgegeben, doch die Herzogin von Cumberland nicht gesprochen, indem sie jetzt eine unzertrennliche Gefährtin ihrer Schwägerin, der Prinzeß Friedrich, ist, die seit ihrer letzten Entbindung wieder an ihrer alten Gemütszerrüttung leidet.

Dein Bericht, daß der kleine goldene Einsiedler richtig und unbeschädigt eingegangen, ist mir sehr lieb gewesen. Die ganze Sache war mir entfallen, und ich kann mich in der Tat nicht besinnen, wem ich ihn mitgegeben habe. So wie ich das saubere Figürchen sahe, fiel mir gleich ein, es Dir zu schicken, da Du eine Menge solcher Sachen hast, bei denen sich's besser als in der Rapuse ausnehmen müßte. Abraham Mendelssohn hat es mit aus Paris gebracht.

Spontinis »Cortez« habe ich nun zweimal gehört. Das Gedicht ist von *de Jouy* und nicht viel besser als die sehr schlechte deutsche Übersetzung, welche hier untergelegt ist. Die Musik möchte ich der der »Vestalin« vorziehn, doch müßte ich sie noch einige Male hören, da ich wohl eine Art von Übersicht, aber noch keinen festen Observationspunkt gewonnen habe.

Einzelnes ist in der Tat admirabel, und die Tänze durchaus gut und geistvoll. Was mich bis jetzt noch verwirrt, ist, daß ein großgeborner, im Großen versuchter Italiener großen heroischen Gegenständen kleine melodische Formen anlegt, die sich wieder problematisch ausnehmen, indem sie vonseiten der musikalischen Begleitung mächtig angetan sind. Werden wir doch sehn, ob wir einen festen Punkt finden können.

Übrigens bin ich in ein gutes künstlerisches Verhältnis mit diesem Komponisten geraten. Er hat sich sehr vertraulich mir von selber genähert; ja was noch kein Italiener und Franzose so getan hat: er hat viermal die Singakademie besucht und scheint einen Anteil daran zu nehmen, den ich gern erkenne.

Was er bis jetzt gehört hat, sind Leistungen *ohne Probe* gewesen; denn da ich eine Art von Repertorium beim Institute observiere, so wird jedesmal zwar schon Bekanntes, aber doch anderes durchs ganze Jahr vorgenommen. Es findet daher bei uns nur eine Vorbereitung statt, wenn große öffentliche Aufführungen unbekannter Stücke gegeben werden, wo von Rechts wegen jedes Individuum nach Fähigkeit seiner Stimme mächtig sein muß.

Und doch scheint unser Ensemble seine Aufmerksamkeit erregt zu haben, da wir nicht darauf ausgehn, was man Sänger nennt zu erzielen, sondern nur jeder seines Elements mächtig sein oder werden soll.

Was bei solchem Institute schlimm ist, ist eben auch gut.

Denn eine Gesellschaft von nahe an 300 regeneriert sich jede zwei bis drei Lustern mehr als zur Hälfte, und da von Zeit zu Zeit *neue* dazukommen, so wird ewig von vornherein gearbeitet; aber wir bleiben ewig jung, und so haben wir keinen Überfluß an alten Weibern feminini und masculini generis, und das Ding nimmt sich zumal bei Licht selbst in der Nähe nicht schlimm aus; die Weiblein können sich wöchentlich zweimal berufshalber putzen, miteinander klatschen, und daher die Lust, welche andere daran nehmen, die Sache verbreitet.

Freilich hat's an andern Orten nicht leicht Bestand, weil das Klatschen endlich die Hauptsache wird, was jedoch bei uns unterm Maße bleibt, weil ich jedesmal der Erste vorhanden bin und mit dem Nächsten, der nach mir kommt, sei's Mann oder Weib, gleich etwas zur Sache Gehöriges vornehme. Dazu kommt, daß nun nach 30 Jahren die Gesellschaft eine Familie worden ist von Männern, Frauen, Geschwistern, Kindern und Angehörigen und sich selbst recht gut beobachtet, so daß noch kein Skandal keiner Art geschehen ist, als den ich manchmal selber durchfallend verursache und der denn freilich eine Woche lang die Unterhaltung der Stadt ist.

Dieses Ding nun stand bis jetzt in einem widersprochnen Verhältnisse mit den Sängern, die sonst die italienische Oper formierten, und wiewohl ihre Autorität von uns anerkannt, ja als Vorbild angesehen worden, so waren wir doch keine berufene Italiener, die den Hof und die höchsten Stände innehielten; da mußte es denn an allem fehlen, was Protektion geben kann. –

Scharfe Augen wollten sogar etwas von Neide kometenartig schweifen sehn, und wären wir ein fremdes Völkchen gewesen, so würde man sich einiger pharaonischen Bedrückungen rühmen; da man jedoch seine Stellung nicht verließ und nur vorging, wo Platz war, so erhielt sich die

Kraft ohne die Macht, und kurz, es war kein andrer Rat als fortzufahren mit der Tat.

Diese allein ist es, deren wir uns zu freuen haben, ob wir gleich heut noch nicht wissen, wo wir das Haupt hinlegen sollen, und diesen letzten Umstand hat Spontini mit einer Art von Schrecken sogleich bemerkt, und da er wie viele gute Seelen den Mond im Monde entdecken will, so findet er's unbegreiflich, daß eine Sache, die die Welt nennt und nicht kennt, sich in stinkenden Ställen unterhalten und vom Abgange leben muß.

Da Du mich in Deinen letzten Briefen mit Geschichten bewirtest, so mußt Du schon vorliebnehmen, wenn ich *Dich* gleicherweise bediene.

Du erinnerst Dich wohl noch, wie einst unser Schiller auf mich losfuhr, als ich, unbedachtsam genug, geringschätzig von der Geschichte sprach: sie sei nur lehrend, wenn sie nicht wahr sei und sie vom Geschichtschreiber zugerichtet werde, wie sie ihm am besten schmecke.

Dies aber sind Geschich*ten*, Die Du Dir würzen magst nach Belieben, und somit: Gott befohlen! Berlin, den 21. Juli 1820.

Dein

Z.

353. *An Goethe*

Sonnabend, 29. Juli 1820.

Tausend schönen Dank soll ich sagen und tausendmal wiederholen für die schöne »Pandora« mit der schönen Inschrift. Und was die Freundin anbetrifft, der das Geschenk bestimmt war, die soll anders entschädigt werden, nur das kleine, liebe, nette Büchlein wird einbehalten.

Gestern abend also war ich bei der Herzogin von Cumberland. Der König ist abwesend, doch war der Kronprinz mit dem ganzen Geschwister da, und Fürst Radziwill und noch viel anderes, auch eine meiner Akademistinnen, die sich mit einer hübschen Stimme artig und flink zu bewegen versteht.

Die »Pandora« sollte gelesen werden, doch es wurde nichts vom Lesen, vielleicht der Kinder wegen, die lieber singen hören, und dann war es zu spät. Desto mehr wurde dann gesungen: Fürst Radziwill hatte einige Deiner Gedichte und ein junger Mann aus meiner Schule ebenwelche recht gut in Musik gesetzt. Es geht denn doch immer besser, und nach und nach wird sich's schon heben.

Man war schon von Tafel aufgestanden, als die Prinzeß noch eine neue Flasche Champagner geben ließ und mit mir expreß auf Dein Wohl zusammenstieß, und wenn's damit treu gemeint war, so muß ich noch sagen, der Champagner verdiente auch sein Lob.

Dem Prinzen Karl von Mecklenburg und Fürsten Radziwill las ich die Stelle Deines letzten Briefes vor, welche also lautet: »Die Poesie ist doch wirklich eine Klapperschlange, in deren Rachen man sich mit widerwilligem Willen stürzt.«

Der Gedanke fand großen Beifall; ob sein ganzer Inhalt durch und durch empfunden worden, sei dahingestellt; ich will nur sagen, daß ich ihn in seiner ungeheuern Schwere erst recht gefühlt, als ich ihn eben diesen Personen vorlas.

Denn an den Poeten ist nicht viel zu verderben; wer ihr aber sonst noch nachläuft, der vergesse nicht, sein Kreuz auf sich zu nehmen.

Lebe wohl, mein Hafis! Gott weiß, wie dieser Weinsofi mir den Kopf wie ein Fliegenpflaster nach allen Seiten zieht. Ich gehe mit ihm ins Bette und stehe auf mit ihm.

»Was soll das werden!
Will ihn umarmen
Und kann es nicht!«

Um mir und dem guten Werneburg ein Postgeld zu ersparen, schicke ich sein Manuskript an Dich zurück. Du bist wohl so gut, es ihm nebst dem Briefe abgeben zu lassen.

Seinen Brief habe ich absichtlich, Dir zur Ansicht, offen gelassen; Du bist denn wohl so gut, eine Oblate hineinzulegen.

Die brave Seele dauert mich, er will uns den besten Spaß verderben, und dazu sollen wir ihm selber helfen. Ja wenn die Kunst in den Zeichen stäke und in den Klaven, dann wäre unser Geheimnis auf eins verraten. Das kann man ruhig beobachten; denn wie Er Recht hat und nichts zu verschlucken, so läuft kein Hund um die Ecke mit ihm.

Ein neues Stück unter dem Namen: »Die Zwillingsgeschwister« hat sich eingefunden. Ein Herr v. Ziethen hat Shakespeares »Was ihr wollt« seine Brühe übergegossen, um es für die freuden- und lustlose Welt schmacklich und des Autors Fehler durch Verbesserungen unleidlich zu machen.

Beim Shakespare sieht man augenscheinlich, was Fehler sind, und eine unwahrscheinlichere Intrigue als diese mag man vergeblich suchen, und doch –

Mit nassen Augen lacht man sich das Herz aus, und durch das fratzenhafteste Zeug erstickst du in Tränen der Liebeslust; »was du willst, das sollst du haben«, und was du nicht willst, auch, und beides soll dich erfreuen, erquicken.

Nun lebe wohl, mein Allerschönster! ich wollte nur das weiße Blatt noch voll schreiben. Weißt Du doch das alles besser, doch indem ich's schreibe, erfahre auch ich was davon, und hat man die Feder in der Hand, so *muß* man denken, wozu man im Leben nicht sehr geneigt ist.

Dienstag, 1. August 1820. Z.

So wie mich alles an Dich erinnert, so habe ich eben das nämliche Glück, das mir widerfuhr, als ich vor 18 Jahren zum ersten Male in Weimar war: vor meinem Fenster steht ein Brunnen, und da diese Stadt kein genießbares Trinkwasser hat, so kommt nun alles und holt aus diesem Brunnen, der hier einzig ist, Wasser, und so lerne ich gleich den ersten Tag die ganze race der Weiber von Greifswalde kennen, ohne einen Fuß zu rühren, denn ich liege im Fenster und rauche mein Pfeifchen dazu.

Hieraus magst Du nun lernen, daß ich heute, Freitag, mittag, den 18. August 1820 in Greifswalde angekommen bin und Montag nach Stralsund zu gehn gedenke. Dem Städtchen sollte man ein Alter von 600 Jahren kaum ansehen, wenn nicht Kirchen und andere öffentliche Gebäude es bestätigten, die zwar nur von Backsteinen erbaut sind, doch in ihren Verhältnissen ein Geschlecht offenbaren, das sich seine Götter und Heiligen größer dachte wie sich selber. Die Kirche Sankt Nikolai hat drei Schiffe, der innere Raum kann leicht 100 Fuß hoch und 250′ lang sein und ist aufs tüchtigste gewölbt. Der innere Anblick ist kolossenhaft und läßt den großen Willen erkennen, den alles für Eine Sache hat. Was die neue Zeit hat hinzutun wollen, ist stolze Dummheit in natura: an diesen einfachen tüchtigen Pfeilern haben sich nämlich im Anfange des vorigen Jahrhunderts vornehme Einwohner große Verschläge mit dem reichsten Schnitzwerk machen lassen, um die Predigt ungestört verschlafen zu können, und ihre Namen daran geschrieben, von denen einer Kribbelfitz heißt. Wie kleinlich diese Privatissima sich gegen die Kirche ausnehmen, kannst du Dir denken, obgleich einige davon groß genug wären, nebenher noch ein Ruhebett, einen Spieltisch und einen Nachtstuhl aufzunehmen.

Die Universität hat über 80 Studenten, welches mir ein gutes Verhältnis zum Lande zu sein scheint; unser Minister denkt nun, noch zum Guten das Beste zu bringen. Die Bibliothek hier soll geordnet und vergrößert werden, und so weiter. An Platz fehlt es nicht, wie in Berlin. Die Universitätsgebäude wie alles, was hier öffentlich ist, geben sozusagen eine gesunde Regierung zu erkennen, indem nichts davon zerfallen ist. Der 30jährige Krieg hat hier viel Schaden getan. Die Restauration läßt sich noch erkennen, besonders an der Arbeit, die oft besser ist als das Alte. Gehudeltes finde ich nirgends.

Sonntag. Gestern habe ich den Nikolaiturm bestiegen und mein Auge an der schönen Umgebung geweidet. Das Meer sah man in einiger Entfernung durch den Hafen. Von hier auf die Universitätsbibliothek, die 40 000 Bände stark angegeben wird. Ein sehr brav gearbeiteter silberner Becher ward hier gezeigt, welchen die Universität Wittenberg Luthern und seiner Käthe v. Bora zum Brautgeschenke gemacht hat. Die Arbeit ist so gut wie die Proportion, und geht soviel hinein, daß sich zwei ordentlich satt trinken können.

Dienstag, den 22. August. Dem Jupiter Pluvius zum Trotze versuchen wir, von Stralsund, wo ich gestern mittag angekommen bin, zu erzählen, sonst wäre ich schon heut nach Rügen übergeschifft. Das Meer fing an sich zu heben, und ich bin verdrießlich, es nicht von Rügen aus sehn zu können. Eine hübsche Stadt mit 4 Kirchen, von denen zwei ans Stattliche reichen, hätte man schon gesehen. Viermal bin ich auf die Rhede gelaufen, doch Sturm und Regen haben mich wieder aufs Zimmer gejagt.

Eine kleine Freude ist mir dennoch worden. Der Sohn der bekannten Sängerin Schick ist bei der hiesigen Militärbesatzung Musikdirektor eines Bläserchors, das beinahe aus 40 Instrumenten besteht. Dieser junge Mann, der frühe Vater und Mutter verloren hat und den ich als Kind kannte, hat diesen Chor so geschickt zusammengewirkt, daß es eine Lust ist, Sinfonieen und Opernstücke von Mozart, Méhul, Haydn, Cherubini, Beethoven und andern vorzüglichen Komponisten auf diese Art von lauter Blasinstrumenten ausführen zu hören.

Die Stadt ist einsam und wird nun dadurch belebt. Man klagt über gehemmten Handel; mehrere hundert Kauffahrteischiffe liegen abgetakelt auf der Rhede, doch ist man wohlhabend. Das Geschlecht ist kräftig, und wohl-, ja edelgebildete Frauengestalten aller Stände finden sich durch ganz Pommern. Auf dem Wege hieher kehrte ich in einem Hause ein, wo eine 40jährige Matrone mit 12 Kindern zu Tische saß. Der Hausvater war eben aufgestanden, seine Pfeife zu stopfen; nie habe ich schönere Arme, Schenkel und Schultern gesehn als an diesem Weibe, die dabei ein so redliches Pommerisch sprach, daß mir die Ohren noch klingen. Das Land ist fruchtreich, und ich vergesse einmal wieder, daß ich, ein Berliner, andere loben muß. Den größten Spaß macht mir dabei eine Reisebeschreibung durch Pommern vom Oberkonsistorialrat Zöllner, der kaum etwas Gutes gefunden haben will und auf die nämlichen Wirtshäuser schilt, die ich gut finde. Schon das dritte hübsche Mädchen bringt mir morgens den schönsten Kaffee, den man nur zu Hause so gut haben kann, und das Essen wie der Wein und Bier sind durchaus nicht zu verachten. Das Merkwürdigste an dieser ganzen Reisebeschreibung ist die Anmerkung, daß Stralsund gegen die Ostsee hin abschüssig angelegt ist: »ah que les gens d'esprit sont bêtes!«

Mittwoch, 23. August. Es hat die ganze Nacht geregnet, und der ganze Himmel ist wie ein Sack; so muß es einmal aufhören! Die Seeleute bemerkten diese Witterung schon vorgestern an den Seemewen, die sich dem Ufer näherten und schrieen. Es ist interessant, diese Tierchen zu beobachten. Sie fliegen in einer Art Tempo, bald hoch bald niedrig, über dem Wasser. Die größten messen von einer Spitze des Flügels bis zu andern gegen 2 Fuß. So fährt der Körper ins Wasser, indem die Flügel ihn oben festhalten, und holt sich ein Fischchen. Ein ziemlicher Barsch war kräftig genug, sich in der Luft loszuarbeiten und dem Räuber zu entfallen, doch dieser fuhr hinterher und schnappte ihn noch in der Luft wieder auf. Hätte ich einen Zeichendeuter zur Hand gehabt, so hätte ich mir die Auslegung erbeten.

Ich wohne auf dem alten Markte und habe die größte Kirche der Stadt und das Rathaus vor Augen. Die Kirche, welche von Backsteinen erbaut ist, wird schöner, je mehr ich ihre Verhältnisse betrachte. Leider ist sie von krüppelhaften Häuserchen verbaut.

Das Rathaus hat die Gestalt einer dorischen Arkade mit 6 Bogen. Unten sind die Fleischbänke, oben der Rat. Um das hohe Dach zu verstecken, ist eine 30 Fuß hohe Stirnwand nach *deutscher* Baukunst mit 7 Türmchen, 6 spitzen Giebelchen dazwischen, 30 großen und kleinen Ochsenaugen und 36 Fensterlein so schnurrig verziert, daß das Ding trotz der widersprechenden Form doch ein leichtes Ansehn hat.

Man sieht nichts Zerfallnes, und auch die Bürgerhäuser sind in- und auswendig reinlich wie die Straßen und Plätze; man könnte die Pflastersteine zählen. Der Hafen und das Binnenwasser geben einen großen heitern Blick, die offenbare See ist noch nicht zu sehn. Gegen Mittag klärt sich's vielleicht auf, und dann setze ich gleich nach Tische über nach Rügen.

Und das war wieder nichts! Wind und Wetter waren so ausgelassen und widerwärtig, daß an keine Überfahrt zu denken war. Wenn ich ersaufen will, kann ich's näher haben. Es ist Abend, und Du magst lachen über meinen Tag. In meinem Gasthofe habe ich schon gute pommer'sche Bekanntschaften gemacht, und da sie mir gefielen, habe ich ihnen wiedergefallen wollen. So bin ich diesen Nachmittag in eine Bierkneipe geraten. Der Wirt, ein zärtlicher, gefühlvoller, kränkelnder Pommer von 50 Jahren, von Fülle der Gesundheit strotzend, im Betragen gesetzt, in der Aufwartung fix, klagte über Migräne, Husten und Schnupfen, welche mit den gewöhnlichen Landesmitteln: Schnaps, Bier und Schinken kuriert werden. Kaffee, Bier, Punsch, Grog vollkommen gut. Die Gesellschaft war eine geschlossene von 24 Personen, durch 5 bis 6 Oktaven oder Dezimen. Der Jüngste konnte 20 Jahre alt sein, und der Älteste gab sich 80 minus drei Monate an. Dieser, ein alter Musikus, Musikdirektor, Stadtpfeifer, Turmbläser und was mehr, war der Munterste, und wie er merkte, daß ich seine saillanten Pommereien für neu nahm, geriet er so in Zug, daß ich das Ende seiner Sonate nicht abgewartet habe. – Nun komme ich eben aus der Kirche, von der ich heut früh sprach und die innerlich ganz so trefflich ist, wie sie von außen sich ankündigt. Drei Schiffe im besten Stile. Man sieht sich nicht satt. Ein kolossaler Baldachin über dem Taufstein ist [wegen] des eisernen Gitters darum her höchst merkwürdig, denn ich habe nie was Schöneres von Zeichnung und Schlosserarbeit zugleich gesehn; nur die Rafael'schen Arabesken kann ich damit vergleichen. Morgen vor meiner Abreise werde ich's noch einmal ansehn, nur der Abend hat mich heut davon getrennt.

Freitag, den 25. Putbus. Das Wetter gestern zur Überfahrt hieher war das schönste. Ich fuhr sogleich an die See und nahm ein Seebad noch vor Tische. Der Weg von der alten Fähre bis hieher, 3 Meilen, ist reich an schönen Aussichten aufs Meer. Die Landwirtschaft ist im guten Stande, und den Fürsten fand ich persönlich mit derselben beschäftigt.

Außer dem fürstlichen Schlosse ist hier das meiste neu gebaut. Ein allgemeiner Plan (wie zu Marienbrunn in Böhmen) scheint zu fehlen. Man baut hier kostbar, ohne Bequemlichkeit. Das Badehaus ist eine kleine Stunde von der

Stadt, und man muß dahin fahren. Die neuen Häuser sind ungeschickt inwendig: Ofen, Türen und Fenstern sind ebenso hinderlich als notwendig. Häuserchen, die kaum aus der Erde reichen, 10 Fuß hoch bis ans Hauptgesims, sind mit freien Säulen verziert, die einen Balkon tragen, auf den man zum Dache heraussteigt. Auch die öffentlichen Gebäude, zum Exempel des Schauspielhaus, sind ungeschickt. Die meisten Dächer sind noch einmal so hoch wie die Häuser; sie werden mit den Dachpfannen gedeckt, welche die Schiffe als Ballast anhero bringen; sie sind schlecht gemacht, schlecht gebrannt und schwer.

Abends. Um alles zu versuchen, habe heut ein warmes Bad genommen, werde aber morgen wieder in See stechen, weil das Seewasser gewärmt einen übeln Geruch annimmt. Die Stadt Bergen, welche eine starke Stunde von hier liegt, hat ein Kloster und liegt etwa 500 Fuß über der See. Von dem Rugardberge daneben, der noch 100 Fuß höher sein kann, habe ich heut das unendliche Meer gesehn. Eine verfluchte Rührcomedie von der Frau v. Weissenthurm, die jedoch zum Erstaunen gut gespielt wurde, hat den Tag beschlossen. Dieser Gesellschaft fehlt nur ein ordentlicher Anführer. Sie sprechen gut, aber zu stark, und die Frauen zärteln zu viel. Das Theater führt neben andern Unbequemlichkeiten eine Art von Widerhall mit sich, man nennt es Bullern, und es ist sehr unangenehm, es verschlimmert die Stimmen der Redenden.

Den 30. August. Vorgestern habe ich im Gedanken an Dich die aufgehende Sonne von Stubbenkammer aus begrüßt. Diese Landspitze gegen Morgen ist, so wie Arkona, ein Kreidefelsen, der, vom Meere gegen 400 Fuß hoch, dicht am Strande liegt. Die Meereswellen haben von unten, und von oben Regenströme, die wunderlichsten Gestalten in der Kreidemasse ausgebildet. Man müßte sich eine Zeitlang hier herumtreiben können, um sich mit den Rätseln, welche der

Zufall hier aufgibt, beschäftigen zu können. Arkona sieht sich von hieraus sehr schön an, und segelnde Schiffe geben von Zeit zu Zeit Erinnerung an das Verhältnis menschlicher Kunst und Kraft zu dem unendlichen Meere, und endlich läßt ein so vollkommen heiterer Abendhimmel, mit Sternen besäet wie gestern, wieder vergessen, was unten ist. Wie sich ohne Anstrengung der Geist beim Anblicke solcher Gegenstände ausstreckt, ist nicht zu sagen; ich weiß nur, daß ich es so rein und bequem noch nicht empfunden habe. Dabei fällt mir »Mahomets Gesang« ein, und ich wünschte zu wissen: wann und wo er entstanden.

Die Insel, wie sie wieder aus Inselchen und Halbinselchen besteht, enthält gegen die Küsten zu viel fruchtbares Land: Weizen und Klee wachsen fast von selber. Das Klima ist erträglich, Nachtfröste werden von der See abgehalten, und was unser Einsiedler in 10 Jahren hier an den Tag bringen würde, dürfte sich ergeben.

Bei einem Landgeistlichen namens Franke, in Bobbin wohnhaft, sprachen wir ein. Das Haus war in großen Freuden, und eine rote Fahne war ausgesteckt. Der Sohn, ein junger Ostindienfahrer, war gestern nach dreijähriger Abwesenheit angekommen. Das Schiff war gestrandet, der Kapitän und viele Mannschaft waren umgekommen und die ganze Ladung verloren. Der junge Frank[e] mit wenigen andern hatten sich gerettet. Vater, Mutter und Schwestern erzählten uns eben angekommenen Wildfremden heulend, jauchzend, schreiend das große Glück, und mitten in diesem Wirrwarr ging der Vater mit seiner Krücke (denn er ist lahm) mit uns an seine Schränke, um uns mit großer Gelassenheit seine gesammelte rügische Altertümer zu zeigen. Ein Tisch war stattlichst aufgeputzt mit einer Bescherung von raren ausländischen Muscheln, welche der Sohn mitgebracht hatte, und der alte Papa hüpfte darum her mit seiner Krücke wie ein neckisches Kind. Hier fand ich nun den

Inhalt rügischer Hünengräber, welche sich in kleinen Bruchstücken in der Welt umhertreiben, weil sie bei ungeschickter Ausgrabung meistens zerstört werden. Eine Urne war ganz unversehrt herausgenommen, sie war 15 Zoll hoch und im Bauche 8 Zoll im Durchmesser, schwarz, von gebranntem Tone, in schönster Proportion, mit verbrannten Knochen halb angefüllt. Daß sie auf einen Mann deutete, bewiesen die daneben gelegen gewesenen Streitäxte von Feuerstein, aufs glattste und schärfste ausgebildet.

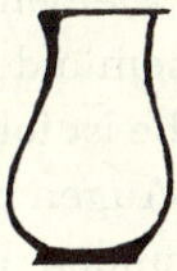

Eine kleinere Kinderurne war etwa ¼ so groß, mit Knochen gefüllt und ganz leichte kleinere Waffen daneben. Die Hünengräber, welche man in Menge sieht, bestehn aus Hügeln, wie sie wohl die Strömung der Flut mag gebildet haben, von verschiedenen Dimensionen von 15′ zu 50′ Diameter und anständiger Höhe. In diese Hügel sind die Gräber eingegraben, inwendig mit Graniten ausgesetzt und oben mit einem Deckstein versehn, darüber dann Erde, in welche ein Baum gepflanzt, und ringsumher von kleinern und größern Kolossen von Granitblöcken bewacht.

31. August. »Alles hat seine Zeit«: ein Wort, das seit kurzem zum Deinigen worden ist, indem Du es der Welt nach etlichen Tausend Jahren wieder zugerufen. Seit ich auf dieser Insel bin, beschäftigt sich mein Auge mit dem, was über mir vorgeht. Es folgt den Wolken, beobachtet die Bewohner der Luft; der Geruch des Meeres hat eine Bedeutung, kurz – was ich niemals gelernt, sollte ich jetzt wissen, weil ich's brauche, denn ich habe eine Seereise vor. Um meinen Sohn zu sehn, welches der einzige vorgebliche Zweck dieser Reise ist, habe ich von hier nach Stolpe so weit als bis nach Berlin. Diesen Weg kann ich in einem einzigen Tage zur See machen und also Zeit und Geld sparen; eigentlich aber will ich nur wissen: wie man seekrank ist, und so will ich zur See fahren.

Berlin, den 14. September. Einen Traum muß ich Dir wohl erzählen: Ich saß auf einem Schiffchen und sah die große Sonne über dem Meere aufgehn. Ein Sturm entstand. »Gräßlich schlug die Flut, Doch lohnte Gott bescheidnen Glaubensmut.« Ich sang von Deinen Gedichten, und als ich erwachte, war ich in Swinemünde.

Das Wahre von der Sache ist folgendes. Mir ist hohe Ehre widerfahren: mit eigenen Augen habe ich einen kompletten Seesturm gesehn und bestanden. Unser 5 verabredeten eine Seefahrt von Rügen aufs Meer, wozu ein Fahrzeug gemietet werden sollte. Viere ließen absagen, und so stand die Sache. Nun ging ich zu einem Bootsmann und behandelte mir ein Boot auf 10 Meilen, von Rügen bis Swinemünde. Sonnabends, den 2. September, früh um 3 Uhr ward ich geweckt. Ein Polizeigendarm und ein Student aus Berlin, die sich zu mir gesellten, die beiden Bootsleute und ich bestiegen das Schifflein, und um 5 ¼ Uhr ward das Ankerchen gehoben.

Wir hatten Nordostwind uns gerade entgegen, doch die Sonne zeigte sich in höchster Pracht, und der Steuermann wollte wissen, der Wind werde herum ins Land gehn. Unsre kleinen Segel pfiffen und knarrten, und der Kiel farzte und brummte gegen die kurzen Wellen, daß es eine Lust war. Bei dem Küstendorfe Neukamp waren wir eingestiegen und kreuzten durch den Rügen'schen Bodden, um den Vilm herum, dem Hager Wiek vorbei, durch das Neue Tief über drei Stunden, ohne recht vom Flecke zu kommen. Endlich stachen wir in See, wo wir bessere Fahrt bekamen, doch der Wind blieb, wie er war. Gegen 9 Uhr vervielfältigten sich die Windwolken, gingen aneinander, um 10 Uhr war nichts mehr von der Sonne zu sehn, der Horizont und das graugrüne Meer waren Eine Masse. Die Wellen gingen höher und höher auf uns her, von beiden Seiten über Bord, und einer hatte beständig Wasser auszuschütten.

So kreuzten wir auf Insel Ruden (Rüden) los, dann wieder

links auf die Greifswald'sche Oie, und endlich abends gegen sechs Uhr erblickten wir die Rhede von Swinemünde, die an den Masten der vor Anker liegenden Schiffe erkannt wurde; denn vor hohen Wellen, und weil's ziemlich dunkel geworden, war der Hafen nicht zu erkennen. Als ich diese Schiffe, worunter 4 Dreimaster waren, hier auf den Wellen tanzen sah, daß die Enden das Meer küßten und die Wellen an den Masten hinaufschlugen, ward mir die Gefahr meines Schiffleins deutlich, auch waren wir noch über 2 Meilen in See. Nun wurde rechts gesteuert, der Wind gewonnen, und nun hättest Du sehn sollen, wie der Wind, unsre kleinen Segel auf den Armen, uns wie durch die Luft davontrug, so daß wir in weniger als 30 Minuten zwischen den Rhedeschiffen schwammen. Alles, was darinne war, kam an Bord und schrie uns ein freudiges Hurra entgegen, das sich mit dem Heulen des Windes und Walzen der Wogen recht harmonisch machte.

Da ich seekrank zu werden fürchtete, hatte ich mir Strohsäcke ins Boot bringen lassen. Diese nun hatte mein Herr Polizeigendarm eingenommen und seinen ganzen Katechismus drauf gespieen. Wie dieser Herr von Hafen reden hörte, wurde er lebendig und wollte den Weg im Hafen besser wissen, als ihn uns die guten Schiffer zugerufen hatten. Es lag eine weiße und eine schwarze Tonne auf dem Hafen, zwischen welchen wir einfahren sollten; wegen Dunkelheit sahen wir die eine Tonne nicht, und so geriet das Boot zu weit links auf die sogenannte »Platte«, wo uns eine 50 Fuß breite Welle so empfing, daß unser Boot noch hier konnte umgeworfen werden, wenn ich mich nicht mit Gewalt über das hohe Bord gelegt und es so erhalten hätte. Wasser hatten wir im Boote und in unsern Kleidern keinen Mangel. So gelangten wir denn gesund und frohen Mutes ans Bollwerk, wo ausgestiegen wurde, und so hat Amor seinen und Deinen Freund und Priester seinem Dienste erhalten. Poseidon habe ich im Zorne gesehn; der alte Herr nahm sich recht borstig aus, doch Aeolus hob unsre kleinen Segel, und das Schifflein bestieg wie ein stolzes Roß die höchsten Wellen auf und ab.

Als wir ausgestiegen waren, fanden wir den Lotsenkommandeur, die Wachtlotsen und den Schiffahrtsdirektor, die unsere Fahrt für vollkommen gewagt erklärten und unsere beiden Bootmänner naseweis nannten. Das Boot ist 20′ 8″ im Kiele lang und 9 Fuß breit; seine Bauart wurde von den uns umgebenden Seeleuten vollkommen genannt. Einer der Lotsen sagte: »Nu, eenmaal geit et!«

Da ich nun meinem treuen Boote und seinen jungen verständigen Führern ihr Recht getan (der Steuermann, dem das Boot gehört, heißt Krüger und ist ein 25jähriger, gesetzter und wohlwollender Mensch), so darf ich auch wohl von mir sagen, daß ich ad 1) keinen Augenblick seekrank gewesen und mich auf der ganzen 13stündigen Fahrt wohlgemut und munter dem Anschaun der unendlichen Bewegung überlassen habe, wodurch sich das Meer von großen *fließenden* Wassern unterscheidet. Der Strom, der ins Meer tritt, erscheint hier wie ein Kind, das aus der Schule kommt; so verging mir alle Wichtigkeit meiner selbst, wie mein ganzes Sein nichts als Aug' und Ohr war. Wenn ich nun jetzt bedenke, wie ein halbzölliges Brettchen zwischen mir und der offenbaren See die Scheidewand machte, wie ich Dich durch meinen frühern Tod und mein Haus in Trauer gesetzt hätte, so schaudre ich, ohne daß ich mich einer ähnlichen Empfindung an Ort und Stelle zu erinnern wüßte. Es fielen mir unzählige Stellen der Dichter ein, die ich rezitierte, ohne sie gelernt zu haben, und was mich am meisten unterhielt, war, wie ich selbst in manchen meiner Kompositionen Sturm und Wetter nicht als solche, sondern als Sensationen zu verstehn gegeben habe. –

»Nun, ihr Musen, genug!«

Sonntags, den 3., früh ging ich mit meinem jungen Begleiter zuerst in die Kirche zu Swinemünde. Die Kirche ist als die einzige im Orte groß genug, eine Gemeine von 5000 Seelen zu fassen. Inmitten derselben hing statt aller Zierraten ein dreimastiges Kauffahrteischiff von der Decke herab. Es war vor der Predigt und erst wenige Frauen anwesend. In diesem ruhigen leeren Raum erkannte ich abermals den Eindruck einer Kirche in stiller Tiefe und ging vor der Predigt wieder hinaus, um mir diesen Eindruck nicht zu vermischen.

Vor Essens besah ich mir den neuen Hafenbau, der mir das größte Vergnügen gemacht hat, indem ich zugleich einen ziemlichen Teil der gestrigen Kreuzfahrt in Gedanken wiederholte. Man erzählte mir zugleich, der Sturm habe bis Mitternacht so zugenommen, daß, wenn wir noch eine Stunde in See gewesen wären, uns die Wellen gewiß verschlungen hätten.

So bin ich endlich über Stettin und Schwedt vorgestern hier angekommen und habe mein Haus gesund wiedergesehn.

Unterwegs fand ich bei einem Prediger in Fiddichow in einem pommer'schen Journale das Leben des Seemanns Nettelbeck, das ich mit dem größten Interesse auf Kennerart gelesen habe, und mußte herzlich lachen über meine kleinen Fata, indem ich sie gegen die ungeheuren Begebenheiten dieses Seemanns hielt.

Den 15. Gestern wurde ein neues Trauerspiel: »Die Fürsten Chawansky« gegeben, von Dr. Ernst Raupach. Madame Schröder die Sophie recht gut und brav und – wie sonst. Die Frau ist eine Summe von Talenten, die sich immerfort untereinander zanken; keins will sich zum andern gesellen. Unsere Zeitungen wissen sie nicht auszuloben, doch habe ich gestern den allgemeinen Eindruck aufs Korn genommen und deutlich genug bemerkt den Unterschied zwischen Wollen und Müssen.

Das Stück ist historisch interessant, doch aus lauter halben Charaktern zusammengeflickt. Recht gute Verse. Das Ganze kam mir vor, als wenn aus lauter Schiller'schen Stücken die besten Einzelheiten nacheinander hergesagt würden; man stak abwechselnd in einer Thekla, in einer Jungfrau von Orleans, Braut von Messina, und keins wollte ganz in dieser Sophie Raum nehmen, die, bald vornehm, grausam, gemein und was noch, eine Zarewna von Rußland sein will.

Den 16. Heut vor 4 Wochen bin ich von hier abgereist, und in all der Zeit habe ich von Dir keine Zeile gesehn. Wie mir Langermann sagt, hast Du Besuch von hieraus gehabt; nun, dächt' ich, ließest Du auch einmal wieder von Dir hören. So lebe denn wohl und gedenke Deines

Treuen.

Und was macht denn das junge Völkchen? soll man denn von ihm gar nichts hören?

355. *An Zelter*

Nun, das sieht nun doch einmal nach etwas aus! Ich verlasse Dich Champagnergesundheit anstoßend mit der unwiderstehlichen Fürstin, und jetzt erblick' ich Dich auf der salzigen Wogenbreite im Begriff, den schlechtesten Soff hinunterzuschlucken, welchem kein Prosit zu rufen ist.

In unserer Jugend haben wir auch solche Streiche gemacht, mit heiler Haut ohne Zweck und Not uns in Gefahr zu stürzen; dem Kaufmann soll man nicht übelnehmen, dergleichen zu unternehmen, aber auch uns nicht. Du hast durch die Tat bewiesen, daß noch einige Jugend in Dir stickt, und einen großen Gewinn als Mensch und Musiker erworben.

Daran laß uns nun genügen, wie Dir denn der Spiegel Deiner Reisefahrt abermals auf klarem Papier, von sauberer Hand, nächstens entgegenleuchten soll.

Mich, den mittelländischten Menschen, haben indeß die besten Wallfahrer auf meinen Höhen besucht. Die vier Berliner können manches erzählen und vorweisen. Was alles aus diesen bewegten Bemühungen werden soll und kann, möchte sich schwerlich vorhersagen lassen.

Im ganzen haben mir die vier Freunde durch Gegenwart und Erzählung, durch Tun und Reden die Turbulenz einer sehr großen Stadt gar lebhaft und erfreulich zur Einsiedelei gebracht. Es klingt manches nach, das sich heilsam bei mir ausbildet.

In der Zeit aber, da Du als Odysseischer Vagabund Dich erfrechtest, auf dem schwarzen gefährlichen Rücken des Meeres zu reiten, hab' ich mich stille zu Hause gehalten und werde Dir einige Hefte Zwieback, aber nicht von der Schiffsorte, zusenden können; daran magst Du Dich in den leider schon hereinbrechenden langen Abenden, oder zu welcher Tags- und Nachtszeit es beliebt, so gut es gehen will, erquicken, vielleicht auch belehren. Verdrießliches wird nichts entgegenspringen.

Ich habe die Zeit her fast mit niemand gesprochen, besonders wenn sprechen allenfalls heißt: wechselseitig reden, wie man denkt. Mein ganzes Dasein seit fünf Monaten steht auf dem Papier; Du würdest [Dich] verwundern, die grenzenlosen Faszikel zu sehen, die immerfort geheftet werden; einiges, was ich in öffentlichen Anstalten, außer Hause getan habe, wird auch von Verständigen gebilligt.

Dieser meiner entschiedenen Einsamkeit und Diktiergewohnheit verdankst Du denn auch diesen Brief, welcher am Abend der Ankunft des Deinigen ausgefertigt wird. Damit aber Du Wellengeschaukelter, Meeresgeruchschnufflender, Ufersehnsüchtiger, im Stillen und Ruhigen diesen Winter, an das gefährliche Große Dich erinnernd, vergnügliche Stunden genießen könnest, so rat' ich Dir, ein Gedicht anzuschaffen: »Olfried und Lisena« in zehn Gesängen und über 600 Stanzen, von August Hagen, einem Jünglinge in Königsberg.

Wenn auch diese Speise Deinem derben Gaumen und guter Verdauungskraft hie und da allzuleicht erscheinen möchte, so wirst Du gewiß entzückt sein, gerade Deinen Ostseeduft durch das ganze Büchlein anwehend zu spüren. Es ist eine wundersame Erscheinung, die mir viel Freude gemacht hat.

Nun aber erst, womit ich hätte anfangen sollen, wenn die frohen Melodien dieser Welt nicht so oft mit Sordinen müßten gespielt werden: meine Schwiegertochter hat abermals einen tüchtigen Jungen zur Welt gebracht; nur hat sie bei ihrer zarten Natur in der Schwangerschaft grenzenlos gelitten, und wenn ich aufrichtig sein soll, so fürcht' ich noch immer für sie. Weiter kann ich nichts sagen, als daß ich auch hier mich im Islam zu halten suche.

Geht es in unserm Hause gut, so wär' es liebenswürdig, wenn Du Anfang November bei uns einsprächst; denn alsdann bin ich erst wieder bei mir selbst eingekehrt. Hierher kann und mag ich Dich nicht laden; auch hab' ich noch sechs Wochen soviel zu tun, daß ich wenig freie Stunden vor mir sehe. Zufällig trafen es die Berliner Freunde, sie kamen gerade in einer Pause meiner sämtlichen Tätigkeit. Somit mög' es denn auch genug sein, diese Blätter Dich begrüßen und bald wieder ein Schreiben vom festen Pflaster oder vom lockern, doch nicht wogenden Sande aus auf mich hervorlocken.

Treulichst

Jena, den 20. September 1820. G.

356. *An Goethe*

Da Du mich so gelinde bestrafst über meine tolle Seereise, so muß ich aus Dankbarkeit gegen Deine Verzeihung wohl Deinen großen Fleiß loben, der mir noch dazu eher zugute kommt als meinen Mitlebern.

Unterdessen ist nun Dein lieber Brief vom 27. September mit der schönen Abschrift meiner Irrfahrt angelangt. Langermann hat das Zeug zuerst lesen müssen, denn ich selbst ziehe seit den letzten Tagen des vorigen Monats aus einem Bivouac in den andern und kann heut, den 19. Oktober, noch nicht zur Ruhe gelangen.

Nun hat sich auch Hofrat Meyer gezeigt, der seit 3 Wochen unsere Museen und Sammlungen durchwandert und Dir wohl sagen wird, was und wie er es gefunden.

Besonders trage ich ihm auf, Dir meine neue Wohnung zu beschreiben, worin ein geräumiges Plätzchen für Dich und die Deinigen abermalen bereit ist.

Meine Wohnung ist in der Georgenstraße No. 19, wo ich ein besonderes Haus, Hof und Garten ganz allein bewohne, mit hübschem Spaziergang an der Spree, wo die meiste Einfahrt von der Havel und Elbe her sich still und zugleich lebendig vorüberbewegt. Das große Vorderhaus gegen die Friedrichsstraße, 35 Fenster lang, ist von vielen meiner Bekannten bewohnt; der große Garten liegt dazwischen, wodurch in den Winterabenden Zusammenkünfte möglich werden. Ob hiervon großer Gebrauch wird können gemacht werden, wird sich zeigen, denn ich spinne mich auch nach und nach ein.

Dein neuestes Heft von »Kunst und Altertum« macht uns viel Freude; die »Zahmen Xenien« werden, der Jahreszeit gemäß, wie Lerchen genossen und lassen sich verbeißen.

Frau Förster ist nicht schlecht verliebt in Dich zurückgekommen und kann nicht genug erzählen, wie liebreich sie von Dir aufgenommen sei. Sie ist gut musikalisch und hat eine schöne helle und sichere Stimme.

Du wirst Dir nun damit alle meine Singvögel auf die Stange locken, wiewohl ich diesmal Dank weiß, da ich das Weibchen mit Lust unterrichte. Sie ist die jüngste Tochter des verstorbenen Schuldirektors Gedike, der in den 1780er Jahren mit Biester die »Berlinische Monatsschrift« herausgab.

Von unserer Kunstausstellung wüßte ich nur zu sagen, daß in jedem Kunstfache was Gutes zu finden wäre. Hofrat Meyer wird Dir schon sagen, was er gefunden.

Einige ganz junge Leute tun sich günstig auf, indem sie anfangen, wo der Anfang ist, und sich den Weg zum eigenen Innern aufsuchen; dahingegen freilich viele die Türe vom Dache her suchen, von woaus schon mancher das Ende des armen Elpenor gefunden hat.

Ganz besonders, und gewiß im Namen jedes Freundes, darf ich danken für den Kommentar zu Deinen orphischen Stanzen.

Was mich betrifft, so hatte ich ihnen, wie *allem*, was von Dir kommt, schon in mir eine weiche Tiefe bereitet. Nun ist ein gutes Wort mehr da, und sieht man jetzt, wo Du herauskommst, so sucht man zu erraten, wie Du in diese Tiefen den Eingang fandest.

Jemehr ich nun an Jahren zunehme, drängt sich, was allgemeines Verständnis betrifft, ein Gefühl der Billigkeit mir auf, bedenkend, daß das Talent sein geheimes Verhältnis zur Muse wie die Last einer Schwangerschaft schamhaft verbirgt, ja dem frechen Lichte zu entziehn sucht.

So kommt es mir vor mit Dir: Du gehst mit dem Ei am Herzen manchen Tag umher, ehe Du den Ort findest, wickelst es schamhaft in unscheinbaren Stoff und legst es in ein fernes Eckchen.

Da es nun hier nicht gleich entdeckt und entwickelt wird,

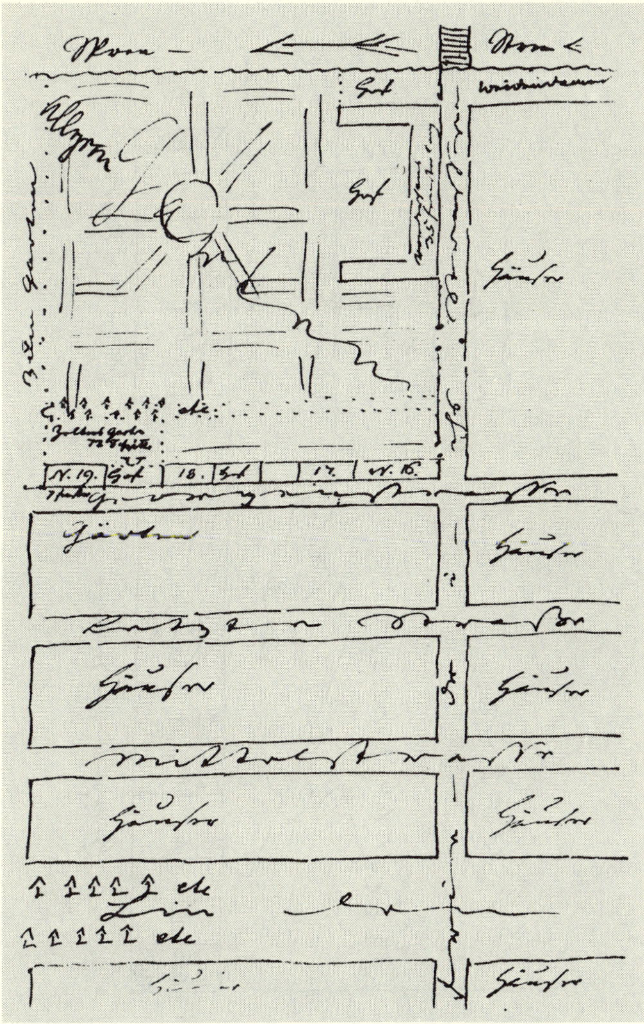

Zu Brief Nr. 356: Zeltersche Zeichnung: Situationsplan seiner Wohnung

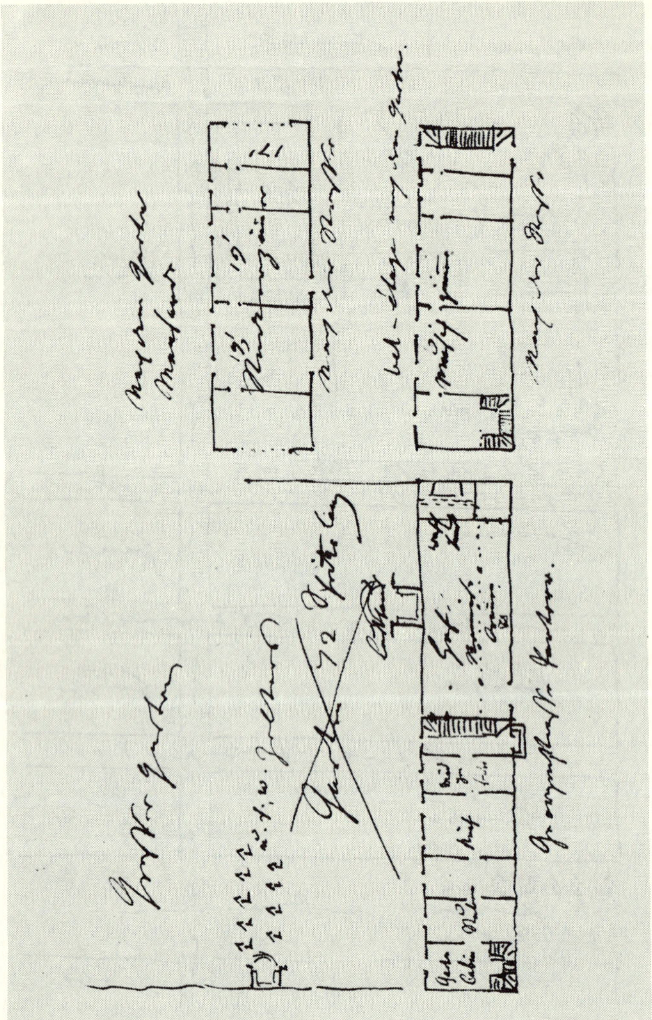

so ist es kein Wunder, wenn die Welt erst heut von dem zu reden weiß, was ihr vor einem halben Jahrhunderte geboten ward.

Darüber wollen wir nun nicht ungeduldig werden und andern die Zeit lassen, welche sich die Natur selber genommen, uns zu Offenbarern ihrer Geheimnisse zu erwählen, welches ja auch nicht eher geschehen, als bis es an der Zeit war.

Den 20. Oktober. Indem ich überlese, was ich hier geschrieben, sollte ich wohl sagen, wie ich dazu komme, *Dir* so etwas zu schreiben: eine Iliade nach dem Homer. Und nun besinne ich mich erst, wie mir zu Mute war, als ich diese Stanzen in der »Morphologie« las.

Ein Schriftsteller, den Du öffentlich gelobt hast, stellte mich schon vor mehrern Jahren zur Rede: wie ein Mann Deiner Art die Beschreibung seines Lebens so einleiten könne, wie Du es getan, indem du Dich bei Deiner Geburt einer glücklichen Konstellation der Planeten rühmst.

Ich weiß nicht mehr, was ich in dem Augenblicke geantwortet habe, und erinnere mich bloß, daß es eine Grobheit war, die ohngefähr so herauskam:

»Sie haben Recht, nicht an die Einwirkung der Gestirne zu glauben; Sie sehn aber auch darnach aus.«

Hätte ich nun damals Deine Stanzen schon gekannt oder gar den Schlüssel dazu gehabt, so hätte man sich billiger und höflicher ausdrücken können; Du mit Deinen Rätseln also bist oft schuld, wenn ich täppisch auf gute Leute herfahre und für einen Grobian passiere.

Zu mehrerer Verdeutlichung sende einen aufgekritzelten Plan anbei, auf welchem dir der Eingang aus der Friedrichsstraße in die Georgenstraße No. 19 ins Auge fallen wird, und füge noch an, daß die Friedrichsstraße unter der Mittagslinie liegt. Da nun mein 7 Fenster langes Haus ein Parterre, eine Etage und eine Mansarde hat, welche letztere ich mit meinen Kunstvorräten bewohne, so habe ich in der bel-étage meine Musikstuben, und die Kinder wohnen unten bei der Küche.

Lächle nur immer über die ausführliche Wichtigkeit, womit ich meine Wohnung beschreibe; da der zweite Bogen angefangen ist, so weiß ich ihn mit nichts Besserm vollzumachen.

Hofrat Meyer ist, wie ich höre, nach Potsdam. Er wollte diesen Brief mitnehmen an Dich; ich will nicht hoffen, daß er von da sogleich zurück nach Weimar geht. Geheimer Rat Schultz hält ihn warm.

Das Lustspiel »Der Pfingstmontag« wird jetzt von mir gelesen mit sauerm Vergnügen. Wäre ich nicht am Rhein und besonders in Straßburg gewesen, so müßte man das bleiben lassen.

»Olfried und Lisena« sind soeben auch angekommen, darüber soll es morgen hergehn. Lebe wohl.

Sonnabend, 21. Oktober 1820. Z.

357. *An Zelter*

Ob ich gleich weiß, daß ihr Berliner euch dem Leviathan gleichstellt, welcher den Strom verschlingt und sein nicht achtet, so schicke ich doch von Zeit zu Zeit einen Bissen, und wenn ihr ihn auch im Schlunde nicht empfinden solltet.

Vor allen Dingen vermelde ich also, daß Deine Schülerin mir sehr wohl gefallen und daß ich ihr noch freundlicher begegnet hätte, wenn ich bei den vielen Fremden, die ich sehe und nur einmal sehe, mir nicht eine gewisse gleichgültige Praktik hätte einrichten müssen. Wie sie weg war, schrieb ich Beikommendes, womit Du Dir und ihr einen Spaß machen magst. Es ist dies ein freundliches Schnippchen im Sack, das nicht oft vorkommt.

Nun aber ersuche ich Dich um Deine Komposition zu dem famosen Bekenntnis der Epimeleia! »Prometheus« taucht gerade wieder einmal in Weimar auf; man erfreute sich an dem Gedanken, daß Du Dich einmal damit abgegeben habest. Jetzt ersuche ich nur um gedachtes Einzelne; magst Du mehr senden, so wird es auch freundlichst willkommen sein.

Nächstens schicke wieder einen Heft »Naturwissenschaft, Morphologie« pp., da nimm Dir heraus, was Dir gemäß ist, und wenn auch nur Bild und Gleichnis.

Geheimer Rat Wolf war diese Tage bei mir, zu beider Behaglichkeit. Wenn man selbst Grund gefunden hat und Grund sucht, so ist es höchst erfreulich, mit einem auf eignem Grund und Boden gegründeten Manne hin und wider zu sprechen, zu streiten und sich zu verständigen.

In wenigen Tagen denk' ich von Jena abzugehen. Es ist verhältnismäßig zu unsern Kräften und zu den meinigen dieses halbe Jahr viel geschehn, und ich werde in allem ganz rein, ehe ich scheide.

Die Lokalität Deiner neuen Wohnung, mit der Du mich so freundlich bekannt machst, hat viel Reiz, und wenn ich gegen so viele Märchen, die ich in Kurs gebracht habe, von den Feen den Ring beliebiger Unsichtbarkeit hätte erwerben können, so würdest Du mich bald auf Deinem Territorium herumwandelnd spüren.

Hofrat Meyer bleibt gewiß bei euch die gerechte Zeit, und wenn er wiederkommt, so wollen wir bis Sylvesterabend an euren Tugenden und Gebrechen zehren.

Die letzten können mich nicht besonders interessieren, denn mir ist von dorther dieses Jahr nichts als Liebes und Gutes gekommen.

Gegen Neujahr schüttle auch Du Dein Füllhorn, damit »Veni creator spiritus« mitten im Winter ein Pfingsfest bereite.

Treulichst

Jena, den 26. Oktober 1820. Goethe.

Eben, als ich endigen will, kommen beiliegende Revisionsblätter bei mir ein. Du verlangtest das Gedicht schon vor einigen Jahren, wo ich es verweigerte; nun hat es den Stachel verloren und, wie ich hoffe, die Anmut behalten.

Meinem Wunsch nach blieb' es jetzt geheim, Du komponiertest es für die Liedertafel, mit Rücksicht auf die vorhandenen Stimmen und Charaktere, und wenn Ostern das Heft erscheint, brächtest Du diesen Scherz sogleich mit ins Leben. Möge es überall zur guten Stunde hervortreten! G.

[Beilage]

Als an der Elb' ich die Waffen ihm segnete,
Dem Bekreuzten am Neckar begegnete,
Da fehlte ihm noch das Dritte:
Der Gegensatz der siebenten Bitte.
Sie heißt: Von allem Bösen
Mögest, Herr, uns gnädig erlösen!
Hier heißt es: Gib das Beste
Und mach' das Leben zum Feste!
Da er nun auch das erfahren,
Möge Gott ihn lange bewahren!
Jena, 27. September 1820.

358. *An Goethe*

Montag, den 23. Oktober 1820.

Dein Brustbild habe ich gestern zum zweiten und heute zum dritten Male betrachtet. Es ist das von Rauch.

Da ich auf den ersten Eindruck halte, so mag ich solchen wohl mit spätern Eindrücken vergleichen und habe mich hübsch befriedigt gefunden.

Hofrat Meyer meint, es sei etwas Gespanntes in den Gesichtszügen, und kann recht haben, indem solches die erwählte Stellung des Kopfes mit sich bringt, die ein Akt des freien Ausschauens ist.

Nun steht die Büste ungefähr sechs Fuß hoch unter mehren sauber gearbeiteten Stücken vom schönsten Marmor, die ihr zwar schaden, doch das Leben lassen. Es ist sogar Anmut drinne; der Mund ist sehr schön.

Das Auge wird jetzt so verwöhnt durch kolossale Formen, welche von den Bildnern beliebt werden, daß ich Deine Büste etwas über Lebensgröße gewünscht hätte. Doch wie gesagt, man ist verwöhnt, und wie jeder besondere Mensch nur in gewissen Lebensmomenten sich selber vollkommen gleicht, so ist ja das betrachtende Auge wohl auch nicht immer sicher.

In jedem Falle hat unser Künstler gleich zum ersten Male tiefer in Dich hineingeblickt als seine mir bekannten Vorgänger.

Die meisten haben Dir ein Imponierendes zu geben gesucht, wenn ich im Verhältnisse Deines Äußern zum Innern den gebornen Reichsbürger zu finden meinte im Konflikt mit angebornem Willen dagegen.

Das wohlgefälligste Bild von Dir ist eine Originalzeichnung in schwarzer Kreide von Georg Melchior Kraus vom Jahre 1776, worin ich Dich ganz erkenne, wiewohl es Dir jetzt nicht mehr gleicht, wo alles: Stirn, Auge, Nase, Mund, Kinn und Haar, aus einem Centro kommt als dem Wohnsitz von dem, was in Dir ist und von Dir ausgeht.

Diese Zeichnung habe ich dem Erben des alten Nicolai abgeschwatzt, er selber würde sie mir niemals gegeben haben. Sie hängt vor mir, indem ich dies schreibe, unter meinem Sebastian Bach; ich schreibe ihre Züge ab, und mir ist eben, als wenn wir miteinander jung gewesen wären.

Etwas diesem Geiste Ähnliches glaubte ich in einer Zeichnung zu finden, die in Deiner großen Stube hing (ist sie nicht von Bury?), besonders ein Jugendliches, das Dir schon gemäß ist.

Den 28. Soeben geht Hofrat Meyer von mir. Was ich hier geschrieben habe, las ich ihm vor. Er hat die Büste bei Rauch wieder gesehn, wo sie vorteilhafter aufgestellt ist, und findet das hier Gesagte richtig. Von meiner Kraus'schen Zeichnung sagt er: er habe sie wohl schon betrachtet und nicht geglaubt, daß sie von diesem sei, weil sie das Beste sei, was Kraus wahrscheinlich jemals gemacht habe.

Ein 16-17jähriger Schüler vom alten Schadow, der Sohn des Professor Wolff, hat die Büste seines Vaters so tüchtig, frisch und ähnlich ausgestellt, daß es eine Freude ist, das weiche Lebendige in kaltem Gips zu erblicken.

Ein anderer 20jähriger Jüngling namens Cords, auch hier geboren, hat sein eignes und seiner Schwester Bild in Öl, besonders das letztere, höchst wahr und kräftig gemalt. Arme, Hände und Augen sind rein und natürlich, Sammet und Falten sanft und frei; besonders sind die Schattenteile ausnehmend sauber geraten, das Geblüt scheint herauszublicken.

Ein großes Bild, Kopie nach einem Italiener, gegen welches mein Auge früher Einwendungen hatte, befriedigt mich täglich mehr, da ich einen andern Standpunkt gefunden habe: »Besuch der Maria bei der heiligen Elisabeth«. Es ist ein höchst würdiges Bild. Indem ich unser Verzeichnis nachschlage, finde ich: das Original sei von Albertinelli und aus der Florentiner Galerie, kopiert von Lengerich, der jetzt in Berlin ist. Hier steht geschrieben: »Besuch der heiligen Elisabeth bei der Jungfrau Maria«. Zufällig habe ich dieses Bild von der rechten Seite, wo die Elisabeth steht, betrachtet, in dem Gefühl, die *Heilige* komme zur *Jungfrau*, und so kam mir's vor, als wenn die beiden Köpfe zu nahe aneinander stünden. Aus dem vorigen Hefte von »Kunst und Altertum«, Seite 28, scheint mir aus einem einzigen Worte hervorzugehn: die *Jungfrau Maria* komme und der Besuch gelte der heiligen Elisabeth. Nun bin ich die letzten Tage immer auf die Seite der Maria getreten, und das Bild hat mir ein höheres Gefühl erregt. Sollte das wohl ein bloß spekulatives und kein wirkliches sein? Die Kopie wird von allen Künstlern gelobt, und Buchhorn will darnach einen Kupferstich machen.

In dem Besuche vonseiten der Jungfrau Maria liegt ohne Zweifel mehr Geist und Sinn; die Heilige tritt der Kommenden entgegen, und so ist alles in Ordnung, da im umgekehrten Falle die heilige Elisabeth weiter abstehn und tiefere Prosternation zeigen dürfte.

Es muß wohl geschlossen werden. Hofrat Meyer, der dies mitnehmen will, eilt. Sie ersäufen ihn in Sammlungen. Laß bald von Dir hören; über einen Monat habe ich kein Schreiben von Dir.

»Gedanke, Hoffnung, Liebe sind bei Dir,
Bis Cynthia scheint, wie sie mir sonst gethan.«

Dein

Z.

Über den Gedanken an himmlische Hoheiten und Heerscharen hätte beinahe zu melden vergessen, daß die Teltower Rübchen angekommen sind und morgen, Dienstag, den 31. Oktober, ihre Reise nach Weimar antreten werden. Schreib hübsch, ob und wie sie angekommen sind.

Z.

359. *An Zelter*

Die Rübchen sind angekommen, wofür den ganzen Winter der schönste Dank bei Gastmahlen erschallen wird. Hofrat Meyer ist angekommen, der das Lob von Berlin motiviert ertönen läßt. Da er die positivste Natur von der Welt ist, so nimmt sich eine solche Königstadt, durch seine Augen gesehen, gar herrlich aus.

Mit Rauchs Büste bin ich sehr zufrieden. Hätte er sie sekretiert und in Marmor ausgearbeitet zuerst aufgestellt, so wäre das Problematische, was gegenwärtig noch darinne liegt, gar nicht zur Sprache gekommen.

Dem Bilde nach Albertinelli gibt auch Meyer das beste Zeugnis; ein Künstler, der 1520 dieses Erdenrund verließ, kann schon was Kluges zurückgelassen haben. Übrigens sieht man bei dieser Gelegenheit, wie die werten Berliner Freunde sich keines bibelfesten Standpunktes rühmen; man hat *Mariä Heimsuchung* wohl oft genug den 2. Juli im Kalender rot gedruckt gesehen, aber geglaubt, es sei gemeint, sie habe eine aufwartende Heimsuchung von der guten Elisabeth erhalten, da es doch der umgekehrte Fall ist, da die fromme, guter Hoffnung lebende Marie übers Gebürge gegangen, um eine Freundin heimzusuchen. Wie alles dieses im Evangelium Sanct Lucä im ersten Kapitel umständlich zu lesen ist. Ganz gewiß wächst der Wert des Bildes, wenn man die angeführte Stelle penetriert und sich eigen gemacht hat.

Dein Brief ist den 28. Oktober geschlossen; den 27. ging eine kleine Sendung noch von Jena, der ich guten Empfang wünsche. November und Dezember bring' ich also die Abende mit Meyern unter euch zu; willst Du hereintreten, so bist Du schönstens willkommen: die Kinder verlangen, ich soll Dich einladen.

Weimar, den 9. November 1820. G.

360. *An Goethe*

Ein halbes Dutzend Pilger alten Testaments wandern bei Dir ein und bitten: Herr, du wöllst sie fressen! Sie sind aus dem Mittelstande, also mäßiger Größe; denn die Frauen behaupten: diese schmeckten feiner und seien weniger dem Verderben auf der Reise ausgesetzt.

So laßt sie euch denn schmecken, und lebe wohl! Ich habe Augenschmerzen und darf nicht mehr schreiben als

ewig Dein

Donnerstag, 23. November 1820. Z.

»Weisen und Leute« sind in Arbeit.

1821

361. *An Goethe*

Berlin, 14. Januar 1821. Abends.

Nach dem vielen schlechten Zeuge, woran Augen, Geschmack und Herz verderben, habe mich soeben an Shakespeares »Romeo und Julie« wieder gesund gesehn: ein unverwüstliches Stück Arbeit und in seiner borstigen Gestalt so rund wie ein Planet. Madame Stich und Herr Wolff mit allgemeinem Beifalle und vieler Anstrengung.

Das Stück dürfte sich allein spielen, wenn man's gehn ließe; vielleicht wäre der Beifall geringer und die Wirkung noch größer. Eine ganze Welt von altem Hasse und Morgenliebe, und alle moralische Deutung derselben – Firlefanz. Die Sonne weiß viel, was sie bescheint. Gleich drauf habe ich Vossens Übersetzung nachgelesen und sage noch einmal: das Stück ist unverwüstlich. Wer es gesehn, geschaut, gelesen, englisch, deutsch, der lese es auch Vossisch: es ist unverwüstlich!

23. Januar.

Der Obermedizinalrat Jacobi aus Düsseldorf erbat sich einen Brief an Dich, und so wird es wohl einmal wieder Zeit sein, aneinander zu rücken. Daß Du gesund bist, hoffe ich, daß Du fleißig bist, erfahre ich, und doch kann ich nicht zufrieden sein, bis ich Deine Hand sehe. Ich habe an den Augen gelitten, und das trübe Wetter hat mir auch wehe getan. Schultz ist bedenklich krank, und die Not macht er sich dazu, das wäre das Neuste von hier. Sonnabend geht das Karneval an, vielleicht kann ich darüber künftig melden, wenn mein einsiedlerisches Leben es zuläßt; man kann bei solcher Witterung nicht zum Hause hinaus.

Dein neustes Stück »Morphologie« habe ich noch mit keinem Auge gesehn und sauge daher noch am letzten Stücke von »Kunst und Altertum«. Laß doch vernehmen, was die Ostermesse von Dir bringen wird, und vergiß nicht

Deines

Z.

362. *An Zelter*

Dem guten vieljährigen Freunde Max Jacobi habe den besten Dank abzustatten, daß er ein flüchtiges Blatt von Dir herausgelockt, auf welchem Du mich mit einem Hymnus auf »Romeo und Julie« endlich wieder einmal begrüßest.

Seit dem Besuch meiner Kinder bei euch, dem tätigen Gegenbesuch der Künstler und Kunstfreunde, der dortigen Anwesenheit des umsichtigen Meyers, steh' ich in einem stillen wunderlichen Verhältnis zu Berlin; ich begreife nämlich kaum, wie ihr, hastig lebend, soviel genießend, euch grenzenlos zerstreuend, doch noch nebenher auch wieder fürs Leben sorgen könnt. Deshalb man gern verzeiht, wenn euch eine Wirkung in die Ferne nicht immer anwandlen kann.

Solche Vorstellungen und Betrachtungen sind denn wohl dem Einsiedler zu verzeihen, der diesen ganzen Winter über weder Haus noch Stube verlassen, sich körperlich und geistig wohl befindet und keinen Tag, durch krankhafte Hindernisse genötigt, diesmal zu verpassen brauchte.

Zu Ostern denke ein frisches Heft »Kunst und Altertum« den Freunden darzubringen, sowie einen Band *»Wilhelm Meisters Wanderjahre«*.

Dieses ist denn doch das höchst Reizende eines sonst bedenklichen Autorlebens, daß man seinen Freunden schweigt und indessen eine große Konversation mit ihnen nach allen Weltgegenden hin bereitet.

Der Musiker ist in demselben Fall, er muß sich aber anders benehmen wie gewisse Freunde, die weder die Reuetöne zarter Magdalenen noch den Appell an das allgemeine Weltgenie ihren stillen Abwesenden zugute kommen lassen.

Dem allen ohngeachtet will ich das letzte Heft »Morphologie« nicht länger zurückhalten, sondern solches mit dem Wunsch übersenden, daß auch Dir darinnen etwas Erfreuliches bereitet sein möge.

Zum Schluß melde noch, daß Fräulein Ulrike sich beschwert, von Dir seit langer Zeit keinen Gruß vernommen zu haben. Kinder und Enkel befinden sich übrigens wohl und grüßen.

Treulichst

Weimar, den 18. Februar 1821. G.

363. *An Zelter*

Herrn und Madame Boucher, ein bewundernswürdiges musikalisches Paar, empfehle zu geneigter Aufnahme und bitte, bei ihrem höchst erfreulichen Vortrage auch meiner in Gutem zu gedenken.

Weimar, den 23. Februar 1821.

364. *An Goethe*

Berlin, 24. Februar 1821.

Fräulein Ulriken meinen sanften freudigen Morgengruß zuvor, damit er sich gegen Ende nicht wieder in die Tiefen des Herzens zurückziehe! und Du, alter Bergmann, der ihn ausgeschachtet hast, sollst ihn der Freundlichsten, Liebenswürdigsten, Verständigsten zu Füßen legen.

Ferner bemerke, daß Du vollkommen von unsern Zuständen unterrichtet bist, und daß die genannte Zerstreuung mir unter andern am schlechtesten bekommt, hast Du auch erraten.

Wir haben eben Karnaval, bestehend in Opern, Redouten, Bällen, Konzerten, einigen bedeutenden Bankerotten, Essungen (wie Wolff zu sagen pflegt) und dergleichen.

Schinkels neuer Konzertsaal soll künftigen Dienstag durch Drydens »Alexanderfest«, von Händel in Musik gesetzt, eingeweiht werden, wobei ich denn auch beschäftigt bin.

Die letzte vergnügte Stunde gibt mir nun die Verheißung Deines Briefes vom 18. dieses, daß wir ein paar frische Ostereier von Dir zu hoffen haben. Schon von Jena her hatte ich davon gehört und präpariere mich gebührend darauf, indem ich die 3 Bände von »Dichtung und Wahrheit« ganz durchgelesen habe und jetzt schon an den 3. Teil des »Wilhelm Meister« anreiche, um der neuen Gabe ein frisches Gedächtnis zuzubringen.

Denke nur nicht, daß die Morphologischen Hefte an mir verloren sind, weil ich sie ohne Urteil und hieroglyphisch lese. Nach meiner Art bin ich in praktischer Beobachtung von innen heraus nicht ungeübt, wenn auch bei mir ein anderes Fazit entsteht, indem ich es als Samen nutze oder aufbewahre.

Gar gern sehe ich auch Dich, wie Du gleich einer Spinne deine Fäden nach allen Seiten anhängst und beobachtend in der Mitte schwebst, ja mir so, wie der Fliege, zuweilen furchtbar vorkommst.

Das Leben ist viel zu kurz, zweideutig und gemein, um im Zusammenhange zu erscheinen. So nutze ich Deine fragmentarischen Hefte, die ich ohne Anstrengung immer wieder ansehe und sie nach Zeit und Ort sondere, um mir wie ein alter Maurer Dein geliebtes Ganze daraus aufzubauen.

Laune, Mutwillen, Derbheit und Scherz erfinde ich mir dazu als Locken- und Blätterwerk, um die Knäufe der Säulen und Pfeiler damit zu verzieren.

Das Bekenntnis unserer guten Epimeleia soll auch folgen; die in Teplitz entstandene Partitur davon ist aber nicht zu versenden, und ich muß eine neue machen, die auch wirklich angefangen war, als ein recht heftiges Augenübel von 5 bis 6 Wochen mich daran verhinderte. Nun sollte ich auch nachher in den trüben Tagen nichts Schreibendes und Lesendes vornehmen, darüber haben sich die gängigen Arbeiten angesammelt, und nun habe ich noch nicht in den alten Anteil hineinkommen können. Alles erscheint mir kalt und gleichgültig, doch die nächste gute Stunde soll zum Guten verwendet werden.

Z.

365. *An Goethe*

Montag, 30. April 1821

Dein Magnus oder Alexander Boucher hat sich vorgestern mit großem Applaus hören lassen.

Mich hat er an den Baron Bagge erinnert, mit dem Unterschiede, daß, wenn von Boucher der Narr subtrahiert wird, ein außerordentlicher Violinist übrigbleibt:

Intonation, Gewalt über Griffbrett und Bogen, Keck- und Derbheit, Empfindsamkeit, Verwegenheit, das Gewagteste anzugreifen und zu überwinden, ist ihm so natürlich wie seine Geckerei; darum könnte man ihn loben, so wie er ist.

Man spielt wohl in seinen 4 Wänden auf solche Art. Wenn ich ihn nicht ansahe, kam er mir vor, als wenn er in Nachtjacke und Pantoffeln spielte, und eben dies Vermögen, sich vor dem Publikum auf drei Fuß hoher Estrade zu isolieren – ich habe es lachend bewundert.

Seine vorgegebene Ähnlichkeit mit Napoleon hat manchen herbeigezogen, wiewohl der Saal nicht voll war.

Den Baron Bagge habe sehr wohl gekannt. Er war kein Hasenfuß und neben seiner eingebildeten Originalität das beste Herz gegen Kunst und Kunstjünger. Er hat uns jungen Leuten die rarsten Leckereien vorgesetzt, um uns dabei zu unterrichten, und einigen von uns hat er Geld dazu gegeben. Man hatte ihn zum besten, er ließ sich nicht abhalten, die Liebe deckte von beiden Seiten zu.

Madame Boucher hat noch mehr Beifall gefunden. Ihr Spiel auf dem Fortepiano und der Harfe zugleich zeigt, daß sie auf beiden Instrumenten sicher ist, was wegen der entgegengesetzten Bewegung der Arme und Finger eine lange Übung erfordert, so sonderbar auch die Sache an sich ist.

Ihre Komposition des Konzerts, das sie spielte, hat mir mehr gefallen als die ihres Mannes.

Kapellmeister Hummel hat außerordentlichen Beifall gefunden. Heut gibt er das zweite Konzert, und wenn er nicht so weich wie Brei wieder nach Weimar kommt, so ist die Hitze nicht schuld daran, denn die ist außerordentlich.

Meine Passionsmusik hat diesmal der König besucht und mir 20 Friedrichsdor zugeschickt, die ich gern genommen habe, da die gelben Scheibchen rar sind bei mir. Er ist aber noch außerdem so gnädig gewesen, mir einen Platz neben dem Universitätsgarten zu bewilligen, worauf ein Saal für meine Singakademie soll gebaut werden.

Anbei sende ein Schriftchen, das Du vielleicht schon hast, von unserm guten Bellermann. Er hat mir zwei Exemplare zugeschickt, und daher kann ich eins abgeben.

Lebe wohl und laß uns wissen, wo Du bleibst. Hummel, der diesen Brief mitnimmt, will morgen abreisen.

Dein ewiger
Zelter.

366. *An Goethe*

Berlin, Donnerstag, den 10. Mai 1821.

Die günstige Gelegenheit, Dir einige Worte zu schreiben, soll mir nicht entgehn.

Gestern hat sich unser Herr Boucher nebst Frau abermalen mit vergrößertem Beifalle und bei gefüllterm Hause hören lassen; sein Ton ist in der Tat schön und seine Fertigkeit ganz außerordentlich. Das Kapriziose in seinem Spiel glaube ich richtig als angeboren erkannt zu haben, denn es ist ohne Affektion und hat was Romantisches, das sich recht gut nachempfinden läßt, wenn auch ich mit diesem Konvolut von Talenten etwas anderes beginnen würde.

In etwa 8 Tagen denke ich nach Leipzig zu gehn und wünschte wohl zu wissen, wo man Dich aufzusuchen hätte. Sei daher so gut, mich mit der nämlichen Gelegenheit einiges darüber wissen zu lassen, denn ohne Dich noch einmal wieder ans Herz zu drücken, mag ich nicht sterben, soviel Lust zum Leben ich auch habe.

Alles sperrt hier wie die jungen Vögel die Schnäbel auf, um Deine Ostergaben einzunehmen.

»Bleibe Du mein Allerliebstes,
Denn Du hast es und Du gibst es«

Deinem

Z.

367. *An Zelter*

Wir sind zu Hause, der Freund willkommen.

Weimar, den 13. Mai 1821. G.

368. *An Zelter*

Da Du, mein Wertester, nach geschehener Meldung außenbleibst und verstummst, so kann dies nicht anders als auf Rechnung großstädtischer Freundschaft geschrieben werden, deswegen Du auch durch keinen Vorwurf belästigt werden, sondern durch Herrn Lortzing schönstens gegrüßt sein sollst.

Staatsrat Schultz erwarte ich in diesen Tagen, wo ich denn von Berlin gar manches zu hören hoffe.

Treulichst

Weimar, den 30. Juni 1821. Goethe.

369. *An Goethe*

Berlin, den 8. Juli 1821.

Ich bin bis über die Ohren in Briefschulden geraten, woran der ewige Winter mit schuld ist, und damit Du das letzte verstehst, so erfahre, daß ich jetzt, 4 Wochen nach Pfingsten, noch einheize.

Unter diesen Umständen beschäftigt mich eine lang verschobene Arbeit, indem ich meine Sachen, die sich durch das Umziehen auf- und durcheinander gerührt haben, wieder ordne, verzeichne und dabei nicht ohne Vergnügen manches lerne, was nicht gelehrt wird.

Nun kommt vorgestern Herr Lortzing und bringt Dein liebes Briefchen vom 30. Junii und erweckt mich aus Träumen der Vorzeit zum modernen Gewissen. Ich habe nämlich dem Sohne eines Schul- und Kunstkameraden nicht verweigern wollen, etwas an Dich mitzugeben, und so sende ein paar Exemplare einer Liedersammlung, welche sich Herr Nägeli in Zürich die Mühe gegeben hat mit einer bedeutenden Anzahl von Druck- und Dreckfehlern ans Licht zu stellen. Mein Bildnis will auch niemand anerkennen, woran auch weiter nichts gelegen ist, es müßte denn eine Gelegenheit werden, den Mann selber mit bessern Augen zu betrachten.

Ob ich Dir schon für Deinen Prolog herzlich gedankt habe, weiß ich selbst nicht; hier ist es tausendmal geschehen, und was diesmal das Besondere ist: es ist darüber ohne alle Ausnahme nur Eine Stimme; der gute Humor, den dieser Prolog gleich am ersten Tage vom Allerhöchsten bis auf meinesgleichen herab verbreitet hat, war in seiner tiefsten Stille so merklich und erhob sich vom innig Andächtigen zum lautesten Jubel, worin erst ganz zuletzt die Trompeten und Pauken wie gezwungen einstimmen mußten. Die »Iphigenia« ist niemals, auch mir nicht, von der Wirkung gewesen wie heut. Das Lied der Parzen hat jedes Herz erschüttert – man schien es noch nie gekannt zu haben.

Die »Wanderjahre« habe ich erst einmal gelesen. Mein Exemplar hat mir meine Tochter mit nach Pommern genommen, und nun warte ich Deiner Güte. Sobald Du kannst, schicke mir nur eins wieder. Vor der Hand lese ich den Terenz und merke, daß ich soviel Lateinisch verstehe, um die Übersetzng der Madame Dacier sehr französisch zu finden. Doch wollen wir nicht undankbar sein und gestehen, daß ich ohne diese gute Dacier auch nicht zurechtfinden würde.

Boucher hat gestern sein 6. Konzert bei vollem Hause gegeben, und das hat er Dir zu verdanken; das erstemal wollten sie ihn auslachen; einige sind von mir so angelacht worden, daß ich darüber zu dem Ehrentitel eines Bullenbeißers gelangt bin. Boucher ist übrigens ein wirklicher Musikus und versteht seine *bouche* so zu bedienen, daß kein Lüftchen dazu kann; es ist wirklich ebenso angenehm, diese Eheleute zusammen, wie jeden allein zu hören. Der Beifall war außerordentlich. Wir stehen auf sehr gutem Fuße miteinander, und ich zweifle, daß dies sein letztes Konzert sein wird. In jedem Falle wird er sich im Winter wieder hier einfinden; auch findet er wohl, Paris ausgenommen, nicht leicht so viele gute Spieler beieinander.

Für heute wollen wir schließen. Wennehe Du diesen Brief bekommst, weiß ich nicht. Lebe wohl und laß von Dir hören.

Dein

ewiger

Zelter.

Aus meiner Reise nach Leipzig ist nichts geworden, die Ursachen gelegentlich und (vielleicht den Herbst) mündlich. Doch laß mich wissen, wo Du bist.

Bald hätte ich vergessen zu sagen, daß der junge Mann Rellstab heißt und als Lieutenant die letzten Kriege mitgemacht hat. Er ist ein geborner Berliner, Sohn des bekannten Musikverlegers, und Stifter einer zweiten Liedertafel allhier, für die er sich auch in Versen bemüht hat. Er will Dein Angesicht sehen und ist ein braver Junge. Da sie mich an dieser Liedertafel ohne Verschulden zum Ehrenmitglied erkiest haben, so konnte ich seine Bitte nicht ablehnen.

Staatsrat Schultz grüße von mir aufs freundlichste, denn hier in Berlin bekomme ich ihn doch nicht zu sehn. Vorgestern haben wir aus dem herrlichen Urglase, welches Du Hegeln geschickt hast, aller Urseelen Gesundheit getrunken. Vale!

370. *An Goethe*

Berlin, 31. Julius 1821.

Herr Lortzing hat, wie ich höre, nicht zum Spiele kommen können, da seine Ankunft nicht vorbereitet war und Graf Brühl nicht anwesend ist. Unser Theater ist jetzt wieder lavierend, wie immer in der Sauergurkenzeit, und das alte große Operntheater wird repariert.

Da nun Her Lortzing heute wieder abreiset, so sende diese Zeilen mit, indem Du meinen letzten Brief, den Herr Rellstab mitgenommen hat, wohl noch nicht wirst erhalten haben.

Was ich mit der Post nicht schreiben wollte, mag diese Gelegenheit berichten: Man verlangte von mir, Dich nach Berlin zu schaffen und zu dem Ende in eigener Person vor Dir zu erscheinen, was nicht abzulehnen gewesen, ja mit Vergnügen geschehen wäre, wenn auch nur um Dir zu sagen, daß Du sitzen bleibest auf Deinem Stuhle und Dich nicht anders rührst als mit Gewalt.

Da ich nicht leiden will, daß Du eines unnatürlichen Todes sterbest, so sollst Du Dich ebensowenig totfressen.

Das übrige, so Gott will, in der Beichte; denn sollte es schöne Herbsttage geben, so rutsche ich doch wohl auf einige Tage hin nach Thüringen. Für jetzt ist mein Garten mir so wert, daß ich mich nicht entfernen mag, weil es endlich nirgend besser ist als zu Hause.

Dein auf ewig!

Zelter.

371. *An Goethe*

Berlin, 8. August 1821.

Herr Catel will ein Briefchen an Dich mitnehmen, da soll denn die gute Gelegenheit nicht versäumt werden.

Das Nest wird hier immer leerer. Auch Fürst Radziwills sind gestern nach Posen abgegangen. Graf Brühl ist auch abwesend, und unser neues Theater nimmt sich aus wie ein altes Lazarett: die eine Hälfte ist krank, und die andere kränkelt. Auf das neue Haus schelten sie, und Schinkel kriecht aus einem Winkel in den andern.

Eine Lektion, von der ich eben komme, geht Dich an. Erstlich habe die neue Ausgabe des Herrn Schubarth mit Vergnügen durchstrichen und hier und dort meine eigene Gedanken gefunden.

Sodann sind wir zu den Quedlinburger »Wanderjahren« übergegangen, die ich sine ira vom ersten bis zum letzten Worte durchgelesen habe.

Da der Mann in Deinem gewandten Kleide einhertritt, so wird er manche Türe offen finden. Eine Kleinigkeit scheint ihm eben dabei nicht eingefallen zu sein: daß er nämlich weder *so* noch *das* schreiben könnte, wenn er nicht von seines Herrn Tische käme. So habe ich ihm aus meinem Fenster abgemerkt, daß er von denen ist, die Du klug gemacht hast; denn wo Ein Weiser ist, sind auch gleich viele. Ein Herr Schütz, dessen Vornamen ich vergesse habe, wird als Verfasser genannt.

13. August. Mit dem Urteile ist es eine eigene Sache, da es doch nur innerlich stattfindet. Will man es nach außen klarmachen, so tritt die Sache gern ins alte Geheimnis zurück, und unvermutet steht man vor der Türe, wo man stand, ehe man ins Haus gelassen war. Was der eine als Vorteil zugesteht, will der andere für Mangel erkennen. Man gibt, was man hat, und schreibt, was man kennt und weiß, und jener verlangt, was die nicht leisten wollen. Mit dem Weinstocke will er dingen und handeln. – So machen wir es freilich alle: drum wollen wir ihn geduldig tragen und mit dem Weinstocke ihm zurufen: Dummer Teufel! was ich dir gebe, ist ja Wein! Geh hin und danke zuerst dem, der dir den Durst gegeben hat; hast du aber keinen Durst, so kannst du keinen löschen.

Isegrim scheint zufriedner zu sein mit diesem Schützen als mit dem ersten, der etwas scharf geladen hat; nur hatte ich, als er mir davon sprach, das Schützenbuch noch nicht gelesen. Heut hat er mich mit Seebeck zu sich hinaus nach dem Gesundbrunnen gebeten, wohin er seit einiger Zeit gezogen ist.

Boucher ist noch hier und will nach Posen, Radziwills nachreisen, wo er schon willkommen sein wird. Er wird wohl wieder zurückkommen; das Publikum hat er sich gewonnen, der Kerl ist wie ein Aal. Es läßt sich leben mit ihm, und wir stehen auf gutem Fuße miteinander. Vorigen Sonntag hat er ein paar von meinen Schülern gehört, mit denen er nicht unzufrieden war. Er hat sich ein Violinkonzert von Sebastian Bach geben lassen und tut, als wenn ihm's gefiele; zweimal hat er es schon privatim gespielt und kostet sich damit die Liebhaber aus. Wir lernen voneinander, und die Meinung, daß alte gute Musikstücke gehackt und geschuppt sein wollen, will er ablegen. Er weiß, daß ich das Außerordentliche an ihm schätze und zugleich das Ordentliche außerordentlich finde. Er ist aber in der Tat ein verständiger Mensch. Dich hat er in besondere Affektion genommen; hast Du ihn denn gehört?

Eberwein, der mir getreulich seine Lieder schickt, habe ich loben müssen und ihm eins dagegen gesandt, das ich mir aus dem »Diwan«, Seite 26, für die Liedertafel zugerichtet habe. So wie es da steht, konnte ich's nicht geradezu anwenden, weil sie es mir sonst nicht ordentlich singen, und endlich verlangt auch die Melodie ihr Recht; ja wenn diese getroffen ist, pflegst auch Du wohl Gnade für Recht ergehn zu lassen, denn ich habe Deine Verse angegriffen und daran gemodelt.

Was mir von den Liedern des »Diwan« vielleicht am meisten gelungen ist, ist: *»Worauf kommt es überall an.«* Das könnte Dir gefallen, weil es mir gefällt und auch sonst Beifall hat.

Dein

Z.

372. *An Goethe*

Berlin, 20. August 1821.

Eine längst bekannte Entdeckung, die sogar ich selber schon zum zweiten Male mache, muß ich mitteilen.

Indem ich in meinem »Lessing« blättre, stoße ich im 23. Bande des »Theatralischen Nachlasses« auf den »Rasenden Herkules« des Seneca und finde darin das glücklichste Sujet für eine Oper, und was noch mehr ist, gegen das Ende hält es Lessing selbst dafür.

Es müßte in drei Akte zerlegt werden, und um nicht ein zu tragisches Ende zu nehmen, könnten vielleicht Mutter und Kinder am Schlusse wieder belebt werden. Solche Arbeit könnte dem Freunde Theseus aufgetragen werden, der soeben seinem Befreier aus der Unterwelt einen frischen Dank schuldig geworden ist und jetzt Bescheid wissen kann, wie es dort unten aussieht. Möchtest Du mir doch hierüber ein belehrendes Wort gönnen.

Ich habe einen jungen Schüler, der jetzt in der Arbeit seiner 3. komischen Oper begriffen ist und dem ich auch wohl etwas Ernsthaftes aufgeben möchte. Der Knabe ist ein gesundes Talent; seine Arbeiten haben Fluß, und er ist fleißig aus Drang zur Sache. In Jahr und Tag dächte ich ihn nach Italien zu schicken und auf eigene Füße zu bringen.

Kunersdorf bei Wriezen, den 25. August. – »Nichts von gutem Boden, Nichts von Magdeburger Land!« Endlich auf dem Wege hieher habe ich unsern Sandpoeten von Angesicht gesehen. Beim Pferdewechsel in Werneuchen besuchten wir ihn in seinem reinlich-ärmlichen Gehöftchen. Härter möge kein Versemann bestraft werden, solche Gegend zu besingen, als dieser gute Landpastor; denn jetzt bearbeitet er schon seine dritte Frau, und zweimal ist ihm das Fleckchen (und zwar, wie gesagt worden, durch Bosheit) abgebrannt. Und noch ist er unermüdet, *seine* Natur, die für ihn so wie Er für sie expreß gemacht zu sein scheint, hochzupreisen. Dazu paßt denn seine rundliche stattliche Figur mit einer Art von Kohlhaupte, dem Augen und Mund eingeschnitten zu sein scheinen.

Hier in Kunersdorf ist es der Mühe wert, die Landwirtschaft zu beobachten. Was darüber im »Wilhelm Meister« vorkommt, findest Du hier vollkommen real, in Bewegung eines guten Uhrwerks. Die gräflich Itzenplitz'sche Familie bringt den größten Teil des Jahres hier zu. Bekannte Gäste sind stets willkommen und niemals zu viele, weil auf viele gerechnet ist. Man ist nicht fremd, man befindet sich in einer Aisance wie in eigenen Wänden, ja wer es will, wird auch als Gast nicht eher bemerkt als bei Tische, wo denn der Nachmittag besprochen wird, indem etwa die in der Nähe liegenden Vorwerke besucht werden, bei welcher Gelegenheit der Gast sich unterrichtend erfreut und die Herrschaft ihr Geschäft verrichtet, weil nichts verpachtet ist und alles aus dem Centro bewirtschaftet wird.

Pritzhagen, ein bedeutendes Erbvorwerk, gleicht vollkommen der besten böhmischen Gegend, man ist mit einem Male aus dem Sande in ein Gebirg versetzt, wo Höhen gegen Tiefen, Seen gegen Gelände von Natur ein grandioses Verhältnis haben. An Gewächshäuser, Orangerie und dergleichen ist nicht gedacht, dafür aber Korn, Weizen, Fischwerk, Laub- und Nadelholz in Fülle und Gesundheit. Auch das Vieh zeichnet sich aus durch schöne Gestalten. Die Kühe sind fast durchgängig schwarz auf weiß gefleckt; groß und strack, und mäßige, aber außerordentliche schöne Bullen; alles Federvieh im ganzen schneeweiß. Man erfreut sich, wenige Meilen von der Residenz einen schönen Schlag zufriedener Menschen zu finden. Sooft ich schon hier war, habe ich noch keine schwächliche, verwachsene, rothärige junge Leute bemerkt. Die sehr verständige Gräfin waltet auch über diesen Punkt. Ihre eigene Kinder sind nicht vom gesundesten Schlage, so scheint sie denn im stillen über die Ehen um sich her zu wachen und gibt gern zusammen, was zusammen gehört. Außerdem laufen ganz allerliebste Jungen und Mädchen herum, die dem Gutsherrn so ähnlich sehn, als wenn er sie sich so bestellt hätte. Die sämtliche Dienerschaft, schon vom vorigen Regimente her, ist eingeboren und von Jugend auf, und das Alter ist versorgt. Man hört nicht schreien, man sieht nicht rennen, alles ist beschäftigt nach seiner Art, und doch ist Dienstfertigkeit und guter Wille gegen Fremde einheimisch.

Den 29. Berlin. Gestern abend ist Dein Geburtstag in der Singakademie durch Miltons »Morgengesang« gefeiert worden. Weiß ich doch kaum, ob Du lebst; so muß ich mir Dein Andenken nach meiner Art lebendig erhalten.

5. September, abends. Soeben ist Deine »Stella« mit dem tragischen Schlusse über die Szene gegangen. Madame Stich hat sich zum ersten Male als eine von innen heraus Liebende bewiesen. Madame Wolff hat mit gewohnter Sicherheit die Cäcilie gespielt, wie sich's gehört: nichts zuviel und eben genug, und vollkommen gut gesprochen.

Dem Stücke schien freilich in der vorigen Gestalt etwas abzugehn, wiewohl ich das Ganze immer als episodisch gefühlt habe, und dieser Charakter ist ihm, selbst nach der poetischen Gerechtigkeit gegen die Schuldigen, noch geblieben.

Das Kunststück, durch freiwillige Selbstopferung der Liebenden erkennbar zu machen, welche von beiden Frauen am meisten liebt und geliebt wird, tut seine Wirkung, läßt mir aber einen neuen Anstoß zurück: die Treue, von der Leidenschaft besiegt, geht, wie enterbt, leer aus und kommt sogar ums Pflichtteil, den Trost. Wäre es tunlich gewesen, den Tod der Liebenden zufällig herbeizuführen, ohne Selbtentleibung, die doch immer ein Produkt der Verzweifelung ist, so wäre die Natur gerächt, die Schuld versöhnt und für Mutter und Tochter, die leben sollen und wollen, die Welt wieder offen. – Gelt! das hättst Du Dir wohl nicht träumen lassen, wie ich klug bin?

Eine neue Oper: »Der Freischütz« von Maria v. Weber, geht reißend ab. Ein einfältiger Jägerbursch (der Held des Stücks) läßt sich von Schwarzkünstlern, die ebenso einfältig sind, verführen, vermittelst mitternächtlicher Zauberkocherei sogenannte Freikugeln zu gießen, um durch den besten Schuß seine eigene, schon mit ihm versprochene Braut zu gewinnen, die er endlich mit solcher Kugel – erschießt? Bewahre! Auch diese trifft er nicht. Das Mädchen fällt nur vom Knalle, steht gleich wieder auf und läßt sich Knall und Fall heiraten. Ob nun der Treffer das letztere besser kann, ist nicht angegeben.

Die Musik findet großen Beifall und ist in der Tat so gut, daß das Publikum den vielen Kohlen- und Pulverdampf nicht unerträglich findet.

Von eigentlicher Leidenschaft habe vor allem Gebläse wenig gemerkt. Die Kinder und Weiber sind toll und voll davon; Teufel schwarz, Tugend weiß, Theater belebt, Orchester in Bewegung, und daß der Komponist kein Spinozist ist, magst Du daraus abnehmen, daß er ein so kolossales Werk aus obengenanntem nihilo erschaffen hat.

17. September. Boucher hat vorigen Dienstag sein *zweitesletztes* Konzert gegeben und über 1000 rh. damit gewonnen.

Madame Campi aus Wien ist angekommen und hat zweimal nacheinander ein leeres Haus gehabt. Gestern hat sich ferner eine Mademoiselle de Sessi, auch vor leeren Bänken, hören lassen. Beide Sängerinnen sind bedeutend und nur darin unterschieden, daß die letztere mit einer Cäsarsnase ganz jung und die erste mit einer polnischen Nase (sie ist eine Polin) ganz alt ist. Beide vergleichen sich zu ihrem

Vorteile mit der Catalani, wovon sie jedoch nicht reicher werden, und man merkt: die Natur mag sich gebärden, wie sie will, so trägt sie den Sieg davon.

Den 20. Das reißt nicht ab: schon wieder eine neue Sängerin! Eine Mademoiselle Kainz hat sich gestern bei mir hören lassen. Eine Wienerin und zwar ein tüchtiges Mädchen. Von Figur und Ansehn leidlich, könnte etwas größer sein, doch schöne Augen, Zähne, Nase gorge und was sonst ziemlich; aber eine Stimme und eine Übung und eine Sicherheit, Kraft und Umfang, wie mir lange nicht vor den Schnabel gekommen ist. Rund, klar, weich und aus der Mitte. Egal, zu Herzen und willig.

Nun habe ich einmal die Rossini'schen Sprudeleien so gehört, wie ich's mir wünschte. Sie erfindet sie von neuem, und sie laufen ihr ab und in die Welt hinaus ohne Druckwerk wie der Markebrunner Quell. Nein! es geht nichts über eine gesunde Menschenstimme, und was ich längst begreife und was mir keiner glauben will: die Italiener wissen allein, was eine Oper sein kann. Gluck hat viele Umstände mit der Oper gemacht, und was er gewollt hat, ist ihm zur Bewundrung gelungen; aber Eine Stimme, die Gott macht, schmeißt ein ganzes Zeughaus von Kunstmitteln nieder, und wer die in Bewegung zu setzen versteht, den soll mir keiner schelten. Boucher wird nun ein drittes letztes Konzert geben, worin sich Mademoiselle Kainz hören lassen will. Er selbst nennt es in der Zeitung das zweite; ich glaube aber, er hat sich verzählt, wenn auch nicht verrechnet.

373. *An Zelter*

Ob Dir gleich, mein Teuerster, in Deinem stundstündlichen sündlichen Berliner Musikantenleben, wie ich gar wohl begreife, zu einer Wirkung in die Ferne keine Zeit übrigbleibt, so wünscht' ich doch, daß Du manchmal, was Dir so wohl gelingt, mit einigen Federstrichen den Augenblick festhieltest und ihn einige dreißig Meilen weiter schicktest. Ich dächte doch, meine Bemühungen um euch, o ihr Athenienser! wenn sie auch nicht jedem einzelnen, sondern der lieben Gesamtheit gesendet werden, verdienten einige Erwiderung.

Meinen Sommer hab' ich glücklich und kurhaft zugebracht; das Unglück von Karlsbad gab eine schlechte Nachkur, denn ich bin zu sehr mit diesem Orte verwachsen, als daß ich mir ihn zerstört denken dürfte. Von den Höhen über Franzenbrunnen sah ich, gerade am 9., jenes Unheil in die mir gar wohl bekannte Tepelregion herunterstürzen, und ohne wunderliche Zufälligkeiten wäre ich in das Unglück mit verwickelt worden; ich hatte sodann weder Mut noch Beruf, in den folgenden Tagen hinzugehen, und die zu einer Fahrt dorthin bestellten Pferde brachten mich nach Hause.

Hier find' ich nun Deine lieben Zuschriften und Sendungen, wofür der beste Dank gesagt sei; ich habe nun einen vieloktavigen Streicherischen Flügel angeschafft, man sagt, er sei glücklich ausgefallen, und ich hoffe, daß mein Winter dadurch etwas musikalischer werden soll.

Wollten Ew. Liebden also zum Besuch, Urteil und Genuß sich selbst an Ort und Stelle verfügen, so bitte, daß es in der zweiten Hälfte des Oktobers geschehe, und zwar auf Anmeldung, nicht mit Überraschung.

Noch gute vierzehn Tage hab' ich hier zu tun, wo Dich zu empfangen weder Ort noch Zeit, weder Gesellschaft noch Gelegenheit sein möchte. Laß mich nächstens wissen, wie Du darüber denkst, was Du vorhast und ausführen kannst, denn ich darf in meinen Jahren und Tagen nicht mehr aus dem Stegreife leben.

Die Musik wirkt nur gegenwärtig und unmittelbar, und

so wirke denn auch wieder einmal als ein echter zuverlässiger musikalischer Freund.

So weit war geschrieben, als ich erst Deine erwünschten Blätter vom 20. August bis 20. September erhielt und, wie Du leicht denken kannst, ganz zufriedengestellt bin. Gegenwärtiges erhältst Du durch einen Klavierspieler Hartknoch, einen Schüler unseres Hummels, der sich Dir am Flügel selbst empfehlen möge; und so den schönsten Dank für alles Mitgeteilte!

Treulichst

Jena, den 28. September 1821. G.

374. *An Goethe*

Kurzen, aber unendlichen Dank für Deinen endlichen Brief, woraus ich sehe, daß Du Dich so ins Gebirg versteckt gehabt hast, nicht einmal von meinen Briefen aufgefunden zu werden.

Deinen Hartknoch kannte ich schon von Leipzig her. Er will sich hier niederlassen, und was ich für ihn tun kann, soll ihm werden.

Bei unserem Theater ist eine kleine Veränderung vorgefallen, worüber ich jedoch noch nichts Posivites weiß. Spontini hat die musikalische Region ganz unter sich bekommen, vielleicht nicht mit Unrecht; ich sage: vielleicht! Die Sache liegt im argen, und es kommt nun darauf an, daß das Rechte geschehe.

Ich soll Dich nicht überraschen. Gott bewahre! Hinterm Ofen wollt' ich liegen, wenn ich nur alle Woche eine Stunde Dein liebes Antlitz sehen könnte.

Ich habe Lust, den 30. in Wittenberg zu sein, um dem

dortigen Feste beizuwohnen. Von da aus schreibe ich Dir, ob ich kommen kann. Die Sache ist etwas kostbar, denn ich möchte gern meine Doris bei mir haben.

Lebe wohl, mein Herzensherz, und soviel, nein, nicht soviel! denn das wäre zuviel, gedenke

Deines

Berlin, 10. Oktober 1821. Z.

375. *An Zelter*

Der empfohlene Rellstab hält sich noch in Weimar auf, um sich zum Heidelberger akademischen Leben vorzubereiten. Meine Kinder haben ihn freundlich aufgenommen und die Weibchen ihn bei dilettantischen Exhibitionen freundlich und nützlich gefunden. Gestern erst brachten sie die mir bestimmten Exemplare, an welchen freilich Herr Negeli seine typographische Kunst und der Porträtiste wenig Sinn für Gestalt und Charakter bewiesen hat.

Daß ich von Deinen guten Absichten auch etwas durchs Ohr vernehme, dazu macht Eberwein Anstalt. Wenn ich aber im Chorgesang »Dichten ist ein Übermut« den Autor gegen Deine Emendationen wiederherstelle, ohne dem musikalischen Rhythmus Eintrag zu tun, wirst Du's wohl verzeihen. Dem Dichter ist wunderlich zumute, wenn er erfährt, daß man ihm mitspielt wie den alten Herrn vor dritthalbtausend Jahren.

Das gute Wort, das Du über den Prolog sagst, erfreut mich sehr; es trifft mit allem zusammen, was ich gehört habe und noch höre. Gar sehr dient es zu meiner Beruhigung, daß ich, in der stillsten Klause, so weit vom lebendigsten Leben entfernt, das zu produzieren wußte, was dort in einem höchst bedeutenden Momente schicklich und erfreulich war. Ich hoffe, man wird nach und nach das Gelegenheitsgedicht ehren lernen, an dem die Unwissenden, die sich einbilden, es gäbe ein unabhängiges Gedicht, noch immer nirgeln und nisseln. Unter den »Zahmen Xenien« wirst Du künftig finden:

Willst du dich als Dichter beweisen,
Mußt du nicht Helden noch Hirten preisen;
Hier ist Rhodus! Tanze, du Wicht,
Und der Gelegenheit schaff ein Gedicht!

Dieses erlasse gegenwärtig, mein Teuerster, am 14. Oktober in Jena, an demselben Punkte, wo vor soviel Jahren alles zusammen nur ein Untergang war; heute dagegen, als am Sonntage, ist es hier außen so stille, daß, wenn nicht zu einer Staatstaufe die Gevattern und andere Zeugen zusammengefahren würden, man die Räume für ausgestorben halten sollte. Indessen grünen die alten Linden noch ganz herrlich, welche jenem Schlachtgetümmel und Bränden ruhig zusahen, und ich schleiche noch manchmal aus meiner unscheinbarsten Hütte in den botanischen Garten, wo ich freilich Deine schöne Schülerin vermisse; Du kannst sie immer wieder einmal von mir grüßen.

Daß sich Boucher und Frau so gut halten, freut mich; denn es ist Naturell hinter großem Fleiß und Übung. Was Du von der Menschenstimme sagst, hat ganz meinen Beifall. Als ich die Catalani in Karlsbad hörte, sagte ich ganz eigentlichst aus dem Stegreife:

Im Zimmer wie im hohen Saal
Hört man sich nimmer satt,
Und man erfährt zum erstenmal,
Warum man Ohren hat.

Möchtest Du mir gelegentlich kurz und gut, nach beliebter und belobter Weise, die eigentlichen Gravamina gegen die innere Einrichtung des neuen Berliner Theaters mitteilen, so wär' ich in Klarheit über einen Zustand, an dem ich teilnehme.

Ein Exemplar der »Wanderjahre« folgt nächstens. Begegnest Du einem *Karl Ernst Schubarth* von Breslau, so sei ihm freundlich in meine Seele; er hat über meinen »Faust« geschrieben und gibt jetzt heraus: »Ideen über Homer und sein Zeitalter«, ein Büchlein, das ich höchlich loben kann, weil es uns in guten Humor versetzt. Die Zerreißenden werden nicht damit zufrieden sein, weil es versöhnt und einet.

Treulichst

Jena, den 14. Oktober 1821. G.

376. *An Zelter*

Hier kommen also die »Wanderjahre« angezogen; ich hoffe, sie sollen bei näherer Betrachtung gewinnen; denn ich kann mich rühmen, daß keine Zeile drinnen steht, die nicht gefühlt oder gedacht wäre; der echte Leser wird das alles schon wieder herausfühlen und -denken.

Bei der grenzenlos reichen Bewegung des Elements, worin Du schwebst, könntest Du immer von Zeit zu Zeit ein Blatt vor die Hand nehmen und mir in einem Becher einen Trunk Berliner Lebenslust darreichen.

Von Professor Hegel, der, meiner Farbenlehre günstig, mir darüber geistreiche Worte meldet, habe soeben einen Schüler, Dr. Henning, gesprochen, welcher, gleichfalls für diese Lehre entzündet, manches Gute wirken wird; es wäre wunderlich genug, wenn ich auch noch in dieser Provinz triumphierte.

Ernst Karl Schubarth, der über meine Arbeiten geschrieben, ist gegenwärtig in Berlin; meldet er sich, so begegne ihm freundlich; es kommt ein Büchlein von ihm heraus: »Ideen über Homer und sein Zeitalter«; begegnet es Dir, so greife darnach. Es ist vermittelnd, einend, versöhnend und heilet die Wunden, die uns von dem Raubgetier geschlagen worden.

Noch bin ich in Jena, wo ich abermals ein paar Hefte drucken lasse. Ich habe so vielerlei vorrätig, daß ich mehrere Monate brauche, wenn ich nur alles redigieren will, und das tut man denn nicht eher, bis der Setzer mahnt.

Apoll und den Musen bestens empfohlen.

Treulichst

Jena, den 19. Oktober 1821. G.

377. *An Goethe*

Berlin, 13. Oktober 1821.

Halte mich, mein Geliebtester, nur nicht so vornehm beschäftigt, daß mir keine Zeit zur Korrespondenz mit Dir bliebe. Ich teile weniger, als Du glauben magst, ein gewisses Mitlaufen, und was mir vorkommt, ist selten mir so wert, daß ich mir deswegen die Finger mit Tinte beschmiere.

Manches muß man denn wohl mitmachen, und da mag's immer besser sein, mit zugrunde gehn, als allein schlecht enden.

Was die Musik anlangt, so ist freilich unser Sündenleben damit so unnatürlich wie möglich, und da darf man auch nicht allzuweit entfernt sein, um mitzulernen, was alle längst wissen; auch macht es mir wohl Spaß, meine Stupidität anerkannt zu sehn. Dabei wird jedoch der gewohnte Schritt verfolgt, und mancher wird mitgenommen, der selber nicht weiß, ob er will.

Unsre Stadt ist diesen Herbst wie ein grünender Baum,

dem die lieblichsten Zug-, Schlag- und Singvögel zu- und abfliegen. Sänger, Pfeifer, Geiger und so weiter formieren sich aufs natürlichste zu einer queue, wie Lämmer geduldig, mit Noten, Geigen, Flöten, Klarinetten unterm Arme, um einander, wo nicht zu übertreffen, doch zu überbieten, und da wir reiche Leute sind, so geben wir auch so: viel für wenig und umgekehrt.

Am Donnerstage hat Boucher abermalen das nächste seiner letzten Konzerte bei vollem Hause gegeben. Dafür ist Berlin sein Athen, es kann ihm aber auch zu Haus und Hof kommen wie der Catalani; denn was uns recht gefällt, finden sie andernorts gern abscheulich.

Dein Brief vom 14. Oktober ist gestern den 20. angekommen. Auch ich habe diesen Tag nach meiner Weise mit ähnlichen Betrachtungen gefeiert, die man wohl jährlich wie ein Gedächtnismal wiederholt, wäre es auch nur, um die Zeit mit der Zeit-ung zu vergleichen.

Herr Rellstab ist der Sohn eines alten Schulfreundes und hat den Militärdienst verlassen. Seiner guten Mutter bin ich besonders bei ihrem Leben hold gewesen, und darum ist mir's lieb, daß er in Deinem Hause gute Aufnahme gefunden hat.

Herr Nägeli hatte sich völlig darauf gespitzt, daß mich seine Ausgabe meiner Lieder höchlich erfreuen sollte, und kann sich nicht genug wundern über meine Unverschämtheit, die vielen Druck- und Dreckfehler darin nicht zu billigen. Von dem Bildnisse habe ich die Satisfaktion, daß die Leute mich besser aussehend finden; das kann man denn doch nicht übelnehmen.

Daß Du meine Emendationen wieder zurücktust, hat meinen vollen Beifall. Man hat auch gute Freunde, denen man eins auswischen möchte, und da gleiche Ursachen gleiche Wirkungen haben können, so ist Übermut aus Übermut entstanden. Meine Gelegenheit war mir dabei so gelegen, daß ich ohne diese Gelegenheit nicht gewußt hätte, wie ich die Verse notieren sollen, was ich doch wollte. Ich bin eine Art von Botanikus, der schöne ausländische Pflanzen auf seinen Boden bringt, und wenn beides dadurch nicht besser wird, so merkt man am Dritten, welchen Wert das Element hat.

Wollte mich auch als Dichter beweisen
Und meine Helden rückwärts preisen.

Da läuft schon wieder der Emendator mit dem Poeten ins Freie.

Meine schöne Schülerin, wie Du sie nennst, werde ich hoch erfreuen, da Du ihrer so schön gedenkst. Sie und die Mutter sind die Besten ihres Stammes und, wie mit Fluch beladen, rechte Kreuzträgerinnen. Vielleicht spricht sich's einmal darüber.

Dein Schubarth soll nicht gescholten werden, wenn er kommt. Sein Buch hat mir Freude gemacht. Er wird schon längst erwartet, doch meines Wissens ist er nicht hier.

Über das Theater gelegentlich; denn wie ich oben zu verstehn gegeben, huldige auch ich der Göttin Gelegenheit und ärgere mich, wenn ich sie versäume. Da fällt mir Boucher ein, Boucher ist der Sohn des Tages. Wer ein Konzert voll haben will, muß den Boucher dabei haben, sonst lassen sie Gesotten und Gebraten stehn. Er kennt die Welt und hat ein Gemüt, sollte es auch ein französisches sein. Er hat in der Tat etwas Moralisches getan, den angeflogenen aufgelogenen Nationalhaß zu verschleifen; denn: dämagogisch gesprochen, möchten wir alle in guten Stunden gern leichteres Blut haben, weil wenigstens ich sonst nicht wüßte, wo mir aller Appetit zum Weintrinken herkommt.

Da bin ich im Schwatzen auf die 4. Seite geraten, und

Briefe wirst Du gewiß mehr haben als Zeit, sie alle zu lesen; so lies denn das letzte allein: Ewig Dein Getreuster! Z.

378. *An Goethe*

Berlin, 21. Oktober 1821.

Über unser neues Theater jetzt schon ordentlich zu urteilen, ist mir in der Tat kaum noch eingefallen. Hoffentlich bist Du mit dem Plane genau genug bekannt, um folgendes zu vernehmen.

Das abgebrannte Haus fand man an der Stelle eines (ehemals unter der Regierung Friedrichs II. erbauten) kleinern Hauses für die französische Komödie viel zu groß, ohne ihm einen großen Stil zugestehn zu wollen.

Man urteilte, ein *einziges* Theater für ganz Berlin sei ein Ungedanke; oft sei es zu klein, noch öfter sei es zu groß, und ein zu großes leeres Haus sei ein großer Jammer.

Das Proszenium war über 40′ Rheinländisch und die Tiefe des Theaters, wenn ich nicht irre, gegen 100 Fuß. Hinlängliche Anstalten zur Erwärmung im Winter wurden vermißt; die Schauspieler und Sänger klagten, daß ihnen das Wort auf der Lippe gefror; das Orchester bepelzte sich von unten bis oben zum Schaden des Ohrs und des Auges; eine ruhige Beleuchtung war nicht zu erhalten, die Lichte flackerten hin und her, und ging der Vorhang in die Höhe, so strömte ein nordostlicher Sirocco ins Haus.

Dieser Effekt ließ sich erklären wegen eines unverhältnismäßig hohen, hohlen, runden Bohlendaches auf einer Sperrweite von 110′, das die Absicht hatte, Hinterwände und Vorhänge gerade in die Höhe ziehn zu können und den Malern Räume zum Arbeiten zu geben. Dieser doppelte Zweck ward aber nicht erreicht, indem man der Sicherheit wegen das Dach mit extra starken Bauhölzern ausbinden, anhängen und ankern mußte und die große[n] Dachfenstern die Fassade entstellt hätten.

Die Logen wurden zu hoch befunden, und so viel ist wahr, daß nach Verhältnis der Höhe des Hauses noch eine Reihe Logen ohne Übelstand Platz gefunden hätte. Dann:

Bei trockener Witterung bullerten Musik und starke Rede, und in trüben Novembertagen bei schwerer Luft wurde nicht verstanden.

Nach der Theorie des Baumeisters, die Schallstrahlen zu konzentrieren, war ein Luftzug über der königlichen Loge angebracht, um Schall und Tönen eine Direktion ins Haus zu geben.

An diese Unbequemlichkeiten hatte man sich endlich gewöhnt, als ein hülfereiches Element allen Klagen und Plagen ein Ende machte, und auch hier fehlte es nicht an Sprechern, indem die Leute nun einmal der Meinung sind, daß alles um ihrentwillen geschehe.

Nach dem Brande machte sich, soviel ich weiß, Schinkel für sich selbst die Aufgabe zu einem neuen Theater, dessen Plan er zu sekretieren wußte, bis die Frage war: was zu tun sei und wie. – Auf Befehl des Königs wurden nun die stehengebliebenen Wände untersucht und brauchbar befunden; so entstand eine neue Aufgabe, und da Schinkel wohl am besten für die Sache mochte vorbereitet sein, ward ein solcher Plan ihm aufgetragen.

Die neuen Gravamina, da das Haus nun fertig ist, sollen in folgendem bestehn.

1) Es sei zu klein für Berlin;

2) die Logen hinter dem Balkon sei'n zu eng, zu finster, zu niedrig, ja ängstlich: man habe fast Gewalt zu gebrauchen, um an seinen Platz und wieder davon zu kommen.

3) Die Schauspieler führen Klage über Disposition ihrer Kammern und Anziehzimmer: es seien einmal zu viel und doch wieder nicht genug;

4) die Orchesterleute über unbequeme Eingänge und Treppen zum Orchester.

5) Die Architekten vermissen einen reinen Stil. – Zu viele Ecken und Kropfwerk; zu viele schmale Fenster werden anstößig gefunden.

6) Bildhauer tadeln die Ausführung der Basreliefs, Gruppen, Figuren. Greifen und Pegasus werden durchgezogen und bewitzelt.

Das wäre nun das Hauptsächlichste, was mir zu Ohren gekommen.

Über den Stil wüßte ich für jetzt nur zu sagen, daß er mir im ganzen zusteht. Die Mittepfosten der Fenster kommen mir etwas zu stark vor; daher erscheinen bei Tagslichte die Abteilungen der Fenster wie soviele Pfeiler und Fenster und zersplittern die Massen. Bei Mondlichte hat die Fassade etwas Ätherisches, das sich trägt und hebt. Säulen, Kapitäle und Gesimse nehmen sich munter und zierlich aus und tun sich durch reinliche Ausführung ganz besonders hervor gegen die korinthischen Klötze an den beiden danebenstehenden Kirchen, doch ohne Petulanz, ohne Frechheit.

Der Wagen mit den Greifen scheint mir zu groß und belastend. Er schadet der Perspektive, und die Tiere, welche zu deutlich werden, werden von unten dadurch grotesk. 500 bis 600 Fuß ab gruppiert sich der Wagen am besten, da kann man aber wieder das Haus nicht sehn.

Auch der Pegasus könnte kleiner sein, den ich, ehe er oben war, sehr gut fand. Nun er da oben steht, ist sein Geschäft (die Erde aufzuschlagen) nicht deutlich; was kratzt er da oben in der Erde?

Zu loben sind die Vorplätze, besonders beim Herausgehn, wo sich alles recht hübsch zerteilt ohne Drang und Gefahr. Die Kassen sind beihanden, und nichts kann vorbeischleichen.

Das Orchester hat an beiden Seiten Treppen: eine grade,

um ruhig aus dem Hause zu kommen, und eine gewundene aufs Theater.

Die Dispositon der Räume für die Schauspieler auf dem Theater ist wohl eine Sache der Ökonomen und pflegt sich mit der Zeit einzurichten, wenn es nur nicht an Räumen fehlt. Freilich wäre es ungeschickt, wenn die Frauen durch die Anziehkammern der Männer gehn müßten.

Sang, Klang und Rede läßt sich gut vernehmen; da ich aber bis jetzt alle Vorstellungen aus Sperrsitzen oder dem Orchester vernommmen habe, so kann darüber noch nicht weiter berichten.

Den 23.

So weit war ich gekommen, als ich Sonntag abends Schinkel in Gesellschaft fand und ihn mit Deiner Aufgabe bekannt machte. Die Gesellschaft war zu groß, und es ließ sich von solchen Dingen nicht reden. Nun schickt mir gestern Schinkel das beigehende Blatt, woraus Du das Weitere abnehmen magst.

Die Menschen sind sich nicht mehr entgegen, als wenn es diesem oder jenem einfällt, ihnen eine Freude zu machen. Wehe dem, der nicht für sich und sein eigenes Vergnügen arbeitet: er geht zugrunde, und der Racker steht von einer Generation zur andern gerüstet und kräftig da, und bei dem allen ist das Schweinezeug das Beste von der Welt; der Teufel schickt es, der Teufel holt es – Amen.

Vom Konzertsaale könnte ich noch sagen, daß er allgemeinen Beifall hat. Zwar klagen Musiker und Sänger über beschwerliche Exekution; ich traue ihnen darüber kein Urteil zu, weil im Saale selbst oben und unten und endlich sogar in den Vorplätzen und Treppen die Musik deutlich und frei herauskommt, was gut gespielt wird.

Man ist viel zu sehr am Fingern und Klimpern gewöhnt, um ein freies Urteil zu haben, und auch dies und die unendlich kleinen Narrereien, Derbheiten und Tollheiten eines Boucher kannst Du noch auf den entfernten Stiegen deutlich vernehmen. Nur einmal erst habe das Händel'sche »Alexanderfest« dirigiert und die Sache ordentlich befunden.

Die prächtige Architektur desselben, welche *überschlüterisch* könnte genannt werden, gehört mehr in ein fürstliches Schloß; bedenke ich wieder, daß der Baumeister eine Königliche Kasse und Lust, sich auszulassen, zeigen wollen, so möchte ich diesen Fehler gern machen können.

Den 26. Oktober. Morgends. Soeben kommt Dein Brief vom 19. dieses an, mit den »Wanderjahren«, die ich von der Post abholen lasse.

Morgen früh reise ich mit meiner Doris und einem 12jährigen muntern Knaben, meinem Schüler, dem Sohn des Herrn Mendelssohn, ab nach Wittenberg, um dem dortigen Feste beizuwohnen. Von Wittenberg aus sollst Du erfahren, ob ich, diese 3 Mann hoch, nach Weimar komme. Da Dein Haus voll genug ist, so trete ich in meinem guten »Elefanten« ab, wo ich's noch immer recht gut gehabt habe, wenn ich nur Dich wiedersehe; mich dürstet nach Deiner Nähe. Meiner Doris und meinem besten Schüler will ich gern Dein Angesicht zeigen, ehe ich von der Welt gehe, worin ich's freilich solange als möglich aushalten will. Der letztere ist ein guter hübscher Knabe, munter und gehorsam. Er ist zwar ein Judensohn, aber kein Jude. Der Vater hat mit bedeutender Aufopferung seine Söhne nicht beschneiden lassen und erzieht sie, wie sich's gehört; es wäre wirklich einmal eppes Rores, wenn aus einem Judensohne ein Künstler würde.

Dr. Henning hat mir vorgestern einen Gruß von Dir auf der Straße abgegeben.

Was Deine Lehre und ihre Wirkungen in die Ferne betrifft, so kannst Du ohne Sorge sein. Wo ein Quell ist, wird's am Fließen nicht fehlen, und wenn ich manches zu hören habe, so verstehe ich daraus desto besser.

Ein recht geschickter Mann in seiner Art fand letzthin die Quedlinburger »Wanderjahre« vollkommen nach seinem Sinne und sprach darüber und ihren Zweck und Bedeutung für einen solchen Mann so einfältig als möglich. Da man bei der Gelegenheit auf mich sahe und alles schwieg, so nahm ich das Wort und erwiderte: Was Sie da sagen, habe ich auch einmal zu einem gesagt, und der antwortete mir: »Goethe ist immer 50 Jahre eher klug als die andern; Sie aber sind nicht klug, denn Sie verstehn ihn nicht.«

Glücklicherweise geriet diese Rede an einen Humoristen, der wohl einen Spaß versteht, und gedenken wird er mir's freilich.

Lebe wohl, ich muß packen.

Deinen Ernst Karl Schubarth habe noch nicht gesehn, er wird sich wohl mit Schultz herumtreiben, den ich auch seit seiner Zurückkunft noch nicht gesehn habe. Wir sind in der besten Meinung auseinander geraten, vielleicht kommen wir auf die nämliche Art wieder zusammen.

Leipzig, den 31. Oktober. Ich bin in der Absicht etwas früher nach Wittenberg gegangen, um mir die Gelegenheit zu besehen. Zwei Tage haben mich so vollständig über alles unterrichtet, daß ich das Fest selbst den andern überlasse und gestern abend hier angekommen bin. Ob ich Dich nun von meiner Ankunft in Weimar werde benachrichtigen können, weiß Gott, und wenn keine Post geht, so muß ich doch unangemeldet kommen.

[Beilage]

Sehr geehrter Freund,
in Verfolg unseres gestrigen Gesprächs, die Gravamina über das neue Schauspielhaus betreffend, kann ich Ihnen im Zusammenhange etwa folgendes sagen.

Die Absicht war, im möglichst kleinen Raum möglichst

viel Menschen gut hören und sehn zu lassen. Zu dieser Absicht ward man gezwungen, weil der König selbst die Weite des Proszeniums (also den Modul des Theaters) so gering festgestellt hatte, daß seiner Absicht nach das Theater für noch geringere Stücke, als jetzt darauf gegeben werden, dienen sollte.

Die Einrichtung der Plätze ist, wie die Erfahrung gelehrt hat, so, daß man auf einem jeden vollkommen gut hört und sieht: ersteres ist der Vorteil des mäßig großen Raumes und einiger darauf berechneter Anlagen im Proscenio und an der Decke; letzteres ist der Vorteil der von mir neuangenommenen Form, die ich auch nie bei einem Theaterbau wieder verlassen würde. Herr Architekt Mauch, welcher jetzt aus dem südlichen Deutschland zurückkommt, erzählt mir von den sämtlichen nach Weinbrenner'schem Prinzip aufgeführten Theateren zu Karlsruhe, Darmstadt, München, Leipzig pp., daß die Erscheinung auffallend sei, wie man von jeder Seite vom Proscenio ab in die Logen Linien ziehen könnte, die ein Drittel abschneiden, wo man keine Zuschauer mehr sieht, weil für diese Logen die Bühne größtenteils unsichtbar ist.

Nun aber hat die vorteilhafte Lage meiner Logen bei der notwendigen Absicht, möglichst viel Menschen in das Haus zu schaffen, mich verleitet, ihnen eine möglichst große Tiefe zu geben, weil ich bei derselben stets sicher sein konnte, daß jeder sehen und hören würde. Hieraus entstand der Balkon, um dessen Plätze sich die Leute reißen, und die hinter demselben höher liegende Loge, in welcher größtenteils 3 Sitzreihen hintereinander sind.

Hier liegt nun das erste Gravamen. Man will nicht bloß das Schauspiel auf der Bühne sehn, sondern selbst Schauspiel geben, und obgleich für solche der Platz auf dem Balkon nirgends eingerichtet ist, so scheint dieser für die Masse derjenigen, welche hierzu Lust haben, nicht hinzureichen, und ein Teil derselben muß sich widerwillens bequemen, in einer Loge mit einem zwar ausgesuchteren, aber kleineren Publikum auf dem Balkon und in den benachbarten Logen sich zu begnügen.

In der ersten Zeit mochte auch ein jeder ins Schauspielhaus gegangen sein, weniger um die Bühne als die Architektur des Hauses selbst zu sehn, welches aus den hinteren Plätzen der Logen nicht möglich ist und wodurch bei denen, die diese grade innehatten, ein Mißbehagen erzeugt ward.

Zu diesem kam die von dem Könige selbst befohlene Anordnung der ganz verschlagenen Logen, die in der heißen Jahreszeit, in welche die Eröffnung des Hauses fiel, etwas Beängstigendes hatte.

Nachdem der König nachgegeben hat, einige dieser Scheidewände wegnehmen zu dürfen, und die kühlere Witterung mehr geschlossene Räume suchen läßt, hört alles Gerede auf; man findet sich schon ganz behaglich in der neuen Einrichtung, ja bei der Kasse ist schon häufig ein stärker[e]s Gesuch nach den paar übriggebliebenen abgeschlagenen Logen als nach den offenen.

Die Menge der Luftzüge, welche ich überall in den Logendecken anbringen ließ und die späterhin bei heißen Tagen sehr gute Wirkung taten, werden jetzt allmählich von den Logeninhabern verschlossen, und so findet und gewöhnt man sich in die Heimlichkeit ganz wohl, und ich bin überzeugt, daß der kommende Winter die Vorzüge eines solchen Lokals gegen die unheimliche Weite unseres großen Opernhauses erst recht deutlich machen wird.

Aber nun kommen noch Gravamina, denen ich nichts entgegenzustellen weiß; diese werden noch eine Zeitlang fortdauren, während jetzt schon das Publikum im ganzen völlig zufrieden und glücklich im neuen Lokale ist. Diese Gravamina kommen von einer Gattung sehr langweiliger Gewohnheitsmenschen, welche deshalb mit allem unzufrieden sind, weil es anders ist, als sie es seit so langen Jahren gekannt haben. Unter diesen sind mir namentlich einige bekannt, die, täglich das Schauspiel besuchend, einen festen Platz seit Jahren darinnen behaupteten und welche prätendieren, man hätte ihnen einen ganz gleichen Platz mit ganz gleichen Umgebungen, Nachbaren pp. in die neue Einrichtung hineinsetzen sollen; da man hierauf nicht Rücksicht genommen, so ist nichts recht, und jede Gelegenheit wird benutzt, der Sache etwas anzuhängen. Mit diesen Leuten aber wird man wohl fertig, da alles Übrige sich schon gegeben hat und man im ganzen die Genugtuung hat, daß man sich nicht verrechnete; auch könnte man wohl glauben, daß das Publikum uns Dank wissen sollte, ihm einige so ennuyante, ganz stabile Abendgestalten aus den Augen gerückt zu haben, die ihm den Genuß am Schauspiel entweder durch ihre geschmacklosen Beifalls- oder Mißfallsgebärden oder durch das Kopfnicken beim Schlafstündchen, welches sie pro publico abhalten, so oft geschmälert haben.

Dies, mein teuerster Freund, sind etwa die Deduktionen der mir bekannt gewordenen Ausstellungen, welchen hin und her abzuhelfen seitdem auch manche kleine Änderung gemacht wurde, die jedoch in der Architektur und innern Ansicht des Gebäudes keinen Einfluß gehabt hat und deshalb vom Publikum auch gar nicht bemerkt wurde. Was sonst etwa der Neid oder die bekannte Tadelsucht der Menschen Unhaltbares vorgebracht, wollen wir nicht so ernstlich nehmen, weil es sich täglich in anderer Gestalt zeigt, je nachdem die Laune herrscht; darüber bin ich vollkommen getröstet und lasse mich nicht irremachen.

Freundschaftlichst

der Ihrige

22. Oktober 1821. Schinkel.

379. *An Goethe*

Leipzig, Mittwoch, 21. November 1821.

Herr Schultz, Musikverleger aus London, der mir einen Brief mitbringt, verspricht, mir einen wichtigen Dienst in London zu leisten.

Er hat auch einen Brief an Dich, und wolltest Du ihm Dein Angesicht auf eine Stunde gönnen, so werde ich's so gut wie er mit Dank erkennen. Er kennt unter andern englischen Dichtern auch Walter Scott persönlich, worüber Du das Nähere bei ihm selber erkunden magst.

Wir sind vorgestern ganz geduldig nur bis Weißenfels und gestern mittag erst nach Leipzig gelangt.

Morgen früh geht's gerade nach Berlin. Ulrike und Doris sind wohl, und Felix geht hier wieder auf Fingern.

Das beifolgende Exemplar meiner Lieder habe ich hier einem abgenommen und bitte Dich, solches unserer geliebten Ottilie zukommen zu lassen. Gott befohlen!

Dein

Z.

380. *An Zelter*

Beikommendes hat die Absicht, Ulriken bei Herrn Grafen Brühl freundlich und schicklich einzuführen.

Schultz aus London habe gesprochen; es ist ein feiner Mann.

Das Geld sende nicht gleich wieder, sondern behalt' es an Dir; ich wünsche manchmal in Berlin über etwas zu disponieren, auch hat ja Doris uns allerlei Naschwaren zu senden versprochen.

Grüße alles und laß die Mädchens manchmal schreiben, damit die durch eure Abreise in unser Haus gefallene Lücke einigermaßen ausgefüllt werde. Womit denn das Beste gewünscht und gehofft sei.

Weimar, den 25. November 1821. G.

381. *An Goethe*

Berlin, 19. Dezember 1821.

Die gute Gelegenheit durch den geistlichen Herrn aus Marienbad, der Dich in Weimar besuchen will, soll nicht ohne einige Begleitung sein.

Daß wir und wie wir hier angekommen sind, werden die Mägdlein wohl vollständigst berichtet haben.

Die von Dir entlehnten 50 rh. hatte ich schon wieder assigniert, ehe ich Deinen Brief aus Weimar vom 25. November erhielt. Wolltest du indessen hier etwas bezahlt haben, so kann ich auch wohl einmal vorschießen.

Vorderhand wirst Du ein ausgesuchtes Stück Hamburger Rauchfleisch recta von Hamburg aus erhalten, wo es bereits bestellt ist. Dieser Weg ist nicht bloß der kürzeste über Braunschweig, die Sache selber ist viel ökonomischer, da das Pfund hier acht gute Groschen kostet. Die Rechnung dafür lasse ich mir anhero schicken.

Wegen feinerer Weine habe gleichfalls geschrieben; man findet es bedenklich, solche in jetziger Jahrszeit zu versenden, und Du würdest Dich also gedulden.

Muskat-Lunel, Muskat-Rivesaltes, Dry-Madeira (alter), Malaga von 1811, Tokaier, Aleatico und dergleichen sind schon hier zu haben; in jedem Falle wünschte doch zu wissen, was Du brauchen kannst und in welchen Portionen.

Unsre Kinder sind gesund und vergnügt; was mich betrifft, so bin ich eben auch wieder ein paarmal Großvater worden, und damit wird's kaum genug sein.

Das Blatt von Polidor besitze ich nicht, wiewohl einige

andere von demselben, die ich Dir gern schicke, wenn Du sie nicht schon besitzest: zwei gleich große Oktavblätter, à 6″ lang, 4″ hoch, scheinen aufgekratzt zu sein. Das eine stellt einen Sabinerinnenraub vor. Auf dem andern stehn 3 gebundene Krieger vor einem unbesetzten Richterstuhle, hinter welchem ein alter ernsthafter Mann, und neben diesem steht ein etwas jüngerer Mann, der seinen Arm mit flacher Hand heftig gegen die Gefesselten ausstreckt. Ein drittes Blatt ist 15″ lang und 8″ hoch: Mädchen und Jünglinge tragen angefüllte Gefäße emsig einer Anhöhe zu, auf der sich in der Entfernung ein altes Gebäude sehn läßt, das dicht von Waldung umgeben ist. Im Vorgrunde liegt eine Frau, die ihre Last abgesetzt hat und sie eben wieder aufzuheben scheint. Ein alter Mann auf der rechten Seite, mit einem Buche unter dem Arme, zeigt mit der Rechten den Weg zum Gebäude. Darunter steht: »Polidorus de Caravaggio inv.«

Außerdem muß es einen Kupferstecher namens Polidor gegeben haben. Ich besitze 4 Blatt nach den Rafael'schen Logen, von denen das eine die Taufe Christi im Jordan, das 2. die Anbetung der Hirten, 3. das Christuskind im Stalle (mit Ochs und Esel), dem Geschenke gebracht werden, und 4. das Abendmahl (sehr ruiniert).

Die Blätter sind Dir gewiß bekannt und, obgleich ruiniert, doch schöne Abdrücke.

Wenn Du diese Sachen nicht hast und zu haben wünschest, so stehen sie zu Dienst; Du tust mir ja Gutes genug.

Den 22. Der geistliche Herr ist nicht gekommen, seinen Brief abzuholen, den ich nun mit der Post sende. Das Rauchfleisch ist von Hamburg bereits abgegangen. Hättest Du wohl Appetit zu einigen Hummers? Die müßten freilich bei Frostwetter versendet werden.

Dein

Z.

1822

382. *An Zelter*

Hiebei erhältst Du, mein Teuerster, die Abschrift des frommen Kayers; dieses Werk wird Dir, wenn Du es wieder durchsiehst, gewiß viel Freude machen. Fräulein Ulrike wird uns nun bald wieder genugsam erzählen und die Lust, Berlin zu besuchen, in Ottilien frisch aufwecken. Leider, daß ich auf diese Freuden Verzicht tun müssen.

Das Hamburger Rindfleisch ist glücklich angekommen; die laue Witterung läßt freilich den Transport der Fische nicht zu. Mit dem Dessertwein wollen wir es anstehen lassen, bis man vor der Kälte ganz sicher ist, und alsdann könnte man von Hamburg aus für etwa 20 rh. Sächsisch. verschiedene Sorten unmittelbar wohlgepackt anher senden. Indessen würden ein halb Dutzend Gänsebrüste willkommen sein. Mit dem Transport der Hummers wollen wir es nicht wagen, es ist nicht leicht einer hergekommen, der nicht etwas Beigeschmack gehabt hätte.

Wegen der Kupfer, dächt' ich, machten wir's also: Du sendest sie mir wohlgepackt und unfrankiert, ich wähle mir etwas aus und schicke das Übrige frankiert zurück mit beigelegten guten Blättern aus meinen Dubletten. Die vier Platten nach den Rafaelischen Logen sendest Du nicht mit.

Nächstens folgt auch ein [Heft] »Kunst und Altertum«, dem ich gute Aufnahme wünsche. Laß von Zeit zu Zeit etwas hören, damit man nicht sich zu sehr entferne.

Treulichst

Weimar, den 5. Januar 1822. G.

383. *An Goethe*

Berlin, 1. Februar 1822.

Hier sende nun endlich die Polidors durch angenehme Gelegenheit, wenn Fräulein Huldreich nun einmal nicht länger die Lust meines Hauses sein soll. Wüßte ich nur, was das Gedränge soll! Denn das teure Kind hat von Berlin soviel wie nichts gesehn, weil es, solange wir zurück sind, kaum einen erträglichen Tag gegeben hat.

So nehmt denn, ihr Abgünstigen, was ihr nicht länger missen wollt, und laßt euch das hundertfache Nichts erzählen, womit wir den Winter verjagen.

Über die Polidors, die Du zu eigen behältst, wünschte zu wissen, was ich hier nicht erfahren konnte und freilich auch nicht die Rechten gefragt habe.

Die Hoffnung, Dich zu sehn, hat sich wieder erwärmt. Man meint, Du schicktest Deine Cherubim voran, die Stätte zu bereiten. Fräulein Ulrike soll Dich herbogsieren.

Der Unfall oder Umfall des Grafen Brühl hat manchen Schaden getan, doch hat Ulrike das Interessanteste in beiden Theatern gesehn und gehört.

Ein höchst närrischer Kerl von Komikus spielt hier in einer Posse: »Staberl«, nach Wiener Volksart, zur großen Zufriedenheit von jung und alt. Das Stück sagt gar nichts: Staberl reiset als Bedienter mit seinem Herren, den er für einen Engländer und zugleich für ein Frauenzimmer hält, von Wien nach Frankfurt am Main. Hier entstehn durch die Geschwätzigkeit des Staberl die sonderbarsten qui pro quo, die durch ein leichtes Spiel, eine trockene, aber heitere geläufige Sprache und die tollsten Lazzi bis ans Ende unterhaltend gefunden werden.

Da ich mich meistens im Orchester aufhalte und von hieraus Gelegenheit habe, den unverstellten Eindruck des Spiels auf der Oberfläche der Zuschauer zu beobachten, so habe denn abermalen wieder bemerkt, wie dieser Schauspieler, welcher Walter heißt, durch nichts anders als sein unverfälschtes Naturell den wohlgefälligsten Humor auf die ernsthaftesten Gesichter schrieb; selbst die mitspielenden Personen erschienen nur lebendig, wenn sie vor Lachen kaum spielen konnten.

Das Hamburger Fleisch wird hoffentlich eßbar gewesen sein. Ihr müßt mir in diesem Stücke hübsch aufrichtig sein, denn ich habe einige Male nicht das beste gehabt und es doch so bezahlt.

Hätte man gewußt, daß ein solcher Philisterwinter kommen sollte, so hätte man die Sache mit den Dessertweinen wagen mögen. Nun sind wir noch unsicherer und erwarten den hinkenden Boten.

Für die Abschrift des frommen Kaysers danke schönstens. Auf das nächste Heft von »Kunst und Altertum« freue ich mich schon, vergiß aber auch nicht, mir ein vollständiges Stück »Morphologie« mitzusenden; die Bogen von Seite 240 an bis 320 haben mich so vorbereitet, daß nun das Ganze mit Ungeduld erwarte. Sie halten sich ganz sicher und sehen ihre Sache als durchgefochten an, wenn auch bei einigen der mathematische Grund etwas locker geworden ist.

Sonnabend, den 2. Februar. Diese Nacht ist Geheimer Rat Wolf in Feuersgefahr gewesen. In seinem Hause ist Feuer entstanden, das ich aus meinem Fenster sehen konnte, doch viel weiter entfernt hielt. Er wohnt hoch und hat eine enge unbequeme Treppe; indessen ist alles für *ihn* ohne Gefahr und Schaden abgegangen. Ich habe ihn schon oft genug gewarnt, nun wird er wohl nicht mehr lange darin verharren. Soeben schickt er mir ein neu auf Kupfer gemaltes Bild von sich, worüber er mein Urteil verlangt. Das Bild ist beinahe lebensgroß, ohne Hände, ähnlich und reinlich gemalt und gut gezeichnet. Stirn, Augen, Nase und Mund sind wirklich schön.

Fräulein Huldreich will nun in diesem Bilde durchaus

nicht den rechten Mann erkennen, dem sie eben nicht zugetan scheint.

384. *An Zelter*

Mit aufrichtigem, tausendfältigem, aber eiligem Dank für die gute und liebevolle Bewirtung des lieben Kindes sende Dir durch Herrn Rellstab ein Heft, welchem eine freundliche Aufnahme hoffen darf. Ich erquicke mich noch am Andenken unseres neulichen Zusammenseins; durch solche Tage wird gar viel gefördert.

Meinen Winter bring' ich beinahe in absoluter Einsamkeit zu, diktiere fleißig, so daß meine ganze Existenz wie auf dem Papiere steht; zu Ostern sollst Du allerlei zu lesen haben. Hören und reden mag ich nicht mehr, sondern vertraue wie des König Midas Barbier meine Geheimnisse den verräterischen Blättern.

Das lebendige Karneval wird Dich wohl auch im Atem erhalten, manches davon wünschte wohl an Deiner Seite zu genießen. Grüße Herrn Schinkel zum allerschönsten und danke ihm, daß er dem guten Kinde das Theatergebäude im einzelnen vorzeigen wollen; sie wird mir, hoffe ich, aufs treulichste bei Tische referieren.

Grüße Dorchen und rühme sie für die Teilnahme an Ulriken; auch Felix sag' ein gutes Wort und seinen Eltern. Seit eurer Abreise ist mein Flügel verstummt; ein einziger Versuch, ihn wieder zu erwecken, wäre beinahe mißlungen. Indessen hör' ich viel von Musik reden, welches immer eine böse Unterhaltung ist.

Lebe wohl in Deiner Berliner Herrlichkeit und denke meiner, der ich im sonnigen Hinterstübchen Deiner nur allzuoft gedenke.

Treulichst

Weimar, den 5. Februar 1822. G.

385. *An Goethe*

Berlin, 21. Februar 1822.

Soeben haben wir zwei Stücke fast dicht hintereinander gesehn, die sich nach Stoff und Wesen unwillkürlich vergleichen: Shakespeares »Romeo und Julie« und Calderons »Schwere Wahl«, das letztere von unserm Wolff mit unsäglichem Fleiße bearbeitet.

Ein Ritter und treuer Diener seines Fürsten liebt ein Fräulein, das er nach 3jähriger Abwesenheit von seinem Fürsten leidenschaftlich geliebt und damit Ursache zur Eifersucht findet, wodurch denn die treue Geliebte von zwei Seiten geplagt ist.

Die Intrige besteht darinne, daß der Fürst in seinem treuen Diener seinen unbekannten Nebenbuhler heftigst verfolgt und diesen beauftragt, den unbekannten Feind auszumitteln.

Der Held, gleich seiner Geliebten von zwei Seiten gedrängt, bringt endlich seiner Rittertreue seine Liebe zum Opfer, und der Lohn seiner Treue besteht in der Resignation des Fürsten.

Der Exposition dürfte man mehr Klarheit wünschen, denn das Stück bleibt auch nach der Auflösung problematisch.

Wegen Wolffs, der sehr in Gunsten steht, ist das Stück mit Beifall aufgenommen, und man wird ja sehn, ob sich's hält.

Da man zwei Tage vorher »Romeo und Julie« gehabt hatte, so ist solche Nachbarschaft so gefährlich, als Pflicht und Liebe miteinander im Streite nur werden können.

Etwas mag in der Bearbeitung liegen, doch hast Du im letzten Stücke von »Kunst und Altertum«, Seite 130, den Calderon so gut ausgelegt, daß wir keines weitern Zeugnisses bedürfen.

Nun danke denn auch schönstens, wie Du im neuen Hefte

meiner Liedchen so freundlich gedacht hast. Die Wirkung läßt sich schon spüren, indem ich meine letzten Exemplare verschenken muß, um mich solchen Anteils würdig zu zeigen.

Fräulein Huldreich wird nun wohl bei euch angekommen sein. Sie hat mein Häuschen aufs anmutigste belebt, das nun wieder ganz still auf einen noch schlummernden Garten hinblickt, wo sich schon manches grünende Blättchen hervortut.

Dr. Seebeck, den ich soeben gesprochen, harrt mit Ungeduld auf das nächste Stück der »Morphologie«. Der gute alte Professor Fischer kündigt Lektionen an, in welchen er sich weitschichtiger über den Gegenstand vernehmen lassen will, als es in einer Vorlesung gegen Dich geschehen sei. Man scheint übrigens schon zuzugeben, daß der große Brite irren können und den Stoff für das Element genommen habe.

Schubarth geht soeben von mir, um nach Breslau zu reisen, von wannen er nach Berlin zurückkommen will, wo auch er erfahren hat, daß man hier mit Gegenfüßlern spazierengeht.

Nun lebe wohl, mein Allerliebster: es ist Posttag; sonst bleibt das Blatt wieder liegen.

Dein

Z.

386. *An Goethe*

Berlin, 1. März 1822.

Gestern hat der König unsere Liedertafel mit sichtbarem Wohlgefallen gehört und wider alle Gewohnheit von 9 Uhr an bis nach Mitternacht an Tafel Stich gehalten.

Fürst Radziwill, der Mitglied der Liedertafel ist, hatte das Plenum zu sich in sein Haus geladen.

In einem geräumigen Saale war eine längliche Tafel für 30 Sänger serviert.

Am obern Teile derselben, an einer besondern runden Tafel saß die Prinzeß Radziwill als Hauswirtin mit dem Könige, dem Kronprinzen und den andern Prinzen und Prinzessinnen des Königlichen Hauses, dem Großherzoge von Mecklenburg-Strelitz und seiner Gemahlin.

An noch 3 besondern runden Tafeln Generale und erste Staatsbeamten nebst Frauen und Fräulein.

Zwischen den Gängen wurden nach und nach *zwölf* verschiedene Lieder gesungen, unter welchen »Die heiligen 3 Könige« und »Soldatentrost« besondere Wirkung merken ließen.

An der Tafel ließ sich der König unsern »Willkommen« (der in einem großen bronzenen Weinbecher besteht und zugleich eine Stimmglocke ist) bringen und sich dessen Bedeutung wie den Zweck und die Ordnung der ganzen Stiftung von mir vortragen.

Was mich daran freut, ist nun, daß das Ding doch einen Gehalt hat und nicht gleich wieder aus der Mode gekommen ist; denn wir sind nahe dran, unser drittes Lustrum zu begehen, und da es sich von hieraus nord- und südwärts über Weichsel, Main und Rhein hinaus verbreitet, so erfährt man wohl von dorther, daß in der Spree Fische sind; in Leipzig, wo sie alles wissen und auch eine Liedertafel haben, taten sie auch ganz bescheiden, als wenn ihre Korrespondenten noch nichts merken lassen.

Graf Brühl ist gänzlich hergestellt und war auch an unserer Tafel, wo Fürst Radziwill den aufmerksamsten Wirt machte.

Ist denn unser holdes Fräulein noch nicht wieder bei euch? Man erfährt nichts, und Doris ist in Sorgen. Laß mich ja auch wissen, wie sich eure edelste Großherzogin befindet.

Die Herzogin von Cumberland konnte nicht aufhören,

von Dir zu reden und Dein Befinden zu erfragen; sie grüßt tausendmal und wollte mich beneiden, daß ich Dich im Herbste gesehen.

Den inliegenden Brief bist Du wohl so gut nach Frankfurt abgehn zu lassen.

Dein

Z.

Anliegendes Schnitzelchen aus der heutigen Zeitung (2. März) ist eine Ausfoderung.

Es greift nach einer verwachsenen Fakultät, die aus Einem Bruche und einigen Nullen besteht.

387. *An Zelter*

Also zuvörderst Glück zur verherrlichten Liedertafel! Es ist doch recht schön, daß Fürst Radziwill dem Könige bekannt macht und genießen läßt des mannigfachen Guten, was er um sich hat. Sodann aber den schönsten Dank für die liedreiche Bewirtung des werten Kindes; sie ist glücklich angekommen und erzählt recht viel. In ihrer guten und natürlichen Art sieht sie die Dinge recht klar und deutlich, und so bleiben sie auch vor ihr stehen, immer als gegenwärtig; man kann nicht sagen, daß sie urteilt, aber sie vergleicht gar einsichtig. Es wundert mich, daß sie nicht gleich geschrieben hat, denn sie ist im Gedanken noch immerfort bei euch. Grüße Doris zum schönsten und danke ihr für die freundliche Teilnahme, Fördernis und Geleit.

Von unserer Großherzogin kann ich nur sagen, daß Bewunderung und Verehrung gegen sie immer mehr wachsen muß; sie ist zweimal gefallen, jedesmal mit bedeutender Beschädigung, ist sich aber immer selbst gleich, wankt und weicht nicht von ihrer Art und Weise; daneben macht sie sich zum Geschäft, die tanz- und festlustige Jugend in Bewegung zu erhalten und, selbst leidend, andern Freude zu machen. Sie besucht mich die Woche gewöhnlich einmal, da ich mich denn jederzeit vorbereite, irgend etwas Interessantes vorzulegen, wo denn ihre ruhige gründliche Teilnahme an Gegenständen aller Art höchst ergötzlich und belohnend wird.

Ich selbst habe mich diesen Winter sehr stille hingehalten, aber doch zuletzt einem Katarrh nicht entgehen können, den ich denn auch bei dem allerschönsten Wetter bald loszuwerden gedenke.

Wenn Du Freund Seebeck siehst, so entschuldige mich aufs beste, daß ich nicht geschrieben. Eine briefliche Wirkung in die Ferne wird mir beinahe unmöglich, und ich muß mich schon recht zusammennehmen, wenn ich das, was tagtäglich auf mich eindringt, beseitigen will. Wenn man denkt, wie viele Fäden durch ein langes Leben sich anknüpfen und anspinnen, so sollte man sich sagen, man habe daran genug, und doch unterläßt man nicht, bei Gelegenheit wieder nach einem neuen zu greifen, wie man's in der Jugend getan, und da wird denn die Obliegenheit des Tagewerks bei abnehmenden Kräften zuletzt gar lästig.

Die Meinigen sind alle wohl und munter, die Enkel besonders ohne Tadel, das neuemporstrebende Leben noch in seiner ersten Blüte, wo sogar die Mängel unserer Natur anmutig erscheinen.

Zu Jubilate kommt allerlei, was ich den Freunden im stillen bereite. Möge jeder sein Teil wohlwollend empfangen!

Meine Gegner irren mich nicht, wer müßte dies nicht in der Welt, besonders aber in Deutschland gewohnt werden! Die edlen physischen Widersacher besonders kommen mir vor wie katholische Pfaffen, die einen Protestanten aus dem Tridentinischen Konzilium widerlegen wollten.

Schubarth ist ein merkwürdiger Mensch; es ist schwer

vorauszusagen, wohin es mit ihm gedeihen kann. Bei der jetzigen Lage der Literatur überhaupt, besonders der in alles ein- und übergreifenden deutschen, arbeiten sich geistreiche junge Männer schneller empor zu klarer Übersicht und merken nur allzufrüh, daß Urteilen keine sonderliche Befriedigung gibt. Sie fühlen, daß man produzieren müsse, um sich und andern einigermaßen genugzutun. Das ist aber nicht einem jeden gegeben, und so hab' ich die besten Köpfe mit sich selbst uneins gesehen.

Die drei Kupferstiche waren sehr willkommen, da ich den Meister höchlich schätze. Das größere stellt auf eine wunderliche Weise das Manna des Wüstenzuges vor. Die Wüste wird man freilich nicht gewahr; ein dichter Wald, ein Landhaus in der Nähe möchte wohl die Gabe des Himmels nicht so gar notwendig machen. Genau besehen hat der Künstler bloß auf die menschlichen Motive reflektiert: emsiges Auflesen, dazu ist ihm eine Figur in der Mitte genug; freudiges kräftiges Aufpacken beschäftigt die Begünstigten zu unserer Linken, welches zwar rechter Hand wiederholt ist, aber nur subaltern, indem hier ein weiser Mann die Hauptrolle spielt, welcher das Geschäft zu leiten scheint. Und in diesem Sinne ist es köstlich komponiert, daß auch nicht das mindeste daran auszusetzen sein möchte.

Das zweite, kleinere, von vortrefflicher Komposition vieler Figuren, ist ohne Zweifel ein Sabinenraub. Das dritte wissen wir nicht zu dechiffrieren: vor einem leeren Thron, den ein langbemantelter Greis zu bewahren scheint, stehen gebundene Krieger in demütiger Stellung; der Hautgedanke ist ganz sublim, nur läßt sich der Zusammensetzung vorwerfen, daß ein Arm zwei Gefangenen zugehören, den linken des einen, den rechten des andern vorstellen kann. So etwas entwischt auch einem außerordentlichen Manne; Rafael jedoch hat sich dergleichen niemals zuschulden kommen lassen.

Ferner muß ich vermelden, daß Deiner Gabe noch eine andere treffliche vorausgegangen. Ich habe nämlich einen sechszölligen Bacchus von Bronze zum Geschenk erhalten, ein militärischer Freund brachte ihn von der Expedition nach Neapel mit; es mag ihm ein uraltes Vorbild der besten Zeiten zum Grunde liegen, aber auch diese flüchtige Nachbildung darf man nicht später als in die Zeiten der Antonine setzen. Und so kommt denn manches zusammen, und es ist freilich sehr hübsch, da mir diese Dinge noch immerfort den größten und reinsten Anteil abgewinnen.

Nun muß ich aber nochmals zu dem größeren Polidor zurückkehren. Freund Meyer, in Aufziehen von Kupfern und Zeichnungen unübertrefflich, hat auch dieses Blatt ganz herrlich hergestellt. Nun konnte man es erst nach seinem ganzen Wert überschauen, da alle Runzeln ausgeglichen waren, und da fand sich denn, daß ich es oben falsch ausgelegt. Es sind nämlich nach wie vor die Kinder Israel und das Manna; allein das Auflesen als eine kleinliche Handlung hat der Künstler ganz beseitigt, nur das Wegtragen einer kostbaren gewichtigen Gabe dargestellt; denn selbst die knieende Figur im Mittelpunkte liest nicht auf, wie ich erst dachte, sondern sie ist mit aller Kraft bemüht, das Gefäß von der Erde zu heben. Alle andere Figuren zeigen stufenweis dieselben Bemühungen, es ist keine Figur, der man nicht Anstrengung ansähe, und doch ist alles höchst gefällig und lieblich.

Ich bemerke, daß diese Gemälde außen an Häusern braun in braun angebracht waren, wovon glücklicherweise zu verschiedenen Zeiten Nachbildungen besorgt worden. Zu meiner Zeit waren in der Gegend des Palastes Lanzelotti noch einige dergleichen mehr oder weniger sichtbar.

Damit Du mich aber nicht für allzu wunderlich hältst, daß ich oben jede briefliche Mitteilung ablehne und nun mehrere Blätter absende, so sag' ich, daß seit 14 Tagen ich von einem rheumatischen Übel befallen worden, wo ich, zu jedem Geschäft untauglich und durchaus unmutig, die Gegenwart eines Freundes herbeirief, mich mit ihm zu unterhalten; dieses geschah nun dictando, wie vorsteht, welches absende mit der Nachricht, daß es um vieles besser geworden.

Treulichst

Weimar, den 13. März 1822. G.

388. *An Goethe*

Berlin, 17. März 1822.

Es verlohnt sich schon, Dir mitzuteilen, was man nicht selber zu gebrauchen versteht.

Deine gründliche Auslegung der Polidors, besonders des »Manna«, gibt volle Befriedigung, da ich dies Blatt immer, mit aller Bewundrung der geschickten Anordnung, nicht auszudeuten gewußt und schwerlich darauf gefallen wäre, das historische Motiv in der Wüste Sin oder Kades zu suchen. Kann man sich doch vorstellen, daß Weiber und Töchter, von der Lese kommend, Kindern und Kranken die Gabe in Masse zutragen und, von dem alten Manne beaufsichtigt, an einen schattigen Ort gewiesen werden.

Statt alles Dankes nun für die Verehrung gegen den weisen Künstler, welche mir durch Deine Belehrung geworden, sende abermalen eine Reihe von Blättern, die Du behalten kannst, wenn Du sie nicht schon hast. Ein herrliches Blatt von Julius Roman, den Tod der Prokris vorstellend, würde auch mitgesandt haben, wenn ich mich nicht erinnert hätte, es bei Dir an der Wand gesehn zu haben.

Unter den zehen Blättern von Tizian ist eins, worüber ich mir aber den Kopf zerbreche. Es mag aus den Legenden sein. Ein rauchendes Gefäß zur Linken, zur Rechten der Totenkopf, dazwischen ein ruhendes Weib in Gesellschaft eines borstigen Drachen, ein geharnischter Reuter, auf feuerspeienden Untiere aus Gewitterwolken auf eine Stadt daherfahrend, eine zerstörte Feste – sind mir nichts als Rätsel. Der Titanenentwurf soll von Angelo sein. Vielleicht macht Dir auch das Porträt und die Originalzeichnung von Lafage Freude.

Diese und noch andere Sachen habe schon seit 1775, dem Todesjahre meines Großoheims Schmidt, in Besitz, den ich in Deinem »Winckelmann« nicht finde und kaum die Ursache begreife, wie ein so fruchtreicher Kupferstecher von Dir übergangen worden.

Wüßte ich, was Du von ihm hast, so könnte ich manches aus meinen Dubletten nachliefern. Seine radierten Blätter nach Rembrandt wurden hier allgemein geschätzt, und wenn ich die besten neuern Kupferstecher gegen seinen »Mignard« halte, so hat keiner den Charakter der Stoffe so derb und wahr getroffen; man möchte Farben erkennen.

Ich besitze sein sehr ähnliches Bild, herrlich gemalt von Pesne. Ein humoristischer Mann, groß und derb. Das Bild ist historisch und scheint von ihm selber angegeben zu sein, 4 Fuß breit und 3 ½ Fuß hoch. Der Mann sitzt fast lebensgroß an seinem Arbeitstische, auf welchem Radiernadel, Grabstichel, Lupe, Reißfeder und dergleichen liegen, und liest seiner gegenübersitzenden Frau schalkhaft aus einem Buche vor, das die kaum leserliche Aufschrift hat: »La chose impossible«. Auf des Mannes Stuhllehne hält sich ein listiger Kater angeklammert, ergrimmt und aufmerksam. Die Frau, welche gar nicht schön war, ist lächelnd und höchst reizend dargestellt und das Ganze mit großem Pinsel gemalt. Hände und Arme unvergleichlich. Ich habe lange gesonnen, was der Spaß bedeuten könne, und habe endlich in Lafontaines Gedichten Aufschluß gefunden.

Ein Mann hat sich dem Asmodi mit der Bedingung ergeben, alles zu fordern und zu erhalten, was auf Erden kann verlangt werden; kann der Teufel etwas nicht schaffen, so ist er geprellt. Asmodi ist ein Mann von Wort und wird tüchtig in Atem gesetzt. Zuerst wird das schönste Mädchen herbeigeschafft, der das Schlaraffenleben just recht ist; so geht's in Lust und Freuden fort. Asmodi wartet jeden Morgen auf, um seine ordre du jour einzuholen. Endlich kommt die Verlegenheit; man ist erschöpft in Wünschen und Genüssen und weiß nichts mehr zu befehlen. Aus dieser Not errettet nun das Liebchen. Ein Härlein wird einem Teile ihres schönen Leibes entzogen. »Gib ihm«, spricht sie, »dies Härlein und befiehl ihm, es gerade zu machen«.

Asmodi bleibt aus und kommt endlich voll Verdruß angeschossen: »Denkst du, daß ich ein Seculum plätten, bügeln und strecken soll an deinem verruchten Härlein? Hier ist dein Vertrag zurück und laß mich ungeschoren!«

Für unsern guten Badeinspektor liegen sechs Orgelsonaten bei vom Karl Philipp Emanuel Bach, und zwei neuere Werke meiner guten Schüler, als das Neueste in seiner Art. Er brachte mir ein musikalisches Manuskript, das ich bei der ersten Ansicht für ein Autographum hielt und, da er es verlassen wollte, ihm was anderes dafür bot. Unter den Bachischen Sonaten befindet sich auch ein Autographum als eine Rarität, die allein mehr wert ist als das ganze Manuskript, das den ehemaligen gothaischen Kapellmeister Stölzel zum Verfasser hat.

Felix ist brav und fleißig. Seine dritte Oper ist fertig und ausgeschrieben und wird nächstens unter Freunden aufgeführt werden. Nach seiner Zurückkunft aus Weimar hat er auch schon ein Gloria fertig, ein Klavierkonzert für seine Schwester über die Hälfte fertig und ein Magnificat angefangen. Weiß ich selber nichts Rechts zu machen, halte ich doch meine Jünger an, und an einem halben Dutzend habe ich auch Freude.

Wäre es Dir genehm, mir einiges über den »Tod der Prokris« zu sagen, geschähe mir ein Dienst; ich habe es mir wieder vor Augen gelegt und kann nicht allein damit fertigwerden.

Dein

Zelter.

Unserer schönen guten Huldreich danke in meinem Namen für ihr liebes Geschenk. Es war Zeit, daß sie fortging, denn ich fing in der Tat an, verliebt zu werden, wie ich es freilich war und noch bin; da aber ganz Berlin es auch ist und ich mich nicht mit ganz Berlin schlagen kann, wie ich denn schon mit kranken Fingern hinlänglich geschlagen bin, so ist das Unglück nicht größer als das Glück. Seit sie fort ist, singt alles Amynts Klagen über die Flucht der Lalage. Die alte Benda'sche Kantate wäre vielleicht niemals wieder erweckt worden, und »Lalla Rookh« ist darüber rein vergessen.

Künftigen Karfreitag denke ich statt der beliebten Graun'schen Passionsmusik von Ramler Händels »Messias« zum besten zu geben und auf meine Gefahr einen Schritt vorwärtszugehn, indem man nicht durchaus damit zufrieden ist. Ich denke mit Mercutio: »Darum haben die Leute ihre Zufriedenheit, um sie von sich zu geben«, und Händels »Messias« ist ohne Zweifel mehr ein poetisches Werk als Ramlers »Tod Jesu«, der auf Mitleiden gegründet ist. Der »Messias« enthält lauter Trost der Erlösung, welches ja der Zweck alles Leidens sein sollte.

Nun Gott befohlen!

Ewig Dein

Sonnabend, 23. März 1822. Z.

389. *An Zelter*

Wenn man problematische Bilder wie das fragliche von Tizian verstehen und auslegen will, so hat man folgendes zu bedenken: Seit dem dreizehnten Jahrhundert, wo man anfing, den zwar noch immer respektablen, aber zuletzt doch ganz mumienhaft vertrockneten byzant[i]nischen Stil zu verlassen und sich an die Natur zu wenden, war dem Maler nichts zu hoch und nichts zu tief, was er nicht unmittelbar an der Wirklichkeit nachzubilden getrachtet hätte; ja die Forderung ging nach und nach so weit, daß die Gemälde als eine Art von Musterkarte alles dem Auge Erreichbare enthalten mußten. Eine solche Tafel sollte bis an den Rand bedeutend und ausführlich gefüllt sein; hiebei blieb nun unvermeidlich, daß fremde, zum Hauptgegenstand nicht gehörige Figuren und sonstige Gegenstände als Beweise allgemeiner Kunstfertigkeit mit aufgeführt wurden. Zu Tizians Zeiten unterwarf sich der Maler noch gern solchen Forderungen.

Wenden wir uns nunmehr zum Bilde selbst! In einer offenen mannigfaltigen Landschaft sehen wir zu unserer linken Hand, fast am Rande, nächst Felsen und Baum das schönste nackte Mädchen liegen, bequem, gelassen, impassible, wie auf dem einsamsten Polster. Schnitte man sie heraus, so hätte man schon ein vollkommenes Bild und verlangte nichts weiter; bei gegenwärtigem Meisterbilde aber sollte vorerst die Herrlichkeit des menschlichen Körpers in seiner äußerlichen Erscheinung dargetan werden. Ferner steht hinter ihr ein hohes enghalsiges Gefäß, wahrscheinlich des Metallglanzes willen; ein sanfter Rauch zieht aus ihm hervor. Sollte das vielleicht auf die Frömmigkeit dieser schönen Frau, auf ein stilles Gebet oder worauf sonst deuten?

Denn daß hier eine höchst merkwürdige Person vorgestellt sei, werden wir bald gewahr. Rechts gegenüber am Rande liegt ein Totenkopf, und aus der Kluft daneben zeigt sich der Arm eines Menschen, noch von Fleisch und Muskeln nicht entblößt.

Wie das zusammenhänge, sehen wir bald; denn zwischen gedachten Exuvien und jenem Götterbilde krümmt sich ein kleiner beweglicher Drache, begierlich nach der anlockenden Beute schauend. Sollten wir nun aber, da sie selbst so ruhig liegt und wie durch einen Zauber den Lindwurm abzuhalten scheint, für sie einigermaßen besorgt sein, so stürmt aus der düstersten Gewitterwolke ein geharnischter Ritter auf einem abenteuerlichen feuerspeienden Löwen hervor, welche beide wohl bald dem Drachen den Garaus machen werden. Und so sehen wir also, obgleich auf eine etwas wunderbare Weise, Sankt Georg, der den Lindwurm bedroht, und die zu erlösende Dame vorgestellt.

Fragen wir nunmehr nach der Landschaft, so hat diese mit der Begebenheit gar nichts gemein; sie ist nur, nach oben ausgesprochnem Grundsatz, für sich so merkwürdig als möglich, und doch finden die beschriebenen Figuren in ihr glücklichen Raum.

Zwischen zwei felsigen Ufern, einem steileren, stark bebuschten, einem flächeren, der Vegetation weniger unterworfenen, strömt ein Fluß erst rauschend, dann sanft zu uns heran; das rechte steile Ufer ist von einer mächtigen Ruine gekrönt: gewaltige unförmliche Massen von überbliebenem Mauerwerk deuten auf Macht und Kraft, die sich beim Erbauen bewiesen. Einzelne Säulen, ja eine Statue noch in einer Nische deuten auf die Anmut eines solchen königlichen Aufenthalts; die Gewalt der Zeit hat aber alle Menschenbemühungen unnütz und unbrauchbar gemacht.

Auf dem gegenüberliegenden Ufer werden wir auf neure Zeiten gewiesen: da stehen mächtige Türme, frisch errichtete oder völlig wiederhergestellte Verteidigungsanstalten, neu wohlausgemauerte Schießscharten und Zacken. Ganz hinten aber im Grunde verbindet die beiden Ufer eine

Brücke, die uns an die Engelsbrücke so wie der dahinterstehende Turm an die Engelsburg erinnert. Bei der Wahrheits- und Wirklichkeitsliebe ward eine solche Ort- und Zeitverwechselung dem Künstler nicht angerechnet. Denke man aber ja nicht das Ganze ohne die genauste Kongruenz! man könnte keine Linie verändern, ohne der Komposition zu schaden.

Höchst merkwürdig preisen wir die vollkommen poetische Gewitterwolke, die den Retter heranbringt; doch läßt sich ohne Gegenwart des Blattes davon nicht ausführlich sprechen. An der einen Seite scheint sie sich von jener Ruine gleich einem Drachenschwanz loszulösen, im ganzen kann man aber mit allem Zoomorphismus keine eigentliche Gestalt herausdeuten; an der andern Seite entsteht zwischen Brücke und Festungswerken ein Brand, dessen Rauch still wallend bis zu dem feuerspeienden Rachen des Löwen hinaufsteigt und mit ihm in Zusammenhang tritt. Genug, ob wir gleich diese Komposition erst als kollektiv ansprachen, so müssen wir sie zuletzt als völlig zur Einheit verschlungen betrachten und preisen.

Eilig wie treulich

Weimar, den 31. März 1822. G.

390. *An Goethe*

Berlin, 29. März 1822.

Zuvörderst habe eine Unzahl von Grüßen abzustatten: ad 1. von unserm Kronprinzen, meinem gnädigen Herrn. Im Herausgehn aus dem Theater ward ich gestern abend von ihm angehalten und zwar mitten im Gange: Was Du denn machtest? ob Du lange nicht geschrieben habest? warum Du denn gar kein Verlangen merken ließest, nach Berlin zu kommen?

Viele andere Zuhausegänger waren gleichfalls durchs

Gedränge aufgehalten, ich konnte nicht aus noch ein und antwortete vor aller Welt: daß ich die nämlichen Klagen über Dich zu führen hätte und endlich nach langem Sinnen erst in meinen alten Tagen darauf gefallen wäre, zu Dir zu kommen, was sich wohl schicke, aber für mich viel zu kostbar sein würde, wenn ich nicht was davon hätte. Für einen so alten Knaben wie Du sei das Reisen doppelt kostbar, ind in frühern Jahren würdest Du vielleicht vor eigenen Türen zu fegen gehabt haben.

Dann trat der Großherzog von Mecklenburg-Strelitz heran, gab mir 1000 Grüße für Dich auf (worüber ich mir ein recipisse ausbitte), lobte das eben gesehne Ballett als würdig, auch von Dir gesehen zu werden, und sonst noch.

Ferner die Fürstin Radziwill mit gewohnter ewiger Anmut und ruhiger Teilnahme; endlich der Fürst, und was sonst im Schweif dieser Gestirne bewegsam ist.

Das Ballett ist nun in der Tat zu loben, schon wegen lebendigen Eingreifens, um durch drei nicht kurze Akte die Aufmerksamkeit festzuhalten. An Stoff ist Überfluß.

Aline, ein provenzalisches Hirtenmädchen, ist mit einem Jüngling ihresgleichen, Saint Phar, verlobt, den der Krieg entfernt, worin er sich als Soldat hervortut und zur Würde eines Generals gelangt.

Während des Krieges wird Aline von Korsaren nach Golkonda entführt, wo ein steinalter König ohne Nachkommenschaft regiert, sie ihren Räubern abkauft und an Kindes Statt annimmt.

Golkonda leidet an Leibschmerzen. Der erste Minister des Königs, ein Mahratte, hegt Ansprüche auf die Thronfolge, und wie diese abgewiesen sind, erregt er innere Unruhen.

Aline beträgt sich gegen ihren Pflegevater wie eine echte Tochter und zeigt bei großer Anmut entschiedenes Regententalent. Das Land nimmt sich auf, genießt Ruhe und Achtung anderer Mächte.

Der alte König ist gestorben, nachdem er vorher Alinen die Krone aufgesetzt hat, und nun glaubt unser Mahratte der jungen Königin seine Hand antragen zu dürfen, die – ausgeschlagen wird.

Darüber sinnt er auf Rache und wiegelt das Heer auf, sich nicht von einem Weibe regieren zu lassen.

Eben jetzt kommt eine Gesandtschaft der französischen Regierung in Golkonda an, um vorteilhafte Freundschafts- und Handelsverbindungen zu eröffnen.

Der Gesandte ist kein andrer als Saint Phar, und die Königin zuerst erkennt ihren Verlobten. Sie ist außer sich und in Gefahr, den Wiedergefundenen zum zweiten Male zu verlieren.

Sie empfängt ihn auf ihrem Throne, verschleiert; findet ihn so liebenswert als jemals und wünscht ihn auch so treu. Es wird auf Prüfungen gesonnen. Die Verhandlungen nehmen ihren Anfang, dabei muß eine Vertraute die Königin vorstellen, sie selbst mischt sich in die Dienerschaft, streift von Zeit zu Zeit an Saint Phars Auge vorbei, der sein Geliebtestes zu erkennen glaubt und unruhig wird.

Um sich ihres ehemaligen Standes zu erinnern, hat sie ihren Garten zu einer Landschaft umgebildet, ihrem Geburtsorte ähnlich, und in der Nähe die Geburtshütte Saint Phars.

Dieser, erstaunt über die Ähnlichkeit, erblickt in der Entfernung sogar sein Hirtenmädchen, die ihm jedoch auszuweichen weiß.

Unterdessen ist des Mahratten Plan reif, und bei einem Feste, das die Königin dem Gesandten gibt, dringen die Rebellen vor, die Königin zu ermorden und ihren Anführer auf den Thron zu setzen.

Saint Phar, unbewaffnet, reißt einen Degen an sich, versammelt seine Leute und haut dermaßen ein, daß die Rebellen in kurzem überwunden herbeigeführt werden.

Die verstellte Königin weiß ihren Dank nicht anders zu zeigen und bietet dem Überwinder Hand und Thron von Golkonda. Diese hohe Gnade wird abgelehnt. Ein Vorhang geht auf, und die wahre Königin Aline auf dem Throne, ohne Schleier, wird von Saint Phar sogleich erkannt, und nun – eine Hochzeit.

Gründonnerstag. Den 4. April. Soeben kommt Dein lieber schöner Drachenbrief vom 31. März an und nimmt dem »Messias«, womit ich heut und morgen noch geschäftig bin, eine glückliche Stunde ab. Das Bild habe ich mir gut genug gemerkt, um Deine Erklärung vollkommen damit übereinstimmend zu finden; besonders was von der Gewitterwolke gesagt ist, hat mich ergötzt, weil diese nächst der schönen frommen Mädchengestalt mich am mächtigsten anzog. Hätte ich die Blätter nur besser erhalten schicken können, bei mir sind sie jedoch nicht verdorben; so magst Du denn vorliebnehmen, insofern es das Beste ist, was ich von der Art habe. Könnte das Alter jung und die Jugend alt sein, so hätte ich Dir Unendliches senden können; denn damals hätte ich beinahe das Aussuchen gehabt, nur nicht den Verstand.

Nun habe denn auch Deinen Rat befolgt und meiner kleinen Lebensbeschreibung nähere Umstände meiner Lehr- und Gesellenjahre angefügt; sogar habe eine Kopie meiner Zeichnung, welche sich der Sohn des damaligen Altmeisters, in dessen Wohnung ich meine Aufgaben auszuarbeiten hatte, abgezeichnet hat, aufgefunden. Auch mein Testimonium, mein Bürgerbrief, meine akademische Matrikel sind wieder da: alte Späße, woran ich außerdem nicht mehr gedacht hätte. Du nimmst teil daran, und das ist mir Ehre die Fülle. Ich wollte es Dir wohl senden, doch kann ich nicht verlangen, daß Du das ganze Heftchen, das zu einer Bogenzahl angewachsen ist, noch einmal durchackerst. Magst Du Dir's stückweise von unserm schönen Ulrikchen bei Tische vorlesen lassen, vielleicht magst Du wohl gar

Deiner und meiner verehrten Hoheit einiges zu genießen geben, was sich etwa für solche Dame schickt. Es soll nächstens erfolgen.

Ostersonnabend. Unser »Messias« ist gestern abend wie ein Prachtschiff vom Stapel gelaufen und hat sich nun wieder auf ein Jahr ein Bette gegraben. Der Saal war gedrückt voll, und ich denke gegen 1000 rh. gewonnen zu haben. Auch meine Zuhörer schienen zufrieden, was auch was wert ist, wenn man wiederzukommen gedenkt.

Dein

Z.

391. *An Goethe*

Ostern 1822.

Gestern, Sonnabend, ist Madame Mara aus freien Stücken und zwar zu Fuße zu mir gekommen, um, wie sie sagt, mein wohlverdientes Geld zählen zu helfen. Stelle Dir vor, diese 72jährige Matrone, dieser Dämon von Sängerin, ist gerührt worden von unserm »Messias«. Der Schmerz und die Freude, sagt sie, habe sie hingerissen, die Beisitzenden müßten sie für närrisch gehalten haben. Die Fugen wären geflossen, eine Orgel von lebenden Stimmen. Sie hat in London oft genug in dieser Musik gesungen; in Summa: sie gesteht, daß unsere Produktion sich wohl neben der Londoner, worauf sich die Engländer genug zugute tun, könne hören lassen.

Nun muß ich sagen, daß nach einer einzigen flüchtigen Probe (einige Placker der Königlichen Kapelle, die sich von mir gern recht gut bezahlen läßt, abgerechnet) es mir selber gefallen hat. Aber daß eine 3 Stunden lange Musik so anhaltend eine gedrängte Menge interessieren und befriedigen kann – daran merken wir, daß eine 32jährige Arbeit hier und dort in Frucht gegangen ist.

Den 8. April. Über diesen »Messias«, der aus Luther'schen Bibelworten zusammengesetzt ist, bin letzthin wieder unter die Philologen geraten und, wie es heißt, grob worden.

Es ward gesagt: die Musik sei ein wunderlichs Wesen, indem sie Prosa metrisch behandle.

Ihr Herren, war die Antwort, wißt nicht, was Prosa ist. Es gibt gar keine Prosa. Was ihr so nennt, wird nur durch euch dazu, indem ihr an euch und der Welt so lange schnitzt und drechselt, bis ihr die Hände voll Späne habt, die ihr denn getrost für eins oder anderes ausgebt, um einen Namen zum Kinde zu haben. Ihr lebt und steht und geht und wißt es nicht und wißt alles; ihr redet und schweigt und begreift nicht, daß das alles metrisch ist, so lange ihr gesund seid. Da ihr aber um das letztere immer den Doktor fragen müßt, so ist euch nicht zu helfen, Sela. Das war übermütig, stolz und so weiter.

Als wären wir ein Vieh,
Versteht man nicht Griechisch. Und *sie*,
Wie weit sind *sie* denn her?
Wie verstehn denn *sie* ihren Homer?
Schlagen sich drum und boxen –
Und wir? wir wären die Ochsen?
Nein, lieber Mozart, nein!
Das kann nicht sein!

Den 9. Seit drei Tagen darf ich nicht ausgehn, der Doktor sagt, ich sei krank; daher schreibe Dir solch krankhaftes Zeug.

Gestern abend kam Professor Hegel, sagend: unser Freund Isegrim sei bedeutend krank und verlange nach mir. Da bin ich diesen Nachmittag bei ihm gewesen, habe ihn im Bette und in der Tat schmächtig gefunden. Er hatte seinen letzten Willen aufgeschrieben. Von mir verlangt er nach seiner Vollendung *vor Sonnenaufgang* bestattet und von einer tüchtigen Blasemusik begleitet zu sein. Das habe versprochen und einen guten Totenmarsch dazu, wenn er sich mit seinem Abscheiden so einrichten will, daß ich bei der Hand bin.

Sezierung wird verbeten, ja verboten; Rasieren, Waschen, Sterbekleid desgleichen. Wer nichts weiß, soll aus ihm nichts lernen. Die Würmer würden ohne das Appetits nicht ermangeln; er sei nicht so stolz, sich als Präparat für unbekannte Gäste ordentlich anrichten zu lassen.

Wie es scheint, hat er Lust, die Exekutoren seines letzten Willens zu überleben, und ich bin schon zufrieden, keiner von den Würmern zu sein, die auf seinen Leichnam hungern sollen. Er ließ eben den Arzt fragen: ob er Wurst essen dürfe, Makkaroni und dergleichen.

An Dich hat er einen Brief angefangen zu diktieren, einen Abschiedsbrief, den er nach völliger Wiederherstellung vielleicht zu vollenden gedenkt. Ich glaube nicht, daß es so schlecht mit ihm steht, ich verlöre ihn ungern und lerne von ihm; so mag er leben, bis er tot ist.

Den 11. Vorgestern haben sie Liedertafel gehabt, ohne mich; ich soll ja nicht aussein. Es ist kein Wunder, daß keiner den »Diwan« versteht, da er nur für mich in die Welt kommen ist. Hundertmal habe ruhig den Titel gelesen und nichts dabei gedacht, als wie man Müller, Schulze, Noack heißt. Nun ich ein Stück nach dem andern in Musik setze, habe erfunden, was Diwan, was Hafis heißt, und werd's Dir selber nicht verraten; aber wie der Klöppel der Erfurter Glocke soll's Dir ans Ohr schlagen, wenn Du kommst und »Elemente«, Seite 14, und »Dreistigkeit«, Seite 25, hörst. Die Wirkung dieser Stücke fängt an, allgemein zu werden, das hör' ich nachklingen, wenn ich fein zu Hause bleibe, und wenn man Geduld hat mit den Leuten, so haben sie wieder Geduld mit sich und merken zuletzt, daß ein Gedicht etwas unter seinen Worten hat, das drüber ist. Der T. soll mich holen, wenn diese Stücke nicht prächtig sind, und sind sie's nicht, so tut er's umsonst!

Dein

Z.

392. *An Goethe*

Pfingsten 1822. Die verfluchten Postchaisen sind so niedrig, daß, wenn sie oben ein Loch hätten, man sich bequem in der Welt umsehn könnte. Obschon ich nun die Männermützen ebenso lieb habe wie die Mützenmänner, so habe ich mir in Görlitz eine schöne Mütze gekauft, um nicht mehr wie eine Hypotenuse im Wagen zu sitzen und zu schwitzen, und so bin ich nun hier in Herrnhut – ein Herr ohne Hut.

Wie ich hierher gerate, mag Zeit und Gelegenheit lehren, genug, ich denke das ganze Fest hier zu verleben; man ist ja doch unter Christen, sollten sie sich auch in ihrer Knechtsgestalt etwas höher anschlagen als der Herr selber.

Das erste, was ich gestern mittag beim Eintritte in dies einzige Gasthaus tat, war, mich an den gedeckten Tisch zu setzen. Nicht lange darauf kamen ein paar muntere frische Mädchen böhmischer race angefahren, von denen die jüngste allerliebst war.

Ich bat den Kellner höflichst (denn hier ist an der Abtrittstür höflichst gebeten, die Brille nicht zu besch-reiben), ihnen an meinem Tische, wo eben 2 Plätze offen waren, zu servieren.

Sie waren offen und gesprächig, daß ich fast glaubte, mein Glück bei der Jüngsten wagen zu dürfen, indem ich ihnen proponierte, mit mir nach Dresden zu gehn.

»Ach, wir danken sehr«, sagte die Älteste, »wir müssen heut noch an Ort und Stelle, wo wir erwartet werden; wir haben nur einen kleinen Umweg genommen, um das schöne Herrnhut zu sehn; wir gehn nach Marienthal.« – Das ist ja ein Kloster; was haben Sie denn da zu schaffen? – »Dahin eben will ich, um dort Profeß zu tun.« – Sie beide wollen Ihre anmutige Jugend der Welt entziehn? – »Verzeihen Sie, ich allein. Meine Schwester begleitet mich und geht wieder nach Böhmen zur Mutter zurück.« – Und das ist Ihr entschlossner Ernst und Wille? – »Jetzt oder nie! Ich habe die Welt lieb und das Kloster noch mehr, und ist ja nicht außer der Welt.«

Sie schien geliebt zu haben, ja zu lieben; Ton und Tempo ihres ganzen Wesens verriet eine Leidenschaft. Ein Bruder von der Gemeine, der am andern Tische saß, näherte sich und sprach Böhmisch mit den Mädchen, und da sie beide auch hier sogleich einhakten, ging ich auf mein Zimmer.

Um 11 Uhr. Jetzt komme ich aus der zweiten heutigen Predigt. Das alles wußte ich, manches glaube besser zu wissen, wenigstens anders, und doch – was ein abstruses Wesen, mit Begeisterung vorgetragen, wirken kann, ist mir abermalen klar worden. Alle Spekulanten treffen sich auf Einem Markte beisammen.

Beide Männer sprachen so geschickt, eindringlich, ja frei, daß sich der Glaube meldet, indem sich das Herz öffnet, und hätte der Organist Jeschke seine Doppelschläge an sich behalten und weniger oder nicht gequirlt auf seiner Orgel, die aus lauter Flötenregistern besteht und kein einziges Rohrwerk hat, so wäre ich für diese Festzeit ganz gewonnen worden. Die Gemeine sang den Choral »Komm, heil'ger Geist« bescheiden, andächtig, rein und mit Erhebungen, wie sie dem Liede zukommen.

Abends nach 9 Uhr. Nun komme ich heut zum dritten Male aus der Predigt und habe die Pfingstliturgie mitgesungen, die freilich prosaisch ist. Man entschuldigte sich: sie sei zu lang. Ich nahm die *Sache* in Schutz auf meine Weise:

Nichts ist lang oder kurz, was recht und der Intention gemäß ist, und die Welt weiß schon abzukürzen, man braucht's ihr nicht zuvorzutun.

Man hat mir eine Missionspredigt gegeben. Was ich gelesen habe, ist mit Beredsamkeit, ja mit Glut geschrieben, nicht bloß für Heidenvolk und Stockmenschen.

Der Anblick des Bethauses hat mich frappiert. Der große Saal kreideweiß angestrichen, Fenster weiß verhängt, alle Frauen kreideweiß angezogen, spalierartig nebeneinander sitzend – ich fühlte mich wie unter Abgeschiedenen, Auferstandenen, schauerlich.

Die Stadt ist heiter, gerade, reinlich und ermangelt nahen Wassers, das kostbar muß hergeleitet werden. Die Lage ist ein gesundes weites Tal, rings von bequemen Bergen umgeben. Straßen wie die Landstraßen sind mit hunderteckigen Basalten gepflastert und den Füßen wenig zutulich. Ordnung, Zucht und Stille feierlich. Auch ist Feiertag. Eine weite Enge. Mir ist wunderlich dabei. Man sieht niemand auf der Straße. Eine Frau oder ein Mann läuft unbegleitet wie eine Kegelkugel über den Platz hin, dem Bethause, dem Schwester[n]-hause, dem Brüderhause zu. Man redet nicht miteinander, niemand bleibt stehn, niemand sieht sich um; an keinem Fenster wird man jemand gewahr. Nur wenn die Glocke schlägt, eilt man gruppenweise zum Bethause, weil es mit dem Schlage anhebt und fast mit dem Schlage vorüber ist.

Pfingstmontag. Gestern abend um 10 Uhr (eine Stunde nach der Liturgie) ging einer, königlich besoffen, tobend in lustigem Ärger, den Platz entlang, durch die Straßen. Das wäre Einer auf Einen Tag. Heute wollen wir wieder hinhorchen: ob wohl 365 fürs Jahr herauskommen mögen.

Beispiele von Verbrechen gibt's auch. Ein Brandstifter hat dem Kriminalgerichte den Gefallen getan, sich aus Reue über seine Missetat selber zu erhängen; ob man immer so wohlfeil davonkommt, habe ich nicht nachgefragt.

Schöne Menschen sind mir noch nicht vorgekommen, was freilich unnötig wäre. Man sieht sich nicht an, man redet nicht miteinander, fast scheint es ein Sittengesetz zu sein.

Dagegen sieht man unbegreifliche Abgestalten, besonders weibliche; man sollte glauben, sie wären aus mythologischen Geschlechtsvermischungen erzeugt.

Eine alte preußische Offizierdame wohnt unter einem Dache mit mir. Sie ließ mich gestern zu sich einladen. Nach dem Abendessen ging ich auf ihr Zimmer. Es ward über die heutigen Predigten gesprochen; es ward gefragt: ob ich gewisse Bücher kenne – die mir auf mein Verneinen sogleich verehrt wurden. So klopft man einen alten Hengst den Hals, wenn man ihm aufsitzen will. Solange sie keine hübsche Mädchen zu Missionarien haben, werden sie mich schwer überwinden.

Von Toleranz wird gesprochen: ein Wort, das ich nicht leiden kann. Als wenn man einander nicht ertragen *müßte*! Aus dem allen siehst Du, mein Guter, daß ich von der Tollenranz was verstehe, mein Appetit mag sich anstellen, wie er kann. Alt muß man hier sein, denn geht's an. Das junge Volk nimmt sich wunderlich aus.

Der Gottsacker, hart an der Stadt, nimmt sich aus wie ein Spargelfeld. Geschichtet liegt das liebe Fleisch; jedes Stück hat seinen Stein, worauf Name, Geburt- und Todestag eingegraben sind. Solche Ordnung lockt wohl manchen in dies Leben, um nur unter diesen tot zu sein; der Mensch ist ein närrischer Kerl.

So wie die Menschen, so ist denn auch anderes hier unter der Schere gehalten. Die schönsten Linden, vier- und fünfeckig gestutzt, grünen, blühen und duften und lassen sich machen. Will man gerecht sein, so muß man finden, daß die Leute wissen, was konsequent heißt. Wer hier geboren oder gewöhnt ist, muß sich ohne Zweifel hier sicherer als anderswo finden.

Jetzt halb 9 Uhr ist Morgensegen. Den meinigen habe ich bereits abgehalten, und ich sitze hier und schreibe.

Vor dem Brüderhause, das ich aus meinem Fenster beobachte, finden den ganzen Tag Versammlungen statt, und selbst während der Betstunden ist der Platz nicht ganz unbesetzt. Sie scheinen der allgemeinen Aufsicht geeignet zu sein, indem man von hieraus das ganze Örtchen fast wo nicht übersieht, doch überhört.

Das Haus, worin ich wohne, ist das einzige Wirtshaus im ganzen Orte: eine vollkommene Einrichtung. Unten im Hause hält ein Jäger Aufsicht, der einzige Mensch, der hier ein Seitengewehr und Epauletten trägt. Auch dieser ist ausschweifend höflich, indem er jedem aus dem Wege tritt und mit Kutschern und Bedienten im vertraulichen Vernehmen ist.

Die Art, wie ein empfohlner Fremder hier aufgenommen wird, ist: Man bittet ihn halb 2 Uhr nach Tische zum Kaffee. Nach dem Kaffee folgt Limonade, Früchte, wie sie die Jahrszeit gibt, und dergleichen. Da eben *keine* Jahrszeit ist, so erfolgten gestern Äpfel, die hatten Runzeln, wie die schönste der Schwestern sie nicht besser wünschen könnte, wenn nicht alles schon aufs beste bedient wäre.

Doch muß man sagen, daß die hiesige ganz weiße Tracht den Matronen günstig ist wegen der Nettigkeit und Reinlichkeit.

3. Pfingsttag. Gestern abend habe das Schwesternhaus gesehn. Die Oberpflegerin und Ortsherrschaft, Gräfin Einsiedel, und die Hausvorsteherin, Schwester Fabricius, führten mich in Person allenthalben umher; auch der Schlafsaal von 150 Betten ward nicht vorenthalten. Die schönste Person, die ich hier gesehn habe, ist diese Schwester Fabricius: wohlgewachsen, fest, groß, eine 30erin. Anderswo hätte ich sie für einen verkleideten Mann gehalten. Oberlippe und ein starkes Kinn spiegelglatt spielen ins Blau; ich glaubte Bart-

wurzeln zu bemerken, wie denn die Kinne der meisten Schwestern behaart sind. Durch ein munteres gefälliges Wesen hat diese würdige Person in der Tat einen Eindruck gemacht.

Nachher war ich zum Tee bei meiner Hausgenossin, der Frau v. Döberitz, wo ich die Oberpflegerin und den ganzen Park der Oberschwestern ohne eine einzige andere Manns-person beisammen und die Unterhaltung über Erwarten belebt fand. Sie hatten mich in der Tat dreist gemacht und eben war ich im Anlauf, mein Geschütz spielen zu lassen, als die Glocke 8 Uhr schlug zum Abendsegen. Man ging zum Bethause und ich auf mein Zimmer, allwo ich 6 Gänseeier verzehrte.

Bautzen. Abends. Ich bin davongelaufen. Um 11 Uhr, als ich aus der Predigt kam, bestellte ich mir sogleich die Pferde, aß einige Bissen, und nun bin ich schon 2 Stunden hier. Das halte aus, wer kann: auf den Abend wollten sie mir noch Konzert machen – Nein! das geht nit!

Zwischen Herr[n]hut und Löbau lag ein Kerl auf dem Rade, nicht weit von seinem eigenen Hause, worin noch heut seine Frau und seine beiden Töchter wohnen.

Bei Hochkirchen habe das Blutfeld gesehn, wo der tapfere Keith geblieben ist, und ein marmornes Monument, das ihm sein König gestellt hat.

Die böhmischen Bergreihen sind unter allerlei Gedanken an mir vorübergegangen; hätte ich Dich in Teplitz gewußt, wer weiß, ob ich widerstanden hätte. – Abends. Bei meiner Ankunft hier in Bautzen fand ich die ganze Stadt in emsiger Bewegung: Ein vor manchen Jahren verstorbener hiesiger Einwohner hat eine Stiftung gemacht, derzufolge an jedem 3. Pfingsttage einige 100 Taler – groschenweis an die Armut ausgeteilt werden. Die Handlung geschieht unter Orgelspiel und Trompetenschall vom Stadtturme. Der Organist (Bergt), den ich bei seiner Funktion aufsuchen wollte und endlich aus der Schenke holen ließ, sagte: »Ich kriege 2 Taler, dafür soll ich 29 Strophen spielen. Das lasse ich bleiben und gebe diese 2 Taler Einer blinden Matrone, und ohne einen Knochen zu rühren, tue ich armer Teufel so mehr Gutes im Leben als jener tote Herr, der gut schenken hat, was er nicht braucht.«

Dresden, 29. Mai. Ein Literator zu Herrnhut, namens Peter Mortimer, ein Mann von 72 Jahren, sandte vor 5 bis 6 Jahren durch den alten Körner ein Manuskript nach Berlin, worin er die Kirchentonarten (die man auch die griechischen nennt) auf feste Grundsätze bringt.

Da mir die Materie längst wichtig war, als ich manches darin zu erreichen gesucht, wie Du vielleicht aus manchen meiner Lieder, zum Exempel: »Mahadöh«, »König von Thule« und anderen, bemerkt hast, so ist das Manuskript mit Hülfe unseres Ministeriums zum Drucke gekommen. Ich selbst wollte mich mit dem Verfasser in Korrespondenz setzen, schickte ihm neue Versuche als faktische Erstlinge seiner Grundlehre, der alte Patron aber antwortete nicht und ließ mir nur einmal sagen: es wäre recht, was ich gemacht hätte – was mich sehr verdroß.

Damit ist denn nichts abgetan, und unser Minister hat erlaubt, daß ich den Peter Mortimer heimsuchen durfte in seinem Herrnhut. Nachrichten über diesen Mann von berlinischen und andern Gemeindebrüdern wollten weder lauten noch stimmen: man müsse es nicht zu genau mit dem alten Manne nehmen, er sei podagrisch, wunderlich und was noch.

Die Ursache meiner Reise ist demnach dieser Peter, und nun bin ich hier in Dresden, und der Peter hat mich nicht gegessen; es ist vielmehr die beste Haut in der Welt, hinter der manches Platz genommen hat, das nicht zu ihm gehört: er ist überflüssig verheuratet, und endlich ist er Herrnhuter. Das darf er nicht leugnen, das will er nicht sagen, das hat er vergessen, und kurz – er ist ein Erzschelm und Dein Hafis, wie er leibt und lebt. Ein vollkommen schöner Greis, ein kupider Mund, ein »gereizter Schlund« und ein Augenpaar wie die Gesundheit selbst; wie das zu einem gebückten schwerwandelnden Körper paßt, magst Du raten, aber so ist's.

So hat er sein Leben hingebracht, lateinische Verse auf Angelegenheiten der Brüderschaft zu machen, die man lobt, Missionsschriften in verschiedene Sprachen zu übersetzen und endlich für sich selbst das obengenannte Werk über den evangelischen Choral mit Hülfe einiger alten Gesangbücher des 16. Jahrhunderts zustande zu bringen.

Daß er arm ist, erfuhr ich, indem seine gute Frau mir sagte: sie beklage, daß sie mich nicht zum Essen bei sich sehn könne. »*Wir essen aus dem Brüderhause, und da*« – und so weiter.

Im Brüderhause wird für alles gekocht, was sich einzuschränken hat: zu 6, zu 8 und zu 10 Groschen die Person, und zwar nicht für einen Tag, sondern für die ganze Woche, und daß für diesen Preis keine Lampreten zu haben sind, läßt sich begreifen, und hier ist also auch die Ursache, weshalb er mir nicht geantwortet hat – er scheut sich, das Porto zu übertragen, und zahlen kann er's nicht, und Gelegenheit ist ihm nicht geworden.

Am ersten Feiertag ging ich mit ihm zum Morgengebet. Das war früh um 8 Uhr. Um 10 Uhr war die Predigt angesagt. Er ließ sich bereden, mit auf mein Zimmer zu gehn, um über unsere Angelegenheit zu verkehren. Der Wein schmeckte ihm, schloß ihn auf, und siehe, ich erkannte zuletzt einen fidelen Kamraden. Er ist schüchtern und darf sich vielleicht auch seiner Frau und Tochter nicht vertrauen. In der Gemeine ist er wenig angesehn. Sie taten ganz kühl, als ich sagte, um einen solchen Mann könne man schon 40 Meilen reisen. Niemand anerkennt hier sein Choralwerk und haben Mosen und die Propheten; ich habe es in Schutz nehmen müssen. Er selbst hat nur ein rohes Exemplar, sein einziges Manuskript hat der Setzer bekommen. Er schreibt ein bequemes fließendes Deutsch und eine körnige Hand. Nun hat er versprochen, mir zu antworten, wenn ich schreibe.

Dresden kommt mir jetzt vor wie ein ausgebrannter Krater. Enge Straßen, hohe Häuser, kein Kirchturm zu sehn und der Geruch unausstehlich. Graff ist tot, Riedel tot, Becker, Naumann, Schuster tot. Kügelgen ermordet. An der Stelle bin ich vorbeigefahren, wo die entsetzliche Tat geschehn ist; fast in der Vorstadt, wo überall Leben ist. Ich weiß, es gibt keinen Zufall, es kann keinen geben. Ein infamer Dieb ermordet einen stillen, fleißigen, geliebten Mann, um wenige Groschen zu stehlen; ein unschuldiges junges Blut, fast ohne Arg, wird zum Meuchelmörder an einem Hundsfott, den man auf öffentliche Kosten in einer Pfütze hätte ersäufen sollen: es ist unmöglich, aber es ist wahr.

Nun rate: wen finde ich hier? Jean Paul Friedrich Richter, den ich nach 21 Jahren kaum wiedererkannt hätte, doch er mich. Ich war morgens bei ihm und fand ihn liebenswürdig, lebhaft und gesund.

Auch Tieck ist wieder erwacht und, wie er merken läßt, fleißig. Böttiger ist im Begriff, sich am rechten Auge den Star operieren zu lassen. Der alte Legationsrat Beugel, der hier bei der Bibliothek ist, will mir noch wohl und spielt und singt meine Liedchen. Da erzählt er mir über Tisch (denn wir essen zusammen), wie ihm dies und jenes so und so zusagt, und ich Narr höre es gerne und bin dem alten Manne gut. Außerdem fehlt es hier nicht an Berlinern, die, wie Du ja weißt, überall sein müssen.

Montag, 3. Juni. Ich wollte nur 2 Tage in Dresden bleiben, habe aber noch gestern eine Messe gehört und bin jetzt in *Pretzsch*, an der Elbe zwischen Torgau und Wittenberg. Der

Oberprediger hier beschafft eine Singschule, die zu meiner Beobachtung gehört, und die Sache geht gut genug. Wohl kann ich danken, noch beim Leben des Glücks zu genießen, meines guten Fasch Saaten aufgehn zu sehen: in Frankfurt a. O. fand ich eine recht gute Singgesellschaft und eine fast noch bessere Liedertafel, wo Deine Lieder gesungen werden, in Görlitz desgleichen, sogar in Dresden. In letzterm Orte singen dagegen die Kreuzschüler kreuz und quer über die Straße hin das schnödeste Zeug, woran sie selber keine Freude haben.

Dessau, den 6. Von Wittenberg bin ich nicht eben zufrieden hinweggegangen. Der Herr Musikdirektor liebt zu lesen, zu reden, zu essen und noch besser zu trinken und weiß sich nicht anzustellen. Seine Orgel ist im Verfall, und sein Kalkant hat in Begleitung eines Achtgroschenstücks einige Donnerschläge ruhig ausgehalten, wie ich die Balgenkammer in Staub begraben fand. Das ganze Nest ist schimmlig worden, und die große Glocke ist geborsten und schnurrt; da eilte ich dem frischen grünen Dessau zu, woher mich ein guter Orgelbauer gelockt hat.

Berlin. Sonntag, 23. Juni. Nun bin ich schon über 8 Tage wieder hier, in wenigen Tagen geht meine Doris nach Ems. Eben habe die Zauperischen »Studien über Goethe« bestanden. Oft genug habe ich über Dich müssen schelten hören, auch von solchen, mit denen ich in gutem Vernehmen geblieben bin, es wollte mir nicht weh tun. Jeder glaubt, etwas sagen, ja unparteiisch sein zu müssen, und meint es eigentlich gut, besonders mit sich selber. Ein gewisses Gefühl war mir dabei natürlich wert: als wenn ich im stillen recht gut wüßte, was man nicht zu lernen braucht.

Höre ich Dich nun loben, so ist mir ganz anders zumute, als ob sie nur nicht tadeln wollten. Etwas Eifersucht mischt sich auch ins Spiel, eine Empfindung, die mir erst durch Calderon klar ist. Das ist nun nicht der Fall mit dem ehrlichen Zauper, der klettert von mehrern Seiten an Dich herauf, um Boden für eigene Füße zu finden. »*Wenn ich ein Maler wäre*,« so spricht er, Seite 19, und merkt recht gut, daß Machen und Gemachtes Machen nicht einerlei ist. Da nun die warme Luft von der südlichen Seite kommt, woher sonst nur Hitze kam, so soll ihm Dein artiges Briefchen gegönnt sein. Du hast ihm darin einen guten Pfropf auf die Flasche gesetzt: ob er sich wohl daran machen wird, ihn auszuheben?

Deinen neuen Band: »Aus meinem Leben« habe bereits verschlungen, wenn auch noch nicht verschluckt; ich bin von Schlangenart und brauche Zeit zum Verdauen. Vorläufig will nur sagen, daß der »Champagnerkrieg« eben zu rechter Zeit kommt, wenn auch die Wirkung sich nicht gleich zeigt. Mir geht's nicht besser, alles zerfließt mir auf der Zunge, hernach geht's erst ans Kauen, was Weile haben will. Ist Dir doch auch nicht alles angeflogen. Das Unheil aus dem schnöden Pfuschwesen ist denn doch so dargestellt, daß man nicht vor Scham verzweifeln muß und dazwischen manchmal lächeln kann. Das sollen die Prahlhänse, die Geschichtschreiber wohl bleiben lassen.

Isegrim habe in Pankow vorigen Sonntag besucht, wo er sich bis an die Ohren in Sand und Bücher vergraben hat. Seine Gesundheit ist im Zunehmen, wiewohl er immer noch klagt; wir haben ein paar heitere Stunden miteinander gehabt. Vom Herrn v. Henning weiß ich, daß Du jetzt im Marienbade bist, doch sende dieses Papier nach Weimar, wo Du es nach Deiner Zurückkunft finden magst.

Den berühmten Schuldenmacher Herrn Müllner habe in Dresden kennen lernen, ohne mich zu seiner »Schuld« zu bekennen, die mich einigemal so in Schrecken gesetzt hat, daß ich nicht über den *zweiten* Akt hinausgekommen bin. Außer dem sieht der wütende Mann, den ich mir in Gestalt eines Reibeisens dachte – ganz gelassen aus.

Mein Vater hatte einem Manne Geld geliehen, dessen Namen er vergessen hatte. Darüber äußerte sich die Mutter mit den Worten: »So machst du es immer und läßt es dir sauer werden und kommst um das Deinige.«

Mein Vater erhob sein Antlitz gegen die Mutter und sprach: »Frau! wenn ich nur dich habe, so sch . . . ich in alles Geld der Erde! Weiß doch der Mann, wie *ich* heiße!«

Nach einigen Jahren kam der Mann von der Reise und brachte das Geld wieder. Er hieß Venus.

Das fällt mir eben ein, indem ich diesen Bericht mit den Worten des 73. Psalms Vers 25 schließen wollte. Gott sei mit Dir wie ich

Dein

getreuster

Mittwoch, den 26. Juni 1822. Z.

393. *An Zelter*

Und so war es recht, daß in den fremden frommen Landen Du die Rede zuerst wieder an mich richtetest; dagegen soll abermals die sauberste Abschrift in weniger Zeit erscheinen. Wenn ich vergangnen ganzen Winter, dasjenige im Manuskript redigierend, im Druck revidierend, was Du jetzt verschluckst, stets an Dich dachte, so vergiltst Du mir's durch die lieben Blätter, die mir auf ewig den Wunsch, Herrnhut in seiner Individualität zu sehen, vollkommen befriedigten. Nun, so sei es denn! Der schneeweiße Saal (nach Werners unschätzbarem Narrensonett »in Christi Blut rein gewaschen«) soll nun von mir, und wenn ich noch so mobil wäre, nicht betreten werden.

Von meinem Neustgedruckten sollen saubre Exemplare bald nachfolgen; besonders das Morphologisch-Wissenschaftliche, in zwei Bände geordnet, wo es eher nach etwas aussieht.

Für Dich ist mir übrigens nicht bange: Deine Natur weiß zu assimilieren, worauf doch alles ankommt. Verstünde man seinen Vorteil, man würde nichts Überliefertes tadeln, sondern, was uns nicht anmutet, liegen lassen, um es vielleicht künftig aufzunehmen. Dies begreifen die Menschen nicht und behandlen den Autor wie einen Garkoch; dafür liefert man ihnen denn auch Jahrmarktsbratwürste nach Herzenslust.

»Anders lesen Knaben den Terenz,
Anders Grotius.«
Mich Knaben ärgerte die Sentenz,
Die ich nun gelten lassen muß.

Lese ich heute den Homer, so sieht er anders aus als vor zehen Jahren; würde man dreihundert Jahre alt, so würde er immer anders aussehen. Um sich hievon zu überzeugen, blicke man nur rückwärts: von den Pisistratiden bis zu unserm *Wolf* schneidet der Altvater gar verschiedne Gesichter.

Übrigens ist mir höchst erfreulich, daß er (genannter Freund) nicht verbrannt noch vom Fieber aufgespeist ist, denn ich mag ihn über der Erde nicht gern entbehren. Seinesgleichen kommt auch nicht wieder. Hätte ihn Gott zu so vielem noch freundlich gewollt! – Doch wie soll das alles beisammen sein, was sich widerspricht!

Daß Du meine Behandlung der schmutzigen Kampagne billigst, freut mich sehr. In einer solchen Tragödie den *Grazioso* zu spielen, ist immer auch eine Rolle.

Nun zum Nächstvergangnen! – Am 19. Juni gelangte ich nach Marienbad, bei sehr schönem Wetter. Herrlich Quartier, freundliche Wirte, gute Gesellschaft, hübsche Mädchen, musikalische Liebhaber, angenehme Abendunterhaltung, köstliches Essen, neue bedeutende Bekanntschaften, alte wiedergefunden, leichte Atmosphäre zweitausend Pariser Fuß über der Meeresfläche, Stiftsgelage pp., alles trug bei, das drei Wochen daurende schöne Wetter vollkommen zu benutzen, zu genießen und das folgende unfreundlichwechselnde zu übertragen. Nach der ausdaurenden Trocknis des Mais und Junis gönnte man dem Landmann erquicklichen Regen.

Erfahren hab' ich manches und notiert, anderes Mitgebrachte redigiert und gereinigt, so daß bei meiner Rückkunft der Druck wieder angehn kann, wodurch ich denn abermals den leidigen Winter zu betrügen denke.

(Da ich indessen einen guten Schreiber gewonnen, der mir sehr fehlte, so möge derselbe fortfahren.)

Der größte Gewinn aber, den ich in diesen Tagen zog, war die persönliche Bekanntschaft des Herrn Grafen Kaspar Sternberg, mit dem ich schon früher in brieflicher Verbindung stand. Von Jugend auf dem geistlichen Stande gewidmet, gelangte er endlich zur Stelle eines Domherrn zu Regensburg; dort gewann er, neben Welt- und Staatsgeschäften, die Natur, besonders das Pflanzenreich lieb und tat viel dafür. Als er nun bei Umkehrung Deutschlands auch von seiner Stelle vertrieben ward, ging er nach dem Mutterlande Böhmen zurück und lebt nun teils in Prag, teils auf seinen von einem ältern Bruder ererbten Gütern. Hier kommt ihm dann die Natur wieder freundlich zu Hilfe. Er besitzt wichtige Steinkohlenwerke, in deren Dach die seltsamsten Pflanzen erhalten sind, welche, indem sie nur der südlichsten Vegetation analoge Gebilde zeigen, auf die entferntesten Epochen der Erde hinweisen. Er hat schon zwei Hefte derselben herausgegeben; lasse sie Dir gelegentlich von irgendeinem Naturfreunde vorlegen.

Und so möge denn auch dieses Blatt glücklich hinüberfliegen! Vielleicht schreib' ich noch einmal von hier, von Hause aber gleich.

Möge Dir alles wohlgeraten! Mir geht es nach Art, Jahren und Weise noch immer gut genug.

Treulichst

Stadt Eger, den 8. August 1822. G.

394. *An Zelter*

Zwar hätt' ich gewünscht, daß der werte Freund seine Doris abzuholen gekommen wäre, denn es gibt doch in dieser wunderlichen Welt gar manches zu besprechen; da er aber außenblieb, so sei er hiedurch schönstens gegrüßt, wie auch die gute Doris, die uns stündlich lieber geworden.

Möge die Abschrift den Freund an seine heitere Reise frisch erinnern und ihm den Dank bringen, daß er auf derselben so liebenswürdig unserer gedacht hat. Seit meiner Rückkunft muß ich sehr geschäftig sein, davon denn Dir auch Zeit nach Zeit einiges mitgeteilt wird. Versäume nicht, das Gleiche zu tun; die Stunde fällt immer schneller wie der Stein im Fallen.

Da Du nichts als Vernünftiges unternimmst, so möge Dir alles gelingen.

Herr v. Henning, mein chromatischer Gehülfe, ist angekommen; ich darf hoffen, manches Gute soll gut gefördert werden.

Treulichst

Weimar, den 16. September 1822. G.

395. *An Zelter*

Durch einen feinen jungen Mann, Dr. Harnier, den mir Frankfurter Freunde zugeführt und welcher sich einige Zeit in Berlin aufhalten wird, begrüß' ich Dich wieder einmal;

mögest Du ihn in die Herrlichkeiten Deines Reiches hineinhören lassen. Ich bin fleißig an einigen neuen Heften und lasse mir das schöne Wetter in so später Jahreszeit gar wohl gefallen. Mögest Du Dich angeregt fühlen, mir bald auch wieder von Dir einiges vernehmen zu lassen! Und somit allen freundlichen Dämonen empfohlen!

Treulichst

Weimar, den [6.] November 1822. G.

Das poetische Manna regnete diesen Sommer sparsam, doch sende nächstens einige Körnlein.

396. *An Goethe*

Berlin, 13. August 1822.

Endlich kommt Dein lieber Brief vom 8. dieses aus Eger mit der schönen Verheißung Deiner neuestgedruckten Sachen, worauf ich mich längst freue. Das letzte Heft der »Morphologie« habe noch gar nicht ganz gesehen.

Durch die Abschriften meiner Reisebegebenheiten machst Du mir in der Tat ein Geschenk, wie ich mich damit interessiert, ja interessant finde, wenn auch mein Geschreibe Dir mehr als billig gefiele. Ein so kurzer Aufenthalt an fremden Orten mag wohl eine Ansicht geben; die Einsicht magst Du dazu tun, da Du einmal willst vorlieb nehmen.

Sollte aber Dein Schreiber einmal eine bessere Stunde mehr haben, so sei so gut, mir »Shakespeare und kein Ende« auf ein *mäßiges Oktavblatt* kopieren zu lassen, sintemal ich in genanntem Formate schon ein Konvolut solcher Einzelnheiten von Dir besitze.

Lese ich jenen Dichter so wie Dich, so kommt mir's vor, als ob ich euch allein verstünde – so mag's wohl mehrern vorkommen.

Dein vergnüglicher Aufenthalt im Böhmerlande macht auch mich hier zu Hause vergnügt. Doris ist nach Ems, und ich bin mit Rosamunde ganz still und genieße des schönsten Sommers in meiner Zelle und bin fleißig um Deinetwillen, weil ich stets an Dich denke.

Die botanischen Hefte des Grafen Sternberg sind herbeigeschafft und verraten alte Wunder. Möchten sich doch ähnliche Verkohlungen finden, worauf der gute Homer mit seinen Helden so deutlich abgedruckt wären: was Augen würde unser Philologus machen!

Dieser ist still nach Breslau gegangen. Das hat keiner wissen sollen. Seinem Bedienten hat er eine geheime Depesche gesandt, ihm Bücher, Zeitungen und dergleichen zu senden. Der Mensch kommt nun zu mir, weil er das konfuse Geschreibe nicht lesen kann; so erfahre ich, was keiner wissen soll und wissen mag.

Den 17. August. Heute sind es 36 Jahre seit dem Tode des großen Friedrich. Der Tyrann! Dachten nicht seine Sklaven, mit *ihm* müsse die Welt untergehn? Dem ist aber nicht so; die nicht tot sind, leben noch und reißen und beißen sich um ein Kipfelchen Erde, das aus einer Hand in die andere geht.

Einer von unsern 77 Weisen, den Du im Jahre 1814 zu Wiesbaden mit einer Fröschin paaren wolltest, möchte froh sein, wenn der Tyrann noch lebte. Was sie damals im Ganzen ganz hatten, ist ihnen jetzt zugeschnitten, und sie sind einfältig genug, sich merken zu lassen, daß sie daran noch zu viel haben.

Den 28. August. Soll denn nichts am guten Tage geschehen? So muß wohl selber Hand anlegen und sende abermalen Deine Gaben zurück. – Laß Dir gefallen, Herr, das willige

Opfer p – und geben Dir die Götter einen, der heraussingt, was wir hineingelegt haben!

---

16. Oktober. Petz ist auch wieder da und hat schon wieder mit einem Violinkonzerte aufgewartet, wobei er seinen Schilling gemacht hat. Die Frau muß vor 20 Jahren sehr liebenswürdig gewesen sein; sie ist es fast noch.

---

22. November. Als ein Bursche von 15-16 Jahren gehe ich eines Abends über die Straße. Ein Knabe gleichen Schlages geht an mir vorüber, fängt an zu singen: »Blühe, liebes Veilchen« und hört damit auf. Nachdem ich ein Weilchen gewartet, singe ich unwillkürlich den zweiten Vers: »Das ich selbst erzog« hinterher. Wir waren schon eine Strecke auseinander, als ich mir nachrufen höre: »Alfanz! Dummerjahn! Wenn Er singen will, fange Er sich allein ein Lied an!« und so weiter. So ohngefähr kommt mir der Herr Karl Christian Ludwig Schöne vor, dessen »Faust« ich vom ersten bis zum letzten Worte redlich durchgelesen habe. Da er sich Deines Lobes statt Tadels zu erfreuen wünscht, muß er wohl an sich glauben, weil er hier sein ganzes Talent erschöpft hat.

Eigentlich verstehn wir alle Deinen »Faust« recht gut, wir möchten wollen oder nicht, sonst könnte weder Sensation noch Gefallen daran stattfinden; nimmt sich's aber einer heraus zu sagen, wie er dazu gekommen ist, so entsteht das dummste Zeug. Möge Faust dem Herrn Schöne immer noch einmal erscheinen und ihm sagen: »Sieh mich doch noch einmal an, ob ich wirklich ein so dummer Esel bin, als Du mich machst!«

Hier hat einer, und hoffentlich nur dieser Eine, den Einfall gehabt, die beiden Akademieen der Wissenschaften und die der Künste zu vereinigen. – Ich denke: wie die Würfel eben liegen, so soll eine Akademie der Wissenschaften *wissen* zu *nehmen*, eine Akademie der Künste aber soll haben und geben. – So war es, und wenn es nicht so ist, so wird's auch nicht sein.

---

26. November. Vorigen Donnerstag hielt die Akademie der Wissenschaften eine öffentliche Sitzung zur Feier des 25. Regierungsjahres unseres Königes.

Schleiermacher eröffnete die Sitzung mit einer Rede, die ich zwar selbst gehört, aber nicht verstanden habe.

Beim Herausgehn aus der Akademie tritt ihm ein Offizier in Uniform entgegen, sagend: »Ich habe Ihre Rede gehört; Sie sind ein gefährlicher Mensch! Sie sind ein schlechter Mensch! Bessern Sie Ihre Handlungen, wenn es Ihnen nicht schlecht ergehn soll!« Schleiermacher frägt ihn: »Wer sind Sie denn?« – »Mein Name tut nichts zur Sache, genug, Sie sind ein Heuchler! Bessern Sie Ihre Handlungen.« Nun könnte er den Sir Hudson heiraten. Wer von beiden verrückt ist, ist noch nicht bekannt.

Mit Schrecken sehe, daß das Blatt schon über drei Monate liegt. Nun muß wohl absenden, wenn es sich nicht durchliegen soll, da es lauter hoffnungsloses Zeug enthält.

Dein Z.

An Tralles verliert die mathematische Klasse einen Mann, den sie wohl neidschen, aber nicht missen konnten. Wer doch tot wäre! An Lobrednern wird's ihm nun nicht fehlen.

397. *An Zelter*

An dem ersten musikalischen Abend, der mich seit Jahren erfreut, kommt mir Deine liebwerte Sendung, und so ward mir auf der Stelle Dein neubelebendes musikalisches Schaffen meines Schöpfungswerkes gar heiter und kräftig vorgetragen.

Habe Dank für Deinen langsam vorgeschrittenen Brief, mich erquickt höchlich jedes Wort von Dir; Deine Buchstaben sind herz- und sinnvoll.

Hiebei das letzte Stück »Morphologie«, ingleichen »Kunst und Altertum«; erbaue Dich daran nach Deiner Weise, wo nicht unmittelbar, doch mittelbar, Du verstehst ja die Vorkommnisse symbolisch zu behandeln.

Herr Schöne hatte mir sein Manuskript geschickt, ich sah nur hie und da hinein; es ist wunderlich, daß ein sinniger Mensch das für Fortsetzung halten kann, was nur Wiederholung ist, das Hauptunglück aber bleibt, daß sie haben in Prosa und in Versen schreiben lernen, und damit, meinen sie, wäre es getan.

Das Stück »Kunst und Altertum«, jetzt unter der Presse, schicke ich nächstens, es überbringt manches und regt auch gewiß manches an; daß dies bei Freunden bald geschehe, wünsche ich sehr. Der Winter geht mir ganz tätig vorüber, die Milde desselben tut mir wohl, wenn ich auch wenig auskomme; es ist nichts, was ich unternahm, das nicht vorschritte, und ich legitimiere mich abermals dadurch als Protestanten. Auch hab' ich bisher viel Fremde gesehen, welches mich unterhält; es ist viel bequemer, die Menschen an sich vorbeigehen zu lassen, als an ihnen vorbeizugehen.

Ein beiliegendes Konzeptblatt kündigt an, was im nächsten Stück zu erwarten ist; mögest Du dadurch vorläufig zum Anteil aufgerufen werden.

Nächstens mehr! Aber auch Du pausiere nicht zu lange.

Treulichst

Weimar, den 14. Dezember 1822. G.

Er

Ich dacht', ich habe keinen Schmerz,
Und doch war mir so bang ums Herz;
Mir war's gebunden vor der Stirn
Und hohl im innersten Gehirn –
Bis endlich Trän' auf Träne fließt,
Verhaltnes Lebewohl ergießt.
Ihr Lebewohl war heitre Ruh,
Sie weint wohl jetzund auch wie du.

Sie

Ja, er ist fort, das muß nun sein!
Ihr Lieben, laßt mich nur allein!
Sollt' ich euch seltsam scheinen,
Es wird nicht ewig währen;
Jetzt kann ich ihn nicht entbehren,
Und da muß ich weinen.

Er

Zur Trauer bin ich nicht gestimmt,
Und Freude kann ich auch nicht haben;
Was sollen mir die reifen Gaben,
Die man von jedem Baume nimmt!
Der Tag ist mir zum Überdruß,
Langweilig ist's, wenn Nächte sich befeuern;
Mir bleibt der einzige Genuß,
Dein holdes Bild mir ewig zu erneuern.
Und fühltest du den Wunsch nach diesem Segen,
Du kämest mir auf halbem Weg entgegen.

Sie

Du trauerst, daß ich nicht erscheine,
Vielleicht, entfernt, so treu nicht meine,

Sonst wär' mein Geist im Bilde da.
Schmückt Iris wohl die Himmelsbläue?
Laß regnen: gleich erscheint die neue –
Du weinst! Schon bin ich wieder da.

Er

Ja, du bist wohl an Iris zu vergleichen!
Ein liebenswürdig Wunderzeichen:
So schmiegsam-herrlich, bunt in Harmonie
Und immer neu und immer gleich wie sie.

Die Gegenwart weiß nichts von sich,
Der Abschied fühlt sich mit Entsetzen,
Entfernen zieht dich hinter dich,
Abwesenheit allein versteht zu schätzen.

[Beilage]

Kunst und Altertum. Von Goethe.
IV. Bandes 1. Heft.
Mit einem Kupfer: Der Schild Wellingtons.
Inhalt.

Prolog zu Eröffnung des Berliner Theaters.
Neuere bildende Kunst.
Weimarische Ausstellung von 1821. – Wilhelm Tischbeins Homer. 7. Heft. – Sankt Sebalds Grab zu Nürnberg. – Der schlafende Amor, von Gandolfi. – David mit Goliaths Haupt, nach Guercino. – Ehebrecherin nach Tizian. – Carus' Gemälde. – Besuch des Königs von Preußen an Blüchers Krankenbett, von den Gebrüder Henschel in Berlin.
Neugriechisch-epirotische Heldenlieder.
Gabriele von Johanna Schopenhauer.

Das Sträußchen (Altböhmisch).
Ein deutscher Improvisator.
Der Schild Wellingtons.
Der Schild Achilles'.
Alexander Manzoni an Goethe.
Wunsch und freundliches Begehren.
Klaggesang (Irisch).
Julius Cäsars Triumphzug von Mantegna.
Geschichte der bildenden Künste bei den Griechen von Heinrich Meyer.
Hemsterhuis-Galizinische Gemmensammlung.
Notizen.

Rameaus Neffe von Diderot. – Toutinameh von Iken und Kosegarten. – Volksgesänge abermals empfohlen. – Dom zu Köln von Boisserée. – Wiederholte Entschuldigung und Bitte. – Selbstbiographie. – Archiv des Dichters und Schriftstellers. – Lebensbekenntnisse im Auszug. – Der Fünfte Mai, Ode von Alexander Manzoni.

1823

398. *An Goethe*

Will ich mich nicht Lügen zeihen lassen, so muß ich um der Einlage willen schreiben.

Anfolgendes »Ultimatum«, womit Er eigentlich erst recht anfangen will zu leben, ist, wie Du lesen wirst, *nur für mich* ausgefertigt, ist zu sagen: um es an den rechten Mann zu bringen.

Eigentlich hatte ich keine Lust, es Dir zu schicken, auch hatte er es anderweit an Langermann, an Varnhagen und an wem noch mitgeteilt; so konnte er es auch Dir schicken, ohne Eure gegenseitige Zärtlichkeit, die nicht einmal eines Briefwechsels bedarf, zu kränken. Allein er verlangte sein Autographum von mir zurück, und da ich merkte, daß er doch nur daran spitzen und schnitzen wollte (wie er wirklich getan hat), so ließ ich sagen: ich hätte es in gute Hand gegeben. Nun will er selber an Dich schreiben, da mußt Du denn wissen, wovon die Rede ist.

Übrigens muß ich ihm nachrühmen, daß er sich jetzt in Absicht Deiner wie ein Mann ausnimmt.

Das belobte Bild hat er in einem Lackiererladen aufgestellt gefunden und gekauft. Es ist auf Blech in Öl gemalt, nach dem Jagemann'schen Profile, und kaum so gut als seine Verse, die beinahe soviele Ichs, Michs und Mirs enthalten als Zeilen.

Des letzten Umstandes erwähne nur, weil er einst eine Anmerkung machte über Deinen Briefstil, wo dann und wann das Ich und Mich und Mir unwillkürlich ausgelassen ist, um die Reibung der Konsonanten zu vermeiden, wie jeder tut, der ein Ohr für Wohlklang hat.

Humboldt hat ihm gesagt, das Bild sei eine Fratze.

Dein Brief vom 14. Dezember ist mir ein rechtes Labsal. Die Verse sind unschätzbar. Ich habe sie oft genug gelesen, um ihnen ihre Station abzugewinnen. Vor der Hand sind sie in Form eines Gedanken- oder Briefwechsels entworfen und mögen so ein Weilchen ruhen.

Unterdessen laß Dir das »Sträußchen« gefallen, das wie ein Sphinxchen der Feder entschlüpft ist und schon ein Weilchen herumgeflattert hat. Ich will nicht hoffen, daß es sich wieder verpuppe.

Für das letzte Stück »Morphologie« danke schönstens, erinnere Dich aber zugleich Deines freiwilligen Anerbietens, mir das Morphologisch-Wissenschaftliche in *zwei Bände geordnet* bereiten zu lassen.

Du glaubst nicht, wie schön sich die drei Bände »Kunst und Altertum« auf meinem Schäppchen ausnehmen. Da tritt man von Zeit zu Zeit heran, bekuckt es, schlägt auf, nimmt eine Prise daraus und setzt wieder hin. So lebe ich von einem Tage zum andern in lauter Gedanken von Dir und an Dich.

Die Fasanen haben gut gegengehalten. Freunde wie unser Geheimer Rat Wolf und Professor Hegel haben sie auf Dein und Deines Hauses Wohl verzehren helfen.

Alexander Humboldt ist mit dem Könige von Italien zurückgekommen und hat genug zu erzählen, daß ich ihn nur einmal erst gesprochen habe. Wir hoffen ihn wenigstens den Winter hier zu behalten, wenn er den Kammerherrndienst solange aushält.

Lebe wohl! Berlin, 14. Januar 1823.

Dein

Z.

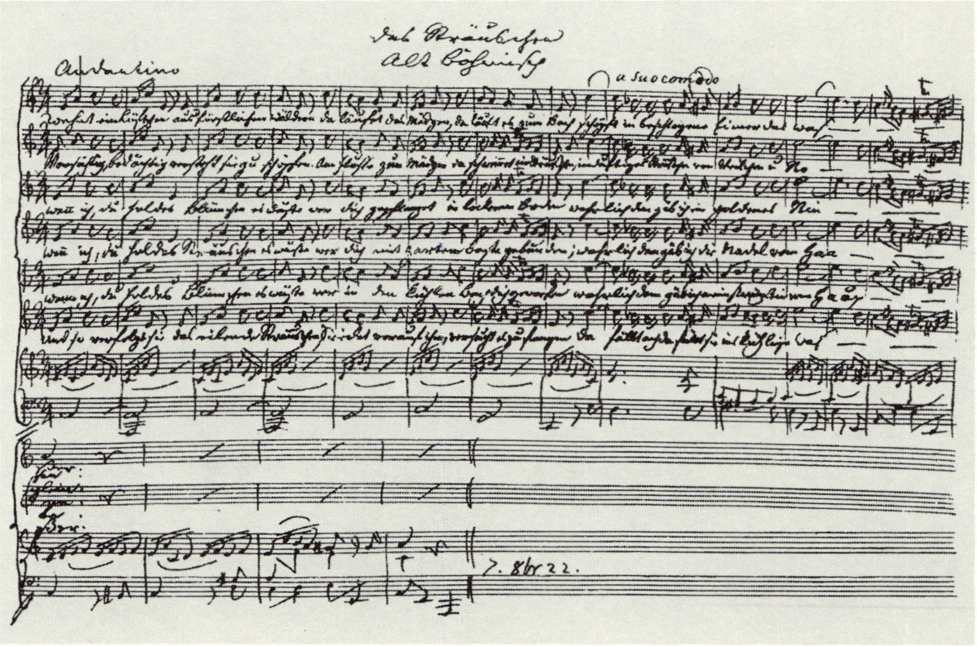

Zu Brief Nr. 398: Zelters Komposition des Liedes »Das Sträußchen« (Wehet ein Lüftchen)

[Beilage]

Teuerster Freund,

wieder seit dem 28. November an 10 Tage lang fast ebenso krank gewesen als im vorigen Frühling. Doch nun *gewesen* – der Arzt half rasch, da eine Lungenentzündung auf dem Wege war. Von der Genesung hiebei ein Lebenszeichen, aber *nur für Sie* ad statum legendi. Mündlich mehr davon.

Ihr

7. Dezember 1822. W.

Ultimatum

Vor einem neuen Bildnis Goethens,
von dem Maler Franck zu Berlin aufgestellt.*

– ∪ – ∪ ∪ – ∪ – ∪ – ∪
∪ –   –   –

Endlich schau' ich dich wieder, Götterjüngling!
Sei mir würdig gegrüßt, du Hochgeliebter,
Deß so sprechendes Bild ich stets vermißte,
Das mit Zaubergewalt um sechsunddreißig
Jahr' in eigene Jugend mich zurücktäuscht
Und des Alters verhaßte Schwell' hinweghebt.
Ja bei längerm Beschauen fühl' ich innig

* Den Verfasser überraschte, da er eben solch einer Freude höchst bedürftig war, dies Ölgemälde, das den alternden Dichter ihm fast in derselben Gestalt wieder darstellte, wie er ihn seit 1786 nicht außer sich gesehen hatte. In jenem Jahre war es, wo der Verfasser in seinem siebenundzwanzigsten ihn, der in der kräftigsten Blüte strahlte, zu Jena kennen lernte, auf der Büttner'schen Bibliothek, wo sich bald ein langes Gespräch über die Aufstellung der unlängst angekommenen Bücher und über Bücherwesen und -unwesen überhaupt anknüpfte, ein Gespräch, woraus ihm noch manche geistvolle Ansichten gegenwärtig blieben bis in die neueste Zeit, wo er die jenaischen und weimar'schen Bibliotheken nach gleichen Grundsätzen geordnet und vereinigt sah. Späterhin entstand ihm dann eine nähere Verbindung mit Goethe, die bald bei der Nähe der beiderseitigen Wohnorte etliche glückliche Jahre hindurch bis zu einer Freundschaft gepflegt wurde, die seitdem nicht einmal eines Briefwechsels bedarf.

Mich an Körper und Geist so ganz wie damals,
Als zuerst ich dich sah und lieben lernte.

Nie nun rücket dies Bild von meiner Seite;
Es mag lindern der weiten Trennung Sehnsucht;
Freundlich weil' es um mich mit dieser heitern
Stirn, dem sinnigen Aug', und bis zum letzten
Tage spreche sein Mund mir Lebensmut zu.

Berlin, den 1. Dezember 1822. W.

399. *An Zelter*

Da unter uns die Passage doch einigermaßen wieder geöffnet ist, so sende alsgleich die versprochenen und erinnerten Bände. Mir kommen sie selbst, wenn ich sie aufschlage, wie ein Märchen vor, und so hab' ich ein frisches Heft gleich wieder angefangen; das neuste von »Kunst und Altertum« erhältst Du nächstens.

Sonst hämmere ich gar manches durch in meiner einsamsten Schmiede; aus dem Hause komm' ich nicht, kaum aus der Stube, und da kann ich denn doch hoffen, den Freunden noch etwas zu werden.

Wenn der Wunderlichste, von dem Du mir ein so sonderbares Dokument sendest, an mich schreibt, werd' ich ihm freundlichst antworten. Nimm folgende Betrachtung nachdenklich auf.

Mit Philologen und Mathematikern ist kein heiteres Verhältnis zu gewinnen; das Handwerk der ersten ist: zu *emendieren*, der andern: zu *bestimmen*; da nun am Leben so viele Mängel (mendae) sich finden und ein jeder Einzelne Tag nach Tag genug an sich selbst zu bestimmen [hat], so kommt in den Umgang mit ihnen ein gewisses Unleben, welches aller Mitteilung den Tod bringt. Wenn ich denken müßte, daß ein Freund, an den ich einen Brief diktiere, über Wortgebrauch und -stellung, ja wohl gar über Interpunktion, die ich dem Schreibenden überlasse, sich formalisiere, so bin ich augenblicklich paralysiert und keine Freiheit kann stattfinden.

Für das Liedchen dank' ich zum allerschönsten; ich hab' es erst mit den Augen gehört und mich abermals Deiner liebenswürdigen charakteristischen Konsequenz gefreut.

Die andern Gedichte hast Du ihrem übereinstimmenden Sinne nach ganz richtig gefaßt; man möchte es eine Duettkantate, vom unmittelbaren Scheiden bis in immer weiter- und weitere Entfernung, nennen, da denn der Regenbogen abschließt, der Nahes und Fernes verbindet.

Ob nun die Musik, die freilich dem Gefühle alles anzunähern vermag, was dem Begriff und selbst der Einbildungskraft fremd bleibt, auch hier eingreifen könne, wolle, sei dem Meister anheimgegeben.

Allen guten Geistern empfohlen!

Für ewig

Weimar, den 18. Jänner 1823. G.

400. *An Goethe*

Gut Werk kommt zum guten Tage! Heut ist der 24. Januar, meines ewigen Friedrich Geburtstag. Da kommt Deine allerliebste Sendung vom 18. dieses mit allerliebstem Briefe.

Da sollte man an ein Ohngefähr glauben? – Das lassen wir bleiben. Was von Anbeginn gesorgt hat, daß Gutes komme zum Guten, das sind die ewigen Götter. Gloria in excelsis!

Nichts aber ist so dumm, wo nicht recht Kluges hinter wäre. In Wien erzählte man mir folgendes. Zwei Leute begegnen sich. »Was hast du denn da unterm Arme?« – »'s iß d' ›Sappho‹; bin im Buchladen gewesen, hab' mir d' ›Sappho‹

kauft; soll's lesen.« – »Nun da hast du ja noch ein Buch, was ist denn das?« – »'s ist auch d' ›Sappho‹, ich soll's zweimal lesen, weil's schön ist zu verstehn.«

Du schickst mir nun ein zweites Exemplar von der »Morphologie und Naturwissenschaft«, und nun bin ich ein so guter Österreicher, daß ich's zum zwanzigsten Male durchstöbre und so gewiß ein neues Körnchen finde. So habe denn den zwanzigsten Dank wie den tausendsten.

Wie ein Märchen, sagst Du, kommen Dir Deine Blätter vor. Und bedenke ich, daß vor mehr als hundert Jahren ein Mann gelebt hat, den ich kannte und verehrte, als ich auch schon ein Mann war, so träumt mir das nämliche Märchen. Und will ich mir's selber nicht glauben, daß ich so alt bin, was sollen andere tun?

Auf der Akademie halten sie heute Sitzung über Ihn. – Stehn sollten sie mir, vor der Türe, wenn ich das Befehlen hätte. Ein Stall von Lausejungen, und Grauköpfe darunter. Sie können sich kaum zufrieden geben, daß der König nichts von ihnen macht, als wenn sie sich was anders als guten Tag machten! Dem Alexander Humboldt geben sie heut ein großes Essen – er möge doch ihrer beim Sultan in Gnaden gedenken – und gönnen ihm nicht das Weiße im Auge. Ich will hoffen, er ißt mit, der ehrliche Kerl, und denkt wie Goldschmidts Junge.

Unser Wunderlichste ist ins Versemachen gefallen, wovon er mir das anliegende Pröbchen gestern zugesandt hat. Wenn er nicht selber um Hülfe schreit, wird ihn so leicht keiner herausziehn; doch wär' es schade, wenn er drin umkommen sollte. Mit Hendekasyllaben hat er angefangen, und mit Rätseln setzt er sich über Wasser und Fluten, die so fest gefroren sind, daß wir hier sogar an diesem Elemente anfangen Mangel zu leiden.

Es ist Sonnabend und Posttag. Lebe wohl! und grüß' die Deinigen von Deinem

Z.

Da nach Deinen Worten unter uns die Passage wieder offen ist, so magst Du ja auch wohl wöchentlich einen Gedanken auslaufen lassen. Es gibt einen Anstoß, den ich vor vielen brauche.

Einer von Friedrichs Gardisten sagte zu seinem Kamraden: »Du, sieh einmal, was der König einen schlechten Hut aufhat!« – »Dummer Kerl!« war die Antwort, »sieh einmal, was das ein Kopf ist!«

401. *An Goethe*

Berlin, den 3. März 1823.

Der Natur – und Deiner guten Natur zu Lieb' und Ehren habe sogleich, nachdem ich unseres treuen August Schreiben vom 26. Februar erhielt, ein ermutigendes Stück vorgenommen und sende es hiermit – wenn auch nur zur Beschauung.

Das war ein verwünschter Zustand! Die Leute glauben, weil Du *alles* weißt, so müßte ich von Dir wissen. Man schickt mir das Haus voll Schrecken um Nachricht von Dir, und ich, der von nichts weiß, soll den Tod haben.

Glücklicherweise hat meine Kundschaft dadurch nicht gelitten, denn nun meldet man mir von allen Seiten Deine Rettung, Deine Besserung als Stimme des allgemeinsten Anteils, wobei ich mich denn solange beruhigt stellen will, bis ich eine Zeile von Deiner Hand mit Augen sehe und mit Händen greife.

Ein schon vor mehrern Wochen angefangener Brief hat sich in meine Papiere versteckt; nun will ich nur dies Blatt senden als Liebes- und Lebenszeichen.

Alle Götter und Heiligen mögen sich Deiner Genesung rühmen und freuen, und so lebe – und liebe

Deinen

Zelter.

402. *An Goethe*

Berlin, 3. Februar 1823.

Fast hat mich die Kälte aufgefressen. Vor Frost und langer Weile bin ich krank worden und gehe seit 8 Tagen nicht aus.

Aber da steht ja der »Diwan«! Hast du was Bessres? – Und das schöne Feuer im Kamin brennt umsonst? – Aufgeschlagen! Was steht da? »Lied und Gebilde«. – Ja, das kennen wir, von hinten und vorn; erinnern uns auch anbei unzulänglichen Vermögens, wollten gern und konnten nicht.

Als ich's zum ersten Male las,
Hat's mich fast erschlagen –
Und du magres Wintergras
Willst es heute wagen!

Über Nacht kommt bessrer Rat,
Und indem ich dachte:
»Aller Anfang ist die Tat!«
Sich's von selber machte.

Da hast Du die Bescherung. Das Stück ist für Männerstimmen; die Weiber verpiepen alles.

Als ein alter Bildnermarschall weißt Du Dich ja wohl in harten Marmorstein einzuschneiden.

Dies sind nur Noten, grani, die wohl auch eine belebende Gestalt annehmen: lang, kurz, hoch, tief, Kopf und Bein, einzeln, in Gruppen – weißt Du's ja selber, und ich – hätte nie etwas in Musik zu setzen gewußt, ohne mir ein plastisches Modell einzubilden. So sieh es denn einmal an oder zweimal, hörst Du, schönster Mann, und sage ein Wort, wo nicht darüber, doch dazu. Weiß man doch aus dem Spiegel nur, wie man sich ausnimmt.

7. Februar. Das Merkwürdigste an unserm Karnaval ist ganz zuletzt – eine Hundehochzeit. Unser Schauspieler Stich ist gestern abend in seinem Hause von Einem Verehrer seiner Frau auf den Tod verwundet worden. Der alte Unzelmann hat gesagt: »Wenn ich so etwas hätte übelnehmen wollen, wäre ich zum Siebe gestichelt.« Ferner: Iphigenie hat ihre Mutter Klytämnestra einen Sauschwanz geheißen. Sapienti sat.

11. Februar. Eben stöbere ich den »Neveu de Rameau« durch. Es wäre schade, wenn Du vom Originale keine Abschrift behalten hättest. Bei Vergleichungen des einzelnen dürfte ich der Meinung der Pariser Freunde beitreten, daß der Zurückübersetzer sich ohne Schaden mehr ans Deutsche hätte halten können. Bekannt wird Dir sein, daß man Dich selbst für den wahren Diderot gehalten hat. Die deutsche Übersetzung hat ohne laute Sensation so entschieden gewirkt, daß *ich* es sogar gemerkt habe. Es ist lustig, wenn die Leute wider Willen nicht wissen, wie sie klüger werden.

14. Februar. Hat Dir denn Hirt wohl seine Schrift gegen einen Herrn Hübsch geschickt? Das ist ein trauriges Erzeugnis. Seine »Geschichte der Baukunst« habe immer noch nicht gelesen, und nun ist mir der Appetit darnach ganz vergangen.

7. März. Dies Papier hatte sich verkrochen, und nun hast Du schon einen folgenden Brief, der Gott weiß in welcher Stimmung geschrieben ist. Ein Park von Fragern läßt ganze Salven auf mich los, die ich alle nicht anders zu beantworten weiß, als daß alles zur Besserung geht mit Dir. Wenn Du, liebster Mann, noch besser werden sollst, als Du bist – was

soll mit uns werden? Doch will ich nicht gespaßt haben; der Ernst ist mir natürlich genug. Drum, sobald Du eine Hand regen kannst, so sende mir Ein: »Treulichst«, und ich will so zufrieden sein wie möglich.

8. März. Gestern mittag im Künstlerverein ist Dir ein Vivat gebracht worden, daß Dir die Ohren müßten geklungen haben. Da man nun von mir etwas Gewisses, Neues wissen wollte, habe ich unseres August Brief vom 26. vorgelesen und noch einen interessanten Brief aus Jena, der Deine Krankheitsgeschichte enthält, vom 28. Februar, und endlich ein gestohlnes bulletin Deines treuen Arztes Rehbein. Dieser hat denn auch herhalten müssen, weil ihm Gott gnädig ist, *Dein* Arzt zu sein, da er denn gut verschreiben hat.

Unsern wunderlichen Gelehrtesten hatte ich mir dabei zu Gaste gebeten, der ausblieb, weil er immer was Besseres hat. Er pflegt, wie er sagt, mit den Fingern zu lesen; da nahm er sich letzthin das neueste Heft von »Kunst und Altertum« von mir mit und schickt' es mir, Abrede gemäß, den folgenden Tag wieder. Da trage ich ihm einige Rätsel daraus vor. »Wo steht das geschrieben?« – Fragen Sie Ihre Finger; Sie lesen ja mit Fingern. Wissen Sie aber: Goethe lieset Ihre *Buchstaben*, und zwar mit *allen* Sinnen, um Ihren Gedanken auf den Grund zu kommen, und Sie wollen *seine* Blätter nur mit schmierigen Extremitäten touchieren? Ich gestehe, hierin weder ein gelehrtes noch freundschaftliches Verhältnis zu erraten.

9. März. Ein gestern erhaltenes Schreiben der göttlichen Adele vom 5. dieses erquickt, erfreut und belebt mein Haus, weil es die Fortschritte Deiner Genesung enthält. Fahre fort, Zion!

11. Mein Felix hat sein 15. Jahr angetreten. Er wächst unter meinen Augen. Sein erstaunliches Klavierspiel darf ich ganz als nebenher ansehn. Auf der Violine kann er gleichfalls Meister werden. Von seiner 4. Oper ist der 2. Akt fertig. Alles gewinnt Gediegenheit, kaum fehlt noch Stärke

und Macht; alles kommt von innen, und das Äußerliche seiner Zeit berührt ihn nur äußerlich. Denke Dir meine Freude, wenn wir's erleben, daß der Knabe lebt und erfüllt, was seine Unschuld verspricht. Gesund ist er. Ein sehr schönes Quartett fürs Fortepiano wünsche ich, daß es Deiner Großfürstin zugeeignet würde. Sage mir: wie würde das anzufangen sein? Aber sage es bald

Deinem ewigsten

Z.

Es ist ganz neu und noch besser als das, was er in Weimar hat hören lassen.

403. *An Goethe*

Berlin, 19. März 1823.

Mit welcher Freude ich Dein eigenhändiges G. auf der Außenseite von Augusts Briefe vom 16. März sogleich wiedererkannt habe, wissen die Götter. Dieses G. verrät die alte feste Hand, an der ich Dich wiedererkenne, wo ich Dich finde.

Dieses G. habe mit Deinem Siegel ausgeschnitten und außen an meine Türe geheftet, damit jeder zu mir Kommende sogleich erfahre und erkenne, daß bei mir das Leben wohne, daß Du lebst. Dr. Schubarth erkannte sogleich die Bedeutung.

Den 23. März.

Heute geht meine Marterwoche an, und so will ich nur das Blättchen mit dem Wunsche schließen, bald ein »Treulichst« von Deiner Hand zu sehn.

Von Neuigkeiten wüßte nichts als die allgemeinste Teilnahme an Deiner Genesung zu melden.

Stich wird auch besser und fährt aus; Buggenhagen aber ist Schlächter worden. Dieser ist vor einigen Jahren seinem Vater aufs Theater entlaufen, das ihm keinen Ruhm gebracht hat; nun ist der Vater gestorben (an zu vielem Fleischessen), und der Herr Sohn übernimmt des Erblassers Schlächterei. Daß solche Begebenheiten den Berlinern zu Witze helfen, weißt Du ja; zur Vernunft werden sie ja, so Gott will, auch kommen. Amen!

Der Deinigste

Z.

Du läßest ja wohl das einliegende Briefchen nach Jena abgehn.

Deinen neuesten Band (»Champagnefeldzug«) habe noch nicht von *Dir* und also erst einmal gelesen. Was von Deiner Hand kommt, lese ich ganz anders.

Seit dem Kriege und dem hier lebendigen Militärwesen haben die Regimenter sich gute und starke Orchester zugelegt, die sich denn in Gärten und Tanzsälen gemischter Zuhörerschaft erfreuen und rauschende Musiken aufführen, unter welchen einige *Schlachtmusiken* so Beifall finden, daß sie wiederholt angekündigt werden.

So fragt ein Bürger den andern: »Aber sage mir, was die Schlachtmusiken, da man Heulen und Zähnklappen hört, mitten im Frieden bedeuten.« – »Narre!« spricht der andere, »lies doch weiter! Wie wollen sie denn Wurst fressen, wenn sie nicht schlachten?« – »Ja so!«

404. *An Zelter*

Erstes Zeugnis
erneuten Lebens und Liebens!
Dankbar, anhänglich

J.W. v. Goethe.

405. *An Goethe*

Die ersten Zeilen Deiner Wiedergeburt haben gleich nach ihrer Ankunft mehr als hundert Augen in Strahlen gesetzt. Sie wurden mir kurz vor der Liedertafel gebracht, da sie von Hand zu Hand als Originalzeichnung zum erquicklichen Schaugerichte worden sind.

Wie bei der Geburt eines erstgebornen Reichserben haben hundert Schlünde sich dreihundertmal zu Deinem Preise entladen; die Champagnerpröpfe flogen wie Schlagröhren gegen die Decke.

Das hat mir denn für folgende Tage Mut zum Schanzen und Ochsen gegeben, bis ich meine Freitagsmusik hinter mir habe.

Lieber Gott! was man ein Wicht ist, wenn man Geld schneiden soll! und doch nur erst wieder ein Kerl ist, wenn man wieder Geld hat.

Und das Publikum – ja das Publikum! Man freut sich, daß ich meine Musik wieder im Opernsaale gebe, und abgerechnet, daß ich hier nicht soviel Leute lassen kann und doppelte Kosten habe, so ist der Saal im neuen Komödienhause bequemer für die Zuhörer und hat einen sehr guten Klang.

Da laufe ich denn mit und jammere im stillen, daß der Unverstand meine Sachen besser versteht als ich. – Alles will regieren und dirigieren, und meine Herren Schüler, sobald diese merken, daß sie mir könnten nützlich werden, sind sie krank, und ich bin der einzige Gesunde, und nach der Arbeit essen sie wieder mit, und ich habe mich denn im langen Berlin ein paar Zolle kürzer gelaufen.

Und das war gut! – Das kannst Du mir wohl glauben, die Rezensionen mögen sagen, was sie wissen. Heut ist Sonnabend, und für diesmal wäre ich mit mir wieder davon. Aber was eine gründlich-natürliche Darstellung eines 70jährigen, allgemein bekannten, viele hundertmal aufgeführten Werkes eines sichern Eindrucks fähig ist, habe ich gesten wieder an meinen Zuhörern vor Augen gehabt. Ramlers Gedicht sei, wie es will, und Grauns Musik auch, genug, ihr Werk hat sich ein Volk, einen Glauben erschaffen, dem alles Nacherschaffne nichts anhaben kann, wie man auch für Neueres, ja Besseres, Zeitgemäßes sich stimmen will. Auch die Königlichen Kapellisten, ein abgehetztes Völkchen, haben sich con anima, con amore vernehmen lassen, indem sie sich diesmal wieder an der Sache erfreuten. Daran hat denn auch die Anordnung und Führung Deines Getreuen einigen Anteil, und wenn ich ihnen nichts zu befehlen habe, so habe ich auch nicht nötig, Worte zu machen, da ich mir die Besten aussuche, sie etwas besser bezahle und dafür mit dem Zeigefinger die ganze Musik zu dirigieren imstande bin; ja sie sehen es fast als eine Ehrensache an, mit mir zu agieren.

Die Königliche Kapelle hatte zwei Tage vorher diese nämliche Musik in der Garnisonkirche zum Besten ihrer Witwenkasse vor dem vollsten Auditorium aufgeführt, und einer von ihnen sagte mir, daß ihre eigene Aufführung sich zur meinigen verhalte wie ein stumpfer Gipsabdruck zum Marmor.

Da schwatze ich Dir nun solche Dinge, die Dich höchstens interessieren können, weil es *meine* Sache ist. – *Wem* soll ich's denn sagen? und wenn *Du* mir nicht wärst, müßt' ich's den Wolken klagen, »wie lieb sie mir's getan«. O des sinnigen Unsinns! Verzeih! wenn ich jetzt an Dich denke, ist mein Herz wie ein frischer Honig, ich könnte es auf Brot essen.

Dein

Z.

Morgen ist Ostern 1823.

406. *An Zelter*

Hier, mein Teuerster, eilig, damit die Post nicht versäumt werde, der schönste Dank für Deine Karwoche, an der Du mich so lebhaften Teil nehmen lässest. Hiebei ein kleines Gabelfrühstück, woraus Du Dir etwas Deinem Gaumen Willkommenes ausstochern wirst. Lebe wohl und pausiere nicht zu lange im Mitteilen.

Treulichst

Weimar, den 2. April 1823. G.

407. *An Goethe*

Ostern 1823.

Bist Du es noch nicht satt, so magst Du's werden. Unterdessen ich meine Helfershelfer von vorgestern auszahle, schreibe an Dich, wenn auch nur um Ablaß, weil ich am Schabbes Geld anfasse.

Auch Meister Wunderlich hat mir eine Sorte von Entzücken zu erkennen geben wollen über unsere Musik. Man sieht sich jetzt öfter als sonst, indem ein recht guter Schüler von David sich unsere beiden Köpfe ausgebeten hat, die zugleich (doch nicht auf Einer Tafel) abgemalt werden.

Um mich zu verschnaufen, habe gestern eine Mademoiselle Pfeiffer aus München »Phädra« spielen sehn. Was ich am meisten an dieser Phädra bewundern muß, ist die Kraft, wenn sie sich wiederholt mit beiden Händen auf die vollen Brüste schlägt, daß es klatscht, und dafür wieder beklatscht wird. Einer von den Orchesterleuten bückte sich aus Furcht vor einer Taufe.

Herr Teichmann bringt mir Deinen Gruß; er ist ganz, ja

überlaufend voll von der Freude, Dein Angesicht gesehn zu haben.

Herr v. Henning geht damit um, mir meine beste Altstimme zu verderben, die er heiraten will. Das Mädchen ist wie eine Palme, man kann nichts Edleres sehen.

Sonntag, 7. April. Schönsten Dank für das Gabelfrühstück. Es kam zu ebener Stunde, und habe meinem Malgesellen bei der Sitzung davon vorgelesen, was er behalten kann. Er meinte, er sei auch eben daran, solche artige Wesen hervorzubringen.

Es kann keine wohltätigere Empfindung geben, wenn der in tiefer Seele still bewahrte Zunder, von dem lebendigen Funken ergriffen, zur Flamme wird. Zuletzt fragte ich, was das heiße: »Etiam nihil didicisti!« – Es ist doch artig, wenn er sich stellt, als ob er so etwas nicht übelnehme, denn er hat mir sogleich seine Büste geschenkt.

408. *An Goethe*

Wie ich Dir ja wohl schrieb, hat er sich sehr günstig über unsere Karfreitagsmusik finden lassen und dabei denn manches Verfehlte bemerkt. Graun hat zum Exempel skandiert:

∪ ∪ ∪ ∪ – ∪
»Und was er zusaget, das hält er gewiß.«

Solch ein gar zu großer Fehler, meinte er, wäre mit einem Federstriche wegzutun, und dies letztere sei *meine* Arbeit, wo nicht meine Pflicht. Fürs erste, erwiderte ich, sei dieser Fehler als längst verziehen ins Hauptbuch des allgemeinen Gedächtnisses eingetragen, indem man an solchen Zeichen das Werk, ja sich selbst wiedererkenne – wie seinen Cicero an der Kicher.

Dann wäre noch auszumachen, ob der Fehler auch in der Melodie stecke, die als natürlich, ja das Rechte bedeutend anerkannt sei; denn das Wort verlange so gut wie der Ton seine eigenste Stelle, und ein Vers, der sich nicht bequem singen lasse, seinem Gedanken nicht wie ein leichtes Kleid sitze – sei immer kein guter Vers, um seinetwegen die Melodie zu verschneiden.

Endlich sei es bedenklich, solche Kleinigkeiten an vorzüglichen Werken zu rektifizieren, wo oft kein Ende ist, wenn ganz zuletzt ein ehrlicher Poet wie Homer – durch grübelsinnige Entmängler um seinen großen Namen kommen sollte.

Der alte Kapellist Mengis, ein Schüler von Graun, behauptete einst, daß man in seines Meisters Werken keinen Fehler gegen den reinen Satz fände. Ein Hans Vorlaut (das war Ich) denunzierte ein paar verbotene Quinten im ersten Choral der Graun'schen Passsionsmusik. »Die möchte ich auch wohl sehn!« sagte Mengis.

Die gedruckte Partitur ward geholt und die Quinten nachgewiesen.

Nach einigem Sinnen sagte der alte Mengis: »So ist's, wenn kleine Leute große Männer zu richten sich vermessen. Wissen Sie also, junger Herr: diese Quinten sind mit bester Kunst geschrieben und gestellt, indem sie hier das Wort ›*Freveltat*‹ bezeichnen!«

»Du, dessen Augen flossen,
Sobald sie Zion sahn
Zur *Freveltat* entschlossen.« etc.

Nun hat diese Kritik ihr halbes Säkulum auf dem Nacken und könnte ruhig ihr Grab füllen, doch ihr zum Trotze gedenke ich noch gern des alten treuen Mannes, der mir bis an seinen Tod gewogen war.

Weiß ich nichts Neues zu berichten, so gedenke ich schreibend Deiner, was mir so notwendig ist wie Morgenlicht.

Die Post will fort, und das Blatt liegt lange genug; also nur noch meinen Gruß an Deine Götter.

Berlin, 18. April 1823. Z.

409. *An Goethe*

Seit fünf Monaten habe ich eine Schülerin, die den garstigen Fehler hat, reich zu sein.

Eine 17jährige frische Blondine mit feinen pechschwarzen Ringelchen über den blausten Augen; festes Fleisch, muntere Bewegung und Sprache, eine Stimme wie ein Glockenspiel und bei dem besten Anstande die unschuldigste Lust an sich selber.

Für jede Lektion bekomme einen Taler und einen Kuß von schönsten Lippen, den Du selber taxieren magst.

Da habe denn die alten Arien, die ich einst unter Freuden und Schmerzen für meine himmlische Julia gemacht, wieder hervorgezogen und gefunden, daß das Singen allein die Arien macht; denn Almonde (so heißt die anmutigste Danzigerin) singt mich 40 Jahre zurück.

Doris geht Ende Junii mit Mendelssohns Schwester nach Ems; so erwarte einen stillen Sommer, den ich anzuwenden gedenke, um meine kleinen Kunstschätze der neuen Wohnung anzupassen.

22. April. Morgens. Eben kommt Dein »Champagnefeldzug« an. Wir sind sogleich hineingefahren, und 63 Seiten liegen bereits hinter uns.

Vor der Hand bin ich noch geschwollen von der Manzoni'schen Ode, die ich wohl 20 mal gelesen, um sie zu verstehn. Seebeck sagte mir, daß es ihm nicht besser ergangen sei.

Mit dem Verstehen ist es eine eigene Sache. Aufrichtig! verstehe ich die Ode jetzt nicht besser, als da ich sie zum ersten Male las und unwillkürlich auf den rechten Helden bezog. Fast sollte man denken: der unterrichtete Mensch sei nicht so gesund als der natürliche, und sieht man die Geistesgerbereien um uns her an, so scheint etwas Wahres daran zu sein.

An Deiner Breifahrt durch Champagne ergetze ich mich hinterher mit ähnlichem Anteile, den ich schon vorher an der hirnlosen Unternehmung nahm, und buttre frisch mit. Jetzt bin ich auf dem Rückmarsche, oder auf der Rückmansche – in Longwy.

Was ist es denn nun mit der Welt, wenn ein Mann von solchem Wert und Würde wie der gute Braunschweig auf so gemeine Art vor aller Welt zuschanden wird! Unbegrüßt, unbeklagt – ein Narrenspiel in secula! Mich Unwissenden verlachten, verwiesen selbst Freunde, die alles wußten; es fehlte wenig, so ward ich, der bürgerlichste Bürger der Hauptstadt, mit Leuchsenring zugleich auf die Grenze gebracht. Ich stand auf der Liste. Und heut – soll ich damals recht gehabt haben!

So fällt mir unser Oberbibliothekar Wilken ein, der seit 4 Wochen verrückt ist, und die Ärzte befürchten einen permanenten Zustand.

Drei bis 4 Unterbibliothekar[e] sind leidtragend in Freuden, den vorgezognen Oberverstand ad minus nihilum degradiert zu sehn. – Ein alter Vetter Zimmermann hatte das Sprichwort an sich: »'s ist angenehm, aber auch ekelig!« Seite 226. »Ich habe von den Unsrigen gesehen, für welche der Wahnsinn zu fürchten war.«

Möchte ich doch sagen: ich habe noch mehr gesehn! Ein Jugendfreund völlig meines Alters, Soldat von Kenntniß,

Entschlossenheit, Mut und Willen, Friedrich dem Großen empfohlen durch den Herzog von Braunschweig selber als sein unmittelbarer Schüler, der Obrist v. Massenbach sitzt noch heut als Staatsverbrecher im Gefängnisse. Ich glaube ihn strafbar und muß ihn dennoch zu den treusten Dienern zählen, die je ein Herr gehabt hat. Vielleicht weiß er es jetzt selbst nicht mehr – so können Ab- und Umstände den gesundesten Sinn in Wahnsinn verkehren, wenn Recht und Pflicht sich streiten, und – was haben wir daraus erlernt?

Es ist genug!

Dein

Mehrwillernichtsein.

410. *An Zelter*

Das bis auf den letzten Augenblick meiner Abreise verspätete Heft zu übersenden, ist meine letzte Pflicht in Weimar. Möge es den Freunden zu einiger Unterhaltung dienen und mich ihnen vergegenwärtigen, wie sie mir nahe waren, als ich es teilweise verfaßte und im Ganzen redigierte. Mehr ist mir nicht erlaubt zu sagen; die treusten Wünsche begleiten diese Sendung.

Die gute Doris hat uns durch ihre Ankunft sehr erfreut und zweimal das Mittagsessen mit uns zu nehmen beliebt. Auch die übrigen Frauenzimmer habe gesehen und bin durch mancherlei Erzählungen in Deine gegenwärtigen turbulenten Zustände versetzt worden. Mögest Du meiner freundlich gedenken, bis ich wieder einmal zu mehr umständlicher Mitteilung Raum finde.

Tausend Lebewohl!

Weimar, den [25.] Juni 1823. G.

411. *An Goethe*

Berlin, 2. Juli 1823.

So wäre denn ein abermaliger Zug durch die Wüste geschehn und ein neues Lager bezogen, wo man sich fürs erste wieder auf 4 Jahre ansiedeln und eingraben mag.

Hat man sich nicht zu bequem gewöhnt, so läßt sich solcher Umzug fast zu den vergnüglichen zählen, besonders da ich mir die Mitte des Jahres erwählen durfte. Man rekapituliert einen interessanten Teil des Lebens und wird sich einmal selber nützlich, wenn man's solange außer sich hat sein wollen.

Noch steht alles durcheinander und beisammen zugleich, und es können sechs Wochen vergehn, bis alles seinen festen Ort hat.

Da kommt endlich Dein lang erhofftes Schreiben mit dem Heftchen, das einen großen Schatz enthält und von unserm Philologen für das Höchste gehalten wird, das seit langer Zeit erschienen sei: das bitte ich zu bemerken, er sprach mit Enthusiasmus davon. Ich habe es nur erst durchnascht und meinen Teil schon darin gefunden.

Habe Dank für Deine gute Aufnahme meiner Doris, die Dir die jüngsten Großmütter des Alten Testaments ins Haus bringt. Sie waren ehemals in der Tat schön und liebenswürdig und sind die ersten gewesen, Deinen Wert zu genießen; was ich ihnen um so höher anrechne, da ich ihre Väter gekannt habe, die ganz anders dachten.

Aus meiner Doris Briefe von Frankfurt aus erfahre ich erst, wohin Du gehst, und kann Deinem letzten Schreiben ein bestimmtes Datum geben. Wir bleiben fein zu Hause, baden uns zur Not in alten Partituren und suchen die paar Taler zu verdienen, welche die Reise kostet.

Sonnabend, 5. Gestern abend hat unser Meister Wunderlich in meiner neuen Wohnung, die ihm gefällt, ein Rehzimmer analysieren helfen und schien mit seinem Platze zwischen ein paar geistreichen Frauen auch nicht unzufrieden.

Nun will nur noch erinnern, das neuste Stück »Morphologie« baldigst folgen zu lassen; Du erbaust damit mehr, als Du denkst,

Deinen

Z.

412. *An Goethe*

Berlin, den 19. Juli 1823.

Die gute Gelegenheit durch den Maler Herrn Hensel, Dir ein Zeichen meines Lebens zu geben, möge nicht ungenutzt hingehn.

Der junge Mann geht nach Italien und will nicht sein Vaterland verlassen, ohne vorher Dein Angesicht gesehn zu haben.

Als ich das letztemal in Eger war und Herr Karl Huß mich mit vieler Güte seine hübschen Sammlungen sehen ließ, erklärte er, daß ihm ein Jeton der Berliner Königlichen Akademie fehle. Ob ich ihm versprochen, mich dafür umzutun, weiß ich selber nicht mehr, doch nahm ich mir vor, ihm dergleichen zu senden, sobald ich nach Berlin zurückkäme. Dies war jedoch nicht so leicht, als ich mir gedacht hatte, denn es war nirgends mehr eine[r] vorhanden, weil man in neuern Zeiten keine mehr gibt; die alten waren eingeschmolzen. Endlich hat ein alter Münzwardein mir anfolgende beide verschafft, die ich recht gut habe bezahlen müssen, und nun bist Du wohl so gut, diese beiden Stücke, welche ich Herrn Hensel mitgebe, in Empfang zu nehmen und in meinem Namen an den guten Huß abzuliefern. Sollte er unterdessen von anderer Hand Exemplare erhalten haben, so kann er sie ja als Dubletten annehmen; ich bin froh, dieser kleinen Obliegenheit loszusein.

Obgleich Doris fort ist, so ist mein Haus dennoch von Kindern und Kindeskindern belebt, die mich eben besuchen und sich in Doris' Stube einquartiert haben.

Unser Schauspieler Wolff, der mit Hensel reiset, wird Dir aus Berlin vermelden können, was man weiß oder sagt, und so lebe denn, was das Zeug halten will; ich gehe hin und tue desgleichen.

Dein

Zelter.

413. *An Zelter*

Da Deine freundliche Stimme mir bis in diese Wälder folgt, entgegne sogleich mit heitern Worten, um zu vermelden, daß es mir besonders wohl geht; denn vom Hause nach einem so harten Winter, nach einer gewaltsamen Krankheit und einsam-tätigen Monaten beinahe lebensunfähig wegzugehen, war nicht zu verwundern. Reise, neue Gegenstände, Veränderung aller Art, sogar auch Unbequemlichkeit, neue An- und Eingewöhnung riefen mich eigentlich wieder ins Leben. Hier finde ich Berg und Berggenossen leidenschaftlich entzündet wieder; der Funke, den sie von mir aufgefangen, lodert jetzt in ihnen auf den Grad, daß er mich selbst erleuchtet.

So tun auch manche frühere Menschenverhältnisse gar wohl, indem sie Zeuge sind, daß man nach einer Jahresnacht Neigung und Wohlwollen nicht verschlafen hat.

Das Lokale im ganzen, besonders auch wo ich wohne, ist der Geselligkeit günstig genug; es ist eine Terrasse von ansehnlichen Häusern, flankiert von zwei gleichgroßen Gebäuden; in jeder Stadt würden diese Baulichkeiten für etwas gelten. Der Großherzog wohnt in der Mitte, und glücklicherweise ist die ganze Nachbarschaft von schönen Frauen und verständigen Männern eingenommen. Ältere Verhältnisse verknüpften sich mit neuen, und ein vergangenes Leben läßt an ein gegenwärtiges glauben.

Wie ich mit der Erdkunde mich vielleicht mehr als billig beschäftigt habe, so fange ich jetzt auch mit den atmosphärischen Reichen an, und wär' es nur, um zu erfahren, wie man denkt und denken kann, so ist das schon ein Vorgewinn; man weiß recht gut, daß der Mensch alles, Gott selbst und das Göttliche an sich heranziehen, sich zueignen muß. Aber auch dieses Heranziehen hat seine Grade, es gibt ein hohes und ein gemeines.

Was ich aber eigentlich fördere, ist die Redaktion meiner Lebenschronik. Nach mancherlei Versuchen hab' ich endlich von der neusten Zeit angefangen, da ich mich denn bei frischem Gedächtnis nicht lange um Stoff zu bemühen brauche; endlich merke, so rückwärts arbeitend, wie das Bekannte, Gegenwärtige das Verschwundene, das Verschollene wieder zurückruft.

In diesem Sinne muß es mir sehr bedeutend sein, wenn ferne Freunde das, was von mir in Druck ausgeht, als an sie gerichtet ansehn; denn ich sehe die Zeit ganz nahe, wo ich mich direkt schriftlich nicht mehr werde vernehmen lassen. Daß ihr mein letztes Heft gut aufgenommen, ist mir deshalb sehr tröstlich; in jedem solchen Hefte ist mehr Leben niedergelegt, als man ihm ansieht. Leider liest niemand heutzutage, als nur das Blatt loszuwerden; darum soll der Schreibende immer tüchtiger werden, um der Nachwelt ein Zeugnis zu hinterlassen, daß er nicht umsonst gestrebt hat.

Wenn Du diese Briefblätter einstimmig findest mit den ernstesten Fichtengebirgen, auf hohem Standpunkt, so gedenke dabei meiner Umgebung, wo eben Gewitter weit ausgedehnt von den Bergen bis hinab ins Land blitzen, donnern und abregnen. Alle unsere nachbarliche Welt ist auswärts, und ich auf diesem wunderbaren Punkt so gut wie allein.

Nun laß mich aber in Dein weit- und breites herrliches Berlin hinabsteigen und Dir Glück wünschen, daß Deine Wallfahrt vollbracht ist. Setze ich mich an Deine Stelle und gedenke an ein Umziehn, so würd' ich wahrscheinlich in einem viel engern Raum mich auch behaglich finden, wie es mir ja schon zu Hause, besonders aber auf der Reise und in Bädern gar wohl geraten kann.

Mich freut es, daß Du mit unserm Griesgram näher zu leben kamst; im Grunde ist es ihm denn doch um Behaglichkeit zu tun, nur daß er nicht wußte, wo sie zu finden; grüß' ihn schönstens, ich habe gute Zeit mit ihm verlebt, nur ist meinem Elemente das Widersprechen fremd, und da konnten wir mit den besten beiderseitigen Willen niemals lange zusammen auskommen. Und so sei denn geschlossen! Vielleicht vernimmst Du brieflich lange nichts von mir; demohngeachtet denke mein, und wenn Du wieder einmal eine Reise antrittst, so laß von der ersten Stunde an mich gerichtet werden das Tagebuch, was und wie Du gesehen hast.

Das alles war geschrieben im Vorgefühl, daß mir von Dir was besonderes Gutes kommen werde, und so kommt ein allerliebstes Kind, mir *Gruß* und *Reim* bringend, wodurch ich mich überrascht und beinahe verwirrt fühlte. Also den schönsten Dank zum Schluß und die Zusage, daß vor meinem Scheiden aus Böhmen noch ein, ich hoffe, glücklich nachrichtliches Wort erfolgen soll.

Treulichst

Marienbad, den 24. Juli 1823. J.W. v. Goethe.

[Beilage] An Lili

Du hattest gleich mir's angetan,
Doch nun gewahr' ich neues Leben;
Ein süßer Mund blickt uns gar freundlich an,
Wenn er uns einen Kuß gegeben.

Marienbad, 23.7.1823.

414. *An Goethe*

Berlin, 7. August 1823.

Da Du Dich so schön und ausführlich von Deiner Terrasse herab vernehmen lässest, so soll Dir's auch gegönnt sein, Deine Saaten auch in böhmischen Bergen aufgehn zu sehen. Lebe nur fort, guter Mann! und Du sollst noch manche Freude auf Erden haben.

Genieße ich doch ähnlichen Glücks, nach manchen Mühen, selbst ohne Absicht, hier und da gute Wirkungen zu gewahren, die auf gutem Grunde stehn müssen. Was mir noch besonderes Vergnügen macht, ist die Redaktion Deiner Lebenschronik und die Art, wie sie gefördert wird, da ich selbst so arbeite und nach rückwärts fortrücke.

Beschäftigung mancher Art hält mich hier fest, wie ich mich selbst in meiner neuen Wohnung nicht übel gefalle, mich auch wohl sonst zu schicken wußte. Unterdessen laufen mir die Mädchen davon und stehlen mir Deine Küsse!

Wer mag denn diese Lili sein, wenn es nicht die appetitliche Parthey ist, die ich denn mit Deinen Verschen so hinhalten will, bis sie mir Deinen Kuß wiedergibt.

Denke nur nicht, daß in Deinen Bergen allein Glut und Wärme wohnt. Seit 12 Tagen trinke ich Karlsbader, Mühl-

und Neubrunnen und Sprudel hinterher, die von Menschenhänden aus Prometheischen Funken bereitet werden, Abgang finden und Wirkung leisten. Ich kann eben nicht sagen, daß ich mich besser danach befinde, da ich nicht krank bin, wenn ich es nicht meiner Augen wegen tue, die mir immer notwendiger werden, je mehr sie abnehmen.

Unser Wunderling wird sich freuen, daß Du sein gedenkst. Tut er auch spröde, so liebt er's bis zur Eitelkeit, genannt zu werden, und hofft in Deiner Chronik, wenn auch nur mit Beyreuß zusammen, und sonst in guter Gesellschaft vor der Nachwelt zu erscheinen. Jetzt macht er sich durch Tätigkeit bemerklich und hat ein starkes Auditorium. Er ist aufmerksam auf das, was um ihn her geschieht; sogar besucht er meine häusliche Schulmusiken, wo er manches hübsche Kind sieht, läßt sich die Versuche gefallen und sagt wohl gar ein lehrreiches Wort, das *ihm* vor vielen zusteht.

Auch in meine Juden, wie er sie nennt, ist er gefahren und hilft ihnen den Beutel austreiben, wo man denn gut ißt und – schlecht trinkt.

Er wirft mir vor, daß ich die Judenmädchen protegiere, und in der Tat, ich bin ihnen was Romulus den Sabinerinnen: sie sind bildsam, fähig, willig und kaufen immer das Beste. Das will man doch nicht schelten.

Indem Du meines Umzuges gedenkst, ja Dich an meine Stelle setzest, will ich nur sagen, daß ich eine heitere nette Wohnung in einem von Grund aus neuerbauten Hause eingenommen habe. Ein mäßiges Musikzimmer neben einer freundlichen Schulstube, ein Besuchzimmer und noch zwei gute geräumige Piecen für Doris und Rosamunde liegen in der bel-étage. Mein Studier- oder Arbeitszimmer habe ich neben meiner Musikalienstube auf dem Dachboden aufgeschlagen, wo es ruhig, ja heimlich und meinem Sinne gemäß ist. So sitze ich wie eine Spinne, lasse meine Fäden aus und ziehe an mich, was mein Netz berührt.

Der Maler Hensel ist mit dem Schauspieler Wolff abgereiset, um Dich aufzusuchen. Hat denn der junge Mann wohl die beiden Jetons mit einem Briefe an Dich abgegeben? Hensel geht nach Italien und ist ein flinker Zeichner. Er reiset auf königliche Kosten und hat königliche Aufträge, Kopieen zu liefern.

Den 8. Da Du so freundlich meiner Reisetagebücher gedenkst, muß ich wohl sagen, daß ich vorgestern einen recht angenehmen Besuch gehabt habe. Die Gräfin Einsiedel (Ortsherrschaft von Herrnhut) mit der Oberschwester Fräulein Fabricius sind zum ersten Male in Berlin gewesen, haben unsere Anstalten, Museen, Galerieen und dann auch unsere Singakademie besucht. Es ward eben der Geburtstag des Königs durch ein Tedeum von Händel gefeiert, und es muß mir lieb sein, *ihre* mir erwiesene Höflichkeit durch etwas Unsriges auszugleichen, da ich selten in den Fall komme.

Was soll ich denn nun Dir tun, Du Guter, da ich kein Geschütz bediene, das bis in Deine Ferne reicht? Und fast denke ich durch Deine Vorstellung davon zu gewinnen. Die Berge werden immer kleiner, indem man hinansteigt.

Den 9. Soll man wohl nach 50 Jahren die »Pücelle« wieder lesen? Ich bin im 14. Gesange, weiß aber nicht, ob ich durchkommen werde. Wie man so was ohne alle Liebe schreibt! Was die ewige Natur ihrem Lieblingsgotte verdeckte, wird mit den Beinen gegen das himmlische Licht gekehrt und zwar in 20 Gesängen. Der Kerl ist ein echter Franzose. Die schönsten Verse – Goldfische im Stinkpfuhl.

Es ist Sonnabend. Lebe wohl! Lege mich Deinem guten Großherzog zu Füßen. Sein Name lebe mit dem Deinigen, wie er Dich fand, hielt und behielt!

Dein

Z.

415. *An Zelter*

Auf Deinen teuren Brief, mein Wertester, der mir zur angenehmsten Stunde kam, soll zugesagtermaßen noch vor meinem Austritt aus dem böhmischen Zauberkreise Dir abermals eine Zuschrift gewidmet sein, die Du um desto freundlicher und liebevoller empfangen wirst, da ich nichts als Gutes zu melden habe.

Soviel also zuerst: daß ich die kurzvergangene Zeit in Marienbad ohne Unbilden, ja heiter und wie ins Leben zurückkehrend zugebracht habe, auch mich jetzt so wohl befinde, als ich mich lange Zeit nicht gefühlt.

Ferner sei gemeldet, daß mir nach jenem Kuß, dessen Spenderin Du wohl erraten hast, noch eine herrliche Gunst und Gabe von Berlin gekommen: Madame Milder nämlich zu hören, vier kleine Lieder, die sie dergestalt groß zu machen wußte, daß die Erinnerung dran mir noch Tränen auspreßt. Und so ist denn das Lob, das ich ihr seit so manchem Jahr erteilen höre, nicht ein kaltes geschichtliches Wort mehr, sondern weckt ein wahrhaft Vernommenes bis zur tiefsten Rührung. Grüße sie zum schönsten; sie verlangte etwas von meiner Hand und erhält durch Dich das erste Blättchen, das ihrer nicht ganz unwert ist.

In völlig anderem Sinne und doch für mich von gleicher Wirkung hört' ich Madame Szymanowska, eine unglaubliche Pianospielerin; sie darf wohl neben unsern Hummel gesetzt werden, nur daß sie eine schöne liebenswürdige polnische Frau ist. Wenn Hummel aufhört, so steht gleichsam ein Gnome da, der mit Hülfe bedeutender Dämonen solche Wunder verrichtete, für die man ihm kaum zu danken sich getraut; hört *sie* aber auf und kommt und sieht einen an, so weiß man nicht, ob man sich nicht glücklich nennen soll, daß sie aufgehört hat. Begegne ihr freundlich, wenn sie nach Berlin kommt, welches wohl nächstens geschehen wird, grüße sie von mir und sei ihr behülflich, wo Du es angewendet findest.

Herr Huß, der derbe unermüdete Sammler, dankt zum allerschönsten für das Andenken und die Schaumünzen. Er verdient wirklich, daß jeder Reisende von seiner Gegend her ihm ein Scherflein beitrage; auch dies Jahr ist er viel besucht gewesen.

Dieses führt mich auf Maler Henschel, der mir die Jetons überbrachte. Auch er, wie so manche andere, hat ein eingebornes Talent, was aber daraus werden kann, das weiß – nicht Gott, der sich um dergleichen schwerlich bekümmert – aber ich weiß es, der diesem Irrsal seit mehr als zwanzig Jahren zusehe. Auch er stickt in dem seichten Dilettantismus der Zeit, der in Altertümlei und Vaterländelei einen falschen Grund, in Frömmelei ein schwächendes Element sucht, eine Atmosphäre, worin sich vornehme Weiber, halbkennende Gönner und unvermögende Versuchler so gerne begegnen; wo eine hohle Phrasensprache, die man sich gebildet, so süßlich klingt, ein Maximengewand, das man sich auf den kümmerlichen Leib zugeschnitten hat, so nobel kleidet, wo man täglich, von der Auszehrung genagt, an Unsicherheit kränkelt [und,] um nur zu leben und fortzuwebeln, sich aufs schmählichste selbst belügen muß.

Verzeihe und laß mich schweigen, denn es ist schon zuviel gesagt; dem redlich denkenden Einsichtigen aber bleibt es gräßlich, eine ganze nicht zu verachtende Generation unwiederbringlich im Verderben zu sehen. Die Älteren merken es schon, können aber weder sich selbst retten noch mögen sie die andern warnen. Denn es ist schon *Sekte*, die zusammenbleiben muß, wenn sie gelten will, wo der Antretende sich und der Austretende die übrigen betrügt. Nochmals Verzeihung, denn ich erbitte sie von mir; man verdirbt sich immer eine Stunde, wenn man solche fruchtlose Schmerzen erneuert.

Auch ist es trostlos, von politischen Dingen, wohin man auch horcht, zu vernehmen. Mich von allen solchen wie von ästhetischen Gesprächen und Vorlesungen zu befreien, hatte ich mich auf sechs Wochen einem sehr hübschen Kinde in Dienst gegeben, da ich denn vor allen äußern Unbilden völlig gesichert war.

Nun aber doch das eigentlich Wunderbarste! Die ungeheure Gewalt der Musik auf mich in diesen Tagen! Die Stimme der Milder, das Klangreiche der Szymanowska, ja sogar die öffentlichen Exhibitionen des hiesigen Jägerkorps falten mich auseinander, wie man eine geballte Faust freundlich flach läßt. Zu einiger Erklärung sag' ich mir: du hast seit zwei Jahren und länger gar keine Musik gehört (außer Hummeln zweimal), und so hat sich dieses Organ, insofern es in dir ist, zugeschlossen und abgesondert; nun fällt die Himmlische auf einmal über dich her, durch Vermittlung großer Talente, und übt ihre ganze Gewalt über dich aus, tritt in alle ihre Rechte und weckt die Gesamtheit eingeschlummerter Erinnerungen. Ich bin völlig überzeugt, daß ich im ersten Takte Deiner Singakademie den Saal verlassen müßte. Und wenn ich jetzt bedenke, alle Woche nur einmal eine Oper zu hören, wie wir sie geben, einen »Don Juan«, die »Heimliche Heurat« in sich zu erneuern und diese Stimmung in die übrigen eines tätigen Lebens aufzunehmen, so begreift man erst, was das heiße, einen solchen Genuß zu entbehren, der wie alle höhren Genüsse den Menschen aus und über sich selbst, zugleich auch aus der Welt und über sie hinaushebt.

Wie schön, wie notwendig wär' es nun, daß ich an Deiner Seite zu verweilen Gelegenheit fänd'! Du würdest mich durch allmähliche Leitung und Prüfung von einer krankhaften Reizbarkeit heilen, die denn doch eigentlich als die Ursache jenes Phänomens anzusehen ist, und mich nach und nach fähig machen, die ganze Fülle der schönsten Offenbarung Gottes in mich aufzunehmen. Nun muß ich sehen, durch einen klang- und formlosen Winter durchzukommen, vor dem mir denn doch gewissermaßen graut. Doch wollen wir mit gutem Humor und Mut auch die schwarzen Tage für uns und die Freunde zu nutzen suchen. Tausendfältiges treues Lebewohl!

Eger, den 24. August 1823. G.

416. *An Goethe*

Berlin, 17. August 1823.

Da Du mir schreibst, daß Du wohl lange nicht wieder schreiben möchtest, so darf doch ich schreiben, damit der Weg nicht mit Grase bewachse.

Ich bin eben in wunderlicher Kollationierung begriffen, indem ich Deinen »Champagnefeldzug« mit Las Cases Bericht über die Emigranten in Koblenz vergleiche.

Aus entfernten Weltteilen reichen sich diese beiden Relationen über den Äquator hinweg die treue Hand. Wunderbar! – und begreiflich.

Ein alter versuchter Obermilitärarzt, namens Rosenmeier, der, mir nichts dir nichts, das heißt: ohne etwas anzunehmen, mein Ober- und Unterhaus in anständiger Sanität erhält, auch wohl die Arzeneien eigens bereitet, weil er keinem Provisor traut, dieser Rosenmeier sieht letzthin Dein Buch liegen, kuckt hinein und spricht: »Ei, da bin ich ja auch bei gewesen! Darf ich wohl das Buch mitnehmen?«

Heute bringt er mir's wieder und spricht: »Nun, sehn Sie! Wenn ich so etwas und auf diese Art von mir geben wollte, wie ich's auch könnte – kein Mensch würde es mir, ich würde mir's selber kaum glauben.

Aber, bei Gott! ich dachte, ich wäre noch mitten in der

Patsche drin, so einfältig und wahr hat der Mann die Sache in ihren Winkeln betrachtet und von sich gegeben.

Nun kann ich auch sagen, daß ich den Herrn zweimal gesprochen habe, das heißt: er sprach zu mir, indem ich bei der Arbeit war, und das kam mir so natürlich vor, daß ich bei mir dachte: der müßte wohl vom Metier sein.«

Da nun heute der 17. August ist, so kam er auf seinen alten König zu sprechen, dessen letzte Stunden er mir lebendig darzustellen wußte. Als nämlich der Minister Hertzberg am Todestage ins Krankenzimmer trat, rief ihm der König entgegen: »Wenn Ihr einen Nachtwächter braucht, wendet mir's zu; ich kann Euch so bedienen, daß Ihr meine Wachsamkeit loben sollt.«

Der Minister hatte Papiere bei sich, nach welchen der König den Arm ausstreckte. »Gebt nur her! Solange das Lämpchen glimmt, muß es gebraucht werden, laßt mir nichts liegen! Das Leben ist kurz.«

Nach dem Tode kamen Weiber, die schon parat standen, die Leiche zu waschen. Rosenmeier ließ sie nicht heran.

Der König hatte stets eine unüberwindliche Schamhaftigkeit, selbst in der Krankheit, gezeigt. So war der Rosenmeier gleich beiher, den Körper zu entkleiden, zu reinigen und zu beobachten, und versichert auf seine Ehre, den ganzen Leib vollkommen natürlich und gerecht, besonders in partibus genitalium, befunden zu haben.

Ich bemerkte, daß schon mein Vater einem gewissen Gerede widersprochen und gesagt habe: »Das ist nicht zu glauben! Ein so gesunder Kopf und ein kranker Schw. vertragen sich nicht solange bei einem Hause.«

Den 28. August. Heut ist Dein Geburtstag, und indem ich bedenke, was ich mir für heute zu denken aufgegeben, kommt Dein lebensreicher Brief aus Eger vom 24. dieses, woraus ich Dich in Fülle der Kraft und Macht leibhaft vor mir sehe.

Wenn man zuweilen unter dem Kräuseln und Säuseln des süßlichen Gewässers ohne Fluß und Welle mit eingelullt ist, so nimmt sich das »Quos ego!« eines Gottes gar majestätisch aus, und die alte Kraft kocht wieder von unten auf.

Nur zu, mein Alter! Schelte nur zu! – Sie sind wie die Fliegen, die, hier verjagt, sich dort wieder setzen, bis sie in den heißen Napf niederfallen. Ihnen hilft es nicht, doch fühlt der Redliche sich wieder gestärkt, wenn er der lang gesammelten Galle ledig ist.

Die einzige Freude des Guten an der Welt ist doch, wenn wir Einen kennen, der nirgend wider uns ist.

Haben sie mir doch mein altes Z. in ein Sch. umgetauft, dabei fühlte ich mich zum ersten Male ein Mann. Mancher ist mir davongelaufen, fragend: »Wer ist denn der, der sich so mausig macht?«, und mancher ist wiedergekommen, antwortend: »Ich weiß es nicht! aber er hat recht.« (»Aus meinem Leben. 2. Abteilung. 5. Teil,« Seite 30).

Den 29. Gestern hat die Liedertafel sich außerordentlich zur Feier Deines Geburtstages versammelt, wie Du in der Spener'schen Zeitung vom 30. das Weitere finden wirst. Alle Elemente hatten sich wie alte Freunde zu unserer Lust umarmt; es war ein unaussprechlich schöner Tag.

Sonnabend, 30. »Woran erkenn' ich meinen Freund, wenn ich ihn finden tu?«

Da hast Du den Fetzen. B. bedeutet Bornemann, der uns manchen guten Vers zur Liedertafel geliefert hat. Der Verfasser des andern Impromptu ist mir unbekannt. Der Hinterste heißt Podex.

Nun reite zu, Schwager! und schaff mir das Blatt hinweg!

Z.

417. *An Goethe*

Magdeburg, 4. Oktober 1823.

Wenn meine diesjährige Reise eine Sünde ist, so magst Du sie nur mit auf Dich nehmen, denn nach langem schönen Wetter hat es seit gestern mittag, solange ich hier bin, noch nicht aufgehört zu regnen. Doch Du verlangst Reiseberichte, so bin ich nun doppelt in Amt und Pflicht.

Meine erste Arbeit war, ins Theater zu gehn, wo ein Trauerspiel »Rosamunde« in 5 Akten von Körner nicht zu schlecht gegeben wurde. Auf meinen stillen Reisen finde ich, wo ich nur hinkomme, so hübsche Talente, daß man sich wundert, wie es denn überall in den Künsten dabei nirgends fort will. So habe ich gestern unter 24 Namen, die auf dem Zettel stehn, auch nicht Ein schlechtes Subjekt bemerkt, und alle Fehler lagen ganz allein in der Anordnung des Ganzen. Man kann nicht klarer, verständlicher sprechen, man kann sich nicht leichter bewegen als diese Leute – und doch war alles von oben herein zusammengeflickt, als wenn es nicht zusammen gehörte.

Die »Rosamunde« kennst Du von Wieland her, der eine Oper für Schweizer daraus gemacht und wohl gewußt hat, was Liebe und Eifersucht für Stoff geben. Das alles ist hier durch große lange Worte aufgespreißt und -getakelt, daß die Weiber Rotz und Wasser weinten, und so bin denn auch ich in Frieden davon geschieden. Es mag wohl schade sein um den jungen Mann, aber mehr, als er war, wäre er schwerlich geworden, wenn nicht, was ich vermute, ja argwohne, Papa, Mama und Tantchen die abgefallnen Früchte des vorzeitigen Baums aufgerafft haben, um sie für die Nachwelt aufzutrocknen, wozu es ihnen nicht an Zeit gebricht und an Eitelkeit gewiß nicht.

Aus dem Dom hier in Magdeburg wollen sie einen Dom grazioso machen, die Altäre und Kapellen herausschmeißen, das heißt: bauen. Vor der Hand haben sie in der Mauer ein rundes Loch gemacht und des guten Funk Büste hineingetan. Der ehrliche Funk nimmt sich ganz kuriose aus. Das hat er nun davon! – Die Orgel wird jedoch repariert, und das hätten wir doch seit Jahr und Tag erscholten, indem die Organisten dafür angesehn werden.

Hildesheim, den 7. Mit einem alten lustigen Mediziner aus Koblenz habe ich die Reise von Magdeburg bis Braunschweig bei schönstem Wetter gemacht. Langermann hatte mich diesem Manne für Koblenz empfohlen, der mich und ich ihn nicht kannte; so ist er mir nachgereiset und hat in Magdeburg meinen Kutscher ausgegattert, durch den er mich unbekannterweise fragen ließ: ob er wohl mit mir reisen könne. Morgens um 4 Uhr fand ich ihn an meinem Wagen reisefertig; ein Mädchen und ein stiller Kaufmann baten inständig, die zwei Rücksitze zu nehmen, und so fuhr in finsterer Nacht ein quatuor in dem nämlichen Wagen ab, von denen keins die andern kannte. Es war zum Totlachen, als die helle Sonne drei alte Gesellen und ein Mädchen beleuchtete, die ein Modell zur Häßlichkeit ist. Der Quäker war stante sede eingeschlafen, und was ich noch lieber glaube, so hatte er seine Nachbarin still manipuliert, unterdessen mein Mediziner sogleich ein Ochshoft Anekdoten anzapfte, das gar nicht zu laufen aufhörte. So ist eine Strecke Magdeburger Land von uns umgepflügt worden, ohne daß man's merkte, denn es hatte 36 Stunden geregnet.

In Braunschweig habe gestern die 81jährige Frau Hofrat Campe besucht, die Dich herzlich grüßt und mir tausend Schönes über Dich sagt. Auch eine Wallfahrt nach dem Magnikirchhof zu Lessings Grabe geschah, das endlich jetzt mit einem Steine belegt ist, worauf sein ehrlicher Name steht. Wie ich erst heut erfahre, so hat man ihm ein ehrliches Grab versagen wollen; die Stelle, wo seine Asche liegt, ist wenigstens ganz ungewiß.

Nun bin ich heute früh wieder mit einem fremden Kaufmanne hieher nach Hildesheim gereiset und habe sogleich den alten guten Dom wiedergesehn. Der alte wilde Rosenstock, auf dessen Wurzel der Hochaltar dieses Doms soll gebaut sein, hatte noch heut, den 7. Oktober, die schönsten grünen Blätter.

»Wer hat dem Kreuze Rosen zugesellt?«

Was geht das uns an? und doch mag's wohl ehe Rosen als Kirchen gegeben haben.

Da Dich alles verheiraten will und sie mir darüber das Fell abfragen, so habe ich gesagt, daß ich zur Hochzeit reise, und die Leute glauben nichts lieber, als was sie gewiß wissen, daß es nicht wahr ist.

Preußisch Minden, den 11. Oktober. In Hannover habe ich vielleicht etwas Gutes gewirkt. Ein Orgelbauer aus Hildesheim hatte ein Instrument im Börsensaale aufgestellt und dazu eingeladen. Ich gehe zur bestimmten Zeit dahin und finde keine Zuhörer; ich warte und warte, unterdessen besehe ich das Instrument, fühle, frage, und der gute Künstler tut ein Lädchen nach dem andern auf, und zuletzt liegt sein kunstergebenes Herz voll Vertrauen vor mir. Die Walzen gehen herum, und ich allein das ganze Publikum. Ich schmeiße die Gewichte ab, entdecke eine verborgene Klaviatur, fange an zu fingerieren, und Friederici war der Zuhörer, und kein zweiter kommt, nicht Einer. Ich gab viermal soviel, als der Zettel fordert, der Mann nahm's, als wenn er's brauchte, und nennt mich den Orgelbauer X, Y, Z. Nun erzähle ich mittags und abends (Rehberg und Frau waren auch dabei) die Geschichte und daß ich allein das vornehme hannöver'sche Publikum repräsentiert – haben würde, wenn ich so viel Geld hätte; daß der Friederici ein ganz besonderer Mechanikus ist, von dem jeder lernen kann, etc. Gestern bin ich abgereiset, und nun, denke ich, soll der gute Mann einen bessern Tag erleben. Das Instrument ist mehr als schön, es ist herrlich gebaut. Der gute Narr verlangt lumpige 60 000 rh., *sechzigtausend* Taler, dafür; so ist er freilich ein Kapitalist ohne Zinsen, wenn ich von den Zinsen allein alle Jahr eine tüchtige Kirchenorgel lieferte.

Bei Tische wird erzählt: Ein Bedienter präsentiert einer Dame Wein mit dem Worte: »Liebfrauenmilch«; die Dame wendet sich: »Man sagt: *Gnädige Frau*!«

Dann habe in Hannover eine alte Liebste sitzen, die in meinem curriculo Hanny heißt, die an einem gerühmten Arzt, Hofrat Stiegelitz, verheuratet ist und zwei tüchtige Söhne hat, von denen der jüngste Kapitän ist und mir ähnlich sehen soll. Ich war 23 Jahre alt und sie 15; die Geschichte ist also über 40 Jahre her. Das Weib hat sich umgebracht, als sie mich in ihre Stube treten sieht. Mund, Augen, Stirn und Brust sind noch gut, doch die Figur krumm wie ein Fiedelbogen. Anderthalb Tage lang haben wir in jugendlicher Saus und Braus gelebt, und dann bin ich still davongelaufen. Der Mann ist brav, gesund, ein guter Kopf und tüchtiger Arzt. Wir kamen auseinander über dem »Werther«, den sie anbetete, und ich konnte das verfluchte Erschießen vor dem Teufel nicht leiden. Sie malte in Öl. Nun hat sie ihre Köchin weggejagt und mir selber die Gerichte bereitet, welche sie sich noch erinnerte, daß ich sie gern esse. Das ist das Antike, so kennt sie mich, und so hat sie mich wiedererkannt. Wird fortgesetzt.

418. *An Goethe*

Eine Töchterschule in Magdeburg unter dem Direktor Heyse hat mich ganz bezaubert. So viele meistens schöne, jugendliche Munterkeit und Zucht, die erste Morgenröte des Geschlechts, nichts Verwachsnes, derb und gesund, von 8 bis 14 Jahren. Sie sangen sogar recht ordentlich, zusammen und einzeln, und auch nicht ein einziges widerwärtiges Gesicht.

Unmittelbar darnach gehe über die Straße. Ein Fuhrmann hatte sich selber totgefahren. Die Frau kommt gelaufen: »Hab' ich's nicht immer gesagt, der Kerl wird sich einmal totfahren! Was fange ich nun mit den Kindern an?« Und dabei heulte sie und rang die Hände.

So hätten wir's nun bei uns eben auch; fast die nämliche Geschichte. Schink, derselbe Schink, der den Faust geschlachtet hat, kommt in einen gewohnten Kaufladen und findet die Frau in tiefer Trauer. – »Ja, mein Mann ist tot.« – »Nun, Sie sind eine junge hübsche Frau, Sie werden nicht lange verlassen sein.« – »So? warum nicht gar! das fehlte mir! Damit ich wieder solchen Heuochsen am Halse habe! Stellen Sie sich vor, Herr Schink: Wir haben Wasser im Keller; was tut der dicke Kerl? Er zieht den Rock aus, trägt etliche hundert Eimer Wasser aus dem Keller, wozu ja Volks genug ist; erhitzt sich, erkältet sich, legt sich und stirbt. Nun habe ich's! Ist das recht? Es ist noch nicht acht Tage, er ist kaum kalt, ich soll heiraten! Daß Gott erbarm! Ja, das fehlte mir! Ach Gott! mein Mann, mein lieber Mann!« – und so weiter.

Montag, 13. Zum 4. Male bin ich in Westfalen, jetzt bin ich zum ersten Male in *Soest.* Aus einem verlassnen Minoritenkloster haben wir ein Seminarium gemacht, wo ich einen Singlehrer sitzen habe. Es hat seine Schwierigkeiten, aus abgetragnen Kleidern neue zu machen, doch ist es gut, daß ich hergekommen bin. Die alte treffliche Kirche dicht an diesem Kloster wollten sie verkaufen, das sollen sie bleiben lassen; den das Seminarium hat keinen Hörsaal und das Gebäude ist gut gebaut, und die Stadt hat Kirchen überflüssig. In der Domkirche hängt ein Gemälde, das Abendmahl vorstellend, statt des Osterlamms liegt ein Schinken auf dem Tische und ein wilder Schweinskopf.

Von Minden her habe ich die ersten Meilen durch die Porta Westphalica zu Fuß gemacht. Die Gegend ist von eigener Schönheit. Die Weser zieht sich wie ein Silberfaden, kaum sichtbar, durch ein breites Tal, wenn ein weites breites Bett zwischen den Bergreihen deutlich anzeigt, wie korpulent sie gewesen und beim Austreten wohl noch sein mag.

An der Tafel meines Gasthofes speiset man vortrefflich; Wirt und Wirtin, mit am Tische, sind ein junges, hübsches, lebhaftes Paar, wie denn der gesellige Ton des Orts kaum besser gefunden werden könnte. Mit einem preußischen Obristlieutenant v. Zastrow, der bei Ligny den linken Arm verloren hat, war ich bald accord, wie ich in Berlin mit mehrern Zastrows jung gewesen bin. Gestern abend nach Tische, beim Glase, wurden Geschichten erzählt. Ein Tobaksfabrikant aus Osnabrück hatte sich schon etliche Male etwas dreist über Preußen ausgedrückt und fragte den Obristlieutenant, wo er seinen linken Arm habe. »In der rechten Tasche«, war die Antwort, und so zog er ein Pistol hervor und legte es auf den Tisch. Dann fuhr er fort: »Meine Herren, ich bin kein Prahler und kein Raufer, aber niemand soll mich für einen Krüppel halten.«

Nachher zog er mich in ein Fenster. »Man lebt recht gut«, sagte er, »unter diesem Volke, aber sie können uns noch nicht wieder gewohnt werden, und daher muß man sie am Stricke halten.«

Ein französischer Soldat aus Wesel, wahrscheinlich verwundet und gefangen, machte Konzert mitten auf dem Markte, indem er mit dem Munde, mit beiden Händen, beiden Elbogen, beiden Knieen, beiden Hacken so viele verschiedene Instrumente spielte, pfiff, schlug und stieß. Zwei Töchter sangen und bliesen auf Panflöten dazu, gestreckte französische Figuren, jung, nicht unschön, schicklich. Der schönste Mann von 60 Jahren, mit prächtigem Knebelbarte von zwei natürlichen Locken, stand er fest wie eine ionische Säule, indem alle äußere Gliedmaßen in kaum sichtbarer und doch lebhafter Bewegung waren. Ich mußte zweimal um ihn herumgehn, um ihn ganz zu beobachten. Er beantwortete einige Fragen gut deutsch, wollte aber durchaus nicht Rede stehn. Die Sache hat mich durch und durch ergriffen. Ich habe ihm mehr gegeben, als ich missen kann. Die Tochter mußte es nehmen. Mir fiel das alte Lied ein: »Keinen hat Gott verlassen.«

Münster, den 16. Oktober.

Seit vorgestern bin ich hier. Das Theater ging eben an. Eine Madame Fries aus München ließ sich als Phädra heraus und zwar mit Beifall. Du kannst Dir vorstellen, wie ein solches Stück unter uns Westfälingern wirken kann, da jeder etwas darüber sagen soll und will, und was man da alles hören muß von Weibern, Kindern, Papaen und Mamaen. Genug, Madame Fries ward mitten im Stücke hervorgerufen, und Phädra ward beklitscht, beklatscht, vorn und hinten nach Gelegenheit.

Um mein ausgefahrnes Herz zu pflastern, ging ich gestern ins Intermezzo. Ein Herr Wurm, den ich früher in Berlin gesehn und seit der Zeit soviel gehört von ihm, sollte mich kurieren. Er hat mich kuranzt mit Gemeinheit und Plattheit, daß mir die Ohren stinken. Er war ein berlinischer Straßenjunge und als solcher von Talent; so ist er fortgeschritten. Das Haus war zum Brechen; ich habe mit Gefahr ein Billet erzwungen und bin vor dem Ende herausgegangen, wo es nicht viel leichter war, auf die Straße zu kommen.

Der alte Rathaussaal, worin der Westfälische Friede beschlossen und beschworen worden, ist noch im alten Zustande zu sehn und wegen des besondern Schnitzwerks in Holz merkwürdig. Du würdest die besondern Deutungen, die sich auf den Bauernkrieg zu beziehen scheinen, bald ausfinden. Zwei geköpfte Männer, aufrechtstehend, mit Schwertern in Händen, streiten miteinander um einen abgehauenen Kopf, den sie mit der Linken bei den Haaren festhalten.

Wird fortgesetzt.

Ein Schwein von unmäßiger Dicke kann der Treiber kaum noch fortbringen. Von Schritt zu Schritte sinkt es ein; so erreicht es vor meinem Fenster einen hinten niedergelassenen halbbeladnen Moderkarrn, fährt flugs in den weichen Moder wie in ein Pflaumbett und grunzt vor Wollust. So fährt der Karrn mit der fetten Last von dannen, und das selige Tier sitzt wie in einer Kutsche –

und sieht sich um
Dem erstaunten Publikum.

Wer doch so Gebrauch zu machen wüßte von der Gelegenheit! Und das nennt man ein dummes Schwein.

Wesel, den 19. Um einem großen Schmause und einem Konzerte dazu auszuweichen, bin gestern früh still davon- und anhergerutscht. An einer Liedertafel, die auch in Münster entstanden ist, haben sie mir vorgestern abend so zugetrunken, daß ich beinahe die Zeit verschlafen hätte. Unsre Lieder werden hier gesungen, und hoffentlich machen sie es noch immer besser. Lustig sind sie, und von da an ist den Deutschen zu helfen.

Mittwoch, 22. Ut re – wer sollte glauben, daß sie in Holland so musikalisch sind? Damit ist's aber auch alle, denn in Utrecht rauchen die Musen Svizent. Die Reise hieher habe gemacht mit einem Holländer und einem Engländer; da keiner den andern in seiner guten Sprache versteht, so haben wir eine Nacht hindurch Französisch gesprochen, daß die Wagenfenster klangen. Ein Jude hat in Utrecht den »Tankred« von Rossini angekündigt, worin Er mit seinen Kindern singt. Ich habe den Zettel gesehn: was müßte sich Rossini ein Mann dünken, seine Oper mit lauter Arien anderer Komponisten ausgefüllt zu sehn; ich könnte mich zerreißen in Freuden, wenn mir solche Ehre widerfahren könnte. Der Name ist etwas! man sage, was man will.

Aus einer Art Instinkt, nenne es gemeinen Instinkt, wenn Du willst, oder zufällig habe ich die Menschen der Fremde bis jetzt immer von unten nach oben gesehn und kann nicht sagen, daß ich unzufrieden bin mit dieser Methode. Die Gebildeten aller Stände, wie ich sie finde, sind, mehr oder weniger, im ganzen wie Schulpferde, wie eine aufgespannte Saite kein Darm mehr ist, und so fort. So habe ich den Generalbaß hiesiger Landesart auf der Treckschuite angetroffen, auf der ich von Utrecht hieher nach Amsterdam gereiset bin. Auch habe schon Lehrgeld bezahlt, indem ich auf dem dreifachen Fußteppiche meines Zimmers mir gestern beinahe den Hals gebrochen habe. Solche Teppiche sind hier nötig, um nicht zu erfrieren, in einer Stadt, die auf dem Meere schwimmt. Häuser ohne Mauern von mäßiger Höhe, daß man von ferne nur die hohen Schornsteine sieht, ein Wald, eine Rhede von Schornsteinen. So wird es begreiflich, daß solche Insulaner sich auf Schiffen zu Hause dünken können, wo sie doch immer ein Element unter sich haben; denn das Fundament dieser übermäßig großen Stadt von 220 000 Menschen ist – Brei. Manches würde ich in meinen Jahren kaum gewohnt werden: das späte Aufstehn und die Kälte der Häuser. Den Torfgeruch sucht man sich durch unendliches Tabakrauchen wegzulügen, und da ich ein Raucher bin, so –

Gegen Abend, da mir der Wind draußen zu kalt war, krieche ich an meinen Platz in die Treckschuite zurück, die verschlossen werden mußte, wenn die Lichter brennen sollten. Es mochten gegen 60 Personen drinnen sein. Am Vorderende waren lauter Juden; ich saß natürlich unter den Erlöseten. Ein fünfjähriger Knabe war mein nächster Nachbar und schlief ein, sein Köpfchen in meinen Schoß gelegt. Die Mutter, ein stattliches Weib, stieß den Knaben an, den

Herrn nicht zu belästigen. Ich durfte still sein, denn es ward Holländisch gesprochen, wovon ich wohl das meiste verstand, da ich etwas Holländisch lese. Endlich ward mir der Tabaksqualm so unwürdig lästig, daß ich nach meiner Art auf gut Holländisch ausrief: Wenn ich zu Hause komme, so kaufen sie mich für ein geräuchertes Schwein! Das ganze Schiff erscholl von Lachen, und sie fragten einander: »Was hat er gesagt?« Ich fuhr fort und bemerkte, daß die Frauen dieses Landes sehr galant gegen das andere Geschlecht erschienen, wenn sie sich bei lebend'gem Leibe zur Speckseite räuchern ließen, und nun wußten sie alle recht gut Deutsch, und die Konversation wurde so lebendig, daß das Schiff in Amsterdam angelangt war, ehe man's dachte. Ein ältlicher Mann, er schien ein Geistlicher zu sein, fragte nach meinem Lande. »Es wäre alles gut«, sagte er, »wenn nur die Menschen besser wären.« Ich sagte: Die Menschen sind, wie sie waren und sein werden. Man würde wenig Trost finden, viel besser zu sein als die andern, drum möge nur jeder mit sich und andern vorliebnehmen.

Den 24. Gestern habe den Schiffswerft gesehn. Zwei ganz neue Kriegsschiffe von 74 Kanonen und zwei andere von 44 Kanonen und mehrere Kauffahrteischiffe standen im vierten Jahre auf dem Stapel und werden künftiges Frühjahr ins Wasser gelassen. So lange bleibt ein Schiff im Trocknen stehn. Das Vergnügen des Architekten bei Betrachtung solcher Verbindung ist grenzenlos. Eine Wölbung von unten nach oben, da der Schlußstein das Fundament und die elastische Luft das Widerlager ist; es kann nichts Ausgedachteres geben, bis Wind und Wetter widerwillig dem künstlichen Spaße ein natürliches Ende geben.

Dieses hohle Wesen nun, diese Kessel-, diese Sackbaukunst, auf diese Art ins Große, ja ins Unendlich-Endliche vertrieben, muß notwendig allgemeines Erstaunen und Begier erregen, wo niemand weiß, was er wagt, indem er sich und alles wagt, und der Kaufmann wird zum Helden, ohne daß er will und doch will.

Die Modellkammer ist höchst belehrend durch die schönen Profile, welche eine vollkommene Einsicht geben. Eroberte Fahnen aller Seemächte, Heb- und Stoßwerke aller Art mit den Abbildungen ihrer Erfinder sind in großer Anzahl vorhanden. Zwei Schwimmbatterien sind von Napoleon eifrig betrachtet worden, eine quadratisch, eine oval. Das Bild des Admirals von Reuter ist herrlich gemalt; eine herrliche Gestalt.

Dann habe das Korrektionshaus gesehn, eins der größten und prächtigsten Gebäude dieser Stadt. Wenn die Verwaltung dieser Behörde mit ihrer großen Intention übereinstimmt, so habe ich nie was Nützlicheres gesehn. Es ist nicht sowohl eine Besserungs- als eine Erziehungsanstalt, worin sich aufnehmen lassen kann ein jeder, der nicht weiß, was er mit sich selbst oder seinesgleichen anfangen soll, wo alles gelehrt wird, eine Schule, eine Universität, wo jeder wünschen möchte einzutreten.

Die Zimmer und Säle der Konferenzen der Verweser sind mit den vortrefflichsten Familiengemälden von Rembrandt und andern Meistern geziert: Eltern übergeben einen Sohn, eine Tochter dem ehrwürdigen Rate dieser Anstalt; ein Vater nimmt seinen Sohn, eine Mutter ihre Tochter wieder; ein Mann drückt seine geliebte dankbare Frau wieder an seine Brust – das sind die Motive der Bilder.

Dann habe gestern zwei französische Opern gesehn: »La maison isolée« und »Les maris garçons«. Musik von Dalayrac und Berton. Das letzte hat eine scharmante Intrige. Drei verheiratete Männer erklären sich jeder gegen eine andere Frau für unverheiratet; mehr kann ich nicht sagen, Du bist ja ein Poet. In Summa, die Deutschen haben keine Oper, sie können keine spielen. Seit 40 Jahren habe ich keine Oper von Franzosen spielen sehn, aber die Deutschen habe keine

Oper. Das Beste ist Flickwerk. Wenn sie lustig sein wollen, wird man traurig davon, und man begreift, was es sagen will, wenn sie in einem Stücke von Schiller oder von Dir oder in einer Oper von Mozart das Buch nachlesen. Gestern habe kein Wort verstanden und *alles* gehabt; denn die Leute spielen so sehr gut, daß sie gar nicht zu sprechen brauchten. Ein Tenor und ein Baritono allerbester Art; sie mögen in Frankreich und Italien nicht besser zu finden sein. Gut musikalisch, gelernte Sänger, Geschmack, Sicherheit, Eigenheit; den Bariton würde ich weit über Brizzi setzen. Die Weiber alle gute Stimmen, rein, laut, und reißen das Maul auf, als wenn sie fressen wollten. Das Stück rollt von der Spule. Nach dem Stücke erfahre ich, daß der Bariton nur Ein Auge hat, was niemand gewahr wird. Der Kerl ist Trompeter gewesen, hat seine Feldzüge unter Napoleon mitgemacht, der ihn nachher ins Konservatorium der Musik schickt. Schwerenot! wenn dem Kerl das andere Auge auch ausgeschossen wäre, so kehrt er sich um und sieht doch noch. Er heißt *Coeuriot.*

Großes Vergnügen über die Rückkehr des spanischen Königs habe nicht bemerkt. Man spricht von Millionen, die verloren gehn.

Die Witterung ist unablässig schön, und solange es kalt bleibt, hält sich's wohl; doch die Mewen nähern sich, und was das heißt, haben wir erfahren.

Für den Fremden ist die Durchwandrung der Stadt sehr mannigfaltig. Von einem beladnen Dreidecker bis zum Lappen, zur halben Gürtelschnalle steht alles fast Tag und Nacht feil. Sie Straßen sind bei Nacht durch die bloße Erleuchtung der Kaufläden so hell, daß man lesend auf und ab geht. Eine

Fleischbude, sonst ein ekler Gegenstand, ist so appetitlich erleuchtet, daß man das Fleisch roh genießen möchte; die Kanäle haben keine Geländer, und da sie so tief sind, Seefahrzeuge aufzunehmen, so hat sich der Fremde zu hüten, um nicht hineinzufallen, doch hört man davon wenig, die Kinder sind noch behutsamer und dreister wie die Alten. Bei starkem Nebel sollen sie jedoch Unglück veranlassen.

Dann habe in einem Boote den Hafen befahren. Die Amsterdamer gewinnen der See ein Stückchen Ufer nach dem andern ab, welches vermittelst der Faschinen befestigt und sogleich bebaut wird; der Zuwachs von Jahr zu Jahr wird immer erheblicher, und so wird sich, so muß sich die Hauptstadt endlich bis Nordholland ausdehnen, das von Bauern bewohnt ist, die selbst hier für reiche Leute gelten. Man erzählt, daß Peter der Große, der hier auf Nordholland als Jüngling die Schiffsbaukunst erlernt hat, nach einiger Zeit von einem solchen reichen Bauern sei erkannt worden. Der Bauer bittet nämlich den jungen Fürsten auf eine Pfeife Tabak einen Abend zu sich, und nachdem er seine Familie von sich gelassen, sagt er: »Ich weiß, daß du der Kaiser von Rußland bist, und so kann ich dir nichts anbieten; um dir aber zu beweisen, daß ich die Ehre, dich an meinem Kamine zu sehn, zu schätzen weiß, werfe ich ein Papier von 50 000 Gulden ins Feuer.«

Jetzt komme ich von der Börse, die Schlag 2 Uhr frei offen ist; wer um halb 3 Uhr kommt, zahlt einen halben Gulden, und wer um 3 Uhr kommt, zahlt 6 Gulden, um 4 Uhr aber ertönt die Glocke, und alles ohne Ausnahme muß fort.

Die andere Börse ist die Kornbörse, nach derem Ende die Aufwärter den Boden fegen, da denn eine gute Fuhre Körner aus lauter mitgebrachten Kornproben zusammengefegt und von diesen Leuten an Viehmäster verhandelt wird.

Wer sich ein Loch in Rock gerissen hat, geht auf den Tuchmarkt, da sitzen Leute mit Tuchrestchen von ½, ¼, ⅛,

$^1/_{16}$ Elle von allen Farben und Güten, kauft sich einen solchen Lappen für wenige Stüber und kalfatert sein Kleid; daher siehst Du keine zerrissne Jacke oder Hose, wiewohl zuweilen mehrere Farben abstechend eingeflickt.

Daß man an einem Orte, wo Fische, Fleisch und Gemüse im Überfluß und *alles* gute Fremde eingeht, gut kocht und gern ißt, versteht sich von selber. Ich esse gern gut, wenn auch ein bißchen viel – aber hier wüßte ich's nicht zu bezwingen, da müßte mir Wolf helfen.

Die öffentliche Bildergalerie ist reich an schönen Gemälden, die meistens vaterländische Beziehungen haben. Außer den Namen Bakhuizen, Beerestraaten, Berghem, Ferdinand Bol, Gerard Dou, van Dyck, Eyck, Flinck, Helft, Honthorft, Kalf, Potter, Pynaker, Rembrandt findet sich auch wohl: ein Holbein, ein Correggio und eine beste Landschaft von Philipp Hackert, worin die Figuren von Adrian van der Velde gemalt sind. Vortreffliche Ruysdaels, van der Werffs und Wouwermans. Die Anzahl beläuft sich nicht viel über 500, aber alles so wohl erhalten und gefaßt und gepflegt, daß es noch Jahrhunderten Freude machen muß.

Morgen geht's nach Harlem.

Das theatrum anatomicum habe auch gesehn: außernatürliche Seltenheiten, Skelette von Mördern, von denen einer 38 Mordtaten verübt, endlich ein großes Gemälde von Rembrandt, worauf ein Professor seinen Zuhörern die Muskeln eines Mannsarmes, solche mit der Zange in der Höhe haltend, an einem vollständigen Kadaver erklärt. Sie führen einen herum, man muß gehorsam sein.

Bei dem Überflusse, welchen alle Elemente hier frei im großen ausschütten, müßte man ein Walfisch oder wenigstens ein Seefisch sein, um sich in frischem Wasser satt zu trinken, wenn man nicht erbrechen oder ersaufen will. Trinkwasser ist, wenn nicht selten, doch das Teuerste hier, es muß von Utrecht hergefahren werden und ist genießbar genug. Geringe Leute trinken Regenwasser, das jedoch zu Zeiten, besonders im Winter, noch rarer wird.

In Münster habe den jungen Immermann kennen lernen, von dem ich drei Trauerspiele gelesen habe. Eins davon hat mir vorzüglich geschienen. Ein viertes Trauerspiel und einen Band Gedichte hat er mir verehrt, womit ich weniger zufrieden bin. Sein Talent scheint mir noch zu abhängig; seine Liebe ist nicht ganz sein, und er wäre alt genug, etwas Eigenes zu leisten. Seine Person und sein Wesen haben mir wohlgetan, und da er die guten Muster kennt, wollen wir ihn geduldig erwarten. Zwei seiner Gedichte habe hier in Musik gesetzt; ich merke wohl, er will sich gehn lassen, aber das geht nicht so. *Ein* Gedanke ist *kein* Gedanke; ein Männchen will ein Weibchen haben, wenn etwas dabei herauskommen soll. Das wollen wir ihm jedoch nicht verraten, vielleicht merkt er's alleine, und dann ist geholfen.

Daß in einer Stadt von geronnenem Wasser viertehalbhundert teils massive, teils hölzerne Zugbrücken nicht zuviel sind, versteht sich, und auf Schleusenbau verstehn sie sich hier meisterlich; alles ist so verkeilt und cimentiert, als wenn es Neptun mit eigenen Händen gemacht hätte.

Auf Wiedersehn!

420. *An Goethe*

Was ein guter Wind ist, mögen sie in Holland ziemlich gewußt haben, nun haben wir vom festen Lande ein Wetterchen anher dazugebracht, das sie nicht verachten; ja man schreibt es meiner Ankunft zu, denn solche Herbstwittrung findet sich nicht zu oft ein. Man wohnt sogar noch auf dem Lande (wie sie es hier auch nennen), und ich selbst schreibe dies heut den 26. Oktober nahe bei Harlem zu Saarhof, inmitten dreier Wasser, die etwas mehr sind als Kanäle: vor mir die Nordsee, unabsehlich: rechts der Süder- und links der Harlemer See. Das ist jedoch mein Glück noch nicht alles; denn kaum in Amsterdam angelangt, sitze ich zu Tische neben einem Herrn Sillem, Associé von Hope, und erkenne in ihm den Sohn der würdigsten und reichsten Witwe in Hamburg, der ich bei meiner dortigen Anwesenheit das Glück gehabt habe zu gefallen, weil sie mir unendlich gefiel, weil sie die Wohltäterin von Reichardts ältester Tochter Luise ist, die sie bei sich im Hause hat, der sie viel Gutes tut, woran Reichardt in den letzten Tagen seines Lebens teilnahm. Diese würdige Frau hat nicht weniger als 23 Kinder unterm Herzen getragen, wovon 17 noch am Leben sind. Da Dir nun das Haus Hope und Kompanie nicht unbekannt sein wird, dem ich eben eingelegt bin, so begreifst Du, daß dies die erste Nacht in Holland ist, in der ich nicht zuschanden gefroren bin.

Mein Herr Sillem nun ist ein Mann von 55 Jahren, ein tüchtiger Fußgänger. Unsere erste Arbeit gestern nach Ankunft in Saarhof war ein Spaziergang auf die Dünen der Nordsee, die als Dünenhügel erheblich genug sind, um von einer Höhe von etwa 150 Fuß das unendliche Meer um und um und die ganze von Gewässern durchschnittene Landfläche zu bestreichen.

Ich hatte mich zum Sterben erkältet und seit länger als 24 Stunden nichts genossen; besagte Promenade nun, da man 4 Stunden lang Sandberge geknetet hatte, mochte mein gutes Blut zu seinem alten Takte geholfen haben; denn nach 6 Uhr, da hier Mittag ist, hatte der getreue Appetit seinen vermißten Wohltäter wiedergefunden, und einige derbe Salven aus einer Portweinhaubitze brachten den Feind zum Weichen.

Der Garten an diesem Landhause, der von 80 Morgen Land umgeben ist, erfüllt so ziemlich, was man einen Harlemer Garten nennt. Geistreich auf sogenannte englische

Art disponiert und departiert findest Du Baum, Stauden, Pflanzen, Beet und Treibwerk gemäß und anmutsvoll von- und beieinander. Die Treibereien ohne Feuer (da das Brennmaterial hier rar ist) mit lauter Mist sind kompendios und doch großer Art, um das meiste auf die geringste Weise zu haben. Doch – ich verstehe davon nichts.

Durch den Garten, der mit Wirtschaftsgebäuden und einem Schloßgebäude mit Portikus von 6 freien Säulen isoliert liegt, geht eine offne Chaussee und mehrere Kanäle, die nach den Bleichen anderer Besitzer führen; dadurch wird das Ganze sicher, belebt ohne Geräusch, indem es von guten Nachbarn gleichsam bewacht wird. Alles angebaut, reinlich, bequem, munter und still. Es ist lustig, ziemlich große Treckschuiten vor Häuschen vorbeischneiden zu sehn, die sie zu verschlingen drohen wie ein Vogel eine Fliege, und so vorüber wutschen.

Wer mir noch einmal sagt, wie ich oft genug hören müssen, daß man in Holland lauter schlechten Kaffee trinkt, der kann eine Maulschelle kriegen; ich will ein Jurament ablegen, daß es nicht wahr ist. Im Ganzen ist alles rein, gut, ohne Manier, ohne Staat; Du gehst nicht an einem Appartement vorüber ohne einen gewissen Appetit.

Ein Architekt des festen Landes kann hier von vorn anfangen zu lernen. Diese Art von Statik ist wie ein Kreditsystem, wo ein Haus das andere trägt und keins Grund hat. Mir ist, als ob ich könnte in die unterste Etage fallen, und ich wohne unten. Die notwendige Reinlichkeit ist nicht bloß innerlich, die Häuser selbst werden täglich äußerlich von oben bis unten mit Wasser abgewaschen, wozu man sich der Handsprützen bedient, die bis in das 3. Stockwerk reichen; dabei sind sie sämtlich, wiewohl man den besten Schiefer haben könnte, mit schweren Pfannen gedeckt, die ich freilich von Natur nicht leiden kann. Die Chausseen der Landstraßen sind, was unglaublich scheint, durchaus von gebrannten Klinkern, die hart genug, aber spröde sind. Da nun alles Lastwerk zu Wasser geht, so ist es möglich, öffentliche Straßen auf diese Art in *solcher* Ordnung zu erhalten, das ist: wie eine gehobelte Fläche. Man fährt im Wagen wie auf einem Schiffe, man kann dabei schreiben. Die Wagen sind alle leicht; sehr viele haben nur Eine Achse. Vierrädrige Wagen sieht man wenige, wohl aber Kabrioletts mit vier Pferden, welches in der Regel Reichtum bedeutet, weil Stallung mehr gilt als Geld.

Abends gegen 6 Uhr. Vormittag.

Hat man doch genug gehört von der Harlemer Wunderorgel, und nun habe auch ich nicht bloß *davon* gehört. Der Herr Organist ließ eine volle Stunde lang Hexereien aller Art von sich gehn, wie sie durch Voglers Sündenfall auf das Geschlecht der Orgeln gekommen sind. Krieg, Schlacht, Krächzen und Ächzen; Donnerschläge, Blitz, Hagel und Regen; Liederchen aus dem »Freischütz«; Chöre, Arien, ja sogar Rezitative aus Haydns »Schöpfung« stolperten, ja purzelten durcheinander wie die Hammel aus dem Stalle.

Denke nicht, ich übertreibe: wahrhaftig! es war so! ja ich finde nur zu oft das Nämliche, und doch weiß ich diesem guten Manne Dank (der sein Bestes tun wollte), indem ich so das ganze Werk von 60 klingenden Stimmen mit 12 Blasbalgen einzeln und zusammen in voller Kraft durchmustern können.

Die Harlemer Orgel ist in der Tat wenn nicht das größte, doch das schönste Werk, das ich vernommen und gesehn habe. Sie ist im Jahre 1738 von Christian Müller gebaut und vollendet und zwar noch heut bei gesundem Leibe. Unter 5000 metallnen Pfeifen, deren größte 38 Fuß lang und 15″ im Durchmesser ist, habe keine gesehn, die Ein Beulchen hätte. Fünftausend Töne ohne Fehler, die hohen hell und weich, die mittlern voll und kräftig, die tiefen mächtig und klar. Das Eingeweide bequem wie in einem gesunden Leibe, im Ganzen endlich beherrschend einen Raum von 111 Fuß Höhe, 175′ Breite und 391′ Länge: eine Dimension, die schon zu den größten gehört. Der Organist

421. *An Goethe*

Der Organist Schumann weiß sich was mit seiner Orgel, die er gut in Ordnung hält und sich regelmäßig alle Donnerstage allein darauf hören läßt; da ich ihm hierüber mit einem guten Worte entgegenkam, fing er dermaßen an zu holländern, daß unsre Damen mich beim Ärmel davon rissen, denen schon eine volle Stunde Orgelspiel Übermaß gewesen sein mochte, was sie jedoch als Kenner nicht Wort haben wollen.

Die Freude, ein solches Meisterwerk in seinen Teilen zu erkennen, ist anziehend genug, indem man dadurch mit dem Meister teilt; ich werde zeitlebens an diese glückliche Stunde zu denken haben, denn *das* war der wesentliche Zweck meiner Reise nach Holland, das sonst kein Aufenthalt für mich ist, wie man sich auch dort gefällt.

Elberfeld am Rhein, 3. November.

Das Ideal, das ich von Holland und seinen Bewohnern mitgebracht habe, ist zu einem Kuchen geronnen, der unverdaulich in mir liegt wie Ein Magen im andern. Ein großes Stilleben, ein Enthusiasmus an freiwilligen Ketten. Diese Ruhe, dieses Kommenlassen ohne scheinbares Erwarten! Man ist im Zimmer zusammen wie auf einem Schiffe, jeder bei sich selber. Man nennt es Phlegma, was es nicht ist, es hat Methode und inneres Leben.

Im Saale Felix meritis wird ein großes Konzert gegeben; man kommt, nach und nach; erst gegen das Ende füllt sich der Raum, man muß dagewesen sein, man hat's bezahlt. Meist junge Leute. Die Herren rauchen, die Frauen stricken. Man sitzt, keine Bewegung, nicht links, nicht rechts; einer hat ein Buch und liest, das Ohr selbst ist scheu, laut zu hören. –

Eine Fregatte geht ab nach Ostindien. Alles fährt auf; der Frau fallen die Hände in den Schoß, dem Mann entfällt die Pfeife. Man eilt nach der Rhede, lebendig, erhöht, gespannt. Ganz Amsterdam auf den Beinen; der Hafen wimmelt, man sieht kein Wasser mehr; Grachten, Bollwerke, Brücken mit lebendigem Teppich bedeckt. Es wird gelichtet, es geht von dannen, Kanonendonner, Glückwünsche, Tränen, Glockenspiel, man glaubt, das Inselland drehe sich, denn jedes Auge ruht auf Einem Punkte.

Das alles, sagen sie, ist nichts gegen was war, was wir hatten, *Eine* Fregatte: lieber Gott! sonst zehn, zwanzig und mehr – kurz, die gütige Vorsehung hat sich einmal wieder nicht rekommandiert. Da haben denn die Prediger alle Hände voll, zu beschwichtigen, zu beschelten und am Kompaß zu drehen.

Ein geistlicher Jubilarius hatte an seinem Ehrentage von der Kanzel die Rückstände berechnet, welche er durch die französische Invasion im Laufe seines Amtes von der Gemeine zu fodern habe. Das, meinen sie, schicke sich nicht; er lebe ja heute noch, und die Teufelsfranzosen wären längst ad inferos geschickt, und so weiter.

Oft genug habe ich die Holländer grob schelten hören, sie sind es nicht; da sie alles kommen lassen können, so ist es ganz in der Ordnung, wenn sie nicht zuvorkommend sind.

Eine Spazierfahrt von mehrern Stunden mit der Dame meines Hauses und ihrer ältesten Tochter ist mir sehr belehrend und angenehm gewesen, beide vollkommen unterrichtet, wirtschaftlich, natürlich und liebenswürdig. Man fährt von Amsterdam nach Harlem und zurück auf einem schmalen Damm, der den Südersee und den Harlemer See scheidet. Es ist vieles hier gelungen, und nun wollen sie noch den Harlemer See ganz austrocknen; womit weiß ich nicht.

Ich wollte über den Haag, Rotterdam und Dünkirchen zurück nach Düsseldorf gehn; die rauhe Seeluft hatte mich jedoch so angegriffen, da ich doch ganz allein in fremdem Lande und des Holländischen vollkommen satt bin, daß ich meinen Rückweg über Nimwegen durch Geldern nach Düsseldorf gegangen bin, wo ich ein paar Tage ausgeruht habe, da ich die vorige Nacht unter lauter Regen gereiset war.

In Neuß habe mich einige Stunden aufgehalten, um die schöne, sehr große Stiftskirche des heiligen Quirinus zu betrachten. Auf der Kuppel des Chors steht dieser Heilige in ganzer Figur, wo er sich dann vielleicht besser ausnimmt als im Leben.

In Düsseldorf habe gestern eine deutsche Komödie gesehn, worin Friedrich der Zweite und Voltaire sich ganz wunderlich haben. Ei nun, man redet doch noch davon, aber man erfährt bei der Gelegenheit, daß die Nachwelt kein Haar besser ist als die Zeitgenossen.

Das Wetter ist umgeschlagen, es regnet tüchtig, und doch bin ich leicht und froh, wieder zwischen Bergen und Flüssen zu leben; wie wird mir erst mein alter Berliner Sand behagen!

Einen lustigen alten Musikdirektor habe in Düsseldorf kennen lernen, der in der Tat was versteht. Der alte Kerl hat sich gefreut, daß ich ihn (aus langer Weile) sogleich aufsuchte. Ich bin ihm ein berühmter, ein großer Mann, und er ist so dick, daß er kaum gehn kann, und er hat mich so in Atem gesetzt, indem er mich überall umhergeführt hat, daß ich Blasen unter den Sohlen habe. Er hat studiert, versteht Latein und Griechisch, in musikalischen Dingen sind wir Eines Sinnes, und nun war der Teufel los. »Hört ihr wohl, ihr Hallunken? habe ich euch das nicht hundertmal gesagt? Nun hört ihr's, daß ich recht habe und mehr verstehe als ihr. Er ist hier fremd und sagt es höflich, und ich bin grob wie ein Ochs, aber das tut nichts, die Sachen sind dieselben.«

Er hat eine Singgesellschaft und eine Liedertafel, und sie

machen große Dinge. Wollte ich nun den Kerl vom Leibe haben, so mußte ich wegreisen; denn in seinen Stuben stank es so verflucht, weil darin gekocht wird, daß ich umgefallen wäre. Er hat mir eine Empfehlung aufgedrungen, die ich beilege, weil ich mich sie abzugeben schäme. Dir aber will ich sub rosa dadurch zu erkennen geben, was ich für ein Kerl bin.

Cornelius war eben von München zurückgekommen; durch ihn erhielt ich die Erlaubnis, die Galerie zu sehn, die jetzt sehr klein ist, doch gute Sachen enthält. Außer der einzigen

[Beilage]

Düsseldorf, den 2. November 1823.

Verehrungswürdiger Freund!

In der festen Überzeugung, daß es Ihnen die größte Freude gewähren wird, den so hoch verdienstvollen und berühmten Professor Zelter persönlich kennen zu lernen, nehme ich mir die Freiheit, Ihnen diesen mit Recht so hoch gefeierten Patriarchen der Tonkunst der innigsten liebevollsten Aufnahme anzuempfehlen. – Ich darf Ihnen nicht erst lange erzählen, was dieser herrliche Mann alles für die Verbreitung des Gesanges und Aufrechthaltung der Tonkunst durch seinen unermüdeten Eifer getan hat, indem ich überzeigt bin, daß Sie von denselben Gefühl für ihm beseelt sind, wie es jeder Künstler bei Nennung seines Namens sein sollte. Sprechen Sie ihm nur zwei Minuten, und Sie müssen ihn lieben. – Ich freue mich, Sie bald zu sprechen, um mich recht viel von ihm mit Ihnen unterhalten zu können. Bis dahin wie immer

Ihr

ergebenster Freund und Diener

Burgmüller.

Außer der einzigen großen »Himmelfahrt Mariä« von Rubens hat mich am meisten Dein Bild, vom Professor Kolbe gemalt, angezogen. Es ist kräftig und sicher aufgefaßt und stand eben, was mir sehr gefiel, auf einer Staffelei in bestem Lichte. Kolbe selbst war nicht in der Stadt. Vielleicht hätte ich gegen das Kolorit etwas einzuwenden, man ist aber kein Maler. Ich bin immer, wenn ich ein anderes Bild gesehn hatte, zum Deinigen zurückgekehrt. Wer mir Dein Profil mit Kreide auf den Tisch schreibt, ist mein Mann. Ich kann nicht sagen: ich will nichts anderes sehen! bewahre Gott! ich sehe nichts anderes, nichts, was ich besser lese und verstehe, denn Du verstehst mich. Deine Liebe, Deine Geduld ist mehr als ich, doch was Du liebst und trägst, muß Etwas sein, und nun haben sie in Elberfeld Etwas – das war zu beweisen.

Wir haben zwei Abende über Kunst räsoniert, es kam nichts Ordentliches heraus; doch waren wir im Grunde Einer Meinung und sind zufrieden auseinander gegangen.

Cornelius hat sich eine Römerin zur Frau genommen; eine schönere Italienerin habe ich nicht gesehn: ein göttlicher Oberleib! Sie spricht wenig Deutsch, ist aber eine perfekte Köchin. Aufs Räsonieren versteht er sich wenig, ich habe ihn darum gelobt. Griffel genommen ist besser, und ohne zu philosophieren wissen wir recht gut, ob's so recht ist.

Es war die Rede von der *Tat* – ob nicht der Gedanke, die Idee vorher sein müsse? Als wenn nicht alles ewig beisammen Eins wäre und der Same läge in der Frucht wie die Frucht im Samen! So ging's von Einem ins Andre, da man sich denn, was nicht fehlen kann, verhädderte und bis in die Dünen verlief.

Hier in Elberfeld findest Du das Geschäft bei der Hand. Das geht wie ein Weberschiff hin und her, den ganzen Tag. Abends sind sie lustig. Sie haben hier eine Liedertafel und hatten sich Lieder von Berlin kommen lassen. Sie war den Sommer über eingeschlafen, und wir haben sie aufgerüttelt. Gestern abend wurden sie zusammengerufen, ihrer zwanzig, die schönsten Stimmen; da sangen sie das Leipziger Zeug, das an sich traurig ist – als wenn sie zum Abendmahl gehn wollten. Der Direktor hadderte hin und her, und alle schlugen den Takt, einer so, der andere anders. Ich ließ sie gewähren und kniff mich zusammen, sah aber mörderlich freundlich drein. Sie merkten wohl, daß etwas hinterm Berge sei, und baten um Rat. »Laßt das verfluchte Taktschlagen bei der Flasche bleiben!« rief ich, »und es geht allein! Singt das Vorige noch einmal, und nicht so niederträchtig gottesfürchtig! Frisch! fangt an! Zusammen! keiner hinter dem andern!« und nun ging's, und die Kerls waren, als ob sie neu geboren wären und sangen und soffen und kriegten mich bei den Ohren, und eine Konstitution ward beschworen. Eine neue Sorte Rheinwein endigte den Spaß, von dem ich heut noch konfus bin.

Cöln.

Alle Hochachtung vor der ewigen Herrlichkeit! Aber nur soviel Erde, Luft und Wasser als von Düsseldorf bis Cöln, und ich gebe mich auch drein. Daß der Herbst auch ein Mann ist, mit dem sich auskommen läßt, habe gestern erfahren. Nach einem 24stündigen Regen, der mich kaum vom Flecke ließ, klärte sich gestern früh der Himmel freundlichst auf, wir fuhren nach Barmen und sahen eine Spitzenfabrik, eine kleine Stadt in der Stadt; denn Barmen ist zwei Stunden lang und das Wippertal (man sagt und schreibt hier: Wupper) kann für eine Gegend gelten. Das Geschäft auf den Straßen und in Häusern ist wie ein Ameisenhaufen, dabei reinlich, ordentlich. Ein artiges Kind »wollte mich erneuen«; Du kennst meine Tugend, mehr sag' ich nicht; denn bei den kurzen Tagen hat man zu nichts Zeit. – Morgens: Nun bin ich in Cöln. Eben blasen mir die hiesigen Hoboisten die Sinfonie aus »Don Juan« zum Frühstück, denn der General Thielemann ist angekommen und wohnt neben mir.

Lessing hat wohl recht zu sagen: »Man spricht nicht von der Tugend, die man hat!« – Zu der Zeit, da eben von nichts als Theorie der Temperatur gesprochen, geschrieben und gedruckt wird, setzt man große Orchester aus lauter Windinstrumenten zusammen, die keiner allgemeinen Temperatur fähig sind, indem jedes von Natur seine eigene Temperatur hat. Solch ein Orchester nennt man Harmoniemusik, und es möchte schwer sein, etwas Unharmonisches zu finden. Die Leute sind nicht schuld, jeder bläst seinen Part fertig und sicher, und keiner weiß, woran es liegt, daß es niemals klingen wird; wir wollen's ihnen aber nicht sagen.

Soeben habe die »Kreuzigung Petri« gesehen. Original und Nachbild: eine erstaunliche Arbeit. Mein großer Christophel hat mir auch wieder die alte Freude gemacht. Jetzt tragen wir leichter am Christentum; wem das nicht dabei einfällt, der mag sich am Roland in Brandenburg ergötzen.

Freitag, 7. November. Gestern mittag war der junge Herr v. Schiller an unserer Tafel, mir gegenüber. Ich wußte nicht, wo ich das herrliche Gesicht sollte gesehn haben. Mein Nachbar half mir aus dem Traume. Es sind 20 Jahre her, und *er* ist jetzt ein Mann. Der leibhafte Vater. Die gute Figur, der prächtige Kopf und fast die nämliche Bewegung des schönen Mundes. Auch er wollte wissen um Deine Heirat, und ich sagte: So gehe hin und tue desgleichen! – Was mich dabei ärgert, ist: daß niemand *mich* verheiraten will; so werde ich sitzen bleiben. In Elberfeld hatte ich ein Mädchen neben mir, die wäre mir eben recht. Eben reif; Stirne, Wangen, Zähne, Busen von Marmor, und Augen! – »Nun genug, ihr Musen!« es kommt jemand. Herein! –

Sonnabend. Ein Spaziergang gestern nachmittag im Sonnenscheine über die Rheinbrücke nach Deutz – ich weiß nicht, ob es was Schöneres gibt. Du bist weiter gewesen als ich, male Dir's selber aus. Der junge Herr v. Schiller, der hier beim Kriminalgericht als Instruktor angestellt ist, begegnete mir. Er ist seit sechs Wochen mit einer 42jährigen Frau v. Mastiaux verheiratet und hat alle die getäuscht, welche sich einbildeten, er werde die schöne Tochter heiraten. Die Witwe soll reich sein, das ist denn wieder gut. Er wohnt bis jetzt noch in Cöln und seine Frau in Bonn, zu der er Sonntags hinübergeht – auch gut!

Wo ich hinkomme, bin ich jetzt zu Hause; denn überall finde ich Singgesellschaften und Liedertafeln, die mich hätscheln. Der hiesige erste Kommandant und Generalmajor Freiherr v. Ende hat eine Singgesellschaft und Liedertafel gestiftet, die sich hören lassen. Ein Mann meines Alters, ernst, versucht und gegen mich höchst verbindlich. Er selbst sang gestern

423. *An Goethe*

gestern mit, was er seit langer Zeit nicht mehr getan hat, sintemal Uneinigkeit eingetreten war, indem die meisten niemals wissen, was sie wollen. Nun sind die Sachen wieder geleimt und mögen halten, wie sie können. Der Abend in seinem Hause war sehr angenehm, und ein Töchterchen, die eine Zeitlang in Weimar erzogen ist, nahm sich auch nicht übel dabei aus, indem sie servierte und mir Äpfel schälte.

Nun aber muß ich machen, daß ich hier wegkomme, sonst machen sie mich fett oder spannen mich zu dem andern lieben Vieh. Das geht aus einem Gymnasio, einem Collegio, einer Kirche in die andere, und ich rieche endlich nach pure Jesuiten, Minoriten und Karmeliten. So habe heute und gestern nicht weniger als 5 Missen und zwei Liedertafeln in mich aufgenommen, die freilich nicht zu schwer verdaut worden.

Von der Wirkung einer mäßig besetzten Musik in der großen Domkirche habe ich keine Vorstellung gehabt, kaum daß ich meinen eignen Ohren traue. Du weißt, daß die Orgel inmitten der Kirche im Chore steht. Anfangs war ich unter den Musikern, um zu sehn, wie sie sich haben; dann ging ich unten und hörte in allen Teilen der Kirche die Musik, welche mich von oben weggejagt hatte, aufs schönste und deutlichste. Daß ihr guter Wille und Freude an der Sache den verdienten Beifall erhält, ist ihnen ganz recht; doch habe schon zu verstehen gegeben, daß, wenn ich wiederkomme (was freilich nicht geschehen wird), einige Anforderungen mitkommen werden, und dann wird man wohl andere Saiten gegen mich aufziehn. Die Sachen sind zu tief eingeschlafen.

Aus uns wird eben nicht viel gemacht. Am Ende sind sie hier, was sie sind, und doch gut. Von dem, was manchem von uns hier zu hören gegeben wird, habe ich das Gegenteil erfahren; sie wissen auch recht gut, daß ich ihnen nichts nehme.

Neuwied. Freitag, den 14. November. Bis hieher habe ich Ursache genug, mit mir und meiner Reise zufrieden zu sein. Das schönste Wetter dauert fort, obgleich es tüchtig friert. Am meisten dürfte man sich wundern über die Leute, die, sich freundlich erweisend, mich beklagen, daß ich nicht eher gekommen bin, als ob man Berg und Tal und Fluß niemals grünen, blühen und fließen gesehn hätte, und sich zuletzt noch findet, daß man keinen zu Hause angetroffen hätte.

Gestern mittags um 11 Uhr fuhr ich von Bonn mit Schnellpost ab. Es hatte stark gefroren, und ein dicker Nebel ging hernieder, daß man von Godesberg aus das Siebengebirge nicht sahe. Die Sonne war stark genug, sich hin und wieder einzubohren und das Ganze in kleinere Massen zu entzweien.

Eine ganz ungeheure Nebelmasse drängte sich furchtbar

zusammen, indem sie die ganze Sonnenscheibe belagerte, und es entstand ein Kampf, des Anschauens würdig. Der übrige Himmel nun hell und die drohende Gestalt zusammengepackt in streitender Position, lange sich behauptend. Das Schauspiel geschah rechts vor meinen Augen über dem Hammerstein, dem ich entgegenfuhr.

Endlich umspann die Sonne die Ränder der Masse mit goldenen Fäden wie eine Spinne die Fliege. Die Wolke nahm Eine furchtbare Gestalt an über die andere: jetzt ein Löwe, dann ein Fisch mit Hörnern, ein Drache und jedes noch unbekannte Untier, und ging zuletzt überwunden vor meinen Augen zur Erde. »Nun sage mir, Vater«: ist's ein Wunder, wenn die Gelegenheit den Poeten macht, und wirst Du mich nicht für ein ähnliches Tier halten? Doch damit Du mir nicht zuviel Ehre antust, will ich nur gestehen, daß dies Bemerkungen meines Schirrmeisters sind, neben dem ich mir den Platz erkauft hatte und dessen Worte ich zum Teil niederschreibe.

Diese Nacht habe ich einen verfluchten Traum gehabt: Ich trat unerwartet und unverhofft in Dein Haus und habe mich dort so schlecht aufgeführt, daß man mir das Consilium abeundi gab und mich hinauswarf. Die schöne Ulrike aber war die Ärgste; sie zankte, schrie, biß und stieß, daß mir die Knochen noch weh tun.

Hier finde ich einen ehemaligen Schüler, namens Braun, der eine meiner Schülerinnen geheiratet hat und Direktor des hiesigen Gymnasiums ist. Er ist einer von den Besten: ernst, geschickt, willig, dreist und jung. Die Frau steht ihm bei, unterrichtet Sängerinnen und ihre Küche deutet auf eine tüchtige Hausfrau.

In Bonn hatten wir einen jungen Musikdirektor angestellt, der schon zwei Monate dort ist und noch nichts angefangen hat, worüber er gegen die 300 Ursachen angibt. Er hielt eben seine erste Vorlesung an die Studenten und zwar über den *Generalbaß*, wie er sein Gerede nennt. Der junge Mann hat in Berlin Philosophie studiert und ist in Gießen Doktor worden. Ich habe ihm eine Perucke von dort aus versprochen und angeraten, erst etwas zu tun und *dann* darüber zu reden; die Kunst bestehe nicht in Worten, und so weiter. Die Unverschämtheit solches jungen Gezüchtes läßt sich nicht mit Worten sagen. Sie predigen von den Lehrstühlen herab, die alten Lehren gälten nicht mehr; man könne das alte Geröll nicht mehr brauchen, und es fehlt an nichts, als daß Mozart, Haydn, Händel und wer noch von den Toten auferstünden und zu ihnen in die Schule gingen. Ich habe ihm zu verstehn gegeben, ich sei ein artiger freundlicher Mann, und werde ihm den Hals brechen, wenn er mir die alten guten Regeln angreift.

Wir kennen den musikalischen Doktormantel schon von Forkel her: auf beiden Seiten rechts. Bei den Musikern geben sie sich für Philosophen und umgekehrt; doch wir protestieren und lassen nicht ab.

Hundeshagen fing mich auf der Straße auf und schleppte mich auf seine Stube, woselbst er mir in der Tat hübsche Sachen vorzeigte und zwar von ihm selber. Er baut hier, zeichnet, disponiert und ist lesender Doktor an der Universität. Er hofft ordentlicher Professor hier zu werden, woran kein anderer glauben will, indem sie ihm allerlei zur Last legen. Sonderbar ist, daß es nirgend mit ihm fort will, wiewohl er ein recht geschickter Mensch ist. Er hat ein Manuskript des Nibelungenliedes, das er für echt hält und den Beweis zu führen glaubt; das Gedicht ist schön geschrieben und mit hübschen alten Bildern geziert.

Ehrenbreitstein

424. *An Goethe*

Ehrenbreitstein, den 19. November.

Die hiesige Festung finde ich bewundrungswürdig ausgestattet. Ich verstehe nicht davon zu reden; Militärs halten sie für einzig in ihrer Art. Denken kann ich sie mir wie eine ausgeputzte Braut, die einmal einer mit Ehren beschlafen kann, was wir nicht erleben wollen.

Medizinalrat Wegeler begleitete mich auf die Karthause und drückte mich oben auf einen Stein nieder. »Hier«, sagte er, »hat der große Goethe gesessen und frische Milch genossen, wozu er sich so viele Zeit nahm als Penelope zu Ulysses' Kleide.« – Du merkst demnach, daß mehr Leute Dein gedenken und sich Deiner Worte freuen.

Eine Ausruhe in gewissen Dingen ist mir auch wieder zugute worden. Seit zwei Monaten hatte ich nichts gelesen, es tat mir fast leid, keine Bücher mitgenommen zu haben. So finde ich bei meinem Wirte Dein »Hermann und Dorothea«, kucke hinein, lese zu Ende, fange von vornen an, ergötze mich, als wenn es was Neues wäre. Sei gelobet dafür, evoe!

Daß meine Doris in Berlin glücklich angekommen ist, habe endlich hier erfahren, und nun steure auch ich zurück und hoffe Dich wohlauf zu finden.

Arndt, den ich in Bonn besuchen wollte, war nach Köln, doch fand ich sein tüchtiges Weib, Schleiermachers Schwester, welche das vierte Kind unterm Herzen hat. Er hat sich außer der Stadt, hart am Rhein, ein gutes massives Haus erbaut, gerade den Sieben Bergen gegenüber und zwar so, daß der Rhein, wenn er es ernstlich meint, ihn eben noch packen kann.

Berlin, den 27. Dezember.

Seit Sonnabend den 20. strecke ich meine lange Glieder nun wieder im eigenen Bette. Die Reise ist mir nicht schlimmer bekommen, als wenn ich hätte das Zimmer hüten müssen. Was der gute Hofrat Rehbein von mir denken wird, daß ich ihm aus der Kur gelaufen bin! der wird mich für den größten Taugenichts von Patienten halten. Leider kann ich nun einmal das solenne Kranksein nicht aushalten; entweder ich schlafe dabei ein oder ich desertiere. So ist es, wenn man keine Erziehung hat und keine Konduite.

Als ich das erstemal zu Dir nach Weimar kam, hatte ich meinen Weg über Jena genommen. Es war im strengen Winter, und die Winterlandschaft zwischen Naumburg und Jena setzte mich in größten Affekt. Die nämliche Wirkung ist auch diesmal wieder erfolgt, als wenn ich mein Leben lang so etwas Schönes nicht gesehen hätte. Diese Felsen mit frischem Schnee gepudert, das Tal unten, da aus der leichten weißen Decke frische Grasspitzen hervorlächeln, von oben ein mächtiges Sonnenlicht aus Tropfen des Taues zurückstrahlend, ruhige Temperatur der Atmosphäre, Gesellschaft einer Flasche Madeira, welche mir die treffliche Frommann eingelegt hatte, kein Vogel, kein Wurm zu sehn und ich der einzige voll und durch und durch Genießende solcher mächtigen Gabe – so bin ich in weniger denn 6 Stunden nach Naumburg gekommen, da ich mir noch vor Abend die Domkirche betrachten konnte.

Dienstags früh ging's nach Schulpforte, wo ich nach einigen Ohreneinreibungen ein gastliches Mittagsmahl beim Konsistorialrat Ilgen neben seiner muntern Frau einnahm, wobei denn Deiner im guten gedacht worden, denn auch Minister v. Humboldt war eben dort gewesen. Nach Tische zurück nach Naumburg, wo noch die herrliche Silbermann'sche Orgel in der Stadtkirche gehört wurde, und abends spät genug in ein gutes Bett.

Mittwochs früh den 17. Dezember von Naumburg ab und gegen Mittag in Weißenfels. Hier habe ich einen 19jährigen tüchtigen Musiklehrer, der mit seinem Chore die artigsten Evolutionen machte. Gesund, munter, kräftig, fertig, willig, treuherzig. Er heißt Hentschel und soll empfohlen werden.

Herrn Müllner fand ich abends in der Ressource; er erkannte mich bald wieder und will mir nicht böse werden.

Donnerstag, den 18., über Merseburg, wo wir in der Domkirche eine schöne Orgel haben, und sogleich nach Halle, wo ich um 3 Uhr im »Kronprinzen« noch wohlgekannt abtrat.

Die hiesige Musikdirektorstelle des verstorbenen Türk ist durch einen meiner Schüler besetzt, der kein Hexenmeister ist und mich sonst lieber gehn als kommen sieht. Diesmal war es anders. Er hat dem Könige eine Sammlung Kirchenagenden und Choralwerke angeboten, und der König ist so gnädig gewesen, ihm dafür 3000 rh. zu bewilligen, weil die Sachen wirklich gut und wohlerhalten sind. Darüber ist er nun hoch erfreut, und da ich sie im Empfang zu nehmen habe, empfing auch er mich aufs beste. Abends in der Freimaurerloge dirigierte er ein leidliches Konzert, ich war dazu und zu einem frugalen Mahle nach der Musik

1824

425. *An Zelter*

Um mich über die Zustände von 1802 aufzuklären, durchsuchte ich meine Briefhefte jener Tage, und da fand ich von Dir gar schöne, gute, freundlich-gründliche Worte, die sich denn immer noch bis auf die letzte Zeit bewähren. Und so mochte denn auch die Prüfung der bedenklichen Wochen, die wir zusammen zugebracht, dem vieljährigen Gewebe noch einige tüchtige Spannen zufügen! Freud' und Leid haben wir in diesen zwanzig Jahren einzeln und zusammen genugsam erlebt und erfahren, und so war mir denn auch Deine liebe Gegenwart in meinem peinlichen Zustand abermals höchst erquickend; ich fühlte es und weiß es, und es freut mich, daß die andern es auch anerkennen, die niemals recht begreifen, was ein Mensch dem andern sein kann und ist.

Daß Du mir die Mittelung des Gedichtes durch innige Teilnahme so treulich wiedergabst, war eigentlich nur eine Wiederholung dessen, was Du durch Deine Komposition mir so lange her verleihest; aber es war doch eigen, daß Du lesen und wieder lesen mochtest, mir durch Dein gefühlvolles sanftes Organ mehrmals vernehmen ließest, was mir in einem Grade lieb ist, den ich mir selbst nicht gestehen mag, und was mir denn doch jetzt noch mehr angehört, da ich fühle, daß Du Dir's eigen gemacht hast. Ich darf es nicht aus Händen geben, aber lebten wir zusammen, so müßtest Du mir's so lange vorlesen und vorsingen, bis Du's auswendig könntest.

Das nachgesendete Reiseblatt wird, mit dem zu hoffenden, in den Kodex reinlich eingeschrieben und das Ganze sodann übersendet; ich hab' es teilweis mit Freunden gelesen, die es alle mit besonderm Anteil aufnehmen; Dir und den Deinigen wird es auch mit allen Segnungen zu Haus und Hof kommen.

Hier liegt auch ein Brief von meiner Mutter bei, den Du wünschtest; darin, wie in jeder ihrer Zeilen, spricht sich der Charakter einer Frau aus, die in alttestamentlicher Gottesfurcht ein tüchtiges Leben voll Zuversicht auf den unwandelbaren Volks- und Familiengott zubrachte und, als sie sich ihren Tod selbst ankündigte, ihr Leichenbegängnis so pünktlich anordnete, daß die Weinsorte und die Größe der Brezeln, womit die Begleiter erquickt werden sollten, genau bestimmt war.

Nun aber bring' ich in Erinnerung den Wunsch: das Nähere zu vernehmen über die Steigerung der Stimmen bei steigendem Barometer; nur gerade hingeschrieben, wie es Dir einkommt, von dem einzelnen Falle vor meinem Geburtstage anzufangen, bis dahin, wo die Feder zu laufen aufhört.

Ottilie west nun in Berlin und wird es von Stunde zu Stunde treiben, bis sie von Zeit zu Zeit pausieren muß; vielleicht gibt ihr das erreichte Ziel, wieder durchs Brandenburger Tor eingefahren zu sein, wenigstens einige Milderung der Hast, ohne die man sie freilich kaum denken kann. Du tust ihr, weiß ich, alles zur Liebe; das Beste kann freilich nicht ohne Aufregung ihres aufgeregten Wesens geschehen.

Ich aber muß mir selbst sagen, daß ich mich auch früher, das heißt: gleich nach meiner diesmaligen Rückkunft, hätte schonen sollen und mich jetzt zu schonen habe; denn die große Erregbarkeit, die sich schon in Böhmen, wie Du weißt, an der Musik manifestierte, ist's doch eigentlich, die mir Gefahr bringt; ob ich ihr gleich nicht feind sein kann, da ich ihr denn doch eigentlich jenes Gedicht verdanke, an dem Gefühl und Einbildungskraft von Zeit zu Zeit sich so gern wieder anfrischt.

Nächstens die zweite Hälfte des mitgeteilten Heftes, das abgeschlossen und ein neues schon wieder angefangen ist. In Dingen der Naturwissenschaft kam von außen glücklich einiges meinen innern Bestrebungen entgegen, und ich hoffe, zunächst manches Resultat noch auszusprechen, auch verschiedene Kapitel vor diesmal abzuschließen. Aber hiezu ist auch nötig, sich von der närrisch bewegten wissenschaftlichen Welt auszuschließen. Die Masse der unzulänglichen Menschen, die einwirken und ihre Nichtigkeit aneinander auferbauen, ist gar zu groß; selbst mit bedeutenden ist's mitunter nicht ganz just, doch kann und muß man sich über alles trösten, da es am Ende doch auch ganz vortreffliche Menschen gibt, auf die man für jetzt und künftig seine Hoffnungen niederlegen mag.

Kennst Du nachstehnde Reimzeilen? Sie sind mir ans Herz gewachsen, Du solltest sie wohl durch schmeichelnde Töne wieder ablösen.

Ja, du bist wohl der Iris zu vergleichen!
Ein liebenswürdig Wunderzeichen:
So schmiegsam-herrlich, bunt in Harmonie
Und immer gleich und immer neu wie sie.

Allen guten Geistern empfohlen!
Weimar, den 9. [Januar] 1824. G.

[Beilage]

den 1ten October 1802

Lieber Sohn!

Meinen Besten Danck vor die Bereitwilligkeit Herrn Schöff Wallacher seinem Steckenpferd hülfreiche Hand zu leisten. Mir thuts immer wohl wenn du einem Franckfurter gefälligkeiten erweißen kanst, denn du bist und lebst noch mitten unter uns – bist Bürger – trägst alles mit – stehts in Farrentraps Calender unter den Advocaten Summa Sumarum gehörst noch zu uns und deine Conpatriotten rechnen es sich zur Ehre, so einen großen berühmten Mann unter ihre Mitbürger zählen zu können. Eduart Schlosser hat mir deinen Lieben Gruß ausgerichtet – ich hoffe Er wird Brav – auch Fritz Schlosser – nur vor Christian ist mir manchmal bange – dieser junge Mann ist so sehr überspant – glaubt mehr zu wissen als beynahe alle seine Zeitgenoßen – hat wunderbahre Ideen u. s. w. du gilst viel bey Ihm kanst du Ihn abspannen so thue es. Daß Ihr mir wieder Geistes producte schicken wolt darann thut Ihr ein gutes Werck es ist eine große unfruchtbahrkeit bey uns – und Euer Brünnlein das Wasser die Fülle hat wird mir durstigen wohl thun. Wegen deines herkommen aufs künftige Jahr – habe ich Plaane im Kopf wo immer einer lustiger ist als der andre – es wird schon gut werden – Gott! Erhalte uns alle hübsch gesund – und das übrige wird sich schon machen. Lebe wohl! Grüße meine Liebe Tochter und den Lieben Augst von

Eurer alten
treuen Mutter u Großmutter. Goethe.

426. *An Goethe*

eingeladen, wo ich denn sehr artig sein mußte; denn es war eine Tafel von über 200 Personen von lauter Honoratioren und Professoren mit Frauen und Töchtern. Ein hübscher Chor von Studenten, in meiner Nähe, sang recht sehr artig. Man setzte mir eine Flasche Champagner vor, die ich den Sängern preisgab, und – ich war schon zu Bett und eingeschlafen, als ich vor meiner Türe auf der Straße recht anmutig singen höre – statt dessen ich eher erwartet hätte, daß man mir die Fenstern einwerfen würde.

Freitag den 19. früh um 6 Uhr von Halle ab und gerade hieher in mein Bett.

Nun hätten wir noch von Ehrenbreitstein aus nachzutragen, so gut es gehn will.

Im Dorfe Horchheim, eine Stunde von Ehrenbreitstein, requirierte ich in Abwesenheit des Herrn Mendelssohn, dem der schöne Weinberg daselbst gehört, zwei Flaschen – Horchheimer? nein! Portwein! für meine Nachtreisen, indem ich mit der Eilpost gehn wollte. Da ich weiß, daß auf den Postwagen von Schirrmeistern und ihren Genossen gern die Flaschen der Reisenden salutiert werden, so wurden Etiketten am Halse der Flaschen befestigt mit der Aufschrift: »LATWERGE. *Alle Minuten einen starken Eßlöffel nüchtern zu nehmen*«, und siehe, mein Medikament hat drei Nächte von Koblenz über Mainz bis Erfurt vorgehalten, und kein anderer hat davon bekommen. Sie sagten: es röche stark nach Medizin.

Eine muntere, nicht mehr junge, doch hübsche blonde Französin hat sich von Mainz an stark mit meiner Erziehung abgegeben, weil sie bald merkte, daß an mir ein Gotteslohn zu verdienen sei. Sie sprach etwas Deutsch und nahm sich bei dem übernommenen Geschäfte meinen Nachbar, einen ganz jungen Mediziner, zu Hülfe, der sich viel Mühe gab, ein schlechtes Französisch zu sprechen. Der junge Mann, der in der Tat die Eierschale noch auf dem Kopfe hatte und eben aus der Universität kam, machte sich recht methodisch und – Stillehalten, besonders bei Nacht, auf dem Postwagen, kann lernen, wer es noch nicht versteht. Nun mußte er manches Deutsch sagen, weil sie sein Französisch nicht verstand, was denn einigemal so ungeschickt herauskam, daß sie es nicht glauben wollte.

Da nun ich aus angeborner Dankbarkeit meine Lehrerin nicht im Stiche ließ und versicherte, daß ich recht gut begriffe und das Wohlverstandene nicht vergessen wolle, hielt sie sich zu mir, wobei denn der candide Hofmeister einschlief und sein weises Schwedenhaupt meine rechte Seite bürstete.

In Frankfurt habe still gelegen einen halben Tag und eine hübsche Komödie recht hübsch bei leerem Hause spielen sehn.

Freitag 21. früh nach 6 Uhr mit der paresseusesten Diligence ab von Frankfurt. Zwei Nächte hindurch bis Erfurt, woselbst ich Sonntag, 23. November, morgens nach 10 Uhr ankam.

Indem ich mir hier an der Wirtstafel im »Kaiser« meinen Sitz anweisen lasse, sehe ich zu meiner Linken einen leeren Platz und frage den Wirt: ob hier etwa Bankos Geist erwartet werde. – »Er ist schon da!« war die Antwort. So wende mich links und sehe zu meinem halben Schrecken einen wohlbekannten Rücken: es war die Kehrseite unseres guten Chladni, der hier sein atmosphärisches Manna ausstreut, das begierig selbst von Damen aufgepickt wird. Da war denn ein freundlich[e]s Wiedererkennen, indem ich sonderbar genug fast auf allen meinen Reisen mit ihm zusammentreffe, um einen zu finden, der wenigstens kein Widersacher ist. Dieser erzählt nun, wie er vor kurzem Dich in Weimar gesund und neugeboren angetroffen, und erfüllt mich mit freudiger Erwartung, da ich Dir so nahe bin.

Mein Geschäft in Erfurt war in zwei halben Tagen abgemacht. Nun wasche mich, putze mich, freue mich, nehme Extrapost, komme nach Weimar, fahre vor. Ich bleibe eine Minute im Wagen, niemand kommt mir entgegen. Ich trete in die Tür, ein weiblich Gesicht kuckt zur Küche heraus, sieht mich, zieht sich wieder zurück. Stadelmann kommt und hängt das Haupt und zuckt die Schultern. Ich frage, keine Antwort. Ich stehe noch an der Haustür: soll man etwa wieder gehn? wohnt hier der Tod? Wo ist der Herr? Trübe Augen. Wo ist Ottilie? Nach Dessau. Wo ist Ulrike? Im Bette.

Mein Traum fällt mir ein, ich erschrecke. Der Kammerrat kommt: »Vater ist – nicht wohl; krank, recht krank.« – Er ist tot! – »Nein, nicht tot, aber sehr krank.« Ich trete näher, »und Marmorbilder stehn und sehn mich an«. So steig' ich auf. Die bequemen Stufen scheinen sich zurückzuziehen. Was werd' ich finden? Was finde ich? Einen, der aussieht, als hätte er Liebe, die ganze Liebe mit aller Qual der Jugend im Leibe. Nun wenn es die ist: er soll davonkommen! Nein! er soll sie behalten, er soll glühen wie Austernkalk; aber Schmerzen soll er haben wie mein Herkules auf dem Öta! Kein Mittel soll helfen; die Pein allein soll Stärkung und Mittel sein. Und so geschah's, es war geschehn! Von einem Götterkinde, frisch und schön, war das liebende Herz entbunden. Es war schwer hergegangen, doch die göttliche Frucht war da und lebt und wird leben und ihres Geistes Namen über Zonen und Äonen hinaustragen, und wird genennet werden Liebe, ewige allmächtige Liebe!

Den 8. Januar. Soeben hat Madame Szymanowska Abschied genommen. Ich habe ihr eine Empfehlung an eine alte Freundin in Hannover mitgegeben, die ihr gewiß zugute kommen wird. Gestern hat sie ihr zweites Konzert gegeben und zu meiner Freude den Saal voll gehabt. Ihr Spiel ruht auf einem gewachsenen Talente, und Du hast sie ganz richtig beurteilt. Hätte sie eine glückliche Stunde gehabt, so müßte jedermann von unserer Meinung sein; sie war von Schreck und Teilnahme angegriffen und hat dennoch immer wie ein echtes Talent gespielt. Der König mit dem ganzen Hofe waren zugegen. Sie ist rasend in Dich verliebt und hat Dir hundert Küsse auf meinen Mund gegeben. Auch das Schwesterchen ist eine angenehme weiche Natur und hat noch was von der Blüte mitten in der Reife.

Den 16. Januar. Dein himmlischer Brief vom 9. dieses ist schon am 12. angekommen. Deine Mutter ist ein gescheutes Weib; ihren guten Vetter hat sie durch den Brustlatz erkannt, und wir beide haben anno 1814 die Probe aufs Exempel gesehn. Ich machte damals eine Fußreise mit ihm durchs Rheingau, die Nahe hinauf und wäre fast schlimm mit ihm auseinander gekommen, weil ich ihm nicht aufmerksam genug auf sein priesterliches Wesen war, ja sogar einmal unwillkürlich ein Brrrrr! von mir abgehn ließ, das er sündlich und gottlos schalt und sogar, wenn ich nicht irre, meine brandenburgische Herkunft darüber in Anspruch nahm. Der Fehler von meiner Seite lag freilich darin, daß ich solch ein nichtig-flüchtiges Lastwesen nicht mit einem freien Reichsbürgertum zu reimen wußte, worauf man sich mehr zugute tut als auf die Menschheit selber.

Den 18. Wie eine unschuldige Beobachtung, durch Worte entstellt, einen übeln Eindruck macht, habe denn auch wieder erfahren, und Dein letzter Brief erinnert mich daran. Bei Gelegenheit Deines letzten Geburtstages, den die Liedertafel lustig zu begehn sich vorgenommen hatte, kam es darauf an, einen schönen Tag zu treffen, weil eine Wasserfahrt damit verbunden war, indem es die Zeit her stets geregnet hatte.

Nach alter Gewohnheit beobachtete ich daher den Gesang der Singakademie einige Tage vorher, der sich heut von einem halben Tone zum andern über das Instrument hinaus erhob und sagte laut und humoristisch, denn die Musik ging vortrefflich: Meine Herren, ich bitte den Barometer zu betrachten, ich kann Ihnen für den 28. schönes Wetter verkündigen.

Diesen Ausspruch hat der lustige Bornemann in der Spener'schen Zeitung mit *seinen* Worten gegeben: ich hätte nämlich schönes Wetter für den 28. kommandiert und also wie ein Josua der Natur geboten.

Darüber hat eine gute Herrnhutische Seele mir auf 3 Folioseiten eine so starke Chrie gesandt, die ich erst nach meiner Wiederkunft von der letzten Reise vorfinde, daß ich mich für einen gotteslästernden Sträfling halten soll.

Die Sache an sich hat indessen ihre Richtigkeit, wenn ich auch nicht wissenschaftlich darüber zu reden weiß.

Wenn der Barometer schönes Wetter anzeigt, ist unser Singchor vortrefflich, ich meine nämlich solchen Chor, der schulmäßig an Tragung des Tones und elastischer Beweglichkeit gewöhnt ist (portamento di voce) und in solchen guten Tagen schon oftmals die Bewunderung der Kenner erworben hat. Die eigentliche Wirkung ist dann nicht erschütternd, schmetternd und dergleichen, sie ist vielmehr groß, tröstlich, erbaulich, und das scheint mir die rechte.

Geht der Barometer tief herunter, so ist es nicht möglich – trotz alles Zurufens: Gehoben! Getragen! – die Stimmen flott zu halten: einer zieht den andern mit, und wenn ich sie gehn lasse, so ist das Ganze noch immer in seiner Art gut genug; will ich aber die Gewalt des Instruments gelten machen, so hört die Harmonie *der* Harmonie auf, und es entsteht ein innerer Unfriede bei aller Mühe. Denn: ein guter Chor ist wie eine einzelne Person anzusehn, und was er wirkt, will er wirken, wenn auch ohne äußeres Bewußtsein, und wo dieser Charakter nicht ist, ist auch keine Schule. Wäre es doch nicht möglich, einen Chor von 160 bis 200 Stimmen beisammenzusehn, die alle von gleicher Güte wären, wenn nicht ein Geist des Ganzen darin herrschte; der ist, was Harmonie heißt.

Endlich erhebt sich der Barometer wieder und mit ihm unser Singchor. Geht es langsam, nach und nach, indem Regen und Sturm noch fortdauert: der Singchor geht auch nach und nach, aber er sinkt nicht mehr. Geht er aber plötzlich, mit einemmal hoch und über sein Zeichen, dann ist wieder kein Halten; jedem einzelnen gelingt sein Bestes; jeder hält sich allein glücklich und ist es doch mit *allen*. Sie freuen sich, wenn ich sie nicht mehr halten kann; wiewohl ich sie mit derselben Freude loslasse.

Dieselbe Bemerkung dringt sich auch im Theater oft genug mir auf. Das Orchester erscheint lahm und uneins mit dem Theater, und keiner weiß, woran es liegt; man ist unzufrieden, und damit ist man wieder zufrieden.

So wirkt gleichfalls der Barometer auf das Zeitmaß, wobei denn ein erfahrner Anführer das Seinige zu tun hat, vom Einzelnen ab aufs Ensemble zu merken, was in unsern Zeiten durchs Taktschlagen selbst mehr leidet, als wenn man's con discrezione gehn ließe.

Auf solche Art würde vielleicht sogar ein Feldherr vom Barometer Gebrauch zu machen wissen. Doch wir wollen uns genügen und es allenfalls vor unserer Tür rein halten.

Daß meine Vorlesungen Dir wohlgetan haben, erkenne ich mit Dank gegen Gott; denn auch mein Herz lebt und webt in Liebe, die, je mehr sie gibt, je mehr sie hat. Ich hätte Dir die Strophen jedesmal gern zehnmal wiederholt und glühe immerfort davon, ja ich hab es, ohne ein Wort davon behalten zu haben, so ganz, rund und globisch in mir aufgenommen, daß ich zeitlebens davon zu zehren haben werde. Es lebt ein Gott in uns. Der Mensch muß alt werden, der Gott wird jünger, blüht jährlich wieder auf: wer das nicht weiß und kann und glaubt, dem können nicht Propheten und nicht Auferstandene helfen.

Ottilie ist gesund und wohlbehalten. Heut hat sie mit uns gespeist, sonst habe ich sie kaum in 14 Tagen gesehn. Sie soll mir künftig nicht mehr anders als bei mir wohnen, ich will mich lieber zu behelfen suchen.

Freilich hat man, wie Du sagst, auch nachgerade sich selbst zu schonen. Es wohnt niemand bequem bei mir, weil es zu unruhig und meine Wohnung wie ein Taubenschlag ist. Das möchte ich nun auch auf Dich anwenden und wünsche vors erste nichts weiter, als daß ein frühzeitiger Frühling

Dich in Dein liebes Böhmerland fördere, wo denn Sonne und Liebesschein Dein kräftiges Herz nähre und feste, indem ich der Meinung bin, daß das, was an Dir stört, Dir auch wieder hilft.

Deine Reimzeilen sind schon auf Noten gebracht und warten auf eine gute Stunde, die ich leider so weit hinausschieben muß, bis sonnige Morgen wieder meinen geschwächten Augen zusagen, weil es mir bei Lichtschein niemals recht gelingen will; indessen lese ich sie täglich, bis sich's von selber auftut.

Da Du gern Briefe von mir liesest, so lege einen solchen bei. Doris ist eben daran, ihn Dir abzuschreiben; ich bin in der Art fast geplagt und kann's doch wieder nicht lassen, die jungen Männer, welche aus meiner Schule in die Welt gehn und mit ihr fort- und verschwimmen, mit den Blicken zu begleiten.

Der junge Mann ist der Musikdirektor Loewe in Stettin und weder ohne Wissen noch Geschick; damit wünscht er denn zu machen, was Gott gerade ihm nicht gegeben hat. Wollte er machen, was er kann, weiß, ja was er machen soll, so brauchte er mich nicht zu fragen; ihm gar nicht zu antworten, will sich auch nicht schicken. Er wird den Brief wohl schwerlich sehn lassen, bei Dir ist er denn doch nicht verloren.

Z.

[Beilage]

Berlin, 10. Januar 1824.

Ihren Brief vom 30. vorigen Monats hat mir Herr Schlesinger ohne weiteres zugesandt. Da Sie, werter Freund, mir darin ein Exemplar Ihrer drei Balladen zusagen, so habe mir von Herrn Schlesinger ein solches holen lassen; Sie werden wohl gesorgt haben, daß es mir nicht in Rechnung gestellt wird.

Sie verlangen ein Urteil, ja belehrenden Tadel über Ihr

Werk, das nun gedruckt ist und das eine wie das andere ohne mich finden wird; Sie gedenken aber meiner eignen Versuche mit Lobe, und da könnte ich noch eher sagen, wie ich mich bei deren Verfertigung zu verhalten gesucht habe. Vor allem respektiere ich am Gedichte die Form und suche schon darin meinen Dichter zu erkennen, indem ich voraussetze, daß ihm eine Melodie vorgeschwebt, insofern er in dieser Bedeutung ein Dichter ist. Kann ich mich hier mit ihm in Rapport setzen, ja seine Melodie so treffen, daß er sich selber einheimisch darin findet, so wird unsere Melodie auch genießbar sein.

Daß diese Melodie zu allen Strophen passe, ist ein Umstand, der auch besseren Komponisten nicht einleuchtet. Die Einwendungen dagegen sind mir nicht unbekannt; Sie, lieber Freund, werden wenigstens daraus abnehmen, daß ich dem absoluten Durchkomponieren strophischer Gedichte nicht zugetan bin. Andere werden es anders halten, und kann ja geschehen, wiewohl eine Meldodie, die man nicht mehrmale mit Genuß vernehmen wollte, nicht die beste wäre.

Die Melodie darf nicht am Worte *kleben*. Das Wort ist tot, die Zunge wirft es ab; im Tone wohnt des Gesanges Leben, wie denn schon eine schöne Stimme allein das Herz bewegt.

Die Begleitung lasse ich gern so einhergehen, daß die Melodie allenfalls ohne sie bestehn könnte; in jedem Falle muß die Begleitung eine homogene Bedeutung haben, ja selbst für sich allein nicht ohne Bedeutung sein.

Die beliebtesten Lieder sind insgeheim solche, die der Begleitung nicht bedürfen, wenn dagegen andere beifällige Stücke so in die Begleitung verflochten sind, daß man die Singstimme kaum vermissen würde. Sollte hierin ein Widerspruch erfunden werden, so weiß ich, was ich sage, wenn ich auch noch nicht weiß, wem ich es sage. Denn daß Gesetze und Vorsätze nicht immer in Erfüllung gehen, das lasse ich mir geduldig vorwerfen.

Aristoteles hat gut reden, Shakespeare aber hat das Machen. Ein rechtes Talent wird in der Wahl der Gesetze ebensowohl Geschmack zeigen als in der Wahl der Töne.

Endlich will ich noch beibringen, was diesem allen hätte vorangehn sollen:

Es kommt nämlich darauf an, was der Komponist gern machen oder von sich geben will. Ist ihm das Gedicht nur ein Draht, seine Puppen daran zu hängen, will er funkeln, munkeln, sausen und brausen, rezitieren, deklamieren, fingerieren, sich eine Motion, einen Ritt ins Weite machen, so ist er von obigen Bedingungen entbunden, und ein Talent wird auch hier noch etwas leisten, sollte auch ein ganz unverhofftes Fazit herauskommen.

Das, mein Freund, ist die Wirkung Ihrer Balladen auf mich, und mehr wüßte ich nicht darüber zu sagen, da sie Ihnen doch ohne Zweifel gefallen werden. Wenn ich Ihren »Edward« auch auf Noten zu setzen wüßte, so wäre mir's doch nicht möglich, ihm eine klare Vorstellung abzugewinnen, die mir eine Melodie erzeugte; das ganze Gedicht ist für meinen Sinn tot, oder ich müßte ein Schotte wenigstens gewesen sein. So verschieden sind wir Menschen; wir alle fehlen, jeder auf seine Art, und keiner darf sagen: mache es so wie ich! Gott befohlen!

Z.

427. *An Goethe*

Berlin, Sonntag, 8. Februar 1824.

Durch unsere Ottilie wirst Du ein Taschenbuch erhalten, das ich Dir im Namen des Geheimen Oberregierungsrats Streckfuß zu Füßen legen soll, was er selbst, trotz meiner Ermahnung, nicht wagen will.

Er ist durch Dich selber angeregt, das Buch Ruth in vier metrische Gesänge zu bringen, und mag mancher gute Vers darin enthalten sein, wenn mir auch das Ganze nicht klar genug erscheint.

Er ist Vater vieler Kinder, Gatte einer kränkelnden Frau und durchaus tüchtig, kräftig und eine meiner besten Tenorstimmen. Er hat den Ariost und Tasso übersetzt und ringt jetzt mit Dante, wozu ihn Wolf angeregt hat.

Magst Du in einem Briefe an mich ein gutes Wort niederlegen, so verdient er es auf mancherlei Weise.

Gestern abend ist Felixens vierte Oper vollständig nebst Dialog *unter uns* aufgeführt worden. Es sind drei Akte, die nebst zwei Balletten etwa 2 ½ Stunden füllen. Das Werk hat seinen hübschen Beifall gefunden. Auch das Gedicht vom Dr. Casper ist geschickt genug, da der Poet musikalisch ist.

Von meiner – schwachen Seite kann ich meiner Bewundrung kaum Herr werden, wie der Knabe, der soeben 15 Jahre geworden ist, mit so großen Schritten fortgeht.

Neues, Schönes, Eignes, Ganzeignes ist überall zu finden. Geist, Fluß, Ruhe, Wohlklang, Ganzheit, Dramatisches. Das Massenhafte wie von erfahrnen Händen. Orchester interessant, nicht erdrückend, ermüdend, nicht bloß begleitend.

Die Musici spielen es gern und ist doch eben nicht leicht. Das Bekannte kommt und geht vorüber, nicht wie genommen, vielmehr an seiner Stelle willkommen und zugehörig. Munterkeit, Jubel ohne Hast, Zärtlichkeit, Zierlichkeit, Liebe, Leidenschaft, Unschuld.

Die Ouvertüre ist ein sonderbares Ding. Du denkst Dir einen Maler, der einen Klacks Farbe auf die Leinwand schmeißt, die Masse mit Finger und Pinsel austreibt, woraus zuletzt eine Gruppe an den Tag kommt, daß man, fort und fort überrascht, sich endlich nach einer Begebenheit umsieht, weil ja geschehen sein muß, was wahr ist.

Freilich spreche ich wie ein Großvater, der seine Enkel verzieht. Ich weiß wohl, was ich sage, und will nichts gesagt haben, als was ich zu beweisen wüßte.

Zuerst durch Beifall in Menge, den man am aufrichtigsten von geschickten Orchesterleuten und Sängern einholt, denen man bald abmerkt, ob Kälte und Widerwille oder Liebe und Gunst Finger und Kehlen bewegt. Du mußt ja so was wissen.

Wie der Mund gefällt, der dem andern zu Munde redet, so der Komponist, welcher dem Ausführenden vorlegt, was ihm gelingen kann und dieser mitgenießend weiter verteilt. Das allein will schon alles sagen.

Aus Deinem Briefe an Ottilien sehe ich ganz Weimar wie ein aufgedecktes Kartenbuch vor mir, unterscheide Könige, Damen, Buben und kleinere Honneurs bis auf den Kopfabhacker vor dem Erfurter Tore; ja ich werde selbst munter dabei, weil ich die Tage her an leidiger Erkältung krunkse.

Wir haben dagegen Karnaval, und der Scharfrichter wird auch bald wieder Arbeit haben –

tout comme chez vous,
Und die lange Weile dazu.

So lebt denn alle wohl! Grüß' mir mein schönes Ulrikchen und bitte sie in meinem Namen, daß sie, in der Küche waltend, Dir gute Gerngerichte bereite. Dein

Z.

Den 10. Soeben kommt Deine neue Sendung. Ein wahres Füllhorn, woraus die schönsten Sachen auf meinen Tisch fallen.

428. *An Zelter*

Ottilie ist glücklich zurückgekommen und hält mich durch Erzählung in Berlin fest, wohin sie mich nun seit acht Wochen durch ununterbrochene Tagebücher redlich versetzt hat. Und so begrüß' ich Dich denn auch auf der Stelle,

Deinen Brief vom 8. Februar wieder aufnehmend, den ich jener Zeit wie einen Labetrunk zu mir nahm.

Vor allen Dingen bitt' ich Dich nun, Herrn Streckfuß zu grüßen; ich bin seinem dichterischen und sonstigen literarischen Gange immer mit Hochschätzung gefolgt, wenn ich ihm schon auf Brief und Sendung früher nicht antwortete. Dies ward mir oft bei meiner Lage und Gesinnung unmöglich: denn da ich nicht mit leeren oder scheinbaren Phrasen ein mir geschenktes Zutrauen erwidern konnte und doch das jedesmalige Vorgelegte im Augenblick zu schätzen nicht fähig war, so blieb ich gegen viel bedeutende Menschen im Rückstand, welches in späterer Zeit immer mehr der Fall ist. Empfiehl mich also schönstens und danke für das Andenken. Das Büchlein Ruth wirkt auf alle poetisch-produktiven Geister klapperschlangenartig; man enthält sich nicht einer Bearbeitung, Paraphrase, Erweiterung dieses freilich sehr liebenswürdig[en], aber uns doch sehr ferne liegenden Stoffs. Ich verlange zu sehen, wie sich diesmal der Dichter benommen hat.

Nun vermeld' ich aber vorerst, daß man bei hiesiger Bibliothek in einer Nürnberger Auktion ein Manuskript gekauft hat, welches den Titel führt: »*Tabulatur-Buch* Geistlicher Gesänge Dr. Martini Lutheri und anderer gottseliger Männer, samt beigefügten Choralfugen durchs ganze Jahr. Allen Liebhabern des Klaviers komponieret von Johann Pachelbeln, Organisten zu Sankt Sebald in Nürnberg. 1704.« Kann es Dich interessieren, so schick' ich es wenigstens zum Ansehen. Es ist in Leder gebunden, war verguldet am Schnitt und sieht recht aus wie ein altes Kirchenmöbel, obgleich noch ganz gut erhalten, und faßt 247 Melodien.

Was Du von Felix meldest, ist wünschenswert und rührend, als Text und Kommentar betrachtet; könnt' ich doch auch von einem meiner Scholaren das Gleiche melden! Leider aber hat Poesie und Bildkunst kein anerkanntes

Fundament wie die eure; die absurdeste Empirie erscheint überall, Künstler und Liebhaber sind gleich unstatthaft, der eine macht, der andere urteilt ohne Vernunft; da muß man denn abwarten, bis ein entschiedenes Talent hervorgeht und das Vernünftige außer sich gewahr wird, weil es in seinem Innern verborgen liegt.

Unsere Fastnachtsspäße sind für mein Häusliches schlecht abgelaufen; Ulrike hat im letzten Kotillon, dem unseligen Tanze, den Buben und Mädchen nie satt kriegen, einen harten Fall auf das Hinterhaupt getan, von welcher Erschütterung das Gehirn sich noch nicht wieder hergestellt hat; die Ärzte wollen zum Besten reden, ich aber weiß nicht, was draus werden soll.

Mit diesem Unheil ist denn auch Ottilie empfangen worden und mag es nach aller Berliner Pracht und Luft mit ausbaden helfen.

Von mir kann ich nur Gutes sagen, ob ich mich gleich eigentlich nur bescheiden und sorgsam hinhalte; jeder Tag bringt etwas zu tun und etwas zu sorgen, das ist denn noch das Beste von der Sache. Stein auf Stein, mit gutem Vorbedacht, gibt zuletzt auch ein Gebäude.

Von Berlin hat mir Ottilie manches Erfreuliche mitgebracht, und so bin ich denn auch auf ihre fernere Erzählung neugierig. Sie hat sich in dem strudelnden, sprudelnden und mitunter wieder seicht stagnierenden Weltwesen umhergetrieben; bei ihrer empfänglichen Klarheit hat sie jedoch sehr gut gesehen, heiter genossen und mag uns denn auch im Geiste in jenes Element versetzen.

Auf wunderbare Weise bin ich wieder an Händel herangezogen worden; Rochlitzens Entwicklung des »Messias«, in seinem ersten Bande: »Für Freunde der Tonkunst«, Seite 227, hat mich an die Händel-Mozartische Partitur getrieben, wo ich freilich nur die rhythmischen Motive herauslesen kann; nächstens denk' ich mich durch Eberweins Vortrag auch den harmonischen zu nähern. Dieses wäre freilich eine Sache für unser Zusammensein gewesen, das, hätte nicht ein Hauptpunkt der Mitteilung glücklich gewirkt, gegen sonst traurig genug abgelaufen wäre.

Auf baldiges Wiedersehen!

Weimar, den 8. März 1824. G.

Noch eins! Hast Du im Königlichen Schlosse im Pfeilersaale, die ausgestellten Gemälde der Herren *Schadow* und *Begasse* gesehen? wo nicht, so beschaue sie und melde mir ohne Umstände, wie Du sie findest. Sodann lies auch in der Haude- und Spener'schen Zeitung No. 56 und 57 die Rezension derselben. Sie ist von einem Einsichtigen geschrieben, aber wie dreht und wendet er sich, um seine Überzeugung verhüllt auszusprechen, die wir in wenig Worte zusammenfassen können: Es sind zwei talentvolle und schon hoch ausgebildete Künstler, die aber in der modernen Deutschnarrheit, der Frömmelei und Altertümelei ihre besten Jahre verlieren, es niemand zu Danke machen und, weil sie entweder zu spät oder gar nicht zur Besinnung kommen, wahrscheinlich zugrunde gehen.

Hüben wie drüben

Dein Getreuer.

429. *An Zelter*

Nach kurzer Zeit, mein Guter, tret' ich wieder vor und zwar diesmal mit Wunsch und Ansinnen; vernimm also, wovon die Rede ist.

Es liegt ein Gesang bei, zu dessen Erklärung folgendes notwendig sein möchte: Der Staatsrat *Thaer*, von dem Du im allgemeinen und besondern gewiß Kenntnis hast, erreicht am 14. Mai sein 73. Jahr. Zu diesem Tage werden seine weitverbreiteten Schüler bei ihm in *Mögelin* zusammenkommen; sie gedenken ihm ein stattliches Fest zu geben. Dazu wünschen sie nun nagelneue Tischlieder und haben sich deshalb nach Weimar als dem eigentlichen Stapelort deutscher Dichtkunst mit zierlichen und ziemlichen Bitten gewendet. Auch sind die Freunde dergleichen zu leisten nicht abgeneigt.

Und so kam denn auch mir beigehendes Lied in den Sinn, zu dessen vorläufigem Verständnis ich folgenden Kommentar schreibe.

Strophe 1

Thaer, ein im Praktischen wie Theoretischen geschätzter Arzt, sieht sich nach einer froheren Unterhaltung in der Natur um, gewinnt die Gärtnerei lieb.

Strophe 2

Allein er sieht sich hier bald beengt und sehnt sich nach einem weitern Wirkungskreis; wendet seine Aufmerksamkeit dem Feldbau zu.

Strophe 3

Er nimmt die englische Landwirtschaft wahr und die ganz einfache Maxime, daß bei größerer Tätigkeit und verstandsgemäßer Umwendung des Bodens weit höherer Vorteil als bei dem bisherigen Schlendrian zu gewinnen sei.

Strophe 4

Und so weiß er denn die Landwirte zur Wechselwirtschaft aufzuregen, erwirbt sich Schüler und Nachfolger, die seine Lehre und Anleitung probat finden und ihm jetzt in hohem Alter einen öffentlichen und lauten Dank vorbereiten.

Möge Dich dieses Lied, von einer großen Zahl Landwirte bei Tafel zu singen, zu einer heitern Komposition aufregen; es ist ein Fest, das nicht wiederkommt, und ich wünschte, daß unsere beiden Namen hier zu gleicher Zeit ausgesprochen würden. Der Mann gehört zuerst Preußen, sodann aber auch der Welt an, sein Ruf und Ruhm sind gründlich, und so darf man denn wohl etwas unternehmen, um sich mit ihm und den Seinigen zu erfreuen.

Mögest Du mir bald eine wohlgelungene Partitur überschicken, die ich alsdann weiter besorgen wollte; vorerst wünschte ich, daß es unter uns bliebe. Hast Du zu wenig Notiz von dem Manne, so darfst Du nur Deine nächste Umgebung fragen, und sie sagen Dir soviel, um Teilnahme zu befördern. Auch kommt vielleicht von diesen hin- und herreisenden Schülern desselben jemand an euere Liedertafel, oder auch später, so könnt ihr einen solchen Gast nicht besser bewirten.

Bei mir geht das Getreibe täglich fort, und ich bin vergnügt, daß ich mich darin aufrecht erhalte. Lebe wohl und liebe!

Wieder auf den Beinen

Weimar, den 11. März 1824. G.

[Beilage]

Zum vierzehnten Mai 1824

Wer müht sich wohl im Garten dort
Und mustert jedes Beet?
Er pflanzt und gießt und spricht kein Wort,
So schön auch alles steht.
Das er gepfropft und okuliert
Mit sichrer kluger Hand,
Das Bäumchen zart ist anspaliert
Nach Ordnung und Verstand.

Doch sagt mir, was es heißen soll:
Er ist auf einmal still!
Man sieht, ihm ist der Kopf so voll.
Daß er was andres will.
Genug, ihm ist nicht wohl dahier,
Ich fürcht', er will davon;

Er schreitet nach der Gartentür,
Und draußen ist er schon.

Im Felde gibt's genug zu tun,
Wo der Befreite schweift;
Er schaut, studiert und kann nicht ruhn,
Bis es im Kopfe reift.
Und nun, auf einmal hat er's los,
Wie man das Beste kann:
Nicht ruhen soll der Erdenkloß,
Am wenigsten der Mann.

Der Boden rührt sich ungesäumt
Im Wechsel jedes Jahr,
Ein Feld so nach dem andern keimt
Und reift und fruchtet baar;
So fruchtet's auch von Geist zu Geist
Und nutzt von Ort zu Ort.
Gewiß, ihr fragt nicht, wie er heißt –
Sein Name lebe fort!

430. *An Goethe*

Berlin, 20. März 1824.

Dein letzter Brief vom 11. März, der wenige Stunden nach dem frühern vom 8. März an mich gelangte, wollte mich fast erschrecken, etwas Unheimliches fürchtend. Durch die Eröffnung ward die Sorge sogleich gehoben. Das darin aufgegebene Gedicht auf den alten Thaer steht schon auf Noten und soll nur, da es noch Zeit genug ist, ein wenig abdunsten. Müßtest Du es jedoch gleich haben, so darfst Du nur winken. Den Geheimen Rat Thaer kenne ich persönlich recht gut und habe ihn oft genug bei Graf Itzenplitz in Kunersdorf (dicht bei Mögelin) gesehen.

Fürs erste dank' ich für meinen guten Streckfuß. Deine Worte werden den herzlichen fleißigen Mann erfreuen. Mit seinem Dante ist er fertig und bearbeitet jetzt das Leben des Dichters.

Ferner ist uns allen lieb, endlich zu wissen, daß Ottilie gesund zurückgelangt ist, da sie hier manche kleine Unpäßlichkeit bestanden hat.

Daß Dir meine Relation über Felixens Fortschritte Wasser auf meiner Mühle sein würden, durfte ich hoffen. Du kennst ja das Elend mit den meisten Schülern länger als ich: große Intentionen, kleines Talent, gewaltige Mittel um nichts – das sind die Übel, und da ist man froh, wenn sich einer findet, der macht, was er machen kann, und immer bei Vorrat ist, es mag herauskommen, was da will.

Die Gemälde auf dem Schlosse habe gesehen und weiß nicht, was ich dazu sagen soll.

Wie man sagt, ist der König nicht sehr zufrieden mit dem Taufbilde; besonders tadelt er die Kostümen an beiden Bildern, gewiß mit Recht, denn sein natürlicher Sinn, wenn er ihn einmal von sich gibt, trifft mit dem, was gehörig ist, stets zusammen.

Köpfe, Hände, Gliedmaßen, Gewänder und Farben, Reinlichkeit und Fleiß sind nicht zu verkennen. Begasse hat das Bild seiner eigenen Familie gemalt und das schönste Beisammen erreicht: Gegenwart, Geist, Ruhe und Wahrheit, alles zum Sprechen. Auch hat dies Bild allgemein gefallen.

Nun ist er zu einem heiligen Gegenstande übergegangen, und ich bemerke den Unterschied, alles ist verdacht und will nicht passen zueinander.

Christus sieht nicht aus wie einer, der die Taufe einführt, anordnet, sondern wie ein armer Sünder, der um seiner Seele Seligkeit getauft wird. Johannes treibt die Sache wie ein fahrender Täufer, mit Einer Hand, indem er in der andern den Pilgerstab festhält, als ob er heute Eile hätte. Sein Kopf und seine Figur sind schön, ja imponierend. Boden und Wasser sind nicht das beste.

Die übrigen Figuren, Engel, welche den Moment begaffen, haben zu wenig Physio[g]nomie und würden mir wahrscheinlich besser gefallen, wenn sie auszulegen schienen, was oben aus dem geöffneten Himmel über ihnen hervorgeht. Das andere Bild ist von nämlicher Güte, doch hat es was Süßliches; ein paar anbetende Hirten sind sehr zu loben. Mehr weiß ich nicht zu sagen. Es ist schon eine Zeit her, daß ich die Bilder sah, und durchaus nicht in der Absicht, um mich darüber auszulassen. Du, der die Stücke gar nicht gesehn hast, weißt mehr von der Sache als der Zeitungsreferent, der sich um die Bilder herumwindet, und so winden sich denn auch die Bilder selber um den Zeitungsbericht.

Das Pachelbel'sche Manuskript schicke mir doch je eher je lieber, und wie lange ich's behalten kann, indem ich wegen meiner Ostermusik jetzt nach und nach beschäftigt werde und es doch auch bald sehn möchte.

Indem Du Händels gedenkst, erinnerst Du mich, daß ich Rochlitzen noch zu danken habe; er hat mir sein Buch auch geschickt und sich freundlich genug über Händel und gegen mich ausgelassen.

Herder hat irgendwo Händels »Messias« ein christliches Epos genannt, und das ist das Rechte mit Einem Worte; denn in der Tat enthält dies Werk in seiner fragmentarischen Zusammensetzung das ganze Konvolut seines Christentums, so treu und ehrlich als vernünftig poetisch.

Die Intention des Ganzen, als Opus betrachtet, habe ich immer für zufällig entstanden gehalten und kann mich von der Meinung nicht entwöhnen.

Die christlichen Hauptfeste gaben zu Händels Zeit den Komponisten Gelegenheit, biblische Verse für alle Evangelien in Musik zu setzen, woraus die schönsten Einzelnheiten entstehen mußten. Händel, der Geschmack und Herz genug hatte, die infamen Kirchentexte der Brockes, Picander und anderer, woran er selbst, Bach, Telemann sich abarbeiten müssen, abzuwerfen, sammelte endlich die Chöre, welche sich auf das Leiden beziehn, in ein Konvolut, ließ sich von irgendeinem gescheuten Mann die Haken und Ringe dazwischen machen, wenn er's nicht selber tat, und so ist ein zyklisches Werk hervorgegangen, das ich mir in 4 oder 5 Teile zerlege.

1) Die Verkündigung des Messias durch die Propheten von oben her abgeleitet; das Geschäft der Erlösung: geheimnisvoll, doch morgendlich, »Tröstet Zion! spricht euer Gott.« Frühlingsfrische hauchend.

2) Die Geburt auf Erden, zuerst erkannt von Hirten: Einleitung (Siciliana), ein angenehmes Schäferstück; müßte dem Chor: »Uns ist ein Kind geboren« vorangehn. In der Mozart'schen Partitur steht, unrichtig, der Chor vorher. Der Chor fängt spielend und wiegend, kindlich, ja kindisch an und wickelt sich zum Kolossalen auf bei den Worten: »Welches Herrschaft ist auf seiner Schulter.«

Leben und Lehren: hirtenmäßig. »Er weidet seine Herde.« – »Kommt her, die ihr mühselig seid.«

3) Leiden und Tod: Mißkennung, Spott, Mißhandlung.

»Kommt her und seht das Lamm.« – »Er litt unsre Qual.« – »Wir gingen alle wie irre Schaf' umher.« – »Er klag' es dem Herrn, der helfe ihm.« – »Solche Schmach bricht sein Herz.« – »Schau her und sieh« und so weiter. Das Leiden ist vollendet durch den Tod und durch diesen der Sieg. Die Erlösung ist vollbracht. Nun die Folge:

4) Auferstehung und ewiges Leben: nach oben, nach dem Unendlichen zurück. Prophezeiung tritt wieder hervor, anwendend: »Machet das Tor weit! der König der Ehren ziehet ein!« – »Der Herr gab das Wort!« – »Was toben die Heiden!«

– »Auf! zerreißet ihre Bande! Halleluja!« – »Ich weiß, daß mein Erlöser lebt!« – »Wie durch Einen der Tod « etc.

5) Apotheose: »Würdig ist das Lamm.« – »Preis und Anbetung.« – »Amen!«

Der Ausdruck solchen Werkes ist im Großen aufzunehmen, wiewohl überall gute, ja feine Arbeit nicht fehlt.

Die Ouvertüre ist nur insofern zum Stücke gehörig, als sie zum Vorgrunde, zur Folie dient, den blauen heitern Himmel der Prophezeiung daraufzusetzen: die Herrlichkeit Gottes des Herrn soll offenbar werden. Klarheit, Kraft, Wahrheit beherrschen den ganzen ersten Teil.

Im zweiten Teile: warme heitre Nacht, man fühlt das Leuchten der Gestirne. Hirtenmäßig lockend, rein und milde.

Im 3. Teile: Leiden und Tod; kurz ohne gedrängt, groß, still, rührend, keine Quälerei, kein Kreuzigen und dergleichen. Das Leiden des Gerechten über Abwürdigung des Guten, Schönen ist der Grund, der Abgrund, über den ein krystallner Quell hinwegeilt: »Schau her und sieh! Wer kennet solche Qualen!«

Dies letzte Stück ist eine echte Kavatine und führt ins Geschichtliche der musikalischen Formen, worüber folgendes:

Ich sehe den deutschen Choral als eine Art von Urform an, der die Scheidwand macht zwischen der protestantischen und katholischen Kirche. Durch den Choral als Gemeindegesang, der das Evangelium enthält, wird die Gemeinde zur *Fakultät* des Gottesdienstes.

Der alte cantus firmus war in seiner Abartung unförmlich worden. Der daraus hervorgegangene Choral stellt eine feste Form her; *er* ist das Bild, die Einfassung der Strophe, um Ohr und Gedächtnis für den *Gedanken* anzusprechen.

Nun geht die Sache wie gewöhnlich – weiter; der Figuralgesang entsteht. Anfangs will man ihn in der Kirche nicht dulden; was tut der Komponist? Er figuriert den Choral selber, gibt ihm einen bunten Baß, und die Figuralmusik wird in die Kirche einge*schwärzt*.

Der Tenor, als Halt-, Haupt- und Führstimme getragen vom Fundamente, dem Basse, macht sich dünn in der großen Kirche. Trias harmonica wird erkannt; eine dritte Stimme wird notwendig. Unter dem Basse gibt es keine basis; man wendet sich nach oben, es entsteht der altus als Oberstimme, und der ehemals herrschende Tenor ist nun oben und unten bedeckt. Die Schuljugend wird in den Chor gezogen, der Alt ist ihr zu tief, und über dem Alt entsteht der Sopran: die vierstimmige Harmonie ist da. Der Grundbaß wird entdeckt, und nun geht die Lehre der Akkorde in die Lehre von den Dissonanzen über.

Der neue Chor ist da und will beschäftigt sein; es entsteht *das* Chor und zuletzt die Fuge, die noch immer den Choral wo nicht als Thema, doch als cantus firmus einschließt. Nun wird das strenge Zeitmaß immer notwendiger, die strikte Bewegung wird zur Bedingung, und die *Motette* ist da (von motus), und der stolze Choral, der wie das gewaltige Meer sich kaum im Raume, noch weniger in der Zeit bewegen wollte, tanzt nun mit nach der Pfeife.

Von hieran geht das Kolossale des Kapellstils immer mehr ins Mikrologische. Die bewegsame Stimme fühlt sich, gefällt sich und will gefallen; der strenge Tenor ist um sein Ansehn gekommen, und der Sopran beherrscht tyrannisch das Ganze.

Die Kirche aber regt sich und will's nicht leiden, da sucht sich die Musik den Platz außer der Kirche. Die Kantate, das Oratorium, die Oper erscheint; hier ist der Sänger eine Hauptperson, der Choral ist kein Narr und geht mit ihm.*

* Mozart, der sich im figurierten Choralstile auch zeigen wollen, läßt in der »Zauberflöte« die schwarzen Männer einen solchen cantus firmus (wenn ich nicht irre, auf die Choralmelodie: »*Wenn wir in höchsten Nöten*«) singen. Das Orchester figuriert dazu und wußte nicht, was es daraus machen wollte, doch so ist's.

In der Oper gilt es dem Gange der Handlung; Leidenschaft, wachsend, reifend zu einem Wendepunkt, der eine Station verlangt, sich auszutoben; so entsteht die Cavata (Aria), worin sich eine bestimmte Empfindung völlig ausläuft.

Der Sänger ist nun alleiniger Repräsentant des Ganzen. Er gefällt sich und andern: daher das Da capo. Dieses Da capo wird endlich in die Form aufgenommen, und nun weiß niemand mehr, wovon eigentlich* die Rede ist: das Da capo selber wird zum caput mortuum, schlechte Münze gilt allein, und das reine Metall weiß keiner zu gebrauchen.

Nun will sich denn der Komponist die Urform nicht nehmen lassen: es entsteht die *Kavatina*, welche nichts anderes ist als eine Arie ohne zweiten Teil, die nicht da capo *kann* gesungen werden, und eine solche echte Kavatine finden wir im »Messias«:

»Schau her und sieh! Wer kennet solche Qualen, schwer wie seine Qualen!«

Womit das ganze Leiden still beschlossen und das Versöhnungsgeschäft vollbracht ist.

Willst Du Dir dann noch ein besonderes bildliches Vergnügen machen, so schaue noch einmal das Chor an: *»Uns ist zum Heil ein Kind geboren«*.

Nachdem das Hirtengeschlecht die Worte des Engels auf der nächtlichen Flur vernommen und sich vom Schrecken erholt hat, fängt eine Partie an: *»Uns [ist] zum Heil ein Kind geboren«* und tändelt mit dem Gedanken unschuldig daher; dann folgen andere auf die nämliche Art, dann die Dritten, dann die Vierten, und endlich bei den Worten: »Wunderbar, Herrlichkeit« und so weiter stimmt alles ein: die Herden der

* Ramler wußte sich was damit, die erste Arie im »Tod Jesu« so ausgesonnen zu haben, um solche mit Grunde wiederholen zu können:

»Wer wird allda mein Schutzgott sein?«

Da capo: *»Du Held! auf den die Köcher«* etc.

Flur, das Heer der Gestirne des ganzen Himmels, alles erwacht und bewegt sich mutig und froh.

»Nun, ihr Musen, genug«, wo nicht zuviel.

Wenn nun aber euer »Messias« von Dir gehört ist, wünschte ich denn auch von *Dir* etwas darüber zu vernehmen. Ich lerne immer etwas, wenn Du Dich über so etwas vernehmen lässest.

Der gute Rochlitz verdient vielen Dank, aber seine Geschichte von der Entstehung des »Messias« a priori sieht mir aus wie alle Geschichte (die sich so nennt). Die Geschichte eines Kunstwerks (und jedes Kunstwerk hat seine aparte Geschichte) läßt sich nicht an den Fingern herzählen, wenn die Natur selbst Jahrtausende braucht, um Einen solchen Kerl zu machen, der ja auch nur zufällig da ist. Die Notwendigkeit selbst kann nicht bestehn ohne Zufall.

Eben fällt mir ein, die oben angegebene Hypothese von der Zufälligkeit des Händel'schen »Messias«, als Ganzes betrachtet, schon vor etwa 20 Jahren in einer Rezension ausgesprochen zu haben, da sie denn den gehörigen Widerspruch fand und noch findet. Die Rezension steht in der »Berlinisch musikalischen Zeitung« von 1805 oder 6, welche Reichardt herausgab, und ist gewiß in eurer Bibliothek vorhanden.

Mag sich doch jeder die Sache nach seiner Art denken: für mich ist diese Zufälligkeit eine *notwendige* Schönheit, an jedem Werke des Genies. Ich habe es dabei bequemer, indem ich ungestört genießen kann und nichts zu entschuldigen brauche. Lege ich mir das alles hinein, so ist es auch wirklich drinne; wer es herausziehen will, dem dürfte es wohl nicht vorhanden sein.

In Rochlitzens Buche steht ferne[r] Seite 76, die Mara habe beim Könige 3mal angesucht und endlich zum 3. Male die Erlaubnis erhalten, den Mara zu heuraten. Das ist, mit Gunst! nicht wahr! Der König hat's rund abgeschlagen.

Als die Mara das erstemal davonlief und zwar als engagierte erste Sängerin des Königs, war sie noch Mademoiselle *Schmeling*. Herr Mara war engagierter gut bezahlter Virtuos in der Kapelle des Prinzen Heinrich. So durfte dieser als Entführer gezüchtigt werden.

Der König wollte die Mara gern behalten, doch sie hatte sich nicht auf zeitlebens engagieren wollen. Nun aber bot sie dem König an, sich zeitlebens zu engagieren, wenn der König den Mara, der zum Trommelschläger avanciert war, losgeben und erlauben wollte, ihn zu heuraten. Dies wurde bewilligt, und nun liefen sie erst als *Eheleute* zum zweiten Male davon. Das war im Jahre 1778, nachdem die Mara noch im Januar die Rolle der Rodelinda gesungen hatte. Man hatte sie glücklich wieder aufgefangen; der König befahl, man solle sie laufen lassen.

Der König haßte den Mara. Dieser war nicht sowohl Kapellist des Prinzen Heinrich: der erhabene Prinz selbst bediente seinen Freund – alla capella; es mochte jedoch unmöglich sein, durch diese escalier dérobé und tausend Wohltaten an sein Herz zu gelangen, denn Mara war der gemeinste Schuft und malträtierte seinen Herrn auf[s] äußerste. Er maulte mit ihm wochenlang, beging Freveleien, störte Sonntags den Gottesdienst und die Predigt in Rheinsberg. Ging in die Küche und fraß dem Prinzen die bestellten Gerichte auf, besoff sich viehisch, wenn er spielen sollte.

Das alles ward ihm Jahre hindurch verziehen. Der König wußte es, wollte es jedoch mit seinem Bruder nicht verderben. Endlich kam eine Geschichte dazu:

In der Karnavalszeit war der Prinz Heinrich mit seinem ganzen Hofe in Berlin und gab Maskeraden, welche die königlichen Redouten bei weitem überboten, wie alle andere Hoflustbarkeiten des Königs.

Einsmals war der ganze Königliche Hof zum Konzert beim Prinzen Heinrich eingeladen, um den bewunderten

Mara auf dem Violoncello zu hören. Alles erschien, Mara gleichfalls, besoffen, und wer nicht spielte, war Mara. Der Prinz Heinrich, in Verzweiflung über solchen Affront, befahl, bat, flehete – Mara spielte nicht, und darauf gründete sich des Königs Haß.

Ich erzähle dies nach bestimmter Chronik, weil nach Rochlitzens Buche der König als Tyrann erscheint, der solche Rache an Mara übte und ein Paar Eheleute so grausam trennte. Sie waren damals noch nicht getraut.

Auch das Verhältnis der Mara zu Reichardt, der damals eben Kapellmeister des Königs geworden war, ist zu Reichardts Nachteile nicht im klaren.

Heut ist der 23. März, die Post geht ab.

Lebe wohl!

Dein

Z.

431. *An Zelter*

Dein wertes Schreiben hat mir mehr als eine wichtige Gabe gebracht, und so vermelde ich denn zuerst, daß das *Choralbuch* mit der fahrenden Post soeben abgeht; sprich mir von dem Werte desselben in bezug auf die Epoche, aus der es hervorgegangen.

Denn so hast Du mir durch Deine Ableitungen bei Gelegenheit von Händels »Messias« erhellende Lichter aufgestellt. So ist auch Deine Ansicht von dem rhapsodischen Entstehen dieses Werks meiner Ansicht ganz gemäß: denn der Geist vermag aus fragmentarischen Elementen gar wohl einen Rogus aufzuschichten, den er denn zuletzt durch seine Flamme pyramidalisch gen Himmel zuzuspitzen weiß.

Einen Abend schon hab' ich am »Messias« gehört; zuletzt will ich auch ein Wort darüber verlauten lassen, indessen aber mich an Deinem Leitfaden vorwärtsbewegen. Der Anstoß durch Rochlitz ist mir dankenswert, ob ich ihn gleich hier finde wie sonst auch: ein treues Wollen und ein gleiches Wirken, dem man nur die Kraft wünschte, den Gegenstand sicherer zu fassen und das Erkannte entschiedener durchzusetzen.

Nun will ich aber vorzüglich danken, daß Du dem Ansuchen wegen Thaer ein freundliches Ohr geliehen und schon tätig eingegriffen hast; freilich wünschen sie die Mitteilungen baldmöglichst, da sowohl Gedichte als Noten vor jenem Termin gedruckt werden sollen. Laß aber die Arbeit noch immer bei Dir liegen, ich schicke Dir eine Adresse, wo Du sie in Deiner Nähe und also noch früh genug abgeben kannst. Du schreibst unser beider Namen hinzu, und so feiern wir abwesend doch auch das große Fest freundlich mit. Eine Abschrift sendest Du mir.

Die chronikalischen Notizen von den Abenteuern der Schmeling-Mara haben freilich den wahrhaften Charakter einer empirischen Welt; daher ist's um alles Gechichtliche ein gar wunderliches unsicheres Wesen, und es geht wirklich ins Komische, wenn man überdenkt, wie man von längst Vergangenem sich mit Gewißheit überzeugen will. Wir besitzen hier eine alte niedliche silberne Schale, die sich, wie eingegrabenes Bild und Inschrift beweist, von Kaiser Friedrich dem Ersten herschreibt. Es ist unbestritten ein Patengeschenk, und doch können sich die Gelehrten nicht vereinigen, wer eigentlich der Getaufte, wer der Taufzeuge sei. Hierüber existieren nun schon fünf Meinungen, die man als Muster des Scharfsinns und des Unsinns schätzen und halten kann; eine einzige ist gradsinnig und plausibel.

Nun will ich aber, für diesmal schließend, versichern, daß ich mich leidlich befinde und meine Tätigkeit auch von außen gefördert wird, so daß ich ohngefähr das Versäumte nachholen und auf weitere Schritte denken kann. Möge auch Dir alles wohl geraten, denn je mehr ich Ottilien erzählen höre, je mehr glaube ich einzusehn, daß in Berlin ein wunderliches Leben, Tun und Treiben, wenn man zu seinen vernünftigen Zwecken gelangen will, vorwalten muß.

Das Choralbuch, wenn Du's angesehen, laß nur bei Dir liegen; ich frage nach Ostern schon wieder einmal an. Und somit allen guten Geistern empfohlen.

Treu angehörig

Weimar, den 27. März 1824. G.

432. *An Goethe*

Sonntag, 4. April 1824.

Die liebenswürdige Frau Präsident v. Schwendeler bietet eine willkommene Gelegenheit an zu einer Sendung für Dich, mein alter Herr und Meister; so erhältst Du denn hiermit die Komposition für den 14. Mai, von der auch noch eine Abschrift bereit liegt, um solche an die von Dir zu bestimmende Adresse abzugeben.

Das Pachelbel'sche Choralbuch sende gleichfalls mit vielem Danke wieder zurück. Fast glaubte ich einen rechten Fund getan zu haben, indem ich's für ein Autographum hielt; es ist aber eine Abschrift und zwar von unsicherer Hand und enthält die Menge von Schreibfehlern, womit auch die gedruckten Choralbücher jener Zeit verunstaltet sind.

Dieser Pachelbel ist ein wertes Haupt seiner Art und von den Besten seinesgleichen mit Ruhm genannt, wie er denn inmitten der würdigsten Choralmänner, von Luther ab bis auf Sebastian Bach, im echten Besitze der Tradition von den Kirchentonarten gewesen ist.

Konrad Rumpf	geb. 1530.	
Ludwig Senfel	geb. 1530	gest. 1555.
Walter	geb. 1538.	
Heinrich Schütz	geb. 1585	gest. 1672.
Schein	geb. 1586.	
Scheidt	geb. 1587.	
Rosenmüller	-	gest. 1686.
Kaspar Kerl	geb. 1625	gest. 1690.
Froberger	geb. 1635	gest. 1700.
Kaspar Prinz	geb. 1641	gest. 1717.
Theile	geb. 1646	gest. 1724.
Daniel Vetter	-	gest. 1730.
Alessandro Scarlatti	geb. 1650	gest. 1730.
Pachelbel	geb. 1653	gest. 1706.
Telemann	geb. 1681	gest. 1767.
Sebastian Bach	geb. 1685	gest. 1750.

Dies möge eine ohngefähre unvollkommene Reihe der Namen sein, welche sich die Kunsthistorie nicht nehmen läßt und deren es gleichwohl noch viele gibt. Die obengenannten Heinrich *Schütz*, *Schein* und *Scheidt* werden auch wohl das *Trinium der 3 großen S* genannt.

In diesem Manuskripte liegt nun schon, besonders von Seite 161 an, vieles durcheinander, und man kann schon den Übergang des derben tiefen Stroms in die wüste Fläche gewahr werden.

Das Lied: »Auf auf!« pagina 161 ist ein veritables und recht artiges Menuettchen;

Seite 184 findet sich ein Gavottchen, und so geht alles fein sanft und angenehm in die beliebte Hallische Liederei über. Das Meiste hierzu hat die Einschwärzung der Tripelbewegung beigetragen, welche der große Raum verschmäht, weil sie keine natürliche Bewegung ist, die sich daher zwischen die engern Wände der Wohnzimmer geflüchtet und den ganzen großen allgemeinen Andachtsberuf mit sich geführt hat. Zur Vergleichung lies einmal nach: »Divan«, 262, unter der Aufschrift: »Ältere Perser«. »Kennst Du es wohl?«

Eines besondern Nutzens an eurem Tablaturbuche will ich noch gedenken. Damit meine ich die kleinen Vorspiele, welche, hier Fugen genannt, vor jedem Chorale stehen. Sie dienen einmal zur Anweisung des Organisten, den Choral seiner Tonart gemäß zu intonieren, damit Vorsänger und Gemeine sicher eintreten mögen; Fugen aber heißen sie insofern, als dux (Thema, Führer) und comes (Gefährte und Nachfolger) sich kunst- und der Modulation gemäß miteinander ablösen sollen. Diese Observanz gehört, wie die Kirchentonarten selbst, der Kirche an, wiewohl es sehr schöne Fugen geben kann und gibt, die ebendeswegen nicht für kirchlich gehalten sind, weil sie außer dieser Observanz sind.

Wenn daher in jenen Zeiten ein Organist oder Kapellmeister zu Kirchendiensten examiniert wurde, so ward ihm ein Thema gegeben (dux), wozu er sich den comes selber finden mußte und zwar ex tempore; ähnliches hatte er bei verschlossnen Türen zu Papiere auszuarbeiten, wonach er denn vom Collegio beurteilt wurde, und eine solche Fugenarbeit bekam den Namen: ricercata.

So lebe wohl und bete für mich und hilf mir singen:

»Auf Ostereier freun sich hie
Viel Quasimodogeniti.«

Amen! Dein Z.

Da Du schon ein Stückchen von Händels »Messias« gekostet hast, so will ich nur noch sagen, daß ich bei ähnlicher Gelegenheit vorigen Mittwoch unsere Kronprinzessin zum ersten Male gesehn und gesprochen habe. Der Kronprinz hatte sich in seiner Wohnung auf dem Königlichen Schlosse im Musikzimmer Friedrichs des Großen einen Chor von 8 bis 12 Mitgliedern der Singakademie bestellt und bei bloßer

Klavierbegleitung mehrere Prachtstücke des kolossalen Werks im Beisein seines Hofes singen lassen. Ich war, nicht als mithandelnd, vielmehr als zuhörender Gast dazu geladen. So hoch ich diese Ehre zu nehmen habe, so tief hat sie mich betrübt, der ich gewohnt bin, das göttliche Werk seiner Würde gemäß seit 30 Jahren mit 180 frischen Kehlen einzulehren, einzupropfen, um endlich darzutun: was Musik ist, und nun stehe ich wie ein armer Sünder und sehe das lebendige Werk tot vor mir in einem engen Sarge, wo es die Glieder nicht regen kann. Gleich drauf habe ich zwar den tiefen Schmerz in einer Flut von Champagner ersäuft, doch das hält nicht gegen – man möchte rasend werden, wenn man's nicht wäre. Solch ein Werk wollen sie im Strickbeutel davontragen! Der Messias aber kam nicht nach, und sie machten, daß sie an die Tafel kamen, wo es denn besser vonstatten ging.

vor Ärger!

433. *An Goethe*

Montag, 12. April 1824.

»– einzusehen, daß in Berlin ein wunderliches Leben und Treiben, wenn man zu seinen vernünftigen Zwecken gelangen will, vorwalten muß.«

So mit dem Schlusse Deines letzten Briefes fange dieses Blatt an und setze bloß hinzu, daß das Ganze eine artige Unterhaltung für Fremde sein mag, die wenigstens – sich müde zu laufen finden.

Heute habe ich Probe von der Passionsmusik, die der Kronprinz besuchen will; fast erwarte ich den König selber, welcher heute beim Kronprinzen zu Mittage speiset und nach Tisch wohl mitschlendert, welches mir recht angenehm sein würde, da er mir immer einmal wieder ein paar Friedrichs zuwerfen könnte.

Geheimer Rat Wolf, welcher über Weimar gehn will, verlangt etwas Briefliches, und so sende diese Zeilen mit. Weiß ich doch nicht einmal, ob Du mein Letztes mit dem zurückgesendeten Choralbuche schon in Händen hast.

Lebe wohlst, mein freundlichster Meister, und laß von Dir vernehmen

Deinen

12. April 1824. Z.

434. *An Zelter*

Heute früh ist Geheimer Rat Wolf abgefahren; ich schweige über den Eindruck seiner Gegenwart und begreife nicht, wie weit er kommen will; doch das gibt sich bei einer solchen Unternehmungsweise.

Das Choralbuch ist wieder zurück; ich wünschte, es hätte Dich mehr erbaut. Mir ist diese Sendung freilich zum Vorteil geraten, da Du so gute und löbliche Worte hinzuzufügen wußtest.

Der Rittergutsbesitzer Herr Schultze auf Heinrichsdorf bei Bahn in Pommern als Hauptordner des Festes in Mög[e]lin und Freienwalde wird wohl bei Dir Gedicht und Komposition abgeholt haben; ich danke zum schönsten, daß Du mir auf dieses Gesuch hast willfahren wollen. Die Melodie und Ausführung ist gar erfreulich; ich möchte wohl hören, wie sich diese landwirtschaftlichen Kehlen darein zu fügen wissen. Sie haben aber, wie ich höre, doch einige Musiker mit in den Kreis gezogen.

Möge der »Tod Jesu« Dir auch diesmal ein frohes Osterfest

bereitet haben; die Pfaffen haben aus diesem jammervollsten aller Ereignisse soviel Vorteil zu ziehen gewußt, die Maler haben auch damit gewuchert, warum sollte der Tonkünstler ganz allein leer ausgehen?

Mein »Messias«, zwar nicht im Strickbeutel, aber doch in der Nuß, bringt mir auch Gewinn; der Begriff wenigstens wird lebendig, und da ist für unsereinen schon viel geschehen. Dem Gedanken, daß es eine Sammlung sei, ein Zusammenstellen aus einem reichen Vorrat von Einzelnheiten, bin ich nicht abgeneigt: denn es ist im Grunde ganz einerlei, ob sich die Einheit am Anfang oder am Ende bildet, der Geist ist es immer, der sie hervorbringt, und im christlich-altneutestamentlichen Sinne lag sie ohnehin. Ebendies mag am Ende für den Homer gelten, nur muß man es Wolfen nicht sagen, welcher, wenn man ihm Recht gibt, versichert, man verstehe es nicht.

Und so lebe denn recht wohl! ich sage dieses, damit das Blatt gleich fortkomme, denn das schöne Wetter nimmt uns viele Stunden im Freien weg; da man denn erst mit Entsetzen gewahr wird, was für eine elende Person man im Winter spielt. Möge dies Frühjahr Dir auch zum Besten gedeihen! übrigens habe ich Arbeiten vorgenommen, die mich vielleicht bis Michaeli zu Hause halten.

Treulichst

Weimar, den 28. April 1824. G.

435. *An Goethe*

Mittwoch, 5. Mai 1824.

Ein Fräulein v. Flotow kommt soeben, mir zum Frühstücke gute Nachricht von Dir zu bringen, und bestätigt bei lebendigem Leibe Deinen erfreuenden Brief vom 28. April, indem sie *an ebendiesem Tage* Zinsen von Deinem Kapital oder Kapitäl erhoben haben will. Sie konnte kaum reden vor

Entzücken, und doch müßte ich viel Zeit haben, um niederzuschreiben, wovon ihr Mund überfloß.

Den Eindruck der Gegenwart unseres Reisenden auf Dein Haus kann ich mir schon vorstellen; magst Du doch daraus abnehmen, wie es hier mit ihm steht.

Er hat sich allerhöchsten Orts Urlaub auf Ein Jahr, außer Landes, zu Herstellung seiner Gesundheit erbeten und ihn erhalten, das heißt: unter den gesetzlichen Bedingungen, mit Verlust des halben Gehalts. Solch eine Überraschung mag ihm so unerwarteter gewesen sein, da er sich bei Oben für angesehn hält. Das Ministerium hat aber die Sache zu redressieren gewußt, und nun bezieht er seine vollen 3000 rh. Er selbst hält die Sache für ein Geheimnis, indessen ganz Berlin es eher wußte als er. Da er hier so viele Freunde hat wie bei euch, so hättest Du die mitleidigen Gesichter sehn sollen, die ihm das Leben nicht gönnen. Uns andern, die sein Verdienst wie seine Unleidlichkeit stets anerkannten, hat sein Schreck einigen Spaß gemacht, da er in der Tat nicht weiß, wer es gut mit ihm meint.

Gestern abends ward bei Mendelssohns Dein »Tasso« gelesen. Wolff, dessen Frau und die Hausgenossen wußten sich zu schicken, und etwa dreißig Freunde fanden großes Vergnügen.

Es ist angenehm, auch das Auditorium zu kennen, zumal wenn es aus Gleichgesinnten besteht; man gewinnt zweimal. Was ich wieder als neu bewundert habe, ist: wie Du das Gedicht so befriedigend hast schließen mögen. Die Charaktere sind so fertig, daß man ihnen ins Unendliche hin folgt, ohne ungewiß zu sein. So steht das Stück ein echtes Original am Firmamente des Kunsthimmels klar da. Wolf wird sagen: »Das versteht ihr nicht!« und besinne ich mich recht, so geht es mir wie ihm. Wenn ich lese oder vernehme, was ich lieben muß, so ist mir immer, als ob ich's nur allein verstünde, und so mag's jedem sein, der kein kreatorisches Element in sich findet und zum ersten Male von Gleichartigem angezogen wird.

Es freut mich, daß Du den »Messias« in meiner Art sentierst. Der Künstler hat sich sehr hoch gestellt. Das Pfäffische am Gegenstande ist nicht einmal umgangen; er ist gerade darüber hinweggegangen, und das Ideal einer Erlösung wird klar.

Vielleicht ist Dir's genehm, das anfolgende Büchlein anzusehn, das eine Übersetzung ist von einem Zeit-, Kunst- und Ortsgenossen und, etwas Philisterei abgerechnet, immer nicht so klittrig und splittrig ist wie eine heutige Ansichtlerei, die den Mann zu einer Marktpuppe dreht und jedermann ähnlich sieht. Magst Du mir's gelegentlich wiedersenden; es ist rar worden, wie die Schriften des Mattheson überhaupt, der einige 80 Bücher geschrieben hat.

Den 18. Mai. Das Fest ist glücklich vonstatten gangen, und der gute Alte hat sich den Ehrentitel »der deutsche *Woll-Thaer*« verdient. Einer meiner guten Jünger hatte die Singpartie übernommen, doch fürchtete ich ihn an Ort und Stelle der Sache nicht gewachsen und ging in Begleitung von acht Tüchtigen selber mit. Das Völkchen war aus allen 32 Winden zusammengekommen, 250 zu Tische, und mußte an Ort und Stelle disponiert werden, kurz die Sache ging gut genug vonstatten, wiewohl Dichter und Komponisten sich auf reguläre Truppen eingerichtet hatten. Im Textbuche hatte man Dein Gedicht pour la bonne bouche ganz zuletzt abgedruckt. Man hatte es jedoch bald herausgefunden, und es mußte ganz anfangs und zuletzt noch einmal gesungen werden. Was mich daran erfreute, war, daß der Refrain der Strophen von der ganzen Tafel, Bauern und Edelleuten, sogleich intoniert wurde, und darauf hatte ich's eingerichtet. Bester Wein und Essen in Fülle hatten endlich ihre Schuldigkeit getan. Kein Aufklopfen des Präsidenten wollte mehr fruchten. Gehörig besoffen, dreist und frisch und (mit Wahrheit und Freude bekenn' ich's) mit Ordnung unordentlich. Bei Ausgießung des Geistes kann's nicht artiger und derber gewesen sein. Die Söhne des Jubilarius trugen mir die edelsten Tropfen aus des Vaters Becher zu, und es wollte mir schmecken und gedeihen, denn ich bin bis ans Ende strack geblieben, und das Feuerwerk, wobei mancher sich erkältet hat, konnte mir nichts anhaben.

Himmelfahrt. Spontini hat am Bußtage Händels »Alexanderfest« zu seinem Benefiz aufgeführt: das hätte er können bleiben lassen; doch hat er selber dabei keinen Schaden genommen: was er nicht verdient hat, hat er doch gewonnen.

436. *An Goethe*

Berlin, den 4. Juni 1824.

Professor Rauch erbietet sich, ein Briefchen mitzunehmen. Er wird Dich von eben vorliegenden unsern Zuständen aufs beste unterrichten, und ich kann besser tun, so wenig als möglich davon zu reden, da mich die Sache vor der Hand nicht weiter berührt und am Ende doch wohl in die alte Misere zurückfällt.

Soeben habe zum ersten Male eine gute deutsche Übersetzung von Shakespeares »Troilus und Cressida« gelesen und mich herzlich satt dabei gelacht. Daß ich kein Gönner des Travestierens bin, kennst Du mich schon. Mein Totalsentiment während der Lesung hat sich gleichwohl in wunderbare Vergleichungen verwickelt, und ist mir diese Farce als eine Basis erschienen, von der die »Iliade« eine umgekehrte Travestie wäre. Der Spitzbube Thersites war mir immer heimlich lieb; hier erscheint er als ein Dämon, der über dem Ganzen, ja über den Göttern schwebt. Das muß aber niemand weiter erfahren; immer habe ich die Kenner auf dies Stück schelten hören.

Schubarth mag sich freuen, hier seinen lieben Hektor gerettet zu sehn.

Madame Neumann aus Karlsruhe, der ehemalige Liebling unserer sämtlichen alten Ärzte, die man deswegen die »medizinische Venus« nannte, ist wieder hier und spielt mit mäßigem Beifalle. Gestern habe ich sie zum ersten Male wiedergesehn. Sie ist noch sehr hübsch, wiewohl fetter geworden. Ihr Spiel scheint gewonnen zu haben; sie tat nichts zu viel, und was sie tat, war eben recht. Das ist man nicht gewohnt. Sprache, Anstand, Auge, Zähne vortrefflich und im Ganzen höchst anmutig.

Dienstag, 15. Plötzlich kommt Professor Rauch, den Brief abzuholen. So nimm, was fertig ist, und laß von Dir hören. Du gehst nach Ems. Lebe wohl!

Dein

Z.

437. *An Zelter*

Ich freue mich sehr, daß es Dir mit »Troilus und Cressida« gelungen ist oder vielmehr dem Stück mit Dir. Wie ich ein Todfeind sei von allem Parodieren und Travestieren, hab' ich nie verhehlt; aber nur deswegen bin ich's, weil dieses garstige Gezücht das Schöne, Edle, Große herunterzieht, um es zu vernichten; ja selbst den Schein seh ich nicht gern dadurch verjagt.

Die Alten und Shakespeare dagegen setzen an die Stelle dessen, was sie uns zu rauben scheinen, wieder etwas höchst Schätzenswertes, Würdiges und Erfreuliches. Auf diese Weise hat Dich denn auch das fragliche Stück eingenommen, ergötzt und befriedigt und zwar im ganz richtigen Sinne.

Über den »Cyklops« des Euripides liegt ein kleiner Aufsatz unter meinen Papieren, der freilich Erweiterung und nähere

Bestimmung forderte; vielleicht werde ich hiezu durch Deine Anregung aufgemuntert. Den Thaerischen Gesang hab' ich diese Tage recht hübsch gehört, auch mich daran aufs neue erfreut, wie mit jeder Strophe die Pertinenz mit der Empfindung sich erhöht.

Rauch geht nun ab; ich hätte ihn gern noch einige Tage länger besessen, besonders da die Sozietät auf echt berlinische Weise mir einen großen Teil der Zeit verkümmert hat. Doch sind wir über Bild und Gleichnis einig geworden; schaut nun das Begonnene freundlich an und helft weiter.

Nächstens kommt das schon unter den Händen des Buchbinders sich befindende neuere Heft von »Kunst und Altertum«.

Und immer so fort!

Weimar, den 26. Juni 1824. G.

438. *An Goethe*

Berlin, den 1. Juli 1824. Daß Du mit dem Thaer'schen Stückchen nicht unzufrieden bist, kann mich sehr erfreuen. Zuviel habe nicht daran tun wollen, und mir ist schon recht, wenn daran ist, was Du daran findest.

Deine »Iris« ist von innen her wohl so gut als da. Ein glücklicher Anlaß von außen her ist nicht zu erjagen, ich will den Gott erwarten, der auch seine Arbeit hat. Bis dahin magst Du Dich an eigener Glut warm halten, ich mag nicht sein, der sie Dir kühlt.

Über den »Cyklopen« des Euripides wüßte ich gern ein Wort von Dir. Ich habe ihn sehr früh gelesen und wenig verstanden. Bei Lesung Deines »Satyros« ist er mir wieder ins Gedächtnis gekommen. Gib es ja nicht auf, Dich darüber zu eröffnen; es ist fast unglaublich, wie die Kommentatoren an der Schale des Antiken herumtastieren und gerade da, wo man sie erwarten sollte, ausbleiben.

Den 2. Juli. Soeben komme aus der Deutschen Gesellschaft, wo Klopstocks Sekularfest durch Gesang und Reden ist gefeiert worden. Eine von den Reden ist mir etwas länglich worden. Klopstock war darin gehörig erhoben und keinesweges zu hoch gestellt. Wie sich aber der Name Klops-tokk gegen die Namen Milton, Homer, Agamemnon, Achill und so weiter ausnahm und die Rede immer aus war ohne zu enden, magst Du Dir selber sagen. Vor diesem las ein Professor August recht klar und rund: so wie unser Gefeierte das Andenken seiner Nachfolger verdiene, so sei auch zu Würdigung seiner löblichen Persönlichkeit schon vor uns manches geschehen und er, der Redner, verspreche sich den Dank der Zuhörerschaft, wenn er in Erinnerung bringe, was Goethe im 10. Buche aus seinem »Leben« so bündig und wahr ausgesprochen habe.

Hier las er die ganze Stelle aus »Dichtung und Wahrheit« vor, was uns allen als neu erschien, da es hier an seinem Orte von erfreuender Wirkung war, und schloß bald darauf mit einer Ode von Klopstock. Darauf sind sie denn essen gegangen, und bei Tische hat der alte gute Wolke noch eine lange Rede vorzulesen – aufgeben müssen, indem sie ihm das Manuskript aus der Tasche gestohlen haben.

Dr. Schubarth ist von hier ab nach Schlesien zurückgegangen, weil seine Hoffnung zu einer Anstellung sich zu sehr ins Lange zieht. Er hat mich besorgt gemacht und sich und mir manche Stunde mit Klagen verkümmert. Es ist ein Elend, wenn man nicht helfen kann. Noch schlimmer aber, wenn man auswärtig glaubt, daß hier Mangel sei an Männern, die Gehalte beziehn.

8. Juli. Mademoiselle Lindener aus Frankfurt am Main spielt jetzt Gastrollen und ist nebst ihrer Vorgängerin Madame Neumann das Gespräch des Tages. Die erstere habe ich noch nicht wieder gesehn, weil ich eben einen guten Abend im Freien der theatralischen Stickluft vorziehe. Dann auch das magere Komödienwesen bloß darum zum 100. Male, um Einer neuen Person [willen], zu repetieren mir ebensowenig zusagt. Wüßte ich doch kaum, ob ich ein tüchtiges Stück, mittelmäßig gespielt, nicht lieber hätte, als das abgedroschene Zeug bloß in neuen Kleidern vorbeipassieren zu sehn; ja ich habe eine stille Reue, wenn mir's gefällt.

Madame Stich hat sich gegen einen Rezensenten über ihr Spiel als *Julie* erklärt und wird darüber getadelt. Ohne mich über ihre Argumente einzulassen, gestehe ich, daß es wünschenswert sei, wenn jeder gute Schauspieler seine Ansicht über seine Rollen irgendwo niederlegte, indem es auf seine Art möglich wäre, das Zufällige vom Notwendigen am Schauspieler zu unterscheiden, da man oft genug eben bei guten Künstlern in Zweifel ist: was sie wollten oder was bloß nicht geraten ist.

Den 14. Vorgestern ist Dein Heft von »Kunst und Altertum« angekommen und wird eben durchgekostet. Das Exemplar an Dr. Schubarth werde ich ihm mit andern Büchern, die ich von ihm verwahre, nachsenden, sobald ich weiß, wohin er sich gewendet hat.

Eberwein ist angekommen, um seine Oper anzubieten, da wird er unsere partie honteuse zu sehn kriegen; wir sitzen im Elend, und man erwartet eine Explosion. Da ich mit diesen Dingen nichts zu schaffen habe, so bin ich den Parteien gleich nahe; Trojaner und Griechen hat eins soviel recht als das andere. Einer meiner Bekannten hat über den Streit der Oper »Euryanthe« eine Aktensammlung angelegt, die an sich interessanter ist als die Sache selber.

Noch was: Ein Tafellied von Förster, dem man eine satyrisch-politische Tendenz beilegt, habe etwa vor 3 Jahren für unsere zweite Liedertafel in Musik gesetzt. Dies Gedicht hat nun auch der Breslauer Herr Bierey wunderlich genug in

Musik gebracht und drucken lassen, und es ist unter Deinem Namen in der »Cäcilia«, die in Mainz herauskommt, abgedruckt und tadelnd rezensiert. Das Gedicht ist schonend behandelt, weil Dein Name darunter steht, aber die Musik ist schlecht weggekommen. Dies schreibe ich bloß, damit Du weißt, im Falle Du davon hörst, was es damit für eine Bewandtnis habe.

Der Bierey ist weit genug davon, etwas Ordentliches vorzubringen. Solange die Leute ernsthafte Opern schreiben, finden sie in den sogenannten Leidenschaften Gelegenheit und Entschuldigung für alles Reißen und Schmeißen, womit sie sich und andere quälen. An humoristischen Gegenständen erkennt man jedoch sogleich die ärmliche Natur, und so ist's auch mit der genannten Komposition, und der Rezensent hat recht, ohne daß man an seiner Rezension was Besseres hätte.

Dein!

Geheimer Rat Schmidt will dieses Blatt mitnehmen. Gott befohlen!

Dein

Z.

Wolf soll in Straßburg krank liegen.

439. *An Goethe*

Berlin, 15. Julius 1824.

Großen schönen Dank!

Über die Schiller'schen Briefe bin ich zuerst hergefallen, da ich eben um die Zeit in Weimar war, als sie geschrieben wurden. Was Du das Humane an Deiner »Iphigenia« nennst, wollte ich mir gern klar machen; da mußte ich denn erst das Stück wieder lesen, und so geriet ich tiefer hinein und zurück. Euripides, Sophokles, Aeschylus mußten herhalten. Beide »Iphigenien«, »Orest«, die »Eumeniden«, »Elektra«, »Agamemnon«. Diese sind Griechen; Deine Leute sind Menschen, dazu gehöre ich und will so zu bleiben suchen.

Die »Iphigenie in Aulis« des Euripides hat mir unendlich gefallen, und der »Agmemnon« des Aeschylus hat mich furchtbar angepackt. Dann wieder zuhause, wo ich unsere deutsche, stille, reine, entsühnende, große Iphigenie auf ihrem alten Flecke in meinem Herzen wieder angetroffen habe.

Und so fühlt es ein jeder, mag er *sagen*, was er will.

Mir kommt Deine »Iphigenie« vor wie eine Komposition, die aus lauter Mark besteht. Alle festen Teile, Säulen, Balken, Riegel, sind haußen, einschließend; daher die bequeme Ökonomie, den in seinem Ursprunge und in seinen Folgen ungeheuern Gegenstand wie ein mentales Gebet zu herbergen.

An die »interessante Erscheinung«, Deine anschauende Natur mit der Philosophie unter einem Hute zu sehn, glaube ich längst und habe mich mit allen daran auferbaut. Die Philosophen, wie ich sie kenne und verstehe, werden so leicht nicht fertig werden mit der Welt, und jeder fängt von vorn an. Sie haben gut arbeiten und schaffen an dem, was da ist und ihrer spottet, und finden überall Schloß und Riegel, wo der Mann von Genie das Gehirne der Welt wie eine ausgebreitete Karte vor sich aufgedeckt sieht.

Da ich die Griechen wieder lese, kann ich Deine »Iphigenie« nur allein mit sich selber vergleichen. Sie ist ein Segen der Väter und enthält uralte ewige Wahrheit und den Wendepunkt, fort und fort zum Rechten und Schönen zurückzukehren. Dem kolossalen übermenschlichen Gliederbau jener Alten hast Du zartes Menschenfleisch, der rauhen virtuosen Tugend die himmlische Liebe angetan. Die Nachwelt wird's nicht glauben wollen, daß diesen unsern Tagen das Herrlichste entwachsen können.

Den 14. August. Der Assesor v. Schiller aus Cöln ist angekommen, und ich habe ihn erst gestern wiedergesehn. Er findet seine Angelegenheiten hier gut angetan und verspricht sich gewünschten Erfolg von seinem Gesuch. Sein Vater ist hier hoch und allgemein verehrt, und das wirkt denn auch das Seinige.

Rauch habe noch kaum gesprochen, da er stets umgeben ist von dem, das über alle steht. Will man hier eine vernünftige Stunde haben, so muß man davonlaufen – und wo ist es denn anders? Ein Erfurter, der eben von mir geht, erzählt mir aus seiner Nachbarschaft, was auch keinen Trost gibt.

Den 18. Hier sollte etwas über unser neues Königsstädtisches Theater folgen. Herr v. Schiller will heut fort und gern etwas an Dich mithaben; so gehe denn das Blatt und finde seinen Freund. Frau v. Grotthuß, eine 40jährige Bekanntschaft, wird sich selber empfehlen. Lieber Gott! sic transeat – Es war ein hübsches Wesen. Unser waren viele, und ich bin davongelaufen, weil ich das Schmachten nicht aushalte. Lebe wohl, altes Herz! Laß von Dir hören Deinen

Z.

440. *An Zelter*

Auch von meiner Seite sei der schönste Dank erwidert, daß Du meine »Iphigenia« aus Wort und Buchstaben wieder ins Leben des Geistes und Herzens hervorgerufen hast. Ich darf mich wohl erfreuen, daß diese frühern Erzeugnisse immer von Zeit zu Zeit wieder auferstehen und fortwirken.

Und so sende denn auch ein paar Exemplare ältere Festgedichte, die bei Rauchs Gegenwart zur Sprache kamen. Sie sind fast ungekannt in dem Strom der Vergessenheit hinabgeschwommen und bei ihrem ersten Erscheinen nicht beachtet worden, weil sie zu einer Zeit hervortraten, wo der

Haß gegen das Bestehende sich öffentlich zeigen durfte, wie er jetzt noch immer im Geheimen fortwühlt.

Gewiß freut es Dich, wenn ich vermelde, daß die ganze zehnjährige Korrespondenz mit Schiller von seiner und meiner Seite in meinen Händen und beinahe schon völlig redigiert sei. Tritt sie hervor, so wird sie dem Einsichtigen den Begriff von einem Zustande geben und von Verhältnissen, die so leicht nicht wiederkommen.

Soviel für diesmal, laß bald von Dir hören. Ich befinde mich nach meiner Art ganz wohl und werde dies Jahr zuhause bleiben.

Treulichst

Weimar, den 24. August 1824. G.

[Beilage]

Ein mächtiger Adler, aus Myrons oder Lysippus' Zeiten, läßt sich soeben, zwei Schlangen in den Klauen haltend, auf einen Felsen nieder; seine Fittige sind noch in Tätigkeit, sein Geist unruhig, denn jene beweglich-widerstrebende Beute bringt ihm Gefahr. Sie umringeln seine Füße, ihre züngelnden Zungen deuten auf tödliche Zähne.

Dagegen hat sich auf Mauergestein ein Kauz niedergesetzt, die Flügel angeschlossen, die Füße und Klauen stämmig; er hat zwei Mäuse gefaßt, die ohnmächtig ihre Schwänzlein um seine Füße schlingen, indem sie kaum noch Zeichen eines piepsend abscheidenden Lebens bemerken lassen.

Man denke sich beide Kunstwerke nebeneinander! Hier ist weder *Parodie* noch *Travestie*, sondern ein von Natur *Hohes* und von Natur *Niederes*, beides von gleichem Meister im gleich erhabenen Stil gearbeitet; es ist ein Parallelismus im Gegensatz, der einzeln erfreuen und zusammengestellt in Erstaunen setzen müßte; der junge Bildhauer fände hier eine bedeutende Aufgabe.

(Hierher gehörte nun, was über den »Cyklops« des Euripides zu sagen wäre.)

Ebenso merkwürdig ist die Vergleichung der Ilias mit »Troilus und Cressida«; auch hier ist weder Parodie noch Travestie, sondern, wie oben zwei *Naturgegenstände* einander gegenübergesetzt waren, so hier ein zwiefacher *Zeitsinn*. Das griechische Gedicht im hohen Stil, sich selbst darstellend, nur das Notdürftige bringend und sogar in Beschreibungen und Gleichnissen allen Schmuck ablehnend, auf hohe mythische Urüberlieferungen sich gründend; das englische Meisterwerk dagegen darf man betrachten als eine glückliche Umformung, Umsetzung jenes großen Werkes in's Romantisch-Dramatische.

Hiebei dürfen wir aber nicht vergessen, daß dieses Stück mit manchem andern seine Herkunft aus abgeleiteten, schon zur Prosa herabgezogenen, nur halbdichterischen Erzählungen nicht verläugnen kann.

Doch auch so ist es wieder ganz Original, als wenn das Antike gar nicht gewesen wäre, und es bedurfte wieder einen ebenso gründlichen Ernst, ein ebenso entschiedenes Talent als des großen Alten, um uns ähnliche Persönlichkeiten und Charaktere mit leichter Bedeutenheit vorzuspiegeln, indem einer späteren Menschheit neuere Menschlichkeiten durchschaubar vorgetragen wurden.

Weimar, den 25. August 1824. G.

441. *An Goethe*

Berlin, 7. September 1824.

Unter den Kunststücken, welche eben ein Seiltänzer namens Kolter sehn läßt, ist eins, wo dieser nicht mehr junge Mann in Begleitung seiner Schwägerin auf zwei parallelen Seilen, etwa 150 Fuß lang, eine Klausnerei besteigt, die – auf einem starken Mastbaume in einer Höhe von 50 Fuß befestigt ist.

Die Wanderer sind in Pilgertracht, ruhen von Zeit zu Zeit kniebetend aus und erreichen nach etwa 10 Minuten das Ziel ihrer Andacht.

Oben werfen sie die Pilgerkleider herab und erscheinen nun, der Mann in Ritterkleidung, mit sichern Schritten zurückkommend bis an den Punkt des Ausgangs.

Das Kunststück hat sein Ängstliches für den Zuschauer. Unbeschreiblich befriedigend, ja rührend ist es, den letzten Schritt in die Klause unter dem allgemeinen Jubel der Menge zu erwarten, und niemand wüßte sich der Tränen zu enthalten. Das Stück wird täglich wiederholt.

Man tadelt diese Leute, indem die junge, stark geformte Frau Witwe und Mutter ist, ja ihren Mann, so wie der Kolter seine Mutter, auf diese Art verloren hat, weshalb sie Freitags und Sonnabends auch nicht spielen.

Auch die Polizei wird getadelt, weil unsere Knaben nachahmend keinen Zaun und keine Höhe unbestiegen lassen.

Ich habe die Sache zweimal für Geld und einmal zufällig gesehen. Warum wüßte ich nicht zu sagen, es ist aber ein Sinn dabei und ein eigenes Talent dazu. Es mag wohl so sein sollen.

So kommt Dein angenehmstes Schreiben vom 24. August mit der vergleichenden Betrachtung und den herrlichen Beispielen von Kunstwerken des Altertums mir eben recht, und Dein höherer Parallelismus zieht mich von Obigem in meine alte Bahn zurück.

Was Du über Parodie und Travestie sagst, ist mir ganz verständlich, ja ich habe es nach meiner Art selbst geübt, wenn auch ohne klar zu wissen, was ich wollte.

Als Dir bekannte Gegenstücke nenne ich: die »Heiligen 3 Könige«, »Fischpredigt des heiligen Antonius«, »Invocavit«, »Sankt Paulus« und so mehr.

Die Wirkung dieser Stücke ist jedesmal dieselbe, sie ist

ernsthaft und komisch und fast durchaus beifällig, ja was man Melodie oder Cantilena nennt, ist kaum zu finden.

Ein einziger berühmter Mann hat Anstoß gefunden, den ich nicht erraten hätte: es war Chateaubriand, den ich freilich nicht weiter kenne, als daß er der angenehmste Franzose ist.

Wolfs Nachlaß ist mit meiner Zuziehung gerichtlich versiegelt. Man hat an Körtes nach Halberstadt geschrieben, und es ist noch keine Antwort da, was mir etwas wunderlich vorkommt.

Der Tod hat ihn allerdings überrascht, und ich fürchte, daß sein bibliothekarischer Nachlaß nicht in der von ihm gewünschten Ordnung sein möge.

Seine eigentliche Krankheit schien mir immer eine Art von Unzufriedenheit mit sich selber, da ich ihn sonst als einen ganzen Mann von gesunden Korne erfunden habe.

Die Nachricht seines Todcs hat mich weniger überrascht als erschreckt, und sein schönes eigenes Verdienst, das ich nicht einmal ganz zu würdigen weiß, trat wie ein edles Bild vor mir auf. So stellt sich ein bedeutender Mann in seinen eigenen Schatten, indem er sich von außen beengt glaubt.

Man könnte auch hier was lernen, wenn man Zeit hätte zum Leben, solange man lebt. Nachher wäre Zeit genug, sich selber zu ängstigen. Wir haben den Gedanken, der auch Beifall findet, eine Medaille nach seiner Büste schneiden zu lassen. Sollte sich bei euch jemand finden, dazuzutreten, so laß mich's wissen.

16. Oktober. Zu den Landeseigenheiten in Pommern gehört, daß eine Hochzeit am 11. oder am 18. eines Monats und zwar an einem Montage oder Donnerstage gehalten werde. Den Grund habe nicht erfahren.

So bin gestern abend von der Hochzeit meines Sohnes aus *Garden* bei Stettin etwas stark angeraucht wieder hier angelangt.

Mein Georg hat endlich eine Frau für seinen Geschmack und Bedarf erfunden. Ein starkes, verständiges, hübsches Mädchen, nicht ohne Geist und von einer tüchtigen Mutter von Kindheit an zur Landwirtschaft angeführt.

Der Vater, ein studierter Mann von 48 Jahren, gesund, gebildet, wohlhabend durch die beste Wirtschaft, Besitzer eigen erworbener Güter und eines Ordens, heißt *Ratt*.

Nach Obigem war die Hochzeit am vorigen Montag, den 11. Oktober, und wenn es an etwas gefehlt hätte, so wäre es Platz gewesen für die Gäste.

Mir war unter anderm ein pommer'scher Polterabend was ganz Neues. Maskeraden, tollster Art und nicht ungeschickt, wechselten sich in die Nacht hinein. Alles in plattdeutschen Versen gut gesprochen. Auch Stottern und Plackern gab große Belustigung. Ein Bürschchen von 16 Jahren, in eine Bäuerin verkleidet, war das Reizendste in Bewegung und Reden, was man gesehn hat. Der Junge hatte sich so züchtig, artig und mädchenhaft, daß er stundenlang unerkannt blieb, wie ich ihn denn nachher als Knabe für ein verkleidetes Mädchen hielt.

Was Leuten meiner Jahre, die nach und nach bequem werden, wohl ungewohnt vorkommt, war das Lokal selber.

In einem mäßigen einstöckigen Hause auf dem Lande mit einigen Dachstuben, was nur für diese Wirtschaft eingerichtet ist, hatten sich zwischen 60-70 Personen zu fügen, das heißt: zu schlafen, zu essen, zu tanzen und dergleichen.

Die Trauung sollte in der Kirche geschehen. Es regnete aber unablässig, und so des guten Bodens und der seidenen Schuhe wegen wurde denn die Trauung auch hier beschlossen, daher man sich denn Tag und Nacht wie ein Kiesel im Strome gewälzt und geschliffen sah. Einige alte, schön aufgesetzte Fräuleins, deren Knöchlein etwas vorstanden, nahmen sich zuletzt ganz rundlich aus. Solche Not wäre nur eine *halbe* Lust gewesen, da die Luft draußen warm und frühlingsartig war, um sich in Garten und Hofe zu zerstreuen, wenn nicht ein feiner dichter Regen so durchnässend gewesen wäre, daß man sein neues Kleid verdarb, um nur sein Wasser im Freien abzuschlagen, denn drinnen wäre dazu anständigerweise durchaus kein Raum gewesen. So blieb denn das Ganze hübsch beisammen, und ich wüßte nicht, ob man vergnügter hätte sein wollen.

Daß alle Männer Tabak rauchten, versteht sich in Pommern von selber, wie denn auch meine Pfeife kaum kalt geworden; hiermit war aber der Gipfel dieser Freudentage noch nicht erreicht.

Zu Beköstigung solch einer Versammlung war nämlich ein übermäßiges Küchenfeuer nötig worden, um Essen, Tee, Kaffee, Schokolade, Grog und Punsch parat zu haben; dadurch war das ganze Haus so in Rauch gesetzt, daß man die Augen nur öffnete, um einander zu erkennen.

Auch das recht gute Orchester aus Stettin nahm einen hübschen Raum ein, und dann kamen die Dorfbewohner mit ihren Tabakspfeifen, Weibern und Mädchen, um die Braut tanzen zu sehn, da denn der Küchenrauch durch die mitgebrachten Düfte dieser ungebetenen Gäste in etwas gemildert wurde.

Einige Spieltische für die alten Herren und Damen mußten ferner Platz finden, und gegen Morgen fand dann jeder von uns sein Bettchen, wo und wie es auch sein mochte, gar schön.

Nun mögen die guten Götter weiter helfen, denn ich habe meinen Kindern, von denen drei Landwirtschaft treiben, mein bares Vermögen ziemlich hergegeben, und ich muß mich noch rühren, was ich kann, und Gott danken, daß ich noch kann. Vale!

Dein

Z.

Schon längst war mein Wunsch, daß Du zu irgendeiner Wanderung möchtest aufgefordert werden, weil ich gewiß war, daß ich alsdann wieder etwas von Dir vernehmen würde, da ich mich wohl bescheide, daß in dem überlebendigen Berlin nicht leicht jemand zu der Besinnung kommt, die eine Wirkung in die Ferne zur Folge hätte. Nun veranlaßt eine gefährlich-abenteuerliche Pilgerschaft den werten Freund zu einer ganz eigen-hübschen Darstellung, ein gedrängtes Familienfest zu einer Schilderung, die in irgendeinem englischen Roman gar wohl Platz fände. Dagegen erwidere ich auch aus meinem stillen Revier dieses und jenes.

Zuerst also ist mir mein Zuhausebleiben für diesmal ganz wohl geraten; wir wollen es aber nicht beschreien, sondern in stiller Bescheidenheit tätig hinleben.

Eine Sendung an Langermann hat er wohl mitgeteilt. Das einleitende Gedicht zu dem wieder auflebenden »Werther« las ich mir neulich in stiller Betrachtung vor, und gleich hinterdrein die »Elegie«, die sich ganz löblich anschließt; nur vermißte ich dabei Deinen unmittelbar lieblich einwirkenden Ton, welcher sich jedoch nach und nach aus dem Innersten wieder belebend hervorhob.

Ich schließe nun auch das naturwissenschaftliche Heft, das dieses Jahr unschicklicherweise retardiert worden, redigiere meine Korrespondenz mit Schiller von 1794 bis 1805. Es wird eine große Gabe sein, die den Deutschen, ja ich darf wohl sagen, den Menschen geboten wird. Zwei Freunde der Art, die sich immer wechselseitig steigern, indem sie sich augenblicklich expektorieren. Mir ist es dabei wunderlich zumute, denn ich erfahre, was ich einmal war.

Doch ist eigentlich das Lehrreichste der Zustand, in welchem zwei Menschen, die ihre Zwecke gleichsam par force hetzen, durch innere Übertätigkeit, durch äußere Anregung und Störung ihre Zeit zersplittern, so daß doch im Grunde nichts der Kräfte, der Anlagen, der Absichten völlig Wertes herauskommt. Höchst erbaulich wird es sein; denn jeder tüchtige Kerl wird sich selbst daran zu trösten haben.

Sonst wird noch mancherlei gefördert, was durch das aufgeregte Leben jener Epoche wieder ins Leben tritt. Wenn das, was Du vor einem Jahr als den Grund meiner Krankheit erkanntest, nun, wie es den Anschein hat, sich als das Element meines Wohlbefindens manifestieren wird, so geht alles gut und Du hörst von Zeit zu Zeit erquickliche Nachricht.

Damit ich aber doch vielleicht zunächst etwas von Dir höre, so geschähe mir durch kurze kräftige Schilderung des Königstädter Theaterwesens ein besonderer Gefalle; zwar kann ich mir aus dem, was sie spielen und wiederholen, aus den Anzeigen und Urteilen, wie sie die Zeitung bringt, einigen Begriff machen; doch wirst Du auf alle Fälle meine Vorstellungen berichtigen und kräftigen. Der Architekt, durch Dich angeregt, sandte mir einen Grundriß, mir sehr angenehm, weil daraus zu ersehen ist: daß in einen bedeutenden Raum zwischen Bürgerhäuser das Theater hineingestellt ward, das sich denn auch ganz hübsch und heiter ausnehmen mag, wie denn das Zurücktreten der verschiedenen Logenreihen dem Zuschauer ganz behaglich ist, um gesehen zu werden, indem sie sehen. Soviel ist mir alles schon bekannt, und Du wirst mit wenigen Zügen mir in die eigentlichste Gegenwart hineinhelfen.

Soeben verläßt mich J. A. Stumpff, harpmaker to his Majesty, aus London, gebürtig aus der Ruhl, als Knabe nach England versetzt, jetzt als tüchtiger Mechanikus daselbst wirkend, eine stämmige Gestalt von bedeutender Größe, an der Du Dich erfreuen würdest; zugleich vom herzlichsten Patriotismus für unsere Sprache und Schrift, durch Schiller und mich zu allem Guten geweckt und höchlich entzückt, unsere Literatur nach und nach gekannt und geschätzt zu sehen. Es war eine merkwürdige Erscheinung!

And so for ever!

Weimar, den 30. Oktober 1824. G.

Sie läuten soeben mit unseren sonoren Glocken das Reformationsfest ein. Ein Schall und Ton, bei dem wir nicht gleichgültig bleiben dürfen. »Erhalt' uns, Herr, bei deinem Wort, Und steure –«

443. *An Goethe*

Mittwoch, 3. November 1824.

Du nennst uns das überlebendige Berlin. O ja! ich möchte aufs nächste Dorf gehn, um nicht trommeln zu hören und blanke Soldaten zu sehn.

Über das neue Theater hätte ich wohl schon Nachricht geben mögen; die Wahrheit zu sagen: ich bin noch nicht oft genug drinne gewesen. Gleichwohl habe während des Baues oft genug die Anlagen und Arbeiten beobachtet und zwar des jungen Architekten wegen, der, in seinem 24. Jahre, in einer fremden größern Residenz aus einem alten Fabrikhause gemacht hat, was ich mit Wohlgefallen bewundre.

Dieses junge Wesen ist Dir noch ein purer Knabe, der sich in unsern gebildeten Zirkeln langweilend langweilt, ja wohl schon ist verlacht worden. Da hat er sich denn zu mir gewandt, ist meine fast tägliche Gesellschaft, so daß man ihn meine Maitresse nennt.

Dagegen findest Du ihn völlig aufgeblüht unter Maurer-, Zimmer- und andern Handwerksgesellen, die er unschuldigst ausfrägt, indem er ihnen aufgibt und stückweise vorzeichnet, was sie zu machen haben, die sich denn die Hände abreißen, um seine Zufriedenheit zu gewinnen.

Das hat mich denn wieder an ihn hingezogen, da denn keiner begreift, wie ich mit ihm lebe.

Stelle ich mir das Theatergebäude nach seiner äußern Figur aus der Vogelperspektive vor, so ist es, als ob es sich von oben herabgelassen hätte, wie es da ist. Auch innerlich finde ich kein Gepritzeltes, Nachgeflicktes. Das Proszenium hat einen einladenden Charakter, und alles gewährt einen heitern ruhigen Anblick von unten nach oben und umgekehrt; in Summa: es ist ein Ganzes.

Das Zurücklegen der obern Logenreihen, welches Weinbrenner schon in Karlsruhe und in Leipzig versucht hat, scheint mir hier gelungener, indem sich ihre Halbkreise bis ans Proszenium verlängern. In Leipzig laufen sie paralell und verlieren sich in die Seitenwände, was mir besonders bei gefülltem Hause nicht gefallen will. Das Zurücklegen der obern Logenreihen gibt endlich noch den Vorteil, daß man oben nicht zu grell hört, indem sich der Schall mehr ausdehnen kann.

Die Bühne hängt gut zusammen mit den Kammern der Spielenden, die leicht abzurufen und recht bequem sind.

Was den jungen Künstler noch auszeichnet, ist sein praktisches Talent, problematische Holzverbände sicher aufzustellen. Das nicht sehr hohe Dach des Vorderhauses mußte zu einem Malerboden aptiert werden, der denn außer dem Flächenraum auch Höhe und Licht haben muß, und das hat er so artig zugerichtet, gesprengt und gehängt, daß man sich ganz behaglich darinne befindet.

Treppen und Eingänge in die Logen: bei der Hand und bequem. Das alles sind Kleinigkeiten von Wichtigkeit, die oft schon Erfahrnen entgehn.

Die Façade gegen den Platz war ehedem von zwei Stockwerken mit einem Balkon, der auf ionischen Säulen lag. Sie war von mir vor 30 Jahren für den Fabrikanten Cornelius gemacht. Daraus hat Ottmer eine Façade von 3 Etagen gemacht, die schönen breiten Pfeiler genutzt, die er mit korinthischen Pilastern verziert und einen hübschen freien Balkon angebracht hat; kurz, es ist aus einer bescheidenen Fabrikantenwohnung eine Art von Prachtstück worden, das ein hoher Beamter bewohnen kann.

Der König ist mit seiner Loge (im Proscenio) so zufrieden, daß er wöchentlich 3, auch wohl 4mal drinne ist und dafür jährlich 8000 rh. gibt.

Das Publikum findet sich bequem, ja frei, indem es etwas ihm Eigenes zu haben glaubt, das von seinem eigenen Willen dependent ist. Es rührt sich auch und sieht die Höhern als Gäste an.

Das Haus faßt 1600 Personen bequem und so bis 1700. Bis jetzt war es immer gefüllt und überfüllt, und man rechnet im Durchschnitt eine tägliche Einnahme von 300 rh. reinen Übergewinn.

Die Oberdirektion geschieht durch einen Justizbeamten namens Kunowsky und [von] einigen Mitgliedern der Aktionärs, die im Publikum bekannt und wirksam sind.

Die Schauspieler und Sänger sind junge gute Figuren. Prächtige Mädchen und Frauen von 17 bis 21 Jahren.

Entschiedene komische Talente sind: Spitzeder, Angely, Schmelka; Mademoiselles Sutorius, Bauer und ein ältliches Mädchen, Mademoiselle Schirer. Diese letztere ist so ausgezeichnet, wie ich es unter Deutschen nie gesehn habe. Sie spielt verlassene Bräute, schlimme Lieseln, Lakenreißerinnen und dergleichen mit einer Haltung und Natur, ja die nämliche Rolle jedesmal so besonders, daß sie immer mehr gefällt, da sie immer als eine andere erscheint. Stimme, Ton, Bewegung mit größter Kunst. Das erstemal hat sie mich zu Tränen gerührt, wobei ich hoch auflachen mußte.

Unter den Sängern ist Spitzeder im Komischen vorzüglich. Eine Madame Biedenfeld echte italienische Art und Stimme. Madame Spitzeder und Mademoiselle Eunike sehr gut und sonst keine schlecht.

Ein vorzüglicher Tenor scheint noch zu fehlen.

Vom Orchester will ich nur sagen, daß es im Werden ist, das heißt: es wird nichts werden, wenn der Herr Musikdirektor ein eitler Narr bleibt, der trotz seines Verdienstes noch nicht weiß, wo der Anfang ist. Er hat hübsche junge Leute unter sich, die ihn durchsehn, wo nicht übersehn.

Der junge Ottmer will diesen Winter auf einige Monate nach Paris gehn. Ich schicke ihn Dir wohl zu. Er soll Dir die Risse zu einem Singsaal für die Singakademie vorweisen und Deine Meinung hören. Du wirst ihn wohl flottmachen; es ist ein braver Junge.

Hast Du noch ein Exemplar Deines guten alten neuen »Werther«? So schenk' es Deinem

Z.

444. *An Goethe*

Berlin, 27. November 1824.

Als Gegenstück der schönen Sachen, die Du mitteilst, sende ich einen Komödienzettel, woraus Du abnehmen magst, daß wir fortschreiten, indem wir zurückegehn. So habe ich die »Mitschuldigen« gestern zum ersten Male in meinem Leben und zwar recht gut gesehn. Die 4 Hauptpersonen gut besetzt und gut eingelernt; Schmelka und Mademoiselle Sutorius ganz ausgezeichnet und, nicht zu vergessen, gut aufgenommen. So habe ich denn auch die Herzhaftigkeit der Direktion wie ihre Kenntnis des vorstädtischen Publikums bewundert, das, jedes gute Schauspiel gern sehend, in Dreistigkeit seines Beifalls sich hervorzutun wußte gegen den ersten Rang, wo ich heut meinen Platz hatte.

Die Wirkung des Stücks auf uns als den ersten Rang möchte ich mit der Wirkung der »Wahlverwandtschaften« vergleichen, indem sie geistig ist, ohne wohltuend zu sein. Ja sogar Kotzebues »Kleinstädter« fielen mir ein, wo keiner Pranger stehn will, weil sie alle zusehn wollen. Ein gemeiner Diebstahl, vor den Augen der Welt von einem Leichtsinnigen ausgeübt, und alle Guten oder Bessern mitschuldig, das ging uns so bitter an, daß man das Gesicht verhüllen mochte, um [nicht] in den Spiegel zu schauen. Kurz und gut oder nicht gut – es durfte uns einfallen: je größer Dieb, je feiner Publikum.

Ich bin recht hundsföttisch krank gewesen. Zwei volle Wochen nicht arbeiten, nicht sehn, nicht schlafen, nicht aufsein, nicht liegen können, das ist keine Art meiner Art.

Nun bin ich seit Mitte des Monats wieder etwas flott, kann aber wegen grauer Tage und Augenschwäche noch nichts Rechts tun und habe manches versäumt; darüber bin ich denn einmal öfter im Theater gewesen.

Es gibt eine Art Sonaten, womit sich jeder gern hören läßt, weil sich jeder Spieler damit gefällt; so gewisse Schauspiele.

Ein alter, reicher, humoristischer Graf, ehemals Soldat; eine schuldige, leidende, sich abquälende Unschuld; ein zurückgesetzter, betrogner, hypochondrischer Kriegs- und Ehemann mit treuem Bedienten; ein wiedererkannter Kriegsgefährte, Schlichter und Gerademacher – alle wohltätig zum Zerreißen; eine Karikatur von Güterverwalter, Vater eines albernen Schlingels von Sohn; ein schnippisches Kammermädchen und so weiter: so habe zum ersten Male in meinem Leben nach jahrelangem Rühmens und Übersetzens in alle Sprachen das hochberufne Klau-, Sau- und Schauspiel »Menschenhaß und Reue« bestanden und mit dem ganzen löblichen Publikum geschweißt wie ein angeschossner Hase und gelacht wie ein Kobold; mich dann zuletzt geärgert – über mich und das ganze Komponiment, worin gleichwohl der Wurf der Suiten (Gedanken kann man's nicht nennen) von so hinreißender Technik ist, daß man am Ende aller Enden erst erfährt, eine schmerzliche Operation, eine körperliche Züchtigung bestanden zu haben.

Bei alledem muß man nun noch über die Kälte des hiesigen Publikums laute Klagen vernehmen, vorzüglich von fremden Virtuosen, die uns nichts Rares sind und mit der absoluten Prätension anherkommen, in allen Fällen bewundert und bezahlt zu werden. Ist jedoch das Letztere hin und wieder der Fall, so können sie auswärts wieder nicht begreifen, wie eine Catalani bei uns solchen Eingang findet.

So sind eben wieder ein paar Virtuosenmörder bei uns: Madame Grünbaum (geborne Wenzel Müller) und Herr Moscheles, Fortepianist. Die erste singt unsre Milder und Seidler ins Grab, und Moscheles spielt in der Tat so, daß man einen letheischen Trank zu genießen hat und über ihn alle Frühern vergißt. Der Kerl hat Dir Hände, die er wie ein Hemde unwendet, indem er mit den Nägeln noch nicht schlecht spielt. Auch seine Kompositionen haben mir nach den Hummel'schen am besten unter den Neuern gefallen. Ich hatte schon früher von ihm gehört und bin im Jahr 1819 mit um seinetwillen über Prag nach Wien gegangen, wo ich ihn verfehlte, indem er an beiden Orten erwartet wurde.

Madame Grünbaum habe ich schon im Jahr 1810, da sie noch unverheiratet war, in Prag gehört. Ihre Stimme ist rein, weich und von gutem Umfange, hat aber weder das Metall noch die Kraft der Milder und Catalani; auch unsre Seidler hat mehr Genialisches sowohl an Klang als Ausdruck. Die Grünbaum ist mir dadurch lehrreich, weil ich durch sie eine Bestätigung meiner vorgefaßten Meinung über Rossini gewinne, dessen Fiorament sie so ins Leben setzt, daß man einen bis jetzt noch nicht bekannt gewesenen

Singvogel zu hören glaubt; doch wird sie auch in Mozart'schen Stücken gelobt, worin ich sie nicht gehört habe. Dagegen habe ich sie in Rossinis »Barbier von Sevilien« dreimal nacheinander gehört, wo sie mich mit dem Komponisten zugleich ergötzt hat.

In der eben bestandenen langen Weile habe Französisch gelesen und mir vorlesen lassen. »Iphigenie« und »Britannicus« von Racine, »Cinna« von Corneille, und von Voltaire: »La mort de César« und »Brutus«. Ein eigenes Vergnügen hat mir Voltaires treue Übersetzung von Shakespeares »Julius Cäsar« und Calderons »Heraklius« gemacht. Jetzt bin ich bei »Shakespeares Vorschule.«

Hinter den Bergen wohnen auch Leute!

Gott befohlen!

Dein

Z.

445. *An Zelter*

Mit herzlichem Bedauern, daß Du durch körperliches Übel einige Wochen am freien Gebrauch Deiner Kraft gehindert wurdest, vermelde, daß ich mich ganz wohl befunden hätte, wären die Meinigen nicht auch auf mehr als eine Weise körperlich verletzt worden. Da mußt' ich mich denn in die Zeit schicken und im stillen fortarbeiten, damit man sich einigen Resultats in guten Tagen erfreuen könne. Du hast wohl getan, in eine fremde Literatur hineinzuschauen; das zerstreut am besten.

Mit den köstlichen märkischen Rübchen haben wir gestern die Berliner Freunde traktiert; sie hielten sich kaum einen Tag auf, ich habe aber doch gar manches, besonders durch Schinkel, vernommen, was mir einen hellen Blick über das neue Italien gewährt. Daß ein Mann wie dieser, der in der Kunst so hoch steht, in kurzer Zeit viel zu seinem

Vorteil weghaschen könne, ist naturgemäß, und es wird ihm gewiß bei den nächstbedeutenden Unternehmungen sehr zustatten kommen.

Ebenso haben mich Deine Theaternachrichten auf den Alexanderplatz versetzt und mich in die Eigentümlichkeiten jener Unternehmungen eingeweiht.

Die Wirkung der »Mitschuldigen« ist ganz die rechte. Ein sogenanntes gebildetes Publikum will sich selbst auf dem Theater sehen und fordert ungefähr ebensoviel vom Drama als von der Sozietät, es entstehen Convenancen zwischen Akteur und Zuschauer; das Volk aber ist zufrieden, daß die Hanswürste da droben ihm Späße vormachen, an denen es keinen Teil verlangt. Übrigens könntest Du lesen, was ich über das Stück, ich weiß nicht wo, gesagt habe, so würdest Du es mit den Gefühlen des ersten Ranges ganz gleich gestimmt finden. Ich suche die Stelle auf und melde sie.

Deine musikalischen Relationen haben mir nicht weniger ganz unglaublich gedient; insofern es möglich ist, durch den Begriff die Musik zu erfassen, so hast Du es mir geleistet, und ich begreife nun wenigstens, warum ich den »Barbier von Sevilla« unter Rossinis Arbeiten so vorzüglich rühmen höre. Neulich abends besuchte ich den »Tankred«, er ward sehr löblich vorgetragen, und ich wäre auch recht zufrieden gewesen, wenn nur keine Helme, Harnische, Waffen und Trophäen auf dem Theater erschienen wären. Ich half mir aber gleich und verwandelte die Vorstellung in eine favola boscareccia, ungefähr wie der »Pastor fido«. So putzte ich mir auch das Theater heraus, da waren Pussinische und anmutige Landschaften, stutzte die Personen zusammen, ideelle Hirtinnen und Hirten, wie in »Daphnis und Chloe«, sogar an Faunen fehlte es nicht, und nun war wirklich nichts auszusetzen, weil die hohle Prätention einer heroischen Oper wegfiel.

Nun aber läßt sich freilich denken, daß, wie Du mir

richtig aussprichst, zu neuen Kehlen neue Forderungen, zu neuen Forderungen neue Kehlen gehören, und paßt sodann der Gegenstand genau, so mag wohl manches für den Augenblick höchst Entzückendes zum Genuß kommen.

Und hiemit will ich, für alles Gute nochmals dankend und bestens grüßend, abschließen; mit dem Wunsch, daß Du Deine Übel in dem Augenblick lossein mögest. Nimm Inliegendes freundlich auf, gedenke meiner und sage mir ein Wort, sobald es Dir behagt; mich freut es immer und erregt mich zum Guten.

Der Deine

Weimar, den 3. Dezember 1824. G.

446. *An Goethe*

Berlin, 10. Dezember 1824.

Schönsten Dank für Deine lieben Geschenke und allerdings auch für den neuen »Werther«. Es ist närrisch genug, welche Freude mir das Büchelchen macht, das ich wohl in allen Ausgaben besitze. Man ist ein rechtes Kind. Ich habe ihn ganz durch und durch wiedergelesen und kann mich nicht genug ergötzen, daß wir überall beisammen sind.

Die Medaille wäre ich geneigt, allen Abbildungen von Dir vorzuziehen; es ist etwas von Dir drinne, was den andern fehlt.

Da Du mein Geschreibe über die »Mitschuldigen« beifällig beantwortest, lege ich ein abschriftliches Blatt bei, worin ich mich gegen einen Deiner Verehrer zu verantworten hatte, der von der Direktion des Theaters ist und mich bewogen hatte, Dir zu melden, daß das Stück (wahrscheinlich durch ihn) sei in Szene gesetzt worden. Ihm hatte ich das Dir darüber Geschriebene zu lesen gegeben. Er ist von dem Stücke hoch eingenommen, und Er schreibt mir, daß er mit meinem Urteile nicht einverstanden sei, und doch sind wir Einer Meinung.

Herzlich lachen muß ich, wie Du den Tankredischen Helden, was sie allerdings nicht sind, das Kopfzeug abnimmst, um sie als Rossinische anzuerkennen. Das ist es eben, was ganz gescheute Leute (die es auch nicht sind) selten überkommen – und von jedem kanarischen Sänger lernen könnten, daß man sich von dem, was man genießen will, die Schale aufknacken muß.

Du hast wohl in der Wiener »Theaterzeitung« einen Brief von Mozart gefunden, an einen lieben guten Baron, der Kompositionen übersendet, Rat und Lehre sucht, eigentlich aber in aller Kürze das Geheimnis lernen will: wie man's doch macht, so recht was Schönes in die Welt zu setzen? Der Brief ist ein goldener Brief und versichert mir meine alte Lehrart, daß man mit den jungen Kunstweisen gar nicht zu viel Umstände zu machen habe. Wer was Rechts wissen will, wird's erfahren, und wer gewinnen will, wird setzen. Mehr weiß ich auch nicht und lerne fleißig dazu.

Wolf, dem ich's rühmlich nachsagen muß, daß er gern etwas aus mir machen wollen, hat mich oft genug angeregt, bei der hiesigen Universität zu lesen. Meine Seele hat dazu gelächelt, und muß ich doch wissen, was sie meint. Kurz, es will mir nicht abgehn nachzumachen, was sie ihren Schülern nachmachend vormachen und Taler auf Taler dabei gewinnen, wenn man auch nicht merken soll, daß sie das Handwerk wie Schustermeister treiben, die sich von ihren Gesellen ernähren lassen.

So aber habe ich's nicht gelernt und versteh's nicht. Meine Jünger kommen täglich von früh an und bringen, was sie eben gelegt haben. Kommt nun einer mit einem ausgetragenen Ei, das einen echten Dotter enthält, so bin ich nicht faul, lang und breit zu sagen, was ich, nicht aus dem Buche, weiß, daß ich's manchmal selber gedruckt sehn möchte. Aber so vom Zaune herab von 10 bis 11 und von 11 bis 12 zu lesen und zu verlesen, da liegt mir's wie ein Stangengebiß im Munde.

Um mir nun meine Sache zur Gelegenheit zu machen, habe ich außer den zwei Singakademietagen seit länger als 20 Jahren noch ein Freitagskollegium in meiner Wohnung, wo ich Herr und Diener bin; da denn die fähigsten meiner Jünger, außer ihren eigenen Arbeiten, sich in der Ausführung alter tüchtiger Musikwerke üben, daneben dann gesagt wird, was ich eben selber erfahre und beeinsichte, auch wohl einmal mehr gesprochen und besprochen als gesungen und gespielt wird.

Felix ist noch der Obermann. Sein schöner Fleiß ist die Frucht einer gesunden Wurzel, und seine Schwester Fanny hat ihre 32. Fuge fertig. Nun paßt das junge Volk auf, und wenn sie etwas für ihren Schnabel aufgefangen haben, merkt man's an ihrer Arbeit; das ist eine Lust, als hätten sie Mexiko gewonnen, und haben mich lieb, wie ich bin, und kommen und gehn von dannen wie die Bienen von der Blume.

Freilich habe ich mich wegen der Kosten zu beschränken, die ich aus meinen Mitteln hergebe, weil gar viele nicht vermögend sind, und die, welche helfen könnten, erfahren nicht, was geleistet wird, indem sie die Sache für sich und mich als ein Privatvergnügen betrachten.

Könnte ich's drucken lassen und dedizieren, ja da wäre ich ein anderer Mann und die andern möchten auch anders sein, und doch gefällt man sich in der Stille, denn: *den* will ich sehn, der mehr tut, als er kann.

Wolf, ich sage der selige Wolf, erkannte es, nach *seiner* Art, wie wir ihn kennen; da er aber keinen Freund hatte, so hätte man auch seine Kläffer zu Gegnern gehabt.

Den 11. Sie machen mir heut Späße, es ist mein Geburtstag, und so will ich nur machen, daß das Blatt fortkommt.

Dein

Z.

[Beilage]

Sonnabend, 27. November 1824.

Sie sagen, lieber Freund, daß Sie mit meinem Urteile über das gestrige Stück nicht einverstanden sind, und doch bin ich mit Ihnen einverstanden.

Habe ich denn aber auch geurteilt? oder getadelt? Ich denke – nicht!

Liegt denn die Kunst, sagen Sie, im Gegenstande oder in der Behandldung? Ich antworte: in beiden, wie das Licht zugleich in der Flamme und im Auge. Denn die Behandlung ist die Betrachtung der Aufgabe.

Die Aufgabe besteht hier in einem moralischen Verbrechen, woran alle andere Mitschuldige sind, ohne deswegen Diebe zu sein.

Die Personen sind ordinäre Leute, doch keiner von ihnen ausgemacht lasterhaft, und die Moral: daß Torheiten, die sich als solche jeder gern verzeiht, müßiges Treiben, Neugier, Leichtsinn, Unwahrheit, ja heimliche Zuneigung und Liebe selbst, hier zu einem in der Gesellschaft verpönten Verbrechen hinführen.

Das habe ich als *Eigenschaft* des Stücks, nicht als Fehler anerkannt, doch ist es eben darum von keiner *angenehmen* Wirkung, weil es vor jede Tür tritt, weil es die Guten mit trifft, und so habe es mit den »Wahlverwandtschaften« verglichen, wo auch die Besten was zu verheimlichen haben und sich selber anklagen müssen, nicht auf dem rechten Wege zu sein.

Ich hatte das Stück unmoralisch nennen hören, die poetische Gerechtigkeit verletzt, weil der Dieb nicht – gehangen wird. Das geben Sie nicht zu; ich gebe es aber auch nicht zu.

Es liegt hier vielleicht mehr Kunst, als auf dem ersten Anblicke sichtbar ist. Aristoteles selber möchte zufrieden sein.

Die Intrige knüpft sich zwischen den vier Wänden eines und ebendesselben Hauses, ja eines Gasthauses in- und auseinander, und das Gesetz des Hauses wird an allen erfüllt; alle sind durcheinander bestraft, wie sie strafbar sind, um Besserung zu finden, freilich ohne daß die Welt was zu gaffen findet.

In Summa: halten wir uns so schön, als wir mögen; gerecht ist keiner, und der Psalmist hat uns längst vorgebetet:

»Herr, gehe nicht ins Gericht mit deinem Knecht, denn vor dir ist kein Lebendiger gerecht!«

Z.

447. *An Goethe*

Berlin, 22. Dezember 1824.

Du hast uns zum Weihnachten schöne rheinische und böhmische Nüsse gesandt, woran die andern schon knacken.

Ich muß mir wohl Zeit nehmen, aus Lüften zu Grüften zu kommen, weil die Finsternis zu mir nicht redet, und doch habe das Meine daran, wie Deine Art, die Natur zu bespüren, ohne ihr aufzuliegen, mir nicht selten durch Ein Wort Tür und Tor öffnet, und gehe ich auch nicht durch, so erfahre doch, ob ich auf *meinem* Wege rechts bin.

Den 25. Heut ist Feiertag, und obschon es nicht an Amtsarbeit fehlt, so heilige ich ihn, indem ich Dein gedenke.

Früh im Bette fallen mir die »Mitschuldigen« wieder ein. Ich stehe auf, suche mir die Stelle in »Aus meinem Leben« 2. Teil Seite 172 und habe damit die glücklichste Stunde, indem meine ungeschickten Worte Deinen eigenen Sinn treffen, ohne daß mir diese Stelle auch nur entfernt beigefallen wäre. Das hat man denn doch an der Wahrheit, daß sie bleibt, was sie ist.

Dabei will ich nicht leugnen, daß ich das Stück zwar vor

manchen Jahren durchgelesen, doch nachher immer mit einer Art von Scheu daran vorübergegangen bin: wer mag sich so wiederfinden?

Nun hab' ich's wiedergelesen; das Urteil ist durch ordentlichen Prozeß gereift, das Herz versöhnt und was übrigbleibt ein nettes Kunstwerk von natürlichen Gliedmaßen, durch dessen Erkenntnis ich mir das Verdienst des Verfassers mit aneigne.

Den 26. Die Berliner Freunde sind freilich herein. Einer davon ist vor einiger Zeit an mir vorübergestreift. Wie denn das hier ist. Man wird einander nicht froh, und das Geschäft des Geistes wird in der Regel beim Tafeln abgetan, wobei alles mitspricht und man in Gefahr kommt, sich in dem reiflichst Durchdachten, was nur Einer machen kann, widerlegt zu finden von einem, den man zum ersten Male sieht. Da ist's denn nicht Wunder, wenn ein ordentlicher Mensch inmitten eines ernsthaften Hauptgeschäfts sich zusammenpackt und davonrennt, Frau und Kinder zu Hause läßt und das Weite sucht, um die unbequeme Speckhaut abzuhungern und der Wind- und Wassersucht zu entgehn. Unterdessen ist dann wieder die Rede von Einschränkungen und Ökonomieen, wobei nichts herauskommt als eine neue Faktorei. Das aber sind keine Feiertagsbetrachtungen.

Mein Felix läßt heute sein neuestes Doppelkonzert hören. Der Junge steht auf einer Wurzel, die einen gesunden Baum ankündigt. Das Eigene kommt immer mehr an Tag und amalgamiert sich so gut mit dem Zeitgemäßen, aus dem es wie ein Vogel aus dem Ei heraussieht.

Abends. Soeben bin ich durch den Tod meines Schwagers Syring der Älteste meines Hauses geworden. Der gute Mann hat mir manche Trauerstunde gemacht, da er seit mehreren Jahren blind, vom Schlage getroffen und zuletzt gänzlich kindisch im 81. Jahre zu den Schatten gegangen ist. Nun wäre die Reihe an mir, wenn ich nicht vorher noch manchen

Jüngern unter die Erde zu helfen habe. Seine Frau war meine älteste Schwester und so aufmerksam auf ihren einzigen Bruder, daß mir kein Lüftchen anwehen durfte. Sie war eifersüchtig, als ich mich verheiratete.

Den 28. Meine Feiertage sind um.

Lebe wohl! Dein

Z.

1825

448. *An Goethe*

»Ich dacht', ich habe keinen Schmerz.«

So ging ich guten Humors bei langersehntem mildem Winterfroste nach einem Spaziergange ins Theater, um den »Tankred« zu hören.

Der Madame Schulze, die hier den Tankred am besten singt und spielt, hatte ich etwas aus Deinem Briefe mitgeteilt und siehe, sie erschien als praller Jüngling mit starker, voller, klarer Stimme, und zwar – so gut als ohne Helm, sei es nun, um Dein Wort zu bewahren, oder ihr mannliches Gesicht mit derber Kaisernase, großen blauen Augen, Perlenzähnen und Polsterlippen nicht zu verdecken, so denn auch mir die Musik in ihren guten Eigenheiten noch lieber ward.

Man hatte die Oper, die wohl einen Puff aushalten kann, abgekürzt, weil noch ein Ballett von drei Akten folgte, zu diesem Zwecke aber zugleich Fremdes *eingelegt* – und das war – gut?

Es war ein Chor aus einem italienischen Oratorium: »I pellegrini al sepolcro di N. S. Gesù Cristo« und zwar von Naumann.

Wer das aushält wie ich, der begreift es auch wohl wie Du. Nach tausend mutwilligsten Verhöhnungen alles heroischen Ernstes richtete sich dies Chorgespinst oder -gespenst wie ein langes Gestänge trägselig auf. Die Fiedelbogen im Orchester wurden paralysiert, die Musici sahn einander an; wie eine Nebelbombe fiel schon mit den ersten Takten die Langeweile aufs Haus, daß niemand wußte, wo man war, da man endlich erfuhr, von waser Macht solche unverhoffte Wirkung kam.

Der Spaß als solcher wäre in der Tat auserlesen, wenn der

in die Garnitur eingelegte Stein im Sinne hätte, das ganze Geschmeide durch seinen Glanz zu verdunkeln, wie denn Einer wissen wollte, daß Graf Brühl daran arbeite, den guten Naumann wieder flott zu machen. Aber es war eine Stille; als ob eine vornehme Leiche vorübergetragen werde.

Den 29. Januar. Unsere Speisewirte und Hoftraiteurs sind bemüht, das Andenken der großen Geister durch Mittagsnachtmahle zu begehen, wobei denn der Kelch das Beste tun muß. Vorgestern mußte Mozart herhalten, und die Sache war anständig genug, wenn man dazu nimmt, daß gegen 300 Köpfe mal über denselben Gegenstand unter Einem Hute sind. Sie waren nämlich alle vergnügt, ja sie blieben vergnügt, als die Wirkung des Champagners die Verklärung der Wahrheit ist. Die Gesundheit des Gefeierten ward durch unsern Generalmusikdirektor Spontini auf Deutsch gesprochen, und da sich auf Deutsch nichts reimt, so dürfte man denken, daß die Sache ungesund und ungereimt herausgekommen wäre; aber es – war auch so, und die Geschichte hat großen Spaß gegeben, da jeder was anderes verstanden hatte, wenn man jedem glauben will, daß der Sprecher gar nichts gemeint hätte.

Da unser Philologus nicht mehr bei der Hand ist, so dächte ich das Recht geerbt zu haben, Dir unsere Eßangelegenheiten vorzutragen; danke mir dafür, wie Du kannst, denn ich wüßte in der Tat nichts anderes zu schreiben und wollte doch gerne schreiben. Lebe wohl und laß von Dir hören. Dein Z.

449. *An Zelter*

Alles, was mir Deine Zustände deutlich macht und mich an Deine Seite versetzen kann, ist mir jederzeit höchst willkommen: wo ich Dich denn diesmal in der Oper, sodann bei einer großen Gasterei recht auf gut Berlinisch im Schwelgen finde. Die Geburtstagsfeier lebender Freunde und Freundinnen inkommodieren mich schon gar sehr; kommt nun noch dazu, daß man an die Seligen gleichfalls einen Tag wenden muß, so wird man für lauter Geborenheiten nicht mehr zu leben wissen.

Doch gönne ich es gerne den Brüdern und Schwestern, die das »Ergo bibamus« begierig überall ergreifen, und freue mich, daß mein Zelter einige heitere Stunden dabei genossen hat.

Damit aber dieses Blatt einige Begleitung habe, so lege einen Aushängebogen bei, Kunstbetrachtungen enthaltend von 1791, gleichzeitig mit den »Venetianischen Epigrammen«. Sie sind mehr historisch-ästhetisch und technisch als artistisch und werden Dir daher leicht einigen Anteil abgewinnen.

Regierungsrat Schmidt, der einige Zeit wegen Geschäften sich in Berlin aufhielt, führte mich durch mancherlei Erzählungen gleichfalls in jene Regionen. Das Schlimmste ist nur, daß die interessantesten Überlieferungen nicht gesehen, nicht gedacht, nicht begriffen werden können, sondern an Ort und Stelle genossen werden müssen; denn wer von Berlin etwas Vorzügliches erzählen will, wird immer von Musik sprechen, und da habe ich denn weiter keine Freude und Anteil daran, als daß Deiner immer in hohen Ehren und Würden dabei gedacht wird.

Und so, damit der Weg sich nicht berase, wenigstens diese magere Botschaft.

Deinigst

Weimar, den 4. Februar 1825. G.

450. *An Zelter*

Heute, Sonntag, den 27. März, vormittags 11 Uhr, würde Unterzeichneter, als dem Geiste nach der Singakademie wohl Verwandter, auf des Herrn Professor Zelter gefällige

Einladung geziemend sich eingefunden haben, um wegen des vorseienden Baues die gewiß erfreulichen Entschließungen zu vernehmen. Ihn halten jedoch ähnliche höchst unerfreuliche Beschäftigungen auf, indem sie nur die Erinnerung eines großen Verlustes aber- und abermals anregen.

Soviel jedoch sei Dir, mein Teuerster, im Ernste gesagt, daß ich mich körperlich wohl befinde, psychisch leidlich; nur halt' ich mich ganz einsam, weil alle Menschen, ohne es zu wissen, überreizt sind, das Übel fort und fort wiederkäuen und, indem sie selbsttätig zur Wiederherstellung beitragen möchten, welches zu loben wäre, jetzt auf ganz unerträgliche Weise mit Rat, Vorschlag und Plan herbeistürmen.

Am meisten find' ich jedoch den Großherzog zu bedauern, der nach seiner schönen fürstlichen Art einen jeden anhört und so vieles Unnütze, das er weder ablehnen noch zurechtlegen kann, über sich muß ergehen lassen.

Das neue Heft von *»Kunst und Altertum«* ist fertig; habe die Gefälligkeit, Beikommendes in die Haude- und Spenerische Zeitung einrücken zu lassen. In meinen Briefen von 1802 findest Du Deiner mit wenigen Worten aufs löblichste gedacht.

Nach Berlin habe ich mich, wie bisher froh und freundschaftlich, so nun auch dankbarlichst zu wenden; die unschätzbare Gunst des Bundestages wird Dir nun auch bekannt geworden sein und Freude gemacht haben.

Gar vieles wäre zu sagen; nach und nach langt manches Erfreuliche bei Dir an. Dieses Jahr ist für mich so gut als vorüber, indessen ich mich an jeden Augenblick anklammere.

Möge Dir der neue Bau und alles gelingen!

Treu angehörig

Weimar, den 27. März 1825. G.

Zur Nachricht

Bei Aufräumung des Theaterschuttes fanden sich unter den Trümmern der Bibliothek aus einem von mir noch selbst redigierten Manuskript des »Tasso« folgende Stellen, die Blätter ringsum angebräunt.

Weimar, Ende März 1825.

Erstes Fragment

Wenn ganz was Unerwartetes begegnet,
Wenn unser Blick was Ungeheures sieht,
Steht unser Geist auf eine Weile still,
Wir haben nichts, womit wir das vergleichen.

Zweites Fragment

Und wenn das alles nun verloren wäre?
Wenn einen Freund, den du einst reich geglaubt,
Auf einmal du als einen Bettler fändest?

Drittes Fragment

Zerbrochen ist das Steuer, und es kracht
Das Schiff an allen Seiten. Borstend reißt
Der Boden unter meinen Füßen sich auf!
Ich fasse dich mit beiden Armen an!
So klammert sich der Schiffer endlich noch
Am Felsen fest, indem er scheitern soll.

[Beilage]

Über Kunst und Altertum

Von Goethe

Fünften Bandes zweites Heft. Stuttgart und Tübingen, in der J. G. Cotta'schen Buchhandlung. 1825. Mit dem Profil des Herausgebers von Schwerdgeburth.

451. *An Zelter*

Aus Beikommendem siehst Du, mein Teuerster, daß wir soeben im Begriff sind, einen neuen Rogus aufzuschichten. Beantworte die Fragen einsichtig-freundlich; mir aber im besondern vermelde, ob Dir bei euren ersteren Theaterbauten sowie bei den letzteren irgend noch ein Hauptgedanke oder Bedenken beigegangen, was man vielleicht nicht aussprechen mag, aber einem Freunde gar wohl mitteilt. Und so assistiere aus der Ferne als gegenwärtig Deinem alten Treuen, der noch in den Fall kommt, künftigem Ernst und Scherz, unausbleiblichen Torheiten und Verwirrungen sowie äußerer Lust und inneren Verdrießlichkeiten einen abermaligen Schauplatz zu eröffnen.

Und so fort an! Treulichst

Weimar, den 3. April 1825. G.

452. *An Goethe*

Karfreitag 1825.

»So ging es, so geht es noch heute!« – in Weimar wie hier in Berlin.

Rat, Unterricht, Vor- und Anschläge, Widerspruch gegen was augenblicklich geschehen müßte, Fragen, die niemand beantworten kann als der Frager – das sind meine Baufreuden seit fünf bis 6 Jahren.

So ist Dein Brief vom 27. März mir ein doppeltes Labsal geworden in meiner Betrübnis über euern Verlust. Denn unsere Sitzung, die mich vorher besorgt machte, war von Deinem Geiste und hat das endliche Resultat ergeben, den Bau nach fünfjährigen Hin- und Herreden *anzufangen*, damit auch wir was zu verbrennen kriegen.

Dein neuestes Heft »Über Kunst und Altertum« wird sehnlichst erwartet. Mit dem übersandten ersten Bogen war Geheimer Regierungsrat Schultz besonders erbaut.

Mir fehlt auch noch das zweite Heft des zweiten Bandes der »Morphologie«, das ich irgendwo glaube von ferne gesehn zu haben. Es kommt in diesen Heften genug vor, das mich aufregt, sich nach und nach bei mir zurechtelegt, sich einsiedelt, als wenn es mit mir geboren wäre, und ich denke, daß es mit manchem andern ebenso ist, wenn er's auch nicht gesteht.

Die vier Bände von »Kunst und Altertum« sind mein Lustgarten, woraus ich selten zurückekomme, ohne ein neues Blatt in mein Gedächtnis zurückezufördern. Hat der Begriff unterdessen geruht, ja gereift, so findet sich endlich, daß das Gute Eins und des Guten kein Ende ist.

Zunächst bin ich nun gespannt auf Deinen Briefwechsel mit Schiller.

»Ohne Furien kein Orest.« Ich sage: ohne Orest keine Furien. Das ist Dein Orest, mein Orest – oder Du hättest gemacht, was schon gemacht war, was Äschylus gemacht und für sich und seine Griechen gewiß gut gemacht hat.

»Der Erde schöner grüner Teppich soll kein Tummelplatz sein für Larven!« Fort mit ihnen!

Du bist den Winter fleißig gewesen. Ich nicht; ich habe den Winter verkrunkst und kann noch nicht wieder zu mir kommen.

Was aber ist denn das mit *der Gunst* des Bundestages? wovon hier niemand weiß, nicht Spener und auch nicht Förster. Die Frankfurter werden doch nicht toll sein und zu Verstande kommen!

Der junge Eberwein aus Rudolstadt will einen Brief an Dich mitnehmen, und Du bist wohl so gut, die Einlage nach Jena abgehn zu lassen. Gries hat mich mit dem 6. Bande seines »Calderon« beschenkt, der mich entzückt hat.

Heute führe ich den »Tod Jesu« auf. Die Plätze sind verkauft, und die gestrige Probe hatte gegen 800 Zuhörer, von denen mehrere ihre gekaufte Karten abgegeben haben, um morgen nicht zu schwitzen. Solch einer Probe fehlt wenig an einer leidlichen Aufführung.

Sonnabend vor Ostern. Mein Saal war gestern mehr als voll. Abends nach der Musik fand ich einen schönen großen silbernen Becher auf meinem Tische, den mir *hundert* meiner Schüler*innen* verehren. Aufschrift: »Trink, alter Mann, der Wein ist gut!«

Heut ist Ostern. Der Brief wird abgeholt, und ich sage nur noch: laß mich's nicht entgelten, wenn ich lange nicht schreibe. Kommt nur Dein Siegel mit dem »J. W. v. G.« hier an der Post an, der Briefträger ist wie eine Katze hinter der Maus, und ich habe ihn in der Minute, und sogleich habe ich Gedanken in Strömen, wie ungeschickt sie sich auch manchmal auf dem Papiere ausnehmen mögen.

Alle Götter mit Dir und

Deinem

Z.

Professor Cousin, von dem Du wirst gehört haben, ist freigelassen auf Diskretion. Er ist als ein Mann von Bedeutung überall aufgenommen. Er war nicht zufrieden mit Deinem Lobe des »Don Alonzo«. Ich habe ihm geradehin gesagt, daß er Dich nicht verstanden habe. Er spricht mit der höchsten Verehrung von Dir, aber er ist ein Franzose und wird sehr alt werden müsen, hinter Deinen eigentümlichen Formen den Geist zu finden, der wie in einem bequemen Bürgerhause wohnt. Man kommt immer auf = o mit der Liberalität der Liberalen; sie kennen keine Wurzel, und die Höhe fehlt dann auch.

Über Isegrim offenbaren sich schlimme Sachen: man sucht, was nicht da ist.

Herr Eberwein ist nicht erschienen, und ich sende dieses Blatt mit der Post.

453. *An Zelter*

Auch wir, mein Bester, haben an der Pein des Ratschlagens gelitten, doch glücklicherweise nur kurze Zeit. Zwei Architekten standen gegeneinander; der eine wollte ein quasi Volkstheater, der andere ein vollkommenes Hoftheater aufführen, und so erschienen auch hier die beiden Parteien des Tags im Gegensatz und balancierten einander wirklich. Nur die Entschlossenheit des Großherzogs machte dem Schwanken ein Ende; er trat auf die Seite der Majorität, so daß wir etwa sechzehn Tage nach dem Brand entschieden sind, was geschehen und, da wir einmal einen Hof haben, auch ein Hoftheater eingerichtet werden soll.

Hiezu gehörte freilich, daß beide obgemeldeten Pläne schon seit Jahren fertig dalagen, und ich will nicht leugnen, daß derjenige, welcher die Gunst gewann, von mir und dem Oberbaudirektor Coudray seinen Ursprung hat, und es ist wunderlich genug, daß wir durch euren Theaterbrand aufgeregt worden und seither immer zur Übung daran dachten und arbeiteten; so wirkt das alles durch- und aufeinander.

Mein neues Heft »Kunst und Altertum« erscheint bald; meine Briefe an Schiller nehmen sich nicht übel aus. Die Bemerkung, die Du machst, daß er in gewissen Dingen mit mir nicht einig ist, wie zum Beispiel wegen der innern oder äußern Furien, diese wird sich auf eine merkwürdige Weise wiederholen, wenn die sämtliche Korrespondenz zum Vorschein kommt. Auch schon in diesem Jahrgange findet sich verschiedenes der Art, und ich habe das Vergnügen zu sehen, daß sehr viele für mich votieren, da ich ihm niemals widersprach, sondern ihn, wie in allen Dingen, also auch bei meinen eigenen Sachen gewähren ließ.

Den Aufsatz über die serbische Poesie so wie die Gedichte selbst empfehl' ich Dir besonders; sollte das Wesen Dich nicht gleich anmuten, so suche hineinzudringen. Ich habe mit Sorgfalt die Sache behandelt; was ich über die Volkslieder überhaupt sage, ist kurz, aber wohlbedächtig. Wenn ich nach und nach die Lieder anderer Nationen spezifisch ebenso vorführe, wird man hoffentlich zur Einsicht desjenigen kommen, um welches man bisher nur mit düsterm Vorurteil herumschwärmte.

Das letzte Heft der »Morphologie« liegt bei. Analog Denkende verstehen sich, wenn auch dem einen oder dem andern Teil der Gegenstand, worüber gesprochen oder geurteilt wird, fremd wäre; hab' ich doch in meinen Heften manches vorgetragen, was den Männern vom Fach selbst, eben weil sie anders denken, unfaßlich bleibt. Ich werde so fortfahren, solange es mir gegönnt ist, mit niemand streiten, aber auch niemand zuliebe Ansicht und Überzeugung verbergen.

Die Gunst des Bundestages wird Dir und meinen Berliner Freunden nun schon durch die Zeitung bekannt geworden sein; wir wollen abwarten, wie sich die Sache weiter ausbildet.

Die Franzosen haben gegen die deutsche Literatur eine wunderliche Lage; sie sind ganz eigentlich im Fall des klugen Fuchses, der aus dem langen Halse des Gefäßes sich nichts zueignen kann; mit dem besten Willen wissen sie nicht, was sie aus unsern Sachen machen sollen, sie behandeln alle unsre Kunstprodukte als rohen Stoff, den sie sich erst bearbeiten müssen. Wie jämmerlich haben sie meine Noten zum »Rameau« durcheinander entstellt und gemischt; da ist auch gar nichts an seinem Fleck stehengeblieben.

Schreibe ja öfter! Wenn Du durch Berlin gehst, denke, Du seist auf der Reise, und sage mir Deine Gedanken über dieses und jenes; ich werde Dir gleichfalls melden, wie es um mich steht. Man mache es in späteren Jahren schriftlich, wie in früheren bei persönlichem Umgang; ein bischen Hin- und Widerreden, auch Klatschen, wenn Du willst, kann nicht schaden.

Treulichst

Weimar, den 11. April 1825. Goethe.

454. *An Goethe*

Berlin, den 12. April 1825.

Hier, mein Guter, ein Blatt für Freund Coudray, das meine Gedanken über seine Fragen enthält.

Chladni, der eben hier ist, findet solche auch seinem Sinne gemäß und bezeugt zugleich seine akustische Zufriedenheit mit dem Königsstädt'schen Theater.

Hier wiederhole, daß der Klang nach meiner Bemerkung dem gefüllten Hause, der dünnern Atmosphäre von selbst zugeht; die Bühne erhält davon zu gleicher Zeit das Ihrige. Kraft und Schönheit liegen in der Musik und im Orchester, jedes hat das Seine zu tun.

Das Vortreten der Sängerinnen bis an die Lampen ist eine Art Hurerei mit dem Zuhörer, um Beifall und Geschmeide zu erhaschen.

Eine Stimme, die sich anstrengt, kennt sich nicht und ist nicht die beste. Eine schöne Stimme nimmt sich eben in gehöriger Entfernung am besten aus. Eine zu stark gestrichne Geige und eine überblasene Flöte will auch keiner hören.

Du bist ja ein alter Praktikus, und so wiederhole ich das nur meinetwegen, da ein Gutachten über Effekte solcher Art Sinn und Erfahrung fordert.

Könnte ich ein Theater für mein Geld bauen, so machte ich den Versuch, den Raum a, b, x zwischen dem Vorhange und dem Orchester durch eine gerade Linie abzuschneiden und zu versenken, wobei vielleicht der mir stets verhaßte Souffleurkasten wegfiele.

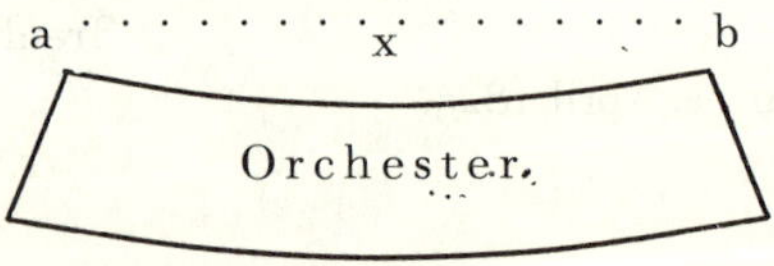

Das verlangte Profil folgt hierbei, und Ottmer bittet es sich nach gemachtem Gebrauche zurück.

Das Allerbeste wäre vielleicht, wenn Freund Coudray selber nach Berlin käme; denn: selig sind, die sehen und auch glauben.

Im Vertrauen will ich nur als schlichter Musikus noch sagen, daß die schlechte Wirkung nur selten am Hause liegt; denn bei dem verfluchten Virtuosenwesen der Musiker ist kein Gedanke an Orchester*arbeit.* Nur wo ein Konzertmeister eine Schule um sich her bildet, kann ein ordentliches Orchester stattfinden. Es ist nichts zu sagen, wenn einer das Talent hat, die Leute hier und dort zu kitzeln, wo sie es gern haben, es muß nur nicht von Einfluß auf die Untergebenen sein.

Dein

Z.

455. *An Goethe*

Berlin, den 19. April 1825.

Als Dein letzter Brief, den ich eben erhalte (vom 11. dieses) geschrieben wurde, konntest Du den meinigen, der am 12. von hier abgegangen ist, noch nicht haben, und ich wünschte zu wissen, ob die Rolle mit den Profilen wohlbehalten angekommen ist. Auf der Post habe ich sie *ohne Wert* angegeben, es sind jedoch die einzigen und werden von mir zurückegefordert; sind sie in Deinen Händen, so weiß ich, woran ich bin.

Daß Du mit meiner Gesinnung über Deinen Orest nicht unzufrieden bist, darüber habe ich meine eigene Freude. Man darf kein Dichter, ja man muß keiner sein, um ein poetisches Gewächs anzuschauen, und so erkenne ich unsern geliebten Schiller, als ob er vor mir stünde. Man stellt sich selber eine Wand zwischen Wirkung und Ursache, und wenn es die Besten tun, was soll den andern werden?

Ich habe sehr um Verzeihung zu bitten. Indem ich Deinen Brief öffne, ist Hegel bei mir, und er fällt sogleich über das einliegende Stück der »Morphologie« her, sieht es an und sagt: »Ei, das habe ich von Ihnen bei mir!« Er hat es nämlich, ehe ich es angesehn hatte, mit zu sich genommen, bei sich behalten, und so habe ich geglaubt, daß ich es noch gar nicht besitze; willst Du es demnach zurücke haben, so laß mich's wissen, oder ich vertausche die Dublette gegen anderes.

Daß Du der Mann nicht bist, dem Volke ein Theater in Weimar zu bauen, hätte ich Dir schon eher angesehn. Wer sich grün macht, den fressen die Ziegen. Das möchten nur auch andere Hoheiten bedenken, die den Wein in der Gore pfropfen wollen. »Freunde, wir haben's erlebt!«, ja erleben es.

Der junge Ottmer gibt sein hier erbautes neues Theater in Zeichnung und Beschreibung heraus, und er hat mir den beiliegenden Auszug für Herrn Oberbaudirektor Coudray in Abschrift mitgeteilt. Ihr werdet ja wohl wissen, was damit anzufangen ist. Der junge Mann hat wirklich Lust und ist unermüdlich. Wollte ihm Coudray etwas sagen darüber, so hat er's mit einem angenehmen Korrespondenten zu tun.

Ich bin eben mit Lesung der Winckelmann'schen Briefe, die Förster herausgibt, beschäftigt. Die Briefe aus Rom und Florenz sind köstlich. Er kommt mir vor wie Moses, der, vom Anschaun der Gottheit zurückkommend, das noch glänzende Angesicht der Welt zukehrt.

Kannst Du uns über euern Bau und Einrichtung etwas wissen lassen, so erfreue uns damit.

Dein

Sonnabend, den 23. April 1825. Z.

456. *An Zelter*

Deine Rolle, mein Teurer, ist glücklich, zur rechten Zeit angekommen und gleich zum Buchbinder gewandert, damit er die mehrfachen Risse zuleimte, woran Du meine Vorsicht erkennst. Darauf erhielt sie Oberbaudirektor Coudray, welcher denn auch das nachgesendete Manuskript eures guten Ottmers nunmehr in Händen hat. Die Arbeiten des jungen Mannes kommen in diesem Augenblicke auch uns zugute. Möge beiden Teilen alles gelingen!

»Kunst und Altertum« besitzest Du nun; ich hoffe, Dir soll aus dieser meiner Winterunterhaltung im Frühling einiges entgegenblühen!

Herrn Hegel grüße zum schönsten und überlaß ihm das Doppelte in meinem Namen; er sollte auch ein Exemplar empfangen haben, aber ich kann die Versendung dieser Freundeshefte, so leicht es scheint, nicht in Ordnung halten; deswegen wußt' ich auch nicht grade, ob Du schon eins besäßest.

Soviel für diesmal, da Gegenwärtiges nur zu Deiner Beruhigung dienen soll.

Treulichst

Weimar, den 26. April 1825. J. W. v. Goethe.

Rätsel nach dem Griechischen

Nicht sterblich, nicht unsterblich, aber von Natur
Gebildet also, daß er nicht nach Menschenart
Noch Götterweise lebe, sondern stets aufs neu
Geboren werde, wechselweise zum Untergang;
Gesehen von keinem, allen aber doch bekannt,
Vorzüglich Kindern, die er sich besonders liebt.

?

457. *An Goethe*

Dein Schreiben vom 26. dieses erscheint, ein Engel vom Himmel.

Ein Stadtgespräch, das sich hier seit Mittwoch umtreibt, enthält die übelsten Nachrichten über Dein und Deines, unsres Großherzogs Befinden. Das Heft von »Kunst und Altertum« kam an ohne weitere Nachricht, und ich, den jetzt ein Lüftchen bewegt, habe ausgestanden wie ein Hund.

Daß in Deiner Korrespondenz mit Schiller Du mein gedenkst, hat mich wieder ermuntert. Die »Aufmaurung Skutaris« ist, und was Du über Volkslieder gesagt, so ganz zu und aus meinem Herzen, daß ich's belegen kann: denn ganz in diesem Sinne habe noch vor kurzem an einen jungen Mann berichtet, der die Herder'schen Volkslieder gesetzt und mir zur Beurteilung vorgelegt hat.

Ottmer wird deckenhoch springen über Deine Worte; er hat sich um mich herumgewunden diese Tage wie ein Aal und erschrickt, wenn mir ein Finger weh tut.

Dein

Sonnabend, 30. April 1825. Z.

Laß bald wieder von Dir vernehmen!

458. *An Goethe*

Berlin, Sonntag, 1. Mai 1825.

Deine Briefe im letzten Stücke von »Kunst und Altertum« ordne ich mir zwischen die Schiller'schen ein und weiß mir was damit, euch um ebendiese Zeit in meinem Fleische erkannt zu haben.

Auf Schillers Talent hatte ich schon längst den größten Wert gelegt und im stillen gezankt, wie solch ein herrliches Talent von nachtretender Philosophie interminiert wird.

Dazu von seiner Seite die Klarheit des Begriffs, daß Gesagt Geschehn im Drama Eins ist.

Daß Deine anschauende Natur mit der Philosophie sich so gut verträgt, und so weiter.

Ich hatte soeben Fichtes Wissenschaftslehre aus dessen Munde gehört und durch täglich-freundschaftlichen Umgang mir davon zugeeignet, was ich fassen können. Es hatte mich im Tiefsten beunruhigt, und konnte nicht eher wieder etwas leisten, bis ich alles von mir getan.

Wem in seinem Hause nicht genug ist, der findet keine Welt und mag sich lange umsehn nach einer Brücke vom Objekte zum Subjekt.

Dagegen sitzest Du wie eine Spinne in stiller Zelle, und was Dir kommt, ist Dir auch da, und wo die Kunst ist, wird auch die Philosophie sein.

Was ich nun noch aus jener Zeit ungern vermisse, weil es eben in diesen Briefen angedeutet ist, das ist die Stiftung der *Dreizehn* und die daraus entstandenen Trakasserieen mit dem Erbfeinde. Ich hatte davon in meinem Tagebuche verzeichnet, was ich hie und da erfahren hatte; es war aber alles unvollständig, doch auch interessant, wie Vornehm und Gemein sich abstieß, anzog und wieder abstieß. Eine Novelle von 200 Dukaten.

Allegorisch behandelt, dürfte so etwas schon in sein Fach passen, wo nicht ein Gegenstück zum verloren gewesenen »Prometheus« werden; Stoff hättest Du beide Hände voll.

Hast Du aber dazu keine Lust, so möchtest Du die Geschichte mit ihren Folgen Briefen an mich vertrauen, die ich sorgfältig aufhebe.

Zu euerm Theaterbau wünsche Glück und möchte wohl einen Entwurf sehn. Vielleicht teilt uns Freund Coudray dergleichen im Vertrauen mit. Gegen Mißbrauch würde ich einstehn.

Unser Bau der Singakademie ist angefangen, das heißt: wir graben den Grund, finden Wasser und wollen uns bedanken, wenn wir mit 12 Fuß Tiefe davonkommen.

Den Bau des neuen Museums kann ich aus meinem Fenster beobachten; ich verliere dadurch meine Aussicht auf den Lustgarten und das Königliche Schloß, dafür gewinne ich wieder den nächsten Weg zu unsern königlichen Kunstschätzen.

Hegel dankt schönstens und sendet mir das Beiliegende,

das ich erst von einer Unzahl Sandkörner reinigen müssen, um den Brief nicht zu beschweren.

Lebe wohl und laß von Dir vernehmen.

Dein

Montag, 2. Mai. Z.

459. *An Zelter*

Hiebei schicke ein Büchlein, das Du am ersten vor allen zu beurteilen berufen bist; mir scheint, er wünscht, was Du zeitlebens getan hast und noch tust, er trachtet, das allgemein zu machen, was, wenn es gemein werden könnte, sogleich vernichtet wäre, und erscheint mir überhaupt wie ein Arzt, der eine unheilbare Krankheit deutlich zu beschreiben und ihre Wirkungen auseinander zu setzen sucht. Doch sei Dir alles anheimgegeben.

Herr Mendelsohn verweilte auf seiner Rückreise von Paris allzukurze Zeit; Felix produzierte sein neustes Quartett zum Erstaunen von jedermann; diese persönliche hör- und vernehmbare Dedikation hat mir sehr wohl getan. Den Vater konnte nur flüchtig sprechen, weil eine große Gesellschaft und die Musik abhielt und zerstreute. Ich hätte so gern durch ihn etwas von Paris vernommen. Felix hat den Frauenzimmern von den dortigen musikalischen Verhältnissen einiges erzählt, was den Augenblick sehr charakterisiert. Grüße die ganze Familie und erhalte mein Andenken auch in diesem Kreise.

Ferner habe zu vermelden, daß Gelegenheit und Möglichkeit die neue Ausgabe meiner Werke zu begünstigen scheint; nun arbeite ich fleißig an den Annalen meines Lebens, wovon schon eine große Masse, teils vorbereitet, teils ausgeführt, vor mir liegt. Nun find' ich, daß unser Verhältnis von 1800 an sich durch alles durchschlingt, und so möcht' ich es denn auch zu ewigen Zeiten erscheinen lassen, und zwar in reiner Steigerung, deren Wahrheit sich nur durch das vollkommenste Detail bezeichnen läßt. Soeben studiere ich Deine Briefe, welche sauber geheftet vorliegen, und nun äußere ich den Wunsch: daß Du mir die meinigen, von fünf zu fünf Jahren, auf kurze Zeit mögest zukomen lassen. Ich bearbeite eben jetzt die Epoche von Anfang des Jahrhunderts bis zum Tode Schillers; hast Du die Papiere in Ordnung, so sende sie mir baldigst, sie kommen schnell zurück, und wie ich vorschreite, bitt' ich Dich um die andern. Ich möchte diesen edlen Faden gern zart und sorgfältig durch- und ausspinnen; es ist der Mühe wert und eigentlich keine Mühe, sondern die größte Genugtuung, und ich freue mich schon, die große Kluft vom Anfang des Jahrhunderts bis heute stetig ausgefüllt zu sehen.

Noch eins fällt mir ein! Es ist in solchen Dingen ein gewisses Gefühl, das ich nicht tadeln kann, daß man Dokumente solcher Art allein zu besitzen wünscht. Die Briefe sollen ohne Deine ausdrückliche Erlaubnis nicht abgeschrieben werden; was ich ausziehe, wird mit Bleistift an der Seite bemerkt.

Lebe wohl! Ich freue mich auf das Von-vorne-leben, wodurch das Gegenwärtige nur um so viel teurer werden kann.

Und so fort und fort!

Weimar, den 21. Mai 1825. G.

460. *An Goethe*

Du hast mich abermalen angetroffen.

Deine Briefe sind mein Eigenstes, indem ich sie mir, Gott weiß wie, verdient habe. Aber ich habe sie, wie man auf dieser Welt etwas haben kann; so nenne ich sie mein, und wenn sie das sind, sind sie auch Dein, weil ich nichts habe, was nicht Dir gehörte.

Ob nicht ein- oder anderes an diesem Konvolut, das bis zur Invasion geht, fehlen möge, weiß ich nicht gleich zu sagen, da ich wohl dann und wann einen erhaltenen Brief wegen verwandter Dinge in ein Buch lege.

Dazu sei es Dir auch erlaubt, sie ihrem ganzen Inhalte nach abschreiben zu lassen, indem ich wünschen darf, daß sie aller Welt werden mögen, was sie mir geworden sind, wenn ich nur die Originale zurückerhalte.

Habe ich doch schon einmal einen ähnlichen, wenn auch nicht so bedeutenden Verlust erlitten. Ein Jugendfreund, Possin, Kapellmeister des Prinzen Heinrich, der einzige, mit dem ich in früherer Zeit Du und Du gewesen bin, nimmt, um unsern vieljährigen Briefwechsel komplett zu haben, mir auch seine Briefe mit nach London, stirbt daselbst vor drei Jahren, und so komme ich um eine Sammlung von mehr als ein halbes Tausend Dokumente historisch-musikalischen Inhalts, die mir von dort aus abgeleugnet werden.

Das überschickte Büchlein habe schon durchflogen und wüßte dem, was Du darüber sagst, kam etwas zuzulegen. Der Heidelberger Freund möchte gern auf Einem Haufen sehn, was kreisende Jahrtausende, Jahrhunderte nacheinander geboren haben. Es möchte ihm nur bange werden, wenn es gelänge, alle Wie, Wo und Wann daran- und darumher zu sehn, da ich denn keinen Ort in der Welt wüßte, wo wir selber nur bleiben wollten, geschweige denn Gebrauch zu machen von dem, was *uns* macht, wie wir sind.

Vor vielen Jahren schriebst Du mir einmal: Natur- und Kunstwerke lernt man nur kennen im Aufhaschen ihrer Entstehung; sind sie reif und fertig, da sehe zu, wer sie begreifen will.

Übrigens ist das Büchlein nicht schlimm zu lesen, möchte

auch kein anderer Freude daran haben, als wer dergleichen macht, wie es der Verfasser vielleicht noch nicht kennt.

Felix ist aus Paris zurück und hat sich in den wenigen Monaten hübsch herausgetan. Er hat dem Cherubini ein Kyrie dort angefertigt, das sich hören und sehn läßt, um so mehr, als der brave Junge nach seinem gewandten Naturell das Stück fast ironisch in einem Geiste verfaßt hat, der, wenn auch nicht der rechte, doch ein solcher ist, den Cherubini stets gesucht und, wenn ich nicht sehr irre, nicht gefunden hat.

Lachen muß ich, daß Du meine Briefe *studierst.* Es muß ein ungeschlachtes Päckchen sein, was ich wohl selber bei Haufen sehn möchte. Sie mögen gelehrte Dinge enthalten, und doch begreifen sie mein eigenstes Leben seit fünfundzwanzig Jahren, da ich erst seit so lange lebe.

Mendelssohn hat seine jüngre Schwester mit von Paris gebracht, welche einige 20 Jahre daselbst Erzieherin der eben verheurateten Tochter des General Sebastiani gewesen ist und eine dadurch erworbene bedeutende Pension an ihrem Geburtsorte Berlin verleben will. Eine so anmutige Freiheit des Geistes, wie sich dies Mädchen seit ihrer Kindheit, die Pariser Höllenfahrt hindurch, erhalten hat, darf gelobt werden, und daß der alte gebrechliche Vater die Verheißung Abrahams an allen seinen Kindern erfüllt sieht, mag auch mit den Propheten wieder aussöhnen. Lebe wohl, mein Teuerster! auf Deine neue vollständige Ausgabe freut sich ganz und gar

Dein

Sonnabend, 28. Mai 1825. Z.

Über unsere Festlichkeiten mögen Dir sichere Nachrichten von anderer Hand zugehn. Ich habe noch nicht einmal die neue *Zauberoper »Alcidor«* gesehn, schreibe: gesehn, und werde wohl so lange warten müssen, bis sich die satt gescholten haben, die nur deswegen alle Plätze lange vorher in Beschlag nehmen, um den neu dazu verfertigten Titel: *»Allzudoll, eine Zauderoper«* anzuprobieren.

Chladni geht eben von mir und grüßt Dich schönstens. Er wird diese Tage zurück nach Kemberg gehn. Er hat denn doch wieder eine Subskription von 55 zusammengestottert, von denen die große Hälfte ausgeblieben und die gebliebene sanft eingeschlafen ist. Er wollte (auf Begehr) noch einmal die Finsternis wiederholen, doch scheint die Sonne ausgeblieben zu sein, und er geht ab, um anderswo wieder aufzutreten, hat aber versprochen, zuverlässig wiederzukommen.

Unser Heidelberger gefällt sich manchmal (astronomisch zu reden) wie einer, der nur Einen Pol kennt. Mozarten, meint er, sei der *ärgste Possen* geschehen mit den Worten: »Misericordias Domini cantabo in aeternum«, indem er die ersten Worte anbetend und die letzten jubelnd komponiert habe.

Das Stück scheint zu sein und ist ein Übungsstück im Kontrapunkt, zwei Gegensätze miteinander zu verbinden, wozu man die ersten Worte nahm, welche dem Schreiber einfielen. Das mag freilich auch nicht recht sein, aber es ist so und will mit dem jure civilis nicht gerieben sein. Addio! das Papier ist voll.

461. *An Goethe*

Berlin, 1. Junius 1825.

Das Auflösungswort des griechischen Rätsels mag wohl: »Der Schlaf« sein; anderes weiß ich nicht zu finden.

Da Du eben mit Redaktion Deiner Tagebücher und Papiere umgehst, fällt mir wieder ein, was ich schon längst fragen wollte.

In Schillers Briefen aus Weimar vom 18. Februar und 10. März 1802 ist die Rede von der *geschlossenen* Gesellschaft, die der *Widersacher* durch einen *großen Klub* zu zerstören droht.

Was ich davon in meinem Tagebuche angemerkt hatte, ist auf Hörensagen gestellt. Es war die Gesellschaft der *Dreizehn*, die der Erbfeind durch seinen Beitritt unsterblich machen wollen. Was war es mit dem 5. März, der Schillern besser bekam als dem Cäsar der 15.? Schillers Geburtstag, der ja auch sollte gefeiert werden, fällt in den November. Man suchte Schillers Büste; wie war nicht zu bekommen, und so weiter.

Die alle daraus entstandene[n] Trakasserieen mit ihren läppischen Folgen, der Errichtung eines zweiten Theaters, der Entstehung des niederträchtigen »Freimütigen« und so weiter, alles das schwebt und schwankt mir vor dem Gedächtnisse, und ich war leichtsinnig genug, nichts weiter davon zu behalten. Die Sache kommt mir jedoch bedeutend genug vor, wie sie es mir damals war, um auf irgendeine Art erhalten zu werden, und ich dächte, in einem freundschaftlichen Briefe an mich wäre die Geschichte an schicklicher Stelle. Laß mich doch wissen, was Du hierzu meinst.

Sonnabend, 4. Juni. Unsere neue zentnerschwere Zauberoper »Alcidor«, die 4 Stunden spielt, habe nun zweimal bestanden.

Zwei gegeneinander im Streit liegende Zauberfürsten, von denen einer eine Goldinsel beherrscht, mit ihren Residenzen geben Maschinisten und Dekorateurs volle Arbeit. Chöre von Gnomen und Sylphen machen das Zauberwerk. Ein liebendes Paar, verfolgt von dem Gnomenvolke und beschützt von der andern Seite, wird zuletzt vereinigt und machet das Humane.

Das Stück ist von Théaulon französisch gedichtet und nach dem Französischen in Musik gesetzt; so besitzen wir endlich ein berlinisches Original – das ist: ein neues Kleid gewendet.

Die Musik ist eine ganz erstaunliche Arbeit; man müßte schon ein rechter Musikus sein, um es bewundernd genug zu schätzen. Es ist ein Chaos von den rarsten Effekten, die sich untereinander aufreiben wollen, wie die singenden Fürsten, und unmäßigen Fleiß des Komponisten voraussetzen. Es stickt eine zehnjährige Arbeit in dem Werke, und ich könnte mich zerreißen und würde dergleichen nicht hervorbringen.

Die umgehende Kritik in gedruckter und ungedruckter Gestalt tut dem Komponisten gleiches Unrecht, indem die eine wegwerfend und die andere mit kalter Erhebung verfährt.

Was er hat machen wollen, ist ihm nur zu sehr gelungen, er hat Verwundrung erregen, erschrecken wollen, und mit mir hat er seinen Zweck völlig erreicht. Er kommt mir vor wie ein Goldkönig, der mit seinem Golde den Leuten Löcher in den Kopf schmeißt.

Da die ausführende Musik anjetzt auf dem Exzeß beruht, so sind große Forderungen daran eben nicht ungerecht und die Klage der Orchesterleute über Schwierigkeiten ein wahres Nichts gegen das, was das Ohr auszustehn hat, so lange in einem Dickicht von Tönen zu verharren, der viel zu anziehend und lastend zugleich ist, um sich abwerfen zu lassen. Ich weiß wohl, was ich aushalten kann, und dachte gestern leichter davonzukommen als das erstemal, aber Augen und Ohren, ja Haut und Knochen tun mir heut noch weh vom Sehen, Hören und Sitzen.

Das alles liegt keineswegs an diesem Einen und, wie immer, an der Zeit, die jeden zur Verdammnis führt, der sich davon fortreißen lassen muß, und da ich eben die Winckelmann'schen Briefe lese, so merke ich wohl, daß auch ich meiner Zeit mehr als billig hingegeben bin. Kurz, das Werk ist in allem Äußerlichen sehr merkwürdig wegen der aufs Höchste getriebenen Steigerung des Stils, der das Starke und

Liebliche travestierend effektuiert und bei völliger Hohlheit verwirrend, ja tötend wirkt.

Was melodisch sein will, kommt mir vor wie eine Konturzeichnung, die immer absetzt, anstatt zu fließen, und sich in Karikatur verirrt.

Ähnliches, der Zeit Angehöriges dürfte an dem wirklich ganz außerordentlichen Beethoven nachzuweisen sein, der in seiner Entfernung vielleicht mit Michel Angelo zu vergleichen wäre, und so fort auf Spontini, dem schon Cherubini vorgearbeitet hat und der schon lange an der Bretterwand steht.

Was wollte ich denn aber eigentlich sagen? – Soll man verfluchen, indem man selber dabei ist? Soll man leiden, was nicht zu dulden wäre? – So wollen wir (mit Wieland) leben lassen und – leben.

In hiesiger Post will man stets den Wert der Pakete angegeben wissen. Wie soll ich aber Deine Briefe angeben? Sei also so gut, mir immer den Empfang solcher Schätze anzuzeigen.

Dein

Z.

462. *An Zelter*

Nur mit wenigen Worten begleite Beikommendes. Habe Dank und sage desgleichen Deinem jungen frischen Architekten.

Von unsern theatralischen Abenteuern, die eine wunderliche Wendung genommen haben, hörst Du nächstens.

Die glücklich angelangten Briefe sind schon in Arbeit, ich lasse sie, mit den meinigen ineinander geschaltet, von der bekannten Hand abschreiben. Es werden Codices, an denen wir unsere Freude haben wollen. Halte gleich die zweite Sendung bereit, damit der Abschreiber nicht pausiere.

Soeben kommt Dein werter Brief; wie ist alles so wahr, daß sich nicht leicht jemand gegen sein Zeitalter retten kann!

Von den Geschichten, nach denen Du fragst, wird in meinen »Annalen« unter dem Jahr 1802 das Nötige und Schickliche zu lesen sein. Ich schrieb es auf Deine neuliche Anregung. Auf alle Fälle verdient das Nähere erhalten zu werden; auch Riemers Wunsch war es; denn die Folgen jener Widerwärtigkeiten ziehen in die folgenden Jahre hinüber. – »Der Schlaf« war richtig getroffen.

Begegnen Dir »The last days of Lord Byron. By William Parry« in Übersetzung, so greife hastig darnach: man wird nicht leicht auf einen so hohen und klaren Standpunt gehoben; alles bisher über ihn Gesagte sinkt und verschwindet wie Talnebel.

Auch die »Volkslieder der Serben« sind soeben in einem hübschen Oktavband zu Halle herausgekommen. Die Einleitung, ein kurzer Abriß der Geschichte des untergegangenen serbischen Reichs, ist eine höchst brav und kenntnisreich gearbeitete, genügende, aber unvergnügliche Schilderung. Daß man, wie ich wünschte, diese Nationallieder gleich in Masse vor sich hat, ist höchst ergötzlich und unterrichtend; man weiß sogleich, was es ist und was es heißen soll.

Ich kann nicht schließen, ohne jener *über*füllten Musik nochmals zu gedenken; alles aber, mein Teuerster, ist jetzt *ultra*, alles transzendiert unaufhaltsam, im Denken wie im Tun. Niemand kennt sich mehr, niemand begreift das Element, worin er schwebt und wirkt, niemand den Stoff, den er bearbeitet. Von reiner Einfalt kann die Rede nicht sein; einfältiges Zeug gibt es genug.

Junge Leute werden viel zu früh aufgeregt und dann im Zeitstrudel fortgerissen; Reichtum und Schnelligkeit ist, was die Welt bewundert und wornach jeder strebt; Eisenbahnen, Schnellposten, Dampfschiffe und alle mögliche Fazilitäten der Kommunikation sind es, worauf die gebildete Welt ausgeht, sich zu überbieten, zu überbilden und dadurch in der Mittelmäßigkeit zu verharren. Und das ist ja das Resultat der Allgemeinheit, daß eine mittlere Kultur gemein werde; dahin streben die Bibelgesellschaften, die Lancasterische Lehrmethode und was nicht alles.

Eigentlich ist es das Jahrhundert für die fähigen Köpfe, für leichtfassende praktische Menschen, die, mit einer gewissen Gewandtheit ausgestattet, ihre Superiorität über die Menge fühlen, wenn sie gleich selbst nicht zum Höchsten begabt sind. Laß uns soviel als möglich an der Gesinnung halten, in der wir herankamen; wir werden, mit vielleicht noch wenigen, die Letzten sein einer Epoche, die sobald nicht wiederkehrt.

Und so allem Guten und Echten empfohlen!

Treu beharrlich

Goethe.

463. *An Goethe*

Herr Hauser, ein recht guter Baßsänger, geht von Kassel nach Dresden und zwar den nächsten Weg über Weimar, um der einzigen Ursache, Dein Angesicht zu sehn und Dir ein Lied vorzusingen. Er sagt mir, daß er sich schon einmal Dir genahet habe, doch habe er die Sprache verloren gehabt, und so bittet er mich, ihm ein Wort an Dich mitzugeben.

Halte es nun damit, wie Du magst und kannst; doch bin ich ihm eine Gunst schuldig worden, indem ich bei Gelegenheit, da er mir zum ersten Male vorsang und allerlei Entschuldigungen, die sich mehr und weniger alle Sänger angeeignet haben, zum 1001. Male wiederholte, ihm so gewaltig aufs Haupt fuhr, wie es ihm vielleicht noch nicht geworden ist.

Leider reißt manchmal die Geduld, und nachher möchte man sich prügeln; denn wenn ich bin, wie ich bin, warum soll der andere nicht sein, wie Er ist? So lebe wohl. Es ist ein Brief an Dich unterwegs. Heut ist Dienstag, der 7. Junius 1825.

Dein

Z.

Wie man hier sagt, wollt ihr schon im September in euerm neuen Hause spielen, da müßt ihr schon weit sein; ich patsche noch im Grundwasser herum, und dazu haben wir hier täglich Regen.

464. *An Zelter*

Hierbei dankbar die Briefe bis 1805 zurück, 1806 wird abgeschrieben und folgt mit den folgenden. Sende nur gleich zehen Jahre, damit die Arbeit hintereinander weggehe. Ein Schreibender, der sich dran hält, kommt gar weit bei diesen langen Tagen.

Zur Begleitung send' ich einige naturdichterische Blätter; willst Du Dir einmal recht jung scheinen, so singe sie und laß andere sie singen, damit auch diese glauben, die paradiesischen Irrtümer der Jugend seien ihnen wieder verliehen. Die neusten schönen Tage werdet ihr ja wohl auch, wenn meine Universalmeteorologie nicht trügt, zu genießen haben.

Mir geht es insoferne gut, daß ich an der notwendigsten Tätigkeit nicht gehindert bin. Möge es Dir ebenso und besser gehen.

Immer fort und immer grad

Weimar, den 16. Juni 1825. G.

[Beilage]

Diese Richtung ist gewiß,
Immer schreite, schreite!
Finsternis und Hindernis
Drängt mich nicht zur Seite.

Endlich leuchtest meinem Pfad,
Luna, klar und golden!
Immer fort und immer grad
Geht mein Weg zur Holden.

Nun der Fluß die Pfade bricht,
Ich zum Nachen schreite;
Leite, liebes Himmelslicht,
Mich zur andern Seite.

Seh' ich doch das Lämpchen schon
Aus der Hütte schimmern;
Laß um deinen Wagenthron
Alle Sterne glimmern!

Immer hin und immer fort,
Allzu schön erscheinend,
Folgt sie mir von Ort zu Ort,
Und so hab' ich weinend

Überall umsonst gefragt,
Feld und Flur durchmessen,
Auch hat Fels und Berg gesagt:
Kannst sie nicht vergessen.

Wiese sagte: Geh nach Haus,
Laß dich dort bedauern;

Siehst mir gar zu traurig aus,
Möchte selber trauern.

Endlich fasse dir ein Herz
Und begreif's geschwinder:
Lachen, Weinen, Lust und Schmerz
Sind Geschwisterkinder.

465. *An Goethe*

Berlin, Sonntag, 19. Junius 1825.

Schönen Dank für Deinen lieben Brief vom 9. dieses und die Zurücksendung der Zeichnungen!

Daß ich Dein Rätsel erraten habe, magst Du mir fein anrechnen: es ist das erste, welches ich mein Leben lang errate.

In Mendelssohns Hause, wo ich in der Regel wöchentlich zweimal bin, kommt dergleichen oft genug vor; die Kinder aber sind mir so überlegen darin, daß ich vor kurzem eine von mir selber früher erfundene Charade: *Mein Erstes ist weiblich; mein Anderes ist männlich; mein Ganzes ist sauer* – durchaus nicht erraten konnte.

Unser neues Königsstädt'sches Theater belustigt auf ähnliche Art sich und die Stadt mit folgenden Proben:

»Welches sind die wohlfeilsten Verwandten?« – ferner:

»Welches ist die schönste Nuß?« und so weiter.

Es gibt Leute, die so etwas bei weitem nicht erraten, zu diesen gehöre ich selbst; daß aber auch hier noch ein Minimum stattfindet, magst Du aus folgendem abnehmen.

In einer muntern Gesellschaft erzählt vor kurzem jemand, wie ein Bauer mit seinem Knechte eine Reise tut und einen Beutel mit Gelde zur Sicherheit in der Krone einer hohen Fichte festmacht. Der Bauer kehrt zurück, läßt den Beutel herunterholen, und als er statt seines Geldes einen Kuhfladen findet, ist er stumm, ohne etwas anderes als die tiefste Verwundrung zu zeigen. »Wenn ich nur begreifen könnte«, platzt er endlich heraus, »wie die Teufelskuh auf den hohen Baum und wieder herunter gekommen wäre!«

Darüber wird nun lang genug gelacht, bis auf eine Dame, die nach einer ziemlichen Stille ganz unschuldig sagt: »Ja, wenn ich sterben soll, so begreif' ich's auch nicht!«

»The last days of Lord Byron« ist hier noch nicht zu haben. Unser Bibliothekar Spiker kannte es noch nicht dem Namen nach. Sollte bei euch eine deutsche Übersetzung zu haben sein, so bitte ich Dich, sie mir zu kaufen und anher zuschicken zu lassen.

Eine Lebensbeschreibung dieses Dichters habe gelesen. Sie ist in Leipzig bei Dyck gedruckt mit einer Analyse und Kritik seiner sämtlichen Werke. Lieber Gott, was soll man sagen! Lord Byron ist darin stark angefochten wegen Atheisterei und als Verächter seines Vaterlandes und der Menschen überhaupt. – Was geht das mich an? Doch ist er der erste Engländer, dessen Meinung über seine Landsleute in meinen Glauben an sie paßt und der sich in ein Verhältnis zur Welt zu setzen weiß, wie es allenfalls einem freien Manne auf seine Gefahr zusteht.

Die Kritik ist eng, wie ein englisches Kleid, und mag jedem Lord anpassen, der kein Byron ist. Ich habe manches daraus gelernt, mehr, als der Verfasser beabsichtigt hat, wie mir denn Gegenschriften immer nützlich gewesen sind, weil man beide Parten kennen lernt. Fast bekomme ich Lust, mein Englisch wieder vorzunehmen – es ist eine verwünschte Sprache.

Von oben herab fängt es nun hier an still zu werden, nachdem sie sich müde gelegen, müde gesessen und müde gegessen haben, und nun kommt es von unten. Da sind die

Wollhabenden und die Wollustigen, denn der Wollmarkt ist angegangen. Die Briten, welche gern wohlfeil kaufen, um teuer zu verkaufen, wollen noch nicht anbeißen, werden aber wohl daran müssen, wenn sie nicht ihr Geld wieder mitnehmen wollen.

Es ist Dienstag. Schreib nur bald wieder. Wenn mir der Briefträger Deinen Brief bringt, macht er ein Gesicht, als wenn ich sein Mädchen wäre.

Graf Brühl ist in Verzweiflung über die neue Oper. Die ununterbrochnen Proben seit 8-12 Wochen haben wegen der vielen Szenerie das ganze Theater aufgehalten, daß nichts bedeutend anderes hat vorgenommen werden können. Nun ist dies Wunderwerk endlich flott und das Haus so voll, daß die Leute ersticken und verschwitzen vor Hitze darin, und gleich nach der ersten Aufführung läßt sich Spontini seine 1050 rh., die ihm für jedes neue Werk zukommen, aus der Kasse zahlen, da haben sie denn wieder nichts. Die Leute sagen nun: »Spontini nimmt ein, und die andern müssen schwitzen.«

Du wolltest ja von euren theatralischen Abenteuern berichten, vergiß das nicht. Unser Bau ist wenigstens bis übers Wasser aus der Erde. Vale!

Dein

Z.

466. *An Goethe*

Berlin, den 23. Juni 1825.

Vorgestern habe ein Schreiben an Dich auf Post gegeben, und so begleite ich diese Sendung mit nur wenigem.

Die naturdichterischen Verschen sind schmuck, ja, indem ich sie wieder ansehe, echt naturgemäß, was viel sagen will.

Da einmal hiervon die Rede ist, so lege ich ein erfordertes Gut- (oder mit Wolf zu reden) Schlechtachten bei über naturgemäße Theorie. Du schickst mir's wohl gelegentlich zurück, da man in diesen Tagen nicht weiß, wie man solche Abschriften zu verwahren hat.

Deine meteorologische Verheißung nehmen wir dankbar an und sagen Amen! Denn heute, am 23. Juni, habe ich heizen lassen, um nicht im Sommer zu erfrieren.

Sonnabend. Winckelmann spricht von einem Plafond in der Villa Albani und einem in der Kirche des heiligen Eusebius zu Rom, worin Mengs alles Vorhandene übertroffen habe. »Rafael hat nichts hervorgebracht, das dem könnte verglichen werden«, und so weiter. Der Brief ist d. d. Rom, den 14. Juni 1760. – Du hast ja wohl diese Sachen gesehn, laß mich doch ein Wort von Dir darüber wissen.

Langermann grüßt schönstens und wird in kurzem an Dich schreiben; er ist der alte noch, ist aber so unförmlich dick geworden, daß er beinahe aller Bewegung absagen müssen. Es kann nicht gut enden, und mir ist bange, ihn zu verlieren; man wird immer mehr auf sich selbst angewiesen – wenn nur mit der Jugend was anzufangen wäre! Doch muß das zunehmende Vertrauen meiner Schüler nicht verkannt werden, da Ein neuer Kunstlehrer nach dem andern ausruft: »Ecco il vero policinello!« Da wird denn von Amts wegen barsch oder gelinder hineingefahren, da man denn freilich immer allein steht, wenn die Menge nach dem Neuen greift und behauptet: der Eine werde doch nicht alle Weisheit allein aufgegessen haben.

Gott befohlen.

Dein

Z.

[Beilage]

Für die gefällige und beehrende Mitteilung und Zueignung Ihres fleißigen Werks: »Theorie der Musik nach naturgemäßen Gesetzen« habe ich Ihnen, geehrter Herr Musikdirektor, im Namen des Vorstandes der Singakademie verbindlichst zu danken.

Daß dieses nicht eher geschehen, kommt daher, weil ein Lehrbuch, in größerem Kreise von Hand zu Hand gehend, seine Zeit braucht, wie denn das umgehende Exemplar noch nicht wieder in meinen Händen ist.

Vor der Hand nun, auf Ihr ausdrückliches Verlangen, von meiner Seite folgendes.

Wenn ich über die Unzulänglichkeit früherer musikalischen Theorien und Systeme mit Ihnen übereinstimme und es immer an der Zeit sein mag, auf reine Prinzipien zu denken, so müssen wir der Kunst an sich zugestehn, auf ihrem eignen Grunde einer immer freieren Entwickelung entgegengegangen zu sein.

Daß solch ein Wachstum nicht ohne gesunde Wurzel sein kann, wird durch die herrlichsten, fort und fort gesteigerten Kunsterzeugnisse des ganzen vorigen Jahrhunderts begreiflich, und der Verstand beeifert sich stets von neuem, solche Wurzel aufzusuchen und ein erstes Gesetz im Schoße der Tiefe zu erforschen.

Das haben (wir dürfen's nicht leugnen) viele vor uns getan, und was sie gefunden, ist weder unbrauchbar noch hinderlich gewesen, denn die Besten, die wir nennen können, haben danach gewirkt.

Wir in unserer Zeit sind in dem nämlichen Falle, und wenn auch Sie, mein Freund, nicht glücklicher gewesen wären als jene, so läßt sich hoffen, daß der alte Same fortgedeiht und mitten durch Kraut und Unkraut sich Bahn macht.

Aber Dank verdienen Sie wie jeder, der unverdrossen von neuem sich in die Tiefen versenkt, wo die Natur das Geheimnis ihrer ewigen Dauer verbirgt.

Hierüber würde ich mit Ihnen allenfalls mündlich verkehrt haben, wenn unsere Gelegenheit sich hätte treffen wollen; denn Schreiben und Replizieren in Dingen, da man lauschend zu verfahren hätte, ist mir nicht gegeben, wenn es nicht ein Mittel ist, die Göttin zu entfernen, die man beschleichen wollte. –

Ich bin alt genug, um noch den tätigsten kritischen Geist einer frühern Periode erlebt zu haben, der sich damals schon nur noch an Nachgeburten oder Schemen übte, ein Geist, dessen Wortführer sich im Eifer für das Beste um den größern Irrtum jagten wie um eine trojanische Mauer: aber es waren die besten Männer ihres Fachs, und vieles, was wir wissen, haben wir ihrem Irrtume zu danken.

Sie, Herr Musikdirektor, kündigen gleichfalls Ihr Werk als ein rein theoretisches an und bauen es auf von Ihnen so benannte Naturgesetze. Was mich betrifft, so gestehe ich sogleich, daß auch ich der von Ihnen verworfenen Lehrart angehöre. Auch ich glaube, daß meine Haut die beste zu meinem Fleische ist und, was Gott zusammengefügt hat, der Mensch nicht scheiden soll, daß die Melodie das schönste Kleid, die Harmonie aber der ewige Geist ist, der aller Kreatur Dasein und Übereinstimmung gibt;

daß endlich Ihre Trennung der Melodie von der Harmonie sowie Ihre Einteilung der Tonverhältnisse in naturgemäße und kunstgemäße eine mikrologische Spielerei ist, wie man sie wohl an braven Männern wahrgenommen, die sich aus Mangel an Produktivität der musikalischen Magie ergeben hatten. Sie fangen an bei der Melodie. Sie sagen

Seite 16: »Die Musik befindet sich in ihrem naturgemäßen Zustande, wenn sie melodisch, das ist: die Melodie ohne die Harmonie ausgeübt wird.« – Ferner:

»Die Tonverhältnisse werden von dem Tonsinne ohne alle äußere Hülfe bestimmt und vom Gehöre gerichtet.« – Ferner:

Seite 26: »Das Gehör nimmt bei den Tönen, welche nacheinander erklingen, die Reinigkeit der Verhältnisse nicht so genau wahr als bei den Tönen, welche miteinander erklingen.«

Seite 32: »Jede kunstgemäße Musik kann nur aus Melodie *und* Harmonie bestehend gedacht werden, indem eine Melodie, die keine Harmonie zuläßt, unmöglich ist.«

Solch eine Folge von Theoremen a posteriori, um welche sich Sinn und Verstand, Gehör und Klanggesetz vergleichen sollen, sind alles halb, ohne daß zwei Halbe ein Ganzes sind.

Die XII. angegebene Erklärung: daß Melodie und Harmonie *ganz* verschiedene Dinge in der Musik und doch Musik sind und Melodie ohne Harmonie keine Melodie und also auch keine Musik ist, das ist geradezu gesagt: Wirrwarr.

Weiß man nun, daß der gute Johann Jakob, dem die Harmonie eine barbarische Erfindung ist, auch beinahe so argumentiert, so könnte man theoretischen Todes sterben, wer davon leben sollte.

Gern helfe ich selber folgern, um mir selber verständlich zu machen, was hier gemeint ist: ist die Melodie naturgemäß Musik, so wird sie auch Harmonie sein, weil Musik Harmonie ist.

Die Harmonie ist (wie die Zeit) ohne Form und ewig, dahingegen die Melodie aus endlichen zeitgemäßen Tonverhältnissen besteht und eine Form, das ist: Anfang und Ende hat.

So wird die Melodie zur seligen Vermittlerin zwischen der ewigen Harmonie und dem Gehöre; sie ist die Verkündigerin, die Prophetin – aber nicht das Gesetz.

Soviel über den Anfang und den Vorgrund Ihrer Theorie und nun zum Historischen.

So steht geschrieben Seite 182:

»Der Kanon *und* die Fuge« und so weiter – ferner:

»Die Melodie eines Kanons muß« etc. – ferner:

»Die Fuge stellt die Menge dar« etc. – ferner:

»Nur der große Chor bietet der Fuge das Feld dar« und so weiter und so weiter.

Solche Lehren sind aus der Luft gegriffen und die genannten Dinge weder dem Namen noch der Sache nach, wozu sie hier gemacht worden. Mag der eigentliche Sinn ihrer Formen abgegriffen und verschollen sein, nennt sie der Lehrer jedoch bei ihrem Namen, so soll er sie kennen. Es ist damit nicht etwa, als ob jemand Karl oder Gustav hieße; in dem Namen einer ganzen Kunstform soll eine Bedeutung liegen, welche der Sache angehört.

Der Kanon kann eine Fuge sein, ja er ist es; doch die Fuge als solche ist kein Kanon.

Der Kanon kann so kurz oder lang sein, als er will, wenn er nur kanonisch ist; sein Maß liegt weder im Worte noch im Begriffe.

Was Sie von der Fuge sagen, kann von jedem Chore gelten, der keine Fuge ist.

Auch Forkel will die Fuge zum Ausdrucke der Menge machen, und Vogler in seinem »Fugensystem« macht sie zur *»Konversation zwischen einem Haufen von Sänger«*, zu einem *»Auflauf, der rebelliert«*, und noch Ärgeres.

Sie sollen nicht glauben, daß ich hier witzele, die Sache ist ernsthaft genug, ich schreibe die gedruckten Worte nieder; auch spricht Vogler nicht etwa von dieser oder jener, sondern von der Fuge überhaupt.

Ihren mir zur Einsicht gesandten Kompositionen gestehe ich alles Lob zu, insofern kein Fleiß daran gespart ist. Dadurch sind sie aber noch nicht naturgemäß.

Die Simfonie ist in den eben gangbaren Formen geschrieben, die willkürlich genug sind. Was tut zum Beispiel die Menuett in einer Simfonie? – die nicht getanzt wird, keine Menuett ist und sich doch so nennt!

Ihre neue Messe (soll sie sich als Form auf eine Theorie,

das ist: eine erste Ursache, gründen) ist eine deutsche Übersetzung der alten lateinischen Messe.

Die katholische Kirche hat die lateinische Messe und will sie behalten, und die protestantische Kirche protestiert gegen die Messe überhaupt. Wo soll nun diese deutsche Messe gesungen werden? – Es kann freilich überall außer der Kirche geschehen, wo sie denn doch als Kirchenstück ohne Fundament ist.

Seite 184 Ihres Buchs wird nebenher die sogenannte *gebundene Schreibart* berührt als *eigentlich* weiter *nichts* als eine ungleichzeitige Verbindung der Melodie mit der Harmonie. Ohne das längst bekannte Geheimnis zu verraten, will ich nur sagen, daß die *ungleichzeitige* Verbindung der *Melodie* mit der *Harmonie* stattfinden kann außer der gebundenen Schreibart. Weiß ich doch kaum, ob unsere Allverehrtesten, Mozart, Händel, Graun, Haydn, die sich ja auch Ihres Lobes erfreun, diese Schreibart so *genannt* haben; aber daß diese Heroen gerade in dieser Schreibart das Maximum ihres großen Talents niedergelegt haben, weshalb sie auch Meister unter Meistern sind, das wüßte ich wohl nachzuweisen.

Besuchen Sie mich, werter Herr Musikdirektor, zu bequemer Stunde und nehmen mit einem Gerichte vorlieb; dann reden wir sine ira über solche Dinge, wir mögen wissen, was wir wissen. Berlin, den 12. Mai 1825. Zelter.

An den Herrn Musikdirektor Urban, Wohlgeboren, aus Elbing.

467. *An Goethe*

Berlin, 26. Juni 1825.

Unser Herr Generalmusikdirektor Ritter Spontini ersucht mich um meine Empfehlung an den großen Goethe, die kaum nötig wäre zwischen Kunstverwandten solcher Art.

Indem ich aber wünschen muß, daß alle meine Freunde sich untereinander kennen, und Gelegenheit finde, Dir einen frischen Herzensgruß mehr zuzuführen, so möge Dir es nicht gereuen, den Komponisten der allerneusten allergrößten Oper von Angesicht zu sehn.

Er geht nach Paris, von da er gegen unser nächstes Karnaval zurückekehrt.

Mein gestriges Schreiben mit der *zweiten* Briefsendung wird bereits in Deinen Händen sein; so wünsche nur noch gesunde Kraft zu Deinen schönen Werken und bin, der ich sein werde,

Dein

ewiger Z.

Eben kommt mein Kaffee.

Guten Morgen!

468. *An Goethe*

Unser Herr Chevalier Spontini hat mich um eine Empfehlung an Dich ersucht.

Sollte er Dich leiblich wohl und gesunden Muts finden, so bitte ich um gute Aufnahme. Er reiset mit seiner Frau, die nichts als Französisch spricht, und wenn sich Deine huldreiche Hausdamen auch *ihrer* annehmen wollten, so wäre ich und sie glücklich.

Benachrichtige mich doch von euren theatralischen Abenteuern; wir hier zu Lande sind gleichfalls im Bauen, und an Bauleiden fehlt es auch nicht, indem die Ouvriers, welche dies Jahr viel zu tun haben, Anstand nehmen, ihre Kontrakte zu erfüllen.

Nicht mehr für heut als

Montag, den 27. Juni 1825. Ewig Dein Z.

469. *An Goethe*

Berlin, den 1. Julius 1825.

Mit dem Bau unserer Singakademie sind wir eben bis gegen das Straßenpflaster aufgewachsen, und gestern früh um 5 Uhr habe ich in Gemeinschaft der Vorsteher und Subdirektoren den Grundstein gelegt.

30 Gesellen, 5 Lehrdiener und 22 Zulanger, von zwei Polierern angeführt, bildeten einen Halbkreis, dessen andere Hälfte aus dem Baumeister Ottmer, den Maurer-, Zimmer- und Steinmetzmeistern und den Vorstehern bestand. Der Grundstein war das Zentrum; ich stand vor dem Grundstein, und wurde etwa folgendes von mir gesprochen:

»Soll es meines Amtes sein, heut von dieser Stelle, vor dieser Versammlung das Wort des Geistes zu reden, so sei vor allem Gott die Ehre, der die Singakademie erhalten und durch die Gnade unseres großen Königes ihr ein Eigentum in dieser Königsstadt angewiesen hat.

So blicke, Herr in Gnaden herab, laß geraten unser Werk zu Deiner Ehre und zur Zufriedenheit derer, die hier Deinem heiligen Namen lobsingen sollen. Laß es nicht fehlen am Nötigen. Der Geist Deines Friedens bewahre jede geschäftige Hand, denn wo Du Herr nicht das Haus bauest, da arbeiten vergebens, die daran bauen. Der Name des Herrn sei gelobet!«

Die Schnur wird gezogen und das Quadrat aufgerissen, das der Stein decken soll. Ich lasse mir die Schürze umtun, ergreife die Kelle, stecke sie ins Wasser und nehme und lege die erste Kelle Kalk. Die Vorsteherinnen legen gleichfalls, die Vorsteher, die Meister und andere Mitglieder tun das nämliche. Die beiden Polierer heben den Stein und setzen ihn auf seine Stelle, die Meister rücken ihn in die Wage.

»So ergreife ich, als dirigierendes Haupt der Singakademie, diesen Hammer und weihe diesen Grundstein, zur Ehre unseres großen Meisters

Karl Fasch

im Namen Gottes des Vaters OOO
Gottes des Sohnes OOO
Und Gottes des Heiligen
Geistes, Amen! OOO

Es lebe der König!

Es lebe Fasch, unser Stifter!

Es leben die Mitglieder der Singakademie, die Ernährer, die Beschützer, die Beförderer!

Es lebe der Architekt!

Es leben die Meister, Gesellen und Diener! und jede Hand, die hier zum Guten gewirkt, sei gesegnet. Amen, Amen, Amen!«

Die Anwesenden nehmen sämtlich nacheinander den Hammer und klopfen auf. Die Handlung ist geschlossen.

Die morgendliche Stille, zu der hochgrünen Umgebung des Platzes, war nicht ohne feierliche Wirkung. Die Witterung konnte nicht schöner sein, und nun habe ich Hoffnung, binnen vier Wochen die ersten Balken zu legen. Das Gebäude besteht in einem großen Saale von 84′ lang, 41′ breit und 30 Fuß hoch, und einem kleinern; darunter eine recht ordentliche Wohnung und ein gewölbtes Kellergelaß. Es bleibt noch genug zu tun, und ich werde noch daran müssen. Lebe Du mir nur, damit ich lebe und meiner Kunst wenigstens dies Andenken hinterlasse.

Spontini war so eilig und wollte schon vorigen Dienstag nach der Vorstellung seines »Alcidor« abreisen; nun höre ich, daß er noch hier ist. Man macht hier zu wenig aus ihm und mißgönnt ihm sein Glück, das, aufrichtig gesagt, seine Not ist; ich möchte ums Doppelte nicht seine Stelle haben, noch weniger der Kränkling sein, der sich Mühe genug darum gegeben hat und mit seinem Samiel so manchen mit krank macht. Darin muß ich den König loben, daß er all das Zeug vorn Teufel nicht mag.

Schreibe ich Dir solch Zeug, so magst Du Dich selber schelten; was soll von Liliput Gutes kommen?

Endlich danke ich für Dein schönes Liebesschreiben an meinen Felix. Was dem Gutes wird, genieße ich zehnfach. Er ist nahe daran, seine fünfte Oper zu vollenden, und ich darf mich freuen: es ist ein hübsches Leben darin und nicht auf Manier beruht. Er faßt seine Zeit bei den Ohren und führt sie mit sich, und so könnte man's gelten lassen. Lebe wohl! es ist Sonnabend, doch aller Tage Tag

Dein
Z.

470. *An Zelter*

Die Briefe sind angekommen und schon in Arbeit; zur frommen architektonischen Begründung eures Lokals den besten Glückwunsch! Nun kann es nicht fehlen, da eure herrliche Anstalt schon so lange artistisch und sittlich aufs vollkommenste gegründet ist. Mögest Du ihr lange erhalten bleiben und sie Dir, damit Du nicht den Schmerz erlebst, das, was Du gepflanzt und gepflegt hast, vor Deinem seligen Hintritt untergehen zu sehen. Dies ist eine der großen Prüfungen, die dem lange Lebenden zugedacht ist; dem alsdann, wie dem ehrlichen Hiob, eine humoristische Gottheit anderweitigen Ersatz reichlich gewähren möge.

Herr Spontini eilte durch. Zufällig war ich nicht zu Hause, und doch hab' ich ihn noch eine Viertelstunde gesprochen. Wie gut es zwischen uns sich anließ, ersiehst Du daraus, daß wir mit einer Umarmung endigten und also Deiner Empfehlung die beste Anerkenntnis zuteil ward.

Mit eurem Bau seid ihr aus dem Grunde heraus und wir mit dem unsrigen, wenigstens teilweise, auf dem Gipfel.

Beikommender Spruch ist von Riemern; wobei Du denn erfahren magst, daß ich und Coudray in der Sache nicht weiter wirken. Die Veranlassung ist nicht ganz neu, aber doch noch immer überraschend genug; Specialia lassen sich dem Papiere nicht anvertrauen. Ich bin heilfroh.

Hiebei noch einiges Neue, Halbalte, Uralte, das sich denn eben selbst erklären mag. Inliegenden Brief bitte an unsern Regierungsrat Schmidt, den Verfasser des beikommenden Sonetts, gelangen zu lassen.

In der letzten Zeit befind' ich mich so wohl, daß ich meinen Geschäften ununterbrochen vorstehen kann. Einiges Behagen ist aber auch nötig; denn zu allem andern gesellt sich noch die eingeleitete Ausgabe meiner Werke, die mich nicht wenig beschäftigt, aber auch viel Gutes verspricht. Und somit beiderseits Glück und Heil noch eine Strecke weiter! Laß ja von Zeit zu Zeit von Dir vernehmen, was es auch sei, das um Dich vorgeht und Dir selbst begegnet; ich werde das Gleiche tun.

Und so immer gleich

Weimar, den 5. Juli 1825. G.

[Beilage]

Kranzrede
bei
Richtung des neuen Schauspielhauses in Weimar
den 25. Juni 1825

Da steh' ich hoch im Luftrevier
Und alles schaut und horcht nach mir:
Was ich zu Kranz und Bänderzier
Für einen Spruch wohl bringe für?
Denn hier ist kein gemeiner Bau,
Wie er alltäglich steht zur Schau;
Er ist bestimmt für jene Kunst,

Die sich erfreut der höchsten Gunst,
Die stets in unsrer Stadt floriert
Und sie mit fernem Ruhm geziert.
Drum wäre wohl mit Dichterschwung
Zu reden drob vor alt und jung;
Allein zu solchem Redeflug
Bin ich nicht hoch studiert genug:
So sag' ich denn, wenn's euch beliebt,
Was in den Mund das Herz mir gibt.

Bedenk' ich so, wie Stadt und Land
Unlängst noch hier betroffen stand,
Sag' ich: es gibt kein Mißgeschick,
Es ist dabei auch wieder Glück!
Wenn, was geschehn ist, nicht geschah,
Wie stünd' ein neues Haus itzt da?
Und Neues hat doch jeder gern
Vom Diener bis hinauf zum Herrn;
Ja, der die große Welt regiert,
Sie jederzeit auch renoviert! –
So gab der Fall Gelegenheit,
Daß Willenskraft und Tätigkeit
Sich schöpferisch auch hier bewährt
Und Schaden in Ersatz gekehrt.

Drum stehet auch, man glaubt's fast nicht,
Schon wieder neues Haus gericht't;
Und laßt nur kleine Frist vergehn,
Was für ein Schauspiel sollt ihr sehn:
Ein jubelfeiernd fürstlich Paar,
Gekrönt am Thron wie am Altar,
Naht bei der Sterne günst'gem Schein
In diesen Raum und weiht ihn ein.
Von hellem Jubel und Applaus

Erschallt entzückt das volle Haus;
Euch ist, als kehrt die goldne Zeit
Der schönen Göttermenschlichkeit:
Des Volkes Glück, des Volkes Lust,
In eurer Mitte Karl August,
Ein Fürst, der allen Vater ist,
Nur wenn er mitteilt, selbst genießt;
Und sein erhabenes Gemahl,
In Herzen thronend wie im Saal,
Luise, die mit Mutterblick
Am liebsten weilt auf eurem Glück;
Und um sie her ein herrlich Chor,
Der Söhne, Töchter, Enkel Flor,
Die laut des Volkes Liebe preist
Und segensreich der Welt verheißt:
Sie alle faßt in reicher Zahl
Hinfort der würd'ge Feiersaal;
Und alles, was ihr liebt und schätzt,
Seht ihr euch alles neu ersetzt.

Drum bring' ich Dank und Wünschezoll
Dem Fürstenpaar, wie jeder soll,
Und leer' aufs Wohl von ihrem Haus
Zuerst den vollen Becher aus!

Vaterhaus

Sonett

Ich kenn' es wohl – dort in der Häuser Menge,
Stirn über Stirn vorstrebend, mit den Reihn
Lichtdurst'ger Augen spiegelt sich's im Main:
Dies Haus gebar den Meister der Gesänge.

Und sieh! der Lorbeerzweige Lustgedränge
Umkränzt Portal und alten Wappenstein;
Dreifache Lyra grub ein Seher drein,
In Vorbegeistrung künft'ger Götterklänge.

Besaitet ward sie zu drei Siebenmalen,
Weil sich der Strahl in sieben Farben bricht,
Wie goldner Saite Schwung in sieben Töne.

So heil'ger Quellenzahl entspringt das Schöne,
Und diese Lyra prangt wie Irislicht
Und ihre Saiten flammen – ew'ge Strahlen!

471. *An Zelter*

Beikommendes sollte schon mit dem vorigen Paket abgehen, nun folgt es mit einer Anfrage.

Unter denen Männern, die sich zu meiner neuen Ausgabe gemeldet, erschien auch Herr Reimer aus Berlin. Persönlich gefiel er mir ganz wohl, ich hatte ihn schon früher gesehen. Auch seine Vorschläge waren einfach und tüchtig. Auch hab' ich sonst nicht anderes als Gutes von ihm gehört. Die Akquisition einer Buchhandlung in Leipzig scheint auch ausgebreitete Handelsverhältnisse zu beweisen. Was wüßtest Du im allgemeinen mir von ihm zu sagen?

Hofrat Meyer ist von Karlsbad glücklich zurück.

Weimar, den 6. Juli 1825. G.

[Beilage] Major Parry über Lord Byron

Jedem schlichten Manne, wie ich es bin, wird es gewiß einleuchten wie mir, daß die vornehme Geburt und daraus folgende vernachlässigte moralische Erziehung des Lord Byron sein größtes Unglück war. Nie überwand er die schädlichen Vorurteile und die noch schädlicheren Angewöhnungen, zu welchen sie führten. Er war ein Edelmann, ein einziger Sohn und ein verzogenes vernachlässigtes Kind. Von allen diesen Umständen hatte er zu leiden, und jedem derselben konnte er einen beträchtlichen Teil seines Unglücks zuschreiben. Fast jeglichem Dinge, welches im menschlichen Herzen Laster zu nähren geeignet ist, war er frühe und unglücklicherweise lange ausgesetzt. Er war von einem Range über alle Einschränkung; er hatte Geld und war ohne väterliche Aufsicht. Dann kam der Ruhm, nicht nach und nach und mühsam erworben, sondern mit einem Male und überwältigend und dasjenige unmäßig belohnend, war er in einigen glänzenden, heitern und genußreichen Augenblicken leicht hingeworfen hatte. Er war so glücklich in seiner Sprache und so schnell in Gedanken, daß das Schreiben ihm keine Arbeit war, sondern ein Vergnügen. Er war nicht bloß ein Dichter, sondern gleich andern jungen Edelleuten mehrere Jahre hindurch, was man nennet, ein Mann von *Mode* und *Ton*, und die Meinungen, die er damals einsog, und die Gewohnheiten, die er damals annahm, legte er nachher nie wieder ab. Er huldigte ihnen noch in seiner Unterhaltung und in seinem Betragen, als er sie längst in seinem Herzen zu verachten gelernt hatte. Von Natur war er, gleich den meisten Menschen von außerordentlichem Talent, zum Nachdenken geneigt und die Einsamkeit mehr liebend als die Gesellschaft. Wenigstens in allen Unterredungen, die er mit mir führte, war er ernst und denkend, obgleich wunderbar schnell, scharf und entscheidend. Mit andern war er, wie ich gesagt habe, leicht, flüchtig überhingehend und spielend. Er war stets der Mann von Welt. In solchen Stunden erhielten die Meinungen und Angewohnheiten seiner früheren Tage alle ihre Gewalt wieder über sein Gemüt. Seine imposanten Talente, seine edlen Naturanlagen und seine seltene Ausbildung wurden dann alle auf dem Altare vornehmer Spielerei geopfert. Er hatte gefühlt, wie schrecklich langweilig alle ernsthaften Kinder der Welt sind, und da seine Gesellschafter unfähig waren, seine erhabeneren Gedanken zu verstehen, so ließ er sich zu ihnen herab und tändelte wieder mit ihnen bedachtlos schwätzend. Um ein altes Sprichwort zu gebrauchen, so heulte er mit den Wölfen, und man hat ihn als eitel, anmaßlich, großsprecherisch, herausfahrend, unbesonnen, launig und herzlos geschildert, weil dieses zu sehr die Eigenschaften der Klasse sind, zu welcher er gehörte, und der Menschen, mit denen er umging und die von ihm erzählten. Sein edler, der Sache der Freiheit gewidmeter Enthusiasmus, sein Mut, der ihn auch den rauhen Sulioten wert machte, seine Freigebigkeit, welche ihm nie erlaubte, einen Mangel oder ein Leiden ungemildert zu lassen, wenn er es konnte, seine Menschenliebe, welche ihn Zeit, Geld und Bequemlichkeit aufopfern ließ, um die Not der unglücklichen Gefangenen zu erleichtern, sind zu jeder Zeit vergessen worden, und er ist dem Tadel der Welt durch herzlose und vorgebliche Freunde bloßgestellt, welche durchaus unfähig waren, den hohen Adel seines Charakters zu würdigen.

472. *An Goethe*

Montag, den 11. Julius 1825.

Das nenn' ich: menschlich über Menschen gesprochen! wie Dein Major Parry.

Wenn die reiche Natur Einem Individuo solch eine Masse von Talenten aufladet, so ist's ein Wunder, und kein Wunder, wenn das Gefäß überläuft und die schönsten Gaben in die Geude fließen. Ja ja, es ist gesorgt, daß die Bäume nicht zu hoch wachsen, und hätte ich selbst mein Mittelgut nur ordentlich bewirtschaftet, so könnte unsereins sein »anch' io« immer noch geltend machen; allein man sieht über sich hinaus, und endlich wird man gewahr, daß man noch schlimmer daran ist als jener, der seine Gabenfülle abschüttelt, um nur der Last entledigt zu sein.

Herrlicher, wilder, reicher, armer Krösus! das war dein Fehler, dein Leiden, dein Verdammnis, soviel Tugend nicht zu tragen. Nun reden wir andere uns ein, was wir glücklicher sind, über dich zu plaudern und zu richtern. – »Ja das geschieht, um die Nachahmung zu verhindern.« – Hat nichts auf sich, ich wollte die Gefahr schon auf mich nehmen, wenn ich nur was davon hätte. Sela.

Unser korpulenter Handelsmann ist ein Herzensjunge. Seine Frau säugt soeben ihr siebzehntes Kind an eigenen Brüsten, und beide, dächte man, müßten schon hohl sein wie ein paar alte Weidenbäume; doch sie fangen's immer wieder an, wo sie es gelassen haben, und bekömmt ihnen. Er hat vieles unternommen, was ihm gelungen zu sein scheint, doch ein Geschäft mit ihm würde ich in sichere Form fassen, nach dem, was ich so hier und dort vernommen. Zu mehrer Sicherheit sende die Beilagen, deren Inhalt ich nur halb kenne, die ich aber der Wichtigkeit Deiner Angelegenheit wegen ausgewirkt habe.

Endlich habe Dank für Deine Umarmung. Ich nehme den Mann, wie ich ihn haben will, und wenn mir's nichts einbringt, so kostet mich's nichts.

Lebe wohl, es ist Dienstag. Dein

Z.

Hier folgen die Originalbriefe bis 1812 inklusive, an den nächstfolgenden wird abgeschrieben; die ferneren erbitte mir, damit der Kodex vollendet werde; es gibt ein paar starke Bände, wundersamen Inhalts.

Ähnliche Betrachtungen, wie man sich in der Welt abmüdet, gibt mir die Rekapitulation, Revision, Restauration dessen, was von mir auf dem Papiere übrigbleibt; es ist viel und wenig und muß sich denn freilich erst wieder in wackern fähigen Geistern aufbauen, wenn es nach etwas aussehen soll. Die zwei neuen Bände kleine Gedichte, in welchen Du kaum etwas Neues finden wirst, habe ich mehrmals umgeordnet, um sie auf eine anmutige Weise aneinander zu gesellen. Sie sind in widersprechenden Zuständen hervorgetreten, in einem allgemeinen Rahmen nun friedlich zusammen zu erscheinen.

Die Stuttgarter haben mir diesen Monat her ein besonderes Vergnügen bereitet. In ihrem »Kunstblatt« war vor länger als einem Jahr das neugriechische Gedicht »Charon« als Gegenstand eines Bildwerkes mit Preiszusicherung aufgegeben; sechs Zeichnungen wurden mir eingesendet, und die Weimarischen Kunstfreunde sahen sich um zwanzig Jahre verjüngt; denn unsere letzte Ausstellung war 1805 gewesen. Nun war an fünf Blättern Ernst und guter Wille nicht zu verkennen, wenn ihnen auch das Zulängliche durchaus abging; das sechste jedoch setzte gleich beim ersten Anblick in Erstaunen, und man hört noch nicht auf, es zu bewundern, ob man es gleich auswendig kann. Nun wird es erst in verkleinertem Umriß, dann mäßig groß in Steindruck erscheinen, und auch in solchen Nachbildungen wird dessen hohes Verdienst dem reinen Blicke kenntlich sein. Dergleichen war, weder überhaupt noch besonders von unserer Zeit, nicht zu erwarten. Der Künstler heißt Leupold, lebt in

Stuttgart und gewinnt mit allen übrigen Malern sein Leben mit Porträtieren.

Du wirst mir diese Freude gönnen, wie ich herzlich teil nehme, daß das Königstädtische Theater so gut gelungen ist; ein Gleiches hoffe von Deinem Musiksaale, von welchem ich die beste Nachricht wünsche. Soviel möge denn für diesmal genug sein! Erfreue mich bald wieder mit einigen guten Gedanken.

Unwandelbar

Weimar, den 5. August 1825. G.

Die unerwartete Ankunft unseres Schulze hat mich gestern wirklich erschreckt; kannst und magst Du mir auf einem *gleich zu verbrennenden* Blättchen hierüber einige Auskunft geben, so wirst Du mich zwar nicht beruhigen, aber doch aufklären. Diese Wanderschaft däuchte mich sehr untröstlich.

Beharrlich in Tun und Dulden

Der Deine

Weimar, den 5. August 1825. G.

474. *An Goethe*

Es wäre genug zu schreiben, wenn man dazu kommen könnte.

Unser Musikdirektor und erster Konzertmeister Möser, ein tüchtiger Violinist, der Spontinis Opern allein zu dirigieren versteht und auch meine großen Musiken anführt, will schnell, das heißt: sogleich, abreisen und meinen alten Goethe sehn.

So laß Dich denn besehn, wenn Du wohlauf bist, und sage ihm ein gutes Wort. Auch er geht wie alles närrische Volk nach Paris, und wir – wir sitzen hier wie

Dein alter

Sonnabend, 6. August 1825 Zelter.

Du bist, soviel ich weiß, dem Königstädter Theater förderlich; nun les ich in der Zeitung, es habe ein Frauenzimmerchen, geschickt und belobt in Knabenrollen, vor kurzer Zeit engagiert.

Unter meinen Papierlasten aber liegt der »Schutzgeist« von Kotzebue, an dessen Redaktion, Bearbeitung, Umarbeitung pp. ich mehr als billig gewendet, so daß es ein schickliches und angenehmes Stück geworden ist. Mit weniger Dekoration, ein bischen Musik und sonstigen Theateranmutigkeiten muß es gefallen, wenn das Kind gefällt, zu dessen Bravour es geschrieben ist. Dieses will ich wohl mitteilen und verlange vorerst weiter nichts dafür. Wird es mit Glück gegeben, so bedinge mir ein Frühstücksservice, meiner Schwiegertochter zu verehren, das die Direktion alsdann nach Verhältnis zu schätzen die Freiheit hat. Das Manuskript kann sogleich schicken, denn eine Abschrift liegt von alten Zeiten her bereit.

Ich dächte, schon die barocke Inschrift:

»*Der Schutzgeist*
ein Schauspiel
von *Goethe* nach *Kotzebue*«

müßte ein großes Publikum anlocken, wie ein anderes Wundertier auch.

Und hiemit allen guten Geistern befohlen.

Weimar, den 7. August 1825.

476. *An Goethe*

Berlin, Sonnabend, 13. August 1825.

Für heute nur soviel, um die Sendung zu fördern. Deine Briefe vom 5. dieses nebst den Briefen bis zum Jahre 1812 sind richtig angelangt.

Die Medaille habe ich soeben in Bleiguß gesehn und finde sie ausnehmend klar und sinnig angeordnet und gemacht.

Aus unsern beiden Zeitungen wirst Du wohl gelesen haben, was mir alles zu Liebe geschehen. Künftig mehr. Lebe wohl, wenn leben soll

Dein

Z.

477. *An Goethe*

Berlin, 25. August 1825.

Deine Anfrage vom 5. dieses beantwortet das beikommende Blatt, das Du an der Handschrift erkennen wirst, da ich selbst wenig gründlich von der Sache unterrichtet bin. Daß Schultz etwas nahe an den Kern gekommen ist, wozu er beauftragt war, könnte man daran erkennen, daß er *alle* Freunde verloren hat. Man erklärte laut die Sache für ein nonens, so durfte er keinen schonen.

Der alte Schlesinger sagte mir vorgestern, daß sein Sohn nach Weimar sei, mit Dir über Deine neue Ausgabe zu verkehren. Dieser alte Kerl ist ein Jude im eigentlichen Sinne, das heißt: ein richtiger Bezahler, und insofern lobt er sich mit Recht, und will ich Dir mit dieser Nachricht eine Anfrage erspart haben.

Die beikommenden Gedichte beziehn sich auf ein Silberjubiläum der Singakademie und Liedertafel, und da es bei solcher Gelegenheit erlaubt sein mag, ein dummes Gesicht zu schönstem Spiele zu machen, so sage nichts weiter, als daß mir alles sehr wohl gefallen müssen und ich in der Tat überrascht worden bin, weil ich diesen Tag auf meine Art selber feiern wollen, wie Du aus der beiliegenden Rede No. 1 erlesen magst. No. 2 ist acht Tage nach dem Feste gesprochen worden.

Langermann wollte Dir zu Deinem Geburtstage meine Büste senden, dazu mußte ich ja sagen: denn ist es nicht auch mein Jubiläum Deiner Zuneigung, so vollkommen, treu und ganz wie des schönsten Tages Licht?

Nun wünschte ich mir denn noch einige Jahre gute Gesundheit, um den Bau zu vollenden und der Sache einen Stand zu vererben, der ihre Ehre erhält, wie ich die meinige darinne gesucht habe. Es sah nach nichts aus und war doch etwas, und sie merken's doch.

Das beikommende Liedchen hat manches Jahr gelegen. Es mochte zu seiner Zeit eine Art von Aufgabe sein, die ich in glücklichen Tagen zu lösen gedachte. Nun sehe ich's wieder durch und erkenne die Gefahr von damals und heut.

Künftigen Sonntag ist der 28., da soll es hoch einhergehn. Wir sind eine kleine Gesellschaft in Musenzahl und wollen uns einmal gehn lassen.

Eine Seiltänzerfamilie, die sich Chiarini nennt, macht eben ihre Künste. Es ist unglaublich, was den Leuten gelingt, man traut seinen Augen nicht; sähe man die Sachen aufs richtigste nachgezeichnet, man könnte es für unmöglich halten, und doch die größte Leichtigkeit, Anmut und Sicherheit. Es ist rührend, was der Mensch muß, wenn er vom Talente beherrscht ist und am Ende nichts herauskommt als die Möglichkeit. Was mich am meisten erfreut, sind die unendlich schönen Körper der Mädchen und Jünglinge, worunter sich ein Brautpaar befindet.

Heut ist Posttag. Glückauf zu morgen!

Dein

Z.

[Beilage]

No. 1.

Der heutige Tag ist eine abermalige Veranlassung, einer Zeit zu gedenken, die immer mehr unsern Anteil in Anspruch nimmt, je weiter sie sich entfernt.

Eben sind es 25 Jahre, seitdem wir unsern Stifter Fasch vermissen.

Hat so manchen von uns das edle Antlitz dieses Weisen nicht mehr geleuchtet, so hat uns Fasch in seinen Werken ein Andenken hinterlassen, dessen wir uns unablässig zu erfreuen, zu rühmen gehabt haben.

Und so trete an die Stelle der Trauer um seine vermißte Gegenwart das Gefühl des Trostes, daß er in seinem geliebten schönen Kreise lebt und durch die herrlichsten Kunstwerke nun schon 25 Jahre nach- und fortlebt.

Hat sich in der Zeit eine neue Kunstwelt aufgetan, in der das gilt, was sie selber hervorbringt, ja erfreuen auch wir, als Mitlebende, uns des Guten, was sie gibt, so reihen wir getrost ihr auch unsern verehrten Abgeschiedenen an, als ob er noch unter uns wandelte.

Denn noch heute sind seine Werke wahr, heiter, zeit-, natur- und kunstgemäß, des seid ihr alle Zeuge! Ja wir dürfen sie wohl gegen das Beste stellen, das in seiner Zeit entstanden ist. Und so werden sie bleiben und nicht untergehn!

Und so werden auch wir bleiben, wie wir an unserer Wurzel festhalten, darauf fortbauen und zunehmen an Vermögen und Erkenntnis des Rechten.

Wer wäre seinen Vätern nicht ein dankbares Andenken schuldig? und wer wollte nicht erraten: *woher* der Segen und die allgemeine Wirkung hin durch die Stürme der Zeit, deren wir uns, wenn auch nur im stillen, erfreun?

Und in dieser Stille lasset uns fortgehen; seid wach und munter zum Wollen und Vollbringen, was Er gewollt! Sein

Wille aber lebt in seinen Werken, die wir kennen und verstehn, und so werden wir sein Andenken aufs würdigste feiern.

Der nämliche Tag aber, der unsern unsterblichen Meister Fasch von uns nahm, hat der Welt unsern königlichen Herrn Friedrich Wilhelm den Dritten gegeben.

Diesmal haben wir ihm für seine Gnade besonders zu danken, indem die Singakademie durch seine Huld zu einem Eigentum gelangt, das ihr so lange fehlt.

Auch der König weiß also, daß wir leben; auch er will, daß wir mit ihm fortleben sollen; so beschließen wir diesen feierlichen Tag des Danks und der Freude mit dem Ausruf:

Es lebe der König!
Es lebe die Singakademie!

(Hierauf die Fuge aus Faschs 119. Psalm: »Meine Zunge rühmt im Wettgesang.«)

No. 2. (Nach der Fuge: »Der aber die Herzen forschet, der weiß, was des Geistes Sinn sei.«)

Was ich Ihnen heute zu sagen hätte, würde sich in Worten gar zu schwach gestalten. Und sollen es denn eben Worte sein, wenn wir so gewiß wissen, was wir meinen, »was des Geistes Sinn sei«?

Ihre mir bewiesene Zufriedenheit muß sich aber notwendig auf eine alte Zusammenstimmung gründen, die von Anbeginn die Wurzel alles Wachstums war. Und wie wir zusammen, so uns selber angehörig sind, so sind wir bestanden und werden bestehn. Keine Zeit wird uns überwinden, denn wir werden in der Zeit sein und die Zeit in uns: das ist die rechte, die allein wahre Geschichte.

Darum war der 4. August ein Tag, den keiner von uns vergessen wird, weil jeder sich selbst war und zugleich dem schönsten Ganzen angehörig, das je erdacht worden. So hat der Schöpfer seine schöne Welt haben wollen, nach einer Ordnung, die nach allen Seiten austreten darf, um stets in ihr angebornes Selbst zurückzukehren.

Und so wollte es auch Fasch. Er gehörte jedem an, der Ihm angehören wollte; daher sind wir, was wir sind, wie wir auch sonst sind. Und wer von uns ihm darin am nächsten kommen wird, dem werden wir sein, was wir ihm, uns und der Welt gewesen sind.

Das wahre Leben ist nicht Anfang noch Ende; es ist eine ewige Mitte zwischen Sein und Sein. Das ist die Unsterblichkeit.

Es lebe Fasch!
Es lebe die Singakademie! Z.

(Hierauf: »Gratias agimus tibi cum sancto spiritu in gloria dei patris. Amen.«)

478. *An Goethe*

Durch die Winckelmann'schen Briefe bin ich ins Abstrakte geraten und weiß kaum herauszufinden.

Lessing sagt von Winckelmann (Sämtliche Schriften, 10. Teil, Seite 4. Berlin, bei Voß. 1792), auch dieser bekenne endlich, »daß die Ruhe eine *Folge* der Schönheit ist«.

Nun frage ich: Kann die Ruhe als Abstraktum eine Folge sein von einem Abstrakto?

Betrachte ich das Schöne als eine Offenbarung, so wüßte ich mir das höchste Schöne als Bild nicht ohne Bewegung zu denken, insofern das Erkennen eine Bewegung ist.

Ist nun die Ruhe eine Folge der Schönheit, wie soll die Schönheit gefunden werden? Mir will das nicht einleuchten.

Als Empiriste wäre ich darüber wohl hinweggegangen, wenn nicht Lessing in der Fortsetzung dieser Theorie hieraus folgerte, daß »nur die bildende Kunst vermögend sei, die Schönheit der *Form* hervorzubringen, da andere Künste *gänzlich* darauf verzichten müßten«.

Muß denn aber nicht die Idee im Künstler als Bild leben, umsomehr, als sie sich bildlich offenbaren soll? und was anders mag der Grund dieses Bildes sein, wenn es nicht die Ruhe ist?

Daß das Geoffenbarte wieder Ruhe wirken kann, versteht sich wohl, aber nicht als erste Ursache, sondern als Wirkung. Will sich nun die Poesie offenbaren, wie soll sie der Form entbehren? Aber ist denn das Metrum nicht schon Form? ist der Jambus das nämliche wie der Daktylus? und Gavotte das nämliche wie Menuett?

Sehr wohl erinnere ich mich, wenn ich Schillern und Dir eure Gedichte vortrug, daß ihr dabei nicht ohne Gebärden wart; ja ihr agiertet, als wenn ihr unwillkürlich darstellen müßtet, was ihr empfandet, und was konntet ihr natürlichermaßen empfinden, wenn es nicht der Grund war, auf welchem sich euer eigenes Ideal abgebildet fand?

Seit dieser Zeit habe ich nicht wieder daran gedacht, eine neue Melodie zu erfinden, vielmehr nur diejenige aufzusuchen, die euch selbst unbewußt vorgeschwebt, wenn ihr eine bestimmte Empfindung offenbaren gewollt.

Du mußt mich hierüber am besten belehren können, indem unter meinen Liedern manches sein muß, das Du nicht verleugnest.

Damit mir kein Gras vor der Türe wachse, habe das beigehende Liedchen für Deinen Geburtstag auf Noten gesetzt, und das Jubiläum Deines Herrn Großherzogs haben die hiesigen weimarischen Freunde ganz andächtig gefeiert.

Mich selbst hatte dieser Kultus so emoviert, und das Gewicht meines Eifers trieb mich gegen Abend zu einem schwerwandelnden Spaziergang nach Charlottenburg, von da ich vollkommen ermüdet mein Bett und eine gute Nacht erreichte.

Ich hoffe, ihr werdet so artig sein, uns eine Relation eurer Festlichkeiten zukommen zu lassen, denn wir haben es uns was kosten lasen um eure Gesundheiten, wobei nicht Eine weimarische Klaue leer ausgegangen ist. Wenn Deine Großherzogin einige elektrische Schläge davongetragen hätte, sollte mich's nicht wundern, denn an Kanonenspeise hat es nicht gefehlt, die Zünder flogen an die Decke.

Den 8. September 1825. Wie närrisch die Welt ist, sollte man aus der Einlage ersehn, wer daran zweifelte. Solche Leute sparen das Postgeld, das wir für sie auslegen sollen, und befinden sich ganz munter dabei. Ich lege Dir die ganze Kommission bei, woraus Du sehn magst, daß nicht ich den Brief, den ich soeben erhalte, habe liegen lassen.

479. *An Zelter*

Zuvörderst also vermelde, daß die Briefe nebst allem übrigen Angekündigten und Unerwarteten glücklich angekommen seien. Die Zeitungen hatten mir schon von Deinem so wohl verdienten Feste freudige Nachricht gegeben, und ich konnte sodann in die nachgesendeten Gedichte von Herzen einstimmen. Deine guten und frommen Worte hab' ich mir zugeeignet, und wenn Du das mittlere Gedicht von den drei beikommenden auf Dich beziehen und es Deiner Liedertafel zu Stärkung des Glaubens aller Wohlgesinnten widmen willst, so werd' ich Dir Dank wissen.

Daß ihr meinen Geburtstag darauf so freund-feierlich begangen, ist auch dankbarlichst anerkannt worden.

Von hiesigen Gedichten zum dritten September sende

nächstens mehr. Die Zeitungen bringen euch schon Nachricht von unserm Jubeln. Heute verzeih! denn ich bin durch diese Festtage wirklich zurückgekommen. Die Hoffmannische Buchhandlung will das, was sich darauf bezieht, zusammendrucken; ein Exemplar soll Dich alsobald aufsuchen.

Unserm treuen Langermann danke allerschönstens für sein wichtiges, gleich vernichtetes Blättchen; er soll doch ja einmal wieder einige Stunden an mich wenden. Sein gerader Sinn in dieser Vollkommenheit des Um- und Durchschauens ist nicht genug zu bewundern.

In jenen Tagen des Festes hab' ich mich, wie ich nicht leugnen will, mannlicher benommen, als die Kräfte nachhielten; was ich aber tat, war notwendig und gut, und so wird sich denn auch wohl das gewohnte liebe Gleichgewicht bald wieder herstellen. Sonst ist mir noch manches Gute begegnet, dessen Mitteilung nicht außenbleiben soll.

Danke den sämtlichen Mitgästen vom 28. August zum allerschönsten.

Treulichst

Weimar, den 19. September 1825. Goethe.

480. *An Zelter*

Hiebei, mein Guter, abermals ein Teil der Briefe, die übrigen mir bis zur nächsten Zeit heran freundlich erbittend.

Heute nur soviel, mit den schönsten Grüßen. Mir geht es wohl, so daß ich Freud und Leid allenfalls übertragen kann. Wie weit bist Du mit Deinem Bau gelangt? dessen Fortgang mir am liebsten zu wissen wäre, ob ich gleich sonst viel von Berlin erfahre.

Treulichst

Weimar, den 22. Oktober 1825. G.

481. *An Zelter*

Erst jetzt erfahre ich, mein Teuerster, daß in der Postordnung zwichen hier und Berlin eine Veränderung vorgegangen und bei wechselseitiger Korrespondenz auf Dich die schwerere Last fällt. Gegenwärtiges schicke durch den weimarischen Hofbildhauer Kaufmann.

Das Hin- und Widersenden der Korrespondenz hätte Dir keine Kosten verursachen sollen. Wegen des Vergangenen bereite ich Dir eine willkommene Entschädigung; wegen des Zukünftigen sei folgendes verabredet: Zwischen Berlin und Weimar ist jetzt ein [so] lebhafter Personenwechsel, daß ich die letzten Wochen immer zweimal Gelegenheit gehabt hätte, Dir etwas zu senden. Laß uns darauf denken und immer ein Briefchen bereithalten, damit es zur rechten Zeit und Stunde fortgeschickt werden könne, unser Verhältnis ist ja ohnehin der Eile nicht unterworfen. Auch so verfahre mit dem letzten Paket der Briefe, um das ich Dich gebeten habe.

Von mir habe ich soviel zu sagen, daß meinem Alter und meinen Umständen nach ich wohl zufrieden sein darf.

Die Verhandlungen wegen der neuen Ausgabe meiner Werke geben mir mehr als billig zu tun; sie sind nun ein ganzes Jahr im Gange; alles läßt sich aber so gut an und verspricht den Meinigen unerwartete Vorteile, um derentwillen es wohl der Mühe wert ist, sich zu bemühen.

Auch fehlt es nicht mitunter an guten Gedanken und neuen Ansichten, zu denen man auf der Höhe des Lebens doch oft glücklich hingeführt wird. Auch Du wirst Deinen alten Gang fortgehen, und möge Dir, so oft das Glück günstig ist, eine frische unerwartete Freude bereitet sein!

Hiermit wünsche wohl zu leben, baldige Erwiderung hoffend.

Treu angehörig

Weimar, den 3. November 1825. Goethe.

Nachschrift.

Auf näheres Befragen erfahre, daß die fragliche Postanordnung nur ein Interimistisches sei und vielleicht bald ausgeglichen werde. Melde mir von Deiner Seite, was Dich davon berührt.

482. *An Goethe*

Nur wenige Worte zu Begleitung der Rübchen und daß ich, herbstliche Menses abgerechnet, mit meinem Hause auf Beinen stehe.

Mit unserm Akademiebau könnte ich zufrieden sein, wenn ich dürfte, weil der Winter vor der Türe ist. In den nächsten Tagen wird es zum Richten des Daches kommen. Mit einem nicht unbedeutenden Bau wäre man seit dem Tage des Grundsteinlegens (30. Juni) genug vorgeschritten, wenn keine Hindernisse gewesen wären. Regentage, Mangel an Arbeitern, ja an Material, indem das kleine Gewässer unserer Flüßchen die Gefäße nicht tragen wollte. Nur noch 3 Wochen ohne Regen, Schnee und Frost, so denke ich vor Weihnacht das Dach (mit Zink) belegt zu sehn.

Der König hat, von Paris kommend, mir ein sehr angenehmes Geschenk für die Singakademie (die neuste Messe von Cherubini) zustellen lassen, welche er von dort mitgebracht hat.

Doppelt, ja vielfach erfreulich erscheint solch ein königliches Andenken, da sich die Singakademie während ihres Anwuchses mancher heimlichen Insinuationen tröstet:

Es sei unnötig, die Musik zu befördern, die schon alles andere verschlinge; item deutscher Gesang sei ein nonens; item man klebe am Alten und hindre den Fortschritt; item man neige sich zum Katholizismus; item es sei eine stille Heuratsanstalt, und so weiter.

An dem allen ist wohl etwas wahr: denn nur das Letzte betrachtet, so besteht die Singakademie mit den Jahren aus lauter Eltern und Kindern, Eheleuten und Geschwistern und bewegt sich durcheinander und bewacht sich auch. Dann ist es auch ein Ort glückseliger Freiheit, da vom Fürsten bis zum Handwerk herab unabgeredet eine Gleichheit stattfindet, aus der sich jedes Talent erheben darf.

Hätte der große Napoleon mein Regiment gesehn, er hätte Augen gemacht. Er hat Weltteile durchzogen – *das* hat er nicht gesehn! Und daß Du es nicht sehn sollst, ärgert mich.

Und hätte man noch kurz zuvor den Bau hindern können, denn an Einrede, Rat und Unrat von außen und innen war kein Mangel, und nun läßt man sich's auch so gefallen, und Du hast einmal wieder recht und ich auch:

Wer das Schlechte hindern will, der fördre nur, was ihm als Gut innwohnt, und lasse anderm seinen Lauf. Schatten und Licht bekämpfen sich selber, man braucht keinem zu wehren, aber man kann beides brauchen.

Nun lebe wohl! Der Feind meiner Augen, der Winter, rückt heran, und sein Atem will mir auch nicht bekommen; wer doch auf 4 bis 5 Monate an den Ganges fliegen könnte!

Eure schöne Medaille auf den 14. Oktober hat mir Tränen der Wonne ausgehoben. Mit dem Anblicke derselben trat die volle Katastrophe vor mich wie ein altes Märchen der Fabelzeit. Was ist es doch mit der Geschichte, wenn das als wahr nicht zu Verkennende unglaublich erscheint! Nun erst fällt mir ein, daß ich in jener Zeit wohl zwanzigmal in Todesgefahr gewesen bin und von Feinden und Freunden gleiches Ungemach erdulden müssen. In eben der Zeit habe ich Lieder gemacht, die mir noch gefallen, und nun erst soll ich das Elend und die bittre Not der andern erkennen, wofür ich damals kein Gefühl hatte. Meine Frau eben tot; das Haus von kleinen Kindern und siegreichen Feinden voll. Vom letzten Taler mußte ich mir Uniform und Epauletten machen, den Degen anstecken, mit dem ich mich nicht einmal wehren sollte, um Arbeit machen zu helfen, die uns der Feind lehrte. – Ich bin auch so gelehrt worden, daß ich damals mein bischen Französisch rein vergessen hatte.

Deine hohe Herzogin bete ich an. Ihre Tätigkeit war die rechte; solche Arbeit macht ein Weib, wenn sie bleibt, was und wo sie ist.

Was der Unschuldigste kommen sah, war den Weisen eine Torheit, ja Frevel, und endlich ist zu ihrem Ärger alles anders und doch beim Alten. Nun möchten sie die Sache noch einmal machen, doch wir danken!

Gott befohlen! Und bitte um Nachricht über die Ankunft der Rübchen. Habe ich mein Dach stehn und kommt guter Frost, so sollen auch Fischchen dazu kommen.

Dein

Berlin, den 5. November 1825. Z.

Hättest Du wohl das Blättchen noch einmal, worauf Deine Medaille von *Bovy geschnitten* und von *Schwerdgeburth gestochen* ist, so lege mir's ein. Z.

483. *An Goethe*

Sonnabend früh, den 5. November 1825.

Soeben, da Deine Rübchen zur Post wandern, erscheint der gute Herr Kaufmann und bringt mir Deinen Liebesbrief vom 3. dieses mit den Medaillen – und Kopfschmerz und Flußfieber gehn über alle Berge, wo sie weiten Weg zu machen haben.

Bei der Gelegenheit erfahre nun, daß man übermorgen Dein Jubiläum feiert. Ja, hätte ich das eher gewußt, so brauchte man nicht krank zu werden, woran mir ohnehin nichts liegt. Je bequemer man es hat, je leichter fällt man zusammen.

So mögen sie denn in Weimar ihre Sachen nur ordentlich vollbringen; an Zeit, Gelegenheit, Materi und all dergleichen hat's nicht gefehlt, wie sie ihnen sobald nicht wieder dürfte[n] geboten werden. Ich an meinem Teile will unterdessen mit unsern Göttern Rücksprache nehmen, die bis daher so redlich bei uns ausgehalten haben. Sind sie nicht zärtlich, so sind sie doch groß und gnädig gewesen.

Über unsere Postangelegenheit bitte außer Sorge zu sein und ja keinen Brief eine Stunde länger liegen zu lassen. Hat unsre Korrespondenz keine Eile, so haben wir beide keine Zeit zu verlieren, und ich möchte mich im Grabe umwenden, wenn ein Brief von Dir nach meinem Tode käme.

Bei mir ist mancherlei Nachfrage nach den drei Medaillen, die Dein und Deiner Herrschaft Bildnisse tragen; ich wünsche daher zu wissen, ob und wo sie zu haben sind und was sie kosten. Kannst Du mir darüber Auskunft geben, so tue es bald.

Über den Fortgang Deiner neuen Ausgabe bin ich sehr erfreut und bitte meinen Namen in die Zahl der Zahlenden aufzunehmen; denn schenken und geschenkt nehmen ist hier nicht am Orte. Ein tüchtiges Stück Geld mag Deinen Nachkommen zu Recht werden, und – darf ich ein Vater- und Freundeswort dazu geben, so erinnere an den guten Wieland und an den Reim von der Keule. Auch ich habe einen guten Sohn und zwar nur noch den Einen, aber Er hat auch mich, und wenn einer fällt, fallen zwei.

Ich weiß, zu wem ich rede, Du nimmst mir das nicht übel. Du hast viel mehr erfahren und bist ein anderer Kerl; wir aber haben's auch nach unserm Maß genossen, dünn und dick, und Gott weiß, wie ich's getragen hätte, wenn Dein herkulisches Vorbild nicht vor mir einhergegangen wäre. Schlaf wohl! es ist Sonntag.

Den 6. November. Mein Felix fährt fort und ist fleißig. Er hat soeben wieder ein Oktett für acht obligate Instrumente vollendet, das Hand und Fuß hat. Daneben hat er seinem braven Hauslehrer Heyse vor einigen Wochen ein artiges Angebinde überreicht: er hat nämlich ganz für sich allein ein Terenz'sches Lustspiel (»Das Mädchen von Andros«) metrisch übersetzt, worin recht gute Verse sein sollen, denn gesehn habe ich sie noch nicht. Er spielt das Klavier wie Teufel, und auf Streichinstrumenten ist er nicht zurück; dabei ist er gesund, stark und schwimmt ganz artig stromauf!

Sie haben ihm in der »Musikalischen Zeitung« seine Quartetten und Sinfonieen etwas kühle rezensiert, was ihm nicht schaden kann; denn diese Rezensenten sind auch junge Bursche, die den Hut suchen, den sie in der Hand haben. Und wer sich nicht erinnerte, wie vor 40 Jahren Glucks und Mozarts Stücke beurteilt wurden, möchte untröstlich sein. Was solchen Herren nie in Sinn gekommen wäre, darüber fahren sie frisch hin, und nach einem Backsteine können sie ein Haus taxieren. Und was ich ihm eben zugestehn muß, ist, daß er stets aus dem Ganzen und aufs Ganze arbeitet und alles Angefangene vollendet, es mag ausfallen, wie es will; weshalb er denn auch keine besondere Zärtlichkeit für das Fertige blicken läßt. Allerdings fehlt es nicht an heterogenem Gestein, das jedoch der Strom abführt, wiewohl *gemeine* Fehler und Schwächen selten sind.

Montag, den 7. Heut also ist der Tag, und eben jetzt haben sie Dich in der Klemme. Holl wiß, alter Gesell! und laß Dich machen! Noch einmal soll das starke Herz Stich halten. Es will schon was sagen! Ich habe an der Hälfte beinahe zu viel gehabt, bin aber noch so davongekommen, daß es nur geritzt hat. Was mich gerettet hat, war der Gedanke: die unschuldige Ursache abzugeben, wodurch die andern einen guten Tag haben. Und so wirst Du etwa auch tun – noscimus!

Dienstag, 8. Wohl bekomme Dir die Brautnacht! Wenn

solch ein Jubliläum keine Hochzeit ist, so weiß ich keine. Du Weltbräutigam der Zeit und Ewigkeit, der Herr segne Dein Geschlecht bis ins tausendmaltausendste Glied! Daß mein Champagner nicht ist geschont worden, gehört in die Geschichte; wenn ich nur recht hätte mittrinken können! Ich gehe, wie Du meinst, meinen alten Gang, lese täglich Kollegium ohne Aufsehn und Hörsaal, mitunter gratis et frustra, aber hell und munter, wobei ich selber das meiste profitiere und mich manchmal wundere, wie eine Fläche soviel Seiten hat; auch kommt man wohl zuweilen in Schuß, und da könnte es nicht schaden, wenn's einer anmerkte und behielte – doch:

Gut Korn
Geht nicht verlorn.
Und so und stets

Dein

Z.

484. *An Goethe*

Im zweiten Hefte des 5. Bandes von »Kunst und Altertum« Seite 177 ist die Rede von einem willkommnen Briefe, der im 240. Stücke des diesjährigen »Konversationsblatts« *eingelegt* sei. Den Brief aber habe ich an der genannten Stelle vergebens gesucht. Es heißt zwar ausdrücklich: eingelegt, das Blatt aber hat keine Beilage, die denn doch auf dem Blatte selber bemerkt sein müßte. Hierüber bitte um Auskunft, indem ich den Brief gerne gelesen hätte.

Besser Rat kommt über Nacht. Mir fiel ein, daß Deine Worte wohl im Jahr 1824 könnten geschrieben sein, ja daß die Nummer 240 des Jahrs 1825 wohl gar noch nicht das Licht gesehn hätte, als ich schon Dein gedrucktes Heft in Händen hatte. Und so geschah's! der Brief steht im Jahrgange 24, und wir haben nun nicht allein öfter und zugleich die Schiller'schen Briefe mit den Deinigen verschränkt und endlich »Was wir bringen« Wort für Wort mit der Geschichte jener Tage wie einen Zug des Mantegna an uns vorübergehn gesehn. Könnte man die häuslichen Spezialien dazwischen schieben, das gäbe einen Roman, den ich schreiben möchte, wenn ich sie wüßte; auch den Kerl, der sich die Nase zuhält, hätte ich nicht vergessen wollen.

Das Konzept eines Briefes an den Professor Griepenkerl in Braunschweig lege ich darum bei, weil es vielleicht animiert, dem Gutenkerl ein Wort von Dir zuzubringen, wenn es nicht schon geschehn ist. Er hat eine liebe Frau, die einst meine Schülerin gewesen ist, der er jedoch als ein mächtiger Mann die Stimme breit gedrückt hat. Die guten Leute haben mich in Braunschweig mit Güte aufgenommen, und ich darf ihm mein Wort bei Dir nicht versagen.

Dienstag, den 22. November. So lange liegt das Papier, als nun eben Deine liebe »Iphigenie« mit dem Blättchen darin vom 13. dieses ankommt. Ich bin schon froh, wenn ich Dich nur munter weiß. Vorige Woche habe ausgestanden wie ein Hund, doch bin ich schon wieder flott. Für den Abdruck der Medaille danke schönstens; ich habe gesammelt, was von Deinen Abbildungen mir vorgekommen ist, und die kleinen Kupferchen in Einen Rahmen gesetzt, wo gerade noch soviel Raum ist, das nun erhaltene Blättchen daranzufügen.

Freitag früh soll unserm neuen Baue die Krone aufgesetzt werden; die Zimmerer richten schon seit 8 Tagen das Dach, und bis jetzt paßt alles so ziemlich.

Lebewohl! Dein

getreuster Z.

Der oben angezeigte Druckfehler wird vielleicht noch im neusten Stücke von »Kunst und Altertum« angezeigt werden können.

[Beilage]

Was denken Sie von mir, lieber Freund? Sie senden Ihr philosophisches Werk über die Idee der Schönheit, der Vollkommenheit, des Einklangs und so weiter einem semplice musico und wissen doch, daß ein solcher, selbst wenn er davon wüßte, es nicht sagen darf!

Aber so seid ihr Philosophen! Ihr seid nicht verschwiegner als eine Glockenuhr und könnt nichts bei euch behalten, und so kommen wir andern Ludifratres um unser Geheimnis.

In der Tat, lieber Freund, Sie fordern viel, wenn nicht zu viel von mir. Ich soll Ihr Buch lesen, ich soll es ganz durchlesen – ja wenn es damit geschehn wäre! Wenn der Weg vom Buchstaben bis zum Verstande nicht durch ein rotes Meer ginge, das schon so manchen Rezensenten verschluckt hat. – Doch sei'n Sie unbesorgt, ich gehe, soweit ich kommen kann; ich werde Ihr Buch lesen und zuverlässig daraus lernen, woran ich stets meine Lust und Freude gehabt habe.

Daß Sie Ihr Buch in die recht Schmiede, nach Weimar gesandt haben, haben Sie gut gemacht. Doch werden Sie nicht unruhig, wenn Ihnen der alte Freund nicht gleich antworten sollte. Er hat gar vieles zu lesen und noch weit mehr zu leisten, und in seinen Jahren springt man nicht mehr so flink einher.

Was mir zuerst aus Ihrem Buche freundlich entgegentritt, ist seine Physio[g]nomie. Eine solche ruhige klare Rede wüßte ich nicht zu fügen, wenn ich mich auch zerreißen wollte. Und ist der erste Anblick günstig, so pflegt die nähere Bekanntschaft nicht mehr fern zu sein.

Vorläufig habe das Kapitel »Die Musik« mit Gunst und mit Beifall gelesen.

Daß Sie den Unterschied der drei Stile einmal wieder anregen, ist wie aus meinem Herzen. Sie finden diesen

Unterschied in den Formen, indem der Stil allerdings ein Äußeres ist und ein Inneres verschließt, das größer und kleiner kann gedacht werden.

Auf die ästhetische Bestimmung dieser Formen haben Sie sich nicht weiter einlassen wollen, welche jedoch uns Musikern am meisten zu schaffen macht, indem wir nicht mehr wissen, was wir mit unsern ungeheuern Effekten angeben, und sie an die unwürdigsten Gegenstände vergeuden. Wir sind wie reiche Erben, die nicht wissen, was ihnen fehlt noch was sie haben.

Im allgemeinen sollten wohl nur zwei Hauptstile anzuerkennen sein: der große und der kleinere Stil.

Der erste für die Tempel und der andere für das Drama, indem dieses aus dem Tempel hervorgegangen ist, wie die alte Tragödie aus dem Chor, wovon ganz zuletzt noch unsere Passionsmusiken aus der Mitte des vorigen Jahrhunderts redende Zeugen sind.

Unterabteilungen finden sich von selber: der Tempelstil geht über den Kapellstil, der dramatische in den Scherz, ja in den bloßen Spaß, und so geraten wir auf den sogenannten Kammer- oder Winkelstil.

Der große Stil dürfte sich nun verhalten wie Tempel zu Kapelle, wie Altar zum Tische, wie Priester zum Laien. Er soll daher rein, wahr, allgemein, doch geheimnisvoll sein ohne rätselhaft; vor dem sich Sinn und Gemüt als gleich geheimnisvolle Wesen breit aufgetan, ja identisch fühlen und einer Erkenntnis des Höchsten sicher sind, ohne es mit leiblichem Auge zu schauen.

Dahingegen der dramatische Stil nur ein Spiegel, nichts als Schein dem leiblichen Auge sein will und soll, indem es keinen empörendern Anblick geben könnte, als wenn ein wirkliches Lamm oder anderes lebendes Wesen geopfert werden sollte, um den Schein zu verwirklichen.

Der Kammerstil endlich als eine Art Prosa, eine müßige

Übung, laboriert an der besondern Eigenschaft: gar kein Stil zu sein und vom Höchsten an alles an sich zu locken, damit es gemeiner Lüsternheit zugänglich, ja unkeusch erscheine. So finden wir die Kunst unserer Zeit!

Die große Idee spukt noch hin und wieder in zerfallner Klause, in philosophischen Regionen; doch die Erde ist ein bemalter Leichnam, in dem sich keine Seele erhalten kann. Daher kommt es, daß sich ein Kyrie oder Lauda, aus dem alten Chore herab an den Teekessel gezogen, so wunderlich ausnimmt. – Ach! ich fange an, bitter zu werden. Gott befohlen!

Ihr »Ave Maria« ist sogleich viermal hintereinander versucht und eher zu kurz als zu leicht erfunden worden; es hat uns aber verliebt gemacht in die Jungfrau Maria.

Wären wir näher beieinander, lieber Freund, so könnte man lang und breit genug über so manches verkehren, was sich von mir nicht will schreiben lassen, und wir wollten schon einig werden. Haben Sie aber Lust, Ouvertüren, Doppelkonzerte, Chöre und Doppelfugen von Sebastian Bach, Telemann, Händel, Lotti, Scarlatti und andern zu hören, die aller Welt böhmische Dörfer sind, so kommen Sie alle Freitage zwischen 12 und 2 Uhr zu

Ihrem

Berlin, den 21. November 1825. Zelter.

485. *An Goethe*

Sonnabend, den 26. November 1825.

Gestern früh ist unsere Singakademie mit dem schönsten Kranze geschmückt worden, den Rosenfinger und seidene Hände je bereitet haben. Ein Zug von nahe an hundert Maurer- und Zimmerleuten hat ihn aus meinem Hause abgeführt durch den Lustgarten, vor des Königs Palais vorbei bis an den Ort seiner Bestimmung. Beim Auffahren desselben ertönte das Lied: »Gott segne den König«, und vom Erker herab erfolgte eine erbauliche Zimmermannspredigt.

Das anfolgende Blatt magst Du Dir gefallen lassen, indem es nicht ganz richtig ist, wiewohl im ganzen es eine Vorstellung gibt von der Lage des Gebäudes gegen seine Umgebung. Die sachschwere Wolke von oben soll verziehen werden, wenn die leichtere darunter aus Opfergerüchen besteht, ein heranziehendes Ungewitter sanft zu zerteilen.

Soeben kommt die Zeitung, woraus Du ein mehreres ersehn magst. Bemerken will nur noch, daß die Hauptfronte genau gegen Mittag, parallel mit der Lindenallee, zwischen dem Zeughause und dem Universitätsgebäude liegt. Das Palais des Königs, gegenüber nach Mitternacht, ist etwa 300 [Fuß] davon ab, so daß der König aus einigen seiner Fenster unser ganzes Territorium sehn kann. Unsere Türen sind 7 Fuß breit und die Pilaster 2 Ellen breit, wonach Du ungefähr die Dimension des Ganzen abnehmen magst.

Daß meine Wohnung die ganze Woche hindurch wie ein Taubenhaus gewesen ist, den Kranz zu zieren und zu sehn, wirst Du Dir denken; er war auch von Blumen, Bändern und Tüchern so schwer worden, daß vier Männer vollauf daran zu tragen gehabt haben. Besoffen war leider nur Ein Einziger, und heut ärgert's mich, daß ich selbst nicht dieser Einzige gewesen bin. So viel Mühe und Qual verdiente wohl ein Opfer; doch kann das Beste noch immer geschehen, wenn die Rechnung gemacht wird. Bis jetzt sind gegen 26 000 rh. für Steine und Holz ausgegeben, und wir haben nur noch 8000 rh. an Aktien übrig. Nun haben wir außerdem 10 000 rh. aus den Beiträgen seit 25 Jahren zurückegelegt, die uns denn noch zugut kommen.

Was unterhalte ich Dich doch mit diesen Dingen? Für andere habe ich gesammelt, und sie konnten's nicht begreifen, was ich mit dem Gelde machen wollte. Wem aber soll ich's denn sonst wohl sagen als dem, der mir sagt:

»Ins Wasser wirf deine Kuchen!
Wer weiß, wer sie genießt!«

Z.

486. *An Zelter*

Dein *Griepen* – mag ein recht guter *Kerl* sein, aber ich weiß nicht mit ihm übereinzukommen; er hat sich von den Dingen unterrichtet, die er bespricht, aber teils denk' ich sie anders, teils in einem anderen Zusammenhange.

Ich schlug das Buch auf und fand Seite 336 §10: »die gewöhnliche Einteilung in lyrische, didaktische, dramatische und epische Poesie«, und so weiter. Da schlug ich das Buch zu und diktierte, was die Beilage ausweiset, was Du denn für Dich behalten wirst. Und auf diese Weise würde es mir mit dem ganzen Bande gehen, da muß ich es eben liegen lassen.

Deine Aphorismen dagegen habe ich mit Freuden auf- und angenommen. *Du hast* es, wovon *Du sprichst*, und *so hat* man es *auch*, indem man Dich *hört*; was Du hier gibst, versteht man, glaubt es zu verstehen und findet wenigstens ein Analogon in dem, was man gewiß verstehet.

Laß uns auf unserer Weise beharren, fühlen und gewahrwerden, denken und tun, alles übrige ist vom Übel. Die neuere Welt ist den Worten hingegeben, das mag sie denn so weiter treiben und haben.

Deine Büste ist zu allseitiger Freude angekommen, alles Dankes wert, indem sie Dich, den Ersehnten, so nahe heranbringt; nur find' ich, wie bei der meinigen auch, eine gewisse Übertreibung der Züge, die bei näherer Bekanntschaft nicht wohl tut.

So wie der Eindruck des Unglücks durch die Zeit gemildert wird, so bedarf das Glück auch dieses wohltätigen Einflusses; nach und nach erhol' ich mich vom siebenten November. Solchen Tagen sucht man sich im Augenblick möglichst gleichzustellen, fühlt aber erst hinterher, daß eine dergleichen Anstrengung notwendig einen abgespannten Zustand zur Folge hat.

Versäume nicht, baldmöglichst die Folge meiner Briefe zu senden; die noch hier seienden gehen über die Hälfte von 1820. Auch dieses Geschäft wünscht' ich vollendet zu sehen. Ich bin höchst überdrängt, zwar nicht von Sorgen, aber doch von Besorgungen, und das kann sich zuletzt in einem Grade steigern, daß es fast dasselbe wird.

Möge Dir alles gelingen! Dein neues Gebäude wird nun auch gekrönt sein; es werde das Gleiche mit allem, was Du so redlich heranführst. Und so lebe wohl und fahre fort, mein zu gedenken.

Weimar, den 26. November 1825. G.

Nachschrift.

So weit war ich gelangt, als die heitere Nachricht eintrifft, Dein Kranz sei nun auch erhöht und eine neue Epoche Deiner großen und schönen Anstalt angetreten. Möge der Eifer im nunmehr befestigten Lokal gleichbleiben dem, der euch auf bisherigen Wanderungen schmückte. Nächstens gelangen zu Dir noch manche Nachklänge unserer Feierlichkeiten, an die sich die Deine so wunderartig anschloß.

Alfred Nicolovius hat Dir ja wohl auch einiges mitgebracht, wenigstens ward ihm so manches aufgeladen, daß ich hoffen kann, du seist nicht vergessen.

Bis ich das Weitere vermelden kann, wünsche wohl und froh zu leben, auch bitte wiederholt um den Rest der Korrespondenz.

Abgesendet den 29. November 1825.

[Beilage]

Es ist nicht zulässig, daß man zu den drei Dichtarten: der *lyrischen*, *epischen* und *dramatischen* noch die *didaktische* hinzufüge. Dieses begreift jedermann, welcher bemerkt, daß jene drei ersten der *Form* nach unterschieden sind und also die letztere, die von dem *Inhalt* ihren Namen hat, nicht in derselben Reihe stehen kann.

Alle Poesie soll belehrend sein, aber unmerklich; sie soll den Menschen aufmerksam machen, wovon sich zu belehren wert wäre; er muß die Lehre selbst daraus ziehen, wie aus dem Leben.

Die didaktische oder schulmeisterliche Poesie ist und bleibt ein Mittelgeschöpf zwischen Poesie und Rhetorik; deshalb sie sich denn bald der einen, bald der andern nähert, auch mehr oder weniger dichterischen Wert haben kann; aber es ist, so wie die beschreibende, die scheltende Poesie, immer eine Ab- und Nebenart, die in einer wahren Ästhetik zwischen Dicht- und Redekunst vorgetragen werden sollte.

Der eigene Wert der didaktischen Poesie, das heißt: eines rhythmisch, mit Schmuck von der Einbildungskraft entlehnt, lieblich oder energisch vorgetragenen Kunstwerkes, wird deshalb keineswegs verkümmert. Von gereimten Chroniken an, von den Denkverschen der ältern Pädagogen bis zu dem Besten, was man dahin zählen mag, möge alles gelten, nur in seiner Stellung und gebührenden Würde.

Dem näher Betrachtenden fällt sogleich auf, daß die didaktische Poesie um ihrer Popularität willen schätzbar ist; ja der begabteste Dichter sollte es sich zur Ehre rechnen, auch irgendein Kapitel des Wissenswerten also behandelt zu haben. Die Engländer haben sehr preiswürdige Arbeiten dieser Art; sie schmeicheln sich in Scherz und Ernst erst ein bei der Menge und bringen sodann in aufklärenden Noten dasjenige zur Sprache, was man wissen muß, um das Gedicht verstehen zu können.

Und so forthin!

G.

487. *An Goethe*

Sonntag, 27. November 1825.

Unter den vielen schönen Sachen, die Dir an Deinem Ehrentage geworden sind, bleibt mit euer Regierungsblatt No. 14 vom 11. November 1825 ein liebes Wahrzeichen, und wenn ich mir etwas zu haben wünsche, so ist es die Doppelmedaille mit den drei Bildnissen.

Aber auch ich habe die Ehre, daß mir ein Exemplar der »Iphigenie« auf Befehl des Großherzogs durch den Kanzler Müller ist zugesendet worden.

Freitag, 2. Dezember. Soeben kommt Dein Brief vom 26.-29. vorigen Monats. Schönsten Dank für alles darin und dabei!

Was Du von der Büste sagst und was ich mich kaum getraute zu denken, wollte auch hier schon mancher bemerken, wiewohl ich selber davon die Ursache sein mag. Ich weiß mich nicht in einer ruhigen Stellung zu tragen, wenn ich nicht bald einschlafen soll. Um das Letztere zu vermeiden, habe ich mich bei der Arbeit ziemlich lebhaft über Kunst- und Künstlerwesen mit meinem Schöpfer unterhalten, und da wäre es kein Wunder, wenn eine gewisse Übertreibung, die meinem Innern zuwider, wiewohl meinem Äußern anhängig sein mag, auf das Abbild übergegangen wäre.

Aber die Büste soll in Marmor ausgeführt werden, und Du wärst wohl der Mann, unsern vortrefflichen Künstler aufmerksam zu machen auf solche Feinheit, worüber ein anderer vergebens das rechte Wort sucht. Ich selbst kann dabei keine Stimme haben, wie ich die Ehre einer solchen Anerkennung schätze.

Den alten Carolinischen Sauerteig hatte ich in der genannten Ästhetik auch schon gewittert, da ich meinen Mann kenne, der über Schönheit und Vollkommenheit fühlt wie ein alter Junggeselle.

Er ist ein Schüler von Forkel, und was dieser verehrt hat, will der Schüler so fort treiben.

Forkel war Dr. der Philosophie und Dr. der Musik zugleich, ist aber sein Leben lang weder mit der einen noch der andern in unmittelbare Berührung gekommen und hat ein schlechtes Ende genommen. Er hat eine Geschichte der Musik angefangen und da aufgehört, von wo für uns eine Historie möglich ist.

Über Glucks Sukzeß hat er sich gelb und grün geärgert und dessen Opern herabsetzen wollen; Mozart wollte er ebensowenig anerkennen und mochte manchen auf seiner Seite haben. Sebastian Bach war sein Held, der ihn gleichwohl zur Verzweifelung brachte, indem er seine Härten, Petulanzen, Frei- und Frechheiten nicht mit einer Größe und Tiefe zu reimen wußte, die allerdings nicht zu verkennen ist. Zuletzt schrieb er, und zu diesem Endzweck, Bachs Leben, ohne [mehr] davon zu wissen, als was aller Welt ohnehin bekannt ist. Er läuft an ihm herum, tastiert hier und dort, kann aber weder hinein noch hinauf, und so schließt sich seine Arbeit, indem er uns alle ermahnt, zu sein, was Bach war – »ja Kuchen!« sagt man hier.

Werde nur nicht ungeduldig über solch Geschwätz; es ist eben morgens um 11 Uhr und so finster, daß ich die Feder kaum sehe, mit der ich schreibe. So erfolgen denn die Briefe bis Ende 1824. Soll ich denn die von diesem Jahre auch senden?

Sonnabend, 3. Dezember 1825. Z.

488. *An Goethe*

Sonntag, 4. Dezember 1825.

Was ich freudig bewundre, ist das allerliebste Faksimile. Den will ich sehn, der bei solchen Jahren noch so rein, fest und zierliche Hand schreibt. Das kommt alles von der guten Nahrung, die denn auch guten Magen findet, und so weiter.

Leider hab' ich mir das Blättchen vom alten Friedländer abschwatzen lassen, wo es allerdings gut aufgehoben ist.

Diesen alten Gesellen, muß ich Dir nur sagen, erziehe ich Dir, von Grund auf. Er kannte so wie mancher andre seiner Lehrjahre wenig mehr von Dir als den »Werther«, den er nie verstehen lernt. Nun werf' ich ihm, da er stets krank ist und stillehalten muß, von Deinen Pillen eine nach der andern zu; die bleiben auf seiner redlichen Seele sitzen, und nun nach so manchen Jahren sieht Dir der Kerl aus wie eine türkische Weizenschote, und sein Lessing ist ihm unverloren.

Du verzeihst mir's schon, wenn ich manchen Winterabend mich an solchen Späßen selber übe; ich wollte lieber begraben sein als ohne Gesellen, die ich mir nach meiner Art beschnitze, sollten sie auch schon beschnitten sein.

Deine Betrachtung der Dichtarten habe ich schon 20 mal gelesen und lese sie noch fort. Ich verstehe mich selber erst in Dir, wenn mir so manche andere wie Maler vorkommen, die mit Farbe zudecken, was sie offenbaren wollen.

So gerüstet steig' ich wieder ein zu unserm Ästhetikus und repetiere die philosophischen Formeln, die ich stets wieder vergesse, wenn ich nicht den Finger drauf halte.

Unser verstorbene, vom alten Fritz sehr hochgehaltene Geheime Finanzrat Wlömer ward einst nach Königsberg zur Revision der dortigen Bank gesandt.

Dort findet er nach 40 Jahren einen ehemaligen Stubenburschen, den alten Kant wieder, und man freut sich heut und früherer Jahre.

»Aber«, spricht der Kant, »hast du Geschäftsmensch wohl auch einmal Lust, meine Schriften zu lesen?« – »O ja! und ich würde es noch öfter tun, nur fehlen mir die Finger.« – »Wie versteh' ich das?« – »Ja, lieber Freund, Eure Schreibart ist so reich an Klammern und Vorbedingtheiten, welche ich im Auge behalten muß; da setze ich den einen Finger aufs Wort, dann den zweiten, dritten, vierten, und ehe ich das Blatt umschlage, sind meine Finger alle.«

So geht es denn auch mir, und ich muß mich wundern über die Herren und Frauen, die so viele Bücher lesen können, ohne einen Finger zu rühren. Wenn ich verstehe, was ich lese, so regen sich in mir gewisse Tasten, und mein Autor hat gewonnen, denn alles geht seinen ordentlichen Gang: man ist ohne Sorge, ich spiele mit, und das müßte mir ein schlechtes Konzert sein, wo die Musici nicht das meiste Pläsier hätten.

Lebe wohl! das grauliche Wetter und meine Augen wollen sich nicht vertragen.

Dein

Dienstag, 6. Dezember. Z.

489. *An Goethe*

Donnerstag, 8. Dezember 1825.

Gestern mittag habe ich einen artigen, beinah unartigen Spaß gehabt. In einer Gesellschaft, deren Mitglied zu sein ich die Ehre habe, kam das Gespräch auf eine in der Spener'schen Zeitung vom 4. November mit Wegwerfung beurteilte Sinfonie von Felix.

Mein Nachbar dicht neben mir rechts wiederholte mit Behagen die Worte jenes Rezensenten, indem er zugleich die Anmaßung des jungen Komponisten angriff, dem Publico eine ganze (sogenannte große) Sinfonie in vier Teilen zum besten zu geben, die mehr Beschwerde als wahren Genuß gewähre. Als er ausgesprochen hatte, bemerkte ich dagegen: der Rezensent habe sich in seiner Beurteilung immer des Worts *Wir* bedient, welches ich jedoch nicht bis auf mich ausgedehnt wünsche, weil ich nicht der Esel sein wolle, ein fleißiges ordentliches Opus so schnöde verworfen zu sehn.

Kaum ausgeredet, verwandelt sich das Gesicht meines Nachbarn in eine Feuerkugel, die das Tischtuch rötete, kurz, es war der Rezensent selber, denn er versicherte, die Rezension sei zwar nicht von ihm, doch müsse er gestehn – und so weiter.

Vor Schreck (denn den kleinen Schreck verzeihst Du mir schon) ergreife ich meine Flasche und, mein Glas verfehlend, gieße ich in das seine; er setzt es an und nennt meinen Wein ein kräftiges würziges Getränk.

Die Sache ist mir nicht leid und auch nicht lieb; denn der Mann ist gescheut, geschickt und mir wohlwollend gesinnt. Von ihm ist das schmeichelhafte lateinische Gedicht auf mein Jubiläum, das ich Dir wohl gesandt haben mag.

Und was soll denn ein Rezensent tun? besonders einer, der die sämtlichen wissenschaftlichen Artikel einer politischen *täglichen* Zeitung redigiert? Soll er das Gute loben, so muß er Zeit haben, die er nicht hat; so macht er, daß er davonkommt, und verwirft, was ihm nicht schmeckt, und nimmt sein Geld dafür.

Auf der andern Seite ist ein Musikus übler dran als Maler und Schriftsteller. Ich weiß nur zu gut, was Qual und Überwindung es mich gekostet, für meine Versuche ein Orchester zusammenzubringen, das selbst für Geld um Gottes willen kommt, und dann die Zuhörer und vor allen die Gratismänner, die gar nichts erwarten und Unerreichbares fordern und nicht begreifen, wie man so impertinent sei, ihr hohes Ohr sistieren zu wollen. Da hat man zu kämpfen für sich und andere.

Nach Tische beredet mich unser Rezensent, mit ihm ins

Theater zu gehn und ein mir noch unbekanntes Stück, »Die Lästerschule« (wenn ich nicht irre, nach Sheridan), zu sehn. Da er ein eingefleischter Engländer ist und ich was wieder gutzumachen hatte, so ging man.

Das Stück war mir unangenehm; man befindet sich unter schlechtem Volke, die Besten sind nichts wert. In solcher Stimmung vergeß ich mich und sage ihm: ich wünschte, daß dieses Stück von Felix und dessen Sinfonie von diesem Verfasser wäre. So wende ich mich um, seine Antwort zu erwarten, und finde einen ganz unbekannten Mann neben mir sitzen, der mich mit großen Augen ansieht. Diese zweite Überraschung an Einem Tage hat mich wieder froh gemacht, und in die »Lästerschule« soll mich die Tugend selbst nicht wieder hineinengländern.

Ein Architekt aus Koblenz, der eben über Weimar kommt, will euer neues Theater nicht loben, und was krieg' ich, wenn ich ihm glaube? Ich habe ihn nur einmal gesprochen, er soll ein geschickter Mann sein, und doch weiß ich, wie man mit den Besten daran ist. Man wird so skeptisch gemacht, daß ich mir selber nicht mehr glaube, wenn ich nicht was davon habe.

Wenn ich mit meinen kurz aufeinander folgenden Briefen Löcher in euren Beutel werfe, so räche Dich und laß mich wieder zahlen. Schickst Du mir aber Pakete, so gib einen Brief *daneben*. Für die mir überschickte »Iphigenie« habe Einen Taler 9 Groschen und 9 Pfennige Postgeld bezahlt, weil man es wahrscheinlich für so viele Briefe gehalten hat.

Die Sache mit der Büste ist so nebelhaft, daß ich selber noch nicht recht weiß wie. Genug: Langermann ist es, der Dir diese Büste sendet, von der Du den ersten Abguß haben solltest. Dieser Abguß war gemacht, eingepackt und mit einem Briefe abgesendet, ganz unbegreiflicherweise aber in Rathenau angekommen. Haben sich nun die guten Rathenauer etwa Deine Büste bestellt und statt derselben die erhaltene gefunden, so möchte man wohl ein stiller Zeuge ihrer Überraschung gewesen sein.

Es ist Sonnabend. Lebe wohl!

Dein Z.

490. *An Goethe*

Montag, 12. Dezember 1825.

Ohne Schmausen tun wir's nicht; da findet sich noch eher Hülfe! Erst gestern also ist unser Richtschmaus abgehalten, weil die Teilnehmer es durchaus auf meinen Geburtstag verschieben wollten. An Munterkeit hat's nicht gefehlt, und nun ist auch das überstanden.

Unsre Poeten und Komponisten hatten sich zusammengenommen, und waren Gedichte und, versteht sich, alles gesungen.

Da aber die patriotischen Schlingel keinen Vers auf den König zu finden wissen, da hab' ich mir selber welche zusamm[en]gesucht, worüber die Deutschdreher das Maul hin- und herwerfen und – was geht das mich an?

Der König soll gepriesen sein,
Der König lebe hoch!
Und wenn er's auch nicht haben will,
Was gilt's, ich preis' ihn doch!
Und tun die Lieber Leid sich an,
Noch nie hat Liebe Leid getan:
Der König lebe hoch!

Der König soll mein Bruder sein,
Der König lebe hoch!
Ein König kann ein Bruder sein,

Ein König bleibt er doch!
Und tun auch Brüder Leid sich an,
Noch nie hat Liebe Leid getan:
Der König lebe hoch!

Der König soll mein Vater sein,
Der König lebe hoch!
Ein König kann ein Vater sein,
Ein König bleibt er doch!
Der Vater sieht die Kinder an,
Das ganze Land nimmt teil daran:
Der König lebe hoch!

Der König soll *mein* König sein,
Wohlan, Er lebe hoch!
Und sieht er manchmal sauer drein,
So ist er König doch!
Er ist mein König und mein Mann,
So sing' ich, was ich singen kann:
Der König lebe hoch!

»Nun sage mir, Vater« – ist das nicht allerliebst? Und ist aus der Musik herausgewachsen wie das Kraut aus der Kartoffel, denn die Musik habe vorher gemacht und kommt denn doch wohl anders heraus als das einfältige »Heil Dir im Siegerkranz«, wobei ich immer seekrank bin.

Ein Hans A. hat gesagt: *es sei doch kein Volkslied.* – Was geht mich das Volk an, wenn ich nicht dabei bin! Und da fallen sie über her und haben mich zum besten; aber der eine sang Cis statt C, und ich habe ihm einen Puff wiedergegeben, daß er nun meine Poesie mag ungeschoren lassen.

»Lieber« (ironice, nach »Hasser« konstruiert) will niemand gelten lassen; der »Bruder« soll auch nicht passieren, und der »Sauer« will gar nicht rutschen – nun, so mögen sie ihn zuckern! Ich gebe die Dinge, wie sie Gott gibt.

Und mit ihren stolzen Worten und Phrasen, die wie vornehme Leute sich manchmal gar nicht gern wollen *sprechen* lassen, was meinen denn sie – als sich selber? Da soll man sagen: »Der Mann hat eine schöne Diktion, schöne Versifikation, Periodenbau« und dergleichen, und manchem mag dabei zumute sein als in der Kirche, wenn der Klingelbeutel kommt: man weiß schon, was er will und was man davon hat.

Donnerstag. Unsere beiden Höfe sind in tiefe Trauer versetzt, woran ich aufrichtigen Anteil nehme und niemand wissen kann, wie nahe solch ein Fall ihn und sein Haus berührt. Da man denn alles zu nehmen hat, wie es kommt, so wird mir nicht mehr bange – lange, lange

Dein Z.

Es ist doch kuriose, daß das »Lange, lange« auch bei euch so wie bei uns gesungen worden.

491. *An Goethe*

Freitag, den 16. Dezember 1825.

Gestern ist eine ganz neue Übersetzung des »Macbeth« (von unserm Königlichen Bibliothekar Spiker) über unsere Bretter gegangen.

Das Stück hat gegen vier Stunden gespielt, wovon etwa Eine Stunde auf Rechnung der Zwischenakte kommen mag.

Die Übersetzung ist fließend und mir nirgend anstößig vorgekommen, da ich die frühern wohl meistens kenne. – Den wollte ich auch sehn, der solch ein Werk ruinierte!

Doch sie gehn hinein und kommen wieder nach Hause mit dem bloßen Schauer über alle dem Spuk.

Das Besondere dabei war hier eine ganz neue dazu gesetzte Ouvertüre, die Hexenchöre und -tänze. Der Komponist (Kapellmeister Spohr aus Kassel) ist ein geschickter Mann, und wäre nicht des Guten zuviel, so möchte alles besser sein.

Gegen die Intention ist nichts zu sagen; denn wenn das Orchester einmal da ist, so wäre nicht abzusehn, warum es was anderes spielen sollte, als was hingehört. Doch – was hingehört, ist eine neue Frage.

Die Nacht braucht keiner schwarz zu machen, und da mag der Hase im Pfeffer liegen.

Das Stück ist eine grobe Gesellschaft und erfordert einen derben Stil. Dieser fehlte, und so war man froh, wenn die Mörder oben wieder ihr Wesen trieben.

Fein ausgesonnene Häppchen aus ganz neuen Kochbüchern, kurz ein sogenannter Kammerstil will hier nicht greifen, und da hilft kein Farbenverquisten, das Stück geht seinen Gang, ja selbst der Birnamswald muß mit, und alle die schönen dreimal gestrichnen und geschwänzten Noten bleiben unterwegs liegen.

Aber ich habe daraus gelernt, daß es nur Eine Lady Macbeth gibt, und das ist und das war Madame *Nouseul*, die schönste Frau und die beste Lady und zwar vor 45 Jahren, die Du gewiß gekannt hast – und nur Einen Macbeth: das ist, das war unser *Fleck*, den Du auch wohl gekannt hast.

Freilich war man damals stark im Vorliebnehmen, und die Shakespeare'schen Stücke schlugen uns frische Jungen zusammen, daß die Funken flogen, aber auch alles war nicht so verzuckert und verzierlicht. Man genoß gern, was gesund war, und dachte nichts dabei, als es müsse so sein, weil's nicht anders sein könne, und nun lerne ich altes Gemächte, daß es auch anders sein könne, weil es anders ist. Und wie anders: das Vordere hinten, das Obere unten, Gerades schief und alles überlang, damit es nur schwer zu erkennen, ja zu *ver*kennen sei, und das liebe Publikum schmaust mit eben dem verrückten Appetite die Katze, welche zum Hasen gesotten ist, und findet alles deliziös.

Daß Du das alles besser weißt als ich, versteht sich von selber; ich schreibe es nicht sowohl Dir als mir selber, da man sich nicht genug dagegen präservieren kann. Man muß von Zeit zu Zeit Abführendes gebrauchen, um sich nicht von dem Weltwesen infarzieren zu lassen, wenn man nicht mit zugrunde gehn will. Und so magst Du nur immer tun, als wenn Dir dergleichen noch nicht vorgekommen wäre. Was sollte man auch schreiben, wenn man sich nicht über andere erheben dürfte.

Übrigens ist solch Räsonnement eine Frucht meiner jetzigen Lektur, da ich tief im »Winckelmann« vergraben sitze, den ich zwar nur im Bette vor dem Einschlafen, doch zum ersten Male lese.

492. *An Goethe*

Berlin, 24. Dezember 1825. Weihnachtsabend.

Gestern ist Maria v. Webers neuste Oper »Euryanthe« auf unserm großen Theater mit vorentschiedenem Beifalle gegeben worden.

In Wien, Dresden und andern Orten hat das Werk nicht greifen wollen, was seine hundert Ursachen haben mag. Das Gedicht will sich nicht exponieren. Graf Brühl hat es hier so imponierend ausgestattet, wie es dem Freunde, dem Intendanten wohl ziemt und der historisch-romantischen Oper zukommt.

Nach dem Stücke ward alles gerufen. Zuerst der Komponist, der sich schon nach dem ersten Akte zeigen mußte und alle Aufmunterung des angespannten Fleißes verdient, dem ein kranker Körper doppelt lästig ist.

Darauf ist dann noch geschmatzt und geschmaust worden, was endlich völlige Befriedigung, ja Versöhnung wirkt. Mehrere Freunde zogen den Komponisten mit sich, die Chöre der Sänger und Hörner folgten, und so hat der Saus und Braus bis gegen Morgen hingehalten.

Daß ich altes Stück dabei nun auch immer sein muß, braucht Dich nicht zu wundern, weil ich nicht der Narr sein will, mit den Schmälern zu Winkel zu gehn und mich am Wohlergehn Eines Menschen in der Welt zu ärgern.

Was ich mir kann gefallen lassen, nur darüber kann ich urteilen, und was mir gefällt, darüber brauch' ich nicht zu urteilen. Da bleibt man in seiner Mitte, und die Besten stehn einem am nächsten.

Auch habe den »Macbeth« wieder gesehn und habe Dir ja wohl schon einmal darüber geschrieben. Mag doch alles sein, wie es ist, man wird nach und nach klar; man tut davon und dazu, und es entsteht ein fertiges Bild. Soll ich andern helfen, so muß ich mir auch selber helfen dürfen.

In Madame Nouseul fand ich *meine* Lady Macbeth: eine schönste, nicht ganz junge Frau, die einen tapfern gefeierten Mann beherrscht, von dem sie keine Kinder hat. Das liegt tief in ihrer Seele, und der Brief holt es herauf.

Macbeth: stark, fertig, glücklich. Der König sendet ihn, die Rebellen zu züchtigen; hier ist er an seiner Stelle, und die Sache ist getan. Er ist menschlich, aber roh, abergläubig; ein Wachs in eines schönen Weibes Hand. Mitten im Taumel wachsender Höhe bis zum Throne schlägt ihn die Erinnerung der prophetischen Schwestern nieder, solche Höhe nicht *eigenen* Kindern hinterlassen zu müssen. Nun ist Madame schon Königin; *sie* regiert, und Er ist wieder das Werkzeug fremden Willens, der Dolch kommt ihm entgegen, er darf nur zugreifen, und er greift zu.

Dunkan ein alter gütiger Herr, die Ruhe liebend; er dürfte kaum vermißt werden, die Gelegenheit ist bequem und die Sache bald getan.

Das alles sahn wir zu unserer Zeit in Fleck und Madame Nouseul, und ich darf mich freuen, es behalten zu haben, um das Andenken an diese zwei würdige Menschen an Dein Herz zu legen, denn es ist über vierzig Jahre her und der Ruhm eines Schauspielers nach seinem Tode eine Seltenheit.

Den 25. Dezember. Der alte ehrliche Friedländer hat den »Phädon« wieder auf*legen* lassen und mir es vorigen Sonntag geschenkt. Auch Dir mag er ein Exemplar zugesandt haben.

Die neue Einleitung und den Anhang habe gelesen und das »Leben des Sokrates« auch. In die Gespräche selbst kucke ich nur so hinein und kann ein heimliches Frissonnement kaum bemeistern, als wenn's nicht geraten wäre, an der Türe zu horchen oder durchs Schlüsselloch zu kucken. Das Liebste am ganzen Buche ist mir der gute Wille des Gebers und ein Faksimile nach des Autors Hand:

»*In jenem Leben ein mehres.* Moses Mendelssohn.«

Ohne Zweifel: Ja und Nein! – Das Quentchen Geist, was Du Deine unsterbliche Seele nennst, ist ein unbekannter Fund, der selber nicht weiß, wie er auf diesen oder jenen Pflock fällt, und Du lebst von seinen Zinsen. Nun rühre Dich damit, schlage Zinsen zu Kapital, und läßt Du was nach, so wird's halten, solang es hält. Hab' ich's in der Welt nicht zum schlechtsten gehabt, so will ich andern die Hoffnung nicht durch meinen Anteil schmälern. Es tut mir schon leid, wenn mich fürs erste mancher missen sollte, der es mit mir auch nicht schlechter gehabt hat.

Es mag nicht hieher gehören, doch fällt mir eben hier die Antwort eines lebhaften Franzosen ein: »Was Nachwelt! Wie komm' ich dazu, was für die Nachwelt zu tun? Was hat denn die Nachwelt für mich getan?« Das klingt wie eine geborstne Glocke. Nicht wahr?

---

26. Dezember. Eben kommt mir das »Literaturblatt« No. 97 des »Morgenblatts« zu Gesichte, worin Thibaut auf acht Spalten sein Büchlein: »Über Reinheit der Tonkunst« gegen harte Angriffe meines Freundes Nägeli in Zürich verteidigt.

Es ist scharmant, solche Manövers an sich vorübergehn zu sehn, wo einer den andern bekriegt, um nachher die Waffen wieder zu reinigen oder zu putzen. Wenn scharf geladen wäre, möchten beide was abkriegen, so ist es nichts.

Mich möchten sie auch heranputschen; da können sie warten, bis ich wieder auf die Welt komme. Sie gehören beide zu denen, welchen ich wohl will und (mit Dir zu reden) ihnen noch wohler wollen möchte, wenn ich könnte. Wenn solche Männer schaden könnten, so würden sie doppelt schaden: sie verwickeln sich in eine klare Sache, mit der sie es gut zu meinen glauben, und sind Feinde geworden fürs ganze Leben. Der eine hat Historie geladen, der andere pafft mit pulverisierter Ästhetik, und was die Welt davon hat, ist alter oder neuer Gestank oder beides. Pfui!

Nun, dächt' ich, könntest Du auch wohl einmal wieder ein Blatt an mich wenden, wär's auch nur, um alle das tolle Zeug zu schelten, was ich Dir schreibe. Lebe nur und sei getrost und munter für

Deinen

Z.

493. *An Zelter*

Du hast mir seit einiger Zeit, mein Teuerster, gar lebhafte Charakterzüge eurer Berliner Tagesweise mitgeteilt, daß ich doch endlich auch etwas von mir hören zu lassen schuldig zu sein glaube. Mir war es indessen wunderlich zumute. Eine notgedrungene Wirkung, sowohl gegen die Nähe als in die Ferne, hinderte mich, meinem Willen zu folgen, welchem nach ich Dich schon längst einmal wieder besucht hätte. Ihr Berliner jedoch seid mir die wunderlichsten Leute: ihr schmaust und trinkt und verzürnt euch untereinander, so daß Mord und Totschlag im Augenblick und tödlicher Haß in der Lebensfolge daraus entspringen müßte, wäre es nicht in eurer Art, das Widerwärtige auch stehen zu lassen, weil denn doch am Ende alles nebeneinander verharren kann, was sich nicht auf der Stelle aufspeist.

Dein sibyllinisches Blatt über »Macbeth« glaube nach meiner Weise recht gut auszulegen; ich dachte wenigstens dabei wie folgt.

Diese Bemühungen gehören zu denjenigen, welche König Saul der Hexe von Endor zumutete: die großen Toten hervorzurufen, wenn wir uns selbst nicht zu helfen wissen. Shakespeare ist noch widerborstiger als jener abgeschiedene Prophet, und wenn sie ihn gar in seiner Integrität hervorzaubern wollen, dann geht es am wenigsten. Ein solches Mickmack von Uraltem und Modernstem bleibt immer auffallend, wie Du es ganz richtig empfunden hast.

Was hilft alles Kostümieren! Genau besehen, sind denn doch am Ende Schauspieler und Kleider, Dekorationen und Gespenster, Musiker und Zuschauer untereinander nicht in Harmonie. Dies hat Dich bei einer so bedeutenden Exhibition zerrissen. Vielen ist es auch zuwider, ohne daß sie es gestehen; viele lassen es gut sein, weil es nicht anders ist; sie haben bezahlt und ihre Zeit hingesessen.

»Sieben Mädchen in Uniform« machen auch hier das Publikum glücklich; denn so etwas ist zeitgemäß. Das Soldatengespiele, zu einer halblüsternen Posse verwandt, läßt sich jedermann gefallen, wenn unter dem Druck eines Shakespearischen Alps das Publikum seufzt und sich sehnt aus einem schweren Traum des Ernstes in die freie Luft der Torheit.

Jetzt, da ich nicht mehr ins Theater gehe, sonst nichts damit verkehre, nur aber meine Kinder und sonstiges nachwachsendes Lebevolk zu beobachten habe, gehen mir ganz eigne Lichter auf. Immer nehmen sie Partei; bald seh' ich sie in gerechten Urteilen klar und verständig, bald in Vorurteilen und Vorlieben ungerecht befangen, und was alles daraus folgt, wie es uns längst bekannt ist; aber ich begreife doch erst das Mißbehagen der Danaidenarbeit während so vieler Jahre, in welchen ich bemüht war, die wirklich großen, der Bühne verliehenen Vorzüge in Wirklichkeit zu setzen und zur Evidenz zu bingen. – In solche Betrachtungen haben mich Deine Hexen verhext; trage deshalb die Schuld eigner Veranlassung.

Als belebte Folge jener festlichen Tage ist mir, wie ich bekennen muß, manches Gute geworden; auch manches Gute zu tun gibt es Gelegenheit, da der aufgeregte und doch nicht flackernde Enthusiasmus einen jeden aus sich selbst ins Allgemeine trieb. Hiebei gelingt es denn auch, ein viele Jahre gewünschtes Gärtnerhaus an die Stelle des alten zu setzen, worin Du Dich auch einmal beholfen hast. Dies ging ganz einfach, die Gewerken gaben ihren Vorteil auf und ließen mit frohem Sinn die Anstalt genießen, was sie sonst für sich und die Ihrigen erworben hätten. Du weißt am besten, wie hoch dies anzuschlagen ist.

Und da nun von manchen klugen und tätigen Menschen dieser allgemeine gute Wille gestärkt und geleitet worden, so ist in dem kleinen Kreis sehr viel geschehen, weil alle

Glieder, groß und klein, sich lebendig erwiesen. Und hieraus erwächst denn auch mir noch manche angenehme Beschäftigung, um das Begonnene und Eingeleitete durch- und ans Ziel zu führen.

Zu Ausfüllung des Raumes folgendes:

Eine große sorgfältige Zeichnung von Julius Roman mit vielen Figuren, zum größten Teil wohlerhalten, ist eine köstliche Akquisition, ohne Zweifel das Original, das Diana von Mantua in Kupfer gestochen hat: Christus vor der »schönen Türe« des Tempels, nach Rafaels Vorgang, mit gewundenen Säulen geschmückt. Er beruhigt warnend die neben ihm aufrecht stehende beschämte Ehebrecherin, indem er zugleich die pharisäischen Susannenbrüder durch ein treffendes Wort in die Flucht schlägt. Sie entfliehen so kunst[ge]mäß-tumultuarisch, so symmetrisch-verworren, daß es eine Lust ist. Sie stolpern über die Bettler, denen sonst ihre Heuchelei zugute kam und die für diesmal unbeschenkt auf den Stufen liegen. Der Federumriß ist von der größten Nettigkeit und Leichtigkeit und fügt sich dem vollkommensten Ausdruck. Das Kupfer findet sich gewiß in Berlin und ist nachzuweisen: Bartsch, »Peintre-Graveur«, Vol. XV, Seite 434, »Oeuvre de Diane Ghisi« No. 4., wo es für eine der schönsten und wichtigsten Arbeiten genannter Künstlerin gehalten wird.

Unwandelbar

Weimar, den 30. Dezember 1825. Goethe.

Soeben kommt Dein »Euryanthischer« Brief, worauf nächstens fernere Erwiderung. – Zugleich empfehle: »Berlinische Nachrichten«, bei Haude und Spener, No. 304.

1826

494. *An Goethe*

Berlin, 4. Januar 1826.

Ja wohl hast Du's erraten! Mord und Totschlag müßte folgen, dürfte man nicht einlenken und ein neues Gesicht annehmen, wie ein Schauspieler, der zwei Rollen zugleich spielt.

Aber man *muß* manchmal durchschlagen. Grobheit ist dann das einzige Mittel, und wem der Respekt gegen die Sache gar zu sauer wird, der muß sich doch fürchten, übel behandelt zu werden, was ihm denn der Neid gern gönnt. Man lernt endlich alles gebrauchen.

Du möchtest schon lachen, könnte ich Dich manchmal an der Hand haben, Dir meine Herrlichkeiten in ihrer Gestalt und Ungestalt zu zeigen. Wobei denn doch alles in der Freiheit besteht, wie sie auch sonst nach Würden mißverstanden wird.

Die Welt hat sich ein Wort Lessings gemerkt: »Kein Mensch muß müssen«. Ich aber sage euch: *Wer will, der muß*, und wer nicht wollen will, der soll mich ungeschoren lassen. So lauft mancher davon, und nach Jahr und Tag kommt er zurück und *will müssen.* Wird endlich aus der Wirkung das Rechte erkannt und genossen, so versöhnt sich alles wieder, wenn es nur Zeit hat.

Du hast ja einen bedeutenden Teil Deines Lebens unter ganz ähnlichen Verhältnissen verochst, daß Du eben aus Deinem ruhigen Spinnenneste herab kein saures Gesicht zu machen brauchst, wenn ich mein Leben lang zu kneifen und zu keifen und täglich von vorn anzufangen haben werde. Wem dabei die Lust vergeht, der ist nicht besser als die andern alle; gehe ich entzweit zu Bette, so steh' ich doch ganz wieder auf.

Freilich kann's kaum fehlen, daß man sich einmal überschlage und peccavi sagen müßte. Da sind denn wieder die Frauen mit Ausgleichen bei der Hand, denn diese allein können unparteiisch sein gegen Männer; unterdessen faßt man sich wieder, und die Uhr bleibt im Gange.

Vom alten Fritz hat man mir erzählt, daß er gegen einen jungen Offizier den Stock gehoben habe, der Jüngling aber sei davongelaufen. Andern Tages läßt der König den Offizier vor sich kommen und sagt ihm:

»Er ist Rittmeister! Das wollte ich Ihm gestern auf der Parade sagen, aber Er lief ja, als wenn Ihm der Kopf brennte. Adieu, Herr Rittmeister!«

So im Großen so im Kleinen. Was soll die Geschichte? wenn sie nicht geschieht und was nicht geschieht, ist auch nicht geschehn. Kann man sich nun solcher Muster rühmen, so lernt man sich fügen, und die Ehre bleibt auf beiden Seiten unangefochten.

Unser gute Schultz hat zu seinen letzten Fährlichkeiten noch das Unglück erfahren müssen, daß sein Bruder, der Bergrat, sich im Gemütskrampfe in den Fluß gestürzt hat und sein Leichnam noch nicht einmal gefunden ist. Berichte ich dergleichen ungern, so wollte ich's doch nicht verschweigen, wegen der Folgen. Die unglückliche Witwe und Mutter von fünf kleinen Kindern ist die Schwester der Geheimen Rätin Schultz. Schultz, der mit großem Unwillen seines Vaters eine Katholische geheuratet hatte, mußte das sämtliche starke Geschwister seiner Frau, die elternlos war, zu sich nehmen und durfte bei anfänglich mäßigem Einkommen froh sein, eins nach dem andern versorgt zu sehn, und nun fällt die vervielfachte Last gerade zu einer Zeit auf ihn zurück, wo er an sich selber zuviel hat.

Gestern, Sonnabend, war »Hamlet«. Vom Spiele so viel als

wenig. Es war alles neu besetzt und alles viel zu schön. Der einzige Geist war ein ehrlicher schlichter Geist in Gang und Ton und Gestalt und Sprache, und er hat mich so frappiert, indem er von der Rechten her erschien und ich ihn von der entgegengesetzten Seite erwartete, daß mir das ganze Stück wie neu erschien.

Wenn nur die lieben Schauspieler sich das Agieren abgewöhnen wollten! ist es nicht manchmal, als ob sie uns zum besten hätten, indem sie fast immer ausfallen, wo sie parieren sollen, und vice versa? Sie selber zitieren sich einen Toten aus der Gruft hervor, der ihnen dick und derb die Wahrheit sagt; sie sagen's ihm nach – aber sie gläubeten nicht. O Himmel! ein unvernünftiges Tier muß trauern über solche Entstellung.

Andere Berichte fallen nicht tröstlicher aus. Ungeheure Kleinigkeiten oder vielmehr kleine Ungeheuer treten auf, Sperlinge wollen sie schießen mit Kanonen. Da hat Einer Dein »Jery und Bätely« neu komponiert und, wie ich vernehme, im großen Stil, es soll aber auch danach abgelaufen sein, und man hat Reichardts Komposition wieder gefodert. Der neue Komponist redigiert die hiesige »Musikalische Zeitung«. In dieser war weit und breit von Reichardts schwacher Arbeit gesprochen, die einst Beifall gehabt hat. Die Leute aber merken's schon, wenn das Land durch Postmeilen und der Taler durch sogenannte Silbergroschen größer werden sollen.

Dienstag, den 10. Januar 1826. Indem ich das Blatt wieder ansehe, muß ich bemerken, daß ich Deinen letzten Brief vom 30. Dezember 1825 beinahe wiederhole. Laß es die Probe sein auf Dein Exempel und ob ich Dich verstanden.

So bleiben wir immer gleichgesinnt,
Eins an des andern Herzen.

Dein Z.

495. *An Zelter*

Wenn ich gleich, mein Allerteuerster, in meinen alten Tagen mich nicht grade mit den Ellenbogen durchzufechten habe, so kannst Du Dir doch mit einiger Einbildungskraft schon vorstellen, daß ich, wenn Du mich auch nur als Lenker meines eigenen Fuhrwerks betrachtest, dieses Jahr her nicht viel dämmern, ruhen und säumen durfte; deshalb mir denn unterwegs Dein freundlich-aufmunterndes Wort sehr oft zugute gekommen, indem es mir anschaulich machte, daß andere anderes zu überwinden haben und daher ein jeder sich wacker halten und nach seiner Art und Stelle sich behaupten muß.

Ich kann mir in meiner fast absoluten Einsamkeit kaum vorstellen, daß solche Lust- und Lärmbilder an Dir vorübergehen, an denen Du mich aus Deinem Spiegel teil[nehmen] lässest. Mit »Macbeth« und »Euryanthen« geh' es, durch Aufwand, parteiische Anregung und selbst durch Anerkennung des Trefflichen, wie es will; beide geben keine eigentlich erquickende Vorstellung, jener aus Überreichtum des Gehaltes, diese aus Armut und Magerkeit der Unterlage. Doch weiß ich freilich nicht mehr, was ein Theaterpublikum sei, oder ob es im Großen und im Kleinen sich befriedigen, vielleicht auch nur beschwichtigen lasse. Ein Abglanz davon erscheint mir jedoch dorther, da meine Kinder die Bühne nicht entbehren können, und das laß ich denn auch gut sein.

Die Rezensionen der Haude- und Spenerischen Zeitung mag ich gerne lesen; wie man denn überhaupt, wenn man auch nur selten in die Tagesblätter hineinsieht, manches ganz Vernünftige trifft, woraus eine allgemeine gute Richtung, eine redliche Kennung und Anerkennung sich hoffen läßt.

Ich bin persönlich das Widerbellen durch viele Jahre

gewohnt worden und spreche aus Erfahrung: wir haben noch lange nicht zu fürchten, daß wir überstimmt werden, wenn man uns auch widerspricht. Nur keine Ungeduld! immer fortgehandelt und mitunter gesprochen! so findet sich am Ende noch eine genugsame Zahl, die sich für unsere Art zu denken erklärt. Niemanden aber wollen wir hindern, sich seinen eignen Kreis zu bilden; denn in unseres Vaters Hause ist Wohngelaß für manche Familie.

Angenehmes im Kunstfache ist mir widerfahren, daß ich eine schöne Zeichnung von Julius Roman und eine von Guercin erhielt. Zwei solche Männer unmittelbar vergleichen zu können, sich an jedem nach seiner Art zu ergötzen und zu belehren, ist für denjenigen vom größten Wert, der über Kunst und Kunstwerke auch wohl manchmal Worte macht, sie aber doch nur für notwendiges Übel hält. Könnte ich nur von Zeit zu Zeit an euren Gesängen teilnehmen, ich wollte versprechen, mir nie darüber auch nur eine Silbe zu erlauben.

Ein Heft suche zu lesen, etwa funfzig Seiten stark; es ist überschrieben: »Zwei Balladen von Goethe, verglichen mit den griechischen Quellen, woraus sie geschöpft sind, von Direktor Struve. Königsberg 1826.« Indem der Verfasser euch an den Born führt, woher ich den Trank geholt, ist er freundlich genug zu beweisen, daß ich das erquickliche Naß in einem kunstreichen Gefäß dargereicht habe. Was der Dichter vor so vielen Jahren wollte, wird doch endlich anerkannt. Es ist von dem »Zauberlehrling« und der »Braut von Korinth« die Rede. Mein Folgendes soll sich unmittelbar anschließen: »Wer will, der muß!«

Und warum sollten wir nicht auch müssen:

angehörig sein und bleiben!

Weimar, den 15. Januar 1826. Goethe.

»Wer will, der muß!« Und ich fahre fort: Wer einsieht, der will. Und so wären wir wieder im Kreise dahin gelangt, wo wir ausgingen: daß nämlich man aus Überzeugung müssen müsse; für die nächstfolgende Zeit können wir daher viel Gutes hoffen.

So manches, auf Kunst und Wissenschaft bezüglich, kommt mir fast täglich vor die Augen; darunter wäre nichts Falsches, wenn der Mensch nicht schwach wäre und er nicht zugleich das, was für ihn das Letzte ist, auch für das Letzte halten wollte. Überhaupt aber begegnen mir sehr viel schöne, reine, hohe Ansichten. Man läßt gelten, was man nicht erreichen kann, man freut sich des, was man nicht zu tun imstande wäre; wie denn doch am Ende jeder tüchtige Mensch verfahren muß, um selbst etwas zu sein, um nach seiner Weise zu wirken, was auch Dilettanterei und damit notwendig verknüpftes Nivellieren im Laufe des Tages verderben oder hindern mag. Am Ende stellt sich alles her, wenn derjenige, welcher weiß, was er will und kann, in seinem Tun und Wirken unablässig beharrt. Du weißt es am besten und erfährst es jeden Tag.

Von einigen Werken bildender Kunst, die mir zunächst ins Haus gekommen sind und auf deren Wert ich mich im Augenblick stütze, fühl' ich mich gedrungen folgendes zu vermelden. In Rom wohnte ich im Corso, dem Grafen Rondanini gegenüber; dieser besaß nebst andern herrlichen Kunstwerken das Angesicht, die Maske einer Meduse, überlebensgroß, aus weißem Marmor, von merkwürdiger Vortrefflichkeit. Wir Künstler und Kunstgenossen besuchten sie oft, ja ich hatte sogar einen guten Abguß derselben auf meinem Saale stehen. Diesen Anblick, der keineswegs versteinerte, sondern den Kunstsinn höchlich und herrlich belebte, entbehrte ich nun seit vierzig Jahren, wie so manches andere Große und Schöne. Endlich vernehme, daß sie mir soviel näher, daß sie nach München gerückt sei, und wage den kühnen Wunsch, einen Abguß davon zu besitzen. Dieser ist nicht zu gewähren, aber ein trefflich erhaltener Abguß, auf Ihro des Kronprinzens Hoheit Befehl von Rom verschrieben, wird mir nun durch die Gunst Ihro Majestät des Königs.

Da es verpönt ist, hierüber Worte zu machen, sage nur soviel: daß ich durch diese sehnlich gehoffte Gegenwart über die Maßen glücklich bin und nur wünschte, daß uns beiden verliehen wäre, sie zusammen zu betrachten.

Doch erneut sie mir von einer Seite ein schmerzlich Gefühl; denn ich muß mir dabei wiederholen: jener Zeit, da ich den Wert solcher Schätze nicht genugsam einsah, standen sie mir vor Augen, jetzt, da ich sie auf einen gewissen Grad zu würdigen verstehe, bin ich getrennt von ihnen durch weite Klüfte.

Indessen mag das auch gut sein! Denn man kommt doch in Gegenwart solcher Dinge, die zu größerer Zeit, durch mehrvermögende Menschen hervorgebracht worden, außer Geschick und Richte. Und selbst das verständige Bemühen, sich dadurch nicht zu einem falschen Streben hinreißen zu lassen, erweckt ein peinliches Gefühl, wenn es nicht gar damit endigt, unsere Lebenstätigkeit zu verkümmern.

Und nun laß ich Dir abschreiben, was ich über ein späteres, in seiner Art hoch zu verehrendes Kunstwerk in diesen Tagen aufgesetzt habe.

Eine große sorgfältige Zeichnung von Julius Roman mit vielen Figuren, zum größten Teil wohlerhalten, ist eine köstliche Akquisition, ohne Zweifel das Original, das Diana von Mantua in Kupfer gestochen hat: Christus, vor der »schönen Türe« des Tempels, nach Rafaels Vorgang mit gewundenen Säulen geschmückt. Er beruhigt warnend die neben ihm aufrecht stehende beschämte Ehebrecherin, indem er zugleich die pharisäischen Susannenbrüder durch ein treffendes Wort in die Flucht schlägt. Sie entfliehen so kunst[ge]mäß-tumultuarisch, so symmetrisch-verworren, daß es eine Lust ist, stolpern über die Bettler, denen sonst ihre Heuchelei zugute kam und die für diesmal unbeschenkt auf den Stufen liegen. Der Federumriß ist von der größten Nettigkeit und Leichtigkeit und fügt sich dem vollkommensten Ausdruck. Siehe Bartsch, »Peintre-Graveur«, Vol. XV, pagina 434. Blatt und Nachweisung finden sich gewiß in Berlin.

Allem Guten befohlen!

Weimar, 21. Januar 1826. G.

497. *An Goethe*

Berlin, den 21. Januar 1826.

Die schönen hartgefrornen Landesvögel lassen das letzte Lebewohl entbieten und senden zum Ersatz Neptunische Vasallen hiesiger Landseen.

Für heute muß ich mit Schließen anfangen. Ein mehres künftig.

Dein liebes Schreiben vom 15. ist am 19. richtig eingegangen. Dank und Gruß Deinen Kindern und Kindlein von

Deinem

Z.

498. *An Goethe*

Donnerstag, 19. Januar. Morgens.

Fürs erste will ich nur melden, daß mir vom Oberhofpostamte das Kuvert Deines Briefes vom 15. dieses, den ich soeben erhalte, abgefordert worden, wofür ich kein Porto bezahlt habe.

Nun weiß ich doch nicht, welche Bewandtnis es damit hat; denn solltest Du das Porto aus Deiner Tasche zahlen müssen, so ist mir ein Kuvert von Deiner Hand um die paar Groschen auch nicht feil.

Ich saß nämlich am 7. Januar neben einem unserer Posträte zu Tische, den ich, nach Deinem Auftrage, über unsere Korrespondenz befragte, und erhielt eine Antwort, die so gut war als keine, und doch vermute ich, daß das heutige Ereignis eine Antwort ist auf meine Frage. Ein Näheres darüber werde ich ja auch erfahren.

Sonntag. Daß Du mehr tust, wenn Du still sitzest, als ich, wenn ich mit vollen Segeln fahre, begreif' ich mit Lust, und daß mancher andere mit dreimal soviel Talent, Geduld und Fleiß längst ad inferos oder in die Luft gesprungen wäre – wenn er die Liebe nicht hat, mag ich mir schon einreden.

Um Dir jedoch meine Sachen einigermaßen vors Auge zu bringen, magst du wissen, daß, ob ich gleich als Mitglied des Senats der Königlichen Akademie der Künste dem Ministerio des Unterrichts zufalle, mein ziemlich isoliertes Fach ein in seiner Art Unaussprechliches ist, das, kaum benamset, eine supreme Instanz macht.

Unser gute – Wetzlar (auch aus meiner Schule und zuletzt mein nächster Ephorus) hatte einen hohen Stand, vielleicht über sich selber hinaus, angenommen. Er wollte geschwinder bauen, und darüber ist geschehen, was Du weißt. Ich brauche mich nicht zu beklagen, da ich meinen alten Gang gehe; aber Er fehlt mir, wiewohl er mir schon fehlte, als er noch beihanden war.

Nun halten sie ihn für verrückt, ja selbst unser psychologische Freund glaubt an eine fixe Idee, da Verstand und Unverstand in Einem Bette liegen. – Ich weiß es nicht.

Aus jüngern Jahren fällt mir ein Jude ein, namens Michel, der in allen Dingen bis auf zwei Elemente verrückt erschien. Wenn er Französisch sprach, kam kein unebenes

Wort über seine Zunge, und dann spielte er vollkommen Schach.

So kommt dieser Verrückte Michel (wie man ihn nannte) zum alten Mendelssohn, der sitzt und spielt Schach mit dem Rechenmeister Abram. Michel sieht das Spiel an. Abram macht endlich eine Bewegung mit der Rechten, um das Spiel als verloren umzuwerfen, und erhält einen derben Schlag am Kopfe, daß ihm die lose Perucke abfällt. Abram hebt ruhig seine Perucke auf und spricht: »Aber, lieber Michel, wie hätte ich denn ziehn sollen?« Lessing hat den Vorfall im »Nathan« nachgebildet, und da ich auch im Zuge bin, noch folgendes. Der eben genannte Rechenmeister Abram ist eben der, welchen Lessing als Alhafi zum Modell gehabt hat. Er galt für den größten Rechenmeister und Sonderling, unterrichtete für wenige Groschen oder umsonst und bewohnte in Mendelssohns Hause ein Zimmer, auch umsonst. Lessing hielt viel auf ihn, seiner Pietät und seines angeborenen Zynismus wegen. Als Lessing nach Wolfenbüttel ging, bat ihn der Abram um ein rares mathematisches Buch aus der dortigen Bibliothek. Lessing findet zwei Exemplare und schickt das eine dem Abram, um es als Andenken zu behalten. Nach einiger Zeit kommt Abram zu Mendelssohn, bringt das Buch und will es diesem schenken. – »Ihr werdet doch das Buch nicht von Euch lassen, es ist ja ein Freundesandenken!« – »Ja wohl, aber ich brauch' es nicht mehr, die Exempel sind gut, und ich verstehe kein Griechisch.« – »Nun, ich merke, Ihr braucht Geld; sagt mir, wieviel Ihr braucht!« – »Nein, nein! ich habe Geld und will kein Geld.« – »Nun so geht in Gottes Namen, und braucht Ihr was, so wißt Ihr, wo ich wohne!«

Nach einer Zeit kommt der Abram zu Mendelssohn, der eben den Professor Engel bei sich sieht, steht still und spricht kein Wort. – »Nun, Abram, wie geht's? Ihr seid so still; Ihr seht mich bedeutend an; fehlt Euch was?« – »Meine Frau ist aus Hannover angekommen, ich habe nur Einen Stuhl« – und so ergreift er einen Stuhl und geht damit zur Tür hinaus.*

Es war lustig, vom Professor Engel diese und ähnliche Geschichten erzählen zu hören, der im Gutessen, Trinken und Schlafen ein ausgemachter Zyniker war. Nach dem alten Döbbelin übernahm er die Theaterdirektion, das war sein Tod. Er engagierte allerliebste Mädchen und wollte selber mitspielen. Mir hat er auch eine weggekapert, worüber ich mich lange gegrämt habe. Dadurch verfiel er in Schwachheit, aus dieser ins Delirium und so von Grad zu Grad in die Fäulnis, woran er nun schon über die zwanzig Jahre laboriert.

Heut ist Dienstag und noch etwas mehr. Es ist der 24. Januar, der Geburtstag unsres großen Fritz. Da wird wieder gefressen und zwar in unserm Akademiesaale, und darüber muß unsre Akademie zurückstehn und kann diesen werten Tag auf ihre Art nicht feiern. Das ist denn gestern durch ein Tedeum geschehen, und so bin ich für diesmal abgelöset.

Nun lebe wohl und laß Dir unsre Fischchen so gut schmecken wie mir Deine köstliche Fasanen.

Dein

Z.

499. *An Goethe*

Berlin, 25. Januar 1826.

Indem Dein lieber Brief vom 21. dieses gestern ankam, hatte ich eben mein Letztes vom 24. an Dich auf die Post gegeben. Da Du nun ein fleißiger Freund bist, so soll auch von hier aus fortgefahren sein.

* Die Frau wohnte in Hannover bei Verwandten, weil ihr Mann niemals Geld hatte.

Wie muß es mich freuen, daß Dir so lang gehegte Wünsche in Deinen alten Tagen erfüllt werden. Nun steh' ich im Geiste mit Dir vor Deiner Meduse, seh' Deinen Finger in melodischen Kreisen sich bewegen, höre Dein liebgewohntes Wort, mein Inneres aufschließend. Die Zeichnung von Julius Roman steht vor mir, Deine Buchstaben sind das Leben selber.

Den 27. Das Schriftchen vom Direktor Struve belehrt und vergnügt mich, da es nichts enthält, was meiner melodischen Behandlung der beiden Balladen entgegen wäre. August Schlegel, der damals in Berlin war, als ich die beiden Stücke auf Noten gesetzt hatte, und dem ich sie oft genug vorgetragen, war auch einverstanden; sogar Tieck, der in Musik schwer zu befriedigende, ließ sich die Melodie zur »Braut von Korinth« besonders gefallen.

Sonntag, 29. Über das Antike Deiner »Iphigenia« bin ich mit unserm Kritiker nicht ganz einverstanden, indem er die Liebe des Thoas zur Iphigenia *ganz* romantisch nennt.

Eine ganz geteilte, kaum halbe Neigung, deren Interesse bestimmt ausgesprochen wird, kann keine Liebe sein.

Thoas will sein Geschlecht, wo nicht bloß seine Dynastie fortpflanzen; er fürchtet ein einsames hülfloses Alter: das ist seine Liebe; darum ist er einstweilen kein Tyrann, aber er bleibt ein Szythe.

Iphigenia weiß sich eine Griechin, des großen Agamemnons Tochter. Von ewigen Göttern abstammend, Priesterin, Dienerin ihrer Altäre, das steht ihr an; doch Kindermutter einer Barbarenbrut – das sei ferne!

Wenn das romantisch ist, so weiß ich's nicht, aber möglich ist es, wahr, keusch, groß.

So muß sich auch der *Schluß* des Stücks selber retten, indem das Einzige geschieht, was auf möglichem Wege Göttern und Menschen natürlich ist, denn die Götter können nur Mögliches wollen.

»Nimmt doch alles ab, warum nicht der Fluch!«

Das ist die Aufgabe; das Haus Atreus soll entsühnt werden. Die Verwickelung ist auf dem Höchsten. Nur das Göttergeschwister selber könnten den Knoten lösen oder sonst ein Wunder.

Statt dessen findet eine Ausgießung des Geistes statt: die Weisheit selber klärt das zweideutige Orakel auf und rettet die ewige Gerechtigkeit, die kompromittiert schien, zur Zufriedenheit aller Teile. Was sind das Worte! – Und doch nicht alle:

Der Freund meint es gut und will endlich noch die Meinungen über Deine Absichten gegen den neuen Glauben (in der »Braut von Korinth«) reinigen. Das soll ihm gern angerechnet sein. Alea jacta est. Was gehn uns Meinungen an über Wahrheit und Dichtung, Antik und Modern! Das Wort steht da und wird stehn. Sela.

Grüß' dich Gott!

Z.

500. *An Zelter*

Heute nur ein Wort! das Dir nicht wunderlich vorkommen möge!

Dem Hofe, der Stadt und mir besonders ist leider ein Arzt weggestorben, dessen Verlust kaum zu ersetzen scheint. Du lebst und wirkst so lange in Berlin, siehst und hörst, genießest und leidest, kennst und denkst soviel; sollte Dir nicht ein tüchtiger Arzt zwischen dreißig und vierzig Jahren bekannt sein, den Du wo nicht empfehlen, doch nennen möchtest? Freilich einen Mann, der allenfalls noch mobil wäre.

Laß niemanden hievon merken und melde, was Du melden kannst, baldigst.

Treu vertrauend

Weimar, den 20. Februar 1826. Goethe.

501. *An Goethe*

Berlin, 4. Februar 1826.

Das beigehende Schriftchen unseres Hirt wird mir soeben vom Grafen Ingenheim zugesendet, um es an Dich abgehn zu lassen. Es mag ein Irrtum sein, da Du es nach der Bezeichnung durch Rauch erhalten sollst. So hab' ich es denn bei dieser Gelegenheit auch gesehn.

Wolltest du mir etwa einen Wink gönnen über diese Ariadna cornuta? Denn durch Hirts Bemühung bin ich zwar etwas gelehrter worden, doch fehlt uns ach! das Wort, wodurch es wird, was es gewesen. Wäre das Stück aus Fragmenten zusammengefunden, so könnte man sich eher was gefallen lassen; ein ganz vollendet aufgefundenes Ganze aber von so vielem Verdienste kann doch wohl kein Auseinander sein.

Den 12. Dann sende ferner ein kleineres Produkt der Tätigkeit unseres Künstlervereines. Der Text ist vom alten Schadow, wie ich ihn von Jugend an kenne. Ich habe die Reise nicht mitgemacht, wiewohl ich darin vorkomme. Aufrichtig gesagt, bin ich gern unter diesen guten Menschen, auf die sich bei unsern schönen Mitteln wohl wirken ließe; doch muß ich mich nachgerade vor großer Leibesbewegung hüten. Sind unsere Berge nicht hoch zu besteigen, so hat man auch nichts davon, das man nicht zu Hause besser hätte.

Den 18. Februar. Du hast ja wohl die No. 41 und 42 des »Konversationsblatts« gesehn: »Über Friedrich August Wolf«, von *Wilhelm Müller*, worin manch derbes Wort zu Wolfs Gunsten niedergelegt ist, dem wir von Herzen beistimmen.

Die Sache scheint mir noch zu frisch. Seine letzten zwanzig Jahre würden sich zu einem biographischen Stilleben eignen, das nur wenige Blasen eines noch fließenden Daseins erkennen ließ. Hier müßte sein Biograph anfangen, um aufs beste zu schließen.

So ausgezeichnet aber der Mann auch war, so wird auch

wohl ein Maß sein. Der Sprung vom geistvollen Griechen und Lateiner zum deutschen Originalisten mag dem Herrn Wilhelm Müller nicht groß vorkommen, er ist aber nicht getan worden, und wer die Nase so hoch trägt, sollte billig ein Selbeignes einzuschenken haben; geborgt ist nicht geschenkt.

Am Ende sehn die Herren alle einander ähnlich, und auch unser Selige hätte nicht ungern von den andern gefordert, was Er allein wollte getan haben.

Ich erinnere mich recht gut seiner Miene über Deinen neuen Gesang zur »Ilias«. Was er aber auch damit sagen wollte oder nicht: den *Gedanken* hat er Dir nicht vergeben; er hat ihn beneidet, wie ein Kaufherr, der einen neuen Laden neben sich entstehn sieht. – Wie konntest Du Dir auch das herausnehmen!

Hätte Er aber das Stück im Winkel einer Bibliothek selbst entdeckt, so hättest Du Deine Freude daran erleben sollen.

Deine Zutaten zum »Phaethon« wurden von ihm anerkannt. Ich sagte ihm: »Das wäre eine Arbeit gewesen für Sie«, worauf ich mich keiner Antwort erinnere.

Wenn Du das auch selber weißt, so darf ich's wohl sagen, da ich seinem Andenken kein Unrecht abzubüßen wüßte. Hab' ich manchmal für ihn in die Kohlen geschlagen, so ist mir's auch danach bekommen. Ihrer zehn gegen den Einen, der nichts weiter zu sagen wußte als: *Ihr seid doch Lumpen!*

Sonntag, 26. Dein Brief vom 20. hat mir schon genug zu denken gegeben. Einer zu fett, der andere zu mager oder zu jung oder zu alt. Und alle helfen uns kränkeln.

1. März. Ein junger Medizinalrat Casper geht darauf aus, sich namkündig zu erweisen. Er ist ein berlinisch Kind, hat die Apothekerei bei unserm Medizinalassessor Schrader erlernt, 30 oder etliches drüber alt; gewandt, geschickt, rührig, leidlich und gelitten. Er und seine Frau sind früher meine Schüler in der Musik gewesen, nicht ohne Erfolg; auch einen

hübschen Vers hat er sonst zu machen gewußt. Im Jahre 1818 fand ich ihn als Abiturienten in Göttingen, von wo er sich eine Schmarre mitgebracht hat. Er ist in Paris gewesen, spricht das Französische nicht ungelenk; klein, nicht fett, doch wohlgewachsen, aber er ist – getauft.

Nun will ich noch Langermann ins Vertrauen nehmen, der ja wohl ex professo das ganze Regiment, jeden ex ungue, kennen muß.

Sonnabend, den 4. Nun bekomme eben die Einlage und sage bloß Lebewohl.

Dein

Z.

502. *An Zelter*

Wie beikommendes Blatt, worauf ich großen Wert lege, den Kunstfreunden und Geistverwandten erscheinen mag, will ich ruhig erwarten. Der Beherrscher musikalischer Harmonien wird darin gewiß etwas Fugenartiges finden, wo das Mannigfaltigste sich zu bewegen, sich zu sondern, begegnen und zu antworten weiß. Dieses Blatt ward schon mit dem Stuttgarter »Kunstblatt« ausgeteilt; es kommt aber dort, weil es zusammengefaltet ist, nicht vollständig zur Erscheinung. Verwahre es wohl und denke darüber.

Tausend Grüße an den trefflichen Langermann; ich habe seine triftigen Worte der höchsten Behörde vorgelegt und erwarte nächstens das Weitere darüber zu hören. Dein Wertes, abgeschlossen den 4. März, mit angenehmen Beilagen, gibt manches zu denken. Nächstens hoff' ich Raum zu genügender Erwiderung zu finden; jetzt geht es gar bunt bei und neben mir zu, so daß ich dem Tag nicht hinreiche und er mir nicht. Ein treues Lebewohl!

Weimar, den 18. März 1826. Goethe.

Zu Brief Nr. 502: Charon. Lithographie von J. A. Mayer nach Karl Leybold

503. *An Goethe*

Deine schöne Sendung vom 18. dieses erhielt ich Stillen Freitag, als ich mit den Anordnungen meiner Passionsmusik eben fertig und nur noch ohne Chaussure war, die mich (philosophisch gesprochen) zur Erscheinung bringen sollte.

Der erste Trost aus Deinem »Charon« war, daß unsere Fugenkunst noch lebt, und was wir bauen, nicht zusammenstürzen wird. Freilich hätte ich ohne Deine Auslegung lange sinnen müssen, um die schönen Gegensätze (Kontrapunkte) klar vor mir zu haben, wie hier das Ernsthafteste mit unschuldigster Liebe zu leben im angenehmsten Konflikt steht. Und was Du ihm hineindichtest, wird ihm auch Freude machen so wie mir.

Ähnliches ist mir mit dem alten Haydn begegnet. In der Rezension der »Schöpfung« und zwar über die Ouvertüre, welche »Das Chaos« überschrieben ist, hatte ich angemerkt, daß ein solches Thema als Kunstaufgabe nicht zu gestatten sei, das Genie aber überall und so auch hier Unmögliches zur Bewundrung geleistet habe, und diesen Ausspruch mit Gründen belegt.

Der alte Haydn ließ mir darüber sagen, daß er das alles keineswegs vorher gedacht noch gesucht habe, doch stimme meine Auslegung mit seiner nun erst erkannten Imagination überein und sähe er sich genötigt, die von mir angegebenen Bilder anzuerkennen. Andere Beurteiler hatten die musikalischen Malereien im Werke schlechtweg verworfen, und nun war ich bei der Behörde gerechtfertigt.

Den 4. April. Vorstehendes liegt schon seit 8 Tagen vor mir, und sende ich es der Einlage wegen sogleich ab.

Wir erwarten euren gnomischen Virtuosen, der uns einmal wieder die Ohren reiben will, und ich vernehme ihn gern wieder, denn er ist allein, was seine ganze Brüderschaft zusammen, und wie Wolf zu sagen pflegte: Hirt sei zugleich der Ochs.

Kriegen wir denn von der Ostermesse her wohl ein neues Heft von »Kunst und Altertum« oder sonst was?

Dein
auf heut und immer.

504. *An Zelter*

Sei den Empfohlenen, mein Bester, ohne Deine Unbequemlichkeit freundlich. Von mir ist nicht sonderlich zu reden. Um ein Haar hätte ich die Rolle des Herzogs in der »Natürlichen Tochter« zu übernehmen gehabt. Auch an der Vorprobe habe ich genug zu leiden. Gedenke mein und erweise mir etwas Freundliches.

Treulichst
Weimar, den 10. Mai 1826. Goethe.

505. *An Goethe*

Berlin, 11. April 1826.

Du hast ein artiges Schreiben an unsern Minister v. Schuckmann ergehn lassen, und das hat ihm, wie er mir sagt, keine geringe Freude gemacht, aber es soll auch fruchtbringend sein.

Das Privilegium Deiner neuen Ausgabe ist zwar durch unsere Zeitung bekannt gemacht, wovon aber, wie er sagt, an den neuerworbenen Landesgrenzen keine strikte Notiz genommen zu werden pflegt, wenn es nicht in unserer Gesetzsammlung aufgenommen ist. Das Letzte war noch nicht geschehen und soll nun schleunigst erfolgen.

Und wer geht soeben von mir? Der gute Matthisson, den ich seit 25 Jahren und länger nicht gesehn habe und sich noch ganz schmuck ausnimmt, wie seine reinlichen Verschen. Seine Adelaiden, Lauren, Elfen und Feen sind auch einmal durch meine Schmiede gezogen, und so gedenkt er meiner noch mit Gunsten, was ich hoch aufzunehmen habe.

Himmelfahrt. Habe ich Dir wohl jemals die beigehende Komposition gesandt? Sie ist schon vor 20 Jahren am Tage nach meiner Hochzeit unter dem Namen: »Weltschöpfung« gemacht. Nun kommt mir das Stück zufällig wieder unter die Hände, und indem ich über Dich und mich erstaune, wünschte ich wohl zu wissen, unter welchen Umständen das Gedicht gemacht ist.

Den 12. Mai. Nimm's nicht übel: was Du schreibst und geschrieben hast, ist mir stets, als ob *ich's* geschrieben hätte, und ich brauche mich nicht zu schämen, es zum zweiten, dritten, zum 10. Male wiederzulesen. So bin ich jetzt bei Deinen Briefen aus Rom vom Jahre 1786 und wandle vor mich hin und her mit dem Gefühle der Sicherheit, daß außer mir kein Mensch was davon verstünde, ja mir allein das alles längst bekannte Dinge wären. Ebenso überzeugt aber bin ich, daß *ich* an Ort und Stelle wie ein geschlagner – Mann davor stehn würde. Wie oft ich diese Briefe schon gelesen habe, so lese ich eben jetzt fast jedes Zettelchen zwei- oder dreimal und scheine mir die klarste Ansicht durch Stein und Gestein in den Bauch des tiefsten Vorlebens [zu gewinnen]; ich sehe die echten Originale vor mir und erkenne ihren Unterschied zwischen Abzeichnung und Abdruck. Ergeht mir's doch ungefähr ebenso: höre ich eine gute Musik und sehe dann die Partitur, so finde nicht selten eine dicke Mauer dazwischen, wo nicht die Unmöglichkeit, daß beide Dinge Eins sein sollten, und selbst das, was die Bildung befördert, dem Verfalle der Kunst dient.

Das Wort des Mundes ist ein anderes als das Wort in Buchstaben; doch Deine Buchstaben sind neue Worte des

Lebens; ich weiß es nicht anders auszudrücken, aber wahr ist es.

Und darin ist die rohe Kunst der ausgebildeten vorzuziehn, als notwendiges Naturerzeugnis nur dessen, was wahr ist, wenn auch ungeschickt, weil nichts ausgedrückt werden soll, als was ausgedrückt werden will. So mit der Sprache: diese flüchtigen Briefe, welche oft nur den ersten Eindruck angeben in der Sprache, die das Bild selber redet, sind auch ebenso zugänglich, und tausend gehn daran vorüber mit dem Gefühle: so hätte ich's auch gekonnt! und vergessen es, und wenn es ihnen wieder einfallen muß, so meinen sie: Ja, so mein' ich's auch und habe es längst gewußt.

Im Meßkatalog steht das 3. Stück des 5. Bandes von »Kunst und Altertum« angezeigt. Die Leipziger Messe ist vorbei, und wir haben noch nichts; mache doch, daß ich etwas davon erfahre.

Dein

Z.

Gestern sollte dies Blatt abgehn, und nun ist Pfingsten worden, und es liegt noch hier. Unterdessen bringt mir heut Herr Bracebridge nebst Frau Dein und Ulrikens Schreiben, woraus ich erfahre, daß Du auf alten Beinen stehst, indem Deine Leute das Ding umkehren. Oft genug hört man sagen: »Ja wenn Er (oder Sie) das erlebt hätten!« Und Du alter Herzog siehst noch immer an Dir vorübergehn, was Tausenden schlecht bekommt. Und soll's dann nicht anders sein, so seh' ich's am wenigsten ungern, wie es eben ist.

Die Bracebrid'schen Eheleute kamen heut gegen Mittag und nahmen mit etwas Wein und Kuchen vorlieb, da sie den Mittag schon versagt waren. Morgen fahren wir nach Sanssouci, wohin die Kinder schon voraus sind, und übermorgen bin ich wieder hier, wo die Empfohlenen zum zweiten Male willkommen sein sollen. Auch mit der Frau hat sich Doris gefallen, und das Weitere soll sich schon machen.

Unser großes Theater lebt jetzt in Angustien. Eben habe ich einen Flatschen vom »Hamlet« gesehn. Der erste Rang war *ganz* leer. Auch die lebenden Bilder wollen nicht mehr ziehn, da alles den Unrat merkt, der die Pfuscherei verbergen soll. Sollte doch ich am wenigsten davon reden, da ich noch keine einzige dieser Vorstellungen gesehn habe; da sie aber alle so still davon sind, so muß wohl ich reden: es ist ein echter Jammer und gar keine Rettung. Alle gute Sänger *sind* krank, werden krank oder reisen herum. Nun ist Madame Schröder wieder angekommen, die wird den Kohl fett machen, wenn sie noch so korpulent ist, wie sie war und wir deren wenigstens ein halbes Dutzend haben, neben denen man im schönsten Schatten gehn kann. Gefällt es Dir nun bei euch nicht, so komm hierher, da sollst Du Jesum Christum erkennen lernen; unterdessen laufen die Leute ins Königstädter Theater und sehn das dummste Zeug lieber als unsern König – im »Hamlet«, der ein recht zusammengeflickter ist. Es ist unglaublich; ich hab's gesehn und kann's nicht glauben. Gott weiß, ich will nicht, aber ich muß *müssen*, und das am ersten Pfingsttage. So kann der Mensch herunterkommen!

506. *An Goethe*

Dienstag, 16. Mai 1826.

Unsre Lustfahrt nach Sanssouci ist frostig abgelaufen. Nach schlechter Nacht gestern morgen gegen 5 Uhr in Wind und Wettern abgefahren ist lange nicht alles. In Staub und Kälte kommt man nach 8 Uhr an Ort und Stelle, findet kalte Stuben, setzt sich und – spielt Whist, und diesen Morgen gegen 2 Uhr bin ich wieder hier angelangt.

Das heißt geloffen, schlecht gesoffen! und was find' ich vor meinem Bette? Da schickt mir Gott weiß wer Tiedgens sämtliche 7 Bände zum Geschenk, und bin ich erklammt, so erstarrt man über solche Mineralbrunnenkurpoesie, die wie kalter Sprudel, statt aufzulösen, obstruierend wirkt. Dann, was wirklich ärgerlich ist, wie solche Gedankenmisere zu manchem schönen Vers kommt! den man wie einen verirrten Wanderknaben fragen möchte, von wannen er kommt.

Hohle Schmeichelei alter Philinen, die man ganz anders kennt, düstrer Haß, hohe Worte, gemeine Ansicht, Geklimper mit »Auroren«, »Horen«, »Bataillen«, »Canaillen« – und dann: ihre Tugend, die nicht Hund nicht Katze fressen will.

Du merkst, wie mir unsre Lustfahrt bekommen ist, und damit sat.

Was mich tröstet, ist, daß Bracebridges abgehalten waren mitzufahren, da sie wohl anderweitig empfohlen sind.

Doris wird sie diesen Vormittag aufsuchen und zum Essen einladen, da sie denn mit Englischkundigen zusammensein sollen.

Sonnabend, 20. Mai. Eine Art Leute hier im Orte, die man Sohlendrescher nennen dürfte, sind stets bereit, jeden Fremden, besonders Engländer, zu packen, um sie durch Staubdummen-, Blinden- und klinischen Anstalten, Museen, Kunst- und Naturhaufen zu schleifen, bis sie zuletzt, um einige Zolle abgelaufen, sich still mit sanften Goddamn davonmachen.

Das ist der Fall mit Bracebridges, die heute früh abgereist sind, ohne daß ich sie wieder gesehn hätte als auf der Singakademie, wo ich mich mit niemand besonders unterhalten kann. – Die sollen an Berlin denken, aber ich bin nicht schuld, und da ich doch nun nicht mehr nach England komme, mag mir's auf andre Art vergolten werden.

Es ist so häßlich kalt und zugleich so schönes Manöverwetter, daß ich gern zu Hause bin, um meine Evolutionen am Ofen zu machen.

Lebe wohl! es ist Posttag, ich aber warte wie ein armer Narr auf das neuste Stück von »Kunst und Altertum«.

Dein

Z.

507. *An Zelter*

Zuvörderst also schönsten Dank für die Partitur des wahrhaft enthusiastischen Liedes. Es ist seine guten dreißig Jahr alt und schreibt sich aus der Zeit her, wo ein reicher jugendlicher Mut sich noch mit dem Universum identifizierte, es auszufüllen, ja es in seinen Teilen wieder hervorzubringen glaubte. Jener kühne Drang hat uns denn doch eine reine dauernde Einwirkung aufs Leben nachgelassen, und wie weit wir auch im philosophischen Erkennen, dichterischen Behandeln vorgedrungen sein mögen, so war es doch in *der* Zeit von Bedeutung und, wie ich tagtäglich sehen kann, anregend und anleitend für manchen.

Mein Hauskreuz wogt noch immer hin und her; man müßte nichts von der Welt wissen, wenn dergleichen Epochen uns unerhört scheinen sollten: wir müssen das Rad dahinrollen lassen und abwarten, wie es uns streift und quetscht, wenn es uns nur nicht gar zerdrückt.

Matthisson ist auch bei uns durchgegangen; unsere Musenjünger haben ihn freundlich gefeiert, seine Gedichte gesungen, Lorbeerkränze gereicht, und das bei einem muntern Gastmahl, welches alles ganz billig und schicklich abgelaufen ist.

Ergreife die Gelegenheit, Herrn Minister v. Schuckmann zu äußern, wie seine Rückantwort mir höchst erfreulich gewesen. Es ist so schön, sich aus früherer Zeit erinnern zu dürfen, daß man das Wohlwollen solcher Männer genossen, die sich in der Folge des Lebens als die tätigsten und tüchtigsten erwiesen. Was der werte Staatsmann für mich noch tun will, ist freilich der abschließende Sicherungsakt einer so mannigfaltig komplizierten wunderlichen Angelegenheit.

Schreibe mir manchmal, wie Dir's durch den Sinn geht und was Dir vor die Augen kömmt; ich erwidere dagegen auch wohl etwas Erfreuliches.

Die Graf Ingenheim-Hirtische Vase ist ein schönes Geschenk; doch ist es schwer, über solche subalterne und abgeleitete Kunstwerke für sich selbst, geschweige denn für andere zu einer Überzeugung zu gelangen. Bei solcher Fabrikware, auch bei der besten, ging es niemals zum strengsten her. Wenn auch eine Hauptgruppe kongruiert, wie hier die drei mittlern Figuren, so muß man es mit dem Übrigen nicht so genau nehmen. Der Geschmack, der etwas Fremdartiges, Drittes, Einzelnes zu seinen Bedürfnissen heranruft, besitzt ja auch eine sekundäre Erfindungsgabe, der man zuletzt sowenig als der primären beikommen kann, man stelle sich, wie man wolle. Alles Kunstwerk steht zum Genuß da, und wenn es dem reinen ästhetichen Sinn genügt, so werden Vernunft und Verstand freilich nicht an ihrer Seite widersprechen können.

Wenn man bedenkt, daß so viel wichtige Menschen doch am Ende wie Öltropfen auf Wasser hinschwimmen und sich höchstens nur an Einem Punkte berühren, so begreift man, wie man so oft im Leben in die Einsamkeit zurückgewiesen ward. Indessen mag denn doch ein so langes Nebeneinanderleben, wie uns mit Wolf geworden, mehr, als wir gewahrwerden und wissen, gewirkt und gefördert haben.

Du gedenkst meines »Phaethons«, dessen ich mich noch immer freue, obgleich betrübe, daß ich nicht die zwei Hauptszenen damals niederschrieb. Wäre es auch nicht zulänglich gewesen, so war es doch immer etwas, wovon sich jetzt niemand einen Begriff machen kann.

In jene Regionen werde ich abermals verlockt durch ein Programm von Hermann, der uns auf drei antike »Philoktete« aufmerksam macht: der erste von Äschylus, dem Ältesten; der zweite von Euripides, dem Jüngsten; der dritte von Sophokles, dem Mittlern. Ich mußte mich bald losmachen von diesen Betrachtungen; sie hätten mich ein Vierteljahr gekostet, das ich nicht mehr nebenher auszugeben habe. Von den beiden ersten Stücken finden sich nur Fragmente und Andeutungen; das letzte haben wir noch ganz. Auch hier darf ich nicht weiter gehen, weil ich gleich verführt werde; denn ich konnte mich doch nicht enthalten, diese für mich so wichtige Angelegenheit vor allen Dingen durch und durch zu denken: denn hier kommen die wunderlichsten Dinge vor. Sogar hat ein uralter Lateiner einen »Philoktet« geschrieben und zwar nach dem Äschylus, wovon denn auch noch Fragmente übrig sind und woraus sich der alte Grieche begreifbar einigermaßen restaurieren ließe. Du siehst aber, daß das ein Meer auszutrinken sei, für unsre alte Kehle nicht wohl hinabzuschlucken.

Aus allen diesen erhellt, daß ich Deine ältern Briefe wieder vorgenommen habe, und will nun sehen, daß ich Dir sonst manches zurechtlege. Meine nächste Absicht ist, Dir einen ausschattierten »Charon« zu übersenden, da es mit dem Lithographieren dieses Blattes noch in weitem Felde steht; ich wünsche, daß du es stets vor Augen habest, um stets erinnert zu werden, daß der größte, furchtbarste, unerträglichste Gedanke durch eine tüchtige Kunst, die sich über ihn erhebt, uns faßlich, sogar anmutig vorgebildet werden könne. Bei näherer Betrachtung wirst du bekennen, daß alles, was die Weimarischen Kunstfreunde an dem Blatte gesehen haben, Zug vor Zug daran befindlich sei.

Magst Du mir über Hummels Exhibitionen etwas nach Deiner Art vortragen, so machst du mir in meinem jetzigen

(Die Fortsetzung folgt nächstens.)

Weimar, den 20. Mai 1826.

508. *An Goethe*

Montag, den 22. Mai 1826.

Das Gründlichste, was Ottilie seit Entlassung ihres letzten Sohnes für uns getan hat, ist, daß sie Lady Bracebridge Deutsch gelehrt hat.

Sobald die Englishmans gestern den Steinkohlengeruch aneinander witterten, war auch das Parlament über Kornbill, Opposition und Minister eröffnet, so daß nur noch mit der sehr guten Frau zu verkehren war, die sich in Deutschland, ja sogar in Berlin zu gefallen schien.

Alfred hatte uns nämlich berichtet, daß die Leute vorigen Freitag abreisten, was mich fast wunderte; am Sonnabend aber ließen sie melden, daß sie sich Sonntag zum Mittagsessen einfinden würden.

Einige Flaschen Madeira und anderes liebes Gut, von meinem ehemaligen Schüler, dem in Italien berühmten Meyerbeer zugehuldigt erhalten, haben auch wohl getan, ja ich hätte gehofft, daß geteerte Engländer etwas mehr vertragen könnten, und die Konversation war höchst munter und allgefällig. Es war doch Sonntag, und die Lady hat getanzt.

Noch hängen die sh's und w's, pouch's, church's an meinen Wänden herum wie Spinngewebe, und heute früh sind die guten Menschen abgereiset.

Dienstag. Hummel hat zwei einträgliche Konzerte gegeben, wiewohl die Zeit seiner Ankunft nicht mehr die vorteilhafteste schien. Für mich ist er ein Summarium jetziger Klavierkunst, indem er Echtes und Neues mit Sinn und Geschick verbindet. Man merkt keine Finger und Saiten, man hört Musik; alles kommt ebenso sicher und leicht heraus, als es schwer ist. Ein Topf vom schlechtesten Leimen, mit Pandorens Schätzen gefüllt.

Heut ist Liedertafel, und Dein soll auch dabei gedacht werden. Ein Graf Sierakowski, den mir Fürst Radziwill von

Posen empfiehlt, ist mein Gast. Mein Bau geht langsam, und ich muß mich toll machen, sonst würde gar nichts; ich dachte, ich wäre davon, und der Satan führt mich doch wieder hinein. Und dann soll ich hineinziehn und mein liebes jetziges Nest verlassen, wieder in ein ganz neues Haus! Wie mir's bekommen wird, sollen die Götter entscheiden. Lebe wohl und laß von Dir hören.

Dein

Z.

509. *An Goethe*

Berlin, 25. Mai 1826.

Die historischen Ähnlichkeiten des Kunstwesens im allgemeinen wiederholen sich und bestätigen sich fort und fort. Wer sich bei Betrachtung älterer Kunstwerke den Kopf erklärend zerbrechen will, der kann sich um seine eigene Freude daran bringen, so auch ganz besonders in der Musik.

In der ersten Hälfte des vorigen Jahrhunderts galten unter den besten Meistern strenge Beobachtungen des reinen Satzes, die gleichwohl von ihnen selber oft genug mutwillig oder zufällig gefährdet sind und unter jetzigen Theoristen große Bewegung machen, die sich was damit wissen, solche Fehler zu vermeiden.

In der Partitur eines prachtvollen Konzerts von Sebastian Bach gewahrte mein Felix, als er 10 Jahr alt war, mit seinen Luchsaugen 6 reine Quinten nacheinander, die ich vielleicht niemals gefunden hätte, da ich in größern Werken darauf nicht achte und die Stelle sechsstimmig ist. Die Handschrift aber ist autographisch, schön und deutlich geschrieben, und die Stelle kommt zweimal vor. Ist es nun ein Versehn oder eine Lizenz?

Entweder der Komponist hat Eine Stimme verändert und die andere wegzustreichen vergessen, oder ein Vorfall, der mir selbst widerfahren ist, kann die Ursache sein. Bei Gelegenheit eines harmonischen Streits hatte ich behauptet, *ein halbes Dutzend* reine Quinten nacheinander hören zu lassen, ohne daß es bemerkt werden solle, und hatte meinen Satz gewonnen. Das kann der Fall sein mit dem alten Bach, dem reinsten, dem feinsten, dem kühnsten aller Künstler, »quo nihil sol majus optet«.

Das enthusiastische Lied, wie Du es nennst, wüßte ich selber nicht anders zu nennen als: aus der Luft. Ich hatte es, wie oft! gelesen, und nur gewisse Tonlängen: »Regionen«, »Planeten« und dergleichen erzeugten mir feste Klänge, denen ich alles übrige antun sollte. Und nun, da Du mir selber Aufschluß gibst, bin ich so klug als zuvor, indem auch Dich ein unendlicher unnennbarer Sinn zu ausgelassener Mutentäußerung angetrieben hat. Man hat mich mehr als einmal darüber befragt, und ich habe gesagt: es sei mein Hochzeitlied.

Über Hummel habe ich Dir ja wohl geschrieben: für mich ist er mehr als Virtuose, ja *viel* mehr. Ich höre ihn sogar gerne phantasieren, trotz der Prätension an sich selber, vor einer gaffenden und klaffenden Menge sich die Phantasie abzutrotzen, und doch gelingt es ihm wohl einmal, in Zug zu kommen, wobei denn seine Façade in ziemlich abnormen Klangfiguren mitspielt.

Sein Spiel hat, was man kaum Ausdruck nennen kann, das heißt: frei von Affektation und Druckserei; ja, wer es recht verstünde, der müßte bewundern, wie unschuldig das tollste Zeug an den Tag kommt.

Die hiesige »Musikalische Zeitung« bespricht sein Spiel nicht nach Würden. Das sind aber junge lebhafte Bursche, Dilettanten, und ihr Redakteur ein gewisser Marcus oder Marx aus Halle, der mit Sole getauft sein mag, weil seine Exkremente von graugrüngelber Farbe sind. Sie sind wie Fliegen: selbst was ihnen schmeckt, bescheißen sie.

Da Du mein Geschreibsel gerne hast, so lege ein Manuskriptchen bei, das mir die Gelegenheit abgewonnen hat. Vielleicht gebe ich's in ein oder anderes Taschenbuch, da ich den alten Humoristen gar lieb habe und das Wesen doch einmal geschrieben ist. Möchtest Du mir wohl ein Wort sagen, ob's auch wert ist, abgedruckt zu werden? ich bin in solchen Sachen ein furchtsames Kind, da ich weder Logik noch eine Sprache regelmäßig kenne. Es rächt sich schon, wenn man nicht auf Schulen gewesen ist. Daher mein großer Respekt vor einem Buche, und ist eine Sache gedruckt, so habe ich auch ein Urteil, indem ich mir die Dinge nach meiner Art zurechtwerfe oder übersetze.

Minister v. Schuckmann werde ich Deinen Gruß vermelden, sobald er in unsern Montagsklub kommt, von dem er ein früheres Mitgied ist als ich. Dieser Klub ist die älteste Gesellschaft hiesigen Orts und seine Stiftung so alt als *Du*, denn er ist im Jahre 1749 gestiftet. Lessing, Abbt, Ramler, Möser und die höchsten Staatsmänner, wie denn auch Nicolai, Gedike, Biester und andere Biester und Fiester haben ihn in solchen Ehren verlassen, daß wir Lebende ihn gern fortpflanzen, weil es der bequemste Ort ist, das Wichtigste der Welt wöchentlich einander mitzuteilen. Bin ich der Geringste darunter, so sind die andern lauter Gelehrte und Staatsmänner. Lebe wohl! Es ist Sonnabend.

Dein

Z.

[Beilage]

Aufführung der »Schöpfung«
an Joseph Haydns Geburtstage, dem 31. März 1826.

Wir frischen uns heute das Andenken auf eines Mannes, der, hindurch den größten Teil eines Jahrhunderts, eine neue geistige Quelle des Schönen auf Erden und zugleich ein leuchtender Stern am Horizonte des Kunsthimmels gewesen ist und fortleuchtet und fortfließt durch Breiten und Weiten der Welt.

Joseph Haydn ist heute, den 31. März, des Jahres 1732 (1733) zu Rohrau, einem Dorfe in Unterösterreich, wenige Stunden von Wien, geboren.

Daß sein Vater ein Wagenbauer daselbst gewesen, die Harfe gespielt und das Mutterchen dazu gesungen habe, ist bekannt genug; daß aber die guten Eltern mit diesem ihrem Joseph ein Rad in die Welt setzen sollten, das durch folgende Zeiten unzerbrechlich fortlaufen werde, mochte nicht prophezeit sein.

So schläft das Saatkorn einer noch unbekannten süßen Frucht in der Nabe eines Rademachers, und so bringt die alte Natur fort und fort überall Neues und Dauerendes hervor; denn die Wirkung unsers Helden geht seit sechzig und mehr Jahren wie im Silberfaden durch die Kunstgeschichte und hat sich in tausend Äste verbreitet und verzweigt, daß ihr kein Ende abzusehn ist.

Bleibt unserer heutigen Muße nicht soviel Zeit, solch ein tätig-schönes Leben vollständiger vorzulegen, so ist vieles davon gedruckt nachzulesen, und wer von uns wäre so jung, nicht durch seine Herrlichkeit belebt und erquickt worden zu sein.

Hier sei nur einmal wieder erinnert, daß wir in Haydn nicht etwa ein vorzügliches Nachbild, sondern ein echtes Originalgenie vor uns haben, das sich nach Form und Gehalt aus seiner Vorzeit wie ein Phönix erhebt.

Der Zustand der Musik in der ersten Hälfte des achtzehnten Jahrhunderts gehörte keineswegs zu den geringen; alle Provinzen des festen Landes erfreuten sich unschätzbarer Talente. Aber die Kunst an sich war von ihrer Wurzel entfernt und in ihren Teilen zertrennt. Es waren Künste geworden in der Mehrzahl, und ein Rangstreit unter diesen ward selbst von Philosophen begünstigt, die freilich berufen sind, Geistiges unter Klassen zu setzen.

Noch war das Theater ein Vereinigungsort, der ein Ganzes hätte festhalten sollen, da aber hier die Zerstreuung recht offenbar erschien, indem jede der Künste die andere zu überbieten, ja zu dominieren hoffte.

Bis die verschämteste unter ihnen, die Musik, das Feld gewann! Denn wer wollte es leugnen, daß die Oper das Drama hinter sich gelassen hat, wenn man bemerkt, was aus der Poesie geworden und mit welcher Obermacht der Kapellmeister alles beszeptert, wenn jeder andere Dirigent die ungesehensten Winkel sucht.

Aber auch der Oper war ein ernsthafter hoher Stil, ja ein tiefer Sinn geblieben, indem sie sich im Kreise der Götter- und Heldengeschichte oder großer Weltbegebenheiten bewegte, worin das Allgemeine das Besondere nicht ausschließt.

Daß ein deutscher Genius dadurch zu ernsten Fortschritten angeregt worden, ist gewiß, doch war er dadurch noch nicht heimisch, nicht auf eigenem Boden, weil der Artiste die Fremde suchen und in der Fremde den Ruhm seines Namens finden mußte.

Und wer wäre so unbekannt mit unserer Kunst, der nicht wissen sollte, wie wir uns noch heute die kräftigsten Originalwerke deutscher Komponisten nur durch Zurücksetzung in unsere Sprache wieder aneignen können.

In Summa, eine deutsche Musik war da, mächtig, edel, tief, groß, doch unbekannt mit sich selber und fremd in ihren Formen.

Endlich erscheint, unangemeldet, auf der Grenze zweier Nationen, in der Krippe einer Stellmacherwerkstatt das auf Erden arm geborne neue Jesuskind, das unsere Kunst von den Gängelbanden fremden Formenwesens erlösen soll, sieht fromm und klug aus sich heraus in die frische grüne Welt, befruchtet sich mit Säften süßer Blüten und bringt den goldnen Honig heim.

Wer aber wollte noch ein neues Lob ersinnen unsers Helden, den sich schon zwei Generationen angeeignet haben, wenn nicht zu eigner Prüfung der einzelne seinen Anteil beurkunden dürfte.

So hat mir bei funfzig Jahren her die eigene Ausübung und Anhörung seiner Werke eine wiederholte Totalempfindung mitgeteilt, indem ich dabei die unwillkürliche Neigung empfand, etwas zu tun, das mir als gut und gottgefällig erschien.

Dies Gefühl war unabhängig von Reflexion und ohne Leidenschaft und ist es noch.

Man hat Haydn den Vorwurf machen wollen, daß seine Musik der Leidenschaft ermangle. Hierauf wäre folgendes zu erwidern.

Das Leidenschaftliche in der Musik wie in allen Künsten ist leichter, als man denkt, schon weil es leichter nachempfunden wird. Es ist nicht ursprünglich, die Gelegenheit bringt es hervor, und nach dem Begriffe der Alten verdeckt es die reine Natur und entstellt das Schöne.

Südlich gesinnte Theoristen haben die Leidenschaften als Bedingung aller Kunst manifestieren wollen und mögen darüber nicht angelassen werden, am wenigsten von uns, die wir nicht ihres Klima sind.

Unser Haydn ist ein Sohn unserer Zone und wirkt ohne Hitze, was er wirkt. Wer will denn auch erhitzt sein! Temperament, Sinn, Geist, Humor, Fluß, Süße, Kraft und endlich die echten Zeichen des Genies, Naivetät und Ironie müssen ihm durchaus zugestanden werden.

Sind nun die hier genannten Elementarspezies, welche ohne Wärmestoff nicht denkbar sind, Haydn'sche Eigenheiten, so begrüßen wir seine Kunst als *antik* im besten Sinne, und daß sie modern sei, ist unseres Wissens nicht bestritten worden, was auch schwer gelingen möchte, da alle moderne Musik auf *ihm* ruht.

Ob nun hierin eine Mitveranlassung liege, derentwegen Haydn nicht tätiger für das Theater gewesen, möge dahingestellt sein; daß aber der Grundakkord seines ganzen Genius kein geringerer sei als der sichere Ausdruck einer freien, klaren, keusch geborenen Seele, wünschte ich wohl so wahr und warm aussprechen zu können, als ich es fühle; auch bin ich es nicht allein, auf den seine Werke solche Wirkung ausüben.

Wollte jemand einzelne Beispiele des Gegenteils anführen, so würde ich mich sogleich hinter Haydns Sinfonieen und Quartetten schützen, die allein ganz sein eigen sind und worin keiner über ihm steht.

Diese seine Werke sind eine ideale Sprache der Wahrheit und in ihren Teilen notwendig zusammenhängend und lebendig; sie sind vielleicht zu überbieten, wenn auch nicht zu übertreffen.

Man macht einen Unterschied zwischen Gesangs- und Instrumentalmusik, hoffentlich auch in Hinsicht auf ihre Zusammenwirkung, und hier ist eben auch Haydn an seiner Stelle. Seine Begleitungen haben ein mitgewachsenes Verhältnis zum Ganzen, sie treten ein und ab, sie reden mit, einzeln und massenhaft, aber sie lasten nicht.

Doch wir haben uns zu beschränken und etwa noch, was von seiner Persönlichkeit bekannt geworden, neben das hier Gesagte zu stellen. Und so finden sich alle Nachrichten übereinstimmend, daß sowohl sein öffentliches als auch sein einsam-kunstgeschmücktes Leben dem angegebnen Sinne seiner Werke gemäß gewesen sei.

Als Beleg mögen schließlich einige seiner gelegentlichen Äußerungen dienen, wie ich sie von gutem Munde weiß.

Der Dichter Carpani setzte seinen Freund Haydn zu Rede, wie es doch zugehe, daß seine meisten Kirchenstücke gar zu munter, ja humoristisch-leichtfertig geraten sei'n. Haydn antwortete:

»Ich weiß es nicht anders zu machen; wie ich's habe, so geb' ich's; wenn ich aber an Gott denke, so ist mein Herz so voll Freude, daß mir die Noten wie von der Spule laufen. Und da mir Gott ein fröhliches Herz gegeben hat, so wird er mir's schon vergeben, wenn ich ihm fröhlich diene.«

Ein andermal fragte Carpani, wie Haydn in der »Schöpfung« ein so herrliches Bild des Sonnenaufgangs habe darstellen mögen. Haydn sagte darauf:

»Ich stellte mir den Vater des Lichts vor, mit Stahl und Stein in Händen, und als die beiden Härten ineinander gerieten, so war der Funke da, aus dem das prächtige Licht hervorstrahlte.«

Irgend jemand hat dies Bild subaltern und kindisch finden wollen; mir ist dabei die uralte Fabel des Prometheus klar geworden, ja ich wüßte mir kein erhabneres Bild zu denken als das allmächtige Licht im Funken, das Allergrößte im Kleinsten, das Fließendste aus dem Härtesten, das Allerhellendste aus der Dunkelheit, und worüber uns die Weisen aller Welt noch Belehrung geben sollten, das hätte der Künstler unserm feinsten Sinne geoffenbart.

Joseph Haydn ist am 31. Mai 1809 zu Wien gestorben; sein letztes Werk, die »Jahreszeiten«, ist immer noch nicht genug anerkannt, aber es ist die Krone der musikalischen Werke seiner Zeit.

510. *An Zelter*

jetzigen Zustande doppelte Freude.

Das Resultat eures Künstlervereins ist ein wunderliches Werk; ich möchte sagen: hier ist Brennmaterial genug, aber weder zu einem Rogus kunst- und sinngemäß geschichtet, noch durch des Geistes Flamme fröhlich entzündet; es steht alles so nebeneinander und wird höchstens durch den Anklang der Stengelgläser in Harmonie gesetzt.

Das Manuskript zu dem neuen Heft von »Kunst und Altertum« liegt fertig und redigiert zum größten Teile vor, so daß der Druck gleich angefangen werden könnte; doch mag ich nicht darangehen, bis die Anzeige meiner Werke in die Welt ist. In meinen Jahren muß man sich darüber ein Gesetz machen und darf sich nicht einbilden, daß man, wie Friedrich der Große im Siebenjährigen Krieg, nach allen Seiten hin aus dem Stegreif schlagen und siegen könne.

Unserm werten Freunde Langermann vermelde die besten Grüße und dank' ihm zum besten, daß er durch sein Wort den Mann bestätigen wollte, den wir zu unserm Heil erwarten; niemand bedarf dessen mehr als ich. Man kann sich nicht immer im Gleichgewicht halten, und leider, wenn es einmal ins Schwanken gerät, stellt es sich in meinen Jahren von selbst nicht leicht wieder hcr.

Daß die guten Bracebridge Deinem herrlichen Gesangserproben glücklich beigewohnt haben, wie wir aus den letzten Briefen vernehmen, ist die Hauptsache. Empfehlungsbriefe zerren herüber und hinüber, und ich weiß die lustige Geschichte einer fürtrefflichen Frau, die, weil sie in einer Schweizerstadt an die Montagues und Capulets zugleich empfohlen war, fast keinen Schritt aus dem Wirtshause tun durfte. Aus ihrem Munde war es das Anmutigste zu hören, wie sie der allerliebenswürdigsten Pfiffe bedurfte, um nur einigermaßen zu ihren Zwecken zu gelangen.

Und so beweisen Anekdoten des Privatlebens wie der Weltgeschichte, daß wir uns eigentlich mit Albernheiten, Gefahr und Not herumschlagen und herumschlagen werden.

Nächster Tage liegt unsre Korrespondenz, aufs reinlichste abgeschrieben, in mehrere Bände geheftet, vor mir; da kannst du nun wohl einmal eine Wallfahrt antreten, um einem solchen Werke die gebührende Ehre zu erzeigen. Ich werde sie nun an ruhigen Abenden mit treulichem Bedacht durchstudieren und bemerken, wie es allenfalls künftig damit zu halten sein möchte. Es ist ein wunderliches Dokument, das an wahrem Gehalt und barockem Wesen wohl kaum seinesgleichen finden möchte.

Sodann darf ich Dir wohl vertrauen: daß, um der ersten Sendung meiner neuen Ausgabe ein volles Gewicht zu geben, ich die Vorarbeiten eines bedeutenden Werks, nicht in der Ausdehnung, sondern in der Eindichtung, wieder vorgenommen habe, das seit Schillers Tod nicht wieder angesehen worden, auch wohl ohne den jetzigen Anstoß in limbo patrum geblieben wäre. Es ist zwar von der Art, daß es in die neueste Literatur eingreift, daß aber auch niemand, wer es auch sei, eine Ahnung davon haben durfte. Ich hoffe, da es zu Schlichtung eines Streites gedacht ist, große Verwirrung dadurch hervorgebracht zu sehen.

Wolltest Du mir, mein Teuerster, die Erlaubnis geben, Deinen Hymnus zu Mozarts Geburtstag in Partitur zu setzen, so würde ich den Versuch machen, inwiefern es mir gelänge. Wegen der Anwendung könnte man alsdann übereinkommen.

Laß ja manchmal Deine Feder laufen und schreib von alten und neuen Dingen, so klar und wunderlich, als Dir beliebt.

Dem Guten und Besten empfohlen.

Treulich

Weimar, den 3. Juni 1826. G.

511. *An Goethe*

Sonntag, den 4. Juni 1826.

Man wird mehr und mehr allein. Das junge Volk hält sich zusammen; Ältere sterben ab oder verqualmen in Logen und Ressourcen bei Politik oder Kritik.

So wandle ich, an solchen Freuden keinen Teil habend, allein dem Tore zu, setze mich auf einen Wagen, neben eine hübsche Frau, und rutsche nach Charlottenburg oder sonst wohin, kehre ein, höre reden von hier und dort und erfahre, was ich nicht zu wissen brauche. Meistens ziehe mich in eine Ecke und lese, ein paar portative Blätter, leicht aus der Tasche gezogen, und was? Es sind die Aushängebogen, die Du mir manchmal einzeln zukommen lässest, und wenn ich durch bin, fang' ich von vorn wieder an.

Du weißt nicht, wie hoch Du mich mit solchen Fragmenten beschenkst; denn: ist es erst ein Buch – da muß man Respekt haben, Zeit, Stimmung, und was alles. Mit solchen Blättchen macht man keine Umstände und findet ungesucht, was stets zu gebrauchen ist. Du hast gewiß solcher Blätter, die Du beseitigst, und könntest leicht, was Du nicht mehr brauchst, einlegen.

Vom Theater wird jetzt nicht viel, da mir Luft und Sonne mehr zusagen als das obskure clair dieser vornehmen Arbeithäuser, wo man ohne Lust spielt und genießt. Die Kinder bringen dann und wann einen Schwank mit, um hinterher noch einmal zu lachen.

Was ist für ein Unterschied zwischen dem König von Preußen und dem Elefanten? – Dieser hat nur Einen, jener aber hat *zwei* Rüssel (Generale).

Wer kann die wärmsten Füße haben? – Der König von Frankreich, welcher 600 000 Pariser hat.

Auf den Umschlägen der Bonbons findest Du abgebildet einen *Kanonier*; über demselben steht das Wort *»Ich«* und unter demselben: *»nicht leben!«* (Ein Berlinismus des vornehmen Pöbels.)

Auf einem andern Bonbon ist ein *Franziskaner* abgebildet und oben das Wörtchen: *»Über«*.

Zwei Schneidergesellen haben sich in Sanssouci auf Pistolen geschlagen; einer ist an der Hand blessiert und zwar durch sich selber, indem er sich beim Losdrücken verbrannt hat.

Lebe wohl!

Dein

Z.

Ein Schreiber hat den König gefordert, weil dieser ihm die Fürstin Liegnitz weggeheiratet hat. Jam satis!

512. *An Goethe*

Dienstag, 6. Juni 1826. Soeben, da ich das Letzte an Dich abgehn lasse, kommt Deine angekündigte Fortsetzung vom 3. dieses, die schnell genug gegangen ist.

Möchte ich doch selber das wunderliche Zeug noch einmal bei Haufen sehn, was ich Dir seit beinahe 30 Jahren mag geschrieben haben; es muß ein Rogus sein, der Pech und Schwefel enthält, und findet sich ja wohl einmal Gelegenheit, mir einen Band zukommen zu lassen.

Wenn ich bedenke, womit Du Dich eben jetzt in Deinen Jahren alles zu beschäftigen hast, so begreif' ich kaum, wie Du alles zwingst. Was ich und andere dagegen tun, ist ein wahres Nichts, wenigstens in seinen Folgen.

Die Bemerkung über die erste Sendung Deiner neuen Ausgabe, der Du ein neues Schwergewicht einlegen willst, gibt mir viel zu sinnen, wenn sie sich nicht auf die Trilogie bezieht, die Du einmal in fünf Akte zu bringen gedachtest.

So ist mir auch die verlangte Erlaubnis, *den Hymnus zu Mozarts Geburtstag in Partitur zu setzen*, nicht weniger problematisch. Sollte nun das übersandte Manuskriptchen über *Haydn* gemeint sein, so hast Du volle Freiheit, damit zu schalten, denn ich habe darüber gar nichts verfügt.

Hier sind die dramatischen Schildträger in Streit geraten.

Schall, der aus Breslau hier ist, hat sich mit Saphir überworfen und ihn so massiv behandelt, daß dieser den Schall gefodert hat. Wenn der eine so viel Herz hat als der andere Fleisch und Umfang, so kann's ohne Blut nicht abgehn. Die Sache ist ganz neu, und habe ich sie bloß nebenher vernommen. Gibt es was zu lachen, so wird man's schon erfahren.

Unserm Minister v. Schuckmann, den ich jetzt selten sehe, da er wenig in den Montagsklub kommt und auf seiner Sandkampagna in Moabit wohnt, habe Deine guten Worte mitgeteilt. Er sagt mir dagegen, daß er sie mit Freude vernommen habe; der Sicherungsakt für das Privilegium sei bereits vollbracht, da er dessen Aufnahme in die Gesetzsammlung selber besorgt habe, wodurch alle Gerichtsverwaltungsbehörden unseres Staates zu dessen Aufrechthaltung verpflichtet sind. Dies sind seine eigentlichen Worte. Und nun: fahre fort, Zion! und genieße lange bei Leib und Leben ein Verdienst, das keine Seele und keinen Tropfen Bluts auf sich hat.

Die alte Madame Mara hat auch wieder aus Reval geschrieben und empfiehlt mir eine Schülerin, die ich freilich noch nicht gesehn, so auch nicht gehört habe. Sie schreibt wie ein Mann, ja wie eine kluge Frau, und es ist eine Freude, ihre Hand zu lesen.

Felix hat wieder ein neues Quintett gefertiget, das sich hören lassen wird. Ich tue mein Möglichstes, um ihn aufzumuntern, da er sich denn selber treibt, sich in den verschiednen neuen und alten Formen zu versuchen. Was mir dabei gefällt, ist, daß ihm seine Sachen recht gut von den Verlegern honoriert werden. Dabei ist er sehr munter und nimmt sich beim Turnen, Reiten und Schwimmen nicht übel aus; zum Fechten mag ich nicht raten, weil er in der Tat gut *spielt*. Soviel für heute, da Du es nicht besser haben willst.

Du versprichst mir einen ausschattierten »Charon«, und

jemehr ich das übersandte Blatt anschaue, je begieriger werde ich nach dem versprochenen, den selbst unsere Künstler wünschen.

Den »Philoktet« des Sophokles habe auch wieder mit großer Teilnahme gelesen: was das eine Klarheit und Ruhe ist, den unerträglichen Doppelschmerz einer großen Seele mit eben der Klarheit und Ruhe aufzunehmen! Dein Wort rührt mich auf, und nun möchte wohl wissen, wie vornehmlich Äschylus den Teufelskerl, den Ulyß, gestaltet. Euripides hat vielleicht einen schlechten Kerl daraus gemacht. Nenne mir doch eine gute Karte des Trojanischen Krieges, hier fehlt mir das Terrain. Wolf wollte selber eine machen, die Vossische verwarf er, und über solche Wunderlichkeiten kommt man auch um was man hat. Fast sollte man glauben, Voß habe mit Fleiß eine *schlechte* machen wollen und Wolf habe sich Mühe gegeben, keine *gute* machen zu können. – Konfuses Zeug!

Donnerstag.

Indem Du bescheiden um Erlaubnis fragst, mein Geschreibe zurechtzustoßen, fällt mir's wie Blei aufs Gewissen, wie ich mit Deinen Gedichten ohne alle Anfrage manchmal verfahren bin.

Um mein Vergehn zu bekennen und Absolution zu erbeten, lege eine Probe bei. Das Stück ist aus der Anfangszeit unserer Liedertafel, die nun bald das fünfte Lustrum antreten wird. Wäre ich damals nicht hinterher gewesen, so wäre die Sache in eine bloße Fressade übergegangen; jetzt sind nun auch die andern dabei, und wenn sie sich nicht untereinander genugtun, so gefällt sich doch jeder selber, kurz: man erhält sich. Dann ist es mit solchen Liedern auch wieder nötig, das Plenum leicht und heiter in Anspruch zu nehmen. Wenn einer allein zu lange singt, so können die andern das Maul nicht halten und treiben Ungehöriges. So manche Liedertafel schläft an der Leipziger Meßware ein, weil Poeten und Komponisten nicht den wahren Zweck vor Augen haben. Hatten sie doch in der ernsthaften Zeit Reuterlieder gemacht, wozu der Kavallerist ein Fortepiano mit aufs Pferd nehmen mußte.

Es ist Sonnabend.

Dein Z.

513. *An Zelter*

Auf Dein Letzteres vermelde die besten Grüße, auch zeig' ich an, daß mein Übel auf der Rückkehr ist, wenn sich's nicht wieder anders besinnt. Bei meiner Schwiegertochter hat uns ein Zwischenspiel mehrere Tage in Unbehaglichkeit und Sorge versetzt.

Gestern ging Professor Rauch hier durch, munter und wohlgemut von seiner Münchner und Pariser Reise, für mich aber haben sich indeß mancherlei Verpflichtungen gehäuft, vernachlässigte Antworten muß ich nachholen, der Abdruck von »Kunst und Altertum« ist angegangen, und übrigens drängt und lastet gar manches.

Davon such' ich mich nun an den langen Morgen teilweise zu befreien; bei Tische unterhält man sich, und abends hab' ich doch manche leere und unbefriedigte Stunde, deshalb ich Dir folgendes ans Herz lege.

In wenigen Tagen sind alle unsere fürstlichen Personen mit den angeschlossenen Hofleuten von hier abgereist, mit dem Schönbundsfeste lebe ich in entschiedener ununterbrochener Einsamkeit, mit wenigen Freunden, die auch die Deinigen sind oder sein werden.

Deshalb ruf' ich Dich auf zu einem tapfern Entschlusse: hierher zu kommen auf einige Zeit. Das Stübchen im »Schwane« bleibt Dir vorbehalten, und wir können jeden Augenblick zusammen froh und nützlich zubringen.

Schreibe mir bald, daß und wenn Du kommst. Vorlieb nimmst Du wie herkömmlich, dagegen sollen Dir auch alle Schatzkammern des Geistes und Herzens aufgetan sein; womit ich gutes Befinden und tüchtigen Entschluß wünsche und anempfehle.

Treu angehörig

Weimar, den 17. Juni 1826. Goethe.

514. *An Goethe*

Berlin, Sonntag, 11. Juni 1826.

Euer neue Leibvogel hat gestern auf seinem Durchfluge bei uns eingesprochen, und ihr werdet ihn daher in kurzem bei euch haben, da ich denn wünsche, daß er dem guten Eindrucke entspreche, den er uns gemacht hat. Sein Begleiter, der ihn zu mir führte und sein Universitätsverwandter ist, schien meinen Unterricht über eure Angelegenheiten zu erwarten; ich sagte ihm: da er schon Generalsdienste geleistet habe, so werde er sich das Terrain selber rekognoszieren; wer siegen will, muß kommen und sehn.

Eben habe auch Paulus: »Lebens- und Todeskunden über Johann Heinrich Voß« gelesen und bin endlich einmal über Vossens Streit gegen Heyne klar worden. Gemeine Geschichte!

So wie ich selber mit dem tüchtigen Voß in Berührung gewesen bin, ist mein Denken über ihn verschieden genug gewesen von vielen andern, da ich nicht seines Metiers bin. Das Reden am offnen Grabe mit noch so vielen Worten kommt keinem zugute und kann keinen Trost geben, dessen ich an meinem Teile wohl bedurft hätte, da ich ihm meine erste Bekanntschaft mit Homer verdanke und ihn nachher persönlich bald erkannte. Glücklicherweise ist von F. C. Schlosser ein Auszug Deiner Rezension der Vossischen Gedichte (1809) in einer Note beigebracht, worin ich Voß als den Mann von seinem pertinenten Gewichte klar vor mir sehe. Er selber braucht mir nun nicht mehr zu sagen, *daß ein Poet ein guter Mensch sein müsse*; das tut die Muse schon ungeheißen. Aber die guten Menschen sind nie zufrieden mit dem, was man hat. Könnte ich mich nur zum Poeten machen, das andere wollten wir schon überkommen, doch still davon!*

Dem jungen Bohn, der sich eine von Seebecks Töchtern geholt hat, habe ein Briefchen an die gute Ernestine mitgegeben, und ein Liedchen, das Felix' Schwester ganz artig in Musik gesetzt hat. Das Gedicht ist von Voß auf den Tod unseres Freundes Schulz gedichtet, und ich hatte es Vossen bei meiner Anwesenheit in Heidelberg auf Noten gesetzt. Fanny hat es zufällig auch komponiert, und da sie es in der Tat besser getroffen hat als ich, so hab' ich es der Witwe gesandt, weil es ebensogut auf Vossens Tod paßt.

Dein »limbus patrum« hat uns zu schaffen gemacht. Scheller hat es nicht gesagt, und da ich es für einen technischen Ausdruck hielt, fragte ich Langermann, da uns denn der große »Hederich« zu Verstande geholfen hat.

Donnerstag. Unsere Theater hinken auf allen Beinen. Es ist Sommer. Doch fällt die Verlegenheit der Regieen auf, die alles mit Gelde zwingen müssen und verächtlich werden, sobald dieser Nervus fehlt. So bilden sich Konventikeln, ja Kunstsekten. Die Oper und das Schauspiel wird in vier Wände der Familienvereine zitiert, und die Artisten nehmen selber teil daran, um ihre lästigen Bretter zu vergessen.

Gestern war der »Kaufmann von Venedig«. Unser ehedem

* Einer von meinen guten Schülern bringt mir gestern eine Arbeit und entschuldigt, daß es nicht besser geraten sei. Ich sage ihm: »Wer hat Euch denn was Gutes vermacht? Meint Ihr denn, Ihr wollt so hinein*springen* ins Beste, ohne es erst sicher zu kennen? Und wenn Ihr's nicht findet, soll ich Eure Bescheidenheit rühmen! – Da müßt Ihr Euch einen andern halten!« Das ist auch einer von den guten Menschen.

so treffliche Shylock spielte seine Rolle donnernd wie aus der Kanone geschossen, und unsere Porzia ist seit ihrem Sündenfalle ohne Kredit; man will ihr nichts mehr glauben. Die weitern Betrachtungen hierüber schenkst Du mir, und Du selbst wirst Dir auch nicht den Kopf daran zerbrechen.

Schon vorgestern wollte man wissen, daß Maria v. Weber in London gestorben sei: das wäre wie Achill, auf der Höhe seines Ruhms; da sich aber die Nachricht bis heut nicht bestätigt, so ist sie bloß glaublich wegen seines brüchigen Körpers. Durch ein verständiges Benehmen hat er sich in allgemeine Gunst gesetzt, und für das Maß seines Talents ist er auch fleißig genug gewesen; seine sämtliche Arbeiten verraten Anstrengung und Mühe, auch hat er schwere Krankenlager bestanden.

Donnerstag, 22. Vorigen Sonntag fand man Blüchers Standbild frei aufgedeckt. Alles war die Nacht über weggeräumt, und überhaupt ist alles sehr still hergegangen. Das alles kannst Du bereits aus den Zeitungen ersehn haben, und Rauchs Intentionen kennst Du von ihm selber. Über das allgemeine Urteil der Menge schreibe ich Dir wohl künftig, das teils parallel, teils gegeneinander geht.

Dein Brief vom 17. kam vorgestern mittag an. Seit einiger Zeit bin ich nicht ohne Besorgnis um Dich und sehne mich wohl, Dich einmal wiederzusehn. Wir sind alte Gesellen und bedürften nachgerade der Unsrigen, die wir gleichwohl noch mitschleppen sollen. Du rufst mich zu Dir, und wie gern ich komme, weiß Gott. Freilich beaufsichtige ich meine Angelegenheiten scheinbar aus der Ferne, und *sie* – tun wieder, als ob sie's nicht bemerken, doch darf ich den Rücken nicht wenden. Wie ein russisch Fuhrwerk geh' ich inmitten meinen Paß, und auf beiden Seiten springt es links und rechts, als wenn man nicht sehn *wollte*, wohin der Weg geht.

Ob ich Ende künftigen Monats oder im August auf eine oder 2 Wochen abkommen kann, schreibe ich Dir vorher;

noch sieht es nicht danach aus. Hier ist es comme chez vous; alles geht davon, und Einer muß doch das Haus verwalten.

Johannistag 1826. Melde mir ein Wort über die Ankunft eures neuen Leibarztes.

Dein

Z.

515. *An Zelter*

Angekommen wäre er! uns gefällt er, gefällt sich auch und wird sich gut behagen, wenn nur erst die häuslichen Einrichtungen in Ordnung sind. Er ist klar, offen, heiter, sich selbst deutlich und wird es dadurch bald auch andern. Sein Handwerk versteht er, und so wird alles gut gehn. Er hat keinen Schein von Affektiertem, Anmaßlichem, Zurückhaltendem, und so wird er bei uns bald zu Hause sein.

Übrigens ist er, was die Verhältnisse gegen seine Kollegen betrifft, zur glücklichsten Konstellation angekommen, und nun bleibt noch, daß er nach Wilhelmstal zu Hofe zieht, welches auch glücklich ablaufen wird. Sage dies unserm teuren Langermann. Grüße und danke zum schönsten.

Soviel für heute. Eingeladen bist Du; kannst Du kommen, so melde es wenige Tage voraus; beiden ist es wünschenswert und von großer Bedeutung.

In treuer Hoffnung

Weimar, den 27. Juni 1826. Goethe.

516. *An Goethe*

Berlin, den 1. Julius 1826. Sonnabend.

Künftigen Freitag, den 7. dieses, gegen Abend, denke ich bei Dir zu sein.

Sei daher so gut, mit in meiner alten Herberge zwei Zimmer für mich und meine Doris offen zu lassen, die mich nicht alleine will reisen lassen.

Das Übrige mündlich. Dein

Z.

517. *An Goethe*

Berlin, den 26. Julius 1826.

Hierauf erfolgt Dein liebes schönes Liedchen, das sich leicht genug notiert hat. Zwei Tenore und ein Baß werden daran das Ihrige tun, und das Tutti kann auch von Frauen mitgesungen werden.

Der »Swarto« ist bereits niedergeschrieben und mag, um auszureifen, noch eine Weile liegen.

In Jena bin ich einen ganzen Tag gewesen, in Pforte einen halben Tag. In Halle und Wittenberg ist nichts zu wirken; alle wollen sie Brot haben, das heißt: Kuchen. In Weißenfels und Merseburg geht es gut. So bin ich Montag, den 24. Juli, nachdem ich in Sanssouci die gefeierten Terrassen andächtig bestiegen und eine tüchtige Mahlzeit hinter mich gebracht, abends 9 Uhr inmitten des Montagsklubs angekommen, um sogleich alles zu erfahren, was während meiner Abwesenheit geklatscht worden.

In Sanssouci hat der Königliche Hofgärtner am Giebel seiner Wohnung einen Rosenstock gegen 30 rheinländische Fuß hoch getrieben. Man steigt mehr als 50 Stufen, um zum Giebelfenster hinaus die herrliche Krone mit noch einigen blühenden Rosen zu bewundern.

Wenn andere sich ganz oder halb katholisch machen, so ist der Kronprinz Architekt worden. Nach selbstgezeichneten Planen baut er sich in einem Moorgrunde neben Sanssouci gar wundersam und kostbar an; mag es Dir zu Troste

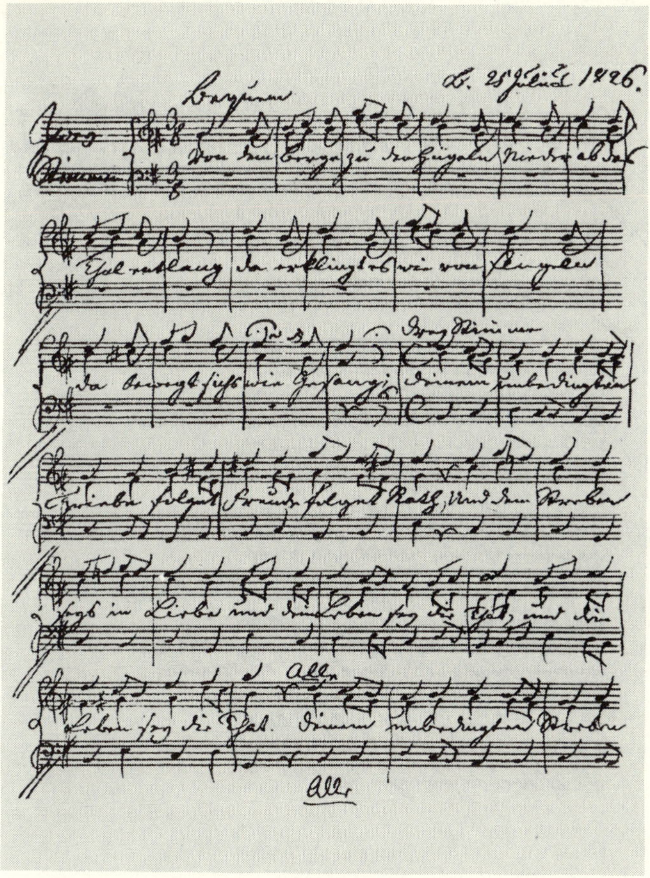

Zu Brief Nr. 517: Zelters Komposition des Liedes »Wanderlied«
(Von dem Berge zu den Hügeln)

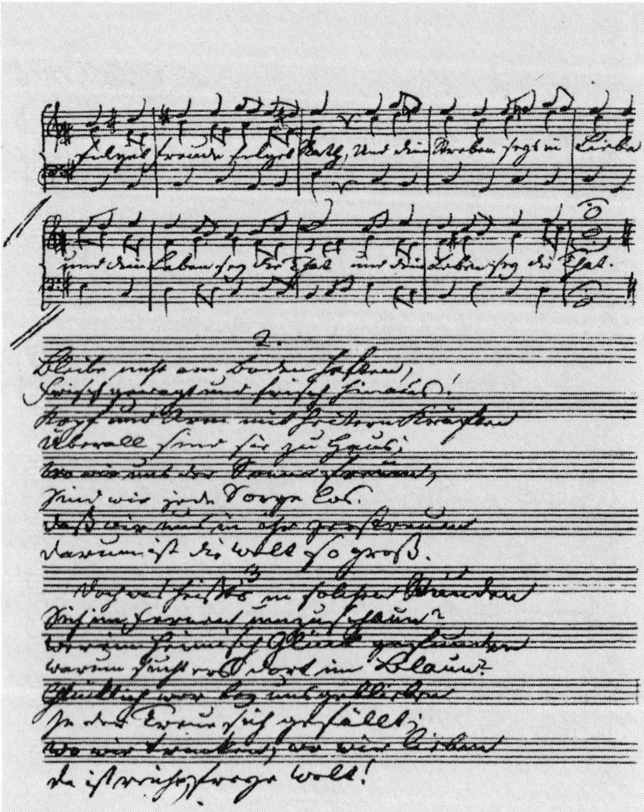

gereichen, daß hinter oder vor euren Bergen auch Leute wohnen.

Da das Notenblatt noch Platz hat, tue einen Schlüsselkanon zu gleichmäßigem Gebrauch daran. Die Künstlichkeit besteht darin, daß alle vier Stimmen die nämlichen Noten auf den nämlichen Tonstufen, und zwar jede Stimme nach ihrem besondern Schlüssel, absingt. In den ersten fünf Takten ist der Kanon ganz strikt und wird der Abrede gemäß drei-, vier- oder fünfmal wiederholt, worauf denn der Schluß erfolgt.

In noch nicht vollen drei Wochen meiner Abwesenheit sind acht meiner Bekannten gestorben, von denen einige alt genug, andere ohne Bedeutung sind; doch bemerkt man auf diese Art den Abgang auffallender als zu Hause.

Den 28. Juli. Minister v. Humboldt grüßt Dich herzlichst. Er fragte gestern nach Deinem Wohlsein, und wir haben viel von Dir gesprochen. Er fing selbst an, von der Schiller'schen Briefsammlung zu reden, die Du angekündigt hättest, und das Kapitel gab Stoff zu angenehmer Unterhaltung, indem auch er sich jener Zeit glückselig wußte. Er ist allein in Tegel, indem die Ministerin nach Gastein unterwegs ist und eine Tochter (v. Hedemann) bei sich hat. Auch er ist der Meinung, daß die Schiller'sche Briefsammlung ein willkommenes Geschenk für die Welt sei, woraus die Entstehung seiner bessern Werke anschaulich werde und wie er sich an Dich heraufgebaut hat. Das ist so gewiß, als seit Schillers Fortschreiten zum Höhern der Drang zum Verständnisse Deiner Werke immer mehr um sich gegriffen hat. Bei Schiller wirkt alles von außen nach innen; bei Dir kommt alles von innen heraus, man will verstehn, was man empfindet, und es entstehn Deduktionen, an denen Schiller reich ist und uns andern die nämliche Richtung gibt.

Bemerke ich doch Ähnliches in der Musik. Nur erst seit Mozart ist die größere Neigung zum Verständnis des Sebastian Bach eingetreten, indem dieser durchaus mystisch erscheint, wo jener klar von außen auf uns eindringt und leichter begleitet wird, indem er das irdisch Lebendige um sich versammelt. Ich selbst war in dem Falle, an Mozarts Werken keinen reinen Wohlgefallen zu haben, da ich Bach viel früher gekannt habe, gegen den sich Mozart verhielt wie die niederländischen Maler zu den italienischen und griechischen Künstlern, und erst seit ich hierin immer klarer werde, schätze ich beide aufs höchste, ohne vom einen zu fordern, was der andere leistet. Das Mystische muß und will bleiben, was es ist, sonst wäre es nicht, was es ist; darüber kann ich nun ruhig schlafen, unterdessen der ganze Troß hinter mir her nach Aufschluß in Worten schreit, indem er über den Sinn hinweg stolpert.

Mozart steht viel näher an Sebastian Bach als Emanuel Bach und Haydn, welches Originale sind und zwischen den beiden ersten stehn. Der »Don Juan« und die »Zauberflöte« zeugen genug, daß Mozart ein Mystisches in sich hatte und einer leichtern Wirkung um so gewisser ist, als er von außen hineingeht, wo es noch hell, nur nach und nach dunkel wird.

Dienstag, den 1. August 1826. Laß doch ein Wort vernehmen über Mademoiselle Sontag. Sie muß morgen hier sein, weil sie den 3. zu singen hat. Der König ist gestern von Töplitz zurückegekommen. Lebe wohl!

Dein

Z.

518. *An Zelter*

Glück also und gutes Behagen zur Rückkehr ins Häusliche! Mögest Du Dich dort finden, wie Du mich hier gelassen hast. Mir bleibt unser Zusammenleben von großer Bedeutung, möge es Dir gleichfalls gesegnet sein.

Deine lieben musikalischen Hieroglyphen sollen sich bald vor meinem Ohre auflösen, und ich werde gewiß daran mich ergötzen und erquicken.

Ein Unsriger, von Paris zurückkehrend, hat mir gar Angenehmes mitgebracht. Der Übersetzer meiner dramatischen Werke, Albert Stapfer, sendet mir den vierten und letzten Teil zu Komplettierung des Ganzen und veranlaßt mich zu gar manchen Betrachtungen. Die neustrebenden Franzosen können uns gar gut brauchen, wenn sie ihre bisherige Literatur als beschränkt, einseitig und stationär vorstellen wollen. Sie setzen mit aller Gewalt eine allgemeinere Kenntnis der sämtlichen Literaturen durch. Veranlasse doch, daß die Zeitschrift »Le Globe« (nicht der englische »The Globe«) in Berlin gehalten werde; über diesen Punkt schien der gute Spücker höchst beschränkt, so daß ich auch gleich abbrach.

Von Baron Cuvier habe gleichfalls eine höchst interessante Sendung: es sind die besondern Abdrücke seiner in der Akademie neuerlichst gehaltenen Vorträge, teils wissenschaftliche Übersichten, teils sogenannte Elogen, nach dem Tod einzelner Männer Darstellung ihres Wesens und Wirkens. Wenn man sie nacheinander mit Ruhe liest, so erstaunt man über den Reichtum des wissenschaftlichen Gehaltes, über das bewegte Leben, wodurch dieser zusammengeführt wird, wie über die Klarheit und Faßlichkeit des Vortrags; der Gelehrte, der Welt- und Geschäftsmann treten vereint auf.

Von Demoiselle Sontag weißt Du jetzt mehr als ich; vor einiger Zeit hieß es, sie sei im stillen hier durchgegangen, ich wunderte mich darüber nicht, denn es war gerad noch Zeit, zum Geburtstag des Königs anzulangen. Jetzt sagen sie, am 10. werde sie hier sein. Das wollen wir denn abwarten, oder Nachricht, daß sie bei euch schon wieder bewundert worden.

Erwünschte Abendunterhaltung mit Freund Riemer gewährt uns jetzt die belobte Korrespondenz; wir gehen sie durch, revidieren, korrigieren, interpungieren, und so gibt es ein reines Manuskript für jede Zukunft. Dein Porträt steht auf der Staffelei, teilnehmend und Zeugnis gebend. Gewiß ist diese bildliche Gegenwart, als Fortsetzung der wirklichen, höchst erfreulich. Nichts kann die Versicherung eines wohlzugebrachten Lebens mehr gewähren als ein so unmittelbarer Blick an die dreißig Jahre hinterwärts, wenn uns da ein reiner, mäßiger, aber aufs Gute und Vortreffliche unverwandt gerichteter Schritt zur Ansicht kommt. Ich freue mich, den Überrest des Jahrs dieser belohnenden Sorgfalt für das glücklich abgeschlossene Manuskript zu widmen.

Nächstens das Weitere mit den sechs letzten Aushängebogen; hierbei ein einzelner, mit Dank für die Mitteilung.

Treu angehörig

Weimar, den 5. August 1826. J. W. v. Goethe

519. *An Zelter*

Als ich das Verzeichnis übersah Deiner vielfachen Kompositionen zum »Diwan«, fiel mir überhaupt auf, daß man viel zu leichtsinnig umgehe mit dem Guten und Edlen, was uns der Tag bringt, und es ebenso hingehen lasse wie das gemeine Gewöhnliche, und ich bedauerte daher so manche schöne Deiner Kompositionen, welche mir durch die Hände gegangen, ohne daß ich wüßte wohin. Mein Verdruß war aber gemildert, als ich den Notenschrank eröffnete und ihn fand wie ein altes Archiv: unbenutzt, aber unberührt.

Hiebei folgt also das Verzeichnis, das ich sogleich fertigte, wozu sich vielleicht eins und das andere noch hinzufindet. Überschaue nun, was Du mit Bequemlichkeit mir weiter mitteilen kannst. An Eberwein ist schon einiges übergeben, er will es mir durch Choristen und Seminaristen vortragen lassen. Und so gelangt das Entschlafene wieder zum Leben, das Eingeschlafene wird wach.

Von Demoiselle Sontag weiß ich noch weiter nichts zu sagen als das allgemein Bekannte: daß sie mit der »Heimlichen Heirat« unter höchstem Beifall geschlossen hat. Den weitern Verlauf nächstens.

Mehr nicht für heute. Einige Büchlein und Hefte liegen bereit; sie folgen ehestens mit der fahrenden Post, sobald ich den Schluß von »Kunst und Altertum« hinzufügen kann.

Und hiemit allen guten Geistern befohlen.

Treu gesinnt

Weimar, den 8. August 1826. Goethe.

520. *An Zelter*

Weder den Schluß von »Kunst und Altertum« noch einige Anzeigen meiner Werke kann ich heute senden. Da ich aber weiß, daß Du ohnehin gern einzeln liesest, so sende vorläufig den 2. Teil der »Ilias«, wo Du wohl eine und die andere Rhapsodie Dir zueignen wirst.

Für Herrn Streckfuß lege gleichfalls ein Buch bei mit einigen Worten in Reimen und Prosa. Möge er das zu meinem Andenken aufbewahren. Manzoni ist ein Dichter, der verdient, daß man ihn studiere. Wenn Jahre dahin sind, wird er in der Literatur einen gar schönen Platz einnehmen.

Kaum erwehre ich mich gegen vielfältige Anlässe, die mich abziehen wollen von den notwendigsten Schritten.

Zu den Fragmenten des »Phaethon« hat sich wieder eine gar hübsch erläuternde und eingreifende Stelle gefunden. Wer kann wissen, was sich alles an einen Lebenspunkt anschließt!

Eure Nachtigall flattert noch immer umher; sie ist, sagt man, an die See gezogen und wird erst Ende des Monats bei uns durchkommen, da wir denn hoffen dürfen, sie gleichfalls zu bewundern.

Ein wunderliches Ereignis muß ich auch noch melden. Ein junger Porzellanmaler aus Braunschweig hatte mir durch Vorzeigen von seinen Arbeiten soviel Vertrauen und Neigung eingeflößt, daß ich seinen dringenden Wünschen nachgab und ihm mehrere Stunden gewährte. Das Bild ist zu aller Menschen Zufriedenheit wohl geraten. Wenn es glücklich durch den Brand durchkommt, so wird es sowohl um sein selbst willen als der schönen Zieraten zu Hause ihm eine gute Empfehlung sein. Er heißt Ludwig Sebbe und kam reisend hier durch.

Sibyllinisch mit meinem Gesicht
Soll ich im Alter prahlen!
Je mehr es ihm an Fülle gebricht,
Desto öfter wollen sie's malen!

So habe ich billigermaßen über diese Bemühungen gescherzt; man muß es eben geschehen lassen.

Zugleich vermelde, daß Deine Rauchische Büste immer mehr zu Ehren kommt. Lassen sich in Marmor die Erhöhungen der Stirn, ohne die Form allzusehr zu unterbrechen, als in die Höhe gezogene Haut darstellen, da sie jetzt als Knochen erscheinen, so möchte das Ganze trefflich zu nennen sein. Durch das immerwährende Brillentragen freilich haben sich die Hautfalten über den Augen wundersam ausgezeichnet.

Immerfort

Weimar, den 12. August 1826. Goethe.

Als ich vor einigen Tagen Herrn Streckfußens Übersetzung des Dante wieder zur Hand nahm, bewunderte ich die Leichtigkeit, mit der sie sich in dem bedingten Silbenmaß bewegte. Und als ich sie mit dem Original verglich und einige Stellen mir nach meiner Weise deutlicher und gelenker machen wollte, fand ich gar bald, daß schon genug getan sei und niemand mit Nutzen an dieser Arbeit mäkeln würde. Inzwischen entstand das kleine Gedicht, das ich in beikommendes Buch einschrieb.

Das Trauerspiel »Adelchi« möge Herr Streckfuß zu meinem Andenken bewahren; kennt er es noch nicht, so wird es ihm Freude machen; reizt es ihn zur Übersetzung, so wird er dem deutschen Jambus einen gleichen Dienst leisten wie dem Trimeter, wenn er dem italienischen Vortrag sich gleichfalls anschmiegen wollte, welches noch eher angeht, da ihn der Reim nicht hindert. Wie ich darüber denke, zeigt sich deutlich aus dem Monolog des Swarto und wird auch ohnedies einem so einsichtigen Manne alsobald entgegenkommen. Die ganze Tragödie läßt sich in Rezitativ auflösen. Auf Deine Komposition bin ich höchst verlangend.

521. *An Goethe*

Berlin, 10. August 1826.

Eine literarische Sendung an Dich aus Paris, von hiesiger Post an mich abgegeben, habe sogleich nach Weimar adressiert, und Du hast sie hoffentlich erhalten.

Daß die Franzosen sich endlich Deine Werke übersetzen, muß ihnen durchaus zugute kommen; ich denke mir noch eine gute Rückwirkung nach Deutschland dazu, denn wir wissen auch noch nicht, was wir beten sollen. Das könnte auch der Fall sein mit Deinem sogenannten Spücker, der, beiläufig, sich Spiker schreibt und sonst eine gute, ja die beste Haut wäre bis auf seine verdammliche Ergebenheit an alles, was Englisch heißt. Du schienst betroffen über den Ton, der mir zuweilen gegen solche Herren entläuft, da Du nicht zu wissen brauchst, wie sie manchmal sind. Das ist der Fleck, wo ich zuzeiten meiner dämagogischen Ader Luft mache, sonst wäre es nicht auszuhalten. Ein Hiergeborner ist hier von lauter Fremden umgeben, die ihren Wirt gern ignorieren, wenn er nicht Parade macht gegen sie. Mit all diesem Volke hängt Spiker von Amts wegen zusammen, da muß er mit leiden, ich kann ihm nicht helfen. Er hat das Spener'sche Zeitungsprivilegium gekauft, und man hofft vom Januar an Besseres, als uns bis jetzt geboten worden.

Unserm »Haydn« hast Du seine Verbesserungen beigegeben, wofür ich schönstens danke. Händel hatte ich nicht genannt, weil ich viele hätte nennen müssen; denn auch Hasse, Graun, Mozart, Gluck, Simon Mayer und noch andere sind in demselben Falle.

Von Mademoiselle Sontag wissen wir soviel als Du; sie ist noch nicht wieder hier, und die alten Perückenstöcke, die mit nach Paris gelaufen sind, vermißt das Kammergericht ebensogut, indem ihre Prozesse stocken.

Den 11. August. Soeben kommt Dein lieber Brief vom 8. dieses, und ich mache mich sogleich daran, Dir ein neueres Stück zu kopieren. Es ist gar zu ernsthaft, ja barsch, wiewohl von guter Arbeit. Es ist in der Kirche konzipiert während einer langen Jubiläumspredigt, bei der ich fungieren mußte, ohne ein Wort zu verstehn. Da fiel mir das Gedicht ein und wurde ziemlich fertig ausgedacht. Sieh Du nun auch, wie Du damit zurechte kommst. Ich fror dabei wie ein Hund, und indem ich heute daran schreibe, haben wir 27 Grad Hitze; der Schatten selbst ist wie eine Glut.

Sonntag, 13. Das beigehende Promemoria ist mir von unbekannter Hand ins Haus geschickt worden. Ich kann darüber nichts erraten, als was ich wußte: daß die hiesigen wie die Leipziger Buchhändler Deinem Verleger nicht zum besten wollen, und von einem Buchhändler ist das Schreiben, ob ich gleich nicht weiß, von welchem, da ich gar viele kenne.

Den 18. Soeben kommt Dein allerliebster Brief an mit der willkommnen Sendung. Ich bin ordentlich froh, daß ich den zweiten Teil der »Ilias« hier habe, weil ich den ersten Teil noch täglich lese. Streckfuß wird sich erst freuen, es ist ein guter lieber Mensch, der seine Not hat mit sich und den Seinigen.

Daß Du mich an den »Swarto« erinnerst, ist mir ganz recht, ich habe vielerlei vor mir. Gestern, es war der 17. August, hatte ich eine Schulrecherche in Potsdam und bin eben mit einem langen schönen Bericht an das Königliche Schulkollegium beschäftigt, der mehr als einen guten Fortschritt bezeugt und wo ich abermalen die Knickerei von obenher beklagen muß gegen eben das, was eben gewollt wird und not ist.

Über Deinen fernern Fund zum »Phaethon« kann sich kein Mensch mehr freuen als ich, wie Du herumspukst und überall findest, was die blinden Hessen an sich vorbeigehn lassen. Der Königliche Gartendirektor Lenné gestern in Potsdam konnte gar nicht aufhören, Gutes zu sagen von Deinen Morphologischen Heften, indem er sagte, Deine Buchstaben kämen ihm vor wie die Blätter des Baumes der Natur, und so weiter. Er hat in Sanssouci einige recht malerische Aussichten durchgeschlagen und sagte, er habe sich stets dabei gedacht, wie sie der alte König selbst würde beliebt haben, wenn er noch lebte. Nun zog ein anständiges Gewitter anher, der Himmel ward zu Einer Wolke, und ein dicker Regen, senkrecht herab, erinnerte uns an den 17. August 1786, da eben solch ein Himmel war, und so pilgerte man die heiligen Terrassen hinauf bis an den Fleck, wo Er am heutigen Tage die Welt verlassen hat. – Da man bald dies, bald das denken *muß*, was sollte man nicht auch des Vergangnen, oft Mißkannten wie sein selbst gedenken, da noch immer die alten, derb gesponnenen Fäden den Ballon über der Erde halten? Gibt es ja deren auch genug, die *ihre* Zeit (und zwar nicht ohne Grund) für die *goldne* halten.

Sonnabend, den 19. Dies Blatt sollte Dir schon die vorige Woche zukommen, wenn nicht der Notenschreiber die Musikanlage solange aufgehalten hätte. Laß Du nur immer von Dir vernehmen, denn des Fragens bei mir ist kein Ende. Gestern nachmittags haben mich meine ehemaligen Schüler, jetzt sämtlich Musikdirektoren, im Wagen nach Stralow gefahren, wo sie sich und mir einen lustigen Abend gemacht haben. Das können sie denn wohl tun, da sie oft genug mit mir sind. Ein solches Zusammensein ist ein Kollegium, daraus sie mit aller Heiterkeit Dinge erfahren, nach denen man in den Kompendien vergebens sucht, und ich lerne das meiste dabei.

Z.

522. *An Zelter*

Hierbei also der Schluß des diesmaligen Heftes. Möge Dir darin mehreres gefällig sein. Im Grunde aber habe ich mit Deinen zehn Seiten meinen übrigen 182 großen Schaden getan: denn wer diese Bogen liest, spricht von dem musikalischen Stern und nimmt von der übrigen Milchstraße keine Notiz. Doch gönne ich Dir am liebsten diesen Triumph und freue mich des guten Eindrucks.

Das übersendete Blättchen war mir ganz angenehm; solche Windstöße sind gut, die Düsternheit der deutschen Buchhandelei immer mehr und mehr aufzuklären, die Decke zu lüpfen, unter welcher Autor und Publikum bedrängt und betrogen sind und die Sosien ihr lukratives Spiel forttreiben. Das Reich ist nun unter sich selbst uneinig, und wir wollen sehen, Vorteil davon zu ziehen. Wird jener Aufsatz gedruckt, so soll es mir sehr angenehm sein.

Mit Riemern wird die Korrespondenz fortgelesen zu erbaulicher Unterhaltung. Noch habe ich kein Wort gefunden, das man zurücknehmen sollte, vielmehr nehmen wir uns in unsrer tagtäglichen Beschränktheit gar liebenswürdig aus.

Die mit Dank anerkannte Partitur wird ausgeschrieben; wenn die Ferien vorbeigegangen, wo die Chorvögel alle ausgeflogen sind, darf ich mit Sicherheit erwarten, dieses und andere Deiner teuern Werke zu erhalten. Herrn Gartendirektor Lenné empfiehlt mich gelegentlich. Ich möchte wohl mit einem solchen Manne das Feld durchwandern, wohin ich jetzt nur wie Moses vom Berge hinsehe.

Diesseits und jenseits des Jordans

Der Deine

Weimar, den 26. August 1826. G.

523. *An Goethe*

Den 29. August 1826.

Ein nicht minder wunderliches Ereignis als das Deinige ist mir zu Deinem gestrigen Geburtstage widerfahren, und magst Du solches aus der Originalbeilage ersehn. So bin ich gestern als Rhadamanth aufgetreten; das Weitere soll nächstens erfolgen, denn ich habe versprochen, als Mitglied der W. K. F. meinen Spruch dieser höchsten Behörde vorzulegen, was ich schon vorher tun wollen, man hat mir aber die Gedichte erst am 26. dieses zugesandt, und das Fest mußte gestern stattfinden.

Einiges aus Deinem letzten Briefe vom 12. dieses, das Dein Urteil über Streckfußens »Dante« betrifft, habe bei der Gelegenheit mitgeteilt und große Freude damit gemacht, indem Streckfuß Mitglied der Sozietät ist. Dabei bin ich befragt worden: ob Du wohl erlauben würdest, von diesen Deinen Worten einen öffentlichen Gebrauch zu machen, da diese Übersetzung von einem jungen Rezensenten (der Witte genannt wird) ohne Billigkeit angefochten wäre.

Das Fest war sehr munter, ja liebenswürdig. Bezügliche Stellen Deiner Schriften, wie sie Dein Leben im Verhältnisse zur Welt beleuchten, kamen schicklich und ordentlich zur Sprache, und ich bin auch nicht faul gewesen; denn was ich kaum gehofft, so hatte mein Spruch lauter ältere, verständige, von mir kaum gekannte Geschäftsmänner, die sich nachher als geistig gebildet erwiesen, auf seiner Seite. Einige wollten sogar meine ungeschickte Sprache löblich finden. Was endlich noch der Sache ein ominoses, ja ironisches Ansehn gibt, ist, daß das Preisgedicht von einem ungenannten Verfasser eingesandt worden, der gar nicht zur Gesellschaft gehört, und so könnte es geschehn, daß ich in Zukunft eines solchen Richteramtes überhoben wäre.

Soviel für heut, da die Post fort will, und um zu bezeugen, daß ich noch nicht ganz verbrannt bin. Man möchte die Haut selbst von sich lassen, und doch ist man eben ganz gesund.

Dein

Z.

[Beilage]

Auszug aus dem Protokoll der Mittwochsgesellschaft vom 7. August des Jahres 1826.

Zur Feier des 28. August, des Geburtstages unseres alten Dichterkönigs Goethe, werden die produzierenden Glieder der Literarischen Mittwochsgesellschaft zu Berlin aufgefordert, ein *Lied* zur Feier dieses Tages zu liefern, und es wird dem besten sangbarsten Liede ein Preis, bestehend in einem schönen goldenen Siegelringe mit dem Reichhard'schen Kopfe Goethes nach Rauch, zugesichert.

Da man wegen des Richters in nicht geringer Verlegenheit war, besonders deshalb, weil man der Unparteilichkeit halber kein Mitglied der Gesellschaft zu nehmen wünschte, so wurde nach Anhörung und Verwerfung vieler Vorschläge zuletzt der Herr Professor Zelter, als alter Freund Goethes, einstimmig zum Richter der einlaufenden Gedichte gewählt und beschlossen, denselben durch den Herren Professor Gubitz um die Annahme dieses Antrags freundlichst ersuchen zu lassen, auch ihn zu bitten, sich womöglich die Meinung des Jubelgreises selbst zu erwerben.

Julius Curtius
Sekretär der berlinischen Literarischen
Mittwochsgesellschaft.

Wenn der mir heute durch den Herrn Professor Gubitz gewordene Antrag der edeln berlinischen Literarischen Mittwochsgesellschaft aus deren Protokoll vom 7. dieses Monats mich erröten machen wollte, so muß ich auch wieder ein so hohes Vertrauen als persönliche Gunst mit Dank und Freude anerkennen und will mein Bestes tun.

In Ansehung des Herrn v. Goethe kann ich nur versprechen, daß ich mein Gutachten dem alten Freunde vorher vorlegen werde, da *ihm* als Erstem und Bestem zukommt, wessen ich mich vollkommen zu gering weiß.

Mit größter Hochachtung
Berlin, den 12. August 1826. Zelter.

524. *An Goethe*

Den 30. August 1826.

Ein Lied, das unsern Tafelleuten lange nicht schmecken wollen, wenn sie den hübschen Scherz nicht verstehn, fängt an, sich aller Gunst zu trösten. In Deinem Verzeichnisse finde ich es nicht, und so lege ich's bei.

Es macht sich allerliebst, leicht, munter, sich selber neckend, so wie sie es an der zweiten Liedertafel singen. Die sämtlichen Trrrrommler arbeiten recht tamburisch und hören alle mit Einem Schlage auf, daß es eine Lust ist.

An Deinem Geburtstage, der gerade auf einen Akademietag fiel, haben wir zuerst Dein Gedicht: »Laßt fahren hin das Allzuflüchtige« dreimal nacheinander gesungen; das drittemal ging's auserlesen, und dann Händels »Tedeum«. Da sie alle wußten, was gemeint ist (es waren gegen zweihundert), so nahm man sich zusammen, und wenn Dir das Ohr geklungen hätte, so soll's mich nicht wundern.

Das »Tedeum« hat Stellen, deren Wirkung ein Kind im Leibe der Mutter bewegen könnte. Das »omnis terra veneratur«, das »sanctus«, das »te ergo quaesumus«, das »te patrem immensae majestatis« – man kann sagen, es öffnet sich der Himmel, um den Kreis aller Heiligkeit und Anbetung mit leiblichen Augen zu schauen. Und so gewiß ist, daß besonders der Musikus nichts Echtes hervorbringt, das nicht als Bild in ihm wohne; dabei mir denn redlich jedesmal Chladnis Klangfiguren einfallen.

An Gemeinheiten fehlt es dagegen auch nicht. Prügel von allen Sorten werden ausgeteilt, und Freund Zeph- oder Saphir hat deren in verschiedenen Dosen aufgeladen. Logier (der neue Methodikus) ist auch 100 Meilen her- und hingereist, um einen seiner Schüler zu zerarbeiten, der ihm die Frau beschlafen hat. An Mord, Selbstmord, Doppelmord ist auch kein Mangel, und so kommt man der Aufklärung nach und nach auf die Sprünge. Reisende Betteljuden lassen sich, wo sie hinkommen, wiedertaufen, ja nehmen Geld dafür, und so weiter.

Über Madame Schröder, die eben wieder bei uns ist, muß ich mich diesmal günstiger erklären und tue es gern. Jünger geworden ist sie nicht, auch ihre Wahl der Stücke: »Fürsten Chawansky«, »Medea«, »Sappho« und dergleichen ist noch die alte; sie scheint mir aber in der Kunst zugenommen zu haben; einigemal hat sie mich so sicher ergriffen und gehalten, daß mich die Dichter der Stücke retten und zu mir selber bringen müssen, welches denn auch vollkommen gelungen ist.

Dann lege auch meinen Spruch bei über die Gedichte, welche zu Deinen Ehren mir eingesandt worden. Die Gedichte selber werde nachsenden, weil man sie mir erst kopieren muß, und wie die Sache befunden würde, so wünsche gar sehr einen Spruch der W. K. F. über meine Wahl zu vernehmen.

1. September. Schönen Dank für Deine neue Sendung vom 26. vorigen Monats. Wer wollte sich nicht gern von Dir gelobt sehn, und etwas zuviel, da stirbt keiner von. Diesen Mittag hat die schöne Aurikel mit ihrer Mutter bei uns gespeist, und morgen wollen sie weiter gen Stettin.

Durch Deine Anzeige der »Oeuvres dramatiques« etc. hast Du mir und allen Unsrigen ein wahres Geschenk gemacht. Es kann keine größere Zufriedenheit geben, als wenn man sich selbst in andern wiederfindet, und da ich durchaus keine Zeit übrigbehalte, Zeitblätter, noch weniger ausländische zu lesen (wiewohl hier dergleichen in aller Fülle ja in allen Kaffeehäusern gehalten wird, worunter auch der französische »Globe« befindlich ist), so kannst Du denken, wie lieb mir solche gelegentliche Mitteilungen sein müssen.

Sonnabend, den 2. September. Vorigen Sonntag bin ich zu einer besondern Konferenz ins Konsistorium berufen worden. Ein geistlicher Rat hatte den Vortrag.

1) Die Kirchen sollen wieder Singchöre haben.

2) Ob die noch bestehenden Singchöre, welche bloß noch auf den Straßen singen, hierzu sollten angehalten werden, und wenn sie wegen ihrer Schlechtigkeit und sittlichen Verfalles hierzu nicht brauchbar seien, wie man sie

3) Aufheben und ganz neue an ihre Stelle setzen mögen.

Die Sache ward hin und wider lang und breit durchgesprochen, so daß der Punkt 1 gänzlich in den Hintergrund trat. Ich selbst bin wenig zum Worte gekommen. Der Magistrat will nichts dazu geben und mag recht haben. Er trägt auf die Abschaffung an. Ich bin von Jugend an gewohnt zu bauen; einreißen und wegwerfen mag, wer kann und will. Lebe wohl!

Dein

Z.

[Beilage]

Berlin, am 28. August 1826.

Sie haben, meine Herren, mir eine Ehre zugesprochen, die ich nur Ihrer Gunst und Freundlichkeit kann zu danken haben. In diesem Sinne habe ich Ihre Wahl verehrend auf- und angenommen, da es zugleich einem Gegenstande gilt, der mein tiefstes Innerstes bewegt.

Indem ich die mir zugesandten Gedichte nach der vorgefundenen Ordnung durchlesen und ihren ersten Eindruck niederschreiben wollen, ist mir erst ganz klar aufgegangen, zu welch einem Amte mich ein so hohes Vertrauen müßte berufen haben, wenn Männer wie die würdigen Verfasser dieser zwölf Feiergedichte das Urteil eines Naturalisten nicht Ihrer eigenen höhern An- und Einsicht vergleichend unterstellen wollten.

Solcher Hoffnung mich getröstend, und daß unter vielem Guten wohl ein Mehr und Minder, doch kein gänzliches Irren zu befürchten sei, hat sich meine Wahl für die beiden Nummern 7 und 11 entschieden, die, gegeneinander gehalten, bei ganz gleichem Sinne, sich nur noch in der Form unterscheiden.

Nach nochmaliger, heut morgendlicher Erwägung ist mir endlich die Nummer Elf mit dem Motto:

»– so kann ich auch nur sagen: Nimm es hin!«

wegen größerer Form, in Hinsicht auf den Gegenstand, und

ihrer *sehr* gewandten melodischen Textur als vorzüglich vorgekommen, wenn das Gedicht gleichwohl dem Musiker nur in seiner glücklichsten Stunde ganz gelingen würde.

Die Nummer 7 mit dem Motto:

»Der Strauß, den ich gepflücket,
Grüße dich vieltausendmal!«

erschien mir von ganz gleichem Werte und könnte sogar leichter in Musik zu setzen sein, wiewohl der Komponist sich auch hier zu bewahren hätte, durch zu gefälliges Notenspiel dem Gedichte keinen Eintrag zu tun.

Denn wie ein Gedicht (im echten Sinne des Worts) ein inwohnendes Bild offenbart, so soll der Komponist, der hier nicht mehr ganz sein eigen ist, dieses Bild aufzufassen, ja selbst *die* Melodie zu finden wissen, welche dem Dichter selber vorgeschwebt.

Um endlich eine tiefere Basis zu Begründung des obigen Ausspruchs anzugeben, so habe ich diejenigen Gedichte vorgezogen, in welchen der hohe Gefeierte als

ein Sohn der Natur

erscheint. Und indem Er selber sich zu solcher Benennung von Jugend an fortwährend bekannt hat, so dürfte sie ihm auch heute noch die angenehmste sein.

Sangbar und begeistert sind endlich alle diese Gedichte, und wenn es erlaubt würde, möchte ich gerne versuchen, ob mir eins oder anderes davon gelänge.

Zelter.

525. *An Zelter*

Da mein vorrätiges Briefpapier unerträglich durchschlägt, so will ich mich einmal in größerem Format vernehmen lassen. Also:

Weimar, den 6. September 1826.

Erstlich will ich vermelden, daß die unter dem 10. August angekündigte literarische Sendung aus Paris hier noch nicht angekommen sei, ich müßte sie denn in diesen turbulenten Tagen unter dem, was mir unter mancherlei Zungen und Sprachen an mich gelangt, übersehen haben; denn es war mir noch nicht möglich, alles zu sortieren und einzeln zu beachten. Dem 28. August folgte nur allzuschnell der dritte September, eine große Fremdenzahl berührte mich doch auch, ob ich gleich von aller öffentlichen Erscheinung entschuldigt blieb. Gestern um Mitternacht verließ Demoiselle Sontag erst einen freundlichen, bei mir versammelten Zirkel, ich will aber doch eilen, gegenwärtige Sendung loszuwerden.

Was ich in bezug auf Dante beilege, lies erst mit Aufmerksamkeit! Hätte das, was ich anrege, unser guter Streckfuß vom Anfang seiner Übersetzung gleich vor Augen gehabt, so wäre ihm vieles ohne größere Mühe besser gelungen. Bei diesem Original ist gar manches zu bedenken, nicht allein was der außerordentliche Mann vermochte, sondern auch was ihm im Wege stand, was er wegzuräumen bemüht war; worauf uns denn dessen Naturell, Zweck und Kunst erst recht entgegenleuchtet. Besieh es genau; wenn Du fürchtest, es möchte ihm weh tun, so erbaue Dich lieber selbst daraus und verbirg es. Indessen, da er gewiß einer neuen Auflage entgegenarbeitet, kann es ihm im Ganzen und Einzelnen beirätig sein.

Die Tabelle der Tonlehre ist nach vieljährigen Studien und, wenn Du Dich erinnerst, nach Unterhaltungen mit Dir etwa im Jahr 1810 geschrieben. Ich wollte den Forderungen an einen physikalischen Vortrag keineswegs genugtun, Umfang und Inhalt aber mir selbst klar machen und andern andeuten; ich war auf dem Wege, in diesem Sinne die sämtlichen Kapitel der Physik zu schematisieren. Gegenwärtige Tabelle fand ich beim Aufräumen des Musikschrankes, ich hatte sie nicht ganz vergessen, wußte aber nicht, wo ich sie suchen sollte. Ob ich diese Tabelle Dir jemals mitgeteilt, weiß ich nicht. Ebenso vermiß' ich noch mehrere Aufsätze, die mir vielleicht ein Zufall erwünscht wieder in die Hände führt.

Die umständliche Kenntnis des wohlwollend-heitern Berliner Mittwochfestes ist mir durch die Haude- und Spener'sche Zeitung zugekommen. Dein kritisch-würdernder Anteil nimmt sich dabei gar trefflich aus; ich bin auf die Gedichte selbst verlangend und wünsche wohl, daß Du den wackern Männern in meinem Namen etwas Freundliches ausrichten möchtest. Soll ich Dir eine Anzahl unterzeichneter Blättchen, wie Du schon erhieltest, übersenden? Ich habe zu diesem Mittel gegriffen, um gegen die vielen Freundlichkeiten nicht ganz zu verstummen.

Die Komposition des Liedchens freut mich sehr. Auch hier zu Lande wollte niemand recht Spaß verstehen; die lieben Vereinerinnen fanden es doch allzuwahr und mußten zugestehen, was sie verdroß. Der patriotische Schleier diente, vieles zuzudecken, man schlich darunter hin nach herkömmlichster Art und Liebesintrigenweise.

Daß Demoiselle Sontag nun auch klang- und tonspendend bei uns vorübergegangen, macht auf jeden Fall Epoche. Jedermann sagt freilich, dergleichen müsse man oft hören, und der größte Teil säße heut schon wieder im Königstädter Theater. Und ich auch! Denn eigentlich sollte man sie doch erst als Individuum fassen und begreifen, sie im Elemente der Zeit erkennen, sich ihr assimilieren, sich an sie gewöhnen, dann müßt' es ein lieblicher Genuß bleiben. So aus dem Stegreife hat mich das Talent mehr verwirrt als ergötzt. Das Gute, das ohne Wiederkehr vorübergeht, hinterläßt einen Eindruck, der sich der Leere vergleicht, sich wie ein Mangel empfindet.

So aber will ich schließen und, zum Überfluß, bemerken: diese Rolle enthalte:

1) Eine Anzahl Dankblättchen, auch einige Anzeigen meiner Werke;

2) Einiges über Dante, nach vorhergängiger Überlegung Herrn Streckfuß mitzuteilen;

3) Eine Tabelle, welche den Inhalt der Tonlehre darstellt. Kann zu dessen Vollständigkeit etwas beigetragen werden, so wird es mich erfreuen. Die Methode der Aufstellung mag zugegeben werden.

Das vollständige Exemplar von »Kunst und Altertum« erscheint nächstens. Gar mancherlei fernerer Mitteilung vorbehaltend,

Treulichst

Weimar, den 9. September 1826. Goethe.

[Erste Beilage]

Bei Anerkennung der großen Geistes- und Gemütseigenschaften Dantes werden wir in Würdigung seiner Werke sehr gefördert, wenn wir im Auge behalten, daß gerade zu seiner Zeit, wo auch Giotto lebte, die bildende Kunst in ihrer natürlichen Kraft wieder hervortrat. Dieser sinnlich-bildlich-bedeutend wirkende Genius beherrschte auch ihn. Er faßte die Gegenstände so deutlich ins Auge seiner Einbildungskraft, daß er sie scharf umrissen wiedergeben konnte; deshalb wir denn das Abstruseste und Seltsamste gleichsam nach der Natur gezeichnet vor uns sehen. Wie ihn denn auch der dritte Reim selten [oder] niemals geniert, sondern auf eine oder andere Weise seinen Zweck ausführen und seine Gestalten umgrenzen hilft. Der Übersetzer nun ist ihm hierin meist gefolgt, hat sich das Vorgebildete vergegenwärtigt und, was zu dessen Darstellung erforderlich war, in seine Sprache und seinen Reimen zu leisten gesucht. Bleibt mir dabei etwas zu wünschen übrig, so ist es in diesem Betracht.

September 1826. G.

Die ganze Anlage des Dante'schen Höllenlokals hat etwas Mikromegisches und deshalb Sinneverwirrendes. Von oben herein bis in den tiefsten Abgrund soll man sich Kreis' in Kreisen imaginieren; dieses gibt aber gleich den Begriff eines Amphitheaters, das, ungeheuer, wie es sein möchte, uns immer als etwas künstlerisch Beschränktes vor die Einbildungskraft sich hinstellt, indem man ja von oben herein alles bis in die Arena und diese selbst überblickt. Man beschaue das Gemälde des Orgagna*, und man wird eine umgekehrte Tafel des Kebes zu sehen glauben; die Erfindung ist mehr rhetorisch als poetisch, die Einbildungskraft ist aufgeregt, aber nicht befriedigt.

Indem wir aber das Ganze nicht rühmen wollen, so werden wir durch den seltsamen Reichtum der einzelnen Lokalitäten überrascht, in Staunen gesetzt, verwirrt und zur Verehrung genötigt. Hier, bei der strengsten und deutlichsten Ausführung der Szenerei, die uns Schritt für Schritt die Aussicht benimmt, gilt das, was ebenmäßig von allen sinnlichen Bedingungen und Beziehungen, wie auch von den Personen selbst, deren Strafen und Martern zu rühmen ist. Wir wählen ein Beispiel, und zwar den zwölften Gesang.

»Rauhfelsig war's da, wo wir niederklommen,
Das Steingehäuf den Augen übergroß;
So wie ihr dieser Tage wahrgenommen

* Wo das hier gemeinte Bild in Kupfer zu finden, weiß ich nicht gerade jetzt anzugeben.

Am Bergsturz diesseits Trento, der den Schoß
Der Etsch verengte, niemand konnte wissen,
Durch Unterwühlung oder Erdenstoß? –
Von Felsenmassen, dem Gebirg entrissen,
Unübersehbar lag der Hang bedeckt,
Fels über Felsen zackig hingeschmissen;
Bei jedem Schritte zaudert' ich erschreckt.

So gingen wir, von Trümmern rings umfaßt,
Auf Trümmern sorglich; schwankend aber wanken
Sie unter meinem Fuß, der neuen Last.
Er sprach darauf: »In düstersten Gedanken
Beschauest du den Felsenschutt, bewacht
Von toller Wut, sie trieb ich in die Schranken;
Allein vernimm: als in der Hölle Nacht
Zum erstenmal so tief ich abgedrungen,
War dieser Fels noch nicht herabgekracht;
Doch kurz vorher, eh' Der herabgeschwungen
Vom höchsten Himmel herkam, der dem Dis
Des ersten Kreises große Beut' entrungen,
Erbebte so die grause Finsternis,
Daß ich die Meinung faßte, Liebe zücke
Durchs Weltenall und stürz' in mächtigem Riß
Ins alte Chaos neu die Welt zurücke.
Der Fels, der seit dem Anfang festgeruht,
Ging damals hier und anderwärts in Stücke.«

Zuvörderst nun muß ich folgendes erklären. Obgleich in meiner Originalausgabe des Dante, Venedig 1739, die Stelle »e [per] quel« bis »schiva« auch auf den Minotaur gedeutet wird, so bleibt sie mir doch bloß auf das Lokal bezüglich; der Ort war gebirgig, rauhfelsig (»alpestro«), aber das ist dem Dichter nicht genug gesagt; das Besondere daran (»per quel ch' iv' er' anco«) war so schrecklich, daß es Augen und Sinn verwirrte. Daher, um sich und andern nur einigermaßen genugzutun, erwähnt er, nicht sowohl gleichnisweise als zu einem sinnlichen Beispiel, eines Bergsturzes, der wahrscheinlich zu seiner Zeit den Weg von Trento nach Verona versperrt hatte. Dort mochten große Felsenplatten und Trümmerkeile des Urgebirgs noch scharf und frisch übereinander liegen, nicht etwa verwittert, durch Vegetation verbunden und ausgeglichen, sondern so, daß die einzelnen großen Stücke, hebelartig aufruhend, durch irgend einen Fußtritt leicht ins Schwanken zu bringen gewesen. Dieses geschieht denn auch hier, als Dante herabsteigt.

Nun aber will der Dichter jenes Naturphänomen unendlich überbieten; er braucht Christi Höllenfahrt, um nicht allein diesem Sturz, sondern auch noch manchem andern umher in dem Höllenreiche eine hinreichende Ursache zu finden.

Die Wandrer nähern sich nunmehr dem Blutgraben, der, bogenartig, von einem gleichrunden ebenen Strande umfangen ist, wo Tausende von Kentaur[e]n umhersprengen und ihr wildes Wächterwesen treiben. Virgil ist auf der Fläche schon nah genug dem Chiron getreten, aber Dante schwankt noch mit unsicherem Schritt zwischen den Felsen; wir müssen noch einmal dahinsehen, denn der Kentaur spricht zu seinen Gesellen:

»Bemerkt: der hinten kommt, bewegt,
Was er berührt, wie ich es wohl gewahrte,
Und wie's kein Totenfuß zu machen pflegt.«

Man frage nun seine Einbildungskraft, ob dieser ungeheure Berg- und Felsensturz im Geiste nicht vollkommen gegenwärtig geworden sei.

In den übrigen Gesängen lassen sich bei veränderter

Szene eben ein solches Festhalten und Ausmalen durch Wiederkehr derselben Bedingungen finden und vorweisen. Solche Parallelstellen machen uns mit dem eigentlichsten Dichtergeist Dantes auf den höchsten Grad vertraut.

Der Unterschied des lebendigen Dante und der abgeschiedenen Toten wird auch anderwärts auffallend, wie zum Beispiel die geistigen Bewohner des Reinigungsortes (Purgatorio) vor Dante erschrecken, weil er Schatten wirft, woran sie seine Körperlichkeit erkennen.

Weimar, den 9. September 1826. G.

Was die Chöre von »Adelchi« betrifft, so gibt sich der zweite, ganz gemütliche von selbst; der Beginn des ersten aber ist so eigen lyrisch, daß er anfangs fast abstrus erscheint. Wir müssen uns das longobardische Heer geschlagen und zerstreut denken; eine Bewegung, ein Rumor verbreitet sich in die einsamsten Gebirgsgegenden, wo die vormals überwundenen Lateiner, Sklaven gleich, das Feld bauen und sonst mühseliges Gewerb treiben. Sie sehen ihre stolzen Herren, die Glieder aller bisher gewalthabenden Familien flüchtig, zweifeln aber, ob sie sich deshalb freuen sollen; auch spricht ihnen der Dichter jede Hoffnung ab: unter den neuen Herren werden sie sich keines bessern Zustandes zu erfreuen haben.

September 1826. G.

[Zweite Beilage] Tonlehre

entwickelt die Gesetze des Hörbaren. Dieses entspringt durch Erschütterung der Körper, für uns vorzüglich durch Erschütterung der Luft.

Das Hörbare ist im weiten Sinne unendlich. Davon werden aber beseitigt:

Geräusch, Schall und *Sprache.*

Bleibt zu unserer nächsten Beschäftigung: *das musikalisch Hörbare* (der Klang).

Dieses entspringt aus der materiellen Reinheit und dem Maße des erschütterten oder erschütternden Körpers.

Um zu diesem Maße zu gelangen, nehmen wir erst einen klingenden Körper als ein Ganzes an.

Der entschiedene Klang, den dieses Ganze von sich gibt, nennen wir einen Grundton.

Das Ganze, verkleint, gibt einen höhern, vergrößert, einen tiefern Ton.

Wir können das Ganze auf eine stätige Weise nach und nach verkleinern. Hieraus entspringen keine Verhältnisse.

Wir können das Ganze einteilen. Dies gibt Verhältnisse.

Hauptverhältnisse stehen voneinander entfernt (*Akkorde*).

Zwischenverhältnisse füllen den Raum zwischen jenen aus, bis zu einer Art von Stätigkeit (*Skala*).

Auf diesen Stufen schreitet der Ton zur Höhe und Tiefe fort, bis er sich selbst wiederfindet (*Oktave*).

Mehr ist für den Anfang nicht nötig. Das Übrige muß sich bei der Darstellung entwickeln, modifizieren und erläutern. – Die Lehre wird auf die ganze Erfahrung gegründet und in drei Abteilungen vorgetragen. – Das musikalisch Hörbare erscheint uns: *organisch* (subjektiv), *mechanisch* (gemischt), *mathematisch* (objektiv). Alles dreies fällt zuletzt wieder zusammen, bequem durch die Kraft des Künstlers, schwerer durch wissenschaftliche Darstellung.

Organisch (Subjektiv).

Indem sich aus und an dem Menschen selbst die Tonwelt offenbaret,

hervortritt in der *Stimme*,	zurückkehrt durchs *Ohr*,	aufregend zur Begleitung den *ganzen Körper*

und eine *sinnlich-sittliche Begeisterung* und eine *Ausbildung des innern und äußern Sinnes* bestimmend.

Gesangslehre.

Der Gesang ist völlig produktiv an sich. – Naturell des äußern und Genie des innern Sinnes werden durchaus gefordert.

Bruststimme.

Die an Höhe und Tiefe verschiedenen Stimmen sind von unten hinauf: *Baß, Tenor, Alt, Diskant.* – Jede Stimme ist als Ganzes anzusehen. – Jede enthält eine Oktave und etwas drüber. – Sie greifen übereinander. – Machen zusammen zirka drei Oktaven. Sie sind unter die beiden Geschlechter verteilt. Daher die Bedeutsamkeit der *Pubertät*, der daher entspringenden *Mutation*, welche durch *Kastration* verhindert werden kann.

Register,

das heißt: Grenze der Bruststimme.

Kopfstimme.

Übergang ins Mechanische.

Verarbeitung beider in Eins.

Detail der Organisation von Brust und Kehle.

Zugabe von den Stimmen der Tiere, besonders der Vögel.

Akustik.

Empfänglichkeit des Ohres. Scheinbare Passivität und Adiaphorie desselben (Indifferenz). – Gegen das Auge betrachtet, ist das Hören ein stummer Sinn. – Nur der Teil eines Sinnes. Dem Ohr müssen wir jedoch als einem hohen organischen Wesen *Gegenwirkung* und *Forderung* zuschreiben; wodurch der Sinn ganz allein fähig wird, das ihm von außen Gebrachte aufzunehmen und zu fassen. Doch ist bei dem Ohr die Leitung noch immer besonders zu betrachten, welche durchaus erregend und produktiv wirkt. Die Produktivität der Stimme wird dadurch geweckt, angeregt, erhöht und vermannigfaltigt. Der ganze Körper wird angeregt.

Rhythmik.

Der ganze Körper wird angeregt zum Schritt (Marsch), zum Sprung (Tanz und Geberdung). Alle organische Bewegungen manifestieren sich durch Diastolen und Systolen.

Ein anderes ist den Fuß aufheben, ein anderes ihn niedersetzen.

Hier erscheint Gewicht und Gegengewicht der Rhythmik.

Arsis, Aufschlag.

Thesis, Niederschlag.

Taktarten: gleiche; ungleiche.

Diese Bewegungen können für sich betrachtet werden; doch verbinden sie sich notwendig und schnell mit der Modulation.

Mechanisch (Gemischt).

Gesetzlicher Ton durch verschiedene Mittel hervorgebracht.

Instrumente.

Materie. Timbre derselben, Reinheit, Elastizität.

Form. Natürlich-Organisch. Künstlich. –

Metall, Holz, Glas.

Röhren, Längen, Flächen.

Erschütterungsart. Einhauchen, Streichen.

In die Quere, in die Länge.

Anschlagen. Verhältnis zum Mathematischen.

Die Instrumente entspringen durch die Einsicht in die Maß- und Zahlverhältnisse und vermehren diese Einsicht durch Vermannigfaltigung.

Entdeckung andrer Naturverhältnisse der Töne, als durchs Monochord.

Verhältnis zur Menschenstimme.

Sie sind ein Surrogat derselben. Sie stehen unter derselben. Werden aber ihr gleichgehoben durch gefühlte und geistreiche Behandlung.

Mathematisch (Objektiv).

Indem an den einfachsten Körpern außer uns die ersten Elemente des Tons dargestellt und auf Zahl- und Maßverhältnisse reduziert werden.

Monochord.

Mitklingen der harmonischen Töne. – Verschiedene Vorstellungsarten, wie es zugehe. – Sympathetisches Mitschwingen. – Mechanisches Mitschwingen. – Organische Forderung und subjektives Erregen des Mitklingens.

Objektiver Beweis rückwärts durch Mitklingen in jenen Verhältnissen gestimmter Saiten.

Gründung der einfachsten Tonverhältnisse. – Diatonische Tonleiter. – Forderung in der Natur auf diesem Wege nicht zu befriedigen.

Gegebenes in der Erfahrung, auf diesem Wege nicht zu gründen und darzustellen.

Hindeutung auf den Mollton. Er entspringt nicht durch das erste Mitklingen. Er manifestiert sich in weniger faßlichen Zahl- und Maßverhältnissen und ist doch ganz der menschlichen Natur gemäß, ja gemäßer als jene erste faßliche Tonart.

Objektiver Beweis rückwärts durch Mitklingen in diesem aus der Erfahrung genommenen Ton gestimmter Saiten. (So gibt der Grundton C hinaufwärts die Harmonie von C-Dur, herabwärts die Harmonie von F-Moll.)

Dur- und Mollton als die Polarität der Tonlehre. – Erstes Prinzip der beiden. Der Durton entspringt durch Steigen, durch eine Beschleunigung nach oben, durch eine Erweiterung aller Intervalle hinaufwärts. – Der Mollton entspringt durchs Fallen, Beschleunigung hinabwärts, Erweiterung der Intervalle nach unten.

(Die Mollskala hinaufwärts muß sich zu Dur machen.) – Ausführung jenes Gegensatzes als des Grundes der ganzen Musik.

(Ursprung und Notwendigkeit des subsemitonium modi beim Steigen und der kleinen Terz beim Fallen.)

Verbindung beider modi durch die Dominante und Tonika. – (Die erste muß immer Dur sein. Frage, ob die zweite immer Moll sein sollte.)

Ursprung der Arsis und Thesis in der ganzen Bewegung auf diesem Wege, also auch der körperlichen Mitwirkung und der Rhythmik.

Kunstbehandlung.

Beschränkung der Oktave. Identisches Aneinanderreihen derselben. – Bestimmung der Tonverhältnisse. Mit der Natur und gegen dieselbe.	Abrunden und Nebulistisieren der Töne, um mehrere Tonarten nebeneinander zu haben und eine wie die andere zu behandeln.	Singschule. Übung nach Einsicht des Leichtern und Schwerern, des Fundamentalen und Abgeleiteten. – Eingreifen des Genies, Talents, und Gebrauch alles Vorhergesagten als Stoffs und Werkzeuges.

Verbindung mit der Sprache beim Gesang überhaupt, besonders beim canto fermo, Rezitativ und quasi-parlando.

Scheidung von der Sprache durch eine Art Register und Übergang zu derselben und also zu Vernunft (Verstand).

Schall (Geräusch). Übergang ins Formlose, Zufällige.

526. *An Zelter*

Hier, mein Bester, das Neuste vom Tage, ja von der Stunde! Soeben wird das Gedicht sprachweise vorgetragen, wir möchten's nachher aber auch gerne singen.

Dem Rhythmus nach geht's wohl auf Thaers Gesang, doch möchte der wichtigere Gehalt auch einen ernstern Griff sich verdienen. Dies sei Dir anheimgestellt.

Mit herzlichen Grüßen und Wünschen.

Weimar, den 15. September 1826. G.

[Beilage]

Dem glücklich-bereichert Wiederkehrenden, ihrem
Durchlauchtigsten Bruder
Herren Karl Bernhard,
Herzog von Sachsen-Weimar-Eisenach Hoheit,
die verbundenen Brüder der Loge Amalia zu Weimar.

Das Segel steigt, das Segel schwillt!
Der Jüngling hat's geträumt;
Nun ist des Mannes Wunsch erfüllt,
Noch ist ihm nichts versäumt.
So geht es in die Weite fort
Durch Wellenschaum und Strauß;
Kaum sieht er sich am fremden Ort,
Und gleich ist er zu Haus.

Da summt es wie ein Bienenschwarm,
Man baut, man trägt herein;
Des morgens war es leer und arm,
Um abends reich zu sein.
Geregelt wird der Flüsse Lauf
Durch kaum bewohntes Land,
Der Felsen steigt zur Wohnung auf,
Als Garten blüht's im Sand.

Der *Reisefürst* begrüßt sodann,
Entschlossen und gelind,
Als Bruder jeden Ehrenmann,
Als Vater jedes Kind;
Empfindet, wie so schön es sei
Im frischen Gottesreich;
Er fühlt sich mit dem Wackern frei
Und sich dem Besten gleich.

Scharfsichtig, Land und Städte so
Weiß er sich zu beschaun,
Gesellig auch, im Tanze froh,
Willkommen schönen Fraun;
Den Kriegern ist er zugewöhnt,
Mit Schlacht und Sieg vertraut,
Und ernst und ehrenvoll ertönt
Kanonendonner laut.

Er fühlt des edlen Landes Glück,
Ihm eignet er sich an
Und hat bis heute manchen Blick
Hinüberwärts getan.
Dem aber sei nun, wie's auch sei,
Er wohnt in *unserm* Schoß! –
Die Erde wird durch Liebe frei,
Durch Taten wird sie groß.

527. *An Goethe*

Sonntag, 1. Oktober 1826.

Herr v. Schiller, der soeben von mir geht, will, morgen abreisend, etwas mit sich nehmen; so beeile ich mich, das Liedchen ins Reine zu bringen.

Der Notenschreiber mag die folgenden Strophen den ausgeschriebenen Stimmen unterlegen.

Beim Vortrage möge eine Strophe um die andere von einzelnen Stimmen (Soli) gesungen werden, damit einige Abwechselung stattfinde. Es ist eigentlich für Deine Choristen gemacht, um vor Deinem Hause gesungen zu werden, und so mag sich das Stückchen in den Plätzen von Weimar auch nach andern Freunden umtun. Lebe wohl!

Dein

Z.

Fräulein Ulrike ist glücklich zurückgekommen, hat gut gesehen und erzählt gar wacker. Dabei fällt mir aber auf, daß es eine sehr gewöhnliche prosaische Sache sei, in Berlin anzukommen, überall herumzugehen und manches Interessante zu besuchen, im Theater sich das Wunderlichste vorgaukeln zu lassen und in der Singakademie die höchste, gründlichste Freude zu genießen. Indessen erscheint mir das alles als ein Märchen. Erhalte mir durch Freundes Anteil das Gefühl vom Wahrsten.

Das Liederheftchen ist höchst merkwürdig und an Deinem Urteil wäre nicht zu mäkeln; ich finde es ganz gemäß, ich denke, die Freunde werden es auch so finden. Die Einleitung war mir lieb und wert; wer mag sich nicht gern in einem wohlwollenden Spiegel beschauen? Nenne mir den Verfasser und danke schönstens.

Was mein Verhältnis zum deutschen Theater betrifft, wollt' ich wohl zum nächsten Montag, vor oder nach dem 28., als Konfession stiften, wenn jener Freund von seiner Seite die Forderungen, die man an mich hätte machen können, aufstellte; wir tauschten die Aufsätze alsdann aus, und es würde hübsche Aufklärungen geben.

Grillparzer ist ein angenehmer wohlgefälliger Mann; ein angebornes poetisches Talent darf man ihm wohl zuschreiben; wohin es langt und wie es ausreicht, will ich nicht sagen. Daß er in unserem freien Leben etwas gedrückt erschien, ist natürlich.

Der Bezug von Madame Schröder zur Medea hat mir eingeleuchtet. Für den freundlichen Brief der Madame Milder danke zum schönsten. Wenn Herr Geheime Rat Beuth mir die gefällig zugesagten Basreliefe sendet, werd' ich solche höchst dankbar annehmen. Am sichersten geschieht es durch den Fuhrmann, wohlgepackt, vielleicht auch durch die fahrende Post, auf jede Weise unfrankiert.

Und also auch eine großväterliche Kollegenschaft! welche zu Heil und Frommen gereichen möge!

Versäume ja nicht, zu der übersendeten Tabelle schriftlich zu weissagen. Du siehst ihr den Ernst an, wie ich dieses ungeheure Reich wenigstens für die Kenntnis zu umgrenzen gesucht habe.

Jedes Kapitel, jeder Paragraph deutet auf etwas Prägnantes; die Methode des Aufstellens kann man gelten lassen, sie war von mir gewählt, weil ich sie der Form nach meiner Farbenlehre anzuähnlichen gedachte. Noch manches andere hatte ich vor, das aber bei dem velociferischen Leben seitwärts zurückblieb.

Man sollte sich bei Zeiten sagen, daß alles zu vermeiden rätlich ist, was man sich nicht im Genuß aneignen oder produktiv, sich selbst und andern zur Freude, betätigen kann.

Nun aber geben mir solche im Vorbeieilen flüchtig angelegte Versuche mehr als billig Mühe, jetzt da ich zu meiner neuen Ausgabe gern manche Einzelnheiten und Entwürfe, die nicht unwert sind, möchte zurechtstellen und einrücken; es ist schwer, ein früher Gedachtes dem Ausdruck nach gelten zu lassen, man möcht' es immer gleich umsprechen und umschreiben, das geht auch wieder nicht. Dir ist gewiß der Fall bei wiederaufgenommenen früheren Kompositionen vorgekommen.

Nun aber will ich noch in Eile Dich freundlich ersucht haben, dem trefflichen tätigen Felix schönstens zu danken für das herrliche Exemplar ernster ästhetischer Studien; seine Arbeit sowie die seines Meisters soll den Weimarischen Kunstfreunden in den nächst zu erwartenden langen Winterabenden eine belehrende Unterhaltung sein.

Auch haben eben diese Freunde die Festlieder näher betrachtet, und da bleibt denn Dein Ausspruch völlig unangefochten; auch wollen sie versuchen, den übrigen, ungenannten, etwas charakter- und verdienstgemäßes auszusprechen.

Und so den allerschönsten Dank für das durch Schiller gesendete Lied. Ich hoffe, daß nach und nach [durch] solche Beihülfe meine Umgebung wieder tonselig werden wird.

Durch unsere Zurückkommenden hab' ich von Dir, Deinem neuen Wohn- und Sanghause das Nähere vernommen; ich wiederhole, daß mich Herr Geheime Rat Beuth durch einige Gipssendung sehr glücklich machen wird, und ich zehre gar lange an etwas der Art.

Von neuen Restaurations- und Wiederbelebungsversuchen in diesem Fache nächstens. So auch Euripidisches.

Gott erhalt' uns im Alten und beim Alten!

Weimar, den 11. Oktober 1826. G.

529. *An Zelter*

Hierbei ein freundliches Wort unsrer Kunstliebenden dahier; mögen es die dortigen leicht und heiter nehmen, wie es gegeben ist. Nenne mir den Verfasser der Einleitung, vielleicht auch der übrigen Dichtenden.

Da ich unter meinen Papieren krame, um das Mitteilbare zu sondern, kommt es mir gar seltsam vor, daß die Wohlwollenden mich besser kennen als ich mich selbst und daß ich ihnen kaum was Neues zu sagen habe; denn was ich früher für mich behielt, hat sich schon von selbst, in Gefolg von Zeit und großen Wirkungen, entwickelt und ergeben. Doch werde ich den Vorteil benutzen, über manches aufrichtiger zu sein, wie man es wohl in der Masse vermischter Aufsätze, gleichsam außer der Zeit, eher wagen darf, als wenn man einzeln, am laufenden Tage etwas ins Publikum bringt, was den Leuten vor die Köpfe fährt und womit sie nicht zu gebaren wissen.

Das Bild eines recht lebendigen Weltlebens ist übrigens in dieser letzten Zeit in meine Klause gekommen, das mich sehr unterhält: das Journal des Herzog Bernhard von Weimar, der im April 1825 von Gent abreiste und vor kurzem erst wieder bei uns eintraf. Es ist ununterbrochen geschrieben, und da ihn sein Stand, seine Denkweise, sein Betragen in die höchsten Regionen der Gesellschaft einführten, er sich in den mittlern Zuständen behagte und die geringsten nicht verschmähte, so wird man auf eine sehr angenehme Weise durch die mannigfaltigsten Lagen durchgeführt, welche unmittelbar anzuschauen mir wenigstens von großer Bedeutung war.

Und soviel für diesmal, damit der Brief heute noch auf die Post komme. Gar manches bleibt zu sagen und mitzuteilen, wozu ich mir baldige freundliche Anregung erbitte.

Und so für immer und ewig!

Weimar, den 22. Oktober 1826. G.

[Beilage]

Das
Goethefest in Berlin,
gefeiert
von der Mittwochsgesellschaft
am 28. August 1826.

Diese Liedersammlung ist ebenso mannigfaltig als charakteristisch, sowohl in Bezug auf den Gegenstand, indem sie verschiedene Seiten desselben hervorhebt, als in Absicht des Tons, den sie anstimmt und der vom Feierlichen durch das Innige, Gemütliche bis ins Heitere und Scherzhafte sich herabläßt und aus diesem sich wieder zu Ernst, Würde und Feier erhebt.

Die einleitende Rede beginnt mit gutem Humor, der nur zu spielen und zu scherzen scheint und doch bedeutende

Wahrheiten ausspricht und sich so den Übergang zu einer neu angestellten Betrachtung über die *kritische* Eigenschaft des Dichters und hiermit zu einem frischen Lobe desselben in der Anerkennung seiner Selbstbeherrschung zu bahnen weiß.

No. 1. Als Aufruf zur Feier, würdig-feierlich, tüchtig selbst.

No. 2. Nähere Bezeichnung des Gegenstandes in seiner allgemeinsten Charakteristik.

No. 3. Zarte Veneration einer Solostimme.

No. 4. Erkennt das Glückliche im Mißgeschick und fühlt sich dankbar angeregt in dem Besitz des Einzigen.

No. 5. Gemütlich, im Tone des Goethe'schen Liedes: »In allen guten Stunden.«

No. 6. Odenartig, feierlich, mysteriös, eine lebendige Galerie der Werke des Dichters vorführend.

No. 7. Innig. Indirektes Lob des Dichters im Lobe der Natur.

No. 8. Ist eine Art Pendant zu No. 6: wie jenes mystisch, so dieses rätselhaft, in einem altdeutschen Meistertone, nicht ohne satirischen Anklang.

No. 9. In dem Tone fortfahrend und ihn ins Heitere wendend.

No. 10. Die Heiterkeit in Zuversicht ausgehend.

No. 11. Innig, gefühlvoll bis zum Galanten, ins Heitere auslaufend und nochmals eine Bildergalerie von Goethe'schen Produktionen aufstellend.

No. 12. Groß, prächtig in Bild und Klang, alles Frühere zusammenfassend und zu einem Kranze verbindend.

1827

530. *An Zelter*

Gleich nach dem neuen Jahr, mein Teuerster, werde ich zu der Frage veranlaßt, ob Du nicht etwa Zeit hättest, eine kleine Reise vorzunehmen, wo es auch in die Welt hin wäre. Zu diesem wunderlichen Ansinnen ward ich gestern abend aufgefordert, als ich mit Riemer Deine allerliebste Relation von Baden, Wien, Prag und so weiter durchlas und wir uns daran höchlich ergötzten. Es geht daraus hervor, daß Du niemals liebenswürdiger und mitteilender bist als unterwegs; jetzt aber, da Du den Musen einen Palast und Dir einen würdigen Aufenthalt gründest, so schweigst Du und scheinst von der auswärtigen Freundeswelt nicht viel zu wissen.

Ich kann dagegen vertrauen, daß es mir diese Tage her sehr wohl gegangen ist, indem Herr v. Humboldt länger, als ich hoffen dürfen, bei uns verweilte und Gelegenheit gab, eine vieljährige Lücke vertraulicher Unterhaltung auf das allerschönste auszufüllen. Mancherlei anderes Gute will ich nicht artikulieren.

Nächstens sende an Doris eine Anzahl Medaillen, mit Adressen versehen, nach welchen sie auszuteilen bitte.

Ein Stück »Kunst und Altertum« ist im Druck, bei dessen Ausfüllung und Besorgung ich gern im Sinne habe, daß es Dir auch Nachdenken erwecken und Freude machen werde.

Herr Geheime Finanzrat Beuth hat mir eine kostbare Sendung alter und neuer Kunstwerke zugesandt, an denen ich mich immerfort erbaue. Hast Du irgend eine Gelegenheit, ihm darüber das Freundlichste zu sagen, so versäume sie nicht. Ich habe ihm zwar schönstens gedankt, wenn ich aber mit Worten aussprechen wollte, wieviel mir dergleichen Mitteilungen wert sind, so würde ich zu übertreiben scheinen; denn wenn sich der Berg nicht entschlösse, zum Propheten zu kommen, so würde mir in meiner Zelle nur wenig Kunstgenuß zugute gehen. Das große Kupfer nach Gérard: »Ein[t]ritt Heinrichs IV. in Paris« ist auch diese Tage zu mir gekommen und muß vorzüglich beachtet werden als der Gipfel dessen, was Malerei und Stichkunst in unsern Tagen vereinigt unternehmen und leisten.

Übrigens begreife ich wohl, daß Du in dem jetzigen Augenblicke höchst beschäftigt bist; laß Dich aber durch Gegenwärtiges aufregen, Blick und Wort auch zu mir herüberzuwenden. Besonders will ich Dich bitten, daß Du in der Verwirrung des Aus- und Umzugs die musikalische Tabelle nicht lassest verloren gehen. Ich bin auf einige sehr hübsche Gedanken geführt worden, wodurch sich für mich die Angelegenheit gar lieblich abrundet; ob sie andern auch gemäß sind, wird die endliche Mitteilung ausweisen.

Im Ganzen, soviel mir möglich ist, ziehe ich Latus für Latus summarisch zusammen, aufgefordert durch die übernommene schwere Pflicht meiner neuen Ausgabe; doch hat sich im vergangenen Jahre schon vieles besser gemacht, als ich denken konnte. Die äußere Ungunst der Ereignisse habe ich durch innere Beharrlichkeit überwunden, und wenn das laufende mich nur einigermaßen schalten und walten läßt, so führe ich alles dahin, wo ich wünsche. Professor Riemer, Göttling, Eckermann greifen tätig und geistreich ein. Noch ein Dutzend Monate hin, so wird mein Testament nicht weitläufiger zu sein brauchen als das des Evangelisten Johannes. Womit ich denn auf das schönste und beste zu leben wünsche.

Und so fürder

Weimar, den 9. Januar 1827. G.

Beikommender Nekrolog wird Dich gewiß erbauen. Du weißt selbst, was es heißt, eine wichtige Anstalt gründen und sie viele Jahre in zunehmendem Leben aufrecht erhalten; auch ist wohl in Deiner Umgebung mancher Ehrenmann, dem das Blättchen Freude macht.

Die Medaillen an Doris gehen mit der heutigen fahrenden Post ab; grüße sie schönstens und sage ihr, daß sie mir doch auch ein Wort schreiben möchte.

531. *An Goethe*

Gegen Deine Tabelle und ihre Aufstellungsmethode wüßte ich nichts einzuwenden, sie ist ganz nach meinem Sinne.

Die Kunst ist unendlich; soll sie zur Wissenschaft, soll sie gelehret werden, so muß sie beschränkt (verendlicht) werden.

Das ist nun wohl bis jetzt geschehen, da man nicht anders kann. Man hat einen Grundton angenommen, doch der Begriff davon in alten und neuen Lehrbüchern war konfuse genug. Man hat die Töne Intervalle (Verhältnisse) genannt, die Prime aber (der Grundton) sollte kein Intervall sein, als wenn das Verhältnis 2 : 1 nicht eben sowohl ein Verhältnis wäre wie 1 : 2.

Türk selbst wollte sich hierin nicht finden. Er blieb dabei, die Verhältnisse (die Zahlen) entsprängen erst aus der Teilung des Ganzen, und konnte nicht innewerden, daß das Ganze (der zu teilende Erste Ton) schon ein vom Unendlichen abgesondertes Endliches sei. Und als ich ihm sagte: Gleiches müsse vom Gleichen kommen, der Ton vom Tone, der Mensch vom Menschen, ja eine Katze könne soviel Mäuse essen, als sie wolle, sie werde keine Maus wieder von sich geben, so schien er's übelzunehmen. – Die neuern Theoristen sind alle noch geringer als Türk, mit denen jedoch Chladni nicht zu verwechseln ist.

Den 22. Janur 1827. Der Maler Ternite, den ich von Jugend an kenne, hat antike Gemälde in Pompeji durchgezeichnet und, wie mir scheinen will, nicht ungeschickt.

Hiesige Künstler von Bedeutung wollen diesen freilich leichtsinnigen Menschen kaum gelten lassen, doch ist er fleißig; der König beschäftigt ihn viel, und ich habe ihm eingegeben, seine antiken Kopialien an Dich zu bringen. Nun will sie sein Gönner, der General v. Müffling, mit nach Weimar nehmen, und die Sachen, denk' ich, möchten Dir schon darum interessant sein, weil sie, nach seiner Behauptung, weit richtiger abgenommen sind als die bereits vorhandenen Kupferstiche.

Deinen Dank an Geheimen Rat Beuth habe bestellt, und er freut sich, Dir angenehm geworden zu sein.

Nun will ich denn gestehn, daß der Anfang dieses Blatts schon manche 4 Wochen (seit Ende Oktober) daliegt. Ich habe 4 finstere verdrießliche Monate hinter mir, und heut ist 12 Grad Kälte. Mein Herz hat sich wie ein Dachs ins Winterquartier versteckt und will nur mit längern Tagen wieder ans Licht kommen; an Augenschmerzen hat's auch nicht gefehlt.

Die Medaillen sind richtig eingegangen und von Doris an die bestimmten Personen abgegeben. Die Tabelle ist gut aufgehoben und vor meinen täglichen Augen aufgestellt. Das Lehrgebäude steht auf guten Säulen, will aber auch perlustriert sein, da man bei architektonischer Betrachtung sich auch seiner selbst mehr oder weniger zu entäußern hat und besonders in solchen Tagen, da Wissenschaft und Kunst (welche getrennt ein pures Nichts sind) mehr und mehr in kritische Gleichgültigkeit übergehn.

Seit dem 2. Januar ist unsere Singakademie in das neue Gebäude still eingetreten und probiert sich seitdem die bequemsten Stellungen aus. Der Klang ist gut, ja Chladni, der eben hier war, findet ihn vorzüglich. Dazu ist noch nichts *ganz* fertig; die Türen waren bis heut noch nicht alle angeschlagen; die Sitze sind noch nicht fertig, und der Geruch der verschiedenen Farben in einem ganz neuen Gebäude ist auch nicht abzutun, bis jeder von uns sein Teil wird aufgerochen haben, womit denn aber eine bisherige Miete von 600 rh. für das Jahr erspart und damit ein Zins von 12 000 rh. gedeckt wird. Man wird noch einen schweren Stand bekommen, da das Haus auf Aktien gebaut ist und viel über den Anschlag geht; doch steht es da, und der letzte, ganz ungeheure Sturmwind, der die halbe Stadt und besonders ganz neue Gebäude abgedeckt hat, ist so gnädig gewesen, neben der Singakademie herumzugehn. Mein Einzug soll Ende März stattfinden, und ich finde vieles zu schaffen, da ich einmal wieder anfangen muß, ein neues Handwerk zu lernen, wovon sich keiner einen Begriff machen will.

Hast Du's mir vergeben, wenn ich Dir wohl zweimal in einer Woche schrieb, so sieh auch nach, wenn ich faul erscheine. Es fehlt weder an Materie noch am Wollen, und habe ich den ganzen Tag die Feder in der Hand. Ein Schreiben an Dich will seinen guten Tag haben, und Federkäuen hab' ich nicht gelernt.

Den 23. Heut ist Dienstag. Der Kronprinz mit seiner Gemahlin und die andern Königlichen Prinzen wollen heute die Singakademie besuchen, und wenn man auch sonst wohl vorbereitet wäre, das heißt: in der Hauptsache, so wünscht man denn auch das Gebäude mit seiner Gelegenheit zu durchmustern, wo denn noch so manches fehlt, das zu vollenden die kurzen kalten Tage verhindert haben.

Dein letzter Brief vom 9. dieses, den ich schon am 12. erhalten habe, macht mir die größte Freude. Sehe ich Dich in Bewegung, so erwache ich vom tiefsten Schlafe, der manchmal ganz unnatürlich natürlich ist.

Die Einlage wird Dir Deine Fragen beantworten, und so lebe und liebe

Deinen

Z.

532. *An Goethe*

Freitag, den 2. Februar 1827.

Damit die Korrespondenz wieder in Fluß gerate, so will ich vors erste sagen, daß Geheimer Regierungsrat Streckfuß mich seinen Brief von Dir lesen lassen, und ich habe ihm den »Swarto« (von Deiner Hand geschrieben) zur Abschrift gegeben. Meine Noten dazu liegen längst fertig, und habe nicht dazu kommen können, sie noch einmal anzusehn. Es eignet sich alles vollkommen zu einer gesungenen Rezitation. Dieselbe Bemerkung habe schon früher an den Calderon'schen Theaterstücken gemacht, ja indem ich die »Tochter der Luft« eben wieder und zwar zweimal nacheinander gelesen habe, finde ich Rezitativ, Arie, Duett, Trio und jede Art von Ensembleformen ganz deutlich angegeben; man dürfte nur zugreifen, wer es in Musik setzen wollte.

Deine Medaillen sind sogleich an ihre Behörden ausgeliefert worden. Langermann hast Du wohl vergessen; er hat sich ziemlich heiter durch den Winter geholfen, und auch Dr. Seebeck, den ich gestern bei ihm fand, ist jetzt sehr gut auf den Beinen.

Von Rechts wegen mußt Du eben jetzt ein lustiges Leben führen, da unsere Prinzen diese Woche zu euch hin abgegangen sind. General v. Müffling hat Dir ja wohl die Kopieen nach antiken Wandgemälden schon abgegeben; Du bist wohl so gut, mir ein Wort darüber zu sagen (geradezu), wie Du sie findest. Das wünsche ich darum, weil Schinkel sie will bewundert haben und Hirt, der freilich alles besser, wenigstens anders weiß, behauptet, die Originale hätten an sich keinen Wert.

Wieder auf die »Tochter der Luft« zu kommen, so haben wir eben ein neues Trauerspiel dieses Namens von Raupach. Hätte ich viel von diesem Dichter gekannt, so würde ich sagen, es sei sein bestes, denn die drei ersten Akte haben mir wohlgefallen. Er hat beide Stücke in fünf Akte gebracht und sich dennoch verlaufen. Semiramis ist das Beste, was man von Madame Stich sehn kann; die Rolle ist ihr aufgemessen. Dabei ist der Charakter der Heldin geschont. Ninus will ihrer enthoben sein; sie aber ergreift den ihr nicht bestimmten Becher, und Ninus vergiftet sich selber.

Unser Karneval ist still angegangen, und so will ich denn damit schließen. Sonnabend, den 3. Februar 1827. Z.

533. *An Zelter*

Eiligst will ich nur sagen, mein Allerbester, daß mich Dein letzter Brief ganz eigentlich beruhigt hat; denn wenn ich gleich wegen unseres Innersten ganz gewiß und sicher bin, so will mir doch ein äußeres Lieb- und Gnadenzeichen ganz unentbehrlich bleiben.

Nun kommt auch Dein zweiter Brief, und ich säume nicht zu sagen, daß es mir die Zeit her ganz wohl gegangen; mein Befinden war leidlich, so daß ich die mir zugedachten Besuche mit guter Behaglichkeit verehren und genießen konnte. Von Ihro Königlichen Hoheit dem Kronprinzen sage mit wenigem, daß er auf mich einen vollkommen angenehmgünstigen Eindruck gemacht und mir den Wunsch hinterlassen hat, ihn früher gekannt zu haben und länger zu kennen. Die drei Herren Gebrüder, von meinem Fürsten mir zugeführt, sah ich mit Freude und Bewunderung; man kann einem Könige Glück wünschen, drei so verschiedenartig wohlgebildete Söhne (mit einem vierten, den ich noch nicht kenne) vor sich heranwachsen zu sehen. Sie haben ein ganz frisches Leben in unsern Zirkel gebracht, und das Behagen unseres Großherzogs an ihnen und an dem neueingeleiteten Verhältnis war nur mit Rührung anzusehen.

Über die pompejanischen Gemälde vernimm hier der

Weimarischen Kunstfreunde redliches Glaubensbekenntnis:

Es sind ganz unschätzbare Dokumente des Altertums, an und vor sich und in historischer Rücksicht aller Betrachtung wert. Wie hoch wir sie schätzen und wie sehr wir Herrn Ternite Glück wünschen, dieses Goldne Vließ geholt zu haben, werden wir in »Kunst und Altertum« ganz unbewunden aussprechen. Erfreulich ist's, mit Herrn Schinkel hierüber zusammenzutreffen, und mit Herrn Hirt hegen wir schon seit 40 Jahren die redlichste Freundschaft bei oftmaliger verschiedener Meinung.

Gib etwa mit meinem schönsten Gruße Dein Exemplar der Medaille an Langermann, ich erstatte sie Dir, und wenn Du sonst noch jemand weißt, so stehen deren noch einige zu Diensten.

Die »Tochter der Luft« ist ein grandioses Werk! Wie halten sie's denn in Berlin? Denn im Original ist die Absicht, daß Semiramis und Ninus von Einer Schauspielerin gespielt werden. Hat man das verändert, so ist der blaue Duft von der Pflaume abgewischt. Übrigens ist auf so eine Person wie Madame Stich, an deren Persönlichkeit und Talent man nichts auszusetzen wüßte, in diesen und in mehreren spanischen Stücken ausdrücklich gerechnet.

Und so fort und fort

Weimar, den 6. Februar 1827. G.

Fast aber, wie es zu gehen pflegt, hätte ich bald einen Hauptpunkt vergessen, daß Ihro Königliche Hoheit der Kronprinz mir von Deiner musikalischen Aufführung im neuen Saal gesprochen; er schien mit dem neuen Lokal zufrieden, sprach von Deiner Anstalt mit Teilnahme und bemerkte, die Anzahl der Zuhörer sei sehr groß gewesen. Sage mir auch von Deiner Seite etwas von dieser gesegneten Einweihung.

Wie oben und immer

G.

534. *An Goethe*

Mittwoch, 7. Februar 1827.

Ein eigenes Behagen wird mir, wenn Deines 5. Teils 2. Abteilung »Aus meinem Leben« mir zufällig stets wieder und wieder in die Hand kommt, darin ergötzlich fortgelesen wird und der lockere Stil immer tiefer wurzelt. Bei den letzten Zeilen der 105. Seite mußte ich heute hoch auflachen, und Rosamunde kommt und fragt: »Vater, ich glaubte, du hättest das Zimmer voll Leute bei dir.« »So ging es, so geht es noch heute«: von einem Pole zum andern, und inmitten vor unsern Füßen liegt die Vernunft.

In den letzten (trüben) Tagen habe meist Französisch gelesen: Mignet, »Histoire de la révolution française«, Ségur und seinen Widerleger Gourgaud, »Mémoires du général Rapp«, Fleury de Chaboulon, »Mémoires de Napoléon écrits à Sainte Hélène« und anderes. Man hat so manches erlebt und selber gesehn, es ist aber belehrend, mit wie vielerlei Augen das Nämliche gesehn worden, und oft kann ich mich wundern, wie meine ungelehrten Augen gewisse Dinge von Anfang an in ihren jetzigen Folgen im voraus erkannten, wenn mir Alleswissende über das Maul fuhren.

Vor dem Schlafengehn lese einen oder andern Artikel des Dictionnaire de Bayle wieder, nicht ohne Betrachtung und Vergleichung einer Vorzeit von 150 Jahren.

Meine schöne Ausgabe vom Jahre 1740 hat mir ein Freund abgeborgt und – vergessen wiederzugeben, wenn nicht gar zum Heil meiner Seele. Nun muß ich mich selber mit Borgen behelfen, und mag mir schon recht geschehn. Wer Gutes lesen will, muß es auch kaufen und behalten wollen, am wenigsten ausleihen.

Freitag. Eben kommt Dein Brief, der mehr als Eine Freude enthält, und der Ternite, welchen ich diesen Mittag deswegen zu mir lade, schenkt mir vor Jubel die halbe Mahlzeit.

Sonnabend. Fast ginge mir's wie Dir, indem ich den auf der letzten Seite Deines Briefes befindlichen Appendix eben zum ersten Male lese. Allerdinge sind diese hohen Herren am 23. Januar in der Singakademie gewesen und haben sich aufs gnädigste über alles geäußert, wiewohl das Gebäude noch immer nicht so weit fertig ist, um *solche* Gäste verehrend genug zu begrüßen. Da sie indessen nach Weimar gehn wollten und voraussetzen durften, bei euch eine Teilnahme an dieser jetzt weitbekannten Einrichtung zu finden, so mußten sie es wenigstens kurz vorher gesehn und gehört haben. Von andern *Zuhörern* als diesen Personen unserer Königlichen Familie kann jedoch keine Rede sein, vielmehr waren es lauter Mitglieder der Singakademie und an diesem Tage 209 Personen (ohne mich) stark, was ich genau wissen kann, da jeden Dienstag die Anwesenden *namentlich* aufgeschrieben werden. In gewissen Dingen kann man schon zufrieden sein, wenn solche höchste und allerhöchste Mächte, die des Guten vielerlei um sich sehn, wenn auch nicht entgegenkommend, nur nicht entgegenseiend sich verhalten. Das Rechte an sich selbst hat immer eine gewisse Würde und braucht sich nur darinne zu bescheiden, um fortzubestehn, und was uns anlangt, so könnte man schon in der allgemeinen Wirkung einige Befriedigung finden, wiewohl ungeschickte Hände auch hier verderben, was in seiner Intention und Folge gewiß nicht verwerflich war. Muß ich mir (ich mag wollen oder nicht) sagen, daß die Sache an mich umschlingend herangewachsen ist, wie ich mit Fasch aus eigenen Mitteln arbeitete, so tritt nun der Geldbedarf ein, wodurch die Sache weltlich-vornehm wird, und da geht wohl eine Stunde in Sorgen unter, der wir uns doch nicht weiter hingeben wollen, da mein Heer immer noch auf gutem vaterländischen Boden mitten unter Freunden steht. Lebe wohl!

Dein

Z.

verte!

Meine Medaille habe bereits an Langermann abgegeben, und Du magst mir dafür bei Gelegenheit eine wiedersenden und, wenn Du kannst, *einige*, die ich den Kindern mitteilen kann; ich habe hübsche Enkel, die nach solchen Dingen schnappen, und an Geburtstagen ist kein Mangel.

Die Zufriedenheit über die Wahl unseres Prinzen Karl ist nicht ordinärer Art und spricht sich in Familienkreisen vernehmlich lutherisch aus. Hat man, was man hat, so hat man auch gern, was man wünscht, und in diesem Sinne laßt uns bleiben, wie wir uns kennen.

Dein

Z.

Der Ternite ist ganz toll vor Freuden, daß Du seiner in »Kunst und Altertum« gedenken willst. Er ist ein leichter Geselle, ich kenne ihn von Jugend an, und eben deswegen wundert's mich selber, daß er sich in Italien so ernsthaft zu beschäftigen wußte. Er hatte auf der letzten Ausstellung Zeichnungen nach Mantegna und einige nach der Natur gemalte Köpfe. Die Sachen zeichneten sich aus, und niemand will glauben, daß sie von ihm selber wären. Das wäre freilich kurios; doch ich möchte den Narren kennen, der für einen Narren so etwas machte, ja ich möchte es selber sein.

535. *An Goethe*

In dieser gehässigen und demoralisierenden Kälte kann man zu nichts gelangen. Das bischen Helle gewährt die dick beschneite Erde, und die Sonne pfeift auf dem letzten Loche. Unter diesen Auspizien hat sich ein Rudel Russen in Begleitung eines Italieners aufgemacht, um bei uns Schutz zu finden.

Sie haben ein Modell der Stadt Petersburg aufgestellt, das

einen Quadratinhalt von zirka 100 Ruten verlangt. Davon haben sie einen Teil in den Sälen der Königlichen Kunstakademie aufgestellt, der für Einen halben Taler für die Person zu besehn ist. Gestern bin ich da gewesen und weiß nicht, was ich sagen soll. Der Fleiß und die Sauberkeit, mit der alles an Festungswerken, Gebäuden und Zubehör bereitet und ausgeführt ist, müssen für den, der die Stadt selbst gesehn hat, interessant sein. Hauptstrom, Kanäle, Bollwerke, Kirchen, Kasernen, Paläste, Straßen und Plätze unterscheiden sich aufs deutlichste an Gestalt und Farbe; sogar Gruppen und einzelne Figuren sind aufs feinste ausgearbeitet. Hat man nun das alles einzeln gesehn und standhaft bewundert, so fragt man wohl nach einem Plane oder einer Karte, um sich zu orientieren, den aber haben die guten Leute in Petersburg gelassen, und nun will ich fragen, ob dergleichen bei uns zu haben ist.

Das Unternehmen an sich hat was Trauriges von Grund aus, so hübsch weiß und grün auch alles bemalt ist. Sechzig Leute haben an diesem Nachbilde 3 Jahre gearbeitet, das auf 10 bis 12 großen vierspännigen Wagen durch die Welt gefahren wird und eine Bedienung notwendig macht, die in keinem Verhältnis zur Einnahme steht. Damit wollen sie nun nach Holland, wo sie nicht Raum finden, ihre Pferde zu lassen, geschweige denn das Werk aufzustellen.

Stellt man sich endlich eine so breite, kostbar bebaute, horizontale Fläche vor, die keine Stunde sicher ist, vom Wasser verschlungen zu werden, so kann einem angst werden. Der Mann hat mich versichert, daß bei der letzten Überschwemmung wirklich die ganze Stadt unter Wasser gestanden und mehr als 5000 Menschen in wenig Stunden ertrunken sind.

Es schneit schon wieder.

Lebe wohl!

Dein

Sonnabend, den 17. Februar 1827. Z.

536. *An Zelter*

Nun ist denn nach mancherlei Festen und Lustbarkeiten, die sich nach und nach ganz glücklich entwickelten, unser junger lieber Bräutigam auch wieder nach Berlin zurückgekehrt, wo denn auch bald unsere wohlgestaltete und wohlgebildete Prinzeß ihre Wohnung aufschlagen wird. Möge das in manchem Sinne wichtige Band gesegnet sein!

Gegenwärtiges schreibe eiligst, um Dich zu ersuchen, mir von Ternites Geburtsort, Leben, Herkommen, Reisen und Studien das Ostensibele zu melden; da wir von seinen Arbeiten sprechen, auch der Durchzeichnung des Fiesole gedenken wollen, so wird es hübsch, ja notwendig sein, wenn dies mit einiger Einleitung geschieht. Eben das Bild von Fiesole hat er, soviel ich mich erinnere, in Paris nachgebildet. Es freut uns, daß wir mit Überzeugung gut von seinen Arbeiten reden können. Auch hat er ja, wie ich höre, die Stelle des Potsdamer Galerieinspektors erhalten, was denn schon eine gar hübsche Pfründe ist.

Bezeichne mir die Stelle, die Dich so hat lachen machen, etwas näher, ich habe sie nicht recht finden können.

Viel Glück zur Einweihung des Hauses! frohe Wohnung in guter Gesundheit wünsche zunächst.

Kannst Du Dich gegen den Herbst einige Wochen losmachen, so wird es beiden heilsam sein; der »Weiße Schwan« begrüßt Dich jederzeit mit offnen Flügeln.

Den Wunsch wegen Ternite befriedige bald, denn wir sind schon an den letzten Bogen des neuen Stücks »Kunst und Altertum«, worin Du mannigfaltiges Hübsche finden wirst.

Manches andere nächstens. Fasanen werden indes angelangt sein; einige Schellfische, Dorsche pp. werden dagegen gewünscht.

Treu angehörig

Weimar, den 18. Februar 1827. Goethe.

537. *An Goethe*

Schönen Dank für die schönen Fasanen, welche, gestern, am 19., frisch und sauber angekommen, den ersten Trost mitbringen, daß eine Kälte von 20 Grad in Mitten Februars auch wohl was Genießbares herführt.

Auch euch sollten schon längst Fische gesendet werden, die Kinder wollen aber durchaus nur solche senden, deren Leben und Gesundheit ihnen ganz offenbar ist.

Mein Felix hat einen Ruf nach Stettin angenommen, um daselbst seine neuesten Arbeiten aufzuführen, und ist am 16. dieses dahin abgegangen. Der Kerl hat am 3. dieses sein 19. Jahr erreicht, und seine Produktionen nehmen an Reife und Eigenheit zu. Seine letzte Oper, die einen ganzen Abend füllt, steht beim Königlichen Theater schon seit länger als Jahr und Tag in der Geburt und kann das Licht nicht erreichen; wogegen manches französische Gemoos oder Gepilz in Szene gesetzt wird und kaum die zweite Vorstellung erlebt. Da wir jung sind und uns sonst alle Vorteile entgegenkommen, um welche sich mancher andere den besten Teil des Lebens abquälen muß, so kann das so sehr nicht schaden, wenn ich nicht zu wünschen hätte, daß er bei seinem Fleiße sobald als möglich über unsere Zeit hinauswüchse, der man doch gefällig sein soll, man mag wollen oder nicht, und das wäre etwa, was ich ihm noch nutzen könnte, wenn ich ihn mehr und mehr auf sich selber zurückweise.

Ternite hat mir für meinen Rat, seine Zeichnungen an Dich zu senden, ein halbes Dutzend Flaschen Lacrymae Christi verehrt, worin wir schon Dein Lebehoch getrunken haben. Auf Ostern müßte ja wohl ein neues Stück von »Kunst und Altertum« erscheinen. Du hast mir wohl sonst Aushängebogen davon gesendet, an welchen ich mit Langermann manche gute Stunde zehre; denn er leidet sehr und von allen Seiten, und daß ihm alles, was ihm und um ihn her geschieht, bei aller Herablassung von obenher, geradezu entgegen ist, kann ihm wenig gutes Blut geben.

Lebe wohl! Doris, die an heftigen Ohrenschmerzen gelitten hat, bessert sich; ich bin gesund und ewig

Dein

Z.

538. *An Goethe*

Mittwoch, 21. Februar 1827.

Wenn Dir dies Blatt zuhanden kommt, mögen hoffentlich die Fischchen schon bei euch angelangt sein, die diesen Mittag frisch und gesund mit der Post abgehn, und so wünsche: Gesegnete Mahlzeit!

Gestern habe wieder einige Akte von Raupachs »Tochter der Luft« gesehn. Zu Beantwortung Deiner Fragen sende einen gedruckten Zettel. Der Ausdruck: »Nach der Idee des Calderon« scheint mir von unsern Köchinnen entlehnt zu sein, die in ihren Marktkonferenzen wohl zu sagen pflegen: »Sie haben keine Idee, meine Liebe, was meine Madam schlimm ist.«

Unser Dichter hat's uns bequem machen wollen, das Ganze in 5 Akte zu bringen. Im 3. Akte stirbt Ninus, und gleich im 4. Akte steht das ungeheure Babel vor unsern Augen. Wir halten auch etwas auf Lizenzen, doch das erstemal stand ich wie – die Kuh vor den neuen 100 Toren und war nicht wenig in Verlegenheit, mir das große historische Loch auszustopfen. Bei dem allen hat das Stück noch immer ein volles Haus gefunden, da es unserer Semiramis wie ein Kleid aufgemessen ist. Es wäre ein empfindlicher Verlust, wenn uns diese Schauspielerin durch ihre bevorstehende Heirat entzogen würde, was ich nicht glauben will, da sie mit ihren guten Gaben eine Leidenschaft zum Metier verbindet, die jetzt selten genug ist. Zu verdenken wäre ihr nicht, wenn sie vorerst nur ihren ominosen Namen abzulegen wünschte, den sie schon damals nicht gerne mag angenommen haben.

An dem realen Wachstume dieser Person soll Dir übrigens Dein Anteil bei mir wohl aufgehoben sein; denn seit der Zeit, als ich ihr die Anträge für Weimar zu tun beauftragt war, von denen sie, ein nettes Mädchen, sichtbar elektrisiert schien, habe ich sie von Zoll zu Zolle wachsen und gedeihen sehn. Was Trieb und Fleiß an Kraft und Sicherheit geben, das wird so von ihr geleistet, daß eine gewisse Offenbarung aus innerer Tiefe kaum vermißt wird. Eine bessere Semiramis würde man nicht zu sehn wünschen; eine Porzia und Julia ist freilich ein anderes.

Donnerstag. Soeben kommt Dein Schreiben vom 18. dieses. Ich habe den Ternite sogleich auf heute zu Mittag gebeten, und dann ein mehres.

Worüber ich gelacht habe? Das ist freilich, das war eine an sich betrübte Sache. Weiß ich es doch kaum selber. – Mir fiel dabei der Nussreddin Chodscha ein, und weshalb dieser geweint hat, deshalb mußte ich lachen, so wie Dein Timur über seine eigene Blindheit und sich kratzt. Und Einer stand da mit der Kriegskarte im Kopfe, und sie wußten's nicht, und sie wissen's nicht. Deshalb habe ich gelacht.

Nun halten wir Dich beim Worte, uns in der neuen Ausgabe den launigen Zeltgefährten des Weltverwüsters ordentlich auftreten zu lassen. Die Stelle meine ich richtig bezeichnet zu haben: die 4 oder 5 letzten Zeilen der 105. Seite.

Freitag. Meine Einladung hat den Ternite verfehlt, sonst wäre dies Blatt schon mit der gestrigen Post abgegangen. Die ihn betreffende Stelle habe ich ausgezogen und ihm schriftlich zugesendet, und er wird Dir sogleich selber die verlangten Nachrichten geben, da er sich denn wie ein Kind erfreut, von *Dir selber* Antwort zu erhalten. Lebe wohl!

Sonnabend. Dein Z.

Gestern abend habe ich wahrhafte Angst für Dich empfunden, indem ich bei Revision Deiner Briefe mit Riemern die verwegen-gefährliche Fahrt nach Swinemünde wieder aufnahm und durchdachte. Es ist wunderbar, daß uns eine längst vorübergegangene Gefahr in ihrer eigenen Gestalt weit größer und wahrhafter erscheint, als wenn wir von derselben, indem sie erst vorüber ist, benachrichtigt werden; denn da stemmt sich wie im Unglück selbst der Geist entgegen, strebt ihren Eindruck zu vermindern, wo denn die Freude der Rettung das Ihrige leidenschaftlich dazutut. Später ist alles anders, denn wir haben Mut, das Ungeheure anzuschauen; aber eben deshalb wächst es auch in der Vorstellung zu seiner wahrhaften Größe.

Deine Relation von dem Abstecher nach Petersburg ward mit vielem Dank aufgenommen; unsere Hofdamen, die das Modell an Ort und Stelle gesehen hatten, erzählten davon, doch nur vorübergänglich. Seitdem das große Unglück die schlechte Lage dieser ungeheuren Stadt erst recht zur Evidenz brachte, bin ich genötigt, bei jedem tiefen Barometerstand, besonders nachts, wenn der Sturm in meine Fichten braust, an jene Lokalität zu denken.

Wenn die Menschen aus Not, wie die Venetianer, sich in den Sumpf setzen oder aus Zufall an dem ungeschicktesten Ort sich ansiedeln, wie die ersten Römer, so mag das hingehen; aber so von heiler Haut, wie der große Kaiser, das Ungeschickte tun, zu der Seinigen unheilbarem Verderben, ist doch eine gar zu traurige Äußerung des absolut-monarchischen Prinzips. – Ein alter Fischer soll ihm vorausgesagt haben, daß dahin keine Stadt gehöre.

Wenn ich ihn entschuldigen will, so muß ich sagen: daß das große Originalgenie auch durch eine Anwandlung von Nachahmung ist verführt worden. Er hatte Amsterdam und das holländische Deichwesen im Sinne, ohne zu sehen, daß es hierher gar nicht passe. Die Holländer selbst begingen den Fehler bei der Anlage von Batavien und bildeten sich ein, man lebe ebenso ungestraft im Sumpfe unter der heißen Zone als in der kühlen und kalten.

Nun zu etwas Lustigerm! Da Du doch aufs Französische eingerichtet bist, so rate ich zu lesen, wenn es noch nicht geschehen wäre: Le Théâtre de Clara Gazul, Poésies de Béranger. An beiden wirst Du aufs klarste erkennen, was Talent, um nicht zu sagen: Genie, vermag, wenn es in einem prägnanten Zeitpunkt auftritt und gar keine Rücksicht nimmt. Haben wir ja ohngefähr auch so begonnen.

Diese Tage her war ich in Furcht, es möge Deinen am 21. Februar abgesendeten Fischchen ergehen wie einer verspäteten Schlittenfahrt: die Kälte war aufgehoben, der Westwind stürmte, eine Schneeschicht nach der andern taute weg; allein gestern sind sie glücklich angekommen, völlig gesund und genießbar. Empfange daher den allerschönsten Dank! Diese seltene Speise wird nächste Woche Veranlassung sein zu einigen Gastgeboten.

Eine gar löbliche Relation über Ternites Pompejana liegt zum Druck bereit; zugleich werden wir seines Fiesole mit Ehren gedenken. Meyer kennt das Bild sehr wohl von Florenz her. Freilich muß man jenes irdische Leben in den Augen etwas verklingen lassen, wenn dieses himmlische einigen Eindruck machen soll; denn, Gott sei Dank! wir haben uns vom Pfafftum ebensoweit entfernt als der Natur wieder genähert. Diesem unschätzbaren Vorteil können und dürfen wir nicht entsagen.

Aus Herrn v. Müfflings Reden glaubte ich schließen zu können, daß diese Gemälde noch Herrn Ternite eigen wären, nicht etwa dem König oder einer öffentlichen Anstalt. Ließe er mir für Geld und gute Worte wohl einige davon ab? Ich würde mir die Gesellschaft der drei Frauen, die Geschwister auf dem Hellespont, Narciß, neben ihm die Nymphe mit dem Kränzchen (wahrscheinlich Echo), vorerst ausbitten. Wenn unsre Rezension gedruckt steht, so wünschte doch vorübergehenden Fremden und bleibenden Einheimischen etwas zu unsrer Legitimation vorzuweisen; es wären schöne Seitenbilder zur Aldobrandinischen Hochzeit. Seit dem »Charon« ist mir zwar schon manches Gute dieser Art ins Haus gekommen, doch möcht' ich's gern vermehrt sehen, weil ich wahrscheinlich das laufende Jahr in dieser Umgebung verweile.

Grüße Doris zum schönsten und danke ihr für die Küchensorge. Möge euch beiden der Umzug mit gutem Mut und ungetrübter Gesundheit gelingen und ihr sodann eines bequemen, froh-tätigen Zustandes genießen! Weimar, den 2. März 1827. G.

Nachträglich will ich den Wunsch aussprechen, Du mögest mein Verlangen gegen Ternite nach den drei pompejanischen Zeichnungen nicht entschieden aussprechen, sondern erst horchen, ob er es gerne täte; denn ich wollte nicht, daß er aus Gefälligkeit oder irgendeiner Rücksicht in etwas einwilligte, was ihm unangenehm wäre. Weimar, den 3. März 1827. G.

540. *An Goethe*

Montag, 26. Februar 1827.

Soeben geht ein Versucher von mir, der sagt sehr schmeichelhaft: »Wir haben vorigen Sonnabend Ihr Lied: ›Worauf kommt es überall an?‹ verschiedene Male mit erneutem Vergnügen wiederholt,« – darauf hielt er inne, und ich erwartete einen hinkenden Boten nach – »können uns aber die Worte und ihren Sinn nicht recht erklären. Nun erscheine ich gleichsam als Abgesandter vor meinem Lehrer und soll mich an der Quelle belehren.«

Ja, da wendet ihr euch eben an den Unrechten, wenn ihr den Komponisten oder gar den Dichter fragt. Wüßten diese Gesellen, was sie wollen und was sie müssen, so dürften sie weder Dichter noch Komponisten sein.*

Fragt nur das Schaf, warum ihm Kraut und Gras schmeckt! Ihr seid, ohne soviel Klugheit, in dem nämlichen Falle, und so wird das Beste sein, ihr laßt die Sache, wie sie ist, und geht so lange um den Brei, bis er euch mundgerecht ist.

Die Fischchen sind doch wohl genießbar bei euch angelangt? Seefische, wer sie nicht unmittelbar bezieht, erhält man aus der dritten Hand, und wenn sie dann noch einige dreißig Meilen weiter sollen spediert werden, so ist die Sache gefährlich. Sie sind die Zeit her schlecht gewesen, die beliebten Restaurateurs nehmen das Beste in Beschlag, und was diese übriglassen, soll wenig taugen. So etwas müßtet ihr ja wohl auf halbem Wege haben.

Der alte gute Friedländer, der mich von Zeit zu Zeit bei einem Pfeifchen mit biblischer Gelehrsamkeit unterhält, hat mich mit beigehenden Auszügen beschenkt. Da ich nicht weiß, was ich Dir eben mitteilen soll, lege das Blatt bei, woraus Du sehn magst, wie mir manche Stunde nebenher zugute kommt. Mit den jungen Leuten ist nichts Ordentliches zu besprechen, da man jetzt mit nichts als dem Preßgesetze zu tun haben will. Da man nun das pro und contra von Natur weiß und endlich nehmen muß, was kommen kann, so überschlage ich diesen Zeitungsartikel inklusive der portugiesischen und spanisch-englischen Angelegenheiten sooft als möglich und wende mich an das Älteste, was ich finden kann.

* Was mich entzückt, finde ich das Nämliche soeben in Deinem Briefe an Schiller, Seite 13 ganz unten der neuen Aushängebogen. Erfreust Du Dich wohl an Deinem alten Schüler? – Man versteht sich doch.

Die gute Hülfe, welche Dir bei der neuen Ausgabe Deiner Werke zustatten kommt, freut mich, dagegen mir eben ein Gleiches völlig abgeht. So wie ich mir einen zuziehe, der einige Hoffnung der Brauchbarkeit blicken läßt, so ist er auch für mich verloren; der Gesell ist sogleich Meister und der Diener sogleich Herr, und man kann von Glücke sagen, wenn sie einen noch gelten lassen wollen.

Den 7. März. Ein Herr v. Breitenbauch, ehemals Junker in preußischen, dann Hauptmann in weimarischen Diensten und jetzt Landeigentümer eurer Gegend, hat gestern bei mir eingesprochen und ist zu Mittage mit uns gewesen. Er ist Musikfreund und starker Fußgänger, denn er hat Deutschland, Italien und Frankreich durchwandert. In Paris ist er 14 Tage gewesen, wo es ihm nicht zugesprochen zu haben scheint. Hier hört er nun Opern, Konzerte, Quartette und hat sich von einer meiner Schülerinnen mit Arien und Sonaten bedienen lassen, da ich denn (denn ich ward abgerufen) noch nicht weiß, ob das hübsche Kind oder die Musik ihm mehr gefallen. Er kommt oft nach Jena und kennt Knebel sehr gut; von Dir wußte er nichts zu sagen, auch habe nicht nachgefragt.

Den 8. März. Deine Angst um mich nach soviel Jahren gibt mir einen besondern Wert, wie ich denken muß, daß Du mein gedenken würdest, wenn ich damals umgekommen wäre und auf so abgeschmackte Art, womit man so vielen andern lächerlich erschienen wäre, und doch gebe ich diese Erfahrung nicht um vieles hin, indem ich mir nicht der geringsten Todesfurcht im Angesichte des Todes bewußt bin. Vielleicht wäre es anders gewesen, wenn meine Bootsleute mir (wie jener Fischer dem großen Peter) gesagt hätten, daß hier keine Stadt zu erbauen sei.

Sonnabend, 10. Gestern hat Nicolovius die neuen gedruckten Bogen abgegeben. Was mich zuerst festhielt, ist die willkommene »Nachlese zu Aristoteles' Poetik«. Jene prätendierte Reinigung der Leidenschaften ist auch mir ungefähr so appetitlich gewesen wie das Fest der Reinigung Mariä, um hier einen Feiertag und dort eine Regel mehr zu haben.

Über die Pompejana folgendes. Die Sachen sind für den König bestimmt, der sie der Akademie zur Beurteilung vorlegen lassen. Ternite hatte, wenn ich nicht irre, für alle 12 Stücke (das 12. ist eine Sappho) 180 Friedrichd'or verlangt, indem er in Neapel nur durch Bestechung der Kustoden zu dem Vorteile gelangen können, solche auf's genaueste in seiner Wohnung nachzuzeichnen, was er nicht laut sagen darf, ohne diese Leute zu kompromittieren. Daher gehören die Sachen noch ihrem Verfertiger, wiewohl er sie weder vereinzeln noch veräußern kann. Doch ist er erbötig, Dir fleißige Kopieen zu liefern, wenn Du es verlangst. Das Werk von Fiesole liegt noch wie im Skat, und er ist erfreut über Deine Anerkennung. Er hat Dir ja wohl selber geschrieben und wollte mir auch eine schriftliche Relation über die Angelegenheit zukommen lassen.

Gott befohlen!

Dein Z.

[Erste Beilage]

Für den biedern Freund der Deutschen,
Professor Zelter,
über Luthers Bibelübersetzung.

Im Jahre 1523 erschien der erste Teil des Alten Testaments, 1524 der zweite und dritte, 1534 das Ganze.

Die zweite Hauptausgabe 1541 und 42.

Er bediente sich dabei der Brixner Ausgabe des Textes von 1492. Sein Handexemplar liegt in Berlin.

Über die ängstliche silbenzählende Wörtlichkeit früherer Übersetzungen, welche das Verstehen erschwert, drückt er sich in einer seiner Abhandlungen folgendermaßen aus:

»Man muß nicht die Buchstaben in der lateinischen Sprache fragen, wie man soll Teutsch reden, wie die Esel tun; sondern man muß die Mutter im Hause, die Kinder auf der Gassen, den gemeinen Mann auf dem Markte darum fragen und denselben auf das Maul sehen, wie sie reden, und darnach dolmetschen, so verstehen sie es denn und merken, daß man Teutsch zu ihnen redet.«

Aus einem Brief an einen Freund:

»Wir arbeiten jetzt in den Propheten, sie zu verteutschen. Ach Gott, wie ein groß und verdrießlich Werk ist es, die hebräischen Schreiber zu zwingen, Teutsch zu reden! wie sträuben sie sich und wollen ihre hebräische Art gar nicht verlassen und dem groben Teutschen nachfolgen, gleich wie eine Nachtigall, dem übereinlautenden Kuckucksgesang ganz entgegen, gleichwohl sollte ihre liebliche Melodei verlassen und dem Kuckuck nachsingen.«

Ferner:

»Ich habe mich dessen geflissen, daß ich rein und klar Teutsch geben möchte. Und ist uns wohl begegnet, daß wir vierzehn Tage, drei, vier Wochen haben ein einiges Wort gesucht und gefragt, haben's dennoch zuweilen nicht funden. In ›Hiob‹ arbeiten wir, M. Philipps, Aurogallus und ich, daß wir in vier Tagen zuweilen kaum drei Zeilen konnten fertigen. Lieber, nun es verteutscht und bereit ist, kann's ein jeder lesen und meistern. Läuft einer itzt mit den Augen durch drei, vier Blätter und stoßt nicht einmal an, wird aber nicht gewahr, welche Wecken und Klötze da gelegen sind; da er itzt überhin geht wie über ein gehoffelt Brett, da haben wir müssen schwitzen und uns ängsten, ehe wir solche Wecken und Klötze aus dem Wege räumten, auf daß man künnte so fein daher gehen. Es ist gut pflügen, wenn der Acker gereinigt ist. Aber den Wald und die Stöcke ausroden und den Acker zurichten, da will niemand an.«

Haben Sie genug, Freund Zelter?

Ganz und immer der Ihrige

Den 2. März 1827. Friedländer.

Antwort.

Ihre angenehme Zuschrift kommt mir eben zurecht, indem ich die Bücher Mosis wieder lese und zwar mit dem dankbaren Bewußtsein, solche Deutsch lesen zu können. Aber –

Was für eine heilige Geschichte! die man lieset und wieder lieset und stets von neuem überrascht wird von der Abkunft und Fortpflanzung der Kinder Gottes, denen nichts zugute kommt, was verheißen ist, am wenigsten ihre gepriesene Vervielfältigung, äqual dem Sand am Meere.

Denkt man sich dazu, was seit all der Zeit von Theosophen und Philologen dazu gelogen und gesopht ist, so hat schon mancher gefragt: Was krieg' ich, wenn ich's glaube? – Ich tu's umsonst und denke eben, was ich einem jungen Manne in seine Bibel schrieb:

»Nimm dieses alte Buch und lerne, wie sie waren;
Wie sie noch immer sind, das wirst du selbst erfahren.«

So soll mir denn mein großer Luther gelobt sein für seine süße Mühe und die göttliche Lust, sich in diesen Gärten einer helldunkeln Vorzeit zu ergehn und mich mitzunehmen.

Sie aber sollen auch noch gelobt sein, sich bei so guter Gelegenheit zu erinnern

Ihres

Sonnabend, den 3. März 1827. Zelter.

[Zweite Beilage]

Wenn ich Ihnen, innigst verehrter väterlicher Freund, zuvörderst meinen tiefgefühlten Dank für all Ihre Güte darbringe, so beantworte ich zugleich Ihre vorgelegte Frage.

Als ich die herkulanischen Gemälde kopierte, war es mit meine Hauptabsicht, in jedes Heft ein *Faksimile in Farben* herauszugeben. Die glückliche Gelegenheit mit jeder Aufopferung benutzend, befreiete ich zuvor die Originale nicht sowohl von dem schmutzigen grünen Glase, als auch vom trüben braun gewordenen Firniß. Nur dadurch war es möglich, die treue Nachbildung in den kleinsten Nebensachen zu erreichen und ein Faksimile der Originale zu bilden. Die Bürgschaft dafür ist in der verschiedenartigen Behandlung eines jeden Gemäldes einzusehen.

Auf diese Weise entstanden zwölf Bilder, davon elf Seiner Exzellenz dem Herrn v. Goethe vorgelegt, das letzte aber, das sogenannte »Porträt der Sappho«, ein überaus liebliches Bild, damals nicht beigefügt werden konnte. Diese Sammlung nun, mit Vorbehalt ihrer Benutzung zum Zweck der künftigen Herausgabe, wurde von dem Herrn Minister v. Altenstein Seiner Majestät dem Könige zum Ankauf angetragen und derselbe nicht abgelehnt, jedoch für das erste *ausgesetzt*. Aus diesen Rücksichten würde der Verkauf dieser Sammlung ohne vorhergegangene Anfrage oder eine Vereinzelung derselben nicht angehen können.

Aber eine süße Pflicht wird es mir sein, für Seine Exzellenz den Herrn v. Goethe die zu bezeichnenden Gemälde treu zu kopieren. Denn durch sein günstiges Urteil über meine Leistungen ist ein neues Leben in mir gekommen, und ich flehe zu Gott auf das innigste um seine Erhaltung, damit ich ihm Beweise meines Kunststrebens geben könnte.

Über die Zeichnungen nach Fiesoli kann ich jedoch frei disponieren, da ich sie jetzt zurückgenommen habe, nachdem seit mehreren Jahren der projektierte Ankauf derselben noch immer nicht stattgefunden.

Es würde mich höchst glücklich machen, wenn ich von Seiner Exzellenz dem Herrn v. Goethe einige Andeutungen über die zweckmäßigste Art der Herausgabe der herkulanischen Bildwerke erhielte. Ob die treue Wiedergabe der durchgezeichneten Originale mit teilweise ausgeführten Köpfen und Beifügungen eines Faksimiles in Farben in jedem Hefte hinreichend sei und worauf der Text sich vorzüglich beziehen müßte – diese Fragen, welche sovielmal meine Seele beschäftigen, von diesem großen Manne beantwortet zu erhalten, würde mich um so mehr beglücken, als ich über 50 Durchzeichnungen von antiken Gemälden besitze, welche noch gar nicht bekannt gemacht worden sind.

Ob ich es wagen darf, an ihm deshalb zu schreiben und Ihre gütige Fürsprache mir alsdann zu erbitten, werde ich mündlich von Ihnen vernehmen.

Mit der innigsten Verehrung und Liebe

treu der Ihrige

Berlin, den 10. März 1827. F. W. Ternite.

Mittags erhalten. Z.

541. *An Goethe*

Kaum ist der letzte Brief auf die Post, so muß ich einmal wieder Unangenehmes, ja Trauriges berichten. So erhalte ich die Nachricht vom Tode meines einzigen, meines *letzten* Sohnes Georg. Noch weiß ich nichts weiter, als daß er am 5. dieses zu Wobesde bei Stolpe im 38. Jahre an einer Gallenruhr verschieden ist und eine geliebte junge Frau und einen Sohn von 6 Monaten verläßt. Fehlt es nicht an Erfahrungen, daß man in solchen Fällen sich selber raten und helfen muß, so gestehe, daß es mich diesmal hart anfaßt. Die junge Frau hat vor wenigen Monaten ihren Vater bei noch guten Jahren verloren; nun waren diese jungen Leute eben im Begriff, die Wirtschaft des Vaters zu übernehmen, wo sie denn 30 Meilen näher an Berlin eine dankbarere Existenz gehabt hätten. Der brave Junge hat sich sechs Jahre lang in jener Wüste abgequält und nichts vor sich gebracht; wir haben mit starken Opfern dabei durchgeholfen und werden nun wohl – bezahlt sein. Nun wollen wir erst noch recht hinsehn, wenn der erste tiefe Riß abgeblutet hat. Doch Er – er ist über die Stunden hinaus und wird nichts mehr brauchen. Solch ein schöner, reiner, gesunder Mann, verständig, ruhig, kindlich, fleißig, und ich – ich soll nun von vorn wieder anfangen. Seine Schwiegermutter, deren Liebling er war, konnte die Stunde nicht erwarten, ihn bei sich zu sehn; nun ist auch sie wieder allein.

Verzeih, daß ich Dich mit solchen Klagen belaste, wie aber soll ich's loswerden, wenn ich hier keinen habe und doch noch leben soll?

Das Heftchen von »Kunst und Altertum« wollte ich eben selber an Langermann bringen, als sich die Hiobspost wie eine schwarze Wand vor mich stellt. Nun will ich's noch zurückbehalten und ganz durchkauen. Die Kinder sind unten und weinen, ich muß mir's verhalten.

So hat sich denn auch wieder ein echtes Steinchen zur Restauration des »Phaethon« gefunden, wozu ich Glück wünsche, und so will ich mich gleich daran machen und das Ganze von vornan rekapitulieren. Ich habe von Jugend an das größte Interesse für die Fabel gehabt; es war die erste Oper, welche ich in meinem 12. Jahre auf dem hiesigen italienischen Theater sahe und hörte, und erinnere mich des lebhaftesten jugendlichen Schrecks der mit Donnergerassel herunterstürzenden Puppe. Die Graun'sche Musik dazu besitze ich noch und möchte sich wohl wunderlich ausnehmen zum Texte des Euripides, wiewohl das Gedicht, nach seiner Zeit gemessen, nicht zu den schlechtesten gehört, wenn auch der Sinn der Fabel ganz ignoriert ist. Phaethon will nämlich, des Thrones wegen, eine Prinzessin heuraten, die mit einem Sohne Jupiters (Epaphus) versprochen ist, dieser schreit zu seinem Vater um Rache, wird erhört, und so wird Phaethon herabgeworfen aus seiner Kutsche.

Montag, 12. März. Herr Krüger, der hier erste ernsthafte Rollen hat und zusehends fortschreitet, ersucht um einen Brief an Dich, und Du siehst den hübschen Mann wohl einmal. Diese Leute haben mich nicht ungern, da ich ihnen ohne Prätension förderlich bin. Magst Du Dir's selber zuschreiben, wenn man glaubt, daß ich Dir näher sei als so mancher andere; auch geschieht es nicht allen. Er wird Dir daher ein eigenes Blatt bringen, und wer soll wünschen, Dich zu guter Stunde zu finden, zu grüßen, als

Dein

Z.

542. *An Goethe*

Unser brave Schauspieler Herr Krüger bringt Dir, mein Getreuster, dies Blatt und wünscht, Dein Angesicht zu sehn, Dein Wort zu vernehmen. Ich weiß nichts weiter dazuzufügen als den schönsten meiner Wünsche, daß es Dich und Dein Haus wohlbehalten antreffen möge.

Der Briefverkehr mit Schiller regt mich ganz eigens an, und wie ihr hier nebeneinander steht, wird mir der verschiedene allgemeine Anteil wieder lebendig. Ihr beide kommt mir gegeneinander vor wie Einer, der in Wechseln, und Einer, der bar zahlt. Du zweifelst *fast*, daß ein Episches zwischen Hektors Tode und der Griechen Abfahrt inne liege, und – machst »Achilleis«, die gleich einer stillen Wolke, von Zünftern an goldenen Rändern bestrichen, sich elastisch zusammenzieht und, ihren Kern verbergend, davongehoben wird.

Das soll mir nur ein Gleichnis sein; wer wollte tadeln, über Wesen und Form des Gegenstandes die bestimmteste Klarheit zu erwarten, und eben da sitzen die Neuern fest, wenn dem Gemeinen eine Form aufgepreßt werden soll. Die Kunst wird dadurch zum Effekt des Räsonnements, und wir Musiker leiden am meisten davon. Weiß ich mich nicht anders auszulassen, so wiederhole Deine Gedanken: Was will, was soll die Kunst, wenn ihr nichts entgegenkommt, das Talent zu determinieren? Wozu das Auge, wenn es nicht auch gesehn *wird*? Diese Briefe sind unschätzbar, weil sie die Gelegenheit sind, das hervorzurufen, was sie enthalten. Man wird sie noch oft lesen.

Habe Dank für die Poésies de Béranger. Ich habe sie eben vor mir zur Bestätigung des Obigen. Ich will, ich darf nicht weinen, die »Souvenirs d'un militaire« haben mir die bittersten Tränen ausgepreßt. Nur wer gelitten hat, kann Erfahrung haben und reden und singen, und nur das kann Trost geben. Solche souvenirs kann kein Preßgesetz auslöschen.

Mittwoch, 14. März 1827. Z.

543. *An Goethe*

In ernsthafter Stimmung heftet sich wohl irgendein Bedenkliches an; so bin ich an Deiner Verdeutlichung der problematischen Worte des Aristoteles hängen geblieben und will nicht loslassen.

Unter ein paar andern Übersetzungen der »Poetik« des Aristoteles fällt mir am meisten auf, wie der helle klare Lessing die Stelle, nach seiner Aussage *von Wort zu Wort*, deutsch gibt, den Stein des Anstoßes liegen sieht* und die beliebte Reinigung der Leidenschaften bona fide gelten läßt. Ja daß er ihn liegen gesehn, dürfte sich aus der polemischen Mühe erraten, die Leidenschaften gleichsam zu

* *»Sobald die Tragödie aus ist, hört unser Mitleid auf,«* sagt er selber. Nur wenn die Tragödie *nicht* aus, der Abschluß mißraten wäre, dürfte eine Nachwirkung entstehn – Unzufriedenheit mit dem Kunstwerke – setze ich hinzu.

rubrizieren, zu distinguieren und die Erklärungen der Corneille, Curtius und Dacier gegen das alte Original zu halten. genug, daß ich Deinen Begriff am einleuchtendsten finde, mir unter dem problematischen Worte die reine Abschließung einer ernsthaften Handlung (als eine Art von Geschäft) zu denken und die Wirkung auf den Zuschauer gar nicht prädestinieren zu wollen.

Dann habe ferner die »Politik« des Aristoteles (nach Garves Übersetzung) nachgelesen, was über Musik in Hinsicht auf Erziehung bemerkt ist. Auch hier hast Du mir volles Licht gegeben. Wer weiß denn, was Musik ist und – war? und wohin es noch damit kommt? Es ist sonderbar genug, was alles von den Künsten, namentlich von der Musik verlangt wird, da doch jeder an sich selbst bemerken kann, was er erlangt und davon hat.

Ebenso zufrieden bin ich mit Deinem Ausspruche über Händels Musik zum »Alexanderfeste«, die Du stoffartig nennst. Und doch hat Händel ohne weiteres ein Meisterstück daran gemacht, indem er es dramatisch behandelt hat. Ich unterstehe mich, das Ganze so, wie es ist, aufs Theater und zu voller theatralischer Wirkung zu bringen. Das Gedicht ist im ganzen episch, und Dryden (als Engländer) hat wohl gedacht, wenn der Gegenstand nur musikalisch ist, so werde auch der Komponist willkommnen Stoff finden. Das mag es denn auch sein, was unser selige Philologus meinte, indem er mir nach der Aufführung sagte: die Musik sei weder recht antik noch modern! – was eben recht wäre: denn sie ist dramatisch und daher alles in allem.

Was eine epische Behandlung von musikalischer Seite betrifft, so habe ich mir den »Gott und die Bajadere« von vornherein nicht anders als rhapsodisch denken können, und ich glaube an der allgemeinen Wirkung das Gleiche bemerkt zu haben, ja wenn ich Dir und Schillern das Stück vortrug, so machtet ihr den Mimen dazu.

Was soll der Freund dem Freunde in solchem Falle erwidern! Ein gleiches Unheil schloß uns aufs engste zusammen, so daß der Verein nicht inniger werden kann. Gegenwärtiges Unglück läßt uns, wie wir sind, und das ist schon viel.

Das alte Märchen der tausendmaltausend und immer noch einmal einbrechenden Nacht erzählen sich die Parzen unermüdet. Lange leben heißt viele überleben: so klingt das leidige Ritornell unseres vaudevilleartig hinschludernden Lebensganges; es kommt immer wieder an die Reihe, ärgert uns und treibt uns doch wieder zu neuem ernstlichen Streben.

Mir erscheint der zunächst mich berührende Personenkreis wie ein Konvolut sibyllinischer Blätter, deren eins nach dem andern, von Lebensflammen aufgezehrt, in der Luft zerstiebt und dabei den überbleibenden von Augenblick zu Augenblick höheren Wert verleiht. Wirken wir fort, bis wir, vor- oder nacheinander, vom Weltgeist berufen, in den Äther zurückkehren! Möge dann der ewig Lebendige uns neue Tätigkeiten, denen analog, in welchen wir uns schon erprobt, nicht versagen! Fügt er sodann Erinnerung und Nachgefühl des Rechten und Guten, was wir hier schon gewollt und geleistet, väterlich hinzu, so würden wir gewiß nur desto rascher in die Kämme des Weltgetriebes eingreifen.

Die entelechische Monade muß sich nur in rastloser Tätigkeit erhalten; wird ihr diese zur andern Natur, so kann es ihr in Ewigkeit nicht an Beschäftigung fehlen. Verzeih diese abstrusen Ausdrücke! man hat sich aber von jeher in solche Regionen verloren, in solchen Sprecharten sich mitzuteilen versucht, da, wo die Vernunft nicht hinreichte und wo man doch die Unvernunft nicht wollte walten lassen.

Daß Du mitten in Deiner Trauer noch des Heftes von

»Kunst und Altertum« gedenkst, freut mich sehr, weil bei dem größten Verlust wir uns sogleich umherschauen müssen, was uns zu erhalten und zu leisten übrigbleibt. Wie oft haben wir in solchen Fällen mit neuer Hast unsere Tätigkeit erprobt, uns dadurch zerstreut und allem Tröstlichen Eingang gewonnen! Das entdeckte Verständnis der Aristotelischen Stelle war mir ein großer Gewinn, sowohl um ihrer selbst und des ästhetischen Zusammenhangs willen, als weil eine Wahrheit Licht um sich her nach allen Seiten verbreitet.

Ein überzähliger Aushängebogen des dritten Bandes liegt hier bei. Möge er Dir ein gutes Vorurteil für das Übrige geben! Man besorgt den Abdruck mit großer Aufmerksamkeit und Sorgfalt; freilich werden wir immer dabei erinnert, daß wir keine Engländer sind.

Lebe wohl und gedenke meiner treuen Anhänglichkeit in guten und bösen Tagen; setze Dich nieder, öfters an mich zu schreiben, immer werd' ich eine Stunde und genugsamen Anlaß finden zu erwidern und zu senden.

Bei mir geht es ruckweise: erst muß ich den italienischen »Manzoni«, dann »Kunst und Altertum«, die nächste Lieferung meiner Werke, vielleicht bald die Schillerischen Briefe befördern. Auch sonst gibt's allerlei zu tun, Fremde nicht wenig; deshalb denn auch der empfohlene Krüger freundlich aufgenommen werden soll.

Für immer und ewig

Der Deine

Weimar, den 19. März 1827. Goethe.

Um soviel möglich im Zuge zu bleiben, habe ich gleich nacheinander den »Ödip in Theben« und »in Kolonos«, die »Sieben vor Theben« des Äschylus und die »Antigone« gelesen und wieder bemerkt, wie alt die Weisheit ist und was die Neuern Kinder sind.

Die Übersetzung der beiden Stolberge ist lesbar genug und oft von großer Schönheit, wenn ich auch wünschte, die Chöre in der Ursprache zu verstehn. Dabei habe ich mich soviel möglich über den Eindruck jedes Stücks beobachtet, inwiefern ein abschließendes Gefühl das Ganze rundet. Die Stücke hatte ich vorher öfter gelesen, so daß ihre Neuheit mich nicht mehr drängt. Die Personen erscheinen immer lebenswürdiger, und der große Vorzug der Fabel gegen die Geschichte tritt klar hervor. Dabei ist mir denn besonders der Schluß von »Emilia Galotti« in seiner Wirkung erschienen, mit dem ich nie habe zufrieden werden können, wie ich denn von guter Hand weiß, daß der edle Verfasser selber nur wenig mit seiner Arbeit zufrieden gewesen. Von allen diesen handelnden Personen verdient kaum Eine ein tragisches Leben, und der Schluß erscheint mir als ein unnötiger Kindermord. Das Stück spielt in einem Winkel und die empörende Katastrophe vor aller Welt. Wenn hier eine Reinigung der Leidenschaften gemeint ist, so ist sie selber so unnötig als widerlich das Mittel. Soll aber der letzte Zweck der Tragödie auf Sittlichkeit und Veredlung hinausgehn, so komme ich auf obige Bemerkung zurücke, daß solche fabelhafte Motive die geschicktesten wären, worin das Animalische, mit dem Unerkannten in Konflikt gesetzt, zu neuer Schöpfung werde, es komme heraus, was da wolle; dagegen die Geschichte, als schon geschehen, stets der Variation und dem Unglauben unterworfen bleibt. – Dann: die Furcht! Was ist die Furcht? wem kommt sie zu? Ein Kind ist furchtsam, ein

Tier – aber das Furchtbare, die Furcht Gottes, die unnahbare, allgegenwärtige – wo kann das alles wohnen als in der Fabel! die zufällig, gleich dem Traume immerfort wahr ist.

Du magst denken, daß solche Betrachtung, hier niedergelegt, nichts anderes als Reperkussion dessen ist, was ich von Dir, nur für mich selber weiß oder erlange, indem ich nachher Deine Worte und Gedanken dagegenhalte, weil das bloße Denken schwankend ist; sonst würde ich wohl auf so etwas nicht fallen.

Lebe wohl!

Montag, den 19. März 1827. Dein Z.

546. *An Goethe*

Als fortgesetzte Perlustration unserer Materie über die Abschließung der Tragödie habe ich ferner die »Flehenden« des Euripides und letztlich mit tiefer Bewundrung den »Agamemnon« des Äschylus gelesen. Da ich nun einmal ein Sohn unserer neuen Welt bin, so wundere ich mich über mich selber – über den erhabenen Eindruck des gewaltigen Werkes und insbesondere den ungeheuren Schluß. Klytämnestra und Ägisth, für die man notwendig besorgt werden muß, sind durchaus motiviert, ja gerechtfertigt. Sie handeln nach einer Notwendigkeit, die auf ihrem Familienschicksale liegt und darauf konsequiert; sie wissen, daß auch ihre Stunde kommt, die sie nicht überreichen werden.

Eine Frau vernichtet ihren königlichen Gemahl und Herrn und macht sich dafür einen andern, das ist entsetzlich, aber groß. Sie ist eine Furie, in ihrem einzigen Falle. Der Würfel liegt. Nur sie, kein Mann kann die Tat bestehn.* Sie

* Will man genau sein, so erklärt sie ihn damit zum echten Vater; den fremden Mörder hätte sie steinigen lassen.

wäre strafbar, wenn sie nicht strafte. Sie könnte jedes andern Mannes zärtlichste Gattin, jedes Kindes entschlossene Mutter sein. – Dazwischen die göttliche Kassandra, das Geschäft der Parzen führend; sie ist das Geschehene, das Geschehende.

So ist mir auch wieder ein weiteres Licht über den Chor aufgegangen, der das allgemeine, gemeine Urteil, das gemeine Recht repräsentiert. Aus dieser Allgemeinheit, die auf Gewissen und öffentliche Sicherheit beruhen soll, treten eigenwillige starke Individualitäten heraus, ihr besonderes Recht gelten zu machen; es entsteht der energische Konflikt, wodurch jede Partei in Gestalt und Größe an Tag kommt: das Furchtbare. Das sogenannte Mitleiden liegt wohl schon im Anteile an der Sache. Eine Art Mitleiden könnte man eher empfinden über manche gelehrte Kritik, die einen wie ich (der kein Griechisch weiß) verwirren könnte, dahingegen das Stück mit allen Dunkelheiten seines Alters klar ist wie das Licht, wenn man denken will, was eine blutig beleidigte königliche Mutter von einem mutwilligen Kriege halten soll, der sie die Tochter ihres Herzens und den erwünschtesten Eidam kostet, der sie seit 10 Jahren zur Witwe macht eines lebenden grausamen königlichen Gemahls, um – ein gestohlnes Stück Fleisch. Ungerechnet alte und neue Eifersucht, wo wäre denn ein Recht gegen solch ein Unrecht! Da kann der Chor (die gemeine Meinung, die Mäßigung, die Weisheit selber) wohl reden und richten, aber hindern und rächen kann er nicht.

Das wäre denn auch nur die eine Klytämnestra; eine andere ist Penelope, und das ist auch wieder nur Eine.

Da noch Platz ist, setze ich die Masken her, wie Dr. Daniel Jenisch, der freilich anno 1786 noch jung war, sie vor seiner Übersetzung angibt.

Agamemnon. Seine Miene triumphierend, gemildert durch die eines großen Mannes und – guten Landesvaters.

Klytämnestra. Unverschämte freche Stirn, Tücke im Auge.

Ägisth. Physio[g]nomie eines feigen Wollüstlings, welche den gemeinen Trutz verstecken will.

Kassandra. Etwa wie Yoriks Wahnsinnige.

Wächter. Abgehärmter Grieche, etwa wie der Schaffner in Hogarths »Marriage of mode«.

Endlich fällt mir ein, daß im Jahre 1818 in Heidelberg mir Voß die Humboldt'sche Verdeutschung des »Agamemnon« zu lesen gegeben, an der ich freilich erlahmt bin. Nun habe diese auch wieder herbeigeschafft, um wenigstens die Einleitung mit dem Obigen zusammenzuhalten. Humboldt setzt den poetischen Wert der Tragödie weitläuftig auseinander und geht dann ins Geschäft des Übersetzers über, indem er auf getreue Nachbildung der alten Versmaße den gehörigen Wert legt.

Nun bezieht sich mein Obiges bloß allein auf den Gehalt des Ganzen und die tragische Ründung, und da scheine ich mir, gegen die Humboldt'sche Enukleation, nicht gerade im argen zu sein, denn meine Leute sind nicht schlechter dadurch geworden. In Summa (wenn ich Dich und mich selber verstehe): Aller Zweck der Kunst ist die Kunst an sich selber, so auch das Kunstwerk. Die Wirkung nach außen ist verschieden wie alles Äußere, und nur so viel gewiß, daß allein in diesem Sinne ein Reines, ein Ganzes, ein Perpetuum möglich wäre, was auch die äußern Elemente daran schleifen und drücken. Z.

Den 23. März 1827. Eben kommt Dein Brief an vom 19. dieses.

547. *An Zelter*

Auf Deinen lieben Brief, welcher mir heute, am 23. März, zukommt, erwidere folgendes. Deiner Beistimmung bin ich immer gewiß, denn Du liebst wie ich, vom Anfang anzufangen, und so gehen wir parallel miteinander, können uns auch unterwegs deshalb von Zeit zu Zeit die Hand reichen.

Ich sagte neulich bei einer Gelegenheit, die ich vielleicht bald näher bezeichne: »Il faut croire à la simplicité!« zu deutsch: man muß an die Einfalt, an das Einfache, an das Urständig-Produktive glauben, wenn man den rechten Weg gewinnen will. Dieses ist aber nicht jedem gegeben; wir werden in einem künstlichen Zustande geboren, und es ist durchaus leichter, diesen immer mehr zu bekünsteln als zu dem Einfachen zurückzukehren.

Deine Empfehlung des empfehlenswerten Krügers traf mit einer andern an unsern Großherzog gerichteten gar glücklich zusammen. Er trat gestern abend als Mortimer mit Beifall auf; meine Kinder und Freunde sagten hierüber verständig das Beste. Heute bat ich ihn zu Tische, wo die versammelten Theaterfreunde sich reichlich und anmutig ergingen, wovon er auch gewiß den besten Eindruck in sich aufgenommen hat. Mittwochs spielt er den Orest in meiner »Iphigenie«, aber es ist mir ohnmöglich hineinzugehen, wie er wohl wünschte. Was soll mir die Erinnerung der Tage, wo ich das alles fühlte, dachte und schrieb!

Doch ist mir in dieser letzten Zeit eine ähnliche Pein geworden. Ein Engländer, der, wie andere, um *nicht* Deutsch zu lernen, nach Deutschland gekommen war, verführt durch geistreich-gesellige Unterhaltung und Anregung, machte den Versuch, meinen »Tasso« ins Englische zu übersetzen. Die ersten Probestellen waren nicht zu verwerfen, im Fortsetzen ward es immer besser, nicht ohne Eingreifen und

Mitwirken meines häuslichen, wie eine Schraube ohne Ende sich umdrehenden Sprach- und Literaturkeises.

Nun wünscht' er, daß ich das ganze Stück gern und mit Bequemlichkeit durchlesen möchte, deshalb ließ er sein Konzept in Großoktav mit neuen Lettern sehr anständig abdrucken, und ich ward dadurch freilich kompromittiert, dieses wunderliche Werk, das ich, seitdem es gedruckt ist, nie wieder durchgelesen, solches auch höchstens nur unvollständig vom Theater herab vernommen hatte, mit Ernst und Sorgfalt durchzugehen. Da fand ich nun zu meiner Verwunderung mein damaliges Wollen und Vollbringen erst wieder am Tage und begriff, wie junge Leute Vergnügen und Trost finden können, in wohlgestellter Rede zu vernehmen, daß andere sich auch schon einmal so gequält haben, wie sie selbst jetzt gequält sind. Die Übersetzung ist merkwürdig, das wenige Mißverstandene ist nach meiner Bemerkung abgeändert, der Ausdruck kommt nach und nach immer besser in Fluß, die letzten Akte und die passionierten Stellen sind vorzüglich gut.

Nun ist auch, mein Teuerster, Dein Brief vom 23. März angekommen, und ich habe darauf, wie immer, zu erwidern, daß es eine Freude sei, mit Dir zu verkehren. Du nimmst Dir nach alter Weise einen prägnanten Punkt heraus und entfaltest ihn zum besten Verständnis und Nutzanwendung, und mich freut nun erst mein gefundenes Weizenkorn, da Du dasselbe zu einer reichen Ernte gefördert hast. Die Vollendung des Kunstwerks in sich selbst ist die ewige unerläßliche Forderung! Aristoteles, der das Vollkommenste vor sich hatte, soll an den Effekt gedacht haben! welch ein Jammer!

Stünden mir jetzt, in ruhiger Zeit, jugendlichere Kräfte zu Gebot, so würde ich mich dem Griechischen völlig ergeben, trotz allen Schwierigkeiten, die ich kenne; die Natur und Aristoteles würden mein Auge[n]merk sein. Es ist über alle

Begriffe, was dieser Mann erblickte, sah, schaute, bemerkte, beobachtete, dabei aber freilich im Erklären sich übereilte.

Tun wir das aber nicht bis auf den heutigen Tag? An Erfahrung fehlt es uns nicht, aber an der Gemütsruhe, wodurch das Erfahrne ganz allein klar, wahr, dauerhaft und nützlich wird. Man sehe die Lehre von Licht und Farbe, wie sie vor meinen sichtlichen Augen Professor Fries in Jena vorträgt; es ist die Hererzählung von Übereilungen, deren man sich seit mehr als hundert Jahren im Erklären und Theoretisieren schuldig macht. Hierüber mag ich öffentlich nichts mehr sagen, aber schreiben will ich's; irgendein wahrhafter Geist ergreift es doch einmal.

Nun aber nur wenige Worte zu den beigehenden Aushängebogen, die ich Dir nur im allgemeinen empfehlen will. – Vater Hamlet im Schlafrock ist Dir gewiß willkommen. – Die serbischen lustig-leichtfertigen Weiber sowie die zarten zärtlichen chinesischen Fräulein wirst Du nach Gebühr begrüßen. – Die Tabelle wird eingeschaltet und fordert, wie Du wohl siehst, noch ein Vor- und Nachwort, welches denn auch nächstens erfolgen wird.

Vierzehn gedruckte Bogen meines vierten Bandes liegen auch schon vor mir; der nächste Transport bringt die »Helena«, welches funfzigjährige Gespenst endlich im Druck zu sehen mir einen eignen Eindruck machen wird. In vier bis fünf Wochen habt ihr das Ganze; manches wird neu sein, manches neu erscheinen und das alte hoffentlich nicht veraltet.

In meiner Vorrede zu Manzonis Werken bei Frommanns findest Du nur eigentlich das Bekannte aus »Kunst und Altertum«. Doch hab' ich bei Gelegenheit des Trauerspiels »Adelchi« und der darin verflochtenen Chöre einiges Wunderliche gesagt, das Du Dir gewiß mit Freuden zueignest.

Das Vortreffliche (so sag' ich hier in bezug auf den Anfang) sollte durchaus nicht bekrittelt noch besprochen, sondern genossen und andächtig im stillen bedacht werden. Da aber die Menschen dies weder begreifen noch ergreifen, so wollen wir's tun und uns dabei wohlbefinden.

An Doris habe ich ein sehr artiges Fräulein adressiert, das ein wundersames Kunst- und Handwerksnaturell vom Vater geerbt hat. Wäre ihre Bildung musikalisch, wie jetzt bildnerisch, so würdest Du sie nicht von der Seite lassen. Herr Posch, der Wachsbildner, nimmt sie mit nach Berlin. Dieser alte geschickte Künstler hat unserm Großherzog, der ihn von Paris her kannte, vier Wochen lang sehr angenehme Unterhaltung gegeben. Der Fürst ließ die ganze Familie in allen Zweigen und Abstufungen porträtieren; Herzog Bernhard und die Seinigen waren auch noch hier; was profilable war, ist gut geraten.

Noch ist mit wenigem zu melden, daß die Revision unserer Korrespondenz immer fortgeht, mir und Riemern Gelegenheit zu den besten Anmerkungen gibt und die wünschenswerteste Unterhaltung gewährt.

Treu der Deine

Weimar, den 29. März 1827. Goethe.

548. *An Zelter*

In diesen Tagen, mein Bester, geht die Kiste an Herrn Ternite mit den köstlichen Blättern, wohlgepackt, nach Potsdam. Die nächsten Aushängebogen bringen Dir unsre guten gründlichen Worte über diesen Schatz. Wir kommen selten in den Fall, so ganz nach Herz und Sinn zu loben; denn manches, was uns gebracht wird, wüßten wir nicht einmal mit einer leidlichen Wendung abzulehnen, und Phrasen mögen wir nicht machen.

Ich erinnere mich, in früherer Zeit, als ich mit einem bedeutenden Mann in Verhältnis stand, folgendes erfahren zu haben. Der Fürst Primas, noch als Statthalter von Erfurt, unser Nachbar und Lebensgenosse, hatte an seiner hohen und einflußreichen Stelle und noch dazu als Selbstautor einen furchtbaren Zudrang von literarischen Zusendungen, auf die er als Mann von Stande, Lebensart und gutem Willen jederzeit etwas, wenn es auch nicht viel war, erwiderte. Nun besaß er zwar ausgebreitete Kenntnisse, um solchen Fällen genugzutun, aber wo hätt' er Zeit und Besinnung hergenommen, um einem jeden vollkommene Gerechtigkeit widerfahren zu lassen? Er hatte sich daher einen gewissen Stil angewöhnt, wodurch er die Leerheit seiner Antworten verschleierte und jedem etwas Bedeutendes zu sagen schien, indem er ihm etwas Freundliches sagte; es müssen dergleichen Briefe noch zu Hunderten herumliegen. Ich war von solchen Erwiderungen öfters Zeuge, wir scherzten darüber, und da ich eine unbedingte Wahrheitsliebe gegen mich und andere zu behaupten trachtete (die, weil ich doch auch oft in Irrtum war, manchmal wie eine Art von Wahnsinn erschien), so schwur ich mir hoch und teuer, in gleichem Falle, mit dem mich meine damalige Zelebrität schon bedrohte, mich niemals hinzugeben, indem sich denn doch zuletzt alles reine wahrhafte Verhältnis zu den Mitlebenden auflösen und zerstieben muß.

Daraus folgt denn, daß ich von jeher seltener antwortete, und dabei bleibt's denn auch jetzt in höhern Jahren, aus einer doppelten Ursache: keine leeren Briefe mag ich schreiben, und bedeutende führen mich ab von meinen nächsten Pflichten und nehmen mir zuviel Zeit weg.

In der Kiste an Ternite liegt auch etwas für Dich, ein einzelnes Blatt, aber von bedeutender Größe; befestige es an Deine Wand, es ist vielleicht die wahrhaft größte Komposition, die sich jemals aus einem Menschengeiste entwickelt hat. Du kennst es wohl schon, aber man kennt es nie ganz, es ist wie alles Vortreffliche: wenn es unsern Sinnen entweicht, so sind die Erinnerungskräfte nicht fähig, es wiederherzustellen, und wir dürfen uns glücklich schätzen, wenn unsere Kultur im ganzen dadurch einigermaßen zugenommen hat.

Wie Du nun bisher die griechischen Trauerspiele beschaut und die Erfordernisse des epischen Gedichts Dir vor die Seele gerufen hast, so erfahre hier mit einem Blick, was der bildende Künstler vermag. Freilich war es nur einer, und nach ihm ist niemand wieder auf diesen Grad begnadigt gewesen. Es wär' aber auch nicht nötig; für Millionen Beschauende und Genießende ist Ein Produzierender genug: so war es und wird's sein. Gott sei Dank, daß wir dies kennen und fest daran halten.

Vorstehendes gilt, wie Du leicht sehen wirst, vom Schlachtgetümmel; aber das ländliche Heimgehen zum Ausruhen wird Dir nicht weniger behagen und zu den besten Betrachtungen Anlaß geben. Der Abdruck ist ursprünglich kostbar, nun verbräunt, beschädigt, befliegenschmutzt; laß Dich das nicht irren und sieh durch den Schleier hindurch. Ich habe noch mehreres von der besten Art, was ich Dir nach und nach vor die Augen bringe. In diesem Sinne hab' ich mir manches von Leipzig her vor kurzem doppelt verschafft.

Herrn Ternite kündige gefälligst die Sendung an, ich weiß für vielfachem Äußern und Innern mich kaum zu fassen. Das Beste ist, daß ich mich leidlich befinde und durch kein körperlich Übel gestört werde. Sage mir nun auch von Dir, von Deinem Hause; bist Du eingezogen? und so weiter.

Treulichst

Weimar, den 10. April 1827. Goethe.

549. *An Goethe*

Habe Dank für Deinen Trostbrief, der die Bücher der Weisheit in sich hat. Unsre Gesinnung ist eine Brüderschaft, die sich in Wermut zugetrunken hat; das Wort des Freundes ist in solchen Trauertagen wie die Erfüllung einer alten Weissagung, die dem einzelnen alleine zukommt.

Die Kapitel der »Poetik« des Aristoteles habe nun noch wieder Wort für Wort gelesen und vieles einleuchtend gefunden. Die Valett'sche Übersetzung lieset sich leicht weg und hat das Griechische neben sich. Ich wünschte alle Übersetzungen der Alten so zu haben. So wenig Griechisch und Latein ich auch weiß, so ist mir der kleine Wetstein'sche Homer ein Doppelschatz, dem ich oft nachgrabe.

In der neuen Wohnung, den 5. April. Eben kommt Dein liebes Schreiben vom 29. vorigen Monats. Habe Dank für die gute Aufnahme des Krüger; mir ist schon genug, wenn er nicht mißfällt. Neben manchem natürlichen Vorteil hat er freilich an den Fehlern seiner Zeit und seiner Gesellen zu schleppen, doch arbeitet er sichtlich an seiner Verbesserung.

Den 8. Indem ich den Vater Hamlet vor mir habe (»mich dünkt, ich *sehe* meinen Vater«), geht mir ein altes, beinahe verloschnes Gefühl auf, aus Brockmanns Jugendzeit her, und das ist, das war die Erscheinung des geharnischten Geistes in seiner engsten Umgebung, zu Hause, als ob er in solcher Bekleidung zu Bette ginge. Man durfte höchstens denken, daß seine Leiche etwa im Harnische beigesetzt sei.

Ob unser neueste gestrenge Übersetzer den Spaß, der eigentlich ihm gilt, merken wird? – Ich zweifle fast, denn keiner ist blinder als die vier Augen brauchen.

Bei Gelegenheit dieser first edition des Shakespeare fällt mir der Dr. Forkel ein, der in seiner Beurteilung des fruchtreichen Sebastian Bach verlangt: man solle die Jugendversuche solcher Genies lieber beseitigen als zum Schaden eines gereinigten Geschmacks aufbewahren. Vor solchem Reinigungsprinzipe haben mich nun bis daher die Götter gnädig bewahrt, da ich, endlich bekannt mit jedem eigenen Federstriche meines Helden, der eben zu den Unerforschlichen gehört, sammle, was ich nur kann, und stets Wichtiges oft um einen Spottpreis erstehe. Denn was aus *diesem* Quell in die Zeit geflossen, dürfte wohl ein langes Geheimnis bleiben, da es ganz unvergleichlich ist mit dem, was ist. Manchmal ist mir's dabei, als ob ich das Universum im Durchschnitte und an der einen Hälfte den Zusammenhang mit der andern gewahrte, und ist alles nichts anderes als Musik; keine deutsche, keine italienische, aber Musik.

Um in diesem Sinne mit ihm vertraut zu werden, hatte ich mich dabei ohngefähr so benommen wie Du und Schiller mit Shakespeares »Macbeth«. – Der alte Bach ist mit aller Originalität ein Sohn seines Landes und seiner Zeit und hat dem Einflusse der Franzosen, namentlich des Couperin, nicht entgehn können. Man will sich auch wohl gefällig erweisen, und so entsteht – was nicht besteht. Dies Fremde kann man ihm aber abnehmen wie einen dünnen Schaum, und der lichte Gehalt liegt unmittelbar darunter. So habe mir, für mich alleine, manche seiner Kirchenstücke zugerichtet, und das Herz sagt mir, der alte Bach nickt mir zu, wie der gute Haydn: »Ja, ja, so hab' ich's gewollt!«

Da kommen sie denn wohl und sagen, man solle seine Hand nicht an so etwas legen, und haben nicht ganz unrecht, weil es nicht *jeder* darf; aber mir ist es ein Mittel, zur Erkenntnis und Bewundrung des Wahren zu kommen, und wenn ich *ihnen ihr* Urteil lasse, was geht euch das meine an?

Das größte Hindernis in unserer Zeit liegt freilich in den ganz verruchten deutschen Kirchentexten, welche dem polemischen Ernste der Reformation unterliegen, indem sie durch einen dicken Glaubensqualm den Unglauben aufstören, den niemand verlangt. Daß ein Genie, dem der Geschmack angeboren ist, aus solchem Boden einen Geist aufgehn lassen, der eine tiefe Wurzel haben muß, ist nun das Außerordentliche an ihm. Am wunderbarsten ist er, wenn er Eile gehabt hat und keine Lust. Ich besitze Handschriften von ihm, wo er dreimal angefangen und wieder ausgestrichen hat; es hat gar nicht gehn wollen, aber der nächste Sonntag, eine Trauung, eine Leichenfeier war vor der Türe; auch das schlechteste Konzeptpapier scheint manchmal rar gewesen zu sein, aber es mußte geschehn, und nun kommt er in Zug, und am Ende ist der große Künstler da, wie er leibt und lebt. Dann, ganz hinterher, hat er nachgebessert, und zwar bei der engen Schreiberei so finster, undeutlich und gelehrt, indem er sich eigner Zeichen bedient, die nicht jeder kennt, daß ich mich fast hüten muß, an seine Manuskripte zu geraten, weil es mir nicht leicht ist, wieder davonzukommen.

Chladnis Tod geht mir herzlich nahe. Vor wenigen Wochen war er noch bei mir; er wollte wieder über Berlin kommen, und nun – wird man *ihm* nach müssen.

Sonnabend vor Ostern. Mit heute gehn meine Marterwochen zu Ende. Gestern habe meine Passionsmusik zum ersten Male im neuen Saale aufgeführt und die Ehre gehabt, den König unter meinen Zuhörern zu sehn. Dein Schreiben vom 10. dieses ist gestern angekommen und hat mich sehr ermuntert, denn dieser letzten Tage Last war viel.

Dein Z.

550. *An Goethe*

Ein junger Archäolog oder so was, der auch zeichnet, musikalisch und von guter Baßstimme ist, hat sich zutulich gegen mich erwiesen, daß ich ihm wieder muß zugetan sein.

Er heißt Kugler, ist ein Pommer, hat die hiesige Universität gebraucht und geht nun über Thüringen nach Heidelberg.

Kannst Du ihm eine Viertelstunde gewähren, so mag er Dir unsere Karfreitagsmusik beschreiben, wobei er tätig und auch nützlich gewesen.

Madame Catalani hat noch einige Groschen bei uns gewittert, die ich ihr kaum gönne. Zuviel ist Zuviel! Noch macht sie keine Anstalt zur Abreise, denn sie hat noch ein paar alt-neue umgewendete Arien auf der Walze, die sie als gratias gern abdrehen möchte. Was sind uns ein paar tausend Taler und das »God save« obenein.

Es ist doch schade! Welch eine Stimme! Ein goldenes Becken mit gemeinen Pilzen. Und *wir* – man könnte sich verfluchen, zu bewundern, was verächtlich ist. Kein Mensch kann's glauben. »Ein unvernünftiges Tier würde trauern.« Es ist wahr, aber unmöglich: eine italienische Pute kommt nach Deutschland, wo Akademien sind, hohe Schulen, alte Studenten, junge Professoren sitzen, und singt des Deutschen Händels Arien englisch (schreibe: englisch). Welche Schande, wenn's eine Ehre sein soll! mitten in Deutschland!

Unser Engländer will toll werden über ihr Englisch, begreift aber nicht: je schlechter englisch, je besser zu singen! eine Sprache der Stymphaliden. Dein »Tasso« im Spenzer muß sich ganz kurios ausnehmen; hält er das aus, so stehn wir für sein Leben.

Den 15. April. Wenn das grob ist, wie es denn ist, so weiß ich's nicht besser. Gott befohlen und Deinem Z.

Guter Schlaf gibt frommes Blut. Ob die Engländer Menschen sind, geht uns nicht an; aber daß es Leute sind, will ich allein verantworten. Dein Mann läßt das Konzept seiner Übersetzung anständig abdrucken, um dem Autor bequemen Weg zu machen. Das wollen wir gelegentlich benutzen, wenn auch nur, um aus solcher Dose dann und wann eine Prise zu bieten.

Dein gewichtiges Wort, daß der grundoriginale Bach doch auch einen fremden Einfluß auf sich wirken lassen, war mir höchst merkwürdig; ich suchte gleich Franz Couperin in dem biographischen Lexikon auf und begreife, wie bei damaliger großer Bewegung in Künsten und Wissenschaften etwas Gallikanisches herüberwehen konnte.

Zunächst gehen mit dem Postwagen eine Partie Medaillen an Dich ab; ein Paketchen an die Herzogin von Cumberland übergebe ich Deiner Sorgfalt zu beliebiger gefälliger Ausrichtung. Andere einzelne Päckchen sind mit Inschriften versehen, andere ohne dieselben, alle jedoch mit meinem Ringe versiegelt, wenn Du irgendein Exemplar in meinem Namen verschenken wolltest, sonst aber sind sie durchaus Deiner Disposition überlassen.

Um wieder zu Couperin und Bach zurückzukehren, ersuche ich Dich schönstens: Du mögest demjenigen, was Du den französischen Schaum nennst und den Du Dir von dem deutschen Grundelement abzusondern getraust, einige gewichtige Worte gönnen und auf irgendeine Weise mir dieses belehrende Verhältnis vor den äußern und innern Sinn bringen.

Prinz Karl ist wieder angekommen, und unsre liebe Jugend erfreut sich wieder einander sich anfassender Hoffeste.

Nächstens den Abschluß von »Kunst und Altertum«; es drängte sich so viel Material zu, daß ich bis auf 14 Bogen gelangt bin. Die letzten Blätter sollst Du hoffentlich gesteigert finden. Könnte ich die Herausgabe dieser Hefte beschleunigen, so daß alle Vierteljahr eins erschiene, so würden sie lebhafter und für den Augenblick interessanter sein; jetzt bleibt manches liegen, das veraltet, wenigstens nicht mehr den Augenblick berührt.

Für Chladni ist es recht schade; es war ein tätiger und guter Mensch, der dem Gegenstande, dem er sich einmal ergeben hatte, treu blieb, und so hat er in den entgegengesetztesten Dingen recht glücklich gewirkt. Man sieht, er konnte sich rein interessieren, und so gewannen ihm die Meteorsteine nach den Klangfiguren Liebe und Neigung gründlich ab zu unablässigem wissenschaftlichen Behandeln.

Die so hübsche als geschickte Facius hat einen Brief, den ich an Doris mitgab, verloren. Hatte sie nicht den Mut, sich auch ohne diese Einleitung zu melden, so laß sie doch aufsuchen; bei Professor Rauch ist sie zu erfragen, der sich ihrer annehmen will, ebenso bei dem alten Posch, der sie mit nach Berlin genommen hat.

Weimar, den 22. April 1827.

Nun etwas in bezug auf das mit dem Postwagen abgehende Paket. Es befinden sich darin:

1) Zwei Exemplare »Manzoni«, für Dich und Streckfuß, dessen Übersetzung gewiß auch durch diese Ausgabe gefördert wird. Ihm die schönsten Grüße.

2) Ein Päckchen, überschrieben: »An die Frau Herzogin von Cumberland«, dessen Besorgung Dir wohl nicht sauer ankommen wird.

3) Vier Päckchen mit Überschriften zu gefälliger Besorgung; drei ohne Überschrift zu Deinem Gebrauch, sämtlich weiß und die Jubelmedaille enthaltend.

4) Die drei blauen enthalten die Genfer Medaille. Wolltest Du von diesen 6 etwas in meinem Namen verehren, so sind sie deshalb gesiegelt und Du schriebst wohl die Adresse drauf.

Sodann bemerke, daß ich gestern abend, bei Revision unsrer Korrespondenz, mit Riemer, mich an Deinem herrlichen

Brief vom 20. März 1824 höchlich erfreute, wo Du in Gefolg einer Entwickelung des Händel'schen »Messias« gar herrlich ableitest, wie der aus dem canto fermo entstandene Choral sich nach und nach vierstimmig entfaltet. Dies gibt mir die nächste Hoffnung, Du werdest mich auch fernerhin wert finden, mich über Ähnliches aufzuklären und also nächstens mit mir über Couperin und Bach freundbrieflich konversieren.

Verzeih diesem fragmentarischen Blatte! Es geht um mich sehr wild zu, so daß ich in die beiden größten menschlichen Fehler zu verfallen in Gefahr bin: ins *Versäumen* und *Übereilen*.

Das Paket ist gepackt und folgt diesem auf dem Fuße. Tausend Lebewohl, Glück zum neuen Quartier und zum befriedigenden Abschluß der Karwoche!

Unwandelbar

Weimar, den 21. April 1827. G.

552. *An Goethe*

Sonntag, 22. April 1827.

Gestern abend im Königlichen Theater: »Clavigo«. Der König und die Fürstin von Liegnitz waren anwesend bis ans Ende. Man will bemerken, daß der König seit einiger Zeit öfter ernsthafte Stücke sieht. Da Du Deine frühern Stücke nicht wieder ansiehst, so will ich sagen, daß die Ausführung (das Ende abgerechnet) wohl zu genießen war. Es ist neu eingelernt, wegen eines Gastes, Herrn Julius aus Dresden, der den Beaumarchais ganz edel davontrug. Anstand, Sprache, Ton, Modulation, wie sie dem Charakter zukommen. Was ihm schaden mochte, lag zum Teil in der neuen Umgebung, der jeder Gastspieler ausgesetzt ist. Er scheint ein Vierziger zu sein. Die ersten vier Akte gingen gut; den zweiten konnte man vollkommen nennen; auch ward er besonders beifällig aufgenommen, wie denn *Dein* Publikum so ziemlich beisammen war, unter welchem doch wohl mancher uns nicht grün ist. Das ist endlich der Vorteil des Guten, daß sie es nicht entbehren können. Der letzte Akt war nicht gehörig eingelernt und zerrte.

Du hast mir zwei sehr rare Blätter gesandt, die gestern abend angekommen waren. Beim Eröffnen wußte ich kaum, worüber ich mich zuerst freuen sollte. Die Landschaft von Rubens, dem ich sehr zugetan bin, war mir ganz was Neues, ja Unverhofftes. Man ist darin wie zu Hause. Diese Ruhe, diese Bewegung hin und her, auf und nieder; die kräftige rustike Gelassenheit, einer heranziehenden Wolke zuvorzukommen; ernsthaft und doch heiter; alles lebt und will leben.

Die berühmte »Schlacht Konstantins des Großen« habe ich von Jugend an mit Bewundrung betrachtet. Was *mir* daran fehlt, wäre ein Wort darüber von Dir. Die Reife der Konzeption, wie in dem fruchtbaren Geflecht alles so gemäß neben- und durcheinander strömt, ist nicht auszudenken. Das betrachtende Auge hilft siegen, und – auch hier nichts von sittlicher Wirkung, die vielmehr verstummt. Auch habe mir das Geschichtliche wieder vergegenwärtiget. Wenn *Du* jedoch über solche Dinge redest, finde ich mich doppelt erbaut, wenn ich den Begriff geahnet habe und mich wie ein Landender auf festem Boden finde.

Unserm Krüger hast Du Gnaden widerfahren lassen, worüber hier die Steine schreien. Mir ist es darum lieb, weil er von uns nicht genug beachtet wird; wenigstens dürfte sein fortschreitender Eifer zuvorkommend bemerkt werden, was ja nicht schaden könnte. Unser Königliches Theater hebt sich zusehends. Schöne junge Frauen und Männer von

Talent. Hätte man eine sichere Schule, so wüßte ich nicht, wer es uns gleichtun möchte; wenn nicht viele viel zu kostbare Äußerlichkeiten, ja wildfremde Prätensionen wie eine eifersüchtige Göttin die Erscheinung des Guten und Rechten verspäteten. Herkules, weiß ich wohl, kommt doch heraus, wenn auch Juno die Schwelle hütet; nur: was *wir* bringen, darf nicht überreif werden, wenn es nicht nachher noch weniger gelten soll.

Den 24. April.

Diese Woche noch soll Felix' letzte Oper hervorgehn – wenn es noch geschieht; wir wollen sehn. Er hat vieles umändern müssen, das Buch ist nicht sonderlich, und was sie daran verbessert haben, werden auch keine Goldstufen sein.

Meine Karfreitagsmusik ist gut genug abgelaufen, ich habe gegen 700 rh. übrig und kann zufrieden sein. Vor zwei Jahren habe die Einnahme an den Rhein gesandt, da konnten sie so etwas brauchen; gut, daß es nicht dies Jahr sein sollte, nun wir's selber benötigt sind.

Sonnabend, 28. Die Medaillen und Bücher sind vorgestern abends angekommen und die überschriebenen sogleich an ihre Bestimmung befördert. Von denen meiner Disposition anvertrauten hat zuerst Ternite, dann Doris (welche die ihrige an Langermann abgetreten hatte) und Rosamunde jede eine erhalten, und ich habe nun noch die drei Genfer Medaillen. »Manzoni« ist auch an Streckfuß besorgt, der sich mit seinem Danke an Dich selbst wenden mag.

Meine neue Wohnung ist gut, wenn auch teuer. Ich gebe 500 rh. Miete, das magst Du Deiner Einquartierung sagen, die es nicht zum schlechtesten hat. Mit meinen Sachen bin ich noch wenig in Ordnung; sie haben mir alles durcheinander geworfen, so gut ich auch alles selber eingepackt hatte, ich werde den ganzen Sommer daran zu mustern haben. Die kleine artige Facius ist da gewesen, sie wollte morgen mit uns essen, hat es aber wieder abgesagt, indem sie General Müffling eingeladen hat. Sie wohnt in einem guten Hause (des Buchhändler Nauke) und nicht weit von mir ab. Man wird sich wohl öfter sehn, wenn die Kinder nur erst wieder gesund sind. Doris und Luise leiden sehr und hüten das Bette. Wir andern, Rosamunde und meine Dienerschaft, haben wacker daran gemußt, wozu dann die Einweihung des Hauses und der Karfreitag kam. Das Haus ist bis heut noch nicht ganz fertig. Lebe wohl!

Dein

Z.

553. *An Zelter*

Deine lieben Schreiben nacheinander, auch das vom 22. April, sind glücklich angekommen. Daß die Kupferstiche Dich erfreuen würden, war ich überzeugt; jedes ist vielleicht das Vortrefflichste in seiner Art. Die »Schlacht des Konstantin« kommentiere ich Dir wohl einmal zu guter Stunde.

Das Krügern zugedachte Gute hat sich zufällig gesteigert, er möge nun dessen genießen; war er doch von Dir empfohlen, gut aufgenommen, und, was mehr ist, es hat ihm geglückt. Was für Terniten geschieht, ist noch reiner, der Wahrheit und Intention ganz gemäß. Möge sein Unternehmen vorwärtsgehen, damit in die anarchisch-trübe Kunst doch ein guter Stern einmal wieder hereinleuchte. Er hat seine Zeichnungen sämtlich zurück; grüß' ihn zum schönsten.

Übrigens scheint es mir wie den sibyllinischen Heften zu gehen: die Einladungen nach Berlin werden immer vielfacher und dringender; es ist, als ob man diesen letzten Lebensblättern einen gesteigerten Wert beilege.

Heute nichts mehr; es hört nicht auf, um mich zu sausen,

und ich muß sehen, wie ich mit meinen Kräften durchkomme.

Lebe wohl und richte Dich friedlich ein diesen Sommer, damit es noch möglich werde, uns auf den Herbst zu besuchen.

Unwandelbar

Weimar, den 2. Mai 1827. G.

554. *An Zelter*

Kund und zu wissen sei hiermit dem teuersten Freunde, daß ich Sonnabend, den 12. Mai, ganz unschuldigerweise in meinen untern Garten fuhr, ohne auch nur irgendeinen Gedanken, als daselbst eine freundliche Stunde zu verweilen. Nun gefiel es mir aber daselbst so wohl, die Frühlingsumgebung war so unvergleichlich, daß ich blieb ohne bleiben zu wollen und heute am Himmelfahrtsfeste mich noch hier befinde, diese Tage her immer tätig und, ich hoffe, andern wie mir erfreulich. Der zweite Teil der »Wanderjahre« ist abgeschlossen; nur weniger Binsen bedarf es, um den Straußkranz völlig zusammenzuheften, und das täte am Ende auch jeder gute Geist, das Einzelne auf- und anfassend, und vielleicht besser.

Nun aber soll das Bekenntnis im stillen zu Dir gelangen, daß ich durch guter Geister fördernde Teilnahme mich wieder an »Faust« begeben habe, und zwar gerade dahin, wo er, aus der antiken Wolke sich niederlassend, wieder seinem bösen Genius begegnet. Sage das niemanden; dies aber vertrau' ich Dir, daß ich von diesem Punkt an weiter fortzuschreiten und die Lücke auszufüllen gedenke zwischen dem völligen Schluß, der schon längst fertig ist. Dies alles sei Dir aufbewahrt und vor allem in Manuskript aus Deinem Mund meinem Ohr gegönnt.

Hier muß ich nun abschließen und Dich bitten, Deiner

guten Doris beikommendes Blättchen zu empfehlen; meine separat-extemporierte Studentenwirtschaft ermangelt gar manches Notwendigen.

Lebewohl! ich erfreue mich Deiner Existenz in dem neuen Palaste, und war ich gestern, als ich von unsrer lieben jungen Fürstin einen extemporierten Abschied nahm, ganz froh, daß ich wußte, sie gehe glücklichen wünschenswerten Verhältnissen entgegen.

Alt herkömmlich

Weimar, den 24. Mai 1827. Goethe.

555. *An Goethe*

Unsere Einzugsfeierlichkeiten wirst Du am besten aus den Zeitungen entnehmen; allerdings habe mit den Meinigen das hohe Paar mit viel Tausenden begrüßt und das huldreichste Köpfchen uns entgegennicken sehn. Abends in der neuen Oper wurden die Gefeierten mit allgemeinen langanhaltenden Bewillkommungszeichen empfangen, die sich am Schlusse des Schauspiels ebenso anhaltend wiederholten. Das Besondere, was wohl sonst noch nicht gewesen, bestand darin: daß *alle* unsere besten Sänger und Tänzer, welche unter sich gern eine Rangordnung bestreiten, zugleich ihr Bestes zeigen konnten.

Das gewünschte Tischzeug geht mit der heutigen Post ab. Dein liebes Schreiben vom 24. Mai enthält das Wünschenswürdigste für mich und alle Welt. Dein Zug nach dem untern Garten gefällt mir sehr, und Mephisto selber wird zufrieden sein, einmal wieder ans Brett zu kommen.

Soeben bringt mir mein Schwiegersohn Dr. med. Rintel die Nachricht, daß meine Tochter Adelheid von einer Tochter glücklich entbunden sei. Das ist ein Gehen und Kommen, man weiß nicht, wie man denken soll. Meine Luise (des unglücklichen Karls nachgelassnes Kind), das schönste

Mädchen von Berlin an Wuchs und Farbe, 17 Jahre alt, wird mir seit Ostern lahm, und keiner weiß wovon, eine ruhige, fast antike Gestalt und mir von Herzen zugetan; das jammert mich unaussprechlich, und die Herren der Fakultät gehn, kommen und gehn wieder, und das ist alles.

Schlegel aus Bonn ist hier und hält Vorlesungen in unserm Saale, das Dutzend 1 Friedrichsdor. Das müßte denn doch wunderlich zugehn, wenn ein solcher Mann nicht gut sollte reden können über Architektur, Skulptur und Malerei, und wir hören's gern wieder mit Schmerz über unsere Zeit und – von hier zu Tische. Das war am Dienstage, da ist er zufällig mein Gast gewesen mit Frommann aus Jena und dem Bildhauer Tieck, und man war ganz hübsch beisammen.

Vor einigen Monaten war ein Spaß – nicht zum Vergessen. Lichtenstein war in Bonn gewesen und von Schlegel gastlich aufgenommen. Darüber und sonst noch ward lange über Schlegels Verdienst gesprochen, worin Linke keineswegs einstimmen wollte. Man wurde lebhaft beim Glase, und Linke, der sonst nicht leicht durchfallend ist, schrie: »Schlegel ist ein Hans A-!« Das gab eine Pause, als wenn der Blitz eingeschlagen hätte. Da keiner wieder zu reden anfing, sag' ich ganz ruhig: »Linke, Sie haben unrecht! Schlegel ist kein Hans A-.« »Was ist er denn?« »Er hat keinen A-«, und fange an, den Kanon zu singen:

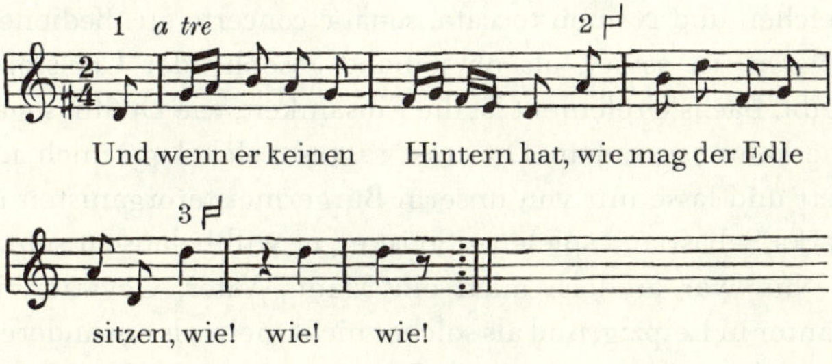

und die andern fallen nach und nach ein, und so versöhnte sich alles, um beruhigt nach Hause zu gehn. Will man Dir nicht gelten lassen, daß die Gelegenheit den Poeten macht, so beweise ich, daß der Poet die Gelegenheit macht – was krieg' ich dafür? Denn nun ist's kanonisch.

Auch ich bin sehr zerstreut und auseinander gerissen; ich habe den ganzen Sommer zu kramen, um meine Kleinigkeiten wieder zusammenzufinden. Wir waren alle unwohl, und darüber ist alles durcheinander geworfen. Lebe wohl!

Sonnabend, 2. Juni 1827.

556. *An Goethe*

Was ich an Sebastian Bach den französischen Schaum nannte, ist freilich nicht so leicht abgehoben, um nur zuzugreifen. Er ist wie der Äther, allgegenwärtig, aber unergreiflich. Bach gilt für den größten Harmonisten und mit Recht, und daß er ein Dichter ist der höchsten Art, dürfte man noch kaum aussprechen, und doch gehört er zu denen, die wie Dein Shakespeare hocherhaben sind über kindischem Brettgestelle. Als Kirchendiener hat er nur für die Kirche geschrieben und doch nicht, was man *kirchlich* nennt. Sein Stil ist Bachisch, wie alles, was sein ist. Daß er sich der gemeinen Zeichen und Namen toccata, sonata, concerto etc. bedienen müssen, ist soviel, als ob jemand Joseph oder Christoph heißt. Bachs Urelement ist die Einsamkeit, wie Du ihn sogar anerkanntest, indem Du einst sagtest: »Ich lege mich ins Bett und lasse mir von unserm Bürgermeisterorganisten in Berka Sebastiana spielen.« So ist er, er will belauscht sein.

Nun war er doch auch ein Mann, Vater, Gevatter, ja Kantor in Leipzig, und als solcher nicht mehr als ein anderer, wo nicht viel weniger als ein Couperin, der zwei Könige von Frankreich über 40 Jahre bedient hat.

Couperin ließ im Jahre 1713 die erste gründliche Anweisung, das Klavier (nicht zu schlagen, sondern) zu spielen (toucher), drucken und eignete das Werk seinem Könige zu.

Ein König von Frankreich spielt das Klavier, vielleicht gar die Orgel, das Pedal! Wer wäre da nicht hinterher gewesen? Die Couperin'sche neue Methode bestand vorzüglich in Einführung des Daumens, wodurch ein fließender sicherer Vortrag allein möglich wird*. Die bessern Deutschen und Bach hatten diese Methode längst ausgeübt, da sie sich von selber versteht, doch war sie noch auf rechte und linke Hand beschränkt, wobei die letztere sichtbar geschont ist. Die Bach'sche Art nimmt den Gebrauch der 10 Finger in Anspruch, welche bei ihrer verschiedenen Länge und Kraft jeden Dienst lernen sollen, und diese Art hätten wir nun das Unglaubliche zu verdanken, was die allerneusten toucheurs leisten. Da nun doch alle Menschen französisch sein müssen, wenn sie leben wollen, so ließ auch Bach seine Söhne die kleinen, feinen, niedlichen Couperins mit all den Frisuren der Notenköpfe üben, ja er selber versuchte sich mit größtem Glücke als Komponist in dieser Manier, und so schlich sich das französische Gekräusel bei ihm ein.

Bachs Stücke sind teils vokal, teils instrumental oder beides zusammen. In den Singstücken kommt oft anderes heraus, als die Worte sagen, und er ist genug darüber getadelt worden; auch ist er nicht streng in Beobachtung der harmonischen und melodischen Regeln, die er sich mit größter Keckheit untertan macht**. Wenn nun aber biblische Texte zu *Chören* verarbeitet werden:

* Wenn ich nicht irre, so habe an der »Heiligen Cäcilia« des Carlo Dolce die Daumen wo nicht herunterhängend, doch müßig gefunden.

** Die Leipziger und Zürcher Ausgabe der Bach'schen Werke führt die Aufschrift: »im strengen Stile«; das sind sie jedoch nur, weil sie Bachisch sind, das ist: insofern sie ihm allein angehören.

»Brich dem Hungrigen dein Brot« etc.
»Ihr werdet weinen und heulen« etc.
»Jesus nahm zu sich die Zwölfe« etc.
»Unser Mund sei voll Lachens« etc. etc.

so bin ich oft geneigt, ihn gerade hier zu bewundern, mit welcher heiligen Unbefangenheit, ja mit apostolischer Ironie ein ganz Unerwartetes heraustritt, das keinen Zweifel gegen Sinn und Geschmack aufkommen läßt. Ein »passus et sepultus« führt an die letzten Pulse der stillen Mächte; ein »resurrexit« oder »in gloria dei patris« in die ewigen Regionen seligen Schmerzens gegen die Hohlheit des Erdentreibens. Dies Gefühl aber ist wie unzerteilbar, und es möchte schwer sein, eine Melodie oder sonst ein Materialisches davon mit sich zu nehmen. Es erneut sich nur, ja es stärkt sich, verstärkt sich bei Wiederholung des Ganzen immerfort.

Bei dem allen ist er bis daher noch abhängig von irgendeiner Aufgabe. Man soll ihm auf die Orgel folgen. Diese ist seine eigentliche Seele, der er den lebendigen Hauch unmittelbar eingibt. Sein Thema ist die eben geborne Empfindung, welche, wie der Funke aus dem Steine, allenfalls aus dem ersten zufälligen Fußtritt aufs Pedal hervorspringt. So kommt er nach und nach hinein, bis er sich isoliert, einsam fühlt und dann ein unerschöpfter Strom in den unendlichen Ozean übergeht.

So ungefähr hat sein ältester Sohn Friedemann (der hallische), welcher hier gestorben ist, die Sache mit seinen Worten angegeben. »Gegen diesen«, sprach er, »bleiben wir alle Kinder.«

Nicht wenige seiner größern Orgelsachen hören endlich wohl auf, aber sie sind nicht aus; bei *ihm* ist kein Ende.

So will ich denn auch hier aufhören, soviel noch zu sagen wäre. Alles erwogen, was *gegen* ihn zeugen könnte, ist dieser

Leipziger Kantor eine Erscheinung Gottes: klar, doch unerklärbar. Ich könnte ihm zurufen:

Du hast mir Arbeit gemacht,
Ich habe dich wieder ans Licht gebracht.

Singen doch unsre Straßenjungen:

»Heil dir im Siegerkranz,
Nun ist das Bein wieder ganz.«

Freitag, 8. Juni 1827. Z.

NB. Das Tischzeug wird nun wohl angekommen sein. Den 9. Juni.

557. *An Zelter*

In der Zeitschrift »Cäcilia«, Heft 24, findest Du einen bedeutenden Aufsatz über *Musikstand von Neapel* von einem, der sich *F. S. Kandler* unterschreibt, einem Manne, von dem ich wohl mehr zu erfahren wünschte. Mir hat an dieser kleinen Abhandlung, so darf man sie wohl nennen, alles wohlgetan: ruhiger Sinn, treue Kenntnis, Überblick, Neigung gegen das Einzelne, ernst-alter Glaube, Läßlichkeit gegen das Lebendige, Mäßigung und eine so reine Redlichkeit, daß wie das Lobens-, so das Tadelnswerte, als existierend, als Folge des Vorhergehenden, als unerläßlich im Gegenwärtigen und, weil es manchem Augenblicke genugtut, noch immer hübsch genug erscheint.

Diesen Eindruck hat auf mich Laien dieses Heft gemacht, es spricht zu mir bloß historisch zum Verstande, widerspricht aber demjenigen nicht, was ich schon weiß und kenne, und so darf ich denn auch wohl jenem Kunstverwandten vertrauen, der, als Mensch höchst sinnig, treu und geordnet denkend, auch, insofern man ihn als geselligen Musiker betrachtet, höchst liebenswürdig erscheint. Ich wünsche, daß Dein Urteil mein Gefühl rechtfertigen möge.

Bei dieser Gelegenheit haben sich alte Betrachtungen erneuert, die ich hier aussprechen will: der Musiker, wenn er sonst sinnlich und sinnig, sittlich und sittig begabt ist, genießt im Lebensgange große Vorteile, weil er dem lebendig Dahinfließenden und aller Art von Genüssen sich mehr assimilieren kann. Einen ganz eignen Reiz haben daher Deine Reiseberichte und zwar einen doppelten: dem wackern Manne hat sich der Architekt und Musiker zugesellt, und der Bereich dieser Sozietät ist gar nicht auszumessen.

In zwei starken Oktavbänden haben uns die Engländer ihre *lebenden Poeten* vorgeführt, kurz biographisch, mehr oder weniger in Beispielen. Ich studiere seit einiger Zeit dies Werk gar fleißig, es gibt zu höchst interessanten Vergleichungen Anlaß. Die entschiedenen Vorzüge dieser sämtlichen Poeten entwickeln sich aus ihrer *Abkunft* und *Lage.* Der geringste hat Shakespeare zum Ahnherrn und den Ozean zu seinen Füßen.

Nachstehend hab' ich Dir einiges mitteilen wollen von dem, was mir Angenehmes worden ist in meinem vierwöchentlichen, freilich vom Wetter wenig begünstigten Gartenaufenthalt; auch ein altschottisches Lied lege bei, welches wohl seinen starren derben Charakter behauptet.

Die Sendung der guten Doris ist glücklich angekommen, wofür ich schönstens danke; das Geld erfolgt sogleich.

Nun geh' ich in die Stadt zurück, um Herrn Grafen Sternberg, der sich anmeldete, immer bei der Hand zu sein, wenn er von Hof- und Weltpflichten sich freimachen konnte. Ich freue mich gar sehr darauf, mit ihm wichtige Punkte der Naturforschung durchzusprechen.

Nun aber sage mir von dem Übel, das Dein gutes Kind befallen hat. Ist dessen Sitz in der Hüfte, im Knie oder den untern Teilen? Hast Du denn *Rust*, den einsichtigen, kühnen, ja verwegenen Mann, nicht zu Rate gezogen? Leider ist in solchen Fällen oft die Kur ein größeres Übel als das Übel selbst.

Wolltest Du nun, mein Teuerster, meine Briefe von 1826 schicken, daß auch dieses Jahr vereint abgeschrieben werde; die übrigen sind in Ordnung, auch schon zum größten Teil korrigiert.

Begegnet Dir beim Auspacken meine *musikalische Tabelle*, so sende sie mir doch gleichfalls; ich mag sie wieder einmal gerne vor Augen haben, denn ich bilde mir ein, es seien mir einige neue Lichter über diese Region aufgegangen.

Nun lebe wohl und halte Dich durch Gutes und Böses möglichst hindurch. Wenn nur nicht so manches zusammenkäme, was gewisse Augenblicke unerträglich macht und doch kaum einer Xenie wert ist! Einiges zur Erheiterung, wie, hoff' ich, Nachstehendes gedeihen wird, kann ich von Zeit zu Zeit mitteilen.

Treu angehörig

Weimar, den 9. Juni 1827. J. W. v. Goethe.

Altschottisch

Matt und beschwerlich,
Wandernd ermüdigt,
Klimmt er gefährlich,
Nimmer befriedigt;
Felsen ersteigt er,
Wie es die Kraft erlaubt,
Endlich erreicht er
Gipfel und Bergeshaupt.

Hat er mühselig
Also den Tag vollbracht,
Nun wär' es törig,
Hätt' er darauf noch acht.
Froh ist's unsäglich
Sitzendem hier,
Atmend behäglich
An Geißhirtens Tür.

»Speis' ich und trinke nun,
Wie es vorhanden,
Sonne, sie sinket nun
Allen den Landen;
Schmeckt es heut abend
Niemand wie mir,
Sitzend mich labend
An Geißhirtens Tür.«

Juni 1827. G.

558. *An Goethe*

Berlin, den 14. Juni 1827.

Frau Geheime Rat v. Zschock, Tochter unseres verstorbenen Postministers v. Seegebarth und Gattin des Geheimen Oberfinanzrat v. Zschock, endlich aber meine liebende und geliebte Schülerin, ist es würdig, Dein Antlitz zu sehn.

Trifft Dich dieses Blatt bei leidlichem Wohlsein an, so laß es sie empfinden, daß ich Dir angehöre.

Das ist alles, was ich in diesem Augenblicke zu sagen weiß, da mir vielerlei aufliegt. Tausend Lebewohl! Dein ewiger Z.

Endlich wäre denn die vielbesprochene, nach Handschriften berichtigte Partitur des Mozart'schen »Requiem« in unsern Händen, und wir wissen, was wir wußten. Da Du die Zeitschrift »Cäcilia« kennst, so muß Dir ja wohl das bittersaure Geschwätz des Herrn Weber in Darmstadt gegen die Authentizität des posthumen Werks bekannt geworden sein. Es ist nämlich behauptet, das »Requiem« sei so gut als nicht von Mozart, ja wenn es wäre, so wäre es das Schwächste, ja das Sündlichste, was je aus der Feder des berühmten Mannes gekommen wäre. Genug, Mozart habe das Werk unvollendet hinterlassen, nach seinem Tode aber sei der Süßmayer herzugetreten, habe Mozarts Gedanken unterschlagen, und durch seine Vervollständigung sei das Werk korrompiert, wo nicht vergiftet worden; die Welt lebe endlich seit Mozarts Tode über diesen Nachlaß in einer bewundernden, ja zu bewundernden Täuschung, die auf eine märchenhafte Entstehung beruhe, und noch keiner habe das Herz gehabt, die Makel, Flecken und Gebrechen einer verfälschten Kunstarbeit ans Licht zu bringen. So lautet der Weber'sche Humor.

Nun ist man doch auch von Jugend an in der Welt gewesen. Mozart ist zwei Jahre vor mir (1756) geboren, und wir erinnern uns der Umstände seines Ablebens nur zu wohl.

Mozart, sag' ich, dem bei sicherer Schule das Produzieren so von Handen ging, daß ihm zu 100 Dingen Zeit blieb, die er mit Weibern und dergleichen hinter sich bringt, hatte eben dadurch seiner guten Natur zu nahe getan. So kommt er auch zu einer Gattin, zu Kindern und in die äußere Not, worin sich seine bürgerliche Existenz verliert. Auf dem Siechbette, häuslich gedrückt, gequält, verrufen, ohne hülfreiche Freunde, fehlt endlich das Nötigste.

Ein Biedermann bestellt eine beliebige Arbeit, um auf feinste Art Geld herzugeben. Ein Opernbuch ist nicht gleich vorhanden, und Mozart sagt: »So will ich ein Requiem machen, das sie zu meinen Exequien brauchen mögen«. Die Schwäche nimmt zu; geistliche Vorsorge nähert sich, und in ernsthafter einsamer Selbstbeschauung entwickeln sich gewisse Anfänge einzelner Teile des Requiem (wie Du sie einst Deinem Gretchen so wahr beigegeben hast): »Dies irae« – »tuba mirum« – »rex tremendae« – »confutatis« – »lacrimosa«, und gerade diese Stücke sind es, welche die tiefste Zerknirschung eines religiosen Gemüts und zugleich von einer Seite die letzten Reste einer großen Schule und von der andern den leidenschaftlichen Sinn eines Theaterkomponisten offenbaren. Der Stil ist also vermischt, ungleich, ja brüchig, und so entsteht die Verwirrung, worin sich die heutige Kritik so sehr gefällt. So lautete damals die Tradition, aber kein Biedermann wollte es laut wiederholen.

Nach Mozarts Tode tritt der gute Süßmayer als treuer Freund heran, setzt das Requiem zusammen, ergänzt das Fehlende, und die notleidende Familie erhält dadurch einen Zuschuß, ihre Blöße zu decken. Das Werk wird verkauft, gedruckt, und Süßmayer erklärt sich, so gut er kann, über seinen Anteil am Werke und geht seinem Freunde bald in die Ewigkeit nach.

Nun kommt oben genannter Hans Taps, beschuldigt den Freund der Verfälschung, der Lüge, und spricht im verächtlichsten Tone von einem wohldenkenden Freunde, ohne einmal ein sicheres Kriterium anzugeben: *wo* denn eigentlich Mozart stickt und wo Süßmayer, schreibt dem Süßmayer zu, was er gar nicht kann gemacht haben, und vice versa. Ohne zu bedenken, daß, wenn sich ein geschickter Mann wie Süßmayer zusammennehmen will, er ganz wohl selbst das »dormitat Homerus« umgehn könne. Und das ist geschehn. Das »benedictus« ist so vortrefflich als möglich und kann nicht von Mozart sein, die Schule entscheidet so etwas. Süßmayer kannte Mozarts Schule, aber er war nicht drinne gewesen, hatte sie nicht in der Jugend gemacht, und davon finden sich in dem schönen »benedictus« hier und dort Spuren. Was dagegen an Mozarts Arbeit getadelt wird, das soll Süßmayer gemacht haben. So erklärt der Beurteiler das erste Stück: »requiem« Händeln abgeborgt, deshalb könne es nicht von Mozart sein, der sich öfter und ohne es zu leugnen in Händel'scher Art versucht hat, um sich selber zu überzeugen, daß er so etwas auch machen könne. In diesem Stücke kommt außer dem Chorgesange ein cantus firmus vor und zwar auch eine alte Melodie, und rate einmal: welche? Es ist die einfache Melodie – wie kommt das »magnificat anima mea« in ein »requiem«? – kurz, es ist der alte, auch im Luther'schen Choralbuche bis auf heutigen Tag befindliche cantus firmus: »Meine Seele erhebt den Herrn«. Vorhin nannte ich das Werk brüchig, ungleich, das heißt: die Stücke sind sämtlich so gut als eingelegt, und wer sie als Ganzes zusammen betrachten will, der irrt, und das ist der Fall mit mehrern tüchtigen Komponisten, und aus solchen Stücken besteht das ganze Requiem, und doch ist es das allerbeste, was mir aus dem vorigen Jahrhunderte bekannt ist.

Ehe Mozart sich in Norddeutschland umgesehen hatte, mag ihm Händel als das kräftigste deutsche Talent vorgeleuchtet haben; einige seiner Stücke sind überschrieben: »Nel stilo di Haendel«. So kommt Mozart nach Leipzig, noch bei Hillers Leben, und reißt die Ohren auf über den Sebastian Bach, zu Hillers großer Verwundrung, der die Thomaner Muttersöhne mit Abscheu gegen die Kruditäten dieses Sebastian zu erfüllen sucht. Was tut Mozart? Er versucht sich in dieser Art mit einer Gewandtheit, die nur eine solche Schule geben kann. Laß Dir einmal den Gesang der schwarzen Männer in der »Zauberflöte« (vor der Feuerprobe) produzieren. Es ist eingelegt, es ist der Luther'sche Choral: »Wenn wir in höchsten Nöten«, auf Bach'sche Art mit dem Orchester verbunden. Und so weiter.

Deinem Wunsche, von Herrn Kandler mehr zu erfahren, kann ich durch die Beilage zu Hülfe kommen, woraus Du entnehmen magst, daß wir über die nämliche Sache abermal wieder Einer Meinung sind. Der Bericht über den Musikzustand in Neapel gefällt auch mir, und auch ich habe nie zu bereuen gehabt, das Zeitige meiner Kunst mit günstigem Auge zu sehn, selbst im Vergleich mit einem hochgehaltenen frühern Zustande der Kunst in Italien. Man kann den Kunsthelden des vorigen Jahrhunderts in Italien auch zu viele Ehre antun, wer sie für ganz integer nehmen wollte. Das Schöne und Große findet sich oft einzeln genug – schwimmend auf einem Meere von Manier. Zu bewundern bleibt freilich, daß italienische Gemeinheit immer noch eine gewisse Größe hat, die sich wie auf ein Eigentumsrecht gründet. Wer mit gesundem Sinne sich hiervon überzeugen wollte, komme nur eben zu uns und sehe und vernehme, wie ein schönes weibliches Wesen, ein prachtvolles Organ reicher Natur unser edles Opernhaus unschuldig, unbefangen mit frechen Bockstrillern, abgedroschnen Manieren, chromatischen Pfuschereien erfüllt, das Edlere, was wir wirklich haben, dekreditiert, und so weiter. Man erkennt es sogar als mißfällig; man schilt und – geht wieder hin. So war, so ist es.

Die allerbesten Italiener sind in ihrem Vaterlande von Händel und Hasse, selbst von dem weichern Graun anerkannt übertroffen worden. Jene aber waren zu Hause und durften sich gehn lassen; der Fremde muß sich zusammennehmen und gewinnt allenfalls seinen Einsatz. Sollten wir einmal nach Italien kommen, so schreiben wir unsere »Iphigenia«, unsern »Tasso« – da könnte denn was übrigbleiben.

Das Übel, welches meine arme Luise befallen, soll im Rückgrate liegen und mit dem Becken über der Hüfte in Verbindung stehn. Maschinen, Hängewerkzeuge, Tropfbäder, unleidliche Schmerzen quälen das Kind, das sich in der Tat heldenmäßig zeigt. Rust ist allerdings mein Arzt – so stehn die Sachen. Ich ließ ihn gestern die Stelle Deines Briefes lesen mit seinem Namen – sie schien ihm nicht zu mißfallen.

Deine Tabelle ist fest an meiner Wand geheftet; ich glaubte, Du hättest eine Abschrift behalten. Nun erlaubst Du wohl, sie erst zu kopieren, wozu ich in den nächsten Tagen nicht kommen möchte.

Neunzehn Briefe des Jahres 1826 erfolgen anbei; das wird ja wohl eine starke Sammlung werden.

Einer sehr lieben getreuen meiner Schülerinnen, der Frau Geheimfinanzrätin v. Zschock, habe ich ein Briefchen an Dich mitgegeben. Sie ist, wenn ich nicht irre, die Tochter unseres verstorbenen Postministers v. Seegebarth und die beste Seele von der Welt. Sie lernt noch immer zu, denn die Liebe lernt nicht aus. Sie macht eine Sommerreise mit ihrem Manne und kommt über Weimar zurück. Erlaubt es Dein Zustand, der kleinen Familie (Mann, Frau und Töchterchen) einen freundlichen Blick zu gönnen, so machst du das ganze Haus glücklich und die Reichardt'sche Familie dazu, mit der sie verschwistert sind.

Das »Altschottisch« ist ein prächtiges Stück, dem Metro nach ganz behandlich; der Ton des Ganzen möchte nicht so leicht gefunden sein. Es ist ganz eigen damit, sogar Deine eigene Handschrift ist mir dabei von Bedeutung. Ein Ähnliches ward mir mit dem »Pillalu«, der, wenn ich nicht ganz irre, ganz gelungen ist, indem ich so glücklich war, auf diese Art den rechten Trauerton des Totenmarsches zu finden, dessen Metrum mir im Kopfe umherschritt. Man hat von solcher Arbeit hinterher keinen Begriff, und doch, wie wüßte man denn, ob's getroffen ist, wenn es kein Bild dafür gäbe? Im »Pillalu« seh' ich den ganzen Zug an mir vorüberschreiten.

Herr v. Schlegel hat gestern (Freitag, 15.) seine achte Vorlesung gehalten. Mit seiner Theorie der Architektur war mancher nicht, am wenigsten Hirt, zufrieden. Nun war er auf die Skulptur übergegangen. Wenn ich recht gehört habe, so sagte er gestern, daß er sich bis jetzt vergeblich bemüht habe um eine Theorie des Basrelief (die Sulzer'sche sei wenigstens nicht zu billigen). Unter neuern Skulpturen wurden die am neuen Königlichen Schauspielhause günstig genannt. Andere nennen sie Diskantistenarbeit und nicht genug in Proportion mit der Architektur; worüber denn Schinkel müßte gehört werden, als Architekt. Unser neue Musiksaal gewinnt von Tage zu Tage mehr Beifall, und morgen (Sonntag, den 17.) hält der Gartenverein seine Jahressitzung. Du müßtest Dich sehr ergötzen, die mannigfaltigen ergötzlichen Lieferungen der Gartenfreunde, welche schon seit gestern hier eingegangen sind, zu durchmustern; ich stehe davor wie mancher Gärtner vor einer schönen Partitur. Es ist Sonnabend. Lebe wohl!

Dein

Z.

560. *An Goethe*

Sonnabend, 16. Juni. Auch Herrn Ampere oder Ampeir habe kennen lernen, den man für einen vermutlichen Mitarbeiter am »Globe« hält. Er beklagt, daß ein Privatschreiben nach Paris aus Weimar ohne seinen Willen abgedruckt sei. Dies vermelde, insofern ich es vielleicht wissen sollte, um es weiter zu befördern.

Montag. Gestern war ein angenehmes Fest in unserm neuen Musiksaale. Der hiesige Gartenverein hat seine Jahresstiftung gefeiert, und unser Lokal ward als bloß zu diesem Zwecke erbaut erfunden. Der Saal war mit den köstlichsten, ja königlichen Gewächsen aller Art herrlich und fast überreichlich geschmückt, daß noch genug übrig war, den Vorplatz des Hauses, der gegen 10 000 □Fuß enthält, zu garnieren. Der König war dazu eingeladen, aber nicht erschienen. Von einer Rede des Direktors war nicht viel zu vernehmen, und nachher wurde, wie bei uns gewöhnlich, in einem nicht weit davon entlegenen Lokale nicht schlecht gegessen und noch besser getrunken. An der Tafel nahmen die Herren Alexander v. Humboldt und v. Schlegel die Ehrenplätze neben dem Direktor (Geheimen Rat Bethe) ein. Das Übrige aus der Beilage, welche die Preisaufgaben enthält.

Dienstag. Dieses schöne Gartenreich sollte der Abrede gemäß schon gestern früh den Saal wieder räumen. Ich erbat mir dazu noch bis heute abend Frist, um die sämtlichen Mitglieder der Singakademie, welche Montags und Dienstags ihre Versammlungen halten, damit zu erfreuen, indem ich auch noch den Vorstand des Gartenvereins als Zuhörer eingeladen hatte; auch ahnte mir sonst etwas, das sich bald bewahrte. Gestern abend nach 6 Uhr, die Singakademie war noch beisammen, ließ der König fragen, ob die Sachen noch aufgestellt wären und er sie ohne Zeugen sehn könne. Ich antwortete: nach 7 Uhr, und entließ die Mitglieder gegen diese Zeit. So erschien er mit den Seinen, nur mich vorfindend, sah alles aufmerksam durch, nannte mehr[e] Namen der Gewächse, sagend: »Das hab' ich auch« (sie waren aus seinen Gärten), lobte den Saal: »schöne Verhältnisse«, »geschmackvoll«, und so weiter. – Wie denn alles seine Zeit und Blüte hat, so auch hier; man ging, woher man gekommen war, und hätte ich nichts Weiteres zu berichten, so wäre das Papier geschont worden. Von dieser sämtlichen hohen Versammlung, etwa 12 Personen, blieb Prinzessin Marie in Gesellschaft ihres Gemahls Prinzen Karl zurück. Ihre erste Frage war nach Dir. Ich konnte sagen, daß Du aus dem Untergarten ins Haus zurückgezogen wärest, Dich munter und geschäftig befändest, und dergleichen. Nun ließ sie sich noch die übrigen Räume des Saales von mir zeigen, ließ sich hin und wieder auf einen oder andern Sessel nieder, ergetzte sich an der frischen grünen Umgebung, fragte aufs anmutigste eins und anderes und zuletzt nach dem kleinen Felix, der jetzt ein 18jähriger, fast ausgewachsner Student bei der Universität ist und den ich wegen fortgesetzten Fleißes in allem, was wissenswürdig ist, von Herzen loben konnte, worüber sie sich aufs verständigste freute.

Willst Du Dir nun Deinen alten derben Grundling einer ruhigen, verständigen, ganz jungen fürstlichen Neuvermählten gegenüber vorstellen, mit Huld und Geduld vernehmend, was der Moment dem Alten auf die Lippe gibt, dazu eine stille heitere Abendkühle nach ausgestandenen Catalanien im schwülen Opernhause, so wüßte nichts weiter davon zu schreiben, als daß ein anrückender Gewitterregen mich einer so holden Gegenwart vielleicht etwas früher beraubt hat. Ich war auf eigenem Grunde und Boden, wo man reden darf, sonst wäre vielleicht manches Wort gespart gewesen. Im Laufe der Rede hatte ich Felix den besten Spieler genannt. Der Prinz fragte hastig: »Besser als Hummel?« – Weiß ich doch nicht mehr, was ich gleich geantwortet habe; sagt man doch auch: der beste Mensch, was man ja überall sein kann.

Lebe wohl!

Dein

Z.

561. *An Zelter*

Aus Deinem unschätzbaren Schreiben, mein Teuerster, geht hervor, daß Du die Gabe des Unterrichts bei Dir vollkommen ausgebildet hast und dadurch Deinen Schülern in jedem Falle gründlich genugtust. Meine Frage hast Du auf eine Weise beantwortet, daß ich sie, so schwer und entfernt sie auch sei, doch mir erleichtert annähern kann. Höchst merkwürdig ist es, daß die Musik, wie sie aus ihrer ersten einfachen Tiefe hervortritt, alsobald der flüchtigen Zeit angehört und dem leichtfertigen Ohre schmeicheln muß. Kein Wunder, daß nach soviel Jahren sie endlich auf dem Wege dahinläuft, den wir sie jetzt eilig verfolgen sehen.

Soweit war ich gekommen und wollte nun fortfahren, über das wunderbare Verhältnis des innern produktiven *Sinnes* zu dem praktisch-äußeren *Tun* mich weiter zu ergehen, als ein Schauspieler, namens La Roche, nach Berlin gehend, um einige Worte an Dich ersuchen läßt. Er wird für den besten der neuen Schauspieler gehalten und ist in dem, was man mittlere, halb und ganz komische Charaktere nennt, gewandt und willkommen; ein Liebling des Publikums, begünstigt von meinem Sohne, ein verständiger rechtlicher Mann. Dieser wünscht von Dir freundlich aufgenommen zu sein, auch wohl der Singakademie beiwohnen zu dürfen, und was ohne Deine Unbequemlichkeit sich weiter ergeben möchte.

Zum Schluß vermelde, daß mich die Akquisition einiger ältern Zeichnungen diese Tage her sehr glücklich macht. Sie sind von der besten Art, unter dem Einfluß des edelsten Geistes hervorgetreten, eine unerschöpfliche Quelle guter Gedanken, zum Beispiel ein »Auflesen des Mannas« höher als alle Vernunft. Niemand als Rafael konnte es erfinden; nachgebildet sind sie auf das treuste, zarteste und zierlichste.

Soviel für diesmal. Wärest du nur auf einige Stunden des Genusses teilhaftig und ich dessen, den Du so reichlich ausspendest! Doch muß ich noch gedenken, wie ich vorgestern abend mit Riemer in einem Deiner Briefe auf Dein Lied zu Ehren des Königs gelangte, das Dir anfangs so sehr bestritten wurde. Riemer machte die Bemerkung, daß nicht leicht etwas von solcher Konfidenz und innerer Zuversicht ausgesprochen worden; es habe so was von Luthers »Eine feste Burg ist unser Gott.«

Hiemit sei denn aber wirklich abgeschlossen.

Unwandelbar

Weimar, den 21. Juni 1827. G.

562. *An Goethe*

Was Dir selber auffällt, muß doch wohl mir auch auffallend sein; es war die Bemerkung im 4. Bande Deiner neuen Ausgabe, 189. Habe ich doch ebensowenig an so etwas gedacht, doch die angegebene Ursache ist das schönste Gedicht, ja es stellt Deinen Freund über alles hinaus, was er sich vom Höchsten herab denken mag. Habe Dank für diese Zeilen! sie erhalten mein Andenken, und lange nach uns sagt einmal einer: »Den Mann möchte man doch wohl gesehn haben!« – der denn freilich früher müßte aufgestanden sein.

Eine besondere Eigenschaft Deiner Poesie ist, daß gute Köpfe sie aus der bloßen Diktion genießen, denen diese zu denken gibt, komme heraus, was will. So mit Matthisson, der mir eben Grüße bringt von Dir und sagt, er habe Dir die »Helena« vorgelesen. Fast schien es, als wenn er von mir etwas darüber zu erfahren gedächte. Er könnte immer wissen, daß ich in seinem nämlichen Falle bin, was ich ihm jedoch nicht gesagt habe, da er nicht fragte. Er wußte nicht auszuloben, wie Du ihn aufgenommen hast.

Dienstag, den 26. Juni 1827. Ein treffenderes Abbild der Bildungsgeschichte Deiner Zeit hätte kein Pinsel erreichen können als durch die »Xenien«.

»Mir hat Er auch eins versetzt«, sagte gestern abend v. Buch, »ich habe den Sohn zum Papa und das Omega zum Alpha gemacht.« Kurz vorher hatte er der Gesellschaft, recht verständig in seiner Art, über die »Helena« gesprochen, denn außer uns beiden kannte noch keiner die 5 ersten Bändchen. Es muß doch damit etwas unordentlich zugehn, denn auch ich muß mich mit einem geborgten Exemplare behelfen. – Übrigens fängt mir der Obengenannte an leidlicher zu werden. Ein Edelherr und Königlicher Kammerherr und Güterbesitzer kann sich schon etwas wunderlich ausnehmen in dem schlichten, arbeitsamen, eifrigen Akademisten, der sein Handwerk in den Füßen hat und so das weiteste Ausland durchwandert. Meine Aufmerksamkeit auf sein Verdienst scheint ihn gewonnen zu haben, und er fragt wohl einmal nach etwas, das ich wissen soll. Es ist keinem zu verdenken, sein Metier für das beste zu halten, und ich weiß vor vielen davon zu reden. Salve!

Dein

Z.

Es war auch die Rede von der Brücke unter der Themse. In aller Unschuld denke mir noch alles wie sonst und hatte das Wasser zum Elemente gemacht – da haben sie mich weidlich ausgelacht.

563. *An Goethe*

6. Juli 1827.

Von einer Gevatterfahrt gestern abend nach 8 Tagen zurückekommend, finde ich Deinen lieben Brief vom 21. vorigen Monats, welchen Herr La Roche in meiner Abwesenheit abgegeben hat. Konnte ich vor Ermüdung mich nicht sogleich erinnern, welchem meiner Briefe Du ein so schönes Lob gibst, so bin ich in angenehmster Meditation zu Bette gestiegen und habe einen guten Schlaf gehabt, den die große Hitze, Mücken und Zubehör des platten Landes nicht gestatten wollten.

Meine Tochter Auguste Grundmann in Fiddichow an der Oder, 2 Meilen hinter Schwedt, hat nämlich ihrem 4. neugebornen Sohne den Namen Wolfgang gegeben, und ich habe ihn zur Taufe gehoben. Nun hat sie 7 Kinder, gesund, schmuck, gut gezogen, und ich habe mich einmal wieder recht durchfreuen können über ein zusammengehöriges Paar mit lauter hübschen Kindern.

Auf der Rückreise, die sich mit einer Oderfahrt verbinden ließ, hab' ich denn auch meine ältere Tochter Julia Huschka, die Starke, Großaugige, besucht, die denn auch das Siebente unter dem Herzen hat, da denn das Freuen und Anhängen von vorn anging. Die neuen Scheunen und Ställe sind fast fertig, das wohleingerichtete Wohnhaus war vom Brande verschont geblieben, und der Schade selbst hat auch sein Gutes bei sich gehabt, denn die zerstörten Gebäude sollen schlecht und unbequem gewesen sein. Um der Zufriedenheit Fülle zu haben, finde ich denn gestern beim Eintritte in mein Haus auch meine gute Luise zwar nicht genesen, aber doch hergestellt, denn wider Wissen und Können der Fakultätsmänner ist das verkürzte Bein in seine gehörige Assiette zurücke- oder vielmehr vorgetreten, was niemand begreift. Da könnte man ein Tedeum brauchen, doch wollen wir noch damit tefen, bis wir genauer wissen, wem der Sieg zukommt, von dem sich Rust vorläufig losgesagt hat, da keine Geschwulst, Farbe oder sonst Sichtbares vorhanden ist, ein Messer zu beschäftigen. Der Schmerz ist freilich noch nicht gehoben, aber die beiden Beine sind wieder gleich lang.

Dein neuester Fund macht mich gleichfalls aufmerksam. Das Auflesen des Manna schiene fast ein ebenso unerquicklicher Gegenstand für die Kunst zu sein wie Sebastian Bachs »Brich dem Hungrigen dein Brot«. Aber ich wünschte wohl ein Detail von Dir über Rafaels Behandlung; Deine Worte wollte ich schon zu verstehn suchen.

Herrn La Roche habe ich nun noch gar nicht gesehn, doch

soll er willkommen sein. Er muß doch schon einige Zeit vor meiner Abreise hier angekommen sein, da er auch an Felix Karte abgegeben hat, ohne anzuzeigen, wo er wohnt.

Die kleine gute Facius aber kommt zuweilen und läßt sich's unter uns gefallen; auch höre ich sie gern reden.

Die Tonlehre ist abgeschrieben und erfolgt anbei, mit Bitte um Verzeihung, wenn sie durchs Anheften etwas gelitten hätte. Meine Gedanken über einzelnes sollen noch reifen.

Sonntag, 8. Mit Luise geht es in der Tat besser. Die Sache gilt für ein Wunder und zwar unter Artisten. Sie geht zwar noch am Stocke, doch hinkt sie nicht.

Frommann, der die nächsten Tage von hier abgeht, will dies mitnehmen; vielleicht findest Du ihn einen halben Zoll kürzer, denn er läuft sich gewiß so viel ab, doch will er nicht dünner davon werden.

Herr Sebbers hat mir gestern sein Tassengemälde mit Deinem Bildnisse gebracht, das ich morgen und Dienstag in der Singakademie ausstellen will, wie er es wünscht, ehe es, wie er sagt, in ein Museum begraben wird.

Dienstag. Gestern abend hat sich Dein Herr Graf Sternberg unsern Montagsklub gefallen lassen; Rosenstiel hatte ihn als Gast mitgebracht, und es schien, als wenn's ihm unter uns gefallen hätte; ich konnte ihm sagen, was ich aus Deinen Briefen von ihm wußte, und mit den meisten von uns konnte er über ihn besonders Interessierendes reden. Lebe wohl!

Dein Z.

564. *An Zelter*

Die Fortsetzung des durch den Schauspieler La Roche übersendeten Fragments liegt schon seit jener Zeit vor mir, und ich konnte mich sie abzusenden nicht entschließen; es war, ich weiß nicht wie, etwas Mürrisches hineingekommen, wie man es nie in die Ferne senden soll; denn gerade zu der Zeit, wo man dem Freunde nunmehr eine unangenehme Stunde macht, hat man sich schon völlig wiederhergestellt und ist durch eine glücklich-entschlossene Tätigkeit schon längst aus dem düstern Zustande herausgetreten, wo uns der Ärger über gehindertes Wirken einen Augenblick überraschen konnte.

Habe also Dank für alles seit jener Zeit Überschriebene, nimm meinen zwar etwas verspäteten Glückwunsch zu Deinem Blumenfeste sowie die Anerkennung der wohlwollenden Aufnahme, die Du denen gönnst, welche von uns zu euch hinüberkommen.

Nun muß ich aber noch aussprechen, warum ich eben gerade jetzt wieder anzuknüpfen mich entschließe. Beigehendes Gedicht, ein Landsmann des wohl aufgenommenen »Wanderers«, wird Dir gewiß Vergnügen machen; diese Dir gewidmete Reinschrift war seit jener Zeit ins Verborgene geraten, und erst heute finde ich sie an dem Orte zufällig wieder, wo ich sie ganz zu Anfang hätte suchen sollen. Dies deutet nun darauf, daß ich nicht weiter säumen soll, Dich wieder einmal zu begrüßen.

Der Überdrang bei euch von musikalischen, prosaisch-dramatischen, literarischen, wissenschaftlichen und sonstigen Produktionen, wie die Zeitungen uns solche vorschieben, könnten einen Einsiedler in der Ferne beinahe irremachen und überwältigen; doch glaub' ich gern, daß man mitten in diesem Getreibe auch wohl sich selbst eigen bleibt; wie es uns denn auch wohl gelingt, an brausendem Meeresufer oder sonst gute Gedanken zu haben.

Die regierende Frau Großherzogin ist von Dornburg wieder in Weimar eingekehrt; die Frau Erbgroßherzogin ruht sich in Belvedere von allen den Festen, Freuden und Sorgen aus. Der Großherzog verweilt länger, als er beabsichtigte, in

Töplitz, um Ihro Majestät Ankunft zu erwarten. Dein Freund ist aus dem Garten wieder heraufgezogen, indem er allzusehr abhängt von literarisch-artistischer Umgebung, die ihm hier oben allezeit zur Hand ist, anstatt, daß er sie unten nur teilweise heranfordern kann. Es war wirklich komisch zu sehen, wieviel und was alles in den vier Wochen des dortigen Aufenthalts hinabgeschleppt worden.

Der größte Gewinn, den ich jedoch von diesem Versuche davongetragen, ist, daß mir jener Garten, der mir fast gänzlich entfremdet war, wieder lieb, ja notwendig geworden ist. Die Vegetation daselbst wie in der Umgegend hat sich dieses Jahr vorzüglich auch an alten Bäumen bemerklich gemacht, und so erfreu' ich mich des lange Versäumten und Vernachlässigten noch mehr als eines Vermißten und Ersehnten. Ich fühle mich genötigt, jeden Tag wenigstens einige Stunden daselbst zuzubringen.

Übrigens hab' ich manches im Sinne und unter der Hand, was euch Freude machen sollte, wenn es zustande käme; ich möchte euch wohl gern noch ein paarmal überraschen und in Verwunderung setzen, wozu wohl die Anlage schon da ist.

Frage doch die englischen Literaturfreunde in Deiner Nähe, ob ihnen etwas von *Thomas Carlyle* in Edinburg bekannt geworden, der sich auf eine merkwürdige Weise um die deutsche Literatur verdient macht.

Somit aber lebe wohl, damit Gegenwärtiges als ein Vorläufer manches andern Guten noch heute fortkomme. »Gutmann und Gutweib« gibst Du nicht aus Händen.

Eiligst wie treulichst

Weimar, den 17. Juli 1827. Goethe.

[Beilage] Altschottisch

Und morgen fällt Sankt Martins Fest,
Gutweib liebt ihren Mann;
Da knetet sie ihm Puddings ein
Und bäckt sie in der Pfann'.

Im Bette liegen beide nun,
Da saust ein wilder West,
Und Gutmann spricht zur guten Frau:
»Du riegle die Türe fest.«

»Bin kaum erholt und halb erwarmt,
Wie käm' ich da zu Ruh!
Und klapperte sie einhundert Jahr,
Ich riegelte sie nicht zu.«

Drauf eine Wette schlossen sie
Ganz leise sich ins Ohr:
So wer das erste Wörtlein spräch',
Der schöbe den Riegel vor.

Zwei Wanderer kommen um Mitternacht
Und wissen nicht, wo sie stehn,
Die Lampe losch, der Herd verglomm,
Zu hören ist nichts, zu sehn.

»Was ist das für ein Hexenort,
Da bricht uns die Geduld!«
Doch hörten sie kein Sterbenswort,
Deß war die Türe schuld.

Den weißen Pudding speisten sie,
Den schwarzen ganz vertraut,

Und Gutweib sagte sich selber viel,
Doch keine Silbe laut.

Zum andern sprach der eine dann:
»Wie trocken ist mir der Hals!
Der Schrank, der klafft, und geistig riecht's,
Da findet sich's allenfalls.

Ein Fläschchen Schnaps ergreif' ich da,
Das trifft sich doch geschickt;
Ich bring' es dir, du bringst es mir,
Und bald sind wir erquickt.«

Doch Gutmann sprang so heftig auf
Und fuhr sie drohend an:
»Bezahlen soll mit teurem Geld,
Wer mir den Schnaps vertan!«

Und Gutweib sprang euch froh heran,
Drei Sprünge, als wär' sie reich:
»Du, Gutmann, sprachst das erste Wort,
Nun riegle die Türe gleich!«

565. *An Goethe*

Die kleine artige Elkan aus Weimar, welche mir die Facius zugeführt hat, will gerne etwas für Dich mitnehmen; somit sende die anbei kommenden Münzen, welche Herr La Roche überbringen wollte, der sich aber noch auf unserm Königlichen Theater vernehmen läßt. Die Münzen sind ein Geschenk des alten Friedländer, und wenn sie mehr wert sind als das Metall daran, so soll er auch mehr gelobt sein; denn in solchen Dingen nimmt er lieber als Geben.

Dein Bildnis von Sebbers, das ich schon an die 4 Wochen im Hause habe, wird verschieden genug beurteilt; alle wollen es aber haben, da es so überaus ähnlich ist. An meinen Wänden hängen gegen 20 verschiedene Abbildungen von Dir umher, da denn verglichen und zuletzt das Sebber'sche für das beste angesprochen wird.

Professor Riemer soll Dank haben für sein günstiges Urteil über meine Verse. Müßte man ja verdrießlich sein über solche, die es besser machen können und sich was zu vergeben denken.

Übermorgen ist nun Geburtstag, da sie sich feierlich von selber aufzutun haben. Da ist der ganze Stall in Verlegenheit; lauter fremdes, teuer bezahltes Vieh; solche Brut will den Brutus machen. Einer schiebt's dem andern zu, und wen's endlich trifft, der gebahrt sich und stöhnt, als ob er den Behemoth zur Welt zu bringen hätte. Doch halt! das ist ja *Mürrisches!* aber das Mädchen wartet und will das Blatt haben.

Lebe wohl!

Z.

1. August. In Eile will ich noch sagen, daß Du drei Glückliche auf einmal gemacht hast. Meine gute Frau v. Zschock ist entzückt von Deiner Aufnahme; sie fühlt sich wie Simeon, denn sie hat ihr Höchstes dieser Erde erreicht.

Nun ist heute schon der 7. August, und das Blatt liegt noch unabgeholt, unterdessen ich die Silbermünzen eben an Herrn La Roche abgegeben habe.

Lebe wohl, Du guter Mann, und gedenke Deines

Z.

566. *An Goethe*

Freitag, 13. Juli 1827. Endlich habe soeben euern Herrn La Roche gesehn, gehört und geschmeckt und zwar in »Matrimonio segreto«. Es sind ihm die Rollen des abwesenden Spitzeder zugefallen, der mit Recht ein Liebling ist, und so habe jener, wie verlautete, nicht ansprechen wollen und so hat er mich eben überrascht. Er hat den Geheimen Kommerzienrat in dieser Oper vollkommen gut gesungen und trefflich gespielt, der neben einem eiteln harthörigen Narren doch Vater und das Ganze ein heiterer Spaß ist.

Die Deutschen sind mit der Oper, durch welche sie sich gleichwohl mehr und mehr angezogen finden, immer noch nicht im reinen. Sie wollen sich selber einen zu großen Anteil am Kleinen abtrotzen und verderben sich den ganzen Spaß, den sie doch haben wollen.

Den 8. August. So lange liegt dies Blatt, und nun habe endlich auch anderen Leistungen des Herrn La Roche im Königlichen Theater beigewohnt, unter denen ich die des Oberförsters in den »Jägern« von Iffland durchaus gelungen nennen darf, da ich die Rolle oft genug von Iffland, der sie für sich geschrieben, gesehn habe.

Dann sehen wir eben eine Mademoiselle Müller, Hofschauspielerin beim Kaiserlichen Theater in Wien. Ein treffliches Wesen von fern und bei nahe, einige 20 Jahre alt. Ich habe sie als Julie, als Semiramis, als Isabella in den »Quälgeistern« und zuletzt als Donna Diana, also in vier ganz verschiedenen Rollen mit Vergnügen gesehn. Dabei habe denn zugleich die Erfahrung bestätigt gefunden, daß es nicht ganz leicht sei, Gewohntes gehörig zu würdigen. Jugend, Sprache, Gestalt und Stimme dieses trefflichen Mädchens erkennen ihr den Preis zu über unsere Madame Crelinger (Stich), welche letztere jedoch bei minderm Grade solcher Vorteile Bewundrung verdient, indem sie sich zur Müller verhält wie ein ganzes Talent zu einer Zahl.

Dann läßt sich eine Mademoiselle Schechner aus München in den Rollen unserer Milder vernehmen und zuletzt in Glucks »Iphigenia«, und das ist der nämliche Fall. Jugendfrische gewinnt, und damit werden alle Fehler zugedeckt, die man der Milder zur Last legt.

Über die Münzen, welche Du nun durch La Roche erhältst, erfährst Du das Nähere aus einem Briefe, welchen Dir die kleine anmutige Elkan aus Weimar übergeben will, und da La Roche auf seine Abreise dringt, so – lebe wohl!

Dein Z.

Endlich muß ich mich eines Auftrages entledigen, wenn er Dich auch quälen sollte.

Mein vieljähriger Hausfreund, der immermuntre Rösel, trug mir schon vorigen Sommer auf, mich bei Dir zu erkundigen, ob gewisse Sendungen zum 28. August 1825 und auch 1826 Dir wohl möchten zu Handen oder Augen gekommen sein.

Die erste Sendung ist an Ottilie geschehen und enthielt die Zeichnung und 12 Abdrücke des lavierten Höfchens Deines Geburtshauses in Frankfurt am Main.

Die 2. Sendung an seinen Schulfreund, den Professor Riemer. Sie enthielt zwei ausgeführte treue Zeichnungen von Torquato Tassos Geburtshause in Sorrento und die väterliche Burg des Götz v. Berlichingen zu Jagdshausen.

Darauf hat er von keiner Seite die geringste Nachricht erhalten, ob diese Stücke angelangt sind.

Da habe denn auch ich schändlich vergessen nachzufragen, und ich bin in seiner Schuld.

Nun will und wird er Dir zum 28. August dieses Jahres wieder etwas an Dich selbst senden, und wenn Du ihm dafür ein Wort oder gar eine Zeile gönnst, so springt der alte Jüngling mir übers Dach in die Stube.

Über Deinen Sir Carlyle wirst Du aus der Anlage sehn, daß ich mich bei der (leider) besten unserer Quellen bemüht habe; sollte ich noch sonst mehr erfahren können als dieses Nichts, so werde nicht zu berichten säumen.

Z.

[Beilage]

Sonntag, 9 Uhr.

Thomas Carlyle ist meines Wissens ein junger Mann, der sich viel mit dem Deutschen beschäftigt hat, auch einige Rezensionen im »Edinburgh« oder »Quarterly Review« geschrieben haben soll. Ich kenne ihn nicht; wahrscheinlich würde indeß Thomas Campbell, der berühmte Dichter, der mit ihm liiert sein soll, über ihn Nachricht geben können.

Wie immer

Ihr

S. H. Spiker.

567. *An Zelter*

Nicht einen Augenblick säum' ich zu melden, daß der willkommenste Gast im Bilde glücklich angelangt ist und große Freude gebracht hat, aber für jetzt nur mir allein, denn er wird bis zum 28. sekretiert und alsdann ehrenvoll ausgestellt.

Vor allem aber Dank dem Künstler, welcher in dem würdigen Freund zugleich den aufmerkenden und dirigierenden Meister wahrhaft und kunstreich überlieferte. Dank und Segen!

Treu freudig

der Deine

Weimar, den 14. August 1827. Goethe.

Fortsetzung

Soeben, als ich siegeln will, kommt Herr La Roche und bringt mir Gruß, Brief und Paket. Deshalb ist notwendig noch einiges hinzuzufügen.

Zuvörderst also der Dank für die Silbermünzen, welche um desto willkommener sind, als gerade in diesen Tagen ein ganz neuer wohlüberdachter Münzschrank angekommen ist, wo sie denn, an Ort und Stelle rangiert, gleich einen doppelten und dreifachen Wert gewinnen.

Des guten Rösels zwiefache Sendung ist freilich bei mir angekommen, der Dank aber bei meiner grenzenlosen Expeditionsnot, obgleich wohlempfunden, doch leider zurückgeblieben. Hält er, wie Du sagst, fest im Glauben und sendet einiges zum Geburtstage, so nehm' ich davon Veranlassung, ihm ein paar Medaillen zu schicken und ein freundliches Wort zu sagen.

Unser La Roche kann mit seinem Berliner Aufenthalt sehr wohl zufrieden sein; auch Deine Worte über ihn werden, wenn ich sie mitteile, ihm und seinen hiesigen Gönnern große Freude machen. Dein Bild hab' ich wieder zugenagelt, es hat es außer mir niemand gesehen; indem ich Dir für Deinen persönlichen liebevollen Geduldsanteil daran herzlich danke, muß ich gestehen, daß ich es sehr brav und tüchtig finde; es wird schwerlich eine solche Übereinstimmung zwischen Gestalt und Sinn, zwischen Bewegung und Bedeutung, zwischen Absicht und Ausführung sobald wieder gefunden werden. Herr Begasse, der mir bisher ein bloßer Name war, ist mir nun erst ganz eigentlich zu einem mitlebenden vorzüglichen Künstler geworden. Danke ihm vorläufig zum besten.

Ich leugne nicht, daß es mich manchmal peinigt, in den Jahren, wo man etwas zu verstehen anfängt, von einer nur wenig entfernten Mitwelt ausgeschlossen zu sein und mich mit Namen, historischen Daten und Relationen begnügen zu müssen. Indessen habe den besten Dank für Deine Theaterandeutungen; da ich auf diesen Sinnegenuß Verzicht tue, so ist es mir dagegen wahrhaft wohltätig, wenn man mir dergleichen vor den Verstand, zur innern Anschauung bringt.

Das Kärtchen an Herrn Mendelsohn-Bartholdy besorgst Du gefällig; nächster Tage schreibe ich ihm ausführlicher, sowie ich manches andere in diesem Monat zu vollbringen hoffe, worunter einiges Dir künftighin Freude machen soll.

Wie oben und überall

Weimar, den 14. August 1827. G.

568. *An Goethe*

Herr Dr. Gustav Parthey, ein Enkel und Erbe des verstorbenen Friedrich Nicolai, ist der Überbringer dieses Blattes.

Der junge Mann hat Italien und den Orient mit Augen des Leibes gesehn und wünscht Den zu kennen, der sich so wahr und geistig über diese Weltgegend ausgewiesen hat.

Du weißt ja wohl, daß ich von Jugend an mit dem Hause des alten Gründers in gutem, ja dankwilligen Vernehmen gestanden, und wenn sich durch Zeit und Zuwachs neue Verhältnisse bilden, so brauch' ich mir keine Gewalt zu tun, meinen Sinn beim *Alten* zu lassen, der große Augen aufzutun hätte, seine beiden einzigen Erben den einen an eine Papistin und die andere an einen Papisten verheuratet zu finden. »So sangen die Parzen.« Lebe wohl und schreib mir bald, daß ich zu oft erscheine. In Eile. Berlin, den 14. August.

Dein

Z.

569. *An Zelter*

Die Schlegelischen Vorlesungen, wie sie im Auszuge bei mir angelangen, sind alles Dankes wert; man rekapituliert mit einem verständigen unterrichteten Mann dasjenige, woran man sich selbst heraufgebildet hat und woran man glücklich mit heranlebte. Das jüngere Publikum besonders kann gar wohl damit zufrieden sein, wenn es die nächste Vorzeit vernünftig anzusehen Lust hat. Er ist seine guten 60 Jahr alt und weiß die Mühe zu schätzen, die es ihm und andern gekostet hat, auf diesen Punkt zu gelangen.

Hie und da müßte man derber aufstoßen, wenn das Ei stehen sollte. Auch sind in der Geschichte der Kunst zwei Betrachtungen nie außer Augen zu lassen: 1) daß alle Anfänge nicht kindlich und kindisch genug angesehen werden können, und 2) daß in der Folge die Wirklichkeitsforderung immer mit Sinn und Geschmack im Streit liegt.

Du erwähntest neulich der Basreliefe; ihre Entstehung ist ganz einfach. Ein Bild soll nicht allein durch Linien begrenzt, sondern auch auf irgendeine Weise vom Grund ab- und dem Auge entgegengehoben werden. Zeichnet man eine Figur auf rot zu brennenden Ton, so füllt man das Körperliche mit schwarzer Farbe aus; umreißt man eine Figur mit dem Griffel auf weichen Ton, so nimmt man den Grund weg. Auf diesem Wege sind die ältesten noch übrigen Basreliefe entstanden. Das war nicht genug, man färbte den Grund sowohl hinter Figuren als Zieraten, wie uns die neuesten Entdeckungen an den Tempeln von Selinunt Zeugnis geben.

Vorstehende, sogleich bei Lesung der ersten Schlegelischen Blätter in dem »Berliner Konversationsblatte« mir zugegangene Bemerkungen sollten nach weiteren Vorschritten fortgesetzt werden; da mich aber der Tag schon unterbricht und fortreißt, so mag das Blatt lieber alsogleich seinen Weg zu Dir antreten.

Die Gegenwart Deines Bildnisses hat mir so wohl getan, daß ich nunmehr den 28. August ungeduldig erwarte, um es wieder eröffnen zu können. Einige in dieser Zeit darüber gehegte Betrachtungen werden auch Dir und dem wackern Künstler willkommen sein.

Gruß und Dank!

Weimar, den 17. August 1827. Goethe.

570. *An Goethe*

Den 10. August 1827.

Urteile über August Schlegels Vorlesungen werden nach und nach dreister. Manches wird Dir wohl von andern darüber zugekommen sein. Die Damen, auf die es doch mit angelegt war, finden sich auch nicht alle befriedigt. Eine sagte ganz stutzig: »Das schmeckt beinahe wie eau de fenouil; sieht er denn uns für neugeborne Kinder an?«

Freund Hirt dagegen, der sitzt wie ein Athos, seinen »Vitruv« im Schoße, und wie er sich erhebt, purzeln Städte über seine Lenden herab.

Alexander Humboldt, auch ein frevelnder Zuhörer (der Minister ist nicht anhier) läßt Dich grüßen. Dies Brüderpaar, o gemini! sind Dir echte Kunstzwillinge, beide so ohne alle musikalische Beilage, daß mir ordentlich bange werden kann um sie.

17. August. Soeben kommt Dein lieber Brief vom 14., dessen Inhalt dem guten Begas die wahrste Freude machen wird. Seine Bilder auf der letzten Ausstellung und ihre Wirkung hatten ihn fast zerrissen; so faßt er den Entschluß, vor die rechte Schmiede zu treten, um sich wieder zu ergänzen. Was Du an diesem Bilde erkennst, ist auch von Rauch

und andern erkannt; ich kann ihm bezeugen, daß er es an keinem Fleiße fehlen lassen, womit er mir beinahe lästig worden ist, denn wir wohnen eine Strecke auseinander. Von seinen historischen Sachen will ich nichts sagen, er leidet wie wir alle an seiner Zeit; seine Bildnisse aber nach dem Leben, und unter diesen das Bild von Thorwaldsen dürfte mit Ehren neben Tizian bestehn; ich will's nur sagen, daß dies Bild mich endlich überredet hat, etwa so dargestellt zu werden.

Laß mich gelegentlich wissen, ob die Silbermünzen einigen Wert haben. Überhaupt wäre gut, wenn man Dein Verzeichnis mit Benennung der Dubletten hier hätte.

Sonntag, 19. Unser Freund Nägeli hat ein philo-theosophisch-pädagogisch-historisch-kritisch-prophetisch-musikalisches Werk von sich gegeben, worin gesagt wird, daß die neue, bis zum Scheitelpunkte gesteigerte und noch bis ins Unendliche zu steigernde Instrumentalmusik als die idealisch höchste, zuletzt verbunden mit hundertstimmigem Gesangschore, endlich in einer verklärten Tonschöpfung – *die verklärte Menschheit* darstellen wird.

Etwas mag an und in dem Gedanken sein, den ich ihm beneiden würde, hätte man nicht vor 50 Jahren auch solche Einfälle gehabt, und nun – krabble ich noch immer an Deinen Liedern herum.

Solche 100stimmigen Chöre, heißt es dann, seien in seinen schweizerischen und süddeutschen Städten schon im Werden, und so weiter. Ferner:

»So kann ich mit völliger Sicherheit, den bisherigen Entwickelungsgang im Auge, voraussagen: wie, durch welche Hauptmittel die Instrumentalmusik eine unermeßliche Idealisierung erlangen wird und muß« etc. NB. Hier ist es lange noch nicht aus; das langhalsige Gerede geht immer um sich selber herum.

Mozart ist etwas stark mitgenommen, Pleyel mit Estim

behandelt. Der alte Bach und Beethoven kommen am besten zu stehn. Da Du solche Sachen wohl schwerlich liesest, so magst eine Privatnotiz darüber hinnehmen, und ich werde es auch auf gute Art wieder los.

Über Deine Tonlehre habe ich etwas in petto, das Dir Freude machen soll; es ist noch nicht reif, wiewohl ich mich schon jahrelang damit umtrage. Es betrifft die Molltonleiter. Es sitzt in mir wie angenagelt, man ist aber hin- und hergerissen. In mündlicher Unterhaltung, wenn die Gelegenheit da ist, geht mir's eher ab, und höre ich's nachher von andern wieder aussprechen, so möchte ich meine eigene Gedanken auslachen.

Den 21. Eben kommt Dein Schreiben vom 17. an. Schönsten Dank für die erschöpfende Belehrung über das Basrelief. Schlegel hat wohlgetan, sich nachher etwas zusammenzunehmen. Er schien sich nicht hinlänglich vorbereitet zu haben. Sein Publikum hier waren keine Bonner Studenten. Man wohnt hier auf der Fläche, und von einem, der so weit her ist, erwartet man – was er selbst erwarten ließ. Du triffst den Nagel auf den Kopf: wer das Ei schonen will, wird es nicht zum Stehn bringen; er wollte es recht süß machen. Bei rechtem Lichte besehn, ginge der Tadel eigentlich auf seine blonde Perucke und seine Spiegeltabatiere, die er unablässig besieht. Seine Sache ist gut, und was keiner weiß, wird keiner verraten.

Den 23. Daß Du viel zu tun weißt und tust, sagt mir jedermann und freut mich nicht wenig. An Korrespondenz und Visiten fehlt es auch nicht. Muß ich doch oft in mir lachen, wenn ich hie und da höre von solchen, die Dich nie gekannt – wie du ein ganz anderer Mann bist als sonst, artig, mitteilend und was noch. –

Wer wollte nicht zunehmen an Weisheit und Güte! Kurz, man hat sich gebessert, und das ist gut! – sagt der Dorfbarbier.

Was aber keiner Wort haben will, daß *sie* ihre Meinung bessern *müssen* – auch das ist gut!

Dein
allinnigster Z.

[Beilage]

Hierbei erhalten Sie, verehrter Herr Professor, die Aufsätze über Goethe und für ihn.

Aber eine große Bitte füg' ich noch bei, die nämlich, daß Sie eine Fürbitte für mein Kunstblatt bei dem alten Herren einlegen, so daß er mir bis Oktober eine wenn auch so kleine briefliche Mitteilung mache. Im übrigen ist er schon unterrichtet, daß v. Humboldt, v. Schlegel, Hirt, Schinkel und andere tätige Unternehmer und Übernehmer der Arbeiten sind.

Guten Fischzug!

Ihr
Den 24. August 1827. ergebenster F. F.

571. *An Zelter*

Was zu meinem diesmaligen Geburtsfest sich Wundersames ereignet, wird Dir die behende Fama schon zugebracht haben, ehe Du Gegenwärtiges erhältst. Ich aber kann weiter nichts hinzufügen, als daß uns in unsern alten Tagen des Guten beinahe zuviel zugemutet wird. Es gehörten wirklich jüngere Sinne und Schultern dazu, dergleichen alles aufzufassen und zu tragen.

Nun zu dem Inhalt Deiner letzten Briefe. Dr. Parthey kam eben zu rechter Stunde, um an öffentlichen und häuslichen Tafeln sich zu unterhalten und zu ergötzen. Professor Gans langte zu gleicher Zeit an; auch er ward manches Erfreulichen teilhaftig.

Rösels vorzüglich schönes Blatt fand mich auch gerade in gutem Humor, und ich konnte ihm etwas Freundliches erwidern, das er Dir gewiß gleich vorzeigen wird.

Die Münzen erhielt ich durch La Roche schon längst; Dein erklärendes Briefchen durch die artige Jüdin erst gestern. Danke dem Geber zum schönsten; es sind Silberrupien, die sich neben einer goldenen, die ich besaß, recht hübsch ausnehmen. Sie waren doppelt willkommen, weil mein Sohn eben für einen eleganten geräumigen Münzschrank gesorgt hatte, wo man denn erst nebeneinander und zusammen sieht, was vorhanden ist. Bedeutende Dubletten habe ich nicht zum Austausch anzubieten; wäre aber die Medaille von Bovy in Silber angenehm, so könnte ich damit dienen.

Den guten Förster beschwichtige mir. Ich würde ihm wohl von Zeit zu Zeit etwas mitteilen; wie ich denn zum Beispiel nichts dagegen habe, wenn Rösel sein kleines Gedicht dort will abdrucken lassen. Aber die guten Menschen verlangen gleich, daß man sich assoziieren soll, und dafür hat man sich denn doch zu hüten, weil sie mitunter taktlos und indiskret sind. Auch wirst Du Dich erinnern, wie Gleim in seinen alten Tagen sein Talent auf diesem Weg zuletzt trivialisierte; ich erinnere mich, damals auf ein Stück »Merkur« geschrieben zu haben:

In's Teufels Namen,
Was sind denn eure Namen!
Im »Deutschen Merkur«
Ist keine Spur
Von Vater Wieland,
Der steht auf dem blauen Einband;
Und unter dem verfluchtesten Reim
Der Name Gleim.

Das Erst' und Letzte, wovon ich aber reden soll, bleibt immer Dein Bildnis. Es hatte an sich sehr viel Verdienst und so auch den allgemeinsten Beifall gefunden. Bleibt dem gebildeten Kenner beim Anblick noch etwas Problematisches, bei näherer Untersuchung ein zu Wünschendes, so liegt es daran, daß dieser Mann, von so vorzüglichem Talent, wie alle unsere neuen bildenden Künstler nicht einen Sebastian Bach zum Urvater haben, den sie anerkennen, dessen Lehren und Tun sie respektieren müssen. Daher kommt denn, wie es Begassen ja auch gegangen ist, daß sie sich in allen Arten und Weisen versuchen, wodurch sie denn nicht früh genug dazu gelangen, die rechte Weise auszubilden und sich mit ihr vollkommen zu einigen. Daher kommt's denn, daß das Publikum nicht weiß, was es aus manchen redlichen Bemühungen machen soll, wenn auch ein Kunstwerk angelegt und noch so sorgfältig ausgeführt ist, weil, der Künstler stelle sich, wie er wolle, eine falsche Konzeption auf den natürlichen Menschen ohne Wirkung bleibt. Wie sehr ihm aber durch Deine Geduld und Mitwirkung diesmal gelungen ist, kannst Du aus beiliegendem Blättchen sehen. Es wird Dich freuen, was ein geistreicher Mann aus dem Bilde herausgesehen oder hineingelegt hat. Gib mir einen Wink, was ich dem braven Künstler, den Du, schönstens dankend, grüßen magst, irgend Freundliches erweisen könnte.

Ein Brief an ihn geht mit diesem zugleich ab. Das oben Gesagte teilst Du niemand mit, es kann nichts helfen; denn die Deutschen werden sich mit ihrem Unabhängigkeitsgefühl noch eine Weile abquälen.

Die Fortsetzung folgt. Rösels Blättchen liegt bei.

Angehörig

Weimar, den 1. September 1827. Goethe.

[Erste Beilage]

Bei jedem neuen Anblick scheint es lebendiger zu werden, geistig bedeutender sich auszusprechen. Der abgebildete, nicht zu verkennende Würdige horcht auf, er hört zu mit Vergnügen und Befriedigung; doch gibt er sich dem Genuß nicht hin, sondern er ist zugleich Richter: er hebt unwillkürlich den Zeigefinger der rechten Hand, die obwaltenden Töne begleitend, auch allenfalls einzugreifen, wo der Chor schwanken sollte. In diesem Sinne scheint der dargestellte Meister sich vorwärtszuneigen und sich doch wieder zurückzuhalten, woraus wirklich für den Blick eine Art von Bewegung entsteht. Aufmerksamkeit und Behagen spricht sich aus in den verjüngten liebenswürdigen Gesichtszügen des erfahrnen, durch und durch gebildeten Mannes; hiezu harmonieren alle Glieder, Formen und Umrisse.

[Zweite Beilage]

Rösels Pinsel, Rösels Kiel
Sollen wir mit Lorbeer kränzen;

Denn er tat von je so viel,
Zeit und Raum uns zu ergänzen.
Das Entfernte ward gewonnen,
Längst Entschwundnes stellt er vor,
Von des Vaterhofes Bronnen
Zu des Brockens wüstem Tor.

Rösels Pinseln, Rösels Kielen,
Soll fortan die Sonne scheinen:
Kunstreich wußt' er zu vereinen
Gut- und Schönes mit dem Vielen.

Am 28. August 1827. Goethe.

572. *An Zelter*

(Fortsetzung)

Ebenso muß man von der andern Seite die Schweizer und alle, welche durch Multiplikation große Kunstwirkungen hervorbringen wollen, ihren Gang gehen lassen. Freilich wirkt die Masse viel, besonders eine Masse von Kanonen und Zuschlagenden; in den Künsten aber, wenn man es genau besieht, wirken die Massen zuletzt auch nur stoffartig, und wer sich dabei verklärt fühlt, der weiß doch nicht, was dem Menschen zugeteilt und erlaubt ist, auch nicht, was er in dieser Art vertragen und ertragen kann.

Was Du über die Molltonleiter im Sinne hast, bringe ja zu Papiere, es käm' gerade zur rechten Zeit; ich habe mit Riemern auch darüber etwas ausgesonnen, das will ich diktieren, zusiegeln und deine Sendung abwarten, alsdann aber sogleich abschicken. Es wäre sehr schön, wenn wir auf verschiedenen Wegen zu demselben Ziel gelangten.

Den Berlinern werde ich nun wohl Schlegels Vorlesungen abandonnieren müssen. Sie halten freilich bei näherer Prüfung nicht Stich. Die ersten Blätter lesend, war ich zufrieden, das Alte zu hören, weil mir das Neue gar zu oft ärgerlich wird. Freilich aber will man das Alte immer vollständiger haben, geordneter, zusammengefaßter, übersichtlicher, und das ist denn hier nicht geleistet. Und wie will auch einer eine Geschichte schreiben dessen, was nicht sein Metier ist? Ich hab' es oft bemerkt: wenn ich etwas zu redigieren hatte, was ich nicht von Grund aus verstand, so mußte ich Phrasen machen, es mochte mir Ernst sein, wie es nur wollte.

Dein »o jemine!« möcht' ich wohl, wenn wir mündlich zu verhandeln hätten, als Text einer langen bedeutenden Predigt unterlegen. Ich habe die Vermutung, daß allem und jedem Kunstsinn der Sinn für Musik beigesellt sein müsse; ich wollte meine Behauptung durch Theorie und Erfahrung unterstützen.

Eure theatralische Überfülle bewundre höchlich. Meine alte Überzeugung wird durch jene jungen Auftretenden bestärkt. Mimische Talente werden immer geboren, und zu unserer Zeit haben sie eine viel leichtere und bequemere Entwickelung: die Musik hält ihre Schüler zusammen, sie dürfen aus Ton und Maß nicht weichen. Der rezitierende Schauspieler dagegen muß durch Übung nach und nach zu einer gewissen Einheit seiner selbst gelangen und sich ohne Wissen und eigentliches Wollen, soweit seine Natur verstattet, hervorbilden. Wenn wir nehmen, was für wunderbare Dinge eine deutsche Schauspielerin durcharbeiten muß, so würde sie zuletzt ganz auseinanderfallen, wenn ihr Innerstes nicht zusammenhielte. Und so ist denn auch, wegen des angebornen Eigensinns, von Frauen in diesem Fach immer mehr zu hoffen als von Männern, die gar leicht Pedanten oder Phantasten werden.

Soweit gelangte ich vor meinem Geburtstag, wo sich werte Freunde, wie mir wohl bekannt war, zu einem anmutigen Fest herkömmlich bereiteten; aber es sollte mir eine Überraschung werden, die mich beinahe aus der Fassung gebracht hätte und doch immer eine Empfindung zurückließ, als wäre man einem solchen Ereignis nicht gewachsen.

Des Königs von Bayern Majestät kamen den 27. August in der Nacht an, erklärten am folgenden Morgen, daß Sie ausdrücklich um dieses Tages willen hergekommen seien, beehrten mich, als ich grad' im Kreise meiner Werten und Lieben mich befand, mit Ihro höchster Gegenwart, übergaben mir das Großkreuz des Verdienstordens der Bayerischen Krone und erwiesen Sich überhaupt so vollständig teilnehmend, bekannt mit meinem bisherigen Wesen, Tun und Streben, daß ich es nicht dankbar genug bewundern und verehren konnte. Ihro Majestät gedachten meines Aufenthaltes in Rom mit vertraulicher Annäherung, woran man denn freilich den daselbst eingebürgerten fürstlichen Kunstfreund ohne weiteres zu erkennen hatte. Was sonst noch zu sagen wäre, würde mehrere Seiten ausfüllen.

Die Gegenwart meines gnädigsten Herrn des Großherzogs gab einem so unerwarteten Zustand die gründlichste Vollendung, und jetzt, da die Erscheinung vorübergeflohen ist, habe ich mich wirklich erst zu erinnern, was und wie das alles vorgegangen und wie man eine solche Prüfung gehöriger hätte bestehen sollen. Was man aber nicht zweimal erleben kann, muß wohl so gut als möglich aus dem Stegreif durchgelebt werden. Die überbliebenen schönsten Gefühle und bedeutendsten Zeugnisse geben auf alle Fälle die Versicherung, daß es kein Traum gewesen.

Und so sei Dir dieses, meinem mehr als jemals nahen Freunde, gewidmet, dessen Bildnis all und überall gegenwärtig blieb.

Weimar, den 6. September 1827. Goethe.

573. *An Goethe*

Mittwoch, 5. September 1827.

Du hast ein Auge, 40 Meilen weit durch Brett und Bohle und Mauer zu schauen. Begas muß sich freuen über Deinen Beifall, und ich sehe schon sein ganzes Wesen in freier

Auflösung vor mir. Er hat, wie alle gute fleißige Künstler unserer Zeit, bei dem Gefühle der Unabhängigkeit (wie Du es nennst) sein ängstlich Gepacktes. Man will es diesem und jenem recht machen und verdirbt es mit sich selber.

Daß ich solchen verruchten Zustand kenne, verdamme und doch übe, weißt Du; darüber wird nichts aus uns, man muß ein Teufel werden, um nicht zu verzweifeln.

Das Rösselchen (Rösel) sehe ich schon vor mir herumspringen. Jetzt ist er an den Rhein gegangen und wird auf der Rückreise wahrscheinlich bei Dir einsprechen. Das Blatt mit dem Lorbeerkranze soll ihm wohl aufgehoben sein.

Habe Dank für gute Aufnahme des Dr. Parthey. Man bedarf der Welt immer mehr, wenn die Jahre kommen, und wenn ich von ihrer keinem was habe, so mögen sie lernen, daß sie *uns* noch immer brauchen können, um auch mit Ehren alt zu werden.

Seine Majestät von Bayern sollen auch gelobt sein. Man sagt ziemlich laut: »Das ist doch ein König!« und ich kann wohl sagen, daß er mir auch gefällt. Am 28. vorigen Monats bin ich den ganzen Tag in Deinem Hause gewesen; ich stand mitten unter euch und war stumm. Was hätte man sagen sollen?

Die poetische Gesellschaft hierzulande hatte mich eingeladen, ich hatte mich schon versagt für einen engern Kreis meiner allernächsten Umgebung. Wir waren unser, und statt schlechter Reime ward bester Wein gegeben. Was jene getrieben haben, werden sie Dir wohl selber zukommen lassen; sie haben sich diesmal selber bedient, und wenn das erwählte Gedicht wirklich das beste ist, so ist mir bange vor den andern. Die erbetene Assoziation anlangend, bin ich in allen Punkten Deiner Meinung. Die Meisten, wenn ihnen einmal im Leben etwas gelungen ist, halten sich gemacht und wollen frei mitessen; da schnapp' ich denn auch wie ein

Ressort in meine alte Assiette zurück und habe mich so noch immer am besten behalten.

Den 7. Indem ich Deinen Brief und das beiliegende Urteil wieder betrachte, muß ich bewundern, was ihr aus einem Bilde heraus- oder hineinseht, was am Ende dasselbe ist.

Es ist aber in der Tat so, ohne daß ihr doch je meine Persönlichkeit beim Anführen beobachten können. Oft glaube ich mich selber im Irrtume, wenn ich andere Direktionen zu *sehen* nicht umhin kann, ohne daß ich fähig wäre, es auch so zu machen, bis ich die Fehler bemerken muß, die daraus entstehn. Hätte ich es mit Artisten zu tun, so wollte ich mir das Glied abhauen, was sich bei der Direktion sehn ließe. Könnte ich Dir an einem glücklichen Tage (denn das gehört auch dazu) eine von Sebastian Bachs Motetten zu hören geben, im Mittelpunkte der Welt solltest Du Dich fühlen, denn einer wie Du gehört dazu. Ich höre die Stücke zum wievielhundertsten Male und bin lange noch nicht damit fertig und werde es nie werden. »Gegen Den sind wir alle Kinder!« hat sein Sohn Philipp Emanuel gesagt. Ja, ja: Kinder; ich fühle mich erhoben und vernichtet; er ist grausam, aber göttlich. Da nun die meisten von uns auch keine Kernbeißer sind, so ist es spaßhaft, wie sie sich anfänglich dabei anstellen und nicht eher zu sich selber kommen, bis sie den Rossini ausgepißt haben.

Den 16. September, Sonntag, unter Glockengeläute will Dir dieses Blatt endlich sagen, daß es aus München in Bayern zu Dir kommt, wo ich gestern abend angekommen bin und glücklich genug angenehme Freunde in meinem Gasthofe vorfinde, nämlich unsern Professor Klenze (Bruder des hiesigen Architekten) und unsern Naturforscher Herrn v. Buch. Ich selber bin in Gesellschaft des Professors Lichtenstein und Professors Hayne aus Berlin hieher gekommen, und wenn ihr Geschäft nicht das meine ist, so habe selb4ter eine gute Reise in ein mir noch unbekanntes Land getan.

Wir sind über Leipzig, Altenburg, Hof, am Fichtelgebirge vorbei, durch Bayreuth, Regensburg, über Eckmühl volle acht Tage gefahren, und ich habe den schönsten Teil von Sachsen gesehn. Denke Dir zu diesen guten Dingen noch das beste Hopfenbier, das in der jetzigen Jahrszeit überall, nur hier nicht sauer ist, so hast Du Deinen Mann vor Dir stehn, wie er leibt und lebt. Den Oberbaudirektor v. Klenze habe gestern abend am Tische schon kennen lernen und soll heute mittag bei ihm speisen. Den Intendanten des Theaters, Herrn v. Poißel, kannte ich schon und will ihn diesen Morgen besuchen; so, denke ich, soll sich das Übrige finden. Der König ist nicht hier, die Witwe Königin wohnt noch in Tegernsee. Das Volk habe ich auf der Reise in Gasthöfen und Kneipen kennen lernen; so bin ich »dieser Welt empfohlen; das Übrige will ich nicht wiederholen«.

Daß die Gesellschaft der deutschen Naturforscher und Ärzte dieses Jahr ihren Konvent hier abhält, weißt du, und so kann ich auch darüber nichts weiter sagen, als daß ich ein Saul unter Propheten bin.

574. *An Zelter*

Diesmal nur mit wenigen Worten empfehl' ich den sich selbst empfehlenden Herrn Zahn, Maler aus Kassel, welcher seinen Aufenthalt in Italien, besonders Neapel und Pompeji, eifrigst zu nutzen gewußt hat. Nimm an dem Schönen und Guten teil, dessen er vieles des Wünschenswertesten mit sich führt. Laß ihn dagegen an dem Besten teilnehmen, welches Du so reichlich spendest.

Gedenke mein und laß bald wieder etwas vernehmen.

Der Deine

Weimar, den 18. September 1827. J. W. v. Goethe.

575. *An Goethe*

München. Fortsetzung

Sonntag, den 16. Nach einer Reise von 8 Tagen, davon 6 in großer Tageshitze, die letzten bei stetem Regen in weicher aufgefahrner Chaussee aufgingen, die erste gute Nacht. Die Metropolitankirche Unsrer Lieben Frauen, ein Gebäude aus dem 15. Jahrhundert, von großer Herrlichkeit, Länge und Höhe, in- und auswendig wohl erhalten, voll schöner Monumente, zum Exempel das des Kaisers Ludwig des Bayern, und ganz mit Betenden angefüllt, hat mich wieder fromm, wenigstens zahm gemacht. Muß man doch denken, der Mensch sei etwas mehr als ein Mensch, möge er sich auch sonst ausnehmen, wie er wolle. Herr v. Klenze ist in der Tat ein Baumeister und hat sich was aus Italien mitgebracht. Von ihm ist hier viel zu sehn, und ich finde meine Erwartung übertroffen. Die Glyptothek ist sehr weit, in vielen Teilen ganz fertig und vieles von Antiken schon aufgestellt, die alle (meist alle) gut restauriert sind; ich kann das nicht genug beurteilen, doch für unsereinen ist die Restauration nötig und um so willkommener, wenn wir sie nicht bemerken können. Arbeit und Material sind ausnehmend gut, Holz, Marmor, Ziegel, Kalk, alles in Überfluß und sehr wohlfeil. Die Gebäude äußerlich vielleicht etwas schwer. Treppen wollten mir nicht ganz gefallen. Wo es nicht an Platz fehlt, liebe ich runde oder abgerundete Treppenhäuser nicht; das erste natürliche Verdienst einer Treppe ist, daß eine Stufe wie die andere sei, nicht schmal und breit zugleich, denn dazu würde eigentlich ein kurzes und ein langes Bein gehören.

Das neue Theater ist groß und kann 5000 Menschen (das Parterre allein 2000) fassen. Das Proszenium ist über 50 Fuß lang und über 100 Fuß tief. Fünf Reihen Logen besteigen sich bequem und sehn gut. Der Klang ist kräftig, klar und deutlich. Man versteht gut; sie sprachen aber auch gut. Die

»Beiden Figaro«, ein hier geachtetes Stück, will ich nicht ganz gelobt haben. Der bekannte alte Figaro ist 15 Jahre nach seiner Verheuratung mit Susannen der niederträchtigste Gaudieb gegen seinen schwachen guten Herrn, gegen seine Frau, seine ganze Familie.

Montag, 17. Unser guter zänkischer, fleißiger, beißiger v. Buch, der sein Handwerk in den Beinen hat, wohnt dicht neben mir. Es wäre schade, wenn Du den kleinen Kerl nicht von Person kenntest. Man kann ihm wohlwollen, aber man muß ihn näher kennen; der größere Schade aber ist, daß er Dich nicht von Person kennt. Ihr würdet ohne Zweifel gut beieinander fertig, denn was Du zu Ergänzung des Naturwissens von ihm fordertest, so läuft er gleich auf den dünnsten Beinchen von dannen, es aufzusuchen und zu besehn. Anfänglich konnten wir uns nicht leiden und blieben um 10 Schritte auseinander. Der Umstand, von allen seinen äußerlichen Vorteilen keinen andern Gebrauch als für die Wissenschaft zu machen, muß ihm hoch angerechnet werden, wenn er auch einige Herablassung gar nicht verbirgt, was ja der Allerwürdigste darf.

Abends. Das heißt gelaufen und gerannt! Zuerst zu unserm Gesandten Herrn v. Küster, der mich wie einen alten Freund empfing. Er hat ehemals beim comité administratif gearbeitet, als ich einer von den Berliner Königen war. Dann zu Cornelius auf der Glyptothek, woselbst er mit noch zwei Gehülfen arbeitet, und zwar zu meiner Bewundrung. Er empfing mich aufs freundlichste, auch waren wir vor 4 Jahren in Düsseldorf besten Humors auseinander gangen. Einige Häuser davon fand ich Bertram ganz unbewußt, der mir sagt, daß Sulpiz auf 6 Wochen nach Stuttgart gegangen ist. Bei Tische im Gasthofe fanden sich viele ein von denen, die morgen ihre Naturbeobachtungen vorlesen werden. Ich sollte wohl hingehen, weil ich des Nachts nicht schlafen kann, ich mag mich nur nicht mit prostituieren. Nach dem

Essen habe ich den Englischen Garten gesehn, der in der Tat sehr gut gedacht und ausgeführt ist. Herr v. Cotta ist auch hier. Auch Froriep mit seiner hübschen Tochter ist mir auf der Straße begegnet. Friedrich Schlegel und seine Frau habe nach langem Suchen aufgefunden und nicht bei Hause angetroffen.

Dienstag, 18. Die Leuchtenbergische Bildergalerie enthält gegen 300 Gemälde italienischer, spanischer, deutscher und französischer Meister, alter und neuer, die sich wohl beschauen lassen. In den nämlichen Sälen sind, unter andern Marmorarbeiten, die »3 Grazien« und eine »Magdalena« von Canova in einzelnen Teilen vorzüglich. Das Ganze will Cornelius nicht gelobt wissen. Es ist schade, daß der Marmor in den untern Teilen blaue Adern hat, die, freilich nach hinten zu, doch gar schöne Teile entstellen. Der Armstuhl Kaiser Napoleons ist aus den Tuilerien (worauf er im Senate gesessen) hier aufgestellt und daran kenntlich, daß auf beiden Seiten mit einem Federmesser große und kleinere Einschnitte in die Arme [ge]kritzelt sind, die sämtlich Zeichen der Ungeduld verraten. Ich habe dabei meine sogenannten Gedanken gehabt, daß es im Großen ungefähr so sein mag wie überall, wenn ich in unserm kleinen Senate hören muß, was ich nicht lesen würde, wenn's gedruckt wäre. Wenn ich diese Hieroglyphen unrecht erkläre, so weiß ich dennoch, was ich meine, und Du wirst es auch wissen.

Dann war heute, den 18., die erste Zusammenkunft der Naturfreunde zwischen 9 und 1 Uhr auf dem Rathause. Daß ich dabei gewesen wäre, würdest Du nicht geglaubt haben; darum bin ich in die Glyptothek gegangen und habe mir die schönen Antiken wieder angesehn, deren Wert Dir gewiß bekannt ist. Doch bin ich zum Essen unter diesen Naturfreunden gewesen, das für 36 Xr. nicht zu schlecht war. Es waren an 300 Personen in Einem Saale und darunter Herr Graf v. Sternberg, Herr v. Cotta, Herr Froriep. Mit Cotta habe angestoßen: »Was *wir* lieben!« Das Mahl ging ganz munter und heiter von sich, auch heißt der Ort: »Zum Frohsinn.« Nun will ich eben noch ins Theater gehen und den berühmten Herrn Eßlair als König Lear sehn, der mir bis jetzt immer entgangen ist, ohne daß einer von uns die Schuld hat.

Mittwoch, 19. September. Eßlair scheint die Rolle des Lear (wie ehedem auch Iffland) von seiten ihrer Stoffartigkeit in Affektion genommen zu haben, weil sie das Stück beherrscht. Das ist zuviel und nicht genug. Eßlair hat schöne Töne, aber keinen Ton; manchmal kam mir's vor, als ob ein anderer seine Rolle spräche. Von den andern will ich nichts sagen, auch die Übersetzung hat mir nicht gefallen. Über das neue Schauspielhaus wüßte ich mich noch nicht zu erklären. Gestern hatte ich einen Sperrsitz im Parterre, wo mir's zweifelhaft zumute ward. Ein Haus ohne Fehler wäre freilich wie ein Mensch ohne Fehler. Im ersten Range, Logen, am Sonntage erschien mir das alles vollkommen gut. Man klagt über mangelhafte Beleuchtung, doch müßte man wissen, was und wen man beleuchtet wissen will! Das Publikum ist in diesem Punkte verwöhnt, sowohl in Paris als in Berlin, wo das Öl oft mehr kostet, als das ganze Spiel wert ist.

Diesen Morgen habe endlich Schlegels angetroffen, die viel vernünftiger ausschaun, als man allgemein glaubt. Nach einem Quartier gelaufen und viele Treppen gestiegen. Mit den Naturforschern gespeist, wo man mich mit einem Lebehoch honoriert hat.

Donnerstag, 20. Gestern abend sehr artiges Souper bei Cornelius. Frau und 2 Töchter, eine Gräfin N.N. aus Düsseldorf, Bertram und ein Bildhauer Gebhardt, endlich der 12jährige Heldensohn Demetrio Bozzari mit seinem griechischen Führer waren die Gesellschaft. Der Knabe ist voller Anmut und hat ein kriegrisches Auge; sein Führer ein stattlicher Mann mit Ulysseskopfe; beide sprechen noch wenig Deutsch, aber fertig Italienisch. Es war ein munterer Abend, und wir haben tüchtg getrunken, ich aber habe zum ersten Male in Bayern ordentlich gegessen; denn Cornelius' Frau versteht das Kochen und zwar auf italienische Art. Ohne ein eigentlich schönes Gesicht hat diese Frau einen Oberleib, der an antike Gestalten erinnert. Gestern habe auch einige Vorlesungen der Naturfreunde mit angehört. v. Buch las über Hyporiten, so daß ich etwas davon zu verstehn glaubte. Du schenkst mir jedoch den ausführlichen Bericht darüber, bis ich den Generalbaß dieser Dinge kenne.

Fortsetzung folgt.

576. *An Goethe*

Fortsetzung.

Heute an der Tafel im »Frohsinn« war es anfänglich ganz hübsch, munter. Ich saß neben v. Buch. Bergrat Kleinschrod hatte Friedrich Schlegel als Gast mitgebracht, kam zu v. Buch heran und schlug vor, seinem Gaste ein Lebehoch auszubringen. – »Waaaas? dem Pfaffen? dem Verunglimpfer der Reformation? Den Teufel will ich leben lassen, wenn er ihn holt! Er ist nicht würdig, geboren zu sein; seine Mutter muß seinen Vater beschämen! Ein schlechter Kerl! Nein! gar kein Kerl! Ein Lump ist er, eine Hader! Pfui!« etc. Darüber wurde denn heute gar keine Gesundheit ausgebracht, und man ging auseinander, denn es regnete.

Sonnabend, 22. Lichtenstein, unser jetzige Rektor, ist heute früh abgereist. Seine Sendung betraf die Zusammenkunft der Naturfreunde für das künftige Jahr, welche erst für Breslau vorgeschlagen und nun gestern für Berlin beschlossen ist. Man glaubt, die Breslauer haben es abgelehnt. Humboldt ist als Direktor und Lichtenstein als Sekretär erwählt. Vorgestern kam es zu Diskussionen. Gewisse Herren, die nicht genug reden können, strecken alle viere von sich und reden hohle Worte, wie es jeder bei sich zu Hause haben kann. Die Aufsätze sollten geprüft werden, und so weiter. »Nein, nein!« hat einer gesagt, »jeder soll sagen, was und wie er es weiß, kurz oder lang, es muß völlige Freiheit sein!« und so weiter. Oken trat auf: »Wir sind keine Studenten, sondern Männer. Frei soll jeder sein, doch nicht auf Unkosten aller«, und so weiter. Das Übrige wirst Du wohl von andern erfahren.

Heute erwartet man den König in der Versammlung, und so will ich denn auch hingehn. Gestern abend habe ich ihn und seine schöne Gemahlin in der Oper gesehn. Ich war mit Herrn Spontini in der Loge des Intendanten, habe aber nur einen Akt genossen, denn ich war noch bei Herrn und Frau v. Cotta mit Cornelius und Bertram eingeladen.

Abends. Heute war die letzte Sitzung. Man hatte Seine Majestät den König selber erwartet, und ich kann wohl sagen, ich bin deswegen hingegangen, ja dort geblieben, bis – endlich die ganze Gesellschaft der Naturforscher und Ärzte durch einen Kammerherrn auf morgen zur Mittagstafel ist eingeladen worden. Daß ich darunter nicht gehöre, versteht sich von selber, und doch habe meinen Namen auf der Liste gefunden und werde so gewiß hingehn, als ich Dir zu berichten gesonnen bin, was uns zum besten geworden. Der alte gute Röschlaub sprach gar lange, und wenn *ich* das sage (der wohl einen Puff aushält), so magst Du denken, daß alles ziemlich allgemein gewesen, was sich bei jedem Gebildeten von selber versteht, ehe er ein Arzt ist oder wird. Am Ende habe ich es hier in dieser Gesellschaft viel zu gut: ich bin nicht verantwortlich, ich genieße mit und gewinne mir jeden Mittag an meinem Nachbar einen neuen Freund, wo nicht zwei, wenigstens für heute und morgen. Der Wein ist mir zu sauer, das Bier dagegen so klar wie Wein und so bekommlich für mich, daß ich zum Exempel heute noch keinen Kreuzer für Wein ausgegeben habe. Herr v. Cotta ist mit seiner Frau und einer recht feinen Nichte hier. Gestern abend war ich zum Tee (nach der Oper) hingegangen, da sie, die Frau, mich durch Bertram einladen lassen. Sie sind noch nicht eingerichtet und können keine ordentliche Gesellschaft haben, was mir eben recht ist. Der Abend war ganz angenehm und niemand weiter da als Cornelius und Bertram.

Die Arbeiten, welche Cornelius in der Glyptothek macht, scheinen mir vorzüglich zu sein. Es sind sämtlich Gegenstände aus der Iliade und Odyssee, was hier schon was bedeuten will, da man sonst nichts als Kruzifixe und andere gar zu durchgenommene Gegenstände behandelt sieht.

Von seiten des Königs ist den Eingeladenen besonders angedeutet, daß wer mit seiner chaussure nicht eingerichtet sei, an Hof zu gehn, in Stiefeln und Pantalons zu kommen berechtigt sei. Sic ein Herr, der die Etikette kommandiert, und zwar zu Ehren des sancti spiritui. So etwas könnte mir wohlgefallen, und ein anderer würde es drucken lassen. Aber man soll weder zuviel tun noch zuviel begehren.

Einen guten Teil des Abendgesprächs nimmt auch hier das Theater in Anspruch. Man klagt allgemein über Schauspiel und Oper; alles soll viel besser, ja unvergleichlich gewesen sein, und bis gestern abend habe alles ruhig mit angehört; man verlangte eine Vergleichung mit Berlin: Es gab eine Zeit, wo das Metier der Schauspieler ganz auf sich selber beschränkt war; nur wer den Schimpf überwinden konnte, durfte sich dazu hergeben, unwiderstehlicher Trieb mußte durchaus vorhanden sein. Ein verständiger Direktor durfte durchdringen; das Unrecht fand keinen Schutz; das echte Talent gewann, ohne über die Kunst selbst hinaus erhoben zu werden. Wird aber der Schauspieler zu einem Teile des Publikums, ja dieses selber zum Schauspieler, so ist die Wand oder der Vorhang gefallen, und hüben und drüben geht alles durcheinander. So ist es bei uns in Berlin. Wie es hier ist, kann ich als Gast nicht wissen, um so weniger, da ich die schönsten Naturgaben der einzelnen bemerke. Bei uns ist die Menge geteilt. Einer verlangt die italienische Oper, der andere eine deutsche. Eine italienische Oper *existiert* wirklich, typisch, die einzelnen Versuche mögen ausfallen, wie sie wollen, ja schon eine gelungene Vorstellung allein ist versöhnend. Eine deutsche Oper existiert (auf diese Art) gar nicht; das Gute aus frühern Zeiten will man veraltet nennen, und das Allerneuste ist nicht einmal neu. Der Komponist verklagt den Poeten, der Sänger den Komponisten und umgekehrt; man sollte endlich denken, der Poet, der Komponist, der Sänger, keiner verstehe sein Metier und wisse, was er will. – Eine Dame bot mir den Arm, um sich an den Tisch führen zu lassen: »Warum haben Sie denn das nicht bei den Naturforschern ausgesprochen?« Der Abend war übrigens sehr munter und hübsch.

Den 21. September. Gestern abend ist der König hier in München angekommen. Unterwegs sind ihm allerlei Zeichen der Verehrung geworden. In Lohr am Main hatte man Ehrenpforten gebaut, mit Girlanden verziert, die jedoch ihrer Schwere wegen so tief gesunken waren, daß es unmöglich gewesen, darunter durchzureiten (denn der König war zu Pferde); darüber hat sich denn der Magistrat entschuldigt und Ihre Majestät gebeten, neben herum am Graben über einen kleinen Fußweg zu reiten. Schon vorher waren ihm die Schlüssel der Stadt präsentiert worden, welche Unterwerfung der König sehr gnädig beantwortet habe; ein hochedler Magistrat habe aber ganz inständig gebeten, Ew. Majestät zu Pferde möchten diese Schlüssel an sich nehmen und allergnädigst zum Andenken behalten. In der Stadt hatte man eine würdige Aufnahme veranstaltet. Im Zimmer des Königs fand dieser ein Bild aufgehangen und fragt, wen diese Fratze darstellen solle, worauf die Antwort erfolgt, daß es das Bild Seiner Majestät selbst sei. – »Das ist ja jämmerlich!« – »Tut nichts, Ihro Königliche Majestät«, sagt der Bürgermeister, »wenn es nur ähnlich ist.« – Das ist das Neueste, was heute bei Tafel erzählt worden.

Herr v. Cotta hat hier in München in der Theatinerstraße ein prächtiges Haus erkauft, welches halb verfallen und halb nicht fertig, aber 4-500 Fuß tief ist und nach 2 verschiedenen Stadtvierteln einen Ausgang hat. Der Preis soll sehr billig sein, wegen der Bedingung, das Angefangene fertigzubauen.

577. *An Goethe*

Fortsetzung.

Sonntag, 23. Das schöne München liegt in einer Wüste, »und rings umher liegt schöne grüne Weide«. Nach und nach fange ich an, unsern leichten seichten Spreestrom zu würdigen und das wohlangebaute Havelland, deß blauer Strom den Schiffer an jedes Ufer trägt, wenn die wilden Wasser hier weder Fisch noch Fischer nähren. München baut sich nach und nach sehr an, die alte Stadt hat treffliche Gebäude im Goldmann'schen Geschmack und herrliche Kirchen. Die neue Architektur ist guter römischer Art, und da nach außen Platz die Fülle ist, so baut man hier nicht leicht über 3 Stiegen hoch mit breiten Pfeilern und sehr breiten Straßen. Die letztern aber scheinen mir zu breit, sowie die Plätze zu groß, wegen der nächtlichen Erleuchtung sowohl als der teuern Erhaltung des Pflasters, und am Tage wegen unausstehlichen Sonnenbrandes. Wendeltreppen sind hier beliebt, und ich tadle sie nicht, wo sie hingehören. Man kann die abgerundeten Winkel aber besser brauchen, und in Wohnzimmern passen sie zu keinem Mobiliar. Baumaterialien würden hier beinahe gar nichts kosten, wenn nicht alles auf Wagen müßte angefahren werden. Die Glyptothek hat Marmorsäulen von beinahe 3 Fuß stark, und überall an alten

Gebäuden sind die Äußerlichkeiten von weißen und farbigen Marmor. Gearbeitet wird hier auch gut und im ganzen viel besser als am Rheine. Die Kugel- und Kreuzgewölbe in der Glyptothek, welche zum Teil noch roh (unbekleidet) sind, machen mir die größte Freude und beweisen gute Aufsicht.

Gegen Abend. Eben bin ich durch den hier sogenannten Englischen Garten gefahren, der in der Tat alle Erwartung zuschanden macht. Er kann seine vier Quadratstunden haben, ist auf das geschmackvollste mit Gruppen von Laubholz, kolossalen alten Rüstern und Eschen, breiten Fahr- und Fußwegen und von der Isar abgeleiteten Kanälen, die mit Gewalt daherrauschen, durchschnitten, und 12 Stunden davon siehst Du die ganze Salzburgische Gebirgskette so deutlich, als wenn es ein Pistolenschuß bis dahin wäre. Doch davon künftig. Das Wichtigste ist unser Diner von heute:

Wir waren angewiesen, um 2 Uhr auf der Residenz zu erscheinen, und ich fand um diese Zeit schon alles in Parade beisammen. Der Minister des Innern, Herr Graf v. Armansperg, und noch einige Cavaliers empfingen und begrüßten besonders die von uns, welche ihnen bekannt waren, und bald darauf wurde an den Tisch gegangen, zu meiner großen Zufriedenheit, denn ich war hungrig und durstig. Da ich mich als Eingeschwärzter immer ganz hinter den andern gehalten hatte, so waren nur noch einige der obersten Plätze leer, und ich und v. Buch mußten diese Plätze einnehmen, wo wir den Justizminister (der Herrn v. Cotta und Herrn v. Froriep neben sich hatte) und die ganze Gesellschaft, welche aus mehr als 120 Gästen bestand, vor uns sahen. Während der Mahlzeit erschien der König, die Königin und einige Damen (wahrscheinlich um keinen Aufstand zu verursachen) oben auf einer Galerie in ordinären Hauskleidern, worin man sie nicht erkennen durfte. An den Tischen ging's sehr munter her, und der Wein war so gut, um ihn mit

Andacht zu trinken. Zwölf bis 16 Schüsseln ohne den Konfekt waren bald herum; um halb 4 Uhr erhoben wir uns in ein anderes Zimmer, den Kaffee zu nehmen, und nach diesem erschien der König in der Montur, redete die ihm bekannten Gelehrten an, fragte andere nach ihren Namen und woher, war besonders gegen alle Fremde sehr verbindlich und zufrieden. Unsereines hatte sich eben wieder ganz an das letzte Ende hinter solche gestellt, über die man hinwegsehn konnte, bis denn der König, der, fortschreitend, zuerst immer mit den Vordersten sprach, auch in meine Gegend kam. Als er zu meinen Vormännern geredet hatte, sahe er zu mir hinauf: »Wie heißen Sie?« – »Zelter, Ihro Königliche Majestät.« Ich mußte wohl zu sachte gesprochen haben, und er fragte noch einmal, indem er das Ohr zu mir hielt: »Wie heißen Sie?« – »Professor Zelter, aus Berlin!« – »Ei nun weiß ich; Sie kamen mir bekannt vor; habe ich nicht Ihr Bildnis bei Goethe in Weimar gesehn?« – »Wohl möglich, Eure Majestät, und große Ehre.« – »Ganz recht, und gut gemalt. An dem Goethe haben Sie wohl einen rechten Freund?« – »Ich wünschte Ihm zu sein, was Er mir.« – »Ich habe mich sehr gefreut, ihn zu sehn, und bin darum hingereiset.« Diese letzten Worte hatte er auch schon vorher, wenn ich nicht irre, zum jungen Buttmann aus Berlin gesagt und hinzugesetzt: »Es ist mir lieb, die Herren Berliner hier zu sehn.« Verständige Leute sind zufrieden mit der jetzigen guten Wirtschaft, wie sie es nennen. Man erzählt: der Kammerdiener des vorigen Königs habe als ein geprüfter Diener seines alten Herren dem jetzigen Regenten seinen Sohn zum Kammerdiener angeboten und der König habe darauf gesagt: »Zum Anziehen brauch' ich niemand, das tu' ich allein, und ausziehn laß' ich mich gar nicht gern.«

Montag, 24. Mit Herrn Eßlair bin ich nach der zweiten von ihm gesehenen Vorstellung ganz auf dem reinen. Es ist mir lieb, daß ich nicht vorher seine persönliche Bekanntschaft gemacht habe. Zufolge seines großen Rufes hätte ich ihm leicht etwas gesagt, das ich zurücknehmen müßte. Das Stück selbst, »Belisar«, was man hier lobt, ist von Wort zu Wort langweilig; es ist auch keine Fliege drin, die einen Charakter hätte. Die Spieler geben sich große Mühe, sie kauen die Worte und nehmen zu jedem Worte Atem, sie aber sind nicht schuld, es fehlt ein Meister.

Die hiesige Königliche Bibliothek bewahrt einen eigenhändigen Brief von Dir vom Jahre 1779, worin Du die Mitteilung Deiner »Iphigenie« (wahrscheinlich Manuskript) ablehnst, woraus ich zugleich sehe, daß sich Deine Handschrift seit all der Zeit nicht geändert hat.

Mittwoch, 26. September. Auf die Königliche Bibliothek bin ich nun 3mal gewesen; sie ist sehr stark und enthält rare musikalische Codices und Manuskripte des 16. Jahrhunderts, die prächtig ausgestattet und wohlerhalten sind. Mich selbst interessiert am meisten, was aus der letzten Hälfte des 17. und der ersten Hälfte des 18. Jahrhunderts ist, um meine Singakademie damit noch mehr zu bereichern; denn wir haben in Berlin recht schöne Sachen zusammengebracht. Das Frühere gehört der katholischen Kirche so sehr an wie das Meßgewand dem Priester. In dem Ut[z]schneider'schen, ehemals Frauenhofer'schen Institute habe den großen, den größten Refraktor und noch kleinere Instrumente zu bewundern gehabt. Die Anstalt selbst ist in voller Arbeit und scheint mit Arbeit überhäuft.

Donnerstag. Gestern abend war eine Oper: »Die Prinzessin von Provence«, Originalzauberoper in drei Akten. Gedichtet und in Musik gesetzt vom Freiherrn v. Poißl, Intendanten des hiesigen Königlichen Nationaltheaters.

Der Poet und der Komponist sind seit manchen Jahren mein sehr guter und eben jetzt mein besonders gefälliger Freund. Er hat vor nicht gar langer Zeit die Mutter seiner Kinder und seine älteste erwachsene Tochter verloren. Wir saßen nebeneinander in der Loge, und hier habe einmal wieder durch und durch empfunden, was es sagen will, solch einem gütigen Freunde und Doppelautor zu sagen, was wahr ist und er gern hört, um es gegen allgemeines Urteil aufzustellen. Das Haus war voll; Theater und Orchester ausgerüstet, wie es ein Autor nur wollen kann, der die Macht in Händen hat. Offner Beifall in Gegenwart der allerhöchsten Person ist hier nicht eingeführt, und so konnte ich an der Seite des Freundes über jede einzelne Stelle, die sich loben ließ, redlich sein und über was er selber sich als gelungen anrechnete still hinweggehn. Aber es ist und bleibt eine verzweifelte Lage, um so mehr, da sich wohl bemerken ließ, daß es dem Autor im Publikum gar nicht an Günstigen fehle. So gehe ich denn still aus der Loge, mische mich, sanft vordrückend und retardierend, unter *die Leute* (Unsterblichen), die immer sein werden, und erfahre, was alle Weisheit in mir nur erst spät gefunden hätte, kurz: die Oper ist ein Meisterstück eines Liebhabers und unter viel Tausenden wird dem Autor nicht Einer nachtun, was er hier geleistet hat, und ich hätte ruhig schlafen können, wenn ich nicht vor dem Niederlegen unmäßig viel bayrisches Bier getrunken hätte, das ein Fremder wohl zu respektieren hat.

Wir sind auch unter Leuten gewesen und haben uns was gemerkt. Der gute, rechtschaffne, fleißige, mir stets günstige Voß wußte gleich mit einem »falschen Hund«, einem »Racker« aufzuwarten, wenn ihm ein Urteil zweideutig vorkam, und doch weiß ich nicht, ob ihm mit der baren blanken Wahrheit wäre zu dienen gewesen, wiewohl er an seinen vielen Produktionen bis ans Ende seiner Tage gebessert hat.

Sei mir also auch diesmal in München gegrüßt, da Deine Reisen für mich durchaus immer so fruchtbar sind. Deinen zweiten Brief erhielt ich am achten Tag, und so wird auch dieser Dich aufs baldigste finden.

Zuvörderst also will ich Dir Auftrag geben, die schönsten Grüße auszurichten, erstlich an Herrn Direktor v. Schelling und ihm dabei für den herrlichen Brief zu danken, den mir Gräfin Fritsch von Karlsbad mitbrachte; ich schreibe ihm, sobald ich zu einiger Fassung komme; denn es wird immer bunter um mich her, je mehr ich wünschen muß, mir selbst und meinen Obliegenheiten zu leben. Sodann erneuere auf die freundlichste Weise mein Andenken bei Herrn v. Martius, dem Botaniker und Brasilianer; Du wirst an ihm den herzlichsten, trefflichsten Mann finden. Entschuldige mein langes Schweigen, ich darf die Liebe zu der weiten und breiten Natur bei mir nicht aufkommen lassen; ersuche ihn um einige Zeilen. Sodann wirst Du Herrn v. Cotta schönstens grüßen; er ist so beschäftigt, daß man sich mit ihm nur von Geschäften unterhalten kann. Herrn v. Klenze sage gleichfalls das Freundlichste; auch versäume es bei Herrn Cornelius nicht, und wo hätte ich überhaupt noch hinzublicken und hinzudeuten.

Gedenke meiner überall im Besten. Wäre der Gruß eines Guelfen an den Ghibellinen nicht immer verdächtig, so würde ich Dir auch einen an Herrn v. Buch auftragen. Wie Du bist, hast Du unter Menschen eine gar schöne Stelle gefunden, verträgst Dich mit allen, wehrst Dich gegen alle, und so kommst du denn männlich durch Freud' und Leid.

Nun auch von mir einiges Bedeutende. Höchst erfreulich war mir die Ankunft des Herrn Geheimen Rat Streckfuß; ich machte mit ihm vor Tische eine Spazierfahrt; er speiste mit uns und Riemer, und da Du ihn kennst, so brauche ich nicht zu sagen, wie seine Gegenwart höchst wohltätig gewesen. Die Schärfe und Besonnenheit des Geschäftsmannes, der als solcher an Welt und Staat durchaus teilnimmt, die Milde eines poetisch-praktischen Sinnes, der gerade nicht Stoff und Gehalt aus sich selbst nehmen, sondern lieber dem vorhandenen Auswärtigen eine vaterländische Form geben und sich und andere damit gründlich erfreuen will: dieses, in einer Individualität zusammen, macht den angenehmsten Eindruck und hinterläßt eine wohltätige Erinnerung.

Wenige Zeit vorher war ein junger hessischer Maler namens Zahn aus Italien, besonders aus Neapel und Pompeji zurückgekommen und brachte einen unglaublichen Schatz von Durch- und Nachzeichnungen der am letzten Orte neuerlich ausgegrabenen Gemälde mit. Frage hiernach in München, dort werden Umrisse im kleinen lithographiert, wie sie Herr v. Cotta zu verlegen übernommen hat. Betrachte sie ja sämtlich mit Geist und Ruhe; sie halten sich dem Sinne nach neben allem, was uns aus jenen Paradiesen übriggeblieben.

Hast Du Dich dem Herrn Grafen Sternberg noch nicht vorgestellt, so tue es alsobald und gedenke meiner zum schönsten; sprich aus, daß ich fortfahre, dankbar zu sein für die so höchst wohltätige und wirksame Gegenwart, die er uns vor kurzem genießen ließ. Wenn man bei der Jugend soviel Anmaßlich-Fahriges, bei dem Alter soviel Eigensinnig-Stockendes sich muß gefallen lassen, so ist es erst wahres Leben mit einem Manne, der mit soviel Maß und Ziel, mit immer gleichem Anteil den edelsten Zwecken entgegengeht.

Merke doch ja auf andere in dieser großen Versammlung und melde, wer Dir zusagt, es sei nun im Umgange oder im Vorlesen. Horche doch auch hin, wie sie voneinander denken, inwiefern sie sich vertragen, besonders auch, inwiefern einer von dem andern etwas lernen möchte. Nicht weniger sieh Dich unter Protestanten und Katholiken um; es sind so viele Elemente in München zusammengerufen, daß notwendig eine Gärung vorhergehen muß, ehe dieser Most sich zu Wein veredelt. Da ich alle Ursache habe, dem König das schönste Gelingen zu wünschen, so würdest mir mit jeder guten Nachricht die größte Freude machen.

Nun kehr' ich zu mir in mein beschränktes Wesen zurück und denke gern an meinen vierwöchentlichen Aufenthalt im Garten am Park. Wenn man gleich in frühere Zustände weder zurücktreten kann noch soll, so hätte ich, wenn schon vom Wetter keineswegs begünstigt, dennoch ausgehalten und bessere Tage erwartet, aber die Ankunft des Herrn Grafen veranlaßte mich, in die Nähe der Sozietät wieder zurückzukehren, und so muß ich denn schon mit dem Gewinn der kurzen dort verbrachten Zeit zufrieden sein. Davon wirst Du denn auch, wenn Du, wie Fräulein Ulrike behauptet, auf der Rückreise zu uns kommst, Dein reichliches Teil dahinnehmen. Unter andern wird zur Begleitung eines Liedes ein Chor von Äolsharfen verlangt. Ob dergleichen schon ausgeführt worden, ist mir nicht bekannt. Diese Gelegenheit aber, etwas Wundersames hervorzubringen, solltest Du Dir nicht entgehen lassen.

Meine Schwiegertochter sieht ihrer Entbindung, und wir mit ihr, um desto sehnsuchtsvoller entgegen, als sie diesmal in ihrem Zustand mehr als billig zu leiden hat. Werden wir von diesem Hauskreuz glücklich erlöst und Du kommst zur rechten Zeit an, so könnten wir noch einmal einer christlich-kirchlichen Funktion zusammen beiwohnen, welches doch auch ein ganz artiger passus in unsrer Lebensgeschichte sein würde. Und nun zum Schluß: schreibe viel und eilig, wenn Du auch manchmal übereilte Stellen wieder auslöschen solltest, und sende jedes Blatt einzeln, wie es trocknet.

Also gescheh' es!

Der Deine

Weimar, den 29. September 1827. J. W. v. Goethe.

Fortsetzung.

27. September. Mit Professor Martius, der vier Jahre in Indien gewesen ist, geriet ich in ein Gespräch über den Ursprung der Sprache. Wenn ich ihn recht verstanden habe, so glaubte er, hier noch die Kindheit der Menschheit gefunden zu haben, indem er ihre Art, sich untereinander zu verständigen, durch bloßen Laut und körperliche Bewegung, unserer Musik entgegensetzte und daraus zu schließen schien, daß die Sprache älter sei als das Singen; auch wußte er mit vielen Beispielen zu dienen, die ich nicht behalten habe, die aber dem, was lyrisch sein könnte, entgegen sein sollten.

Meine Meinung war, daß was im Menschen beieinander liege, zum Menschen gehöre und es nicht darauf ankomme, welches einzelne sich eher oder später entwickle. Wolle man jedoch sich darüber auf Untersuchung einlassen, so fände ich's wenigstens näher, das Verhältnis der jungen Mutter zum ersten Kinde zu beobachten, das ich als vollkommen lyrisch anzusprechen geneigt wäre, weil sich ohne Sprache und ohne Begriff die vollkommenste Übereinstimmung zu immer fortschreitender Bildung erhöbe, woraus endlich Gesinnung, Begriff, Sprache und was alles sich von selber ergäbe. Ich war sehr heitern Sinnes, ich saß neben Cottas Nichte, einer Generalstochter, Fräulein v. Hügel, die mir ausnehmend wohlgefällt. Sie singt recht artig und schien uns aufmerksam zuzuhören, indem sie dabei mit einem auf der andern Seite neben ihr sitzenden jungen Offiziere sprach. – Daß endlich die Sprache zum natürlichen Verständnisse des gesellschaftlichen Menschen nicht absolut notwendig wäre, wüßte ich durch ein Beispiel von heute zu erhärten. Ein herumziehender italienischer Buffo hatte sich an der Tafel im »Hirsch« mit seiner Frau in italienischen

Duetten aufs erfreulichste und mit *ganz* allgemeinem Beifalle hören lassen, die höchste Wirkung aber hatte sich bei denen erwiesen, die von dem, was gesungen ward, kein Wort verstanden, woraus denn zu schließen wäre, daß alles Verständnis in innerer lyrischer Befriedigung bestehe. Daß hingegen die Sprache und das Sprechen in fortgesetzter Ausbildung auch wohl umgekehrt wirke, lasse sich von den Beschäftigungen der nächsten Tage abnehmen, deren Inhalt weit mehr in Relationen und Widerlegung fremder Ansichten als wirklich neuer Beobachtungen (wie man mir gesagt habe) bestanden hätte.

»Apropos!« sagte Martius (welcher Protokollführer des Vereines ist), »wie kommt es, daß ich Ihren Namen nicht in der Liste der Naturfreunde habe?« – »Wenn ich die Ehre gehabt habe, mit zwei Naturforschern (Lichtenstein und Hayne) nach München zu reisen und hier eine unerwartet ehrenvolle Aufnahme unter den würdigsten Männern unserer Zeit gefunden, so bin ich höchstens ein Naturaliste, der gern mitgenießt, was andere gefunden und er bedarf, um zu vervollständigen, was ihm eigen ist. Der Künstler kann nur suchen, was er täglich braucht. Leider ist die Kunst so lang, daß man in meinen Jahren erst damit anfängt«, und so weiter. Übrigens ist dieser Martius ein Mann, der mir ganz wohlgefällt; auch Thiersch und seine Frau sind mir sehr wert geworden. Wenn unter solchen Leuten nichts aus mir wird, weiß ich nicht, was daran schuld ist.

Noch eins! Ich fragte Martius, wie er selber unter jenen wilden Jugendmenschen sich angesehn befunden habe. »Wie einen König!« rief er aus; »sie haben mir all die Zeit wie einem höhern Wesen alle Unterwürfigkeit erwiesen.« – Auch hierin wollte ich ein Lyrisch-Ursprüngliches erkennen, insofern alle Bildungsfähigkeit auf Verehrung eines Höhern zu begründen sei, wenn Stumpfheit, Taubsinn und Zerstörungstrieb das Gegenteil zu erkennen geben. Von hier lenkte sich das Gespräch auf den Ertrag des Viehstandes, besonders der Kühe und ihrer Nährung, wobei sich Herr v. Cotta, der große Landgüter besitzt, vollkommen unterrichtet erwies.

Sonntag, früh. München mit seinen zwanzig und etlichen Kirchen, Vorstädten, Palästen, Bibliotheken, Pinako- und Glyptotheken, ist eine Gottesstadt, nach der man durch eine Wüste wallfahrten und mitbringen muß, was ein besserer Boden gewährt. Was nur zum äußern Leben gehört, kommt von außen; alles ist billig, um nicht zu sagen wohlfeil, und Bier ist das Hauptelement, um das sich alles bewegt. Die Männer zwischen 20-50 sind mittler Größe, derb und kompakt, ihre Weiber aber fast in der Regel von schwammiger Dicke und so beweglich auf den Beinen wie eine Kugel auf einer Spindel. Kinder oft sehr schön, Mädchen von 15-20 nicht zu schelten; Frauen zwischen 20-30 erträglich; Matronen – muß es gar nicht geben. Was ich gesehn habe und täglich sehe, sind Scheusale, ein Parzengeschlecht widerlichster Art, und wer sie zu Scharen nebeneinander sehn will, muß an Wochentagen die Kirchen besuchen, wo die greulichsten Molchsgestalten nur an der Bewegung der Lippen und Augen als nicht tot zu erkennen sind. Ihr Gebet ist ein eigentliches Betteln; man darf ihnen was anbieten, sie nehmen es und lassen den Heiligen, wo er ist.

Ein Gretchen von 26 Jahren (die Hausmagd), die mich mit einer Art von Zärtlichkeit bedient und weiß, daß ich täglich die Kirchen besuche, sagt mir gestern abend, daß ich sie doch wohl nicht verachte, da ich sie stets »Gretchen« und »mein gutes Kind« nenne, denn sie sei lutherisch. Ihre Mutter in Stuttgart schreibe ihr unablässig, daß sie ihrem Taufbunde treu bleiben solle, und das wolle sie auch halten, wiewohl sie hier zwar unter guten Leuten, doch wie eine Verdammte lebe. Sie habe hier bessern Lohn und könne ihre Mutter unterstützen; ihr Vatter sei Zimmermeister gewesen und gestorben, die Mutter habe sich wieder unglücklich verheiratet gehabt, und nun sei alles aufgezehrt. Nun sage ich ihr: die Kirche sei überall Kirche und die Patrone von gleich heiliger Gesinnung gegen jeden, der sie aufrichtig verehre. Ich sei zwar auch lutherisch und nebenher, so wie ihr Vater, auch Bürger und Maurermeister gewesen. Ein Lutheraner sei nichts Schlechters als ein Franziskaner, und wo meine Heiligen wären, da könnten sich's auch die gefallen lassen, die an sie glaubten. Da macht sie denn große Augen: »Ach Gott, wie tut mir's leid, Sie nicht noch besser bedienen zu können! Nicht wahr, ich komme nicht in die Hölle?« – »Nein, gewiß nicht! wenn du so bleibst, wie ich dich finde. Grüß' deine Mutter von mir und schick's ihr das!«

Morgen geh' ich nun nach Augsburg; das wird Tränen geben, und ich kann machen, daß ich fortkomme, wenn ich nicht auch was hier lassen will.

»So kann ich ruhig durch die Welt nun reisen;
Was ich bedarf, ist überall zu haben,
Und Unentbehrlichs bring' ich mit –«

nach Weimar. »Kennst du es wohl? dahin –!«

Diesen Mittag esse ich noch bei unserm Chevalier Herrn v. Klenze, dessen Frau vor kurzem aus dem Bade zurückgekommen ist. Ob sich noch zu Fortsetzung dieser Blätter Zeit finden wird, kann ich nicht sagen; ich bin wenig herumgekommen und nicht einmal in Tegernsee gewesen, wo sich die verwitwete Königin aufhält, wiewohl ich ihren Hofprediger Schmidt in Schwalbach und Berlin kennen lernen. Hätte ich einen Begleiter gefunden, so möchte ich wohl etwas ins Gebirge gewandert sein, da denn wieder die Nähe von Italien mir hätte können gefährlich werden und ich mich vor zu großen Ausgaben hüten muß. Lebe wohl, mein Allerbester, ich denke Dein in jeder Stunde, und wo ich hinkomme, gedenkt man Dein. Porzellantassen, Pfeifenköpfe, Dosen mit Goethes Bildnisse sind, wie in den unzähligen Bilderladen Abdrücke, zu allen Preisen zu haben. Spontini dirigiert heute im Königlichen Theater seine »Vestalin«. Die Orchesterleute sind enchantiert von der Oper und seiner Direktion zugleich, und das kann gute Arbeit geben. Addio!

580. *An Goethe*

Nürnberg, 4. Oktober 1827.

Dr. Buttmann, Sohn des Professors Buttmann in Berlin, hat mich von München bis hieher begleitet, und ich habe redliche Gesellschaft an ihm gefunden. Wir sind also Montag abend bei guter Zeit (5 Uhr) in Augsburg angekommen, wo noch soviel Zeit war, die Ulrichskirche inwendig zu besehn; von außen ist sie so umbaut, daß nur ein einziger Eingang ist. Das ist alles, wo nicht zuviel, was ich hiervon zu sagen wüßte.

Am 2. besahen wir Herrn v. Cottas Druckerei, wo eben am letzten, das heißt: am 10., Bande Deiner Schriften gedruckt wurde. Ein vor meinen Augen durchgegangener Bogen enthielt die Oper, worin der Name *Crugantino* vorkommt. Cotta war schon nach Stuttgart abgereiset, vielleicht um daselbst den König von Wirttemberg empfangen zu helfen. Die *Fuggerei* ist eine kleine Stadt in der Stadt und besteht in lauter Häuserchen von zwei Geschossen, die nun sämtlich anderweitig bewohnt und benutzt werden.

Luginsland ist wirklich das Schönste, was man hier sehen kann, ich bin darum nach Tische bei schönstem Wetter wieder dort gewesen, denn zu solchen Sachen muß man bayrisch Bier trinken. Eine unabsehlich weite Ebene, aufs lieblichste mit vielen Armen des Lech durchstochen, nahm sich im heitersten Sonnenglanze gar zierlich aus. Von hier ging ich ins Theater, das, diesen Sommer gänzlich umgeformt, heute eröffnet wurde, ja man hatte sogar eine ganz neue Gesellschaft berufen. Und was finde ich? Deine »Iphigenia« und zwar keineswegs schlimm. Iphigenien selbst am besten, nur etwas zu weichlich. Etwas mehr Mut hätte mich vielleicht ganz befriedigt; doch wer weiß, was man denn noch alles gefordert hätte. In der Folge kam sie aber so hinein, daß ich in der Tat gerührt ward. Pylades gar nicht schlimm, etwas mehr Milde würde ihm zugute geworden sein. Thoas und sein Geheimerat schlecht, am schlechtesten Orest. Die Herren kennen nichts als Eilen oder Schleppen. Das letztere ist ihnen die Tragödie, und doch wollten sie es alle sichtbar gut machen, das müßte ihnen der Haß selber nachsagen, und was sie nicht wissen, können sie nicht bezeugen. Das Publikum – ja das Publikum! Ich und mein Reisegefährte hatten nur noch 2 Plätze in einer Loge des zweiten Ranges erhalten können, alles übrige war vergeben. Zwei Mütter mit recht hübschen Töchtern saßen vor uns. Die eine Mama fand das Spiel der Akteurs ganz vortrefflich, und ich fand ihre Tochter recht artig und angenehm und so diskret, sich auf keine Weise über den Eindruck des Stücks zu verraten. So wurde denn über das neu eingerichtete Haus verkehrt, was 3 Reihen Logen hat und Musik und Rede recht gut von sich gibt.

Das Orchester spielte dazu anfangs die Ouvertüre aus Glucks »Iphigenie in Aulis«, auch retardierend, sonst egal, und endlich kamen sie nach und nach von selber in das rechte Tempo. An der Decke waren die lyrischen Göttinnen gemalt. Im Centro Minerva, aus deren Bauche der Strick des Kronenleuchters wie eine Nabelschnur herabhing. Von andern Merkwürdigkeiten dieser Hauptstadt des Königreichs mögen die Reisebeschreiber: die übrigen 10 oder 11 Kirchen, die Stadtbibliothek, Gemäldegalerie, Wasserleitung und dergleichen, der Welt Nachricht geben, ich müßte lange Zeit haben, es nur zu finden, was in der Tat hier und in München kein Kleines ist. Eine Gegend der Stadt heißt »Zum Elend«; eine andere »Dahinab«. Dieses »Dahinab« ist ein dermalen sichtbar zugemauertes Loch in der Stadtmauer, durch welches der Teufel in Gestalt eines Webers namens Langmantel den Dr. Luther aus hiesiger Stadt, worin dieser ermordet werden sollen, von hinnen geholfen habe.

Es war eben Messe hier. Auf dem Markte in einer Bude ward ein Mädchen gezeigt, 17 Jahre alt, 20 Zoll hoch, 8 Pfunde schwer, ganz ausgewachsen an Händen, Beinen, Brüsten und dergleichen, und doch, besonders von Gesicht, von widerlichster Ungestalt, kurz eine vollkommene Kretine: ein menschliches Tier. Sie macht Affenkünste auf einer Leiter, spricht einige Worte Deutsch oder Französisch ohne Zusammenhang, ist gierig nach dem Gelde. Sie ging, nachdem sie ihre Künste vorgewiesen hatte, mit ihrer Sparbüchse umher und hielt stets die Hand offen, um das Geld in die Büchse zu tun. Ich reichte ihr ein 24 Xr-Stück, was wohl mehr sein mochte, als andere gegeben hatten, und nun ward sie mir am zutraulichsten. Ich nahm sie auf den Schoß, um ihr Gewicht zu versuchen; sie blieb bei mir, neckte mich, ließ sich betasten von unten und oben, an Waden und Brüsten. Ihre Hände sind stark und dick, die Stirne kurz, das Kinn kaum sichtbar. Nase und Stirn sind fast Eine Linie, die einen stumpfen Winkel bis ans Kinn macht, der sich sehr tierisch macht. Nach andern schnappte sie mit dem Munde, der fast ohne Zähne ist, die Zunge ist vollkommen ausgewachsen, doch rund wie eine Wurst. So weit Augsburg.

Nun sehe ich hier eben aus dem Fremdenbuche, daß mein Minister v. Altenstein die vergangne Nacht hier im Gasthofe (»Zum bayrischen Hofe«) logiert hat und wenige Stunden vor meiner Ankunft abgereiset ist. Ich hätte ihn gar gern einmal allein gehabt, und das wäre die beste Gelegenheit gewesen – doch wer weiß? Wenn nur stehn könnte, was nicht gehn will. Er ist ein *gar* zu guter Mann. Viel schlimmer wäre etwas besser.

Sonnabend. Nürnberg ist, verglichen mit Wien, Mainz, Cöln, Frankfurt, Danzig, Elbing und andern, die schönste Stadt, welche ich gesehn habe. Straßen und Gebäude haben das Ansehn ihres Wachstums und der Freude am Leben; altertümlich, heiter, bequem, notwendig, zufällig. Nichts zu groß, nichts zu klein. Keine Paläste, keine Hütten. Schöne Umgebung, leichter Boden. Öffentliche Gebäude ehrbar und würdig von Quadern aufgeführt, rußig von außen, aber wohl erhalten. Die Lorenzkirche ist ein Edelstein im Ringe des Mittelalters, aufs allerbeste ausgeführt, mit den Wappen ihrer Stifter bezeichnet, welche in schönen Farben in den Fensteröffnungen prangen.

Gestern habe einen 82jährigen Herrn v. Imhof, ehemaligen Burgamtmann der hiesigen kaiserlichen Burg, kennen lernen, der sogleich willig war, mir auf Bitten der Damen auf seinem Fortepiano eine halbe Stunde lang alte Arien seiner guten Zeit vorzuspielen und zu phantasieren. Der gute Alte geriet ins höchste Leben, als er mir von Hasse, Gluck, Emanuel Bach und Haydn, die er alle persönlich gekannt hatte, erzählen und meinen ganzen Neid erregen konnte. Sein Spiel durfte ich ihm redlich loben, es war nicht zu schlecht.

Abends.

Heute habe endlich auch die Sebalduskirche besucht und werde morgen die Predigt daselbst hören. Das Grab des Heiligen von Peter Vischer ist hoch zu bewundern, sowohl von seiten seiner Statik als auch einer Vollendung, die man tagelang anstaunen kann, aber auch von seiten des Geschmacks ist es das Erquicklichste, was ich noch gesehn habe: man könnte das Andenken solches Heiligen beneiden.

In der Bildergalerie haben mir die beiden Bilder der 4

Evangelisten von Dürer die längste Zeit gekostet; ich habe nicht aufhören können, sie anzustaunen, und wüßte von allen andern guten und schönen Bildern nichts zu sagen. Die Umgebung der Stadt, welche eine rhombische Figur hat, ist flach und wiesenhaft und ohne Schatten, dagegen in der Stadt selbst alles bergauf bergab geht. Was mir von Stunde zu Stunde mehr auffällt, ist die gemächliche Gestalt der Kinder und Mädchen, besonders der Matronen gegen München; nicht groß, aber wohl gebaut, mehr zierlich als schön. Heute war Markt, wo ich mich des schönen Stadtbrunnens wegen lange umhergetrieben und so vieles Landvolk beisammen gesehn habe. Auch nicht Eine dicke Frau oder ein solcher Mann sind mir vorgekommen; derb und fest, aber wohl proportioniert, das war schon der Fall 8 bis 10 Stunden vor und in Augsburg. Die Männer aber im ganzen wäre ich geneigt so zu halten, wie sich die tüchtigen Künstler und besonders Peter Vischer selbst abgebildet haben.

581. *An Goethe*

Nürnberg, Fortsetzung.

Sonntag, den 7. Oktober 1827. Das war ein Tag der Arbeit! Erst in die Sebalder Kirche; eine nicht schlechte Predigt über: Ein Glaube, Eine Liebe, Eine Hoffnung. Nach dieser Predigt will ich mir noch die Stadt besehn und begegne einem Leichenzug, da fällt mir ein mitzugehn, um Albrecht Dürers Grab zu besuchen. Der Zug war in der Tat solenn ausgestattet. Sechs Mädchen, weiß gekleidet, trugen Blumenkörbe. Voran ein Herold. Der Wagen würdig bekleidet; vier Zipfelträger; eine Reihe gedungener Begleiter und in 4 Wagen die leidtragenden Frauen und Männer. Wir kommen an die Sebalder Kirche, da läuten die schönsten Glocken. Posaunen vom Turme blasen den Choral: »Jesus, meine

Zuversicht!«, und so kommen, indem wir andere Kirchen passierten, zuletzt sämtliche Glocken in Aktion. Wir kommen ans Tor des Gottesackers. Hier wird der Sarg entdeckt, vom Wagen genommen, auf eine Bahre befestigt und über eine Unzahl von Leichensteinen nicht ohne Mühe bis ans Grab getragen. Ein Chor von Bläsern macht eine Trauermusik, sanft, gelassen, rührend. Der Platz war bedeckt mit wohlbekleideten Menschen, das Wetter war schön, es war Sonntag vor dem Essen. Solch eine Ruhe mitten unter 10 000 Menschen, unter freiem Himmel ohne eine Wolke, erlebt man selten. Der Sarg ward auf die Gruft gesetzt, mit Silber und Goldblech beschlagen, die Blumen darauf gelegt, und nun hielt ein Prediger eine sehr sehr sehr lange Rede, doch so verständlich, verständig, ruhig, geistvoll, biblisch, daß mir kein Wort verloren gegangen ist. Nach dieser allerdings zu prolixen Parentation folgte nun noch der Lebenslauf einer Kaufmannsfrau von 27 Jahren, welche ein Muster unter ihren Mitlebenden mag gewesen sein, ohne daß sie hier gradezu wäre gelobt worden. Tausend Menschen weinten. Nun ward der Sarg hinabgelassen unter Musik, welche das Klopstock'sche Lied: *»Auferstehn wirst du«* begleitete. Ich sah noch Dürers Grab in dieser Stimmung und ging zum Essen, wo sich denn der Appetit erst en mangeant wiederfand.

Das Grab des heiligen Sebaldus ist in dieser großen schönen Kirche nicht zum besten aufgestellt. Es macht sich kleinlich gegen die großen architektonischen Massen des Gebäudes, gegen den Hochaltar, und steht nicht einmal in der Mitte der Durchschnittslinie des Schiffs. Peter Vischers Arbeit wäre vollkommen wert, daß eine eigene Kapelle dafür erbaut würde, in der es von allen Seiten könnte perlustriert werden. Es ist einmal so: bei aller Bewundrung der Nachwelt haben es die großen Werke nicht besser als ihre Schöpfer. Wer es nicht um sein selbst willen täte, dürfte wenig Freude haben – am Egoismus der andern. Von 5-6

Einwohnern wußte mir kaum Einer Dürers Leichenstein nachzuweisen, den ich mir selbst fand, welches unter einigen tausend Steinen kein leichtes ist.

Und doch ist es tröstlich, besonders für einen Fremden, im Fortgange der Zeit einen Zusammenhang mit der Vorwelt gewahrzuwerden, wie er mir in dieser ganzen Gegend sichtbarer erscheint als irgendwo. Daran haben die schönen Überbleibsel guter Kunstwerke ihren großen Anteil, welche keine Zeit ableugnen kann, und es ist daher Pflicht, selbst das Schwächste zu erhalten.

Exzellenz Frau v. Pogwisch schreibt mir soeben, daß Königliche Hoheit die Frau Großherzogin mich um halb 12 Uhr erwarte. Z.

582. *An Goethe*

Koburg, den 11. Oktober 1827.

Gestern abend um 5 Uhr bin ich endlich hier angekommen und beim Herrn Prediger abgetreten. Meinst Du nun, daß ich hier Theologie studieren will, so wisse, daß der Wirt zum »Grünen Baume« Prediger *heißt*. Mir ist wenigstens der Name aufgefallen, indem mir beim Einzuge in dieses Haus der Kellner sagte: Herr Prediger sei nicht zu Hause, worauf ich fragen mußte, ob ich denn auch hier im »Grünen Baume« sei. Der erste Anblick dieser Stadt gibt Wohlstand zu erkennen, wiewohl außer den Hauptstraßen und Plätzen gegen die Umgebung hin gar viele schlecht erhaltene Häuser sind, durch welche eine Bergstadt sich eben nicht vorteilhaft ausnimmt. Hat man sich in München und in Bayern an Soldaten satt gesehn, so siehst Du hier die schönsten Ochsen und ein junges Rindvieh von der schönsten Rasse; ich passierte mit solchen Gesellen gerade zur Stadt herein und ward von entgegenkommenden Frauen und Mägden gleich ihnen bewillkommt und hatte große Freude, wie die Hausgenossenschaft sich am Wiedersehn erquickte. Endlich zeigt der viele Mist auf den Straßen, daß sich dieses Geschlecht hier zu Hause weiß. Ganz auffallend zeigt sich von der Grenze her sogleich das gesittete sächsische Wesen; man kommt nicht leicht ohne Gruß davon, und vor allen artig sind die Mädchen und Kinder, wiewohl man auch keinem ältern Wanderer begegnet, der nicht wenigstens den Hut lupft. Hier finde ich den Kapellmeister Schneider wieder, den ich seit 30 Jahren kenne. Sein Bruder war in Berlin mit mir bei Fasch in der Lehre, ein Wunderling, der sich Seneiders nannte, weil ihm der Name Schneider zu gemein klang; unterdessen hat jener, ein Sechsziger, seiner jetzigen jungen hübschen dritten Frau eben ein kleines Schneiderlein angeflickt. Eben komme ich aus der Opernprobe, wo man die Oper »Euryanthe« von Maria v. Weber, welche morgen gegeben werden soll, probierte und das nicht eben schlecht. Was man jetzt selten findet, ist eben hier zu haben: sämtliche Sänger auf dem Theater sind besser als das Orchester, das freilich schlecht angeführt wird. Ein Baßsänger namens Schmidt ist sogar vorzüglich; Stimme, Figur und Vortrag, Umfang, Alter, alles trifft sich zusammen, dabei wird er auch hier als Akteur geschätzt. Von allen übrigen möchte ich keinen *schlecht* nennen; die erste Sängerin und der erste Tenor sind sogar gut und alle gut musikalisch. Auch die Chöre gingen gut und traten heraus. Die Direktion – weiß ich nicht zu schätzen. Die Musik zur »Euryanthe« setze ich über den »Freischützen« (den ich freilich nicht ausstehn kann), auch ist wie in allen Weber'schen Kompositionen viel Gesuchtes, Gepritzeltes, aus feinen Häppchen Zusammengesetztes, Schwieriges, Fremdes darin. Ertrotzte Lebhaftigkeit und dazwischen allerdings gute Stellen und ein Fleiß, den ich mit Schrecken bewundre, weil's der ganze Bettel nicht verdient. Die Deutschen, welche den Italienern ihren Ruhm mißgönnen, wollen diesen dennoch das parlare cantando oder cantare parlando nachmachen und begreifen nicht, daß die Deutschen nicht reden lernen. Wer reden kann wie die Italiener, wird von selber singen, alles andre ist vom Übel. Pauken, Blasen und Streichen ist noch lange kein Singen.

Der alte Fischer in Berlin ward einst gefrag: ob der Bassist Gern nicht einer der ersten Sänger wäre. Antwort: »Erst *Ich*, dann ich noch einmal, dann kommt mei Soh (mein Sohn), und dann kommt Herr Gern – noch lange nicht.«

Seit heut früh um 6 Uhr werden hier vor meinem Fenster auf dem Platze auf 10 verschiedenen Feuern Würste gebraten; sollte dies Blatt darnach duften, so weißt Du nun, woher es kommt. Es sollen hier auf den zwei Markttagen jeder Woche an die 10 000 Würste gebraten werden, das wäre auf jede Koburger Seele Eine Wurst pro Woche.

Weimar, Sonnabend, 13. Von Rudolfstadt weiß ich nur zu sagen, daß ich gestern früh beim Herausfahren schon von ferne auf eine Fensterscheibe Ölfarben aufgesetzt gewahr worden bin. Bei Annäherung des Wagens finde ich das andere Fenster an den untern Scheiben zugesetzt, und was erblicke ich? zwei nebeneinander stehende Tafeln, die alle beide nichts Geringers vorstellten als Dein Bildnis, wahrscheinlich zwei Übungsstücke nach Kupferstichen, doch beide umgekehrt, Kopf unten. Das eine der Bilder war aus Deinen jüngern Jahren und ward von mir bald dafür erkannt, weil ich die verschiedenen Abdrücke nach und nach gesammelt habe.

Auf der Fahrt über Sonnenberg bis Rudolfstadt ist mir Dein Gedicht »Harzreise« recht lebendig worden, wiewohl die Witterung schön war. –

»Dem Schnee, dem Regen,
Dem Wind entgegen«,

ich seh' Dich reiten, wollt' Dich begleiten – statt dessen hatt' ich einen artigen Jagdjunker aus Ballenstedt, Herrn v. Cronegk, von Koburg mitgenommen, der bis dahin zu Fuß gewandert war und sich in Rudolfstadt dem Hofe vorstellen soll. Wäre ich Herr über diese kalten schroffen Höhen des Thüringer Waldes, ich würde hier nach Schätzen suchen, die so gewiß darunter befindlich sind, als meine ganze Provinz dadurch bereichert werden sollte. Die Herren jagen oben das Wildbret, ich wollte den Berg von anderer Seite akkouchieren. Daß ich in Dannrode, kurz vor Berka, noch einen Maler zu Pedale aufgeladen und mit nach Weimar gebracht, ihn aber noch nicht wieder gesehn habe, mag das Letzte bis hieher sein, und somit

Gott befohlen!

Z.

Sei so gut, den beiliegenden Brief an meine Doris zu adressieren und zu siegeln. Z.

583. *An Goethe*

Du bist im Mutterleibe der Natur so hübsch zu Hause, und ich höre Dich so gerne reden von Urkräften, die, von Geschlechtern der Menschen ungesehn, durch das Universum wirken, daß ich ein Gleiches ahne, ja Dich im Tiefsten zu verstehn meine und doch zu alt und viel zu weit zurücke bin, um ein Studium der Natur anzufangen.

Komm' ich nun auf einsamen Reisen über Höhen, Bergspitzen, durch Schluchten und Täler, so werden mir Deine Worte zu Gedanken, die ich *mein* nennen möchte. Aber es fehlt an allen Orten, und nur mein eigenes kleines Talent kann mich retten, daß ich nicht versinke.

Da wir doch nun einmal zusammen sind, wie wir sind, so

dächte ich, Du ließest Dich herab, da ich Dich so gern verstehe, mir einen Grundstein zu legen, um mein innerstes Sehnen zu festen: wie Kunst und Natur, Geist und Körper überall zusammenhangen, ihre Trennung aber – Tod ist.

So habe auch diesmal wieder, indem ich wie ein Zwirnfaden das thüring'sche Gebirge von Koburg bis hieher durchzogen bin, schmerzhaft an den »Werther« gedacht: daß ich nicht überall mit Fingern der Gedanken, was unter und neben mir ist, befühlen, beschauen kann, was mir aber so natürlich vorkommt, als Körper und Seele Ein Wesen sind.

Freilich hat es unserer vieljährigen Korrespondenz nicht an Materie gefehlt; Du hast so redlich teilgenommen an meinem Stückwissen in musikalischen Dingen, wo wir andere freilich noch immer umherschwanken – wer hätte es uns denn sagen sollen?

Aber ich möchte doch auch nicht gar zu bettelhaft gegen andere vor Dir erscheinen. Nenne es Stolz – dieser Stolz wäre meine Lust. Von Jugend an habe mich hingezogen, hingezwungen gefühlt zu denen, die mehr, die das Beste wissen, und mutig, ja lustig mich bekämpft und ertragen, was mir an ihnen mißfiel – ich wußte wohl, was ich wollte, wenn ich auch nicht weiß, was ich erfuhr. Du warst der einzige, der mich trug und trägt; ich könnte von mir selber lassen, nur nicht von Dir.

Sage mir, zu welcher Stunde ich zu Dir komme; ich erwarte vorher unsern Doktor, weiß aber nicht, wann er kommen kann.

Weimar, Dienstag, 16. Oktober 1827. Z.

Freilich, mein Teuerster, ist es eine starke Aufgabe, wenn wir dem guten Tagemenschen zumuten, solche Gedichte zu singen und etwas dabei zu denken. Forderte man von mir einen Kommentar, so würde ich mich erbieten, ein anderes Gedicht zu schreiben desselben Inhalts und Gehalts, aber faßlich und dem Verstande zugänglich. Gelänge es mir, so würde ich Dich ersuchen, es gleichfalls für die Liedertafel zu komponieren und solches, ohne den Zweck zu offenbaren, gleichfalls in Gang zu bringen, alsdann aber die Aufgabe auszusprechen, man möge sich in diesem Sinne jenes Abstruse zu verdeutlichen und zuzueignen suchen. Dergleichen heitere und doch im Grund nutzbare und bedeutende Versuren könnte man sich erlauben, wenn man zusammen lebte; in die Ferne sind solche Wirkungen kaum denkbar.

Ich erinnere mich nicht, daß zwischen uns von den serbischen Gedichten die Sprache gewesen; versäume nicht, Dich mit diesen merkwürdigen, für uns auch nach und nach grünenden, blühenden, fruchtenden Produktionen unsrer südöstlichen Nachbarn bekannt zu machen. Sagt Dir eins oder das andere der kleineren Lieder zu, so gönn' ihm Deinen durchdringenden harmonischen Ausdruck. Überhaupt sind die östlichen Sprachen, die einen so ungeheuren Raum einnehmen, mit ihren Leistungen auf dem Wege, uns zu interessieren. In Prag kommt eine Zeitschrift heraus, die mich mit Vergnügen in jene Zustände, die mich sonst so nah berührten, hineinblicken läßt. Es ist ein so männlich-ruhiger Sinn in diesen Dingen, ein stilles Fortschreiten, Schritt vor Schritt, daß, wenn sie das Glück haben, noch zehn bis zwanzig Jahre auf dieselbe Weise fortfahren zu können, so gelangen sie zu philosophisch-literärischer Freiheit ohne Revolution und bewirken die

Reformation im stillen. Inzwischen verliert niemand dabei, denn ich kenne die hochkultivierten Männer, die dieses bedächtig zu leiten wissen.

Wegen Ternites farbigen Bildern habe ich mir nichts anders vorgestellt. Daß der Ankauf dortigerseits nicht geschehen, nicht entschieden sei, hatte ich von Herrn v. Müffling vernommen, das Nähere gibt mir Dein und des Künstlers Schreiben. Ich sende daher alles nächstens zurück; mag er mir für guten Willen und nächste Erwähnung eine Kopie von »Phrixus und Helle, auf dem famosen Widder über den Hellespont strebend«, zukommen lassen, so werde ich es zum Andenken, als ein Beispiel einer trefflichen Kunstzeit wert halten und vorzeigen. Die zweite Hälfte von »Kunst und Altertum« bringt unsre redliche Meinung; die an mich bisher geschehenen Fragen werden dadurch erledigt. Es freut uns, ohne phrasenhafte Wendung das Beste von diesen Arbeiten sagen zu können.

Treulichst

Weimar Goethe.

Geschrieben den 11. März,
mitgeteilt den 17. Oktober 1827.

585. *An Goethe*

Montag, 22. Oktober 1827.

Meine vorwitzige Freude, mit einem beweibten Philosophen zu reisen, wäre mir beinahe versalzen worden. Früh bei der Hand, um bei guter Zeit an Ort und Stelle zu kommen, durfte kaum zugestanden werden, dagegen Kutscher und Pferde und Gasthäuser unablässig bescholten, beschrieen, bepoltert wurden, so daß ich, der eine heitere gründliche Konversation erwartet hatte und statt dessen eine verstimmte Paukenmusik zu hören meinte, am dritten Tage die große Trommel (aus der »Diebischen Elster«) anschlug, worauf denn ein morne silence, ein Maulen erfolgte, das ich durch kleine Flöten zu zerstreuen hatte, um versöhnt auseinander zu kommen. Auch die Pferde sollten sich nicht satt essen und dann wieder auf uns warten; der Wagen sollte wie ein alter Weinkeller verschlossen sein. Verfolgungsgeschichte gegen unsere Philosophie habe mitunter verschlafen. Der Philosophischste unserer Trinität war unser Kutscher, der, als er merkte, wie ich sein Verdienst anerkannte, von allem Geschrei nichts zu vernehmen schien und freundlich, ja gesittet blieb. Wagen und Pferde waren gut.

Nun finde ich Deinen lieben Brief, der aus München nach Berlin retour gekommen ist. Hätte ich ihn in München erhalten, so wäre ich wahrscheinlich noch ein Woche dort geblieben, wiewohl ich so manches berührt und darüber berichtet habe, außer daß ich mit Herrn v. Schelling gar nicht in nähere Berührung gekommen bin; wie sollte unsereiner gleich alles im Laufe erkennen?

Unter andern hätte ich noch eines Herrn oder Professors Schulz oder Schulze gedenken sollen, der über Zirkulation des Blutes in Körpern oder Pflanzen beobachtet haben soll und dessen Betragen den andern Herren anstößig geworden und Hegelismus genannt worden ist. Wie und in welcher Art seine Sache geltend ist oder nicht, wüßte ich nicht zu sagen; der Ministerialrat v. Schenk stellte ihn aber dem Könige von Bayern vor als einen Mann, *der im Begriff sei, ein lateinisches Werk zu schreiben, worüber die Welt erstaunen werde.* Ebendieser Schulz stellte sich selber mir vor, und da seines Namens so viele mir bekannt sind, fragte ich ihn, ob er der berühmte Blutschulz sei, worüber denn die andern Herrn ein Gaudium hatten, das ich nicht weiter auszulegen weiß: ob über mich selber oder über ihn.

Für heute muß ich schließen, wenn die Einlage noch

heute abgehn soll. Lebe wohl und habe Dank für so vieles Gute und Treue von

Deinem

Dienstag. Z.

586. *An Zelter*

Wenn es gleich höchst löblich und erfreulich ist, daß alte Freunde sich wieder begegnen und aufs neue vereinigen, so scheinen sie doch gleich wieder unter Einfluß und Gesetzen des Tags zu stehen, so daß sie gleichfalls der Nichtigkeit vorüberfliehender Stunden ausgesetzt sind. Diese Betrachtungen macht' ich nach Deiner Abfahrt, einigermaßen verdrießlich, im Bemerken, daß gerade das Wichtigste mitzuteilen versäumt worden. Die Reliquien Schillers solltest Du verehren, ein Gedicht, das ich auf ihr Wiederfinden al Calvario gesprochen, ferner eine Novelle der eigensten Art, kleiner Gedichte mancherlei, drunter eine Sammlung mit der Rubrik: »Chinesische Jahreszeiten«, und was diesem noch alles sich hätte anschließen können und sollen.

Vielleicht ist es nicht wohlgetan, daß ich dergleichen hinterdrein sage und klage; warum sollte man aber nicht auch des Versäumten gewahrwerden, wenn des Gewonnenen und Genossenen soviel ist.

Erfolge Dir also der beste Dank für Deine liebwerte Gegenwart, daher mir manches Gute und Liebe geworden und geblieben ist. Danke Herrn Hegel für seinen Besuch, denn ich darf nicht sagen, wie tröstlich es mir erscheint, daß mir, an meine Wohnung Gefesselten, von allen Orten und Enden her soviel Klares und Verständiges zuteil wird; denn kaum ist mir durch genannten Freund so manche Aufklärung über die Pariser Zustände geworden, so trifft Herr Graf Reinhard ein, von Christiania in Norwegen zurückkehrend, und überliefert mir einen hellen Begriff von jenen nordischen Zuständen. Von Westen kommt mir zugleich eine Beschreibung der Insel Helgoland mit schönen Belegen unorganischer und organischer Natur, konsolidierte Reste des Urlebens und noch ganz frische Beweise des Fortlebens und Wirkens des ewigen Weltgeistes. Und so ward mir eine schöne Fortsetzung dessen, was eure Gegenwart mir so reichlich gewährt hatte.

Und so bleibe Gegenwärtiges nicht länger zurück. Vermelde mir bald etwas von Deinen Zuständen, auch kläre mich auf über das Unglück, was Rauchs betroffen hat; ich habe mir darüber als Welt- und Menschenkenner einige Hypothesen gemacht und bin neugierig, wie nah ich das Ziel berührt habe.

Eilig und treulich

Weimar, den 24. Oktober 1827. Goethe.

587. *An Zelter*

Du kannst Dir nicht vorstellen, mein Teuerster, welch einen hübschen Abschluß zu Deinem harmonischen Reisegesang diese verdrießliche Koda zu genießen gibt; laß Dich's nicht reuen wie so manches andere, wobei ich aber gern gestehe, daß es mich doch einigermaßen gewundert hat, im Flor des 19. Jahrhunderts einen Philosophen zu sehen, der den alten Vorwurf auf sich lud, daß nämlich diese Herren, welche Gott, Seele, Welt (und wie das alles heißen mag, was niemand begreift) zu beherrschen glauben, und doch gegen die Bilden und Unbilden des gemeinsten Tages nicht gerüstet sind.

*Inliegend ein Paket an Herrn Geheimen Rat Streckfuß. Nach einigen vorläufigen Notizen ersuche ich ihn um Beiträge zu »Kunst und Altertum«. Da mir so vieles an- und

* NB. Eine an Dich gerichtete Sendung ist auf die fahrende Post gegeben.

aufliegt und ich aufgefordert, ja gedrängt werde, diese Hefte forzusetzen, so habe ich alle Ursache, mich nach wackern Teilnehmern umzusehn.

Hast Du irgend etwas, das Du dem Druck übergeben möchtest, so teile es mit, ich werde es wie immer mit Ernst und Fleiß durchsehen. Habe ich etwas dabei zu erinnern oder daran zu mäkeln, so meld' ich es zu fernerem Beraten. Bis Weihnachten haben wir Zeit, alsdenn denk' ich abzuschließen.

Laß mich nun auch von etwas Widerwärtigem sprechen. Doris' Brief an Ulriken gibt mir einen Blick in den traurigsten Zustand des schönen und guten Mädchens; hier ist nicht an Heilung eines großen Übels, sondern nur an Linderung zu denken, und Du hast wohl selbst bei dem Verweilen in unserm Kreise gefühlt, welches peinliche Stören und Entbehren aus Ulrikens gleich unheilbarem Zustande hervorgeht.

Aber was soll ich zu dem Rauchischen Falle sagen? dieser scheint sittlich verletzend zu sein und um desto schlimmer zu erdulden. Ich empfinde ihn sehr peinlich. Sage das Nähere.

Du tatest wohl, die Welt einmal wieder in ihrer verwegenen Regsamkeit zu beschauen, das geht denn immer fort und vorwärts wie eine Belagerung; niemand kümmert sich, wer in den Trancheen oder bei einem Ausfalle zugrunde geht; was zuletzt erstürmt wird, wollen wir nicht genau erforschen.

Daß mein Brief nach München zu Dir gelangt ist, freut mich sehr; bei demselben will ich nur bemerken, daß der Blut- und Zirkulationsschulze sich bei mir keineswegs empfohlen hat, indem er auf eine recht anmaßlich-jugendlich-ungeschickte Weise meiner früheren Bemühungen im botanischen Fach gdenkt und mir zum Vorwurf macht: daß ich vor vierzig Jahren nicht völlig getan habe, was bis jetzt noch nicht geleistet ist.

Andererseits hat euer Linke, den ich nicht schelten will, weil Du ihm gewogen bist, neuerlich [bei] einem gewissen Anlaß, wo er notwendig meiner »Metamorphose der Pflanzen« hätte gedenken sollen, dieselbe mühsam verschwiegen und einen alten Linnéischen zwar geistreichen, aber nicht auslangenden Einfall wieder hervorgehoben. Es ist mir doch, als wenn selbst gute und vorzügliche Menschen an gewissen Tagen, unter gewissen Umständen nichts zu taugen verdammt wären. Hätte ich mich nicht in die Naturwissenschaften eingelassen, so wäre ich nie zu dieser Einsicht gelangt, denn in sittlichen und ästhetischen Dingen läßt sich das Wahre und Falsche niemals so in die Enge treiben; im Wissenschaftlichen aber, wenn ich redlich gegen mich selbst bin, muß ich es gegen andere sein, und so gereut mich die undenkliche Zeit nicht, die ich auf dieses Fach verwendet habe, denn nach meiner Behandlung muß jeder Tag, muß Gönner und Widersacher mich fördern, sie mögen sich stellen, wie sie wollen.

In Eile treulichst

Weimar, den 27. Oktober 1827. J. W. v. Goethe.

588. *An Goethe*

Sonntag, 28. Oktober 1827.

Wer keine Qual hat, macht sie sich selber. Die bekannte Heiratsgeschichte ist etwas schlimmer, als man sie sich denken möchte. Die Braut soll als nicht intakt befunden sein. Das wäre nichts Neues, wenn es wahr wäre. Der junge Mann aber hat sich so stürmisch und mit Eklat betragen, daß ihm die Angetraute nach überhäuften Beschimpfungen entfliehn und ihre Zuflucht zur Gräfin v. d. Recke suchen müssen; endlich, als der Vater erschienen, hat er diesen Vater der Beflickung seines Kindes ins Angesicht beschuldigt. Der

Vater ist nun bereits klagbar geworden und die Ehe soll aufgehoben werden.

Die Freunde des jungen Mannes sagen nun endlich aus, sie hätten schon in Rom von ihm gewußt, daß ihm eine gewisse Potenz abgehe; sogar sein natürlicher Vater (unser Antiquarius) und auch seine Mutter sollen davon unterrichtet gewesen sein. Der Vater des Mädchens wird am meisten bedauert, der noch an einem früheren Mißverhältnis zu schleppen hat, dessen Frucht diese Tochter ist, und nun rühren sich die beiden Familiengeschichten wie ein stinkiger Brei ineinander.

Von meiner Seite will ich nur dabei bemerken, daß solche Vorfälle mir stets die »Wahlverwandtschaften« ins Gedächtnis zurückrufen. Man ist viel zu leichtsinnig, solche Kasus wie Meteorsteine anzuschauen.

Nun finde ich, was Du mir zum Lobe des Begas'schen Bildes geschrieben, in dem »Berliner Konversationsblatte« abgedruckt; ich hatte die Stellen von Doris ausziehn und Begassen zu seiner Satisfaktion zusenden lassen, sie können also nur auf diesem Wege in die Druckerei gelangt sein.

Gestern habe auch den Herrn Zahn bei mir gesehn. Übermorgen mittag wird er mein Gast sein und nachher die Singakademie hören. Um seine Merkwürdigkeiten zu sehen, werde am ersten heitern Tage zu ihm gehn, denn seit ich hier bin, habe die Sonne noch nicht wieder gesehn.

Mademoiselle Sontag habe nun auf dem Königlichen Theater 2mal mit Freuden gesehn, als Myrrha im »Opferfeste« und als Susanne in Mozarts »Figaro«. Wenn ich keine einzelne besondere Eigenschaft an ihr herauszuheben wüßte, so ist ihr ganzes Wesen eine erfreuliche Erscheinung auf den Brettern. Sie weiß ihre niedliche Person als dritte, vierte, fünfte und so weiter unter so vielen Ungewohnten auf einem größern Theater immer glücklich aufzustellen, und da sie vollkommen vokalisiert und artikuliert, leuchtet ihre

Stimme auch unter den viel stärkern wie ein klares Gestirn herab. Ihr Gesicht geht gleichsam parallel mit der Melodie und so auch Arme und Hände, und das alles wiederholt sich nicht, es bleibt das Nämliche und ist doch neu. Ein Duett ward da capo gefodert, die beiden kamen zurück, wie sie abgegangen waren; vorher hatte sie auf der rechten Seite gestanden, jetzt stand sie auf der linken, und das ganze Duett schien ein neues Stück zu sein, das ich allenfalls zum dritten Male gehört hätte; auch riefen einige Stimmen wieder da capo.

Daß ich die Schiller'schen Reliquien versäumt habe, werfe ich mir bitter vor; wer weiß, wann wir uns wiedersehn, und wenn die Zeit da ist, weiß man sie kaum zu gebrauchen, und doch habe ich nicht wenig von dem genossen, was ich schon so lange wünschte. Die Exkursion nach Tiefurt und Ettersburg tut mir noch wohl. Das letzte hätte freilich lieber an Deiner Seite gesehn. In meinen Jahren ist es nicht mehr genug, sich mit dem andern bloß zu vertragen, das hätte man von viel Schlechtern schon gelernt, man möchte auch eine solche Freude haben, wozu ein Paar gehört.

Durch eine mittelbare Indiskretion habe ich mir einen Verdruß zugezogen, der mich einige Tage nach meiner Zurückkunft zuerst unwillig auf mich selber und nachher zu lachen gemacht hat. Davon gelegentlich, weil die Sache noch warm ist; ich will's noch nicht wissen: *ob* ich recht habe. Denn die Geschichte ist etwas dumm.

Was ich voran berichten wollen, möge nun folgen. Vorigen Mittwoch habe Seiner Exzellenz dem Herrn Generalleutnant v. Müffling aufgewartet. Da ich wußte, daß er nicht bei Wege war, so ließ ich Gruß und Andenken Seiner Hoheit des Großherzogs von Weimar melden und fand den Patienten auf dem Sofa liegend stark bedeckt. Das Übel des Unterleibs wird durch tägliche Kämpf'sche Klistiere gelindert, die wirksam befunden werden. So bleibt nun noch die Klage über Piedestal, Gehen und Stehen übrig und ein beständiger Frost des Unterkörpers. Brust, Sprache und Augen klar und lebendig; ich war so glücklich, eine gute halbe Stunde allein mit dem Patienten zu sein. Nachem ich den besorgtesten Anteil Seiner Königlichen Hoheit des Großherzogs noch einmal wiederholt hatte, empfahl ich mich. Geheimer Rat Rust wird nun auch wohl schon seinen Bericht abgesandt haben.

Meine Luise wird täglich magnetisiert und zwar mit wohltätiger Wirkung. Die Ärzte, welche sämtlich *gegen* diese Kurart waren, haben sie als ein letztes Mittel anwendbar gefunden. Der Magnetiseur Dr. Leo hat mir einen schriftlichen Bericht versprochen, den ich übersenden werde. Es ist Dienstag. Lebe wohl!

Dein

Z.

589. *An Goethe*

Dienstag, 30. Oktober 1827.

Indem ich das Ende Deines letzten Briefes vom 27. dieses mit seinem Anfange zusammenhalte: wie die genannten Herren und alle ihresgleichen sich abquälen, um niemals zu werden, was sie sein wollen, im Weiten suchen, was vor ihren Füßen liegt – will ich nur sagen, daß auch ich sie ohngefähr so erkenne. Du siehest sie einzeln, da sind sie gescheit und artig; zusammen nehmen sie es mit dem Einfältigsten auf und erfahren es manchmal von – mir.

Da sie mir im Wissen überlegen bleiben und mich gelehrig finden, so brauch' ich mich nicht zu verstellen und lasse sie rein ausreden. Ganz hinterher sind sie – Menschen, in denen Gutes und Falsches durcheinander liegt wie Papierchen auf ihren Tischen und Stühlen zu Hause. Will man ihnen ungelegen sein, so sind sie stöckisch und ganz ungenießbar.

Unser Philosoph ist nun auch wieder zahm. Meinst Du, ich hätte nicht gemerkt, wohin der lange Hals, der geschäftige Rückgrat und die vorgestreckte Nase gerichtet war? Wohl dem, der noch darf! Man hätte selber noch Appetit! Auch die kleine zarte Hirschin hatte, in meinem Hause täglich nachfragend, nach frischen Quellen geschmachtet. Was ist der Mensch! der Prahlhans!

Ich habe wohl daran gedacht und doch vergessen, eurem Hofmedikus eine Gratifikation dazulassen für eine Untersuchung meines Bruches. Es findet sich wohl eine Gelegenheit, den Schaden einzubringen.

Sonnabend. Dein »sine me liber« ist mir durch Mark und Bein gefahren. Ich bin ohne Abschied von Dir gegangen, mein Gefährte hat mir aber die Traurigkeit vertrieben. Du mußt Dir ja einen recht bequemen Wagen von drei Seiten dicht zugeknöpft denken, da sich der Freund über mich hinlegt, den Kutscher anzuschreien, bergan gegen Wind und Nebel schärfer zu fahren. Dieser selbige Freund, der gar nicht begreift, wie mich das angehn kann, wenn er nichts als zankt und alle Fuhrleute ohne Ausnahme Betrugs und Verrats beschuldigt. Er wisse, wie sie es machen, so seien sie alle.

Der Kutscher war nun in der Tat ein Schelm, indem er letztlich ganz ruhig bekannte, daß er von Weimar bis Halle die Kunststraße vermieden, sich aber anderthalb Meilen in die Richte gefahren und das Chausseegeld gewonnen habe. – »Sehen Sie, mein Freund? wer hat nun recht? Betrügt uns nicht der infame Kerl und läßt sich *neun* Meilen für *sieben und eine halbe* zahlen?« Meine Einrede, daß der Weg nach der Ernte überall gut sei und eine Kunststraße wegen Postkorrespondenz wohl Umwege machen könne, ward heftig abgewiesen. Der Kerl mußte ein Schurke sein; so war es denn mein Glück, daß ich von Herzen lachen können, was gar nicht gnädig aufgenommen worden. Noch eins. Wir waren beide nebeneinander eingeschlafen. Er erwacht, und seine Mütze war aus dem Wagen gefallen. – »Halt! Halt! Halt!!! Meine Mütze!« – Der Kerl sollte zurücklaufen und die Mütze suchen. – »War das Ihre Mütze? Aber ich kann nicht von meinen Pferden gehn; wer weiß, wo die liegt oder längst aufgenommen ist.« Nun mußte die Hutschachtel geöffnet und ein ziemlich abgetragener Hut herausgenommen werden. So schlüpfe ich meinen neuen, schönen, in München teuer erkauften Hut in die vakante Schachtel. Das war der Lohn für soviel Qual. – Lieber Gott, das habe ich Dir ja wohl schon einmal geschrieben! Deine Rübchen gehn heut ab. Lebe wohl und schreibe doch recht oft, das ist mein einziges Leben.

Dein

Z.

Aus der Abschrift meines Tagebuchs ersehe ich einfältiger Mensch, daß ich der Vorstellung des »Königs Lear« wirklich beigewohnt habe. Nun schelte mir einer die Philosophen!

590. *An Zelter*

Alfred Nicolovius, welcher sich eben hier befindet, hat nicht verfehlt, mir jene häßliche Novelle in ihren Einzelnheiten vorzutragen, die Du, nach meiner Überzeugung vollkommen einsichtig, lakonsich darstellst.

In meiner Biographie muß eine Stelle vorkommen, wo ich ausspreche, welche bange Wirkung mir, dem Jüngling, die Entdeckung solcher unterschwornen und übertünchten Familienverhältnisse gemacht; Du hast ganz recht, daß solcher Art manches im Finstern dahinschleicht, bis einmal der Zufall, oder, wie hier, eine Art Wahnsinn das Ungebührliche ans Licht schleppt. Daß unser Bedauern dem Unheil gleich sei, bist Du überzeugt.

Habe Dank, daß Du durch anmutige Relation die Anmut der zierlichen Sängerin auch mir hast vergegenwärtigen wollen; mein Ohr ist dieser Genüsse längst entwöhnt, der Geist aber bleibt für sie empfänglich. Die neuliche Vorstellung der »Zauberflöte« ist mir übel bekommen, früher war ich empfänglicher für dergleichen, wenn auch die Vorstellungen vielleicht nicht besser waren. Nun kamen zwei Unvollkommenheiten, eine innere und äußere, zur Sprache, Anregungen wie das Anschlagen einer Glocke, die einen Sprung hat. Gar wunderlich; wollte ja auch die Wiederholung Deiner geliebten Lieder nicht gelingen! Es ist besser, dergleichen zu ertragen, als viel davon zu reden oder gar zu schreiben.

Dagegen fährt die bildende Kunst, besonders die plastische, immer fort, mich glücklich zu machen. Die Abbildungen der Stoschischen Sammlung unterhalten mich aufs beste; auch Herrn Beuths höchst gefällige Sendungen dienen mir und Meyern zu den besten Entwickelungs- und Belehrungsgesprächen. Wir stellen ein Heft »Kunst und Altertum« zusammen, wobei ich denn immer auch zunächst für Dich zu arbeiten gedenke.

Die nähere Bekanntschaft mit Zahn und seinen Arbeiten wird Dir gewiß heilsam und ersprießlich sein; ich für meine Person bin in dem Falle, daß mich das Anschauen des Altertums in jedem seiner Reste in den Zustand versetzt, worin ich fühle, ein Mensch zu sein.

Bei dem herzlichsten Wunsche, daß Deiner Luise Mißgeschick erst durch Linderung möge gebessert und sodann durch Jugendkraft wiederhergestellt werden, erwarte sehnlichst die Relation des Dr. Leo. Einige Rezensionen von ihm in der Hegelischen Zeitschrift haben mir von ihm ein gutes Zeugnis gegeben.

Vorstehendes lag einige Zeit. Nun kommt Dein Wertes vom 30. Oktober, und so mag dieses Papier nicht länger harren.

In meinem Hause leidet die Mutter, wie herkömmlich, an manchen Nachwehen, an verschiedenen, in Übles und Böses umschlagenden Naturnotwendigkeiten. Das schöne Kind gedeiht. Ich fahre fort, an »Faust« zu schreiben, wie es die beste Stunde gibt. Sonst ist mir manche literarische Neuigkeit zugekommen, die mich aufregt, in »Kunst und Altertum« etwas darüber zu sagen. Wie ich denn überhaupt dem nächsten Stücke einen besondern Ton und eigne Behandlung der Dinge zu geben gedenke.

Auch recht hübsche Zeichnungen, um mäßigen Preis, sind mir zugekommen, und ich erwarte eine Sendung Majolika von Nürnberg; dies ist eine Art Torheit, in die mein Sohn mit einstimmt. Indessen gibt die Gegenwart dieser Schüsseln, Teller und Gefäße einen Eindruck von tüchtigfrohem Leben, das eine Erbschaft großer mächtiger Kunst verschwendet. Und wie man denn doch gern mit Verschwendern lebt, die sich und uns das Leben leicht machen, ohne viel zu fragen, woher es kam und wohin es geht, so sind diese Dinge, wenn man sie in Masse vor sich sieht, von der allerlustigten Bedeutung. Wie kümmerlich sind dagegen unser Porzellanservice, auf denen man Blumen, Gegenden und Heldentaten zu sehen hat! sie geben keinen Totaleindruck und erinnern immer nur an Botanik, Topographie und Kriegsgeschichte, die ich nur im Garten, auf Reisen und [in] müßigen Stunden liegen mag. Du siehst, wie man seine Torheiten zu beschönigen weiß; gepriesen aber sei jede Torheit, die uns dergleichen unschädlichen Genuß verleiht.

Möge denn auch dieses Blatt den Weg antreten, den ich so

gerne selbst zurücklegte, und Dich zu baldigem Erwidern freundlichst aufregen.

So sei und gescheh' es!

Weimar, den 6. November 1827. Goethe.

591. *An Goethe*

Berlin, 7. November 1827.

Der Vetter Alf-anz bringt mir soeben Deine frischen Grüße zu heiterm Frühstück.

Hat er die unsüße Geschichte, wie sie ihm in seiner Nähe bekannt sein muß, Dir ebenso konfuse vorgetragen wie mir, so hast Du Vorstellung von der Umgebung, worin sich der arme Vater gefällt oder nicht. Lauter Leute, deren jedem eine Potenz abgeht, zärtelnde Weiber und Beigänger, und von diesen einen zum Schwiegersohn, der doch noch immer nicht der Schlechteste sein sollte.

Wäre das Kind schuldig, so ist der Vater doppelt geschlagen. Jedermann aber hält sie für unberührt, ja tadelfrei – und solch ein Kastratensohn darf laut aussprechen, daß er den Priestersegen vorsätzlich entweiht habe, um die Tochter eines berühmten Künstlers im Brautbette zur Hure zu machen und dann ruhig seine Straße zu gehn wie ein Hund von der Tiffe.

Das ist das öffentliche Geheimnis nach eigener Erklärung des grausamen Schänders. So erzählen sich's die züchtigen Weiber mit jedesmaligem Beifügen, es lasse sich's nicht sagen, nicht aussprechen.

Und nun die Ratgeber: da sollen die tödlich Beleidigten geschont werden, und niemand will bedenken, daß die Geschichte bedenklich, verdächtig wird durch ihr verdammtes Tuscheln und Muscheln.

Haben wir doch dergleichen wohl auch erlebt, wer wollte

da schonen? – Ein Militärhoboiste, der die jungen Edelleute der école militaire in der Flöte unterrichtete, führte einem von seinen Eleven zuweilen Mädchen zu und vertraute einem andern Hoboisten folgendes:

»Dem Russen habe ich dasmal eine reine Jungfer versprechen müssen. Er war außer sich vor Wonne und hat einen Louisdor bezahlt; die reine Jungfrau aber war – *meine* Frau.«

Das geschah im Jahre 1775. Der alte Gaudieb mußte Spießruten laufen und kam ins Zuchthaus. Was fangen wir 1827 an, mit solchem Schwiegersohn! Brrr!

Den 16. Was ich Dir über Mademoiselle Sontag geschrieben, sollte eine Art von Enukleation des allgemeinen Eindrucks andeuten. Man kann sich vorstellen, daß solche Person, die in wenigen Wochen ein Honorar von 11 000 Talern (ohne die bedeutenden Geschenke) zurücklegen kann, den Neid ihrer nächsten Umgebung erregt. Die Mitspielenden gestehn ihr jedoch zu, gern mit ihr zu agieren und zu singen und immer guter Wirkung gegenwärtig zu sein.

Eine Komposition einer meiner Schülerinnen mag mit zu Dir gelangen. Das Mädchen ward mir von der »Friedensgesellschaft« in Danzig anher zum Unterrichte geschickt. Hübsch, gesund, 20 Jahr alt, schöne Stimme, Talent und unversiegbare Lust. Es ist schon die dritte Danzigerin, die wohl ausgerüstet zurückkommt. Bleibt sie so und wird nicht verplempert, so kann was Ordentliches werden. Auf dem Klaviere ist sie auch weit genug, um sich fortzuhelfen. – Wenn man nur sonst was davon hätt'!

Den 17. Es ist schon Sonnabend; ich will nur machen, daß das dumme Blatt mir aus den Augen kommt. Die Originalbriefe vom Jahre 1826 sind gestern richtig angelangt.

Schillers Ballade »The Glove« haben sie in England zu meinen Noten nicht schlecht ins Englische übersetzt – wenn man nur was davon hätt'! – Der alte Wieland mag recht haben: es ist nicht genug zu leben, man soll auch leben lassen!

Addio! Dein

Z.

592. *An Zelter*

So will ich denn auch vermelden, daß unsere wandernde Nachtigall Sonntags, den 11., abends angekommen und durch ein nicht zu entzifferndes Brouillamini, das aus Versehen, Versäumnis, Unwillen und Intrige entstanden, nicht zur öffentlichen Erscheinung gekommen. Sie sang Montags bei einem Frühstücke, welches die Frau Erbgroßherzogin veranstaltete, und erntete den größten Beifall; nachher besuchte sie mich und gab einige Musterstückchen ihres außerordentlichen Talentes, für mich insofern hinreichend, daß ich den Begriff, den ich von ihr hegte, wieder an- und aufgefrischt empfand. Das hiesige Publikum schiebt die Ursache dieses Mißgeschicks auf unsern Kapellmeister, welcher denn diese Last gar wohl zu tragen Schultern zu haben scheint.

Die Straflosigkeit der niederträchtigsten Handlungen, besonders wenn sie ganz außer Maßen und Geschick sind, haben wir der Läßlichkeit unserer Kriminalisten zu danken, welche eigentlich nur berufen und angestellt zu sein scheinen, um Mord und Totschlag zu entschuldigen.

So ist bei uns die Infamie eines Zahnarztes, der einer jungen verstorbenen Frau im Leichenhause die Zähne heimlich ausbrach, ganz ohne weiteres mit heiler Haut davongekommen. Dergleichen wird wie euer Fall endlich zur Erneuerung der Selbsthülfe gedeihen. Leidenschaftliche Gatten und Brüder werden sich ins Unglück stürzen, um der Rache nicht zu ermangeln.

Dies ist denn doch wohl ein ziemlicher Mißklang auf jene lieblichen Anfänge. Um wieder einzulenken, ersuche Dich ja, mir irgend etwas Schriftliches für »Kunst und Alterum« mitzuteilen. Tust Du es nicht bald, so redigiere das, was Du mir früher über die Einwirkung der Atmosphäre und deren mehr oder weniger elastischen Zustand auf die Stimme so bedeutend schriebst, sende Dir es aber erst wieder zu, damit es ganz in Deinem Sinn zucht- und ordnungsgemäß erscheine. Siehst Du Geheime Rat Streckfuß, so erinnere ihn an meinen Wunsch; ich sende ihm dagegen auch einige Italica, die zwar nicht neu sind, aber doch jetzt erst durch die Franzosen zur Sprache kommen.

Unserm Leibmedikus hab' ich zum vorläufigen Abtrag Deiner vel quasi Schuld die Hälfte der übersendeten Rübchen in Deinem Namen verehrt. Schickest Du bei eintretender Kälte mir einige Sanders, so geb' ich ihm auch einen Teil davon; durch solche sukzessive kulinarische Attentionen wird mit dem Mann auch die Frau zufriedengestellt, und so käme man auf eine freundliche und schickliche Weise über diese Angelegenheit hinweg.

Welch eine große Gabe »Napoleons Leben« von Walter Scott für mich sein würde, habe ich seit der ersten Ankündigung gefühlt und deshalb die Menschen, wie sie auch sind, erst ausreden und ausklatschen lassen; doch enthalte ich mich nunmehr nicht länger und nehme das Buch getrost vor. Er ist 1771, gerade beim Ausbruch der amerikan'schen Revolution geboren, ihm ist, wie mir das Erdbeben von Lissabon, so der Teekastensturz bei Boston ein Jugendeindruck geworden, und wieviel Wundersames hat er, als Engländer, bei sich müssen vorübergehen lassen. Meine Betrachtungen darüber teil' ich gelegentlich mit.

Auch schon vorläufig fand ich das Publikum sich betragend wie immer. Die Kunden erlauben wohl dem Schneider, hier oder dort ein gewisses Tuch auszunehmen, den Rock aber wollen sie auf den Leib gepaßt haben, und sie beschweren sich höchlich, wenn er ihnen zu eng oder zu weit ist; am besten befinden sie sich in den polnischen Schlafröcken des Tags und der Stunden, worin sie ihrer vollkommensten Bequemlichkeit pflegen können; da sie, wie Du Dich wohl erinnern wirst, sich gegen meine »Wahlverwandtschaften« wie gegen das Kleid des Nessus gebärdet haben.

Der zweite Teil des »Faust« fährt fort sich zu gestalten; die Aufgabe ist hier wie bei der »Helena«: das Vorhandene so zu bilden und zu richten, daß es zum Neuen paßt und klappt, wobei manches zu verwerfen, manches umzuarbeiten ist. Deshalb Resolution dazu gehörte, das Geschäft anzugreifen; im Fortschreiten vermindern sich die Schwierigkeiten.

Sei also hiermit zum schönsten gegrüßt, ermahnt und ermuntert, im Tüchtigen zu verharren, wozu uns, mitten im Frieden, das widerwärtige Weltgetreibe aufmahnt und nötiget. Helfen wir uns selbst, so wird uns Gott helfen.

In Treu und Glauben verharrend

Weimar, den 21. November 1827. Goethe.

593. *An Goethe*

Berlin, 23. November 1827. Soeben habe ich die Briefe Bonstettens an Matthisson durchflogen. Solche Sammlung müßte sich recht gut zu einem Taschenbuche für alte Leute eignen. Bei soviel Heiterkeit, Frieden und Lust am Leben vergißt man gern ein gewisses Freundespimpeln, wenn der nämliche Mann zugleich so entschieden und wahr über den Klimpergeist spricht, womit ein berühmter alter Künstler an der Vollendung einer Heilandsstatue puppt, in der man eher unsern guten Eutiner Rektor im Schlafrocke erkennen möchte. Es ist wunderlich genug, wenn so geschickte Hände nicht wissen, was sie anfassen sollen. Wäre man nicht im nämlichen Falle, so dächte man wohl viel Besseres mit solchen Mitteln hervorzubringen.

Dein Schreiben vom 21. ist schon am 24. in meinen Händen gewesen. Von Walter Scotts »Leben Napoleons« ist mir noch nichts Weiteres bekannt, als was ich dagegen, aus neidischen Tagsnachrichten, erfahre. Du bist so gut, mir darüber Bestimmteres zukommen zu lassen. Die Parteilichkeit eines Briten hat ihren eigenen Grund und Boden, und wenn sein Interesse gesättigt ist, ist er wieder ein Mensch. Schreib mir doch ja etwas über Deine Lektüre.

Unser König hat zuweilen seinen besondern Takt. So will er zum Exempel keinen Virtuosen als seinen Kapellmeister anerkennen. Bernhard Romberg, der zugleich als Komponist mit Recht allen Virtuosen obenan steht, hat nur durch Gönnerschaft mit vieler Mühe dazu gelangen können und nahm seinen Abschied, als er erfuhr, daß der König in Paris sich Spontini engagiert hatte. Ich wandte ihm damals ein, einem Könige werde doch erlaubt sein, was dem Geringsten: sich für sein Geld einen Kapellmeister zu kaufen, wo er will; darüber ist mir nun Romberg noch immer nicht grün, wiewohl er wieder zu werden wünscht, was er nicht bleiben wollte und noch sein könnte, wenn er meinem freundschaftlichen Rate gefolgt wäre.

Deiner Erinnerung, etwas für »Kunst und Altertum« zu liefern, habe ich wohl schon gedacht. Es würde mir ganz recht sein, wenn Du meinen Andeutungen über Einwirkung der Atmosphäre auf Stimme, Ohr und gegenseitiges Empfängnisvermögen eine Form gäbest. Wie ich einst darüber mich ausgedrückt, weiß ich selber nicht mehr. Auch habe ich von meiner Seite etwas entworfen, das sich noch nicht gestalten wollen. Das wenige Tageslicht will meinen Augen nicht wohl, und wie ich es auch vorausgesehn habe, so wohne ich jetzt in beständiger Unruhe. Alles kommt zu mir, wenn auch keiner bringt, was ich brauchen könnte.

Streckfuß sagt mir, daß er schon etwas für »Kunst und

Altertum« gesendet habe; hättest Du es denn noch nicht erhalten?

Den beiliegenden Brief nebst meiner Antwort an eine ehemalige Schülerin erhältst Du aus noch einem besondern Grunde. Soll das »Xenien«-Kapitel als ein Geheimnis auf die Nachwelt kommen, so könnten die losen Dinger in der Ausgabe Deiner und zugleich auch der Schiller'schen Werke abgedruckt werden, wie sie zum ersten Male erschienen sind. Wem sie gelten, ist meistens bekannt; *von wem*: darüber sind die Meinungen höchst verschieden. – Was meinen Euer Liebden zu solchem Einfalle? oder käme er gar wie Senf nach der Mahlzeit?

Dr. Leo, von dem Du Aufsätze in Hegels Journale gesehn hast, ist verrückt worden. Es ist aber nicht mein Dr. med. Leo, den ich nicht für so klug halte, daß er ein Narr werden sollte. Jener Leo war eben bei hiesiger Bibliothek angestellt. In dieser Eigenschaft hält er um Seebecks noch unverheuratete Tochter an. Nachdem dies geschehen, läuft er von hier weg und schreibt: eine Braut von so vielen Bräutigamen könne er nicht genießen, und so weiter. Es war schon das Aufgebot geschehen. Ich will mir das Mittagsmahl nicht verderben, darum genug.

Einen guten Teil der Zahn'schen Zeichnungen habe bereits mit großem Vergnügen gesehen. Auch Geheimer Legationsrat Bunsen ist von Rom angekommen mit Schätzen, von welchen auch die Singakademie genießen soll. Ein »O Roma nobilis« aus dem VII. Jahrhundert will heute der Kronprinz bei uns einnehmen. Bin ich doch nicht in Rom gewesen und weiß nicht, mit wem man es zu tun hat. Die Melodie aus dem VII. Jahrhundert ist modern genug, der jetzige päpstliche Kapellmeister Baini hat die vierstimmige Harmonie dazu gesetzt. Man wird vernarrt ob solcher Anschauung. Deines Worts eingedenk: »Man kann sich die Anfänge der Kunst nicht zu klein vorstellen«, ist das heutige

Ende der »Roma nobilis, orbis et domina, cunctarum urbium excellentissima« ein – miserarum!

Einige tüchtige Stücke späterer Zeiten sollen heute daneben aufgeführt werden, und ich will doch aufhorchen, ob sie's merken.

Dein Z.

27. November 1827.

[Beilage]

Hochgeehrtester Herr Professor!

In Goethes Gedichten, letzte Ausgabe, 1. Teil, Seite 399, unter No. 45, und Seite 400, No. 55, finden sich zwei Distichen, die in Schillers Gedichten, Leipzig 1818, 1. Teil, Seite 229, mit der Überschrift: »Pflicht für jeden«, und Seite 237, mit der Überschrift: »Die schwere Verbindung«, wörtlich dieselben sind, was mir Laiin wunderbar erscheint. Sie, mein hochgeehrtester Herr Professor, können mir gewiß dies Rätsel lösen und hegen auch doch wohl soviel unverdiente Güte und Nachsicht mit Ihrer ungeratenen Tochter, meine bescheidene Bitte zu erfüllen, mir den Grund dieses Umstandes gefälligst mitzuteilen, da Sie ja ohndies der Freund beider vaterländischen Dichter sind und so ein schönes Kleeblatt erst vollkommen darstellen.

Ihr und der lieben Ihrigen bestes Wohlsein wünschend, bitte ich mich herzlichst zu empfehlen; meine Eltern und Geschwister empfehlen sich Ihnen und den Ihrigen ebenfalls herzlichst, ich verharre insbesondere mit unveränderlicher Hochachtung und Verehrung

Ihre

ganz gehorsamste und dankbare Schülerin

Sanssouci, den 22. November 1827. Karoline Schulze.

Es gibt eine Art zu dichten, da gleichgesinnte Freunde, zur Belustigung, Zeile um Zeile oder Strophe um Strophe, sich in muntern Extemporationen üben.

Von der Art sind die genannten Distichen, welche im Schiller'schen Almanach vom Jahre 1797 zuerst abgedruckt erschienen und zwar unter der Firma »G. und S.« (Goethe und Schiller). Auch die berüchtigten »Xenien« in ebendem Almanach sind auf diese Art entstanden, und so gehören die Gedichte beiden Dichtern zugleich an, weil beide daran gleichen Anteil haben.

So etwas kann man wohl wissen, aber man muß es erraten, weil es eben nicht diskret wäre, einen der Dichter darum zu fragen. Das Geheimnis dabei hat selbst dazu gedient, solche Späße interessierend zu machen, und wie mancher hat sich den Kopf zerbrochen, welches dieser Distichen dem einen oder andern angehöre!

Was die »Xenien« betrifft, die wie ein Schlag ins Kohlenfeuer nach allen Richtungen sprühten und die wunderlichste Wirkung hervorbrachten, weil jeder dem andern gönnte, was er, selbst getroffen, übelnahm, sind diese »Xenien« nichts anders als ernstgemeinte Abweisungen solcher Beurteiler, die man nicht anerkennt.

Goethe und Schiller waren lange genug von Rezensenten unartig behandelt worden und hatten sich nicht dagegen verantwortet. Endlich wird ein angesammeltes Faß voller Klößchen aus poetischer Höhe auf Mißgönner und sonstiges Lumpenpack umgestürzt – soweit die Geschichte.

Möge jeder dabei denken, was er kann; so ward diese Distichenform (als ob es ganz was Neues wäre) wie das Ei des Kolumbus nachgemacht. Jeder meinte: das kann ich auch!

»Unzählige selige Leute,
So ging es, so geht es noch heute!«

Nehmen Sie nun, meine schöne Freundin, vorlieb mit dieser Relation und bleiben gewogen Ihrem

Sonntag, den 25. November 1827. Zelter.

Endlich will noch bemerken, daß gelegentlich ich selber an meinem seligen Lehrer Fasch bei Vergleichung mehrerer Klavierinstrumente, um das beliebigste auszusuchen (womit wir beauftragt waren), mich in ähnlichen Extemporationen musikalisch geübt habe, indem einer des andern Gedanken fortsetzte und, wenn es glückte, beiden zugleich auch wohl etwas ganz Besonderes vereinigt gelang. Sic: wer will raten lernen, muß es mit dem Meister halten.

594. *An Zelter*

Wegen Walter Scotts »Napoleon« habe ich soviel zu sagen: Wenn Du Zeit und Lust hast, den bedeutenden Gang der Weltgeschichte, in dem wir seit fünfzig Jahren mit fortgerissen werden, bei Dir im stillen zu wiederholen und darüber noch einmal nachzudenken, so kann ich Dir nichts Bessers raten, als gedachtes Werk von Anfang bis zu Ende ruhig durchzulesen. Ein verständiger, wackrer, bürgerlicher Mann, dessen Jünglingszeit in die französische Revolution fiel, der als Engländer, in seinen besten Jahren, diese wichtige Angelegenheit beobachtete, betrachtete und sie gewiß vielfach durchsprach, dieser ist noch überdies der beste Erzähler seiner Zeit und gibt sich die Mühe, uns die ganze Reihe des Verfolgs nach seiner Weise klar und deutlich vorzutragen.

Wie er auf seinem politisch-nationalen Standpunkt sich gegen das alles verhält, wie er, übern Kanal herüberschauend, dieses und jenes anders ansieht als wir auf unserem beschränkten Platz im Kontinent, das ist mir eine neue Erfahrung, eine neue Weltein- und ansicht.

Durchaus bemerklich ist aber, daß er als ein rechtlicher bürgerlicher Mann spricht, der sich bemüht, in frommem gewissenhaften Sinne die Taten zu beurteilen, und sich streng vor aller machiavellischen Ansicht hütet, ohne die man sich freilich kaum mit der Weltgeschichte abgeben möchte.

In diesen Bezügen bin ich, bis jetzt sehr mit ihm zufrieden, bis zum 4. Bande gelangt und werde ruhig so fortlesen und ihn als Referenten betrachten, der das Recht hat, seinen Aktenauszug, seine Darstellung und sein Votum vorzulegen, um sodann die Abstimmung der versammelten Richter zu erwarten.

Erst also, wenn ich mit dem Werke durch bin, welches freilich mit seinen neun Teilen gerade zur rechten Zeit kommt, um die traurigen langen Abende zu erhellen und zu verkürzen, werde ich mit gleichem Anteil beachten, was man gegen ihn vorbringt. Dies kann nicht anders als höchst interessant sein. Man wird sehen, ob er Facta anzuführen versäumt, ob er sie entstellt, ob er sie parteiisch ansieht, einseitig beurteilt, oder ob man ihm recht lassen muß. Voraus aber sage ich mir: man wird dabei die Menschen näher kennen lernen als den Gegenstand, und im ganzen wird man es doch endlich bewenden lassen; denn wenn man sich bei einer Geschichte nicht beruhigt wie bei einer Legende, so löst sich zuletzt alles in Zweifel auf.

Euer verrückter Ehstandsflüchtling hält sich in Jena auf, er war in diesen Tagen hier, doch ohne sich bei mir sehen zu lassen. So närrisch die Seuche ist, die eure Berliner verlobten Männer ergreift, so ist mir das Symptom im Leben doch schon vorgekommen, weil unter der Sonne nichts Neues geschieht. Ein Bekannter von mir saß bei seiner Braut im Wagen und fuhr nach der Kirche; da ergriff ihn eine solche Altar- und Bettscheue, daß er eine Ohnmacht vorspiegelte und umkehren ließ, wie denn auch der Handel rückgängig wurde.

Nach meiner Einsicht tritt in solchen Fällen eine Überzeugung eigener Ohnmacht wie ein Gespenst so fürchterlich vor dem Beteiligten auf, daß eine Art Wahnsinn entspringt, welcher das Bewußtsein aller übrigen Verhältnisse verschlingt, ja sogar wie bei dem ersten Berliner Fall das Verbrechen einleitet. Gegenwärtiger zweiter wütet wenigstens auch zugleich gegen sich selbst; wir wollen achtgeben, ob sich nicht nächstens abermals etwas Ähnliches hervortut.

Denke meiner oben ausgesprochenen Hypothese nach! Um sich gewisse geheim-verwickelte Dinge zu erklären, muß man es an allerlei Versuchen nicht fehlen lassen.

Deine Korrespondentin aus Sanssouci mag ein liebenswürdiges Mädchen sein, eine wahre Deutsche ist sie zugleich. Diese Nation weiß durchaus nichts zurechtzulegen, durchaus stolpern sie über Strohhalmen. Du hast die Frage sehr umständlich, freundlich und vernünftig beantwortet; man kann es auch geradehin als einen Zufall betrachten, der bei Freunden, die soviel herüber- und hinüberwirken, gar leicht vorkommen konnte. Ebenso quälen sie sich und mich mit den »Weissagungen des Bakis«, früher mit dem »Hexeneinmaleins« und so manchem andern Unsinn, den man dem schlichten Menschenverstande anzueignen gedenkt. Suchten sie doch die psychisch-sittlich-ästhetischen Rätsel, die in meinen Werken mit freigebigen Händen ausgestreut sind, sich anzueignen und sich in ihren Lebensrätseln dadurch aufzuklären! Doch viele tun es ja, und wir wollen nicht zürnen, daß es nicht immer und überall geschieht.

Wie vieles wäre noch zu sagen und zu schreiben! Manches zunächst und in der Folge. Hiemit sei denn die Fülle der treusten Wünsche redlichst ausgesprochen.

Weimar, den 4. Dezember 1827. G.

Abbildungsnachweis

Umschlagabbildung: Johann Wolfgang von Goethe. Miniatur auf Elfenbein von Karl Joseph Raabe, 1811.

Frontispiz: Karl Friedrich Zelter. Ölgemälde von Karl Begas

Nach Seite 12 (zu Brief Nr. 318): Zelters Komposition des Liedes »Klaggesang« (So singet laut den Pillalu)

Nach Seite 118 (zu Brief Nr. 356): Zeltersche Zeichnung: Situationsplan seiner Wohnung

Nach Seite 214 (zu Brief Nr. 398): Zelters Komposition des Liedes »Das Sträußchen« (Wehet ein Lüftchen)

Nach Seite 456 (zu Brief Nr. 502): Charon. Lithographie von J. A. Mayer nach Karl Leybold

Nach Seite 486 (zu Brief Nr. 517): Zelters Komposition des Liedes »Wanderlied« (Von dem Berge zu den Hügeln)

Inhalt

Band 1

Band 2

Band 3

Zu dieser Ausgabe

insel taschenbuch 950
Briefwechsel zwischen Goethe und Zelter
1799–1832

Der vorliegende Text folgt der Ausgabe: Der Briefwechsel zwischen Goethe und Zelter. Im Auftrag des Goethe- und Schiller-Archivs nach den Handschriften herausgegeben von Max Hecker. Zweiter Band: 1819–1827. Insel-Verlag, Leipzig 1915

Goethe im Insel Verlag

Goethe, Johann Wolfgang von: Insel-Goethe. 6 Bände. Herausgegeben von Emil Staiger, Walter Höllerer, Hans-J. Weitz, Nobert Miller u. a. Leinen in Kassette.
– – Sonderausgabe. Broschiert.
– Jubiläumsausgabe in sechs Bänden. Aus Anlaß des 150. Todestages am 22. März 1982. Gebunden, mit Dekorüberzug.

Einzelausgaben
– Briefe an Auguste Gräfin zu Stolberg. Herausgegeben und mit einem Nachwort von Jürgen Behrens. Mit Abbildungen und Faksimiles. IB 1015
– Dichtung und Wahrheit. Mit Bildmaterial. 3 Bde. in Kassette. it 149/150/151 und Leinen
– Elegie von Marienbad. September 1823. Faksimile einer Urhandschrift. Herausgegeben von Christoph Michel und Jürgen Behrens. Mit einem Geleitwort von Arthur Henkel. Faksimile und Kommentarband zusammen in Kassette. Leder
– Die erste Schweizer Reise. it 300
– Faust I. Mit Illustrationen von Eugène Delacroix und einem Vorwort von Jörn Göres. it 50
– Faust. Zweiter Teil. Faksimile der Erstausgabe. Leinen und Leder
– Faust II. Mit Federzeichnungen von Max Beckmann. Mit einem Nachwort zum Text von Jörn Göres und zu den Zeichnungen von Friedhelm Fischer. it 100
– Faust. Gesamtausgabe. Leinen und Leder
– Faust. Drei Fassungen. Urfaust. Faust. Ein Fragment. Faust. Eine Tragödie. Herausgegeben mit einem Nachwort von Werner Keller. 2 Bde. it 625
– Frühes Theater. Mit einer Auswahl aus den dramaturgischen Schriften 1771-1828. Herausgegeben und mit einem Nachwort von Dieter Borchmeyer. it 675
– Gedichte in einem Band. Herausgegeben von Heinz Nicolai. Leinen
– Gedichte in zeitlicher Folge. Herausgegeben von Heinz Nicolei. 2 Bde. Leinen und it 350
– Goethes Gedanken über Musik. Eine Sammlung aus seinen Werken, Briefen, Gesprächen und Tagebüchern. Herausgegeben von Hedwig Walwei-Wiegelmann. Mit achtundvierzig Abbildungen erläutert von Hartmut Schmidt. it 800
– Goethes Liebesgedichte. Ausgewählt und herausgegeben von Hans Gerhard Gräf. Mit einem Nachwort von Emil Staiger. Insel-Bibliothek. Leinen und it 275

101/1/2.87

Goethe im Insel Verlag

- Goethes schönste Gedichte. Herausgegeben von Jochen Schmidt. IB 1013
- Die guten Frauen als Gegenbilder der bösen Weiber. Mit Illustrationen von Daniel Chodowiecki. it 925
- Hermann und Dorothea. Mit 10 Kupfern von Catel. it 225
- Iphigenie auf Tauris. Prosafassung. Herausgegeben von Eberhard Haufe. IB 1014
- Hier schicke ich einen Traum. 50 Geschenk- und Albumblätter. Faksimile im Lichtdruck. 1000 Exemplare limitiert. Herausgegeben und kommentiert von Gerhard Femmel. Format 30×40 cm in Kassette eingelegt. Kommentarband 32 S.
- Historische Schriften. Eine Auswahl in biographischer Folge. Herausgegeben von Horst Günther. Mit Zeichnungen von Goethe. it 650
- Italienische Reise. Mit vierzig Zeichnungen des Autors. Herausgegeben und mit einem Nachwort von Christoph Michel. 2 Bde. it 175
- Klassisches Theater. Herausgegeben und mit einem Nachwort von Dieter Borchmeyer. it 700
- Lektüre für Augenblicke. Herausgegeben von Gerhart Baumann. Pappe
- Die Leiden des jungen Werther. Bibliothek deutscher Erst- und Frühausgaben in originalgetreuen Wiedergaben. Herausgegeben von Bernhard Zeller. Leder
- Die Leiden des jungen Werther. Mit einem Essay von Georg Lukács und Illustrationen von Chodowiecki. Nachwort von Jörn Göres. Insel-Bibliothek. Leinen, Leder und it 25
- Märchen. Der neue Paris. Die neue Melusine. Herausgegeben von Katharina Mommsen. it 825
- Der Mann von fünfzig Jahren. Mit einem Nachwort von Adolf Muschg. it 850
- Maximen und Reflexionen. Insel-Bibliothek. Leinen und Leder und it 200
- Novellen. Herausgegeben und mit einem Nachwort von Katharina Mommsen. Mit Federzeichnungen von Max Liebermann. it 425
- Reineke Fuchs. Mit Stahlstichen nach Zeichnungen von Wilhelm Kaulbach. it 125
- Reise-, Zerstreuungs- und Trostbüchlein 1806-1807. 77 zum Teil vierfarbige Tafeln. Herausgegeben und mit einem Nachwort von Christoph Michel. it 400

101/2/2.87

Goethe im Insel Verlag

- Das Römische Carneval. Mit den farbigen Figurinen von 1789 und Goethes Fragmenten »Über Italien«. Herausgegeben von Isabella Kuhn. it 750
- Römische Elegien. Faksimile der Handschrift und Transkription. Mit einem Nachwort von Horst Rüdiger. IB 1010
- Sammelhandschriften Goethescher Gedichte. Faksimile. Mit einem Kommentarband, herausgegeben und kommentiert von Karl-Heinz Hahn. 2 Bde in Kassette.
- Schriften zur Naturwissenschaft. Ausgewählt und herausgegeben von Horst Günther. Mit Zeichnungen des Autors. it 550
- Tagebuch der ersten Schweizer Reise 1775. Mit den Zeichnungen des Autors und einem vollständigen Faksimile der Handschrift. Herausgegeben und erläutert von Hans-Georg Dewitz. it 800
- Tagebuch der Italienischen Reise 1786. Notizen und Briefe aus Italien. Mit Skizzen und Zeichnungen des Autors. Herausgegeben und erläutert von Christoph Michel. it 176
- ›Das Tagebuch‹ Goethes und Rilkes ›Sieben Gedichte‹. Erläutert von Siegfried Unseld. IB 1000
- Über die Deutschen. Herausgegeben von Hans-J. Weitz. it 325
- Die Wahlverwandtschaften. Mit einem Essay von Walter Benjamin. Insel-Bibliothek. Leinen, Leder und it 1
- West-östlicher Divan. Herausgegeben und erläutert von Hans-J. Weitz. Mit Essays zum »Divan« von Hugo von Hofmannsthal, Oskar Loerke und Karl Krolow. Leinen, Leder und it 75
- Wilhelm Meisters Lehrjahre. Leinen, Leder und it 475
- Wilhelm Meisters Wanderjahre oder Die Entsagenden. Mit einem Nachwort von Adolf Muschg. Leinen, Leder und it 575
- Wilhelm Meisters theatralische Sendung. Mit einem Vorwort von Wilhelm Voßkamp. it 725
- Xenien. Von Schiller und Goethe. it 875

Briefe und Gespräche

Goethes Briefwechsel mit Marianne und Johann Jakob Willemer. Dokumente. Lebens-Chronik. Erläuterung. Herausgegeben von Hans-J. Weitz. Mit Abbildungen und Register. Leder und it 900

Goethe–Schiller: Briefwechsel. Neu herausgegeben und mit einer Einleitung versehen von Emil Staiger. Leinen und it 250

Johann Peter Eckermann: Gespräche mit Goethe in den letzten Jahren seines Lebens. Herausgegeben von Fritz Bergemann. 2 Bde. Leder und it 250

101/3/2.87

Goethe im Insel Verlag

Zu Goethe

Goethes Leben und Werk in Daten und Bildern. Herausgegeben von Bernhard Gajek und Franz Götting unter Mitarbeit von Jörn Göres. Mit 517 Abbildungen. Leinen. Sonderausgabe.

Goethes letzte Schweizer Reise. Dargestellt von Barbara Schnyder-Seidel. Mit zeitgenössischen Illustrationen. it 375

Goethe – seine äußere Erscheinung. Literarische und künstlerische Dokumente seiner Zeitgenossen. Zusammengetragen von Emil Schaeffer. Überprüft und ergänzt von Jörn Göres.

Johann Wolfgang Goethe. Sein Leben in Bildern und Texten. Herausgegeben und mit einem Vorwort von Christoph Michel. Gestaltet von Willy Fleckhaus. Mit Erläuterungen zu 500 Abbildungen, einer Chronik und Register. Leinen

Goethe – warum? Eine repräsentative Auslese aus Werken, Briefen und Dokumenten. Herausgegeben und mit einem Nachwort versehen von Katharina Mommsen. it 759

101/4/2.87

Insel-Bibliothek

Die Insel-Bibliothek bietet erstrangige Editionen der Weltliteratur in deutscher Sprache. Romane, Erzählungen und Gedichtsammlungen, die dem klassischen Literaturkanon zugehörig sind, werden im Rahmen der Insel-Bibliothek zweifach geschmückt präsentiert: Zum einen zeichnet sich jede Ausgabe durch besondere editorische Sorgfalt aus, die Literarhistoriker von hohem wissenschaftlichem Rang gewährleisten. Zum anderen setzt der Insel Verlag mit der bibliophilen Gestaltung eines jeden Bandes der Insel-Bibliothek die in fünfundachtzigjähriger Verlagstradition gereiften Qualitätsansprüche hervorragend ausgestatteter Bücher fort. Die Ausgaben sind typographisch vorzüglich eingerichtet und mit sorgfältig ausgewählten Materialien ausgestattet. Es finden wertvolle Papiere der Firma Schoeller & Hoesch Verwendung. Die Bücher werden fadengeheftet, flexibel in Feincanvas und in rotem Ziegenleder gebunden. Ein Leseband, dekoratives Vorsatzpapier und ein schützender Schmuckschuber vervollständigen die Ausstattung. Dem Leser und Liebhaber schöner Literatur soll mit der Zeit die Möglichkeit gegeben werden, eine »Bibliothek der Weltliteratur« in wertbeständigen Einzelausgaben sein eigen zu nennen.

Boccaccio, Giovanni di: Das Dekameron. Mit 110 Holzschnitten der italienischen Ausgabe von 1492. Deutsch von Albert Wesselski. Übertragung der Gedichte von Theodor Däubler. Einleitung von André Jolles. 2 Bände

Brontë, Emily: Die Sturmhöhe. Aus dem Englischen von Grete Rambach

Dickens, Charles: Weihnachtserzählungen. Mit Illustrationen von Leech, Stanfiels, Stone u. a.

Dostojewski, Fedor M.: Der Spieler. Aus den Aufzeichnungen eines jungen Mannes. Aus dem Russischen von Hermann Röhl

Eichendorff, Joseph Freiherr von: Aus dem Leben eines Taugenichts. Mit Illustrationen von Adolf Schrödter und einem Nachwort von Ansgar Hillach

Flaubert, Gustave: Drei Erzählungen/Trois Contes. Zweisprachige Ausgabe. Neu übersetzt und herausgegeben von Cora van Kleffens und André Stoll

– Die Versuchung des Heiligen Antonius. Mit zwanzig Bilddokumenten. Aus dem Französischen von Barbara und Robert Picht. Mit einem Nachwort von Michel Foucault

Fontane, Theodor: Effi Briest. Mit 21 Lithographien von Max Liebermann

Goethe, Johann Wolfgang: Dichtung und Wahrheit. Mit zeitgenössischen Illustrationen, ausgewählt von Jörn Göres. Drei Bände

94/1/8.84

Insel-Bibliothek

Goethe, Johann Wolfgang: Die Leiden des jungen Werther. Mit einem Essay von Georg Lukács ›Die Leiden des jungen Werther‹. Nachwort von Jörn Göres ›Zweihundert Jahre Werther‹. Mit zeitgenössischen Illustrationen von Daniel Nikolaus Chodowiecki

– Maximen und Reflexionen. Text der Ausgabe von 1907 mit den Erläuterungen und der Einleitung Max Haeckers. Nachwort von Isabella Kuhn. Mit vier Faksimiles

– Die Wahlverwandtschaften. Mit Erläuterungen von Hans-J. Weitz und einem Essay von Walter Benjamin: ›Goethes Wahlverwandtschaften‹

– Wilhelm Meisters Lehrjahre. Herausgegeben von Erich Schmidt. Mit sechs Kupferstichen von Catel, Musikbeispielen und Anmerkungen

– Wilhelm Meisters Wanderjahre oder Die Entsagenden. Mit einem Nachwort von Adolf Muschg

Heine, Heinrich: Buch der Lieder. Mit zeitgenössischen Illustrationen und einem Nachwort von E. Galley

– Reisebilder. Mit einem Nachwort von Joseph A. Kruse und zeitgenössischen Illustrationen

Hölderlin, Friedrich: Hyperion oder Der Eremit in Griechenland. Herausgegeben und mit einem Nachwort versehen von Jochen Schmidt

Hoffmann, E. T. A.: Die Serapionsbrüder. Herausgegeben und mit einem Nachwort versehen von Hartmut Steinecke. Mit farbigen Illustrationen von Monika Wurmdobler. Vier Bände

Jacobsen, Jens Peter: Niels Lyhne. Mit Illustrationen von Heinrich Vogeler und einem Nachwort von Fritz Paul

Jung-Stilling, Johann Heinrich: Lebensgeschichte

Keller, Gottfried: Der grüne Heinrich. Erste Fassung des Romans mit Zeichnungen Gottfried Kellers und seiner Freunde. 2 Bände

Des Knaben Wunderhorn, Gesammelt von Achim von Arnim und Clemens Brentano. Mit einem Vorwort von Konrad Feilchenfeldt. Ausgewählt von Friedrich Ranke

Potocki, Jan: Die Handschrift von Saragossa. Herausgegeben und mit einem Nachwort versehen von Roger Caillos. Aus dem Französischen von Louise Eisler-Fischer, aus dem Polnischen von Maryla Reifenberg. Mit Bildern von Goya. 2 Bände

Nietzsche, Friedrich: Also sprach Zarathustra. Ein Buch für Alle und Keinen. Mit einem Essay von Thomas Mann »Die Philosophie Nietzsches im Lichte unserer Erfahrung«

94/2/8.84

Insel-Bibliothek

Stendhal: Rot und Schwarz. Vollständige Ausgabe, aus dem Französischen übersetzt von Walter Widmer. Mit einem Nachwort von Uwe Japp

Swift, Jonathan: Gullivers Reisen. Vorwort von Hermann Hesse. Mit Illustrationen von Grandville. Aus dem Englischen von Franz Kottenkamp, bearbeitet von Roland Arnold

Turgenjew, Iwan: Erste Liebe und andere Novellen. Aus dem Russischen von Ena von Baer und Ekkehard Jäkel. Mit einem Nachwort von Friedrich Schwarz

Wilde, Oscar: Die Erzählungen und Märchen. Mit Illustrationen von Heinrich Vogeler. Aus dem Englischen von Felix Paul Greve und Franz Blei

94/3/8.84

